中国残疾人联合会

China Yearbook on the Work for Persons with Disabilities

中国残疾人事业年鉴

2019

華夏出版社
HUAXIA PUBLISHING HOUSE

党和国家领导人出席中国残疾人联合会第七次全国代表大会开幕式。（新华社记者 李学仁 摄）

中共中央总书记、国家主席、中央军委主席习近平接见中国残疾人联合会第七次全国代表大会代表。（新华社记者 李学仁 摄）

2018 年 10 月 24 日，中共中央总书记、国家主席、中央军委主席习近平在深圳市龙华区民治街道北站社区党群服务中心考察时，与深圳市雨燕残疾人关爱事业发展中心负责人张莹莹亲切交谈。（新华社记者 谢环驰 摄）

中共中央政治局常委、国务院副总理韩正出席中国残疾人联合会第七次全国代表大会并代表党中央、国务院致词。（新华社记者 丁林 摄）

国务委员、国务院残疾人工作委员会主任王勇在中国残疾人联合会第七次全国代表大会闭幕式上发表讲话。（陈曦 摄）

中国残疾人联合会名誉主席邓朴方在中国残疾人联合会第七次全国代表大会闭幕式上发表讲话。（陈曦 摄）

中国残疾人联合会第六届主席团主席张海迪向中国残疾人联合会第七次全国代表大会做工作报告。（新华社记者 丁林 摄）

2018 年 11 月 14 日，中国残疾人联合会主席张海迪陪同雅文儿童听语文教基金会、台湾明门集团董事长郑钦明参观中国听力语言康复研究中心扩建项目。

中国残疾人联合会理事长周长奎在中国残疾人联合会第七次全国代表大会上讲话。（陈曦 摄）

2018 年 10 月 17 日，刘洪霞、李泽秀、万造均、李健、谢侣、王华银等 6 名贫困残疾人脱贫典型代表在“自强自立，脱贫光荣”报告会上讲述自强脱贫事迹。

2018 年 3 月 17 日，中国轮椅冰壶队在 2018 年平昌冬残奥会轮椅冰壶决赛中夺得中国体育运动历史上第一枚冬残奥会金牌。

《中国残疾人事业年鉴（2019）》
编委会

前　言

邓朴方

就通常而言，一个重视自己足迹的人，大抵是善于在总结中提高的人。对一个人是这样，对一项事业也是这样。

这是因为，“足迹”不仅仅是既往时光的记录，“昨日”的累积，它还蕴涵着孕育未来、引发未来的规律，由此可以产生指导未来的蓝图。

岁月倥偬，新中国的残疾人事业，已历经近半个世纪。它由小到大，由点到面，足迹斑斑，犹如散落在迂回道路上的簇簇星火，昭然可见。把这“足迹”收集并且有序地编排起来，给关心和从事这项事业的人们在追忆往事时提供些方便，并尽力从中发掘些什么、探求些什么，以便今后的路走得更准、更稳，这就是编纂这部《中国残疾人事业年鉴》的主旨和用心所在。

人类文明演进的历史可证，怎样对待残疾人和残疾人的事情，是社会文明的一个标志。可以直截了当地说，什么时候社会文明全面、深刻地展现，什么时候这项事业发展得就比较好，什么时候社会文明出现偏颇以至倒退，什么时候这件事情就遇挫、受损。因为，说到底，这是测试和完善人性的事业，是使人性中美好的东西不断得到升华的事业。

这项事业与社会主体的关系是“象忧亦忧、象喜亦喜”的关系，从几十年残疾人事业发展的脉络中可以清楚地看到这一点。但是，这不是说，经济、社会发展了，这项事业自然而然就会发展。前者只是提供了发展的可能性，把可能性变为现实性，需要一个条件，这就是把“一切为了人，包括残疾人”的观念放在心上，把社会上的弱者特别是残疾人的平等充分参与，放在心上——放在公众的心上，更放在决策人和对社会有重要影响的人的心上。有了这个条件，更多地理解了这项事业，才能将它融于国家整体，融于社会的方方面面，使它得到更好的发展。

应该说，自新中国成立以来，党和政府就致力于帮助残疾人进入社会，使残疾人在事实上得到各种合法权益。只是限于不同时期经济社会发展的客观条件，使这项事业在自己的发展历程中，区分出“收养救济”与“平等参与”这些阶段罢了。当然，改革开放以来总结并引入大量于我国社会发展有益的新观念，对这项事业的发展也是重要的。正是这些新观念使我们得以对几十年经济社会的发展予以重新审视。我国正在按照既容纳健全人，也容纳残疾人这种新观念来重新设计、改造现实社会和现实社会生活。这是一种具有划时代意义的变革。它带来的是这样一个崭新的社会，在那里，所有社会群体包括残疾人群体，都能够平等劳作生息，共创共享，而不是只容纳健全人而把残疾人阻隔在社会的一隅。我们知道，这就是人们常说的“人人共享”的社会。我们有条件随着经济社会的发展做到这一点，并且，比别的国家做得更好，因为，这个目标不但与我国的优良传统相一致，而且为我党“人类解放”的根本宗旨所包容，更不要说是我国精神文明建设的内在要求了。

我们不应、不能，也不会辜负这一历史的重托。

从《年鉴》中可以发掘的感想还有很多，这里不过是作抛砖之谈罢了。在即将结束这篇短文的时候，我只想强调一点，面对近50年残疾人事业发展的业绩，我们将更加坚定一个信念：为创建“人人共享”的社会不遗余力地贡献我们的一生。

《年鉴》是历史的记录、信息的总汇。我更希望它是一种启迪、一种呼唤，启迪人们从中认识历史的规律，沿着这个规律推动残疾人事业前进；呼唤人们美好的心灵和良知，在推进残疾人事业和维护残疾人合法权益中，使人性放出更加灿烂的光芒。

1995年9月25日

编辑说明

一、《中国残疾人事业年鉴》是全面反映中国残疾人事业发展和残疾人工作进展情况及成就的专业年刊。为适应中国残疾人事业发展的需要，2012年年底，中国残联党组理事会研究决定，从2013年开始，按年度编辑出版《中国残疾人事业年鉴》，在华夏出版社成立《中国残疾人事业年鉴》编辑部，专门承担《中国残疾人事业年鉴》编辑出版的各项工作。

二、邓朴方主席为《中国残疾人事业年鉴（1949—1993）》所作序言，对21世纪的残疾人事业和残疾人工作依然具有重要指导意义，编辑部决定将其继续作为《中国残疾人事业年鉴》（以下简称“本年鉴”）序言使用。

三、本年鉴收录内容的时限，以2018年度为主，个别资料的收录时限根据需要有所跨越。其中，中国狮子联会的一个工作周期是从一年的6月到下年的6月，其年鉴内容起讫按照工作周期予以收录。

四、本年鉴主要以残疾人事业工作领域、各省区市及直属单位工作为单位编排。

五、本年鉴分为10个部分：重要文献、重要专题、全国残疾人事业与残疾人工作、中国残联社团组织、残疾人专门协会和社会工作、中国残疾人福利基金会工作、地方残疾人事业和残疾人工作、中国残联直属单位工作、中国残疾人事业发展统计公报、大事记。

六、本年鉴的文字、图片及统计数据均由各供稿单位特约编辑提供。

七、多部门联合出台的涉残政策规章收录在第一编“重要文献”的“部门规章”或“重要专题”中，中国残联或各部厅室单独出台的涉残政策规章收录在第三编“全国残疾人事业和残疾人工作”各相关工作领域。

八、本年鉴编辑工作得到了中国残联党组理事会、中国残联各部门、各专门协会、各直属单位，中国残疾人福利基金会，各省、自治区、直辖市及计划单列市残联，新疆生产建设兵团残联，黑龙江垦区残联的大力支持与协助，在此表示最诚挚的谢意。

中国残疾人事业年鉴编委会

2019年12月

总 目

第一编 重要文献 …………………………………… (1)

一、党和国家的关心与关注 ………………………… (3)
二、中共中央、国务院文件 ……………………… (11)
三、中国残联领导讲话文章 ……………………… (16)
四、涉残法律法规 ………………………………… (30)
五、部门规章 ……………………………………… (35)

第二编 重要专题 ……………………………… (81)

一、国务院残疾人工作委员会
第一次全体会议 ……………………… (83)
二、中国残疾人联合会
第七次全国代表大会 ………………… (99)
三、国家通用手语和国家通用盲文 ………… (163)
四、关于建立残疾儿童
康复救助制度的意见 ……………… (173)
五、《导盲犬》国家标准 ………………………… (184)
六、《图书馆视障人士服务规范》
国家标准 …………………………………… (194)

第三编 全国残疾人事业和残疾人工作 ……… (201)

周长奎在第三十三次全国残联工作会议
上的讲话：深入学习习近平总书记
重要论述，努力开创新时代残疾人
事业发展新局面 ……………………………… (203)
残疾人事业理论与实践研究工作 …………… (210)
残疾人维权工作 ………………………………… (212)
残疾人组织建设工作 …………………………… (226)
全国残疾人基本服务状况
和需求信息数据动态更新工作 ………… (231)
残疾人康复工作 ………………………………… (239)
长江新里程项目 ………………………………… (248)
残疾人教育工作 ………………………………… (250)
残疾人就业工作 ………………………………… (252)
残疾人社会保障工作 …………………………… (265)
残疾人扶贫工作 ………………………………… (267)
残疾人宣传文化工作 …………………………… (278)
残疾人体育工作 ………………………………… (283)
残疾人事业国际交流与合作 …………………… (303)
中国残联机关建设工作 ………………………… (307)

**第四编 中国残疾人联合会
社团组织工作** …………………………… (311)

残疾人事业发展研究会工作 …………………… (313)
中国残疾人康复协会工作 ……………………… (325)
中国残疾人事业新闻宣传促进会工作 ……… (326)
中国狮子联会工作 ……………………………… (335)

第五编 残疾人专门协会和社会工作 ……… (369)

残疾人专门协会和社会工作 …………………… (371)
中国残联专门协会项目评估
和财务监审委员会工作 …………………… (372)
中国盲人协会工作 ……………………………… (378)
中国聋人协会工作 ……………………………… (398)
中国肢残人协会工作 …………………………… (402)
中国智力残疾人及亲友协会工作 …………… (410)
中国精神残疾人及亲友协会工作 …………… (416)

第六编 中国残疾人福利基金会工作 ………… (423)

第七编 地方残疾人事业和残疾人工作 ……… (443)

北京市残疾人事业和残疾人工作 …………… (445)
天津市残疾人事业和残疾人工作 …………… (465)
河北省残疾人事业和残疾人工作 …………… (480)
山西省残疾人事业和残疾人工作 …………… (492)
内蒙古自治区残疾人事业
和残疾人工作 ……………………………… (503)
辽宁省残疾人事业和残疾人工作 …………… (511)
吉林省残疾人事业和残疾人工作 …………… (523)
黑龙江省残疾人事业和残疾人工作 ………… (533)
上海市残疾人事业和残疾人工作 …………… (543)
江苏省残疾人事业和残疾人工作 …………… (555)
浙江省残疾人事业和残疾人工作 …………… (569)
安徽省残疾人事业和残疾人工作 …………… (581)
福建省残疾人事业和残疾人工作 …………… (594)
江西省残疾人事业和残疾人工作 …………… (605)
山东省残疾人事业和残疾人工作 …………… (615)
河南省残疾人事业和残疾人工作 …………… (630)
湖北省残疾人事业和残疾人工作 …………… (644)
湖南省残疾人事业和残疾人工作 …………… (655)
广东省残疾人事业和残疾人工作 …………… (661)

广西壮族自治区残疾人事业和残疾人工作 ……（670）
海南省残疾人事业和残疾人工作 ……（683）
四川省残疾人事业和残疾人工作 ……（692）
重庆市残疾人事业和残疾人工作 ……（702）
贵州省残疾人事业和残疾人工作 ……（711）
云南省残疾人事业和残疾人工作 ……（721）
西藏自治区残疾人事业和残疾人工作 ……（728）
陕西省残疾人事业和残疾人工作 ……（737）
甘肃省残疾人事业和残疾人工作 ……（749）
青海省残疾人事业和残疾人工作 ……（762）
宁夏回族自治区残疾人事业和残疾人工作 ……（779）
新疆维吾尔自治区残疾人事业和残疾人工作 ……（788）
新疆生产建设兵团残疾人事业和残疾人工作 ……（802）
黑龙江垦区残疾人事业和残疾人工作 ……（807）

第八编　中国残疾人联合会直属单位工作 ……（811）

中国康复研究中心 ……（813）
中国听力语言康复研究中心 ……（819）
华夏出版社 ……（824）
华夏时报社 ……（827）
中国盲文出版社 ……（831）
中国残疾人艺术团 ……（836）
中国残疾人体育运动管理中心 ……（840）
中国残联就业服务指导中心 ……（853）
中国残疾人杂志社 ……（862）
中国残联华夏文化集团 ……（867）
中国残疾人辅助器具中心 ……（869）
北京按摩医院 ……（874）
中国残联信息中心 ……（877）

第九编　2018 年中国残疾人事业发展统计公报 ……（879）

第十编　2018 年中国残疾人事业和残疾人工作大事记 ……（885）

COMPREHENSIVE TABLE OF CONTENTS

Part Ⅰ Important Literature

1. Care and Attention from the Party and the State 3
2. Documents of the CPC Central Committee and the State Council 11
3. Speeches and Articles of Leaders of CDPF 16
4. Laws and Regulations Concerning Disabled Persons and Judicial Interpretation 30
5. Departmental Rules 35

Part Ⅱ Significant Features

1. The 1st Plenary Meeting of the Working Committee on Disabled Persons Under the State Council 83
2. The 7th National Congress of CDPF 99
3. National Standard Sign Language and Braille 163
4. Opinions on the Establishment of Rehabilitation Assistance System for Disabled Children 173
5. National Standard on *Guide Dog* 184
6. National Standard on *General Specification of Library Services for the Visually Impaired* 194

Part Ⅲ National Undertaking and Work for Disabled Persons

Speech by Zhou Changkui at the 33rd Working Conference of CDPF 203
Research on Theory and Practice of the Undertaking for Disabled Persons 210
Work for Protecting Disabled Persons' Rights 212
Work for Constructing Organizations for Disabled Persons 226
The Dynamic Updating Work of Information Datas of the Basic Service Status and Demands of Disabled Persons 231
Work for Rehabilitating Disabled Persons 239
Cheung Kong New Milestone Plan 248
Work for Disabled Persons' Education 250
Work for Disabled Persons' Employment 252
Work for Social Security for Disabled Persons 265
Work for Poverty Relief for Disabled Persons 267
Work for Propaganda and Culture of Disabled Persons 278
Work for Disabled Persons' Sports 283
International Exchange and Cooperation on Undertaking for Disabled Persons 303
Work for Constructing Organs of CDPF 307

Part Ⅳ Work by Associations Subordinating to CDPF

Work by China Disability Research Society 313
Work by China Association of Rehabilitation of Disabled Persons 325
Work by China Commission of Promotion of Publicity for the Undertakings of Chinese Disabled Persons(CCPPUCDP) 326
Work by China Council of Lions Clubs 335

Part Ⅴ Special Associations and Social Work for Disabled Persons

Work by Special Associations and Social Work for Disabled Persons 371
Work by Special Associations Project Evaluation and Financial Supervision and Audit Committee of CDPF 372

Work by China Association of Persons with Visual Disabilities 378
Work by China Association of Persons with Hearing Disabilities 398
Work by China Association of Persons with Physical Disabilities 402
Work by China Association of Persons with Intellectual Disabilities and Their Relatives 410
Work by China Association of Persons with Psychiatric Disabilities and Their Relatives 416

Part Ⅵ Work by China Foundation for Disabled Persons (CFDP) 423

Part Ⅶ Regional Undertaking and Work for Disabled Persons

Undertaking and Work for Disabled Persons in Beijing 445
Undertaking and Work for Disabled Persons in Tianjin 465
Undertaking and Work for Disabled Persons in Hebei 480
Undertaking and Work for Disabled Persons in Shanxi 492
Undertaking and Work for Disabled Persons in Inner Mongolia Autonomous Region 503
Undertaking and Work for Disabled Persons in Liaoning 511
Undertaking and Work for Disabled Persons in Jilin 523
Undertaking and Work for Disabled Persons in Heilongjiang 533
Undertaking and Work for Disabled Persons in Shanghai 543
Undertaking and Work for Disabled Persons in Jiangsu 555
Undertaking and Work for Disabled Persons in Zhejiang 569
Undertaking and Work for Disabled Persons in Anhui 581
Undertaking and Work for Disabled Persons in Fujian 594
Undertaking and Work for Disabled Persons in Jiangxi 605
Undertaking and Work for Disabled Persons in Shandong 615
Undertaking and Work for Disabled Persons in Henan 630
Undertaking and Work for Disabled Persons in Hubei 644
Undertaking and Work for Disabled Persons in Hunan 655
Undertaking and Work for Disabled Persons in Guangdong 661
Undertaking and Work for Disabled Persons in Guangxi Zhuang Autonomous Region 670
Undertaking and Work for Disabled Persons in Hainan 683
Undertaking and Work for Disabled Persons in Sichuan 692
Undertaking and Work for Disabled Persons in Chongqing 702
Undertaking and Work for Disabled Persons in Guizhou 711
Undertaking and Work for Disabled Persons in Yunnan 721
Undertaking and Work for Disabled Persons in Tibet Autonomous Region 728
Undertaking and Work for Disabled Persons in Shaanxi 737
Undertaking and Work for Disabled Persons in Gansu 749
Undertaking and Work for Disabled Persons in Qinghai 762
Undertaking and Work for Disabled Persons in Ningxia Hui Autonomous Region 779
Undertaking and Work for Disabled Persons in Xinjiang Uygur Autonomous Region 788
Undertaking and Work for Disabled Persons in Xinjiang Production and Construction Corps 802
Undertaking and Work for Disabled Persons in Heilongjiang Land Reclamation Bureau 807

Part Ⅷ Work by Directly Affiliated Units of CDPF

China Rehabilitation Research Center 813
China Rehabilitation Research Center for Hearing and Speech Impairment 819
Huaxia Publishing House 824

CHINA TIMES 827
China Braille Press 831
China Disabled People's Performing Art Troupe 836
China Administration of Sports for Persons with Disabilities 840
CDPF Employment Service and Administration Center 853
China Press for Persons with Disability 862
Hua Xia Culture Group of CDPF 867
China Assistive Devices and Technology Centre for Persons with Disabilities 869
Beijing Massage Hospital 874
Information Center of CDPF 877

Part Ⅸ China Statistical Communique on the Development of the Undertaking for Disabled Persons in 2018 879

Part Ⅹ Chronicle of Undertaking and Work for Disabled Persons in China in 2018 885

目 录

第一编 重要文献

一、党和国家的关心与关注

习近平在中共中央政治局第九次集体学习时强调：加强领导，做好规划，明确任务，夯实基础，推动我国新一代人工智能健康发展 3
总书记十分关心残疾人的就业和生活（节选） 3
中国残疾人联合会第七次全国代表大会在京开幕，习近平、李克强、栗战书、汪洋、王沪宁、赵乐际到会祝贺，韩正代表党中央、国务院致辞 3
李克强主持召开国务院常务会议，决定进一步减少涉企收费，降低实体经济成本等（节选） 4
李克强主持召开国务院常务会议，确定进一步积极有效利用外资的措施等（节选） 4
李克强在全国教育大会上的讲话（节选） 4
中共中央政治局委员、广东省委书记李希在接见广东省残联第七次代表大会全体代表时的讲话摘要 5
中共中央政治局委员、上海市委书记李强在上海市残联第七次代表大会开幕式上的讲话摘要 5
中共中央政治局委员、天津市委书记李鸿忠在天津市残联第七次代表大会开幕式上的讲话摘要 6
中共中央政治局委员、新疆维吾尔自治区党委书记陈全国在会见新疆残联第七次代表大会代表时的讲话摘要 7
中共中央政治局委员、重庆市委书记陈敏尔在重庆市残联第五次代表大会开幕式上的讲话摘要 8
中共中央政治局委员、北京市委书记蔡奇在北京市残联第七次代表大会开幕式上的讲话摘要：推进新时代首都残疾人事业高质量发展 9
王勇在考察平昌冬残奥会备战工作时强调：振奋精神，坚定信心，全力完成平昌冬残奥会参赛目标和任务（节选） 10

二、中共中央、国务院文件

中共中央、国务院关于实施乡村振兴战略的意见 11
中共中央、国务院关于全面深化新时代教师队伍建设改革的意见 11
中共中央、国务院关于打赢脱贫攻坚战三年行动的指导意见 11
乡村振兴战略规划（2018—2022年） 12
关于学前教育深化改革规范发展的若干意见 12
民政部职能配置、内设机构和人员编制规定 12
关于推行终身职业技能培训制度的意见 12
关于推进社会公益事业建设领域政府信息公开的意见 13
关于调整国务院残疾人工作委员会组成人员的通知 13
第十三届全国人民代表大会第一次会议政府工作报告 13
第十三届全国人民代表大会第一次会议最高人民检察院工作报告 14
第十三届全国人民代表大会第一次会议最高人民法院工作报告 14
改革开放40年中国人权事业的发展进步 14

三、中国残联领导讲话文章

张海迪出席中国－欧盟残疾人主题边会并做主旨发言 16
张海迪主席2018新春贺词 16
张海迪：带着感情写提案 17
残疾人工作涉千家万户，张海迪指康复和教育是关键 17
张海迪在全国政协十三届七次常委会议专题会议上的发言：促进残疾人辅助器具产业和公共服务高质量发展 18
8500万残疾人，这不是一个简单的数字——张海迪常委的扶贫思考 19
张海迪致全国贫困重度残疾人家庭无障碍改造现场会 19
张海迪出席首届全球残疾人事务峰会并做主旨发言 19
张海迪在首届全球残疾人事务峰会上的主旨发言摘要 20
张海迪致全国残联系统人大代表和政协委员参政议政工作研讨会 20
鲁勇在中国残联深入学习贯彻党的十九大精神专题培训班上的党课：以习近平新时代中国特色社会主义思想为指导，奋力开创新时代残疾人事业新局面 20
周长奎在全国残联系统推进贫困残疾人脱贫攻坚工作会议上的讲话 24
周长奎在中国残联改革工作部署会暨机关干部“走转改”启动会上的讲话：残联三十年，改革再出发 27

四、涉残法律法规

中华人民共和国宪法 30
关于修改《中华人民共和国国境卫生检疫法》等六部法律的决定 30
关于修改《中华人民共和国个人所得税法》的决定 31

关于修改《中华人民共和国刑事诉讼法》的决定 31
关于修改《中华人民共和国野生动物保护法》等十五部法律的决定 31
中华人民共和国耕地占用税法 31
奥林匹克标志保护条例 31
中国共产党农村基层组织工作条例 33
国务院关于修改部分行政法规的决定 33
最高人民法院关于公证债权文书执行若干问题的规定 33
公安机关办理国家赔偿案件程序规定 33
五、部门规章
着力解决因残致贫家庭突出困难的实施方案 35
关于进一步加强和改善老年人残疾人出行服务的实施意见 36
关于扶持残疾人自主就业创业的意见 38
残疾人服务机构管理办法 40
关于建立城乡居民基本养老保险待遇确定和基础养老金正常调整机制的指导意见 42
关于做好2018年家庭医生签约服务工作的通知 42
关于降低部分政府性基金征收标准的通知 43
关于在全国检察机关开展“深入推进国家司法救助工作”专项活动的通知 43
关于加快发展残疾人职业教育的若干意见 43
关于开展全国残疾人文化周活动的通知 44
关于开展第28次全国助残日活动的通知 45
关于做好伤残公安民警帮扶救助工作的通知 47
关于开展农村贫困残疾人就业帮扶活动的通知 48
关于组织开展2018年“书香中国·阅读有我”活动的通知 48
关于组织开展第二次全国残疾预防日宣传教育活动的通知 49
关于开展“法援惠民生·关爱残疾人”法律援助品牌建设工作的通知 50
关于开展2018年文化志愿服务工作的通知 52
关于促进护理服务业改革与发展的指导意见 52
关于在审判执行工作中切实维护残疾人合法权益的意见 55
助盲就业脱贫行动实施方案 56
关于印发残疾人家庭医生签约服务指导手册的函 57
关于建立全国残疾人基本服务状况和需求信息数据动态更新工作长效机制的意见 58
儿童福利机构管理办法 60
关于做好家庭经济困难学生认定工作的指导意见 61
关于开展无障碍环境市县村镇创建工作的通知 62
关于加快推进省市两级政府残工委成员单位带头安排残疾人工作的通知 72
全国残疾人基本服务状况和需求信息数据动态更新工作规范（试行） 72
全国社会心理服务体系建设试点工作方案 75
关于做好全国残疾人“两项补贴”信息系统全国上线运行有关工作的通知 75
关于开展康复辅助器具社区租赁服务试点的通知 76
农村危房改造脱贫攻坚三年行动方案 78
关于开展2019年就业援助月专项活动的通知 78

第二编　重要专题

一、国务院残疾人工作委员会第一次全体会议
国务院残工委办公室关于印发国务院残疾人工作委员会第一次全体会议主要文件的通知 83
王勇国务委员在国务院残疾人工作委员会第一次全体会议上的讲话 83
国务院残工委副主任、中国残联主席张海迪在国务院残疾人工作委员会第一次全体会议上的发言 86
国务院残工委副主任，中国残联党组书记、理事长鲁勇在国务院残工委第一次全体会议工作报告 87
2018年度残疾人工作要点 93
教育部代表在国务院残疾人工作委员会第一次全体会议上的发言 95
民政部代表在国务院残疾人工作委员会第一次全体会议上的发言 95
人力资源社会保障部代表在国务院残疾人工作委员会第一次全体会议上的发言 96
国家卫生健康委代表在国务院残疾人工作委员会第一次全体会议上的发言 96
国家发展改革委代表在国务院残疾人工作委员会第一次全体会议上的发言 97
国务院扶贫办代表在国务院残疾人工作委员会第一次全体会议上的发言 98
二、中国残疾人联合会第七次全国代表大会
（一）中国残疾人联合会第七次全国代表大会文件
中共中央政治局常委、国务院副总理韩正在中国残疾人联合会第七次全国代表大会上的致辞：在新时代的伟大征程中创造残疾人更加幸福美好的新生活 99
国务委员王勇在中国残疾人联合会第七次全国代表大会闭幕式上的讲话 101
邓朴方在中国残疾人联合会第七次全国代表大会闭幕式上的讲话 104
张海迪在中国残疾人联合会第七次全国代表大会上的报告：以习近平新时代中国特色社会主义思想为指引，团结带领残疾人兄弟姐妹共奔美好小康生活 106
共青团中央书记处第一书记、全国青联主席贺军科在中国残疾人联合会第七次全国代表大会上的贺词 110
中国残疾人联合会第七次全国代表大会关于第六届主席团报告的决议 111

中国残疾人联合会章程 112
关于《中国残疾人联合会章程（修正案）（草案）》的说明 114
关于通过《中国残疾人联合会章程（修正案）》的决议 115
中国残疾人联合会第七次全国代表大会代表资格审查报告 115
中国残疾人联合会第七次全国代表大会代表名单 116
中国残疾人联合会第七届主席团委员名单 118
（二）中国残疾人联合会第七届主席团第一次全体会议文件
关于聘请邓朴方同志担任中国残疾人联合会名誉主席的决议 119
中国残疾人联合会第七届主席团主席、副主席 119
中国残疾人联合会第七届执行理事会理事长、副理事长、理事 119
张海迪在中国残联第七届主席团第一次全体会议上的讲话：努力开创新时代残疾人事业发展新局面 119
（三）各专门协会文件
中国残联专门协会工作综述 124
中国盲人协会主席李伟洪在中国残联第七次全国代表大会盲人代表会议上的工作报告：积极融入新时代事业大局，努力开创盲协工作新局面 127
中国聋人协会主席杨洋在中国残联第七次全国代表大会聋人代表会议上的工作报告：固本强基开拓创新，推动新时代聋协工作再上新台阶 130
中国肢残人协会主席徐凤建在中国残联第七次全国代表大会肢残人代表会议上的工作报告：坚定信念，践行使命，开创新时代肢协发展新局面 133
中国智力残疾人及亲友协会主席张宝林在中国残联第七次全国代表大会智力残疾人及亲友代表会议上的工作报告：牢记宗旨，不忘初衷，全心全意为智力残疾人服务 136
中国精神残疾人及亲友协会主席温洪在中国残联第七次全国代表大会精神残疾人及亲友代表会议上的工作报告：充分发挥协会优势，贴近精神残疾人需求，提供特色服务 139
中国盲人协会章程 142
中国聋人协会章程 144
中国肢残人协会章程 147
中国智力残疾人及亲友协会章程 149
中国精神残疾人及亲友协会章程 152
关于中国残联各专门协会章程（修正案）（草案）的说明 154
关于通过《中国盲人协会章程（修正案）》的决议 155
关于通过《中国聋人协会章程（修正案）》的决议 156
关于通过《中国肢残人协会章程（修正案）》的决议 156
关于通过《中国智力残疾人及亲友协会章程（修正案）》的决议 156
关于通过《中国精神残疾人及亲友协会章程（修正案）》的决议 156
中国盲人协会第七届委员会主席、副主席 157
中国聋人协会第七届委员会主席、副主席 157
中国肢残人协会第七届委员会主席、副主席 157
中国智力残疾人及亲友协会第七届委员会主席、副主席 157
中国精神残疾人及亲友协会第七届委员会主席、副主席 157
附录一　关于召开中国残疾人联合会第七次全国代表大会的决议 157
附录二　中国残疾人联合会第七次全国代表大会主要议程 157
附录三　中国残疾人联合会第七次全国代表大会执行委员会 157
附录四　中国残疾人联合会第七次全国代表大会代表资格审查小组 158
附录五　中国残疾人联合会第七次全国代表大会选举办法 158
附录六　插上腾飞的翅膀——写在中国残联第七次全国代表大会开幕之际 158
附录七　插上圆梦的翅膀——写在中国残联第七次全国代表大会开幕前夕 159
附录八　促进残疾人全面发展和共同富裕——热烈祝贺中国残疾人联合会第七次全国代表大会开幕 161
附录九　创造残疾人更加幸福美好的新生活——中国残联七代会代表热议新时代残疾人事业 161
三、国家通用手语和国家通用盲文
关于推广国家通用手语和国家通用盲文的通知 163
中国残联副理事长程凯在国家通用手语和国家通用盲文推广部署电视电话会上的讲话 166
教育部副部长、国家语委主任杜占元在国家通用手语和通用盲文推广部署电视电话会上的讲话 167
内蒙古自治区盲人协会国家通用盲文试点工作经验与推广 169
广东省聋人协会国家通用手语试点工作经验与推广 169
我国手语和盲文规范化工作迎来新里程碑，手语有了“普通话”，盲文有了“规范字” 170
手语有了“通用语”，盲文有了“规范字” 171
国家通用手语和国家通用盲文推广部署电视电话会议在京举行 172
四、关于建立残疾儿童康复救助制度的意见
关于建立残疾儿童康复救助制度的意见 173
关于贯彻落实《国务院关于建立残疾儿童康复救助制度的意见》的通知 175
关于认真贯彻落实《关于建立残疾儿童康复救助制度的意见》的通知 176
关于做好残疾儿童康复救助申请人信息比对工作的通知 177
《关于建立残疾儿童康复救助制度的意见》政策解读 177
张海迪在建立残疾儿童康复救助制度工作电视电话会议上的讲话 179

国务院残工委副主任、民政部副部长高晓兵在建立残疾儿童康复救助制度工作电视电话会议上的讲话 181
国务院残工委委员、财政部副部长余蔚平在建立残疾儿童康复救助制度工作电视电话会议上的讲话 182
国家卫生健康委代表在建立残疾儿童康复救助制度工作电视电话会议上的讲话 183
五、《导盲犬》国家标准
《导盲犬》国家标准 184
《导盲犬》国家标准编制背景、过程及内容简介 187
《导盲犬》国家标准正式发布 188
《导盲犬》国家标准解读 189
导盲犬，真想深情地拥抱你——写在《导盲犬》国家标准正式发布之际 190
中国导盲犬大连培训基地 191
中国大陆导盲犬之父王靖宇 191
六、《图书馆视障人士服务规范》国家标准
图书馆视障人士服务规范 194
《图书馆视障人士服务规范》解读 198

第三编 全国残疾人事业和残疾人工作

周长奎在第三十三次全国残联工作会议上的讲话：深入学习习近平总书记重要论述，努力开创新时代残疾人事业发展新局面 203
残疾人事业理论与实践研究工作 210
残疾人维权工作
一、领导讲话
吕世明在全国贫困重度残疾人家庭无障碍改造现场会上的讲话摘要 212
二、政策规章
关于在国家老旧小区改造试点中切实落实无障碍改造工作的通知 216
三、《无障碍环境建设条例》实施六周年成就综述 217
四、工作综述 219
五、重要条目 220
附录一 《北京2022年冬奥会和冬残奥会无障碍指南》发布及解读 221
附录二 第十三届中国信息无障碍论坛成功举行 224
附录三 让残疾人生活更便利 224
残疾人组织建设工作
一、政策规章
中国残联机关于部“走进基层、转变作风、改进工作”专项改革方案 226
中国残联关于扎实做好地方残联改革工作的通知 227
二、工作综述 228
附录 “全国志愿助残阳光行动主题日”系列活动在京举办 229
全国残疾人基本服务状况和需求信息数据动态更新工作
一、领导讲话
吕世明在2018年全国动态更新工作国家级培训班暨经验交流会上的讲话摘要 231
相自成在2018年全国动态更新工作试点单位经验总结会上的讲话摘要 234
二、2018年全国残疾人基本服务状况和需求信息数据动态更新工作报告 236
残疾人康复工作
一、领导讲话
贾勇在加快发展精神障碍社区康复服务视频会议上的讲话 239
贾勇在残疾人精准康复服务工作现场会上的讲话 240
二、政策规章
中国残联办公厅关于推动建立残疾人基本辅助器具适配补贴制度工作的通知 243
三、工作综述 244
附录 戴上小天线，孩子听见了 246
长江新里程项目
一、重要文件
中国残联办公厅关于调整“长江新里程计划”项目管理委员会组成人员的通知 248
二、工作综述 248
三、大事记 249
残疾人教育工作
一、工作综述 250
二、重要条目 250
附录 首期国家通用盲文骨干培训班在京举行 251
残疾人就业工作
一、领导讲话
程凯在全国残疾人就业服务和扶贫工作会议上的讲话 252
吕世明在第十四届世界盲人联盟亚太区按摩研讨会开幕式上的讲话摘要 255
二、政策规章
关于落实《助盲就业脱贫行动实施方案》工作要求的通知 255
关于做好第三届“中国创翼”创业创新大赛获奖残疾人选手就业服务工作的通知 256
三、中国残联实施《“十三五”促进就业规划》情况中期评估报告 256
四、工作综述 257
附录一 分类培训残疾人，长了本事好就业 259
附录二 无声餐饮店，暖暖的体验 260
附录三 找工作，也能走“无障碍通道” 262
附录四 940万残疾人就业是怎样实现的？ 263
残疾人社会保障工作
一、领导批示 265
二、工作综述 265
三、重要条目 266
残疾人扶贫工作
一、领导讲话
程凯在因残致贫家庭脱贫攻坚暨失能贫困重度残疾人照护和托养工作现场会上的讲话 267
国务院扶贫办党组成员夏更生在因残致贫家庭脱贫攻坚暨失能贫困重度残疾人照护和托养工作现场会上的讲话 270
程凯在2018年扶贫日系列论坛——残疾人扶贫论坛上的讲话 272
二、工作综述 274
附录一 加大保障力度，拓宽就业渠道，五年来超五百万贫困残疾人脱贫 276

附录二　贫困残疾人，帮扶咋精准　276

残疾人宣传文化工作

一、领导讲话

全国残联宣传文化工作会议在京召开　278

二、政策规章

全国残联"学听跟"专项活动实施方案　278

三、工作综述　280

四、重要条目　281

附录　携手助残，共同发展　281

残疾人体育工作

一、领导讲话

张海迪在平昌第十二届冬残奥会中国体育代表团动员大会上的讲话　283

周长奎在第三届亚残运会代表团动员大会上的讲话　283

让全社会的残疾人都享受到体育的快乐——中国残联主席张海迪在第三届亚洲残疾人运动会闭幕后接受《人民日报》、人民网记者专访　284

二、政策规章

关于印发《第二届中国残疾人冰雪运动季全国残疾人大众迷你滑雪比赛规程》的通知　285

关于印发《中华人民共和国第十届残疾人运动会暨第七届特殊奥林匹克运动会竞赛规程总则》的通知　285

关于印发2018年全国残疾人体育各竞赛项目规程的通知　285

关于残奥乒乓球、残奥射击、残奥跆拳道执行2018版分级规则的通知　285

关于残奥田径、游泳执行2018版分级规则的通知　285

全国残疾人体育赛事分级管理办法　285

关于执行体育总局修订的《运动员治疗用药豁免管理办法》有关事项的函　287

关于组织开展第三届中国残疾人冰雪运动季活动的通知　288

三、工作综述　289

四、第十一届冬残奥会　290

五、第三届亚洲残疾人运动会中国代表团总结报告　293

六、全国广泛组织开展第二届中国残疾人冰雪运动季活动　295

七、2018年残疾人体育主要赛事和活动　298

八、重要条目　300

附录一　我国优秀残疾人运动员在国际交流中发挥积极作用　301

附录二　关于授予谭玉娇等29名运动员国家残疾人运动员技术等级的通知　302

残疾人事业国际交流与合作

一、工作综述　303

二、重要条目　304

附录　张海迪与非洲驻华大使夫人共同出席"国际残疾人日"纪念活动　305

中国残联机关建设工作

一、党建工作综述　307

二、人事工作综述　309

第四编　中国残疾人联合会社团组织工作

残疾人事业发展研究会工作

一、领导讲话

程凯在残疾人事业发展研究会二届四次理事会、二届四次常务理事会工作上的总结讲话摘要　313

程凯在第十二届中国残疾人事业发展论坛开幕式上的致辞　314

二、工作综述　316

三、学术会议　319

四、科研项目　321

五、学术著作　323

六、学术论文　323

七、人才培养　324

中国残疾人康复协会工作　325

中国残疾人事业新闻宣传促进会工作

一、领导讲话

孙先德在中国残疾人事业新闻宣传促进会第五届全国理事会代表大会上的讲话　326

二、工作综述　328

三、2018年度残疾人事业十大新闻　331

四、重要条目　333

五、大事记　334

中国狮子联会工作

一、领导讲话

陕西省委常委、常务副省长梁桂在中国狮子联会第十三次全国会员代表大会上的致辞摘要　335

民政部社会组织管理局副巡视员张贞德在中国狮子联会第十三次全国会员代表大会上的致辞摘要　335

国际狮子会前总会长谭荣根在中国狮子联会第十三次全国会员代表大会上的致辞摘要　336

中国残联理事长周长奎在中国狮子联会第十三次全国会员代表大会上的讲话摘要　337

中国狮子联会会长贾勇在第十三次全国会员代表大会上的讲话摘要　337

中国残联主席张海迪在国际狮子会第57届东南亚年会开幕式上的致辞摘要　339

国际狮子会总会长古德龙·英格达德女士在国际狮子会第57届东南亚年会开幕式上的致辞摘要　339

二、联会规章

中国狮子联会章程　339

中国狮子联会工作规则　342

中国狮子联会会员行为准则　347

中国狮子联会监事会制度　348

中国狮子联会2019—2021年度选举办法　349

三、2017—2019年度工作总结　351

四、2017—2019年度财务报告　357

五、中国狮子联会第十三次全国会员代表大会概况　362

六、"精准扶贫"服务活动　362

七、重要条目　363

八、大事记　364

第五编 残疾人专门协会和社会工作

残疾人专门协会和社会工作 371
中国残联专门协会项目评估和财务监审委员会工作
一、领导讲话
周长奎在中国残联党组会议上的讲话 372
二、五年工作综述 372
二、2018 年工作综述 374
四、《清华大学残疾人企业家培训》项目评监报告 375
附录一 中国残联办公厅关于印发中国残联专门协会第二届项目评估和财务监审委员会组成人员名单的通知 375
附录二 吕世明在中国残联专门协会项目评估和财务监审委员会成立会议上的讲话 376
中国盲人协会工作
一、领导讲话
程凯在国家通用盲文全国骨干师资培训班上的讲话 378
二、中国盲人协会第六届委员会财务报告 378
三、工作综述 379
四、重要条目 381
五、大事记 381
附录一 中国盲协第七届委员会主席、副主席候选人有关情况的说明 382
附录二 盲人医疗按摩工作问题调研及建议（摘录） 383
附录三 视障人士支持性就业服务标准 386
中国聋人协会工作
一、中国聋人协会第六届委员会财务报告 398
二、工作综述 399
三、重要条目 400
四、大事记 401
中国肢残人协会工作
一、领导讲话
张海迪主席写给脊柱裂与脑积水防治知识大讲堂的寄语 402
二、政策规章
关于开展第九次全国肢残人活动日的通知 402
中国肢残人协会专门委员会工作制度 402
三、中国肢残人协会财务报告 403
四、工作综述 404
五、重要条目 406
六、大事记 407
附录 中国肢协：打造“重塑未来”公益项目 408
中国智力残疾人及亲友协会工作
一、中国智力残疾人及亲友协会第六届委员会财务报告 410
二、工作综述 411
三、唐氏综合征委员会 413
四、重要条目 414
五、大事记 414
中国精神残疾人及亲友协会工作
一、领导讲话
黄悦勤在2018年全国孤独症服务机构负责人联席会议上的讲话摘要 416
相自成在孤独症成年支持国际研讨会上的讲话摘要 417
二、中国精神残疾人及亲友协会第六届委员会财务报告 417
三、工作综述 419
四、重要条目 420
五、大事记 421
附录 民政部联合部署加快发展精神障碍社区康复服务工作 421

第六编 中国残疾人福利基金会工作

一、工作综述 425
二、中国残疾人福利基金会2018年度财务决算和2019年度财务预算报告 427
三、大事记 438

第七编 地方残疾人事业和残疾人工作

北京市残疾人事业和残疾人工作
一、领导讲话
副市长、市政府残工委主任王宁在2018年市政府残工委全体会议上的讲话摘要 445
二、政策法规文件
北京市残疾人精准帮扶专项行动计划（2018—2020年） 445
北京市100个残疾人帮扶性就业基地建设工作方案 446
北京市社会救助实施办法 446
关于进一步促进本市残疾人就业工作的若干措施 447
北京市残疾人康复服务办法（试行） 448
北京市残疾人康复服务办法（试行）实施细则 448
北京市残疾人康复机构备案办法（试行） 450
北京市养老机构运营补贴管理办法 451
北京市残疾人服务业发展指导意见 451
关于进一步加强社会救助家庭经济状况认定工作的指导意见 452
北京市关于完善残疾儿童康复服务制度的意见 452
北京市居家环境无障碍改造服务管理暂行办法 452
三、五年工作综述 453
四、2018 年工作综述 456
五、重要条目 458
六、大事记 459
附录一 北京市残疾人联合会第七届主席团名誉主席、主席、副主席 462
附录二 北京市“十三五”残疾人事业发展规划主要指标完成情况 462
附录三 智慧服务，智慧管理，开创北京市智慧残联建设新局面 463

天津市残疾人事业和残疾人工作
一、领导讲话
天津市副市长、市残联主席团主席曹小红在市残联第六届主席团第七次全体会议暨全市残联工作会议上的讲话摘要 465
天津市委副书记、市长、全国第十届残运会暨第七届特奥会筹委会主任张国清在全国第十届残运会暨第七届特奥会筹委会成立大会上的讲话摘要 466
市委常委、市委组织部部长、市残联主席团名誉主席喻云林在天津市残联第七次代表大会闭幕会上的讲话摘要 466
二、政策法规文件
关于印发《天津市2018年20项民心工程》的通知 467
天津市残疾人就业规定 467
天津市无障碍环境建设管理办法 469
天津市残疾儿童康复救助制度实施办法 470
关于建立低保低收入家庭中的残疾人生活用水、电、燃气补贴制度的通知 471
关于认真做好天津市残疾青壮年文盲扫盲工作的通知 471
关于调整我市超比例安排残疾人就业补贴奖励有关规定的通知 471
天津市残疾人辅助性就业工作的实施意见 472
三、五年工作综述 473
四、2018年工作综述 474
五、重要条目 477
六、大事记 478
附录一 天津市政府残工委主任、副主任 479
附录二 天津市残联执行理事会成员 479
河北省残疾人事业和残疾人工作
一、领导讲话
省委书记王东峰在河北省残联第七次代表大会上的讲话摘要 480
省委副书记赵一德在河北省残联第七次代表大会上的讲话摘要 481
副省长夏延军在河北省残联第七次代表大会上的致辞摘要 482
省长许勤在河北省第九届残疾人运动会暨第五届特殊奥林匹克运动会开幕式的致辞摘要 483
二、政策法规文件
河北省人民政府关于印发《河北省残疾儿童康复救助实施方案》的通知 483
河北省关于扶持残疾人自主就业创业的实施意见 484
河北省关于落实残疾人辅助性就业机构扶持政策的通知节选 485
三、工作综述 486
四、重要条目 488
五、大事记 489
附录 师振军理事长在河北省残疾人脱贫攻坚工作会议上的讲话 490
山西省残疾人事业和残疾人工作
一、领导讲话
省政府副秘书长张文栋在省残联第六届主席团第三次全体会议暨全省残联工作会议上的讲话摘要 492
省政府副省长、省残工委主任曲孝丽在省政府残工委贯彻国务院残工委关于建立残疾儿童康复救助制度工作电视电话会议上的讲话摘要 492
省政府副秘书长、第十一届残运会组委会执行主任张文栋在省第十一届残疾人运动会开幕式上的致辞 493
二、政策法规文件
山西省残疾儿童康复救助制度 493
三、五年工作综述 494
四、2018年工作综述 497
五、山西省残疾人联合会第七次代表大会
山西省残疾人联合会第七次代表大会开幕 498
山西省残疾人联合会第七次代表大会代表、主席团委员和选举结果 499
省委常委、组织部部长吴汉圣在山西省残联第七次代表大会开幕式上的讲话摘要 499
省政府副省长、省残联第七届主席团主席曲孝丽在省残联第七次代表大会闭幕式上的讲话摘要 499
六、重要条目 500
七、大事记 501
内蒙古自治区残疾人事业和残疾人工作
一、领导讲话
内蒙古自治区党委书记李纪恒在自治区残联第七次代表大会上的讲话摘要 503
二、政策法规文件
内蒙古自治区无障碍环境建设办法 503
内蒙古自治区人民政府关于建立残疾儿童康复救助制度的实施意见 505
关于印发内蒙古自治区为一二级重度残疾人购买意外伤害保险实施方案的通知 506
三、工作综述 506
四、重要条目 507
五、大事记 508
辽宁省残疾人事业和残疾人工作
一、领导讲话
省委书记、省人大常委会主任陈求发在辽宁省残联第七次代表大会上的讲话摘要 511
副省长、省残联主席崔枫林在辽宁省残联第七次代表大会闭幕式上的讲话摘要 512
二、政策法规文件
关于打赢脱贫攻坚战三年行动的实施意见 513
关于印发《辽宁省打好精准脱贫攻坚战三年专项行动方案(2018—2020年)》的通知 514
三、五年工作综述 515
四、2018年工作综述 516
五、重要条目 519
六、大事记 522
吉林省残疾人事业和残疾人工作
一、领导讲话
省委书记巴音朝鲁在吉林省残联第七次代表大会开幕式上的讲话摘要 523
副省长李悦在吉林省残联第七次代表大会闭幕式上的讲话摘要 523
二、政策法规文件
吉林省第二期特殊教育提升计划(2017—2020年) 524

吉林省残联落实省政府全面推进“只跑一次”改革工作实施方案 525
吉林省“省级残疾人职业培训基地”培训服务规范（试行） 526
吉林省农村贫困残疾人产业扶持项目实施方案（2018—2020年） 526
关于建立残疾儿童康复救助制度的实施意见 527
三、工作综述 527
四、重要条目 529
五、大事记 529
附录一 吉林省残疾人联合会第七届执行理事会 531
附录二 全面建成小康社会，残疾人一个也不能少 531

黑龙江省残疾人事业和残疾人工作

一、领导讲话
省委书记、省人大常委会主任张庆伟在接见全省参加平昌冬奥会、冬残奥会的运动员、教练员和工作人员代表时的讲话摘要 533
副省长、省残联主席程志明出席黑龙江省贯彻落实建立残疾儿童康复救助制度电视电话会议时的讲话摘要 533
吕世明在黑龙江省残联系统推进贫困残疾人脱贫攻坚工作会议上的讲话摘要 533
副省长贾玉梅在全省贫困残疾人脱贫攻坚工作推进会议上的讲话 535
二、政策法规文件
关于印发《关于开展建档立卡因残致贫户“一问四送一响应”工作实施方案》的通知 535
关于印发《关于着力解决因残致贫家庭突出困难的实施方案》的通知 536
三、黑龙江省残疾人联合会第七次代表大会 537
四、五年工作综述 538
五、2018年工作综述 539
六、重要条目 540
七、大事记 541

上海市残疾人事业和残疾人工作

一、领导讲话
上海市副市长、市政府残工委主任彭沉雷在市政府残工委（扩大）会议暨表彰工作会上的讲话摘要 543
二、政策法规文件
关于调整本市残疾少年儿童康复救助补贴标准的通知 543
关于调整本市残疾人居家养护补贴标准的通知 544
关于实施《上海市残疾人就业保障金征收使用管理实施办法》有关问题的通知 544
关于实施残疾人机动（电动）轮椅车置换及购置有关事项的通知 544
关于转发《关于做好残疾人家庭医生签约服务工作的通知》的通知 544
上海市人民政府关于本市建立残疾儿童康复救助制度的实施意见 544
三、五年工作综述 544
四、2018年工作综述 546
五、重要条目 550
六、大事记 551

江苏省残疾人事业和残疾人工作

一、领导讲话
省委常委、省委组织部部长郭文奇在残疾人光伏扶贫项目启动仪式上的讲话摘要 555
省委书记娄勤俭在省残联第七次代表大会开幕式上的讲话摘要 556
二、政策法规文件
关于完善残疾儿童康复救助制度的实施意见 558
关于为省扶贫开发6个重点片区农村贫困残疾人家庭建立分布式光伏电站项目的实施方案 558
省残联、省农垦集团关于调整省级光伏助残扶贫项目实施方案的请示 559
江苏省残疾人辅助器具适配补贴办法 560
关于打赢打好残疾人脱贫攻坚战三年行动的实施办法 562
江苏省贫困残疾人家庭无障碍改造示范样板户建设工作方案 562
三、五年工作综述 563
四、2018年工作综述 565
五、重要条目 566
六、大事记 567
附录 江苏省“十三五”残疾人事业发展规划主要指标完成情况 568

浙江省残疾人事业和残疾人工作

一、领导批示与讲话
省委书记、省人大常委会主任车俊关于召开2018年省政府残工委工作会议暨省残联主席团全体会议的批示 569
省长袁家军关于召开2018年省政府残工委工作会议暨省残联主席团全体会议的批示 569
副省长、省政府残工委主任王文序在省政府残工委工作会议暨省残联主席团全体会议上的讲话摘要 569
省领导在省残联政务信息专报《我省启动“百位名家助力特殊教育”大型公益活动》上的批示 570
省委书记车俊在浙江省残联第七次代表大会开幕会上的讲话摘要 570
省委组织部部长黄建发在浙江省残疾人联合会第七次代表大会闭幕会上的讲话摘要 571
省长袁家军在亚残奥会函件《杭州市成为2022年亚洲残疾人运动会主办城市》上的批示 571
二、政策法规文件
浙江省实施《无障碍环境建设条例》办法 571
浙江省人民政府关于完善残疾儿童康复服务制度的实施意见 573
关于开展重度残疾人托养照护服务质量评估工作的指导意见 573
关于印发浙江省慈善助残危房改造项目实施方案的通知 574
关于印发浙江省残疾人基本型辅助器具服务实施办法的通知 575
三、工作综述 576
四、重要条目 577
五、大事记 578

安徽省残疾人事业和残疾人工作
一、领导讲话
省委书记李锦斌在安徽省残联第七次代表大会开幕式上的讲话摘要 581
副省长、残工委主任张曙光在安徽省残联第七次代表大会闭幕式上的讲话摘要 581
二、政策法规文件
安徽省人民政府关于建立残疾儿童康复救助制度的实施意见 582
安徽省着力解决因残致贫家庭突出困难的实施方案 582
安徽省助盲就业脱贫行动实施方案 583
安徽省残疾人之家（工作站）配置建设实施办法 584
三、五年工作综述 585
四、2018 年工作综述 587
五、重要条目 591
六、大事记 592
福建省残疾人事业和残疾人工作
一、领导讲话
副省长洪捷序在2018 年全省残联工作会议上的讲话摘要 594
副省长郑建闽在第十四届世界盲人联盟亚太区按摩研讨会开幕式上的讲话摘要 595
省委书记于伟国在福建省残联第七次代表大会开幕式上的讲话摘要 595
省委常委周联清在福建省残联第七次代表大会闭幕式上的讲话摘要 596
二、政策法规文件
关于进一步落实政府采购支持残疾人就业政策的通知 596
关于印发福建省推进基本公共服务均等化行动计划的通知 597
关于印发《福建省残疾儿童康复救助办法》的通知 598
关于残疾人辅助性就业机构扶持办法的通知 598
省教育厅等八部门《关于印发〈福建省第二期特殊教育提升计划（2018—2020 年）〉的通知》（闽教基〔2018〕87 号）解读 599
关于进一步做好支出型贫困家庭最低生活保障工作的通知 600
三、工作综述 600
四、重要条目 602
五、大事记 603
附录 福建省“十三五”加快残疾人小康进程规划主要指标完成情况 604
江西省残疾人事业和残疾人工作
一、领导批示
省领导在《江西省残联关于2018 年工作总结及2019 年主要工作安排的汇报》上的批示 605
二、政策法规文件
关于建立残疾儿童康复救助制度的实施意见 605
三、五年工作综述 606
四、2018 年工作综述 607
五、大事记 613
山东省残疾人事业和残疾人工作
一、领导讲话
副省长孙继业在省康复研究中心和省听力语言康复中心调研时的讲话摘要 615
省委常委、组织部部长杨东奇在山东麦德森文化传媒有限公司调研时的讲话摘要 615
省人大常委会副主任王良在省康复研究中心和省听力语言康复中心调研时的讲话摘要 615
省委书记、省人大常委会主任刘家义在省残联第七次代表大会上的讲话摘要 615
省委副书记杨东奇在省残联第七届主席团第一次全体会议上的讲话摘要 616
副省长孙继业在省残联第七次代表大会闭幕式上的讲话摘要 617
二、政策法规文件
山东省残疾人就业办法 617
关于建立残疾儿童康复救助制度的通知 619
关于印发《山东省残疾预防行动计划（2018—2020 年）》的通知 620
关于印发《山东省“共享阳光·残疾人就业创业工程”推进实施方案》的通知 621
关于印发《山东省扶贫开发领导小组成员单位及有关省直单位打赢脱贫攻坚战三年行动工作方案》的通知 623
关于调整残疾人“两项补贴”标准的通知 624
三、工作综述 624
四、重要条目 626
五、大事记 627
附录 济南市历城区坚持党建引领推动基层残疾人工作落实落地 628
河南省残疾人事业和残疾人工作
一、领导讲话
省委书记王国生在河南省残联第七次代表大会上的讲话摘要 630
副省长戴柏华在河南省残联第七次代表大会闭幕式上的讲话摘要 630
二、政策法规文件
河南省残疾儿童康复救助实施办法 631
打赢脱贫攻坚战三年行动计划开展扶贫助残行动实施方案 632
三、五年工作综述 633
四、2018 年工作综述 635
五、重要条目 637
六、大事记 638
附录一 中国残联办公厅工作通报第 22 期 639
附录二 上蔡县喜获 2018 年全国脱贫攻坚组织创新奖荣誉称号 643
湖北省残疾人事业和残疾人工作
一、领导讲话
省长王晓东在湖北省第十三届人民代表大会第一次会议上的政府工作报告摘要 644
省委书记、省人大常委会主任蒋超良在省残联第七次代表大会开幕式上的讲话摘要 644
副省长、省政府残工委主任、省残联主席童道驰在省残联第七次代表大会闭幕式上的讲话摘要 644
二、政策法规文件
湖北省特殊教育学校职业教育培训扶助项目实施方案 645

2018 年湖北省残疾人专项康复救助项目实施方案 645
湖北省第二期特殊教育提升计划（2018—2020 年） 646
湖北省助盲就业脱贫行动实施方案 647
湖北省残疾儿童康复救助制度 648
湖北省人口发展规划（2018—2030 年） 649
三、五年工作综述 649
四、2018 年工作综述 651
五、重要条目 653
六、大事记 653
湖南省残疾人事业和残疾人工作
一、领导讲话
省委副书记乌兰在湖南省残联第七次代表大会上的讲话摘要 655
省委副书记、省长许达哲在省人民政府第 18 次常务会议上关于《湖南省人民政府关于建立残疾儿童康复救助制度的实施意见》的讲话摘要 655
二、政策法规文件
关于进一步规范残疾评定工作的通知 655
第二期特殊教育提升计划实施方案（2018—2020 年） 656
湖南省残疾人康复工作三年行动计划（2018—2020 年） 656
湖南省着力解决因残致贫家庭突出困难的工作措施 656
湖南省电子商务助残扶贫工程行动方案（2017—2020 年） 656
湖南省 2018 年残疾人“两项补贴”重点民生实事项目实施方案 656
湖南省残疾人家庭医生签约服务工作实施意见 656
湖南省残疾人职业技能提升培训实施办法 657
三、工作综述 657
四、重要条目 659
五、大事记 659
广东省残疾人事业和残疾人工作
一、领导批示
副省长黄宁生对广东省残联 2018 年工作情况的批示 661
二、政策法规文件
广东省实施《中华人民共和国残疾人保障法》办法 661
关于印发广东省第二期特殊教育提升计划的通知 662
广东省人民政府办公厅关于印发广东省残疾儿童康复救助实施办法的通知 662
关于促进残疾人自主就业创业的实施意见 663
关于 2019 年起提高我省残疾人“两项补贴”标准和扩大重度残疾人护理补贴范围的通知 663
关于印发广东省残疾人基本型辅助器具适配补贴实施办法的通知 664
关于《“南粤扶残助学工程”实施办法（暂行）》的补充通知 664
三、工作综述 664
四、重要条目 667
五、大事记 668
广西壮族自治区残疾人事业和残疾人工作
一、领导讲话与批示
自治区党委书记鹿心社在广西残联第七次代表大会开幕式上的讲话摘要 670
自治区副主席、广西残联第七届主席团主席方春明在广西残联第七次代表大会闭幕式上的讲话摘要 670
中国残联党组成员、副理事长程凯在《广西残疾人脱贫攻坚工作 2018 年情况汇报》上的批示 671
二、政策法规文件
关于印发广西残疾儿童康复救助实施办法的通知 671
关于进一步做好成年无业重度残疾人和三、四级精神智力残疾人最低生活保障工作的指导意见 672
关于提高全区残疾人“两项补贴”标准和扩大重度残疾人护理补贴对象范围的通知 672
关于印发广西壮族自治区个体工商户和灵活就业残疾人参加企业职工基本养老保险补贴办法的通知 673
三、五年工作综述 674
四、2018 年工作综述 678
五、重要条目 680
六、大事记 680
海南省残疾人事业和残疾人工作
一、领导讲话
省委书记刘赐贵在海南省残联第七次代表大会上的讲话摘要 683
副省长、省政府残工委主任苻彩香在海南省残联第七次代表大会上的讲话摘要 684
二、政策法规文件
海南省人民政府关于印发海南省残疾儿童康复救助实施办法的通知 685
海南省人民政府办公厅关于加快发展康复辅助器具产业的实施意见 685
三、五年工作综述 686
四、2018 年工作综述 688
五、重要条目 690
六、大事记 690
附录 海南省“十三五”残疾人事业发展规划主要指标完成情况 691
四川省残疾人事业和残疾人工作
一、领导批示与讲话
副省长叶壮对省残联工作的批示 692
省委副书记邓小刚对全省残联工作的批示 692
省委书记彭清华在四川省残联第七次代表大会开幕式上的讲话摘要 692
省委副书记邓小刚在四川省残联第七次代表大会闭幕式上的讲话摘要 693
二、政策法规文件
四川省人民政府关于建立残疾儿童康复救助制度的实施意见 693
三、五年工作综述 694
四、2018 年工作综述 696
五、大事记 698
附录一 沙马友古在全国贫困残疾人脱贫攻坚工作培训班上的讲话：下足“绣花”功夫，决战决胜脱贫攻坚 699
附录二 四川省残联执行理事会成员 701

重庆市残疾人事业和残疾人工作
一、领导讲话
重庆市委常委、组织部部长胡文容在重庆市残联第五次代表大会闭幕会上的讲话摘要 702
重庆市副市长潘毅琴在重庆市残联第五次代表大会闭幕会上的讲话摘要 703
二、政策法规文件
关于印发重庆市残疾儿童康复救助制度实施办法的通知 704
关于印发重庆市残疾人联合会专门协会管理办法（试行）的通知 705
三、工作综述 706
四、大事记 709
贵州省残疾人事业和残疾人工作
一、领导讲话与批示
副省长、省政府残工委主任魏国楠在2018年省政府残工委全体会议上的讲话摘要 711
副省长、省政府残工委主任魏国楠在听取省残联工作汇报上的讲话摘要 711
省委书记孙志刚在贵州省残联第七次代表大会上的讲话 711
中国残联党组成员、副理事长相自成在调研贵州省康复医院和贵州特教中职校时的讲话摘要 713
副省长、省政府残工委主任魏国楠在《省残联关于对2018年12月3日部分盲人集中到省群访事件处置情况的报告》文件上的批示 713
副省长王世杰在听取省残联工作汇报时的讲话摘要 713
二、政策法规文件
贵州省残疾人就业扶贫资金变农村残疾人股金扩大试点工作的实施方案 713
贵州省扶持安置残疾人就业企业试点工作方案 713
贵州省残疾预防行动计划（2018—2020年） 714
关于支持视力、听力、言语残疾人信息消费的实施办法 714
贵州省扶持残疾人辅助性就业机构暂行办法 714
关于打赢残疾人脱贫攻坚战三年行动发起总攻夺取全胜的实施方案 715
贵州省残疾儿童康复救助办法 715
三、五年工作综述 716
四、2018年工作综述 717
五、重要条目 718
六、大事记 719
云南省残疾人事业和残疾人工作
一、领导讲话
省委书记、省人大常委会主任陈豪在云南省残联第七次代表大会上的讲话摘要 721
省政府副省长、省政府残工委主任和良辉在云南省残联第七次代表大会闭幕式上的讲话摘要 721
二、政策法规文件
云南省人民政府关于建立残疾儿童康复救助制度的实施意见 722
三、工作综述 723
四、重要条目 725
五、大事记 726
西藏自治区残疾人事业和残疾人工作
一、领导讲话
自治区党委常务副书记、自治区政协党组书记丁业现在自治区党委残联工作专题会议上的讲话摘要 728
自治区党委常委、自治区政府常务副主席罗布顿珠在全区残联工作会议上的讲话摘要：用真心、用真情服务好每一位残疾人 728
自治区党委书记吴英杰在自治区残疾人联合会第七次代表大会上的讲话摘要 729
二、政策法规简述 731
三、工作综述 732
四、大事记 734
陕西省残疾人事业和残疾人工作
一、领导讲话与批示
省委书记胡和平在陕西省残联第七次代表大会开幕式上的讲话摘要 737
省委常委、常务副省长、省政府残工委主任梁桂在陕西省残联第七次代表大会闭幕式上的讲话摘要 737
二、政策法规文件
关于扶持残疾人自主就业创业工作的实施意见 738
陕西省按比例安排残疾人就业办法 738
关于开展困难残疾人生活补贴和重度残疾人护理补贴绩效评估的通知 738
关于困难残疾人生活补贴和重度残疾人护理补贴绩效评估工作情况的通报 738
关于印发《助盲就业脱贫行动实施方案》的通知 738
陕西省人民政府关于建立残疾儿童康复救助制度的实施意见 738
关于做好残疾人家庭医生签约服务工作的通知 739
陕西省“十三五”推进基本公共服务均等化规划 740
陕西省人民政府办公厅关于制定和实施老年人照顾服务项目的意见 740
陕西省《中华人民共和国残疾人证管理办法》实施细则 740
三、五年工作综述 741
四、2018年工作综述 742
五、重要条目 744
六、大事记 745
甘肃省残疾人事业和残疾人工作
一、领导讲话
副省长、省政府残工委主任何伟在2018年全省残疾人工作会议暨省残联第六届主席团第五次全体会议上的讲话摘要 749
省委书记、省人大常委会主任林铎在甘肃省残联第七次代表大会开幕式上的讲话摘要 750
副省长、省政府残工委主任、省残联主席何伟在甘肃省第六届残疾人职业技能竞赛开幕式上的讲话致辞摘要 751
二、政策法规文件
甘肃省人民政府关于建立残疾儿童康复救助制度的实施意见 752
2018年助残扶贫康复项目实施方案 752
甘肃省人民政府办公厅关于印发甘肃省农村危房改造三年攻坚实施方案（2018—2020年）的通知 753

甘肃省人民政府办公厅关于进一步完善困难残疾人生活补贴和重度残疾人护理补贴制度的通知 753
关于印发《甘肃省助盲就业脱贫行动实施细则》的通知 753
三、五年工作综述 754
四、2018 年工作综述 756
五、大事记 758
附录 甘肃省“十三五”残疾人事业发展规划主要指标完成情况 761

青海省残疾人事业和残疾人工作

一、领导讲话
省委书记王建军在青海省残联第七次代表大会开幕式上的讲话摘要 762
副省长匡湧在省残联第六届主席团第九次全体会议上的讲话摘要 763
副省长匡湧在省政府残疾人工作委员会全体（扩大）会议上的讲话摘要 764
中国残联副理事长程凯在援青省市对口支援残疾人脱贫攻坚工作座谈会上的讲话 765
二、政策法规文件
青海省残疾人事业支援帮扶工作实施意见 765
青海省残疾人自主就业创业扶持资金使用管理办法 767
关于支持视力、听力、言语残疾人信息消费工作的通知 768
青海省关于扶持残疾人自主就业创业的实施意见 769
青海省人民政府关于建立残疾儿童康复救助制度的实施意见 770
青海省残疾儿童康复救助制度定点机构准入标准和服务规范（试行） 771
青海省人民政府办公厅关于印发2018 年民生实事工程及任务分工的通知 772
关于进一步加强和改进残疾人专职委员公益性岗位开发管理工作的通知 772
三、五年工作综述 772
四、2018 年工作综述 774
五、重要条目 776
六、大事记 777

宁夏回族自治区残疾人事业和残疾人工作

一、领导讲话
自治区党委书记石泰峰在自治区残联第七次代表大会上的讲话摘要 779
自治区党委副书记、残联名誉主席姜志刚在自治区残联第七次代表大会上的讲话摘要 780
二、政策法规文件
宁夏回族自治区人民政府关于贯彻落实《残疾预防和残疾人康复条例》的实施意见 780
宁夏回族自治区人民政府关于建立残疾儿童康复救助制度的实施意见 782
宁夏回族自治区 7—14 岁残疾儿童康复救助实施办法 783
宁夏回族自治区残疾人职业康复项目实施办法（试行） 783
宁夏残疾人职业技能培训项目管理办法（暂行） 784
三、工作综述 784
四、重要条目 785
五、大事记 786

新疆维吾尔自治区残疾人事业和残疾人工作

一、领导讲话
自治区党委副书记、自治区人民政府主席雪克来提·扎克尔在自治区残联第七次代表大会上的讲话摘要 788
二、政策法规文件
关于建立残疾儿童康复救助制度的实施意见 788
关于印发自治区残疾儿童康复救助定点机构准入标准的通知（试行） 789
三、工作综述 799
四、新疆维吾尔自治区残疾人联合会第七次代表大会 800
五、大事记 800
附录 新疆维吾尔自治区残联第七届主席团 801

新疆生产建设兵团残疾人事业和残疾人工作

一、领导讲话
兵团残联第六次代表大会举行 802
自治区政协副主席，兵团党委副书记、副政委孔星隆在兵团残疾人联合会第六次代表大会闭幕式上的讲话摘要 802
二、政策法规文件
关于建立残疾儿童康复救助制度的实施意见 803
三、工作综述 804
四、大事记 805

黑龙江垦区残疾人事业和残疾人工作

一、工作综述 807
二、重要条目 808
三、大事记 809
附录 七星点亮残疾人“微心愿” 809

第八编　中国残疾人联合会直属单位工作

中国康复研究中心

一、工作综述 813
二、重要条目 817
二、大事记 817

中国听力语言康复研究中心

一、工作综述 819
二、大事记 823
附录 张海迪出席中国听力语言康复研究中心与台湾雅文儿童听语文教基金会签约仪式 823

华夏出版社

一、政策文件
中国残联办公厅关于《中国残疾人事业大事编年》修订续编工作的通知 824
二、工作综述 824
三、大事记 826

华夏时报社

一、工作综述 827
二、重要条目 829

中国盲文出版社

一、工作综述 831
二、重要条目 833
三、大事记 833
附录 “知法于心，守法于行”盲人演讲比赛在京举办 835

中国残疾人艺术团
一、领导讲话
张海迪视察中国残疾人特殊艺术指导中心时的讲话 836
二、工作综述 836
三、大事记 837
附录 中国残疾人艺术团平昌冬残奥会闭幕式北京文艺表演侧记——2022 我要飞 838
中国残疾人体育运动管理中心
一、领导讲话
王梅梅在“冬残奥运动员运动表现提升的关键技术”项目启动会议的讲话 840
二、工作综述 841
三、重要条目 842
四、大事记 843
中国残联就业服务指导中心
一、政策文件
关于印发《国家级残疾人职业培训基地培训服务规范与培训服务评估指标体系》的通知 853
二、工作综述 858
三、重要条目 860
四、大事记 860
中国残疾人杂志社
一、工作综述 862
二、《中国残疾人》策划报道工作 863
三、《三月风》编辑工作 864
四、《盲人月刊》报道编辑工作 865
五、中国残疾人网站 866
中国残联华夏文化集团 867
中国残疾人辅助器具中心
一、领导讲话
贾勇在世界卫生组织大会辅助器具主题边会上的主旨发言摘要 869
二、工作综述 869
三、重要条目 871
四、大事记 871
北京按摩医院
一、工作综述 874
二、大事记 875
中国残联信息中心
一、工作综述 877
二、大事记 878

第九编 2018年中国残疾人事业发展统计公报

2018 年中国残疾人事业发展统计公报 879

第十编 2018年中国残疾人事业和残疾人工作大事记

2018 年中国残疾人事业和残疾人工作大事记 885

I 第一编　重要文献
IMPORTANT LITERATURE

一、党和国家的关心与关注

习近平在中共中央政治局第九次集体学习时强调 加强领导，做好规划，明确任务，夯实基础，推动我国新一代人工智能健康发展

新华社北京10月31日电　中共中央政治局10月31日下午就人工智能发展现状和趋势举行第九次集体学习。中共中央总书记习近平在主持学习时强调，人工智能是新一轮科技革命和产业变革的重要驱动力量，加快发展新一代人工智能是事关我国能否抓住新一轮科技革命和产业变革机遇的战略问题。要深刻认识加快发展新一代人工智能的重大意义，加强领导，做好规划，明确任务，夯实基础，促进其同经济社会发展深度融合，推动我国新一代人工智能健康发展。

习近平指出，要加强人工智能同保障和改善民生的结合，从保障和改善民生、为人民创造美好生活的需要出发，推动人工智能在人们日常工作、学习、生活中的深度运用，创造更加智能的工作方式和生活方式。要抓住民生领域的突出矛盾和难点，加强人工智能在教育、医疗卫生、体育、住房、交通、助残养老、家政服务等领域的深度应用，创新智能服务体系。

总书记十分关心残疾人的就业和生活（节选）

深圳新闻网讯　10月24日中午，习近平总书记在龙华区北站社区党群服务中心考察时，从小身患小儿麻痹的张莹莹正在中心24小时自助图书馆内看书。总书记十分关心残疾人的就业和生活，与张莹莹进行了亲切交流。

总书记向张莹莹询问，目前深圳残疾人就业的情况和生活状况，以及张莹莹从事什么工作。张莹莹表示，目前政府部门和企业单位都有针对残疾人就业的帮扶计划，为残疾人融入社会提供便利，同时对残疾人在衣食住行等方面都给予了极大的照顾，仅她居住的龙悦居保障房就有300多户残疾人，而且屋内都配备了齐全的无障碍设施。

当听闻张莹莹是深圳市雨燕残疾人关爱事业发展中心的负责人时，引起了总书记的极大兴趣，总书记问张莹莹，该机构是不是慈善组织，主要从事什么工作，如何帮助和推动残疾人就业时，张莹莹表示，该中心是非营利性社会组织，承接了政府项目，通过开展培训、与企业对接等，多元化帮助残疾人平等参与社会生活，实现“就业一人，幸福一家”。

“没想到总书记这么关心我们残疾人，我们深受鼓舞。而且总书记用的称谓是‘残疾人朋友’，这让我很感动。”张莹莹告诉记者，截至目前，该中心已经帮助2000多名残疾人成功就业，包括中国移动话务员、电脑图片处理等多个居家就业岗位，未来他们还将致力于创办残疾人创业孵化基地，以创业带动残疾人就业。（张尉心　杨明铭）

中国残疾人联合会第七次全国代表大会在京开幕 习近平、李克强、栗战书、汪洋、王沪宁、赵乐际到会祝贺，韩正代表党中央、国务院致辞

新华社　2018年9月14日

新华社北京9月14日电（记者张晓松、罗争光）中国残疾人联合会第七次全国代表大会14日上午在北京人民大会堂开幕。习近平、李克强、栗战书、汪洋、王沪宁、赵乐际等党和国家领导人到会祝贺，韩正代表党中央、国务院致辞。

雄伟的人民大会堂大礼堂气氛庄重而热烈。主席台上方悬挂着“中国残疾人联合会第七次全国代表大会”的会标，

后幕正中的中国残联会徽格外醒目，10 面红旗分列两侧。二楼眺台上悬挂着“紧密团结在以习近平同志为核心的党中央周围，坚持以习近平新时代中国特色社会主义思想为指导，开创新时代残疾人事业新局面，团结带领残疾人兄弟姐妹创造美好生活！”巨型横幅。来自全国各地的600多名代表，肩负着8500万残疾人的重托出席大会。

上午9时30分，中共中央总书记、国家主席、中央军委主席习近平等步入会场，全场响起热烈的掌声。

大会在雄壮的中华人民共和国国歌声中开幕。

韩正代表党中央、国务院发表了题为《在新时代的伟大征程中创造残疾人更加幸福美好的新生活》的致辞。韩正首先向大会的召开表示热烈祝贺，向全国广大残疾人、残疾人亲友和残疾人工作者致以亲切问候。

韩正在致辞中说，党的十八大以来，我国残疾人事业取得历史性进展和显著成就。习近平总书记对残疾人和残疾人事业发展提出了一系列明确要求，为新时代中国特色残疾人事业发展指明了前进方向，提供了根本遵循。我们要以习近平新时代中国特色社会主义思想为指引，坚持树立正确的价值理念，坚守弱有所扶的原则立场，完成决胜全面建成小康社会的关键任务，促进残疾人全面发展和共同富裕，把推进残疾人事业当作分内责任，在实现中国梦的伟大征程中创造残疾人更加幸福美好的新生活。

韩正表示，各级党委和政府要高度重视残疾人事业，全社会要携手残疾人共同走向美好未来，各级残联要切实履行职责，广大残疾人要自觉将个人理想和中国梦紧密相连，奋力开创新时代残疾人事业发展新局面。

共青团十八届中央书记处第一书记贺军科代表中华全国总工会、中国共产主义青年团中央委员会、中华全国妇女联合会、中国文学艺术界联合会、中国作家协会、中国科学技术协会、中华全国归国华侨联合会、中华全国台湾同胞联谊会向大会致贺词。贺词指出，各群团组织要持续加强思想政治引领，积极服务党和国家工作大局，切实增强与群众的密切联系，坚定不移地深化自身改革，认真贯彻新时代党的建设总要求，为实现中国梦不懈奋斗。

中国残联主席张海迪代表中国残联第六届主席团向大会做了题为《以习近平新时代中国特色社会主义思想为指引 团结带领残疾人兄弟姐妹共奔美好小康生活》的工作报告。

部分中共中央政治局委员，全国人大常委会、国务院、全国政协、中央军委有关领导同志出席会议。

中央和国家机关有关部门、军队有关单位、各民主党派中央、全国工商联、各人民团体、北京市负责同志，中国残联第七次全国代表大会代表等共约3000人参加开幕式。

李克强主持召开国务院常务会议 决定进一步减少涉企收费，降低实体经济成本等（节选）

中国政府网　2018 年 4 月 4 日

国务院总理李克强4月4日主持召开国务院常务会议，决定进一步减少涉企收费，降低实体经济成本；听取宽带网络提速降费工作汇报，推动数字经济发展和信息消费；确定支持留学回国人员创业创新措施，更大力度吸引人才。

为落实党中央部署和《政府工作报告》要求，进一步清理规范涉企收费，减轻市场主体负担，会议确定……四是将企业缴纳的残疾人就业保障金标准上限从不超过当地社会平均工资3倍降至不超过2倍。政府要继续做好保障残疾人就业工作。

李克强主持召开国务院常务会议 确定进一步积极有效利用外资的措施等（节选）

中国政府网　2018 年 5 月 30 日

国务院总理李克强5月30日主持召开国务院常务会议，确定进一步积极有效利用外资的措施，推动扩大开放促进经济升级；决定较大范围下调日用消费品进口关税，更好满足群众多样化消费需求；部署建立残疾儿童康复救助制度，给他们更多帮扶和关爱。

为更好保障广大残疾儿童权益、促进社会文明进步，会议决定，建立残疾儿童康复救助制度，从今年10月1日起，对符合条件的0—6岁视力、听力、言语、肢体、智力等残疾儿童和孤独症儿童，包括经济困难家庭、福利机构收养的残疾儿童和残疾孤儿等，提供手术、辅助器具配置和康复训练等救助。救助经费纳入县级以上地方政府预算，中央财政给予适当补助。到2020年基本实现残疾儿童应救尽救。

李克强 在全国教育大会上的讲话（节选）

2018 年 9 月 10 日

要重视发展学前教育、高中阶段教育和民族教育、特殊教育、继续教育等各类教育。

中共中央政治局委员、广东省委书记李希在接见广东省残联第七次代表大会全体代表时的讲话摘要

2018 年 8 月 28 日

习近平总书记在 2018 年 3 月 7 日参加广东代表团审议的时候，要求广东走在全国的前列，在体制机制、现代化经济体系、全面开放新格局、社会治理格局等方面都提出了要求，“四个走在全国前列”当然也包括残疾人事业。省委省政府将一如既往地按照习近平新时代中国特色社会主义思想的要求，把残疾人事业放在更加重要的位置。

残联要发挥好责任主体作用，关心关爱残疾人，用情用心做好残疾人工作。残疾人要敢于面对挑战，战胜人生困难，创造幸福美满的生活。要在全社会营造尊重、支持、帮助、爱护残疾人的氛围，落实到工作中、生活中，包括乘车、行走等日常生活方面。党委和政府要做得更实、更具体，让残疾人朋友们共享新时代美好的人生。

中共中央政治局委员、上海市委书记李强在上海市残联第七次代表大会开幕式上的讲话摘要

2018 年 6 月 26 日

五年来，全市各级残联组织和广大残疾人工作者始终把实现好、维护好、发展好残疾人利益作为第一责任，认真履行职能，不断优化残疾人平等参与社会生活、共享发展成果的社会环境，在残疾人康复训练、就业创业、文化教育、扶贫解困等方面做了大量的卓有成效的工作，推动上海残疾人事业取得了长足发展和进步。全市广大残疾人朋友自强不息、顽强拼搏，自觉融入时代发展大潮，克服了常人难以想象的困难，以乐观、坚强展现生命的力量和价值，以一技之长服务城市的发展和进步。在国内外重大文体赛事当中，我们的残疾人为国家和上海争金夺银。在不同的领域、不同的岗位上，涌现出了大批自强的楷模和时代的先锋，赢得了全社会的尊重和喝彩，全市人民都为他们感到骄傲！

新时代中国特色社会主义的伟大实践，为我国残疾人事业的繁荣发展创造了有利条件和新的机遇，也为广大残疾人朋友提供了更加广阔的发展空间。让我们携起手来、凝心聚力，在实现人生梦想的同时，共同推动中国梦的早日实现。在实现中国梦的伟大实践中团结带领、支持帮助广大残疾人创造更加美好的生活。

下面，我想提几点具体要求：

第一，希望广大残疾人朋友更加勇敢地迎接生活挑战，更加坚强地为实现梦想而努力。幸福都是奋斗出来的，残疾人中蕴含着巨大潜能和创造力，是建设中国特色社会主义的重要支撑。一是做生活的强者，始终保持一份乐观豁达的心态，不断激发直面磨难的勇气，用信心放飞梦想、用微笑拥抱生活、用奋斗体现价值。积极适应社会、融入社会，更加热爱生活，勇敢战胜挫折，活出精彩，真正成为时代和生活的强者。二是做逆境成长的楷模，自觉把自己的人生梦想和国家发展、社会进步结合起来，从容自立、坚韧自信、奋发自强。更加热爱学习，努力充实自己，不断提高本领，用知识和奋斗改变命运、成就梦想、体现价值、赢得尊敬。三是做传递正能量的使者，以身残志坚、自强不息的实践行动，激励全社会奋发进取；以爱心善心的传递，感染更多身边的人，让整个社会充满暖意，让整座城市更有温度。

第二，希望各级残联组织不断提高服务能力和水平，成为充满温暖、值得信赖的残疾人之家。各级残联是党和政府联系广大残疾人的桥梁和纽带，要真正发挥作用，赢得信赖和支持，就必须全面把握时代要求，充分发扬优良传统，不断增强履职的能力和水平。要坚持正确方向，坚持党的领导，坚决维护习近平总书记在党中央和全党的核心地位。坚决维护党中央权威和集中统一领导，坚决把党中央和总书记关于残疾人事业发展的指示要求贯彻落实好，更好地团结带领广大残疾人坚定不移跟党走。要紧扣基本职责，全心全意为残疾人服务，着力做好残疾人权益保障工作，时刻把残疾人的冷暖放在心上，千方百计为广大残疾人解难题、办实事、谋福祉。从细微处着眼，在求实效上用力，把党和政府的关怀送到残疾人的心坎上，让残疾人之家更温暖、更可靠。让广大残疾人工作者真正成为残疾人信得过、靠得住、离不开、找得到的好朋友、贴心人。要持续深化改革，坚持“去四化、增三性”，在把方向、优职能、提能力、建机制、改作风、增活力上下更大的功夫，努力把各级残联组织建设得更加坚强有力，更加充满活力。

第三，希望全社会都积极参与、辛勤奉献，厚植热心助残的社会风尚和人文关怀。中华民族素来有尊老爱幼、扶贫济困、扶残助残、乐善好施的传统美德，关心关爱残疾人是一个城市文明进步的标志，也是全社会共同的责任。我们要在全社会积极营造扶残助残浓厚氛围，最大限度地消除各种有形无形的障碍，让温暖的阳光照亮每一位残疾人的心灵，让整个社会充满温情，让自强不息、厚德载物的民族精神、时代精神不断发扬光大。要凝聚更多扶残助残的社会力量和资源，广泛开展形式多样、有针对性的帮扶活动，不断壮大助残公益组织和志愿者队伍，大力发展残疾人慈善事业，鼓

励更多的人加入助残扶残的行列，千方百计满足残疾人多样性、多层次的服务需求。让高品质生活中有残疾人的身影，让有温度的城市首先在残疾人身上体现出来。

第四，希望各级党委和政府都要高度重视、加强领导，把推进残疾人事业当作分内之事、纳入经济社会发展全局之中。让广大残疾人安居乐业、衣食无忧，过上幸福美好的生活，是我们党的宗旨和我国社会主义制度优越性的重要体现。各级党委和政府要加强统筹协调，把发展残疾人事业摆上重要议事日程，不断完善领导体制和工作机制，及时研究解决残疾人工作当中的重大问题。切实解决好残疾人最期盼、最关心的大事、难事和具体事，把关心关爱残疾人的各项工作落到实处。要加大支持保障力度，持续加大投入，不断健全残疾人权益保障制度，把保障残疾人权益体现到我们各项事业发展当中，让残疾人更好地享有基本公共服务，平等享有政治、经济、文化、社会权益，精神生活更有寄托，社会生活更有尊严，家庭生活更加幸福。

中共中央政治局委员、天津市委书记李鸿忠在天津市残联第七次代表大会开幕式上的讲话摘要

2018年6月26日

一、坚持以习近平新时代中国特色社会主义思想特别是关于残疾人工作的重要指示为指导

党的十八大以来，以习近平同志为核心的党中央高度重视残疾预防和残疾人康复工作，习近平总书记在多种场合以各种形式对残疾人、残疾人事业和残联组织建设等做出了一系列重要指示，饱含着对残疾人的亲切关怀、对残疾人事业的殷切期望，为尊重和保障残疾人平等权益树立了典范，为推动中国特色残疾人事业在新的历史起点上加快发展指明了方向。2013年5月，习近平总书记在天津视察工作时，提出“三个着力”重要要求，强调着力保障和改善民生，特别要做好困难群众生活保障工作。保障和改善残疾人民生，提高残疾人生活水平，是贯彻总书记要求的重要方面，也是对我们“四个意识”、政治能力、工作能力的现实检验。我们要认真学习、深刻领会习近平新时代中国特色社会主义思想特别是关于残疾人工作的重要指示，贯彻到残疾人工作的各个方面和全过程。要强化全心全意为残疾人服务的宗旨意识，着力解决残疾人最关心、最直接、最现实的利益问题，扎实推进中国特色残疾人事业的理论创新和实践创新，把各项工作做实、做细、做好，做到残疾人心坎上。

二、千方百计增进残疾人福祉

进入新时代，我国社会主要矛盾已经转化为人民日益增长的美好生活需要和不平衡不充分的发展之间的矛盾。残疾人工作要主动适应这一关系全局的历史性变化，坚持把满足残疾人日益增长的美好生活需要作为出发点和落脚点，更新理念，创新举措，完善服务，努力让残疾人有更多获得感、幸福感、尊严感。一要让残疾人享有特殊优待。实行“普惠”加“特惠”的政策，多开“小灶”，常送“偏饭”，多走“绿色通道”，特事特办，善事多办，好事常办，为残疾人提供优先优惠服务。用“强势”政策保护弱势群体，使残疾人更好地享受政策红利和社会福利。二要让残疾人享有基本保障。健全残疾人社会保障服务体系，扎实做好残疾人扶贫开发工作，不断改善残疾人的生活状况，逐步缩小残疾人生活与社会平均水平的差距。要健全社会化康复服务网络，全面开展医疗康复、教育康复、社会康复，提供功能训练、辅具适配、心理辅导等服务，努力让残疾人人人享有康复服务。三要让残疾人享有社会尊重。在全社会弘扬扶残助残、助人为乐的传统美德，倡导“平等、参与、共享”的现代文明社会残疾人观，形成人人理解、尊重、关心残疾人的良好风尚。要秉持残健共融的理念，积极推进城市无障碍设施建设，营造人性化的无障碍环境，让更多的残疾人朋友走出家门，感受城市的变化、享受生活的美好。四要让残疾人享有出彩人生。进一步健全残疾人教育体系，保障平等就业机会，丰富他们的精神文化生活，使他们素质得到提高、能力得到发挥、价值得到尊重，融入社会、参与社会、贡献社会。2019年我市将承办全国第十届残疾人运动会暨第七届特殊奥林匹克运动会。要举全市之力办好这届赛会，并以此为契机，大力发展残疾人体育事业，让更多残疾人热爱体育活动，感受运动乐趣。

三、充分发挥广大残疾人的主体作用

新时代是奋斗者的时代，奋斗是新时代的主旋律和主基调。党的十九大以来，习近平总书记多次强调奋斗，深刻指出幸福都是奋斗出来的，只有奋斗的人生才能称得上幸福的人生。中国残联主席、也是广大残疾人的时代楷模张海迪同志讲过，“活着就要创造，就要探索，即使身体已经残疾，思想的火花也决不停止迸发，这就是生命的意义”。广大残疾人只有把自己的人生梦想与国家发展、社会进步结合起来，不畏困难，不懈奋斗，才能真正成为时代和生活的强者。当前，全市上下正在深入学习贯彻党的十九大精神，深入学习贯彻习近平总书记对天津工作提出的“三个着力”重要要求，加快建设“五个现代化天津”。广大残疾人中蕴藏着巨大潜能和创造力，是建设“五个现代化天津”的重要力量，也是发展残疾人事业的主体。希望广大残疾人朋友，坚持自尊、自信、自立、自强，积极适应时代要求，不

断提高自身素质，增强参与意识和社会适应能力，在顽强拼搏中实现人生价值，在全面建成高质量小康社会、建设社会主义现代化大都市的伟大实践中建功立业。要用崇高的理想激励自己，牢固树立共产主义远大理想和中国特色社会主义共同理想，增强“四个意识”，坚定“四个自信”，把准人生航向，扬起事业风帆。要用昂扬的斗志鼓舞自己，奋发向上，勇于攀登，始终保持乐观积极的精神状态，努力在平凡的岗位上创造不平凡的业绩。要用美好的情操陶冶自己，牢固树立社会主义核心价值观，文明有礼，诚信友善，以主人翁姿态热爱天津、维护天津、建设天津，始终同党和政府心往一处想，劲往一处使，不断开拓个人发展和社会发展的新境界。

四、全面加强党对残疾人工作的领导

党的领导是中国特色社会主义最本质的特征，加强党的领导是做好新时代残疾人工作的根本保证。一要完善组织领导体制。进一步健全党委领导、政府负责的残疾人工作领导体制，完善政府主导、社会参与、残疾人组织充分发挥作用的工作机制，把残疾人事业纳入经济社会发展规划，把残疾人工作列入重要议事日程，切实为做好残疾人工作提供政治和组织保障。各级政府残工委及成员单位要完善统筹协调机制，强化责任分工，提高执行能力，确保扶残助残惠残各项政策落实到位。要建立稳定的残疾人事业经费保障机制，并随着经济发展和财政收入增长逐步增加，为做好残疾人工作提供有力物质保障。二要加强残联自身建设。残联是党和政府联系广大残疾人朋友的桥梁和纽带。市残联群团改革工作即将进行，要把保持和增强政治性、先进性、群众性贯穿改革全过程，始终坚持党的领导，全面加强思想政治建设，着力破除“机关化、行政化、贵族化、娱乐化”倾向，切实增强残联组织的吸引力和影响力。要把做好残疾人工作和“不忘初心、牢记使命”主题教育结合起来，牢牢扎根于残疾人之中，认真履行“代表、服务、管理”职能，真正成为残疾人之家。要深入把握新形势下群团工作规律，大力推动改革创新，加强基层基础工作，把残疾人工作的重点放在对基层广大普通残疾人的服务上，加强网上残联建设，提高做好残联工作的能力水平。残疾人工作者要有“天使”般的纯净心灵，恪守“人道、廉洁、服务、奉献”的职业道德，提高服务本领，改进工作作风，努力做广大残疾人的贴心人。三要广泛动员社会各方力量。工会、共青团、妇联等人民团体和老龄委等社会组织要发挥各自优势，积极开展为残疾人送温暖等活动，更好地联系服务残疾职工、残疾青年、残疾妇女、残疾儿童和残疾老人。要大力发展残疾人慈善事业，在全社会广泛开展扶残助残、爱心捐赠活动，为残疾人做好事、献爱心、送温暖。要深入推进志愿助残工作，大力发展青年、社区、法律等多种志愿助残队伍。要用好市场机制，鼓励各类市场主体参与发展残疾人服务业，鼓励民间资本兴办残疾人社会福利机构，为残疾人事业发展贡献力量。

中共中央政治局委员、新疆维吾尔自治区党委书记陈全国在会见新疆残联第七次代表大会代表时的讲话摘要

2018 年 8 月 14 日

新疆日报乌鲁木齐 8 月 15 日讯　记者姚彤、董少华、袁蕾、米日古力·纳斯尔报道：14 日至 15 日，自治区残疾人联合会第七次代表大会在乌鲁木齐举行。

会前，自治区党委书记陈全国，中国残联第六届主席团主席张海迪，自治区党委副书记、自治区主席雪克来提·扎克尔，自治区人大常委会主任肖开提·依明，自治区政协主席努尔兰·阿不都满金，自治区党委副书记、兵团政委孙金龙，自治区党委副书记、政法委书记朱海仑，自治区党委副书记李鹏新等会见与会代表，并合影留念。

陈全国代表自治区党委和政府向大会的召开表示热烈祝贺，向全区广大残疾人及其亲属和残疾人工作者表示亲切问候，向关心、支持残疾人事业的社会各界人士表示衷心感谢。陈全国说，残疾人事业是中国特色社会主义事业的重要组成部分。全区广大残疾人紧紧围绕贯彻落实以习近平同志为核心的党中央治疆方略特别是社会稳定和长治久安总目标，“自尊、自信、自强、自立”，勇敢地迎接生活挑战，坚强地为实现梦想努力，为新疆稳定发展各项事业做出了积极贡献。希望全区各级残联组织和广大残疾人以此次大会召开为契机，深入学习贯彻习近平新时代中国特色社会主义思想和党的十九大精神，贯彻落实习近平总书记关于新疆工作的重要讲话和重要指示精神，贯彻落实以习近平同志为核心的党中央治疆方略，聚焦总目标、服务总目标、落实总目标，自强不息、艰苦奋斗，努力推动我区残疾人事业在新时代不断迈上新台阶，为实现新疆社会稳定和长治久安做出新的更大贡献。

中共中央政治局委员、重庆市委书记陈敏尔在重庆市残联第五次代表大会开幕式上的讲话摘要

2018 年 8 月 6 日

关心残疾人是社会文明进步的重要标志，残疾人事业是中国特色社会主义事业的重要组成部分。重庆市残联第四次代表大会以来，全市各级残联组织和广大残疾人工作者，认真履行“代表、服务、管理”职能，为残疾人的权益、尊严和幸福履职尽责、奉献爱心，做了大量卓有成效的工作。全市广大残疾人朋友不被生活吓倒、不向命运低头，身残志坚、积极向上，谱写出一曲曲挑战自我的生命赞歌，涌现出独臂刑警陈冰、“最美乡村医生”周月华、亚残会乒乓球冠军廖克力等模范典型。他们以实际行动展示了新时代重庆人民的精神风貌和崇高品格，是生活的强者，是学习的榜样。

当前，中国特色社会主义进入新时代，重庆市经济社会发展站在了新的起点，残疾人事业也面临许多新形势、新任务、新要求。全市上下要深入学习贯彻习近平新时代中国特色社会主义思想和党的十九大精神，全面落实习近平总书记对重庆提出的“两点”定位、“两地”“两高”目标和“四个扎实”要求，不断开创残疾人事业发展的新局面。下面，我讲三点意见：

一、深学笃用习近平总书记关于推动残疾人事业发展的重要指示精神，牢牢把握残疾人事业发展的正确方向

党的十八大以来，以习近平同志为核心的党中央对残疾人格外关心、格外关注、格外关爱。习近平总书记高度重视残疾人事业发展，多次就残疾人事业发表重要讲话、做出重要指示。总书记强调，残疾人是社会大家庭的平等成员，是人类文明发展的一支重要力量，是坚持和发展中国特色社会主义的一支重要力量；让广大残疾人安居乐业、衣食无忧，过上幸福美好的日子，是我们党全心全意为人民服务宗旨的重要体现。总书记要求，残联组织要发扬优良传统，切实履行职责，为残疾人解难、为党和政府分忧。总书记关于推动残疾人事业发展的重要指示精神，内容丰富、情真意切，为我们做好残疾人工作、发展残疾人事业指明了方向、提供了遵循。全市各级各部门要深入学习总书记关于推动残疾人事业发展的重要指示精神，做到学思用贯通、知信行统一。要提高站位学，切实增强“四个意识”，坚定“四个自信”，站在践行党的宗旨和以人民为中心的发展思想高度，把总书记的重要指示精神内化于心、外化于行；要带着责任学，充分认识发展残疾人事业的重要意义，把做好残疾人工作作为全面建成小康社会的重要内容，不断提高服务残疾人的能力水平；要怀着感情学，把残疾人当家人，把残疾人的事当家事，把残疾人工作当家业，用心用情用力服务残疾人，维护好他们的权益；要联系实际学，把思想摆进去，把工作摆进去，把责任摆进去，把总书记重要指示精神贯彻到残疾人工作的方方面面，奋力谱写重庆市残疾人事业发展的新篇章。

二、大力推动残疾人事业高质量发展，不断满足残疾人对美好生活的向往

习近平总书记强调，全面建成小康社会，残疾人一个也不能少。没有残疾人的小康，就不是真正意义上的全面小康。重庆市有169.4万残疾人，占总人口的6.05%，涉及很多家庭，这是一个很大的群体。我们决胜全面建成小康社会，实现高质量发展、创造高品质生活，必须把推动残疾人事业发展摆在突出位置，抓住重点、持续发力，决不让一个残疾人在小康进程中掉队。

要切实保障残疾人的基本生活。残疾人由于身体障碍、劳动能力受限、受教育程度较低，普遍生活比较困难，需要给予他们更多的关心和帮助。全市各级各部门要从加大投入和完善制度两方面加强兜底保障，把残疾人作为重点对象纳入社会保险、社会救助、社会福利和社会慈善体系，做到应保尽保、应补尽补、应助尽助。特别是全市残疾人中70%以上生活在农村，还有部分没有摆脱贫困。要大力开展残疾人脱贫行动，加大政策、资金、项目倾斜力度，精准施策、精准帮扶，同时要关注和帮助城市贫困残疾人，让他们共享改革发展成果。

要切实增强残疾人发展能力。激发残疾人内生动力是残疾人实现全面发展的关键。要健全残疾人基本公共服务体系，全面提高残疾人受教育水平，多渠道扶持残疾人就业创业，丰富残疾人文化体育生活，加强预防康复服务，提升残疾人综合素质。在推动乡村振兴和城市提升工作中，要充分考虑残疾人需求，加快无障碍设施建设改造，建设残疾人康复和托养设施，让残疾人康复有条件、居家有照料、出行无障碍。结合重庆市正在实施的以大数据智能化为引领的创新驱动发展战略行动计划，深度挖掘大数据智能化在残疾人领域的运用，多层次开展科技助残，更好地帮助残疾人融入社会、全面发展。

要切实维护残疾人合法权益。国际上把每年12月3日定为国际残疾人日，依法保障残疾人平等权益，越来越成为人类社会的普遍共识和自觉行动。要宣传执行好残疾人权益保障法律法规，做到重大决策告知残疾人、重要活动邀请残疾人，拓宽残疾人民主参与渠道，落实好残疾人在生产、生活、学习中应当享有的平等权利。要加快残疾人法规规章立法进度，健全残疾人法律援助长效机制，扩大残疾人法律援

助范围，让残疾人生活更有尊严、更加幸福。

要切实营造关爱残疾人的氛围。“赠人玫瑰，手留余香”，舍己为人、乐善好施一直是中华民族的传统美德。要大力弘扬社会主义核心价值观和人道主义精神，宣传党和政府对残疾人的关心重视，宣传社会扶残助残的典型事例，宣传残疾人奋发有为的精神品质，营造理解、尊重、关心、帮助残疾人的良好社会氛围。要引入社会力量和资源，鼓励支持民营企业投身福利慈善事业，扎实推进志愿者服务，用爱心和善举为残疾人撑起一片希望的蓝天。

三、坚持和加强党对残疾人事业的领导，为残疾人事业发展提供坚强组织保证

残疾人事业是一项重要的民生工程、社会工程。全市各级党委、政府要把党的领导贯穿到残疾人事业各方面、全过程，真正把党和政府的关心关怀送到残疾人身边。

要加强政治领导。推动残疾人事业发展，首先要从政治上加强领导。要把政治建设摆在首位，牢固树立“四个意识”，做到“两个维护”，坚决落实重庆市委提出的“三个确保”政治承诺，坚决肃清孙政才恶劣影响和薄熙来、王立军流毒。要把残疾人事业纳入经济社会发展总体布局，主动听取残联工作汇报，切实帮助解决工作中的大事、急事和难事，为他们开展工作创造良好条件。各级残联组织要紧紧围绕党委政府工作大局，积极主动作为，切实承担起教育引导服务残疾人的政治任务。

要创新体制机制。残疾人工作业务面广、涉及部门多，要完善党委领导、政府负责、社会参与、残疾人组织充分发挥作用的工作机制，在强化统筹协调、推动政策出台、督促检查工作等方面发挥更大作用。财政、民政、教育、卫生、人社等部门要将残疾人工作纳入职责范围，发挥优势、密切配合，形成工作合力。残联组织要始终坚持“上为党委政府分忧，下为残疾人解难”的工作导向，加强改革创新，巩固拓展群团改革成果，切实增强政治性、先进性、群众性，成为真正的残疾人之家。

要打造过硬队伍。残疾人工作政治性、政策性强，必须打造一支政治过硬、本领高强的干部队伍。要按照新时期好干部标准，配齐配强残联领导班子，加大残疾人干部培养选拔力度，加强基层残疾人组织和工作队伍建设，从政治上、工作上和生活上关心残疾人工作者。全市各级残联组织要转变工作作风，深入基层、深入一线，研究把握新时代残疾人工作特点和规律，有针对性地做好残疾人工作。广大残疾人工作者要密切联系残疾人群众，把对残疾人的关爱体现在岗位上、落实到行动中，成为残疾人冷暖的知情者、需求的代言者、权益的维护者。

习近平总书记鼓励残疾人：“健全人可以活出精彩的人生，残疾人也可以活出精彩的人生。我们每个人都要珍惜生命、追求健康，努力创造无愧于时代的精彩人生。”希望广大残疾人朋友继续发扬“自尊、自信、自强、自立”的精神，努力适应社会、参与社会、奉献社会，不断开创人生发展的新境界，实现人生追求的新价值，创造属于自己的美好幸福生活！让我们更加紧密地团结在以习近平同志为核心的党中央周围，深入贯彻习近平新时代中国特色社会主义思想和党的十九大精神，不忘初心、牢记使命，沉心静气、扎实工作，不断把重庆市残疾人事业推向前进！

中共中央政治局委员、北京市委书记蔡奇在北京市残联第七次代表大会开幕式上的讲话摘要
推进新时代首都残疾人事业高质量发展（节选）

《北京日报》 祁梦竹、陈涛 2018年6月27日

北京市残疾人联合会第七次代表大会昨天开幕，市委书记蔡奇在大会开幕式上强调，要深入学习贯彻习近平新时代中国特色社会主义思想，紧抓机遇、开拓创新，深入推进新时代首都残疾人事业高质量发展，不断增强广大残疾人的获得感幸福感安全感。

蔡奇代表市委、市人大、市政府、市政协向大会的召开表示热烈祝贺，向全市广大残疾人及其亲属、残疾人工作者表示亲切问候，向中国残联长期以来对北京市残联工作给予的有力指导和支持表示衷心感谢。他指出，市残联第六次代表大会以来的五年，全市各级残联组织围绕首都工作大局，贯彻“七有”要求，狠抓“弱有所扶”工作，忠实履行了代表、服务、管理职能，较好地发挥了党和政府联系广大残疾人的桥梁和纽带作用；首都残疾人紧跟新时代步伐，自强自立、超越自我，创造了许多令人敬佩的业绩，为首都增光添彩。

蔡奇强调，党的十八大以来，以习近平同志为核心的党中央对残疾人格外关心，习近平总书记多次对残疾人工作做出重要指示批示，并在党的十九大报告中对发展残疾人事业、加强残疾康复服务、办好特殊教育、筹办好北京冬奥会和冬残奥会等都提出明确要求，充分体现了习近平总书记对残疾人的深厚情怀，也为我们做好残疾人工作、发展残疾人事业指明了方向。全市各级党委、政府和残联组织，要认真学习领会习近平总书记的一系列重要指示精神，切实提高政治站位，充分认识做好残疾人工作的重要意义，坚持以首善标准推动残疾人事业不断发展，帮助更多残疾人实现人生梦想。

蔡奇强调，要大力推进残疾人事业高质量发展。依法保

障和维护残疾人权益，进一步完善残疾人社会保障制度，健全残疾人就业促进和保护政策。把困难残疾人、低收入家庭残疾人作为工作重点，加大政策和资金支持力度，开展精准帮扶，做到“一个也不能少”。着力抓好特殊教育发展，全面加强残疾预防和残疾康复工作，提高城市无障碍建设水平，加强针对残疾人的个性化文化服务。抓住筹办冬残奥会的有利契机，积极参与冬残奥会备战，开展体育活动，加强体育队伍建设。推进“互联网＋残疾人服务”创新，提升残疾人公共服务质量和水平。

蔡奇指出，要鼓励和支持残疾人建功立业。希望全市残疾人继续弘扬“自尊、自信、自强、自立”的精神，充分挖掘潜能、主动发挥特长、积极融入社会，用自己的智慧和力量创造美好生活、实现人生价值。要形成支持残疾人事业发展的合力，全市各级党委、政府要把残疾人工作列入重要议事日程，努力增进残疾人福祉；各级残联组织要认真履职，做残疾人权益的捍卫者、生活的好帮手、情感的贴心人；广大残疾人工作者要努力把各项工作做到细之又细；社会各界都要对残疾人伸出友爱之手，让广大残疾人充分感受到国家、社会和首都大家庭的温暖。

国务委员王勇在考察平昌冬残奥会备战工作时强调
振奋精神，坚定信心，全力完成平昌冬残奥会参赛目标和任务（节选）

中国政府网　2018年5月30日

新华社北京3月2日电　国务委员、国务院残疾人工作委员会主任王勇2日来到中体奥冰壶运动中心，考察平昌冬残奥会备战工作，看望慰问运动员、教练员和工作人员，向大家致以节日问候，勉励大家认真备战参赛，全力完成平昌冬残奥会参赛目标和任务。

王勇听取了备战情况汇报，观看了轮椅冰壶队训练，并与队员们亲切交流。他指出，在以习近平同志为核心的党中央坚强领导下，我国残疾人事业和残疾人体育工作取得举世瞩目的成就。参加平昌冬残奥会，是对我国残疾人冬季运动水平的一次集中检验，也是备战和筹办好2022年北京冬残奥会的重要环节，希望中国冬残奥会体育代表团以习近平新时代中国特色社会主义思想为指导，以昂扬的精神斗志和良好竞技状态，团结拼搏，奋勇争先，公平竞争，干净参赛，努力实现冬残奥会运动成绩和精神文明双丰收。

王勇强调，冬残奥会是世界残疾人冬季运动的最高赛事。要发扬自强不息、为国争光的体育精神，超越自我，追求卓越，赛出中国残疾人的精气神。发扬“更快、更高、更强”的奥林匹克精神，不畏强手、不惧挑战，赛出竞技体育的高水平。弘扬中华传统美德，传播中国“正能量”，赛出与各国朋友的深厚友谊，为2022年北京冬残奥会营造有利环境。要深入细致做好各方面组织和保障工作，确保顺利参赛、平安归来。

二、中共中央、国务院文件

中共中央、国务院关于实施乡村振兴战略的意见

中发〔2018〕1号

七、提高农村民生保障水平，塑造美丽乡村新风貌

（一）优先发展农村教育事业。……把农村需要的人群纳入特殊教育体系。

（四）加强农村社会保障体系建设。……加强和改善农村残疾人服务。

（五）推进健康乡村建设。……开展和规范家庭医生签约服务，加强妇幼、老人、残疾人等重点人群健康服务。

八、打好精准脱贫攻坚战，增强贫困群众获得感

（一）瞄准贫困人口精准帮扶。……对完全或部分丧失劳动能力的特殊贫困人口，综合实施保障性扶贫政策，确保病有所医、残有所助、生活有兜底。

十、汇聚全社会力量，强化乡村振兴人才支撑

（四）鼓励社会各界投身乡村建设。……发挥工会、共青团、妇联、科协、残联等群团组织的优势和力量，发挥各民主党派、工商联、无党派人士等积极作用，支持农村产业发展、生态环境保护、乡风文明建设、农村弱势群体关爱等。

中共中央、国务院关于全面深化新时代教师队伍建设改革的意见

中发〔2018〕4号

三、大力振兴教师教育，不断提升教师专业素质能力

10. 全面提高中小学教师质量，建设一支高素质专业化的教师队伍。……加强紧缺薄弱学科教师、特殊教育教师和民族地区双语教师培养。

四、深化教师管理综合改革，切实理顺体制机制

14. 创新和规范中小学教师编制配备。……落实城乡统一的中小学教职工编制标准，有条件的地方出台公办幼儿园人员配备规范、特殊教育学校教职工编制标准。

五、不断提高地位待遇，真正让教师成为令人羡慕的职业

21. 完善中小学教师待遇保障机制。……完善教师收入分配激励机制，有效体现教师工作量和工作绩效，绩效工资分配向班主任和特殊教育教师倾斜。

中共中央、国务院关于打赢脱贫攻坚战三年行动的指导意见

中发〔2018〕16号

三、强化到村到户到人精准帮扶举措

（二）全力推进就业扶贫

推进贫困县农民工创业园建设，加大创业担保贷款、创业服务力度，推动创业带动就业。鼓励开发多种形式的公益岗位，通过以工代赈、以奖代补、劳务补助等方式，动员更多贫困群众参与小型基础设施、农村人居环境整治等项目建设，吸纳贫困家庭劳动力参与保洁、治安、护路、管水、扶残助残、养老护理等，增加劳务收入。

（六）深入实施健康扶贫工程

开展和规范家庭医生（乡村医生）签约服务，落实签约服务政策，优先为妇幼、老人、残疾人等重点人群开展健康服务和慢性病综合防控，做好高血压、糖尿病、结核病、严重精神障碍等慢性病规范管理。

（八）强化综合保障性扶贫

继续实施社会服务兜底工程，加快建设为老年人、残疾人、精神障碍患者等特殊群体提供服务的设施。

（九）开展贫困残疾人脱贫行动

将符合条件的建档立卡贫困残疾人纳入农村低保和城乡医疗救助范围。完善困难残疾人生活补贴和重度残疾人护理补贴制度，有条件的地方逐步扩大政策覆盖面。深入实施“福康工程”等残疾人精准康复服务项目，优先为贫困家庭有康复需求的残疾人提供基本康复服务和辅助器具适配服务。对16周岁以上有长期照料护理需求的贫困重度残疾人，符合特困人员救助供养条件的纳入特困人员救助供养；不符合救助供养条件的，鼓励地方通过政府补贴、购买服务、设立公益岗位、集中托养等多种方式，为贫困重度残疾人提供集中照料或日间照料、邻里照护服务。逐步推进农村贫困重度残疾人家庭无障碍改造。实施第二期特殊教育提升计划，帮助贫困家庭残疾儿童多种形式接受义务教育，加快发展非义务教育阶段特殊教育。资产收益扶贫项目要优先安排贫困残疾人家庭。

六、动员全社会力量参与脱贫攻坚

（一）加大东西部扶贫协作和对口支援力度

将帮扶贫困残疾人脱贫纳入东西部扶贫协作范围。

七、夯实精准扶贫精准脱贫基础性工作

（一）强化扶贫信息的精准和共享

抓紧完善扶贫开发大数据平台，通过端口对接、数据交换等方式，实现户籍、教育、健康、就业、社会保险、住房、银行、农村低保、残疾人等信息与贫困人口建档立卡信息有效对接。

乡村振兴战略规划（2018—2022年）

中发〔2018〕18号

第三十章 增加农村公共服务供给

第一节 优先发展农村教育事业

继续实施特殊教育提升计划。

第三节 加强农村社会保障体系建设

加强和改善农村残疾人服务，将残疾人普遍纳入社会保障体系予以保障和扶持。

第四节 提升农村养老服务能力

支持主要面向失能、半失能老年人的农村养老服务设施建设，推进农村幸福院等互助型养老服务发展，建立健全农村留守老年人关爱服务体系。

第三十六章 加强组织领导

第三节 动员社会参与

发挥工会、共青团、妇联、科协、残联等群团组织的优势和力量，发挥各民主党派、工商联、无党派人士等积极作用，凝聚乡村振兴强大合力。

关于学前教育深化改革规范发展的若干意见

中发〔2018〕39号

四、健全经费投入长效机制

（十二）完善学前教育资助制度。各地要认真落实幼儿资助政策，确保接受普惠性学前教育的家庭经济困难儿童（含建档立卡家庭儿童、低保家庭儿童、特困救助供养儿童等）、孤儿和残疾儿童得到资助。

民政部职能配置、内设机构和人员编制规定

中共中央办公厅厅字〔2019〕141号

第三条 民政部贯彻落实党中央关于民政工作的方针政策和决策部署，在履行职责过程中坚持和加强党对民政工作的集中统一领导。主要职责是：

（九）拟订残疾人权益保护政策，统筹推进残疾人福利制度建设和康复辅助器具产业发展。

（十四）职能转变。民政部应强化基本民生保障职能，为困难群众、孤老孤残孤儿等特殊群体提供基本社会服务，促进资源向薄弱地区、领域、环节倾斜。积极培育社会组织、社会工作者等多元参与主体，推动搭建基层社会治理和社区公共服务平台。

第四条 民政部设下列内设机构：

（八）社会事务司。推进婚俗和殡葬改革，拟订婚姻、殡葬、残疾人权益保护、生活无着流浪乞讨人员救助管理政策，参与拟订残疾人集中就业扶持政策，指导婚姻登记机关和残疾人社会福利、殡葬服务、生活无着流浪乞讨人员救助管理机构相关工作，协调省际生活无着流浪乞讨人员救助事务，指导开展家庭暴力受害人临时庇护救助工作。

关于推行终身职业技能培训制度的意见

国发〔2018〕11号

二、构建终身职业技能培训体系

（五）围绕就业创业重点群体，广泛开展就业技能培训。……面向符合条件的建档立卡贫困家庭、农村“低保”家庭、困难职工家庭和残疾人，开展技能脱贫攻坚行动，实施“雨露计划”、技能脱贫千校行动、残疾人职业技能提升计划。（人力资源社会保障部、教育部、工业和信息化部、民政部、司法部、住房城乡建设部、农业农村部、退役军人事务部、国务院国资委、国务院扶贫办、全国总工会、共青团中央、全国妇联、中国残联等按职责分工负责）

（八）大力推进创业创新培训。（人力资源社会保障部、教育部、科技部、工业和信息化部、住房城乡建设部、农业农村部、退役军人事务部、国务院国资委、国务院扶贫办、全国总工会、共青团中央、全国妇联、中国残联等按职责分工负责）

三、深化职业技能培训体制机制改革

（十一）建立技能人才多元评价机制。（人力资源社会保障部、教育部、工业和信息化部、住房城乡建设部、国务院国资委、全国总工会、共青团中央、中国残联等按职责分工负责）

关于推进社会公益事业建设领域政府信息公开的意见

国办发〔2018〕10号

三、突出公开重点

（二）社会救助和社会福利领域。重点围绕城乡低保、特困人员救助供养、受灾人员救助、医疗救助、教育救助、住房救助、就业救助、临时救助、老年人福利、残疾人福利、儿童福利、孤儿基本生活保障、计划生育特殊困难家庭扶助等事项，全面公开救助对象认定、救助标准，福利补贴申领及申请审批程序等相关政策，有针对性地公开救助款物的管理使用、福利补贴发放等情况。公开方式方法要因地制宜、因事制宜，既确保公开实效、维护底线公平，又保护好相关人员个人隐私。

（三）教育领域。立足办好人民满意的教育，进一步加大教育信息公开力度，重点做好义务教育、学前教育、特殊教育、职业教育、高等教育等方面的信息公开。

关于调整国务院残疾人工作委员会组成人员的通知

国办发〔2018〕36号

各省、自治区、直辖市人民政府，国务院各部委、各直属机构：

根据机构设置、人员变动情况和工作需要，国务院对国务院残疾人工作委员会组成人员做了调整。现将调整后的名单通知如下：

主　任：王　勇　国务委员
副主任：孟　扬　国务院副秘书长
　　　　张海迪　中国残联主席
　　　　朱之文　教育部副部长
　　　　高晓兵　民政部副部长
　　　　张义珍　人力资源社会保障部副部长
　　　　王贺胜　国家卫生健康委员会副主任
　　　　鲁　勇　中国残联党组书记、理事长
委　员：庄荣文　中央宣传部副部长
　　　　张　军　外交部部长助理
　　　　连维良　国家发展改革委副主任
　　　　徐南平　科技部副部长
　　　　陈肇雄　工业和信息化部副部长
　　　　陈改户　国家民委副主任
　　　　侍　俊　公安部副部长
　　　　熊选国　司法部副部长
　　　　余蔚平　财政部副部长
　　　　易　军　住房城乡建设部副部长
　　　　刘小明　交通运输部副部长
　　　　韩　俊　农业农村部副部长
　　　　项兆伦　文化和旅游部副部长
　　　　钱　锋　退役军人事务部副部长
　　　　郑国光　应急管理部副部长、中国地震局局长
　　　　潘功胜　中国人民银行副行长
　　　　李　国　海关总署副署长
　　　　孙瑞标　税务总局副局长
　　　　马正其　国家市场监督管理总局副局长
　　　　范卫平　国家广播电视总局副局长
　　　　赵　勇　体育总局副局长
　　　　贾　楠　国家统计局副局长
　　　　（待定）国家医疗保障局负责同志
　　　　夏更生　国务院扶贫办党组成员
　　　　商亚恒　中央军委政治工作部组织局局长
　　　　焦开河　全国总工会副主席、书记处书记
　　　　尹冬梅　共青团中央书记处书记
　　　　谭　琳　全国妇联副主席、书记处书记
　　　　王　纬　农业银行副行长
秘书长：孙先德　中国残联党组副书记、副理事长

国务院残疾人工作委员会的具体工作由中国残联承担。

国务院办公厅
2018年5月16日

第十三届全国人民代表大会第一次会议政府工作报告

国务院总理　李克强

2018年3月5日

一、过去五年工作回顾

（七）坚持以人民为中心的发展思想，着力保障和改善民生，人民群众获得感不断增强。……建立困难和重度残疾人“两项补贴”制度，惠及2100多万人。

三、对2018年政府工作的建议

（四）坚决打好三大攻坚战。

加大精准脱贫力度。……对老年人、残疾人、重病患者等特定贫困人口，因户因人落实保障措施。

（九）提高保障和改善民生水平。

着力促进就业创业。……加大对残疾人等就业困难人员援助力度。

发展公平而有质量的教育。……发展民族教育、特殊教育、继续教育和网络教育。

实施健康中国战略。……做好北京冬奥会、冬残奥会筹办工作，多渠道增加全民健身场所和设施。

强化民生兜底保障。……做好伤残军人和军烈属优抚工作。加强残疾人康复服务。健全社会救助体系，支持公益慈善事业发展。

打造共建共治共享社会治理格局。……营造尊重妇女、关爱儿童、尊敬老人、爱护残疾人的良好风尚。

第十三届全国人民代表大会第一次会议最高人民检察院工作报告

最高人民检察院检察长　曹建明

2018 年 3 月 9 日

过去五年工作回顾

二、坚定不移贯彻新发展理念，服务大局保障民生

强化特殊群体和困难群众权益保障，加强司法人文关怀。……与中国残联共同制定维护残疾人合法权益指导意见。

第十三届全国人民代表大会第一次会议最高人民法院工作报告

最高人民法院院长　周　强

2018 年 3 月 9 日

过去五年的主要工作

四、坚持以人民为中心的发展思想，努力满足人民群众日益增长的多元司法需求

维护婚姻家庭和谐稳定。……全面实施反家庭暴力法，发出人身安全保护令 2154 份，在施暴者和受害者之间筑起“隔离墙”，切实维护妇女、儿童、老年人、残疾人的人身安全和人格尊严。

改革开放 40 年中国人权事业的发展进步

中华人民共和国国务院新闻办公室

2018 年 12 月

一、牢固树立尊重和保障人权的治国理政原则

国家还制定了经济、文化、社会和环境等方面的专项行动计划，以及保障少数民族、妇女、儿童、老年人、残疾人等特定群体权利的专项规划，努力促进全体人民共同享有人生出彩的机会，共同享有梦想成真的机会，共同享有充分人权。

四、显著改善特定群体权利

改革开放 40 年来，中国不断完善相关权利保障机制，采取有针对性的措施，为特定群体创造了实现自我发展和人生价值的机会，切实保障少数民族、妇女、儿童、老年人和残疾人的合法权益。

（三）残疾人权利

残疾人权益保障的法律体系不断完善，政府将残疾人工作纳入重要工作议程。“平等、参与、共享”理念渐入人心，残疾人生存、发展和参与状况明显改善，残疾人事业取得显著进步。

残疾人权益保障机制日益健全。逐步实现残疾人权益保障法治化，制定残疾人保障法，截至 2018 年 4 月，直接涉及残疾人权益保障的法律有 80 多部，行政法规有 50 多部。将残疾人事业纳入国家发展战略，先后颁布七个残疾人事业五年发展规划，对残疾人权益保障工作做出总体部署，设立残疾预防日。各级政府完善残疾人工作机制，统筹推进残疾人事业发展。截至 2017 年，全国设立残疾人法律援助工作站 2600 余个，建成法律援助便民服务窗口 2500 余个，各级残疾人联合会建立残疾人法律救助工作站 1746 个。残疾人事业财政支持大幅增长，2017 年，中央预算内投资比上一个五年增长 458%，残疾人服务设施达到 3822 个。

残疾人社会保障权得到有效落实。全面建立困难残疾人生活补贴和重度残疾人护理补贴制度，惠及 2100 万残疾人。截至 2017 年，2614.7 万城乡残疾人参加城乡社会养老保险，1042.3 万残疾人领取养老金；547.2 万 60 岁以下参保的重度残疾人中有 529.5 万得到了政府参保扶助，代缴养老保险费比例达到 96.8%。对贫困残疾人参加医疗保险给予费用减免，将运动疗法等 29 项医疗康复项目纳入基本医疗保险支付范围。

残疾人康复权保障体系逐步完善。全面开展残疾预防，深度推进精准康复，努力实现残疾人“人人享有康复服务”的目标。实施《残疾预防和残疾人康复条例》，残疾人康复机构从无到有，专业队伍逐渐壮大，工作体系、业务格局、运行机制逐步建立，服务能力日益提高。截至 2017 年，全国已竣工并投入使用的省、市、县三级康复设施 833 个，全国残疾人专业康复服务机构 8334 个，在岗人员 24.6 万人，2000 多个县（市、区）开展社区康复服务。建立残疾儿童康复救助制度，为残疾儿童接受基本康复救助提供制度性保障。8 个省市建立了残疾人辅助器具补贴制度，减轻了残疾人家庭经济负担。完善工伤康复制度，提高伤残抚恤标准。2017 年，残疾人康复服务覆盖率达到 65.6%。

残疾人受教育权保障持续改善。中国保障残疾人享有平等受教育权，颁布修订了《残疾人教育条例》，将残疾人教育纳入《国家中长期教育改革和发展规划纲要（2010—2020 年）》和《“十三五”推进基本公共服务均等化规划》，制定实施两期《特殊教育提升计划》，着力办好特殊教育，努力发展融合教育，提高残疾人受教育水平。建立从幼儿园到高等院校的残疾学生资助体系，自 2016 年秋季起，为家庭经济困难的残疾学生提供从小学到高中阶段的 12 年免费教育。截至 2016 年，视力、听力、智力三类残疾儿童义务教育入学率超过 90%，其他类别残疾儿童受教育机会明显增加。鼓励特殊教育学校增设学前班或附属幼儿园，将残疾儿童接受学前教育纳入幼儿资助范围。2017 年，全国共有

特殊教育普通高中班（部）112个，在校生8466人；残疾人中等职业学校（班）132个，在校生12968人；1845名残疾人进入高等特殊教育学院学习。努力发展融合教育。2017年，义务教育阶段普通学校在校残疾学生超过30万人，占义务教育阶段残疾学生总数的比例超过50%，10818名残疾人被普通高等院校录取。

残疾人文化权利保障取得显著进步。残疾人文化服务纳入国家公共文化服务体系。截至2017年，全国省、地市级电视台共开设电视手语栏目285个，广播电台共开设残疾人专题广播节目223个，省、地、县三级公共图书馆共设立盲文及盲文有声读物阅览室959个，座席数达2.5万个。在全国开展残疾人文化周和“共享芬芳”公益巡演展览等文化活动，每年有200多万残疾人参与。努力发展残疾人特殊艺术，每四年举办一届全国残疾人艺术汇演，每届直接和间接参与的残疾人达10余万人。全国各类残疾人艺术团体快速发展，已达281个，残疾人文化艺术从业人员近30万名。结合文化扶贫、文化助残，实施“文化进社区”“文化进家庭”“盲人数字阅读推广工程”等项目，为基层残疾人提供优秀文化产品和服务。

残疾人就业权获得有效保障。残疾人劳动就业的基本权利受到法律的严格保护。省、市、县三级政府建立了专门的残疾人就业服务机构，截至2017年，残疾人就业服务机构近3000家，工作人员1.5万人。实施残疾人职业技能提升计划，建立了500家国家级残疾人职业培训基地，350家省级残疾人职业培训基地。2013年以来，中国政府为近1800万残疾人建立了就业和培训信息档案，年均新增就业33.3万残疾人。截至2017年，城乡持证残疾人就业人数达到942.1万人。

无障碍环境支持与辅助器具服务加速推进。制定并实施《无障碍环境建设条例》，在无障碍设施建设、信息交流、社区服务等方面做出规定，保障残疾人等社会成员平等参与社会生活。截至2017年，全国共出台451个省、地市、县级无障碍建设与管理的法规、规章和规范性文件。2016年至2017年共有182.8万个残疾人家庭得到无障碍改造。信息无障碍建设步伐加快，截至2018年1月，500多家政府单位完成了信息无障碍公共服务平台建设，3万多个政务和公共服务网站实现了无障碍。累计建立残疾人健身示范点9053个，22.2万户重度残疾人享受到康复体育关爱家庭项目服务。2017年，有244.4万残疾人得到盲杖、助视器、假肢等各类辅助器具适配服务。维护残疾人驾驶机动车权利，已有16万残疾人领取了机动车驾驶证，残疾人个人行动和社会参与能力得到提升。

七、积极参与全球人权治理

认真履行国际人权条约义务。……中国积极推荐专家参选条约机构委员，多名中国专家出任联合国经济、社会和文化权利委员会，禁止酷刑委员会，消除种族歧视委员会，消除对妇女歧视委员会，残疾人权利委员会委员。

主动参与创设国际人权规则与机制。改革开放以来，中国参加了《禁止酷刑和其他残忍、不人道或有辱人格的待遇或处罚公约》《儿童权利公约》《残疾人权利公约》《保护所有移徙工人及其家属权利国际公约》，以及《经济、社会及文化权利国际公约》任择议定书等重要人权文件制定工作组会议，为这些规则的起草、修改和完善做出了重要贡献。……2006年以来，中国支持联合国人权理事会设立安全饮用水、文化权、残疾人权利等专题性特别机制；倡导召开关于粮食安全、国际金融危机等的特别会议，积极推动完善国际人权机制。中国是最早参加联合国气候变化大会的国家，全程参与并有效推动国际气候谈判，为《巴黎气候变化协定》的最终通过做出贡献。中国积极推动联合国《2030年可持续发展议程》的制定和实施。

……

近年来，中国先后在北京举办“纪念联合国《残疾人权利公约》通过十周年大会”“亚欧非正式人权研讨会”“纪念《发展权利宣言》通过30周年国际研讨会”、首届“南南人权论坛”等大型国际人权论坛或研讨会，促进了国际人权对话与交流。

三、中国残联领导讲话文章

张海迪出席中国－欧盟残疾人主题边会并做主旨发言

中国残联网站 2018年2月5日

当地时间2018年1月31日，在联合国社会发展委员会第56次会议召开期间，中国和欧盟驻联合国代表团在联合国总部共同举办“实现残疾人平等权利和融合发展”主题边会，呼吁加强中欧残疾人事务合作，努力推动《2030可持续发展议程》中涉残疾人目标的实现。中国残联主席、康复国际主席张海迪率团与会并做主旨发言，中国常驻联合国副代表吴海涛、欧盟和保加利亚常驻联合国代表等出席会议并致辞。

海迪主席向与会人员介绍了30年来中国残疾人事业在社会保障、康复、教育、就业、文化体育，大数据建设等领域取得的巨大进步。她指出，中国不断完善残疾人事业法律法规和政策体系，应用大数据科学地管理残疾人事业。在脱贫攻坚中把残疾人作为群体攻坚的重点，努力帮扶；将康复作为残疾人工作重中之重，中国康复大学建设纳入国家“十三五”规划纲要；中国积极发展融合教育，帮助更多残疾孩子在普通学校就读和接受高等教育；中国残联开展了全国残疾人基本服务状况和需求实名制调查，获得3300多万持证残疾人信息，这个不断动态更新的大数据，为精准施策提供重要依据。

欧盟代表介绍了欧盟履行《残疾人权利公约》的做法和经验，并表示其一贯重视与中国政府和中国残联开展残疾人事务合作，希望双方继续采取务实行动，加强在残疾人领域特别是在促进残疾人参与经济活动方面的合作。

出席边会的各国代表、联合国官员、国际组织代表及相关领域的专家对海迪主席的演讲表示赞赏，并给予积极回应。大家还就保障残疾人权利、实现融合发展等问题展开热烈讨论。各方均表示，中欧双方在残疾人事务中的互补性强，合作潜力巨大，双方都面临人口老龄化等问题，因而加强中欧之间残疾人领域合作十分必要。

此次是中国和欧盟首次在联合国会议期间合作举办残疾人主题边会。双方一致认为中欧应进一步加强残疾人领域务实合作，探索建立双边交流机制，定期开展残疾人领域对话，共同推动落实2030年可持续发展议程中涉残疾人目标，促进残疾人平等参与和融合发展。

会议还就加强残疾人权利保障和促进融合发展进行专题讨论，中国残联代表在讨论中发言，向与会者介绍了中国在残疾人康复领域取得的成就。

张海迪主席2018新春贺词

亲爱的残疾兄弟姐妹们：

新年好！

充满希望的春天到来了，红火热闹的春节也近在眼前，在这万家欢庆的节日里，我衷心祝愿每一位残疾兄弟姐妹新年快乐！在过去的一年，很多残疾人承受痛苦，却依然坚强，即使在困境中也不放弃美好的梦想，很多人不仅战胜困难，发奋学习工作，为融合社会做出不懈的努力。在这里，我祝愿残疾人工作者，特别是基层的残疾人工作者新春快乐！感谢你们在过去的一年为残疾人事业做出的贡献。我还要特别感谢社会各界和朋友们对残疾人事业的关心和支持，你们的友爱和真情让残疾人感到了春天般的温暖。

过去的一年，我们有太多的感动和鼓舞，党中央、国务院高度重视残疾人事业，习近平总书记在党的十九大报告中指出，“发展残疾人事业，加强残疾康复服务”。总书记把残疾人放在心上，为残疾人事业发展指明了方向。目前，中国残联正在不断更新残疾人基本需求大数据，我们要更加科学地管理残疾人事业，为残疾人提供更好的服务，在奔向小康的路上，不让一个人掉队。我们要做好康复服务，帮助残疾人解除痛苦，提高生活质量和幸福指数。新的一年，我希望残疾人工作者加倍努力，始终与残疾人心贴心，帮助他们摆脱贫困，过上美好的生活。我们要解决好重度残疾人托养问题，为千家万户解决后顾之忧。不久前，我去河南驻马店的乡村托养中心调研，看到了农村贫困家庭重度残疾人脱贫新模式。相信不久的将来，重度残疾人将会生活得有尊严、更加幸福。

残疾人工作者肩负着党和人民的重托、肩负着千万个残疾人的重托。新的一年，我们要深入贯彻落实习近平新时代中国特色社会主义思想和党的十九大精神，不忘初心，发奋工作，完成好既定目标。在奔向小康的路上，决不让一个残疾兄弟姐妹掉队。

新年的钟声就要敲响了，亲爱的残疾兄弟姐妹们，让我们紧紧握手，祝大家新春快乐，幸福安康!

张海迪

2018 年 2 月 15 日

张海迪：带着感情写提案

《人民日报》 2018 年 2 月 28 日

转眼间，我担任全国政协委员已经 20 年了。政协委员是一份沉甸甸的责任，而作为残疾人工作者，我更懂得肩负着 8500 万残疾人和很多残疾人家庭的期望。

记得 20 年前，我开始担任全国政协委员时还是一个专业作家。会议期间，我写了好几份提案，那些提案写得很长，我甚至写到了天亮，每一份提案都凝聚着我对残疾兄弟姐妹的关切。我想，写提案要带着感情，就像文学创作一样，很多感受都来自生活。我是一名残疾女性，最懂得残疾带来的痛苦、困难和障碍。

曾经有人问我，政协委员的提案有用吗？我想说，不仅有用，有很多提案还发挥出重要的作用。九届一次政协会议，我作为第一提案人，向大会提交了《关于在机场、车站、码头实施无障碍设施》的提案，很多委员都在那份提案上郑重地签下名字。今天很多地方都有了无障碍设施，也许人们不知道政协委员为此呼吁过，而作为曾经为此呼吁过的政协委员，看到社会的文明进步感到由衷的欣慰。

要更好地参政议政，就要不断研究问题。多年前，我曾经提交过一份《关于允许有能力的残疾人驾驶汽车的提案》，一个人身体部分残疾了，并不意味着失去所有的能力。我相信，越来越多的残疾人一定会实现自己的梦想，包括像健康人一样驾驶汽车。如今，残疾人驾驶汽车已经很普遍了，这也是很多政协委员共同努力的结果。

我认为康复是残疾人工作的重中之重，残疾人只有康复了，生活才有希望。我多次在政协会议上提出“建设中国康复大学，加快康复人才培养”的建议，得到了很多政协委员的大力支持，“建设康复大学”已经写进国家“十三五”规划纲要。目前，中国残联正在会同有关部门积极推进康复大学的建设。

我的感受是，始终与自己界别的群众心贴心，把他们的疾苦和对生活的期待记在心上，为改善他们的状况多思考、多建言，就能做一名合格的政协委员。

残疾人工作涉千家万户，张海迪指康复和教育是关键

中国新闻网 2018 年 3 月 8 日

中新社北京 3 月 7 日电（中新社记者沙晗汀）“今年政府工作报告中有 7 处提到残疾人，这体现了国家对残疾人特别的关心和关注，让我们感动、振奋。”全国政协委员、中国残疾人联合会主席张海迪 6 日在北京接受中新社记者采访时说。

目前，中国残疾人数量有 8500 万。在张海迪看来，庞大的数字背后是残疾人事业所面临的巨大困难以及亟待解决的众多问题。“残疾人的困难牵扯千家万户。让一个残疾人幸福了就可以让一个家庭幸福。”

她表示，近 30 年来，中国残疾人康复、教育、就业、扶贫、文化、体育等方面都取得了很大进步，残疾人事业的发展给千千万万人带来希望和福祉。

她说，当前工作中，残疾人康复依然是重中之重。“一个残疾人只有身体康复了，才能更好地参与和融入社会。”随着科学技术的发展，每年都有越来越多残疾人得以康复。在张海迪看来，残疾儿童抢救工作尤为重要，年龄越小的儿童，康复的希望越大。

“给一些聋哑孩子安装助听器、人工耳蜗，他们就可以听见，就可以很好地融入健康孩子的学校、接受教育。接受了教育就有了融入社会的条件，就不会孤立。”张海迪说。

教育是一个人成长历程当中最重要的。张海迪坦言，小时候受条件限制，她没有机会进入学校读书，失去了很多机会。但在今天，已经有越来越多的残疾孩子可进入学校。重度残疾的孩子，也可以获得送教育上门的服务。

一些社区已经有送教育上门的大学生志愿者。张海迪表示，“他们让重度残疾的孩子也可以得到教育。这让我非常感动。教育是重要的基础，有了知识才能改变命运。”

张海迪还说，自 2015 年以来，中国残联推动为参加高考的残疾学生提供便利措施，也取得了成效。来自四川的考生彭超由于没有双臂、只能用脚写字，获得了使用特殊桌椅以及延长考试时间的便利，最终以优异成绩被四川大学法学院录取。

张海迪坦言，看到残疾人学生能够获得高等教育的机会，她非常高兴；残疾人工作要以需求为出发点，创造一切机会、条件让残疾人更好地融入社会。“这是我们残疾人工作者应该承担的责任，也是全社会都应该关心的内容。”

张海迪希望，在国家的支持下，残疾人群体和他们的家庭都能对未来充满信心。

张海迪在全国政协十三届七次常委会议专题会议上的发言：促进残疾人辅助器具产业和公共服务高质量发展

2019 年 6 月 17 日

我国有 8500 万残疾人，还有 4400 万失能和半失能老年人。他们很多人都需要辅助器具。辅助器具是指补偿和替代人体功能的产品，是帮助残疾人和老年人提高生活质量、增强社会参与能力的手段。我国是世界上辅助器具需求最大、增长最快的国家。

习近平总书记强调“残疾人是一个特殊困难的群体，需要格外关心、格外关注”。近年来，我国残疾人事业发展，辅助器具纳入国家基本公共服务目录，产品种类日益丰富，服务质量不断提升，为残疾人的生活、学习和工作带来了很多的便利。

但是，总的来看，我国残疾人辅助器具产业和公共服务发展还处于较低水平。现有的辅助器具市场规模约 4300 亿元人民币，而产业化程度较高的美国、日本、德国辅助器具产值已经分别达到 8000 亿元、6000 亿元和 5000 亿元人民币。我国残疾人辅助器具适配率仅为 62.9%，远远无法满足残疾人日益增长的生活、康复、教育、就业等需求。产业发展不充分、自主创新能力不强、服务体系不完善、扶持政策不健全是迫切需要解决的问题。

目前，国内辅具企业数量少、规模小，仍以加工中低端产品为主，能够规模生产的电动轮椅、代步车等中高端产品 70% 以上为代工产品，中高端假肢、矫形器、低视力辅具、耳蜗等主要依赖进口。辅助器具服务机构也主要集中在大中城市，高水平专业技术人员和管理人员相当缺乏。在农村地区，甚至在不少中小城市，残疾人还难以就近就便获得专业的辅助器具服务。我国还没有建立统一的辅助器具资助制度，很多残疾人特别是贫困残疾人无力负担哪怕是基本型的辅助器具。

李克强总理强调，以辅助器具为代表的残疾人服务产业兼具经济效益和社会效益，承载科技创新与人文关怀，具有广阔的发展前景。按照需求测算，我国仅为残疾人、老年人、伤病者提供基本型辅助器具，总规模就需要 6 亿件、产值约 1 万亿元。随着人民生活水平和健康意识的提高，辅助器具还会从日常生活向康复、教育、就业、文化体育等各领域延伸，市场开发空间潜力巨大。现代辅具产业作为横跨制造业和服务业的新业态，能够加快科技创新、联动相关产业发展，有效改进社会服务。辅具产业就业容量大，还将成为促进就业的新增长点。

国务院印发的《“十三五”加快残疾人小康进程规划纲要》要求到“十三五”末，残疾人基本型辅助器具适配率要达到 80%。为促进辅助器具产业和公共服务加快发展、高质量发展，提出以下建议：

一、支持辅助器具产业发展，提供更多好产品

贯彻国务院《关于加快发展康复辅助器具产业的若干意见》，落实对辅助器具产业的融投资、税费优惠、政府采购等扶持政策，扩大产能规模、提高产品质量，实现我国辅助器具产业优化升级，争取辅助器具产品在规模、质量和科技含量等方面登上一个新台阶。建议科技部牵头，组织高等院校、科研院所和相关企业在智能化辅助器具等方面联合开展科技攻关，突破核心技术，培养一批自主品牌，提高国产辅助器具在中高端市场的占有率。

二、明确辅助器具资助政策，让残疾人买得起、用得上

多数国家采用医疗保险报销或者财政补贴的方式为残疾人购买、租借辅助器具提供全部或者部分资金支持。目前，我国还没有建立全国统一的辅助器具资助办法。工伤致残者的辅助器具由工伤保险支付，8 个省市建立了残疾人辅助器具财政补贴制度，还有一些地方把辅助器具纳入医疗保险报销范围。建议相关部门借鉴发达国家做法，总结地方先行先试经验，尽快研究建立全国性残疾人基本辅助器具资助制度，推行辅助器具服务补贴、纳入医保、社会救助等多种形式并存的服务给付机制，让残疾人家庭能够买得起、用得上，促进辅助器具消费市场的形成和发育。

三、提升服务能力，满足残疾人多样化、个性化需求

中国残联已经初步建立了省、市、县三级残疾人辅助器具服务体系。今后要重点加强市、县两级服务机构建设，支持社会力量举办辅助器具服务机构，多渠道增加服务供给。同时，要以高水平、高起点、国际化的中国康复大学为龙头，研究制定辅助器具服务标准，加快专门人才培养，完善职业能力水平评价体系，不断提高辅助器具适配服务水平。

四、推动辅助器具服务“一带一路”沿线国家残疾人

据世界卫生组织估计，全球有 10 亿多人需要一种或多种辅助器具，其中仅约 10% 的需求得到满足；到 2050 年需要辅助器具的人口预计将达到 20 亿以上。为此，世界卫生组织开展了全球辅助技术合作行动，在全球特别是中低收入国家推广《重点辅助器具清单》，指导各国辅具产品的研发、生产、服务提供、采购等。世界卫生组织欢迎和重视中国参与这一行动。建议以此为契机，与世卫组织开展辅助器具领域合作，发挥康复国际等国际组织的优势，加强与“一带一路”沿线国家在辅助器具科技研发、标准制定和人才培训等方面的合作，建立“一带一路”康复服务协作网络和辅助器具电子商务平台，让辅助技术造福更多沿线国家残疾人，成为民心相通的纽带。

习近平总书记指出：“人民对美好生活的向往就是我们的奋斗目标”。希望各级政府和有关部门更加重视推动辅助器具产业发展和公共服务，为实现残疾人“人人享有康复服务”、推进健康中国建设和全面建成小康社会做出积极贡献！

8500万残疾人，这不是一个简单的数字——张海迪常委的扶贫思考

《人民政协报》 2018年6月26日

人民政协网北京6月26日电 25日下午，全国政协十三届常委会第二次会议第四组讨论现场，一位与会者的身位明显比其他常委或委员高出一些——她就是坐在轮椅上参会的全国政协常委、中国残联主席张海迪。

“中国有8500万残疾人，这不是一个简单的数字，其背后是残疾人及其家庭无绵无尽的痛苦。对此，我深有体会。”

自从做了残联主席，张海迪“走”了很多地方，探访了很多残疾人的生活。很多家庭，很多场景，给了她深深的触动，让她无法释怀。“贫困残疾人尤其是贫困重度残疾人在残疾人中占比很高，他们的家庭增收难、支出大，再加上残疾人结婚的对象往往也是残疾人，导致产生残疾下一代的概率很高，使残疾和贫困代际传递。这也使得贫困重度残疾人成为脱贫攻坚中最需要解决的难题。”

在张海迪看来，由于这部分贫困群体没有劳动能力或者劳动能力有限，使得产业扶贫、健康扶贫、智慧扶贫等常规扶贫方式无法发挥作用，因此必须针对这一特殊群体“特事特办”，才能确保2020年农村贫困残疾人全部如期脱贫。

“比如社会保障扶贫的兜底政策，针对这部分人群就应加大力度。贫困残疾人最低生活保障要确保实现‘应保尽保’，并应逐步提高残疾人‘两项补贴’的标准和补贴范围，对确实无自筹资金能力的贫困残疾人家庭的住房安全问题也应纳入兜底范围。”

“比如贫困重度残疾人的社会化照料服务问题。应充分发挥农村福利院、养老院、卫生院及托养机构等公共设施作用，对有长期照料护理需求的精神、智力和重度肢体残疾人进行集中托养，或者至少是日间照料，可以通过政府购买服务的方式开发公益性岗位，就近就便为贫困重度残疾人提供服务。”

“贫困家庭重度残疾儿童抢救性康复和接受义务教育的问题也必须重视。应加快建立残疾儿童康复救助制度，为贫困家庭残疾儿童接受基本康复服务提供资金保障，确保在最佳时期得到有效的康复，并‘一人一策’解决建档立卡贫困家庭重度残疾儿童接受义务教育问题。”

“对于具备劳动条件的残疾人，要激发他们的内生动力，加强职业技能培训，扶持残疾人就业创业并开发更多适合贫困残疾人及其家庭成员就业的公益性岗位，让他们通过自己的劳动过上更好的生活。”

……

张海迪一口气说了很多。作家的职业养成了她思考的习惯，在深入调研残疾人生存状态的十年间，张海迪一直在思考他们的出路、他们的未来。“残疾人是特殊的群体，贫困重度残疾人是扶贫攻坚任务的难中之难。不畏难，施新策，多关爱，让贫困残疾人少一些痛苦，是全社会的责任。全面建成小康社会，残疾人一个也不能少。”

张海迪致全国贫困重度残疾人家庭无障碍改造现场会

中国残联网站 2018年7月19日

无障碍设施建设是社会文明进步的标志，体现着全社会对残疾人的关心和支持。无障碍设施是残疾人融合社会、去参与去创造的基础，有了平坦的路，有了扶手，有了盲道，有了一切为残疾人提供的便利条件，残疾人才能走出痛苦，解放自己和家庭，走进广阔的天地，创造美好的生活。无障碍设施建设是具体的工作，各级残联都要特别重视，要把残疾人的困境时刻挂在心上，要千方百计帮助他们解决困难，要呼吁并推动加大对无障碍设施的投入，包括对残疾人家庭进行无障碍改造，这也是帮助残疾人实现小康的重要任务。各级残联要推动将贫困重度残疾人家庭无障碍改造工作纳入脱贫攻坚计划，同时动员社会力量积极参与，要为残疾人创造便利环境，提高他们的生活质量。要加强残疾人家庭无障碍改造的标准化建设，要用好每一分钱，杜绝无障碍设施建设中的形式主义，要真心实意关心残疾人，更要全心全意为他们办实事。

张海迪出席首届全球残疾人事务峰会并做主旨发言

中国残联网站 2018年7月30日

当地时间2018年7月24日，中国残联主席、康复国际主席张海迪在英国伦敦出席首届全球残疾人事务峰会，并在开幕式上做主旨发言。

张海迪在发言时说，中国国家主席习近平指出，残疾人是人类大家庭的平等成员。在全球范围内推进可持续发展，实现“一个都不能少”的目标，对残疾人要格外关心、格外关注。中国高度重视残疾人事业发展，在残疾人社会保障、康复、教育、就业等领域取得了巨大进步，中国将进一步推动国际残疾人事务共同发展；中国不断健全残疾人权益保障制度，增加残疾人公共产品和公共服务供给，推动残疾人事业与经济社会协调发展。张海迪表示，中国重视关注残疾妇女和儿童的生存与发展问题，建立了残疾儿童康复救助制度。中国残联积极推动建设残疾人大数据，为残疾人提供精准服务奠定了重要基础。

张海迪指出，自担任康复国际主席以来，在中国政府支持下，康复国际设立了非洲基金和全球残疾人发展基金，以支持非洲和发展中国家发展残疾人事业。她表示，此次峰会具有开创性意义，必将对在世界范围内推动残疾人包容、可持续发展产生重要影响。她说，很高兴看到峰会将辅助器具作为重点合作领域，中国残联愿与各方共同推进残疾人领域

务实合作，特别是辅助器具领域合作，为更多残疾人谋福祉。

首届全球残疾人事务峰会于2018年7月24日在英国伦敦举行，约30个国家的政府代表、近百个国际残疾人组织的代表以及世界知名企业和相关机构的代表约750人出席峰会。

会议期间，张海迪还与英国隆纳济世助残首席执行官举行工作会谈，并参观了英国残疾人服务机构。

张海迪在首届全球残疾人事务峰会上的主旨发言摘要

中国残联网站　2018年7月24日

中国高度重视残疾人事业发展，在残疾人社会保障、康复、教育、就业等领域取得了巨大进步，并将进一步推动国际残疾人事务共同发展。中国不断健全残疾人权益保障制度，增加残疾人公共产品和公共服务供给，推动残疾人事业与经济社会协调发展。中国重视关注残疾妇女和儿童的生存与发展问题，建立了残疾儿童康复救助制度。中国残联积极推动建设残疾人大数据，为残疾人提供精准服务奠定了重要基础。

自担任康复国际主席以来，在中国政府支持下，康复国际设立了非洲基金和全球残疾人发展基金，以支持非洲和发展中国家发展残疾人事业。此次峰会具有开创性意义，必将对在世界范围内推动残疾人包容、可持续发展产生重要影响。很高兴看到峰会将辅助器具作为重点合作领域，中国残联愿与各方共同推进残疾人领域务实合作，特别是辅助器具领域合作，为更多残疾人谋福祉。

张海迪致全国残联系统人大代表和政协委员参政议政工作研讨会

中国残联网站　2018年11月9日

政治权利是残疾人的一项基本权利，参政议政是残疾人平等、充分参与社会生活的重要体现。党的十八大以来，以习近平同志为核心的党中央高度重视残疾人的政治权利保障，越来越多的残疾人、残疾人亲友和残疾人工作者进入各级人大、政协，参政议政，建言献策，尽责履职，为国家经济社会发展做出了贡献。

残疾人、残疾人亲友和残疾人工作者能够当选人大代表、成为政协委员，是党和国家的高度信任，是对个人能力的充分肯定，更是沉甸甸的社会责任。残联系统的各位人大代表和政协委员要奋发有为，锐意进取，积极投身于中国特色社会主义建设的伟大实践；更要将残疾人的安危冷暖放在心上，推动解决残疾人面临的医疗康复、社会保障、教育就业、无障碍等各种困难，努力为残疾人事业鼓与呼，让残疾人更多、更公平地分享经济社会发展成果。

为人大代表和政协委员做好服务工作，是各级残联的重要职责，各级残联的党组理事会都要高度重视，不断完善参政议政服务工作机制，为残联系统人大代表和政协委员履职创造更好的条件。残联的重要会议要多邀请人大代表和政协委员列席，残联的重大调研论证要多邀请人大代表和政协委员参加，残联的重大决策要多听取人大代表和政协委员的意见和建议。希望人大代表和政协委员多了解残疾人的真实状况，多了解残联工作，积极建言献策，支持残疾人事业发展，帮助更多残疾人过上美好生活。

鲁勇在中国残联深入学习贯彻党的十九大精神专题培训班上的党课：以习近平新时代中国特色社会主义思想为指导，奋力开创新时代残疾人事业新局面

2018年4月26日

党的十九大闭幕后，中国残联落实了一系列传达学习和宣传贯彻的措施，推开了习近平新时代中国特色社会主义思想和党的十九大精神学习活动。在开展经常性学习的同时，去年11月集中三天分两期组织机关处以上干部，直属单位、基金会班子成员和所有党支部书记专题学习。根据安排，今年上半年继续组织集中学习活动。按照计划，我做开班动员，也是讲一次党课。

学习贯彻党的十九大精神，是当前和今后一个时期的首要政治任务。党的十九大闭幕后的第三天，习近平总书记就在十九届中央政治局第一次集体学习时发出号召，贯彻落实党的十九大精神，在新时代坚持和发展中国特色社会主义，要求全党来一个大学习。

重视学习，是推动党和人民事业发展的成功经验。我们党在每个重大转折时期都特别强调加强学习，在学习中统一思想、凝聚力量进而推动党和人民事业实现了一次又一次的大发展大进步。97年前，依靠学习，一批掌握马克思主义真理的先进分子登上历史舞台；69年前，依靠学习，进京"赶考"的中国共产党人建立了新中国；40年前，依靠学习，中国共产党带领人民开启了改革开放的富民强国之路。

学习的过程，是修养提高的过程、本领增强的过程、思想统一的过程、行动看齐的过程、力量凝聚的过程、事业推进的过程。现在，全面建成小康社会进入决胜阶段、中国特色社会主义进入新时代。为实现第一个百年奋斗目标，开启全面建设社会主义现代化国家新征程，向第二个百年奋斗目标进军，党的十九大做出重大决策部署，提出了许多新理念新论断，确定了许多新任务新举措，特别是确立了习近平新时代中国特色社会主义思想的指导地位，制定了行动纲领和发展蓝图。要使党的十九大精神成为推动党和国家事业发展的强大思想武器，把各项目标任务落到实处，特别需要加强学习，切实增强"八个本领"即学习本领、政治领导本领、改革创新本领、科学发展本领、依法执政本领、群众工作本领、狠抓落实本领、驾驭风险本领，重中之重是学习领会习近平新时代中国特色社会主义思想。

搞好大学习，学懂是前提。贯穿党的十九大精神的主线和灵魂是习近平新时代中国特色社会主义思想。要通过学习，准确领会这一思想的时代背景、精神实质、丰富内涵和实践要求，深入领会贯穿其中的坚定信仰信念、鲜明人民立场、强烈历史担当、求真务实作风、勇于创新精神和科学的方法论，深入领会这一思想的重大政治意义、理论意义、实践意义，不断增强政治意识、大局意识、核心意识、看齐意识，不断增强政治认同、思想认同、理论认同、情感认同，不断增强中国特色社会主义道路自信、理论自信、制度自信、文化自信，在思想上政治上行动上同以习近平同志为核心的党中央保持高度一致。

搞好大学习，弄通是关键。知其然知其所以然，联系地而不是孤立地、系统地而不是零散地、全部地而不是局部地来理解习近平新时代中国特色社会主义思想和党的十九大精神。弄通，就要与学习马克思主义基本原理贯通起来，思考把握新时代中国特色社会主义面临的一系列重大问题；与把握进行伟大斗争、建设伟大工程、推进伟大事业、实现伟大梦想的实践贯通起来，弄通五年来深层次根本性历史性变革背后的实践逻辑；与把握党的十九大做出的各项战略部署贯通起来，深化对党和国家事业各项战略部署包括残疾人事业部署整体性、关联性、协同性的认识，在整体中研究局部、在关联中把握逻辑、在协同中推动发展。

搞好大学习，做实是要义。做实，实在不忘初心，始终牢记为中国人民谋幸福、为中华民族谋复兴的历史使命和责任担当。实在知行合一，切实做到学而知之、知而行之、言行一致、自觉践行。实在履职尽责，结合实际把战略部署转化为工作任务，针对工作任务明确措施，扑下身子抓落实。实在心中有数，搞清基础底数，有计划有秩序推进落实。实在心怀全局，始终从大局高度、全局视野筹划每一步，确保党中央确定的目标任务和战略部署顺利实现，确保残疾人事业按照党中央的决策部署得到有力推进。

残疾人事业是中国特色社会主义事业的重要组成部分。以习近平同志为核心的党中央，对残疾人和残疾人事业格外关心、格外关注。2014 年 3 月，习近平总书记致中国残疾人福利基金会成立 30 周年贺信指出，残疾人是一个特殊困难的群体，需要格外关心、格外关注。让广大残疾人安居乐业、衣食无忧，过上幸福美好的生活，是我们党全心全意为人民服务宗旨的重要体现，是我国社会主义制度的必然要求。2014 年 5 月，习近平总书记会见出席第五届全国自强模范暨助残先进表彰大会代表时强调，残疾人是社会大家庭的平等成员，是人类文明发展的一支重要力量，是坚持和发展中国特色社会主义的一支重要力量。中国梦，是民族梦、国家梦，是每一个中国人的梦，也是每一个残疾人朋友的梦。我们都要凝心聚力，在实现人生梦想的同时，共同推动中华民族的美好梦想早日实现。各级党委和政府要高度重视残疾人事业，把推进残疾人事业当作分内的责任，各项建设事业都要把残疾人事业纳入其中，不断健全残疾人权益保障制度。2016 年 7 月，习近平总书记在河北唐山市考察时指出，中国有几千万残疾人，2020 年全面建成小康社会，残疾人一个也不能少。为残疾人事业做更多事情，也是全面建成小康社会的一个重要方面。2016 年 8 月，习近平总书记出席全国卫生与健康大会指出，我国还有 8500 多万残疾人，他们的健康需要社会付出更多关爱和更大努力。要增强全社会残疾预防意识，重视残疾人健康，努力实现残疾人“人人享有康复服务”的目标。2017 年 2 月，习近平总书记在中央政治局第 39 次集体学习时指出，要把深度贫困地区作为区域攻坚重点，把贫困老年人、残疾人等作为群体攻坚重点。2017 年 10 月，习近平总书记在党的十九大报告中指出，发展残疾人事业、加强残疾康复服务，办好特殊教育，筹办好北京冬奥会、冬残奥会。2017 年 11 月，习近平总书记致 2013—2022 年亚太残疾人十年中期审查高级别政府间会议贺信强调，进一步发展残疾人事业，促进残疾人全面发展和共同富裕。2018 年 2 月，习近平总书记在打好精准脱贫攻坚战成都座谈会上指出，化解特殊贫困群体难题是打好脱贫攻坚战面临的最为突出的挑战。为落实好以习近平同志为核心的党中央关于残疾人事业的新部署新要求，国家《国民经济和社会发展第十三个五年规划纲要》设专节强调残疾人基本公共服务。《关于加快推进残疾人小康进程的意见》聚焦残疾人基本民生保障和就业增收明确了 4 方面主要措施，《“十三五”加快残疾人小康进程规划纲要》确定了加快残疾人小康进程的 6 方面政策措施，《“十三五”推进基本公共服务均等化规划》将残疾人服务作为 8 个领域之一安排了 10 大类服务项目。国家还出台了《残疾预防和残疾人康复条例》《关于全面建立困难残疾人生活补贴和重度残疾人护理补贴制度的意见》《关于加快发展康复辅助器具产业的若干意见》，修订出台《残疾人教育条例》，设立了国家残疾预防日，实施了《国家残疾预防行动计划（2016—2020 年）》、两期《特殊教育提升计划》，《贫困残疾人脱贫攻坚行动计划》，等等。

残联工作是党的工作的重要组成部分，残联组织是党和政府联系广大残疾人的桥梁和纽带。习近平总书记要求我们，继承发扬优良传统，切实履行职责，锐意进取、扎实工作，为推动残疾人共享我国经济社会发展成果，为帮助残疾人在实现中华民族伟大复兴的中国梦中实现自己的人生理想，做出更大贡献。特别强调，各级残联要发扬优良传统，切实履行职责，为残疾人解难、为党和政府分忧，团结带领残疾人继续开创工作新局面。2015 年 7 月，习近平总书记在中央党的群团工作会议上明确强调，群团组织要更多把注意力放在困难群众身上，多做雪中送炭的事情。工会、共青团、妇联、残联等群团组织更要在这方面下功夫。2013 年 9 月，党中央、国务院在中国残疾人联合会第六次全国代表大会上祝词指出，残联是党和政府联系残疾人的桥梁和纽带，要完善组织体系，加强能力建设，认真履行“代表、服务、管理”职能。牢牢扎根于残疾人之中，千方百计为他们解难题、办实事、谋福祉，真正成为残疾人之家。2016 年 2 月，李克强总理批示指出，希望残联会同各相关部门和地方，进一步重视做好残疾人工作，拿出更实、更有针对性、更具人文关怀的措施，推进解决各类残疾人群在身体康复、教育就业、权益保障等方面存在的困难，让他们感受到全社会的温暖。近期出台的《中共中央关于深化党和国家机构改革的决定》强调，推动群团组织增强政治性、先进性、群众性，优化机构设置，完善管理模式，创新运行机制，坚持眼睛向下、面向基层，将力量配备、服务资源向基层倾斜，更好适应基层和群众需要。增强群团组织团结教育、维护权益、服务群众功能，更好发挥群团组织作为党和政府联系人民群众的桥梁和纽带作用，等等。

以习近平同志为核心的党中央做出的重要指示，是推进新时代残疾人事业和加强改进残联工作的重要遵循。中国残联“六代会”以来，我们按照党中央关于残疾人事业的新部署新要求，国务院关于加快发展残疾人事业的决策安排，重点围绕落实全面从严治党要求、加快推进残疾人小康进程、加强和改进残联工作展开了工作。五年来，我们在推动具体任务落实中也逐步深化了对做好残联工作的认识，包括：

一是不断强化党的领导。努力把握残联作为党和政府联系残疾人的桥梁和纽带定位，坚定地贯彻落实以习近平同志为核心的党中央关于残疾人事业和残联工作的重要指示。

二是始终坚持融入大局。不搞体外循环，不搞自我循环，在推进中国特色社会主义事业大局中发展残疾人事业，把加快残疾人小康进程紧紧绑在国家和各地全面建成小康社会的战车上。

三是突出精准问题导向。持续开展全国持证残疾人基本服务状况和需求的实名制调查和相关信息动态更新工作，不以典型的成功案例包装整个工作，力求以残疾人实际获得感反映部门工作成效、评价相关工作绩效。

四是坚持把握底线思维。突出雪中送炭工作要求，把主要精力和力量放在贫困残疾人脱贫攻坚和残疾人基本公共服务托底补短上，既抓顶层设计也抓务实项目，既抓面上推动也抓典型带动，更抓可复制可推广的经验典型。

五是注重激发内生动力。坚持以鲜明的旗帜凝聚人、正确的舆论引导人、人道的力量感染人、生动的事例激励人，激励残疾人更加勇敢地面对生活挑战，努力让残疾人精神生活更充实、融入社会更有尊严、自强自立更有动力。

六是稳步推进购买服务。让有限的财政投入产生更多的放大效应，吸引更多社会力量和资源共同做残疾人服务工作。同时，下力气推动残疾人服务标准建设和相关评估工作，努力增强残联在残疾人服务领域的话语权、评价权。

七是促进服务重心下移。注重提升基层服务残疾人的能力，注重让残疾人能就近就便得到相关服务，努力打通服务残疾人的“最后一公里”。

当然，大家所做的远不止这些。我们将结合中国残联成立 30 年、筹备中国残联七代会进行系统总结和提炼。

过去的五年，事业的发展、工作的改进，得到党中央、国务院的肯定，得到有关部门的好评。党的十八届五中全会、十八届六中全会、十八届七中全会都专门阐述了当年残疾人重点工作，十三届全国人大一次会议《政府工作报告》肯定了建立困难和重度残疾人“两项补贴”制度。2016 年 2 月，李克强总理专门批示，中国残联围绕残疾人事业做了很多有意义的工作，应予肯定。2017 年 12 月，王勇国务委员批示指出，党的十八大以来，在以习近平同志为核心的党中央坚强领导下，全国各级残联认真贯彻落实党中央、国务院的决策部署。积极围绕加快推进残疾人小康进程，积极作为，真抓实干，在推动残疾人脱贫攻坚、基本公共服务托底补短、法规政策建设、国际交流合作、残疾人组织党的建设和自身建设等方面，做了大量扎实有效工作，为广大残疾人办成了一大批实事、难事、好事，促进残疾人事业整体发展水平跃上新台阶。

十八届中央巡视中国残联党组的反馈意见指出，党的十八大以来，中国残联党组自觉与党中央保持一致，推动残疾人事业取得了新进步。坚持好干部标准，树立正确用人导向，选人用人质量不断提高。对违反中央“八项规定”精神问题进行自查自纠，党风廉政建设和反腐败工作取得了一定成效。今年 1 月，中央纪委派驻民政部纪检组反馈意见指出，2017 年，中国残疾人联合会党组深入学习领会习近平新时代中国特色社会主义思想，坚定维护以习近平同志为核心的党中央权威和集中统一领导，认真研究和贯彻落实党的十九大精神，积极推进“两学一做”学习教育常态化制度化，全面贯彻落实党中央、国务院有关残疾人事业的重大决策部署，扎实做好巡视整改工作，全面从严治党工作扎实开展。

党中央、国务院的肯定、中央有关部门的评价，是鼓励更是激励。我们要更加珍惜来之不易的大好局面、更加珍视得到肯定的思路做法，强化四个意识，保持政治定力，为开创新时代残疾人事业新局面做出不懈的努力。

今年是贯彻党的十九大精神开局之年，是改革开放 40 周年，是决胜全面建成小康社会、实施“十三五”规划承上启下的关键一年。中国残联迎来成立 30 周年，按照章程筹备召开中国残联第七次全国代表大会。为推动落实工作，我们确定了今年的总体工作思路，力求突出主线、聚焦主业、落实主责、抓好主场，为开启新时代残疾人事业和残联工作新局面开好局、起好步。

实现事业的大发展大进步，必须凝神聚力。为此，我们要结合实际进一步加强学习，努力提高思想修养、党性修养。

第一，要强化“四个意识”，增强政治定力

政治意识、大局意识、核心意识、看齐意识这“四个意识”，既有各自的规定性和明确要求，又彼此联系、互为支撑，相互渗透、相互依赖，集中体现为根本的政治方向、政治立场、政治原则、政治要求。政治意识强调政治方向，要求坚定信仰不迷失。增强政治意识，必须坚定政治方向和政治信仰，坚持政治原则和政治立场，保持政治警觉和政治清醒，严守政治纪律和政治规矩。大局意识强调认识高度，要求登高望远不短视。增强大局意识，就是要自觉从党和国家大局角度想问题、办事情、抓落实，坚决贯彻落实中央决策部署，确保中央政令畅通。核心意识强调力量聚合，要求集中统一不离散。增强核心意识，就要坚定维护党中央的权威、坚决执行党中央的决策部署，在思想上认同核心、在政治上围绕核心、在组织上服从核心、在行动上维护核心。看齐意识强调步调一致，要求整齐划一不掉队。增强看齐意识，就要听从党中央的指挥，服从党中央的安排，紧密团结在以习近平同志为核心的党中央周围。

需要强调的是，“四个意识”不能层层推演。对“四个意识”的认知水平，是对干部政治定力的检验。我多次引用习近平总书记强调过的一段话，如果理想信念不坚定，政治上不合格，经不起风浪，这样的干部能耐再大也不是我们党需要的好干部。希望我们都能真正理解和有效践行。

第二，要强化党的观念，落实全面领导

十九大报告强调，要加强党性锻炼，不断提高政治觉悟和政治能力，把对党忠诚、为党分忧、为党尽职、为民造福作为根本政治担当，永葆共产党人政治本色。强化党的观念，必须强化党章意识，真正把《党章》作为加强党性修养的根本标准；必须强化纪律意识，遵守党的纪律无条件，决不搞选择性遵纪、选择性执纪，更不能对人讲纪律对己讲例外；必须强化担当意识，履职担当，守土有责，守土负责，守土尽责；必须强化自律意识，守住做人、处事、用权、交友底线，严以修身、严以用权、严以律己。

强化党的观念，必须深刻理解中国特色社会主义最本质的特征是中国共产党领导的重大意义，自觉坚持、有效落实党的全面领导。坚持和加强党的全面领导，核心是全面领导，灵魂是用习近平新时代中国特色社会主义思想武装全党，最重要的是维护以习近平同志为核心的党中央权威和集中统一领导。我们要全面贯彻《中共中央政治局关于加强和维护党中央集中统一领导的若干规定》精神，确保证党的路线方针政策在中国残联得到全面贯彻落实。

第三，要强化责任担当，推进全面小康

坚决贯彻落实习近平总书记“全面建成小康社会、残疾人一个也不能少”和实现“残疾人人人享有康复服务”目标重要指示，坚决贯彻落实党和国家推进残疾人事业的各项具体部署，是我们肩负的重要责任。为全面贯彻落实党中央决策部署，我们已经做出了一系列工作安排。现在，全年时间即将过去三分之一，各项任务都在落实过程中，有的已取得阶段性成果，有的才刚刚展开。希望大家在学习中结合各自职责、肩负任务，认真梳理、逐项检查，看一看我们承担的《政府工作报告》8项重点任务分工分解推进情况，看一看《中国残联党组2018年度重点工作任务分解》责任清单推进落实情况，看一看《全国残联2018年工作要点任务分解》责任清单推进落实情况，适时我们将专题听取重点工作推进情况的汇报，加大工作调度力度。

第四，要强化一岗双责，紧抓党的建设

我们在2017年度党建工作述职会上提出了“七个紧抓”的工作要求，《中国残联党组2018年度重点工作任务分解》责任清单明确了加强党的建设重点工作任务，直属机关党委做出了具体安排，希望大家抓好落实。特别要围绕提升组织力这个重点落实推进措施，着力解决作用发挥不充分、党员意识不强等问题，持续纠正不同程度存在的党建工作“灯下黑”现象。要巩固落实意识形态责任制工作成果，认真落实全国网络安全和信息化工作会议精神，建立健全信息发布送审程序和发布机制，整合优化残联系统网站、新媒体平台。健全预警监测和分析研判机制，加强舆论动态跟踪分析，及时发现和处置苗头倾向性问题。

在此，还要特别强调一下加强残联主管社会组织的党建工作。中国残联有5个专门协会，还主管着12个全国性社团组织，包括中国狮子联会和中国残疾人特殊艺术协会、中国残疾人事业新闻宣传促进会、中国残疾人康复协会、中国盲人按摩学会、中国残奥委员会、中国特奥委员会、中国聋人体育协会、残疾人事业发展研究会、中国助残志愿者协会、康艺无障碍影视发展中心、金钥匙视障教育研究中心。去年，我们在加强社会组织党建工作方面下了大气力，实现了党的组织全覆盖。党组织成立后，工作有了新起色，同时开展好党的工作还面临繁重任务。最近，有关部门严肃指出个别社会组织存在问题，明确提出建议，要求进一步配强党组织班子，加强党的建设，加强思想政治工作。对此，党组高度重视，专题进行了研究，也持续展开着整改工作。在此，我们要求，所有社团组织都要进一步加强党的领导、党的建设，在巩固党的组织全覆盖成果基础上把党的工作全覆盖抓好抓实。机关党委要加强领导和工作指导，主责的党组织要切实推动工作落实。

目前，不少社团组织都到了换届时间。牵头部门要会同人事部门、机关党委统筹研究换届筹备工作，同步推动业务工作和党建工作的发展。下一阶段，党组要专题听取社团组织换届准备工作，请相关业务主管部门和直属单位、相关社团组织提前做好准备。同时，要召开残联主管社会组织的党建工作会议，请机关党委会同有关部门筹备好。

第五，要强化用人导向，加强干部监管

珍惜和坚持中央巡视对残联选人用人工作给出的肯定意见，毫不动摇地贯彻执行党的干部路线方针政策，坚持党管干部原则，坚持德才兼备、以德为先，坚持五湖四海、任人唯贤，坚持事业为上、公道正派，充分发挥党组织领导和把关作用，突出政治标准，严把政治关、廉洁关、形象关，注重培养专业能力、专业精神，进一步规范选人用人程序。要强化对直属单位选人用人工作的指导、监管，统筹推进机关和直属单位领导班子建设及干部队伍建设。要进一步严肃干部工作纪律，任何人都不得对提拔重用的干部讨好卖好，对受批评或工作调整不满的干部不能说情开脱、充当“好人”。更要禁止向党伸手要职务、要名誉、要待遇的行为，禁止向党组织讨价还价、不服从组织决定的行为。

按照上级党组织通知精神，党组决定在落实好前一段干部选任工作成果基础上，按计划启动机关和直属单位部分岗位干部的内部选任工作。希望大家认真学习中央干部选拔任用工作规定，共同做好工作。大家都要加强监督、接受监督，确保公道正派，风清气正。

第六，要强化纪律规矩，搞好巡视整改

始终把政治建设摆在首位，严明政治纪律和政治规矩，不断涵养政治定力、纪律定力、道德定力、抵腐定力。强化纪律要求和规矩意识，决策前充分调研论证，决策时充分发表意见，决策后统一意志一抓到底，坚决反对和纠正当面不说、背后乱说，会上不说、会后乱说，当面一套、背后一套等言行。大事讲原则，小事讲风格，原则性问题不暧昧，非原则性问题不折腾。高度警觉坚决抵制“七个有之”问题，坚决抵制对党不忠诚不老实的两面人、两面派。

更有效地运用监督执纪“四种形态”加强日常监督，教育党员干部时刻把纪律、法律、制度、规矩、道德的戒尺牢记于心，守住底线、不踩红线、不碰高压线，习惯在受监督和约束的环境中工作生活。深入贯彻《中共中央政治局贯彻落实中央“八项规定”实施细则》精神和中国残联的落实措施，抓具体、补短板，坚决防止回潮复燃。特别强调，任何人不得隐瞒或变相隐瞒应向党组织报告的个人、家庭、亲属重大事项，不得干预纪检监察部门独立调查问题线索和查办案件。今年2月，我们召开干部大会，就贯彻十九届中央纪委二次全会精神做出部署，龚堂华组长传达了精神、提出了要求，各部门、各单位要认真贯彻落实，机关纪委要督促检查。

为深入落实党的十九大精神和《党章》《关于新形势下党内政治生活的若干准则》《党内监督条例》《中共中央政治局关于加强和维护党中央集中统一领导的若干规定》《中国共产党巡视工作条例》等要求，党组今年将继续开展巡视工作，重点检查中央巡视意见落实情况并结合一年来实践明确新的任务和要求。近期，将就此项工作进行专题部署。

第七，要强化改革创新，“强三性、去四化”

持续深入学习贯彻中央党的群团工作会议精神，认真领会落实《中共中央关于深化党和国家机构改革的决定》要求，推动残联组织不断增强政治性、先进性、群众性，高度警惕和坚决抵制不同程度存在的机关化、行政化、娱乐化、贵族化问题，进一步优化机构设置，完善管理模式，创新运行机制。坚持眼睛向下、面向基层，将力量配备、服务资源向基层倾斜，更好适应基层和残疾人需要。要结合筹备中国残联七代会，认真研究落实增强残联组织团结教育、维护权益、服务群众功能的具体落实措施，更好发挥残联组织作为党和政府联系广大残疾人群众的桥梁和纽带作用。中央批复《中国残联改革方案》后，我们要专题部署抓好落实。

第八，要强化基层基础，完善常态机制

持续加强基础管理，是中国残联“六代会”以来始终紧抓不放的重要任务。这几年，我们先后开展了基础管理建设年、基础管理提升年、基础管理“回头看”、加强基层基础管理等建设活动，在建章立制、明规严纪、填空补短、查偏纠错、优化生态、清风正气等方面取得了显著成效。同时，存在的问题也不容忽视，更不能无视。最近，有关部门对中国残联过去几年的预算执行情况进行审计。目前得到的初步反馈意见表明，整体情况比较好，这也从一个方面验证了多年强调加强基础管理是富有成效的。但是，审计也发现有的直属单位仍存在问题甚至是很严重的问题。这些问题，既有多年积淀的老问题也有近年发生的新问题，既有决策不规范、执行不规范问题也有违反中央“八项规定”精神、违反相关财经纪律规定的问题。特别是有的问题虽是个别人的个人行为，但涉嫌严重违规违纪。现实再次警醒我们，必须毫不懈怠地持续加强基础管理，通过完善常态工作机制使加强基础管理工作永远在路上。审计意见正式反馈后，我们将按照规定启动问责程序，涉及违纪问题运用“四种形态”严肃查处。

周长奎在全国残联系统推进贫困残疾人脱贫攻坚工作会议上的讲话

2018年10月12日

今天我们在石家庄召开全国残联系统推进贫困残疾人脱贫攻坚工作会议，具有特殊重要的意义，一方面中国残联和各地残联刚刚召开了换届会，产生了新一届领导集体；另一方面中央对今后三年打赢脱贫攻坚战做出了新的部署。因此，对于贫困残疾人脱贫攻坚工作来说，这是一次承前启后的会议，是对残联系统助推打赢贫困残疾人脱贫攻坚战的再动员、再部署。会议的目的是深入学习贯彻习近平总书记关于脱贫攻坚的重要论述和关于残疾人脱贫攻坚的重要指示精神，认真落实中央《关于打赢脱贫攻坚战三年行动的指导意见》和中国残联七代会精神，总结成效、交流经验，进一步提高站位、统一思想，整理行装再出发，凝心聚力打赢残疾人脱贫攻坚战。我就残联系统做好下阶段残疾人脱贫攻坚工作讲四点意见。

一、贫困残疾人脱贫攻坚工作取得的成效和面临的形势

党的十八大以来，中央和地方各级党委政府高度重视残疾人脱贫攻坚工作，相关部门也给予了格外关心和大力支持，经过大家的不懈努力，残疾人脱贫攻坚取得了显著成效。

一是贫困残疾人数量大幅减少，贫困残疾人及其家庭的生产生活状况明显改善。据国务院扶贫办贫困户建档立卡数据反映，建档立卡的贫困残疾人从2014年的近600万人下降到2017年底的281万人。根据近两年中国残联党组成员带队开展的贫困残疾人脱贫攻坚调研和有关统计数据反映，贫困残疾人家庭“两不愁、三保障”有了实质性进展，有劳动能力的贫困残疾人通过产业扶贫、就业扶贫等多种方式实现了经济收入不断增加，有47.6%的贫困残疾人家庭还得到了资产折股量化的分红收益，有300多万贫困残疾人接受了农村实用技术培训，有44.5万户贫困残疾人危房户得到了农村危房改造，基本康复服务和家庭无障碍改造的覆盖面不断扩大。入户调研时大家都能深切地感受到贫困残疾人家庭对脱贫充满了信心。

二是贫困残疾人脱贫攻坚建立了上下一贯、“四梁八柱”的政策扶持体系。“工欲善其事，必先利其器。”党的十八大以来，党中央、国务院以及地方各级党委政府加大对贫困残疾人脱贫攻坚的政策扶持，出台了一系列帮助扶持贫困残疾人脱贫的好政策好措施，成为打赢残疾人脱贫攻坚战的坚强后盾。中央印发的《关于打赢脱贫攻坚战的决定》《关于打赢脱贫攻坚战三年行动的指导意见》《关于支持深度贫困地区脱贫攻坚的实施意见》等多个文件，将残疾人脱贫攻坚纳入其中并提出明确的政策措施和工作要求。中国残联会同相关部委相继制定出台了多个涉及残疾人脱贫攻坚的文件和实施方案。各地各级残联积极争取将残疾人脱贫攻坚纳入当地党委政府脱贫攻坚扶持政策范围，细化扶持措施，制定出台了很多富有当地特色的扶持贫困残疾人脱贫的特惠政策。这一系列的好政策、好措施在推动贫困残疾人脱贫攻坚工作中发挥了重要作用。

三是贫困残疾人脱贫攻坚探索形成了丰富多样的新经验新做法。各地在推进贫困残疾人脱贫攻坚的进程中，围绕贫困残疾人家庭的致贫原因、脱贫的特殊困难和难点问题，拓展思路，创新实践，涌现出多种多样行之有效的新经验新做法，比如河北省行唐县残疾人就业扶贫双创园、河南省驻马店市贫困重度残疾人照料养护机构和信阳市贫困重度残疾人家庭无障碍改造、湖北省长阳县贫困残疾人互助社、广西区基层党组织助残扶贫、山东省聊城市贫困残疾人邻里互助、云南省贫困盲人就业脱贫等。这些好经验好做法凝聚了当地党委政府的关心支持，凝聚了残联和残疾人工作者的智慧创新，我们应该总结好、推广好，在今后的残疾人脱贫攻坚工作中发挥更大的作用。

总结梳理成效的同时，我们更应该清醒地看到残疾人脱贫攻坚面临的严峻形势和存在的突出问题。一是贫困残疾人数量依然很多，目前仍有281万建档立卡贫困残疾人；脱贫的难度越来越大，剩下的贫困残疾人家庭多是重度残疾人、一户多残、老残一体等无业可扶、无力脱贫的家庭，是脱贫攻坚中最难啃的硬骨头。在未来的两年半里，脱贫任务非常艰巨。二是贫困残疾人脱贫不解困的问题突出，特别是无劳动能力、需要长期照料的重度贫困残疾人家庭解困难度大，残疾人的照料问题拴住了家庭劳动力，致使全家难以摆脱贫困。三是有些地方对残疾人脱贫攻坚认识还没有完全到位，工作抓不到位，还有一部分基层残联同志认为残疾人脱贫攻坚是扶贫办的事，事不关己，部门协调沟通少，出台政策文件少，调研督促少，政策落实不到位，比对核实数据不积极。四是康复服务、辅具适配、家庭无障碍改造等工作的覆盖面和服务力度有待加强，调研中发现，仍有大量的贫困残疾人及家庭有康复指导训练、辅具适配和家庭无障碍改造的实际需求。五是贫困残疾人家庭脱贫的内生动力有待提高，还有一小部分贫困残疾人及其家庭存在“等靠要”思想，奋发图强努力脱贫的信心还不足。这些问题都直接或间接地影响着残疾人脱贫攻坚的进程，需要我们下大力气加以解决。

二、提高站位、统一思想，增强打赢贫困残疾人脱贫攻坚战的责任感、紧迫感

认识到位是干好一件事的前提，思想统一才能提振精气神。中国残联七代会闭幕之后召开的全国残联主要负责同志会议上，我就学习贯彻党中央、国务院的要求和领导同志的讲话精神、海迪主席的报告提出了意见。针对贫困残疾人脱贫攻坚工作提高认识，我想再强调三个方面：

一是做好残疾人脱贫攻坚工作是各级残联的重大政治责任。党中央部署脱贫攻坚的总体要求是中央统筹、省负总责，市县抓落实，明确五级书记抓扶贫。我们各级残联作为代表服务残疾人的党的群团组织，助推贫困残疾人脱贫攻坚是各级残联义不容辞的政治责任。中央印发的《关于打赢脱贫攻坚战的决定》重要政策措施分工方案中，有1项中国残联牵头，14项中国残联参与，中办、国办印发的《关于打赢脱贫攻坚战三年行动的指导意见》重要政策措施分工方案中，有3项中国残联牵头落实的内容，10多项参与落实的内容。中国残联已将如何贯彻落实做出部署，各地要对照分工方案的要求抓好落实。从地方看，各级党委政府对残联做好残疾人脱贫攻坚工作也提出了明确要求，群团组织在中央文件的任务分工中能够牵头落实的也就只有中国残联一家。党中央将脱贫攻坚作为一项政治任务进行全面部署，对于残联来讲，要与习近平同志为核心的党中央保持高度一致，坚决按照党中央关于脱贫攻坚的决策部署，将残疾人脱贫攻坚作为一项重大的政治任务和政治责任勇敢地肩负起来，扎扎实实地完成好。这是“四个意识”的具体体现。东部省份虽然没有现行标准下的扶贫任务，但在思想上、工作中仍要时刻把解决好城乡贫困残疾人的迫切困难，把提高低收入困难残疾人群体的获得感、幸福感作为残联工作的重要责任，摆上重要工作议程予以重点研究推进。

二是做好残疾人脱贫攻坚工作事关国家脱贫攻坚战的全面胜利，事关“全面建成小康社会，残疾人一个也不能少”目标的实现。残疾人脱贫攻坚是国家打赢脱贫攻坚战的重要组成部分，是脱贫攻坚战中艰难的战役。到2020年贫困残疾人不能如期实现脱贫，中央打赢脱贫攻坚战的目标就不能算是真正取得全面胜利。完成加快推进残疾人小康进程“十三五”规划目标是“十三五”残疾人事业发展的总体目标，其中残疾人脱贫攻坚任务是底线任务，是急中之急、重中之重的任务。没有解决贫困残疾人的脱贫问题，就谈不上残疾人的全面小康，更谈不上完成习近平总书记提出的“全面建成小康社会，残疾人一个也不能少”的任务目标。

三是做好残疾人脱贫攻坚工作是推动农村残疾人工作上台阶的重大机遇。农村残疾人工作滞后、服务能力弱，是残疾人事业发展的突出短板。脱贫攻坚为推进城乡残疾人事业协调发展、尽快补齐农村残疾人工作的短板提供了一个历史性的重大机遇。农村残疾人脱贫攻坚为基层残联和残疾人工作者提供了一个大有作为的舞台，是加强基层组织建设、培养锻炼队伍的好机会，是完善农村残疾人社会保障、医疗康复、就业帮扶、照料养护等多方面政策的好机会，是加强和提高农村残疾人服务能力和水平的重大机遇。我们应该紧紧抓住未来两年半的攻坚决胜期，在脱贫攻坚和乡村振兴等重大机遇面前，有所作为，加快推进农村残疾人各项工作的步伐。

总之，我们要把思想认识统一到党中央对脱贫攻坚的决策部署上来，切实增强打赢残疾人脱贫攻坚战的责任感、紧迫感，加大工作力度，凝聚各方力量，确保到2020年如期完成残疾人脱贫攻坚任务目标。

三、找准切入点，着力抓好残疾人脱贫攻坚的重点工作

各级残联在推进残疾人脱贫攻坚工作中既要扛起政治责任，又不能大包大揽，要找准切入点，找准残联的定位，做到尽职到位。以中央印发的《关于打赢脱贫攻坚战三年行动的指导意见》及重要政策措施分工方案、中办国办印发的《关于支持深度贫困地区脱贫攻坚的实施意见》中确定的任务目标、政策措施为依据，重点把握好以下几方面工作。

一是紧紧围绕“两不愁、三保障”的任务目标，落实好各项扶持政策。以中国残联分解的国家建档立卡贫困残疾人家庭在基本生活保障、医疗保障、残疾儿童少年义务教育、住房安全等方面还存在的短板数据为依据，逐项逐人落实相关政策。要进一步强化对贫困残疾人的兜底保障，让符合条件的贫困残疾人都按规定享受最低生活保障、残疾人“两项补贴”；要把“一人一策”解决适龄未入学残疾青少年的义务教育落到实处；要将建档立卡贫困残疾人参加医保缴费补贴政策落实到位，将符合条件的残疾人医疗康复项目纳入基本医疗保险支付范围，加大重度残疾人大病保险、医疗救助水平，进一步降低贫困残疾人及家庭医疗费用个人自付比例；要解决好贫困残疾人的住房安全问题，加大与住建部门的协调沟通力度，加快推进贫困残疾人家庭危房改造进度，提高贫困残疾人家庭危房改造补贴标准。

二是重点关注贫困残疾人的特殊困难，确保贫困残疾人脱贫质量。贫困残疾人既有收入低造成的“贫”，更有环境因素和特殊困难造成的“困”，这些特殊困难如得不到有效解决，就会严重影响贫困残疾人的获得感，也直接关系到贫困残疾人家庭的脱贫质量。所以，首先要大力推进贫困重度残疾人的长期照料护理。要充分利用乡村养老机构、福利设施、医疗机构、农村集体闲置资源和住房，通过政府补贴、购买服务、设置公益性岗位等综合措施，为有需求的贫困重度残疾人提供集中托养、日间照料和邻里照护服务，降低家庭照料护理支出成本，释放家庭看护劳动力。其次要加快提高贫困残疾人康复服务水平，当前要重点抓好残疾儿童康复救助制度的建立和落实。要切实加强残疾预防工作，加大康复救助力度，提高康复服务保障水平，不断加强康复人才培养和康复机构建设，增加康复服务的精准度。再者要努力解决贫困重度残疾人家庭无障碍改造。要加大贫困重度残疾人家庭无障碍改造工作的资金投入，要在保障房建设、棚户区改造、危房改造工作中同步考虑无障碍设施建设。

三是抓实贫困残疾人脱贫攻坚各项行动方案。要进一步细化“贫困残疾人脱贫行动”各项措施，积极协调相关部门，共同落实好中国残联会同相关部门印发的《产业扶持助残扶贫行动方案》、《残疾人精准康复服务行动实施方案》、《“十三五”残疾青壮年文盲扫盲行动方案》、电商扶贫、《青年志愿者阳光助残扶贫行动实施方案》、《助盲就业脱贫行动方案》、《发展手工制作促进贫困残疾人妇女就业脱贫行动实施方案》等专项行动方案。

关于东西部残疾人扶贫协作的问题，中央印发的《关于打赢脱贫攻坚战三年行动的指导意见》中已经明确提出“将帮扶贫困残疾人脱贫纳入东西部扶贫协作范围”。有对口帮扶任务的东部省份要积极争取将残疾人脱贫攻坚的内容纳入全省东西部扶贫协作工作计划，加大扶持力度，对口的西部省份要梳理迫切需要解决问题，谋划好残疾人脱贫攻坚项目，纳入当地对口帮扶范围，加强部门协调对接，做好帮扶项目和资金的落实。

四、以扎实的作风助推残疾人脱贫攻坚

一是深入学习，吃透政策。中国残联和各地残联刚刚完成换届，许多新同志刚到残联岗位，以前可能不熟悉残疾人工作，没有直接负责过脱贫攻坚工作，就需要好好补课，深入学习领会习近平总书记关于脱贫攻坚重要论述和残疾人脱贫攻坚的重要指示精神，学习中央关于脱贫攻坚的各项政策文件。要吃透精神，学以致用，以习近平总书记关于脱贫攻坚的重要论述为重要遵循，与实际工作相结合，指导做好残疾人脱贫攻坚工作。还要认真学习中央文件中对残疾人脱贫攻坚的部署和要求，学习中国残联会同其他部门制定的相关文件、政策、行动方案，对贫困残疾人的特殊困难和脱贫攻坚政策措施要了然于胸。不仅要本级学，还要组织市、县级残联理事长一起学，统一思想认识，提高做好残疾人脱贫攻坚工作的能力和水平。中国残联也将举办县级残联理事长残疾人脱贫攻坚工作培训班。

二是亲力亲为，抓紧抓实。有扶贫任务的省（区、市）残联都签订了残疾人脱贫攻坚的责任书，第一项责任就是要求残联的主要负责同志亲自抓残疾人脱贫攻坚工作。中国残联刚刚调整了贫困残疾人脱贫攻坚工作领导小组成员，海迪主席任组长，亲自挂帅抓残疾人脱贫攻坚工作，我做执行组长。各地各级残联主要领导要把残疾人脱贫攻坚工作摆在重要议事日程，亲自研究部署，亲自调研督办，要拿出足够的精力和时间用到残疾人脱贫攻坚工作上。

三是加强调研，摸清需求。习近平总书记多次强调调查研究的重要性。做好残疾人脱贫攻坚关系到百万贫困残疾人家庭的幸福，大家应该深入开展调研，深入基层，走进贫困残疾人家庭，扑下身子，耐心问询家庭状况，既了解贫困残疾人家庭与一般贫困家庭共同的地方，又弄清楚他们不同于一般贫困家庭的特殊困难和需求，帮助解决一些实际困难，同时带回第一手调研资料；对于存在共性的问题和困难，应及时向党委政府反映情况，提出对策建议。

四是积极对接，掌握底数。目前，中国残联利用残疾人口基础数据、残疾人基本服务状况和需求动态更新数据等信息平台，与国务院扶贫办、住建部、国家健康卫生委、民政部、教育部等部门都建立了信息共享对接机制，能够及时掌握贫困残疾人建档立卡、低保、基本医疗、危房改造、残疾儿童少年义务教育等方面的数据情况，我们也多次将与部委比对的数据下达地方，要求和相关部门共同进行比对核实，但一些地方在这方面做得还不好，有些基层残联都搞不清楚当地有多少建档立卡贫困残疾人。摸清底数是残联最基本的工作职责，各地应该主动与相关部门沟通协调，及时掌握相关工作领域的数据情况，为谋划制定扶持政策措施提供有力支撑。

五是压实责任，狠抓落实。做好残疾人脱贫攻坚工作，最终需要县、乡、村把党的好政策落实到贫困残疾人头上。中国残联把2018年贫困残疾人脱贫攻坚任务分解到了各地，各省也要将本省的任务层层分解到县市，特别要对本省贫困残疾人脱贫存在的突出问题和短板进行梳理，量化任务指标，层层下达，让县乡村都知道自己的工作任务和职责要求。要加强督导基层落实情况，及时了解各个行动方案的执行效果和存在的问题，掌握脱贫任务进度。

六是着力宣传，激发动力。残疾人脱贫攻坚宣传工作还要进一步加强，着力通过各种传媒加大残疾人脱贫攻坚扶持政策和残疾人脱贫典型事迹的宣传，让全社会更多了解党和政府的扶贫政策、脱贫成效、残疾人可扶持可脱贫的真实效果，特别是要针对部分贫困残疾人容易滋生“等靠要”思想，注重在贫困残疾人中进行政策宣传、典型示范，引导激励激发贫困残疾人脱贫的内生动力。

2018年是扶贫领域作风治理年，中国残联按照国务院扶贫开发领导小组的统一部署，对残联系统残疾人扶贫领域作风治理进行了布置，各级残联应当把残疾人脱贫攻坚作为转变作风的主战场，让广大残疾人工作者在服务贫困残疾人的过程中转变工作作风，提高服务水平和服务质量，特别是坚决防范和及时纠正形式主义、官僚主义等问题。要加强对残疾人脱贫攻坚工作的资金管理，防止出现挪用、贪污、滞留等问题，确保使用和管理规范，真正让广大贫困残疾人受益。

残疾人脱贫攻坚已经到了决胜阶段，让我们更加紧密地团结在以习近平同志为核心的党中央周围，以更大的决心，更扎实的工作，为如期打赢残疾人脱贫攻坚战而继续奋斗。

周长奎在中国残联改革工作部署会暨机关干部“走转改”启动会上的讲话：残联三十年，改革再出发

2018年11月19日

今天我们召开中国残联改革工作部署会暨机关干部“走转改”启动会，主要任务是贯彻落实《中国残联改革方案》，全面推进中国残联的改革工作。

2018年是改革开放40周年，中国残联成立30周年。40年来，党团结带领人民进行改革开放新的伟大革命，成功开辟了中国特色社会主义道路。中国残联在改革开放中诞生、在改革开放中成长，残疾人事业乘势而起、因时而进，走过了不平凡的历程，取得了辉煌的成就，今天站在了一个新的历史起点上。中国残联是改革开放的产物，残疾人事业的发展得益于改革创新。正是几代残疾人工作者一个又一个敢为人先的探索和锐意进取的突破，成就了今天的残疾人事业。对残联30周年最好的纪念，就是在我们这一代人手中，继续深化改革，推动改革再出发，使残疾人事业在新时代焕发出新的生机活力，创造新的辉煌业绩。这是我们的责任和使命。下面，我代表党组、理事会就贯彻落实《改革方案》、全面推进各项改革工作，讲几点意见。

一、充分认识残联改革的重大意义

第一，这是中央的要求。群团改革是以习近平同志为核心的党中央统筹推进“五位一体”总体布局和协调推进“四个全面”战略布局、加强和改进党的群团工作的一项重要举措。残疾人工作是党的群众工作的重要组成部分，中国残联改革是全面深化改革、推进国家治理体系和治理能力现代化的重要内容，是全面深化改革的重要组成部分。近年来，各群团组织改革都在加快推进，我们必须扬鞭奋蹄，在

中央的统一指挥下唱响群团改革的大合唱。

第二，这是新时代残疾人事业发展的动力。进入新时代，我国残疾人事业迎来大发展的重大机遇，同时也面临许多新情况新问题、新挑战新要求。必须看到，我国发展不平衡不充分的问题在残疾人事业上体现得很集中，广大残疾人的生活境况仍面临不少困难；到2020年实现“全面建成小康社会，残疾人一个也不能少”的任务紧迫，对我们的工作提出了很高的要求。实现新发展，就要拿出新办法；适应新时代，就要有新作为。

第三，这是破解残联自身突出问题的需要。我们必须深刻认识到，残联组织不同程度存在机关化、行政化问题，以及脱离残疾人群众的不良倾向，基层存在着残疾人组织薄弱、服务能力不强等突出问题，形式主义、官僚主义现象不同程度地存在于我们身边。这些问题，必须通过持续推进残联改革来有效破解。

全面推进中国残联改革，是党中央赋予我们的一项重大政治任务。我们必须牢固树立“四个意识”，坚定“四个自信”，践行“两个维护”，提高政治站位，统一思想认识，增强做好改革工作的责任感、使命感和紧迫感，坚定改革信心，明确目标责任，紧紧抓住改革的难得机遇，不折不扣地把党中央、国务院的决策部署落实到位，把七代会对改革的要求落实到位，开创残疾人事业发展的新局面。

二、明确残联改革的主要任务

《改革任务分工》是一个全面的分工，涵盖了《改革方案》中所有任务。在下一步改革工作中，既要全面推进，又要突出重点。我想强调以下几个方面。

（一）讲政治，就是要通过改革来增强政治性

推进残联改革，首先要加强政治建设，把增强政治性、先进性、群众性作为主线，贯穿改革的全过程。要通过改革增强政治性而不是淡化政治性，通过改革加强党的领导而不是削弱党的领导。要深入学习习近平新时代中国特色社会主义思想、特别是习近平总书记关于残疾人事业发展的重要论述，不忘初心、牢记使命，坚定不移团结带领残疾人听党话、跟党走，把残疾人群众最广泛地凝聚到新时代中国特色社会主义伟大事业的奋斗实践中。总书记特别强调，对群团组织来说，谁能把自己联系的群众最广泛最紧密地团结在党的周围，谁的工作就是做得好，反之就是做得不好。要切实加强各级残联党的建设，把好政治方向，确保中央大政方针在残联的贯彻落实。要把全面从严治党要求逐个步骤、逐个时点、逐个单位抓好落实，体现从严治党全覆盖、无例外。

（二）强基层，就是要通过改革提升基层组织活力和服务能力

广大残疾人特别是困难残疾人由于行动不便等多种原因，大都生活在最基层，基层是残疾人事业的根基。残疾人群众在哪里，我们的工作重心就在哪里，所以加强基层残疾人组织建设、提升基层服务能力对残联具有特殊重要的意义。《改革方案》重点提出两项加强基层的改革任务：一是强化基层组织和工作力量；二是推动构建县、乡、村三级联动的残疾人基本公共服务网络，建设县域残疾人综合服务平台。我们要推动各级残联和残疾人工作者眼睛向下、重心下移，形成鲜明的基层导向，把工作力量聚集到基层，把优势资源投放到基层，着力解决基层残疾人工作薄弱环节，努力使基层工作有实质性变化。

（三）转作风，就是要通过改革克服“四化”

作风体现着宗旨和形象。对做群众工作的干部来讲，因为要经常面对群众，作风显得尤为重要。群众对我们有意见，有的是工作上的，也有很多是作风上的。我们要把作风建设作为残联改革的重点，立即行动起来，从中国残联机关改起，走进基层，转变作风，改进工作，把“走转改”作为推进改革的切入口，带动各地残联形成改革氛围。中国残联七代会以来，海迪主席、党组理事会同志带头转作风，深入基层、深入困难残疾人家庭调研走访，以带动大家，在残联系统形成风气。要坚持问题导向，深入查摆各种脱离残疾人群众的不良倾向，从日常的小事和细节做起，持续改进工作作风，真正和残疾人群众绞在一起、融在一起。

（四）“专兼挂”，就是要通过改革进一步优化机关干部结构

《改革方案》提出，增加挂职、兼职干部比例，中国残联机关挂职、兼职干部比例提高到15%左右。这是这一轮群团改革的通行做法，主要是为了去除机关化、行政化，使机关干部整体更接地气，更有群团机关特点。我们要抓紧落实，进一步优化干部结构。

（五）广代表，就是要通过改革体现群众性

中国残联七代会改进了大会代表和主席团委员构成，残疾人及亲友、基层和一线代表比例有较大幅度提高。吸纳各类别优秀残疾人、基层残疾人工作者、助残社会组织负责人和专家学者、专业人才、社会公益人士进入领导机构，这些都是增强残联群众性、代表性的具体表现。

（六）助小康，就是要通过改革补齐残疾人民生短板

改革要使群众得实惠。《改革方案》提出，推动完善残疾人社会保障和基本公共服务制度，加大残疾人特殊教育和职业教育支持力度，依托“互联网+”扶持残疾人就业，大力推动残疾人康复、托养、辅助器具等服务事业和产业发展，创新残疾人扶贫方式，加强无障碍环境建设，弘扬残疾人自强不息精神，等等。我们要拿出有效的措施，积极落实这些要求，确保“全面建成小康社会，残疾人一个也不能少”。王勇国务委员强调，这是当前残疾人工作的中心任务，是必须完成的硬任务。

（七）信息化，就是要通过改革提升科技应用水平

要建立动态更新工作长效机制，完善残疾人人口基础数据库和残疾人服务资源信息库，建好用好残疾人事业大数据，积极打造“智慧残联”，提升残疾人工作的信息化水平，更好地服务残疾人。

（八）聚主业，就是要通过改革更好地聚焦残疾人事业

进一步聚焦主责主业，是中央对这次群团改革的重要要求。对我们的机关各部门和直属单位、基金会，也包括我们各专门协会，要明确改革的目标要求，重点是“两聚焦、两服务”，即：聚焦主责、聚焦主业，服务残疾人事业、服务基层。机关每个部门工作力量有限，应当把主要精力聚焦在部门主责上，不要四面出击。各单位也同样，主体业务要围绕残疾人大事业，不要偏离初心，要强化公益属性、找准服务定位，搞准从哪里来、到哪里去，正本清源，健康发展。

三、关于工作要求

按照《改革方案》要求，中国残联的改革于2018年下半年组织实施，2019年年底前总结完善，时间紧，任务重。根据党组会议决定，已成立中国残联改革工作领导小组，小组下设办公室，负责日常工作。目前改革办已经制定了《〈中国残疾人联合会改革方案〉任务分工》，会后将征求意见并印发。机关各部门、各直属单位、基金会和各专门协会要按照本次会议的要求，立即行动起来，细化落实各项改革实施方案，做好顶层设计，蹄疾步稳、扎实有序推进各项改革工作。

（一）增强改革意识，营造改革氛围

目前残联系统内改革的宣传动员还不够，改革氛围还不太浓。一些同志对中央关于残联改革精神的理解还不够精准到位，还有一些部门和单位的同志习惯于过去的做法，改革意识不强。我们要深入学习习近平总书记关于群团改革的系列重要指示精神，深刻领会中央关于残联改革的要求，特别是会领导和各部门各单位负责同志要带头，增强改革意识，营造改革氛围，抓紧部署改革工作，迅速投入到改革中来。

（二）大处着眼，小处入手

谋划改革、做顶层设计要从大处着眼，站在残疾人事业大局的高度思考问题。同时，也要小处入手，聚焦矛盾点，以问题为导向，找准小切口，在关键点上发力，通过破解难点问题打开局面，促成工作突破。

（三）逐个落实，逐条销号

要建立改革台账，列出改革任务清单，明确任务事项、改革目标、具体措施、责任主体和完成时限。对于已完成的任务，逐个销号。对改革措施落实不到位、在规定期限完不成任务的，要督促限期整改。要坚持整体推进与重点突破相结合，扭住重点改革任务不放，舍得花时间，务求落实落地。

（四）增强责任心，增强紧迫感

改革工作要压实责任，不然很难完成。各位党组同志要对分管部门、单位改革工作加强指导，和大家一起研究改革方案。特别是最近一段时间，大家都要把改革的顶层设计作为最突出的任务，沉下心来多做改革的功课。如果这一段不抓紧，我们在2019年工作会上就无法做出部署，整个改革就会大大滞后，节奏就会乱。改革就是要碰矛盾、啃难题，不会很轻松、很愉快，大家都要经受这个考验，担起责任。各项工作要尽量往前赶，该启动的工作尽快启动，不能都拖到明年。

（五）把自己摆进去，把单位摆进去

要坚持问题导向，把自己摆进去，把单位摆进去，深入查摆工作中、作风中存在的突出问题及其表现，认真剖析产生的根源，不回避问题，不推卸责任。要注重听取干部群众和残疾人对改革的意见和建议，开门搞改革，找准问题，提出有针对性的整改措施。

（六）指导地方，做好统筹

目前省级残联改革已全部启动，11个省（区）残联已经起草了改革方案，正在广泛征求意见和修改完善；4个省（区）残联改革方案已经上报当地政府。我们要加强上下联动，与地方残联保持密切沟通，及时通报中国残联改革进展情况，指导地方残联全面准确领会中央关于残联改革的精神，结合本地实际情况，制定实施好改革方案。同时，我们年终岁尾面临的工作任务也很多，要切实加强组织领导，周密安排，做好各项任务的统筹，把推进残联改革与做好当前各项工作有机结合起来，特别是与谋划明年工作结合起来，以各项工作的新成效体现残联改革的新成果。

同志们，改革的号角已经吹响，我们将踏上新的征程，整装再出发。让我们更加紧密地团结在以习近平同志为核心的党中央周围，锐意进取，扎实工作，全面落实各项改革任务，共同开创残疾人事业更加美好的明天！

四、涉残法律法规

中华人民共和国宪法

1982年12月4日第五届全国人民代表大会第五次会议通过，1982年12月4日全国人民代表大会公告公布施行。根据1988年4月12日第七届全国人民代表大会第一次会议通过的《中华人民共和国宪法修正案》、1993年3月29日第八届全国人民代表大会第一次会议通过的《中华人民共和国宪法修正案》、1999年3月15日第九届全国人民代表大会第二次会议通过的《中华人民共和国宪法修正案》、2004年3月14日第十届全国人民代表大会第二次会议通过的《中华人民共和国宪法修正案》和2018年3月11日第十三届全国人民代表大会第一次会议通过的《中华人民共和国宪法修正案》修正

第十四条 国家建立健全同经济发展水平相适应的社会保障制度。

第十九条 国家发展社会主义的教育事业，提高全国人民的科学文化水平。

国家举办各种学校，普及初等义务教育，发展中等教育、职业教育和高等教育，并且发展学前教育。……国家发展各种教育设施，扫除文盲，对工人、农民、国家工作人员和其他劳动者进行政治、文化、科学、技术、业务的教育，鼓励自学成才。

第二十一条 国家发展医疗卫生事业，发展现代医药和我国传统医药，鼓励和支持农村集体经济组织、国家企业事业组织和街道组织举办各种医疗卫生设施，开展群众性的卫生活动，保护人民健康。……国家发展体育事业，开展群众性的体育活动，增强人民体质。

第二十二条 国家发展为人民服务、为社会主义服务的文学艺术事业、新闻广播电视事业、出版发行事业、图书馆博物馆文化馆和其他文化事业，开展群众性的文化活动。

第二十四条 国家通过普及理想教育、道德教育、文化教育、纪律和法制教育，通过在城乡不同范围的群众中制定和执行各种守则、公约，加强社会主义精神文明的建设。……国家倡导社会主义核心价值观，提倡爱祖国、爱人民、爱劳动、爱科学、爱社会主义的公德，在人民中进行爱国主义、集体主义和国际主义、共产主义的教育，进行辩证唯物主义和历史唯物主义的教育，反对资本主义的、封建主义的和其他的腐朽思想。

第三十三条 中华人民共和国公民在法律面前一律平等。……国家尊重和保障人权。

第四十二条 国家通过各种途径，创造劳动就业条件，加强劳动保护，改善劳动条件，并在发展生产的基础上，提高劳动报酬和福利待遇。……劳动是一切有劳动能力的公民的光荣职责。……国家对就业前的公民进行必要的劳动就业训练。

第四十五条 中华人民共和国公民在年老、疾病或者丧失劳动能力的情况下，有从国家和社会获得物质帮助的权利。国家发展为公民享受这些权利所需要的社会保险、社会救济和医疗卫生事业。……国家和社会保障残废军人的生活，抚恤烈士家属，优待军人家属。……国家和社会帮助安排盲、聋、哑和其他有残疾的公民的劳动、生活和教育。

第四十六条 中华人民共和国公民有受教育的权利和义务。

国家培养青年、少年、儿童在品德、智力、体质等方面全面发展。

第四十八条 中华人民共和国妇女在政治的、经济的、文化的、社会的和家庭的生活等各方面享有同男子平等的权利。

第四十九条 婚姻、家庭、母亲和儿童受国家的保护。……父母有抚养教育未成年子女的义务，成年子女有赡养扶助父母的义务。……禁止破坏婚姻自由，禁止虐待老人、妇女和儿童。

关于修改《中华人民共和国国境卫生检疫法》等六部法律的决定

2018年4月27日第十三届全国人民代表大会常务委员会第二次会议通过

四、对《中华人民共和国精神卫生法》做出修改

（一）将第八条第二款中的“人力资源社会保障”修改为“医疗保障”。

（二）将第六十八条第二款中的“人力资源社会保障、卫生、民政”修改为“医疗保障”。将第三款中的“民政”修改为“医疗保障”。

关于修改《中华人民共和国个人所得税法》的决定

2018年8月31日第十三届全国人民代表大会常务委员会第五次会议通过

五、将第五条修改为：“有下列情形之一的，可以减征个人所得税，具体幅度和期限，由省、自治区、直辖市人民政府规定，并报同级人民代表大会常务委员会备案：

“（一）残疾、孤老人员和烈属的所得；

“（二）因自然灾害遭受重大损失的。

“国务院可以规定其他减税情形，报全国人民代表大会常务委员会备案。”

关于修改《中华人民共和国刑事诉讼法》的决定

2018年10月26日第十三届全国人民代表大会常务委员会第六次会议通过

十五、增加一条，作为第一百七十四条：“犯罪嫌疑人自愿认罪，同意量刑建议和程序适用的，应当在辩护人或者值班律师在场的情况下签署认罪认罚具结书。

“犯罪嫌疑人认罪认罚，有下列情形之一的，不需要签署认罪认罚具结书：

“（一）犯罪嫌疑人是盲、聋、哑人，或者是尚未完全丧失辨认或者控制自己行为能力的精神病人的；

“（二）未成年犯罪嫌疑人的法定代理人、辩护人对未成年人认罪认罚有异议的；

“（三）其他不需要签署认罪认罚具结书的情形。”

二十二、第三编第二章增加一节，作为第四节：

“第四节　速裁程序

“……

“第二百二十三条　有下列情形之一的，不适用速裁程序：

“（一）被告人是盲、聋、哑人，或者是尚未完全丧失辨认或者控制自己行为能力的精神病人的；

“（二）被告人是未成年人的；

“（三）案件有重大社会影响的；

“（四）共同犯罪案件中部分被告人对指控的犯罪事实、罪名、量刑建议或者适用速裁程序有异议的；

“（五）被告人与被害人或者其法定代理人没有就附带民事诉讼赔偿等事项达成调解或者和解协议的；

“（六）其他不宜适用速裁程序审理的。”

关于修改《中华人民共和国野生动物保护法》等十五部法律的决定

2018年10月26日第十三届全国人民代表大会常务委员会第六次会议通过

四、对《中华人民共和国残疾人保障法》做出修改

将第六十二条中的“广播电影电视”修改为“广播电视、电影”。

中华人民共和国耕地占用税法

2018年12月29日第十三届全国人民代表大会常务委员会第七次会议通过

第七条　军事设施、学校、幼儿园、社会福利机构、医疗机构占用耕地，免征耕地占用税。

农村烈士遗属、因公牺牲军人遗属、残疾军人以及符合农村最低生活保障条件的农村居民，在规定用地标准以内新建自用住宅，免征耕地占用税。

根据国民经济和社会发展的需要，国务院可以规定免征或者减征耕地占用税的其他情形，报全国人民代表大会常务委员会备案。

奥林匹克标志保护条例

2002年2月4日中华人民共和国国务院令第345号公布，2018年6月28日中华人民共和国国务院令第699号修订

第一条　为了加强对奥林匹克标志的保护，保障奥林匹克标志权利人的合法权益，促进奥林匹克运动发展，制定本条例。

第二条　本条例所称奥林匹克标志，是指：

（一）国际奥林匹克委员会的奥林匹克五环图案标志、奥林匹克旗、奥林匹克格言、奥林匹克徽记、奥林匹克会歌；

（二）奥林匹克、奥林匹亚、奥林匹克运动会及其简称等专有名称；

（三）中国奥林匹克委员会的名称、徽记、标志；

（四）中国境内申请承办奥林匹克运动会的机构的名称、徽记、标志；

（五）在中国境内举办的奥林匹克运动会的名称及其简称、吉祥物、会歌、火炬造型、口号、“主办城市名称＋举办年份”等标志，以及其组织机构的名称、徽记；

（六）《奥林匹克宪章》和相关奥林匹克运动会主办城市合同中规定的其他与在中国境内举办的奥林匹克运动会有关的标志。

第三条　本条例所称奥林匹克标志权利人，是指国际奥

林匹克委员会、中国奥林匹克委员会和中国境内申请承办奥林匹克运动会的机构、在中国境内举办的奥林匹克运动会的组织机构。国际奥林匹克委员会、中国奥林匹克委员会和中国境内申请承办奥林匹克运动会的机构、在中国境内举办的奥林匹克运动会的组织机构之间的权利划分，依照《奥林匹克宪章》和相关奥林匹克运动会主办城市合同确定。

第四条 奥林匹克标志权利人依照本条例对奥林匹克标志享有专有权。

未经奥林匹克标志权利人许可，任何人不得为商业目的使用奥林匹克标志。

第五条 本条例所称为商业目的使用，是指以营利为目的，以下列方式利用奥林匹克标志：

（一）将奥林匹克标志用于商品、商品包装或者容器以及商品交易文书上；

（二）将奥林匹克标志用于服务项目中；

（三）将奥林匹克标志用于广告宣传、商业展览、营业性演出以及其他商业活动中；

（四）销售、进口、出口含有奥林匹克标志的商品；

（五）制造或者销售奥林匹克标志；

（六）其他以营利为目的利用奥林匹克标志的行为。

第六条 除本条例第五条规定外，利用与奥林匹克运动有关的元素开展活动，足以引人误认为与奥林匹克标志权利人之间有赞助或者其他支持关系，构成不正当竞争行为的，依照《中华人民共和国反不正当竞争法》处理。

第七条 国务院市场监督管理部门、知识产权主管部门依据本条例的规定，负责全国的奥林匹克标志保护工作。

县级以上地方市场监督管理部门依据本条例的规定，负责本行政区域内的奥林匹克标志保护工作。

第八条 奥林匹克标志权利人应当将奥林匹克标志提交国务院知识产权主管部门，由国务院知识产权主管部门公告。

第九条 奥林匹克标志有效期为10年，自公告之日起计算。

奥林匹克标志权利人可以在有效期满前12个月内办理续展手续，每次续展的有效期为10年，自该奥林匹克标志上一届有效期满次日起计算。国务院知识产权主管部门应当对续展的奥林匹克标志予以公告。

第十条 取得奥林匹克标志权利人许可，为商业目的使用奥林匹克标志的，应当同奥林匹克标志权利人订立使用许可合同。奥林匹克标志权利人应当将其许可使用奥林匹克标志的种类、被许可人、许可使用的商品或者服务项目、时限、地域范围等信息及时披露。

被许可人应当在使用许可合同约定的奥林匹克标志种类、许可使用的商品或者服务项目、时限、地域范围内使用奥林匹克标志。

第十一条 本条例施行前已经依法使用奥林匹克标志的，可以在原有范围内继续使用。

第十二条 未经奥林匹克标志权利人许可，为商业目的擅自使用奥林匹克标志，或者使用足以引人误认的近似标志，即侵犯奥林匹克标志专有权，引起纠纷的，由当事人协商解决；不愿协商或者协商不成的，奥林匹克标志权利人或者利害关系人可以向人民法院提起诉讼，也可以请求市场监督管理部门处理。市场监督管理部门处理时，认定侵权行为成立的，责令立即停止侵权行为，没收、销毁侵权商品和主要用于制造侵权商品或者为商业目的擅自制造奥林匹克标志的工具。违法经营额5万元以上的，可以并处违法经营额5倍以下的罚款，没有违法经营额或者违法经营额不足5万元的，可以并处25万元以下的罚款。当事人对处理决定不服的，可以依照《中华人民共和国行政复议法》申请行政复议，也可以直接依照《中华人民共和国行政诉讼法》向人民法院提起诉讼。进行处理的市场监督管理部门应当事人的请求，可以就侵犯奥林匹克标志专有权的赔偿数额进行调解；调解不成的，当事人可以依照《中华人民共和国民事诉讼法》向人民法院提起诉讼。

利用奥林匹克标志进行诈骗等活动，构成犯罪的，依法追究刑事责任。

第十三条 对侵犯奥林匹克标志专有权的行为，市场监督管理部门有权依法查处。市场监督管理部门根据已经取得的违法嫌疑证据或者举报，对涉嫌侵犯奥林匹克标志专有权的行为进行查处时，可以行使下列职权：

（一）询问有关当事人，调查与侵犯奥林匹克标志专有权有关的情况；

（二）查阅、复制与侵权活动有关的合同、发票、账簿以及其他有关资料；

（三）对当事人涉嫌侵犯奥林匹克标志专有权活动的场所实施现场检查；

（四）检查与侵权活动有关的物品；对有证据证明是侵犯奥林匹克标志专有权的物品，予以查封或者扣押。

市场监督管理部门依法行使前款规定的职权时，当事人应当予以协助、配合，不得拒绝、阻挠。

第十四条 进出口货物涉嫌侵犯奥林匹克标志专有权的，由海关参照《中华人民共和国海关法》和《中华人民共和国知识产权海关保护条例》规定的权限和程序查处。

第十五条 侵犯奥林匹克标志专有权的赔偿数额，按照权利人因被侵权所受到的损失或者侵权人因侵权所获得的利益确定，包括为制止侵权行为所支付的合理开支；被侵权人的损失或者侵权人获得的利益难以确定的，参照该奥林匹克标志许可使用费合理确定。

销售不知道是侵犯奥林匹克标志专有权的商品，能证明该商品是自己合法取得并说明提供者的，不承担赔偿责任。

第十六条 奥林匹克标志除依照本条例受到保护外，还可以依照《中华人民共和国著作权法》《中华人民共和国商标法》《中华人民共和国专利法》《特殊标志管理条例》等法律、行政法规的规定获得保护。

第十七条 对残奥会有关标志的保护，参照本条例执行。

第十八条 本条例自2018年7月31日起施行。

中国共产党农村基层组织工作条例

中共中央2018年12月28日印发

第六章 乡村治理

第二十二条 党的农村基层组织应当保障和改善民生，努力解决入园入托、上学、就业、看病、养老、居住、出行、饮水等群众最关心最直接最现实的利益问题，加强对贫困人口、留守儿童和妇女、老年人、残疾人、“五保户”等人群的关爱服务。投放农村的公共服务资源，应当以乡镇、村党组织为主渠道落实，保证有资源、有能力为群众服务。

国务院关于修改部分行政法规的决定

国务院令第703号

十、将《残疾预防和残疾人康复条例》第十二条修改为：“卫生主管部门在开展孕前和孕产期保健、产前筛查、产前诊断以及新生儿疾病筛查，传染病、地方病、慢性病、精神疾病等防控，心理保健指导等工作时，应当做好残疾预防工作，针对遗传、疾病、药物等致残因素，采取相应措施消除或者降低致残风险，加强临床早期康复介入，减少残疾的发生。

“公安、安全生产监督管理、食品安全监督管理、药品监督管理、生态环境、防灾减灾救灾等部门在开展交通安全、生产安全、食品安全、药品安全、生态环境保护、防灾减灾救灾等工作时，应当针对事故、环境污染、灾害等致残因素，采取相应措施，减少残疾的发生。”

第十三条中的“国务院卫生和计划生育、教育、民政等有关部门”修改为“国务院卫生、教育、民政等有关部门”。

第十四条中的“卫生和计划生育主管部门”修改为“卫生主管部门”。

第十七条第一款中的“卫生和计划生育、教育、民政等部门”修改为“卫生、教育、民政等部门”。

第二十八条第二款修改为：“县级以上人民政府卫生、教育等有关部门应当将残疾预防和残疾人康复知识、技能纳入卫生、教育等相关专业技术人员的继续教育。”

最高人民法院关于公证债权文书执行若干问题的规定

2018年6月25日最高人民法院审判委员会第1743次会议通过，自2018年10月1日起施行

第十二条 有下列情形之一的，被执行人可以依照民事诉讼法第二百三十八条第二款规定申请不予执行公证债权文书：

（一）被执行人未到场且未委托代理人到场办理公证的；

（二）无民事行为能力人或者限制民事行为能力人没有监护人代为办理公证的；

（三）公证员为本人、近亲属办理公证，或者办理与本人、近亲属有利害关系的公证的；

（四）公证员办理该项公证有贪污受贿、徇私舞弊行为，已经由生效刑事法律文书等确认的；

（五）其他严重违反法定公证程序的情形。

被执行人以公证债权文书的内容与事实不符或者违反法律强制性规定等实体事由申请不予执行的，人民法院应当告知其依照本规定第二十二条第一款规定提起诉讼。

中华人民共和国公安部令

第150号

修订后的《公安机关办理国家赔偿案件程序规定》已经2018年8月17日公安部部长办公会议通过，现予发布，自2018年10月1日起施行。

部　长　赵克志

2018年9月1日

公安机关办理国家赔偿案件程序规定

第二章 行政赔偿和刑事赔偿

第二节 审　查

第十七条 赔偿请求人主张生命健康权赔偿的，重点审查下列事项：

（一）诊断证明、医疗费用凭据，以及护理、康复、后续治疗的证明；

（二）死亡证明书，伤残、部分或者全部丧失劳动能力的鉴定意见。

赔偿请求提出因误工减少收入的，还应当审查收入证明、误工证明等。受害人死亡或者全部丧失劳动能力的，还应当审查其是否扶养未成年人或者其他无劳动能力人，以及所承担的扶养义务。

第十九条 赔偿请求人主张精神损害赔偿的，重点审查下列事项：

（一）是否存在《国家赔偿法》第三条或者第十七条规定的侵犯人身权行为；

（二）精神损害事实及后果；

（三）侵犯人身权行为与精神损害事实及后果的因果关系。

第三十条 赔偿请求人主张精神损害赔偿的，做出决定应当载明是否存在精神损害并承担赔偿责任。承担精神损害赔偿责任的，应当载明消除影响、恢复名誉、赔礼道歉等承担方式；支付精神损害抚慰金的，应当载明具体数额。

精神损害抚慰金数额的确定，可以参照人民法院审理国家赔偿案件适用精神损害赔偿的规定，综合考虑精神损害事实和严重后果，侵权手段、方式等具体情节，纠错环节及过程，赔偿请求人住所地或者经常居住地平均生活水平，赔偿义务机关所在地平均生活水平等因素。法律法规对精神损害抚慰金的数额做出规定的，从其规定。

五、部门规章

关于印发《着力解决因残致贫家庭突出困难的实施方案》的通知

残联发〔2018〕3号

河北、山西、内蒙古、吉林、黑龙江、安徽、江西、河南、湖北、湖南、广西、海南、重庆、四川、贵州、云南、西藏、陕西、甘肃、青海、宁夏、新疆等省（区、市）残联、教育厅（教委）、民政厅（局）、人力资源社会保障厅（局）、卫生计生委、扶贫办（局）：

为深入学习贯彻落实习近平新时代中国特色社会主义思想和党的十九大精神，以实际行动落实《中共中央办公厅 国务院办公厅印发〈关于支持深度贫困地区脱贫攻坚的实施意见〉的通知》（厅字〔2017〕41号）要求，着力解决因残致贫家庭和深度贫困残疾人脱贫攻坚的突出困难和问题，中国残联、教育部、民政部、人力资源社会保障部、国家卫生计生委、国务院扶贫办共同制定了《着力解决因残致贫家庭突出困难的实施方案》，现印发给你们，请结合实际贯彻落实。

中国残联　教育部　民政部
人力资源社会保障部
国家卫生计生委
国务院扶贫办
2018年1月7日

着力解决因残致贫家庭突出困难的实施方案

为学习贯彻习近平新时代中国特色社会主义思想和党的十九大精神，按照《中共中央办公厅 国务院办公厅印发〈关于支持深度贫困地区脱贫攻坚的实施意见〉的通知》（厅字〔2017〕41号）（以下简称意见）要求，针对因残致贫家庭和深度贫困残疾人脱贫攻坚的突出困难和问题，采取更加有力、更加精准、更有成效的扶持政策措施，坚决打赢贫困残疾人脱贫攻坚战，确保贫困残疾人如期实现脱贫，制定本实施方案。

一、提高思想认识，增强责任感

“坚决打赢脱贫攻坚战”是党的十九大做出的庄严承诺。习近平总书记多次指出，要把贫困残疾人作为精准扶贫群体攻坚的重点。意见明确要求“解决因残致贫问题”，并明确了一系列政策措施，充分体现了习近平总书记关于“全面建成小康社会，残疾人一个也不能少”的指示精神和党中央、国务院对残疾人的“格外关心、格外关注”。各地区、各部门要以党的十九大精神为指引，充分认识坚决打赢贫困残疾人脱贫攻坚战的重大意义，科学分析因残致贫问题具体情况，切实把贫困残疾人作为群体攻坚的重点，以超常规的举措，在扶持政策上更加倾斜、扶持措施上更加精准有力有效。

二、依托建档立卡和实名制数据解决突出问题

按照党的十九大报告关于“脱真贫、真脱贫”的要求，以全国残疾人基本服务状况和需求动态更新数据与政府扶贫办建档立卡贫困人口数据比对结果为基础，精准识别、准确掌握贫困残疾人的基本信息，详细分析贫困残疾人的分布、残疾类型和等级，瞄准贫困残疾人家庭在基本生活、医疗保障、残疾儿童义务教育、重度残疾人长期照料护理需求等突出困难，将具体数据信息逐级分解到省、市、县、乡镇各级，各级相关主管部门、驻村工作队、第一书记，要对建档立卡贫困残疾人中没有参加城乡居民基本医疗保险、没有享受困难残疾人生活补贴和重度残疾人护理补贴、16岁以上有长期照料护理需求、适龄未入学残疾儿童等逐一进行核实，对符合条件但未纳入相关政策保障范围的，要逐一落实相关扶贫政策，确保纳入政府保障性扶贫各项行动之中。

三、确保符合条件的建档立卡贫困残疾人全部纳入农村低保范围

做好符合条件的建档立卡贫困残疾人的社会救助工作，在农村低保动态调整时，把建档立卡中因残致贫家庭作为重点，因动态变化符合条件的及时纳入，确保实现“应保尽保”。对于获得低保后生活仍有困难的重度残疾人等特殊困难人群，可以根据当地规定采取适当增发低保金等措施提高救助水平。

四、加大建档立卡贫困家庭重度残疾人的医疗救助

将符合条件的贫困残疾人按规定纳入城乡医疗救助范围，落实资助建档立卡贫困残疾人参加基本医疗保险政策，对其参加基本医疗保险个人缴费部分政府给予适当补贴，确保基本医疗保险全覆盖。对符合条件的建档立卡贫困残疾人经基本医疗保险、大病保险和其他补充保障政策支付后，个人及家庭难以承担的符合规定的基本医疗自付费用，通过城乡医疗救助给予适当补助。要采取有效措施，进一步降低贫困残疾人医疗费用个人自付比例，全面加强基本医疗保险、大病保险、医疗救助等制度衔接，加快推进部门信息互联共享，提高“一站式”信息化服务水平，为贫困重度残疾人看病就医提供便利服务。

五、严格落实困难残疾人生活补贴制度和重度残疾人护理补贴制度

“两项补贴”已成为农村贫困残疾人脱贫解困的重大制度支撑。严格落实《国务院关于全面建立困难残疾人生活补贴和重度残疾人护理补贴制度的意见》，确保符合条件的残疾人都享受到国家的惠残政策。同时，各地可根据实际，适当提高建档立卡贫困残疾人的生活补贴标准，适当扩大有护理需求的精神、智力残疾人的护理补贴范围，并逐步建立“两项补贴”标准与当地收入和物价水平相挂钩的动态调整机制。

六、为16岁以上有照料护理需求的重度残疾人提供照护和托养服务

对于建档立卡贫困残疾人中16岁以上有长期照料护理需求的重度残疾人，符合特困人员认定条件的，要纳入特困人员救助供养，给予其基本生活保障和日常照料。

对于不符合特困人员救助供养条件但有长期照料需求的重度残疾人，各地可充分利用乡村养老机构、福利设施、医疗机构、农村集体闲置资源和闲置农房，通过政府补贴、购买服务、设置公益性岗位等综合措施，为他们提供集中养护或日间照料、邻里照护等服务，改善其基本公共服务状况和生活质量，释放家庭劳动力，照料看护等公益岗位向建档立卡贫困家庭人口倾斜。

七、逐一解决贫困家庭未入学适龄残疾儿童义务教育问题

认真落实《国务院办公厅关于进一步加强控辍保学提高义务教育巩固水平的通知》和《第二期特殊教育提升计划（2017—2020年）》《教育部办公厅、中国残联办公厅关于做好残疾儿童少年义务教育招生入学工作的通知》，全面掌握义务教育适龄残疾儿童少年的数量和残疾情况，以全国残疾人基本服务状况和需求动态更新信息数据为基础，做好未入学适龄残疾儿童少年调查登记、统计录入、建档造册，及时通报相关数据和情况，做好家访和入学动员工作。根据残疾儿童的实际情况和未入学原因，逐一制订教育安置方案，通过普通学校随班就读、特殊教育学校就读、送教上门等多种形式，逐一做好适龄残疾儿童少年的入学安置工作。加大对贫困残疾学生的资助力度，在“两免一补”的基础上，提高补助水平，确保每一名家庭经济困难的残疾儿童少年都能入学。

八、让因残致贫家庭更好地享受资产收益扶贫政策

县乡政府、村民委员会，在确定财政专项扶贫资金和涉农资金形成的设施农业、光伏、水电、乡村旅游项目等资产收益折股量化，以及土地流转、宅基地使用、资源开发形成的资产收益分配过程中，优先配置因残致贫家庭，对确定为兜底脱贫户的因残致贫家庭，可适当提高资产收益配置比例。

九、各负其责，形成合力，狠抓落实

各级扶贫部门要加强对贫困残疾人脱贫攻坚的总体指导，切实将因残致贫家庭纳入扶贫脱贫考核；各级教育部门采取切实举措解决未入学残疾儿童义务教育问题，确保到2020年实现残疾儿童义务教育入学率95%的目标；各级民政部门要落实好各项社会救助政策、残疾人“两项补贴”制度，实现建档立卡残疾人应保尽保、应救尽救、应补尽补；各级人力资源社会保障、卫生计生部门要严格落实各项医疗保险保障政策，有效减轻贫困残疾人家庭医疗支出负担；各级残联要积极主动配合相关部门，摸清贫困残疾人家庭的基本情况，准确反映每一个贫困残疾人的基本信息、突出困难，依据分解的因残致贫家庭特殊困难具体数据信息，与相关部门进行对接，做好协调、沟通和相关服务工作，实施好贫困残疾人实用技术培训项目和残疾青壮年文盲扫盲项目，加大典型宣传，引导激励贫困残疾人主动脱贫的内生动力。

由各省（区、市）残联、教育、民政、人力资源社会保障、卫生计生、扶贫部门分别负责，抓好落实。到2020年，各省（区、市）残联牵头负责，在每年年底前向相关部门收集落实本方案的进展情况、存在问题和意见建议，形成书面总结报告报送中国残联，并分送民政部、教育部、人力资源社会保障部、国家卫生计生委、国务院扶贫办。

关于进一步加强和改善老年人残疾人出行服务的实施意见

交运发〔2018〕8号

各省、自治区、直辖市、新疆生产建设兵团交通运输厅（局、委）、住房城乡建设厅（建委、规划国土委）、邮政管理局、残疾人联合会、老龄工作委员会办公室，各地区铁路监督局，民航各地区管理局，中国邮政集团公司：

老年人、残疾人是社会主义大家庭的重要成员，当前，我国60岁以上老年人约2.3亿人，残疾人8500多万人。为数量庞大的老年人、残疾人提供出行便利，进一步加强和改善老年人、残疾人出行服务，是推进基本公共服务均等化、全面建成小康社会的重要任务，是推动交通运输改革发展成果更好惠及人民群众、满足人民美好生活需要的重要举措，是弘扬敬老助残的社会风尚、积极应对人口老龄化的迫切要求。为深入贯彻党中央、国务院关于老年人、残疾人工作有关决策部署，落实《国务院办公厅关于制定和实施老年人照顾服务项目的意见》（国办发〔2017〕52号）等文件及相关法律、行政法规要求，加快推进交通运输无障碍环境建设，加强和改善老年人、残疾人出行服务，保障老年人、残疾人出行权益，现提出以下实施意见：

一、总体要求

（一）指导思想。

全面贯彻党的十九大精神，以习近平新时代中国特色社会主义思想为指引，按交通强国建设的总体要求，以加强和改善老年人、残疾人无障碍出行服务为核心，积极推进理念创新和手段创新，补齐发展短板，加快无障碍交通基础设施建设和改造，鼓励推广应用无障碍出行新技术、新设备，提升服务水平，完善政策保障，不断满足广大老年人和残疾人安全、便捷、舒适、温馨的无障碍出行服务需要。

（二）基本原则。

人民为本，服务为先。着力践行以人民为中心的发展思想，切实保障和改善老年人、残疾人交通出行权益；以提升无障碍出行服务品质为核心，创新服务模式，统筹服务资源，倡导志愿服务，为老年人、残疾人提供优质出行服务。

需求导向，因地制宜。科学把握老年人、残疾人出行需求和特征，根据不同运输方式服务特点，结合当地经济发展水平等因素，因地制宜，稳步推进无障碍出行服务体系建设。

政府主导，社会参与。既要突出政府责任，又要广泛动员行业协会、残疾人组织等社会各方力量，充分发挥市场机制作用，满足老年人、残疾人等群体多层次、多样化出行需求。

（三）总体目标。

到2020年，交通运输无障碍出行服务体系基本形成，无障碍出行服务水平、出行服务适老化水平和服务均等化水平明显提升，无障碍交通设施设备不断满足出行需要，无障碍交通运输服务的“硬设施”和“软服务”持续优化，老年人、残疾人出行满意度和获得感不断增强。

具体目标是：新建或改扩建的铁路客运站、高速公路服务区、二级及以上汽车客运站、城市轮渡、国际客运码头（含水路客运站）、民用运输机场航站区、城市轨道交通车站无障碍设施实现全覆盖，引导辅助服务覆盖率有效提升；邮政对老年人、残疾人的信件、印刷品、汇款通知等实现邮件全部按址投递；鼓励具备条件的城市新增公交车辆优先选择低地板公交车，500万人口以上城市新增公交车辆全部实现低地板化。

到2035年，覆盖全面、无缝衔接、安全舒适的无障碍出行服务体系基本建成，服务环境持续改善，服务水平显著提升，能够充分满足老年人、残疾人出行需要。

二、加快无障碍交通基础设施建设和改造

（四）完善设施布局。各级交通运输主管部门要充分考虑人口老龄化发展因素，根据人口老龄化发展趋势、老年人口和残疾人口分布特点，加强无障碍建设和适老化改造，在综合交通运输体系规划及各专项规划中，明确铁路、公路、水路（含港口）、民航、邮政、城市客运等各领域无障碍交通基础设施建设和改造的重点任务和配套政策。积极会同有关部门，将无障碍交通基础设施改造纳入无障碍环境建设发展规划，不断完善无障碍交通基础设施布局。

（五）加大建设改造力度。各地新建、改建、扩建铁路客运站、高速公路服务区、二级及以上汽车客运站、客运码头（含水路客运站，下同）、民用运输机场、城市轨道交通车站、城市公共交通枢纽等，应落实《无障碍环境建设条例》相关要求，并符合《无障碍设计规范》《铁路旅客车站无障碍设计规范》《民用机场旅客航站区无障碍设施设备配置》等有关标准规范。加大高速公路服务区、普通国省干线公路服务区无障碍服务设施建设改造。完善陆岛交通客运码头、轮渡渡口和客运船舶无障碍设施设备和标志标识。因地制宜逐步推进现有二级及以上汽车客运站、有条件的邮政营业场所等设施无障碍改造。推进客运列车、客运船舶、民用航空器、公共汽电车、城市轨道交通车辆等交通运输工具逐步完善无障碍设备配置。

三、提升出行服务品质

（六）创新服务模式。加大为老年、残疾乘客的贴心服务力度，加快服务模式创新，进一步提升服务的系统化、精细化水平。具备条件的地区，要在铁路客运站、汽车客运站、客运码头、民用运输机场等人流密集场所为老年人、残疾人设立优先无障碍购票窗口、专用等候区域和绿色通道，提供礼貌友好服务。在醒目位置设置老年人、残疾人等服务标志，鼓励采取专人全程陪护、预约定制服务、允许亲属接送站等措施，提供服务车、轮椅等便民辅助设备，保障行动不便乘客安全、便捷出行。要充分考虑不同交通运输方式的无障碍衔接换乘，做好点对点服务配套。鼓励对老年人、残疾人实行快递门到门服务，有条件的地区开行服务老年人、残疾人的康复巴士。

（七）建设出行信息服务体系。加强无障碍信息通用产品、技术的研发与推广应用。在铁路客运站、汽车客运站、客运码头、民用运输机场、城市轨道交通车站、城市公共交通枢纽等场所及交通运输工具上提供便于老年和残疾乘客识别的语音报站和电子报站服务，依据相关标准要求完善站场、枢纽、车辆设施的盲文标志标识配置、残疾人通信系统、语音导航和导盲系统建设，积极推广应用微信、微博、手机App、便民热线预约服务等创新方式，为老年人、残疾人提供多样化、便利化的无障碍出行信息服务。

（八）提高服务水平。鼓励运营企业制定完善老年人、残疾人等乘坐交通运输工具的服务细则。组织开展从业人员面向老年人、残疾人服务技能培训，提升服务标准化水平。鼓励地方残联、老龄委牵头会同交通运输主管部门，组建志愿者团队，组织开展专题培训和宣传教育活动，建立服务老年人、残疾人出行的预约门到门志愿服务团队。坚持用心服务、优先服务，积极鼓励社会力量参与，开展专业化、多元化无障碍出行服务，使老年人、残疾人等行动不便的乘客能够安全出行，便利出行。

（九）保障安全出行。各地交通运输主管部门要强化部门联动，密切分工协作，督促运营企业严格落实安全生产主体责任，提高安全出行服务保障水平。引导老年人、残疾人合理安排出行计划，鼓励错峰出行，避免客流拥挤对行动不便乘客出行造成安全隐患。加强无障碍交通设施安全运行维护和管理，提升信息化和智能化管理水平，做好对无障碍交通设施设备使用的合理引导，建立完善无障碍交通设施安全检查制度，及时发现安全隐患，妥善处理，为老年人、残疾人提供安全可靠的无障碍出行服务。

四、优化出行政策体系

（十）落实扶持政策。积极争取各级人民政府政策支持，在旧城改造和新城规划建设中，结合邮政及快递、城市公共交通、出租汽车等的实际需求，配合有关部门加快配套建设必要的无障碍设施，对铁路客运站、高速公路和普通国省干线公路服务区、民用运输机场等，在方便位置施划残疾人专用停车位，并设置明显标识。积极争取对因用地原因无法进行无障碍环境改造的老旧汽车客运站、客运码头、公交枢纽等项目优先立项审批，支持三级以上汽车客运站建设、完善无障碍设施。要积极配合财政等部门，对运营企业更新无障碍铁路列车车辆、无障碍客运船舶、低地板城市公交车辆、无障碍出租车辆和改扩建客运码头等给予资金支持。进一步贯彻落实铁路残疾人旅客专用票额、残疾人航空运输管理等有关规定要求，做好残疾人铁路、航空运输服务。

（十一）建立配套制度。支持城市公共交通为老年人提供优惠和便利，鼓励铁路、公路、民航等交通运输工具为老年人提供便利服务。各级残联、老龄委要会同相关部门，积极争取城市人民政府支持，对老年人、残疾人优惠乘车予以补贴补偿。各级交通运输主管部门、残联要研究制定出台导盲犬乘坐城市公共交通工具等配套政策，保障持残疾人证、导盲犬工作证、动物健康免疫证明等相关证件的视障人士携带导盲犬进站、乘车，完善交通运输场站、设施导盲犬服务配套制度建设。督促各运营企业按有关标准规定在交通运输工具上设置老幼病残孕优先座椅和轮椅专用停放区，对老年人、残疾人购检票乘车等实行专人引导、优先办理。

（十二）完善标准体系。加紧完善铁路、公路、水运、民航、邮政、城市客运等相关领域的无障碍服务标准体系建设。推动落实《铁路旅客车站无障碍设计规范》《民用机场旅客航站区无障碍设施设备配置》《无障碍低地板、低入口城市客车技术要求》等标准要求，推进公路服务设施设计规范、汽车客运站级别划分和建设要求等行业标准的制修订。充分考虑老年人和残疾人安全、便利出行的实际需要，促进运输工具设计、生产的规范化。鼓励各地因地制宜制定相关地方标准，进一步规范和强化无障碍设施设备的建设、管理和维护。指导各地加强对相关标准规范的宣贯实施工作，鼓励相关单位积极实施应用。

五、保障措施

（十三）加强组织领导。各地区、各有关部门要充分认识做好老年人、残疾人无障碍出行服务工作的重要意义，加强统筹协调，明确责任分工，将其列入议事日程和民生实事，纳入目标管理绩效考核内容。不断健全交通运输无障碍环境建设工作体制机制，充分发挥政府引导、社会治理、公众参与等不同层面的作用，推进交通运输、城市规划建设、技术装备等不同领域和部门协同合作。

（十四）加大资金投入。创新和优化无障碍出行服务提供方式，加大政府购买服务力度。鼓励采用政府与社会资本合作等模式，吸引社会资本参与交通运输无障碍设施建设和改造，拓宽支持无障碍环境建设的资金来源渠道。

（十五）强化监督检查。各地区、各部门要加大对提升交通运输各领域无障碍出行服务水平的指导力度，明晰工作任务，建立检查机制。要充分发挥社会公众监督作用，有效提升交通运输无障碍出行服务水平。

（十六）加强宣传引导。充分发挥舆论引导作用，利用电视、报纸、网络、新媒体等多种媒介，在学校、社区、企业、公共场所等开展无障碍交通出行宣传活动。继续通过“公交都市”创建、“公交出行宣传周”等载体，积极开展无障碍出行文化建设，爱护无障碍设施设备，不随意占用盲道，营造服务老年人、残疾人安全、舒适、便捷、温馨出行的良好社会氛围。

交通运输部　住房城乡建设部
国家铁路局　中国民用航空局
国家邮政局　中国残疾人联合会
全国老龄工作委员会办公室
2018年1月8日

关于扶持残疾人自主就业创业的意见

残联发〔2018〕6号

各省、自治区、直辖市及计划单列市残联、发展改革委、民政厅（局）、财政厅（局）、人力资源社会保障厅（局）、住房城乡建设厅（局）、工商局、体育局、邮政局、扶贫办（局）、总工会、共青团委员会、妇联，新疆生产建设兵团残联、发展改革委、民政局、财务局、人力资源社会保障局、总工会、共青团委员会、妇联，中国人民银行上海总部，各分行、营业管理部，各省会（首府）城市中心支行，各副省级城市中心分行，各省、自治区、直辖市及计划单列市国税局、地税局，中国邮政集团公司：

自主创业、灵活就业（以下统称自主就业创业）是残疾人实现就业的主渠道之一。为落实国家关于大力推进大众创业、万众创新和坚决打赢脱贫攻坚战的有关部署，进一步促进残疾人自主就业创业，加快推进残疾人小康进程，依据《残疾人保障法》和《残疾人就业条例》“国家鼓励扶持残疾人自主择业、自主创业”要求和《国务院关于做好当前和今后一段时期就业创业工作的意见》精神，提出如下意见。

一、扶持范围

（一）本意见所称残疾人自主就业创业包括残疾人自主创业和残疾人灵活就业。

（二）残疾人自主创业，是指残疾人通过创办经济实体、社会组织等形式实现就业。包括在工商行政管理部门依法登记成立个体工商户、各类企业、农民专业合作社等生产经营主体；在民政部门登记成立各类社会团体、民办非企业单位等社会组织；经人力资源社会保障部门认定的其他自主创业。

（三）残疾人灵活就业，是指从事非全日制、临时性和弹性工作等实现就业。包括从事家庭副业、家政服务、修理装配、便民理发、绿化保洁等；经人力资源社会保障部门认定的其他灵活就业。

二、提供合理便利和优先照顾

（四）残疾人在登记个体工商户、各类企业、农民专业合作社等经济实体，或登记各类社会团体、民办非企业单位等社会组织时，相关部门应提供合理便利，优先办理登记注册手续。

（五）政府和街道兴办贸易市场，设立商铺、摊位，以及新增建设彩票投注站、新增建设邮政报刊零售亭等便民服务网点时，应预留不低于10%给残疾人，并适当减免摊位费、租赁费，有条件的地方应免费提供店面。

三、落实税收优惠和收费减免

（六）残疾人本人为社会提供的服务，按照《财政部国家税务总局关于全面推开营业税改征增值税试点的通知》（财税〔2016〕36号）有关规定免征增值税；残疾人个人提供的加工、修理修配劳务，按照《财政部国家税务总局关于促进残疾人就业增值税优惠政策的通知》（财税〔2016〕52号）有关规定免征增值税。残疾人个体就业或创办的企业，可按规定享受增值税优惠政策。

（七）残疾人创办的企业，年应纳税所得额低于50万元（含50万元）并符合小型微利企业条件的，按照《财政部国家税务总局关于扩大小型微利企业所得税优惠政策范围的通知》（财税〔2017〕43号）有关规定，其所得减按50%计入应纳税所得额，按20%的税率缴纳企业所得税。

（八）对残疾人个人取得的劳动所得，根据《中华人民共和国个人所得税法》和《中华人民共和国个人所得税法实施条例》有关规定，按照省、自治区、直辖市人民政府规定的减征幅度和期限减征个人所得税。

（九）对残疾人自主就业创业的，按照有关规定免收管理类、登记类和证照类等有关行政事业性收费和具有强制垄断性的经营性收费；征得行业协会商会同意，适当减免或降低会费及其他服务收费。生产经营困难的，可依法申请降低住房公积金缴存比例或缓缴，待效益好转后再提高缴存比例或补缴。

（十）残疾人创办具有公益性、福利性且在民政部门登记为民办非企业单位的经营场所用电、用水、用气、用热按照民用标准收取。

四、提供金融扶持和资金补贴

（十一）残疾人个人申请创业担保贷款、康复扶贫贴息贷款，贴息部分按照《财政部关于印发〈普惠金融发展专项资金管理办法〉的通知》（财金〔2016〕85号）等规定进行贴息。残疾人自主创业、灵活就业的经营场所租赁、启动资金、设施设备购置符合规定条件的，可由各地给予补贴和小额贷款贴息。建档立卡贫困残疾人可申请扶贫小额信贷，具体贴息标准参考各地贴息管理办法执行。政府支持的融资性担保机构和再担保机构应加大对残疾人自主就业创业的融资服务力度。有条件的地区可多渠道筹资设立残疾人小额贷款风险补偿基金。对信用良好的残疾人创业者经综合评估后可取消反担保。

（十二）残疾人首次创办小微企业或从事个体经营，且所创办企业或个体工商户自工商登记注册之日起正常运营1年以上的，鼓励地方开展一次性补贴试点。

（十三）符合就业困难人员条件的残疾人实现灵活就业的，按规定给予社会保险补贴，由就业补助资金支出。

（十四）享受城乡低保的残疾人首次自主就业创业的，在核算其家庭收入时，扣减必要的就业成本，鼓励残疾人通过自身努力就业增收，摆脱贫困。

（十五）特殊教育院校教育类毕业生、残疾人高校（含技师学院）毕业生、贫困残疾人家庭高校（含技师学院）毕业生按规定享受求职创业补贴。

（十六）用人单位雇用就业年龄段残疾人，并为残疾人职工实际缴纳社会保险的，可按规定申请吸纳就业困难人员社保补贴。

五、支持重点对象和“互联网+”创业

（十七）重点扶持残疾人自主就业创业致富带头人和非遗继承人。残疾人自主创业并带动其他残疾人稳定就业的、获得有关部门认定的残疾人非遗继承人自主创业的，给予贴息贷款扶持。获得有关部门认定的残疾人非遗继承人，优先推荐全国五一劳动奖章、中国五四青年奖章、全国三八红旗手等荣誉称号。

（十八）完善残疾人大中专毕业生自主就业创业扶持政策，鼓励支持残疾人大中专毕业生入驻各类创业园。在“千校万岗”等大学生就业精准帮扶行动中，落实残疾人毕业生人岗对接工作。对国际残疾人职业技能竞赛和全国残疾人职业技能竞赛获奖选手自主就业创业的，优先保障贷款贴息，按规定给予一次性补贴。

（十九）残疾人利用网络就业创业的，给予设施设备和网络资费补助。网络商户残疾人同等享受残疾人自主创业扶持政策或享受残疾人灵活就业扶持政策。其中，在网络平台实名注册、稳定经营且信誉良好的网络商户残疾人创业者，可按规定享受创业担保贷款政策。

六、提供支持保障和就业服务

（二十）各地应根据扶持残疾人自主就业创业工作需要，根据《残疾人就业保障金征收使用管理办法》（财税〔2015〕72号）等文件规定，合理安排用于残疾人自主就业创业经营场所租赁、启动资金、设施设备购置补贴（或一次性补贴）、小额贷款贴息、社会保险缴费补贴、用人单位岗位补贴等方面的支出。设立的各类就业创业基金应加大对残疾人自主就业创业的扶持。

（二十一）通过政府购买服务，加大各类孵化基地、众创空间、创新工场、创业园等对残疾人创业培训、开业指导、项目推介、融资咨询、法律援助等孵化服务力度。鼓励建立残疾人就业创业孵化基地，2018年底前各省、自治区、直辖市和计划单列市至少建有一个残疾人创业孵化基地。

（二十二）鼓励支持企业与自主就业创业的残疾人签订委托加工合同或产品购销合同，把适于残疾人加工的产品、工序委托残疾人加工制作。

（二十三）促进城乡残疾人平等就业创业，逐步完善城乡残疾人平等就业创业政策。发挥中心城市、新兴产业带动效应，吸纳更多残疾人劳动力跨地区、跨行业、跨所有制流动就业，逐步使外来残疾人劳动者与当地户籍残疾人享有同等的就业创业扶持政策。

（二十四）各级公共就业服务机构、残疾人就业服务机构要积极为残疾人自主就业创业提供政策咨询、职业介绍、信息发布、职业指导、创业指导、人力资源社会保障事务代理等服务。支持和鼓励社会创投机构、服务中介机构和社会组织，搭建用人单位与残疾人的劳务对接平台，提供相关服务。

各省、自治区、直辖市及计划单列市残联和有关单位应依据本意见，制定本地区残疾人自主就业创业的办法和具体规定。

中国残疾人联合会　国家发展改革委员会
民政部　财政部　人力资源社会保障部
住房城乡建设部　中国人民银行
国家税务总局　国家工商总局　国家体育总局
国家邮政局　国务院扶贫办　全国总工会
共青团中央　全国妇联
2018年1月12日

残疾人服务机构管理办法

民发〔2018〕31号

民政部、人社部、国家卫计委、中国残联联合印发。

第一章　总　则

第一条　为维护和保障残疾人的合法权益，加强和规范残疾人服务机构管理，根据《中华人民共和国残疾人保障法》《残疾预防和残疾人康复条例》等有关法律法规，制定本办法。

第二条　本办法所称残疾人服务机构是指国家、社会和个人举办的，依法登记的专门为残疾人提供供养、托养、照料、康复、辅助性就业等相关服务的机构。属于综合性社会福利机构中内设的残疾人服务机构的管理，参照此办法执行。

《残疾人教育条例》《特殊教育学校暂行规程》等规定的残疾人职业教育机构不适用于本办法。

第三条　残疾人服务机构应当遵守国家法律、法规和政策，坚持以人为本，保障服务对象的人格尊严和合法权益。

入住残疾人服务机构的残疾人应当遵守机构的规章制度。

第四条　国务院民政、卫生计生、人力资源社会保障等有关部门是残疾人服务机构的行业管理部门，负责对全国残疾人服务机构进行指导、监督和管理。行业管理部门应当按照职能和残疾人服务机构提供服务的主要内容，对残疾人服务机构进行政策和业务指导，履行相关监管责任。

县级以上地方人民政府民政、卫生计生、人力资源社会保障等相关部门，负责对本行政区域内残疾人服务机构进行指导、监督和管理。

中国残疾人联合会及其地方组织依照相关法律法规或者接受政府委托，对残疾人服务机构进行监督。

第五条　残疾人服务机构应当依法登记。国家机关、事业单位举办或其他组织利用国有资产举办的非营利性残疾人服务机构，应当按照《事业单位登记管理暂行条例》等事业单位登记管理规定到事业单位登记（管理）机关办理登记。非营利性残疾人服务机构符合《民办非企业单位登记管理暂行条例》等民办非企业单位（社会服务机构）登记管理有关规定的，应当到民政部门办理登记。营利性残疾人服务机构，应当依据法律法规规定的管辖权限到工商行政管理部门办理登记。

第六条　县级以上地方人民政府民政、卫生计生、人力资源社会保障等相关部门，应当提请本级人民政府根据经济社会发展规划和残疾人数量、分布状况及服务需求，制定并实施残疾人服务机构设置规划，将残疾人服务机构设置纳入基本公共服务体系规划。

第七条　鼓励公民、法人或者其他组织通过捐赠、设置公益慈善项目、提供志愿服务等方式，为残疾人服务机构提供帮助。

第二章 服务提供

第八条 残疾人服务机构接收残疾人，为残疾人提供服务前，应当对残疾人服务需求、身心状况等与服务相关的基本情况进行评估，并根据残疾类型、残疾等级和评估结果制定适合的服务方案，实施分级分类服务。

残疾人服务机构应当对接受服务的残疾人进行定期评估，并根据评估结果适时调整服务方案。

第九条 残疾人服务机构应当与接受服务的残疾人或其代理人签订具有法律效力、权责明晰的服务协议。服务协议一般载明下列事项：

（一）残疾人服务机构的名称、住所、法定代表人或者主要负责人、联系方式；

（二）残疾人或者其代理人指定的经常联系人的姓名、住址、身份证明、联系方式；

（三）服务内容和服务方式；

（四）收费标准以及费用支付方式；

（五）服务期限和地点；

（六）当事人的权利和义务；

（七）协议变更、解除与终止的条件；

（八）违约责任；

（九）争议解决方式；

（十）当事人协商一致的其他内容。

第十条 残疾人服务机构应当依照其登记类型、业务性质、设施设备条件、管理水平、服务质量、护理等级等因素确定服务项目的收费标准。

残疾人服务机构应当在醒目位置公示各类服务项目收费标准和收费依据，并遵守国家和地方政府价格管理有关规定。

残疾人服务机构应当依法接受政府有关部门对财务收支状况、收费项目和调价频次等的监督。

第十一条 残疾人服务机构按照服务协议为接收的残疾人提供的服务，应当符合相关国家标准或者行业标准和规范。

第十二条 对于具有劳动能力的残疾人，残疾人服务机构可以根据其特点，配备专业人员帮助其进行适当的社会康复和职业康复。

对于有就业意愿的残疾人，提供辅助性就业等服务的残疾人服务机构可以组织开展适宜的辅助性生产劳动项目，并与参与劳动的残疾人或残疾人亲属签订相关协议，符合劳动合同法律法规规定的，依法签订劳动合同。

第十三条 残疾人服务机构可以通过设立医疗机构或者采取与医疗机构合作的方式，为残疾人提供医疗服务。残疾人服务机构开展诊疗服务的，应当依法取得医疗机构执业许可证。

第十四条 残疾人服务机构可以通过设置康复辅助器具配置室等方式，为残疾人获得和使用康复辅助器具服务提供便利条件。

第十五条 残疾人服务机构应当根据需要为残疾人提供情绪疏导、心理咨询、危机干预等精神慰藉服务。其中，对于智力障碍、精神障碍残疾人应当配备专业人员进行专业服务。

第十六条 残疾人服务机构应当定期开展适合残疾人的文化、体育、娱乐活动，丰富残疾人的精神文化生活。

残疾人服务机构开展文化、体育、娱乐活动时，应当为残疾人提供必要的安全防护措施。

第十七条 残疾人服务机构提供服务时，应当注意保护残疾人隐私、尊重残疾人民族风俗习惯、保障服务对象的人身权益。

第十八条 残疾人服务机构因歇业、解散、被撤销或者其他原因暂停或终止服务的，行业管理部门应当指导和督促残疾人服务机构妥善处理后续事宜，最大限度保障残疾人合法权益。

第三章 内部管理

第十九条 残疾人服务机构应当按照国家有关规定建立完善安全、消防、卫生、财务、档案、无障碍环境等管理制度，制定服务标准和工作流程，并予以公开。

第二十条 残疾人服务机构应当配备与服务和运营相适应的工作人员，并依法与其签订聘用合同或者劳动合同，明确工作人员的岗位职责和工作流程，实行岗位责任制。

残疾人服务机构中从事医疗、康复、心理咨询、社会工作等服务的专业技术人员，应当依据相关法律法规持证上岗，或上岗前接受专业技能培训。

残疾人服务机构应当定期组织工作人员进行职业道德教育和业务培训。

第二十一条 残疾人服务机构应当遵循国家统一的财务、会计制度，按规定实施财务管理，依法建立会计账簿并进行会计核算。

第二十二条 残疾人服务机构应当按照《无障碍环境建设条例》等要求，为残疾人提供符合相关技术标准的无障碍设施。

第二十三条 残疾人服务机构应当为残疾人建立基本信息档案，一人一档，并妥善保存相关原始资料。

残疾人服务机构应当保护残疾人的个人信息。

第二十四条 残疾人服务机构申请登记认定为慈善组织、接受和使用捐赠物资等，应当遵守慈善事业有关法律法规。

残疾人服务机构接受社会捐赠、政府补助的，应当专款专用，有详尽的使用记录，并公开接受捐赠的情况和受赠资产使用、管理情况。

第二十五条 残疾人服务机构应当建立健全照料、护理、膳食、特殊设施设备等方面的安全管理制度和工作责任机制，并在公共区域安装实时监控装置。

残疾人服务机构应当制定突发事件应急预案，并按照应急处理程序处置突发事件。突发事件应当及时向行业管理部门和有关部门报告，并有完整的过程和应急处理记录。

第四章 监督检查

第二十六条 行业管理部门应当通过信息化手段等多种方式，加强与登记机关、残疾人联合会对残疾人服务机构的信息共享。

第二十七条 行业管理部门、残疾人联合会可以通过书面检查、随机抽查等方式，对残疾人服务机构进行监督检查，并向社会公布检查结果。上级主管部门可以委托下级部门进行监督检查。

第二十八条 行业管理部门、残疾人联合会可以委托第三方机构对残疾人服务机构的管理水平、服务质量、运行情况等进行专业评估。评估结果可以作为政府购买服务、资助扶持、分级管理的依据。

第二十九条 残疾人服务机构应当经常听取残疾人及家属的意见和建议，发挥残疾人及家属对于服务和管理的监督促进作用。

第三十条 残疾人服务机构应当以适当方式向社会公开服务对象的重大事项。

行业管理部门应当建立对残疾人服务机构的举报和投诉制度，接到举报、投诉后，应当及时核实、处理。

第三十一条 行业管理部门、残疾人联合会应当定期开展残疾人服务机构行业统计分析工作，残疾人服务机构应当及时准确报送相关信息。

第三十二条 上级行业管理部门应当加强对下级行业管理部门的指导和监督，及时纠正残疾人服务机构管理中的违法违规行为。

第五章 法律责任

第三十三条 残疾人服务机构有下列行为的，行业管理部门可以根据情况给予纠正，直至建议登记（管理）机关撤销登记或吊销营业执照。有关责任人构成犯罪的，依法追究刑事责任。

（一）未与残疾人或者其代理人签订服务协议，或者协议不符合规定的；

（二）未按照国家有关标准和规定开展服务的；

（三）配备的医疗、康复、心理咨询、社会工作等专业技术人员未依据相关法律法规持证上岗或者未经过岗前培训的；

（四）向负责监督检查的管理部门隐瞒有关情况、提供虚假材料或者拒绝提供反映其活动情况真实材料的；

（五）利用残疾人服务机构的房屋、场地、设施开展与服务宗旨无关的活动的；

（六）歧视、侮辱、虐待或者遗弃残疾人以及其他侵犯残疾人合法权益行为的；

（七）擅自暂停或者终止服务的；

（八）法律、法规、规章规定的其他违法行为。

第三十四条 行业管理部门及其工作人员违反本办法有关规定，由上级行政机关责令改正；情节严重的，对直接负责的主管人员和其他责任人员依法给予行政处分；构成犯罪的，依法追究刑事责任。

第六章 附 则

第三十五条 行业管理部门可以根据本办法，结合本领域管理的残疾人服务机构的特点，制定具体实施细则。

第三十六条 本办法自下发之日起施行。

关于建立城乡居民基本养老保险待遇确定和基础养老金正常调整机制的指导意见

人社部发〔2018〕21号

人力资源社会保障部、财政部联合印发。

二、主要任务

（三）建立个人缴费档次标准调整机制。……对重度残疾人等缴费困难群体，可保留现行最低缴费档次标准。

关于做好2018年家庭医生签约服务工作的通知

国卫办基层函〔2018〕209号

一、合理确定签约服务的目标和任务

（二）优先做好重点人群签约服务。要按照服务规范要求，做好老年人、孕产妇、儿童以及高血压、糖尿病、结核病等慢性病和严重精神障碍患者的健康管理服务，加强防治结合，分类施策，保障基本医疗卫生服务需要。落实健康扶贫“三个一批”要求，优先推进贫困人口签约，核实核准农村贫困慢病患者，有条件地区设计个性化签约服务包。结合实际为残疾人提供基本医疗卫生服务，鼓励有条件地区将基本康复服务纳入个性化签约范围。继续做好计划生育特殊家庭成员签约服务工作。

（三）规范提供家庭医生签约服务。居民可以自愿选择家庭医生团队签订服务协议，家庭医生团队按约定协议提供签约服务。签约服务采取团队服务形式提供，鼓励药师、健康管理师、心理咨询师、社（义）工等加入团队，发挥乡镇（街道）卫生计生专干、残疾人专职委员等在签约服务中的作用。

二、完善落实签约服务的保障政策

（二）合理确定签约服务费。各地要明确签约服务费标准，根据签约服务人数按年收取服务费。签约服务费由医保基金、基本公共卫生经费和签约居民付费等分担。要充分发挥民政、残联、妇联、扶贫办等部门、企事业单位和公益基金、商业健康保险、长期护理保险等社会资金购买签约服务的补充作用。

关于降低部分政府性基金征收标准的通知

财税〔2018〕39 号

一、自 2018 年 4 月 1 日起，将残疾人就业保障金征收标准上限，由当地社会平均工资的 3 倍降低至 2 倍。其中，用人单位在职职工平均工资未超过当地社会平均工资 2 倍（含）的，按用人单位在职职工年平均工资计征残疾人就业保障金；超过当地社会平均工资 2 倍的，按当地社会平均工资 2 倍计征残疾人就业保障金。

关于在全国检察机关开展“深入推进国家司法救助工作”专项活动的通知

最高检刑事申诉检察厅　2018 年 4 月 19 日印发

专项活动按照《关于建立完善国家司法救助制度的意见（试行）》明确的救助对象范围，全面开展救助工作，并将贫困户、军人军属、未成年人和残疾人等四类人群作为重点救助对象，建立健全工作机制，采取有效措施，积极予以救助。

认真贯彻落实《中华人民共和国残疾人保障法》，维护残疾人的合法权益，为国家发展残疾人事业提供司法保障。

关于加快发展残疾人职业教育的若干意见

教职成〔2018〕5 号

各省、自治区、直辖市教育厅（教委）、发展改革委、财政厅（局）、残联，新疆生产建设兵团教育局、发展改革委、财政局、残联：

为深入贯彻落实党的十九大精神以及中共中央办公厅和国务院办公厅关于深化教育体制机制改革的有关精神、国务院关于加快推进残疾人小康进程的有关精神、《第二期特殊教育提升计划（2017—2020 年）》，办好特殊教育，加快发展残疾人职业教育，加快推进残疾人小康进程，现提出以下意见。

一、充分认识加快发展残疾人职业教育的重要意义

习近平总书记指出，“全面建成小康社会，残疾人一个也不能少”，“共同富裕路上，一个不能掉队”。加快发展残疾人职业教育，有利于更好满足残疾人受教育的权利，提升残疾人受教育的水平，促进教育公平，推进基本实现教育现代化；有利于帮助残疾人提高就业创业能力，促进残疾人就业和全面发展，更好融入社会，平等享有人生出彩的机会；有利于帮助贫困残疾人脱贫增收，阻断贫困代际传递，加快残疾人小康进程，确保全面小康路上不让一个人掉队。

近年来，我国残疾人职业教育得到较快发展，规模明显扩大，保障条件逐步得到完善。但总体来看，残疾人职业教育整体水平有待提高，办学水平偏低、师资力量薄弱、布局不合理等问题依然比较突出，与整体职业教育发展水平和广大残疾人接受职业教育的迫切需求存在较大差距。各地要充分认识发展残疾人职业教育的重大意义，高度重视并采取切实措施加快发展残疾人职业教育。

二、以中等职业教育为重点不断扩大残疾人接受职业教育的机会

大力发展残疾人中等职业教育，让完成义务教育且有意愿的残疾人都能接受适合的中等职业教育。职业院校要通过随班就读、专门编班等形式，逐步扩大招收残疾学生的规模，不得以任何理由拒绝接收符合规定录取标准的残疾学生入学。

现有的残疾人职业院校要根据需求不断完善残疾人职业教育的专业设置，有针对性的开设适合残疾人学习的专业，积极探索设置面向智力残疾学生、多重残疾学生的专业或方向，扩大残疾人就读专业的选择机会，为残疾人提供适合的职业教育，同步促进残疾人的康复与职业技能提升。每个省（区、市）集中力量至少办好一所面向全省招生的残疾人中等职业学校。

加快发展残疾人高等职业教育。鼓励职业院校与现有独立设置的特殊教育机构合作办学，联合招生、学分互认、课程互选，共同培养残疾学生。对于获得由教育部主办或联办的全国职业院校技能大赛三等奖以上奖项或由省级教育行政部门主办或联办的省级职业院校技能大赛一等奖的残疾人以及具有高级工或技师资格（或相当职业资格）、获得县级劳动模范先进个人称号的在职在岗残疾人，经报名地省级教育行政部门核实资格、高等职业院校考核公示，并在教育部阳光高考平台公示后，可由高等职业院校免试录取，接受高等职业教育。

三、改进残疾人职业教育的办学条件

各地要加大对残疾人职业教育的投入，在落实职业院校生均拨款制度的同时，适当提高接受职业教育残疾学生的生均拨款水平。要用好残疾人事业发展资金、就业补助资金等，支持残疾人接受职业教育和培训。鼓励企事业单位、社会组织、公民个人捐资支持残疾人职业教育发展。

加强残疾人职业院校基础建设。招收残疾学生的职业院校应实施必要的无障碍环境改造，为残疾学生就学、生活提供便利；建立特殊教育资源教室，配备相应专业人员，适当改造校内外实习实训场所，满足残疾学生课程学习和实习实训需要。鼓励职业院校与现有独立设置的特殊教育学校共建共享实训实习和创业孵化基地。修订《残疾人中等职业学校设置标准（试行）》，制订残疾人职业院校办学标准。

加大对接受职业教育残疾学生的资助保障，家庭经济困难的残疾学生优先享受国家助学金等。各地可结合实际，为接受职业教育的残疾学生提供特殊学习用品和交通费补助等。

四、提高残疾人职业教育的质量

不断提高残疾人职业教育的质量，为残疾人提供更多个性化教育、适合的教育。

要落实立德树人根本任务，遵循职业教育规律和残疾学生身心特点，把培育和践行社会主义核心价值观融入教育教学全过程，加强残疾学生思想道德教育和职业精神的培育。

要加大对残疾人职业教育课程、教材建设的指导监督力度，加强残疾人职业教育教材和教学资源建设，组织开发适合残疾人的职业教育教材。鼓励职业院校开发适合残疾人职业教育的校本教材。要发挥现有残疾人职业教育机构在区域内的辐射引领作用，引导其对接收残疾学生的职业院校提供必要的业务指导和帮助。

各地要加强残疾人职业教育教师的培养培训，专业课教师每5年应有不少于6个月的企业或生产服务一线实践，没有企业工作经历的新任教师应先实践再上岗。职业院校要遴选和安排具有特殊教育资质或教学经验丰富的教师承担随班就读或特殊教育班级（专业）的教育教学工作，为残疾学生配备优质师资。

各地要根据实际需要，参照当地出台的特殊教育学校教职工编制标准，落实职业院校开展残疾人职业教育教学和管理工作所需编制，合理配备教师、生活辅导人员和相关专业人员。要落实残疾人职业教育教师工资待遇、职称评定、表彰奖励等方面的倾斜政策，切实保障从事残疾人职业教育教师的各项待遇。

五、加强残疾人的就业指导和援助

各职业院校、各残疾人就业服务机构要结合残疾学生特点和需求提供就业创业指导，提高残疾学生的就业创业能力，开展“一对一”服务，做到不就业不脱钩。依托全国残疾人就业创业网络服务平台，及时发布求职和招聘信息。鼓励用人单位雇佣残疾人从事适当工作，用人单位招用人员，不得歧视残疾人。

各职业院校要积极参与政府购买残疾人职业技能培训服务和残疾人职业培训基地创建工作，针对劳动力市场需要、残疾人的实际，开展形式多样的职业技能培训和创业培训。

六、强化残疾人职业教育的组织领导

加强组织保障。各地要建立部门协同推进的工作机制。教育部门要将残疾人职业教育纳入职业教育发展的总体规划，明确目标和责任，统筹安排实施。财政部门要加大残疾人职业教育的投入，改善残疾人职业院校办学条件。残联组织要建设好现有独立设置的残疾人职业院校，继续做好残疾学生的康复训练、辅具适配以及就业指导服务等工作。其他部门积极参与、大力支持，为残疾人职业教育事业提供便利和帮助。

加强宣传引导。各地要加大对残疾人职业教育的宣传力度，扩大社会影响力，为残疾人职业教育事业发展营造良好社会环境。

加强督导检查。各级教育督导机构要将残疾人职业教育实施情况纳入督导范围，对残疾人职业教育发展水平、残疾人教育法律法规的执行、相关教育经费落实、管理使用等情况实施督导。

教育部　国家发展改革委
财政部　中国残联
2018年4月23日

关于开展全国残疾人文化周活动的通知

残联发〔2018〕25号

各省、自治区、直辖市残联、文化厅（局），新疆生产建设兵团残联、文化广播电视局，黑龙江垦区残联、文化广播电视局：

为全面贯彻习近平新时代中国特色社会主义思想和党的十九大精神，深入落实习近平总书记关于文艺工作系列重要讲话精神，加快落实《“十三五”加快残疾人小康进程规划纲要》及文化体育实施方案，推进基层残疾人文化建设，活跃基层残疾人文化生活，引导广大残疾人积极参与文化活动，促进残健融合，中国残联、文化和旅游部决定于2018年继续开展全国残疾人文化周活动。现就有关事项通知如下：

一、指导思想

以习近平新时代中国特色社会主义思想和党的十九大精神为指导，坚持中国特色社会主义文化发展道路，坚持为人民服务、为社会主义服务的方向，贯彻落实《“十三五”加快残疾人小康进程规划纲要》中“丰富残疾人文化体育生活”的要求，紧紧围绕丰富残疾人文化生活这一目标，以基层社区为基础，依托公共文化设施，就近就便组织开展健康向上、形式多样、特色鲜明的文化活动，集中展示残疾人文化艺术成果，推动基层残疾人群众文化深入开展，不断提升残疾人享有公共文化服务的水平，引导广大残疾人积极参与社会生活，为全面建成小康社会贡献力量。

二、活动周主题

共享芬芳，同奔小康。

三、活动组织

残疾人文化活动开展重点在基层。残疾人文化周以各地为主举办，由各级残联与文化部门共同组织，全国不搞统一的开、闭幕式。活动主要形式是于2018年5月至11月期间，在残疾人相对集中的社区、残疾人服务机构、特教学校、福利企业以及各类公共文化设施，因地制宜组织残疾人就近、就便开展各种文化活动。

四、活动内容

（一）加强残疾人公共文化服务。扎实推进中办、国办《关于加快构建现代公共文化服务体系的意见》，推动将残疾人文化活动融入基层公共文化设施日常活动，提供适合各类残疾人需求的优秀文化产品和文化服务，在公共文化设施中为残疾人提供无障碍活动的场地，为残健融合创造条件。

（二）开展各种基层残疾人文体活动。充分利用社区、乡镇文化站点、“农家书屋”等举办文化知识讲座、读书演讲比赛、康复知识咨询、健身技能辅导、趣味运动会等适合残疾人广泛参与、深受残疾人欢迎的文体活动；组织各种棋类比赛、乒乓球、羽毛球、轮椅太极拳、轮椅柔力球、钓鱼等群众基础深厚、符合残疾人特点的活动，并组成较为固定的团队，定期举办活动，使文化体育健身活动成为残疾人日常生活的重要内容。

（三）开展形式多样的读书活动。结合“书香中国·阅读有我”读书活动，围绕学习贯彻党的十九大精神和改革开放40周年，通过组织讲座、读书会、演讲、座谈等活动，开展形势政策教育、国情教育，把加强残疾人文化建设、丰富残疾人文化生活和加强残疾人思想道德建设结合起来，引导广大残疾人树立社会主义核心价值观，自觉履行公民责任和义务。

（四）举办各种文艺活动。围绕庆祝改革开放40周年，结合“共享芬芳”公益巡演展览及东部地区文化艺术专题巡展，组织本地残疾人艺术团体、残疾人书画家走进社区和乡村，走进福利企业、特教学校，举办文艺演出和书画等艺术展览，讴歌党和政府及社会各界对残疾人的格外关心、格外关注，分享改革开放以来残疾人事业的发展历程；加强对残疾人特殊艺术人才的培养，鼓励和吸收在文艺方面有一技之长的残疾人参与各项公共文艺演出活动。

（五）开展各种展览展示活动。充分利用展览馆、文化馆、美术馆、社区文化中心和公园、广场等公共文化场所，举办残疾人书法、绘画、摄影、集邮、手工艺品（如剪纸、编织、雕刻等）展览或现场才艺展示活动；在各种公共文化艺术展览、展示活动中，注重吸收残疾人创作的艺术作品，鼓励残疾人积极参与。

（六）推进文化助残志愿活动。继续开展“五个一”文化进残疾人家庭、盲人数字阅读推广工程等系列文化助残行动，组织志愿者为盲人讲电影或组织盲人电影专场，协调公共图书馆、文化馆等公益性文化单位开展对残疾人的文化活动，努力满足残疾人文化需求。

五、活动要求

（一）高度重视，精心组织。全国残疾人文化周活动自2010年开展以来，各地残联和文化部门以基层社区为基础，依托公共文化设施，就近就便组织开展形式多样的文体活动，已经形成了行之有效的良好工作态势和运行机制，有效提升了残疾人享有公共文化服务的水平，进一步丰富了广大残疾人的精神文化生活，值得持续推广。各级残联和文化部门要充分认识开展残疾人文化周活动的意义，认真组织，加大投入，精心实施。

（二）深入基层，服务群众。残疾人文化周活动要坚持重心下移，面向基层、面向残疾人，重在方便残疾人参与，为残疾人所喜闻乐见，重在扩大覆盖面，重在活动的常态化、经常性。要按照共建共享的原则，把有限的资源和项目放到乡镇和街道文化站、社区文化活动中心，吸引更多的基层残疾人参与，使文化周成为残疾人身边的舞台和日常的活动，真正让残疾人进得来、融进去、能受益。

（三）整合资源，突出特色。各地残联、文化部门要根据各地实际情况，挖掘和利用现有文化资源，密切配合，开展具有地方特色的主题活动。要丰富活动内容，创新活动形式，责任分工明确，计划组织严密，真正吸纳残疾人广泛参与，取得实效。

（四）拓宽视野，扩大交流。各地要充分利用自身的文化优势，加强地区、城市间残疾人文化交流，不断丰富形式和内容，争取把文化周纳入当地相关演出、论坛、展览等活动中，为残疾人提供更多参与活动、施展才华的舞台。

（五）展示风采，做好宣传。各地要充分发挥报刊、广播、电视、网络等媒体作用，及时宣传推广文化周活动；要组织各类媒体深入基层，获取第一手新闻素材，宣传残疾人乐观向上、自强自立的精神，进一步营造残疾人事业发展的良好氛围。

中国残联　文化和旅游部

2018年4月24日

关于开展第28次全国助残日活动的通知

残工委发〔2018〕1号

各省、自治区、直辖市人民政府残工委，教育厅（教委），民政、人力资源社会保障、住房城乡建设厅（局、委），卫生计生委，各战区、各军兵种、军委机关各部门、军事科学院、国防大学、国防科技大学、武警部队政治工作部（局、处），工会、团委、妇联、残联，各直辖市建委、北京市规划和国土资源管理委员会：

2018年5月20日是第28次全国助残日。认真组织开展全国助残日主题活动，对于贯彻落实以习近平同志为核心的党中央关于残疾人事业新部署新要求，推动广大残疾人共奔小康，推进社会主义核心价值观建设，大力弘扬人道主义思想，营造“平等、参与、共享”的社会环境，激发全社会扶残助残热情，塑造文明和谐友爱氛围具有重要意义。各地、各有关部门要高度重视，严密组织，采取有效措施，切实抓好助残日各项活动。

一、指导思想

认真贯彻落实党的十九大和十九届二中、三中全会精神，以习近平新时代中国特色社会主义思想为指导，紧紧围绕统筹推进“五位一体”总体布局和协调推进“四个全面”战略布局，坚持以人民为中心，落实习近平总书记关于“全面建成小康社会，残疾人一个也不能少”重要指示精神和决胜全面小康“三大攻坚战”决策部署，牢固树立和贯彻落实创新、协调、绿色、开放、共享新发展理念，引导广大残疾人更加紧密地团结在以习近平同志为核心的党中央周围，更加勇敢地面对生活的挑战，更加充分地共享我国经济社会发展成果，进一步增强获得感、幸福感和安全感，为加快推进残疾人小康进程，实现中华民族伟大复兴的中国梦营造良好氛围。

二、活动主题

全面建成小康社会，残疾人一个也不能少。

三、活动措施

（一）召开专题会议。

各地残工委和残联要召开专题会议，专项研究部署全国助残日活动，认真分析残疾人事业在新形势下面临的重点和难点问题，围绕本次全国助残日活动主题，加强措施，明确职责，结合本地实际，制定助残日活动方案，采取多种形式提高助残日活动的吸引力、针对性和有效性。

（二）明确部门职责。

1. 各级政府和残工委成员单位要贯彻落实《残疾人保障法》《残疾预防和残疾人康复条例》《残疾人教育条例》《残疾人就业条例》《无障碍环境建设条例》《“十三五”加快残疾人小康进程规划纲要》《“十三五”推进基本公共服务均等化规划》等重要法律法规和政策规定，聚焦残疾人基本生活、基本医疗、基本康复服务、住房保障、义务教育、就业增收、托养照护、无障碍建设、公共文化服务等方面覆盖面，落实有针对性的保障措施。

2. 各地卫生计生行政部门要发挥部门及系统的优势，健全社会救助体系。加强残疾人康复服务，以残疾儿童和持证残疾人为重点，采取多种形式，推动基层医疗卫生机构普遍开展残疾人医疗康复，实施精准康复，提供基本康复服务。加大残疾预防人才培养、设施设备和工作经费投入力度，制定、实施残疾预防工作计划，做好残疾预防宣传教育，普及残疾预防知识。

3. 各地民政、残联、住房城乡建设等部门要积极研究改善残疾人民生的政策措施，加大对残疾人援助力度，提高残疾人社会救助水平。残疾人所在单位、城乡基层组织等要采取多种措施帮助残疾人按规定参加各项社会保险。优先保障残疾人基本住房，对符合住房保障条件的城镇残疾人家庭给予优先轮候、优先选房等政策。加快推进城乡无障碍环境建设，支持开展贫困重度残疾人家庭无障碍改造。建立健全以家庭为基础、社区为依托、机构为支撑的残疾人托养服务体系，逐步提高残疾人托养服务能力，扩大受益面。

4. 各地人力资源社会保障、残联及有关部门要着力促进残疾人就业创业。依法大力推进残疾人按比例就业，推动机关、事业单位和国有企业带头按比例安排残疾人就业。稳定发展残疾人集中就业，落实税收优惠政策，搭建残疾人集中就业单位产品和服务展销平台，制定政府采购残疾人集中就业单位产品和服务的有关政策。多渠道扶持残疾人自主创业和灵活就业，完善对残疾人自主创业、灵活就业的扶持政策。通过组织专场招聘会、就业援助月和开展有针对性的残疾人职业培训等方式，促进残疾人就业。

5. 各地教育部门贯彻实施《残疾人教育条例》，依法保障残疾人受教育权利。加大残疾学生就学支持力度，对符合资助政策的残疾学生和残疾人子女优先予以资助。发展特殊教育，大力推行融合教育，建立随班就读支持保障体系。通过特教学校就读、随班就读和送教上门等形式，为残疾人接受教育创造条件、提供便利，提高残疾人受教育水平。

6. 各地工会、共青团、妇联以及驻军和武警部队要采用送温暖、青年志愿者助残阳光行动、巾帼建功、手拉手红领巾助残以及军民共建、警民共建等多种形式，开展志愿助残活动，活跃基层残疾人文化生活，展示残疾人乐观向上、积极进取的精神风貌，动员全社会扶残助残。

7. 各地要邀请党、政、军负责同志在全国助残日期间，走访慰问残疾人家庭、福利院、残疾人康复机构、特教学校、康复托养机构、扶贫基地、福利企业，勉励残疾人自强、自立，号召全社会爱心助残，切实帮助残疾人解决一些实际问题。

四、宣传要求

（一）各地要增强“四个意识”，坚定“四个自信”，将第28次全国助残日的宣传报道工作纳入年度宣传工作的总体计划中，统一部署，统一安排。

（二）中央及地方各新闻单位要结合改革开放40周年，中国残联成立30周年以及本次助残日主题，着力宣传各级党委、政府为加快残疾人小康进程的有力措施和政策，大力挖掘培养残疾人自强和助残先锋模范，积极报道助残日期间组织的各种活动，弘扬主旋律，传播正能量，进一步营造全社会关心支持残疾人事业的良好氛围。

（三）各地要结合本地实际，创新宣传形式，在助残日期间开展阶段性的集中社会宣传活动。充分发挥报刊、门户网站、广播、电视、网络、短信、微信、微博、公共大屏幕、宣传橱窗等传播渠道作用，多渠道发布助残日活动消息，采用制作发放宣传册、张贴宣传画、设立和刊播公益广告等群众喜闻乐见的形式，增进社会对残疾人重视和了解。广泛动员社会爱心人士积极投入残疾人事业，鼓励更多爱心力量参与扶残助残活动，大力弘扬人道主义思想、扶残助残的中华民族传统美德和残疾人“平等、参与、共享、融合”的现代文明理念，营造理解、尊重、关心、帮助残疾人的社会环境和良好风尚。

国务院残疾人工作委员会　教育部
民政部　人力资源社会保障部
住房城乡建设部　国家卫生健康委员会
中央军委政治工作部　全国总工会
共青团中央　全国妇联　中国残联
2018年5月4日

附　件

第28次全国助残日宣传口号

1. 关注残疾人民生，关心残疾人生活
2. 发展残疾人事业，加强残疾康复服务
3. 精准扶贫残疾人，共圆美丽中国梦
4. 加强残疾人服务，保障残疾人权益
5. 自尊、自信、自强、自立
6. 共享文明成果，残健同步小康
7. 加强残疾预防，健康助力小康
8. 残健共融，互助友爱
9. 扶残助残是中华民族的传统美德
10. 努力实现残疾人人人享有康复服务
11. 关爱残疾孩子，发展特殊教育
12. 加强无障碍环境建设，助力全面建成小康社会
13. 丰富残疾人精神文化生活，推动残疾人实现文化小康

关于做好伤残公安民警帮扶救助工作的通知

公政治〔2018〕150号

各省、自治区、直辖市公安厅（局）、残联，新疆生产建设兵团公安局、残联：

为认真贯彻习近平新时代中国特色社会主义思想和党的十九大精神，深入落实习近平总书记在接见全国公安英模代表时的重要讲话精神，切实做好从优待警工作，着力帮助伤残公安民警解决实际困难和问题，不断增强公安队伍的凝聚力、向心力、战斗力，根据中共中央《关于新形势下加强政法队伍建设的意见》（中发〔2016〕27号）和公安部《关于进一步加强和改进关爱民警工作的意见》（公通字〔2016〕33号）等部署要求，现就进一步做好伤残民警帮扶救助工作通知如下：

一、做好伤残公安民警帮扶救助工作，是以习近平新时代中国特色社会主义思想为指导，贯彻落实党的十九大精神、加强公安队伍建设的实际行动，是增强伤残公安民警职业荣誉感和归属感、提高公安队伍维护国家安全和社会稳定能力的重要举措，也是残联系统关心支持公安工作和公安队伍建设的具体体现，对于建设一支对党忠诚、服务人民、执法公正、纪律严明的过硬公安队伍具有重要意义。各级公安机关和残联要高度重视、密切协作，积极采取有效措施，最大限度地帮助伤残公安民警解决实际困难，让他们切实感受到党和人民的关怀和全社会的温暖。

二、本通知中的“伤残公安民警”，是指公安机关因战因公致伤致残，并按规定评定了伤残等级、持有中华人民共和国伤残人民警察证的在职及离退休人民警察。

三、各省级公安机关要主动协调残联、卫生健康部门，根据中国残疾人联合会、国家卫生和计划生育委员会《关于印发〈中华人民共和国残疾人证管理办法〉的通知》（残联发〔2017〕34号）的规定及有关程序，组织指导市、县公安机关会同残联、卫生健康部门，到指定的医疗机构，为伤残公安民警进行残疾评定，办理中华人民共和国残疾人证。对经审核符合残疾等级评定标准的公安民警，各地残联要依法依规办理残疾人证。

四、各省级公安机关要为符合伤残等级评定标准的伤残公安民警办理中华人民共和国伤残人民警察证，并依托公安机关“金盾工程”政工信息系统建立伤残公安民警电子档案和优抚工作档案。同时，各级公安机关要将每名伤残公安民警的基本信息及时报送同级残联。各级残联和公安机关要认真贯彻民政部、公安部、中国残疾人联合会《关于伤残人民警察享受社会残疾人待遇有关问题的通知》（民发〔2016〕125号），落实伤残公安民警享受国家扶残助残政策待遇。

五、各级残联要将已办理中华人民共和国残疾人证的伤残公安民警纳入全国残疾人基本服务状况和需求专项调查动态更新数据系统，作为残联组织实施的康复训练、辅具适配、家庭无障碍改造和无障碍出行等项目的对象，严格按标准给予保障。公安机关要积极配合残联，为伤残公安民警做好有关项目申报和落实工作。

六、各级残联和残疾人福利基金会要将伤残公安民警帮扶救助工作纳入日常工作，在全国助残日和传统节日，配合公安机关做好因战因公伤残及牺牲公安民警英雄事迹宣传，并对其家属进行走访、慰问、帮扶等。

七、各级公安机关要高度重视、真心关爱伤残公安民警及其家庭，主动做好伤残公安民警及家庭情况调查摸底和统计汇总，并及时通报同级残联，做到底数清、情况明、信息准，逐一完善并及时更新电子档案，确保不漏一户、不漏一人。

八、各省级公安机关、残联要结合实际，研究制定具体实施办法，同时要密切协作，加强有关政策宣传和信息共享工作，共同抓好各项优抚措施落实。

九、铁路、交通、民航、森林、海关缉私等行业公安机关伤残公安民警，以及公安机关伤残辅警、学警参照本通知执行。

公安部
中国残疾人联合会
2018年5月7日

关于开展农村贫困残疾人就业帮扶活动的通知

人社厅函〔2018〕113 号

人社部办公厅、中国残联办公厅联合印发。

各省、自治区、直辖市及新疆生产建设兵团人力资源社会保障厅（局）、残疾人联合会：

5 月 20 日是第 28 次全国助残日。为进一步落实党中央、国务院打赢脱贫攻坚战战略部署和促进残疾人事业发展总体要求，助力贫困残疾人脱贫奔小康，人力资源社会保障部、中国残联将于全国助残日前后在全国范围内组织开展农村贫困残疾人就业帮扶系列活动。现就有关事项通知如下：

一、活动主题

就业帮扶，助残圆梦。

二、服务对象

法定劳动年龄内，有就业创业意愿和能力的农村建档立卡贫困残疾人（以下简称“贫困残疾人”）。

三、目标任务

集中开展政策宣讲、精准识别、上门送岗、需求登记、专场招聘等活动，帮扶贫困残疾人就业创业，营造关心关爱残疾人就业创业的社会氛围。

四、主要内容

（一）组织一次政策宣传活动。采取印发宣传活页、指导手册、政策清单以及网上专题宣传、设立现场宣传点等方式，多渠道宣传扶持残疾人就业创业的政策措施。结合实际开展走村入户上门宣讲，帮助贫困残疾人知晓政策和运用政策。

（二）举办一次专场招聘活动。结合贫困残疾人就业创业需求，发动企业等用人单位提供一批针对性强的岗位，组织现场招聘会和网络招聘会，促成有就业意愿和能力的贫困残疾人与用人单位人岗对接。

（三）开展一次入户送岗活动。对地处偏远、行动不便、无法离乡离家的贫困残疾人，积极组织用人单位进村入户，详细了解其就业需求，有针对性地提供就业帮扶。

（四）组织一次就业需求登记活动。依托公共就业服务基层平台，帮助有就业需求的贫困残疾人就近就便或通过互联网信息系统进行就业需求登记，并负责政策解答、信息汇总和联网帮扶。

（五）推动建立帮扶贫困残疾人就业长效机制。各地人社部门和残联组织要以此次活动为契机，共享贫困残疾人信息，开展精准识别，了解贫困残疾人情况和需求，提供“一对一”帮扶。因地制宜、因人施策开发就业岗位，支持贫困残疾人就地就近就业和居家灵活就业，对符合条件的贫困残疾人落实扶持政策。加强职业指导和职业介绍，为贫困残疾人提供适合的岗位信息和“点对点”有针对性的技能培训。

五、工作要求

（一）加强组织领导。各地要高度重视，加强协作配合，明确专人负责，统一组织实施，为民务实，确保廉洁高效，力戒形式主义、官僚主义，并持续做好贫困残疾人就业帮扶工作。

（二）营造良好氛围。各地要及时发布活动安排和具体工作举措，积极宣传工作进展和成效，引导贫困残疾人和社会有关方面积极支持参与。

（三）密切联系沟通。各地要加强与人力资源社会保障部、中国残联联系，及时报送系列活动相关图文信息，以便在人力资源社会保障部、中国残联部门网站、微信公众号上刊载宣传。本省活动情况总结，请于 5 月 25 日前报送。

附件：农村建档立卡贫困残疾人就业需求登记表（略）

人力资源社会保障部办公厅
中国残联办公厅
2018 年 5 月 9 日

关于组织开展 2018 年“书香中国 · 阅读有我”活动的通知

残联发〔2018〕30 号

各省、自治区、直辖市残联、文化厅（局）、新闻出版广电局，新疆生产建设兵团残联、文化广播电视局，黑龙江垦区残联、文化广播电视局：

为深入贯彻落实习近平新时代中国特色社会主义思想和党的十九大精神，认真落实《中华人民共和国公共文化服务保障法》《中华人民共和国公共图书馆法》《全民阅读“十三五”时期发展规划》和《“十三五”加快残疾人小康进程规划纲要》，扎实推动新时代残疾人阅读工作，中国残联、文化和旅游部、国家新闻出版署定于 2018 年共同开展“书香中国 · 阅读有我”活动。现就有关事项通知如下：

一、指导思想

以习近平新时代中国特色社会主义思想和党的十九大精神为指导，以满足残疾人精神文化需求为出发点和落脚点，创新思路、创新方法、创新举措，为广大残疾人的阅读提供更加有利的条件。

二、活动内容和重点任务

（一）开展主题阅读活动。要把学习宣传贯彻党的十九大精神作为首要政治任务，引导广大残疾人干部群众把思想统一到习近平新时代中国特色社会主义思想和党的十九大精神上来，把力量凝聚到落实党的十九大提出的各项重大部署上来。要通过组织开展主题演讲、读书征文、知识竞赛等主题读书活动，大力推动习近平新时代中国特色社会主义思想深入人心。

（二）组织好基层残疾人阅读活动。大力推进“书香中国 · 阅读有我”活动进残疾人服务机构、进特教学校、进残疾人家庭，使阅读活动真正深入基层、深入群众、深入残疾人。倡导和开展家庭阅读、亲子阅读，鼓励特教学校开展阅读指导等多种形式的校园阅读活动，着力培育残疾少年儿童阅读兴趣、阅读习惯。利用“农家书屋”、社区书屋、残疾人“文化进社区”书柜等各类阅读设施，开展各种形式的读书活动。

（三）发挥公益性文化单位的重要作用。结合2018年全国残疾人文化周活动，文化馆（站）、公共图书馆等各级公益性文化单位要定期组织适合残疾人参与的国情政策教育、展览参观、艺术作品鉴赏讲座等各类文化活动，充分发挥社会名人、文化名家的引领作用，引导残疾人认真读书学习，开阔文化视野。

（四）开展图书助残活动和服务。以“农家书屋”、社区书屋、“五个一”文化进残疾人家庭及“共享芬芳”百县百场巡演巡展等项目为载体，积极协调公共图书馆、博物馆及文化出版机构开展向社区、农村残疾人捐助图书的活动，组织志愿者向重度残疾人提供送书上门等多种形式的服务，努力满足残疾人文化需求。

（五）提供数字化阅读服务。加快推动盲文出版和盲人阅读工程，积极推动盲人读物融合出版与传播平台的建设。充分利用好全国文化信息资源共享工程网络和“心声·音频馆”平台，发挥中国盲人数字图书馆及各分支馆的作用，为残疾人提供数字化阅读服务，做好残疾人阅读普及，使残疾人可以就近就便享受阅读服务。

三、工作要求

（一）服务基层，面向群众。各地在组织残疾人开展读书活动的过程中，要工作重心下移，面向基层、做好服务。各级残联要充分利用自身组织优势，以基层残协、残疾人专职委员为阵地，结合党和国家的新形势、新任务、新要求，不断调整活动内容，推进阅读进农村、进社区、进家庭、进学校，让阅读活动真正深入到基层，普及到群众。

（二）整合资源、突出特色。各地残联、公共文化机构、出版单位等要根据本地实际情况，挖掘和利用现有文化资源，密切配合，开展具有地方特色的主题活动。要丰富活动内容，创新活动形式，责任分工明确，计划组织严密，真正吸纳残疾人广泛参与阅读活动，务求取得实效。

（三）做好宣传，营造氛围。各地要重视和发挥各类媒体的作用，向广大残疾人宣传推广阅读活动、宣传优秀出版物。鼓励和支持各类媒体深入基层，抓取第一手新闻素材，通过典型报道、专题报道，多宣传残疾人通过读书陶冶情操、改变命运、成就人生的感人故事和典型事例。

（四）各地残联要根据通知要求制定本地2018年“书香中国·阅读有我”活动工作方案，注意梳理归纳和总结经验。2018年工作总结中应一并上报读书活动开展情况，包括参加活动的残疾人数量、举办的活动内容、产生的影响等。

中国残联　文化和旅游部
国家新闻出版署
2018年5月23日

关于组织开展第二次全国残疾预防日宣传教育活动的通知

残联发〔2018〕35号

习近平总书记强调，要增强全社会残疾预防意识。2018年8月25日是第二次全国残疾预防日。为深入贯彻落实党的十九大精神和党中央、国务院关于残疾预防工作的决策部署，进一步增强全社会残疾预防意识，加快残疾预防事业发展，推动健康中国建设，中国残联、中央宣传部等16部门决定联合开展第二次全国残疾预防日宣传教育活动。现将有关事宜通知如下：

一、活动主题

残疾预防，从我做起

二、活动时间

2018年8月25日（有条件的地区可适当延长）

三、宣传重点

（一）强化公众残疾预防意识。大力宣传“残疾预防，人人有责”“残疾预防，从我做起”的理念，增强社会公众和用人单位从我做起、自觉预防残疾的意识，营造全社会重视残疾预防、防范致残风险的氛围。

（二）普及残疾预防知识。围绕残疾预防核心知识，广泛普及预防遗传和发育障碍、疾病、伤害等致残的科学知识、方法，提升公众残疾预防健康素养水平，增强全社会残疾预防能力。

（三）宣传残疾预防法规政策。以《残疾预防和残疾人康复条例》（以下简称条例）和《国家残疾预防行动计划（2016—2020年）》（以下简称《行动计划》）等为重点，大力宣传残疾预防相关法规、政策，宣传党和国家对残疾预防工作的重视和支持，宣传我国残疾预防工作成效及面临的挑战和问题。

四、工作要求

（一）加强领导，周密部署。各地要高度重视残疾预防宣传教育工作，切实加强残疾预防日宣传教育活动的组织领导和统筹安排。各相关部门要密切配合，围绕宣传主题，依据《行动计划》任务分工，做好残疾预防宣传教育相关工作。各级残联要主动发挥牵头组织作用，积极协调有关部门，研究制订本地区活动方案，精心做好组织实施。

（二）多措并举，力求实效。各地要紧紧围绕残疾预防日主题，聚焦本地主要致残因素、高危人群和残疾预防薄弱环节，广泛开展残疾预防“进社区、进校园、进家庭”活动。要采用群众喜闻乐见的形式，积极开发、推广残疾预防精品节目和公益广告，打造品牌宣传活动，吸引社会公众积极参与。要充分运用报刊、广播、电视、短信、网站、微信、微博等传播手段，全方位扩大宣传教育的覆盖面和影响力。

（三）统筹安排，推动工作。各地要以残疾预防日宣传教育活动为契机，围绕推动条例《行动计划》的贯彻实施，抓紧研究制订本地残疾预防行动计划，健全相关政策、措施，完善残疾预防工作领导体系和工作机制，确保完成《行动计划》提出的有关任务目标。要进一步结合本地实际，探索、创新残疾预防工作经验，加强残疾预防综合试验区培育试点工作，持续组织开展好孕产妇产前筛查诊断、残疾报告等残疾预防重点干预项目。

各省（区、市）残联要及时收集整理本地区残疾预防日宣传教育活动开展情况，认真做好总结，将活动总结及相关图片、视频等资料于2018年9月10日前报送中国残联。

附件：1. 第二次全国残疾预防日宣传口号
2. 残疾预防核心知识

中国残联　中央宣传部　中央网信办
教育部　工业和信息化部　公安部
民政部　人力资源社会保障部
生态环境部　交通运输部
国家卫生健康委员会　应急管理部
国家广播电视总局　全国总工会
共青团中央　全国妇联
2018年6月6日

附件1

第二次全国残疾预防日宣传口号

1. 增强全社会残疾预防意识
2. 发展残疾人事业，加强残疾康复服务
3. 预防残疾，从我做起
4. 推进残疾预防，建设健康中国
5. 预防残疾，人人有责
6. 做好残疾预防，维护生命健康
7. 重视残疾预防，享受健康人生
8. 学习残疾预防知识，增强自我防护能力
9. 贯彻落实《残疾预防和残疾人康复条例》
10. 组织实施《国家残疾预防行动计划（2016—2020年）》

附件2

残疾预防核心知识

一、有效控制出生缺陷和发育障碍致残

1. 有计划怀孕，避免大龄生育。
2. 远离烟酒，远离有毒有害物质，孕育健康宝宝。
3. 主动接受婚前保健服务和孕前优生健康检查。
4. 不偏食，补叶酸，科学补碘，合理控制体重。
5. 防止孕早期感染，在医生指导下使用药物。
6. 定期接受孕产期保健和产前筛查。
7. 积极接受新生儿疾病筛查和访视。
8. 密切关注儿童生长发育状况，定期参加健康体检。

二、着力防控疾病致残

1. 合理膳食，少油、少盐、少糖，多吃蔬菜水果。
2. 坚持运动，吃动平衡，避免超重肥胖。
3. 不吸烟少喝酒，远离二手烟。
4. 学会自我健康管理，关注血压、血糖、血脂变化。
5. 定期体检，及早发现疾病，及时治疗。
6. 注意个人和环境卫生，远离传染源，及时全程接种国家免疫规划疫苗。
7. 保持心情愉悦，与他人和谐相处，发现心理异常及时寻求专业帮助。
8. 及时就医，遵从医嘱，规范治疗。

三、努力减少伤害致残

1. 照看好儿童，防止溺水、跌倒、坠落等伤害。
2. 营造安全家居环境，加强平衡锻炼，减少老年跌倒。
3. 遵守交通法规，安全文明出行，预防交通伤害。
4. 购买正规产品，按说明书正确使用。
5. 遵守安全生产规程，做好职业防护。
6. 学习避险、逃生知识，提高自我防护能力。
7. 掌握基本急救技能，科学处理损伤。

四、显著改善康复服务状况

1. 尽早开展康复，避免残疾发生，减轻残疾程度。
2. 树立信心，坚持系统康复训练。
3. 科学适配辅具，提高生活质量。
4. 勇敢面对残疾，主动走出家门。
5. 家属积极参与，全面介入康复过程。
6. 尊重差异，平等接纳残疾人。
7. 爱护无障碍设施，主动为残疾人提供便利。

关于开展“法援惠民生·关爱残疾人”法律援助品牌建设工作的通知

司发通〔2018〕51号

各省、自治区、直辖市司法厅（局）、残疾人联合会，新疆生产建设兵团司法局、残疾人联合会：

为贯彻落实国务院《“十三五”推进基本公共服务均等化规划》《“十三五”加快残疾人小康进程规划纲要》，贯彻落实司法部《关于“十三五”加强残疾人公共法律服务的意见》，大力加强残疾人法律援助工作，司法部与中国残联决定在全国联合开展“法援惠民生·关爱残疾人”法律援助品牌建设工作。现将《“法援惠民生·关爱残疾人”法律援助品牌建设实施方案》印发你们，请各地司法厅（局）于7月15日前向司法部上报具体实施方案，有关品牌建设开展情况及时报部。

司法部　中国残联
2018年6月8日

"法援惠民生·关爱残疾人"法律援助品牌建设实施方案

为深入贯彻落实习近平新时代中国特色社会主义思想和党的十九大精神，推进覆盖城乡居民的公共法律服务体系建设，进一步加大残疾人法律援助工作力度，司法部、中国残联决定在全国范围内开展"法援惠民生·关爱残疾人"法律援助品牌建设工作，切实保障残疾人的合法权益。

一、工作目标

以"防范、主动、全覆盖"为重点，以满足残疾人法律援助需求为导向，创新服务方式，提升服务水平，着力加强对残疾人的法律援助供给力度。有效防范和化解残疾人法律纠纷，全面提升残疾人法律援助服务能力，努力提高残疾人法律援助服务质量，使所有残疾人都能获得便捷、精准、优质的法律援助服务，提高残疾人对法律援助工作的满意度。

二、任务措施

（一）健全服务网络，主动把脉残疾人法律援助需求。建立残疾人法律援助对象信息共享机制，依托中国残联残疾人人口基础数据库管理系统，对贫困残疾人动态信息及时更新，了解残疾人在社保、困难救助、医疗康复、抚养赡养、生活照料及教育、就业、劳动权益保障和脱贫方面存在的问题，评估法律援助需求，建立残疾人法律援助服务档案。建立维护残疾人合法权益的法律援助服务体系，构建县（市、区）、乡（镇、街道）、村（居、社区）三级联动互补的残疾人法律援助服务网，实现法律援助服务残疾人的网络全覆盖。根据残疾人法律需求，主动定期提供服务，依法有效维护残疾人合法权益。

（二）完善服务机制，为残疾人提供防范法律纠纷指引。开展送法上门活动，深入残疾人康复机构、托养机构、福利企业、特殊教育学校等场所，充分利用法律援助工作站、村居法律援助联系点、残疾人法律救助工作站等服务平台，广泛开展丰富多彩的法律援助宣传活动。深入开展以案释法活动，通过举办法律知识讲座、法治文艺演出、普法栏目剧等，针对残疾人多发的法律纠纷，开展以案释法和法律咨询，提升残疾人知法、守法、用法能力，增强依法维权意识，防范和化解法律纠纷，维护残疾人合法权益。开展残疾人维权专项服务活动，利用全国助残日、爱耳日、爱眼日、国际残疾人日、国家宪法日等节点，开展针对残疾人的法律援助宣传和公共法律教育等专项活动，提升残疾人法治幸福感。将印有法律援助机构地址、联系方式、申请法律援助简要说明等内容的法律援助联系卡发送到残疾人手中，让残疾人知晓法律援助，遇到法律问题能够及时联系法律援助机构。建立由村（居）法律顾问、人民调解员、辖区残疾人组成的微信群，发布涉及残疾人的法律法规，宣传残疾人权益保障相关政策和法律规定，及时为残疾人释疑解惑、提供法律咨询。发挥12348中国法网和12348法律服务热线作用，为残疾人提供在线咨询解答等法律服务，让残疾人遇到法律问题能够通过打电话、上网等方式获得便捷法律服务。

（三）增加服务供给，为残疾人提供全覆盖法律帮助。提供无障碍浏览服务，借助"互联网＋"打造"全天候、普惠制"服务新模式，全面推进12348中国法网、法律援助信息系统集成网页无障碍浏览工具，实现文字大小控制、页面色彩对比、语音朗读等辅助功能，为更多的残疾人实现网上咨询、申请法律援助提供便利，逐步实现融合电话、网站、短信、微博、微信等多种方式法律援助服务。发挥具有专业技能志愿者的作用，为需要诉讼法律援助服务的残疾人提供语音和文字提示、手语、盲文等信息和交流无障碍服务。探索并推行对行动不便且有法律需求的残疾人"一对一"综合包户服务模式，安排律师、基层法律服务工作者或者志愿者等与残疾人结成帮扶对子，实行"一户一档一策"，按需定制"法律援助服务套餐"，提供精准化"家庭医生"式法律援助，按需提供咨询、调解、代书、代理、辩护等法律服务，增强残疾人的法治获得感，着力破解"最后一公里"难题。加大残疾人刑事法律援助力度，做好盲、聋、哑及尚未完全丧失辨认或者控制自己行为能力的精神病犯罪嫌疑人、被告人通知辩护案件的法律援助工作，加强与公、检、法等办案机关的工作衔接，落实告知、转交申请等事项，使残疾犯罪嫌疑人、被告人及时获得法律援助或值班律师的法律帮助。

三、组织保障

（一）加强组织领导。司法部与中国残联联合开展品牌建设，合作开展残疾人法律援助需求调查和宣传推广活动，共同提升残疾人法律援助服务水平。委托社会调查机构在全国东、中、西部抽取12个省（区、市）开展残疾人法律援助需求调查，了解残疾人法律援助需求及知晓率，评估现行工作效果，各级残联要积极配合完成该项调查工作。各省（区、市）司法厅（局）、残联要高度重视，加大对"法援惠民生·关爱残疾人"法律援助品牌活动的专项经费投入。要结合实际制定具体实施方案，明确职责分工、重点任务和保障措施，确保工作落实到位。要把"法援惠民生·关爱残疾人"品牌建设作为提升残疾人法律援助服务水平的有效抓手，围绕"防范、主动、全覆盖"，为残疾人提供更加精准到位的法律援助服务。要积极培育社会组织和法律援助志愿者参与残疾人法律援助服务，推动将残疾人法律援助服务列入政府公共法律服务项目购买清单，增强残疾人法律援助服务专业化水平和服务实效。

（二）加强示范引领。为加强对残疾人法律援助品牌的示范引领作用，司法部从东、中、西部选取山西省晋城市、黑龙江省牡丹江市、山东省济南市、湖北省十堰市、云南省楚雄州、宁夏石嘴山市作为全国残疾人法律援助品牌建设示范点，总结经验向全国推广。各地也要积极培育本地区残疾人品牌示范点2—3个，经济条件和工作基础好的地区不设上限。

（三）加强协作配合。司法部和中国残联探索在12348法律服务热线与12345政务热线、12385残疾人服务热线和紧急司法救助平台之间建立协作机制，实现资源共享和信息互通。各省（区、市）司法厅（局）和残联要加强与法院、检察院、公安等部门合作，依法办理残疾人权益纠纷案件。加强与民政、人力资源和社会保障等部门的沟通协作，建立健全信息交流和定期沟通机制，及时更新辖区残疾人信息，发挥社会团体在残疾人公共法律服务中的积极作用。各省（区、市）司法厅（局）及各地司法局之间、各地残联之间要积极开展异地协作，紧密配合、通力合作，为跨省跨区域残疾人权益保护工作提供便利条件，充分发挥法律援助在服务残疾人工作中的作用。要整合律师、公证员、基层法律服务工作者、人民调解员、司法鉴定人员、法律援助工作者、残疾人服务志愿者等服务力量，加强团队协作，更好地服务残疾人。

（四）加强宣传推广。司法部继续开发制作《残疾人权益保护手册》等公共法律教育产品，制作专题彩色宣传手册，并免费下发全国法律援助机构用于普法宣传。制作播放残疾人法律援助服务公益广告，发布指导性案例，展示法律援助服务残疾人的良好形象和风貌。中国残联继续开展残疾人学法用法专项行动，印制发放普法宣传材料。各省（区、市）司法厅（局）和残联要依托本系统宣传矩阵及宣传渠道，充分发挥微博、微信、手机客户端等新媒体作用，运用动漫、图标、微视频、手机报等多种形式，开展丰富多彩的线上线下互动及服务活动，进行全方位宣传，打响法律援助服务残疾人品牌，不断提升法律援助社会影响力。要加强基层创新实践典型培植和先进经验宣传推广，及时梳理和总结活动成效，对服务残疾人的先进事迹和优秀典型定期上报司法部和中国残联，在全国范围加以推广，增强队伍的荣誉感、使命感，全力营造关爱残疾人的良好社会环境。

关于开展2018年文化志愿服务工作的通知

文旅公共发〔2018〕17号

文化和旅游部、中央文明办联合印发。

一、工作任务

（七）关爱重点群体文化志愿服务活动。组织文化志愿者为空巢老人、留守儿童、农民工和残疾人等重点群体开展形式多样的文化志愿服务，让困难群众得到及时关爱，感受到社会的温暖。

关于促进护理服务业改革与发展的指导意见

国卫医发〔2018〕20号

卫生健康委、发改委、教育部、民政部、财政部、人社部、国家市场监督管理总局、中国银行保监会、国家中医药管理局、中国残联、中央军委后勤保障部卫生局联合印发。

护理服务是健康中国建设的重要内容，与人民群众的健康权益和生命安全密切相关，对促进健康服务业发展，保障和改善民生具有积极意义。为全面贯彻落实党的十九大和全国卫生与健康大会精神，进一步促进护理服务业改革与发展，根据实施健康中国战略和全面建成小康社会的新要求，现提出如下意见。

一、总体要求

（一）总体思路。以习近平新时代中国特色社会主义思想为指导，全面贯彻落实党的十九大和全国卫生与健康大会精神，深入贯彻实施健康中国战略，以人民健康为中心，以社会需求为导向，通过健全完善护理服务体系，加强护理人员培养和队伍建设，创新护理服务模式，精准对接新时代人民群众日益增长的多样化健康需求。通过推动护理领域改革与创新，完善相关体制机制，促进护理服务业持续健康发展。

（二）基本原则。

以人为本，满足需求。充分考虑不同人群的健康特征和护理服务需求，统筹发展机构护理、社区和居家护理以及其他多种形式的覆盖全方位、全周期的护理服务，逐步解决人民群众健康新期盼与当前不平衡不充分的护理服务发展之间的矛盾，不断满足人民群众多样化的健康服务需求。

政府引导，多元投入。政府通过完善支持政策、加强行业监管等措施促进护理服务业持续健康发展，引导和鼓励社会力量以多种形式投入护理服务业领域，扩大护理服务供给，有效提高服务质量和效率。

市场运作，行业管理。遵循市场规律，激发市场活力，发挥市场在护理服务资源配置中的决定性作用。充分发挥行业管理和自律作用，积极培育和发展护理服务行业协会，加强人才培养，制定标准规范等。

深化改革，创新发展。持续深化护理服务业相关领域体制机制改革，积极拓展服务范围，创新服务供给方式，鼓励和支持发展护理新业态，强化护理服务监管，推动护理服务业健康发展。

（三）主要目标。到2020年达到以下目标：

——护理服务体系健全完善。以机构为支撑、社区为平台、居家为基础的护理服务体系基本建立，覆盖急性期诊疗、慢性期康复、稳定期照护、终末期关怀的护理服务格局基本形成。护理服务业快速增长，护理产业规模显著扩大。

——护理队伍得到长足发展。护士队伍的数量、素质、能力基本能够适应卫生健康事业发展和人民群众健康需求。注册护士总数超过445万，每千人口注册护士数超过3.14人，医护比不低于1:1.25，基层医疗机构护士总量超过100万。形成一支由护士和辅助型护理人员组成的护理从业人员队伍，从事老年护理、母婴护理的护理人员数量显著增加。

——护理服务供给更加合理。医疗机构护理服务有序合理，分工协作更加紧密。护理院、护理中心、康复医疗中心、安宁疗护机构等接续性医疗机构数量显著增加，康复护理、老年护理、残疾人护理、母婴护理、安宁疗护等服务供给不断扩大。社区和居家护理服务得到进一步发展。

——护理服务能力大幅提升。优质护理服务全覆盖，护理学科建设得到加强，专科护理水平不断提升。康复护理、中医护理、老年护理、母婴护理、居家护理和安宁疗护等服务能力有效提高，群众获得感显著增强。

二、建立优质高效的护理服务体系

（四）完善医疗护理服务体系。按照分级诊疗制度和医疗联合体建设要求，落实各级各类医疗机构功能定位，建立不同级别医院之间，医院与基层医疗机构、接续性医疗机构之间科学合理的分工协作机制。通过鼓励和推动社会力量举办护理机构或者部分一级、二级医院转型等方式，激发市场活力，扩大老年护理、残疾人护理、康复护理、母婴护理及安宁疗护等服务供给。三级医院主要提供疑难、急危重症患者护理服务，加强护理学科建设和人才培养；二级医院等主要提供常见病、多发病护理；护理院、护理中心、康复医疗中心、安宁疗护机构、基层医疗机构等主要提供日常医疗护理、老年护理、残疾人护理、康复护理、长期照护、安宁疗护等服务。鼓励有条件的接续性医疗机构和基层医疗机构提供日间照护、居家护理和家庭病床。通过组建医疗联合体促进大型医院优质护理资源下沉，帮扶带动接续性医疗机构和基层护理服务能力提升。

（五）健全健康养老服务网络。鼓励有条件的地区统筹整合医疗、护理、康复和养老服务资源，逐步形成有序共享、功能合理的健康养老服务网络。鼓励二级以上医院与养老机构建立合作机制，接续性医疗机构、基层医疗机构实现与养老机构的紧密对接，为老年人提供护理、康复、慢病管理、中医保健等服务。支持有条件的养老机构，按规定举办医务室、护理站等，为老年人提供基本医疗护理服务。

三、加强护理从业人员培养和队伍建设

（六）推进院校护理人才培养。合理确定护理人才培养规模和结构，加快推进老年护理、康复护理、社区护理、母婴护理、中医护理、助产等急需紧缺人才培养，适应护理服务业发展需求。加大护理教育领域改革力度，加强护理人文教育和职业素质教育，严格临床实习实训管理，合理安排护理专业学生到具备条件的临床教学基地进行实习、实践，全面提高护理人才培养质量。严禁任何机构向学生收取实习押金、实习报酬提成、管理费等各种形式的实习费用。加强师资队伍和临床实践教学基地能力建设。

（七）开展临床护士在岗培训。以需求为导向，以岗位胜任力为核心，建立临床护士培训制度。各地按照国家印发的培训大纲和要求，有计划地优先对护理管理人员、新入职护士、部分专科护士、社区护士、中医护士、助产士等开展培训。可以充分发挥有关普通高校、职业院校、医疗卫生机构教学资源和相关学（协）会作用，创新培训方式方法，提高培训质量。

（八）加强护士队伍建设。贯彻落实《护士条例》，维护和保障护士合法权益。按照《关于深化职称制度改革的意见》要求，遵循护理人才成长规律，克服唯学历、唯资历、唯论文的倾向，让护理专业技术人员有更多时间和精力深耕专业，服务于临床。修订完善护士执业管理制度，充分发挥护士在疾病预防、医疗护理、康复促进、健康管理等方面作用，促进护士职业发展。逐步建立完善专科护士管理制度，不断提高专科护理水平。

（九）加快辅助型护理人员培养培训。大力加强辅助型护理人员（以下简称护理员）的培养和培训，提高人员从业服务能力。鼓励有条件的院校、行业学会、职业技能培训机构等，积极开展护理员培训，提高其病患、老年人、残疾人、母婴生活照护从业技能，扩大护理服务业人员队伍，拓宽社会就业渠道。

（十）加强护理员规范管理。逐步建立护理员管理制度，进一步规范护理员服务行为。医疗机构要加强护理员的规范管理，护理员必须在医务人员的指导下，对服务对象提供生活照护服务。严禁护理员从事医疗护理专业技术性工作，切实保障医疗质量和安全。有资质的劳务派遣机构、家政服务机构等要建立健全护理员管理和派遣制度，对护理员进行定期培训，保证服务质量；应当依法缴纳社会保险费，保障护理员工资福利待遇等合法权益。

四、创新护理服务模式

（十一）持续开展优质护理服务。进一步扩大优质护理服务覆盖面，实现二级以上医院优质护理服务全覆盖，提高开展优质护理服务的其他医疗机构比例。医院要充分利用信息技术，创新护理服务模式，为患者提供全流程、无缝隙、专业便利的智慧护理服务。对住院患者全面实施责任制整体护理，为患者提供高质量护理服务。门急诊、手术室等非住院部门要结合工作特点，优化服务流程，开展优质护理服务。

（十二）逐步推进延续性护理服务。鼓励有条件的医疗机构对具有较高再入院率或医疗护理有较高需求的出院患者提供延续性护理服务，将护理服务延伸至社区、家庭。接续性医疗机构和基层医疗机构要积极为上级医院诊断明确、病情稳定的术后康复患者、慢性病患者、晚期肿瘤患者以及失能失智、完全不能自理的老年患者及残疾人等提供接续性护理服务。

（十三）大力发展社区和居家护理服务。鼓励医联体内二级以上医院通过建立护理联合团队、一对一传帮带、开展社区护士培训等形式，帮扶带动基层医疗机构提高护理服务能力。鼓励二级以上医院优质护理资源加入家庭医生签约团队，为社区群众提供专业化护理服务。支持护理院、护理中心以及基层医疗机构大力发展日间照护、家庭病床和居家护理服务，为长期卧床、晚期肿瘤患者、行动不便的老年人、残疾人以及其他适合在家庭条件下进行医疗护理的人群等提供居家护理服务。鼓励有资质的劳务派遣机构、家政服务机构等积极开展护理领域生活性服务，增加生活照料、挂号取药、陪伴就医、辅具租赁以及家庭照护等服务。

五、加强护理学科和中医护理能力建设

（十四）加强护理质量安全管理。加强护理学科能力建设，提高临床护理能力，提升患者医疗效果。强化落实护理核心制度，促进护理质量持续改进。针对重点人群、重点环节、重点部门制定完善护理安全管理措施，保障患者安全。

（十五）提升中医护理服务水平。制定中医护理常规、方案和技术操作标准。积极开展辨证施护和中医特色专科护理，创新中医护理服务模式，发挥中医护理在疾病治疗、慢病防治、康复促进、健康保健等方面的作用。

六、政策措施

（十六）合理调整护理服务价格。科学核算护理服务成本，合理制定和调整护理服务价格，逐步理顺护理服务比价关系，体现护士技术劳动价值。推动研究核算居家护理服务、长期照护服务等服务成本，合理确定服务价格，为加快发展护理服务业提供政策支撑。

（十七）充分调动广大护士积极性。医疗机构要建立健全护理人员管理制度。在护士岗位设置、收入分配、职称评定、管理使用等方面，对编制内外人员统筹考虑。建立健全护士绩效考核指标体系，突出岗位职责履行、工作量、服务质量、行为规范、医疗质量安全、医疗费用控制、医德医风和患者满意度等指标，将考核结果与护士岗位聘用、职称晋升、个人薪酬挂钩，做到多劳多得、优绩优酬。要逐步完善激励机制，在绩效分配、职称晋升、教育培训等方面，向基层护士倾斜，调动基层护士队伍积极性。

（十八）完善护理员培训和就业政策。积极支持农村转移劳动力、城镇登记失业人员等参加护理员培训。充分利用促进就业创业扶持政策和资金，鼓励各类人员到护理服务业领域就业创业，对符合条件的从业人员，按规定落实相关补贴政策。

（十九）加强护理信息化建设。借助大数据、云计算、物联网和移动通信等信息技术的快速发展，大力推进护理信息化建设，积极优化护理流程，创新护理服务模式，提高护理效率和管理效能。推动护理领域生活性服务业态创新，改进服务流程，积极发展智慧健康护理等新型业态。

（二十）鼓励发展商业护理保险。鼓励有条件的地方积极支持商业保险机构开发长期护理商业保险，以及与老年护理服务相关的商业健康保险产品。积极发展多样化、多层次、规范化的商业护理保险服务，探索建立商业保险公司与提供老年护理服务机构合作的机制。

（二十一）大力发展护理产业。鼓励各地通过相关科技、建设专项资金和产业基金等，支持开发和创新适合不同人群特点的护理、康复、生活照料等相关产品用品、设备设施等。结合实际和特色优势，培育一批护理产品用品、设备设施等相关产业，满足人民群众多元化健康需要。

七、组织实施

（二十二）加强组织领导。各地要切实加强组织领导和统筹协调，明确牵头部门和责任分工，确保各项任务落实到位。要结合实际制定并出台具体实施方案。各地要将护理服务业的改革与发展纳入医改整体规划，加强政策协调衔接，与各项改革重点工作统筹推进。

（二十三）强化分工协作。各有关部门要按照职责分工，加大统筹协调力度，合力推进护理服务业改革与发展。卫生健康行政部门、中医药主管部门要积极推动护理服务业改革与发展各项任务的有效落实。发展改革部门要加大对护理服务业发展规划指引和项目倾斜。教育部门要加大护理专业人才培养力度，提高护理人才教育质量。民政部门要健全完善养老服务网络和残疾人福利服务体系。财政部门要按照规定落实相关投入政策。人力资源社会保障部门要会同有关部门加快推进公立医院薪酬制度和职称评定机制改革等。市场监督管理部门要配合相关部门依法加强对登记注册的劳务派遣机构、家政服务机构的监督管理。中国银行保险监督管理委员会要支持商业保险机构积极开发与老年护理服务相关的商业保险和健康保险产品，并加强监管。残疾人联合会要配合卫生健康部门做好残疾人护理服务。中央军委后勤保障部要积极推动护理服务领域的军民融合相关工作。

（二十四）鼓励创新试点。各地要大胆探索，创新试点，总结经验，完善政策。及时研究解决出现的问题和困难，同时挖掘典型经验和有益做法。特别是有条件的地区要在护理服务业改革与发展方面先行先试，完善体制机制和政策措施，对可复制、可推广的经验和模式予以推广。

（二十五）加强舆论宣传。各地要充分利用广播、电视、报刊、互联网等新闻媒体形式，广泛宣传护理服务业改革与发展的政策措施。要大力宣传护理服务先进典型，增强职业荣誉感，营造全社会关注健康、重视护理的良好氛围。

关于在审判执行工作中切实维护残疾人合法权益的意见

法发〔2018〕15号

各省、自治区、直辖市高级人民法院，解放军军事法院，新疆维吾尔自治区高级人民法院生产建设兵团分院；各省、自治区、直辖市残联，新疆生产建设兵团残联，黑龙江垦区残联：

残疾人是社会特殊困难群体，需要全社会格外关心、加倍爱护。切实维护残疾人合法权益，是人民法院深入贯彻党的十九大精神和习近平新时代中国特色社会主义思想，坚持以人为本、司法为民的重要使命。为切实保障残疾人合法权益，方便残疾人参加诉讼活动，依据《中华人民共和国残疾人保障法》等法律规定，提出以下意见。

1. 基本要求。人民法院应当按照诉讼两便原则和国家保障残疾人的法律、政策，坚持问题导向，因案施策，积极回应残疾人的司法需求，保障残疾人平等、充分、方便地参与诉讼活动，不断提升为残疾人提供司法服务和保障工作的能力和水平。残疾人联合会应当依法履责，积极为残疾人参加诉讼活动提供支持和帮助。

2. 加强沟通协作。办理涉残疾人案件，应加强同残疾人联合会等人民团体、政府有关部门以及残疾人所在单位、社区、居民委员会、村民委员会等的沟通联系，全面了解情况，充分沟通协调，推动解决残疾当事人的实际困难，合力做好维护残疾人合法权益工作。

3. 方便残疾人立案。对交通不便的涉残疾人案件，可由人民法庭直接立案；积极采用网上立案、上门立案、电话立案等绿色通道快速立案。残疾人书写起诉状确有困难的，可以口头起诉，由人民法院记入笔录；提交的起诉状内容有欠缺或者错误的，应当一次性告知需要补正的内容，并予以指导。

4. 加强诉讼引导。对残疾当事人要加强诉讼程序的引导和释明，保障其依法行使诉讼权利。对确有困难无法自行收集证据的残疾当事人，依法放宽职权调查取证的条件。对残疾当事人申请保全的，根据案件具体情况和残疾当事人的实际，依法合理确定保全担保的方式。

5. 依法适用监护制度。无民事行为能力、限制民事行为能力的残疾人参加诉讼的，应由其监护人作为法定代理人代为诉讼。事先没有确定监护人的，可以由有监护资格的人协商确定。协商不成的，按照最有利于被监护人的原则，尊重被监护人的真实意愿，在依法具有监护资格的人中指定监护人。没有依法具有监护资格的人的，可以依照民法总则第三十二条规定指定有关组织担任诉讼代理人。

6. 方便参与诉讼。采用相对灵活的审判工作机制，方便残疾人参加诉讼。大力推广车载法庭、就地审理、上门调解等巡回审判模式，力促当庭结案，就地化解矛盾。充分运用信息化手段，通过网上开庭、网上调解等远程视频形式方便残疾当事人诉讼。

7. 加快审理流程。对涉残疾当事人的案件，依法繁简分流，提高诉讼效率。及早开庭、及时判决、尽快结案，缩短办案周期。充分运用小额诉讼程序，发挥一审终审优势，尽快实现残疾当事人的合法权益。对事实清楚、债权债务关系明确的金钱给付案件，依法引导残疾当事人申请适用督促程序，以支付令方式快速结案。对追索赡养费、扶养费、抚育费、抚恤金、医疗费用、劳动报酬以及需要立即返还社会保险金、社会救助资金的，依法先予执行。

8. 加大执行力度。残疾当事人胜诉案件，当事人不自动履行的，要直接移送执行，尽快进入执行程序，加大执行力度，依法从快执结，及时实现残疾人合法权益。

9. 加强法律援助。自受理刑事案件之日起三日内，依法告知残疾被告人有权委托辩护人；对于因经济困难或者其他原因没有委托辩护人的，告知其向当地法律援助机构申请法律援助或者向当地残疾人联合会申请法律救助。刑事案件的残疾被害人、残疾自诉人以及民事、行政案件的残疾当事人，因经济困难没有委托诉讼代理人的，应当告知其可以向当地法律援助机构或者向当地残疾人联合会申请法律救助。接到残疾当事人提出法律援助申请的，应当依法及时转交法律援助机构。

10. 加强司法救助。对经济确有困难、符合相应条件的残疾当事人，应当依法为其缓、减、免诉讼费用。对符合司法救助条件的残疾人，应当告知其有权提出救助申请。对已经提供法律援助的残疾当事人，应当进行司法救助。

11. 及时指定辩护人。刑事被告人是未成年残疾人，或者是盲、聋、哑、不能完全辨认或控制自己行为的成年残疾人，或者是可能被判处无期徒刑、死刑的残疾人，没有委托辩护人的，应当依法通知法律援助机构指派律师提供辩护。

12. 严厉惩处侵害残疾人的犯罪。对侵害残疾人权益的犯罪，特别是以暴力、威胁或者限制人身自由的方法强迫残疾人劳动，以暴力、胁迫手段组织残疾人乞讨以及组织未成年残疾人进行盗窃诈骗、抢夺、敲诈勒索等违反治安管理活动的犯罪，依法严厉惩处，切实保护残疾人的人身财产安全。

13. 依法对残疾被告人从宽量刑。刑事案件中的残疾被告人，犯罪情节轻微依法不需要判处刑罚的，可以免予刑事处罚；尚未完全丧失辨认或者控制自己行为能力的精神病人犯罪的，可以从轻或者减轻处罚；又聋又哑的人或者盲人犯罪的，可以从轻、减轻或者免除处罚。

14. 办理好残疾人申请国家赔偿案件。对于残疾人申请国家赔偿的案件，认真对待残疾人提出的各项权利诉求，符合受理条件的，应当依法尽快受理。充分听取残疾人关于赔偿方式、赔偿项目和赔偿数额意见，依法及时做出赔偿决定。

15. 健全涉残疾人纠纷多元化解机制。对于涉残疾人的民事案件，应当积极开展诉前调解、委托调解、多元调解，大力借助残疾人联合会、人民调解委员会、基层司法所等组织以及公安交通、劳动保障、医疗卫生等有关部门力量，合力化解纠纷。

16. 发挥好司法建议作用。在审判执行工作中发现有关单位存在侵犯残疾人合法权益的行为或者维护残疾人权益工作不到位等情况的，应当及时向有关单位以及当地政府主管部门、残疾人联合会等通报情况，必要时发出司法建议，并跟踪反馈督促落实。

17. 依法妥善处理涉残疾人涉诉信访案件。对于残疾信访当事人，人民法院应当做到特别关照，及时接待，有诉必理。要认真审查信访材料，听取意见，及时记录来访信息。对能够当场解答的问题，应即问即答；不能当场解答的，告知按规定期限等待处理。

18. 完善诉讼无障碍设施及服务。大力推进法院接待场所、审判场所的无障碍设施建设，方便残疾人参加诉讼。积极推进信息交流无障碍环境建设，根据案件情况，允许相关辅助、陪护人员陪同残疾当事人出庭。

19. 支持残疾人联合会依法履责。残疾人联合会应当积极帮助残疾人获得法律服务。残疾人联合会收到法律救助申请的，应当依法依规予以办理。残疾人联合会可以应要求协助残疾人向人民法院提出司法救助申请。

20. 残疾人联合会应当主动担负起为残疾人提供法律救助服务的职责，积极配合和支持人民法院办理涉残疾人案件。残疾联合会应当积极对残疾当事人做好诉讼引导、答疑解惑、释法说理等工作。

21. 残疾人联合会和残疾人法律救助工作站主动可以支持民事权益受损害的残疾人、残疾人组织、残疾人服务机构依法向人民法院提起诉讼；可以依法参与巡回审判、网上开庭、就地调解、网上调解等诉讼活动，为残疾当事人提供必要的协助和支持。

22. 残疾人联合会应当积极配合人民法院联系、聘请辅助人员为残疾当事人提供手语、盲文等诉讼辅助服务，方便残疾人参加诉讼活动。

最高人民法院
中国残疾人联合会
2018年7月13日

关于印发《助盲就业脱贫行动实施方案》的通知

残联发〔2018〕40号

各省、自治区、直辖市残联、财政厅（局）、人力资源社会保障厅（局）、扶贫办（局），新疆生产建设兵团残联，黑龙江垦区残联：

为深入贯彻落实习近平扶贫思想和关于贫困残疾人脱贫攻坚的重要指示要求，进一步聚焦深度贫困地区和特殊困难群体，按照《中共中央、国务院关于打赢脱贫攻坚战三年行动的指导意见》中关于开展贫困残疾人脱贫行动的有关要求，加大对贫困残疾人中更为困难的视力残疾人的技能培训和就业扶持力度，中国残联、财政部、人力资源社会保障部、国务院扶贫办共同制定了《助盲就业脱贫行动实施方案》，现印发给你们，请结合实际认真组织实施。

中国残联　财政部
人力资源社会保障部
国务院扶贫办
2018年7月12日

助盲就业脱贫行动实施方案

农村贫困视力残疾人是特殊困难群体里更为困难的特困人群。目前，国家建档立卡贫困人口中尚未脱贫的持证视力残疾人仍有31万，其中就业年龄段的有12.9万人。实践证明，推拿是视力残疾人实现就业增收的主要渠道，是当前形势下他们实现就业脱贫的最便捷、最有效的方式。为贯彻落实习近平扶贫思想和总书记关于贫困残疾人脱贫攻坚的重要指示精神，按照《中共中央、国务院关于打赢准脱贫攻坚三年行动的指导意见》要求，加大对贫困视力残疾人技能培训和就业扶持力度，加快推动贫困视力残疾人实现就业脱贫，制定本方案。

一、任务目标

到2020年，以就业年龄段建档立卡12.9万持证视力残疾人为重点，组织动员有就业意愿的贫困视力残疾人开展以推拿为主要内容的职业技能培训，并提供全方位就业服务和支持，帮助更多的视力残疾人通过就业创业实现脱贫增收。

二、行动举措

（一）核定底数

依托全国残疾人基本服务状况和需求动态更新年度数据及全国建档立卡贫困人口数据，对当年有培训和就业意愿的建档立卡贫困视力残疾人进行精准核实，并对动员后有意愿参加培训的视力残疾人建立实名档案，制定年度具体培训任务目标和就业服务工作计划。

（二）实施培训

1. 根据年度培训任务目标和工作计划，统筹做好培训工作安排。通过政府购买服务等方式，依托有条件的职业技能培训机构、特教学校（盲校）、残疾人培训基地、盲人按摩实训基地、保健按摩店等机构，采取集中办班培训、“师带徒”等有效方式，按照相关标准及要求开展推拿培训，提升视力残疾人劳动就业技能。

2. 依托农村贫困残疾人实用技术培训等项目，优先安排贫困视力残疾人参加推拿技术培训。落实《“十三五”残疾青壮年文盲扫盲行动方案》，同步开展贫困视力残疾人的文盲扫盲工作，提高他们适应新生活、学习文化技能和参加生产劳动的综合能力。

3. 按照相关培训标准，科学设置培训课程（推拿、定向行走、生活能力、通用盲文等）规范开展培训。为确保培训质量，培训时间应不少于480学时。

4. 充分利用国家“盲人数字阅读推广工程”等资源，广泛动员社会力量，积极组织和帮助贫困视力残疾人精准获取培训资源，进一步提高培训质量和集中培训后的自我提高能力。

5. 充分发挥北京按摩医院等盲人按摩技术资源中心优势，遴选有临床基础的推拿技师，开展保健按摩骨干师资培训和雇主培训，进一步提高视力残疾人推拿技能和推拿服务机构经营管理水平。

（三）就业扶持

1. 充分利用中国残疾人就业创业网络服务平台和各类就业服务网络平台等多种渠道，加大对贫困视力残疾人就业的推送力度。创新和改进就业服务形式，加强本地与经济较发达地区用人单位的对接劳务输出服务，开拓视力残疾人就业岗位。

2. 加大贫困视力残疾人就业扶持政策的宣传力度，鼓励社会力量参与和开展就业服务工作，对按比例、超比例安置视力残疾人就业的用人单位，按照有关规定落实奖励措施。

3. 鼓励企业等用人单位吸纳视力残疾人就业。用人单位吸纳首次就业的视力残疾人，可按规定享受社会保险、职业培训等促进就业补贴。

4. 根据《关于扶持残疾人自主就业创业的意见》等国家有关政策，鼓励、扶持贫困视力残疾人自主就业创业，对创业开店的视力残疾人，按规定给予一次性创业补贴；对于招录一定数量视力残疾人、符合辅助性就业机构条件的保健按摩机构，按规定给予场地、设备、残疾职工社会保险、无障碍环境建设等补贴补助。

5. 各地残联组织协调有关部门，积极开发适合视力残疾人的职业技能培训项目及就业岗位，建立一批视力残疾人培训就业示范机构。

三、工作要求

（一）加强组织领导。各省（区、市）残联、财政厅（局）人力资源社会保障厅（局）、扶贫办（局）紧密配合，加强组织领导，明确工作目标，分解工作任务，加强督促指导和检查落实。

（二）落实工作责任。各级残联、残疾人就业服务指导中心（盲人按摩指导中心）、盲人协会要精确核准就业年龄段贫困视力残疾人实际数量和就业状况，摸清培训、就业需求，建立完善的培训就业实名制档案，组织贫困视力残疾人进行推拿等职业技能培训；各级财政部门统筹做好资金保障工作；各级人力资源社会保障部门协同做好培训及就业服务工作；各级扶贫部门积极开展社会动员与宣传，全力支持贫困视力残疾人参加技能培训，实现就业脱贫。

（三）加大宣传引导。要组织好舆论宣传工作，通过网络、广播、电视、报刊等媒体宣传“助盲就业脱贫”典型人物和事迹，充分发挥好各地盲人协会宣传、动员、引导作用，组织成功贫困视力残疾人推拿师现身说法，引导贫困视力残疾人增强信心、走出家门、参加培训、走向社会；让社会更多了解贫困视力残疾人、关心帮助他们，大力宣传用人单位招录视力残疾人后所能享受到的优惠政策，稳定从事推拿服务的视力残疾人就业岗位，扩大视力残疾人的就业规模。

（四）做好统计总结。各地要依据本方案，抓好工作落实，由各省（区、市）残联牵头，会同财政、人力资源社会保障、扶贫部门认真做好相关数据统计和总结工作，于每年11月30日前将工作总结和有关数据报送中国残联。

关于印发残疾人家庭医生签约服务指导手册的函

各省、自治区、直辖市卫生计生委、残疾人联合会，新疆生产建设兵团卫生局、残疾人联合会：

为贯彻落实《关于做好2018年家庭医生签约服务工作的通知》（国卫办基层函〔2018〕209号）和《关于做好残疾人家庭医生签约服务工作的通知》（国卫办基层函〔2017〕956号），助推新时代残疾人家庭医生签约服务工作，优化和完善家庭医生签约服务内容，使广大残疾人切实享受方便可及的家庭医生签约服务，国家卫生健康委基层卫生健康司、中国残联康复部共同委托中国医师协会组织编写了《残疾人家庭医生签约服务指导手册》，现予以印发，中国残联已印制1万册寄往各省（自治区、直辖市），电子版请在国家卫生健康委网站和中国残联网站上下载，供有条件的地区为残疾人提供签约服务和开展家庭医生培训时参考、使用。

各地卫生计生委、残联的业务部门要结合本地残疾人家庭医生签约服务工作开展情况，以手册为参考进一步加强对家庭医生团队相关人员的培训，保障残疾人获得更有效、更精准、更及时的服务和指导。

各地要将手册使用情况和有效做法及时反馈国家卫生健康委基层卫生健康司和中国残联康复部。

联系人及电话（略）

国家卫生健康委基层卫生健康司
中国残联康复部
2018 年 8 月 27 日

关于建立全国残疾人基本服务状况和需求信息数据动态更新工作长效机制的意见

残联发〔2018〕55 号

中国残联、国家统计局、发展改革委、教育部、工信部、公安部、民政部、财政部、人社部、住建部、国家卫健委、国务院扶贫办联合印发。

以习近平同志为核心的党中央对残疾人格外关心、格外关注。习近平总书记在谈到决胜全面小康社会和脱贫攻坚工作时多次强调，“全面建成小康社会，残疾人一个也不能少”；在中共中央政治局第二次集体学习时强调，“要运用大数据促进保障和改善民生”。国务院高度重视残疾人事业，国务院领导同志多次对做好全国残疾人基本服务状况和需求专项调查及信息数据动态更新工作做出指示和部署。

为深入贯彻落实党中央、国务院关于残疾人事业的重要指示和部署，在国务院残工委领导下，中国残联等 12 部门牢固树立以人民为中心的发展思想，从 2014 年开始组织开展全国残疾人基本服务状况和需求专项调查（以下简称专项调查）及信息数据动态更新工作（以下简称动态更新工作），连续三次获取了全国所有持证残疾人基本服务状况和需求的实名制信息，准确反映了残疾人状况的年度改善情况和残疾人工作的成效，集中反映了残疾人在小康进程中面临的困难和不足。

党的十九大描绘了从全面建成小康社会到全面建成社会主义现代化强国的宏伟蓝图，这是新时代中国特色社会主义发展的战略安排。在新时代推动广大残疾人实现全面发展与共同富裕的新征程中，为了进一步做好覆盖全国所有持证残疾人的实名制信息登记及更新工作，现就建立全国动态更新工作长效机制提出意见如下。

一、指导思想

以习近平新时代中国特色社会主义思想为统领，深入贯彻党的十九大关于残疾人事业的新部署新要求，进一步落实中央党的群团工作会议、中央群团改革工作座谈会和中共中央《深化党和国家机构改革方案》精神，自觉按照国务院关于推动残疾人事业发展的重要部署，在决胜全面小康的历史进程中，把动态更新工作作为加快残疾人小康进程、打赢贫困残疾人脱贫攻坚战的重要着力点和撬动点；在落实中央群团改革工作精神的历史进程中，把动态更新工作作为残联组织“强三性”“去四化”、进一步加强和改进残联工作的主要抓手；在推进国家治理体系和治理能力现代化的历史进程中，把动态更新工作作为密切与残疾人群体血肉联系、进一步提高基层残联基础管理水平的重要手段。

二、目标任务

积极践行以人民为中心的发展思想，健全全国动态更新工作长效机制。以全国动态更新工作实名制系统为重点健全完善残疾人工作大数据平台，做到“数出一门、一数一源”。依托残疾人工作大数据平台推进残工委成员单位共享相关数据资源，做到“系统整合、资源共享、联动真用、安全可靠”。逐步完善部门联动工作机制，坚持以实名制数据反映出的问题为导向协同开展工作，聚焦聚力残疾人“不愁吃、不愁穿，基本医疗、义务教育、住房安全有保障，扩大基本康复服务、家庭无障碍改造覆盖面”等基本生活保障。及时了解掌握全面小康进程中残疾人面临的困难和需求，推动城乡基层组织和基层残联组织依据实名制数据提供个性化服务，努力打通服务残疾人的“最后一公里”，把服务工作做好做细做实做到残疾人身边。完善动态更新工作评价反馈机制和实时更新机制，更加重视残疾人的真实获得感和满意度。

以动态更新工作为重要载体，健全完善国家残疾人福利制度，落实残疾人福利政策，破解残疾人民生难题，改善残疾人生活状况。建立覆盖持证残疾人的实名制信息获取与跟踪服务机制，并逐步建立覆盖所有残疾人的大数据平台。

三、更新内容

动态更新工作的登记对象是持有中华人民共和国残疾人证的残疾人。登记内容是残疾人的主要生存与发展项目（基本信息、经济与住房、义务教育、就业与扶贫、社会保障、基本医疗与康复、无障碍、社区文体活动等方面的基本状况与需求）以及全国所有村（社区）的基本公共服务设施情况，在 2020 年前维持登记表内容不变。

更新方式以入户信息采集为主（信息采集入户率达到 90% 以上），电话调查、窗口服务、智能化残疾人证系统归集等方式为辅。数据采集手段目前以纸质表格采集和移动终端采集两种方式并行，逐步提高移动终端采集所占比例，力争到 2020 年实现登记对象移动终端采集普遍覆盖。同时鼓励有条件的地方探索新的数据采集方式。更新频次以年度更新为主，鼓励各地增加入户登记频次和更新频次，力争到 2020 年实现普遍实时更新。

四、组织实施

在国务院残工委领导下，中国残联会同国家统计局、国家发展改革委、教育部、工业和信息化部、公安部、民政部、财政部、人力资源社会保障部、住房城乡建设部、国家卫生健康委、国务院扶贫办等部门，共同组织做好全国动态更新工作。日常工作由中国残联负责。

各地政府残工委对当地动态更新工作承担领导职责，成立动态更新工作办公室（设在当地政府残工委办公室）。各地政府残工委办公室要充分履行职能，会同有关部门具体组织实施。省级和有条件的市、县级政府残工委办公室要成立专家指导委员会。

充分发挥残工委办公室统筹协调作用，以省（自治区、直辖市）、市（地、州、盟）、县（市、区、旗）、乡镇（街道）和村（社区）为基本单位，层层落实任务，分级组织实施。

五、工作保障

严抓各级培训质量。按照分级进行的原则，全国动态更新工作办公室负责省级师资培训，省级动态更新工作办公室负责市、县级师资培训，县级动态更新工作办公室负责基层信息采集员的培训工作。培训以集中授课为主，探索通过网络平台方式加强基层信息采集员培训，确保培训工作要求到位，培训质量过关。

统筹做好工作力量保障。努力保持一支相对稳定的专门工作力量，充分发挥基层残疾人专职委员在信息采集中的作用，充分动员基层民政助理员、村（社区）医生、村民委员会成员、社区居民委员会成员及社会工作者、残疾人亲属、志愿者等共同组成工作力量。做好工作人员的职责落实、培训落实、待遇落实等工作。可采取政府购买服务等方式，做好信息数据的采集、登记、核实、录入、上报等工作。

加强经费保障和硬件环境建设。各级财政部门应将相关经费列入同级预算予以保障。各地要加强网络、计算机等信息技术基础环境建设，提供有力的技术支持。同时按照国家关于加快推动政务信息系统清理整合等工作的要求，杜绝系统重复建设或新建“信息孤岛”。

高度重视宣传工作。大力宣传党和政府及社会各界对残疾人事业的关心重视和对广大残疾人的关爱帮助，宣传动态更新工作的重要意义，增进社会公众和广大残疾人对动态更新工作的了解和支持。

六、数据管理

国务院残工委办公室负责动态更新内容的修订，统一组织开发全国动态更新工作信息采集系统和统计分析系统。各地登记表扩展内容和自建系统要经国务院残工委办公室批准。扩展后的登记表要经当地统计局审批。

各地政府残工委在上报动态更新数据前，要在统计标准一致的前提下，责成有关部门对相关信息进行比对。对不一致的数据要再次核查，确保数据真实性。适龄残疾儿童少年接受教育情况要经当地教育部门确认，与中小学生学籍信息管理系统进行比对，确保数据一致。在上报年度数据时，同时报送“双签字”报表（由担任政府残工委副主任的政府副秘书长和残联理事长签字，盖政府残工委章）和动态更新工作总结（由残联理事长签发，盖政府残工委办公室章）。

毫不动摇严抓质量控制。政府残工委办公室是当地质量控制的第一责任单位，对动态更新工作实行全程质量控制，层层建立岗位责任制，责任明确到人。从事动态更新工作的人员要严格遵守《残疾人保障法》和《统计法》等相关法律规定。

切实提高数据安全意识。各地政府残工委可实时获取当地动态更新数据，要采取有效措施加强信息数据的安全保密工作，确保系统账号、实名制数据、统计分析结果的安全，切实保护残疾人个人隐私。未经授权，任何单位和个人不得对外发布动态更新的相关数据。

七、成果运用

按照党委领导、政府负责、社会参与、残联组织有效发挥作用的残疾人工作领导体制和工作机制，明确动态更新工作成果转化应用过程中的责任。各地政府残工委办公室要切实履行职责，向党委、政府报告当地实名制数据情况，向残工委会议报告动态更新工作情况，向残工委有关成员单位通报实名制数据情况，分领域深入分析、分地区及时反馈、分年度落实实名制信息数据反映的重点任务。

动态更新的实名制数据主要用于党委、政府决策和有关部门研究工作，综合数据需经国务院残工委或国务院残工委授权的部门批准后定向公开或向社会公布。在确保残疾人个人信息绝对安全的前提下，按照规定程序逐步开放主要数据供有关机构研究使用。

八、评估督导

实行分级督查和现场督查的原则，省级政府残工委办公室指导市级政府残工委办公室督查到每个县（市、区、旗），县级政府残工委办公室督查到每个乡镇（街道），乡镇（街道）督查到每个村（社区）。

充分发挥第三方评估机构的作用，委托专门机构从第三方独立客观的角度，对动态更新工作的全过程尤其是数据质量进行评估。

充分发挥专家指导委员会的作用，按照逐级督导、全程督导、现场督导为主的方式，针对各个工作环节进行指导；受政府残工委办公室委托，深入开展专题调研，重点关注基层培训、入户登记、质量控制等工作环节。

坚持以人民为中心的发展思想，建立健全评价残疾人获得感的反馈机制，委托第三方评估机构、专家指导委员会、残疾人专门协会等，了解残疾人对动态更新工作和残疾人工作的满意度。

九、工作要求

各级残联要通过不懈努力与长期坚持，完善“工作常态、数据动态、机制联动、数据转化”的长效机制，进一步推动组织机构常态化、队伍建设常态化、资金保障常态化、考核工作常态化、规范标准常态化、数据分析常态化、专家指导常态化、独立评估常态化，出台《动态更新工作规范》有效指导基层工作。

各级残联要切实加强组织领导，一把手亲自挂帅，分管领导靠前指挥，主责部门全力主抓，相关部门直接联动。支持动态更新工作办公室有效开展工作，继续充实完善综合组、技术保障组、宣传组的力量。高度重视基层残疾人组织建设，保障残疾人专职委员的履职条件，加强培训提高其履职能力。

各级残联主要负责同志应带头掌握当地年度动态更新信息数据的总体情况与重点业务分析情况，依托年度信息数据研究工作；分管负责同志应了解分管业务领域信息数据的全部情况；各业务部门应紧密结合业务工作，依据年度信息数据作深入细致的分析研判，并在开展具体业务工作时注重发挥信息数据的支撑作用。动态更新工作办公室应积极配合有关部门提取和分析数据。

各级残联要在打赢贫困残疾人脱贫攻坚战、第三代残疾人证（智能化）推广、无障碍环境建设等工作中与动态更新工作深度融合、共同推动，切实发挥实名制信息作用。各级残联要将动态更新工作纳入对下一级残联的绩效考核范围并逐步加大比重。

中华人民共和国民政部令第63号

《儿童福利机构管理办法》已经2018年10月25日民政部部务会议通过，现予公布，自2019年1月1日起施行。

部长　黄树贤

2018年10月30日

儿童福利机构管理办法

第一章　总　则

第四条　儿童福利机构应当坚持儿童利益最大化，依法保障儿童的生存权、发展权、受保护权、参与权等权利，不断提高儿童生活、医疗、康复和教育水平。

儿童福利机构及其工作人员不得歧视、侮辱、虐待儿童。

第三章　服务内容

第十八条　儿童福利机构应当根据《儿童福利机构基本规范》等国家标准、行业标准，提供日常生活照料、基本医疗、基本康复等服务，依法保障儿童受教育的权利。

第十九条　儿童福利机构应当设置起居室、活动室、医疗室、隔离室、康复室、厨房、餐厅、值班室、卫生间、储藏室等功能区域，配备符合儿童安全保护要求的设施设备。

第二十一条　儿童福利机构应当提供吃饭、穿衣、如厕、洗澡等生活照料服务。

除重度残疾儿童外，对于6周岁以上儿童，儿童福利机构应当按照性别区分生活区域。女童应当由女性工作人员提供前款规定的生活照料服务。

儿童福利机构提供的饮食应当符合卫生要求，有利于儿童营养平衡。

第二十二条　儿童福利机构应当保障儿童参加基本医疗保险，安排儿童定期体检、免疫接种，做好日常医疗护理、疾病预防控制等工作。

儿童福利机构可以通过设立医疗机构或者采取与定点医疗机构合作的方式，为儿童提供基本医疗服务。

发现儿童为疑似传染病病人或者精神障碍患者时，儿童福利机构应当依照传染病防治、精神卫生等相关法律法规的规定处理。

第二十三条　儿童福利机构应当根据儿童的残疾状况提供有针对性的康复服务。暂不具备条件的，可以与有资质的康复服务机构合作开展康复服务。

第二十四条　对符合入学条件的儿童，儿童福利机构应当依法保障其接受普通教育；对符合特殊教育学校入学条件的儿童，应当依法保障其接受特殊教育。

鼓励具备条件的儿童福利机构开展特殊教育服务。

第二十五条　儿童确需跨省级行政区域接受手术医治、康复训练、特殊教育的，儿童福利机构应当选择具备相应资质的机构，并经所属民政部门批准同意。

儿童福利机构应当动态掌握儿童情况，并定期实地探望。

第二十六条　对于符合条件、适合送养的儿童，儿童福利机构依法安排送养。送养儿童前，儿童福利机构应当将儿童的智力、精神健康、患病及残疾状况等重要事项如实告知收养申请人。

对于符合家庭寄养条件的儿童，儿童福利机构按照《家庭寄养管理办法》的规定办理。

第四章　内部管理

第三十三条　儿童福利机构应当落实岗位安全责任，在各出入口、接待大厅、楼道、食堂、观察室以及儿童康复、教育等区域安装具有存储功能的视频监控系统。监控录像资料保存期不少于3个月，载有特殊、重要资料的存储介质应当归档保存。

第四十条　儿童福利机构应当依托全国儿童福利信息管理系统，及时采集并录入儿童的基本情况及重要医疗、康复、教育等信息，并定期更新数据。

第四十二条　儿童福利机构应当鼓励、支持工作人员参加职业资格考试或者职称评定，按照国家有关政策妥善解决医疗、康复、教育、社会工作等专业技术人员的职称、工资及福利待遇。

关于做好家庭经济困难学生认定工作的指导意见

教财〔2018〕16号

各省、自治区、直辖市教育厅（教委）、财政厅（局）、民政厅（局）、人力资源社会保障厅（局）、扶贫办（局）、残联，各计划单列市教育局、财政局、民政局、人力资源社会保障局、扶贫办（局）、残联，新疆生产建设兵团教育局、财政局、民政局、人力资源社会保障局、扶贫办、残联，中央部门所属各高等学校：

为深入贯彻党的十九大精神，不断健全学生资助制度，进一步提高学生资助精准度，现就家庭经济困难学生认定工作提出以下意见：

一、重要意义

做好家庭经济困难学生认定工作，是贯彻落实党中央、国务院决策部署，全面推进精准资助，确保资助政策有效落实的迫切需要。近年来，我国学生资助政策体系逐步完善，经费投入大幅增加，学生资助规模不断扩大，学生资助工作成效显著，极大地促进了教育公平，为教育事业健康发展、脱贫攻坚目标如期实现提供了有力保障。认定家庭经济困难学生是实现精准资助的前提，是做好学生资助工作的基础。各地、各校要把家庭经济困难学生认定作为加强学生资助工作的重要任务，切实把好事做好、实事办实。

二、认定对象

家庭经济困难学生认定工作的对象是指本人及其家庭的经济能力难以满足在校期间的学习、生活基本支出的学生。本意见中的学生包括根据有关规定批准设立的普惠性幼儿园幼儿；根据国家有关规定批准设立、实施学历教育的全日制中等职业学校、普通高中、初中和小学学生；根据国家有关规定批准设立、实施学历教育的全日制普通本科高等学校、高等职业学校和高等专科学校招收的本专科学生（含第二学士学位和预科生），纳入全国研究生招生计划的全日制研究生。

三、基本原则

（一）坚持实事求是、客观公平。认定家庭经济困难学生要从客观实际出发，以学生家庭经济状况为主要认定依据，认定标准和尺度要统一，确保公平公正。

（二）坚持定量评价与定性评价相结合。既要建立科学的量化指标体系，进行定量评价，也要通过定性分析修正量化结果，更加准确、全面地了解学生的实际情况。

（三）坚持公开透明与保护隐私相结合。既要做到认定内容、程序、方法等透明，确保认定公正，也要尊重和保护学生隐私，严禁让学生当众诉苦、互相比困。

（四）坚持积极引导与自愿申请相结合。既要引导学生如实反映家庭经济困难情况，主动利用国家资助完成学业，也要充分尊重学生个人意愿，遵循自愿申请的原则。

四、组织机构及职责

教育部、财政部、民政部、人力资源社会保障部、国务院扶贫办、中国残联根据工作职责指导全国各级各类学校家庭经济困难学生认定工作。

各地要建立联动机制，加强相关部门间的工作协同，进一步整合家庭经济困难学生数据资源，将全国学生资助管理信息系统、技工院校学生管理信息系统与民政、扶贫、残联等部门有关信息系统对接，确保建档立卡贫困家庭学生、最低生活保障家庭学生、特困供养学生、孤残学生、烈士子女、家庭经济困难残疾学生及残疾人子女等学生信息全部纳入家庭经济困难学生数据库。

各高校要健全认定工作机制，成立学校学生资助工作领导小组，领导、监督家庭经济困难学生认定工作；学生资助管理机构具体负责组织、管理全校家庭经济困难学生认定工作；院（系）成立以分管学生资助工作的领导为组长，班主任、辅导员代表等相关人员参加的认定工作组，负责认定的具体组织和审核工作；年级（专业或班级）成立认定评议小组，成员应包括班主任、辅导员、学生代表等，开展民主评议工作。

各中等职业学校、普通高中、初中、小学、幼儿园要成立家庭经济困难学生认定工作组，负责组织实施本校家庭经济困难学生认定工作。成员一般应包括学校领导、资助工作人员、教师代表、学生代表、家长代表等。

五、认定依据

（一）家庭经济因素。主要包括家庭收入、财产、债务等情况。

（二）特殊群体因素。主要指是否属于建档立卡贫困家庭学生、最低生活保障家庭学生、特困供养学生、孤残学生、烈士子女、家庭经济困难残疾学生及残疾人子女等情况。

（三）地区经济社会发展水平因素。主要指校园地、生源地经济发展水平、城乡居民最低生活保障标准，学校收费标准等情况。

（四）突发状况因素。主要指遭受重大自然灾害、重大突发意外事件等情况。

（五）学生消费因素。主要指学生消费的金额、结构等是否合理。

（六）其他影响家庭经济状况的有关因素。主要包括家庭负担、劳动力及职业状况等。

六、工作程序

家庭经济困难学生认定工作原则上每学年进行一次，每学期要按照家庭经济困难学生实际情况进行动态调整。工作程序一般应包括提前告知、个人申请、学校认定、结果公示、建档备案等环节。各地、各校可根据实际情况制定具体的实施程序。

（一）提前告知。学校要通过多种途径和方式，提前向学生或监护人告知家庭经济困难学生认定工作事项，并做好资助政策宣传工作。

（二）个人申请。学生本人或监护人自愿提出申请，如实填报综合反映学生家庭经济情况的认定申请表。认定申请表应根据《家庭经济困难学生认定申请表（样表）》，由省级相关部门、中央部属高校结合实际，自行制定。

（三）学校认定。学校根据学生或监护人提交的申请材料，综合考虑学生日常消费情况以及影响家庭经济状况的有关因素开展认定工作，按规定对家庭经济困难学生划分资助档次。学校可采取家访、个别访谈、大数据分析、信函索证、量化评估、民主评议等方式提高家庭经济困难学生认定精准度。

（四）结果公示。学校要将家庭经济困难学生认定的名单及档次，在适当范围内、以适当方式予以公示。公示时，严禁涉及学生个人敏感信息及隐私。学校应建立家庭经济困难学生认定结果复核和动态调整机制，及时回应有关认定结果的异议。

（五）建档备案。经公示无异议后，学校汇总家庭经济困难学生名单，连同学生的申请材料统一建档，并按要求录入全国学生资助管理信息系统（技工院校按要求录入技工院校学生管理信息系统）。

七、相关要求

各级教育、财政、民政、人力资源社会保障、扶贫、残联等部门要加强对家庭经济困难学生认定工作的监督与指导，发现问题，及时纠正。

各级民政、人力资源社会保障、扶贫、残联等部门要为学生家庭经济状况的核实认定工作提供必要依据和支持，确保建档立卡贫困家庭学生、最低生活保障家庭学生、特困供养学生、孤残学生、烈士子女、家庭经济困难残疾学生及残疾人子女等信息真实有效。

各级教育、人力资源社会保障等部门和学校要加强学生资助信息安全管理，不得泄露学生资助信息。

各学校要加强学生的诚信教育，要求学生或监护人如实提供家庭经济情况，并及时告知家庭经济变化情况。如发现有恶意提供虚假信息的情况，一经核实，学校要及时取消学生的认定资格和已获得的相关资助，并追回资助资金。

八、附　则

各地、各中央部属高校要根据本意见，结合实际，制（修）定具体的认定办法，并报全国学生资助管理中心备案。

科研院所、党校、行政学院、会计学院等研究生培养单位的家庭经济困难学生认定工作，参照本意见执行。

本意见自发布之日起施行。《关于认真做好高等学校家庭经济困难学生认定工作的指导意见》（教财〔2007〕8号）同时废止。

本意见由教育部、财政部、民政部、人力资源社会保障部、国务院扶贫办、中国残联负责解释。

附件：家庭经济困难学生认定申请表（样表）（略）

教育部　财政部　民政部
人力资源社会保障部
国务院扶贫办　中国残联
2018年10月30日

关于开展无障碍环境市县村镇创建工作的通知

建标〔2018〕114号

各省、自治区、直辖市住房城乡建设厅（建委、规划委、市政管委）、工业和信息化厅（工业和信息化委员会、经济信息化委员会）、通信管理局、民政厅（局）、残联、老龄办，新疆生产建设兵团住房城乡建设局、工业和信息化委、民政局、残联：

“十二五”以来，我国基本建立无障碍环境建设组织管理体系，依法全面系统开展无障碍环境建设取得显著成效，保障了人民群众特别是残疾人、老年人合法权益，促进了城乡建设水平提高和社会文明进步。但总体看，我国无障碍环境建设还存在覆盖面不全、功能不完善，已建成设施不系统、不规范、监管不到位，既有设施改造欠账多、资金缺、进展慢等问题，与人民群众对美好生活的向往还有较大差距。

为贯彻落实《国务院关于印发“十三五”加快残疾人小康进程规划纲要的通知》和《国务院关于印发“十三五”国家老龄事业发展和养老体系建设规划的通知》要求，进一步做好无障碍环境建设工作，力争到2020年实现无障碍环境建设工作机制、地方性法规、规章、标准体系进一步健全，无障碍设施覆盖面进一步扩大，无障碍环境建设水平明显提升，全社会关心、支持、参与无障碍环境建设与维护的社会氛围不断增强，农村无障碍环境得到较大改善目标，住房城乡建设部、工业和信息化部、民政部、中国残联、全国老龄办决定组织开展无障碍环境市县村镇创建工作（以下简称创建工作），现将有关事项通知如下：

一、充分认识新时代开展创建工作的重要意义

无障碍环境建设是贯彻习近平新时代中国特色社会主义思想和党的十九大精神、落实以人民为中心发展思想的具体体现，是全面建成小康社会的重要内容和社会文明进步的重要标志，是落实党中央、国务院应对人口老龄化战略的必然要求。开展创建工作对于落实习近平总书记关于“全面建成小康社会，残疾人一个也不能少”的重要指示，保障包括残疾人、老年人、孕妇、儿童等在内的全体社会成员平等参与融入社会生活权益，增强人民群众的获得感、幸福感、安全感，促进住房和城乡建设事业高质量发展，决胜全面建成小康社会具有十分重要的意义。

二、建立健全创建工作机制

各省级住房城乡建设、工业和信息化、通信管理、民政、残联、老龄等部门共同组织指导本行政区域内市、县、镇（乡）、村全面开展创建工作。各市、县应建立由政府有关负责同志牵头，相关部门参加的创建工作领导小组，健全各司其职、协调配合的工作机制，切实发挥组织、协调作用，落实创建工作机制保障、技术支撑责任。各市、县按照《创建无障碍环境工作标准》（见附件）要求，组织本地区全面开展创建工作，编制无障碍环境建设发展规划，制定创建工作方案，明确创建工作目标，细化任务措施，广泛开展宣传培训，切实推进无障碍环境建设与改造。

三、统筹开展无障碍环境建设与改造

新建道路、建筑物和相关设施应符合《无障碍设计规范》（GB50763）要求，实现城镇范围内道路、建筑物和相关设施的无障碍建设全覆盖。不断加大农村无障碍环境建设投入，进一步满足农村残疾人、老年人对基本公共服务的需求，适应农村残疾人、老年人平等参与社会生活的需要。政府机关、公共服务场所要加强无障碍环境改造。结合老旧小区改造、脱贫攻坚、农村人居环境整治三年行动等工作，统筹考虑城镇居住区和农村的无障碍环境建设需求。继续培育打造全社会关心、支持、参与无障碍环境建设与维护的良好社会氛围，进一步推动提升全社会关爱老年人、残疾人的意识。

四、充分发挥典型引导作用

各省级主管部门要按照创建工作标准要求，积极组织本地区各市、县、镇（乡）、村参加创建工作，并于2018年12月31日前将“十三五”时期创建工作开展好的市县村镇名单［市、县总数为5—10个，镇（乡）或村不超过1个］报住房城乡建设部标准定额司和中国残联维权部。住房城乡建设部、工业和信息化部、民政部、中国残联、全国老龄办将按照相关规定和创建工作标准，于2020年对各地创建工作情况进行检查验收，并对创建工作成绩突出的市、县、镇（乡）、村予以表彰，具体事项另行通知。

五、开展创建工作“回头看”

各省级主管部门要结合“十三五”创建工作，对近年来受住房城乡建设部等部门表彰的无障碍环境示范市县、先进市县等的创建工作进行总结和“回头看”。有关市县要充分总结本地区在推进无障碍环境建设工作中取得的成绩和存在问题，按照《创建无障碍环境工作标准》开展自查、评估、整改工作，并于2019年12月底前由各省级主管部门将总结和“回头看”情况报告送住房城乡建设部标准定额司和中国残联维权部。住房城乡建设部、工业和信息化部、民政部、中国残联、全国老龄办将适时对“回头看”情况进行检查评估。

附件：创建无障碍环境工作标准

住房城乡建设部
工业和信息化部
民政部
中国残疾人联合会
全国老龄工作委员会办公室
2018年11月5日

创建无障碍环境工作标准

一、为贯彻落实《无障碍环境建设条例》，明确无障碍环境创建工作的基本要求和项目指标，指导组织创建无障碍环境工作，制定本工作标准。

二、无障碍环境建设是指为便于残疾人、老年人等社会成员自主安全地通行道路、出入相关建筑物、搭乘公共交通工具、交流信息、获得社区服务所进行的建设活动。

三、本工作标准规定的指标为创建无障碍环境市县村镇的基本工作要求。各地应根据本地经济社会发展状况，在开展无障碍环境建设与改造时，结合老旧小区改造、脱贫攻坚、农村人居环境整治三年行动等工作，努力提高建设水平和改造比例，丰富建设内涵和改造内容。

四、本工作标准所称新建道路、建筑物及相关设施是指“十三五”以来建成并投入使用的道路、建筑物及相关设施。对于城镇已建成的不符合无障碍设施工程建设标准的道路、公共建筑、公共交通设施、居住建筑、居住区等，县级以上人民政府应当制定无障碍设施改造计划并组织实施。

五、本工作标准所称市指直辖市、地级及以上的市；县（县级市）指县城；镇指镇建成区；乡指乡建成区；村指行政村村民委员会所在自然村或社区等。

六、直辖市、直辖市的区、地级及以上的市、地级及以上市的区执行市工作标准。直辖市的县由直辖市决定执行市工作标准或县工作标准。县（县级市）、镇执行县工作标准。乡、行政村执行村工作标准。

创建无障碍环境工作标准表

分项	分类 / 要求	市	县	村
一、组织管理	1. 工作机制	成立由市政府有关负责同志牵头，住房城乡建设、城市规划、工业和信息化、民政、交通运输、财政、发展改革、公安、教育、宣传、广电、旅游、商务、银行、卫生、残联、老龄等部门参加的无障碍环境建设领导小组，建立各司其职、协调配合的工作机制，在无障碍环境建设中切实发挥组织、协调作用。	成立由县政府有关负责同志牵头，住房城乡建设、城市规划、工业和信息化、民政、交通运输、财政、发展改革、文化、广电、残联、老龄等部门参加的无障碍环境建设领导小组，建立各司其职、协调配合的工作机制，在无障碍环境建设中切实发挥组织、协调作用。	成立由县政府有关负责同志牵头，相关部门、乡镇政府和村民委员会参加的无障碍环境建设领导小组，建立各司其职、协调配合的工作机制，在无障碍环境建设中切实发挥组织、协调作用。
	2. 法规制度	制定无障碍环境建设的地方性法规、规章、标准。	制定无障碍环境建设的规范性文件或标准。	县政府或乡镇政府制定无障碍环境建设的规范性文件。
	3. 发展规划与经费支持	组织编制无障碍环境建设发展规划，并将该规划纳入当地国民经济和社会发展规划以及城乡规划。将无障碍环境建设经费和工作经费纳入财政预算，多渠道筹措资金。	组织编制无障碍环境建设发展规划，并将该规划纳入当地国民经济和社会发展规划以及城乡规划。将无障碍环境建设经费和工作经费纳入财政预算，多渠道筹措资金。	县政府、乡镇政府将村无障碍环境建设经费和工作经费纳入财政预算，多渠道筹措资金。

续表 1

分项 \ 要求 \ 分类		市	县	村
一、组织管理	4. 相关部门工作内容	住房城乡建设主管部门要切实采取措施，确保新建的道路和建筑物在规划、设计、施工、监理及验收等各个环节严格执行《无障碍设计规范》（GB50763）。凡进行扩建、改建的道路和建筑物，应同步进行无障碍设施改造，且应保证使用功能的系统性和连贯性。 工业和信息化、广电等部门，应采取措施推进无障碍信息交流建设。 交通运输、公安、教育、旅游、卫生、邮政、电信、金融部门应按照《铁路旅客车站设计规范》（TB10100）、《民用机场旅客航站区无障碍设施设备配置标准》（MH/T5107）、《特殊教育学校建筑设计规范》（JGJ76）等标准规范和相关规定，切实推进相关无障碍设施建设。 宣传部门应组织有关媒体，做好无障碍环境建设宣传报道，创造良好的无障碍社会舆论氛围。 民政部门、残疾人联合会和老龄工作委员会办公室应积极向政府、有关部门、有关方面反映残疾人、老年人等群体的无障碍需求，对城市无障碍设施建设、管理、使用提出意见，配合住房城乡建设主管部门等做好《无障碍设计规范》（GB50763）、《老年人照料设施建筑设计标准》（JGJ450）的宣传、培训、贯彻和监督检查等工作。同时，应切实抓好本部门老年人福利设施、残疾人综合服务设施、残疾人康复托养服务设施的无障碍设施建设与改造工作，发挥示范作用。	住房城乡建设主管部门要切实采取措施，确保新建的道路和建筑物在规划、设计、施工、监理及验收等各个环节严格执行《无障碍设计规范》（GB50763）。凡进行扩建、改建的道路和建筑物，应同步进行无障碍设施改造，且应保证使用功能的系统性和连贯性。 工业和信息化、广电等部门，采取措施推进无障碍信息交流建设。 交通运输、教育等各有关部门应按照《铁路旅客车站设计规范》（TB10100）、《民用机场旅客航站区无障碍设施设备配置标准》（MH/T5107）、《特殊教育学校建筑设计规范》（JGJ76）等标准规范和相关规定，切实推进相关无障碍设施建设。 宣传部门应组织有关媒体，做好无障碍环境建设宣传报道，创造良好的无障碍社会舆论氛围。 民政部门、残疾人联合会和老龄工作委员会办公室应积极向政府、有关部门、有关方面反映残疾人、老年人等群体的无障碍需求，对县城无障碍设施建设、管理、使用提出意见，配合住房城乡建设主管部门等做好《无障碍设计规范》（GB50763）、《老年人照料设施建筑设计标准》（JGJ450）的宣传、培训、贯彻和监督检查等工作。同时，应切实抓好本部门老年人福利设施、残疾人综合服务设施、残疾人康复托养服务设施的无障碍设施建设与改造工作，发挥示范作用。	县住房城乡建设、工业和信息化、民政、残联、老龄等部门指导乡、村开展无障碍环境建设。
	5. 改造计划	制定既有道路和建筑物无障碍设施改造计划，并组织实施。	制定既有道路和建筑物无障碍设施改造计划，并组织实施。	制定既有道路和建筑物无障碍设施改造计划，并组织实施。

续表2

分项 \ 分类 要求		市	县	村
二、实施指导与监督	1. 监督管理	已经建成的无障碍设施应加强管理和维护，并确保使用情况良好。有关行政主管部门应加强对无障碍设施的监督管理，对侵占、破坏无障碍设施的行为依法处罚。	已经建成的无障碍设施应加强管理和维护，并确保使用情况良好。有关行政主管部门应加强对无障碍设施的监督管理，对侵占、破坏无障碍设施的行为依法处罚。	已经建成的无障碍设施应加强管理和维护，并确保使用情况良好。
	2. 社会监督机制	建立有效社会监督机制，发挥新闻媒体、人大代表、政协委员、残疾人、老年人代表等社会群体的监督作用，对无障碍环境建设和管理进行监督。	建立有效社会监督机制，发挥新闻媒体、人大代表、政协委员、残疾人、老年人代表等社会群体的监督作用，对无障碍环境建设和管理进行监督。	建立有效社会监督机制，发挥村民委员会、残疾人代表、基层老年协会等社会群体的监督作用，对无障碍环境建设和管理进行监督。
	3. 培训	组织开展对相关技术和管理人员的培训，提高相关技术和管理人员执行无障碍相关标准规范的自觉性和能力。	组织开展对相关技术和管理人员的培训，提高相关技术和管理人员执行无障碍相关标准规范的自觉性和能力。	积极开展无障碍环境建设宣传培训。
	4. 技术指导	有关建设、设计单位的专家组成无障碍环境建设技术指导组，承担无障碍环境建设的规划、设计、施工、改造和特别环境的技术指导和服务。	有关建设、设计单位的专家组成无障碍环境建设技术指导组，承担无障碍环境建设的规划、设计、施工、改造和特别环境的技术指导和服务。	
	5. 宣传	组织开展无障碍宣传工作，制作播出无障碍公益广告、宣传片、专题片、印发宣传资料，提高公众的无障碍意识，教育公众维护、爱护无障碍设施，形成无障碍环境建设的良好社会氛围。	组织开展无障碍宣传工作，制作播出无障碍公益广告、宣传片、专题片、印发宣传资料，提高公众的无障碍意识，教育公众维护、爱护无障碍设施，形成无障碍环境建设的良好社会氛围。	
三、道路无障碍环境建设与改造	1. 缘石坡道	（1）新建、扩建和改建道路的人行道，在各种路口、出入口及人行横道等处缘石坡道设置率应达到100%，缘石坡道应尽量采用全宽式单面坡缘石坡道，并符合《无障碍设计规范》（GB50763）的要求。 （2）人行道及人行横道各种路口坡化改造率（含新建率）应不低于85%，且布局合理。	（1）新建、扩建和改建道路的人行道，在各种路口、出入口及人行横道等处缘石坡道设置率应达到100%，缘石坡道应尽量采用全宽式单面坡缘石坡道，并符合《无障碍设计规范》（GB50763）的要求。 （2）人行道及人行横道各种路口坡化改造率（含新建率）应不低于70%，且布局合理。	（1）新建、扩建和改建道路的人行道，在各种路口、出入口及人行横道等处缘石坡道设置率应达到100%，缘石坡道应尽量采用全宽式单面坡缘石坡道，并符合《无障碍设计规范》（CB50763）的要求。 （2）人行道及人行横道各种路口坡化改造率（含新建率）应不低于60%，且布局合理。
	2. 盲道	新建、扩建和改建的主要商业街、步行街等处的人行道应设置盲道，视觉障碍者集中区域周边道路、坡道的上下坡边缘处应设置提示盲道，道路周边场所、建筑等出入口设置的盲道应与道路盲道相衔接，并符合《无障碍设计规范》（GB50763）的要求。	新建、扩建和改建的主要商业街、步行街等处的人行道应设置盲道，视觉障碍者集中区域周边道路、坡道的上下坡边缘处应设置提示盲道，道路周边场所、建筑等出入口设置的盲道应与道路盲道相衔接，并符合《无障碍设计规范》（GB50763）的要求。	新建、扩建和改建的主要商业街、步行街等处的人行道应设置盲道，视觉障碍者集中区域周边道路、坡道的上下坡边缘处应设置提示盲道，道路周边场所、建筑等出入口设置的盲道应与道路盲道相衔接，并符合《无障碍设计规范》（GB50763）的要求。

续表 3

分项＼分类＼要求		市	县	村
三、道路无障碍环境建设与改造	3. 其他设施	（1）新建、扩建和改建城市中心区及视觉障碍者集中区域的人行横道，应配置过街音响提示装置，人行横道的安全岛应能使轮椅通行。城市主要道路人行天桥和人行地道应设安全梯道、轮椅坡道或无障碍电梯，并设置无障碍标志牌。 （2）已建城市中心区及视觉障碍者集中区域的人行横道，应增设过街音响提示装置。人行横道的安全岛应修建轮椅通道。城市主要道路人行天桥和人行地道，宜增设安全梯道、轮椅坡道或无障碍电梯，并设置无障碍标志牌。	（1）新建、扩建和改建县城道路人行横道的安全岛应能使轮椅通行。 （2）已建县城道路人行横道的安全岛应修建轮椅通道。	支路和巷路应进出畅通，路面硬化率达到100%。
四、公共建筑、城市广场和城市绿地无障碍环境建设与改造	1. 新建公共建筑、城市广场和城市绿地	办公科研司法建筑、教育建筑、医疗康复建筑、体育建筑、文化建筑、商业服务建筑、汽车加油加气站、高速公路服务区、室外公共厕所、城市广场、城市绿地等无障碍设施建设率应达到100%，并符合《无障碍设计规范》（GB50763）的要求。	办公科研司法建筑、教育建筑、医疗康复建筑、体育建筑、文化建筑、商业服务建筑、汽车加油加气站、高速公路服务区、室外公共厕所、城市广场、城市绿地等无障碍设施建设率应达到100%，并符合《无障碍设计规范》（GB50763）的要求。	综合服务中心、卫生院（所、室）、银行、信用社、商店、室外公共厕所、文体活动中心、学校、托儿所、幼儿园等各类公共建筑无障碍设施建设率应达到100%，并应符合《无障碍设计规范》（GB50763）的要求。
	2. 已建成的公共建筑、城市广场和城市绿地	政府办公建筑、综合（专科）医院、大中型商场、汽车加油加气站、高速公路服务区、城市广场、城市绿地无障碍改造率应不低于75%，且布局合理。政府办公建筑的对外服务窗口无障碍改造率应达到100%。 改造主要内容为：建筑物出入口坡化处理，设置无障碍通道、无障碍电梯、无障碍厕所及无障碍厕位，停车场设置无障碍停车位，在显著醒目位置设无障碍标志，大型场所设置无障碍行进路线图，政府办公建筑的对外服务窗口、医院、公园等公共服务建筑同时要设低位服务设施。	政府办公建筑、综合（专科）医院、大中型商场、汽车加油加气站、高速公路服务区、城市广场、城市绿地无障碍改造率应不低于70%，且布局合理。政府办公建筑的对外服务窗口无障碍改造率应达到100%。 改造主要内容为：建筑物出入口坡化处理，设置无障碍通道、无障碍电梯、无障碍厕所及无障碍厕位，停车场设置无障碍停车位，在显著醒目位置设无障碍标志，大型场所设置无障碍行进路线图，政府办公建筑的对外服务窗口、医院、公园等公共服务建筑同时要设低位服务设施。	综合服务中心、卫生院（所、室）无障碍改造率应达到100%，且布局合理。 改造主要内容为：建筑物出入口坡化处理，设置无障碍通道、无障碍厕位，停车场设置无障碍停车位，无电梯的不做要求，有电梯的待更换电梯时再选用无障碍电梯，对外服务窗口设低位服务设施。卫生院（所、室）的诊区、护士站、查询处、服务台等设低位服务设施。

续表 4

分项＼要求＼分类		市	县	村
四、公共建筑、城市广场和城市绿地无障碍环境建设与改造	2. 已建成的公共建筑、城市广场和城市绿地	饭店、宾馆、邮政、电信、银行、室外公共厕所无障碍改造率应不低于60%，且布局合理。 改造主要内容为：建筑物出入口坡化处理，设置无障碍通道、无障碍电梯、无障碍厕所及无障碍厕位，停车场设置无障碍停车位，在显著醒目位置设无障碍标志，大型场所设置无障碍行进路线图，邮政、电信、银行等公共服务建筑同时要设低位服务设施，宾馆、饭店同时要有一定数量的无障碍客房。	饭店、宾馆、邮政、电信、银行、室外公共厕所无障碍改造率应不低于50%，且布局合理。 改造主要内容为：建筑物出入口坡化处理，设置无障碍通道、无障碍电梯、无障碍厕所及无障碍厕位，停车场设置无障碍停车位，在显著醒目位置设无障碍标志，大型场所设置无障碍行进路线图，邮政、电信、银行等公共服务建筑同时要设低位服务设施，宾馆、饭店同时要有一定数量的无障碍客房。	银行、信用社、商店、室外公共厕所无障碍改造率应不低于40%，且布局合理。 改造主要内容为：建筑物出入口坡化处理，设置无障碍通道、无障碍厕位，窗口、服务台等设低位服务设施。室外公共厕所设置无障碍厕位、扶手，入口和通道应方便乘轮椅者进出，地面硬化、防滑。有条件的地方宜设置无障碍厕所。
		文化馆、图书馆、科技馆、展览馆、博物馆、纪念馆、影剧院、音乐厅、体育场馆无障碍改造率应不低于60%，且布局合理。 改造主要内容为：建筑物出入口坡化处理，设置无障碍通道、无障碍电梯、无障碍厕所及无障碍厕位，停车场设置无障碍停车位，在显著醒目位置设无障碍标志，大型场所设置无障碍行进路线图，文化建筑、体育建筑同时要设低位服务设施和轮椅席位。	文化馆、图书馆、科技馆、展览馆、博物馆、纪念馆、影剧院、音乐厅、体育场馆无障碍改造率应不低于50%，且布局合理。 改造主要内容为：建筑物出入口坡化处理，设置无障碍通道、无障碍电梯、无障碍厕所及无障碍厕位，停车场设置无障碍停车位，在显著醒目位置设无障碍标志，大型场所设置无障碍行进路线图，文化建筑、体育建筑同时要设低位服务设施和轮椅席位。	文体活动中心无障碍改造率应不低于40%，且布局合理。 改造主要内容为：建筑物出入口坡化处理，设置扶手、无障碍厕位，地面平整、防滑、硬化。
		学校、托幼建筑无障碍改造率应不低于40%，且布局合理。 改造主要内容为：建筑物出入口坡化处理，设置无障碍通道、无障碍电梯、无障碍厕所及无障碍厕位，停车场设置无障碍停车位，在显著醒目位置设无障碍标志，有条件的加装无障碍电梯。	学校、托幼建筑无障碍改造率应不低于30%，且布局合理。 改造主要内容为：建筑物出入口坡化处理，设置无障碍通道、无障碍电梯、无障碍厕所及无障碍厕位，停车场设置无障碍停车位，在显著醒目位置设无障碍标志，有条件的加装无障碍电梯。	学校、托幼建筑无障碍改造率应不低于30%，且布局合理。 改造主要内容为：建筑物出入口坡化处理，设置无障碍通道、无障碍厕所或无障碍厕位，有条件的加装无障碍电梯。

续表5

分项 \ 分类 \ 要求		市	县	村
五、公共交通设施无障碍环境建设与改造	1. 新建公共交通设施	轨道交通、民用机场、铁路旅客车站、汽车站、客运码头无障碍设施建设率应达到100%，并符合《无障碍设计规范》（GB50763）、《铁路旅客车站设计规范》（TB10100）、《民用机场旅客航站区无障碍设施设备配置标准》（MH/T5107）等技术要求。	汽车站、客运码头无障碍设施建设率应达到100%，并符合《无障碍设计规范》（GB50763）的要求。	汽车站、客运码头无障碍设施建设率应达到100%，并符合《无障碍设计规范》（GB50763）的要求。
	2. 已建公共交通设施	轨道交通、民用机场、铁路旅客车站、汽车站，客运码头应进行无障碍改造。 主要改造内容为：出入口坡化处理，设置无障碍通道、无障碍电梯、无障碍厕所及无障碍厕位，同时要设低位服务设施，铁路旅客站台、轨道交通站台及公交车站等候区设行进盲道和提示盲道，主要公交车站设置盲道和盲文站牌，大型场所设置无障碍行进路线图、无障碍标志，机场有方便残疾人登机的升降装置，铁路旅客车站、长途汽车站、地铁、轻轨站台高度与车厢地板基本平齐，客运码头有方便高龄失能老年人、残疾人登船的装置。	汽车站和客运码头应进行无障碍改造。 主要改造内容为：出入口坡化处理，设置无障碍通道、无障碍厕所及无障碍厕位，同时要设低位服务设施，公交车站等候区设提示盲道，设置无障碍标志，客运码头有方便高龄失能老年人、残疾人登船的装置。	汽车站和客运码头应进行无障碍改造。 主要改造内容为：出入口坡化处理，设置无障碍通道、无障碍厕所及无障碍厕位，同时要设低位服务设施，公交车站等候区设提示盲道，设置无障碍标志，客运码头有方便高龄失能老年人、残疾人登船的装置。
	3. 公共交通工具	飞机、地铁、轻轨车辆、铁路客车、公共汽车、电车、客轮等公共交通工具应适应残疾人的需要。 主要改造内容为：乘客入口水平通道及轮椅席位。	公共汽车、电车、客轮等公共交通工具应逐步适应残疾人的需要。 主要改造内容为：乘客入口水平通道及轮椅席位。	
六、福利及特殊服务建筑无障碍环境建设与改造	1. 新建福利及特殊服务建筑	特教学校、残疾人集中就业单位、康复中心、残疾人综合服务设施、残疾人福利机构、儿童福利机构、养老机构、老年人服务设施无障碍设施建设率应达到100%，并符合《无障碍设计规范》（GB50763）、《特殊教育学校建筑设计规范》（JGJ76）、《老年人照料设施建筑设计标准》（JGJ450）等技术要求。	特教学校、残疾人集中就业单位、康复中心、残疾人综合服务设施、残疾人福利机构、儿童福利机构、养老机构、老年人服务设施无障碍设施建设率应达到100%，并符合《无障碍设计规范》（GB50763）、《特殊教育学校建筑设计规范》（JGJ76）、《老年人照料设施建筑设计标准》（JGJ450）等技术要求。	敬老院、残疾人综合服务设施、残疾人福利机构无障碍设施建设率应达到100%，并符合《无障碍设计规范》（GB50763）、《老年人照料设施建筑设计标准》（JGJ450）等技术要求。

续表 6

分类 要求 分项		市	县	村
六、福利及特殊服务建筑无障碍环境建设与改造	2. 已建福利及特殊服务建筑	特教学校、残疾人集中就业单位、康复中心、残疾人综合服务设施、残疾人福利机构、儿童福利机构、养老机构、老年人服务设施无障碍改造率应达到 100%。 主要改造内容为：出入口坡化处理，设置无障碍通道、无障碍电梯、无障碍厕所及无障碍厕位、低位服务设施，室内外主要位置地面铺设行进盲道和提示盲道。	特教学校、残疾人集中就业单位、康复中心、残疾人综合服务设施、残疾人福利机构、儿童福利机构、养老机构、老年人服务设施无障碍改造率应达到 50%。 主要改造内容为：出入口坡化处理，设置无障碍通道、无障碍电梯、无障碍厕所及无障碍厕位、低位服务设施，室内外主要位置地面铺设行进盲道和提示盲道。	敬老院、残疾人综合服务设施、残疾人福利机构无障碍改造率应达到 50%。 主要改造内容为：出入口坡化处理，设置无障碍通道、无障碍电梯、无障碍厕所及无障碍厕位、低位服务设施，室内外主要位置地面铺设行进盲道和提示盲道。
七、公共停车场（库）无障碍环境建设与改造	1. 新建公共停车场（库）	公共停车场（库）无障碍设施建设率应达到 100%，并符合《无障碍设计规范》（GB50763）的要求。		
	2. 已建公共停车场（库）	公共停车场（库）无障碍改造率应不低于 60%，且布局合理。		
八、居住区、居住建筑无障碍环境建设与改造	1. 新建居住区、居住建筑	居住区、居住建筑无障碍设施建设率应达到 100%，并符合《无障碍设计规范》（GB50763）、《老年人照料设施建筑设计标准》（JGJ450）的要求。	居住区、居住建筑无障碍设施建设率应达到 100%，并符合《无障碍设计规范》（GB50763）、《老年人照料设施建筑设计标准》（JGJ450）的要求。	居住区、居住建筑无障碍设施建设率应达到 100%，并符合《无障碍设计规范》（GB50763）、《老年人照料设施建筑设计标准》（JGJ450）的要求。
	2. 已建居住区	居住区无障碍改造率应不低于 50%，且布局合理。 主要改造内容为：居住区内人行道、公共绿地、公共厕所、配套公共服务设施、无障碍停车位。	居住区逐步进行无障碍改造。 主要改造内容为：居住区内人行道、公共绿地、公共厕所、配套公共服务设施、无障碍停车位。	居住区逐步进行无障碍和适老化改造。 主要改造内容为：居住区内人行道、公共绿地、公共厕所、配套公共服务设施、无障碍停车位。
	3. 已建高层和中高层住宅、公寓和宿舍建筑	高层和中高层住宅、公寓和宿舍建筑无障碍改造率应不低于 60%，且布局合理。 主要改造内容为：居住建筑出入口坡化处理，无电梯的不做要求，有电梯的待更换电梯时再选用无障碍电梯，公寓、宿舍设无障碍公共卫生间。		

续表7

分项	分类/要求	市	县	村
八、居住区、居住建筑无障碍环境建设与改造	4. 残疾人、老年人家庭	逐步对残疾人、老年人家庭进行无障碍环境建设与改造，基本完成贫困重度残疾人家庭无障碍改造任务。 主要改造内容为：根据需要，地面平整及坡化、设置低位灶台（盲人家庭灶台有煤气泄漏报警装置）、房门改造、安装语音对讲门铃（或可视门铃、闪光门铃）、坐便器改造、安装卫生间热水器、扶手（洗手池扶手、坐便器扶手、淋浴扶手）、浴凳及改善残疾人、老年人家居卫生条件的其他设施。	逐步对残疾人、老年人家庭进行无障碍环境建设与改造，基本完成贫困重度残疾人家庭无障碍改造任务。 主要改造内容为：根据需要，地面平整及坡化、设置低位灶台（盲人家庭灶台有煤气泄漏报警装置）、房门改造、安装语音对讲门铃（或可视门铃、闪光门铃）、坐便器改造、安装卫生间热水器、扶手（洗手池扶手、坐便器扶手、淋浴扶手）、浴凳及改善残疾人、老年人家居卫生条件的其他设施。	对贫困重度残疾人、失能老年人家庭进行无障碍环境建设与改造。 主要改造内容为：根据需要，地面平整及坡化、设置低位灶台（盲人家庭灶台有煤气泄漏报警装置）、房门改造、安装语音对讲门铃（或可视门铃、闪光门铃）、坐便器改造、安装卫生间热水器、扶手（洗手池扶手、坐便器扶手、淋浴扶手）、浴凳及改善残疾人、老年人家居卫生条件的其他设施。
九、信息交流无障碍环境建设	1. 无障碍信息交流	政府应将无障碍信息交流建设纳入信息化建设规划。	政府应将无障碍信息交流建设纳入信息化建设规划。	鼓励和支持有条件的农村地区实现光纤到户，提高4G网络覆盖率，为信息无障碍环境建设提供重要基础支撑。
	2. 重要政府信息	政府及其有关部门发布重要政府信息和与残疾人相关的信息，应创造条件为残疾人提供语音和文字提示等信息交流服务。	政府及其有关部门发布重要政府信息和与残疾人相关的信息，应创造条件为残疾人提供语音和文字提示等信息交流服务。	
	3. 电视台和影视类录像制品	政府设立的电视台在播出电视节目时应配备字幕，每周应播放至少一次配播手语的新闻节目。公开出版发行的影视类录像制品应配备字幕。	政府设立的电视台应逐步在播出电视节目时配备字幕。公开出版发行的影视类录像制品应配备字幕。	
	4. 视力残疾人阅览室	政府设立的公共图书馆应开设视力残疾人阅览室，提供盲文读物、有声读物。政府设立的公共图书馆应逐步开设视力残疾人阅览室或阅览区域，提供盲文读物、有声读物。		
	5. 无障碍网站	残疾人组织网站、政府网站、政府公益活动网站应达到无障碍网站设计标准。	残疾人组织网站应达到无障碍网站设计标准。政府网站、政府公益活动网站应逐步达到无障碍网站设计标准。	
	6. 公共服务机构和公共场所	公共服务机构和公共场所应为残疾人提供语音和文字提示、手语、盲文等信息交流服务。	公共服务机构和公共场所应为残疾人提供语音和文字提示、手语、盲文等信息交流服务。	
	7. 落实无障碍信息消费政策	基础电信企业应对持证视力、听力、言语残疾人使用固定电话、移动电话、宽带网络服务等费用予以适当优惠。	基础电信企业应对持证视力、听力、言语残疾人使用固定电话、移动电话、宽带网络服务等费用予以适当优惠。	

关于加快推进省市两级政府残工委成员单位带头安排残疾人工作的通知 残工委办函〔2018〕22号

各省、自治区、直辖市政府残工委办公室，新疆生产建设兵团残工委办公室：

《国务院关于加快推进残疾人小康进程的意见》（国发〔2015〕7号）和《“十三五”加快残疾人小康进程规划纲要》均明确提出，各级党政机关应当带头招录和安置残疾人就业。国务院领导同志对这一工作高度重视，近日，国务委员、国务院残工委主任王勇专门做出批示，要求各级政府残工委成员单位要带头落实好安排残疾人的工作。

根据前期各地报送的省级残工委成员单位安排残疾人情况的数据汇总，目前全国尚有70%的省级残工委成员单位尚未安排有残疾人公务员，且大多数也未报送未来三年招录残疾人公务员计划。为落实王勇国务委员批示要求，加快推进各级政府残工委成员单位带头安置残疾人公务员工作，现提出以下工作要求：

一、监督已制定2019—2020年安排残疾人公务员计划的省级残工委成员单位，切实落实年度计划尤其是2019年计划，通过考录、遴选等方式确保单位安排有残疾人公务员。

二、督促尚未制定2019—2020年安排残疾人公务员计划的省级残工委成员单位，结合本单位实际情况，尽早尽快提出安排计划，并明确时限。逾期未提出计划的，须说明原因。

三、协调省级残工委各成员单位，推动其在所属事业单位中落实按比例安排残疾人的要求，积极开发岗位，招聘录用残疾人。

四、协商地市级政府残工委办公室，推动其主要成员单位带头安排残疾人，尚未安排的，要提出2019—2020年安排计划。

请将上述工作落实情况于2019年1月31日前报国务院残工委办公室，办公室将汇总情况后报有关领导同志。

国务院残工委办公室
2018年11月14日

国务院残工委办公室关于印发《全国残疾人基本服务状况和需求信息数据动态更新工作规范（试行）》的通知 残工委办发〔2018〕3号

各省、自治区、直辖市政府残工委，新疆生产建设兵团残工委，黑龙江农垦总局残工委：为了进一步完善全国残疾人基本服务状况和需求信息数据动态更新工作长效机制，指导各级残联有效开展动态更新工作，现将《全国残疾人基本服务状况和需求信息数据动态更新工作规范（试行）》印发给你们，请认真贯彻执行。

国务院残工委办公室
2018年11月27日

全国残疾人基本服务状况和需求信息数据动态更新工作规范（试行）

国务院残工委办公室
2018年11月

第一章 总 则

第一条 以习近平新时代中国特色社会主义思想为指引，深入贯彻党中央、国务院关于残疾人事业的新部署新要求，进一步推动建立全国残疾人基本服务状况和需求信息数据动态更新工作（以下简称动态更新工作）长效机制建设，促进动态更新工作规范化和标准化。

第二条 根据《中华人民共和国残疾人保障法》和《中华人民共和国统计法》，依据中国残联等12部门《关于建立全国残疾人基本服务状况和需求信息数据动态更新工作长效机制的意见》，制定本工作规范。

第三条 动态更新工作的目的是落实中央党的群团工作会议精神，加强和改进残疾人工作，提高残疾人基层基础工作水平，及时掌握全面建成小康社会进程中残疾人的基本服务状况和需求，促进残疾人状况全面改善。

第四条 在国务院残工委领导下，中国残联会同国家统计局、发展改革委、教育部、工业和信息化部、公安部、民政部、财政部、人力资源社会保障部、住房城乡建设部、国家卫生健康委、国务院扶贫办等部门，共同组织做好动态更新工作。中国残联负责动态更新的日常工作。地方各级政府残工委对当地动态更新工作承担领导职责，协调促进残工委成员单位之间的信息比对与资源共享，责成当地残联会同有关部门具体组织实施。

第二章 目标任务

第五条 动态更新工作的目标是依托全国残疾人基本服务状况和需求的信息数据，完善全国持证残疾人基础数据库，建立健全残疾人大数据工作平台，促进各级党委、政府部门之间相关数据资源共享。以动态更新的信息数据为重要依据，坚持问题导向，层层分解任务，逐项落实责任，完善考核反馈，有效做好残疾人实现全面小康进程中最需解决的补短板、保基本工作；坚持需求导向，有力推进残疾人工作重心下移，努力把服务工作做好做实，做到残疾人身边，实现精准服务。

第六条 动态更新工作的内容主要包括残疾人的基本信息、经济与住房、义务教育、就业与扶贫、社会保障、基本医疗与康复、无障碍、社区文体活动等方面的基本状况与需求，以及全国所有村（社区）的基本公共服务设施情况，在2020年前维持登记表内容不变。

第七条 动态更新工作对象为持有中华人民共和国残疾

人证的残疾人，以及村（社区）残疾人基本公共服务和无障碍设施。

第八条 动态更新工作频次以年度更新为主，鼓励各地增加入户登记频次和更新频次，力争到2020年实现普遍实时更新。

第九条 动态更新工作的总体要求是以实名制的信息数据动态更新为基础，加强与残疾人的联系沟通、传递关爱温暖，确保精准性；以持证残疾人为调查对象，反映托底补短工作的进展情况和成效，确保连续性；向残工委会议报告动态更新工作及数据情况，发挥动态更新工作的基础和引导作用，确保引导性；动员相关力量积极参与，共同呼吁解决残疾人面临的问题，确保参与性；根据中央政策和工作实际研究可操作、好落实的具体措施，确保可操作性。

第三章 组织实施

第十条 中国残联设立全国残疾人基本服务状况和需求信息数据动态更新工作办公室（简称全国动态更新办）承担具体工作。各级残联在具体实施中，要做到一把手亲自挂帅，分管领导靠前指挥，主责部门全力主抓，相关部门直接联动，投入足够的力量，落实充分的保障。

第十一条 全国和各省（区、市）动态更新工作专家指导委员会指导有关工作。中国残联和各省（区、市）残联全力支持专家指导委员会全面了解工作情况，深入开展调查研究，提出指导咨询意见；委托专家指导委员会针对人口较多地区、工作薄弱地区、工作方式创新地区进行专题调研，重点关注基层培训、入户登记、质量控制等工作环节。

第十二条 各地残联应及时将动态更新工作的进展情况和年度工作完成情况，向当地党委、政府报告，向政府残工委成员单位通报，政府职能部门共同研究有关工作。要分领域、分地区、分年度分析数据，反馈数据，落实任务，重点对“两不愁、三保障、两扩面”的主要信息数据进行分析研判。

第十三条 国务院残工委办公室负责《全国残疾人基本服务状况和需求信息数据动态更新工作实施方案》制定，《全国残疾人基本服务状况和需求信息数据动态更新残疾人登记表》《全国残疾人基本服务状况和需求信息数据动态更新社区登记表》设计和指标解释及填写说明，开发建设维护动态更新信息系统，指导各地开展动态更新工作，完成省级相关人员培训，负责全国数据处理和分析报告撰写，以及全国工作督查、质量评估等工作。

省级政府残工委办公室，指导当地市、县级动态更新工作，完成市县级相关人员培训，负责本省数据处理和分析报告撰写，以及本省工作督查、质量评估等工作。

市、县级政府残工委办公室，组织本级动态更新工作，完成残疾人专职委员、业务骨干、民政助理员、村（社区）医生、村（社区）干部、社会工作者、残疾人亲属、志愿者等工作人员的培训，负责本级数据的采集、录入、审核、汇总上报等工作。

第十四条 全国动态更新办统一组织国家级培训。各地培训可采取集中面授、网络视频、在线培训、实地观摩、典型实例学习等灵活多样形式进行。培训内容主要包括动态更新内容及方法、工作流程、《全国残疾人基本服务状况和需求信息数据动态更新残疾人登记表》和《全国残疾人基本服务状况和需求信息数据动态更新社区登记表》的指标解释及填表要求、访问技巧、数据处理、数据评估，以及相关工作细则等。

县级动态更新办负责信息采集员的选聘和管理。选聘信息采集员时，应选择沟通能力较强、工作作风踏实的人员，可优先选择具有调查工作经验的人员。

第四章 工作保障

第十五条 加强经费保障。各级财政部门应将相关经费列入同级预算予以保障。各级残联在编制年度预算时，应及时将相关经费纳入部门预算，确保动态更新工作顺利开展。动态更新工作经费一般包括但不限于试点经费、培训经费、宣传经费、组织协调经费、数据录入与处理经费、数据统计分析经费、委托业务费，以及信息采集员补贴（交通、通信、误餐费等）、登记户补贴、移动终端配发、信息技术服务经费等。

第十六条 加强技术保障。各地要加强网络、计算机等基础环境建设，注重发挥大数据系统建设的引领作用。各地要积极采用先进的数据采集技术，认真筹划，积极试点，稳步推进，使信息采集更便捷，逐步实现动态数据的实时更新。自建系统的省份，要按照全国动态更新办有关要求，做好与国家数据采集平台、资源管理平台、共享交换平台建设的同步衔接；并按照全国动态更新办要求部署数据交换环境，提供有力的技术支持与保障，确保与国家电子政务外网网络畅通，做好数据存储与备份，加强数据安全监管。

第十七条 加强人员保障。各地应加强动态更新工作队伍建设，切实提高基层残协和专职委员的履职能力，尽量保持队伍的稳定性。县级残联要充分动员乡镇（街道）和社区居委会（村委会）力量，发挥乡镇（街道）残联和村（社区）残协作用，积极调动残疾人专职委员、基层民政助理员、村（社区）医生、村民委员会成员、社区居民委员会成员及社会工作者、残疾人亲属、志愿者等积极参与。

第十八条 加强宣传工作。各地要高度重视新闻宣传和社会宣传工作，大力宣传党和政府及社会各界对残疾人事业的关心重视和对广大残疾人的关爱帮助，宣传动态更新工作的重要意义，增进社会公众和广大残疾人对动态更新工作的了解和支持，提高全社会对动态更新工作的关注，营造良好的社会舆论环境。

第五章 数据采集

第十九条 各级政府残工委统一领导和组织年度动态更新数据采集工作。

第二十条 数据采集以入户信息采集为主，电话调查、窗口服务、智能化残疾人证系统归集等方式为辅。数据采集手段目前以纸质表格采集和移动终端采集两种方式并行，逐步提高移动终端采集所占比例，力争到2020年实现登记对象移动终端采集普遍覆盖。

第二十一条 做好数据采集准备工作。信息采集员须熟悉动态更新登记表的指标解释、填表要求，以及访问技巧、访问流程等才能上岗。入户调查前，信息采集员应基本了解残疾类别、残疾等级、医疗和康复服务等内容。

第二十二条 做好数据采集工作。信息采集员语言尽量通俗易懂，提问时有礼貌、耐心细致，填写答案时笔迹清楚工整。信息采集员应将调查内容逐项解释，多采用举例方式帮助残疾人理解指标，确保采集数据的准确性。

第六章 数据处理

第二十三条 动态更新数据处理工作按照“统一组织、中央部署、分级处理、层层负责”的原则组织实施。数据处理主要内容包括数据录入、数据审核、数据汇总上报等。

第二十四条 全国动态更新办统一组织开发数据处理系统，负责全国数据处理工作的组织实施、技术保障及相关协调工作。使用自建系统开展动态更新的省份，须向全国动态更新办提出正式申请，经全国动态更新办测试认证后才能投入使用。

省级动态更新办组织本地区动态更新数据处理相关工作，管理本地区系统用户，对下级数据处理工作进行指导、监督、检查，及时解决数据处理中的问题，审核下级上报数据。

市、县级动态更新办组织当地动态更新数据处理相关工作，管理本级系统用户，对数据处理工作进行指导、监督、检查，及时完成数据录入、审核、修改、汇总上报等工作。

第二十五条 数据录入。数据录入内容主要包括《全国残疾人基本服务状况和需求信息数据动态更新残疾人登记表》《全国残疾人基本服务状况和需求信息数据动态更新社区登记表》。数据录入要严格按照统一的组织流程和工作流程进行，保证数据“不错、不乱、不重、不漏”。

第二十六条 数据审核。按照全国统一的动态更新数据处理逻辑审核规则开展数据录入，对登记表中不符合逻辑审核规则而产生的疑问数据，应及时予以查询核实。对于在数据审核中发现的疑问数据，经核实确有错误的，应在原表中予以更正，并注明数据更正原因、时间和责任人。原表更正完成后，在系统中进行相应的数据修改或重新进行录入。

第二十七条 数据汇总上报。各地应严格按照国务院残工委办公室印发的实施方案要求做好数据的汇总上报工作。自建系统省份一般应当比使用全国系统的省份提前1个月做好各项准备工作。

第二十八条 各级动态更新办须按时、按质、按量组织完成数据处理工作。坚持“双签字”制度，由担任政府残工委副主任的政府副秘书长和残联理事长共同签字后上报数据。

第七章 数据管理

第二十九条 各级动态更新办按职责进行数据管理，各负其责，切实落实监管责任。动态更新登记表纸介质或电子版本由县级残联按相关要求妥善保管。

第三十条 动态更新工作须严格遵守《中华人民共和国统计法》相关规定，坚决杜绝篡改数据，严惩统计弄虚作假。

第三十一条 动态更新的实名制数据主要用于党委、政府决策和有关部门研究工作，综合数据需经国务院残工委或国务院残工委授权的部门批准后定向公开或向社会公布。在确保残疾人个人信息绝对安全的前提下，按照规定程序逐步开放主要数据供有关机构研究使用。

第三十二条 各地要提高数据安全意识，采用有效技术手段加强信息安全，定期组织相关人员开展信息安全培训，及时签署保密协议。各级动态更新办及其工作人员除遵守国家相关法律、法规外，须对工作中接触到的残疾人信息、统计信息严格保密，不得擅自泄露或者私自向第三方提供；动态更新系统的用户账号及相关信息，不得泄露给其他单位和个人使用；相关数据仅限在涉残相关工作中使用，不得用于与残疾人工作无关及营利性活动；未经授权，任何单位和个人不得对外发布动态更新的相关数据。

第八章 质量控制

第三十三条 按照全流程控制的原则，对方案制定、组织实施、数据采集、数据处理等过程进行质量控制。质量控制重点包括《全国残疾人基本服务状况和需求信息数据动态更新残疾人登记表》和《全国残疾人基本服务状况和需求信息数据动态更新社区登记表》的填写，数据录入和数据审核。质量控制可采用调研督查、检查验收等方式进行。

第三十四条 各级动态更新办主任是本级动态更新数据质量的第一责任人。各级动态更新办须建立质量控制工作机制，做好数据采集、录入、审核、比对、汇总上报等环节的质量控制，确保数据真实可信。

第三十五条 检查验收采取逐级抽查的方法进行。上一级验收不合格退回下一级仔细核查后重新上报，上级单位重新抽查验收，直至验收合格。

第三十六条 调研督查采用现场抽查和网络抽查相结合的方式进行，发现问题及时纠正，指导全面工作。现场抽查是直接到乡镇（街道）残联、村（社区）残协检查工作开展情况，到每个村（社区）中随机选择若干个残疾人家庭进行走访调查、听取意见。网络抽查指在信息数据动态更新系统中随机抽取信息进行核实。

第三十七条 国家调研督查内容主要包括省级和县级培训、入户登记、检查验收、数据上报、数据录入、数据比对等工作环节。全国动态更新办工作人员和专家指导委员会专家负责现场调研督查。省、市、县级残联结合当地实际情况，逐级开展调研督查工作。

第三十八条 国家和省级动态更新办委托第三方专门机构对动态更新工作进行独立评估。市、县残联也要积极开展评估工作。各省（区、市）残联在年底向中国残联提交动态更新工作总结时须包含第三方评估工作内容。

第九章 附 则

第三十九条 各省、市、县级政府残工委可根据本工作规范，结合工作实际，制定相关细则。

第四十条 本工作规范由国务院残工委办公室负责解释。

第四十一条 本工作规范自公布之日起执行。

全国社会心理服务体系建设试点工作方案

国卫疾控发〔2018〕44 号

国家卫健委、中央政法委、中宣部、教育部、公安部、民政部、司法部、财政部、国家信访局、中国残联联合印发。

三、建立健全社会心理服务网络

（一）搭建基层心理服务平台。……利用老年活动中心、妇女之家、儿童之家、残疾人康复机构等公共服务设施，为空巢、丧偶、失独、留守老年人，孕产期、更年期和遭受意外伤害妇女，流动、留守和困境儿童、孤儿，残疾人及其家属等提供心理辅导、情绪疏解、家庭关系调适等心理健康服务。

（二）完善教育系统心理服务网络。……特殊教育机构要结合听力障碍、智力障碍等特殊学生身心特点开展心理健康教育，注重培养学生自尊、自信、自强、自立的心理品质。

（五）提升医疗机构心理健康服务能力。试点地区卫生健康等部门要整合现有资源，支持省、地市、县三级精神卫生医疗机构提升心理健康服务能力。通过平安医院创建、等级医院评审等，推动综合医院普遍开设精神（心理）科，对躯体疾病就诊患者提供心理健康评估，为有心理行为问题者提供人文关怀、心理疏导等服务。精神卫生医疗机构要开设心理门诊，为患者提供药物治疗和心理治疗相结合的服务。妇幼保健机构要将心理健康服务融入孕前检查、孕产期保健、儿童保健、青春期保健、更年期保健等工作中。鼓励中医医疗机构开设中医心理等科室，支持中医医师在医疗机构提供中医心理健康诊疗、咨询和干预等服务。基层医疗卫生机构要加强与精神卫生医疗机构合作，结合家庭医生签约服务，开展抑郁、焦虑等常见精神障碍和心理行为问题科普宣传，对辖区居民开展心理健康评估，推广老年痴呆适宜防治技术。鼓励医疗卫生机构运用互联网等信息技术，拓展精神卫生和心理健康服务的空间和内容。鼓励医疗联合体通过互联网技术，实现医疗资源上下贯通、信息互通共享，便捷提供预约诊疗、双向转诊、远程医疗服务，提高服务质量。鼓励各级各类医疗机构培育医务社会工作者队伍，充分发挥其在医患沟通、心理疏导、社会支持等方面优势，强化医疗服务中的人文关怀。

（八）完善严重精神障碍患者服务工作机制。乡镇（街道）综治、卫生健康、公安、民政、残联等单位要建立健全精神卫生综合管理小组，多渠道开展严重精神障碍患者日常发现、登记报告、随访管理、危险性评估、服药指导、心理支持和疏导等服务，依法开展案（事）件处置，使在册患者规范管理率、在册患者治疗率、精神分裂症治疗率均达到 80% 以上。对病情不稳定的患者，要建立由村（社区）“两委”成员、网格员、精防医生、民警、民政专干、助残员、志愿者等基层人员组成的个案管理团队，对患者实施个案管理。

四、加强心理服务人才队伍建设

（九）发展心理健康领域社会工作专业队伍。……按照《中共中央、国务院关于加强和完善城乡社区治理的意见》，建立社区、社会组织、社会工作者“三社联动”机制，充分发挥社会工作专业人员优势，通过政府购买服务等方式，支持其为社区居民有针对性地提供救助帮扶、心理疏导、精神慰藉、关系调适等服务，对严重精神障碍患者等特殊人群提供心理支持、社会融入等服务。

五、保障措施

（十四）加强组织领导。……各试点地区要建立健全由党政负责同志任组长的社会心理服务体系建设工作领导小组，下设办公室，政法委、卫生健康、宣传、教育、公安、民政、司法行政、财政、信访、残联等部门参与，明确成员单位职责。定期召开领导小组会议，协调解决试点工作重点难点问题。……政法委、卫生健康、宣传、教育、公安、民政、司法行政、财政、信访、残联等部门加强部门间交流合作与信息共享。

各省级卫生健康行政部门、政法委要协调宣传、教育、公安、民政、司法行政、财政、信访、残联等部门，负责本省份试点地区遴选、论证、技术指导、督导检查等工作，及时汇总、上报工作信息。

关于做好全国残疾人“两项补贴”信息系统全国上线运行有关工作的通知

民办函〔2018〕169 号

各省、自治区、直辖市民政厅（局）、残联，新疆生产建设兵团民政局、残联：

为贯彻落实《国务院关于全面建立困难残疾人生活补贴和重度残疾人护理补贴制度的意见》（国发〔2015〕52 号），提升残疾人“两项补贴”发放的信息化水平，加强对补贴信息的实时监测、比对、归纳分析和动态管理，民政部会同中国残联开发建设了全国残疾人“两项补贴”信息系统。经过前期试点运行，系统功能得以检验，运行情况良好，决定自12月12日起，在全国范围内上线运行，现将有关事项通知如下：

一、高度重视信息系统全国上线运行工作

全面建立实施残疾人“两项补贴”制度，是缓解残疾人特殊生活困难和长期照护困难、保障残疾人基本生活的重要举措，是全面建成小康社会、打赢脱贫攻坚战的重要制度安排，体现了党中央、国务院对残疾人民生保障工作的高度重视。民政部和中国残联开发建设的全国残疾人“两项补贴”信息系统，是确保有关制度精准实施、提升补贴申请发放效率、促进公平公正公开的重要手段。各级民政部门和残联要高度重视全国残疾人“两项补贴”信息系统的上线运行工作，把系统应用作为补贴申请发放的重要技术支撑，作为补贴统计监测的重要途径，作为加强制度监管的重要方式。各地要高度重视系统全国上线运行工作，提高思想认识，加强统筹规划、抓好组织协调，切实做好系统上线各项工作，为制度有序运行提供信息化数据支撑。

二、把握系统建设及全国上线运行的总体安排

全国残疾人“两项补贴”信息系统采取数据大集中方式管理，可支持部、省、市、县、乡五级的使用与管理工作。系统与中国残联的残疾人口数据库实现数据实时共享，具备补贴申请、审核、发放、查询、统计分析等功能。系统采取自上而下逐级授权方式进行用户管理，民政部负责分配各省的用户名、密码和权限，省级系统管理员负责分配市级用户名、密码、权限，依此类推，最终形成全国有机统一的系统架构。考虑到系统的网络环境、系统性能、管理服务能力等因素，拟自2018年12月12日起开展全国上线运行工作，分三批，每批10个省份左右，每批间隔1个月左右上线，以确保系统全国上线后安全稳定运行。各地要按照统一部署的时间节点，全国统一步调，落实各自任务，有序做好分级部署、组织培训、技术服务等各项工作，支持系统全国上线运行工作。

三、抓好抓实系统全国上线运行的各项具体工作

（一）明确上线运行时间节点。2018年12月12日起全国残疾人“两项补贴”信息系统正式上线运行。共分三批，每批省份及时间节点如下：一是2018年12月12日至2019年1月12日，天津、河北、山西、内蒙古、江苏、福建、江西、湖南、海南、重庆、四川等省（区、市）上线运行；二是2019年1月13日至2019年2月13日，辽宁、吉林、山东、河南、贵州、西藏、陕西、甘肃、宁夏、新疆等省（市）和新疆兵团上线运行；三是2019年2月14日至2019年3月13日，北京、黑龙江、上海、浙江、湖北、广东、广西、云南、青海等省（区、市）上线运行。

（二）做好系统培训及技术支持。民政部、中国残联的信息管理部门负责省级用户培训及技术支持，也可视情派出技术人员参与各地的省级集中培训。各省级民政部门、残联负责本省（区、市）范围内的地级市和区县系统管理员培训和技术支持工作。各级民政部门、残联要重点落实用户名分配使用、审核审批功能衔接、配备专业人员提供技术支持等工作。

（三）确保系统数据的录入质量。各省（区、市）要认真组织，分步骤做好系统数据录入工作，确保系统数据真实有效。一是在系统上线运行后的1个月内，先填报当月已发放补贴的残疾人数据；二是在系统上线运行后的3个月内，再以已录数据为基础，补录“两项补贴”的历史发放、提标、变更等动态数据。各级民政部门、残联要注意关注数据批量导入功能使用、保护残疾人隐私、异常数据预警及核实等工作。

四、其他事项

（一）跟踪监督检查。民政部、中国残联将对系统全国上线工作进行全程监督，利用信息系统的通知功能对各地进展情况予以定期公示。各地在系统上线时发现的问题，要及时反馈，民政部、中国残联将根据系统上线情况，及时优化和完善使用功能，为系统安全、平稳、有序运行提供保障。

（二）已建系统对接。对于第三批上线的省份，全国残疾人“两项补贴”信息系统提供了数据接口，已有自建系统的省份可以进行对接，将“两项补贴”数据实时导入系统数据库。也可以根据实际情况，直接纳入全国系统，破除技术壁垒和信息孤岛，从而实现全国残疾人“两项补贴”数据的实时比对、汇总和查询。

（三）系统及联系人相关信息。（略）

民政部办公厅
中国残联办公厅
2018年12月6日

关于开展康复辅助器具社区租赁服务试点的通知

民发〔2018〕152号

各省、自治区、直辖市民政厅（局）、发展改革委、财政厅（局）、残联：

为贯彻落实《国务院关于加快发展康复辅助器具产业的若干意见》（国发〔2016〕60号），探索创新康复辅助器具配置服务模式，推进康复辅助器具产品进家庭、进社区、进机构，提高人民群众通过租赁方式配置康复辅助器具比例，民政部、发展改革委、财政部、中国残联决定在全国组织开展康复辅助器具社区租赁服务试点。现将有关事项通知如下：

一、指导思想

全面贯彻党的十九大和十九届二中、三中全会精神，以习近平新时代中国特色社会主义思想为指导，按照党中央、国务院关于加快发展康复辅助器具产业的决策部署，以就近就便满足康复辅助器具短期和应急需求为目标，以提高康复辅助器具使用效能、降低使用成本为导向，充分发挥地方政府的积极性和创造性，加强统筹谋划，优化发展环境，激发市场活力，推动康复辅助器具社区租赁服务试点由点向面发展，不断满足老年人、残疾人和伤病人多层次、多样化康复辅助器具配置服务需求。

二、试点目标

通过试点，指导试点地区率先建成供应主体多元、经营服务规范的康复辅助器具社区租赁服务体系，服务网络覆盖本地区50%左右社区，通过租赁服务配置康复辅助器具的人数逐步增多，康复辅助器具配置率不断提高，创造一批各具特色的典型经验和先进做法，形成一批可持续、可复制的政策措施和服务模式，为全国康复辅助器具社区租赁服务发展积累经验、提供示范。

三、主要任务

（一）健全工作机制。试点地区要建立政府领导、部门协作、社会参与的工作机制。成立试点工作领导小组，由政府负责同志担任组长，民政、发展改革、财政、残联等相关部门负责同志担任成员，负责制定康复辅助器具社区租赁服务相关政策规划，督促指导相关部门和单位落实各项工作任务，及时研究解决重点难点问题，推动形成齐抓共管、整体推进的工作局面等。

（二）培育市场主体。试点地区要充分发挥市场配置资源的决定性作用，大力推进服务主体多元化、规模化和专业化发展。引导各类康复辅助器具配置服务专业机构、生产销售企业开展社区租赁服务。支持社会力量兴办康复辅助器具社区租赁服务企业以及与社区租赁服务相关的清洗消毒、配置评估、物流递送等机构。有条件的地区，可依托民政、残联所属康复辅助器具机构等现有服务体系，探索建立具有一定规模的技术服务中心，集中开展康复辅助器具清洁、消毒、保养、维修及配置评估等相关工作等。

（三）构建服务网络。试点地区要充分利用现有资源，推动建成覆盖城乡、方便可及的康复辅助器具社区租赁服务网络。支持康复辅助器具社区租赁服务企业广泛开设服务网点，探索应用线上线下相结合的服务模式。引导老年人、残疾人、医疗卫生服务机构及城乡社区服务机构积极创造条件，为相关企业开设租赁服务网点提供场地。有条件的地区，可整合利用相关资源，建立统一的康复辅助器具社区租赁服务信息平台。

（四）规范服务行为。试点地区要建立市场规则明晰、权益保障充分的市场监管格局，确保康复辅助器具社区租赁服务市场健康有序。明确服务申请、配置评估、服务提供、清洁消毒、投诉维权等各个服务环节工作要求。督促康复辅助器具社区租赁服务企业严守产品质量关，用于租赁的产品符合相关法律法规和标准要求，建立产品追溯制度。政府购买康复辅助器具社区租赁服务的，要明确服务对象范围、产品种类，通过公开招标等方式确定采购对象。加快相关管理服务等地方标准制修订，培育发展团体标准，充分发挥标准对市场的规范作用。

（五）提振消费能力。试点地区要围绕不同群体的服务需求，建立多元化、多层次的消费支付保障体系。支持将基本型康复辅助器具社区租赁服务纳入当地养老助残福利服务补贴制度。推动商业保险公司和金融机构研发创新产品，支持康复辅助器具社区租赁服务消费。

（六）强化服务支撑。试点地区要重视和加强康复辅助器具社区租赁服务的人才和科技支撑。建立高等教育和职业教育互为补充、协调发展的康复辅具相关学科专业教育体系，将康复辅助器具相关课程纳入相关职业教育范围，加强相关人员知识技能培训。加大科技投入，重点研发康复辅助器具社区租赁服务涉及的产品存取、跟踪追溯、移动支付、维修保养等关键技术，加强租赁服务消费数据再利用。

（七）大力宣传推广。试点地区要全方位、深层次、多角度进行宣传，提高社会认知度和知晓度，引导消费者通过社区租赁服务满足康复辅助器具配置需求。通过新闻媒体报道、网络微信平台、印发宣传册等多种渠道，广泛开展康复辅助器具社区租赁服务宣传咨询。建立康复辅助器具科普展厅，集中展示康复辅助器具的品类和功能等。

四、申报要求

（一）试点地区。试点地区是地市级以上行政区域（含副省级城市、直辖市）。

（二）试点数量。根据地方现有发展基础，兼顾东、中、西部实际情况，在全国选择12个地区开展试点。

（三）试点条件。党委政府高度重视，有强烈的试点意愿，在试点领域已出台或即将出台相关支持政策措施，试点领域工作基础较好，有明显亮点或优势等。

（四）任务要求。试点地区应全面推进但不限于以上7项试点任务。在每项任务范围内，要选择重点突破的内容，并结合实际进行创新。

（五）试点时限。试点工作于试点地区名单确定通知下发之日启动，时限2年。

五、组织实施

（一）试点申报。申报地区人民政府在统筹辖区内各类康复辅助器具服务资源基础上，拟定试点方案，并附相关证明材料上报省级民政部门。试点方案内容应包括本地区概况、试点任务和内容、工作基础、试点目标、进度安排和保障措施等。省级民政部门会同发展改革、财政、残联等部门和单位对申报地区的试点方案进行评审，推荐不超过2个地区，并于2019年2月28日前将名单及试点方案材料报民政部。

（二）评审确定。民政部会同发展改革委、财政部、中国残联制定评审办法和评分标准，组织专家开展评审，根据评分结果并兼顾东、中、西部发展实际对申报地区进行综合研究，经向社会公示后确定试点地区名单。

（三）试点实施。试点地区人民政府是试点工作的责任主体，负责试点工作的组织领导、综合协调和措施保障，全力推进落实试点方案中的各项任务。省级民政部门会同发展改革、财政、残联等部门和单位，负责本省份试点工作的实施推动，加强政策指导和动态跟踪，积极协调相关部门和单位帮助解决试点过程中遇到的困难和问题。民政部会同发展改革委、财政部、中国残联加强对试点工作的宏观指导、政策协调和督促推动。

（四）总结评估。试点地区要根据试点方案确定的工作计划，及时总结分析工作进展情况。省级民政部门要会同发展改革、财政、残联等部门和单位建立工作评价机制，在试点中期组织开展实地督导评估，并将督导评估报告报送民政部。民政部将会同发展改革委、财政部、中国残联于试点末期对地点地区的试点工作进行评估和总结，对试点过程中取得的有益经验和成功做法及时向全国推广。

民政部　发展改革委
财政部　中国残联
2018 年 12 月 17 日

农村危房改造脱贫攻坚三年行动方案

建村〔2018〕115 号

住建部、财政部联合印发。

一、总体要求

（三）目标任务。

把建档立卡贫困户放在突出位置，全力推进建档立卡贫困户、低保户、农村分散供养特困人员和贫困残疾人家庭等 4 类重点对象（以下简称 4 类重点对象）危房改造，确保 2020 年前完成现有 200 万户建档立卡贫困户存量危房改造任务，基本解决贫困户住房不安全问题。

二、重点任务

（一）规范补助对象认定程序。

严格执行先确认身份信息，后鉴定危房等级的工作程序。住房城乡建设部门根据扶贫部门认定的建档立卡贫困户、民政部门认定的低保户和农村分散供养特困人员、残联会同扶贫或民政部门认定的贫困残疾人家庭农户名单开展危房鉴定工作。

关于开展 2019 年就业援助月专项活动的通知

人社部函〔2018〕180 号

各省、自治区、直辖市及新疆生产建设兵团人力资源社会保障厅（局）、残疾人联合会：

为全面贯彻党的十九大和十九届二中、三中全会精神，加强保障和改善民生，着力解决好人民群众反映强烈的突出问题，帮助部分困难群众实现就业创业，人力资源社会保障部、中国残疾人联合会定于 2019 年元旦、春节期间在全国组织开展就业援助月专项活动。现就有关事项通知如下：

一、活动主题

就业帮扶，真情相助，不让一个困难群众掉队。

二、活动时间

2019 年 1 月 2 日至 1 月 30 日。

三、援助对象

（一）就业困难人员；

（二）零就业家庭成员；

（三）残疾登记失业人员；

（四）符合就业困难人员认定条件的去产能职工、困难企业职工、农村建档立卡贫困劳动力等人员。

四、工作目标

（一）摸清情况。实现辖区内援助对象人员底数清、就业需求明。

（二）帮扶到位。使辖区内援助对象实现就业或处于积极的就业准备状态中，确保零就业家庭得到重点帮扶。

（三）全面宣传。使辖区内群众和用人单位了解就业扶持政策主要内容、具体申请程序和经办机构。

五、活动内容

（一）全面走访、登记建册。各地要在日常就业援助工作的基础上，组织工作人员深入基层开展走访调查，以街道（乡镇）为单位实行分片包干，全面摸清辖区内援助对象人员底数、基本情况和就业服务需求，做到走访到户、登记到人、信息入库。

（二）丰富手段、分类施策。各地要针对援助对象特点，围绕援助对象不同需求，精准施策。对就业意愿不足的，加强职业指导，积极推荐适合的岗位信息；对有就业意愿但技能不足的，组织参加职业培训；对通过市场渠道难以实现就业的，运用公益性岗位托底安置。广泛收集一批就业岗位，召开专场招聘会，集中、分批为援助对象提供岗位信息。加强各级残疾人工作委员会成员单位带头安排残疾人工作，推进按比例安排残疾人就业。

（三）突出重点，集中帮扶。各地要将援助对象人数多、帮扶难度大的市县作为重点地区，由省、市派出专门工作队、服务队，加强工作指导，协助解决问题，提升活动效果。要将困难企业职工作为重点人群，及时提供就业帮扶、落实就业政策，确保不发生规模性失业风险。

（四）跟踪回访，巩固成效。各地在活动期间，对援助对象要开展跟踪回访，提升援助效果。对重点援助对象至少回访一次，了解就业情况，协调解决就业中遇到的问题，帮助稳定就业。注重总结经验，改进服务方式，创新服务手段，提高服务质量，防止出现服务走过场等问题。

（五）深入宣传，营造氛围。各地在活动期间，要以

《国务院关于做好当前和今后一个时期促进就业工作的若干意见》为重点，通过电视、广播、报刊、网络、新媒体等方式，多渠道、全方位开展就业政策宣传活动，提高政策知晓面，营造全社会关心困难群众、帮助困难群众的良好氛围。

六、工作要求

（一）高度重视，加强领导。各地要高度重视2019年就业援助月专项活动，把活动作为“两节”期间为困难群众送温暖的重要举措，作为惠民生、补短板、兜底线的重要抓手，制定专门工作方案，明确部门职责分工，确保活动顺利开展。

（二）精心组织，务求实效。各地要成立专门领导小组，建立省市指导、区县组织、街道负责、社区帮扶的工作责任体系。活动期间要坚决杜绝形式主义、官僚主义，坚持务实节俭、注重实效，带着对困难群众的深厚感情开展工作。

（三）抓好统计，及时总结。各地人力资源社会保障部门和残联组织要做好本部门的相关总结和统计工作，真实准确地汇总上报有关工作情况。

人力资源社会保障部
中国残疾人联合会
2018年12月24日

第二编 重要专题
SIGNIFICANT FEATURES

一、国务院残疾人工作委员会第一次全体会议

国务院残工委办公室关于印发国务院残疾人工作委员会第一次全体会议主要文件的通知

残工委办发〔2018〕1号

各省、自治区、直辖市及计划单列市人民政府残工委，新疆生产建设兵团残工委，黑龙江农垦总局残工委，国务院残工委各成员单位：

2018年5月17日，国务院残疾人工作委员会在京召开第一次全体会议。会议总结了国务院残工委过去五年工作开展情况，审议通过了2018年度残疾人工作要点，对2018年度残疾人工作进行了部署。国务委员、国务院残工委主任王勇主持会议并讲话，国务院副秘书长、国务院残工委副主任孟扬宣读《国务院办公厅关于调整国务院残疾人工作委员会组成人员的通知》（国办发〔2018〕36号），国务院残工委副主任、中国残联主席张海迪做发言，国务院残工委副主任、中国残联党组书记、理事长鲁勇代表国务院残工委做工作报告，教育部、民政部、人力资源社会保障部、卫生健康委、发展改革委、国务院扶贫办负责同志作重点发言。国务院残工委组成人员等出席会议。

现将会议主要文件印发给你们，请结合本地区、本部门工作实际认真学习贯彻。

国务院残工委办公室

2018年6月26日

王勇国务委员在国务院残疾人工作委员会第一次全体会议上的讲话

2018年5月17日

4月18日，国务院第五次常务会议决定保留国务院残疾人工作委员会（以下简称“国务院残工委”），继续作为国务院议事协调机构，充分体现了党中央、国务院对残疾人事业的高度重视和关心关怀。今天，我们召开新一届国务院残工委第一次全体会议，主要任务是全面贯彻党的十九大和十九届二中、三中全会精神，以习近平新时代中国特色社会主义思想为指导，全面总结过去五年残疾人工作开展情况，研究部署2018年和今后一个时期的残疾人工作，推动新时代残疾人事业加快发展。

刚才，张海迪同志围绕满足残疾人对美好生活的向往、做好新时代残疾人工作做了很好的发言。鲁勇同志所作的工作报告，全面总结了过去五年残疾人工作取得的成绩，提出了2018年工作安排。有关成员单位介绍了本部门推动残疾人事业发展的措施和做法，提出了进一步做好残疾人工作的意见建议，讲得都很好，我都赞同。会后，请国务院残工委办公室认真整理吸收大家的意见建议，对工作报告和2018年工作要点进行修改完善后印发。下面，我讲几点意见。

一、过去五年残疾人事业取得了历史性进展和显著成就

残疾人工作关系着千千万万残疾人家庭的幸福安康，是一项重要的民生保障工作。党的十八大以来，以习近平同志为核心的党中央对残疾人事业的关心重视达到了一个新高度。习近平总书记深刻指出，“残疾人是一个特殊困难的群体，需要格外关心、格外关注。让广大残疾人安居乐业、衣食无忧，过上幸福美好的生活，是我们党全心全意为人民服务宗旨的重要体现，是我国社会主义制度的必然要求”，明确要求“全面建成小康社会，残疾人一个也不能少”。李克强总理强调，“要让残疾人的生活更加殷实、更有尊严”。这些都为我们推进残疾人事业发展提供了根本遵循和强大动力。

过去五年，在以习近平同志为核心的党中央坚强领导下，上一届国务院残工委各成员单位认真落实党中央、国务院决策部署，认真履责，齐心协力，密切配合，做了大量卓有成效的工作，推动残疾人事业取得历史性进展和显著成效。

一是残疾人政策法规体系更加完善。国务院颁布了《残疾预防和残疾人康复条例》，修订了《残疾人教育条例》，出台了《关于加快推进残疾人小康进程的意见》《“十三五”加快残疾人小康进程规划纲要》等一系列重要文件。国家“十三五”规划纲要对提升残疾人服务保障水平做出全面部署，脱贫攻坚、健康中国、基本公共服务等重点专项规划也将残疾人事业作为重点内容、提出部署和要求。各地区、各部门出台了一系列配套政策措施，为推动残疾人事业

发展提供了坚实的制度保障。

二是残疾人生存发展状况大幅改善。五年来，累计投入1600多亿元用于残疾人民生保障和基本公共服务。扶持500多万农村贫困残疾人实现脱贫，一批残疾人脱贫典型获得全国脱贫攻坚奋进奖。将900多万城乡贫困残疾人纳入了最低生活保障，400多万人次残疾人得到托养照料服务。建立了困难残疾人生活补贴和重度残疾人护理补贴"两项补贴"制度，惠及2100多万人次，这是残疾人保障制度方面的一项重大突破。残疾人基本康复服务覆盖率达到65%，有2000多万人次残疾人获得基本康复服务。实施了两期特殊教育提升计划，为残疾人考生参加普通高考提供便利，越来越多的残疾学生得到了平等接受教育的机会。

三是残疾人社会参与更加广泛。过去五年新增100多万城镇残疾人就业，各行各业涌现出一大批残疾人自强典型。残疾人精神文化生活不断丰富和繁荣，全社会扶残助残氛围日益浓厚。中国残疾人艺术团出访100余个国家和地区，成为中国文化的亮丽名片；中国残疾人体育代表团在夏季残奥会勇夺金牌榜、奖牌榜两个"四连冠"，在今年3月的平昌冬残奥会上实现金牌和奖牌零的突破，为祖国和人民赢得了荣誉。

四是在国际残疾人事务中的影响力明显提升。这几年，我们积极参与残疾人领域国际交流合作，推动制定并认真履行联合国《残疾人权利公约》，积极推动将残疾人事务纳入联合国2030年可持续发展议程，促成建立了"一带一路"、亚太经济合作组织、中国－东盟博览会等框架下残疾人事务区域合作机制。去年2013—2022年亚太残疾人十年中期审查高级别政府间会议在北京成功举办，习近平主席专门致信祝贺，做出重要指示。张海迪同志就任康复国际主席后，设立了非洲基金，开展了更多面向发展中国家的援助项目，得到了国际社会的广泛赞誉。残疾人事业取得的显著成就，也是党和国家事业取得历史性成就、发生历史性变革的生动例证。

这些成绩的取得，是以习近平同志为核心的党中央坚强领导、关心重视的结果，是国务院残工委各成员单位和各地区各方面协同配合、共同努力的结果，是广大残疾人和残疾人工作者团结奋斗、积极进取的结果。在这里，我代表国务院残工委，向各成员单位和地方各级政府残工委的同志们，向关心支持残疾人事业的社会各界人士，表示衷心的感谢！

二、统一思想认识，提高政治站位，进一步增强做好新时代残疾人工作的责任感、使命感和紧迫感

我们要以习近平新时代中国特色社会主义思想为指导，深入学习贯彻党的十九大和十九届二中、三中全会精神，认真学习贯彻习近平总书记关于残疾人事业的一系列重要论述和指示批示精神，充分认识新时代残疾人事业发展面临的新要求、新任务、新挑战，进一步增强做好新时代残疾人工作的责任感、使命感、紧迫感，努力推动新时代残疾人工作不断取得新的更大成效。

首先，要深刻把握新时代残疾人工作的新要求。习近平总书记在党的十九大报告中做出"中国特色社会主义进入新时代，这是我国发展新的历史方位"这一重大政治判断，明确指出我国社会主要矛盾已经转化为人民日益增长的美好生活需要和不平衡不充分的发展之间的矛盾，描绘了决胜全面建成小康社会、全面建设社会主义现代化强国的宏伟蓝图。党的十九大报告强调，要坚持以人民为中心的发展思想，坚持在发展中保障和改善民生；提出要"发展残疾人事业，加强残疾康复服务"。这些都为我们做好新时代残疾人工作提供了根本遵循、指明了前进方向，我们必须深入学习、全面贯彻党的十九大精神，坚持以习近平新时代中国特色社会主义思想为指导，坚持党对残疾人工作的全面领导，牢固树立"四个意识"，坚定"四个自信"，把思想认识和行动统一到以习近平同志为核心的党中央决策部署上来，积极顺应广大残疾人过上美好生活的向往，更加扎实有效做好新时代残疾人工作。

第二，要深刻把握新时代残疾人工作的新任务。习近平总书记强调指出，当前我们正处在"两个一百年"奋斗目标的历史交汇期，既要全面建成小康社会，又要开启全面建设社会主义现代化国家的新征程。总书记还强调"全面建成小康社会，残疾人一个也不能少"，"中国将进一步发展残疾人事业，促进残疾人全面发展和共同富裕"。目前我国各类残疾人总数已达8500万，占全国总人口的6.2%，有残疾人的家庭7050万户，占全国家庭总户数的17.8%。在全面建成小康社会和建设社会主义现代化强国的征程中，决不能让这部分群体掉队。今后几年，既要全力帮助残疾人和全国人民一道进入全面小康社会，这是当前残疾人工作的重中之重；同时也要着眼2035年、2050年两个阶段奋斗目标，围绕实现残疾人全面发展和共同富裕，提前谋划、精心研究、周密安排，为实现残疾人事业现代化打好基础。

第三，要深刻把握新时代残疾人工作的新挑战。总体上看，我国残疾人事业仍然是经济社会发展的一块明显短板。我国农村仍有相当数量的贫困残疾人没有脱贫，基本公共服务还不能满足残疾人的基本需求，残疾人在教育、就业、医疗、康复等方面也还面临不少难题。据统计，目前3000多万持证残疾人中，有280多万建档立卡的贫困残疾人，57.4万残疾人反映还住在危房中，相当数量残疾儿童家庭反映还没有解决好义务教育问题，1132.1万残疾人反映希望得到康复服务，331.9万生活困难的重度残疾人希望得到家庭无障碍改造。这些都表明，做好新时代残疾人工作任重道远，必须以钉钉子精神坚持不懈地抓下去，确保取得实实在在的更好成效。

总之，新一届国务院残工委履职的这五年，正处在残疾

人事业发展承前启后、提质增效的重要时期，责任很重。我们一定要团结协作，克服困难，共同努力，尽心尽力尽责地做好各项残疾人工作，带着感情、带着责任为残疾人办好事，不负党和人民的期望，不负我们承担的光荣责任和使命。

三、明确任务，狠抓落实，扎实做好2018年各项工作

刚才，张海迪同志、鲁勇同志和各成员单位的负责同志都对今年工作提出了意见和建议，我都同意，各部门要认真抓好贯彻落实。下面，我就做好今年重点工作再强调几点：

第一，加快推进残疾人全面小康。确保残疾人一个不掉队地进入全面小康社会，是当前残疾人工作的中心任务。一要抓好残疾人脱贫攻坚。精准脱贫攻坚战是党中央强调要坚决打好的三大攻坚战之一。习近平总书记一直牵挂残疾人脱贫攻坚，2016年专门提出要重视因残致贫问题，近年来更是多次强调要把残疾人群体作为脱贫攻坚的重点。目前，我国还有280多万贫困残疾人。与其他贫困群众相比，残疾人贫困程度深，帮扶难度大，而且极易返贫。各地各有关部门要更加重视和加强残疾人脱贫攻坚工作，特别是对于缺少劳动能力的重度残疾人，以及一户多残、老残一体、病残一体等特殊困难贫困户，除了纳入社会救助兜底，还要采取更加精准、更大力度的帮扶措施。国务院残工委各有关成员单位要及时总结推广地方上的好经验好做法，指导帮助地方更好做好残疾人脱贫攻坚工作。二要加快补齐制度短板。围绕实现残疾人全面小康目标，针对残疾人的突出困难和残疾人工作的短板弱项，进一步完善残疾人就业、教育、社会保障、公共服务等方面政策，为残疾人工作提供更加健全完善的制度保障。三要做好中期评估。目前，“十三五”加快残疾人小康进程规划的实施周期即将过半，要及时开展好中期评估工作，在此基础上进一步明确规划后半程的实施重点，加固底板、补齐短板，确保规划按时间按进度扎实推进。这是硬指标、硬任务，一点儿也不能含糊。各有关成员单位要积极参与中期评估，国务院残工委办公室要做好组织协调，把中期评估这项工作开展好，推动规划提出的各项措施落实落地。

第二，千方百计促进残疾人就业创业。就业既是残疾人的基本权利，也是他们实现自强自立、共建共享的根本途径。残疾人自强不息的奋斗精神值得我们学习。只要给他们创造机会和条件，他们就能够为社会做出贡献。一要继续扩大残疾人就业。目前，我国就业年龄段的残疾人有1700多万，大部分都有就业意愿和能力。要巩固稳定按比例就业、促进残疾人集中就业，努力推动残疾人就业规模和质量实现新的提升。在按比例安排残疾人就业方面，党政机关和事业单位，特别是残工委成员单位，要带头做好表率。残疾人受教育水平越来越高，很多残疾人能够胜任党政机关和事业单位的工作，应该给残疾人公平就业的机会。请人力资源社会保障部、中国残联会同有关部门深入调研、加快推动这项工作。二要加大对残疾人就业创业的政策扶持力度。特别是要完善和利用好残疾人就业保障金制度，真正为残疾人就业创业提供资金保障。同时要探索建立残疾人就业补贴制度，对残疾人就业创业给予支持激励。三要加强残疾人就业创业服务。鼓励社会力量和市场主体参与，为残疾人提供专业化、个性化的职业评估、职业培训、职业介绍和入职后支持等就业创业服务。

第三，加强残疾预防和残疾人康复服务。这关系到千家万户的幸福，也关系到民族的健康素质。由于工业化、城镇化和人口老龄化等原因，我国还处在残疾人口较快增长的时期，每年新增残疾人口约200万。一要加强残疾预防。要立足于“治未病”，树立全社会、全人群、全生命周期残疾预防的观念，建立强有力的工作机制，有效控制残疾的发生和发展。二要增加康复服务供给。要强化医疗卫生机构的康复职能，加强专业康复机构和设施建设，充分发挥社会力量和市场主体的作用，扩大康复服务供给，并促进康复服务资源向农村和中西部延伸，努力实现残疾人“人人享有康复服务”的目标。三要着力突破康复服务的人才瓶颈。有关部门要积极推进中国康复大学建设，加快专业人才培养和基础学科建设，为残疾人康复提供人才保障。四要加大无障碍设施建设和改造力度。尤其是与残疾人工作学习生活密切相关的公共服务设施、公共交通工具和家居环境、信息通讯等，要优先建设和改造，使广大残疾人能够更好走出家门、融入社会。

第四，扎实做好残疾人教育、体育和国际合作等工作。一要抓好残疾人教育。教育是残疾人实现人生梦想的阶梯。要继续抓好残疾儿童少年义务教育、残疾人中等职业教育、特殊教育等工作，让残疾人获得更加公平而有质量的教育。二要做好冬残奥会筹办和备战。冬残奥会已经进入了“北京周期”。中国残联要在北京2022年冬奥会和冬残奥会组委会的领导下，会同有关部门积极做好相关筹办和备战工作，确保实现总书记要求的“办赛要精彩，参赛也要出彩”的目标。三要加强残疾人领域国际交流合作。继续推动与联合国和“一带一路”沿线国家地区以及在亚太经济合作组织、亚欧会议、中国－东盟博览会框架下的残疾人事务合作，不断扩大我国在国际残疾人事务中的影响力。

四、加强组织领导，形成工作合力，确保残疾人事业发展各项任务落到实处

残疾人事业涉及多部门、多领域，目前正处在发展的关键时期，各地各有关部门必须加强组织领导，充分发挥国务院残工委和地方各级政府残工委的作用，整合利用各方面的资源，推动各项工作有序有效开展。

一要强化组织领导。做好残疾人工作是各级政府义不容

辞的责任。各级政府要把残疾人工作摆上重要议事日程，纳入经济社会发展全局来精心谋划、统筹规划，更加关心重视和推动残疾人工作。国务院残工委各成员单位要把残疾人工作作为分内之职，按照职责分工，认真抓好相关工作落实。新一届国务院残工委增加了一些成员单位，同志们要加强学习，尽快进入角色，熟悉残疾人工作，提高做好残疾人工作的本领。

二要健全工作机制。各级政府残工委作为政府协调推动残疾人事业发展的议事协调机构，要健全相关制度和机制，积极议大事、谋大局，研究解决重大问题、统筹协调重点政策。各级政府残工委办公室要主动做好沟通协调和服务工作，建立各成员单位高效协同的工作机制。要建立督促检查抓落实的制度，每一项工作都要明确目标和重点，做到部署到位、责任到位、监督到位，确保各项工作落到实处、不放空炮。

三要加强各级残联自身建设。各级残联是党和政府联系残疾人的桥梁纽带。要旗帜鲜明讲政治，认真落实全面从严治党要求，全面加强党的建设和党风廉政建设，增强“四个意识”，坚定“四个自信”，坚决维护以习近平同志为核心的党中央权威和集中统一领导，自觉在思想上政治上行动上同以习近平同志为核心的党中央保持高度一致，坚决把党中央、国务院的各项决策部署落到实处。今年是中国残联成立30周年，也是中国残联换届选举年。要认真落实中央党的群团工作会议精神，制定实施好中国残联改革方案。开好中国残联第七次全国代表大会，进一步增强政治性、先进性、群众性，为新时代中国特色残疾人事业发展提供组织保障。各级残联要不忘初心、牢记使命，切实增强服务意识，全心全意为残疾人服务，真正成为残疾人之家。

四要营造良好社会氛围。今年是改革开放40周年。中国残联要会同中央宣传部制定专门方案，按照中央对庆祝改革开放40周年活动的统一要求，加强残疾人事业的宣传工作，讲好残疾人在改革开放大潮中的生活变迁和奋斗故事，反映改革开放给残疾人带来的获得感、幸福感和安全感，进一步营造有利于残疾人事业发展的良好社会环境，凝聚起新时代残疾人事业发展的强大合力。

做好新时代残疾人工作，责任重大、使命光荣。我们要更加紧密地团结在以习近平同志为核心的党中央周围，以习近平新时代中国特色社会主义思想为指导，坚持以人民为中心的发展思想，开拓创新，扎实工作，推动新时代残疾人事业更好发展，为决胜全面建成小康社会、夺取新时代中国特色社会主义伟大胜利、实现中华民族伟大复兴的中国梦做出新的更大贡献！

国务院残工委副主任、中国残联主席张海迪在国务院残疾人工作委员会第一次全体会议上的发言

2018年5月17日

今天，新一届国务院残工委第一次会议召开了。国务院残工委是中国特色残疾人事业的领导机制。25年来，国务院残工委部署、安排、推动了残疾人事业的发展，为8500万残疾人带来了福祉。每年，国务院残工委都在这里开会，把关怀和希望传递给8500万残疾人和他们的家庭。每一次来参加这个会，我的心里都充满感动。

过去的五年，在以习近平同志为核心的党中央关怀重视下，在王勇国务委员的带领下，国务院残工委工作机制更加完善，办成了很多过去想办而没有办成的残疾人民生大事，残疾人的获得感、幸福感得到很大的提升。500多万农村贫困残疾人脱贫，100多万城镇残疾人以各种形式实现就业，2100多万贫困和重度残疾人领到生活补贴或者护理补贴。残疾人得到康复服务2000多万人次，越来越多的残疾孩子能够和健康孩子们一起读书、拥有快乐的童年，还有越来越多的残疾人考生得到高考便利措施的帮助，进入高等院校学习。我们到基层、到农村调研，看到了一些残疾人的生活正在变得更好。我们为残疾人兄弟姐妹感到高兴，在这里，我代表残疾人和他们的家庭感谢王勇国务委员、感谢国务院残工委和各成员单位，是大家的辛勤工作、是大家付出的心血汗水，推动了残疾人事业的发展。

习近平总书记明确要求“全面建成小康社会，残疾人一个也不能少”。距离2020年，还有两年半的时间，残疾人脱贫任务非常艰巨。作为残疾人组织，我们要以习近平新时代中国特色社会主义思想为指导，在王勇国务委员和新一届国务院残工委的领导下，多调研、多想办法，加快实现目标的进度。

目前，我国还有280多万农村贫困残疾人，即便是已经脱贫的残疾人生活也仍然有困难，特别是那些有重度残疾人的家庭、那些一家有好几个残疾人的家庭，虽然现在温饱都能解决，但生活质量还很低。解决因残致贫的问题，是脱贫攻坚的一个重点和难点。习近平总书记多次强调要把残疾人作为群体攻坚的重点，今年的政府工作报告也提出要对贫困残疾人因户因人落实帮扶措施。我们要协助政府有关部门，努力做到精准识别、分类施策、有效帮扶，坚决打好打赢农村贫困残疾人脱贫攻坚战。

在今后的残疾人脱贫攻坚工作中，需要更加重视缺乏劳动能力、生活不能自理的农村贫困重度残疾人。今年春节前，我到河南省驻马店市的县乡村户调研。一些重度残疾人家庭的生活曾经苦不堪言。近几年，当地党委、政府依托乡村卫生室、卫生院为残疾人建起了托养中心，培训了一些残疾人亲属当护理员，一个人照料两个重度残疾人，护理员每

月有2000多元的收入。这样改善了残疾人的生活状况，也增加了残疾人家庭的收入，服务一人、解放一家、温暖一片，这种有针对性的帮扶办法是值得提倡和推广的。

去年，我请北京、天津、河北的残疾人和残疾人工作者座谈，那个会议整整开了五个小时。能够得到有效康复，有一份稳定工作，获得一份好收入，是很多残疾人的梦想。我们要努力帮助更多的残疾人实现梦想。我们要配合有关部门努力提高残疾人受教育水平，进一步完善残疾人就业政策，特别是残疾人就业保障金政策，还要让更多的党政机关、企事业单位了解残疾人的工作能力，为他们提供适宜的岗位。幸福都是奋斗出来的，我们要帮助残疾人兄弟姐妹自强自立，创造更好的生活。

新时代残疾人事业要实现高质量发展，必须加强残疾人事业大数据建设。对于8500万残疾人，只有依靠大数据才能进行科学有效的服务管理。在国家发展改革委等部门的支持下，我们建设了残疾人口基础数据库，现在已经收集了3000多万残疾人的基础信息。今后我们要进一步完善数据采集、分析和转化应用工作，为精准脱贫提供保障，为残疾人提供更加便捷有效的公共服务。

近年来，残疾人领域的国际交流越来越活跃，中国残联在国际残疾人事务中的话语权和影响力显著提升。今年年初，我们参加了联合国社会发展大会，欧盟驻联合国代表团主动提出来要和我们共同举办边会，探讨中欧在残疾人领域的交流合作。这为我们向世界介绍中国残疾人事业、介绍中国的人权保障和社会发展成就起到了积极的作用。

习近平总书记强调，“群众性是群团组织的根本特点。离开了群众性，群团组织就容易走向官僚化、空壳化”。我们一定要不忘初心，牢记使命，担当起新时代残疾人事业的新任务。这个初心，就是为千百万残疾人减轻痛苦，获得尊严，让生命更有意义。这个使命，就是为残疾人服务，发展和管理好残疾人事业。我们将贯彻落实中央《关于深化党和国家机构改革的决定》要求和中央党的群团工作会议精神，落实好全面从严治党各项工作，牢牢把握群团改革方向，坚定不移去“四化”，紧紧围绕增强政治性、先进性、群众性，推动各级残联在政治建设、思想建设、作风建设和能力建设等方面都提高到一个新水平。

健康是小康的基础。在工作中，有些事情可以等一等，但是残疾人康复一刻也不能等，我们不能让残疾人在痛苦中受煎熬，而是要创造一切条件帮助他们早日康复。党的十九大报告中明确提出“加强残疾康复服务”的任务，习近平总书记也明确要求实现残疾人“人人享有康复服务”的目标。在王勇国务委员的关心和国务院残工委各成员单位的大力支持下，建设康复大学写入了国家“十三五”总体规划和教育发展规划等四个相关专项规划。去年国务院残工委会上，王勇国务委员指出，建设康复大学“是残疾人事业发展的一件大事，中国残联要会同发展改革委、教育部等各部门和有关地方政府抓紧成立工作专班，推动落地”。中国残联会同教育部、发展改革委、卫生健康委、人力资源社会保障部等部门正在加快推进康复大学建设。山东省政府也已将康复大学建设列入《山东省新旧动能转换重大工程实施规划》。最近，中国残联和教育部共同考察了日本及中国香港等康复人才培养情况，多方听取专家意见。大家一致认为，加快建立国家级康复大学，培养急需康复人才迫在眉睫，有了人才，残疾人才有更多康复的希望。下一步，中国残联将会同教育部等部门，尽快专题研究确定康复大学总体方案，在此，恳请残工委成员单位大力支持。

中国残联作为人民团体，要在国务院残工委和王勇国务委员的领导下，积极作为，履行好“代表、服务、管理”职能，始终与残疾人心连心，带着感情去帮助他们。希望新一届残工委成员单位一如既往关心支持残疾人事业发展，让我们一起为残疾人创造美好生活而努力。

国务院残工委副主任，中国残联党组书记、理事长鲁勇在国务院残工委第一次全体会议工作报告

2018年5月17日

受王勇国务委员委托，我向会议报告工作，请予审议。

一、工作回顾

以习近平同志为核心的党中央对残疾人和残疾人工作格外关心、格外关注，五年多来做出了一系列重大部署，为做好全面建成小康社会决胜期的残疾人工作、开启新时代残疾人事业新征程指明了方向、提供了遵循。习近平总书记特别强调，“残疾人是一个特殊困难的群体，需要格外关心、格外关注。让广大残疾人安居乐业、衣食无忧，过上幸福美好的生活，是我们党全心全意为人民服务宗旨的重要体现，是我国社会主义制度的必然要求”；明确提出“全面建成小康社会，残疾人一个也不能少”，努力实现残疾人“人人享有康复服务”目标。李克强总理多次主持国务院常务会议研究残疾人工作，特别对加快推进残疾人全面小康进程和做好康复服务、特殊教育、残疾人就业、辅具产业发展、残疾预防等做出重要部署。

党的十九大报告指出，五年来的成就是全方位、开创性的，变革是深层次、根本性的。五年来残疾人事业取得的成就，就是一个生动例证。在党中央坚强领导、国务院大力推动和王勇国务委员直接带领下，残工委成员单位协同配合、紧抓落实，推动残疾人事业整体发展水平迈上了一个新台阶，呈现出蓬蓬勃勃发展的新局面。

（一）残疾人事业顶层设计和制度建设迈上新台阶

残疾人事业更充分地纳入党和国家工作大局。党的十八大报告和十八届三中、四中、五中全会《决定》都对残疾人事业做出重要部署，十八届五中、六中、七中全会中央政

治局报告专门总结了当年残疾人工作的新进展。党的十九大报告，要求“发展残疾人事业，加强残疾康复服务”“办好特殊教育”“筹办好北京冬奥会、冬残奥会”。习近平总书记仅在过去的一年中，就三次对做好残疾人脱贫攻坚工作做出重要指示，要求“把贫困老年人、残疾人等作为群体攻坚重点”；致信2013—2022年亚太残疾人十年中期审查高级别政府间会议，强调“进一步发展残疾人事业，促进残疾人全面发展和共同富裕”。历年《政府工作报告》都对残疾人工作做出明确部署，特别是2018年《政府工作报告》在9个地方讲残疾人工作，这是历史上的第一次，充分体现了党中央、国务院的格外重视。

保障残疾人权益的法律法规和机制建设更加完善。《民法总则》等几十部法律明确了对残疾人的特殊保护规定，国务院新颁布了《残疾预防和残疾人康复条例》及修订后的《残疾人教育条例》，确立了“残疾预防日”。目前，我国已形成以《宪法》为核心，以《残疾人保障法》为主干，以相关法律为支撑，以《残疾人就业条例》《残疾人教育条例》《残疾预防和残疾人康复条例》《无障碍环境建设条例》等为补充的残疾人事业法律法规保障体系基本框架。更加重视依法保障残疾人权益，出台了多个专门措施并开通12385残疾人服务热线和法律救助网络系统。截至2017年底，全国建成残疾人法律救助协调机构1987个、法律救助工作站1746个。

制定实施决胜全面小康社会残疾人事业规划蓝图。国家《国民经济和社会发展第十三个五年规划纲要》，专节部署残疾人事业。国务院《关于加快推进残疾人小康进程的意见》系统阐述重点工作、《“十三五”加快残疾人小康进程规划纲要》具体明确专项蓝图，国家《“十三五”推进基本公共服务均等化规划》将残疾人基本公共服务作为国家基本公共服务8个领域之一安排了10个服务项目。国务院出台实施了《关于全面建立困难残疾人生活补贴和重度残疾人护理补贴制度的意见》《关于加快发展康复辅助器具产业的若干意见》，国务院办公厅印发《国家残疾预防行动计划（2016—2020年）》。从2014年开始，制定实施了两期《特殊教育提升计划》。召开第五次全国残疾人事业工作会议，全面推动各项任务的落实。

（二）贫困残疾人的脱贫攻坚工作迈上新台阶

残疾人基本民生安全网建设取得重大进展。首次在国家层面建立起困难残疾人生活补贴和重度残疾人护理补贴制度，已经惠及2100多万残疾人，与最低生活保障、特困人员救助等制度一道，成为贫困残疾人摆脱贫困的重大制度支撑。建档立卡贫困残疾人、低保对象和特困人员中的残疾人参加基本养老保险的，地方政府为其代缴部分或全部最低标准养老保险费。进一步完善生活困难成年重度残疾人按规定单独纳入最低生活保障等特惠政策。五年来，为超过900万城乡困难残疾人提供了最低生活保障，86.5万残疾人纳入城乡特困人员救助供养范围。残疾人养老参保率达79.3%、基本医疗保险参保率达96%。为400多万人次残疾人提供了托养照料服务。有关部门数据显示，为175.6万贫困残疾人家庭实施了危房改造。

扶持贫困残疾人脱贫措施不断细化和落地见效。制定实施《贫困残疾人脱贫攻坚行动计划（2016—2020年）》，出台《残疾人职业技能提升计划（2016—2020年）》《产业扶持助残扶贫行动实施方案》《电子商务助残扶贫行动实施方案》《发展手工制作促进贫困残疾妇女就业脱贫行动实施方案》等举措。进一步拓宽残疾人就业渠道，形成了残疾人按比例就业、集中就业、自主就业创业、辅助性就业等多种就业形态。开展视障、听障人员普通话水平测试，为残障人员获取相关职业资格破除障碍。国务院残工委成员单位带头招录残疾人，12个成员单位已安置24名残疾人公务员，10个单位明确了2020年前招录11名残疾人公务员计划。377.1万人次的贫困残疾人接受了农村实用技术培训，8.3万贫困残疾人获得了康复扶贫贷款的资金支持。截至2017年底，全国942.1万名残疾人实现了就业，就业年龄段残疾人在业比例达到49.6%。据残疾人事业统计年报显示，过去五年超过500万贫困残疾人摆脱了贫困。2018年5月，国家反馈的脱贫攻坚工作第三方评估结果显示，残疾人脱贫攻坚工作获得优秀。

（三）残疾人基本公共服务托底补短工作迈上新台阶

推进残疾人人人享有康复服务取得重要成果。国务院残工委召开全国残疾人康复工作电视电话会议，王勇国务委员就推动落实《残疾预防和残疾人康复条例》等做出明确部署。国家做出了筹建康复大学的重要决策。实施残疾人精准康复服务行动，初步建成以康复机构为骨干、社区康复为基础、残疾人家庭为依托的残疾人康复服务网络。积极推进残疾预防宣传教育活动，展开了全国残疾预防综合试验区建设。目前，已有29项残疾人医疗康复项目纳入基本医疗保险支付范围，9个省（区、市）建立了残疾儿童康复救助制度，7个省（区、市）建立了残疾人辅助器具补贴制度。2.4万残疾孤儿获得免费手术和康复服务。2017年，实名制培训康复专业人员骨干7300余人次，为159.5万残疾人提供辅助器具适配服务；全国得到基本康复服务的残疾人达781.7万人，服务覆盖率达到65%。

残疾人教育普及水平明显提高，融合教育理念逐步确立。在基本完成第一期提升计划基础上，启动实施《第二期特殊教育提升计划（2017—2020年）》。研制印发盲、聋和智力三类特殊教育学校42门学科义务教育课程标准，首次为残疾学生制定了学习标准。积极推进“一人一案”做好适龄残疾儿童少年入学，展开以职业教育为主的残疾人高中阶段教育。2017年，全国有10404名残疾人被普通高校录取，专项资助17779名残疾儿童接受普惠性学前教育、21所中高等教育院校改善办学条件。对8.6万余名残疾青壮年文盲开展了扫盲教育。制定实施《国家手语盲文规范化行动计划（2016—2020年）》，《国家通用手语词表》和《国家通用盲文方案》通过国家评审正式纳入国家语言文字标准体系。截至2017年底，全国有特教学校2107所、在校生57.9万人，视力、听力和智力三类残疾儿童少年义务教育入学率达90%以上。

推进无障碍环境建设取得阶段性重要成果。制定修订9项无障碍环境建设国家标准和行业标准，启动了残疾人服务标准化机制建设。配合全国政协举办“无障碍环境建设”双周协商座谈会，推动成果落地。出台《关于支持视力、听力、言语残疾人信息消费的指导意见》《进一步改善老年人、残疾人出行服务的实施意见》《关于进一步加强邮政行业无障碍环境建设等相关工作的通知》等12项无障碍政策措施。积极推进北京城市副中心、雄安新区、首都新机场、北京2022冬奥会和冬残奥会等重大工程项目实施无障碍专项规划和通用设计，创建了193个全国无障碍环境示范、达标市县。五年来，共为211万残疾人家庭进行了无障碍改造。

持续繁荣丰富残疾人的精神文化生活。深入宣传以习近平同志为核心的党中央对残疾人的格外关心、格外关注，围绕学习宣传党的十九大精神等重大事件和全国助残日、残疾预防日、国际残疾人日等重要节点，传播鲜明的价值导向，激励广大残疾人更加勇敢地面对生活的挑战。注重讲好残疾人故事，唱响主旋律，凝聚正能量，促进社会各界更加关注、支持残疾人事业。实施“文化进社区”“文化进家庭”等活动，打造“共享芬芳”品牌，每年有200多万残疾人走出家门，参与“残疾人文化周”和“书香中国，阅读有我”全民读书活动。举办第九届全国残疾人艺术汇演，直接参与残疾人达3000多人。在全国大中小学生艺术展演中关注残疾人学生群体，给他们搭建展示平台，促进教育公平均衡。盲人数字阅读推广工程的实施，标志着盲人公共文化服务建设迈上了一个新台阶。推动残疾人康复体育、健身体育与竞技体育协同发展，实施“自强健身工程”和“康复体育关爱工程”，累计建设社区健身示范点9000余个、培养健身指导员10万余名。残疾人文体活动参与率从2015年的6.75%上升到2017年的10.9%。全力参与北京冬奥会、冬残奥会筹备工作。连续举办两届中国残疾人冰雪运动季活动，20余万人次直接参与。在四川成功举办全国第九届残运会暨第六届特奥运动会，天津全国第十届残运会暨第七届特奥运动会将首次实现与全运会同城举办，陕西全国第十一届残运会暨第八届特奥运动会将实现与全运会同城同年举办。

（四）残疾人事业大数据建设和基础管理迈上新台阶

建成全国残疾人基本服务状况和需求实名制大数据。经国务院批准，在国务院残工委统一领导下，2014年开始筹备、2015年全面展开了全国残疾人基本服务状况和需求的实名制专项调查，2016年、2017年顺利完成了相关信息数据的动态更新工作，获取了3163万名持证残疾人每人41项的服务与需求信息、68.9万个村（社区）每地10项基本公共服务设施基本情况。对每一名残疾人的康复、教育、就业、保障等需求进行精确识别，准确核定残疾人贫困、未入学、危房等状况，努力实现残疾人工作的精细化管理，为残疾人提供更精准的服务。不断完善数据比对共享合作机制，坚持问题导向推进工作，以残疾人实际获得感评价工作，为解决残疾人托底补短、促进保障和改善民生提供基础数据支撑。

持续加强残疾人工作的基础管理。全国残疾人领导干部培训班和全国残联系统中青年干部培训班，首次纳入中央组织部干部培训工作年度计划。连续四年相继开展基础管理建设年、基础管理提升年、基础管理“回头看”和加强基层基础管理工作建设活动，不断夯实工作基础，推动服务重心下移，着力顺畅服务残疾人的“最后一公里”，推动基础管理工作向基层和一线延伸拓展。修订残疾人证核发管理办法，指导各地做好残疾人证核发管理工作，残疾人工作基础管理的科学化、规范化、制度化水平明显提高。

（五）残疾人事业的国际交流合作迈上新台阶

残疾人事务国际交流合作工作打开了新局面。成功举办亚太经合组织第22次领导人非正式会议周期间残疾人事务主题活动、联合国成立70周年残疾人事务主题活动、亚欧会议框架下残疾人合作主题活动、中国政府纪念联合国《残疾人权利公约》通过十周年大会、“一带一路”框架下残疾人事务主题活动、2013—2022年亚洲及太平洋残疾人十年中期审查高级别政府间会议、全球辅助器具产业发展大会等重点活动，传递中国声音、提供中国方案，产生了积极影响。张海迪2014年当选康复国际候任主席，2016年正式履职。残疾人事务纳入APEC框架，中国代表当选“APEC残疾人事务之友小组”首任主席。残疾人事务交流合作内容纳入中非合作论坛、中国－东盟博览会、海峡论坛等平台。中美政府间定期举办残疾人事务协调会，我国与俄罗斯、澳大利亚等国建立相关交流合作机制，积极推进了“一带一路”沿线国家和地区的残疾人领域交流合作。

残疾人在国际重大赛事中屡获佳绩展现了良好形象。参加里约残奥会，中国体育代表团连续四届残奥会位列金牌、奖牌榜双第一；参加土耳其听障奥运会，中国体育代表团位列奖牌榜第5位取得参会以来最好成绩；参加平昌冬残奥会，中国体育代表团轮椅冰壶项目获得金牌，实现了我国冬残奥历史上金牌和奖牌零的突破。参加第九届国际残疾人职业技能竞赛赢得8金6银6铜，金牌和奖牌总数均超过往届，展现了蕴涵在广大残疾人劳动者中的职业技能和工匠精神。中国残疾人艺术团成立30年来出访国家和地区达100个，成为一张亮丽的名片。残疾人的出色表现传递了满满的正能量，充分证明广大残疾人是中国特色社会主义事业的一支重要力量。

工作中，国务院残工委成员单位积极履职，为推动残疾人事业迈上新台阶提供了重要保障。在王勇国务委员领导下，国务院残工委牢固树立“四个意识”，全面贯彻以习近平同志为核心的党中央关于残疾人事业的新部署新要求，认真落实党中央、国务院决策安排，努力发挥党委领导、政府负责、社会参与、残联组织充分发挥作用的残疾人工作体制机制优势。各成员单位主动作为、积极有为，为努力开创新时代残疾人事业新局面、加快推进残疾人全面小康进程提供了坚强保障。

国务院办公厅认真做好领导同志出席残疾人事业重大会议活动的相关安排，推动做好残疾人事业顶层设计、出台重要文件，协调解决重大政策问题。教育部统筹推进特殊教育改革发展，积极发展高中阶段和高等教育，组织统一编写中职特教教材并投入使用，保障残疾人群体公平接受各级各类教育，支持建设康复大学，支持举办各级残疾人竞赛活动。民政部推动建立困难残疾人生活补贴和重度残疾人护理补贴制度，加强残疾人社会福利体系建设，推动康复辅助器具产业发展和精神卫生社区康复服务体系建设，统筹城乡社会救助体系建设，有效落实各项社会救助政策。人力资源社会保障部加强残疾人就业援助、就业服务、技能培训和社会保障，联合原卫生计生委将更多符合条件的医疗康复项目按规定纳入医保支付范围，推进残疾人公务员招考录用工作。国家卫生健康委积极开展残疾预防和康复，大力加强康复医疗服务能力建设，完善康复医疗服务体系，优先推进残疾人家庭医生签约服务，强化康复医学人才培养。中央宣传部加强意识形态工作指导，将残疾人事业纳入宣传工作大局，加大宣传力度，强化舆论引导，营造良好社会氛围，推动志愿助残等精神文明创建活动，积极支持残疾人文化出版工作。外交部将残疾人事务国际交流合作有效纳入国家外交工作大局，积极推动开展残疾人领域的国际交流与合作，提升我国在残疾人国际合作中的话语权和影响力。国家发展改革委将残疾人事业纳入经济社会发展的相关规划，保障残疾人平等享有基本公共服务，支持服务设施和北京冬残奥会设施建设。科技部加强残疾防控技术、康复服务关键技术及辅助器具研发，部署“科技冬奥”等重点专项，加强成果转化，实施“互联网＋科技助残”行动。工业和信息化部积极推进信息无障碍标准体系建设，营造良好社会氛围，打造创业就业载体，服务残疾人就业创业。国家民委维护和保障少数民族残疾人合法权益，做好少数民族残疾人相关工作，推动少数民族和民族地区残疾人工作健康发展。公安部严厉打击侵犯残疾人合法权益违法犯罪活动，推进便利残疾人驾车出行等服务举措，加强病残吸毒人员收戒收治和肇事肇祸等严重精神障碍患者救治管理，做好伤残民警优抚和子女教育优待。司法部积极加强残疾人事业法规建设，完成《残疾预防和残疾人康复条例》《残疾人教育条例》等制（修）订工作，审查设立残疾预防日，印发《司法部关于“十三五”加强残疾人公共法律服务的意见》，大力开展残疾人法律援助、法律服务、法治宣传教育等公共法律服务，切实维护残疾人合法权益。财政部加大对残疾人事业的政策支持和资金投入力度，为残疾人事业发展提供重要保障。住房城乡建设部优先保障残疾人基本住房，大力支持农村贫困残疾人家庭危房改造，积极推进城乡无障碍环境建设。交通运输部不断完善残疾人出行服务政策保障，制定《关于进一步加强和改善老年人残疾人出行服务的实施意见》，加快标准规范修订，提升无障碍交通服务水平，努力打造无障碍交通环境。农业农村部积极做好农村残疾人培训和创业指导，促进创业就业和增加收入，加大投入支持和政策扶持，做好农村贫困残疾人产业扶贫和脱贫工作。文化旅游部将残疾人文化建设纳入现代公共文化服务体系建设总体布局，加大政策支持，丰富公共文化服务和产品供给，营造良好社会环境，加强对残疾人等特殊群体的旅游服务。中国人民银行指导金融机构落实康复扶贫贷款、创业担保贷款和助学贷款政策，支持残疾人服务相关产业发展。海关总署落实残疾人专用品进口税收优惠政策和进出口通关环节残疾人优惠便利措施，扶持残疾人集中就业单位的发展。税务总局认真落实支持残疾人事业发展和残疾人就业创业的税收优惠政策，进一步优化征管服务措施。市场监管总局在深化商事制度改革中为残疾人创业就业提供政策支持，积极做好残疾人领域相关国家标准的制修订工作，推进相关标准化规划设计，积极推动服务标准化试点建设。广电总局支持广播电视媒体开展对残疾人工作的宣传和公共文化保障工作。体育总局支持残疾人重大体育赛事活动的参赛及筹办工作，将残疾人康复健身作为全民健身的重要组成部分积极推动，持续实施“全民健身助残工程”。国家统计局将残疾人事业统计工作纳入国家统计体系，支持和参与残疾人基本服务状况和需求信息数据动态更新和家庭收入调查工作。国务院扶贫办将贫困残疾人脱贫攻坚工作纳入国家脱贫攻坚整体规划重点推进，加大精准识别和政策扶持力度，指导督促地方落实分类帮扶举措。中央军委政治工作部做好伤病残军人退役安置和服务保障，面向社会搞好扶残助残。全国总工会大力加强职工残疾预防工作，切实做好残疾职工权益保障。共青团中央大力推进志愿助残服务，实施中国青年志愿者助残阳光行动。全国妇联积极开展残疾预防和法治宣传教育、家庭教育服务和关爱公益项目，帮助贫困残疾妇女通过手工制作创业增收，切实保障和维护残疾妇女儿童合法权益。中国农业银行支持涉残企业发展，完善残疾人金融服务，开展帮扶残疾人公益活动。退役军人事务部、应急管理部高度重视残疾人工作，在退役伤残军人优抚、抢险救灾中残疾预防等方面积极支持残疾人事业发展。中国残联按照党中央、国务院关于发展残疾人事业的决策部署，认真履行国务院残工委办事机构的职能，不断完善工作机制，有效整合工作力量，推动国务院残工委各项工作任务落实，凝聚推动残疾人事业发展的合力。

特别是，王勇国务委员每年主持召开国务院残工委全体会议确定年度任务、协调解决重大问题，每年多次出席残疾人事业重要会议和活动、深入基层调研残疾人工作，对残疾人事业倾注了大量心血。各成员单位带着感情开展残疾人工作，努力推动政策制定与落地、任务分解与落实。在此，我代表广大残疾人和残疾人工作者表示衷心感谢和敬意！

党的十九大指出，我国社会主要矛盾已经转化为人民日益增长的美好生活需要和不平衡不充分的发展之间的矛盾。残疾人事业发展仍是我国经济社会发展中的短板，残疾人事业发展仍面临繁重的任务，残疾人社会保障制度还不完备，公共服务能力还比较薄弱，城乡区域差别还比较大，发展的质量效益还不高。根据国家贫困户建档立卡数据库显示，截至2017年底，全国仍有281万持证残疾人未脱贫。2017年全国残疾人基本服务状况和需求信息数据动态更新的实名制数据显示，残疾人就业不稳定、劳动收入少的问题还没有根本解决，57.4万残疾人反映还住在危房中，1132.1万残疾人反映需要康复服务，331.9万重度残疾人反映急需家庭无障碍改造服务，残疾人文体活动的整体参与率仍然偏低。

本次会议，是新一届国务院残工委第一次全体会议。我们将认真贯彻王勇国务委员讲话精神和会议要求，精心谋划残疾人事业新举措，努力实现新发展，奋力开创新时代残疾人事业的新局面。

二、关于《2018年度残疾人工作要点》起草情况和主要内容的说明

以习近平同志为核心的党中央关于新时代发展残疾人事业的一系列重要指示，为做好今后残疾人工作指明了方向。党的十九大报告进一步明确了“发展残疾人事业，加强残疾康复服务”。今年的政府工作报告，对做好残疾人工作做出了8个方面具体部署。2017年12月，王勇国务委员做出批示，对做好2018年残疾人工作提出要求。这些都为我们起草国务院残工委2018年度残疾人工作要点提供了重要遵循。

会前，国务院残工委办公室成立了起草组，认真学习领会习近平新时代中国特色社会主义思想和党的十九大精神、十三届全国人大一次会议精神，深入领会党中央、国务院领导同志的指示批示精神。同时，收集汇总了各成员单位2017年度残疾人工作总结和2018年度残疾人工作安排，对重大问题展开了专题调研。初稿形成后，书面征求了残工委成员单位意见并进行了修改，形成了提交本次会议的《2018年度残疾人工作要点（审议稿）》（以下简称“工作要点”）。工作要点已作为会议文件印发，这里作两点说明：

（一）关于2018年度残疾人工作的总体要求

2018年是贯彻党的十九大精神开局之年，是改革开放40周年，是决胜全面建成小康社会、实施“十三五”规划承上启下的关键一年。工作要点提出的国务院残工委2018年度工作总的要求是：全面贯彻党的十九大和十九届二中、三中全会精神，以习近平新时代中国特色社会主义思想为指导，围绕实现“全面建成小康社会，残疾人一个也不能少”目标，凝心聚力、主动作为，统筹推进贫困残疾人脱贫攻坚、残疾人基本公共服务托底补短和加快推进残疾人全面小康进程，努力让广大残疾人更加充分地共享我国经济社会发展成果，进一步增强获得感和幸福感，激励广大残疾人更加紧密地团结在以习近平同志为核心的党中央周围，更加勇敢地面对生活挑战，以优异的成绩庆祝改革开放40周年。

（二）关于2018年度残疾人工作的重点工作

工作要点在全面部署2018年度残疾人工作时，突出强调了七个方面要求：

一是全面贯彻习近平新时代中国特色社会主义思想和党的十九大精神，为新时代残疾人事业开好局、起好步。坚定自觉地坚持用习近平新时代中国特色社会主义思想和党的十九大精神指导残疾人工作实践，以新时代中国特色社会主义基本方略为重要遵循，确保党中央、国务院各项决策部署落到实处。全面落实中央有关部门贯彻实施党的十九大报告重要改革举措分工和《政府工作报告》重点工作部门分工，研究落实促进残疾人事业进一步融入大局、纳入大局、服务大局的举措。抓好2018年度全国残疾人基本服务状况和需求信息数据的实名制动态更新工作，建立长效机制，坚持以问题为导向，强化托底补短，狠抓工作落实。开展《国民经济和社会发展“十三五”规划纲要》《“十三五”推进基本公共服务均等化规划》《“十三五”加快残疾人小康进程规划纲要》等国家规划中关于残疾人事业发展任务目标实施情况中期评估，推动各项惠残政策措施的落实落地。

二是围绕实现“全面建成小康社会，残疾人一个也不能少”目标，打好贫困残疾人精准脱贫攻坚战。深入贯彻落实习近平总书记关于解决因残致贫困难残疾人脱贫和把贫困残疾人作为脱贫攻坚重点群体的重要指示精神，全面落实中央关于打好精准脱贫攻坚战三年行动的有关要求，在解决因残致贫家庭和深度贫困地区贫困残疾人脱贫特殊困难上取得阶段性重要成果。深入实施《贫困残疾人脱贫攻坚行动计划（2016—2020年）》，加强贫困残疾人脱贫攻坚工作督导调研，研究制定新举措。将符合条件的建档立卡中的贫困残疾人，全部纳入农村低保范围。进一步完善困难残疾人生活补贴和重度残疾人护理补贴制度，推动建立补贴标准动态调整机制。落实建档立卡贫困残疾人参保个人缴费政府补贴政策，提高残疾人社会保险参保率。做好残疾人救助政策与其他社会保障政策的衔接，推动出台残疾人托养服务国家标准，提高残疾人养老服务水平。结合落实易地搬迁和农村危房改造工程，加大重度贫困残疾人家庭无障碍改造力度。

三是持续推进残疾人基本公共服务托底补短工作，不断提高残疾人基本公共服务供给水平。贯彻落实《残疾预防

和残疾人康复条例》，推动地方制定具体实施办法和配套政策。加快实施残疾人精准康复服务行动，推进残疾人家庭医生签约服务。出台实施《关于建立残疾儿童康复救助制度的意见》，推动有条件的地区建立残疾人基本型辅助器具适配补贴制度。贯彻落实《关于加快发展康复辅助器具产业的若干意见》，加强基层服务机构和服务能力建设。深入开展残疾预防宣传教育活动，推进残疾预防综合试验区建设试点工作。贯彻落实《残疾人教育条例》和《第二期特殊教育提升计划（2017—2020年）》，提升特殊教育普及水平、条件保障和教育教学质量。采取普通学校随班就读、特教学校就读、送教上门等方式落实“一人一案”，着力解决未入学适龄残疾儿童少年接受义务教育问题。大力推进融合教育，健全随班就读工作机制。继续加大特殊教育财政投入。完善残疾人中等职业教育相关政策，推进以中等职业教育为主的高中阶段教育。修订《普通高等学校招生体检工作指导意见》，推动高等特教学院单考单招规范化工作。继续开展高等融合教育试点。积极推进康复大学筹建工作。深入实施《国家手语和盲文规范化行动计划（2015—2020年）》，推广使用国家通用手语和国家通用盲文。启动《残疾人就业条例》修订工作，推动国务院残工委有关成员单位落实招录残疾人公务员工作。创新按比例就业实现方式，扶持残疾人自主就业创业。落实《残疾人职业技能提升计划（2016—2020年）》，采取多种形式开展残疾人职业技能培训、职业技能鉴定、职业指导、职业介绍等。做好第六届全国残疾人职业技能竞赛筹备工作。大力推进政府购买残疾人服务工作，努力聚集更多的助残力量和资源。加强助残社会组织培育和服务引导，推动公益慈善事业发展，壮大助残社会组织力量，通过参与主办中国青年志愿服务项目大赛暨志愿服务交流会，加大支持力度，广泛深入开展助残志愿服务项目。

四是进一步完善残疾人事业法规建设，深入落实保障残疾人权益的相关法律法规。加强残疾人参政议政服务。积极推进涉及残疾人权益相关立法，启动残疾人基本福利保障立法研究。开展全国残疾人法律援助需求调查和法律援助品牌创建工作。规范做实残疾人法律救助工作站，有效发挥残疾人法律救助网功能。组织打击拐骗聋哑残疾人违法犯罪专案工作。继续推进落实便利残疾人驾车出行有关政策措施。继续开展残疾人学法用法专项行动。完善残疾人信访诉求解决机制，积极推动信访突出问题和信访积案化解工作。推动健全无障碍环境建设长效机制，督促地方加快出台无障碍环境建设条例实施办法。积极推进北京城市副中心、雄安新区、北京新机场、北京冬奥会和冬残奥会等无障碍环境建设，开展民航、邮政、信息消费、金融等领域无障碍公共服务政策实施情况督导，推进金融等领域无障碍服务能力建设。依托现有机构加快残疾人服务标准化和综合服务能力建设，编制出台《残疾人服务标准体系指导意见》。

五是以庆祝改革开放40周年为契机，进一步营造有利于残疾人事业加快发展的良好氛围。精心策划相关活动和成果，统筹做好重大政策、重点工作、重大活动、重要节点的宣传报道。策划制作外宣精品，讲好中国残疾人故事。落实《关于加快构建现代公共文化服务体系的意见》，推动残疾人文化更多地纳入国家文化发展大局。增加各类适宜残疾人的读物出版，扎实推进盲人数字阅读推广工程，发挥“共享芬芳”品牌效应，加强残疾人文化创意产业基地建设。推进残疾人康复健身融入全民健身，促进残疾人竞技体育均衡发展。配合做好北京冬奥会、冬残奥会筹办工作。围绕残疾人身边的康复健身，健全组织、建设设施、开展活动、支持赛事、提供指导、弘扬文化。大力发展残疾人大众冰雪运动，提升残疾人冬季体育竞技水平，加快推进北京冬残奥会国家残疾人冰上运动比赛训练馆建设。做好全国第十届残运会暨第七届特奥运动会筹办工作，推进全国残疾人体育赛事改革。参加第十二届亚残运会，努力实现运动成绩和精神文明双丰收。

六是深度参与国际残疾人事务治理体系建设，贡献中国智慧和力量。积极参与国际交流合作，展示我国残疾人事业显著发展成就，扩大国际话语权，体现我国制度优势、道路优势，体现以人民为中心和包容发展理念。推动“一带一路”建设，整合亚欧会议、亚太经合组织、中国—东盟博览会、澜沧江—湄公河合作、中非合作论坛、康复国际等既有机制性平台和资源，以辅助器具研发、康复网络建设、教育就业培训、文化体育交流等为载体，促进残疾人领域产业化发展。继续推动APEC残疾人事务之友小组等既有机制性工作，联合马来西亚、菲律宾、日本、巴布亚新几内亚等经济体，正式启动辅具+互联网跨境电商平台项目。深耕与美国、俄罗斯、法国、欧盟等国家和区域合作组织合作关系，在华举办第四届中美两国政府间残疾人事务协调会，参与中非合作论坛北京高峰会议。高质量完成《残疾人权利公约》履约报告。继续加强与联合国在残疾人领域的交流合作，积极宣介我国全面促进保护人权成就，推动落实2030年可持续发展议程。举办国际狮子会第57届东南亚年会。继续做好康复国际履职相关工作，推进康复国际体制机制改革，完善内部管理体系，用好康复国际非洲基金和全球残疾人事务发展基金，统筹做好康复国际2018年春季执委会和柏林执委会暨代表大会。

七是坚持党对残疾人事业的全面领导，进一步发挥好国务院残疾人工作委员会的职能作用。坚持党对残疾人事业的全面领导，充分发挥残工委作用，推动解决残疾人事业发展中遇到的现实问题。残工委成员单位立足部门职责，加强政策制定和落实指导，切实把残疾人工作落实到本部门政策制定、措施落实、年度任务责任清单之中，进一步畅通服务残疾人的“最后一公里”，推动政策措施落实落地。中国残联要承担好国务院残工委的具体工作。积极支持残联组织深入贯彻落实中央党的群团工作会议精神，切实增强政治性、先进性、群众性。做好残联换届组织工作，全面加强残联组织和残疾人工作者队伍建设。

2018 年度残疾人工作要点

2018 年是贯彻党的十九大精神开局之年，是改革开放 40 周年，是决胜全面建成小康社会、实施“十三五”规划承上启下的关键一年。做好残疾人工作总的要求是：全面贯彻党的十九大和十九届二中、三中全会精神，以习近平新时代中国特色社会主义思想为指导，围绕实现“全面建成小康社会，残疾人一个也不能少”目标，凝心聚力、主动作为，统筹推进贫困残疾人脱贫攻坚、残疾人基本公共服务托底补短和加快推进残疾人全面小康进程，努力让广大残疾人更加充分地共享我国经济社会发展成果，进一步增强获得感和幸福感，激励广大残疾人更加紧密地团结在以习近平同志为核心的党中央周围，更加勇敢地面对生活挑战，以优异的成绩庆祝改革开放 40 周年，奋力开创新时代残疾人事业新局面。

一、全面贯彻习近平新时代中国特色社会主义思想和党的十九大精神，为新时代残疾人事业开好局、起好步

坚定自觉地坚持用习近平新时代中国特色社会主义思想和党的十九大精神指导残疾人工作实践，以新时代中国特色社会主义基本方略为重要遵循，确保党中央、国务院各项决策部署落到实处。全面落实中央有关部门贯彻实施党的十九大报告重要改革举措分工和《政府工作报告》重点工作部门分工，研究落实促进残疾人事业进一步融入大局、纳入大局、服务大局的举措。抓好 2018 年度全国残疾人基本服务状况和需求信息数据的实名制动态更新工作，建立长效机制，坚持以问题为导向，强化托底补短，狠抓工作落实。开展《国民经济和社会发展“十三五”规划纲要》《“十三五”推进基本公共服务均等化规划》《“十三五”加快残疾人小康进程规划纲要》等国家规划中关于残疾人事业发展任务目标实施情况中期评估，推动各项惠残政策措施的落实落地。

二、围绕实现“全面建成小康社会，残疾人一个也不能少”目标，打好贫困残疾人精准脱贫攻坚战

深入贯彻落实习近平总书记关于解决因残致贫困难残疾人脱贫和把贫困残疾人作为脱贫攻坚重点群体的重要指示精神，全面落实中央关于打好精准脱贫攻坚战三年行动的有关要求，在解决因残致贫家庭和深度贫困地区贫困残疾人脱贫特殊困难上取得阶段性重要成果。深入实施《贫困残疾人脱贫攻坚行动计划（2016—2020 年）》，加强贫困残疾人脱贫攻坚工作督导调研，研究制定新举措。将符合条件的建档立卡中的贫困残疾人，全部纳入农村低保范围。进一步完善困难残疾人生活补贴和重度残疾人护理补贴制度，推动建立补贴标准动态调整机制。落实建档立卡贫困残疾人参保个人缴费政府补贴政策，提高残疾人社会保险参保率。完善贫困残疾人参加基本养老保险补贴等扶助政策，加大建档立卡贫困家庭重度残疾人医疗救助。推动出台残疾人托养服务国家标准，继续实施托养服务能力建设项目，提高残疾人养老服务水平。推进落实《关于加强残疾人社会救助工作的意见》，做好残疾人救助政策与其他社会保障政策的衔接，加强孤残儿童和流浪残疾人救助服务。加大对严重精神障碍患者的救治帮扶力度。结合落实易地搬迁和农村危房改造工程，加大重度贫困残疾人家庭无障碍改造力度。

三、持续推进残疾人基本公共服务托底补短工作，不断提高残疾人基本公共服务供给水平

贯彻落实《残疾预防和残疾人康复条例》，推动地方制定具体实施办法和配套政策。加快实施残疾人精准康复服务行动，推进残疾人家庭医生签约服务。出台实施《关于建立残疾儿童康复救助制度的意见》，推动有条件的地区建立残疾人基本型辅助器具适配补贴制度。贯彻落实《关于加快发展康复辅助器具产业的若干意见》，加强基层服务机构和服务能力建设。贯彻《关于加快精神障碍社区康复服务发展的意见》，推动各地加快发展精神障碍社区康复服务，加大对严重精神障碍患者的救治帮扶力度。深入开展残疾预防宣传教育活动，推进残疾预防综合试验区建设试点工作。贯彻落实《残疾人教育条例》和《第二期特殊教育提升计划（2017—2020 年）》，提升特殊教育普及水平、条件保障和教育教学质量。采取普通学校随班就读、特教学校就读、送教上门等方式落实“一人一案”，着力解决未入学适龄残疾儿童少年接受义务教育问题。大力推进融合教育，印发《关于加强普通学校随班就读的指导意见》，进一步规范对普通学校随班就读的管理，健全随班就读工作机制。深化特殊教育课程教学改革，大力开展盲、聋、培智三类特殊教育学校义务教育阶段课程标准培训。继续加大特殊教育财政投入。加强特殊教育教师的培养培训，提升特殊教育教师专业化水平。加强对省级人民政府履行教育职责的评价督导工作。完善残疾人中等职业教育相关政策，推进以中等职业教育为主的高中阶段教育。修订《普通高等学校招生体检工作指导意见》，推动高等特教学院单考单招规范化工作。继续开展高等融合教育试点。积极推进康复大学筹建工作。深入实施《国家手语和盲文规范化行动计划（2015—2020 年）》，推广使用国家通用手语和国家通用盲文。继续开展视障、听障人员普通话水平培训测试试点工作。继续实施彩票公益金和交通银行助学项目。多种形式开展残疾青壮年文

盲扫盲工作。优先优惠提高残疾军人、伤残人民警察服务保障水平。做好少数民族残疾人和民族地区残疾人工作。推动国务院残工委成员单位落实招录残疾人公务员工作，启动修订《残疾人就业条例》。创新按比例就业实现方式，扶持残疾人自主就业创业。落实《残疾人职业技能提升计划（2016—2020年）》，采取多种形式开展残疾人职业技能培训、职业技能鉴定、职业指导、职业介绍等。做好第六届全国残疾人职业技能竞赛筹备工作。大力推进政府购买残疾人服务工作，努力聚集更多的助残力量和资源。加强助残社会组织培育和服务引导，推动公益慈善事业发展，壮大助残社会组织力量。通过中国青年志愿服务项目大赛暨志愿服务交流会，加大支持力度，广泛深入开展助残志愿服务项目。

四、进一步完善残疾人事业法规建设，深入落实保障残疾人权益的相关法律法规

加强残疾人参政议政服务。积极推进涉及残疾人权益相关立法，启动残疾人基本福利保障立法研究。开展全国残疾人法律援助需求调查和法律援助品牌创建工作。规范做实残疾人法律救助工作站，有效发挥残疾人法律救助网功能。组织打击拐骗聋哑残疾人违法犯罪专案工作。继续推进落实便利残疾人驾车出行有关政策措施。落实“谁执法谁普法”普法责任制，继续开展残疾人学法用法专项行动，按照残疾类别开展有针对性的普法活动。进一步规范全国12385残疾人服务热线服务标准，拓宽服务项目。完善残疾人信访诉求解决机制，积极推动信访突出问题和信访积案化解工作。推动健全无障碍环境建设长效机制，督促地方加快出台无障碍环境建设条例实施办法。积极推进北京城市副中心、雄安新区、北京新机场、北京冬奥会和冬残奥会等无障碍环境建设，开展民航、邮政、信息消费、金融等领域无障碍公共服务政策实施情况督导，推进金融等领域无障碍服务能力建设。依托现有机构加快残疾人服务标准化和综合服务能力建设，编制出台《残疾人服务标准体系指导意见》。

五、以庆祝改革开放40周年为契机，进一步营造有利于残疾人事业加快发展的良好氛围

精心策划相关活动和成果，统筹做好重大政策、重点工作、重大活动、重要节点的宣传报道。策划制作外宣精品，讲好中国残疾人故事。落实《关于加快构建现代公共文化服务体系的意见》，推动残疾人文化更多地纳入国家文化发展大局。增加各类适宜残疾人的读物出版，扎实推进盲人数字阅读推广工程，发挥“共享芬芳”品牌效应，加强残疾人文化创意产业基地建设。推进残疾人康复健身融入全民健身，促进残疾人竞技体育均衡发展。配合做好北京冬奥会、冬残奥会筹办工作。围绕残疾人身边的康复健身，健全组织、建设设施、开展活动、支持赛事、提供指导、弘扬文化。大力发展残疾人大众冰雪运动，提升残疾人冬季体育竞技水平，加快推进北京冬残奥会国家残疾人冰上运动比赛训练馆建设。做好全国第十届残运会暨第七届特奥运动会筹办工作，推进全国残疾人体育赛事改革。参加第十二届亚残运会，努力实现运动成绩和精神文明双丰收。

六、深度参与国际残疾人事务治理体系建设，贡献中国智慧和力量

积极参与国际交流合作，展示我国残疾人事业显著发展成就，扩大国际话语权，体现我国制度优势、道路优势，体现以人民为中心和包容发展理念。推动“一带一路”建设，整合亚欧会议、亚太经合组织、中国—东盟博览会、澜沧江—湄公河合作、中非合作论坛、康复国际等既有机制性平台和资源，以辅助器具研发、康复网络建设、教育就业培训、文化体育交流等为载体，促进残疾人领域产业化发展。继续推动APEC残疾人事务之友小组等既有机制性工作，联合马来西亚、菲律宾、日本、巴布亚新几内亚等经济体，正式启动辅具+互联网跨境电商平台项目。深耕与美国、俄罗斯、法国、欧盟等国家和区域合作组织合作关系，在华举办第四届中美两国政府间残疾人事务协调会，参与中非合作论坛北京高峰会议。高质量完成《残疾人权利公约》履约报告。继续加强与联合国在残疾人领域的交流合作，积极宣介我国全面促进保护人权成就，推动落实2030年可持续发展议程。举办国际狮子会第57届东南亚年会。继续做好康复国际履职相关工作，推进康复国际体制机制改革，完善内部管理体系，用好康复国际非洲基金和全球残疾人事务发展基金，统筹做好康复国际2018年春季执委会和柏林执委会暨代表大会。

七、坚持党对残疾人事业的全面领导，进一步发挥好国务院残疾人工作委员会的职能作用

坚持党对残疾人事业的全面领导，充分发挥残工委作用，推动解决残疾人事业发展中遇到的现实问题。残工委成员单位立足部门职责，加强政策制定和落实指导，切实把残疾人工作落实到本部门政策制定、措施落实、年度任务责任清单之中，进一步畅通服务残疾人的“最后一公里”，推动政策措施落实落地。中国残联要承担好国务院残工委的具体工作。积极支持残联组织深入贯彻落实中央党的群团工作会议精神，切实增强政治性、先进性、群众性。做好残联换届组织工作，全面加强残联组织和残疾人工作者队伍建设。

教育部代表在国务院残疾人工作委员会第一次全体会议上的发言

2018年5月17日

根据会议要求，代表教育部做如下汇报。过去五年，我国特殊教育事业快速发展、成就辉煌。在党中央、国务院坚强领导下，教育部按照残工委统一部署，在相关部门大力支持下，全面深化特教改革，呈现全新面貌。

一是教育公平迈出坚实步伐。三类残疾儿童少年义务教育入学率达到90%以上。通过使用盲文试卷，允许听力残疾人考生佩戴助听器等，为残疾人考生参加普通高考提供便利。扩大招生规模并“专考专招”，保障残疾学生接受高等教育。

二是课程教材建设取得突破性进展。研制并发布实施建国以来第一套盲、聋、培智三类特殊教育学校义务教育课程标准；起始年级主要学科22册教材已进入教育教学。

三是特殊教育保障水平显著增强。5年来，特殊教育生均公用经费从每年2000元提高到6000元以上；中央特教专项补助经费从每年5500万元提高到4.1亿元。

四是特教教师专业化水平不断提高。5年来，“国培计划”累计对6350名特教骨干教师和650名特教校长进行培训。特教教师本科以上学历达68%，比5年前提高了12个百分点。

同时，修订《残疾人教育条例》并正式颁布实施，特殊教育法律和政策体系不断健全。

五年来，特教学校由1933所增至2107所，增长9%；专任教师由4.6万名增至5.6万名，增长22.8%；在校生由36.8万人增至57.9万人，增长57.3%，均达到历史最高水平。

2018年，教育部将以习近平新时代中国特色社会主义思想为指导，深入贯彻党的十九大精神，着力做好4方面工作。

一是深入实施特殊教育提升计划。按照“精准筛查、科学评估、分类安置”的原则，最大程度安置每一名残疾儿童少年接受义务教育。依托全国中小学生电子学籍系统探索建立精确监测制度，实现残疾学生“一人一籍，籍随人走”。

二是提升特殊教育财政经费保障水平。健全倾斜和激励机制，提升中央财政特殊教育专项经费使用效益。指导各地继续加大投入，不断提升特教经费保障水平。完善经费管理办法，加强督促检查，确保经费使用安全。

三是全面推进融合教育。印发《残疾儿童少年随班就读工作的指导意见》，探索建立安置就学后回访制度，对首次安置就学一段时间后不适应的学生进行调整再安置。推动高校师范专业普遍开设特教课程，培养师范生从事特教的能力。

四是深化特殊教育课程教学改革。大力开展国家级课程标准培训，并指导各地逐级开展培训，纵向到底，横向到边，覆盖每一名与残疾学生教育教学有关的教师。加快推进后续教材编写工作。组织专家力量研制孤独症学生的课程指南。

下一步，我们将按照这次会议的精神和王勇国务委员的要求，认真做好特殊教育工作，为实现残疾人与全国人民同步小康做出应有的贡献。

民政部代表在国务院残疾人工作委员会第一次全体会议上的发言

2018年5月17日

下面，代表民政部做一简要汇报。

一、2013年以来的主要工作

（一）完善残疾人社会救助制度。将符合条件的残疾人纳入低保、特困人员救助供养范围。鼓励地方将生活困难、靠家庭供养且无法单独立户的成年无业重度残疾人，按照单人户纳入低保范围。实施分类施保政策，对于获得低保后生活仍然困难的重度残疾人，通过增发低保金等措施提高其救助水平。截至2017年底，全国共有599万名残疾人享受低保，86.5万残疾人纳入特困人员救助供养，893万人次接受临时救助。

（二）开展孤残儿童和流浪乞讨残疾人救助。推动国务院出台困境儿童保障政策。全面开展救助和托养机构排查工作。加强流浪乞讨残疾人救助寻亲和接送返乡工作。开展“寒冬送温暖”专项救助行动。2017年全国共救助残疾人22万人次。

（三）建立健全残疾人福利制度。推动国务院出台困难残疾人生活补贴和重度残疾人护理补贴政策。加强养老院、精神病福利院等社会福利机构建设。配合相关部门拟订残疾人集中就业税收等优惠政策。牵头出台残疾人服务机构管理办法。截至2017年底，全国共有社会福利服务机构15.4万个，床位750多万张；“两项补贴”政策分别惠及困难残疾人1059万人、重度残疾人1163万人。

（四）加强残疾人康复服务。推动国务院出台加快发展康复辅助器具产业政策。牵头建立24个部门和单位组成的部际联席会议制度。开展国家康复辅助器具产业综合创新试点。牵头出台精神障碍社区康复服务发展政策。实施“全国残疾孤儿手术康复明天计划”，为近10万名残疾孤儿、弃婴实施手术矫治和康复训练。实施中西部地区福利机构残疾人康复辅具配置和手术矫治“福康工程”，累计投入2.85亿元。

二、2018年相关安排

一是加强残疾人社会救助工作。指导地方提高农村特困人员供养服务机构兜底保障能力和服务质量，提高生活不能自理特困人员集中供养率。研究制定改进临时救助的政策措施，解决贫困残疾人临时性基本生活困难。

二是做好流浪残疾人救助工作。会同相关部门推动解决长期滞留流浪乞讨残疾人中无户口人员落户问题，将符合条件的纳入特困人员供养。指导地方开展经常化主动救助。配合相关部门打击强迫流浪乞讨智障、精神障碍患者非法劳动等违法行为。

三是发展残疾人福利事业和康复服务。研究贫困重度残疾人集中或社会化照料服务政策。深入开展国家康复辅助器具产业综合创新试点。修订假肢和矫形器生产装配企业资格认定办法。加快残疾人“两项补贴”信息平台建设。推进残疾人服务标准化建设，完善标准服务体系。开展全国精神卫生社会福利机构基本状况摸底排查。

人力资源社会保障部代表在国务院残疾人工作委员会第一次全体会议上的发言 2018 年 5 月 17 日

残疾人是特殊困难群体，需要格外关心和关注。过去五年，按照党中央、国务院“加快推进残疾人小康进程”统一部署，我部着力促进残疾人就业创业，努力提高残疾人社会保障水平，帮助残疾人自强自立，融入社会，实现自我价值。主要开展了以下工作：

一、积极扶持残疾人就业创业。强化政策完善落实，配合残联印发残疾人就业促进实施方案、扶持残疾人自主就业创业指导意见，明确了促进残疾人等困难群体就业的政策措施。优化就业创业服务，加强工作指导，督促各地做好就业援助，确保符合条件的残疾人都能得到就业创业政策扶持。同时，每年元旦、春节期间与残联共同组织开展就业援助月活动，集中为残疾人就业创业提供支持。

二、不断强化残疾人技能培训。实施残疾人职业技能提升计划，大力开展面向残疾人的职业技能培训。鼓励和引导技工院校、就业训练中心、民办职业培训机构等积极承担残疾人培训任务，重点加强适合残疾人特点的职业培训。与残联共同开展全国残联系统职业院校职业技能竞赛。

三、切实提高残疾人社会保障水平。巩固全民参保工作成果，做好社会保险经办管理服务，努力为残疾人提供优质高效便捷的社会保险服务。积极推进残疾人参加城乡居民养老保险，落实对重度残疾人等缴费困难群体的代缴政策。在基本医疗保障支付范围内新增 20 项医疗康复项目，并对重度残疾人实施医疗救助。着力发挥工伤保险制度的残疾预防、工伤康复功能，切实保障工伤职工权益。

通过各方面努力，截至 2017 年底，全国城乡持证残疾人就业人数达到 942.1 万人，比 2013 年增加 496.5 万人。2614.7 万残疾人参加城乡养老保险，1042.3 万人领取养老金待遇，分别比 2013 年增加 575 万人和 252.2 万人。529.5 万 60 岁以下参保重度残疾人得到政府参保扶助，比 2013 年增加 153.5 万人，代缴养老保险费比例也逐步提高到 96.8%。

2018 年，我部将继续按照党中央、国务院残疾人事业发展决策部署，立足部门职能，加强与残联等部门沟通协作，重点做好以下工作：一是强化面向残疾人的就业创业服务，落实促进残疾人就业创业各项扶持政策，集中开展残疾人就业帮扶活动，进一步扩大残疾人就业创业规模。近日，我部会同中国残联印发通知，定于 5 月 20 日全国助残日期间，在全国范围内集中开展“就业帮扶、助残圆梦”系列活动，帮助贫困残疾人就业创业。二是推进实施残疾人职业技能提升计划，大力开展适合残疾人特点的职业培训和创业培训，进一步提升残疾人就业创业能力。三是落实对重度残疾人保险费代缴政策，做好康复医疗项目保障，优化社保经办服务管理，进一步提高残疾人社会保障水平。

会后，我们将迅速传达贯彻此次会议精神，将党中央、国务院要求落实到具体工作中，坚持以人民为中心的发展思想，切实体现对残疾人的关心关爱，不断加大工作力度，优化服务，全力推进残疾人工作不断取得新进展。

国家卫生健康委代表在国务院残疾人工作委员会第一次全体会议上的发言 2018 年 5 月 17 日

按照会议要求，就国家卫生健康委员会 2013 年以来在残疾人方面的主要工作和 2018 年相关安排做一简要汇报。

一、2013 年以来的主要工作

一是加强残疾预防，减少和控制残疾发生发展。建立和完善残疾预防顶层设计，落实出生缺陷三级防治措施，预防出生缺陷与发育障碍致残。大力推进一级预防，降低出生缺陷发生风险，提高孕前优生意识，推动普及婚前医学检查，实施增补叶酸。不断强化二级预防，进一步降低出生缺陷发生率。结合常规孕产期保健加强产前筛查和产前诊断，推动普遍开展重点疾病免费产前筛查和诊断，孕期出生缺陷发现率和干预率日益提升。逐步落实三级预防，减少出生缺陷导致残疾发生。开展新生儿疾病筛查，做到早发现早诊断早治疗。下决心啃硬骨头，深入贫困地区开展新生儿疾病筛查项目，进一步提高筛查率。全国遗传代谢病筛查率达 96.1%，听力障碍筛查率达 88.6%。

二是做好致残性疾病防治和残疾康复工作。进一步做好防盲治盲、防聋治聋工作，“百万贫困白内障患者复明工程”项目收官，全面提升了我国白内障诊治水平；会同国务院扶贫办实施“光明扶贫工程”，对建档立卡贫困白内障患者进行免费救治，已确定 1500 余家定点医院。会同中国残联完成“十二五”期间贫困聋儿抢救性康复项目，69 家定点医院圆满完成 1.8 万名听力残疾儿童人工耳蜗植入手术任务，取得了良好的社会效益；开展严重精神障碍管理治疗工作，2017年中央财政安排4.75亿元专项资金，支持各地开展严重精神障碍患者筛查诊断、高风险患者应急处置、患者家属护理教育等工作，患者管理率为88.33%。实施国家免疫规划，持续将脊髓灰质炎等疫苗接种维持在较高水平。同时，实施补碘、改炉改灶改水等，基本消除碘缺乏病、大骨节病等重大地方病致残。做好麻风病防治、慢性病管理等工作。将残疾人作为重点人群，开展家庭医生签约服务。大力加强康复医疗服务能力，加强康复医疗专业人员队伍建设，完善康复医疗服务体系建设，新增20项医疗康复项目纳入新农合保障范围，加强康复医疗与康复辅助器具配置衔接。

二、2018年工作安排

我委将按照本次会议部署和王勇国务委员讲话要求，从全面建成小康社会和健康中国建设的战略高度出发，将残疾预防和康复工作纳入健康中国建设，进一步扩大新生儿出生缺陷防治实施范围和受益人群；进一步提高基层服务能力，继续优先进行残疾人家庭医生签约；加强分级诊疗制度建设，健全治疗—康复—长期护理服务链；与中国残联、国务院扶贫办等部门共同组织实施残疾人精准康复行动，努力为困难残疾人提供疾病康复服务；实施改善医疗服务行动计划，着力优化就医环境，方便残疾人看病就医。

国家发展改革委代表在国务院残疾人工作委员会第一次全体会议上的发言

2018年5月17日

残疾人工作是中国特色社会主义事业的重要组成部分，事关8500万残疾人福祉，关系全面建成小康社会目标的实现。在国务院残疾人工作委员会的领导下，发展改革委积极履职尽责，推动残疾人事业发展。根据会议安排，下面就发展改革委过去五年残疾人工作情况和2018年工作安排，做简要汇报。

一、过去五年工作开展情况

一是积极保障残疾人平等享有基本公共服务。我委会同有关部门报请国务院印发了《“十三五”推进基本公共服务均等化规划》，其中把残疾人基本公共服务单列一章，作为八个基本公共服务范围之一，并将无业重度残疾人最低生活保障、残疾人托养服务、残疾人康复和无障碍环境支持等纳入国家基本公共服务清单。

二是大力支持残疾人服务体系建设。组织实施社会服务兜底工程，2013年—2017年安排中央预算内投资48亿元，共支持923个残疾人康复、托养设施和综合服务设施建设。截至2017年末，全国竣工并投入使用的残疾人服务设施为3822个。同时，2013年—2017年安排中央预算内投资26亿元，支持儿童福利设施建设。安排中央预算内投资126亿元，支持面向失能、半失能老年人的老年养护院等养老服务设施建设，增强兜底保障能力。

三是着力改善残疾人教育基础设施条件。我委通过实施特殊教育学校建设专项，累计下达中央预算内投资24.42亿元，重点支持了24所特殊教育师范院校和36所残疾人高等院校、中等职业学校加强建设，改善办学条件，扩大招生规模，提高特殊教育质量，推动残疾人职业教育发展。同时，我委在实施教育现代化推进工程中也积极指导各地区将特殊教育相关建设需求纳入建设规划统筹考虑，不断完善特殊教育体系。

四是统筹推进残疾人服务相关产业发展。与民政部报请国务院印发《关于加快发展康复辅助器具产业的若干意见》，并开展了国家康复辅助器具产业综合创新试点。

五是全力配合北京冬残奥会筹办。加强工作协调，加快咨询评估，完成2022年北京冬残奥会国家残疾人冰上运动比赛训练馆项目的立项审批，加快推进项目前期工作，促进残疾人体育运动事业的发展。

二、2018年度工作安排

下一步，发展改革委将按照本次会议精神，特别是王勇国务委员的讲话要求，积极履职尽责，重点从以下5个方面开展工作：

一是加强督查和评估。我委已与中国残联共同印发《关于做好〈“十三五”社会服务兜底工程实施方案〉有关项目中期评估工作的通知》，将在全国开展残疾人服务设施建设评估。会同有关部门就《“十三五”推进基本公共服务均等化规划》等政策落实情况开展督促检查、中期评估等工作，推动落实保护残疾人权益的相关政策措施。

二是完善政策体系。按照党的十九大提出的“到2035年，基本公共服务体系更加健全，基本公共服务均等化基本实现”的目标要求，我委正在会同有关部门研究制定《关于建立健全基本公共服务标准体系的指导意见》，拟将残疾人基本公共服务标准建设纳入其中，明确支付类别、服务项目、服务对象、质量标准、支出标准、牵头负责单位等。

三是继续加强残疾人服务设施建设。2018年我委安排中央预算内投资12亿元，支持163个残疾人服务设施建设。同时，在相关专项中积极引导各地加大对残疾人康复、托养、护理、教育等方面的投入，继续夯实兜底保障能力。

四是继续做好北京冬残奥会筹办有关工作。密切配合中国残联等单位，助推北京冬残奥会国家残疾人冰上运动比赛训练馆等场馆早日开工建设。

五是推进残疾人相关产业发展。与民政部、中国残联等部门继续抓好《国务院关于加快发展康复辅助器具产业的若干意见》的贯彻落实，及时总结经验，推动形成示范效应。

国务院扶贫办代表在国务院残疾人工作委员会第一次全体会议上的发言

2018 年 5 月 17 日

党的十八以来，扶贫办深入贯彻落实中央关于残疾人脱贫攻坚决策部署，将其纳入国家脱贫攻坚战略布局，作为脱贫攻坚重点群体，在制度设计、政策安排、项目实施上倾斜支持，农村建档立卡贫困残疾人大幅减少，其家庭贫困面貌显著改善，生产生活水平明显提高，取得决定性进展。

一是参与顶层设计。2016 年，配合中国残联研究制定《“十三五”加快残疾人小康进程规划纲要》，并以国务院名义印发。同年，联合中国残联等部门印发《贫困残疾人脱贫攻坚行动计划（2016—2020 年）》，并先后制定了电子商务助残扶贫行动、产业扶持助残扶贫行动等配套实施方案。

二是完善精准识别。结合建档立卡、“回头看”和动态调整工作，将符合条件的贫困残疾人全部纳入建档立卡范围，实现应纳尽纳、应扶尽扶。与中国残联建立信息数据动态比对更新机制，摸清贫困残疾人底数。经核实比对，截至 2017 年底，全国建档立卡贫困残疾人（包括已脱贫和未脱贫）有 643.3 万。

三是实施精准帮扶。强化驻村帮扶，将贫困残疾人帮扶作为干部驻村帮扶的重要内容，实现每一户贫困残疾人家庭都有帮扶责任人，有脱贫计划，有脱贫措施，确保在同等条件下优先帮扶，因人因户施策。扎实推进易地扶贫搬迁，加大贫困残疾人家庭搬迁工作力度，抓好后续帮扶，确保贫困残疾人搬得出、稳得住、能脱贫。截至 2017 年底，易地扶贫搬迁贫困残疾人 31.7 万。大力实施扶贫小额信贷，支持包括贫困残疾人在内的贫困家庭发展产业。截至 2018 年 4 月底，累计向贫困残疾人发放小额信贷 299.9 亿元，惠及 65.8 万贫困残疾人。指导各地实施雨露计划，对贫困残疾人、两后生参加职业技术培训给予 3000 元左右的补贴，帮助其提高增收致富能力。经过努力，全国 362.9 万建档立卡贫困残疾人实现脱贫，减贫 56.4%。

四是强化工作保障。开展调查研究，深入研究贫困残疾人脱贫路径、兜底保障、提高获得感等针对性举措。加强工作指导，先后多次联合中国残联召开工作座谈会和现场会部署推进工作。结合脱贫攻坚奖评选，推出黄勇、李娟等一批自力更生实现脱贫的贫困残疾人典型，树立自强不息、脱贫光荣的鲜明导向。

据全国建档立卡数据库显示，2017 年底，全国还有未脱贫建档立卡贫困残疾人 280.35 万，占全国农村残疾人总数的 10.7%，其中，贫困重度残疾人有 142 万，占未脱贫贫困残疾人总数的 50.6%。这部分人群劳动力受限、脱贫能力差，脱贫难度大、脱贫成本高，是未来三年脱贫攻坚的重点群体，硬骨头中的硬骨头。

2018 年，扶贫办将重点做好五个方面的工作支持贫困残疾人脱贫攻坚。一是严格贫困残疾人识别和退出。继续开展建档立卡动态调整，配合中国残联等部门，推进符合条件的建档立卡贫困人口残疾人证办理。严格退出标准和程序，确保每个贫困残疾人家庭脱真贫、真脱贫。二是实施特殊帮扶举措。根据贫困残疾人具体情况，采取有针对性的帮扶措施，通过扶贫车间、电商扶贫、光伏扶贫、公益岗位扶贫、资产收益扶贫等方式丰富贫困残疾人就业机会和增收渠道。落实贫困残疾人家庭帮扶责任人，做到有脱贫计划。三是完善保障性兜底政策。进一步推进低保兜底、特困人员供养等保障性政策落实，会同民政部、中国残联等部门加强贫困残疾人保障性扶贫政策研究，强化贫困重度残疾人托养照护工作，确保其基本生活有保障。四是推广典型经验。积极树立一批贫困残疾人脱贫先进典型、一批帮扶贫困残疾人先进典型、一批残疾人精准扶贫精准脱贫成功案例等“三个一批”典型。近期，扶贫办还将和中国残联共同举办推动因残致贫家庭脱贫攻坚暨失能贫困重度残疾人照护工作现场会，推广部分地区成功经验，推动工作落实。五是加大宣传引导。支持各级残联组织推荐 2018 年脱贫攻坚奖人选，大力宣传残疾人脱贫典型，讲好残疾人脱贫故事，激励更多的贫困残疾人通过自身努力光荣脱贫。发挥中国社会扶贫网作用，及时发布贫困残疾人帮扶需求信息，支持更多的社会组织、企业、个人参与到助残、扶残事业中。

国务院残疾人工作委员会办公室
2018 年 6 月 26 日印发

二、中国残疾人联合会第七次全国代表大会

（一）中国残疾人联合会第七次全国代表大会文件

中共中央政治局常委、国务院副总理韩正在中国残疾人联合会第七次全国代表大会上的致辞：在新时代的伟大征程中创造残疾人更加幸福美好的新生活

2018年9月14日

中国残疾人联合会第七次全国代表大会今天开幕了。我受习近平总书记委托，代表党中央、国务院，向大会的召开表示热烈祝贺！向全国广大残疾人、残疾人亲友和残疾人工作者致以亲切的问候！向关心支持残疾人事业的社会各界人士表示衷心的感谢！

这次代表大会，恰逢改革开放40周年。40年风雨征程，我们党团结带领人民进行改革开放新的伟大革命，极大解放和发展了社会生产力，极大增强了社会发展活力，成功开辟了中国特色社会主义道路，推动我国发生了翻天覆地的变化。在改革开放大潮中，我国残疾人事业乘势而起、因时而进，取得了举世瞩目的成就，广大残疾人生活状况发生了根本性改变。残疾人事业发展壮大，有力推动了改革开放和社会主义现代化建设，从一个人群、一个侧面映照出中国特色社会主义的蓬勃生机，展示了我国社会文明进步的良好形象。

这次代表大会，正值中国残联成立30周年。30年来，在党的坚强领导下，全国上下共同努力，推动残疾人事业不断融入经济社会发展大局，健全了党委领导、政府负责、社会参与、残疾人组织发挥作用的残疾人事业领导体制和工作机制，构建了保障残疾人生命健康权、生存权、发展权的制度框架，确立了国家扶持、市场推动、公办民办并举的残疾人事业发展格局，形成了比较完善的残疾人事业思想理论体系、政策法规体系、组织体系和业务体系。残疾人“平等、参与、共享”的目标得到更好实现，关心帮助残疾人的社会氛围更加浓厚，残疾人事务国际交流合作更加活跃。我国残疾人事业发展成就得到国际社会普遍赞誉。

这次代表大会，是在中国特色社会主义进入新时代的重要时刻召开的。党的十八大以来，在以习近平同志为核心的党中央坚强领导下，党和国家各项事业取得全方位、开创性成就，发生深层次、根本性变革。伴随着国家发展新的进程，我国残疾人事业也取得历史性进展和显著成就。党中央坚持以人民为中心的发展思想，对残疾人格外关心、格外关注，明确提出“全面建成小康社会，残疾人一个也不能少”，残疾人工作成为“五位一体”总体布局和“四个全面”战略布局的重要内容，残疾人获得感、幸福感、安全感持续提升。短短几年里，我们在国家层面上建立起了覆盖几千万人口，包含生活补贴、护理补贴、儿童康复补贴等内容的残疾人专项福利制度；我们在全国范围内将数百万农村贫困残疾人作为打赢脱贫攻坚战的重点人群，精准施策、特别扶助，集中解决因残致贫问题；我们在实施健康中国战略中高度重视和关注每个残疾人的健康问题，加快实现残疾人“人人享有康复服务”目标；我们国家各行各业、社会各个方面都在努力消除障碍，越来越多的残疾人接受更好教育、实现就业创业、平等参与社会，有了更多出彩的机会。

各级残联和残疾人工作者增强“四个意识”，坚定“四个自信”，紧紧围绕时代主题，大力弘扬人道主义精神，认真落实党中央关于群团改革的系列要求，推动残疾人事业上了一个新台阶。广大残疾人紧跟时代前进步伐，自尊自立、努力拼搏、奉献社会，创造了许多令人敬佩的业绩，他们身上表现出来的自强不息精神，是伟大民族精神和时代精神的真实写照。

全国8500万残疾人正在以主人翁的姿态投身经济社会发展。这种前所未有的变化，只有在社会主义的中国、只有在新时代的今天，才能真正实现。

新时代我国残疾人事业发展取得显著成就，根本在于以习近平同志为核心的党中央高度重视和坚强领导。习近平总书记对残疾人有着特殊深厚的感情，始终把残疾人这一困难群体的冷暖疾苦放在心上，处处为残疾人脱贫奔小康撑腰鼓劲，关心残疾人的生活、学习和健康，鼓舞残疾人更加勇敢地迎接生活的挑战、更加坚强地实现人生的梦想。

习近平总书记对残疾人和残疾人事业发展提出了一系列明确要求，深刻阐述了新时代残疾人事业发展的价值理念、地位作用、目标方向、重要任务和责任要求，科学回答了新时代怎样认识残疾人、怎样发展残疾人事业以及怎样做好残疾人工作等重大问题。这些重要论述，从为中国人民谋幸福、为中华民族谋复兴的高度，把我们党对残疾人事业发展的规律性认识提高到一个新的高度，为新时代中国特色残疾人事业发展指明了前进方向，提供了根本遵循，是我们做好残疾人工作的思想指引和行动指南。

党的十九大描绘了决胜全面建成小康社会、开启全面建设社会主义现代化国家新征程的宏伟蓝图，对推动新时代残疾人事业发展提出了新要求。新时代的中国充满着新的希望，新时代的发展迎来了新的机遇。我们要以习近平新时代中国特色社会主义思想为指引，不忘初心，牢记使命，推动新时代残疾人事业更好发展，在实现中国梦的伟大征程中创造残疾人更加幸福美好的新生活。

推动新时代残疾人事业发展，必须坚持树立正确的价值理念。残疾人是社会大家庭的平等成员，是人类文明发展的一支重要力量，是坚持和发展中国特色社会主义的一支重要力量。我们要充分尊重残疾人的尊严，挖掘残疾人的潜能，发挥残疾人在残疾人事业中的主体作用，鼓励残疾人在实现人生梦想的同时，共同推动中华民族的美好梦想早日实现。

推动新时代残疾人事业发展，必须坚守弱有所扶的原则立场。对残疾人等特殊群体要采取特殊帮扶政策。我们要把更多注意力放在残疾人等困难群众身上，制定特惠政策，给予特别关爱，送去党和政府及全社会的温暖。

推动新时代残疾人事业发展，必须完成决胜全面建成小康社会的关键任务。为残疾人做更多事情，也是全面建成小康社会的一个重要方面。我们要认真贯彻落实党中央关于打赢脱贫攻坚战的决策部署，聚精会神解决好因残致贫的问题，尽快补上农村残疾人服务短板，确保残疾人共奔小康目标如期实现。

推动新时代残疾人事业发展，必须促进残疾人全面发展和共同富裕。让广大残疾人安居乐业、衣食无忧，过上幸福美好的生活，是我们党全心全意为人民服务宗旨的重要体现，是我国社会主义制度的必然要求。全面建设社会主义现代化国家，残疾人事业也要现代化。我们要认真分析不平衡不充分的发展在残疾人事业上的突出表现，系统研究新时代残疾人事业发展的重大课题，科学设计残疾人事业现代化的目标、路径和策略，同步开启残疾人事业现代化新征程。我们要顺应残疾人过上美好生活的新期待，不断健全残疾人事业政策法规体系，加强残疾人社会保障制度和服务体系建设，加快推进无障碍环境建设，切实提高残疾人事业科技应用水平，进一步保障残疾人平等权益，促进残疾人融合发展，实现残疾人共享经济社会发展成果。

推动新时代残疾人事业发展，必须把推进残疾人事业当作分内责任。残疾人事业是中国特色社会主义事业的重要组成部分，各项建设事业都要把残疾人事业纳入其中。我们要统筹推进“五位一体”总体布局，协调推进“四个全面”战略布局，使各级党委和政府、残联组织及社会各方面都能共同承担责任，推动残疾人事业融入党和国家事业发展大局，进一步完善关爱扶助残疾人的长效机制，不断健全残疾人权益保障制度。

各级党委和政府要高度重视残疾人事业，健全党委领导、政府负责的残疾人工作领导体制，完善政府主导、社会广泛参与、残疾人组织充分发挥作用的工作机制。各级政府残工委要发挥牵头作用，统筹协调重大问题。工会、共青团、妇联等人民团体要发挥各自作用，基层组织要落实好各项残疾人工作。坚持国家扶持、市场推动的原则，完善残疾人事业经费投入保障机制，扩大政府购买助残服务规模，提高残疾人公共服务能力和水平。

全社会要携手残疾人共同走向美好未来。要加强残疾人事业社会治理和服务创新，探索健全全领域的社会动员机制和搭建全方位的残疾人服务平台，积极培育助残社会组织，培养助残志愿者队伍，发展公益助残项目，形成全社会关心关爱残疾人的良好氛围，推动我们的社会更加开放、包容和文明。

各级残联要发扬优良传统，切实履行职责，团结带领残疾人继续开创工作新局面。要紧紧围绕时代主题，牢固树立“四个意识”，坚决维护习近平总书记党中央的核心、全党的核心地位，坚决维护党中央权威和集中统一领导，把残疾人团结在党的周围，带领残疾人听党话、跟党走。要积极推进改革创新，切实增强政治性、先进性、群众性，将残联组织建设得更接地气、更加充满活力，不断提高联系、凝聚、服务残疾人的能力。要坚持眼睛向下，立足基层，面向群众，多为残疾人做雪中送炭的事，及时将党和政府的温暖传递给残疾人，使残联组织和残疾人工作者真正成为残疾人信得过、靠得住、离不开的娘家人、贴心人。

广大残疾人朋友要乘着时代东风，更加“自尊、自信、自强、自立”，自觉将个人理想和中国梦紧密相连，热爱祖国、热爱生活、主动学习、增长才干，努力投身改革开放和社会主义现代化建设，在新时代广阔的舞台上，在为国家发展和社会进步作贡献的过程中，焕发出生命的光彩与魅力。

代表们、同志们！

让我们更加紧密地团结在以习近平同志为核心的党中央周围，锐意进取，扎实工作，奋力开创新时代残疾人事业发展新局面，为决胜全面建成小康社会、夺取新时代中国特色社会主义伟大胜利、实现中华民族伟大复兴的中国梦而奋斗！

国务委员王勇在中国残疾人联合会第七次全国代表大会闭幕式上的讲话

2018 年 9 月 16 日

中国残疾人联合会第七次全国代表大会圆满完成各项议程，即将胜利闭幕。这次大会是在纪念改革开放 40 周年之际，在全党全国深入学习贯彻习近平新时代中国特色社会主义思想和党的十九大精神，决胜全面建成小康社会、开启全面建设社会主义现代化国家新征程的重要时刻，召开的一次十分重要的会议。习近平总书记、李克强总理等党和国家领导人出席了大会开幕式，韩正副总理受习近平总书记委托，代表党中央、国务院向大会致辞，充分肯定了残疾人事业发展取得的显著成就，对贯彻落实习近平总书记关于残疾人事业的重要论述、推动新时代残疾人事业更好发展提出了明确要求。这充分体现了以习近平同志为核心的党中央对残疾人事业的高度重视和亲切关怀，是对我们的极大鼓舞和激励。

刚才，朴方同志做了重要讲话，回顾了改革开放四十年来残疾人事业取得的成就，对进一步弘扬人道主义思想、加快残疾人事业发展提出了要求，大家要认真学习贯彻。大会期间，张海迪同志代表中国残联第六届主席团做了一个很好的工作报告，全面总结了过去五年残疾人工作的成绩和经验，在深入学习领会习近平总书记关于残疾人事业重要论述的基础上，提出了今后五年工作的主要任务。大会选举产生了中国残联新一届主席团、执行理事会，通过了新修订的中国残联章程和张海迪同志的工作报告，为新时代残疾人事业发展描绘了蓝图，提供了组织保障。这次会议是推动做好残疾人工作的一次盛会，也是继往开来、团结奋进的大会，意义重大而深远，必将有力地促进新时代残疾人事业再上新的台阶！在此，我代表国务院和国务院残疾人工作委员会，对大会取得圆满成功表示热烈祝贺！向出席大会的全体代表、向全国 8500 万残疾人及其亲友、向广大残疾人工作者和关心支持残疾人事业的同志们、朋友们，致以亲切问候和良好祝愿！下面，我讲几点意见：

一、在习近平新时代中国特色社会主义思想指引下，我国残疾人事业发展取得了显著成就

党的十八大以来，以习近平同志为核心的党中央，对残疾人事业的重视程度达到了新的高度。习近平总书记深刻指出，“残疾人是一个特殊困难的群体，需要格外关心、格外关注”“全面建成小康社会，残疾人一个也不能少”，“让广大残疾人安居乐业、衣食无忧，过上幸福美好的生活，是我们党全心全意为人民服务宗旨的重要体现，是我国社会主义制度的必然要求”。李克强总理也强调“要让残疾人的生活更加殷实、更有尊严”。习近平总书记、李克强总理等中央领导同志的重要指示，充分体现了以人民为中心的发展思想，饱含着对残疾人的特殊关怀厚爱，为我们做好残疾人工作提供了根本遵循和强大动力。

在以习近平同志为核心的党中央坚强领导下，各地区各部门、各级残联和广大残疾人工作者团结奋斗，开拓进取，探索走出一条中国特色社会主义残疾人事业发展道路，推动我国残疾人事业取得了举世瞩目的历史性成就，为党和国家事业增了光、添了彩。

一是残疾人事业更加充分地融入党和国家工作大局。在党中央、国务院高度重视下，残疾人事业发展纳入了国家“十三五”规划和脱贫攻坚、健康中国、基本公共服务等专项规划。国务院还专门制定加快残疾人小康进程的意见和规划纲要，进一步明确了目标任务和相关政策措施。各地区各部门也将残疾人事业纳入经济社会发展大局，加强了对残疾人工作的组织领导，完善了党委领导、政府负责的领导体制和政府主导、社会参与、残疾人组织充分发挥作用的工作机制，出台了一系列促进残疾人事业发展的有力举措。与此同时，残疾人事业法治建设步伐加快，以残疾人保障法为核心，以教育、就业、残疾预防和康复、无障碍环境建设等方面条例为支撑的法律法规体系基本形成。社会各界对残疾人事业关注程度和支持力度日益提高，人道主义思想深入人心，扶残助残的社会氛围更加浓厚。

二是残疾人民生和权益保障持续改善。残疾人脱贫攻坚取得明显成效，累计有 500 多万贫困残疾人实现脱贫。最低生活保障和特困救助制度覆盖 1000 多万残疾人，基本实现了“应保尽保”。国家建立了困难残疾人生活补贴和重度残疾人护理补贴制度，惠及 50% 以上的持证残疾人；建立了残疾儿童康复救助制度，使上百万 0—6 岁残疾儿童得到了宝贵的抢救性康复。这些都是前所未有的制度创新和突破。国家还设立了“残疾预防日”，大幅增加面向残疾人特别是重度残疾人的康复服务供给，2000 多万人次获得基本康复服务。残疾人的生活质量明显提高，有了更多实实在在的获得感幸福感安全感。

三是残疾人共建共享和社会参与能力显著增强。近年来，我国残疾人就业稳中向好，1700 多万城乡就业年龄段持证残疾人中，超过半数实现了就业，更多残疾人走上了就业创业之路。残疾儿童义务教育入学率持续提高，视力、听力、智力残疾学生入学率超过 90%，其中一半以上实现了随班就读，越来越多的残疾学生考入普通高校进行深造。残疾人政治和社会参与更加广泛，全国已有 5000 多名残疾人及亲友担任各级人大代表、政协委员，各行各业涌现出一大批残疾人自强典型和先进模范，他们在平凡的岗位上创造了不平凡的业绩。许多残疾人通过个人才艺向社会展示了自身的独特魅力和创造力，有的身怀绝技在全国及世界残疾人技能大赛上摘金夺银，被评为“全国技术能手”、“中华技能大奖”，诠释了残疾人的生命尊严和人生价值。广大残疾人的精神面貌发生深刻变化，向社会传递了越来越多的正

能量。

四是残疾人事业国际影响力大幅提升。这几年，我国在国际残疾人事务中发挥了越来越重要的作用，话语权和影响力不断提升。我们推动将残疾人事务纳入了《2030年可持续发展议程》，在“一带一路”、亚太经济合作组织、亚欧会议、中国－东盟博览会等框架下，促成建立了残疾人事务区域合作机制。我们还成功举办了《残疾人权利公约》通过十周年纪念大会、第三个“亚太残疾人十年”中期审查政府间高级别会议等重要活动。张海迪同志光荣当选康复国际主席。中国残疾人艺术团出访巡演足迹遍布五大洲，创作演出的精彩节目感动世界。中国残疾人体育健儿连续四届夺得残奥会金牌榜和奖牌榜首位，并在平昌冬残奥会上实现金牌零的突破，为祖国和人民赢得了荣誉，向全世界展示了中国残疾人自强不息、顽强拼搏的良好形象。

我国残疾人事业发展取得的巨大成就，既是党和国家事业发生历史性变革的生动例证和突出亮点，也成为向国际社会展示我国经济社会发展和人权保障事业成就的重要窗口和靓丽名片。这些成就的取得，是以习近平同志为核心的党中央高度重视、坚强领导的结果，是各地区各部门各方面关心支持和大力帮助的结果，也凝聚了各位代表、各级残联、广大残疾人工作者和全国残疾人及其家庭的辛勤付出和心血汗水。在此，我代表国务院和国务院残工委，向大家表示崇高敬意和衷心感谢！

二、坚持以习近平新时代中国特色社会主义思想为统领，促进残疾人事业全面发展

当前和今后一个时期，是决胜全面建成小康社会、实现“两个一百年”奋斗目标的关键时期，也是促进残疾人事业全面发展、开创新局面、再上新台阶的重要时期。我们要看到，我国残疾人事业发展不平衡不充分的问题依然突出，还不能满足残疾人日益增长的美好生活需要，我国农村仍有相当数量的贫困残疾人，残疾人在教育、就业、医疗、康复等基本公共服务方面还面临不少难题。党的十九大对加强社会民生建设做出一系列新的部署，强调要“坚持在发展中保障和改善民生”，“在幼有所育、学有所教、劳有所得、病有所医、老有所养、住有所居、弱有所扶等方面不断取得新进展”，明确提出“发展残疾人事业，加强残疾康复服务”，这些都对新时代残疾人事业发展提出了新的更高要求。

我们一定要充分认识新时代残疾人事业发展面临的新形势新任务，坚持以习近平新时代中国特色社会主义思想为统领，深入学习贯彻习近平总书记关于残疾人事业的重要论述，深刻理解和把握贯穿其中的新时代残疾人事业发展的价值理念、地位作用、目标方向、重要任务和责任要求，进一步增强工作责任感、使命感、紧迫感，认真落实党中央、国务院决策部署，突出重点、统筹兼顾，以更加扎实有力的举措，推动新时代残疾人事业不断取得新的更大成效。

第一，要加快推进残疾人小康进程。没有残疾人的小康，就不是真正意义的全面小康。要把加快推进残疾人小康进程作为全面建成小康社会决胜阶段的重点任务，尽快缩小残疾人状况与社会平均水平的差距，让残疾人和全国人民共同迈入全面小康社会。这是当前残疾人工作的中心任务，是必须完成的“硬任务”。现在距2020年只有两年多时间，要对照全面小康的目标要求，加快补齐制度短板，增加残疾人公共产品和公共服务供给，让改革发展成果更多、更公平、更实在地惠及广大残疾人，使残疾人收入水平明显提高、生活质量明显改善、融合发展持续推进，让广大残疾人安居乐业、衣食无忧。要运用好“十三五”加快残疾人小康进程规划实施情况的中期评估成果，看看哪些方面差距大，就采取针对性的措施加快“赶上来”，确保各项目标任务不折不扣完成好，使残疾人全面小康得到人民认可、经得起历史检验。

第二，要确保农村贫困残疾人如期脱贫。脱贫攻坚是十九大确定的必须打好的三大攻坚战之一。目前，全国建档立卡贫困残疾人还有280多万，占未脱贫人口的9.2%。他们是最需要帮助的困难群体。对于有劳动能力的残疾人，要综合运用产业扶贫、就业扶贫、电商扶贫等政策手段，因户因人精准帮扶，提高造血功能，帮助他们实现长期稳定脱贫。生态扶贫、易地搬迁扶贫、教育扶贫、健康扶贫等政策和项目，只要是适合贫困残疾人的，都要优先让残疾人受益。对于丧失劳动能力，无法通过产业等帮扶政策脱贫的残疾人，要通过社会保障进行兜底。进一步健全完善农村低保制度，逐步提高保障水平，并向一户多残、老残一体、孤残重残、多重残疾等特殊困难群体倾斜。积极推动残疾人“两项补贴”提标扩面，更好发挥其在兜底保障中的作用。加大对贫困残疾人的医疗救助力度，推动将更多残疾人康复项目纳入医保。加大社会服务兜底工程实施力度，着力解决重度残疾人和重性精神障碍患者等的康复服务和托养照料等问题。同时，还要广泛动员社会力量参与残疾人脱贫攻坚，最大限度地为残疾人脱贫创造更多有利条件。

第三，要进一步加强残疾人教育和就业、提升自我发展能力。推动残疾人事业可持续发展，改善残疾人生存状况，关键在增强残疾人自我发展能力。教育是残疾人超越障碍、实现梦想的阶梯。要切实保障残疾人受教育的权利，为他们提供公平的受教育机会。要实施好特殊教育提升计划，积极发展融合教育。开展适龄残疾儿童少年义务教育攻坚，“一人一案”解决好未入学残疾儿童少年义务教育问题。加快发展残疾人中等职业教育、高中阶段教育和高等教育，提高残疾人受教育水平。就业是残疾人通过劳动创造幸福生活、实现人生价值的重要途径。目前，全国还有740多万就业年龄段未就业的残疾人，大部分有就业愿望和能力，但现实中却面临政策落实难、岗位匹配难等诸多障碍。要多措并举拓宽残疾人就业渠道，巩固发展残疾人按比例就业、振兴残疾

人集中就业，大力发展公益岗位就业和辅助性就业，鼓励和扶持有条件的残疾人自主创业、灵活就业。同时，进一步完善政策，推动建立残疾人就业津贴制度和企业安置残疾人补贴奖励机制，加强和改进残疾人就业服务，消除各种对残疾人的就业歧视。要加大对残疾人新就业形态的支持力度，积极为残疾人提供电商培训等服务，鼓励他们通过“互联网+”实现创业就业、在“双创”大潮中一展风采。

第四，要进一步提升残疾预防、康复、无障碍环境建设等公共服务水平。我国已经初步建立了残疾人基本公共服务体系，今后要实现从“有”到“好”的转变，让残疾人能够享受到方便可及的基本公共服务。康复是残疾人最迫切的需求。现在康复服务供给严重不足，且分布很不均衡，残疾人的康复需求满足率不足70%。要围绕实现残疾人“人人享有康复服务”的目标，强化医疗卫生机构的康复职能，加强专业康复机构和设施建设，切实扩大康复服务供给。要更加重视辅助器具研发生产，为残疾人提供更多更好的辅具产品和服务。建设康复大学已经纳入国家“十三五”规划纲要，要加快推进相关工作，为我国培养更多康复方面的人才。残疾预防刻不容缓。目前我国每年新增残疾人口约200万，这对残疾人本身是很不幸的，同时也带来极大的经济社会成本。要立足于“治未病”，树立全人群、全生命周期残疾预防的观念，完善残疾预防工作机制，全社会共同行动，有效控制残疾的发生和发展。无障碍环境是残疾人走出家门、融入社会的基础条件，也是社会文明进步的重要标志。目前，我国城市的无障碍设施还比较零散，一些盲道、残疾人专用停车位等无障碍设施还经常被占用，大量的既有道路、过街天桥坡道、老旧居民楼、公共建筑物等需要进行无障碍改造；农村和中西部地区无障碍设施还相当薄弱，还有很多空白。要坚持增量建设和存量改造并重，全面推进无障碍环境建设，为残疾人生活、学习和工作带来更多便利。

第五，要进一步拓展深化国际交流合作。残疾人事务的国际交流是领域外交和民间外交的重要方面。要配合国家外交大局，着眼于推动构建人类命运共同体，积极参与国际残疾人事务。要以“一带一路”国家为重点，利用好康复国际等平台，加强残疾人各领域对外交流合作，传播中国特色残疾人事业的理念和经验。“走出去”的同时还要“引进来”，认真学习国外残疾人工作的先进理念、创新制度和先进技术，提高我国残疾人事业发展水平。办好2022年北京冬奥会和冬残奥会，是全世界关注的一件大事。要认真落实习近平总书记提出的“办赛精彩，参赛也要出彩”目标，扎实做好北京冬残奥会筹办和备战参赛工作，向世界奉献一届精彩、非凡、卓越的冬残奥会。

三、加强党对残疾人工作的领导，切实提高为残疾人服务的能力和水平

做好新时代残疾人工作，任务艰巨，责任重大。必须坚持党的领导，进一步完善领导体制和工作机制，加强残联组织自身改革和建设，为中国特色残疾人事业发展提供坚强的政治保障和组织保障。

一要提高政治站位，健全领导体制。残疾人工作是党的群众工作的重要组成部分。要坚持党对残疾人工作的全面领导，不断强化“四个意识”，坚定“四个自信”，坚决维护习近平总书记的核心地位，坚决维护党中央权威和集中统一领导，团结带领广大残疾人听党话、跟党走，把党中央的路线、方针、政策和决议不折不扣贯彻落实到残疾人工作中去。要进一步健全党委领导、政府负责的残疾人工作领导体制，完善政府主导、社会参与、残疾人组织充分发挥作用的工作机制。各级党委政府要把推进残疾人事业纳入工作大局，把残疾人工作摆到更加重要的位置，及时研究解决残疾人工作中的重大问题。各级残联党组要落实全面从严治党各项要求，加强党的政治建设、思想建设、组织建设、作风建设、纪律建设，把制度建设贯穿其中，深入推进反腐败斗争，不断提高推动残疾人事业发展的领导能力和工作水平。

二要深入落实残联改革方案，加强自身建设。中国残联和地方各级残联是党和政府联系残疾人的桥梁和纽带，今年正值中国残联成立30周年。上个月，国务院办公厅印发了《中国残疾人联合会改革方案》，明确了残联改革的总体要求和具体措施。各级残联特别是中国残联新一届领导班子，要认真贯彻落实中央党的群团工作会议精神，按照中国残联改革方案的具体部署，完善领导机构和运行机制，改革干部选拔方式和管理制度，保持和增强政治性、先进性、群众性，充分履行“代表、服务、管理”职能。各级残联要通过改革切实提升服务残疾人、服务大局的能力和水平，真正成为为残疾人解难的“贴心人”、为党和政府分忧的“好助手”，在新时代残疾人事业发展进程中再立新功。

三要改进工作作风，夯实基层基础。服务是残疾人工作的核心。各级残联要坚持以残疾人为本，始终保持与残疾人的血肉联系，怀着深厚的感情做工作，多做雪中送炭的事情。要切实增强服务意识，事不避难，善不弃小，只要是涉及残疾人切身利益的事，每一件都要马上就办、一次办妥，让残疾人满意舒心。大力推行上门服务，使之成为各级残联的工作常态、工作模式，进万家门、访万家情，把党和政府的关怀送到残疾人身边。要坚持眼睛向下、重心下移，加强基层残疾人组织建设，推动“残疾人之家”“阳光家园”“温馨家园”等服务设施向城乡社区延伸，打通为残疾人服务的“最后一公里”。继续建好用好残疾人事业大数据，推广“互联网+助残服务”，提高残疾人工作精细化精准化水平。要创新做好宣传工作，讲好残疾人事业和残疾人的故事，进一步增进社会各界对残疾人和残疾人事业的关心支持。做好残疾人工作，关键在干部。要着力打造一支政治坚定、律己严格、工作上能打硬仗、全心全意为残疾人服务的干部队伍。同时，要更加关心爱护干部特别是基层残疾人工

作者，帮助他们解决工作和生活中的实际困难，让他们安心工作、无后顾之忧。

8500万残疾人兄弟姐妹，是社会主义大家庭的平等成员。要充分尊重残疾人的尊严，发挥残疾人在残疾人事业中的主体作用，保障他们的知情权、参与权、表达权、监督权，促进残疾人平等参与、融合共享。希望广大残疾人继续发扬“自尊、自信、自强、自立”精神，乐观向上，努力拼搏，在全面建成小康社会和全面建设社会主义现代化国家的伟大实践中，通过自身的奋斗创造更加幸福美好的生活。

各位代表、同志们！

残疾人事业是崇高的人道主义事业。我们要在以习近平同志为核心的党中央坚强领导下，以习近平新时代中国特色社会主义思想为指导，积极进取，扎实工作，奋力开创新时代残疾人事业发展新局面，为决胜全面建成小康社会、夺取新时代中国特色社会主义伟大胜利、实现中华民族伟大复兴中国梦做出新的更大贡献！

邓朴方在中国残疾人联合会第七次全国代表大会闭幕式上的讲话

2018年9月16日

中国残疾人联合会第七次全国代表大会今天就要闭幕了。以习近平同志为核心的党中央高度重视，党和国家领导同志出席了开幕式，韩正同志代表党中央、国务院致辞。大会批准了张海迪同志代表六届主席团做的报告、修订了章程，选举产生了新一届领导机构。我国残疾人事业又将翻开新的一页。我向各位代表，并通过你们向全国8500万残疾人、残疾人亲友和残疾人工作者表示衷心的祝贺和亲切的问候！感谢大家推举我做名誉主席，我将继续和大家一起，忠诚地为残疾人事业奋斗。

今天我的发言，是和大家谈心。因为，残疾人工作是需要用心来做的。

今年是改革开放40周年，也是中国残联成立30周年。1978年，以邓小平同志为首的老一辈无产阶级革命家开启了改革开放的历史进程。改革开放是一场伟大革命。党带领全国人民解放思想，实事求是，摆脱了桎梏，突破了藩篱，沿着十一届三中全会确定的正确方向，杀出了一条血路，开拓和走通了中国特色社会主义道路。

改革开放给中国带来了翻天覆地的变化。这是政治、经济、社会、文化等全方位的变化。这是社会结构、利益格局、思维方式等深层次的变化。这是根本性、历史性、不可逆的变化。这些变化使得人民富裕、国家富强、民族复兴的光明前景一步一步成为现实。

改革开放是对人的解放。它承认鼓励老百姓对幸福生活的渴望和追求，激发广大群众中蕴藏的智慧和力量，为每一个普通人提供了改善生活、改变命运的机会和舞台。40年来，亿万中国人民夜以继日地辛勤劳作，一针一线、一砖一瓦，用双手创造了人间奇迹。他们的顽强拼搏、他们的牺牲忍耐，他们迸发出来的无穷无尽的活力和奋斗精神，惊天地、泣鬼神。

要前进就会有代价。改革开放的进程中也遭遇到各种各样的冲击、困难和失误。任何一项改革措施都会有正面和负面的效应，多年高速度的发展不可避免地会引起多方面的失衡。这些因素使我们付出代价，有些代价还甚为惨痛，比如环境污染、贫富分化、社会失范、道德滑坡、人情淡漠等。但是，历史前进的步伐不会停息，发展中的问题要靠发展来解决。我们要在应对危机、克服困难、弥补失误、忍受痛苦中继续前行，把中国特色社会主义道路坚持下去，咬紧牙关不倒退，一百年不动摇。

经历了40年风雨兼程，我们对改革开放和中国特色社会主义的发展规律有了更深刻的认识。现在，我们可以充满信心地说，改革开放开启了一个大时代，它将不仅推动一个古老东方民族的伟大复兴，还将推动东西方文明的平等交融，从而对世界有所贡献。后人的责任，就是要延续这个大时代，推进这个大时代，让它绽放出更加灿烂的光芒！

改革开放的40年，也是残疾人事业蓬勃发展的时期。我们弘扬人道主义思想，倡导残疾人“平等、参与、共享”的理念，融入中国特色社会主义文化，深刻改变了残疾人的观念，深刻改变了社会观念。残疾人“自尊、自信、自强、自立”，改变了自己的生活和社会地位；人们理解、尊重、关心、帮助残疾人，社会因此更加文明进步。我们成立了中国残疾人福利基金会，组建了中国残疾人联合会。残联是最具有活力的组织形式，上联政府、下联社会、扎根残疾人群众，成为残疾人事业发展的强大引擎。我们参与改革开放，残疾人事业在改革开放的热土上成长；我们支持改革开放，为实现共同富裕的目标做出了贡献。我们聚精会神做好国内工作，开拓了中国特色残疾人事业发展道路；我们以开放的胸怀参与国际残疾人运动，推动了联合国《残疾人权利公约》的缔结，引领和参与了许多重大国际行动。中国残疾人事业的成就经验得到了国内外的普遍赞誉。

回顾这些激情燃烧的创业岁月，仿佛就在眼前、就在昨天。我的内心充满感恩。感谢这个时代，感谢我们的祖国，感谢党和政府的关心重视，感谢社会各界的参与支持，感谢广大残疾人、残疾人亲友和残疾人工作者的共同奋斗！特别是想到当年共同奋斗的战友，鲁光、小成、建模同志，还有地方残联的一些同志，他们太累了，已经永远地离开了我们，令人心痛。他们的牺牲和奉献将永远铭记在我们心中。

此时此刻，面向未来，我有一些想法和大家共享。

首先，我们要坚持长期处于社会主义初级阶段这个基本判断。小平同志说过，“我们搞社会主义才几十年，还处在初级阶段。巩固和发展社会主义制度，还需要一个很长的历史阶段，需要我们几代人、十几代人，甚至几十代人坚持不懈地努力奋斗，决不能掉以轻心”。为什么要这样讲？为什么要讲几十代？就是要强调这个阶段的长期性、艰巨性、曲折性和复杂性。我们一定要有这种实事求是的态度，保持清醒的头脑，知道自己的分量，既不妄自尊大，也不妄自菲薄，坚持立足国情，从社会主义初级阶段的实际出发谋划一切工作。

对于残疾人事业来讲，正是因为还处在社会主义初级阶段，我国残疾人事业发展水平还不高，大量贫困残疾人还没有脱贫，更多残疾人的生活还比较困苦，残疾人的医疗、康复、教育、就业等状况还远远落后于社会平均水平。我们要承认这个现实，正视它、改变它，要以这个基础来谋划事业的发展，踏踏实实地奋斗，一步一步地前进。

其次，我们要始终坚持改革开放。小平同志曾经说，发展起来以后的问题不比不发展时少。现在我们发展起来了，事实证明，我们面临的国际国内形势将会更加复杂，困难矛盾将会更加突显。在国内，要实现高质量发展，让人民过上更好的生活；国际上，不稳定不确定因素增多，要坚持和平与发展的方针，争取合作共赢的国际环境。这个时候，要害是把中国自己的事情办好。宏观上，要使中国始终稳定可靠、有效率地发展；微观上，要搞活，要让社会细胞活跃起来，为企业、为创业者、为年轻人提供切实的环境条件，让劳动者的创造力有机会源源不断地迸发出来。实现所有这一切，都需要继续改革开放。换言之，只有坚持改革开放，我们才能继续生存、继续发展。

残疾人事业也要一如既往地在改革开放的大局中继续发展。30年来，我们积累了一些宝贵的经验和行之有效的做法，比如弘扬人道主义思想，走劳动福利型发展道路，坚持党委领导、政府负责、社会参与、市场推动、残疾人组织充分发挥作用的工作模式等许多经验。这些经验，要传承发扬；同时，也不能故步自封，更要创造新的经验，开拓新的局面，永远保持残疾人工作的生机活力，继续做改革开放的排头兵。

第三，要下大力气缩小贫富差距。小平同志说，贫穷不是社会主义，两极分化也不是社会主义。我们共产党人搞革命为什么？不就是为了让贫苦大众都过上好日子吗？这就是我们现在所讲的共同富裕。社会主义道路就是要通过共同富裕来实现社会进步、避免社会分化。广大人民群众包括残疾人对共同富裕的要求，是正当的、合理的，也是必须满足的。一个共同富裕的社会，才是和谐的、正义的。可以说，共同富裕也正是实现现代化的必要条件。

残疾人的贫困问题最突出、最顽固。目前，残疾人家庭的收入与社会平均水平相比还有相当大的差距，残疾人在贫困人口中的比例越来越高。即使消除了绝对贫困，残疾人的相对贫困还会长期存在。我们残联的责任，就是要协助政府兜住这个底，让最困难的残疾人跟上社会前进的步伐。要根据残疾人的不同情况采取不同的解决办法。对于暂时不具备劳动条件的残疾人和特殊困难的残疾人家庭，要提高社会保障水平，确保他们衣食无忧。要鼓励更多残疾人的劳动意愿，千方百计扶持他们就业创业，通过自己的劳动过上更加殷实、更有尊严的生活。只有把这个底兜住，全国人民共同富裕的目标才能够真正实现。

第四，要重视人的现代化和全面发展。中华民族要复兴、要走向现代化，什么最困难？人的现代化最困难也最重要。我们都是从“文化大革命”走过来的，那时候信仰破灭、道德丧失、文化断裂、社会混乱，人们对一切失去信任。后来，新的问题又出现了，市场经济带来金钱至上，快速发展带来人心浮躁。这些问题已经成为制约我们现代化进程的巨大障碍。现在，中国人对真善美的渴望、对社会文明进步的渴望，越来越强烈、越来越成为普遍共识。

这让我想起小平同志曾经讲过“做有理想、有道德、有文化、有纪律的人”。他讲这个话，已经有38年了。应对现在社会的种种乱象，今天再重温老人家的要求，其中提纲挈领的指导意义还是十分现实的。人人有理想、有信仰，民族才能站得起来，国家才有希望、有前途；人人有道德，生命才有尊严，社会才有诚信；人人有文化，发展才有底蕴，才能自立于民族之林；人人有纪律，才能有正气、有秩序，才能形成凝聚力。有了这样的素质才是现代化的人，也才有可能实现人的“自由而全面的发展”，也才有可能建成现代化国家、实现民族复兴。

当然，要实现十几亿人的现代化，是一个长期、艰难的历程。这是一个文化观念冲突变革、社会习俗演化进步的过程；这是一个人民群众在正反两个方面的比较中反思辨别，不断自我磨砺、自我完善的过程；这是一个激浊扬清、惩恶扬善的社会机制不断形成和发挥作用的过程；这也是一个国家现代化为人的现代化提供环境和条件、人的现代化为国家现代化提供动力和方向的过程。我坚信，具有现代化素质的中国人终将重新展现自己的风采，赢得世界的尊重。残疾人群众亦当如是。

同志们，

30岁的残联，不是小孩子，不是毛头小伙子，是顶天立地的男子汉了，要有更多的担当作为。

残联成立之初就将职能定位于“代表、服务、管理”，我们既是残疾人的代表组织，坚决维护残疾人的权益；也是残疾人的服务组织，要做大量艰苦细致的服务工作；还是政府残疾人工作委员会的办事机构，承担发展管理残疾人事业的职能。三种职能科学地、有机地结合在一起，最大化地推动了残疾人事业的发展。今后还要坚持这么做，要做得更好。但是，我们毕竟在体制内运转，有滋生的土壤，就难免有官僚主义的现象。所以，要特别重视克服并防止官僚化，要牢牢把握好残联作为人民团体的定位和群团组织的特点，残联绝不能成为官僚机构，要真正成为残疾人信得过、靠得住、离不开的温暖的家。

残疾人工作者应该是一个理想主义者，要有更多的信仰和道德追求。我们要始终牢记全心全意为残疾人服务的初心。要与残疾人同呼吸、共命运、心连心。要用心来做残疾人工作，对待年幼的残疾人，如同自己的儿女；对待年龄相若的残疾人，如同自己的兄弟姐妹；对待年长的残疾人，如同自己的父母。要始终保持和残疾人的血肉联系，把残疾人的安危冷暖放在心上，要和残疾人绞在一起、滚在一起，要进万家门、访万家情、解万家难，为万家做一件一件的小事、实事。我希望新加入残疾人工作队伍的同志们也要有这样的追求，继承发扬中国残联的优良传统，恪守“人道、廉洁”的职业道德，不为做官、不为发财、只为做事，艰苦奋斗、无私奉献，永远保持勃勃生机，永远充满向上向善的力量。

习近平总书记强调“让残疾人安居乐业、衣食无忧，过上幸福美好的生活，是我们党全心全意为人民服务宗旨的重要体现，是我国社会主义制度的必然要求”，提出“全面建成小康社会，残疾人一个也不能少”“进一步发展残疾人事业，促进残疾人全面发展和共同富裕”。他叮嘱各级残联“要发扬优良传统，切实履行职责，为残疾人解难、为党和政府分忧，团结带领残疾人继续开创工作新局面”。这些话讲得多么好！这是对我们的要求和希望，也是对我们的支持和鼓励。让我们把七代会当作一个新的起点，把中央的要求落到实处，带领残疾人兄弟姐妹走向更加美好的未来！

张海迪在中国残疾人联合会第七次全国代表大会上的报告：以习近平新时代中国特色社会主义思想为指引，团结带领残疾人兄弟姐妹共奔美好小康生活

2018 年 9 月 14 日

我代表中国残疾人联合会第六届主席团向大会作报告，请予审议。大会的主题是：以习近平新时代中国特色社会主义思想为指引，深入贯彻落实党的十九大精神，不忘初心，牢记使命，努力开创新时代残疾人事业发展新局面，促进残疾人全面发展和共同富裕，帮助残疾人和全国人民一道实现全面小康生活，在实现中华民族伟大复兴中国梦的实践中创造美好未来。

一、过去五年的工作

党的十八大以来，在以习近平同志为核心的党中央坚强领导下，各级党委和政府高度重视，社会各界关心支持、积极参与，残疾人事业发展迈上一个新台阶，取得了新成就，残疾人状况得到显著改善，残疾人事业在全面建成小康社会的征程中取得新进展。

过去的五年，农村贫困残疾人脱贫攻坚取得重大进展。500 多万贫困残疾人摆脱了贫困，帮助 170 多万贫困残疾人家庭改造了危房。2100 多万残疾人得到了困难残疾人生活补贴和重度残疾人护理补贴。900 多万贫困残疾人有了最低生活保障，其中 260 多万成年无业重度残疾人作为单人户纳入低保，近百万特困残疾人得到救助。扶持 100 多万城镇残疾人实现了各种形式的就业，残疾人收入较快增长、生活明显改善。残疾人服务纳入国家基本公共服务体系，2000 多万（人次）残疾人得到康复服务，400 多万（人次）残疾人得到托养照料。视力、听力、智力三类残疾儿童少年义务教育入学率超过 90%，残疾学生随班就读的比例超过 50%。为残疾人考生参加普通高考提供便利措施，累计已有 4.43 万残疾人考生进入普通高校学习。发布推广国家通用手语和通用盲文，聋人有了“普通话”，盲人有了“规范字”。

实施“盲人数字阅读推广工程”，公共图书馆盲人阅览室座席达到 2.5 万个，地级以上电视台普遍开设了手语栏目。推动残疾人健身体育、康复体育和竞技体育均衡发展。城乡无障碍环境明显改善，211 万残疾人家庭得到无障碍改造，残疾人辅助器具研发和生产不断进步，辅助器具的种类越来越多，科技含量越来越高。全国 16 万残疾人考取了汽车驾驶证，出行更加便利。

过去的五年，残疾人自强不息的精神继续发扬，精神面貌发生深刻变化。越来越多的残疾人顽强奋斗，为社会发展贡献出自己的一份力量。在脱贫攻坚的一线，在科技创新的前沿，在残奥赛场上，在平凡的岗位上，涌现出一大批残疾人先进模范，有“全国优秀共产党员”“全国劳动模范”“八一勋章”获得者，有“全国道德模范”“全国脱贫攻坚奖”获得者，还有“全国技术能手”，很多残疾人金牌运动员获得了全国五一劳动奖章、中国青年五四奖章和全国三八红旗手称号。

中国残疾人体育代表团实现了残奥会金牌榜和奖牌榜四连冠，在平昌冬残奥会上实现了金牌零的突破，为祖国争得了荣誉。中国残疾人艺术团出访 100 多个国家和地区，精彩的演出受到热烈欢迎和高度赞誉，成为传播友谊的使者。中国残疾人代表团参加第九届国际残疾人职业技能竞赛，金牌总数和奖牌总数超过往届，展现了残疾人的卓越技能和工匠精神。

过去的五年，残疾人权益保障的法规和制度更加完善。《民法总则》《中医药法》等多部法律法规维护了残疾人的平等权利。国务院颁布了《残疾预防和残疾人康复条例》，修订了《残疾人教育条例》，制定了《关于加快推进残疾人小康进程的意见》《关于全面建立困难残疾人生活补贴和重度残疾人护理补贴制度的意见》《关于建立残疾儿童康复救助制度的意见》等一系列重要文件。国家《“十三五”推进基本公共服务均等化规划》等专项规划将残疾人公共服务纳入其中，国务院印发了《“十三五”加快残疾人小康进程规划纲要》《国家残疾预防行动计划（2016—2020 年）》，残疾人事业进一步融入经济社会发展大局。各级财政对残疾人事业的专项资金投入超过 1800 亿元，比上一个五年增长 123%。残疾人服务设施达到 3822 个，中央预算内投资规模

比上一个五年大幅增长。

过去的五年，残疾人事业发展环境持续优化。全国“两会”提案议案更多聚焦残疾人和残疾人事业，全国政协连续三年将残疾人事务纳入“双周协商座谈会”，最高人民法院、最高人民检察院对维护残疾人权益提出新要求。成功举办第九届全国残疾人运动会暨第六届特奥运动会、第九届全国残疾人艺术汇演和第五届全国残疾人职业技能竞赛等，开展全国助残日、残疾预防日、志愿助残阳光行动、“集善工程”等活动，残疾人精神生活更加充实，人道主义思想更加深入人心，理解、尊重、关心、帮助残疾人的社会氛围更加浓厚。残疾人的权利得到更加充分的保障，参与社会的深度和广度不断加大。5000多名残疾人、残疾人亲友和残疾人工作者担任各级人大代表和政协委员，积极参政议政、建言献策，为推动社会文明进步做出积极努力。

过去的五年，中国残疾人事业国际影响力不断扩大，开展了更广泛的国际交流合作。认真履行联合国《残疾人权利公约》，推动将残疾人事务纳入联合国《2030年可持续发展议程》。推动建立了亚太经合组织、亚欧会议、中国－东盟等框架下的残疾人事务区域合作机制。积极开展“一带一路”残疾人领域合作。成功举办2013—2022年亚太残疾人十年中期审查高级别政府间会议，“亚太残疾人十年”由中国首倡、在北京发起，已成为残疾人事务区域合作的典范。2014年，我当选康复国际主席，几年来应邀出席联合国社发大会、人权理事会社会论坛、亚太经社会会议、全球残疾人事务高峰会议等，与很多国家和地区分享了中国残疾人事业发展的经验，在国际社会有了更多的话语权。中国残疾人权益保障成就得到了国际社会的普遍赞誉。

过去的五年，各级残联落实全面从严治党要求，党的建设和自身建设显著增强。各级残联全面加强党的建设，扎实开展党的群众路线教育实践活动、“三严三实”专题教育，推进“两学一做”学习教育常态化制度化，切实增强了政治意识、大局意识、核心意识、看齐意识，更加坚定地同以习近平同志为核心的党中央保持高度一致。坚持作风建设永远在路上，认真落实中央“八项规定”和实施细则精神。强化巡视整改落实，建立长效机制。努力以全面从严治党新成效引领残疾人事业新发展，确保党中央方针政策和决策部署得到贯彻落实。

中国残联认真贯彻落实中央党的群团工作会议精神，围绕保持和增强政治性、先进性、群众性，推进各级残联建设和改革，推进服务创新，研究为残疾人服务的新方法。加强信息化建设，建立残疾人口基础数据库，采集了残疾人康复、教育、就业等41项信息，实现数据动态更新；初步建立残疾人事业大数据，同有关部委建立数据交换共享机制，为制定规划和出台政策提供决策依据。积极探索“互联网＋助残服务”，充分利用互联网、大数据等现代信息技术手段，为残疾人提供更加便捷有效的服务。专门协会工作不断创新，“希望之家”等服务项目受到残疾人的欢迎。各级残联专职工作人员达到11.3万人，残疾人专职委员达到59万人，基层残疾人组织基本实现全覆盖。“残疾人之家”“阳光家园”等成为残疾人信得过的基层服务机构。各级残联想方设法为残疾人服务，不断创新工作方法，创造了一些新经验。驻马店等地创新贫困重度残疾人托养工作和日间照料服务方式；宁波、扬州等地积极探索智慧残联，推动残疾人证智能化，无论隔着多远，都能了解残疾人的具体情况，解决各种问题。这些工作减轻了残疾人的痛苦，解放了很多家庭和生产力，为改善残疾人的生活状况做出了积极的努力，得到了各级党委和政府的肯定以及残疾人的好评。

各位代表、同志们，

今年是改革开放40周年。40年来，在党和政府的关心重视下，在社会各界的支持帮助下，千百万残疾人的命运发生了根本变化，中国残疾人事业也取得了举世瞩目的成就。在邓朴方同志和几代残疾人工作者的不懈努力下，人道主义精神不断弘扬，不断建立健全政策法规体系和公共服务体系，探索为8500万残疾人带来福祉的残疾人事业发展道路。我们始终坚持从五个方面推进事业发展。

一是坚持党的领导。残疾人工作必须紧紧依靠党的领导，健全党委领导、政府负责的领导体制，坚持政府主导、社会参与、残疾人组织充分发挥作用的工作机制。残疾人事业要融入大局，为党和国家事业作贡献。

二是坚持以人民为中心。我们弘扬人道主义精神，维护残疾人的权利和尊严，把改善残疾人的状况作为一切工作的中心，全心全意为残疾人服务，不断增进残疾人福祉，为残疾人提供稳定的保障，促进残疾人全面发展，帮助残疾人过上更有尊严、更有意义的生活。

三是坚持依法发展残疾人事业。我们始终重视残疾人事业立法、执法和法律服务、法制宣传等工作，不断提高残疾人事业法治化水平，帮助残疾人依法维护自己的权益，为保障残疾人平等权利和促进残疾人事业持续发展提供法治保障。

四是坚持与经济社会发展相适应。残疾人事业发展始终立足社会主义初级阶段的基本国情，我们坚持改革创新，努力与经济社会共同发展、协调发展，努力缩小残疾人状况与社会平均水平的差距，朝着共同富裕的方向稳步前进。

五是坚持发挥残疾人组织密切联系群众的作用。全国各类残疾人、残疾人亲友及残疾人工作者共同组成的中国残疾人联合会和地方组织，是党和政府联系残疾人的桥梁纽带，真正做到联系广泛，服务群众，代表残疾人的利益，反映残疾人的诉求，为残疾人服务，发挥积极的作用。

残疾人事业随着经济社会的发展不断进步，而社会主要矛盾的变化在残疾人事业中也有深刻的体现，残疾人事业发展不平衡不充分的问题还相当突出，我们的工作与残疾人对美好生活的向往还有很大差距。残疾人在当前和今后一段时间仍然是特殊困难的人，是最需要帮助的人。目前还有相当数量的贫困残疾人生活比较困难，他们在医疗康复、教育就业、托养照料、无障碍环境等方面仍然面临很多困难。提高残疾人的生活水平仍然是经济社会发展中要深入研究和解决的问题，现在制度安排还不完备，保障条件还比较薄弱，城乡区域发展不平衡，基本公共服务还不能满足各类残疾人的需求。对残疾人的偏见、歧视和侵害残疾人权益的现象依然存在。各级残联的基层工作还比较薄弱，凝聚力与亲和力还要加强。这些问题必须在改革的进程中加以重视和解决。

各位代表、同志们，

五年来，残疾人事业在党中央、国务院高度重视和亲切关怀下快速发展，各级党委和政府大力支持残疾人事业，各部门协同配合，社会各界热情相助，8500 万残疾人及其家庭得到更多的福祉和帮助。在这里，我向所有关心支持残疾人事业的各级党委和政府以及社会各界表示衷心的感谢！向不怕困难、顽强奋斗的残疾人兄弟姐妹，向辛勤工作、甘于奉献的残疾人工作者致以崇高的敬意！

二、以习近平新时代中国特色社会主义思想指引残疾人事业发展

习近平总书记对残疾人始终满怀深情，对残疾人事业做出了一系列重要论述，对怎样认识残疾人、怎样发展残疾人事业、怎样做好残疾人工作、怎样发挥好残联组织的作用提出要求，明确了新时代残疾人事业的指导思想、奋斗目标。

习近平总书记指出，残疾人是一个特殊困难的群体，需要格外关心、格外关注，强调让广大残疾人安居乐业、衣食无忧，过上幸福美好的生活，是我们党全心全意为人民服务宗旨的重要体现，是我国社会主义制度的必然要求；我国广大残疾人和残疾人工作者，高举中国特色社会主义伟大旗帜，积极投身改革开放伟大事业，坚持弘扬人道主义精神，推动我国残疾人事业上了一个大台阶；明确要求“全面建成小康社会，残疾人一个也不能少”，要把贫困残疾人作为群体攻坚的重点。我们要协助各级党委和政府，动员社会力量，把新时代残疾人事业发展的这些美好蓝图落到实处。首先要坚决打赢贫困残疾人脱贫攻坚战，确保实现“全面建成小康社会，残疾人一个也不能少”的目标。

习近平总书记要求，各级党委和政府要高度重视残疾人事业，把推进残疾人事业当作分内的责任，各项建设事业都要把残疾人事业纳入其中，不断健全残疾人权益保障制度；助残先进要把助残善举坚持做下去、做得更好，把爱传播给更多群众，鼓励更多人加入扶残助残行列中来。我们要更加注重发挥社会力量和市场机制的作用，凝聚起各方面的力量，为残疾人事业注入更强大更持久的动力。

习近平总书记强调，群团事业是党的事业的重要组成部分。新形势下，党的群团工作只能加强、不能削弱，只能改进提高、不能停滞不前；群团组织要更多把注意力放在困难群众身上，多做雪中送炭的事情；各级残联要发扬优良传统，切实履行职责，为残疾人解难、为党和政府分忧，团结带领残疾人继续开创工作新局面。我们要保持和增强政治性、先进性、群众性，坚决去除机关化、行政化、贵族化、娱乐化倾向，坚持眼睛向下，面向基层和残疾人，把各级残联建设得更加充满活力、更加有凝聚力，发挥好桥梁纽带作用，把党和政府的温暖送到残疾人身边。

习近平总书记关心残疾人事业的国际交流合作，强调保障残疾人平等权益、促进残疾人融合发展越来越成为国际社会和各国的普遍共识和共同行动，残疾人是人类大家庭的平等成员，中国将进一步发展残疾人事业，促进残疾人全面发展和共同富裕，一如既往推动国际残疾人事业共同发展。我们要配合国家外交大局，继续深化残疾人领域的国际交流合作，为国际残疾人事务发展做出新的贡献。

习近平总书记对残疾人事业的重要论述，体现了我们党全心全意为人民服务的宗旨和以人民为中心的发展思想。我们要把习近平总书记的重要论述作为根本遵循，认真落实到工作的各个方面。

各位代表、同志们，

新时代为残疾人事业发展带来前所未有的机遇。我们对残疾人事业更好更快的发展充满期盼，也充满信心。到 2020 年，随着“十三五”规划目标如期实现，现行标准下的贫困残疾人将摆脱贫困，残疾人生活质量会进一步改善，一定会同全国人民一道进入全面小康社会。今后一个时期，我们要系统研究新时代残疾人事业发展的重大课题，科学设计残疾人事业现代化的目标、路径和策略。要统筹推动解决城乡残疾人相对贫困问题，提高残疾人康复、教育、就业、托养、安居、文化体育和无障碍等基本公共服务的质量效益。要加强和改善农村残疾人服务，提高保障水平，努力不让残疾人返贫。要研究残疾人事业可持续发展的路径，创新工作机制，面向基层、服务残疾人群众，推动建立更好的福利保障制度，为新时代残疾人事业更好发展继续拓展道路。

三、今后五年的主要任务

今后五年，我们要实现“全面建成小康社会，残疾人一个也不能少”的目标；我们要坚决打赢贫困残疾人脱贫攻坚战，也要统筹城乡区域、促进残疾人事业高质量发展。我们要落实好党中央、国务院对残疾人事业的一系列部署安排，继承和发扬光荣传统和组织优势，以改革创新和艰苦奋斗精神，完成好各项工作任务。重点做好以下十个方面的工作。

（一）坚决打赢贫困残疾人脱贫攻坚战，织密筑牢残疾人民生保障安全网。这是当前残疾人工作的首要任务。目前，我国还有 280 多万农村建档立卡贫困残疾人，脱贫攻坚任务十分繁重。我们要认真落实《中共中央 国务院关于打赢脱贫攻坚战三年行动的指导意见》和《贫困残疾人脱贫

攻坚行动计划（2016—2020年）》，协助党委和政府实施好贫困残疾人脱贫行动，因户因人落实帮扶措施。重点推动“两项补贴”提高标准、扩大覆盖范围，解决好贫困重度残疾人托养照料、贫困家庭残疾儿童康复、残疾儿童少年义务教育、辅助器具适配、残疾人家庭无障碍改造等问题，尽一切努力帮助贫困残疾人如期脱贫。要建立城乡统筹、东西协作的贫困残疾人帮扶机制。加快研究解决特殊困难残疾人家庭支持、重性精神障碍患者医疗康复、精神和智力残疾人监护等突出问题，努力帮助困难残疾人家庭解除后顾之忧。

（二）千方百计促进残疾人就业创业，帮助残疾人过上更有尊严的生活。现在，全国就业年龄段内未就业的残疾人还有740多万，很多人都有就业的能力和愿望。我们要动员一切力量，帮助残疾人实现更加充分和更高质量的就业。依照《残疾人保障法》，推动落实按比例安排残疾人就业，加大国家机关招录残疾人公务员、国有企业带头招收残疾人就业工作力度，鼓励企事业单位招收残疾人就业，推动实现残疾人平等就业。全面推广政府购买残疾人就业服务，积极开发适合残疾人的就业岗位，为有就业能力和意愿的残疾人提供职业培训和有针对性的就业服务。要创新按比例就业形式，发展辅助性就业和支持性就业，扶持残疾人自主创业和灵活就业。运用“互联网＋”拓宽残疾人就业渠道。加强残疾人劳动权益保护，努力消除对残疾人的就业歧视。

（三）推动实现残疾人“人人享有康复服务”的目标。康复是生命的重建，是残疾人最迫切的需求。要落实《残疾预防和残疾人康复条例》，持续开展精准康复服务，扩大康复服务供给。实施好残疾儿童康复救助制度，让残疾孩子得到最及时有效的康复。更加关心残疾女性婚姻家庭和生育健康。依靠科技创新加快康复辅具产业发展，建立基本辅助器具适配补贴制度，推广个性化精准适配服务，为残疾人提供更多便利、安全、实用的辅助器具。推动更多医疗康复项目纳入基本医疗保险支付范围，为残疾人康复提供稳定保障。持续实施《国家残疾预防行动计划（2016—2020年）》，减少和控制残疾发生。建立高起点、高水平、国际化的中国康复大学，加快康复等专业人才培养和基础学科建设，加强康复科技创新工作，促进信息技术、人工智能等科学技术在康复领域的应用，为残疾人谋福祉，加强残疾人健康教育和健康管理，为健康中国作贡献。

（四）提升残疾人受教育水平，促进融合教育发展。要落实《残疾人教育条例》，提升特殊教育发展质量和水平。提高残疾儿童学前教育覆盖率。“一人一案”全面普及残疾儿童少年义务教育。逐步实现残疾儿童、青少年15年免费教育。加快发展残疾人职业教育，让完成九年义务教育的各类残疾青少年尽可能接受合适的职业教育。加强高中阶段特殊教育，落实残疾人参加普通高考便利措施，推动普通高校为残疾学生提供更便利的无障碍学习环境。大力推进融合教育，普及融合理念，完善支持保障体系，让更多的残疾孩子到普通学校读书。加快残疾青壮年文盲扫盲进程，推广国家通用手语、通用盲文，使残疾人更好地融入社会。

（五）丰富残疾人精神文化生活。践行社会主义核心价值观，加强意识形态领域的工作，自觉承担起举旗帜、聚民心、育新人、兴文化、展形象的责任，做好残疾人事业宣传和舆论引导。弘扬人道主义精神，传承自强不息、厚德载物的优秀传统文化，为残疾人“平等、参与、共享”创造良好的社会环境。继续组织开展全国残疾人文化周，实施“文化进社区”等群众性活动。鼓励残疾人题材的文学艺术作品和影视剧创作，扶持残疾人参与文学艺术创作，支持特殊艺术发展，鼓励中国残疾人艺术团不断推出新作品，让“我的梦”成为更响亮的艺术品牌。让残疾人的精神文化生活更加充实、更加愉悦。

（六）全力备战2022年北京冬残奥会，促进残疾人体育全面发展。落实习近平总书记提出的“办赛精彩，参赛也要出彩”的要求，全力做好2022年北京冬残奥会筹办、备战、参赛工作。在统筹规划、人才培养、基地建设、竞赛训练、无障碍环境等方面加大力度，快速提升冬残奥运动竞技水平。积极做好冬残奥会赛事组织、赛会服务等相关工作。积极备战2020年东京残奥会，筹办好2022年杭州亚残运会，举办好2019年天津全国第十届残运会暨第七届特奥运动会和2021年陕西全国第十一届残运会暨第八届特奥运动会。让更多残疾人通过体育康复健身，更好地融合社会。

（七）完善残疾人事业政策法规体系，依法保障残疾人平等权利。推动《残疾人保障法》《残疾人就业条例》的修订和残疾人社会保障条例的制定，促进残疾人保障法等法律法规的实施，提高全社会依法维护残疾人平等权利的意识，提高残疾人事业法治化水平。做好残疾人普法宣传、法律服务和法律援助工作，切实保障残疾人政治、经济、社会、文化等方面的平等权利。完善残疾人社会福利、就业促进、融合教育、康复和残疾预防等基本公共服务政策，推进基本公共服务均等化、专业化、标准化，让残疾人得到优质便捷的公共服务。要落实《无障碍环境建设条例》，推动无障碍环境建设，开展无障碍市县村镇创建工作，提高建设质量，加强监督管理，为残疾人提供安全、放心、便利的无障碍环境。

（八）提升基础保障水平，促进残疾人事业高质量发展。推动建立多元化的残疾人事业投入机制和科学合理的投入标准。建好用好残疾人事业大数据，通过动态更新，全面真实掌握残疾人基本服务状况和需求，以需求为导向加强和改进残疾人服务。推进智能化残疾人证应用普及。促进互联网、大数据在残疾人工作中的运用，建设“智慧残联”，推广“互联网＋助残服务”，提高管理和服务的效能。积极推进信息无障碍建设，更加重视支持中西部地区、边疆民族地区残疾人事业发展。提升基层残疾人服务能力和水平，建立县、乡、村联动互补的残疾人服务网络，为残疾人融合社会创造更好的条件。

（九）发挥社会力量和市场机制作用，为残疾人事业发展注入活力。加大政府购买助残服务力度，推进残疾人服务标准建设，大力扶持助残社会组织和市场主体参与残疾人服务，推动残疾人服务产业发展，满足残疾人多元化、多层次的需要。加强残疾人服务的行业管理和绩效评估。培育"集善工程"等残疾人慈善品牌，创新发展残疾人慈善事业。广泛开展"志愿助残阳光行动""邻里守望"等群众性助残活动，鼓励更多人特别是青年志愿者加入扶残助残行列中来。发展残疾人社会工作，充分发挥社区、家庭、邻里和社会组织的作用，让温暖和关爱围绕在残疾人身边。

（十）加强国际交流合作，为促进国际残疾人事务发展贡献中国力量。认真履行联合国《残疾人权利公约》，实施《2030 年可持续发展议程》，积极参与国际残疾人事务。开展"一带一路"沿线国家残疾人事务务实合作。持续开展"亚太残疾人十年"活动，推动亚太经合组织和亚欧会议等框架下残疾人事务区域合作机制不断取得实效。做好康复国际工作，进一步支持发展中国家改善残疾人康复服务，促进残疾人事务的国际交流合作。

四、残联改革和发展

今年是中国残联成立 30 周年。30 年来，我们始终紧紧依靠党的领导、始终深深扎根中国特色社会主义事业，始终和残疾人兄弟姐妹同呼吸、共命运、心连心。当前，我们要落实中央党的群团工作会议精神和国务院办公厅印发的《中国残疾人联合会改革方案》，保持和增强政治性、先进性、群众性，让残疾人组织在改革发展中焕发新的生机活力，承担起新时代发展残疾人事业的重任和使命。我们要重点做好五个方面的工作。

（一）坚持党的领导。党的领导是残疾人事业发展和残联改革建设的根本保障。各级残联要不断增强"四个意识"，坚定"四个自信"，坚决维护习近平总书记党中央的核心、全党的核心地位，维护党中央权威和集中统一领导，团结带领残疾人兄弟姐妹听党话、跟党走，为实现美好的理想而奋斗。要落实全面从严治党各项要求，加强党的政治建设、思想建设、组织建设、作风建设、纪律建设，把制度建设贯穿其中，深入推进反腐败斗争，不断提高党的建设质量。

（二）增强服务能力。密切联系残疾人、全心全意为残疾人服务是各级残联的生命线。今后五年，各级残联要把重点放在扩大服务覆盖面、提高服务质量上。我们的奋斗目标是让千千万万的残疾人都能过上幸福的生活。我们要立足群团职能定位，用好全国残疾人基本服务状况和需求信息，不断增强为残疾人服务的能力，多做实事和好事。要办好残疾评定、残疾人证制发。要逐步建立残疾人服务品牌和残疾人满意度调查制度。加强残疾人事业理论与实践研究。支持专门协会依法依章程开展工作，使各类别残疾人得到更贴心的服务。

（三）加强基层工作。基层是残疾人工作的根基。各级残联要坚持眼睛向下、面向基层，下大气力提升基层组织建设水平和服务能力。在组织建设上，要加强和巩固乡镇（街道）残联、城乡社区残疾人协会建设，创新基层组织联系和服务残疾人的方式。推动将残疾人基本公共服务切实纳入乡镇政府能力建设，有条件的地方将残疾人专职委员纳入村（社区）社会工作岗位。实施县级残疾人服务能力提升计划，推动县域残疾人综合服务平台建设。依托乡镇（街道）、城乡社区公共服务设施普遍建立"残疾人之家""温馨家园""阳光家园"等基层服务设施，全面提升残疾人社区康复、托养照料、辅助性就业等服务水平。

（四）改进工作作风。各级残联和残疾人工作者要始终保持同残疾人的血肉联系，同残疾人心连心，心里装着残疾人的苦与痛，坚决摒弃机关化、行政化、贵族化、娱乐化。善于学习新知识，不断提高推动工作的能力和水平。残疾人工作者要做高尚的、擎着火把为残疾人照亮生活道路的人。要深入基层、深入残疾人家庭，进万家门、解万家难。要恪守"人道、廉洁"的职业道德，始终保持艰苦奋斗、谦虚谨慎的作风，做全心全意为人民服务的模范。

（五）加强干部队伍建设。各级残联要贯彻新时期好干部标准，突出政治标准，努力建设一支忠诚干净担当、高素质专业化的干部队伍。要注重选用真心帮助残疾人、热爱残疾人事业的干部，特别要注重培养和选用残疾人干部和年轻干部。加强残疾人工作者业务素质和专业能力培训，提高为残疾人服务的能力。采取专兼挂等方式充实力量，让更多的社会各界人士加入残疾人工作中来。要激励广大干部新时代新担当新作为，旗帜鲜明鼓励那些敢于担当、踏实做事、不谋私利的优秀干部，让残疾人工作者队伍永远充满朝气、充满爱，永远充满创新活力。

各位代表、同志们，

残疾人对美好生活的向往激励着我们去奋斗，残疾人事业的美好蓝图等着我们去描绘。让我们更加紧密地团结在以习近平同志为核心的党中央周围，带领 8500 万残疾人兄弟姐妹勇敢向前，创造更加美好的生活，为实现中华民族伟大复兴的中国梦做出新的贡献！

共青团中央书记处第一书记、全国青联主席贺军科在中国残疾人联合会第七次全国代表大会上的贺词

2018 年 9 月 14 日

中国残疾人联合会第七次全国代表大会今天开幕。我谨代表中华全国总工会、中国共产主义青年团、中华全国妇女联合会、中国文学艺术界联合会、中国作家协会、中国科学技术协会、中华全国归国华侨联合会、中华全国台湾同胞联

谊会，对大会的召开表示热烈的祝贺！向出席大会的各位代表，向广大残疾人、残疾人亲属及残疾人工作者，致以诚挚的问候和崇高的敬意！

残疾人工作关系千千万万残疾人家庭的幸福安康，是一项重要的民生保障工作，是中国特色社会主义事业的重要组成部分。习近平总书记指出："残疾人是一个特殊困难的群体，需要格外关心、格外关注。让广大残疾人安居乐业、衣食无忧，过上幸福美好的生活，是我们党全心全意为人民服务宗旨的重要体现，是我国社会主义制度的必然要求。"习近平总书记明确提出"全面建成小康社会，残疾人一个也不能少""中国将进一步发展残疾人事业，促进残疾人全面发展和共同富裕"，要努力让残疾人"人人享有康复服务"。习近平总书记一系列重要论述，为推进新时代残疾人事业指明了前进方向，提供了根本遵循。

党的十八大以来，伴随党和国家事业的历史性变革，我国残疾人事业也实现了跨越式发展。各级残联组织和广大残疾人工作者深入学习贯彻习近平新时代中国特色社会主义思想和党的十八大、十九大精神，认真落实党的群团工作会议精神，充分发挥党和政府联系残疾人的桥梁纽带作用，全心全意为残疾人服务，切实加强党的建设和自身建设，推动残疾人事业呈现出蓬勃发展的新局面。5年多来，残疾人事业政策、法规体系更加完善，残疾人基本民生得到稳定保障，基本公共服务全面拓展，残疾人康复、教育、就业、扶贫、社会保障、文化体育等各项工作取得显著成就，残疾人社会参与越来越广泛，尊重、理解、关心、帮助残疾人的社会氛围进一步浓郁，残疾人的获得感、幸福感、安全感得到新的提升，越来越多的残疾人实现了生活和事业的梦想，中国在国际残疾人事务中的话语权和影响力不断提升。5年多来，我们欣喜地看到，广大残疾人作为坚持和发展中国特色社会主义的一支重要力量，坚持"自尊、自信、自强、自立"，自觉践行社会主义核心价值观，传承中华民族传统美德，涌现出一大批自强模范，展现出积极进取、勇于拼搏、乐观向上的良好精神风貌，更加勇敢地面对生活的挑战，更加坚强地为实现自身的梦想和共圆中国梦而努力。

党的群团工作是党的一项十分重要的工作，群团改革是全面深化改革的重要内容。长期以来，在党的领导下，各人民团体团结协作、相互支持，共同做好党的群众工作，在党和国家工作大局中发挥着越来越重要的作用。奋进新时代，我们要坚持以习近平新时代中国特色社会主义思想为指导，深入贯彻落实党的十九大精神，牢牢把握为实现中华民族伟大复兴中国梦而奋斗的时代主题，坚定不移走中国特色社会主义群团发展道路，最广泛地把广大群众组织起来、动员起来、团结起来，汇聚成推动中国特色社会主义伟大事业不断前进的磅礴伟力。要持续加强思想政治引领，大力推动习近平新时代中国特色社会主义思想深入人心，引导广大群团干部和所联系的群众不断增强"四个意识"、坚定"四个自信"，坚决维护习近平总书记党中央的核心、全党的核心地位，坚决维护党中央权威和集中统一领导，自觉在思想上政治上行动上同以习近平同志为核心的党中央保持高度一致。要积极服务党和国家工作大局，找准工作的结合点和着力点，团结动员广大群众为统筹推进"五位一体"总体布局和协调推进"四个全面"战略布局，为打好"三大攻坚战"、决胜全面建成小康社会贡献力量。要切实增强同群众的密切联系，进一步强化群众观念，多为群众办好事、解难事，维护和发展群众利益，不断增强自身影响力和感召力，切实发挥好党联系群众的桥梁纽带作用。要着眼于增强政治性、先进性、群众性，坚定不移深化自身改革，主动把握时代脉搏、适应发展变化，坚持问题导向、勇于自我革命，把群团组织建设得更加充满活力、更加坚强有力。要认真贯彻新时代党的建设总要求，以党的政治建设为统领，切实加强群团组织党的建设，永葆群团组织的政治本色。

新时代呼唤新担当，新时代需要新作为。让我们与广大残疾人兄弟姐妹手牵手、肩并肩、心连心，更加紧密地团结在以习近平同志为核心的党中央周围，高举习近平新时代中国特色社会主义思想伟大旗帜，砥砺前行、共同奋斗，为决胜全面建成小康社会、夺取新时代中国特色社会主义伟大胜利、实现中华民族伟大复兴的中国梦而不懈努力！

预祝中国残疾人联合会第七次全国代表大会圆满成功！

中国残疾人联合会第七次全国代表大会关于第六届主席团报告的决议

2018年9月16日

中国残疾人联合会第七次全国代表大会通过

中国残疾人联合会第七次全国代表大会批准张海迪同志代表第六届主席团所做的报告。报告深入贯彻习近平新时代中国特色社会主义思想和党的十九大精神，认真落实习近平总书记关于残疾人事业发展的重要论述精神，全面回顾了五年来残疾人工作的新进展、残疾人生活发展状况的新改善、残疾人组织建设的新成就，对今后五年主要任务的部署，内容翔实、重点突出、措施得当、保障有力。

大会认为，报告确定的主题符合新时代以习近平同志为核心的党中央对残疾人事业的新要求，体现了残疾人事业发展的历史趋势，代表了广大残疾人兄弟姐妹的共同关切。我们一定要以习近平新时代中国特色社会主义思想为指引，努力开创新时代残疾人事业发展新局面，帮助残疾人和全国人民一道实现全面小康生活，在实现中华民族伟大复兴中国梦的实践中创造美好未来。

大会认为，过去的五年，是农村贫困残疾人脱贫攻坚取得重大进展的五年，是残疾人自强不息精神继续发扬、精神面貌发生深刻变化的五年，是残疾人权益保障的法规和制度更加完善、残疾人事业发展环境持续优化的五年，是中国残疾人事业国际影响力不断扩大、国际交流合作更加广泛的五年，是各级残疾人联合会落实全面从严治党新要求，党的建设和自身建设显著增强的五年。五年来，我们圆满完成了第六次全国代表大会确定的任务目标。

大会指出，报告总结了改革开放四十年来残疾人事业取得的成就和经验；同意报告对残疾人事业发展规律的探索和认识，对残疾人事业发展的基本矛盾分析，对残疾人、残疾人事业、残疾人组织面临困难和问题的概括，认为这些困难和问题必须在改革发展的进程中加以重视和解决。

大会坚决拥护“必须以习近平新时代中国特色社会主义思想指引残疾人事业发展”的重要论断；一致认为，习近平总书记对残疾人始终满怀深情、对残疾人事业始终格外关心，习近平总书记对残疾人事业的重要论述深刻体现了中国共产党全心全意为人民服务的宗旨和以人民为中心的发展思想；我们要把习近平总书记关于残疾人事业的重要论述作为根本遵循，落实到工作的各个方面。

大会同意报告对今后五年主要任务的部署，强调要坚决打赢贫困残疾人脱贫攻坚战，织密筑牢残疾人民生保障安全网；千方百计促进残疾人就业创业，帮助残疾人过上更有尊严的生活；加快残疾人“人人享有康复服务”进程；不断提升残疾人受教育水平，促进融合教育发展；丰富残疾人精神文化生活，锻造坚强品格和不屈意志；全力备战2022年北京冬残奥会，促进残疾人体育全面发展；继续完善残疾人事业政策法规体系，依法保障残疾人平等权利；切实提升基础保障水平，促进残疾人事业高质量发展；充分发挥社会力量和市场机制作用，为残疾人事业发展注入活力；加强国际交流合作，为促进国际残疾人事务发展贡献中国力量。

大会强调，中国残疾人联合会走过了30年不平凡的历史征程，我们始终紧紧依靠党的领导、始终深深扎根残疾人事业，始终和残疾人兄弟姐妹同呼吸、共命运、心连心。各级残疾人组织要进一步增强政治性、先进性、群众性，加强党的建设，落实全面从严治党要求，承担起新时代发展残疾人事业的重任和使命。各级残疾人组织和残疾人工作者要始终保持与残疾人的血肉联系，心里装着残疾人的苦与痛，坚决摒弃“四化”作风。残疾人工作者要做高尚的、擎着火把为残疾人照亮生活道路的人，恪守“人道、廉洁”的职业道德，做全心全意为人民服务的模范。

大会号召，各级残疾人联合会和广大残疾人工作者要紧密团结在以习近平同志为核心的党中央周围，不忘初心、牢记使命，团结带领广大残疾人兄弟姐妹奋发向前，在全面建设社会主义现代化国家进程中创造更加美好的生活，为实现中华民族伟大复兴的中国梦做出新的更大贡献！

中国残疾人联合会章程

中国残疾人联合会第七次全国代表大会部分修改，
2018年9月15日通过

第一章　总　则

第一条　中国残疾人联合会（简称中国残联）是国家法律确认、国务院批准的由残疾人及其亲友和残疾人工作者组成的人民团体，是全国各类残疾人的统一组织。

第二条　中国残联的宗旨是：在中国共产党领导下，在马克思列宁主义、毛泽东思想、邓小平理论、“三个代表”重要思想、科学发展观、习近平新时代中国特色社会主义思想指导下，坚持以人民为中心，弘扬人道主义思想，发展残疾人事业，促进残疾人平等、充分参与社会生活，实现融合发展，共享社会物质文化成果。

第三条　中国残联具有代表、服务、管理三种职能：代表残疾人共同利益，维护残疾人合法权益；团结帮助残疾人，为残疾人服务；履行法律赋予的职责，承担政府委托的任务，管理和发展残疾人事业。

第二章　任　务

第四条　宣传贯彻《中华人民共和国残疾人保障法》，维护残疾人在政治、经济、文化、社会等方面平等的公民权利，密切联系残疾人，听取残疾人意见，反映残疾人需求，全心全意为残疾人服务。

第五条　团结、激励残疾人“自尊、自信、自强、自立”，履行法定义务，践行社会主义核心价值观，为建设富强民主文明和谐美丽的社会主义现代化强国、实现中华民族伟大复兴的中国梦贡献力量。

第六条　沟通党和政府、社会与残疾人之间的联系，宣传残疾人事业，动员社会理解、尊重、关心、帮助残疾人，消除歧视、偏见和障碍。

第七条　协助政府制定实施残疾人事业发展纲要，促进残疾人康复、教育、劳动就业、扶贫、托养、维权、文化体育、社会保障、无障碍环境建设、科技信息化应用、残疾人服务标准化建设和残疾预防等工作，改善残疾人参与社会生活的环境和条件。

第八条　参与研究、制定和实施残疾人事业的法律法规、政策规划，发挥综合协调、咨询服务作用，对有关领域的工作进行管理和指导。

第九条　承担政府残疾人工作委员会的日常工作。

第十条　管理和发放《中华人民共和国残疾人证》。

第十一条　加强党的建设，深化自身改革，保持和增强政治性、先进性、群众性。联系和指导各类残疾人社会组织。培养残疾人工作者。使残疾人和残疾人组织更加活跃。

第十二条　开展国际交流与合作，发挥联合国经社理事会特别咨商地位的作用。参与联合国《残疾人权利公约》履约工作。

第三章　全国组织

第十三条　全国代表大会

中国残联的最高权力机构是全国代表大会。

全国代表大会每五年举行一次，由中国残联主席团召集。代表中残疾人及残疾人亲友应超过半数。

全国代表大会职权是：

一、审议中国残联主席团报告，确定工作方针和任务；

二、修改中国残联章程；

三、选举中国残联主席团。

第十四条　名誉职务

中国残联可设名誉主席、名誉副主席，由中国残联主席团聘请。

第十五条　主席团

主席团每届任期五年。在全国代表大会闭会期间，负责贯彻全国代表大会决议，领导全国残联工作。

主席团由主席一人、副主席若干人、委员若干人组成。主席团委员中残疾人及残疾人亲友应超过半数。

主席团会议由主席团主席召集，每年至少举行一次。主席团实行民主集中制。

主席团职权是：

一、选举主席、副主席；

二、推举执行理事会理事长，通过执行理事会组成人员；

三、检查代表大会决议执行情况；

四、审议执行理事会工作报告；

五、调换、增补主席团委员；

六、监督执行理事会贯彻有关残疾人事业的法律法规、政策规划的情况；

七、监督“人道、廉洁”职业道德建设情况；

八、决定其他重大事项。

第十六条　执行理事会

执行理事会是中国残联全国代表大会及其主席团的常设执行机构，由理事长一人、副理事长若干人、理事若干人组成。

理事会成员中应有各类残疾人或残疾人亲属代表。

理事长由中国残联主席团推举，政府任命，任期不超过两届。副理事长由理事长提名，主席团通过，政府任命。理事由理事长提名，主席团通过。执行理事会实行理事长负责制。

执行理事会下设办事机构，承办中国残联的日常工作。

第十七条　专门协会

中国残联领导盲人协会、聋人协会、肢残人协会、智力残疾人及亲友协会、精神残疾人及亲友协会等专门协会。

专门协会委员会由中国残联全国代表大会代表中同类别的残疾人、残疾人亲友选举产生。

专门协会的主要任务是：代表、联系、团结、服务本类别残疾人，反映特殊愿望及需求，维护合法权益，争取社会帮助，开展适宜活动，参与国际交往。

专门协会设主席、副主席，由专门协会委员会选举产生。

第十八条　团体会员

与残疾人事业有关的全国性社会团体，承认本章程，可申请作为本会的团体会员。

第四章　地方组织

第十九条　按国家行政区划设立中国残联各级地方组织。

第二十条　县（市、区、旗）及县以上残疾人联合会，每五年召开一次代表大会。代表大会审议同级主席团报告，确定工作方针和任务，选举本级大会主席团。可设名誉主席、名誉副主席。主席团每届任期五年，每年举行一次会议，必要时可提前或延期召开。

代表大会及其主席团的常设执行机构为执行理事会，设理事长、副理事长、理事。

县（市、区、旗）及县以上残疾人联合会领导所设专门协会。

第二十一条　乡、镇、街道残疾人联合会，每五年召开一次代表会议，设主席、理事长。理事长负责日常工作。

第五章　基层组织

第二十二条　社区居民委员会、村民委员会及残疾人集中的企业、事业、社会组织等单位，建立残疾人协会或残疾人小组。

大中型企业事业单位、开发区，经省（自治区、直辖市）残疾人联合会同意、本单位批准，可建立残疾人协会或残疾人联合会。

第二十三条　基层组织的任务是：代表残疾人利益，反映残疾人需求，维护残疾人权益，开展有益活动，为残疾人办实事。

第六章　经　费

第二十四条　经费来源

一、政府财政拨款；

二、社会捐助；

三、其他。

第七章　会　徽

第二十五条　中国残疾人联合会会徽外形为梅花图案，中心由“残疾人”三字汉语拼音缩写 CJR 组成。底色为翠绿色，中心图形和边线为金黄色。

第二十六条 中国残疾人联合会会徽可在办公地点、活动场所、会场悬挂，也可作徽章佩戴。

第八章 附 则

第二十七条 中国残疾人联合会英文译名是“China Disabled Persons’ Federation”，缩写为“CDPF”。

第二十八条 本章程解释权属于中国残疾人联合会。

关于《中国残疾人联合会章程（修正案）（草案）》的说明

现就《中国残疾人联合会章程（修正案）（草案）》做如下说明。

一、章程修改的必要性

中国特色社会主义进入了新时代，残疾人事业面临前所未有的发展机遇。五年来，以习近平同志为核心的党中央高度重视残疾人事业发展。习近平总书记强调，“残疾人是一个特殊困难的群体，需要格外关心、格外关注”“全面建成小康社会，残疾人一个也不能少”。党的十九大要求“发展残疾人事业，加强残疾康复服务”，中央党的群团工作会议、中共中央关于深化党和国家机构改革的决定对保持和增强群团组织的“政治性、先进性、群众性”提出了明确要求，党中央、国务院对残疾人事业的新部署新要求为章程修改提供了根本遵循。

自1988年3月，中国残联一代会产生了中国残联章程以来，历经5次修订完善，在弘扬人道主义思想，更好履行“代表、服务、管理”职能，加强残疾人组织建设，改善残疾人生活状况，促进“平等、参与、共享”目标实现，积极推进中国残疾人事业发展等方面发挥了重要作用。

六代会以来，我国残疾人事业发展取得了显著成就，中国残联作为党和政府联系残疾人的桥梁纽带，需要立足新时代、落实新要求、践行新理念、吸纳新经验，对章程进行适当修改，为新时代残疾人事业发展提供更加坚强的保障。

二、指导原则

以习近平新时代中国特色社会主义思想为指导，全面贯彻落实党的十九大和十九届二中、三中全会精神，认真落实以习近平同志为核心的党中央关于残疾人事业新部署新要求、中央党的群团工作会议和《中国残联改革方案》要求，围绕“强三性、去四化”目标，总结经验，着眼长远，保持稳定性，适应新时代，更好地推动残疾人事业加快发展。

三、修改工作基本过程

根据总体安排，中国残联组联部于2017年6月着手启动中国残联章程修改工作。在前期准备过程中，深入学习领会习近平新时代中国特色社会主义思想和党的十九大精神，认真学习中央党的群团工作会议精神和党中央对残疾人事业发展的新部署新要求，就相关重要议题进行专题研究，制定章程修改工作方案，明确章程修改的基本原则、指导思想、时间进度，章程修改工作全面启动。

从2017年7月开始，分别在地方召开5次专题会议、开展3次专题调研，广泛听取中国残联和地方各专门协会、省级残联负责同志、基层残疾人工作者和残疾人专职委员、基层残疾人代表、助残社会组织负责人等对章程修改的意见建议。同时下发通知，广泛征求各省级残联对章程修改意见。2018年7月，中国残联在汇总整理各方意见建议基础上，形成了章程修正案（草案）征求意见稿。至9月初，四易其稿，最终形成了目前章程修正案（草案）。

四、修改内容

本着保持稳定性、适应新时代的原则，目前章程修正案（草案）共修改18处，其中删除4处，增加14处。主要体现在以下几个方面：

（一）依据党的十九大修改的党章和宪法修改内容，参照其他群团组织章程修改，增加了关于残联政治性的表述，主要体现在章程修正案（草案）的第二条、第五条，即增加了“在中国共产党领导下，在马克思列宁主义、毛泽东思想、邓小平理论、‘三个代表’重要思想、科学发展观、习近平新时代中国特色社会主义思想指导下，坚持以人民为中心”和“践行社会主义核心价值观，为建设富强民主文明和谐美丽的社会主义现代化强国、实现中华民族伟大复兴的中国梦贡献力量”等内容。

（二）依据中央党的群团工作会议精神和国务院批复的《中国残联改革方案》，增加了关于残联定性的表述，体现在章程修正案（草案）的第十一条，增加了“加强党的建设，深化自身改革，保持和增强政治性、先进性、群众性”的内容。

（三）根据残联工作的新发展及一些成熟的制度实践，增加了关于残联工作内容和各级残联与所设专门协会关系的表述，分别体现在章程修正案（草案）的第七条、第二十条，增加了“托养、无障碍环境建设、残疾人服务标准化建设”的内容，将“县（市、区、旗）及县以上残疾人联合会设专门协会”改为“领导所设专门协会”。

（四）根据经济社会新发展，为更好扩大基层残联组织覆盖面，完善了基层组织设置的表述，体现在章程修正案（草案）的第二十二条，将原表述修改为：“社区居民委员会、村民委员会及残疾人集中的企业、事业、社会组织等，建立残疾人协会或残疾人小组”。

关于通过《中国残疾人联合会章程（修正案)》的决议

2018 年 9 月 15 日
中国残疾人联合会第七次全国代表大会通过

中国残疾人联合会第七次全国代表大会审议并一致通过第六届主席团提交的《中国残疾人联合会章程（修正案)》，决定这一修正案自通过之日起生效。

大会认为，章程修正案深入贯彻习近平新时代中国特色社会主义思想，充分体现中央党的群团工作会议和群团改革精神，认真落实党中央、国务院关于残疾人事业发展的新部署，必将促进各级残疾人联合会更好地发挥党和政府联系广大残疾人和残疾人亲友的桥梁纽带作用，促进新时代残疾人事业更好发展。

大会要求，各级残疾人联合会和全体残疾人工作者要认真学习章程、自觉遵守章程、深入落实章程精神、严格依照章程开展残疾人工作，认真履行“代表、服务、管理”职能，完善残疾人组织体系，为残疾人提供更好的服务。

大会号召，各级残疾人联合会、广大残疾人兄弟姐妹和残疾人工作者更加紧密地团结在以习近平同志为核心的党中央周围，同全国人民一道，为全面建成小康社会、实现中华民族伟大复兴的中国梦而努力奋斗。

中国残疾人联合会第七次全国代表大会代表资格审查报告

2018 年 9 月 13 日中国残疾人联合会
第七次全国代表大会执行委员会第一次会议通过

中国残联第七次全国代表大会代表资格审查小组听取了大会筹备工作领导小组关于大会代表产生及基本情况的报告，确认了大会代表名单，现报告中国残联第七次全国代表大会代表资格审查情况。

为做好中国残联第七次全国代表大会代表选举工作，经中央组织部批准，中国残联于 2017 年 6 月印发了《中国残疾人联合会关于地方残疾人联合会换届工作的意见》（残联发〔2017〕38 号），详细规定了地方残联代表大会代表、主席团委员候选人、领导机构人选的条件、名额、比例和产生办法，并对各级残联代表大会召开的程序和纪律提出了明确要求。2018 年 6 月，中国残联印发了《关于中国残联第七次全国代表大会代表人选和第七届主席团委员候选人推荐人选地方名额分配及相关事宜的通知》（残联发〔2018〕33 号），做出具体工作部署。各省、自治区、直辖市和新疆生产建设兵团残联自 2018 年 4 月起相继召开代表大会，选举产生了出席中国残联第七次全国代表大会的正式代表 561 名。通过基层推荐和组织研究，中国残联、解放军和武警部队提出代表 62 名。中国残联第七次全国代表大会代表共有 623 名。

中国残联高度重视第七次全国代表大会代表的选举和协商推荐工作，及时做出部署、明确提出要求；地方残联全面贯彻落实中国残联要求，按照“统一进行、自下而上”的原则顺利圆满完成换届工作。出席全国代表大会的代表，是在县（市、区、旗）、市（地、州、盟）残联召开代表大会的基础上，经过充分酝酿、认真协商、广泛征求意见之后，由各省（自治区、直辖市）残联代表大会选举产生的。各省（自治区、直辖市）残联严把政治关、品行关、作风关、廉洁关，选出的代表均经过所在单位、选出单位双审核。中国残联第七次全国代表大会筹备工作领导小组按照代表条件、代表构成等要求，对所有代表的材料逐一进行了认真审核。

当选的中国残联第七次全国代表大会代表，体现了代表性、强调了先进性、突出了群众性。其中有工人、农民、知识分子，有各行各业的工作者和优秀的残疾人代表，有优秀的伤残军人、伤残武警。代表们都是全国城乡各条战线成绩突出的优秀人物，不少是各级党代表、人大代表、政协委员，劳动模范、先进工作者、自强模范，在残疾人中有较高威信，具有较强的参事议事能力。代表中的健全人，有关心残疾人、支持残疾人事业的中央和地方相关职能部门负责同志，有解放军、武警部队相关负责同志，有各省（自治区、直辖市）人民政府和新疆生产建设兵团联系残疾人工作的副秘书长，有长期从事残疾人工作、经验丰富的老同志，有艰苦奋斗、团结实干的各级残联负责同志和基层残疾人工作者，有助残社会组织、助残志愿者和社会各界爱心人士代表。

出席中国残联第七次全国代表大会的代表，代表结构更加合理。623 名正式代表中，残疾人及亲友代表 468 名、占 75.1%，基层和一线代表 408 名，占 65.5%；男性 434 名、占 69.7%，女性 189 名、占 30.3%；各少数民族 76 名、占 12.2%；平均年龄 49 岁；大学及以上学历 447 人，占 71.7%。残疾人及亲友代表中，肢体残疾人 170 名，视力残疾人 77 名，听力言语残疾人 79 名，智力残疾人及亲友 72 名，精神残疾人及亲友 70 名，分别占残疾人及亲友代表总数的 36.3%、16.5%、16.9%、15.4%、15%。

中国残联第七次全国代表大会代表资格审查小组认为，所有代表的产生均符合《中国残疾人联合会章程》和有关规定，切实履行了相关程序，所有代表的代表资格有效。

参照中国残联第六次全国代表大会的做法，本次大会特别邀请了各省、自治区、直辖市人民政府和新疆生产建设兵团残疾人工作委员会、中央有关部门的 46 名领导同志作为特邀代表出席大会开幕式，以体现党和政府对残疾人事业的关心和重视。本次大会还推荐了 66 名列席代表列席会议，列席代表中的残疾人代表将出席各类别残疾人代表会议。

中国残疾人联合会
第七次全国代表大会代表名单①

正式代表总计623人

北京 尹培彦 吴文彦（女） 郭旭升
欧玲（女，蒙古，肢） 从艳梅（女） 何川（盲）
曹军（盲） 成海（聋） 徐建颖（女，聋）
李楠（女，肢） 刘玉成（肢） 李俊峰（智）
刘文旋（智） 王向前（精） 和延京（女，纳西，精）
杨佳（女，盲） 唐占鑫（女，肢） 张晓成（智）

天津 王璟 宋奇（女） 王怡（女，肢）
于建政（盲） 吕洁（女） 陈华铭（聋）
田红军（精） 沈冬梅（女，智） 秦砖（精） 张延林
刘军（聋） 李锐钧（回，肢） 党雅娟（女，智）
蔡成（盲）

河北 郝杰成 师振军 张国生 常东亮（盲）
郑杰（聋） 李青海（智） 苏小云（女，精）
刘来喜（肢） 朱献军 贾秀忠（蒙古，精） 蒋玉洪
董爱民 王元顺（肢） 谢海洋（智） 庞彦亮（肢）
李胜（盲） 韩康（聋） 刘卫昌（肢） 王福永（肢）

山西 张文栋 卫国 赵淑芊 刘晔（肢） 李俊温
尹惠民 郑效锋（聋） 王贵明（肢） 杨珠义（精）
胡玉文（精） 王海（智） 邓延满（盲）
要王芳（女，智） 张晓霞（女，智） 刘超（盲）
孙淑云（女，聋）

内蒙古 孙利剑 佟国清（蒙古） 崔健（盲）
额尔敦达来（蒙古） 戴恩克（蒙古，肢）
刘志新（精） 郑兰兵（精） 王晓谦（肢）
秦东（女，智） 白晔（女，蒙古，智） 冯发（盲）
韩伟（聋） 兰丁宇（聋） 李臻（肢）
张颂华（女，回，肢）

辽宁 段君明 吴玉新 赵学良（肢） 刘文（女）
孙淑君（女，肢） 姜利温 秋雁（女）
吉卫东（满，肢） 丁长民（肢） 田嫱（女，满）
李扬（肢） 尹平（聋） 朱刚（精）
杨金旭（女，智） 张吉荣（精） 吴铸（盲）
杨春祥（聋） 徐微（女，回，智）
赖宏伟（蒙古，盲）

吉林 金喜双 潘宏峰（满） 于兵（聋） 杨宇（聋）
王瑞艳（女，肢） 徐剑（智） 王树明（肢）
王淑娟（女，精） 王琦（盲） 王凯（精）
聂继锋（盲） 刘莉（女，肢） 郎小明（肢）
李春子（女，朝鲜，肢） 胡艳苹（女，智）

黑龙江 董濮（女） 盖景福（肢） 张丽莉（女，肢）
陈实 刘晓明（盲） 崔连和（聋） 李金其（肢）
崔晓光（智） 张聪沛（精） 王宇超（聋）
贾秀芳（女，智） 任家熠（肢） 黄红（女）
廉冬梅（女，精） 赵凤和（盲） 王星
康洪贵（满，肢） 高晓峰（聋） 张怀韬（精）
张义丹（女，智） 赵洪洲（盲） 洪润浩（肢）

上海 宋依佳（女） 王爱芬（女） 郭咏军（智）
金晶（女，肢） 王任杰（肢） 赵继红（女，盲）
洪泽（女，聋） 朱双六（盲） 张世军（智）
蔡军（精） 费锋（聋） 唐涛（女，肢）
杨晓燕（女，精） 黄宇（肢）

江苏 杨勇 万力 朱京芝（女） 李敬峰 金志达
侍启顺 顾爱华（女） 马广能（肢） 潘继铭（肢）
封红年（盲） 李梦江（聋） 侯晶晶（女，肢）
何海丰（智） 张革（女，精） 吴立庭（聋）
戴锡明（智） 汤红霞（女，盲） 王良玉（女，精）
葛维军（肢） 沈伟（肢） 荣静（女，肢）

浙江 陈宗尧 蔡国春 黄树良（肢） 钟文静（女，畲）
朱学峰 郑宏国（女） 闻人庆（女） 张燕萍（女）
胡晓民（聋） 陈伟强（肢） 徐子福（肢）
郭晓明（女，智） 胡友兰（女，精） 吕心为（肢）
朱伟成（盲） 林芳仙（女，聋） 蒋德洪（精）
徐琴（女，智） 朱亮（盲） 杨云飞（女，肢）
谢向杰（肢）

安徽 刘卫东 高莉（女） 邵剑萍（女）
刘晓光（智） 田继轩（精） 倪寿兵 黄伟平（女）
王程（女，聋） 葛畅（女，智） 郑干（盲）
李硕（聋） 陶广军（盲） 申治海（精）
崔万志（肢） 赵靖（肢） 严江（精） 夏云兴（肢）
李雁雁（盲）

福建 林依钦 邵旭 郑永登 吴明哲 傅晓春（女）
王永澄（盲） 林群（女，聋） 徐世元（肢）
陈寰中（智） 吴宇芬（女，精） 林章录（盲）
黄平（聋） 吴秀凤（女，聋） 魏燕鹏（肢）
刘嘉伟（肢） 许丽清（女，智） 高丽萍（女，智）
丁丽君（女，精） 张海涛（精）

江西 宋雷鸣 何剑锋 余颖 贺英霞（女） 许元和
黄谋茼（精） 孟国鸣（盲） 唐英（聋） 熊俊（肢）
付振海（智） 杨彬（精） 饶英跃（肢） 黄强（盲）

---

① 注：名单括号中，“盲”表示视力残疾人，“聋”表示听力残疾人，“肢”表示肢体残疾人，“智”表示智力残疾人或亲友，“精”表示精神残疾人或亲友。

张玲（女，聋） 刘桂芗（女，肢） 罗保兴（肢）
刘斌（女，智）

山东 邹斌芳（女） 张连三 冯雷（肢） 孙君涛
管艾宏（女） 张修占 刘文生 张广秀 刘长城（精）
汤建泉（盲） 张莉（女，聋） 孙建博（肢）
许淑娟（女，智） 由仲（精） 卢林（肢）
曲洪波（聋） 邵斌（肢） 刘磊（肢） 高伯良（肢）
刘晓清（女，肢） 孔军强（聋） 田琦（肢）
袁敬华（女，智） 袁守波（盲）

河南 王丽（女） 常为民（肢） 孙立忠 张群保
吴蕾（女） 杨广欣（女） 张银良（肢）
仰国维（聋） 徐秀梅（女，智） 田超（盲）
马俊欣（肢） 李露（女，肢） 李景明（聋）
李根（智） 雷玖（女，聋） 马自立（回，盲）
霍军（女，精） 郭洁（盲） 陈俊杰（精）
卢超（肢） 王安琪（肢） 王国胜（肢）

湖北 陈惠霞 陶慧芬（女） 王芳（女） 张在印
刘宝霞（女） 毛建东（肢） 周华（肢）
李玉洁（女，肢） 刘汉云（盲） 祝秋生（盲）
吴竹（聋） 李磊（聋） 王霞（女，智）
程志胜（智） 李毅（精） 孟丽华（女，智）
杨小玲（女） 杜诚诚（女，肢） 吴辉（土家，肢）

湖南 欧阳煌 肖红林（肢） 别若 田大春（女）
陈燕群 谢运良 黄程（盲） 陈明星（土家，盲）
袁波（盲） 陈晓阳（聋） 魏洑（女，聋）
薛书斌（土家，聋） 谢志强（肢）
杨淑亭（女，苗，肢） 姜浩文（肢） 刘三国（肢）
陈丽湘（女，智） 乐克平（智） 王芳（女，精）
王小文（精）

广东 魏宏广 张永安（肢） 富明慧（满，盲）
黄健飞（盲） 范宜涛（聋） 刘志艳（肢）
雷建威（智） 林勇强（精） 陈学军（肢）
侯伊莎（女） 李杰稼 郑卫宁（肢） 邱浩海（聋）
陈映芳（女，肢） 霍瑞贞（女，聋） 张艳丹（女，精）
刘智聪（肢） 吴陆敏 詹晓阳 黄燕清（女，肢）
陈丙惠（盲） 刘学战（智） 张兰香（女，精）
黄晓霞（女，精）

广西 蒋家柏 边疆（女，苗） 罗试坚（壮）
李东霞（女） 吴日娟（女） 韦柳军（壮，肢）
王志辉（壮，精） 陶进（盲） 石磊（女，壮，智）
邱拥华（肢） 欧阳义芳（肢） 聂峰（精）
马霄（壮，肢） 刘入源（肢） 梁彦（女，壮，聋）
胡靓（女，聋） 邓春燕（女，壮，智） 陈流发（盲）

海南 司海英（女） 种润之（女） 黄昌豪
王桂新（女，黎） 吴海龙（盲） 符史勤（盲）
高日晓（聋） 郑超（聋） 蔡甫明（壮，肢）
魏朝贵（肢） 何瑞金（女，智） 李国超（智）
林展（精） 陈勋虎（精）

重庆 王余果 黎德龙 王静（女） 林梅（女，肢）
潘光银（肢） 刘继梅（女，精） 杨健（精）
刘玉霞（女，盲） 周娟（女，聋） 何跃（智）
郑璇（女，聋） 魏旭川（盲） 陈冰（肢）
唐毅（肢） 何梅奇（女，智）

四川 毛大付（肢） 何向宗 谭荣达 万云江 蒋敏
李维忠 张建英（女，彝） 沙马友古（彝，肢）
吴军（盲） 何志绪（盲） 李志强（盲）
戴梅（女，聋） 余海涛（聋） 谢美（女，聋）
杨生明（肢） 陈泽刚（肢） 吴利通（肢）
胡斌（智） 彭建平（智） 张晓琼（女，智）
陈德平（精） 王洪明（精） 仁真准（女，藏，精）

贵州 周明勤 周承洲（侗） 陈健（蒙古，盲）
王道文 徐坤厚 程永萍（女，布依，智）
杨琳（女，土家，聋） 童泽（肢） 夏梓红（女，智）
陈建强 胡亚荣（女，精） 刘芳（女，盲）
邱天（布依，聋） 王洪波（盲） 肖玉和（肢）
赵新玲（女，精）

云南 普建辉 王兴宁 南丽疆（女，傣） 王逊帮（盲）
孙家凤（女，白） 汪靖人（回，盲） 朱蓉（女，聋）
范文杰（女，精） 李明飞（肢） 廖健朝（盲）
郭春良（肢） 程莹（女，智） 王跃升（精）
和志刚（纳西，肢） 陈晓燕（女，智） 姚磊（白，肢）
陆跃兵（聋）

西藏 杜伟 徐非（女） 卓玛次仁（女，藏，肢）
洛桑巴典（藏，肢） 罗桑（藏，肢） 次吉（门巴，肢）
达友（珞巴，肢） 平措（藏，肢） 斯勇（藏，盲）
洛桑江巴（藏，盲） 吾根卓嘎（女，藏，聋）
旺堆（藏，聋） 罗布（藏，精） 索朗旺堆（藏，智）

陕西 夏晓中 相红霞（女） 姬涛（肢）
康小峰（盲） 唐立功（精） 李友谊（肢）
王亚芹（女，智） 王延（肢） 贾双登（聋）
杨琪（女，智） 文萍（女，精） 严育斌（肢）
李树伟 马洁（女，聋） 张少全（盲） 魏万林（肢）
马启琴（女，回，肢）

甘肃 石培文 华文哲 孔令利（女，肢） 刘中秋
史虎平（智） 李忠（肢） 张恩和（肢）
史建钢（精） 王珺玲（女，聋） 何彦生（盲）
傅连鸿（肢） 胡海燕（女，智） 李晓梅（女，肢）
刘文新（盲） 张集（女，聋） 张玮（精）

青海 晁海军 曹晓（藏） 王红泽 赵辉（女）
田起民（盲） 李岩玉（女，满，聋） 王忠辉（肢）
杨岩松（智） 宋志强（精） 傅向阳（盲）
苏乌德（女，蒙古，聋） 马复兴（回，肢）
葛广勤（女，智） 陈志芳（女，精）

宁夏 黄明旭 娄晓萍（女） 胡文生 王宇峰（肢）
付国刚（肢） 丁玉梁（回，肢） 王结（回，盲）
闫波（盲） 郑贤伦（聋） 张正明（聋） 樊岭（精）
陆菊梅（女，精） 边克萍（女，智） 田斌（智）

新疆 卜志勇 张海燕（女）
阿力甫·吐尼牙孜（维吾尔，肢） 阿里（哈萨克，智）
艾尼瓦尔江·曼苏（维吾尔，肢） 吴梦龙（回，盲）
陈莉红（女，盲） 杨波（满，聋） 孙永庚（肢）
梁敬东（智） 徐忠（精） 郑占营（精）
阿不来提·卡德尔（维吾尔，聋） 牛清兰（女）
哈拉提别克·木哈买托拉（哈萨克，肢）

台湾 孙扬（聋） 曾姗姗（女，聋） 詹志芳（女，肢）

新疆兵团 张志民 陈春燕（女） 吴新国（肢）
刘红霞（女，盲） 张玉池 殷永清（智）
李莉（女，肢） 王喜英（女，精） 赵树吉（聋）
乌加里阿斯·铁木尔汗（女，哈萨克，精）
李凤梅（女，智） 张冰（女，聋） 李财（盲）

解放军和武警部队 岳景洲（肢） 高振东（聋）
杨啸帅（肢） 胡国桥（肢） 龚小刚（肢）
阳鹏（肢） 钟旺（肢） 白金发（彝，肢）
刘国栋（肢） 梁应创（肢） 李文节（肢）
王孝宇（聋） 张晓东（肢） 闫卫东（肢）
石磊（肢） 卢建 李端（盲） 罗兴（肢）
潘岱（肢） 范玉珍（女，肢） 闫巍（蒙古，肢）
王国平（肢） 赵红艳（女，肢）

中国残联 邓朴方（肢） 张海迪（女，肢） 周长奎
孙先德 刘再军（聋） 沈晓明（智）
黄悦勤（女，精） 刘德培 王新宪（肢）
王乃坤（女） 吕世明（肢） 程凯（肢） 贾勇
王梅梅（女） 相自成 陈国民（智） 张伟
李庆忠（盲） 杨洋（女，聋） 张宝林（智）
徐凤建（肢） 王建军（肢） 李伟洪（盲）
温洪（女，精） 邹广文（蒙古） 孙喜斌 徐钢
田文波 刘根林（肢） 李燕群（肢） 徐聪（聋）
曲怡（女，盲） 谢慧（女） 魏菁阳（女，聋）

中国残疾人联合会第七届主席团委员名单①

129 人，以姓氏笔画为序

万力 卫国 王延（肢） 王芳（女，精） 王丽（女）
王星 王结（回，盲） 王永澄（盲） 王向前（精）
王兴宁 王建军（肢） 王爱芬（女） 王梅梅（女）
毛大付（肢） 尹平（聋） 孔军强（聋） 卢建
田超（盲） 田文波 由仲（精） 付国刚（肢）
边疆（女，苗） 成海（聋） 师振军 曲怡（女，盲）
吕世明（肢） 华文哲 刘再军（聋） 刘志新（精）
刘根林（肢） 汤建泉（盲） 孙建博（肢）
孙淑云（女，聋） 孙喜斌 李莉（女，肢） 李硕（聋）
李庆忠（盲） 李岩玉（女，满，聋） 李雁雁（盲）
李景明（聋） 李燕群（肢） 杨洋（女，聋）
肖红林（肢） 吴竹（聋） 吴文彦（女） 吴玉新
何跃（智） 何剑锋 何彦生（盲） 佟国清（蒙古）
邹斌芳（女） 汪靖人（回，盲） 沙马友古（彝，肢）
沈冬梅（女，智） 宋奇（女） 宋志强（精） 张伟
张永安（肢） 张晓成（智） 张海迪（女，肢）
张海燕（女） 张银良（肢）
阿不来提·卡德尔（维吾尔，聋） 陈丽湘（女，智）
陈国民（智） 陈春燕（女） 陈莉红（女，盲）
陈晓燕（女，智） 陈流发（盲） 邵旭 范宜涛（聋）
林勇强（精） 欧阳义芳（肢） 金晶（女，肢）
周华（肢） 周长奎 周承洲（侗） 郑璇（女，聋）
孟国鸣（盲） 封红年（盲） 赵红艳（女，肢）
赵学良（肢） 赵新玲（女，精） 荣静（女，肢）
胡斌（智） 胡国桥（肢） 胡艳苹（女，智）
胡晓民（聋） 相自成 相红霞（女）
要王芳（女，智） 种润之（女） 侯晶晶（女，肢）
娄晓萍（女） 洪润浩（肢） 洛桑巴典（藏，肢）
秦砖（精） 贾勇 贾秀芳（女，智） 徐非（女）
徐剑（智） 徐聪（聋） 徐世元（肢） 高莉（女）
郭旭升 唐英（聋） 唐占鑫（女，肢） 陶慧芬（女）
黄树良（肢） 黄悦勤（女，精） 曹晓（藏）
常东亮（盲） 崔健（盲） 崔连和（聋）
康小峰（盲） 葛维军（肢） 董濮（女） 程凯（肢）
傅连鸿（肢） 童泽（肢） 温洪（女，精）
谢慧（女） 蔡军（精） 蔡甫明（壮，肢） 蔡国春
熊俊（肢） 黎德龙 潘宏峰（满） 戴梅（女，聋）

① 注：名单括号中，“盲”表示视力残疾人，“聋”表示听力残疾人，“肢”表示肢体残疾人，“智”表示智力残疾人或亲友，“精”表示精神残疾人或亲友。

（二）中国残疾人联合会第七届主席团第一次全体会议文件

关于聘请邓朴方同志担任中国残疾人联合会名誉主席的决议

2018年9月15日中国残疾人联合会
第七届主席团第一次全体会议通过

根据《中国残疾人联合会章程》关于聘请名誉主席职务的规定，中国残疾人联合会第七届主席团第一次全体会议一致通过，聘请邓朴方同志继续担任中国残疾人联合会名誉主席。

邓朴方同志是改革开放和新的历史时期我国残疾人事业的开拓者和领导者，是中国残疾人联合会第一届、第二届、第三届、第四届主席团主席和第五届、第六届名誉主席，为中国残疾人事业的发展做出了卓越贡献，在广大残疾人和残疾人工作者中享有崇高威望，赢得了社会各界和国际社会的普遍赞誉。我们坚信，在党中央、国务院的正确领导下，在邓朴方同志的关怀支持下，广大残疾人和残疾人工作者一定会以习近平新时代中国特色社会主义思想为指导，坚决维护习近平总书记核心地位，坚决维护党中央权威和集中统一领导，强化“四个意识”，坚定“四个自信”，弘扬人道主义精神，解放思想、团结奋斗、扎实工作、开拓创新，坚决贯彻落实党中央、国务院关于残疾人事业的决策部署，圆满完成中国残疾人联合会第七次全国代表大会确定的任务目标，为决胜全面建成小康社会、实现中华民族伟大复兴的中国梦而努力奋斗。

中国残疾人联合会第七届主席团主席、副主席

主　席　张海迪（女）

副主席　周长奎　吕世明　程　凯　刘再军　侯晶晶（女）
陈国民　黄悦勤（女）　沙马友古

中国残疾人联合会第七届执行理事会理事长、副理事长、理事

理 事 长　周长奎

副理事长　程　凯　贾　勇　王梅梅（女）　相自成

理　　事　李庆忠　杨　洋（女）

张海迪在中国残联第七届主席团第一次全体会议上的讲话：努力开创新时代残疾人事业发展新局面

2018年9月15日

中国残联第七次全国代表大会即将胜利闭幕。在党中央、国务院的高度重视和正确领导下，我们开了一个团结、民主、鼓劲的大会，两天来我们一直沉浸在感动之中。昨天习近平总书记等中共中央政治局常委出席会议开幕式，中共中央政治局常委、国务院副总理韩正同志代表党中央、国务院向大会致辞，对学习习近平总书记关于残疾人事业的重要论述，推动新时代残疾人事业发展，为残疾人兄弟姐妹创造幸福美好生活提出了明确的要求，给我们极大的鼓舞，我们要认真学习领会，全面贯彻落实。王勇国务委员、邓朴方名誉主席明天还将在大会闭幕式上做重要讲话，我们也要认真学习落实。大会通过了六届主席团工作报告和中国残联章程修正案，章程修正案以习近平新时代中国特色社会主义思想和党的十九大精神为指导，充分体现群团改革的要求，将进一步加强残联自身建设，为推进残疾人事业发展提供更好的组织保障。大会选举产生了新一届主席团，推举产生了中国残联第七届执行理事会及其成员，同志们将肩负起开创新时代残疾人事业发展的使命，继续努力奋斗。

今年是改革开放40周年，中国残联成立30周年，以这次大会为标志，残疾人事业站在了一个新的起点上，新一届主席团也将踏上新的征程。未来的五年，我们既要推进完成“十三五”贫困残疾人精准脱贫和实现全面小康的繁重任务，又要推动制定实施残疾人事业“十四五”规划，为残疾人过上更好的生活奠定基础。

这次换届，主席团又加入了许多新同志，我们要认真学习习近平新时代中国特色社会主义思想和党的十九大精神，特别是要学习总书记关于残疾人事业的重要论述，解决好为了谁、做什么、怎么做的问题。加强调查研究，认真了解残疾人兄弟姐妹的困难和需求，根据党的十九大精神和国家全面建成小康社会的部署，主动作为，为实现贫困残疾人脱贫攻坚、实现全面小康和残疾人事业更高质量的发展贡献我们的智慧和力量。

今天在这里，我感慨万千，自中国残联成立以来，我全程参与了一届到七届的会议，亲眼看到中国残疾人事业从小到大的发展进程。今天上午我在北京和天津组跟同志们说，你们可能想象不到30年前残疾人来开会时的情景。30年过去了，我还记得那些残疾人兄弟姐妹的身影，那时有很多人没有轮椅，他们有坐着自己做的简陋轮椅来的，还有的挪着两个小板凳来的，从这个小板凳挪到那个小板凳上前行，每当想起他们我都觉得非常心疼，多么遥远的路，多么艰难的生活，我懂得残疾人多么不容易。那时很多会议代表学历填的是小学，有填初中就很了不起了，填高中的就更了不起

了。而今天很多残疾人的文化程度都很高了，有的是大学，还有硕士、博士。你们让我感动，这就是残疾人事业从小到大、不断发展，给残疾人带来的巨大变化。30年前，残疾人还存在被歧视、被边缘化的现象，比如残疾人就业很困难，包括我个人在内，去找工作时，总会听到这样的话，健全人都不好找工作，残疾人还想找工作啊？今天，社会和公众已经认识到残疾人生命的价值，并尊重他们的权利。

30年前，改革开放不久的中国，有太多的事情要做，在党中央、国务院关心支持下，在社会各界的帮助下，残疾人事业发展起来。30年间，残疾人康复、教育、就业、扶贫、文化、体育等，都发生了翻天覆地的变化。新来残联的同志可能体会不到这翻天覆地的变化，但是，在这里工作10年、20年、30年的同志一定就能体会到残疾人事业的蓬勃发展，今天我们说中国残疾人事业取得了举世瞩目的成就，这一点也不为过。残疾人工作者肩负的使命多么光荣，又是多么神圣，因为这个事业是为改变千百万人的命运发展起来的。

我从童年患病，深深懂得残疾人家庭的痛苦，多少父母亲人为给孩子治病，倾尽家产，投入全部的力量，他们带着孩子东奔西走，那是一种怎样的痛苦？当医生说孩子治不好了，残疾了，谁能体会父母那种痛苦绝望的心情，一个家庭瞬间幸福指数就降到冰点，甚至再谈不上幸福了。作为残疾人工作者一定要有同情心，更要有一颗火热的心帮助残疾人。我们要体会千家万户的痛苦，把残疾人的痛苦装到心里，知道痛苦和无助是什么，知道残疾人想要什么样的帮助，才能把工作做得好上加好。

这些年，一届又一届的同志们同心努力，把工作不断推向前进，多少同志为残疾人事业奔走呼吁、呕心沥血。我想，中国残联这个人民团体与其他人民团体有共同的地方，也有不同的地方。相同的地方就是我们都是做群众工作的，都要到群众中去。不同的是，中国残疾人联合会这个组织凝聚着千千万万残疾人的痛苦，这个组织是为了解除千千万万残疾人的痛苦而存在的。我曾经讲过，没有残疾人哪有各级残疾人联合会，当我们看到残疾人联合会这个名字的时候，要想一想残疾人这三个字，它凝聚着多少残疾人的期盼、多少残疾人家庭的希望。我们只有鞭策自己不断努力，为千家万户送去温暖，解决困难。残疾人工作者要做高尚的、擎着火把为残疾人照亮生活道路的人。我在中国残联已经工作了10年，我和同志们一起为保障残疾人的权利鼓与呼，通过呼吁推动实现了很多梦想，包括残疾人驾驶汽车、无障碍环境建设、“两项补贴”等。作为一个残疾人工作者，要为残疾人多做实事、做好事。我们工作不要像夏天的急风暴雨，擦着地皮匆匆掠过，而要像秋雨绵绵，浸润大地。我们要深入到残疾人这块土壤之中，播下千千万万幸福的种子，让爱的种子生根发芽，让更多的残疾人得到帮助。

我在第六届主席团工作报告中提出了今后五年的主要任务。主要有打赢脱贫攻坚战，千方百计促进残疾人就业创业，推动实现“人人享有康复服务”的目标，提升残疾人受教育水平，丰富残疾人精神文化生活等十个方面。要实现这些任务需要大家统一思想、凝心聚力，创新工作方法，切实履行职责。下面我代表新一届主席团给大家讲几点意见，与大家共同探讨。

一、认真落实党中央关于群团改革的要求，学习中国残联改革方案精神，履行好“代表、服务、管理”的职责

首先，我们要代表千千万万的残疾人，代表残疾人的家庭、亲友，替他们发出声音，表达他们的愿望，实现他们的梦想。第二，我们要千方百计为残疾人提供各种各样的服务和帮助。这些年，有的同志说，现在的残疾人提的要求可多了，你刚解决了这个，又提出了那个。我说，这是好事，这是一种自我觉醒，是人的觉醒。残疾人知道自己有权利表达，希望实现自己的权利，他们有权利向残疾人组织提出自己的要求，我们要做的就是怎样为他们服务。第三，中国残疾人联合会有管理的职能，要管理残疾人的事务，我们要把这个组织建立健全起来，一直到乡，一直到村，一直到户，都要对残疾人负起责任来，这样才能在统一的管理下，为残疾人提供更好的服务。10年来，我去了很多地方，见到村里的专职委员，我就问问他们怎么样工作，问问他们村有多少残疾人，听到他们说起残疾人如数家珍，我特别高兴。残联组织一定要横向到边、纵向到底，我们要织一个网，残疾人在哪里都能找到他们信赖的人，这就是管理的内容。作为主席团成员，大家都要很好地理解“代表、服务、管理”的意义。

2015年中央召开了党的群团工作会议，总书记在讲话时指出，“目前，我国农村贫困人口、城市困难群众、进城务工人员，农村留守妇女、儿童、老年人，残疾人，加起来有几亿人。这些都是特别需要关爱的群体。全党全社会都要关心他们、帮助他们、爱护他们，工会、共青团、妇联、残联等群团组织更要在这方面下功夫。”可以想见，总书记是把残联放在心上的。总书记指出新形势下群团组织建设必须保持和增强政治性、先进性、群众性，去除机关化、行政化、贵族化、娱乐化。当听到这些话，我特别感慨。为什么会说要去除机关化、行政化、贵族化、娱乐化？我想，群团组织如果有这“四化”，就会远离老百姓、远离残疾人，我们就不能很好地为他们服务。人民团体是党和国家工作中重要的组成部分，肩负着代表群众、服务群众的使命，中央党的群团工作会议对这项工作提出了新的要求。今年初，党的十九届三中全会在部署深化党和国家机构改革时，强调群团组织要始终坚持党的领导，自觉服务党和国家的工作大局，落实以人民为中心的工作导向，增强群团组织特别是基层的活力、吸引力和影响力。残联一定要有活力，不能死气沉

沉，活力要靠我们大家工作的热情和激情，我们要以赤子之心去关心残疾人。再就是残联要有吸引力，如果我们有官僚主义作风，高高在上，残联就不会有吸引力。这几年，会里有同志下去调研之前问我，主席你有什么要求吗？我说，有，你们见到残疾人，一定要紧紧握住残疾人的手，把我们的问候带给他们，你们要去看看重度残疾人，要给他们安慰，给他们鼓励。如果残疾人感到温暖，我们这个组织就会有吸引力、凝聚力，大家就会把我们当亲人，你要是对群众不亲，群众对你不亲，那残联还有什么凝聚力、吸引力呢？影响力是个很时髦的词，但影响力有好的，也有不好的。中国残疾人联合会和各级地方残联，一定要有好的影响力，要在社会上、在残疾人群众中产生好的影响力。我们看到，有的群团组织是有教训的，出一个事儿，再翻身就不容易了。因此，我们一定要彰显好的影响力。

近期，国务院办公厅印发了《中国残疾人联合会改革方案》，核心是按照中央关于全面深化改革的总体部署和《关于加强和改进党的群团工作的意见》要求，推进残联组织改革和服务创新，进一步“强三性、去四化”，当前和今后一个时期，残联系统的首要任务是学习落实好党中央关于群团改革的要求和残联改革方案，履行好“代表、服务、管理”职能。我们自己学习了，弄懂了，清楚了，才能把工作做得更好。

我们要始终坚持党对残疾人组织的领导，承担起领导残疾人听党话、跟党走的政治任务。中国残联已经走过了30年不平凡的历程，在邓朴方名誉主席和几代残疾人工作者的艰辛努力下，我们探索着残疾人事业发展的道路，这其中有许多宝贵的经验，但最根本的一条，就是始终坚持党的领导，始终坚持政治建设，在思想上政治上行动上跟党中央保持高度一致，努力做好党和政府联系残疾人的桥梁纽带，认真履行残联“代表、服务、管理”的职能，为党和政府分忧，为残疾人解难，将党和政府的关怀、党和国家的政策推进落实到残疾人身上。新形势下，我们必须继续把残疾人兄弟姐妹最紧密地团结在党的周围，千方百计解决残疾人的迫切需求和困难，维护残疾人合法权益。怎样维护残疾人的合法权益？会有什么样的问题呢？我们会遇到很多的问题，比如，去年有一些“儿麻”患者集体到中国残联上访，有的甚至在中国残联门口住了十几天。他们反映，由于小时候医疗预防措施跟不上，当时医疗防疫水平还较低，他们得了“儿麻”，成了残疾人，今天，他们老了，丧失劳动能力，也没有其他的生活保障和来源，生活很困难。这一代“儿麻”患者是社会进程所付出的沉重代价，从上世纪50年代到60年代，很多孩子都得了脊髓灰质炎，造成终身残疾。正因为他们承受了痛苦，付出了沉重的残疾代价，才促使医学科学不断发展，研究出预防措施，后来的孩子们服用了预防脊髓灰质炎的疫苗，再也不会承受“儿麻”的痛苦，脊髓灰质炎在上世纪90年代后期基本消灭了。针对上访的“儿麻”残疾人，我在批示件上写到，我们不能简单地处理问题，一定要帮助他们解决困难。我嘱咐世明同志，告诉那些残疾人，我们要努力推动加强对他们生活的保障，让他们今后的生活慢慢好起来。残疾人工作者首先要把同情与关怀，把爱送给残疾人。我们要继续推动将残疾人工作纳入党和政府的工作大局。在职责范围内，能帮助残疾人做的事情，要及时地给予实实在在的帮助，做不了的事情要及时向党和政府、政府职能部门汇报、协调，推动问题的解决。现在各省、自治区、直辖市残联包括新疆生产建设兵团都陆续换届完毕，主要领导同志都出席了换届大会。我去了内蒙古、新疆、北京，领导同志在讲话中情真意切、充满感情，都讲到党委、政府要关心帮助残疾人。30年前朴方同志是坐着轮椅到各地去的，要跟省里的同志讲残疾人事业的重要性，请他们支持帮助。而今天党委、政府主动要做好工作，这也是总书记的要求。希望同志们能做的事情抓紧做，做不了的事情就要千方百计去呼吁党和政府解决。尤其是要把为困难残疾人雪中送炭的工作摆在突出的位置，残疾人急需的我们一定要竭尽全力的帮助，特别是要对那些“一户多残”、孤残重残、多重残疾、有残疾孩子的特殊困难残疾人家庭，要给予特殊的帮助和关爱。要推动加强政策制度保障，落实基本公共服务，采取结对帮扶等专项措施，帮助残疾人走出困境。我们的工作很多，要沉下心来做好，不要做面子工程，更不要做形象工程，不要轰轰烈烈一阵风，而要踏踏实实，只有一件事一件事地做，一天一天地坚持，才能将好政策落实到每个残疾人身上，使他们感受到党的关怀和温暖，让他们的生活变得好起来。

残疾人工作者一定要经常走进残疾人的家门，密切与残疾人的血肉联系。我在这里工作10年，觉得残联的作风建设，残疾人工作者的工作作风是非常重要的一个方面。人民团体应该与人民心贴心，残联的同志们更要与残疾人心贴心，我们要经常问问自己，我们身边的残疾人朋友是多了还是少了，我们同他们的感情是近了还是远了？我要强调的是，残疾人工作者不要把残联当作官场，不要滋生官僚主义，而是要为这项事业倾注心血，做人民的好公仆。首先作为我个人，无论对组织，还是对残疾人和残疾人工作者，我总是说，要永远做一个让人民放心的人。只要你让人民放心，你坚信自己是这样的人，对个人的要求就一定会是严格的。我刚才强调残联不能滋生官僚主义，这是朴方同志很多年以来对我们的要求。他说，残联不要做成衙门。这是一句非常震撼人心的话，怎么叫衙门？谁在这里做官僚？我们一定要做人民的好公仆，不能有官僚主义，不能高高在上，关起门来研究工作，闭门造车设计残疾人工作怎么做。你必须经常去看望残疾人，去看看贫困残疾人的生活状况。我曾经去北大荒知青安养中心调研，那个安养中心住着一些精神病患者，他们是当年去黑龙江的知青，有上海的、北京的、天津的。当年去了50万人，其中一些人因各种原因患了精神病，永远留在了那里。如今，他们老了，很多人没有家庭和亲人。看到他们在安养中心生活得有尊严，我感到一丝欣慰。做残疾人工作者，应是沉重的人，因为我们心里装着的是残疾人的痛苦。残疾人工作不是面上的工作，不是组织几个轰轰烈烈的活动就完了，不能这个活动结束了，后面的工作就没有接续了。我们要做实实在在的事情，要把炽热的火苗送给千家万户，让大家心里感到温暖，要以残疾人的获得感和满意度作为检验我们工作成效的标准，要按照中央关于作风建设永远在路上的要求，建立深入基层和专题调研的长效机制，要进万家门、解万家难。不能下去调研一次就完了，而是要经常深入基层，去看一看残疾人的疾苦，了解他们的需求。也要去看看工作做得好的地方，总结好的经验，帮助更多的残疾人走向光明。每一个残疾人工作者都要用温暖的人文情怀去推动工作，只有这样，我们才能做残疾人的知心人和残疾人工作的热心人。中国残疾人事业需要千千万万的热心人。

我们要把各级残联建成残疾人信得过、靠得住、离不开的组织。大家不要把这个要求当作一句话，而是要变成实实在在的行动。我们要让残疾人兄弟姐妹信得过我们，要让他们有困难的时候想起我们，把困难交给我们。我们要帮助他们解决问题，这样，我们的工作就做好了。组织建设是我们事业的重要基础，长期以来我们已经建立了比较完整的组织系统，初步做到了横向到边、纵向到底。但是作用发挥得怎么样？我们一定要保持清醒的头脑。深化残联群团改革，要体现在基层残疾人组织整体活跃上。现在有些地方还存在“上面热热闹闹，下面冷冷清清”的情况。一些县乡残联还存在着一些问题，比如缺编制、缺经费、缺办公场所、缺工作人员等，有些地方残疾人专职委员的待遇还很低，我们还需要下大力气，呼吁政府多解决一点。专职委员的待遇提高了，责任感、荣誉感增强了，就能更好的帮助残疾人。我们要毫不放松的抓基层组织建设，稳步提高残疾人专职委员的待遇。要探索在残疾人比较集中的新经济组织、社会组织建立残疾人组织，实现残疾人联系服务群众全覆盖。要加强残联干部、残疾人组织工作人员的培训，大家工作光有热情还不行，还要有方法，提高为残疾人服务的水平和能力。要把工作延伸到残疾人最需要的地方去，残疾人在哪里，基层残疾人组织就要建在哪里，有针对性地开展工作，真正成为残疾人找得着、信得过、靠得住、离不开的亲人。

我们要发挥残疾人主体作用，增强残联代表性。残疾人是残疾人事业的主体。这次七代会代表和主席团委员中来自基层一线的残疾人、残疾人亲友比例实现“双增加”，各省级残联领导班子实现了至少有一位残疾人领导干部的目标，这是代表性增强的重要体现。我们要把那些真心实意关心残疾人疾苦，与残疾人心贴心的干部选拔上来、使用起来。要注意培养残疾人干部。中国残联建立了残疾人干部信息系统，实名制掌握了一些残疾人干部的基本情况，目前信息更新已达8万多人，我们要充分利用好这个资源。要完善各级残联主席团审议执行理事会工作报告的制度，专门协会要有效发挥代表、服务、维权、监督作用的机制，县级以上残联要加强专门协会组织建设、能力建设和诚信自律建设，进一步扩大专门协会联系、服务本类别残疾人的覆盖面。专门协会更贴近残疾人，更了解他们的要求。当年推动残疾人驾驶汽车工作，专门协会的王延等同志，自己身体力行驾驶手动操作加油和刹车的汽车，也让我学会驾驶这种汽车。后来我跟很多同志一次次呼吁，还在全国政协会议上提交了《关于允许有能力的残疾人驾驶汽车的提案》。到目前，共有16万残疾人考取了驾驶执照，这是一个巨大的进步。在80年代，残疾人不能驾驶汽车，而今天残疾人通过驾车更好地融合社会，共享改革发展成果，这就是我们工作的进步。

二、努力解决不平衡不充分的矛盾，以贫困残疾人精准脱贫为重点，促进城乡区域残疾人事业协调发展

在残疾人实现小康的路上，我们还面临着许多困难和问题。虽然残疾人事业取得了很多的成绩，但是存在的困难和问题也很多，不可低估。新时代我们要解决好发展不平衡不充分的问题。与其他事业相比，残疾人事业发展中不平衡不充分的问题更加突出，也更加具体。供给不足、保障服务不均衡不充分的矛盾叠加交织，残疾人对物质文化的需求与供给不足、残疾人对美好生活的期待与发展不平衡不充分的矛盾同时存在。

解决贫困残疾人脱贫问题是当务之急，这是一个硬任务，是一场硬仗。习近平总书记提出，2020年实现全面小康，残疾人一个也不能少。2020年，我们怎样实现这一目标？目前我们还有280万建档立卡贫困残疾人，我们要配合相关部门，推进实现精准扶贫和精准脱贫。我们国家70%以上的残疾人生活在农村，如何加强改善对农村残疾人的服务，这是摆在各级残联面前的一项重大的课题，希望同志们多思考。

康复工作是残疾人工作的重中之重。只有身体康复了，残疾人才有希望，家庭才有希望。前不久国务院下发了《关于建立残疾儿童康复救助制度的意见》，从今年10月1日起，在国家层面将建立残疾儿童康复救助制度，我们也与相关部委进行了部署。这项制度的建立充分体现了党中央、国务院对残疾儿童的关怀和重视，下一个五年我们就要跟进这项工作，协调各级财政部门切实将残疾儿童康复救助经费纳入财政预算，呼吁更多的机构为残疾孩子的康复多做工作。

在残疾人工作中，教育是残疾人最终摆脱贫困的根本，近些年来，残疾儿童接受教育的普及率虽然有了很大的提高，但是还有不少适龄残疾儿童没有入学。我们要充分利用大数据，不断统计核实残疾儿童少年底数和入学的情况。实

现联合国《残疾人权利公约》提出的要求，不但让孩子们实现义务教育阶段的特殊教育，还要实现融合教育，让孩子们和健康的小伙伴一起上学，去感受美好的童年时光，让他们的生活没有歧视、没有自卑，只有欢乐。我们还要落实好教育部等部门《关于加快发展残疾人职业教育的若干意见》，推动修订《普通高等学校招生体检工作指导意见》，完善残疾人高等教育的政策措施。前几年有一位残疾女生参加高考，她的分数超过了录取分数线，但是体检没有过，体检标准是2003年教育部、卫生部和中国残联制定的，我们一定要推动修订改进。

前一段时间，媒体报道了安徽9岁的脑瘫女孩儿被爷爷和父亲推下河溺亡的事件，看了这个消息我特别的难过。家长剥夺残疾孩子的生命，应该受到法律的制裁。这样的事件反映目前我们的社会保障制度还不够完善，很多家庭承受着不可承受的困难，有的家长为孩子的康复倾其所有，欠下很多债务，因此绝望。我们要做的是要加快社会保障条例立法进程，推动提高"两项补贴"的标准，研究解决重度残疾人托养照料的问题，提高残疾人生活保障水平，推进有条件的地方建立辅助器具补贴、交通补贴、残疾人家庭无障碍改造补贴和信息消费补贴等制度，无障碍环境建设是残疾人事业发展的一项重要工作，这关乎千家万户的便利。2016年，我去爱丁堡上任康复国际主席，在伦敦机场逛商店等飞机，一会儿的工夫就来了9个坐轮椅的人，他们有的是自己来的，有的是结伴而来，脸上都洋溢着笑容。我们很多商店可能偶尔有残疾人，有的地方盲道被占了，还有的地方花了钱建了无障碍设施，但不是高了就是矮了，好看不好用。无障碍是很重要的工作，要尽快制定完善相关标准，大力推动无障碍环境建设，为残疾人创造更方便的生活条件。

我们国家很大，残疾人事业不均衡不充分的特点尤为明显。比如"两项补贴"，生活补贴标准最高的是北京市，最高可以达到每个月900元，标准最低的省份，每个月仅仅33元；护理补贴标准最高的是浙江省，最高可达到每个月500元，标准最低的省份，每个月才40元。尽管有些地方经济条件还不发达，但是同志们还是努力地去做工作。比如"两项补贴"制度最早是由宁夏、甘肃、陕西等西部省区首先建立的。比如天津、郑州等地最先为盲人、聋人发放了每个月30元的信息消费补贴。我们要因地制宜、创新思路，发挥能动性。

2018年2月国务院办公厅印发了《基本公共服务领域中央与地方共同财政事权和支出责任划分改革方案》，这个方案自2019年1月1日起开始实施，这个政策涉及残疾人服务投入。我们要学习了解的政策法规有很多，只有下决心努力学习，多了解政策法规，才能够把工作做得更好。

前段时间，各地都陆续召开了换届大会，我注意到各地在领导讲话或工作报告中都提到了未来五年残疾人事业发展的目标和任务，有的省提出要推动保障和改善残疾人生活，促进残疾人全面发展和共同富裕；有的提出使全体残疾人共享公平、尊重、关爱；有的提出来推动新时代残疾人事业更加均衡的发展。我想，这些都是令人鼓舞的消息。东、中、西部的条件基础不同，残疾人工作要各有侧重。希望同志们多提意见建议，推动更多的法律法规、政策措施出台，更实在的帮助残疾人。总之，我们要不断丰富残疾人工作的内容，推进残疾人事业发展。

三、创新工作方式方法，动员各方力量，加快残疾人小康进程，实现残疾人一个也不能少的任务

我们要坚持党委领导、政府负责的领导体制和工作体制。这是残疾人事业发展的政治和体制机制保障。要健全完善各级残联向同级党委、政府定期汇报残疾人工作的制度，各级残联也要发挥好残工委办公室的作用。

我们要动员市场、企业和其他社会力量来参与残疾人事业。保障救助不是临时的看望，今天的残疾人工作已经跟以前有所不同了，那时候过节，领导说，我们去看看残疾人吧，大家就会带上米、拿着面、提着油，或是抱着被子，去看望残疾人，问他们"有什么困难吗，祝你新年快乐，合家欢乐"，就走了。第二年再去，又是相同的话。虽然残疾人也感到了温暖，但那是不可持续的帮助，残疾人需要的是可持续的服务和支持。因此要推进制定激励政策，引导市场和企业关注支持残疾人服务产业的发展，这是具有生命力的。要健全政府购买助残服务的政策措施，扩大购买服务的规模，去年全国残联系统购买服务资金达到30多亿元。据民政部统计，截至2017年，我国社会组织总数超过80万个，社会力量是巨大的资源。我们要引导社会组织开展助残活动。我跟长奎书记说了，希望共青团的志愿助残更好地发挥作用，凝聚起可持续的力量，帮助照料关爱残疾人，一代接一代地做，解除残疾人的后顾之忧。目前全国助残社会组织才有2520个，应该说严重不足。我们倡导助残，可是谁来助残？残联是代表、服务、管理的机构，各级残联要动员呼吁社会千千万万的组织和热心人帮助残疾人，为他们提供个性化、专业化的服务。

我们要加强人才培养。当前残疾人事业各领域的人才很缺乏，特别是康复人才。现在很多地方都建了康复中心，但是真正的康复人才还很缺乏。我们要帮助残疾人真正的康复好。现在康复服务质量还有待提高，所以我们一定要加快推进康复服务工作，一定要加快推进中国康复大学的建设，加快人才培养。康复大学要立意高远、视野开阔，在学科结构、人才培养、机制方面都要想得更超前一点，再过10年、20年，康复大学培养起来的医生、康复人才能为残疾人服务，才是令人欣慰的。我们要为残疾生命的重建作贡献，要为健康中国战略服务。

我们还要努力的推进科技助残。科技是残疾人未来的希

望，科技能够为残疾人的身体带来更多的功能补偿，我们一定要重视研制生产更多的辅助器具，通过科技为残疾人创造更理想的生活。

我们要完善残疾人事业的大数据。现在，我们已经收集了3400多万持证残疾人的大数据信息，我在联合国等国际组织宣讲中国残疾人事业大数据的时候，他们都感到敬佩。我们做好残疾人工作，首先要完善人口基础数据和残疾人服务信息资源，每一个数据都要真实的反映残疾人的需求，每录入一个数据，就有一个残疾人多一分希望。我们得到的数据越准确，残疾人得到的帮助就越多。要通过大数据的分析应用，提高残疾人服务的水平和质量，推动残疾人事业科学发展。我们要在国际交流中多用事实和数据说话，彰显中国人权保障和残疾人事业的进步。

各位委员、亲爱的同志们，今天在大家的共同努力下，我们完成了所有的会议议程。我们的目标已经十分明确。让我们以习近平新时代中国特色社会主义思想和党的十九大精神为指导，以习近平总书记关于残疾人事业的重要论述为遵循，团结一致，勤勉工作，承担起开拓新时代残疾人事业新局面的责任，帮助千千万万残疾人兄弟姐妹过上更好的生活。希望中国残联这支队伍永远向太阳。

（三）各专门协会文件

中国残联专门协会工作综述

五年来，中国残联认真贯彻党的十八大、十九大精神和以习近平同志为核心的党中央对残疾人事业的新部署新要求，贯彻落实中央党的群团工作会议精神，领导专门协会进一步围绕残疾人工作中心任务，加强自身建设，强化法人治理，加快转型升级；各级残联认真贯彻国务院《“十三五”加快残疾人小康进程规划纲要》，加大对专门协会的重视和支持力度，专门协会进一步活跃；各专门协会切实履行“代表、服务、维权”职能，不断提升基础建设、能力建设、规范建设水平，有效发挥桥梁纽带作用，为加快推进残疾人小康进程做出了积极贡献。

一、以政治建设为统领，牢牢把握发展方向

（一）全面贯彻中央精神，切实提高政治站位。学习贯彻习近平新时代中国特色社会主义思想和党的十八大、十九大精神，强化“四个意识”，坚定“四个自信”，切实增强政治定力；充分发挥政治引领作用，团结本类别广大残疾人感党恩、听党话、跟党走。按照“一方隶属、参加多重组织生活”的原则，将各专门协会党建工作纳入中国残联组联部联合党支部，深入开展党的群众路线教育实践活动、“三严三实”专题教育、“两学一做”学习教育，不断提高协会党员的党性修养。坚持“三会一课”制度，重温入党誓词和入党志愿书，制定并实施《关于进一步加强专门协会党建工作的实施方案》。在5个协会官网均开设党建工作专栏，五年来总计刊发党建文章400余篇，广泛宣传中央和中国残联关于党建的重要精神、各协会党建工作信息。

（二）积极落实巡视整改，着力防控廉政风险。指导各协会积极配合中央巡视组和审计署对于中国残联的巡视和审计，结合实际落实自查自纠和整改要求。根据中国残联党组关于落实意识形态工作责任制及整改任务分工的要求，制定具体整改措施，完善防控廉政风险实施方案，加强风险防控。严格执行中央“八项规定”和中国残联的具体实施细则，自觉抓好落实，取得良好实效。

（三）注重加强宣传引导，强化依法维权意识。指导各协会充分借助本协会网站、微信群、QQ群等现代媒体信息交流和互动平台，大力宣传党和政府有关残疾人事业的政策法规，及时通报重要事项，动态了解残疾人状况需求和舆情反映，积极传递正能量。五年来，5个协会网站刊发文章总计2.8万余篇，浏览人次达1200多万；直接参与网络讲座、网络会议、网络广播、网络春晚等活动的残疾人达数万人次。针对侵犯残疾人合法权益事件，各协会坚决依法依规维护残疾人权益，同时注重引导社会各界客观理性提出建议，塑造了残联和协会的良好形象。五年来，各协会及时主动、稳妥高效处理的涉残人数多、社会影响面广、媒体关注度高的舆情、残疾人群访、残疾人维权等事件达17件。

二、以强基育人为抓手，“三项建设”成效显著

（一）加强基础建设，规范内部运作。探索法人治理模式、强化协会规范运作是协会保持健康持续发展的基础条件。五年来，中国残联根据加强基础管理的整体部署，推动各协会不断完善基础管理和内部建设，先后制定或修订专门协会委员会工作规则、重要事项决策制度，财务、项目、人事、档案管理办法等规章制度83项。根据工作需要和本类别残疾人的呼声，按照民政部和中国残联的要求，总计成立内设委员会26个，为细化各协会工作、满足各残疾类别细分群体个别化、个性化服务做了大量工作。

（二）加强能力建设，提升服务水平。人才队伍建设是协会加强能力建设、提高服务实效的基础。五年来，中国残联推动各协会积极物色、培养本类别残疾人才，着力开展骨干培育工作。启动实施残疾人英才计划，收录残疾人英才近20万。举办各种全国性的综合性会议和培训班、专题会议和专业培训班总计228期，培训1.6万余人次。编撰、出版培训教材、专用资料图书等20本，《全国基层残联专门协会优秀案例100例》《视障儿童家长指导手册》《新编手语你我他》《我们这样走过——中国智协发展之路》《精神病患者及家属专家UFE培训教材》等受到好评。各协会综合管

理能力和专业服务水平显著增强，履职能力明显提升。

（三）加强规范建设，塑造良好形象。依法依章程规范运作、提升社会公信力，是法人协会内强素质、外塑形象的基本要求。本着精简、统一、高效的原则，中国残联于2014年1月成立了具有第三方独立性质的专门协会项目评估和财务监审委员会，加强对各协会的项目评估和财务监审，得到社团管理部门的积极认可。五年来，评监委及时出台《工作规则》和《管理办法（试行）》，积极参与协会各项活动，出席协会相关重要会议，评监各协会项目总计31个，并分别形成内涵丰富、针对性强的31个评监报告；结合实际完成关于协会科学发展、规范运作的综合调研报告4篇。各协会积极配合中央巡视组、审计署、第三方监督机构的工作，没有发现违规违纪行为；每年接受民政部年检均为合格；中国盲协、中国智协申报民政部等级评估，被评估为4A等级，中国聋协、中国肢协、中国精协被评估为3A等级。中国聋协、中国精协等分别获得世界聋人联合会表彰、全国最佳志愿服务组织等荣誉。

三、以转型升级为手段，法人治理日臻完善

（一）积极建言献策，开展专项调研。中国残联充分发挥专门协会深入了解本类别残疾人特殊需求的天然优势，推动各协会紧密结合全国残疾人基本服务状况和需求信息数据动态更新情况，通过建言献策、课题调研等多渠道、多形式积极反映本类别残疾人的特殊状况和迫切需求，为中国残联和相关政府部门提供有力的决策依据。五年来，各协会通过参加座谈会、提交书面意见建议等形式，就中国残联或其他部门制定（或修订）的民法总则、中医药法、“十三五”规划纲要、残联改革方案、银行业无障碍服务标准等近50项重要涉残法律法规、政策文件、标准规范进行建言献策、咨询评估。积极参政议政，向中国残联推荐全国人大、政协的建议、提案素材近40件，其中盲人参加教师资格考试、公务员招考、无障碍环境建设、孤独症儿童康复经费纳入医保等13件提交全国人大、全国政协会议。深入开展专门协会建立30周年、残疾人养老、无障碍环境建设等48项涉及本类别残疾人迫切需求的课题调研，并形成有代表性、有深度的高质量调研报告48篇，提交中国残联决策参考。

（二）开展标准制定，规范行业行为。推动各协会积极发挥“政府和残联顾不上、残疾人离不开、社会组织替代不了”的不可或缺的特殊作用，针对残疾人具有迫切需求的服务领域，五年来独立开展或联合残联有关部门、科研院校、助残社会组织等起草制定了38个残疾人服务标准（规范），如《导盲犬》国家标准、《医疗服务领域手语翻译工作规范》《多层工业建筑无障碍技术标准》《心智障碍社会服务机构规范化管理与标准化服务评估标准》《孤独症儿童康复机构服务质量标准及评价体系（试行）》等，有效规范了残疾人服务行业的行为，大幅度提升了为残疾人服务的质量。这些标准（规范）有的已经成为国家标准并正式实施，有的正在申请国家标准，有的正在争取成为部门、行业或团体标准，并在各协会内部试运行。

（三）承接服务项目，着力托底补短。推动各协会积极转变观念，努力顺应大局，着力围绕本类别残疾人的托底补短领域，积极争取承接残联和政府部门购买的残疾人服务项目，为本类别残疾人提供有针对性的优质高效服务。五年来，协助5个协会共承接或争取各类项目总计162个，项目资金总计6063万元，受益残疾人和家属达64.2万人次。其中承接中央财政支持社会组织示范项目10个，项目金额903万元；承接中国残联机关各部门、各直属单位服务项目104个，项目金额1509万元；争取中国残疾人福利基金会和其他社会各界服务项目48个，项目金额3651万元。这些项目不仅贴近广大残疾人的迫切需求，而且具有典型性、示范性、可复制性，对于引领各级残联专门协会工作的开展具有十分重要意义。

（四）借助国际平台，讲好中国故事。五年来，协调各协会积极借助国际平台，广泛宣传我国残疾人事业伟大成就，全面展示我国残疾人的良好精神风貌，从专门协会视角努力讲好中国故事，共参与外事活动28项。如组团参加张海迪主席就任康复国际主席活动、出席2013—2022年亚太残疾人十年中期审查高级别政府间会议、提交履行联合国《残疾人权利公约》影子报告、当选世盲联亚太区副主席和亚太盲联按摩委员会主席、承办世聋联理事会会议、加入国际脊柱裂与脑积水联合会，等等。与德国、瑞士等的国际组织合作开展第三届国际智障者音乐节、全国孤独症家长携手计划等项目7个，金额总计405.5万元。

四、以品牌服务为载体，示范引领形成合力

（一）围绕脱贫攻坚，打造服务品牌。打造品牌是专门协会获取社会认可支持、塑造良好形象、增强吸引力向心力的有效手段。五年来，推动各协会紧紧围绕残疾人迫切需求和国家脱贫攻坚的战略部署，延续和新创全国残联系统知名服务品牌38个。盲协“阿炳杯”全国盲人器乐独奏大赛、“温馨杯”首届全国盲人歌手（网络）大赛，聋协“沣标杯”聋人摄影大赛、“穗宝杯”全国听障朗诵大赛等，展示了盲人、聋人朋友热爱生活、自强不息的靓丽风采。肢协“希望之家”项目开展7年来，发展到26个省份的110家，服务伤友上万人，得到张海迪主席和康复国际执委会以及社会各界的广泛认可。智协“牵着蜗牛去散步”全国大型联动活动总计开展8次，联合20多个省份超3万智障人士、家长、爱心人士参与，对于消除社会歧视、促进残健融合意义重大。“精残政策进万家”活动在全国12个省份推广，现场宣讲共计65场、听众3100余人，进行网络宣讲，发放宣传手册（仅北京就发放1.2万多册），深受广大精残人及家属的欢迎。

（二）引领地方协会，协同创新发展。推动各协会在积极探索法人治理模式的同时，积极示范各级残联专门协会，引领全国专门协会工作进一步活跃发展。五年来，与各地残联专门协会共同开展的惠残面广、具有较大社会影响力的全国性示范引领项目和活动29个。盲协“盲人服务引领项目”涵盖全国20多个省份，聋协“为了美好明天”遗传性耳聋基因筛查公益性活动与近30个省份的聋协共同开展，肢协动员和引领各地肢协共同开展8.11全国肢残人活动日，各省区市参与人数超过200万；智协开展10次“区域性特奥联谊活动”，覆盖全国各地，参与的智障运动员近千人。精协通过UFE培训等项目，指导各省级和部分市级精协开展精准服务，项目金额达85万元。在中国残联的支持指导、各专门协会的示范引领和各地残联的共同努力下，全国建立省级及以下专门协会近1.6万个，其中省级已建100%、市级已建96.5%、县级已建86.4%；地方各级专门协会社团法人登记数789个，其中省级38个，地市级107个，县级644个；各级协会携手合作共同推动残疾人事业快速发展。

（三）聚合助残力量，激发社会活力。积极落实中国残联和民政部联合印发的《关于促进助残社会组织发展的指导意见》，协调各专门协会主动与广大助残社会组织、助残社会力量携手开展了41个活动项目，合作金额达883万元。与中国狮子联会共同主办3届“全国残障少年儿童和平海报作品征集活动”，在全国范围内征集作品810幅，获奖435幅；与中国残疾人福利基金会合作开展29个项目，金额达541.4万元；借助“长江新里程——关心你的残疾人邻居项目”的2000万港币，与湖北残联、黑龙江残联共同培育扶持包括各级专门协会在内的207家助残社会组织、合计231个助残服务项目。盲协与中国红十字基金会合作举办“千手相助——盲人培训与安置工程”，聋协与北京怀柔润威畅听无障碍服务中心共同开展北京聋人信息无障碍服务示范试点项目；肢协倡议残疾人创业者发起“千企万人创业就业行动”，安置残疾人就业超过1.5万名。智协与中国人寿等七大保险公司合作开展“安心工程”项目，在全国26个省份建成48个投保网点，累计为3417个家庭成功办理投保7020份，参保人数达9232人。精协携手1466个（次）助残服务机构联合开展9个项目，共计金额70万元。

在取得成绩的同时，应当清醒地认识到，各专门协会还不同程度存在一些问题和不足，如科学高效的法人治理模式尚需继续探索，专业化规范化的服务水平有待努力提升，协会队伍建设尤其是专职人员队伍建设亟待加强，部分基层残联对协会重要性的认识需进一步提高；各级协会自身建设还比较薄弱，作用发挥还不够明显，场地经费人员等保障条件还不到位，等等，这些问题需要在今后的工作中不断解决。

成绩是有目共睹的，发展是客观显著的。五年来，各专门协会紧紧围绕残联工作中心、服务事业大局，依法依章程开展工作，在代表残疾人利益、反映残疾人诉求、维护残疾人合法权益等方面做出了积极贡献。专门协会的发展和进步，凝聚了中国残联张海迪主席和党组、理事会的亲切关怀，体现了中国残联各业务部门和地方各级残联及协会的大力支持。张海迪主席通过题词、寄语、批示等形式多次给予各协会充分肯定和激情鼓舞，并批示“协会要举办接地气的活动。让我们的工作不断接续，不断向前，为残疾人创造福祉”，为专门协会的健康有序发展指明了方向。

下一个五年，中国残联将领导各专门协会全面贯彻习近平新时代中国特色社会主义思想和党的十九大精神，认真落实以习近平同志为核心的党中央关于残疾人事业的系列重要指示，严格按照中国残联改革方案和中国残联七代会的整体部署，以改革发展为动力，进一步探索法人治理模式，加快推进转型升级，不断提升整体实力和服务水平，为促进残疾人全面发展和共同富裕、满足残疾人日益增长的美好生活需要而不懈努力。

第一，牢固树立政治意识，不断增强政治定力。

以习近平新时代中国特色社会主义思想和党的十九大精神统领新时代专门协会的发展，牢固树立“四个意识”，坚定“四个自信”，坚决维护习近平总书记核心地位，坚决维护党中央权威和集中统一领导；坚持党对一切工作的领导，自觉在思想上政治上行动上同党中央保持高度一致。不断加强党的基层组织建设，深入开展“不忘初心、牢记使命”活动，积极做好本类别残疾人意识形态的团结引导工作；按照中央办公厅《关于加强社会组织党的建设工作的意见（试行）》精神，充分发挥中国残联组联部联合党支部的战斗堡垒作用，切实做好专门协会党建工作，实现专门协会党建“两个全覆盖”，确保专门协会政治发展方向。

第二，加快推进转型升级，着力强化法人治理。

推动专门协会加快转型升级。一是加强基础建设，打造学习型协会，以遵循章程为基础，向拾遗补阙、重心下移转型，提升依法履职效能，提高示范公信度；以三项职能为要义，向群力融合、点下多面转型，提升法人治理效能，提高自律诚信度。二是加强规范建设，打造服务型协会；以问题需求为导向，向调研咨询、决策建言转型。提升人才培育效能，提高平台延伸度；以软件硬件为嫁接，向个性精细、规范标准转型，提升购买服务效能，提高辐射认可度。三是加强能力建设，打造创新型协会，以解决问题为根本，向社会动员、专业精准转型，提升管理科学效能，提高共享活力度；以发挥主体为优势，向供需优化、评估机制转型，提升绩效创新效能，提高拓展影响度。

不断健全专门协会法人治理结构。一是以问题和需求为导向、以残疾人基本信息数据库为依托，进一步围绕残疾人脱贫攻坚重大战略部署，充分调动社会力量聚合多方资源，深入开展贴近本类别残疾人迫切需求的服务标准（规范）等的制定、专项课题的调研。二是进一步建立健全专门协会规章制度，不断规范内部治理和内设委员会的运作，完善决策议事和评估监督机制；同时加强诚信自律建设，提升社会公信力，塑造良好社会形象。三是积极创新手段，进一步加强专门协会委员会的广泛性、代表性和社会威望；同时通过专兼挂等多种方式加强协会秘书处工作力量，强化秘书处的具体执行力，使二者分工明确、职责清晰、关系顺畅；逐步探索协会团体会员申请、登记、管理的有效模式。

第三，全面贯彻改革精神，切实加强协会建设。

认真贯彻中央《关于加强和改进党的群团工作的意见》，全面落实中国残联改革方案和中国残联七代会精神，积极融入改革大局，按照中国残联“在残联工作只能加强不能削弱的实践中，更有效提升专门协会建设水平”的部署，出台《关于进一步加强专门协会工作的意见》，加强专门协会工作的顶层设计。一是推动各级专门协会不断完善规章制度，建立健全残联理事会和专门协会联席会议、专门协会向主席团报告工作、专门协会列席本级残联重要会议等制度；加强评监委的第三方评估和监审作用，提升专门协会的社会公信力；加强专门协会领导班子和人才队伍建设，选配政治立场坚定、忠诚干净担当、有威望有能力有条件承担协会工作的残疾人或残疾人亲友担任协会班子成员；围绕残联中心任务和工作大局，积极建言献策和评估监督，使专门协会真正成为本类别残疾人的利益代言人、服务组织者和权益维护者。二是推动各级残联按照群团改革“强三性、去四化”的总体要求，进一步加强对专门协会的领导，提升对专门协会工作意义的认识，理顺专门协会与各方面的关系，落实必要的场地、经费、人员，切实发挥主体协会的积极作用；有效探索专门协会法人治理模式，推动专门协会体制机制创新的重大实践。

中国盲人协会主席李伟洪在中国残联第七次全国代表大会盲人代表会议上的工作报告：积极融入新时代事业大局，努力开创盲协工作新局面

2018 年 9 月 15 日

我代表中国盲人协会第六届委员会，向中国残联第七次全国代表大会盲人代表会议报告中国盲协过去五年的工作，对今后五年的工作提出建议，请予审议。

一、过去五年工作回顾

过去的五年是以习近平同志为核心的党中央团结带领全国人民迈入新时代的五年。五年来，中国盲协在中国残联的正确领导和各位委员的共同努力下，积极融入新时代残疾人事业大局，开拓进取、履职尽责，各项工作取得了新的成绩。

（一）增强“四个意识”，加强协会建设。根据党的十八大、十九大精神和中央关于群团改革“强三性、去四化”的要求，按照中国残联整体工作部署，中国盲协不断增强“四个意识”，坚定“四个自信”，着力加强自身建设，协会法人治理更加规范。

——多次组织协会领导班子、委员会委员和秘书处工作人员认真学习党的十八大、十九大等重要文件精神，组织全国盲协骨干参加学习宪法网络专家讲座，纳入中国残联组联部联合党支部，在网站开设“党建之窗”栏目，及时传达党中央声音。配合中央巡视组和审计署对中国残联的巡视和审计工作，认真自查自纠，切实落实有关整改意见；接受业务主管部门中国残联的领导、登记管理部门民政部和社会各界的监督。五年来民政部对盲协的年检均为合格。

——注重制度建设。完善了主席办公会议和重要事项决策制度；定期召开网络办公会，使各位主席、副主席更加方便参与协会管理；制定了《中国盲协公务用车办法》《中国盲协档案管理办法》等多项制度，强化了各项纪律，协会规范化水平不断提高。

（二）推动顶层设计，保障盲人权益。积极参与国家有关法律法规、政策、标准的制定和落实，从源头上维护和保障盲人权益。五年来，参与国家重要法规、政策和规划制定20 项，牵头和参与有关服务盲人的规范、标准 17 项。

——参与《“十三五”加快残疾人小康进程规划纲要》、中国残联改革方案和残疾人“两项补贴”等重要政策文件的制定，提出多项建设性意见。

——参与残疾人康复、铁路运输、航空运输等有关残疾人服务规范的制定；作为重要起草单位深入参与银行业无障碍服务、移动终端信息无障碍服务、网站无障碍等国家标准的制定。

——组织编写《导盲犬》国家标准并通过国标委审批发布，引起社会热烈反响，对于规范导盲犬工作、促进导盲犬行业的发展具有重要意义。

——与中国残联业务部门积极向国务院法制办和全国人大法工委反映盲人诉求，将保障盲人医疗按摩师从事医疗工作的权利推动纳入《中医药法》。

——利用人大、政协平台维护盲人权益。中国盲协通过多种渠道向全国政协提出了多件有关盲人的提案。杨佳、李庆忠两位副主席作为全国政协委员积极为盲人群体发声，在推动盲人参加教师资格考试和无障碍建设等方面提出的多件议案得到社会和媒体的关注；盲人代表和委员在地方人大和政协参政议政中也发挥了积极作用。

——参与修订《残疾人教育条例》；在制定《残疾人参加普通高等学校招生全国统一考试管理规定》过程中提出多条意见并被采纳。

——推动解决盲人用药安全问题。多次组织召开有关研讨会；支持广州市盲协开展盲人药品信息无障碍试点工作。

——在积极维护盲人权益的同时，有效做好盲人群体的团结和引领工作，妥善处理了多次盲人群访和媒体热点事件。

（三）深入调查研究，提高代表能力。作为盲人群体利益的代言人和权益的维护者，中国盲协注重深入调查研究，科学精准地反映盲人群体的个性化需求；同时，成立了多个专业委员会，不断提升代表和服务能力。

——每年携手专业机构组织开展1—2个专题调研，在各省级盲协的大力支持下，五年来完成了《北京地区视力残疾人养老需求状况调研》《六省市盲人辅助器具状况与需求调研》《中国视力残疾人就业状况及对策研究》《中国重度视障人群信息无障碍状况与需求调查》《盲人医疗按摩人员就业状况调查》等7项调研课题，提出了有科学依据的政策建议。

——相继成立了盲人文学联谊会、导盲犬工作指导委员会、通用盲文推广与研究委员会、信息无障碍促进委员会，依托各专业委员会汇聚了盲人骨干和专家资源，深入反映了盲人的需求，协会的代表性明显增强，服务能力显著提升。

（四）围绕事业大局，聚焦重点工作。五年来，中国盲协充分发挥主体协会作用，在盲文规范化、信息无障碍、拓展盲人就业等重点领域取得明显成效。

——为贯彻落实《国家手语和盲文规范化行动计划（2015—2020年）》，维护盲人的语言文字权益，中国盲协全程参与了有关政策制定、盲文方案研制；在业务部门支持下，在北京、内蒙古、江苏、浙江、福建、广东、重庆、云南、甘肃9个试点省级盲协和11个特教学校（学院）开展了试点工作；积极推动通用盲文推广工作，组织了全国通用盲文推广骨干教师培训班，组织研发学习软件和教学材料；与兰州大学合作开发了盲文信息化网络平台。

——为推动无障碍特别是盲人信息无障碍工作，中国盲协成立了信息无障碍促进委员会，除参与制定了多项有关盲人信息无障碍的国家标准外，还深入参与了冬奥会、冬残奥会、北京新机场、雄安新区、北京国际环球影城等国家重大项目的无障碍标准、导则的制定；参与举办历届信息无障碍论坛；与中国残联就业服务指导中心联合举办盲人电脑培训班；组织了“盲人互联网阅读推广”培训项目，有效带动了各地信息无障碍培训工作；同社会组织携手制作信息无障碍公益片，多次发起信息无障碍公益倡导活动，取得良好社会反响；通过媒体专访和专题文章倡导无障碍理念；推广广东省等地方协会信息无障碍工作典型经验。

——中国盲协多年来重点关注盲人就业领域。中国盲协和有关部门一道加强盲人医疗按摩师资格考试规范化，推动出台助盲就业扶贫政策。组织编写了《盲人支持性就业服务标准》。举办了多期盲人心理咨询师职业资格考试培训班，组织盲人钢琴调律师职业资格考试和职业技能培训班。通过全国残疾人“自强创业之星”的评选工作，挖掘出一批盲人创业典型。在四川和山东开展了农村盲人按摩培训与安置项目，为农村盲人就业发挥示范作用。

（五）开展示范服务，带动地方工作。针对盲人多样化的需求，中国盲协积极汇聚社会资源，争取国家公益项目以及中国残联相关业务部门和残疾人福利基金会的支持，开展了具有典型性、可复制性的盲人服务活动，对地方盲协和社会组织发挥了积极的示范引领作用。

——康复方面。开展中央财政支持的“青光眼防盲治盲医疗救助行动”项目，在6省市眼科医院为1800人次青光眼患者免费实施了无创治疗；开展了角膜盲阳光复明行动；组织各省康复人员和盲协骨干开展了“全国盲人支持性康复骨干培训班”，为中途失明者康复工作培养技术骨干。

——盲人辅助技术研发方面。中国盲协和北京航空航天大学、上海交通大学、北京联合大学等专业机构合作开展了盲文转化软件、多媒体无障碍技术、智能助视仪等课题的研究；为数十家单位的辅具开发提供咨询服务。

——教育方面。动员社会力量，继续开展“手拉手”阳光书包募捐活动，为内蒙古、四川、贵州、云南等地盲校学生发放了近1万个“阳光书包”，给他们送去了有声读物和学习用具；与北京联大特教学院合作，在网上开展盲人针灸推拿专业及专升本远程学历教育，五年来毕业盲人学员近千人。

——注重发挥专业委员会作用，开展个性化服务工作。全国盲人阅读推广委员会积极推动各地成立盲人阅读推广组织，开展各种形式的阅读“扫盲”活动；盲人钢琴调律师委员会多次举办钢琴调律职业展示活动，制定了盲人钢琴调律行业服务规范和技术操作标准；视网膜病变者委员会多次举办视觉康复讲座和病友沙龙，与专业机构合作在全国9个城市开展了眼病基因检测和优生优育咨询服务活动；盲人家长委员会组织编写了《视障儿童家长指导手册》，每年开展盲人家长培训和亲子活动。

——重视网站宣传，积极开拓互联网和新媒体盲人服务新方式。组织开发了中国盲协网站和在线按摩成人教育培训手机客户端，方便了盲人群众。据统计，五年来，仅中国盲协网站就发表文章超过1.5万篇，浏览点击量超过620万次。各专业委员会利用网络平台和QQ群、微信群开展了大量网络服务和讲座活动。

——积极带动地方协会和助残社会组织工作，组织了基层盲协“创先争优”创新奖评选活动、“金点子盲人工作建言献策评比活动”、“盲协服务引领项目”等专题活动，支持地方盲协开展盲人服务活动100多个，形成了中国盲协引领地方盲协的品牌项目。

（六）促进文化建设，丰富文体生活。为不断满足盲人的精神文化需求，让盲人朋友平等参与社会生活，中国盲协开展了丰富多彩的盲人群众性文化和体育活动。

——每年开展盲人先进事迹宣传展播活动。活动由盲人团队负责采访、撰稿、播音、制作，节目在中国盲协网站和中央人民广播电台展播；与中国盲文图书馆合作举行了

“百名盲人事迹展”，展示了当代优秀盲人的风采。

——每年举办不同题材和主题的征文活动，分别举办散文、小小说、诗歌等征文活动；编辑了《心灵的北斗——盲人优秀散文集》《心灵的北斗——盲人优秀小小说集》，张海迪主席亲自为盲人优秀散文集作序，对盲人文学创作给予热情鼓励；推荐三名盲人作家加入中国作协；举办了第二届全国盲人优秀文学作品评选活动；与中国盲文图书馆共同组织盲人作家高级研修班和全国盲人阅读推广活动。此外，文学联谊会还开办了“文学大讲堂”“名家讲坛”，组织了大量文学讲座和交流活动。福建省、云南省、山东省等省级盲协也积极利用互联网平台开展了大量盲人网络文化服务活动。

——举办“诵读经典、品味书香”全国盲校学生古诗文朗诵大赛；与中央人民广播电台共同启动了“经典诵读”工程，多位著名播音艺术家为盲童义务录制有声读物。

——每年举办盲人网上迎新春、盲人节联欢活动；以全国助残日、国际残疾人日、全国爱眼日等为契机开展了专场音乐会等盲人文化活动。

——成功举办两届“阿炳杯”全国盲人器乐独奏大赛和“温馨杯”首届全国盲人歌手（网络）大赛；江苏省盲协、云南省盲协等对于大赛举办提供了有力支持。协助甘柏林先生领衔的吉林艺术学院乐团在全国10个城市开展的“光明行”助残公益巡演，组织两次盲人文艺座谈会。

——积极推进盲人群众性体育健身活动，组织了两届“两岸四地”中国象棋残健共融团体赛；在“全民健身周”期间，和多地盲协合作开展盲人长跑、盲人学瑜伽、盲人板铃球培训等健身活动；组织开展了盲人带球的试点培训项目并拍摄了教学视频。

——开展“盲训班举办60周年纪念慰问活动”，举办“黄乃先生与中国盲人文化教育事业座谈会”，缅怀老一辈盲人工作者的奉献精神。

（七）加强国际交流，发出中国声音。为了落实中央关于讲好中国故事的指示和中国残联关于残疾人国际事务的整体部署，中国盲协在国际交往中发挥了积极作用。

中国盲协副主席李庆忠当选为世界盲联亚太区副主席；中国盲协委员、福建盲协主席王永澄当选为亚太盲联按摩委员会主席。中国盲协和福建省盲协等单位共同合作在福州市成功举办了第十四届世界盲人联盟亚太区按摩研讨会，为联合国《残疾人权利公约》履约审查提供影子报告，为世界盲联亚太区中期大会撰写国别报告，在国际盲人组织中发出了更多中国声音。还与多国盲协及港澳台地区盲人组织开展了友好交流。

总结五年来中国盲协的工作，主要有以下特点和经验：一是“四个意识”显著增强。协会党建工作得到加强，工作的制度化、规范化水平进一步提升。二是协会工作逐步实现转型升级。中国盲协充分发挥了全国性社团的作用，注重参与顶层设计，推动和参与了一系列国家重要法律法规、标准规范和政策的制定，从源头上保障和维护了盲人群体的权益。三是协会代表能力和服务能力显著提升。中国盲协组织完成了有关盲人民生和权益保障的一系列专题调研课题，成立了四个专业委员会，精准反映盲人个性化需求的能力增强。四是服务事业大局，突出重点工作。在涉及盲人群体重大利益的工作领域勇于担当，并取得明显成效。五是充分发挥了对地方协会的引领作用。通过“盲人服务引领项目”等活动，带动了地方协会工作。六是工作方式不断创新。网络化、信息化成为中国盲协管理和服务工作的重要方式，展现了管理和服务效果。

各位委员，回顾五年来的工作，我们为取得的成绩而感到欣慰。这些成绩的取得是中国残联正确有力的领导和各职能部门大力支持的结果，是中国盲协领导班子和全体委员团结协作、奋发有为的结果，是广大盲人、社会各界爱心人士鼎力支持、共同努力的结果。在此，谨向关心、支持盲人事业的同仁们表示衷心的感谢！

二、对今后五年工作的建议

在取得以上成绩的同时，我们也清醒地认识到工作中还存在着一些不足和问题。在法人治理的模式下，如何配合残疾人事业大局更好发挥协会作用的路径还需要不断探索；深入广泛地了解盲人群体个性化需求的能力还不足；整合社会资源开展盲人服务的能力还不够；职业化、专业化、规范化服务水平还需进一步提高；专职工作者队伍还需要加强。今后五年，新一届盲协将进一步围绕中心、突出重点，努力做好以下工作。

（一）牢牢把握政治方向，以习近平新时代中国特色社会主义思想为指导，认真贯彻党的十九大精神和《中共中央关于加强和改进党的群团工作的意见》，落实中国残联改革方案，围绕中心、服务大局，不断增强“代表、服务、维权”能力。

（二）进一步加强自身建设，强化委员会职能，发挥主席办公会作用，提升秘书处工作水平。继续探索协会法人治理模式，利用社会化工作方式，汇聚多方资源开展协会工作，不断提高工作效率，提升协会的社会影响力。

（三）切实找准全国性社团的职能定位，进一步推动协会工作转型升级。继续深入开展调查研究，带动各地盲协充分反映盲人群体的个性化需求；积极推动和参与有关盲人法规政策的制定修订；组织盲人服务规范和标准的研制；继续开展典型性、引领性的盲人服务工作，着重发挥不可替代的工作优势，打造更多盲协工作品牌。

（四）继续探索盲人服务和协会工作信息化方式，促进盲人信息无障碍建设，开展信息无障碍权益维护、倡导和培训工作，参与推动高科技辅助器具的研发和推广；继续发挥导盲犬工作的行业引领作用，促进无障碍理念和知识普及；

积极承担主体责任，推广国家通用盲文，组织开展有关研究；重视盲人文化素质提升，丰富盲人文化生活；继续提升盲人就业水平，拓宽就业渠道，增加盲人的社会参与度。

（五）积极配合中国残联各业务部门工作，继续推动盲人扶贫、康复、残疾预防、教育、就业、文体等工作，配合做好冬残奥会、雄安新区无障碍环境建设等国家重大项目。

各位代表，中国残联第七次全国代表大会是在党的十九大精神指引下召开的一次承前启后、继往开来的重要会议，让我们按照新时代新要求，在中国残联的正确领导下，认真贯彻七代会精神，不忘初心，牢记使命，努力开创盲协工作新局面，为推动盲人群体和全国人民共同实现全面小康的目标、实现中华民族伟大复兴的中国梦做出新的更大贡献。

中国聋人协会主席杨洋在中国残联第七次全国代表大会聋人代表会议上的工作报告：固本强基开拓创新，推动新时代聋协工作再上新台阶

2018 年 9 月 15 日

我代表中国聋人协会第六届委员会，向中国残联第七次全国代表大会聋人代表会议报告中国聋协过去五年的工作，对今后五年的工作提出建议，请予审议。

一、过去五年工作回顾

五年来，中国聋协认真学习贯彻党的十八大、十九大精神，在习近平新时代中国特色社会主义思想指引下，紧紧围绕中国残联中心任务，进一步探索完善社团法人治理模式，认真履行“代表、服务、维权”三项职能，积极建设“学习型、服务型、创新型”的协会，有效打造网络宣传平台、组织建设网上教育平台、聋协内部专业机构分工协作平台、听力残疾人文化生活平台，进一步推动中国聋协切实担当听力残疾人的“利益代言人、服务组织者、权利维护者”，各项工作取得新进展。2014 年，中国聋协经全国性社会组织评估委员会评定为全国性社会组织 3A 等级，同年 7 月荣获世界聋人联合会表彰证书。

（一）完善法人治理模式，强化组织机构建设。

1. 积极开展党建、宣传等工作。坚决贯彻“坚持和加强党的全面领导”的精神，纳入中国残联组联部联合党支部，在中国聋协网站开辟“党建工作”“学习党的十九大”等专栏，发稿件总计 114 篇。团结广大听力残疾人朋友坚决维护习近平总书记核心地位，坚决维护党中央权威和集中统一领导，在思想上政治上行动上同以习近平同志为核心的党中央保持高度一致。通过党建工作推动，不断提高协会的凝聚力，固本强基成效显著。

充分利用听力残疾人群体熟悉并习惯使用互联网的特点，打造“互联网 +”新时代聋协工作模式。积极搭建网络交流平台，截至 2018 年 7 月 31 日，网站刊发文章量达 1900 篇，浏览量达 390216 次。借助新媒体平台，共同助力聋协与听力残疾人朋友及其亲属之间的交流互动，同时注意网上网下、全天候互动融合，最终实现服务对象全覆盖。

2. 不断完善内部制度建设。中国聋协委员会会议先后审议通过了《中国聋人协会法人登记证书保管、使用制度》等 13 个规章制度、《中国聋人协会项目专项资金财务管理制度》等 5 个项目专项制度。这些规章制度的建立符合国家对加强社会组织管理的要求，符合聋协工作实际，对于高效规范运行、健康有序发展具有十分重要意义。

3. 打造分工协作平台，实现协会工作全覆盖。为促进中国聋协工作全面开展，协会内设了手语研究和推广委员会、信息无障碍服务委员会、听障儿童家长委员会、人工耳蜗植入者委员会、无喉者复声委员会，保证更多领域都有人在想事做事；通过齐心协力，五年来总计提交课题调研报告 8 个，参与或制定标准（规范、指南）7 个，承接中央财政购买服务项目 2 个，与中国残联各部门和直属单位对接服务项目 24 个，与中国残疾人福利基金会合作开展项目 3 个，与社会各界合作开展项目 6 个。各项工作蓬勃开展，卓有成效。

一是手语研究和推广工作。经过中国聋协手语研究和推广委员会 10 多年的努力，听障手语使用者参与研究手语的主体意识已逐步树立，手语研究不断向专业化方向发展。2012 年开始在全国各地推选 16 名双语（手语 + 书面语）能力强的手语使用者，参与国家通用手语研究课题。课题成果于 2018 年 5 月由教育部、国家语委、中国残联联合发布，其中的《国家通用手语常用词表》于 7 月 1 日正式实施，《中国通用手语》于 9 月 1 日出版发行。2015 年，由手语使用者编辑出版的第一本手语书《新编手语你我他》出版发行，获得好评。2016 年，配合国家手语和盲文研究中心，完成 2000 余手语新词汇的收集、《计算机专业手语》及《中国手语日常会话》的修订。2017 年承接中国残联教就部的《国家通用手语方案（试行）》试点工作和手语信息收集 2 个购买服务项目，根据地理位置与方言分布，确定 15 个手语工作基础较好的省级聋协为国家通用手语培训试点、12 个具有地方代表性且有采集、研究、制作能力的省级聋协作为国家手语采集点。这两项工作从方案制定、词汇收集研讨到归纳汇总，充分发挥地方聋协的积极性，吸收优秀手语使用者参与，取得良好效果。中国聋协还协助研究制定国歌手语版方案，2017 年征求全国近 20 个省份的聋协及有关人士的意见建议，2018 年接受国家盲文手语研究中心等专家的审核并获得肯定。

二是听障儿童家长工作。中国聋协听障儿童家长委员会在每年举办 10 多场家长培训班的基础上，又先后举办 2 期全国听力康复支持性服务骨干培训班，为来自全国各地约 200 位家长举办了为期一周的专业培训，丰富而全新的培训模式让家长在体验中学习，动静结合，释放了在陪伴孩子康复成长路上的负面情绪与心理压力，坚定了陪伴孩子走下

去、给予孩子更多支持与爱的信念。2015年1月，中国聋协“全国听障儿童家庭康复和网络社区康复项目”获第三届“中国社会创新奖”（2014—2015）优胜奖。

三是听障口语使用者工作。一直以来，中国聋协围绕手语使用者开展业务比较多，而口语使用者工作比较薄弱。戴上助听器和人工耳蜗等辅具的听力残疾人虽然解决了听到声音的问题，但还需要艰苦持久的听力语言康复训练，才能听得清楚说得明白；否则仍然会遇到听说领域的隐形障碍，导致最终无法顺畅地融入社会。这也正是听障口语使用者在语言康复方面具有强烈需求的主要原因所在。五年来中国聋协尝试开展口语使用者工作，取得突破性进展。举办了首届全国听障演讲比赛决赛、首届全国听障朗诵比赛和首届成年听力残疾人支持性康复服务骨干培训班，在成都、广州、南京、新疆吐鲁番等地分别举办了成人听说康复与社交分享交流活动，成立了人工耳蜗植入者委员会。这些听障口语使用者活动的成功举办，不仅为口语使用者工作打下了较好的基础，更重要的是取得了良好的社会宣传效果，让社会各界更清晰地认识到听到声音不等于能听得明白，进一步推动了社会各界更多地关注听障口语使用者这一群体的隐性康复需求，以带动更多听力残疾人更好地适应有声环境，高质量地完成学业和工作，最终顺畅平等地融入和谐社会大家庭。

4. 开展学习交流，建设“三型”协会。

一是针对基层聋协干部对听力残疾人工作认识不平衡的问题，编辑发放《听力言语残疾人工作知识手册》（以下简称《手册》），并以其电子版为蓝本，按照中国聋协的统一部署，由各省聋协主席牵头并借助省聋协QQ群发布、解读，对本省聋协副主席、委员进行为期三个月的培训；随后再由各省聋协副主席、委员对地级市、县级协会听力残疾人工作者进行网上培训。各省聋协还在当地残联支持下，下载《手册》后再印制发放，仅2014年全年累计发放一万多册。

二是推动各省聋协在实践中不断学习、稳步提高。鼓励各省聋协在微信群交流工作经验，取长补短。比如近期涉及听力残疾人的非法集资案，中国聋协通过委员微信群与各省聋协交流沟通商议具体办法后，各省聋协相继在本省聋人群体中开展宣传教育工作。有的省聋协邀请公安系统或金融系统的专家进行理财知识相关讲座（如北京连续举办4期金融法律讲座，合计200余人参加），有的通过报纸等媒体揭露非法集资和传销的欺骗行径，有的通过各自聋协微信群普及理财知识，从源头上进行防范。

三是开设“协会活动”栏目促进交流学习。为使听力残疾人更多了解各省市聋协正在开展的工作，以此达到互相交流、互相启发、取长补短、平衡发展的目的，中国聋协网站开设“协会活动”栏目，及时刊登各地基层聋协工作信息和相对于听力残疾人来说意义重大的活动，有利于各地聋协更有效地整合资源、查漏补缺、推动工作的可持续发展。

（二）发挥代表作用，保障听力残疾人基本权益。中国聋协积极发挥代表听力残疾人权益、反映听力残疾人需求的作用，五年来向全国政协提交14个提案，被政府相关部门采纳并得以落实的有4个。向教育部提交聋人教师免试普通话的建议函；对《残疾人教育条例》《残疾预防和残疾人康复条例》等行政法规提出制定和修改意见；在《全日制聋校义务教育课程标准》《残疾人参加普通高等学校招生全国统一考试管理规定（暂行）》专家会议上，提出了有针对性的意见和建议。其中《残疾人参加普通高等学校招生全国统一考试管理规定（暂行）》已于2015年5月17日印发，听力残疾人可以申请免试外语听力考试。为开展《国家中长期教育改革和发展规划纲要（2010—2020年）》有关特殊教育的中期评估，2015年5月中国聋协作为调研组一员，随同前往福建省进行了特殊教育评估和调研，提出了促进听力残疾人在教育方面更好适应社会发展的建议。

在积极推动听力残疾人平等参与社会、共享文明发展成果的过程中，为推动信息交流无障碍环境的改善，积极宣传《无障碍环境建设条例》，促进各地切实解决听力残疾人迫切需求的无障碍用品用具等。积极为《“十三五”加快残疾人小康进程规划纲要》、残疾人“两项补贴”等法规政策的制定出台建言献策，多方面反映听力残疾人的呼声，争取听力残疾人的权利。呼吁规范有关听力残疾人的不恰当称谓，相关建议在新华社公布的第一批禁用词等领域被采纳。在中国聋协网站开设“政策资源”栏目，引导各省聋协了解和关注国家相关惠残政策，推动这些政策在各地得到有效落实，真正惠及广大听力残疾人群体。

（三）携手社会各界，致力于听力残疾预防和康复。为宣传普及听力残疾预防基本知识，减少听力残疾的发生，中国聋协两次成功申请中央财政支持社会组织参与社会服务项目，获得278万元资金支持，用于开展“为了美好明天——遗传性耳聋基因筛查项目”。该项目立足于前期残疾预防角度，在广西南宁市和桂林市、西藏拉萨市为3000位听力残疾人及其亲属进行免费基因检测，从源头上控制导致残疾的诱因，使人们面对耳聋从只能患病后被动干预治疗转变为提前主动预防和避免，最终推动和普及当地新生儿获得免费基因筛查。

鉴于该项目在广西、西藏两地试点取得圆满成功，2017、2018年连续两年在国际爱耳日和全国“残疾预防日”期间，在天津、江苏、陕西、辽宁、新疆等近30个省区市举办遗传性耳聋基因筛查项目公益行活动，积极推广试点经验。通过以上活动，及时筛查并结合产前诊断，有效提高了遗传性耳聋患儿的检出率，也有利于对具有聋病易感基因的听力障碍儿童进行早期发现、早期诊断、早期干预，同时还为听力残疾人夫妇提供优生优育指导等服务。此项活动得到社会各界的高度肯定。

2014年，中国聋协与中国狮子联会北京会员管委会合作，为贫困听障儿童捐赠装有耳蜗（或助听器）专用电池等易耗品的“涵爱飞扬”爱心小包，减轻贫困听障儿童家庭生活压力。为履行社会责任，面向社会公众连续举办了8期听力知识大讲堂活动，邀请北京同仁医院、友谊医院等的专家开展讲座，普及听力医学知识和听力辅具新技术现状，包括FM无线调频设备等。2018年爱耳日期间举办了北京、成都、南京、广州、深圳五城联动的听力大讲堂活动，辐射普及到基层城市，受到社会各界的积极反馈。

（四）展示文化艺术自信，宣传推动残健共融。为活跃听力残疾人文化生活，自2013年以来，每年举办“沣标杯”聋人摄影大赛，至今已连续举办6届，既挖掘和培养了听力残疾人视觉艺术品位，也向社会展示了听力残疾人的艺术才华，为听力残疾人群体参与社会起到了很好的宣传作用。与中国狮子联会成功合作3次“全国残障儿童和平海报作品征集活动”，以“和平的未来”为主题，面向全国6—14周岁的适龄残障少年儿童征集作品，各地听力残疾学生积极参与，踊跃投稿。三年来，在各类别残障儿童的129幅优秀作品中，有92幅是听障儿童的作品。

积极指导并协同基层聋协开展文艺活动，成效显著。“共享芬芳，放飞梦想”首届全国聋人书画联展由陕西聋协承办。“九洲风机杯”首届全国聋人读书征文大赛共收到各省区市残联及特教学校精选征文250余篇。“穗宝杯”首届全国听障朗诵大赛共收到国内外80多位参赛选手投寄的朗诵视频，在35人现场决赛中有3位选手脱颖而出，获得一等奖。北京市先后完成了听力残疾人专场茶艺师初级和中级就业技能培训；中国聋协推动茶艺比赛首次被列入全国残疾人职业技能大赛项目，成为一项常规性赛事。

（五）填补生活服务空白，全面搭建融合平台。以需求为导向，举办了“2017年京津冀单身听障者联谊活动”，150多名单身听力残疾人浪漫相约。前来参加活动的不仅有来自京津冀地区，还有为爱翻山越岭、远道而来的广东、浙江、青海、辽宁、内蒙古等地的单身男女，现场成功牵手5对。为更好地为老年听力残疾人朋友谋福利，与北京狮子会、康盟民间中医促进会共同举办“关爱中老年听力残疾人生活”大型中医诊疗服务活动，现场为近300位中老年听力残疾人进行了治疗和健康指导，温暖了听力残疾人朋友的心。举办听力残疾人体育健身启蒙活动和冰雪体验活动，中国残疾人体育运动管理中心捐赠了4000套飞镖和1000套模拟冰壶球，新的活动项目受到听力残疾人朋友热烈欢迎，极大地提高了大家的参与热情。

针对听力残疾人父母养育子女过程中因沟通交流不便而产生的困惑与无奈，中国聋协立足科普，主编出版了《润物无声——几位听障父母的育儿经》，通过5位听力残疾人父母的现身说法，指引听力残疾人父母如何面对因听力障碍所带来的与自己健听孩子之间沟通不畅、信息缺失的隐形障碍，巧妙化解各种不便，助力听力残疾人家庭的幸福和谐与健听孩子的健康快乐成长。

二、对今后五年工作的建议

五年来，在各级残联、各级聋协的大力支持和共同努力下，中国聋协工作取得新的进展，得到中国残联高度认可和广大听力残疾人朋友的充分肯定。2016年9月第59届国际聋人节期间，正逢中国聋协成立60周年，中国残联张海迪主席为全国2057万听力残疾人朋友发来亲笔寄语：“即使在无声的世界里，心中也有美好生活的召唤。全社会都应关心、尊重聋人兄弟和姐妹，让我们大家手牵手，一起走向美好的未来。”张海迪主席的寄语充分体现了中国残联对广大听力残疾人朋友的关怀和嘱托，给予了全国听力残疾人朋友莫大的鼓励，激发了大家更加自强不息、勤奋工作、努力创新、为残疾人全面小康目标早日实现做出新的更大贡献的信心和决心。

但是，听力残疾人的客观状况与社会平均水平还存在着较大差距，听力残疾人教育质量仍滞后于普通教育，就业歧视和入职后的玻璃天花板仍然存在；听力残疾人迫切需求的助听器和人工耳蜗、FM辅具等仍未纳入医保；听力残疾人信息交流无障碍、全面融入社会仍面临种种困难和问题，基层聋协工作有待进一步活跃等。

今后五年，中国聋协将认真贯彻落实中国残联第七次全国代表大会精神，促进听力残疾人朋友更好地平等参与社会生活，共享社会物质文化发展成果，与全国人民共同实现全面小康。

（一）落实群团改革精神，进一步加强规范运作。以习近平新时代中国特色社会主义思想和党的十九大精神为指引，根据中央党的群团改革精神和中国残联改革方案要求，进一步强化“四个意识”，坚定“四个自信”，不断完善和规范法人治理，努力提升服务水平和能力，积极参与中国残联组联部联合党支部活动；做好网站“党建之窗”栏目，及时传达党中央声音；加强自身建设，强化规范运作意识，提高风险防控意识；进一步规范重大事项决策程序、主席会议、财务管理等制度。

（二）积极指导引领，精准服务带动全面。不断增强自身的政治性、先进性、群众性，自觉接受中国残联领导和社会监督，做好各项工作；善用网络平台，密切与听力残疾人群体的血肉联系；坚持依法办会，建立健全规章制度，提高规范化水平；努力探索社会化工作方式，扩大社会影响；根据手语使用者和口语使用者的不同需求，精准开展个性化服务。

（三）深入开展调研，及时反映迫切需求。以调查研究为主导，注意倾听听力残疾人群体的呼声，了解听力残疾人金融理财、就业创业、无障碍环境、听力和语言康复、沟通与社交、精神文化、生活养老等各方面的困境提出解决方案，参与并推动国家和政府各种有关听力残疾人权益的法律法规及标准制定工作。紧紧围绕加快推进残疾人小康进程的中心工作，争取和维护听力残疾人权益。

（四）开展活动示范，积极搭建公益平台。继续做好每年的聋人节主题活动。继续开展“沣标杯”聋人摄影展暨“生命·阳光”残障主题公益摄影展、全国聋人书画公益联展、全国聋人读书征文大赛、成人听说康复和社交分享活动、耳聋基因筛查残疾预防活动、听力残疾人参与体育健身活动等品牌活动。通过文化活动丰富听力残疾人生活，提升听力残疾人全面素质，扩大社会影响。充分挖掘社会资源，开展更多具有典型性、可复制性的听力残疾人活动项目，着力打造优质服务品牌。

（五）力抓信息无障碍，推动聋健共融共享。继续开展手语新词采集和研究。在手语使用者中加大通用手语培训力度。为听障口语使用者、聋儿家长、无喉康复者、民办康复机构提供指导。与助听社会组织合作，面向社会广泛宣传听力残疾人信息无障碍需求；积极承担社会责任，为公众普及听力及听力障碍预防科普知识。促进语音转文字的应用实践。积极配合冬奥会和冬残奥会的无障碍环境建设工作，进一步营造聋健共融共享的社会氛围。

各位代表，中国残联第七次全国代表大会已制定未来五年残疾人事业发展战略，蓝图已绘就，奋进正当时。让我们紧密团结在以习近平同志为核心的党中央周围，以习近平新时代中国特色社会主义思想为引领，全面贯彻党的十九大精神，在中国残联的正确领导下，解放思想，真抓实干，团结带领广大听力残疾人，感党恩、听党话、跟党走，为听力残疾人打造更加贴心的服务平台，开拓聋协工作新时代，为促进听力残疾人平等充分参与社会生活、决胜全面建成小康社会而努力奋斗！

中国肢残人协会主席徐凤建在中国残联第七次全国代表大会肢残人代表会议上的工作报告：坚定信念，践行使命，开创新时代肢协发展新局面

2018年9月15日

我代表中国肢残人协会第六届委员会向各位代表报告中国肢协过去五年的工作，对今后五年的工作提出建议，请予审议。

一、过去五年工作回顾

过去五年，是我国残疾人事业和中国肢协工作蓬勃发展的五年，是中国肢协社团法人登记后抢抓机遇、务实奋进的五年。在习近平新时代中国特色社会主义思想的指引下，中国肢协深入贯彻党的十八大、十九大精神，紧紧围绕中国残联中心任务，始终牢记“以人民为中心”的发展思想，以创新发展和法人治理为动力，借助各级残联及社会各界的大力支持，着眼大局，强化宗旨，坚持在继承中创新，在探索中发展，全心全意服务肢残人群众，取得了显著成绩，圆满完成了中国残联第六次代表大会提出的各项任务。

（一）加强党建、夯实基础，把握协会发展方向。五年来，中国肢协始终将政治工作放在首位，学习践行习近平新时代中国特色社会主义思想，牢固树立“四个意识”，坚定“四个自信”，坚决维护习近平总书记核心地位，坚决维护党中央权威和集中统一领导。及时组织协会党员和肢残人朋友开展“认真学习党的十八大精神，创新推动协会工作交流会”“学习党的十九大精神党建工作网络经验交流会”“学习党的十九大精神大讲堂”“入党誓词重温”等学习教育活动。中国肢协网站增设“党建工作”“学习党的十九大”专栏，共刊登党的十九大精神宣传稿件30余篇，党建文章100余篇，相关报道100余篇。推进19个省级肢残人协会进行了法人登记，总占比达52.77%。协会制定规章制度76项，重点完善项目管理、财务管理等方面的相关制度，使中国肢协在不断健全和完善管理制度体系、规范管理和制度约束层面上有所突破和提升。中国肢协网站全方位宣传肢残人工作开展情况，共发稿件4500余篇，浏览量达500多万。在各类新闻媒体专业网站上刊播稿件20余篇，中央电视台、北京电视台先后5次报道肢协工作。

（二）贴近需求、多措并举，打造协会服务品牌。五年来，中国肢协积极打造服务品牌，创建服务体系，实现新突破。不断加大品牌项目投入，接受服务的肢残人数量逐年增长。在中国残联张海迪主席的关怀下，2017年脊髓损伤“中途之家”更名为“希望之家”，重点推动全国建家110家，分布在全国26个省区市，注册伤友10万余人，为伤友就近接受康复训练提供了便利。与国际非政府组织积极合作，代表中国顺利加入国际脊柱裂与脑积水联合会，随后推进成立了脊柱裂与脑积水者“云朵家园”；目前全国建园31个，参与“云朵家园”各类活动的患友和家属达2.5万人次；家园建立QQ群、微信群50余个。通过承接购买服务的方式，开展“脊髓损伤者生活重建同侪服务人员训练营”活动，免费为全国15个省区市150名脊髓损伤者骨干伤友提供专业培训，帮助他们成为“希望之家”社区康复服务工作的专业技术人才。在中国残疾人福利基金会及爱心企业的资助下，先后在青海、湖南、贵州等地举办“你行 我行 大家同行 帮你建个家”活动，为300位危房改造后的肢残人家庭添置价值90万元的家用电器。持续开展全国肢残人活动日，全国各省市参与“8·11”活动日的人数超过200万，比2013年增长60%，参与活动的省、市数量增长100%，基层肢残人参与率呈逐年增长态势。

（三）扶贫攻坚、探索佳径，发挥协会助力功效。五年来，以中国残联的重点业务为主线，着力托底补短，为贫困肢残人扶贫帮困工作贡献微薄力量。成立由中国残疾人福利基金会、中国肢协和著名歌手孙楠共同发起的“孙楠·重塑未来”专项基金。基金以健康扶贫和社会扶贫的方式，致力于为贫困肢残青少年进行免费手术治疗，恢复肢体功

能，五年来救治人数累计近400人。2017年山东威高集团向中国肢协捐助600万元，计划免费医疗救助脊柱侧弯疾病高发地青海省的30名青少年贫困患者，目前已有5位患者接受治疗，手术和康复效果良好。在爱心企业和爱心人士的帮助下，开展了"爱心一片"助残护理包项目，为天津、河北、宁夏、大连、长春、杭州、长沙、桂林等地800余名贫困残疾人朋友提供纸尿裤和纸尿垫等护理用品8万余包。与爱心企业美年大健康产业有限公司合作，为北京、河北等24个省份、40个市的优秀肢残人代表、优秀肢协工作者、贫困肢残人代表开展免费体检的公益活动，直接受益5万余人。"站立计划——中华骨病康复万里行"项目，在河北、青海、湖南免费救助贫困骨病患者300余名。开展"康乐关爱·健康之路"中国神经源性膀胱治疗与康复培训项目，针对脊髓损伤伤友开展系列服务活动；在北京、上海等8个省市举办培训，受益残疾人1千余名，发放康复宣传手册10万册、捐赠品1万件。与海关总署建立为贫困地区残疾人捐赠生活和学习用品工作机制。2013年，首批捐赠物资覆盖4省10个市县，惠及10万余残疾人。中国肢协工作机制及服务内容逐年丰富和提升，工作越来越深入，得到地方残联和肢协的充分肯定，取得显著成果。

（四）细化服务、全面提升，建立规范标准体系。五年来，中国肢协着力在规范标准的制定上做文章，不断夯实协会健康规范发展的基础。与中国残联研究室、上海市残联和上海肢协合作，对肢残人的分类进行了细化研究，依据系统论、公共服务理论、公共管理理论等基本理论，构建肢残人精准服务包，并形成可推广的精准服务模式；目前，该研究报告已经完成。会同国家住建部标准定额研究所和清华大学无障碍发展研究院共同编制《多层工业建筑无障碍设计指南》。牵头起草了《希望之家标准》《生活重建标准》，会同有关行业协会、企业及专家制定了《公园景区无障碍建设标准》《滑雪场建筑无障碍标准》《银行无障碍建设导则》等6个标准和导则，推动《公园景区无障碍建设标准》成为社团标准。落实习近平总书记提出的"小厕所，大民生"、开展"厕所革命"的重要指示，召开"融合 通用 共享"国家无障碍卫生间设施设备配套标准导则研讨会，并成立《国家无障碍卫生间设施设备配置标准导则》指导组、专家组和编写组。参与《残疾人航空运输管理评定标准》的制定，提出了13条建设性意见其中8条被采纳。实现了标准制定从无到有的巨大跨越。

（五）把握理念、激发活力，构建工作创新格局。五年来，中国肢协持续不断地凝聚共识，有的放矢地整合各方力量，有效探索工作的新方法新路径。为全面落实"千企万人就业创业行动"，与中国残联教就部、就业指导中心分别在山东、江苏、新疆召开研讨会，以此感召和带动更多爱心企业承担社会责任、安置残疾人就业，积极构建社会各界共同参与的立体式安置残疾人就业体系。依托北京、上海、香港等六地的30多位神经外科、矫形外科、泌尿外科、康复科、妇幼保健、护理等方面专家，首次在上海举办国内以脊柱裂为专题的研讨会议；谋划3—5年的"脊梁工程"行动纲领，提高我国脊柱裂防治康复水平。与台湾无障碍协会共同举办两届"两岸无障碍环境论坛"和"无障碍环境工作交流会"，两岸专家、学者、社会工作者就无障碍理念的缘起、设计的规范、建设的推进及督导开展情况进行了互动；实地察看两岸无障碍设计、建设、改造和配备等情况。积极争取正保远程教育捐赠学习卡千余张，依托网络开展"正保积善"助学服务，使肢残人足不出户就能学习财务、管理、电商等技能，为其提高自身文化素质提供有效服务，受益约4000人。倡导北京、河北、辽宁、上海、四川、陕西等10省市肢协分别组织力量，对53个旅游景区（点）进行无障碍体验调研，形成了50万字的调研报告，同年在上海举办了调研工作研讨会。选派专业技术人员对首都机场安检人员进行了残疾人乘坐飞机安检事项的相关培训，针对性强，效果突出，机场安检人员业务能力得到提升，服务残疾人旅客的理念也随之增强。配合中国残联各部门开展购买服务工作，2017年承接各部门购买服务12个，为中国肢协开展工作提供了坚强有力的保障。

（六）多面孵化、重在培养，助力专才培育成长。五年来，中国肢协着眼于创新管理，围绕改革发展的大局，全方位、多层次、持之以恒地抓好肢残人人才培养工作。与清华大学继续教育学院成功举办6期残疾人创业者培训班，培训残疾人创业者600名；发起"千企万人创业就业行动"，号召以培训班学员为核心的全国残疾人创业者践行社会责任，创造残疾人就业岗位，安置残疾人兄弟姐妹就业；初步统计，清华学员企业及关联企业安置残疾人就业超过1.5万名。举办无障碍环境建设督导员培训班8期，培训人数600人，培育无障碍督导员494人。争取购买服务资金举办6期"希望之家"伤友生活重建带头人培训班；学员在当地残联的支持下，已建立6个希望之家，还有20名学员正在积极筹建过程中，呈现了"建家"的良好态势。组织脊柱裂与脑积水骨干培训班2期，培训人员70人。举办青年工作委员培训班6期，培训肢残人青年骨干300余人，其中60%的学员在各地肢协就职，10多位学员成为当地人大代表或政协委员，为培养肢残青年骨干打下坚实基础。

（七）贴近需求、释放活力，呈现精神文化亮点。五年来，中国肢协根据肢残人的实际开展了各类文化体育活动，以满足肢残人日益增长的精神文化需求。举办肢残人"轮椅大步走"活动，来自北京市16个民间残疾人体育团队和"希望之家"的200余名肢残人朋友手摇轮椅参加活动，激发了基层肢残人朋友参与群众体育活动的热情。举办全国肢残人轮椅马拉松健身赛，来自全国各省及港澳台300余名肢残人选手在长沙橘子洲头参赛，社会爱心企业捐助运动轮椅200台和20余万元活动经费及竞赛装备，肢残人全民健身活动覆盖面不断扩大。与北京市东城区肢协共同开发了家庭用多功能便携健身器，满足重度肢残人康复健身需求，器材集小巧便携、组合功能多样为一身，富有创新性，得到了残疾人朋友的好评，受益人群达1000人次。举办助力冬奥京津冀肢残人冰雪运动体验活动，1.5万名肢残人朋友参加，提升了参与冬奥的热情。

过去的五年，是中国肢协高举人道主义旗帜、不忘初心、牢记使命的五年。围绕党和国家的新部署新要求、残联的中心任务和广大肢残人的迫切需求，在全力实现“全面建成小康社会，残疾人一个也不能少的”的总目标下，中国肢协把改善肢残人状况、消除肢残人平等参与社会的障碍作为一切工作的根本出发点和落脚点，切实维护肢残人权益，全心全意为肢残人服务，努力践行“代表、服务、维权”职能。

过去的五年，是中国肢协整合资源、形成合力、把握工作创新格局的五年。中国肢协始终坚持社会宣传、动员社会力量、整合社会资源参与肢残人事业，为肢残人谋取福祉；坚持发挥肢残人积极性、主动性和创造性，激发肢残人自强不息精神，促进肢残人实现劳动就业，创造社会财富，体现人生价值。

过去的五年，是中国肢协不断提升形象、增强影响力的五年。中国肢协始终致力于规范化、常态化、制度化建设，在政治建设、思想建设、作风建设、能力建设、法人治理等方面提高了水平；始终着力打造“服务型、学习型、创新型”协会，在社会各界和广大肢残人中更加活跃，赢得了广泛称赞和良好评价。

过去的五年，是中国肢协秉承传统、务实奋进的五年。中国肢协始终在增强代表性上下大功夫，积极探索活跃基层和服务基层的工作机制，深入植根肢残人群众，把工作重心放在基层，把各项工作做到社区和肢残人家庭，努力为肢残人争取更多帮助和实惠，确保中国残联的决策要求和惠残政策落到实处。

以上工作成果的取得，离不开中国残联的正确领导，离不开中国残联各部门、地方各级残联和社会各界的有力支持，离不开中国肢协全体委员和各级肢协的齐心协力，更离不开全国肢残人朋友的信任、参与和支持。谨向大力支持中国肢协工作的中国残联和社会各界表示衷心感谢，向全国的肢残人朋友及各位代表表示崇高的敬意！

在回顾五年事业成就和工作经验的同时，我们也清醒认识到，中国肢协的工作依然存在不足，依然面临困难和挑战。协会的公益慈善项目在管理水平和服务模式上还需在做深、做细、做精、做实上下功夫；在团结和引导地方肢协工作方面还有待进一步加强；在法人治理和依法治会的工作中有效方法仍需加大探索；协会的工作力量与其承担的日益繁重的任务不相适应，亟待进一步加强等。这些问题需要在今后工作中引起高度重视并切实加以改进。

二、对今后五年工作的建议

（一）坚持以党的领导为统领。以习近平新时代中国特色社会主义思想为指导，自觉在思想上政治上行动上同党中央保持高度一致，着力加强中国肢协党的建设，推进“五位一体”总体布局，用党的十九大精神引领中国肢协健康可持续发展。倡导省市级肢协主席深入学习党的十九大精神，以进一步凝神聚力、推动工作。坚决执行和落实中央群团改革精神和中国残联改革方案总体部署。

（二）坚持以迫切需求为导向。践行全心全意为肢残人服务的根本宗旨，把肢残人朋友对美好生活的向往作为奋斗目标，努力开展惠及基层肢残人朋友的项目和活动。以贫困肢残人的需求为导向，继续做好“重塑未来”“站立计划”和“威高爱”脊柱侧弯救助等已有项目，适度拓展新项目，努力把党的惠残政策贯彻到治理协会全部项目或活动中。

（三）坚持以改革创新为手段。党的十九大关于加强社会建设、强化社会治理、发挥社会组织作用的整体部署，为肢协拓展了工作空间，指明了发展方向。中国肢协将坚定不移贯彻创新、协调、绿色、开放、共享的发展理念，聚焦肢残人关心的就业、扶贫、无障碍等重点问题，做好物资捐赠、购买服务、人才培养、群访问题调研，加强国际交流和互访，加强与残联业务部门的联系，动员肢残人创业者安置残疾人就业，引导肢残人理性依法表达诉求等，保证肢残人朋友在共建共享共治发展格局中有更多获得感幸福感价值感。

（四）坚持以依法治会为保障。全面依法治会是协会工作的本质要求和重要保障。不断完善各项规章制度，推动依法治会、以德治会、以情治会相结合，不断探索更加科学有效的法人治理模式，提高协会法人治理水平；按照“成熟一个、登记一个”的原则，积极推动地方各级肢协社团法人登记工作。

（五）坚持以文化自信为指引。在培育和践行社会主义核心价值观的同时，不断增强协会的文化自信。推动肢残人群众文体活动的开展，做好每年度全国“8·11”肢残人日活动、与喜马拉雅合作肢残人讲故事、冬奥会无障碍与冰雪体验等活动，逐步搭建肢协文化自信的良好服务平台。

（六）坚持以优质品牌为载体。本着多层次、多形式、广范围的工作特性，继续推进“希望之家”“云朵家园”等品牌建设工作，充分发挥各专委会“服务、凝聚、补短板”的作用，逐步推进基层社区为肢残人服务新模式，试点着重推进基层可操作的康复服务辅助体系，激发中国肢协新活力，展示中国肢协新动能。

新时代赋予新使命，新使命引领新未来。中国肢协将在党的十九大精神指引下，在中国残联的领导和全体委员的共同努力下，把中国肢协建成立足本职、自觉担当、决胜全面建成小康社会、实现中华民族伟大复兴梦的重要力量，让中国肢协工作在新的历史方位上践行使命、逐梦前行。

中国智力残疾人及亲友协会主席张宝林在中国残联第七次全国代表大会智力残疾人及亲友代表会议上的工作报告：牢记宗旨，不忘初衷，全心全意为智力残疾人服务

2018 年 9 月 15 日

我代表中国智力残疾人及亲友协会第六届委员会，向中国残联第七次全国代表大会智力残疾人及亲友代表会议报告工作，请予审议。

一、过去五年工作回顾

中国智协第六届委员会是在特殊的时代背景下不断学习、不断成长的一届委员会。2012 年，中国智协进行了社团登记，开始尝试用新的社团模式开展工作。2015 年，党中央出台《关于加强和改进党的群团工作的意见》；2016 年，习近平总书记强调“全面建成小康社会、残疾人一个也不能少”；2017 年，党的十九大要求“发展残疾人事业，加强残疾康复服务”。贯彻党的十九大精神，落实习近平总书记的重要论述，是协会适应形势发展、坚定不移走中国特色社会主义群团发展道路的职责。五年来，中国智协审时度势，紧紧围绕中国残联工作大局，牢记宗旨，不忘初衷，不断调整并理顺工作机制，大胆尝试按照社团法人的管理办法，在实践中不断摸索，取得了一定的成绩。

（一）加强协会管理，完善规章制度。五年来，中国智协团结了一批愿意为残疾人事业服务的同仁（大部分是志愿者），组成秘书处工作班子，建立协会主席办公会、秘书处例会、项目评估会等会议制度，坚持重大事项集体讨论、集体决策；长远规划和每年的工作计划，都按程序认真制定、严格执行；重新修订人员聘用、财务管理、项目申报等各项具体规章制度，依章办事。中国智协作为中国残联 5 个专门协会财务独立试点单位，聘请了专业财务人员，制定详细的财务管理规范，聘请专业的第三方监督机构，每年对项目和财务进行专项审计。此外，中国智协还聘请了专业律师、专业金融顾问、形象大使等提供各项专业支持；建立了中国智协网站，组建了中国智协主席群、地方主席群、全国智协工作群、智协秘书处群，以及其他专门机构工作群等，把传统办公方式和现代化通信网络工具结合起来开展工作。经常在相关群组酝酿、讨论问题和工作，在公开透明、集思广益的基础上，再做出决策。

在开展具体项目时，智协采取责任人制度。由责任人组织队伍，提出实施方案，制定预算和进度表，按部就班，推进落实。几年来，智协运作的项目，已形成稳定的运行机制，效果显著。

中国智协高度重视维护自身形象，要求工作人员保持公益机构廉洁正派的本色，绝不允许出现违法违规违纪行为。智协的专职和兼职工作人员恪尽职守，尽心尽力，默默奉献。

（二）围绕事业大局，念念不忘初衷。协会工作，是残联工作的重要组成部分，也是具有中国特色的社会主义事业的组成部分。因此，必须围绕事业大局，认真履行“代表、服务、维权”职能，深入学习党的十八大、十九大精神和中央群团工作等有关政策文件，按照中国残联党组、理事会要求，开展具有协会特色的各项工作。

中国智协始终围绕中国残联工作大局，开展经常性调查研究，了解智障群体在基本生活、康复、特殊教育、就业、文体活动等方面的需求、愿望及存在的问题和困难，在各种场合为他们代言发声。五年来，中国智协开展的专题调研 8 次，撰写调研报告 6 个，其中智障人士家庭财产信托保险调研、云南省特殊教育现状调研、京津冀 16 家心智障碍社会服务机构管理与服务现况调研得到相关部门重视，并通过试点取得较好经验、争取政府购买服务等方式，解决了调研所提出的部分问题。

智协每年向残联系统的“两会”委员或代表提供提案或建议的文本资料，重点就“培育支持理念”“老智结合托养”“融合教育”等问题，争取在全国人大、全国政协等平台为智障人士发声。在《人民日报》《光明日报》《中国日报》等媒体发表文章或进行新闻报道，结合具体问题呼吁政府和社会尊重残疾人的人格尊严，关注智障人士弱势群体。在智障人士的权益受到侵害时，中国智协总是第一时间介入，如“云南小山母亲死去无人知”“广东黄老太杀子”等事件发生后，中国智协立即发表声明，呼吁当地政府认真处理，并召开座谈会，或组织专题讨论，维护智障人士权益。对法律法规和政策的制定和修改，积极建言献策。在引进国际某些先进理念或模式时，中国智协选择先做试点、取得成效后再提出正式建议的模式，如“心智障碍者支持性就业”列入《“十三五”加快残疾人小康进程规划纲要》，就是很好的例证。

（三）发挥主观能动性，创造性开展工作。五年来，中国智协设计并成功开展 13 个服务品牌，重点推广了其中具有独创性、对智障人士群体有长期效益的一些项目，并以此带动协会工作，取得了明显成效。

1. 全国第一款为残疾人服务的保险项目“安心工程”。这是全国第一款为智障家庭设计的意外、疾病综合保险项目。由中国人保寿险、中国人寿、平安、泰康等七大保险公司组成共保体共同承保。推行至今已 4 年多，以其覆盖面广、保障齐全、操作简易、保费低廉、投保索赔省心的特点，受到中国残联和智障人士家长的充分肯定。

已有 20 余个省区市组织宣传推广“安心工程”，在全国 26 个省份建成 48 个投保网点，累计为 3417 个家庭成功办理投保，共计投保 7020 份；参保人数达 9232 人，共计赔付 6 例，累计赔款金额 26 万元；其中 4 例对监护人赔付共

20万，2例对智障人士赔付6万。自2017年5月起，“安心工程”投保范围有所扩大。现在，“智力+语言”“智力+视力”“智力+听力”“智力+肢体”“智力+孤独症”的家庭也可参保。许多家庭得知这个消息，纷纷加入投保队伍，投保人数正在稳步增加。

2. 扩展特奥平台的区域性联谊活动。特奥运动是智障人士参与社会的重要平台，但以前特奥运动会通常几年轮一次，智障人士参与的机会非常有限。为解决这个问题，中国智协设计了“区域性特奥联谊活动”，加大了活动频次，扩大了人员参与范围，把运动和活动结合起来，受到广大特奥运动员、教练员和家长的欢迎。自2013年以来，智协已开展了10次区域性特奥活动，每次参加的省区市10个左右，运动员在100名上下。从最初的每年一次，到后来的每年两次；从主要在省会城市举行，到有时在县区等基层单位举行；从主要是城市特奥运动员参与，到逐渐有农村特奥运动员参与。中国智协还要求，每次必须要有新的省市加入，要有20%的新成员参与，以避免地区和运动员的过分集中，扩大了普及面，提高了参与度。目前，除西藏和港澳台以外，全国其他省份都已参与。在特奥联谊活动期间，还推出并逐渐普及了软式垒球、斯耐客高尔夫、旱地冰壶等新项目。每次联谊活动，还穿插家长论坛、残疾人工作者及特教工作者座谈会、才艺展示、联欢晚会等，这已成为智协特奥活动的一大特色。

3. 提升群体形象的新品牌“牵着蜗牛去散步”。2016年，中国智协设计了残健高度融合、形式高度统一的“牵着蜗牛去散步”活动。这项活动将蜗牛选定为智障群体的代言形象，并把每年5月的第2个星期六规定为“蜗牛日”，还设计了全国联动的一整套运作方法：统一项目标识，统一主题，统一服装，统一规范活动准则。三年来，全国大型联动活动已开展8次，小的数十次。每次大型活动参与省区市都在20个上下，县区以上的城市达到五六十个，几年累积参加人数超过3万。

“牵着蜗牛去散步”活动获得中国残联的高度肯定和多位领导的批示，给予了高度评价，已成为中国智协和全国“蜗牛”群体的一大特色品牌。

（四）拓展社会化工作方式，发挥志愿者作用。近年来，中国智协借助外力，整合资源，动员志愿者广泛参与，既丰富了协会工作内容，扩大协会影响力，又使广大的智障群体和家庭得到了真正实惠。

充分发挥特奥活动委员会和顾问委员会的作用，许多委员单位和个人积极参与并赞助智协的有关活动。例如，每次特奥联谊活动，大多靠特奥活动委员会中教育部门委员的支持；大型公益活动如2014年的第三届国际智障者音乐节，顾问委员会的企业家发挥了很大作用。王姬顾问多次参加“牵着蜗牛去散步”公益活动，前不久还到杭州参加了凤凰卫视专题节目《余生何寄》的拍摄。近年，“爱心企业共建会”等项目网络，也多次参与智协的工作。

唐氏综合征人士是智障群体的重要组成部分。全国许多非常活跃的唐氏综合征家长群体和专家，在探索“唐氏”的起因、预防、筛查、治疗等方面做了大量有益的探索。自2016年起，中国智协通过到各地调研，走访唐氏综合征家庭和组织，深入了解“唐氏”群体所面临的困难及需求，发现和培养了一批骨干；在此基础上，正式成立了唐氏综合征委员会，组成了策划、宣传、康复、就业等工作小组，制定了详细的工作计划，这个群体得以更加活跃起来。2018年6月30日，由“唐委会”主办的“甜蜜天使，蓝色奔跑”大型公益活动在上海世纪公园举行，旨在资助困难家庭的“唐宝宝”接受康复训练，参加活动的“唐宝宝”、中外嘉宾、志愿者共计400余人。

（五）发挥引领作用，规范管理行为。中国智协作为全国性社团积极发挥排头雁的引领作用。为倡导助残社会服务机构以心智障碍者成长需要为本，推动量身打造的个别化教育和个性化服务模式，开展有针对性、实效性和规范化、系统化、专业化、标准化的服务，做好科学评估，实现健康有序发展，中国智协成立了《心智障碍社会服务机构规范化管理与标准化服务评估标准》专门课题组，对京津冀16家社会服务机构进行了管理现状和服务现状的调查，积极探索心智障碍社会服务机构的规范化管理；在完成《心智障碍社会服务机构规范化管理与标准化服务评估标准》初稿的基础上，分别在北京、济南两次举办专业人员学习和培训班以广泛征求意见建议。目前，该《标准（草案）》在进一步征求意见的同时，已上报中国残联主管部门。中国残联领导充分肯定这项工作，认为具有引领性、示范性，填补了此项业务的空白。

（六）搭建主体工程，适时总结经验。2016年，在全国范围内开展推荐“蜗牛之星”“亲友楷模”“智协先进工作者”“志愿者榜样”“模范社会组织”等活动，发现了一批智障人士和亲友的先进典型；通过颁发证书、给予表彰等方式，积极树立典型榜样，弘扬社会正能量；同时也向社会大力宣传智障人士工作需要包括广大家长群体和爱心人士在内的社会各界的共同努力，以实现全心全意为智障人士服务的宗旨。

借助中国残联成立30周年的契机，在各级智协开展《我们这样走过》征文活动，旨在动员大家认真总结经验，找出问题和不足，促进智协工作在新的历史条件下“百尺竿头，更进一步”。此次活动总计收到来稿80余篇，内容涵盖29年来各级智协所做的大量工作。经过精心选编，最后选定40余篇，于2018年5月正式出版同名书籍《我们这样走过——中国智协发展之路》。该书是对中国智协成立29年来的经验总结，也是献给中国残联成立30周年的一份贺礼。

（七）加强系统内部协作，大力拓展服务渠道。残联作为五类残疾人的代表组织，一直在政府和全体残疾人之间发挥桥梁和纽带作用。在各协会成为社团法人之后，如何加强协会与残联内设业务部门的协作成为一项新的课题。

在中国残联的正确领导下，中国智协和残联各内设部门、残疾人福利基金会、各直属单位加强了联系和沟通，5年来总计对接服务项目18个，极大地拓展了中国智协为智障群体服务的领域和渠道。如组联部每年近50万元购买智协的活动项目，进一步活跃了智协工作；体育部近3年支持中国智协开展特奥联谊活动、全民健身周、冰雪季、“牵着蜗牛去散步”等项目资金79.2万元，为更多的智障人走出家庭、投入到特奥活动、体育健身等融合平台提供了有力的支持；残疾人福利基金会支持智协项目8个，资金121.4万余元，其中仅“第三届国际智障者音乐节”就达50万元。

（八）加强联系协作，形成助残合力。作为中国残联的主体协会，5年来，中国智协始终密切与各地智协的联系，共同开展多种活动；同时及时借鉴和推广地方智协多个创造性的经验和做法。如每年的“牵着蜗牛去散步”活动、特奥联谊活动等长线项目，都是各地智协和中国智协同步举行；各地发生维权类的突发性事件，也是中国智协和各地智协共同介入并协调解决。

中国智协也特别重视加强与助残社会组织的紧密合作，引导并团结他们共同为心智障碍群体服务。经常参加助残社会组织的活动，一方面了解动态，交流经验；另一方面取长补短，相互学习。在设计相关项目和开展相关活动时，尽量吸收助残社会组织作为合作方，并成为重要依靠力量，共享资源，协同作战。如同“融爱融乐”一起开展支持性就业试点；同守望联盟共同开展标准制定的研讨等；与北京金蜗牛、丰台利智、朝阳天睿、昌平智光等机构建立战略伙伴关系，共同研讨心智障碍者社区生活、辅助性就业、大龄智障人托养等问题。

（九）开展中外合作，促进国际交流。五年来，中国智协适应残疾人事业的发展形势，加强了对外交往，为彰显中国残疾人事业的国际影响力做出了积极贡献。2014年，与德国、瑞士的国际组织合作，成功举办“第三届国际智障者音乐节”，获得了国内外的好评。多次会见加拿大、国际劳工组织、残疾人国际、融合国际的高层人士，交流心智障碍者工作心得。2018年5月底，出席“融合国际第17届大会”并在圆桌会议上发言，就加强智障人士的权益保障提出具体建议。与中国残联及其他专门协会一起，赴澳大利亚、新西兰、泰国等国家和香港、台湾地区参加会议、参观学习，增进了与境外国家和地区的友谊，学到了先进理念和实操经验，有效地促进了工作开展。

五年来，中国智协的工作取得了显著成绩，但也存在一些问题和不足。比如，正式工作人员不足，特别是高层管理人员严重缺乏，影响全国性社团的健康高效运行，需加大引进和培养力度；经费严重短缺，无法满足基本的工作需要；与各省智协密切协同与配合的运作机制有待深入研究，等等。以上这些问题需在今后五年努力探索解决。

二、对今后五年工作的建议

今后五年，是承前启后的五年；特别是前两年，是决胜全面建成小康社会的关键时期。中国智协作为中国残联的主体协会，应该为实现残疾人的全面小康做出更大贡献。结合实际，提出中国智协今后五年的工作建议。

（一）落实群团改革精神。群团改革，是党中央做出的战略部署，中国智协将认真学习贯彻党中央指示精神和中国残联的有关部署要求，认清新形势下加强和改进党的群团工作的重要性和紧迫性，不断提升服务智障群体和维护智障群体合法权益的能力，积极参与创新社会治理和维护社会稳定，坚决贯彻执行推动群团组织改革创新、增强协会活力的各项任务。

（二）继续做好长线项目。

——“安心工程”。要加大推广力度，扩大网点设立，提高宣传效率，让更多的适用家庭知晓和参与。特别是2017年已经扩大了承保范围，把视力、肢体、听力、孤独症家庭都包括了进来，更要做好宣导引领工作，争取有较大突破。

——“牵着蜗牛去散步”。已经成为中国智协的名片。要紧扣时代要求，精心设计每年主题，组织更多的志愿者参与。特别要协调开展活动较少、甚至还没有组织过该活动的省区市积极参与进来。

——每年两次的“特奥联谊活动”。要坚持高质量、严要求，在现有的基础上不断培养新的特奥运动员和教练员；巩固已经引进和推广的项目，设计孩子们有兴趣的新项目。在合作伙伴方面，除了特教学校外，还要更多地与社会和企业沟通，取得他们的帮助和支持。

——“老智结合”的放心工程。做好杭州绿城颐养中心试点，继续寻找更多合作单位。呼吁政府关心“老智结合”的养老模式，并给予更多支持。同时积极探索社区养老的方式，让越来越多需要服务的家庭有更多选择，找到适合自己的养老机构。

（三）落实“唐委会”工作计划。刚刚成立的“唐委会”已制定了一整套工作计划，要指导并帮助它逐步实现，具体做好以下几项工作：

进行一次有关唐氏综合征的综合调查，了解这个群体的基本情况，包括底数、需求、最迫切需要解决的问题和困难等。

建立唐氏综合征网站和微信公众号，让它们成为沟通政府、社会和唐氏群体的纽带和桥梁。

组织好每年“3·21”的“唐氏综合征日”活动，宣传唐氏综合征知识，通报唐氏综合征科研进展情况，介绍优秀唐氏青年的成就等，让广大群众了解这个群体，从而关心和帮助他们。

（四）继续加强与多方合作。中国智协和中国残疾人福利基金会、中国残联各业务部门同在中国残联领导下，服务对象和工作任务高度一致，已经有了很好的合作基础。今后需继续加强合作，争取基金会和中国残联各部门把支持协会的工作提前列入计划，每年给予固定经费支持；智协也需规范运作，不负智障人士及其亲友的期望。

（五）开创智协工作新局面。党的十九大指出，目前的社会主要矛盾已经转化为人民日益增长的美好生活需要和不平衡不充分发展之间的矛盾。这种矛盾在残疾人领域表现得尤为明显和突出。中国智协作为智障人士的代表性组织，应该而且必须在新时代呈现新作为，秉持不断创新、不断进取精神，勇于承担责任，更加贴近心智障碍群体；同时也要不断改进工作方法，增强自身活力，开拓智协工作新局面。

中国精神残疾人及亲友协会主席温洪在中国残联第七次全国代表大会精神残疾人及亲友代表会议上的工作报告：充分发挥协会优势，贴近精神残疾人需求，提供特色服务

2018 年 9 月 15 日

我代表中国精神残疾人及亲友协会第六届委员会，向中国残联第七次全国代表大会精神残疾人及亲友代表会议报告工作，请予审议。

一、过去五年工作回顾

五年来，在习近平新时代中国特色社会主义思想和党的十九大精神的指引下，在中国残联的正确领导和大力支持下，在总结和借鉴协会前五届经验的基础上，中国精协第六届委员会着力在探索社团法人治理模式等方面进行了创新与实践。

（一）坚定政治方向，加强组织建设。五年来，中国精协在发展精神残疾人事业的各项工作中，始终坚持党的领导，不断强化政治意识、大局意识、核心意识、看齐意识，坚持融入党和国家的事业大局，积极采取多种形式开展党建工作，参加中国残联组联部联合党支部的各项活动，在网站首页开设党建专栏，其中最近一年刊发党建文章 18 篇，单篇平均浏览率 1733 次；每月开展党建活动交流，及时组织学习和交流党的十九大精神和习近平总书记系列重要讲话，以习近平新时代中国特色社会主义思想为统领，指导精协把握政治方向、履行政治责任，更好地为精神残疾人及亲友提供服务。

与此同时，中国精协作为社团法人协会，在法人治理结构方面进行了积极探索。一是完善秘书处架构。做到专兼结合、分工有序、各负其责和科学策划、高效执行，提升了工作品质与效率。二是完善相关制度。五年来制定（修订）内部制度共 12 项。三是加强组织建设。先后完善了中国精协家属工作委员会、社区促进工作委员会和孤独症工作委员会的架构，增强了执行能力；聘任了“全国家长携手计划”项目监理，建立了项目运行管理机制，使孤独症服务更加“贴地气”和见实效。2016 年中国精协被民政部评为 3A 级社会团体。

（二）着力打造品牌，推动业务发展。“六代会”以来，中国精协不断着力于工作的整体策划和服务品牌化建设。

1.“精残政策进万家”。针对国家和各地出台的有关精神残疾人的相关政策“落地难”问题，结合精神残疾人普遍贫困且对国家政策依赖度较高的特点，中国精协以北京月坛街道为试点，在全国发起“精残政策进万家”活动，得到北京市各区县和全国大部分省市残联与精协的积极响应。自 2014 年以来，已在北京市的西城、东城等 9 个区县进行了现场宣讲；同时辽宁、湖南等十余个省市精协梳理了当地有关政策，启动了“精残政策进万家”活动。据不完全统计，全国现场宣讲共 65 场，包括家属、康复者、精防医生、残联干部、社区工作人员等在内的 3100 余人参加，仅在北京就发放宣传手册 12000 多册；同时，网络宣讲成为创新亮点，共有 4800 余人参加了语音学习。在学习和宣讲的基础上，中国精协组织人力物力财力，具体帮助有需要的精残人将有关政策落实到家，打通了政策落实的“最后一公里”。

2.“精神病人与家属专家（UFE）培训与实践”。鉴于经过长期治疗的精神疾病康复者及其家属对于本类疾病的熟悉及相关优势，北京大学第六医院引进意大利经验，在中国进行了 UFE 模式的探索。中国精协组织北医六院的专家团队，依托中国残疾人福利基金会等社会资助，先后举办了五期 UFE 培训班，300 多位精神康复者和家属参加，并出版了 UFE 实践指导手册。各地在培训的基础上，建立了骨干队伍，提升了自身服务水平。

在开展培训的同时，中国精协努力推进 UFE 实践探索。一是组织康复者与家属参加政策宣讲团，帮助精残家庭解答和落实政策；二是与北京市安定医院合作，进行 UFE 导诊实践试点；三是继续由精神康复者自己办好网络平台，成立心理援助等志愿服务小组，成立线上绘画、电脑、文学、英语、商业、美食、编织等技能培训班；线下在组织“伙伴支援”、建立“绿色港湾”和开办强身健体活动方面也发挥了积极作用；四是组建志愿者服务站，与北京朝阳医院合作，由朝阳三院提供场地和部分资金支持、中国精协组织志愿者队伍并补贴值班志愿者交通误餐费，选取 34 名精神康复者和家属，开设 UFE 服务热线。不仅提供电话咨询，解答相关政策，而且了解服务需求并提供上门服务，受到了本类别残疾人的热烈欢迎。据不完全统计，从 2017 年 4 月到 2018 年 6 月，接到电话和网络咨询、求助 315 人次，其中反馈问题得到解决的有 50 余件，项目的目标是争取形成常态模式，创立精神残疾人自我服务的就业渠道。

3. 孤独症“全国家长携手计划”。该计划于 2014 年国际孤独症日正式启动，包括组织计划、培训计划、活动计划

和服务计划四个组成部分。2016年，依托中央财政项目和德国米苏尔基金会的支持，先后在全国建立了30个省区市社区家长自助互助服务站，其中每个省级站由3—8个地区家长组织联合组成。全国100多个家长组织联手，组织254位核心家长和1860名志愿者，开展了128次家长小组、106次亲子、697次艺术团体活动；入户探访了5279个孤独症人士家庭，项目受益对象19543人。计划开展三年以来，已经超额完成300个领航家长的培训目标，其中仅参加“家长教练”培训的就已达到216人、应用行为分析（ABA）专业培训超过300多人，家长心理咨询师培训107人。

2015年，利用中国精协的组织和网络优势，首次进行了全国性孤独症家庭现状调查，出版了首本《中国孤独症家庭需求蓝皮书》；30个省区市71家有代表性的孤独症服务机构、3867个家庭参加了调查，得到了大量第一手资料，提出了十项政策性建议。2015年，组建孤独症家长讲师团，挖掘资深家长的宝贵经验，为全国家长树立榜样和信心，引领和示范家庭康复理念与方法，发挥了与社会专家角色不同的作用。2017年，在全国发起“发现智慧星”活动，评选出“居家能手”“康复达人”“就业先锋”等八大类42名“智慧星”。推动家长与社会改变理念，变单纯的补偿式教育为“扬长”和“补短”并重，让社会重新认识和全面解读孤独症人群，为进一步营造接纳、理解与和谐的社会氛围做出积极铺垫。2018年4月2日国际孤独症日前夕，举行了全国“智慧星”总汇演，100多位孤独症孩子参加，以集体展示为主，打破了不能协调配合的传统认知，取得了令人震撼的效果。

4. 孤独症服务机构组织能力提升工程。2009年举办第一次民办孤独症服务机构会议，2011年建立全国孤独症机构负责人联席会制度。每年4月2日国际孤独症日前夕，全国代表性服务机构齐聚一堂，交流经验，学习专业知识，并就机构共同关心的重大问题，如自强自律创建标准、行业服务标准、成立孤独症机构服务协会等进行深入研讨并达成相关共识。为增强孤独症服务机构生存与发展能力，2012年中国残联办公厅下发《关于组织开展孤独症服务机构自强自律创建活动的通知》，全国孤独症服务机构自强自律创建活动正式启动，得到各级残联和孤独症服务机构的广泛响应。3年共有30个省区市的331家机构参与。按照89条创建标准，经过第三方机构评估，共有108家机构达标，孤独症服务行业规范化、专业化发展的自觉意识和服务能力普遍得以提高。

为持续提升机构规范化管理和专业化服务水平，持续三年的自强自律创建活动结束以后，中国精协于2015年12月正式启动“达标机构能力提升工程”和“西部机构扶持计划”。此外，《孤独症机构现状蓝皮书》的调研、撰写和编辑接近尾声，预计2018年年底出版，将为研究和完善孤独症机构服务体系奠定基础。

5. 中国应用行为分析教师（CNABA）专业培养与服务体系建设。中国的孤独症服务以民办机构为主力军。一直以来，机构发展困难，政府支持与监管都还不够，专业服务质量亟待提高。为提升服务品质，中国精协创设了中国应用行为分析教师培养、服务和认证体系，创立了中国首个本土化ABA人才培养体系。

经国际应用行为分析师认证委员会核准，中国精协获得了国际认证副应用行为分析师（BCaBA）和国际认证应用行为分析师（BCBA）培训资格，在全国开展了为期4年的孤独症师资专业培训。目前，已经成功地举办了7期CNABA丙级（BT）、2期CNABA乙级（BCaBA）、1期资深行为分析教师（SBT）培训班，共培养出ABA387名，其中取得BCaBA认证的有10名，正在形成立体化的专业人才培训体系。

值得一提的是，中国精协与北京市海淀区教委合作，为全区公办学校培养ABA，成为认证副应用行为分析师在中国批量化培养的重要标志性事件。

（三）借助项目抓手，整合优势资源。近年来，政府购买服务力度不断加大，越来越多的社会资源也开始关注精神残疾人特别是孤独症。中国精协紧抓契机，广泛开展了国际国内多维度的项目合作：

一是与国内基金会合作。如在中国残疾人福利基金会支持下开展“精残政策进万家”活动、UFE培训、孤独症家庭需求蓝皮书出版等；与中国扶贫基金会合作，开展ABA培训、困难孤独症儿童救助、烘焙项目探索等。

二是与中国残联相关部门合作。2016年申报中国残联相关部门项目12项，获得支持8项；2017年获得支持10项，其中有中国残联康复部的孤独症机构负责人培训、组联部的全国孤独症家长携手计划、体育部的精神残疾人运动会资助等。

三是开发社会资源。如礼来制药公司为第三次UFE培训提供资金，中国残联康复部和亿百媒会展（上海）有限公司资助出版教材《应用行为分析——孤独症儿童康复教育策略》，等等。

四是对接国际资源。如与德国米苏尔基金会合作，取得“孤独症全国家长携手计划”的三年项目支持；与美国应用行为分析师认证委员会（BACB）和美国SEEK教育集团合作，启动ABA分级立体系列培训，在批量培养中国本土高端人才方面进行了重要尝试；与丹麦斯特基金会和德国SAP公司合作，开展支持性就业工作等。2017年应邀赴纽约参加联合国孤独症就业优势研讨会，并与德国SAP公司就全球“孤独症人才计划”中国落地方案达成合作意向，成功进行了招募孤独症IT人才在跨国公司就业的尝试。

（四）发挥纽带优势，开展特色服务。

1. 建立精神残疾人交流和沟通平台。中国精协家工委利用现代化交流媒介，创建10余个QQ群，群友遍布全国各地，其中有康复者、家属、精协主席、精神卫生专家、残联干部和社会爱心人士，人数达4000余人。

2. 积极进行社会倡导和宣传。每年的国际孤独症日前夕发布孤独症宣传口号，并与中央媒体合作，进行形式多样的社会倡导。五年来，以各种形式建言献策约达70万字，切实履行了“代表、维权、服务”职责。五年来，在中国精协网站刊发文章总数达1023篇，单篇浏览最高达7210次，平均1875次。家工委编发简报82期，来自全国各地的各类稿件720篇，字数80余万，每期简报邮件群发600多份，受到各方面的好评和欢迎。家工委通过“热爱心生活网络广播”成功举办三届网络春晚和新春联欢会，通过QQ群总计播出视频节目191次，直接参与、收听、收看的达6686人，在线浏览文字版直播达87871人。

3. 配合残联职能部门，发挥桥梁纽带作用。五年来，与中国残联相关部门紧密合作，发挥桥梁和纽带作用，如配合康复部开展2015年以孤独症为主题的全国助残日活动；承担实名制康复人才培养项目3次；配合教就部参与全国特殊教育规划中期评估工作和教育条例的修订；配合国际部撰写联合国《残疾人权利公约》履约影子报告，等等。

（五）引领地方精协，合力推动工作。五年来，各地精协呈现空前活跃状态。一是组织机构建设提上省区市残联的议事日程。省级精协陆续成立家属工作、社区服务促进工作和孤独症工作3个委员会；广东、福建、云南3省的精协进行了社团法人登记；各省区市精协工作团队建设逐步得到重视。二是积极配合中国精协工作的开展。各省区市逐步启动“精残政策进万家”活动；继续发挥UFE作用、开发UFE岗位；主动承办中国精协各类会议。三是特色活动有声有色。如广东精协连年举办精神残疾康复者运动会；江西精协2016年举办“1次培训、2次互访、2次活动”，其中与当地残联共同举办的孤独症家长培训班，有300多人参加，并得到普遍好评。四是“代表、服务、维权”职能进一步发挥。如山东精协提交的“两会”提案建议得到重视，四川省精协在精神残疾人安置和社区融合方面进行了有益探索。五是常态化工作稳步进行。如上海市精协认真完善各项制度，推荐优秀案例，组织法治讲座，完成“十二五”上海市残疾人事业发展规划的评估课题，建立区县精协主席微信群、QQ群；浙江精协全面组织访贫问苦送温暖活动，广泛开展残疾人文体宣传活动，积极探索精残康复者及家属互帮互助模式等。总之，各省区市精协工作精彩纷呈，为可持续发展积累了宝贵经验。

五年的实践与探索，取得了显著成绩，也存在不少问题和困难，如宏观和微观怎样有效结合、传统精神残疾人工作策略如何把握；维权服务如何进一步加强；适合国情的服务模式怎样科学构建；如何更高效整合资源服务精神残疾人群体；如何建立规范化、专业化服务机制，等等，都需要进一步探索与突破。

二、对今后五年工作的建议

五年来，中国精神残疾人事业取得显著发展，但是要满足精神残疾人群体的个性化、人性化需求，特别是要紧跟我国社会文明进步的快速发展步伐，仍然任重道远。

习近平总书记明确要求“全面建成小康社会，残疾人一个也不能少”。根据中国精协“代表、服务、维权”的职责定位，回顾总结五年来的成绩、经验和教训，建议第七届中国精协要继续发挥好桥梁纽带作用，着重做好以下几方面的工作。

（一）坚持政治建设，确保正确方向。要以习近平新时代中国特色社会主义思想和党的十九大精神为指引，贴近精神残疾人的迫切需求，确保事业发展的正确方向；要重视党组织建设，努力完善法人治理结构；要创新服务模式，努力解决服务供给不平衡不配套的问题。

（二）加强社会倡导，维护合法权益。

1. 推动免费服药问题的全面落实。要继续呼吁精神残疾人用药全部免费，将精神残疾人的基本用药列入医保目录，目录要根据国际医药新发展进行及时更新；强调确保门诊用药报销；将精神病列入特殊病种，提高特殊用药报销比例；建立专项医疗救助基金，解决特困精神病人就医问题。

2. 呼吁尽快在有条件的省区市和地区开展较大规模的孤独症流行病学调查，将孤独症早期筛查纳入公共卫生范畴，建立国家早期预报中心，完善早筛早报体系。

3. 积极倡导和争取有效利用公办教育资源开展学前、学龄和职业前期孤独症康复教育和职业技能训练。同时建议政府加大资金投入，以政府购买服务的方式，切实为民办康复教育机构解决资金、场地、人才等困难。

4. 推动解决成年精神障碍者包括孤独症人士的托养和庇护以及支持性就业问题。鼓励成年精神残障者和孤独症的居家养护，争取加大给予家庭的养护补贴力度。

5. 推动尽早启动精神残障人士权益保障法的立法工作。

（三）发挥传统品牌优势，拓展项目内涵外延。五年来打造的精协工作品牌项目，是众多精协工作者集体智慧的结晶，是被实践证明有效、精神残疾人迫切需要、可持续发展的财富，只能加强，不能削弱。

1. 持续开展“精残政策进万家”工程。为了把政府的好政策真正变成精神残疾人的实惠和福利，通过“政策脱困”实现“兜住底”和“同步小康”的目标，中国精协需示范引领各地精协采取以下具体步骤：一是理清国家和本地已经出台的涉及精神残疾人的各项政策，整理成通俗易懂的宣讲手册；同时设计出符合科研要求的调查问卷；二是集思广益，确定方案，持续培训骨干宣讲志愿者；三是选择试点和扩大推广；四是充分发挥精协家属工作委员会作用，组织志愿者团队，在入户宣讲政策的同时帮助残疾人解决实际存在的问题或尚未落实的政策。

2. 继续推进 UFE 培训与实践。鉴于中国残联康复部已将 UFE 项目纳入计划，下一步中国精协的重点应组织康复者和家属继续开展自我服务的实践探索，组织康复者和家属参加政策志愿宣讲团，开展导医导诊服务，实施“伙伴支援”计划，倡导建设家庭互助式“绿色港湾”小组，推广建立 UFE 服务站。携手各省级精协共同努力，将精神残疾人的自我服务变成岗位，真正推动精神残疾人和家属在适合的岗位上就业。

3. 着力开展孤独症服务机构组织能力提升工程。对自强自律达标机构开展回访，推动机构支持体系的构建，将机构能力提升工程由活动为主上升为行业自律和行业管理，拟定孤独症服务的行业标准，促进和保障机构规范化管理和专业化服务。

4. 重点实施全国孤独症家长携手计划。一是下大力气建设各省级家长自助互助服务站，提升活动与服务水平。二是建设孤独症家长网上免费学习平台，普及孤独症康复专业知识，提升家长识别能力及家庭康复水平。三是继续打造领航家长团队，实现自助互助和抱团取暖。四是长期开展“智慧星”系列活动，通过活动改变家长和社会认知，开发优势潜能，支持生命全程，为不同层面的孤独症孩子尊严体面地生活创造条件。五是探索大龄就业和“双养”模式。

5. 进一步加强孤独症专业师资培训。加大力度倡导使用科学专业方法，提升孤独症的康复效果与生活服务品质，推动高校培养应用行为分析等相关专业人才，扶持机构提升师资专业水平，重视和加强信息化建设，并与国际合作加快构建本土化的人才培养体系。

各位代表，精神残疾人对幸福美好生活的向往，就是中国精协的奋斗方向。我们坚信，通过各级政府、各级残联和精协的共同努力，特别是社会各界的广泛参与和积极推动，为精神残疾人提供的社会服务和社会保障一定会越来越完善，服务质量一定会不断提高。让我们更加紧密地团结在以习近平同志为核心的党中央周围，高举习近平新时代中国特色社会主义思想伟大旗帜，为实现精神残疾人与全国人民共奔美好小康生活而做出新的更大贡献！

中国盲人协会章程

2018 年 9 月 15 日中国残疾人联合会
第七次全国代表大会盲人代表会议通过

第一章 总 则

第一条 本会全称：中国盲人协会。简称：中国盲协。英文全称：China Association of Persons with Visual Disabilities。英文简称：CAPVD。

第二条 本会是由全国盲人（含低视力者，下同）和与盲人工作有关的社会组织、企事业单位及个人自愿结成的全国性、联合性、非营利性社会团体，是盲人的代表组织。

第三条 本会宗旨：在中国共产党领导下，在马克思列宁主义、毛泽东思想、邓小平理论、“三个代表”重要思想、科学发展观、习近平新时代中国特色社会主义思想指导下，坚持以人民为中心，弘扬人道主义思想，发展残疾人事业。代表盲人共同利益，反映盲人特殊需求，履行“代表、服务、维权”职能，为盲人服务，维护盲人合法权益，促进盲人平等、充分参与社会生活，共享社会物质文化成果。

本会遵守宪法、法律、法规和国家政策，践行社会主义核心价值观，遵守社会道德风尚。

第四条 本会根据中国共产党章程的规定，设立中国共产党的组织，开展党的活动，为党组织的活动提供必要条件。

第五条 本会接受业务主管单位中国残疾人联合会和社团登记管理机关民政部的业务领导和监督管理。

第六条 本会住所设在北京市。

第二章 业务范围

第七条 本会的业务范围：

（一）团结、引领盲人“自尊、自信、自强、自立”，履行法定义务，为建设富强民主文明和谐美丽的社会主义现代化强国、实现中华民族伟大复兴的中国梦贡献力量；

（二）促进盲人的康复、教育、劳动就业、扶贫、维权、社会保障及防盲治盲等工作，参与、举办有关盲人的各类培训及文化扫盲工作，开展有益于盲人身心健康的群众性文化体育活动；

（三）推进无障碍环境的建设、盲文的规范化研究与普及，推动盲人辅助器具的开发与应用；对信息无障碍、盲文出版、盲人按摩、中途失明人士康复重建、导盲犬服务等工作提供咨询、建议、服务和监督；

（四）在盲人中培养、推荐残疾人工作者；

（五）承办中国残疾人联合会委托的工作；

（六）代表中国盲人参加国际活动，促进国际交流与合作。

第三章 会 员

第八条 本会的会员种类分为个人会员、单位会员。

第九条 加入本会的会员必须具备下列条件：

（一）拥护本会章程；

（二）有加入本会意愿；

（三）在本会业务领域内有一定影响；

（四）热心为盲人提供服务，支持并积极参加本会活动的个人、社会组织、企事业单位。

第十条 会员入会的程序是：

（一）提交入会申请书；

（二）经委员会讨论通过；

（三）由委员会授权秘书处颁发会员证。

第十一条 会员享有下列权利：

（一）本会的选举权、被选举权和表决权；

（二）参加本会组织的活动；

（三）获得本会服务的优先权；

（四）对本会工作有批评权、建议权和监督权；

（五）入会自愿、退会自由。

第十二条 会员履行下列义务：

（一）遵守本会章程，执行本会决议；

（二）维护本会合法权益；

（三）完成本会交办的工作；

（四）盲人个人会员免交会费，其他会员按规定交纳会费；

（五）向本会反映情况，提供有关资料。

第十三条 按规定交纳会费的会员退会应书面通知本会，并交回会员证。如果一年不按规定交纳会费或不参加本会活动的，视为自动退会。

第十四条 会员如有严重违反本会章程的行为，经委员会表决通过，予以除名。

第四章 组织机构和负责人产生、罢免

第十五条 会员代表大会

本会的最高权力机构是会员代表大会，会员代表大会的职权是：

（一）制定和修改章程；

（二）选举和罢免委员会委员；在闭会期间，授权委员会行使此职权，但调整的委员数不得超过总数的1/5；

（三）审议委员会的工作报告和财务报告，确定工作方针和任务；

（四）制定和修改会费标准；

（五）决定终止事宜；

（六）决定其他重大事项。

第十六条 会员代表大会须有2/3以上的会员代表出席方能召开，其决议须经到会会员代表半数以上表决通过方能生效。

第十七条 会员代表大会每届五年，与中国残疾人联合会全国代表大会同期举行。因特殊情况需提前或延期换届的，须由委员会表决通过，报中国残疾人联合会审查并经民政部批准，延期换届最长不超过一年。

第十八条 委员会

委员会是会员代表大会的执行机构，在闭会期间领导本会开展日常工作，对会员代表大会负责。

第十九条 委员会的职权是：

（一）执行会员代表大会的决议；

（二）决定名誉职务的设立和聘请；

（三）选举和罢免主席、副主席、秘书长；

（四）向中国残疾人联合会主席团提交年度工作报告；

（五）筹备召开会员代表大会；

（六）向会员代表大会提出本会章程修正案；

（七）向会员代表大会报告工作和财务状况；

（八）提出工作方针和任务，制定年度工作计划；

（九）决定会员的吸收和除名；

（十）决定办事机构、分支机构和实体机构的设立、变更和终止；

（十一）决定内设委员会等各机构主要负责人的聘任；

（十二）领导本会各机构开展工作；

（十三）制定内部管理制度；

（十四）决定本会的活动标识；

（十五）决定其他重大事项。

第二十条 委员会会议须有2/3以上委员出席方能召开，其决议须经到会委员2/3以上表决通过方能生效。

第二十一条 委员会会议每年召开一次。情况特殊的，也可采用书面或通讯形式召开。

第二十二条 本会主席、副主席、秘书长必须具备下列条件：

（一）坚持党的路线、方针、政策，政治素质好，有较强的全局观念和工作能力；

（二）热爱残疾人事业，在盲人中与本会业务领域内有较大的影响和威信；

（三）主席、副主席为盲人，秘书长可为盲人也可为热爱残疾人事业、愿意为盲人奉献爱心的亲友或其他社会知名人士；

（四）主席最高任职年龄不超过70岁，副主席、秘书长最高任职年龄不超过65岁，秘书长为专职；

（五）能坚持本会正常工作；

（六）未受过剥夺政治权利的刑事处罚；

（七）具有完全民事行为能力。

第二十三条 本会主席、副主席、秘书长如超过最高任职年龄的，须经委员会表决通过，报中国残疾人联合会审查并经民政部批准后，方可任职。

第二十四条 本会主席、副主席、秘书长任期五年，连任不超过两届。因特殊情况需延长任期的，须经会员代表大会2/3以上的会员代表表决通过，报中国残疾人联合会审查并经民政部批准后，方可任职。

第二十五条 本会主席为法定代表人，法定代表人代表本会签署有关重要文件。

因特殊情况，经主席委托、委员会同意，报中国残疾人联合会审查并经民政部批准后，可由副主席或秘书长担任法定代表人。

本会法定代表人不兼任其他团体的法定代表人。

第二十六条 本会主席行使下列职权：

（一）负责本会的全面工作，召集和主持委员会会议；

（二）检查会员代表大会、委员会决议的落实情况。

第二十七条 本会副主席、秘书长协助主席工作，秘书

长行使下列职权：

（一）主持本会秘书处日常工作，组织实施年度工作计划；

（二）协调各分支机构、实体机构开展工作；

（三）提名办事机构、实体机构主要负责人，交委员会决定；

（四）决定办事机构、分支机构和实体机构专职工作人员的聘用；

（五）处理其他日常事务。

第二十八条 办事机构

中国盲协委员会下设秘书处作为办事机构，承担本会日常工作。

第五章 资产管理、使用原则

第二十九条 本会经费来源：

（一）会费；

（二）捐赠；

（三）政府资助及中国残疾人联合会专项资金；

（四）在核准业务范围内开展活动和服务的收入；

（五）利息；

（六）其他合法收入。

第三十条 本会按照国家有关规定收取会员会费。

第三十一条 本会经费必须用于本章程规定的业务范围和事业的发展，不得在会员中分配。

第三十二条 本会建立严格的财务管理制度，保证会计资料合法、真实、准确、完整。

第三十三条 本会配备具有专业资格的会计人员，执行民间非营利组织会计制度。会计不得兼任出纳。会计人员必须进行会计核算，实行会计监督。会计人员调动工作或离职时，必须与接管人员办清交接手续。

第三十四条 本会的资产管理必须执行国家的财务管理规定，接受会员代表大会和财政部门的监督；同时接受中国残联专门协会项目评估和财务监审委员会的第三方独立评估和监督。资产来源属于国家拨款或者社会捐赠、资助的，必须接受审计机关的监督，并将有关情况以适当方式向社会公布。

第三十五条 本会换届或更换法定代表人之前，必须接受财务审计。

第三十六条 本会的资产，任何单位、个人不得侵占、私分和挪用。

第三十七条 本会的专职人员的工资和保险、福利待遇，参照国家对事业单位的有关规定执行。

第六章 章程的修改程序

第三十八条 本会章程的修改，须经委员会表决通过后报会员代表大会审议。

第三十九条 本会修改的章程，须在会员代表大会表决通过后15日内，报中国残疾人联合会审查，经同意，报民政部核准后生效。

第七章 终止程序及终止后的财产处理

第四十条 本会完成宗旨或自行解散或由于分立、合并等原因需要注销的，由委员会提出终止动议。

第四十一条 本会终止动议须经会员代表大会表决通过，并报中国残疾人联合会审查同意。

第四十二条 本会终止前，须在中国残疾人联合会及有关机关指导下，成立清算组织，清理债权债务，处理善后事宜。清算期间，不开展清算以外的活动。

第四十三条 本会经民政部办理注销登记手续后即为终止。

第四十四条 本会终止后的剩余财产，在中国残疾人联合会和民政部的监督下，按照国家的有关规定，用于发展与本协会宗旨相关的事业。

第八章 附 则

第四十五条 本会会徽采用中国残疾人联合会会徽。

第四十六条 本章程经2018年9月15日第四届会员代表大会表决通过。

第四十七条 本章程的解释权属中国盲人协会委员会。

第四十八条 本章程自民政部核准之日起生效。

中国聋人协会章程

2018年9月15日中国残疾人联合会
第七次全国代表大会聋人代表会议通过

第一章 总 则

第一条 本会全称：中国聋人协会，简称：中国聋协。英文全称：China Association of Persons with Hearing Disabilities，英文简称：CAPHD。

第二条 本会是由全国聋人（含听力言语残疾人、言语残疾人、重听、耳蜗植入者，下同）和与聋人工作有关的社会组织、企事业单位及个人自愿结成的全国性、联合性、非营利性社会团体，是聋人的代表组织。

第三条 本会宗旨：在中国共产党领导下，在马克思列宁主义、毛泽东思想、邓小平理论、“三个代表”重要思想、科学发展观、习近平新时代中国特色社会主义思想指导下，坚持以人民为中心，弘扬人道主义思想，发展残疾人事业。代表聋人共同利益，反映聋人特殊需求，履行“代表、服务、维权”职能，为聋人服务，维护聋人合法权益，促进聋人平等、充分参与社会生活，共享社会物质文化成果。

本会遵守宪法、法律、法规和国家政策，践行社会主义核心价值观，遵守社会道德风尚。

第四条 本会根据中国共产党章程的规定，设立中国共产党的组织，开展党的活动，为党组织的活动提供必要条件。

第五条 本会接受业务主管单位中国残疾人联合会和社团登记管理机关民政部的业务领导和监督管理。

第六条 本会住所设在北京市。

第二章　业务范围

第七条　本会的业务范围：

（一）团结、引领聋人"自尊、自信、自强、自立"，履行法定义务，为建设富强民主文明和谐美丽的社会主义现代化强国、实现中华民族伟大复兴的中国梦贡献力量；

（二）促进聋人的康复、教育、劳动就业、扶贫、维权、社会保障和残疾预防工作，参与、举办有关聋人的各类培训，开展有益于聋人身心健康的群众性文化体育活动；

（三）推进信息无障碍环境的建设，推动聋人辅助器具的开发与应用；对影视字幕、公共场所滚动字幕、聋人全面康复、手语和手语翻译等工作提供咨询、建议、服务和监督；

（四）在聋人中培养、推荐残疾人工作者；

（五）承办中国残疾人联合会委托的工作；

（六）代表中国聋人参加国际活动，促进国际交流与合作。

第三章　会　员

第八条 本会的会员种类分为个人会员、单位会员。

第九条 加入本会的会员必须具备下列条件：

（一）拥护本会章程；

（二）有加入本会意愿；

（三）在本会业务领域内有一定影响；

（四）热心为聋人提供服务，支持并积极参加本会活动的个人、社会组织、企事业单位。

第十条 会员入会的程序是：

（一）提交入会申请书；

（二）经委员会讨论通过；

（三）由委员会授权秘书处颁发会员证。

第十一条 会员享有下列权利：

（一）本会的选举权、被选举权和表决权；

（二）参加本会组织的活动；

（三）获得本会服务的优先权；

（四）对本会工作有批评权、建议权和监督权；

（五）入会自愿、退会自由。

第十二条 会员履行下列义务：

（一）遵守本会章程，执行本会决议；

（二）维护本会合法权益；

（三）完成本会交办的工作；

（四）聋人个人会员免交会费，其他会员按规定交纳会费；

（五）向本会反映情况，提供有关资料。

第十三条 按规定交纳会费的会员退会应书面通知本会，并交回会员证。如果一年不按规定交纳会费或不参加本会活动的，视为自动退会。

第十四条 会员如有严重违反本会章程的行为，经委员会表决通过，予以除名。

第四章　组织机构和负责人产生、罢免

第十五条 会员代表大会

本会的最高权力机构是会员代表大会，会员代表大会的职权是：

（一）制定和修改章程；

（二）选举和罢免委员会委员；在闭会期间，授权委员会行使此职权，但调整的委员数不得超过总数的1/5；

（三）审议委员会的工作报告和财务报告，确定工作方针和任务；

（四）制定和修改会费标准；

（五）决定终止事宜；

（六）决定其他重大事项。

第十六条 会员代表大会须有2/3以上的会员代表出席方能召开，其决议须经到会会员代表半数以上表决通过方能生效。

第十七条 会员代表大会每届五年，与中国残疾人联合会全国代表大会同期举行。因特殊情况需提前或延期换届的，须由委员会表决通过，报中国残疾人联合会审查并经民政部批准，延期换届最长不超过一年。

第十八条 委员会

委员会是会员代表大会的执行机构，在闭会期间领导本会开展日常工作，对会员代表大会负责。

第十九条 委员会的职权是：

（一）执行会员代表大会的决议；

（二）决定名誉职务的设立和聘请；

（三）选举和罢免主席、副主席、秘书长；

（四）向中国残疾人联合会主席团提交年度工作报告；

（五）筹备召开会员代表大会；

（六）向会员代表大会提出本会章程修正案；

（七）向会员代表大会报告工作和财务状况；

（八）提出工作方针和任务，制定年度工作计划；

（九）决定会员的吸收和除名；

（十）决定办事机构、分支机构和实体机构的设立、变更和终止；

（十一）决定内设委员会等各机构主要负责人的聘任；

（十二）领导本会各机构开展工作；

（十三）制定内部管理制度；

（十四）决定本会的活动标识；

（十五）决定其他重大事项。

第二十条　委员会会议须有2/3以上委员出席方能召开，其决议须经到会委员2/3以上表决通过方能生效。

第二十一条　委员会会议每年召开一次。情况特殊的，也可采用书面或通讯形式召开。

第二十二条　本会主席、副主席、秘书长必须具备下列条件：

（一）坚持党的路线、方针、政策、政治素质好，有较强的全局观念和工作能力；

（二）热爱残疾人事业，在聋人中与本会业务领域内有较大的影响和威信；

（三）主席、副主席为聋人，秘书长可为聋人也可为热爱残疾人事业、愿意为聋人奉献爱心的亲友或其他社会知名人士；

（四）主席最高任职年龄不超过70岁，副主席、秘书长最高任职年龄不超过65岁，秘书长为专职；

（五）能坚持本会正常工作；

（六）未受过剥夺政治权利的刑事处罚的；

（七）具有完全民事行为能力。

第二十三条　本会主席、副主席、秘书长如超过最高任职年龄的，须经委员会表决通过，报中国残疾人联合会审查并经民政部批准后，方可任职。

第二十四条　本会主席、副主席、秘书长任期五年，连任不得超过两届。因特殊情况需延长任期的，须经会员代表大会2/3以上的会员代表表决通过，报中国残疾人联合会审查并经民政部批准后，方可任职。

第二十五条　本会主席为法定代表人，法定代表人代表本会签署有关重要文件。

因特殊情况，经主席委托、委员会同意，报中国残疾人联合会审查并经民政部批准后，可以由副主席或秘书长担任法定代表人。

本会法定代表人不兼任其他团体的法定代表人。

第二十六条　本会主席行使下列职权：

（一）负责本会的全面工作，召集和主持委员会会议；

（二）检查会员代表大会、委员会决议的落实情况。

第二十七条　本会副主席、秘书长协助主席工作，秘书长行使下列职权：

（一）主持本会秘书处日常工作，组织实施年度工作计划；

（二）协调各分支机构 、实体机构开展工作；

（三）提名办事机构、实体机构主要负责人，交委员会决定；

（四）决定办事机构、分支机构和实体机构专职工作人员的聘用；

（五）处理其他日常事务。

第二十八条　办事机构

中国聋协委员会下设秘书处作为办事机构，承担本会日常工作。

第五章　资产管理、使用原则

第二十九条　本会经费来源：

（一）会费；

（二）捐赠；

（三）政府资助及中国残疾人联合会专项资金；

（四）在核准业务范围内开展活动和服务的收入；

（五）利息；

（六）其他合法收入。

第三十条　本会按照国家有关规定收取会员会费。

第三十一条　本会经费必须用于本章程规定的业务范围和事业的发展，不得在会员中分配。

第三十二条　本会建立严格的财务管理制度，保证会计资料合法、真实、准确、完整。

第三十三条　本会配备具有专业资格的会计人员，执行民间非营利组织会计制度。会计不得兼任出纳。会计人员必须进行会计核算，实行会计监督。会计人员调动工作或离职时，必须与接管人员办清交接手续。

第三十四条　本会的资产管理必须执行国家的财务管理规定，接受会员代表大会和财政部门的监督；同时接受中国残联专门协会项目评估和财务监审委员会的第三方独立评估和监督。资产来源属于国家拨款或者社会捐赠、资助的，必须接受审计机关的监督，并将有关情况以适当方式向社会公布。

第三十五条　本会换届或更换法定代表人之前，必须接受财务审计。

第三十六条　本会的资产，任何单位、个人不得侵占、私分和挪用。

第三十七条　本会的专职人员的工资和保险、福利待遇，参照国家对事业单位的有关规定执行。

第六章　章程的修改程序

第三十八条　本会章程的修改，须经委员会表决通过后报会员代表大会审议。

第三十九条　本会修改的章程，须在会员代表大会表决通过后15日内，报中国残疾人联合会审查，经同意，报民政部核准后生效。

第七章　终止程序及终止后的财产处理

第四十条　本会完成宗旨或自行解散或由于分立、合并等原因需要注销的，由委员会提出终止动议。

第四十一条　本会终止动议须经会员代表大会表决通过，并报中国残疾人联合会审查同意。

第四十二条　本会终止前，须在中国残疾人联合会及有关机关指导下，成立清算组织，清理债权债务，处理善后事宜。清算期间，不开展清算以外的活动。

第四十三条　本会经民政部办理注销登记手续后即为终止。

第四十四条 本会终止后的剩余财产，在中国残疾人联合会和民政部的监督下，按照国家的有关规定，用于发展与本协会宗旨相关的事业。

第八章 附 则

第四十五条 本会会徽采用中国残疾人联合会会徽。

第四十六条 本章程经2018年9月15日第三届会员代表大会表决通过。

第四十七条 本章程的解释权属中国聋人协会委员会。

第四十八条 本章程自民政部核准之日起生效。

中国肢残人协会章程

2018年9月15日中国残疾人联合会
第七次全国代表大会肢残人代表会议通过

第一章 总 则

第一条 本会全称：中国肢残人协会，简称：中国肢协。英文全称：China Association of Persons with Physical Disabilities，英文简称：CAPPD。

第二条 本会是由全国肢残人和与肢残人工作有关的社会组织、企事业单位及个人自愿结成的全国性、联合性、非营利性社会团体，是肢残人的代表组织。

第三条 本会宗旨：在中国共产党领导下，在马克思列宁主义、毛泽东思想、邓小平理论、“三个代表”重要思想、科学发展观、习近平新时代中国特色社会主义思想指导下，坚持以人民为中心，弘扬人道主义思想，发展残疾人事业。代表肢残人共同利益，反映肢残人特殊需求，履行“代表、服务、维权”职能，为肢残人服务，维护肢残人合法权益，促进肢残人平等、充分参与社会生活，共享社会物质文化成果。

本会遵守宪法、法律、法规和国家政策践行社会主义核心价值观，遵守社会道德风尚。

第四条 本会根据中国共产党章程的规定，设立中国共产党的组织，开展党的活动，为党组织的活动提供必要条件。

第五条 本会接受业务主管单位中国残疾人联合会和社团登记管理机关民政部的业务领导和监督管理。

第六条 本会住所设在北京市。

第二章 业务范围

第七条 本会的业务范围：

（一）团结、引领肢残人“自尊、自信、自强、自立”，履行法定义务，为建设富强民主文明和谐美丽的社会主义现代化强国、实现中华民族伟大复兴的中国梦贡献力量；

（二）促进肢残人的康复、教育、劳动就业、扶贫、维权、社会保障和残疾预防工作，参与、举办有关肢残人的各类培训，开展有益于肢残人身心健康的群众性文化体育活动；

（三）推进无障碍环境的建设，推动肢残人辅助器具的开发与应用；对肢残人驾车等具有肢残人特色的工作提供咨询、建议、服务和监督；

（四）在肢残人中培养残疾人工作者；

（五）承办中国残疾人联合会委托的工作；

（六）代表中国肢残人参加国际活动，促进国际交流与合作。

第三章 会 员

第八条 本会的会员种类分为个人会员、单位会员。

第九条 加入本会的会员必须具备下列条件：

（一）拥护本会章程；

（二）有加入本会意愿；

（三）在本会业务领域内有一定影响；

（四）热心为肢残人提供服务，支持并积极参加本会活动的个人、社会组织、企事业单位。

第十条 会员入会的程序是：

（一）提交入会申请书；

（二）经委员会讨论通过；

（三）由委员会授权秘书处颁发会员证。

第十一条 会员享有下列权利：

（一）本会的选举权、被选举权和表决权；

（二）参加本会组织的活动；

（三）获得本会服务的优先权；

（四）对本会工作有批评权、建议权和监督权；

（五）入会自愿、退会自由。

第十二条 会员履行下列义务：

（一）遵守本会章程，执行本会决议；

（二）维护本会合法权益；

（三）完成本会交办的工作；

（四）肢残人个人会员免交会费，其他会员按规定交纳会费；

（五）向本会反映情况，提供有关资料。

第十三条 按规定缴纳会费的会员退会应书面通知本会，并交回会员证。如果一年不按规定交纳会费或不参加本会活动的，视为自动退会。

第十四条 会员如有严重违反本会章程的行为，经委员会表决通过，予以除名。

第四章 组织机构和负责人产生、罢免

第十五条 会员代表大会

本会的最高权力机构是会员代表大会，会员代表大会的职权是：

（一）制定和修改章程；

（二）选举和罢免委员会委员；在闭会期间，授权委员

会行使此职权，但调整的委员数不得超过总数的1/5；

（三）审议委员会的工作报告和财务报告，确定工作方针和任务；

（四）制定和修改会费标准；

（五）决定终止事宜；

（六）决定其他重大事项。

第十六条　会员代表大会须有2/3以上的会员代表出席方能召开，其决议须经到会会员代表半数以上表决通过方能生效。

第十七条　会员代表大会每届五年，与中国残疾人联合会全国代表大会同期举行。因特殊情况需提前或延期换届的，须由委员会表决通过，报中国残疾人联合会审查并经民政部批准，延期换届最长不超过一年。

第十八条　委员会

委员会是会员代表大会的执行机构，在闭会期间领导本会开展日常工作，对会员代表大会负责。

第十九条　委员会的职权是：

（一）执行会员代表大会的决议；

（二）决定名誉职务的设立和聘请；

（三）选举和罢免主席、副主席、秘书长；

（四）向中国残疾人联合会主席团提交年度工作报告；

（五）筹备召开会员代表大会；

（六）向会员代表大会提出本会章程修正案；

（七）向会员代表大会报告工作和财务状况；

（八）提出工作方针和任务，制定年度工作计划；

（九）决定会员的吸收和除名；

（十）决定办事机构、分支机构和实体机构的设立、变更和终止；

（十一）决定内设委员会等各机构主要负责人的聘任；

（十二）领导本会各机构开展工作；

（十三）制定内部管理制度；

（十四）决定本协会的标识；

（十五）决定其他重大事项。

第二十条　委员会会议须有2/3以上委员出席方能召开，其决议须经到会委员2/3以上表决通过方能生效。

第二十一条　委员会会议每年召开一次。情况特殊的，也可采用书面或通讯形式召开。

第二十二条　本会主席、副主席、秘书长必须具备下列条件：

（一）坚持党的路线、方针、政策、政治素质好，有较强的全局观念和工作能力；

（二）热爱残疾人事业，在肢残人中与本会业务领域内有较大的影响和威信；

（三）主席、副主席为肢残人，秘书长可为肢残人也可为热爱残疾人事业、愿意为肢残人奉献爱心的亲友或其他社会知名人士；

（四）主席最高任职年龄不超过70岁，副主席、秘书长最高任职年龄不超过65岁，秘书长为专职；

（五）能坚持本会正常工作；

（六）未受过剥夺政治权利的刑事处罚的；

（七）具有完全民事行为能力。

第二十三条　本会主席、副主席、秘书长如超过最高任职年龄的，须经委员会表决通过，报中国残疾人联合会审查并经民政部批准后，方可任职。

第二十四条　本会主席、副主席、秘书长任期五年，连任不得超过两届。因特殊情况需延长任期的，须经会员代表大会2/3以上的会员代表表决通过，报中国残疾人联合会审查并经民政部批准后，方可任职。

第二十五条　本会主席为法定代表人，法定代表人代表本会签署有关重要文件。

因特殊情况，经主席委托、委员会同意，报中国残疾人联合会审查并经民政部批准后，可以由副主席或秘书长担任法定代表人。

本会法定代表人不兼任其他团体的法定代表人。

第二十六条　本会主席行使下列职权：

（一）负责本会的全面工作，召集和主持委员会会议；

（二）检查会员代表大会、委员会决议的落实情况。

第二十七条　本会副主席、秘书长协助主席工作，秘书长行使下列职权：

（一）主持本会秘书处日常工作，组织实施年度工作计划；

（二）协调各分支机构 、实体机构开展工作；

（三）提名办事机构、实体机构主要负责人，交委员会决定；

（四）决定办事机构、分支机构和实体机构专职工作人员的聘用；

（五）处理其他日常事务。

第二十八条　办事机构

中国肢协委员会下设秘书处作为办事机构，承担本会日常工作。

第五章　资产管理、使用原则

第二十九条　本会经费来源：

（一）会费；

（二）捐赠；

（三）政府资助及中国残疾人联合会专项资金；

（四）在核准业务范围内开展活动和服务的收入；

（五）利息；

（六）其他合法收入。

第三十条　本会按照国家有关规定收取会员会费。

第三十一条　本会经费必须用于本章程规定的业务范围和事业的发展，不得在会员中分配。

第三十二条 本会建立严格的财务管理制度，保证会计资料合法、真实、准确、完整。

第三十三条 本会配备具有专业资格的会计人员，执行民间非营利组织会计制度。会计不得兼任出纳。会计人员必须进行会计核算，实行会计监督。会计人员调动工作或离职时，必须与接管人员办清交接手续。

第三十四条 本会的资产管理必须执行国家的财务管理规定，接受会员代表大会和财政部门的监督；同时接受中国残联专门协会项目评估和财务监审委员会的第三方独立评估和监督。资产来源属于国家拨款或者社会捐赠、资助的，必须接受审计机关的监督，并将有关情况以适当方式向社会公布。

第三十五条 本会换届或更换法定代表人之前，必须接受财务审计。

第三十六条 本会的资产，任何单位、个人不得侵占、私分和挪用。

第三十七条 本会的专职人员的工资和保险、福利待遇，参照国家对事业单位的有关规定执行。

第六章　章程的修改程序

第三十八条 本会章程的修改，须经委员会表决通过后报会员代表大会审议。

第三十九条 本会修改的章程，须在会员代表大会表决通过后 15 日内，报中国残疾人联合会审查，经同意，报民政部核准后生效。

第七章　终止程序及终止后的财产处理

第四十条 本会完成宗旨或自行解散或由于分立、合并等原因需要注销的，由委员会提出终止动议。

第四十一条 本会终止动议须经会员代表大会表决通过，并报中国残疾人联合会审查同意。

第四十二条 本会终止前，须在中国残疾人联合会及有关机关指导下，成立清算组织，清理债权债务，处理善后事宜。清算期间，不开展清算以外的活动。

第四十三条 本会经民政部办理注销登记手续后即为终止。

第四十四条 本会终止后的剩余财产，在中国残疾人联合会和民政部的监督下，按照国家的有关规定，用于发展与本协会宗旨相关的事业。

第八章　附　则

第四十五条 本会会徽采用中国残疾人联合会会徽。

第四十六条 本章程经 2018 年 9 月 15 日第三届会员代表大会表决通过。

第四十七条 本章程的解释权属中国肢残人协会委员会。

第四十八条 本章程自民政部核准之日起生效。

中国智力残疾人及亲友协会章程

2018 年 9 月 15 日中国残疾人联合会
第七次全国代表大会智力残疾人及亲友协会代表会议通过

第一章　总　则

第一条 本会全称：中国智力残疾人及亲友协会，简称：中国智协。英文全称：China Association of Persons with Intellectual Disabilities and Their Relatives，英文简称：CAPIDR。

第二条 本会是由全国智力残疾人及亲友和与智力残疾人工作有关的社会组织、企事业单位及个人自愿结成的全国性、联合性、非营利性社会团体，是智力残疾人及亲友的代表组织。

第三条 本会宗旨：在中国共产党领导下，在马克思列宁主义、毛泽东思想、邓小平理论、“三个代表”重要思想、科学发展观、习近平新时代中国特色社会主义思想指导下，坚持以人民为中心，弘扬人道主义思想，发展残疾人事业。代表智力残疾人共同利益，反映智力残疾人特殊需求，履行“代表、服务、维权”职能，为智力残疾人服务，维护智力残疾人合法权益，促进智力残疾人平等、充分参与社会生活，共享社会物质文化成果。

本会遵守宪法、法律、法规和国家政策，践行社会主义核心价值观，遵守社会道德风尚。

第四条 本会根据中国共产党章程的规定，设立中国共产党的组织，开展党的活动，为党组织的活动提供必要条件。

第五条 本会接受业务主管单位中国残疾人联合会和社团登记管理机关民政部的业务领导和监督管理。

第六条 本会住所设在北京市。

第二章　业务范围

第七条 本会的业务范围：

（一）团结、引领智力残疾人及亲友“自尊、自信、自强、自立”，履行法定义务，培养智力残疾人自己决定自己事情的能力，为建设富强民主文明和谐美丽的社会主义现代化强国、实现中华民族伟大复兴的中国梦贡献力量；

（二）促进智力残疾人的康复、医疗、教育、劳动就业、扶贫、维权、社会保障、信托保险和残疾预防工作，参与、举办有关智力残疾人及亲友的各类培训，倡导和开展科学知识的宣传普及、个性化的亲子启智活动、特奥活动及其他有益于智力残疾人身心健康的群众性文化体育活动；

（三）加强与特教、康复及托养服务等机构的沟通，做好智障儿童的早期疗育；开展调查研究，对智力残疾人工作的发展提供咨询、建议、服务和监督；

（四）在智力残疾人及亲友中培养、推荐残疾人工作者；

（五）承办中国残疾人联合会委托的工作；

（六）代表中国智力残疾人及亲友参加国际活动，促进国际交流与合作。

第三章 会 员

第八条 本会的会员种类分为个人会员、单位会员。

第九条 加入本会的会员必须具备下列条件：

（一）拥护本会章程；

（二）有加入本会意愿；

（三）在本会业务领域内有一定影响；

（四）热心为智力残疾人及亲友提供服务，支持并积极参加本会活动的个人、社会组织、企事业单位。

第十条 会员入会的程序是：

（一）提交入会申请书；

（二）经委员会讨论通过；

（三）由委员会授权秘书处颁发会员证。

第十一条 会员享有下列权利：

（一）本会的选举权、被选举权和表决权；

（二）参加本会组织的活动；

（三）获得本会服务的优先权；

（四）对本会工作有批评权、建议权和监督权；

（五）入会自愿、退会自由。

第十二条 会员履行下列义务：

（一）遵守本会章程，执行本会决议；

（二）维护本会合法权益；

（三）完成本会交办的工作；

（四）智力残疾人及亲友个人会员免交会费，其他会员按规定交纳会费；

（五）向本会反映情况，提供有关资料。

第十三条 按规定交纳会费的会员退会应书面通知本会，并交回会员证。如果一年不按规定交纳会费或不参加本会活动的，视为自动退会。

第十四条 会员如有严重违反本会章程的行为，经委员会表决通过，予以除名。

第四章 组织机构和负责人产生、罢免

第十五条 会员代表大会

本会的最高权力机构是会员代表大会，会员代表大会的职权是：

（一）制定和修改章程；

（二）选举和罢免委员会委员；在闭会期间，授权委员会行使此职权，但调整的委员数不得超过总数的1/5；

（三）审议委员会的工作报告和财务报告，确定工作方针和任务；

（四）制定和修改会费标准；

（五）决定终止事宜；

（六）决定其他重大事项。

第十六条 会员代表大会须有2/3以上的会员代表出席方能召开，其决议须经到会会员代表半数以上表决通过方能生效。

第十七条 会员代表大会每届五年，与中国残疾人联合会全国代表大会同期举行。因特殊情况需提前或延期换届的，须由委员会表决通过，报中国残疾人联合会审查并经民政部批准，延期换届最长不超过一年。

第十八条 委员会

委员会是会员代表大会的执行机构，在闭会期间领导本会开展日常工作，对会员代表大会负责。

第十九条 委员会的职权是：

（一）执行会员代表大会的决议；

（二）决定名誉职务的设立和聘请；

（三）选举和罢免主席、副主席、秘书长；

（四）向中国残疾人联合会主席团提交年度工作报告；

（五）筹备召开会员代表大会；

（六）向会员代表大会提出本会章程修正案；

（七）向会员代表大会报告工作和财务状况；

（八）提出工作方针和任务，制定年度工作计划；

（九）决定会员的吸收和除名；

（十）决定办事机构、分支机构和实体机构的设立、变更和终止；

（十一）决定内设委员会等各机构主要负责人的聘任；

（十二）领导本会各机构开展工作；

（十三）制定内部管理制度；

（十四）决定本会标识；

（十五）决定其他重大事项。

第二十条 委员会会议须有2/3以上委员出席方能召开，其决议须经到会委员2/3以上表决通过方能生效。

第二十一条 委员会会议每年召开一次。情况特殊的，也可采用书面或通讯形式召开。

第二十二条 本会主席、副主席、秘书长必须具备下列条件：

（一）坚持党的路线、方针、政策、政治素质好，有较强的全局观念和工作能力；

（二）热爱残疾人事业，在智力残疾人及亲友中与本会业务领域内有较大的影响和威信；

（三）主席、副主席为智力残疾人亲属，副主席视情况也可由本业务领域的专家担任。秘书长可为热爱残疾人事业、愿意为智力残疾人奉献爱心的亲友或其他社会知名人士。

（四）主席最高任职年龄不超过70岁，副主席、秘书长最高任职年龄不超过65岁，秘书长为专职；

（五）能坚持本会正常工作；

（六）未受过剥夺政治权利的刑事处罚的；

（七）具有完全民事行为能力。

第二十三条 本会主席、副主席、秘书长如超过最高任职年龄的，须经委员会表决通过，报中国残疾人联合会审查并经民政部批准后，方可任职。

第二十四条 本会主席、副主席、秘书长任期五年，连任不得超过两届。因特殊情况需延长任期的，须经会员代表大会2/3以上的会员代表表决通过，报中国残疾人联合会审查并经民政部批准后，方可任职。

第二十五条 本会主席为法定代表人，法定代表人代表本会签署有关重要文件。

因特殊情况，经主席委托、委员会同意，报中国残疾人联合会审查并经民政部批准后，可以由副主席或秘书长担任法定代表人。

本会法定代表人不兼任其他团体的法定代表人。

第二十六条 本会主席行使下列职权：

（一）负责本会的全面工作，召集和主持委员会会议；

（二）检查会员代表大会、委员会决议的落实情况。

第二十七条 本会副主席、秘书长协助主席工作，秘书长行使下列职权：

（一）主持本会秘书处日常工作，组织实施年度工作计划；

（二）协调各分支机构 、实体机构开展工作；

（三）提名办事机构、实体机构主要负责人，交委员会决定；

（四）决定办事机构、分支机构和实体机构专职工作人员的聘用；

（五）处理其他日常事务。

第二十八条 办事机构

中国智协委员会下设秘书处作为办事机构，承担本会日常工作。

第五章 资产管理、使用原则

第二十九条 本会经费来源：

（一）会费；

（二）捐赠；

（三）政府资助及中国残疾人联合会专项资金；

（四）在核准业务范围内开展活动和服务的收入；

（五）利息；

（六）其他合法收入。

第三十条 本会按照国家有关规定收取会员会费。

第三十一条 本会经费必须用于本章程规定的业务范围和事业的发展，不得在会员中分配。

第三十二条 本会建立严格的财务管理制度，保证会计资料合法、真实、准确、完整。

第三十三条 本会配备具有专业资格的会计人员，执行民间非营利组织会计制度。会计不得兼任出纳。会计人员必须进行会计核算，实行会计监督。会计人员调动工作或离职时，必须与接管人员办清交接手续。

第三十四条 本会的资产管理必须执行国家的财务管理规定，接受会员代表大会和财政部门的监督；同时接受中国残联专门协会项目评估和财务监审委员会的第三方独立评估和监督。资产来源属于国家拨款或者社会捐赠、资助的，必须接受审计机关的监督，并将有关情况以适当方式向社会公布。

第三十五条 本会换届或更换法定代表人之前，必须接受财务审计。

第三十六条 本会的资产，任何单位、个人不得侵占、私分和挪用。

第三十七条 本会的专职人员的工资和保险、福利待遇，参照国家对事业单位的有关规定执行。

第六章 章程的修改程序

第三十八条 本会章程的修改，须经委员会表决通过后报会员代表大会审议。

第三十九条 本会修改的章程，须在会员代表大会表决通过后15日内，报中国残疾人联合会审查，经同意，报民政部核准后生效。

第七章 终止程序及终止后的财产处理

第四十条 本会完成宗旨或自行解散或由于分立、合并等原因需要注销的，由委员会提出终止动议。

第四十一条 本会终止动议须经会员代表大会表决通过，并报中国残疾人联合会审查同意。

第四十二条 本会终止前，须在中国残疾人联合会及有关机关指导下，成立清算组织，清理债权债务，处理善后事宜。清算期间，不开展清算以外的活动。

第四十三条 本会经民政部办理注销登记手续后即为终止。

第四十四条 本会终止后的剩余财产，在中国残疾人联合会和民政部的监督下，按照国家的有关规定，用于发展与本协会宗旨相关的事业。

第八章 附 则

第四十五条 本会会徽采用中国残疾人联合会会徽。

第四十六条 本章程经2018年9月15日第三届会员代表大会表决通过。

第四十七条 本章程的解释权属中国智力残疾人及亲友协会委员会。

第四十八条 本章程自民政部核准之日起生效。

中国精神残疾人及亲友协会章程

2018年9月15日中国残疾人联合会
第七次全国代表大会精神残疾人及亲友协会代表会议通过

第一章 总 则

第一条 本会全称：中国精神残疾人及亲友协会，简称：中国精协。英文全称：China Association of Persons with Psychiatric Disabilities and Their Relatives，英文简称：CAPP-DR。

第二条 本会是由全国精神残疾人及亲友和与精神残疾人工作有关的社会组织、企事业单位及个人自愿结成的全国性、联合性、非营利性社会团体，是精神残疾人及亲友的代表组织。

第三条 本会宗旨：在中国共产党领导下，在马克思列宁主义、毛泽东思想、邓小平理论、“三个代表”重要思想、科学发展观、习近平新时代中国特色社会主义思想指导下，坚持以人民为中心，弘扬人道主义思想，发展残疾人事业。代表精神残疾人共同利益，反映精神残疾人特殊需求，履行“代表、服务、维权”职能，为精神残疾人服务，维护精神残疾人合法权益，促进精神残疾人平等、充分参与社会生活，共享社会物质文化成果。

本会遵守宪法、法律、法规和国家政策，践行社会主义核心价值观，遵守社会道德风尚。

第四条 本会根据中国共产党章程的规定，设立中国共产党的组织，开展党的活动，为党组织的活动提供必要条件。

第五条 本会接受业务主管单位中国残疾人联合会和社团登记管理机关民政部的业务领导和监督管理。

第六条 本会住所设在北京市。

第二章 业务范围

第七条 本会的业务范围：

（一）团结、引领精神残疾人及亲友“自尊、自信、自强、自立”，履行法定义务，为建设富强民主文明和谐美丽的社会主义现代化强国、实现中华民族伟大复兴的中国梦贡献力量；

（二）促进精神残疾人的康复、教育、劳动就业、扶贫、维权、社会保障及残疾预防等工作，参与、举办有关精神残疾人及亲友的各类培训，倡导和开展科学知识的宣传及其他有益于精神残疾人身心健康的群众性文化体育活动；

（三）加强与精神卫生及相关服务机构的沟通，做好孤独症等各类儿童期精神障碍的早期疗育及生命全程的相关服务；开展调查研究，对精神残疾人工作的发展提供咨询、建议、服务和监督；

（四）在精神残疾康复者及亲友中培养、推荐残疾人工作者；

（五）承办中国残疾人联合会委托的工作；

（六）代表中国精神残疾人及亲友参加国际活动，促进国际交流与合作。

第三章 会 员

第八条 本会的会员种类分为个人会员、单位会员。

第九条 加入本会的会员必须具备下列条件：

（一）拥护本会章程；

（二）有加入本会意愿；

（三）在本会业务领域内有一定影响；

（四）热心为精神残疾人及亲友提供服务，支持并积极参加本会活动的个人、社会组织、企事业单位。

第十条 会员入会的程序是：

（一）提交入会申请书；

（二）经委员会讨论通过；

（三）由委员会授权秘书处颁发会员证。

第十一条 会员享有下列权利：

（一）本会的选举权、被选举权和表决权；

（二）参加本会组织的活动；

（三）获得本会服务的优先权；

（四）对本会工作有批评权、建议权和监督权；

（五）入会自愿、退会自由。

第十二条 会员履行下列义务：

（一）遵守本会章程，执行本会决议；

（二）维护本会合法权益；

（三）完成本会交办的工作；

（四）精神残疾人及亲友个人会员免交会费，其他会员按规定交纳会费；

（五）向本会反映情况，提供有关资料。

第十三条 按规定交纳会费的会员退会应书面通知本会，并交回会员证。如果一年不按规定交纳会费或不参加本会活动的，视为自动退会。

第十四条 会员如有严重违反本会章程的行为，经委员会表决通过，予以除名。

第四章 组织机构和负责人产生、罢免

第十五条 会员代表大会

本会的最高权力机构是会员代表大会，会员代表大会的职权是：

（一）制定和修改章程；

（二）选举和罢免委员会委员；在闭会期间，授权委员会行使此职权，但调整的委员数不得超过总数的1/5；

（三）审议委员会的工作报告和财务报告，确定工作方针和任务；

（四）制定和修改会费标准；

（五）决定终止事宜；

（六）决定其他重大事项。

第十六条 会员代表大会须有 2/3 以上的会员代表出席方能召开，其决议须经到会会员代表半数以上表决通过方能生效。

第十七条 会员代表大会每届五年，与中国残疾人联合会全国代表大会同期举行。因特殊情况需提前或延期换届的，须由委员会表决通过，报中国残疾人联合会审查并经民政部批准，延期换届最长不超过一年。

第十八条 委员会

委员会是会员代表大会的执行机构，在闭会期间领导本会开展日常工作，对会员代表大会负责。

第十九条 委员会的职权是：

（一）执行会员代表大会的决议；

（二）决定名誉职务的设立和聘请；

（三）选举和罢免主席、副主席、秘书长；

（四）向中国残疾人联合会主席团提交年度工作报告；

（五）筹备召开会员代表大会；

（六）向会员代表大会提出本会章程修正案；

（七）向会员代表大会报告工作和财务状况；

（八）提出工作方针和任务，制定年度工作计划；

（九）决定会员的吸收和除名；

（十）决定办事机构、分支机构和实体机构的设立、变更和终止；

（十一）决定内设委员会等各机构主要负责人的聘任；

（十二）领导本会各机构开展工作；

（十三）制定内部管理制度；

（十四）决定本会的活动标识；

（十五）决定其他重大事项。

第二十条 委员会会议须有 2/3 以上委员出席方能召开，其决议须经到会委员 2/3 以上表决通过方能生效。

第二十一条 委员会会议每年召开一次。情况特殊的，也可采用书面或通讯形式召开。

第二十二条 本会主席、副主席、秘书长必须具备下列条件：

（一）坚持党的路线、方针、政策，政治素质好，有较强的全局观念和工作能力；

（二）热爱残疾人事业，在精神残疾人及亲友中与本会业务领域内有较大的影响和威信；

（三）主席、副主席为精神残疾人亲属，副主席视情况也可由本业务领域的专家担任；秘书长可为热爱残疾人事业、愿意为精神残疾人奉献爱心的亲友或其他社会知名人士；

（四）主席最高任职年龄不超过 70 岁，副主席、秘书长最高任职年龄不超过 65 岁，秘书长为专职；

（五）能坚持本会正常工作；

（六）未受过剥夺政治权利的刑事处罚的；

（七）具有完全民事行为能力。

第二十三条 本会主席、副主席、秘书长如超过最高任职年龄的，须经委员会表决通过，报中国残疾人联合会审查并经民政部批准后，方可任职。

第二十四条 本会主席、副主席、秘书长任期五年，连任不得超过两届。因特殊情况需延长任期的，须经会员代表大会 2/3 以上的会员代表表决通过，报中国残疾人联合会审查并经民政部批准后，方可任职。

第二十五条 本会主席为法定代表人，法定代表人代表本会签署有关重要文件。

因特殊情况，经主席委托、委员会同意，报中国残疾人联合会审查并经民政部批准后，可由副主席或秘书长担任法定代表人。

本会法定代表人不兼任其他团体的法定代表人。

第二十六条 本会主席行使下列职权：

（一）负责本会的全面工作，召集和主持委员会会议；

（二）检查会员代表大会、委员会决议的落实情况。

第二十七条 本会副主席、秘书长协助主席工作，秘书长行使下列职权：

（一）主持本会秘书处日常工作，组织实施年度工作计划；

（二）协调各分支机构、实体机构开展工作；

（三）提名办事机构、实体机构主要负责人，交委员会决定；

（四）决定办事机构、分支机构和实体机构专职工作人员的聘用；

（五）处理其他日常事务。

第二十八条 办事机构

中国精协委员会下设秘书处作为办事机构，承担本会日常工作。

第五章 资产管理、使用原则

第二十九条 本会经费来源：

（一）会费；

（二）捐赠；

（三）政府资助及中国残疾人联合会专项资金；

（四）在核准业务范围内开展活动和服务的收入；

（五）利息；

（六）其他合法收入。

第三十条 本会按照国家有关规定收取会员会费。

第三十一条 本会经费必须用于本章程规定的业务范围和事业的发展，不得在会员中分配。

第三十二条 本会建立严格的财务管理制度，保证会计资料合法、真实、准确、完整。

第三十三条 本会配备具有专业资格的会计人员，执行民间非营利组织会计制度。会计不得兼任出纳。会计人员必须进行会计核算，实行会计监督。会计人员调动工作或离职时，必须与接管人员办清交接手续。

第三十四条 本会的资产管理必须执行国家的财务管理规定，接受会员代表大会和财政部门的监督；同时接受中国残联专门协会项目评估和财务监审委员会的第三方独立评估和监督。资产来源属于国家拨款或者社会捐赠、资助的，必须接受审计机关的监督，并将有关情况以适当方式向社会公布。

第三十五条 本会换届或更换法定代表人之前，必须接受财务审计。

第三十六条 本会的资产，任何单位、个人不得侵占、私分和挪用。

第三十七条 本会的专职人员的工资和保险、福利待遇，参照国家对事业单位的有关规定执行。

第六章 章程的修改程序

第三十八条 本会章程的修改，须经委员会表决通过后报会员代表大会审议。

第三十九条 本会修改的章程，须在会员代表大会表决通过后15日内，报中国残疾人联合会审查，经同意，报民政部核准后生效。

第七章 终止程序及终止后的财产处理

第四十条 本会完成宗旨或自行解散或由于分立、合并等原因需要注销的，由委员会提出终止动议。

第四十一条 本会终止动议须经会员代表大会表决通过，并报中国残疾人联合会审查同意。

第四十二条 本会终止前，须在中国残疾人联合会及有关机关指导下，成立清算组织，清理债权债务，处理善后事宜。清算期间，不开展清算以外的活动。

第四十三条 本会经民政部办理注销登记手续后即为终止。

第四十四条 本会终止后的剩余财产，在中国残疾人联合会和民政部的监督下，按照国家的有关规定，用于发展与本协会宗旨相关的事业。

第八章 附 则

第四十五条 本会会徽采用中国残疾人联合会会徽。

第四十六条 本章程经2018年9月15日第三届会员代表大会表决通过。

第四十七条 本章程的解释权属中国精神残疾人及亲友协会委员会。

第四十八条 本章程自民政部核准之日起生效。

关于中国残联各专门协会章程（修正案）（草案）的说明

中国残联第六次全国代表大会各类别残疾人代表会议通过的各专门协会章程，为保证和规范专门协会工作起到了重要的作用。为顺应新时期残疾人事业发展和实际工作的需要，有必要对各专门协会章程做出相应修改，使之与时俱进，更好地指导今后五年乃至更长一段时期的专门协会工作。为此，2017年6月，各专门协会章程与中国残联章程同时启动了修改工作。经过广泛征求各方面意见，并充分吸纳民政部社会组织管理局的预审修改意见和中国残联章程的修正内容，形成了各专门协会章程（修正案）（草案）。现就有关情况说明如下。

一、专门协会章程修改的必要性

（一）遵循党中央、国务院对残疾人事业的新部署和关于加强社会建设、强化社会治理的新要求。五年以来，以习近平同志为核心的党中央高度重视残疾人事业发展。习近平总书记强调“残疾人是一个特殊困难的群体，需要格外关心、格外关注”“全面建成小康社会，残疾人一个也不能少”。党的十九大和中央党的群团工作会议等都对残疾人事业提出了新的部署。与此同时，党的十八大、十九大对加强社会建设、强化社会治理提出了系列新要求，先后制定出台了《关于加强社会组织党的建设工作的意见（试行）》《关于改革社会组织管理制度 促进社会组织健康有序发展的意见》《关于在社会组织章程增加党的建设和社会主义核心价值观有关内容的通知》等具体政策文件，为专门协会章程修改提供了新的遵循。按照党的新时期残疾人事业和加强社会建设、强化社会治理的新要求，结合实际工作需要，对各专门协会章程进行必要的修改，有利于促进专门协会更加健康有序可持续发展。

（二）专门协会章程修改是历次中国残联代表大会各类别代表会议的惯例。历次中国残联代表大会各类别代表会议都对专门协会章程进行了部分条文的修改。1988年3月，中国残联第一次代表大会各类别代表会议分别产生了中国盲人协会章程、中国聋人协会章程和中国肢残人协会章程；1993年10月，二代会各类别代表会议产生了中国智力残疾人亲友会章程和中国精神残疾人亲友会章程；1998年10月，三代会各类别代表会议把专门协会宗旨写入专门协会章程总则、增加协会委员会等内容；2003年9月，四代会各类别代表会议专门协会章程修改中明确了专门协会委员会职权、增设名誉主席和秘书处、将“智力残疾人亲友会”和“精神残疾人亲友会”更名为“智力残疾人及亲友协会”和“精神残疾人及亲友协会”等；2008年9月，五代会各类别代表会议依据社团法人章程格式对专门协会章程在形式和内容方面均做了较大修改，职能定位为“代表、服务、维权”，建立了社团法人章程专门协会的组织框架；2013 年 9 月，六代会各类别代表会议对专门协会的性质、业务范围、会员、组织机构等进行了修改，突出了“社会团体”定位，进一步规范了财务管理，为保证和规范社团法人的专门协会工作起到了重要的作用。

（三）专门协会工作探索新经验需要及时吸纳到各协会章程中。五年来，各专门协会努力探索法人治理模式，积极推动转型升级，取得的经验和探索的模式非常宝贵，有必要及时吸纳到新修正的章程中，以推动各协会更健康有序发展。

二、指导思想和基本原则

指导思想：全面贯彻习近平新时代中国特色社会主义思想和党的十九大精神，认真落实以习近平同志为核心的党中央关于残疾人事业新要求、中央党的群团改革精神和中国残联改革方案部署，坚持党的领导，践行“以人民为中心”的发展思想，围绕“强三性、去四化”目标，及时总结中国残疾人事业发展宝贵经验，更好发挥残联和专门协会组织桥梁纽带作用，加快推进残疾人小康进程。

基本原则：一是坚持党的领导和落实国家加强社团建设相关精神的原则；二是坚持围绕残联整体工作部署和中国残联章程修改要求的原则；三是坚持稳步推进、适当调整，“把广大残疾人有普遍要求且实践证明是成熟的内容写入章程”的原则。

三、专门协会章程修改的简要过程和意见建议汇总

（一）关于专门协会章程修改的简要过程。按照中国残联的统一部署，专门协会章程修改从 2017 年 6 月开始正式启动，各专门协会就本协会章程的修改通过召开全委会、业务会议或培训班等多种方式征求意见，分别于 2017 年年底和 2018 年上半年分两轮征询本协会全体委员的意见建议；借助 2017 年 9 月全国省级专门协会主席和助残社会组织负责人培训班、2017 年底组联工作会议，以及 2018 年前三次专门协会季度会议等契机，广泛征求全国残联系统、专门协会、助残社会组织的意见建议。在此基础上，经多次修改，并报中国残联党组审议和民政部主管部门预审；在吸纳党组意见和民政部社会组织管理局意见后，同时根据中国残疾人联合会章程（修正案）（草案）的修改意见，形成了目前的章程（修正案）（草案）。

（二）修改的主要内容。

1. 为贯彻落实习近平新时代中国特色社会主义思想和党的十九大精神，在第一章第三条增加“在中国共产党领导下，在马克思列宁主义、毛泽东思想、邓小平理论、‘三个代表’重要思想、科学发展观、习近平新时代中国特色社会主义思想指导下，坚持以人民为中心”；增加“履行‘代表、服务、维权’职能”。

将第二章第七条的“为构建和谐社会贡献力量”改为“为建设富强民主文明和谐美丽的社会主义现代化强国、实现中华民族伟大复兴的中国梦贡献力量”。

2. 为进一步加强专门协会的党建工作，传导正确的价值观，将第一章第三条将社会道德规范相关内容修改为“践行社会主义核心价值观，遵守社会道德风尚”；增加第四条“本会根据中国共产党章程的规定，设立中国共产党的组织，开展党的活动，为党组织的活动提供必要条件。”

3. 为进一步加强专门协会组织建设，体现本类别残疾人的主体地位，在第四章第二十二条中增加“（三）主席、副主席为盲人（注：盲协、聋协、肢协须为本类别残疾人，智协和精协主席、副主席为亲属，副主席视情况也可为专家），秘书长可为盲人，也可为热爱残疾人事业、愿意为盲人奉献爱心的亲友或其他社会知名人士”（注：以盲协为例）。

在第四章第二十五条“可由秘书长担任法定代表人”调整为“可由副主席或秘书长担任法定代表人”。

5. 为提升专门协会社会公信力，在第五章第三十四条中增加“同时接受中国残联专门协会项目评估和财务监审委员会的第三方独立评估和监督”。

6. 专门协会章程（修正案）（草案）对其他有关提法和文字进行了规范。

7. 专门协会章程（修正案）（草案）共修改 54 处，其中删除内容 30 处，增加内容共有 24 处。

关于通过《中国盲人协会章程（修正案）》的决议

2018 年 9 月 15 日

中国残联第七次全国代表大会盲人代表会议通过

经中国残疾人联合会第七次全国代表大会盲人代表会议暨中国盲协第四次会员代表大会审议，一致通过中国盲人协会第六届委员会第六次全体会议提交的《中国盲人协会章程（修正案）》。

会议认为，中国盲协章程（修正案）是在认真总结专门协会工作经验，经过认真研究、广泛征求意见的基础上形成的，符合国家对强化社会治理和发挥社会组织作用的要求，符合残疾人事业和专门协会发展的客观趋势，符合中国残联章程规定和专门协会工作实际。修改后的中国盲协章程必将促进中国盲协工作取得更大发展。

会议要求，中国盲协要深入贯彻习近平新时代中国特色社会主义思想和党的十九大精神，在中国残联的领导下，严格按照中国盲协章程规定，继续探索法人治理模式，加快推进转型升级，不断提升整体实力，全面提高为残疾人服务的能力与水平，以更开放、更积极的姿态融入社会；同时积极

团结引领各级盲协和广大助残社会组织，形成合力加快推进残疾人小康进程，为促进广大盲人朋友全面发展和共同富裕而努力奋斗。

关于通过《中国聋人协会章程（修正案）》的决议

2018 年 9 月 15 日
中国残联第七次全国代表大会聋人代表会议通过

经中国残疾人联合会第七次全国代表大会聋人代表会议暨中国聋协第三次会员代表大会审议，一致通过中国聋人协会第六届委员会第六次全体会议提交的《中国聋人协会章程（修正案）》。

会议认为，中国聋协章程（修正案）是在认真总结专门协会工作经验，经过认真研究、广泛征求意见的基础上形成的，符合国家对强化社会治理和发挥社会组织作用的要求，符合残疾人事业和专门协会发展的客观趋势，符合中国残联章程规定和专门协会工作实际。修改后的中国聋协章程必将促进中国聋协工作取得更大发展。

会议要求，中国聋协要深入贯彻习近平新时代中国特色社会主义思想和党的十九大精神，在中国残联的领导下，严格按照中国聋协章程规定，继续探索法人治理模式，加快推进转型升级，不断提升整体实力，全面提高为残疾人服务的能力与水平，以更开放、更积极的姿态融入社会；同时积极团结引领各级聋协和广大助残社会组织，形成合力加快推进残疾人小康进程，为促进广大聋人朋友全面发展和共同富裕而努力奋斗。

关于通过《中国肢残人协会章程（修正案）》的决议

2018 年 9 月 15 日
中国残联第七次全国代表大会肢残人代表会议通过

经中国残疾人联合会第七次全国代表大会肢残人代表会议暨中国肢协第三次会员代表大会审议，一致通过中国肢残人协会第六届委员会第六次全体会议提交的《中国肢残人协会章程（修正案）》。

会议认为，中国肢协章程（修正案）是在认真总结专门协会工作经验，经过认真研究、广泛征求意见的基础上形成的，符合国家对强化社会治理和发挥社会组织作用的要求，符合残疾人事业和专门协会发展的客观趋势，符合中国残联章程规定和专门协会工作实际。修改后的中国肢协章程必将促进中国肢协工作取得更大发展。

会议要求，中国肢协要深入贯彻习近平新时代中国特色社会主义思想和党的十九大精神，在中国残联的领导下，严格按照中国肢协章程规定，继续探索法人治理模式，加快推进转型升级，不断提升整体实力，全面提高为残疾人服务的能力与水平，以更开放、更积极的姿态融入社会；同时积极团结引领各级肢协和广大助残社会组织，形成合力加快推进残疾人小康进程，为促进广大肢残人朋友全面发展和共同富裕而努力奋斗。

关于通过《中国智力残疾人及亲友协会章程（修正案）》的决议

2018 年 9 月 15 日
中国残联第七次全国代表大会
智力残疾人及亲友代表会议通过

经中国残疾人联合会第七次全国代表大会智力残疾人及亲友代表会议暨中国智协第三次会员代表大会审议，一致通过中国智力残疾人及亲友协会第六届委员会第六次全体会议提交的《中国智力残疾人及亲友协会章程（修正案）》。

会议认为，中国智协章程（修正案）是在认真总结专门协会工作经验，经过认真研究、广泛征求意见的基础上形成的，符合国家对强化社会治理和发挥社会组织作用的要求，符合残疾人事业和专门协会发展的客观趋势，符合中国残联章程规定和专门协会工作实际。修改后的中国智协章程必将促进中国智协工作取得更大发展。

会议要求，中国智协要深入贯彻习近平新时代中国特色社会主义思想和党的十九大精神，在中国残联的领导下，严格按照中国智协章程规定，继续探索法人治理模式，加快推进转型升级，不断提升整体实力，全面提高为残疾人服务的能力与水平，以更开放、更积极的姿态融入社会；同时积极团结引领各级智协和广大助残社会组织，形成合力加快推进残疾人小康进程，为促进广大智力残疾人及亲友全面发展和共同富裕而努力奋斗。

关于通过《中国精神残疾人及亲友协会章程（修正案）》的决议

2018 年 9 月 15 日
中国残联第七次全国代表大会
精神残疾人及亲友代表会议通过

经中国残疾人联合会第七次全国代表大会精神残疾人及亲友代表会议暨中国精协第三次会员代表大会审议，一致通过中国精神残疾人及亲友协会第六届委员会第六次全体会议提交的《中国精神残疾人及亲友协会章程（修正案）》。

会议认为，中国精协章程（修正案）是在认真总结专门协会工作经验，经过认真研究、广泛征求意见的基础上形成的，符合国家对强化社会治理和发挥社会组织作用的要求，符合残疾人事业和专门协会发展的客观趋势，符合中国残联章程规定和专门协会工作实际。修改后的中国精协章程必将促进中国精协工作取得更大发展。

会议要求，中国精协要深入贯彻习近平新时代中国特色社会主义思想和党的十九大精神，在中国残联的领导下，严格按照中国精协章程规定，继续探索法人治理模式，加快推进转型升级，不断提升整体实力，全面提高为残疾人服务的能力与水平，以更开放、更积极的姿态融入社会；同时积极团结引领各级精协和广大助残社会组织，形成合力加快推进残疾人小康进程，为促进广大精神残疾人全面发展和共同富裕而努力奋斗。

中国盲人协会
第七届委员会主席、副主席

主　席　李庆忠

副主席　崔健　王永澄　汤建泉　封红年

中国聋人协会
第七届委员会主席、副主席

主　席　杨洋（女）

副主席　范宜涛　孔军强　张江（女）　尹平　徐聪

中国肢残人协会
第七届委员会主席、副主席

主　席　王建军

副主席　孙建博　张银良　赵学良　杨燕（女）　汪凯燕

中国智力残疾人及亲友协会
第七届委员会主席、副主席

主　席　胡斌

副主席　张晓成　沈冬梅（女）　胡艳苹（女）　张世军　付振海

中国精神残疾人及亲友协会
第七届委员会主席、副主席

主　席　温洪（女）

副主席　林勇强　郑毅　郭德华　王向前　赵新玲（女）

附录一

关于召开中国残疾人联合会第七次全国代表大会的决议

2018 年 9 月 13 日

中国残疾人联合会第六届主席团第六次全体会议通过

中国残疾人联合会第六届主席团第六次全体会议于 2018 年 9 月 13 日在北京举行。出席会议的主席团委员 141 名。主席团主席张海迪同志主持会议。有关同志列席了会议。

会议听取了关于中国残疾人联合会第七次全国代表大会筹备情况的报告，审议通过了第六届主席团向代表大会提交的报告、《中国残疾人联合会章程（修正案）（草案）》及其他有关事项。

会议认为，五年来，在以习近平同志为核心的党中央高度重视和关怀下，在社会各界的大力支持下，在广大残疾人和残疾人工作者的共同努力下，我国残疾人事业发展迈上新台阶、取得历史性新成就。人道主义精神不断发扬，现代文明社会的残疾人观深入人心。残疾人民生加快改善，获得感和幸福指数显著提高；残疾人自强不息，精神面貌发生深刻变化；残疾人权益保障的法规和制度更加完善；残疾人事业发展环境持续优化；中国残疾人事业国际影响力不断扩大，开展了更广泛的国际交流合作；各级残联落实全面从严治党各项工作，党的建设和自身建设显著加强。中国残疾人联合会第六次全国代表大会确定的目标任务圆满完成。

会议认为，经过充分准备，召开中国残疾人联合会第七次全国代表大会的条件已经成熟。会议决定，2018 年 9 月 14 日至 16 日在北京召开中国残疾人联合会第七次全国代表大会，提请代表大会审议第六届主席团报告和《中国残疾人联合会章程（修正案）》，提请代表大会预备会议审议中国残疾人联合会第七次全国代表大会执行委员会建议名单、代表资格审查小组建议名单。

附录二

中国残疾人联合会第七次全国代表大会主要议程

2018 年 9 月 13 日

中国残疾人联合会第七次全国代表大会预备会议通过

一、审议通过中国残疾人联合会第六届主席团报告

二、审议通过《中国残疾人联合会章程（修正案）》

三、选举中国残疾人联合会第七届主席团

附录三

中国残疾人联合会第七次全国代表大会执行委员会

2018 年 9 月 13 日

中国残疾人联合会第七次全国代表大会预备会议通过

（22 人，按姓氏笔画为序）

王乃坤（女）　王建军　王梅梅（女）　王新宪　吕世明　刘再军　刘德培　孙先德　李庆忠　杨洋（女）　沙马友古　张伟　张海迪（女）　陈国民　周长奎　胡斌　相自成　侯晶晶（女）　贾勇　黄悦勤（女）　程凯　温洪（女）

秘 书 长　周长奎（兼）

副秘书长　孙先德（兼）吕世明（兼）

附录四

中国残疾人联合会
第七次全国代表大会
代表资格审查小组

2018 年 9 月 13 日

中国残疾人联合会第七次全国代表大会预备会议通过

组　长　吕世明（肢）

副组长　曹跃进　陈媛（女）

成　员　李庆忠（盲）　杨洋（聋，女）　王建军（肢）
张宝林（智）　温洪（精，女）　张超英（女）
常征　周国栋　李藜（女）　刘建兴（女，白族）
赵振川

附录五

中国残疾人联合会
第七次全国代表大会选举办法

2018 年 9 月 15 日中国残疾人联合会
第七次全国代表大会第二次全体会议通过

根据《中国残疾人联合会章程》规定，制定本办法。

一、中国残疾人联合会第七届主席团由第七次全国代表大会选举产生。大会选举工作由大会执行委员会领导。

二、中国残疾人联合会第七届主席团选举采取等额无记名投票的方式进行。正式代表有选举权和被选举权。特邀代表和列席代表均不参加选举。参选代表必须超过应到代表的半数方可进行选举。候选人须获得参选代表半数以上的赞成票才能当选。

三、中国残疾人联合会第七届主席团由 130 名委员组成，每张选票所选人数等于或少于 130 名为有效票，超过为废票。

四、大会选举采用汉文和盲文两种选票，盲人代表可根据本人意愿，选择其一。

五、参选代表对选票上的候选人可以表示赞成，也可以表示不赞成或者弃权。

汉文的写票方法为：赞成的不在选票上做任何标识。不赞成的在选票姓名左方的空格内划“×”；如果另选他人，在选票的“另选人”格内填上所选人的姓名，姓名左方的空格内不做任何标识。弃权的在选票姓名左方的空格内划“△”，不得另选他人。选票写票一律使用会议发的专用笔书写。

盲文选票的写票方法为：赞成的不写任何盲字；不赞成、另选他人或者弃权，均在选票后面的空白纸上直接用盲文书写，“不同意×××”，“另选×××”或“对×××弃权”。不懂现行盲文或不能自己书写的其他代表，可委托自己信赖的人代写选票。

六、选举工作设总监票人 1 名、监票人 14 名，总计票人 1 名、计票人 14 名（其中包括懂盲文的计票人 2 名），负责选举的具体事宜。总监票人、监票人由大会执行委员会提名，代表大会通过；总计票人、计票人由大会秘书处确定，在总监票人的领导、监票人的监督下开展工作。

七、选举会场共设 6 个票箱，分别放在 6 个设定的选区前，其中 6 号票箱为流动票箱。参选代表分别按选区和规定路线到本选区票箱投票；使用盲文选票的代表集中坐在同一选区内，由计票人和监票人送流动票箱投票。

八、投票结束后，当场打开票箱，清查票数。收回的选票等于或少于发出的选票，选举有效；收回的选票多于发出的选票，选举无效，重新进行选举。

九、由总监票人宣布选举结果。

十、本选举办法，由中国残联第七次全国代表大会全体正式代表分组酝酿讨论，经大会通过后生效。

附录六

插上腾飞的翅膀

——写在中国残联第七次全国代表大会开幕之际

《人民日报》　潘跃　2018 年 9 月 14 日

目前，残疾人城乡居民养老保险参保率超过 80%、基本医疗保险参保率达 96%。2017 年全国残疾人基本康复服务覆盖率达到 65%。初步形成了残疾人基本民生安全网制度安排。

到 2017 年底，全国有特教学校 2107 所、在校生 57.9 万人，视力、听力和智力三类残疾儿童少年义务教育入学率达 90% 以上。

完善残疾人就业扶持政策措施，新增 100 多万城镇残疾人就业。全国 942.1 万名残疾人实现了各种形式的就业。

……

青山为凭，绿水为证。这一组组数据，体现了党和政府对残疾人群体的关怀。一件件惠残政策落地、一次次助残行动开展，过去的 5 年是残疾人得到实惠最多的 5 年。

齐心共筑“脱贫梦”

帮助贫困残疾人拔穷根、摘穷帽，越来越多的贫困残疾人的生活得到了基本保障。

胖乎乎的蚕宝宝，彻底改变了赖运升的生活轨迹。

住广西壮族自治区南宁市邕宁区那楼镇中山村的赖运升，10 多年前因被砍倒的树砸中，成了三级残疾，干不了重活，几度尝试谋个营生却都以失败告终，始终是村里的贫困户。

2016 年起，在邕宁区残联的帮助和指导下，依靠养蚕，赖运升不仅盖起了两层小楼，还成了村里有名的养蚕专家。

过去5年，我国有500多万贫困残疾人摆脱了绝对贫困，900多万贫困残疾人有了最低生活保障，其中260多万成年无业重度残疾人作为单人户纳入低保，近百万特困残疾人得到救助。同时，残疾人基本公共服务纳入国家基本公共服务体系，2000多万人次残疾人得到康复服务，400多万人次残疾人得到托养照料服务。

“不愁吃，不愁穿”，生活还得更便利。5年来，各级残联大力推进城乡残疾人无障碍环境建设，先后制定修订9项无障碍环境建设国家标准和行业标准，出台支持残疾人信息消费、改善残疾人出行服务以及民航、金融、邮政等行业12项无障碍政策措施，全国211万残疾人家庭得到无障碍改造。

政策先行，更为众多残疾人及家庭摆脱贫困提供制度保障。5年来，民法总则等多部法律法规注重维护残疾人的平等权利，《残疾预防和残疾人康复条例》颁布，《残疾人教育条例》修订，《关于全面建立困难残疾人生活补贴和重度残疾人护理补贴制度的意见》《关于建立残疾儿童康复救助制度的意见》等一系列政策制定。保障残疾人权益的制度基石牢牢筑起。此外，12385残疾人服务热线和法律救助网络系统也开通了。到2017年底，全国建成残疾人法律救助协调机构1987个、法律救助工作站1746个。

暖心带来“幸福梦”

努力让残疾人过上更有尊严、更加幸福的生活，让残疾人共享人生出彩的机会。

双手扶起做完按摩治疗的老人，嘴里不停强调日常康复注意事项，耳边传来声声感谢。这是青海仁和按摩康复医院盲人按摩师刘佳的日常工作场景。

作为青海省残联搭建就业平台的重要组成部分，在这所医院，盲人按摩师还有20多位。“虽然看不到老人竖起的大拇指，但对方感激的语气总让我特别有劲儿。”刘佳说。

就业是民生之本，也是残疾人的基本权益。5年来，各级残联扶持100多万残疾人实现了各种形式的就业。中国残联推动有关部委，相继出台了关于促进残疾人按比例就业的意见等政策；组织开展残疾人职业技能竞赛活动，抓实残疾人职业技能培训；规范各级残疾人就业服务机构建设，搭建并正式开通了全国残疾人就业创业网络服务平台。

中国残联数据显示，过去5年，残疾人教育事业加快发展，从2015年到2017年，我国共有2.89万名残疾学生通过普通高考被普通高校录取；视力、听力、智力三类残疾儿童少年义务教育入学率超过90%，残疾学生随班就读的比例超过50%。

努力实现残疾人“人人享有康复服务”的目标，初步建成了以康复机构为骨干、社区康复为基础、残疾人家庭为依托的残疾人康复服务网络，服务覆盖率达到65%。

此外，自2018年7月1日起，《国家通用手语常用词表》和《国家通用盲文方案》作为语言文字规范正式实施，从此我国聋人有了“普通话”，盲人有了“规范字”。

精心编织“七彩梦”

过去5年，和残疾人相关的各类活动丰富多彩。

参加体育活动是残疾人的基本权利，更是残疾人康复健身、改善身体机能、平等参与社会生活、实现自身价值的重要途径。体育运动有助于激发残疾人的勇气，展示残疾人的才华，增强残疾人的信心；有助于残疾人突破心理上的障碍，塑造健全的精神。中国残疾人代表团实现了残奥会金牌榜和奖牌榜四连冠，在平昌冬残奥会上实现了金牌零的突破。此外，第九届全国残疾人运动会暨第六届特奥运动会成功举办。

残疾人健康向上的风采不断彰显。全国助残日、残疾预防日、志愿助残阳光行动、“集善工程”等活动纷纷开展，让残疾人的精神生活更加充实，人道主义思想更加深入人心。中国残疾人代表团参加第九届国际残疾人职业技能竞赛，金牌总数和奖牌总数超过往届，展现了残疾人的卓越技能和工匠精神。

我国残疾人事业的国际交流合作打开了新局面。推动将残疾人事务纳入联合国2030年可持续发展议程，联合国在成立70周年之际与我国共同发布残疾人主题邮票纪念版张。成功举办亚太经合组织第22次领导人非正式会议周期间残疾人事务主题活动、亚欧会议框架下残疾人合作主题活动、中国政府纪念联合国《残疾人权利公约》通过10周年大会、“一带一路”框架下残疾人事务主题活动、2013—2022年亚太残疾人十年中期审查高级别政府间会议等重点活动，传播中国声音，产生积极影响。中国残联主席张海迪当选康复国际主席并成功履职。

与之相对应的，是社会各界对残疾人的认识更加开明、尊重、包容。如今，导盲犬走上飞机、火车了，重大新闻节目的手语播报越来越常见了，残疾孩子和健全孩子越来越多地坐在同一个教室里了，全国已有16万残疾人拿到汽车驾驶证……

生生不息，勇立潮头。一年，一个台阶；五年，一次跨越。让我们同享阳光雨露，依靠全社会的共同关注和真情关爱，实现残疾人平等、充分参与社会生活，共享社会发展成果。

附录七

插上圆梦的翅膀

——写在中国残联第七次全国代表大会开幕前夕

《光明日报》 2018年9月14日

一间小小的排练厅能承载多少梦想？

在中国残疾人艺术团的排练厅里，18岁的听障女孩刘俊霞伴着音乐翩翩起舞，梦想着有一天能在世界舞台绽放芳华。过去5年，一批又一批优秀残疾人演员，从这里起步到世界近40个国家和地区参加巡演，成为展示我国残疾人风采的一张亮丽名片。

成就梦想的舞台又何止这一个。过去5年来，在以习近平同志为核心的党中央坚强领导下，各级残联组织和社会各界坚持以习近平新时代中国特色社会主义思想为指引，通过一项项残疾人制度完善、一件件惠残政策落地、一次次助残行动开展、一点一滴残疾人发展环境优化，为广大残疾人追逐更加幸福美好的生活插上了有力的翅膀。

“全面建成小康社会，残疾人一个也不能少”

胖乎乎的蚕宝宝，彻底改变了赖运升的生活轨迹。

家住广西南宁邕宁区那楼镇中山村的赖运升，十多年前因被砍倒的树砸中，成了三级残疾，干不了重活，几度尝试谋个营生却都以失败告终，始终是村里的贫困户。

2016年起，在邕宁区残联的帮助和指导下，依靠养蚕，赖运升不仅盖起了两层小楼，还成了村里有名的养蚕专家。

习近平总书记指出，中国有几千万残疾人，2020年全面建成小康社会，残疾人一个也不能少。

过去五年来，在党和政府的直接关心与社会各界的共同努力下，我国有500多万贫困残疾人摆脱了绝对贫困，900多万贫困残疾人有了最低生活保障，其中260多万成年无业重度残疾人作为单人户纳入低保，近百万特困残疾人得到救助。与此同时，残疾人基本公共服务纳入国家基本公共服务体系，2000多万人次残疾人得到康复服务，400多万人次残疾人得到托养照料服务。

不仅生活有保障，还得更便利。五年来，各级残联大力推进城乡残疾人无障碍环境建设，制定修订9项无障碍环境建设国家标准和行业标准，出台支持残疾人信息消费、改善残疾人出行服务以及民航、金融、邮政等行业12项无障碍政策措施，全国211万残疾人家庭得到无障碍改造。

为让更多惠残举措成为制度保障，五年来，民法总则等多部法律法规注重维护残疾人的平等权利，《残疾预防和残疾人康复条例》颁布，《残疾人教育条例》修订，《关于全面建立困难残疾人生活补贴和重度残疾人护理补贴制度的意见》《关于建立残疾儿童康复救助制度的意见》等一系列政策制定，牢牢筑起了保障残疾人权益的制度基石。

“促进残疾人全面发展和共同富裕”

双手扶起做完按摩治疗的老人，嘴里不停强调日常康复注意事项，耳边传来声声感谢，这是青海仁和按摩康复医院的盲人按摩师刘佳的日常工作场景。

作为青海省残联搭建就业平台的重要组成部分，在这所医院，盲人按摩师还有20多位。“虽然看不到老人竖起的大拇指，但对方感激的语气总让我特别有劲儿。”刘佳说。

让广大残疾人安居乐业、衣食无忧，过上幸福美好的生活，是社会主义制度的必然要求。

5年来，各级残联扶持100多万城镇残疾人实现了各种形式的就业。中国残联推动有关部委，相继出台了关于促进残疾人按比例就业的意见等政策；组织开展残疾人职业技能竞赛活动，抓实残疾人职业技能培训；规范各级残疾人就业服务机构建设，搭建并正式开通了全国残疾人就业创业网络服务平台。

教育面前，人人平等。中国残联数据显示，过去5年来，残疾人教育事业加快发展，从2015年到2017年，我国共有2.89万名残疾学生通过普通高考被普通高校录取；视力、听力、智力三类残疾儿童少年义务教育入学率超过90%，残疾学生随班就读的比例超过50%。

此外，自2018年7月1日起，《国家通用手语常用词表》和《国家通用盲文方案》作为语言文字规范正式实施，从此我国聋人有了“普通话”，盲人有了“规范字”。

“残疾人也可以活出精彩的人生”

“健全人可以活出精彩的人生，残疾人也可以活出精彩的人生。”这是习近平总书记对残疾人的深切勉励。

冰雪健身器材体验、轮椅太极拳、活力尊巴舞、残健融合健身操……8月7日，在第八届残疾人健身周全国示范活动河北省石家庄现场，2000多人用丰富多彩的活动把现场氛围推向高潮。

过去5年，和残疾人相关的各类活动越来越丰富。第九届全国残疾人运动会暨第六届特奥运动会、第九届全国残疾人艺术汇演等重大活动成功举办，残疾人健康向上的风采不断彰显；全国助残日、残疾预防日、志愿助残阳光行动、“集善工程”等活动纷纷开展，让残疾人的精神生活更加充实，人道主义思想更加深入人心。

在广阔的社会舞台上，广大残疾人用行动诠释自强不息：在脱贫攻坚的主战场，在科技创新的前沿，在平凡的岗位上，涌现出一大批残疾人先进模范；中国残疾人代表团实现了残奥会金牌榜和奖牌榜四连冠，在平昌冬残奥会上实现了金牌零的突破；中国残疾人代表团参加第九届国际残疾人职业技能竞赛，金牌总数和奖牌总数超过往届，展现了残疾人的卓越技能和工匠精神。

与之相对应的，是社会各界对残疾和残疾人的认识更加开明、尊重、包容。如今，导盲犬走上飞机、火车了，重大新闻节目的手语播报越来越常见了，残疾孩子和健全孩子越来越多地坐在同一个教室里了，全国已有16万残疾人拿到机动车驾驶证……我国“无障碍”建设的内容，已从有形的道路交通、公共设施、建筑、信息发展到无形的制度、行为习惯、社会心理、公共意识。

残疾人的事业生机蓬勃，残疾人的未来无限美好。（新华社北京9月13日电　记者罗争光、王琦）

附录八

促进残疾人全面发展和共同富裕

——热烈祝贺中国残疾人联合会第七次全国代表大会开幕

《人民日报》社论　2018 年 9 月 15 日

金风送爽、丹桂飘香，中国残疾人联合会第七次全国代表大会在北京开幕。在全面建成小康社会决胜阶段、中国特色社会主义进入新时代的关键时期，这次大会的召开，对于团结动员广大残疾人和残疾人工作者积极投身实现“两个一百年”奋斗目标、实现中华民族伟大复兴中国梦的火热实践，创造更加幸福美好的生活具有十分重要的意义。我们对大会的召开表示热烈祝贺！

党的十八大以来，以习近平同志为核心的党中央十分关心残疾人群体，高度重视残疾人事业。习近平总书记强调指出，“残疾人是一个特殊困难的群体，需要格外关心、格外关注。让广大残疾人安居乐业、衣食无忧，过上幸福美好的生活，是我们党全心全意为人民服务宗旨的重要体现，是我国社会主义制度的必然要求”；明确提出“中国梦，是民族梦、国家梦，是每一个中国人的梦，也是每一个残疾人朋友的梦”“全面建成小康社会，残疾人一个也不能少”“中国将进一步发展残疾人事业，促进残疾人全面发展和共同富裕”，必须努力实现残疾人“人人享有康复服务”目标。习近平总书记一系列重要论述和明确要求，为推进新时代残疾人事业发展指明了前进方向、提供了根本遵循、注入了强大动力。

在党中央坚强领导下，中国残联第六次全国代表大会以来，残疾人事业在新的起点上加快发展，更加充分地融入党和国家事业发展大局。残疾人事业政策、法规体系更加完善，残疾人基本民生得到稳定保障，基本公共服务全面拓展，残疾人康复、教育、就业、扶贫、社会保障、文化体育等各项工作取得显著成就，残疾人社会参与越来越广泛，尊重、理解、关心、帮助残疾人的社会氛围进一步浓郁，残疾人的获得感、幸福感、安全感得到新的提升，越来越多的残疾人实现了生活和事业的梦想，中国在国际残疾人事务中的话语权和影响力不断提升。5 年来，各级残联组织和残疾人工作者队伍充分发挥党和政府联系残疾人的桥梁纽带作用，忠实履行“代表、服务、管理”职能，全心全意为残疾人服务，残疾人事业整体发展水平迈上了新台阶，呈现出蓬勃发展的新局面。今年欣逢中国残疾人联合会成立 30 周年，中国残联走过了不平凡的历程，在推动残疾人事业发展方面发挥了不可替代的重要作用。

残疾人是社会大家庭的平等成员，也是人类文明发展的一支重要力量，残疾人事业承载着广大残疾人的向往和期盼，凝聚着残疾人及其亲属的厚望与重托。新时代为残疾人事业带来前所未有的历史机遇。在当前和今后一段时期，残疾人仍然是一个特殊困难的群体，做好残疾人工作重任在肩。各级党委和政府要高度重视残疾人事业，把推进残疾人事业当作分内的责任，各项建设事业都要把残疾人事业纳入其中，不断健全残疾人权益保障制度。各级残联组织和残疾人工作者队伍要继续发挥好桥梁纽带作用，真诚真心为残疾人服务，统筹推进贫困残疾人脱贫攻坚、残疾人基本公共服务托底补短和加快推进残疾人全面小康进程，努力让广大残疾人更加充分地共享改革发展成果。广大残疾人要“自尊、自信、自强、自立”，始终保持坚忍不拔、乐观向上的生活态度，发扬顽强拼搏、砥砺奋斗的精神，在生活中学习本领，在打拼中演绎芳华，在奋斗中实现价值，更加勇敢地迎接生活的挑战，更加坚强地为实现人生理想、为实现我们的共同梦想而不懈努力。

热血著青史，葵花向日倾。让我们紧密团结在以习近平同志为核心的党中央周围，与广大残疾人兄弟姐妹手牵手、肩并肩，锐意进取、砥砺前行，为决胜全面建成小康社会、夺取新时代中国特色社会主义伟大胜利、实现中华民族伟大复兴的中国梦而共同奋斗。

附录九

创造残疾人更加幸福美好的新生活

——中国残联七代会代表热议新时代残疾人事业

《光明日报》　2018 年 9 月 17 日

本报北京 9 月 16 日电（记者安胜蓝）　中国残疾人联合会第七次全国代表大会 9 月 16 日在北京闭幕。在为期 3 天的会议中，代表们认真学习了开幕式上中央政治局常委、国务院副总理韩正代表党中央、国务院的致辞。代表们纷纷表示，五年来，我国残疾人事业发展成就巨大，未来，将满怀豪情继续推动新时代残疾人事业走向更美好未来。

江苏省残联党组书记、理事长万力说，致辞鼓舞人心，让人倍感振奋，同时自己也感到身上的责任重大。“残疾人事业进入新时代，也给我们提出了新要求，我们要坚持问题导向，解放思想，坚持以人民为中心的发展理念，服务好残疾人群体，让每一项政策真正落到实处，惠及全体残疾人。”万力说，“目前，江苏省大力推进因残致贫群众的脱贫攻坚，光伏扶贫和政府购买人力资源服务辅助残疾人就业两大举措正在铺开。在今后的工作中，我们将实现以残疾人需求为导向的精准脱贫、精准就业，全面提升残疾人的获得感、幸福感和安全感。”

“身为一名残疾人，我得到了党和残联太多的关爱，我自己就是中国 8500 万残疾人美好生活的一个缩影。”黑龙江省佳木斯市残联副理事长张丽莉说。6 年前，她在一次交通事故中为救自己的学生而重伤残疾，被誉为“最美女教师”。如今她成为一名优秀的残疾人工作者，为残疾人事业奉献力量。“正是因为党的关爱、残联的支撑，才让我们在奔向美好生活的路上倍感幸福、豪情满怀。今后，我们会密切联系残疾人朋友，紧密团结在以习近平同志为核心的党中央周围，发挥好党联系群众的桥梁纽带作用。我们将瞄准残疾人的困难和问题，积极开发能够有效带动贫困残疾人脱贫解困的产业项目和特色经营项目，坚决打赢贫困残疾人脱贫攻坚战。我会努力成为‘高尚的、擎着火把为残疾人照亮生活道路的人’。”

“过去的我根本不敢想象自己能成为盲文出版社的部门主任，带领一个健全人组成的团队工作。”北京市盲协主席何川深有感触，“我在失明中度过了40年，经历了改革开放40年来残疾人康复、教育、文化等各项事业的巨变。我的人生转折与改革开放的重要节点同步，跟随改革开放的步伐不断追求我的理想。”谈到未来残疾人文化事业的发展，何川充满期待和信心：“致辞中提出的‘五个必须’是党和政府对残疾人事业下一步的要求，这些都必须要靠我们残疾人工作者的努力来实现。我们接下来将进一步推进数字阅读推广工程，通过400家公共图书馆与盲人群众建立密切联系，为他们提供均等化、无差别的精准服务，同时，在未来大力推动人工智能技术在残疾人服务领域的研发和应用，为残疾人信息无障碍提供更多便利。我相信随着科技的进步，残疾人必将打破信息的壁垒，在互联网的时代畅行无阻。”

北京市海淀区精协副主席谈苏一直从事社区残疾人工作，她用“兄弟姐妹”亲切地称呼残疾人群体，对基层残疾人文化服务提出了自己的见解：“残疾人就是我们的兄弟姐妹，服务好残疾人是我们的使命。我们将重视并开展手语、康复、社工等各项培训，用更专业的技能帮助残疾人生活更美好。同时，也要把提高残疾人自身素质作为重要任务，满足他们的精神文化需求。我们计划为残疾人提供更高水平的文化服务，包括专业的心理咨询、文化学习培训等，将中华优秀传统文化融入残疾人活动中，提高残疾人文化素质，并引进劳动项目，帮助残疾人实现价值，获得自豪感。”

吉林省代表，长春市九台区善满家园智障人康复托养中心主任胡艳苹在21年间收养了48个智障儿童，并先后建立了智障人康复托养中心、就业餐厅等助残机构，被人们称为“阿甘妈妈”。“这五年来，国家对残疾人事业的投入上升了123%，这说明了党和政府对残疾人事业格外重视，让残疾人和残疾人亲友看到了希望，也让我们工作更有动力。”胡艳苹说，“致辞不但指出了问题，更提出了解决方法。我会把党中央的嘱托和大会精神传达给残疾人和他们的亲友，和他们携起手来，不等不靠，加快事业步伐，让残疾人能自食其力、融入社会，以实实在在的成绩回馈社会，不辜负党和政府的期望。”

（中国残联各部室供稿）

三、国家通用手语和国家通用盲文

关于推广国家通用手语和国家通用盲文的通知

残联发〔2018〕36 号

各省、自治区、直辖市党委宣传部、残联、教育厅（教委）、语委、广电局，新疆生产建设兵团党委宣传部、残联、教育局、广电局：

手语和盲文是我国三千多万听力和视力残疾人使用的特殊语言文字。新中国成立以来，国家进行了一系列手语和盲文的规范化工作，效果显著。进入新时代，随着《国家手语和盲文规范化行动计划（2015—2020 年）》的实施和国家手语和盲文研究中心的建立，“国家通用手语标准”和“国家通用盲文标准”两个重大课题于 2015 年通过评审，研究成果《国家通用手语常用词表》《国家通用盲文方案》通过两年多试行并完善后，近期由国家语委规范标准审定委员会审定，经教育部、国家语委、中国残联发布，成为服务特殊人群语言文字需求的语言文字规范。

为做好国家通用手语和国家通用盲文的推广工作，中央宣传部、中国残联、教育部、国家语委和国家广播电视总局制定了《国家通用手语推广方案》《国家通用盲文推广方案》，现印发给你们，并就做好推广工作提出以下要求。

一、提高认识，统一思想，增强推广国家通用手语和国家通用盲文的责任感和使命感

国家通用手语和国家通用盲文是国家通用语言文字的重要补充。作为中国公民，听力和视力残疾人有使用国家通用手语和国家通用盲文的权利。推广国家通用手语和国家通用盲文，是落实党的十九大提出的“坚持以人民为中心”的具体举措，不仅使听力和视力残疾人使用语言文字的权利得以维护，也必将对残疾人学习文化知识、获取信息、社会交往以及更加公平地参与社会生活，平等实现权益与融合发展起到重要作用。

各地要以习近平新时代中国特色社会主义思想为指导，深入贯彻党的十九大精神，坚定“四个自信”，认真落实习近平总书记“全面建成小康社会，残疾人一个也不能少”和“办好特殊教育”的重要指示，充分认识推广国家通用手语和国家通用盲文的重要意义，增强责任感和使命感，提高推广自觉性和主动性。

二、明确职责，通力协作，形成推广国家通用手语和国家通用盲文的合力

各地要建立推广国家通用手语和国家通用盲文的组织机构，加强对推广工作的组织协调，协商决定重大事项，集体决议对重大问题的处理，联合开展推广工作督导检查。在密切合作的同时，相关部门和残联组织要各司其职、各尽其责。

残联系统，包括聋人协会和盲人协会要肩负起责任，牵头做好推广国家通用手语和国家通用盲文的组织协调工作；明确部门和专人负责，保障经费投入；做好社会上使用手语和盲文的听力、视力残疾人的培训；依托专业机构，为公共服务领域培养培训专门人才，努力为残疾人创造无障碍交流环境。

语言文字工作部门要切实将手语和盲文工作作为语言文字工作的重要组成部分，纳入规划、统一部署，加强业务指导和技术支持，有条件的可给予必要的经费支持。

教育部门要安排好教师和在校听力、视力残疾学生的国家通用手语和国家通用盲文学习，鼓励各级各类学校探索科学的教学方法，确保平稳过渡和转换。

新闻出版和广播电视管理部门要采取多种形式广泛深入宣传国家通用手语和国家通用盲文，加大电视节目手语翻译国家通用手语的培训力度，将通用盲文阅读推广纳入全民阅读活动，采取有力措施，落实在国家公务活动、电视和网络媒体、公共服务、信息处理中使用国家通用手语和国家通用盲文的要求。

三、结合实际，制定计划，确保推广任务目标的实现

《国家通用手语推广方案》《国家通用盲文推广方案》明确了到 2020 年推广使用国家通用手语和国家通用盲文的任务目标、实施步骤、主要措施和保障条件。我国地域辽

阔、方言复杂，各地经济发展水平和教育发展状况也存在差别，要结合实际，综合考虑听力、视力残疾人的数量及分布、教育资源状况及分布、方言特性、经济实力等因素，制定具有本地特点的推广路线图和时间表，确保到2020年完成推广国家通用手语和国家通用盲文的阶段性任务目标。

中央宣传部 中国残联 教育部
国家语委 国家广播电视总局
2018年6月18日

国家通用手语推广方案

根据《国家语言文字事业“十三五”发展规划》《国家手语和盲文规范化行动计划（2015—2020年）》，制定本推广方案。

一、任务目标

到2020年，国家通用手语的社会认知度提高，在国家公务活动、学校教育、电视和网络媒体、图书出版、公共服务、信息处理中使用国家通用手语的氛围初步形成；基本完成特殊教育学校相关人员、各级残联和聋人协会组织中重点人员的国家通用手语培训，熟练掌握和运用国家通用手语的骨干队伍初具规模；国家通用手语体系更加完善，信息化服务能力进一步提高；建立国家通用手语水平等级考核机制。

二、主要措施

（一）培训先行，努力打造一支熟练掌握国家通用手语的骨干队伍。

1. 依托国家手语和盲文研究中心、中国盲文手语推广服务中心、中国聋人协会和部分专业机构，举办特殊教育院校、高等院校特殊教育专业教师、地市级以上电视台手语栏目主持人、中国残疾人艺术团演职人员国家通用手语骨干培训班。

2. 特殊教育院校将国家通用手语作为教师在职培训内容和岗位要求，列入继续教育学分和年度考核，力争到2020年实现全员轮训一遍。特殊教育院校专任教师应熟练掌握不少于5000个通用手语词，直接服务听力残疾学生的管理人员应掌握不少于3000个通用手语词汇，并了解手语自身特点，注意根据其特点进行表达。

3. 各级聋人协会负责对社会上以手语为主要沟通方式的听力残疾人开展国家通用手语培训。2018年全国主要城市基本使用国家通用手语，2019年覆盖到地级市，2020年全国县级城镇以上基本使用国家通用手语。

4. 县级及以上残联要开展国家通用手语培训，鼓励残联工作人员了解、学习和使用国家通用手语，直接服务听力残疾人的工作人员应正确掌握不少于3000个国家通用手语词，并了解手语自身特点，注意根据其特点进行表达。到2020年，力争各级残联配备至少1名持证兼职手语翻译。

5. 鼓励和支持各地特殊教育院校、聋人协会，面向司法、医疗、交通、银行、商业、旅游、城市管理等公共服务领域的从业人员开展国家通用手语培训。

（二）突出重点，强化关键领域关键人员使用国家通用手语的能力。

1. 招收听力残疾学生的特殊教育学校和有条件的普通学校（含幼儿园、普通中小学、中等职业学校）要在教育教学活动中使用国家通用手语。2018年起，新编义务教育阶段聋校教材使用国家通用手语。在班团队、校会等活动中结合教育教学内容使用国家通用手语，鼓励开设手语校本课程，教授国家通用手语。到2020年，各年级听力残疾学生能正确理解和熟练使用500—2000个国家通用手语词。

2. 2019年起，在中央电视台、省级电视台手语栏目、党和国家重大活动的手语同声传译、出版物中逐步使用国家通用手语。2020年起，在地市级电视台手语栏目和地方公务活动的手语同声传译中逐步使用国家通用手语。

3. 逐步建立手语翻译培训、认证等制度。完成国家通用手语水平等级标准（试行）和手语翻译等级标准（试行）、测试大纲、题库等规范的研制；依托专业机构和中国聋协成立国家通用手语考试委员会，选取2—3个省份开展国家通用手语考试的试点，为实现国家通用手语考试和资格认证统一的行业管理进行探索。

（三）广泛宣传，提高国家通用手语的社会关注度。

1. 在国家有关部门、中国残联及其地方组织、中国聋人协会、国家手语和盲文研究中心、中国盲文手语推广服务中心、华夏出版社等官方和机构网站发布国家通用手语相关消息，通过专家解读、媒体深度报道等多种形式，广泛宣传国家通用手语，引起社会关注。

2. 2018年，在《国家通用手语常用词表》基础上出版《国家通用手语辞典》，陆续翻译出版部分少数民族文字版《国家通用手语辞典》及其他词典、教材、学习等系列丛书。

3. 在中国教育电视台筹办国家通用手语专栏节目。编印出版国家通用手语宣传画、教学挂图。利用全国助残日、国际手语日、国际聋人节、国际残疾人日等重要时间节点，举办形式多样、喜闻乐见的国家通用手语推广活动。适时组织国家通用手语技能大赛。

4. 鼓励建立公益性国家通用手语学习平台，研发国家通用手语信息化产品。鼓励利用人工智能、语音识别、手语识别等先进技术研究各类国家通用手语信息化产品。

三、保障条件

（一）加强组织领导。各省（区、市）建立由残联牵头，教育、语委、新闻出版、广播电视等部门参加的国家通用手语推广工作领导小组，明确分工，密切配合，加强协调，制定本省（区、市）国家通用手语推广实施方案，定期研究解决重大问题，确保推广工作有序开展。特别要注意发挥聋人协会的作用，主动吸收他们参与培训、推广活动。曾经开展过国家通用手语试点的省份，要发挥试点单位的龙头作用，总结推广试点经验，引领全省推广工作，提高推广质量。

（二）统筹安排经费。各级残联要按照《国家手语和盲文规范化行动计划（2015—2020 年）》要求，主动协调财政部门，将推广国家通用手语所需经费纳入预算，保障投入。国家教材出版经费、国家出版基金、电视台业务经费等应将国家通用手语推广纳入其中，并给予倾斜。各地要重点对贫困听力残疾人购买国家通用手语学习用品予以补贴。有条件的地方可建立和实施国家通用手语翻译服务补贴制度。

（三）纳入督导范围。各地要将国家通用手语推广使用情况纳入各级政府教育督导、语言文字工作督导评估、无障碍环境建设督导检查中，必要时开展专项督导。要通报督导检查结果，总结成功经验，及时发现并解决问题。

国家通用盲文推广方案

根据《国家语言文字事业“十三五”发展规划》《国家手语和盲文规范化行动计划（2015—2020 年）》，制定本推广方案。

一、任务目标

到 2020 年，国家通用盲文的社会认知度提高，熟练掌握和运用国家通用盲文的骨干队伍初具规模，信息化服务能力提高，国家通用盲文水平等级考核机制建立，国家考试中所用盲文试卷使用国家通用盲文印制，在国家公务活动、学校教育、图书出版、公共服务、信息处理中形成使用国家通用盲文的氛围。

二、实施步骤

（一）在校使用盲文的视力残疾学生。

1. 2018 年秋季学期起，小学一年级新生开始使用国家通用盲文印制的教材（字字标调版），小学二年级学生开始使用国家通用盲文印制的各科教材及配套课外读物（含省写和简写版）。三至六年级和初中各年级配合盲校新课标教材同步更换国家通用盲文版。其他年级学生继续使用原教材。

2. 2019 年春季学期起，每学年的春季学期，对初中、高中（含普通高中、成人高中和中等职业学校，下同）和高校应届毕业视力残疾学生，进行不少于 8 课时的国家通用盲文培训，直至在校学生过渡完毕。

3. 2019 年秋季学期起，中等职业学校中医康复保健专业一年级新生开始使用国家通用盲文印制的教材及配套课外读物（含省写和简写版），其他专业、其他年级学生继续使用原教材。

4. 2020 年秋季学期起，普通高中、高校（含研究生）一年级新生开始使用国家通用盲文印制的教材及配套课外读物（含省写和简写版）。其他年级学生继续使用原教材。

已经使用国家通用盲文教材的学生，升入高年级，同步更换使用国家通用盲文教材。

（二）社会上使用盲文的视力残疾人。

从 2018 年起，以 50 岁以下的青壮年为重点，对社会上视力残疾人开展国家通用盲文培训。到 2020 年各地完成省、市、县三级社会视力残疾人骨干培训，并开展一定范围的普及性培训。

（三）特殊教育师范生。

2018 年秋季学期起，特殊教育师范类盲文课程逐步转换为国家通用盲文，2020 年完成。2019 年春季学期开始，毕业生离校前进行不少于 16 课时的国家通用盲文培训，直至在校学生过渡完。

（四）教辅、课外读物及社会读物出版。

从 2018 年下半年起，逐步出版国家通用盲文读物。2018 年的新书出版比例为 10%，2019 年的新书出版比例为 30%，2020 年新书出版比例达到 60%。

（五）公务活动及考试。

2019 年起，在党和国家、地方重大活动中有视力残疾人员参加时，提供国家通用盲文书面资料。

2020 年起，在具备条件的国家考试中逐步使用国家通用盲文制卷（不含简写），考生答卷暂不做要求。

三、主要措施

（一）建设骨干队伍。由中国盲人协会、中国盲文出版社、中国盲文图书馆、北京联合大学特殊教育学院等专业机构，面向特殊教育院校、视力残疾学生随班就读的普通学校、盲文出版单位、盲人协会和视力残疾人集中就业的单位，举办国家通用盲文骨干培训班。骨干队伍数量不少于 800 人。

（二）加强特教教师培训。招收视力残疾学生的特殊教育院校要将国家通用盲文作为教师在职培训内容和岗位要求，列入继续教育学分和年度考核。从 2018 年起，要对使用国家通用盲文版教材的年级和学科教师进行培训，2020 年实现全员轮训一遍。

（三）畅通学习渠道，丰富学习形式。编印国家通用盲文宣传画、教学图册，录制《国家通用盲文方案》培训授课音视频等。在《盲人月刊》《盲童文学》等盲文刊物上举办国家通用盲文培训讲座，并选择有关栏目逐步改用国家通用盲文。2020 年，举办国家通用盲文知识技能竞赛。

（四）搭建网络学习平台。广泛动员社会力量，研发国家通用盲文信息化产品，纳入盲人数字阅读推广工程。到 2020 年，逐步实现国家通用盲文网络服务平台和多种电子信息化产品为广大视力残疾人服务。

（五）建立国家通用盲文水平等级考核机制。2019 年，完成国家通用盲文水平等级标准（试行）、测试大纲和测试题库的研制，依托专业机构和中国盲人协会成立国家通用盲文考试委员会，2020 年选择部分省份开展国家通用盲文水平等级考试试点工作。

四、保障条件

（一）加强组织领导。各省（区、市）建立由残联牵头，教育、语委、新闻出版、广播电视等部门参加的国家通用盲文推广工作领导小组，明确分工，密切配合，加强协调，制定本省（区、市）国家通用盲文推广实施方案，定期研究解决重大问题，确保推广工作有序开展。特别要注意发挥盲人协会的作用，主动吸收他们参与培训、推广活动。曾经开展过国家通用盲文试点的省份，要发挥试点单位的龙头作用，总结推广试点经验，引领全省推广工作，提高推广质量。

（二）统筹安排经费。各级残联要按照《国家手语和盲文规范化行动计划（2015—2020年）》要求，主动协调财政部门，将推广国家通用盲文所需经费纳入预算，保障投入。国家教材出版经费、国家出版基金等应将国家通用盲文读物出版和推广纳入其中，并给予倾斜。各地要重点对贫困视力残疾人购买国家通用盲文学习用品予以补贴。

（三）及时提供盲文教材与读物。上海博爱盲文印刷有限公司负责印制义务教育阶段盲文教材。中国盲文出版社负责出版课外读物、高中（含中专）和高校教材及社会读物。

（四）纳入督导范围。各地要将国家通用盲文推广使用情况纳入各级政府教育督导、语言文字工作督导评估、无障碍环境建设督导检查中，必要时开展专项督导。要通报督导检查结果，总结成功经验，及时发现并解决问题。

中国残联副理事长程凯在国家通用手语和国家通用盲文推广部署电视电话会上的讲话

2018年6月25日

今天，我们共同召开电视电话会议，深入学习贯彻习近平新时代中国特色社会主义思想和党的十九大精神，动员部署国家通用手语和国家通用盲文推广工作。刚才，中国残联教育就业部李东梅同志介绍了国家通用手语和通用盲文的研制过程，北京盲校、天津聋校、内蒙古自治区盲人协会和广东省聋人协会分别就各自开展国家通用手语和通用盲文试点工作的情况介绍了经验做法，就更好地开展推广通用手语和通用盲文工作提出很好的意见建议。从中可以看出，国家通用手语和通用盲文是在领导高度重视、部门鼎力支持、做好顶层设计的前提下研制成功的，是在尊重民意、尊重规律、上下联动共同发挥作用的工作机制下推动研制的，是在实施积极稳妥的工作策略下持续规范的，也是在全面落实保障措施的条件下有效推进的。在此，我代表张海迪主席、鲁勇理事长和中国残疾人联合会对长期以来支持手语盲文工作的中央宣传部、教育部、国家语委、国家广电总局等部门表示衷心感谢！对国家通用手语和盲文两个课题组成员及所有为此贡献智慧和力量的专家和同志们致以诚挚的问候！对即将使用国家通用手语和盲文的广大听力和视力残疾人朋友表示热烈的祝贺！

国家通用手语和国家通用盲文的研制与颁布，使手语有了“普通话”、盲文有了“规范字”。但这只是万里长征走完了第一步，更为关键的在于推广使用与普及。为做好国家通用手语和国家通用盲文的推广工作，中央宣传部、中国残联、教育部、国家语委和国家广电总局共同制定了《国家通用手语推广方案》《国家通用盲文推广方案》，并为此印发了《关于推广国家通用手语和国家通用盲文的通知》，提出了明确具体要求。一会儿，教育部副部长、国家语言文字工作委员会杜占元主任还要做重要指示。下面，我就残联系统和各级盲人协会和聋人协会，如何做好国家通用手语和国家通用盲文的推广普及工作谈几点意见。

一要充分认识推广国家通用手语和通用盲文的重要意义，提高推广的自觉性和主动性。

语言文字是人类文明进步的最重要成果和人类最重要的思维、学习和交际工具。受教育、获得语言文字的能力是每一个公民特别是现代社会公民的必备条件和基本权利。平等地、无障碍地接受基础教育和无障碍交流表达，更是包括听力和视力残疾人在内的残疾人的基本权利。习近平总书记指出：“保障残疾人平等权益、促进残疾人融合发展越来越成为国际社会和各国的普遍共识和共同行动。”我国有3000多万听力和视力残疾人，实现以平等的机会充分参与社会生活、共享改革发展成果，我们任重道远；特别是到2020年，我们要坚决打好打赢贫困残疾人脱贫攻坚战，进而让残疾人一个也不少地实现全面小康生活，我们任务艰巨。由于缺少教育机会，环境封闭，存在交流的障碍，仍有不少残疾人身处困境。“扶贫先扶智，扶智先通语”，必须在加强残疾人社会保障的同时，在残疾人学习、赋能、劳动就业、脱贫和社会参与等方面发挥好语言文字的基础性作用。

国家通用手语和通用盲文是国家通用语言文字的重要组成部分和有益补充。作为中国公民，听力和视力残疾人有使用国家通用语言文字的权利和责任。推广国家通用手语和通用盲文，符合党的十九大提出的“坚持以人民为中心”的要求，不仅可以使听力和视力残疾人使用国家通用语言文字的权利得以维护，也必将对他们学习文化知识、无障碍地获取信息起到重要支持作用。同时，在公共服务领域推广国家通用手语和通用盲文，在全社会营造相互理解、互相包容的无障碍交流环境，有助于听力和视力残疾人的社会交往，保障他们更加公平地参与社会生活，平等实现权益与融合发展。这既是我国法律的要求，也是联合国《残疾人权利公约》提出的要为残疾人提供合理便利的宗旨所在。

各地残联组织和聋协、盲协，要以习近平新时代中国特色社会主义思想为指导，认真贯彻党的十九大精神，坚持“四个自信”，从落实习近平总书记“全面建成小康社会，残疾人一个也不能少”的重要指示和“办好特殊教育”要求的高度，充分认识推广国家通用手语和通用盲文的重要意义，增强责任感和使命感，提高推广普及的自觉性和主动性。

二要认真学习国家语言文字相关法律法规和政策规划，强化国家通用语言文字意识。

手语和盲文规范化是国家语言文字工作的重要组成部分，推动手语和盲文规范化是《国家通用语言文字法》赋予我们的重要职责。残联系统的同志，特别是各级聋人协会和盲人协会的同志，要自觉树立国家通用语言文字意识，把学用通用语言文字与强化国家意识和履行公民责任与义务紧密结合起来。要认真全面学习国家有关语言文字的法律法规，熟悉国家语言文字规范化的基本规律和要求，认识到国家通用手语和通用盲文是国家通用语言文字的重要组成部分和补充。特别要认真学习贯彻《国家手语和盲文规范化行动计划（2015—2020年）》，明确总体任务目标、具体要求和政策措施，将国家通用手语和通用盲文的推广放在落实国家规划的大背景下予以部署和落实。

三要切实履行推广国家通用手语和通用盲文的主体责任，确保到2020年完成推广目标。

手语和盲文工作一直是政府委托残联组织开展的一项重要工作任务。各级残联和各级聋人协会、盲人协会一定要责无旁贷地肩负起这个使命。要积极争取得到党委宣传部、教育、语言文字和广播电视等部门的大力支持，建立国家通用手语和通用盲文推广工作领导机构，根据中央宣传部、中国残联、教育部、国家语委和国家广电总局《关于推广国家通用手语和国家通用盲文的通知》的精神和《国家通用手语推广方案》《国家通用盲文推广方案》的要求，因地制宜制定本地推广计划，加强督导检查。推广国家通用手语和通用盲文，学校是重点，出版单位是关键，社会上的听力和视力残疾人是难点。因此，推广计划要做到目标明确、措施到位、分工具体、责任到人、督导有力。要主动协调财政部门，将推广国家通用手语和通用盲文所需经费纳入预算，保障工作的开展。同时要多渠道筹措资金支持推广工作的持续开展。在推广过程中，各级残联要注意发挥同级盲人协会和聋人协会的作用，让聋协和盲协参加到推广领导机构和督导检查中来，提出对推广计划制定和实施的意见建议，积极为协会开展社会上听力和视力残疾人的相关培训创造条件，遇到问题，及时沟通协调解决。各级聋协和盲协负责人要自觉学习，率先垂范，把学用通用手语和通用盲文作为履职尽责的必备条件，主动成为通用语言文字的引领者和传播者。

四要广泛深入开展宣传工作，努力营造无障碍交流的良好社会环境。

各级残联和各级聋人协会、盲人协会，要通过广播、电视、网络和新媒体，广泛宣传党中央、国务院对残疾人，特别是对听力、视力残疾人的亲切关怀和对手语盲文规范化工作的高度重视，介绍我国手语和盲文规范化的历程和国家通用手语、国家通用盲文的内容和研制过程，引起全社会对手语盲文规范化和使用通用手语通用盲文重视和关注，吸引社会各界爱心人士自发学习使用国家通用手语和通用盲文，营造更加包容和无障碍的社会环境。要动员广大听力和视力残疾人自觉参与到国家通用手语和通用盲文的学习和推广中来。对手语和盲文规范化过程和成果最有发言权、判断权的还是广大听力和视力残疾人朋友，他们的认可和自觉学用才是规范化工作的最终归宿和目标。希望各级聋协和各级盲协积极引导听力、视力残疾人朋友参与到通用手语和通用盲文的推广中来，成为国家通用手语和通用盲文的学习者、助推者，带动越来越多的听力、视力残疾人学习和使用国家通用手语和通用盲文，用规范语，写规范字，做文明人。

五要加快国家通用手语和国家通用盲文的信息化进程。

检验手语盲文规范化水平的一个重要关口就是能否顺利实现信息化处理，这不仅是听力残疾人和视力残疾人适应数字化网络时代的现实需要，也是手语盲文传播、出版的迫切需要。国家通用手语和国家通用盲文的研制与试点过程充分考虑到语言文字信息化处理的要求，能否顺利实现信息化，也是适应并验证其通用性的一大考验。希望有关课题组和专业机构抓住机遇，抓紧时间，联合攻关，尽快攻下国家通用盲文信息化处理的一系列技术和标准方案，尽早实现国家通用手语的便利传播，让国家通用手语和国家通用盲文借助数字化手段更好更有效地帮助学习与推动传播。

手语和盲文规范化工作是一项长期的、持久的系统工程。让我们紧密团结在以习近平同志为核心的党中央周围，以习近平新时代中国特色社会主义思想和党的十九大精神为指导，坚持“四个自信”，形成工作合力，以钉钉子精神深入持续开展国家通用手语和通用盲文推广普及工作，努力为听力和视力残疾人营造和谐的社会环境，为保障残疾人合法权益、促进残疾人融合发展做出更大的努力。

教育部副部长、国家语委主任杜占元在国家通用手语和通用盲文推广部署电视电话会上的讲话

2018年6月25日

由教育部、国家语委和中国残联共同立项，经过多年认真研制的重大成果《国家通用手语常用词表》和《国家通用盲文方案》已于近日正式发布。今天，中央宣传部、中国残联和有关部门专门召开电视电话会议，认真学习贯彻党的十九大精神，对国家通用手语和通用盲文推广工作进行全面部署。首先，我谨代表教育部和国家语委，对国家通用手语盲文的发布和本次会议的召开表示热烈的祝贺！

刚才，程凯同志代表中国残联，就通用手语盲文推广工作进行了全面部署，北京市盲校、天津市聋校、内蒙古自治区盲人协会和广东省聋人协会等4家单位介绍了前期试点经验，很受鼓舞、很受启发。

近年来，党和国家高度重视语言文字事业发展。仅最近一年，习近平总书记就多次就语言文字工作做出重要批示，为语言文字工作指明了方向。党的十八大以来，在党中央、

国务院的坚强领导下，我们推动了许多开创性的工作，语言文字事业取得历史性成就。我们制定实施了《国家语言文字事业"十三五"发展规划》，新形势下语言文字工作的战略地位进一步确立，大语言文字工作的新思路和分管共推、上下联动的语言文字工作大格局基本形成；依法治理、规范管理、服务需求、技术支撑等国家语言能力全面提升；国家通用语言文字普及攻坚工程、中华优秀语言文化传承、中国语言资源保护工程、甲骨文研究与应用等一批重大工程得以实施并取得重要进展；语言文字工作迈向国际的步伐明显加快；这其中，残疾人手语盲文规范化建设也取得重大进展和可喜的成绩。

残疾人事业始终备受中央关心关怀。习近平总书记强调，残疾人事业是中国特色社会主义事业的重要组成部分，各项建设事业都要把残疾人事业纳入其中。为落实中央精神，服务残疾人事业，教育部、国家语委和中国残联密切协作，将手语盲文规范化建设纳入语言文字事业大局中统筹谋划，2011年设立重大科研项目，共同组织高水平科研力量研制国家通用手语和盲文规范。多年努力终成正果，近期两项规范经国家语委语言文字规范标准审定委员会审议通过并发布。这两项规范都是以国家通用语言文字为依据，也是国家推广普通话的一项重要成果。为此，中央宣传部、中国残联、教育部、国家语委、国家广电总局等五部门专门制定印发了推广应用的通知，这标志着全国3000余万名听力视力残疾人第一次拥有了自己的"普通话"和"规范字"，这是我国残疾人事业发展中的一个重要里程碑，也是国家语言文字规范化建设中的一件大事，对于实现残疾人对美好生活的向往、助力残疾人推普脱贫攻坚都具有深远而重大的意义。此外，教育部、国家语委和中国残联还建立了国家手语和盲文研究中心，建立了中国盲文手语推广服务中心，在科学研究、资源库建设、培养手语播音主持专业人才等方面都取得了丰硕成果。

这些成绩的取得，充分体现了党和国家对残疾人事业的亲切关怀，体现了以人民为中心的发展思想，也是各个方面共同努力的结果。特别是，中国残联高度重视，主动作为，大力推动，在顶层设计、组织研制、进行试点等方面做出了卓有成效的工作，为通用手语盲文早日出台做出了突出贡献。国家语委各成员单位给予了大力支持和悉心指导，中国聋协、中国盲协、手语和盲文研究机构等承担了大量的研究试点工作，55家试点单位先行探索了推广使用经验，上千位聋人、盲人、特教工作者参与了研讨试验，大家从不同方面做出了各自的贡献。借此机会，我谨代表教育部和国家语委，向中央宣传部、中国残联、国家广电总局以及国家语委各成员单位和广大从事手语盲文工作者，表示衷心的感谢和崇高的敬意！

当前，中国特色社会主义进入新时代，党的十九大开启了全面建设社会主义现代化国家的新征程，国家语言文字事业也将迎来新的大发展。概括来说，就是国家通用语言文字普及攻坚要有新突破，助力文化强国和教育强国建设要有新作为，服务经济社会发展要有新举措，提升国际影响力要有新高度，加强自身能力建设要有高标准，努力建设与我国综合国力相适应的语言强国。借此机会，我就国家通用手语盲文推广工作，代表教育部和国家语委，谈几点意见。

一要提高认识，增强责任，积极主动推进。推广使用国家通用手语盲文，是普通话推广工作的一个重要组成部分，有利于促进残疾人更加平等充分地参与社会生活，共享全面建成小康社会成果，更好地保障他们使用语言文字的权利，是一项为民生、顺民意、得民心的民生工程。要深刻认识推广工作的重要意义，站在"全面建成小康社会，残疾人一个也不能少"的高度，积极主动推进。要加强组织协调，积极实施《国家手语和盲文规范化行动计划》，开展督导检查，为残疾人办实事、办好事。

二要实事求是，遵循规律，科学普及推广。国家通用手语盲文推广工作必须讲科学，遵循语言文字规律，遵循残疾人工作规律，一切从实际出发。要倾听残疾人的心声，尊重残疾人的意见，面向残疾人的需求，从而找到切合实际的推广方法。要坚持典型引路，认真总结试点工作中的经验和成功做法，加强宣传和推广。要坚持问题导向，跟踪了解推广工作中的问题，及时发现并针对性地解决问题。

三是希望中国残联强化系统优势，发挥主体作用。残联系统与残疾人打交道多，更贴近残疾人生活、更熟悉残疾人需求，牵头负责手语盲文推广工作具有独特优势。希望中国残联发挥好系统优势和主体作用，以特教院校和公共服务领域为重点，抓住出版单位、新闻传播等关键环节，通过骨干培训、开设课程、完善规范、建立翻译队伍、搭建学习平台等，统筹协调、务实高效地组织好通用手语盲文的推广工作。

四是教育系统和语委战线要全力支持，形成推广合力。国家通用手语盲文的推广涉及方方面面，需要各相关部门通力协作。教育系统要安排好教师和残疾学生的通用手语盲文学习培训，鼓励特教院校积极探索科学有效的教学方法，提高学习效率。语言文字工作部门要将盲文手语作为一项重要工作，加强业务指导和技术支持，有条件的给予必要的经费支持。各语委成员单位要各司其职，创造条件，主动作为，为推广工作做出自己的贡献。

教育部和国家语委将一如既往地关心支持残疾人事业，大力支持中国残联的工作，积极主动做好推广国家通用手语盲文工作，造福广大残疾人。

同志们，进入新时代，国家语言文字工作正在迎来一个新的发展阶段，让我们紧密团结在以习近平同志为核心的党中央周围，共同做好国家通用手语和盲文的推广工作，为残疾人的幸福生活、为全面建成小康社会做出应有的贡献！

内蒙古自治区盲人协会国家通用盲文试点工作经验与推广

一、领导重视，确保完成试点工作任务

2016年4月，接到中国残联、教育部文件后，自治区残联党组、理事会高度重视，及时召开专题会议研究部署，成立了以分管理事长为组长，教育厅、残联教就部、组联部、盲协等相关部门和单位负责同志为成员的试点工作领导小组。指定教就部一名工作人员协助盲协开展试点工作，确定包头市盲人协会具体承担试点任务。2016年9月，自治区残联在包头市举行了试点工作开班仪式。中国盲协领导、专家组成员、自治区残联、自治区教育厅、包头市残联领导、自治区和包头市盲人协会负责同志、试点工作培训班盲人学员参加了开班仪式，新闻媒体对试点工作的目的、意义进行了宣传报道。

二、充分发挥盲协的桥梁纽带作用，助力试点工作顺利开展

我们在具体工作中，积极发挥盲协的桥梁纽带作用，利用内蒙古盲协微信群等多个微信平台和各地公共图书馆盲文阅览室开展的活动，认真宣传《国家通用盲文方案（试行）》的具体内容，使我区广大盲人朋友提前了解方案，为下一步做好通用盲文的推广工作奠定基础。包头市盲协积极开展工作，在最短的时间内，确定了20名有现行盲文基础的不同年龄、不同文化程度、不同工作经历的盲人作为试点对象，为试点工作顺利开展做了充分的准备。

三、严格按照《国家通用盲文方案（试行）》试点工作要求，认真完成试点工作各项任务

2016年9月至2017年底，我们多次组织试点人员进行集中培训，由专家和骨干教师对《国家通用盲文方案（试行）》进行讲解。学员们通过学习通用盲文的规则结合阅读相关材料，在已建立的通用盲文学习微信群里积极探讨，提出修改意见。通用盲文推广小组还在包头市图书馆残障读者服务中心召开了通用盲文试点座谈会。试点工作结束后，我们及时上报了试点工作总结和试验报告。我们提出的建议，得到了专家组的一致好评，并有多条被采纳。

下一步，我们将进一步提高认识，真抓实干，在国家通用盲文推广工作中起带头示范作用，重点做好以下工作：

一是按照国家通用盲文推广工作要求，结合残疾青壮年文盲扫盲工作，认真做好推广国家通用盲文的宣传工作，让广大盲人朋友知道学习掌握国家通用盲文是信息化建设、提高盲人综合素质、平等参与社会和全面建成小康社会残疾人一个也不能少的迫切需要。

二是要在自治区残联党组、理事会的精心指导下，积极组织各级盲协，发挥协会主体作用，主动参与到国家通用盲文推广工作中来，配合残联教就部门、特教学校，做好国家通用盲文推广骨干教师培训、盲人学员的组织等相关工作。并利用公共图书馆盲文阅览室组织通用盲文摸读书写比赛等各种活动，通过微信平台及各类媒体，认真宣传国家通用盲文方案的具体内容，使广大盲人朋友消除学习通用盲文的畏难情绪，从而更快更好的掌握通用盲文。

广东省聋人协会国家通用手语试点工作经验与推广

一、争取残联支持，解决资金配套问题

广东省聋协试点工作得到了省残联的高度重视和支持，在中国残联每年3万元经费的基础上，省残联拨款3万元资助试点工作的开展，妥善解决了配套经费问题，保障了试点工作的顺利开展。

二、处理好试点工作参与群众的代表性问题

鉴于新的通用手语中大量词汇来自聋人生活中的习惯用语，为了通过试点得出中肯的评价，我们注意从聋人中选择不同年龄段、不同文化程度、不同性别的聋人参与试点工作。

三、通过省内各地巡回办班，扩大试点工作影响

按照省聋协的预定计划，我们分别在中山、广州、深圳、韶关、惠州等地开展通用手语试点工作，正式办班共8期，累计8天共64小时，参加试点培训研讨人员约230人。试点工作期间，还有正式办班之外的自发的自由研讨，体现了通用手语在聋人中的深得人心。

四、成立本省通用手语试点工作微信群，通过这个平台，不断深化试点工作

一年的试点工作过程，让聋人群众第一次参与了自己语言的研讨，大家积极性高涨，常常会上会下热烈争论，抒发己见，试点工作反响非常好。经过研讨，大家对《国家通用手语词汇》提出修改意见60多条，收集广东新词汇50多条，审核修改广东省内地名打法20多条，并就《国家通用手语词汇》第一、二、三册修改后再次征求意见稿，进行深入研讨后新增同意78处，否定46处，建议意见46处，为《国家通用手语词汇》内容的修订、完善，形成正式的国家通用手语标准提供了可靠的参考数据和合理化的建议，得到中国残联有关领导、国家通用手语课题组、中国聋协和全国各省聋协的一致好评。

通用手语试点工作结束后，广东省聋协手语组紧抓发展机遇，积极拓展业务，奋力做大做强，率先进行国家通用手语培训，与广东省立中山图书馆在2018年3月联合举办了为期4天的第一期广东省通用手语基础培训班。不同于以往“听人+聋人培训”的形式，培训班首次由聋人教师培训听人学员，让学员学到正确规范的通用手语，令学员切身感受聋人朋友日常交流方式，为零基础的手语爱好者们打开了一条便捷实际的学习通道，也为我们开展手语教学、翻译和服务提供了宝贵经验。

展望未来的推广工作，广东省聋协计划与省残联、省人力资源社会保障厅、省总工会联合举办省聋人手语技能比赛，从中筛选出前20名分数最高的选手，聘用为通用手语推广小组的精英骨干，应用远程视频技术开设通用手语培训班，通过声活平台——国内首个听障群体的垂直社交资讯分享平台，以视频、短视频、动图和表情包等方式推广国家通用手语，推动各机构和企事业单位联手，加快国家通用手语在全省的推广和普及，也希望国家能统一制作一批学习国家通用手语的视频、图片，同时加快研制出台手语翻译服务标准，让国家通用手语真正落到实处，真正成为听障人士和手语翻译人员共同拥护的国家通用手语。

我国手语和盲文规范化工作迎来新里程碑，手语有了“普通话”，盲文有了“规范字”

《中国教育报》 记者 董鲁皖龙 2018年5月22日

《国家通用手语常用词表》《国家通用盲文方案》日前由教育部、国家语言文字工作委员会、中国残疾人联合会同意正式发布，自2018年7月1日正式实施。这意味着，手语有了“普通话”，盲文有了“规范字”。

《词表》与《方案》的发布有何重要意义？是如何研制的？有哪些特点？在认识和使用过程中需要注意哪些问题？记者采访了两项规范研制组负责人。

进一步维护残疾人语言文字权利

“这是我国手语和盲文规范化工作的重要成果和一个新里程碑，为今后的应用推广、基础研究、人才培养、学科建设、社会服务等奠定了坚实基础。”两项规范研制组负责人说。

在他看来，《词表》和《方案》的发布，是国家通用语言的丰富和补充，是对听力残疾人和视力残疾人使用手语和盲文的语言权利的保障；为他们平等、充分参与社会生活，共享全面建成小康社会的发展成果提供了便利，将进一步加快手语和盲文规范化进程，极大促进残疾人文化、教育事业的繁荣与发展。

《词表》遵循了“增加新的、改正错的、删除旧的”原则，大量补充了反映现代化、信息化、城镇化发展变化的手语常用词数量，使之能基本满足听力残疾人学习、工作和日常交流的需要；对原《中国手语》中不符合听力残疾人手语表达规律和特点的动作进行修订；删除已经过时的词目。2015年通过结题鉴定后，在全国15个省级聋协、18所招收聋生的学校进行试点，上千人参与。

通用盲文的研究2010年被列为国家语委、中国残联“十二五”科研规划年度重大项目，研究的主要任务是充分吸收中外现有盲文的优点，调整现行盲文标调规则，实现全面标调，并通过简写减少了篇幅。

体现时代特征与更强适用性

该负责人介绍，《词表》由两部分内容组成：一是说明适用的范围、使用的一些核心术语定义、手语动作线图解符号的式样和含义、编制的基本原则和使用说明；二是按照音序排列的词目，收录了广大听力残疾人现实生活中广泛使用的手语，替换了过去许多和汉字一一对应的手语，大量减少了手指字母的使用，注意描述手语表达时体态动作和面部表情的变化，重在体现手语表形表意的语言特点。

“《方案》沿用了现行盲文的声母、韵母、声调和标点符号，没有改变、删减或增加任何一个符号，只是完善了现行盲文标调规则，规范了声调符号的用法，是对现行盲文的继承和发展。”该负责人说，《方案》呈现出新旧衔接、读音准确、省时省方、利于信息化等特点。

据悉，读音准确是修改标调规则的首要目标，表音的国家通用盲文，声调必须准确。触觉的感知特点决定了作为触觉文字的盲文必须简洁，尽可能提高盲文阅读和书写速度。

将手语规范纳入国家语言文字规范的探索

将手语规范纳入国家语委语言文字规范标准范畴是改革开放40年以来的第一次。手语的表达如同有声语言一样丰富、灵活，哪些内容适宜纳入规范和如何规范还需要深入研究。在这方面，《词表》做了一次有意义的探索。

“现阶段在使用《词表》时，需要把握好通用语与地方手语、生活手语和教学手语、手语词汇学与用，以及《词表》与其他国家通用手语工具书等4组关系。”该负责人介绍，在通用手语与地方手语使用方面，《词表》中呈现的手语动作，要求在公务活动、学校教育、电视媒体、图书出版等场合或领域以及今后在国家举行的手语水平等级考核中使用；地方手语仍将长期使用。在生活手语和学校教学手语方面，《词表》特别提到“求同存异”和“有利教学”，对表达同一事物、概念的手语词汇，存在地域差异或有多种打法的，《词表》以并列方式，不存在排他性。在手语词汇学与用方面，《词表》所呈现的仅仅是词的手语动作，而运用这些词需要通过不同的句式，手语语法有其自身的规律和特点，需要另外专门学习。

“此外，在推广方面，中国残联正在会同教育部、国家语委和国家广电总局制定国家通用手语和国家通用盲文推广方案，将以特教院校和公共服务领域为重点，突破社会上听力和视力残疾人这个难点，通过骨干培训、开设课程、完善相关规范等形式，有步骤、分阶段地推广国家通用手语和盲文。”该负责人说。

手语盲文国家标准将于7月1日实施

手语有了“通用语”，盲文有了“规范字”

《光明日报》　龚亮、谢文　2018年6月24日

近日，《国家通用手语常用词表》和《国家通用盲文方案》由国家语言文字工作委员会规范标准审定委员会审定，经中国残疾人联合会、教育部、国家语言文字工作委员会同意，作为语言文字规范发布，自2018年7月1日起实施。这就意味着，手语有了“通用语”，盲文有了“规范字”。

日前，中国残疾人联合会、教育部、国家语言文字工作委员会举办新闻发布会，发布《国家通用手语常用词表》和《国家通用盲文方案》研制和推广的相关情况，并回答记者提问。

1．“我国手语和盲文规范化工作的里程碑”

语言文字是人类最重要的交流方式和信息载体。手语和盲文是我国三千多万听力残疾人和视力残疾人的特殊语言文字。虽然新中国成立后，国家进行了一系列手语和盲文的规范化工作，但很长一段时间以来，手语地域差异大、对新事物的打法少，盲文标调不规范等，仍给听力残疾人和视力残疾人的学习与生活带来不便。

“全国各地手语的打法五花八门，一位北京的聋人，到了河北可能就无法与当地的聋人交流了。而我国现行盲文不标声调，盲人阅读只能根据上下文确定或猜读声调，很多时候不可靠。”中国残联副理事长程凯说，随着我国残疾人事业的发展，聋人和盲人受教育程度的提高，他们对制定国家通用手语和盲文规范标准的需求越来越迫切。

教育部、国家语委和中国残联曾共同委托国家手语和盲文研究中心开展了全国手语、盲文使用状况的抽样调查，对全国18个省（自治区、直辖市）的94所各级各类特教学校发放了17000份问卷，回收近16000份。调查结果显示，59%成年聋人和82.8%聋人工作者认为有必要制定国家通用手语，63.1%的成年聋人和85.2%的聋人工作者希望制定国家通用手语。半数以上的视力残疾学生、教师和成年视力残疾人认为需要完善盲文。

据中国残联教育就业部副主任李东梅介绍，为回应广大残疾人的关切，2010年底国家语委与中国残联共同设立重大科研项目，开展国家通用手语和盲文规范标准的研制。2015年，“国家通用手语标准”和“国家通用盲文标准”两个重大课题顺利结项，形成《国家通用手语方案》和《国家通用盲文方案》两项成果，于2016年至2017年在全国26个省份选择了55家单位，包括特教院校、聋人协会、盲人协会、盲文出版单位，进行了为期一年半的试点。根据试点单位提出的意见建议，课题组又对方案进行了修订完善，形成了《国家通用手语常用词表》和《国家通用盲文方案》。

“这是一项严肃的科学研究，花了整整七年。”程凯说，七年时间，进行了大量的田野调查、语料采集，大量的分析比对、学术研究。这是我国手语和盲文规范化工作的重要成果和新的一个里程碑，为今后的应用推广、基础研究、人才培养、学科建设、社会服务等奠定了坚实基础。两项规范近期已分别由华夏出版社和中国盲文出版社出版。

2.“回应了视力、听力残疾人对信息无障碍的迫切期盼”

“在一个信息高度发达的时代，信息无障碍始终是我们的期盼，更是广大聋人和盲人朋友的愿望。如果语言文字都不规范、不统一，无障碍就更难以实现了。”程凯说，手语和盲文“国标”发布的重要意义首先在于践行了“以人民为中心”的发展思想，积极回应了视力、听力残疾人对信息无障碍的迫切期盼。

语言文字有它自身的规律，手语和盲文也一样。据程凯介绍，“约定俗成”是此次通用手语和通用盲文研制的基本规律。比如在通用手语研制课题组中，听力残疾人占课题组成员总数的3/4，体现了手语的第一使用者——听力残疾人在研究中的主体地位。课题组基于尊重手语的视觉语言的表达特点，从不同的角度比较、分析每一个手语动作，最终达成共识。

“还有一条基本规律就是简明易用。国家通用盲文研究课题组召开了百余次研讨会，反复筛选比较，先后形成过三类12个方案。有一些其他的方案没有推行下去，就在于过于复杂，记起来摸起来都有难度。此次推出的盲文标准简明易用，让使用盲文的人一摸就能够摸出其六个点字组成的不同的音节，甚至也能够自然识别出它的标调。”程凯说。

国家手语和盲文研究中心行政委员会主任、北京师范大学教育学部教授顾定倩介绍了《国家通用手语常用词表》的三个特点：一是词汇的打法更符合聋人的使用习惯。比如“脱贫”，手语如果先打“脱”再打“贫”，聋人会认为还在“贫困”。如果先打“穷”，然后“跳出”穷，从表意来讲，更符合脱贫的意思。二是求同存异。尊重不同地方的某些使用习惯。三是通用词表既照顾到生活、劳动，还考虑教育需要。比如“的、地、得”，在平时聋人教育中是没有的，但考虑到教育，必须放进去。

《国家通用盲文方案》又有哪些主要特点呢？国家手语和盲文研究中心专家咨询委员会委员、北京联合大学特殊教育学院教授钟经华着重介绍了四点：一是新旧衔接。《方案》沿用现行盲文的声母、韵母、声调和标点符号，只是完善了现行盲文标调规则。学习了国家通用盲文的人，照样可以阅读以前旧版现行盲文书籍。二是读音准确。过去60年实践中遇到的读音不准、词义不清问题，主要源于标调率低和标调的不一致。三是省时省方。四是利于信息化。通用盲文本质上是字字标调的，在计算机后台每个字都带调（只是在纸质版的盲文中有省写），这为盲文的计算机朗读提供了可靠的基础。

中国残联理事、中国聋协主席杨洋说："在《词表》发布实施之前，我们已试用近两年，国家通用手语大部分就是聋人朋友日常的常用打法，遵循了聋人朋友日常交流的视觉语序，感觉非常自然顺畅。国家通用手语就像普通话一样，成了手语的'普通话'。来自不同地方的以手语为主要交流语言的聋人朋友见面后能马上进入无障碍的交流，不用担心地域差异。"

3. "制定标准只是第一步，应用推广更具有意义"

"标准的制定只是走完了第一步，打下了一个基础，接下来的应用推广更具有意义。"李东梅说，如何做好国家通用手语和国家通用盲文的推广工作，是中国残联在国家语委和教育部的指导和支持下，联合中宣部和国家广电总局，要集中精力做好的一件事情。

据介绍，中央宣传部、中国残联、教育部、国家语委、国家广电总局联合制定了国家通用手语推广方案。针对目前手语专业人才缺乏、社会关注度低、经费缺乏等短板，提出了切实可行的具体措施。比如力争到2020年，实现对特殊教育院校教师全员轮训一遍；鼓励残联工作人员了解、学习和使用国家通用手语；逐步建立手语翻译培训、认证等制度。

"我们还将利用一些现代的科技手段，比如AI技术，搭建学习平台，让视力残疾人和听力残疾人通过手机等终端学习国家通用手语和通用盲文。"李冬梅说。

"我们将以特教院校和公共服务领域作为重点，会同教育部教材局，把两个规范的标准更好地融入特教教材中，同时也抓住出版单位、新闻传播等关键环节，通过骨干的培训、开设课程、完善相关规范、建立翻译队伍、搭建学习平台以及开发信息化产品等，有步骤、分阶段地推广这两个规范。"教育部语言文字应用管理司、语言文字信息管理司司长田立新说。

在福建省三明市残联党组书记、理事长刘闵华看来，通用手语和盲文不应仅仅是听力残疾人和视力残疾人应用，而是全社会都要形成学习手语和盲文的浓厚氛围，应搭建更多的学习平台，以更好地实现残健交流，为盲人、聋人创造更美好的无障碍交流环境。

国家通用手语和国家通用盲文推广部署电视电话会议在京举行

2018年6月26日

新华网北京6月26日电（底东娜）　中央宣传部、中国残联、教育部、国家语委和国家广播电视总局于25日在京召开国家通用手语和国家通用盲文推广部署电视电话会议。教育部副部长、国家语委主任杜占元，中国残联副理事长、国家语委委员程凯出席并讲话。

会上，中国残联教育就业部副主任李东梅介绍了国家通用手语和通用盲文的研制过程；北京盲校、天津聋校、内蒙古自治区盲人协会和广东省聋人协会分别就各自开展国家通用手语和通用盲文试点的情况介绍了经验做法。

程凯指出，国家通用手语和通用盲文的研制为手语盲文的规范化奠定扎实基础，标志着手语和盲文有了国家语言文字规范。《国家通用手语常用词表》和《国家通用盲文方案》的颁布是残疾人事业语言文字工作的大事，充分体现了我国社会文明的进步。

据介绍，国家通用手语和国家通用盲文关键和重点的在于推广与使用。程凯说，残联系统、各级盲人协会和聋人协会要以钉钉子精神坚定不移地做好国家通用手语和国家通用盲文的推广工作。要充分认识推广国家通用手语和通用盲文的重要意义，提高工作自觉性和主动性；认真学习国家语言文字相关法律法规和政策规划，强化国家通用语言文字意识；广泛深入开展宣传工作，努力营造无障碍沟通的良好社会氛围；切实履行推广国家通用手语和通用盲文的主体责任，确保到2020年推广目标顺利完成。

（宾碧霞供稿）

四、关于建立残疾儿童康复救助制度的意见

关于建立残疾儿童康复救助制度的意见

国发〔2018〕20 号

各省、自治区、直辖市人民政府，国务院各部委、各直属机构：

党和政府高度重视残疾儿童康复工作，制定了一系列法规政策措施，实施了一系列残疾儿童康复项目，残疾儿童康复状况得到显著改善。同时，也有一些残疾儿童因家庭经济困难，未能得到及时康复，还有一些残疾儿童家庭因残致贫、陷入困境，成为全面建成小康社会亟待解决的突出问题。做好残疾儿童康复救助工作，关系残疾儿童切身利益和健康成长，关系千家万户安居乐业和美满幸福，关系社会稳定和文明进步，关系健康中国建设和全面建成小康社会大局。

为全面贯彻落实党的十九大关于“发展残疾人事业，加强残疾康复服务”的重要部署，改善残疾儿童康复状况、促进残疾儿童全面发展、减轻残疾儿童家庭负担，完善社会保障体系，根据《残疾预防和残疾人康复条例》，国务院决定建立残疾儿童康复救助制度。

一、总体要求

（一）指导思想

以习近平新时代中国特色社会主义思想为指导，全面深入贯彻党的十九大和十九届二中、三中全会精神，认真落实党中央、国务院决策部署，统筹推进“五位一体”总体布局和协调推进“四个全面”战略布局，坚持以人民为中心的发展思想，牢固树立新发展理念，按照兜底线、织密网、建机制的要求，着力保障残疾儿童基本康复服务需求，努力实现残疾儿童“人人享有康复服务”，使残疾儿童家庭获得感、幸福感、安全感更加充实、更有保障、更可持续。

（二）基本原则

坚持制度衔接、应救尽救。加强与基本医疗、临时救助等社会保障制度的有效衔接，确保残疾儿童家庭求助有门、救助及时。

坚持尽力而为、量力而行。坚守底线、突出重点、完善制度、引导预期，着力满足残疾儿童基本康复服务需求。

坚持规范有序、公开公正。建立科学规范、便民高效的运行机制，主动接受群众和社会监督，做到公开透明、结果公正。

坚持政府主导、社会参与。更好发挥政府“保基本”作用，不断推进基本康复服务均等化；更好发挥社会力量作用，不断扩大康复服务供给，提高康复服务质量。

（三）总体目标

到 2020 年，建立与全面建成小康社会目标相适应的残疾儿童康复救助制度体系，形成党委领导、政府主导、残联牵头、部门配合、社会参与的残疾儿童康复救助工作格局，基本实现残疾儿童应救尽救。

到 2025 年，残疾儿童康复救助制度体系更加健全完善，残疾儿童康复服务供给能力显著增强，服务质量和保障水平明显提高，残疾儿童普遍享有基本康复服务，健康成长、全面发展权益得到有效保障。

二、制度内容

（一）救助对象

救助对象为符合条件的 0—6 岁视力、听力、言语、肢体、智力等残疾儿童和孤独症儿童。包括城乡最低生活保障家庭、建档立卡贫困户家庭的残疾儿童和儿童福利机构收留抚养的残疾儿童；残疾孤儿、纳入特困人员供养范围的残疾儿童；其他经济困难家庭的残疾儿童。其他经济困难家庭的具体认定办法，由县级以上地方人民政府制定。

有条件的地区，可扩大残疾儿童康复救助年龄范围，也可放宽对救助对象家庭经济条件的限制。

（二）救助内容和标准

县级以上地方人民政府根据本地实际确定残疾儿童康复救助基本服务项目和内容，包括以减轻功能障碍、改善功能状况、增强生活自理和社会参与能力为主要目的的手术、辅助器具配置和康复训练等。

县级以上地方人民政府依据本地财力状况、保障对象数量、残疾类别等，分类确定康复救助基本服务项目的经费保

障标准，并建立动态调整机制。

（三）工作流程

申请。残疾儿童监护人向残疾儿童户籍所在地（居住证发放地）县级残联组织提出申请。监护人也可委托他人、社会组织、社会救助经办机构等代为申请。

审核。对于城乡最低生活保障家庭、建档立卡贫困户家庭的残疾儿童和儿童福利机构收留抚养的残疾儿童的救助申请，以及残疾孤儿、纳入特困人员供养范围的残疾儿童的救助申请，由县级残联组织与民政、扶贫部门进行相关信息比对后做出决定；其他经济困难家庭的残疾儿童的救助申请的审核程序，由县级以上地方人民政府规定。

救助。经审核符合条件的，由残疾儿童监护人自主选择定点康复机构接受康复服务。必要时，由地级以上地方残联组织和卫生健康等部门指定的医疗、康复机构做进一步诊断、康复需求评估。定点康复机构由县级以上地方残联组织会同卫生健康、教育、民政等部门按照公开择优原则选择确定。

结算。在定点康复机构接受康复服务发生的费用，经县级残联组织审核后，由同级财政部门与定点康复机构直接结算，结算周期由县级残联组织商同级财政部门确定。经县级残联组织审核同意在非定点康复机构接受康复服务发生的费用，由县级残联组织商同级财政部门明确结算办法。

（四）经费保障

县级以上地方人民政府应将残疾儿童康复救助资金纳入政府预算。中央财政对各地给予适当补助。

三、组织实施

（一）加强组织领导

残疾儿童康复救助工作实行地方人民政府负责制。地方各级人民政府要将残疾儿童康复救助工作列入重要议事日程，作为政府目标管理和绩效考核重要内容，对不作为、慢作为、乱作为的单位和个人加大行政问责力度，对违纪违法的严肃追究责任。残联组织和教育、民政、人力资源社会保障、卫生健康、市场监管等有关部门要履职尽责、协作配合，加强工作衔接和信息共享，深化“放管服”改革，努力实现“最多跑一次”、“一站式结算”，切实提高便民服务水平。

（二）加强能力建设

县级以上人民政府根据本行政区域残疾人数量、分布状况、康复需求等情况，制定康复机构设置规划，举办公益性康复机构，将康复机构设置纳入基本公共服务体系规划，支持社会力量投资康复机构建设，鼓励多种形式举办康复机构。社会力量举办的康复机构和政府举办的康复机构在准入、执业、专业技术人员职称评定、非营利组织财税扶持、政府购买服务等方面执行相同的政策。加强康复人才教育培训培养，不断提高康复服务从业人员能力素质。切实加强残疾儿童康复救助工作经办能力，确保事有人做、责有人负。推动建设残疾儿童康复救助服务管理综合信息平台。充分发挥村（居）民委员会、基层医疗卫生机构、公益慈善组织和残疾人专职委员、社会工作者、志愿服务人员等社会力量作用，做好发现告知、协助申请、志愿服务等工作。健全多渠道筹资机制，鼓励、引导社会捐赠。

（三）加强综合监管

教育、民政、卫生健康、市场监管等有关部门要商残联组织完善残疾儿童康复机构管理相关政策，共同做好康复机构监督管理。残联组织要会同有关部门加强定点康复机构准入、退出等监管，建立定期检查、综合评估机制，指导定点康复机构规范内部管理、改善服务质量、加强风险防控，及时查处违法违规行为和安全责任事故，确保残疾儿童人身安全；探索建立科学合理的康复服务定价机制，加强价格监管；建立覆盖康复机构、从业人员和救助对象家庭的诚信评价和失信行为联合惩戒机制，建立黑名单制度，做好公共信用信息记录和归集，加强与全国信用信息共享平台、国家企业信用信息公示系统的信息交换共享；积极培育和发展康复服务行业协会，发挥行业自律作用。财政、审计等部门要加强对残疾儿童康复救助资金管理使用情况的监督检查，防止发生挤占、挪用、套取等违法违规现象。残疾儿童康复救助实施和资金筹集使用情况要定期向社会公开，接受社会监督。

（四）加强宣传动员

地方各级人民政府及有关部门要充分运用传统媒体、新媒体等多种手段大力开展残疾儿童康复救助制度政策解读和宣传，使社会各界广泛了解党和政府的爱民之心、惠民之举，帮助残疾儿童监护人准确知晓残疾儿童康复救助制度相关内容，了解基本申请程序和要求。积极引导全社会强化残疾预防和康复意识，关心、支持残疾儿童康复工作，营造良好社会环境。

残疾儿童康复救助制度自 2018 年 10 月 1 日起全面实施。各省级人民政府要在 2018 年 9 月底前制定出台本地残疾儿童康复救助制度和配套政策措施。中国残联要会同相关部门督促指导各地做好贯彻落实各项工作，及时研究解决工作中发现的问题，重大情况向国务院报告。国务院将适时组织专项督查。

国务院

2018 年 6 月 21 日

关于贯彻落实《国务院关于建立残疾儿童康复救助制度的意见》的通知

民函〔2018〕154 号

各省、自治区、直辖市民政厅（局），各计划单列市民政局，新疆生产建设兵团民政局：

2018 年 6 月 21 日，国务院印发了《关于建立残疾儿童康复救助制度的意见》（国发〔2018〕20 号，以下简称“意见”）。为抓好意见贯彻落实工作，现通知如下：

一、充分认识建立残疾儿童康复救助制度的重大意义

党中央、国务院高度重视残疾儿童康复工作，采取了一系列行之有效的措施，不断提升残疾儿童康复工作水平。建立残疾儿童康复救助制度，关系残疾儿童切身利益和健康成长，关系残疾儿童家庭对美好生活新期待的满足，关系社会和谐稳定和文明进步。城乡最低生活保障家庭的残疾儿童和儿童福利机构收留抚养的残疾儿童，残疾孤儿、纳入特困人员救助供养范围的残疾儿童，是全社会高度关注的弱势群体，也是各级民政部门应当服务好、保障好的重要群体。各级民政部门要以习近平新时代中国特色社会主义思想为指导，从推进健康中国建设和全面建成小康社会大局出发，坚持“民政为民、民政爱民”工作理念，把贯彻落实意见要求作为当前的一项重要工作抓实抓好。

二、扎实做好残疾儿童康复救助相关工作

各级民政部门要按照意见提出的努力实现残疾儿童“人人享有康复服务”的要求，立足本职，采取切实有效措施，扎实做好残疾儿童康复救助相关工作。

（一）积极宣传引导民政部门服务保障的残疾儿童申请康复救助。各地要充分利用民政门户网站以及微信公众号等平台，通过与相关业务平台建立链接，或直接转载残联组织残疾儿童康复救助制度政策解读等方式，积极配合残联组织做好意见精神的宣传，使广大民政对象以及社会各界广泛了解党和政府的爱民之心、惠民之举。同时，要借助孤弃儿童养育情况大排查，最低生活保障家庭核查，特困人员认定，农村留守儿童和困境儿童动态管理以及日常调研、走访等时机，或通过乡镇（街道）设立的儿童督导员、村（社区）设立的儿童主任等，向民政部门服务保障的家庭或个人宣传残疾儿童康复救助相关政策；对家庭中有符合康复救助条件的残疾儿童的，要告知残疾儿童康复救助相关政策以及基本申请程序和要求，积极引导支持残疾儿童监护人为其申请康复救助。对于监护人直接提出申请有困难的，要告知其可委托他人、社会组织、社会救助经办机构等代为申请。

（二）实现民政部门监护的符合康复救助条件残疾儿童的“应助尽助”。各地要及时摸排掌握民政部门作为监护人的残疾儿童情况，积极参与当地政府确定残疾儿童康复救助基本服务项目和内容等工作。要将申请残疾儿童康复救助作为民政部门履行监护职责的重要内容，按照当地统一部署向残联组织提出申请，将当前监护的 0—6 岁的视力、听力、言语、肢体、智力等残疾儿童和孤独症儿童全部纳入康复救助范围。要及时建立残疾儿童康复救助动态调整机制，凡符合康复救助申请条件的残疾儿童，新增一例申请一例，使符合康复救助条件的残疾儿童都享有康复救助、“一个也不能少”。

（三）继续优化提升儿童福利机构康复服务。各地要充分发挥儿童福利机构在残疾儿童康复服务方面的传统优势，继续加强儿童福利机构康复设施建设，通过引进专业力量等方式，提升康复服务能力，主动争取残联组织、卫生健康等部门支持，力争将儿童福利机构纳入定点康复机构，积极向残疾儿童拓展服务，让更多残疾儿童享有儿童福利机构的优质康复资源。要配合残联组织、加强与相关部门协作，在依规确定定点康复机构的同时，扎实做好监管等工作。要发挥民政系统密切联系困难群众的优势，认真倾听残疾儿童及其家庭的感受和建议，及时反馈和发现存在的问题，逐步健全相关政策。

三、加强民政与残疾儿童康复救助工作衔接

（一）统筹民政救助与康复救助。各地要严格按照相关政策要求，依法保障城乡最低生活保障家庭的残疾儿童和儿童福利机构收留抚养的残疾儿童，残疾孤儿、纳入特困人员救助供养范围的残疾儿童的基本生活。同时，继续做好“残疾孤儿手术康复明天计划”，将其作为基本医疗保险、医疗救助、康复救助等制度的有益补充，积极有效地开展残疾孤儿手术康复工作。

（二）推进与残联组织信息比对工作。各地民政部门要在扎实开展民政信息化建设的同时，严格按照《中国残联办公厅、民政部办公厅、国务院扶贫办综合司关于做好残疾儿童康复救助申请人信息比对工作的通知》（残联厅发〔2018〕19 号）要求，积极配合残联组织结合本地实际研究制定信息比对工作具体办法。要重视信息安全、隐私保护，设身处地为残疾儿童及其家庭着想，提高相关工作审核审批效率，努力实现“最多跑一次”。

（三）引导支持相关社会力量广泛参与。各地要依法做好提供助残服务的公益慈善类社会组织直接登记工作。配合残联组织落实培育孵化、购买服务、税收优惠等政策，优化助残社会组织发展环境，支持各类社会组织、慈善组织在残疾儿童康复救助领域发挥作用，在社会组织基础数据收集等方面提供配合与支持。要积极履行志愿服务行政管理职责，引导广大志愿者和志愿服务组织规范有序开展服务。要引导鼓励和支持各类康复辅助器具企业参与到残疾儿童康复救助工作中，为残疾儿童提供方便急需、质优价廉的康复辅助器具产品和服务。

民政部

2018 年 10 月 11 日

关于认真贯彻落实《关于建立残疾儿童康复救助制度的意见》的通知

残联函〔2018〕156号

各省、自治区、直辖市及计划单列市残联，新疆生产建设兵团残联，黑龙江垦区残联：

6月21日，国务院印发《关于建立残疾儿童康复救助制度的意见》（国发〔2018〕20号）（以下简称意见），要求2018年10月1日在全国全面实施残疾儿童康复救助制度。为做好意见贯彻落实工作，现就有关事项通知如下。

一、充分认识贯彻落实意见的重大意义

意见贯彻落实党的十九大关于“发展残疾人事业，加强残疾康复服务”的要求，坚持“兜底线、织密网、建机制”，对建立残疾儿童康复救助制度进行全面部署，充分体现了党中央、国务院对广大残疾人，特别是残疾儿童的格外关心、格外关注。意见明确了建立残疾儿童康复救助制度的总体要求、制度内容，提出了组织实施要求，对于指导各地建立、完善残疾儿童康复保障制度，加快改善残疾儿童康复状况，推动实现残疾人“人人享有康复服务”目标具有重要意义。

意见明确各级残联组织是残疾儿童康复救助工作的牵头部门，体现了党中央、国务院对残联组织的充分信任，为各级残联组织深化群团改革，承担政府委托的社会管理服务职能创造了重要机遇。各级残联组织要切实提高政治站位，牢固树立“四个意识”，努力从贯彻落实党的十九大精神和党中央、国务院关于残疾人工作的重大决策部署，推进残疾人与全国人民共奔小康的政治和全局高度充分认识贯彻落实意见的重大意义，不断提高认识，增强责任感、使命感，认真学习领会意见精神，全面、准确把握意见要求，努力采取扎实、有效措施，确保如期建立、实施残疾儿童康复救助制度。

二、抓紧推动残疾儿童康复救助制度建立实施

（一）建立组织推进机制

意见提出建立、形成党委领导、政府主导、残联牵头、部门配合、社会参与的残疾儿童康复救助工作格局，明确“残疾儿童康复救助工作实行地方人民政府负责制”。各省（区、市）残联要积极发挥牵头作用，推动将残疾儿童康复救助制度建设纳入政府重要议事日程，建立由政府分管领导任组长，残联、教育、民政、财政、卫生健康、扶贫等部门共同参与的领导小组，负责统筹推进残疾儿童康复救助制度建设工作；要主动深入基层，深入一线，了解、掌握残疾儿童康复需求、救助工作进展等，做好各项具体组织实施工作；要主动加强与相关部门的沟通协调，按照分工负责、有序衔接的要求，形成工作合力。

（二）制定实施方案

为有序推进建立、实施残疾儿童康复救助制度各项准备工作，各省（区、市）残联要尽快研究、制定本地残疾儿童康复救助制度建设工作实施方案，明确本地残疾儿童康复救助制度建设的目标、任务、分工，按照10月1日起全面实施残疾儿童康复救助制度的统一要求，倒排时间表，明确完成各项准备工作的时限要求。

各省（区、市）残联要于7月20日前，将本地残疾儿童康复救助制度建设工作实施方案报中国残联。

（三）制定出台制度

各省（区、市）残联要按意见要求会同相关部门尽快调研、制定本地残疾儿童康复救助制度，对救助对象、救助内容和救助标准等予以明确；要吃透意见精神，着力提高群众获得感、幸福感、安全感，积极创造条件，实现应救尽救，确保本地救助制度确定的救助对象范围、救助内容、救助标准等不小（少/低）于制度实施前本地各类残疾儿童康复救助项目（政策）的相应范围、内容和标准；要切实按照便民、高效的原则，做好申请、审核、救助、结算等流程的详细设计，努力为群众申请、接受救助服务提供最大方便。

各省（区、市）残联要于9月15日前，将省级人民政府出台的本地残疾儿童康复救助制度报中国残联。

（四）完善配套政策措施

在研究、制定本地残疾儿童康复救助制度的同时，各省（区、市）残联要会同有关部门，同步做好相关配套政策制定和措施安排。协调财政部门做好残疾儿童康复救助资金安排并明确与康复机构的结算办法；建立残疾儿童康复救助经办队伍，责成市、县两级残联安排专人负责申请受理、审核等工作并提前做好相应培训；会同卫生健康等有关部门制定定点康复、诊断、评估机构准入标准，选择确定定点机构；与民政、扶贫等部门主动对接，为开展救助申请人信息比对做好准备。

三、积极做好政策宣传解读

各省（区、市）残联要主动采取措施，做好意见和本地残疾儿童康复救助制度的宣传解读工作，让残疾儿童家庭充分感受到党和政府的关怀；要准确做好政策解释，合理引导预期，及时释疑解惑；要建立舆情监测机制，及时收集残疾儿童康复救助制度建设前后的网上舆情、来信来访等信息，积极回应社会关切，主动化解矛盾。

各省（区、市）残联请于2018年7月起，每月15日、30日向中国残联报送《残疾儿童康复救助制度建设工作进度表》（见附件）。

附件（略）

中国残疾人联合会

2018年7月6日

关于做好残疾儿童康复救助申请人信息比对工作的通知

残联厅发〔2018〕）19号

各省、自治区、直辖市残联、民政厅（局）、扶贫办，新疆生产建设兵团残联、民政局、扶贫办：

为贯彻落实国务院《关于建立残疾儿童康复救助制度的意见》（国发〔2018〕20号），做好残疾儿童康复救助申请审核，努力实现“最多跑一次”，切实提高便民服务水平。现就地方残联组织与民政、扶贫部门加强信息共享，开展残疾儿童康复救助申请人信息比对工作有关事项通知如下：

一、比对对象及内容

（一）提出康复救助申请的残疾儿童家庭。

比对内容包括：

1. 是否为城乡最低生活保障家庭。

2. 是否为建档立卡贫困户家庭。

3. 是否为符合本地康复救助条件的其他经济困难家庭。

（二）提出康复救助申请的残疾孤儿、纳入特困人员供养范围的残疾儿童、儿童福利机构收留抚养的残疾儿童。

比对内容为残疾儿童身份信息。

二、比对方式

残疾儿童康复救助申请由县级残联“一门受理”，残联负责通过内部流转方式将申请人相关信息与民政、扶贫部门进行比对。

针对城乡最低生活保障家庭、建档立卡贫困户家庭、儿童福利机构收留抚养的残疾儿童、残疾孤儿、纳入特困供养范围的残疾儿童：

1. 在具备网络共享条件的地区，残联通过信息化手段和民政部门的全国最低生活保障信息系统、全国儿童福利信息管理系统以及扶贫部门的全国扶贫开发信息系统进行信息比对。

2. 在暂不具备网络共享条件的地区，由残联委托同级民政、扶贫部门协助比对申请人相关信息。民政、扶贫部门负责在5个工作日内将比对结果反馈残联。

其他经济困难家庭具体认定办法，由县级以上地方人民政府制定。

三、工作要求

（一）提高思想认识。做好残疾儿童康复救助申请人信息比对是实施残疾儿童康复救助的基础性工作，是深化“放管服”改革，切实提高便民服务水平的具体体现。地方各级残联和民政、扶贫部门要充分认识做好残疾儿童康复救助申请人信息比对工作的重要意义，不断强化服务意识、大局意识，主动加强协作沟通、信息共享，确保比对工作规范、有序、高效进行。

（二）周密安排部署。地方各级残联及民政、扶贫部门要结合本地实际研究制定信息比对工作具体实施办法，明确信息比对的具体范围、内容、方式及管理要求等。暂不具备网络共享条件的地区和部门要积极加强信息化建设，尽快为实现网上信息比对创造条件。

（三）强化保密措施。地方各级残联及民政、扶贫部门要高度重视信息安全、隐私保护，严守数据安全管理和保密的相关规定、协议；要明确专人负责信息比对工作并做好相关业务培训。地方各级残联只能将从民政、扶贫部门获取的申请人信息用于救助对象审核，不得用于其他用途。

中国残联办公厅
民政部办公厅文件
国务院扶贫办综合司
2018年9月6日

《关于建立残疾儿童康复救助制度的意见》政策解读

国务院新闻办公室　2018年6月4日

关爱残疾儿童是党和政府高度重视的一项工作。5月30日国务院常务会议就研究讨论了部署建立残疾儿童康复救助制度的有关情况。国务院新闻办公室于2018年6月1日举行国务院政策例行吹风会，请中国残疾人联合会副理事长贾勇介绍《关于建立残疾儿童康复救助制度的意见》（下简称意见）有关情况，并就意见涉及的相关问题进行了政策解读。

着眼为残疾儿童基本康复服务提供制度性保障

我国有0—6岁各类残疾儿童167.8万人。儿童期是康复的黄金时期，通过早发现、早诊断、早干预，多数残疾儿童能显著改善功能，不仅可以减轻家庭经济、精神负担，更能正常上学、就业，为社会做出积极贡献。

党中央、国务院十分关心残疾人，高度重视残疾人事业发展。党的十九大报告提出“发展残疾人事业，加强残疾康复服务”。习近平总书记强调“要重视残疾人健康，努力实现残疾人‘人人享有康复服务’的目标”。李克强总理要求“拿出更实、更有针对性、更具人文关怀的措施，推进解决残疾人在身体康复、教育就业、权益保障等方面存在的困难，让他们更多感受到全社会的温暖”。《残疾预防和残疾人康复条例》《国务院关于加快推进残疾人小康进程的意见》（国发〔2015〕7号）等法规政策，对建立残疾儿童康复救助制度均提出明确要求。

按照党中央、国务院的部署，中国残联会同教育部、民政部、财政部、人力资源社会保障部、国家卫生健康委、全国妇联等部门，开展基层调研、专家研讨、专题研究，广泛听取有关专家、社会各界意见，征求并吸纳了相关部门、各省（区、市）政府的意见，起草了《关于建立残疾儿童康复救助制度的意见》。2018 年 5 月 30 日，国务院常务会议原则通过了《关于建立残疾儿童康复救助制度的意见》，即日将下发。意见按照党的十九大提出的“兜底线、织密网、建机制”的要求，着眼为残疾儿童接受基本康复服务提供制度性保障，提出了有针对性的政策措施。

意见起草过程中遵循四大原则

意见全文共分三个部分，第一部分是总体要求，主要阐述了建立残疾儿童康复救助制度的指导思想、基本原则和总体目标。第二部分是制度内容，明确了救助对象、救助内容、工作流程、经费保障等。第三部分是组织实施，从组织领导、能力建设、综合监管、宣传动员四个方面提出具体要求。

意见起草过程中主要遵循以下原则：

一是坚持保基本、兜底线。立足我国现实国情，将经济困难家庭的残疾儿童、儿童福利机构收养的残疾儿童和残疾孤儿等作为主要救助对象，将以减轻功能障碍、改善功能状况、增强生活自理和社会参与能力为主要目的的基本康复服务作为救助内容，既尽力而为，又量力而行。

二是坚持统筹规划，分类指导。依据中央与地方共同财政事权改革要求，强调残疾儿童康复救助工作实行地方人民政府负责制，经费由县级以上地方人民政府纳入政府预算，中央财政对各地给予适当补助，同时规定由县级以上地方人民政府根据本地实际确定救助内容和标准，鼓励有条件的地方适度扩大救助对象范围。

三是坚持有效衔接，补足短板。着力针对残疾儿童康复服务保障制度空白，将现有社会保障制度覆盖不到的服务内容作为主要救助内容，并与基本医疗保障、临时救助等制度做好衔接。

四是坚持系统设计，整体推进。在推进残疾儿童康复救助制度建立的同时，着力推进残疾儿童康复服务能力及救助工作配套政策建设，加强安全、质量、资金等综合监管。

救助对象体现保基本、兜底线的原则

意见立足我国现实国情，本着保基本、兜底线的原则，规定了救助对象范围为符合条件的 0—6 岁视力、听力、言语、肢体、智力等残疾儿童和孤独症儿童。包括三类，含城乡最低生活保障家庭、建档立卡贫困户家庭的残疾儿童和儿童福利机构收留抚养的残疾儿童；残疾孤儿、纳入特困人员供养范围的残疾儿童；其他经济困难家庭的残疾儿童。

其他经济困难家庭的具体认定办法，由县级以上地方人民政府制定。

考虑残疾儿童家庭普遍面临沉重负担，意见特别提出，有条件的地区，可适度扩大救助对象范围。

残疾儿童康复救助的内容主要是以减轻功能障碍、改善功能状况、增强生活自理和社会参与能力为主要目的的基本康复服务。目前，残疾儿童康复救助的具体项目主要以实施多年、受益面广、康复效果较好的康复项目为主。譬如，为听力残疾儿童提供人工耳蜗植入、助听器适配及听觉言语功能训练；为肢体残疾儿童提供矫治手术、辅助器具适配及功能训练；为智力残疾儿童提供认知及生活自理能力等训练；为孤独症儿童提供语言能力、社会交往能力等训练。

意见规定，县级以上地方人民政府可根据本地实际分类确定康复救助基本服务项目和内容以及经费保障标准，并建立动态调整机制。

意见规定四项工作流程便民更高效

意见坚持便民高效原则，明确提出“努力实现‘最多跑一次’、‘一站式结算’，切实提高便民服务水平”，规定了申请、审核、救助、结算四项工作流程：

在申请环节，残疾儿童监护人向残疾儿童户籍所在地（居住证发放地）县级残联组织提出申请。对于申请确实有困难的，残疾儿童监护人可委托他人、社会组织、社会救助经办机构等代办申请事宜。

在审核环节，由县级残联“一门受理”，残联负责将申请人信息与民政、扶贫部门的信息进行比对，审核确定救助对象身份，尽量减少申请人的跑腿环节。

在救助环节，经审核符合条件的，由残疾儿童监护人自主选择定点康复机构接受康复服务。必要时，由地级以上地方残联组织和卫生健康等部门指定的医疗、康复机构做进一步诊断、康复需求评估。对于有特殊需要的，也可经县级残联组织批准后，到非本地定点的康复机构接受服务。

在结算环节，实行合规康复费用由县级财政与定点康复服务机构直接结算，无须救助对象垫付康复资金，从而大大减轻残疾儿童家庭的经济负担。

救助制度体现“兜底线、织密网、建机制”要求

建立残疾儿童康复救助制度，是贯彻落实党的十九大关于“发展残疾人事业，加强残疾康复服务”重要部署和国务院《残疾预防和残疾人康复条例》有关规定的重要举措，体现了坚持以人民为中心发展思想的要求，有助于保障残疾儿童康复权益，更好地为广大残疾儿童创造健康成长、平等发展的环境，推动实现残疾人“人人享有康复服务”的目标；有助于减轻残疾儿童家庭经济、精神负担，有效缓解残疾儿童家庭因残致贫问题，增进残疾儿童家庭获得感、幸福感；有助于织密我国社会保障安全网，进一步提高保障和改善民生水平，更好地推进全面小康社会建设。

残疾儿童康复救助制度按照党的十九大报告关于“兜底线、织密网、建机制”要求，立足为符合条件的残疾儿童接受基本康复服务提供制度保障。

（一）兜底线。残疾儿童康复救助制度立足我国现实国情，着力保障残疾儿童享有基本康复服务，不因经济困难失去获得康复服务的机会，主要针对经济困难家庭的残疾儿童、儿童福利机构收养的残疾儿童和残疾孤儿等实施救助。

（二）织密网。残疾儿童康复救助制度是我国残疾人康复领域的第一个专项救助制度，主要针对我国残疾儿童康复服务保障制度空白，将现有社会保障制度覆盖不到的服务内容作为主要救助内容，并强调与基本医疗保障、临时救助等制度进行有效衔接。

（三）建机制。残疾儿童康复救助制度的出台，实现了残疾儿童康复救助工作从项目式运作到制度化保障的转变，解决了过去残疾儿童康复救助覆盖面窄、持续性差的问题。

10 月 1 日起全面实施救助制度并落实五方面监管

意见确定 2018 年 10 月 1 日起全面实施残疾儿童康复救助制度，并提出各省级人民政府在 2018 年 9 月底前制定出台本地救助制度和配套政策措施。

从各地情况看，目前大部分省（区、市）主要通过项目方式开展救助，需要根据意见做好制度设计，完善配套政策并做好相应的资金、人员、信息系统等准备。同时，已经建立救助制度的省（区、市），也需要根据意见完善原有制度，对与意见不一致的工作机制、审核程序、结算方式等进行必要调整。中国残联、教育部、卫生健康委、民政部等有关部门也需进行工作部署、培训并根据地方工作需要，研究、制定配套政策。

意见印发后，各级残联组织将会同有关部门做好以下监管措施：

一是加强定点康复机构的准入、退出等监管，建立定期检查、综合评估机制，指导定点康复机构规范内部管理、改善服务质量、加强风险防控，及时查处违法违规行为和安全责任事故，确保残疾儿童人身安全。

二是探索建立科学合理的康复服务定价机制，加强价格监管。

三是建立覆盖康复机构、从业人员和救助对象家庭的诚信评价和失信行为联合惩戒机制，建立黑名单制度，做好公共信用信息记录和归集，加强与全国信用信息共享平台、国家企业信用信息公示系统的信息交换共享。

四是积极培育和发展康复服务行业协会，发挥行业自律作用。

五是残疾儿童康复救助实施和资金筹集使用情况定期向社会公开，接受社会监督。

张海迪在建立残疾儿童康复救助制度工作电视电话会议上的讲话

2018 年 8 月 17 日

国务院残疾人工作委员会办公室召开建立残疾儿童康复救助制度工作电视电话会议，主要任务是以习近平新时代中国特色社会主义思想为指导，深入学习贯彻党的十九大和十九届二中、三中全会精神，对贯彻落实《国务院关于建立残疾儿童康复救助制度的意见》（以下简称“意见”）、做好残疾儿童康复救助制度建设工作进行动员和部署。

刚才，周长奎同志宣读了国务委员、国务院残工委主任王勇同志的批示。批示对做好残疾儿童康复救助制度建设工作提出了明确要求，希望大家认真学习领会，抓好贯彻落实。民政部、财政部、国家卫生健康委的领导和同志分别做了部署。在此，我代表中国残联，代表全国 160 万残疾儿童和他们的家庭向大家表示衷心的感谢！我相信，有国务院的高度重视、各部门的大力支持和各地的共同努力，残疾儿童康复救助工作一定能够落到实处。

我来中国残联工作十年了，去过很多地方，看望过很多残疾孩子，也见过很多特别难过、焦急和无助的家长，我深深懂得他们急切的心情，懂得他们心中的期盼，孩子好了、康复了，家才有希望。而我们残疾人工作者一定要给孩子们和他们的家庭带来希望。下面，我讲几点意见：

一、提高认识，增强做好残疾儿童康复救助的责任感和紧迫感

我国 0—6 岁残疾儿童有 167.8 万。康复是残疾儿童生命的重建，0—6 岁儿童正处在生长发育的关键阶段，在这一时期得到有效的康复，将为孩子的未来打下坚实的基础。错过这个最好的康复时期，将给孩子、家庭和社会造成无可弥补的损失。

党和政府历来关心、重视残疾儿童康复。习近平总书记明确要求“重视残疾人健康，努力实现残疾人‘人人享有康复服务’的目标”。李克强总理强调，救助残疾儿童关系到很多家庭的幸福，要切实减少因残致贫现象。党的十八大以来，我国残疾儿童康复事业取得了显著的成就。国务院颁布了《残疾预防和残疾人康复条例》，国家发展改革委、财政部将残疾儿童康复纳入了国家基本公共服务项目，国家卫生健康委、国务院扶贫办、中国残联共同开展了精准康复服务行动。目前，残疾儿童康复机构发展到近 7000 个，61 万（人次）残疾儿童得到手术治疗、康复训练、辅助器具适配等康复救助，实现了不同程度的康复。

但是，残疾儿童康复工作不平衡不充分的问题仍然突出，与残疾儿童的需求和家长的期盼相比，与国际先进水平相比还有明显差距。比如，残疾儿童康复服务资源总量不足、分布不均衡，康复机构大多集中在大中城市，基层和农村残疾儿童康复服务尤其薄弱；康复服务专业人才十分短缺，残疾儿童康复服务的专业化水平还不高，现有的一些服务还是初步的，不系统，不全面。残疾儿童康复周期长、花费大，多数康复项目还没有纳入基本医疗保险支付范围，各级财政对残疾儿童康复的补贴范围还比较窄、标准还比较低。相当数量的残疾儿童因家庭经济困难无法得到康复服务。很多残疾儿童家庭为孩子康复倾其所有，因残致贫的问题还十分突出。特别是一些残疾儿童家庭长期承受巨大的经济和精神压力，遗弃、虐待甚至伤害残疾儿童等令人心痛的现象仍时有发生。

这些困难和问题得到了党中央、国务院的高度重视。日前，国务院印发了《关于建立残疾儿童康复救助制度的意

见》，这是我国残疾儿童康复工作中的第一个专项制度安排，为满足残疾儿童基本康复服务需求，努力实现残疾儿童“人人享有康复服务”的目标提供了制度性保障，体现了党中央、国务院对残疾儿童的特殊关爱，也寄托着残疾儿童和他们的家庭对未来的希望。

落实好这项制度，是贯彻落实习近平新时代中国特色社会主义思想和党的十九大精神，坚持以人民为中心发展思想的具体体现，是有效减少因残致贫和确保实现“全面建成小康社会、残疾人一个也不能少”目标的要求，是提高儿童健康水平、推进“健康中国”战略的重要内容，是维护残疾儿童平等权利、促进残疾儿童全面发展、增进残疾儿童家庭幸福的有力保障。我们一定要以高度的政治责任感、以温暖的情怀，把这件好事办得好上加好，让孩子们尽早得到及时、有效、便捷的康复服务，让他们拥有快乐的童年和美好的未来。

二、准确把握意见精神，认真做好残疾儿童康复救助制度建设工作

意见以习近平新时代中国特色社会主义思想为指导，按照兜底线、织密网、建机制的要求，提出了我国残疾儿童康复救助制度的指导思想、基本原则、总体目标，明确了救助的对象、内容、标准和工作流程。我们要认真学习、准确把握意见的要求，抓住加大投入、优化服务、强化监管这三个关键环节，结合各地实际创造性地贯彻落实。

（一）加大投入，实现残疾儿童应救尽救

资金保障是建立残疾儿童康复救助制度的基础。各地要将残疾儿童康复救助经费纳入财政预算，明确救助对象、范围和标准，确保资金按时足额到位。希望各地要下大力气研究制定科学合理的救助标准，有了足够的资金保障，才能让残疾儿童得到专业有效的康复服务，才能真正发挥这项制度的效力，希望财政部门大力支持。

要优先保障贫困残疾儿童的基本康复服务需求，同时要努力使康复救助政策惠及更多残疾儿童。意见明确，有条件的地区可以扩大残疾儿童康复救助年龄范围，也可放宽对救助对象家庭经济条件的限制。近年来，很多地方已经将救助对象扩展至所有家庭的残疾儿童，将救助对象年龄范围扩展至0—14岁或0—17岁。各地要学习借鉴这些好的经验做法，在财力可承受范围内，积极为更多残疾儿童享受康复救助政策创造条件。在贯彻落实意见的过程中，决不能出现残疾儿童康复救助范围、内容、标准等不增反降的现象。

残疾儿童康复救助制度是基本医疗保险、大病保险、医疗救助等制度的有益补充。我们还要注意做好与基本医疗保险、大病保险、医疗救助、临时救助以及普惠性早期教育等制度的有效衔接，充分发挥政策叠加效应，为残疾儿童康复提供多渠道、多方面的保障。

（二）优化服务，加快实现残疾儿童“人人享有康复服务”的目标

让残疾儿童得到及时有效便捷的康复服务，是建立残疾儿童康复救助制度的根本目标。我们以实施意见为契机，开展残疾儿童康复服务的需求调查和制定发展规划，健全“早发现、早干预、早康复”的残疾儿童康复工作机制，鼓励更多医疗机构、妇幼保健机构、社会力量和市场主体参与残疾儿童康复，有效增加残疾儿童康复服务的供给，提高服务的质量和效益。要注重把残疾儿童康复服务加快向基层和农村地区延伸，加强东西协作、对口支援，让更多的残疾孩子能够就近得到康复服务。

家庭是孩子成长的摇篮，一个温暖稳定的家庭是残疾儿童康复和成长的重要支撑。残疾儿童的家庭承受了常人难以想象的痛苦，付出了更多的爱、耐心和坚持。我们要对这样的家庭和家长充满同情和关怀，更要重视对他们的支持服务，让他们能够感受到党和政府以及全社会的关心和温暖，坚定生活的信心和勇气。近年来，很多地方建立了残疾儿童家长互助组织和家长学校，开展了对残疾儿童家庭的专业社会工作服务，组织残疾儿童家长灵活就业增加收入。我们要进一步推广这些做法，千方百计为残疾儿童和他们的家庭提供更多的支持，不能让这些家庭陷入绝望和无助。特别是在残疾儿童康复救助申请的过程中，要深化“放管服”改革，努力简化和规范申请、审核程序，发展“互联网＋救助服务”，让残疾儿童家长“办事不求人”“只进一扇门”“最多跑一次”。同时，要严格规范审核流程，主动公开审核结果，确保审核过程及结果公开、公正、透明，让残疾儿童家庭放心、满意。周长奎同志曾在团中央工作，负责过青年志愿者队伍，希望青年志愿者也能更多关心帮助残疾儿童家庭，帮助残疾儿童得到更好的康复服务。

（三）强化监管，确保残疾儿童康复服务安全和质量

强化监管是保障残疾儿童康复救助制度有效运行的重要手段。要特别重视资金和服务两个方面的监管。在资金监管方面，要加强对残疾儿童康复救助资金管理使用情况的监督检查，坚决杜绝挤占、挪用、套取等违法违规现象。残疾儿童康复救助实施和资金筹集使用情况要定期向社会公开，接受社会监督。

在服务监管方面，要按照“双随机、一公开”的原则，加强定点康复机构准入、退出等监管，开展定期检查、综合评估和第三方评估，确保定点康复机构安全规范运行，让残疾儿童能够在这里有效康复、平安生活、快乐成长。要按照公开择优原则，选择专业能力强、康复效果好、服务质量高的机构承担残疾儿童康复救助服务。要加快制定完善定点康复机构标准、服务规范、质量评价等标准，指导定点康复机构规范内部管理、改善服务质量、加强风险防控。对定点康复机构的违法违规行为和安全责任事故，要及时查处，确保残疾儿童的人身安全。要让残疾儿童和家长参与服务监管，

服务做得怎么样要让残疾儿童和家长来评价，根据他们的意见更好地提高服务水平。

建立残疾儿童康复救助制度还有一项重要的基础性工作，就是人才培养和科技研发。我们要建立高水平、高起点、国际化的中国康复大学，希望各地也积极行动起来，依托高等院校、康复医疗机构等加强康复专业人才的培养培训，不断提高康复服务从业人员能力素质，为残疾儿童康复提供可靠的人才保障和智力支撑。

三、加强组织领导，确保残疾儿童康复救助制度如期建立实施

对于残疾孩子来说，早一天康复，生命就多一分希望！希望各级地方政府、各有关部门高度重视，周密部署，确保残疾儿童康复救助制度 10 月 1 日起全面实施。

第一，要坚持政府主导。意见明确“残疾儿童康复救助工作实行地方政府负责制”，要求“地方各级人民政府要将残疾儿童康复救助工作列入重要议事日程，作为政府目标管理和绩效考核重要内容，对不作为、慢作为、乱作为的单位和个人加大行政问责力度，对违纪违法的严肃追究责任”。党委领导、政府负责，是中国特色残疾人事业的领导体制。建立残疾儿童康复救助制度也要发挥好这个体制的优势。各级政府残工委办公室要及时向党委、政府和分管领导同志汇报，协助党委、政府制定好工作计划，确保制度如期建立、平稳运行。

第二，要加强部门协作。残疾儿童康复救助工作是一项系统工程，涉及残联、教育、民政、财政、卫生健康等多个部门。这个意见的出台就是各部门共同努力的结果。刚才，财政部、民政部、国家卫生健康委的负责同志也分别提出了要求。希望相关部门一如既往地落实职责分工，加强沟通协作，形成工作合力。希望民政、扶贫、残联等部门单位加强信息互联互通，共同做好残疾儿童家庭经济状况审核，让数据多跑路，群众少跑腿；希望财政、审计部门确保救助资金及时、足额到位，严格做好资金监管，提高资金使用效益；希望卫生健康、教育、民政等部门积极加强康复机构建设、监管，和残联一道做好定点康复机构监管，保障残疾儿童康复的安全和质量。

意见明确各级残联组织牵头残疾儿童康复救助工作，体现了党和政府对残联组织的高度信任。各级残联组织要按照中央党的群团工作会议要求，更好地发挥桥梁纽带作用，依靠党委政府，动员社会力量，把残疾儿童康复救助制度建设各项工作落到实处。在职责范围内能办的事情，要抓紧办，要办好；在职责范围内办不了事情，要及时向党委政府反映。要注重改进工作作风，要及时全面掌握残疾儿童的状况，要深入残疾儿童家庭，了解残疾儿童和家长的呼声愿望，始终和残疾儿童的家庭心贴心。只有把这种安危冷暖时刻挂在心上，才能更好地为残疾儿童家庭服务。要用优良的作风、优质的服务把党和政府的温暖送到残疾孩子们身边。

第三，要加强宣传引导。残疾儿童的问题，党委、政府关心，社会各界重视。有关部门和各级残联组织要切实增强政治敏锐性，运用传统媒体、新媒体等多种手段，使社会各界广泛了解党和政府的爱民之心、惠民之举，帮助残疾儿童家庭准确知晓残疾儿童康复救助制度的相关内容，了解基本申请程序和要求。要发挥村民（社区）委员会、基层医疗卫生机构、公益慈善组织和残疾人专职委员、社会工作者、志愿服务人员等社会力量作用，做好发现告知、协助申请、志愿服务等工作。要建立舆情监测和应急处置机制，及时收集残疾儿童康复救助制度实施前后的网上舆情、来信来访等，主动回应社会关切，合理引导预期，及时化解矛盾，确保把好事办好。

残疾儿童是历经创伤而依然坚强的小苗，有温暖的土壤，有爱的雨露阳光，他们一样能够绽放灿烂的生命之花。残疾儿童康复救助工作关系着残疾儿童的命运，关系着千家万户的幸福，关系着全面建成小康社会的大局。让我们在以习近平同志为核心的党中央坚强领导下，以习近平新时代中国特色社会主义思想为指引，奋发进取，扎实工作，加快残疾儿童康复救助制度实施，努力实现残疾儿童“人人享有康复服务”的目标，让残疾儿童像健全孩子一样拥有快乐的童年和幸福的明天，为推进“健康中国”战略、为实现全面建成小康社会做出新的更大的贡献！

国务院残工委副主任、民政部副部长高晓兵在建立残疾儿童康复救助制度工作电视电话会议上的讲话

2018 年 8 月 17 日

根据会议安排，我就民政系统贯彻落实国务院《关于建立残疾儿童康复救助制度的意见》，做一发言。

贯彻落实意见，建立残疾儿童康复救助制度，是以习近平新时代中国特色社会主义思想为指导、全面深入贯彻党的十九大和十九届二中、三中全会精神的实际行动，是促进残疾儿童全面发展的重要举措，也是保障和改善民生、满足人民群众对美好生活新期待的客观要求。今天，国务院残工委办公室召开会议专题部署，海迪同志将做重要讲话。全国民政系统要认真学习会议精神和领导同志讲话要求，充分认识建立残疾儿童康复救助制度的重大意义，以强烈的使命感和责任感，把相关政策落到实处。

一、立足本职，全力做好残疾孤儿和特困残疾儿童的保障工作

儿童福利机构收留抚养的残疾儿童、残疾孤儿和纳入特困人员供养范围的残疾儿童，是残疾儿童中特殊困难的群体，也是民政工作重点保障的对象。近年来，我们建立了全国孤儿基本生活保障制度和特困人员救助供养制度。截至去

年底，全国儿童福利机构儿童的基本生活费平均每人每月1341元，社会散居孤儿每人每月919元；农村特困人员基本生活平均每人每年6323元，城市特困人员每人每年8292元。随着经济社会发展进入新时代，不仅要保障这部分儿童的基本生活，还要让他们中间的残疾孩子能够得到康复救助，做到康复有效果、生活有质量、未来有希望。要确保将符合残疾人“两项补贴”条件的残疾儿童全部纳入补贴范围，做到应补尽补；把符合条件的残疾儿童全部纳入康复救助制度，做到应助尽助。要继续发挥“残疾孤儿手术康复明天计划”作用，把党中央、国务院面向残疾儿童的各项政策用足、用好，把惠及残疾儿童的工作做实、做细。

二、加强衔接，协助做好残疾儿童康复救助信息比对工作

申请人信息比对是确定康复救助制度对象范围的基础工作。民政部门要全面深化“放管服”改革要求，着力加强工作衔接和信息共享，认真协助残联组织开展信息比对。要设身处地为残疾儿童及其家庭着想，力争做到让信息多跑路、让群众少跑路，努力实现群众“最多跑一次”、“一站式结算”的目标，切实提高政策实施效率和便民服务水平。

三、规范管理，共同做好定点康复机构的选择和监督工作

选择和监督定点机构是保障康复质量的关键环节。民政要与相关部门密切协作，依规确定定点康复机构，保障残疾儿童享有优质康复资源。要继续加强儿童福利机构康复设施建设，通过引进专业力量等方式，提升康复服务能力，主动争取卫生健康等部门支持，力争纳入定点康复机构，积极向残疾儿童拓展服务。要发挥民政系统密切联系困难群众的优势，认真倾听残疾儿童及其家庭的感受和建议，及时反馈和发现存在的问题，逐步健全相关政策，落实《残疾人服务机构管理办法》等相关规定，共同做好监督管理工作。

四、着眼长远，尽心做好困难残疾儿童家庭的救助工作

儿童培养在家庭、成长在家庭，残疾儿童背后往往都有一对虽不幸却坚强有爱的父母，都有一个可能因病返贫、因残致困的家庭。政策和制度，要以救助残疾儿童为核心，以帮扶残疾儿童家庭为重点。在认真做好残疾儿童康复的同时，关注经济困难的残疾儿童家庭，简化优化审核程序，拓展完善救助方式，及时将符合条件的家庭纳入救助范围。要充分发挥临时救助的作用，缓解家庭的燃眉之急，让他们时刻感受到党和政府的温暖。同时，要落实对助残社会组织的依法登记制度，配合残联等部门优化助残社会组织发展环境，引导和支持慈善组织、社会工作者和志愿服务人员等社会力量共同参与残疾儿童康复工作。

同志们，建立残疾儿童康复救助制度是残疾儿童的迫切愿望，是我们党“以人民为中心”发展思想的实践成果。让我们团结在以习近平同志为核心的党中央周围，在国务院残工委统一领导下，认真贯彻今天会议的精神和要求，积极进取，扎实工作，共同把残疾儿童康复救助制度建设好、实施好、完善好。

国务院残工委委员、财政部副部长余蔚平在建立残疾儿童康复救助制度工作电视电话会议上的讲话

2018年8月17日

建立残疾儿童康复救助制度，是我国着力改善残疾儿童康复状况、加快推进残疾人小康进程的重要举措，也是继残疾人“两项补贴”制度之后，我国出台的又一具有里程碑意义的残疾人服务保障的重大政策。各级财政部门要认真学习，积极做好资金保障和监管等工作。

一、切实落实保障责任

近年来，中央财政高度重视残疾儿童康复救助工作，在安排“十三五”时期中央专项彩票公益金支持残疾人事业发展补助资金时，将其作为最重要的支出方向予以考虑，不断加大投入力度。2016—2018年，中央财政累计下达53.1亿元，由各地统筹安排，用于残疾儿童康复救助等扶残助残支出。残疾儿童康复救助制度建立后，政府将向所有符合条件的对象提供制度化的保障。中央财政将继续通过残疾人事业发展补助资金，对各地开展残疾儿童康复救助工作给予支持，并积极向工作任务重、财政困难的地区给予倾斜。同时，将继续深化财政体制改革，推进落实基本公共服务领域中央与地方财政事权和支出责任划分改革工作，进一步优化转移支付结构，增强地方财政的统筹能力。地方各级财政部门要按照国发〔2018〕20号文件提出的“残疾儿童康复救助工作实行地方人民政府负责制”的要求，切实承担起资金保障责任，坚持覆盖全面、保障适度、可持续的原则，根据符合条件的残疾儿童数量、康复救助需求和财力状况等，合理编制并尽快下达支出预算，确保“应救尽救”。要不断健全多渠道筹资机制，鼓励、引导社会捐赠和社会力量参与，逐步提升服务保障水平。

二、努力强化资金监管

开展残疾儿童康复救助工作，将面对千差万别的对象家庭状况和个性化的康复需求。地方财政部门要积极配合残联组织和民政、卫生健康等部门，发挥贴近基层、就近就便的优势，结合国家预算管理要求和当地工作实际，细化资金管理办法，明确资金分配下达、管理使用等各项要求。同时，会同审计等部门加强对资金管理使用情况的监督检查，杜绝挤占、挪用、截留和滞留补助资金等违法违规现象。积极配

合残联组织等部门，将工作实施和资金筹集使用情况定期向社会公开，主动接受社会监督。

各级财政部门要按照全面推进预算绩效管理的各项规定，认真做好绩效目标设定、执行监控和绩效评价等工作，努力提高资金的使用效益。对于工作绩效好的省份，中央财政将在分配相关补助资金时予以倾斜支持。各地也应比照中央做法，逐级建立绩效目标管理、绩效评价和结果应用机制，对工作绩效好的地区予以奖励，对工作绩效落后的地区给予督导问责，引导各地强化规范管理，确保资金使用安全高效。

三、认真落实配套措施

在做好残疾儿童康复救助资金保障和监管工作的同时，各级财政部门要认真落实好经费结算、税收优惠等配套措施，形成合力。

一是支持做好康复费用结算工作。残疾儿童康复救助对象原则上应到定点康复机构接受康复服务，所发生的费用，经县级残联组织审核后，由同级财政部门与定点康复机构直接结算。经县级残联组织审核同意在非定点康复机构发生的服务费用，也可按规定纳入康复救助制度保障范围。县级财政部门要依据上述规定，配合同级残联组织尽快明确定点康复机构康复服务费用的结算周期，制定非定点康复机构康复服务费用的结算办法，规范相关工作流程，做到方便、快捷。

二是落实好税收优惠政策。为支持非营利事业发展，2008 年我国统一企业所得税法时，参照国际通行做法，确立了非营利组织税收制度安排，对符合条件的非营利组织取得的非营利性收入给予免征企业所得税的优惠。2018 年 2 月，财政部、税务总局又联合印发了《关于非营利组织免税资格认定管理有关问题的通知》，对非营利组织免税资格认定政策进行了修订完善，调整放宽了非营利组织认定条件，进一步扩大了非营利组织免税优惠政策的覆盖范围。地方各级财政部门要配合相关部门落实好上述优惠政策，将符合规定条件和监管要求的康复机构及时纳入非营利组织免税优惠政策范围，对其符合条件的非营利性收入依法给予免征企业所得税的优惠，让这些康复机构更好地为残疾儿童康复提供服务。

同志们，残疾儿童康复救助制度将于今年 10 月 1 日起全面实施。各级财政部门要进一步增强大局意识和服务意识，积极支持和配合残联组织等有关部门尽快推进工作，切实把各项康复救助政策措施落到实处，确保能够公平地惠及每一名符合条件的残疾儿童。

国家卫生健康委代表在建立残疾儿童康复救助制度工作电视电话会议上的讲话

2018 年 8 月 17 日

儿童的健康成长关系祖国和民族的未来，也是每个家庭的希望和期盼。党的十八大以来，党中央、国务院高度重视儿童医疗卫生服务的发展。习近平总书记、李克强总理、孙春兰副总理、王勇国务委员多次就儿童医疗健康事业做出重要指示、批示。做好残疾儿童的康复和保障工作，是推进健康中国战略，保障儿童健康权益的关键举措，也是加快全面建成小康社会进程的重要任务。

近年来，国家卫生健康委深入贯彻落实习近平总书记系列重要讲话精神和党中央、国务院决策部署，积极推进残疾儿童康复及保障相关工作。一是积极开展儿童残疾筛查。会同中国残联积极开展 0—6 岁残疾儿童筛查试点，探索建立儿童残疾筛查、诊断和治疗康复有效衔接、协调推进机制。二是提高残疾儿童康复治疗服务水平。近年来，我委积极推进康复医疗服务体系建设，组织开展康复治疗专业技术人员培训，完善相关技术规范，不断提高残疾儿童康复治疗服务能力。三是加大残疾儿童康复医疗保障力度。将农村贫困残疾儿童作为健康扶贫工作重点，指导地方落实托底保障政策。利用中央专项彩票公益金支持，联合有关慈善组织启动实施系列救助项目。针对先天性结构畸形等 72 种出生缺陷实施医疗补助。截至目前，已救助 8300 余名患儿，拨付救助金 9400 余万元。

国务院印发《关于建立残疾儿童康复救助制度的意见》，体现了国家对残疾儿童的关怀，对于提高残疾儿童康复服务可及性、提升儿童健康水平具有重要意义。医疗卫生机构是残疾儿童康复服务的重要提供方，卫健系统责任重大、使命光荣。地方各级卫健部门要以习近平新时代中国特色社会主义思想为指引，贯彻落实意见要求，认真履职尽责。一是加强组织管理。配合、协同残联、教育、民政、市场监管等部门完善残疾儿童康复救助管理政策，明确部门职责，完善内部分工，强化责任落实，做好康复服务、救助工作的衔接。二是促进规范服务。进一步加强残疾儿童康复医疗业务指导，指导康复医疗机构规范内部管理，提高业务能力，保障医疗质量安全；加大康复医疗专业队伍建设力度，提高康复医疗服务专业化、规范化水平。三是扎实推进工作。各地要在前期工作基础上，总结经验，继续做好 0—6 岁残疾儿童筛查与康复治疗工作，推动建立早期筛查－早期诊断－早期治疗－早期康复一体化工作机制；要继续将残疾儿童作为健康扶贫、大病专项救治和家庭医生签约服务的重点人群，结合实际提供康复、治疗、健康教育等基本医疗卫生服务，提高可及性和可负担性。鼓励有条件的地区将基本康复服务纳入家庭医生签约服务范围。

国家卫健委将认真落实意见精神，积极配合中国残联，加强对残疾儿童康复救助工作的监督指导，推进工作落实，努力提升残疾儿童康复服务及保障水平。

五、《导盲犬》国家标准

ICS 07.080

B 44

中华人民共和国国家标准 GB/T 36186-2018

导 盲 犬

Guide Dog

国家市场监督管理总局、中国国家标准化管理委员会发布

2018年5月14日发布 2018年12月1日实施

前 言

本标准按照GB/T 1.1-2009给出的规则起草。

请注意本文件的某些内容可能涉及专利。本文件的发布机构不承担识别这些专利的责任。

本标准由中华人民共和国农业农村部提出。

本标准由全国伴侣动物（宠物）标准化技术委员会（SAC / TC 541）归口。

本标准起草单位：中国盲人协会、大连医科大学、北京市动物疫病预防控制中心、中国导盲犬大连培训基地、公安部南京警犬研究所、中国残疾人辅助器具中心、北京市盲人学校、北京农学院动物科学技术学院、大连市公安局养犬管理办公室和北京市标准化研究院。

本标准主要起草人：李伟洪、王靖宇、王福金、赖杰、周子娟、韩芳、王鑫、梁佳、姜丹、贾亚玲、韩萍、韦海涛、陈武、谢翔燕、郑雪莹、邓柏林。

引 言

为了促进我国导盲犬事业的发展，规范导盲犬工作，提高导盲犬培训质量，为视力残疾人的出行提供安全、可靠的导盲犬服务，特制定本标准。

本标准经专家在大连、南京、上海、郑州等导盲犬培训机构实地调研，参考国际导盲犬联盟等机构的最新工作标准，并结合我国导盲犬工作的实际需求制定。

导盲犬

1 范 围

本标准规定了导盲犬的选种与繁殖、饲养和管理、培训与评估、回访与复训、退役和犬档案。

本标准适用于视力残疾人使用的导盲犬。

2 术语和定义

下列术语和定义适用于本文件。

2.1 导盲犬 Guide Dog

协助视力残疾人安全出行的工作犬。

2.2 家庭寄养 Puppy Raising

将出生2个月后的幼犬送到寄养家庭进行社会化训练的生活过程。

2.3 导盲犬技能培训 Guide Dog Skill Training

对犬进行导盲技能训练。

2.4 培训期 Training Period

寄养结束后，犬接受导盲技能培训的时期。

2.5 交换训练 Switch Training

让犬适应不同人的指导和操作训练。

2.6 受训犬 Dog in Training

接受导盲技能培训的犬。

2.7 共同训练 Team Training

让犬适应视力残疾人及其生活环境，并服从视力残疾人的指令，引领视力残疾人安全出行的培训过程。

2.8 使用者 Handler

使用导盲犬的视力残疾人。

2.9 服役期 Serive Period

导盲犬交付给使用者使用的时期，服役期约为6年—10年。

2.10 退役 Retirement

导盲犬服役期结束。

2.11 拒食 Food Refusal

按照指令进食，不随意捡食其他食物。

2.12 工作意愿 Willingness

犬对导盲工作的主动性。

3 选种与繁殖

3.1 选种

3.1.1 宜选用拉布拉多巡回猎犬和金毛巡回猎犬。

3.1.2 应选用有完整的血统系谱、三代来源清楚、无攻击性、无遗传缺陷的犬。

3.1.3 犬的身体各部位比例协调、匀称、紧凑，肌肉发达，骨骼发育良好，体质健壮，身体各项生理指标在正常范围内。成年后，雄性犬的肩高范围宜为55cm—65cm之间，雌性犬的肩高范围宜为50cm—60cm。

3.1.4 宜选用胆大灵活、亲和力强、适应能力强、游戏欲较强、性情温顺、稳定性好、行走主动性好、敏感性适中的犬进行繁殖。

3.2 繁殖

3.2.1 种母犬在配种前至少有一次发情，配种年龄不得超过84个月（7岁）。种母犬每年最多繁育2次，终生繁育不能超过8次。

3.2.2 种公犬配种年龄为24个月（2岁）—72个月（6岁）。

4 饲养和管理

4.1 基本饲养条件

4.1.1 应提供营养充足、搭配合理、清洁卫生的饮食。

4.1.2 应确保犬舍清洁卫生、通风干燥、防寒避暑。

4.1.3 应有合理的运动场所和指定的排泄场所。

4.2 管理

4.2.1 保持犬的卫生清洁，应定期洗澡，梳毛，清理眼、耳分泌物及肛门腺，修剪趾甲等。

4.2.2 应保证充足的运动量。

4.2.3 应进行疫病防治，定期注射疫苗、驱虫，发现异常及时就医。

4.2.4 非种用导盲犬出生7个月后，应进行节育手术。

4.2.5 每年应至少对犬做1次全面的临床检查，临床检查项目及要求见附录A。

4.2.6 每年应至少对犬做1次健康状况系统检查，系统检查项目包括：CT检查、X射线检查、B超检查、血清生化检测、血常规检测、粪便检查和尿液检查。

4.3 特殊饲喂营养要求

4.3.1 妊娠期的种母犬应按照妊娠期的营养需求合理搭配饮食。

4.3.2 哺乳期的种母犬应提供营养丰富、易消化且满足泌乳需求的食物，确保少食多餐。若泌乳不足应及时催乳。

4.3.3 确保每只仔犬能及时足量吃到初乳。

4.3.4 按照幼犬不同月龄的营养需求合理搭配饮食，增减采食次数，尤其注意补充钙和磷。

4.4 特殊护理要求

4.4.1 妊娠期种母犬应进行妊娠期免疫。

4.4.2 保持哺乳期的种母犬产房和犬体清洁卫生。保持环境安静，提供24小时护理。

4.4.3 应注意仔犬的防风保暖，避免母犬的踩压。

4.4.4 每只幼犬应确保充足的阳光照射和运动量。

5 培训与评估

5.1 寄养幼犬的筛选、培训与评估

5.1.1 筛选

筛选胆大灵活、与人亲近、稳定性好的幼犬进行家庭寄养。

5.1.2 培训

幼犬应进行稳定性、适应性、服从性和与人共同生活的社会化训练，建立人与犬的主从关系，养成良好生活习惯，纠正幼犬的不良行为。

5.1.3 评估

5.1.3.1 定期对幼犬进行家庭生活训练评估。家庭生活训练评估表见附录B。

5.1.3.2 幼犬成长至12个月左右，结束寄养。

5.2 受训犬的筛选、技能培训与考核评估

5.2.1 筛选

筛选符合条件的犬进行培训，筛选条件同3.1.4。

5.2.2 技能培训

5.2.2.1 寄养结束后，犬进入培训期，开始接受导盲犬技能培训，训练总时间应不少于6个月。每只犬每天的训练时间宜为1h—3h。

5.2.2.2 训练基本工具包括：脖圈、牵引带（绳）、导盲鞍和工作服。

5.2.2.3 技能训练内容如下：

a）服从训练：坐、卧、立、等待、来、靠、去（进）、走、停止、方向转换（左转、右转、后转），排泄，并建立相应口令的条件反射。

b）基本行走训练：直线行走、靠边行走、快慢走、上下台阶、上下楼梯、进出门和通道，并建立相应口令的条件反射。

c）基本安全训练：静态障碍绕行、动态障碍物绕行、空中障碍物绕行、危险环境禁行、各方面安全提示（减速、停、停坐），并建立相应口令的条件反射。

d）综合能力训练：道路行走训练、过马路训练、躲避障碍（静态、动态和空中）训练、乘电梯和电动扶梯训练、不同环境训练（家庭、社区、闹市区、商场、旅游景点、乡村等）、出入各类门和门槛、危险环境禁行训练、乘坐交通工具训练、寻找标记物（楼梯、门、垃圾桶、座位等）训练、集中注意力训练、抗干扰训练、交换训练、夜间训练、特殊天气训练、家庭训练等，并建立相应口令的条件反射。

5.2.3 考核评估

导盲犬训练结束后应进行基础能力和综合能力考核评

估。考核评估参见家庭生活训练评估和导盲能力训练评估。受训犬考核评估的结果均达到60分以上，可认定为导盲犬。

5.3　共同训练与考核评估

5.3.1　共同训练

导盲犬交付使用者前，应进行至少1个月的共同训练，让犬适应使用者，并服从使用者的指令，引领使用者安全出行。非首次使用导盲犬的使用者，可适当缩短共同训练时间。

5.3.2　考核评估

共同训练结束后应进行评估，导盲能力训练评估表见附录C。

6　回访与复训

6.1　回访

服役期的导盲犬应定期接受回访服务，回访项目可包括犬的身体健康状况、疫苗接种情况、服从性、工作能力和使用效率等。

6.2　复训

6.2.1　导盲犬的服从性降低、家庭生活习惯变差和导盲能力退化时，应及时进行复训，复训可采取收回导盲犬培训基地系统训练和家庭跟踪指导两种形式。

6.2.2　复训后应进行评估，导盲能力训练评估表见附录C。

7　退　役

7.1.1　导盲犬在服役期出现身体状况及技能退化无法正常使用，应退役。

7.1.2　导盲犬出现特殊病症或意外时，经评估不能正常引导使用者出行，应提前退役。

8　犬档案

8.1　基本信息

应对每只犬做好档案记录，犬的基本信息包括姓名、编号、性别、品种、毛色、出生日期、血统谱系、健康状况、临床检查报告、系统检查报告、疫苗接种情况等。

8.2　档案分类管理

8.2.1　服役导盲犬档案包括基本信息、服役情况、使用者信息等。

8.2.2　种犬档案包括以下：

——种公犬档案包括基本信息及交配记录等。

——种母犬档案包括基本信息、发情记录、交配记录、分娩记录等。

8.2.3　幼犬档案包括基本信息、寄养家庭信息、回访记录等。

8.2.4　受训犬档案包括基本信息、训犬员信息、培训记录、考核记录等。

8.2.5　退役犬档案包括基本信息和退役原因等。

附录A
（规范性附录）
临床检查项目及要求

临床检查项目及要求见表A.1。

表A.1　临床检查项目及要求

检查项目	要　求
体温测定	在正常范围内：37.5℃—38.5℃
呼吸检查	正常范围：10次/min—40次/min
脉搏检查	正常范围：70次/min—130次/min
头部及五官检查	检查耳部、眼部、鼻腔、口腔、牙齿、面部及咽部有无异常
四肢检查	检查掌部、腕部、肘部、趾部、跗部、膝部、肩部和髋部无异常
体表检查	检查皮肤、毛发、肛门、肛腺及生殖器无异常，无皮结、皮疹及感染灶
体表淋巴结检查	检查颌下淋巴结、颈前淋巴结、腹股沟淋巴结正常
躯干检查	检查颈部、胸部、背部、荐部、臀部、尾部、腹部无异常

附录B
（规范性附录）
家庭生活训练评估表

家庭生活训练评估表见表B.1。

表B.1　家庭生活训练评估表

犬名：		考核时间：	
寄养家庭/训犬师：		评估人：	
评估项目	评分	备注	
对人生活环境的适应性			
与人交流互动的能力			
自身和外界的敏感性			
服从性			
拒食			
抗诱惑和干扰的能力			
稳定性（室内、室外）			
不咬物品			
室外不乱衔物品			
排泄			
评估结果	不及格	一般	良好
评估建议：			
评估说明： 评估总分为100分，每一个评估项目满分为10分，考评低于60分为不及格，60分—80分为一般，80分—100分为良好。			

附录C
（规范性附录）
导盲能力训练评估表

导盲能力训练评估表见表C.1。

表C.1　导盲能力训练评估表

犬名：			考核时间：
训犬师：			评估人：
评估项目	评分	备注	
服从性			
基本道路行走			
复杂道路行走			
过马路能力			
方向转换			
上台阶、楼梯			
下台阶、楼梯			
行走速度			
静态障碍提示、回避			
动态障碍提示、回避			
空中障碍提示、回避			
危险环境禁行			
出入各类门和门槛			
乘电梯和电动扶梯			
乘坐交通工具			
寻找标记物			
注意力			
抗干扰能力			
适应性			
工作意愿			
评估结果	不及格	一般	良好
评估建议：			
评估说明： 1. 评估总分为100分，每一个评估项目满分为5分，考评低于60分为不及格，60分—80分为一般，80分—100分为良好。 2. 评分要求：5分——犬能自主按照各课目的训练要求或人的指令圆满地完成课目，并表现积极主动、判断准确、服从性好、行动自如稳健；4分——犬能在人的简单提示下按照各课目的训练要求或人的指令完成课目，并表现为比较积极主动、判断比较准确、服从性较好、行为比较自如稳健；3分——能在人的数次指令下按照各课目的训练要求或人的指令完成课目，并表现为自主性、判断力、自如性、稳定性、服从性欠缺点；2分——犬在人的不断指令或帮助下才能按照各课目的训练要求或人的指令完成课目，并表现为不积极主动、判断力或服从性较差、行为犹豫迟钝；1分——犬在人的不断指令或帮助下也不能按照各课目的训练要求或人的指令完成课目，并表现为主动性、判断力、稳定性、服从性均比较差，或不理解各训练课目的要求。 3. 每个考核课目必须满足能得到1分及以上，否则不予认定。			

《导盲犬》国家标准编制背景、过程及内容简介

中国盲人协会　2018年5月18日

一、标准编制背景

导盲犬是应用犬行为学原理，结合视力残疾人的特征，培训为协助视力残疾人安全出行的工作犬。导盲犬是视力残疾人的“眼睛和助手”，它们具备协助视力残疾人躲避障碍、找到目的地、过马路、找座位、安全上下楼梯等能力。在协助视力残疾人安全出行的同时，它们还是视力残疾人的忠诚伙伴和情感寄托，是任何其他工具无法比拟的出行首选。

我国有1731万视力残疾人，导盲犬的需求量很大。2006年以来，辽宁大连、江苏南京、上海、河南郑州、广东广州、北京等地相继成立或正在成立导盲犬培训机构，已训练出160多只导盲犬。由于我国导盲犬相关工作起步较晚，缺乏必要的工作标准和规范的管理制度，各地培训机构不同程度存在着工作不规范、制度不健全、训导师水平不高、导盲犬训练质量差等现象。为了加强导盲犬工作的管理，亟须制定全国统一规范的导盲犬国家标准，以推进导盲犬工作的健康有序发展。

在中国残联的推动下，2008年修订的《中国残疾人保障法》及2012年制定的《无障碍环境建设条例》特别增加了允许导盲犬进入公共场所的条款。铁路、民航、公交、银行等行业也出台相应政策。这一法规政策上的突破为我国导盲犬行业的发展增添了新的推动力。

二、标准编制过程

2013年初，在中国残联的领导下，中国盲协启动了导盲犬标准的制定工作，成立了导盲犬标准起草专家组，收集、整理并翻译了许多国家导盲犬驯养机构关于导盲犬训练技术的相关资料。实地调研走访了大连、南京、上海、郑州、广州等地的导盲犬培训机构，比较详细地掌握了我国导盲犬业的现状。在此基础上，专家组起草了《导盲犬工作标准（草案）》。

2016年9月，《导盲犬》国家标准在国家标准化管理委员会国标委综合〔2016〕60号《关于下达2016年第二批国家标准制修订通知》中列入国家标准制订计划，计划编号：20161355－T－326，推荐性标准，由农业部主管，全国伴侣动物（宠物）标准化技术委员会归口。

中国盲人协会作为第一起草单位，在接到导盲犬国家标准制订通知后，组织各单位、导盲犬培训基地和相关部门组成国家标准编制组。编制组参考国外导盲犬标准的相关内容，结合我国导盲犬工作实际情况，反复研究、讨论，征得业内人士和各方专家的意见建议后，于2017年3月修改完成了标准征求意见稿。

2017 年 4 月 10 日，中国盲协通过网站公示、发函等方式向公安部、交通运输部等 100 多个相关单位及个人公开征求意见，截至 5 月 31 日，共收到来自各方面意见共计 70 余条。2017 年 6 月 24 日，编制组在京召开了一次针对标准征求意见的修改研讨会，在会上，起草组人员与专家，根据收集到的意见又对标准内容进行了详细的讨论和完善。并在会后形成了标准送审稿。

2017 年 6 月 28 日，标准送审稿提交至全国伴侣动物（宠物）标准化技术委员会标准审查会上进行审查。7 月至 12 月，标准起草组根据全国伴侣动物（宠物）标准化技术委员会专家提出的意见，认真修改完善了标准内容，完成了标准报批稿、标准编制说明及相关其他材料，并通过第二次全国伴侣动物（宠物）标准化技术委员会标准审查会专家全票通过。

《导盲犬》国家标准编制工作启动以来，中国盲协共召开了 6 次标准审定会和若干次标准编制研讨会，《导盲犬》国家标准前后经历了 25 稿及 4 次大的结构性调整，最终形成报批稿。

2017 年 12 月，经农业部批准，全国伴侣动物（宠物）标准化技术委员会开始进行《导盲犬》国家标准（报批稿）报批工作。

2018 年 5 月 14 日，国家市场监督管理总局、国家标准委公布了《关于批准发布〈大型游乐设施安全规范〉等 389 项国家标准、6 项国家标准修改单和 54 项国家标准外文版的公告》（中华人民共和国国家标准公告 2018 年第 6 号），《导盲犬》国家标准（GB/T 36186 - 2018）列于其中，并将于 2018 年 12 月 1 日实施。

5 月 14 日，中国残联维权部、中国盲协专门召开导盲犬工作及出行无障碍研讨会，重点部署《导盲犬》国家标准的宣贯工作，研讨确定了下一步继续编制导盲犬机构、设施、人员（训导师、使用者、寄养家庭）、使用规范等行业标准的任务。

5 月 17 日，国标委在京召开重要国家标准发布会，将《导盲犬》国家标准列为重要标准向媒体发布。中国盲协主席李伟洪出席会议，《导盲犬》国家标准编制组成员、导盲犬训导师王鑫代表中国盲协在会上做《导盲犬》国家标准解读并接受媒体采访。

三、标准主要内容

本标准共分 8 章，主要内容包括：

（一）规定了导盲犬工作有关概念。标准给出了导盲犬、家庭寄养、共同训练等术语，并明确了相关术语的概念内涵。

（二）规定了导盲犬的选种与繁殖要求。标准提出，"导盲犬宜选用拉布拉多巡回猎犬和金毛巡回猎犬"。对导盲犬的血统系谱、肩高、性情，种犬的繁殖周期等做出规定。

（三）规定了导盲犬的饲养和管理要求。标准对导盲犬的饮食、犬舍、卫生清洁、疫病防治、节育、健康检查等做出规定。对妊娠期和哺乳期的种母犬、仔犬、幼犬提出了特殊的营养和护理要求。

（四）规定了导盲犬的培训与评估要求。对寄养幼犬的筛选、培训与评估，受训犬的筛选、培训与评估和共同训练做出明确规定。采用系统的评估方法，筛选出适合培育为导盲犬的幼犬进行寄养。犬的培训前评估主要通过行为学测试及幼犬阶段的回访记录对犬进行评估，淘汰不适合的犬、对适合培训的犬的性情、综合素养及学习能力进行评估。通过评估的犬接受服从、基本行走、基本安全及综合能力训练。培训以后进行考核评估。通过考核的犬与视力残疾人一同进行共同训练的学习。

（五）规定了导盲犬回访与复训要求。回访与复训可以有效保证导盲犬身体健康，提升服务质量，保障盲人的安全出行。

（六）规定了导盲犬退役要求。要根据导盲犬的身体状况和服务水平，对导盲犬采取退役或提前退役的要求。

（七）规定了导盲犬档案信息和管理内容。标准提出，"应对每只犬做好档案记录，犬的基本信息包括姓名、编号、性别、品种、毛色、出生日期、血统谱系、健康状况、临床检查报告、系统检查报告、疫苗接种情况等"。服役导盲犬、种犬、幼犬、受训犬、退役犬档案要分类管理。

四、标准发布实施的意义

《导盲犬》国家标准的发布实施，对于规范导盲犬工作，促进导盲犬行业的发展具有重要意义，主要体现在三个方面。一是有利于提升导盲犬培训基地和培训人员的标准化意识，规范导盲犬训练流程和内容，提高导盲犬训练质量，确保盲人在导盲犬引领下的出行安全。二是有利于相关部门对导盲犬质量的考核评估，为行业监管提供有力的支撑。三是有利于导盲犬行业的规范化管理，导盲犬训练机构可以依据标准申请政府购买服务等支持，确保导盲犬工作持续健康发展。

《导盲犬》国家标准将在导盲犬行业发展中发挥引领作用，它的发布彰显了我国的社会发展和文明进步，标志着无障碍环境建设水平得到进一步提升，是全社会弘扬人道主义情怀和人文关爱的具体体现。

《导盲犬》国家标准正式发布

中国残联网站　2018 年 5 月 18 日

导盲犬是应用犬行为学原理，结合视力残疾人的特征，培训为协助视力残疾人安全出行的工作犬。为使导盲犬工作科学、规范、健康、可持续的推进，2016 年 9 月国家标准化管理委员会批准了《导盲犬》国家标准制定计划，在中国残联的支持下，中国盲人协会、全国伴侣动物标准化技术委员会起草、编制了《导盲犬》国家标准。

2018年5月，国家市场监督管理总局、国家标准委公布了《关于批准发布〈大型游乐设施安全规范〉等389项国家标准、6项国家标准修改单和54项国家标准外文版的公告》（中华人民共和国国家标准公告2018年第6号），《导盲犬》国家标准（GB/T 36186－2018）列于其中。

全国助残日前夕，5月17日，国标委在京召开重要国家标准发布会，中国盲协主席李伟洪出席会议，《导盲犬》国家标准编制组成员、导盲犬训导师王鑫代表中国盲协在会上做《导盲犬》国家标准解读并接受了媒体采访。中国盲协专门召开导盲犬工作及出行无障碍研讨会，重点部署《导盲犬》国家标准的宣贯工作。

《导盲犬》国家标准将在导盲犬行业发展中发挥引领作用，其发布彰显了我国的社会发展和文明进步，标志着无障碍环境建设水平得到进一步提升，是全社会弘扬人道主义情怀和人文关爱的具体体现。

《导盲犬》国家标准解读

《中国质量报》　杨蕾　2018年6月5日

从2006年12月29日中国内地第一只训练合格的导盲犬“毛毛”正式上岗服役，到2018年5月14日《导盲犬》国家标准正式发布，中国的导盲犬之路已经走过近12年。“十几年来，中国导盲犬的创业之路充满挑战与艰辛，也充满喜悦与欣慰。”为中国的导盲犬事业呼吁、奔波多年的中国盲人协会主席李伟洪难掩激动的心情。

导盲犬是应用犬行为学原理，结合视力残疾人的特征，培训为协助视力残疾人安全出行的工作犬，它们可以协助视力残疾人躲避障碍、找到目的地、过马路、找座位、安全上下楼梯等。目前，我国正在服役的导盲犬大约170只左右，视力残疾人在导盲犬的引领下可以乘坐公交、地铁、火车、飞机等交通工具，进出公共场所。在协助视力残疾人安全出行的同时，它们还是视力残疾人的忠诚伙伴和情感寄托，是任何其他工具无法比拟的出行首选。

从我国内地第一家导盲犬训练基地在大连成立到第七届全国残疾人运动会上导盲犬“虎虎”“沙沙”的精彩亮相；从残奥会冠军平亚丽在导盲犬的引导下走进北京残奥会开幕式现场到《残疾人保障法》为盲人使用导盲犬出行做出法律上的明确规定……李伟洪坦言，中国的导盲犬事业从“0”起步，取得了巨大的成绩。“随着导盲犬的使用，导盲犬培训基地、机构和各相关服务单位得到发展，但是各培训基地都有自己的一套标准，基地之间互不交流，无论是导盲犬、训导师以及后续对使用者的训练都没有统一的指标，从而导致训练结果差异很大。即使是同一个基地不同的训导师使用的口令、动作都有差别，这为后续的回访训练带来诸多不便。同时，对于导盲犬是否训练成功，也没有统一的考核标准，这使各基地培训结果各不相同，很难界定导盲犬的培训质量。”李伟洪介绍，正是为了规范导盲犬的训练和评价工作，让导盲犬更好地服务视力残疾人，在中国残联的支持下，中国盲人协会承担了起草《导盲犬》国家标准的任务。

起草专家组成员中，既有来自导盲犬训练基地的训导师，也有专门研究动物行为学的专家；既有兽医，也有动物营养师。经过在导盲犬培训机构实地调研，参考国际导盲犬联盟等机构的最新工作标准，并结合我国导盲犬工作的实际需求，历经3年修改，20次易稿。据介绍，《导盲犬》国家标准给出了导盲犬、家庭寄养、共同训练等术语的概念内涵，规定了导盲犬的选种与繁殖要求，“导盲犬宜选用拉布拉多巡回猎犬和金毛巡回猎犬”。对导盲犬的血统系谱、肩高、性情、种犬的繁殖周期等都做出规定。同时，标准还规定了导盲犬的饲养和管理要求。在“导盲犬的培训与评估要求”中，标准规定非常详细，包括对寄养幼犬的筛选、培训与评估，受训犬的筛选、培训与评估和共同训练等诸多内容。例如，标准规定，一只合格的导盲犬需要接受的技能训练包括：坐、卧、立、等待等十几项服从训练；直线行走、靠边行走等基本行走训练；静态障碍绕行、动态障碍绕行、空中障碍物绕行等基本安全训练；过马路、乘电梯、乘坐交通工具、寻找标记物等多项综合能力训练。导盲犬训练结束后还要进行考核评估，合格后才能成为导盲犬。在交付使用者之前，导盲犬还要和使用者进行至少1个月的共同训练，让犬适应使用者，并服从使用者的指令。此外，标准还提出导盲犬回访与复训、退役的要求。每只导盲犬还必须建立档案记录。

李伟洪认为，《导盲犬》国家标准的发布实施，对于规范导盲犬工作，促进导盲犬事业的发展具有重要意义。标准有利于提升导盲犬培训基地和培训人员的标准化意识，规范导盲犬训练流程和内容，提高导盲犬训练质量，确保盲人在导盲犬引领下的出行安全；其次，标准还有利于相关部门对导盲犬质量的考核评估，为行业监管提供有力的支撑；再次，标准有利于导盲犬行业的规范化管理，导盲犬训练机构可以依据标准申请政府购买服务等支持，确保导盲犬工作持续健康发展。

“标准有利于实现无障碍环境建设，帮助盲人走出家门，融入社会。可以说，导盲犬工作是社会发展文明进步的一个重要标志，标准的发布和实施是全社会文明意识的一个展现，是人文关爱的一次具体践行。”李伟洪还介绍，《导盲犬》国家标准的发布实施只是中国导盲犬事业规范化发展的一个开始，接下来，中国盲人协会将继续完善专门的导盲犬培训基地建设与管理标准、训导师标准等系列标准，促进导盲犬事业的规范健康发展。

导盲犬，真想深情地拥抱你

——写在《导盲犬》国家标准正式发布之际

中国残疾人事业发展研究会无障碍
环境研究专业委员会副秘书长 骆燕

2018 年 6 月 20 日

图 2-5-1 张海迪主席与大连导盲犬使用者合影。

前 奏

每一次相见，都那样难舍情怀……

每一次接触，都那样心灵震撼……

这是导盲犬给人们留下的深刻印记。有人曾问，世间到底有没有真情？到底有没有挚爱？如果对人类而言，“天下熙熙，皆为利来；天下攘攘，皆为利往”，要寻找一份单纯的、洁净的、清澈的、透明的无需任何条件的情与爱，真的是很难很难。然而，每当看到导盲犬与主人的亲密接触，每当看到它们一前一后或一左一右幸福地出行，每当看到脱下工作鞍时导盲犬那种活泼与洒脱……那一刻，所有的情感都会被融化，所有的语言都会变得苍白。那是一种多么朴素而执着的画面，那是一种多么信任与依恋的互动，那是一种多么忠诚与体贴的托付，那是一种多么心甘情愿与无怨无悔的付出。那不正是人们“踏破铁鞋”要寻觅的真情挚爱吗？那不正是纯朴而清澈的心灵感应吗？

每当看到导盲犬，我都会油然起敬，都会有一种想深情拥抱它的冲动，可是不能，因为它正在专注工作之中……

难忘：永远割舍不了的乡愁

对人类而言，乡愁是游子对家乡、对亲人的眷恋与思念，是人类共同而永恒的情感。对导盲犬来说，乡愁也是如此。它们对寄养家庭的父母、对训养基地的老师、对一起成长的小伙伴一往情深，终生难忘，犹如这割不断的乡愁、挥不去的情愫。

导盲犬的一生比起人类的一生更为不易。在其十几年的短暂生涯中，它们要经历的离别之痛甚至要多于人类。三个不同家庭的养育，或将成为它们生命之旅中最难忘的经历。

出生后不久，它们就来到“寄养家庭”。在这个家里，幸遇无比痛爱它们的“父母”和亲密无间的家人，学会了与人相处，学会了有规律的生活。在寄养的一年里，它们幸福地慢慢长大。可要成为一名导盲犬，还必须要接受最好的教育。当全家人含泪把它们送回基地的那一瞬，“哀莫大于生别离”近乎残酷的一幕，会让多少人看了流泪……

导盲犬培训基地是它们的第二个家。与训养老师朝夕相处，很快建立了信任与感情。然而要想承担大任，还必须经过刻苦的磨炼。正如孟子所云：“天将降大任于斯人也，必先苦其心志，劳其筋骨……”要想成为一“名”合格的工作犬，就要磨炼心志，劳累筋骨，节制欲望。在训导老师的严格训练下，它们认识了工作鞍，知道穿上它后，自己的责任就不一般；懂得了敬业与坚守，既然选择了这份职业，就要用一生去追求、去奉献。

可当毕业季来临，它们要和未来的主人一起离开这第二个家园时，离别之痛再次袭来，车窗内的它们与车窗外的训养老师、基地的领导，还有那些朝夕相处的小伙伴只能泪眼相对，难舍依依……而只有到了第三个家，它们才算是真正走上了工作归宿。

写到这里，也许你会说，狗狗就是狗狗，谁养它，给它吃的，它就跟谁。差矣！导盲犬虽然不会说话，但它们的内心世界是丰富的，情感是专注的，经历过的事或将成为永远难忘的追忆。

2016 年 5 月 14 日，是中国导盲犬（大连）培训基地成立 10 周年的喜庆之日。40 多位导盲犬使用者带着导盲犬从全国各地回家了。车快到基地的时候，导盲犬一改老实趴着的习惯，而是挺起身子向车窗外张望，它们嗅到了熟悉的大海的味道、嗅到了家乡的气息、嗅到了亲人的气息……

车越驶近基地，它们就越兴奋，主人极力地抚摸安慰着，可它们还是不停地摇着尾巴，急切地扒窗而望……车停了，门一打开，它们就扑向等候在那儿的训导老师，就一下子认出了寄养家庭的“爸爸妈妈”，兴奋地挨个亲昵摩擦着，不停地摇动着大尾巴。那一天，它们很多的同学校友都相聚了，那种热闹、亲昵、相互不停贴脸、摩擦、接触的场面，让在场的所有人都激动得落泪。

此景在心，此情难忘。看过这样场面，谁还能说导盲犬就是一般的宠物呢？它们与人类息息相通，它们是人类最忠实的朋友，它们有着与人类同样丰富的内心世界，更有割舍不断的离别乡愁。

敬佩：永远无怨无悔的坚守

坚守，是坎坷跋涉中的一种勇气，是朴素无华的一种心态，更是专注专一的一种情感……对人而言，坚守，能够让人们找到自我；对导盲犬而言，坚守，能够让它们成就最完美的“犬生”。其实，相比人类，导盲犬的坚守更执着、更专一，它们选择了就不会后悔。

我认识的导盲犬中，小雨、维萨、莎莎等，每天都为工作而忙碌着。它们与主人形影不离，陪主人一起外出上班，一起下班回家；工作时心无旁骛，专心致志；即使主人在工作时，它们也会静静地守在旁边，不会发出一点声响，随时准备听候主人的召唤。那种温顺、服从、专注、体贴，是任何人的服务都无法替代和做到的。

一次，在北京，参加中国盲协召开的“导盲犬工作及无障碍出行研讨会”。进入会场时，我心里还在纳闷怎么没见一只导盲犬呢？会上，盲人朋友谈起了使用导盲犬的体会，说到问题时，有位朋友说，在飞机上常遇到要求给导盲犬戴口罩这样的事，理由是有的乘客害怕狗，担心会咬人。

中国残联副主席吕世明说，给导盲犬戴口罩会影响它的工作，这不是好办法。我们的会议开了3个多小时，大家都没有发现当天会议室里至少有6只导盲犬存在，这足以说明，它们如此听话、如此温顺、如此训练有素。

大家一听，都开始左右寻找，可还是没有发现它们的身影。原来，主人在开会，导盲犬也处在工作的状态，它们就一直静静地趴在桌子下面，加上有桌布的遮挡，没有一点动静，当然觉察不到它们的存在了。

如今，盲人朋友携带导盲犬出入公共场所和乘坐公共交通工具，已受到国家法律法规的保障。这些把自己的一生都献给服务人类的导盲犬，理应受到人类的尊重。可在生活中，经常遇到让它们受委屈的事，诸如：尽管证件齐全，还是要让它们戴特制的口罩，或反复抽血检验，或干脆拒之门外，等等。

对导盲犬的种种不公，往往来自人们的认知偏差。导盲犬作为工作犬与宠物犬的最大区别，就在于它有强大的自制力，只要工作鞍在身，它们绝不会轻举妄动，更不会大声喧哗；至于说它会咬人，那更是无稽之谈了。导盲犬的选拔甚至比挑选宇航员还要严格，不仅要看它的品种、体型、体态，还要看它的家族遗传，还要查它三代以上没有伤人的记录。因此，脾气温顺、与人友善、不具有任何攻击性、有极大的忍耐力，早已是入选导盲犬最基本、最起码的条件。迄今为止，世界上还没有发生过一起导盲犬伤人的事件。

如果人们了解了导盲犬的这些特质，即使是不喜欢狗狗的朋友，我想也会有一颗宽容的心。2010年，为了参加上海世博会，经过申请特批，大连导盲犬基地的训养师带着导盲犬皮特首次登上飞机。但皮特的表现让机组人员感到意外，它上飞机后一直老实地趴在训养师脚下的座位下面，没有一点声响，以至于整个飞机上没有人知道还有一只犬的存在。所以，如果考虑所有人的感受，导盲犬乘飞机时，可以让它与主人提前登机倚窗而座，那结果一定如同在会场一样，没有人能感觉到它的存在，更没有让导盲犬戴那个特制口罩的必要了！

北京盲人陈燕在日记中曾写过自己导盲犬的遭遇：一次她带导盲犬珍妮乘地铁遭拒，珍妮的眼里含着委屈的泪水。看到这样的记录，怎能不让人心生伤感和悲哀呢？对人类如此忠贞、如此忘我、如此敬业、如此坚守的朋友，怎能让它们忍受这些不公平的待遇呢！

图2-5-2 放心跟我走，没问题！

依恋：永远不可替代的温度

曾看过这样一段视频，是日本一位工作犬使用者记录已经17岁（相当于人类100岁）的工作犬临终前的担心。已经卧床不起的工作犬仍然牵挂着主人，它想永远守护主人。导盲犬是工作犬的一种，它们对人类的忠诚，以及人类对导盲犬的依赖，是任何先进的科学手段和科学设备都无法替代的。正如盲人朋友所说，这是一种有温度的、有感知的心灵互动。

在导盲犬工作及无障碍出行研讨会上，我又一次见到了我国第一块残奥会金牌获得者平亚丽。会前，我没有留意她的导盲犬Lucky是否来了。会中，听她说，为Lucky看病一晚上就花去四五千元，花了几万元也没能挽救它的生命，让我的心不禁一颤。会下，我轻轻地问了一声，Lucky呢？她说牺牲了，说着眼圈就红了。此时，我的脑海里一遍遍地浮现Lucky引领她传递残奥火炬的画面。

平亚丽说，她和Lucky是一路斗争过来的。我想，今天人们对导盲犬认知度的提升，各种法律法规保障的不断完善，以及《导盲犬》国家标准的正式发布，不正是凝聚着Lucky和平亚丽以及广大导盲犬使用者不断推动的艰辛吗！社会在进步，文明在提升，无障碍环境建设在普及，我们不能再让为人类服务、忠诚执着、恪尽职守的导盲犬再受一点虐待、再受一点委屈了。

在会上，也有人设想，将来会有更多高科技的导盲产品出现，会取代导盲犬。可中国盲协李伟洪主席说，到目前为止，从导盲犬的培训工作来看，任何辅助器具都代替不了导盲犬，因为它们有灵性和灵动。导盲犬是盲人融入社会的不可或缺的有机组成部分。因此，拒绝导盲犬，就等于拒绝盲人；接纳了导盲犬，就等于接纳了残疾人。

“无可替代”，这是多么伟大的评价；“不可或缺”，这又是多么迫切的期盼。国际上规定，只有当盲人群体的1%使用上导盲犬才能称得上普及。而我国目前视障者有1730

万人，而交付使用的导盲犬尚不足200只，这巨大的供求反差，带给我们的应该是更多的思考。在我们这样一个文明国度里，导盲犬不是多得为患，而是少得可怜。

感动：永远如影相随的忠诚

感动即是生活。其实导盲犬走进人们的生活，不仅让盲人朋友有了光明的使者，也让无数的健全人收获心灵的成长和感动。从导盲犬身上，人们不仅看到一种社会文明的符号，也感受到一种社会和谐美好的氛围。

人们不会忘记，中国残联张海迪主席对导盲犬的一往情深。十几年前，海迪主席到台湾考察时专门去了一次导盲犬训练基地，当时她就心生一个愿望，一定要让大陆的盲人也使用上导盲犬。在担任中国残联主席的第二年，她就专程来到大连导盲犬基地考察调研，对基地的发展提出许多期望和建议。当年，那张她与导盲犬的合影，情真意切，感人至深。

人们不会忘记，有“中国导盲犬之父”之称的王靖宇教授，为了导盲犬几乎倾尽家产，但他执着坚守，终于在大连医科大学创办了中国第一家导盲犬培训基地。基地挂牌那天，中国残联副主席吕世明来了，中国盲协主席李伟洪来了，大连市政府的领导也来了，共同见证了中国导盲犬工作起步的这一重要历史性时刻，为我国有了自己的导盲犬基地而欢欣鼓舞！

人们不会忘记，在海迪主席的一直推进下，在中国残联、中国盲协的不懈努力下，有关导盲犬的政策法规不断完善，《中华人民共和国残疾人保障法》《无障碍环境建设条例》等法律法规都把导盲犬列为专门条款赋予权利。从此，导盲犬有了开心顺畅的工作环境，它们可以“上天入地”，可以乘飞机、坐地铁、进银行、入超市、住旅店……

人们更不会忘记，导盲犬曾经创造的辉煌。2008年，在北京“鸟巢”，导盲犬陪伴火炬手平亚丽登上残奥会的火炬台，陪伴中国残疾人体育代表团绕场一周，成为全场最耀眼的“明星”；同年，中国第一部介绍导盲犬的图书《导盲犬之梦》出版发行，书中有对导盲犬的细腻描述，还讲述了人与狗共同走过的温情历史；2010年，广州亚残运会开幕式，导盲犬引领盲人田径运动员吴春苗入场，与中国残疾人体育代表团一起，接受了六万多观众山呼海啸般的欢呼；2010年，上海世博会生命阳光馆，导盲犬帮助人们体验在黑暗中穿行的感受。此外，导盲犬还无数次伴随中国残疾人艺术团登台演出，带领盲人演员“看”春天翩翩起舞；导盲犬还陪伴太行山盲艺人走进清华大学，用山西民歌唱暖莘莘学子的情怀……

美好的回忆总有太多的温暖和感动。人们更期盼，在不久将要召开的中国残联第七次代表大会上，能再次看到导盲犬引领盲人代表步入人民大会堂的场景……

图2-5-3 2008年残奥会，导盲犬Lucky引领平亚丽登上残奥会火炬台。

愿景：永远有爱、前程光明

如今，习近平总书记日理万机还不忘关心让导盲犬进入公共场所，令人无比感动；如今，凝聚着社会相关部门心血和国家标委会专家智慧的《导盲犬》国家标准已正式面世，导盲犬从选育、训养到交付使用，都有了科学、规范的质量要求；如今，我国第一部有关导盲犬的影片也正在积极筹拍之中。

中国残联副主席李志军曾说，盲人兄弟姐妹是在爱的引领下，实现一个个心愿的，大家有爱就无碍，盲人朋友心中就充满光明，希望通过爱的引领，将无障碍事业引向更光辉的前景！

中国盲协副主席李庆忠这样憧憬：在新时代的热土上，一个个高水平的导盲犬训练基地应运而生，一只只训练有素的导盲犬兴奋地投入热切期盼的主人怀抱。成千上万只导盲犬带着它们的主人，欢快地行走在明媚的阳光里；行走在飞机场、火车站、公园和大街小巷。在导盲犬明澈的眸子里，映照着人们善意的微笑和盲人朋友自信的笑容。这是无数盲人朋友的导盲犬之梦。《残疾人保障法》《无障碍环境建设条例》等法律法规为导盲犬提供了保护，加大导盲犬无障碍工作的宣传倡导，增强全社会法律意识和无障碍意识，提升公众扶盲助残的人道主义素养迫在眉睫。以《导盲犬》国家标准颁布为契机，依托残联和行业协会，加强导盲犬行业的规范管理，逐步开展导盲犬行业培训和评估工作。继续推动将盲人携带导盲犬接受服务纳入各公共服务行业的服务规范，维护盲人的合法权益。加大政府扶持力度，争取社会资源扶持导盲犬行业快速有序可持续发展。继续编制和完善《导盲犬》国家标准相关标准细则，构建我国《导盲犬》国家标准体系。全社会共同努力，让导盲犬无障碍工作成为造福盲人群体的示范和展示社会文明的窗口。

面对这样极为忠厚、极为珍贵、极为难得的人类朋友，我们还有什么理由拒绝它们呢！我们还有什么理由不真心地去帮助它们呢！

尾　声

那天，从中国残联开完会出来，6 只导盲犬身着红色工作鞍与主人迎风而立在林荫下候车的情景，真是格外美丽、格外温馨、格外生动。许多路人见状都充满惊喜和激动，但没有人近前去打扰它们，只是远远地投去钦佩的目光，有的人静静地掏出手机与这温馨的一幕来张合影。

如此的理解、包容、接纳和节制，不正说明导盲犬已日益走进全社会人们的心中吗?！人们自觉遵守着“四不一问”，即不喂食、不抚摸、不呼叫、不拒绝，但当看到盲人朋友在公共空间犹豫徘徊时，一定要主动上前询问一下是否需要帮助。正是有了人们的这种理解和接纳，导盲犬才会有全身心投入工作的融合环境；正是有了人们的这种包容与关爱，导盲犬才能施展为人类无怨无悔付出的天赋与追求。我们相信，有了导盲犬的陪伴，盲人朋友的小康路一定会更加顺畅，一定能收获更多的快乐与丰赢。

请让我深情地拥抱你——亲爱的导盲犬！

中国导盲犬大连培训基地

2004 年 10 月，以大连医科大学实验动物中心主任、动物行为学博士王靖宇教授为首的团队开始了导盲犬在中国培训与应用的研究，经过近两年的摸索与实 践，2006 年 5 月 15 日，经中国残联（残联函〔2006〕90 号）批准，大连市残疾人联合会和大连医科大学共同组建国内第一家能够在导盲犬的繁育、培训、应用等多方面提供专业性指导的非营利性导盲犬培训机构——中国导盲犬大连培训基地，并于当年 11 月 10 日正式登记成立大连爱心导盲犬服务中心。作为公益机构，基地培训出的导盲犬全部免费交付视障人士使用。2019 年 9 月，中国导盲犬大连培训基地正式成为国际导盲犬联盟成员，这是全球最有权威性的导盲犬机构对大连导盲犬训练基地的高度认可。

中国大陆导盲犬之父王靖宇

摘录资料来源：2013 年 9 月 5 日　新浪大连
《中国导盲犬之父王靖宇教授事迹》

王靖宇，1964 年生，吉林市九台市人。1992 年到日本广岛大学攻读动物行为学博士学位，2001 年毕业。2001 年 11 月 12 日，王靖宇到大连医科大学任实验动物中心主任。

2004 年 10 月，王靖宇从宠物市场精选回一条聪明、温驯的拉布拉多幼犬，开始了导盲犬培训的第一步——家庭寄养。训练 8 个月后，导盲犬能按盲人的“口令”和信号引导他到达想去的地方。

2006 年 5 月，中国残联在大连医科大学建立由大连医科大学与大连市残联共同组建的中国导盲犬大连培训基地，这是中国内陆地区首家导盲犬培训基地。2007 年 5 月，云南七运会上，基地负责人王靖宇教授受到国务院副总理回良玉的亲切接见，2008 年，导盲犬走进残奥会，陪同我国第一枚残奥会金牌获得者、视障人士——平亚丽完成火炬传递仪式，另有一只导盲犬陪同盲人运动员走入会场，成了残奥会亮丽的风景。

2009 年 2 月 20 日，中国残联主席张海迪亲临基地视察指导基地工作，观看导盲犬展示，2010 年，两只导盲犬在上海世博会生命阳光馆展示，党和国家领导人胡锦涛等观看了展示，导盲犬皮特也成了生命阳光馆的明星。央视电影剧组以王靖宇为原型，根据发生在中国导盲犬大连培训基地的真实故事，改编拍摄了一部公益电影《彩虹的心愿》。

（宾碧霞、骆燕供稿）

六、《图书馆视障人士服务规范》国家标准

ICS 01.140.20
A14

中华人民共和国国家标准　GB/T 36719－2018

图书馆视障人士服务规范

General specification of library services for the visually impaired

国家市场监督管理总局、中国国家标准化管理委员会发布
2018年9月17日发布，2019年4月1日实施

前　言

本标准按照GB/T 1.1－2009给出的规则起草。

本标准由中华人民共和国文化和旅游部提出。

本标准由全国图书馆标准化技术委员会（SAC/TC389）归口。

本标准起草单位：中国视障文化资讯服务中心（中国盲文图书馆）、安徽省图书馆、上海浦东图书馆、浙江图书馆、上海图书馆（上海科学技术情报研究所）、国家图书馆、中国盲文出版社。

本标准主要起草人：沃淑萍、唐李真、林旭东、陈克杰、冯轶宇、谢影、浦墨、李春明、杨阳、何川、刘东晓、李健、王光武。

引　言

为进一步加强图书馆公共文化服务的公益性、基本性、均等性、便利性、规范性，改善图书馆视障人士服务条件，提高图书馆视障人士服务效能和管理效益，满足视障人士日益增长的多样化精神文化需求，特制定本标准。

图书馆视障人士服务规范

1　范　围

本标准规定了图书馆视障人士服务的服务对象、服务资源、服务内容与形式、服务要求、服务宣传、服务监督与评价。

本标准适用于各省、地（市）、县（区）级公共图书馆（含少年儿童图书馆）视障阅览室以及残疾人联合会、盲人教育机构和其他社会组织建立的为视障人士提供图书馆服务的专门场所。

2　规范性引用文件

下列文件对本文件的应用是必不可少的。凡是注日期的引用文件，仅注日期的版本适用于本文件。凡是不注日期的引用文件，其最新版本（包括所有的修改单）适用于本文件。

GB/T 28220　公共图书馆服务规范

GB/T 31015　公共信息导向系统 基于无障碍需求的设计与设置原则

GB 50763　无障碍设计规范

JGJ 38　图书馆建筑设计规范

YD/T 1761　网站设计无障碍技术要求

3　术语和定义

下列术语和定义适用于本文件。

3.1　视力残疾　the visual disability

由于各种原因导致双眼视力低下并且不能矫正或视野缩小，以致影响其日常生活和社会参与。视力残疾包括盲及低视力。

[GB/T 26341－2010 术语 4.2]

3.2　视障人士　the visually impaired

因视力残疾（3.1）导致的视力下降或视力丧失的人。

3.3　视障阅览室　reading room for the visually impaired

公共图书馆为视障人士（3.2）提供图书馆服务的专门场所。

3.4　盲文图书馆　braille library

由残疾人联合会、盲人教育机构和其他社会组织为视障人士（3.2）提供图书馆服务的专门场所。

3.5　无障碍设施　accessible facilities

为方便残疾人或行动不便者设计的使之能参与正常活动的设施。

3.6　盲文设备　braille reader

用于处理和摸读盲文的装置或器具。

3.7 读屏软件 screen – reading software

专门为视障人士（3.2）设计的屏幕信息获取软件。

3.8 盲文计算机 computer for the visually impaired

集成操作系统、读屏软件（3.7）、盲文电子显示单元为一体的专用计算机。

3.9 盲文显示器 braille display

能够将信息以盲文点字形式凸显出来的设备。

3.10 盲文刻印机 braille printer

可将盲文数据刻印到专用介质上的设备。

3.11 听书设备 e – book player

播放有声资源或利用语音合成技术（Text To Speech，简称 TTS 技术）将电子文本转换为语音的装置或器具。

3.12 助视设备 visual aid

改善或提高低视力者视觉能力的装置或器具。

3.13 盲文读物 braille book

专供视障人士（3.2）使用，依据文稿译制并显示在不同介质上、可触摸的出版物。

3.14 大字读物 large print publications

专门为低视力者设计，以特定字体、字号制作的出版物。

3.15 无障碍影视作品 audio described movies

配有画面解说、字幕、手语的音像出版物。

4 总 则

4.1 为推进图书馆视障人士服务能使图书馆凭借自身资源和专业能力均等化满足视障人士对知识、信息及相关文化活动的需求，保障视障人士服务的基本文化权益。

4.2 图书馆视障人士服务应以全心全意为视障人士服务为原则，通过标准化、无障碍、可选择、主动性、引导性服务改进服务质量，提高服务能力。

4.3 图书馆视障人士服务应依据视障人士的需求采选文献资源，安排服务项目，完善服务设施。

4.4 图书馆视障人士服务除执行本标准的有关规定外，还应符合 GB/T 28220 以及其他相关国家标准规定和政策文件的要求。

5 服务对象

图书馆视障人士服务对象主要包括但不限于以下人群：

——视障人士；

——视障人士的家庭成员；

——从事视障人士服务、教育、研究的人员或志愿者；

——盲人阅读体验者；

——阅读障碍者等。

注：阅读障碍者是指在一般智力动机、生活环境和教育条件等方面与其他个体没有差异，也没有明显视力、听力、神经系统障碍，但其阅读或书写成绩明显低于相应年龄的应有水平，处于阅读或书写困难状态的个体。

6 服务资源

6.1 配置原则

服务资源配置应符合以下原则：

a）与视障人士的认知特点和信息获取方式相适应；

b）与视障人士的多样化、个性化需求相适应；

c）与本地区经济、文化和社会事业发展相适应；

d）与本馆服务视障人士的数量相匹配。

6.2 馆舍建设

6.2.1 基本要求

公共图书馆应遵照 JGJ 38 关于图书馆建筑设计的有关要求设立视障阅览室。有条件的地区残疾人联合会、盲人教育机构和其他社会组织建立的为视障人士提供图书馆服务的专门场所宜遵照 JGJ 38 设立专门的盲文图书馆。

6.2.2 选 址

视障阅览室和盲文图书馆选址除遵照 GB/T 28220 的相关要求执行外，还应结合视障人士的生理条件和心理特点着重考虑以下要求：

a）视障阅览室应设在图书馆本体建筑物与社会公共通道之间的平行层，按 GB/T 28220 中建筑功能总体布局的要求实施；

b）盲文图书馆应遵循交通便利原则，尽量靠近视障人士相对集中的居民区和工作区。

6.2.3 无障碍环境要求

视障阅览室和盲文图书馆的建设应满足以下无障碍环境条件：

a）按 GB 50763 规定配备无障碍设施，按 GB/T 31015 规定设置无障碍导引标识；

b）在门口处设置与馆外人行道相连接的盲道，并在转弯处设置转向标识；

c）在楼梯、过道、洗手间等处设置扶手或盲道，在墙角等转弯处设置护垫等物，在阅览室或洗手间门口处设置盲文标识或语音提示。

6.2.4 功能布局

视障阅览室和盲文图书馆应保证一定的建筑面积和阅览座席，具体指标见表 1。

表 1 建筑面积和阅览座席指标

等级	阅览室面积（m^2）	阅览座席（个）
省级	≥100	≥15
地级	≥50	≥8
县级	≥20	≥4
注：省级包含省（自治区、直辖市）、副省级市（计划单列市）图书馆视障阅览室或盲文图书馆；地级包含地级市、地区、盟、州图书馆视障阅览室或盲文图书馆；县级包含县级市、县（区）图书馆视障阅览室或盲文图书馆。		

阅览室门口设置服务台，可利用四周墙面设置书架，在

房屋中间设置阅览区及活动区；若条件允许，可单独设置藏书区、阅览区、活动区等功能区，在阅览区配备专门为视障人士设计的阅览桌等图书馆家具。

6.3　阅览设备

6.3.1　基本要求

视障阅览室和盲文图书馆应配备与视障人士服务相配套的阅览设备，如安装有读屏软件的计算机、盲文设备、听书设备和助视设备等。

6.3.2　盲文设备

视障阅览室和盲文图书馆应配备盲文设备，包括盲文计算机、盲文显示器和盲文刻印机等。

6.3.3　听书设备

视障阅览室和盲文图书馆应配备听书设备。

6.3.4　助视设备

视障阅览室和盲文图书馆应配备助视设备。

6.4　文献资源

6.4.1　基本要求

文献资源采集应符合 GB/T 28220 关于图书馆文献采集的要求，重点采集符合视障人士认知特点和信息获取方式的盲文读物、大字读物、有声读物及无障碍影视作品等类型的资源，在确保满足视障人士基本需求的基础上逐步增加数字资源。

6.4.2　文献收藏总量

文献收藏总量取决于当地经济条件、视障人士需求及图书馆采购能力。少数民族聚集地区的图书馆可为视障人士提供适量的本民族语言文献资源。

盲文读物、大字读物以册数计，有声读物和无障碍影视作品以种数计，入藏总量基本指标见表2。

表2　收藏文献类型及数量指标

等级	盲文读物/册	大字读物/册	有声读物/种	无障碍影视作品/种
省级	≥1 500	≥3 000	≥3 000	≥200
地级	≥700	≥2 000	≥2 000	≥100
县级	≥300	≥700	≥1000	≥50

注：省级包含省（自治区、直辖市）、副省级市（计划单列市）图书馆视障阅览室或盲文图书馆；地级包含地级市、地区、盟、州图书馆视障阅览室或盲文图书馆；县级包含县级市、县图书馆视障阅览室或盲文图书馆。

6.4.3　年均新增藏量

资源的年均新增藏量应与馆舍面积、馆藏规模、年度读者服务量等因素相匹配。

6.5　人力资源

6.5.1　人员要求

工作人员应符合 GB/T 28220 对人员的相关要求，还应掌握盲文基础知识，熟练使用阅览设备，具备为视障人士服务的技能。

6.5.2　人员配备

视障阅览室和盲文图书馆应以服务时间、规模、资源数量、年度读者服务量等因素为依据，配备数量适宜的专兼职工作人员。

6.5.3　教育培训

视障阅览室和盲文图书馆应按照 GB/T 28220 的要求对本机构工作人员开展教育培训，内容应包括盲文知识、阅览设备使用和服务技能等。

6.5.4　志愿者

引入志愿服务机制，吸纳更多志愿者参与视障人士服务工作，通过专业培训、规范管理，为视障人士利用馆内资源、参与馆内活动提供帮助。

7　服务内容与形式

7.1　服务内容

视障阅览室和盲文图书馆应向视障人士提供以下服务内容：

a）建立视障人士服务档案，记录视障人士的基本情况、阅读倾向和需求信息，有针对性地丰富服务形式，优化服务质量；

b）通过文献检索教育，引导视障人士独立获取所需资源；

c）通过编制推荐书目、导读书目对视障人士进行阅读辅导；

d）通过借阅服务、参考咨询、阅读培训培养视障人士信息素养，提高利用图书馆的能力；

e）增强机构间协作，开展盲文读物馆际互借，提高资源利用率和覆盖面。

7.2　服务形式

7.2.1　基本服务

视障阅览室和盲文图书馆应向视障人士提供以下基本服务：

a）提供盲文、有声、大字、电子等形式的收藏文献书目与索引；

b）提供视障人士所需知识领域的参考咨询服务；

c）提供收藏文献资源的查询、在馆阅读、外借等服务；

d）提供阅览设备的使用培训和借阅服务；

e）举办读书会、文化沙龙、专题讲座等阅读推广活动。

7.2.2　拓展服务

视障阅览室和盲文图书馆可根据本馆情况向视障人士提供以下服务：

a）为无法到馆的视障人士提供邮递、送书上门等外借服务；

b）按照 YD/T 1761 要求进行网站无障碍改造，提供文化信息资源共享；

c）利用互联网、手机等信息技术手段和载体开展网上书目检索、参考咨询等远程网络信息推送服务；

d）提供康复、技能、才艺等方面的教育培训；

e）招募、组织志愿者为视障人士提供接送、朗读、盲文翻译等服务；

f）提供盲文刻印服务；

g）提供无障碍影视作品制作、放映服务；

h）通过流动站、流动车等形式，将文献外借服务和其他服务向基层等延伸，定期开展巡回流动服务；

i）提供康复设备（如盲杖、轮椅等）的租用或借用服务。

8 服务要求

8.1 服务时间

视障阅览室和盲文图书馆应有固定的开放时间，双休日应对外开放。其中省级馆（室）每周开放时间不少于48小时；地级馆（室）每周开放时间不少于40小时；县级馆（室）每周开放时间不少于32小时。各级独立建制的少年儿童图书馆每周开放时间不少于32小时。如视障人士有需求，视障阅览室和盲文图书馆的服务时间应与GB/T 28220规定的服务时间一致。

8.2 服务告示

8.2.1 告示内容和方式

视障阅览室和盲文图书馆的服务范围、服务内容、服务形式、服务时间、读者须知、借阅规则、使用说明及资源目录等基本服务信息应以盲文或大字的形式在馆内公告，以有声和电子等形式通过图书馆网站、电话、短信、QQ群、微信群等向视障人士公告。

8.2.2 开放时间变更公告

节假日变更开放时间或因故须暂时闭馆，须提前一周以有声和电子等形式通过图书馆网站、电话、短信、QQ群、微信群等向视障人士公告。

如遇公共安全等突发事件须临时闭馆或关闭视障人士服务区域时，应及时向视障人士公告。

8.3 资源推介

视障阅览室和盲文图书馆应通过网站、手机应用、宣传资料等形式，向视障人士推介最新入藏的文献资源。

8.4 服务指标

视障阅览室和盲文图书馆应每年统计视障人士接受服务的总人次、经常来馆的活跃读者数量、全年服务人次、设备借阅人次、文献资源使用人次、参与文化活动及社会培训人次。

9 服务宣传

9.1 发展读者

视障阅览室和盲文图书馆应积极在本地区通过媒体、网站、手机、宣传资料及宣传栏等方式开展视障人士服务宣传，提高视障人士的图书馆意识，吸引更多视障人士利用好视障阅览室和盲文图书馆，加强读者教育，扩大读者队伍。

9.2 活动宣传

视障阅览室和盲文图书馆应与残疾人联合会、盲人协会、盲人教育机构及盲人就业服务机构等联合开展视障人士服务宣传活动。

视障阅览室和盲文图书馆应结合阅读推广和教育培训，宣传视障人士服务，吸引视障人士参与和互动。

10 服务监督与评价

10.1 监督途径和方法

视障阅览室和盲文图书馆应公开监督电话，开设网上投诉通道，随时征求读者意见或建议，定期通过电话征求读者意见或建议，每年召开1次读者座谈会。正确对待并及时处理来自视障人士的意见或投诉，应在5个工作日内回复处理结果和整改方案。

10.2 读者满意度调查

视障阅览室和盲文图书馆应每年进行1次读者满意度调查。

读者满意度调查表中视障人士对图书馆满意度的选项为"满意"、"基本满意"和"不满意"三项。读者满意度以参与问卷调查的读者中选择"基本满意"和"满意"的人数占调查总人数的比例计。视障阅览室和盲文图书馆的读者满意度应在85%（含）以上。

视障阅览室和盲文图书馆应对回收的读者满意度调查表进行分析，针对薄弱环节提出整改意见。调查数据应系统整理，建档保存。

参考文献

[1] GB 26341 残疾人残疾分类和分级

[2] GB 50642 - 2011 无障碍设施施工验收及维护规范

[3] DGJ 08 - 103 - 2003 无障碍设施设计标准

[4] 文化部公共文化司、文化部办公厅关于开展第六次全国县级以上公共图书馆评估定级工作的通知：办公共函〔2017〕5号

[5] International Federation of Library Associations and Institutions. IFLA Guidelines for Library Services to Persons with Dyslexia - Revised and extended [EB/OL]. [2017 - 09 - 06]. https://www.ifla.org/files/assets/lsn/publications/guidelines - for - library - services - to - persons - with - dyslexia _ 2014.pdf.

[6] Rosemary Kavanagh, Beatrice Christensen Skold. Libraries for the Blind in the Information Age Guidelines for Development [M]. Hague: International Federation of Library Associations and Institutions, 2005.

[7] Ascla. Revised Standards and Guidelines of Service for the Library of Congress Network of Libraries for the Blind and Physically Handicapped [M]. Chicago: American Library Association, 2011.

GB/T 36719－2018《图书馆视障人士服务规范》解读

中国盲文出版社 杨阳、沃淑萍

一、标准编制背景

我国现有视力障碍人士1700多万。这是一个特点突出、需求明确的群体。虽然视力上的缺憾给他们的日常生活带来诸多不便，但从未消减他们对美好生活和丰富精神文化食粮的向往与追求。公共图书馆作为公益性文化服务机构，有责任通过集中、便捷、特殊的文化服务，帮助他们实现全面融合发展，在最大程度地共享人类文明发展成果的同时，参与社会创造，实现人生价值。

美国1868年启动针对视障人士的图书借阅服务。1956年完成图书馆视障人士服务状况调查后，于1961年出台了《地区级盲人图书馆服务标准》。1977年，美国图书馆协会健康与康复图书馆服务部认为需要制定一系列标准来规范全国所有图书馆为视障和肢体伤残人士提供的服务，因此1979年1月，美国图书馆协会下属的专业与合作图书馆委员会（ASCLA）的主任会议审批通过了第一批此类标准。随后，美国国会图书馆又组织了一系列的标准执行情况及服务现状调研，并依据调研结果对1979年审批通过的标准做了四次修订，分别于1984年、1995年、2004年及2011年审批通过并批准实施。最新版标准即为《美国国会图书馆盲人及残障人士图书馆体系服务标准及指南》（2011年修订版）。

俄罗斯国家盲人图书馆始建于1920年，该机构秉持“保证视障人士自由、公平利用图书馆信息资源”的基本原则，制定了一系列能为图书馆视障人士服务提供保障的法律、法规和服务规范，指导盲人图书馆的工作。如俄罗斯《图书馆事业法》《俄罗斯联邦残疾人社会保护法》《关于建立方便残疾人生活环境的措施》《关于残疾人的科学、信息保障》以及俄罗斯图书馆协会2010年通过的《俄罗斯联邦主体盲人图书馆工作规范》等。

我国公共图书馆的视障人士服务起始于自20世纪80年代。据国家图书馆研究院发布的《2016中国公共图书馆事业发展基础数据概览》记载，截至2016年全国县以上公共图书馆共计3153个，其中，国家级图书馆1个，省级图书馆39个，市级图书馆369个，县级图书馆2744个。按全国行政区划分，全国公共图书馆已实现全国全面覆盖。《残疾人文化体育工作“十三五”实施方案》提出，要扶持全国200个地市级公共图书馆、2000个县级公共图书馆的盲人图书室建设。《中国残疾人事业发展统计公报》（残联发〔2018〕24号）数据显示，截至2017年底全国省、地、县三级公共图书馆共设立盲文及盲文有声读物阅览室959个。

中国盲文图书馆于2015年开展了《全国公共图书馆视障阅览室建设和运营情况调研》，在内蒙古、北京、福建、甘肃、河北、河南、黑龙江、湖北、宁夏、陕西、山西、上海、四川、浙江、重庆16个省市的60余家公共图书馆进行了实地访谈和问卷调研。调研结果显示，我国公共图书馆视障人士服务的水平无论是与当前我国视障人士的需求相比还是与国际同行相比，都还有很大的提升空间。其中，缺少明确可依的标准规范，是造成此结果的重要原因。2016年中国盲文图书馆又开展了一次《全国公共图书馆面向视障人士服务现状调查》，收回来自北京、山西、天津、河北、福建、山东、江苏、上海、江西、广东、广西、海南、浙江、宁夏、四川、云南、浙江、甘肃、贵州、陕西20个省市61家公共图书馆的调研问卷。调研结果显示，仅有8家图书馆针对视障读者服务制定了本馆的服务规范，其余53家均未针对视障读者服务制定服务规范。

为进一步推进图书馆视障人士服务标准化，指导图书馆通过自身资源和专业能力均等化满足视障人士对知识、信息及相关文化活动的需求，保障视障人士服务的基本文化权益，由中国盲文图书馆牵头，联合了国家图书馆、安徽省图书馆、上海图书馆、浙江图书馆、上海浦东图书馆共同起草了GB/T 36719－2018《图书馆视障人士服务规范》，由全国图书馆标准化技术委员会（SAC/TC389）归口管理，是我国图书馆标准化领域内首个面向残疾人服务的国家标准。

二、标准主要内容

本标准规定了图书馆视障人士服务的术语和定义、总则、服务对象、服务资源、服务内容与形式、服务要求、服务宣传、服务监督与评价。

标准明确地将视障人士，视障人士的家庭成员，从事视障人士服务、教育、研究的人员或志愿者，盲人阅读体验者和阅读障碍者等作为图书馆开展视障人士服务的对象；并在服务资源中规定了配置原则、馆舍建筑、阅览设备、文献资源和人力资源的要求；在服务内容与形式中规定了基础服务和拓展服务的形式要求；在服务要求中规定了服务时间、服务告示、资源推介和服务指标的要求；在服务宣传中规定了发展读者和活动宣传的要求；在服务监督与评价中规定了监督途径和方法及读者满意度调查的要求。

本标准适用于各省、地（市）、县（区）级公共图书馆（含少年儿童图书馆）视障阅览室以及残疾人联合会、盲人教育机构和其他社会组织建立的为视障人士提供图书馆服务的专门场所。

三、特别内容解释

（一）标准条款5：服务对象

视障人士因为看不见或看不清，他们在生活、学习、工作和参与社会活动中面临种种困难和障碍，造成了盲人出行难度高，受教育程度低，主动阅读或参与文化活动意愿低、甚至与社会隔绝的现状。中国盲文图书馆所开展的两次调研结果均显示，实际到馆借阅图书或参与文化活动的视障人士数量十分有限。为扩大图书馆视障人士服务的覆盖面，帮助社会大众更深入了解视障群体，本标准规定，除视障人士外，视障人士的家庭成员，从事视障人士服务、教育、研究的人员或志愿者和盲人阅读体验者，也属于图书馆视障人士服务的对象。视障人士可在他们的理解和帮助下，更好地享受图书馆的各类文化服务。同时，参考国际通行的《马拉喀什条约》中的相关条款，阅读障碍者①也属于本标准规定的服务对象。

（二）标准条款 6.2.4：功能布局

我国大部分公共图书馆的视障服务起始于“十五”至“十二五”期间，在服务启动之初均有部分经费投入。但因各地财政状况不同，各公共图书馆间经费投入相差较大，且总体投入经费数额较低。由于缺乏相应的服务规范约束，各图书馆基本按照当地视障读者的实际需求自行设置了视障阅览室的建筑面积和阅览座席。在《建设和运营情况调研》中，49 家公共图书馆设置了视障阅览室，其中省级馆阅览室平均面积为 184.4m^2，平均座席 33 个；市级馆阅览室平均面积为 88.3m^2，平均座席数为 21 个，区县馆阅览室平均面积为 39.8m^2，平均座席数为 25 个。在《服务现状调查》中，52 家公共图书馆设置了视障阅览室，其中省级馆阅览室平均面积为 108m^2，平均座席数为 20 个，市级馆阅览室平均面积为 64m^2，平均座席数为 16 个，区县馆阅览室平均面积为 30m^2，平均座席数为 11 个。

根据调研结果，标准规定视障阅览室和盲文图书馆应保证一定数量的建筑面积和阅览座席，具体指标见 6.2.4 功能布局的表 1。

表 1　建筑面积和阅览座席指标

等级	阅览室面积（m^2）	阅览座席（个）
省级	≥100	≥15
地级	≥50	≥8
县级	≥20	≥4
注：省级包含省（自治区、直辖市）、副省级市（计划单列市）图书馆视障阅览室或盲文图书馆；地级包含地级市、地区、盟、州图书馆视障阅览室或盲文图书馆；县级包含县级市、县（区）图书馆视障阅览室或盲文图书馆。		

（三）标准条款 6.3：阅览设备

阅览设备是信息技术飞速发展带来的新兴阅读产品，是辅助视障人士学习、阅读和获取信息的有效工具，一般包括安装有读屏软件的计算机、盲文设备、听书设备和助视设备等。但目前受采购成本及宣传推广不足等因素的影响，各级公共图书馆在视障服务过程中虽有配备相应设备，但配备种类与数量却十分有限，部分图书馆所配备的设备数量仅为个位数。作为帮助视障人士解决阅读障碍的高科技新手段，虽然现阶段阅览设备的配备率较低，但其必将成为未来视障阅读的重要工具。因此，本标准对阅览设备进行了种类划分，对其配备数量只进行了定性要求。各级图书馆可以根据自身服务能力，自主确定各类阅览设备的配备数量，这种要求可更好地匹配并适应后续残疾人公共文化服务体系与科学技术领域的持续性发展。

（四）标准条款 6.4：文献资源

在《服务现状调查》中，接受调研的图书馆根据自身开展视障服务的情况有选择的配备了盲文图书、盲文杂志、大字读物、有声读物、无障碍影视作品及数字资源。盲文图书与有声读物是现阶段图书馆视障人士服务的主要馆藏资源，但馆藏量仍十分有限。本标准规定文献资源采集应符合 GB/T 28220 关于图书馆文献采集的要求，重点采集符合视障人士认知特点和信息获取方式的盲文读物、大字读物、有声读物及无障碍影视作品等类型的资源，在确保满足视障人士基本需求的基础上逐步增加数字资源。同时规定，文献收藏总量取决于当地经济条件、视障人士需求及图书馆采购能力。少数民族聚集地区的图书馆可为视障人士提供适量的本民族语言文献资源。资源的年均新增藏量应与馆舍面积、馆藏规模、年度读者服务量等因素相匹配。

盲文读物、大字读物以册数计，有声读物和无障碍影视作品以种数计，入藏总量基本指标见表 2。

表 2　收藏文献类型及数量指标

等级	盲文读物/册	大字读物/册	有声读物/种	无障碍影视作品/种
省级	≥1 500	≥3 000	≥3 000	≥200
地级	≥700	≥2 000	≥2 000	≥100
县级	≥300	≥700	≥1000	≥50
注：省级包含省（自治区、直辖市）、副省级市（计划单列市）图书馆视障阅览室或盲文图书馆；地级包含地级市、地区、盟、州图书馆视障阅览室或盲文图书馆；县级包含县级市、县图书馆视障阅览室或盲文图书馆。				

（五）标准条款 6.5：人力资源

本标准以《GB/T 28220 公共图书馆服务规范》中规定的人力资源要求为基础，提出了更多针对视障人士服务所需的要求，如工作人员应掌握盲文基础知识，熟练使用盲用阅览设备，具备为视障人士服务的技能；配备专兼职工作人员的数量应以服务时间、规模、资源数量、年度读者服务量等因素为依据；对工作人员开展教育培训的内容应包括盲文知识、阅览设备使用和服务技能等；引入志愿服务机制，吸纳更多志愿者参与视障人士服务工作，通过专业培训、规范管理，为视障人士利用馆内资源、参与馆内活动提供帮助。

（六）标准条款 7：服务内容与形式

在《服务现状调查》中，盲文书籍和有声读物的借阅、

① 阅读障碍者是指在一般智力动机、生活环境和教育条件等方面与其他个体没有差异，也没有明显视力、听力、神经系统障碍，但其阅读或书写成绩明显低于相应年龄的应有水平，处于阅读或书写困难状态的个体。——引自《马拉喀什条约》

送书上门或邮寄服务、文献下载、盲文转换是各公共图书馆为视障读者开展的主要服务，部分公共图书馆还会为视障读者开展文化与培训活动，而口述影像与读者活动则较受视障读者的喜爱。但由于盲人出行困难，各公共图书馆每年所能服务的视障读者人次仍然不高。本标准整理归纳了现阶段公共图书馆面向视障人士开展的各项服务，明确提出了将培养视障人士主动阅读能力作为服务内容的要求，对服务形式提出了分级要求，即将现阶段大部分公共图书馆可提供的服务列归基本服务；将部分对人员、设施及内容要求较高的服务列归拓展服务。各级公共图书馆应按照基本形式要求开展各项服务，并根据视障人士需求及自身服务能力提供拓展服务。

（七）标准条款 8.1：服务时间

在《服务现状调查》中，在 61 家接受调研公共图书馆中，有 57 家图书馆设置了视障阅览室（阅览区）开放时间，开放情况如图 1 所示。故本标准参考《GB/T 28220 公共图书馆服务规范》中对服务时间的规定，明确要求视障阅览室和盲文图书馆应有固定的开放时间，且双休日应对外开放。同时，根据现阶段各公共图书馆的实际情况，本标准提出的每周应开放时间要求略低于《GB/T 28220 公共图书馆服务规范》中规定的服务时间。如视障人士有需求，视障阅览室和盲文图书馆的服务时间应与 GB/T 28220 规定的服务时间一致。

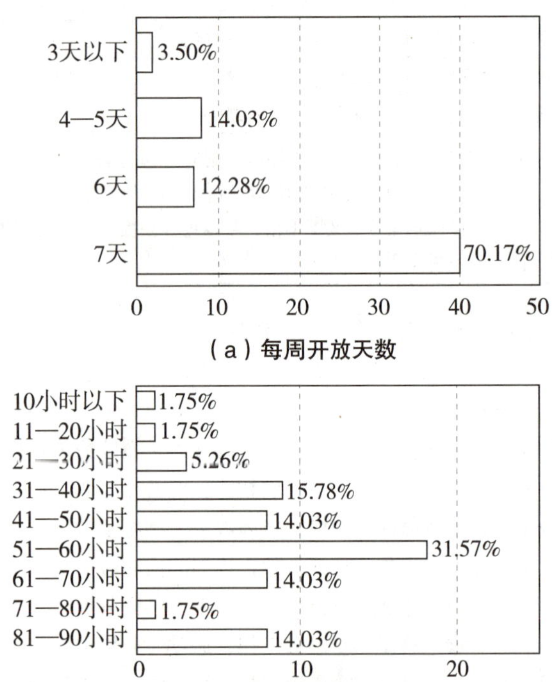

（a）每周开放天数

（b）每周开放小时数

图 1　接受调研公共图书馆视障阅览室（阅览区）开放情况。

（八）标准条款 8.2：服务告示和条款 8.3 资源推介

为吸引视障人士参与公共图书馆的文化服务，视障阅览室和盲文图书馆应主动将各类资源与服务信息告示并推介给视障人士。但因视障人士获取信息存在诸多困难与不便，故本标准提出应以视障人士可感知的方式提供相关信息，具体要求包括：视障阅览室和盲文图书馆的各类基本服务信息应以盲文或大字的形式在馆内公告，以有声和电子等形式通过图书馆网站、电话、短信、QQ 群、微信群等向视障人士公告；节假日变更开放时间或因故须暂时闭馆，须提前一周以有声和电子等形式通过图书馆网站、电话、短信、QQ 群、微信群等向视障人士公告；关于资源推介，本标准规定：应通过网站、手机应用、宣传资料等形式，向视障人士推介最新入藏的文献资源。

（九）标准条款 9：服务宣传

截至 2017 年底，全国省地县三级公共图书馆共设立盲文及盲文有声读物阅览室 959 个。但根据《2015 年全国残疾人基本服务状况和需求专项调查主要数据报告》显示，截至 2015 年 12 月，视障人士中经常参加社区（村）文化活动的人数仅占视障人士总数的 7%。视障人士对公共文化服务的知晓度、积极性和忠诚度十分有限，公平享受阅读服务的自主意愿较低的现状亟待改善。为提升图书馆视障人士服务的覆盖面，本标准特别制定了“服务宣传”条款，要求在本地区通过媒体、网站、手机、宣传资料及宣传栏等方式开展视障人士服务宣传，提高视障人士的图书馆意识，吸引更多视障人士利用好视障阅览室和盲文图书馆，加强读者教育，扩大读者队伍。同时，还应与残疾人联合会、盲人协会、盲人教育机构及盲人就业服务机构等联合开展视障人士服务宣传活动，并结合阅读推广和教育培训，宣传视障人士服务，吸引视障人士参与和互动。

四、标准研制意义

习近平总书记指出，残疾人是社会大家庭的平等成员，也是人类文明发展的一支重要力量。让残疾人均等享有公共文化服务是提升残疾人幸福指数和社会地位的有效途径。《中共中央关于全面深化改革若干重大问题的决定》明确指出：“促进基本公共文化服务标准化、均等化”，“使公共文化服务有标准可依，以标准化促进均等化。”

本标准的制定，是贯彻落实国家政策，进一步完善残疾人权益保障制度，实现残疾人平等权利的具体措施，也是图书馆行业着力推进全民阅读和构建现代公共文化服务体系的重要举措。

本标准的颁布与实施，为视障阅览室或盲人图书馆的设立提供了解决方案，为公共图书馆开展视障人士服务提供了指导，为残疾人联合会、盲人教育机构等为视障人士提供图书馆服务的机构开展相关工作提供了依据。

本标准的推广与应用，是扩大公共文化服务受益面，改进公共文化服务质量，提升公共文化服务效能的有益手段，可有效促进残疾人文化与社会主义文化的同步发展与繁荣。

（张红云供稿）

第三编　全国残疾人事业和残疾人工作

NATIONAL UNDERTAKING AND WORK FOR DISABLED PERSONS

周长奎在第三十三次全国残联工作会议上的讲话：深入学习习近平总书记重要论述，努力开创新时代残疾人事业发展新局面

2019 年 1 月 9 日

元旦刚过，我们就在这里召开全国残联工作会议，早部署、早安排，争取全年工作有一个好的开局。这次会议的主要任务是：坚持以习近平新时代中国特色社会主义思想为指导，全面贯彻党的十九大和十九届二中、三中全会精神，深入学习习近平总书记关于残疾人事业的重要论述，回顾总结 2018 年残疾人工作，研究部署 2019 年工作，凝心聚力完成决胜全面小康的关键任务，全面推进残联改革任务落实，努力开创新时代残疾人事业发展新局面。刚才，宣读了王勇国务委员对残疾人工作的重要批示，批示充分肯定了过去一年残疾人工作取得的成绩，对做好 2019 年工作提出了明确要求。我们要认真学习领会和贯彻落实。

一、2018 年工作回顾

刚刚过去的 2018 年，是很不平凡、很不寻常的一年。

一年来，党和国家高度重视残疾人事业，习近平总书记等党和国家领导人出席中国残联第七次全国代表大会开幕式，国务院批准印发《中国残疾人联合会改革方案》，国务院出台《关于建立残疾儿童康复救助制度的意见》等重大惠民政策，推动残疾人事业站在一个新的起点上。

一年来，我们认真学习习近平总书记关于残疾人事业的重要论述，围绕实现“全面建成小康社会，残疾人一个也不能少”的目标，着力打赢打好贫困残疾人脱贫攻坚战，圆满完成“十三五”规划纲要确定的年度任务，为全面完成规划目标打下了基础。

一年来，我们以庆祝改革开放 40 周年、中国残联成立 30 周年为契机，广泛宣传残疾人事业发展成就，充分展示残疾人自强不息精神风貌，努力营造全社会关心支持残疾人事业的良好氛围，进一步坚定了广大残疾人和残疾人工作者继续推进改革开放的信心和决心。

2018 年，中国残联具体协调推动了以下七个方面的工作：

（一）中国残联七代会成功召开

2018 年 9 月 14 日至 16 日，中国残联第七次全国代表大会在北京召开。习近平总书记等党和国家领导人出席大会开幕式，韩正同志受习总书记委托，代表党中央、国务院向大会致辞，高度评价了残疾人事业取得的历史成就，系统概括了推动新时代残疾人事业发展的“五个必须”，对决胜全面建成小康社会、开启新时代残疾人事业新征程提出了明确要求。大会通过了张海迪主席所作的报告，明确了新时代残疾人事业的发展目标、主要任务和残联改革建设的各项要求。大会通过了中国残联章程修正案，产生了新一届领导机构，为残疾人事业发展增添了新的活力。王勇国务委员、邓朴方名誉主席在大会闭幕式上做重要讲话。2018 年，各地残联也圆满完成换届工作，一批政治素质高、工作能力强、热爱残疾人事业的同志走上领导岗位，残联领导班子和队伍建设得到加强，为在新的起点上加快事业创新发展奠定了组织基础。

（二）中国残联改革全面启动

国务院办公厅印发《中国残疾人联合会改革方案》后，我们及时组织学习，抓紧研究部署，全面推进实施，确保中央党的群团工作会议和习近平总书记关于群团改革的重要指示精神得到全面贯彻落实。成立中国残联改革领导小组和办公室，制定改革任务分工，确定了改革的时间表和路线图。召开中国残联改革工作部署会，明确了“讲政治、强基层、转作风、广代表、专兼挂、助小康、信息化、聚主业”八大任务。启动“走转改”专项改革，从转变机关作风抓起，密切与残疾人血肉联系。开展“学听跟”专项活动，突出改革主线，着力增强政治性、先进性、群众性。各省、自治区、直辖市党委、政府和改革办高度重视残联改革工作，将残联改革纳入当地改革的整体部署积极推进，形成了上下共推改革、同谋发展的良好局面。

（三）贫困残疾人脱贫行动深入推进

贯彻落实《中共中央、国务院关于打赢脱贫攻坚战三

年行动的指导意见》，召开全国残联系统推进贫困残疾人脱贫攻坚工作会议，加快农村贫困残疾人脱贫步伐，又有140.9万名建档立卡贫困残疾人脱贫。会同教育部、民政部等五部委制定《着力解决因残致贫家庭突出困难的实施方案》，出台实施《助盲脱贫行动实施方案》。与国务院扶贫办、民政部共同召开贫困重度残疾人托养照料现场会。与国务院扶贫办、住房城乡建设部定期比对精准识别，加快贫困残疾人家庭危房改造进度。会同民政部完善农村贫困残疾人兜底保障政策，残疾人“两项补贴”信息管理系统在全国上线运行。2018年全国残疾人基本服务状况和需求动态更新数据显示，“两项补贴”惠及困难残疾人1005.5万名、重度残疾人1052.5万名，888.9万残疾人纳入低保范围，共为115.8万残疾人家庭进行了无障碍改造，为65万残疾人发放机动轮椅车燃油补贴。举办贫困残疾人脱贫事迹报告会，激励残疾人通过自身努力摆脱贫困、增加收入。加快推动东部帮扶省市与深度贫困地区残疾人扶贫协作，继续组织开展贫困县定点帮扶。

（四）“十三五”残疾人小康规划加快实施

配合国家发展改革委等部门，邀请第三方评估机构参与，对“十三五”残疾人小康规划实施情况进行了中期评估。评估结果表明，“十三五”规划实施总体进展顺利，符合预期，主要指标和重点任务基本实现时间过半、任务过半，为全面完成规划奠定了基础。

残疾人康复取得新成效。国务院印发《关于建立残疾儿童康复救助制度的意见》，31个省、自治区、直辖市和新疆兵团出台实施办法，为经济困难家庭残疾儿童接受基本康复服务提供了制度性保障。实施精准康复服务行动，为781.3万残疾人提供康复服务，覆盖率达79.8%；为271.1万残疾人提供辅助器具服务，覆盖率达62.9%。与国家卫生健康委编印《残疾人家庭医生签约服务手册》，与民政部等共同规范残疾人康复机构管理。组织开展第二次残疾预防日宣传教育活动，推动《国家残疾预防行动计划》落实。

残疾人教育有了新进展。全面实施新修订的《残疾人教育条例》和《第二期特殊教育提升计划（2017—2020年）》，“一人一案”解决适龄残疾儿童入学安置问题。会同教育部、发展改革委、财政部印发《关于加快发展残疾人职业教育的若干意见》，扩大残疾人受教育的机会。配合教育部门为7544名残疾人考生提供高考合理便利，10988名残疾人考生被普通高校录取。资助1.5万余名家庭经济困难残疾儿童接受学前教育。发布推广国家通用手语和通用盲文。

残疾人就业有了新举措。落实残疾人就业扶持政策，全年新增11.4万城镇残疾人就业。与14个部门联合出台《关于扶持残疾人自主就业创业的意见》，明确税费减免、金融支持、资金补贴等20余项扶持政策。继续与人力资源社会保障部共同举办就业援助月活动，联合举办第三届“中国创翼”创业创新大赛和全国残疾人岗位精英技能竞赛，激发残疾人创业热情。

残疾人文体工作有了新成绩。组织特色文体活动，残疾人社区文体活动参与率由10.9%上升到12.9%。实施“文化进社区”“五个一”文化进残疾人家庭项目，举办中国残疾人艺术团公益巡演，开展全国残疾人文化周、“书香中国·阅读有我”活动，丰富残疾人精神文化生活。实施冬残奥项目振兴计划，中国残疾人体育代表团在平昌冬残奥会上实现了金牌零的突破。第三届亚残运会我国位列金牌及奖牌榜首位，实现了远南及亚残运会九连冠。开展“残疾人健身周”“残疾人冰雪运动季”等活动，带动更多残疾人参与健身运动。

基层基础工作有了新拓展。连续4年更新持证残疾人基本公共服务状况和需求信息，获得了3307.6万名持证残疾人的实名制数据，掌握了68.4万个村（社区）残疾人公共服务设施的基本情况。启动“智慧残联”建设工作，研究制定《全国残联信息化服务平台建设方案》。推进智能化残疾人证工作，8个试点省区市发放智能化残疾人证。积极推进预算绩效管理工作，进一步提高残疾人事业经费使用效益。支持163个市县康复、托养和综合服务设施项目建设。推进康复大学筹建工作，专题研究建设主体及路径。国家残疾人冰上运动比赛训练馆建设项目、北京按摩医院扩建项目已经开工建设，国家听力语言康复中心扩建项目、康复人才教育基地建设项目进入竣工验收。公布中国残联政府购买服务指导性目录。各级专门协会进一步活跃，助残社会组织不断发展壮大。推动有条件地区将残疾人专职委员转为社区残疾人工作者。组织残疾人事业理论与实践课题研究，编辑出版中国残疾人事业重要文件选编、残疾人大辞典等图书，完成残疾人事业专题片拍摄，展示了中国残联成立30年来的发展成果。

（五）残疾人合法权益进一步得到保障

在《民法典各分编》等多部立法中及时提出加强残疾人权益保障的建议。与最高人民法院共同印发《关于在审判执行工作中切实维护残疾人合法权益的意见》，保障残疾人平等充分参与诉讼活动。联合司法部对6618户残疾人家庭开展法律援助需求调查，启动法律援助品牌建设活动。协同公安部完善伤残公安民警帮扶救助工作，配合民政、公安等部门加强流浪乞讨残疾人员救助等工作。开展残疾人学法用法专项行动，地级以上城市全部开通12385残疾人服务热线。落实《无障碍环境建设条例》，与交通运输部等六部委共同出台《关于进一步加强和改善老年人残疾人出行服务的实施意见》。会同住房城乡建设部等全面启动无障碍环境市县村镇创建工作，配合推进铁路、老旧小区无障碍改造，加强政府、公共服务网站无障碍环境建设，推进首都新机场等一批重大公共设施无障碍示范项目建设。

（六）残疾人事务国际交流合作持续开展

围绕履行《残疾人权利公约》和落实《2030可持续发展议程》，深层次参与联合国事务，提出中国主张和方案。中国残疾人艺术团在我国担任联合国安理会轮值主席期间赴纽约等地演出，展示中国特殊艺术风采。张海迪同志高票连任康复国际主席，持续参与国际残疾人组织治理体系改革。积极开展“一带一路”残疾人领域务实合作，在亚太经合组织、亚欧会议、中非论坛等区域合作框架下，开展人才培养、技术援助等专项合作。深化双边交流，举办第四届中美残疾人事务协调会，加强与俄罗斯、韩国等周边国家的交往。

（七）全面从严治党工作扎实推进

认真履行全面从严治党主体责任，及时充实调整中国残联党建工作领导小组、意识形态工作领导小组，成立中国残联党风廉政建设和反腐败工作领导小组，以政治建设为统领，全力推进党的政治建设、思想建设、组织建设、作风建设和纪律建设。从严规范党内政治生活，增强“四个意识”，坚定“四个自信”，坚决做到“两个维护”，在思想上政治上行动上同以习近平同志为核心的党中央保持高度一致。落实“一岗双责”，层层传导压力，切实做到党建工作与业务工作两手硬、相促进。继续深化巡视整改，深入开展党风廉政建设和反腐败斗争，全面落实中央“八项规定”及实施细则精神，恪守“人道、廉洁”职业道德。主动接受、积极配合中央纪委国家监委驻民政部纪检监察组监督。以学习贯彻新修订的《中国共产党纪律处分条例》为契机，开展警示教育，提高廉洁自律意识，做到警钟长鸣。深化运用监督执纪“四种形态”，实现监督执纪问责动真格、常态化。

同志们，2018年残疾人工作取得的成绩来之不易。这是党中央、国务院亲切关怀、高度重视的结果，是各级党委、政府和社会各界关心支持的结果，是全国广大残疾人和残疾人工作者努力奋斗的结果。在此，我代表张海迪主席，代表中国残联党组、理事会，向各级残联组织并向广大残疾人工作者表示衷心的感谢。

二、牢牢把握新时代残疾人事业发展方向

2019年是新中国成立70周年，是决胜全面建成小康社会第一个百年奋斗目标的关键之年；对我们来讲，也是贯彻落实中国残联七代会精神的开局之年，同时又是完成残联改革主体任务的关键之年。做好2019年残疾人工作，我们同时面临改革和发展两项重大任务，既要着力打赢打好贫困残疾人脱贫攻坚战、完成决胜全面建成小康社会的关键任务，又要着力推进残联改革、全面加强残联自身建设，必须进一步统一思想，提高认识，增强全局观念，激发奋进动力，出色完成全年工作任务，以优异成绩迎接新中国成立70周年。为此，需要重点把握好以下几点：

一是坚持以习近平新时代中国特色社会主义思想为指导，牢牢把握正确的政治方向。要坚持以习近平新时代中国特色社会主义思想为统领，全面贯彻落实党的十九大和十九届二中、三中全会精神，深刻把握新时代残疾人事业发展的价值理念、地位作用、目标方向和责任要求，进一步加强政治建设，提高政治站位，增强“四个意识”，坚定“四个自信”，自觉践行“两个维护”，团结带领广大残疾人听党话、跟党走。要把残疾人事业放到“五位一体”总体布局和“四个全面”战略布局中谋划与发展，围绕党和国家工作大局，勇于担当作为，推动党中央、国务院决策部署和中国残联七代会工作安排全面落实，努力开创新时代残疾人事业新局面。

二是坚持以人民为中心的发展思想，紧紧扭住残疾人脱贫解困奔小康这一工作目标。要始终对标全面小康的目标，坚持弱有所扶的原则立场，加快保障和改善残疾人民生，不断提高残疾人社会保障和公共服务水平，团结带领残疾人创造美好生活。要凝心聚力打好残疾人脱贫攻坚战，以必胜的信念，啃下最后的硬骨头，不让一个残疾人在小康路上掉队。要深入研究不平衡不充分的发展在残疾人事业上的具体体现，不断满足残疾人美好生活需要，促进残疾人全面发展，开启新时代残疾人事业新征程。

三是坚持改革创新的精神，始终用改革的办法解决问题，推动发展。要把习近平总书记在庆祝改革开放40周年大会上的重要讲话作为“改革再出发”的动员令，继承和弘扬残联的光荣传统，在新时代继续把改革开放推向前进。要坚持问题导向，把推进改革与自我革新结合起来，针对残联不同程度存在“四化”现象和脱离残疾人群众的不良倾向，按照中央统一部署，勇于从自身改起，敢于向自己动刀，进一步深化残联改革，重整行装再出发。

四是坚定推进全面从严治党，始终贯穿以党的建设的新成效保障残疾人事业新发展。要认真履行全面从严治党主体责任，充分发挥党建工作领导小组作用，继续以政治建设为统领，坚持不懈统筹推进中国残联党的建设各项任务。强化落实“一岗双责”，深入推动党建工作与业务工作有机结合。要开展巡视整改“回头看”，全面落实中央“八项规定”及实施细则精神，严格执行《中国共产党纪律处分条例》，进一步配合中央纪委国家监委驻民政部纪检监察组监督。要把从严治党要求逐个步骤、逐个时点、逐个单位抓好落实，体现从严治党全覆盖、无例外。

三、投入决胜残疾人全面小康的攻坚战

2019年是决胜全面建成小康社会关键的一年。任务很重，头绪也很多，必须统筹安排好各项工作。

（一）把推进贫困残疾人脱贫攻坚行动摆在首要位置

中央经济工作会议强调，2019年打好脱贫攻坚战，要一鼓作气，重点解决好“两不愁、三保障”面临的突出问

题，加大“三区三州”等深度贫困地区和特殊贫困群体脱贫攻坚力度，减少和防止贫困人口返贫，研究解决那些收入水平略高于建档立卡贫困户的群体缺乏政策支持等问题。中央的决策部署非常有针对性和指导性，我们必须坚决贯彻执行。贫困残疾人脱贫攻坚，是特殊贫困群体脱贫攻坚的重要组成部分。打好贫困残疾人脱贫攻坚战，要在打好脱贫攻坚战的整体战役中排兵布阵，找到残联组织正确的位置。中国残联七代会后，我们立即在河北石家庄召开全国残联系统推进贫困残疾人脱贫攻坚工作会议，对这项工作进行了全面部署。结合中央新的要求，2019 年我们要着力在以下几个方面下功夫。

一是要把工作重心放在抓落实上，推动各项行动方案和政策全面落实落地。从 2015 年中央做出打赢脱贫攻坚战的决定以来，我们制定了一系列贫困残疾人脱贫行动方案和政策措施。2018 年中央印发《关于打赢脱贫攻坚战三年行动的指导意见》后，中国残联根据分工要求，进一步细化了各项残疾人脱贫行动方案。目前，这些方案已经有 10 多项，涉及产业扶贫、就业扶贫、康复扶贫、志愿助残扶贫等。一些扶贫措施还很有含金量，很有针对性。要尽快将这些行动方案和政策措施宣传出去，落实到户到人，真正发挥扶持效应。中央要求，在脱贫攻坚的最后攻坚阶段，要旗帜鲜明地把抓落实、促攻坚的工作导向树立起来，毫不动摇地按照三年行动指导意见的部署安排抓落实，坚定不移向前推进。残疾人脱贫攻坚更要在抓落实上动真格、见真功夫。

二是要聚焦“两不愁、三保障”脱贫目标，完善兜底保障措施，集中力量进行攻坚。要推动提高残疾人“两项补贴”的标准和覆盖面，确保所有成年无业重度残疾人作为单人户纳入低保。要分级分类把“一人一案”解决适龄未入学残疾儿童少年的义务教育落到实处。要加大残疾人医疗救助水平，加快推进贫困残疾人家庭危房改造进度。

三是要解决贫困残疾人特殊需求，推进精准脱贫。加大康复救助力度，提高残疾人康复服务保障水平，有条件的地方向贫困残疾人提供基本型辅助器具补贴。要通过政府补贴、购买服务、设置公益性岗位等综合措施，推动重度贫困残疾人集中托养、日间照料、居家服务等工作。要加大贫困重度残疾人家庭无障碍改造资金投入，进一步覆盖需求人群。中央提出要研究针对贫困边缘家庭的扶持措施，很多残疾人家庭就处在这个范围，要紧抓机遇，主动沟通，推动解决这部分残疾人家庭的特殊需要。

四是要逐个销号、不留盲点，确保所有贫困残疾人如期脱贫。各地要主动与扶贫办等部门沟通比对数据，及时掌握动态数据，实行对账销号，脱贫一个，销号一个。要对本省（区、市）贫困残疾人脱贫存在的突出问题和短板进行梳理，排查工作“盲点”和薄弱环节，确保不落下一个残疾人。

五是要主动介入评估，最大限度减少和防止贫困残疾人返贫。要主动配合做好贫困残疾人脱贫效果评估，严格退出标准、严把退出程序、严控脱贫质量，保证每户残疾人做到脱真贫、真脱贫。要建立残疾人脱贫长效机制，积极开展“回头看”，坚持做到脱贫攻坚期内对已脱贫残疾人户政策不变、力度不减、帮扶队伍不散。新产生的贫困残疾人口和返贫人口要及时纳入帮扶。

六是要加快纳入党委、政府东西扶贫协作机制，突出主要矛盾和困难，推动解决“三区三州”等深度贫困地区残疾人脱贫的突出困难。

坚决打赢打好残疾人脱贫攻坚战，对各级残联干部队伍的政治建设、能力建设、作风建设、纪律建设，都是一大考验。残联领导干部要率先示范，冲在前面，真抓实干，拿出足够的精力和时间用到残疾人脱贫攻坚工作上，以实际成效体现为残疾人解难、为党和政府分忧的职责要求。

（二）全面推动实施“十三五”规划纲要，启动“十四五”规划前期研究

2019 年是执行残疾人事业“十三五”规划任务的关键一年。前不久，党中央、国务院印发了《关于统一规划体系更好发挥国家发展规划战略导向作用的意见》，进一步强化了规划在国家治理体系中的重要作用。各地要在总结“十三五”规划纲要执行情况的基础上，加快执行进度，加强薄弱环节，确保残疾人全面小康目标任务如期完成。同时，启动残疾人事业“十四五”规划的前期研究工作。

一是坚守弱有所扶的原则立场，加快提高残疾人社会保障和公共服务水平。中办、国办最近印发的《关于建立健全基本公共服务标准体系的指导意见》，对公共服务“补短板、强弱项、提质量”提出新要求，并且明确将残疾人服务列为弱有所扶的主要内容，这是一个重大机遇。第一，要积极做好残疾预防和康复工作。现在，各省区市残疾儿童康复救助制度均已出台，工作重点要转向推动市、县两级全面完善配套政策措施，做好救助经办服务和追踪问效。要加快研究建立贫困残疾人辅助器具服务制度，目前，全国只有 9 个省（区、市）出台了省级残疾人辅助器具补贴政策。各地要加快政策出台，满足残疾人对辅助器具的特殊需要。要推动将残疾人作为基本医疗卫生服务重点人群，推进残疾预防试验区建设试点。要加快推进康复大学建设。第二，要努力提高残疾人教育质量。以发展融合教育为重点，协调教育、住房城乡建设等部门完善融合教育支持体系，为残疾学生随班就读提供支持，帮助他们走好融入社会的第一步。要继续推进第二期特殊教育提升计划落实，督导区县层面残疾人教育专家委员会组织建设，办好特教高中和中等职业学校。要加快推广通用手语和通用盲文，组织开展国家级骨干培训。第三，要大力促进残疾人就业创业。要加大推动党政机关带头招录残疾人公务员工作力度，建立用人单位按比例安排残疾人就业情况公示制度。5 年前，我们就向社会宣布，要在党政机关安置残疾人就业方面迈出新步伐，提出到

2020 年，各级政府残工委各成员单位至少安排 1 名残疾人。这项工作有的地方已经开展，但总体还滞后，2019 年要力争更大突破。

二是用好“十三五”中期评估成果和动态更新数据，加强规划实施薄弱环节。“十三五”规划中期评估显示，规划实施进展顺利，基本符合预期，但同时残疾人生活水平与社会平均水平还存在较大差距，残疾人社会保障和公共服务还存在明显短板。特别是个别领域进展比较缓慢，如残疾人辅助器具适配、贫困重度残疾人家庭无障碍改造等，距离目标任务还有一段距离，需要加快执行进度。2018 年动态更新信息反映，目前还有 45. 4 万残疾人住在危房中，25. 2 万残疾儿童还没有解决好义务教育问题，764. 1 万残疾人希望得到康复服务，313. 6 万名生活困难的重度残疾人希望得到家庭无障碍改造。这一组数据充分表明，决胜小康还有大量的工作要做，不可有丝毫的松懈，必须逐一核对情况，尽快落实措施。对于残联自己不能解决的，要尽早向当地党委、政府和有关部门进行反映，推动相关问题尽早解决。

三是提前谋划，启动“十四五”规划前期研究。“十四五”时期，是向第二个百年目标迈进的起步时期、是开启新时代残疾人事业新征程的第一个五年。我们要及早准备、提前谋划。要搞好“十四五”规划前期研究培训，设计好重大课题项目，以科学可靠的研究成果，推动残疾人事业相关指标纳入国家和地方经济社会发展规划，为促进残疾人事业发展赢得更大的发展空间。

（三）大力弘扬自强不息精神，营造关爱残疾人的社会环境

2019 年我国残疾人事业大事多、重大活动多，要精心组织、广泛宣传，引导更多残疾人在参与中增长能力、享受快乐，吸引更多爱心人士关注支持，共同营造残健共融的良好氛围。

一是以新中国成立 70 周年为契机，加大残疾人事业宣传力度。要精心策划宣传工作，深入开展全国残疾人文化周和“文化进社区”等群众性活动，讲好残疾人与祖国共成长、同奋进的故事。

二是筹办好第六次全国自强模范暨助残先进表彰大会，推动“自强与助残”活动广泛深入开展。严格按照公开、公平、公正原则和规定程序做好全国自强模范与助残先进的评选推荐工作，严把审核关，把符合评选条件、具有时代精神、事迹特别突出的先进典型评选出来。扎实做好表彰大会相关筹备工作，确保大会圆满成功。通过表彰活动，进一步激励广大残疾人自强不息精神，进一步弘扬人道主义思想和扶残助残传统美德。

三是举办好重大赛事活动，促进残疾人全面发展。举办第六届全国残疾人职业技能竞赛暨第三届全国残疾人展能节，激励残疾人提升技能水平。举办全国第十届残运会暨第七届特奥运动会，做好 2022 年北京冬残奥会、杭州亚残运会筹办和备战工作，积极备战 2020 年东京残奥会，推动残疾人群众体育和健身活动广泛开展。

（四）加快完善法规制度体系，保障残疾人合法权益

保障和维护残疾人权益，是残联组织的重要使命，是残疾人工作的重要着力点，必须坚持常抓不懈。

一是进一步完善残疾人事业法律法规体系。推动《残疾人保障法》等法律法规实施，加快残疾人社会保障专项立法，加快《残疾人就业条例》修订，注重从立法源头维护残疾人权益。

二是加强残疾人法律服务。落实与最高人民法院、最高人民检察院等司法机关和职能部门共同出台的残疾人权益保障规定，推进残疾人法律救助规范化建设，研发《残疾人权益保障法律法规规章信息公开系统》，健全残疾人信访多元化解工作机制，促进残疾人合法诉求得到解决。

三是启动残疾人服务标准体系建设重大专项。与国家标准委等共同编制残疾人服务标准体系建设指导意见和全国残疾人服务标准顶层设计框架及明细，推动残疾人康复、托养、辅助器具、无障碍环境等标准化建设，以标准化促进残疾人基本公共服务均等化、普惠化、便捷化。

四是推进无障碍环境建设。无障碍是残疾人独立自主生活、平等参与社会的重要环境条件。要会同住房城乡建设部开展全国无障碍环境市县村镇创建工作，争取到 2020 年建成一批无障碍示范市县村镇。加强无障碍环境建设督导，推动各地建立残疾人无障碍督导员队伍，使残疾人成为无障碍环境促进的一支重要力量。

（五）深化国际交流合作，服务国家外交大局和残疾人事业发展

残疾人事务国际交流合作是国家对外开放的重要内容。习近平总书记在首届“一带一路”国际合作高峰论坛演讲中明确提出，要密切妇女、青年和残疾人等群体交流，促进包容发展。我们要发挥残联组织的特殊优势，积极开展与有关组织和友好国家的深度交流及务实合作，向国际社会讲好中国残疾人故事，宣传好中国残疾人事业发展新成就。

一是要以共建“一带一路”为重点，协同地方残联与沿线国家和地区一道打造残疾人事务国际合作新平台。继续参与筹办第二届“一带一路”国际合作高峰论坛，举办残疾人事务合作主题活动，开展康复、辅具等领域务实合作。

二是要持续开展残疾人事务国际交流合作。做好我国接受联合国《残疾人权利公约》第二、三次合并履约报告审议工作。在亚太经合组织、亚欧会议、中非论坛、中国－东盟博览会等合作框架下开展一系列活动。以张海迪同志履职康复国际主席为平台，拓展与有关国家和区域的交流合作。

三是要密切与重点国家和组织交流，服务国家外交大局。以中俄建交 70 周年、中美建交 40 周年为契机，举办中俄残疾人体育项目友谊赛和中美政府间残疾人事业协调会，为推动双边关系发展做出贡献。

四、全面推动残联改革落地生根

2019年是“残联改革年”。我们要凝心聚力抓好改革，确保如期高质量完成各项改革任务。

（一）切实增强推进改革的责任感、使命感和紧迫感

中国残联七代会后，改革工作全面启动。我们成立了领导小组，制定了分工方案，召开了改革工作部署会，提出了重点改革任务，形成了推进改革的基本工作格局。在前不久召开的中国残联改革工作部署会上，我已经讲到中国残联改革的重要意义。这次改革，是中央的要求、是新时代残疾人事业发展的动力，也是破解残联自身突出问题的需要。这次中国残联改革，是以习近平同志为核心的党中央统筹推进“五位一体”总体布局和协调推进“四个全面”战略布局、加强和改进党的群团工作的重要举措，是全面深化改革、推进国家治理体系和治理能力现代化的重要内容，是党中央、国务院赋予我们的重大政治任务。这次中国残联改革恰逢改革开放40周年、中国残联成立30周年，“残联三十年，改革再出发”，通过改革，焕发出残联的青春活力，完成团结带领广大残疾人共奔小康、同心圆梦的时代使命。党中央、国务院高度重视中国残联改革，2018年10月，中央改革办对中国残联改革进展情况进行督办。现在，改革号角已经吹响，各级残联一定要切实增强做好改革工作的责任感、使命感和紧迫感，坚定改革信心，不折不扣地把党中央、国务院的决策部署落实到位，把七代会对改革的要求落实到位，开创新时代残疾人事业发展新局面。

（二）进一步突出残联改革的重点任务

中国残联党组制定改革任务分工，明确了8大重点改革任务，要求改革工作既要全面推进，又要突出重点。我们要坚持按照这个思路，沿着既定目标，扭住重大任务不放松，一抓到底、抓出成效。这里再强调以下几点：

一是要突出“讲政治”，通过改革增强残联政治性。上午的会议，我们已经部署“学听跟”专项活动，目的就是为了增强残联的政治性。保持和增强政治性、先进性、群众性，是群团改革的主线。要坚持把增强政治性放在首位，旗帜鲜明讲政治，牢牢把握住改革的正确方向。要深入学习习近平新时代中国特色社会主义思想和习近平总书记关于残疾人事业的重要论述，坚持党的领导，坚定不移团结带领残疾人听党话、跟党走，把残疾人群众最广泛地凝聚到新时代中国特色社会主义伟大事业的奋斗实践中。

二是要突出“强基层”，把加强基层建设作为残联改革的重中之重，通过改革提升基层组织活力和服务能力。残疾人大都生活在乡村、社区基层，要把残疾人组织建到基层、把服务送到残疾人身边。《改革方案》提出两项“强基层”的任务，一是加强基层残联组织和工作力量，二是建立县域残疾人综合服务平台。推进组织改革和服务创新，是一个有机的整体，相互支撑，相互促进。通过强化基层组织建设，做实残疾人服务，形成鲜明的基层工作导向，把工作重心下移到基层，把工作力量聚集到基层，把优势资源投放到基层，努力夯实基层基础工作。目前，我们正在抓紧研究起草加强基层的专项改革方案，通过强化基层组织建设、提升基层服务能力，实现为残疾人提供精准化、精细化服务的最终目的。残疾人类别多，需求差异大，有很多特殊困难。我们提出“精准化、精细化服务”，既有必要，也有可能。另一方面，基层现有服务能力参差不齐，服务供给普遍不足，通过基层服务创新，包括搭建综合服务平台、建设基层服务阵地、采用信息化管理手段等，能够有效提升基层残疾人服务能力，实现残疾人精准化、精细化服务，促进基层残疾人工作上一个新台阶。“强基层”是一项系统工程，是这次改革的重点，需要我们集中力量攻坚。各地残联要一起出主意、想办法，共同推动这项工作。

三是要突出“转作风”，把转变作风作为改革的切入口，通过改革克服“四化”。这次群团改革的鲜明特点是坚持问题导向。群团是做群众工作的，群团组织是党和政府联系群众的桥梁和纽带。这是我们党重要的传统和优势。群团组织机关化、行政化、贵族化、娱乐化的各种表现，症结在于脱离基层、脱离群众，说到底还是作风问题。作风建设始终是第一位的任务，是问题的核心，必须以作风建设引领整个残联改革工作。我们在深入查摆各种脱离残疾人群众的不良倾向基础上，把“走转改”作为推进改革的切入口，立即行动起来，从中国残联机关改起，走进基层，转变作风，改进工作，带动各地残联形成改革氛围。一些改革小切口，可以对整体改革起到推进作用。“走转改”措施都比较具体，注重从日常的小事和细节做起，只要持续改进作风，就一定能够取得成效。

四是要突出“广代表”，通过改革增强广泛性、代表性，体现残联群众性。中国残联七代会改进了大会代表和主席团委员构成，残疾人及亲友、基层和一线代表比例有较大幅度提高。下一次中国残联主席团会议，将进一步深化这项改革任务。地方残联换届中领导机构的人员构成不符合新修订《中国残疾人联合会章程》规定的，要进一步改进完善。

五是要突出干部“专兼挂”，通过改革采取灵活的用人机制，优化机关干部结构。《改革方案》提出，增加挂职、兼职干部比例，中国残联机关挂职、兼职干部比例提高到15%左右。这是这一轮群团改革的通行做法，主要是为了去除机关化、行政化，使机关干部整体更接地气，更有群团机关特点。地方残联和基层残联可以根据工作需要，采取干部队伍“专兼挂”与聘用社会工作者、购买公益岗位、招收志愿者相结合的方式，解决工作力量薄弱的问题。

六是要突出“助小康”，通过改革补齐残疾人民生短板。改革是加快发展的动力，改革也要让残疾人得到更多实惠。《改革方案》从服务大局的角度对“助小康”提出了系列要求，刚才我们在布置工作时已经做了安排。《改革方案》提到11类特殊困难的残疾人，要求建立和完善帮扶制度，这项工作中央改革办非常关注，我们要优先予以安排。

七是要突出“信息化”建设，通过改革强化信息化应用，提升残联服务管理水平。《改革方案》提出，要建立全国残疾人基本服务状况和需求信息数据动态更新工作长效机制，完善残疾人人口基础数据库和残疾人服务资源信息库，建好用好残疾人事业大数据，提升残疾人工作的信息化水平，更好地服务残疾人。信息化是实现精准化、精细化服务的关键手段。中国残联正在抓紧制定全国残联信息化服务平台建设方案，我们要系统筹划、科学布局、分步建设、积极推进，进一步打造动态更新工作升级版。由于历史的原因，基层残联信息化建设水平明显滞后，是这次改革需要加强的一个薄弱环节。

八是要突出“聚主业”，通过改革实现“两聚焦、两服务”，更好地推动残疾人事业发展。进一步聚焦主责主业，是中央对这次群团改革的重要要求。各级残联机关和所属单位，包括专门协会和相关社会组织，要明确改革的目标要求，进一步聚焦主责、聚焦主业，服务残疾人事业、服务基层。近年来，各级残联建设了一大批残疾人服务设施，成立了不少事业单位。总体看发挥了积极作用，但是也有一些设施没有常态运行、社会效益不彰。各级残联要借这次改革，围绕“两聚焦、两服务”，强化公益属性，找准服务定位，激活为残疾人服务的职能。

（三）有序有力推动各项改革任务全面落实

改革已经启程，关键在于落实。我们要认真贯彻习总书记关于“蹄疾步稳、有力有序”推进群团改革的重要指示精神，在党中央、国务院领导下，按照已经确定的时间表和路线图，有序推进，扎实工作，不折不扣地把改革落实到位，确保各项任务如期圆满完成。

第一，要加强组织领导。这次改革时间紧、任务重、要求高，各级残联必须高度重视，切实加强领导。要主动争取党委、政府和改革办的支持，积极搞好与组织人事、编办、财政等部门的沟通协调，主动汇报有关情况，及时研究解决改革遇到的问题。要坚持一手抓改革，一手抓发展，特别是处理好改革与脱贫攻坚的关系，统筹安排好工作力量，提供必要的人力财力物力保障，保证“两不误、两促进”。

第二，要强化沟通协调。残联改革环节多，需要解决的重点难点也不少，要明确责任分工，加强上下联动和内外沟通，提高改革的系统性、科学性和协调性。各级残联要围绕共同的改革目标，包括提升基层组织活力和服务能力，协力研究解决重大问题。要坚持开门搞改革，充分动员机关、事业单位、专门协会参与，广泛听取基层和残疾人代表意见，汇集各方面的智慧。我们要积极推动基层残联组织建设和干部队伍建设，但是又不能干涉下一级机构编制，这里要把握好度，要在遵守纪律的前提下做好工作。

第三，要鼓励探索创新。改革就意味着要探索、要创新。搞改革，必然会触及不合时宜、阻碍发展的体制机制和条条框框。我们要积极筹划、谋定而动，让改革按照既定的大方向前进；另一方面又要鼓励基层创新，需要的话可以先在一些地方搞试点，总结后再推广。要做到大处着眼，小处入手。谋划改革、做顶层设计要从大处着眼，站在残疾人事业大局的高度思考问题。同时，也要小处入手，聚焦矛盾点，以问题为导向，找准小切口，在关键点上发力，通过破解难点问题打开局面，促成工作突破。

第四，狠抓任务落实。《改革方案》明确要求2019年底完成改革主要任务。时间非常紧，必须狠抓落实。要建立完善抓落实的工作机制，对改革方案的实施工作进行全方位、全过程的跟踪管理，综合运用督查督导督办的方式，确保全面如期完成。目前全国有部分省级残联改革方案已经上报当地党委、政府，有的还在征求意见和修改完善阶段，必须加快节奏。要及时掌握各地在探索解决改革重点难点问题上取得的新成效、新突破，及时推广各地的好做法、好经验。

年终岁尾面临的工作任务很多，要切实加强组织领导，周密安排，做好各项任务的统筹，把推进残联改革与当前各项工作有机结合，特别是与“两节”送温暖、残疾人安全稳定工作以及谋划全年工作结合起来，确保取得成效。

同志们，2019年全国残联改革和发展的任务非常艰巨，责任非常重大。让我们紧密团结在以习近平同志为核心的党中央周围，以习近平新时代中国特色社会主义思想为指引，务实创新，扎实工作，高质量完成全年任务，为实现广大残疾人兄弟姐妹的小康梦、中国梦而努力。

（中国残联供稿）

残疾人事业理论与实践研究工作

2018年，研究室以学习贯彻习近平新时代中国特色社会主义思想和党的十九大精神为中心，按照全会工作部署，以重要会议文件材料起草、“十三五”规划中期评估和中国特色残疾人事业研究为重点，较好完成了全年工作任务。

（一）加强党建和党风廉政建设，密切联系残疾人

继续落实《中国残联推进“两学一做”学习教育常态化制度化实施方案》要求，认真落实“三会一课”，分管会领导和支部书记带头讲党课。吸纳一名年轻同志光荣加入中国共产党，壮大了党员干部队伍。积极开展党员民主评议，参加党风廉政警示教育，树牢“四个意识”，坚定“四个自信”，坚决做到“两个维护”，增强落实中央助残政策的积极性、主动性和创造性。加强作风建设，深入基层调研。赴河北、江苏、四川等地开展农村残疾人服务调研，赴中国残联定点扶贫县—南皮县开展残疾人脱贫攻坚调研，与农村老党员一起开展“不忘初心，重温入党志愿书”主题党日活动。组织开展党员干部“信访接待日”、“夏之约——与残疾人朋友做月饼品咖啡”“与残疾青少年共同体验国家大剧院”“为盲人文大姐读书”“参观改革开放40周年展览”等主题党日活动，面对面为残疾人服务，密切与残疾人的血肉联系。

（二）以习近平新时代中国特色社会主义思想和党的十九大精神为指引，深入学习领会习近平总书记关于残疾人事业的重要论述，全面贯彻中国残联七代会精神

一是深入学习贯彻习近平新时代中国特色社会主义思想和党的十九大精神，结合中国特色残疾人事业研究，定期组织学习研讨，自觉用习近平新时代中国特色社会主义思想武装头脑，指导工作实践。二是结合中国残联七代会文件起草工作，系统梳理习近平总书记关于残疾人事业的重要论述，坚守弱有所扶的原则立场，以改革创新精神做好残疾人事业理论研究、政策制定和规划实施等工作。三是深入学习贯彻中国残联七代会精神，进一步统一思想，准确把握新时代残疾人工作的目标任务和要求。

（三）做好中国残联七代会重要文件起草工作

作为中国残联七代会文件组牵头部门，负责七代会重要文件起草工作。在认真学习、广泛调查研究的基础上，认真总结改革开放40年和中国残联成立30年以来，残疾人事业发展历程、主要成就和基本经验，深入研究新时代残疾人事业发展的目标、任务、路径和策略，历时3个多月，集中讨论、研究、起草、修改，完成了中央致辞、国务院领导同志闭幕式讲话、主席团工作报告、会领导在省级残联负责同志会议上的讲话等文稿起草工作，完成了会前会后向中央的专题报告，为保障会议圆满成功举办做出了贡献。

（四）做好全会重要会议文件起草工作

参与新一届国务院残工委会议筹备工作，起草国务院领导讲话。参与全国残联第三十三次工作会有关文稿起草，参与《中国残疾人联合会改革方案》起草、修改和解读资料准备工作。起草《关于加强基层残疾人服务能力建设的意见》及相关研究报告。

（五）完成国家“十三五”总体规划、相关专项规划中期评估工作

按照国家发展改革委要求，在国务院残工委各成员单位和各业务部门的支持下，通过开展实地调研、研讨座谈等方式，在各成员单位的评估基础上，结合各省区市残联开展的地方评估和第三方评估，按时保质完成了国家“十三五”总体规划和相关专项规划中期评估工作。一是全面检查“十三五”规划纲要残疾人事业部分和加快残疾人小康进程主要指标及重点任务完成情况。“十三五”规划纲要涉及残疾人工作的主要任务、重大工程项目实施进展顺利，符合预期。加快残疾人小康进程10个方面主要指标和重点任务基本实现时间过半、任务过半，为全面完成纲要打下了基础。二是系统总结规划实施过程中存在的主要困难和问题。评估发现残疾人生活状况与社会平均水平之间还存在相当大的差距，残疾人自我发展能力不足。残疾人事业仍是经济社会发展的明显短板，基本公共服务还远不能满足残疾人的需求。三是进一步明确规划后半程实施的重点任务。在全面评估的基础上，提出解决好残疾人精准脱贫、就业增收和基本公共

服务等突出问题，进一步增进残疾人福祉，持续提升残疾人受教育水平，促进残疾人就业创业和社会参与，确保实现“全面建成小康社会，残疾人一个也不能少”的目标。评估报告如期提交发展改革委，后经残工委各成员单位会签报国务院，经李克强总理等国务院领导批示，近日将以国务院残工委文件印发，指导各地实施“十三五”后半程任务目标。

在此过程中，举办了全国规划中期评估培训班，指导地方开展残疾人事业“十三五”规划中期评估工作，31 个省（区、市）残联如期完成了地方规划中期评估工作。完成了《国家“十三五”规划纲要残疾人事业部分实施情况中期评估报告》《“十三五”推进基本公共服务均等化规划残疾人服务部分实施情况中期评估报告》《“十三五”加快残疾人小康进程规划纲要实施情况中期评估报告》3 个评估报告。完成《“十三五”165 项重大工程项目实施进展情况》《“十三五”促进民族地区和人口较少民族发展规划》《兴边富民行动“十三五”规划》残疾人事业部分的中期评估报告工作。

（六）残疾人事业理论与实践研究进展顺利，加强残疾人事业智库建设

一是深入开展中国特色残疾人事业发展研究，总结改革开放以来特别是中国残联成立三十年来中国特色残疾人事业发展的历程、成就和经验，形成了部分研究成果。《中国残疾人事业重要文件选编》已顺利出版。反映残疾人生活变迁的《我们的 30 年》已完成采编工作。中国残疾人事业资料库建设，完成系统开发和资料入库。

二是 2018 年在国家统计局支持下，中国残联建立了《全国残疾人家庭收入状况调查制度（国统制〔2018〕60 号）》，从 2018 年到 2020 年连续对全国 31 个省（自治区、直辖市）142 个县（市、区）的 10000 个残疾人家庭户收入和支出状况进行入户调查与监测。2018 年度全国残疾人家庭收入状况调查工作圆满完成，《调查报告》得到专家一致肯定，也得到国家统计局认可。

三是成功举办 2018 年度中国残疾人事业发展论坛，来自国家部委、50 多所高校、研究机构的专家学者及全国各地的残疾人和残疾人工作者代表共约 260 人齐聚深圳大学，围绕“改革开放与残疾人事业发展”的主题，共同探讨新时代中国残疾人事业发展。《中国残疾人事业年度纵览》基本形成初稿。2018 年度研究课题积极推进。推动成立厦门大学中国残障人事业发展研究中心。

四是 2018 年度《残疾人研究》杂志顺利完成出版任务，在 2017 年被《中文社会科学引文索引来源期刊》扩展版收录期刊后，又被《中国人文社会科学期刊》A 刊扩展版收录。2018 年 1—3 期专题均为中国特色残疾人事业，第 4 期开展新时代残疾人事业发展专题笔谈，对新时代残疾人事业发展提供专家的真知灼见。

（李耘供稿）

残疾人维权工作

一、领导讲话

吕世明在全国贫困重度残疾人家庭无障碍改造现场会上的讲话摘要

2018 年 7 月 20 日

近年来，无障碍环境建设工作愈来愈得到党中央、国务院的高度重视和社会各界的大力支持。习近平总书记指出“要重视无障碍环境建设”，李克强总理在十三届全国人大一次会议政府工作报告中提出“加快无障碍设施建设”。2017 年全国政协召开无障碍环境建设双周协商会，关注并推进无障碍环境建设。国务院残工委印发的 2018 年度残疾人工作要点，将加强无障碍环境建设、推进贫困重度残疾人家庭无障碍改造列入重要工作内容。这次会议还就残疾人事业法治建设、权益保障、诉求调解等维权工作进行培训，我也就残疾人维权工作、家庭无障碍改造和近期一些重点工作谈两点想法。

一、关于贫困重度残疾人家庭无障碍改造工作

（一）进一步认识开展贫困重度残疾人家庭无障碍改造工作的重要意义

随着经济社会的发展和无障碍环境建设工作的推进，贫困重度残疾人家庭无障碍改造的重要性日益凸显。家庭是残疾人生活居住的重要场所，家庭无障碍改造是残疾人最迫切、最直接、最现实的需求之一。贫困重度残疾人家庭无障碍改造是残疾人有别于健全人的特殊困难和需求，是残疾人能够独立自主生活、平等参与社会、融合共享发展成果的前提、基础和保障。实施贫困重度残疾人家庭无障碍改造，是贯彻习近平总书记“让广大残疾人安居乐业、衣食无忧，过上幸福美好的生活”“全面建成小康社会，残疾人一个也不能少”的具体践行，也是各级残联组织履行“代表、服务、管理”职能的题中之义。如果贫困重度残疾人在家中生活不便、出不了门、还需家人照顾，生活就毫无体面和尊严可言。有了无障碍条件，残疾人走出家门、呼吸新鲜空气、感受阳光温暖不再是一句空话；残疾人不用麻烦家人，自己做饭、洗澡，不再是奢望。脱贫奔小康不能简单将残疾人一兜了之，就业增收才是根本，才能使残疾人过上高质量的生活。而有了无障碍条件，残疾人才能实现便利就业，还能使家人从照顾残疾人生活起居中解放出来。脱贫奔小康不仅要解决残疾人的生存问题，还要解决发展问题；不仅要解决物质生活需求，还要解决精神文化需求。有了无障碍条件，残疾人可以走出家门参与社区文化生活，享受社区养老、社区康复和托养服务，融入社会的范围扩大、程度加深，实现精神生活有寄托、融入社会有尊严。总的来说，无障碍可以解决残疾人及家庭生活难题，改善残疾人生活和精神面貌；可以解放残疾人和家庭劳动力，提高家庭收入；可以使残疾人更好地参与社会生活，获得各项公共服务，增强残疾人的获得感、幸福感、安全感。

家庭无障碍改造工作还是推动相关工作开展、维护残疾人权益的一个重要载体和抓手。从各地的交流经验和实践看，通过残疾人家庭无障碍改造，各级残联为残疾人解除困境、解决矛盾、消除忧虑、解放劳力，赢得党委、政府的认可和广大残疾人的拥护，符合群团改革的发展方向。这也是中国残联首次召开全国残疾人家庭无障碍改造会议的意义所在。

（二）贫困重度残疾人家庭无障碍改造取得初步成效

党的十八大以来，在各级党委、政府、相关部门和残联的高度重视和努力推动下，残疾人家庭特别是贫困重度残疾人家庭无障碍改造工作取得了积极成效。

一是完善顶层设计，纳入国家法规、规划、政策。2012 年，国务院出台《无障碍环境建设条例》，明确规定：“对需要进行无障碍设施改造的贫困家庭，县级以上地方人民政府可以给予适当补助。”2016 年，国务院《“十三五”加快残疾人小康进程规划纲要》进一步聚焦贫困重度残疾人家庭无障碍改造工作，提出“切实加大贫困重度残疾人家庭无障碍改造力度”。2016 年，中国残联、国务院扶贫办等 26 个部门和单位印发《贫困残疾人脱贫攻坚行动计划（2016—2020 年）》，提出“到 2020 年，稳定实现贫困残疾人家庭无障碍改造覆盖面有效扩大”，“加大对建档立卡残疾人贫困户易地扶贫搬迁的扶持力度，在制定和实施搬迁规

划中同步做好家庭无障碍设施的规划与建设”，“加快农村贫困残疾人危房改造实施进度，在危房改造中同步做好无障碍改造”的目标和措施。前不久，《中共中央、国务院关于打赢脱贫攻坚战三年行动的指导意见》提出“开展贫困残疾人脱贫行动”、“推进农村贫困重度残疾人家庭无障碍改造”，进一步为加强贫困重度残疾人家庭无障碍改造工作提供遵循和方向。

二是争取中央财政支持，为工作开展提供资金保障。从2011年开始，中央财政开始为贫困残疾人家庭无障碍改造提供补助，2011—2015年，中央残疾人事业专项彩票公益金共对8万户城乡贫困残疾人家庭实施无障碍改造提供补助。“十三五”期间中国残联向财政部争取中央财政补贴资金8亿多元，约为“十二五”时期的3倍。

三是规范工作程序和内容，为工作开展提供技术指导、智力支持。2017年，中国残联制定实施《关于贫困重度残疾人家庭无障碍改造工作的指导意见》，明确了工作原则、内容和保障措施；组织编写《残疾人家庭无障碍改造工程服务承接机构准入标准》《政府购买残疾人家庭无障碍改造服务规范》《政府购买残疾人家庭无障碍改造服务评价标准》，为各地开展改造工作提供参考依据。

据全国残疾人基本服务状况和需求动态更新数据显示，2016—2017年共对23.46万户贫困重度残疾人家庭进行了无障碍改造。但这项工作仍较滞后，发展不平衡，尤其是在重视程度、创新突破、落地实效等方面仍有欠缺。目前全国还有331万贫困重度残疾人家庭未进行无障碍改造，远不能满足他们的基本需求和脱贫攻坚任务的需要。究其原因，主要是一些地方没有坚持需求导向和任务导向，未能以动态更新贫困重度残疾人家庭需求数据为目标制定计划、开展工作；也尚未将贫困重度残疾人家庭无障碍改造工作纳入党和政府工作大局，未与财政、扶贫办、住房城乡建设、民政、发展改革等部门形成工作合力。这些问题应引起我们高度重视并加以解决。

（三）狠抓贫困重度残疾人家庭无障碍改造工作任务落实

现在距“十三五”末仅剩两年半时间，我们要切实推动将贫困重度残疾人家庭无障碍改造工作纳入大局，争取部门联动，规范改造标准，切实取得实效，基本满足贫困重度残疾人家庭无障碍改造需求，为残疾人实现小康奠定物质基础。

第一，切实将贫困重度残疾人家庭无障碍改造工作纳入党和政府工作大局。各级残联要积极向党委、政府汇报残疾人的特殊困难，推动切实纳入党和政府工作大局，纳入政府为民办实事工程。要推动将贫困重度残疾人家庭无障碍改造纳入乡村振兴、旧城改造、农村人居环境整治三年行动计划。学习借鉴河南省“三全”经验，倒逼分解任务，切实统筹政策合力，加大工作力度，层层压实责任。

第二，通过“五个一批”推动解决331万贫困重度残疾人家庭无障碍改造问题。通过纳入脱贫攻坚解决一批，目前农村建档立卡贫困重度残疾人有138.9万，要配合扶贫办等部门推动将农村贫困重度残疾人家庭无障碍改造工作纳入脱贫攻坚的目标，统一部署，统一检查验收。通过纳入危房改造解决一批，目前贫困重度残疾人家庭住房有相当一部分属危房，要配合住房城乡建设、民政等部门，在农村危房改造中同步考虑解决。通过纳入易地搬迁扶贫解决一批，今后三年，国家将完成剩余390万左右贫困人口搬迁建设任务，要配合发展改革部门，在实施搬迁规划中同步做好家庭无障碍设施的规划与建设，争取更多的贫困重度残疾人受益。通过争取加大地方财政支持力度解决一批，在中央彩票公益金投入的基础上，各地要争取加大本地资金投入；要加强资金统筹，科学合理编制预算，争取对贫困重度残疾人家庭无障碍改造工作予以更多倾斜；要争取财政部门支持，按照《残疾人就业保障金征收使用管理办法》第二十一条第六款“经地方人民政府及其财政部门批准用于促进残疾人就业和保障困难残疾人、重度残疾人生活等其他支出”的规定，推动将贫困重度残疾人家庭无障碍改造纳入残疾人就业保障金支出范围；要将残疾人家庭无障碍改造纳入政府购买服务项目，提高残疾人家庭无障碍改造服务供给能力和效率。通过引导社会力量参与解决一批，倡导爱心企业、社会组织通过捐款捐赠、志愿服务、设立基金等方式，支持和参与贫困重度残疾人家庭无障碍改造工作。总之，在三年间，全国各地通过层层分解，完成300多万贫困重度残疾人家庭无障碍改造任务大有希望、大有可能。

第三，规范贫困重度残疾人家庭无障碍改造工作内容和效果。331万贫困重度残疾人中，肢体残疾人占35%，视力残疾人占12.8%，听力残疾人占72%，言语残疾人占35%，智力残疾人占14.1%，精神残疾人占15.5%，多重残疾人占11.2%。要针对不同类别残疾人的不同需求，科学确定改造内容，既解决残疾人的出行无障碍问题，又解决获取信息无障碍问题，探索开展规范化、标准化、人性化、智能化家庭无障碍环境建设，注重通过家庭无障碍改造进一步提高残疾人生活质量。

第四，营造支持残疾人家庭无障碍改造工作的良好社会氛围。各地要通过各种媒体平台，丰富宣传形式，加大宣传力度，宣传残疾人的特殊困难和需求，宣传开展贫困重度残疾人家庭无障碍改造工作的意义，宣传家庭无障碍改造给残疾人生活带来的便利，努力营造全社会积极参与和支持这项工作的浓厚氛围。

二、关于残疾人维权工作

（一）做好新时代残疾人维权工作的遵循

党的十九大报告指出“发展残疾人事业，加强残疾康复服务”。要求“必须始终把人民利益摆在至高无上的地位，让改革发展成果更多更公平惠及全体人民，朝着实现全体人民共同富裕不断迈进”。中共中央《关于加强和改进党的群团工作的意见》指出：“群团组织维权工作应该主动有为，哪里的群众合法权益受到侵害，哪里的群团组织就要帮助群众通过合法渠道、正常途径，合理伸张利益诉求，促进社会公平正义。”2018年第三十二次全国残联工作会议强调：“各地残联要始终关注当地发展大局，在制定涉及残疾人权益的法律法规和公共政策时，主动建言；在相关法律法规和公共政策实施后，主动跟进；在涉及残疾人权益和残疾人事业重大问题决策时，主动发声；在接办人大代表、政协委员有关残疾人事务的议案、建议、提案时，主动作为；在残疾人合法权益受到侵害时，主动维护。”“主动”是做好残疾人维权工作的关键词，“主动”强调的是感情、强调的是责任。主动作为，维护好残疾人权益，还需要坚持以下五个遵循：

一要讲政治。习近平总书记指出：“政治性是群团组织的灵魂，是第一位的。群团组织要始终把自己置于党的领导之下，在思想上、政治上、行动上始终同党中央保持高度一致，自觉维护党中央权威，坚决贯彻党的意志和主张，严守政治纪律和政治规矩，经得住各种风浪考验，承担起引导群众听党话、跟党走的政治任务，把自己联系的群众最广泛、最紧密地团结在党的周围。”残联是各级党委、政府联系广大残疾人的桥梁和纽带，残疾人维权工作是各级残联直接联系和服务残疾人的窗口性工作，对干部的政治素养有很高的要求。各级残联维权干部要深入学习贯彻习近平新时代中国特色社会主义思想和党的十九大精神，切实指导工作实践，始终把讲政治放在突出位置，始终坚持正确的政治方向，始终恪守正确的政治原则，始终保持正确的政治定力，要“强三性、去四化”，努力将广大残疾人紧密团结在以习近平同志为核心的党中央周围。

二要依法律。全面依法治国是新时代坚持和发展中国特色社会主义的一项基本方略。全面依法治国既强调依法行政和公正司法，也把全民普法和守法作为一项长期基础性工作，要求引导全民自觉守法、遇事找法、解决问题靠法。对残疾人维权工作来讲，一方面各级残联干部要进一步强化依法履职意识，属于残联职责范围的事情，决不能推诿、踢皮球，特别是残疾人千辛万苦、满怀希望来残联寻求帮助，如果被绕来绕去、踢来踢去，就会伤了残疾人的心、动了残联的根。目前，各级行政机关十分注意依法行政，属于其职责范围的事情特别积极主动，避免被问责。残联是残疾人的代表、服务组织，各级残联维权干部更要强化依法履职意识，突出责任担当，把自己分内的事情办好。另一方面，解决残疾人问题要强调依法处理。在与相关政府部门和单位沟通协调时要坚持依法办事，不能轻易让渡或者牺牲残疾人的权益；还要积极引导和帮助广大残疾人依法维权，不能用违法手段去维护合法权益。希望各地残联能开展有针对性的普法活动，既要针对不同类别的残疾人进行普法宣传，也要针对关键部门、关键领导干部进行普法宣传。只有坚持依法办事，残疾人维权工作才能实现良性可持续发展。

三要抓根本。残疾人维权工作千头万绪、纷繁复杂。在处理具体残疾人维权问题时，要善于抓住根本问题，要善于运用根本方法。要抓立法，抓制度建设，多做雪中送炭的事情。2015年9月25日，国务院印发《关于全面建立困难残疾人生活补贴和重度残疾人护理补贴制度的意见》，每年惠及的残疾人达到2100多万人次，而该制度的建立来源于《残疾人保障法》第48条的规定。如果在2008年修改《残疾人保障法》时我们不抓住这个根本问题，残疾人“两项补贴”制度的建立估计还需要更长的时间。为了确保残疾人能够如期进入全面小康社会，在后小康社会可以实现对美好生活的向往，中国残联又启动残疾人福利保障专项立法工作，虽然这项工作很难，但这是事关残疾人的根本性工作，我们会千方百计积极推进。希望大家能够抓住根本、抓好根本。要推动将政策上升到法律法规层面；要逐步把项目发展建设成为制度；紧盯残疾人具有普遍性、急迫性、现实性的利益问题，抓大放小、先大后小，抓出质量、抓出成效。

四要多协调。残疾人维权工作涉及的部门多，在残联自身职能范围内能够直接解决的问题少。在推进一些具体维权工作时，许多地方的同志总希望能够从中央拿到“尚方宝剑”，简单快捷地解决问题。这种想法在绝大多数时候是不现实的。我们不是政府部门，也永远不可能成为政府部门，我们是残疾人的代表服务组织，所以必须用群团组织的工作方式去思考问题、解决问题。中央强调主动有为，因此我们必须要“主动”，主动与相关部门沟通、协调，赢得理解，争取支持。中国残联为什么千方百计地推动残疾人维权工作机制建设？目的就是为了给大家建立沟通协调的平台。如前所述，我们有人大、政协的代表协商工作平台、司法机关的维权工作平台、无障碍环境建设多部门工作平台、重大信访事项协调平台，要积极利用好这些平台，多沟通、多协商。这种工作方式是残联组织的特性决定的，也是解决残疾人问题的组织优势。

五要重成效。在听取残疾人维权工作的汇报时，最怕听到的是“文件我们已经转发了”、“我们已经给残疾人解释过了”等说法。残疾人维权工作最重要的是要解决问题，要见成效。不能上面制定个文件，下面一转了事；不能残疾人来上访，一解释了事。比如“十二五”期间就要求县级以上地方建立残疾人法律救助工作协调机制，但是，至今还有很多地方没有建立，照猫画虎的事情都没有做好，很难想象具体残疾人维权案件能够解决好。中国残联反复要求地方残联建立与人大、政协的协商工作机制，但是要求地方统计本地人大代表、政协委员的情况时，有些地方直接回复我们“不掌握”。中国残联反复要求地方残联建立重大案件突发应急机制，但一旦发生重大案件后，个别地方对案件情况一问三不知。这种敷衍了事、不负责任的工作作风十分危险。检验残疾人维权工作的好坏不在于汇报材料写得好不好，关键在于残疾人说不说你好，关键在于残疾人反映的问题到底解决了没有。希望各地各级残联维权干部进一步加强工作作风建设，多讲真话，多解决问题，多办实事。

（二）近期重点工作

一是做好无障碍环境建设工作，为残疾人独立自主、平等参与、融合共享社会成果创造条件。

除了刚才讲的贫困重度家庭无障碍改造，我们还有很多无障碍环境建设工作要做。无障碍环境建设工作与残疾人日常生活密切相关，是残疾人全面融入社会的前提和保障。近些年来，特别是党的十八大以来，在党和政府、各职能部门重视支持和各级残联努力推动下，我国无障碍环境建设快速发展，公共服务领域无障碍政策标准密集出台，据统计，5 年来共出台 12 项政策、9 项国家和行业标准，城乡无障碍环境建设全面推进。下一步重点要抓落实、抓提升、抓实效：

加快推进无障碍环境建设地方立法。《无障碍环境建设条例》实施已近 6 年，《无障碍环境建设“十三五”实施方案》要求“十三五”要基本完成无障碍环境建设条例地方实施办法制定工作。目前仅有河北、河南、天津等十个省区市出台了条例实施办法，时间已过半，任务仅完成三分之一。希望未推动出台实施办法的地区高度重视，积极与住房城乡建设、工业和信息化等主要负责部门沟通，共同向政府法制部门汇报，抓紧加快启动相关工作，要按照《无障碍环境建设条例》的要求，将近年来推进无障碍的好制度、好做法、好措施固化上升到法规规章中，特别要结合地方实际和无障碍面临的突出问题，力求有所突破、有所创新，力争到“十三五”末，促进实施办法制定工作取得较大进展，更好地为无障碍环境建设开展提供法治保障。

积极开展无障碍环境市县村镇创建。实践证明，创建工作是系统提升城乡无障碍环境建设水平的一个重要抓手。通过几轮创建，初步形成了我国城市无障碍化基本格局。结合城镇化、乡村振兴的工作大局，中国残联近期将配合住房城乡建设部等部委部署“十三五”无障碍市县村镇的创建工作，同时对前些年已表彰的城市进行“回头看”。各地要高度重视，积极与相关部门协商参与，通过创建工作进一步推动健全无障碍长效工作机制，推进无障碍环境建设的系统化和质量，加快补上农村无障碍短板。近年来，湖南、浙江、天津、江西等地积极开展了无障碍社区和乡镇等创建工作，也取得了较好的效果。希望各地依据实际，创新创建载体，进一步把无障碍环境建设工作引向深入。

切实抓好无障碍法规政策标准的落实。法规政策制定了，落实就是生命线。近些年来，中国残联和各省级残联配合相关职能部门在民航、铁路、金融、信息消费等领域制定了一系列政策措施，但落实得怎样？我们要加强评估。今后要把促进政策落实作为一项重要工作，要通过各种形式加强宣传，使职能部门和残疾人都了解政策，促进实施；要依据地方实际，细化配套办法，增强政策针对性和可操作性；要组织各类别残疾人开展体验督导活动，提出需求和建议；要配合职能部门加强调研检查，总结典型经验，促进复制推广。

二是做好参政议政服务工作，充分发挥人大代表、政协委员的参政议政作用。

上届县级以上人大代表和政协委员中有残疾人、残疾人亲友和残疾人工作者 5000 多人。等中国残联信息统计系统改造完成，各级残联要在第一时间完成残疾人、残疾人亲友和残疾人工作者的信息统计工作，而且务必要做到准确。山东、广西和江苏残联在之前的统计工作中，不仅掌握了地方人大代表和政协委员情况，而且把本省（区、市）全国人大代表和全国政协委员的情况也通报给了中国残联，工作做得很细致。

要充分发挥残联系统人大代表和政协委员的作用。越来越多的残疾人、残疾人亲友和残疾人工作者进入各级人大、政协，彰显了国家对残疾人群体的重视和支持。国家更希望这些人大代表和政协委员能够代表残疾人的利益，为残疾人发声，反映残疾人的诉求，推进解决残疾人的困难。中国残联通过全国人大代表和全国政协委员，推动解决了许多事关残疾人事业发展的重大问题。希望地方各级残联高度重视这项工作，充分发挥这些人大代表和政协委员的特殊作用，推动解决残疾人事业发展面临的瓶颈问题和残疾人权益保障难点难题。

建立健全残疾人参政议政服务工作机制。我粗略地了解了一下，有几个省份比较重视参政议政服务工作，对残联系统人大代表和政协委员的情况比较了解，定期或不定期召开人大代表和政协委员座谈会，积极为人大代表和政协委员参政议政提供各种协助。这种做法值得充分肯定！大家知道，许多人大代表和政协委员都有自己的本职工作，对残疾人工作不是十分了解，想帮助残疾人反映问题，却不知道如何着手。各级残联作为残疾人的代表、服务组织，应当积极履行参政议政服务职能，建立与人大代表和政协委员的沟通联系制度，在召开重要工作会议时主动邀请他们参加；在调研重大课题时，及时邀请他们同行，也可以协调人大、政协，以人大代表、政协委员的名义组织相关调研，更有利于问题的解决；每年的工作计划和重要数据，及时送他们参阅；在每年“两会”召开前，准备一些建议、提案素材供他们参考。要请人大代表和政协委员了解残疾人工作，融入残疾人工作，支持残疾人工作。

三是做好矛盾纠纷排查化解工作，为七代会营造良好的社会氛围。

这几年，残疾人信访工作面临较大压力，当前残疾人信访形势依然严峻。一方面，随着残疾人社会融合程度不断提高、维权意识不断增强，越来越多的残疾人通过信访渠道来反映诉求，主张权利；另一方面，随着分级走访、诉访分离等信访政策的实施，残联信访部门的工作空间被不断挤压，残联很难发挥作为残疾人代表组织的职能。特别是这些年来，残疾人群体访事件一波接一波，先是残疾人驾驶机动轮椅车运营问题，然后是残疾人驾驶汽车运营问题，再后来是“儿麻”残疾人困难，最近又出现了聋人被诈骗的问题。残疾人群访影响大、处理难度大，对各级残联都是较大的挑战和严峻的考验。各级残联务必高度重视，信访干部要坚守在一线。

目前，各省级残联正在换届，中国残联七代会也将召开，各级残联应从讲政治的高度做好信访工作，努力营造良好社会氛围。

积极做好矛盾纠纷排查化解工作。各级残联要开展一次拉网式排查，积极深入基层听取残疾人诉求，将问题解决在基层，将矛盾化解在萌芽状态。针对久拖不决的信访积案、反复反映的突出问题、涉及残疾人群体利益的重大上访问题，要全面梳理，认真分析原因，压实主体责任，因案施策。

建立完善重大突发信访事件应急机制。各级残联必须加强风险防范意识，提高舆情分析研判能力，切实提升重大突发信访事件的应急处理能力。要及时向上级残联报告重大突发信访事件信息，要随时指导下级残联妥善处理重大信访事件。对重大突发信访事件处理不力的干部要追究其责任。

二、政策规章

关于在国家老旧小区改造试点中切实落实无障碍改造工作的通知

残联函〔2018〕7号

河北、内蒙古、辽宁、山东、浙江、福建、河南、湖北、湖南、广东、广西、四川省（区）残联：

2017年12月22日，住房城乡建设部下发了《关于推进老旧小区改造试点工作的通知》（建城函〔2017〕322号），部署在秦皇岛、张家口、呼和浩特、沈阳、鞍山、淄博、宁波、厦门、许昌、宜昌、长沙、广州、韶关、柳州、攀枝花市等15个城市开展老旧小区改造试点工作。为配合做好在国家老旧小区改造试点中切实落实无障碍改造工作，现就有关事宜通知如下：

一、充分认识做好老旧小区改造特别是老旧小区无障碍改造工作的重要意义

开展老旧小区改造，是贯彻落实党的十九大精神，解决城市发展不平衡不充分问题，在住有所居上取得新进展，满足老旧小区居民日益增长的美好生活需要的重要举措。无障碍改造是老旧小区改造的重要内容，开展老旧小区无障碍改造，对保障残疾人、老年人及全社会成员居住、出行、参与社会生活权益，促进共享改革发展具有重要意义，也是提升城市无障碍环境建设水平的重要契机。相关省（区）和试点城市残联要高度重视，充分认识开展老旧小区无障碍改造工作的重要意义，积极对接协调当地住房城乡建设部门，反映无障碍需求，提出工作建议，共同配合把这件好事做好、实事做实。

二、积极配合细化老旧小区无障碍改造方案和内容

住房城乡建设部通知中明确，老旧小区改造对象主要是2000年以前建成的环境条件较差、配套设施不全或破损严重、无障碍建设缺失、管理服务机制不健全、群众反映强烈的住宅小区。试点城市残联要协调当地住房城乡建设部门，积极配合细化老旧小区无障碍改造具体内容并推动纳入改造方案，要推进小区道路、绿地采取平整或坡化、重要部位设置提示盲道、设置无障碍标识等无障碍改造，推进停车场所设置无障碍停车位，推进小区公共服务场所完善无障碍出入口、地面、扶手、低位服务柜台、无障碍厕所或厕位等无障碍设施，与残疾人家庭无障碍改造工作相衔接，推进居住建筑完善无障碍出入口、有条件的增加无障碍电梯等设施。

三、推动建立开展老旧小区无障碍改造工作长效机制

改造实施过程中，试点城市残联要积极组织区、街道残联、社区残协等参与，与业主、设计、施工人员加强对接，组织视力、听力、言语、肢体残疾人代表等开展体验活动，保障无障碍设计施工符合残疾人需求。要动员社会各方力量为老旧小区无障碍改造提供支持。要定期了解掌握老旧小区无障碍改造进展情况，推进问题解决。要推动运用科技、信息、辅具等措施，服务老旧小区无障碍改造。要配合对改造后无障碍设施管理维护情况开展监督，确保无障碍设施发挥效能。相关省区和试点城市残联要配合住房城乡建设部门总结推广老旧小区无障碍改造工作流程、规范等经验，推动建立长效工作机制。

省（区）残联要加强对试点城市残联工作的部署和督导，及时将配合住房城乡建设部门开展试点城市老旧小区无障碍改造总体情况、做法成效经验、存在的问题和建议等报中国残联。

中国残联

2018年1月11日

三、《无障碍环境建设条例》实施六周年成就综述

2012年8月，国务院颁布《无障碍环境建设条例》，明确依法开展无障碍环境建设是政府责任和社会义务。党的十八大以来，环境无障碍、信息无障碍、服务无障碍的水平不断提高，农村无障碍建设得到发展，无障碍理念和意识更加深入人心，无障碍创新发展成为全面建成小康社会、保障和改善民生的重要基础。

一、党和国家高度重视无障碍环境建设

习近平总书记在听取冬奥会冬残奥会筹备工作情况汇报、在全国卫生与健康大会发表重要讲话时都提出要重视无障碍环境建设。李克强总理、时任俞正声主席、时任张高丽副总理都就无障碍环境建设做出指示和批示。全国政协召开无障碍环境建设双周协商座谈会，委员对加强无障碍环境建设、发展无障碍公共服务建言献策。王勇国务委员在国务院残工委会议、第五次全国残疾人事业工作会议及纪念联合国《残疾人权利公约》通过十周年大会上都对加强无障碍环境建设提出了要求。

国家将无障碍环境建设持续纳入国民经济和社会发展的五年规划之中，2016年3月，《国民经济和社会发展“十三五”纲要》提出“全面推进无障碍设施建设”、“加强无障碍设施建设和维护”。中共中央国务院《国家新型城镇化规划（2014—2020年）》，国务院颁发的《关于加快推进残疾人小康进程的指导意见》《“十三五”加快残疾人小康进程规划纲要》《关于加快发展养老服务业的若干意见》《关于促进旅游业改革发展的若干意见》《“十三五”国家信息化规划》《“十三五”国家老龄事业发展和养老体系建设规划》《“十三五”推进基本公共服务均等化规划》等都对无障碍环境建设提出具体要求。近期，中共中央、国务院《关于打赢脱贫攻坚战三年行动的指导意见》明确提出“推进农村贫困重度残疾人家庭无障碍改造”。

二、无障碍环境建设法律法规、标准逐步完善

六年来，国家制定、修订了《公共文化服务保障法》《残疾预防和残疾人康复条例》《残疾人教育条例》；河北、山西、陕西、吉林、江西、广东等十个省区市出台《无障碍环境建设条例》地方实施办法。这些法律法规中有关无障碍环境建设的条款为无障碍环境建设工作提供了法律法规依据。

为规范城市的无障碍环境，住房城乡建设部发布并适时修订《无障碍设计规范》《无障碍设施施工验收及维护规范》等国家标准；国家质检总局、国家标准化管理委员会发布实施《城市公共交通设施无障碍设计指南》《标志用公共信息图形符号第9部分：无障碍设计符号》《公共信息导向系统基于无障碍需求的设计与设置原则》等国家标准，对支持无障碍环境建设发挥了积极作用。中国银行业协会颁布了《银行无障碍环境建设标准》。目前，国家民航、铁路、工业和信息化、教育等主管部门相继制定实施了民用机场旅客航站区、铁路旅客车站、网站、特殊教育学校等行业无障碍建设标准规范。

三、城乡无障碍环境建设全面推进

2015年2月，住房和城乡建设部、中国残联等部门下发《关于加强村镇无障碍环境建设的指导意见》，提出村镇无障碍环境建设的指导思想、基本原则、目标任务和主要措施，推进无障碍环境建设由城市逐步向农村发展。2016年，中国残联、住房和城乡建设部等十三部门联合印发《无障碍环境建设“十三五”实施方案》，对“十三五”无障碍环境建设工作做出安排部署，提出三项任务目标：以解决残疾人无障碍日常出行、获取信息为重点，全面提升城乡无障碍环境建设水平；完善无障碍环境建设相关政策标准，促进基本公共服务均等化；解决影响残疾人日常起居、基本生活的家庭环境障碍，为残疾人实现全面小康奠定基础。

四、信息无障碍建设初见成效

工业和信息化部积极推动《盲人互联网信息服务系统技术要求》《盲用多媒体信息处理技术要求》等行业标准制定，指导中国互联网协会推进网站信息无障碍公益行动，为弱势群体及时获得政务信息和公共服务提供便捷方式。与中国残联下发《关于支持视力、听力、言语残疾人信息消费的指导意见》。中央网信办、中国残联下发《关于加强网站无障碍服务能力建设的指导意见》，积极推进政府网站和社会公共服务网站无障碍建设与改造。中央电视台在党的十八大、十九大及每年全国“两会”等重大会议期间的新闻节目中加配了手语播报服务。从2011年起，中央电视台每天18：00播出的《共同关注》栏目开设手语播报窗口；大部分影视作品加配字幕。

五、公共服务无障碍环境建设水平显著提升

六年来，相关职能部门对无障碍环境建设格外重视，密集出台20多项无障碍相关政策和服务举措，充分彰显了以人民为中心的发展思想，展示了我国人权事业发展的良好形象，为残疾人参与社会生活、融入社会创造了更好的条件。

——交通运输部等七部门下发《关于进一步加强和改善老年人残疾人出行服务的实施意见》，推进公路、水运设施无障碍建设改造和无障碍公交车辆配备，完善城市公共交通无障碍信息服务。

——国家民航局修订实施《残疾人航空运输管理办

法》，立项制定《残疾人航空运输管理评定标准》，在购票、乘机、空中服务、轮椅使用等方面，对残疾人航空运输服务做出了系统规定并推动落地见效，完善了我国民航现行法规政策。

——铁路主管部门在列车上设置残障人士专座，为符合条件的残疾人预留专票，推进旅客列车无障碍改造，出台允许盲人携带导盲犬乘坐火车的规定。

——公安部、中国残联等七部委联合下发《关于切实做好单眼视力障碍人士和上肢残疾人驾驶汽车相关工作的通知》，拓宽了残疾人驾驶汽车的身体限制，进一步保障残疾人驾驶汽车的权利。公安部还积极开展道路交通设施无障碍建设和改造，在全国范围推行12110短信报警求助服务，方便听力、言语残疾人和其他社会成员在紧急情况下报警求助。

——中国银保监会、中国银行业协会进一步加强和改善了对残疾人的无障碍金融服务，出台《关于银行业金融机构加强残疾人客户金融服务工作的通知》《中国银行业电子渠道无障碍服务建设自律指引》，保障残疾人公平获得金融服务的权利。

——教育部、中国残联出台《残疾人参加普通高等学校招生全国统一考试管理规定》，为残疾人高考提供无障碍合理便利。2017年共有5626名残疾人考生申请了高考合理便利。

——国家邮政局、中国残联联合下发《关于进一步加强邮政行业无障碍环境建设等相关工作的通知》，对加强邮政设施无障碍建设和改造等做出了规定。

六、各级残联积极在推进无障碍环境建设中发挥独特作用

张海迪主席多次阐释无障碍环境建设的重要意义，认为无障碍环境建设事关残疾人的权利和尊严，不仅要建设好，更要管理好、监督好，要用科学的态度和方法来做无障碍工作，要在全社会大力宣传无障碍环境建设，使无障碍的理念深入人心。中国残联党组书记、理事长鲁勇要求各级残联要配合相关部门推进城乡无障碍环境建设并做好贫困重度残疾人家庭无障碍改造工作。

六年来，中国残联积极推进完善无障碍环境建设顶层设计，大力宣传无障碍环境建设理念，配合有关部门推进制定实施无障碍环境建设的法律、法规、规划、政策、标准。2018年初，为统筹整合机关相关部室和直属单位力量，聚合部委、高校、研究机构、社会组织等社会资源共同推进无障碍环境建设，中国残联成立了无障碍环境建设推进办公室，主要领导同志分别担任组长和办公室主任，为进一步推进无障碍建设提供了组织保障。

六年来，中国残联和各地残联积极代表残疾人的权益，反映残疾人需求与呼声，掌握无障碍环境建设实情。2015年，中国残联开展全国残疾人基本服务状况和需求的实名制专项调查，2016年又开展残疾人基本服务状况和需求信息数据动态更新工作，了解掌握残疾人康复、教育、就业、社会保障等近40项数据，关于无障碍环境建设有两方面内容，一是残疾人家庭无障碍改造情况；二是村（社区）综合服务中心、村（社区）医院、村（社区）学校幼儿园、村（社区）银行信用社、村（社区）商店小卖部、村（社区）文体活动中心等六类与残疾人日常生产生活密切相关的基层公共服务设施无障碍建设情况。这些数据为制定“十三五”规划和部门出台无障碍政策提供了决策依据。

六年来，中国残联配合脱贫攻坚大局，积极开展贫困重度残疾人家庭无障碍改造工作，推动无障碍环境建设由公共设施向残疾人家庭延伸。“十三五”期间，中国残联将贫困重度残疾人家庭无障碍改造列为推进解决贫困残疾人“两不愁、三保障、两扩面”工作的重要内容，在中央彩票公益金专项投入的带动效应下，全国已有近211万残疾人的家居环境得到不同程度的改善。根据各类别残疾人的残疾状况、需求与居住环境，修建坡道，平整地面，安装安全抓杆，安装坐便器、热水器、浴凳，进行房门、室内电源线路、开关改造，降低厨房灶台，配备煤气泄漏报警装置、报警电饭煲、电脑读屏软件等无障碍设施及用品。为促进全国贫困重度残疾人家庭无障碍改造工作，2017年6月，中国残联制定印发《关于做好贫困重度残疾人家庭无障碍改造工作的通知》。2018年7月，针对全国还有331万贫困重度残疾人家庭未进行无障碍改造的实际情况，中国残联在河南省信阳市新县召开贫困重度残疾人家庭无障碍改造现场会，指导各地坚持问题和需求导向，通过将贫困重度残疾人家庭无障碍改造纳入脱贫攻坚大局、纳入政府为民办实事工程、纳入危房改造、纳入易地搬迁扶贫，争取地方财政加大支持力度，引导社会力量参与等“五个一批”措施，切实扩大贫困重度残疾人家庭无障碍改造覆盖面，为残疾人脱贫实现小康奠定基础。

六年来，《无障碍环境建设条例》的实施使我们认识到，“无障碍”已经从残疾人专用品发展到通用设计全员使用，无障碍设施建设的内容已由单纯的物质环境建设过渡到全方位的社会环境建设，从有形的道路交通、公共设施、建筑、信息发展到无形的制度、行为习惯、社会心理、公共意识。我们还认识到，我国无障碍环境建设还有一些亟待解决的困难和问题，已有设施的管理及有效使用问题、新建设施的标准落实问题，物质设施、信息获取、公共服务等的无障碍都需要进一步加强，残疾人家庭无障碍改造力度有待进一步加大，特别是全社会无障碍意识有待进一步提高，无障碍环境建设工作还需要进一步统筹落实。

全面建成小康社会、实现“两个一百年”目标的最终落脚点和出发点是促进人的全面发展，无障碍环境建设无疑是题中之义。在党和国家的重视、在社会各界的参与下，无障碍环境建设一定能取得更大的发展。

四、工作综述

（一）以支部党建为统领，创建学习型党支部，加强维权干部队伍建设

2018年，维权部深入学习贯彻落实习近平新时代中国特色社会主义思想和党的十九大精神，制定学习计划，举办以“走进基层，走近残疾人”和“重温入党志愿书”为主题的党日活动以及一系列支部专题学习活动，党支部战斗堡垒作用得到强化。紧抓党风廉政建设和反腐败工作，严格贯彻落实中央“八项规定”及实施细则精神，严守有关保密纪律。举办全国残疾人维权工作培训班，对残疾人事业法制建设、权益保障、诉求调解等工作进行系统培训，提高维权干部队伍的维权意识和能力。

（二）以残联改革为重点，贯彻落实七代会精神，服务基层、服务残疾人

认真落实中央党的群团工作会议精神和《中国残疾人联合会改革方案》，按照七代会部署，紧紧围绕“两聚焦、两服务”，围绕强基层、助小康、走转改、“学听跟”等制定《维权部改革实施方案》，开展法援助残、家改惠残、信访维权、乡村无障碍创建、服务基层人大代表政协委员参政议政等行动，团结凝聚广大残疾人听党话跟党走。

（三）以法律法规为基础，强化法律服务，促进依法履职

1. 注重顶层设计，加强残疾人权益法律保障

就《民法典各分编》等多部法律法规，组织召开专家立法论证会，不断提高立法工作专业化水平，及时提出加强残疾人权益保障的建议。协调最高人民法院共同印发《关于在审判执行工作中切实维护残疾人合法权益的意见》，保障残疾人平等、充分、方便地参与诉讼活动。配合教就部加快残疾人福利保障专项立法、《残疾人就业条例》修改等立法工作。

2. 立足实际需求，创新残疾人法律服务方式方法

与司法部联合开展全国残疾人法律援助需求调查，完成12个省份、36个市、288个居（村）委会的6618户残疾人入户调查工作。与司法部联合开展“法援惠民生·关爱残疾人”法律援助品牌建设活动，创新残疾人法律援助服务方式。以盲人群体为重点开展残疾人学法用法专项行动，先后与中国盲协、盲文图书馆、盲文出版社共同举办“知法于心·守法于行”盲人演讲比赛、全国盲人法律知识网络竞赛、全国盲人法律知识邀请赛，提升了盲人知法用法水平。

3. 加强沟通联络，提升残疾人参政议政服务水平

协助全国人大代表和全国政协委员提交2018年全国“两会”建议提案18件，按照全国人大和全国政协要求办理建议提案92件。在中国残联门户网站开设“两会”专题，传递“两会”声音。开展残联系统人大代表和政协委员统计工作，组织召开全国残联系统人大代表和政协委员参政议政工作研讨会，提高基层人大代表和政协委员的履职能力。

4. 围绕业务工作，全面推进残联组织依法履职

积极参与联合国《残疾人权利公约》履约报告撰写工作。协调中国残联法律顾问委员会为立法工作、重大案件处理提供专家意见。完成中国残联法制讲座6期，完成7件规范性文件和52件合同的合法性审查，妥善处理多起涉及残联的诉讼案件。

（四）以家庭无障碍改造为撬动，深入开展无障碍环境建设，提升残疾人获得感、幸福感、安全感

1. 加大贫困重度残疾人家庭无障碍改造工作力度，助力脱贫攻坚

召开全国贫困重度残疾人家庭无障碍改造现场会，张海迪为会议寄语；与相关部委总结推广将家庭无障碍改造纳入脱贫攻坚和危房改造、争取财政和社会资源支持等经验做法，扩大残疾人家庭无障碍改造覆盖面。争取中央彩票公益金1.65亿元，全年共为115.8万残疾人家庭进行无障碍改造，残疾人家庭无障碍改造覆盖率由9%上升到22.5%。为65万辆残疾人机动轮椅车发放燃油补贴，涉及资金近1.8亿元，提高了残疾人生活质量。

2. 制定实施无障碍环境建设相关政策，为残疾人融合发展创造更好条件

与住房城乡建设部等四部委联合印发《关于开展无障碍环境市县村镇创建工作的通知》。与交通运输部等七部委共同出台《关于进一步加强和改善老年人残疾人出行服务的实施意见》，提出交通运输行业2020年乃至2035年无障碍环境建设的目标和任务措施。与北京奥组委等联合制定印发《北京2022年冬奥会和冬残奥会无障碍指南》，建立无障碍协调机制和专家队伍，配合推进场馆和城市无障碍环境建设。制定印发《关于在国家老旧小区改造试点中切实落实无障碍改造工作的通知》，配合国家15个试点城市推进老旧小区无障碍改造。

3. 建立中国残联无障碍推进工作机制，推动无障碍环境建设

成立中国残联无障碍环境建设推进领导小组及办公室，整合会内、会外资源，建立工作规则，搭建工作平台：推动人大代表、政协委员积极建言献策，将无障碍纳入国家顶层设计；搭建高校、名企、国际合作平台，共建无障碍高端智库；参与雄安新区、北京新机场、北京世园会等重大工程无

障碍建设和海南、深圳、哈尔滨、杭州、浙江安吉鄣吴镇、山东临沂兰陵代村等省市县乡无障碍环境建设，服务国家重点示范工程，打造高质样板。出版国家无障碍战略丛书、启动“中国无障碍发展报告书”项目；创办全国首届无障碍通用设计研修营，举办无障碍文化传播大讲堂。

配合住房城乡建设部修订《无障碍设计规范》、制定《无障碍及适老建筑产品基本技术要求》国家标准；配合工信部制定《移动终端无障碍技术要求》《信息技术—互联网内容无障碍可访问性技术要求与测试方法》标准；配合民航局制定《残疾人航空运输评定》标准；配合国家铁路局制定铁路车站、铁道客车无障碍环境建设标准，配合推进北京铁路局出台《关于进一步加强和提升无障碍设施建设和服务的通知》；推进发布《中国银行业无障碍环境建设标准》《北京市无障碍系统化设计导则》、推进制定《雄安新区市民中心无障碍系统化设计导则》《雄安新区无障碍规划标准导则》《雄安新区容东片区信息无障碍规划标准导则》等；推动发布《导盲犬国家标准》《工业厂房无障碍标准》《旅游景区无障碍标准》等。

（五）以权益保障为突破，密织政策保护网，维护残疾人权益

1. 开展残疾人权益保障宣传，营造良好社会氛围

协调配合国家邮政局、中国邮政集团公司首次在2018年全国助残日当天，印制发行《全国助残日》纪念邮票和首日封、邮折等约1100万份，营造维护残疾人权益的良好社会环境。

2. 协调配合相关部委，健全残疾人权益保障机制

推进将残疾人基本公共服务标准化建设相关内容纳入中办、国办《关于建立健全基本公共服务标准体系的指导意见》。与公安部制定印发《关于做好伤残公安民警帮扶救助工作的通知》，保障伤残公安民警权益。配合民政部、公安部、银保监会等部委加强流浪乞讨残疾人员救助、打击强迫诱骗残疾人从事犯罪和拐卖残疾人违法犯罪行为、发展普惠金融服务等工作。与交通运输部联合开展残疾人驾驶机动车运营调研。发挥网信小组维权职责，协调处理20余起侵害残疾人权益和救助残疾人事（案）件，较好地维护了残疾人权益。

（六）以信访维稳为保障，加大调处力度，妥善解决残疾人困难问题

1. 拓宽信访渠道，为残疾人诉求提供便利

在残疾人服务微信及App平台开通信访功能，中国残联成为中央国家机关开通信访渠道最多的部门之一。全国省级残联全部实现信访事项网上全流转；全国地级以上城市全部开通12385残疾人服务热线。中国残联全年共办理残疾人来信、来访、来电、网上投诉26978人（件）次，与2017年同期相比增长16.6%。其中，接待集体访82批1128人次。

2. 加大诉求调处力度，维护重大活动和机关秩序

针对脊髓灰质炎后遗症患者诉求、残疾人机动轮椅车运营、聋人集资诈骗等残疾人反映的问题，先后组成5个调研组深入调研，指导各地抓好信访问题源头治理；通过政府购买服务引入律师参与信访工作，依法维护残疾人权益。

（七）存在的主要问题

保障残疾人权益的部分法律规定没有得到有效实施，基层残联组织维权渠道不畅、方法不多，农村乡镇无障碍环境建设推进困难，贫困重度残疾人家庭无障碍改造任务大，残疾人信访诉求有效解决率低。

五、重要条目

【2018年全国残疾人法律援助需求调查】中国残联与司法部2018年5月—8月联合开展的活动。根据城乡区域分布和经济发展水平特点，从全国东、中、西部地区选取12个省区市的36个地级市的288个村（居）委会，对6618位残疾人（残疾人亲友）进行入户调查，了解收集残疾人接受法律援助基本情况和存在问题，为进一步加强残疾人法律援助工作获得了数据支持。

【法援惠民生·关爱残疾人】司法部与中国残联在全国联合开展的法律援助品牌建设工作，2018年6月启动。活动要求各地以“防范、主动、全覆盖”为重点，以满足残疾人法律援助需求为导向，创新服务方式，提升服务水平，着力加强对残疾人的法律援助供给力度。通过为残疾人建立法律援助服务档案、构建县乡村三级联动互补的残疾人法律援助服务网络，主动把脉残疾人法律援助需求；通过主动送法上门、开展以案释法、开展残疾人维权专项服务活动、建立微信群等方式完善服务机制，为残疾人提供防范法律纠纷指引；通过按需定制“法律援助服务套餐”，提供“家庭医生式”法律援助，借助“互联网+”提供无障碍浏览服务、加大残疾人刑事法律援助力度等方式，增加服务供给，为残疾人提供全覆盖法律帮助，有效防范和化解残疾人法律纠纷，使所有残疾人都能获得便捷、精准、优质的法律援助服务，提高残疾人对法律援助工作的满意度。要求各地积极培育本地区残疾人品牌法律援助品牌建设示范点2—3个，经济条件和工作基础好的地区不设上限。从全国东、中、西部选取山西省晋城市、黑龙江省牡丹江市、山东省济南市、湖北省十堰市、云南省楚雄州、宁夏石嘴山市作为残疾人法律援助品牌建设示范点，总结经验向全国推广。

附录一

《北京2022年冬奥会和冬残奥会无障碍指南》发布及解读

北京2022无障碍指南正式发布，以安全为出发点，提倡“信息无障碍”和“服务无障碍”

北京冬奥组委官网　2018年9月10日

北京冬奥组委于9月7日发布《北京2022年冬奥会和冬残奥会无障碍指南》（以下简称“北京2022无障碍指南”），其遵循“公平、尊严和适用”的基本原则，以安全性为首要出发点，同时加强了信息无障碍、服务无障碍等薄弱环节。

图3-3-1　《北京2022年冬奥会和冬残奥会无障碍指南》新闻发布会。

北京2022无障碍指南的编制全面落实绿色、共享、开放廉洁的办奥理念，遵循“公平、尊严和适用”的基本原则，以安全性为首要出发点，体现通用性设计理念，完善无障碍细节要求，同时适应本国特点，加强了信息无障碍、服务无障碍等薄弱环节，特别是突出无障碍环境的系统性、连贯性，促进形成闭合的无障碍环境。

据了解，北京2022无障碍指南在国内首次提出无障碍卫生设施的设置比例要求，即为每15个有需求的人提供1个无障碍大便器、1个无障碍小便器；关于场馆座席的无障碍要求，不只是一定数量的轮椅座席和陪同座席，还要求一定数量的礼遇座席，服务于孕妇、老人等不乘轮椅的行动不便人士，更加体现通用性；场馆在入场时，排队等候是不可避免的，对于排队区提出了宽度、坡度和休息座椅的要求；通过调研，发现肢残人士对于交通场站内的安检反映比较多，所以北京2022无障碍指南特意设置了单独的“安检”一节，提出要求使受检的残障人士保有尊严。

北京冬奥组委相关负责人表示，将与北京市、张家口市紧密合作，严格按照指南的标准和要求，推动赛区及主办城市无障碍环境建设。确保赛时所有利益相关方都能够获得高质量的无障碍参与体验。在此基础上，通过建设高标准的、无障碍的和包容性的冬奥环境，形成一套具有“基准”意义、系统性的无障碍标准，为赛后持久、可持续利用留下宝贵遗产，为推动提升我国的无障碍环境水平做出应有贡献。

北京2022无障碍指南热点问答

1. 新出炉的《北京2022年冬奥会和冬残奥会无障碍指南》和国家现行的《无障碍设计规范》区别在哪儿？是不是可以理解成是现行规范的“进阶版”？

答：北京2022无障碍指南与现行的国家标准的无障碍设计规范的主要区别有以下几个方面：一是涵盖内容更广，不但包括技术规范，还包括理念阐述、服务管理、培训等方面的内容。二是技术规范标准更高、更细。三是针对性更强，对于场馆、住宿、交通等领域做了详细的规定。在技术标准方面，北京2022无障碍指南相对国家现行无障碍标准提高了相关要求，主要包括：（1）指南考虑到现实情况，分层级表述，有些条款要求尽量满足高标准要求；（2）有些重要或改造难度不大的条款要求应该满足高标准要求；（3）有些条款国家标准没有要求，属于细化的要求，比如对照度的要求、无障碍客房内的细节要求等，指南也设置相应条款要求执行；（4）还有针对场馆或残奥会的特殊要求，比如场馆的门宽，也要求严格执行国际残奥委会的要求。当然也有些条款，因为人体工程学的原因，维持国家标准，比如膝位空间等。

2. 北京冬奥组委如何与相关部门、单位联动，保证这份北京2022无障碍指南内容实施到位？

答：北京冬奥组委已经牵头建立了北京2022年冬奥会和冬残奥会无障碍工作协调机制，包括京冀两地三赛区的政府相关主管部门、残联组织和冬奥组委相关部门共33个成员单位，负责协调、推动、监督无障碍标准的落实。去年12月，北京冬奥组委组织召开了无障碍工作会议，全面部署无障碍工作内容，明确了161项工作任务。根据北京冬奥组委、中国残联、北京市政府、河北省政府联合印发北京2022无障碍指南的通知要求，北京冬奥组委将与规划建设部门、交通主管部门、残联组织等加强协作，推进无障碍标准的落实：一是北京2022年冬奥会和冬残奥会使用的新建场馆设施、服务场所，应按照指南标准全面实施，确保落实指南提出的相关要求。二是北京2022年冬奥会和冬残奥会使用的既有场馆设施，应原则上按照指南标准实施，并按照一馆一方案的原则，制定相应的无障碍改造专项方案，确保满足冬奥会和冬残奥会赛时运行的基本需求。三是北京2022年冬奥会和冬残奥会赛会服务的各职能领域，应按照指南标准提供无障碍的相关服务保障，将无障碍服务的各项标准、要求纳入运行计划和相关服务规范之中。四是北京

2022年冬奥会和冬残奥会城市运行各领域涉及的无障碍环境要求，由主办城市政府相关主管部门牵头组织实施，首先应全面达到现行有效的国家和地方无障碍标准及相关行业规范的要求，在此基础上，应参考本指南相关标准予以落实。其中涉冬奥的定点饭店、机场、高铁站、城市公共交通场站等设施场所，原则上应符合北京2022无障碍指南提出的相关要求。

3. 中国残联是北京2022无障碍指南的联合印发单位，作为残疾人的代表组织，对助力和推动北京2022年冬奥会和冬残奥会无障碍工作有什么举措？另外，这份北京2022无障碍指南的出台，对促进我们国家的无障碍环境建设有什么意义？

答：中国残联有关负责人表示，党的十九大报告提出"筹办好北京冬奥会、冬残奥会"。习近平总书记指出要"把2022年冬奥会办成一届精彩、非凡、卓越的奥运盛会"。无障碍环境建设是成功举办冬奥会和冬残奥会的重要保障条件，我们将从以下几个方面配合做好相关工作：

一是充分反映残疾人的无障碍需求。残疾人主要分视力、听力、言语、肢体、智力、精神等六类，不同类别残疾人参赛或观赛对无障碍设施、无障碍信息交流和无障碍服务的需求都不同，我们将充分向奥组委等相关部门反映残疾人的无障碍需求，这是制定相关政策标准、推进场馆与城市环境无障碍环境建设和改造、为残疾人提供无障碍服务的重要依据。

二是组织开展残疾人调查体验活动。无障碍建得好不好？符不符合要求？方不方便使用？残疾人最有发言权。我们将按照奥组委的统一部署和安排，与北京市残联、延庆区残联、河北省残联、张家口市残联适时组织残疾人开展调查体验活动，对场馆、城市环境、相关设施等提出意见和建议并反馈相关部门、业主，配合推进做好相关工作，融合分享人文智慧的社会环境。

三是配合制定无障碍环境建设相关政策标准。中国残联自成立以来，始终把参与和推进无障碍环境建设作为一项重点工作，五年来，我们配合交通运输、民航、铁路、教育、公安、工信、金融等部门制定了20多项公共服务领域无障碍政策标准。下一步，我们将继续配合奥组委，完善赛时运行相关无障碍政策，推进建立无障碍通用设计评审机制，制定无障碍服务相关流程规范标准，为冬奥会冬残奥会成功举办提供更好的保障。

四是为冬奥会冬残奥会无障碍环境建设提供智力支持。近年来，中国残联与住房城乡建设部、工业和信息化部、全国老龄办等部委组建了全国无障碍环境建设专家委员会，今年中国残联成立了无障碍环境建设推进领导小组及办公室，可以更好地聚合协调联动部委、高校、研究机构、专家及中国残联资源力量，我们将据奥组委的需求，为冬奥会冬残奥会无障碍环境建设提供专家咨询、方案制定、推进落实等智力支持。

北京2022无障碍指南是落实习近平总书记"筹办好北京冬奥会和冬残奥会"指示、贯彻国务院《无障碍环境建设条例》的重要举措，指南基于国际残奥委会无障碍指南和中国无障碍现行法规标准进行对比分析，高于我国现行《无障碍设计规范》国家标准。内容既包括北京冬奥会和冬残奥会涉及的场馆、交通、住宿等设施无障碍，也涵盖了无障碍标识、语音提示、无障碍网络等信息无障碍及礼仪、引导等服务无障碍，结构完整，分析论证充分，指标合理，成果翔实，具有一定的前瞻性和较强的可操作性，填补了国内无障碍标准内容的空白，指南文本对于修订我国《无障碍设计规范》具有重要参考价值。通过指南实施，将系统提升北京市、河北省无障碍环境建设整体水平，不仅保障北京冬奥会和冬残奥会成功举办，同时将为举办其他重大活动城市乃至全国无障碍环境建设提供示范样板，对于提升全社会无障碍理念、推进全国无障碍环境建设的发展、促进社会基本公共服务均等化具有重要带动作用。

4. 大多数人对于"无障碍"的理解仅限于"无障碍电梯"、"无障碍卫生间"、盲道等，这一次的北京2022无障碍指南中，有很多篇幅涉及了"信息无障碍"和"服务无障碍"。"信息无障碍"和"服务无障碍"主要是指什么？建设一个好的无障碍环境是不是信息无障碍和服务无障碍同样重要？

答：信息无障碍是指尽力保证任何人在任何情况下都能平等、方便、无障碍地获取信息、利用信息。主要涵盖出版物、电信、网站和标识系统，通过一些辅助的技术和设施来达到无障碍。约有中国人口数的20%左右有此需要。2012年国务院颁布的《无障碍环境建设条例》设有专门的"无障碍信息交流"一章，规定信息发布、考试试卷、电视节目、图书馆、网站、电信等都要满足一定的信息无障碍的要求。

过去在无障碍的标识系统上做得比较多，出版物也有一些盲文版、大字版，电视节目有手语翻译等。近年来，随着互联网的不断发展，人们获取信息、学习培训甚至生活都不断加大了对于互联网的依赖。而对于残疾人、老年人来说，一方面由于他们的行动不便，反而更希望通过方便的互联网获取信息、学习培训和生活娱乐；另一方面由于各网站的建设未考虑到无障碍化，即便使用读屏软件也很难获取想要的信息，更无法方便地实现网上交互、网上办事、网上购物等应用。因此信息无障碍建设对残疾人、老年人等使用互联网应用，起着非常重要的作用。互联网产品通过进行易用性、可用性等优化，可以被老年人、视障者、听障者、读写障碍人士等用户顺畅使用，同时可以更高效、更便捷地被所有用户使用。

无障碍服务包含的面非常广，就是除了硬件设施外，还要在社会的各项服务中贯彻无障碍理念，提供无障碍的精细化服务。现在很多银行都在推行无障碍金融服务，方便残疾人和老年人；公共文化设施、医院等提供轮椅租借服务，提供辅助听力设施，导盲犬休息等；文化场所安排残障人士专场；机场和航空公司提供可以预约的帮助乘轮椅者上飞机的服务；无障碍出租车的预约服务等都属于无障碍服务。

总之，社会只有提供软、硬件结合的无障碍辅助才能真正服务于有需要的人群，才能构建全面的无障碍环境。

5. 主办城市（北京、张家口）目前无障碍设施的普及率如何？目前情况看，落实好北京 2022 无障碍指南，最大的难点在哪里？下一步将如何具体落实北京 2022 无障碍指南？

答：北京市和张家口市规划建设部门相关负责人表示，我国无障碍环境建设开展了 30 余年，北京一直走在国内无障碍环境建设的前列，自 2008 年北京奥运会、残奥会以来，北京市无障碍环境建设取得了长足的发展。无障碍环境建设得到了很大提高。特别是在 2013 年—2015 年间的全国无障碍环境市县的创建工作中，北京市海淀、西城、石景山、东城、延庆等 5 个区在“创建”工作中被评为全国无障碍环境建设示范区，大兴等 11 个区被评为全国无障碍环境达标区，国家有关部门对“创建”成果给予了充分肯定。根据“创建”工作中的普查数据，2015 年，海淀区、石景山的老旧小区改造率分别达到了 87% 和 71%，大兴区和西城区的区管道路中既有道路路口坡化改造率分别是 98% 和 95%。通过这个数字从一个侧面可以看出，北京市的无障碍设施普及率还是比较高的。

落实北京 2022 无障碍指南对过去北京无障碍环境建设成果的进一步优化提出了更高的要求，在无障碍理念的通用包容，功能的系统性，设施设备的人性化细节，信息智慧技术的应用，服务理念和品质等方面，需要统筹更多的要素，实现更好的优化与协同，这是当前工作的难点。我们充分认识到城市发展过程中不断增长的无障碍需求，工作中不断提升对无障碍的认识，珍视无障碍环境建设等奥运遗产对主办城市带来长远的促进作用。

在下一步落实北京 2022 无障碍指南的具体工作中，第一，将会同相关单位，统筹奥运无障碍建设的进度要求，完善年度行动计划和监督机制，保障不同层面不同环节的无障碍建设能有秩序、有计划的同步实施，做好系统衔接，为办赛、参赛、观赛做好准备。第二，按照冬奥组委要求，正在开展全市无障碍现状摸底调查工作和制定主办城市无障碍环境提升行动方案，进一步总结全市范围内重点地区无障碍建设情况，发现不足，形成解决方案，整体上提升无障碍水平。第三，将通用无障碍环境建设作为提升北京市公共环境品质，促进以人为本的城市设计实施的重要内容，在今后的城市规划和建设中不断落实，推动无障碍环境的包容永续发展。第四，根据上述工作需要，在不同时间节点，全面开展无障碍技术与服务的相关培训宣讲，加大对北京 2022 无障碍指南的宣贯力度。

根据河北省张家口市各县区无障碍环境建设调查摸底情况，由于无障碍设施建设与京、津等经济发达地区相比投入明显不足、无障碍设施普及率不高，偏远的县区情况尤其突出，距离办奥城市应达到的无障碍环境建设水平还存在着明显的差距。为了提升张家口市的设施、信息和服务无障碍水平，根据国际残奥委会确定的无障碍意识和促进战略和北京冬奥组委确定的无障碍建设任务，张家口市于今年年初出台了《张家口市无障碍环境建设三年（2018—2020 年）工作方案》，张家口市将用三年的时间分区域、分重点、分步骤对我市无障碍设施进行全面改造提升，2020 年底前全部达到验收标准。目前此项工作正在全面推进。

结合张家口市目前无障碍环境建设实际情况，我认为落实好北京 2022 无障碍指南最大难点一是如何建立起从规划、设计、施工到竣工验收各阶段，全面执行北京 2022 无障碍指南的建设制度。二是如何提高我市参与无障碍环境建设工作的建设者、管理者对北京 2022 无障碍指南中所涵盖内容的全方面认知，并能够有效运用北京 2022 无障碍指南来指导我们的具体工作。

下一步，张家口市将尽快出台落实北京 2022 无障碍指南的指导性文件，将北京 2022 无障碍指南作为指导我市无障碍环境建设工作的重要技术依据，同时继续组织现场交流、技术研讨等多种形式的经验交流活动。我们有信心、有决心、也有能力将张家口城市公共设施、公共信息、公共交通、社会环境与服务等方面的无障碍环境全面提升，在保障冬奥会和冬残奥会圆满举办的同时，也为我市留下宝贵的奥运遗产。

6. 刚才的情况介绍里提到，要通过落实《北京 2022 年冬奥会和冬残奥会无障碍指南》留下宝贵的遗产，冬奥的无障碍遗产主要体现在哪些方面？是不是已经有了相关规划？

答：北京冬奥组委牵头研究制定了《北京 2022 年冬奥会和冬残奥会遗产战略计划》，无障碍是其中的一项重要内容。我们相信通过北京 2022 无障碍指南的实施，能够留下丰厚的冬奥无障碍遗产：一是无障碍意识的提高，北京 2022 无障碍指南对无障碍理念意识做了详细阐述，这些先进的理念在今后几年的筹办工作中广泛传播，能够推动提高全社会对无障碍的了解认识，形成建设无障碍环境的社会共识。二是无障碍制度遗产，无障碍环境建设范围广，涵盖不同部门和单位，冬奥组委牵头建立了北京 2022 无障碍协调机制，相关工作制度和工作方法将为完善城市无障碍协调管理机制提供借鉴。三是无障碍设施遗产，为冬奥会和冬残奥会建设的高标准无障碍设施将在赛后方便主办城市市民使用，形成直接遗产，另外这些无障碍设施还将发挥示范推动作用，规范引导各领域提高无障碍设施水平，推动建设与国际先进水平接轨的，符合公平、尊严、适用性原则的无障碍环境。

附录二

第十三届中国信息无障碍论坛成功举行

中国残联网站，2018 年 10 月 15 日

2018 年 10 月 10—11 日，第十三届中国信息无障碍论坛在北京中国盲文图书馆举行。中国残联副主席吕世明，中国残联副主席、副理事长程凯出席论坛并讲话。上百位科研机构、数字机构、盲人服务机构、有关部委、行业组织、教学单位、新闻媒体、残疾人代表以及美国、以色列等国家代表参加会议。

程凯在开幕式讲话中指出，信息无障碍是无障碍建设的重要方面，是残疾人追求美好生活的助推器，也是残疾人适应信息化社会各种挑战的前提。为此，我们必须以习近平新时代中国特色社会主义思想和党的十九大精神为指引，通过消除障碍、提供便利、获取正确信息，把残疾人团结在党的周围；必须贯彻以人民为中心的发展思想，让越来越多的残疾人朋友通过信息无障碍便利学习，自由交流；必须贯彻“创新、协调、绿色、开放、共享”新发展理念，全力推动信息无障碍和现代科技的融合创新，加大信息无障碍技术基础研究与成果转化应用；必须依法推动信息无障碍建设，认真落实《无障碍环境建设条例》，让残疾人及时知事，方便办事；必须适应数字化网络时代的现实需要，加快国家通用手语和国家通用盲文的信息化进程，实施好盲人数字阅读推广工程，完善残疾人数字服务平台。

吕世明在闭幕式为“盲校学生信息无障碍挑战赛”获奖者颁奖。他表示，此次论坛取得了突出成效。中国残联高度重视无障碍工作，积极会同部委制定政策，充分整合社会资源，推进无障碍理论研究、标准制定、产品研发与应用、社会传播等方面取得了显著成果。他强调，在推进新时代残疾人事业发展过程中，要把信息无障碍工作作为残疾人对美好生活向往的出发点和落脚点，加力推动信息无障碍工作高质量发展。

自 2004 年至今，中国信息无障碍论坛已经成功举办十三届。该论坛一直致力于探讨如何让具有不同年龄阶段、不同身体机能、不同语言文化背景的人都能平等、便捷、无障碍地获取和使用信息。本届论坛以“技术、标准助力信息无障碍”为主题，围绕信息无障碍与视障服务、信息无障碍技术再创新和信息无障碍推动特殊教育等方面展开交流研讨。

附录三

民生调查·关爱残疾人①

定制化服务、新设备研发，云南多渠道助残

让残疾人生活更便利

《人民日报》　李茂颖　2018 年 6 月 12 日

开栏的话

没有残疾人的小康，就不是真正意义上的全面小康。改革开放以来，中国残疾人事业取得举世瞩目的成就。目前，有数十部法律做出具体规定，保障残疾人在康复、就业、社保、参与公共事务和社会生活等方面的权利。

如何让残疾人的生活更便利、更精彩？如何帮助残疾人更好地就业？在康复治疗、集中托养等方面，残疾人的权益又该如何保障？即日起，本版推出“关爱残疾人”系列报道，为读者介绍一些地方的好做法、好经验。

6 月 1 日儿童节，在云南昆明五华区新萌学校，一群可爱的孩子正翩翩起舞，尽显童趣。他们动作并不整齐，但脸上的自信和快乐感染着现场每一个人。

新萌学校是一所全日制智力障碍特殊教育机构，受到了来自地方政府、社会志愿者的关爱与帮助。为了让这群特殊的孩子健康成长，各界联手付出了辛勤的努力。

新萌学校的发展是云南扶残助残工作的缩影。量身定做的志愿服务、智能化的科技产品、多元化的文化活动……云南通过一系列方式，聚集起关爱残疾人的社会力量，形成扶残助残的良好风尚。

为近万户残疾人家庭实施无障碍改造

这天，家住云南昆明金马东华小区的老人杜福喜，迎来了官渡区残联上门服务的志愿者。

杜福喜今年 95 岁，有肢体残疾，长期借助轮椅代步。因为家庭贫困，老人的轮椅已长时间未经更换。器具的老化，给老人的行动带来很大不便。

借助官渡区残联“流动服务车”这个品牌，志愿者们根据行动不便的残疾人所提出的需求，为他们提供入户帮助，并在调研之后免费发放辅助器具。“我们发放的主要有电动轮椅、电动三轮车、拐杖等。这些都是残障人士最迫切需要的。”官渡区残联有关负责人说。

针对不同情况，各地志愿者纷纷行动。官渡区残联对疑似残障儿童进行免费精准筛查，已输送 62 名残障儿童进入市残联认证过的康复机构，为他们提供手术治疗和康复训练；五华区残联以“防聋治聋 精准服务”为主题，开展义诊活动和爱耳宣传；每个月，云南财经大学会计学院的大学生志愿者都会到新萌学校，教特殊儿童写字、画画。

为了让残疾人生活得更便利，从 2011 年起云南省启动了贫困残疾人家庭无障碍改造工程。

“现在家里装了无障碍扶手和坐便器，房子也粉刷了，

不只方便，也干净、整洁了。”家住昆明五华区眠山社区的曾玲（化名）说，因为自己患有小儿麻痹，日常起居十分困难，因此改造时选择了这个方案。

闪光门铃、扶手抓杆、低位灶台、多功能床……五华区残联理事长陈永谦介绍，残疾人家庭无障碍改造，都是由残联志愿者入户调查，根据残疾人具体居家需求和意愿而量身定做的，以满足残疾人的日常所需，提高他们的生活质量。

截至去年，云南省共投入资金近6000万元，为近万户贫困残疾人家庭实施了无障碍设施改造。今年，还将有2500多户贫困残疾人家庭受惠于这项工程。

助盲耳机会读报，智能手表能求救

“在您面前的是一位20多岁，穿着红色上衣、蓝色裤子，微笑着的女性。”Eye See视障人智能助盲耳机发出了上述提示。

在昆明理工大学城市学院的电子创新实验室里，不少慕名而来的盲人正在试用这款智能助盲耳机。“它可以提醒我现在的环境，还能通过语音辅助我读书看报，解决了生活中的难题。”一位试用者说。

这款耳机由昆明理工大学Eye See团队设计研发，目前已开发出人脸识别、体貌特征识别、场景识别、文字识别和智能避障等功能。“它利用图像识别、语音交互、激光测距等技术，并结合人工智能，来帮助盲人感受世界。”团队指导老师胡寅介绍。

Eye See耳机只是昆明理工大学针对残障人士研发的智能产品之一。早在3年前，昆明理工大学就设计出一款智能手表，主要解决听障人士与常人交流的问题：听障人士在手表上输入想说的话，能转换成语音；常人的语音，则会转换成文字，显示在手表上。

“这款手表具有便签、翻译、语音识别、实时字幕等功能。”胡寅介绍，“最关键的是，这款手表还有警示提醒和急救定位功能：可以通过分贝频率、声纹识别等判断和检测外界的信号，提醒听障人士附近环境有危险；当听障人士发出求救信息时，手表也会将精准的地理位置发送到亲友的手机上。”

智能助残产品的研发都是经过了无数次试用、沟通、升级而来的。以Eye See耳机为例，“耳机的前身是一个智能头盔。但盲人朋友们试用过后，觉得不够轻便，又在头盔的基础上进行改良，才有了现在的智能耳机。”胡寅说，“针对残障人士的产品设计，必须要更多地考虑他们真正的生活需求和实际体验。”

这些智能产品的成本一般控制在500元以内。“在市场推广上，尚有一定难度。希望有更多的社会力量给予关心和支持。”胡寅表示。

残疾人投身公益，能领爱心奖励卡

“参加社会活动，还能到超市兑换生活品，动力更足了。”在五华区残疾人爱心超市，残疾人吴苹凭着爱心奖励卡，领取了菜籽油、洗衣粉和香皂等价值150元的物品。这张爱心奖励卡是她积极参加“美丽春城、清洁昆明”志愿活动所得来的。

为了动员残疾人参加社区公益活动，五华区对积极投身公益活动的残疾人先进分子进行奖励。爱心奖励卡分为50分、100分、150分等不同档次，获奖人员可以凭卡到爱心超市领取物品。

陈永谦介绍，除了爱心奖励，残联每年都会积极组织趣味运动会、文艺汇演，让辖区内的残疾人参与进来。“通过号召残疾人参加力所能及的体育活动、文艺表演，让大家自尊自强，获得幸福感、归属感。”

双眼弱视的闫阿姨在退休后，凭着毅力把乒乓球重新练了起来，还在运动会上大展风采。“在这里，我遇到了很多志同道合的好朋友。”闫阿姨说，“参加比赛让我找回了自信，觉得自己还是很有价值的。”

在五华区残疾人文化体育活动中心，残疾人书法绘画培训室、视听室等处经常热闹非凡。“周边的残疾人组织或家属，经常到教室组织各种活动。我们要做的是为他们提供活动场所和展示空间。”陈永谦说。

不久前，在官渡区社区里，举行了一场别开生面的残疾人知识竞赛。各位选手精心准备，来自矣六街道的居民李玮答题时势如破竹，赢得了本次“学习之星”的称号。在活动间隙，残障朋友们还为大家表演了手鼓、黄梅戏等节目。

“不仅要满足残疾人朋友的生活需求，更要满足他们的文化需求。”官渡区残联有关负责人说，“这样才能让他们敞开心扉，融入社会大家庭中。”

（张东旺、王芳等供稿）

残疾人组织建设工作

一、政策规章

中国残联办公厅关于印发《中国残联机关干部“走进基层、转变作风、改进工作”专项改革方案》的通知

残联厅发〔2018〕27号

机关各部门、各直属单位、基金会：

《中国残联机关干部“走进基层、转变作风、改进工作”专项改革方案》（以下简称“走转改”方案）已经中国残联改革工作领导小组审议通过，现印发给你们，请认真学习，贯彻落实。

在机关干部中开展“走转改”工作，是贯彻落实中央党的群团工作会议精神和中国残联改革方案要求的重要举措，要以改进和加强残联干部作风建设为引领，全面推进残联改革工作。

残联干部转变作风，首先从中国残联机关干部做起。各直属单位、基金会、各专门协会可参照“走转改”方案精神，结合实际，改进和加强干部作风建设，更好地服务基层、服务残疾人群众。

“走转改”调研点、基层联系点、居住地活动点的确定，由办公厅、改革办负责，以加强统筹协调，确保有序、有效。

中国残联办公厅

2018年12月3日

中国残联机关干部“走进基层、转变作风、改进工作”专项改革方案

为认真贯彻落实中央关于加强和改进党的群团工作的决策部署，全面实施《中国残疾人联合会改革方案》，切实增强残联组织“政治性、先进性、群众性”，警惕和抵制“机关化、行政化、贵族化、娱乐化”，坚决克服形式主义、官僚主义和脱离残疾人群众的倾向，制定中国残联机关干部“走进基层、转变作风、改进工作”专项改革方案，具体如下：

1. 深入基层、进门入户开展蹲点调研。由党组、理事会成员和机关局级干部带队，机关干部参加，以5人左右组成若干“走转改”调研组，每半年在1个县（市、区）集中蹲点调研1个星期；党组、理事会成员和机关局级干部每年到基层调研总计不少于30天。要走进残疾人家庭、基层残疾人组织和残疾人服务机构，掌握第一手情况。多到残疾人贫困程度深、残疾人工作困难多、基层工作创新活跃的地方调研，深入研究问题与对策并撰写调研报告。全年“走转改”调研要覆盖各省（自治区、直辖市）。

2. 建立最基层联系点和联系户。党组、理事会成员、机关局级干部和每个部室至少与1个村（社区）建立联系点，与3—5户困难残疾人家庭建立联系户。结合工作每年到点到户至少1次，并通过多种方式保持联系，持续跟踪了解最基层残疾人工作情况和残疾人生活状况，听取诉求，收集意见，提供服务，指导工作。联系点、联系户可适当选择离京较近地区并兼顾其他地区。

3. 参加居住地残疾人组织活动。机关干部本着就近就便的原则，向北京市街道残联或社区残疾人协会报到，每个季度至少参加一次活动，联系身边残疾人群众，了解基层残疾人工作情况。

4. 重要工作听取基层意见。克服闭门造车，防止脱离基层，重要文件出台、重要工作项目安排必须征求基层残联和基层残疾人工作者的意见建议。每年邀请部分基层残疾人代表和社会组织代表列席中国残联主席团会议。与地方残联干部保持经常性工作沟通，及时、热情回应地方残联干部的工作征询。

5. 工作重心下移，主动服务基层。树立鲜明的基层导向，防止出现上面热热闹闹、下面冷冷清清。以激发基层工作活力、提升基层服务能力为目标，以推动搭建县域残疾人综合服务平台、健全基层残疾人组织、建设基层残疾人服务阵地为重点，工作设计着眼于基层，工作资源下沉到基层，努力把服务送到残疾人身边。

6. 与各类残疾人融在一起。每名机关干部都要通过工作接触、生活帮扶、参加活动等，密切联系残疾人，与各类别残疾人交朋友，扩大自己的残疾人朋友圈，真正与残疾人绞在一起、融在一起，设身处地，换位思考，更加准确地理

解各类残疾人的不同需求，增进与残疾人的感情，解决残疾人的难事。

7. 尊重和关爱残疾人。机关干部要带头弘扬社会文明风尚，视残疾人为兄弟姐妹，尊重每一位残疾人，消除一切带有歧视性的言行。热心服务残疾人，摒弃冷面孔，为残疾人提供更多便利和无障碍条件。遇到有困难的残疾人要主动伸出援手。要学习掌握与各类残疾人交流的基本礼仪，学习与聋人交流的基本通用手语，了解与盲人沟通交流与引导的基本方法，礼让行动不便的残疾人，热情鼓励心智障碍者的每一点进步，体现对广大残疾人的人道关怀。

8. 热情接待来访残疾人。机关干部每人每年要安排 1 周时间参与残疾人来信来访接待，新到机关的干部应按规定时间到信访办接访。要热情接待每一位残疾人来访者，认真倾听诉求，保证来访者的合理诉求得到充分反映。能够帮助解决的，要尽快协助办理；不能马上解决的，要向残疾人说明情况，并把问题及时反馈给主责部门，依法依规妥善处理。

9. 在工作中充分体现残疾人的主体性。与残疾人利益密切相关的重大项目、重要政策等，要以一定形式直接听取残疾人和亲友代表、残疾人工作者中人大代表和政协委员的意见建议并形成制度。党组、理事会成员和机关局级干部要带头践行群众路线，和机关同志一道杜绝“衙门”作风，经常面对面听取残疾人和亲友的意见建议，使工作决策更加贴近残疾人。要团结引导残疾人积极参与残疾人事业，让残疾人群众唱主角，坚决杜绝让残疾人撑场面，和残疾人群众合影要让残疾人在前位、在中间。工作评价要克服内部循环和自弹自唱，加快建立以残疾人满意度为主的评估评价机制。要充分发挥各专门协会和社会组织在密切联系各类别残疾人中的特殊重要作用。

10. 坚决同侵害残疾人合法权益的现象做斗争。开展残疾人服务、举办残疾人活动，要公正对待每一位残疾人，禁止任何有违公平的做法。面对歧视残疾人、侵害残疾人合法权益的现象，要敢于斗争，坚决予以纠正。发生侵害残疾人合法权益重大事件，要增强敏感性，协同地方残联和相关方面第一时间调查、第一时间发声、第一时间维权，真正使残联成为残疾人信得过、靠得住的代言人、贴心人。

11. 运用好社会化工作方式。改进工作方式，注重体现群团组织特点，更好运用社会化工作方式、调动社会力量参与残疾人事业。团结动员各类社会组织、专业机构、志愿者队伍，共同做好残疾人工作。面向信息化时代，推进“互联网 +”精准服务残疾人，充分运用媒体特别是新媒体手段动员、联系、服务残疾人，建设“智慧残联”。拓展渠道，凝聚社会各界力量助推残疾人事业。

12. 争做“忠诚、干净、担当”的优秀残联干部。机关干部要忠诚党的事业，热爱残疾人事业，恪守“人道、廉洁”职业道德，有理想主义情怀和人道主义精神，把党中央、国务院对残疾人的“格外关心、格外关注”落实到行动上，传递到残疾人兄弟姐妹中。严守中央“八项规定”及实施细则精神，保持警钟长鸣，做到廉洁自律、拒腐防变，用好服务残疾人的每一分钱。养成求真务实、担当作为、改革创新、干事成事的好作风，为实现习近平总书记提出的“全面建成小康社会，残疾人一个也不能少”的目标履好职、尽好责。

中国残联关于扎实做好地方残联改革工作的通知

残联发〔2018〕65 号

各省、自治区、直辖市残联，新疆生产建设兵团、黑龙江垦区残联：

国务院办公厅于 2018 年 8 月 22 日印发了《中国残疾人联合会改革方案》（以下简称《方案》），明确了中国残联改革的指导思想、基本原则、目标要求、具体措施和实施办法，对残联改革工作做出全面部署。为贯彻落实好《方案》精神，扎实做好地方残联改革工作，现将有关要求通知如下。

一、高度重视，把改革摆上重要议事日程

残联改革是推进国家治理体系和治理能力现代化的重要内容，是全面深化改革的重要组成部分。习近平总书记明确指出，“党的群团工作只能加强、不能削弱”，要保持和增强群团组织的政治性、先进性、群众性，去除机关化、行政化、贵族化、娱乐化。各级残联和广大残疾人工作者要增强做好改革工作的责任感、使命感和紧迫感，不折不扣地把党中央、国务院的决策部署落实到位。中国残联近期已启动改革各项工作，各级残联要迅速行动起来，把推动残联改革摆上重要议事日程，认真学习领会《方案》精神，着手研究本级残联改革的重要问题，启动改革工作，确保改革同步。

二、科学谋划，加紧制定本级改革方案

各级残联要按照《方案》精神，科学谋划、研究制定本级残联的改革方案，蹄疾步稳、扎实有序推进各项改革工作。在起草本级改革方案时，要注意广泛听取意见，深入了解广大残疾人生产生活状况及需求，认真查摆不同程度存在的脱离基层、脱离残疾人群众的倾向，着力解决基层组织薄弱、服务能力不强的突出问题，提出符合本地残疾人工作实际的改革创新措施。本级改革方案制定后，要及时征求上级残联组织意见，确保改革精神上下贯通。

三、突出重点，把握好改革的主要任务

残联改革是系统工程，涉及残疾人工作的方方面面，不能简单理解为只是机构改革。在实施过程中，既要全面推进，又要突出几个方面的重点任务。一是讲政治。把增强政治性、先进性、群众性作为主线贯穿改革的全过程，通过改革加强党的领导，加强政治建设，团结带领残疾人坚定不移听党话、跟党走。二是强基层。广大残疾人特别是困难残疾人由于行动不便等多种原因，大都生活在最基层，基层是残疾人事业的根基。要把加强基层工作重点放在强化基层组织和工作力量上，放在推动构建县、乡、村三级联动的残疾人基本公共服务网络、建设县域残疾人综合服务平台上。三是转作风。推动机关干部走进基层、转变作风、改进工作，通过“走转改”克服“四化”。四是“专兼挂”。采取兼职、挂职等多种形式，进一步优化机关干部结构，使机关干部整体更接地气，更有群团机关特点。五是广代表。通过改革使更多基层优秀残疾人代表进入残联领导机构，体现残联组织的代表性、群众性，更好地发挥残疾人主体作用。六是助小康。围绕涉及残疾人迫切需要解决的困难，补齐残疾人民生短板，确保“全面建成小康社会，残疾人一个也不能少”。七是信息化。提升科技应用水平，建立动态更新工作长效机制，完善残疾人人口基础数据库和残疾人服务资源信息库，建好用好残疾人事业大数据，积极打造“智慧残联”，提升残疾人工作的信息化水平。八是聚主业。各级残联机关、直属单位要通过改革正本清源，更好地聚焦主责、聚焦主业，服务残疾人事业、服务基层。

四、统筹联动，打好改革的整体战

按照《方案》要求，中国残联的改革于2018年下半年组织实施，2019年年底前总结完善，时间紧，任务重。《方案》中大部分任务，不只是中国残联的任务，而是需要统一部署、上下联动、由各级残联共同完成。为此，确定2019年为“残联改革年”。各级残联要加强统筹协调、明确任务分工，群策群力完成好改革任务。要增强改革意识、营造改革氛围，大处着眼、小处着手，逐项落实、逐条销号，增强责任心、增强紧迫感，把自己摆进去、把单位摆进去，努力形成残联改革的整体合力，唱响残联改革的大合唱。

近日，中国残联制定印发了《中国残联机关干部“走进基层、转变作风、改进工作”专项改革方案》，决定从转变作风抓起，从机关干部做起，展开各项改革工作。附上中国残联“走转改”方案，请各地残联参照。

在改革工作的推进过程中有什么困难和问题、意见和建议，请及时与中国残联改革工作领导小组办公室联系。

附件：中国残联机关干部“走进基层、转变作风、改进工作”专项改革方案（略）

中国残疾人联合会
2018年12月3日

二、工作综述

2018年，残疾人组织建设以习近平新时代中国特色社会主义思想为引领，认真落实以习近平同志为核心的党中央关于残疾人事业新部署新要求，认真贯彻中共中央《关于加强和改进党的群团工作的意见》和中央群团改革工作座谈会精神，以及《“十三五”加快残疾人小康进程规划纲要》相关要求，以地方残联换届为契机和实施2018年度“强基育人”工程为抓手，进一步加强地方各级残联领导班子和干部队伍建设，努力夯实基层组织，推动专门协会工作转型升级，提升助残社会组织服务能力，组织实施年度全国残疾人基本服务状况和需求信息数据动态更新，深入开展志愿助残，加强残疾人证核发管理，认真做好中国残联第七次全国代表大会筹备工作，推动各项工作取得新成效，为加快推进残疾人事业发展提供了有力组织保障和人才支撑。

（一）指导地方残联如期完成换届工作

认真履行协管职责，审核各省级残联换届工作和机构人选方案，与各省委组织部反复沟通，参与考察省级残联领导班子42次；赴地方调研督导换届工作，对地方残联换届工作给予政策指导，严肃地方残联换届工作纪律，确保了地方残联换届按时圆满、程序规范、风清气正。

在地方残联换届中，各级残联深入贯彻中央党的群团工作会议精神，政治性、先进性、群众性得到切实增强。各级党委政府的重视程度前所未有，所有省级残联代表大会，四大班子主要领导和在家的常委悉数出席，其中29个党委书记发表讲话。各省领导出席会议的规格是历次换届中最高的。各省级残联代表大会代表中残疾人及亲友、基层一线的比例分别提高到65%和35%以上，主席团委员中残疾人及亲友、基层一线的比例分别提高到65%和60%以上。各级残联领导班子结构更加优化，一批年富力强、德才兼备、热爱残疾人事业的干部选拔到各级残联领导岗位上，激发了队伍活力。

（二）认真做好中国残联第七次全国代表大会相关筹备工作，确保大会圆满成功

中国残联第七次全国代表大会筹备和召开期间，中国残联组联部主要承担组织组工作，负责代表产生、会议组织、大会选举、章程修改等工作。

做好代表和主席团委员资格审查工作。起草代表和主席团委员产生、名额分配及审定方案，落实有关要求，确保代表和委员中残疾人及亲友比例、基层和一线比例双增加。如期完成623名代表人选、130名委员候选人人选的名单催报、材料审核、资格确认等工作，并起草了代表产生报告、委员候选人情况说明。逐一录入、反复核对，保质保量完成了近800名与会人员上万条个人信息的信息采集工作，同信息中心、后勤组密切配合，按时制作好代表证件，未发生错证、漏证等问题。

认真组织有关会议顺利举行。规范和优化七代会期间会议程序，起草七代会的各种程序性文件6万余字，确保整个会议流程严谨规范。依照章程规定，圆满解决新问题，为将来的工作提供了遵循。

圆满完成大会选举。组织组坚决贯彻组织意图、严格履行组织程序、坚决遵守组织纪律、严格保守组织秘密，细化、完善选举程序，认真准备材料，精心制定选举程序、选举办法、选举方案、工作方案和人员分工、应急预案，逐一排查问题，精心组织演练，及时解决现场突发状况，确保大会选举圆满成功。

与时俱进修改中国残联章程。认真学习中央党的群团工作会议精神和党中央、国务院关于残疾人事业发展的新部署，认真落实《中国残联改革方案》要求，开展3次专题调研，召开5次专题座谈会，在广泛征求各方面意见的基础上，形成章程修正案（草案），顺利通过代表大会审议。新章程落实了坚持党对残疾人事业的领导、坚持以人民为中心的要求，进一步明确了残联的定位，适应了事业的新发展、组织的新变革、时代的新要求。

（三）中国残联五大专门协会顺利完成换届，协会工作取得新进展

制定中国残联各专门协会换届工作方案。五大专门协会成功召开六届六次全委会、各类别代表大会、七届一次会议，顺利完成换届选举。各专门协会进一步探索科学规范的法人治理结构，加大转型升级力度；围绕残联中心工作和本类别残疾人的迫切需求，积极建言献策，开展专题调研并撰写13篇调研报告，起草制定本类别残疾人服务领域标准规范10个，与中国残联各部厅室对接开展活动和项目60个，开展一批本类别残疾人迫切需求的、可复制可示范的品牌项目和活动。进一步加强各协会的项目评估和财务监审工作，汇编评监委典型评监案例集和优秀评监报告集，开展协会转型升级理论研究等。

（四）推进基层残疾人组织和专职委员队伍建设，夯实工作基础

借助全国社区建设部际联席会议协商机制，将残疾人相关服务内容、服务标准等纳入国家社区治理工作清单。加强残疾人专职委员队伍建设，修订完善“专职委员在线”培训课程，推动更多的专职委员参加网上学习培训。组织专职委员参与年度动态更新工作，提升工作能力。举办第二届全国残疾人专职委员知识竞赛，展示专职委员自强奋进的精神和风采。推动有条件地区将街（乡镇）和社区残疾人专职委员转为社区残疾人工作者，纳入社工管理。

（五）督导邻居项目收官工作，提升助残社会组织服务能力

“长江新里程计划——关心你的残疾人邻居”项目在湖北、黑龙江两省实施以来，共资助207个助残社会组织、231个助残服务项目。2018年，中国残联积极督导和推进邻居项目在湖北、黑龙江收官工作，做好经验总结和模式提炼等，编写完成《长江新里程计划（第三期）——关心你的残疾人邻居项目成果集》，为残联系统培育扶持助残社会组织积累有益经验。

（六）推动志愿助残工作深入开展

联合中宣部、中央文明办、共青团中央、中国志愿服务联合会等开展了形式多样的志愿助残活动。与中宣部、中央文明办等部门共同开展“最美志愿者、最佳志愿服务项目、最佳志愿服务组织、最美志愿服务社区”的“四个100”宣传推选活动。与中国志愿服务联合会继续推进“邻里守望”助残公益行动。联合共青团中央，深入推进中国青年志愿者助残阳光行动，对示范服务项目予以资助。与共青团中央、中央文明办等共同举办第四届中国青年志愿服务项目大赛暨志愿服务交流会，139个阳光助残类项目参与大赛评选。支持中国助残志愿者协会开展志愿者骨干培训、志愿助残宣传、《残疾人居家服务指南》制定等项目，推动志愿助残服务规范化、专业化发展。

（七）进一步规范残疾人证核发管理工作

实施新修订的《中华人民共和国残疾人证管理办法》，指导各地做好残疾人证核发管理工作。举办全国残疾人证核发管理工作研讨班，交流工作经验，培训业务骨干。为推动各地切实做好残疾评定工作，与国家卫健委医政医管局共同举办全国残疾评定人员师资培训班，为各省系统培训了231名残疾评定师资。积极推进智能化残疾人证试点工作，浙江宁波、杭州、江苏苏州、云南保山、河南省等地开始发放智能证。继续实施贫困智力、精神重度残疾人残疾评定补贴项目，为10万名残疾人提供补贴。加大“人情证”、“关系证”清理力度，印发《中国残联办公厅关于开展残疾人工作者违规持有残疾人证清理工作的紧急通知》，在全国范围内对残疾人工作者违规持有的残疾人证进行全面清理。经过各级残联扎实认真的工作，注销了一批残疾人工作者及亲属违规持有的残疾人证。

附　录

“全国志愿助残阳光行动主题日”系列活动在京举办

中国残联网站，2018年7月9日

2018年7月6日，“全国志愿助残阳光行动主题日”系列活动在中国盲文图书馆举办。中国残联副主席李志军、吕世明，中国残联理事、中国助残志愿者协会会长张伟，中国残联理事、中国盲人协会秘书长李庆忠出席活动并讲话。

吕世明在讲话中指出，2018年“志愿助残阳光行动”进入第八个年头，中央文明委将其列入2018年的工作计划中。多年来，全国各地的助残志愿者积极努力实施“志愿助残阳光行动”，切实把关心关爱残疾人落到了实处，倡导

树立“阳光助残志愿服务”品牌，营造了扶残助残社会文明氛围。他强调，中国助残志愿者协会创新务实示范，诠释人文情怀，首创将助残志愿服务与无障碍环境建设嫁接融合，做深做细，做好做实，进一步探索志愿助残服务，推进无障碍环境建设，持续推动助残志愿服务向专业化、制度化、常态化发展，多层次、多方位、多途径保障残疾人共享发展成果，全力助推残疾人小康进程，充分体现社会文明进步，全面彰显融合共享理念。

“全国志愿助残阳光行动主题日”系列活动由中国助残志愿者协会、中国盲文出版社、中国盲文图书馆联合主办，共开展了五项重点内容。活动现场宣布成立了中国助残志愿者协会无障爱志愿服务委员会，并举行了授牌仪式；发布上线了文化助盲志愿服务管理平台，认定嘉许了中国盲文图书馆2017年度优秀文化助盲志愿服务团队及文化助盲星级志愿者，同时发布了《残疾人居家服务指南（试行）》，召开了中国盲文出版社、中国盲文图书馆无障碍规范制定及推动工作研讨会。

中国残联组联部、维权部、信息中心、中国盲文出版社、中国盲文图书馆、中国助残志愿者协会、中国志愿服务联合会、中国盲人协会、中国聋人协会、中国肢残人协会等相关单位负责人参加活动。

（朱春林、李藜供稿）

全国残疾人基本服务状况和需求信息数据动态更新工作

一、领导讲话

吕世明在2018年全国动态更新工作国家级培训班暨经验交流会上的讲话摘要

2018年3月27日，南宁

在全面贯彻落实党的十九大精神的开局之年，在学习宣传十三届全国人大一次会议和十三届全国政协一次会议精神的热潮中，我们召开2018年全国动态更新工作国家级培训班。这是残联组织以习近平新时代中国特色社会主义思想为统领，在加快残疾人小康进程的历史新征程中，部署2018年全国动态更新工作、动员今后较长一段时期常态化动态更新工作的重要举措。

时值仲春、万物生发、催人奋进。30年前3月份的北京，中国残联在改革开放中的大潮中诞生，并在党中央的坚强领导下走过了30年的奋斗进程，推动残疾人事业取得了令世界瞩目的成绩。30年后的今天，我们站在中国特色社会主义事业的新时代和新起点上，要以实际行动做好我们的本职工作。在实现中华民族伟大复兴的中国梦中决不能忘却残联组织的初心，在全面深化改革的伟大工程中决不能放弃自我革新，要进一步加强和改进残联工作作风，努力开拓残疾人事业发展新局面。今天，我就贯彻落实中央精神、承担历史使命、落实工作部署谈三点意见，供大家参考。

一、党中央、国务院对新时期残疾人事业发展做出一系列新部署新要求

党中央、国务院对残疾人的一系列战略部署是我们推动残疾人事业发展和做好动态更新工作的根本遵循，国务院领导同志的重要批示和讲话精神是我们进一步深化实名制调查、健全残疾人大数据平台的具体指导方针。

（一）以习近平同志为核心的党中央对残疾人格外关心、格外关注

习近平总书记在中央党的群团工作会议上指出，“要坚持从群众需要出发开展工作，做到精准服务、供需对路”，“要把群众意愿和呼声、困难和问题了解掌握起来”；在谈到决胜全面小康社会和脱贫攻坚工作时多次强调“全面建成小康社会，残疾人一个也不能少”；在中共中央政治局第二次集体学习时强调“要运用大数据促进保障和改善民生”。习近平总书记在十三届全国人大一次会议闭幕会上指出：“我们必须始终坚持人民立场，坚持人民主体地位，虚心向人民学习，倾听人民呼声，汲取人民智慧，把人民拥护不拥护、赞成不赞成、高兴不高兴、答应不答应作为衡量一切工作得失的根本标准，着力解决好人民最关心最直接最现实的利益问题，让全体中国人民和中华儿女在实现中华民族伟大复兴的历史进程中共享幸福和荣光！”“要以更大的力度、更实的措施保障和改善民生，加强和创新社会治理，坚决打赢脱贫攻坚战，促进社会公平正义，在幼有所育、学有所教、劳有所得、病有所医、老有所养、住有所居、弱有所扶上不断取得新进展，让实现全体人民共同富裕在广大人民现实生活中更加充分地展示出来。”栗战书同志在闭幕会上指出：“适应我国社会主要矛盾变化，更好满足人民日益增长的美好生活需要，朝着建设富强民主文明和谐美丽的社会主义现代化强国不断向前迈进。”

党的十九大报告中多次提到以人民为中心的发展思想，并对新时期残疾人事业发展做出了重大战略部署：“发展残疾人事业，加强残疾康复服务”，“办好特殊教育”，“弱有所扶”，“筹办好北京冬奥会、冬残奥会”。

（二）国务院高度重视残疾人事业发展

李克强总理在十三届全国人大一次会议上所做的政府工作报告中7处提到残疾人工作：建立困难和重度残疾人“两项补贴”制度，惠及2100多万人；对老年人、残疾人、重病患者等特定贫困人口，因户因人落实保障措施；加大对残疾人等就业困难人员援助力度；发展特殊教育；做好北京冬奥会、冬残奥会筹办工作；加强残疾人康复服务；营造爱护残疾人的良好风尚。

2014年，经李克强、张高丽、王勇等国务院领导同志批准，国务院残工委与中国残联等部门组织开展了首次全国残疾人基本服务状况和需求专项调查。此后，王勇国务委员

连续几年就专项调查和动态更新工作做出重要批示，具体部署全国动态更新工作开展。其中，在国务院残工委第五次全体会议上指出："获取了2995万持证残疾人的基本服务状况和需求信息数据，并建立了动态更新机制，初步做到了底数清、情况明，为实现残疾人事业的科学化管理提供了有力支撑"；"要继续做好全国残疾人基本服务状况和需求信息数据动态更新，夯实精准化服务和精细化管理基础。加强残疾人事业信息化、标准化和科技应用工作，不断提升为残疾人服务的能力和水平"。

中国残联深刻领会习近平新时代中国特色社会主义思想，深入贯彻党中央、国务院决策部署，始终围绕"以残疾人为中心"坚持问题导向和需求导向加强和改进残联工作，从2014年起开始组织开展覆盖所有持证残疾人的实名制入户登记，持续五年、连续三次完成实名制信息的登记与动态更新，初步建立了全国动态更新工作长效机制。几年来的实践雄辩地证明，我们找到了每一个持证残疾人，建立了联系、加深了感情、了解了现状、掌握了需求，为在新时代开创残疾人事业发展新局面打下了坚实的数据基础。

二、承担动态更新工作的历史使命，不忘初心锐意进取，推动动态更新工作发挥更大作用

十九大开启了中国特色社会主义新时代。与国家经济社会发展大局相适应，在中国残联成立30周年之际，中国特色残疾人事业也进入了新时代。进入新时代，面临新任务，履行新使命，要有新担当。残联组织在改革中诞生，必然在改革中成长、在创新中发展。30年来，以邓朴方同志为代表的老一辈残疾人工作者"筚路蓝缕，以启山林"，推动残疾人工作迈上一个又一个新台阶。如今，在决胜残疾人全面小康的历史新阶段，历史又赋予了动态更新工作新的使命。

（一）做好动态更新工作是残疾人事业进入新时代的必然要求

党的十九大指出，我国社会主要矛盾已经转化为人民日益增长的美好生活需要和不平衡不充分的发展之间的矛盾。在新时代中，残疾人在实现全面发展与共同富裕的过程中面临的困难和问题，正是民生领域短板、脱贫攻坚任务艰巨和不同群体间收入分配差距较大的集中体现。解决好残疾人事业面临的矛盾、满足广大残疾人日益增长的需求，必须坚定不移地了解掌握残疾人群体的基本状况、突出困难和迫切需求，必须坚定不移地常态化开展动态更新工作。

对此，中国残联领导同志认真学习领会习近平新时代中国特色社会主义思想和党的十九大及十九届二中、三中全会精神，做出一系列部署。张海迪主席在中国残联传达学习党的十九大精神干部大会上指出："我们要了解残疾人的困难，千方百计解决好他们最关心、最直接、最现实的利益问题""坚持以新发展理念指导残疾人事业。加强基础设施、人才队伍、信息化等基础保障条件建设，不断提高发展的质量和效益，不断促进残疾人的'平等、参与、共享'，形成可持续的发展机制"。

（二）做好动态更新工作是落实中央群团改革工作精神的必然要求

中共中央《深化党和国家机构改革方案》要求："自觉服从服务党和国家工作大局，找准工作结合点和着力点，落实以人民为中心的工作导向，增强群团组织的吸引力影响力"；"坚持眼睛向下、面向基层，将力量配备、服务资源向基层倾斜，更好适应基层和群众需要"；"充分发挥党和政府联系人民群众的桥梁纽带作用"。中央群团改革工作座谈会指出，把保持和增强政治性、先进性、群众性贯穿改革全过程。要自觉服从服务党和国家工作大局，找准工作结合点和着力点，落实以人民为中心的工作导向，切实解决好代表谁、联系谁、服务谁的问题，增强群团组织的吸引力影响力。要坚持问题导向、聚焦突出问题，切实加强思想政治建设，扩大群团组织和群团工作有效覆盖。要深入把握新形势下群团工作规律，大力推动改进创新，加强基层基础工作。

做好动态更新工作是保持和增强残联组织"群众性"的重要举措，真正做到了"以残疾人为中心"、了解残疾人需求、改善残疾人服务，旗帜鲜明地回答了"代表谁、联系谁、服务谁"的问题，进一步增强了残联组织与残疾人群体的血肉联系；在成果转化的过程中坚持问题导向和需求导向，更好地适应了基层残疾人对美好生活的新期待。

（三）做好动态更新工作是履行残联组织"代表、服务、管理"职能的必然要求

《中国残联章程》规定，中国残联具有"代表残疾人共同利益，维护残疾人合法权益；团结帮助残疾人，为残疾人服务；履行法律赋予的职责，承担政府委托的任务，管理和发展残疾人事业"的职能。如何代表、怎么服务？这都离不开全面了解残疾人的真实状况，离不开全面掌握残疾人群体的基本诉求和广泛愿望。做到了这些，才能加深与残疾人的联系、代表残疾人的利益、维护残疾人的权益，才能显著区别于其他组织，才能体现残疾人代表组织的唯一地位，才能发挥不可替代的作用。可以说，动态更新工作就是残联组织不折不扣的"看家本事"，必须持之以恒地抓下去。

（四）做好动态更新工作是残疾人事业进入大数据时代的必然要求

做好残疾人服务工作离不开与时俱进与开拓创新。多年来，中国残联始终寻求建立健全全国残疾人工作的大数据平台，依托大数据做到"精细化服务、精准化管理"。底数清、情况明，才能上报给中央作为决策依据，通报给有关部门作为制定残疾人福利政策的数据支撑，反馈给基层残联作为直接服务到每个残疾人的实名制依据。在国家信息技术基础环境逐步完善的大背景下，立足于残疾人信息工作多年来的坚实基础，得益于"横向到边、纵向到底"的残疾人组

织，我们终于驶入了残疾人大数据平台建设的快车道，以动态更新数据为核心的大数据平台建设正在加快推进，更好服务残疾人事业发展和残疾人群体生活状况改善。与此同时，实名制调查工作的认同度越来越高，依托实名制数据推动工作的意识越来越强，政府部门联动配合共享数据的主动作为越来越多，有力推动了各级残联工作方式的转变。

三、巩固完善常态化工作基础，建立全国动态更新工作长效机制

培训班播放了2017年全国动态更新工作视频，回顾了2017年的工作概况，这是在座所有同志共同努力的结果，也是几年来动态更新工作的成绩缩影。

2014年以来，在党中央的坚强领导下，中国残联牢固树立以人民为中心的发展思想，聚焦落实习近平总书记“全面建成小康社会，残疾人一个也不能少”的重要指示，突出重点、持续发力，会同国家统计局等部门开展了全国残疾人基本服务状况和需求专项调查以及信息数据动态更新工作，连续三年获取了全国所有持证残疾人的实名制信息，准确反映了全面小康进程中残疾人状况的年度改善情况，检验了残疾人工作的成效和小康进程各项任务的完成情况，为党和政府做出决策提供了坚实的数据支撑，为各级残联组织开展针对性服务提供了精准数据。仅以2017年为例，我们就获取了全国3163万名持证残疾人的实名制数据和69万个村（社区）残疾人公共服务设施的基本情况。

几年来，动态更新工作取得的成绩是比较大的，也给了我们进一步做好工作的信心。现在，动态更新工作进入了一个新的时期，处于巩固常态化基础、建立长效机制的关键阶段。为此，中国残联正在酝酿与其他11部门印发关于建立全国动态更新工作制度的意见，就有关常态化建设提出意见。结合即将下发的该意见，希望各地残联努力做好以下几方面的工作。

（一）坚决贯彻落实党中央、国务院关于残疾人事业的战略部署是做好2018年动态更新工作的根本遵循

刚才，我与大家共同回顾学习了习近平、李克强、栗战书等中央领导同志对残疾人和残疾人事业做出的一系列重要指示。党的十九大、十三届全国人大一次会议和十三届全国政协一次会议也对残疾人工作发展做出重要部署。做好2018年全国动态更新工作，要引以为根本遵循和指导方针，牢固树立以人民为中心的发展思想，把残疾人基本服务状况和需求实名制信息的获取和动态更新作为落实习近平总书记“全面建成小康社会，残疾人一个也不能少”重要指示精神的重大基础工程；把推动实名制信息的共享与应用转化作为加快残疾人小康进程的重要风向标；把促进实名制信息的精准与机制的完善作为残疾人事业迈上新台阶和残联工作开创新局面的重要标志。

（二）坚定不移巩固完善长效机制是做好2018年动态更新工作的首要任务

按照中国残联第六届主席团第五次全体会议和第32次全国残联工作会议要求，巩固完善“工作常态、数据动态、机制联动、成果转化”的长效机制，进一步推动组织机构常态化、队伍建设常态化、资金保障常态化、考核工作常态化、规范标准常态化、数据分析常态化、专家指导常态化、独立评估常态化。

落实中国残联领导同志对2018年全国动态更新工作的重要部署精神，统筹抓好三个方面的工作。第一，统筹抓好调查员队伍、专家指导队伍、评估工作队伍和督导工作队伍四支队伍，吸纳社会力量建立长效机制。第二，统筹抓好动态采集支撑、成果分析支撑、应用转化支撑和成效评价支撑四个支撑体系，推动建立完善的残疾人基本保障法律法规体系。第三，统筹抓好技术保障、组织保障和资金保障三个保障，下大力气推进大数据建设和智能化残疾人证推广，保持各级残联抓实动态更新工作的力度和韧劲。

（三）坚持不懈保障各项工作条件是做好2018年动态更新工作的重要基础

进一步加强组织领导，继续落实一把手亲自挂帅、分管领导靠前指挥、主责部门全力主抓、相关部门直接联动的要求。进一步充实动态办、信息中心等部门工作力量，全力支持有关部门组织开展年度工作。

进一步打造动态更新工作队伍。始终保持一支相对稳定的专门工作者队伍，打造一支以基层残疾人专职委员为主的基层登记队伍，倾情倾力、想尽办法保障专职委员履职条件，提升能力、提高待遇。

进一步加强经费保障。各省残联除了按照要求将相关经费纳入年度预算外，还应该担起责任，指导基层残联做好相关预算编制工作。

进一步加大宣传工作。通过多种渠道、积极借助新媒体平台大力宣传动态更新工作的重要意义，大力宣传残疾人大数据平台对促进保障和改善残疾人民生方面的重要作用，增进社会公众和广大残疾人对信息数据动态更新工作的了解和支持。

（四）决不放松抓好质量控制是做好2018年动态更新工作的重中之重

各地残联是当地质量控制的第一责任单位，对动态更新工作实行全程质量控制，层层建立岗位责任制，责任明确到人。在上报本地动态更新数据前，要在统一统计标准的前提下，责成有关部门对相关信息进行比对。在上报年度数据时，要同时报送由政府副秘书长和残联理事长签字的“双签字”报表和由残联理事长正式签发的动态更新工作总结。

按照动态更新工作培训细则，继续参照之前年度培训工作的部署和要求，省级动态更新工作办公室负责市、县一级师资培训，县级动态更新工作办公室负责组织基层信息采集

员的培训工作。培训要以集中授课为主，不打折扣地按照国家级培训的环节和要求进行，同时可探索通过网络平台培训的方式加强基层登记队伍培训。

充分发挥第三方机构的评估和督导作用，配合北京大学开展的全国动态更新工作第三方评估，配合全国动态更新工作专家指导委员会开展的省、市、县、乡、村五级现场督导工作。2017 年，有关地方残联对第三方机构开展的评估督导工作给予了大力配合，为圆满完成全国动态更新工作的评估工作做出了突出贡献。

2017 年，共有 26 个省区市成立了专家指导委员会，25 个省区市开展了各种形式的第三方评估工作。2018 年，希望所有省级残联和有条件的地市级残联要全部成立专家指导委员会，并开展第三方评估工作。

（五）毫不动摇推动成果转化应用是做好 2018 年动态更新工作的重要内容

动态更新工作是加快残疾人小康进程的基础性工程，要把推动信息数据的成果运用与解决全面建成小康社会决胜阶段残疾人脱贫解困、兜底补短工作紧密结合起来。尤其是在中央多次提出聚焦精准、打赢残疾人脱贫攻坚战的形势下，各地残联要紧紧抓住实名制信息数据这一“牛鼻子”，在统筹推进各项残疾人工作、制定出台托底补短政策措施、提供精准化服务等方面使用好、分析好。对于 2017 年获取的实名制数据和工作完成情况，要及时向本地党委政府报告，向共同组织工作的 11 个单位通报；提交政府残工委会议研究有关数据，与有关职能部门深入分析实名制数据反映出的问题，坚持问题导向，共同研究解决业务领域存在的问题，持续聚焦“两不愁、三保障、两扩面”的主要信息数据。

在 2018 年工作中，要加快健全残疾人工作大数据平台，继续推进部门数据资源共享，协调有关部门开展数据资源对接，及时比对数据、研究数据、使用数据，推动“数出一门、一数一源”，逐步做到系统整合、资源共享、联动真用、安全可靠。

残联领导班子和有关负责同志要熟悉动态更新工作数据采集系统和统计分析系统，了解当地持证残疾人的基本信息和重点业务数据，在打赢残疾人脱贫攻坚战、智能化残疾人证推广、无障碍环境建设等工作中与动态更新工作深度融合、共同推动，切实发挥实名制信息作用。

（六）探索实时更新机制和评价反馈机制是做好 2018 年动态更新工作的重要方向

实时更新机制是动态更新机制的核心，动态获取信息、实时推送数据、及时响应服务、跟踪服务效果是动态更新工作发展的较高形态。2017 年，全国使用移动终端采集持证残疾人信息总数达到 6804169 人，占比 20.4%，24 个省区市残联全部使用或部分使用移动终端采集信息。2018 年，按照认真筹划、稳妥推进的原则，倡导使用移动终端采集信息，力争覆盖全国三分之一的登记对象；鼓励有条件的省、市残联增加数据推送频次，力争部分地方达到每年度推送两次。

贯彻落实以人民为中心的发展思想，动态更新工作要更加重视残疾人的获得感和幸福感。中国残联将继续深化入户实名制满意度评估、专家回访评估、基层专门协会实名制反馈等三种形式的评价反馈机制。省级残联和有条件的市、县残联要参照中国残联的做法，充分发挥专家指导委员会、基层专门协会和社会公益组织的作用，逐步建立完善的评价反馈机制，收集持证残疾人实名的、真实的满意度状况。

相自成在 2018 年全国动态更新工作试点单位经验总结会上的讲话摘要

2018 年 11 月 22 日，甘肃省嘉峪关市

当前，全国残联系统正在深入学习贯彻中国残联七代会精神和韩正同志代表党中央、国务院致辞要求，全面启动残联改革工作，推动新时代残疾人事业再上新台阶。今天召开的 2018 年全国动态更新工作试点单位经验总结会主题是：学习贯彻习近平总书记关于残疾人事业的重要论述精神，贯彻落实中国残联七代会关于动态更新工作的部署，进一步推动动态更新工作深入开展。

经过五年多的工作实践检验，动态更新工作已成为残联组织贯彻落实中央党的群团工作会议精神的重要抓手，成为深入落实中国残联改革方案的重要组成部分，成为推进小康进程各项目标任务的基础工程，成为残疾人大数据工作平台的主要内容，在我们事业的推进中发挥着越来越重要的作用。就进一步推进动态更新工作长效机制建设，我谈三点意见。

一、贯彻落实习近平总书记关于信息化工作和残疾人事业的重要论述，深刻认识动态更新工作对残疾人事业的重要意义

习近平总书记 2017 年在中共中央政治局第二次集体学习时指出，要运用大数据促进保障和改善民生；2018 年在中共中央政治局第九次集体学习时强调，要加强人工智能同保障和改善民生的结合，加强人工智能在教育、医疗卫生、体育、住房、交通、助残养老、家政服务等领域的深度应用。韩正同志在中国残联七代会致辞中要求，切实提高残疾人事业科技应用水平。习近平总书记的这些重要指示和党中央、国务院关于残疾人事业的重要部署，对于残联组织进一步加强大数据平台建设、深入推进动态更新实名制调查、谋划推动智慧残联建设具有十分重要的指导意义。

为此，王勇国务委员和中国残联领导同志在七代会上对进一步推进动态更新工作做出部署。王勇国务委员在七代会闭幕式上强调：“继续建好用好残疾人事业大数据，推广‘互联网 + 助残服务’，提高残疾人工作精细化、精准化水

平。”张海迪主席在七代会工作报告中指出：“建好用好残疾人事业大数据，通过动态更新，全面真实掌握残疾人基本服务状况和需求。”周长奎书记在七代会后的动态更新工作专家会议上表示，要进一步健全完善以动态更新工作为重要组成部分的大数据平台建设，努力提高残疾人工作的智慧化、信息化、精准化水平，坚持问题导向和需求导向打通服务残疾人的“最后一公里”。

七代会工作报告中还要求“下大气力提升基层组织建设水平和服务能力”。基层服务能力的提升、“智慧残联”的建设既需要精准，也需要及时。要想精准，就要靠对残疾人基本服务状况和需求的精准掌握，靠以实名制数据为主要内容的大数据平台建设；要想及时，就离不开实时更新机制的建立，离不开移动终端 App 采集信息等现代化手段的运用。因此，及时总结改进动态更新工作对于贯彻落实中国残联七代会精神、实现残疾人小康目标具有十分重要的意义。

二、认真总结工作成绩，相互学习工作经验

五年多来，在国务院残工委的统一领导、国家统计局等部门和各地党委和政府的高度重视、专家们的大力支持、各地残联的辛勤努力下，残疾人实名制调查工作取得了显著成绩，积累了很多经验，值得我们认真总结、充分肯定并复制推广。江苏、浙江、山东、河南、四川、陕西、甘肃等 7 个国家级试点省份，北京市、上海市、青海省等地残联，按照国务院残工委要求和中国残联部署，结合工作实际，发挥各自优势，在很多方面摸索出符合中央精神和残疾人工作实际的典型经验。

主要有：（1）大力推广移动终端，积极使用移动终端 App 采集信息，有效提高采集效率、降低差错率。采用移动终端的不仅有东部地区，还有西部经济不发达地区，也克服各种困难，覆盖了所有基层信息采集员。（2）建立实时更新机制，不再被调查时点所限制，不再被每年度一次的更新频次所限制。实时了解、实时反映残疾人需求，实时响应、实时提供服务，切实融入“智慧残联”建设，增加基层组织为残疾人服务的次数和精准度。（3）着力推动成果转化，下大力气开展数据分析，为残疾人工作决策提供支持，坚持问题导向提供服务。（4）创新培训方式，依托“专职委员在线”平台开展培训，与线下培训有机结合，切实提高培训质量。会议安排有重点发言和工作研讨，希望与会同志能够认真对待、深入研讨，为今后一段时期深入推进工作多提宝贵意见和建议；也希望各试点单位和北京、上海、青海省残联，在今后的工作中，继续解放思想、开拓创新，争取取得更大成绩。

三、积极推广试点经验，为建立健全动态更新工作长效机制提供保障

为了进一步贯彻落实王勇国务委员和中国残联领导同志关于动态更新工作的重要指示精神，建立健全动态更新工作长效机制，各地残联要着重做好以下六个方面的工作：

（一）改进采集手段，实现实时更新

要广泛开展实时更新机制探索，推广移动终端 App 采集信息，力争到 2020 年全面建成小康社会时，实现普遍实时更新和使用移动终端采集信息的目标。要通过现代化手段的运用，切实提高工作效率和数据采集准确率。要通过多种渠道采集实名制信息，提高工作精细化水平，切实做到不扰民、不干扰基层工作，使残疾人群体更加满意。要努力普及移动终端、培养用户习惯，让信息技术成为残疾人平等参与社会生活的无障碍通道和残疾人工作者提供服务的得力助手。

要重视智能残疾人证的推广与应用。第三代残疾人证（智能化）以身份识别、残联业务管理为基础，卡内存储了残疾人基本服务状况和需求信息数据，通过实时调取残疾人信息，获取上一年度的动态更新结果，更及时、更全面、更准确地了解残疾人的基本信息、需求信息，提升为残疾人服务的能力和水平，确保精准化、精细化服务落地。2018 年，中国残联印发《关于加快推进第三代残疾人证（智能化）换发工作的通知》，希望各省区市加快换发工作，在动态更新工作中积极探索智能化残疾人证的应用，为实现实时更新打好基础。

（二）抓实培训环节，推广在线培训

确保动态更新工作长效机制的健全完善，抓实培训环节是其中的关键节点。按照中国残联等 12 部门《关于建立全国残疾人基本服务状况和需求信息数据动态更新工作长效机制的意见》要求，要让培训工作更加有效，更有针对性，提高效率；要做到不走样、不走过场、不层层衰减，通过逐级培训稳定信息采集员队伍的工作水平，为良好的数据质量打下坚实基础。

根据专家指导委员会的建议和部分地方残联的经验，依托“专职委员在线”开展在线培训，可以有效保证培训的标准化和统一性，有利于基层信息采集队伍完整、系统、准确接收中国残联授课内容，对于落实各级培训不走样、效果不衰减的要求具有重要作用。2018 年的国家级培训和三分之一的省级培训都使用了在线平台，下一步希望各地残联充分认识到在线培训的必要性和重要作用，在省级和县级培训中加大推广使用力度。

（三）层层落实责任，抓严质量控制

数据质量是实名制调查工作的生命线，是各个工作环节的重中之重，要继续毫不动摇严抓质量控制。政府残工委办公室是当地质量控制的第一责任单位，在数据上报时要由担任政府残工委副主任的政府副秘书长和残联理事长“双签字”，盖政府残工委章后报送中国残联。继续坚持全程质量控制原则，坚持分级督查和现场督查原则，中国残联将对省级和县级培训、入户登记、检查验收、数据上报、数据录

入、数据比对等工作环节进行重点督查，同时委托第三方专门机构对数据质量进行独立评估。省级政府残工委办公室指导市级政府残工委办公室督查到每个县（市、区、旗），县级政府残工委办公室督查到每个乡镇（街道），乡镇（街道）督查到每个村（社区）。

（四）做好成果运用，推动业务融合

动态更新工作是残疾人工作的重要内容，实名制数据是开展各项业务工作的重要数据支撑。要统筹推进动态更新工作和其他业务工作，注重发挥信息数据的基础支撑作用，切实掌握广大残疾人的基本服务状况和需求，解决好残疾人在小康进程中面临的突出困难和问题。要在研究决策和推进具体业务工作时坚持问题导向，依据实名制信息数据作深入细致的分析研判，防止出现“两张皮”现象。

要以动态更新的信息数据为主要内容，健全完善残疾人工作大数据平台，利用动态更新工作成果反映出的情况开展工作。要切实加强各级残联的信息化建设，继续深化各部门数据共享机制，加强残工委各成员单位的协调合作，促进政府各部门之间的资源整合与数据共享，形成合力，放大残疾人基础数据的数据价值。要在打赢贫困残疾人脱贫攻坚战、无障碍环境建设等工作中与动态更新工作深度融合、共同推动，切实发挥实名制信息作用。

（五）筑牢组织根基，提升队伍素质

基层残疾人组织建设与动态更新工作是相辅相成的关系，相互促进的作用也体现得越来越明显。残联组织强不强、队伍强不强、服务能力强不强，动态更新工作就是一个考验。做好动态更新工作，主要依靠我们“横向到边、纵向到底”的残疾人组织体系和基层专职委员队伍。我们的组织要建起来，更要用起来。干部推动工作，进而发展了事业；工作锻炼干部，进而巩固了组织，这是一个相互促进的过程。

动态更新工作是村（社区）残协和残疾人专职委员的重要工作职责之一。专职委员的队伍要在其中加强，能力要在其中提高，作用要在其中发挥，待遇要在其中落实。要让专职委员在动态更新中切实发挥作用，履行职责，担当实实在在的任务，提高工作能力，并创造条件改善他们的待遇。要在工作中检验专职委员是否称职，对不能满足岗位工作需要的要及时调整。尤其是在残联组织改革工作全面启动的大形势下，更要进一步密切基层组织和残疾人专职委员与残疾人的血肉联系，推进残疾人工作重心下移，把服务工作做好做实做到残疾人身边。

要利用实名制数据反映的需求融入“智慧残联”建设。张海迪主席在中国残联七代会上指出：“促进互联网、大数据在残疾人工作中的运用，建设‘智慧残联’，推广‘互联网+助残服务’，提高管理和服务的效能。”各地残联要按照张海迪主席的要求，以大数据和“互联网+”的应用为基础，实现决策科学化、服务精准化、监督无缝化，打造智慧残联。

（六）发挥专家作用，有效指导工作

专家指导委员会是协同推进动态更新工作的重要力量，残疾人大数据工作取得的成绩，凝聚着专家们大量的心血。2018年，国务院残工委办公室专门印发了全国动态更新工作专家指导委员会组成人员名单，促进专家力量更加积极、更加深入地融入长效机制建设，常态化开展工作。

各省（区、市）残联要在全部成立专家指导委员会的基础上，充分发挥专家咨询指导、建言献策的作用，统筹指导制度设计，深入参与工作环节，调研发掘工作典型，督导抓实数据质量。以专家指导委员会为基础，委托专门机构独立开展第三方评估工作。坚持以人民为中心的发展思想，探索建立评价残疾人获得感的反馈机制，真实了解残疾人对动态更新工作和残疾人工作的满意度。

在中国特色社会主义进入新时代的重要时刻，在全面建成小康社会决胜阶段的关键时期，在全国残联系统深入贯彻党中央、国务院致辞精神和落实中国残联改革方案的重要历史节点，让我们以习近平新时代中国特色社会主义思想为指引，全面贯彻落实党的十九大精神，坚持树立正确的价值理念，坚持以人民为中心的发展思想，坚持为残疾人谋福祉的初心，通过我们的共同努力，全面、真实、客观地掌握残疾人状况和需求，不断增强残疾人的幸福感、获得感、安全感，为实现“全面建成小康社会，残疾人一个也不能少”的目标而努力奋斗。

二、2018年全国残疾人基本服务状况和需求信息数据动态更新工作报告

中国残联、国家统计局等12部门认真学习贯彻习近平总书记关于残疾人事业的重要论述，在国务院残工委统一领导下，于2018年继续组织开展全国残疾人基本服务状况和需求信息数据动态更新工作（以下简称“动态更新”），圆满完成年度工作各项任务目标，获取了3307.6万名持证残疾人的基本信息和68.4万个村（社区）残疾人公共服务设施的基本情况。通过开展年度工作，贯彻落实了国务院批复的中国残联改革方案精神，进一步加强和改进了残联工作作风；获取的实名制信息数据，为加快推进残疾人小康进程提供决策支撑，为促进服务与需求的对接提供数据依据。现将有关事项报告如下：

（一）基本情况

2018年动态更新工作登记的是持证残疾人2017年7月1日至2018年6月30日这一时段的基本服务状况和需求信息，与2017年动态更新工作登记时间间隔为1年。

2018年6月30日，全国残疾人人口数据库登记34965945名持证残疾人。截至10月22日，实际完成调查34965945人，完成率100%。除残疾人证注销、查无此人等情况外，共获取全国33076247名持证残疾人的实名制信息数据，比2017年增加1445849人。全国动态更新工作的入户登记率为97.3%，省、市级入户登记率均在90%以上。同时，获取了全国684461个村（社区）残疾人公共服务设施的基本情况。各地的信息数据均由政府副秘书长、残联理事长“双签字”后逐级上报。

（二）主要做法

动态更新工作得到了国务院领导同志的高度关心和重视。王勇国务委员在国务院残工委第一次全体会议上要求，深刻把握新时代残疾人工作的新挑战，依据动态更新数据反映出的问题，以钉钉子精神坚持不懈抓好残疾人工作。在七代会闭幕式上强调：“继续建好用好残疾人事业大数据，推广‘互联网+助残服务’，提高残疾人工作精细化、精准化水平。”

中国残联认真落实王勇国务委员指示精神，始终高度重视动态更新工作。张海迪主席在七代会工作报告中指出：“建好用好残疾人事业大数据，通过动态更新，全面真实掌握残疾人基本服务状况和需求。”周长奎书记在七代会后召开的全国省级残联主要负责同志会议上部署了动态更新工作，两次专题听取动态更新工作情况汇报，要求要进一步健全完善以动态更新工作为重要组成部分的信息数据平台，努力提高残疾人工作的智慧化、信息化、精准化水平，坚持问题导向和需求导向，打通服务残疾人的“最后一公里”。

2018年，在统计局、发改委、教育部、工信部、公安部、民政部、财政部、人社部、住建部、卫计委、扶贫办等部门的大力支持下，中国残联以贯彻落实七代会精神和残联改革方案精神为主线，以打造动态更新工作2.0升级版为努力方向，以建立动态更新工作长效机制为主题，以推进实时更新模式和手持终端App采集信息为抓手，顺利完成各项年度工作任务。

1. 加强顶层设计，推动动态更新工作机制建设升级

全面纳入信息化平台建设、加强基层残疾人组织建设等专项改革实施方案，努力打造动态更新工作2.0升级版，实现残疾人需求与服务供给的对接，以信息化手段促进服务的精准化和精细化。同时，与国家统计局等12部门联合印发《关于建立全国残疾人基本服务状况和需求信息数据动态更新工作长效机制的意见》；国务院残工委办公室印发《全国残疾人基本服务状况和需求信息数据动态更新工作规范（试行）》。

2. 加强部门联动，促进实名制数据的资源共享

在国务院办公厅的指导下，将动态更新工作数据定期推送至国办决策服务平台。与教育部、民政部、住建部、国务院扶贫办等部门已建立数据比对共享机制，准确核定有关实名制数据。与教育部定期比对残疾人教育数据特别是中小学生学籍信息；与民政部定期开展残疾人享受最低生活保障的数据比对工作，研究签订数据交换合作协议；与住建部共享贫困残疾人家庭危房改造有关数据；与国家卫生健康委、国务院扶贫办共享因病致（返）贫的残疾人数据以及贫困残疾人辅助器具需求数据等；与国务院扶贫办共享贫困残疾人建档立卡数据，每年分时段核实比对。按照中央讲好中国故事的精神和外交部的具体要求，在《残疾人权利公约》主题边会等国际场合多次介绍我国残疾人工作大数据平台建设取得的成绩。

3. 加强成果转化，充分发挥实名制信息数据的作用

高度重视实名制信息数据的应用与转化，及时向国务院专题报告上一年度工作情况并提出工作打算，向残工委有关成员单位通报情况，向各省区市残联常态化反馈年度实名制数据。充分依据实名制数据开展有关工作，大力推进贫困重度残疾人家庭无障碍改造工作，在农村危房改造和扶贫搬迁规划中同步做好家庭无障碍改造工作，开展无障碍环境建设信息数据研究。与教育部推动将贫困残疾学生纳入教育救助范围，深入落实“一人一案”解决好未入学残疾儿童教育问题。推动国家卫生健康委将残疾人健康状况和卫生服务利用情况纳入第六次国家卫生服务调查内容，结合动态更新数据对残疾人健康状况及主要影响因素进行分析。开展“文化进社区”“文化进家庭”活动，打造“共享芬芳”文化品牌，完善以“残疾人自强健身工程”“残疾人康复体育关爱工程”为主体的残疾人体育基本公共服务体系。将实名制数据作为残疾人事业转移支付资金分配的重要依据，使资金分配更科学合理。

4. 加强工作创新，推动实时更新模式，探索和移动终端App采集信息

在五年来工作实践和部分地方成功经验的基础上，下大力气推动实时更新模式探索，实时了解、实时反映残疾人需求，实时响应、实时提供服务。全面推广移动终端App采集信息，有效提高采集效率、降低差错率。通过现代化手段的运用，努力做到不扰民、不干扰基层工作，使残疾人群体更加满意。同时积极培养基层残疾人工作者和残疾人群体的用户习惯，让信息技术成为残疾人平等参与社会生活的无障碍通道和残疾人工作者提供服务的得力助手。

（三）工作特点

1. 严抓数据质量控制

在国家统计局指导下，动态更新工作延续之前的科学调查方法和规范化工作制度，依托残联基层组织和队伍，面对面地了解持证残疾人的真实状况与需求。继续实行全程质量控制，层层建立岗位责任制，责任明确到人。继续坚持“双签字”制度，在数据上报时由担任政府残工委副主任的政府副秘书长和残联理事长“双签字”后报送中国残联。继续坚持分级督查和现场督查原则，中国残联与专家指导委员会对省级和县级培训、入户登记、检查验收、数据上报、数据录入、数据比对等工作环节进行重点督查。

专家指导委员会全程指导、参与年度动态更新工作，对2018年度全国动态更新工作数据质量做出评价：“2018年全国动态更新工作组织较为完备，管理系统完整，获取的主要数据真实可靠；总体上实现了相关信息数据的及时更新与准确反馈，残疾人及其家庭对动态更新工作整体满意度高；对加强基层工作，密切联系残疾人，改进残联工作作风，起到了重要作用。”

2. 委托开展独立评估

北京大学采取德尔菲专家评估法、文献资料评估法、实地观察法、问卷调查法、抽样核查法、数据比对法等方法，对国家级试点、各级培训、入户登记、数据录入、数据上报、统计分析等全过程进行了独立客观评估：“2018年全国动态更新工作严格控制调查质量与数据质量，在工作方式上有较好的创新探索和经验积累；对数据进行检验和分析显示动态更新数据完整、真实可靠；残疾人群众以及亲属对动态更新工作整体满意度高。本次动态更新采集数据可以为全面决胜小康社会、进一步贯彻落实中国残联七代会精神和残疾人事业‘十三五’发展纲要的行动计划和实施方案、加强残联改革和自身建设、推动残疾人事业大数据开发与应用、提升残联现代化管理和服务水平等工作提供重要支撑。”

3. 大力推动在线培训

根据专家指导委员会的建议和部分地方残联的经验，大力推动各地残联依托“专职委员在线”开展在线培训，有效保证培训的标准化和统一性，保证基层信息采集队伍完整、系统、准确地接受中国残联授课内容，切实落实各级培训不走样、效果不衰减的要求。2018年的国家级培训和三分之一的省级培训都使用了在线平台。

4. 提升工作队伍能力

做好动态更新工作，主要依靠残联组织“横向到边、纵向到底”的残疾人组织体系和基层专职委员队伍。在推动年度工作的过程中，包括专职委员在内的残联工作队伍得到了锻炼和加强，工作作风得到了改进，工作待遇得到了一定程度的落实。既是对残联改革工作精神的落实，也是对基层残疾人组织建设的促进，有利于推进残疾人工作重心下移，把服务工作做好做实做到残疾人身边。

5. 继续开展满意度评估

委托北京大学随机抽取12省区市的2354户持证残疾人家庭进行面对面、实名制的入户满意度评估。超过95%的回访残疾人对动态更新工作持满意态度，超过90%的回访残疾人对信息采集人员的工作态度满意，超过80%的回访残疾人认为动态更新工作对自身或家庭有帮助。

（黄北大供稿）

残疾人康复工作

一、领导讲话

贾勇在加快发展精神障碍社区康复服务视频会议上的讲话

2018年1月26日

在全面贯彻落实党的十九大精神，开启新时代中国特色社会主义现代化建设新征程的关键时期，民政部、国家卫生计生委、中国残联共同召开会议，部署落实《关于加快精神障碍社区康复服务发展的意见》，推动精神障碍社区康复服务工作，对于维护精神障碍者权益，保障和改善民生，促进社会和谐发展具有十分重要的意义。

刚才，我们观看了江苏等四个省的视频短片，基层很多好的做法、经验值得大家学习。精神障碍康复是一项系统工程，需要政府有关部门协调行动，社会各界广泛参与。刚才，国家卫生计生委疾控局负责同志已就卫生计生系统今后的工作做了部署，稍后，高晓兵同志还将就民政系统的工作进行部署。下面，结合残联工作实际，我讲三点意见。

一、提高认识，增强做好精神障碍社区康复工作的责任感和使命感

康复是改善残疾人生存状况、提高残疾人生活质量、增强残疾人发展能力的重要手段。社区康复贴近残疾人、简便易行，适合我国国情，是提供残疾人康复服务的重要途径。党的十八大以来，党中央、国务院对残疾预防与残疾人康复工作高度重视，习近平总书记在全国卫生与健康大会上讲话强调“要增强全社会残疾预防意识，重视残疾人健康，努力实现残疾人‘人人享有康复服务’的目标”；国务院《“十三五”推进基本公共服务均等化规划》《“十三五”加快残疾人小康进程规划纲要》明确提出：到2020年，残疾人基本康复服务率达80%的目标；2017年，国务院颁布《残疾预防和残疾人康复条例》，批准设立残疾预防日，国务院残工委召开了全国残疾人康复工作电视电话会议；党的十九大更进一步提出“发展残疾人事业，加强残疾康复服务”的新要求。党中央、国务院的关怀、重视为加快残疾人康复事业发展、改善残疾人康复状况指明了方向，提供了强大动力。中国残联与民政部、国家卫生计生委共同召开今天的会议对于学习贯彻落实党的十九大精神，贯彻落实好党中央、国务院关于残疾预防与残疾人康复工作的一系列新部署、新要求有着重要意义。

精神障碍严重损害人的身心健康、社会功能，给家庭、社会带来沉重负担，开展精神障碍社区康复服务，有利于进一步改善精神障碍者康复状况，推动实现残疾人“人人享有康复服务”的目标；有利于增强精神障碍者发展能力，减轻家庭和社会负担，助力脱贫攻坚；有利于维护社会和谐稳定，加快全面小康社会建设。当前，我国精神障碍者的康复需求尚未得到有效满足，精神障碍社区康复工作还面临许多困难和问题。各级残联要自觉提高站位，牢固树立“四个意识”，进一步增强责任感和紧迫感，从贯彻落实党的十九大精神，加快残疾人小康进程，满足广大残疾人美好生活需要的高度，深刻认识做好精神障碍社区康复服务的重大意义，自觉学习好、贯彻好《加快精神障碍社区康复服务发展的意见》。

二、依法履职，加快发展精神障碍社区康复服务

作为由残疾人及其亲友和残疾人工作者组成的人民团体，各级残联在精神障碍社区康复工作中，承担着重要职责。中国残联一直高度重视、积极推动精神障碍防治康复工作，自“八五”时期起，就与卫生、民政、公安等部门共同制定、实施专门方案，推动开展“社会化、综合性、开放式”的精神障碍防治康复，组织实施了贫困精神残疾人免费服药、免费住院等救助项目，推动在社区层面广泛开展工疗、农疗、日间照料等康复服务，得到广大精神残疾人及其亲属和社会广泛认可。当前，精神障碍社区康复工作面临新的形势和任务。各级残联要继续主动作为，按照《精神卫生法》《残疾预防和残疾人康复条例》等规定，依法履职，着力围绕组织实施《“十三五”加快残疾人小康进程规划纲要》《残疾人康复服务“十三五”实施方案》和贯彻落实《加快精神障碍社区康复服务发展的意见》等，以持证残疾人和残疾儿童为重点，努力在精神障碍社区康复工作中，发挥好“代表、服务、管理”职能。

一是切实履行代表职能，坚定维护精神残疾人权益。要认真组织开展好全国残疾人基本服务状况和需求专项调查，全面、准确、及时掌握精神残疾人的康复需求和服务状况，积极向当地党委、政府及有关部门反映精神残疾人的康复困难和诉求，推动政府及有关部门加大投入，采取有效措施，切实改善精神残疾人康复状况。

二是主动发挥服务作用，广泛开展精神残疾社区康复服务。大力实施残疾人精准康复服务行动，推动精神残疾康复纳入政府公共服务安排，组织、协调卫生计生、民政、人社等部门并广泛动员社会力量，以社区为主要平台，为广大精神残疾人提供基本康复服务。继续加强残疾人社区康复设施、托养设施和残疾人专职委员与社区康复协调员队伍建设，做好与医疗卫生机构、社会福利机构、残疾人康复及就业服务机等的业务衔接，进一步巩固、壮大社区康复服务阵地。积极更新理念，创新精神残疾人社区康复服务形式，支持残疾人组织、残疾人家庭等立足实际开展多种形式的康复活动。

三是积极履行管理职能，促进精神障碍社区康复规范发展。各级残联要积极发挥自身优势，协助政府和有关部门建立、完善精神障碍社区康复工作机制，制订精神障碍社区工作规划，制定、完善精神障碍社区康复服务保障政策及相关标准、规范。要按照《残疾预防与残疾人康复条例》规定，及时汇总、发布各类康复机构信息；根据政府委托，履行康复机构及其服务质量的监督责任。

三、加强宣传，营造精神障碍社区康复工作的良好环境

各级残联要始终坚持以广大残疾人为本，组织开展助残日、残疾预防日、精神卫生日等多种形式的宣传教育活动，促进全社会理解、尊重、关心、帮助精神残疾人，消除歧视现象，促进精神残疾人融合发展。要广泛宣传精神残疾预防及康复知识，帮助精神残疾人及其家庭成员和社会各界了解掌握精神残疾预防及康复的基本方法、知识，增强康复意识和能力。要主动开拓创新，抓好典型培育，及时总结、推广精神障碍社区康复先进经验，努力探索形成符合我国国情的精神障碍社区康复工作模式。

同志们，新年伊始，全国上下正在努力学习贯彻党的十九大精神，让我们紧密团结在以习近平同志为核心的党中央周围，以习近平新时代中国特色社会主义思想为指导，不忘初心，牢记使命，继续前行，不断开拓我国精神障碍社区康复工作的崭新局面。

贾勇在残疾人精准康复服务工作现场会上的讲话

2018 年 12 月 22 日

时值岁末，召开这次残疾人精准康复服务工作现场会具有特殊重要的意义，一方面中国残联和各地残联改革正在启动，围绕“强三性、去四化”将推出一系列举措，对康复工作提出了新的要求；另一方面各地残联换届后，康复战线队伍发生了很大变化，新到岗的同志对残联组织的康复工作职责、任务和工作方式、方法需要学习、认识。昨天，大家进行了现场参观，实地考察学习了陕西的精准康复服务工作；刚才陕西、辽宁等地又做了经验介绍，展现了全国精准康复服务行动推进的成效和经验；纳新同志代表康复部做了一个很好的工作报告，对精准康复服务行动实施两年多的情况进行了系统总结，分析了面临的形势和存在的问题，提出了 2019 年精准康复服务工作的思路、安排，我完全同意。在分组讨论时，与会同志畅谈思想认识，交流经验做法，提出了许多好的意见和建议。普遍认为：会议开得及时，非常必要，学到了经验，明确了方向，鼓足了干劲。一致表示，面对残联改革的新形势新任务，要直面挑战，把握机遇，更好地把精准康复服务行动组织实施好。相信，这次会议的召开对大家进一步统一思想、坚定信心、扎实推进精准康复服务行动和 2019 年各项工作一定能起到重要的推动和指导作用。

一、以精准服务为抓手，全力深化残疾人康复工作改革

残联三十年，改革再出发。2018 年是改革开放 40 周年，残联成立 30 周年。残联是改革开放的产物，残疾人事业的发展得益于改革创新。对残联 30 年最好的纪念，就是在我们这一代人手中，继续深化改革，推动残联改革再出发。残联改革的根本要求是“强三性、去四化”，进一步密切残联组织与广大残疾人的血肉联系，推动残联组织更好地发挥党联系广大残疾人的桥梁纽带作用，团结带领广大残疾人听党话、跟党走。

11 月 19 日，中国残联专门召开改革工作部署会暨机关干部“走转改”启动会，周长奎书记就残联改革重点任务和要求做出部署，提出了八个方面的改革任务，特别强调 2019 年残联系统工作的核心和主题就是改革。残疾人康复事业在改革开放中成长，也将在进一步深化改革中发展壮大。康复战线的同志们要自觉提高站位、提高认识，以主人翁姿态投入改革，自觉做改革的拥护者、参与者和带头者。

《中国残联改革方案》在指导思想中明确提出“着力推进组织改革和服务创新”，这是残联组织改革的核心任务。精准康复服务行动是创新残疾人康复服务的重大举措，是康复战线深化改革的重要抓手。组织实施好精准康复服务行动对康复战线深化改革具有重大意义。

第一，这是讲政治的具体体现。康复是生命的重建，是残疾人最迫切的需求。习近平总书记特别强调，对群团组织来说，谁能把自己联系的群众最广泛最紧密地团结在党的周围，谁的工作就是做得好，反之就是做得不好。服务是残疾人工作的核心。因为只有多为残疾人提供服务，帮残疾人解难题，让残疾人得实惠，残联组织才能成为残疾人信得过、靠得住、离不开的娘家人、贴心人，才能更好地把残疾人团结在党的周围。海迪主席强调，我们为残疾人服务，要把康

复放在首位，这是最重要的服务，也是残疾人事业的重中之重。精准康复服务贯彻“供需对接、精准解困”理念，坚持“普遍、主动、有效”的服务要求，强调普遍联系残疾人，以个案为基础，为残疾人提供个性化评估、专业化服务。把精准康复服务行动组织实施好，有助于扩大康复服务覆盖面，提高康复服务质量，满足残疾人最迫切的需求；有助于普遍联系残疾人，解决残疾人最现实的困难，把党和政府的温暖传递给残疾人，团结带领残疾人听党话、感党恩、跟党走，对于实现残联组织改革的最终目标有着重大意义。

第二，这是助小康的重要举措。“围绕中心、服务大局”是群团工作的价值所在。康复是残疾人的基本民生需求，保障残疾人基本康复需求是实现残疾人与全国人民一道共建共享小康社会的前提、基础。“十三五”时期是全面建成小康社会的决胜阶段，保障残疾人享有基本康复服务是加快残疾人小康进程的重要任务。国务院《“十三五”推进基本公共服务均等化规划》提出“到2020年，残疾人基本康复服务覆盖率达80%以上”，在我国残疾人康复事业基础相对薄弱，服务能力和保障条件相对滞后的条件下，只有深化改革，创新服务，采取超常规措施才可能在较短时间内实现这一目标。精准康复服务聚焦“人人享有康复服务”目标，依据全国残疾人基本服务状况和需求专项调查结果并定期从国务院扶贫办、国家卫生健康委等部门调取国家建档立卡、因病致（返）贫残疾人数据，指导各地明确工作任务，精准对接残疾人需求，实施到人到户的个性化服务。这一行动改变了残联组织过去主要依靠项目运作为残疾人提供服务的方式，建立了残疾人康复服务全覆盖的工作机制，对于落实“全面建成小康社会，残疾人一个也不能少”的要求，加快残疾人小康进程具有重要支撑作用。

第三，这是强基层的现实选择。基层是残疾人工作的根基。《中国残联改革方案》重点提出两项加强基层的改革任务：一是强化基层组织和工作力量；二是推动构建县、乡、村三级联动的残疾人基本公共服务网络，建设县域残疾人综合服务平台。精准康复服务行动一个突出特点就是鲜明的基层导向，强调以县（市、区）为单位建立组织管理体系和服务网络，要求为每个社区（村）配备一名社区康复协调员，与家庭医生共同组成残疾人精准康复服务小组，就近就便主动为残疾人提供基本康复服务。近两年的实践证明，精准康复服务行动有助于推动康复工作重心下移，资源下沉，强化地方各级政府、残联组织的责任，调动、发挥基层积极性、主动性和创造性，促进基层残联组织增强服务功能，打通康复服务的“最后一公里”。

第四，这是转作风的实际行动。作风体现宗旨和形象。周长奎书记在中国残联改革工作部署会上明确强调，把作风建设作为残联改革的重点，从中国残联机关改起，走进基层，转变作风，改进工作。要求从日常的小事和细节做起，持续改进工作作风，真正和残疾人群众绞在一起、融在一起。精准康复服务行动要求残联组织进门入户、就近就便为残疾人提供基本康复服务，有利于推动残联组织克服形式主义、官僚主义和脱离残疾人群众的倾向，符合“去四化”的要求，符合“走转改”的精神，对于残联组织加强和改进干部队伍作风建设具有重要意义。

2019年是残联系统的“改革年”。各级残联组织，特别是康复战线的同志们一定要增强改革自觉性、主动性，用改革精神谋划、推动残疾人康复事业发展，坚定组织实施好精准康复服务行动。

二、以强化基层为主线，准确把握精准康复服务核心要求

伴随着精准康复服务行动的实施，残疾人康复工作在理念、方式、方法上正经历深刻变化，目前这项工作正处在接力探索、加快推进的关键时刻。实现“到2020年，残疾人基本康复服务覆盖率达80%以上”的目标，要求我们必须加大改革力度，把精准康复服务行动深入推进下去。

一是进一步统一思想认识。只有认识到位才会行动自觉，只有思想统一才会步调一致。伴随财政转移支付方式改革，残疾人基本康复服务的供给和保障责任将更多由地方政府承担。这一转变将康复资金的统筹使用权下放地方，符合事权与支出责任相适应的要求，体现了对地方事权的尊重，强化了地方履行事权的责任，也对传统的以组织实施重点康复项目为主的残疾人康复工作方式提出了挑战。地方残联，尤其是省级残联应主动适应新形势、新任务的要求，切实负起责任，完善顶层设计，加强统筹安排，督促指导市县两级转变思路，调整打法，从项目工作下手，以完成上级指派任务为主转变为以我为主、主动出击，建立以县（市、区）为核心主动组织提供基本康复服务的工作机制。

二是进一步强化政府主导作用。保障残疾人享有基本康复服务是政府基本公共服务的重要职责。残联是党和政府联系残疾人的桥梁和纽带。海迪主席多次强调：在自己职责范围内能办的事就抓紧办，不能办或办不了的事就及时向党委、政府反映。组织开展精准康复服务行动，残联组织首先要找准位置，争取政府的重视、支持，将行动纳入政府基本公共服务工作的整体布局、安排。向政府汇报清楚本地残疾人的康复需求和服务现状、精准康复服务的任务要求等，从协助政府履行基本公共服务责任的角度，提出工作计划，拿出“施工图”，理清“关系网”。如果残联组织关门干事、单打独斗，不仅难以有效组织实施精准康复服务行动，更会影响政府履行基本公共服务的责任。说轻了，是不会干；说重了，是失职。因此，残联组织要把着力点放在争取党委、政府的重视、支持上，把着力点放在发挥综合协调作用上，要代表政府残工委组织、协调卫生健康、教育、人社、民政等部门，动员医疗卫生、特殊教育等力量共同为残疾人服务，要统筹使用基本医疗保险、大病保险、医疗救助及社会

慈善等资金并安排残疾人事业专项经费共同为残疾人提供服务保障。

三是进一步加强基层基础工作。完善基层康复服务体系是顺利实施精准康复服务行动的必要条件，也是目前影响精准康复服务行动实施的一个薄弱环节。广大残疾人大多生活在最基层，明显特征是行动不便，自然渴望就近就便地享受康复服务。特别是农村地区残疾人康复知识少，主动接受康复服务的意识差、能力弱，只有主动上门、入户服务，残疾人普遍享有康复服务的目标才有望实现。残疾人群众在哪里，我们的工作重心就在哪里。《中国残联改革方案》明确要求，坚持眼睛向下、面向基层，壮大全覆盖的基层残疾人组织。各地要抓住残联改革机遇，进一步把工作力量聚集在基层，着力解决基层服务队伍不健全、服务资源匮乏等问题，使残疾人就近就便享受到基本康复服务。在这里重点强调一下基层康复服务队伍建设问题。建设一支懂专业、情况熟，长期稳定在基层的康复服务队伍，是保证残疾人普遍享有基本康复服务的关键。近两年，中国残联一直主动协调国家卫健委积极推进残疾人家庭医生签约工作，发挥家庭医生作用共同承担精准康复服务任务。从两年多来的实践看，由残疾人专职委员和家庭医生一起为残疾人提供上门评估、入户服务，是一个可行、有效的做法。这次在陕西召开现场会，大家现场观摩了依托家庭医生签约工作推进精准康复服务的做法。希望各地都能按照中国残联和国家卫健委的统一部署，把这一做法和有效经验迅速推开，为精准康复服务行动深入实施提供有效组织保障。

三、以改革创新为动力，统筹推进残疾人康复事业协调发展

思深方益远，谋定而后动。岁末年初，正是回顾总结一年工作、思考谋划新一年度工作的关键时段。2018 年，在各级党委政府的关心、重视和各地残联共同努力下，残疾人康复工作又迈出了新的步伐，取得了新的成绩和突破。国务院印发了《关于建立残疾儿童康复救助制度的意见》；通过实施精准康复服务行动，全国残疾人基本康复服务覆盖率超过了 70%；家庭医生签约、残疾人康复机构建设等取得新的成效；大家还共同组织开展了全国残疾预防日、全国爱耳日等活动。我们还必须看到，残疾人康复服务的现状与“十三五”规划的要求和残疾人的需求还有明显差距，残疾人基本辅助器具服务覆盖率仍未达到 70% 的阶段目标要求；残疾人康复机构使用效益不高、残疾人康复服务队伍不健全等问题依然比较突出。2019 年，全面深化改革，落实完成好“十三五”规划各项任务的挑战仍然巨大、压力仍然不少。希望大家在集中精力组织实施好精准康复服务行动，争取残疾人基本康复服务覆盖率，特别是基本辅助器具服务覆盖率达到 75% 以上的同时，还要及时研究、做好康复工作的整体谋划部署。针对 2019 年工作，中国残联将专门下发工作安排，希望大家及时学习、贯彻。这里，我重点强调一下三个方面的工作：

（一）以保基本为重点，健全康复保障制度

制度建设具有根本性、稳定性和长期性。《中国残联改革方案》也提出，要推动完善残疾人社会保障和基本公共服务制度。2019 年，我们要继续坚持以保基本为重点，健全残疾人康复各项保障制度。

一是做实残疾儿童康复救助制度。目前各地已普遍出台省级的残疾儿童康复救助制度，伴随制度建设逐步深入，各地要抓紧调整工作重心，着力指导市县两级尽快行动，完善实施细则及配套政策措施，做好经办服务。同时，要继续完善配套政策措施。目前，部分省份在初步建立起残疾儿童康复救助制度框架、工作体系的同时，仍面临财力紧张、经办服务和管理能力不足等问题。对这些问题要及时加以研究，做出针对性安排，要确保符合条件的残疾儿童应救尽救。中国残联也将继续与财政部积极沟通，争取中央财政进一步加大投入力度，对地方救助工作给予支持。能否保障残疾儿童康复服务安全、有效是决定残疾儿童康复救助制度建设成败的关键。各地在加强政策建设、救助工作体系建设的同时，一定要积极会同教育、民政、卫生健康、市场监管等部门，加强救助经办过程和康复服务的综合监管。同时，要注意加强宣传引导，主动面向残疾儿童家庭和康复机构做好政策宣传、解读，为残疾儿童康复救助制度顺利实施创造有利环境。

二是推动建立残疾人基本辅助器具适配补贴制度。建立残疾人基本辅助器具适配补贴制度对于改善残疾人康复状况、完善残疾人康复服务保障制度、促进残疾人脱贫攻坚和全面建成小康社会具有重要意义。11 月底，中国残联印发《关于推动建立残疾人基本辅助器具适配补贴制度工作的通知》，对推动有条件的地区建立残疾人基本辅助器具适配补贴制度进行了部署。各地要尽力而为、量力而行，有条件的地区要积极先行先试。具备条件的省区市可制定省级补贴制度，暂不具备条件的省区市，要选择条件成熟的 1—2 个市（地、州、盟）或县（市、区、旗）率先进行试点。

三是进一步提高残疾人医疗康复保障水平。近年来，在中国残联和相关部门共同努力下，29 项医疗康复项目纳入基本医疗保险支付范围，但部分地区在这项政策的落实上还有差距。这项政策不落地，残疾人接受医疗康复服务就没有政策保障，精准康复服务行动也很难实施。各地要采取措施，主动与当地医保管理部门对接，共同推动 29 项医疗康复项目纳入医保政策的落实。在有扶贫任务的地区，残联组织还要积极和卫生健康等部门对接，主动面向建档立卡贫困残疾人推进各项健康扶贫政策、措施的落实，为贫困残疾人提供基本医疗卫生服务的兜底保障。

（二）以强基层为重点，增强康复服务能力

康复服务供给能力不足特别是基层康复服务能力薄弱是

影响康复服务普及的主要制约因素。完善康复服务体系，增强康复服务能力是残疾人康复工作的重要职责和长期任务。

一是大力推进家庭医生签约服务工作。各级残联组织要主动配合当地卫生健康部门落实《关于做好残疾人家庭医生签约服务工作的通知》，采取有力措施，尽快提高残疾人家庭医生签约到位率。要与卫生健康部门密切配合，共同争取各级财政加大投入，为残疾人享受家庭医生签约服务提供经费保障，为家庭医生开展签约服务提供必要的资金支持。要按照《残疾人家庭医生签约服务指导手册》要求，做好家庭医生的康复业务培训和工作指导，将基本康复服务纳入签约服务内容，发挥家庭医生推进精准康复服务行动的作用。

二是重视社区康复工作。要进一步发挥残协专职委员的作用，健全社区康复协调员队伍，加强培训指导，使康复协调员具备开展入户调查、知识宣传和转介服务等基本能力。要协助卫生健康部门落实医改要求，加强社区卫生服务中心（站）、乡镇卫生院、村卫生室人员的康复服务能力建设。要积极发挥自身作用，利用社区服务平台，建立“残疾人之家”“阳光家园”等社区康复阵地，开展精神、智力等残疾人的日间照料、职业康复等服务。要采取多种手段支持社会服务组织、残疾人自助组织、残疾人亲友等发挥作用，就近就便为生活在社区的残疾人提供多样化的康复服务。

三是加强康复服务阵地建设。当前，地方机构改革已经全面铺开，改革必然涉及机构设置、人员编制和产权归属等问题的调整，从目前情况看，有些地方事业单位改革力度很大，对残联所属康复机构建设带来了挑战，同时也带来了机遇。康复机构是残联组织履职服务功能，为残疾人提供康复服务的阵地。在各地推进机构改革的过程中，各级残联组织一定要强化阵地意识，主动争取各级党委、政府支持，把所属康复机构巩固好、建设好、发展好。各地要按照《“十三五”残疾人康复服务实施方案》的要求，抓住实施“十三五”社会服务兜底工程等机遇，建设好省、市、县三级残疾人康复机构。省（区、市）、市（地、州、盟）两级残联要普遍建立残疾人康复中心、听力语言康复中心、残疾人辅助器具中心，要进一步加强与各类康复专业机构和社会服务组织的合作，提高新建机构的使用效益。县（市、区、旗）残联要积极建立综合性的残疾人康复服务中心，因地制宜开展康复咨询、评估、转介、社区康复指导、辅助器具展示及适配等综合性服务。

四是抓好康复服务人才培养。各地要认真落实《全国残联系统康复专业人才实名制培训实施方案》，建立、完善在岗康复专业人才的实名制培训机制。承担职业院校残疾人康复人才培养改革试点任务的地区，要发挥主动性，抓住机遇提升所属机构的教学和专业化建设水平。

（三）以抓协调为重点，推动残疾预防工作

《国家残疾预防行动计划（2016—2020年）》是我国残疾预防领域的首个国家级政策文件，各级政府残工委负责行动计划的组织实施，残联组织作为残工委的日常工作机构要积极发挥牵头组织作用，着力做好三方面工作。

一是健全机制。行动计划要求“群防群治、联防联控”。各级残联组织要着力抓好残疾预防工作的组织协调，协助政府，推动卫生健康、公安、市场监管等部门落实残疾预防职责，完成相关工作任务。要建立政府残工委统一部署考核，相关部门各负其责、分头实施、定期沟通的工作机制。

二是抓好宣传。加强宣传教育，普及残疾预防知识，增进公众残疾预防意识，是推进残疾预防的重要任务。各级残联组织要主动发挥残疾预防宣传工作的牵头作用，按照全国整体部署，与宣传、卫生健康、公安、民政、应急管理等部门加强沟通协作，共同组织开展好全国残疾预防日、全国爱耳日等宣传教育活动，打造残疾预防工作的品牌活动。

三是抓好残疾预防试验区试点。试验区建设是各地落实行动计划的实验田。各地残联要高度重视试验区建设试点工作，按要求抓好试验区重点干预项目的实施。通过试验区建设，积极探索、形成残疾预防工作的有效经验。

2019年是实施“十三五”规划的关键一年，是残联改革再出发的一年。改革进入新时代，砥砺奋进正当时！让我们更加紧密地团结在以习近平同志为核心的党中央周围，以习近平新时代中国特色社会主义思想为指导，继续改革创新、艰苦奋斗，为完成中国残联七代会和《中国残联改革方案》确定的各项任务，为实现残疾人“人人享有康复服务”目标、加快残疾人小康进程努力奋斗！

二、政策规章

中国残联办公厅关于推动建立残疾人基本辅助器具适配补贴制度工作的通知

残联厅函〔2018〕359号

各省、自治区、直辖市残联，新疆生产建设兵团残联，黑龙江垦区残联：

为贯彻落实《残疾预防和残疾人康复条例》《国务院关于加快推进残疾人小康进程的意见》提出的“有条件的地方对残疾人适配基本型辅助器具给予补贴”的要求，进一步加强残疾人辅助器具适配服务保障政策和服务体系建设，努力实现残疾人“人人享有康复服务”目标，现就推动建立残疾人基本辅助器具适配补贴制度有关事项通知如下：

一、提高认识，强化组织领导

辅助器具是帮助残疾人改善功能，提高生存质量，增强社会参与能力的有效手段。建立残疾人基本辅助器具适配补贴制度（以下简称补贴制度）对于改善残疾人康复状况、完善残疾人康复服务保障制度、促进残疾人脱贫攻坚和全面建成小康社会具有重要意义。各省（区、市）残联要高度重视补贴制度建设工作，要将补贴制度建设工作列入残联重要议事日程，加强研究部署和具体指导，根据本地区实际情况，研究、制定本地补贴制度建设方案，细化分解任务，明确责任部门，制定时间表、路线图，确保补贴制度建设工作有序推进。

二、立足实际，推进制度建设

推动补贴制度建设，要坚持尽力而为、量力而行，稳步实施、分类指导的工作原则，注意把握节奏，不搞“一刀切”，鼓励有条件的地区根据本地经济社会发展情况和残疾人辅助器具服务需求先行先试。具备条件的省（区、市）可制定省级补贴制度，暂不具备条件的省（区、市），可选择条件成熟的1—2个市（地、州、盟）或县（市、区、旗）率先开展试点。拟出台补贴制度的省（区、市）和试点地区残联要主动深入基层，了解、掌握残疾人辅助器具服务需求、辅助器具适配服务机构和从业人员状况等，做好补贴制度建设的顶层设计。要积极争取财政加大投入，研究确定符合实际的补贴对象、补贴目录、补贴标准等。各省（区、市）残联要加强对试点地区工作指导，鼓励试点地区积极探索、勇于创新，及时了解掌握试点地区补贴制度建设进展情况。

三、采取措施，提升服务能力

在推动补贴制度建设过程中，各省（区、市）残联要根据《辅助器具推广和服务“十三五”实施方案》要求，加强辅助器具适配服务机构建设，加大辅助器具适配专业人才培养力度，不断提升辅助器具适配服务能力。按照《残疾人康复机构建设标准》及相关要求，完善省、市、县辅助器具服务中心建设，重点加强基层服务能力建设。利用辅助器具流动服务车、“互联网+辅助器具服务”等，推动残疾人辅助器具服务向乡村、街道、社区延伸，打通残疾人辅助器具服务“最后一公里”。要注重培养辅助器具适配服务学科带头人和骨干力量，加强辅助器具服务人员培训工作，打造一支辅助器具适配服务专业化队伍。

中国残联将加强对各地补贴制度建设工作的指导，跟踪评估补贴制度建设情况。请各省（区、市）残联认真填写《残疾人基本辅助器具适配补贴制度建设情况表》，于12月28日前报送中国残联康复部。

联系人及电话、邮箱（略）

附件：残疾人基本辅助器具适配补贴制度建设情况表（略）

中国残联办公厅
2018年11月28日

三、工作综述

党的十九大报告提出“发展残疾人事业，加强残疾康复服务”，为残疾人康复事业加快发展指明了方向，提供了坚强保证。2018年，全国残联康复工作者认真学习党的十九大精神和习近平新时代中国特色社会主义思想，贯彻落实党中央、国务院关于残疾预防与残疾人康复工作新部署、新要求，坚持保基本、强基础、建机制，努力在残疾儿童康复救助制度建设、改善残疾人康复服务状况上取得新进展，在加快残疾预防与残疾人康复事业发展上体现新作为。

（一）牵头起草制定残疾儿童康复救助制度

中国残联牵头起草制定《关于建立残疾儿童康复救助制度的意见》，2018年5月30日国务院常务会审议通过，6月21日正式印发。意见的出台是我国残疾人康复保障制度建设的重大突破，标志着我国残疾儿童康复服务实现了制度化保障，是我国残疾人康复领域的首个专项救助制度。意见出台后，中国残联配合国务院新闻办召开专场政策吹风会，中央电视台《新闻联播》播出意见内容，中国政府网、新华社等刊出宣传文章。国务院残工委召开建立残疾儿童康复救助制度工作电视电话会议，对贯彻落实意见进行动员、部署，中国残联下发《关于认真贯彻落实〈关于建立残疾儿童康复救助制度意见〉的通知》。会同民政部、国务院扶贫办出台《关于做好残疾儿童康复救助申请人信息比对工作的通知》，积极组织开展政策宣传解读，指导督促各地全面建立残疾儿童康复救助制度。

同时，继续推动有条件的地区建立残疾人基本型辅助器具适配补贴制度。贯彻落实《残疾预防和残疾人康复条例》，编写条例释义，与国家卫生健康委、民政部、国家医保局共同开展条例贯彻落实培训。

围绕贯彻条例、健全康复保障制度，各地主动作为，大胆创新。截至目前，除西藏外，30个省区市均出台本地残疾儿童康复救助制度。北京、江苏、福建、辽宁、上海、宁夏、青海、广东等8省区市建立辅助器具适配补贴制度。围绕贯彻落实条例，上海出台贯彻落实条例实施意见。云南、青海、山东、河北、天津积极推动将贯彻落实条例意见列入立法计划工作。各地法规、政策建设实现新的进展。

（二）组织实施精准康复服务行动

围绕贯彻落实《“十三五”基本公共服务均等化规划》《“十三五”残疾人康复服务实施方案》等，继续加大精准康复服务行动实施力度。加强监测、调度和实施督导，每月定期通报各地精准康复服务行动部署、推进情况。编写完善视力、听力、肢体、智力、精神五类残疾人康复服务规范，开展中澳人权合作项目，推动制定残疾儿童康复服务质量评价标准，努力提高康复服务质量。完善残疾人精准康复服务管理系统，提高管理精细化水平，对服务对象的评估和服务结果进行纪实管理。开展精准康复第三方中期评估，推进各地加快实施残疾人精准康复服务行动。

各地解放思想，转换打法，积极研究、制定本地精准康复服务行动实施方案，完善配套政策、措施，抓紧开展工作部署、业务培训，有效推动了精准康复服务行动的实施。北京以“互联网＋服务”为手段，实现智能化匹配残疾人需求和服务，精准化推送服务资源。山西纳入省政府民生实事工程，家庭医生签约服务落实个性包的内容及资金。吉林将残疾儿童和持证残疾人基本康复服务纳入2018年省政府重点工作目标责任制，并列入重点督查事项。辽宁纳入全省健康扶贫工程，将医保、大病、医疗救助和财政补助资金统一整合为精准康复救助套餐。浙江做实残疾人责任医生签约服务，按需提供增值个性化服务。山东坚持每周由省康复部通报、每月由省残联通报、每季度由省残工委通报各地精准康复服务实施进展情况，每年委托第三方对各地区精准康复服务实施情况进行绩效评价。四川将家庭医生签约目标与精准康复服务目标相结合，借力家庭医生签约推动残疾人精准康复服务。陕西将残疾人精准康复服务内容纳入基本公共卫生服务范围，通过专题培训、现场观摩、经验交流等方式加大工作推进力度。江苏连云港构建政府主导、残联牵头、卫生计生部门实施的工作机制，提升了残疾人的满意度和获得感。河南驻马店驿城区通过实施“五大健康扶贫工程”，满足广大残疾人多样化康复需求。

在全国各地共同努力下，残疾人精准康复服务行动有效推进，全国残疾人康复服务状况进一步改善。全国已有99%地市和区县完成精准康复行动工作方案编制及部署、培训。2018年，1074.7万残疾儿童及持证残疾人得到基本康复服务，其中0—6岁儿童15.7万人。得到康复服务的持证残疾人中，有视力残疾人120.5万、听力残疾人66.1万、言语残疾人7.5万、肢体残疾人592.3万、智力残疾人83.8万、精神残疾人150.8万、多重残疾人48.2万。全年共为319.1万残疾人提供各类辅助器具适配服务。

（三）加强康复服务体系建设

加强康复机构管理。贯彻落实《残疾预防和残疾人康复条例》，与民政部、人社部、卫生健康委共同下发《残疾人服务机构管理办法》，加强残疾人康复服务机构行业管理。配合残疾儿童康复救助制度实施，起草《残疾儿童康复救助定点机构管理办法（讨论稿）》，召开全国残疾儿童康复救助定点机构规范管理工作现场会和残疾儿童康复机构信息发布现场会，推动残疾儿童康复机构规范化建设。支持康复中心、语康中心、辅具中心举办省级机构管理人员培训，加强地方康复机构业务指导、专业协作。

推进康复人才培养。持续开展全国残联系统康复人才实名制培训，加强与各残疾人专门协会协作，利用各方力量，完善康复人才培训体系，2018年举办国家级培训70余期，培训专业人员3500人次；加强实名制培训管理，制定下发《全国残联系统康复专业人才实名制培训管理办法》，与10个承办单位签订责任书，对部分培训班现场督导。继续与教育部合作推进职业院校残疾人康复人才培养试点，探索建立康教融合、协同育人的人才培养机制。组织编写81册0—6岁残疾儿童康复教育系列教材。积极参与中国康复大学筹建工作。

开展社区康复工作。编写《残疾人社区康复工作标准》，推动社区康复规范化开展。贯彻落实《关于加快精神障碍社区康复服务发展的意见》，与民政部、财政部、卫生健康委共同召开加快发展精神障碍社区康复服务视频会议，明确残联系统精神残疾社区康复工作方向。开展残疾人康复示范试点项目，与“我们的家园（OVCI）”合作开展全人发展观残疾人服务模式示范项目，与北京大学－中国残联精神残疾康复合作中心（北大六院）合作开展UFE精神障碍社区康复示范项目，与中国肢协合作开展脊髓损伤患者希望之家示范项目，与东方丝雨渐冻人基金会合作编写《渐冻人康复护理手册》等。

贯彻落实《关于加快发展康复辅助器具产业的若干意见》，参与加快发展康复辅助器具产业部际联席会议成员单位会议，与浙江省嘉兴市等3个国家康复辅具综合创新试点地区签订战略合作协议。印发《全国残疾人辅助器具区域中心验收标准》，加强辅助器具服务机构建设。完善辅助器具产业发展促进平台。

各地立足实际，加大投入，持续加强康复机构建设、人才培养和社区康复工作，不断完善多元化的残疾人康复服务体系。各地积极推进残疾儿童康复救助定点服务机构规范化管理工作，北京市加强部门联动，建立康复服务机构规范化建设工作机制，广东省出台《广东省残疾人精准康复服务定点机构管理办法（试行）》《广东省残疾人精准康复服务定点评估机构准入标准（试行）》，江苏省连云港市细化要求，明确指标，积极推动康复救助定点机构规范化进程。辽宁、甘肃、广东等地建成全国残疾人辅助器具区域中心。河南省鹤壁市、吉林省吉林市等地积极推进残疾人康复服务机构信息发布工作。深圳市积极推进国家康复辅助器具产业综合创新试点工作，年内完成技术培训和服务近400人次。四川、河北、江苏、宁夏等地积极推动残疾人家庭医生签约服务工作，与卫生健康委共同开展省级师资培训。湖南省积极推动职业院校康复人才培养工作，三年订单式培养200名康复专业人才。北京、黑龙江、云南等省积极开展“患者、家属、专家”精神障碍社区康复服务模式探索，内蒙古、江苏、四川借助意大利专家资源，积极推进“全人发展观”下的残疾人社区康复服务模式探索，创新康复服务模式。

截至2018年底，全国已有残疾人康复机构9036个，其中，1346 个机构提供视力残疾康复服务，1549 个提供听力言语残疾康复服务，3737 个提供肢体残疾康复服务，3024 个提供智力残疾康复服务，1962 个提供精神残疾康复服务，1811 个提供孤独症儿童康复服务，1929 个提供辅助器具服务。康复机构在岗人员达 25.0 万人，其中，管理人员 2.9 万人，专业技术人员 17.6 万人，其他人员 4.5 万人。

（四）积极开展残疾预防

贯彻落实《国家残疾预防行动计划（2016—2020 年）》。调整充实残疾预防工作协调小组成员，落实残疾预防工作部际协调机制。开展行动计划实施情况第三方中期评估。

开展第二次全国残疾预防日宣传教育活动。与中宣部等 15 个部门联合下发《关于组织开展第二次全国残疾预防日宣传教育活动的通知》。《焦点访谈》栏目连续两年播出全国残疾预防日专题节目。中国残联组织制作残疾预防核心知识动画片，免费下发各省残联。开展残疾预防知识有奖问答、优秀微视频征集活动。协调工信部发送公益短信。发放残疾预防核心知识宣传折页 8.3 万份、残疾预防核心知识配套丛书 1 万套、全国残疾预防日宣传海报 7.5 万张，支持地方开展全国残疾预防日宣传活动。

继续在 100 个县（市、区）推进全国残疾预防综合试验区创建试点工作。印发产前筛查诊断等 4 个重点干预项目技术方案，召开南、北片区研讨会，开展管理和专业人员培训班，定期通报试点地区情况。

各地积极行动，贯彻落实行动计划，组织开展全国残疾预防日等宣传教育活动。截至目前，31 个省区市政府或政府残工委制定出台本地行动计划或贯彻落实行动计划实施意见。各地按照中国残联与中央宣传部等 16 个部门通知要求，广泛组织媒体报道、广场宣传、知识讲座、咨询义诊等活动。31 个省区市均制定第二次全国残疾预防日宣传教育活动实施方案，结合实际、因地制宜、灵活多样地开展活动。山西、安徽、江西等 6 省区市政府领导出席残疾预防宣传教育活动，北京、山东、新疆等 17 省区市开展残疾预防知识咨询、专题讲座、义诊服务、康复指导等活动，提高全民对各种致残风险的防范意识。陕西、江西、广东等 9 省区市组织多部门联合开展大型广场活动，其中，陕西组织观看交通事故展板，增强群众遵守交通法规、重视残疾预防的意识。福建开展视力残疾预防专场“看见爱”主题活动，为百名困难白内障患者开展复明扶贫手术。内蒙古、西藏开展残疾预防“进社区、进家庭、进校园”宣传教育活动，普及残疾预防知识。湖南、陕西专门举办文艺演出，以群众喜闻乐见的形式宣传残疾预防工作和残疾预防核心知识。各地通过采取多种形式全方位、多角度宣传残疾预防工作，传播残疾预防知识，提高了全社会关注健康、预防残疾的意识。

（五）切实维护残疾人健康权益

主动加强部门协作，扎实推进残疾人家庭医生签约服务。与卫生健康委联合编写下发《残疾人家庭医生签约服务指导手册》，用于指导基层家庭医生做好残疾人签约服务，并开展相关培训；推动卫生健康委下发《关于做好 2018 年家庭医生签约服务工作的通知》，将残疾人基本康复服务纳入个性化签约范围。对四川等地开展残疾人家庭医生签约服务督导调研。主动参与健康中国相关政策建设，反映残疾人诉求。与国家卫健委等部门会签下发《全国社会心理卫生服务体系建设试点工作方案》。参与《健康中国行动（2019—2030 年）》《关于促进护理服务业改革与发展的指导意见》《关于改革完善医疗卫生行业综合监管制度的指导意见》《关于促进“互联网 + 医疗健康”发展的意见》《关于加强公立医院党建工作的意见》等政策制定。

积极协调国家卫生计生委统计信息中心基于第六次全国卫生服务调查，对残疾人健康状况，卫生服务需要、需求、利用现状及主要影响因素进行分析，掌握残疾人卫生需求与服务状况，为国家制定残疾人健康相关政策提供依据。

附　录

民生调查·关爱残疾人③

山西实施覆盖 4 万人的残疾预防、干预和救助项目

戴上小天线，孩子听见了

《人民日报》　乔栋　2018 年 6 月 22 日

核心阅读

山西省面向 4 万人开展残疾预防重点干预和残疾儿童抢救性康复项目，为残疾人提供精准康复服务，如为 0 到 17 岁符合条件的听障青少年免费植入电子耳蜗。还探索残疾人集中托养，建设托养中心，推进医养结合，与医院合作，采取机构出钱、医院出人的方式，不仅减轻了财政压力，还取得了更好的服务效果。

“我听见了！”山西省聋儿康复教育研究中心彩虹班的墙上，挂着 4 个大字。

彩虹班的孩子都是听障儿童，他们的年龄集中在 3 岁到 6 岁。在老师的带领下，他们参加语言和听力能力训练，这些孩子鼓着腮帮子、很努力地跟着老师练习发音。

针对残疾儿，免费给治疗

李昀蔓今年 5 岁，来到彩虹班已有一年多。她的头发上别着一根两厘米左右的“小天线”，这是她听清这个世界的触角。

3 年前，当同龄的孩子都开始学说话的时候，李昀蔓却没什么动静，她的母亲陈云云产生了疑虑。别人安慰她：“孩子有的说话早，有的说话晚。”又过了几个月，情况仍无好转，陈云云着急了：“是不是孩子的听力有什么问题？”

从医院一出来，陈云云就哭了——李昀蔓右耳听力损失

70%，左耳也有相当损失，几乎听不到任何声音。

陈云云和爱人四处打听治疗方案。有人告诉他们，山西省有针对残疾儿童的抢救性康复项目，如果达到条件，可以免费治疗。

经过网上申请、初筛后，陈云云夫妇带着孩子去定点医院做了复筛。过了两星期，他们得到了做手术的通知。“医院建议右耳植入电子人工耳蜗，左朵佩戴助听器。”陈云云说。

电子人工耳蜗的市场价，为10多万元。当时，山西省为0岁到17岁的150名听障儿免费植入电子人工耳蜗，并提供康复训练费补贴，资金来源则是国家彩票公益金和省财政。李昀蔓成为受益者之一。

李昀蔓头上的“小触角”，就是电子人工耳蜗的接收器。现在，她可以听清别人说的话，并背诵儿歌，基本达到同龄孩子的语言水平。“除了洗头发的时候，要把接收器拆下来，其他基本没啥影响。”陈云云表示。

陈云云时常到山西省聋儿康复教育研究中心，参加培训学习。“我们教家长如何帮助孩子发音、保护听力等。”语言训练部主任王菁萍说，“这周教的是‘听声放物’。家长在孩子身后敲桌子，孩子听到就把手上的积木放下来。通过这样的训练，来提升孩子的听力。”

此外，孩子们每周还会接受个性化的单独训练。单训室的玻璃是单向的，只能从外面看里面。“这是为了方便家长观察，又不影响到孩子。”王菁萍说。

按照年龄，彩虹班也是分大中小班的。除了专门的听力培训和语言课程，这里和其他幼儿园一样，也设有语言区、建构区、科学区等教学场景。用不了多久，这里的孩子就可以和正常孩子一样，进入普通的幼儿园和小学。

预防和康复，4万人受助

今年，山西省实施覆盖4万人的“残疾预防重点干预和残疾儿童抢救性康复项目”，将其作为本年山西省“民生实事六项内容”之一。

山西省残联康复部主任樊喜华介绍，这项工程包括为2000名儿童提供残疾复筛和诊断服务，为33000名疑似残疾人提供残疾评定服务，为5000名残疾儿童提供抢救性康复服务。

除了山西省聋儿康复教育研究中心，山西省残联的直属机构还有山西省康复研究中心。该中心与山西省残疾人康复医院，是一套人马、两块牌子。不只是开展残疾儿童抢救性康复项目，这里还承担了其他年龄层次的残疾人康复工作。

正在上大学二年级的常鹏慧，是康复医院的住院者。“白天在这里康复，晚上就在住院部住宿。”她一边蹬着康复训练车一边说，“右腿偏瘫后，刚开始吃不下饭，现在好些了。康复内容挺全面，运动疗法、作业疗法做久了，我也多少学会了些。”

常鹏慧接受的是为期1个月的免费康复项目。去年，山西省启动了残疾人精准康复服务行动，山西省残联党组书记、理事长李亚明介绍：“我们出台了《山西省残疾人精准康复服务行动实施方案》，确定定点康复服务机构，将符合条件者转介到定点机构接受基本康复服务。”

山西省康复中心主任张欣荣不久前提交了申请。“以前残疾人康复、住院，除去省财政的部分补贴，剩下的钱得自己交，回地方后再按比例报销。我们正在向人社厅申请，看能否在住院登记的时候，直接把可以报销的部分抵扣。这样，残疾人就可以少垫一部分钱，多些方便。”

依托卫生院，轻患帮重患

刘军（化名）伸出4个指头说，“我属兔，44岁，2014年3月20号来的这。”在托养中心接受了稳定的药物治疗后，这个曾几度自杀的精神残疾人如今看上去跟常人无异，记忆力也很好。

作为需要照顾的群体，残疾人可能会给周边增加不少负担。有的残疾人属于贫困家庭，家人无力供养；有的则是孤身一人，由村集体、社区关照。集中托养的意义，正在于化零为整，让照顾残疾人投入更少、效果更好。

各省财力不一、项目不一，集中托养工作也不尽相同。山西各地也进行过一些探索。“残疾人的集中托养主要依托三种方式：机构、日间照料中心和居家托养。目前，山西主要开展机构托养。”山西省残联副理事长刘晔说。

刘军所在的残疾人托养中心，位于山西省阳泉市郊区西南舁乡，离城区有十几公里车程，住有30多名患有分裂症、抑郁症等疾病的精神残疾人。

“精神残疾人的托养，专业性要求很高。没有选择在城区修建，而选择在乡里，是因为我们的托养中心采取了与乡卫生院合作的方式。”郊区残联理事长郭俊红说，“郊区的残疾人托养中心，是在西南舁乡卫生院的原址上重新修建的。我们出钱修建，卫生院负责提供医护人员。”

推进医养结合，当年花了不少力气。“很多地方的精神残疾人托养中心难以为继，就是因为日常开销、医护人员工资等成本太高。而且往往没有收入来源，完全依靠财政补贴。”郭俊红说，“我们这里的好处就是，专业的医护人员都是借助医院的力量，能解决人员编制问题，节省一部分开支。不过，这个需要和卫生部门协调，不是简单一句话就能办成的。”

楼梯上，几位刚在楼上活动室玩完麻将的残疾人走了下来，有人手里还拿着刚赢的扑克牌。他们相互搀扶着，往楼下的房间走去。西南舁乡卫生院院长付永毅介绍说：“这里采用了‘轻度患者帮助重度患者’的模式。中心每个月还会给轻度患者100元的劳动收入，用来鼓励他们照顾重度患者的饮食起居。钱虽然不多，但对他们而言也是一种肯定。”

刘军是荫营镇人，父母去世，家人无力照顾，就被送来了托养中心。如今，虽然胳膊上还留着当年自残落下的伤疤，但已经过几年治疗的他，精神状态已经焕然一新：“过几年，我还想娶个媳妇呢。”（孙光供稿）

长江新里程项目

一、重要文件

中国残联办公厅关于调整“长江新里程计划”项目管理委员会组成人员的通知

2018 年 12 月 19 日

各省、自治区、直辖市残联，中国残联机关各部门、各直属单位：

根据人员变动情况和工作需要，中国残联对“长江新里程计划”项目管理委员会及项目办公室组成人员做了调整，现将调整后的名单通知如下：

一、“长江新里程计划”项目管理委员会

主　　任：周长奎（中国残联理事长）
执行主任：贾　勇（中国残联副理事长）
副 主 任：胡向阳（中国残联康复部主任）
执行副主任：冯　力（中国残联康复部副主任）
委　　员：杨代泽（中国残联办公厅主任）
郭利群（中国残联宣文部主任）
尤　亮（中国残联国际部主任）
李冬生（中国残联计财部主任）
常　征（中国残联组联部副主任）
李建军（中国康复科学所所长）
李　晞（中国残疾人辅助器具中心主任）
戴连君（中国残联信息中心副主任）

二、“长江新里程计划”项目办公室（简称“长江办”）

主　任：冯　力（兼）
副主任：曹跃进
长江办下设 6 个组：
“关心你的残疾人邻居”项目组：组长常征（兼）
假肢服务项目组：组长王保华（中国残疾人辅助器具中心副主任）
脑瘫儿童引导式教育项目组：组长刘宇赤（中国残联社会服务指导中心常务副主任）
财务组：组长王健（中国残联计财部财务处副处长）
宣传组：组长冯昊（中国残联宣文部宣传处副调研员）
信息组：组长张成（中国残联信息中心副主任）

二、工作综述

2018 年是长江三期项目关键的一年，重点是大力做好项目宣传工作，督导协调项目组保质保量完成任务，积极推动项目重点难点工作，开展项目验收和成果推广等。

（一）积极筹划组织，做好项目宣传

根据 2018 年度长江项目工作计划，“长江办”全面开展了“江花如火 · 回顾与展望”——长江新里程计划项目宣传活动。印发《关于报送长江新里程计划项目宣传材料的通知》，协调、组织中国网和项目组到广东、湖北、甘肃和宁夏等 7 个省区拍摄素材、收集材料。先后召开 2 次工作会、4 次专家会、4 次分项目组对接研讨会，12 月之前已基本完成项目宣传片和《画册》制作工作。

长江三期宣传专题栏目 2018 年 6 月在中国网正式上线。发布工作动态和“我的长江故事”等报道 166 篇，长江项目的好做法被中国残联“两微一端”和中国残疾人杂志多次报道。

假肢项目组 10 月开展“我与长江假肢、我与辅助器具”摄影和论文征文活动，举办“长江假肢助我圆梦展示活动”，扩大了项目影响。

（二）加强协调督导，确保任务完成

“长江办”充分利用会议、项目启动、实地走访、参与专项培训、调研、下发通知等方法部署、跟踪、检查和督导项目实施，并参与部分假肢和脑瘫项目检查验收工作。邻居项目引入第三方机构对受资助项目进行监管。目前 3 个项目组任务已基本完成。

1. 工作部署

假肢项目组：6 月、7 月分别在甘肃和山东召开长江工作专题会对长江假肢服务项目 2018 年重点工作进行部署，并就长江项目绩效评价规范及如何实施进行解读和培训。

脑瘫项目组：5 月在杭州举办长江新里程计划（第三期）脑瘫儿童引导式教育项目工作会议，布置 2018 年重点工作、明确要求、提出期望，确保项目圆满完成既定目标。项目组 7 月、12 月在广东东莞残疾人康复中心先后举办两期长江新里程计划（第三期）脑瘫儿童引导式教育项目实习班，主要就分析主题教学、诱发技巧与带组技巧应用和评估等技能进行培训。

邻居项目组：利用项目启动、人员培训、验收等时机，赴黑龙江和湖北两省对项目实施情况跟踪检查、督导评估。11 月，项目组在江苏省泰州市举办管理人员培训班，以"姑苏区第三届社会助残服务项目评估"和"通过项目管理提升承接主体的组织能力"为题，讲授政府购买助残服务中如何做好督导评估工作和提升服务质量的工作理念与经验。

2. 积极督导抽查，推动任务完成

（1）组织抽查验收

假肢项目组：下发《关于开展长江项目假肢服务机构抽查验收工作的通知》（辅具中心发〔2018〕6 号），制定《长江假肢服务机构抽查验收工作方案》，9 月—11 月赴甘肃省、贵州省、河南省、青海省对 1 个假肢技术区域中心、5 个骨干假肢装配站开展抽查验收工作。

脑瘫项目组：10 月—11 月，对河北、哈尔滨、湖南、云南 4 家任务机构实地抽查和技术指导，组织相关专家通过查阅档案资料、观摩授课、与残疾儿童家长和工作人员访谈、评估打分等方式全面了解项目执行情况。

邻居项目组：5 月—6 月，邻居项目组和黑龙江省残联共同对黑龙江省"关心你的残疾人邻居"第一期和第二期受资助项目的实施进展情况开展检查，推进邻居项目本土化，增强项目品牌影响力。

（2）督导完成任务

假肢项目组：完成 60 名技师师资力量培训；结合项目与精准康复服务行动，全国共完成假肢装配 61842 例。

脑瘫项目组：完成儿童引导式训练 967 名、家长培训 843 名、家长跟进服务 342 人次。举办 3 期培训班，14 个省区市项目机构中心主要负责同志和业务骨干共计 100 人参加培训。

邻居项目组：黑龙江省第二批受资助 62 个项目顺利完成。湖北省邻居项目第二批 68 个获资助项目按计划于 2018 年 3 月结束。

（3）强化项目管理

假肢项目组：4 月组织召开"辅助器具适配服务、长江项目工作绩效评价规范"专家评审会，对长江假肢项目进行绩效评价规范及实施进行解读和培训，并在甘肃省白银市试点绩效评价工作。10 月在北京举办 2018 全国残疾人辅助器具服务技能竞赛，同时举办长江新里程计划项目假肢技术学术论坛。

脑瘫项目组：结合课题研究，培训《国际功能、健康和残疾分类儿童青少年版》（ICF－CY）评估量表的使用，并部署数据收集工作。

邻居项目组：邻居项目引入第三方机构加强受资助项目监管工作。湖北省和黑龙江省在执行第二批资助项目时，都引入第三方机构参与项目评审监督与机构支持工作，通过第三方机构对受资助项目进行月度工作检查、实地走访、专项培训等方法，加强对受资助项目的监管，提升了各机构的项目管理能力。

（三）提早部署安排，形成初步成果

1. 假肢项目组：汇编《最美长江技师》，编印《工匠风采》宣传画册。

2. 脑瘫项目组：编撰《脑瘫儿童引导式教育专业人员工作指南》《脑瘫儿童引导式教育教与学》《脑瘫儿童引导式教育家长工作锦囊》。

3. 邻居项目组：编撰《长江新里程计划（第三期）——关心你的残疾人邻居项目成果集》《长江新里程计划（第三期）——关心你的残疾人邻居项目购买残疾人服务工作手册》。

4. 完成《长江三期工作文件汇编》《长江三期论文及案例汇编》材料整理和编印前合同制定等相关工作。

（四）认真梳理工作，稳步推进项目

"长江办"梳理并完成《长江项目经费使用情况报告》。积极协调李嘉诚基金会和中国残疾人福利基金会完成第五批项目拨款。认真总结项目 5 年来工作，撰写《长江三期项目执行情况报告》。制定编写《长江办 2018 年度总结和 2019 年度工作计划》，协助计财部完成《2018 年度长江项目经费决算》，审核《3 个项目组 2019 年度工作预算》，制定《长江办 2019 年度工作预算》。

三、大事记

1 月 25 日，黑龙江省长江三期"关心你的残疾人邻居"第二批项目发布会暨操作管理培训班在哈尔滨举办。

5 月 23 日，长江三期大型网络宣传中英文专题"我的长江故事"在中国网正式上线。

7 月 31 日，国家辅助器具华南区域中心举办广东省受益人"互助小组"成长活动。

10 月 12 日，假肢助残筑梦——第二期长江假肢技术论坛在北京召开。

10—11 月，开展长江三期脑瘫儿童引导式教育项目自查和抽查总结工作。

11 月，邻居项目组在江苏省泰州市举办管理人员培训班，就在政府购买助残服务中做好督导评估工作、提升服务质量进行培训。

（唐沈海供稿）

残疾人教育工作

一、工作综述

（一）落实法规政策，努力提高残疾儿童少年义务教育水平

指导各省残联配合教育部门制定第二期特殊教育提升计划实施方案，促进当地特殊教育发展。与教育部就数据核对、开展调研、师资培训等工作达成一致，要求从县级开始，核实比对动态更新数据和学籍系统数据后上报，“一人一案”解决好适龄残疾儿童教育安置问题。

（二）加强顶层设计，加快发展残疾人中高等教育和继续教育

会同教育部、发展改革委等部门印发《关于加快发展残疾人职业教育的若干意见》，以中等职业教育为重点扩大残疾人接受职业教育的机会。联合教育部对12所残联系统残疾人职业院校开展调研。协调国家卫生健康委、教育部同意共同修订《普通高校招生体检工作指导意见》。与教育部考试中心研究残疾人高等教育单考单招规范化工作。对高等融合教育试点一年来的工作进行阶段性总结，梳理经验、研讨问题，对试点第二年工作做出部署。指导各地配合教育部门做好残疾人考生参加高考有关工作。据统计，2018年共有11154名残疾人考生被普通高校录取。

（三）强化法律保障，推广国家通用手语和国家通用盲文

5月，《国家通用手语常用词表》和《国家通用盲文方案》作为语言文字规范正式发布。方案分别规定了国家通用手语常用词汇的规范动作和用盲文书写国家通用语言的规则。这是我国手语和盲文规范化工作的重要成果和新的一个里程碑，为今后的应用推广、基础研究、人才培养、学科建设、社会服务等奠定了坚实基础。中央宣传部、中国残联、教育部、国家语委、国家新闻出版广电总局五部门联合召开电视电话会议，部署在全国范围内以特教学校和公共服务领域为重点，逐步推广使用国家通用手语和国家通用盲文。9月，中国残联、教育部、国家语委共同发布国家通用手语版《中华人民共和国国歌》。2018年，中国残联委托专业机构和协会开展8期通用手语国家级骨干人员培训班、2期通用盲文国家级骨干人员培训班，共培训聋校教师、手语主持人、社会聋人等手语骨干超过500人，盲校教师、盲协工作人员等盲文骨干人员160人。部分省份也组织开展了省级培训。

（四）实施助学项目，积极扶残助学

继续实施残疾人事业专项彩票公益金助学项目，投入7600多万元，资助1.5万名家庭经济困难的残疾儿童接受普惠性学前教育，为16所中高等特教院校提供办学补贴。继续实施交通银行助学项目，105名特教教师荣获2018年度“交通银行特教园丁奖”，39名残疾人学生获得残疾人大学生励志奖和提名奖；委托北京联合大学、南京特殊教育师范学院和华东师范大学开展特殊教育师资培训，受训教师超过420名。

（五）加强协调与调研，推动康复大学筹建工作

多次召开康复大学筹建专题会议，与教育部、发展改革委、财政部、卫健委、人社部等部门及地方政府共同研究康复大学建设主体及路径等事项。中国残联、教育部5月组团赴日本、美国及香港特别行政区调研高等康复教育发展和专门人才培养工作。

二、重要条目

【国家通用手语常用词表、国家通用盲文方案】2018年，《国家通用手语常用词表》和《国家通用盲文方案》由国家语言文字工作委员会规范标准审定委员会审定，经教育部、国家语言文字工作委员会、中国残疾人联合会同意，作为语言文字规范发布，自2018年7月1日起实施。《国家通用手语常用词表》由两部分内容组成：一是说明词表适用

的范围、词表中所使用的一些核心术语的定义、手语动作线图解符号的式样和含义、词表编制的基本原则和使用说明。二是按照音序排列的词目。相比原《中国手语》，《国家通用手语常用词表》收录了广大听力残疾人现实生活中广泛使用的手语，替换了过去许多和汉字一一对应的手语，大量减少了手指字母的使用，注意描述手语表达时体态动作和面部表情的变化，重在体现手语表形表意的语言特点。《国家通用盲文方案》沿用了现行盲文的声母、韵母、声调和标点符号，没有改变、删减或增加任何一个符号，只是完善了现行盲文标调规则，规范了声调符号的用法，是对现行盲文的继承和发展。它保持了盲文的稳定性，保障了盲人文化的传承性。6月18日，中央宣传部、中国残联、教育部、国家语委、国家广播电视总局印发《关于推广国家通用手语和国家通用盲文的通知》。6月25日，五部门召开电视电话会议，部署在全国范围内推广使用国家通用手语和国家通用盲文。

【国家通用手语版《国歌》】为推广国家通用手语，在教育部和国家语委大力支持下，中国残联组织中国聋人协会、华夏出版社、国家手语和盲文研究中心等组织和机构，根据《国家通用语言文字法》《国歌法》有关规定，在充分尊重听力残疾人和手语使用者意见的基础上，研制了国家通用手语版《国歌》，2018年9月1日正式发布。国家通用手语版《国歌》教学视频在全网推送，配套宣传挂图5万张分送各省（区、市）残联、全国招收聋生的学校及其他公共服务领域机构。国家通用手语版《国歌》的发布和推广不仅是手语规范化工作的一件大事，也实现了长期以来广大听力残疾人、特别是特教学校师生使用国家通用手语迎着国旗、统一规范奏唱表达国歌的心愿，对进一步强化国家通用语言文字意识，推广好国家通用手语，促进听力残疾人无障碍交流和融合发展具有重要意义。

【关于加快发展残疾人职业教育的若干意见（教职成〔2018〕5号）**】**2018年4月23日，教育部、国家发展改革委、财政部、中国残联联合印发，要求各地高度重视并采取切实措施加快发展残疾人职业教育。这是改革开放以来教育部第一次专门为残疾人职业教育出台的文件。意见要求，以中等职业教育为重点不断扩大残疾人接受职业教育的机会，每个省（区、市）集中力量至少办好一所面向全省招生的残疾人中等职业学校；加快发展发展残疾人高等职业教育，鼓励职业院校与现有独立设置的特殊教育机构合作办学，联合招生、学分互认、课程互选，共同培养残疾学生；改进残疾人职业教育的办学条件，加大对残疾人职业教育的投入，加强残疾人职业院校基础建设，加大对接受职业教育残疾学生的资助保障；加强残疾人的就业指导和援助。

附　录

首期国家通用盲文骨干培训班在京举行

中国盲协网站，2018年8月8日

根据中央宣传部、中国残联、教育部、国家语委、国家广电总局印发的《关于推广国家通用手语和国家通用盲文的通知》要求，中国残联教就部、中国盲协、中国盲文出版社、北京联合大学特教学院于2018年8月7日至9日在北京举办了首期国家通用盲文骨干培训班。

8月7日上午，培训班开班仪式在中国盲文图书馆举行，中国残联党组成员、副理事长程凯，中国盲协主席李伟洪，中国残联理事、中国盲文出版社社长张伟，中国残联理事、中国盲协常务副主席李庆忠、北京联大特教学院副院长任伟宁等领导，各省、直辖市、自治区残联选派的国家通用盲文骨干共120余人参加了仪式。

程凯在讲话中指出，手语和盲文规范化建设是残疾人事业的一件大事，是以习近平同志为核心的党中央关怀残疾人群体的具体体现。国家通用盲文是国家通用语言文字的重要补充，推广国家通用盲文关系到国家语言文字的统一，对于维护视力残疾人语言文字权益，提高他们的文化教育和社会融入水平具有重要作用。他要求，各级残联、盲协、盲校盲文骨干要充分认识推广国家通用盲文的重要意义，增强责任感和使命感，主动担当，努力学习，熟练掌握和运用国家通用盲文，认真做好二级三级培训工作，确保推广任务目标的实现，尽快让广大盲人群众受益。

本次培训班安排了国家通用盲文方案解读、答疑，低年级、成年盲人教学方法示范及研讨，培训测试等内容，通过测试的学员将颁发培训结业证书。

（李东梅、林帅华供稿）

残疾人就业工作

一、领导讲话

程凯在全国残疾人就业服务和扶贫工作会议上的讲话

2018 年 1 月 30 日

本次会议是在党的十九大胜利闭幕后首次召开的全国残疾人就业服务和扶贫工作会议，会议的主题是：以习近平新时代中国特色社会主义思想和党的十九大精神为指导，认真总结党的十八大以来的经验成绩，冷静分析残疾人就业服务不平衡、不充分的主要矛盾，谋划部署 2018 年重点工作。

党的十八大以来，我们遵从稳中求进总基调，牢牢把握“强化服务、促进就业”这一主线，瞄准脱贫攻坚和全面小康目标，凝神聚力，顽强拼搏，残疾人就业工作同样发生历史性变化，取得可喜的成绩。

五年来，残疾人就业增收状况持续改善。城镇残疾人新增就业超过 100 万。440 多万农村贫困残疾人实现脱贫。困难残疾人生活补贴和重度残疾人护理补贴制度实现全覆盖，惠及 2100 多万残疾人。近 900 万城乡贫困残疾人纳入最低生活保障，100 余万城乡特困残疾人被纳入集中供养范围。

五年来，残疾人就业政策体系基本建立。按比例就业、辅助性就业、自主就业创业、集中就业等不同形式残疾人就业全面出台了扶持政策，实现了规范发展，加大了扶持力度。残疾人就业保障金、就业税收优惠、政府优先采购等办法的颁布实施，为残疾人就业提供了发展动能。《残疾人职业技能提升计划》为广泛开展残疾人职业技能培训指明了方向。残疾人就业服务能力建设、盲人按摩等领域也陆续取得突破。

五年来，残疾人就业服务能力明显提升。就业服务机构规范化建设得到有效提升。残疾人就业创业网络服务平台搭建完成。省市县三级管理员服务网络日益健全。残疾人就业与培训实名制统计通报制度日益完善。全国就业机构服务人员和就业指导员岗位能力提升远程培训项目启动。各级各类残疾人职业培训基地规范发展。第九届国际残疾人职业技能竞赛、第五届全国残疾人职业技能竞赛及年度岗位精英竞赛、职业指导竞赛先后成功举办，得到了国务院领导和社会各界的广泛关注；盲人医疗按摩纳入《中医药法》，保健按摩管理日趋规范，从业人员不断增加。

五年来，残疾人精准扶贫工作务实开展。建档立卡贫困残疾人数据适时比对核实。通过深入基层，贫困残疾人家庭突出困难和落实扶贫政策存在的问题等第一手资料得以切实掌握，实情实数让残疾人扶贫工作在中央扶贫政策文件中得以纳入，扶贫责任得以层层分解，地方责任不断得到落实。同时，我们还与相关部门共同制定印发系列文件，完善产业扶贫路径，通过产业、电商等，多渠道多形式开展扶贫。成绩的取得，得益于各级残联和就业服务机构的共同努力。在此，我代表中国残联对大家表示感谢。

2018 年是全面贯彻落实习近平新时代中国特色社会主义思想和党的十九大精神的开局之年，也是中国改革开放 40 周年，还是完成“十三五”规划的攻坚之年。残疾人就业扶贫工作面临着新形势、新任务，要有新气象、新作为。下面就明年工作，我讲几点意见。

一、立足大局，冷静思考新时代的新变化

（一）新时代我国就业工作方向和要求面临深刻变化。党的十九大报告做出重大政治判断，我国社会主要矛盾已经转化为人民日益增长的美好生活需要和不平衡不充分的发展之间的矛盾。按照新时代我国社会主要矛盾的特点，十九大报告对就业工作提出了新的更高要求，提出“要坚持就业优先战略和积极就业政策”的方向，“实现更高质量和更充分就业”“提高人民收入水平”的目标。同时明确了一系列重大举措。一是提供全方位公共就业服务。适应劳动者多层次就业需求，多种方式开展职业介绍、职业指导等，健全均等化、专业化、智能化服务体系，提高劳动力匹配效率。二是大规模开展职业技能培训。扩大培训规模，提高培训的针对性和时效性，提升劳动者素质，使其更好适应经济社会发展需要，破解结构性就业矛盾。三是促进重点群体就业。加强对困难人群的就业援助和兜底帮扶。破除妨碍劳动力、人才社会性流动的体制机制弊端。使人人都有通过辛勤劳动实现自身发展的机会。四是扩大中等收入群体，增加低收入者收入。加快推进基本公共服务均等化，缩小收入分配差距。这些要求意味着今后积极就业政策覆盖面将更广，就业服务将更加周到细致，受益者将更多；影响充分就业的制度障碍将逐步得到破解。十九大报告是首个提出“大规模”“全方位”和“人人”等概念的最高层级、最权威的中央文件。这些关键词毫无疑问也意味着对残疾人群体就业增收权利的确认，应作为指导残疾人就业扶贫服务的方向。

（二）国民经济形势和就业格局发生深刻变化。随着供给侧结构性改革进一步深化，新动能加快成长，服务业尤其是高端服务业已成为推动我国经济向高质量发展迈进的主要动力。根据国家统计局上周公布的数据，2017 年，服务业占全国 GDP 比重已达 51.6%；对国民经济增长的贡献率为 58.8%。全国规模以上服务业企业从业人数占全部规模以上企业新增就业人数的 91.8%。其中，以互联网和相关服务为代表的现代新兴服务业对服务业生产指数的贡献率达到 40%。同时，我国劳动年龄人口仍保持在 9 亿人以上，每年新增劳动力超过 1500 万人，登记失业人员近千万，还有 300 多万新转移农村富余劳动力，不能适应新动能加快成长的经济发展格局。就业工作面临总量矛盾不减、结构性矛盾更加突出，招工难和就业难并存，劳动者素质与市场需求不匹配、低技能劳动者就业更加困难，面临新的挑战。在技术进步、产业升级的高质量发展模式下，劳动力质量的重要性更加凸显。1700 余万就业年龄段的广大残疾人如何适应形势变化将是我们各级残疾人就业服务机构面临的重大考验。

（三）服务型政府加快改建，公共服务模式与要求发生深刻变化。近年来，各级政府一直在强力推进简政放权、放管结合、优化服务改革。2016 年，李克强总理在全国推进简政放权放管结合优化服务改革电视电话会议上，就公共服务提出明确的要求，也为我们残疾人就业和扶贫服务指明了方向。他指出，目前我国公共服务总体供给不足，结构不尽合理，需求和潜力都很大。要着力提升公共服务供给效率，坚持普惠性、保基本、均等化、可持续的方向，加快完善基本公共服务体系。要创新机制，推广政府和社会资本合作模式，调动社会各方面参与积极性。对于群众多层次、多样化的非基本公共服务需求，应主要通过市场和社会来满足。同时还要求严格责任落实和督查问责，国务院 2017 年就各项重点项目任务开展了大督查，有很多问题也反映到我们各级残联。关于公共服务，十九大报告提出要开启国家现代化治理体系与能力建设新时代。要求理顺政府自身运作机制、把握好政府与市场的关系、把握好政府与人民的关系。各级残疾人就业服务机构虽然不是政府部门，却是得到法律和规章明确的公共就业服务机构的组成部分，大家结合近年的工作对此应该深有体会，很多人反映工作不好干了，监管更多了，绩效要求更高了，整个工作的方向和方法有了深刻变化。

（四）乡村振兴战略的全面实施，城乡统筹发展将发生深刻变化。2017 年年底的中央农村工作会议首次提出走中国特色社会主义乡村振兴道路，让农业成为有奔头的产业，让农民成为有吸引力的职业，让农村成为安居乐业的美丽家园。会议同时按照十九大要求，提出了中国特色社会主义乡村振兴道路的实现路径。其中，巩固和完善农村基本经营制度，激活农村市场，加快改革农村基本公共服务为均等化增加了动力。积极吸引人才等要素返乡创业，加大能力提升也为振兴农村提供了激励。残疾人扶贫要把握这一新的趋势，积极融入。

二、立足本职，认真分析残疾人就业工作的主要矛盾

对照十九大提出的新要求，当前形势下，要实现全方位就业服务和大规模培训，要让广大残疾人增加收入，实现更加充分和更加高质量的就业，人人都有通过辛勤劳动实现自身发展的机会，还存在不少困难。

一是残疾人就业总体不充分、质量低、向上流动难。目前，我国城乡就业年龄段残疾人仍有 900 万人没有就业，已就业的残疾人中有 1/2 在从事低层次、低收入、不稳定的工作，40% 的未就业残疾人主要依靠家庭成员供养，381.4 万建档立卡残疾人没有摆脱贫困。但是同时，我国就业年龄段残疾人超过 80% 为初中及以下文化程度，由于缺乏支持保障条件，未就业残疾人超过 50% 就业能力不足或丧失，数百万残疾人反映的就业扶贫需求常年得不到满足。在我国全面建成小康社会并开启全面建设社会主义现代化国家新征程中，在很多文件中，在很多地方，残疾人群体大部分被列为困难群体，理所当然地被视为“托底一批”的政策对象，面临被整体上排除在中等收入群体之外的风险，要实现十九大报告要求，提高残疾人中等收入群体的比重困难重重。

二是残疾人就业扶贫服务与培训供给不足，实现全方位服务和大规模培训难度加大。面对 900 万未就业残疾人提出的各项就业扶贫服务需求，我国各级残疾人服务机构人员仅有 3 万人，人员数量少，基础设施、人才队伍建设等基础工作亟待加强，要实现全方位、广覆盖、高质量的就业扶贫服务难度较大，残疾人就业服务能力水平与残疾人日益增长的需求之间仍然存在较大差距。同时，残疾人就业服务机构性质不统一，存在参照公务员待遇事业单位、全额拨款事业单位、差额拨款事业单位、自收自支事业单位等多种形式。在各级残疾人就业服务机构的努力下，目前机构规范化建设虽在持续推进，但有些地区限于条件，机构建设仍然有所滞后，服务规范化任重道远，服务评估、考核、激励机制仍未建立，残疾人就业与培训实名情况掌握不够准确，个别地区的就业实名数据明显不合理，就业服务和就业培训质量有待提高。

三用于残疾人就业增收的公共财政资金投入不足。残疾人就业保障金纳入一般公共预算，不再作为就业专项资金，单列开支，对此影响更为强烈。根据财政部的统计，2017 年，我国一般公共预算用于社会保障和就业的支出达 2.48 万亿元，相较于 2016 年增长了 16%。同时，我国就业年龄段残疾人1700余万人，未就业人员900余万，农村地区贫困残疾人近400万人。2016年，各级财政一般公共预算用于整个残疾人事业的经费为460亿元，其中，就业扶贫资金仅为77.59亿元。同时，一些地区财政核算残疾人事业经费预算比照当地残保金征收额度确定，少数地区用于“两项补贴”的资金严重挤占了公共预算对残疾人就业增收的投入。要满足1700万就业年龄段持证残疾人现实的、多样的各类需求存在较大缺口。

三、立足改变，加快提升就业扶贫服务能力

各级残联和残疾人就业服务机构要深刻理解十九大报告提出的新目标和新方向，立足于当前经济社会发展形势，立足于当前残疾人就业工作面临的困难，转变思路、积极作为，着力拓展残疾人就业扶贫服务覆盖面和供给方式，为广大残疾人提供全方位、精准化的有效服务，促进残疾人多渠道就业创业；着力于大规模开展残疾人职业技能培训，解决好残疾人就业的结构性和摩擦性矛盾；着力于提高收入，既要关注残疾人就业规模，也要关注残疾人就业质量，消除体制机制障碍，搭建残疾人向上流动的阶梯，全力提升残疾人收入水平。主要做好以下工作。

（一）进一步健全残疾人就业服务和培训实名统计制度，扩大服务供给，提高劳动力匹配效率。当前我们已经初步建立了残疾人就业与培训实名统计系统，但是很多地方在争取各级政府和财政加大支持残疾人就业力度上，在科学规范残疾人就业服务上，没有充分发挥其应有的作用。财政投入不足，也有我们自己的原因。个别地方数据不够准确，无法使用；我们整个系统数据项仍有待健全，不能全面反应残疾人需求。更重要的是我们没有主动树立数字时代的思维理念，充分发挥数据的效益。谁拥有了可靠的数据，谁就拥有了未来。各级就业服务机构要逐步实现辖区数据互联互通融合共享，与其他部门数据实现动态比对，解决好数据的准确性和可靠度。同时，依托多类数据指标对残疾人就业服务各领域工作科学做出分析预判，提出有效方案，创新服务措施。一定要在“十三五”内让实名统计成为反映残疾人需求、争取各界支持、科学规划服务的可靠保障，把就业服务真正送到车间工位、田间地头，送到每个有需求的残疾人身边。

（二）健全残疾人就业与就业扶贫服务政策体系，提升服务有效性和规范化、社会化水平。针对各级残疾人就业服务机构存在的服务能力不足的现实困难。各地一是要建立健全就业扶贫服务标准与规范流程。残疾人就业政策体系初步建立，但就业服务的制度化进程明显滞后，服务人员无据可依，心中无底，既没有压力也没有激励。干多干少一个样，甚至有可能多干多错，必须通过建章立制实现服务的专业化、标准化、公开化。二是完善政府购买就业扶贫服务的办法、流程。资源有限，要全方位、精细化的服务与培训，就必须既要靠政府也要靠社会。各地要积极培育市场和社会力量参与残疾人就业服务和职业培训工作，有效缓解服务能力不足的问题，形成多元参与、公平竞争的格局。最近几年，很多社会知名企业和机构找到各级残联合作，比如58同城、智联招聘、京东、淘宝、腾讯，但是到底能不能做？怎么做？缺乏具体规定，流程、责权不清，各地多有疑虑和担心，必须要建立制度，让各界充分信任、充分明确，让各级残联心里更有底，经得起审计、巡视的考验；三是要协助进一步完善就业促进政策。目前残疾人就业政策出台更多还停留在顶层，仍然缺乏实践检验，有些规定扶持力度不足，有些规定不一定符合地方的检验。今后几年，中国残联将以残疾人就业条例修订为抓手，不断完善各项就业政策，各地要积极搜集数据与材料，准确反映情况，为我们在与各级政府部门沟通和争取政策突破时提供依据。

（三）促进残疾人就业服务和培训转型，加快实现残疾人更高层次、更充分就业。对照当前我国就业格局的改变，转变服务与培训的方向与着力点。一是要推动残疾人就业向服务业领域转型。调整思路，大力扶持残疾人在服务业特别是现代服务业领域充分就业。要抓住“互联网+”的发展机遇，依托完善的电商产业链和蓬勃发展的民营经济，探索通过网络、电商平台开展就业创业。要结合残疾人特点开发就业岗位，很多地方做了很好的尝试，比如喜憨儿洗车、聋人快剪，很多行业都有与我们合作的积极性，大家要认真总结，要逐步形成规模、形成标准、形成影响，争取在几年内再打造几个类似盲人按摩的拳头产品。二是着力提升残疾人就业率，改善残疾人就业低水平、低收入的格局。一方面通过提升就业率，兜底就业困难残疾人，通过辅助性就业、灵活就业提高他们的收入和社会保障水平。一方面要下大力气提升残疾人自主就业创业、按比例就业的比例。各地要落实好刚刚印发的残疾人自主就业创业文件要求，加大对残疾人自主就业创业的扶持力度。充分抓住保障金调整对高收入企业形成有效压力的时机，大胆探索按比例就业新形式，扩大残疾人按比例就业规模，推动残疾人公务员招录。充分发挥技术能手重要作用，推动建设技能大师工作室，为培育残疾人创业带头人提供条件。三是要抓好残疾人大学生就业服务。每年2万名残疾人大学生是我们的重要人力资源，大家要高度重视这项工作，按要求提高服务覆盖和服务水平。

2018年是决胜全面建成小康社会、实施“十三五”规划承上启下的关键一年。我们要紧密围绕残疾人事业发展大局，在服务残疾人“十三五”发展规划中勇于担当。大家要切实以党的十九大精神为引领，全面开启残疾人就业服务工作新征程。希望各级残疾人就业服务机构齐心协力，密切合作，主动作为，全力保障残疾人就业局面稳中向好，确保顺利完成年度和“十三五”就业目标任务，为助力脱贫攻坚和加快推进残疾人小康进程提供有力支撑与保障，不断谱写残疾人美好生活新篇章。

吕世明在第十四届世界盲人联盟亚太区按摩研讨会开幕式上的讲话摘要

2018 年 5 月 8 日

保障残疾人平等权利、促进残疾人融合发展是世界各地、社会各界共同关心的议题。这些年，中国政府始终高度重视并积极推动残疾人事业发展，不断推进保障残疾人民生，提高残疾人基本公共服务水平，努力让广大残疾人共享美好生活。在促进残疾人发展的各个领域，我们与亚太地区各国家和地区也开展了一系列务实有效的合作，并结下了深厚的友谊。

长期以来，中国残联通过实施盲人按摩 5 年规划，盲人保健、医疗按摩事业平稳发展，人员队伍不断壮大；盲人医疗按摩管理服务体系基本建立，各项政策法规进一步完善，盲人医疗按摩人员在医疗机构中执业就业和开办盲人医疗按摩所的人数逐步增多。在国家政策的大力支持下，盲人按摩成为一条具有中国特色的盲人就业主渠道，对于解决盲人的就业问题、提高盲人的生活水平发挥了重要作用。在“十三五”期间，将进一步规范盲人按摩行业管理，进一步拓宽盲人按摩人员就业渠道。

促进盲人按摩行业发展是亚太区共同面临的课题。中国残联将一如既往地支持与推进中国与亚太区各国家和地区在盲人按摩领域的交流合作，为推进亚太区盲人按摩事业发展，共同增进包括盲人在内的全体残疾人的福祉、深化残疾人服务领域务实合作做出不懈努力！

二、政策规章

关于落实《助盲就业脱贫行动实施方案》工作要求的通知

残联厅函〔2018〕237 号

各省、自治区、直辖市残联，新疆生产建设兵团残联，黑龙江垦区残联：

日前，中国残联会同财政部、人力资源和社会保障部、国务院扶贫办印发了《助盲就业脱贫行动实施方案》（以下简称《实施方案》），为使助盲就业脱贫行动取得切实成效，提出如下工作要求。

一、组织领导

有助盲脱贫任务的省级残联由分管领导牵头，与财政、人力资源社会保障、扶贫部门有关负责同志定期进行工作协商，统筹推进助盲就业脱贫行动实施，省级残疾人就业服务指导中心（盲人按摩指导中心）负责各项具体组织实施工作，各级盲协全面配合同级残疾人就业服务指导中心（盲人按摩指导中心）。

各地要结合实际，协调财政、人力资源社会保障、扶贫部门，制定实施细则，明确部门职责，细化责任，落实行动经费，制定计划，10 月 31 日前完成专项部署，将助盲就业脱贫工作纳入残联重要工作及政府目标考核内容。

二、摸底调查

（一）各省级残联牵头，各省级残疾人就业服务指导中心（盲人按摩指导中心）具体组织，盲协配合，按照《实施方案》要求，以就业年龄段建档立卡 12.9 万视力残疾人为重点，通过入户调查、电话访问等形式进行培训需求核准，10 月 31 日前核准培训对象。

（二）对暂时没有培训和就业意愿的就业年龄段建档立卡视力残疾人，要多种形式反复动员其参加培训。

（三）各级残联要尽快全面掌握辖区内具有保健按摩职业技能培训资质的培训教育机构及培训能力情况。

三、组织培训

（一）培训工作原则上由地市级以上残联具体组织开展。

（二）培训机构应符合以下条件：

1. 培训机构应具备理论、实操教室，能够提供培训期间的食宿。

2. 教师应具有按摩相关中级专业技术职务以上任职资格，或具备高级保健按摩师以上职业资格，且必须具备 5 年以上按摩工作经验。

（三）培训课程主要内容及要求：

1. 推拿：具体技术培训内容及要求参照原《保健按摩师职业标准》。

2. 定向行走：能够熟悉使用盲杖，掌握明眼人带路、通过狭窄通道、180°转向、换边、通过门、上下楼梯、找座位、乘坐交通工具等技巧。

3. 生活能力：能够掌握独立完成穿衣、吃饭，较好处理人际关系，独立思考理解问题等能力。

4. 通用盲文：能够了解并初步掌握国家通用盲文的摸读和书写。

（四）各省第一批盲人保健按摩培训班应于 12 月 31 日前开班。

四、就业扶持

（一）各省级残联要积极协调财政部门，根据国家有关政策，结合当地实际，制定就业促进及一次性创业等各项补贴标准。

（二）各省级残疾人就业服务指导中心（盲人按摩指导中心）要做好用工单位需求调查，发挥各级盲协优势，通过微信等网络社交平台，收集盲人保健按摩机构用工需求，及时反馈至当地残疾人就业服务指导中心（盲人按摩指导中心）。

（三）对首次参加培训后就业的盲人，各地残联可设置 2—3 个月实习期，实习期内工资由当地残联负责，标准不低于当地最低工资标准。

五、经费保障

各级残联、残疾人就业服务指导中心（盲人按摩指导中心）要把助盲就业脱贫工作经费纳入预算，用足用好残疾人就业保障金，要采取措施向相对贫困地区倾斜，确保贫困地区盲人职业技能培训、就业、扶持等经费使用，同时积极协调财政、人力资源社会保障、扶贫部门，将培训、就业、扶贫项目经费向视力残疾人倾斜，保障助盲就业脱贫行动顺利开展。

六、督导检查

各地要逐级建立监督检查考核制度，要利用残疾人就业和职业培训信息管理系统，做好实名制培训各项数据的统计上报工作。中国盲人按摩指导中心负责全国助盲就业脱贫行动的具体组织实施及督导检查，按年度开展检查评估，督促落实，并建立通报公示制度。

七、其　他

（一）没有脱贫任务的省份，要参照《实施方案》及其工作要求，开展助盲就业专项行动。

（二）将帮扶贫困视力残疾人就业脱贫纳入东西部扶贫协作范围。东部经济发达省份从盲人按摩培训经费、师资力量、就业创业等方面向对口支援省份予以大力援助。

（三）各地在确保完成培训任务的条件下，对先期已脱贫但未就业的视力残疾人，应组织保健按摩培训，实现就业，实现巩固稳定脱贫，防止出现返贫现象。

中国残联办公厅
2018 年 7 月 20 日

关于做好第三届“中国创翼”创业创新大赛获奖残疾人选手就业服务工作的通知

相关省、自治区、直辖市残联：

由人力资源社会保障部、国家发展改革委、科技部、共青团中央和中国残联共同举办的第三届“中国创翼”创业创新大赛已于 10 月 15 日落幕，共有 16 名残疾人选手获得大赛专项赛组一、二、三等奖（名单附后）。人力资源社会保障部授予大赛胜出优秀项目“全国优秀创业创新项目”称号，将其纳入“中国创翼”项目库，向投资机构优先推荐，并提供长期跟踪服务。同时，鼓励各地人社部门将评选结果与落实创业扶持政策相结合，在入驻创业园区、发放贴息贷款、开展培训辅导、提供创业资金等方面给予优先扶持。为鼓励残疾人创业带动就业，现就有关要求通知如下：

一、主动联系地方人社部门，配合做好针对获奖残疾人选手的表彰、奖励等事宜，落实好各项创业扶持政策措施。

二、主动联系获奖残疾人选手，根据需求，确保其享受到 15 部门《关于扶持残疾人自主就业创业的意见》（残联发〔2018〕6 号）等相关文件关于扶持残疾人自主就业创业的税费优惠、金融财政、便利照顾等政策。

三、加强对获奖残疾人选手的宣传，树立残疾人自主创业典型，扩大残疾人创业项目影响和带动作用，鼓励更多残疾人参与创业创新。

中国残联办公厅
2018 年 10 月 30 日

三、中国残联实施《“十三五”促进就业规划》情况中期评估报告

《“十三五”促进就业规划》明确提出“统筹做好残疾人……等群体就业工作。消除针对特定群体的就业歧视，营造公平就业环境”“积极促进农村……贫困残疾人中的劳动力稳定就业和转移就业”。“十三五”以来，中国残联结合自身职责，积极配合政府有关部门，认真贯彻落实就业优先战略和积极就业政策，实施《“十三五”促进就业规划》，在促进残疾人群体就业方面做出了积极努力。

一、残疾人就业的总体情况

“十三五”以来，各级党和政府高度重视保障残疾人的劳动权利，不断加大就业援助力度，采取各种举措扶持、保护有就业需求和就业能力的残疾人实现就业创业。残疾人就业状况进一步改善，就业规模不断扩大，就业质量和就业稳定性不断提高，就业环境不断改善。

中国残联全国残疾人就业和职业培训信息管理系统显示，在有就业状况信息的持有残疾人证的就业年龄段（男性 16—59 岁，女性 16—54 岁）的 1703.5 万残疾人中，已就业 934.0 万，未就业 769.5 万，就业率为 54.8%，较“十二五”时有所提高。从残疾类别和就业类型来看，肢体、言语、听力、视力残疾人就业相对较容易，而智力、精神、多重类残疾人就业难度较大。残疾人就业多集中在农林牧渔业。

二、“十三五”以来所做的主要工作

“十三五”以来，中国残联和地方各级残联组织围绕着促进残疾人就业主要做了以下几个方面的工作。

一是协调推动有关部委，进一步完善残疾人就业促进政策。过去两年间，中国残联配合财政部与国税总局及时调整了残疾人就业税收优惠政策，进一步发挥税收促进残疾人就业的作用，有效调动用人单位安排残疾人就业的积极性。与发展改革委、人力资源社会保障部等八部委共同出台了发展残疾人辅助性就业的政策，明确辅助性就业这一针对残疾人就业困难群体的新的就业形式和各项扶持措施。与财政、民政制定了促进残疾人就业的政府采购政策，提出残疾人集中

就业单位、辅助性就业机构可享受政府采购扶持。与住房城乡建设、扶贫办和工青妇等15部门共同推出了扶持残疾人自主就业创业政策，明确了针对残疾人自主就业创业的行政、财税、金融等方面的优惠。与人力资源社会保障部共同印发了残疾人职业技能提升五年计划，全面部署“十三五”残疾人职业培训工作。这一系列扶持政策对促进残疾人就业创业发挥了积极作用。

二是以党政机关为突破口，推动各类用人单位按比例安排残疾人就业。2016年，中国残联在全国68个城市开展了用人单位按比例安排残疾人就业情况公示试点，通过公示、媒体监督等手段，进一步提高了各类用人单位的认识，促进了用人单位履行安排残疾人就业的法律责任和义务。为发挥党政机关带头作用，中国残联发挥国务院残工委办公室作用，经中组部和国家公务员局同意，积极协调国务院残工委成员单位带头安排残疾人就业。目前30余个国务院残工委成员单位中，12个单位已安排有24名残疾人公务员，10个单位报送了2020年前招录11名残疾人公务员的计划。党政机关带头安排残疾人工作在上海、浙江、北京、山东等部分省市取得重要进展，社会反响强烈。

三是探索发展残疾人辅助性就业，保障智力精神等就业困难残疾人劳动权利。参考国外和我国港台地区发展庇护性就业的经验，针对智力、精神和重度肢体残疾人就业困难的实际，中国残联大胆探索，提出了辅助性就业的概念，并在地方实践的基础上，认真总结经验，大力推广。它主要是指组织难以进入竞争性劳动力市场的就业困难的残疾人从事生产劳动的一种集中就业形式，在劳动时间、劳动强度、劳动报酬和劳动协议签订等方面相对普通劳动者较为灵活。这类机构普遍具有非营利性和社会福利性等特点。目前全国已建有残疾人辅助性就业机构2015个，安排就业的各类残疾人达13.9万人。

四是以规范残疾人就业服务机构建设为抓手，狠抓残疾人就业服务。2016年以来，中国残联在省、市两级开展了残疾人就业服务机构规范化建设，要求机构软硬件设施齐全，工作人员持证上岗，各项工作制度健全，广泛开展针对残疾人和各类用人单位的就业服务。同时，各级残联依托各级各类职业院校、社会培训机构在全国建立了超过6000家的残疾人职业技能培训基地，通过购买服务等方式，开展了200万人次的有针对性的职业技能培训，不断提高残疾人就业能力。

五是与人力资源社会保障部门合作，组织开展就业援助月和职业技能竞赛等专项活动。每年元旦春节期间，各地残联和人力资源社会保障部门都会组织开展以就业困难残疾人为重点援助对象的就业援助月活动，有针对性地开展政策宣传、就业咨询、职业介绍等活动，帮助残疾人实现就业创业梦想。“十三五”以来，各级残联与人力资源社会保障部门进一步规范和完善了各级各类残疾人职业技能竞赛。通过竞赛活动，有效调动了广大残疾人比学技能的积极性，提高了社会各界对残疾人能力的认知，促进了残疾人就业创业。

三、存在的主要问题及下一步工作思路

“十三五”以来，虽然残疾人就业取得了长足进步，但残疾人就业与国家总体就业状况相比仍存在较大差距，主要表现为：就业规模不大，就业稳定性差，相当数量的就业年龄段、具备劳动条件的残疾人尚未实现就业；就业层次不高，大多从事一些技术含量较低的工作；用人单位对残疾人就业能力仍缺乏正确认识，不愿聘用残疾人；就业促进的法规政策有待进一步完善或落实不到位，歧视、侵害残疾人劳动权益的现象还时有发生等。

下一步的工作思路和重点措施是：按照十九大的要求，坚持就业优先战略，进一步贯彻落实《“十三五”促进就业规划》，努力实现残疾人更高质量和更充分就业。启动《残疾人就业条例》修订工作，进一步明确政府和用人单位责任、保障和扶持措施及就业服务。加强法规政策宣传，加强检查和督导，把各项扶持措施和保护促进政策真正落到实处。进一步强化就业培训和就业服务，大力推广“互联网+”和政府购买服务等模式，改粗放为精准，提高针对性和有效性，逐步提升残疾人就业能力，加大就业岗位开发力度。

四、工作综述

2018年，结合“十三五”中期评估，通过进一步完善和落实残疾人就业扶持政策，加强残疾人就业服务制度建设，精准比对残疾人相关数据，开展政策落实和目标任务考核，促进残疾人实现多种形式就业。全国全年实现城镇新增就业11.83万人，农村24.88万人。其中，按比例就业4.64万人，集中就业8232人，灵活就业8.6万人，辅助性就业6838人，公益性岗位5642人，个体就业4.2万人。全年共培训83.9万人，其中新增49.3万人，完成年度任务的141.02%；培训建档立卡贫困残疾人21.7万人次；开展雇主培训6596家。

（一）推进国务院残工委相关成员单位及省级残工委成员单位带头招录残疾人公务员

在2017年摸底基础上，将相关信息反馈给国务院残工委成员单位核实，并进一步补充残疾人公务员具体信息。同时对省级残工委成员单位及其直属事业单位招录残疾人现状和计划进行摸底，根据各地上报数据汇总，截至2018年底，省级残工委成员单位共安置残疾人公务员1295名，所属事业单位安置残疾人8475名；至2020年，计划再招录147名残疾人公务员，所属事业单位计划再安排残疾人1269名。

北京市区两级拿出22个残疾人公务员岗位，不设工作经历和专业限制，学历放宽至全日制和在职大专以上，并为残疾人考生提供合理便利、集中考场、食宿及考场服务。辽宁省残联与省委组织部会商明确安置目标、设定安置时限、完善安置措施。上海提供20个公务员职位、38个事业单位岗位，最终市、区两级机关录用9人，事业单位录用8人，并首次联合市公务员局对38名残疾人公务员进行培训。江苏提供19个残疾人专项岗位，最终录取14人。浙江招录残疾人公务员27名、事业单位27名、国有企业正式职工47名。山东省市级定向招录残疾人公务员11人、事业单位7人。福建省残工委成员单位机关招录公务员3名、事业单位12名。市、县级残工委成员单位招录（聘）公务员（工作人员）31名，编外聘用34名。陕西省县级残联招录残疾人公务员4人。

（二）加大残疾人自主就业创业政策扶持力度

中国残联联合国家发改委等15个部门单位出台《关于扶持残疾人自主就业创业的意见》，明确为残疾人自主就业创业提供行政便利、税收优惠、收费减免、金融扶持、资金补贴等20余项扶持政策。北京、河北、山西、安徽、广东、广西、陕西、青海出台配套文件。北京将自主创业残疾人扶持标准分别提高至5万（个体工商户）和10万元（创办企业）。内蒙古投入残疾人就业创业项目补助资金2000万元，用于扶持各盟市残疾人就业创业工作。辽宁投入3072.8万元，用于支持残疾人个体就业创业及就业培训基地建设与运行补助资金。吉林制定省级残疾人创业孵化基地管理办法，并会同工商局制定文件，对残疾人个体工商户注册、全方位信息保障等方面开设绿色通道。山东省残联联合财政开展残疾人就业创业工程，对残疾人就业创业优秀基地、标兵、能手予以奖励。浙江制定省级残疾人创业孵化示范基地创建标准和补助标准，编印《全省电商助残案例汇编》，继续推广实施电商助残计划。安徽取消公共就业资金与残疾人就业资金不得重复享受的限制，投入7160万元用于补贴和奖励残疾人就业创业。江西印发《关于推进残疾人创业孵化基地建设的指导意见》，并成立省级残疾人创业孵化基地。福建为残疾人自主就业创业、灵活就业给予社会保险补贴达到2560.2万元。湖北投入资金250万元用于残疾人就业创业品牌基地建设，400万元用于扶持残疾人农家小店主和集镇小老板。四川实施城乡残疾人居家灵活就业民生工程，帮助66.6万人实现居家灵活就业。广西对个体经营和灵活就业残疾人按人社部门灵活就业人员缴费基数下限2/3（含）给予补贴，对非营利性灵活就业社会服务岗位预留10%优先照顾残疾人。海口市对残疾人创业注册为企业法人、民办非企业、个人独资企业或个体工商户的，按照近一年投入金额分别给予20%—10%的补贴。陕西安排专项资金1000万元，扶持2000名残疾人创业，安排专项资金40万元对创业孵化机构进行扶持。青海省残联协调财政厅、人力社保厅印发《残疾人自主就业创业资金管理办法》，对首次创业的残疾人按不低于月最低工资标准8倍给予一次性补贴；对残疾人申请个人贷款，用于灵活就业经营场所租赁、创业启动资金、设施设备购置的，按照每人不超过5万元贷款额度5%的标准给予贴息补贴。

（三）落实按比例就业、辅助性就业、集中就业等多种形式残疾人就业促进政策

2018年，北京、天津、山东、安徽等地出台扶持残疾人各类就业形式的综合性文件。浙江开展“残疾人就业创业提升年”活动。辽宁、浙江、安徽、福建、海南、贵州、甘肃多地对超比例安置残疾人用人单位予以奖励。陕西以省政府名义修订出台《陕西省按比例安排残疾人就业办法》，明确各部门和用人单位责任，以项目推动残疾人实现各种形式的就业。广西通过与税务部门比对个税申报与保障金申报工资数据，仅区本级就有80%单位为残疾职工补发了工资、补缴了社保、完善了劳动合同，全区按比例就业比2017年增长37%，安排残疾人就业单位比2017年增长46%。海南集体安排20名残疾人大学生在海南银行等10家国有重点企业就业。

河北、上海、浙江、江西、福建、贵州、青岛等地出台辅助性就业机构扶持办法。北京通过联合小米、网易、滴滴、外研社等企业，依托温馨家园等多种方式，建立100个帮扶性就业基地，残疾人与企业签订劳动合同，推进按比例就业与辅助性就业融合发展。广西召开现场会，推广北海“按比例就业+辅助性就业+托养”爱心车间模式。天津要求每个区至少建1所规范残疾人辅助性就业机构，统称“残疾人阳光工场”，并开发《辅助性就业信息管理服务系统》，推动机构规范管理。河北省残联协调省财政，明确省级资金对辅助性就业机构的扶持政策，并对市、县残联落实资金扶持政策提出要求。浙江将辅助性就业机构建设纳入省市政府残疾人重点工作责任书和省农办2018年浙江省乡村振兴考核内容。福建将落实残疾人就业政策情况列入省政府促进就业目标责任制督查考评，省级财政按每人5000元标准，对辅助性就业机构予以建设经费补助；市县根据自身财力状况参照执行；出台《关于进一步落实政府采购支持残疾人就业政策的通知》，对政府采购残疾人福利性单位产品给予10%价格扣除。湖南开展辅助性（支持性）就业机构配备就业辅导员试点工作，全省建成辅助性就业机构49家、支持性就业示范单位10家。贵州按照“机构+人员”方式对辅助性就业机构给予长效资金扶持。

（四）广泛开展残疾人就业服务与培训

继续完善残疾人就业与培训实名统计系统，通过目标责任制、定期通报等制度，明确职责，实现规范化、常态化管

理。截至2018年底，县级数据录入覆盖率达到99.34%。残疾人就业状况累计录入1694.8万人，录入率达95.97%，基本实现应录尽录。联合人社、财政、教育等部门制定关于残疾人就业援助、高校残疾人毕业生就业、助盲脱贫等政策，通过专项部署、实地督导和检查通报等方式，指导地方制定配套实施方案和具体措施。在云南、河南（焦作）等地试点工作基础上，与财政部等部门共同制定《助盲就业脱贫行动方案》，编写培训教材，召开工作推进会，指导各地制定实施方案，摸清底数，全面开展工作。通过购买服务、远程培训和校企合作等形式，开展丰富多样的技能培训。

辽宁5个地市对114家企业开展雇主培训。江苏通过政府公开招标，在全省范围内确定了12家人力资源公司开展残疾人就业服务工作。上海委托专业机构开展“创客201”运行孵化工作，为入驻残疾人创客提供各类创业支持服务，孵化率达到81.81%。湖南14个市州全部出台残疾人培训相关政策，同时建立残疾人就业创业项目库，发布手机维修、语音标注等项目31个；与58集团合作实施“互联网+公益助残就业”专项行动，开展58同城助残专员、残疾人招聘会等项目。广东省政府残工委按季度定期通报各地残疾人就业服务与培训工作开展情况。贵州各级残联与当地人社部门、农委等部门切实配合，积极将残疾人培训纳入全省贫困劳动力全员培训促进就业脱贫工作，帮助残疾人参加农村实用技术和职业技能培训。

（五）举办各类残疾人就业服务活动和残疾人职业技能竞赛

人力资源和社会保障部、中国残联共同举办2018年就业援助月和“就业帮扶，助残圆梦”活动，通过集中开展政策宣讲、精准识别、上门送岗、需求登记、专场招聘等活动，对城镇就业困难残疾人和农村建档立卡贫困残疾人开展就业帮扶，推动建立帮扶残疾人就业的长效机制。就业援助月活动共走访登记残疾人失业人员家庭20.3万户，登记失业残疾人30.3万人，组织专场招聘会3480次，实名纳入培训26.7万人，帮助实现就业4.08人，帮助18.5万名残疾人享受专项扶持政策。

30个省份组织开展了省级职业技能竞赛，累计设置职业技能项目508个，其中新设项目97个，湖北、重庆、甘肃和青海4地同期举办工作人员职业指导竞赛。北京、吉林、辽宁、江苏、浙江等地设置多个分赛区，调动了各地的积极性。北京按企业需求设置项目，在竞赛期间有1023名职业技能选手成功实现就业；河北、内蒙古、江苏对优秀选手授予省级五一劳动奖章、青年突击手、三八红旗手等荣誉称号；广东为优秀选手进行省级五一劳动奖章申报。

附录一

成都武侯区通过职业重建
提供系统的专业辅导及资源支持

分类培训残疾人
长了本事好就业

《人民日报》　张文　2018年6月14日

“您好，请问您到几楼？”走进成都武侯区一家大型商场的电梯，礼仪员小柳的微笑让人如沐春风。

小柳曾罹患脑瘫，但在经过训练后，已能胜任礼仪员的工作。昔日成天宅在家的她，如今不仅能领到每月3000多元的薪水，还认识了不少好朋友。

作为四川省残疾人就业先进单位，武侯区通过职业重建帮助了很多像小柳这样的残疾人实现就业。武侯区残联相关负责人介绍，职业重建指的是利用社会工作理念，为残疾人提供系统的专业辅导及资源支持，协助他们进入或重返职场，让他们与社会产生互动，自力更生。具体又有三种就业类型，分别为庇护性、支持性、一般性就业。

庇护性就业：帮助智力、精神障碍人士获得职业技能

“你咋不动呢？别的同学干活都干得很机灵。”在武侯区武晋路的“第二人生”咖啡馆，看着其他孩子动手冲茶、煮咖啡，而罹患自闭症的小岳却迟迟不动，他的妈妈有些焦急。

“别急，看他的表情，他是愿意学的，只是学得慢一些。”咖啡馆负责人张瑗告诉小岳妈妈，在庇护性就业环境中，不宜急躁，要认识到孩子的点滴进步都很了不起。

据介绍，庇护性就业，指的是对残疾人的一种保护性、过渡性的就业安置形式。智力、精神或肢体残疾程度较重的残疾人，往往难以通过一般途径实现常规就业，需要通过单一、重复性强的劳动，并配以生活能力训练、技能训练等，帮助其获得职业技能、逐步回归社会。

为实现这一目的，武侯区引进助残社会组织“第二人生”咖啡馆，作为庇护性就业实训基地，培训有轻度智力、精神障碍且具备工作能力的残疾人，帮助他们自食其力、融入社会。武侯区残联负责人表示，“第二人生”咖啡馆能为智力、精神障碍残疾人提供手工制作包装盒、蛋糕烘焙和磨咖啡等训练，不仅能通过经营餐饮实现盈利，而且为残疾人群体提供了与社会沟通的平台。咖啡店收益的一部分，也将用于帮助重度智力、精神障碍残疾人。

“蛋糕，尝尝吗？”经过两个月的庇护性就业实训后，小岳已经成为一名娴熟的蛋糕制作师和推销员。

武侯区残联在综合服务中心开设了残疾人实训课堂，由专业康复师指导残疾人扮演服务员、迎宾员、接线员等角色，为他们融入社会做好铺垫。

支持性就业：先安置、后培训，并由就业辅导员陪护

虽然说话一字一顿、不大流畅，但在工作时却表现得耐心细致——罹患自闭症的小志，被助残组织武侯区善工家园选拔出来、加以系统培训，与一家财产保险公司签订了用工合同，从事档案管理工作。

不过，小志还不能直接单独上岗，而是需要善工家园的专业人员带领上岗。“第一个月，有老师天天陪他上班，进行密集辅导；第二个月，是每周去一次；第三个月以后，是每月去一次。”善工家园负责人介绍说，“以后他完全独立上岗，我们还会通过电话跟踪，了解他的工作情况。”

“因为各种原因，智力、精神残疾人受教育程度普遍较低、就业能力极弱，成了最困难的就业群体之一。”武侯区残联有关负责人表示，残疾人的就业能力受到各种条件的限制，就业愿望也往往化作失望。职业重建，就旨在对残疾人生理能力、心理能力、认知能力等方面进行专业评量，并给予残疾人就业建议和指导，让他们重拾信心。

“职业潜力开发、就业辅导等，能够帮助残疾人提升就业能力和自信心。通过就业安置，又能提高全社会特别是用工单位对残疾人的认知度和接纳度，为残疾人参与社会生活营造良好氛围。”善工家园负责人胡斌介绍，支持性就业在充分考虑残疾人个体能力、兴趣、意愿的前提下，通过职业评估，推荐给用人单位，先安置、后培训，并由就业辅导员陪护就业，帮助其融入环境。截至目前，善工家园已培训数十名残疾人进入餐饮、保险等行业。

一般性就业：给予针对性训练，助其进入竞争性职场

“终于不用每天躺在家里耗费生命了。”今年33岁的刘军，在一场意外中高位截瘫，其后一直赋闲在家。在参加了武侯区举办的残疾人电子商务培训班后，他进入一家电商行业的科技公司，负责网络维护工作。繁忙的工作，让他重新充实起来。

武侯区残联相关负责人介绍，一般性就业就是有相关基础能力的残疾人训练后进入竞争性职场。此前，会由职业重建团队的职业培训老师对其进行针对性训练，使其具备独立完成工作的能力。

为帮助残疾人实现一般性就业，武侯区向社会公开招聘，组建了拥有社会工作师、助理职业指导师、康复医学治疗技师、心理咨询师等相关执业资质的专业团队，并引进资深精神科主管医师、绘画及手工艺制作等专业人员组成服务支持团队。此外，还有保险、餐饮等多家爱心企业为职业重建学员提供实习和就业岗位，帮助残疾人开展定向定岗培训，提升其就业质量。

比如，浆洗街道6万多常住人口中，处在就业年龄段的残疾人约有400名。该街道残疾人双创中心结合各类残疾人的创业、就业需求，定期举办唐卡制作、电子商务等课程，帮助近百名残疾人实现了就业。

“身体虽有缺憾，但通过职业重建，他们的人生依然可以精彩。”武侯区残联相关负责人表示，将继续打造残疾人就业服务品牌，通过政府主导、市场运作，整合社会资源，进一步促进残疾人就业、增加残疾人收入。（文中残疾人皆为化名）

附录二

民生三问·关注残疾人就业①

无声餐饮店，暖暖的体验

——没有言语交流，服务同样一流

《人民日报》 贺林平、程焕 2018年7月31日

开栏的话

国务院印发的《关于加快推进残疾人小康进程的意见》指出，没有残疾人的小康就不是真正意义上的全面小康，而残疾人奔小康的关键就是千方百计促进残疾人及其家庭就业增收。

残疾人就业，有哪些挑战和机遇？按比例就业、集中就业、自主就业创业、辅助性就业、支持性就业……残疾人该怎样选择适合自己的就业形态？即日起，本版推出“关注残疾人就业”系列报道，通过采访残疾人、相关部门和专家，讲述残疾人就业的故事，介绍帮扶残疾人就业的做法。

近来，全国各地出现了不少“无声店”——这些店的店员，大多是有语言、听觉障碍的残疾人。

无声服务，顾客体验如何？无声店员，就业环境怎样？记者走进广州的无声西饼店和贵阳的无声饮品店，一探究竟。

“他们懂得用双手创造美好生活”

广州白云，一间看似平常的西饼店。

“你在这里有什么收获？”看到纸上的这句提问，27岁的河北小伙王灿燃拿起笔，在纸上写下“有事业”三字，并在后面重重地划下一个感叹号。

给他带来事业感的，就是这间名为“无声的Cake”的西饼店。除了老板邱俊坤和店长外，其他员工都是像王灿燃一样的聋哑人。

周日下午，正是店里最繁忙的时候。店里十来个座位上都坐着人，收银台前有七八人在排队。顾客手里端着选购的甜点，静静地等待。

收银台内，一位小姑娘满脸微笑，在小本子上“刷刷刷”写下要与顾客交流的信息，递给排在最前面的顾客；顾客确认账单、结账成功后，高兴地向小姑娘点头，并弯弯拇指，表示感谢……这一切，尽在不言中。

无独有偶，贵阳也有这样的无声店。市民肖丽娟早听说有一家名为“无声饮品”的小店，这次正好来到附近，便想买杯饮料，体验一下无声服务。

不算宽敞的店面里，陈设得井井有条。一位头戴红色鸭舌帽的女孩微笑着向肖丽娟点头致意，并亮出写有“请问

您想喝什么”的纸条，指了指柜台上的菜单。肖丽娟心领神会，将手指停在菜单上的一处，完成了支付。女孩将打印好的标签贴到一个空杯上，递给了身旁的一个小伙子。随后，操作间里响起一阵机器运转的动静。不出两分钟，饮品就送到了肖丽娟手中。

“味道不错。静音版的服务，让人很新奇。”肖丽娟说，即使没有言语交流，也不会影响体验，因为店员的一举一动都流露出真诚，“他们懂得用双手创造美好生活。面对这群自力更生的年轻人，我的心里充满了敬意。”

这家“无声饮品”小店，目前共有3名全职员工和11名培训生，基本都来自一墙之隔的贵阳市盲聋哑学校。全职员工为毕业生，平均月收入超过2000元，还能享受每月300元的生活补贴以及免费集体宿舍。培训生则是在校生，利用课余时间到店里实习，每个月也能获得800元酬劳，毕业后可以留下来工作。

“获得了心底最渴望的尊重和认可”

广州“无声的Cake”，今年4月才开张。说起这家店的由来，邱俊坤打开了话匣子：“我在外学成后，回国进军西点师培训市场，在深圳开了几间学校。2009年，我碰到一个聋哑人刘良州，小伙子悟性高，3个月就学成了。但他找工作时，却碰了不少壁。我把他推荐到过去一个学生开的店里工作。没过几个月，听说他辞职了，这让我很受打击。”

邱俊坤到广州白云区办学后，又一位聋哑人张旭标找过来。邱俊坤同样教他技术、推荐工作，但没多久，他也离职了。就这样，邱俊坤在几年里陆陆续续接收了不少聋哑人学生。有一次，一位学生告诉他：老师，我们到别的单位工作，感觉很孤独、很另类。要是有那么个单位，里头都是我们这样的聋哑人一起工作，大家互相理解、互相认同，就好了。

邱俊坤深受触动，当场承诺，要开这样一家店。

承诺好说，事情难做。找人投资、寻觅场地、准备更多更细致的指示牌，这些都让邱俊坤费了不少劲。终于，第一家店开张了，店名借鉴了刘良州的网名——“无声的西点师”。至今，邱俊坤已开了两家店，聘了30多名聋哑人，第三家店也将在广州购书中心开张。

“无声的Cake”，也成了聋哑人的精神家园。张旭标从一位内向的小男孩，蜕变成为一名阳光开朗的面点师；干活认真的王灿燃，成了这间店的副店长。

另一边的“无声饮品”，则是贵阳市盲聋哑学校的一个校企合作项目。去年9月开始，当地一家餐饮企业陆续在贵阳创建了4家饮品店，为该校近50名聋哑学生提供实习和就业平台。

“当时以为只要稍微培训一下他们，就能顺利上岗。没想到，他们的防范心理很强。”项目负责人田建民说，为了让学生们转变心态，他决定在进店实习之前，先开展半个月的封闭式集训，聘请经验丰富的培训老师，引导他们以积极的心态融入社会生活。

“解开了心结，问题迎刃而解。”田建民表示，聋哑学生的专注力很好，一旦进入状态，就会全身心投入学习，直到熟练掌握每一道饮品的制作工序。

今年19岁的黄云城，因年幼时的一场急病，造成听力严重受损，表达能力也发生退化。小时候经常受到嘲笑，使得他对外界充满不信任。进了特殊学校，他仍爱摆出一副刺头姿态，以防再受欺负。而在实习后，黄云城不仅学会了饮品制作，笑容也比以前更为灿烂，还成了店里的“总教头”，负责培训实习生。

黄云城用手语表示，饮品店不仅帮自己实现了经济独立，而且让自己获得了心底最渴望的尊重和认可。等攒够了钱，他也准备开一家自己的店。

“希望这个店不仅能养活自己，还能回馈社会”

在开店过程中，邱俊坤感受到了来自全社会的关爱。他希望今后能得到更多的帮助：“比如，我们开的第三家店，月租金就比较高。能给我们减免一点，就好了。”

不过，每当有顾客提出捐款时，邱俊坤都会婉言谢绝。在他看来，接受捐款可能会让孩子们习惯“等靠要”，击垮他们好不容易树立起来的自信、自尊。他还和店员达成共识，要把利润的1%拿出来，捐给社会弱势群体。“希望这个店不仅能养活咱们自己，还能帮助别人、回馈社会。”

一直关注“无声的Cake”发展的广州市白云区残联副理事长杜霞说：“相较同情、怜悯，残疾人更需要的是融入社会、自食其力，是平等和尊重。这启发我们，今后要更多地与企业、社会携手，共同营造公平开放的社会氛围。”

贵阳市盲聋哑学校目前在校学生近300人，高中毕业生除去继续升学者，每年约有30人将要走向工作岗位。这些学生的就业问题，是校长但琪琳最操心的一件事。

“不是把学生送出去就了事，关键要帮助他们留得下、稳得住。”但琪琳说，对于“无声饮品”这个项目，学校考察了1年多，才与企业达成合作，目的就是要确保学生能在社会环境中得到实践锻炼，提前将课堂知识转化为生存技能。

为鼓励和帮助残疾人创业就业，今年1月，贵阳市残联联合市财政局、人社局出台《贵阳市残疾人创业就业扶持办法》，就残疾人创业就业的示范基地、经营场所租金等9大类项目推出了14条扶持政策，调高相关补助标准、新增部分扶持项目、扩大扶持对象范围。

田建民表示，未来将进一步优化校企合作的内容与形式，把残障学生的就业技能培养逐步向创业能力提升转变。“准备在学校举办技能大赛，将饮品店的部分股权分享给表现突出的学生，为他们搭建更广阔的舞台。”

附录三

民生三问·关注残疾人就业②

找工作，也能走“无障碍通道”

——各地想方设法为残疾人拓宽就业渠道

《人民日报》　方敏、张枨、扎西　2018年8月2日

核心阅读

当前，不少地方都在想方设法为残疾人找工作铺就“无障碍通道”。有的通过福利企业集中安置残疾人；有的通过提供场地和培训，扶持残疾人自主就业创业；有的鼓励用人单位安排残疾人按比例就业。不少残疾人可以拿到高于同行业、同岗位的工资，并跻身新型行业、核心岗位。

近年来，残疾人就业渠道进一步拓宽，越来越多的残疾人能够在工作中实现自我价值。

在我国，集中就业、自主就业创业、按比例就业等残疾人就业形态，发挥着重要作用。福利企业如何集中安置残疾人就业？残疾人自主就业创业，政府该如何帮扶？按比例安排残疾人就业制度，发展情况如何？记者在多地进行了采访。

集中就业，工资额外发，社保有补助

“软化板及铅笔制造企业1家、竹木加工企业4家……”说起县里参与集中安置残疾人的福利企业，浙江省丽水市庆元县人社局乡镇社会保障员吴菁华如数家珍。这些企业职工总数213人，其中残疾人101人。

在浙江贝斯特软化板有限公司，制笔车间里有不少坐着轮椅来上班的残疾职工。“这些工作不需要来回跑动，腿脚有残疾的人适合在这里工作。”公司负责人吴明玉介绍说，“目前，我们已经一次性安置了48名残疾员工。福利企业给残疾人的工资，一般是同行业、同岗位的120%，最高的能达到7000多元。还有社会保险费方面，残疾人个人需要缴纳的部分，我们会适当给予补助。”

面向集中安置残疾人的福利企业，庆元县也出台了支持政策。对于企业实际缴纳的社会保险费，给予50%的补助。对于超比例安置残疾人的福利企业，其安置残疾职工比例超出25%的部分，每人每年按当地最低工资标准给予1个月的奖励。

除了福利企业集中安置外，庆元县还设有公益性岗位。庆元县松源街道的沈建成，之前在一家建筑公司打工，不幸从高处跌落，造成三级肢体残疾。沈建成再去找工作时，总不如意，收入时断时续，生活陷入困境。前不久，在全县残疾人就业创业情况摸底调查中，吴菁华了解到沈建成的困难，协助他报考了定向招考残疾人的公益性岗位。

“残疾人虽然身体有缺陷，但求职意愿强、工作责任心强，是不可多得的好职工。”庆元县人力社保局局长胡小灵说，目前全县共有102个面向残疾人的公益性岗位。其中，乡镇街道的残疾人专职委员11个，村庄、社区的残疾人专职协理员60个、残疾人环卫工31人。庆元县自开展“一对一精准助残”专项行动以来，已有1472名残疾人实现再就业。

自主就业创业，建爱心摊位，改培训模式

“自从有了残疾人创业爱心小屋，终于不用再像以前那样，风里来雨里去地遭罪了。”内蒙古通辽市科尔沁区的王世贤说。

过去20多年，身患残疾的王世贤一直和妻子流动卖水果。由于没有固定的经营场所，收入很难保障。好在，今年助残日这一天，他的困境得到了解决。通辽市科尔沁区的80家残疾人创业“爱心小屋”集体开业，他通过抽签得以免费入驻，拥有了自己的店面。

“今年我们向政府申请了50万元资金，联合市场管理公司、城管等部门打造了‘残疾人就业一条街’，在交通便利、人流量大、创业条件比较成熟的地段设立了80个‘爱心小屋’，免费提供给残疾人商户使用两年。”通辽市科尔沁区残联教就部主任曹春妍介绍说。除了2000元押金外，入驻的残疾人商户不需交纳任何其他费用。当地通过抽签形式，确定“爱心小屋”的编号和位置，统一地点、统一标识、统一管理，扶持残疾人创业。

像王世贤一样的残疾人，在科尔沁区还有很多。由于缺乏一技之长，他们的就业创业难度较大。而以往的培训，有些采取填鸭式的培训模式，人员多、时间短，残疾人对培训的内容不能充分理解，培训效果不明显。

“近年来，我们对培训工作进行了改革，变大班制为小班制，变短班制为长班制，学员什么时候完全学会，什么时候结业。”曹春妍说，“在培训内容上，我们选择适应市场、利于创业就业、门槛低、小而精、接地气的项目，聘请各行业的行家里手作为讲师，让残疾人学员在掌握技能的同时，还能深刻了解行业的动态，激发他们的创业就业意愿。”为此，科尔沁区残联相继开办了残疾人磨工、电子商务、收银员（会计）、手工编织、葫芦雕刻等职业技能培训班，取得了较好的效果。

今年46岁的“袖珍人”李莹，通过参加培训，掌握了手工编织和葫芦雕刻两项技能。经过不懈钻研，她还学会了在鸡蛋上雕刻的技艺。如今，她通过“爱心小屋”开办了一家手工作坊，出售她制作的手工艺品。“现在我也能靠自己的双手，来编织美好的生活了。等将来生意好了，我希望有能力回报社会，造福其他的残疾同胞。”李莹表示。

按比例就业，岗位在升级，企业也受益

在渣打环球商业服务有限公司的办公大楼内，小张正忙碌着。1年前，他从天津理工大学聋人工学院毕业后，通过市残联组织的专场招聘会，成为公司行政部门的文员。

在天津市推动残疾人按比例就业中，渣打环球商业服务有限公司表现较为突出。“2017年，我们新增录用残疾人13

名，整体残疾人用工人数比2016年增加3倍多。”该公司人力资源总监张融说，“近年来，越来越多的岗位向残疾人就业者开放，包括一些核心岗位。”

张融算了笔账：每招收1个残疾人，就会为企业节省5万元至6万元的残疾人保障金。通过安排残疾人就业，公司可获得残疾人保障金减征，及残疾员工个人所得税方面的优惠政策。

目前，天津市有残疾人79万，其中持证残疾人32万。《天津市残疾人就业保障金管理办法》规定，用人单位安排残疾人就业的比例低于本单位在职职工总数1.5%的，要缴纳保障金。征收的残疾人就业保障金，纳入地方一般公共预算统筹安排，主要用于支持残疾人就业和保障残疾人生活。

2014年，天津市委组织部等7个部门联合出台《关于促进残疾人按比例就业的实施意见》，明确提出：党政机关、事业单位及国有企业应当为全社会做出表率，率先招录和安置残疾人，应当按规定预留一定数量的岗位用于按比例安排残疾人。到2020年，所有市级党政机关、区县人民政府残疾人工作委员会每个成员单位至少安排1名残疾人。

今年全国助残日，天津市将助残日升级为助残月，市残联联合市人力社保局、市国资委等部门举办天津市残疾人专场招聘活动，组织217家用人单位提供1200余个就业岗位。

天津市残疾人劳动服务中心职介服务科科长周萱介绍，为推动残疾人按比例就业工作，天津市定期举办残疾人雇主培训会，用实际案例介绍残疾人就业保障金政策及促进残疾人就业的各项补贴制度，提高用人单位安置残疾人就业的意识，指导用人单位开发适合的残疾人岗位。越来越多的企业开始接纳残疾人就业，提供的职位也从体力劳动拓展到动画设计、软件开发等新型行业。

附录四

民生三问·关注残疾人就业③

940万残疾人就业是怎样实现的？

《人民日报》　潘跃　2018年8月6日

核心阅读

截至2017年底，我国城乡残疾人就业人数942.1万，扶持和保护残疾人就业的政策体系不断完善。拓宽残疾人就业渠道，需要进一步完善就业促进政策，还需积极探索就业新形式新模式，面向基层大力提升就业服务精准化水平，引导用人单位履行按比例就业的责任和义务。

据2017年中国残疾人事业发展统计公报，截至2017年底，我国城乡残疾人就业人数是942.1万人。残疾人就业，有哪些特点、难点？怎么帮助残疾人找到适合的岗位？未来还需要哪些相关举措促进残疾人就业？记者就此采访了中国残联教育就业部主任张新龙、中国人民大学劳动人事学院教授杨立雄。

问：就业扶持有哪些？

记者：目前，我国残疾人就业现状如何？就业形势的发展情况又如何？

张新龙：据中国残联统计，十八大以来的五年，城镇残疾人新增就业超过100万。截至2017年底，在全国持有残疾人证的就业年龄段的1755.3万城乡残疾人中，已就业残疾人942.1万。

近年来，为促进残疾人就业，我们主要做了以下工作。

建设全国就业年龄段残疾人就业和培训实名制信息系统。目前各级残联已全部建立了残疾人实名制信息系统，即全国近1800万城乡持证残疾人都有就业和培训状况的基础档案，且实现动态更新。近年来，中国残联又与教育部合作，建立了应届高校残疾人毕业生信息共享机制，准确掌握了每年残疾人大学生的实名数据。

不断完善扶持和保护残疾人就业的政策体系。近年来，相继出台了残疾人按比例就业、辅助性就业、自主就业创业以及残疾人税收优惠、政府采购、残疾人就业保障金征收使用管理、《残疾人职业技能提升计划（2016—2020年）》等一系列扶持和保护残疾人就业的政策，不断加大对残疾人的就业援助力度。残疾人就业已经形成了按比例就业、集中就业、自主就业创业、辅助性就业、支持性就业等多种就业形态并存的格局。

建立覆盖城乡的残疾人就业服务网络。中国残联通过加强各级残疾人就业服务机构规范化建设，使之为残疾人提供就业服务的能力显著提升。目前，3000家残疾人就业服务机构可以向城乡残疾人提供就业政策咨询、求职登记、职业介绍等多项就业服务。各级残联依托各级各类职业院校、社会培训机构已在全国建立了超过6000家的残疾人职业培训基地。全国每年举办各类残疾人职业培训班实名培训残疾人60余万人。

广泛开展就业援助和职业技能竞赛活动。每年元旦春节期间，各地人力资源社会保障部门和残联联合开展以就业困难残疾人为重点援助对象的就业援助月活动，每年帮助数万余名残疾人实现就业创业梦想。中国残联举办了全国残疾人职业技能竞赛，组团参加了国际残疾人职业技能竞赛，年度残疾人岗位精英竞赛已成常态，省、市、县残疾人职业技能竞赛持续开展，有效调动了广大残疾人比学技能的积极性。

问：就业质量咋提高？

记者：残疾人在就业竞争中处于相对弱势的地位。如何为他们找到就业的出路？如何让残疾人生活得更有尊严？

张新龙：要让广大残疾人增加收入，实现更加充分和更加高质量的就业，还存在不少困难。如残疾人就业规模增加缓慢、就业层次仍不高，有的残疾人主要依靠家庭成员供养，残疾人就业服务与培训供给不足，日趋激烈的市场竞争对残疾人就业存在潜在影响，少数用人单位不积极履行安置残疾人就业的责任和义务。

杨立雄：改善残疾人就业困境，需要从以下几个方面进行改革。

从数量考核向质量考核转向。从就业质量看，多数残疾人从事临时性工作、灵活就业以及小本经营，就业质量不高。随着生活水平和受教育水平的提高，越来越多的残疾人追求个性化发展，对上述职业不感兴趣，即使失业也不愿将就就业。这就要求相关部门转变残疾人就业服务方式，今后应以提升就业质量为目标，做好残疾人就业服务和就业支持，尤其是要加强残疾人与就业相关的社会保障工作。

大力发展按比例就业。按比例就业容量大，就业质量高，也有利于残疾人的社会融合，因此应该成为残疾人的主要就业渠道。要促进按比例就业，需要做好以下工作：建立残疾人按比例就业公示制度。对于严格履行按比例就业制度的单位给予公开表扬，对于未严格履行按比例就业制度的单位给予批评。

加强人力资源开发，提升就业能力。提升残疾人人力资源，需要做好以下工作：预防先天残疾，减少职业伤害和疾病导致的残疾；提高医疗卫生水平，做好抢救性康复和职业康复，增进残疾人的身心健康；发展初级、中级特殊教育事业以及残疾人职业技能培训，提高残疾人科学文化以及劳动技能；提高合理配置残疾人力资源，提高残疾人扶贫的工作效率，保护残疾人劳动就业。

消除就业歧视，构建公平就业环境。完善残疾人法律救济制度，切实保障其权利的行使。

问：怎样拓宽就业路？

记者：未来将有哪些相关举措促进残疾人就业？

张新龙：中国残联将配合政府有关部门，继续实施就业优先战略，坚持在发展中保障和改善民生，不断完善和落实残疾人就业政策，聚焦高校残疾人毕业生和农村贫困残疾人，统筹推进城乡残疾人就业工作。主要做好以下工作。

进一步完善残疾人就业法规政策。进一步完善残疾人就业促进政策，让已出台的残疾人就业促进政策进一步落地。通过建章立制，大力开展残疾人职业培训，转变残疾人就业服务机构的职能。建立健全就业服务标准与规范流程，实现残疾人服务的专业化、标准化，不断完善和规范政府购买残疾人就业服务办法，积极培育市场和社会力量参与残疾人就业服务和职业培训工作，有效缓解残疾人就业服务能力不足的问题，形成多方参与、公平竞争的格局。认真落实好各项就业扶贫行动，开展“一户一策”就业扶贫项目，确保建档立卡贫困残疾人如期实现脱贫致富。

积极探索残疾人就业新形式新模式。目前，我国服务业已经成为就业增长的主要渠道，结合残疾人自身特点，应大力扶持残疾人在服务业特别是现代服务业领域充分就业。利用“互联网＋”的发展机遇，依托完善的电商产业链和蓬勃发展的民营经济，探索通过网络、电商平台开展残疾人就业创业。打造一批成规模、有影响的残疾人服务业品牌。着力提高残疾人就业率，改变残疾人就业低水平、低收入的格局。下大力气提高残疾人按比例就业、集中就业的比例，提升残疾人就业层次和收入水平。重点抓好高校残疾人毕业生就业创业工作，做好一对一就业服务。

面向基层大力提升残疾人就业服务精准化水平。加强与其他部门沟通配合，实现残疾人就业数据共享。依托残疾人就业大数据对残疾人就业工作做出分析预判，提出有效方案，创新服务措施，规划服务项目。让残疾人就业实名数据，成为反映残疾人需求、制定残疾人就业政策、为残疾人提供精准化就业服务的重要基础性工作。

引导用人单位履行按比例就业的责任和义务。加强宣传力度，营造良好的残疾人就业社会环境。让用人单位充分了解按比例就业制度政策，积极开发工作岗位安排残疾人就业。积极推动各级党政机关带头安置残疾人就业。加大奖惩力度，对积极安置残疾人就业用人单位给予宣传表彰，逐步建立按比例就业公示制度，加强对既不安置残疾人也不缴纳保障金的用人单位的惩戒，确保政策严肃性、公平性。

（周凯供稿）

残疾人社会保障工作

一、领导批示

2018年4月，李克强总理、王勇国务委员就城镇因病因残致困人员情况做出重要批示，督促民政等相关部门做好城镇困难人员脱贫解困工作。民政部就城镇困难人员脱贫解困开展了调研并组织相关单位进行了研讨，中国残联积极参与，就城镇困难残疾人生活情况和需求进行了反映，并提出“实施低保减退期，提高残疾人就业积极性”，“充分考虑残疾人家庭支出性贫困问题，在收入和财产核算中予以适当核减”，“加强残疾人救助服务，通过购买服务等形式为有需要的残疾人提供救助”等意见建议，得到吸收采纳，最终由民政部门形成相关报告上报国务院。

二、工作综述

（一）进一步完善残疾人“两项补贴”制度信息平台建设和相关工作机制

2018年，中国残联积极协调民政部相关部门开展合作，共同做好残疾人“两项补贴”信息平台的设计建设和数据共享工作。12月12日，民政部、中国残联联合召开残疾人“两项补贴”信息系统全国上线运行视频会议，传达了《民政部办公厅 中国残联办公厅关于做好全国残疾人“两项补贴”信息系统全国上线运行有关工作的通知》，正式启动“两项补贴”信息系统全国上线运行工作，实现了全国“两项补贴”规范化申领和基本信息的实时监测、比对、分析和动态管理，为下一步政策的完善提供充分的数据支持。截至2018年底，残疾人“两项补贴”基本实现符合条件的残疾人全覆盖，超过2000万人次受益。

（二）加强残疾人社会救助政策与其他社会保障政策工作的衔接

3月，程凯副理事长带队与民政部举行专题会谈，就下一步残疾人福利和救助相关工作达成共识。会后，中国残联积极会同民政部落实两部门会谈成果，一是起草并签订残疾人人口数据库和民政最低生活保障数据库的定期比对协议，首次在两部门之间建立低保数据的定期比对机制，极大地加强了残疾人低保数据的精确性，夯实了残疾人社会救助工作的基础。二是注重政策整合，联合民政部福利和慈善事业促进司、救助司及学界专家等就农村残疾人集中托养模式开展调研，探索解决未纳入特困供养的农村重度贫困残疾人的基本生活照护问题，形成了指导意见初稿。三是积极贯彻落实《关于进一步加强基层社会救助部门协同的意见》（民发〔2017〕115号），针对基层在落实社会救助制度过程中存在的部门配合不力、政策衔接不畅等问题提出相应的任务要求和措施，力求全面加强政策合力，保障包括困难残疾人群体在内的社会救助对象真正在基层政策实施过程中得到实惠。

（三）着力加强残疾人参加基本养老保险工作

积极指导各地组织和帮助残疾人参加城乡居民养老保险。按照中国残联办公厅《关于进一步做好残疾人参加城乡居民基本养老保险工作的通知》（残联厅发〔2017〕44号），指导各地积极配合相关部门落实社会保险扶贫扶助政策。与国务院扶贫办、残疾人基本服务状况与需求动态更新等开展数据比对，精准掌握符合条件但尚未参保的建档立卡户名单并及时将参保情况发给各省区市，让各地在推动提升建档立卡残疾居民养老保险参保率工作的过程中有的放矢、精准发力，截至2018年底，符合条件的建档立卡残疾人参加城乡居民养老保险参保率达到85%，超过残疾居民80%的平均参保率。

（四）加强能力建设，推动托养服务规范化

协调全国服务业标准委员会组织召开两次专家评审会议，共同推动《就业年龄段智力、精神及重度肢体残疾人托养服务规范》（残疾人托养服务国家标准）的评审工作，于2018年底前完成全部专业内容部分的评审，并经过国家标准委评审中心的审核，正式进入国家标准委相关司局的行政报批程序。

委托相关专家编撰《残疾人托养服务理论与实践》一书作为托养服务培训教材，并组织学界专家、有关部委部门和地方残联同志多次对教材进行研讨和评审，于2018年底

完成定稿交付出版社正式出版发行。

在北京和无锡分别举办了两期全国性残疾人托养服务管理干部培训班和机构服务人员见习培训班，并分别针给河南、广西和新疆兵团三地的残疾人托养服务从业人员举办三期分省集中培训班，直接培训约500人。截至2018年底，全国共有残疾人托养服务机构8435个，为22.3万残疾人提供了机构托养服务，88.8万残疾人接受居家服务。2.2万名托养服务管理和服务人员接受各级各类专业培训。

三、重要条目

【全国残疾人“两项补贴”信息系统】 为提升困难残疾人生活补贴和重度残疾人护理补贴申请发放的信息化水平，相关部门组织开发建设了全国“两项补贴”信息系统。该系统采取大数据集中方式管理，可支持部、省、市、县、乡五级的使用与管理工作。系统与残疾人口数据库实现数据实时共享共用，具备补贴申请、审核、发放、查询、统计分析等功能，便于形成全国有机系统构架。9月，系统开始在安徽省开展试点，取得了良好的成效。12月，民政部办公厅、中国残联办公厅联合印发《关于做好全国残疾人“两项补贴”信息系统全国上线运行有关工作的通知》并召开视频会议，正式启动“两项补贴”信息系统全国上线运行工作，实现了全国“两项补贴”规范化申领和基本信息的实时监测、比对、分析和动态管理，为政策的不断完善提供了充分的数据支持。

（李凌之供稿）

残疾人扶贫工作

一、领导讲话

程凯在因残致贫家庭脱贫攻坚暨失能贫困重度残疾人照护和托养工作现场会上的讲话

2018 年 5 月 25 日

今天，我们齐聚河南省驻马店市，共同召开因残致贫家庭脱贫攻坚现场会，分析当前贫困残疾人脱贫攻坚的形势和困难，探讨解决贫困重度残疾人脱贫的措施和办法。

我们一起实地观摩了驻马店市上蔡县、平舆县两个国定贫困县开展贫困重度残疾人集中托养工作的创新实践，还观看了 5 个地方贫困残疾人集中照料、邻里照护等方面工作的交流视频，国务院扶贫办夏更生同志和民政部徐建中同志对贫困残疾人脱贫工作提出了很好的意见，让我们感触颇深，启发很大。下面，结合当前贫困残疾人脱贫攻坚工作和这次会议任务，讲几点意见。

一、坚决贯彻落实习近平总书记关于贫困残疾人脱贫攻坚的重要指示精神

贫困是影响广大残疾人如期实现全面小康的最大障碍，脱贫是贫困残疾人及其亲属最大的期盼。党的十八大以来，习近平总书记多次就因残致贫问题和贫困残疾人脱贫攻坚做出重要指示。

一是鲜明提出了“因残致贫”问题。2016 年 4 月 24 日，习近平总书记在安徽金寨考察时深刻指出，因病、因残致贫问题时有发生，扶贫机制要进一步完善兜底措施。

二是明确了贫困残疾人是当前脱贫攻坚的重点群体之一。2017 年 2 月 21 日，习近平总书记在中央政治局集体学习时指出：从群体分布看，残疾人、孤寡老人、长期患病者等无业可扶、无力脱贫的贫困人口，以及部分教育文化水平低、缺乏技能的少数民族贫困群众，需要通过加大投入、完善社会保障来实现脱贫。要把深度贫困地区作为区域攻坚重点，把贫困老年人、残疾人等作为群体攻坚重点，把因病致贫返贫和住房安全作为工作攻坚重点，确保在既定时间节点完成脱贫攻坚任务。

三是指出“无业可扶、无力脱贫”是当前贫困残疾人滞贫的重要原因。2017 年 6 月 23 日，习近平总书记在太原深度贫困地区脱贫攻坚座谈会上指出，如期实现脱贫攻坚目标，平均每年需要减少贫困人口近 1100 万人，越往后脱贫成本越高、难度越大。在群体分布上，主要是残疾人、孤寡老人、长期患病者等“无业可扶、无力脱贫”的贫困人口以及部分教育文化水平低、缺乏技能的贫困群众。

四是要求聚焦残疾人等特殊贫困人口精准发力，强化保障性扶贫，坚决攻下坚中之坚、贫中之贫。2017 年 12 月 28 日，习近平总书记在中央农村工作会议上再次指出，未来 3 年还有约 3000 万贫困人口需要脱贫，但结构发生了很大变化，3000 万人中持证残疾人和 65 岁以上的老人就超过 1000 万，必须坚持精准施策。要聚焦特殊贫困人口精准发力，加快织密筑牢民生保障安全网，把没有劳动能力的老弱病残等特殊贫困人口的基本生活兜起来，强化保障性扶贫。要着力补齐贫困地区基础设施和公共服务短板，全面改善贫困地区义务教育基本办学条件，加强贫困地区妇幼、老人、残疾人等重点人群健康服务。要制定打好精准脱贫攻坚战三年行动指导意见，以深度贫困地区和特殊贫困人口为重点，加大资源整合和政策倾斜力度，精准施策，坚决攻下坚中之坚、贫中之贫。

五是再次强调化解“因残致贫”等特殊贫困群体难题是打好脱贫攻坚战最为突出的挑战。2018 年 2 月 12 日，习近平总书记在成都召开的打好精准脱贫攻坚战座谈会上再一次强调，当前建档立卡贫困人口中，因病、因残致贫比例居高不下，这些人群的比例越往后将会越高，是贫中之贫、坚中之坚。化解特殊贫困群体难题是打好脱贫攻坚战面临的最为突出的挑战。

习近平总书记的这些重要指示，科学分析了当前贫困残疾人等特殊贫困群体的现实状况，反复强调了精准聚焦的方向，明确提出了贫困残疾人脱贫的具体要求，为当前和今后贫困残疾人脱贫攻坚指明了方向。我们要认真贯彻落实并结合实际，聚焦最突出的短板，主动面对突出挑战，瞄准最需要解决的突出问题精准发力，全力打好贫困残疾人脱贫攻坚战。

二、精准把握当前贫困残疾人脱贫攻坚的现实状况

党的十八大以来，贫困残疾人脱贫攻坚被纳入国家扶贫开发大局，重点推进，国家有关部门出台了一系列残疾人扶贫的政策文件，在地方各级党委政府的有力扶持下，贫困残疾人数量逐年减少，贫困残疾人家庭“两不愁、三保障”得到较好保障，广大贫困残疾人及其亲属对如期实现脱贫充满信心。五年来，有超过500万的贫困残疾人摆脱贫困，家庭生产生活状况得到明显改善；300多万有劳动能力和意愿的贫困残疾人通过实用技术培训掌握了1门以上的劳动技能；44.5万贫困残疾人家庭通过实施农村危房改造，住房条件得到明显改善；8.3万贫困残疾人通过康复扶贫贷款支持，有效缓解了生产资金短缺的困难。困难残疾人生活补贴和重度残疾人护理补贴制度的全面建立，让全国2100万残疾人从中受益，“两项补贴”已成为当前贫困残疾人摆脱贫困的重大制度支撑。虽然贫困残疾人脱贫攻坚取得了历史性重大成效，但随着脱贫攻坚的不断深入，未脱贫贫困残疾人家庭的特殊困难和问题也更加凸显。

（一）贫困残疾人数量多、占比高，脱贫难度大。当前，全国3000多万建档立卡贫困人口中，残疾人就有281万，约占10%，一些地方的占比还更高，随着贫困人口的不断减少，贫困残疾人的占比还会越来越大。未来3年，每年至少要减少100万以上的贫困残疾人，才能确保贫困残疾人脱贫攻坚任务顺利完成，时间紧、任务重。一是贫困残疾人家庭的收入来源主要依靠最低生活保障、“两项补贴”等转移性收入，约占家庭总收入的46.9%；二是有慢病和大病、病残一体者多，长期服药和门诊报销困难，家庭医疗自费支出比例大，约占家庭支出的28.3%，是普通家庭的2.1倍。

（二）因残致贫家庭的问题和困难突出。一是精神、智力和重度肢体残疾儿童抢救性康复不及时，接受义务教育难度较大，既给家庭带来照护负担，又造成残疾儿童失学；二是成年精神、智力和重度肢体残疾人即使“脱了贫，也解不了困”的矛盾十分突出，贫困重度残疾人的托养照护需求迫切，目前，在281万建档立卡贫困残疾人中，重度残疾人就有139万，其中50%以上有长期托养照料需求，一户多残、以老养残的贫困家庭问题更加突出。

（三）乡村为残疾人服务的能力不足，贫困残疾人家庭生活质量亟待提高。一是农村康复、托养等残疾人服务资源严重不足，专业服务人员极为匮乏，无法服务兜底保障贫困残疾人的特殊困难需求；二是对于贫困残疾人的特惠扶持政策宣传还不到位。一些贫困地区对残疾人“两项补贴”政策、康复服务、特殊教育、家庭无障碍改造政策不了解，仍有少数符合条件的残疾人未享受到“两项补贴”政策；三是基层辅助器具适配服务和家庭无障碍改造严重不足，贫困残疾人生活自理和社会适应能力普遍较弱，部分贫困残疾人，尤其是贫困重度残疾人长期困守于陋室甚至病榻之上，连晒晒太阳都可能成为奢望。这些贫困残疾人亟待提高家庭生活质量，提升获得感幸福感。

（四）对贫困残疾人脱贫攻坚特殊性和难度的认识仍需提高。一是部分地方把贫困残疾人的致贫原因都归结到“因病致贫返贫”的范围，没有科学精准到多数残疾人贫困户因残障致贫而非疾病致贫的特殊致贫原因上；二是一些地方还未对贫困残疾人脱贫攻坚引起足够的重视，仍然把贫困残疾人家庭与一般贫困户同等对待，仅能享受到普惠的扶持政策，没有针对贫困残疾人家庭的特殊困难和需求提出有针对性的扶持政策和帮扶措施；三是个别地方仍存在把贫困残疾人都划入2%—3%“合理”贫困发生人口、等着一兜了之的风险。另外，一些地方部门之间联动不畅，帮扶措施落实还不到位。

三、抓重点破难点，坚决打好打赢贫困残疾人精准脱贫攻坚战

习近平总书记强调：“中国有几千万残疾人，到2020年全面建成小康社会，残疾人一个也不能少。”这是我们必须完成的政治任务，也是党和政府对广大残疾人的庄严承诺。胡春华副总理在4月19日国务院脱贫攻坚工作专题会议上强调：“社会保障兜底要落实好低保、养老保险等政策。要加强扶贫扶志，激发贫困群众内生动力。”王勇国务委员在5月17日国务院残工委第一次全体会议上强调：“确保残疾人一个不掉队地进入全面小康社会，是当前残疾人工作的中心任务。”

为贯彻落实习近平总书记的指示，着力解决因残致贫家庭的突出困难和问题，中办、国办印发的《关于支持深度贫困地区脱贫攻坚的实施意见》首次明确提出了“解决因残致贫问题”的相关政策措施。中国残联、国务院扶贫办、教育部、民政部、人社部、国家卫计委等六部门更是结合当前贫困残疾人脱贫攻坚中的突出困难问题，制定了《着力解决因残致贫家庭突出困难的实施方案》。即将出台的《关于打赢脱贫攻坚战三年行动的指导意见》也对贫困残疾人脱贫行动提出了明确要求。这些政策文件都是我们当前做好贫困残疾人脱贫工作最有力的抓手，各级残联一定要进一步提高政治站位，一把手负总责，把贫困残疾人脱贫攻坚当作未来两年半的头等大事来抓，尽锐出战，精准施策，抓重点破难点，确保打好打赢贫困残疾人脱贫攻坚战。

（一）紧密配合，推动各项保障性政策措施有效落地。帮助贫困残疾人如期实现脱贫，是各级残联当前的首要任务，各级残联要紧紧围绕解决贫困残疾人“两不愁、三保障、两扩面”的任务目标，加强各类惠残助残政策措施的梳理汇总，主动与扶贫、民政、卫生健康等相关部门做好沟通，逐个部门、逐个地区地进行沟通对接，不断将贫困残疾人脱贫工作纳入各地扶贫工作大局，配合相关部门逐一落实好贫困残疾人各项扶持政策。一要进一步强化对贫困残疾人的兜底保障措施。加大建档立卡贫困家庭重度残疾人的医疗救助，进一步降低贫困残疾人及家庭医疗费用个人自付比例，为贫困重度残疾人看病就医提供便利服务；要确保符合条件的建档立卡贫困残疾人全部纳入农村低保范围，真正实现“应保尽保”；要全面落实困难残疾人生活补贴制度和重度残疾人护理补贴制度，并随着物价和实际支出情况建立动态调整机制。二要逐一解决贫困家庭未入学适龄残疾儿童义务教育问题。要根据残疾儿童的实际情况和未入学原因，逐一制订教育安置方案，通过普通学校随班就读、特殊教育学校就读、送教上门等多种形式，逐个做好适龄残疾儿童少年的义务教育安置工作；加大对贫困残疾学生的资助力度，在“两免一补”的基础上，提高补助水平，确保每一名家庭经济困难的残疾儿童少年都能有学上。三要解决好贫困残疾人的住房安全问题，加快推进贫困残疾人家庭危房改造进度，进一步提高贫困残疾人家庭危房改造补贴标准。四要加快解决贫困残疾人的康复需求和家庭无障碍改造需求。推进农村残疾预防，提高康复服务保障水平，不断加强康复人才培养和康复设施建设；加快推动贫困重度残疾人家庭无障碍改造。五要让贫困残疾人更好地享受资产收益扶贫政策。在确定财政专项扶贫资金和涉农资金形成的设施农业、光伏、水电、乡村旅游项目等资产收益，以及土地流转、宅基地使用、资源开发形成的资产收益分配过程中，优先配置因残致贫家庭，并适当提高折股量化和资产收益配置比例。

（二）聚焦难点，合力推动贫困重度残疾人托养照护工作。“给钱给物不如给服务”已成为贫困残疾人脱贫解困的最大期盼。在精准扶贫、精准脱贫战略的推动下，贫困人口基本上都不愁吃不愁穿了。而一些深度贫困地区和边远地区的贫困重度残疾人，一天两餐无保障、一身衣服穿一年，有病无法看、个人卫生无法打理等也并非个别现象；重残重病贫困人口家庭支出大、收入少，往往还要捆绑1—2个劳动力。这些问题，已经成为当前制约贫困残疾人家庭脱贫解困的最大难题。一要充分利用乡村养老机构、福利设施、医疗机构、农村集体闲置资源，通过政府补贴、购买服务、设置公益性岗位等综合措施，为有需求的贫困重度残疾人提供集中托养。二要利用村集体用房或乡村闲置农房，设置重残照护公益岗位，开展本村贫困重度残疾人的日间照料，缓解一天两餐和个人卫生及基本医疗压力。三要大力弘扬守望相助、和睦帮扶的中华乡土文明传统，通过开发照护公益岗位，引入竞争和利益链接机制，广泛开展邻里照护服务，降低家庭照料护理支出成本，释放家庭劳动力，改善其基本公共服务状况和生活质量。今天驻马店现场会议和会议交流的各地在贫困重度残疾人托养照护工作方面所进行的有益探索和经验需要我们认真学习和借鉴。张海迪主席在5月17日国务院残疾人工作委员会第一次全体会议上特别讲道：今年春节前，我到河南省驻马店市的县乡村入户调研。一些重度残疾人家庭的生活曾经苦不堪言，近几年，当地党委政府依托乡村卫生室、卫生院为残疾人提供了托养照料服务，还培训了一些残疾人亲属当护理员，一个人照料两个重度残疾人，护理员每月有2000多元的收入。这个做法改善了残疾人的生活状况，也增加了残疾人家庭的收入。服务一人，解放一家，温暖一片，这种有针对性的帮扶办法值得提倡和推广。

（三）不断精准，充分利用动态更新和建档立卡数据建立贫困残疾人脱贫攻坚协同机制。要精准再精准，各级残联要充分利用动态更新和建档立卡数据。一要与扶贫、民政、卫生、住建等相关部门建立定期数据比对机制，瞄准贫困残疾人家庭突出困难和问题，逐户逐人核实贫困残疾人脱贫攻坚过程中存在的问题，逐个落实相关帮扶措施。二要及时精准反映贫困残疾人状况和需求，在搞清楚底数状况的前提下，把相关数据、状况和需求情况及时反馈给各职能部门。三要通过数据充分了解贫困残疾人的特殊帮扶需求，因人施策，主动对接政策措施，为贫困残疾人提供更加精准的帮扶。要努力推动建立贫困残疾人脱贫的有效机制，紧跟党委政府打好打赢脱贫攻坚战的步伐，始终做到心中有责、心中有数，行动不掉队。

（四）加强培训，不断提升基层为贫困残疾人脱贫服务的能力。习总书记在春节前成都座谈会上明确要求，要对扶贫干部开展分级分类培训。现在我们基层残联的同志同样需要加强残疾人扶贫工作的培训。许多基层的同志，工作中不是不重视贫困残疾人脱贫工作，也不是不想好好干，而是因为不会干、不知道怎么干。一要开展专门培训。2018年，中国残联已经做了相关安排，要对基层残联进行贫困残疾人脱贫攻坚的专项培训，认真学习习近平总书记扶贫思想，进一步掌握中央对扶贫工作的要求和开展工作的方式方法，培训的内容将紧紧围绕解决贫困残疾人“两不愁、三保障、两扩面”的任务目标，培训的重点要着眼深度贫困地区的基层残联。二要主动纳入大培训。要紧密结合党委、政治和组织部门、扶贫部门开展的大培训，将基层残联工作人员的培训纳入其中。

（五）加大宣传，不断提高贫困残疾人自主脱贫的内生动力。“弱鸟先飞，至贫有望先富。”广大贫困残疾人的最大心声就是脱贫，挖掘并宣传残疾人脱贫解困楷模，意义特殊。穷且益坚，不坠脱贫之志，贫困残疾人有摆脱贫困的强烈愿望，有自强不息的坚强毅力，也有脱贫致富的无限潜能，同样是脱贫攻坚的重要力量。残疾人成为脱贫解困的楷模，往往能够起到常人起不到的感召和带动示范作用。在近两年的全国脱贫攻坚奖表彰中，我们都看到了黄勇、李娟等一批通过自强不息、脱贫致富受到表彰的残疾人的身影，这是一笔特殊而宝贵的精神财富。各级残联紧紧围绕贫困残疾人“自强不息、脱贫光荣”的主题，深入调研和挖掘本地区贫困残疾人脱贫典型人物和感人案例。对于既能依靠自身努力实现稳定脱贫，又能引领带动身边贫困残疾人及家庭共同奋进、发展生产、就业增收的感人事迹，要通过经常性的及时推介和“10·17”全国扶贫日宣传平台及各类媒体平台，加大宣传和推广。还可以组织巡回宣讲活动，不断激发贫困残疾人主动脱贫和勇于面对困难生活挑战的内生动力。

（六）从严整治，扎实开展残联系统残疾人扶贫领域作风专项治理。党中央已经明确，将2018年作为脱贫攻坚作风建设年，要求扎扎实实开展扶贫领域作风建设。中国残联落实中央要求，出台了《关于开展残联系统残疾人扶贫领域作风问题专项治理实施方案》，我们要认真贯彻落实。一是必须按照习总书记提出的“不放松、不停顿、不懈怠”的明确要求，集中力量排查并解决残联系统残疾人扶贫领域“四个意识”不强、责任落实不到位、工作措施不精准、资金管理使用不规范、工作作风不扎实等突出问题。二是切实将作风建设贯穿贫困残疾人脱贫攻坚的全过程，把打好打赢贫困残疾人脱贫攻坚战作为深入贯彻习近平新时代中国特色社会主义思想和党的十九大精神的一项重要政治任务，作为检验“四个意识”的重大行动，要拿出充分的时间和精力，不折不扣地抓好贫困残疾人脱贫攻坚的各项政策举措落实。

贫困残疾人已成为深度贫困人口的重要组成，成为实现共同富裕的难点人群，是当前必须聚焦攻坚的特殊贫困群体。2018年是全面贯彻落实党的十九大精神的开局之年，也是全面打好打赢贫困残疾人脱贫攻坚战的关键一年，任务艰巨，压力很大。让我们共同努力，全面落实习近平总书记关于贫困残疾人脱贫工作的重要指示，努力推动实现脱贫攻坚，贫困残疾人一个不落；全面建成小康社会，残疾人一个不少的目标。

国务院扶贫办党组成员夏更生在因残致贫家庭脱贫攻坚暨失能贫困重度残疾人照护和托养工作现场会上的讲话

2018年5月25日

国务院扶贫办和中国残联在驻马店召开这次会议，主要任务是深入贯彻党的十九大精神，认真落实党中央、国务院关于残疾人扶贫工作的决策部署，交流总结推广部分地区贫困残疾人精准帮扶的典型经验，部署下一步贫困残疾人脱贫攻坚工作，推进政策举措落实落地，确保打赢打好贫困残疾人精准脱贫攻坚战。根据会议安排，我讲三点意见。

一、残疾人脱贫攻坚取得决定性进展

党中央、国务院高度重视残疾人脱贫攻坚事业，始终把贫困残疾人作为脱贫攻坚重点群体进行部署，纳入攻坚总体布局，在制度设计、政策安排、项目实施、督促落实等方面，不断加大力度。

（一）顶层设计基本完成。2015年11月，中共中央、国务院印发《关于打赢脱贫攻坚战的决定》，明确要求健全残疾人关爱体系，加强特困人员供养机构、残疾人康复托养等服务设施和队伍建设，加大贫困残疾人康复工程、特殊教育、技能培训、托养服务实施力度，全面建立困难残疾人生活补贴和重度残疾人护理补贴制度。2016年8月，国务院印发《“十三五”加快残疾人小康进程规划纲要》，明确将农村贫困残疾人全部纳入精准扶贫建档立卡范围，强化分类施策和精准帮扶，政策、项目向贫困残疾人倾斜。2016年12月，国务院扶贫办、中国残联等26个部门印发《贫困残疾人脱贫攻坚行动计划（2016—2020年）》，明确“七个一批”目标任务，启动实施十大扶贫助残行动。2017年9月，中办、国办印发《关于支持深度贫困地区脱贫攻坚的实施意见》，将贫困残疾人作为重点攻坚群体，解决因残致贫问题，要求把符合条件的建档立卡贫困残疾人全部纳入农村低保范围，把建档立卡贫困家庭重度残疾人全部纳入医疗救助范围，落实困难残疾人生活补贴和重度残疾人护理补贴制度，将贫困重度残疾人纳入特困人员救助供养或提供照料护理服务，推进贫困残疾人接受义务教育和贫困残疾人家庭享受资产收益扶贫等政策。

（二）精准识别夯实基础。2014年，国务院扶贫办启动实施包括贫困残疾人在内的农村贫困人口建档立卡工作，在全国范围内组织80多万人逐村逐户开展精准识别，基本摸清了我国贫困人口分布、致贫原因、脱贫需求等信息，建立起了全国统一的扶贫开发信息系统。2015年以来，我们多次开展建档立卡“回头看”和动态调整工作，进一步提高建档立卡数据的精准性。建档立卡精准识别工作在中国扶贫史上首次实现了贫困对象精准到人，为中央制定精准扶贫政策措施，实行最严格考核评估制度和保证脱贫质量打下了坚实基础。2018年4月，国务院扶贫办与中国残联建立了常态化数据比对共享机制，进一步提高贫困残疾人信息精准度。目前，全国农村贫困人口建档立卡数据库中，贫困残疾人（包括已脱贫和未脱贫）有643.3万。截至2017年底，未脱贫贫困残疾人有281万，占全国剩余农村贫困人口的9.8%。

（三）分类施策成效明显。国务院扶贫办、中国残联等部门坚持精准扶贫、精准脱贫基本方略，结合贫困残疾人实际，因人因户分类施策，各项政策举措取得明显成效。我们制定扶贫产业发展规划，指导地方建立县级项目库，搭建残疾人与市场主体联结机制，落实扶贫小额贷款政策，开展实用技术培训，支持有劳动能力的贫困残疾人家庭发展产业。组织开展了贫困残疾人职业技能培训，提高其就业能力。搭建就业平台、创新增收载体，通过贫困村扶贫车间、小微企业扶贫、电商扶贫、手工编织扶贫、公益岗位扶贫、光伏扶贫等帮扶举措，为残疾人提供符合自身实际的就业岗位和增收渠道，帮助其脱贫致富。易地扶贫搬迁、危房改造等政策向贫困残疾人倾斜。针对贫困残疾人特殊困难，加大健康扶贫倾斜力度，完善特困供养、残疾人补贴、低保兜底等保障性扶贫措施，确保其基本生活有保障。当前全国共有157万贫困残疾人享受低保政策，占全部贫困残疾人的56%；共

有25万人享受“五保”政策，占全部贫困残疾人的8.9%。同时，我们积极动员社会力量关心关注和支持贫困残疾人脱贫。通过中国社会扶贫网对接帮扶贫困残疾人初见成效、势头良好。

党的十八大以来，贫困残疾人扶贫政策措施不断加强，工作机制不断健全，贫困残疾人权益保障制度不断完善，基本公共服务体系初步建立，贫困残疾人生存发展状况显著改善，扶残助残的社会氛围更加浓厚，全国共有362.9万农村建档立卡贫困残疾人实现脱贫，减贫56.4%，贫困残疾人脱贫攻坚取得决定性进展。在脱贫攻坚伟大实践中，各地积极探索残疾人脱贫新机制、新模式、新方法，取得了显著成绩，积累了宝贵经验。这次会议在驻马店召开，主要是河南省高度重视残疾人脱贫攻坚，工作有特色、有亮点、有经验、有成效，能借鉴、可复制。当然，不少省也都有些成功经验做法，这次四川、湖北、山东、重庆等地也在会上做了交流。十八大以来残疾人脱贫攻坚取得的决定性进展、积累的宝贵经验，更加坚定了我们打赢打好残疾人脱贫攻坚战的信心和决心。

二、充分认识残疾人脱贫攻坚面临的困难和挑战

目前我国仍有相当数量的贫困残疾人还未脱贫，生活还相当困难，就业还不够充分，康复、教育、托养等公共服务还不能满足残疾人需求，残疾人事业区域发展还很不平衡，为贫困残疾人服务的供给能力还很薄弱，专业服务人才匮乏。贫困残疾人群体仍然是脱贫攻坚的坚中之坚、难中之难。

第一，减贫任务重。2017年底，全国仍有未脱贫建档立卡贫困残疾人281万，占全国剩余农村贫困人口的9.8%，其中，重度残疾人有139万，轻度残疾人142万。全国仍有河北、安徽、江西、河南、湖北、湖南、广西、四川、贵州、云南、陕西和甘肃等12个省区未脱贫残疾人超过10万人，最高的河南省达到33.3万人，占15%。有河北、内蒙古、辽宁、吉林、黑龙江、安徽、福建、江西、山东、河南、湖北、湖南和陕西等13个省区未脱贫残疾人占本省全部未脱贫人口的比例超过10%，其中最高的吉林省达到21.7%。全省未脱贫残疾人超过10万人且占比超过10%的有河北、安徽、江西、河南、湖北、湖南和陕西等7个省。我们可以预见到，贫困残疾人等特殊贫困群体在未脱贫人口中所占的比例越往后越高。

第二，脱贫难度大。贫困残疾人是特殊困难群体，是“短板”中的“短板”，他们往往劳动能力不足，有些甚至完全丧失劳动能力，现有产业、就业等帮扶政策他们难以享受，一般的帮扶措施难以奏效。对于深度贫困地区的因残致贫家庭而言，深度贫困与重度残疾双重因素叠加，脱贫难度更大，任务更加繁重。

第三，特殊困难问题凸显。贫困残疾人既有一般贫困人口所面临的脱贫问题，也有因残疾而面临的特殊困难问题。从“两不愁、三保障”脱贫目标上看，普遍意义的吃穿问题已经解决，但仍然存在重度贫困残疾人因无人照料而导致有米煮不成饭、有水喝不到嘴的现实困难。确保贫困残疾人学生接受义务教育没什么障碍，但针对残疾人的特殊教育需求仍难以满足。贫困残疾人家庭住房安全有保障近两年可望全面解决，但助残设施普及度较低。基本医保、大病保险、医疗救助等多重医疗保障机制已基本建立，但针对残疾人特殊病种的特惠医疗政策有待进一步研究完善。

第四，稳定脱贫和防止返贫风险高。贫困残疾人往往身体状况较差，需要长期服用药物，医疗和康复负担较重。重度残疾人家庭供养压力较大，在原本缺乏劳动力的情况下，既要供养其生活，还要承担治病和康复的大量费用，造成家庭生活困难，长期下去，壮的拖垮、富的拖穷。这部分家庭的脱贫成本更高，抵御风险能力更弱，返贫风险更高。

困难不容忽视，问题不能回避，挑战必须面对。打赢贫困残疾人脱贫攻坚战事关广大贫困残疾人的切身利益，事关国家脱贫攻坚战的最后胜利，事关全面建成小康社会目标的实现，目标既定、时间明确，没有退路、没有弹性，绝不能掉以轻心。未来三年必须把残疾人脱贫攻坚摆在更加突出的位置，提高思想认识，强化责任担当，对贫困残疾人群体格外关心、格外关注，在“惠贫”的基础上进一步“惠残”，让贫困残疾人享特惠、“吃偏饭”，在提高贫困残疾人脱贫质量和获得感、幸福感上下大功夫，确保到2020年贫困残疾人如期脱贫。

三、推动残疾人脱贫攻坚取得新成就

十九大报告指出，中国特色社会主义进入新时代，我国社会的主要矛盾已经转化为人民日益增长的美好生活需要和不平衡不充分的发展之间的矛盾。脱贫攻坚不仅解决整体面上贫困群众的基本生存和温饱问题，也要有针对性地解决贫困残疾人等特殊贫困群体的特殊困难和特殊需求。习近平总书记关于贫困残疾人脱贫攻坚做出的系列重要指示，是我们做好残疾人脱贫攻坚工作的根本遵循，我们要深刻领会总书记重要指示精神和党的十九大精神，不断完善贫困残疾人帮扶政策体系，补齐贫困残疾人“两不愁、三保障”短板，确保完成贫困残疾人脱贫攻坚目标任务。扶贫系统要主动作为、创新作为，扎实推进贫困残疾人扶贫有关工作，取得贫困残疾人扶贫新成就。

一是要坚持目标标准，防止降格以求。不折不扣完成“两不愁、三保障”脱贫目标，不能因为是残疾人而降低目标标准。二是要坚持精准施策，防止缩小版大水漫灌。根据每一个贫困残疾人和家庭的具体情况分类施策，开展更加有针对性的精准帮扶工作。三是要坚持应扶尽扶，防止一兜了之。对于贫困残疾人，特别有一定劳动能力的轻度残疾人，首先应以扶为主，不能简单一兜了之。对于重度残疾人，确保符合条件的建档立卡贫困残疾人享受农村低保和城乡医疗保险、医疗救助政策。四是要坚持量力而行，防止脱离实际。脱贫攻坚首先确保"两不愁、三保障"目标完成，不能随意抬高标准、吊高胃口。五是坚持脱贫质量，防止反弹回潮。因残致贫家庭脱贫难度大、返贫风险高，对于脱贫质量提出了更高要求，各地要探索建立长效机制，相关政策保持稳定，提高因残致贫家庭抵御风险能力，避免再次返贫。

做好残疾人脱贫攻坚工作，要坚持"中央统筹、省负总责、市县抓落实"的管理体制，着力推动责任落实、改革落实、工作落实。扶贫系统既要和残联系统等方面形成攻坚合力，也要扛起自己的责任。特别是未脱贫残疾人人数多、占比高、任务重的省份，要拿出过硬举措推动残疾人脱贫攻坚取得新成就。要重点做好五个方面工作：

第一，打牢精准基础。继续开展建档立卡动态调整，将符合条件的贫困残疾人全部纳入建档立卡范围，做到不漏一户、不落一人，及时更新相关数据信息。要摸清各类残疾类型人口规模，在划分重度残疾人和轻度残疾人群体的基础上，按照残疾类型，摸清肢体残疾、视力残疾、听力残疾等不同残疾类型人口底数；按照失能程度，细化失能和半失能贫困残疾人规模。要加强分布规律分析，按照贫困残疾人区域分布的特点，找准因残致贫的高发地和重灾区，精确到县、到乡、到村，做到心中有数。严格退出标准和程序，确保每个贫困残疾人家庭脱真贫、真脱贫。建立工作台账，对已脱贫的贫困残疾人家庭进行跟踪监管，防范返贫风险。扶贫系统要加强与残联系统沟通与合作，做好贫困残疾人信息数据比对工作，推进符合条件的建档立卡贫困人口办理残疾人证，确保享受各项帮扶政策。

第二，加大帮扶力度。根据贫困残疾人具体情况，采取有针对性的差异化帮扶措施，积极配合落实贫困残疾人脱贫攻坚"七个一批"工作和"十大重点行动"。针对贫困残疾人的特殊困难和需求，创新探索帮扶方式，提供符合劳动力受限贫困残疾人工作特点的岗位，协调落实产业扶贫政策，加大职业教育和实用技术培训力度，提高增收脱贫能力。配合完善困难残疾人生活补贴和重度残疾人护理补贴制度，有条件的地方逐步扩大政策覆盖面。近期，中央领导同志对贫困残疾人辅具适配"拐杖工程"做出重要批示，我们要认真抓好贯彻落实。各地要摸清贫困肢体残疾人辅具适配需求底数，整合资金、政策等优先向贫困残疾人特别是肢体残疾人落实辅具适配补贴政策和发放辅助器具，强化贫困地区辅具适配服务的能力和水平，提高贫困残疾人生活生产能力。在易地扶贫搬迁、农村危房改造工作中，推进农村贫困重度残疾人家庭无障碍改造。落实贫困残疾人家庭帮扶责任人，提高针对性和有效性。将帮扶贫困残疾人脱贫纳入东西部扶贫协作范围。

第三，完善保障措施。配合民政部、中国残联等部门完善贫困残疾人健康扶贫、低保兜底、特困人员供养等保障性政策，加强贫困残疾人保障性扶贫政策研究。针对完全丧失劳动能力的贫困群众，在确保其按规定享受农村低保、特困人员救助等政策的基础上，指导各地加强集中供养、分散供养、邻里照护、居家服务等护理服务，有条件的地方要新建完善集中供养机构，不具备条件的地方以购买服务的形式动员贫困群众经专业培训后提供护理服务，保障贫困残疾人基本生活。

第四，激发内生动力。注重激发贫困残疾人内生动力，将扶贫与扶智、扶志结合起来。一是加强教育宣传引导。发挥第一书记和驻村工作队作用，加强群众思想发动、宣传教育，加强感情沟通。总结推广"农民讲习所""农民夜校"等做法，帮助贫困残疾人摆脱思想贫困。二是加强政策引导。转变扶贫方式，强化项目带动，支持贫困残疾人参与获得收益。除对确实没有劳动能力的残疾人家庭以低保形式发放现金外，其他扶贫措施原则上不采取直接发钱发物的方式，防止政策养懒汉，助长"等靠要"。三是加强正面激励。推广以表现换积分、以积分换物品的"爱心公益超市"等做法，对勤劳致富、积极向上的行为进行奖励。四是强化家庭责任。发扬孝老爱亲的传统美德，鼓励法定赡（抚）养人自觉履行应尽的义务。

第五，加强典型宣传。积极树立一批贫困残疾人脱贫先进典型、一批帮扶贫困残疾人先进典型、一批残疾人精准扶贫精准脱贫成功案例等"三个一批"典型。加强宣传推广，讲好贫困残疾人不等不靠不要、不屈服不气馁脱贫故事，形成良好的示范引领和带动作用，激励更多的贫困残疾人通过自身努力光荣脱贫。鼓励各地进一步完善贫困残疾人扶贫政策举措，结合实际探索创新。积极向全国脱贫攻坚奖评选机构推荐先进典型。积极发挥中国社会扶贫网作用，及时发布贫困残疾人帮扶需求信息，支持更多的社会组织、企业、个人参与到助残、扶残事业中。

2018年是全面贯彻党的十九大精神的开局之年，是打响深度贫困地区脱贫攻坚战第一年。全国扶贫系统将以习近平新时代中国特色社会主义思想为指导，深入贯彻党的十九大精神，认真落实党中央、国务院脱贫攻坚决策部署，坚决打赢打好贫困残疾人脱贫攻坚战，确保贫困残疾人和全国人民共同迈入全面小康社会。

程凯在2018年扶贫日系列论坛——残疾人扶贫论坛上的讲话

2018年10月17日

在第五个全国扶贫日和第二十六个国际消除贫困日来临之际，我们共同学习领会习近平总书记关于扶贫工作重要论述，共享残疾人脱贫解困经验，共仰残疾人脱贫典型精神，共倡新时代残疾人自强自立、脱贫光荣的理念。首先，我代表中国残联向与会的各位来宾表示热烈的欢迎和衷心的感谢，向自强自立的优秀残疾人脱贫典型——刘洪霞、李泽秀、万造均、李健、谢侣、王华银同志，表达由衷的敬意！借此机会，我与大家分享几点认识：

一、以习近平同志为核心的党中央高度重视解决因残致贫问题，贫困残疾人脱贫攻坚被提升到前所未有的战略高度

开启了贫困残疾人精准扶贫的新阶段，进一步把“精准”的指向明确到了深度贫困地区和包括贫困残疾人在内的特殊贫困群体，具有重大的指导意义。9月14日，韩正副总理受习近平总书记委托，代表党中央、国务院在中国残联七代会上的致辞中指出：“我们要认真贯彻落实党中央关于打赢脱贫攻坚战的决策部署，聚精会神解决好因残致贫的问题，尽快补上农村残疾人服务短板，确保残疾人共奔小康目标如期实现。”这为新时代残疾人事业明确了重点，指明了方向。

二、认真贯彻习近平总书记关于贫困残疾人脱贫攻坚的重要指示，采取有力措施，着力推进解决“因残致贫”问题

习近平总书记关于解决“因残致贫”问题的一系列重要论述，是习近平总书记关于扶贫工作重要论述的重要组成部分，是加强党对脱贫攻坚领导、坚持精准扶贫精准脱贫方向、构建大扶贫格局和激发内生动力等重要扶贫思想的题中应有之义。中央一系列关于脱贫攻坚的文件对解决“因残致贫”问题提出了明确要求。中国残联主席张海迪强调：“坚决打赢贫困残疾人脱贫攻坚战，织密筑牢残疾人民生保障网，这是当前残疾人工作的首要任务。”中国残联党组书记、理事长周长奎强调：“要把打赢打好贫困残疾人脱贫攻坚战作为第一民生工作”。各级残联一定要提高政治站位，尽锐出战，精准施策，打好打赢贫困残疾人脱贫攻坚战：

一是要认真学习领会习近平总书记关于扶贫工作重要论述，将党中央的格外关心传递到每一个残疾兄弟姐妹的身边。习近平总书记要求“格外关心、格外关注”残疾人，多次强调要把残疾人等特殊贫困群体作为脱贫攻坚的重点人群，明确提出了贫困残疾人脱贫的具体要求，为贫困残疾人脱贫攻坚指明了方向。

二是要密切配合，推动各项保障性政策措施有效落地。各级残联要主动加强惠残助残政策措施的梳理汇总，主动与扶贫、民政、人社、卫生健康等相关部门沟通对接，逐一落实。

三是要聚焦难点，合力推动贫困重度残疾人托养照护工作。“给钱给物不如给服务”已成为贫困重度残疾人脱贫解困的最大期盼。各地要充分利用乡村养老机构、福利设施、医疗机构、农村集体闲置资源和闲置农房，采取有力措施，为重度残疾人提供集中养护或日间照料、邻里照护等服务。

四是要不断强化精准，充分利用动态更新和建档立卡数据建立贫困残疾人脱贫攻坚协同机制。紧跟党委、政府打好打赢脱贫攻坚战的步伐，始终做到心中有责，心中有数，行动不掉队。

五是要加强培训，帮扶贫困残疾人就业创业。不断提升服务基层残疾人就业脱贫的能力。积极实施残疾人职业技能提升计划，提升残疾人自身的劳动技能和就业能力。

六是要加大宣传，不断激发贫困残疾人主动脱贫和勇于面对困难生活挑战的内生动力。各级残联要继续把扶持培养典型，宣传介绍典型作为残疾人扶贫工作的重要任务，配合宣传部门抓牢抓好，通过经常性的及时推介和“10·17”全国扶贫日宣传平台及各类媒体平台，助力贫困残疾人实现脱贫。

三、转变观念，大力弘扬自立自强、脱贫光荣的新时代精神

一是要转变和破除消极观念。在贫困残疾人脱贫攻坚工作中，要防止将贫困残疾人一股脑地都当成“病人”的陈旧倾向。因病致贫与因残致贫，一字之差，差之千里。残疾人，残而不废，不是废人，也不是病人。残疾人不是扶贫攻坚的包袱，而是具有比较优势的人力资源。“尺有所短，寸有所长”，只要放在合适的位置和岗位上，寸就有所长。

同时，也要防止将已纳入建档立卡的贫困残疾人都作为“兜底一批”对象一兜了之。要“真扶贫、扶真贫”，就得精准施策，要针对贫困残疾人的“贫”和“困”，在加大保障、救助和增加家庭收入的同时，改善服务，精准施策，不断缓解他们的“困”。

二是要树立残疾人是具有潜能和比较优势的人力资源的价值导向。残疾人是一个蕴含着巨大潜能的群体。一个人在一方面有缺失，就可能会在另一方面有所补偿。正如人们常说，上帝给你关上了一扇门，就会给你打开一扇窗。盲人虽然在视力上有缺憾和障碍，但是听力和触觉特别灵敏；聋人听不见声音，却特别善于观察。残疾人在一方面的欠缺，使得他们将另一方面潜力发挥到极致的可能性加大。在脱贫攻坚中，我们尤其要注重发挥残疾人的比较优势：

第一，与常人相比，残疾人更加珍视就业劳动机会。一旦有了就业和改变命运的机会，残疾人往往会释放出令人刮目的“洪荒之力”，用踏踏实实的行动来爱惜利用这种机会。

第二，残疾人往往具有坚忍不拔的意志。残疾人在生活和工作中都饱经磨难，是历经挫折成长起来的，个性有着特别坚强的一面，知难而进，千方百计克服困难。

第三，多数残疾人自知缺欠，善于自省。长期受困，相对容易拒绝诱惑，易于保持内心宁静。由于缺少教育机会，特别强于求教求学。实践中，残疾人的内心宁静不易分散注意力，强于慢工出细活。

第四，残疾人特别懂得感恩。残疾人更容易感谢曾经给予其关怀与帮助的人，也更容易为这种关怀与帮助所感动而奋进，“滴水之恩，当以涌泉相报”，知恩图报的情怀在他们身上体现得更加生动明显。

三是要激发贫困残疾人树立自立自强、劳动伟大、脱贫光荣的新时代理念。

当前，脱贫攻坚已进入冲刺阶段，精神脱贫至为关键。

贫穷并不可怕，可怕的是不思进取、“等靠要”。精神上的“软贫困”，比物质上的“硬贫困”更加顽固和复杂。要彻底斩断这些“穷根”，破除精神的桎梏，才能真正变“要我脱贫”为“我要脱贫”。

残疾人就业脱贫，是提高残疾人群体在社会上的地位，促进人格、心理等健康发展的根本途径，不参与社会劳动容易造成与正常社会生活环境的隔阂，还会导致残疾人尊严和独立人格受到伤害。我们残疾人兄弟姐妹要认识到，“同情与怜悯不可能得到真正的尊严”。保障尊严和生活，不能仅仅依靠救济和社会保障，更在于通过自身的劳动和创造，才能感受到真正的尊严，才是提高生活水平和实现其他权利的根本保证。在信息时代，残疾人也有了更多可以克服身体障碍实现增收的手段。在近几年的全国脱贫攻坚奖表彰中，我们都看到了一批自强不息、脱贫致富的优秀残疾人身影。就在昨天，10月16日，在国务院新闻办公室举行的贫困残疾人脱贫攻坚典型新闻发布会上，李健、刘洪霞、谢侣和贾茹等4位基层残疾人和助残代表回望自己艰难而充实的奋斗历程，分享基层残疾人脱贫攻坚的心得体会。贾茹讲述了基层组织和社会各界通过建立双创园等有效平台，残健融合携手，共同脱贫致富的故事；谢侣的介绍让人们看到了在各级政府大力帮助下，盲人也能走向阳光，活出精彩；刘洪霞在接二连三的意外打击面前，仍坚信“靠双手一定能脱贫致富”，听来令人动容；李健的经历告诉人们，残疾人脱贫攻坚，要因人施策，多方激励，要授人以渔，帮助他们找到力所能及的创业门路。广大残疾人兄弟姐妹也要像他们一样，自强自立，正确看待贫困，摒弃“等靠要”和消极绝望思想，树立战胜困难的信心和斗志，自力更生、奋发图强，学技术、找门路，用辛勤的汗水缔造脱贫致富的美好生活！

“幸福不会从天降，好日子都是干出来的”。在新时代的今天，有党和政府的格外关心、格外关注，有社会各界的支持，广大残疾人一定能自立自强，用勤劳的双手书写人生美好的华章、用不懈的奋进谱写无悔的人生！

二、工作综述

2018年，中国残联认真学习贯彻习近平总书记关于扶贫工作的重要论述和对贫困残疾人脱贫工作的重要指示精神，深入贯彻落实《中共中央、国务院关于打赢脱贫攻坚战三年行动的指导意见》《中共中央办公厅、国务院办公厅关于支持深度贫困地区脱贫攻坚的实施意见》等党和国家关于贫困残疾人脱贫工作的一系列决策部署和重要政策措施分工要求，不断加大工作力度，加紧做好与相关部门的沟通协调，加快推动贫困残疾人脱贫攻坚各项任务分工的有效落实。

一年来，建档立卡持证残疾人的数量就由281万减少到2018年底的169.8万，有58.8万有劳动能力和意愿的贫困残疾人通过实用技术培训掌握了1门以上的劳动技能，11.3万贫困残疾人家庭通过实施危房改造住房条件得到明显改善，1.3万贫困残疾人通过康复扶贫贷款支持，有效缓解了生产资金短缺的困难。残疾人“两项补贴”惠及2000多万贫困和重度残疾人，近900万残疾人纳入低保范围，为110多万残疾人家庭进行了无障碍改造，贫困残疾人家庭生产生活状况得到有效改善，广大贫困残疾人对如期实现脱贫充满信心。

国务院领导同志对残联系统助推贫困残疾人脱贫工作给予充分肯定，指出：“实现农村贫困残疾人脱贫是脱贫攻坚的重要内容之一，残联做了大量工作，取得了明显成效，望继续努力，抓紧落实，各方都要给予大力支持，确保贫困残疾人如期脱贫。”

（一）进一步加强贫困残疾人脱贫攻坚的组织领导

中国残联第七次全国代表大会后，新一届领导班子第一时间召开贫困残疾人脱贫攻坚工作领导小组全体会议，认真学习领会习近平总书记关于扶贫工作的重要论述和中央关于脱贫攻坚的新部署新要求，及时调整领导小组成员，由中国残联主席张海迪担任领导小组组长，党组书记、理事长周长奎担任执行组长，各党组成员为成员，助推贫困残疾人脱贫攻坚工作的组织领导得到了进一步加强。

（二）进一步出台关于贫困残疾人脱贫工作的政策文件和工作要求

2018年1月，中国残联会同教育部、民政部、人力资源社会保障部、国家卫生计生委、国务院扶贫办等六部门共同印发《着力解决因残致贫家庭突出困难的实施方案》，针对因残致贫家庭突出困难和问题，进一步细化贫困残疾人脱贫工作各项政策措施。随即印发《中国残联办公厅关于落实〈关于着力解决因残致贫家庭突出困难的实施方案〉的通知》，将建档立卡贫困残疾人实名制数据及分析比对的困难和问题分解至各地，要求各地残联逐级分解本地因残致贫家庭突出困难的有关数据，加强与相关部门的工作对接。2月，针对贫困残疾人脱贫攻坚中存在的矛盾和短板致函有扶贫任务的省区市人民政府，恳请进一步关心重视解决好贫困残疾人脱贫攻坚问题，并得到了各地的积极反馈。

2018年6月，中国残联及时印发《关于全面贯彻落实〈中共中央国务院关于打赢脱贫攻坚战三年行动的指导意见〉扎实做好贫困残疾人脱贫攻坚工作的通知》，对各地残联深入学习贯彻习近平总书记关于扶贫工作的重要论述、全面落实三年行动指导意见、全力做好贫困残疾人脱贫工作进行部署安排。

2018年7月，中国残联会同财政部、人力资源和社会保障部、国务院扶贫办共同印发《助盲就业脱贫行动实施方案》，加大对贫困残疾人中更为困难的视力残疾人的技能培训和就业扶持力度，以建档立卡贫困残疾人中就业年龄段视力残疾人为对象，开展推拿按摩培训和就业服务。

2018 年 10 月，印发《中国残联关于落实〈中共中央、国务院关于打赢脱贫攻坚战三年行动的指导意见〉重要政策措施分工方案的通知》，进一步明确中国残联各部门、各单位的具体职责，要求各地残联结合工作实际落实相关责任，加快推动贫困残疾人脱贫攻坚政策措施以及各专项行动的有效落实。

（三）进一步推动贫困残疾人脱贫行动有效落实

2018 年 5 月 25 日到 26 日，中国残联、国务院扶贫办会同民政部共同在河南省驻马店市召开因残致贫家庭脱贫攻坚暨贫困重度残疾人照护和托养工作现场会，实地观摩上蔡县、平舆县关于开展贫困重度残疾人集中托养工作的创新实践，加快推动各地贫困重度残疾人集中托养、日料照料、邻里照护等方面的工作，为进一步解决贫困重度残疾人家庭脱贫解困问题打下基础。

2018 年 10 月 11 日到 12 日，中国残联与国务院扶贫办组织各省（区、市）残联主要负责同志在河北省国定贫困县行唐县召开全国残联系统助推贫困残疾人脱贫攻坚工作现场会，实地观摩行唐县通过“政府 + 残联 + 企业 + 贫困残疾人”模式，以残疾人就业创业园辐射带动贫困村贫困户，打造集贫困残疾人托养、就业创业和康复服务于一体的脱贫新模式；24 个扶贫任务重的省区市残联与中国残联签订了残疾人脱贫攻坚责任书，明确 9 个方面的工作目标，压实工作责任，并就下一步加快做好残疾人脱贫攻坚工作进行再动员再部署，要求各级残联进一步提高政治站位，切实增强打赢贫困残疾人脱贫攻坚战的责任感、紧迫感。

2018 年的 7 月、10 月、11 月，中国残联先后召开三场“三州”与东部帮扶省市残疾人扶贫协作工作对接会，建立东西部地区之间残疾人扶贫协作工作沟通联系，共同谋划帮扶项目，加快推动深度贫困地区东西部残疾人扶贫协作工作进程。

（四）与相关部门建立数据比对机制，精准核实比对贫困残疾人脱贫工作相关数据

2018 年，中国残联分别与国务院扶贫办、住房城乡建设部、民政部等部门建立了数据信息共享机制。与国务院扶贫办签订数据比对协议，定期进行数据核实比对，精准识别扶持对象，确保各项帮扶措施有效落实；与民政部共同推动落实各项贫困残疾人社会保障兜底政策；与住房城乡建设部进一步核实贫困残疾人危房改造数据，加快推动贫困残疾人家庭危房改造进度。

（五）加大贫困残疾人脱贫攻坚工作宣传

2018 年，中国残联进一步加大了对贫困残疾人脱贫扶持政策措施和贫困残疾人脱贫典型事迹的宣传力度。通过新华社、《人民日报》等主流媒体刊发贫困残疾人脱贫扶持政策措施解读文章，通过中国残联官方网站、“两微一端”等新媒体及时将残疾人扶持政策文件进行发布宣传。组织地方认真挖掘搜集整理贫困残疾人脱贫典型事例，编排印制贫困残疾人脱贫典型事迹宣传册。2018 年 10 月 16 日，与国务院新闻办共同组织开展贫困残疾人脱贫和助残典型与中外记者见面会，10 月 17 日全国扶贫日当天，举办了以“自强自立，脱贫光荣”为主题的贫困残疾人脱贫典型事迹报告会，引起了全社会的广泛关注和好评。

（六）组织开展残联系统扶贫干部培训

2018 年 11 月和 12 月，中国残联分别在四川凉山和贵州毕节组织举办了两期“三区三州”基层残联扶贫干部培训班，通过文件解读、专家授课、现场观摩、案例教学等方式，提高了深度贫困地区残联系统扶贫干部的思想认识和贫困残疾人脱贫工作方法，提升了他们研究问题和解决难题的能力水平。

（七）开展残联系统扶贫领域作风治理

中国残联将 2018 年作为残疾人扶贫领域作风问题专项治理年，印发《关于残联系统开展残疾人扶贫领域作风治理工作的通知》，就系统内进行残疾人脱贫攻坚领域作风治理工作进行了专项部署，明确提出作风治理的具体工作要求。各党组成员充分发挥表率作用，深入基层，调研座谈，听取意见建议。张海迪主席春节前专程赴河南驻马店探访贫困残疾人家庭，推动贫困重度残疾人托养工作持续开展。周长奎书记在中国残联七代会后第一次调研即以残疾人脱贫攻坚为主题，深入包括中国残联定点帮扶的南皮县在内的 2 市 2 县，入户走访贫困残疾人家庭，并带队赴深度贫困地区甘肃临夏州的贫困县调研 3 天。12 月，再次印发《关于进一步做好残疾人扶贫领域作风整治工作的函》，通报了中央纪委监察委关于部分地方残联扶贫领域腐败案例，要求有扶贫任务的省（区、市）残联进一步加强组织领导，扎实推进作风建设，进一步强化责任担，规范资金管理。

（八）定点扶贫工作

2018 年，中国残联按照中央单位定点扶贫工作要求，进一步加大对河北省南皮县定点扶贫工作力度，聚焦南皮县尚未脱贫的 6 个贫困村、3479 名建档立卡贫困人口，开展深入调研，与南皮县委、县政府共同制定工作计划，共同谋划项目方案、不断巩固脱贫攻坚成果，以有力举措防止返贫。一是深化组织领导，深入调查指导。2018 年 10 月 9 日，

周长奎书记率调研组赴南皮县开展定点扶贫工作调研，实地察看了农村养殖扶贫项目、光伏电站扶贫项目和残疾人就业、辅具研发企业，考察了残疾人康复中心、托养中心等机构，深入贫困家庭，仔细询问贫困家庭基本生活、扶贫政策落实和结对帮扶情况。程凯副理事长年度内先后4次到南皮县开展定点扶贫工作调研，指导南皮县脱贫攻坚工作。二是认真落实中央单位定点扶贫责任书有关要求，动员残联系统广大干部职工开展消费扶贫；12月，在南皮县组织开展了脱贫攻坚工作培训班。三是选派优秀干部到南皮县挂职，选派了办公厅综合处处长张宏坤同志，到南皮县挂职县委常委、副县长，协助分管扶贫工作；选派就业服务指导中心的赵博飞同志挂职南皮县冯家口镇车官屯村第一书记。四是创新定点扶贫工作模式，中国残联16个直属单位与南皮县9个乡镇开展结对帮扶，2018年，中国残联各直属单位、基金会共17次、120多人次赴南皮县开展定点扶贫工作调研、开展相关活动，投入资金、物资共计210多万元。针对各乡镇提出的需要解决的突出问题和困难，制定具体帮扶方案和相应的帮扶措施，走访慰问贫困户，全力助推南皮县完成脱贫攻坚任务。

附录一

加大保障力度，拓宽就业渠道，五年来超五百万贫困残疾人脱贫

《人民日报》 2018年5月11日

本报北京5月10日电（记者潘跃）记者10日从中国残联获悉：5年来，超过500万贫困残疾人摆脱贫困，残疾人“两项补贴”制度在全国范围内实现全覆盖，2100万人次残疾人从中受益。

不断筑牢残疾人基本生活民生安全网。截至去年底，为900多万城乡贫困残疾人提供了最低生活保障，城乡残疾居民参加社会养老保险人数达到2614.7万，60岁以下参保重度残疾人中，政府代缴养老保险费比例达到96.8%。5年来，共为400多万残疾人（次）提供了各种形式的托养照料服务。

残疾人就业渠道进一步拓宽。截至去年底，全国城乡942.1万名残疾人实现就业。

残疾人康复服务得到加强。29项残疾人医疗康复项目被纳入基本医疗保险支付范围，9个省（区、市）建立了残疾儿童康复救助制度，7个省（区、市）建立了残疾人辅助器具补贴制度。截至去年底，全国已有残疾人康复机构8334个，854.7万残疾儿童及持证残疾人得到基本康复服务，全年共为244.4万残疾人提供各类辅助器具适配服务。

残疾人教育普及水平明显提高。2017年，全国有10818名残疾人被普通高等院校录取，1845名残疾人进入高等特殊教育学院学习。

全社会无障碍环境建设良好氛围日益形成。先后出台12项无障碍公共服务政策措施，制定修订9项无障碍环境建设国家标准和行业标准。5年来共为211万残疾人家庭进行无障碍改造。

附录二

民生三问·关爱残疾人④

贫困残疾人，帮扶咋精准

《人民日报》 潘跃 2018年6月26日

核心阅读

贫困残疾人是困难群体中的贫中之贫、困中之困，帮扶更需精准施策。目前，贫困残疾人群体在增收、教育、照护等方面存在迫切需求，亟须有针对性的帮扶。

业内人士建议，未来应强化对贫困残疾人的兜底保障，加大建档立卡贫困家庭重度残疾人的医疗救助；逐一解决贫困家庭未入学适龄残疾儿童义务教育问题；综合施策，加快落实贫困重度残疾人的托养照料服务。

扶贫无盲区，对症需精准。残疾人群体是扶贫工作短板中的短板，如何精准施策、更有效地帮扶，关系到脱贫攻坚大局。目前，贫困残疾人群体规模有多大？需要哪些帮扶？如何推进精准扶贫和精准脱贫？本报记者就此采访了国务院扶贫开发领导小组成员、中国残联副理事长程凯。

问：贫困残疾人，到底有多少

记者：精准帮扶可以事半功倍，真正有效解决残疾人群体的切实困难。近年来，残疾人扶贫工作投入了多少努力？取得了哪些进展？

程凯：党中央、国务院高度重视残疾人扶贫工作，尤其是党的十八大以来，贫困残疾人脱贫攻坚迎来重大历史机遇。

一是进一步被纳入国家扶贫开发大局，并重点推进。《中共中央、国务院关于打赢脱贫攻坚战的决定》明确提出：加大贫困残疾人康复工程、特殊教育、技能培训、托养服务实施力度。国家有关部门制定出台了一系列政策文件，可以说，精准扶贫精准脱贫战略下的贫困残疾人脱贫的顶层设计基本完成。

二是贫困残疾人数量逐年减少。在地方各级党委政府的有力扶持下，贫困残疾人家庭“两不愁、三保障”得到较好落实。5年来，有超过500万的贫困残疾人摆脱贫困，家庭生产生活状况得到明显改善，300多万有劳动能力和意愿的贫困残疾人通过实用技术培训掌握了1门以上的劳动技能，44.5万贫困残疾人家庭通过实施农村危房改造，住房条件得到明显改善，8.3万贫困残疾人通过康复扶贫贷款支持，有效缓解了生产资金短缺的困难。

三是助推了保障贫困残疾人脱贫制度的建立。国务院制定困难残疾人生活补贴和重度残疾人护理补贴（下称“两

项补贴”）制度、残疾儿童康复救助制度，其中“两项补贴”制度已在全国所有行政区划内建立，2100万人次残疾人从中受益，“两项补贴”已成为当前贫困残疾人摆脱贫困的重大制度支撑。

“十二五”前，全国贫困残疾人的数量还有近千万，随着精准扶贫精准脱贫战略的不断深入，贫困残疾人数量逐年减少，特别是党的十八大以来，每年都有百万左右贫困残疾人出列。

经核实比对，截至2017年底，国家建档立卡贫困残疾人的数量仍有281万多人。这些贫困残疾人中，一是重度残疾人占比大。残疾等级为一、二级的重度残疾人就有152万，占到了贫困残疾人总数的54%。二是分布分散。深度贫困地区占比高，非深度贫困地区插花分布的贫困残疾人也不少。三是致贫原因既有收入低造成的“贫”，更有环境因素造成的“困”。贫困残疾人由于环境的障碍，自身发展能力弱，收入来源有限，家庭支出大，是典型的支出型贫困，是特殊困难群体中的贫中之贫、困中之困、坚中之坚。

问：源头拔穷根，要迈几道坎

记者：要从源头上拔掉“穷根”，帮扶还存在哪些难点？

程凯：贫困残疾人家庭增收难，收入来源主要依靠最低生活保障、“两项补贴”等转移性收入；贫困残疾人家庭支出大，有慢病和大病、病残一体者多，长期服药和门诊报销困难，特需康复支出大，家庭医疗自费支出比例仍然不小。

同时，精神、智力和重度肢体残疾儿童抢救性康复不及时，接受义务教育难度较大，既给家庭带来照护负担，又造成残疾儿童失学；成年精神、智力和重度肢体残疾人即使“脱了贫，也解不了困”的矛盾十分突出，贫困重度残疾人的托养照护需求迫切；困难家庭辅助器具适配服务和家庭无障碍改造严重不足，贫困残疾人生活自理和社会适应能力普遍较弱，贫困残疾人的获得感不强，一些家庭生活质量亟待提高。

从帮扶的角度讲，目前的难点在于：贫困残疾人数量多，占比大。未来3年，每年至少要减少100万以上的贫困残疾人，才能确保贫困残疾人脱贫攻坚任务顺利完成，时间紧、任务重；乡村为残疾人服务的能力不足，农村康复、特殊教育、托养等残疾人服务资源有限，专业服务人员极为匮乏，无法服务兜底保障贫困残疾人的特殊困难需求。

对于贫困残疾人的特惠扶持政策宣传还不到位。一些贫困地区对残疾人“两项补贴”政策、康复服务、特殊教育、家庭无障碍改造政策不了解，落实政策滞后。对贫困残疾人脱贫攻坚的特殊性和难度认识仍需提高。部分地方把贫困残疾人的致贫原因都归结到“因病致贫返贫”的范围，没有科学精准到多数残疾人贫困户因残障致贫而非疾病致贫的特殊致贫原因上。还有一些地方还未对贫困残疾人脱贫攻坚引起足够的重视，仍然把贫困残疾人家庭与一般贫困户同等对待，仅能享受到普惠的扶持政策，没有针对贫困残疾人家庭的特殊困难和需求提出有针对性的扶持政策和帮扶措施。

问：服务更精准，该从哪入手

记者：如何切切实实从衣、食、住、行，听、说、读、写，为贫困残疾人提供精准服务？

程凯：未来3年，要按照中央部署，聚焦深度贫困地区和特殊贫困群体，重点做好以下工作。

进一步强化对贫困残疾人的兜底保障。加大建档立卡贫困家庭重度残疾人的医疗救助，进一步降低贫困残疾人及家庭医疗费用个人自付比例，为贫困重度残疾人看病就医提供便利服务，要确保符合条件的建档立卡贫困残疾人全部纳入农村低保范围，真正实现“应保尽保”，要全面落实困难残疾人生活补贴制度和重度残疾人护理补贴制度，并随着物价和实际支出情况建立动态调整机制。

逐一解决贫困家庭未入学适龄残疾儿童义务教育问题。要根据残疾儿童的实际情况和未入学原因，逐一制订教育安置方案，通过普通学校随班就读、特殊教育学校就读、送教上门等多种形式，逐个做好适龄残疾儿童少年的义务教育安置工作，加大对贫困残疾学生的资助力度，在“两免一补”的基础上，提高补助水平，确保每一名家庭经济困难的残疾儿童少年都能有学上。

解决好贫困残疾人家庭的住房安全问题。加快推进贫困残疾人家庭危房改造进度，进一步提高贫困残疾人家庭危房改造补贴标准；加快落实贫困重度残疾人的托养照料服务。“给钱给物不如给服务”，托养照料是贫困重度残疾人脱贫解困的最大期盼，要充分利用乡村养老机构、福利设施、医疗机构、农村集体闲置资源和住房，通过政府补贴、购买服务、设置公益性岗位等综合措施，为有需求的贫困重度残疾人提供集中托养、日间照料和邻里照护服务，降低家庭照料护理支出成本，释放家庭看护劳动力，改善其基本公共服务状况和生活质量。

加快解决贫困残疾人的康复需求和家庭无障碍改造需求。推进农村残疾预防，提高康复服务保障水平，不断加强康复人才培养和康复设施建设，加快推动贫困重度残疾人家庭无障碍改造；让贫困残疾人更好地享受资产收益。在确定财政专项扶贫资金和涉农资金形成的设施农业、光伏、水电、乡村旅游项目等资产收益，以及土地流转、宅基地使用、资源开发形成的资产收益分配过程中，优先配置因残致贫家庭，并适当提高折股量化和资产收益配置比例。

（郝大鹏供稿）

残疾人宣传文化工作

一、领导讲话

全国残联宣传文化工作会议在京召开

中国残联网站　2018 年 12 月 19 日

2018 年 12 月 13 日，全国残联宣传文化工作会议在京召开。中国残联党组书记、理事长周长奎出席会议并讲话；党组成员、副理事长程凯主持会议并就全国残联系统开展“学听跟”专项活动、贯彻落实会议精神进行部署。

周长奎指出，党的十八大以来，以习近平同志为核心的党中央高度重视宣传思想工作，多次召开重要会议，习近平总书记多次发表重要讲话、做出重要指示，为宣传思想工作指明了前进方向，提供了根本遵循。

周长奎强调，宣传思想文化工作对于群团组织格外重要，各级残联要把宣传文化工作摆在事关残疾人事业发展全局的重要位置来谋划、部署、推动。要始终保持和增强残联组织的政治性、先进性和群众性，将“强三性”体现在宣传思想文化工作中，从整体上把握好残疾人宣传文化工作定位；要从政治层面、价值层面、精神层面三个方面把握好残疾人宣传文化工作内容；要通过媒体引领、产品引导、典型引路创新方法载体，把握好残疾人宣传文化工作手段；要坚持眼睛向下、重心下移，聚焦基层社区、基本群众、基础需求，把握好残疾人宣传文化工作重心。各级残联要认真落实全国宣传思想工作会议、中央党的群团工作会议和中国残联七代会精神，强化责任担当，坚持守正创新，推动宣传思想文化工作不断强起来，为新时代残疾人事业全面发展提供思想保证和精神力量。

程凯在会上指出，开展“学听跟”专项活动是学习贯彻习近平新时代中国特色社会主义思想、全面加强残联组织党的建设和政治建设的重要部署，是推进新时代残疾人事业发展的必然要求，也是贯彻落实中国残联改革方案各项要求的重要举措。各级残联要把学习宣传贯彻习近平新时代中国特色社会主义思想和习近平总书记关于残疾人事业的重要论述，作为当前和今后一个时期的首要政治任务抓紧抓好，增强“四个意识”、坚定“四个自信”，自觉承担起举旗帜、聚民心、育新人、兴文化、展形象的使命任务。要围绕新中国成立 70 周年、第六次自强与助残表彰、推进残联改革、加快脱贫解困奔小康、密切关注舆情动态等重大任务和关键节点，做好 2019 年宣传文化工作，为打赢残疾人脱贫攻坚战、决胜全面建成小康社会提供强大精神动力、营造良好社会氛围。

二、政策规章

中国残联关于印发《全国残联“学听跟”专项活动实施方案》的通知

残联发〔2018〕67 号

各省、自治区、直辖市残联，新疆生产建设兵团残联，黑龙江垦区残联，中国残联机关各部门、各直属单位、各专门协会，中国残疾人福利基金会：

《全国残联“学听跟”专项活动实施方案》已经中国残联改革工作领导小组审议通过，现印发给你们，请结合工作实际，认真贯彻落实。

在全国残联系统开展“学听跟”专项活动，是学习贯彻习近平新时代中国特色社会主义思想，全面增强各级残疾人组织政治性、先进性、群众性的重要部署，是推进新时代残疾人事业发展的必然要求，是落实《中国残疾人联合会改革方案》各项要求的重要举措。各级残联组织和广大残疾人工作者要用习近平新时代中国特色社会主义思想武装头脑，进一步统一思想，提高政治站位，增强“四个意识”，坚定“四个自信”，自觉践行“两个维护”，结合工作实际抓好落实、抓出成效，不断推进残联各项改革任务，推动新时代残疾人事业新发展，在完成决胜全面建成小康社会的关键任务中，团结带领广大残疾人听党话、跟党走。

各地各部门各单位要根据方案要求，结合实际制定具体实施方案。要认真总结经验，及时推广好的做法，开展“学听跟”专项活动情况要及时报告。

中国残疾人联合会

2018 年 12 月 29 日

全国残联“学听跟”专项活动实施方案

为深入学习贯彻习近平新时代中国特色社会主义思想和党的十九大精神，扎实推进残联各项改革任务，推动新时代残疾人事业新发展，经研究决定，在全国残联系统开展“学习习近平新时代中国特色社会主义思想和习近平总书记关于残疾人事业的重要论述，团结带领广大残疾人听党话、跟党走”（简称“学听跟”）专项活动。

一、学习内容

深入学习贯彻习近平新时代中国特色社会主义思想和习近平总书记关于残疾人事业的重要论述。更加突出原汁原味、融会贯通、联系实际，做到学懂、弄通、做实，进一步统一思想和行动，增强做好残疾人工作的责任感和使命感。

二、主要目标

坚持用习近平新时代中国特色社会主义思想武装头脑，大力践行社会主义核心价值观，弘扬人道主义精神，坚持正确的价值理念，坚守弱有所扶的原则立场，进一步增强各级残疾人组织政治性、先进性、群众性，加强政治建设，提高政治站位，增强“四个意识”，坚定“四个自信”，践行“两个维护”，团结带领广大残疾人听党话、跟党走。

三、具体措施

1. 各级残联主席团、执行理事会和党组班子成员，要率先垂范，先学一步，学深一层。要把学习宣传贯彻习近平新时代中国特色社会主义思想和习近平总书记关于残疾人事业的重要论述作为首要政治任务和头等大事，全面学习、完整领会其主要内容、深刻内涵、实践品格和时代特征，自觉走在前面，当好表率；要把学习内容列入党组中心组学习议程，原原本本研读。召开全国残联系统学习习近平总书记关于残疾人事业的重要论述座谈会，进一步统一思想、凝聚力量。

2. 各级残联机关、各专门协会的干部和残疾人工作者，要注重从理论和实践上加强系统学习，自觉用于指导实践。要把专项活动与“两学一做”学习教育常态化制度化相结合，与“不忘初心、牢记使命”主题教育相结合，通过主题党日、专题学习、宣讲报告、学习座谈、征文演讲、知识竞赛等多种形式，掀起学习活动热潮。各专门协会要结合各类残疾人特点和自身优势开展活动。

3. 乡镇（街道）、村（社区）的基层残疾人专职委员和联络员，要成为理论学习的参与者和宣传员。要采取专题培训、以会代训等形式，增强对习近平新时代中国特色社会主义思想和习近平总书记关于残疾人事业的重要论述的理解，增进他们对党的信心、信任和信赖。要积极发挥专职委员和联络员直接联系残疾人的优势，在走家串户、组织残疾人活动、协调残疾人工作过程中，用具体、直观、生动而接地气的活动方式和面对面思想引导，增进广大残疾人群众及亲属对党的宗旨、路线方针、基本方略的政治认同、思想认同、情感认同。

4. 针对不同职业、不同领域残疾人，要采取灵活多样的方式分类指导学习。要结合残疾人证申领、入户调查、上门服务等工作，围绕残疾人关注的现实问题，着力加强政策解读，让残疾人从身边发生的变化中了解党中央对残疾人的格外关心格外关注；坚持形象化、情感化、榜样化宣传引导，用听得懂、记得住的话语，以生动的故事和典型的事例，引导广大残疾人紧密团结在以习近平同志为核心的党中央周围。要充分发挥各级残疾人专门协会和助残社会组织紧密联系本类残疾人的职责和优势，加强对习近平新时代中国特色社会主义思想和习近平总书记关于残疾人事业的重要论述的宣导，提高“学听跟”专项活动的影响力和覆盖面。

5. 将学习内容列入干部学习培训的重点内容。残联举办的各级各类干部培训，都要把学习宣传贯彻习近平新时代中国特色社会主义思想和习近平总书记关于残疾人事业的重要论述作为重要内容，采取宣讲报告、交流体会、分享感悟等方式方法，引导干部深刻领悟理论内涵，深刻把握历史新方位和新时代特点，提高政治素质和理论素养，以求真务实的作风投入工作、锻炼自身，主动适应新时代残疾人事业发展新要求。

6. 充分利用重大节日、重要节点组织宣传。要结合庆祝中华人民共和国成立70周年重要活动和全国助残日、国际残疾人日等重大节日、重要节点，紧密联系党的十八大以来党和国家事业的历史性成就和历史性变革、改革开放40年和中国残联成立30年来残疾人事业发展取得的重大进展、广大残疾人生产生活和学习工作中发生的深刻变化，把习近平新时代中国特色社会主义思想和习近平总书记关于残疾人事业的重要论述讲清楚、讲明白，让残疾人听得懂、能接受。

7. 结合重要典型表彰评选活动组织宣传。要结合第六次全国自强模范暨助残先进表彰、脱贫攻坚典型、新闻人物和助残人物推选等活动，把学习宣传贯彻习近平新时代中国特色社会主义思想和习近平总书记关于残疾人事业的重要论述贯穿到典型表彰、事迹巡回报告和先进人物推选过程中，用身边人讲身边的事，用丰富多彩的形式讲好残疾人听党话跟党走的生动故事。

8. 综合运用好各类新闻媒体宣传。中国残联官网、“两微一端”和华夏时报、中国残疾人杂志社、数字图书馆等新闻宣传单位和地方残联各级各类宣传舆论阵地，要普遍开设“学听跟”专项活动专题专栏，以生动故事、典型案例等残疾人喜闻乐见、寓教于乐的方法，通过新闻报道、人物访谈、理论解读、残疾人感悟等形式，增强学习宣传的传播力、引导力和影响力。

9. 充分利用残疾人服务机构等阵地组织学习宣传。各级残联组织要充分借助康复中心、托养中心、就业中心、文体中心等基层残疾人服务机构和活动阵地进行学习宣传。要综合运用残疾人服务机构广告牌、宣传栏、LED显示屏、灯杆道旗、建筑围挡等载体，营造良好的宣传环境。要把宣讲主题与残疾人关注的热点难点问题结合起来，与解决残疾人的实际困难结合起来，着力增强针对性、实效性。

10. 结合为残疾人提供更多优质文化产品和服务搞好学习宣传。各级残联在落实“十三五”规划文化进残疾人家庭“五个一”项目、开展残疾人文化周和“书香中国·阅读有我”等专题活动中，要把学习习近平新时代中国特色社会主义思想和习近平总书记关于残疾人事业的重要论述与普法宣传、遵纪守法结合起来，与弘扬中华传统文化、读书看报、释疑解惑、文娱活动结合起来，不断丰富内容形式，进行有特色、接地气、互动化的宣传。各级残疾人事业文化单位要主动制作、推介和传播内容准确、形式丰富、感染力强的宣传文化产品，为专项活动提供有效载体和抓手。

四、有关要求

1. 认真落实领导责任。各级残联党组织要切实加强组织领导，承担起主体责任，主要领导负总责、亲自抓，分管领导具体抓、做好协调，各相关部门通力协作，把“学听跟”专项活动作为一项重要政治任务，摆上重要议事日程。要按照统一部署，加强分类指导，搞好学习宣讲培训，有条件的可以组织宣讲团深入基层宣讲，确保活动取得实效。

2. 坚持眼睛向下、重心下移。要紧贴残疾人现实问题和思想状况，多做统一思想、凝聚人心、化解矛盾、增进感情、激发动力的工作，多做强信心、聚民心、暖人心的工作，使广大残疾人在理想信念、价值理念、道德观念上跟上时代步伐。

3. 加强督促指导。省（区、市）残联和中国残联直属单位要结合实际做出安排部署，加强具体指导；市、县级残联要发挥关键作用，结合增强综合服务能力等中心工作制定具体实施方案，加强督促落实；乡镇（街道）残联和村（社区）残协要对辖区内的残疾人进行广覆盖见面宣讲，帮助残疾人及亲属学习提高。

4. 充分考虑各类残疾人的特殊性和接受能力。各级残联和残疾人专门协会要注意把握各类残疾人的接受能力、心理特点、交流方式，积极探索各类残疾人乐于参与、便于参与的方式，采取富有时代特色、体现实践要求的方法，既要有统一要求，并提供信息无障碍服务，又要广泛开展生动活泼、特色鲜明、富有实效的学习宣传活动，增强专项活动的吸引力和感召力。

5. 与服务残疾人工作相结合。各级残联要把专项活动与为残疾人提供服务相结合、与“走转改”专项改革相结合、与脱贫攻坚相结合、与落实意识形态工作责任制相结合，组织广大党员干部深入基层一线全面了解社情民意，想方设法解决残疾人所急所需所盼，以我们的实际行动和广大残疾人生产生活的实际变化，团结带领广大残疾人听党话、跟党走，不断增强残疾人的获得感、幸福感、安全感。

三、工作综述

2018 年，残疾人宣传文化工作以习近平新时代中国特色社会主义思想为指导，牢固树立“四个意识”，增强“四个自信”，围绕党和国家大局以及改革开放 40 年、中国残联成立 30 周年和七代会，遵循以残疾人为中心的工作理念，开创宣传文化工作新局面。

（一）推动习近平新时代中国特色社会主义思想深入人心

深入学习宣传贯彻习近平新时代中国特色社会主义思想和党的十九大精神。2018 年组织党组理论学习中心组集体学习 6 次。印发《全国残联“学听跟”专项活动实施方案》，在全国残联系统开展“学听跟”专项活动。

组织支部党员干部和直属新闻文化单位班子成员专题学习习近平新时代中国特色社会主义思想和习近平新闻思想。组织召开直属新闻文化单位联席会议，学习传达全国宣传思想工作会议精神座谈会，及全国残联宣传文化工作会议。召开 7 次新闻单位月度通气会和 2 次文化单位季度盘点会。

开办“仁美大讲堂”宪法网络讲座，邀请中国人民大学法学院专家主讲。

（二）积极讲好残疾人故事，唱响主旋律，传播正能量

结合庆祝改革开放 40 周年、中国残联成立 30 周年、中国残联七代会，全年组织近 500 人次中央媒体记者开展采访活动，深入基层一线和中国残联直属单位，集中展示我国残疾人事业发展成就。

组织媒体报道团赴韩国、印尼采访报道平昌冬残奥会和亚洲残疾人运动会，充分展示了中国体育代表团自强不息、奋勇拼搏的精神风貌。

围绕全国助残日、残疾预防日、第五个全国扶贫日等重大活动组织开展系列宣传报道，积极争取中宣部、中央网信办等部门和中央媒体的支持，营造关心支持残疾人事业的良好氛围。

七代会期间，组织中央及驻京共计 60 余家媒体宣传报道七代会，中央主要媒体七代会期间共计播发 130 余篇报道，组织《华夏时报》和中国残疾人杂志社开展全国“两会”、中国残联七代会和改革开放 40 周年专题报道，在全社会引发广泛关注。

进一步拓宽残疾人事业传播渠道。截至 2018 年底，中国残联“两微一端”订阅人数逾 435 万，阅读总量约 4896 万次。相继入住网易号、头条号等客户端，累计粉丝达 448 万，累计阅读总量已超 1 亿次；中国网残疾人频道、中国残

联英文网站影响力继续扩大。开展了“中国残疾人事业新闻人物”“中国残疾人事业助残新闻人物”推举活动；编辑出版《2018 年中国残疾人事业发展报告》蓝皮书，不断扩大残疾人事业在海内外的影响力。

建立了制度化、常态化的中国残联新闻发布机制。与国务院新闻办举行基层残疾人和助残代表与中外记者见面会，社会反响热烈；每月结合全会工作重点组织新闻发布会，邀请有关部门负责同志和专家进行发布；组织网络媒体对发布会进行图文直播，占领网络舆论阵地。

（三）残疾人文化工作进一步纳入国家大局

残疾人文化活动纳入国家公共文化服务总体范畴。与文化和旅游部、国家新闻出版署共同印发《关于开展 2018 年残疾人文化周活动的通知》《关于开展“书香中国·阅读有我”活动通知》，指导地方以此为抓手，丰富广大残疾人精神文化生活。

“共享芬芳”中西部地区公益巡演巡展等品牌文化活动活动继续纳入中央文明委 2018 年精神文明建设工作安排。中央文明办《文明花开新时代——党的十八大以来中央文明委成员单位精神文明建设成就和经验汇编》也将中国残联精神文明建设工作纳入其中。

（四）坚持为残疾人提供优秀文化产品和文化服务

实施“文化进社区”“文化进残疾人家庭”和“五个一”项目，扶持少数民族地区的 100 个社区和 2 万户贫困和重度残疾人家庭，丰富残疾人精神文化生活。

继续开展“共享芬芳”百县百场巡演巡展活动，在中西部地区 20 多个县共举办演出展览 41 场，5 万余名基层残疾人参与。

在京津冀、长三角、珠三角地区开展“中国残疾人美术精品展”活动，展示残疾人书画精品，带动地区间残疾人文艺交流。

（五）推动残疾人文化创意产业和文艺创作繁荣兴盛

围绕中国残联成立 30 周年等重要节点组织开展残疾人文化活动。创作舞台剧《北极光》和话剧《但的故事》，收到良好的社会反响。

实施“圆梦丹青”残疾人艺术家百人推介计划、优秀残疾人作家作品推广计划等，向社会推介残疾人书画家、手工艺者、作家及其精品力作，展示残疾人文艺才华。

大力发展残疾人文创产业。继续扶持 40 个文创产业基地、10 个特殊艺术挖掘与推介项目、15 家“残疾人手工艺者集善之家”等项目，举行残疾人“手工艺者集善之家”授牌及展示活动，助力贫困残疾人脱贫攻坚。

四、重要条目

【北极光】由中国残联指导、北京市残联创编的舞台剧，塑造了残疾姑娘苏小溶善良、乐观、坚强的艺术形象，引导人们不但要关注看得见的身体上的“残疾”，也要关注看不见的心理上的“残疾”，深度思考“残疾”与“健全”的内在边界，深刻领悟“真正的幸福来自健全的心灵”的人生哲理。2018 年 12 月 3 日在国家大剧院台湖舞美艺术中心举行汇报演出，总编导刘国超。周长奎、吕世明及北京市副市长王宁等出席观演。

【但的故事】中国残联宣文部、中国残疾人事业新闻宣传促进会组织编演的舞台剧，讲述了一个智力略低于常人的“笨小孩”从家乡到北京追寻爱情，并用自己的纯真和正能量感染和改变周围的人们，帮助他们找回自我的故事。编剧、导演杭程，特邀指导周迅，主演王钊、金岩等。12 月 3 日—4 日在北航晨兴剧场上演。

附　录

携手助残，共同发展

——写在第 28 次全国助残日之际

《人民日报》　潘跃　2018 年 5 月 21 日

5 月 20 日是第 28 次全国助残日，主题为“全面建成小康社会，残疾人一个也不能少”。在朝着全面建成小康社会的目标加快奋进的征程上，各地各部门通过一系列扎实举措，着力帮助残疾人脱贫脱困，携手助残，共同发展。

聚焦精准扶贫，强化政策保障

决胜全面建成小康社会，开展贫困残疾人的精准扶贫工作，各种惠残助残政策是保障。

在吉林省大安市的长进村，村民李永德正算着经济账。“再过一段时间，两头仔猪就能出栏了，”李永德在自家的小院里盘算着，“加上这亩地里的红辣椒，今年怎么也能挣个万把块钱。”

由于一家三口都患有残疾，行动不便，李永德一家是长进村的建档立卡贫困户，多年来一直靠着政府补贴度日。在脱贫攻坚工作的精准帮扶下，现在老李家不仅建起了猪舍、搞起了养殖，还经营起了“庭院经济”，生活完全变了样。

受身体障碍、劳动能力弱、教育程度低等因素影响，贫困残疾人特别是农村贫困残疾人成为贫困人口中贫困程度最深、脱贫难度最大、返贫率最高的特殊困难人群。

为进一步加大贫困残疾人脱贫攻坚力度，近年来，我国出台了一系列残疾人扶贫的政策。中国残联等相关部门印发了《贫困残疾人脱贫攻坚行动计划（2016—2020 年）》，提出了“七个一批”的主要工作任务和十个重点行动，还印发了《着力解决因残致贫家庭突出困难的实施方案》。针对贫困残疾人精准康复扶贫、残疾青壮年扫盲、产业扶贫、电商扶贫、残疾妇女手工编织、志愿者助残、家庭无障碍改造等需求，中国残联还会同相关部门分别制定了具体行动方案。

中国残联扶贫办主任解宏德介绍，2017 年全国贫困残疾人有 92.5 万人退出建档立卡；残疾人接受实用技术培训 70.6 万人次；安置 10.5 万残疾人就业，扶持带动 21.8 万户残疾人家庭。

解宏德还表示，目前在全国建档立卡贫困人口中，残疾人仍有 281 万。下一步，中国残联将进一步聚焦贫困残疾人脱贫攻坚，充分利用动态更新和建档立卡数据库，为贫困残疾人提供更加精准的帮扶。

拓宽就业渠道，创业有声有色

近年来，我国残疾人就业状况不断改善，成为保障和改善生活的主渠道。

云南省楚雄彝族自治州姚安县评定了多家“残疾人扶贫示范基地”，栋川镇大龙口村的虹鑫工贸有限公司就是其中之一。该公司属于劳动密集型小微企业，产品主要以手工加工为主，非常适合残疾人就业，加工豆子是助残的一部分。

在公司车间，记者看到正在加工蚕豆的员工中，有部分肢体和智力残疾的工人，他们手法熟练、神情专注。这些被加工过的蚕豆，公司将按照 1.2 元/公斤的标准给予加工费。

湖北省十堰市的残疾小伙付晏鹏，一直做工艺品销售，原先由于开店成本太高，经营了两三年只能勉强维持生计。自从来到十堰市肢残人协会设立的众创空间后，小付在互联网找到了用武之地。他通过多个移动平台推广自己的产品，与顾客在线互动，寻找到新的发展商机。“互联网上有的是机会，但更多的是挑战，对于我们残疾人就更不容易。众创空间解决了后顾之忧，也让我们这些创业者在彼此交流中碰撞出新的创业灵感。”小付说。

近年来，残疾人就业渠道进一步拓宽，形成残疾人按比例就业、集中就业、自主就业创业、辅助性就业等多种就业形态。截至 2017 年底，全国城乡 942.1 万名残疾人实现就业。

与此同时，残疾人就业扶持和保护政策进一步完善。如国务院残工委成员单位带头招录残疾人，12 个成员单位已经安置 24 名残疾人公务员。

中国残联教育就业部相关负责人表示，目前我国处于就业年龄段的残疾人有 1700 多万，大部分有就业的愿望和能力，社会各界仍要千方百计解决残疾人就业问题。

推进托底补短，筑牢民生底线

目前，我国有 8500 多万残疾人。在收入少、支出多的情况下，残疾人家庭普遍面临着生活困难和长期照护困难。

家住江西省南昌市新建区的重度残疾人余满根，前不久又一次领取了当地政府发放的困难残疾人生活补贴和重度残疾人护理补贴。虽然补贴只有 100 元，但在他看来却格外珍贵。

“这份补贴让我们一家人的心里有了底。我们再也不用每月为家里的粮袋子发愁着急了。”余满根说。

从 2016 年 1 月 1 日起，困难残疾人生活补贴和重度残疾人护理补贴制度在全国范围内正式实施。“两项补贴”是对残疾人的特殊生活困难和长期照护困难进行的专门制度安排，与最低生活保障等制度进行了有效衔接，填补了残疾人福利制度的空白，成为当前贫困残疾人摆脱贫困的重要制度支撑。截至今年 3 月，“两项补贴”制度已在全国惠及 2100 多万人次。

此外，我国贫困残疾人还享受到了一系列保障政策。截至 2017 年底，全国有 900 多万城乡贫困残疾人获得了最低生活保障，城乡残疾居民参加社会养老保险人数达到 2614.7 万，60 岁以下参保重度残疾人中，政府代缴养老保险费比例达到 96.8%。过去 5 年来，800 多万城乡贫困残疾人纳入了最低生活保障，共有 400 多万残疾人（次）获得了各种形式的托养照料服务。

中国残联主席张海迪说：“‘全面建成小康社会，残疾人一个也不能少’，我们要坚决打赢残疾人脱贫攻坚战，千方百计促进残疾人就业增收，提升残疾人基本公共服务水平，帮助残疾人和全国人民一道共建共享全面小康社会。”

（张晶帆供稿）

残疾人体育工作

一、领导讲话

张海迪在平昌第十二届冬残奥会中国体育代表团动员大会上的讲话

2018 年 3 月 2 日

第十二届冬残奥会是党的十九大之后我国首次参加的残奥会，也是备战和筹办北京 2022 年冬残奥会的重要环节，意义和责任十分重大。

自 2015 年 7 月北京冬残奥会申办成功以来，中国残联按照习近平总书记“办赛要精彩，参赛也要出彩”的指示精神，经过两年的努力，我们实现了冬残奥会项目全覆盖，运动员由不足 50 人发展到近千人，为平昌冬残奥会奠定了较好的基础。

冬残奥会是残疾人运动员展示生命力量和不屈品格的舞台。每每回想起 2014 年我在索契冬残奥会上看到残疾人运动员在赛场上所展现的不怕艰苦、不畏强手、不屈不挠、挑战极限、超越自我、奋勇拼搏的顽强精神，我的感动总在心中。此次出征平昌，我相信你们每一个人都会有更好的表现。你们将向世界展示新时代中国残疾人的风貌，你们将鼓舞和激励更多的残疾人热爱体育、参与冰雪，享受运动，你们代表着中国 8500 万残疾人对 2022 北京冬残奥会的信心与期待。下面，我就参赛工作提几点希望：

一是要展现精神风貌。冬残奥会是当今世界规模最大、影响最广的残疾人冬季赛事，也是全世界残疾人的盛大节日。在赛场内外，我们既要遵守规则、尊重对手、尊重裁判、尊重观众，更要展现团结拼搏、超越自我、永不放弃的残疾人体育精神；既要遵守韩国法律法规、尊重当地风俗习惯，更要展现礼仪之邦的文明风范和中国残疾人乐观向上的精神风貌。

二是要展现运动水平。冬残奥会为全世界优秀的残疾人运动员创造了一个挑战极限、超越困境、实现人生梦想的舞台。我们的运动员和教练员要聚精会神、周到准备、统筹谋划、全力以赴，发挥最好的水平，争取取得最大的突破。我们的工作人员要以运动员为核心，以服务一线为重点，热情服务、精心保障、积极协调，为运动员参赛提供强有力的支撑。我们要把困难考虑得更充分一些，把准备工作做得再周密一些，把组织工作做得再扎实一些，确保平安参赛，顺利凯旋。我还要特别强调一下，要坚决杜绝兴奋剂，要干干净净参赛，做真正的英雄。

三是要为 2022 积蓄力量。2022 年我们将成为冬残奥会的东道主，我们要通过平昌参赛，学习先进国家的理念和做法，在管理、训练、保障、科研、器材装备等方面多学习，多思考。我们每一个人都要成为 2022 的使者，我们要积极主动，广泛交流，增进友谊，讲好中国故事，传递中国声音。

明天，我们即将出征为祖国的荣誉而战。大家要团结一心，共同努力，不负重托，不辱使命，圆满完成平昌参赛任务。

周长奎在第三届亚残运会代表团动员大会上的讲话

2018 年 9 月 29 日

第三届亚残运会中国代表团是党的十九大之后我国赴境外参赛规模最大的残疾人体育代表团，也是中国残联七代会后首个出征的大型综合性体育代表团。党中央、国务院对残疾人体育事业非常关心和支持，习近平总书记在党的十九大报告中明确要求“筹办好北京冬奥会、冬残奥会”，“广泛开展全民健身活动，加快推进体育强国建设”。残疾人体育在残疾人事业发展中占有重要地位，做出了突出贡献，在残奥会、冬残奥会、亚残运会上都取得了好成绩，激励越来越多的残疾人参与健身、融入社会、共奔小康，在国际体育赛场上展现了我国残疾人昂扬向上的精神风貌，向国际社会展示了我国残疾人事业的发展成就和国家的文明进步。

中国残联高度重视本届亚残运会组团参赛工作，国家体育总局给予了有力的指导，各地方残联、体育局和训练基地在备战方面提供了全方位支持和保障。各位运动员和教练员克服自身困难，坚持科学训练，在运动技能提高、体能储备、战术应用等方面为参赛打下了良好的基础。在此我对大家的努力和各级各地相关部门给予的支持表示感谢。

同志们即将出征，希望大家继续发扬自强不息、奋勇争先的残疾人体育精神，在赛场上赛出水平、赛出中国人的精气神，超越自我，再创佳绩。要严格遵守参赛规则，文明参赛，杜绝兴奋剂。

希望大家广泛交流，增进友谊，向亚洲各国朋友展现新时代中国残疾人的精神风貌和友好的情谊，诚邀亚洲各国朋友2022相聚杭州第四届亚残运会。

希望代表团临时党委和工作团队切实负起责任，加强协调，周密地为运动员和参赛队伍做好服务，确保比赛顺利圆满地进行。

最后，祝愿全团将士顺利出征，捷报频传，平安凯旋！

让全社会的残疾人都享受到体育的快乐

——中国残联主席张海迪在第三届亚洲残疾人运动会闭幕后接受《人民日报》、人民网记者专访

人民网－体育频道　2018年10月13日

10月13日，第三届亚洲残疾人运动会在雅加达落下帷幕，中国代表团再次蝉联奖牌和金牌的双冠军。13日上午，中国残联主席、中国残奥委会主席、中国残疾人体育代表团团长张海迪在苏加诺体育馆羽毛球馆接受了人民日报、人民网记者的专访，畅谈中国残疾人体育事业及各项事业的发展。

“体育事业是残疾人事业中非常重要的部分。”张海迪既为残疾人运动员取得的成绩自豪，同时，她的关注点，已经超越了本次比赛，而是时时落在中国8500万残疾人兄弟姐妹的福祉上。

“在为残疾人创造更好的生活条件的同时，更重要的是，要提振残疾人的精神。”张海迪说，“残疾人的精神，也是我们民族的精神，也是国家的精神。”

体育，正是提振精神、激发士气的王道。

而残疾人运动员们在赛场上的奋斗拼搏精神也正是中国精神的最佳诠释。

“中国代表团让我们特别感动。他们取得的成绩，让我们的国家和人民感到振奋，让8500万残疾人感到振奋。”张海迪说。

第三届亚洲残疾人运动会，中国运动员仍然通过顽强的拼搏，再次位居金牌与奖牌总数第一：172枚金牌、88枚银牌、59枚铜牌，破7项世界纪录、21项亚洲纪录，交出令人满意的成绩单。

张海迪曾经也是体育运动员的一员。1994年，她作为手枪运动员参加了远南运动会。

近年来，中国残疾人体育事业发展迅速。张海迪说：“作为中国残疾人体育代表团团长，两年前我带队去里约征战，我们的奖牌、金牌总数就名列前茅。”

2016年里约残奥会，中国代表团取得了金牌和奖牌榜总数第一的优异成绩。这也是我国第四次蝉联残奥会金牌和奖牌榜冠军。

而在今年3月举行的平昌冬残奥会上，中国队无论是参赛人数、项目还是成绩上，都有不小的进步。中国轮椅冰壶队经过多场苦战夺得冠军，实现中国冬残奥会金牌零的突破。

5年间，中国残疾人体育代表团共参加了180项国际赛事，获得1259枚金牌。在世界赛场上，中国残疾人运动员绽放出了耀眼的光彩。

张海迪对比赛成绩充分肯定，她说：“体育运动体现了民族的精神。残疾人运动员在逆境中毫不气馁，参与训练，一次次地在赛场上取得好成绩，为祖国荣誉而战，这样的精神是应该大力弘扬的。”

在运动场上，残疾人运动员们展现了良好的精神风貌。

“体育，是一种融合，一种参与。”张海迪强调说，“一定要让残疾人走出小小的天地。要让他们知道，他们不是孤立的。他们要参与体育运动，要参与社会。这是我们非常重要的目标。”

在张海迪眼中，体育是重建残疾人信心、恢复与社会联系的重要手段。

张海迪说：“每个人残疾以后都有一段内心的挣扎。内心挣扎之后，打开小小的窗户，就会看到灿烂的阳光。这个阳光是什么？就是生活的希望。”

实际上，像邹丽红、赵帅、辜海燕等一批中国优秀的残疾人运动员，在身体致残以后，都经历过一段艰难的心路历程。正是体育带给他们人生的希望，让他们重新找到人生的坐标，实现人生的价值。

张海迪认为，康复是残疾人事业的重中之重。而体育是生命重建的一种形式。这是体育的意义所在。

张海迪说：“我们要努力让全社会的残疾人都能享受到体育的快乐。中国残疾人事业还要考虑体育的群众性，要让残疾人更多地在社区、在家庭，都能够参与体育运动，都能够进行自己喜欢的体育运动。”

近年来，在党和国家的关心支持下，在全社会的关心支持下，中国残疾人事业取得日新月异的发展。张海迪说：“残疾人事业关系到残疾人整体的生存与发展，关系到残疾人的生存质量。”

张海迪表示：“希望，是残疾人自己寻找的；奋斗，也是全社会给予的。全社会都要关心残疾人兄弟姐妹。特别要关心残疾孩子，要让他们充分地接受教育；要让残疾青年、壮年，能够有工作的机会、更多参与社会的机会；我们还要努力让残疾妇女生活得更好。”

“胜利一定属于我们。”张海迪说。

二、政策规章

关于印发《第二届中国残疾人冰雪运动季全国残疾人大众迷你滑雪比赛规程》的通知

中国残联办公厅　2018 年 1 月 10 日

各省、自治区、直辖市残联，新疆生产建设兵团残联：

根据第二届中国残疾人冰雪运动季相关活动安排，经中国残联领导同志批准，决定于 2018 年 2 月 25 日至 28 日在哈尔滨举办第二届中国残疾人冰雪运动季全国残疾人大众迷你滑雪比赛，现将比赛规程印发给你们，请遵照执行。

附件：第二届中国残疾人冰雪运动季全国残疾人大众迷你滑雪比赛规程（略）

关于印发《中华人民共和国第十届残疾人运动会暨第七届特殊奥林匹克运动会竞赛规程总则》的通知

残联发〔2018〕10 号

各省、自治区、直辖市残联、体育局，新疆生产建设兵团残联、体育局：

中华人民共和国第十届残疾人运动会暨第七届特殊奥林匹克运动会定于 2019 年下半年在天津市举行。现将《中华人民共和国第十届残疾人运动会暨第七届特殊奥林匹克运动会竞赛规程总则》印发给你们，请遵照执行。

附件：《中华人民共和国第十届残疾人运动会暨第七届特殊奥林匹克运动会竞赛规程总则》（略）

中国残疾人联合会
国家体育总局
2018 年 1 月 15 日

关于印发 2018 年全国残疾人体育各竞赛项目规程的通知

残联厅发〔2018〕9 号

各省、自治区、直辖市残联，新疆生产建设兵团残联：

《2018 年全国残疾人体育各竞赛项目规程》已经中国残联理事会会议审议通过，现印发给你们，请遵照执行。

附件：《2018 年全国残疾人体育各竞赛项目规程》（略）

中国残联办公厅
2018 年 3 月 1 日

关于残奥乒乓球、残奥射击、残奥跆拳道执行 2018 版分级规则的通知

各省、自治区、直辖市残联宣文部（体育部）、残疾人体育协会、残疾人体训中心，新疆生产建设兵团残联宣文部、残疾人体育协会：

近日，国际乒乓球联合会、IPC 世界残奥射击委员会和世界跆拳道联盟公布最新分级规则，并从 2018 年 1 月执行，现将《残奥乒乓球肢体残疾分级规则》《残奥射击分级规则》《残奥跆拳道分级规则》发给你们，请按照此分级规则执行。

特此通知。

附件（略）

中国残疾人体育运动管理中心
2018 年 3 月 12 日

关于残奥田径、游泳执行 2018 版分级规则的通知

中国残疾人体育运动管理中心　2018 年 5 月 23 日

各省、自治区、直辖市残联宣文部（体育部）、残疾人体育协会、残疾人体训中心，新疆生产建设兵团残联宣文部、残疾人体育协会：

世界残奥田径委员会和世界残奥游泳委员会公布残奥田径和游泳项目最新分级规则，并从 2018 年 1 月执行，现将经专家审定的《残奥田径分级规则》《残奥游泳分级规则》发给你们，请按照此分级规则执行。

特此通知。

附件：1.《残奥田径分级规则（2018 版）》（略）
　　　2.《残奥游泳分级规则（2018 版）》（略）

中国残疾人体育运动管理中心
2018 年 5 月 23 日

关于印发全国残疾人体育赛事分级管理办法的通知

残奥委函〔2018〕9 号

各省、自治区、直辖市残疾人体育协会（残奥委员会）、聋人体育协会，新疆生产建设兵团残疾人体育协会：

为规范全国残疾人体育赛事分级工作秩序，提高分级工作质量，维护我国残疾人体育公平、公正，经中国残联领导批准，现将全国残疾人体育赛事分级管理办法印发给你们，请遵照执行。

中国残奥委员会
中国聋人体育协会
2018 年 5 月 29 日

全国残疾人体育赛事分级管理办法

第一章　总　则

第一条　为进一步加强和规范全国残疾人体育赛事分级管理工作，参照国际残疾人体育组织分级工作规定，结合《全国残疾人体育竞赛管理办法》制定本办法。

第二条　本办法适用于我国境内举办的全国性残疾人体育赛事。

第三条　中国残奥委员会、中国聋人体育协会授权中国残疾人体育运动管理中心（以下简称“体管中心”）负责统筹全国残疾人体育分级业务、技术和信息管理工作；各省区市残疾人体育协会按本办法及竞赛相关规定，落实完成所注册运动员参加全国赛事的分级工作。

第二章　分级资格和信息

第四条　按照全国性残疾人体育赛事规程规定，完成相关注册、审核、报名。参加全国残疾人体育赛事，应按要求填报级别。

（一）参加过国际赛事的运动员，以其当前国际级别和状态填报报名级别。

（二）仅参加过国内赛事的运动员，以其最近一次全国赛事确定的级别和状态填报报名级别。

（三）从未参加过全国赛事的运动员，按照其实际功能填写报名级别。

参赛单位应按赛事报名表规定如实填报级别。体管中心在信息审核时，对未按规定填写报名级别的报名表，退回运动员注册单位限时重报；或由体管中心按照运动员最近一次参加赛事时获得的级别进行公示，以此公示级别为准安排运动员参赛项目。

第五条　体管中心于赛前公示所有需分级和免分级运动员名单及分级信息，公布分级时间和要求。各参赛单位应积极配合。

（一）认真核对公示内容，如有异议，须在限定时间内以公函形式向体管中心提交复核申请，并附相关材料。

（二）需分级运动员须按照赛事要求，规范准备分级材料，按要求的时间、地点参加分级，否则相关后果由各参赛单位承担。

（三）由中国残联委托自主组团或自行组团参加国际赛事并进行分级，在赛事结束后一周内，向体管中心报备分级结果和相关证明材料，未报备上述材料的运动员分级信息仍按国内已获级别参赛或安排国内比赛分级。

第六条　有以下情况的参赛报名人员，不得参加分级

（一）曾在国际或全国赛事分级中被确认不符合该项目最低参赛标准者，且国际组织没有修改相关分级标准的。

（二）曾在国际或全国赛事分级中弄虚作假，失去分级资格者。

第七条　国内免分级运动员若残疾情况确有变化，与现级别标准有较大出入，运动员的注册单位需在赛事开始前20个工作日提出书申请，并附相关医学材料，经体管中心组织审核通过后，安排其参加分级。赛事期间不接受免分级运动员的重新分级申请。

已获得国际级别的运动员，若残疾情况确有变化，由其注册单位按照国际组织要求的时间，提前20个工作日递交书面申请和医学材料，经体管中心组织审核后，方可向国际组织申请重新分级。

第八条　当分级规则发生改变时，规则变化涉及的所有报名运动员需重新分级。

第九条　运动员参加国内赛事分级，需在分级时携带相关医学材料。如果运动员没有提交足够有效的医学材料而影响对运动员的准确评估，分级小组可暂停分级，要求该运动员限时补交材料。如运动员未能在限定的时间内提交所需医学材料，分级小组可终止分级评估。

第十条　多重残疾运动员级别的选择。符合多种残疾类别最低标准的运动员，或既符合项目坐姿又符合站姿比赛最低标准的多重残疾运动员，在第一次参加全国赛事时，必须选定其中一种残疾类别或比赛姿势参赛；如需更改，需满足以下要求：

（一）该运动员的注册单位可在下一次该项目全国赛事报名时以书面形式提出申请。

（二）每个运动员只允许提出一次残疾类别或比赛姿势的更改。

（三）全国残疾人运动会赛事期间不予安排变更残疾类别的分级。

第三章　赛时分级程序

第十一条　运动员应按照规定的时间、地点参加分级，携带必要的医学资料、身份证件，按规定着装、部分项目须按要求携带个人参赛器材。

运动员未达到上述要求，经提示后未能及时改正者，将视为放弃本次比赛分级的资格。

第十二条　分级过程中，运动员应积极配合分级工作，真实展现运动能力。根据项目特点，分级小组可对分级过程进行录像，录像仅限分级评估使用；赛事结束后，分级录像交体管中心封存备查。

第十三条　出现分级结果“不合格”（NE）的情况，将再次安排进行分级复核，该结果为最终分级结果。

第十四条　赛场观察

（一）所有肢体残疾和智力残疾运动员，均需接受赛场观察。未能完成赛场观察的运动员则视为未完成分级，不能确定任何级别和级别状态。

（二）对视力残疾和听力残疾运动员不设赛场观察，所有分级过程在分级评估阶段完成。

（三）所有集体项目的预赛阶段，各队均须安排需赛场观察的运动员上场比赛，直至分级小组认为已展现其运动能力方可替换。否则，运动员将被取消级别。

（四）对于在赛场观察阶段变更级别的运动员，其所属参赛单位须按变更后的级别重新报项参加未赛项目。

（五）参加国内分级的运动员参赛级别以赛时分级委员会最终公布的级别为准。

第四章 分级申诉规定

第十五条 参赛单位对“不合格”（NE）以外的分级结果有异议，可提出申诉，填写申诉表，提交分级委员会。分级委员会依程序处理，并将申诉最终结果通知相关单位。

第十六条 如当次赛事仅设一个分级小组，申诉将安排在下次该项目全国比赛期间处理，运动员级别不变，级别状态变为“观察”（R）。

第十七条 申诉的权利和要求

（一）在比赛的任何阶段，分级委员会均可对已有的国内分级结果提出申诉。

（二）赛前分级阶段和赛场观察阶段，各代表队均可对本队和非本队级别状态为“国内观察”（NR）的运动员提出申诉。

（三）免分级运动员和本次赛会级别状态为“国内确认”（NC）的运动员，不接受各参赛单位的申诉。

（四）赛会期间，按照程序在分级规则和规定允许的范围内，对每名运动员的分级申诉仅限一次。

（五）申诉应填写分级申诉表，写明申诉的医学和功能表现等理由，由领队签字提交项目分级委员会；被受理的申诉，须交纳申诉费，胜诉退回，败诉不退。

（六）赛前分级阶段申诉，应在分级结果公布后 1 小时内提出；赛场观察阶段申诉，应在该运动员首次出场的比赛结束后 15 分钟内提出。

视力残疾和听力残疾分级仅设赛前申诉。

（七）分级委员会对运动员级别申诉所做出的决定为最终意见。

第五章 教育和违规处罚

第十八条 各参赛单位应加强对所辖人员分级的赛风赛纪管理。若分级小组认定运动员未展现其真实能力水平，或蓄意误报相关信息，第一次发现时对运动员给予警告，第二次发现时则取消运动员本次赛事分级资格，分级委员会上报主办单位，将运动员列为终身不能参加全国残疾人体育赛事名单，并给予其教练员年限不等直至终身禁止参加全国残疾人体育赛事的处分。

第十九条 各参赛单位应教育运动员、教练员及相关人员尊重分级员，配合分级工作。若出现扰乱正常分级工作秩序，不尊重分级员等现象，视情节给予其所属代表队警告、通报批评、取消当次赛事体育道德风尚奖的评选资格等处罚。

同一参赛单位在一个全国残疾人运动会周期内被处罚累计三次（含）以上，将取消其在当届全国残疾人运动会体育道德风尚奖的评选资格。

相关当事人的处罚参照第十八条。

第二十条 分级员的违规处罚依照《全国残疾人体育分级员管理办法》执行。

第二十一条 分级委员会无法处理的非分级的仲裁事件，由分级委员会提出，交由仲裁委员会做出仲裁意见。

第二十二条 本办法未尽事宜，将在比赛前另行通知。

第二十三条 本办法自 2018 年 5 月 29 日起施行。本办法由体管中心负责具体解释。

关于执行体育总局修订的《运动员治疗用药豁免管理办法》有关事项的函 体管函〔2018〕130 号

各省、自治区、直辖市残疾人体育协会（残奥委员会）、聋人体育协会，新疆生产建设兵团残疾人体育协会、聋人体育协会，各国家残疾人体育训练基地：

为做好我国残疾人运动员治疗用药豁免工作，保障运动员公平参与体育运动的权利，防范出现兴奋剂违规事件，现转发体育总局办公厅发布的最新《运动员治疗用药豁免管理办法》（体反兴奋剂字〔2018〕208 号），请各有关单位认真组织学习，传达到相关单位和个人，切实执行修订后《运动员治疗用药豁免管理办法》。

根据我国残疾人体育反兴奋剂管理的实际情况，有关特殊事项通知如下：

1. 非国家级残疾人运动员但参加全国性体育竞赛、省级综合性运动会或省级单项赛事，申请赛外、赛内使用禁用物质或方法的治疗用药豁免，根据修订后的《运动员治疗用药豁免管理办法》，需直接向反兴奋剂中心治疗用药豁免委员会申请治疗用药豁免，在获得批准书之日起 5 个工作日内，将批准书报体管中心备案。

2. 国家级以及在国家队集训期间的残疾人运动员申请赛外、赛内使用禁用物质或方法的治疗用药豁免，需向体管中心提交申请资料，由体管中心审核后向反兴奋剂中心治疗用药豁免委员会提交，并在收到审批结果后第一时间通知运动员和运动员所在单位。

国家级残疾人运动员，是指列入反兴奋剂中心和体管中心注册检查库及检查库的运动员。

3. 国际级残疾人运动员申请赛外、赛内使用禁用物质或方法的治疗用药豁免，应当依照《世界反兴奋剂条例》的有关规定，向体管中心提交英文申请资料，由体管中心审核后向相关国际单项体育联合会或 IPC 反兴奋剂委员会提交。

国际级运动员，是指列入国际注册检查库及 IPC 国际水准名单的运动员。

特此致函。

附件：体育总局办公厅关于修订《运动员治疗用药豁免管理办法》的通知（略）

中国残疾人体育运动管理中心

2016 年 7 月 3 日

关于组织开展第三届中国残疾人冰雪运动季活动的通知

残联厅函〔2018〕334 号

各省、自治区、直辖市及计划单列市残联，新疆生产建设兵团残联；各残疾人专门协会及体育协会：

为深入贯彻落实党的十九大和中国残联七代会精神，动员更多残疾人参加冬季体育康复健身、融入“三亿人参与冰雪运动”，经中国残联领导同志批准，定于 2018 年 12 月至 2019 年 3 月期间组织举办第三届中国残疾人冰雪运动季活动。现将有关事宜通知如下：

一、活动名称：第三届中国残疾人冰雪运动季（简称“第三届冰雪季”）

二、主办单位：中国残疾人联合会

三、支持单位：国家体育总局、教育部、全国总工会、共青团中央、全国妇联、北京 2022 年冬奥会和冬残奥会组织委员会（拟定）

四、承办单位：各省（区、市）残联、体管中心、各专门协会、残疾人体育协会

五、活动时间：2018 年 12 月至 2019 年 3 月为集中开展时间，各地可根据工作实际确定本地活动具体举办日期。

六、主题口号：第三届冰雪季的活动主题是“乐享冰雪、助力冬奥、康复健身、共奔小康”，各地可根据第三届冰雪季活动主题，结合本地特色自行提出特点鲜明、易于传播的宣传口号。

七、活动内容

（一）举办冰雪体育赛事

1. 举办第十届全国残运会旱地冰壶决赛；

2. 举办第十届全国残运会迷你越野滑雪比赛；

3. 举办 2018 年全国残疾人冬季两项锦标赛；

4. 举办 2018 年全国残疾人越野滑雪锦标赛；

5. 举办 2018 年全国残疾人高山滑雪锦标赛；

6. 举办 2018 年全国残疾人单板滑雪锦标赛；

7. 举办基层残疾人机构旱地冰壶比赛，每省（区、市）不少于 1 次。

（二）开展冰雪体验活动

1. 开展冬残奥比赛项目展演及群众体验活动；

2. 开展残疾人上冰、上雪趣味体育活动，以及残疾人大众冰雪康复健身体育展示活动；

3. 举办残疾人冰雪运动器材装备展、残疾人冰雪运动文化图片展、冬残奥知识讲座活动，每省（区、市）不少于 1 次。

（三）提供冰雪体育服务

1. 举办冬季残疾人社会体育指导员训练营。除中国残联举办的训练营外，冰雪资源丰富的地区每地培训不少于 300 人，其他地区每地培训不少于 100 人，每期培训不少于 5 天。

2. 推进残疾人大众冰雪运动设施建设。为残疾人健身示范冰场、雪场挂牌，鼓励公共冰雪场所在第三届冰雪季期间，免费或优惠向残疾人开放，主动承办本地区活动，为残疾人参与体验冰雪健身活动提供便利条件。

3. 积极发挥国家和省、市（县）级残疾人社会体育指导员作用，为残疾人科学健身提供体育指导和志愿服务。

八、工作要求

（一）提高站位，展示风采。贯彻习近平总书记关于残疾人事业和冰雪运动发展的重要指示，深入落实党的十九大和中国残联七代会精神，助力 2022 年北京冬残奥会、“三亿人参与冰雪”，为 2019 年天津全国残运会预热升温，展示新时代我国残疾人事业发展成果和残疾人在全面建成小康社会决胜阶段昂扬向上的精神面貌。

（二）重心下移，打造品牌。依托康复、托养、学校、社区等基层残疾人机构组织残疾人身边的冰雪活动，动员民间助残组织和社会体育组织开展残疾人冰雪运动，让更多残疾人乐享冰雪。推动普及残疾人大众冰雪或仿冰、仿雪运动项目，广泛开展基层喜闻乐见的群众赛事活动和冰雪健身活动，使残疾人更有获得感和幸福感。第三届冰雪季期间，各地要大力培育特色活动、创建微品牌，丰富充实中国残疾人冰雪运动季内容。

（三）加强宣传，营造氛围。通过广播、电视、网络、报纸、新媒体、活动展示等不同形式对第三届冰雪季活动进行广泛深入的新闻宣传，扩大公众知晓度，营造浓厚的社会氛围。积极挖掘和宣传普通残疾人及家庭、基层残疾人机构开展冰雪运动的典型故事，吸引和鼓励社会各方力量参与支持残疾人冰雪季活动。

（四）厉行节约、务求实效。各地、各单位、各机构要以残疾人广泛参与、享受冰雪运动快乐为目标，突出“绿色、共享、开放、廉洁”的活动理念，在活动内容上下功夫，促进残健融合，康复健身。

（五）高度重视，精心组织。各地、各单位、各机构要加强领导、认真策划、统筹安排好第三届冰雪季活动。

1. 黑龙江省作为冬残奥重点发展省要承办主会场系列活动；北京、河北作为 2022 年冬残奥会主办省市要举办全国示范活动。

2. 天津、陕西、浙江、辽宁、吉林、上海、江苏、山东、广东、四川、云南、新疆、内蒙古等省（区、市）要结合自身工作举办全国特色活动。

3. 各地要组织举办第三届冰雪季相关活动，鼓励根据本地特点开展创新活动。

4. 各残疾人专门协会要结合本类型残疾人的特点和需求，联合残疾人体育协会共同组织开展残疾人及其亲友、残疾人与健全人共同参与的大众冰雪运动融合体验活动；中国聋人体育协会要牵头承接聋人冰雪赛事，并协同中国聋人协

会组织开展适合听力障碍残疾人参与的大众冰雪活动；

5. 体管中心要主动承担残疾人群众体育发展职责，为各项赛事举办提供全面业务支撑，联络指导各地活动开展，做好活动整体宣传报道，收集、整理、分析活动信息资料，并形成总结报告，对各承办单位活动提出改进建议。

6. 各地、各单位、各机构须于2018年11月30日之前将本地活动方案报送中国残联备案，同时做好新闻材料、录像、照片等活动资料的收集整理工作，并在2019年3月底前将活动总结报送中国残联。

7. 中国残联将为活动开展提供必要保障。

九、联系方式（略）

中国残联办公厅

2018年11月8日

三、工作综述

2018年，残疾人体育工作以习近平新时代中国特色社会主义思想为指引，深入学习贯彻党的十九大精神，认真落实全会年度安排和七代会总体部署，按照“狠抓重点，撬动难点，平衡多点”的思路，推动新时代残疾人体育高质量发展。

（一）平昌冬残奥会实现历史性突破，备战2022冬残奥会

中国残疾人体育代表团在平昌冬残奥会上实现金牌突破。26名运动员参加5个大项、30个小项的比赛，参赛规模比2014年索契冬残奥会有了大幅提升，是我国冬残奥会参赛史上运动员人数和参赛项目最多的一次。轮椅冰壶队勇夺金牌，实现我国冬残奥金牌和奖牌零的突破。单板滑雪、高山滑雪和冬季两项/队66%的运动成绩由过去偏后前移到中间偏前位次，为备战2022冬残奥会增添了信心。

平昌冬残奥会结束后，及时召开全国2022年冬残奥会备战工作研讨会，研究制定冬残奥会全部6个大项备战工作方案，全面部署备战。组织雪上项目运动员夏训、冬训，并择优选派雪上运动员赴新西兰进行反季节训练，选聘高山与单板滑雪高水平外教。轮椅冰壶队组织对抗性训练。残奥冰球队聘请俄罗斯籍主教练执教，赴俄罗斯训练和比赛，在C组世锦赛上获得第一名，成功晋级B组。组织听障冰壶、越野滑雪运动员与冬残奥运动员共同训练，备战2019年世界冬季听障奥运会，在训运动员达304人。举办2019年全国残疾人单板滑雪、高山滑雪、越野滑雪以及轮椅冰壶、残奥冰球全国锦标赛，共有17省区市458名运动员参赛，检验了备战成果。积极参与筹办工作，完成领导小组办公室工作任务。

（二）第三届亚残运会实现九连冠，备战东京残奥会

中国残疾人运动员在第三届亚残运会上再创新辉煌，获得172枚金牌、88枚银牌、59枚铜牌，奖牌总数319枚，破7项世界纪录，位列金牌及奖牌榜首位。继续保持亚洲领先地位，实现远南运动会和亚残运会“九连冠”，展示了新时代中国残疾人风貌，获得了运动成绩与精神文明双丰收。同时，锻炼培养了一大批年轻运动员，为备战东京残奥会奠定了基础。

2018年残疾人体育工作力求突出重点，加紧练兵备战。以备战东京残奥会为目标，组织开展19批次803人次赛前集训，加强队伍管理，全面提升训练科学化水平。2018年在北京等17个省份举办跆拳道等18项全国锦标赛，3000多名运动员参赛，选拔了一批有潜质的运动员。派出615人次参加30项国际赛事，获得302枚金牌、161枚银牌、116名铜牌、共计497枚奖牌，为东京残奥会积累了更多积分、获取了更高排名。

（三）发展残疾人群众体育活动，促进残疾人康复健身

残疾人健身周、残疾人冰雪运动季等品牌活动被列为国务院全民健身部际联席会议示范活动。完成国家体育总局年度全民健身助残工程8个省（区、市）的实施任务。截至2018年底，全国残疾人健身示范点达到9000余个，残疾人社会体育指导员达到9万余名，康复体育进家庭项目实施13万户，征集残疾人康复健身体育项目24项，研发残疾人专用康复健身体育器材150类。联合六部委开展第二届中国残疾人冰雪运动季，全国30个省区市共组织开展残疾人冬季健身活动千余次；组织开展第八届残疾人健身周和第十二次全国特奥日活动。

（四）深化改革，全力筹办天津全国残运会暨特奥会

创新思路，加快改革。全国第十届残运会暨第七届特奥会设项服从2020和2022备战需要，同时兼顾不同残疾群体需求、竞体群体平衡、夏季冬季平衡。与国家体育总局共同编制《竞赛规程总则》，初步完成23个比赛场馆和1个分级场馆的考察确定、场馆无障碍改造、器材清单目录等竞赛准备工作。完成两个个人项目提前比赛、四个集体项目和群体项目预赛。在天津市举办田径、游泳测试赛，积累办赛经验，培养技术人才。

（五）积极争取，实现全运、亚运同城同年举办

天津全国残运会暨特奥会是首次与全国运动会同城举

办，但未实现同年举办的目标。经积极协调陕西省政府、国家体育总局，报经国务院批准，2021 年全国第十一届残运会暨第八届特奥运动会将实现与全运会同城同年举办。积极协调浙江省和亚洲残奥委会，确定杭州市承办 2022 年第四届亚残运会。2018 年，成功开创残奥会和奥运会、亚残运会和亚运会、全国残运会和全运会全部同城同年举办的圆满模式。

四、第十一届冬残奥会

（一）概 况

2018 年 3 月 9 日—18 日，第十一届冬残奥会在韩国举行，大部分雪上项目比赛在平昌进行，所有冰上项目在江陵举行，高山滑雪比赛在旌善进行。本届赛事共分高山滑雪、单板滑雪、越野滑雪、冬季两项、轮椅冰壶和雪橇冰球 6 个大项、80 个小项，其中，雪上项目 78 枚金牌，冰上项目有 2 枚金牌。本届赛事是历史上规模最大的冬季残奥会，共有来自 49 个国家和地区的 567 名运动员将参赛。其中，格鲁吉亚、塔吉克斯坦和朝鲜的运动员是首次参加冬季残奥会比赛。平昌冬残奥会中国体育代表团由运动员、教练员和团部工作人员共 64 人组成，其中运动员 26 人，参加了 5 个大项、30 个小项的比赛。中国轮椅冰球队在决赛中战胜挪威队获得金牌，实现了中国代表团冬残奥会金牌零的突破。雪上项目夺得 1 个第四名、1 个第六名和 4 个第八名。总成绩远超索契冬残奥会成绩，与哈萨克斯坦队并列奖牌榜第 20 名。

（二）新闻特写：那一刻，五星红旗首次在冬残奥赛场内升起

新华社韩国平昌 3 月 17 日电（记者耿学鹏、刘宁、顾涓）韩国江陵冰壶馆，平昌冬残奥会轮椅冰壶决赛加时局，中国队教练岳清爽刚刚叫完暂停。

四垒王海涛细微地挪动了几下轮椅，附下身仔细瞄看赛道另一端的营垒。身后，队友王蒙稳稳抵住他的轮椅。另一端，陈建新用标杆指着进营点。推杆，冰壶在冰面上划出一道轨迹。两端，中国队员不禁低吼。

这是中国队加时局第 7 掷，也是关键一掷。冰壶在赛道上滑向营垒，牢牢挡住挪威队可能的掷壶线路，挪威队绝望地放弃了最后一掷。

“中国队赢了！中国队冠军！”全场沸腾，观众呐喊起来。赛场内，队员们忘情地击掌，拥抱。教练岳清爽从教练区跳下，张开双臂跑向队员。

这是创造历史的时刻。中国代表团赢得了冬残奥参赛历史上的第一枚奖牌，一枚金色的奖牌！

中国队赢下的是一场令人窒息的比赛。双方在 8 局苦战中打成 5 比 5 平，进入加时局。从始至终，每一掷几乎都决定着胜负。

最终的胜利属于中国队，取胜靠的是实力、自信与团结。

论实力，中国队在这届比赛中的成功率居四强首位。当天比赛中，中国队同样以 61% 的成功率领先对手。“我们靠实力拿下比赛！击打是我们的强项，”岳清爽说，“只要我们心态放平稳，没有任何队能阻挡我们。”

实力成就自信。自始至终，中国队员与教练都保持着坚定的信心。在加时局中，队里年龄最小的陈建新掷出一记绝妙好球，奠定胜局。“建新之前的一掷轻了，他告诉队友，再给我一次机会，我一定能做到，”岳清爽说，“最终，他成功了。这就是他的自信！”

自信源自团结。整场比赛中，中国队员与教练之间相互鼓励，每一次投掷，无论好坏，队员之间总会击掌、打气。赛后回忆起比赛中一次失误时，王海涛说，自己当时有些紧张，但是“我的队友打得很好，我们是一个团队”。

为了这一枚金牌，这支团队付出了太多。轮椅冰壶队 2017 年 7 月开始国家队选拔，随后进入集训。普通人可能很难想象，这支队伍在训练中付出了怎样的艰辛。

看到采访区内带着胜利的喜悦、总爱跟队友开玩笑的陈建新，有多少人知道，他因交通意外导致双下肢瘫痪，训练中还要插着尿管。又有多少人知道，轮椅冰壶队队员们因为下肢肢残，训练中有时在冰场内冻着了可能自己都没有察觉。与健全人运动员相比，他们往往需要更多努力才能做到一个“简单的”动作。

对于这些，队员们在采访中却不愿多说，只是朴实地说上一句，“每天都在勤练、苦练，一有时间就多想想冰壶”。也许，决赛中获胜那一刻，一垒王蒙控制不住流下的泪水，说明了许多。

为了这一枚金牌，中国轮椅冰壶也等待了太久。9 年前，轮椅冰壶队因为赛道上一丝头发，错失 2010 年温哥华冬残奥会入场券。4 年前，中国队在索契冬残奥会上被对手英国队反超，错失铜牌。

现在这支国家队中，王海涛、刘微、张强是索契时的老队员，教练员李建锐则一直苦守轮椅冰壶。“11 年了，有这个（夺金的）结果，我觉得对我们来说是个安慰，”李建锐赛后说。

艰苦的训练，多年的坚持，期盼的就是五星红旗第一次在冬残奥会赛场上升起的那一刻。

17 日下午，江陵冰壶馆内，领奖台上的中国队员们用右手捂住队服左胸上的国旗，五星红旗在义勇军进行曲中升起。

“一个人心里有祖国，为祖国而战，就是最大荣光。感谢运动员们，他们不畏艰难，奋力拼搏，克服所有困难。”

中国残联主席、中国体育代表团团长张海迪赛后接受采访时说，“我们都应该学习这些残疾人运动员，学习他们百折不挠的精神。有了这种精神，我们就没有克服不了的困难。”

平昌冬残奥会即将落下帷幕，北京时间将正式开启。张海迪说，轮椅冰壶队的这场胜利为2022北京冬奥会、冬残奥会“奠定了良好的基础”。

对4年之后，王海涛的话透着朴实，也显露自信。“相信过程!”他说。

（三）中国冬残奥体育代表团总结报告

——中国残联副理事长、代表团副团长王梅梅

2018年3月19日

参加韩国平昌第十二届冬季残奥会，是对我国残疾人冬季运动水平的一次集中检验，也是备战和筹办好2022年北京冬残奥会的重要环节。中国冬残奥体育代表团参赛工作可圈可点，简要总结如下：

一、肩负使命，圆梦平昌

由64人组成的中国残疾人体育代表团，肩负着祖国和人民的重托，在张海迪团长的率领下，坚持以习近平新时代中国特色社会主义思想为指导，贯彻习近平总书记“办赛要精彩，参赛也要出彩”的指示精神，以昂扬的精神斗志和良好竞技状态，团结一心、努力拼搏，共获得1枚金牌、1个第四名、1个第六名、4个第八名的好成绩，位列奖牌榜第20位，远远超过上届索契冬残奥会1个第四名、1个第七名的成绩，实现了历史性突破，为祖国和人民赢得了新的荣誉，圆满实现运动成绩和精神文明双丰收的参赛任务。

本届赛会，正值“全国两会”召开之际，李克强总理在3月5日政府工作报告中7处提到残疾人，体现了国家对残疾人特别的关心和关注，特别提到做好北京冬奥会、冬残奥会筹办工作，让代表团十分感动和振奋。3月2日，国务委员、国务院残疾人工作委员会主任王勇考察平昌冬残奥会备战工作，代表党中央、国务院看望慰问运动员、教练员和工作人员，勉励大家认真备战参赛，全力完成平昌冬残奥会参赛目标和任务。3月17日，在轮椅冰壶队获得我国冬残奥会历史上首枚金牌后，王勇国务委员又专门给张海迪团长打来电话，对代表团取得的成绩表示祝贺和慰问，并对参赛工作做出具体指示。党中央、国务院的高度重视和亲切关怀，是代表团圆满完成参赛任务的力量源泉。

国家发改委、财政部、体育总局对冬残奥工作、代表团组团参赛给予大力支持。中国残联领导高度重视平昌冬残奥会组团集训参赛工作，中国残联主席、中国残奥委员会主席、代表团团长张海迪就中国残奥代表团训练参赛工作做动员讲话，做出重要指示；不顾旅途疲劳从机场直接奔赴赛场为轮椅冰壶队加油助威，并先后到越野滑雪场地观赛、到运动员村看望慰问运动员，给代表团传达王勇国务委员电话祝贺和重要指示精神，就参赛工作做出重要指示意见。中国残联党组书记、理事长鲁勇赴平昌冬残奥会运动员村中国代表团驻地，看望轮椅冰壶队运动员，观看冬季两项、轮椅冰壶赛事，对代表团参赛工作做出重要指示和具体要求。中国残疾人联合会、中国残奥委员会3月17日致电代表团，祝贺中国轮椅冰壶队实现我国参赛冬季残奥会历史上金牌和奖牌零的突破。

参赛运动员的优异表现彰显了中国残疾人事业和残疾人体育事业发展的新成就，对提升我国残疾人体育的国际影响力，拓展国际合作空间有着十分重要的意义。

二、顽强拼搏，奋勇争先

本届冬残奥会规模创新历史纪录，共有49个国家和地区567名运动员参赛。赛事竞争激烈，有20个代表团获得金牌，有26个代表团获得奖牌。中国体育代表团参赛大项和小项数量较往届有了大幅度提升，在索契冬残奥会参赛越野滑雪、轮椅冰壶2个大项的基础上增加了冬季两项、高山滑雪、单板滑雪3个大项，参赛大项从2个增加到5个，参赛小项从5个增加到30个。这是我国参加冬残奥会以来参赛运动员人数、参赛项目、代表团规模最多最大的一次。

中国轮椅冰壶队在大循环赛的11场比赛中，分别战胜瑞典、挪威、德国、芬兰、瑞士、美国、斯洛文尼亚、俄罗斯、英国等世界劲旅，以9胜2负的成绩，提前两轮第一个获得半决赛资格。半决赛以4∶3战胜加拿大，特别是第八局四垒王海涛顶住巨大压力，完美绝杀，获得点赞一片。决赛中，面对强大对手挪威队，全队团结奋战，沉着应对，最终以6∶5的比分击败对手，获得冠军，实现我国冬残奥历史上金牌零的突破，极大地鼓舞和振奋了全国人民。

郑鹏在越野滑雪男子坐姿15公里比赛中获得第四名，创中国队冬残奥会个人项目最好成绩。

本次冬残奥会，我国高山滑雪队仅有一名女运动员获得参赛资格。但是，集训仅一年多的运动员刘思彤克服重重困难，顽强拼搏，获得高山小回转项目第六名，显示了极大潜力。

单板滑雪与健全人单板滑雪设项完全不同，国内没有符合该项目特点的训练场地。在训练条件十分艰苦，训练时间仅有2个雪季的情况下，单板滑雪队4名参赛运动员分别在男子单板滑雪障碍追逐赛和坡面回转中取得2个第11名、1个第13名、1个第16名的不俗成绩。

冬季两项队在仅训练两个月的情况下，吴君宝和褚贝贝分别获得男子7.5公里和女子6公里第八名。

赛场内外，我国残疾人运动员遵守规则、尊重对手、尊重裁判、尊重观众，展现出不畏强手、超越自我、顽强拼搏、永不放弃的残疾人体育精神，向世界展示了新时代中国残疾人的风貌，鼓舞和激励更多残疾人热爱体育、参与冰雪，享受运动，更让我们对2022年北京冬残奥会充满信心和期待。

三、干净参赛，祖国荣誉至上

中国代表团在集训过程中，在狠抓训练工作的同时，注重抓好运动队文明礼仪、外事纪律等方面的教育，树立国家荣誉至上的思想。冬残奥会期间，代表团团部细化管理，工作人员岗位分工明确、责任制落实到位，确保赛前训练、开幕式、参赛等各项工作平稳有序。代表团的工作人员既是管理人员，也是服务人员，始终坚持以运动员为核心，做到悉心指导、周到服务、精心保障，为运动员发挥最好的水平做出了最大的努力、付出了心血和智慧。

代表团始终坚持对兴奋剂问题“零容忍”。赛前对所有运动员进行严格的检查，举行反兴奋剂教育和准入考试，与各运动队签订责任书。本届冬残奥会上，我过代表团有 23 人次接受兴奋剂检查，无一例阳性反馈，实现了干干净净参赛的目标。

四、广泛交流，取长补短

比赛期间，我过代表团开展了广泛的交流与合作，传递中国声音，讲好中国故事。张海迪主席与国际残奥委会主席、执委等进行交流，会见韩国残奥委员会主席、芬兰代表团团长，就深化合作进行深入探讨。王梅梅副团长分别与俄罗斯、瑞典、德国、挪威、白俄罗斯代表团的驻村残奥会主席、秘书长、团长及有关项目的主教练等，就残疾人冬季项目合作等内容进行务实的探讨交流，取得许多共识，达成可落地的初步合作意向。在项目管理、训练、保障、科研、器材装备等方面，代表团也进行了全面的学习和考察，为 2022 年备战工作和发展残疾人冰雪运动奠定较好的基础。

五、大力宣传，媒体支持

宣文部提前谋划媒体宣传工作，协调中宣部新闻局赛前向中央新闻单位下发通知，明确我国代表团平昌参赛报道方案和口径，为本届冬残奥会的宣传报道工作奠定坚实基础。

本届冬残奥会中央媒体团由来自《人民日报》、新华社、中央电视台、《光明日报》、《中国日报》、中国国际广播电台、中国新闻社等媒体的记者组成。各新闻媒体紧紧围绕中国体育代表团的备战、赛事等内容，积极挖掘赛场内外的精彩瞬间和感人故事，充分展示中国体育代表团自强不息、奋勇拼搏的精神风貌，营造了良好的舆论氛围。本届冬残奥会正值全国两会，各大中央媒体在版面紧张的情况下仍然保证了较高的发稿量。

据初步统计，《人民日报》共刊登报道 15 条；新华社播发报道 140 条；中央电视台新闻联播播出消息近 70 条，并直播开闭幕式和中国轮椅冰壶队所有赛事；《光明日报》刊登报道 25 篇；《中国日报》刊登报道 10 篇；中国国际广播电台播出报道 15 条；中国新闻社播发消息 10 余条；中国残联两微一端推送 168 条。

六、查找不足，收获信心

从本次参赛来看，我国雪上项目、残奥冰球与国际水平相比仍有较大的差距，还有很大的提升空间。在训练水平、人才队伍培养、科技支撑与服务、器材装备等方面，与先进国家相比存在相当大的差距。轮椅冰壶队虽夺得宝贵一金，但面对关键场次，运动员心理调节能力还有待提升。

越野滑雪取得了 1 个第四名、4 个第八名，高山滑雪和首次参赛单板滑雪、冬季两项队整体实力有了团队式提升，由过去靠后的名次向中间偏前的名次前移，表现出快速进步的潜力，引起其他代表团的关注和赞扬，给我们备战 2022 北京冬残奥会以巨大鼓舞和信心。

七、几点体会与启示

冬残奥会是当今世界上规模最大、影响最广的残疾人冬季赛事，也是全世界残疾人的盛大节日，为全世界优秀的残疾人运动员创造了一个挑战极限、超越困境、实现人生梦想的舞台，给了我们重新审视观察冬残奥工作提供了更加宽广的视野。代表团在完成参赛任务的同时，也收获了几点启示和有益借鉴。

（一）加强党的领导提供坚强政治保障。中国残联党组批准成立的代表团临时党支部，在参赛组织、管理、思想引领，以及参赛期间重大事项和重大问题的集体决策等方面都起到了重要的核心领导和战斗堡垒作用，为全面实现各项参赛任务和目标起到了凝聚人心、提高战斗力的关键作用。

（二）冬残奥运动注重科技的支撑作用。冬残奥运动借助科技达到更高的竞技水准。参赛国在冬残奥会上展现出来的高端个性化的比赛器材装备、科技含量高的保暖设备、复杂科学的雪腊配比、应对复杂天气的雪务保障等高科技支撑，令我们印象深刻、视野开阔，也为下一步备战工作提供了重要的借鉴。

（三）冬残奥竞技成绩的突破有赖于残疾人广泛参与冰雪运动。代表团在与冰雪运动强国交流中深刻体会到，残疾人广泛参与冰雪运动是冬残奥项目高水平发展的基础。下功夫普及和开展残疾人冬季体育运动，让更多的残疾人走进冰雪，是我国发展冬残奥项目的必由之路。

（四）备战 2022 年北京冬残奥会任重而道远。韩国冰雪运动群众基础较好，自 2011 年申办成功以来，虽然加大了对冬残奥的投入和扶持力度，并采取聘请外籍教练、赴其他国家训练、研发器材装备、长期训练等措施和办法，但在本届赛事上仅获得 1 金 2 铜，位次仅并列第 16 名。我国冰雪运动基础远低于韩国，2022 年备战工作任重道远，困难不少。

（五）为 2022 年冬残奥会提供有益借鉴。

一是社会各界广泛参与。组委会通过各种方式组织残疾人、残疾人亲友、学生和社区居民到赛场为运动员加油鼓劲，观众络绎不绝；热情服务的志愿者让人印象深刻；无障碍设施较为完备，满足运动员、观众等客户群需求。

二是高水准的赛事安排和组织。冬残奥会整体设计以运动员核心，以竞赛为中心。运动员村的餐饮、医疗、住宿、安保、交通、综合服务、开闭幕式安排，以及赛场的检录、竞赛、颁奖、采访、兴奋剂检查等方面，既符合冬残奥会标准，又暖心贴心、及时方便，彰显韩国民族特点。

三是简朴节俭办赛。冬残奥场馆运行实现了与冬奥会的无缝衔接，充分利用原有的非体育建筑，大量临时可拆卸组合的设施达到国际赛事体育专业标准。

八、展 望

走下领奖台，一切从零开始。面对新时代、新征程、新要求和备战2022年冬残奥会、发展残疾人冰雪运动的历史使命，我们要在习近平新时代中国特色社会主义思想指引下，进一步抓好以下工作：

要认真总结平昌参赛经验，分析问题和不足，学习和借鉴国外先进经验和做法，不断提升冬残奥竞技水平，争取在2022年冬残奥会上取得更加优异的成绩。要进一步探索残疾人冰雪运动发展规律，大力推动残疾人群众冰雪运动，鼓励、支持和帮助广大残疾人参与冰雪运动、享受冬季体育运动的快乐。

要进一步探索和研究新时代中国特色社会主义残疾人体育发展规律，促进健身体育、康复体育、竞技体育协调发展，满足残疾人参与体育的需求，增强体质、提高参与社会生活能力。

要继续发扬自强不息、顽强拼搏的残疾人体育精神，超越自我，追求卓越，鼓励和激励残疾人和全国人民一道，积极投身新时代中国特色社会主义伟大进程，为2022年北京冬残奥会“办赛精彩、参赛出彩”，为加快推进残疾人小康进程、为健康中国建设、实现美好的中国梦做出新的更大的贡献。

五、第三届亚洲残疾人运动会中国代表团总结报告

中国残联副理事长、代表团副团长王梅梅

2018年10月14日

2018年10月6日—13日，第三届亚洲残疾人运动会在印度尼西亚雅加达举行。本届亚残运会共设视力、肢体、智力三个残疾类别18个大项、568个小项的比赛，来自43个国家和地区的约3000名运动员参赛。中国体育代表团232名运动员参加视力和肢体两个残疾类别15个大项的比赛，破7项世界纪录、21项亚洲纪录21项，获得172枚金牌、319枚奖牌，实现远南运动会和亚残运会“九连冠”。

中国亚残运会代表团是党的十九大之后我国赴境外参赛规模最大的体育代表团，也是中国残联七代会后首个出征的大型综合性体育代表团。赛事正值我国69周年国庆长假，我们深深感受到以习近平同志为核心的党中央对残疾人事业的格外关心、格外关注，感受到祖国和人民的热情关注、大力支持，为残疾人运动员圆满完成参赛目标注入了强大的精神动力。

一、实现九连冠，再创新辉煌

中国体育代表团在本届亚残运会上获得172枚金牌、88枚银牌、59枚铜牌，奖牌总数319枚，破7项世界纪录，创21项亚洲纪录，位列金牌及奖牌榜首位，确保了亚洲领先地位，展示了新时代中国残疾人风貌，获得了运动成绩与精神文明双丰收，同时锻炼培养了年轻运动员，为备战东京残奥会奠定了基础，实现了远南运动会和亚残运会“九连冠”，为祖国和人民赢得了新的荣誉。

外交部、财政部、体育总局对代表团组团参赛给予大力支持。我驻印尼大使馆在代表团处理涉外事务和保障安排等方面提供了有力支撑，大使、参赞等出席代表团升旗仪式、开闭幕式、观看比赛。财政部为代表团集训参赛提供了经费保障。国家体育总局对组团参赛给予了全面指导和支持，李玲蔚出席动员大会并讲话，群体司派员参团，反兴奋剂中心全程指导和管理反兴奋剂工作。

中国残联高度重视组团集训参赛工作。成立了代表团临时党委，海迪主席担任代表团团长和党委书记，长奎书记为代表团出征做动员讲话，世明副主席出席动员大会，贾勇、王梅梅副理事长担任代表团副团长。为代表团圆满完成参赛任务提供了坚强的组织领导保障。

各级领导的关心关怀和各个方面的大力支持，令代表团全体同志深受激励。代表团参赛的优异表现向国庆69周年献了一份厚礼，向亚洲社会彰显了我国残疾人事业和残疾人体育事业发展的新成就，对提升我国残疾人体育的国际影响力、备战2020年东京残奥会、筹办2022年北京冬残奥会都有着十分重要的意义。

二、顽强拼搏，展现新风貌

本届亚残运会水平较高，竞争激烈。日本队派出383名运动员参赛，为各团之首；东道主印度尼西亚、泰国、韩国、伊朗等都派出200人以上运动员参赛。获得奖牌榜二至八名的代表团为韩国、伊朗、日本、乌兹别克斯坦、印度尼西亚、泰国和马来西亚。

我代表团派出232名运动员参加了15个大项、287个小项的比赛，运动员人数在各代表团中排名第四。运动员来自全国25个省区市，有工人、农民、学生、自由职业者等，均为业余运动员。参赛的15个大项中有8个大项是东京残奥会的资格赛或积分赛，包括田径、硬地滚球、自行车、盲人柔道、射击、游泳、轮椅击剑、轮椅网球。我国运动员全面参加盲人门球、坐式排球、轮椅篮球三个集体项目比赛，在田径、硬地滚球、盲人柔道、游泳、乒乓球、轮椅击剑、盲人门球等7个项目中共有62名肢体和视力重度残疾人运动员参赛。

10月7日是中国代表团首个金牌日，举重队崔哲为中国赢得首枚金牌，拉开了我国运动员夺金的序幕，当日，我团以10枚金牌、22枚奖牌居奖牌榜首位，此后我国金牌数、奖牌数始终领先，一骑绝尘，最多的一天收获39枚金牌。我团参赛的15个大项均有奖牌入账，嘹亮的《义勇军进行曲》在各赛场交替奏响，鲜艳的五星红旗一次次高高飘扬。

优势项目继续保持亚洲领先，田径队共获得56枚金牌（跑跳组23枚、投掷组21枚、轮椅竞速组12枚），打破3项世界纪录。年轻队员表现出色，田径队10名25岁以下运动员共取得19枚金牌；游泳队克服分级变化、规则调整、级别合并等诸多困难，23人参赛获得39枚金牌，徐海蛟，宋玲玲，陈懿，徐佳玲4名运动员分别获得5枚以上金牌，打破8项亚洲纪录；乒乓球队25名运动员参赛，夺得14枚金牌、28枚奖牌；举重项目10名参赛运动员每人胸前一枚闪亮的金牌，4人破世界纪录，十全十美；轮椅击剑在18个小项中获得16枚金牌，夺金率达到88%。潜优势项目发展势头喜人，射箭队迎战高温，沉着冷静，获得9个项目中的6枚金牌，战胜主要竞争对手韩国队；羽毛球队获得7枚金牌；自行车队敢打敢拼，一举斩获10枚金牌；射击队在开局不利的情况下，及时调整，最终获得3枚金牌；轮椅网球队获得重大突破，取得女子双打金牌。集体项目表现优异，坐式排球女队以六战全胜不失一局的优异成绩蝉联三连冠；轮椅篮球女队战胜劲敌日本队，取得亚残会金牌，成功卫冕。

在赛场上，运动员尊重裁判、尊重对手、遵守规则，胜不骄，败不馁，展示了我国新时代残疾人运动员健康向上，顽强拼搏，奋勇争先的精神风貌；在赛场下，尊重东道主，主动交流、热情友好，向亚洲人民展示中国社会发展、文明进步的良好形象。代表团田径队运动员王彦章被选举为新一届亚洲残奥委会运动员委员会委员，为我国残疾人运动员争得了荣誉。

三、严密组织，再上新水平

组团集训期间，各运动队自2018年7月开始分别在8个省市区11个训练基地展开赛前集训。各地方残联、体育局和训练基地加强协调，在备战方面提供全方位支持和保障，周密地为运动员和参赛队伍做好服务。各队自建和联建临时党组织，在训练中明确参赛目标，着力于细节，突出重点，制定科学的训练计划，加强实战模拟训练，在运动技能提高、体能储备、战术应用等方面为参赛打下了良好的基础。

赛会期间，代表团团部人员、各队工作人员、教练员，均能以运动员为核心，以参赛为重点，全面做好服务保障工作，确保代表团运转有序、运动员参赛流畅，管理和服务上了一个新水平。

一是科学管理，规范高效。在组织管理上做到人人、事事、时时有章可循，最大限度减少随意性，确保运动员顺利参赛。团部建立团部和各队领队微信群，直接调度指挥，收集和反馈信息，实现直接、实时、高效的团部运转和运动队扁平化管理。

二是明确任务，落实责任。有效地实施团部领导下的领队负责制，强化参赛目标，明确工作分工和参赛流程，确保每一名运动员在就寝、餐饮、装备、交通、热身、检录、参赛、颁奖、兴奋剂检测等环节有人负责，确保顺利参赛。制定参赛以及人身安全等各种方案和应急预案，防止各类安全事故发生。

三是杜绝兴奋剂，坚持零容忍。赛前，代表团全员进行反兴奋剂教育和准入考试，实施肉制品检测、严格三品管理和使用，对所有运动员进行检查。与各运动队签订责任书，层层压实责任。赛中，我运动员共接受85例兴奋剂检测，没有出现一例阳性，实现了干干净净参赛的目标。

四、多方协作，谱写新篇章

赛会期间，张海迪团长与亚洲残奥委员会主席马吉德先生进行会谈，代表团领导拜访中国香港、中国澳门、中国台北等代表团，并与印尼、韩国、日本、朝鲜、蒙古代表团进行友好交流。代表团相关负责同志参加亚残奥委员会相关会议，与国际残奥委员会单项组织负责官员就各个项目发展进行深入沟通。

在开闭幕式上，代表团打出“你好，印度尼西亚”和“2022相聚杭州”横幅，表达对东道主的尊重和对亚洲朋友的诚挚邀约，赢得现场观众的热烈响应和媒体的积极反响。

闭幕式上，张海迪主席和杭州市副市长王宏分别代表中国残奥委员会、杭州市政府郑重接过亚洲残奥委员会会旗，现场播放杭州市宣传片，标志着杭州2022年第四届亚残运会筹办工作正式启动，亚残运会进入“杭州时间”。

代表团组团参赛得到了社会的关注和支持。新华社、中央电视台等主要新闻媒体报道了大量的赛事消息，新媒体平台快速传播，引起社会进一步关注。阿里巴巴公司为代表团出场服装提供了赞助。北京首都机场、海关、边检、国航等单位为代表团提供了便利和支持。

五、备战东京，开启新征程

本次参赛为备战东京残奥会奠定了坚实基础。

一是7名运动员打破7项世界纪录，田径、硬地滚球、自行车、盲人柔道、射击、游泳、轮椅击剑、轮椅网球队运动员通过参赛达到东京残奥会参赛成绩标准或取得相应个人积分，提升了国际排名。

二是轮椅网球队朱珍珍、黄惠敏力克强敌日本队，首次获得亚残运会金牌；硬地滚球队BC4级女运动员林细妹在男女混合项目中巾帼不让须眉，收获2枚宝贵的金牌，实属不易，成为东京残奥会的希望。

三是代表团中有125名运动员是首次参加亚残运会，其中43名运动员获得80枚金牌，获得133枚奖牌，有33名运动员在本次亚残运会上顺利完成了分级。有48名25岁以下的选手获得79枚金牌，为东京残奥会积累了良好的人才储备。游泳队中“90后”队员成长为游泳队的中流砥柱，数位“00后”运动员在级别合并后不占优势的情况下勇夺金牌，特别是14岁的女运动员蒋裕燕一举夺得3枚金牌；举重队小将郭玲玲2017年首次参加国际大赛以来接连刷新世界纪录，在本次45公斤级比赛中，再次以115公斤的成绩打破由自己保持的世界纪录，喜获金牌。首次参加亚残运会的轮椅击剑队19岁女运动员辜海燕，虽然入队较晚，但沉着稳健，大比分战胜对手，新华社给予专门报道。代表团年龄最小的13岁乒乓球运动员黄文娟首次参加国际赛事，遇强不弱，敢打敢拼，获得1枚可贵铜牌；她在训练、参赛中表现积极主动，显示出我国年轻一代运动员的良好品质。年轻选手脱颖而出，成为备战2020年残奥会的中坚力量。

集体项目坐式排球女队、轮椅篮球女队均以较大优势赢得冠军，通过比赛达到了锻炼队伍、提升水平的目的。

通过参赛本届运动会，我们进一步认识到，亚残运会反映的仅仅是亚洲水平；备战2020年东京残奥会、2022年冬残奥会，我们仍面临严峻的考验和巨大的挑战。我们要发挥举国体制的优势，在运动员选拔培养、教练员选任、项目发展、科研保障、反兴奋剂等方面加大工作力度，进一步增强使命感、责任感、紧迫感，上下同心，为我国残疾人体育事业发展共同努力奋斗！

六、全国广泛组织开展第二届中国残疾人冰雪运动季活动

中国残联办公厅工作通报第9期

2018年4月12日

按：2017年12月至2018年3月第二届中国残疾人冰雪运动季在全国范围开展，活动主题是“冰雪健身、共享健康”。本届活动是中国残联深入贯彻落实党的十九大精神和习近平总书记关于“加快冰雪运动普及和提高”重要指示，积极推动残疾人冬季运动发展、促进残疾人融入国家“三亿人参与冰雪运动”的重要举措。国家体育总局、教育部、全国总工会、共青团中央、全国妇联、北京2022年冬奥会和冬残奥会组织委员会等部门为活动成功举办给予了大力支持，中国残疾人福利基金会、中国狮子联会、中国助残志愿者协会等社会组织参与协办。全国各地及各类残疾人组织热情响应、积极行动，广泛开展了形式多样、内容丰富，贴近残疾人身边的群众性健身和冰雪体验活动，充分展示我国残疾人大众冰雪健身成果，引导和带动更多残疾人参与冰雪活动，营造了良好社会氛围。现将活动开展情况印发给你们，供交流参考。

2017年12月至2018年3月，第二届中国残疾人冰雪运动季（以下简称“冰雪运动季”）在全国范围开展，活动主题是“冰雪健身、共享健康”，突出“绿色、共享、开放、廉洁”和“残健融合、康复健身”的理念。“冰雪运动季”是中国残联在党的十九大之后和中国体育代表团备战出征2018年韩国平昌冬残奥会之际，组织开展的全国残疾人大众冰雪品牌活动，得到了国家体育总局、教育部、全国总工会、共青团中央、全国妇联、北京2022年冬奥会和冬残奥会组织委员会等部门的大力支持。“冰雪运动季”期间，全国各地残联、体管中心、残疾人专门协会按照《中国残联办公厅关于开展第二届中国残疾人冰雪运动季活动的通知》要求，积极组织残疾人开展嬉冰嬉雪、康复健身、大众赛事、设施体验、知识培训、器材装备和文化展等贴近残疾人的冰雪活动，展示了我国残疾人大众冰雪运动发展成果，引导和带动了更多残疾人参与冰雪活动，营造了良好社会氛围，对加快实施《冬季残奥项目振兴计划》，推动我国残疾人冬季运动发展，促进残疾人融入国家“三亿人参与冰雪运动”，展示残疾人全面小康进程建设成果具有积极影响。

一、高度重视，广泛支持

中国残联高度重视组织开展残疾人冰雪运动季活动。张海迪主席、鲁勇书记多次指示，筹办好2022年北京冬残奥会，不仅要提高冬季项目竞技水平，更要以残疾人为中心，通过举办“冰雪运动季”活动，带动更多的残疾人参与冰雪运动，康复健身，享受快乐。王梅梅副理事长要求活动开展要切实增强基层残疾人的参与感、获得感、幸福感。国家体育总局、北京冬奥组委等六个部门和单位作为“冰雪运动季”支持单位，在国家组织层面为活动开展提供了重要支撑，其中教育部、全国总工会、共青团中央、全国妇联四个部门是首次应邀与中国残联联合举办。各省（区、市）残联和全国残疾人组织积极响应，北京、天津、河北、上海、黑龙江、吉林、辽宁、浙江、江苏、山东、广东、新疆、重庆、宁夏、内蒙古、福建16个省（区、市）残联，中国盲协、中国聋协、中国肢协、中国智协和中国精协5个残疾人专门协会分别制定相应工作方案，并联合相关部门印发本地或本机构“冰雪运动季”活动通知。全国开展“冰雪运动季”单位由首届的14家增加至22家，覆盖区域进一步扩大。同时，“冰雪运动季”受到了助残公益组织和社会各界的广泛关注。中国残疾人福利基金会、中国狮子联会、中国助残志愿者协会积极参与协办工作。北京鸟巢国家体育场、天津市银河国际购物中心滑冰场、石家庄西部长青滑雪场、哈尔滨市河口湿地公园、长春市净月潭滑雪、沈阳启飞

社区冰雪大世界、深圳世界之窗阿尔卑斯冰雪世界、上海松江大学生体育运动中心、绍兴柯桥乔波冰雪世界、常州市龙凤谷滑雪场、威海市威虎山滑雪场、重庆市石子山体育公园、呼和浩特市哈素海、乌鲁木齐白云滑雪场等全国近百家公共冰雪场所、爱心企业免费或优惠向残疾人开放，主动承办本地区的“冰雪运动季”活动，提供赞助或捐赠器材，为残疾人参与体验冰雪健身活动提供了便利条件，在全社会起到了良好的示范和带动作用。

二、重心下移，扩大参与

“冰雪运动季”期间，各地方、各专门协会积极推动残疾人冰雪康复健身活动、赛事、知识进社区、进机构、进校园、进家庭，让更多残疾人获得了身边的冰雪运动体验和服务。北京、天津、河北、黑龙江、吉林、辽宁、广东、江苏、山东、重庆、宁夏等11个省（区、市）残联和中国精协、中国智协在分别举办“冰雪运动季”主会场活动、示范活动、特色活动的同时，在组织层面进一步将活动重心下沉，动员学校、康养、社区健身示范点等基层残疾人机构开展贴近残疾人的冰雪活动，带动更多残疾人参与冰雪健身，享受冰雪乐趣。黑龙江省残联、省教育厅联合印发了《关于在学校开展残健融合校园冰雪运动的通知》，动员各级学校开展普校和特殊学校相融合的冰雪活动，推动残疾人冰雪运动走进校园。吉林省残联为3400户不易出户的残疾人家庭提供了康复健身器材、方法及指导等“三进”入户服务，与当地教育机构共同在中小学普及冬残奥项目、在特殊教育学校开展冰雪活动，全省各残疾人健身示范点开展了系列模拟冰雪健身体验活动。辽宁省残联承办通过在当地特教学校、社区、残疾人就业基地和残疾人健身示范点等残疾人集中的基层机构组织残疾人身边的冰雪健身体验和服务，为残疾人就近就便参与冬季健身提供了便利。重庆市残联对全市进行摸底，组织有意愿和条件的特殊学校、机构率先开展轮滑仿冰项目免费送课服务，并以点带面，将不具备条件的学校和机构中的残疾青少年送到有条件的学校参加轮滑课程学习。山东省残联动员民间助残组织和社会体育组织参与，在学校、康养、社区健身示范点等基层残疾人机构组织了残疾人身边的冰雪活动。江苏省残联组织涉冰雪市、县组织举办了社区趣味冰雪运动会，在各类特教学校开展了残疾人冰上趣味项目、轮椅冰壶项目和旱冰项目等展示体验活动。广东省残联在全省1009个康园中心、121个助残健身示范点，向基层残疾人介绍冬季项目北京冬残奥会情况，广泛普及残疾人冰雪运动知识。中国精协以“动员各省孤独症家长工作站（服务站）、动员社会资源和项目资金，以冰雪季活动为契机带动精神残疾人参与健身”为活动组织原则，以助残志愿者为服务主体，在全国开展了50次家庭冰雪活动，每次活动均有不少于20个家庭参与。中国智协开展普校和特殊教育学校相融合的冰雪活动，邀请冰雪运动专家教练进行现场指导和培训，重点组织北京、天津、河北、黑龙江、吉林、辽宁等地特教学校进行了单板滑雪、雪地足球、雪地拔河、雪地赶小猪、特奥雪鞋走、低能力高山滑雪、残奥冰壶、冰陀螺、旱地冰壶等冰雪体验活动。各地共组织开展各类基层残疾人冬季健身活动千余次，直接参与残疾人数达20余万人次，冰雪运动季活动的覆盖面和参与率明显提升。

三、因地制宜，形式多样

“冰雪运动季”期间，在哈尔滨、沈阳2地举办两期全国主题活动，京津冀、黑吉辽集中举办6期全国主场活动，上海、浙江、江苏、山东、广东、新疆等6地和各残疾人专门协会举办11期全国示范活动，重庆、宁夏、内蒙古、福建等地举办4期全国特色活动，形成了“2 + 6 + 11 + 4”的全国活动整体布局，形式新颖、内容丰富，受到广大残疾人的积极响应和热烈欢迎。

全国高峰主题活动暨黑龙江省主场活动，来自哈尔滨市5个城区的2100多名残疾人及亲友体验了冰爬犁、冰陀螺、冰上龙舟、冰上自行车、冰钓、滑雪圈、滑雪橇、堆雪人、雪上爬犁、雪上龙舟、赏冰赏雪等群众性项目。残疾人激动地说：“今天能让家人陪我们一起体验冰雪运动，真像过节一样啊！”高峰活动期间，中国残联首次举办“冰雪运动季”全国残疾人大众迷你滑雪比赛，吸引了北京、河北、安徽等6省市120余名运动员报名参赛，促进了残疾人冬季滑雪项目在基层的推广。全国走进残疾人主题活动暨辽宁主场活动，与辽宁省体育局“百万市民上冰雪活动”充分结合，分别在全省9处雪场（馆）开展各类大众雪上康复健身活动，协调社会3家冰雪机构开展残疾人冰雪体验活动，推动残疾人冰雪项目成为辽宁特殊教育师范高等专科学校等特殊教育机构冬季体育课考核内容，邀请日本冰雪运动专家为长期开展残疾人冰雪活动提供技术指导，组织省高山滑雪、单板滑雪、残奥冰球运动队开展冰雪项目表演展示活动，全省各市残疾人健身示范点均开展了系列模拟冰雪健身体验活动，带动全省14个地市近2万残疾人直接参与相关冰雪活动。

北京、天津、河北、吉林全国主场活动，率先拉开了“冰雪运动季”的帷幕。4省（市）充分发挥2022年北京冬残奥会、2019年全国残运会主办地区和冰雪资源大省的优势，依托本地冬季体育公共设施、自然资源丰富的有利条件，广泛组织各类残疾人到冰场、雪场、公园进行亲身体验，开展了冰雪趣味健身、冬残奥项目体验、冰雪传统赛事、冰雪文化展、冰雪器材展、冰雪知识讲座等形式多样，符合残疾人特点和需求的冰雪示范活动，广大残疾人直接踩冰踏雪、分享快乐，营造了浓浓的“冰雪运动季”氛围。

广东、上海、浙江、江苏、山东等缺乏冰雪资源的东部、南部省（市），能够结合当地资源、因地制宜、创新形式，分别举办了本地的全国示范活动。广东省每个康园中心和助残健身示范点均向不少于20名残疾人朋友开展了冬季健身项目和北京冬残奥会有关情况宣教，以及冬季健身小型体验活动，直接服务20000余人。上海市通过举办国际城市轮椅冰壶比赛，推动冰壶项目在本地区残疾人群的普及发展。同时，面向16个区的残联体育干部、残疾人健身站点健身指导员举办了残奥冰壶和大众冰雪健身项目的培训，组织编写了残疾人冬季健身培训手册和冰雪健身项目指导宣传光盘，进一步加强了残疾人冬季运动健身服务指导的力度。浙江省对“冰雪运动季”启动仪式及融合活动全程进行电视直播，宣传报道覆盖了全省乃至全国的广大观众。同时，开展“扫屏幕二维码北京冬奥会和冬残奥会知识有奖竞答”活动，让电视机前更多的朋友参与、了解残疾人冰雪运动，积极扩大活动影响力。江苏省“冰雪运动季”得到了各级政府和体育局等有关部门大力支持，实现了当地社会公共雪场在冰雪季期间向残疾人免费开放、部分娱乐项目7折优惠的惠残政策，为当地残疾人参与体验冰雪健身活动创造了条件。

重庆、宁夏、内蒙古、新疆、福建5省（区）残疾人冰雪运动发展时间短、资源有限，但积极组织开展具有自身特点的全国示范和特色活动。重庆市残联集中组织开展了残疾人模拟冰壶球、轮滑钻杆、轮滑往返跑比赛等仿冰类健身项目培训、比赛、讲座、展示等活动，深受残疾人朋友的喜爱。内蒙古自治区残联以“快乐冰雪，感受北疆冬日风光”为主题，组织基层残疾人和志愿者赴呼和浩特市哈素海开展赏雪嬉雪，让残疾人走出家门感受冬季的冰情雪韵。宁夏回族自治区残联主动争取当地体育、教育、工青妇、志愿者协会等部门支持，积极调动社会公益力量积极参与，形成部门协作、多方参与，共同推动残疾人大众冰雪运动发展的组织格局。全区有13家社会助残组织参与组织了残疾人冰雪场地无障碍体验活动。活动期间，挖掘和塑造残疾人冰雪健身的典型人物和典型故事，邀请宁夏电视台、宁夏日报等媒体进行宣传报道，为推动残疾人事业更好更快发展营造了良好的舆论环境。新疆维吾尔自治区残联为了让更多残疾人直接获得身边的冰雪体验和健身服务，采取政府购买服务方式，在乌鲁木齐白云滑雪场组织开展了各民族、各类别残疾人朋友及亲友参加的滑雪体验活动，满足了残疾人多样化体育文化需求，增进了民族兄弟之间的交流和友谊。福建省残联专门成立工作小组，重点进行残疾人冰雪运动人才培训，开展了残疾人冬季项目竞赛规程、医学分级、运动员知识培训活动，组织残疾人观看冰雪运动视频，组队参加了全国残疾人单板滑雪锦标赛。

五个残疾人专门协会充分发挥联系各类别残疾人的桥梁和纽带作用，依托各级协会的组织力量，从本类别残疾人实际需求出发，组织举办了内容丰富的全国示范活动。中国盲协、中国肢协携手京津冀地区协会组织，分别组织了三地基层盲人和肢残人的各类冰雪体验活动，很多参与者都是首次进入公共冰场雪场，通过实地体验真正感受到了冰雪运动的乐趣，纷纷要求能够经常性组织开展此类活动。中国聋协联合广东省聋协，争取深圳世界之窗有限公司支持，在深圳世界之窗阿尔卑斯冰雪世界举办了“粤港澳大湾区千人冰雪运动及交流活动”，聋人朋友及亲友在为期两天的活动中，集中参与了冰雕观展及滑雪、溜冰等冬季运动项目体验活动。中国智协根据智力残疾人特点，突出以家庭为单位，在北京市延庆区万科石京龙滑雪场开展了历时三天的智力残疾人冰雪健身亲子活动，来自北京、天津、河北、黑龙江、吉林等5省市的智力残疾人代表及亲友，在体验趣味健身活动过程中收获了快乐和自信，充分展现追求美好生活的精神风貌。中国精协依托各省孤独症家长服务协会工作站点，以家庭为单位，积极招募社会志愿者，协助精神残疾者家庭组织开展雪地骑小马、冰上碰碰车、冰滑梯、冰上保龄球、滑雪圈等富有趣味的特色项目比赛和活动。活动中，家长们收获了社会关爱带来的幸福，孩子们收获了冰雪健身的欢乐体验，志愿者们收获了付出的成就和喜悦。

四、创新宣传，反响热烈

“冰雪运动季”期间，紧紧围绕活动的开展，中国残联、各地方、各协会创新新闻宣传形式和手段，突出亮点、以点带面、深入跟踪，全进程、全方位、多频次报道各地、各项活动实际开展情况，向社会集中展示了我国残疾人大众冰雪运动发展成果。

一是加强整体统筹。“冰雪运动季”确定以“冰雪运动你我同行、康复健身共享快乐、同筑小康融合发展”作为活动宣传口号，明确以“五个一”为重点贯穿全季的工作要求，即：“一稿”充分反映“冰雪运动季”指导思想、设计理念和活动安排撰写新闻通稿，由中央主要媒体进行集中发布，并提供各地方媒体同步发布。“一会”结合“冰雪运动季”高峰活动举办新闻发布会，全面介绍全国活动整体安排。“一面”结合2次主题活动、6期主场活动、11期示范活动和4期特色活动，将全国活动宣传联结成面。“一报”结合各地、各专门协会上报的活动总结及相关资料，形成工作通报全面反映“冰雪运动季”整体情况。“一片”结合各地、各专门协会视频资料制作专题宣传片，为“冰雪运动季”留下宝贵资料。同时，建立了由中国残联统筹管理，中国残疾人体育运动管理中心牵头负责，各地残联、各专门协会分级落实，中国残疾人事业新闻宣传促进会提供组织支撑，中央媒体和地方媒体协同合作、资源共享的联动宣传工作机制，并在经费、人员等方面提供必要保障。

二是强调点面结合。中国残联协调新华社、中央电视台、《人民日报》、《光明日报》等中央主要媒体对“冰雪运动季”新闻发布会、全国主题活动、主场活动、部分示范和特色活动进行集中采访报道，形成宣传亮点。同时，安排专业团队进行了“冰雪运动季”活动专题宣传片的拍摄和制作工作。各地残联创新宣传形式、确立宣传节点、组织媒体报道，形成了全国广泛联动的宣传效应。同时，分别采取线上线下相结合征集冰雪运动季会徽、宣传口号、健身项目、专项器材，组织开展冬残奥及残疾人大众冰雪摄影、绘画、视频等文化展示活动，制作播放活动宣传片，发放宣传品等方式，进一步为“冰雪运动季”活动造势，吸引社会公众和广大残疾人的关注度。

三是社会反响热烈。根据统计，“冰雪运动季”期间，有近140家中央及地方媒体，分别以电视、网络、报纸、新媒体等不同形式组织了宣传报道，直接发布相关活动内容及信息近700余篇，转载量达几十万次。“冰雪运动季”以活动为载体，以宣传为引导，充分展示了残疾人全面小康进程建设成果和当代残疾人的精神风貌，在全社会宣传推广了残疾人大众冰雪健身文化和知识，为助力中国体育代表团备战和参赛平昌冬残奥会、推动残疾人参与冰雪运动提供了有力支撑，在全国营造了良好社会氛围，产生了热烈的社会反响。

七、2018年残疾人体育主要赛事和活动

表3-16-1　2018年全国残疾人体育竞赛一览表

序号	比赛名称	时间	天数	承办地
1	2018年全国残疾人跆拳道锦标赛	4月18日至24日	7	山东青岛
2	2018年全国硬地滚球锦标赛	4月19日至25日	7	广东广州
3	2018年全国残疾人乒乓球锦标赛	4月20日至27日	8	河南郑州
4	2018年全国轮椅击剑锦标赛	5月4日至10日	7	江苏南京
5	2018年全国特奥足球比赛暨全运会比赛	5月10日至17日	8	福建福州
6	2018年全国盲人柔道锦标赛	5月15日至21日	7	广东东莞
7	2018年全国残疾人举重锦标赛	5月16日至22日	7	体管中心
8	2018年全国残疾人羽毛球锦标赛	5月23日至30日	8	贵州贵阳
9	2018年全国残疾人射击锦标赛	5月24日至30日	7	四川成都
10	2018年全国坐式排球锦标赛暨全运会预赛	5月29日至6月5日	8	江苏南京
11	2018年全国残疾人射箭锦标赛	5月31日至6月6日	7	浙江杭州
12	2018年全国残疾人田径锦标赛	6月6日至14日	9	天津
13	2018年全国残疾人游泳锦标赛	6月6日至14日	9	天津
14	2018年全国残疾人网球锦标赛	6月8日至14日	7	四川资阳
15	2018年全国轮椅篮球锦标赛暨全运会预赛	6月8日至15日	8	陕西西安
16	2018年全国特奥乒乓球比赛	6月20日至27日	8	体管中心
17	2018年全国残奥冰球锦标赛	6月21日至28日	8	山东青岛
18	2018年全国盲人足球锦标赛暨全运会预赛	6月26日至7月3日	8	辽宁沈阳
19	2018年全国轮椅舞蹈比赛	6月26日至29日	4	广东广州
20	2018年全国盲人门球锦标赛暨全运会预赛	6月28日至7月5日	8	浙江塘栖
21	2018年全国残疾人冰壶锦标赛	7月2日至9日	8	北京
22	2018年全国残疾人赛艇皮划艇锦标赛	7月3日至10日	8	浙江杭州
23	2018年全国残疾人自行车锦标赛暨全运会比赛	7月9日至16日	8	广东深圳
24	2018年全国聋人篮球锦标赛暨全运会预赛	7月17日至25日	9	黑龙江哈尔滨
25	2018年全国残疾人乒乓球挑战赛	7月22日至27日	6	甘肃金昌
26	2018年全国残疾人飞镖比赛	9月3日至7日	5	山东青岛
27	2018年全国聋人足球锦标赛暨全运会比赛	9月4日至13日	10	体管中心
28	2018年全国盲人跳绳比赛	9月15日至20日	6	浙江塘栖

表 3－16－2 残疾人体育工作接访接待统计表

团组名称	时间	国家/地区	人数	来访目的与内容
日本国立残疾人康复中心专家	3 月 14 日	日本	2	参观了解中国相关残疾人工作情况。协助中国康复研究中心接待
国际残奥委奥会冬季项目部官员	4 月 26 日	德国	2	商谈北京 2022 冬季残奥会及举办冬季项目国际比赛事宜
残奥田径大奖赛（北京站）暨第六届中国残疾人田径公开赛	5 月 7 日—14 日	16 个国家/地区	351	参加体管中心举办的残疾人体育国际赛事
韩国残奥委员会主席	5 月 28 日	韩国	5	参观中心场馆设施，探讨加强中韩冬季和夏季残奥项目发展经验交流与合作
国际残奥委员会主席	6 月 6 日	德国	1	参观中心场馆设施，与残奥冠军班学生交流，与中国残奥委员会官员会谈
加拿大残奥委员会官员	7 月 19 日	加拿大	2	商谈中加就冬季项目开展合作事宜
土库曼斯坦残奥举重队集训	8 月 18 日—9 月 1 日	土库曼斯坦	10	与中国残奥举重队联合集训
国际乒联中国残疾人乒乓球公开赛	8 月 27 日—9 月 3 日	26 个国家/地区	450	参加体管中心举办的残疾人体育国际赛事
韩国、朝鲜残奥国家队部分项目联合训练	9 月 3 日—7 日	韩国、朝鲜	41	韩朝两队联合集训

表 3－16－3 举办国际残疾人体育赛事统计表

活动名称	时间	地点	参加人员范围	活动规模			历次举办情况
				总人数	外宾数	台湾代表数量	
2019WPA 田径大奖赛北京站	5 月 6 日—13 日	中心	各国/地区残奥委员会田径代表队、残奥会官员	600	310	10	自 2013 年以来每年在体管中心举办一次
2019 年 ITTF 残疾人乒乓球中国公开赛	10 月上旬	中心	各国/地区残奥委员会乒乓球代表队、残奥会官员	400	220	5	自 2010 年以来每年在体管中心举办一次公开赛或锦标赛
2019 年 BWF 残疾人羽毛球公开赛	9 月 23 日—29 日	中心	各国/地区残奥委员会乒乓球代表队、残奥会官员	400	200	15	2016 年在体管中心举办过 BWF 残疾人羽毛球亚锦赛

表 3－16－4 中国残疾人体育出访训练、工作和参赛统计表

序号	团组名称	出访人数	日期	出访国家	出访效果简述
1	加拿大单板滑雪比赛及适应性训练	6	1 月 16 日—2 月 14 日	加拿大	积累比赛经验，境外训练效果显著
2	高山滑雪欧洲系列赛及境外训练	9	1 月 22 日—2 月 20 日	意大利、克罗地亚、奥地利	积累比赛经验，境外训练效果显著
3	轮椅冰壶残奥会赛前训练	12	1 月 31 日—2 月 14 日	加拿大	提高冰场适应能力，与其他队伍交流，确定平昌参赛名单
4	芬兰残奥北欧滑雪世界杯	13	2 月 1 日—10 日	芬兰	项目成绩取得突破
5	轮椅网球世界杯团体赛	6	2 月 18 日—25 日	斯里兰卡	女运动员取得优异运动成绩
6	平昌冬残奥会	62	3 月 3 日—19 日	韩国	参赛规模最大的冬季残奥会，金牌零突破
7	平昌学习工作团	7	3 月 7 日—15 日	韩国	对冬季项目顶级赛事进行全面考察调研，形成多个调研报告
8	残疾人射击世界杯	20	3 月 19 日—28 日	阿联酋	新老结合，参赛规模里约残奥会后最大
9	巴西残疾人自行车场地世锦赛	17	3 月 19 日—27 日	巴西	成绩优异，打破世界纪录，奖牌榜排名第 3
10	美国游泳世锦赛	29	4 月 16 日—22 日	美国	完成分级任务
11	韩国射击世锦赛	20	5 月 2 日—12 日	韩国	直接取得 6 个东京参赛资格

续 表

序号	团组名称	出访人数	日期	出访国家	出访效果简述
12	荷兰轮椅网球世界杯	16	5月26日—6月5日	荷兰	女子团体第三名，男子团体第十三名
13	IBSA盲人足球世锦赛	15	6月5日—19日	西班牙	夺得季军
14	盲人门球世锦赛	18	5月29日—6月5日	瑞典	男队第七名，女队第十名
15	坐排世锦赛	30	7月12日—24日	荷兰	男队第七名，女队第三名
16	公路自行车世锦赛	17	7月29日—8月6日	意大利	锻炼队伍，增加比赛经验
17	雪上项目境外训练	29	8月7日—9月14日	新西兰	阶段性训练取得成效
18	冰球境外比赛及训练	35	8月10日—9月24日	俄罗斯	与强队切磋，境外训练效果显著
19	硬地滚球世锦赛		8月12日—18日	英国	完成运动员级别确认，增加比赛经验
20	轮篮世锦赛	18	8月14日—28日	德国	锻炼队伍，增加比赛经验
21	2018ICF皮划艇世界杯	11	8月18日—26日	葡萄牙	新开展项目，新运动员获得国际分级，锻炼队伍。非资格赛。
22	雪上项目境外训练	22	8月18日—9月14日	新西兰	境外训练，效果显著
23	举重亚锦赛	33	9月5日—13日	日本	金牌、奖牌总数双第一
24	亚残运会	382	9月28日—10月15日	印尼	参赛规模最大的地区性运动会，金牌总数和奖牌总数九连冠
25	斯洛文尼亚乒乓球世锦赛	40	10月15日—22日	斯洛文尼亚	位列奖牌榜首位
26	残奥冰球C组比赛	21	11月4日—10日	芬兰	锻炼队伍，增加比赛经验
27	高山滑雪世界杯赛及分级师培训班	14	11月3日—9日	荷兰	培养分级技术力量
28	轮椅冰壶国际分级师研讨会	2	11月7日—11日	芬兰	培养分级技术力量，取得国际分级师资格
29	单板滑雪世界杯	13	11月9日—17日	荷兰	锻炼队伍，选拔运动员
30	盲人柔道世锦赛	17	11月13日—19日	葡萄牙	锻炼队伍，增加比赛经验
31	视力残疾人运动员分级师培训班	2	11月11日—14日	葡萄牙	培养分级技术力量，取得国际分级师资格
32	高山滑雪世界杯	18	12月4日—14日	奥地利	锻炼队伍，选拔运动员
33	北欧滑雪世界杯	16	12月8日—21日	芬兰	锻炼队伍，选拔运动员
34	2018年硬地滚球分级研讨会	2	12月13日—16日	阿联酋	培养分级技术力量，取得国际分级师资格
35	轮椅击剑世界杯	19	12月13日—16日	日本	东京残奥会积分赛

八、重要条目

【国际(单项)体育联合会（International Sport Federations，ISF；或 International Federations，IFs)】经国际残奥委员会认可、作为某个残奥项目唯一代表的独立的单项体育联合会。国际单项体育联合会的职责包括：在残奥会期间，对其所负责的体育项目竞赛及训练场地进行技术管理，并提供技术指导。国际残奥委员会目前承认的国际单项体育组织共15个：

1）国际硬地滚球体育联合会
（Boccia International Sports Federation，BISFed）

2）世界羽毛球联合会
（Badminton World Federation，BWF）

3）国际马术联合会
（Fédération Equestre Internationale，FEI）

4）世界赛艇联合会
（World Rowing Federation，FISA）

5）国际皮划艇联合会
（International Canoe Federation，ICF）

6）国际网球联合会
（International Tennis Federation，ITF）

7）国际乒乓球联合会
（International Table Tennis Federation，ITTF）

8）国际三项全能联盟
（International Triathlon Union，ITU）

9）国际轮椅篮球联合会
（International Wheelchair Basketball Federation，IWBF）

10）国际轮椅橄榄球联合会
（International Wheelchair Rugby Federation，IWRF）

11）国际自行车联盟
（Union Cycliste International，UCI）

12）世界射箭联盟
（World Archery，WA）

13）世界冰壶联合会
（World Curling Federation，WCF）

14）世界残奥排球联合会

（World Para Volley，WPV）

15）世界跆拳道联合会

（World Taekwondo，WT）。

【残疾人体育国际组织（International Organizations of Sports for the Disabled，IOSD或IOSDs）】经国际残奥委员会认可，作为某单个类别残疾人群体唯一代表的独立体育组织。各残疾人体育国际组织与国际残奥委员会携手合作，提供特定项目的专业知识，推动残疾人运动员基层体育和精英体育的发展。它们是特定类别残疾人的一些体育项目的管理机构，所管理的体育项目是残奥会正式比赛项目的组成部分。国际残奥委会目前承认的国际残疾人体育组织有4个：

1）国际脑瘫人体育和娱乐协会（Cerebral Palsy International Sports and Recreation Association，CPISA）；

2）国际盲人体育协会（International Blind Sports Association，IBSA）；

3）国际智力残疾人体育联合会（International Sports Federation for Persons with an Intellectual Disability，INAS）；

4）国际轮椅和截肢人体育联合会（International Wheelchair and Amputee Sports Federation，IWAS）。

需要特别指出的是，在世界残疾人体育史上曾经存在一个组织——国际残疾人体育组织（International Sports Organization for the Disabled，ISOD），与现在所说的残疾人体育国际组织（IOSD）不是一个机构，残疾人体育国际组织特指上述4个国际性残疾人体育组织。

【特奥体育项目（Special Olympics Sports）】国际特殊奥林匹克委员会为智力残疾人开设的特奥体育项目共有30多个，包括夏季项目和冬季项目，按英文首字母顺序排列如下：高山滑雪、田径、羽毛球、篮球、草地滚球、保龄球、板球、越野滑雪、自行车、马术、花样轮滑、地板球、地板曲棍球、足球、高尔夫、艺术体操（Gymnastics - artistic）、体操（Gymnastics - rhythmic）、手球、柔道、皮划艇、机能训练项目（Motor Activity Training Program）、篮网球（Netball）、公开水域游泳、举重、轮滑、帆船、短道速滑、滑板滑雪、雪靴走、垒球、游泳、乒乓球、网球、铁人三项、排球。需要特别指出的是，机能训练项目虽然目前还不是特奥竞赛体育项目，但它确实是特奥的体育项目，不属于特奥的非体育项目范畴。

【（特奥）执法人员火炬跑（The Law Enforcement Torch Run）】1981年，美国堪萨斯州威奇托市警察局长理查德·拉马尼亚（Richard LaMunyon）发起执法火炬跑活动。他认为火炬跑活动既有助于提高社区的执法效率，又可以对当地的特奥运动提供支持。1983年，拉马尼亚将执法火炬跑活动计划呈送给国际警察局长协会，该协会批准并因此成为"火炬跑的创设组织"。在国际警察局长协会的支持下，火炬跑成为特奥运动争取公众关注和捐款规模最大的一项活动。执法火炬跑的参与人员和特奥运动员作为火炬的护法者手执"希望之火"出现在地方性、国家级、区域级甚至世界级等各级赛事的开幕式上，每年手执"希望之火"的火炬跑参与者超过9.7万人。截至2016年，执法火炬跑在过去35年里共为特奥运动募集6亿美元资金。火炬象征着勇气，是对全球社区多样性的颂扬。执法火炬跑从一开始只是特奥运动的点点星火，现在已经发展成为照亮全球特奥运动员的熊熊燃烧的稳定之火，正在改变着智力残疾人的未来。

附录一

我国优秀残疾人运动员在国际交流中发挥积极作用

中国残疾人体育运动管理中心　2018年1月22日

随着我国残奥运动的不断发展和优秀残疾人运动员培养工作的不断深化，越来越多的残疾人运动员受到国际社会的关注，逐步在国际交流中发挥积极作用。

图3-12-1　射箭运动员周佳敏。

在国际残奥委会（IPC）三色带基金会2017年底发起的"光荣的残奥运动员领袖"活动中，我国有5名夏季残奥运动员积极向国际残奥委会提出报名申请。最终残疾人射箭项目运动员周佳敏顺利获得培训资格、受邀赴阿联酋迪拜完成了培训和考核，获得"光荣的残奥运动员领袖"认证。周佳敏曾荣获2016年里约残奥会和2017年射箭世锦赛冠军，现在北京体育大学运动训练专业（残奥冠军班）2017级就读。获得该认证后，周佳敏将可以在亚洲乃至世界范围内为更多残疾人运动员开展残奥知识培训，为带动更多残疾人运动员深入参与运动发展发挥领袖作用。

冬季项目方面，在2018年平昌冬季奥运会、残奥会进入倒计时的阶段，IPC近日宣布，将我国轮椅冰壶项目运动员王海涛列为2018年平昌冬残奥会上5名"具有看点的运动员"之一，IPC将对其给予更多媒体方面的关注，借此增强对轮椅冰壶项目和冬残奥运动认知度的宣传。

图 3-12-2　轮椅冰壶运动员王海涛。

此外，IPC 还宣布，中国残疾人越野滑雪运动员彭园园经中国残奥委员会提名，正式成为 2018—2022 年国际残奥委会运动员委员会全球 7 名候选人之一。她将于 2018 年平昌冬残奥会期间接受全体参赛运动员投票，竞争国际残奥委会运动员委员会正式委员一职。IPC 运动员委员会是运动员和 IPC 执委会的联络纽带，为运动员的利益发声，每四年一次在残奥会期间由参赛运动员投票选出有较强领导素质、致力于解决运动员问题的运动员委员，任期至下届残奥会。

图 3-12-3　越野滑雪运动员彭园园。

据不完全统计，2017 年我国有 14 人次的优秀残疾人运动员接受了国际残疾人体育组织的官方专题采访，多家国际残奥委会媒体报道了他们优异的运动成绩和为梦想拼搏的心路历程，他们作为我国运动员的代表在国际舞台上展现风采、讲述中国故事，生动反映了我国残疾人体育事业的发展成果。

附录二

关于授予谭玉娇等 29 名运动员国家残疾人运动员技术等级的通知

残奥委函〔2018〕10 号

江苏、浙江、福建、广东、四川、陕西、甘肃省残疾人体育协会：

根据《关于印发国家残疾人运动员技术等级管理办法的通知》（残奥委〔2013〕11 号），经审核，批准谭玉娇等 10 名运动员为国际级残疾人运动健将、陈忆梅等 6 名运动员为国家级残疾人运动健将、张世林等 13 名运动员为国家一级残疾人运动员。

特此通知。

附件：人员名单

中国残奥委员会

2018 年 6 月 14 日

附　件

人员名单

一、国际级残疾人运动员健将

顾小飞（江苏）　严会莲（江苏）　成昌杰（江苏）
谭玉娇（浙江）　施旭程（浙江）　周佳敏（浙江）
李汉华（广东）　赵理学（四川）　吴春艳（陕西）
连　浩（甘肃）

二、国家级残疾人运动健将

邵莎莎（浙江）　叶金燕（浙江）　应涨晔（浙江）
于　贺（广东）　陈忆梅（四川）　苏建荣（甘肃）

三、国家一级残疾人运动员

江　建（浙江）　张　路（浙江）　李　记（浙江）
陈俊彤（福建）　张世林（甘肃）　王艳雯（甘肃）
陈国普（甘肃）　张延娜（甘肃）　景背弟（甘肃）
王巧玲（甘肃）　王满意（甘肃）　岳文霞（甘肃）
刘锦劳（甘肃）

（刘荣供稿）

残疾人事业国际交流与合作

一、工作综述

2018年，残疾人国际合作交流工作全面贯彻党的十九大精神，以习近平外交思想为指导，坚持服务国家外交和残疾人事业发展两个大局，凝心聚力、主动作为，不断开创残疾人领域国际交流与合作新局面。

（一）积极参与全球治理体系改革与建设，体现负责任大国的作为与担当

1. 利用联合国舞台，讲好中国残疾人故事

2018年，中国残联组团出席联合国多场次会议活动，积极发声。2月，赴美国出席联合国第56届社会发展大会，向194个国家的参会代表介绍中国残疾人事业发展成果，就国际残疾人事务发展提出主张，并与欧盟共同举办主题为“实现残疾人平等权利和融合发展”边会，提出进一步加强中欧残疾人领域合作可行性建议。5月，赴泰国曼谷出席联合国亚太经社会第74届年会，通报并提请审议“亚太残疾人十年”中期审查高级别政府间会议相关成果，积极推动会议批准并同意优先实施《北京宣言和行动计划》和《仁川战略》，成功发挥我国对亚太地区残疾人事务引领作用；赴瑞士出席第71届世界卫生大会，参与世卫组织“改善辅助技术的可及性”决议草案的审议，并与巴基斯坦等国共同举办辅助技术主题边会，将历次会议成果转化为惠及残疾人的具体项目。6月，赴美国出席联合国《残疾人权利公约》第11次缔约国大会，对外宣介我国全面履约成效及残疾人享有平等政治权利的情况，中国残联代表团与联合国经社事务部共同举办改进残疾人数据统计主题边会，受到与会的167个公约缔约国代表的广泛关注。11月，为配合我国担任联合国安理会轮值主席国，积极协调安排中国残疾人艺术团赴纽约演出，展示中国文化魅力和中国残疾人风貌。

牵头协调30余家有关部委和中国残联相关部室提供材料，认真撰写并如期向联合国提交《残疾人权利公约》第二次和第三次合并履约报告。积极参与我国接受联合国人权理事会第三轮国别人权审查，提交《消除对妇女一切形式歧视公约》和《经济、社会及文化权利国际公约》履约报告，展示我国残疾人事业发展成就。

作为联合国残疾人权利委员会委员出任方，中国残联认真参与连任竞选，对进一步了解国际残疾人事务治理体系现状和未来参与形式发挥积极作用，提供有益尝试。

2. 务实推动在残疾人领域落实“一带一路”合作倡议

按照习近平主席在首届“一带一路”国际合作高峰论坛开幕式和张海迪主席在高峰论坛“增进民心相通”平行主题会议上提出的相关倡议，积极拓展新领域，整合既有合作机制，务实推动在残疾人领域落实“一带一路”合作倡议。

成功推动中国残联和中国残疾人福利基金会纳入“南南合作援助基金”名录，获取参与和开展“一带一路”有关项目基金的申请资格。派团赴孟加拉国、丹麦、比利时、哈萨克斯坦、意大利、奥地利等“一带一路”沿线国家进行对接，推动“一带一路”框架下残疾人领域务实合作。

继续推进APEC框架下残疾人事务交流合作，成功主持召开残疾人事务之友小组第四次会议，举办“消除障碍，让残疾人切实享有权利——在数字时代投资残疾人”主题论坛，邀请巴布亚新几内亚总理夫人奥尼尔女士和我国驻巴布亚新几内亚大使薛冰等贵宾共同揭幕“互联网+辅具跨境电子商务”平台启动仪式，出版《亚太地区残疾人参与互联网经济政策研究报告》英文版，在华成功举办第二期国际残疾人及培训师“互联网+电子商务”培训班。继续落实李克强总理倡议，深入推动亚欧会议框架下残疾人事务务实合作。积极申请“澜沧江－湄公河合作专项基金项目”，由语康中心和辅具中心具体实施，在柬埔寨、越南、老挝等国开展人才培训和技术援助等项目，受到各方面积极好评。推动将残疾人事务写入《中阿合作论坛2018—2020年行动执行计划》，开拓与阿拉伯国家的残疾人领域人员交流活动。

3. 深化多双边交流

继续深化与俄罗斯、美国、澳大利亚、日本等国交流合作。成功举办第四届中美残疾人事务协调会，并到西安深度考察了解中国残疾人事业发展情况。接待韩国残疾人国际代表团来华进行第24次工作交流，展开富有建设性的沟通。

接待来自美国、芬兰、日本、厄瓜多尔、土耳其等国的52个代表团，达339人次。

参与平昌冬残奥会、国际特奥会成立50周年庆典和第三届亚残运会相关工作，接待国际残奥委会、亚洲残奥委会等国际体育组织和韩国残奥委会等国家体育组织负责人到访。积极协调基金会向非洲四国捐赠物资，组团赴孟加拉国出席第二届残疾人与灾害风险管理国际会议，协助中国精协举办2018孤独症成人支持国际研讨会，邀请非洲10国驻华大使夫人出席国际残疾人日纪念活动。

7月，中国残联组团出席在英国伦敦举行的首届全球残疾人事务峰会，张海迪以中国残联主席和康复国际主席双重身份出席会议并在开幕式上做主旨发言，呼吁各国政府、国际组织、企业和相关机构共同推进残疾人领域务实合作；赴英国伯明翰参加融合国际第十七次世界大会及会员大会，推动设立“世界智障者日”事宜。9月，赴蒙古乌兰巴托参加2018年世界盲人联盟亚太地区会议，推动中国盲人组织在国际组织中发挥更大作用；组团参加第八届残疾人国际东北亚地区会议，交流推动残疾人国际发展和落实“亚太残疾人十年”行动纲领“仁川战略”各项目标情况。

（二）康复国际主席履职工作取得重大突破

康复国际主席履职是中国残联对外交流与合作的重要抓手。2018年，中国残联推进康复国际各项务实改革措施全面启动。4月，在杭州成功举办康复国际2018年度春季执委会，全面主导康复国际发展方向。妥善解决历史遗留问题，扫清多年来困扰康复国际发展的障碍。

2018年，由中国残联捐资成立的康复国际非洲基金和全球残疾人事务发展基金支持的项目工作全面启动，同时采取一系列加强项目管理的具体措施，为康复国际主席履职提供强有力的支撑。在浙江省嘉兴市举办非洲残疾人组织管理人员培训班，落实张海迪关于开展务实高效合作项目的倡议，提升非洲残疾人组织和服务机构的工作能力，实现中非残疾人务实合作的新突破。

11月，张海迪赴德国出席并主持康复国际柏林系列会议，在新一届主席选举中，张海迪经提名委员会推荐、执委会和代表大会表决通过，实现连任康复国际主席，任期延长至2024年。这既是国际社会对张海迪主席履职两年来所取得成果的认可，也是中国在国际残疾人事务中发挥引领作用的又一体现。在柏林系列会议上，与会代表对康复国际未来发展方向进行深入讨论，康复国际呈现出良好发展势头。

（三）深化港澳台地区交流，增进互学互鉴和务实合作

1. 展现新高度。2018年，中国残联与港澳地区高层互动频繁，有力推进重点业务开展。12月，张海迪专程拜会澳门特首，推动康复国际履职相关工作。七代会期间，张海迪主席在京会见港澳地区观察员代表团，将港澳地区社会服务力量有力地联结在一起。8月，周长奎理事长在京会见驻澳门中联办副主任姚坚，对合力推进国家粤港澳大湾区建设达成多项共识。5月，吕世明率团赴港澳地区开展残疾人权益保障和立法交流，务实推进残疾人领域合作。

2. 确定新目标。紧密联系港澳台地区有影响力的社服团体，配合国家整体部署，按照七代会任务目标，在推进残疾人工作的过程中，争取政治认同，汇聚同胞力量。注重做好港澳台地区妇女和青年群体的工作，夯实工作基础。

3. 努力新作为。首次与厦门大学合作，共同举办第四届两岸残障人士交流嘉年华。在国台办指导下，中国残联稳妥应对国际狮子会第57届东南亚年会、国际残疾人组织及国际多边场合中的涉台敏感问题，总结形成符合实际的工作方法。全年接待来自港澳台地区的参访团组10个，达98人次。

（四）做好狮子会工作

严格落实国家有关部门关于中国狮子联会整改工作的要求，加强内部管理，整肃狮友队伍。积极开展包括“红色行动”、“和平海报”、糖尿病预防及宣传等在内的温馨工程系列公益项目，提升服务质量和社会效应，以“正己助人”为目标，为社会贡献力量。集各方之力，成功举办第57届国际狮子会东南亚年会，展现中国智慧和中国力量。

二、重要条目

【第四届中美残疾人事务协调会】2018年4月24日至26日在北京及西安举行。双方代表围绕残疾人康复、就业和体育三个议题进行经验分享和探讨，就促进残疾人事业发展、保障人权、加强国际交流交换了意见。双方表示，进一步发挥中美残疾人事务协调会在促进两国残疾人领域交流合作的积极作用，并就进一步加强合作达成共识。其间，美国代表团赴西安考察残疾人服务设施，参观残疾人康复、教育和服务机构以及相关就业项目，深入了解中国特色残疾人事业和残疾人工作状况和成就。

【张海迪出席联合国亚太经社会第74届年会】2018年5月11日，国务院残疾人工作委员会副主任、中国残联主席张海迪代表中国政府出席在泰国曼谷召开的联合国亚太经社会第74届年会，作为2013—2022年亚洲及太平洋残疾人十年中期审查高级别政府间会议部长级会议主席，向与会代表通报高级别政府间会议情况和成果，分享中国残疾人事业的成功经验和做法。张海迪呼吁亚太经社会及其成员关注落实《北京宣言和行动计划》，配置更多资源，推动建设一个真正面向所有人的包容社会。

【非洲国家驻华大使夫人出席“国际残疾人日”纪念活

动】2018 年 12 月 7 日，中国残联在中国盲文图书馆举办“国际残疾人日”纪念活动。张海迪与科特迪瓦、加蓬、尼日利亚和塞内加尔等非洲国家驻华大使夫人共同出席。张海迪介绍了中国残疾人事业发展取得的成就。她指出，中国和非洲有着深厚的传统友谊和良好的合作关系，2018 年 9 月中非合作论坛北京峰会的成功举办，为中非在残疾人领域的交流与合作奠定了更为坚实的基础。中国残联愿与非洲国家加强残疾人领域交流合作，共同推动非洲残疾人事业发展。会谈结束后，张海迪陪同大使夫人们参观盲文图书馆，并一同体验中国传统饮食文化，观看中国残疾人艺术团演出。

【APEC 经济体及东盟成员国残疾人及培训师“互联网 +”培训班】2018 年 12 月 17 日至 21 日，由中国残联主办、广州市残联承办的 2018 年亚太经合组织（APEC）经济体及东盟成员国残疾人及培训师“互联网 +”培训班在广州举办。来自中国、东盟及 APEC 成员的约 50 名残疾人及培训师参加培训。此次培训班将为残疾人参与电子商务提供更充分的帮助和扶持，推进中国与东盟、APEC 在残疾人就业方面的合作交流，增强残疾人经济赋权，改善残疾人生活现状并助其实现自身价值，为中国与东盟、APEC 友好合作、共赢发展做出积极贡献。

【康复国际 2018 年度春季执委会及系列会议】2018 年 4 月 22 日，康复国际 2018 年度春季执行委员会会议在杭州召开。张海迪在开幕式上致辞，并主持执委会全体会议。贾勇出席开幕式并致辞。来自世界各地的康复国际执委、部分会员组织代表和联合国亚太经社会等国际组织代表参加会议，为振兴康复国际、进一步推动全球残疾人事务发展献计献策。与会人员参观浙江省康复中心和嘉兴市残疾人综合服务机构以及阿里巴巴集团。会议期间还在嘉兴市举办了非洲残疾人组织管理人员培训班，以提升非洲残疾人组织和服务机构的工作能力，推动非洲残疾人事务发展。

【张海迪再次当选康复国际主席】2018 年 11 月 3 日至 6 日，康复国际 2018 年度秋季执委会和会员代表大会在德国柏林召开，张海迪出席会议，并于康复国际会员代表大会上再次当选康复国际主席，任期为 2020 年至 2024 年。康复国际执委对张海迪连任表示祝贺，对她能够在不断变化的全球残疾人事务发展格局中领导康复国际走向复兴表示赞赏。张海迪连任康复国际主席是各国同行对其履职两年来工作的高度认可，更体现了国际社会对中国残疾人事业发展成就的充分肯定。

【2018 年全国残联系统外事工作会议暨培训班】2018 年 7 月 9 日至 12 日，全国残联系统外事工作会议暨培训班在中国残疾人体育运动管理中心举行。中国残联党组成员、副理事长贾勇出席并讲话。中国残联机关各部门、各直属单位及中国残疾人福利基金会，各省区市及计划单列市残联共 120 余人参加会议和培训活动。本次活动采取以会带训的形式，邀请外交部、国务院港澳办、中央台办，中国传媒大学等部委和学术机构负责人分别围绕国际最新形势、国家管理政策、“一带一路”倡议实施、外宣技巧应用等多专题授课，并组织与会代表分组进行业务交流。通过会议达到了扩大视野、统一思想，聚焦主业、服务大局，增进理解、形成合力的预期目的。

【2018 年两岸残障人士交流嘉年华】2018 年 6 月 4 日至 5 日，由中国残联主办的“第十届海峡论坛 · 2018 两岸残障人士交流嘉年华”活动在福建省厦门市举行。来自两岸的 200 余名残障组织代表、残障人士以及两岸高校专家、学者参与本次盛会。中国残联副理事长程凯、中国国民党中央评议委员会主席团主席赵守博出席开幕式并致辞。本届嘉年华延续“同胞携手，大爱无疆”主题，首次加入残障领域学术理论交流。活动期间，举办了残障人就业政策与能力提升、残障人权益保障与事业发展、残障人身心康复与社会融合三个学术论坛，组织了“海峡论坛 · 爱让星光璀璨”两岸孤独症患者才艺秀、残障人物讲述和残障事业发展成就展等系列活动，将业务交流、学术探讨与情感融合实现共同提升，充分体现了“两岸一家亲”的理念。

附　录

张海迪与非洲驻华大使夫人共同出席“国际残疾人日”纪念活动

中国残联网站，2018 年 12 月 8 日

2018 年 12 月 7 日，中国残联主席、康复国际主席张海迪与科特迪瓦、加蓬、尼日利亚和塞内加尔等非洲国家驻华大使夫人，共同出席在中国盲文图书馆举办的“国际残疾人日”纪念活动。

张海迪欢迎大使夫人出席纪念活动，向她们介绍了中国残疾人事业发展取得的成就。她说，中国政府高度重视残疾人事业，中国国家主席习近平提出，“2020 年全面建成小康社会，残疾人一个也不能少”。近年来，残疾人康复、教育、就业、文化、体育等工作更是取得巨大进步。我们不断加大康复领域的投入，使更多人早日康复。我们注重保护残疾妇女和儿童权益，鼓励残疾儿童随班就读接受融合教育，帮助更多的残疾学生进入普通高校，我们为残疾人创造更多的就业机会，努力帮助残疾人及其家庭摆脱贫困，提高生活质量。我们重视并建立残疾人事业大数据，努力为残疾人提供精准化服务。这些年，中国残疾人领域在国际交流与合作也取得新进展，推动残疾人事务纳入联合国《2030 年可持续发展议程》、“一带一路”倡议和中非合作论坛等多个国际多边合作与交流。张海迪表示，自担任康复国际主席以来，在工作纲领中专门提到要重视并推动非洲残疾人事务发展，关注残疾妇女，并创立了康复国际非洲基金，用于支持非洲发展残疾人事业。

张海迪强调，中国和非洲有着深厚的传统友谊和良好的

合作关系，2018 年 9 月中非合作论坛北京峰会的成功举办，为中非在残疾人领域的交流与合作奠定了更为坚实的基础。中国残联愿与非洲国家加强残疾人领域交流合作，共同推动非洲残疾人事业发展。

科特迪瓦驻华大使夫人作为本届非洲驻华使馆使节夫人组织的主席感谢中国残联的热情接待，她介绍了该组织开展的相关慈善活动。她表示，希望加强与中国残联的交流与合作，深化中非友谊。

会谈结束后，张海迪陪同大使夫人们参观了盲文图书馆的盲文阅览区、残疾人美术馆、触觉博物馆等，欣赏了口述电影。大使夫人们与馆内工作的残疾员工和前来学习绘画的残疾学员，以及正在康复的孩子们进行了亲切友好的互动。观看残疾人书画和剪纸艺术，学习中国书法，并一同体验了中国传统饮食文化，观看了中国残疾人艺术团的演出。

出席活动的非洲驻华大使夫人对中国在残疾人工作领域取得的成果表示钦佩和赞叹，并纷纷表示，本次纪念活动内容丰富多彩，与残疾人朋友的交流令人难忘和感动，希望未来进一步加强与中国残联的沟通与交流，为中非残疾人领域务实合作发挥好桥梁纽带作用。

中国残联副理事长贾勇，中国残联国际部、中国盲文出版社、中国视障文化资讯服务中心主要负责同志等一同出席活动。

（周红供稿）

中国残联机关建设工作

一、党建工作综述

2018年，中国残联直属机关党委在中央和国家机关工委、中国残联党组的领导下，以习近平新时代中国特色社会主义思想为指导，深入学习贯彻党的十九大精神，按照新时代党的建设总要求，彰显党的政治建设统领地位，全面推进党的政治建设、思想建设、组织建设、作风建设和纪律建设，将制度建设贯穿其中。认真贯彻落实工委2018年党建工作要点，聚焦落实全面从严治党主体责任，聚焦提高基层党建工作质量，圆满完成中国残联2018年党建工作各项任务，为不断开创新时代中国特色残疾人事业新局面提供坚强政治和思想保证。

（一）坚定不移推进党的政治建设，确保党员干部坚决做到“两个维护”

1. 提高政治站位。认真学习贯彻十九大关于加强党的政治建设的要求，学习贯彻习近平总书记关于加强党的政治建设的重要论述，特别是对中央和国家机关党的政治建设的重要指示，学习贯彻《关于加强和维护党中央集中统一领导的若干规定》，切实提高广大党员认识，把思想和行动统一到党中央的决策部署上来，坚决做到“两个维护”，树牢“四个意识”，坚定“四个自信”，把坚决维护以习近平同志为核心的党中央权威和集中统一领导贯彻落实到中国残联直属机关党的建设和业务工作各个方面。

2. 推动任务落实。认真贯彻落实中央和国家机关党的政治建设推进会精神，召开中国残联党的政治建设推进会，传达习近平总书记重要指示和工委要求，对全会党的政治建设做出部署安排，要求各级党组织认真学习领会，抓好落实，将习近平总书记的重要指示精神和会议精神传达到每名党员。开展推进党的政治建设自查工作，重点围绕带头做到“两个维护”、学习贯彻习近平新时代中国特色社会主义思想和党的十九大精神、严肃党内政治生活以及党建主体责任落实等内容，推动中国残联党的政治建设各项任务落地见效。

坚持以政治建设统领事业发展，把贯彻落实党中央重大决策部署和涉及残疾人领域的重要会议、重要文件和习近平总书记关于残疾人领域重要指示批示精神作为党的建设的重要内容，推动党建和业务双促进。把十九大关于“发展残疾人事业，加强残疾康复服务”“办好特殊教育”和中央关于打赢脱贫攻坚战的一系列部署安排落到实处，做出成效，将党和政府的关怀、党和国家的政策推进落实到残疾人身上，让广大残疾人群众共享改革发展成果。认真贯彻落实中央党的群团工作会议和中国残联七代会精神，以“强三性、去四化”为主线，积极推动党建工作改革创新，不断适应新时代新形势下党建工作的新要求。

3. 严肃党内政治生活，严明党的政治纪律和政治规矩。严格执行《新形势下党内政治生活若干准则》，严格民主生活会、组织生活会、领导干部双重组织生活等制度。加强对各直属党组织召开民主生活会、组织生活会的督导检查，压实基层党组织和党员领导干部履行严明政治纪律和政治规矩的政治责任，引导党员干部严格遵守党章、贯彻党章、维护党章。

（二）深入学习贯彻习近平新时代中国特色社会主义思想和党的十九大精神，切实加强党员干部思想建设

1. 以开展专项学习贯彻活动为重点，强化党性观念，不断凝聚思想共识。一是抓实“学习十九大，基层在行动”主题党课活动，定期汇总和通报各党组织开展讲党课活动情况，推动领导干部带头讲党课、党课联学联讲、送党课到基层。二是开展集中培训。举办2期专题培训班，对机关处级以上干部和直属单位、基金会领导班子成员进行全员培训。对各单位开展处级干部集中培训情况进行现场督查。三是开展“不忘初心，重温入党志愿书”主题党日活动。以党支部为单位，组织党员重温入党志愿书，讲述入党故事，回忆入党初心，引导党员进一步强化党性观念，更好地发挥先锋模范作用；在纪念建党97周年之际，组织各级党组织负责人，面对党旗庄严宣誓，集体重温入党誓词。四是开展系列征文活动。包括“学用新思想，笔谈千字文”活动、纪念马克思诞辰200周年理论研讨会论文征集和庆祝改革开放

40周年理论研讨会论文征集，共收集征文82篇，筛选优秀征文上报工委，对征集情况进行通报。五是组织学习宣传宪法。推动各党组织采取座谈会、专题学习会、系列讲座、党课宣讲等形式，使广大党员全面领会、深刻把握确立习近平新时代中国特色社会主义思想在国家和社会政治生活中指导地位的重大意义，自觉做到尊崇和维护宪法。

2. 以推进“两学一做”学习教育常态化制度化为抓手，推动学习贯彻不断深化。一是注重示范引领。抓住“关键少数”，发挥领导干部示范带头作用。突出抓双重组织生活制度，党员领导干部以普通党员身份参加所在党支部活动，带头讲专题党课，班子成员通过个人自学、分头领学、集中研讨等形式带头学习，带动广大党员积极参与“两学一做”学习教育。组织开展学习黄群、宋月才、姜开斌、王继才等同志先进事迹活动，引导党员干部以先进典型为榜样，进一步形成走在前、做表率的良好氛围。二是坚持问题导向。联系实际查找和解决问题，不断巩固“灯下黑”专项治理成果，着力解决党的意识不强、组织观念不强、发挥作用不够等问题。把推进“两学一做”学习教育常态化制度化情况纳入党建述职评议考核的基础性、经常性内容。三是拓宽学习渠道。充分利用微信群、专题网页、支部工作APP等新媒体及时助推学习。选送2名局级干部、9名处级干部、1名科级干部到中央和国家机关党校及其分校学习。组织党员干部参加工委举办的系列专题讲座和专题研讨班。

3. 加强学习交流和督导检查，确保学习贯彻取得实效。召开中国残联学习贯彻习近平新时代中国特色社会主义思想和党的十九大精神经验交流会，总结各党组织学习贯彻的做法成效，促进相互借鉴。开展支部先进典型推选活动。对支部工作APP推广使用情况进行检查总结，对工作开展好的党组织和学习突出的党员给予通报表扬，增强了各党组织抓学习的责任意识，激发了广大党员自学热情。

（三）以提升基层党组织组织力为重点，扎实推进基层党组织建设

1. 推动加强党支部建设。印发《关于学习贯彻〈中国共产党支部工作条例（试行）〉的通知》，切实加强党支部标准化、规范化建设，不断完善支部工作制度，总结推广使用“支部工作法”，把党支部建设成为有力有效地宣传党的主张、贯彻党的决定、团结动员群众、推动改革发展的坚强战斗堡垒。督导党支部严肃党内政治生活，严格执行“三会一课”、组织生活会、谈心谈话、民主评议党员等党的组织生活基本制度，推广主题党日等有效做法，严肃认真开展批评与自我批评，不断增强党内政治生活的政治性、时代性、原则性、战斗性。

2. 加强党员发展和管理工作。坚持把政治标准放在首位发展党员。制定发展党员工作计划，下发关于做好2018年发展党员工作的通知，严格发展程序，认真审核，从严把关，共发展党员21名。发展党员名额向社会组织、一线岗位和高知群体倾斜。举办入党积极分子培训班，采取理论辅导、音像教学、结业测试等形式提高培训质量。规范党员组织关系接转，及时跟踪接转情况。全年转接党员组织关系96人次。举办系列党务工作培训班，就党的基层组织任期、发展党员工作、失联党员规范管理和组织处置、党的组织生活、党内统计等业务进行培训，加强交流，提高党务工作人员业务能力。全面总结十八大以来发展党员情况、失联党员规范组织处置排查工作，并及时报告工委。

3. 推进党组织换届规范化。坚持换届提醒制度，制定规范基层党组织换届选举工作意见，编印换届工作流程图和参照例文，规范党组织换届各阶段请示、候选人预备人选报批、选举结果报批等各个环节。对所有党支部换届情况全覆盖排查，完善工作台账，督促有关直属单位所属的20个延期换届的党支部及时完成换届。2018年年内有6个直属党组织如期完成换届，1个直属党组织正在进行换届。审批成立平昌冬残奥会、雅加达亚残运会临时党组织。

4. 严格执行党费收缴、使用和管理的规定。党费使用坚持向基层倾斜。一是助推基层党建活动，下拨5.5万元党费专项用于基层党组织党建示范案例创新活动。二是支持定点扶贫工作，支持中国残联定点扶贫的南皮县车官屯村支部建设。三是鼓励机关以党支部为单位开展“走出去”“请进来”联建联学等活动。四是向困难党员倾斜，加强党内激励关怀帮扶，共下拨和配套党费42.57万元在春节和“七一”期间对困难党员进行走访慰问，共慰问困难党员312人次。按要求向工委报告党费工作情况，对补交党费的使用管理情况开展自审，各党组织均能按规定用途和范围使用，履行规定的审批程序。

5. 认真组织开展民主生活会、组织生活会和民主评议党员工作。按照中组部、工委的有关文件精神和党组的要求，就2018年度民主生活会、组织生活会和民主评议党员工作，印发通知进行部署安排，提出明确要求。协助党组做好党组民主生活会相关工作。协助党组成立7个督导组，全覆盖督促检查和指导，确保各党组织民主生活会的质量和效果。各部门各单位2018年度民主生活会、组织生活会和民主评议党员工作均如期完成，取得良好成效，并及时将相关情况报告工委。

6. 抓实直属机关党建述职评议考核。认真制定考核方案，细化量化考核内容。对各直属党组织书记在本部门本单位内的述职评议实行全覆盖式督导，并组织现场测评。组织召开中国残联党建述职评议大会，8位党组织书记进行现场述职，其余书记提交述职报告。将评议情况如实反馈给各党组织书记。通过真评真述、严评严述，切实把党建责任压实到每个直属党组织书记头上。

（四）忠诚履行党章赋予的职责，把纪律挺在前面，扎实推进党风廉政建设和反腐败工作

1. 加强纪律教育。召开中国残联推进全面从严治党干部大会、党风廉政建设工作会议。组织开展警示教育月活动，学习新修订的纪律处分条例，通报党的十八大以来中央和国家机关及残联系统违纪违法典型案例，举办党风廉政教育讲座，组织参观燕城监狱、观看纪律教育专题片，制作并利用机关大屏幕滚动播放廉政漫画PPT，不断增强广大党员干部廉洁自律的主动性和自觉性。制定2018年中国残联经常性纪律教育计划。举办纪检干部培训班，选派直属单位纪检干部参加纪工委组织的综合业务培训班，切实提高纪检干部业务水平和履职能力。

2. 强化监督执纪问责。深化运用监督执纪“四种形态”，加强日常监督。协助开展提醒谈话、诫勉谈话。建立机关处级及以下干部廉政档案，对机关处级及以下干部选任、换届选举提出廉洁回复意见，落实机关处级及以下干部出国（境）会签审批制度，严把政治关、廉洁关、形象关。开展审查调查安全自查自纠工作，开展对党的十八大以来局级以下干部受贿案件情况调研工作。强化执纪问责，严肃查处违规违纪行为。畅通信访举报渠道，健全问题线索管理和报送机制，依规依纪做好信访举报处理工作，对群众举报做到“件件有着落、事事有回音”。

3、贯彻落实中央“八项规定”精神。协助党组制定《中国残联党组贯彻落实中央“八项规定”实施细则精神的具体办法》。紧盯重大节假日等关键节点，及时下发通知提出要求、转发违纪案例，以案示纪，进行警示提醒。建立违反中央“八项规定”精神问题监督管理机制，梳理、汇总、上报节假日期间紧盯“四风”问题工作情况，确保风清气正过节。

（五）加强统战群团工作，努力为干部职工做好服务

认真组织学习习近平总书记关于工会、妇女、共青团等群团工作的重要讲话精神。举办党的群众工作培训班，组织召开中国残联“五四”青年座谈会，开展“三八”妇女节主题讲座等活动。圆满完成工会换届工作，总结上届工会工作，部署今后一段时期的工作，选举产生新一届工会班子。举办职工“健步走”活动，组织职工体检，为职工购买公园年票、电影票。开展职工生日慰问、节假日福利慰问、困难职工慰问及儿童节慰问和干部职工残疾重病子女困难慰问。做好第八届首都民族团结进步奖先进集体、先进个人和2017—2018年度“首都精神文明建设奖”候选人推荐工作。完成中国残联推荐中国工会十七大、共青团十八大、妇女十二大代表系列工作，龙墨同志当选全国妇联第十二届执委。持续为残疾人及其家属、志愿者开展“心理名家公益百讲”系列讲座，深受听众欢迎和好评。联合北京大学、残疾人艺术团组织开展“心教育”晚会，传播人道主义，宣传残疾人自强精神。

（六）存在问题及原因分析

1. 有的党员对党的政治建设还存在不同程度的模糊认识。认为党的政治建设是领导的事，与自己关系不大，对党的政治建设统领地位的认识还有待进一步提高。

3. 理论学习还不够系统。有的党员对习近平新时代中国特色社会主义思想和党的十九大精神的学习，往往停留在自己业务领域，仅仅完成规定动作，系统自觉学习不足，融会贯通还不够。

3. 党建工作质量有待进一步提高。有的支部组织生活主题不明显，形式重于内容，政治功能不突出；有的支部教育实践活动多以集中学习、党员大会为主，新形式、新手段、新内容较少，活力和创新性不够；对党员教育管理的针对性、时效性和有效性还需不断强化。有的部门、单位对党建工作的重要性、紧迫性认识不足，工作思维仍停留在过去，责任落实不够到位，措施不够有力。

4. 对党务干部的培训有待加强。党务干部专职的少、兼职的多，且流动性较大、新人较多，存在不会干的问题，需加强培训，全面系统地提高各级党务干部的工作能力和业务水平。

二、人事工作综述

2018年，中国残联干部人事工作深入学习贯彻习近平新时代中国特色社会主义思想和党的十九大精神，以及全国组织工作会议精神，积极推进残疾人工作干部队伍建设，较好完成了各项工作任务。

（一）认真学习贯彻习近平新时代中国特色社会主义思想和党的十九大精神

以机关局处级干部和直属单位领导班子成员为对象，举办深入学习习近平新时代中国特色社会主义思想和党的十九大精神专题培训班，邀请中央政策研究室和派驻纪检监察组有关同志举行辅导报告，原原本本学习党的十九大报告、党章修正案、中央纪委报告、十九届一中全会精神、习近平总书记在记者见面会上的讲话等重点内容。人事部会同机关党委、宣文部，组成3个专项督查组，对直属单位学习培训情况进行实地督查，引导广大干部在学懂、弄通、做实上下功夫，牢固树立“四个意识”，坚定“四个自信”，坚决做到“两个维护”，切实把思想行动统一到中央要求上来。

坚持领导干部带头宣讲，不断增强教育培训的针对性实效性。张海迪主席对全会学习贯彻习近平新时代中国特色社

会主义思想多次批示，提出要求。党组书记、理事长周长奎在全国省级残联主要负责同志会议、学习习近平总书记关于残疾人事业重要论述座谈会、全国残联工作会议等多个重要会议上，围绕深入学习贯彻习近平新时代中国特色社会主义思想做专题讲话。其他党组成员多次围绕深入学习贯彻习近平新时代中国特色社会主义思想做出部署、提出要求。全国组织工作会议召开后，组织中国残联机关及直属单位人事人力工作人员进行集体学习并做专题辅导报告，要求人事部门带头学习、准确领会、全面贯彻。

（二）全力做好七代会换届和残联改革有关工作

按照中央要求，在党组领导下，机关人事部积极配合中央有关部门，周密细致地做好领导干部谈话、有关人选推荐、考察和报送请示备案各项工作；与组联部等密切配合，做好代表信息登记、各专门协会相关人员考察等工作，圆满完成七代会换届有关人事工作。

认真贯彻落实中央党的群团工作会议精神和国办印发的《中国残联改革方案》，积极推进残联改革。参考工青妇等群团组织有关改革举措，并结合实际起草了《中国残联干部“专兼挂”专项改革实施方案》以及与之配套的《中国残联机关挂职兼职干部管理办法（暂行）》。配合有关部门研究制定“两聚焦两服务”改革实施方案，引导各部门各直属单位进一步聚焦主责、聚焦主业，更好地服务残疾人事业、服务基层。

（三）切实做好干部选任、教育培养和监督管理工作

落实新时期好干部标准，中国残联本级组织开展两个批次的干部选任工作，突出政治标准，把政治忠诚、政治定力、政治担当、政治能力、政治自律作为考察重点，坚持“凡提四必”，严格干部档案审核、个人有关事项核查及听取纪检监察部门意见，严把选任关口，防止带病提拔，进一步树立良好的选人用人风气，完善干部选任纪实制度。

开展公务员考录、军转安置、大学生接收、公务员管理信息系统建立及年度统计等工作，梳理掌握会管干部参加培训情况，统筹干部参加思想政治培训和专业知识培训工作，督促司局级干部广泛参加网络课程选学、新任职处长培训，开展新入职干部培训和坚持新入职干部去信访部门挂职锻炼的传统。积极选派干部，做好援疆、援藏、对口扶贫县和驻村第一书记挂职工作，有序调配机关各部门借调干部程序，办好干部退休、离职等手续。积极推动人才工作，开展“万人计划”、“千人计划”、评优评先、职称评审等工作。

加强对会管干部兼职、挂职、因私出国（境）审批报告，认真开展个人有关事项报告规范填写、核查比对及结果应用，持续治理“三超两乱”。加强对直属单位选人用人报送计划、开展选任、“凡提四必”及结果备案等各环节、全过程的监督指导。开展直属单位“一报告两评议”及党委书记履行干部选拔任用工作职责离任检查工作，实现全覆盖。按照派驻纪检监察组要求，及时报送有关请示、备案报告等。加强机构职能和岗位设置调研，为提高机构管理科学化规范化水平筑牢基础。

（四）精心做好劳资工作

认真做好机关在职和离退休干部待遇工作。根据中央国家机关养老保险管理中心工作要求，顺利完成会机关养老保险月扣款工作。根据政策要求，及时、精准完成机关工作人员和离退休干部每月待遇调整工作。配合中央国家机关养老保险管理中心，布置完成2018年度系统内退休人员待遇调整工作。配合国家机构改革和会内干部工作，严谨务实完成中管干部待遇调整、统计、上报，在职干部调入、调出、退休和退休干部死亡等涉及待遇的转移接续工作，做到准确及时、清楚明白。加强对直属单位收入分配工作指导。完成华夏出版社负责人绩效年薪和任期激励年薪核发工作，并启动国有企业职工收入分配制度改革相关工作。会同计财部，对各事业单位津贴补贴发放情况开展检查。统筹指导各事业单位完成养老保险经办、职业年金归集各项工作。指导转企直属单位做好退休人员待遇的政策解释工作。

（五）全面落实老干部两项待遇

认真落实老干部政治待遇。多种形式组织离退休老同志深入学习习近平新时代中国特色社会主义思想和党的十九大精神。发挥离退休干部党支部战斗堡垒和党员先锋模范作用，鼓励老同志积极参加增添正能量活动。认真落实老干部生活待遇。为各老年俱乐部开展活动搭建平台，热情服务。找准服务老干部的切入点，努力让老同志生日有惊喜，住院有看望，困难有帮助，待遇有保证。

（闫洪丰、冯高攀供稿）

第四编 中国残疾人联合会社团组织工作

WORK BY ASSOCIATIONS SUBORDINATING TO CDPF

残疾人事业发展研究会工作

一、领导讲话

程凯在残疾人事业发展研究会二届四次理事会、二届四次常务理事会工作上的总结讲话摘要

2018 年 12 月 21 日

一、2018 年研究会工作新进展

理论和政策研究取得新成果。大家认真学习习近平总书记关于残疾人事业的重要论述，系统总结改革开放以来中国特色残疾人事业的发展成就和经验，产生了许多新的成果。《残疾人研究》杂志连续四期开设专栏对此集中宣传。

组织建设和学术活动呈现新气象。两年来，9 个专业委员会相继成立，并举办了一系列学术交流活动。11 所高校研究中心（基地、研究院）、9 个专业委员会以及地方残联成立的残疾人事业研究会，汇聚了一批残疾人理论和实践研究的学术带头人，带领大家不断拓展残疾人研究新领域，也吸引了一大批专业扎实、年富力强的年轻学者加入，将残疾人研究推向更深、更广的层面。

服务国家和各级党委政府决策有新作为。研究会的常务理事、理事在政府重大决策参考上发挥了重要作用，在“十三五”规划中期评估、残疾人政策、法规及标准的制定，推动重大项目实施论证等方面发挥了智库作用。

残疾人事业基础研究取得新进展。中国人民大学残疾人事业发展研究院、南京大学残疾人事业发展研究中心、复旦大学中国残疾问题研究中心等成功申请国家社科基金重大项目。《残疾人研究》被中国社会科学评价研究院评为 A 刊扩展版。

二、改革开放需要推进残疾人事业研究

在北京刚刚召开的庆祝改革开放 40 周年大会上，习近平总书记发表重要讲话，他指出：“40 年来，我们始终坚持解放思想、实事求是、与时俱进、求真务实，坚持马克思主义指导地位不动摇，坚持科学社会主义基本原则不动摇，勇敢推进理论创新、实践创新、制度创新、文化创新以及各方面创新，不断赋予中国特色社会主义以鲜明的实践特色、理论特色、民族特色、时代特色，形成了中国特色社会主义道路、理论、制度、文化，以不可辩驳的事实彰显了科学社会主义的鲜活生命力，社会主义的伟大旗帜始终在中国大地上高高飘扬！”他说，“改革开放 40 年的实践启示我们：我国是一个大国，决不能在根本性问题上出现颠覆性错误。我们坚持加强党的领导和尊重人民首创精神相结合，坚持‘摸着石头过河’和顶层设计相结合，坚持问题导向和目标导向相统一，坚持试点先行和全面推进相促进，既鼓励大胆试、大胆闯，又坚持实事求是、善作善成，确保了改革开放行稳致远。”这充分表明了我们党对于改革开放与理论研究、实践创新关系的新认识。

第十二届中国残疾人事业发展论坛将围绕“改革开放与中国残疾人事业发展”展开深入讨论。回顾残疾人事业 40 年来的发展，我们从学习国际残疾人运动潮流的经验，引进“平等、参与、共享”的理念，到我们开展全国性残疾人状况调查，成立残疾人的组织，立法推动残疾人工作，把残疾人事业纳入政府职责，大力弘扬人道主义思想，宣传现代文明社会残疾人观，不断健全残疾人事业的工作体系和制度体系。这些都是改革开放的成果，用朴方同志的话说，我们就是凭着改革的锐气、一往无前的勇气，杀出一条血路来。但同时这也是不断深入研究残疾人事业理论实践问题的结果，这项事业的创业者是用理性、智慧来推动中国残疾人事业，带领广大残疾人和残疾人工作者挺立在改革开放的潮头。

十年前，残疾人事业发展研究会在人民大会堂举行成立仪式。研究会的成立，寄托着老一代残疾人工作者对残疾人事业的理想和期待。朴方主席出席研究会成立大会并发表重要讲话，他说：“成立残疾人事业发展研究会是我们多年的愿望，是加快发展残疾人事业的必然要求。残疾人事业发展研究会的成立是一个标志，标志着残疾人事业将走上一个更有理论基础、更扎实、更丰厚、更全面、不盲目的发展道路。”在改革开放中兴起、发展的残疾人事业，更需要理论的指导和理性的引导，才能使这项事业站得更稳、行得更远，才能使这项事业更有根基，长成参天大树。残疾人事业发展研究会的成立和发展是时代的需要，实践表明，它在理论层面上引领着中国残疾人事业在改革开放中持续向前、不断发展。

三、过去十年残疾人事业理论和实践研究走过了不平凡的道路

十年前，是残疾人工作者对理论指导的期盼，推动了研究会的成立，在座的还有很多专家学者都参加了那个会议。回顾十年来的发展，研究会在残疾人事业的智力支持和智库推动上走出了可喜的步伐。

重大理论研究取得长足的进展。我们在中国特色残疾人事业理论体系建设方面不断迈出新步伐，取得新成果，推动了社会观念的转变和学术学科的建设。我们在残疾预防和康复、残疾人社会保障、残疾人劳动就业、残疾人社会融合等方面既宣传《残疾人权利公约》、借鉴国际上的许多经验，又立足中国实际开展大量调查研究，形成一系列新的成果。

智库作用有效发挥。研究会这些年在研究推动国家和地方残疾人政策、法规及标准等制定方面，发挥了重要作用。如在修订《残疾人保障法》《残疾人教育条例》、出台《无障碍环境建设条例》《残疾预防和残疾人康复条例》等法律法规进程中，我们提供了很多建设性的研究成果。国务院出台《关于全面建立困难残疾人生活补贴和重度残疾人护理补贴制度的意见》，就是依靠我们研究会配合做了大量的基础调研。我们的常务理事、理事有的在各级党委政府担任顾问，在政府重大决策参考、政策制定、标准建立时为残疾人撑腰说话、建言献策；有的在各级人大、政协担任代表或委员，积极参与推动法规完善，保障残疾人基本权益。可以说，正是有了大家热情支持、无私帮助，残疾人事业才有蓬勃发展的今天。

学科建设不断推进、学术队伍不断壮大。十年来，我们汇聚了一批学有所长、富有爱心、特别讲奉献的专家学者和专门人才队伍。这是我们研究会最宝贵的财富，也是我们研究会特色所在。我们推动成立了 11 个跨学科、多领域、综合性的研究中心（基地、研究院），还组织建立了 9 个专业委员会。在各位专家学者的热忱参与支持下，高校残疾人事业研究已经蔚然成风，残疾人研究工作者逐渐形成一个学术共同体。

学术和社会影响力不断扩大。研究会在残疾人理论和实践研究方面得到了社会的广泛重视，在残疾人事业领域发挥着越来越重要的作用。每年一届的残疾人事业发展论坛已经成为残疾人研究学术领域的盛会。《残疾人研究》杂志作为我国残疾人研究领域唯一的国家级学术性期刊，成为广大学者传播思想和理念的阵地。

我们可以自豪地说，研究会十年前播下的种子，现在已经有了收获，十年前的期待很多已经变为现实。在座的各位都是研究会发展的见证者、参与者、推动者和奉献者，每一位研究会的成员，怀着一颗善良的心和浓浓的人文关怀精神，无怨无悔地投身到残疾人事业中，默默奉献，很多老师从开始一直坚持到现在。十年来，是你们的支撑和付出，推动着残疾人事业研究不断开拓新的领域、取得新的成果。作为会长，我要感谢大家多年来对研究会的关爱、支持和付出！十年来，大家同研究会一起携手走过的路、留下的痕迹，都将成为残疾人事业历史长河中一笔非常宝贵财富。

四、新时代对残疾人研究提出了新课题

习近平总书记关于残疾人事业的重要论述和韩正副总理在中国残联七代会致辞中提出的“五个必须”，给我们研究会全体同仁提出了很多新的重大课题，比如：残疾人决胜全面小康社会的评价评估机制问题，残疾人事业现代化的目标、路径、策略问题，残疾人实现全面发展和共同富裕的主要关键任务问题，乡村振兴与加强和改进农村残疾人服务问题，信息化、网络化、智能化背景下残疾人如何跟上时代发展的问题，等等。我们研究会的同志们，要面向新时代残疾人理论和实践研究提出的这些新课题，不断迎接新的挑战，不断研究解决残疾人事业前进过程中的重大问题。中国残联、研究会将以“十四五”规划前期研究为契机，对新时代残疾人事业重大课题，组织力量集中攻关。各位研究会的理事、常务理事，各研究中心、高校，各专业委员会，也要积极回应时代的要求，站在国家需要和残疾人立场的高度，来一起推动残疾人事业理论和实践研究。国务院办公厅印发的中国残联改革方案，特别提出了要加强中国残联残疾人事业研究中心的作用，并强调要发挥残疾人事业研究会等智库作用，这对研究会自身建设来说，是一个重大的机遇。我们要加强残疾人事业智库建设，充分发挥研究会在理论实践研究中对残疾人事业的先导性、引领性的作用。

回顾 10 年、回顾 30 年、再回顾 40 年，我们要感恩于中国改革开放的伟大变革，我们要感动于中国残联成立以来 30 年的成功求索，我们还要感谢研究会各位同仁 10 年来的有力助推。

程凯在第十二届中国残疾人事业发展论坛开幕式上的致辞

2018 年 12 月 22 日

庆祝改革开放 40 周年大会刚刚在北京胜利闭幕，我们来到改革开放的前沿阵地深圳，相聚在美丽的深圳大学，举办第十二届中国残疾人事业发展论坛，共话改革开放与残疾人事业发展，目的就是要认真学习领会习近平总书记在庆祝改革开放 40 周年大会上的讲话精神，深入学习贯彻习近平总书记关于残疾人事业的重要论述，总结改革开放以来残疾人事业发展的成就和经验，推动新时代残疾人事业更好发展。

习近平总书记在庆祝改革开放 40 周年大会上强调，改革开放是中国人民和中华民族发展史上一次伟大革命，是党和人民大踏步赶上时代的重要法宝，是坚持和发展中国特色社会主义的必由之路，是决定当代中国命运的关键一招，也是决定实现“两个一百年”奋斗目标、实现中华民族伟大复兴的关键一招。经过 40 年的接力奋斗，中华民族迎来了从站起来、富起来到强起来的伟大飞跃，中国特色社会主义迎来了从创立、发展到完善的伟大飞跃，中国人民迎来了从温饱不足到小康富裕的伟大飞跃！

改革开放对中国残疾人的命运改变和中国残疾人事业发展起到了决定性的时代影响。改革开放是当代中国最显著的特征、最壮丽的气象。广大残疾人面貌的改变是过去40年中国社会最美丽的风景、最动人的变化。改革开放让广大残疾人搭上了时代前进的快车，使他们的生活状况发生了根本性改变。40年前，“解决温饱”是农村残疾人的普遍渴望；现在，“残疾人一个也不能少”地进入全面小康社会即将成为现实。40年前，我们在全国开展“三项康复”抢救性行动，每年只能医疗康复数万人；现在，我们正在努力实现残疾人“人人享有康复服务”目标。40年前，只有6%的残疾儿童能够到特教学校就读；现在，我们正在推动残疾儿童义务教育“零拒绝”。40年前，只有一部分残疾人能够在福利企业集中就业；现在，我们有了按比例就业、集中就业、灵活就业甚至网上创业等多种形式的就业创业。40年前，我们还没有无障碍的概念，也不知道什么叫盲道；现在，无障碍环境建设不仅立了法，而且已经“进社区、进家庭”。高考便利化、高铁设专座、投票有盲文、新闻配手语。40年前，“残废”还是对残疾人的传统称谓；现在，“平等、参与、共享”日益成为现实，数千名残疾人和残疾人工作者进入各级人大、政协，平等参与国家治理……很多这样的改变，在40年前连想都不敢想。一扇扇大门被打开，一堵堵高墙被推倒，一道道沟壑被填平，残疾人越来越广泛地参与社会生活，享有更多更真实的权利。这些事实背后，是数千万残疾人和他们的家庭成长发展、命运改变的感人故事，也是中国改革开放和社会前进途中留下的光辉足迹。

残疾人事业发展是中国改革开放的一项生动实践。我国残疾人事业在改革开放的大潮中乘势而起、因时而进，已经从单一收养救济型的社会福利事业，发展成为领域广阔、特色鲜明的综合性社会事业，取得了举世瞩目的成就。中国残疾人事业从20世纪80年代开始倡导“劳动福利型、企业养事业、基层保障网”的发展模式，到90年代推进“权益保障与社会发展相结合”的制度建设方向，再到新世纪确立“残疾人生命健康权、生存权、发展权”的基本权益保障架构，后来又积极推进建设残疾人社会保障体系和服务体系，党的十八届三中全会更明确提出“健全残疾人权益保障制度”的要求，这些都充分体现了残疾人事业解放思想、实事求是、与时俱进的改革精神。40年来，残疾人事业始终站在改革开放的潮头，发挥中国共产党领导这一最大优势，立足社会主义初级阶段这一最大国情，实行“打好基础、讲求实效”的工作方针，采取“纳入大局、统筹推进”的工作策略，建立起了与经济社会发展水平基本相适应的残疾人事业制度体系，走出了一条符合国情、具有特色的残疾人事业发展道路，成为改革开放的一面旗帜。

残疾人事业的发展有力推动了改革开放和社会主义现代化建设事业。40年来，残疾人和残疾人事业的发展，从多个角度留下了促进改革、推动开放的发展轨迹。我们大力弘扬人道主义精神，宣传现代文明社会残疾人观，强调以人为本，尊重人、关心人、爱护人，让中国数千万残疾人散发出生命尊严的光芒，让人的价值和权利得到前所未有的重视。我们大力呼吁关注最困难群体，构建起保障残疾人权益的法律法规体系，健全了普惠与特惠相结合的残疾人社会保障制度，推进了残疾人基本公共服务均等化，实现了经济社会同步发展，增进了不同群体和谐相处，促进了社会的公平正义。我们主动创建中国残疾人联合会及其地方组织这一新的组织形态，探索建立与各类社会组织的良性关系，为打破“官本位”的僵化模式、创建社会管理新体制提供了有益经验。我们大力推进无障碍环境的建设，努力“消除障碍、促进融合”，积极建设一个平等、包容、可持续的社会，推动了社会的文明与进步。我们积极参与残疾人国际事务进程，从被动接受联合国《关于残疾人世界行动纲领》，到积极推动出台《残疾人权利公约》《2030年可持续发展议程》，已经从国际残疾人运动的跟随者逐渐转变为国际残疾人事务的重要倡导者。邓朴方获得联合国人权奖、张海迪当选康复国际主席，充分展示了我国人权保障和社会进步的良好形象。40年来，广大残疾人从贫穷走向小康、从封闭走向融合、从求生存走向谋发展。这几千万最困难群体生存与发展问题的解决，是对改革开放特殊的支持和有力的推动，也是推动实现中国梦生动具体的佐证。

思想是行动的先导，理论是实践的指南。党的十八大以来，以习近平同志为核心的党中央高度重视残疾人事业。习近平总书记先后20多次在公开场合以讲话、贺信等方式，深刻阐述了新时代残疾人事业发展的价值理念、地位作用、目标方向、重要任务和责任要求。在中国残联七代会上，韩正同志受习近平总书记委托，代表党中央、国务院致辞，用“五个必须”对习近平总书记的这些重要论述做了高度概括：一是推动新时代残疾人事业发展，必须坚持树立正确的价值理念；二是推动新时代残疾人事业发展，必须坚守弱有所扶的原则立场；三是推动新时代残疾人事业发展，必须完成决胜全面建成小康社会的关键任务；四是推动新时代残疾人事业发展，必须促进残疾人全面发展和共同富裕；五是推动新时代残疾人事业发展，必须把推进残疾人事业当作分内责任。习近平总书记关于残疾人事业的这些重要论述，从为人民谋幸福、为民族谋复兴的高度，把我们党对残疾人事业发展的规律性认识提高到一个新的高度，为新时代残疾人事业发展指明了前进方向，提供了基本遵循。深入学习领会习近平总书记关于残疾人事业的重要论述，不断开创新时代残疾人事业新局面，让残疾人跟上改革开放的时代步伐，是摆在我们残疾人事业理论工作者和实践工作者面前的重要任务。

改革开放没有止境，探索创新也没有止境。40年来，在党和政府领导和支持下，残疾人工作开拓者以改革的精神和创新的勇气，克服重重困难，攻克了一个个难题，推动残疾人事业取得了举世瞩目的成就。诚如习近平总书记12月18日强调的那样，“我们现在所处的，是一个船到中流浪更急、人到半山路更陡的时候，是一个愈进愈难、愈进愈险而又不进则退、非进不可的时候。”一定还会有更多困难和问题出现在前方。邓朴方同志多次告诫残联同志，我们已经做的，与我们应该做的相比，还远远不够。全面建成小康社会，残疾人一个也不能少；全面建设社会主义现代化国家，残疾人事业也要现代化。这是时代向我们提出的重大使命，是实践向我们提出的重大课题！

我们要深入推进改革开放，继续推进残疾人事业实践创新、制度创新和理论创新，回应残疾人过上更加幸福美好生活的新期待。我们要认真分析不平衡不充分的发展在残疾人事业上的突出表现，系统研究新时代残疾人事业发展的重大课题，科学设计残疾人事业现代化的目标、路径和策略，促进残疾人全面发展和共同富裕，进一步保障残疾人平等权益，促进残疾人融合发展，推动残疾人共享经济社会发展成果，让残疾人朋友大踏步走进新时代。

二、工作综述

2018年，研究会按照中央关于社会组织发展的要求，坚持以建立中国特色残疾人事业新型智库为目标，密切关注全面小康、群团改革等重大政策变化，认真学习习近平总书记关于残疾人事业发展的重要论述，聚力推动、组织开展中国特色残疾人事业发展重大理论和实践问题研究，积极搭建残疾人研究学术交流平台，汇集残疾人事业学术资源，着力加强内部制度建设和基础管理，保持了研究会规范、高效的发展态势，圆满完成年度计划。

（一）认真学习习近平总书记关于残疾人事业发展的重要论述

一是全面收集党的十八大以来习近平总书记关于残疾人事业的系列重要指示、讲话、贺信，认真梳理习近平总书记关于残疾人、残疾人事业以及残疾人工作、残联组织建设的重要论述。

二是以习近平新时代中国特色社会主义思想为指引，深入贯彻党的十九大精神，多次组织专家研讨会，认真领会习近平总书记关于残疾人事业的重要论述，为中国残联七代会重要文件以及党中央、国务院领导致辞的起草提供了理论思想准备。

三是中国残联七代会后，组织开展宣传、学习会议精神，并在《残疾人研究》杂志开辟专栏系统解读推动新时代残疾人事业发展的“五个必须”，深入学习习近平总书记关于残疾人事业的重要论述。

（二）继续组织开展中国特色残疾人事业发展重大问题研究

中国特色残疾人事业发展课题研究全面深入展开，围绕中国特色残疾人事业的历史定位、未来发展、法律保障、经济保障等的理论研究成果陆续发表，对新时代中国特色残疾人事业发展起了很好的引领和带动作用。

《中国残疾人事业重要文件选编（1978—2018）》较为完整地收录了我国残疾人事业40年来的政策法规等重要文件，对于各级残联和广大残疾人工作者及社会各界学习研究中国特色残疾人事业不平凡的历史、党和国家推进中国特色残疾人事业发展的重大决策和中国特色残疾人事业发展道路的形成过程，具有重要的史料价值、研究价值和指导作用。

《我们的30年》一书通过残疾人结合自身成长经历讲述改革开放40年带来的深刻变化与切身感受，折射出40年来时代和社会的进步以及30年来中国残疾人事业的发展历程。

（三）精心组织2018年度全国残疾人家庭收入状况调查工作

为加强《“十三五”加快残疾人小康进程规划纲要》执行情况监测评估工作，经国家统计局同意，从2017年开始中国残联进行全国残疾人家庭收入状况调查，2018年建立全国残疾人家庭收入状况调查制度（国统制〔2018〕60号），从2018年到2020年连续对全国31个省（区、市）142个县（市、区）的10674个残疾人家庭户收入和支出状况进行入户调查与监测。研究会继续承担调查研究的整体工作，从调查员培训到入户调查工作的督导、调查数据质量控制、数据录入及报告撰写等每一个环节都做到精心设计、认真准备，保证了收入状况调查的顺利完成。尤其值得一提的是，本次收入调查抽样、现场调查、数据分析及调查报告评价都得到了研究会各位专家的支持。北京大学残疾人事业发展研究中心副主任陈功教授团队继续承担抽样工作，保障了收入调查的顺利进行。在现场调查中，多位研究会常务理事和理事参与现场指导与调查，如河南省近1000户残疾人家庭收入状况的调查任务继续由郑州大学残疾人事业发展研究中心主任李欣副教授承担，并出色完成任务。专家组及统计局一致认为本次调查过程严谨规范，数据处理得当，调查报告客观反映了2017年全国残疾人家庭收入状况。

（四）积极搭建学术研究和交流平台

一是积极推进中国残疾人事业研究资料库的建设工作。初步完成中国残疾人事业研究资料库建设。自2016年10月份立项以来，研究会配合中国残联研究室、残疾人事业发展研究中心，对有关残疾人事业发展的关键数据、政策及重要文献资料进行汇集整理，并于2017年完成图书资料库建设。截至目前已收录残疾人研究相关图书、杂志952类1697本。2018年，网上数据资料共享平台完成搭建，目前处在内测阶段。该平台共收录资源83万余条，其中中央各部委出台的涉残政策、法律规章近千条，逐步建立起一个以网络数据资料平台和图书资料库为核心，以信息技术为支撑的残疾人数据资料查询、分析、共享资源交换平台。

二是办好第十二届中国残疾人事业发展论坛。2018年初，深圳大学提出承办第十二届中国残疾人事业发展论坛的意愿。5月，中国残联办公厅向深圳大学发出商请共同主办论坛的函，就论坛举办的相关事宜进行了正式协商。7月，深圳大学复函同意共同主办论坛，并为论坛的举办提供必要支持。论坛聚焦研讨改革开放与中国特色残疾人事业发展，总结30年来我国残疾人事业发展的历史成就、基本经验、理论与实践探索，共商残疾人事业未来发展。

三是《残疾人研究》杂志迈上新台阶。继2017年《残疾人研究》杂志被南京大学《中文社会科学引文索引来源期刊》扩展版（CSSCI扩展版）收录后，2018年被中国社会科学评价研究院评为A刊扩展版。圆满完成2018年出版任务，共刊登来自国家部委、高校、科研院所及残联等的稿件60余篇。为纪念中国改革开放40年和中国残联成立30年，《残疾人研究》汇集专家共识，围绕改革开放与残疾人事业发展主题，连续4期刊发20篇文章，多方面、多角度、多视角地梳理历史，总结经验，归纳提炼，探寻中国特色残疾人事业发展道路，谋划研讨新时代残疾人事业发展方向，对推动残疾人事业发展具有重要的理论价值和实践意义。杂志在文字编校方面精益求精，全年未发生任何出版事故和失误。办刊水平的提升一方面得益于积极争取中国残联党组理事会高度重视和研究室、宣文部、计财部的支持、指导和帮助，另一方面得益于广大会员、理事和常务理事的努力付出。主编、副主编恪尽职守，担任编委的研究会常务理事和理事积极提供、推荐和编审稿件，共同为杂志的日常工作和长远发展做出积极贡献。

（五）参与中国残联年度课题的组织、管理工作

研究会会同中国残联残疾人事业发展研究中心共同开展中国残联年度课题的组织、管理工作，从前期的课题总体设计、确定选课，组织申报和评审、确定立项，到课题研究的中期评估、阶段成果汇报，研究会全面参与组织工作，确保课题研究工作的顺利开展。2018年，中国残联共发布课题14项，包括4项重点课题、10项一般课题，收到66份课题立项申请书。依据《中国残联课题管理办法》（残联厅发〔2016〕22号）规定，经组织专家评审，最终确定立项课题14项，其中资助课题8项（重点课题2项，一般课题6项），自筹经费课题6项。

（六）组织撰写2018年度《残疾人发展与社会进步年度纵览》

《残疾人发展与社会进步年度纵览》一书是研究会着力推出的品牌产品，也是与民间研究机构共同合作完成的新尝试，计划连续出版3年。图书的编写秉持“全面、专业、权威、简明”的原则，以图表这一直观、活泼的形式展现年度残疾人发展和社会进步，动态反映残疾人生存、参与、发展总体水平和残疾人政策进步、服务创新、环境改善情况，为残疾人工作者、政府有关部门工作人员提供政策和业务参考，也便于广大关心、关注残疾人的各界人士了解中国残疾人发展的真实状况。从远期看，也是为2022年北京冬残奥会准备的一本全景式、直观快速了解中国残疾人状况的权威读物。本书从框架设计、内容选取到书稿审定，研究会全程组织、深入参与，多次组织研讨会、专家咨询会，对相关编写内容充分研讨并认真听取各方意见。

（七）进一步加强研究机构建设

一是高校研究中心（基地）工作取得新成绩。北京大学中国残疾人事业发展研究中心就2018年度全国残疾人基本服务状况和需求信息数据动态更新工作形成了专家指导委员会意见和第三方评估结论，并承接“十三五”中期评估工作。中国人民大学残疾人事业发展研究院继续举办“残障与发展论坛（2018）：新时代的残疾人事业发展”，对获得2018年度曾宪梓助残研究奖学金的16位博士、硕士、本科生进行表彰奖励，完成并发布《中国残疾人事业发展报告》（2018）。山东大学残疾人事业发展研究中心主持完成山东省残疾人事业发展“十三五”规划中期评估项目，得到山东省残联高度评价；2018年5月在社会学一级学科博士点正式招收残障社会工作方向博士生2名，加强了残疾人研究人才队伍建设。吉林大学残疾人事业发展研究中心研究人员继续以残疾人事业发展研究为核心，利用自身科研优势，分别从扶贫、养老、医疗、社会排斥等多个领域展开对残疾人研究的联合攻关。南京大学残疾人事业发展研究中心重点开展国家社科重大项目《中国残疾人及家庭与社会支持机制构建与案例库建设》的研究工作。武汉理工大学中国残疾人事业发展研究基地继续开展辅助器具研究。四川大学残疾人事业发展研究中心继续深入开展残疾人领域研究工作。南开大学残疾人事业发展研究中心积极承接天津市无障碍研究课题。中山大学残疾人事业发展研究中心在重视理论研究的同时，继续加强对社会工作专业学生残疾人事业研究能力和工作能力的培养，从专业实习层次拓展至更加综合的硕士研究生培养层次。复旦大学中国残疾问题研究中心2018年度共申请、在研国家社科重大项目、国家自然科学基金等17个项目，完成研究报告10本，发表、录用论文39篇，教材1本，专著1本；围绕促进提高国内开展残疾问题

研究的科学性，以及对残疾问题理念与定位的认识，积极参与相关培训与论坛，共覆盖数千人次。厦门大学中国残障人事业发展研究中心携手中国残联、福建省残联和厦门市残联举办“第十届海峡论坛·2018两岸残障人士交流嘉年华”，海峡两岸的130多名专家、学者和残障服务机构负责人、残障人士代表共同探讨残障人士权益保护、就业帮扶及残障标准的整合等重大民生议题。

二是推进专业委员会的建设，推动残疾人事业研究向更高的层次发展。截至2018年底，研究会已经设有9个专业委员会。专业委员会通过广泛吸纳国内各行业专家加入、召开研讨会、申请课题及国内外合作交流等方式，促进自身发展和专业相关理论与实践研究的深入，提升事业影响力。专业委员会的组建和活动成为推动残疾人领域研究的特色。

（八）积极开展国际学术交流

2018年1月20日至21日，由上海市法学会、上海财经大学法学院与上海志君公益法律研究中心联合主办，爱尔兰国立大学残障法律政策研究中心协办的“从福利工厂到支持性就业法律与实践”中欧国际研讨会在上海举办，来自哈佛大学、爱尔兰国立大学残障法研究中心、爱尔兰政府残障就业战略指导委员会及英国利兹大学等机构的国际学者，以及来自中国人民大学、复旦大学等高校的专家学者和中国残联的残疾人工作者共40余人参加会议。残疾人事业发展研究会常务理事张万洪教授主持“中欧残障人就业法律政策比较”环节的发言和讨论。

2018年3月20日至24日残疾人事业发展研究会常务理事吴雪萍教授参加在美国纳什维尔召开的“SHAPE America National Convention”，通过“Body Mass Index Changes for Children with Severe/Profound Intellectual Disabilities”与世界各地的学生健康和体育教育专家学者进行交流，讨论如何利用最新的教学、健康和技术来提高儿童的技能，如何鼓励儿童参与终身体育、享受健康的最新策略等相关主题。

2018年3月27日至29日，残疾人事业发展研究会常务理事张万洪教授参加在泰国曼谷举办的第二届亚洲人权教育区域会议，会议旨在促进来自东南亚和东亚地区不同国家之间有关人权教学方法的交流。

2018年7月4日至8日，残疾人事业发展研究会理事何欣副教授参加在爱尔兰都柏林举行的2018年世界社会工作、教育和社会发展联合大会（SWSD2018），做题为“Disability by association, Effective Needs and Social Service for the Disabled in China（连带残障、有效需求与残障社会服务）”的口头报告。

2018年10月20日，广州市残疾人事业研究会会长杨松才会见瑞典罗尔瓦伦堡人权与人道法研究所中国项目部主任马伦和陈婷婷女士，双方在北京就未来在残疾人权利保护、妇女权利保护等领域的合作进行深入探讨。

2018年12月，残疾人事业发展研究会常务理事吴燕丹教授代表福建师范大学接牌，获得国际特奥东亚区融合学校计划中国大陆MATP技术团队资质。

（九）热心参与社会工作，提供社会服务

2018年6月，残疾人事业发展研究会常务理事吴燕丹教授受聘为中国残联残疾人社会体育指导员培训讲师，为全国数百名社会体育指导员学员授课；受聘为福建省青年志愿者协会副会长，为福建省志愿服务项目设计、团队领导力培训、志愿服务课程设计等做了大量的工作，并承担各地市志愿服务项目评审工作。

2018年6月至11月，残疾人事业发展研究会理事方舒教授依托自己创办的北京市昌平区英博社会工作服务中心，开展“昌平区（南口区域）残疾人困难家庭需求调研和个案帮扶”项目。在项目调研和实施过程中，通过入户探访生活困难的残疾人家庭，全面深入地评估他们的各方面需求。同时，组织大学生志愿者成立爱心帮扶志愿队，对生活困难的残疾人及其照料者进行一对一个案帮扶。据统计，项目探访228户残疾人困难家庭，全部建立个案评估文档，提供180人次的专业社会工作服务，主要包括有心理疏导、精神慰藉、生活照料、陪伴阅读和资源链接等。

残疾人事业发展研究会理事郭文斌教授担任陕西（高校）哲学社会科学重点研究基地学前教育发展研究中心的研究骨干。学前教育研究是对残疾人展开社会教育的起点，郭文斌发挥专业优势，借助大学科研平台优势，着力推动残疾儿童学前融合教育和康复。郭文斌教授还担任陕西省残疾人事业发展研究院研究委员，推动打造科研及交流平台、建设残疾人事业决策智库，从多学科视角开展残疾人事业发展理论与实践研究。

2018年5月11日，残疾人事业发展研究会理事马卉副教授主持启动由武汉理工大学与武汉市残联共同举办的武汉第三届残疾人大学生专场招聘会；策划发起2018年6月22日至26日由武汉理工大学残联甘泉志愿者团队实施的在全省120余所高中倡导“融合教育”进校园活动，帮助残障学子填报志愿，助力残障学子圆大学梦。

残疾人事业发展研究会常务理事吴雪萍教授与国际特殊奥林匹克东亚区合作开展特奥融合学校—融合运动体育技术团队服务项目，通过普通学校与特殊学校学生共同参与体育活动，使健全儿童成为“融合”理念的推动者，帮助更多的智力障碍儿童被接纳和包容。从2015年到2018年底，吴雪萍教授带领上海体育学院适应体育专业研究生和博士生共指导50所普通学校和特殊学校开展特奥融合学校活动，涉及健全儿童和特殊儿童2000余人。吴雪萍教授与上海市徐汇区教育局合作开展了融合体育课程构建项目，为随班就读的残疾儿童提供适合其特点的运动技能训练，一方面帮助提高残疾儿童的运动技能，获得参与特奥竞技运动的机会，重

建自信，随班就读更加顺利；另一方面提高残疾儿童的体质水平和社会适应能力，为其成年后的健康状态和更好地融入社会奠定坚实的基础。吴雪萍教授还与春晖博爱儿童救助基金会合作开展福利院特殊青少年儿童适应体育课程，为特殊青少年儿童提供适宜的适应性身体活动，促进健康发展；带领学生对特殊青少年儿童的体质水平、动作技能水平、身体活动水平和社会适应能力水平等进行评估，依据其健康水平和福利院的建成环境、服务特点等，指导教师开展适合各福利院特点的适应体育课程。到目前为止，全国已有30余家福利院开始开展适应体育课程，涉及福利院特殊儿童青少年近1500人。

在2018年8月18日湖北省残疾人联合会第七次代表大会上，残疾人事业发展研究会常务理事张万洪教授受聘为湖北省残疾人联合会执行理事会副理事长。

残疾人事业发展研究会理事何欣副教授继2017年对厦门心欣幼儿园进行学龄前残障儿童及家庭服务过程评估并提交评估报告后，2018年继续带领项目团队开始基于该服务模式的效果评估，评估范围包括自闭症、听障、智力障碍等三类残障儿童，从家庭照顾负担和儿童教育康复两个方面进行追踪评估研究。

广州市残疾人事业研究会会长杨松才2018年10月24日至28日随广州市政协赴昆明调研少数民族残疾人权利保护、旅游区无障碍设施建设情况。

（十）发挥研究会智库作用，为残疾人事业科学决策积极建言献策

一是组织开展有关专家进行研讨，推动制定残疾儿童康复救助政策，参与全国残疾人基本服务状况和需求信息数据动态更新专家论证。

二是积极参与国家和地方残疾人政策法规建议和“十三五”规划实施中期评估工作。

三是积极参与残疾人研究与实践工作，申报各级各类课题、发表论文、出版论著，产生了一定的社会影响，研究成果也得到相关部门的极大重视。

四是直接参与中欧残疾人人权对话、康复国际大会，宣传中国履行《残疾人权利公约》情况，向世界讲好中国残疾人故事。

（十一）秘书处努力提升自我管理和服务能力

一是加强秘书处党组织建设。研究会与中国残联研究室建立联合党支部，严格遵守管理规定，提高建设意识，坚持出席和列席制度，积极发挥在支部建设中的作用，加强党的思想理论基本知识学习。

二是加强对意识形态领域工作的自查和管理。安排专人负责《残疾人研究》杂志意识形态的监督与管理；对组织编写的出版物，注重习近平新时代中国特色社会主义思想指导；对研究会网站，切实加强网络意识形态安全工作，加强正面宣传引导，传播正能量，弘扬主旋律。

三是按照民政部要求，如期完成研究会2017年度的年检，结果为“合格”；积极配合民政部社会组织管理局2018年社会组织抽查审计并顺利通过。

2018年研究会工作与高质量社团建设目标相比还存在差距。一是作为残疾人研究领域的国家级新型智库组织对有关残疾人事业发展提供的决策建议尚显欠缺，主动性依然不足；二是作为残疾人事业第一个高层次、全国性的研究社团，在残疾人研究领域内的领导力、凝聚力有待进一步提升；三是研究会应有的专业培训、国际合作以及咨询服务等职能未能充分发挥；四是研究会的整体活力尚显不足，还有待进一步激发。

三、学术会议

【《值班律师培训手册》新书发布暨专题研讨会】2018年3月27日至28日，由武汉东湖公益服务中心项目团队编写、法律出版社出版的《值班律师培训手册》在京正式发布。来自中国社科院法学研究所、耶鲁大学中国法律研究中心、中国政法大学等机构和高校的专家学者，以及北京、湖北、河南、湖南等地的法律援助律师和实务部门工作者出席，并就值班律师定位、遴选、能力建设等基本问题进行研讨。手册及现场展示的培训模式受到好评。

【第十届海峡论坛·2018两岸残障人士交流嘉年华】2018年6月3日至5日在厦门召开，由中国残联主办，福建省残联、残疾人事业发展研究会、厦门市残联和厦门大学中国残障人事业发展研究中心共同承办，海峡两岸130多位专家、学者及残障机构负责人参加会议。论坛以“同胞携手，大爱无疆”为主题，针对两岸残障群体就业、康复、权益保障等议题进行深入研讨。残疾人事业发展研究会会长程凯致辞指出，本次会议是两岸亲情交流的年度盛会，两岸同胞要本着“同胞携手、大爱无疆”精神进行互动学习、交流共享。

【第二届全国残疾人心理健康服务学术研讨会】2018年7月7日—8日在辽宁省残疾人康复中心举行，残疾人事业发展研究会残疾人心理健康专业委员主办，主题为“新时代残疾人心理健康服务规范”。全国20多个省区市的200多名残疾人心理健康研究学者、心理健康服务专家以及辽宁省残疾人工作者参加会议和残疾人心理康复培训班。残疾人心理健康专业委员会吴世彩主任委员希望委员会在全面推动全国残疾人心理健康服务、不断探索新时代残疾人心理健康服务体系模式、提高残疾人心理健康水平、增强社会适应能力、提升生存质量和美好生活等方面发挥更加突出的专业作用。国内20多名残疾人心理健康服务领域的知名专家和一

线残疾人心理健康服务工作者紧紧围绕我国残疾人心理健康服务的科研成果、心理咨询与治疗技术规范、心理健康服务模式、心理学专业人才的培养、心理评估和治疗产品应用等内容进行了充分的交流和深入的探讨。

【残障儿童家庭的社会福利与社会服务学术研讨会暨中国社会工作教育协会残障与康复专业委员会第四届年会】2018年11月3日至4日中国人民大学社会工作系与中国社会工作教育协会残障与康复专业委员会在北京联合举办。专家学者、政府人员、一线工作者等30余人围绕残疾儿童及家庭领域的社会工作政策、服务、学科发展进行学术探讨和实务交流，从不同角度交流分享最新研究成果、政策动态及实务经验。

【新时代残疾人观与残疾人社会保障理论建构学术研讨会】2018年11月4日在吉林大学召开，由吉林大学哲学社会学院主办，吉林大学残疾人事业发展研究中心、吉林省残联、中国残疾人事业发展研究会残疾人社会保障专业委员会协办。中国残联、吉林省残联领导和吉林大学、中国人民大学等高校的专家、学者共70余人围绕新时代残疾人观的反思与建构、残疾人生存状态关照与贫困就业问题研究残疾人社会保障与服务路径探索等方面进行深入交流探讨。

【“共享”理念下残疾人社会工作与融合发展全国学术研讨会】2018年11月7日至9日在江苏省无锡市召开，由残疾人事业发展研究会残疾人社会工作专业委员会、江苏省残疾人事业发展研究会、南京大学残疾人事业发展研究中心共同主办。与会者围绕“残疾人社会工作与社会支持”和“残疾人社会工作与社会融合”等主题，从理论探讨与实践创新两个层面展开讨论。会议认为，要促进残疾人社会融合，不仅需关注残疾人本身，还应关注影响残疾人融入的其他要素，如家庭成员、用人单位、助残社会组织、政府部门等。呼吁积极整合多重资源，协同多元主体，形成有利于残疾人融合发展的良好社会环境，以实现共融与共享。

【为残疾人事业述学立论建言献策——陕西省残疾人事业发展研究院成立大会】2018年11月23日在西安召开。该院是目前西北地区第一个专门从事残疾人事业理论与实践研究的省级专业机构，以打造专家学者研讨的阵地、科研实务对话的平台、残疾人事业决策的智库为目标，从多学科视角开展残疾人事业发展理论与实践研究。

【第四届中国青年志愿服务大赛暨志愿服务学术年会】2018年12月1日至4日，由共青团中央牵头的第四届中国青年志愿服务大赛在四川德阳召开，同期还举行了“青春志愿行，奉献新时代”的志愿服务学术年会。

【2018年国际特奥东亚区融合学校领导论坛】2018年12月7日至8日在华东师范大学举办。50多所融合学校的100多位领导人就特奥新五年规划、愿景以及融合学校的未来进行深入交流讨论。论坛结合特奥50周年举办了系列活动，与会代表对特奥融合学校发展规划达成许多共识。福建师大获得国际特奥会东亚区融合学校计划技术团队资格。

【残疾人事业发展研究会残疾人劳动就业专业委员会成立大会暨精准扶贫背景下的残疾人就业研讨会】2018年12月9日在北京师范大学举行。程凯会长致辞指出，残疾人就业从“床外就是远方，窗外就是世界”的狭小空间转变到了能通过互联网等新型方式实现突破局限、稳定就业、感知外面的世界并融入社会经济生活的新时代。从国情出发，目前仍要坚持劳动福利型的残疾人事业发展道路，这一方向在当今更深刻的含义是在依法保障残疾人基本生活和就业权利的前提下促进残疾人的社会融合与全面发展。希望残疾人劳动就业专业委员会要以改革创新的精神、人道责任的情怀、朴实无华的学风，为残疾人解难，为社会文明立言。

【2018年粤港适应体育与融合教育发展论坛】2018年12月9日至10日由广州体育学院主办并举办。论坛聚焦适应体育教育发展趋势、香港和内地适应体育发展的分析及融合教育的经验介绍。香港大学、上海体育学院、福建师大等高校的专家参加会议。残疾人事业发展研究会理事吴燕丹教授做题为《我国特奥融合学校计划的现状、问题与发展》的主旨报告。

【残疾人事业发展研究会二届四次理事会、四次常务理事会】2018年12月21日在深圳大学召开，研究会理事、常务理事107人参加了会议，符合章程规定的参会人数。程凯会长，郭春宁、关信平副会长，厉才茂秘书长出席会议。会议由关信平副会长主持，厉才茂秘书长做残疾人事业发展研究会二届四次理事会工作报告，郭春宁副会长做关于增补常务理事、理事以及吸收会员的提议，以及关于常务理事、理事调整的提议，提交大会审议并通过。

【第十二届中国残疾人事业发展论坛】2018年12月22日至23日在深圳大学举行，由中国残联、深圳大学、残疾人事业发展研究会共同主办。50多所高校、研究机构的专家学者以及全国各地的残疾人和残疾人工作者代表约260人参加论坛。围绕“改革开放与残疾人事业发展”的主题，认真学习习近平总书记在庆祝改革开放40周年大会上的讲话精神，深入总结改革开放以来残疾人事业发展的成就和经验，共同探讨新时代中国残疾人事业发展。中国残联副主席、残疾人事业发展研究会会长程凯，深圳市委常委、统战部部长林洁，深圳大学副校长李永华等出席论坛开幕式并致辞。北京大学党委副书记、纪委书记叶静漪，中国工程院院士、深圳市建筑设计研究总院总建筑师孟建民，民政部社会福利与慈善事业促进司副司长徐建中做主旨发言。在7个分论坛上，与会代表在新时代残疾人事业发展、农村残疾人脱贫解困、基层残疾人服务能力建设、残疾人基本公共服务、残疾人社会组织扶持与发展、特区残疾人事业发展实践及大学生助推残健共融等议题方面展开深入研讨。会议还举办了“残障理念与社会发展”主题活动，基层残疾人代表与专家学者展开面对面座谈。

四、科研项目

【赋权增能视角下残疾人体育参与的保障体系研究】国家社会科学基金项目（15BTY071），残疾人事业发展研究会常务理事吴燕丹教授主持。研究主要探讨残疾人在体育参与过程中遭遇的现实困境和解决问题的途径。从赋权增能的角度出发，就残疾人群体、残疾人家庭、服务人员、管理人员等不同角色的人群如何赋权和增能，调研全国不同经济发展水平区域的残疾人体育运行现状，从优化资源配置和提升政府购买残疾人体育公共服务效率两个切入点，探讨残疾人体育参与的保障体系建设。经过四年的调研和论证，于 2019 年 5 月顺利申报结题。

【福建省残疾人体育需求与基本体育公共服务云平台建设】福建省科技厅软科学计划项目（2019R0041），中国残疾人事业发展研究会常务理事吴燕丹教授主持。目前研究表明残疾人体育需求与实际供给存在比较严重的信息不对称。残疾人体育公共服务的供给应当依托现实条件，在广泛调研的基础上设计相应的制度，再用软件功能来划定四个参与主体各自的权限，使所有参与者能在各自的权限内信息互通，发挥最大效能。

【基于供给侧改革的残疾人职业教育支持保障体系构建的实证研究】国家社会科学基金教育学一般课题项目（BJA170099），残疾人事业发展研究会理事郭文斌教授主持。研究基于全国东西部残疾人职业教育专项抽样调查数据，对国内残疾人职业教育的模式、商业链段创新、课程开设状况进行全面分析，并从残疾人职业教育投入、课程设置、家庭介入等方面对残疾人职业教育质量提升等进行讨论，提出从供给侧提升残疾人职业教育质量方面的相关建议。

【我国城市残障儿童及家庭服务困境识别与社会工作介入研究】2018 年国家社科基金一般项目，残疾人事业发展研究会理事何欣副教授主持。研究从家庭和连带残障的视角出发，识别和探讨我国城市现有残障儿童和家庭服务的现状及其发展过程中面临的主要困境，并以此为基础探讨服务发展策略及残障社会工作专业介入的空间和实践案例，为残障儿童保护和照顾服务及政策发展提供借鉴。

【广州市残疾人机动轮椅车置换风险评估研究】广州市残联课题项目，残疾人事业发展研究会理事解韬研究员主持，2018 年 5 月结题。研究基于广州市残疾人轮椅车主专项调查数据，对广州市残疾人轮椅车的置换风险因素进行了全面深入分析和评估，并借鉴其他城市经验教训，提出化解风险的针对性建议。

【助盲脱贫就业奔小康】中国残联课题，残疾人事业发展研究会副会长、残疾人劳动就业专业委员会主任赖德胜教授主持，2018 年 7 月结题。研究认为，盲人脱贫奔小康，单纯依靠市场“看不见的手”，会对支付能力差的残疾人劳动者形成就业挤出效应；仅依赖政府，政策刚性会造成效率低下和企业寻租，形成低水平就业或“挂名”就业，是一种变相的就业挤出效应。政府的作用在于解决盲人和一般群体由于在视力机能方面的差异造成的生存竞争力弱而导致的贫困问题。或者说政府的作用在于解决市场“看不见的手”不能处理的市场失灵问题。

【残疾人按比例就业政策的国际比较】中国残联课题，残疾人事业发展研究会副会长、残疾人劳动就业专业委员会主任赖德胜教授主持，2018 年 12 月结题。课题梳理了欧洲、亚洲等十几个实行残疾人按比例就业政策的国家的法律法规和政策，就按比例就业的“比例”、保障金数额规定、公共部门和私营部门的比例差异、雇佣重度残疾人或某些类别残疾人的特殊政策、残疾人就业保护等进行了比较分析。

【新时代残障学生教育获得感的体认、测评及政策回应研究】2018 年黑龙江省哲学社会科学研究项目，残疾人事业发展研究会理事庞文教授主持。项目基于获得感思想与教育价值诉求的内在一致性，从理论上阐释残障学生教育获得感的独特内涵、维度及具体内容，在认识方法上设计残障学生教育获得感的评价指标体系，继而着重研究残障学生教育的客观获得与主观体认，分析获得感导向下残疾人教育政策的回应与发展。

【2017 年上海市残疾人基本服务状况与需求信息动态更新数据分析报告】上海市残联委托项目，残疾人事业发展研究会常务理事汤潇副研究员主持，2018 年 6 月结项。项目对 2017 年度上海市开展的残疾人基本服务状况与需求信息数据动态更新进行全面的数据统计分析，总结上海市持证残疾人口在家庭收入与住房、教育、就业、脱贫、社会保障、养护、康复与医疗、无障碍环境、社会参与等方面的发展状况，残疾人事业发展的阶段成果，以及存在的突出问题等。

【2017 年上海市残疾人状况及小康进程监测报告】上海市残联委托项目，残疾人事业发展研究会常务理事汤潇副研究员主持，2018 年 6 月结项。监测工作涉及全市 16 个区超过 51 万名持证残疾人。监测的主要依据依然是《“十三五”上海市残疾人小康进程监测指标体系》，内容覆盖上海市残疾人生存、发展和环境状况，涉及残疾人的生活、康复、教育、就业、社会保障、社区服务、文化体育、无障碍环境、法律服务、社会支持等十方面，具体包括 40 项指标的监测、统计及评价。在对残疾人生活状况、公共服务、事业发展及其变化情况的量化分析和实际考察基础上，科学评判上海市残疾人实现全面小康的进程与残疾人事业发展的阶段性特征。

【上海市残疾人事业“十三五”规划中期实施情况第三方评估报告】上海市残联委托项目，残疾人事业发展研究会常务理事汤潇副研究员主持，2018 年 11 月结项。报告根据《上海市残疾人事业“十三五”发展规划》的指导思想、基本原则和任务要求，对“十三五”前半期上海市残疾人事业的各项工作进行全面测评检查，力求客观、准确反映“十三五”中期各项目标任务的实际进度和完成情况，助力“十三五”后半期上海市残疾人事业的继续推进和规划总体任务与目标的最终实现。

【新时代我国残疾人体育需求与公共服务体系研究】“国家社会科学基金重点项目”，残疾人事业发展研究会常务理事吴雪萍教授主持。研究重点是残疾人体育需求探索、残疾人基本公共体育服务体系维度与内容体系的构建，以及残疾人体育需求与构建残疾人基本公共体育服务体系建设的路径关系确立。阶段性研究发现，整体上，残疾人的体适能水平显著低于健全人；相较于肢体、视力、言语等残疾人群，智力障碍人群的水平更需加强；动作技能和社会适应能力方面，智力障碍儿童少年的基本动作技能和社会适应能力的发展水平迟缓 7 岁左右；深入访谈结果发现，各类残疾人均表示有体育运动的需求，但由于缺乏专业的指导、针对性的方案和必要的场地设施，他们的体育运动参与度较低。

【冬残奥高山滑雪、单板滑雪、残奥冰球项目运动员身体机能特征、专项体能及心理训练的关键技术研究】科技冬奥项目，残疾人事业发展研究会常务理事吴雪萍教授主持。项目以功能训练理论为指导，剖析不同项目的动力链整合技术对专项体能训练方法与训练效果的影响。研究运动员身体机能特征、疲劳与恢复、个性化营养补充策略及监控体系；评估运动员的心理能力，为运动员、教练员提供合理化建议；建立冬残奥运动员训练质量监控和评价体系，力求为冬残奥高山滑雪、单板滑雪、残奥冰球项目的训练和比赛提供科学的保障。

【坐姿振动训练改善老年人下肢功能的效果探究】国家体育总局研究项目，残疾人事业发展研究会常务理事吴雪萍教授主持。研究表明，高强度、大幅度的运动容易诱发心血管疾病，增加健康风险，尤其不适合老年下肢残疾群体的运动康复。实验验证发现，振动训练能对身体功能的提高、慢性疾病（如高血压、慢性病等）减少有积极影响，坐姿振动训练对老年人下肢肌肉力量有提高作用；高频振动对增加肌肉力量、平衡能力的效果要优于低频，但当结合其他辅助动作时低频较高频更为安全、受试者依从性更高。而老年人进行坐姿振动训练时要注意锻炼时机的选择，应尽可能避开进餐时间。

【上海市残疾人体育健身指导大纲项目】残疾人事业发展研究会常务理事吴雪萍教授承担。为构建上海市残疾人体质监测的指标体系，对全市近 30000 名残疾人（肢体、智障、视障、精神和聋哑）的体质（身体成分、有氧功能、柔韧性、肌肉力量与耐力、平衡能力和反应时）进行测试，结果发现残疾人的超重和肥胖率显著高于健全人，其中精神残疾人的超重和肥胖率最高；心肺耐力和机能水平低，女性残疾人心肺耐力好于男性，智障群体心肺耐力水平最低；上下肢力量较弱，柔韧、平衡和反应时都较健全人有较大差距；在所有残疾人中，言语残疾人的体质水平较高，智障残疾人体质水平最差；30—44 岁是残疾人肥胖发生的高峰期。

【江苏省残疾人基本公共服务综合评价研究报告】江苏省统计局课题结项报告，残疾人事业发展研究会理事许巧仙教授主持。报告基于 2015 年江苏省残疾人基本服务状况和需求专项调查基础数据，并结合中国残疾人事业年度统计数据、第二次全国残疾人抽样调查数据、江苏省统计年鉴数据、2015 年全国 1% 人口抽样调查数据等相关资料，应用文献研究、质性分析、统计分析、计量分析等多种研究方法，对江苏省残疾人托养、康复、教育、就业、扶贫等基本服务进行综合分析，探索性地构建了残疾人基本公共服务供给水平评价指标体系，并对江苏省残疾人基本公共服务供给水平进行综合评价，指出江苏省残疾人基本公共服务供给水平总体呈现出区域发展不平衡、由南到北阶梯状下降特征。

【残疾人基本公共服务供需匹配及政策优化研究】2018 年国家社科基金一般项目，残疾人事业发展研究会理事许巧仙教授主持。项目将供需匹配理论引入残疾人群体基本公共服务领域，基于多学科综合视角、应用统计学计量模型，分析残疾人基本公共服务供给水平及深层次的影响因素以及残疾人基本公共服务需求的新特征和深层次影响因素，在供需匹配理论视域下提出解决好残疾人基本公共服务供需不匹配问题，提出残疾人基本公共服务政策优化的对策建议。

【老年精神残疾人机构养老需求调查及分析——以北京市朝阳区为例】北京市朝阳区精神卫生特色服务项目，残疾人事业发展研究会理事张帆主任及北京市朝阳区第三医院马良副院长主持，2018 年 11 月结题。研究基于辖区内登记在册的老年精神残疾人及其亲友的数据，就其疾病诊断类型、疾病状况、治疗依存性及躯体合并症；生活自理、护理依赖及看护情况；收入及保险；监护人及家庭收入状况；患者及监护人对托养服务需求状况；托养机构选择及相关因素等进行走访及问卷调查，并邀请本市精神卫生、社会工作等领域专家对调查数据进行全面分析，提出老年精神残疾人存在现实和潜在的机构养老服务需求，相应的养老机构和服务体系的建立迫在眉睫，政府需要为老年精神病人提供专门的托老或养老机构。

【《残疾人权利公约》视角下的当代残障权利研究】国家社会科学基金后期资助项目，残疾人事业发展研究会理事张万洪教授主持。项目通过了解国际专家对《残疾人权利公约》的解读以及区域人权机制中对公约的运用情况、咨询访谈相关领域专家，开展残障者调研，最终完成报告。

五、学术著作

【特殊需要人群体育服务与管理】残疾人事业发展研究会常务理事吴燕丹教授主编，人民体育出版社出版。本书着重为一线工作者介绍如何管理和开展特殊需要人群的学校体育活动、休闲体育活动和社区体育活动，突出残疾人各类赛事的竞赛职能部门运行，以及志愿者的服务礼仪和管理方法。对于各类特殊需要人群体育参与，都给出了详细的应急预案范本，帮助处理体育活动中的突发事件。

【智力障碍适应体育理论与实务】残疾人事业发展研究会常务理事吴燕丹教授主编，获得2018年福建省社会科学优秀成果三等奖。

【广东残疾人婚姻家庭研究】残疾人事业发展研究会理事、广东省残疾人事业发展研究会副会长、广东省社会科学院人口学研究员解韬教授著，2018年6月广东经济出版社出版。作者利用2007—2012年全国残疾人监测抽样调查广东省数据，运用频度表、列联表、二分类Logistic回归分析方法，考察广东省残疾人的婚姻家庭状况及其同个人、社区特征之间的关系，并进而探究影响残疾人婚姻家庭的因素及其机制，最后基于研究实际，提出改善残疾人婚姻家庭状况的对策建议。

【残疾人贫困与教育就业问题研究】残疾人事业发展研究会理事、残疾人劳动就业专业委员会副主任廖娟著，2018年1月华夏出版社出版。利用第二次全国残疾人抽样调查和国内大型权威微观调查数据，以残疾人就业问题研究为核心，同时针对与残疾人就业密切相关的教育、贫困问题进行实证研究。具体内容包括残疾与教育的关系、残疾人的教育收益率、女性残疾人就业问题、残疾人的就业率及就业的影响因素、就业政策的效果评价、就业政策与福利企业的发展、残疾人的多维贫困等问题。教育是导致残疾人就业困难的重要原因，残疾人的就业及收入与贫困问题直接相关，而贫困又会影响下一代受教育水平的提高。政府可以通过恰当的政策消除残疾人在教育、就业和贫困方面所面临的问题，完善残疾人的社会保障，从而实现残疾人与社会的同步小康。

【残障权利研究（第四卷第一期）】残疾人事业发展研究会常务理事张万洪主编，该期主题是“残障权利的司法保护：域外案例”，2018年12月社会科学文献出版社出版。

【广州市残疾人事业发展状况蓝皮书（2018）】广州市残疾人事业研究会会长杨松才任主编，秘书长肖世杰任执行主编，2018年12月由社会科学文献出版社出版。

六、学术论文

吴燕丹：基于ICF的我国残障运动员就业支持路径研究，首都体育学院学报，2018年第9期。

吴燕丹：东京残奥会背景下中国盲人足球守门员训练问题与对策，吉林体育学院学报，2018年第12期。

尤兴琴，郭文斌：我国残疾人职业教育发展的困境及出路，山东高等教育，2018年第6期。

滑远，郭文斌：基于广义熵指数的残疾人职业教育资源配置分析，北京联合大学学报，2018年第4期。

郭文斌，张梁：残疾人职业教育研究热点及发展趋势，残疾人研究，2018年第3期。

张晨琛，郭文斌，王庭照：试谈残疾人心理健康干预体系建立——基于积极心理学视野，现代特殊教育，2018年第16期。

郭文斌，何溪：特殊教育学校职业教育课程设置现状及对策研究，现代特殊教育，2018年第13期。

郭文斌：探索“互联网+”时代特殊教育服务供给模式，现代特殊教育，2018年第11期。

滑远，郭文斌：探索我国残疾人职前职业培训的改革之路，现代特殊教育，2018年第10期；

钟瑞，郭文斌：4—6岁幼儿电子游戏卷入度与得分关系研究，陕西学前师范学院学报，2018年第4期。

郭文斌，陈佳丹，张梁：表情强度对自闭症儿童面部表情识别影响的实验研究，心理与行为研究，2018年第2期（人大复印报刊资料《心理学》2018年5期全文转载）。

郭文斌，张梁：特殊教育支持保障体系研究的热点分布及趋势，宁波大学学报（教育科学版），2018年2期。

侯晶晶：贯彻落实中国残联七代会精神，有力推动残疾人全面小康攻坚，残疾人研究，2018年第4期。

侯晶晶：公平而有质量的全纳研究生教育之个案研究，中国特殊教育，2018年第5期。

侯晶晶：提升残疾人职业培训工作质量，助力全面小康社会建成，中国社会科学报，2018年11月22日第6版。

刘婧娇：从国家本位到需要本位：中国残疾人社会保障的目标定位转向，社会科学战线，2018年第7期。

黄金玲，廖娟：残疾与贫困：基于等价尺度的再分析，人口与发展，2018年第6期。

王琦，廖娟，李长安：人工智能背景下基于特教专业的大学联盟构建，残疾人研究，2018年第1期。

吕明晓：怎样帮助残疾人完成创业孵化——浙江省残疾人创业孵化工作的实践与思考，中国残疾人，2018年第8期。

吕明晓：带头安置残疾人就业的浙江实践，环球市场信息导报，2018年第5期（荣获第五届中国助业研讨会二等奖）。

庞文：中国残疾人社会保障制度的演进：1978—2017，残疾人研究，2018 年第 2 期（人大复印报刊资料《社会保障制度》全文转载）。

王丹丹，吴雪萍等：应用运动传感器量化监测智力障碍者的身体活动水平，中国组织工程研究，2018 年第 36 期。

杨德洪，吴雪萍等：坐位低频全身振动训练对老年下肢残疾者肌肉力量及行走能力的影响，中华老年多器官疾病杂志，2018 年第 5 期。

王峰，吴雪萍等：老年人肌肉衰减综合征运动干预方法的研究进展，中华老年多器官疾病杂志，2018 年第 5 期。

章凌凌，吴雪萍等：男子轮椅竞速 T53/54 级 1500m 模拟比赛供能特征研究，中国体育科技，2018 年第 3 期。

杨德洪，吴雪萍等：全身振动训练对脑瘫患者的干预效果，上海体育学院学报，2018 年第 2 期。

王继超，吴雪萍等：体力活动促进脊髓损伤者的健康恢复，中国组织工程研究，2018 年第 8 期。

许巧仙，詹鹏：公平正义与弱有所扶：残疾人教育结构性困境及服务提升研究，中国行政管理，2018 年第 11 期。

许巧仙，吴填：联合国残疾人权利公约与我国残疾人受教育权保障，人权，2018 年第 5 期。

方仪，许巧仙：发达国家残疾人职业教育的发展经验及对我国的启示，中国职业技术教育，2018 年第 24 期。

孙友然，庄璇，许巧仙：我国残疾人社会救助的现状、困境及应对策略，人口与社会，2018 年第 6 期。

张万洪：将司法改革进行到底——司法体制综合配套改革展望，现代法学，2018 年第 1 期。

Radu Mares，张万洪：工商业与人权的关键议题及其在新时代的意义——以联合国工商业与人权指导原则为中心，西南政法大学学报，2018 年 02 期。

张万洪，丁鹏：从残废到残障：新时代中国残障事业话语的转变，人权，2018 年第 3 期。

黄志瑾，张万洪：“一带一路”投资中的条约救济风险——基于中东欧国家的实证研究，上海对外经贸大学学报，2018 年 04 期。

七、人才培养

福建师范大学体育科学学院开设《特殊人群体育服务与管理》本科专业平台课程，由残疾人事业发展研究会常务理事吴燕丹教授主讲，入选福建师大第一届“金课”评选。选修生都成为学院心桥助残服务队的骨干成员，两名学生获得校“十佳志愿者”称号，指导该课学生获得省级大学生创新创业立项《智力障碍儿童体育活动课程设计与实践》。

福建师范大学体育科学学院研究生招生目录增设“适应体育理论与方法”，2018 年有一位该专业方向博士生获得福建师大宝琛奖学金，一位博士生获得国家奖学金，博士生在核心期刊发表多篇高质量论文。一位博士获得 2018 年福建省优秀博士论文。

陕西师范大学特殊教育学硕士点为使更多的硕士研究生了解、重视残疾人职业教育，专门设置“残疾人职业教育与保障”、“融合教育理论与实践”课程，由残疾人事业发展研究会理事郭文斌教授承担教学任务。

残疾人劳动就业专委会副主任廖娟副教授所指导的 2015 级硕士研究生黄金玲毕业论文题为《我国残疾人家庭贫困测量及贫困影响因素研究》，2018 年 6 月通过答辩并获得硕士学位。

上海体育学院体育教育训练学院设有“适应体育方向”，2018—2019 年招收博士研究生 6 名、硕士研究生 5 名，毕业博士研究生 2 名、硕士研究生 5 名，毕业研究生继续从事适应体育相关研究与教学活动。学院设置本科生必修课程《适应体育》，帮助学生了解特殊儿童及适应体育的理论知识及实践操作。

残疾人事业发展研究会常务理事张万洪在武汉大学为本科生开设“聋人社区法律赋能诊所”春季学期课程。内容包括为武汉市聋人社群提供法律咨询和法律教育，协助武汉市法律援助律师和手语翻译代理聋人案件，以及参与手语教学，与聋人分享法律知识，共同成为社区法律明白人；还涉及残障平等的新理念、聋人文化以及法学实证研究的基本方法。

（李耘供稿）

中国残疾人康复协会工作

圆满完成“十三五”全国残联系统康复人才实名制培训任务17期，共为31个省区市培训各类残疾康复专业技术人才976名。

完成中国残联康复部委托“中国残疾人康复人才培养状况及发展研究项目”的组织实施。通过调研、研讨，梳理和准确呈现残疾人康复人才培养状况，根据国外实践和我国实际提出了学科建设和发展对策。

组织专家编辑、出版、发行社区康复知识读本系列丛书一套10本，包括《社区残疾预防》《社区康复服务》《怎样养育健康宝宝》《家庭康复护理常识》《偏瘫患者的家庭康复》《截瘫患者的家庭康复》《脑瘫儿童的家庭康复》《孤独症儿童的家庭康复》《老年人残疾的预防与康复》《社区康复辅助器具的选择与使用》，普及残疾预防和康复知识。

根据孤独症康复机构需求，编辑、改版、发行《孤独症康复教育人员上岗培训辅导教材》和《孤独症儿童康复服务机构建设管理指导手册》。发挥专业委员会作用，完成《孤独症儿童康复服务指南》《智力残疾康复服务指南》《脑性瘫痪儿童康复服务指南》的编辑出版工作。

提出和推进“残疾人辅助器具配置的政策性研究暨建议纳入医保项目”。组织全国十几所医疗机构和知名专家，通过召开专家研讨会和填报他们在实际工作中辅具的应用数据，本着适用全国基层医疗单位、覆盖面广、支出少、见效显著、获益大的原则，考虑辅助器具不可替代、避免手术、降低残疾发生、减轻社会经济负担等因素，提出纳入医保的名录。

服务基层，创新完成截瘫训练营项目执行工作。按照制定项目计划、审定培训课程，入户前期评估、聘请台湾专家，集中进行训练等环节流程，使12名训练营截瘫人员通过14天的生活重建训练，提升了自我照顾、自主生活、适应环境的能力，同时重拾生活信心，克服心理和环境障碍，增加人际交流互动并形成或自己的小团队。更重要的是，总结了在国内开展和可推广的截瘫训练营内容，遴选了技能训练的专家团队。

组织实施《北京市残疾人辅助器具评估效果及残疾人满意度抽查项目》。项目从《北京市辅具评估统计系统》中选取调查对象，人群覆盖全市各区，包括城镇、乡村，涵盖从儿童到老年各年龄段。协会组织功能评定、康复训练、社区康复、假肢矫形、辅具适配等有关领域专家，采取电话和面对面的方式，共调查了1052名政策受益人，详细了解政策执行的准确度、辅具适配及使用效果、机构服务及产品质量等情况，听取残疾人对补贴政策及服务的意见和建议。调查结果显示，北京市辅具补贴政策自2016年10月实施后，众多残疾人申请并配置了辅助器具，提升了生活品质，减轻了家庭负担，为他们参与社会生活、实现融合发展创造了条件，政策满意度高，社会效果显著。

协会与爱佑慈善基金会联合举办孤独症康复技术发展及政策研讨国际论坛，从政策分享、国际合作、技术交流、高端对话等方面分享了国际国内相关康复政策和优化服务的可能性。促进了中外孤独症支持政策和康复技术的交流，为国内孤独症康复技术发展提供了思路和契机。

完成中国残疾人福利基金会“爱星筑未来——中央企业集善工程·自闭症儿童资助项目”。通过项目执行，七家机构在职教师从基础理论知识到专业技能都得到了系统、完整的培训，专业能力有了很大提高，机构团队建设更加完善；七家机构购置了必要的教学评估设备，改善了教学办公条件，具备了区域孤独症康复技术资源中心的实力。组织专家根据我国目前孤独症机构的发展现状，制定出一个标准、三个规范，即“自闭症儿童康复机构建设评审标准”、“自闭症儿童康复机构管理规范”、“自闭症儿童康复机构教育规范”、“自闭症儿童康复训练档案规范”等，并作为中国残联“十三五”期间所承担的自闭症领域国家任务机构评审检查的重要依据。另外，通过项目经费支持，七家机构在训自闭症儿童达到634名，开展康复训练后，与入园时相比症状均有显著改进。

（冯彦霞供稿）

中国残疾人事业新闻宣传促进会工作

一、领导讲话

孙先德在中国残疾人事业新闻宣传促进会第五届全国理事会代表大会上的讲话

2018 年 5 月 29 日

2012 年第四次全国理事会代表大会以来，在中宣部、国家广电总局和新闻出版署等部门的关心和支持下，在中国记协和中国残联的具体指导下，在各会员单位的共同努力下，中国残疾人事业新闻宣传促进会深入学习贯彻习近平总书记系列重要讲话精神和治国理政新理念新思想新战略，增强政治意识、大局意识、核心意识、看齐意识，按照章程规定，聚焦主责主业，锐意进取，大力宣传以习近平同志为核心的党中央对残疾人和残疾人事业的格外关心、格外关注，大力宣传“平等、参与、共享”的现代文明社会残疾人观，大力宣传残疾人工作的新举措、新进展，大力宣传残疾人勇于拼搏、自强不息的精神风貌，为残疾人事业发展营造了良好的舆论氛围。

我简要回顾一下新促会过去五年所做的工作。

（一）坚持把学习宣传贯彻习近平总书记系列重要讲话精神作为一项重大政治任务

新促会认真学习宣传贯彻习近平新时代中国特色社会主义理论，增强“四个意识”，坚定“四个自信”，自觉在思想上政治上行动上同以习近平同志为核心的党中央保持高度一致。大力宣传党的十八大以来以习近平同志为核心的党中央关于残疾人事业的新部署。举办“十八大以来残疾人事业巡礼”主题展览和巡展活动；策划组织迎接党的十九大主题采访报道，联合残联所属报刊和文化单位开展多种形式的宣传活动，开展“砥砺奋进的五年”主题宣传教育。深入学习贯彻习近平总书记关于新闻舆论、意识形态、网络和信息安全等工作的重要指示，按巡视整改要求，持续推进各项整改任务，牢牢把握正确的政治方向、舆论导向和价值取向，积极履职尽责，推动残联系统内媒体切实落实意识形态责任制，守好舆论阵地，整合资源，形成合力。加强新促会秘书处党建工作，以党建统领业务，加强内部管理。建立中国残联宣文部与新促会联合党支部，积极发展党员后备力量，认真开展“两学一做”学习教育，加强学习培训，提高新促会工作人员的政治素质和业务素质。

（二）围绕残疾人事业中心工作积极开展新闻宣传

新促会紧紧围绕中国残联党组理事会工作部署，抓住重要节点，主动做好残疾人事业重大政策、重要举措和重大活动的宣传。

一是为媒体提供专业化服务。与记者交朋友，密切联系，建立顺畅的发稿渠道。2015 年至 2017 年 3 年间，新促会参与组织近 70 场新闻发布活动。2016 年组织记者采访 400 余人次，2017 年组织记者采访 500 余人次。开展“全国残疾人事业好新闻评选”活动，评选表彰各级媒体刊发的反映残疾人事业重大进展、热点问题和基层残疾人生活的优秀新闻作品。

二是积极组织开展“走基层”活动。先后 20 余次组织新闻采访组赴青海、湖南、浙江、河北、河南、贵州、重庆、广西、四川、宁夏、广东等 15 个省区市，对残疾人事业有关领域进行专题采访报道。组织里约残奥会和平昌冬残奥会中央主要新闻媒体采访团等，对残疾人事业重大活动进行全面报道，产生了广泛的社会影响。

三是加大与中央新闻单位的合作力度。与《人民日报》、中央电视台等开展密切合作，挖掘残疾人事业先进典型事迹。与中国互联网新闻中心合作开展“中国残疾人事业十大新闻人物”评选，参与评选投票的网友达数百万人，编辑出版事迹报告集《向天而歌》。目前正与新华网合作开展助残新闻人物评选。与有关单位合作拍摄制作 4 部微视频，其中纪录片《我的梦》《盲人女孩》等入选国家新闻出版广电总局“双百计划”。与中国人民大学合作编辑出版《中国残疾人事业发展报告（2017）》蓝皮书，从学术角度对残疾人事业进行客观评价，为残疾人事业发展建言献策，努力构建话语体系，抢抓话语权。

四是开展与外宣媒体、港澳和海外媒体的合作。积极利用国际主流媒体发声，向海外宣传中国残疾人事业和人权保障成就。配合重要活动，联系安排英国广播公司专访，在《纽约时报》刊登宣传中国残疾人事业重头文章，产生良好的宣传效应。组织翻译出版《人道主义的呼唤选编》、对外翻译出版两位残疾人作者的作品，并与《北京周报》、《大公报》、《香港文汇报》、凤凰卫视、《紫荆》杂志、《欧洲时报》、美国《侨报》等媒体合作，刊发宣传专版、专刊、专稿、宣传片、宣传折页等。

五是积极开展舆情研判，及时回应热点难点。新促会加强舆情监测，有针对性地发布信息、澄清事实、解疑释惑、凝聚共识。对社会关注度高、残疾人普遍关心的问题，敢于面对，主动发声，做到既发现舆情，又应对舆情，关键时刻不失语，重大舆情积极回应。每周编辑《舆情动态》。在里约残奥会期间，编辑报送16期《每日残奥舆情》，受到国办表扬，刘延东副总理在报送的舆情中做出重要批示。平昌冬残奥会期间，编发18期《每日冬残奥舆情》。确保及时掌握舆情动态，做到及时发现、及时报告、及时应对。

（三）创新传播手段，加强新媒体平台建设

一是着力打造中国残联“两微一端”平台。2015年9月，新促会负责运营的中国残联官方微博、微信公众号、人民日报政务客户端正式开通上线。中国残联“两微一端”在人民日报、新华社、中国新闻社等会员单位和社会各界的大力支持下，把大量的残疾人事业报道集纳起来，在内容上互转互载，广泛传播。截至2018年4月，中国残联“两微一端”订阅人数逾415万人，其中微信公众号订阅人数为62.6万，微博粉丝1.2万，人民日报政务客户端下载人数为351万；微信公众号和官方微博的总浏览量逾3100万人次。在人民日报社举办的“2016年中国移动政务峰会”上，中国残联荣获“2016移动政务影响力十佳中央机构”。中国残联“两微一端”已成为残疾人事业重要的宣传平台，成为中国残联联系残疾人群体重要的互动交流平台和快捷通道。

二是开展合作，构建残疾人事业新媒体矩阵。与《中国日报》合作建设运营中国残联英文官网，与中国互联网新闻中心合作建设中国残疾人联合会和中国残奥委员会官方脸书（Facebook）账号，并在中国网开通残疾人频道。在入驻人民日报客户端后，2016—2017年相继入驻今日头条、网易、一点资讯、澎湃新闻等客户端，拓展事业宣传报道阵地。2017年3月，荣获“最佳互动政务网易号”。

（四）整合资源，打造为残疾人提供文化服务的活动品牌

打造“共享芬芳”和“仁美”残疾人文化活动品牌。“共享芬芳”中西部地区百县百场公益巡演展览列入2017年国务院残工委主要工作内容，纳入全国文明委2017年和2018年精神文明建设工作安排。“共享芬芳”公益巡演活动，得到文化部、中央文明委的大力支持，2017年还得到国家艺术基金的资助。“共享芬芳”系列活动内容丰富，有关活动得到中国残疾人艺术团、盲文出版社、华夏出版社、华夏时报社、中国残疾人杂志社、华夏文化集团、助残志愿者协会以及中国盲协的支持。据初步统计，2015年至今，“共享芬芳”巡演展览活动启动三年以来，在山西、内蒙古、陕西、甘肃、云南、湖北、四川、重庆、香港等地举办展演，全国共有近20万人直接参与。2018年，已经签约近30场，并将从中西部地区逐渐覆盖到京津冀、珠三角和长三角经济发达地区。

“仁美书画展”先后在北京芳草地、宋庄、中国人民大学、全国政协文史馆、北京太庙等地举办专场展览，在江西、甘肃、陕西、内蒙古、黑龙江、辽宁、四川、重庆、宁夏等省开展巡展活动近30场。2017年得到中国残疾人福利基金会支持和澳门基金会资助。

新促会参与组织第九届全国残疾人艺术汇演，参加演出的残疾人有3000多人，参与各级艺术汇演选拔赛的残疾人达3万多，观众达30万，涌现了一大批优秀节目和优秀人才，中央电视台两次播出节目。与《紫荆》杂志社在香港联合主办庆祝香港回归20周年——首届全国残疾人书画家（香港）邀请展，促进内地与港澳交流，加深情感，促进和谐，释放社会正能量。参与组织海峡两岸文化交流活动，收到良好效果。围绕“十三五”文化进残疾人家庭“五个一”工程中“带残疾人游一次园”的要求，整合社会资源，为全国3000多万持证残疾人及其陪护人员每人捐赠一张全国旅游卡，让更多的残疾人走出去，感受丰富多彩的世界，感受到社会的关爱和温暖。组织“圆梦丹青”优秀残疾人书画家“百人推介计划”行动，争取一批知名艺术家免费授课培训，并搭建网络授课平台，挖掘残疾人艺术人才，帮助残疾人艺术家与高端艺术平台对接，展示残疾人书画艺术成就，推动社会对残疾人艺术的理解和关注，丰富和活跃残疾人的精神文化生活，从而让更多残疾人实现精神生活有寄托、融入社会有尊严。

中宣部经常就有关宣传报道做出安排部署、吹风、提示和指导，将残疾人事业重大活动的宣传计划列入宣传总体安排，统筹实施；安排《“十三五”加快残疾人小康进程规划纲要》新闻发布会，并对残联系统新闻发布工作给予指导；在里约残奥会、平昌冬残奥会、全国助残日等重大活动或重要节点都做出统筹安排；新闻出版署十分关心残联系统报刊和出版社的发展，及时提出指导意见。国家广电总局为推动各级电视台、电台手语节目和残疾人专题节目的开播做出了重要贡献。中国记协不仅十分关心新促会的发展，而且直接参与、指导残疾人事业的宣传报道工作。文化部对残疾人事业文化工作、对第九届残疾人艺术汇演、“共享芬芳”巡演等活动给予指导和帮助。《人民日报》、新华社、中央人民广播电视总台、《光明日报》、《经济日报》、《中国日报》、《人民政协报》、《工人日报》、《中国青年报》、《中国妇女报》、《农民日报》、《法制日报》、中国新闻社、《中国教育报》、《中国劳动保障报》、《健康报》、《中国文化报》、《中国体育报》等中央新闻单位以及所属网站，大力开展残疾人事业的宣传报道，为残疾人和残疾人事业鼓与呼。中国残联直属新闻文化单位和所属的媒体积极主动报道残疾人事业，不用扬鞭自奋蹄。同志们带着深沉的使命感、带着深厚的情感支持残疾人事业，

今天，我们在这里举行新促会第五次全国代表大会，总结工作，修订章程，并推选出新促会新一届领导。朴方主席开创了新促会，他非常重视新促会的发展，担任新促会第一届、第二届、第三届理事会的名誉会长，他在新促会第二届代表大会的讲话中指出，“新促会要更好地发挥指导、协调、促进的效能和团结、联系广大新闻工作者的桥梁、纽带作用，推动残疾人事业新闻宣传工作迈上一个新台阶”。新一届新促会要继续在中宣部、国家广电总局和全国记协的支持下，在中国残联的直接指导下，团结全体会员，遵守社团管理规定，按照新促会章程要求，切实发挥好团结、联系广大新闻工作者的桥梁、纽带作用，切实发挥好指导、协调、促进的效能，为开创残疾人事业新局面做出新促会应有的努力和贡献。

本次代表大会是在党的十九大胜利召开的背景下举行的。党的十九大将习近平新时代中国特色社会主义思想确立为党的指导思想，对决胜全面建成小康社会做出战略部署，为党和国家事业进一步指明了前进方向，中国特色社会主义事业进入新时代。在新的历史方位中，残疾人事业需要开拓新局面，这对残疾人宣传和文化工作提出新的更高要求，也对新促会提出新的更高要求。同时，新促会的工作与党中央对新时代新闻舆论工作的要求、与广大残疾人对精神文化的需求还有很大差距；各地新促会工作发展还不平衡；在高举旗帜、引领导向，围绕中心、服务大局，团结人民、鼓舞士气，成风化人、凝心聚力，澄清谬误、明辨是非，连接中外、沟通世界等方面，新促会还有许多工作要做，也需要各位理事和各新闻媒体协调配合，共同努力。

今后几年，中国残疾人事业新闻宣传促进会要着力做好以下几个方面的工作：

一是要加强学习，提高能力。要以习近平新时代中国特色社会主义思想为指导，全面学习宣传贯彻党的十九大精神，牢固树立政治意识、大局意识、核心意识、看齐意识，增强“四个自信”，积极引导广大残疾人和残疾人工作者更加自觉地在思想上政治上行动上同以习近平同志为核心的党中央保持高度一致。要落实中央党的群团工作会议精神，进一步增强政治性、先进性、群众性，牢固树立以人民为中心的思想，团结引领广大残疾人跟党走，更加紧密地团结在以习近平同志为核心的党中央周围。

二是要围绕中心，服务大局。紧紧围绕残疾人事业中心工作和重大决策部署，精心开展主题宣传、形势宣传、成就宣传、典型宣传；继续扎实推进《“十三五”加快残疾人小康进程规划纲要》和残疾人宣传文化配套实施方案任务的落实。结合残疾人工作实际，把党和政府的声音传播好、解读好，把广大残疾人的心声反映好，把社会文明进步的主流展示好。大力挖掘宣传优秀残疾人群体和助残先锋模范，讲好残疾人故事。发挥舆论引领作用，促进社会各界更加关注、支持残疾人事业，弘扬人道主义，努力营造“平等、参与、共享”的社会环境，在全社会形成扶残助残的良好风尚。

三是要守好阵地，把好方向。坚持党管意识形态，党管新闻宣传，落实好主管主办原则，通过加强制度建设，抓常态抓长效，加强对重点部位和薄弱环节的管理，以问题为导向，加强统筹管理，把牢政治方向和舆论导向，防止政治偏差。

四是要创新机制，建好平台。继续做好“两微一端”的运营，进一步把握新媒体特点，加快信息更新，加大互动交流，完善服务功能。规范管理，制定办法，建立健全内部策划、采写、审核发稿机制。规范内容编发程序和公众服务答复程序。加强重大选题策划，开展线上线下活动，进一步提升自身影响力，努力办成社会公众了解残疾人事业的重要窗口、宣传政策的有力渠道、服务残疾人的重要平台。

五是整合资源，提供服务。坚持以人民为中心的工作理念，围绕加快残疾人小康进程，整合社会资源，动员社会力量提供更多的优秀文化产品和服务，满足残疾人精神文化需求。搭建残健融合文化交流平台，巩固文化品牌，继续组织开展“共享芬芳”公益巡演展览活动和“仁美”文化交流活动，使残疾人文化艺术走进基层，贴近人民群众，展示自强奋进精神的艺术成果。

六是要建设队伍，服务会员。要加强队伍建设，提高思想认识，增强“四个意识”，坚定“四个自信”，树立以残疾人为中心的工作理念，践行“人道、廉洁、服务、奉献”的职业道德，全面提高新促会工作人员综合素质。要按照社团管理要求，加强新促会规章制度建设，提高管理水平，培养团队精神，增强团队凝聚力，形成风清气正带队伍、团结和谐干事业的良好氛围。要切实提高新促会的服务能力，为媒体提供更加专业化的服务。

新时代，新征程，需要我们有更强的政治定力、更大的责任担当和更主动的履职作为，新促会将在第五届理事会的带领下，不忘初心，牢记使命，开拓创新、扎实工作，为实现残疾人共奔小康，实现中华民族伟大复兴的中国梦而努力奋进。

二、工作综述

2018 年，新促会深入学习宣传贯彻习近平新时代中国特色社会主义思想和党的十九大精神，增强“四个意识”、坚定“四个自信”，按照章程规定，聚焦主责主业，锐意进取，大力宣传以习近平同志为核心的党中央对残疾人和残疾

人事业的格外关心、格外关注，大力宣传“平等、参与、共享”的残疾人观念，大力宣传残疾人工作的新举措、新进展，为残疾人事业发展营造了良好的舆论氛围。紧紧围绕以人民为中心的创作导向，搭建残健融合文化交流平台，丰富广大基层残疾人的精神文化生活，打造文化品牌，为残疾人创造更加美好、更有尊严的生活。

（一）深入学习宣传贯彻习近平新时代中国特色社会主义思想和党的十九大精神

一是认真学习宣传贯彻习近平新时代中国特色社会主义思想，自觉在思想上政治上行动上同以习近平同志为核心的党中央保持高度一致。深入学习贯彻习近平总书记关于新闻舆论、意识形态、网络和信息安全等工作的重要指示，组织新促会全体人员学习《习近平新闻思想讲义》，传达学习全国宣传部长会议和全国宣传思想会议精神。

二是顺利召开新促会第五届全国理事会代表大会，选举产生新一届理事会领导机构。会议全面总结过去五年的工作，明确新一届理事会的工作任务。会议得到中宣部、国家广电总局、中国记协和中央各主要媒体的高度重视和大力支持。新促会全体人员按照工作分工及安排，积极组织、协调、联系会议代表，起草相关文稿，做好会务服务，高标准、高质量完成换届大会相关工作。

三是认真落实意识形态工作责任制和网络意识形态工作各项要求，坚持党管意识形态，积极履职尽责，守好舆论阵地，整合资源，形成合力。加强管理，严格按规定、按流程进行审核把关，根据“两微一端”平台转发扩散快的特点，对信息采取分类分级管理，涉及国家层面的重大信息按层级上报，领导审核合格后确认推送。新促会要求编辑人员具有高度自觉意识、责任意识，审慎对待和编辑推送内容，确保信息安全。“两微一端”的运营和编辑人员均签署《保密协议》，做好信息保密工作，并定期更换“两微一端”平台相关密码。

四是加强学习教育，派人参加中组部“不忘初心，牢记使命”中央国家机关工委培训班和全国残联系统外事工作会议及培训班。组织新促会全体人员参加“不忘初心、牢记使命”专题党日活动。在全国助残日期间，开展爱国主义教育活动，组织残疾人书画家代表赴天安门国旗护卫队营地，与国旗护卫队的战士面对面交流，激发大家的爱国热情，不断提高大家的思想认识。

五是积极发展党员，增添支部新活力。宣文部、新促会联合党支部，利用支部书记讲党课、专题讲座、专题学习会、观看教育片、实地参观等多种形式组织青年团员学习党的基本知识，加强党的理论教育宣传，提高其思想修养，让其认识到党组织的先进性，自觉向党组织靠拢。2018 年，宣文部、新促会联合党支部发展 1 名入党积极分子，进一步加强了队伍建设。

（二）围绕残疾人事业中心工作积极开展新闻宣传

新促会紧紧围绕中国残联党组理事会工作部署，抓住重要节点，主动做好残疾人事业重大政策、重要举措和重大活动的宣传。

一是为媒体提供专业化服务。2018 年，组织 500 余人次记者开展采访工作，与记者交朋友，密切联系，建立顺畅的发稿渠道。参与组织近 30 场新闻发布活动，如助残日主题新闻发布会、残疾预防日新闻发布会、“我来北京上大学”主题发布会等，在全社会引起广泛关注。

二是组织中央媒体开展“走基层”活动。结合改革开放 40 周年、中国残联成立 30 周年、中国残联七代会等重要时间节点，先后组织《人民日报》、新华社、中国网等中央媒体记者深入贵州、河南、宁夏、江西、黑龙江等 6 个省区市基层一线采访报道，充分展示基层残疾人自强不息的精神面貌，展示基层残联在脱贫攻坚、残疾人公共服务等方面的经验和做法。在七代会前，组织中央媒体走进康复中心、语康中心、艺术团、辅具中心、华夏出版社、盲文出版社、体馆中心等中国残联直属单位，集中展示我国残疾人事业各领域的发展，为七代会营造良好社会氛围。

三是组织媒体报道团赴韩国、印尼采访报道平昌冬残奥会和亚洲残疾人运动会，充分宣传和展示中国体育代表团自强不息、奋勇拼搏的精神风貌。

平昌冬残奥会举办时恰逢全国“两会”，中央媒体在全国“两会”期间人手紧、版面少的情况下，派出精兵强将加入采访团，特别是新华社，除派员加入采访团外，还从亚太总分社、韩国首尔分社调来资深记者参与冬残奥会报道；中央电视台保留冬奥会期间的报道、转播团队，安排 15 名记者、编辑和技术人员继续开展冬残奥会的相关工作。据统计，本届冬残奥会期间，《人民日报》在全国“两会”期间临时暂停体育版的情况下发稿 15 篇，推出《新体育》杂志专刊一期；新华社播发消息、通讯、综述、评论、图片报道 210 篇，成为各大媒体特别是新闻网站消息的主要来源；中央电视台播出新闻 178 条、专题 36 条，直（录）播开闭幕式和各项赛事 50 小时；《光明日报》发稿 25 篇；《中国日报》发稿 10 篇；中国国际广播电台播出报道 15 条；中国新闻社播发报道 12 篇；中国残联“两微一端”推送信息 168 条。

印尼亚残会期间，《人民日报》、新华社、中国国际广播电台等媒体派出精兵强将加入采访团，中央电视台安排 11 名记者、编辑和技术人员继续开展亚残会的相关工作。据统计，本届亚残会期间，《人民日报》共发稿 14 篇，其中由《人民日报》微信公众号平台推送的文章《发这个头条，就是想让他们火》阅读量达到 100000 +，为宣传残疾人体育事业营造了良好的社会氛围；新华社播发中英文稿件共计 144 条，体育专线 129 条，对外英文报道 15 篇，成为各大媒体特别是新闻网站消息的主要来源，而其微信公众号推送的文章《生而坚强！他们手持国旗高喊“中国加油”的一幕，值得上头条!》阅读量达到100000+，形成强大的社会影响力；中央电视台制作专题、新闻共21条，《新闻联播》播出开闭幕式消息，特别是开幕式消息时长近一分钟，为国庆长假增添节日气氛；中国国际广播电台播出连线报道2条，录音报道2篇，新媒体报道5篇；中国残疾人杂志社和《中国残疾人》杂志微信公众号平台共推送文章10篇，中国残联“两微一端”推送信息134条。

四是围绕全国助残日、残疾预防日、第五个国家“扶贫日”等重大活动组织开展系列宣传报道，营造关心支持残疾人事业的良好氛围。

全国助残日期间，中央宣传部专门下发通知，要求中央主要新闻单位围绕活动主题做好助残日期间的宣传报道工作；中央网信办在全网推送数十万条助残日活动资讯，形成网上网下扶残助残同心圆；工业和信息化部连续第三年协调中国移动、中国联通和中国电信通信公司于全国助残日当天，以公益短信的形式向全国上亿手机用户群发全国助残日主题，动员全社会关心、关注残疾人事业；文化部向盲校捐赠“心声·音频馆”指纹登陆机，现场开展需求调研，努力为盲校师生提供丰富、便捷的数字文化服务；人力资源社会保障部会同中国残联赴国家级贫困县调研农村残疾人就业扶贫工作，开展多种形式的贫困残疾人就业帮扶活动；中国邮政集团公司于5月20日全国助残日当天统一对外发行出售《全国助残日》主题纪念邮票。

在第五个国家“扶贫日”前后，开展一系列宣传报道活动。10月12日，中国残联在石家庄市启动全国残联系统助推贫困残疾人脱贫攻坚三年行动，新促会组织新华社河北分社、《光明日报》、《中国日报》、中国新闻社、《工人日报》、中国网、中国残疾人杂志社等新闻单位记者组成的采访组提前前往河北省唐县，采访、考察当地残疾人脱贫致富新模式。10月16日，中国残联与国务院新闻办举办中外记者见面会，邀请4名基层残疾人脱贫攻坚典型和助残代表与中外记者交流，在全社会引起强烈反响，现场不少记者和工作人员感动流泪，主持人袭艳春副局长称“这是我主持过的见面会中最受教育、最受感动的一场”。新促会积极组织联系基层残疾人和助残代表，并和国新办对接见面会相关事宜，使见面会顺利召开。10月17日，中国残联、国务院扶贫办与中国互联网信息中心联合在北京会议中心召开贫困残疾人脱贫事迹报告会。报告会以“自强自立、脱贫光荣”为主题，来自黑龙江、山东、河南、重庆、四川、云南、贵州的7名贫困残疾人脱贫典型代表讲述了他们自强脱贫的生动故事。新促会会同中国网组织40多家媒体近60人参加报告会。中央和地方新闻媒体对新促会围绕国家“扶贫日”开展的系列活动给予积极关注。中央媒体的报道形式多样，消息、评论、花絮等品类齐全、引人入胜。传统媒体和新媒体互动，内宣外宣并举，新闻报道质优量大，讲好了残疾人脱贫故事，激发了贫困残疾人脱贫的内生动力，增进了社会各界以及海内外对中国残疾人脱贫攻坚事业的了解，在全社会营造了助残扶贫的浓厚氛围。监测显示，相关活动的新闻报道达1208篇，其中中央主流媒体报道72篇。

五是圆满完成七代会宣传报道任务。七代会期间，新促会派8人全程参与七代会筹备及宣传报道工作，组织中央及驻京共计60余家媒体宣传报道七代会，中央主要媒体七代会期间共计播发130余篇报道，在全社会引发广泛关注。中国残联七代会召开前，《人民日报》开设《民生调查·关爱残疾人》《民生三问·关注残疾人就业》两个专栏，介绍一些地方好做法、好经验。9月13日，新华社播发反映残联工作和残联建设成就的综述《插上圆梦的翅膀——写在中国残联第七次全国代表大会开幕前夕》。9月14日，七代会开幕式当天，《人民日报》刊发《插上腾飞的翅膀——写在中国残联第七次全国代表大会开幕之际》综述；新华社播发开幕消息稿，浏览量达到125万次，网友留言800多条，引起社会各界广泛反响；中央电视台《新闻联播》播出开幕式盛况，并首次出现手语播报员，方便广大残疾人朋友收看。9月15日，《人民日报》、《光明日报》、《经济日报》、《中国日报》、中新社等中央媒体刊发《中国残疾人联合会第七次全国代表大会开幕——习近平、李克强、栗战书、汪洋、王沪宁、赵乐际到会祝贺，韩正代表党中央国务院致辞》报道，《人民日报》刊发《促进残疾人全面发展和共同富裕——热烈祝贺中国残疾人联合会第七次全国代表大会开幕》社论，引发全社会的广泛关注。9月16日，新华社播发大会闭幕消息，并播发《中国残联“七大”选举产生新一届领导机构》，中央电视台当晚《晚间新闻》播发闭幕式相关消息。七代会期间，“两微一端”开设报道基层残疾人先进典型的专栏《风采录》，集中报道近年来残疾人事业的先进典型人物，在全社会产生广泛影响；七代会前，《风采录》共报道22名先进典型人物，会议期间，“两微一端”浏览量近12万。

六是与中央新闻单位合作开展新闻人物推举活动。与中国互联网新闻中心合作开展“中国残疾人事业新闻人物”推举活动，并于8月25日在北京举办“2017年度中国残疾人事业新闻人物”揭晓活动。熊俊、毕昌煜、丁伦保等10人获“2017年度中国残疾人事业新闻人物”称号；王志冲、李晓梅、李娟等10人获得“2017年度中国残疾人事业新闻人物”专家评委会特别提名。该活动用鲜活的新闻事件见证了残疾人事业砥砺前行的辉煌壮举，以道德的丰碑演绎着广大残疾人的人生精彩，抒写着时代的感动。为配合该活动，组织编辑出版事迹报告集《向天而歌》。11月，与新华网合作开展“助残新闻人物”推举活动，全国各省区市残联和中央媒体共推荐55名候选人参加活动。

七是创新传播手段，加快新媒体平台建设。新促会积极配合宣文部做好新媒体平台的运营和推广工作，中国残联先后入驻新浪微博、今日头条、网易、一点资讯、澎湃新闻、阿里大鱼号、抖音等客户端，粉丝累计达449万人，充分发挥中国残疾人频道、中国残联英文网站的宣传作用。中国残联“两微一端”订阅人数逾435.5万，其中，微信公众号订阅人数60.6万，《人民日报》客户端373.3万，微信公众号和微博的总阅读量逾4551万。

八是占网用网，拓展宣传渠道。2018年，新促会继续安排专人负责编辑创建与残疾人和残疾人事业有关的百度百科词条，为公众提供更加权威、真实的信息。截至目前，新促会共编辑提交版本308个，通过版本241个，其中创建版本154个，浏览人次达40万以上。

九是加强舆情监测和研判。每周编发《新媒体周报》，盘点一周来新促会新媒体工作的成果，共计编发48期。每周编发一期《舆情周报》，随时掌握涉残舆情动态，共计编发105期。平昌冬残奥会、七代会、印尼亚残会等重大活动编辑制作《舆情日报》，平昌冬残奥会共编辑18期，七代会期间共计编发27期，印尼亚残会共编制28期，确保领导及时掌握舆情信息和发展态势，为舆情引导工作提供有力支持。国家“扶贫日”、无障碍发展国际学术大会、全国助残日等重要活动编辑制作《舆情特刊》。

（三）发挥残疾人文化活动品牌作用，提供优质文化服务

一是继续开展“共享芬芳”中西部地区百县百场公益巡演活动。2018年在宁夏、贵州、湖南、重庆、四川、江西等地的20多个市（县）共举办巡演24场，为5万多基层残疾人提供文化产品和服务。

二是继续发挥“仁美书画展”品牌作用，2018年，“仁美书画展”先后在宁夏、重庆、内蒙古等地开展13场展览，并将展览范围从中西部地区逐渐扩展到京津冀、珠三角和长三角经济发达地区，得到广大残疾人艺术家及书画爱好者的一致好评。

“共享芬芳”中西部地区百县百场公益巡演活动和“仁美书画展”得到北京成龙慈善基金会的大力支持，该基金会累计捐赠图书50000册，在巡演、展览期间，新促会将图书转赠给各地图书馆。

三是结合重要时间节点，举办多姿多彩文化活动。平昌冬残奥会期间，组织策划《仁美冰魂、冬奥雪韵》书画笔会，邀请著名书画艺术家们泼墨献宝，用书画艺术的形式，为中国残疾人运动员加油，增进社会各界对冬残奥会的了解。全国助残日期间，与中国好人网联合启动全国第七届“帮好人万里行”活动。福祉博览会期间，以“仁美芬芳·圆梦丹青”为主题，举办残疾人文化艺术精品展，展示残疾人丰富多彩的文创产品。2018年7月，新促会联合中国助残志愿者协会、成都市残疾人联合会共同主办“集善天路·共享芬芳”活动。展示了残疾人、残疾人家庭与命运斗争的顽强精神。

四是加强合作，大力发展文创产业。新促会与中国残疾人福利基金会、澳门基金会开展合作，从全国13个省遴选15家社会组织机构，实施“残疾人手工艺者集善之家”项目，推动具有地域民族特色、能带动残疾人就业的残疾人文化创意产业项目发展，助力贫困残疾人脱贫攻坚。2018年10月26日在江西景德镇举办“手工艺者集善之家”授牌及展示活动，澳门基金会主席吴志良、中国残疾人福利基金会理事长王乃坤等出席活动。联合华夏出版社开展“圆梦丹青”残疾人书画家“百人计划”推介活动，2018年全年共计举办3场，推出梁聘、康宏军、周刚、姚久生、朱骏、许立慧、韩清梅、朱虹等共计50名残疾青年书画家，涵盖书法、美术及民间艺术等内容，挖掘残疾人艺术人才，争取一批知名艺术家免费授课培训，为残疾人艺术家提供了交流平台。与无锡奇奇文化发展有限公司合作，联合出品反映残疾女孩身残志坚、不懈奋斗的电影《美丽战争》，向全社会传播关心、关注、关爱残疾人的理念。

五是整合社会资源，营造浓厚文化氛围。为推动残疾人书画事业发展，搭建残疾人书画家与健全人书画名家之间沟通交流的桥梁和纽带，新促会积极筹备成立仁美书画院，并聘请著名画家孙文启担任院长，书画院的成立得到广大知名书画艺术家认可。联合有关单位共同举办“仁美书画摄影”大赛，征集作品近千幅，深刻展示残疾人艺术家们对生命的热爱，活动还得到姜昆、唐国强、卢奇、张大礼、贾旭明等社会知名人士的大力支持。

三、2018年度
残疾人事业十大新闻

12月29日，中国残疾人事业新闻宣传促进会联合中央新闻单位以及有关专家联合评选出2018年中国残疾人事业十大新闻，“中国残疾人联合会第七次全国代表大会在京开幕”名列榜首。

1. 中国残疾人联合会第七次全国代表大会在京开幕。习近平、李克强、栗战书、汪洋、王沪宁、赵乐际到会祝贺，韩正代表党中央、国务院致辞

9月14日，中国残疾人联合会第七次全国代表大会在北京人民大会堂开幕。习近平、李克强、栗战书、汪洋、王沪宁、赵乐际等党和国家领导人到会祝贺，韩正代表党中央、国务院致辞。韩正代表党中央、国务院发表了题为《在新时代的伟大征程中创造残疾人更加幸福美好的新生活》的致辞。韩正向大会的召开表示热烈祝贺，向全国广大残疾人、残疾人亲友和残疾人工作者致以亲切问候。

2. 国务院印发《关于建立残疾儿童康复救助制度的意见》

经李克强总理签批，国务院印发《关于建立残疾儿童

康复救助制度的意见》，决定自2018年10月1日起全面实施残疾儿童康复救助制度。意见旨在全面贯彻落实党的十九大关于“发展残疾人事业，加强残疾康复服务”的重要部署，改善残疾儿童康复状况、促进残疾儿童全面发展、减轻残疾儿童家庭负担，完善社会保障体系。对符合条件的0—6岁视力、听力、言语、肢体、智力等残疾儿童和孤独症儿童，包括经济困难家庭、福利机构收养的残疾儿童和残疾孤儿等，提供手术、辅助器具配置和康复训练等救助。救助经费纳入县级以上地方政府预算，中央财政给予适当补助。到2020年基本实现残疾儿童应救尽救。

3. 国务院残疾人工作委员会召开第一次全体会议，王勇主持会议并讲话

2018年5月17日，新一届国务院残疾人工作委员会在京召开第一次全体会议。会议以习近平新时代中国特色社会主义思想为指导，全面贯彻党的十九大和十九届二中、三中全会精神，总结过去五年残疾人工作开展情况，研究部署2018年度残疾人工作。国务委员、国务院残工委主任王勇主持会议并做重要讲话。

4. 走进新时代——2018年全国两会代表委员关注残疾人事业

2018年，是全面贯彻党的十九大精神的开局之年，是改革开放40周年，是决胜全面建成小康社会、实施“十三五”规划承上启下的关键一年。两会代表委员们围绕残疾人共奔小康、社会保障、康复、教育、就业、无障碍、权益保障等方面建言献策。

5. 张海迪再次当选康复国际主席

新华社柏林12月25日电 在德国柏林近日举行的康复国际会员代表大会上，中国残联主席、现任康复国际主席张海迪高票当选下一届主席，任期为2020年至2024年。张海迪连任康复国际主席是各国同行对其履职两年来工作的高度认可，更体现了国际社会对中国残疾人事业发展成就的充分肯定。

张海迪指出，康复国际作为一个有近百年历史的国际组织，为推动世界康复事务发展发挥了重要作用。它设计的无障碍标识“坐轮椅者”为世界认识和尊重残疾人产生了重要影响，使千千万万残疾人得到帮助。面对未来，康复国际各会员要团结一心，共同迎接新的挑战。康复国际应引领国际残疾人事务发展的最新理念，进一步推动世界康复技术发展和应用。她表示，继续带领康复国际，推动落实联合国《2030年可持续发展议程》和《残疾人权利公约》，为实现世界残疾人的平等、共享、融合做出新的贡献。康复国际成立于1922年，是一个跨领域、跨残疾类别的国际非政府组织，致力于促进残疾人康复和福利，在全球100多个国家和地区拥有会员组织。张海迪于2014年在波兰华沙首次当选2016至2020年度康复国际主席，2016年10月在英国爱丁堡正式履职。

6. 中国残联启动助推残疾人脱贫攻坚三年行动

10月12日，中国残联在石家庄市启动全国残联系统助推贫困残疾人脱贫攻坚三年行动，河北、河南、湖北、广西、四川、青海、宁夏等7个省（区）残联就贫困残疾人脱贫工作进行了交流，24个有扶贫任务的省（区、市）签订了《省级残联助推贫困残疾人脱贫攻坚责任书》，从精准掌握贫困残疾人底数、落实残疾人各项扶持政策措施、加强对基层残联的培训督导、探索地方特色扶贫经验、激发残疾人脱贫内生动力、加强扶贫领域作风治理等9个方面明确了残联组织助推贫困残疾人脱贫的具体工作任务，压实了工作责任。中国残联党组书记、理事长周长奎出席工作会议并讲话。

10月16日，国务院新闻办举办中外记者见面会，邀请4位基层残疾人和助残代表，围绕残疾人脱贫攻坚，与中外记者交流。三位残疾人和一位助残人士围绕残疾人自主脱贫进行了交流，畅谈自己的经历与感受，并回答记者提问。

10月17日，在第五个国家“扶贫日”和第二十六个“国际消除贫困日”来临之际，中国残联、国务院扶贫办与中国互联网信息中心联合在北京会议中心召开了贫困残疾人脱贫事迹报告会。中央宣传部、中国残联、国务院扶贫办、中国互联网新闻中心有关部门负责同志，部分省、市、县残联的有关负责同志和40多家媒体参加了报告会。

7. 中国轮椅冰壶队创造历史夺得中国冬季残奥会首金

3月17日，2018年平昌冬季残奥会轮椅冰壶决赛在韩国江陵举行。经过9局较量，由王蒙、刘微、陈建新、王海涛、张强5人组成的中国队6∶5战胜挪威队获得金牌。这是中国代表团在冬季残奥会历史上夺得的首枚金牌，标志着自2002年盐湖城冬季残奥会我国派团参赛以来取得历史性突破。中国轮椅冰壶队成立于2007年，这是他们第二次参加冬季残奥会。2014年索契冬季残奥会，中国轮椅冰壶队的成绩是第四名。

8. 中国残疾人艺术团大型音乐舞蹈诗《我的梦》公益演出在京举办

12月27日，由中国残联主办的中国残疾人艺术团大型音乐舞蹈诗《我的梦》公益演出在京举办。来自首都的残疾人、残疾人工作者以及联合国驻华机构代表、国际残疾人组织驻华代表部分国家驻华使节、社会公益志愿者组织、大中学生、新闻界文艺界等社会各界代表近5000人观看两场演出，共赏特殊艺术之美，共话残疾人对美好生活的向往。30多年来，中国残疾人艺术团以独特的艺术魅力和深邃的精神内涵，创造了特殊艺术经典《我的梦》“我的梦”超越语言、文化和民族的界限，巡演了100个国家和地区，深入中西部地区为基层残疾人公益巡演50余场，带给观众艺术的享受、心灵的启迪和情感的交融，被联合国教科文组织授予“和平艺术家”。

9. 国际狮子会第57届东南亚年会在海口开幕

11月16日，国际狮子会第57届东南亚年会海口举行，

包括中国在内的18个国家及地区的近6000名来宾齐聚海口，共襄盛举。国际狮子会第57届东南亚年会是经国务院批准的非政府国际民间文化交流活动，也是中国狮子联会创建以来独立承办的最大规模会议。年会为期三天，通过包括狮子会全球服务行动研讨会、超越地平线·新声音论坛、全球行动小组研讨会、中国狮子联会服务成果展、美食和特色狮子会物品展等在内的一系列会议和活动，深度参与国际组织建设，推进公益慈善组织发展，促进全球各地狮子会会员友好交流，为推动构建人类命运共同体提供重要平台。

10. 中国发布最新通用手语和盲文规范，9月1日《中华人民共和国国歌》国家通用手语版正式发布

历时七年研究、规范与方案试点的《国家通用手语常用词表》和《国家通用盲文方案》（以下简称“两项规范”）于2018年7月1日起实施。9月1日《中华人民共和国国歌》国家通用手语版的正式发布和使用，实现了长期以来广大听力残疾人，特别是特教学校师生使用国家通用手语迎着国旗、统一规范奏唱《国歌》的心愿。

四、重要条目

【中国残疾人事业新闻宣传促进会第五届全国理事会代表大会】2018年5月29日在北京召开。大会审议通过第四届全国理事会工作报告以及新修订的《中国残疾人事业新闻宣传促进会章程》，选举产生新一届理事会领导机构。会议推举中共中央宣传部副部长、国务院新闻办公室主任蒋建国担任中国残疾人事业新闻宣传促进会第五届全国理事会名誉会长；推举中国残联党组副书记、常务副理事长孙先德担任中国残疾人事业新闻宣传促进会第五届全国理事会会长。

【“手工艺者集善之家”项目】2018年集善澳门基金会助力残疾人系列公益项目之一，由澳门基金会、中国残疾人福利基金会出资，中国残疾人事业新闻宣传促进会组织实施。项目通过扶持建设残疾人“手工艺者集善之家”，为有一定技能基础的残疾人提供工艺美术技能培训，并定期举办残疾人文创艺术作品专场展览展示、设计大赛及拍卖活动等，培养残疾人的工匠精神，让他们实现精神生活有寄托，融入社会有尊严。本项目主要针对全国各地具有一定发展潜力或影响力，适合残疾人并能安置就业，具备一定教学培训资质或属于非物质文化遗产保护与传承范围的残疾人文化创意产业基地、文创中心、产业园等民办非企业组织和企业。2018年，首批确定并挂牌“手工艺者集善之家”的执行单位来自全国13个省（区）共15家。

【“集善仁美·助推圆梦”优秀残疾人艺术家百人推介活动】由中国残疾人福利基金会指导，澳门基金会资助，中国残联主办，中国残联宣文部、中国残疾人事业新闻宣传促进会承办。2018年，在北京盲文图书馆和华夏出版社举办3场推介活动，共推介残疾人艺术家50人。该活动本着创新形式、创新内容、创新手段的指导思想，旨在挖掘人才、树立典范、搭建平台、共同发展，帮助残疾人艺术家与高端艺术平台对接、与高端学术专家对接、与大众媒体对接、与艺术品市场对接，从而更好地展示残疾人书画艺术取得的成就，推动社会对残疾人艺术的理解和关注，丰富和活跃残疾人的精神文化生活，让更多残疾人实现精神生活有寄托、融入社会有尊严。

【第九届全国好人论坛】2018年5月19日，第28次全国助残日前夕在中国盲文图书馆开幕，由中国好人网发起，中国残联、中国残疾人事业新闻宣传促进会等单位联合主办。中国残联副主席、中国盲人协会名誉主席李志军，中国残联理事、中国盲文出版社社长张伟，中共中央党史研究室原副部级常务、全国毛泽东思想邓小平理论研究会会长石仲泉，中国残联宣文部、中国残疾人事业新闻宣传促进会相关负责人，中国好人网创办人谈方以及来自全国各地践行好人事业的领导嘉宾80余人出席。论坛主题为“坚持好人大团结大联合，共建道德建设共同体，交流助残经验，帮扶残疾好人”。论坛颁发中国好人网十周年“十佳”感恩奖等奖项，启动全国第七届“帮好人万里行”活动，湖南和重庆的见义勇为残疾人代表分享好人故事。论坛邀请9位专家学者从实践者、研究者、管理者的角度举行三场主题演讲。岳英杰等残疾人艺术家现场挥毫泼墨为论坛书写“好人一生平安”等书画作品。中国残联宣文部负责人介绍与中国好人网的合作情况以及现阶段我国残疾人脱贫攻坚宣传文化工作的要求。

【“集善天路·共享芬芳”残障母子骑行西藏励志公益活动】中国残联指导，中国残疾人事业新闻宣传促进会、中国助残志愿者协会、成都市残疾人联合会主办。启动仪式2018年7月6日在成都市残联举行。郜子轩，18岁，长居北京，2岁半时确诊为自闭症，14岁时在其母亲的引导下开始单车骑行，并成为他的兴趣爱好；自2017年开始，共参与20多次各类骑行活动，总里程超过2500公里。母亲张秀芳，肢残四级，2015年开始培养子轩骑行，2017年开始陪同子轩参与各类型骑行活动。母子俩在14天里（7月6日—22日），以惊人的毅力完成318国道成都到拉萨全程2200公里骑行，翻越12座海拔4000米的高山，2座海拔5000米的高山，沿途克服暴雨、塌方、缺氧等各种困难。活动展示了残疾人、残疾人家庭与命运斗争的顽强精神和新时代残疾人的新面貌。

【《美丽战争》】国晟传奇影业（北京）有限公司出品，中国残联指导，中国残疾人事业新闻宣传促进会、无锡奇奇文化发展有限公司联合出品。电影讲述超模女孩安薇薇在事业巅峰时刻惨遭车祸失去左腿，在亲人和朋友的鼓励和陪伴下参加全能超模大赛，不畏艰难险阻突破重重关卡一路勇往直前，最终寻找到自我与真爱，实现超越自我、破茧成蝶的

励志故事，“是一部真正能够宣传残疾人事业，弘扬残疾人自强不息的奋斗精神”的时尚励志电影。导演陈勋奇，主演谭耀文、孟广美、马国明、那广子、罗彬等。2018 年 10 月 17 日举行全国上映发布会和首映礼，10 月 19 日在全国上映。

【首届全国仁美书画摄影大赛】由中国残联指导，中国残联宣文部、中国残疾人事业新闻宣传促进会、中国助残志愿者协会共同主办，颁奖展览仪式于 2018 年 12 月 7 日在北京太庙举行。中国残联宣文部、仁美书画院、北京市顺义区残联、中央美术学院国画系等单位负责人，以及大赛获奖人员和各界残疾人事业爱心人士近 150 人参加活动。本次活动以残健结合参赛的形式，通过书法、绘画、摄影艺术等方式传播人道、仁爱、人文理念，充分展示残疾人艺术家们对生命的热爱和对艺术的追求，让社会各界更加了解残疾人的精神世界，感受其顽强拼搏、自强不息的意志品质，增进对残疾人的理解和尊重，使他们享有更多平等参与社会的机会。

五、大事记

3 月 15 日，由中国残联宣文部与中国残疾人事业新闻宣传促进会共同主办的“仁美冰魂·冬奥雪韵——著名书画家为冬季残奥运动加油”书画笔会活动在中国盲文图书馆举行。活动旨在展现中国冬残奥选手顽强拼搏的精神风貌，增进社会各界对冬残奥运动的了解，激发更多的残疾人参与冰雪运动。著名书画家高宏、张新峰、千黛、岳英杰、耿冬云、孙成义、马丽等受邀参加笔会。

8 月 25 日，由新促会和中国互联网新闻中心主办的“2017 年度中国残疾人事业新闻人物”评选结果在京揭晓。熊俊、毕昌煜、丁伦保、高民、徐从德、付凡平、陈效平、周佳霖、苏杨、余国安荣获“2017 年度中国残疾人事业新闻人物”称号；王志冲、李晓梅、李娟、熊军、倪岩、王慧敏、郎小明、赵学良、董健、杜诚诚获得“2017 年度中国残疾人事业新闻人物”专家评委会特别提名。

9 月 10 日，仁美书画院成立，著名书画家刘曦林担任名誉院长，著名画家孙文启担任院长。书画院旨在搭建残疾人书画家与健全书画名家之间沟通交流的桥梁和纽带，为残疾人书画艺术发展提供助力，推进共融共进，以传播中华民族传统文化为己任，把服务残疾人、推动公益活动作为工作的重点，广泛团结和凝聚书画界艺术家，主动开展书画艺术交流，用艺术的形式动员更多的社会力量参与支持残疾人文化事业。

11 月 28 日，新促会与中国人民大学残疾人事业发展研究院共同组织相关专家学者编撰、由社会科学文献出版社出版的《中国残疾人事业研究报告（2018）》正式发布。

12 月 28 日，由新促会联合新华网共同举办的“2017 年度助残新闻人物”揭晓活动在京举行。新华社党组成员、副社长刘正荣，中国残联党组成员、副理事长程凯，新华网党委书记、董事长、总裁田舒斌等出席活动。黄吉人、陆财良、石家庄爱心互动残健互助协会、张军茹、邹黎明、余颖、王庆九、胡艳苹、曹艳、邓永平荣获“助残新闻人物”称号。任易、傅连鸿、李艳、谈方、韩颖、王勇、李璐、李银环、宋兆普、王青山荣获“助残新闻人物专家提名”称号。

（曹永刚供稿）

中国狮子联会工作

（2018年7月—2019年6月）

一、领导讲话

陕西省委常委、常务副省长梁桂在中国狮子联会第十三次全国会员代表大会上的致辞摘要

2019年6月4日

陕西省有77.5万人处于绝对贫困线以下，其中的13.2万是残疾人，无劳动力和丧失劳动力的将近10万，剩下的1.6万人和1.4万人分别是有劳动力或弱劳动力的。眼下最重要的工作是怎么帮助他们脱离绝对贫困，与大家一起实现小康。

从2018年到现在，陕西省有8.9万残疾人甩掉了贫困帽子，有了自己的产业，有了相对独立、自食其力的生活状态；为41.9万残疾人开展了康复服务，残疾人精准康复工作也在中国残联的支持下得到推广交流。我们希望残疾人能够实现更好的就业，老百姓的生活更加和谐美好。我相信，对此狮子会会发挥更大作用。

狮子会在助残、扶贫、敬老、公共卫生、文化传播多个领域都有所作为，是一支活跃在慈善事业中的生力军。尤其是近几年，我们确实感受到了中国狮子联会及陕西代表处秉持“正己助人，服务社会”宗旨，在服务活动、会员发展、狮务建设等方面取得的长足进步，陕西残联和代表处共同实施狮子进社区活动、系列扶贫助残活动、脱贫攻坚活动，更多残疾人朋友感受到了陕西狮友的慈善力量，他们叫“秦狮力量”。

民政部社会组织管理局副巡视员张贞德在中国狮子联会第十三次全国会员代表大会上的致辞摘要

2019年6月4日

中国狮子联会自成立以来，在中国残联的监督管理和业务指导下，秉承“正己助人，服务社会”的宗旨，在助残、扶贫、济困、扶老等方面开展了大量卓有成效的公益慈善服务活动。特别是自2017年换届以来，联会以高度的政治责任感，采取积极坚决的措施，进一步规范了工作体制和基础管理，解决了一批存在多年、影响自身健康发展的问题，得到了业务主管单位的积极肯定。

本次中国狮子联会代表大会是一次换届大会，会议将听取上一届理事会的工作报告，修订联会章程和工作规则等文件，选举新一届理事会、监事会，研究年度工作安排。我代表社会组织登记管理机关对联会提出四点希望。

一是继续在坚持独立自主办会上下功夫。中国狮子联会是经国务院批准，在民政部登记注册的具有独立法人资格的全国性社会团体，必须严格遵守中国的法律法规，自主建会，独立运作，坚持宗旨，依法办事，这是中国狮子联会成立之初就明确的应当遵循的办会原则，希望中国狮子联会正确处理好坚持自主办会与学习借鉴国际有益经验的关系，坚定不移地走中国特色社会主义组织发展之路。

二是继续在加强内部管理上下功夫。打铁还需自身硬，中国狮子联会作为一家会员众多、特色鲜明、充满活力、影响广泛的全国性非营利组织，应当严格按照现代社会组织的要求，持之以恒加强社会建设，追求高质量发展。章程是社会组织开展各项业务活动、制定内部管理制度的准则和依据，是社会组织能否形成权责明确、运转协调、治理有效的内部运行机制的基础保障。希望中国狮子联会继续切实加强内部治理，建立健全以联会章程为核心的法人治理结构，进一步完善管理制度、加强管理力度、提升管理效果、控制好体量规模，特别是要防止分支机构失控失查的发生。

三是继续在弘扬社会主义核心价值观上下功夫。社会主义核心价值观是社会主义价值体系的内核，是社会主义法治建设的灵魂，在社会组织章程中增加社会主义核心价值观的有关内容，是加强社会主义价值体系建设的重要途径，国家对此有明确具体的要求。遵守国家的法律和政策，践行社会主义核心价值观，遵守社会道德风尚，也是中国狮子联会的核心价值理念。希望中国狮子联会进一步把培育和践行社会主义核心价值观贯彻到联会治理的全过程，在日常管理中注重体现，鲜明价值导向，积极鼓励和倡导符合社会主义核心价值观的行为，坚决抵制和摒弃违背社会主义核心价值观的

行为，继续加强思想引领，切实增强广大会员认真认同和自觉践行的意识，将社会主义核心价值观内化于心、外化于行。

四是继续在参与脱贫攻坚上下功夫。坚决打赢脱贫攻坚战，让贫困人口和贫困地区同全国人民一道进入全面小康社会，是党和政府的庄严承诺。当前，脱贫攻坚已进入滚石上山、攻城拔寨的关键阶段，绝对贫困人口在减少，但脱贫的难度在增加。社会组织是助力脱贫攻坚的重要力量，积极参与脱贫攻坚是社会组织服务国家、服务社会、履行责任、体现会员公益性、参与社会共建的具体体现，也是社会组织与党和政府同心同德、同向同行的具体体现。中国狮子联会是由有志于奉献社会、热情慈善志愿服务的社会各界人士结成的公益慈善组织，积极投身助残、扶贫、济困、扶老等各类社会公益慈善活动，是中国狮子联会的初心和使命。希望中国狮子联会始终不忘初心和使命，依据自身优势，自觉投身到脱贫攻坚战之中，注重担当积极作为，为国家彻底解决绝对贫困问题做出积极贡献。

国际狮子会前总会长谭荣根在中国狮子联会第十三次全国会员代表大会上的致辞摘要

2019 年 6 月 4 日

17 年前，第一个成立的是深圳狮子会，第二个成立的是广东狮子会。2005 年，中国狮子联会成立，明年就要庆祝 15 周年。15 年在人生中虽然是蛮长的时间，但在国际狮子会 102 年的历史里，中国内地狮友在全世界 212 个国家和地区中还算是小兄弟，也是非常年轻的族群。102 年来，国际狮子会从 1 个分会、66 名会员发展到现在遍布全世界，分会超过 4.8 万个、会员超过 148 万名。大家有一个共同目标，就是希望为弱势群体做一些改善其生活、改善其人生的事，从有机会获得帮助到有机会去帮助别人。

1997 年，我们在中国内地开展了“视觉第一·中国行动”，10 年开展两期累计有 520 万白内障人士得以重见光明，这个巨大成果得到了中国外交部等部委的认可，也让朴方主席和中国残联的朋友们感觉到，国际狮子会是一个非常好的国际性服务团体，有包容、有尊重、有自主。如果能在中国内地发展，相信可以帮助更多的朋友改善生活。

当初，要成立狮子会确实不容易，这条路不好走，可以说走得很艰难。我记得朴方主席讲过，要把一些不可能的事变成可能，把一些可能的事变得更美好。为什么没办法让狮子会更早些在中国落地，是因为“一个中国”的政策。国际狮子会作为全世界最庞大的服务团体，有愿景、有理想，经过多方交流沟通，与中国政府做到了互相了解、互谅互信。2002 年国际狮子会国际理事会通过决议，接受了“一个中国”的政策，并修改了章程相关条款，成为第一个承认“一个中国”的具有世界影响力的国际非政府组织，得到了中国政府的认同。我相信，这个结果只有通过大家的共同努力才能做到。坦白地讲，没有朴方主席和中国残联的支持，没有小泉主席的努力，今天我就不可能与大家一起坐在这里，共同参加中国狮子联会第十三次全国会员代表大会。

各位狮友，路是人走出来的，只要我们愿意努力，很多事情都可以做得到。最近，我陪同国际狮子会第一位女性总会长访问北京、成都，参观了汶川灾区狮友们帮助重建的棚花村。汶川大地震发生那年，我曾陪同当时的国际狮子会总会长到汶川灾区考察，那时所看到的棚花村连一根柱子都没剩下。现在，我所看到的棚花村，所有的房子都是崭新的。狮子会不仅“授人以鱼”，还要“授人以渔”。我们不能仅给他们造新房子，重建家园，还要给他们创造新事业，再造一个生产环境。我们还去了自闭症中心，了解到在狮子联会的努力下，一些孩子佩戴上了 GPS，得到了周全的保护。我们也参观了狮子联会的重要服务项目“温馨工程”，不仅看到了联会狮友在事业上的成长成熟，也感受到了你们服务社会的诚心和真正的狮子精神。

今天在这里回顾中国狮子联会的成立和发展，更加认识到，在过去的 17 年里，我们每一天都在往上走。我希望看到，每个狮友都是社会精英，狮子会最重视“质”，有了质才可以考虑到“量”。我们的目标是服务社会，现在虽然有了一些改变，但我相信这些改变是好的。我希望，各位狮友加强服务爱心，创造属于自己的标志性工程，让公众讲到这个工程、这个服务项目时就想起我们狮友、提起我们狮子会。我相信，中国狮子联会可以感动社会，吸引更多志愿者加入，做更多工程项目，服务更多人群。

今天早晨，我又参加了升国旗、奏国歌仪式。作为迄今唯一一个也是第一个国际狮子会华人总会长，我到任何国家、任何服务队去访问，都有机会在当地国家、社会、狮子会组织的活动上升起中国国旗，这让我深深体会到作为一个中国人的自豪感。狮子会在全世界 212 个国家都有会员，是一个国际大家庭。中国狮友是新会员，中国是一个新的会员国家。每个国家的狮子会会员，不仅要做好服务，还应展示自己国家的国际影响力，有更多代表可以进入国际狮子会国际理事会，得到更多讲话权。不仅是我一个人，希望有更多的中国人在国际狮子会总会担当更重要的职位。除了小钢理事，还会有其他中国狮友代表当选下一届国际狮子会国际理事会成员。这也代表国际狮子会总会对中国的重视和关注，认为我们中国狮友现在不单可以在国内帮助别人、提供服务，还可以把服务延伸到世界各地。刚才听到大家讲到要服务更多地方，我也希望大家可以在“一带一路”活动中做更多服务，服务更多国家。“一带一路”以前主要是做生意，现在我们还要做服务，把中国狮友的爱心、把我们的友谊带到全世界。

各位狮友，你们任重而道远，承担着作为中国人在世界舞台上的责任，这份责任就是把中国最优秀的文化道德传统带到全世界，把我们最优秀的狮子会服务带给全世界。

我们是一个大家庭，我是你们的大家长，我希望永远跟大家在一起，陪伴大家一起成长，把最好的服务奉献给社会。

中国残联理事长周长奎在中国狮子联会第十三次全国会员代表大会上的讲话摘要

2019 年 6 月 4 日

非常高兴与大家相聚在古都西安，参加中国狮子联会第十三次全国代表大会，让我们在古代丝绸之路的起点共同迈出联会改革创新、健康发展的新步伐。

中国残联与国际狮子会结缘于助残项目的成功合作。1990 年，国际狮子会发起“视觉第一行动”，筹集 1.46 亿美元用于全球防盲治盲工作。经国务院批准，中国残联、卫生部于 1997 年牵手国际狮子会开展“视觉第一・中国行动”项目，十年内连续开展两期活动，累计资助中国 520 万例白内障手术。双方的合作产生了良好影响，也促成了中国狮子联会的孕育和发展。

2005 年，国家批准创立中国狮子联会。联会成立以来，以其新颖的组织形式和服务模式，吸引并聚集了一批有志于奉献社会的各界爱心人士，开展了大量卓有成效的服务工作。服务范围遍及助残、扶贫、赈灾、助学、敬老、公共卫生、文化传播等众多领域。集慈善公益与志愿服务为一体，形成了“光明行”“红色行动”“和平海报”“点亮蓝灯”“童心市集”等五大服务平台，截至 2018 年底，捐赠收入累计达 11.58 亿元，支出累计 10.22 亿元；在赈灾现场、在扶贫一线、在助残敬老活动中、在重大活动的举办地，都留下了各地狮友忙碌的身影。特别是 2017 年 11 月在海南省成功举办国际狮子会第 57 届东南亚联会，创造了中国大陆首次举办国际狮子会联会的盛举，给国际狮子会和东南亚甚至全球狮友都留下了深刻印象，充分展现了中国狮友的风采和慈善的力量。

伴随着改革发展进程，我国公益慈善事业呈现出蓬勃发展的良好态势，越来越多的组织和个人有意愿投身到服务他人的行列中，党和国家对公益慈善事业给予大力倡导和支持，对热心公益慈善事业的人士更是热情鼓励和褒扬。国家层面相继出台了《社会团体登记管理条例》《慈善法》《关于改革社会组织管理制度促进社会组织健康有序发展的意见》等多项法律法规和制度政策，为公益慈善事业发展提供了强有力的法制保障，创造了前所未有的有力条件，也为中国狮子联会的发展提供了重要的机遇。

同时，我们也必须清醒地看到，联会在成长发展过程中也出现了一些问题。按照中央巡视整改和民政部“清理整顿”的要求，在中国残联的指导下，近两年来，对联会长远健康发展富有强烈责任感和真挚情感的广大狮友们，积极面对这些问题，认真开展整改整顿，特别是在扩大党建覆盖、严守法律法规、加强审计监督、完善内部治理、规范对外交流、弘扬新风正气等方面，取得了显著成效。

希望联会进一步巩固整改成果，一鼓作气，乘势而上，以这次换届大会为新起点，焕发出更大活力和更强凝聚力、向心力、战斗力。

要旗帜鲜明地加强党对联会工作的领导。要把加强党的领导、促进联会健康发展作为重要的政治任务，落实党建工作责任制，配齐配强相关管理力量，加大狮子会党组织组建力度，实现党的组织和工作的全覆盖。

要矢志不渝地投身公益慈善事业。对慈善事业要怀抱感情、热情、激情和真情，始终活跃在弱有所扶的第一线，以社区为重点，扎根基层，面向民众，从细节入手，开展暖心为民、服务社会的工作。

要满腔热情地支持联会的健康发展。明确各地残联对狮子会的指导监督职能，坚定不移地走中国特色社会主义发展道路，服务好、保障好、监督好、推动好相关要求的落实，将狮子会作为重要的助残组织予以扶持，支持狮子会开展内容广泛、形式多样的公益慈善服务项目。在助残项目的遴选、实施、评估等方面提供指导和服务，要积极主动地宣传狮友们奉献社会的感人事迹，共同营造全社会向上向善的正能量。

狮子会是各级残联工作的重要补充，联会的健康与发展是我们共同的责任。此次会议将选举产生新一届联会领导集体，将肩负起带领联会改革创新、健康发展的重任，既是荣誉，更是使命，我们一定要以党的十九大精神为指引，全面贯彻习近平新时代中国特色社会主义思想，坚决贯彻执行国家关于社会组织管理的政策要求，紧紧围绕中国残联七代会确定的残疾人事业发展大局，不忘“正己助人”的初心，唱响“服务社会”的新时代乐章，为实现中国梦而携手努力奋斗。

中国狮子联会会长贾勇在第十三次全国会员代表大会上的讲话摘要

2019 年 6 月 4 日

中国狮子联会在两年来的整改过程中，得到了各位狮友和理事会和常务理事会的理解和支持，让我们更好地履行大家赋予我们的责任。我相信，每一位狮友、领导都能深深体会到这一点，危难见真情。这一届虽然是两年，但两年的时光对我们每一位狮友来讲都是难忘的，因为在 2017 年度换届之后，进行了全面的“清理整顿”工作。中国政府不断出台关于社会组织的管理制度、办法，我们要生存、要发展，要把狮子精神发扬光大，就需要遵守中国法律、法规和制度。

2017 年的换届大会我记忆犹新，两年来，这支队伍真正体现了慈爱、大爱，是一个公益队伍、慈善队伍。像谭前总会长讲到的，我们同样是一支纪律部队。我们经历了 57

届年会，在年会成功举办之后，多个国际狮子会前会长、区域狮友领导都竖起了大拇指。中国第一次举办的会议安排、接待和中国狮友的认真参与，让他们感到非常震撼，感到中国狮子联会和中国狮友的力量。马上要举行新的换届大会，我相信，新一届领导班子一定会延续中国狮友的精神，延续大家给予的希望和寄托，把工作做好。

中国残联理事长，以及陕西省常务副省长、民政部社会组织管理局的同志都参加本次会议，已经表明对中国狮子联会换届工作的重视。对于我们自身来讲，会议准备时间虽然不长，但大家到了古都西安，我想也应该感受到了西安代表处所有狮友，以及陕西省政府、陕西省残联给予换届大会的支持。

经过14年的发展，中国狮子联会已经成为具有鲜明特色、充满活力、影响广泛的全国性社会组织，它以独特的精神积极参与社会公益和慈善事业，开展以助残为主要内容的“光明行”“红色行动”“和平海报”“点亮蓝灯”“童心市集”等标志性活动，狮友们以社区为重点，扎根基层，深入民众，从细致入手，急人民群众所急，做了大量暖心爱心工程，树立了良好形象，使狮子会组织不断发展。到目前为止，已有近4万名会员、近千支服务队，涉及十余省市。据统计，自成立到2019年6月，会员捐赠的服务经费超过10亿元，平均每人每年志愿服务超过105小时，在弘扬人道主义思想，维护社会和谐稳定等方面做出了积极贡献，发展成为我国为数不多的集公益慈善和志愿服务为一体的社会组织，成为我国社会发展和文明展示的重要窗口。

一是建设中国特色社会主义新型组织，就要坚持和加强党的领导，保证正确的发展方向。

坚持和加强党的领导，就是要把政治放在首位，这是全党对各行各业也包括社会组织的统一要求。党的政治建设是党的根本性建设，决定着党的建设方向和效果。我们要着眼于保持和发展党在政治上的先进性，引领各级党组织增强“四个意识”，坚持“四个自信”，把握政治方向。坚持和加强党的领导就是要坚持党要管党、全面从严治党，坚持和加强党的领导就是要坚持思想建党和制度建党同时发力。

二是建设中国特色社会主义新型组织，就要坚持不断地完善法治、德治、自治和多方建设。

依照《社会组织登记管理条例》，加强完善组织治理。尽管这一条例随着我国社会组织的发展在不断修订、补充，但其对社会组织健康发展、规范社会组织登记管理等都具有十分重要的指导意义。以德治会是组织治理的重点，道德是以善恶评价的方式，调整人与人以及人与社会各方的关系，主要通过教育和社会舆论。中国狮子联会服务队做了许多有益于社会的公益服务，但在道德和组织治理方面宣传不够，而弘扬正气是整个社会都需要的，也是狮子会奉献社会的需要。

三是建设中国特色社会主义新型组织，就是要围绕中心，服务大局，开展特色鲜明的社会服务活动。

深入推进以助残服务为主的品牌活动，继续加大“温馨工程”扶持和支持，继续对经常深入社区的“温馨工程”活动项目给予奖励，使“光明行”等一大批有特色的活动深入人心，把活动做大做强，做成精品，引导全社会积极参与脱贫攻坚，为实现全面小康做出努力。这是全党发出的号召，也是各级政府要做的主要工作，对社会组织来说，此项工作也是最重要的补充。引导全会积极开展环境保护活动，使天更蓝、水更清、环境更美。引导全会积极开展扶老活动，为解决社会老龄化问题做出我们应有的努力。目前我国60岁以上的老年人已达到2.5亿，其中65岁以上的老年人已达到1.5亿，而且每年还在持续增加1000万，社会老龄问题越来越严重。我们要与政府和相关部门合作，以贫困地区为重点，以农村为重点，以老年人和残疾人包括失能者为重点，尽力为他们做好、提供社会各项服务。

四是建设中国特色社会主义新型组织，就是要坚持社会主义核心价值观。

构建具有民族特色的组织文化。一方面要发扬和继承优良的国际狮子会传统，同时，还要创造中国狮子联会适合中国特色社会主义道路的狮子会发展的方式和途径。我相信，这个关键时刻需要大家的智慧，需要我们在治理过程当中发展自己，服务社会。在这次新修订的《章程》和《工作规则》里，也加进了更多元素，包括国际狮子会、提供服务和加强“出心、出力、出席、出钱”的“四出”精神细则，为狮子会在今后的发展中提供组织和手段保障。文化是社会组织的灵魂，价值观是文化最深层次的内核。我们要牢固树立“正己助人，服务社会”的核心价值观，以尊重嘉许、多元包容等作为组织文化的代表，加以培育和呵护。

五是建设中国特色社会主义新型组织，就要坚守“丝绸之路精神”，形成知行合一、身体力行的组织作风。

通过整改活动和大家两年来的共同努力，应该说我们所展示的社会风貌、提供的服务项目和多方表现出的社会精神，足以让我们的合作伙伴，无论是其他社会组织还是地方政府，一定更深入地了解了中国狮子联会的主要精神是付出和奉献。两年来，我虽然跑的地方不多，但陪着国际狮子会总会领导、陪着谭荣根先生还是看了各地狮子会开展的许多活动。比如“红色行动”，包括我们提供的一些社区服务，地方政府、地方组织都非常配合和支持。我相信，这也是我们下一步工作的重点，我们不仅要自己付出，还要用这种精神感染社会、感染他人、感染其他社会组织。这对我们联会的发展、对联会精神的体现，将会有更大的价值和社会作用。

我也看到，深圳狮子会是最早经国务院批准的独立法人机构，现在也有相当一些队伍保持着连续16任的历届前主席依然坚守在一线、每年个人捐款数额达到20万以上的纪录；17年来，队伍的保持、建设都很好，就是因为有了这种精神、有了好的带头人。我相信，包括在座的创队者，以及亲自参与社区活动的负责同志、领导同志都会相信，这样的精神体现可以充分说明狮子精神就是一种坚持，就是一种奉献，感动了无数人。我们在棚花村看到，145户的新家园是由中国狮子联会深圳服务队倡议并帮助兴建起来的，重建的全新村庄带来的是勃勃生机、是人们对生活的新希望；我还了解到，深圳服务队的狮友每年都要回访棚花村，看看村民还有什么困难，还能解决什么后续问题，包括灾后重建、搭建信息平台、搭建新的生活渠道，狮友们都提供了坚强有力的支持。现在，棚花村的村民见到狮友就像见到亲人一样，狮友们的这些付出是值得的，也是令人感动的。我相信，大家有了这份精神，中国狮子联会各地代表处一定能够把路子走得更好，一定能提供更多的项目来支持和服务社会、服务弱势群体。

2020年是中国狮子联会成立15周年，我们将专门召开会议进行总结，以便我们更好地不忘服务初心、坚定信心、牢记使命并再创辉煌。这次会议，我相信大家已经体会到了全新的会风，这是党和国家对所有社会组织和政府部门的统一要求。大家可以看到，简洁、庄严、隆重，依然可以把会开好。成功的会议是每一位狮友的希望和责任，尤其是换届大会，与每一个区域、每一位狮友都有直接关系。我们希望选出好的狮友领导，带领我们走向更高的平台。章程已经通过民政部审核，工作规则还有很多东西需要修订和补充。希望狮友们认真研究工作规则，融入更多的能够操作、能够做好的条款和内容，保证我们有法可依、有规可循，可以按照新的规则喝要求，来做好各地狮子会的基础性工作。这对于全会的组织建设和体制建设来讲是保障性工作，希望引起各位重视。明天，大会将选举新一届领导成员，希望大家能像今天一样，保持饱满的精神，认真负责地投出自己神圣的一票，为全体狮友心目中的领导班子尽一份责任、献一份力量。

会议开始之前，几位领导都说，狮友们的着装和态度，比其他组织召开重要会议还要正式，真正体现了狮子会“正己助人”的精神风貌。这种隆重和仪式感，本身就是狮子会的文化。

我相信，在全体狮友的共同努力下，中国狮子联会是大有希望的，未来一定更加美好。

中国残联主席张海迪在国际狮子会第57届东南亚年会开幕式上的致辞摘要

2018年11月16日

中国与东南亚很多国家山水相连，交流频繁，在公益慈善服务方面有共同的愿景和目标，在残疾人领域也开展了许多富有成效的合作。本次年会是国际狮子会成立百年来第一次在中国大陆举办，让我们用行动带动东南亚各国、各地区狮子联会的朋友们共同参与公益慈善活动，共同为本地区人民福祉安康和世界和平发展做出积极贡献。

当前，残疾人仍然是最困难的人，是最需要帮助的人，他们在生活、学习、工作中所遇到的困难甚至超出许多人的想象。我们需要更多的像狮友们一样的爱心人士和更多的慈善公益组织，一起为残疾人事业发展注入活力，帮助残疾人兄弟姐妹更好地融合社会。

国际狮子会总会长古德龙·英格达德女士在国际狮子会第57届东南亚年会开幕式上的致辞摘要

2018年11月16日

中国自2002年在广东和深圳成立狮子会组织以来，目前已成为全球发展最快的国家之一。如今，狮子会在中国已有超过1300支服务队和近42000名会员，且38%以上的会员是女性，这已超过狮子会在全球的平均水平。随着中国狮子联会的快速发展，中国已成为国际狮子会成员中具有重要地位的一员。

二、联会规章

中国狮子联会章程

2019年6月5日中国狮子联会第十三次全国会员代表大会第二次全体会议审议通过

第一章　总　则

第一条　本会名称为中国狮子联会，英文译名为“China Council of Lions Clubs”，简称为“CCLC”。

第二条　本会由社会各界有志于奉献社会、热心慈善服务的人士自愿结成的全国性、联合性、非营利性社会组织，具有社会团体法人资格。

第三条　本会宗旨：正己助人，服务社会。

第四条　本会遵守宪法、法律、法规和国家政策，践行社会主义核心价值观，遵守社会道德风尚。

第五条　本会接受民政部社团登记管理机关和业务主管单位中国残疾人联合会的监督管理和业务指导。本会对内组织引导会员开展形式多样的公益慈善服务活动；对外作为国际狮子会的团体会员，统筹与国际狮子会的交流与合作。

第六条　本会的住所设在北京市。

第二章　业务范围

第七条　本会的业务范围：

（一）动员和开发社会资源，鼓励、引导、组织、推动会员向社会提供助残、扶贫、济困、扶老、救孤、恤病、优抚；救助自然灾害、事故灾害和公共卫生事件等突发事件造成的损害；促进教育、科学、文化、卫生、体育等事业的发展；防治污染和其他公害，保护和改善生态环境；其他促进公益事业的慈善活动；

（二）举办相关的培训活动和经验交流会，提高会员的综合素质、社会道德水平和服务技能，增强自我发展能力；

（三）开展会员间的联谊活动，增强会员的凝聚力；

（四）组织会员参加在境外举办的会议和活动，促进对外交流与合作；

（五）制作宣传本会的刊物和影像资料，宣传社会公益事业的意义和成果。

第三章　党建工作

第八条　本会坚持中国共产党的全面领导，贯彻执行党的路线、方针和政策，走中国特色社会组织发展之路。

第九条　本会按照党章规定，经上级党组织批准设立党组织。

第十条　党组织是党在本会中的战斗堡垒，发挥政治核心作用。基本职能是保证政治方向，团结凝聚群众，建设先进文化，服务人才成长，加强党组织自身建设，推动本会健康有序发展。

第十一条　本会变更、撤并或注销，党组织应及时向上级党组织报告，并做好党员组织关系转移等相关工作；本会负责人人选报上级党组织审核。

第十二条　本会为党组织开展活动、做好工作提供必要的场地、人员和经费支持，将党建工作经费纳入管理费用列支，支持党组织建设活动阵地。

第十三条　本会实行党员管理层人员和党组织班子成员交叉任职，党组织书记由本会党员负责人兼任。

第十四条　本会支持党组织对本会重要事项决策、重要业务活动、大额经费开支、接收大额捐赠、开展涉外活动等提出意见。

第四章　会　员

第十五条　本会设单位会员和个人会员。

第十六条　申请加入本会须具备下列条件：

（一）个人会员

1. 年满二十周岁的中华人民共和国公民；

2. 拥护本会章程；

3. 自愿加入本会；

4. 有志于服务社会、投身社会公益事业，并在各自领域内有一定的影响力的社会各界人士。

（二）单位会员包括深圳狮子会和广东狮子会。

第十七条　会员入会程序：

（一）提交入会申请书；

（二）经理事会审议通过。

第十八条　会员享有下列权利：

（一）本会的选举权，被选举权和表决权；

（二）根据本会宗旨，参加相关活动；

（三）获得本会服务的优先权；

（四）对本会工作有知情权、建议权和监督权；

（五）入会自愿，退会自由。

第十九条　会员履行下列义务：

（一）遵守本会章程，执行本会决议；

（二）维护本会的合法权益，参加本会组织的活动；

（三）完成本会交办的工作；

（四）按规定缴纳会费；

（五）对本会工作提出意见和建议。

第二十条　会员退会应书面通知本会，并按相关流程办理退会手续。超过六个月不缴纳会费或连续六个月无故不参加本会活动的会员，本会有权对其做退会处理。

第二十一条　会员如有触犯国家法律或严重违反本章程或因不良行为严重影响本会声誉，经理事会表决通过，予以除名。

第五章　组织机构和负责人产生、罢免

第二十二条　本会的最高权力机构是全国会员代表大会。全国会员代表大会的职权：

（一）制定和修改章程；

（二）选举和罢免理事和监事；

（三）听取和审议理事会工作报告、监事会工作报告、本会财务报告；

（四）决定本会的发展规划；

（五）制定和修改会费标准；

（六）决定本会的终止事宜；

（七）决定其他重大事宜。

第二十三条　全国会员代表大会须有三分之二以上的会员代表出席方能召开，其决议须经到会会员代表超过半数同意方能生效。

第二十四条　全国会员代表大会两年一届，每年召开一次，于每年6月30日前召开。因特殊情况需提前或延期换届的，须由理事会表决通过，报业务主管单位审查并经社团登记管理机关批准。延期换届最长不超过一年。

第二十五条　理事会是全国会员代表大会的执行机构，在全国会员代表大会闭会期间领导本会开展日常工作，对全国会员代表大会负责。理事会实行会长负责制。

第二十六条　理事会的职权：

（一）执行全国会员代表大会决议；

（二）选举和罢免会长、副会长、秘书长、常务理事；

（三）筹备召开全国会员代表大会；

（四）向全国会员代表大会报告本会工作和财务状况；

（五）决定会员的吸收和除名；

（六）决定办事机构、分支机构、代表机构的设立、变更和终止；

（七）决定副秘书长、各机构主要负责人的聘任；

（八）领导本会各机构开展工作；

（九）制定内部管理制度；

（十）行使全国会员代表大会授予的其他职权；

（十一）决定其他重要事项。

第二十七条 理事会须有三分之二以上理事出席方能召开，其决议须经到会理事三分之二以上表决通过方能生效。

第二十八条 理事会每年度至少召开三次会议；情况特殊时，可采用通讯形式召开会议。

第二十九条 本会设立常务理事会。常务理事人数不超过理事人数的三分之一。在理事会闭会期间，常务理事会行使第二十六条第（一）、（三）、（五）、（六）、（七）、（八）、（九）项的职权，对理事会负责。

第三十条 常务理事会须有三分之二以上常务理事出席方能召开，其决议须经到会常务理事三分之二以上表决通过方能生效。

第三十一条 常务理事会至少半年召开一次会议；情况特殊时，可采用通讯形式召开会议。

第三十二条 监事会是本会的监督机构，在全国会员代表大会闭会期间监督理事会和常务理事会的各项工作。监事会由监事长领导和召集会议。

第三十三条 监事会依照章程规定的程序检查本会的财务和会计资料，监督理事会遵守法律、法规和章程的情况。

监事任期与理事任期相同。理事、理事的近亲属和本会财务人员不得兼任监事。

监事列席理事会会议，有权提出质询和建议，并应当向社团登记管理机关、业务主管单位以及税务、会计主管部门反映情况。

第三十四条 本会设会长一名、副会长若干名、秘书长一名，其中会长、秘书长由业务主管单位推荐。

本会会长、副会长、秘书长必须具备下列条件：

（一）坚持党的路线、方针、政策，政治素质好；

（二）在社会服务、热心公益方面有较大影响力；

（三）年龄不超过 70 周岁，身体健康、能坚持正常工作，秘书长为专职；

（四）具有完全民事行为能力；

（五）没有法律法规规定不得作为负责人的禁止情形。

第三十五条 本会会长、副会长、秘书长如超过最高任职年龄的，须经理事会表决通过，报业务主管单位审查并经社团登记管理机关批准后，方可任职。

第三十六条 本会会长、副会长、秘书长每届任期两年。副会长不得连任，会长、秘书长连任不超过两届。因特殊情况需延长任期的，须经全国会员代表大会三分之二以上会员代表表决通过，报业务主管单位审查并经社团登记管理机关批准后，方可任职。

第三十七条 会长为本会法定代表人。因特殊情况，经会长提名、理事会同意，报业务主管单位审查并经社团登记管理机关批准后，可以由副会长或秘书长担任法定代表人。

法定代表人代表本会签署有关重要文件。

本会法定代表人不兼任其他团体的法定代表人。

第三十八条 本会会长行使下列职权：

（一）召集和主持理事会、常务理事会；

（二）检查全国会员代表大会、理事会和常务理事会会议决议的落实情况。

第三十九条 本会秘书长行使下列职权：

（一）主持办事机构开展日常工作，组织实施年度工作计划；

（二）协调各分支机构、代表机构、专门工作机构开展工作；

（三）提名副秘书长以及各机构主要负责人，交理事会或常务理事会决定；

（四）决定本会办事机构、代表机构专职工作人员的聘用；

（五）处理其他日常事务。

第六章　资产管理、使用原则

第四十条 本会经费来源于：

（一）会费；

（二）捐赠；

（三）政府资助；

（四）在核准的业务范围内开展活动和服务的收入；

（五）利息；

（六）其他合法收入。

第四十一条 本会经费必须用于本章程规定的业务范围和事业发展，不得在会员中分配。

第四十二条 本会建立严格的财务管理制度和项目管理制度，保证会计资料和项目资料合法、真实、准确、完整。

第四十三条 本会配备具有专业资格的会计人员，会计不得兼任出纳。会计人员必须进行会计核算，实行会计监督。会计人员调动工作或离职时，必须与接管人员办清交接手续。

第四十四条 本会的资产管理必须执行国家规定的财务管理制度，接受全国会员代表大会和财政部门的监督。资产来源属于国家拨款或社会捐赠、资助的，必须接受审计机关的监督，并将有关情况以适当方式向社会公布。

第四十五条 本会换届或更换法定代表人之前必须接受财务审计。

第四十六条 本会的资产，任何单位、任何个人不得侵占、私分和挪用。

第四十七条 本会专职工作人员的工资、保险及福利待遇，参照国家有关规定执行。

第七章 章程的修改程序

第四十八条 对本会章程的修改，须经理事会表决通过后报全国会员代表大会审议。

第四十九条 本会修改的章程，须在全国会员代表大会通过后15日内，报业务主管单位审查，经同意，报社团登记管理机关核准后生效。

第八章 终止程序及终止后的财产处理

第五十条 本会完成宗旨或自行解散或由于分立、合并等原因需要注销的，由理事会或常务理事会提出终止动议。

第五十一条 本会终止动议须经全国会员代表大会表决通过，并报业务主管单位审查同意。

第五十二条 本会终止前，须在业务主管单位及有关单位指导下成立清算组织，清算债权债务，处理善后事宜。清算期间，不开展清算以外的活动。

第五十三条 本会经社团登记管理机关办理注销登记手续后即为终止。

第五十四条 本会终止后的剩余财产，在业务主管单位和社团登记管理机关的监督下，按照国家有关规定，转给与本会宗旨相同或者相似的慈善组织，并向社会公告。

第九章 附 则

第五十五条 本章程经2019年6月5日第十三次全国会员代表大会审议通过，自社团登记管理机关核准之日起生效。

第五十六条 本章程所述的“以上”包含本数，“超过”不含本数。

第五十七条 本章程的解释权属本会理事会。

中国狮子联会工作规则

2019年6月5日中国狮子联会第十三次全国会员代表大会第二次全体会议审议通过

第一章 总 则

第一条 为了规范中国狮子联会（以下简称联会）管理，依据《中国狮子联会章程》，制订本工作规则。

第二条 联会是经国务院批准、民政部登记的具有独立法人资格的全国性、联合性、非营利性社会团体。中国残疾人联合会是联会的业务主管单位。

第三条 联会接受民政部社团登记管理机关和业务主管单位中国残疾人联合会的监督管理和业务指导。本会对内组织引导会员开展形式多样的公益慈善服务活动；对外作为国际狮子会的团体会员，统筹与国际狮子会的交流与合作。

第四条 联会宗旨：正己助人，服务社会。

第五条 联会愿景：创建富有活力和创新精神的慈善志愿服务组织，做社区服务和人道主义服务的生力军。

第六条 联会使命：身体力行，实践人道主义；扶弱济困，促进社会和谐。

第七条 联会价值观：包容，传承，凝聚，创新，奉献，成长。

第八条 联会遵循“自主建会、独立运作、坚持宗旨、依法办事”的办会原则，探索具有中国特色的办会机制，建立符合中国国情的组织体系和管理运作方式。

第二章 党建工作

第九条 联会理事会、监事会在讨论重要事项、重要业务活动、大额经费开支、接收大额赠款、开展社会活动时，应当邀请联会党组织负责人列席并发表意见。

第十条 联会党组织的设置形式，根据党员人数和工作需要按照有关规定确定。联会党组织工作机构的设置和党务工作人员的配备，根据工作需要确定。联会常设办事机构专职人员中的党员，应将组织关系转入联会党组织，参加党的组织生活。

第十一条 联会党组织负责人应当认真贯彻执行党和国家的方针、政策，善于做思想政治工作和群众工作，坚持正确的政治方向。

第十二条 联会党组织负责人一般应由联会领导成员中的党员担任，按有关规定选举产生。

第十三条 联会党组织必须自觉接受上级党组织的领导，定期汇报工作。联会党组织应全面贯彻执行党章规定的党的基层组织的基本任务。

第十四条 联会党组织要结合联会业务活动，加强对党员的教育管理工作。要对加入联会的党员进行登记并切实加强教育管理工作，经常了解党员在社会团体中的情况，发现问题，及时解决。

第三章 会 员

第十五条 个人会员为年满二十周岁，承认联会章程，认同联会宗旨，自愿履行会员义务的中国公民，经申请并通过联会审批程序后，成为个人会员。

第十六条 个人会员类别

（一）正式会员

履行入会手续，按时足额缴纳会费，参加会务和服务活动的会员为正式会员，享有会员的一切权利和义务。

（二）荣誉会员

联会各代表处及单位会员可以聘请社会知名人士或对本会有杰出贡献者为荣誉会员。荣誉会员会费由其会籍所在服务队缴付。荣誉会员可以参加会务和服务活动，但不担任服务队的任何职务，没有选举权和被选举权。

第十七条 会员权利

（一）联会的选举权、被选举权和表决权；

（二）对联会工作的知情权、建议权和监督权；

（三）参加联会的有关活动、会议及培训，并在相关会议中，按程序行使发言权，提案权和表决权；

（四）其他合法权益。

第十八条 会员义务

（一）遵守联会章程，执行联会决议；

（二）按时足额缴纳会费；

（三）积极参加联会组织的会议和活动，完成联会交办的工作；

（四）对联会工作提出意见和建议；

（五）遵守会员纪律，维护联会的合法权益及社会形象；

（六）宣传联会的宗旨和理念；

（七）推荐和发展新会员。

第十九条 入会程序

（一）申请人应先参加服务队会务和服务活动，了解狮子会知识和运作管理方式，认同联会的宗旨、愿景、使命和价值观。

（二）申请人向服务队提交入会申请表，并由一名正式会员推荐。

（三）经服务队同意，按流程办理入会手续，经联会理事会或理事会授权的常务理事会审议通过后，成为正式会员。

第二十条 会员由一个服务队转至另一个服务队，需要提出转队申请，经转出服务队和转入服务队队长团队审议通过，由当地代表处或单位会员负责人批准。

第二十一条 退会与除名

（一）会员因故退会应书面通知所属服务队，并交回有关物品。

（二）会员连续六个月无故不参加活动，或超过六个月不缴纳会费，所属服务队应对其作退会处理。退会六个月以内的会员，经联会理事会审议通过后，可恢复会籍；退会十二个月以上的会员，须以新会员身份重新办理入会手续。

（三）会员如有触犯国家法律或严重违反联会章程规定或因不良行为严重影响本会声誉，经理事会或常务理事会表决通过，予以除名并取消其会籍。

（四）联会不接收被除名的会员再次入会。

第二十二条 单位会员为具有独立社会团体法人资格的深圳狮子会和广东狮子会，以及以后取得独立社团法人资格的其他地方性狮子会组织。单位会员参照联会的章程和工作规则，结合本地的实际情况，制订自己的章程和工作规则，但不得与联会章程确立的原则相悖。

第二十三条 联会可相应调整会费收取及上缴标准。调整会费收取及上缴具体标准须经会员代表大会通过。

第四章 联会的组织机构和职责

第二十四条 全国会员代表大会

全国会员代表大会（以下简称“代表大会”）是联会的最高权力机构，一般于每年6月30日前举行。代表大会须有三分之二以上的会员代表出席方能召开，大会中的选举和决议须经到会代表超过半数同意方能生效。

第二十五条 代表大会行使以下职权：

（一）修改联会章程和工作规则；

（二）选举和罢免联会理事和监事；

（三）听取和审议理事会工作报告、监事会工作报告、联会财务报告；

（四）决定联会的发展规划；

（五）制定和修改会费标准；

（六）决定联会的终止事宜；

（七）决定其他重大事项。

第二十六条 代表大会的办事机制

（一）代表大会设立主席团，主席团成员建议名单由理事会提交代表大会审议。

（二）主席团成员从下列人员中产生：业务主管单位代表、现任会长、监事长、副会长、副监事长、秘书长，部分代表处和单位会员的负责人代表，部分会员代表。主席团主席由会长和副会长担任，其中，会长为常务主席。

（三）主席团职责：主持代表大会；决定提交大会审议、表决的事项；审议提交大会参选的会长、监事长、副会长、副监事长、理事、监事等候选人信息。

第二十七条 代表的条件

（一）联会正式会员，具有中国内地居民身份，长期在内地居住。

（二）遵纪守法，模范遵守和贯彻联会章程，执行联会决议，努力践行“正己助人，服务社会”的宗旨，在会务管理和社会服务中做出显著成绩。

（三）密切联系会员，在会员中具有较高威信，有较强的议事能力，能如实反映会员的意见和要求，正确行使会员权利，忠实履行代表职责。

第二十八条 代表产生程序和名额分配

代表包括普通代表、当然代表和特邀代表。普通代表、当然代表和特邀代表，在代表大会上的权利和义务相同。代表总人数不超过500名，普通代表的人数不超过400名。

（一）普通代表。以代表大会召开当年3月31日各代表处和单位会员的会员人数为基准，计算出普通代表的产生比例，再按该比例计算出各代表处和单位会员可以派出的普通代表名额。各代表处和单位会员按分配的名额组织参会代表，经民主程序以协商、推举的方式产生代表人选，经代表处和单位会员审核通过并上报至联会理事会确认后获得代表资格。各代表处和单位会员可报送等于或少于分配名额的代表人选，但不得多报。

（二）当然代表。包括主席团理事会和监事会成员，专门机构正职负责人，历任会长、副会长和监事长、副监事长，名单经联会秘书处统计，报理事会确认后，获得代表资格。

（三）特邀代表。拟提名为新一届联会理事会或监事会成员候选人的，如非普通代表，经理事会审议通过，可以作为特邀代表参会。此外，联会理事会也可根据需要邀请特邀代表参会。

（四）代表大会授权理事会在届中代表大会召开前可对代表人选按上述代表产生程序做适当调整。

第二十九条　联会理事会

联会理事会是代表大会闭会期间的执行机构，由代表大会选举产生。理事会每届任期两年，从代表大会闭幕时起至后年代表大会开幕时止。

联会理事会实行会长负责制。理事会每年度至少召开三次会议，由联会会长召集并主持，联会会长因故缺席可委托副会长或秘书长召集并主持。情况特殊时，经会长提议可采用通讯形式召开。理事会会议须有三分之二以上的理事出席方可召开，会议选举或决定须经三分之二以上到会理事同意方能生效。

理事在任期内未出席理事会会议累计两次时，中止行使理事职权。

当届理事会可推荐国际理事和联会党支部书记为新一届特邀理事候选人。特邀理事与理事的权利、义务相同。

理事会行使以下职权：

（一）执行会员代表大会的决议，向会员代表大会报告工作和联会财务状况；

（二）选举和罢免会长、副会长、秘书长和常务理事；

（三）筹备召开全国会员代表大会；

（四）决定办事机构、分支机构、代表机构的设立、变更和注销；

（五）决定会员的吸收和除名；

（六）决定财务长、副秘书长、分支机构、代表机构负责人的聘任；

（七）制定内部管理制度；

（八）领导联会各机构开展工作；

（九）审批联会的年度工作计划和财务预算；

（十）督导联会中长期发展规划、年度工作计划和财务预算的执行；

（十一）统筹管理涉外活动和协调联会与国际狮子会关系，指导地方组织与国（境）外狮子会组织的联谊、交流与合作；

（十二）探索具有中国特色的狮子会组织形式和管理运作模式；

（十三）研究决定其他重要事项。

第三十条　理事会成员从下列人员中产生：

（一）联会会长、副会长、秘书长、财务长，以及根据工作需要由中国残联委派的其他人员为当然理事；

（二）联会各单位会员的当届会长、第一副会长和一位当地残联派出的代表；

（三）联会各代表处的当届主任、第一副主任和一位当地残联派出的代表；

（四）特邀理事。

第三十一条　联会常务理事会

常务理事会由会长、副会长、秘书长和财务长组成，共7人。常务理事会向理事会和代表大会负责。常务理事会至少每季度召开一次会议。

常务理事会行使以下职权：

（一）执行会员代表大会和理事会的决议；

（二）在理事会闭会期间，行使第二十九条第（三）、（五）、（六）、（七）、（八）、（九）项的职权，对理事会负责；

（三）提出修改章程、工作规则的议案；

（四）起草年度工作报告、财务报告；

（五）提出更换、增补及罢免理事的议案；

（六）决定联会各专门工作机构负责人的聘任报理事会批准；

（七）审批联会各专门工作机构的年度工作计划和预算报理事会批准；

（八）研究决定其他事项。

第三十二条　联会监事会

联会监事会是联会的监督机构，向代表大会负责。联会监事会每届任期为两年，与联会理事会同。

联会监事会成员包括监事长1名，副监事长1名，监事若干名。联会监事长人选须担任过联会副会长并由业务主管单位提名，其中，监事会成员由代表大会选举产生；监事长、副监事长由监事会会议选举产生。联会副监事长和其余监事人选由各单位会员和代表处推荐。监事长、副监事长不得连任；监事原则上不得连任，特殊情况可连任一届。

监事会由监事长领导和召集会议，每年度至少召开三次会议。监事会会议须有三分之二以上的监事出席方可召开，会议选举或产生的决议须经三分之二以上到会监事同意方能生效。

监事在任期内未出席监事会会议累计两次时，中止行使监事职权。

第三十三条　监事会行使以下职责：

（一）向会员代表大会报告工作计划和工作总结；

（二）监督、检查联会理事会的选举、罢免；

（三）监督、检查联会理事会履行会员代表大会的决议；

（四）监督、检查联会的财务工作；

（五）监督、检查联会各项招投标工作；

（六）监督、检查联会对外交流与合作工作；

（七）列席联会理事会会议和常务理事会会议，提出意见或函件；

（八）接受相关投诉，经调查核实向联会理事会提出意见或建议；

（九）选举和罢免联会监事长、副监事长；

（十）监督、检查联会理事会、联会各代表处、单位会员遵守章程和工作规则的情况。

（十一）监督、检查联会理事会的其他工作。

第三十四条　联会名誉会长

联会设名誉会长 1 名，由联会会长提名聘请。

第三十五条　联会会长

联会会长由业务主管单位推荐，任职时经联会理事会选举产生。会长行使以下职权：

（一）召集、主持联会理事会和常务理事会；

（二）检查全国会员代表大会、联会理事会和常务理事会决议的落实情况；

（三）提名秘书长、财务长和其他常务理事候选人；

（四）任命联会专门工作机构主要负责人；

（五）在担任法定代表人时代表联会签署有关重要文件。

第三十六条　联会副会长

联会副会长可由业务主管单位、单位会员、代表处推荐，联会理事会选举产生。副会长协助会长领导联会工作。

副会长人选条件：

（一）经会员代表大会选举程序当选联会新一届理事会理事；

（二）曾担任一届代表处或单位会员的正职负责人；

（三）曾担任联会专门工作机构正职或副职负责人超过 8 个月；

（四）所在代表处或单位会员的在册会员人数超过 1250 人；

（五）入会时间已满七年（自批准入会之日起至副会长报名截止之日止）。

经业务主管单位推荐的副会长人选，不受上述（二）、（三）、（四）、（五）条件限制。

联会会长可在副会长中，委任其中一位为常务副会长，全面协助会长领导联会工作。

第三十七条　联会秘书长

联会秘书长经会长提名，联会理事会选举产生。秘书长担任法定代表人须会长提名经理事会同意，并报业务主管单位审查和登记管理机关批准。联会副秘书长协助秘书长工作，由秘书长提名，任职时经联会理事会通过。

联会秘书长行使以下职权：

（一）主持联会日常工作，组织实施年度工作计划；

（二）协调并为各代表处、单位会员和专门工作机构开展工作提供服务；

（三）提名办事机构主要负责人，提交常务理事会决定；

（四）决定办事机构专职工作人员的聘用；

（五）经联会会长授权，处理和协调联会一般性涉外工作和活动；

（六）处理联会理事会和常务理事会交办的其他工作。

第三十八条　联会财务长

联会设财务长 1 名，财务长须曾担任一届代表处或单位会员的正职负责人，由会长提名，经理事会表决通过并决定聘任。联会财务长行使以下职权：

（一）主持联会财务工作；

（二）制订联会财务制度；

（三）编制联会年度财务报告；

（四）办理其他相关事务。

第三十九条　联会专门工作机构

联会理事会根据工作需要设置若干专门工作机构。专门工作机构是联会理事会履行职责的职能机构，对联会理事会负责。专门工作机构包括专门工作委员会和承担专门职能的特别机构两类。专门工作委员会设主席 1 名，副主席 1 至 2 名，委员不超过 3 名，秘书 1 名，每届任期两年，各专门工作委员会主席由常务理事会择优聘任、联会会长任命，副主席和委员由主席聘任，秘书由主席从委员中委派。特别机构的设立和任命条件，由常务理事会在成立时研究决定。

第四十条　联会秘书处

联会秘书处是联会理事会的办事机构。联会秘书处职责：

（一）组织处理联会日常事务；

（二）服务各代表处和单位会员，传达联会理事会和常务理事会决议及会议精神；

（三）草拟和修订联会规章制度；

（四）为联会代表大会、理事会、常务理事会和监事会会议等提供服务；

（五）办理联会组织发展具体事宜；

（六）收集整理各代表处和单位会员的工作资料，草拟联会年度工作计划、年度工作报告和其他综合性文稿，编写联会年度大事记；

（七）授权督导各代表处和单位会员对联会代表大会决议、联会各项方针政策和联会理事会、监事会重要决定的落实；

（八）负责联会的宣传工作和网站维护；

（九）负责会籍管理和会费收缴工作；

（十）配合联会相关专门工作机构统筹联会的对外交流与合作；

（十一）办理相关社会捐赠事宜；

（十二）完成联会理事会交办的其他工作。

第四十一条　本会会长、副会长、秘书长、财务长每届任期两年。会长、秘书长、财务长经业务主管单位推荐可直接连任，但不超过两届；副会长不得连任。会长、秘书长因特殊情况需延长任期的，须经出席全国会员代表大会三分之二以上的会员代表表决通过，报业务主管单位审查并经社团登记管理机关批准后，方可任职。

第四十二条　各单位会员会长、各代表处主任应当接受由所在地残联委托当地会计师事务所组织实施的离任审计。离任审计发现重大问题的，将视为不符合任职条件，其应当自动提出辞去在联会包括理事会、监事会、专门工作机构等在内的所有职务。其未主动提出请辞的，会员代表大会授权当届理事会或监事会予以罢免。

第四十三条　联会根据工作需要，在地方设立代表处。代表处不具有法人资格，按照联会章程规定的宗旨和业务范围，在联会授权的范围内使用规范全称开展活动。代表处的设立、变更和终止，经理事会表决通过，并向业务主管单位报备。

第四十四条　首席代表和执行代表

代表处设首席代表和执行代表。首席代表由业务主管单位委派，原则上为地方业务主管单位负责相关工作的副理事长，负责指导监督当地联会会员遵守国家法律法规和政策，贯彻联会的办会方针，依据联会章程和工作规则开展工作。

执行代表由当地联会会员担任，经代表处商请地方业务主管单位推荐后由联会委任，执行代表兼代表处主任。代表处主任对本会及首席代表负责并主持代表处日常工作。代表处设两名副主任，分别为代表处第一副主任和第二副主任，协助代表处主任开展工作。

第五章　对外交流与合作

第四十五条　联会根据“统一领导、归口管理、分级负责、协调配合”的原则，由联会内设专门工作机构牵头管理，联会秘书处配合协调开展对外交流与合作工作。

第四十六条　涉外任职

（一）联会会员竞选或担任国际狮子会国际理事、国际会长等领导职务时，须经业务主管单位批准，联会相关专门工作机构和联会秘书处负责经办有关审批程序。

（二）联会会员担任国际狮子会的其他职务须经联会批准，并向联会业务主管单位报备。

第四十七条　国际狮子会理事候选人的产生

（一）国际狮子会理事候选人，由联会常务理事会经集体协商后提名，提交联会理事会表决通过，报业务主管单位批准。

（二）国际狮子会理事候选人应同时具备下列条件：

1. 曾担任代表处或单位会员负责人。

2. 曾担任联会会长或副会长并已卸任。

3. 符合国际狮子会规定的其他任职条件。

第四十八条　各代表处、单位会员开展对外交流活动，须严格执行报批审核程序，按照“先审批，后实施”的原则执行。

第四十九条　联会会员参加国际狮子会的国际年会或区域性年会，均由联会牵头统一组团参加，各代表处和单位会员不得擅自组团参会。

第五十条　各代表处、单位会员在国际狮子会取得的国际区号仅限于在会员参加国际狮子会国际或区域性年会，以及对国（境）外狮务交流（包括在大陆参加国际狮务交流）时使用。

第五十一条　外事接待工作要本着“相互尊重、平等、对等、节约、务实”的原则开展，提倡务实简洁，反对铺张浪费，以加强狮务交流为主，重礼仪、轻排场，重点传承狮子会精神，塑造联会会员的良好形象。

第五十二条　以代表处、单位会员名义与国（境）外相关组织缔结友好关系，须严格履行审批程序。

第五十三条　涉外捐赠

联会、各代表处和单位会员的一切涉外服务资金及项目，都应依法履行相应报批手续，不得超出章程业务范围和活动地域。

对捐赠中的涉外事项，应遵循“一活动一申请”原则；会员个人向国际狮子会基金会的捐款均需经联会统一收款和捐赠。

对于境外组织资助的境内相关活动，需由申请活动的代表处、单位会员按照《境外非政府组织资助的服务项目实施流程》提交相关材料报联会批准，由联会秘书处统筹备案相关事宜。备案完成后，方能开展。

第五十四条　会徽及会歌使用范围

各代表处、单位会员在组织开展对外交流活动时，原则上使用联会规定的名称及联会会徽。对外交流活动需要时，可奏唱国际狮子会主题歌曲，使用国际狮子会徽标。

第六章　慈善项目管理

第五十五条　本会建立健全慈善项目的决策、执行、监督机制，对慈善项目的立项、审查、执行、控制、评估、反馈等环节建立科学、规范、有效的要求，设立项目管理机构，配备专职人员，行使项目管理职责。

本会按照公开、公平、公正的原则，确定慈善受益人。本会管理人员的利害关系人不得作为受益人。

第五十六条　本会开展重大慈善项目，应当由理事会表决通过，且同意的人数不得低于到会理事人数的三分之二。本会的重大慈善项目包括：

年度慈善项目计划；

超过100万的慈善项目；

本会开展重大慈善项目之前，应当及时向业务主管单位报备。

第五十七条　项目资金的使用要严格遵守国家财务会计制度的规定，按照捐赠协议专款专用。

慈善项目资金的管理使用要自觉接受财政部门、审计机关、业务主管单位、社团登记管理机关和社会公众的监督，认真履行信息公开义务，接受社会监督。

第五十八条 本会要加强慈善项目档案管理，保存慈善项目的完整信息，做好慈善项目的建档归档工作。

第七章 附 则

第五十九条 本规则所述的“以上”包含本数，“超过”不含本数。当届是指会员代表大会开幕前在任的一届，新一届是指会员代表大会闭幕后产生的一届。

第六十条 本规则经联会第十三次全国会员代表大会表决通过后实施，其解释权属本会理事会。

中国狮子联会会员行为准则

2019 年 6 月 5 日中国狮子联会第十三次全国会员代表大会第二次全体会议审议通过

第一章 总 则

第一条 为了中国狮子联会（以下简称联会）规范、健康、有序发展，根据国家法律法规、联会章程及相关制度制定本会员行为准则，以资全体会员共同遵守。

第二章 会员行为准则

第二条 热爱祖国，拥护中国共产党领导，遵守宪法、法律、法规、规章、国家政策和联会规章制度，践行社会主义核心价值观，弘扬中华民族传统美德；遵循合法、自愿、诚信、非营利的原则，不得违背社会公序良俗，不得危害国家安全、损害社会公共利益和他人合法权益。

第三条 不得从事、参与危害国家安全和社会公共利益的活动，不得接受附加违反法律法规和违背社会公德条件的捐赠，不得对受益人附加违反法律法规和违背社会公德的条件。

第四条 不得假借慈善名义或者假冒组织名义开展募捐活动，骗取财产；不得私分、挪用、截留或者侵占慈善财产；不得违背捐赠人意愿，擅自改变捐赠财产用途；不得违法募捐；不得商业贿赂或收取回扣。

第五条 与捐赠人约定捐赠财产的用途和受益人时，不得指定捐赠人的利害关系人作为受益人；不得利用公益捐赠以任何方式宣传法律禁止宣传的产品和事项。

第六条 开展服务时应当尊重受益人、志愿者的人格尊严；不得侵害受益人、志愿者的隐私；不得泄露国家秘密和商业秘密。

第七条 按时缴纳会费和行政经费，依规及时兑现捐款承诺，不得诈捐。

第八条 不得擅自使用国际狮子会、联会名称及标识；不得使用狮子会标识和组织名义从事任何商业行为。

第九条 在狮务活动中，须按规定着装、佩戴徽章；穿戴本会服饰时，不得进入娱乐场所和参加有损联会形象的活动。

第十条 禁止在公众场合或者通过媒体、社交工具（包括但不限于微博、微信、QQ 等）途径发表不当言论，禁止对包括联会在内的狮子会组织进行侮辱、诽谤、诋毁、恶意攻击，禁止其他任何有损组织的言行。

第十一条 承担管理职责的会员包括但不限于联会理事会成员、监事会成员、专门委员会负责人，代表处主任团队及成员、监督组成员，单位会员理事会成员、监事会成员，服务队队长团队成员等。上述会员应当以身作则、率先垂范。

（一）不得假公济私、利用职务谋取个人利益；

（二）不得通过关联交易损害联会组织和受益人的利益及社会公共利益；

（三）不得贿选和进行诬告恶意竞选；

（四）不得排斥异己、拉帮结派、封官许愿、肆意搞小圈子文化。

第十二条 有以下情形者不得承担联会任何管理职责：

（一）因犯罪被判处刑罚，刑罚执行期间及期满未逾 5 年；

（二）依据刑事诉讼法或国家监察法被采取强制措施，如拘留、逮捕、取保候审、监视居住和留置期间；

（三）受过开除党籍或公职处罚，未逾 5 年；

（四）被列入严重违法失信名单。

对有上述情形不得承担联会管理职责而仍然参选或已经担任上述职务者，联会有权对其做出取消参选资格、停权或除名处理，并按相关程序罢免其职务。

第三章 执行及处理

第十三条 本会员准则由联会理事会、代表处办公会议、单位会员理事会执行。

第十四条 对违反本会员准则的，按以下程序处理：

（一）对会员，由所在服务队队长团队提出处理建议，逐级呈报到联会理事会审批处理；

（二）对代表处、单位会员承担管理职责的会员，由所在代表处办公会议、单位会员理事会提出处理建议，报联会理事会审批处理；

（三）对联会承担管理职责的会员，由联会理事会直接做出处理。

第十五条 对违反本准则的会员，可采用以下处理方式：

诫勉谈话、书面警告、免职、劝退、除名等方式处理；情节恶劣、涉嫌违法犯罪的，联会应当依法追究其法律责任。

由代表处提出的除名处理决定建议，须经联会理事会表决通过生效，会员接到处理决定建议时作停权处理。

单位会员理事会的除名决定，报联会备案。

第十六条 对处理不服的会员向联会监事会提出申诉。

联会监事会经调查核实，情况属实的做出维持决定；如情况不实，可向联会理事会提出处理意见，要求予以纠正，必要时向会员代表大会或联会业务主管单位报告。

第四章 附 则

第十七条 本会员行为准则经联会理事会审议通过后颁布执行。

第十八条 本会员行为准则的解释权归中国狮子联会理事会。

中国狮子联会监事会制度

2019 年 6 月 5 日中国狮子联会第十三次全国会员代表大会第二次全体会议审议通过

第一章 总 则

第一条 为规范中国狮子联会（以下简称联会）监督、检查机制，保障联会各项工作的有序开展，依据《中国狮子联会章程》，参照《中国狮子联会工作规则》《社会组织登记管理条例》，制定本制度。

第二条 监事会为联会监督、检查机构，经联会会员代表大会（以下简称代表大会）授权，在代表大会闭会期间，履行监督、检查职权。

第三条 监事会坚持实事求是、主动不被动、秉公不徇私的态度，以监督、检查、保驾护航为职责，正确行使职权。

第二章 监事会设置

第四条 监事会设监事长 1 名，副监事长 1 名，秘书长 1 名，监事若干名，总人数不超过 29 人。

新一届监事会成员由代表大会选举产生。新一届监事长、副监事长由新一届监事会以等额选举产生。当副监事长候选人为两人及以上时，当届监事会可采用差额推举的方式，推举产生一名副监事长候选人。新一届监事会秘书长由新一届监事长在新一届监事中委任。

监事会可设特别顾问 1 名，由监事长从联会前监事长中聘任。

第五条 联会监事会是代表大会闭会期间的监督执行机构，由代表大会选举产生，每届任期两年。

第六条 任职条件

（一）联会监事长的任职条件：

1. 曾担任过一届联会副会长；

2. 由联会业务主管单位提名；

3. 经代表大会选举成为监事。

（二）联会副监事长任职条件：

1. 曾担任一届代表处或单位会员的负责人；

2. 曾担任联会理事会理事；

3. 曾担任联会专门工作机构负责人或代表处监督组负责人、单位会员监事长；

4. 所在代表处或单位会员的在册会员人数超过 1250 人；

5. 入会时间已满七年；

6. 由所在代表处或单位会员业务主管部门推荐。

（三）联会监事任职条件：

1. 由代表处或单位会员推荐 1 名人选，原则上应推荐各代表处当届监督组主任、副主任或单位会员当届监事长、副监事长；

2. 承诺在任期内履行监事职责；

3. 根据工作需要，地区业务主管单位可提名 1 名监事人选，提名人选不占各地所在代表处或单位会员的名额。

第七条 补缺、停权

（一）联会监事长职务出缺时，由联会业务主管单位提名符合任职条件的人选，代表大会授权监事会表决通过后履行联会监事长职责。

（二）联会副监事长职务出缺时，由代表处或单位会员重新推荐符合任职条件的人选并经当地业务主管单位同意后报联会监事会，代表大会授权监事会表决通过后履行联会副监事长职责。

（三）监事在任期内未出席监事会会议累计两次时视为自动停止行使监事权。

（四）监事如有触犯国家法律或严重违反本会章程、会员行为准则和本制度或因不良行为严重影响本会声誉，代表大会授权监事会表决通过，免除监事资格。

第八条 监事在任期内不得兼任理事、专门工作机构成员。

监事不得由联会理事的近亲属和联会财务人员等可能会影响行使监督职权的利益关系人担任。

监事及其近亲属不得与联会有任何交易行为。

第九条 联会监事履行职责时，有保密义务，需对工作中未经监事会公布的事项保密。

第十条 代表处监督组为联会监事会派出机构，监督组监督专员由联会监事会任命，经授权履行相关监督职责。

第十一条 单位会员可参照本制度，结合本地实际情况，制订本单位会员的监事会制度，但不得与联会规章制度确立的原则相悖。

第三章 监事会职权

第十二条 基本职权

（一）向代表大会报告工作计划和工作总结；

（二）监督、检查理事会的选举、罢免；

（三）监督、检查理事会履行代表大会的决议；

（四）监督、检查联会财务工作；

（五）监督、检查联会各项招投标工作；

（六）监督、检查对外交流与合作工作；

（七）列席理事会会议和常务理事会会议，可提出意见或函件；

（八）接受相关投诉，经调查核实向联会理事会提出意见或建议；

（九）选举和罢免监事长、副监事长；

（十）监督、检查联会理事会、联会各代表处、单位会员遵守章程和工作规则的情况；

（十一）监督、检查联会理事会的其他工作。

第十三条 监事职权

（一）监事列席理事会会议；

（二）监事具有知情权、审查权、出席权；

（三）有权提议召开监事会临时会议；

（四）有权提出质询和建议；

第十四条 监事长列席联会常务理事会会议，对联会常务理事会的决议或决定进行监督、检查。监事长不能出席时，可委派副监事长出席。

第十五条 当联会会长、副会长、秘书长、理事、各代表处及单位会员的主要负责人的行为损害联会利益时，要求其予以纠正，必要时向代表大会或联会业务主管单位报告。

第四章 监事会会议

第十六条 监事会会议每年度至少召开三次。每次会议应有三分之二以上的监事出席方可召开，其选举或决议应由出席的监事三分之二以上通过方能生效。

第十七条 监事会由联会监事长负责主持会议，监事长临时出缺时，由监事长委托副监事长主持，监事长或副监事长都无法主持会议时，由监事长委托监事会秘书长或监事主持。

第十八条 如遇特殊情况，监事长或三分之一以上监事联名提出，可决定召开临时监事会议，临时会议可采用视频会议形式进行，讨论并表决相关的紧急事项。

第十九条 联会监事会会议须形成会议纪要，详细记录会议的出席人员情况、决议讨论情况和决议表决情况。

第五章 附 则

第二十条 本制度所述的“以上”包含本数，“超过”不含本数。当届是指代表大会开幕前在任的一届，新一届是指代表大会闭幕后产生的一届。

第二十一条 本制度经代表大会审议通过后施行，其解释权归中国狮子联会监事会。

中国狮子联会2019—2021年度选举办法

2019年6月5日中国狮子联会第十三次全国会员代表大会第二次全体会议审议通过

一、为规范中国狮子联会（以下简称“联会”）2019—2021年度各项职务的选举工作，特制定本办法（以下简称“本办法”）。

二、本办法仅涉及联会会长、副会长、秘书长、财务长、常务理事、理事、监事长、副监事长、监事的选举工作。上述职务的任期均为两年，从当选之日起，至后年代表大会开幕时止。

三、联会设选举领导小组，负责组织实施联会的选举工作。

（一）联会选举领导小组人员名单：

组长：贾勇。

副组长：费薇、苏泽然。

成员：林子钰、黄炜、廖满雄、郭明飞、麦思明、温晓光、郭克利。

（二）联会选举领导小组下设选举办公室，由联会秘书处承担其相应工作，选举办公室主任由费薇兼任，选举办公室履行以下职责：

1. 拟定联会本年度的《选举工作方案》，报联会选举领导小组批准；

2. 组织开展联会参选人推荐与报名、参选人资格审查、候选人资格公示等工作；

3. 分配各代表处、单位会员参加全国会员代表大会的名额，组织代表资格的审查和登记工作，公布全国会员代表名单；

4. 组织联会的选举或推举会议；

5. 统计联会选举或推举结果是否有效，报选举领导小组批准后公布联会当选人名单；

6. 受理会员就联会层面选举问题提出的实名制的异议或者投诉，并报选举领导小组做出决定。

四、联会会长、秘书长的选举。

（一）联会会长、秘书长人选由业务主管单位推荐。

（二）联会会长、秘书长人选经全国会员代表大会选举为联会新一届理事会成员后，提名为联会会长、秘书长候选人，再经联会新一届理事会以等额选举的方式进行选举，获得到会理事三分之二以上赞成票的即为当选。

五、联会副会长的选举。

（一）联会设5名副会长，其中1名由业务主管单位推荐，1名从现届副会长中留任，3名从代表处、单位会员中产生。

（二）联会副会长的任职条件：

1. 热爱组织、政治坚定、大局意识、品行高尚、廉洁自律、担当进取。

2. 经会员代表大会选举程序当选联会新一届理事会理事；

3. 曾担任一届代表处或单位会员的正职负责人任期届满且超过8个月；

4. 曾担任联会专门工作机构的正职或副职负责人超过8个月；

5. 所在代表处或单位会员的在册会员人数超过1250人；

6. 入会时间已满7年（从批准入会之日起至报名参选副会长之日止；对海南、云南、江苏和吉林代表处的首届主席，该项条件放宽至入会时间已满5年）。

由业务主管单位推荐的联会副会长人选，不受上述第3、4、5、6项任职条件的限制，一经推荐，直接成为联会理事候选人。

（三）参选人获得联会新一届理事候选人资格后，经会员代表大会无记名投票当选为联会新一届理事会成员后，提名为联会副会长候选人。

（四）联会副会长候选人由联会新一届理事会以等额选举的方式进行选举，获得到会理事三分之二以上赞成票的即为当选。

（五）联会会长可在联会副会长中，委任其中一位为常务副会长，全面协助会长领导联会工作。

六、联会财务长的选举。

（一）联会财务长人选由拟任联会会长提名，作为业务主管单位推荐人选成为联会理事候选人。

（二）联会财务长的任职条件：曾担任一届代表处或单位会员的正职负责人。

（三）联会财务长人选经全国会员代表大会选举为联会新一届理事会成员后，由当选的联会会长正式提名，再经联会新一届理事会表决，获得到会理事三分之二以上赞成通过，即可聘任。

七、联会理事和常务理事的选举。

（一）联会理事候选人由下述人员构成：

1. 联会会长、副会长、秘书长人选，以及根据工作需要由中国残联提名的其他人选（如联会财务长、副秘书长等）。

2. 每个代表处的候任主任、候任第一副主任、代表处所在地残联派出的代表处秘书长。

3. 每个单位会员的候任会长、候任第一副会长、单位会员所在地残联派出的单位会员秘书长或法定代表人。

4. 国际理事候选人和联会党支部书记为特邀理事人选。

本条款的“候任”是指2019—2020年度。

上述人选经联会选举办公室审查资格和公示后，确定为联会理事候选人。

（二）联会理事的选举。由全国会员代表大会以无记名投票、等额选举的方式进行选举，获得到会全国会员代表超过二分之一赞成票的即为当选。

（三）联会常务理事的选举。联会常务理事会由会长、副会长、秘书长和财务长组成，会长、副会长、秘书长和财务长为当然的常务理事，共7人。

八、联会监事长的选举。

（一）联会监事长人选由业务主管单位推荐。

（二）联会监事长的任职条件：曾担任过一届联会副会长。

（三）联会监事长人选经全国会员代表大会选举为联会新一届监事会成员后，提名为联会监事长候选人，再经联会新一届监事会以等额选举的方式进行选举，获得到会监事三分之二以上赞成票的即为当选。

九、联会副监事长的选举。

（一）联会设1名副监事长。

（二）联会副监事长的任职条件：

1. 热爱组织、政治坚定、大局意识、品行高尚、廉洁自律、担当进取。

2. 经会员代表大会选举程序当选联会新一届监事会成员；

3. 曾担任一届代表处或单位会员的正职负责人任期届满且超过8个月；

4. 曾担任联会专门工作机构的正职或副职负责人超过8个月；

5. 所在代表处或单位会员的在册会员人数超过1250人；

6. 入会时间已满7年（从批准入会之日起至报名参选副监事长之日止；对海南、云南、江苏和吉林代表处的首届主席，该项条件放宽至入会时间已满5年）。

（三）参选人获得联会新一届监事候选人资格后，经会员代表大会无记名投票当选为联会新一届监事会成员后，提名为联会副监事长候选人。

（四）联会副监事长候选人由联会新一届监事会以等额选举的方式进行选举，获得到会监事三分之二以上赞成票的即为当选。

十、联会监事选举。

（一）联会监事候选人构成原则上为各代表处1名候任监督组主任或副主任，以及单位会员1名候任监事长或副监事长。同时，各地区业务主管单位可根据工作需要提名1名联会监事候选人。

（二）经联会选举办公室审查资格和公示后，联会监事候选人由全国会员代表大会以无记名投票、等额选举的方式进行选举，获得到会全国会员代表超过二分之一赞成票的即为当选。

本条款的“候任”是指2019—2020年度。

十一、同一会员不能同时参选联会理事和联会监事。同一代表处或单位会员不能在同一任期既产生联会副会长候选人，又产生联会副监事长候选人。

十二、选举人对于候选人（或参选人）可以投赞成票，也可以投反对票，但不设弃权票，也不设另选他人的选项。选举人不得委托他人代为投票。

十三、总监票人、监票人和计票人职责。

（一）总监票人和监票人负责对选举全过程进行监督，向选举人报告计票结果。

（二）计票人在监票人的监督下开展工作，负责选票发放和回收、计票等工作。

（三）候选人（或参选人）不得担任总监票人、监票人和计票人。

十四、计票规则。

（一）收回的选票等于或少于发出的选票，选举有效；收回的选票多于发出的选票，选举无效，应重新进行选举。

（二）每一选票所选的人数，多于规定应选人数的作废，等于或者少于规定应选人数的有效。

（三）如遇票数相等不能确定当选人时，应当就票数相等的候选人（或参选人）再次投票，以得票多的当选（另有特殊约定的除外）。

十五、本办法所述的“以上”包含本数，“超过”不含本数。本办法所述的现届是指会员代表大会开幕前在任的一届，新一届是指会员代表大会闭幕后产生的一届。

十六、本办法的解释权归联会选举领导小组。

十七、本办法经联会第十三次全国会员代表大会表决后生效。

三、2017—2019 年度工作总结

——2019 年 6 月 4 日中国狮子联会副会长黄炜在中国狮子联会第十三次全国会员代表大会上所做 2017—2019 年度工作报告《“清理整顿”新气象，健康发展勇担当，推动改革中的中国特色新型社会组织进入新时代》（2019 年 6 月 5 日中国狮子联会第十三次全国会员代表大会第二次全体会议审议通过）节选

我受中国狮子联会 2017—2019 年度理事会委托，向大会做工作报告，请各位代表审议，并请监事会提出意见。

党的十九大宣布，中国特色社会主义进入新时代。新时代在召唤社会组织，新时代对社会组织有新的期待。正是在这样的背景下，中国狮子联会根据中央第十一轮巡视第十巡视组“整改意见”和民政部《关于中国残联调整中国狮子联会管理模式意见的复函》要求，开始迈入新时代的“全面整顿”和“清理整顿”的特殊年份。这两年，是中国狮子联会贯彻党的十九大精神、全面加强党的建设的两年，是围绕中心服务大局的两年，是不忘初心、自我改革的两年，是刀刃向内、激浊扬清的两年，更是凝心聚魂、开拓创新的两年。

以贾勇会长为首的新一届领导班子，在中国残联党组的正确领导下，以“不忘初心，健康发展”为指导思想，以“清理整顿”为中心工作，以高度的政治责任感，直面问题和困难，勇于担当，善于作为，团结一心，不辱使命；不断探索在中国共产党领导下自主办会、走有中国特色新型社会组织之路。迄今共召开 20 次常务理事会、8 次理事会和 5 次“清理整顿”领导小组会，经常夜以继日、通宵达旦地工作。多次的思想碰撞以消除误解，反复的思想交锋以理是非曲直，果断决策而又慎重部署。在艰难推进“清理整顿”工作中，既解决了多年难以解决的深层次问题，又处理了大量新发生的日常管理事务。其间，成功举办国际狮子会第 57 届东南亚年会，反响热烈，意义深远。从而，既达到了“清理整顿”的初步目标，又维护了联会的活力与稳定，取得了令人瞩目的成绩，中国狮子联会正以全新的面貌跨入新时代。

关于 2017—2019 年度工作总结

一、党建工作成效显著，初步实现全面覆盖

新时代社会组织的主题、新时代社会组织的发展方向、新时代社会组织的使命，就是要坚持中国共产党的领导，这是确保社会组织健康发展的根本保障。

（一）党建工作放在首位，主要领导亲力亲为

联会历次召开常务理事会，首个议题就是党建工作，经常务理事会讨论制定了《中国狮子联会党建工作两覆盖规划》，参与起草《中国残联关于落实中央巡视整改意见加强对狮子会管理的通知》。其中，明确了党建工作由各级残联负主责，并选调干部任联会及代表处党组织第一书记，要求在规定的时间内实现党的组织“全覆盖”。主要领导亲自过问未按要求建立党组织的代表处，督促未按要求独立建立党组织的代表处进行重建，对各地党组织如何围绕“清理整顿”工作开展思想引导、发挥党员先锋模范作用提出要求。

（二）党建工作取得突破，初步实现全面覆盖

截至 2019 年 1 月，各代表处、单位会员全部建立了党的组织。其中，深圳狮子会建立了 6 个党支部；北京代表处成立了“中共中国狮子联会北京代表处党的工作委员会”，下设 15 个功能性党支部及 49 个党小组，基本实现“全覆盖”。“全覆盖”的初步实现，是联会成立以来政治建设的重大突破，为联会健康发展奠定了基础。

（三）党建“例会”形成制度，交流培训作用突出

联会从 2017 年始，连续三年召开“党组织工作座谈会”，从组织建设、思想引领、党员作用发挥等方面开展交流培训，收到了较好效果。尤其是 2018 年，还配合“清理整顿”工作召开专门工作会议，就联会发展中的七个重大思想认识问题进行集中讨论，统一认识，加强引导，为“清理整顿”工作保驾护航。

二、“清理整顿”逐步深入，边整边改收到实效

（一）严令禁止、纠正跨区发展

经查，联会跨区发展会员4207人、服务队126支，涉及十余省区市。2017年9月，联会发布《关于解决跨区发展的处理意见》，明确追究责任制度，改变了“下不为例”的态度，对跨区发展采取“零容忍”，解决了多年未能根除的跨区发展问题。

（二）痛下决心，暂停发展会员

近年来，联会存在发展会员标准不高、审批不严的倾向，把发展会员作为衡量各代表处、单位会员工作成绩的指标，忽视了会员的质量，导致会员素质良莠不齐。根据“清理整顿”工作的要求，联会经反复研究，痛下决心，于2018年5月8日暂停会员发展，为会员重新登记工作创造条件。目前，联会会员人数由2017年6月的4.8万人降至目前的4万人以内，组织规模明显压缩。

（三）多层审计，严格财务管理

自2017年以来，联会先后委托会计师事务所实施了三次审计。即2017年度审计、2018年度审计和2017—2018年度专项审计。同时，联会还在2017年12月至2018年4月接受审计署对中国狮子联会本部和浙江代表处的专项审计。2017年12月，联会先后印发《中国狮子联会关于全面开展财务自查自纠整顿工作的通知》，要求各代表处、单位会员主动作为，自找问题，并聘请第三方审计机构进行专业审计，以防范财务风险，加强财务管理。

截至目前，联会先后制定了基本财务制度5项、辅助财务制度7项、财务专项制度6项、其他财务制度及规定6项、地区与服务队财务管理制度7项、财务报表五大类。2017年9月，又梳理修订了《中国狮子联会秘书处财务报销制度》和《中狮基金财务管理手册》。这些制度的建立和逐步完善，初步形成了内部控制体系和财务报表体系，使财务管理有章可循。

（四）培训规范，严格外事管理

联会为严格外事管理，针对各地执行对外交流制度不严、申报不及时、流程不清等问题，于2018年初召开联会秘书处系统工作培训班，专题讲解对外交流的工作规定，并请遵守规定较好的代表处、单位会员介绍经验，引起全会各地的重视，收到良好效果。为进一步加强对外工作管理，对外交流与年会委员会通过调研，制定了《对外交流工作实施办法》，更加详细地就对外交流工作的范围、内容、原则、管理体制、实施原则、审批程序以及接待等具体问题进行了明确和规范，起到了加强管理的作用。同时，注意发挥各级残联领导的监督作用，加大检查力度，不合规现象大为减少，对外交流工作形成整体可控、程序严谨的良好局面。

（五）强化制度，反对奢靡炫富

为贯彻中央“八项规定”精神，联会严格执行《关于进一步开展提倡节约和反对奢靡浪费的通知》，综合治理办会、办活动中的奢靡之风；压缩会议议程、简化接待、取消颁奖晚宴或降低标准、压缩会议时间等效果明显。2017年12月，联会再次印发《关于加强落实提倡节约和反对奢侈浪费整改工作的通知》，更加具体地就会议、培训及联谊活动的举办地点、范围、参加人数、餐饮及住宿标准等方面做出了进一步规定，并要求在审批环节严肃纪律、明确责任，使全会认真执行和遵守“八项规定”的意识大为提高。

（六）重新登记，制定会员行为准则

联会决定从2019年3月起，用3个月的时间开展会员重新登记工作。根据《中国狮子联会章程》的有关规定，进一步明确会员义务，严格会员标准，严肃组织纪律。同时制定《中国狮子联会会员行为准则》，从热爱祖国、拥护党的领导到不得违法募捐，从按时缴纳会费、兑现捐款承诺到着装及佩戴徽章的要求、从不得擅自使用国际狮子会、联会名称及标识到禁止在公众场合、媒体、社交工具上发表不当言论等共11条；首次有针对性地制定了各种行为规范，大大丰富了会员条件和标准。

（七）完善治理，修改章程和规则

根据民政部《社会组织登记管理条例》，建立健全法人治理结构，健全和完善会员大会、理事会、常务理事会等制度，使中国狮子联会成为责权明确、运转协调、制衡有效的法人主体，降低和化解各种风险。联会组织专门班子，吸收专业狮友，借鉴其他社会组织治理模式及经验，在充分听取各方意见的基础上，重新修订了《中国狮子联会章程》和《中国狮子联会工作规则》，其中有较大篇幅的重要修改，均专门增加了党建的章节；章程对理事会的人员构成做出了重大结构调整，对代表处名称及职务称谓进行了修改，修改点涉及几十处。经报民政部有关部门审核，待本次大会审议。

三、社会服务突出重点，围绕中心服务大局

（一）各地服务：围绕中心服务大局

2017年残疾预防日、2018年全国助残日及国际残疾人日当天，全国14个代表处及单位会员组织开展全国联动服务，为残障群体提供服务，围绕提高其生活环境展开帮助活动。助残服务已成为中国狮子联会服务序列中的头等大事。

深圳狮子会“570温馨工程”资助全市570户低保家庭残疾人活动，荣获2018深圳关爱行动“百佳市民满意项目”，助力深圳成为“无障碍理想城”。大连代表处“集善·狮子联会——走向非洲”项目，8名狮友作为“亲善大使”代表全国狮友前往马拉维和埃塞俄比亚看望两国残疾人运动员，支持非洲残疾人体育事业。“中狮基金·光明天使”行动的开展，对“导盲犬培训基地”项目的发展具有里程碑意义。青岛代表处“千户关爱”活动，从重度贫困残疾人最现实、最紧迫、最期盼解决的问题入手，创新开展了量体裁衣式个性化、定制化服务，受到2500多户服务对象的充分认可和肯定，打造了服务新模式、新样本。北京代表处与北京市残联合作，在“温馨家园”建立了13个精准助残服务基地，并在肢残人活动日为主题活动提供全程服务。平谷“熊儿寨”公益基地的创立，将城市居民需求与乡村独特资源进行对接，开启了将服务引入多个服务基地的形式。浙江代表处在浙江康复医疗中心建立“狮爱公园”，为进行康复训练的残障人士营造温馨舒适的环境。在浙江省残联统一组织下，各服务队对接本地区残联，积极参与浙江省慈善助残危房改造项目。沈阳代表处“轮椅太极”在沈阳、营口、阜新等地开展大型活动12次，千余名狮友及志愿者参与服务。其衍生的联赛、杯赛、展演等活动，有力培育肢残人“平等、参与、共享”的和谐社会氛围。陕西代表处首次实现全代表处联动，统一参与“狮子进社区，温暖伴新春”微心愿活动，52支服务队一对一服务52个社区的残疾人群众，惠及400余户残疾人家庭。与陕西省残联共同主办“狮爱之声”陕西首届盲人音乐节，为残疾人搭建展示平台。哈尔滨代表处联合黑龙江省残疾人福利基金会，创立残障儿童成长专项基金，以“听障、视障、脑瘫、自闭、肢残”五类儿童为主要援助对象，与残联对接资助了257名残疾儿童。四川代表处“星星计划”项目中专门为孤独症患者群体打造的“星星密码”电子定位徽章面世，利用互联网大数据平台，实现患者、家长、机构、志愿者信息共享，孤独症患者的安全得到了进一步的保障，受益人数达4万余人。海南代表处携手海南省残疾人基金会共同打造了“中国狮子联会海南代表处残疾人创业就业示范基地”。云南代表处把“温馨工程·队队进社区”项目作为重点，积极推动服务队和社区形成一对一帮扶与定点服务模式，为开展社区助残服务提供了平台。江苏代表处在阜宁3处残疾人康复机构成立“狮爱之家综合服务基地”，为当地受灾地区重建工作提供保障。

各地活动围绕中心服务大局，主动担当，积极作为，内容更丰富，形式更多样。

精准扶贫更有保障。中国狮子联会响应中央政策，积极开展“精准扶贫”服务活动，积极创新，以“量体裁衣”的服务理念进行调研，精确掌握贫困户的需求，通过“一户一策”等帮扶措施，助力帮扶对象加快脱贫步伐。

青少年教育更有深度。深圳狮子会科技助学、体验助学、艺术助学、体育助学的多面模式，为青少年及儿童服务开拓全新服务维度。“扶志助飞”爱心助学、捐建春风图书馆、建立旧书流动站等活动，极大地丰富了青少年日常文化生活。广东狮子会多支服务队参与“爱心工程，助学探访”项目，在广东及周边经济欠发达地区推动素质教育服务方式的有序接入，探索更为优化的服务流程。哈尔滨代表处连续第四年与团市委、希望工程实施领导小组联合开展“圆梦助学”服务，并成立专项助学金，累计向1014名学生发放约242万余元助学金。海南代表处“凤凰腾飞”助学项目连续开展多年，累计资助百余名寒门女大学生。江苏代表处“周末家园”学业公益资助计划，解决内陆边远及山区寄宿生就读的难题。持续开展的“图书漂流服务”，通过轮转阅读使打工子弟学校学生获得更充足的精神食粮。

糖尿病防治宣教更加专业。深圳狮子会编撰印制《有健康才幸福》宣传手册，收录了包括“糖宣”在内的多项健康项目资料，免费在社区发放。广东狮子会连续两年主办世界糖尿病日高峰论坛，探讨更有效的防治方法，传递健康生活理念。江苏代表处为1800名社区居民建立了电子病历，信息化手段的加入，有效提升了防控效率。全国多地积极推动宣教活动植根社区，开展多场公益健步走、专家宣讲、义诊筛查活动。联会于2018年8月16日，举办了首届糖尿病宣教服务项目学习班，通过理论课程学习与社区服务实践相结合的形式，系统全面地带动地区糖尿病宣讲水平，提升服务专业度。

生态文明建设更具新意。深圳狮子会参与华侨城湿地运营服务，并共同开办第一所狮子会自然学校，进一步提升市民环保意识，加强自然融合。北京代表处朝阳公园狮子文化基地在既有的建设基础上，又开发了“狮爱微登山”等项目，同时将“百年传承”项目拓展到平谷，捐赠卫生医疗设备、修缮园区及残疾人坡道、捐赠长椅等多个项目，大大扩展了狮子会的影响力。

（二）高效有序：提升抢险救灾技能

面对四川叠溪山体滑坡、九寨沟地震、大连庄河市塔岭镇遭暴雨洪涝灾害等，重大灾害援助委员会积极响应，组织专业队伍第一时间赶赴现场参与抢险救灾工作，并为湖南水灾提供支援、为抗强台风“天鸽”灾后重建提供保障。通过全国集训、地方培训、各地走访、技能宣讲，委员会持有专业证件人数现已达522人。举行救援研讨与灾后重建研讨会议，从自身专业技能入手，结合新方法、新路径、新工具，提升整体应急抢险的“战斗素养”，累计培训与服务时长超万小时。重大灾害援助委员会有40人全程参与了国际狮子会第57届东南亚年会的安全保障工作，并在中狮联服务展中搭建展示区，向来自东南亚各国和地区的狮友们展示了重大灾害援助委员会的优异表现。

四、切实加强思想引领，坚守核心价值理念

组织文化是一个组织的灵魂，是推动组织发展的不竭动力。其中，价值观是组织文化最深层的内核。自邓朴方名誉主席为中国狮子联会明确“正己助人，服务社会”宗旨以来，联会始终将其作为核心价值理念。深圳狮子会成立后，开全会之先成立“讲师团”，开始了探索中国狮子联会文化建设的征程。继而广东狮子会、大连代表处、青岛代表处、北京代表处、浙江代表处、沈阳代表处等先后成立“讲师团”，进行组织文化的培训和宣传。仅2011年2月至2012年3月，全会就开展了近200场培训，受众6000多人。其中，“狮友说明会”161场、“狮友领导力培训”13场、“讲师培训”14场。为加强交流提高讲师团水平，规范各地培训教育内容，2010年10月由深圳狮子会发起，召开了联会首次培训工作会议，明确提出要借鉴国际狮子会的培训教材和形式，根据中国国情对讲师团的课程架构进行梳理，研讨核心课件，构建具有中国特色的培训教育内容，使联会组织文化、教育培训工作有了质的飞跃。2016 年年底，中国狮子联会公益学院正式成立。2017 年，联会与深圳国际公益学院签署合作协议，实现优势互补共同发展。

（一）培训教育作用凸显，教学体系日益规范

公益学院成立后，紧紧围绕联会中心工作，配合“清理整顿”研发党建、年会与外事交流和狮子会在中国等课件，并开始在全国总讲师培训中试讲，起到了积极的引导作用。同时，为大力加强基础工作，完成了三批高级讲师的认定授证工作，共有 70 余名讲师获得资格。其次，指导各地区中级讲师资格的核定，对全会的讲师数量、地区分布、层级分布进行统计和建档，目前，全会讲师数量超过 1000 人。第三，完成服务队和地区层面培训的 6 门狮友通识课程和地区狮友领导力课程模块的编撰与本地化修订，于 2019 年 5 月下发各地．第四，经过三年上千小时的摸索实践，完成了纲领性手册《中狮公益学院教学体系》的编撰试行和修订再版下发，规范了全会会员培训工作。其间，还搜集整理了各地候任干部培训的多种模式和经验，完成全国统一地区级候任干部“职能 + 技能”的培训体系，为各地区干部培训做好准备。第五，加强对外交流合作，寻求更高水平的发展。一是完成了国际狮子会委托的 2016—2019 三个年度的 CFDI 的培训、2017—2019 两个年度的 CALLI 培训、2017—2018 年度的 DGE 培训，全国 14 个地区分别有 80 余名讲师、60 余名领导狮友、14 名当选地区领导人参加培训，并获得 LCI 证书。二是连续两年完成了深圳国际公益学院的协议项目“服务的变革与成效”和“公益的道与势”，分别有 80 余名和 40 余名学员参加。通过专业化和视野拓展培训，孵化服务项目十余个，为联会培养了服务类骨干狮友和地区主要领导狮友，反响积极，成果明显。三是通过承接国际狮子会的培训和与深圳国际公益学院的合作，不仅改变了过去只有极少数狮友获得培训机会的现状，为中国狮子联会规模培训骨干和精英创造了十分重要的机会，还通过这样的合作，锻炼提升了中狮联讲师的整体教学水平，扩展了主要领导狮友的公益视野。据统计，2017—2018 年度，全会共开展各种培训百余次，培训会员 25446 人（次）；2018—2019 年度，开展各类培训 80 余次，培训会员 15869 人（次）。

（二）公共宣传主题突出，坚守核心价值理念

公共关系与宣传委员会紧密围绕联会“清理整顿”工作，与联会党支部协作，聘请党支部书记为顾问，围绕中心开展公共宣传工作。首先，在每年公共宣传工作会上，邀请联会党支部书记宣讲联会工作主题和工作重点，强调宣传要服务大局，为中心工作造势。其次，建立一支优秀的宣传骨干队伍。过去两年中，各地的通讯社、记者团进一步发展壮大，全会共有千余名狮友激情投入公宣工作，宣传稿件数量和质量都有明显提高。尤其是深圳、大连、北京、沈阳、陕西、哈尔滨、四川等地成绩突出。第三，注重文化传播，宣传核心价值理念，开展“狮爱中国”征文大赛，从数百件作品中，筛选诗歌 9 首、故事 14 篇、特约征文 8 篇辑为《狮爱中国》一书并正式出版发行，抒发了狮友们对组织的热爱和“正己助人，服务社会”的公益情怀，多角度记录了服务场景，提升了狮友的写作水平。第四，注意加强与公共媒体的沟通与互动，借力借势，深入社区，扩大宣传效果，提升宣传工作水平。最后，狠抓宣传骨干的技能培训，就通讯稿件的收集、修改、编辑和摄影知识与技巧，以及如何提高点击率、阅读率等网络信息技术应用邀请专家授课培训，收到良好效果。

联会公众号坚持公益核心价值观，加强对各代表处、单位会员宣传工作的管理和引导，确保及时有效、客观准确地发布信息。2017—2019 年度，共发布 173 期、发表文章 676 篇，编辑百余万字、图片 3 万余张。通过微信公众号、微博、官方网站等主要宣传渠道，对联会及各代表处、单位会员的党建工作、亮点服务、狮务工作、大型活动和国家有关社会组织政策进行报道、宣传和解读。为服务第 57 届东南亚年会，新建立了年会官网及年会官方微信公众号，共完成 20 期、80 篇稿件的编审推送工作，其中单篇最高阅读及转发量超万人次。通过中国残联协助与主流媒体达成合作，《人民日报》、新华社等围绕年会新闻发布会、年会开闭幕式、中国狮子联会成就展等重要内容进行报道。据不完全统计，通过百度搜索涉及相关活动的新闻链接达 3.1 万余条，其中中央主流媒体报道 62 篇，引发国内外广泛关注。

（三）切实加强思想引领，旗帜鲜明突出政治

中国狮子联会党支部自 2017 年 3 月成立以来，在中国残联机关党委的领导下，积极探索社会组织功能性党支部建设之路，旗帜鲜明地坚持党的领导、理直气壮地狠抓思想引领、坚定不移地推进“两覆盖”，为联会发展提供有力支撑和保障。

中国狮子联会党支部认真宣传党的有关促进社会组织健康发展的指示精神，结合联会发展过程中存在的普遍性问题，通过深入调研，提出了影响中国狮子联会发展的七个重大认识问题：①正确认识“依法自治”与“加强党建”的统一，坚定地走中国共产党领导的中国特色狮子会发展道路；②正确认识自主办会与借鉴国际狮子会有益经验的关系，反对照抄照搬错误倾向；③正确认识社会组织“非营利性”属性，坚决反对一切商业化倾向；④正确认识宗教信仰自由与社会组织不能有宣传宗教的自由，反对借社会组织平台传播宗教的倾向；⑤正确认识“轮庄制度”与自觉接受组织规章约束及政府部门指导的关系，反对个人主义、自由主义和宗派主义；⑥正确认识“嘉许文化”与开展健康批评之间的关系，反对任性和极端民主化；⑦正确认识“花个人钱无须约束”与提倡勤俭反对浪费的关系，反对奢

靡炫富之风。引导会员特别是领导狮友进行讨论，并编撰了“清理整顿”工作专题课件“不忘初心，再创辉煌”，从“清理整顿”工作的重要性、任务和目标、要注意的问题等三方面论述“清理整顿”是中国狮子联会健康发展的前提和基础。在“清理整顿”过程中，针对狮友对党建工作的种种误解及时与公益学院联合开发中国狮子联会党建课件“不忘初心，砥砺前行”，从党的组织建设、思想建设、政治建设等三方面讲解党组织与狮子会之间的关系，宣传党的思想建设就是要紧密围绕联会工作实际开展、党的政治建设就是要坚持和加强党的全面领导等理念，做到牢固树立“四个意识”、坚定“四个自信”，做到“两个维护”。

五、成功举办东南亚年会，展现中国狮友风采

（一）领导重视是年会顺利召开的前提

中国残联承担起主管部门领导责任，协调国务院、民政部等部委以及海南省政府和各级残联，切实有效推进年会各项工作。在筹备期间，中国残联领导会同多个部委有关同志与海南省及相关单位通商年会事宜。会议期间，中国残联办公厅、宣文部、国际部等部门负责人率队前往现场协助各项工作，给予联会大力支持。

中国狮子联会领导班子作为组委会的核心成员，在筹办的繁杂工作和漫长过程中尽心竭力、勇于担当、敢于挑战、乐于奉献，全身心投入到年会工作中，倾注了大量精力和心血。贾勇会长多次到海南考察会场和协调工作，主持召开工作会议部署指导工作。费薇常务副会长兼秘书长带领联会秘书处全体人员，以饱满的工作热情和高度负责的工作态度，全力做好组织、联络、协调工作，更是在年会召开前40多天就驻扎海南，现场办公。林子钰副会长作为组委会执行主席并分管会议组织工作，担负着承载全国狮友期待的重任，不仅圆满完成年会执行工作，更是号召组织深圳骨干狮友圆满完成“322指导委员会”会议、年会开闭幕式及各项会议工作，给年会的精彩呈现保驾护航。廖满雄副会长作为组委会执行主席兼秘书长，担负着承上启下、协调各方、联络国内外狮友等重任，更是提前抵达海南，与秘书处工作人员一起工作，现场解决处理各类突发事件，不辞辛苦，任劳任怨。黄炜副会长作为组委会执行副主席并分管对内推广和联谊工作，完成年会LOGO征集工作、“中国狮子联会服务和发展成果展”及“发现最美海南——西海岸健康徒步活动”，为年会添加了浓墨重彩的一笔。郭明飞副会长任组委会执行副主席并分管活动组织工作，顶住压力，克服困难，完成火炬采购、各地火炬传递及入场仪式等活动，点燃各地年会热情，为年会渲染氛围。苏泽然监事长作为组委会执行副主席并分管筹款、招投标及成本管控工作，积极组织筹款活动，到各地宣传年会工作，圆满完成筹款任务。

海南省委省政府、海南省残联、海口市委市政府也给予了大力支持和倾情付出。海南省政府副省长苻彩香率队担任后勤保障组组长，海南省政府副秘书长司海英、海南省外事办公室王胜和海南省残联党组书记、理事长种润之担任副组长，联合海南省16个部门领导组成海南省服务保障小组，并多次参加筹备会及组委会会议，在会议期间给予工作指导、配合，为东南亚年会保驾护航。

（二）举全会之力展现中国狮友风采

万众一心，全力筹款。各地积极响应筹款委员会号召，年会共筹款773.5万元，其中，火炬筹款456.4万元、奖项筹款185.9万元、展位筹款31.2万元、赞助商100万元。各地狮友认捐踊跃，尤其是大连、陕西、浙江、江苏、吉林等五个地区圆满完成筹款任务，青岛、云南、海南等三个地区更是表现卓越，超额完成筹款任务。

群策群力，共谋举措。本次年会充分展现了狮友的能力与智慧。年会组委会成员共130余人，其中80%是来自14个地区的狮友。为确保年会工作有效推进，除召开9次筹备工作会议、4次组委会工作会议外，各委员会及工作小组克服重重困难，根据各自工作计划多次召开会议，几番提报高水平、专业、详尽的工作方案，屡次进行实地考察，积极与场馆、酒店、制作方等进行沟通，通力合作，高效有为，切实落实完成了各项工作。

凝心聚力，精彩呈现。海南代表处作为本次年会的承办方，面对海口市在交通、会场设施方面存在的挑战，克服成立时间不长、会员人数不多等客观困难，全力投入服务和各项保障工作。截至年会结束，海南代表处共感召252名狮友志愿者参与年会工作，感召58辆应急服务车辆。海南省残联常驻年会工作人员2名、志愿者6名，完成200余名重要嘉宾及3000余名嘉宾的机场接送、酒店入住、应急事项保障等相关工作，配合年会组委会圆满完成承办工作。

深圳、广东两地充分发挥地域优势，积极响应联会号召，给予年会工作大力支持。尤其是深圳狮子会动员100余名狮友全程参与筹备及执行工作，并在时间紧、头绪多的情况下，圆满完成年会火炬首站点火仪式，为各地火炬传递活动圆满拉开序幕。

大连、沈阳代表处在自身工作人员紧张的情况下，还派出干事、推选志愿者加入年会秘书处工作，任劳任怨，勤勤恳恳，配合组委会完成各项工作。

各地狮友积极响应参与年会工作，以“中国速度”创造了“中国奇迹”，充分体现了狮子会所提倡的“参与式慈善”，全方位展示了中国狮友的智慧与贡献，切实践行了狮子会“我们服务”精神和“四出”文化，生动诠释了中国狮友高度的责任感和使命感、大局意识和勇于担当的精神。

（三）成功演绎中国公益故事

主题鲜明，意义深远。本届年会的主题为“服务、共享、进步”。旨在表达东亚及东南亚地区狮友们立足服务，传承国际狮子会“我们服务”的核心理念，并不断扩展和创新；平等共享，倡导更多的仁爱之“狮”加入；共同服务，依托多元化信息共享平台平等相待、互商互谅，实现兼收并蓄、博采众长、交流互助、共同进步的美好夙愿。

内容丰富，形式多样。年会共举办15场会议，在充分尊重国际惯例的同时，又办出了中国特色，亮点纷呈，无论是在年会布置、装潢设施上的中国风格与中国元素所展现的中华文明、融汇中国元素的开闭幕式所展现的中华传统文化，还是充满现代高科技含量的展馆，处处洋溢着广大狮友所带来的生机勃勃的现代中国气息和高速发展中的现代化中国所散发出来的文化自信与民族自豪感。

年会会议内容丰富，“中国狮子联会服务和发展成果展”通过图文并茂的展示、各地形象大使的介绍，全面展示中国狮子联会及各地区的发展历程及在服务、灾难紧急救援、中狮基金及和平海报等方面的成果；“发现最美海南——西海岸健康徒步活动”通过健步走的方式，让参与狮友领略海南美丽景色，了解糖尿病预防知识，倡导健康生活。“美食节”提供了各种中华传统美食、海南特色美食，方便参会人员餐饮，宣扬中华美食文化。这一系列活动，不仅为参与年会的各国各地区狮友带来了动感和活力，更是为狮友搭建了全方位、多层次、宽领域的重要交流平台。

年会期间还特别邀请到中国残疾人艺术团作为年会开闭幕式、“超越地平线·新声音”论坛、欢迎晚宴等重大活动的表演团队，其惟妙惟肖、美轮美奂的表演不仅为年会带来了美妙的视听盛宴，更表现了中国残疾人热爱生活、积极进取、乐观向上的生活态度和“自尊、自信、自强、自立”的精神风貌，获得了广泛赞誉。

成果显著，亮点纷呈。此次年会成果显著，遗产丰富。年会的一大亮点是“超越地平线·新声音”论坛的精彩呈现，在场嘉宾与参会狮友共同见证了中国狮子联会女性成长委员会筹备工作小组的成立。这是响应国际狮子会会长“新声音计划”的最好实践。年会的另一大亮点是在联会的协调、沟通下，促成并共同见证了国家卫生计生委医院管理研究所与国际狮子会“视觉第一·中国行动”项目第四期签约仪式，为国际狮子会与中国有关部门的服务项目合作搭建桥梁。

在中国残联的协助下，年会开幕式邀请到中国残联主席张海迪、海南省副省长王路出席并致辞，引发了社会广泛关注。年会的成功举办，还得到了国务院国务委员王勇的高度赞赏，得到了中国残联党组理事会的高度肯定，得到了国际狮子会会长古德龙、副会长、各位前会长及众多嘉宾的高度评价，得到了参会狮友的广泛好评，取得了良好的社会反响。

（四）影响深远，推动中国公益事业

展示中国的开放的公益事业。开放，是中国不变的初心，也是中国迈向未来的坚定抉择。本次年会为期3天，包括中国大陆在内的18个国家和地区的5824名来宾齐聚海口，交流狮务，分享公益服务经验，共襄盛举。年会的成功召开对于中国狮子联会、对于所有的中国狮友都是无比珍贵的机遇。我们的理念、我们的服务、我们的能力、我们的热情，都在年会上得以全方位展现。在第57届东南亚年会这个国际公益舞台上，中国狮友展现出与东南亚各国及各地狮友共享全球狮子大家庭的愿景与文化、服务与感恩，对推动与东南亚各国和地区之间的公益服务和民间交流具有重大意义。相信通过此次盛会，东南亚各国及地区的狮友将会更全面地了解中国狮子联会、中国狮友、中国狮子联会的服务项目、中国的公益组织和公益理念等。

彰显海南特区的魅力。年会召开之时，正值中国改革开放40周年、海南建省办经济特区30周年之际，可谓意义深远。第57届东南亚年会在海南成功举办，吸引了更多国内外各界人士关注海南、聚焦海南，为海南狮友创造了展示海南风情、与国内外狮友交流学习成长的机会，吸引更多的社会爱心人士参与、推动海南公益事业的发展，有效促进“一带一路”东南亚沿线国家和地区的合作与交流，带动海南国际旅游岛和自由贸易岛的建设发展，是深入贯彻落实习近平总书记在庆祝海南建省办经济特区30周年大会上重要讲话指示精神的实际成效。

扩大与国际狮子会的交流。国际狮子会会长古德龙·英格达德、国际狮子会基金会主席纳雷什·阿噶沃、国际狮子会总干事及前任国际会长法兰克·摩尔三世、国际第一副会长及东南亚地区执行委员会代表崔重烈、国际第三副会长布莱恩·希恩等国际狮子会领导人全程参与。

国际狮子会总会会长古德龙·英格达德女士及其配偶前国际理事约翰比尔尼罗森先生在第57届东南亚年会结束后，先后到广东狮子会、深圳狮子会、浙江代表处和北京代表处观摩，参与公益服务项目，深入了解联会发展状况和中国国情，并先后会见中国残联党组书记、理事长周长奎和国务委员王勇，就国际狮子会与中国狮子联会及其主管单位中国残联继续加强务实合作、共同促进全球和中国慈善公益事业发展进行交流。

昭示中国公益事业美好明天。公益事业是人类爱心的生动展现，是社会文明进步的重要标志，对改善民生、促进社会和谐发展具有重要的推动作用。此次年会是中国狮子联会成立13年来首次主办的大规模国际会议，也是中国有史以来由社会民间团体主办的规模最大的国际性公益盛会，意义重大。在这个伟大的时代，在改革开放40周年的丰硕成果基础上，年轻的中国狮子联会向全世界展示了中国社会公益组织的强盛之态和强健之声，让大家感受到了中国狮子联会作为东道主严谨高效的组织能力和庞大细致的组织力量。年会的举办本身，就是中国特色狮子会发展道路向全世界狮友的昭示，是我们国家在国际公益慈善领域软实力的形象展示，必将为中国狮子联会未来全方位的公益事业发展铺垫出更加广阔的合作共享的美好前景，为中国公益事业发展拓展更大的空间，更加坚定我们“不忘初心，砥砺前行”的公益脚步。

四、2017—2019 年度财务报告

——2019 年 6 月 4 日中国狮子联会财务长麦思明在中国狮子联会第十三次全国会员代表大会上所做 2017—2019 年度财务报告（2019 年 6 月 5 日中国狮子联会第十三次全国会员代表大会第二次全体会议审议通过）节选

本人受中国狮子联会理事会委托，向大会报告 2017—2019 年度财务工作，请予审议。

一、财务数据统计范围

本报告财务基础数据的统计期间为 2017 年 1 月 1 日至 2018 年 12 月 31 日，两个自然年度分别统计，其中：2018 年 1 月 1 日至 12 月 31 日的财务基础数据作为本年度数据，2017 年 1 月 1 日至 12 月 31 日的财务基础数据作为上年对比数据。

本报告所称“联会”包括：联会本部、深圳狮子会、广东狮子会，大连、青岛、沈阳、北京、浙江、陕西、哈尔滨、四川、海南、云南、江苏、吉林等 12 个代表机构。

二、本年度财务指标分析

（一）资产情况对比分析

1. 截至 2018 年 12 月 31 日，联会的资产总额已达到 4.35 亿元、净资产总额达到 3.74 亿元。资产及净资产与上年同期相比，分别增加 0.85% 和 0.03%，基本持平。

2. 本年度资产增加值较大前三位依次为联会本部、深圳狮子会、浙江代表处；同比增长比率较高的还有北京代表处、江苏代表处、哈尔滨代表处。

3. 本年度净资产增加值较大前三位依次为联会本部、北京代表处、青岛代表处。

4. 广东狮子会资产、净资产分别达到 1.66 亿元和 1.54 亿元，彰显老区实力。

表 3－18－1　中国狮子联会资产情况表（2017—2018 年度）　　单位：万元

地　区	资　产				净资产			
	同比（%）	2017 年度	2018 年度	同比增减值	同比（%）	2017 年度	2018 年度	同比增减值
联会本部	4484.24	5061.95	577.71	12.88%	4199.51	4682.23	482.72	11.49%
深　圳	6473.61	6850.79	377.18	5.83%	5938.98	5945.09	6.11	0.1%
广　东	17031.01	16557.95	－473.06	－2.78%	15480.15	15354.74	－125.41	－0.81%
大　连	1309.15	1165.31	－143.84	－10.99%	950.7	801.71	－148.99	－15.67%
青　岛	1085.21	960.29	－124.92	－11.51%	722.05	782.64	60.59	8.39%
沈　阳	1481.82	1400.00	－81.82	－5.52%	1064.07	912.23	－151.84	－14.27%
北　京	1267.89	1391.31	123.42	9.73%	1093.3	1171.89	78.59	7.19%
浙　江	3725.04	3859.75	134.71	3.62%	3313.34	3110.18	－203.16	－6.13%
陕　西	1033.86	990.89	－42.97	－4.16%	805.09	791.76	－13.33	－1.66%
哈尔滨	1692.29	1752.42	60.13	3.55%	1146.57	1180	33.43	2.92%
四　川	1383.88	1332.91	－50.97	－3.68%	1141.11	1097.04	－44.07	－3.86%
云　南	416.8	402.22	－14.58	－3.5%	335.76	348.73	12.97	3.86%
海　南	489.51	392.26	－97.25	－19.87%	257.86	241.94	－15.92	－6.17%
江　苏	966.46	1071.11	104.65	10.83%	708.49	745.61	37.12	5.24%
吉　林	255.53	272.18	16.65	6.52%	213.9	217.97	4.07	1.9%
合　计	43096.3	43461.34	365.04	0.85%	37370.88	37383.76	12.88	0.03%

（二）服务经费收支情况对比分析

1. 2017 年 1 月 1 日至 2018 年 12 月 31 日，两年间联会共实现服务经费收入 4.05 亿元，共实现服务经费支出 3.81 亿元。这一组收支数据，充分反映了联会公益慈善活动的保障能力和服务能力持续增强的良好态势，完美地诠释了狮子会的“四出”精神，也承载着全国广大狮友的爱心奉献和回馈社会、参与社会发展的美好愿望。

2. 会员人均服务经费收入在 4000 元以上、人均服务经费支出在 3000 元以上的有深圳狮子会、广东狮子会、大连代表处、浙江代表处、陕西代表处、四川代表处和云南代表处，体现了老区强大坚挺的服务能力和新区不断成长的发展趋势。特别是深圳狮子会，会员人均服务经费收入和支出均已达到 8000 元以上，位列全国首位。

表 3-18-2 中国狮子联会服务经费收支情况表（2017—2018 年度）

单位：万元

地区	服务经费收入		会员人均服务经费收入		服务经费支出		会员人均服务经费支出	
	2017 年度	2018 年度	同比增减值	同比（%）	2017 年度	2018 年度	同比增减值	同比（%）
联会本部	1633.35	2426.71	—	—	943.09	1079.74	—	—
深圳	4367.79	4068.57	0.88	0.92	3959.99	4045.07	0.80	0.91
广东	6772.64	7037.64	0.65	0.66	5435.19	7535.22	0.52	0.71
大连	805.58	878.81	0.2	0.29	1204.57	1084.87	0.3	0.36
青岛	487.26	316.86	0.16	0.15	542.65	512.41	0.17	0.24
沈阳	666.6	311.67	0.23	0.16	554.58	387.14	0.2	0.21
北京	663.28	464.33	0.27	0.19	590.91	372.81	0.24	0.17
浙江	1631.88	1298.61	0.31	0.28	1347.56	1566.06	0.34	0.34
陕西	534.27	584.95	0.27	0.31	548.44	637.49	0.27	0.33
哈尔滨	1187.53	897.78	0.3	0.27	1131.65	953.03	0.28	0.29
四川	870.19	567.54	0.44	0.3	910.25	651.3	0.46	0.34
云南	768.05	213.77	0.5	0.21	760.36	207.94	0.49	0.2
海南	233.88	195.32	0.18	0.17	181.14	226.98	0.14	0.2
江苏	306.02	224.95	0.2	0.17	294.92	303.04	0.19	0.23
吉林	106.21	23.59	0.09	0.04	106.63	24.15	0.12	0.04
合计	21034.53	19511.1			18511.93	19587.25		

（三）行政管理费用支出情况对比分析

1. 2018 年 1 月 1 日至 12 月 31 日，行政管理费用支出总体控制较好，总支出 6118.2 万元，比上年同期增加 2.5%，基本持平。

2. 为避免重复统计，联会本部仅列示会费净收入。

表 3-18-3 中国狮子联会会费收入及行政管理费用支出情况表（2017—2018 年度）

单位：万元

地区	2017 年度			2018 年度		
	会费收入		行政管理费用支出	会费收入		行政管理费用支出
	会费总收入	会费净收入		会费总收入	会费净收入	
联会本部	0	1207.45	302.29	0	780.52	330.78
深圳	1213.46	874.62	580.94	903.49	648.12	519.18
广东	1921.85	1210.87	3649.10	1785.91	1208.31	3923.89
大连	853.38	502.47	179.44	483.08	325.79	168.87
青岛	535.93	359.57	80.30	465.66	328.42	75.38
沈阳	442.71	354.85	289.57	297.27	175.03	256.05
北京	477.67	285.64	126.36	284.92	220.87	103.12
浙江	1002.63	598.59	172.98	390.85	268.71	178.5
陕西	344.84	229.84	43.42	278.91	191.75	101.79
哈尔滨	684.68	381.71	137.22	428.82	327.9	100.82
四川	378.3	223.86	111.75	250.96	189.39	142.79
云南	218.45	149.22	163.99	163.59	95.64	89.78
海南	128.89	62.70	65.10	258.88	162.13	60.65
江苏	290.35	193.16	28.77	200.2	135.46	23.69
吉林	216.27	142.09	36.37	116.98	77.86	42.91
合计	8708.91	6776.64	5967.6	6309.52	5135.9	6118.2

（四）中狮基金财务指标对比分析

2017 年 1 月 1 日至 2018 年 12 月 31 日两年，共实现非定向中狮基金捐款收入 2909.61 万元。其中，非定向捐款数额排名前三位的分别是大连、沈阳、浙江。

2017 年 1 月 1 日至 2018 年 12 月 31 日两年，共实现中狮基金捐款收入 3164.07 万元（包括定向和非定向），这一组财务数据充分诠释了联会"做大做强"中狮基金的目标和期盼。(详见下表"中狮基金捐款收入情况表")

表3-18-4 中狮基金捐款收入情况表(2017—2018年度)

单位:万元

地区	非定向中狮基金捐款收入		定向中狮基金捐款收入	
联会本部	2017年度	2018年度	2017年度	2018年度
深圳	9.00	43.40	2.00	—
广东	21.50	81.10	—	—
大连	193.70	428.60	134.00	25.50
青岛	153.10	113.50	—	—
沈阳	329.70	208.50	4.04	10.00
北京	37.20	—	8.28	—
浙江	118.00	309.40	20.00	—
陕西	17.80	230.20	13.81	—
哈尔滨	230.81	102.30	30.00	—
四川	19.20	51.60	3.00	—
云南	12.70	36.90	—	—
海南	11.50	55.70	—	—
江苏	24.80	53.90	1.33	—
吉林	10.30	5.20	2.50	—
合计	1189.31	1720.30	218.96	35.50

注:定向及非定向捐款收入均以联会秘书处财务结算管理中心实际收到的捐款数为统计依据。

三、本年度财务工作概述

一年来,联会理事会和常务理事会一直把巡视整改和"清理整顿"作为最严肃、最紧迫的任务,突出问题导向,强化主体责任,增强担当意识,紧盯自身问题,制定整改清单,层层督促落实,切实担负起整改主体责任。在联会理事会的领导、关心和支持下,联会的财务工作取得了长足的进步。围绕联会的重点工作,我们起草了中国狮子联会"清理整顿"工作实施方案(财务管理部分),组织了财务自查自纠和专项审计,以问题为导向积极整改。

(一)强化主体责任,贯彻落实中央"八项规定"

联会会员遍布全国14个地区,过去普遍存在会议多、活动多,程序烦琐、耗费人力物力财力多;社会服务规范性不够;外事接待工作缺少规范,送礼较重等问题。尽管2015年以来陆续发布有关厉行节约、反对铺张浪费的通知和文件,但奢侈浪费炫富现象仍时有发生。

针对奢华炫富之风,2017年以来,联会提出多项整改措施和意见,要求各地区及全体会员应高度重视并积极整改。一是提倡勤俭办会,反对奢侈浪费,要压缩会议时间,不办奢华晚宴,大力弘扬中华民族勤俭节约的优良传统,大力宣传节约光荣、浪费可耻的思想观念。二是落实中央关于改进会风、精简会议活动的有关规定,严格会议审批、严控会议规模、精简会议议程、缩短会议时间,并尽可能采用现代化手段召开各种会议,利用视频、电话、网络等形式完成各类工作研讨、业务培训等。注重开短会、讲短话,会议现场简朴布置,最大限度节约开支。三是联会在2017年3月7日和12月4日先后印发《关于进一步开展提倡节约和反对奢侈浪费工作的通知》《关于加强落实提倡节约和反对奢侈浪费整改工作的通知》,重申"以坚决反对奢华、炫富之风为着力点,立足当前抓整改、促落实,以高度的政治责任感,扎扎实实推进整改工作落实"。要求各地要精简会议流程,严格控制费用标准,简化接待工作。四是联会在2017年3月印发《中国狮子联会关于落实开展提倡节约和反对奢侈浪费工作的财务规定》;9月又修订了《中国狮子联会秘书处财务报销制度》,规定了会议、培训、因公临时出国(境)、外宾接待等费用报销要求和开支标准。

(二)强化内部控制,建立健全财务规章制度

截至目前,联会先后制定基本财务制度5项、辅助财务制度7项、财务专业制度6项、其他财务制度及规定6项、地区与服务队财务管理制度7项、财务报表5大类;2017年9月又梳理并修订了《中国狮子联会秘书处财务报销制度》和《中狮基金财务管理手册》。这些内部控制制度的建立和逐步完善,初步形成了内部控制制度体系和财务报表体系,使财务工作有章可循。

为加强和规范涉外资金的管理使用,根据《中华人民共和国境外非政府组织境内活动管理法》和联会的实际情况,制定了《中国狮子联会涉外资金管理办法》,旨在对联会各代表处和单位会员以及国内爱心企业单位和爱心人士的国际捐款,国际狮子会和狮子会国际基金会等境外非政府组织资助的在中国境内开展的慈善服务、紧急救援、各类培训等活动涉及的资金进行规范管理;办法还详细阐述了国家有关备案的要求和程序,以及联会适用的有关条款。本办法已经联会常务理事会审议通过,颁布实施。

(三)强化审计监督,以问题为导向积极整改

根据联会统一要求和部署,联会本部及各代表处和单位会员开展了财务工作自查自纠,并在此基础上聘请审计机构进行专项审计,针对存在的问题积极整改,加强财务管理,防范财务风险。

1. 进一步贯彻落实厉行节约、反对奢侈浪费的有关规定

联会再次印发《关于加强落实提倡节约和反对奢侈浪费整改工作的通知》,更加具体地就会议和活动的举办地点、范围、参加人员及人数、餐饮和住宿标准及审批程序等做了进一步的规范,基本扭转了"花个人钱不受约束"的思想,认真执行和遵守"八项规定"的意识大大提高。

2. 实施年度审计和专项审计,加强财务监督

通过审计发现财务管理的薄弱环节和问题,联会要求各级财务部门切实履行财务的指导和监管职责,坚持问题导向,全面梳理问题,剖析问题根源,细化制度建设目标,重

点突破，狠抓落实，迅速补上财务管理的短板。

3. 加强财务基础工作，全面提高财务管理水平

针对财务基础工作中存在的记账凭证签章不全、发票信息不完整、活动事项摘要不完整不规范、服务对象签字手续不完整、财务报销跨期等问题，提出以下实施细则：一是加强财务基础工作，全面提高财务管理水平，严格审核报销单据；提高工作及时性意识，及时确认各项收入内容，主动开具相关票据。二是加强财务审查管理，保证会计资料的真实性、合法性、准确性和完整性。三是规范捐赠程序，在进行捐助活动时，尽量取得受捐机构、受助者的书面确认，并以此作为财务支出依据；如遇特殊情况接受捐赠者不便于签字的，应记录受捐人基本信息，取得相关照片作为支付凭据，并把相关文件归档保留，以备事后调查核实。四是清理历年遗留往来账款，规避财务风险。

4. 严格采购审批，规范采购程序

严格采购审批程序，明确请购、审批、购买、验收、付款、采购后评估等环节的职责和审批权限，按照规定的审批权限和程序办理采购业务。规范采购程序，降低采购成本，确保采购质量；按照规定签订采购合同，明确合同各方的权利义务，严格执行合同条款。

5. 加强和规范银行账户和实物资产管理

完善固定资产明细账，及时办理清理报废手续；正确计提固定资产折旧，避免固定资产虚增。定期进行固定资产和存货盘点并将盘点结果和财务账目核对，及时处理实物资产的损失，做到账实相符。加强实物资产的库存管理，设专人负责物资发放，保留物资收发领用资料，建立实物资产台账，避免实物资产的丢失和损毁。

联会根据民政部、财政部、人民银行《关于加强社会团体分支（代表）机构财务管理的通知》精神，对12个代表处银行账户设立情况进行了自查。其中10个代表处在联会基本账户名下开设了专用存款账户，符合通知要求；其余两个代表处于2018年10月完成整改，符合通知要求。

6. 各地区认真组织开展财务自查自纠工作，全面提高财务管理水

（1）深圳狮子会。严格遵守《民间非营利组织会计制度》和中国狮子联会相关财务管理规定，做好财务核算与管理。根据本会工作实际，制定了《深圳狮子会财务管理制度》，有效实施了内部监督和控制。深圳狮子会严格遵守国家法律法规，坚持“自主创会、独立运作、坚持宗旨、依法办事”的方针，在医疗卫生、助学助残、扶贫帮困、赈灾重建、社区服务等多领域开展了一系列社会公益慈善服务活动，为构建和谐社会做出积极贡献。

深圳狮子会针对审计和自查发现的问题，研究制定相关整改措施：一是责成财务部门清理历年遗留往来账款，尽快催促服务队核销预付款项；二是针对以往年度部分固定资产由于少计提折旧，导致固定资产虚增，以及没有及时报废清理固定资产等原因造成固定资产账实不符等问题，责成财务部门补提折旧并开展固定资产清理报废工作，达到账实相符；三是加强采购及合同管理，严格按照相关制度规范采购活动，签订采购合同；四是加强财务基础工作，尽快补齐记账凭证签章，全面提高财务管理水平。

（2）广东狮子会。结合本年度的外部审计，认真进行自查自纠：一是严格执行国家有关规定及联会财务制度规定的标准和范围，杜绝超标准和超范围开支；二是加强财务核算的规范化建设，形成了一套较为稳定的财务运作体系，从费用报销凭据填制、签字、递交、收单、票据及业务审核、审单制单、审核批准、付款等流程，到拨款申请、调账、销账等业务类型，都有一套较为成熟的做法，保证财务业务的有效运作，从严把关，杜绝白条、虚假发票及不规范的票据入账，确保业务真实；三是注重建立健全内部控制制度建设，并根据情况变化及时予以修订；四是清理核销历史形成的预拨款、借支款，对于本年度形成的超过三个月的预拨款、借支款等采用适当限制服务队、委员会用款的方式，加强催收与核销。

（3）大连代表处。针对审计和自查发现的问题，立行立改。一是严格控制行政经费开支，根据实际需要重新安排秘书处员工岗位，明确职责，在保障正常运行的前提下，减少秘书处工作人员；二是健全财务规章制度，补充完善大连代表处财务制度及实施细则。进一步规范服务经费立项申请表填写工作，避免出现内容填写不全面和项目负责人漏签字等现象。

（4）青岛代表处。继续秉承“规范、透明、认真、负责”的财务工作态度。一是严格按照联会“以收定支、统筹兼顾、收支平衡、略有结余”的原则，编制并执行年度预算，做好财务监管；二是在财务管理科学化、精细化、规范化等方面积极开展工作，进一步深化内部管理，加强资金监管；三是加强采购及合同管理，严格执行联会和地区有关规定；四是加强存货管理，完善出入库手续。

（5）北京代表处。根据中央“八项规定”及联会财务管理制度，制定了《北京代表机构财务管理制度》《北京代表机构大宗物品与采购制度》《北京代表机构服务队筹款活动报备审核的规定》，制定了餐费、交通费、培训费、会议费标准，并严格按照制度执行和实施。

针对审计和自查发现的问题，北京代表处进行了认真整改，补齐相关会议通知、签到表等文件资料，制定措施严格执行会议费报销相关规定。

（6）浙江代表处。秉着认真和严谨的工作态度，开展专项审计和自查自纠工作。浙江代表处认真贯彻执行落实中央“八项规定”和反对奢侈浪费相关文件的精神，多次在微信公众号和各大狮务群发布相关文件；严格执行联会的相关财务管理制度，注重加强财务监督，提高财务审批效率。

浙江代表处针对审计和自查发现的问题，组织召开紧急

会议，制定整改措施，提出要切实落实中央“八项规定”精神，严格执行财务制度和费用开支标准，对于超标准的支出不予报销；要规范物资采购程序，降低采购成本，确保采购质量；加强报销单据审核，对不合规的票据要予以拒绝。

（7）沈阳代表处。认真贯彻落实联会有关通知精神，先后发布《关于进一步开展提倡节约和反对奢侈浪费工作的通知》《关于落实开展提倡节约和反对奢侈浪费工作的财务规定》《关于共同抵制扰乱国家经济社会秩序行为努力维护中国狮子联会宗旨和声誉的通知》《关于“两费”统管的限期整治通知》等。

对自查自纠中发现的问题，辽宁代表处非常重视，逐项进行解决，责成财务人员认真对待。一是补齐固定资产卡片，定期检查固定资产使用及报废情况，对不能使用及到期固定资产及时做出账面处理，以免固定资产虚挂，做到账实相符；二是对已发生的部分业务招待费未注明执行内容、招待人数、陪同人数的问题，责成经手人补充相关资料，如发现有超标准接待的情况，由财务部门予以收回；以后业务招待费报销严格按标准执行，超过标准一律不予报销；三是重申会议费需出具相关文件、采购商品须取得供货单位提供的明细清单并加盖公章，否则不予办理报销手续。

（8）陕西代表处。针对审计和自查发现的问题，完善机构和所属服务队经费报销流程，明确报销所需资料，坚决杜绝任何形式的白条入账；建立工作机制，切实履行勤俭办会的规定，严格审核办会地点，杜绝超标准会议费用开支；加强固定资产管理，对固定资产进行编码并加贴标识。

（9）哈尔滨代表处。对财务自查自纠工作高度重视、积极整改。一是加强财务基础工作，完善规章制度和工作流程，补充财务凭证相关经手人签字；二是升级电脑系统，进行发票验证，防范风险；三是严格实施财务管理，对一切不规范的财务行为做到及时发现、当场改正，绝不姑息迁就，同时加大力度组织财务培训，讲解财务制度、会费收缴及借款、报销手续和流程，宣讲贯彻落实中央巡视整改及中央“八项规定”精神，坚守财务底线，保证规范运作、有序发展；四是严格按照中央“八项规定”对各类会议进行把控，压缩费用支出；五是对固定资产、存货等建立台账并定期盘点，做到账账、账实相符；六是大宗用品、大型会议等均进行招投标工作，做到公开、公平、公正；七是加强服务队司库培训，现场模拟填报各种表格及报销、借款手续，得到狮友们的广泛好评；八是对区会成立以来每位会员的捐款进行明细核算，为区会统计会员捐款提供准确数据，并作为表彰、评优的重要依据。由于数据准确无误，得到狮友们的信任，财务工作开展得更加顺畅。

（10）四川代表处。按照联会要求，全面展开财务自查自纠和整改工作，一是坚持领导狮友带头，以上率下；二是坚持问题导向，针对审计反馈的问题，举一反三，抓好同类问题和系统性问题的查找与整改，明确相关责任人和整改落实时限，集中时间、集中力量抓好整改工作；三是坚持着眼长远，标本兼治，注重把阶段性与长期性、普遍性与特殊性结合起来，强化立规执纪，建立完善各类规章制度，形成长效机制，促进财务整改工作常态化、长效化。

针对审计自查发现的主要问题，四川代表处立行立改，一是根据联会物品、服务采购管理办法，制定物资管理细则，加强物资管理，提高管理水平；二是针对发票信息不完整、票据要素不齐、活动事项不完整、服务对象手续不完整等问题，立即补齐相关附件，达到规范。

（11）云南代表处。依据联会有关文件，结合区会自身发展情况，编制了《云南代表机构制度汇编》。针对审计和自查发现的问题：一是加强物资采购管理，严格按照年度预算标准实施采购，完善采购流程；二是提高工作及时性意识，及时确认各项收入内容，主动开具相关票据；三是加强财务审查管理，加大财务制度和规定的培训引导，在保证会计资料的真实性、合法性、准确性的同时，审查报销资料的完整性；四是坚强服务队开展服务活动的落实跟踪，加强活动流程管理及相关手续办理，随时督促活动后续资料的上缴备案。

（12）海南代表处。注重加强内部财务管理，积极贯彻落实联会、代表处等各项决策决议，全面推进海南代表处健康发展。海南代表处高度重视专项审计和财务自查自纠工作，专门召开会议进行部署，明确整改责任人，确定具体整改期限，对于审计发现的部分问题能够做到边审边改，清理了两项不合理支出，同时严格控制采购和费用支出标准、规范审批手续，并着手制定部分管理制度。

一是严格执行联会《关于落实开展提倡节约和反对奢侈浪费工作的财务规定》的要求，对外赠送礼品做到节约从简、朴素大方、不求奢华；二是严格按照联会相关规定报销会议支出，报销时附会议通知、实际参会人员签到表以及费用原始明细单据等资料；三是规范捐赠程序，在进行捐助活动时，应取得受捐机构、受助者书面确认或记录受捐人基本信息并取得相关照片，以此作为财务支出依据；四是加强实物资产管理，建立实物资产台账；五是强化财务基础管理，完善费用报销手续。

（13）江苏代表处。本着高度重视，认真负责的态度，对本机构财务核算及相关事项、内部财务管理、规章制度、内控监督建设等情况进行自查自纠及整改。针对自查发现存货账实不符的情况，进行了盘盈调账。为了杜绝此类问题的再发生，江苏代表处修订完善了《中狮联江苏代表机构狮务用品的管理规定（草案）》。

（14）吉林代表处。针对审计和自查发现的问题，一是着手对固定资产进行标签管理，并建立台账定期盘点；二是加强服务队财务管理，及时核算往来款项，杜绝长期挂账；三是完善相关会议纪要，重要会议指定专人负责会议记录，做到有据可查；四是梳理采购流程，建立采购审批程序，明确请购、审批、购买、验收、付款、采购后评估等环节的职责和审批权限，按照规定的审批权限和程序办理采购业务，并建立价格监督机制；五是加强报销审批环节的管理，按规范办事，按程序审批，把不合规的问题挡在报销之前。

五、中国狮子联会第十三次全国会员代表大会概况

2019年6月4日，中国狮子联会第十三次全国会员代表大会第一次全体会议在西安开幕，来自全国14个地区的近500名代表，肩负全国各地狮友的重托出席会议。中国残联党组书记、理事长周长奎，陕西省委常委、常务副省长梁桂，民政部社会组织管理局副巡视员张贞德出席会议并讲话。原中国残联副主席、理事长，中国狮子联会创会会长汤小泉，国际狮子会前会长谭荣根，中国慈善联合会副秘书长张晓青出席会议。民政部、中国残联相关部门领导，各地残联相关领导等参加会议。会议由联会副会长林子钰主持。受中国狮子联会2017—2019年度理事会委托，副会长黄炜向大会做年度工作报告。报告对两年来的工作进行了回顾和总结，既反映了这两年的工作成绩，同时也指出了有待改进的方面。报告明确表述了在中国特色社会主义进入新时代之际，联会以“不忘初心，健康发展”为指导思想，以“清理整顿”为中心工作，以高度的政治责任感，直面问题和困难，勇于担当，善于作为，团结一心，不辱使命。苏泽然监事长受联会2017—2019年度监事会委托，向大会做监事会年度工作报告。麦思明财务长受联会理事会委托，向大会做财务年度工作报告。大会听取法律与制度委员会郑德刚主席所做关于《中国狮子联会章程》《中国狮子联会工作规则》的修改说明，《中国狮子联会2019—2021年度选举办法》；温晓光副监事长所做关于《中国狮子联会监事会制度》的修订说明；廖满雄副会长所做关于联会2019—2021年度理事会成员候选人情况的说明；苏泽然监事长所做关于联会2019—2021年度监事会成员候选人情况的说明。

2019年6月5日，中国狮子联会第十三次全国会员代表大会第二次全体会议审议通过联会2017—2019年度工作报告、联会2017—2019年度监事会工作报告、联会2017—2019年度财务报告、《中国狮子联会2019—2021年度选举办法》、《中国狮子联会章程》（修订草案）、《中国狮子联会工作规则》（修订草案）、《中国狮子联会监事会制度》（修订草案）；选举联会2019—2021年度理事会成员贾勇、费薇、廖满雄、高子钦、张哲、郑德刚、麦思明等52人及监事会成员林子钰、马宣等29人。大会宣布经联会2019—2021年度理事会第一次会议表决通过，贾勇、费薇、廖满雄、高子钦、张哲、郑德刚、麦思明担任联会常务理事；贾勇担任联会会长，费薇担任联会常务副会长兼秘书长，廖满雄、高子钦、张哲、郑德担任副会长，麦思明担任财务长。经联会2019—2021年度监事会第一次会议表决通过，林子钰担任联会监事长，马宣担任联会副监事长。

六、“精准扶贫”服务活动专题

中国狮子联会按照中央脱贫攻坚的整体部署，围绕国家扶贫大局，全国14个代表处在相关地区开展了形式多样的扶贫专项攻坚行动，充分发挥人数多、资源足的优势，整合调动社会资源，通过产业扶贫、健康扶贫、教育扶贫、助残、助学、敬老等形式，在全国832个贫困县范围内开展服务活动，取得丰硕成果。

深圳狮子会立足社区，传承品牌服务项目，围绕“服务从精准助残开始”，加强规范服务活动管理，开启科技助学、体验助学、艺术助学、体育助学等多面模式，举办“扶志助飞”爱心助学、捐建春风图书馆、建立旧书流动站等活动。截至2019年3月，开展助残、社区服务、助学、医疗卫生、扶贫帮困等服务活动1500次，服务经费7661.37万元，会员参与服务29942人次，受益人数105.3775万人。

广东狮子会分别联合广东省残联在汕尾市，联合广东省民政厅在韶关市新丰县，联合广东省公安厅在云浮市及罗定市，联合广州市残联、黄埔区人民政府、黔南州三都水族自治县人民政府在三都水族自治县，共同开展精准扶贫对口帮扶服务，取得良好社会效应。104支服务队为广东粤东、粤西及广西贫困山区、扶贫村捐赠安装2000盏太阳能路灯，解决乡村照明问题，助力建设现代化幸福乡村。

大连代表处“爱心暖学子，情伴回家路”整合媒体资源，帮扶贫困大学生群体，荣获“大连市希望工程2017贡献奖”。同年，被辽宁省残联授予2017年度省先进助残社会组织/助残社会团体荣誉称号。

青岛代表处坚持精准扶贫，在救助贫困儿童先天性心脏病及贫困白内障患者免费复明方面做出了突出成绩。2019年，青岛代表处联合青岛阜外医院，为贵州省安顺市、甘肃省陇南市的20名贫困先天性心脏病儿童实施免费康复手术。两个服务项目开展至今，已累计成功救助189名心脏病儿童，在山东实施白内障复明手术超4500例，为他们重建生命希望，打开未来之门。

北京代表处自2017年“平谷爱心大桃救助行动”之后，每年8月都组织狮友认购熊儿寨乡困难村民种植的大桃，2018年认购1104箱，总金额达55200元。2019—2020年度北京代表处本着“改变成就未来”的理念，拓展精准扶贫服务，在云南开展“暖冬包和爱心图书馆”活动，在内蒙古开展“农产品精准帮扶”服务，在山西举办“授渔行动”活动，在河北开展“孤儿院和养老院”服务。

浙江代表处“幸福蜗居”社区服务项目在受助对象所

在地党委、政府的领导下，在东阳市住建局、残联、妇联和国网东阳供电公司等单位的大力支持下，为无能力改善住房的贫困残障人士、困难群众提供帮助，进行危房改造、拆后重建或异地置换，让受助对象拥有安全、整洁、明亮、宜居的无障碍居住环境。项目启动以来，得到政府政策性补助近40万元、企业和社会爱心人士资助200多万元，改造危房面积合计3000多平方米，先后服务60多场次，参与狮友3000多人次，志愿服务近万小时；惠及残障人士、老年人、困难群众1万多人。

沈阳代表处“植树造林，精准扶贫”项目，累计植树1万余棵，在林区周围打水井2口，定向帮扶彰武县阿尔乡贫困户75户，参与服务的狮友及志愿者近600人，将环保与精准扶贫相结合，大大改善辽北沙化环境。

陕西代表处“狮爱清尘·阳光助学”致力于帮助山区贫困尘肺病农民工家庭子女，累计资助学生3965人次，发放助学金300余万元。

哈尔滨代表处连续第四年与共青团哈尔滨市委员会、哈尔滨市希望工程实施领导小组联合开展“圆梦助学”服务，成立专项助学金，累计向1014名学生发放约242万余元的助学金。

四川代表处“狮爱1+1携手同行”项目，已列入四川省委省政府22个扶贫专项计划之中，结对帮扶贫困村64个、贫困残障人士家庭2423户，逐步进入脱贫帮扶行动的快车道。

海南代表处“凤凰腾飞”助学项目，已连续开展多年，资助百余名寒门女大学生。

云南代表处“情暖乌蒙”系列活动将爱心助学与产业扶贫相结合，将助残救孤落地执行到每一个乡镇贫困地区，助力当地青少年教育发展。

江苏代表处“周末家园”学业公益资助计划，解决内陆边远及山区寄宿生就读的难题。持续开展“图书漂流服务”，通过轮转阅读使打工子弟学校的学生获得更充足的精神食粮。

吉林代表处开展“扶贫济困送温暖”系列活动，为当地困难群众提供爱心帮扶，共同探索脱贫之路。

七、重要条目

【“温馨工程”服务项目】在中国残联的支持指导下，中国狮子联会根据关于加强具有中国特色服务品牌建设的部署，以助残服务为主要内容，把“温馨工程”作为联会唯一的服务品牌向全国推广。2017年以来，通过“温馨工程”工作站挂牌工作的陆续开展，品牌服务有规划、有标准，可推广、可复制、可持续服务的实际效果愈加明显。2017—2019年度全国共完成挂牌617块，待完善挂牌43块。该项目包括“光明行”“红色行动”“和平海报”“点亮蓝灯”“童心市集”等五大服务平台。

“温馨工程——光明行”着力于偏远贫困地区防盲治盲推广宣传工作，除大型义诊、探访筛查、验光配镜、白内障复明手术外，还为偏远乡镇卫生院搭建业务学习平台，提升当地医疗业务技能。2018年10月15日第35个国际盲人节前后，全国多地联会服务队和狮友开展盲人音乐会、趣味运动会、黑暗体验、技能大赛、视力筛查等助盲活动，以实际行动感召更多社会人士关注视障群体，同时通过健康用眼知识宣传，保护人们的心灵之窗。据不完全统计，2017—2019年度已开展相关系列活动近千场，累计实施复明手术4709例，受益人数万余人，服务支出资金超过300万元。

“温馨工程——红色行动”作为联会常态化服务项目，长期以来为多地血液保障提供力量。2017—2019年度，已有千余支服务队，组织超过千场献血活动，参与人数约3.3万人，狮友累计服务时长近6万小时，无偿献血量达1500多万毫升。万众聚力的“红色行动”不仅缓解了临床用血的紧张，还通过“捐血月”、“血液银行”、“全城联动”等系列活动，为无偿献血事业创造了新的模式，广受社会赞誉。

“温馨工程——和平海报”，全国各代表处、单位会员连续两年在“国际和平日”开展主题为“和平的未来”快闪活动及主题为“善与和平”纪念活动，全国十余个城市上千名中小学生参与，并特别邀请残障少儿参加，共同祈愿和平。在与中国美术家协会少儿艺术委员会、中国教育学会和中国美术学院的通力合作下，“和平海报”作品征集活动更加专业化、权威化，两个年度参赛作品多达67.8万余幅。在中国残联五个专门协会的大力支持下，残障少年儿童“和平海报”作品征集活动也已成功举办四届，得到全国22个省区和4个直辖市的积极响应，广泛践行“残健融合”的理念。与中国盲协联合主办的两届全国视障青少年“和平的未来”英文作文征集活动，在中国教育学会外语专门教学委员会和特殊教育委员会的支持下顺利开展，共收到作品230余篇，其中21篇作文被选送参加国际大赛。2017—2018年度中国少儿第三次夺得国际和平海报比赛全球总冠军，2018—2019年度中国少儿获得7个“全球佳作奖”，在全球23名获奖者中占有相当的比重。这也是中国狮子联会参加该项比赛以来获得“全球佳作奖”最多的一次。联会首次结集出版《爱·和平——历年获奖和平海报作品集》，历数和平主题服务在中国十五年的发展，收集历年获奖作品和众多精彩历史画面，让和平的种子播撒得更广。

“温馨工程——点亮蓝灯”，在每年4月2日“世界提高孤独症意识日”前后，全国各代表处、单位会员围绕主题开展形式多样的服务活动，多处地标性建筑被“蓝灯”点亮。2019年4月2日，全国305支服务队超万名狮友走上街头，通过传统的康复指导、社区宣讲、路演沙龙等形式，结合直播互动、融合体验等创新宣传活动形式，呼吁社会了解孤独症人群，接纳孤独症群体与家庭，促进社会融合。该活动共与129家社会组织或企业合作，受益人群达11万人次，并点亮206座标志性建筑物，社会反响强烈。

“温馨工程——童心市集”，邀请社区的少年儿童将自己家中的闲置物品与其他小朋友进行交换，实现旧物循环利用，传播环保理念。全国各地共开展活动135场，其中独立服务110场、联合服务25场，参与服务队258余支，服务人数约6.75万人次，间接影响人群超70万人。与联会多类服务相结合，衍生出童心助学、童心助残、童心助困、童心关爱留守儿童等一系列服务项目。“童心市集”作为首个中国狮子联会申请专利的品牌服务项目，已成为一面有着巨大影响力的快乐公益旗帜。

【国际狮子会第57届东南亚年会】 国际狮子会成立百年来第一次在中国大陆举办的大规模国际会议，是经国务院批准的非政府国际民间文化交流活动，也是中国狮子联会创建以来独立承办的最大规模会议。2018年11月16日至18日在海口举行，中国狮子联会海南代表处具体承办，包括中国在内的18个国家和地区的近6000名狮友参加会议。开幕式上，承办方主席团队高擎火炬步入会场，中国狮子联会副会长郭明飞代表广大狮友点燃圣火。中国狮子联会会长、本届年会主席贾勇鸣钟宣布大会开幕。中国残联主席张海迪、国际狮子会会长古德龙·英格达德女士先后致辞，海南省副省长王路致欢迎辞。中国残疾人艺术团表演《千手观音》《生命密码》等节目。年会内容包括国际狮子会基金会“行动100研讨会”、超越地平线·新声音论坛、全球行动小组研讨会以及中国狮子联会服务成果展、美食和特色狮子会物品展等一系列会议和活动。年会促进了全球各地狮子会会员友好交流，促进中国狮友深度参与国际组织建设，推进公益慈善组织健康发展，为推动构建人类命运共同体提供重要平台。

【全国狮友48小时完成20台血透机认捐】 2019年6月，江西省遂川县向社会公益组织发出援助呼吁：遂川县尿毒症患者308名，实施血液透析病人222人，血透机配备严重不足，设备中已有三分之二超负荷运转多年，陈旧老化，已过报废年限，安全隐患日益增长，有效解决遂川尿毒症病人的血透危机刻不容缓。因遂川是贫困县，财政资金紧张，县人民医院自身发展资金紧缺，无力自行购置设备，中国狮子联会服务活动委员会发起血透机捐助倡议，联会14个地区高度重视，迅速研讨方案并向狮友进行感召，仅仅48小时即完成20台血透机的认捐，总捐赠金额100万元。

八、大事记

2018年

6月29日—7月3日，联会各代表处和单位会员近200名狮友组成中国大陆代表团参加国际狮子会第101届国际年会。联会常务副会长兼秘书长费薇为团长，联会副会长黄炜为副团长，联会副秘书长陈宏虹（兼任临时党支部书记）、总干事何景琳为秘书长。中国残联国际部综合处调研员周红为应急小组组长。主要会议和活动有：6月30日上午国际游行、下午特别交流会、晚上“龙之夜”晚宴，7月1日—3日全体大会。

7月23日，中国狮子联会2018—2019年度常务理事会第一次会议在海口举行。联会会长贾勇、常务副会长兼秘书长费薇，副会长林子钰、黄炜、廖满雄、郭明飞，财务长麦思明等出席会议；监事长苏泽然列席会议。会议审议2018—2019年度联会本部行政经费预算、截至2018年6月30日联会在册会员数据；审议并原则通过《联会讲师资格认定与聘任管理办法》；通报国际狮子会第101届年会参会情况、国际狮子会第57届东南亚年会相关事宜、联会派出青岛工作组调查情况、2017—2018年度联会本部财务决算、联会2017—2018年度跨区服务情况、2019年度GDE导师申请事宜等；研讨联会“清理整顿”工作初步方案、联会2017—2018年度工作报告。

8月15日，中国狮子联会2018—2019年度常务理事会第二次会议在西安召开。贾勇、费薇、林子钰、黄炜、廖满雄、郭明飞、麦思明等出席会议，苏泽然列席会议。会议审议并通过联会关于2017—2018年度重点工作和开展“清理整顿”工作的情况报告及相关请示、关于第十三次全国会员代表大会召开事宜、2018—2019年度理事会第一次会议议题、2017—2018年度工作报告、2017—2018年度财务报告、2018—2019年度联会本部行政经费预算、服务委员会关于向中狮基金申请本年度“温馨工程”工作站挂牌支持资金事宜、关于中狮基金奖牌奖章制作相关事宜、关于委任青岛代表处2018—2019年度主席团队及成员的决定；通报关于联会向青岛代表处派出调查工作组后续工作情况；通报并审议联会关于青岛代表处过渡时期管理办法、关于委任青岛代表处2018—2019年度主席团队及成员的决定；通报、讨论并审议关于国际狮子会第57届东南亚年会相关事宜。

8月16日—17日，中国狮子联会2018—2019年度理事会第一次会议在西安召开。会议通报联会关于成立“一带一路”社会服务项目领导小组推动国际志愿服务的情况，以及国际狮子会第57届东南亚年会筹备工作进展及组委会成立事宜、最新组织构架、筹款情况，关于国际狮子会101

届年会相关事宜、关于截至2018年6月30日联会在册会员情况；审议通过联会关于2017—2018年度重点工作和开展“清理整顿”工作的情况报告及相关请示、联会2017—2018年度工作报告、联会2017—2018年度财务报告、联会2018—2019年度行政经费预算、关于中狮联讲师资格认定与聘任管理办法、服务委员会关于向中狮基金申请本年度“温馨工程”工作站挂牌支持资金的报告、中国狮子联会给予国际狮子会第57届东南亚年会资金支持的决定。贾勇会长指出，联会的发展生存现处在关键时期，今年着重两大工作任务，一是整改工作方案的呈报，需要大家统一思想、端正认识、精诚团结、共同完成，确保提交的整改方案顺利通过，保障联会的年审工作；二是克服种种困难，凝心聚力，保障国际狮子会第57届东南亚年会顺利召开。陕西省残联党组书记、理事长相红霞出席并讲话。

8月17日，中国狮子联会在西安召开“清理整顿工作中发挥党支部作用座谈会”，各单位会员、代表处党组织负责人参加。费薇到会并讲话，联会副秘书长、党支部书记郭克利传达中国狮子联会第一次理事会精神并提出要求。

8月29日，国际狮子会第57届东南亚年会组织委员会在北京成立并召开第一次工作会议，标志着年会筹备工作全面加速推进。中国残联党组成员、副理事长、中国狮子联会会长、组委会主席贾勇，中国残联原理事长、中国狮子联会创会会长、组委会名誉主席汤小泉，国际狮子会前国际会长、组委会名誉主席谭荣根博士，海南省残联党组书记、组委会主席种润之，组委会领导成员及各个委员会主席等出席会议。

9月10—13日，国际狮子会第57届东南亚年会第二次工作会议在海口召开，组委会执行主席兼安全保障委员会主席费薇、组委会执行主席兼会议组织委员会主席林子钰、组委会执行主席兼秘书长廖满雄、各委员会领导狮友、年会组委会秘书处成员等50余人参会，组委会顾问刘小钢国际理事参加会议。各委员会汇报细化方案及预算，提出困难及需求，明确交叉工作的分工；与会务公司对接研讨会议分别就外场氛围区、注册报到区、年会展示区、会场规划区、展览展示区、年会主场区等重点区域整体方案进行充分沟通；对安保方案、应急预案等后勤保障要点提出要求，与策划团队达成实质性共识。会议期间，组委会秘书处还召开工作协调会，就现阶段各组工作开展情况、重大活动及相关事项进行讨论，明晰了若干问题的推进方案；并与后勤保障委员会召开工作会议，就交通安排、酒店住宿、接待方案等进行商讨，清晰了下阶段具体工作重点，并明确在加大狮友参与度的同时，确保参会狮友及服务人员出行安全保障到位。

9月16日—18日，由中国狮子联会服务项目委员会主办的全国首届糖尿病宣教服务项目学习班在辽宁省鞍山市召开。全国各代表处、单位会员的58名狮友参加学习培训。

9月20日，联会参加在深圳会展中心举行的第六届中国公益慈善项目交流展示会。

9月21日，国际和平日，联会开展主题为“和平的未来”快闪活动，全国十余个城市上千名中小学生参与，共同祈愿和平。

9月29日，中国狮子联会2018—2019年度常务理事会第三次会议在北京召开。贾勇、费薇、林子钰、黄炜、廖满雄、郭明飞、麦思明等出席会议，苏泽然列席会议。会议主要就国际狮子会第57届东南亚年会（以下简称年会）各项筹备工作进行细致具体的研讨和决定，通报联会“清理整顿”工作进展、国际狮子会关于副会长和副主任培训的安排；讨论联会第十三次全国会员代表大会相关情况；审议并原则通过关于云南代表处申请墨江县9月8日地震救助资金事项。

10月23日，中国狮子联会2018—2019年度常务理事会第四次会议在海口召开。贾勇、费薇、林子钰、黄炜、廖满雄、郭明飞、麦思明等出席会议，苏泽然列席会议。会议主要是进一步细化、明确国际狮子会第57届东南亚年会工作，研讨、落实、解决年会各项筹备与组织工作。会议还就国际狮子会会长将访问广州、深圳、杭州和北京的行程做出安排，对2018—2019年度常务理事会第五次会议和年会组委会第四次工作会议的召开时间进行讨论；审议并通过广东狮子会申请中狮基金拨款支持“山竹”台风灾后重建事宜；审议并原则通过中狮公益学院关于《中国特色的狮子会》等新课件。

10月24日—25日，国际狮子会第57届东南亚年会组委会第三次工作会议在海口召开，中国残联副理事长、组委会主席贾勇，中国残联办公厅主任杨代泽，海南省残联副理事长、组委会执行主席林世闻，组委会顾问、国际狮子会国际理事刘小钢，组委会执行主席兼安全保障委员会主席费薇，组委会执行主席兼会议组织委员会主席林子钰，组委会执行主席兼秘书长廖满雄，各委员会领导狮友，年会组委会秘书处成员，会务公司主要负责人等近60人参加会议。贾勇强调，中国狮子联会成立以来首次主办大规模国际会议，是一次难得的体验，要在严格遵守中央“八项规定”精神，保障政治、人身、财产安全的同时，继承发扬狮子会自身优势，凸显中狮联特色；要以认真负责的态度及高度的责任心，落实细节工作要求。组委会全体成员要全力以赴、配合有利、确保安全。

11月12日，中国狮子联会2018—2019年度常务理事会第五次会议在海口召开。贾勇、费薇、林子钰、黄炜、廖满雄、郭明飞、麦思明等出席会议，苏泽然列席会议。会议就第57届东南亚年会具体事项进行了讨论和审议。

11月15日，中国狮子联会2018—2019年度理事会第二次会议在海口召开。会议审议第57届东南亚年会重大事项。

11月16日—18日，首次由中国狮子联会主办的国际狮子会第57届东南亚年会在海口举行，由中国狮子联会海南代表处承办。这是国际狮子会成立百年来第一次在中国大陆举办大规模国际会议，18 个国家和地区的近 6000 名来宾参加会议。

11 月 18 日—24 日，国际狮子会会长古德龙・英格达德女士及配偶前国际理事约翰比尔尼罗森先生先后到广东狮子会、深圳狮子会、浙江代表处、北京代表处等地参与狮务活动，出席狮务会议。中国狮子联会前副会长、国际狮子会现任理事刘小钢，“视觉第一・中国行动”项目经理罗晓华等陪同考察。

11 月 25 日，国务委员王勇在北京会见国际狮子会会长古德龙・英格达德女士一行。王勇对国际狮子会多年来在全球和中国开展慈善公益活动表示赞赏。他表示，中国党和政府高度重视保障改善民生工作，将进一步支持和推动慈善公益事业健康发展。希望国际狮子会继续加强与中国狮子联会及其主管单位中国残联的交流合作，为促进全球和中国慈善公益事业发展发挥积极作用。

11 月 25 日，中国残联理事长周长奎在京会见国际狮子会会长古德龙・英格达德一行。

11 月 25 日，中国狮子联会 2018—2019 年度常务理事会第六次会议在北京召开。贾勇、费薇、林子钰、黄炜、廖满雄、郭明飞、麦思明等出席会议，苏泽然列席会议。会议简要总结国际狮子会第 57 届东南亚年会；通报年会财务初步收支情况、火炬传递活动截至目前的筹款情况及奖项认捐情况等事宜；对联会下阶段外事工作进行讨论并做总体安排。

11 月 28 日，中国残联党组书记、理事长周长奎主持党组会，首次听取中国狮子联会工作汇报并发表重要讲话。首先，他高度赞扬中国狮子联会是个正能量的好组织，做了大量的社会公益服务，“下了很大功夫，投入很大精力，取得明显成效，很不容易”。其次，他充分肯定国际狮子会第 57 届东南亚年会充分展现了中国狮友的风采和担当。第三，中国狮子联会存在的问题是发展中的问题，要按照民政部的意见开展“清理整顿”工作，做好狮友的思想工作，确保稳定，防范风险。第四，要坚持独立办会方向，坚定地在党的领导下走有中国特色社会组织发展之路。同时，要加强与国际狮子会的联系，争取国际狮子会的理解。第五，中国狮子联会要为中国残疾人事业服务，要立足服务残疾人的方向，“把各项具体工作做好、做实”。第六，要加强狮子会的宣传工作，“做了那么多的好事要把成绩讲出来，要学会包装自己”，影响社会。他最后强调，中国狮子联会是国务院交给中国残联管理的重要社会组织，各级残联领导一定要提高管理社会组织的能力，提高政治站位，切实承担起指导监督职责，不能推诿。

12 月 3 日，各地狮友参与第 27 个国际残疾人日慈善公益活动，开展系列助残公益服务。

2019 年

1 月 15 日，中国狮子联会 2018—2019 年度常务理事会第七次会议在深圳召开。联会会长贾勇，常务副会长兼秘书长费薇，副会长林子钰、黄炜、廖满雄、郭明飞，财务长麦思明等出席会议；监事长苏泽然列席会议；法律与制度委员会主席郑德刚列席会议，参加部分议程的讨论。会议讨论第 13 次全国会员代表大会章程及工作规则修订工作；审议通过第 13 次全国会员代表大会组织构架、组织规范与制度建设工作小组名单；通报联会开展“清理整顿”工作致民政部报告的进展情况；讨论第 57 届东南亚年会火炬善后工作、青岛代表处 2018 年度党建工作情况汇报及相关要求等事宜；审议通过第 57 届东南亚年会财务报告及审计报告、关于出访第 58 届东南亚年会第一次指导委员会会议相关事宜、关于黄炜副会长协调主持中狮公益研究院 2018—2019 年度工作及廖满雄副会长担任 2018—2020 年度国际狮子会全球服务团队（GST）中国大陆地区主席等相关事宜。

1 月 24 日，联会根据 2019 年 1 月 15 日常务理事会第七次会议决定，下发《关于新会员相关工作的通知》，继续暂停会员发展工作。

1 月 30 日，中共中国狮子联会青岛代表处总支部委员会成立，标志着中国狮子联会全会党建工作全覆盖，联会党建第一阶段工作全面完成。

2 月 26 日，中国狮子联会 2018—2019 年度常务理事会第八次会议在深圳召开。贾勇、费薇、林子钰、黄炜、郭明飞、麦思明等出席会议；苏泽然、郭克利列席会议；联会组织规范与制度建设工作小组第一组顾问雷建威、组长郑德刚，第二组组长张哲列席会议，参加部分议程的讨论。会议充分讨论第十三次全国会员代表大会换届工作；审议通过成立联会组织规范与制度建设工作小组第四组事宜及工作安排、国际狮子会基金会行动 100 筹款事宜、国际理事候选人推举事宜、国际狮子会东南亚宪章区新成立的领导力委员会事宜、和平海报工作等事宜；通报联会党建工作、中国残联监察对象统计工作等事宜。

2 月 20 日，中国狮子联会副会长、国际狮子会第 57 届东南亚年会组委会执行副主席黄炜代表中国狮子联会和第 57 届东南亚年会组委会赴日本广岛出席国际狮子会第 58 届东南亚年会指导委员会会议。会议审议通过东南亚年会议事规则、各类会议和活动项目等相关事宜。黄炜受中国狮子联会会长、第 57 届东南亚年会主席贾勇的委托，向会议报告第 57 届东南亚年会情况。第 58 届东南亚年会主题为“学习和平 祈愿和平”，组委会诚邀中国狮友参加。

3 月，中国政府再次向国际狮子会发出参加 2019 年 5 月在北京举办的“一带一路”高峰论坛的邀请，体现了中国政府对国际狮子会的重视。

3 月，根据各代表处、单位会员统计汇总，联会会员中担任各级人大代表和政协委员的共有445人次，其中：国家级2人次、省级10人次、市级214人次、区县级219人次。其间，多名狮友作为代表参加全国“两会”，成为联会“榜样力量”。

3月7日，贾勇拜访国际狮子会及国际狮子会基金会，了解国际狮子会各部门基本结构和主要职能，并与总干事及前国际会长法兰克·摩尔、首席财务主管凯蒂·瑞佐等主要行政官员会谈。贾勇向国际狮子会介绍中国狮子联会近期的发展和开展服务的情况，表示中国政府高度重视慈善事业，中国狮子联会与国际狮子会合作前景广泛。同时强调，国际狮子会须妥善解决台湾问题，维护“一个中国”的原则，可以参照奥运会模式，机制性地处理相关问题。国际狮子会官员表示，尊重“一个中国”原则，拟将此议题列入国际狮子会2019年度国际理事会，提出解决方案。

3月8日—9日，贾勇一行在纽约出席第41届联合国狮子日活动。这是中国狮子联会首次出席联合国狮子日活动。贾勇代表中国残联和中国狮子联会做重点发言，全面介绍中国狮子联会的发展现状，并结合本届大会的主题“保护我们的未来：儿童健康”阐述中国推进儿童救助制度、推动实现“人人享有康复服务”所取得的成就，介绍中国在精准扶贫、推进落实联合国2030可持续发展目标上，与联合国和国际狮子会的全球目标高度契合。国际狮子会高度评价中国残联和中国狮子联会长期以来对公益慈善事业的突出贡献，期待中国狮子联会在未来的发展中做出更大的努力和成绩。

3月8日—10日，中国狮子联会女性成长委员会筹备工作组与联会服务委共同发起在全国14个地区联动开展“新声音·心行动”社区服务及联谊活动。本次活动是响应来自冰岛的第一位女性国际狮子会会长古德龙·英格达德提出的“超越地平线·新声音计划”，在全球有狮子会的国家及地区掀起女性成长话题的热潮，更多地宣传狮子会公益服务理念，号召更多女性投身狮子会志愿服务，提升领导力和服务能力。

3月18日，中国狮子联会2018—2019年度常务理事会第九次会议在深圳召开。贾勇、费薇、林子钰、黄炜、廖满雄、郭明飞出席会议，苏泽然列席会议；联会组织规范与制度建设工作小组第一组顾问雷建威和副组长刘国梁、郑子殷，第二组组长张哲，第四组组长温晓光列席会议并参加部分议程的讨论。会议审议通过第十三次全国会员代表大会换届工作、国际狮子会第57届东南亚年会表彰方案，以及火炬后续工作、国际理事候选人推举、“一带一路”残疾人事务主题服务论坛等事宜。

3月20日，中国狮子联会2018—2019年度理事会第三次会议在深圳召开。会议讨论、审议章程及工作规则修订等事宜；讨论、审议、决定第十三次全国会员代表大会重要事项。

3月20日，联会理事会第三次会议通过差额选举方式，推举产生联会前副会长张国筠为国际狮子会2019—2021年度国际理事候选人。会议审议通过开展联会会员重新登记工作，并于2019年3月21日下发通知。

3月27日，中国残联第七届执行理事会第四次会议研究中国狮子联会第十三次全国会员代表大会相关工作，指出做好换届工作对推动新形势下中国狮子联会健康、有序发展具有重要意义；强调各地残联作为各地狮子会主管单位，要切实负责、规范管理，充分肯定狮子会会员对公益慈善事业的积极贡献，积极引导会员了解广大残疾人需求、助力残疾人事业发展。

4月2日，第十二个“世界提高自闭症意识日”，中国狮子联会发布温馨工程“点亮蓝灯，童心共融”服务倡议，在全国14个代表处及单位会员所在城市，倡导开展全国联动系列活动。

5月10日，中国狮子联会2018—2019年度常务理事会第十次会议在西安召开。贾勇、费薇、林子钰、黄炜、廖满雄、郭明飞、麦思明等出席会议，苏泽然、郭克利列席会议，组织规范与制度建设工作小组第一组顾问雷建威和组长郑德刚、第二组组长张哲、第四组副组长蒋伟强列席会议并参加部分议程的讨论。会议讨论4月23日联会向民政部社会组织管理局汇报情况及对联会“清理整顿”工作的进一步要求，及各地残联、代表处、单位会员对联会章程等系列规章制度的反馈意见及相关建议；审议通过联会换届相关制度与方案及第十三次全国会员代表大会相关工作等事宜。

5月24日，中国残联、康复国际主席张海迪会见国际狮子会会长古德龙·英格达德一行。期待中国残联及康复国际与国际狮子会进一步加强交流合作，充分利用各自优势，密切联系，服务更多残障人士，营造更加包容的世界。这是国际狮子会会长在任期内相隔半年后的再度访华。25日—28日，与国际狮子会前会长谭荣根，在贾勇会长、张国筠前常务副会长陪同下，专程到四川、北京代表处考察服务项目，开展狮务交流活动。

6月3日（上午），中国狮子联会2018—2019年度常务理事会第十一次会议在西安召开。贾勇、费薇、林子钰、黄炜、廖满雄、郭明飞、麦思明等出席会议，苏泽然、郭克利列席会议；联会组织规范与制度建设工作小组第一组组长郑德刚、第二组组长张哲、第四组组长温晓光参加部分议程的讨论。会议审议通过联会第十三次全国会员代表大会文件及相关内容、联会会员重新登记工作阶段性报告等。

6月3日（下午），中国狮子联会2018—2019年度理事会第四次会议在西安召开。贾勇、费薇、林子钰、黄炜、廖满雄、郭明飞、麦思明等出席会议，创会会长汤小泉、监事长苏泽然、党支部书记郭克利等列席会议，到会理事成员54人。会议通报中国狮子联会党建工作情况、民政部社会组织管理局会谈意见、国际狮子会第57届东南亚年会相关事宜、国际狮子会第102届国际年会相关事宜及中国狮子联会会员重新登记工作阶段性报告。会议审议通过联会第十三次全国会员代表大会文件及相关事宜。

6月4日—5日，中国狮子联会第十三次全国会员代表大会在西安举行。

6月5日（上午），中国狮子联会2019—2021年度理事会第一次会议第一阶段会议在西安召开。联会2019—2021年度理事会成员51人参会。会议选举联会会长、副会长，贾勇当选联会会长，费薇、廖满雄、高子钦、张哲、郑德刚当选联会副会长。贾勇会长委任费薇为联会常务副会长兼秘书长、麦思明为联会财务长，任命高岭昕、李延森、吴一逊等71名狮友为联会各代表处2019—2020年度主任团队成员。下午，联会2019—2021年度理事会第一次会议进入第二阶段。会议由联会副会长高子钦、张哲主持，联会监事长林子钰、党支部书记郭克利及专门工作机构负责人列席会议。会议通报联会党建工作情况、联会常务理事会成员分工、全球行动小组（GAT）中国区组织架构及分工、联会2019—2021年度专门工作机构正职负责人情况、联会会员重新登记工作阶段性报告及联会2019—2021年度副秘书长人选；审议通过联会2019—2021年度工作计划、联会2019—2020年度财务预算（草案）及成立联会2019—2021年度组织规范与制度建设工作小组的提案。

6月5日（下午），中国狮子联会2019—2021年度常务理事会第一次会议在西安召开。联会会长贾勇，联会常务副会长兼秘书长费薇，联会副会长廖满雄、高子钦、张哲、郑德刚，财务长麦思明出席会议；监事长林子钰、党支部书记郭克利列席会议。会议由联会副会长廖满雄主持。会议审议通过联会2019—2021年度常务理事会成员分工、关于全球行动小组（GAT）中国区组织架构及分工（拟定）、联会2019—2021年度工作计划、联会2019—2020年度财务预算（草案）、成立中国狮子联会2019—2021年度组织规范与制度建设工作小组及聘任联会2019—2021年度专门工作机构正职负责人；通报中国狮子联会党建工作情况汇报、联会2019—2021年度副秘书长人选及中国狮子联会会员重新登记工作阶段性报告。

6月6日—7日，中国狮子联会履新培训班暨“公益的道与势”高级定制课程在西安举办。联会2019—2021年度理事、监事、各专委会主席，及新一届各地主任/会长约90人参加培训学习。

（高从容供稿）

第五编　残疾人专门协会和社会工作

WORK BY SPECIAL ASSOCIATIONS AND SOCIAL WORK FOR DISABLED PERSONS

残疾人专门协会和社会工作

（一）以党建为抓手，提高政治站位

积极组织中国残联各专门协会学习领会习近平新时代中国特色社会主义思想和党的十九大精神，深入贯彻落实习近平总书记关于残疾人事业的重要论述和中国残联第七次全国代表大会精神，切实提高专门协会政治站位，确保专门协会正确发展方向。

（二）中国残联五大专门协会圆满完成换届工作

制定各专门协会换届工作方案，研究专门协会下一个五年的运行机制。各协会在认真总结五年来工作的基础上，完成各自工作报告、专门协会工作综述、专门协会项目评估和财务监审工作综述。各协会成功召开六届六次全委会、换届大会、七届一次会议，完成各协会第七届全体委员的选举、协会班子的推荐和选举，圆满完成换届工作。会后按规定完成向民政部社会组织管理局换届后报备工作。

（三）指导省级残联开展专门协会换届工作

协助各协会加强对地方残联专门协会拟任班子人选的审核和换届工作的指导。落实中国残联改革方案，研究专门协会改革思路，以切实加强专门协会的组织建设、能力建设和诚信自律建设。

（四）推动各专门协会进一步探索法人治理结构，加大转型升级力度

推动各协会围绕残联中心工作和本类别残疾人的迫切需求，积极建言献策；开展专题调研并撰写13篇调研报告，为残联政策制定出台提供参考依据；起草制定本类别残疾人服务领域标准规范10个；与中国残联各部厅室对接开展活动和项目60个；开展一批本类别残疾人迫切需求的、可复可示范的品牌项目和活动。

（五）督导邻居项目在湖北、黑龙江的收官工作

五年来，“长江新里程计划——关心你的残疾人邻居”项目在湖北、黑龙江两省分两期共资助了207个助残社会组织、231个助残服务项目，两省共24个地市参与项目实施，覆盖了两省90%以上的地区。2018年中国残联积极督导和推进邻居项目在湖北、黑龙江收官工作，对项目工作成果进行梳理，做好经验总结和模式提炼等，编写完成《长江新里程计划（第三期）——关心你的残疾人邻居项目成果集》。

（六）进一步加强各专门协会的项目评估和财务监审工作

通过对中国残联五个专门协会工作建设与发展分别进行基本评估和评价、汇编评监委典型评监案例集和优秀评监报告集、开展协会转型升级的理论研究等多种措施，及时总结5年来中国残联开展专门协会评监工作所取得的成效和基本经验分析存在的问题，研讨七代会后评监工作发展方向，进一步加强各协会的项目评估和财务监审工作。

（彭冰泉、庞卫超供稿）

中国残联专门协会项目评估和财务监审委员会工作

一、领导讲话

周长奎在中国残联党组会议上的讲话

2018 年 9 月 5 日

要像重视各专门协会一样重视评监委工作，要提到这样的高度来认识。五大专门协会现在已经成为独立法人，登记的初心是为了更好地发挥联系本类别残疾人的桥梁纽带作用。协会是依照法律章程自我运转的，其工作定位和运作处在一个发展的过程当中，许多事情要通过评监委来实现自我监督。要重视专门协会建设，对专门协会的监督工作要跟上来，这不是一件小事。

确保五大专门协会的健康发展，需要充分发挥评监委的作用。要正本清源、搞好顶层设计、不忘初心再出发。评监委名单、主要干部（监事长和副监事长）是要党组把关的。他们直接监督五个专门协会，要能轻装上阵，同时自己也愿意承担这项工作。对监事长也要按照干部管理权限，听听所在单位人事和纪检部门的意见，确保没有问题，再出发的时候才能轻装上阵。监督别人的时候首先是监督自己，评监别人首先是自己要过关。如出现否定性的意见就要做调整，虽然不像干部考察那样严格，但是也要严谨负责。

二、五年工作综述

2013 年 9 月，中国残联决定成立具有第三方独立性质的专门协会项目评估和财务监审委员会（简称“评监委”），以加强残疾人专门协会项目评估和财务监审，积极探索专门协会法人治理模式，切实增强协会主体意识，推动协会更好地履行“代表、服务、维权”职责，确保协会持续健康发展，真正成为本类别残疾人的利益代言人、服务组织者、权益维护者。在中国残联的直接领导下，经过 5 个月的筹备工作，评监委于 2014 年 1 月正式成立。

五年来，在中国残联的高度重视和五个专门协会的大力支持下，评监委全面贯彻习近平新时代中国特色社会主义思想和党的十八大和十九大会议精神，按照中央党的群团工作会议关于“强三性、去四化”的总体要求，紧紧围绕残联中心工作，全力服务残疾人事业大局，认真开展专门协会评监工作，取得了良好成效。

（一）主要工作总结

1. 概　况

截至 2012 年，中国残联五个专门协会全部完成社团法人登记。按照现代社团法人治理模式关于建立健全决策机构、执行机构及监督机构之间相互制约、相互监督工作机制的要求，中国残联本着“精简、高效、统一”原则，设立评监委，着重对专门协会特定项目和财务依法依规进行制度化评估监审，初步构建在中国残联领导下，协会会员代表大会行使决策权、协会委员会行使执行权、评监委行使评估监审权的新型管理体制，助力专门协会进一步强化能力建设、基础建设和规范建设，提高专门协会的政治站位，把握发展方向。此举得到民政部社会组织管理局的充分肯定和高度认可。首届评监委结构合理，代表广泛，有全国政协委员、省市级人大代表，有法律专家、财务专家、专业管理人士，有社会组织代表、媒体代表及志愿者代表等，其中，残疾人及亲友占 81%。

五年来，评监委积极构建与各专门协会沟通协商的机制，采取专门协会自报和评监委抽选相结合的方式确定年度评监项目；采取专门协会项目报告制与评监小组全程评监的模式和现场评监、问卷调查、座谈分析、考核评分、财务评估等形式对项目组织的科学可行性、规范实效性进行评监，最后形成项目评监报告；对专门协会法人治理和转型升级等重大发展方向、工作重点难点设立专项调研课题，形成调研报告，为中国残联加强专门协会建设建言献策。

五年来，评监委印发了《中国残联专门协会项目评估和财务监审委员会工作规则》，做到有章可循；编制了《评监项目评审指标》，对评监工作提出专业要求；制定了《中国残联专门协会项目评估和财务监审管理办法》《专门协会评估工作设计及流程》，对实施评监工作和履行评监程序设定规范。

五年来，评监委针对各专门协会的系列项目完成30份项目评监和考核报告，涉及政策服务、技能培训、文体活动、职业评估、素质培养、特色专业等领域，帮助协会改进传统工作模式，推动项目规范化运行；完成4份调研报告并编入《中国残疾人事业年鉴》，其中《中国残联专门协会法人治理模式探索》《转型升级：建设新时代的新型专门协会》两篇在《残疾人研究》刊发；编印评监委典型评监案例集，接受《中国残疾人》杂志对评监工作的专访等。深入开展系列评监工作为推动中国残联五个专门协会健康有序发展发挥了积极作用。

2. 相伴成长，探索前行

（1）中国残联的高度重视和专门协会的积极支持，为评监工作提供了根本保障。张海迪主席对评监委给予厚爱和嘱托："成立评监委对专门协会的法人治理建设、规范制度建设、能力创新建设十分必要，相得益彰；对密切会同专门协会、共同推进协会工作和助残社会组织的服务与管理、发展与建设将起到很好作用。希望评监委委员珍惜荣誉，充分履职，发挥作用。"海迪主席的重要指示为评监委建设指明了方向。会领导关怀评监工作，每年参加评监委全委会会议，及时部署，提出目标，要求评监委在实践中进一步明确工作定位，遵循规范原则，形成有效机制，发挥独特优势，依法依章运作，积极探索适合开展评监工作特点的好经验好做法；要求评监委加强业务学习和专业培训，深入了解协会工作的内在特点及发展规律，与专门协会形成良性互动，共同探索法人治理模式，联手加强自身基础建设、能力建设和规范建设。组联部将评监委工作经费纳入年度工作预算，给予有力支持。各专门协会充分尊重、理解、支持评监工作，与评监委形成联动机制，心往一处想、劲往一处使，自觉接受评估和监督，确保各年度评监任务圆满完成，为探索专门协会法人治理模式做出了有益尝试。

（2）加强建章立制，开展专业培训，为推进评监委持续健康发展提供制度保障。评监委始终在建章立制方面下功夫。一是做好制度设计，制定出台工作规则、管理办法、工作流程等规范性文件。二是做好组织分工，根据专门协会评监工作的特点，建立"7组1督导"工作机制，即5个专门协会评监组及评监专业指导组、课题调研组和评监项目督导员模式；做到任务、标准、时限和责任四明确，充分调动工作积极性，保障评监工作质量。三是建立有效的工作推进制度，召开季度汇报会，发布阶段性工作进度，推动评监工作顺利开展；每年度对优秀评监报告、优秀调研报告、优秀评监组和优秀评监委员予以肯定和表扬。

五年来，评监委高度重视专业培训工作，不断提升评监水平和评监能力，紧扣"涉残法律法规""项目评估专业知识""财务规定及常识""监审范围要求和方法""助残社会组织规范化建设""五个专门协会工作特点与模式"等主题，邀请民政部、联合国国际劳工组织、李嘉诚基金会等部门、机构的专家多次培训授课，帮助委员们开阔视野，厘清思路，确保工作推进更有效，方法更务实。

（3）评监委员激情投入，以维护残疾人合法权益为出发点和落脚点，牢固树立责任心和使命感，为评监工作顺利开展提供能力保障。评监委员全部是兼职，60岁以上委员占40%，但对残疾人工作都具有丰富经验，对残疾人怀有真挚情感。他们认真贯彻习近平总书记"以人民为中心"的指示，始终坚持实现残疾人的切身利益为基本遵循，时刻将残疾人的疾苦牢记心头，把推动专门协会规范运作、健康发展作为履职尽责的努力方向，兢兢业业，一丝不苟，努力克服自身困难，激情奉献，为评监工作取得圆满成效打下了扎实基础，提供了人才和智力保障。

（二）对本届评监项目的综合评估

按照中国残联各年度工作要点和《中国残联残疾人专门协会项目评估和财务监审委员会工作规则》《中国残联专门协会项目评估和财务监审管理办法》的规定，评监委对五个专门协会30个项目分别开展了评监和考核，综合评估如下：

1. 被评项目紧紧围绕紧密性、可执行性、可推广性、实效性予以筛选和确定。

（1）项目设置与专门协会职能的紧密性。在项目针对性方面，着重关注项目符合各专门协会履行"代表、服务、维权"职责，符合民政部门对社会团体工作开展的运行规则，重点考察项目的合法性、合规性。

（2）项目计划与专门协会执行的可行性。在项目管理方面，着重关注专门协会开展项目的硬件配备、专业团队、技术手段、实践经验、资金来源及进度安排等必要条件，重点考察项目的系统性、专业性。

（3）项目模式与专门协会联动的可推广性。在服务对象方面，着重关注服务对象的选取范围、特征特点、影响效果等因素，重点考察项目的代表性、示范性。

（4）项目目标与专门协会成果的实效性。在项目目标设定方面，着重关注所要解决的问题清晰准确、服务内容创新独特、项目设计符合专门协会能力优势等因素，重点考察项目的设计与目标达成的相关性、可及性。

2. 被评项目对本协会履职尽责、法人治理、转型升级具有积极推动作用。

（1）坚持围绕中心、服务大局，在履职尽责功能上不断探索。一是专门协会项目积极立足于贯彻党的十八大、十九大会议精神，按照中国残联总体部署，在服务大局中积极发挥不可替代的独特作用；立足于体现履行残联主体协会职责，发挥"枢纽"作用。二是项目的设计主要立足于残疾人基本公共服务和实际需求。三是项目的开展兼顾东中西部区域特点，综合残疾类别、等级、生活状况诸元素，在推动残疾人基本公共服务均等化过程中起到积极作用。

（2）坚持依法依章、规范发展，在法人治理模式上不断深化。一是被评监项目符合本专门协会的业务范围，全部纳入各专门协会年度审计报告之中，并作为民政部开展年检、等级评估等项依据（民政部对本届五个协会的年检全部合格，等级评估结果是两个协会评为最高级别4A，3个协会评为3A）。二是项目运作符合社会化工作要求。各协会在推进项目过程中坚守非营利性、非行政性，坚持服务功能定位和宗旨，积极发挥服务国家、服务社会、服务群众、服务行业的“四个服务”作用。

（3）坚持锐意进取、开拓创新，在转型升级探索上不断前行。被评监项目验证：一是各专门协会担当意识强，能积极发挥社会团体法人责任主体优势，围绕本类别残疾人最关心、最直接、最现实的利益问题，出思路、想办法、谋对策。二是工作水平高。各专门协会积极克服人员、场地、经费限制等实际困难，根据残疾人不同特点与需求，主动借势，发挥优势，积极配合残联谋划和打造具有代表性、实效性的品牌项目。三是社会动员力强。各专门协会在项目运作中不再单纯依靠财政拨款，而是积极通过承接各类项目、接受社会捐赠等社会化方式筹得更多资金，聚合更多资源，广泛动员社会力量推动残疾人事业发展，产生一定的社会影响力。

3. 被评项目反映了专门协会发展需重点破解的主要问题。通过项目评监，也发现了各专门协会亟待解决的诸多主要问题。

（1）加强自身能力建设是根本。各专门协会要积极构建适合自身发展的法人治理模式。一是提升项目管理的专业性，打造项目精品；二是加大项目的宣传力度，提升项目的品牌影响力；三是进一步扩大项目成效及转化成果，为残联出台政策提供重要参考依据。

（2）推动相关政策保障是前提。各级残联要加大相关政策推动力度。一是参与推动出台财政税收支持政策，落实国家对社会组织各项税收优惠措施；二是参与推动出台社会组织人才支持政策，尽早制定加强专门协会人才工作意见。

（3）加大经费投入支持是基础。现阶段，专门协会仅依靠社会自筹资金难以达到项目预期效果，建议地方财政和残联通过委托开展项目、购买服务等形式，以及争取各类基金组织对专门协会开展合作项目，给予协会更多的资金支持。

（4）加强法人治理和转型升级是要义。推动专门协会进一步依法依章、规范运作，积极探索更加科学合理的法人治理模式，不断增进协会转型升级，是推动国家级社团组织健康有序、可持续发展的第一要义，需要切实加大力度予以强化。

（三）评监委建设有待进一步提速强化

本届评监委工作虽然取得了开创性成效，但仍存在诸多亟须改进之处：长效机制尚未建立，如专职人员的设置、激励机制的安排、评监专家团队的组建、与其他助残社会组织合作以及政府购买服务资源的利用等，都有待深化探索；经费保障严重不足，评监标准不高，培训水平与评监能力有待持续提升，与专门协会的关系尚待进一步理顺；社会影响力不够，示范引领作用、创新协调能力需要不断增强。

三、2018年工作综述

评监委根据中国残联总体工作部署和会领导指示精神，以及2018年换届工作要求，全面做好换届筹备工作，完成12万字任务量。

（一）2018年中国残联党组明确：按照章程规定，设立评监委应该是党组审定名单，依据章程程序，议事工作规则由评监委通过，经过中国残联批准。依据各专门协会章程设立评监委，依据工作规程，评监委只对应本级各专门协会。评监委章程规定，按照民政部社团管理局要求，向民政部报备。

（二）召开本届评监委第五次全委会。学习宣讲习近平新时代中国特色社会主义思想，学习宣讲党的十九大会议精神；传达中国残联第六届主席团第五次全体会议暨第三十二次全国残联工作会议精神，传达中国残联换届工作要求；总结5年来中国残联开展专门协会评监工作取得的成效、基本经验和存在的问题；研讨中国残联七代会后评监工作发展方向、实施路径、创新手段、保障条件等原则性问题；布置换届年评监工作要求。

（三）编制本届《评监委典型评监案例集》。由清华大学老师在本届评监委30篇评监（考核）报告中，精选出10篇优秀评监报告编辑而成，为评监工作留下宝贵经验。继续完成年鉴编写任务，获得年鉴编辑部褒奖。

（四）根据会领导安排，对本届评监委工作规律、基本经验、现行模式、突出特点、主要成果进行总结宣传。6月完成《中国残疾人》杂志对本届评监委工作专访和专栏报道。8月完成2017年评监委优秀调研报告《转型升级：建设新时代的新型专门协会》，并在《残疾人研究》发表。高质量完成中国残联七代会会议文件汇编任务。9月完成本届评监委工作总结报告，列入中国残联七代会文件汇编，获得全体代表广泛认可。

（五）认真完成第六届中国残联五个专门协会工作与建设基本评估和评价。评监委分五个评监组对五个专门协会分别进行5年被评监项目单体评定，出具评监报告。8月，评监委完成对本届五个协会的综合评价，出具整体评估报告。

9月，评监委圆满完成出席中国残联第七次全国代表大会任务，对评监委换届工作提出有效的意见建议，用优异的成绩完成了向新一届评监委交班任务。

四、《清华大学残疾人企业家培训》项目评监报告

2012年至2014年，中国肢协依托清华大学完成三期全国残疾人企业家创业培训班，300名学员来自全国23个省区市和香港特区，其中，肢残人297名、盲人3名，坐轮椅者144名。每期均完成为期半年的面授和网络教学，这是残联首创的模式。第四期于2015年11月开班。常务副理事长王乃坤、副主席吕世明分别出席培训班开班仪式和结业仪式。

1. 打造合作共赢、融智融商的交流平台。培训班形成学习交流、合作发展、共赢实践平台，为残疾人企业家们资源整合、企业联合、才智融合、信息汇合创造了共赢模式。学员充分发挥产业关联度效应，为各自企业寻求更大的发展商机。

2. 发掘学员优势，培养社会责任感，推进创业带动就业。学员积极响应中国肢协“千企万人就业创业”的呼吁，向社会展示残疾人企业家的社会责任感，在自己的企业中安排了3000名残疾人就业。

3. 大胆探索，不断创新，制度化构建企业家培训平台。中国肢协社团法人登记后，成为中国残联的得力助手，广泛利用社会资源，延伸残疾人服务体系，贯彻国家就业优先战略，通过帮助残疾人企业家能力提升进而促进残疾人就业的实践创新，有计划地服务残疾人群体，凝聚残疾人企业家队伍，发展壮大残疾人集中用工企业。

4. 问题与挑战。中国肢协计划进一步打造高端培训平台，但依托著名高校和专家学者，每年举办一期残疾人企业家培训班困难极大；对有发展前景和良好市场预期的残疾人企业，按照不同产业、层次和类别，本着多渠道、多形式、多层次的原则，在培训思路和模式上不断探索，大胆创新，提高培训教育的针对性、灵活性和有效性缺乏后劲；为残疾人企业家提供高水准的培训平台，使残疾人企业家队伍结构明显优化，素质全面提升，形成熟悉市场经济、具有管理经验和优良综合素质的新型残疾人企业家群体需要更大的支撑力；清华百年名校，无障碍环境方面仍存在不尽人意的地方，以至于对肢残人服务的经验略显不足，培训班初期教学场地和食宿的安排有顾此失彼现象。

5. 项目经费。每期各学员直接向清华大学支付9000元。培训得到各地方残联支持，从残保金专项经费中支付残疾人企业家们培训费用，符合残保金专门使用规定。

附录一

中国残联办公厅关于印发中国残联专门协会第二届项目评估和财务监审委员会组成人员名单的通知

残联厅发〔2019〕6号

各省、自治区、直辖市残联，新疆生产建设兵团残联，黑龙江垦区残联：

为进一步加强对专门协会的项目评估和财务监审，塑造专门协会更加良好的社会公信力，中国残联党组审议通过了中国残联专门协会第二届项目评估和财务监审委员会组成人员名单。现通知如下：

监事长：

张宝林（智亲）　中国残联原理事、中国智协原主席

副监事长：

王　结（盲）　宁夏残疾人康复中心副主任
宁夏盲协主席

杨　佳（盲）　中国科学院研究生院教授
北京市残联兼职副理事长

高晓峰（聋）　黑龙江省富坤粮食加工有限公司董事长兼总经理
黑龙江垦区聋协主席

刘峥伟（肢）　河南省残联理事

王　延（肢）　西安德力工业公司总经理
陕西省肢协主席

肖　扬（精亲）全国妇联妇女研究所原副所长
中国精协原副主席

监　事：

滕伟民（盲）　中国残联原理事

田　超（盲）　郑州桃花源中医按摩专修学校校长
河南省盲协主席

郑　璇（聋）　重庆师范大学教育科学学院副教授
重庆市聋协主席

张维佳（肢）　上海市肢协原副主席

王彩霞（肢）　中国残联计财部综合财务处原处长

艾　诚（肢）　中国残疾人杂志社编辑

李　楠（肢）　北京市朝阳区望京李楠社会工作事务所理事长
北京市肢协主席

刘　杰（肢）　北京市残联社工部主任科员
北京市肢协副主席

熊　俊（肢）　江西银行滨江支行行长
江西省肢协主席

徐世元（肢）　福州市残联党组成员、副理事长
福建省肢协主席

蒋存斌（肢）　甘肃省残联办公室副主任
杨金旭（智亲）　大连市卫健委巡视员
辽宁省智协主席
韩万川（智亲）　原铁道部人事司处长
史建钢（精亲）　兰州中医脑病康复医院院长
甘肃省精协主席
贺铁民（精亲）　首钢医疗健康产业投资有限公司
副总经理

秘书长：刘峥伟（兼）

副秘书长：徐世元（兼）、刘　杰（兼）

中国残联办公厅

2019 年 2 月 14 日

附录二

吕世明在中国残联专门协会项目评估和财务监审委员会成立会议上的讲话

2014 年 1 月 21 日

中国残联成立专门协会评监委是改革的产物，也是围绕事业大局需要应运而生的新事物。

改革开放初期，邓朴方主席开创了新时期中国特色残疾人事业，举起人道主义旗帜，坚持探索中国特色残疾人事业发展模式。历经几十年的艰苦奋斗，广大残疾人生活改善了，社会地位提升了，各项业务领域拓展了。2008 年，中国特色残疾人事业发展写入中央 7 号文件，张高丽同志在中国残联六代会上代表党中央国务院的祝词中提出在新的起点上发展残疾人事业，是中国特色社会主义事业的一个重要组成部分，这给我们事业的发展、工作的推进奠定了非常好的理论支撑和实践基础。

现在回顾中国残联的架构设计，确实深刻体现了邓朴方主席确定的“精简、统一、效能”原则。1988 年，在此前中国残疾人福利基金会和中国盲聋哑协会的基础上组建了残联，职能定位为“代表、服务、管理”，叫事业团体；2008 年从法律、中央文件到章程都正式确定为人民团体。架构设计是中国残联和组建盲人协会、聋人协会、肢残人协会、中国智力和精神残疾人亲友会。第二年，分设中国智力残疾人亲友协会、中国精神残疾人亲友协会。

当时还有一个框架设计叫评议会，具有前瞻性。2004 年，根据形势发展和改革需要，残联不再设评议会，它的职能很大一部分转移到主席团，丰富了主席团的职能，同时协会也承担一部分职能。一晃就是十年，实践证明，评议的设计从理论到实践都体现了适合中国国情、适合中国残疾人事业发展的特性。这种设计，以及“精简、统一、效能”原则，“代表、服务、管理”和“代表、服务、维权”职能的确定，都充分体现了邓朴方主席当年对加强制度性建设和保障的重视，充满了忧患意识，提升了残疾人组织的责任使命。以制度性保障来监督、评审我们的思维、理念、行为准则、工作方式方法，起到了非常好的效应。

评监委是我们新的起点、新的形式，顺应了改革开放大势，是我们对协会探索法人治理和科学发展的需要，是我们共同发挥协会服务效能，贯彻残联六代会精神和完成同步小康的一个有力保障，也是我们依法依章积极探索适合国情和协会发展特性的一个制度性举措。

盲协社团登记后取得了民政部社会组织的最高 4A 级认证，为其他四个协会趟出了一条有效的路径。在邓朴方主席倡导下，在党组重视下，各专门协会积极努力，2011 年全部完成了社团登记。经过两年探索，各协会在社团组织方面取得了很好的成效，主席团和残联党组给予了充分肯定，同时也得到了民政部的好评。我认为，这也意味着以六代会换届为标志，五个专门协会基本完成了社团法人管理模式。

根据协会法人治理和社团财务模式，智协提出先行先试。我和张宝林主席商量提出，协会除了财务可以适当独立，内部还得有一个相对独立的、类似监事会的机构。这个想法得到了智协的响应，宝林主席亲自组织实施，引发五个协会都成立了项目评估和财务监审委员会，得到了民政部和海迪主席的充分肯定，六代会换届前也得到了党组的肯定，特别把评审制度性建设纳入了 2014 年工作要点和其他的文件中，确定了评监委的有效地位。

评监委由各类代表组成，比较齐全，有媒体的、有志愿服务的、有国际事务的，还有法务的。红十字会 2013 年也请了一个第三方评估，差旅费、盒饭钱都从红会出，遭到了一些质疑。我说，这是靶子，给我们照了镜子。这就要求第三方不在协会兼有任何职务，不在协会领取任何报酬，不与协会发生任何利益关系，但是，还要有机制保障。我们把评监委设在组联部门并由其日常管理，与协会没有任何关系。评监委所需的正常费用，包括今天吃个盒饭、开展评审调研的差旅费，从组联部经费中单切一块来承担，做到井水不犯河水，十分严谨。评监委一旦开始履行职责，就要遇山开路、遇河架桥，遇到事情可以有效地分别开来。这个例子说明，我们对评监委的制度设计是动了一番小脑筋的。

评监委成立有其重要意义，不但是事业、协会社团法人治理、协会今后更好融合发展的需要，也是为中国残联下一步大力推进助残社会组织建设提供有益探索的需要。

大家的发言前瞻性都很强。此前，评监委同志是无私奉献的服务者，业余时间几次开碰头会，提出若干意见，包括工作规则、实施方案、项目计划，以及滕伟民同志代表评监委做的筹备报告。这个报告我看了三遍，其观点、理念、方法、指导思想、工作原则都是集体的智慧，我完全赞成。

组联部承担助残社会组织的联系、服务工作，也有一些管理职能，今后要在助残社会组织的服务制度、顶层设计、规范标准、评估监审、政府购买服务等方面，按照党组具体要求进行探索，成立评监委是率先迈出的第一步。不是说协会本身出了问题、有了什么事情需要评估监审，而是要管好前端。恰恰是因为协会得到了社会瞩目，在海内外有了影响，所以要在社会组织制度建设、服务建设、法人治理建设率先垂范，起到带头作用，也符合广大残疾人的期盼和广大残疾人亲友的愿望。

正是基于这种考虑，我们一定要自我加压、自我改造、自我革命。设立这个模式，还证明我们各个协会的认识达到了高度的统一和自觉。

评监委还有一个优势，就是借助六代会和残联换届之机，有效整合资源，比如吸收了上一届盲协副主席滕伟民、聋协副主席于兵、肢协副主席杜仲。他们都在任多届，这次加入评监委，体现了宽阔的胸怀和积极探索的精神，以及为事业大局、为支持协会发展而舍弃自身利益的牺牲精神。他们熟悉协会工作规律和模式，身临其境多年，这次面对很有可能被凝固和僵化的模式，勇敢地跳了出来。还有一些新同志加入，他们有新的思维、新的视角，能用第三只眼睛看世界。我希望他们能用第三只眼睛审视我们的工作，包括我个人，好多事情固化了，以为自己很明白什么事情该怎么办，但实际上可能不明白。由第三方来审视，可能对我们的项目和财务起到重新认识的作用。另外还有专业的同志加入进来，如法律、媒体、财务、国际事务等领域的同志，可以给我们提供多方面的咨询，承担好多工作，给协会增添了新的动力和活力，我想这个意义更大。

法人治理模式怎么探索？我看是要用制度来保障，要从协会自身内在的发展能力、发展规律和创新形式等方面来把握，要通过第三方来给予鞭策、鼓励和动力。在这方面协会的任务很重，不仅要发展自身，为助残社会组织发挥示范引领作用，还要引导各地协会进行法人治理模式的有效探索。

我提出“强基育人”的思路，得到中国残联的肯定和推广实施。如何强基？怎样育人？协会要带好头，评监委要起好作用。我的理解，对外就是公信力。仅仅是自身内部认可、协会之间认可是不够的，要得到外部的认可，包括残联组织的认可、社会组织的认可。北京的残疾人专门协会有办公房、经费，背后有强大的基础。但好多助残社会组织是草根起家，几个人把家产变卖了，不但不领工资，还把自己的工资拿出来给工作人员开工资，有这样坚守十年的。全国协会人员工资很低，办公房也不行。当然，什么事都怕比较。最近我们到黑龙江调研，约请十家社会助残组织座谈，其中哈尔滨有一个与残联联系密切的残疾人康复服务机构，拥有五六十个兼职的 OT PT 训练师，机构有医师和普通人员二三十人，负责配合登记、管理、培训等工作，定期、定时、定人登门到残疾人家里提供康复训练服务，付出了极大的代价和精力。现在政府购买服务，最早受益的是自愿发起的草根组织，政府给了两年的经费支持。我们要比较，就在比较中探索学习，探索有效经验和好的模式。

公信力还体现在协会组织的设置上，这是当前大势所需。中央推出廉政建设、群众路线教育活动，协会组织一定要贯彻落实好，经得起历史性的考验，绝不能出一丁点偏差。为什么把项目评估和财务监审合在一起？以前可能会把白内障复明的钱用于聋人身上，把聋人项目的钱用于导盲犬工作上，用导盲犬项目的钱购买了轮椅，认为只要用到残疾人身上就没事。现在这样做不行了，要求精细化管理，这么做就是乱花钱，就是渎职。财务这根弦大家要绷紧。在这次六代会上，《人民日报》和新华社记者说，参加盲协会议特别感动，你们协会的财务报告有模有样，挺正规的，还专门把财务报告念了一遍。一般单位的财务报告都是发下来让大家看一看，会议上就不念了。这说明我们协会坚持多年的制度建设是有效果的。

现在大家往往忽略项目评估工作，下一步也要纳入科学管理和民意评估范围。为什么说项目是广大残疾人朋友最需要、最迫切、最现实的？为什么要把协会工作计划给各位评监委看？因为工作要向基层延伸，十年前中国残联做的项目，现在要放到地方上去做。项目的设立需要结合实际情况，不能唯长官意志，协会本身要增强评判能力、决策能力，评监委要起作用。

公信力还要有一定的体现，如阳光操作。群众路线教育实践活动要求我们与残疾人紧密联系，习近平总书记讲要心存敬畏，要使纪律真正成为“带电的高压线”。我们协会比不得企业投资可以犯错误，虽说没权没物，但错花十块钱也是大错。制度管长远、管根本，又管全局。但制度设计再好也要靠正确实施。评监委和协会要贯彻六代会精神，按照残联兜住底、补短板、同步小康的工作部署和要求，共同发挥积极有效的作用。

最后希望评监委一定要珍惜职责、珍惜荣誉。评监委的职责和职能虽然有其自身的特点，但万变不离其宗，同样要加强学习，在业务上尽快进入角色。学习方式不一定非得通过开会发材料，也可以借助网络。以后可以多利用中国残联和各个协会的网站，积极定期登陆、定期摘引，经常用第三只眼睛看一看。这一点要作为一个制度性保障，履职的前提是要掌握情况。

评监委要成为残疾人事务、专门协会工作的行家里手。在探索模式方面，要多从全局出发考虑问题。小细节当然也要掌握，因为我们承担的不是一个单项工作，而是一个总体事业，在探索协会发展、法人治理模式方面，要对中国残联进行顶层制度性建设起到建言谋策的作用。评监委工作有合作有分工，将来不可能大兵团作战；可以分组分类，每个协会都有方方面面的代表，可以科学有序地安排好工作。同时，要加强自身的能力建设、制度建设和基础性建设。

评监委与协会要共同履行好代表、服务、维权职能，互相要充分尊重、理解和支持，两方面的工作都代表了中国残联和中国残疾人事业的形象，希望不断自我锤炼、自我提升、自我完善，越做越好。（孙一平供稿）

中国盲人协会工作

一、领导讲话

程凯在国家通用盲文全国骨干师资培训班上的讲话

2018 年 8 月 7 日

手语和盲文是听力和视力残障者使用的特殊语言文字，是人类语言文字多样性的独特呈现。我国有 3000 多万听力和视力残疾人，他们当中有相当一部分是使用手语和盲文进行学习交流和生活的。新中国成立后，国家进行了一系列手语和盲文规范化工作。进入新时代，随着《国家手语和盲文规范化行动计划（2015—2020 年）》的制定实施，“国家通用手语标准”和“国家通用盲文标准”两个重大课题历时七年联合攻关并通过评审，课题成果《国家通用手语常用词表》《国家通用盲文方案》经过两年多在全国范围内试行完善，经国家语言文字工作委员会规范标准审定委员会审定，作为国家通用语言文字的重要组成部分，由教育部、国家语委、中国残联联合发布，2018 年 7 月 1 日开始正式推广，成为服务特殊人群语言文字需求的国家语言文字规范。

推广使用通用手语和通用盲文是语文建设和残疾人工作的一件大事。我们要提高推广工作的自觉性和主动性，充分发挥政府语言文字工作委员会在推广工作中的作用。残联组织要切实履行好主体责任，广泛深入开展宣传工作，努力营造无障碍交流的良好社会环境。中国特色社会主义进入新时代，国家语言文字事业也将迎来新的大发展。推广使用国家通用手语和通用盲文是我国残疾人事业的一个里程碑和国家语言文字规范建设中的一件大事，是普通话推广工作的一个重要组成部分。因此，我们要以习近平新时代中国特色社会主义思想为指引，深入贯彻党的十九大精神，坚定“四个自信”，从落实习近平总书记“全面建成小康社会，残疾人一个也不能少”的重要指示和“办好特殊教育”要求的高度，充分认识推广和普及国家通用手语和通用盲文的重要意义，增强责任感和使命感，不断提高推广普及的自觉性和主动性。

二、中国盲人协会第六届委员会财务报告

2018 年 9 月 15 日中国残联
第七次全国代表大会盲人代表会议通过
李庆忠

图 5－3－1　中国残联第七次全国代表大会盲人代表会议。

我受中国盲人协会第六届委员会委托，向中国残联第七次全国代表大会盲人代表会议（中国盲人协会第四次会员代表大会）作财务报告，请予审议。

一、财务管理情况

财务管理是协会规范运行的重要内容。五年来，中国盲协在中国残联的领导下，积极发挥社团法人作用，努力探索社团法人协会工作模式，利用政府和社会资源，开展具有盲人特色、贴近盲人需求的各种工作和活动。为了加强财务管理、合理使用资金，中国盲协在中国残联计财部的直接指导和监管下不断完善财务管理制度，把有限的资金用到实处，取得良好效果，做到账目明细、资金安全，在每年的全委会上公布财务情况，接受监督。五年来，中国盲协每年收支基本平衡，略有盈余。

二、财务收支情况

2013 年 9 月至 2018 年 7 月 31 日，中国盲协共取得收入总额 1732. 79 万元。其中包括捐赠收入、政府补贴收入及其他收入，现分述如下：

（一）资金收入情况。2013 年 9 月至 2018 年 7 月 31 日，

中国盲协资金收入总额1732.79万元。其中政府补贴收入356.37万元，占资金收入总额的20.57%；捐赠收入1221.49万元，占资金收入总额的70.49%；提供服务收入150.85万元，占资金收入总额的8.71%；其他收入4.07万元，占资金收入总额的0.23%。

其中主要捐赠收入包括：北京米赫医疗器械有限公司捐款20万元；中国人民人寿保险股份有限公司北京市分公司捐款24万元；中国红十字基金会捐款86.94万元；中国残疾人福利基金会捐款50万元；中国狮子联会捐款78.46万元；山西华晟荣煤矿有限公司捐款97万元；长治市南烨实业集团有限公司捐款33万元；连云港政伟水产品有限公司捐赠物资300万元等。

（二）资金支出情况。2013年9月至2018年7月31日，中国盲协资金支出总额1217.55万元。其中项目支出1024.14万元，占总支出的84.12%；管理费用支出189.72万元，占总支出的15.58%；其他费用支出3.69万元，占总支出的0.3%。

其中主要项目支出包括：农村盲人培训与安置工程72.81万元；爱心助盲白内障手术复明项目14.42万元；中途失明者康复项目21.98万元；服务引领项目31.5万元；导盲犬标准编制项目32.06万元；中央财政青光眼无创治疗项目100万元；通用盲文项目41.59万元；阳光书包项目94.78万元；其他残联委托项目125.32万元等。

（三）收支结余情况。2013年9月至2018年7月31日，中国盲人协会收支结余515.24万元。

截至2018年7月31日，中国盲人协会累计结余808.7万元，其中有600万元是以实物形式进行的捐赠。

各位代表，做好财务工作是推动盲协工作顺利开展的前提和基础。今后，中国盲协将在中国残联的领导下，在委员会和中国残联等有关部门的监督指导下，围绕中国残联第七次全国代表大会确定的各项任务，继续加强财务管理，按照国家有关审计要求，不断提高财务管理水平，力争让有限的资金发挥出最大的效能，为开创盲协工作新局面做出新的更大贡献！

三、工作综述

2018年，中国盲协在中国残联的领导和民政部的监管下、在中国残联各业务部门和各地盲协的支持下，认真贯彻落实十九大精神和中国残联七代会精神，围绕中心、服务大局，不断提高政治站位，不断增强代表、服务、维权能力，不断探索工作的新思路、新方法，在协会工作中取得了新的成绩。

（一）落实中央部署、增强“四个意识”

为贯彻落实十九大精神和中国残联七代会精神、增强“四个意识”，打造“学习型”协会，引领盲人群众听党话、跟党走，中国盲协通过多种形式特别是网络方式组织了多场政治学习活动。

1.“两会”结束后，组织各省盲协参加学习宪法专家网络讲座，邀请人民大学韩大元教授讲课，在线参加讲座的残疾人超过6000人；李庆忠主席做“两会归来话感想”的两会精神网络讲座。

2. 利用网站开展政策宣传。中国盲协在网站设立“党建之窗”，及时宣传十九大、“两会”和七代会精神。

3. 利用主席办公会和全国盲协微信群组织盲协班子、各地盲协骨干进行学习，通过YY平台宣讲七代会精神；各地盲协也纷纷组织七代会精神学习活动。

（二）聚焦代表大会，加强协会建设

1. 配合完成审计署审计工作和民政部委托第三方全面审计工作。通过审计，盲协近年来管理、财务工作得到全方位审查，未发现违纪违规问题。审计对个别盲协专委会名称和管理规范问题提出意见，为盲协进一步加强自身建设指明了方向。

2. 根据中国残联的部署要求，盲协积极参与中国残联七代会的筹备和组织工作，认真梳理总结盲协三十多年来特别是近五年来盲协工作的成果和经验，完成《中国盲协发展历程》《六届中国盲协工作报告》；顺利完成盲协新老班子的交接，新一届盲协班子更加充满活力。

3. 为推动盲人信息无障碍工作，盲协成立了信息无障碍促进委员会。委员会由中国科学院、浙江大学、工信部等专业机构的专家和盲人专家组成，盲协在信息无障碍领域的代表和服务能力得到加强。依托该委员会，组织召开了雄安新区信息无障碍研讨会。

4. 为配合国家通用盲文推广工作、促进盲人文化教育事业，中国盲协成立了通用盲文推广和研究委员会，汇聚国内有关专家开展通用盲文的推广语研究工作。

（三）深入调查研究，精准反映需求

为精准和深度反映盲人群体的个性化需求，维护盲人的权益，盲协聚焦盲人群体反映集中的问题开展专题研究，并为推动相关工作提出政策建议。

1. 为贯彻中医药法，推动落实盲人医疗按摩人员在医疗机构从事医疗工作的权益，盲协和按摩指导中心共同组织开展了盲人医疗按摩人员就业状况调研，组织问卷调查和多地访谈，撰写了调研报告。

2. 为深入调查近年来社会反映较多的无障碍设施特别是盲道问题，盲协和社会组织合作开展“随手拍”盲人无障碍调查活动并组织多次研讨会，撰写了调研报告。

（四）推动顶层引领，保障盲人权益

中国盲协注意发挥全国协会的独特优势，充分履行盲人

群体代言人的职能，积极推动顶层设计，推动有关法律法规和服务标准的进步，从源头上维护盲人的权益。

1. 由中国盲协牵头组织编写的《导盲犬国家标准》通过国标委审定并发布，成为国际上首个导盲犬国家标准。盲协参加了国标委组织的新闻发布会，组织了国家有关部门领导和专家参加的导盲犬标准宣贯动员会。

2. 作为主要起草单位参与了工信部信通院主持的《移动终端无障碍标准》编制工作，推动国产手机公司响应有关标准。

3. 作为参编单位组织专家和盲人代表参加银行业协会主持的《银行业无障碍标准》编制工作。

4. 参加雄安新区、北京新机场、冬奥会和冬残奥会无障碍建设导则的研讨和编制，多次提出书面意见。

5. 协同业务部门，深度参与《国家通用语言文字法》的修订工作，力争将国家通用盲文作为国家通用语言文字的组成部分纳入法律法规。

6. 李庆忠主席、杨佳副主席参加全国政协会议并提出推动盲人当教师和公务员等多项提案，通过媒体采访和在《人民日报》发文宣传无障碍理念，促进盲人群体权益维护。各地政协和人大中的盲人代表也积极为残疾人群体发声。

7. 妥善处理知名盲人遭拒银行服务引发的媒体事件，和当事人及银行业协会进行密切沟通，推动银行服务质量进一步提高。

（五）重视盲文推广，加强文化建设

为贯彻落实中国残联、教育部等四部门发布的《国家通用手语和通用盲文规范化行动计划（2016—2020）》及中宣部等五部委发布的《关于推广国家通用手语和通用盲文的通知》精神，中国盲协主动担当，在业务部门的大力支持下，组织开展了通用盲文的推广工作。

1. 组织国家通用盲文骨干培训班。盲协在 8 月、11 月分别在北京、山东组织了全国通用盲文骨干培训班和华东地区盲校（特教学校）骨干教师培训班，全国各省区市 160 多名盲文骨干参加培训。另外，盲协组织完成了通用盲文挂图、通用盲文讲座课件的制作，各省盲协也在当地残联的支持下开展通用盲文培训活动。与兰州大学合作开发盲文信息网络平台，参与通用盲文课题的规划和指导工作。

2. 为纪念改革开放 40 周年和中国残联成立 30 周年，盲协组织完成“我们的改革开放时代”主题征文评选活动，各地盲人文学爱好者踊跃参与，热情讴歌改革开放以来残疾人事业的巨大成就，展示盲人群体自强自立的精神风貌。上海、江苏等省市在本次征文比赛中成绩突出。

3. 为推动盲人文艺工作和盲人作家的交流，在爱心企业的支持下，中国盲协在张家口组织盲人作家高级研修班。中国盲协文艺委员会主任、战斗英雄史光柱等全国作协会员、省级作协会员 30 多人参加活动。

（六）打造服务品牌，带动地方工作

为发挥全国性协会的带动作用，引领地方盲协开展典型性、创新性盲人服务工作、活跃盲人文化生活，中国盲协组织了多项全国性盲人服务项目，努力打造服务品牌。

1. 在中国残联组联部支持下，组织开展“全国盲协盲人服务引领项目”。通过评选，选出各地盲协 30 个项目方案给予资金支持，地方协会通过实施服务项目为当地盲人提供个性化服务的同时也增强了服务能力。通过项目评选和报道交流，盲协的引领作用和项目的社会效果得到进一步强化。四川、辽宁、青海等地盲协积极申报并组织了多个活动。

2. 为促进盲童家长的交流，提高盲童家庭教育的质量，盲协家长委员会组织盲童家长培训活动 10 个。

3. 为推动盲人教育扶贫工作，盲协筹集社会资源为贫困盲童发放阳光书包 600 多个，为盲童送去适用学具和课外学习材料。

（七）创新盲人服务，丰富文化生活

为提升服务能力和服务效果，中国盲协积极利用互联网服务模式，依托和带动地方盲协及社会组织开展一系列盲人文化体育活动，收到良好效果。

1. 盲人节活动受到海迪主席和周长奎书记的赞扬。在 2018 年第 35 个国际盲人节期间，中国盲协与各级盲协围绕残联工作大局，开展了形式多样的庆祝活动。中国盲协依托云南盲协和“彩云盲友阳光会”网络平台组织盲人文化晚会，多省盲协和社会机构共同参与；山东省盲协组织“心手相牵，十年大爱”公益活动并在中央电视台直播；北京市盲协举办“触摸雄安新区”活动；江苏、四川、福建等省盲协分别组织多场盲人服务活动。

（八）配合外事大局，加强国际交流

为了配合国家和中国残联的外交大局，在国际事务中发出更多中国盲人的声音，中国盲协积极参与有关盲人的外事活动。

1. 中国盲协和福建省残联、福建省盲协共同组织世界盲联亚太区按摩研讨会，受到各国盲人的高度评价；中国盲协还积极参加了世界盲联亚太区中期大会。

2. 组织完成《残疾人权利公约履约影子报告》。

3. 与俄罗斯、土耳其等多个国家以及港澳台地区盲人组织开展友好交流活动。

四、重要条目

【2018京津冀盲人冰雪运动示范活动】 为积极推动残疾人融入国家“三亿人参与冰雪运动”的目标，配合2022年冬奥会和冬残奥会的举办，促进盲人康复健身、了解冬残奥项目、体验冰雪运动的快乐、提高健康水平，中国盲人协会在中国残联的支持下，携手京津冀三地残联共同举办的大型活动。2018年2月11日，在国家体育场（鸟巢）举行北京市盲人冰雪运动示范活动，北京市盲协参与承办，北京市盲人60人以及残疾人亲友、志愿者、工作人员、相关媒体等共计100人参加了活动。3月5日，在蓟州国际滑雪场举行天津市盲人冰雪运动示范活动，天津市盲人以及残疾人亲友、志愿者、工作人员等共计80人参加了活动。3月6日，在石家庄天山海世界欧悦真冰场举行河北省盲人冰雪运动示范活动，残疾亲友、志愿者、冰雪运动指导员、工作人相关媒体等共计80人参加了活动。盲人朋友们在志愿者的协助下体验雪地拔河、双板滑雪、雪地转转、雪圈等形式多样的冰雪活动。2019年还将继续在各地举办此项活动。

【盲人歌手周云蓬办理借记卡事件】 2018年3月26日，盲人歌手周云蓬在中国银行深圳沙河支行办理借记卡，银行工作人员以其“没有民事行为能力”为由拒绝办理手续。对于这个理由，周云蓬无法理解，并在微博上讲述了自己被拒绝的遭遇，引起社会广泛关注。在众多大V和网友的声援下，中国银行深圳沙河支行在3月27日下午正式发函道歉：“由于自身专业能力的不足，没有给周云蓬提供方便快捷的金融服务，并在情感上造成伤害，向周云蓬致以最诚挚的歉意。”同时表示：“视障人士不需要陪同人，就能进行银行业务办理，会优先进行办理，对所有残障人士一视同仁，没有歧视。”为了推动盲人信息无障碍工作，维护盲人信息无障碍权益，引导盲人群体积极融入信息社会生活，中国盲协于2018年7月6日正式成立信息无障碍促进委员会，希望帮助视障人士工作生活能够得到明显的改观。

【《导盲犬》国家标准（GB/T 36186－2018）】 导盲犬是应用犬行为学原理，结合视力残疾人的特征，培训为协助视力残疾人安全出行的工作犬。为使导盲犬工作科学、规范、健康、可持续推进，2016年9月国家标准化管理委员会批准《导盲犬》国家标准制定计划。在中国残联的支持下，中国盲人协会、全国伴侣动物标准化技术委员会开始《导盲犬》国家标准起草编制工作。2018年5月，国家市场监督管理总局、国家标准委公布《关于批准发布<大型游乐设施安全规范>等389项国家标准、6项国家标准修改单和54项国家标准外文版的公告》（中华人民共和国国家标准公告2018年第6号），《导盲犬》国家标准列于其中。该标准给出了导盲犬、家庭寄养、共同训练等术语的概念内涵，规定了导盲犬的选种与繁殖要求、饲养和管理要求、回访与复训、退役的要求等。标准的发布实施，对于规范导盲犬工作，促进导盲犬行业的发展具有重要意义，彰显了我国社会发展和文明进步，标志着无障碍环境建设水平得到进一步提升，是全社会弘扬人道主义情怀和人文关爱的具体体现。

【通用盲文推广与研究委员会】 为做好国家通用盲文方案推广普及工作，进一步加强盲文和规范化研究，维护盲人语言文字权益，经中国残联同意，中国盲协决定成立通用盲文推广与研究委员会，2018年6月29日在中国残联举行成立会议。李志军、程凯、李伟洪、李庆忠等领导，中国残联相关部室、中国盲文出版社、相关特教院校代表，盲文编辑、出版专家，计算机专家，盲人代表等40余人参加会议。李庆忠介绍国家通用盲文研制、试点、完善和审定的过程以及委员会的筹备情况。会议通过《中国盲协通用盲文推广与研究委员会工作规则》，产生第一届委员会成员，推选李伟洪为委员会主任，李庆忠、沃淑萍、钟经华为委员会副主任，李庆忠兼任委员会秘书长。程凯要求，中国盲协要发挥主体和引领作用，提高政治站位，按照《关于推广国家通用手语和国家通用盲文的通知》与国家通用手语和国家通用盲文方案发布暨推广部署电视电话会议的要求，统一认识，凝神聚力，重点做好骨干培训、盲文信息化、文化扫盲以及学校教学等工作，让广大盲人群众用规范字，做文明人，走自强路。

五、大事记

1月9日—11日，首期国家通用盲文骨干教师培训班在北京商务会馆举行。来自全国32所高校、技术学院、盲校的40余名教师参加了培训。

2月12日，“2018年盲人网络新春晚会”在“彩云盲友阳光会”YY平台精彩呈现，多省盲协和社会组织纷纷举办盲人网络新春晚会，吸引了数千名包括盲人在内的在线网络听众，并通过喜马拉雅等网络平台广泛分享。

3月—11月，开展了盲人医疗按摩状况调研、盲道调研及导盲犬工作相关标准研讨。

3月26日，中国盲协举办“我们的改革开放时代”征文活动，旨在反映改革开放以来我国残疾人事业的发展成就，从残疾人的日常生活、教育就业、医疗康复、权益保障、文化生活、信息无障碍、思想观念的更新等不同角度讲述了自己的生活故事，凝练思想，抒发感情。

4月1日—30日，盲协就《视力残疾人支持性就业服务标准》及《导盲犬培训机构与人员行业标准》进行编制编写工作。

4月25日，盲人支持性就业研讨会在中国残联举办。

5月14日，国家市场监督管理总局、国家标准委公布

《关于批准发布 <大型游乐设施安全规范> 等 389 项国家标准、6 项国家标准修改单和 54 项国家标准外文版的公告》（中华人民共和国国家标准公告 2018 年第 6 号），《导盲犬》国家标准（GB/T 36186－2018）列于其中。

5 月 17 日，国标委在京召开重要国家标准发布会，中国盲协主席李伟洪出席会议，《导盲犬》国家标准编制组成员、导盲犬训导师王鑫代表中国盲协在会上做《导盲犬》国家标准解读并接受媒体采访。

5 月 17 日，中国盲协专门召开导盲犬工作及出行无障碍研讨会，重点部署《导盲犬》国家标准的宣贯工作，研讨《导盲犬培训机构与人员》行业标准编制工作。

5 月 18 日，《国家通用手语常用词表》和《国家通用盲文方案》由国家语言文字工作委员会规范标准审定委员会审定，经中国残联、教育部、国家语委同意，作为语言文字规范发布，自 2018 年 7 月 1 日起实施。

5 月 30 日，盲协支持各地盲校协调共同成立家长委员会或互助小组，联络当地残联、公益组织、大学、图书馆等机构共同支持家长活动。

6 月 18 日，中宣部、中国残联、教育部、国家语委、国家广播电视总局联合发出《关于推广国家通用手语和国家通用盲文的通知》（残联发〔2018〕36 号），印发《国家通用手语推广方案》《国家通用盲文推广方案》，部署国家通用手语和国家通用盲文的推广工作。

6 月 25 日，中央宣传部、中国残联、教育部、国家语委和国家广播电视总局在京召开国家通用手语和国家通用盲文推广部署电视电话会议。教育部副部长、国家语委主任杜占元，中国残联副理事长程凯出席并讲话。会议介绍国家通用手语和国家通用盲文的研制过程，正式公布《国家通用手语推广方案》《国家通用盲文推广方案》。北京盲校、天津聋校、内蒙古自治区盲人协会和广东省聋人协会分别就各自开展国家通用手语和通用盲文试点的情况介绍经验做法。

7 月 6 日，为推动盲人信息无障碍工作，维护盲人信息无障碍权益，引导盲人群体积极融入信息社会生活，中国盲协成立信息无障碍促进委员会。

7 月 16 日，中国盲文图书馆和中国盲协在北京共同举办“快乐成长”盲童阅读技能暨盲童家长培训。

8 月 7 日—9 日，中国残联教就部、中国盲协、中国盲文出版社、北京联合大学特教学院在北京举办国家通用盲文骨干师资培训班。程凯、张伟、李伟洪、李庆忠等出席开班式。全国各省区市盲校、盲协的盲文骨干师资 120 余人参加培训。培训内容包括国家通用盲文方案解读、答疑，低年级、成年盲人教学方法示范及研讨，培训测试等。受训学员将成为各省（区、市）开展国家通用盲文培训的骨干师资。

8 月 23 日—26 日，中国盲协在江苏省泰兴市组织开展盲人板铃球训练与体验活动。

8 月 23 日，中国残联理事、中国盲协常务副主席李庆忠赴江苏省常州市调研盲人医疗按摩工作。

9 月 3 日—5 日，中国盲协盲人文学联谊会盲人作家高级研修培训活动在河北省桑干河畔的涿鹿县成功举办。

9 月 7 日，《语言文字报》刊登程凯的文章《推广使用国家通用手语和通用盲文是语文建设的一件大事》。

9 月—10 月，全国各省区开展盲人服务引领项目。

11 月 6 日—10 日，盲人带球培训班在海淀区紫竹院公园举办。

附录一

中国盲协第七届委员会主席、副主席候选人有关情况的说明

根据《中国盲人协会章程》和《中国残联关于地方残疾人联合会召开第七次代表大会的指导意见》有关规定，按照民政部关于社团换届的要求和对领导人选产生的有关程序，经民主推荐和协商，综合考虑人员性别、年龄、地域、残疾细分类别、基层一线和实际工作需要，使协会领导班子成为结构合理、代表充分、务实高效、开拓创新的领导集体，经报中国残联党组审定，现就中国盲协第七届委员会主席、副主席候选人有关情况说明如下。

一、提名依据

1. 贯彻落实党的十九大和中央党的群团工作会议精神及《中国残联改革方案》的要求。

2. 遵循中国残联章程和各专门协会章程的相关规定以及中国残联关于换届工作的要求。

3. 落实民政部社会组织管理局对协会章程修改、协会主席、副主席任职条件和协会换届的要求。

4. 有效履行专门协会“代表、服务、维权”职能，更好体现“精简、统一、高效”的要求。

5. 确保协会班子结构更加合理的“三性”要求，以利于协会工作的可持续性和创新性。

二、班子结构

1. 中国盲协第七届委员会设主席 1 名，副主席不超过 5 名，不超过第六届委员会主席、副主席职数。

2. 按照中国盲协章程规定，中国盲协法人代表由主席兼任。

3. 按照民政部社会组织管理局的严格要求，中国盲协主席年龄不超过 70 周岁、副主席不超过 65 周岁；任职届数不超过 2 届；同时考虑新老交替、地域分布、残疾细分类别、基层及一线等因素。

三、成员条件

1. 政治坚定，坚决维护习近平总书记在党中央和全党的核心地位、坚决维护党中央权威和集中统一领导，在思想上政治上行动上始终同以习近平同志为核心的党中央保持高

度一致；解放思想，实事求是，与时俱进，求真务实，忠诚干净担当；热爱残疾人事业，对残疾人有深厚感情，有较丰富工作经验和较强组织协调能力，在本类别残疾人群众中有较高威望，有较大社会影响力，本职工作成绩突出。

2. 主席、副主席原则上由盲人担任，主席应为中共党员。

四、基本情况

中国盲协主席、副主席候选人为1正4副，计5人。其中：继续提名的1人，占比20%；新提名的4人（其中1人属于提任），占比80%。45—55周岁（含）5名，占比100%。研究生2人，占比40%；大学1人，占比20%；大专2人，占比40%。中共党员5名，占比100%。4人来自地方，占比80%；1人来自中直单位，占比20%。4名副主席候选人皆担任省级盲协主席。

附录二

盲人医疗按摩工作问题调研及建议（摘录）

一、存在问题

（一）盲人医疗按摩人员到医疗机构就业难

2009年颁布的《盲人医疗按摩管理办法》（以下简称“办法”）明确指出，盲人医疗按摩人员属于卫生技术人员，盲人医疗按摩属于医疗行为，应当在医疗机构中开展。但是盲人医疗按摩人员经常反映：医疗机构就业太难。网络调查显示，持有盲人医疗按摩师资格证书但未在医疗机构就业的近400人中，91%认为到医疗机构就业非常或比较困难。调查组访谈的数十名持证且有强烈就业意愿的盲人一致反映：实在太难了，应聘被拒不止一两次。

1. 盲人医疗按摩人员持有的按摩资格证书不被认可

2009年办法的颁布实施，让盲人医疗按摩师获得了行医资格。但是办法同时规定医疗按摩人员考试和医疗按摩资格证书由中国残联负责实施和审核发放。因此，盲人持有的盲人医疗按摩人员从事医疗按摩资格证书，仅有中国残联审核盖章。当盲人医疗按摩人员持证到医疗机构应聘时，医疗机构并不认可中国残联的印章。

典型案例1：盲人小刘，有微弱视力，已经取得盲人医疗按摩人员执业资格证书三年了。“本来以为有了证再凭自己的本事就能到医院工作，所以一有招聘就去报名应聘，但看到我的证书，医院就把我拒了，说我的资格证书不是卫生部门出具的，他们不了解相关政策。”

调查数据显示，盲人认为导致医疗按摩人员在医疗机构就业困难的原因中，排在第一位的是医疗按摩资格证不被医疗机构认可。“我们这个证书，医院根本不认，他们只认卫生部门的章。”这是调查组听到最多的声音。

资格证书背后反映的是社会对盲人医疗按摩人员身份的认同问题。自从办法明确了盲人医疗按摩人员属于卫生技术人员的身份以来，我国每年有近千名中医推拿、医疗按摩专业的盲人大中专毕业生。截至目前，全国已有近万名盲人取得了“盲人医疗按摩人员从事医疗按摩资格证书”，但因为缺乏配套操作办法，长期以来，一些地方卫生行政、中医药管理部门、医疗机构用人单位对盲人医疗按摩人员身份不予承认，盲人医疗按摩人员从业执业面临诸多困难。2017年《中医药法》实施后，再次明确了取得盲人医疗按摩资格证书的盲人医疗按摩人员可以在医疗机构执业或开办盲人医疗按摩诊所，让盲人医疗按摩人员的卫生技术人员身份有了法律依据。但由于缺少具体的实施办法，现实情况是，在盲人医疗按摩人员未实现医疗机构就业前，仅凭其资格证书无法被认定为医疗按摩人员。盲人只有先在医疗机构找到工作，医疗机构才可能为其备案实现其医疗按摩人员和卫生技术人员的身份。盲人医疗按摩资格证书这样的管理方式为盲人到医疗机构就业筑起了第一道门槛。

2. 盲人医疗按摩人员的执业备案问题难以解决

国家卫计委、国家中医药管理局、中国残联于2014年发出《关于盲人医疗按摩人员执业备案有关问题的通知》（国中医药医政司发〔2014〕2号）规定，盲人医疗按摩人员在执业前应有医疗机构先为其到当地的卫生计生行政部门或中医药管理部门进行执业备案。但医院在为盲人办理执业备案时却遇到了无法备案的问题。

典型案例2：背景：为推动盲人到医疗机构就业，北京市按摩指导中心专门到三级甲等中医医院推荐盲人医疗按摩人员就业。为了了解医院的真实想法，调研组也一同随行。

医院人事部门说：我们很愿意支持他们，但是我们没法给他们备案登记，在卫生技术系统中没有这个序列；再说他们每年怎么考核？怎么写论文？怎么评职称？这些实际的问题都解决不了，我们也很为难。

盲人医疗按摩人员专业技术职务的序列为：主任（副主任）医疗按摩师、主治医疗按摩师、医疗按摩师（士）。按照《卫生技术人员职务试行条例》，卫生技术人员职务序列中并没有该序列，这导致盲人医疗按摩人员难以参与全国统一的卫生技术人员执业登记，各地卫生计生部门在备案登记时无法完成电子注册和归口管理。据对7个省41个市的盲人按摩指导中心的工作人员调查，他们认为在目前诸多项盲人医疗按摩工作中最难推动的工作是盲人医疗按摩人员执业备案，占到72.5%，其次是盲人医疗按摩人员执业资格证书管理工作，第三是盲人医疗按摩人员在医疗机构就业。调研组了解到，目前只有北京市按摩指导中心推动卫生计生行政部门于2016年在其管理系统中增加了盲人医疗按摩技术人员序列，在京医疗机构就业的盲人医疗按摩人员可以备案成为真正的卫生技术人员。

3. 社会对盲人从事医疗工作存在认识偏见

“盲人能从医吗?”“盲人自己都看不见，怎么做诊断?”“盲人会不会出现医疗风险？万一出了风险怎么解决?”这是调查组在访谈中经常听到盲人朋友和医疗机构人员说的话。邓朴方同志曾经说过，社会对残疾人，不是不理解而是不了解，不是不人道而是不知道。这同样适用于社会对盲人医疗按摩人员从医的认识。视力残疾人虽然视力受限，但在熟悉的生活和工作环境中与健全人并无差别。调查显示，能够取得盲人医疗按摩资格证书的盲人48%具备大专及以上学历，另外48%具备中专或职高学历，换言之，他们基本上都接受过正规学历教育和正规专业训练，从专业技术上并不存在执业障碍。并且，目前并无研究表明盲人从事医疗工作导致的医疗风险就会高于其他卫生技术人员。

4. 医疗机构对接收盲人医疗按摩人员存在诸多顾虑

如前医院人力资源部门所言，他们对接收盲人到医院工作后的管理问题存在诸多顾虑，如何进行管理，职称问题、晋升问题如何解决，盲人能否如其他医疗人员一样做科研论文，盲人跟其他同事如何相处，医院人来人往会不会撞着盲人，等等。医疗机构的顾虑中既有人力资源管理的问题，也有盲人医疗按摩人员工作后的无障碍环境问题和人际交往问题。关于人际交往以及与同事相处问题，通过网络对285名已经在医疗机构就业的医疗按摩人员进行调查时，87%的人认为自己在工作中与同事关系融洽；在实地调研走访中，调查组也了解到在一些机构工作的盲人医疗按摩人员，不但没有让同事之间的关系更紧张，反而促进了相互帮助，关系更温暖和谐。关于盲人医疗按摩师职称评审、晋升以及无障碍环境等问题的确存在，并在一定程度上影响了医疗机构接收盲人就业的积极性。

（三）个人开办盲人医疗按摩所存在诸多瓶颈

具备条件的盲人医疗按摩人员可以到县级卫生行政部门申请《医疗按摩执业许可证》开办盲人医疗按摩所。登记名称为“识别名称＋盲人医疗按摩所”，诊疗科目为“推拿科（盲人医疗按摩）”。这一规定，对于支持盲人就业创业起到了巨大推动作用，让盲人医疗按摩人员受益很多，好多人经过努力取得《医疗按摩执业许可证》实现了自主创业，其中有部分机构还获得医保定点资格。然而，绝大部分地区包括北京市在内的盲人医疗按摩人员尚不能顺利申办按摩诊所。

1. 全国各地尚未全部放开盲人医疗按摩所的申请

电话调查显示，盲人医疗按摩人员中60.6%的人有开办盲人医疗按摩所的意愿。可见盲人医疗按摩人员要实现自主创业的愿望较为强烈。但是办法出台已有近十年的时间，迄今全国并非每个省区市都允许盲人开办医疗按摩所。其中原因包括：有的卫生计生部门认为盲人医疗按摩资格证书不能等同于医师执业证书，有的认为盲人医疗按摩所的称谓在《医疗机构管理条例》中无对应医疗机构类别不予审批，还有的对盲人从事医疗按摩可能存在的医疗风险存在顾虑而不予登记等。

2. 盲人医疗按摩师难以达到开办诊所资质

办法规定，盲人开办医疗按摩所至少要有一名从事盲人医疗按摩活动5年以上的盲人医疗按摩人员。这一规定意味着盲人医疗按摩人员必须有5年以上医疗机构工作经验。然而如上所述，盲人医疗按摩师到医疗机构就业非常困难，这就大大限制了盲人医疗按摩人员开办医疗按摩所的可能性。

另一方面，盲人医疗按摩作为中医药事业的有益补充，盲人医疗按摩所的备案理论上也适用《中医诊所备案管理暂行办法》。该办法对个人举办中医诊所的规定，要取得医师资格证书并在医疗、预防、保健机构中执业满三年，对房屋、面积、床位等并无要求，相对于办法中对盲人医疗按摩人员开办医疗按摩所需要五年医疗机构执业经验、建筑面积不少于40平方米等要宽泛得多。

3. 盲人医疗按摩所执业范围局限开展业务难

盲人医疗按摩所核准登记诊疗科目为中医推拿科加注盲人医疗按摩。这意味着盲人开办了医疗按摩所，其所能经营的业务只有按摩。传统中医认为刮痧、拔罐、艾灸对慢性病和疑难杂症的治疗效果明显，并且中药药包结合红外理疗、物理温敷等，对适合推拿的疾患具有明显的辅助治疗作用，在中医治疗范畴内运用广泛，这些恰恰也是盲人医疗按摩师擅长的诊疗项目，却都不允许开展。盲人医疗按摩也是需要借助多种诊疗技术共同帮助病人解除病患的工作，对于诊疗科目的限制让盲人医疗按摩诊所业务开展困难。

4. 盲人医疗按摩所申办医保定点机构难

数据显示，无法办理医保已经成为盲人医疗按摩人员开办医疗按摩所的最大顾虑。中医药法第十三条：国家支持社会力量举办中医医疗机构。社会力量举办的中医医疗机构在准入、执业、基本医疗保险、科研教学、医务人员职称评定等方面享有与政府举办的中医医疗机构同等的权利。盲人开办的医疗按摩所也属于社会力量举办中医医疗机构范畴。由于盲人医疗按摩人员资格证书不能作为执业医师证，无法参与全国统一医师编码，盲人医疗按摩所就无法归入医疗机构类别，从而导致盲人医疗按摩所在申请认定医保定点机构时困难重重。很多盲人医疗按摩师强烈希望考取医师资格，但因视力问题多被拒绝报考，只有极少数低视力者和普通人一样在没有享受任何合理便利的条件下考取了医师资格。

（四）盲人医疗按摩人员的执业管理和职称评定问题未解决

在线调查显示，已经实现医疗机构就业的285名盲人医疗按摩人员最希望解决的问题，排在第一位的是执业备案问题，第二位的是职称评定问题。职称评定直接跟工资待遇、职位晋升挂钩，影响盲人医疗按摩师的切身利益。由于很难解决职称评定问题，盲人医疗按摩人员的职业发展空间受阻。有的盲人医疗按摩人员就业相对集中的医疗机构自行制定职称等级，但仅在机构内部施行，盲人按摩人员一旦离职就会失效。盲人医疗按摩工作人员较少的医疗机构，由于不了解相关政策、相关工作步骤程序、评聘标准依据，多数未对盲人医疗按摩人员进行职称评聘。这一问题的根源仍然是盲人医疗按摩人员执业尚未纳入卫生计生部门的统一管理。由残联或医疗机构（如按摩医院）推动的职称评聘仅在一定范围内有效。

二、政策建议

以习近平同志为核心的党中央对残疾人格外关心、格外关注，突出强调“全面建成小康社会，残疾人一个也不能少”。盲人是各类残疾人中更为困难的群体，他们在教育、就业和平等参与社会方面依然存在很多困难。盲人医疗按摩事业既是中国特色残疾人事业的重要组成部分，也是中医药事业的特色组成部分。盲人医疗按摩既能帮助盲人就业脱贫奔小康，又能体现盲人个人价值和尊严，是提升就业层次和社会参与水平的有效途径。盲人医疗事业的发展需要全社会进一步关注、支持与帮助。

1. 将盲人医疗按摩纳入中医药事业统一管理

盲人医疗按摩人员属于中医药专业技术人员。盲人医疗按摩人员资格考试、执业注册、执业规则、专业技术职务评聘、考核培训办法由国务院卫生健康行政部门按照其他卫生技术人员的标准统一制定、管理。管理中可为盲人提供充分的无障碍环境支持，但在技术层面要求不降低，推动盲人获得平等的执业能力。相关规定应在医疗机构全面推行。

2. 加大对盲人开办个人医疗按摩所的支持力度

盲人医疗按摩人员开办个人医疗按摩所是盲人通过自主创业实现脱贫的重要途径。电话调查显示，盲人个人开办的医疗按摩所也是盲人医疗按摩人员就业的重要渠道。建议将扶持盲人医疗按摩人员开办个人医疗按摩所作为帮助盲人脱贫的重要项目加大扶持力度，同样纳入中医药事业统一管理，保持与中医诊所同等准入条件，增加诊疗项目，在医保申请条件上予以政策倾斜，从而带动更多的盲人医疗按摩人员实现就业。

3. 加强研究，为盲人到医疗机构就业提供可操作依据

盲人在工作生活中有其特殊性，调查中，问及盲人医疗按摩师没有意愿到医疗单位就业的原因时，回答出行不便、担心医疗机构无障碍设施不完善、担心电脑没有读屏软件的人员也占相当比例。同时，医疗机构作为用人单位在接收盲人医疗按摩人员就业时，由于不了解相关政策，对盲人也缺乏一定了解，因此对招收盲人就业存在一些顾虑。建议加强对盲人在医疗机构就业相关问题的研究，为医院及盲人作为卫生技术人员的管理等提供一定遵循。

4. 加强培训，提升盲人医疗按摩人员综合素质

在医院调研中，有人提到盲人整体形象和素质有待进一步提升，以适应医疗单位的工作环境。也有的盲人反映盲人医疗按摩人员素质确实达不到医院的需求。希望各地残联在组织医疗按摩继教培训时，加强调研，满足盲人医疗按摩师多样化高水平需求，使培训更有特色和效果。

5. 残联应兴办盲人按摩医院

从中国残联举办北京按摩医院的成功经验看，兴办盲人按摩医院是集中解决盲人医疗按摩人员就业的好办法。

6. 加强宣传，提高社会认知度

对于盲人作为卫生技术人员从事医疗工作，社会特别是在医疗行业存在很多质疑甚至偏见。一方面是对医疗按摩的认识有限，即使在医院从事医疗按摩的盲人也会因为其无处方权而难以被承认是医疗按摩。另一方面，是对盲人从事医疗工作也缺乏信任。因此，应加强宣传，树立典型，改善行业和社会的成见，促进盲人医疗按摩工作。

此外，在调查中还发现一些更基础性的问题。比如，很多盲人特别是具有高等教育学历的盲人认为，盲人医疗按摩师作为医技人员不合理，他们经过五年的本科学习甚至更长时间学习（目前已经有盲人按摩硕士研究生毕业），基本掌握中医理论和技能，完全具有中药处方的能力，更不用说按摩处方的能力，作为医技人员让其他医师来为他们出具按摩处方，是十分不合理的，也大大限制了他们的潜能发挥，造成了在实际执业中的种种困难。很多盲人按摩师还强烈希望能获得从事针灸、拔罐、理疗等资格，实践证明，他们完全可以从事这些工作。日本的经验也证明盲人完全可以从事针灸工作。但是，盲人在参加医师资格考试甚至在认定有专长的中医人员的过程中却屡屡被拒。有误解认为，医生要为患者的生命安全负责，视力残疾人不能担负这样的责任。因为，即使是获得医师资格，他们从事的还是熟悉的医疗按摩工作，保障患者的安全作为执业素养的大前提不会存在障碍，国内外的实践也证明了这一点。还有人认为，已经为盲人专设了医疗按摩这条通道，其他通道不应该再考虑盲人，这也是一种偏见，就像为盲人铺设了盲道就不允许盲人走大路一样不合理。这些问题短期不可能解决，但应高度重视并加以研究。

附录三

视障人士支持性就业服务标准

编写单位：中国盲人协会、广州市融爱社会服务中心

支持性就业的缘起和国内外经验

一、支持性就业的缘起

1. 支持性就业源于美国

支持性就业起源于一个哲学认同，认为应该为残疾人提供一个融合的就业环境，让残疾人在融合的环境中自由地选择一份符合自己能力、兴趣的工作。

支持性就业首先是在美国出现，并得到了很大的发展，成为美国安置残疾人的一种就业模式，20 世纪 70 年代美国已基本形成残疾人支持性就业的理念。在回归主流和融合教育思潮的推动下，残疾人被认为可以与普通人一样在竞争性职场工作，而并非在庇护性的职场终老。因此，残疾人支持性就业模式逐步推广开来，用以协助支持需求高的残疾人进入社区，使其获得一般竞争性职场的工作。

支持性就业可以说是作为庇护性工作场所和职业训练的替代品而出现的。1970 年代以前，庇护性工场和成人日间照护是美国残障者和其他身体障碍人士的主要生活与就业环境。1973 年美国通过了康复法案（The Rehabilitation Act of 1973）。此法案推行庇护性的职业康复干预模式，让残障者在与自然场域隔离的工场中接受职业训练和职业康复。但经过一长段时间的实验，发现该模式仍然存在许多问题，为了解决这些问题，支持性就业服务理念应运而生。支持性就业将残障人士的工作能力看成是职业康复的结果，而不是就业服务的前提。20 世纪 70 年代，美国开发出小组就业模式来解决庇护性就业存在的问题。这一就业模式在职业康复师或相关服务者的监控下，得到同伴的充分帮助，将残障者安置在规模较小的团队中工作。20 世纪 80 年代，支持性就业服务模式便在小组就业模式的基础上发展起来了。1984 年美国联邦政府在发展障碍残疾人援助和权利法案（The Developmental Disability Assistance and Bill of Rights Act of 1984）中首次确认支持性就业为残疾人就业的一种新形式。1986 年美国康复法修正案正式提出为残障者提供支持性就业服务，并拨款建立一支支付工资的专门队伍——工作教练负责项目实施。1988 年在工作教练的基础上，充分利用残障者的典型生活环境和可获得资源，发展起自然支持，并增加选择性。根据 1987 年美国联邦政府的法规，支持性就业主要包括三个要素：竞争性工作（competitive employment）、融合性工作环境（integrated work setting）与提供持续的支持（the provision of ongoing support services）。1990 年美国残障者法案再次确认了支持性就业及其服务，并由联邦政府向各州拨款，用以改造职业康复系统，全力推进支持性就业服务。80 年代末到 90 年代初，超过 40 个州得到了美国教育部提供的大量联邦预算用于支持性就业的推广。在联邦政府大量经费的资助下，数以万计的残障者在自然而富有竞争性的领域成功就业。

在政府立法推动财政支持的同时，专业协会和学术期刊也发展起来。为了使支持性就业获得持续性发展，1988 年美国成立支持性就业协会（The Association of People Supporting Employment，APSE），以便在联邦和各州领导支持性就业的发展和实施。APSE 坚持就业假设（Presumption of employment）、人本控制（person - centered control）、取得报酬（wages）、提供支持（supports）、独立性（interdependence）、在社区中建立社会联系（social connections within the community）等基本范畴。同时，经过一段时间的发展，为了不断完善支持性就业模式逐渐出现的一些弊端与缺漏，一些新的替代性项目也逐步出现，如整合性社区服务（integrated community services）、无墙日间项目（day programs without walls）以及其他的一些社区性项目等。

2. 支持性就业在中国

20 世纪 90 年代，支持性就业的理念被引入中国内地，在当时未能引起广泛的关注。21 世纪初，随着社会对残疾人就业的重视，这一就业模式开始受到国内研究学者和社会工作者的广泛注意。如 2006 年 8 月北京市残疾人康复服务指导中心和北京联合大学特殊教育学院就联合举办了北京市成年智障者社区生活与支持性就业培训，说明我国在成年智障者的支持性就业服务方面也开始着手一些倡导和推广的工作；2014 年，中国智力残疾人及亲友协会启动心智障碍者支持性就业全国试点，目前，已有北京、湖南、广东等省市开展了探索和试点工作，等等。

如今，支持性就业理念传入我国已逾 20 年，有些地区也陆续开展了残疾人支持性就业的实践，如 2013 年 3 月，中国残疾人联合会发布《关于征集智障人士支持性就业实践经验和理论研究成果的通知》；再如 2012 年 10 月，长沙市开福区博爱凤亭家园举办了残疾人支持性就业服务产品推介会，实践证明推动支持性就业模式的实施是有效改善我国残疾人民生和保障其基本权益的重要手段。当然不可否认的是，虽然我国残疾人支持性就业工作已逐步展开，但目前还没有发展出成熟的支持性就业模式，我国的残疾人就业服务也应吸收国外有关残疾人支持性就业服务的先进经验，结合实际情况，探索出适合我国国情发展的残疾人支持性就业模式。

二、世界各地区支持性就业服务的发展经验

残疾人支持性就业在美国出现并得到了长足的发展，同时支持性就业的概念和形式也引起了欧洲国家的重视。欧洲在发展残疾人就业方面可以说是深受美国的影响，尤其是英国和意大利，对残疾人支持性就业进行了深入的研究和实

践。此外，日本政府也积极探索残疾人就业的新方式，在残疾人支持性就业方面积累了一定的经验。通过借鉴美国、欧洲、日本的成功经验，可以不断地健全和完善我国残疾人支持性就业，推进残疾人事业的健康有序发展。

（一）美　国

“支持性就业”的概念是美国20世纪70年代提出、80年代写入法案的全新服务模式，服务对象为身心障碍者，尤其是重度身心障碍者，主要工作是协助他们进入社区竞争性职业场所。其主要内容包括以下几个方面：第一，在残疾人支持性就业方面采用的理念是“安置－培训”而非“培训－安置”或者“准备模式”。另一个支持就业模式是“培训－安置－培训”，不同于“安置－培训”模式，它包含了安置前最初的以社区为基础的培训。第二，美国残疾人支持性就业的流程可概括为5个步骤：分别为转介、能力测评和资格评估、制定差异化的就业计划、提供持续性的康复服务和就业支持及结束个案。第三，残疾人支持性就业有四个基本的模式，分别是个人安置模式、群组模式、移动工作队模式和庇护式工厂模式。这些模式促进残疾人直接就业，保证对残疾人成功就业的长期支持，并且获取有价值的工资。具体的操作流程为：首先评量身心障碍个体的特性与需求后，选择适当的工作，直接由就业辅导员（job coach 或称为 job placement specialist）陪同在工作现场，结合就业场所的支持系统来提供直接或间接的训练或辅导，待身心障碍个体的表现能符合雇主要求时，再逐渐退出协助，就业辅导员也撤离现场，往后再视需要随时提供后续支持（Test & Wood，1996）。这种强调“先安置后训练”的支持性就业模式，克服了重度障碍者缺乏学习类化能力的缺陷，因此成了重度身心障碍者职业重建方案之一，其成效也逐渐受到肯定。在1986年的复健法修订案进而针对支持性就业的服务对象、工作场所、工时、薪资与长期支持有清楚的界定，以作为政府补助有关方案的依据（Mank，1994）。根据美国联邦法案规定，接受支持性就业服务的残障人士需要满足这些条件：（1）有长期而不间断的支持需求；（2）工作经历和经验缺乏或极少；（3）碎片化的工作履历。

杜林等（2013）对美国支持性就业的发展历程进行了梳理，发现美国支持性就业对我国的启示是应通过各种途径大力推广支持性就业，通过立法明确其发展方向，构建以残疾人为中心的支持服务网络，做好残疾人就业转衔服务，建立灵活的福利和保障体系，采取措施促进残疾人的自我就业。

（二）英　国

关于英国方面的支持性就业经验，英国皇家智障协会（MENCAP）发展出了一套“直通式就业”（Pathway Employment Services）服务计划。这个服务计划是针对智障者，其中有些是重度智障者。服务中不但提供工作技巧训练，也提供社会技巧训练，以促使残障者能尽量独立。雇主在最初试用残障者的12个月，可接受补助。然而雇主必须指定一名工作人员对残障者做训练的工作。以往经验显示，这名工作人员虽仅额外领取少量津贴，然而他对残障者的辅导及所做的事，却是这项就业服务计划成败的关键。“直通式就业”服务计划为雇主、残障员工及其他人提供了持续性的支持和服务，也因此使原本有可能是困难的事情早点获得解决。残障者的工作范围很广，包括操作员、室内工作佐理员、超市员工、洗衣店员工及面包店烘焙员等。此前，这种残障程度的人从不被认为可拥有这样的社会地位，而他们也很喜欢自己现在所能拥有的社会地位。此外，该项服务的特点也比较鲜明，其相关的特性如强有力的领导方式、个别化就业服务、同事的协助及训练方式等对该项服务的成败显然有举足轻重的地位。

（三）意大利

在意大利西北部首府城市热那亚，当地政府针对残疾人实施了重要支持服务计划，用于辅导残疾人在工作场所从事一般性的工作。该计划首先将残疾人进行工作安置，结合残疾人工作能力进行评估，然后为残疾人提供工作能力及社会技巧方面的培训，使其顺利就业；再次，利用工作同事的支持为残疾人提供工作训练及协助；最后，持续为残疾人就业提供持续的支持和帮助。该计划由各类专家（康复医疗、教育培训等专家）组成的小组为残疾人提供支持，小组成员尽心地为残疾人找寻合适的就业机会，一旦确定工作，小组会与用人单位也就是雇方签订用人合约，由计划小组为残疾人在雇方提供一年实习期间的实习薪资，提供必要的协助和支持，但是雇方也必须为残疾实习生负责，注重给予他们训练培训的计划，给从事培训训练工作的员工一些津贴。当一年实习期满，若雇主愿意继续雇用该名残疾实习生，则小组成员就会继续保持与残疾人周围员工的合作，为残疾人提供必要的服务；若雇主不愿雇用该残疾实习生，则小组会继续为该名残疾人另找实习的工作场所。通过对参与该项计划的人员的了解，该项计划得到了残疾人的肯定，而且也大部分的残疾实习生会成功安置在公立或私立的一般工作场所工作。

（四）日　本

日本政府非常重视残疾人事业的发展，在扶助残疾人就业的同时，也采取积极措施促进残疾人就业，实行扶助与促进兼顾的政策。在劳动就业发面，日本制定了《残疾人职业训练法》，从法律角度肯定保障和支持轻度残疾人就业的重要性。2006年，日本政府颁布《残疾人自立支援法》，该法律使残疾人的工作范围从以往的职业介绍中心和福利机构扩大到其他单位。另外，还对原来旨在支援在职残疾人的《残疾人雇用促进法》进行了修改，增加了可提供给期望就业的残疾人寻找工作的福利机构和相关支援服务的项目。

按照日本政府的要求，对残疾人进行培训时要登记相关信息，对残疾人实行分类管理。对于适合支持性就业服务的残疾人，由专门的职业康复机构训练1年左右，然后由专门的机构安排到企业工作，在就业期间，残疾人会得到职业康复机构工作人员的帮助，发现问题时能够及时得到纠正。对于有一定的劳动能力且能够生活自理的残疾人，则进入专门为其开办的福利工厂参加工作，政府在财政、税收等方面也会实行相关的保护性措施。

（五）中国台湾地区

我国台湾地区的支持性就业服务工作发展也较为成熟，1993年，“行政院劳工委员会职业训练局”制定了《支持性就业试行草案》，使智能障碍者开始走出庇护性场所，尝试将智能障碍者带入社区竞争性职业场所。“行政院劳工委员会职业训练局”自1994年开始推行“身心障碍者社区化就业服务”专案模式，让许多身心障碍者经由支持性就业服务进入了竞争性就业市场。台湾《身心障碍者权益保障法》规定，各级劳工主管机关对于具有就业意愿及就业能力，而不足以独立在竞争性就业市场工作的残疾人，应依其工作能力，提供个别化就业安置、训练及其他工作等协助支持性就业的服务。

现阶段支持性就业是台湾用以协助残疾人社区化就业的主流模式，它强调“先安置后训练”，克服重度障碍者缺乏类化能力的缺陷。与欧美地区相比，台湾支持性就业的服务对象不只限于重度残障者，而是不同严重程度、不同障别的残疾人都有权利接受支持性就业服务，强调个体就业的自主性。在服务形态上，台湾残疾人支持性就业服务主要由就业辅导员来具体操作进行。就业辅导员是长期且持续地为残疾人提供个别化就业安置、就业训练及其他工作协助的人，具体工作有残疾个案评估、就业机会开发、就业环境分析、工作分析、工作匹配、工作设计、拟定个案就业服务计划、工作准备、就业前工作能力训练、陪同面试、联结相关资源、在工作现场外的支持以及持续的支持等。具体的模式分为个别服务模式和群组服务模式两种，相应的服务基准也根据服务模式的不同而具有个别化。在服务方法上，台湾就业辅导员运用社会个案工作、职业辅导评量及职务再设计等专业方法，提供残疾人个别化与专业化的就业服务，辅导残疾人适性就业。此外，台湾支持性就业的要素包括三个方面：（1）统合性的工作环境。此统合性的工作环境使案主不再是在封闭的保护环境里而是在一般的工作场所中工作，且处在同事间的互动关系之下，可逐渐训练案主产生独立工作的能力，无须不断依赖辅导员指令，而能有自我判断的能力，知道自己的工作责任、何时应该完成等；（2）有薪资的工作者。案主每周至少要有20个小时的工作时间，而且其待遇是要求同工同酬；（3）持续协助。就业服务员在工作现场密集且持续性地辅导案主，直到案主可独立工作为止，才可依辅导计划退出辅导。

综上文献可知，国外主要发达国家和我国台湾地区在探索支持性就业方面实践起步早、研究内容丰富，智障人士的支持性就业工作受到广泛关注和重视，经过多年的发展和沉淀更是积累了不少成熟的经验和做法，可以给予国内不少借鉴和启发。可见，政府部门的参与是支持性就业发展的基础，法律法规的制定是支持性就业发展的保障，就业体系的建立是支持性就业发展的核心，社会融合的实现是支持性就业发展的目的。

（六）国　内

随着融合教育的发展，支持性就业成为我国残疾人就业发展的必然趋势。周姊毓（2017）通过研究指出，残疾人支持性就业需要相关人员提供持续的服务，在支持性就业实施的各个环节，需要对残疾人的职业能力提供持续的、生态化的评估，以提高残疾人就业的质量。她指出，职业能力评估是残疾人就业指导的重要环节，开展残疾人职业能力评估能够为残疾人就业提供科学的指导和依据，为实现残疾人支持性就业提供可操作的平台。由此她提出了以职业能力评估为依据的残疾人支持性就业安置模式，具体分为5个实施阶段：开发就业机会、拟定支持性就业服务计划、训练工作适应能力、追踪辅导和成果汇报。

卓彩琴等人（2015）通过对广州慧灵支持性就业工作的调查研究与经验总结，发现慧灵在推行支持性就业服务中，形成了一套残疾人支持性就业服务的操作流程：开发就业机会、制定就业计划、陪同就业、跟踪辅导和效益评估。其次是注重“利用已有资源、利用慈善晚会推介会、开办社会企业”等多渠道开发就业岗位。再次，通过“职业能力培训、协助服务对象适应工作环境及处理人际关系、丰富服务对象业余生活、联合多方力量改善支持性环境”等方式，为残疾人提供直接的支持。由此，卓彩琴等人提出支持性就业的有效推进需要微观（包括社会服务机构、家庭和单位等）、中观（如政府政策支持等）和宏观（如社会文化支持等）各系统的协同支持。

李谨（2007）从智能障碍者支持性就业的理论层面和具体的实践层面进行研究，并将理论付诸实践后选择了个案研究进行具体探讨。她结合河南洛阳地区的现有情况提出了在开展支持性就业服务方面的具体做法和建议。首先她指出，智能障碍者的可就业性是值得肯定的；在支持性就业过程中对智能障碍者提供支持的内容呈现出多方面特征；支持策略的选用以家庭支持和同事支持最为有效；影响智障人士成功就业的因素包括：自身特征、家长的期望及配合程度、智障人士的自身表现、工作环境因素以及工作的其他相关因素等。由此，她提议，在为智障人士提供工作技能培训的同时也要训练社会技能；应当建立一个更广泛更坚固的支持性就业服务支持系统并大力发展支持性就业服务的相关政策和措施；建立残障者支持性就业职业评量系统，构建专业的就业辅导员队伍；鼓励家长参与和发展家长支持方案。

徐素琼、刘嘉（2011）在对支持性就业研究的基础上，对重度残疾人进行了支持性就业的个案研究从而得出结论：

针对智障者的自身能力低、工作观念与生活习惯较差以及外部环境的不利影响，学校和机构应当根据其学习实际特点和兴趣有针对性地进行职业陶冶培养，促使其掌握基本的职业技能，激发工作意愿，为将来进入职场做好准备；其次，需要特殊教育教师及相关人员积极主动与用人单位联系、沟通，尽可能向雇主推荐残疾人及介绍支持性就业模式，改变雇主的观念，拓宽心智残疾人就业的渠道。最后，自然支持是维持工作稳定的核心因素。自然支持系统是指来自家庭、亲戚、朋友、同事和邻里的支持，只有充分运用障碍者工作、生活环境中的重要他人的帮助，障碍者才可能提升适应能力和发挥潜能。

谢建社（2017）带领的社工团队在多年的实践中探索出一条残疾人社会系统支持性就业新路，即一种秉持在社会系统里“先集中、后培训、再上岗、同康复、后获薪”的残疾人职业康复模式，通过开发适合残疾人特点的新就业岗位，整合残疾人就业帮扶资源，运用助残相关政策，实施残疾人的社会系统支持性就业，该模式最终呈现出协助残疾人“增加收入、减少复发概率、融入社会”等成效，同时也达到“资源整合、服务平台建立、服务质量得到认可”等效果。通过实践研究，谢教授指出，踏实走好残疾人支持性就业之路需要为残疾人提供专业的社工服务，注重提升残疾人支持性就业的自助潜能，完善残疾人支持性就业制度，建构残疾人支持性就业的服务网络，整合残疾人支持性就业的社会资源，创新残疾人支持性就业的增能模式与政策体系。

视障人士支持性就业服务流程（表略）

本服务流程是在分析我国视障人士的就业状况，并参考台湾支持性就业服务流程及服务表格后制定出来的。具体流程如下：

1. 由视障人士本人或监护人（家长）向支持性服务机构提出求职申请，或由其他服务机构把求职的视障人士转介到支持性就业服务机构，转介的需使用表 3－7A 案主转介表。

2. 针对有求职需求的视障人士进行基本能力评估，使用表 3－2 基本能力评估表，对个案的视障病史、视觉功能、视觉常用辅具及使用熟练程度、辅助沟通功能、职场相关生活能力、定向行动能力等方面进行全面评估，此项评估由就业辅导员利用相关工具评估、面谈及案主实际展示活动进行；

根据评估结果，建议个案进入适当的服务：

（1）进一步个别化的评估；

（2）需要接受视障职前训练，可能有：盲文及文书能力训练、盲用电脑（读屏软件）训练、定向行走、独立生活能力训练等；

（3）进一步转介职评；

（4）提供就业服务，即可以继续开展支持性就业服务。

3. 针对基本能力评估建议需要接受视障职前训练的个案，则为其提供相关基础训练，训练后能力可达就业的则可回到支持性就业的开案阶段，若仍然能力不足的则结束服务。

4. 开案面谈及能力评估是开展支持性就业的个案服务第一步：

（1）使用表 3－1 求职信息登记表，登记求职视障人士的基本信息，包括基本资料、身体情况、家庭状况、教育情况、就业经历、就业服务经历等，一般由就业辅导员直接询问案主，特殊情况可询问案主的监护人；

（2）使用表 3－3 案主能力分析表，就案主的基础能力、工作表现、工作态度、社会能力、就业期望等进行评估，就业辅导员通过面谈、情景模拟、实际操作等方式，对能力分析表上的每一项能力进行测评，在相应程度选项上打钩，选填项可根据实际情况填写（如多重障碍），一般情况可不填写；

（3）表 3－4 案主增强分析表为选填表格，主要针对多重障碍人士，尤其是视力障碍伴随心智障碍的服务对象，需要了解案主的增强物以促进后面的辅导；

（4）表 3－6 家长监护人意见调查表，同样为选填表格，根据实际需要使用。

5. 根据开案面谈及能力评估的结果，就业辅导员与案主共同讨论，拟定服务计划，使用表 3－5 案主服务计划表，总结案主现有能力、主要支持需求、期望就业方向；

（1）需要开展支持性就业的个案则进入支持性就业服务环节；

（2）能力较强，可马上推出竞争性职场的则直接到一般性就业，服务机构为其开展职业介绍服务，推荐到相应岗位就业后结案；

（3）能力过低的则建议其转介到庇护性就业或其他服务机构，表 3－7B 案主转介表。

6. 就业辅导员根据视障人士的特点开发就业机会：

（1）使用表 2－1 就业单位记录一览表，统计就业单位及岗位信息；

（2）使用表 2－2 工作环境分析表，记录分析岗位的单位信息、用人要求、福利待遇、无障碍设施、设备等，就业辅导员一般需直接到用人单位现场了解，并与招聘人员沟通；

（3）使用表 2－3 工作能力分析表，评估岗位所需的基础能力、工作表现、工作态度、社会能力、就业待遇及要求等。

7. 就业辅导员将就业机会开发与案主能力评估的结果进行匹配，使用表 4－1，将表 2－3 与 3－3 的结果对应匹配，找出案主与岗位之间的能力差距选项，制定就业服务计划，表 4－2 就业服务计划表，能力适合的推荐面试。

8. 面试成功后对案主开展密集式辅导，对岗位的职务流程进行分析，找出案主能力需提升的项目，使用表5－1工作流程分析表，并对相应项目开展密集辅导，使用表5－2训练记录，对训练情况进行记录；

不同的训练项目，训练周期会有所不同，需根据案主实际情况的确定训练周期与间隔，最多一般不超过半年，如个性化定向行走可每天训练，训练一到两周；打字训练可每周训练2到3次，训练3个月到半年；特定电脑软件操作一般一周左右，等等；

注意：若案主一开始就有明确职业意向，这些训练可放在职前准备环节开展，无须到岗位匹配后再开始，这样可以尽早提高案主就业能力，增加就业成功率。

9. 对于成功推荐就业的案主，稳定就业一个月后仍需开展定期的追踪辅导，及时了解案主的就业情况，并予以鼓励与关怀，以提高就业稳定性。一般稳定就业半年可以考虑结案，并进行服务满意度调查，表6－1、6－2、6－3，分别对案主、家长（选填）、用人单位进行满意度反馈调查，以提升服务质量；

对于未能成功就业的案主，则重新回到就业机会开发阶段。

备注：

1. 视障人士就业的常见支持：

（1）上下班交通训练及定向行走：就业辅导员一对一提供案主从家到单位的定向行走训练，并为其做好交通路线设计，并在初期带领其往返两个地点之间，沿途训练其熟悉线路；

（2）熟悉公司环境；就业辅导员在初期到单位带领案主熟悉单位的环境布局，让其了解洗手间、茶水间、自己的座位、同事、上司等人的座位、各项办公设备的摆放位置；

（3）单位电脑的使用：安装读屏软件，并现场指导操作直至其熟悉；

（4）特殊信息工具的使用：一对一个性化辅导手机或电脑沟通软件的使用，方便工作上的沟通交流；

（5）业务术语的输入与了解：就业辅导员根据岗位的实际需要，总结最常使用到的一些字词，对案主进行打字的强化训练，如地名、姓氏；

（6）低视力案主的案主读写能力提升：一些低视力的视障朋友由于没有系统学习汉字，读写能力不足，可开展汉字训练，需要使用助视工具的协助其适配；

（7）社交训练：就业辅导机构可以通过小组的形式，组织求职者开展面试模拟、职场礼仪、交往礼仪等小组活动，邀请志愿者与视障人士进行职场模拟；

（8）同类就业视障人士的朋辈支持：组织同类或相近类别的就业或有职业意向的视障人士定期开展小组活动，促进朋辈支持及经验互动；

……

2. 针对视障人士常见的职务再设计：

（1）公司的一些内部软件读屏软件无法很好操作时，建议把相关信息转化到word或excel中让视障员工完成工作；

（2）调整岗位中需要大量阅读纸质材料的工作环节；

（3）调整岗位中需要大量陌生环境走动的工作环节；

（4）呼叫系统利用读屏软件不能正常呼出，可使用人工拨打电话操作替代；

（5）岗位要求的工作任务太繁复的，考虑将任务拆分，视障员工只负责其中某些环节，避开其视力障碍导致不能从事的任务，单位以团队形式完成工作；

……

视障人士职业测评概述

职业能力测评是残疾人支持性就业的重要环节，也是残疾人支持性就业的开端，适当使用残疾人职业辅导评量的结果，不仅可以有效协助就业服务相关人员拟定残疾人就业服务的方向与就业服务的策略，同时在职业测评的过程中，也可增加残疾人的自我了解，增进自主生涯抉择之能力。

一、职业测评的目标与作用

职业测评是对残疾人的一个综合性评估过程，可大致分为两个方面：

1. 评估残疾人：了解残疾人个人的就业优势与劣势；

2. 分析职场环境：了解职场的需求，与职务再设计的需求。

测评员依每个残疾人的个别状况实施职评，了解个案的残疾状况与功能表现、学习特性与喜好、职业兴趣、职业性向、工作技能、工作人格、潜在就业环境分析、就业辅具或职务再设计、其他就业有关需求。根据上述的个案职评结果，提供关于个案的教育训练与就业安置计划的方向参考。

残疾人接受职业测评后，专业服务人员必须依据职评结果，结合多方资源，职评才能有所作用。职业测评结果应用于支持性就业、辅助性就业等就业服务的各个阶段，可以为个案的发展及接受就业服务提供以下参考：

1. 提供适当的职业训练方向与就业安置服务策略的选择；

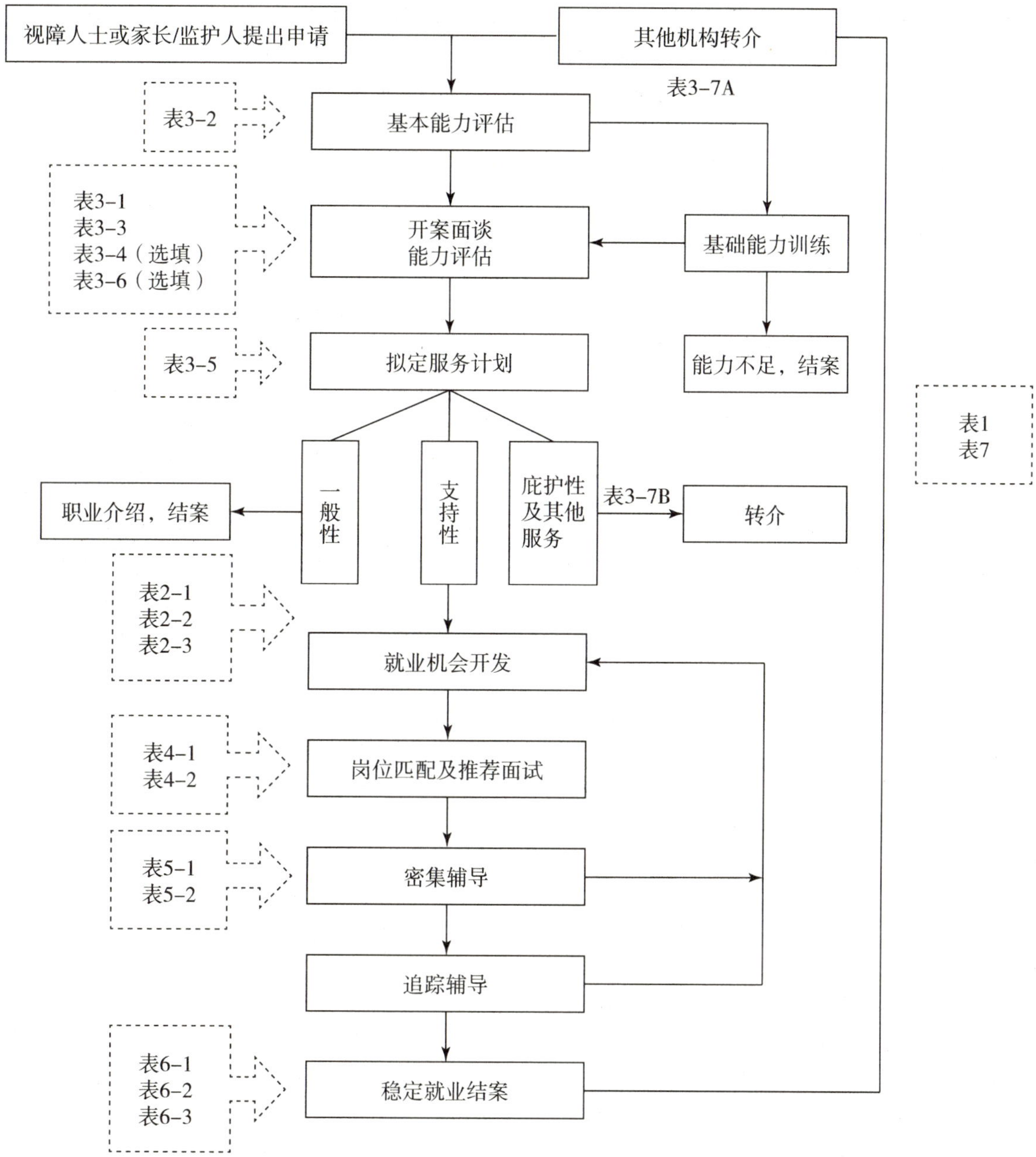

视障人士支持性就业服务流程图

2. 协助决定适当的就业服务环节，强化残疾人就业能力；

3. 协助就业服务人员对残疾人及职业之间的媒合；

4. 提供就业中必要的支持及增进就业的稳定度的建议；

5. 有助于残疾人自我的了解，协助其发展适当的职业生涯；

6. 提供各项就业服务需求程度，作为资源规划与执行的参考依据。

二、职业测评的对象

1. 高三、职高应届毕业生，有就业意愿。

2. 职业培训学员，有就业意愿，职评提供就业需求、就业安置选择参考。

3. 因失业需再就业的视障人士，职评提供就业参考。

4. 有意愿转换就业行业的视障人士，职评提供就业建议。

总结而言，视障人士分别在人生的不同阶段，由学校进入职场、由原来的工作尝试转换不同的工作，都需要参加职业测评。视障人士面临生涯中的各个转捩点，需要就业支持协助时，职业测评结果可以协助就业服务的转换与衔接。

三、视障人士职业测评的内容

从生涯规划与生涯选择的观点而言，要获得一个适才适性的工作，并能稳定就业，必先讲求工作需求条件与人的特质的适配性，如此才能达到残疾人从工作中获得物质与心理之满足，且雇主对残疾人的工作成效满意的双赢局面。因此，支持性就业服务的前提是，必须了解残疾人的自身特质及期待和工作所需具备的能力及所提供的报酬，才能将残疾人放在适合的工作岗位上，并根据残疾人的需要，提供支持服务。

个人所拥有的功能表现、职业性向、工作技能、工作人格，如果能与工作所要求的功能表现、职业性向、工作技能、工作人格吻合，则个人就会有令雇主满意的工作表现；而工作的环境、工作所提供的报酬能吻合个人的需求、价值观与职业兴趣，则个人心理就会有满足与幸福的感觉，唯有这两大条件皆吻合，个人才能持续稳定地工作。

因此，残疾人职业测评的内容，可以从人的特质与工作的特质切入，具体内容如下：

（一）人的特质

评估残疾人的能力与可就业性，了解残疾人是否做好了就业准备，分析其基本的身心功能表现、职业兴趣、职业性向以及对工作的期待，为其订定就业方向提供参考依据。

1. 视障人士的状况与功能表现

（1）身体的姿势控制、动作力气、移动能力以及其间协调度等肢体动作功能，例如坐、站、蹲、跪、弯腰、平衡、移位等能力；

（2）视力障碍情况，包括视力、视野的障碍程度；

（3）听觉、味觉、嗅觉、触觉等感官功能；

（4）短期记忆、长期记忆、抽象推理、组织归纳、决策能力、数字计算、图文辨识、空间概念、创造性等认知功能；

（5）情绪稳定度、情绪表达等功能；

（6）执行自我照顾、休闲娱乐、居家活动、运用社区资源与社区融合等活动的能力；

（7）执行工作的体能、耐力与持久力；

（8）就医与用药情形，例如看诊的频繁度与药物的副作用，是否会对就业产生影响。

2. 学习特性与喜好

（1）教育发展状况，例如推理、数学、语文等基本能力；

（2）学习表现，较喜欢的科目、较专长的科目等；

（3）学习类型与学习方式；

（4）功能性记忆力，分析记忆任务顺序的能力及问题程度，设计可补救的办法。

3. 职业兴趣

评测视障人士个人对农业、艺术、运动、商业、庶务、沟通、电子、工程、家政、文学、管理、机械、医疗、音乐、数字、组织、户外、表演、政治、宗教、科学、操作、社会互动或是技术等职业类别较有兴趣。

4. 职业性向

评测视障人士的能力或是潜能，比如语文、数学、空间、图形知觉、机械推理、文书知觉、动作协调能力、手指灵巧、手部灵巧、手眼脚协调以及颜色区辨等性向。

5. 工作技能

（1）视障人士与工作相关的基本能力，一般分成处理资料、处理人、处理工具的能力。

①处理资料的能力，主要指对资料加以整理、归纳出事实、观念，整理成有组织、有条理的呈现方式，评估资料之间的关系，对资料分类、转录、登载；具体包括：综合能力、归纳能力、分析能力、计算能力、整合能力、文字处理能力、比较能力等。

②处理人的能力，主要指对个人提供指导、忠告、咨询或建议，与他人交换看法、资讯和意见，以达成双方共同满意的决定，指导或训练他人，听从别人指示、命令；具体包括顾问能力、协商能力、教导能力、督导能力、娱乐能力、说服能力、说明与示知的能力、遵从指导的能力等。

③处理工具的能力，主要指调整组合或修理机器、设备或工具，运用判断力选择或调整工具，操作工具的开关、转动；具体包括：建构能力、精密工作能力、操作能力等。

（2）视障人士选择适当工作的能力（目标的设定与生涯计划的发展）：

①了解自我的能力；

②了解工作世界的能力；

③工作选择技巧；

④做计划的技巧。

（3）视障人士求职的能力：

①找工作技巧；

②撰写简历、求职信等；

③面试技巧。

6. 工作人格

（1）测评视障人士的人格类型及适合的职业，例如：实际型、探究型、艺术型、社会型、企业型、事务型等。

（2）测评视障人士的基本工作习惯、行为，个人与环境问题的适应能力，人际关系技巧等工作态度相关行为。

（3）测评视障人士的工作价值观，例如注重工作的稳定性、安全性、利他性、成就性或是自主性等。

（4）测评视障人士对工作压力、工作挫折的容忍程度。

7. 其他相关评量

（1）家庭功能评估：评估家庭对案主的接受职训、就业、交友、婚姻、人生规划的看法和支持程度、家庭危机与应对方法。

（2）社会与环境状况评估：评估案主对身边的资源如经济、休闲、社交、政策等方面的应用、整合能力，并分析其可获得支持的程度。

（二）工作的特质

评估视障人士所在地区的就业市场状况与机会，考察视障人士的就业空间。

1. 潜在就业环境分析

（1）分析整个就业市场的动向：了解整个社会环境经济文化因素对职业发展趋势所形成的影响。

（2）岗位环境分析：

①交通系统与社区资源的方便性；

②工作地点的无障碍状况：大门、走廊、电梯、办公室、座位、走道、马桶、洗手台等；

③工作环境是否有特殊情形：很热、很冷、潮湿、灰尘多、嘈杂、阴暗、通风不良、危险、易分心等；

④职场同事对残疾人的接纳状况；

⑤工作所提供的报酬与福利。

（3）分析工作所需具备的身体功能：抬、攀爬、弯腰、蹲伏、爬行、伸手、跑步、走路、站、坐、转身、拉、推、维持身体平衡、视力使用等。

（4）分析工作所需具备的操作技能：操作电脑、操作交通工具、操作度量工具、操作特定机器或工具等。

（5）分析工作所需具备的认知及思维能力：短期记忆、长期记忆、抽象推理、组织归纳、决策能力、数字计算、图文辨识、空间概念、创造性等。

（6）分析工作所需具备的沟通技巧：读、写、说、使用电话、听从指令等。

（7）分析工作所需具备的工作行为：如可靠、准时、外表整洁、督导别人、接受督导、压力处理、反应敏捷、安全意识（自己与他人）等。

2. 就业辅具或职务再设计分析

分析视障人士是否可以通过工作辅具的运用、工作设备的改善、工作条件的加强与工作环境的改造，实现就业可能，并增加工作的安全与效率。

四、职业测评的方法

残疾人职业测评是一个个别化评估的过程，在评估视障人士的工作潜能时，可运用的主要评量方式有五类：

（1）标准化心理测验；

（2）工作样本；

（3）情境评估；

（4）现场试做；

（5）其他相关测评方式。

因为对象是残疾人，在测评过程中常常无法使用正式、标准化施测流程，或是测评工具常不备有残疾人常模，因此如何在符合专业伦理与规范下，使用非正式、动态测评，并适当解释测评结果，是职评人员必须具备的能力。

近年来，国际倡导的生态评估观念，着重于个案与其环境间的相互影响，也要求职评人员在执行职业能力测评时需同时注重环境的因素。此外，职评人员还可以使用资源性工作媒合工具，可参阅工作分析资讯，并汇整出符合个案身心特性的职种资料。

五、测评过程的注意事项

（一）测评前

（1）了解个案的交通方式，是否需要相关协助；

（2）依据个案的视力障碍情况选择适当之测评方法与工具；

（3）标准化纸笔测验时，是否要做调整：人工读题、放大字体、盲文、电子读屏等。

（二）测评时

（1）先带受测者认识测评现场的环境；

（2）具体说明测评的目的与方法；

（3）确保光线适合受测者；

（4）摆设不要随便移动以免碰撞；

（5）避开嘈杂的环境；

（6）直接对着受测者讲话，离开时要先告知；

（7）拿物品给受测者时要先告知，并让其用手碰触物品；

（8）计分或是陈列物品时要先告知，避免受测者的不安；

（9）注意受测者的体力与视力状况，给予适当的休息；

（10）人工读题时，咬字宜清楚，速度要适当，且要避免暗示答案或过度解释题意。

视障人士意向岗位预测和分析

本岗位列表是目前视障人士最为适合、最容易实现就业的岗位，具体职业岗位开发可根据各地实际情况而定，包括各地人文关怀、经济条件、视障人士的学历层次、就业能力、服务机构情况等。

1. 医疗按摩、康复治疗师

（1）岗位分析：以祖国医学基础理论为指导、用医者的双手在人体一定的部位和学位上进行一整套有目的、有规律的手法总称。通过手法，调整人体的阴阳平衡，疏通经络，促进气血的生成和疏布从而达到保持人体健康和疾病治疗的目的。

（2）所需能力：初、高中毕业以上，有能力的进入正规全日制高等院校学习，取得大专、本科学历，学习医疗按摩专业技术，康复学知识。

（3）所需支持：要培养较高的个人素养，学习职业道德，提高与人交往能力，培养经验总结与自学能力，具有有为、不为的分辨能力。

（4）职业方向：医疗、社区卫生服务中心。

2. 话务员

（1）岗位分析：用电话来开展各种业务活动，包括电话呼出和接听。电话业务、银行业务、保险业务、电话访问等均需要话务工作。

视力残疾人由于视觉障碍，很多外界信息需要记忆，所以视力残疾人记忆力比普通人强。话务员从事的工作，许多业务需要马上得到答复，也正需要记忆把各种业务记忆下来。比如电信业务，盲人朋友对答如流。

（2）所需能力：高中或中专以上文化程度，熟悉电脑操作，口齿伶俐，能独立处理客户提出的各种需求，反应较快，业务学习能力强。

（3）所需支持：独立出行能力，记忆各种话务业务，电脑系统操作。

（4）职业方向：呼叫中心、电信、银行、各种企业。

3. 速　录

（1）岗位分析：大会、医院、法律业务、科研等需要快速、细致、完整的文书记录。速录就是通过特殊的键盘用特殊的记录方法快速地把现场语音快速记录下来。

（2）所需能力：具有高中以上学历水平，语文表达能力、较强，电脑操作较熟练，速录员专业培训。

（3）所需支持：不断提高电脑操作熟练程度，提高文字输入技巧，训练写作水平，独立出行能力。

（4）职业方向：有需要文字显示的大会，法院审判记录，医院就诊记录，学术研究记录，各类速录企业、法院、党政机关。

4. 钢琴调律

（1）岗位分析：钢琴经过一段时间的弹奏，或放置一段时间后，钢丝会发生改变，影响钢琴的音准。每次钢琴演奏前，或放置后，均需要对钢琴丝进行调整。目前已经成为盲人就业的一个新的职业。

盲人由于视觉的缺陷，会用听觉来补偿，所以盲人听觉比普通人会敏锐。钢琴要求每一个音都要准确，盲人可以通过听觉来判断音准；而且盲人触觉敏锐，可以在纷繁的钢琴丝中找到需要调节的丝来进行调。

（2）所需能力：初、高中毕业以上，具备一定的音乐知识，能运用手机地图进行导航，上门为客户服务。

（3）所需支持：上门礼仪训练，手机导航软件的使用，盲人导向训练；

（4）职业方向：自主创业，琴行、钢琴制造厂。

5. 教师、培训师

（1）岗位分析：以教学培训为目的的职业。

（2）所需能力：扎实的理论基础，严密的逻辑思维能力，言语表达能力强。

（3）所需支持：能使用盲用电脑读屏软件进行备课、修改作业、批改学生论文。学会读屏手机的使用，独立出行能力。

（4）职业方向：学校、企业培训部门。

6. 播音员、广播制作人

（1）岗位分析：把需要告诉社会的人和事通过声音告诉社会。

（2）所需能力：声音先天条件好，具有中专或大专学历以上，文化，对播音有强烈的兴趣，音频制作能力。

（3）所需支持：导向训练和电脑操作。

（4）职业方向：播音员，制作人。

7. 心理咨询师

（1）岗位分析：利用心理学知识为心理有障碍的人士或有需要进行心理疏导的人进行心理疏导的职业。

（2）所需能力：大专以上心理学专业毕业，或接受过严格的心理学训练，有严密的逻辑思维能力，能熟悉使用电脑。

（3）所需支持：盲人导向训练，大学学习期间电脑课程及早介入。

（4）职业方向：心理服务机构，个体从业。

8. 社会工作者、公益组织从业人员

（1）岗位分析：利用专业社会工作手法服务有需要的服务对象，从事公益慈善行业的相关服务或传播工作。

（2）所需能力：相关专业能力学习，与人沟通能力，活动策划组织能力，电脑操作等。

（3）所需支持：盲人导向训练，及早学习电脑操作。

（4）职业方向：公共服务部门、各类 NGO 组织。

9. 文字编辑、记者

（1）岗位分析：把人们普遍关注的人和事用文字记录下来，并通过广播、电视或报纸、书刊等形式反映出来。

（2）所需能力：灵活广阔的社会交往能力，沟通能力，对人和事物的观察能力，电脑操作。

（3）所需支持：熟练的盲用电脑操作能力，学会智能手机的操作，能通过手机的导航能迅速到达采访现场。

（4）职业方向：各种媒体的记者、编辑。

10. 网络销售、客服

（1）岗位分析：通过网络平台进行产品销售、咨询、服务，上网建立网店、接受产品咨询、进行产品销售视力残疾人是可以独立完成的。更重要的是视力残疾人可以就近在家就业，足不出户就能实现就业。

（2）所需能力：电脑、网络操作能力，具有市场营销的能力，对网店具备管理能力，做出网店的特色，更好销售产品。

（3）所需支持：进行网络销售的有关培训，让视力残疾人熟练操作读屏软件。

（4）职业方向：网店客服、个体网店。

11. 办公室行政文员、企业管理者

（1）岗位分析：日常办公室工作，文字编辑，在公司或企业工作很多时候需要电话或电子邮件进行业务洽谈和沟通，甚至可依靠自己的能力开办各种公司和企业，从事各种经营活动。

（2）所需能力：具有一定的文化和社会交往能力，办公设备的使用，对业务环境有一定的了解。

（3）所需支持：具有熟练的盲用电脑操作，能力，能通过电脑在网络上寻找市场、了解行情，熟记劳动法和劳动合同法。

（4）职业方向：各种企业的领导。

12. 党政机关、事业单位办事员、干部

（1）岗位分析：办公工作，业务处理，具有一定的组织能力，领导其他人员共同完成工作的人员。

（2）所需能力：业务办事能力，坚实而广博的理论基础，良好的组织能力，杰出的社会交往能力，具有大学本科以上学历。

（3）所需支持：盲人导向训练、熟练掌握电脑和智能手机操作能力。

（4）职业方向：公务员、企事业单位。

13. 咖啡师、调酒师

（1）岗位分析：在专业的咖啡馆或休闲场所为客人冲泡、调制咖啡或酒的服务性岗位。

（2）所需能力：熟悉热水烧制过程，避免热水的烫伤。能对各种咖啡通过嗅觉来炮制，熟悉调酒的步骤，并熟悉各类酒。

（3）所需支持：开办职业培训班，向有关商铺进行推荐。

（4）职业方向：咖啡店、会所、酒庄、个体创业。

14. 流水线工人

（1）岗位分析：在流水生产线上从事固定零件、固定手工操作的工人。

（2）所需能力：对生产产品有一定的了解，能正确使用各种工具。

（3）所需支持：导向训练，开办各种生产产品的职业培训。

（4）职业方向：各种工厂流水线。

15. 编程、软件测试

（1）岗位分析：软件编程研发、改造、测试

（2）所需能力：电脑软件知识、相关软件操作。

（3）所需支持：能熟练使用盲用读屏软件，对无障碍技术标准熟悉。

（4）职业方向：软件公司、网络公司。

16. 法律行政人员、律师

（1）岗位分析：提供法律服务工作

（2）所需能力：大专学历以上，法律专业毕业，取得法律律师职业考试合格。口头表达能力强，思维全面灵活。

（3）所需支持：能熟练使用盲用读屏软件，要让有关部门和单位能认识到盲人从事法律工作的可能性，不断训练口头表达能力。

（4）职业方向：律师事务所、司法部门。

17. 翻　译

（1）岗位分析：把所需表达的思想、概念、理论用另外一种国家语言表达出来。

（2）所需能力：母语基础扎实，第二国家语言熟练，两种语言互换自如。

（3）所需支持：树立典型，倡导盲人翻译特别是语言翻译的优越性，提供就业岗位。

（4）职业方向：书面或口头翻译。

18. 个体创业

（1）岗位分析：在住宅等小型场所开展小型经营活动。

（2）所需能力：有一定的场所，有一定的经营意识，能完成一定的经营活动。

（3）所需支持：政策支持，开办个体后，需要办理税务、牌照的各种手续，视力残疾人跑各部门有一定的困难，需要残联、残疾人社会服务机构为其办理。

（4）职业方向：盲人按摩、速录、钢琴调律、养殖业等各种个体。

视障人士职业规划与职业准备工作坊设计

一、视障人士职前问题与需求

（一）普遍性问题

1. 视障人士认为残障是阻碍就业的主要原因

视障人士的心理障碍在其群体内部是一种较为普遍信息现象，视障人士常见心理障碍包括自我否定、自我封闭、意志消沉、恐惧社会等消极心理（国天聪，2017）。

2. 视障人士缺乏与他人交往的经验

视障人士由于视觉的丧失导致其无法正常参与各种家庭及社会生活，从而打破了其正常的心理平衡，并且由此造成视障人士在相当大的程度上与社会隔绝的生存状态；同时很多残障家庭缺乏照料残障人士的知识和技能，从避免视障人士受到伤害的角度考虑，一般会选择把视障人士“圈”在家里（国天聪，2017）。

现在有了读屏软件，视障者也可以“看”手机、“看”电脑了，和其他人一样玩微信、使用手机进行社交，也主要依赖手机进行社交活动，但会电脑、手机的人也是极少数年轻人，主要还是依赖听收音机和广播（赵倩，2017）。

3. 社会对盲人按摩的刻板印象，视障人士对未来职业规划迷茫

1988 年中国残联成立后，盲人按摩作为盲人的主要渠道加强了培训的力度，盲人按摩工作被列入“八五计划”以后的所有残疾人事业五年规划。由于培训时间短，盲人很快能够就业，盲人保健按摩在全国发展迅速（铁山，2011）。视障人士由于视觉障碍在就业市场中往往受到诸多限制，但是在按摩市场中却深受大众信赖，国家也通过一系列的方阵政策促进盲人按摩业的发展，我国视障职业教育中最为常见的也是按摩专业，容易形成视障人士只能从事按摩的刻板印象（刘文丽，2017）。

对所有人而言，由青年末期到成年早期的阶段是一个非

常重要的过渡期，在这段时期之后就是独立的开始了。盲生或许会问自己："学校毕业后我干什么去呢？"这个问题常常使盲生自己陷入极度的焦虑情绪状态之中，特别是那些自感前途渺茫的盲生（康贝尔，2000）。

（二）个性化需求

1. 拓宽视障人士就业的渠道

视障人士目前接触最多的行业就是推拿，部分视障人士想了解按摩行业以外的其他职业，希望对将来的职业有所启发。

2. 更深层次地认识自我

不少视障人士从小就在盲校学校，学习、生活、工作的选择性不多，大部分时间里都是被安排，因此视障人士需要通过小组活动去深入了解自己、发掘自己的潜能。

二、活动具体目标

（1）增加组员对自我的认识，规划合适的职业生涯；
（2）组员学习职业适应技巧；
（3）增加组员适应就业的信心。

三、活动设计

序号	活动主题	活动目标	时间	活动内容	备注（知识工具）
1	初识与残障观念重塑	1. 小组成员相互认识，建立小组规则； 2. 组员重新认识理解残障	1天	1. 社工自我介绍、介绍小组基本情况 2. 学员自我介绍 3. 认识小游戏 4. 制定小组规则，使组员有归属感 5. 头脑风暴 6. 残障精英故事分享讨论 7. 残障的医学模式与社会模式 8. 我想要成为怎样的人	
2	职业意识与职业探索	1. 组员认识自己的职业价值观，澄清视障不是职业的阻碍； 2. 促进组员的自我认识以及对意向职业适合性的思考	1天	1. 职业讨论 2. 就业案例 3. 分析职业兴趣与价值观 4. 就业预期与能力匹配分析 5. 组员填写周哈里窗表，相互讨论分享 6. 职业意向与SWOT分析法；分析自己从事该职业的优势、劣势、机会、威胁	霍兰德职业兴趣表、职业价值观测量表、周哈里窗表
3	职业计划与职业抉择、准备	1. 促进组员掌握目标管理及时间管理的方法 2. 学习人际沟通技能及问题解决策略等职业基本技能	1天	1. 目标管理的5个原则，并以例子使组员理解目标管理 2. 案例分析与讨论 3. 时间管理的方法，包括番茄时间、时间管理四象限 4. 案例分析与讨论 5. 人际沟通技能分享 6. 情景模拟 7. 问题解决：汉诺塔模型应用 8. 生涯平衡单	目标管理知识储备卡片、番茄时间知识储备卡、时间管理四象限、汉诺塔模型、生涯平衡单
4	活动设计与实施	1. 提升学员的自主意识 2. 提高学员的实践行动力	待定	让小组学员共同设计一个活动并组织实施，过程中社工仅提供协助，有学员主导完成	
5	工作体验	视障人士体验不同职业的工作	1天	根据学员的职业兴趣，联系相关就业单位，让视障人士跟岗观察某一工作人员的工作一天，让视障人士了解一个岗位的工作内容及流程，帮助视障人士加深认识，从而思考自身的职业选择	
6	在岗训练或实习	1. 学习工作技能 2. 体验真实的职场	待定	为学员提供岗位实习资源	
7	应聘面试	帮助学员掌握应聘技巧与规范	1天	1. 简历撰写 2. 面试模拟	

视障人士支持性就业服务人员培训大纲

开展视障人士支持性就业服务人员需要对视障人士的特征有所了解，掌握支持性就业的服务流程及相关工作标准，以便有足够的能力应对处理就业服务中的工作，为视障人士就业提供有力支持。

针对就业服务人员的培训，可采用集中授课、案例分析、方案设计等理论结合实践操作的形式开展，具体需包括但不限于以下内容：

一、我国残疾人就业政策体系分析

二、支持性就业理论及实务分享

三、视障人士的障碍特质及常见辅助器具

（1）视力障碍的成因与视障人士的特质；

（2）大字版及盲文基本介绍；

（3）盲人定向行走训练；

（4）常见辅助器具介绍：读屏软件、点显器、听书机等。

四、就业问题的诊断与需求评估

（1）接案技巧与需求评估；

（2）动机式晤谈；

（3）问题诊断与服务计划。

五、职业能力测评

（1）基本功能评估及工具使用说明；

（2）核心技能分析（KAS模式）；

（3）人境适配理论。

六、职前准备小组设计与实务分享

七、就业机会开发与职务再设计

（1）就业岗位开发；

（2）职务再设计案例分析。

八、职场支持辅导建议与实务分享

九、服务套表的使用操作

（宾碧霞供稿）

中国聋人协会

一、中国聋人协会第六届委员会财务报告

杨　洋

2018 年 9 月 15 日

我受中国聋人协会第六届委员会委托，向中国残联第七次全国代表大会聋人代表会议（中国聋人协会第三次会员代表大会）做财务报告，请予审议。

五年来，中国聋协在中国残联的领导下，在中国残联计财部的直接指导和监管下，按照《中国聋人协会章程》的规定和民政部关于社团财务管理的要求，在中国聋协名誉主席、主席和各位副主席的共同努力下，紧紧围绕聋人协会工作，积极开展各种募捐活动，并设专人管理账目，严格财务管理，确保每一笔款项落到实处，做到财务管理求规范、经费使用求实效，为中国聋协开展好各项活动奠定了基础。

一、协会资金收支情况

2013 年 9 月至 2018 年 7 月 31 日，中国聋协共收入资金总额 578.21 万元。其中，中央财政支持社会组织参与社会服务“为了美好明天——遗传性耳聋基因筛查项目”款 278 万元；中国残疾人福利基金会“手语翻译国家职业题库项目”专项捐款 20 万元、“听障儿童网络社区康复模式研究项目”专项捐款 20 万元、“广东省听障人士服务中心示范项目”专项捐款 20 万元；中国残联组联部协会活动委托服务收入 166 万元，教就部手语委托服务收入 30.46 万元，体育部听力残疾人体育健身委托服务收入 35.2 万元；捐赠收入 8.02 万元；其他收入（利息收入）0.53 万元。

截至 2018 年 7 月 31 日，实际支出 536.22 万元。其中，“为了美好明天——遗传性耳聋基因筛查项目”支出 227 万元，“听障儿童网络社区康复模式研究项目”支出 20 万元，“广东省听障人士服务中心示范项目”支出 20 万元，手语研究活动支出 30.46 万元，举办听力残疾人冰雪活动支出 10 万元，聋人健身运动启蒙活动支出 5.2 万元，全国首届聋人柔力球比赛支出 15 万元，五年来举办爱耳日、聋人节、残疾预防日等活动共支出 171.42 万元；业务管理费用支出 37.14 万元（含财政和税务费用、工作人员和志愿者补助等）。收支结余 41.99 万元。

二、需要说明的几个问题

1. 以上经费收支情况已由财务代管单位，即中国残联计财部审核确认。

2. 本年度募集到的“听力大讲堂”专项工作资金、爱耳日和残疾预防日耳聋基因筛查公益行活动工作资金，在活动过程中由捐赠方直接承担，未列入中国聋协年度收入。

3. 在结余款中，因项目还未结项，有部分资金待拨付，如手语题库研究专项款、中央财政支持社会组织参与社会服务“为了美好明天——遗传性耳聋基因筛查项目”款等。

五年来，中国聋协在资金管理上坚持“严格管理，量入为出，收支平衡，略有结余”的原则，严格控制费用支出，降低管理成本，把资金重点用在活跃协会工作和为聋人办实事上。

目前存在的主要问题：一是募集资金范围还不够广泛，需要进一步提高社会化工作能力，更好地动员和利用社会资源；二是募集资金中限制性资金较多，非限制性资金不足，一定程度上制约了协会工作的开展；三是社会各界更愿意直接向受助者捐赠助听器、人工耳蜗和康复费用，不同意从中提取管理费，购买服务项目款也不允许从中提取管理费，导致聋协工作经费不足，特别是工作人员的工资支付来源非常有限。

中国聋协将进一步增强社会化工作能力，做好募捐工作，不断提高财务管理水平，做到有计划、有步骤地合理使用经费，并在每年主席办公会和委员会上公布协会经费的使用情况。

各位代表，随着协会工作的不断深入和发展，财务工作在协会工作中的经济保障作用将日益凸显。中国聋协将在中国残联的领导下，以习近平新时代中国特色社会主义思想为指引，按照民政部关于加强社团管理的有关要求和《中国聋协章程》的相关规定，努力解决财务工作中遇到的瓶颈和问题，广泛募集资金，科学管理资金，有效使用资金，为开创中国聋协工作新局面做出新的贡献！

二、工作综述

2018年，中国聋协积极推进改革创新，切实增强协会政治性、先进性、群众性，坚持眼睛向下，立足基层，面向群众，将协会建设得更接地气、更加充满活力，不断提高联系、凝聚、服务听力残疾人的能力，使中国聋协真正成为听力残疾人信得过、靠得住、离不开的“娘家人”和贴心人。

2018年，中国聋协共承接并完成中国残联组联部项目8项、体育部项目2项、康复部项目2项、教就部项目1项；全年举办7期培训班，培训人员达385余人，为听力残疾人提供了10228人次服务；全年网站刊发稿件204篇，截至2018年底，网站总发稿量为1980篇，浏览总量为417957次。

（一）强化党建，提升规范运作水平

为了认真贯彻“坚持和加强党的全面领导”的基本原则，中国聋协在网站开辟了“党建工作”、“学习十九大”等专栏，进一步团结广大听力残疾人朋友感党恩、听党话，跟党走，在政治立场、政治方向、政治原则、政治道路上与党中央保持高度一致。

通过党建工作推动，不断提高协会的凝聚力。9月，协会经民政部同意，通过书面形式召开了六届六次委员会，会议通过了提交中国残联第七次全国代表大会聋人代表会议的工作报告、财务报告和章程（修正案）等相关文件。在中国残联第七次全国代表大会期间，按照中国残联统一部署，中国聋协召开了第三届全国会员大会暨第七次全国聋人代表大会，选举产生了新一届中国聋协委员会，顺利实现了协会领导班子换届，一批年轻的优秀听力残疾人骨干充实了聋协队伍，使协会更加富有朝气和活力。在新一届聋协委员会中，有党员20名，有力地强化了中国聋协党的建设，增强了协会的政治性。为了加强协会的工作效率，建立了主席副主席分工制度、议事制度，确立了重大事项征求聋协委员会意见制度，严格执行章程的各项规定，坚持规范运作，注重增强自身能力、注重提高服务水平，为今后的正向发展提供了有效的制度保障。

（二）提供听力语言康复服务

精准定位、精准服务。“十三五”提出残疾人精准康复，目标是到2020年80%的持证残疾人和有需求的残疾儿童实现满足基本康复需求，为实现残疾人“人人享有康复服务”提供有力保障。为此，中国聋协广泛拓展服务范围，服务定位更加精细化，推进听力残疾人精准康复服务进度并做好技术支持和服务。

3月3日，五城联动举办“中国聋人协会爱耳日听力大讲堂”活动，各地听障朋友和家人远道而来参加活动。广州还开设了远程网络直播在线平台，线上线下参加人数近500人。近距离接触听力先进技术和最新信息、参与生动的现场分享会。

为听障人士搭建听力健康知识交流平台，首届人工耳蜗论坛——成人语后聋专场于10月在杭州举办。人工耳蜗植入者第一次作为代表发声，而专家学者首次以聆听者身份参与。医学专家、人工耳蜗植入者及人工耳蜗科研人员汇聚一堂，共同探讨人工耳蜗的发展现状，倾听人工耳蜗植入者的声音，以更好地促进人工耳蜗技术和耳聋治疗的改进完善，促进助听技术良性发展。

经过不断探索，成人语言康复也通过试点经验，开展若干场线上线下的相关活动，围绕发音技巧、矫正发音、噪声环境下怎样沟通、多人社交怎样沟通、怎样自信地当众讲话等成年听力残疾人普遍关注的问题进行剖析，结合多元感受法科学理论，找到一条适合自己的听力语言康复路径，助力成年听力残疾人实现自己的语言康复目标。

（三）推进基因筛查

耳聋基因检测不仅可以明确患者听力致残原因，还可以为生育提供指导，降低生育听力残疾孩子的概率，意义重大。自2月起，中国聋协联合北京博奥晶典生物技术有限公司发起“听见未来，从预防开始”公益行活动，对听力残疾人进行免费耳聋基因检测，在北京、天津、辽宁、山东、河南、陕西、浙江、江苏、江西、湖南、广西、云南、贵州、重庆、新疆、宁夏等城市40余家医院开展免费检测、咨询、科普宣传活动，让高科技助力残疾预防观念深入人心。受检者只需到当地指定地点抽取静脉血，就能全面、准确、快捷地检测出是否携带耳聋基因突变位点，获知自身和家庭成员的听力遗传情况，特别是有听力障碍的夫妇或已有听力障碍孩子的夫妇，通过遗传性耳聋基因检测可以实现优生优育，降低生育听力障碍孩子的风险。

协会还成功申请了中央财政支持社会组织参与社会服务项目“为了美好明天——耳聋基因、慢病管理筛查项目”，为500位西藏听力残疾人提供免费耳聋基因筛查，使他们了解自身及家庭成员的听力遗传情况。除了耳聋基因筛查，高科技的眼象健康成像仪也在青藏高原首次亮相，并针对35岁以上听力残疾人提供慢病管理服务。

（四）加强康复培训体系建设

听力康复是生命的重建，是听力残疾人最迫切的需求。中国聋协认真落实《残疾预防和残疾人康复条例》，完善听力康复培训体系建设，通过举办骨干培训班、管理人员培训班，进一步扩大康复服务供给，为听力残疾人谋福祉。

在南京举办第二期全国听力残疾康复支持性服务骨干培训班，全国约100位听力残疾儿童家长在体验中学习，释放在陪伴孩子康复成长路上的负面情绪与积压已久的心理压力，并将这些过往的苦与痛转化成自己未来的生命财富。

为了满足成年听力残疾人的需求，中国聋协先后举办首届成年听力残疾人支持性康复服务骨干培训班及首届全国民办听力言语康复机构管理人员培训班。前者关注口语使用者这一群体的隐性康复需求，以带动更多听力残疾人更好地适应有声环境，高质、高效地完成学业和各项工作，最终顺畅平等地融入和谐社会大家庭；后者助力民办听力言语康复机构规范发展，促进各地社会组织互助共赢，为听力残疾儿童提供精准康复和学前教育。

（五）推广培训国家通用手语

为贯彻落实中央宣传部、中国残联、教育部、国家语委、国家广播电视总局联合印发的《关于推广国家通用手语和国家通用盲文的通知》精神，中国聋协先后在北京、贵阳、苏州、长沙举办四期国家通用手语聋协骨干培训班。

培训班通过解读国家通用手语的相关政策和规范，宣传词表和词典以及国歌的研制过程，研讨国家通用手语不同于以往手语研究的特点和亮点，系统学习通用手语词汇的语言学基础以及教学和应用的具体做法等，使200位熟练使用手语的听力残疾人骨干顺利结业，理解了手语的语言规律和特点，明确了手语教学方向，理清了思路，统一了认识。学员回去后，对当地手语使用者积极开展通用手语培训和推广普及工作，邀请手语委成员指导培训，取得良好效果。

更可喜的是，手语国歌采集和整理成果于2018年4月通过中国残联审定，不同领域的专家肯定了中国聋协的研究能力和辛勤工作，9月参与了手语国歌拍摄的指导工作，与国家手语和盲文研究中心、中国残疾人艺术团共同把好关。凝聚众人心血的手语国歌发布后，获得全国手语使用者的一致好评，并在中国聋协手语委公众号上发布，点击阅读量达8000多次，在各地形成一股又一股学习手语国歌的高潮。

在国家通用手语工作文件起草和修订过程中，中国聋协全程积极参与，深入听力残疾群体收集反馈和建议，并配合国家手语和盲文中心进行国家通用手语推广工作，开展行之有效的培训活动。2018年，全国12个手语采集点联动，联合进行两期手语词汇的采集工作，主题分别是政治和经济金融两大方面。

同时，中国聋协还应邀参加在长春外国语学院召开的翻译界学术研讨会，首次在翻译界宣传手语翻译职业。积极参加亚太地区聋人联盟召开的世界手语日活动，在活动中聋协积极提出意见，发挥正面宣传作用，让全世界都认识到发布国家通用手语的重要意义。

（六）积极组织文体活动，展示残疾人自强形象

为了丰富听力残疾人的文化体育活动，中国聋协积极举办书画、征文、体育等活动，鼓励听力残疾人积极参与进来，让听力残疾人的精神文化生活更加充实、更加愉悦。

在全国助残日期间，中国聋协在西安主办“共享芬芳·放飞梦想”首届全国聋人书画联展，参展年龄最小的作者是年仅14岁的学生，年龄最大的是一位83岁的听力残疾艺术家。

中国聋协在广州主办“第二届全国听力残疾人读书征文大赛”，历经半年征集，收到全国30个省区市535篇稿件。

中国聋协品牌特色“沣标杯”聋人摄影大赛，至2018年已经连续举办6届，2018年评选出90幅获奖作品，其中，聋人组相机类入展作品40幅、手机类入展作品20幅，社会组入展作品30幅。书画展、征文赛、摄影赛既挖掘和培养了听力残疾人的视觉艺术品位，也向社会展示了听力残疾人的艺术才华，为听力残疾人群体参与社会起到了很好的宣传作用。

为了丰富听力残疾人的体育活动，中国聋协还举办了体验冰雪和健身周体育活动。广东省聋协积极发挥作用，带领本地及周边的听力残疾人到冰雪场馆体验冰雪，引导未见过雪的南方听障群体积极参与冰雪运动、享受冰雪运动带来的快乐。8月健身周活动分别在北京、西安、深圳、广州四地举办，各地听力残疾人朋友分别参与了户外健身拓展、乒乓球、模拟冰壶球、篮球、保龄球、乒乓球、健身操、呼啦圈等多个体育项目活动。

与中国狮子联会合作开展第四届“全国残障儿童和平海报作品征集活动”，以“善与和平”为主题，面向全国6—14周岁的适龄残障少年儿童征集作品。11月，由中国美术家协会的专家和专门协会的老师共同完成了优秀作品、入选作品以及特别入选作品的评审。

在中国残联的指导下，中国聋协在法人治理模式的完善以及业务活动的执行上都有了进一步的提升。中国聋协将继续发挥好“代表、服务、维权”职能，带领全国听力残疾人共同踏上美好生活的征程。

三、重要条目

【2018年爱耳日听力大讲堂活动】为满足各年龄段听力残疾人对听力知识的迫切需求，中国聋协拓展思路，3月3日第19次全国爱耳日在北京、广州、成都、南京、深圳首次五城联动，举办“爱耳日听力大讲堂”活动。各地分别邀请当地专家和专业技术人员现场讲授听力知识，解答问题，并提供免费调机、辅具保养、“络+体验”等服务，各地听障朋友实实在在地享受到更好的聆听效果，近距离接触听力先进技术和最新信息、聆听生动的现场分享会。广州还开设了远程网络直播在线平台，线上线下参加人数总共近500人。

四、大事记

2月—9月，中国聋协联合北京博奥晶典生物技术有限公司，在北京、天津、辽宁等城市的40余家医院发起“听见未来，从预防开始”公益行活动，对听力残疾人进行免费耳聋基因检测。

3月3日，第19个全国爱耳日，中国聋人协会首次尝试在北京、广州、成都、南京、深圳五城联动举办“爱耳日听力大讲堂”活动，受益人数近千人。

3月—11月，中国聋人协会开展“为了美好明天——耳聋基因、慢病管理筛查项目”，为500位西藏听力残疾人提供免费耳聋基因筛查，并针对35岁以上的听力残疾人提供慢病管理服务。

4月—10月，中国聋人协会先后在北京、贵州、苏州、长沙举办四期国家通用手语培训班，200位熟练使用手语的听力残疾人骨干参加培训，为各地开展通用手语培训和推广普及工作准备师资力量。

4月—12月，全国12个手语采集点联动，联合进行政治和经济金融两大方面的手语词汇的采集工作。

5月，全国助残日期间，中国聋人协会在西安举办“共享芬芳·放飞梦想”首届全国聋人书画联展。130多名优秀选手参加活动。全国投稿584幅，选出参展的优秀作品209幅，其中绘画作品154幅，书法作品55幅。

6月，中国聋人协会与中国狮子联会共同开展“第四届全国残障少儿和平海报作品征集活动”。

7月，中国聋人协会在北京举办“首届成年听力残疾人支持性康复服务骨干培训班”。35名成年听力残疾人参加培训，满足口语使用者的隐性康复需求。

7月，中国聋人协会在广州举办第六届“沣标杯”聋人摄影大赛。

8月，中国聋人协会分别在北京，西安、深圳、广州四地举办残疾人健身周活动，包括户外健身拓展、乒乓球、模拟冰壶球、篮球、保龄球、乒乓球、健身操、呼啦圈等多个体育项目活动。

8月，第二期全国听力残疾康复支持性服务骨干培训班在南京举办，全国各地约100位听力残疾儿童家长参加为期一周的专业培训。

9月15日，中国聋协第三届全国会员大会暨第七次全国聋人代表大会在北京召开。选举产生新一届中国聋协委员会。

9月15日，中国聋协七届一次委员会在北京召开。选举产生中国聋协1位主席、5位副主席及1位秘书长。讨论2018年工作及2019年工作计划。

9月，中国聋协主办、广东省聋人协会承办的第二届全国听力残疾人读书征文大赛在广州举办，主题是“品味书香，共享幸福”及“我心目中的无障碍环境”。历经半年征集，收到全国30个省区市535篇稿件，分小学组、中学组、社会组，评选出一等奖5名、二等奖11名、三等奖20名、优秀奖61名。

11月，中国聋协在南京举办首届全国民办听力言语康复机构管理人员培训班，70多人参加培训。

11月，中国聋协与中国狮子联会共同开展第四届全国残障少儿和平海报作品征集活动。

12月，中国聋协举办第三届冰雪季系列活动。

（赵琳娜供稿）

中国肢残人协会工作

一、领导讲话

张海迪主席写给脊柱裂与脑积水防治知识大讲堂的寄语

2018 年 11 月 30 日

亲爱的残疾兄弟姐妹们：

你们好！得知又一次举办脊柱裂和脑积水防治知识大讲堂，我特别高兴！相信学员们的心情也和我一样！在这里大家可以互相学习，互相交流，更多地了解这种疾病和它造成的残疾状况。而更宝贵的是，大家通过交流还会知道怎样更好地自我护理，料理生活，为走向更好的未来打基础。我希望这样的大讲堂经常办，并能够呼吁更多的社会力量来支持。脊椎裂和脑积水患者学到的知识越多，就越有能力、技术和办法支撑自己，自己生活独立了，解决了所有困难，才能更好地为社会做出贡献。我们要真正做到与残疾兄弟姐妹心连心，真心体会和感受他们的痛苦，理解他们的渴望，这样才会诚心诚意地帮助他们，不让一个人掉队！

衷心祝愿大家幸福快乐！

二、政策规章

关于开展第九次全国肢残人活动日的通知

残联厅函〔2018〕233 号

各省、自治区、直辖市残联、肢残人协会，新疆生产建设兵团残联、肢残人协会，黑龙江垦区残联、肢残人协会：

2018 年 8 月 11 日是第九次全国肢残人活动日。为向广大肢残人宣传党的十九大精神和改革开放 40 年取得的显著成就，营造“平等、参与、共享”的社会环境，激发广大肢残人群众赞颂改革开放、共享发展成就的热情，经中国残联领导同志批准，决定组织开展第九次全国肢残人活动日。现将有关事项通知如下：

一、活动主题

赞颂改革开放，共享发展成就

二、活动内容

（一）以党的十九大精神为统领，组织广大肢残人群众，通过各种活动回顾我国改革开放以来各项社会事业的巨大变化，回顾残疾人事业所取得的巨大进步，进一步激发广大肢残人听党话、跟党走，为实现中华民族伟大复兴事业而奋斗的坚定信念。

（二）各地肢协在本地残联的指导和支持下，通过举办报告会、座谈会、读书会等活动，使广大肢残人群众进一步了解在党的领导之下改革开放和建设所取得的丰硕成果，宣传肢残人积极投身改革、服务社会，实现人生价值的生动事例，弘扬主旋律，传播正能量。

（三）在肢残人中开展“二课三讲活动”，动员肢残人中的党员给残疾人讲一堂宣传十九大精神的党课，动员肢残人中的创业能人传授专业课，动员老一辈肢残人讲肢残人事业奋斗史，动员中年肢残人讲肢残人事业发展史，动员年轻的肢残人讲残疾人事业的新发展和新理念。

（四）通过多种媒体传播方式和平台，全方位、多角度地宣传肢残人活动日主题活动，引导广大肢残人学习党的新理论、新思想、新战略，树立热爱党、热爱国家的思想，激发大家对美好生活的向往。

三、有关要求

（一）各地肢协要会同当地残联按照本次活动主题，结合本地区实际情况，认真制定方案，精心组织实施。

（二）要创新宣传形式，充分发挥报刊、网站、广播、电视、网络、微信等传播渠道作用，宣传本次活动。

（三）请各省市肢协于 8 月 31 日前将活动总结、新闻报道、网络通讯、图片等相关材料电子版报送中国肢协。

中国残联办公厅
2018 年 7 月

中国肢残人协会专门委员会工作制度
（暂行办法）

为规范中国肢残人协会（以下简称“中国肢协”）专门委员会（以下简称“专委会”）工作运行机制，充分发挥专委会代表、协调、沟通、服务作用，确保工作有序、高效开展，推进分类研究，提供特色服务，根据《中国肢残人协会章程》，结合全国残疾人工作实际情况与中国肢协以往工作实践，特制定专委会工作制度。

第一条 专委会以习总书记关于残疾人事业的论述为理论指导，以切实履行中国肢协“代表、服务、维权”三大职能为宗旨，以广泛联系、深入研究、动员社会、培养典型、专项服务为主要任务，为发展残疾人事业、改善肢残人状况、增强协会工作的效能发挥积极作用。

第二条 专委会是在中国肢协领导下的内设工作机构，专委会的设置、变动及组织架构，由中国肢协主席工作会议通过相关决定，并报请中国残联批准。专委会工作由中国肢协主席工作会议成员分工联系，中国肢协办公室负责协调和联络。专委会的届次与协会届次相同。

第三条 根据实际需要，专委会日常工作可以由中国肢协直接负责，也可以委托省级和地市级以上肢协承担。承担专委会工作的地方肢协要积极争取当地残联领导的支持，推动和带动当地肢协工作的开展。

第四条 专委会设主任1名，副主任6名，秘书长由副主任担任；主任、副主任由中国肢协主席工作会议决定。各专委会可根据工作需要，设副秘书长若干名、委员（每省一名）、聘请顾问若干名，以上人员须报中国肢协主席工作会议批准。

第五条 专委会工作由主任负责，或由主任委托的副主任负责。专委会可设立办公室，设联络员或干事若干名，负责专委会的日常工作。

第六条 专委会工作经费由各省肢协、地方残联支持及开展社会募集等方面组成，专委会需本着勤俭办事的原则，严格管理经费，杜绝浪费。组委会经费管理需严格按照中国肢协章程中的规定办法、条款执行。募捐的经费必须纳入中国肢协账户，由中国肢协统一管理。

第七条 各专委会年初要根据中国肢协工作安排，制定本年度工作计划，年度末向中国肢协提交工作总结。专委会组织开展全国性活动或重要事项，需提前向中国肢协请示报批，并提交详细的活动方案，经中国肢协批准后，由专委会组织实施。活动结束后，及时上报总结材料。

第八条 专委会主任或委托负责的副主任根据需要召开专委会主任联席会议，讨论研究专委会的重要工作事项。专委会视自身条件及工作需要，1至2年召开1次，2年不少于1次，5年不少于2次。原则上每两年召开一次专委会全体委员会议，每年至少组织2—3次规模不等的活动。

第九条 专委会是中国肢协联系各分类肢残人的窗口，要组织专委会骨干力量，做好各地本类别肢残人需求调研，每年度设定一个专题，集中力量开展调研。调研报告上报中国肢协。

第十条 专委会要充分利用网络平台，展示和宣传中国肢协及专委会工作，内容要及时更新，并积极向中国肢协网站报送活动的材料。

第十一条 中国肢协建立专委会工作检查制度，不定期地对各专门委员会的工作开展情况进行抽查和督导，总结和推广各地有益经验。

第十二条 本专委会工作制度以中国肢协主席工作会议议通过之日起施行，解释权和修改权属中国肢协。

中国肢残人协会

2019年1月

三、中国肢残人协会财务报告

（2013年9月—2018年7月）

2018年9月15日

王建军

我受中国肢残人协会第六届委员会委托，向中国残联第七次全国代表大会肢残人代表会议（中国肢残人协会第三次次会员代表大会）做财务报告，请予审议。

一、财务管理情况

五年来，中国肢协在中国残联的领导下，在中国残联计财部的直接指导和监管下，财务账目分类明晰，财务工作运行规范，财务制度执行认真，资金使用合理安全，收入支出清晰平衡。中国肢协充分利用政府和社会资源及有限资金，积极开展具有特色、贴近肢残人需求的肢残人服务工作和活动，取得良好社会效益。

二、财务收支基本情况

（一）五年收支基本概况

根据中国残联计财部提供的数据，2013年9月至2018年7月31日，中国肢协总收入2773.20万元，总支出2443.53万元，结余329.67万元。

（二）收入基本概况

1. 中央财政支持社会组织参与社会服务及政府购买项目收入，五年总计570.86万元。2014—2018年共计收入335万元，其余来自残联各部门的采购服务，其中，组联部“接受中国残联委托服务收入”118.8万元，维权部10.5万元，体育部100.66万元，中国残联课题经费5.9万元。

2. 协会项目资金收入，五年总计274.12万元。其中，中国残联购买残疾人服务33.30万元，清华大学肢残人培训156.07万元，威高集团“威高·爱”青少年脊柱侧弯救助项目84.75万元。

3. 其他捐赠，五年共计1926.31万元。其中包括新乡市驼人医疗器械有限公司、山东威高集团、湖南安邦制药集团有限公司、北京世通环宇水电安装有限责任公司、北京京电明光送变电工程有限公司、卫美恒（苏州）医疗器械有限公司、中国残疾人福利基金会、中国扶贫基金会、杭州市残疾人福利基金会等企业、机构及个人捐款。

4. 利息收入，五年共计 1.91 万元。

（三）支出基本概况

1. 项目支出，五年总计 2212.72 万元。其中，中央财政支持社会组织示范项目 335 万元，“重塑未来”项目 918.73 万元，脊髓损伤者康复训练项目 108 万元，“威高·爱”青少年脊柱侧弯项目 117.35 万元，轮椅马拉松健身赛及助力冬奥京津冀冰雪活动 61.96 万元，东城肢协康复体育和健身体育小型器材研发及配发 45 万元，公益微电影大赛 37.81 万元，“你行我行·大家同行”项目 30.88 万元，为“瓷娃娃”罕见病购买电动轮椅 30 万元，嫩芽基金项目 28.8 万元，千企万人就业创业项目 28 万元，残疾人集中就业多层工业厂房无障碍建设试点项目 24.30 万元，残疾人生活重建训练营 21.5 万元，“中途之家”项目 20.79 万元，脊柱裂与脑积水“云朵家园”项目 20.75 万元，“康乐关爱·健康之路”项目 14.4 万元，小儿麻痹后遗症调研 10.5 万元，上海佳通伤友热线工程 10 万元，“爱心一片”项目 5.6 万元，聘请专业律师 5 万元，网站建设与维护 22.87 万元，支持各类培训及委员会会议 315.48 万元等。

2. 管理成本支出，五年总计 230.81 万元。其中，中国残联计财部代理费和财务工本费 34.62 万元，审计费 2.72 万元，税费 5.53 万元，工资补贴及社保公积金 124.45 万元，其他（含折旧、办公、快递费等）63.49 万元。

三、关于收入、支出的说明

（一）关于中国肢协的财务管理。根据中国残联的要求和组联部的安排，五年来中国肢协账户、账目一直由中国残联计财部统一管理。

在中国肢协五年总收入中，政府补贴占比 20.58%，捐赠收入占比 69.46%，购买服务占比 9.88%，利息收入占比 0.08%。

（二）关于管理成本。在管理成本中，计财部代理费占比 15%，审计费占比 1.18%，税费占比 2.40%，工资补贴及社保公积金占比 53.92%。其他（含折旧、办公、快递费等）占比 27.50%。

各位代表，做好财务工作是肢协工作的顺利开展的重要保障。今后，中国肢协将在中国残联的领导下，在中国残联计财部的监督指导下，继续加强财务工作管理，积极争取和拓展社会资金和购买服务项目，为肢残人朋友提供更实惠和有效的服务。

四、工作综述

2018 年，在党的十八大、十九大精神的指引下，在中国残联的领导和全体委员的共同努力下，肢协认真学习习近平新时代中国特色社会主义思想，凝聚思想、明确任务、指导业务、推进工作，认真贯彻中国残联七代会精神，紧紧围绕中国残联中心任务，全年工作取得了较为满意的成绩。

（一）注重党建引领，主题深度点击

2018 年中国肢协官网在增设“党建工作”、“学习十九大”专栏的基础上，向各地肢协征稿，刊登学习心得稿件 20 余篇、党建文章 50 余篇、相关报道 40 余篇。共发稿件 500 余件，浏览量达 80 万人次之多。在各类新闻媒体专业网站上刊播稿件 10 余篇。中央电视台、北京电视台两次报道宣传协会工作。中国残联第七次代表大会期间，协会官网及时宣传报道会议精神，发稿 5 篇。

开展第九次“全国肢残人活动日”活动。各地肢协积极响应，四川、河北、北京、上海等省市肢残人协会分别举办了“赞颂改革开放·共享发展成就”党的十九大精神主题报告会。

协会制定《多层工业建筑无障碍指南》《旅游无障碍环境建设规范》，标准已在国家标准委网站刊登并执行；研讨《希望之家标准》和《生活重建培训及设施标准》。

（二）注重系统谋划，求实求效工作

“希望之家”是中国肢协的品牌项目之一，中国残联和各级相关领导给予高度重视，全国建成数量已突破 100 家，得到了广大截瘫伤友的欢迎。为进一步做好“希望之家”推广工作，探索截瘫患者社区康复工作，中国残联康复部支持中国肢协在湖北省十堰市、浙江省宁波市、江西省南昌市三地开展“希望之家”推广试点工作，目的是使越来越多的伤友走出家门，走进“希望之家”。目前，全国 26 个省区市已建成的“希望之家”注册伤友总数超过 10 万人，为伤友就近接受康复训练提供了便利。

同时积极推进脊柱裂与脑积水者“云朵家园”建园活动，目前全国建园 31 个，比建园初期增加 32.25%；参与“云朵家园”各类活动的患友和家属达 2.5 万人次；家园建立 QQ 群、微信群 50 余个。

协会通过政府购买服务的方式，全年开展“脊髓损伤者骨干伤友生活重建培训班”五期、“脊柱裂与脑积水者骨干伤友生活重建培训班”两期、“脊髓损伤者骨干伤友心理重建培训班”一期，免费为全国 15 个省市的脊髓损伤者、脊柱裂与脑积水者骨干伤友 200 余人提供专业培训，帮助他们成为“希望之家”“云朵家园”社区康复服务工作的专业

技术人员。

在中国残疾人福利基金会及爱心企业的资助下，协会在贵州举办“你行我行，大家同行·帮你建个家”活动，为100位危房改造后的肢残人家庭添置家用电器。

（三）注重资源整合，统筹助力推进

2018年，中国肢协以中国残联重点业务为主线，着力托底补短，加强贫困肢残人健康扶贫工作。“孙楠·重塑未来”专项基金全年救治贫困肢残青少年近100人。

在上海均瑶集团的资助下，“站立计划”项目投入救助费用300万元，免费救助贵州省遵义市、湖北省宜昌市、云南省昆明市等地贫困骨病患者，截至2019年1月，完成救助100名。

2017年末，山东威高集团向中国肢协捐助600万元，免费医疗救助脊柱侧弯疾病高发地青海省的30名青少年贫困患者，2018年已有5位患者接受治疗，手术和康复效果良好。

2018年，脊髓损伤者生活重建项目获得中央财政50万元支持，为全国培训脊髓损伤者生活重建金种子选手50名。在爱心企业和社会爱心人士的帮助下，开展“爱心一片”助残护理包项目，为河北、天津及大连、长沙、桂林、长春、宁夏、杭州等地800余名贫困残疾人朋友提供纸尿裤和纸尿垫等护理用品8万余包，折合人民币300万元。与爱心企业美年大健康产业有限公司合作，为北京、河北、内蒙古、辽宁等24个省区市、40个市的优秀肢残人代表、优秀协会工作者、贫困肢残人代表开展免费体检公益活动，1万余人直接受益。开展“康乐关爱·健康之路”中国神经源性膀胱治疗与康复培训项目，针对脊髓损伤伤友开展系列服务活动；在北京、上海、江苏等8个省区市举行培训，受益残疾人1000名，发放康复宣传手册10万册、捐赠品1万个，价值人民币30万元。2018年，与海关总署达成为贫困地区残疾人捐赠生活和学习用品的工作机制的初步意向，计划将海关罚没物资分配协调给贫困地区的贫苦残疾人及相关机构。

（四）注重全面提升，建立标准规范

2018年，协会着力在规范标准上做文章，不断夯实协会健康规范发展的基础。会同国家住建部标准定额研究所和清华大学无障碍发展研究院共同编制《多层工业建筑无障碍指南》，2018年8月在山东召开指南结题会。该指南将填补我国无障碍厂房建设空白。会同有关行业协会、企业及专家制定《旅游无障碍环境建设规范》，并在国家团体标准信息平台公布，经过3个月的公示，目前已经开始执行。

参与《残疾人航空运输管理评定标准》的制定，对该标准提出了13条建设性意见，其中8条被采纳。

牵头起草希望之家标准、生活重建标准、滑雪场建筑无障碍标准、银行无障碍建设导则等标准和导则，推动《公园景区无障碍建设标准》成为社团标准，完成标准制定实施从无到有的跨越。

（五）注重激发活力，构建创新格局

为落实习近平总书记关于“小厕所，大民生”及“厕所革命”等重要指示，2018年在上海召开“融合·通用·共享”国家无障碍卫生间设施设备配套标准导则研讨会，成立指导组、专家组和编写组。

依托北京、上海、香港等六地的30多位神经外科、矫形外科、泌尿外科、康复科、妇幼保健、护理等方面专家，在上海举办国内首次以脊柱裂为专题的研讨会，并设想制定3至5年的“脊梁工程”行动纲领，提高我国脊柱裂防治康复水平。

自2017年以来，在全国范围内，特别是东三省的小儿麻痹后遗症致残的残疾人，发生多次集体进京上访，反映诉求，其中百余人多次采取极端手段，滞留中国残联和国家有关部委大门处，影响了正常工作秩序。中国残联领导和维权部、各省市残联非常重视，多次做残疾人工作。同时，在2017年底中国残联维权部以政府购买服务形式将此项工作交给中国肢协负责落实。王建军主席率队深入东三省举办6次小儿麻痹后遗症致残残疾人座谈会，参加人员涉及东北三省9个地市，走访7户残疾人家庭，取得良好效果。

为了更好地贯彻《无障碍环境建设条例》，学习、交流各地协会在促进无障碍环境建设工作中取得的先进经验，中国肢协4月19日至22日在上海举办“全国肢协无障碍环境建设研讨和案例分析会”。中国残联维权部、上海市残联、上海市肢协、中国肢协无障碍服务与推广委员会、学者专家60余人参加会议。

为了探索肢体残疾人“互联网+培训就业”新模式，帮扶肢残人在互联网音频领域实现就业愿望，协会与喜马拉雅公司合作，开展“残疾人讲故事”项目，传播公益文化理念，创新现代公益模式，打造公益服务平台，策划与实施公益助残项目。

（六）注重多面孵化，助力人才培养

培养肢残人青年骨干，加速青年骨干人才储备。8月，中国肢残人协会青年工作委员会在大连举办第七期肢残青年骨干培训班，全国各地的新老委员及特邀全国首届无障碍通用设计研修营营员共50余人参加培训。吕世明副主席专程赴会做题为“中国肢残青年骨干肩负的使命与责任”的报告，并与残疾青年座谈。经统计，七期培训累计培训肢残人青年骨干300余人，其中60%的学员在全国各地肢协就职，10余位学员被选为当地人大代表或政协委员。

成功举办第六期残疾人创业者培训班，培训残疾人创业者100名，继续推动“千企万人创业就业行动”，号召以培

训班学员为核心的全国残疾人创业者践行社会责任，创造就业岗位，安置残疾人兄弟姐妹就业。

（七）注重需求导向，呈现文化亮点

随着我国全面小康社会建设的不断深入，协会根据肢残人的需求坚持开展各类文化体育活动，以满足肢残人日益增长的精神文化需求。为积极推动残疾人融入国家“三亿人参与冰雪运动”的目标，促进残疾人康复健身、体验冰雪运动的快乐，协会举办“助力冬奥，享受运动”京津冀肢残人冰雪运动，1.5万名肢残人朋友参加本次活动，内容是观看冬残奥会运动项目宣传片，了解冬奥会冰雪运动及比赛规则，提高参与热情。

（八）注重实践转化，着力修正不足

2018年中国肢协的工作还存在很多不足，面临不少困难和挑战。主要是：协会慈善公益项目在管理水平和服务模式上还需在做深、做细、做精、做实上下功夫；在团结和引导地方肢协工作方面有待进一步加强；在整合社会资源、积极推进公益慈善工作中缺乏长效机制；在法人治理和依法治会工作中仍缺乏有效方法；协会的工作力量与日益繁重的任务不相适应，亟待进一步加强等。

（九）注重实干兴会，2019年求真务实

1. 转方式。以党的领导为抓手，自觉在思想上、政治上、行动上同党中央保持高度一致，着力加强协会建设，推进“五位一体”总体布局，用党的十九大和中国残联七代会精神引领协会健康发展。组织省市级协会主席深入学习并以十九大精神凝聚思想、推动工作。认真学习中央和残联的有关文件，坚决执行和落实中央、残联的群团改革精神。严格执行“三重一大”等集体决策程序。在重大项目的实施中，要坚决做到“三个制度和一个精心”：公开制度、透明制度、公示制度，精心组织。抓好党组织建设，建议有条件的各级协会成立党支部、党小组。

2. 深挖潜。变低效为高效，践行全心全意为肢残人服务的根本宗旨，以肢残人反映的需求问题为导向，充分发挥各级协会和专业委员会的龙头引领作用，促进中国肢协和省级协会联动工作机制，推动有条件的省级协会积极争取法人登记。继续做好重塑未来、站立计划、“威高·爱”青少年脊柱侧弯救助等已有项目，适度开发新项目。

3. 优布局。变分散为规矩，充分发挥“希望之家”和“云朵家园”服务、凝聚、补短板的三大作用，开展“希望之家”、“生活重建”标准的推广和规范工作。配合中国残联搞好无障碍建设工作，推广公园景区无障碍建设标准、滑雪场建筑无障碍标准、银行无障碍建设导则等六个标准，为肢残人群众的出行和无障碍提供有力帮助。把社区康复服务工作模式做优、做实、做到位。积极争取政府购买服务，引导各级协会在争取政府购买服务项目上多做文章。

4. 强监管。变粗放为精细，通过多种方式定期召开协会主席联席工作会议，检查和监督工作。协会通过网络和各种培训帮助基层协会主席梳理工作思路、提升工作能力和优化工作方法，推动基层协会工作的进展。对全国2—3个基层协会、2—3个残疾人创办的企业、2—3个安置残疾人就业较多的企业进行调研。在全国2—3个工作活跃的协会建立工作联系点，真正掌握基层协会工作的一手资料。

五、重要条目

【你行我行，大家同行·帮你建个家——2018年走进贵州捐赠活动】2018年3月16日由中国肢协、贵州省残联、安顺市人民政府主办。活动由中国肢协捐赠20万元，兴贵恒远公司捐赠10万元，购置100台电视机捐赠给安顺市100名贫困残疾人家庭。项目捐赠对象大部分是异地扶贫搬迁到恒远公司安置小区、同时由恒远公司提供就业的贫困残疾人。这也是中国肢协、恒远公司通过联合开展本次活动，积极宣传和推广恒远公司探索让异地扶贫搬迁的残疾人能搬得出来、留得下来、富得起来的一种扶贫模式。

【2018年“站立计划”公益项目及走进遵义救助活动】“站立计划”是中国肢协开展的重点公益项目之一，旨在通过医疗救助使贫困患者改善肢体功能、重新站立、走出家门就业、融入社会并承担家庭重担。2018年上海均瑶（集团）有限公司资助为该项目捐助300万元，中国社会福利基金会博爱基金按1:1配比资助，专项用于昆明、遵义、宜昌三地救助不少于100名贫困肢残人，中国残疾人福利基金会、博爱基金提供支持，北京年轮中医骨科医院具体实施，2018年9月7日在北京总启动。走进遵义救助活动于11月2日在遵义启动，北京年轮中医骨科医院院长王作红率陈光洪主任、刘长义主任等组成的专家团在遵义共筛查107名股骨头坏死、脑瘫后遗症、儿麻后遗症、足踝畸形、烧伤等骨病导致的肢残贫困对象，符合救助条件33人。11月23日第一批18人、12月23日第二批15人到北京年轮中医骨科医院接受救治，2019年3月26日33人全部完成救治出院。

【2018年孙楠“重塑未来”专项基金项目系列活动】由中国残疾人福利基金会、中国肢残人协会与著名音乐人孙楠于2013年共同成立“孙楠·重塑未来”专项基金定向用于贫困肢残儿童手术矫治康复的慈善公益活动，由中国肢残人协会具体组织实施，并以此为基础整合社会各界资源，推动项目不断深入发展。① 2018年1月—8月，项目组委会组织医疗队赴宁夏、陕西等地陆续筛查筛选出29名救助对象，3月—10月开始陆续入住西安济仁医院接受肢体矫正手术。② 2018年9月5日，中国残疾人福利基金会和中国肢残人协会在西安共同主办、陕西智冠控股集团协办“众智

集善·冠创未来”2018中华慈善日——明星公益晚会，王乃坤、王建军及陕西省残联党组书记、理事长相红霞，著名歌手孙楠等出席并讲话，沙宝亮、周杰、霍尊、储兰兰、黄龄、李霞、林海、纪连海、方锦龙、孙铱、潘之琳、张赫宣、人声兄弟等各界明星，企业代表、商界精英、全国及陕西主流媒体代表等800余名爱心人士参加活动，为救治贫困肢残儿童纷纷解囊。③2018年11月13日—15日，由中国残疾人福利基金会“集善扶贫健康行——孙楠·重塑未来”专项基金发起的迎“楠”而上圆梦行公益活动贫困肢残儿童筛查工作在云南省保山市顺利开展。中国肢协和保山市红十字会、市残联、市肢协、市人民医院、市关爱学校，以及沃欧咖啡、世屹集团等企业，孙楠、孙冕、潘之琳、戴潆萱等明星参与活动。项目组从10月中旬开始，在保山市施甸县、隆阳区、昌宁县分3次筛查近120位贫困肢残青少年，对象主要为因长短足、马蹄足（足内翻、足外翻）、膝盖内翻或外翻（X型腿或O型腿）引起的肢残患者。

【中国肢协脊髓损伤者生活能力康复训练试点项目】2018年中央财政支持社会组织示范项目，由中国肢协发起，民政部审批立项，中央财政支持，社会组织参与服务，北京新生命养老助残服务中心提供技术支持。项目从7月开始实施，12月18日在北京举行仪式，计划培训50名脊髓损伤伤友。脊髓损伤者是指由于颈椎、胸椎、腰椎部位脊髓神经受损的脊髓损伤的残障者（亦称截瘫患者），是公认的肢体残疾人中最为痛苦的一个群体。中国目前有脊髓损伤者约500多万人，还在以每年5万—7万人的速度增长，受伤年龄主要集中在20—36岁。他们不仅要面对终身的瘫痪，还被数十种其他身体功能障碍困扰，绝大多数伤者因为无法适应伤残状态而无法实现生活自立、工作就业和参与社会活动。据统计，一个30岁的脊髓损伤者由于其缺乏自立生活能力，而消耗的社会成本约200万—400万人民币，除了给伤者本人及其家人造成沉重的经济和精神负担外，还耗费了巨大的社会资源。项目的成功举办将在较短时间内帮助脊髓损伤者借助轮椅实现自尊独立生活并回归社会，解放家庭照顾伤友的劳动力，为家庭脱贫解困创造条件。项目特别邀请著名歌手胡海泉担任爱心大使。

【旅游无障碍环境建设规范（T/CAPPD 1—2018）】为落实《无障碍环境建设条例》要求，贯彻《无障碍设计规范》国家标准，促进公园景区等公共场所无障碍环境建设水平提高，更好地满足广大残疾人、老年人等特殊人群无障碍出行的旅游愿望，中国肢残人协会组织发起、国家各个旅游相关行业协会支持参与制定的团体标准，也是我国首部由相关部门合作制定的无障碍旅游方面的团体标准。2018年1月30日中国肢协组织邀请各旅游行业协会、旅游行业专家、标准专家、无障碍专家、景区公园代表在延庆召开标准评审研讨会，2018年3月28日作为中国肢残人协会团体标准正式发布，2018年5月1日开始实施。

【多层工业建筑无障碍指南（T/CAPPD 2—2018）】中国肢协会同住建部标准定额研究所和清华大学无障碍发展研究院共同编制，2017年10月初稿研讨，2018年8月召开指南结题会，2018年10月26日作为中国肢残人协会团体标准，正式发布，2018年12月26日开始实施。该指南规定了多层工业建筑无障碍建设与改造要求，填补了我国无障碍厂房建设空白，对保障残疾人员工安全，引领和规范全国多层工业建筑无障碍设计推广具有重要作用。

六、大事记

2017年

12月15日，“威高·爱”青少年脊柱侧弯救助项目在青海省人民医院正式启动，威高集团将在青海省投入善款600万元，免费救助30名18岁以下脊柱侧弯贫困患者。中国肢协常务副主席兼秘书长王建军、青海省残联副理事长王洪泽、青海省人民医院党委书记、院长吴世政、威高集团骨科公司总经理弓建波、中国人民解放军总医院外科主任王征等领导和专家参加启动仪式。

12月17日，中国智协成为国家标准化管理委员会团体成员单位。

2018年

1月24日，由中央财政支持的社会组织示范项目“站立计划——中华骨病康复万里行”湖南成果汇报会在长沙举行。

1月30日，中国肢协在延庆召开“旅游无障碍环境建设标准评审研讨会”，各旅游行业协会、旅游行业、标准、无障碍等方面专家及景区公园代表参加会议。

3月13日，中国民用航空局运输司、中国民航局消费者事务中心举办“3·15真情服务大家谈”——民航服务工作座谈会。中国肢协常务副主席兼秘书长王建军被聘为民航社会监督员，并代表中国肢协向首都机场捐赠爱心轮椅30台。

5月18日—6月1日，2018年第一期“希望之家”伤友生活重建带头人培训班在北京年轮康复中心举行，全国20个省区市的35名骨干伤友参加培训。培训班是由中国残联康复部支持，中国肢协执行的针对“十三五”中央财政专项资金支持中国残联开展全国残联系统康复专业人才实名制培训工作之一，旨在为希望之家脊髓损伤者生活重建社会康复工作提供专业技术人才。

6月19日，在中国肢协、中国残疾人辅助器具中心、宁夏残疾联的支持下，由陕西、宁夏、四川、湖南、海南、上海等17个省份的肢残人协会及数家国内有影响力的肢残人组织共同发起举办的2018首届肢残人辅具展示研讨会在银川召开。17个省区市肢协主席、15个辅具生产厂家代表、香港伤青协会、台湾无障碍协会及生命之歌公益网，以及全国29个省区市的残疾人代表及辅具销售代表共132人参加会议。

6月22日，中国残联康复部与中国肢协脊柱裂与脑积水委员会举办的全国首期“云朵家园”脊柱裂与脑积水骨干培训班在沈阳开班。河北、河南、山西、山东、四川、内蒙古等10多个省区市的30位脊柱裂中青年骨干参加为期三周的系统培训，来自北京的神经外科、矫形外科、泌尿外科及生育保健专家授课。培训班旨在培养一批脊柱裂患者的带头人，像金种子一样，回到当地推动脊柱裂康复工作，建设一个服务脊柱裂与脑积水患者的机构——“云朵家园”，开展康复自助互助，帮助更多的伤友走出苦难，走向幸福。

8月12日—15日，中国肢协青年工作委员会第七期肢残青年骨干培训班在大连举行，全国各地新老委员及特邀全国首届无障碍通用设计研修营营员共50余人参加培训。培训内容包括“不忘初心、牢记使命”教育和无障碍理念与责任意识教育。吕世明副主席专程赴会做题为“中国肢残青年骨干肩负的使命与责任”的报告，并与残疾青年座谈。

9月15日，中国肢协第七届会员代表大会及七届一次全委会在北京召开，179名代表出席会议。会议审议通过徐凤建主席所做工作报告、王建军副主席所做财务报告及《中国肢残人协会章程》修正案；选举产生由49名委员组成的中国肢协第七届委员会；选举王建军为第七届中国肢协主席、孙建博、张银良、赵学良、杨燕、汪凯燕为副主席。

图5－5－1 中国残联第七次全国代表大会肢残人代表会议。

11月14日，中国肢协主席王建军到云南省保山市“希望之家”看望正在康复治疗的伤友们，副市长宋光兴陪同。

11月30日—12月2日，由中国肢协主办的“脊柱裂与脑积水防治大讲堂系列活动”在上海国际康复活动中心举行。中国残联主席、康复国际主席张海迪，国际脊柱裂与脑积水联合会主席马戈向系列活动发来贺电。

附 录

中国肢协：打造“重塑未来”公益项目

《中国残疾人》 王建军、张昉

宋欢是来自四川巴中市两河口乡木诺曹村的一个小女孩，由于双小腿胫骨内翻畸形，走路总是摇摇晃晃。9岁，这本来应该是一个孩子最好动的年龄，但她只能坐在板凳上看着别人奔跑玩耍。家里只有父亲一个劳动力，微薄的收入让她的父母早早就断了给她治疗的念头。2015年11月，“重塑未来”慈善公益项目来到了四川巴中，她终于有机会免费接受手术治疗和康复训练，短短两年间，她的腿得到了完全的康复，成了一位健康的孩子。

目前，我国肢体残疾人群数量约为2470万。而在众多的肢体残疾人中，有相当一部分是少年儿童。他们中的很多人原本是可以通过手术得到改善的，但手术费用太过昂贵，让那些偏远地区的贫困家庭不得不放弃给孩子治疗或错失治疗的时机。作为中国肢体残疾人的代表组织，中国肢协有责任、有义务帮助这些残疾人摆脱困境，重新塑造一个新的人生。2013年5月在中国残联的支持下，中国肢协正式启动“重塑未来”慈善公益项目，应用先进骨科技术免费为贫困肢残患者进行肢体矫正的医疗救助。

1. 专业的管理模式

中国肢协自社团法人登记以来，一直遵循民政部和中国残联的要求，严格按照法人治理模式规范管理协会及项目本身。“重塑未来”慈善公益项目自成立之初就制定了比较完备的项目管理制度和项目工作流程，从受助地点的选择、与项目实施方签订相关协议文件，到培训当地残联、肢协和医护人员等一系列的工作环节都有项目实施方案和项目管理制度作为依托和规范。中国肢协还专门聘请了律师事务所作为法律顾问，对项目进行全方位的监督和必要的管理。项目发展至今无论以哪种方式进行合作，协会都本着项目规范和工作流程不能改变的宗旨，依法依规地完成每个具体的工作环节，没有发生过失和疏漏。

自2013年成立迄今，“重塑未来”慈善公益项目团队集结了一批具有专业技能的管理及服务从业人员，组建成一支乐于为公益事业做奉献的复合型人才队伍。该项目建立了完善、系统的档案管理模式，做到“一人一档”，从选定救助患者到康复出院及后续康复阶段，每位患者都建立保存了完整、翔实的电子档案信息和影像资料（签订肖像权协议），以此实现自我督查的同时也便于相关上级主管单位年度项目审查。

无论是项目团队工作人员下乡筛查，还是爱心企业或个人入户家访，抑或明星团队举办筹款晚会，都离不开当地残联等有关部门的配合和支持。当地残联在调查残疾人的状况、统计残疾人的数据、为残疾人开展后续康复和改善生活状况以及回归社会等方面都发挥着重要作用，成为保障“重塑未来”慈善公益项目顺利圆满进行的有力支撑。

除常规开展贫困肢残人免费救治工作外，中国肢协还从多个方面探索服务肢残人的途径，与各地肢协合作，在当地区县残联的支持下，共同研究制定《“重塑未来”慈善公益项目救助与帮扶贫困肢残人协议》，并与救助对象签约。在救助对象接受救治康复返乡后，当地残联和肢协将依据协议，结合救助对象的劳动意愿和劳动能力，向其本人或家庭提供就业和扶贫开发、小额免息贷款等方面的政策扶持和服务。共同为残疾人从医疗救助、康复治疗、职业帮扶，最终到自理生活、融入社会贡献力量。

2. 完善的运作体系

“重塑未来”慈善公益项目首先组建了由主办方与爱心企业或个人合作的运作模式与管理框架。主办方提供项目实施方案，协调项目实施省市区县街道等相关部门，组织具备专业骨科技术的医疗团队对符合条件（协会和项目的制度规范）的肢残患者进行患处外观初步筛查。爱心企业或个人提供资金、物资或技术支持，定向用于患者肢体矫形手术费用和改善患者及其家庭状况。同时，合作方共同审定符合条件的贫困肢残患者，核实贫困肢残患者的翔实情况，在相关部门的陪同下，携手企业或个人对肢残患者进行入户家访，直接有效且全面地了解受助患者的生理和生活需求问题，对必要合理的需求问题，多方共同参与制定解决方案。

自项目成立以来，通过爱心企业或个人定向捐赠完成肢残患者救助数百例。该运作模式本着公开透明的原则，对贫困肢残患者救助环节，包括医疗团队对患者初筛、爱心企业或个人入户家访、患者入院手术、在院康复治疗、出院在家适应性复能等，都保存了完整、清晰的图片视频等影像资料；对于肢体矫形手术所产生的费用，由医院出具正规票据，经过公示，最终实现资金流向透明化。爱心企业或个人通过全程深度参与，不仅树立了正确的公益理念，更坚定了参与更多公益项目的决心，对增强公益组织的诚信度和公信力起到了促进作用。通过这种“一对一”且深入的沟通模式，让爱心企业或个人对项目有了深入的了解和认同，对项目的长期合作有了强烈意愿和信心，也会带动爱心企业和爱心人士在他们的慈善爱心朋友圈中定向宣传我们的项目，使宣传效果具有强力的针对性，实现宣传效果最大化和精准化，为项目带来了更多有意愿和有实力的合作伙伴，减少了项目初期难以寻求合作的困难。

3. 多元化的传播手段

要帮助贫困肢残青少年，政策支持、社会参与、先进技术缺一不可。由中国残疾人福利基金会、中国肢协和著名音乐人孙楠共同设立的“集善扶贫健康行——孙楠重塑未来专项基金”在中国肢协“重塑未来”公益项目的基础上应运而生。

孙楠利用自身影响力，不断通过公益理念的传播，尝试与社会各界爱心资源建立全新的沟通方式，发展良性的善款募集模式，全力推动项目的发展。两年间，专项基金借助各类媒体力量，通过直播、视频、图片、文字等手段全程直播当地贫困肢残青少年肢体矫正救助过程，两天累计突破450万网友在线观看直播。携手20多位明星拍摄的公益广告。传播正能量的同时，还将项目的公益理念带进千家万户。截至目前，由专项基金主办、参与的各项活动，品牌累计影响人群超过2000万人次，传播量超6000万次。由此有力宣传了专项基金品牌，提升了品牌的知名度，为后期的善款募集打下了坚实的基础。

“明星＋公益”模式发挥了明星群体通过自身社会影响力对公众正向引导的作用的同时，还广泛接受了政府、公众、媒体等多方监督，使募集善款得以高效利用，推动慈善公益事业朝着制度化、科学化管理方向发展。项目运作越规范，越能吸引更多明星和公众人物参与进来，使明星公益活动常态化，为国家贡献更多社会公益力量。

五年来，“重塑未来”慈善公益项目通过社会各方力量的参与，对贫困肢体残疾人进行有效的手术矫治，帮助其改善残疾状况、恢复劳动能力，进而融入生产劳动和就业增收，实现人生价值。项目缓解了贫困肢残患者家庭巨大的心理压力和生活负担，家中没了“牵绊”，一家人便可以将全部精力用于生活和生产。同时，通过“救助一人，帮扶一家”的公益救助形式，项目还为国家精准扶贫提供了有效范本，为解决社会问题起到了有力的推进作用，实现了公益慈善事业的可持续发展。

“重塑未来”每成功救治一个贫困肢残孩子，就是一个新生命的回归、一个贫困家庭生产力的解放、一个和谐社会元素的升华。中国肢协作为全国2470多万肢残人的代表组织，积极维护肢残人的基本权益，为他们提供看得见、摸得着的服务，解决他们最迫切的困难和需求，帮助他们恢复肢体功能，消除心理障碍，进而实现人生价值，重塑美好未来。

（张昉供稿）

中国智力残疾人及亲友协会工作

一、中国智力残疾人及亲友协会第六届委员会财务报告

2018年9月15日

张宝林

我受中国智力残疾人及亲友协会第六届委员会委托，向中国残疾人联合会第七次全国代表大会智力残疾人及亲友代表会议（中国智力残疾人及亲友协会第三次会员代表大会）做财务报告，请予审议。

五年来，在中国残联的领导下，在中国残联计财部的直接指导和监管下，中国智协实行法定代表人审批制度，独立账户、独立核算。为促进各项工作的健康发展，协会秘书处严格财务制度管理，规范资金运行，经过全体人员的共同努力，圆满完成了各项目资金预算的请示、审批、活动运作及各项税种完税申报等工作。下面我代表中国智协向会议报告五年来财务工作情况。

一、加强财务管理，完善制度建设

财务管理是协会管理的一个重要环节，只有严格财务管理制度才能有效保障协会工作顺利开展。中国智协每年请专业机构进行财务审计和税审，财务报表在所有重大方面按照《社会团体登记管理条例》和《民间非营利组织会计制度》的规定编制，真实完整地反映了财务状况以及业务活动成果和现金流量情况，发现问题后及时做账调整。积极配合中央巡视组的巡视审计和中国残联专项审计及专门协会评监委的评审，不断完善补充财务管理规定制度，增加了大额审批单、车辆使用加油等管理制度，使协会各项管理工作越来越有章可循，有法可依。

由于账目清楚、去向合理、财务制度健全、操作规范，中国智协在2015年全国公益社会团体的等级评估中，被民政部评为4A等级。

二、协会财务情况汇报

（一）资产情况。截至2018年7月底，资产总额50.92万元。其中货币资金50.36万元，固定资产净值0.56万元，累计折旧6.99万元。

（二）收入情况。2013年8月—2018年7月总收入577.77万元。其中，捐赠收入468.48万元，政府补助25万元，政府购买服务83.30万元，利息收入0.99万元。

其中捐赠及政府相关收入576.78万元明细如下：

捐赠单位	金额（万元）	资金定向	项目名称
中国残联组联部	166.30	限定项目	“六助一”、支持性就业、“放心工程”、“安心工程”等项目及网站建设
中国残疾人福利基金会	109.42	限定项目	“心连心”、音乐节、特教老师奖励、编写智协一书
爱心企业公司	97.92	非限定收入	业务经费、人员工资、管理费、办公费、审计费、租车费、房屋租赁费等
中国残疾人体育运动管理中心	74.20	限定项目	特奥活动、“牵着蜗牛去散步”、冰雪季、全民健身
保险公司	65.64	限定项目	“安心工程”
中国残联研究室	20.00	限定项目	调研课题综合项目
北京市文化局	12.00	限定项目	国际音乐节
国际劳工组织	6.00	限定项目	支持性就业国际会议
北京市残疾人文化体育指导中心	0.30	限定项目	特奥联谊活动

（三）支出情况。2013年8月—2018年7月总支出合计600.94万元。其中，业务活动成本562.40万元，管理费用支出37.74万元，筹资费用－财务费用支出0.80万元。

1. 项目资金支出562.40万元，明细如下：

项目名称	金额（万元）	备注
艺术团、国际音乐节	127.23	2014年10月主办“第三届国际智障者音乐节”
“安心工程”保险项目	120.13	全国各地推广智障者家庭意外疾病综合保险惠民的好项目
支持性就业、“六助一”	69.12	培训就业辅导员，发展就业基地，为智障人士找到稳定就业机会
特奥活动、全民健身	80.09	区域性特奥联谊活动每年两次，全民健身广泛开展残疾人体育活动每年一次

续 表

项目名称	金额（万元）	备注
网站建设宣传	39.47	全国各地智协新闻窗口及各项目活动宣传
“牵着蜗牛去散步”活动	28.44	每年5月第二个星期六为“蜗牛日”，全国联动共五次
调研课题综合项目	41.26	制定“规范化管理与标准化服务评估标准”，为残疾人提供良好、规范的服务
特教老师奖励和出版书	20.00	出版《我们这样走过——中国智协发展之路》
“放心工程”项目	20.80	探索心智障碍者托养养老新模式
国际会议	8.96	融合国际交流会议
全委会、顾问监事会	6.25	每年协会召开全委会（工作报告、财务公开汇报）
唐氏综合征活动	0.63	“甜蜜天使·蓝色奔跑”

2. 管理费用支出37.74万元，明细如下：

项目名称	金额（万元）
人员工资	16.76
办公费	5.27
交通费、车险	3.04
租赁费	6.31
审计费	2.53
税费	1.43
固定资产折旧费	1.83
其他	0.57

3. 筹资费用：财务费用——银行手续费0.80万元。

三、目前存在的问题及今后努力方向

（一）中国智协目前还未取得捐赠免税资质，对面向爱心企业筹集善款有很大影响。中国智协拟咨询并积极争取有关部门，努力满足各项条件，以便早日取得相应资质。

（二）作为全国性社团组织，中国智协现阶段筹款能力偏弱，每年争取的项目资金难以满足广大智障人士和亲友的需求。今后拟引进专门人才，加大筹资力度，做大资金盘子，更好地为智障群体服务。

（三）目前，中国智协的几个长线项目运作良好，但宣传力度不够，中国智协将进一步做好宣传推广工作，争取更多的社会支持，已联系若干企业和爱心人士，争取从“安心行程”项目入手，资助特定地区的贫困智障人士，扩大受益面。

各位代表，中国智协将在中国残联的正确领导下，继续贯彻执行国家的各项法律法规，牢记协会“全心全意为残疾人服务”的宗旨，努力履行“代表、服务、维权”职能，在今后的工作中进一步加强财务规范化管理，提高经费使用效益，提升财务综合管理水平，认真负责地执行各项财务管理制度，让资金更加合法、合规、合理运作，以利于残疾人事业健康发展，按照“全面建成小康社会，残疾人也一个不能少”的目标，为加快推进残疾人小康进程、团结带领广大智障人士实现全面小康而努力。

二、工作综述

2018年，中国智力残疾人及亲友协会（以下简称“中国智协”、“协会”）在中国残联党组、理事会的坚强领导和全体工作人员的通力合作下，依据年度工作计划，积极推进改革创新，团结奋进，奋力进取，圆满地完成了全年任务。

2018年，中国智协承接并完成中国残联组联部6个服务项目、体育部5个项目，开展“心智障碍社会服务组织标准研究”课题研究；承接并举办2次康复部实名制培训和1次教就部“全国残疾人支持性就业辅导员示范培训”，共培训残疾人工作者460余人。协会网站、微信公众号及自媒体全年刊发稿件316篇，截至2018年12月初，浏览总量为434785人次。

（一）加强党建工作，顺利完成换届

中国智协积极学习落实习近平总书记关于残疾人事业的指示精神，执行贯彻党的十九大“发展残疾人事业，加强残疾康复服务”的要求，毫不动摇地坚持中国特色社会主义群团发展道路。2018年，协会进一步加强党组对协会工作的领导和组织建设工作，定期组织工作人员认真学习残疾人事业的法律法规和政策措施，结合协会的组织特点和工作实际抓好思想教育工作，坚持“强三性、去四化”，强化“四个意识”，不断改进工作作风，深入基层，密切联系残疾人群众。邀请部分家长和社会服务机构负责人，就加强智障家庭社会保障开展研讨，并形成政策建议，提供给两会代表委员。

9月，在中国残联组联部的指导下，智协全体工作人员通力协作，顺利圆满地完成了换届工作。9月15日，召开了中国残联第七次代表大会智力残疾人及亲友代表会议和中国智协第七届委员会第一次全体会议。会议总结中国智协过去五年的各项工作，科学谋划未来五年工作方向和具体举措；选举产生中国智协新一届领导机构。

（二）推进双“心”工程，提供群体保障

1. “安心工程”惠及更多智障人群

“安心工程”是全国第一款为智障家庭设计的意外、疾病综合保险项目，由中国人民人寿、中国人寿、平安、泰康等六大保险公司组成共保体共同承保。推行至今已四年多，

以其覆盖面广、保障齐全、操作简易、保费低廉、投保索赔省心的特点，受到中国残联和智障人士家长的充分肯定。

2018年中国智协联合各地残联、智协及社会组织，通过各种形式，大力宣传讲解、积极推广“安心工程”，截至2018年10月30日，累计已有1449个家庭投保，参保人数达3970人，总计投保3140份，总保费达892526元。2018年新建5个投保网点。

2. “放心工程”得到有效推进

“双老一残”家庭的托养养老有着特殊的困难和需求，这些家庭的老人难以安享晚年休闲生活，还要为子女的衣食住行操心——日常生活照料、看病就医、专业护理等，令他们身心疲惫，一筹莫展，承受着巨大的经济压力和精神压力，生活质量大大下降，急需认真研究解决。中国智协自2016年开展“放心工程——双老一残托养养老需求调研项目”以来，在北京、杭州、长春、西安多地组织开展了细致深入的工作调研。同时，主动寻求社会资源，整合各方力量，积极推动智障人士家庭养老托养工作取得有效进展。经过积极拓展，目前已与山东、内蒙古、浙江等8个省区的18家养老院达成托养共识，愿意接受智障人士家庭养老。

4月，张宝林、王姬和数十名“唐宝”及其亲友，前往杭州余杭区绿城双慈医院进行考察。双慈医院建成了国内首个唐氏综合征成人照护及双养老基地，目前拥有养老床位1000张。

9月，在贵州举办“2018心智障碍者家庭帮扶亲子活动暨省际智协‘养老+托养’模式研讨会”。来自北京、广东、湖南、安徽、江苏、贵州等地的智协工作者和国内专家学者就特殊家庭所关心的生活、就业、监护人委托、养老等相关法律问题进行交流，共同探讨特殊群体养老、帮扶模式的发展方向。

（三）开展文体活动，展现群体活力

1. 特奥联谊活动持续开展

特奥运动是智障人士参与社会的重要平台，中国智协设计的“区域性特奥联谊活动”，加大了活动频次，扩大了人员参与范围，把运动和活动结合起来，受到广大特奥运动员、教练员和家长的欢迎。1月，在北京延庆举办“第二届中国残疾人冰雪运动季暨中国智协2018年五省（市）特奥冰雪季活动”；7月，在北京平谷举办中国智协2018年十省（市）特奥联谊活动。8月，在北京平谷举办中国智协第八届残疾人健身周系列活动暨“牵着蜗牛去散步·迷你马拉松”健身活动。12月，在长春举办第三届中国残疾人冰雪运动季中国智协主会场活动暨冬季十省（市）特奥联谊活动。

2. “牵着蜗牛去散步”常态化进行

自2016年将每年5月的第二个星期六命名为“蜗牛日”以来，中国智协通过发动各地定期组织“牵着蜗牛去散步”活动，极大地促进了社会大众更好地了解和关爱智障群体。设计的一整套运作方法，如统一项目LOGO、统一主题、统一服装、统一规范活动准则，经过几年实践完善和推动普及，已形成了有效的全国联动机制。2018年“牵着蜗牛去散步”全国联动大型公益活动（宝鸡主会场）是中国智协举办的第五次全国联动活动，也是首次将活动主会场设在中西部城市。据不完全统计，全国14个省市区、25个地区同时开展此项活动，参与人数达到5000余人。

（四）完善标准制定，提升服务水平

中国智协作为全国性社团，注重发挥排头雁的引领作用，积极倡导助残社会服务机构以心智障碍者成长需要为本，推动量身打造的个别化教育和个性化服务模式，开展有针对性、实效性和规范化、系统化、专业化、标准化的服务，做好科学评估，实现健康有序发展。中国智协在完成《心智障碍社会服务机构规范化管理与标准化服务评估标准》的基础上，承接了中国残联2018年度全国残联系统康复专业人才实名制培训工作，于10月8日—13日和10月28日—11月1日先后在南京、合肥举办专业人员学习和培训班。同时广泛征求意见建议，进一步完善《心智障碍社会服务机构规范化管理与标准化服务评估标准》。各机构充分发挥主人翁精神，提出很多宝贵的意见和建议，为评估标准的进一步修改提供了依据。

（五）总结经验教训，积极开展宣传

2018年是中国智协成立29周年，借助中国残联成立30周年的契机，在各级智协开展《我们这样走过》图书征文活动，旨在认真总结经验，找出问题和不足，促进智协工作在新的历史条件下“百尺竿头，更进一步”。此次活动总计收到来稿80余篇，内容涵盖29年来各级智协所做的大量工作。经过精心选编，最后选定40余篇，汇编为《我们这样走过——中国智协发展之路》一书，并于2018年5月正式出版。该书是对中国智协成立29年来的经验总结，也是献给中国残联成立30周年的一份贺礼。

（六）倡议“世界智障者日”，彰显国际影响

中国智协适应残疾人事业发展形势，加强对外交往，为彰显中国残疾人事业的国际影响力做出了积极努力。2018年5月底参加第17届融合国际大会，张宝林主席在圆桌会议上就加强智障人士的权益保障提出建议，并在拜会克劳兹先生时提交倡议：将中国的“蜗牛日”扩展为“世界智障者日”。克劳兹先生认为这是一个“好主意”，希望按照融合国际的相关规定，由中国正式提交报告。

（七）执行就业方针，扩大就业试点

支持性就业是解决残疾人就业的新方式，尤其可以提升智力与发展性障碍者的就业率。为了配合国家十三五规划中培养2500名就业辅导员的任务，12月，中国智协承接“全

国残疾人支持性就业辅导员示范培训班”，共培训就业辅导员300余人。

“喜憨儿洗车项目”是中国智协向全国推广的一个针对心智障碍者的就业项目。该项目由喜憨儿洗车中心创始人曹军先生于2015年8月在深圳梅林发起成立，专业为智障孩子提供洗车服务的就业平台。2018年6月，全国第十家“喜憨儿洗车服务中心·残疾人就业创业培训基地”在哈尔滨市呼兰区落成。截至12月，“喜憨儿洗车中心”已经在深圳、惠州、汕头、佛山、顺德、海口、无锡、哈尔滨、长春、银川、西宁、杭州、南宁等地开设了15家门店，有力传导了“喜憨儿曾经是社会资源的消耗者，现在是社会服务的提供者”的全新理念，为更多智障人士提供了工作机会。

三、唐氏综合征委员会

1. 唐氏综合征

唐氏综合征是一种导致智力低下、语言发育障碍、行为障碍和运动发育迟缓的遗传现象，常伴有先天性心脏病、白血病、甲状腺疾病、消化系统疾病、癫痫等疾病。人类到1959年才发现唐氏综合征是由人体的第21对染色体的三体变异造成的现象，1965年将这一病症正式定名为“唐氏综合征”，它包含一系列的遗传病，会导致包括学习障碍、智能障碍和残疾等高度畸形。唐氏综合征发生率高低与人种、生活水准等没有直接联系。目前还没有百分百杜绝唐氏儿出生的方法。据估计，每660个新生儿中就会有一个患有唐氏综合征。我国每年约有26000个唐氏患儿出生，据估计，中国的唐氏征患者大概有一两百万之多。

2. 世界唐氏综合征日

2011年12月，联合国大会将3月21日（象征唐氏儿所具有的独特性——21号染色体三体）定为“世界唐氏综合征日”（A/RES/66/149），从2012年起每年为此举办活动。大会邀请所有会员国、联合国系统相关组织和其他国际组织以及包括非政府组织和私营部门在内的民间社会组织，以适当方式举办“世界唐氏综合征日”活动，以提高公众对唐氏综合征的认识和对唐氏群体的关心。

3. 唐氏综合征群体的愿望和需求

近年来，中国智协在各地调研时，许多唐氏综合征患者家长反映，这个群体有着许多特殊的愿望和需求，需要更多有针对性、让家长满意的服务，政府、智协应该给予更多的关注。他们希望成立一个专业的、权威的、全国性的唐氏综合征关爱组织，为唐氏综合征患者搜集更多的信息，寻求更多的社会支持。

4. 社会在行动

全国各地出现了许多社会自发组织的“唐氏协会”或“唐氏微信群”，有的是省级的，有的是市级的，有的是跨省市的。成员有家长，有专家学者，也有企业家和爱心人士，还有从政府、社会团体退下来的干部和专家。他们经常举办活动，沟通信息，排解困惑，抱团取暖，有的还为唐氏群体提供具体服务。

5. 中国智协专门调研与委员会的筹备成立

中国智协从2016年开始，就在上海、长沙、广东等地进行专门调研，多次组织唐氏综合征家长座谈会征求意见。经慎重研究，将成立“中国智协唐氏综合征委员会”列入2017年的计划日程，并加紧开展调研。

2017年3月，“中国智协唐氏综合征委员会筹备组”正式成立，吸纳全国十多个省市唐氏组织的代表。此后，通过微信群等渠道广泛征求意见，大家欢欣鼓舞，纷纷献计献策，提出了很多很好的意见和建议，有的还为“唐委”起草了章程草案。2017年8月11日，中国智协召开“中国智协唐氏综合征委员会筹备组”第一次会议，正式确定“中国智协唐氏综合征委员会”的宗旨，拟任“中国智协唐氏综合征委员会”正式成员名单，制定工作计划。2017年12月16日，中国智协召开“中国智协唐氏综合征委员会筹备组”全体会议，确定成立大会的时间、会议内容及2018年工作计划。截至2018年1月4日，中国智协共召开四次筹备会议，并确定了“中国智协唐氏综合征委员会”领导小组名单。

2018年3月21日是第七个“世界唐氏综合征日”，中国智协“唐氏综合征委员会”成立大会暨唐氏综合征康复工作研讨会在杭州召开。委员会还组成策划、宣传、康复、就业等工作小组，制定了详细的工作计划。

6. 努力帮助唐氏群体更加活跃

唐氏综合征人士是智障群体的重要组成部分。全国许多非常活跃的唐氏综合征家长群体和专家，在探索唐氏征的起因、预防、筛查、治疗等方面做了大量有益的探索。“唐氏综合征委员会”的成立，将帮助这个群体更加活跃起来。6月，中国智协在上海举办“甜蜜天使·蓝色奔跑”大型公益活动，上海及周边地区的“唐宝”，以及来自西班牙、英国、美国等20多个国家的志愿者共400余人冒雨参加了活动。9月，中国智协唐氏综合征委员会微信公众号正式上线，截至年底，关注人数已近3000人。

四、重要条目

【我们这样走过——中国智协发展之路】为庆祝中国残联成立30周年和中国智协成立29周年开展的“我们这样走过”征文活动的精编，旨在总结推广发展经验，2018年5月由华夏出版社正式出版。主要内容是中国智协成立以来特别是2012年法人登记后的发展历程以及各级智协所做的大量工作。第一部分是智协王牌项目，如具有智协独特印记的区域性特奥联谊活动、为智障家庭搭建紧急救助的意外保险“安心工程”、与国际劳工组织共同开展的智障者支持性就业成果、全国联动的大型公益活动“牵着蜗牛去散步”、与著名国际组织合作举办的第三届国际智障者音乐节等。第二部分是智协工作领域的群英榜，包括优秀智障人士“蜗牛之星”，智障人士亲友楷模，还有各地智协的先进工作者、各领域的优秀志愿者和模范社会组织等。第三部分是中国智协和地方智协几位领导同志的心得体会。附录部分选录近年来中国智协重要会议工作报告和领导讲话，全文收录中国智协组织编写的“心智障碍者社会服务机构规范化管理和标准化服务标准”。该书于2017年1月成立编委会，3月征集稿件，7月组织人员对稿件进行筛选、修改、编辑和审校，12月定稿。全书50万字，配有插图近70幅。中国智协主席兼秘书长张宝林、副主席许家成分别为该书撰写序言。

【智力残疾康复社会服务机构规范化管理及标准化服务评估标准骨干培训】中国智协承接的中国残联2018年度全国残联系统康复专业人才实名制培训工作之一，2018年10月8日—13日和10月28日—11月1日先后在南京、合肥举办两次培训班，共有来自全国近20个省区市的残联工作人员、智协主席及副主席、优秀社会服务机构负责人等150位学员参加培训。培训内容包括中国心智障碍社会服务机构现况与发展趋势，国际社会心智障碍者服务的新理念、新技术、新模式，规范化管理解读以及儿童或成年服务机构不同专业服务标准解读等板块；参观走访优秀社会服务机构。培训有效地推进了智力残疾康复工作的健康发展，促进各级残联、智协、社会服务机构以《心智障碍社会服务机构规范化管理和标准化服务评估手册》为依据做好指导与管理，为智力残疾儿童或成年社会服务机构指引了方向。

五、大事记

1月17日—20日，第二届中国残疾人冰雪运动季暨中国智协2018年五省（市）特奥冰雪季活动在北京市延庆区万科石京龙滑雪场举行。张宝林主席出席启动仪式并致辞，来自北京、天津、河北、黑龙江、吉林等五省市的智力残疾人代表及裁判员、志愿者、工作人员120余人和6支来自特教学校的代表队参加活动。其间，运动员们参加了雪地足球、雪地赶小猪、雪鞋走、雪地拔河、旱地冰壶、冰陀螺、单板滑雪体验等活动。

1月21日，中国智协、北京丰盛公益基金会和北京博能志愿公益基金会联合主办的“天使在人间——丰盛天使心”慈善晚会在北京中奥马哥孛罗大酒店举行。张宝林出席并讲话。

2月6日，中国智协成立29周年回顾及智障人士养老座谈会在北京顺义召开。张宝林出席并做报告。

2月8日，中国智协和北京丰盛公益基金会的工作人员走访慰问北京周边村镇6名心智障碍者及家庭。

3月21日，中国智协唐氏综合征委员会成立大会暨唐氏综合征康复工作研讨会在杭州召开。张宝林出席并讲话。

4月26日—28日，张宝林前往杭州余杭区绿城双慈医院考察调研唐氏综合征成人照护及双养老基地事宜。

5月19日，中国智协2018年“牵着蜗牛去散步”全国联动大型公益活动主会场活动，在宝鸡市中华石鼓阁文化广场隆重举行，主题为“寻根传统文化”。张宝林出席开幕式并参加活动。

5月30日—6月1日，第17届融合国际大会在英国伯明翰市会议中心召开。张宝林等代表中国参会。5月31日，张宝林在圆桌会议上介绍中国落实《残疾人权利公约》、为近千万智力残疾人争取权益和福祉的最新进展。

6月30日，中国智协唐氏综合征委员会在上海世纪公园举行“甜蜜天使·蓝色奔跑”大型公益活动。白源出席并讲话。

7月20日，2018年全国特奥日主会场活动暨第八届残疾人健身周系列活动暨中国智协2018年十省（市）特奥联谊活动在北京市平谷中学隆重举行。张宝林出席开幕式并参加活动。来自北京、天津、辽宁、河北、内蒙古、山东、湖南、广西、陕西、宁夏的120多名运动员在特奥田径、特奥篮球、特奥足球、斯奈克等4个大项的14个小项中展开竞争。同期举办特奥家庭论坛、推广项目展示、特奥运动员风采展示、特奥体育研讨会、参观特教学校、特奥融合联欢会等诸多非体育项目。特奥游泳运动员参加了第十二次“全国特奥日”系列主题活动暨点亮红灯仪式。

8月8日，中国智协第八届残疾人健身周系列活动暨“牵着蜗牛去散步·迷你马拉松”健身活动在北京市教工休养院举行。张宝林出席并讲话。来自平谷区温馨家园、职康站和特教中心的智障人士、志愿者、家长共150多人参加活动。

9月15日，中国残联第七次全国代表大会、中国智协第七届委员会第一次全体会议选举胡斌为中国智协主席，张晓成为副主席兼秘书长，沈冬梅、胡艳苹、张世军、付振海为副主席。

10月19日—21日，中国智协第七届委员会主席办公会在中国残联召开。胡斌、张晓成出席并讲话。

11月27日—28日，中国智协与京津冀特教学校成长联盟在河北省沧州市特殊教育学校举办“中国智协与京津冀特教学校成长联盟教育特奥康复工作协同发展研讨会”。张晓成出席会议并讲话。

12月1日，第三届中国残疾人冰雪运动季中国智协主会场活动暨冬季十省（市）特奥联谊活动在长春九台区庙香山滑雪场举行。中国残联副理事长相自成、中国特奥活动执行主任张晓成出席开幕式。来自北京、天津、河北、黑龙江、吉林、辽宁、浙江、内蒙古、四川、陕西等10省区市的智力残疾人运动员及裁判员、志愿者、工作人员和媒体记者共320余人参与雪地足球、雪地赶小猪、雪鞋走、雪地拔河、旱地冰壶、双板滑雪体验等趣味冰雪健身活动。同期组织开展冰雪项目专家现场教学指导和冰雪健身知识培训等活动。

12月17日—23日，全国残疾人支持性就业辅导员示范培训班在北京举办。张晓成出席开班式并讲话。

（张婷供稿）

中国精神残疾人及亲友协会工作

一、领导讲话

黄悦勤在2018年全国孤独症服务机构负责人联席会议上的讲话摘要

2018年3月25日，江苏常州

2018年是全面贯彻落实十九大精神和习近平新时代中国特色社会主义思想的开局之年，孤独症工作委员会将按照中国残联和中国精协的总体布局，认真履行好“代表、维权、服务”职能。

第一，进一步落实中央群团改革精神，从孤独症群体的需求出发，不断创新，精准服务。

用十九大精神引领委员会的工作，把握大局，提高政治站位。深入了解我国孤独症服务发展不平衡、不充分的现状，把握新时期孤独症工作的特点和规律，找准着力点，使各项服务更加精准、高效。积极反映孤独症群体的诉求，促进研究成果的社会转化，完成全国两会孤独症相关提案、议案的撰写和提交，做好源头维权工作。同时，2018年是中国残联换届之年，要认真配合并做好换届选举工作。

第二，继续做好品牌工程，扩大内涵与外延，建立良好的、可持续发展的运行机制。

1. 全国孤独症家长携手计划

继续争取中央财政项目，做好德国米苏尔项目的收尾工作，继续做好全国30个社区家长自助互助服务站项目设计，并逐步向地市推进，实现“架构合理，制度完善，活动积极，成效显著”的目标；完成第三期家长教练技术高阶培训，开展家长讲师团研讨活动，增补和扩大家长讲师团成员；与媒体合作开展“智慧星”系列活动，一方面通过展示孤独症孩子的才艺及付出，让全社会看到孤独症人士可挖掘可培养的潜能，另一方面启动“开启智慧之门”系列演讲活动，从更新理念入手，全方位推动孤独症人群提升生存能力和生命质量；2018年5月，计划与联合国和相关机构合作，举办孤独症青年就业支持国际研讨会，探索孤独症群体的就业与安置模式；同时，将尝试创建“星星驿站”，促进全国孤独症家长和孩子之间的互动交流。

2. 孤独症专业师资培训工程

整合国内外资源，继续进行CNABA丙级、BCaBA和BCBA人才培养；继续实施海淀教委资源教师ABA人才培养项目；支持广西幼儿师范高等专科学校申请BACB的培训资格；开展国际合作，建好ABAI Chapter网站和ABA专业学习平台，推动建设国内专业机构学术交流平台，与国际相关高校发展战略合作，提升专业交流的水平和层次。

3. 机构组织能力建设工程

继续与中国残联康复部合作，在全面调研的基础上，加强孤独症服务机构组织能力建设。自觉提升规范化、专业化发展水平，加强领导人培训，使机构负责人在理念、能力上更加适应时代的发展，贴近孤独症群体的需求，丰富服务内容，提升服务质量。2018年要重点倡导、支持大龄孤独症服务工作，继续与相关机构和企业合作，争取在就业支持和安置方面有所突破。

第三，高质量完成孤独症标准规范和相关调研工作。

根据中国残联的统一布置，中国精协和孤独症工作委员会2018年的标准规范制订工作是完成《孤独症人士社区与家庭生活指南》的编撰，开展大龄孤独症服务机构的调研与发展模式研究。

为适应时代发展和促进规范服务，中国精协将对多年来的实践成果进行梳理，对全国ABA实践基地、孤独症人才培养基地、大龄孤独症就业基地、家长社区工作站、家长培训基地和融合教育基地等进行系列验收和挂牌。

第四，进一步落实中国残联鲁勇理事长提出的办好孤独症服务事业“十个一”工程。

2017年7月20日，鲁勇理事长在北京康纳洲调研时，提出了孤独症服务事业发展的“十个一”工程：（1）建立一套科学的认知理念（一套宣传倡导措施）；（2）推动搞好一套大数据；（3）探索建立一系列标准；（4）加紧建设一个国家级科研机构；（5）推出一批相对成熟和广泛认可的教材；（6）总结一批可推广、可复制的典型案例；（7）探索扶持孤独症康复机构建设的一系列指导措施；（8）研究一套加快孤独症康复人才培养的激励措施；（9）拿出一批科研攻坚项目和重要科研课题；（10）研究一套鼓励或支持孤独症人士融入社会的方案和建议。鲁勇同志从全局高度提出的“十个一”工程对于中国孤独症服务事业的发展具有重要战略意义，中国精协将根据中国残联的意见，出台配套方案，认真加以落实，努力推进中国孤独症服务事业的新发展。

相自成在孤独症成年支持国际研讨会上的讲话摘要

2018年10月26日，南宁

孤独症人士是中国残疾人大家庭中的重要成员。我们非常愿意学习世界先进理念和经验，逐步建立完善的服务体系，更好地为孤独症人士及家庭提供便利。

孤独症成人支持是一个涉及面广、复杂度高的综合性社会难题，需要做好顶层设计，全面建立服务体系；需要政府和残疾人社会组织主动作为，更需要社会力量协同推进。近年来，社会各界对孤独症的关注度越来越高，九三学社和民革吉林省委多次在“两会”上提交孤独症相关提案，呼吁和推动有关问题的解决；中国残联在包括孤独症在内的心智障碍人士就业方面不断加强探索，中国精协和中国智协分别进行了就业支持实践、就业辅导员队伍培训；许多社会组织更是先行一步，做了许多“破冰”的努力。但是由于起步较晚，中国孤独症成人支持仍然面临许多难题。特别感谢丹麦思特基金会和德国SAP公司，以及众多的国际友人，在全世界为推进孤独症人士就业做出了重要的贡献。托奇先生连续两年在联合国举办孤独症就业优势午餐会，在世界范围内的影响力不断扩大；SAP公司率先在中国启动孤独症人才计划，成功地创造了孤独症人士在跨国公司高端岗位就业的先例；德国米苏尔基金会，连续三年支持中国孤独症家长组织建设和活动开展，为打造孤独症家庭共同参与孤独症服务事业链条提供了重要帮助。我相信，在中国政府的高度重视和社会各界的共同努力下，孤独症人士一定会过上更加有尊严和高品质的生活！

二、中国精神残疾人及亲友协会第六届委员会财务报告

2018年9月15日

温　洪

我受中国精神残疾人及亲友协会第六届委员会委托，向中国残联第七次全国代表大会精神残疾人及亲友代表会议（中国精神残疾人及亲友协会第三次会员代表大会）报告2013年9月至2018年7月的财务收支情况，请予审议。

一、五年收支基本概况

按照中国残联的统一安排，五年来，中国精协的财务工作由中国残联计财部统一管理。根据计财部提供的数据，2013年9月至2018年7月底，中国精协总收入710.26万元（未含2013年9—12月的收入结转10.78万元），总支出724.35万元，收支相抵浮亏14.09万元（如加上2013年9—12月的收入结转10.78万元，浮亏应为3.31万元；另有应收项目款将于2018年底前到账）。其中：

（一）收入构成

1. 中国残联各部门采购服务收入，五年总计194.93万元，占比27.44%。自2013年开始，每年由组联部牵头，为五个协会统一申请服务资金，计财部分头拨款，五年来中国精协“接受中国残联委托服务收入”共计156.01万元（2016年以前计财部记账为政府补贴54.51万元，2016年以后记账改项为政府采购服务101.5万元）；自2016年以来，中国残联各部门采购服务逐渐增加，其中康复部4万元，体育部34.92万元。

2. 各类项目申报资金412.13万元，占比58.03%。其中：中央财政支持社会组织参与社会服务项目，2016年和2017年共计170万元；德国米苏尔基金会175.53万元，中国残疾人福利基金会80万元，中国扶贫基金会39.6万元，中国狮子会7万元。

3. 社会捐赠收入37.13万元，占比5.23%。其中：美国礼来制药公司5万元，其他小额捐赠共计32.13万元（包括北京秦恒科技等22家公司、万科公益基金会等企业，也包括孙瑞云、曹跃进等个人捐款）。

4. 提供服务收入。2017年与德国SAP公司合作，参与该公司全球“自闭症人才计划”，提供服务收入5.02万元，占比0.7%。

5. 利息收入。五年共计1.05万元，占比0.15%。

（二）支出构成

1. 业务活动成本支出。五年总计支出37.36万元，年均支出7.47万元。主要用于与精协开展业务相关的会议、培训、差旅、市内交通、运费快递、办公耗材与文具、图书出版资料印刷、网络通信、餐费、劳务费等。

二是管理成本支出。五年总计支出25.47万元，其中：中国残联计财部代理费和财务工本费11.25万元，审计费2.1万元，餐费4.74万元，税费7505.56元，工作补助5.34万元，其他（含折旧、办公、快递费等）1.29万元。

3. 项目支出。五年总计支出661.53万元，其中：中央财政支持孤独症家长社区自助互助服务站建设示范项目支出171.25万元，比项目拨款结余－1.25万元；德国米苏尔项目资助全国孤独症家长携手计划支出256.22万元（含全国家长携手计划和智慧星活动，尚有项目尾款待拨）。以上两个项目总计支出427.47万元，占项目总支出的64.6%。其余支出主要为中国残联各部门的政府补贴和中国残疾人福利基金会、中国扶贫基金会等资助开展的项目，占比35.4%，分别为：精残政策进万家活动支出19.36万元，UFE培训和全委会支出37.41万元，孤独症机构负责人联席会支出27.26万元，孤独症机构自强自律创建和组织能力提升工程

支出24.86万元、钰爱同行CNABA教师培训支出39.6万元；体育部四项目（广州精神残疾人体育运动会、孤独症亲子运动会、第七届健身周和冰雪季活动）支出27.9万元等。（其他项目不再一一列举）

二、关于收支的几点说明

1. 关于中国精协的财务管理。2012年8月31日，民政部正式批准中国精协的社团法人资格，2013年2月28日取得了独立的财务账号。

根据中国残联的要求，五年来中国精协账号一直由中国残联计财部统一管理。做到支出之前正式做出方案，报会领导批准，会议有实名制签到原件，购物有正式发票，专家讲课或劳务费用需有身份证号码，所有手续齐全之后由本协会法人代表和经手人签字，等等。经过严格的审批程序，再到计财部财务处报销。

在严格执行中国残联的财务制度和管理规定的同时，项目在执行过程中还认真落实更严格的相关审计要求。例如：中央财政项目由财政部随项目审批一起下达了专项财务规定，事前有标准，事后有审计，经费必须按照严格的标准在规定范围内使用，购物需要货比三家且有照片截屏，访谈须填写表格，项目证据材料报送几万份；德国米苏尔基金会项目，专门聘请审计公司全程监控操作，完成驻京办事处提出的各项要求，接受德国总部派人多次专程飞到北京对项目进展和财务执行情况的现场检查。为保证各类项目严格按程序运转，中国精协专门制定了项目管理和相关财务管理制度。通过中外两个高级别大项目的严格审计，中国精协财务指标全部达到了项目要求，项目质量更是获得了一致好评。

2. 关于中国精协财务收入与支出的构成。在五年总收入中，各类项目申报资金占比58.03%。

在五年总支出中，项目支出占比91.33%，主要是由于中央财政、中外基金会还是中国残联各部门的采购服务，均只能通过项目形式使用。中国精协秘书处在严格的项目申报、项目执行和审计程序中探索如何将精神残疾人的需求打包成各类项目，以解决资金不足和运行困难等问题，取得了积极成果，积累了初步经验。

3. 关于2013年的财务结转。2013年1—8月中国精协总收入20万元，总支出9.22万元，到9月份六代会召开时结余十余万元。9月以后“接受中国残联委托服务收入”5万元，接受社会捐赠5000元，减去后四个月（即9月—12月）的支出，当年还应结转10.78万元，计财部出具五年总数据时没有计入总收入之中，加之项目执行与到款的时间差原因，导致账面表现略有亏损。

4. 关于业务活动和管理成本。在财务报表中，业务活动成本支出占比仅有5.16%，主要是由于中国精协大部分业务都通过项目渠道、以项目形式完成，主要经费已在项目成本中消化。

同样，管理成本支出仅占总支出的3.51%，主要是不包括人员工资，因为中国残联政府采购资金拨付的活动经费明确规定不能用于人员工资，所以中国精协工作人员的工资绝大部分是在项目经费中按相关规定领取，项目能够走账的劳务补贴不再从管理费中体现，只是从2017年开始才有少部分工作补助列入管理费。目前的管理成本支出构成中，计财部代理费占比44.17%，审计费占比8.24%，餐费占比18.61%（主要用于工作人员及工作访问接待，在中国残联机关食堂消费）。

5. 关于审计结论。除了项目单独审计以外，中国精协的财务运行受中国残联和民政部门双重监管。2017年民政部对中国精协的审计结论为：“经审计，我们未发现中国精神残疾人及亲友协会存在违反《会计法》《民间非营利组织会计制度》和社会团体管理规定的行为。我们认为，中国精神残疾人及亲友协会财务报表已经按照《社会团体登记管理条例》和《民间非营利组织会计制度》的规定编制，在所有重大方面公允反映了中国精神残疾人及亲友协会2017年12月31日的财务状况以及2017年的业务活动成果和现金流量。”

6. 特别需要说明的一点。本报告收入分类是按实际运行情况处理的。由于计财部记账科目在五年中有所变化，同一渠道记账分类不同，为便于分析清晰，在总数一致的情况下，收入构成分析做了局部调整。例如中国残联计财部将中央财政项目170万元计入政府补助之中，其实这是纯粹的政府采购项目，不是中央财政给精协的任何补助，所以本报告根据实际情况将其归在各类项目申报资金之中。

三、下一步设想和建议

中国精协第六届委员会在中国残联的大力支持下，通过多种渠道争取资金，基本改变了活动经费严重不足、人员工资常无着落的状况。通过竭尽全力筹集中外项目资助，开展了多项品牌活动，为下届精协积累了宝贵经验。但是，项目经费来源依然不稳定，且大部分项目规定的内容与精协工作常常不能匹配，例如中央财政和北京市残联购买服务的项目中，几年来都基本没有适合精神残疾人服务的相关内容，而且中央财政项目一般都是执行一年就改变立项渠道，使项目开展难以为继；同时，项目执行对于工作人员的要求较高，而增加高素质工作人员有一定难度，现有项目人员超负荷运转，工作机制不够完善；人员工资无法长期依靠项目解决，严重影响工作团队的稳定与扩大，低工资、高负荷并非长久之计，工资来源成为协会发展一大瓶颈。

建议下届精协全体委员集思广益，从以下几个渠道多做一些工作：

1. 扩大政府购买服务项目渠道。努力扩大资源，争取更多政府项目和社会赞助，在稳固已有项目渠道的同时，将“精残政策进万家”“伙伴支持”“绿色港湾”及导诊服务和 UFE 服务站等成熟的探索做成长线项目。建议各省精协多关注省民政厅购买服务项目动态，将研究本省项目资源作为工作的重要内容。如果需要，可以与中国精协合作开展项目，也可以由中国精协在项目策划、项目书撰写和组织实施方面对各省精协加强指导。

2. 广开服务渠道。根据目前现状和残疾人服务的迫切需要，各级精协应开阔思路，拓展渠道，尝试合理增加服务性收入。

3. 加强秘书处自身建设，引进必要的高端人才。开拓高质量的服务业务，完成规范化办公建设，吸引高端资助方加入。

三、工作综述

2018 年，中国精协工作进展顺利，多项工作取得新突破，全国精神残疾人及亲友群体更有幸福感、获得感。

（一）讲政治，提升格局

全年持续采取各种方式学习领会习近平新时代中国特色社会主义思想丰富内涵，明确协会工作要讲政治，要与党中央保持高度一致，强调主流意识、站位意识，提升思想格局。家属工作委员会通过现场讲解和网络方式，组织精神障碍者及其亲友专题学习新时代精神、宣传政策，使精神残疾人及亲友感受到党和国家的关怀和新时代要求，自觉保持社会和谐稳定。

（二）顾大局，顺利换届

按照中国残联的统一部署，根据相关法律法规和章程规定，中国精协圆满顺利完成换届选举和章程修订；选举产生中国精协七届全委 38 名，以及新一届主席、副主席和秘书长，其中，中国残联主席团委员 1 人，省精协主席 30 人，经中国残联与地方残联或有关单位协商推荐 2 人。该届全委更趋年轻化、专业化（高级职称、高学历委员占 45%）。换届选举后，中国精协要求各省代表认真组织学习和落实七代会精神，做实新起点，做好各项工作。

（三）求实效，品牌引领

在中国残联的支持下，中国精协基于本群体需求和新时代社会要求，经过五年积极探索和实践，逐渐形成了五大品牌项目："精残政策进万家"、"精神病人及家属专家（UFE）培训与实践"、"孤独症全国家长携手计划"、孤独症服务机构能力提升工程、中国行为分析教师（CNABA 丙级）专业培养与服务体系建设，在运行模式、支持体系和人才团队等方面形成了自己的特色，实现了可持续性发展。

1. "精残政策进万家"的宣讲和 UFE 工作落实

UFE 项目成功模式转到中国残联康复部工作平台，在全国累计开办三期 UFE 培训班，得到广泛认可，成为一种有效的、可以推广的精神残疾人发展模式。政策宣讲方面，先后在北京、福建、沈阳、上海、甘肃等地并通过网络宣讲政策和开展志愿者培训 10 余场，培训人数 630 余人。帮助、协助精残家庭落实政策近 20 件，继续办好中国精协－朝阳三院 65924185 服务热线，接到各种咨询、求助等 120 多个电话，260 多人次（志愿者）参加热线值班。提供取药、看病、心理沟通、协助残疾鉴定、帮助落实政策、介绍康复经验等志愿服务 20 余项（次），接待来访 50 余人。

2. 孤独症家长携手计划在全国开花结果

30 个省级工作站进一步完善工作机制和工作条件，10 月底在南宁完成省级家长工作站站长和家长讲师团的年度述职和培训工作，新增家长讲师团成员 5 人，家长的信心和参与感得到了更大的提升。

3. 加强孤独症服务机构能力提升工程

继续加强机构规范化和标准化工作，强调以需求为导向、以专业为支撑的机构组织能力发展模式，成立 ABA 推广机构联盟，首批 19 家 ABA 机构加入，推广使用以 ABA 科学为主、有循证依据的康复教育方法，争取用一至两年时间，树立机构专业能力和服务能力典范，产生更大的示范效应。

4. 完善中国行为分析教师（CNABA）专业培养与服务体系建设

第八期 CNABA 丙级培训班顺利开班，全国各地 35 名学员参加系统学习；在成功实践基础上，组织专家创建了机构应用行为分析教师培养指南，并纳入孤独症机构服务质量评价标准体系中，目前该标准正在进行国标立项，各项工作进展顺利。为了更好引领 ABA 专业人员加强专业学习和实践，中国精协与国际行为分析协会（ABAI）合作，建立 ABAI 中国副会（CCABA），并于 10 月成功召开首届 CCABA 理事会和学术年会，扩增 CCABA 理事至 19 名。CCABA 的正常化运行和国内重视学术研讨，对国内 ABA 平台建设和提升机构的专业力量具有重要的里程碑意义。

（四）聚人心，发挥众长

1. 充分发挥精协的代表作用

残疾人亲友和社会机构积极参与需求和现状调研、标准和规范的研制等工作。在标准研发和调研工作方面，充分发挥亲友机构、各地精协、各地工作站作用，顺利完成 2018 年常规工作"孤独症成人服务支持现状"调研工作，全国 30 个省级工作站共动员 6900 余人参与，60 余个微信群参与互动，使调研质量得到了良好的基础保障。汇聚多方力量，成功举办 2018 年孤独症成年支持国际研讨会暨孤独症优势午餐会。

2. 充分发挥UFE作用

组织UFE志愿者编写印制《全国社会保障（精残）补助一览表（申请条件、补助标准）》，派出精残政策专家，协助各省精协开展“精残政策进万家”工作。全年利用网络（QQ）举办政策宣讲、康复讲座、网络春晚、“热爱心生活网络广播”等节目和活动25次，视频1134人，在线12009人。开办第二期八段锦学习班，参加学习210多人次。UFE志愿者共编发简报14期，影响人口在万人以上。

（五）强基层，协同发展

1. 举办新任精协主席培训班，就精协工作特点、基本素养、工作策略、服务内涵等等进行分享与探讨，为地方精协赋能，提升新任精协主席工作能力，帮助其尽快进入工作角色。

2. 常州天爱职业艺术教育中心承办2018年全国孤独症服务机构负责人联席会议，常州天爱大龄孤独症服务基地成为中国精协挂牌的示范机构。

3. 全国39个省市精协组织与当地相关部门联合开展精神卫生日活动。与往年相比，2018年精神卫生日活动更多样化、更接地气、更有针对性，精残亲友参与度高，有力推动社会对精神障碍的理解与接纳。

4. 支持地方精协或相关机构开展政策宣讲，得到广泛认同和参与支持。家工委派员参加福建精协、沈阳安宁医院、郑州八院、上海精协、甘肃精协、兰州精协、北京精协等机构的各种活动，宣讲十九大精神、普及相关政策和康复护理常识，促进各地学政策、用政策，为精残者解决实际困难，并协助兰州家属建立互助小组。

5. 上海精协成功举办《精康园地》读者作者座谈会，80名精障康复者参加活动。在中国精协协助下，上海精协建立《精康园地》通讯员队伍，为精神残疾人康复搭建社会服务平台，为精神残疾人“康复、展现（康复者才华）、参与（参与社会）”做出有益探索。

6. 江苏省精协5月10日在南京市江北新区希望残疾人之家组织各市精协共同举办精神障碍社区康复研讨会，解读《关于加快精神障碍社区康复服务发展的意见》，并分享江北新区希望残疾人之家精神障碍社区康复经验。

7. 据不完全统计，2018年各地精协组织两会议案提案十余件，如《关于自闭症独生子女家庭的提案》（厦门）、《关于提升全纳教育专业支持体系的提案》（北京）、《关于全面落实成年重度精神残疾人社保政策的建议》（山东）、《建议提高自闭症康复机构教师待遇、重视专业职称评定》（广东）等，有力促进了残疾人政策的进步。

四、重要条目

【2018年全国孤独症服务机构负责人联席会议】2018年3月—25日在常州举行，由中国精协、江苏省残联主办，常州天爱职业艺术教育中心承办，全国169名机构负责人与会。23日晚举行中国精协孤独症工作委员会家长服务协会第四次理事会会议。温洪主席等出席会议并讲话。24日，联席会议举行开幕式暨常州天爱大龄孤独症服务基地——中国精协大龄孤独症服务示范机构揭牌仪式，“常州天爱”分享大龄服务模式、整合资源模式；并举行2018孤独症智慧星风采展示会全国汇演。25日，中国残联副主席黄悦勤教授出席并致辞。全国孤独症服务机构负责人联席会议已成为孤独症行业以会促典型、以会强机构的常态性、品牌性重要会议，对各地孤独症事业具有重要的促进作用。按照惯例，中国精协孤独症工作委员会在会议上发布2018年世界孤独症日宣传口号：“有你，我们不孤独！”

【2018年孤独症成年支持国际研讨会暨孤独症优势午餐会】2018年10月26日在南宁召开，由中国残联主办，中国精协承办，丹麦思特基金会、德国SAP公司、广西幼儿师范高等专科学校协办，主题是“孤独症优势”；来自德国、美国、丹麦、文莱、菲律宾的专业人士，全国30个省区市的孤独症家长服务工作站省站召集人，部分省（市）精协负责人、中国精协家长讲师团成员、大龄机构负责人、企业雇主等共140多人参加会议。中国残联党组成员、副理事长相自成致开幕辞。会议分四个环节：德国SAP公司孤独症人才（中国）项目专题交流会、孤独症就业优势午餐会、一带一路国家孤独症成人支持研讨会和大龄孤独症服务机构主题座谈会。相自成强调，孤独症成人支持工作要做好顶层设计，全面建立服务体系，需要政府和残疾人社会组织主动作为和社会力量共同努力。中国残联相关部门出席会议并介绍中国相关政策，中国精协主席温洪在午餐会中国视角环节做主题发言，副主席郭德华发表孤独症成人状况调研报告。

【中国残疾人福利基金会孤独症儿童（南方）康复基地】2018年5月26日在海口正式启用。中国残联党组书记、理事长鲁勇，中国残联副主席、中国残疾人福利基金会理事长王乃坤，海南省及海口市，教育部、民政部、国家卫生健康委有关领导和专家共同启动基地暨国家孤独症康复机构联盟。康复专家代表贾美香、张通、李小俚、吴卫红在现场接受聘书，成为孤独症儿童（南方）康复基地专家委员会成员，北京师范大学、北京大学附属第六医院等6所机构成为联盟副主席单位，中国一汽集团为联盟名誉理事单位。该基地由中国残疾人福利基金会与海南省残疾人基金会、海口市政府及社会爱心企业等合作打造，以“立足海口、服务海南、面向全国、亚洲一流”为目标，着力建设设施完善、设备齐全、服务规范、专业指导、管理科学的孤独症儿童康复服务示范基地。据了解，该基地以医、教、康、研、辅五位一体技术框架，聚集国家孤独症康复研究中心、北师大、辅具中心、医疗康复等资源，在国际通用的应用行为分析及常规训练课程外，将开展马术、海豚等康复训练课程，实现多学科融合康复服务新模式。中国残疾人艺术团5月25日至29日在海口市和三亚市举行4场庆祝公益演出。

五、大事记

1月19日，全国人大代表、国务院妇儿工委办公室领导与中国残联、中国精协和康复机构的代表、家长举行座谈会，围绕2018年两会议案提案和成年孤独症家庭最关心、最迫切的问题进行研讨，共同推动政府解决成年孤独症群体面临的问题。

1月26日，民政部、中央综治办、财政部、卫生计生委、中国残联共同召开全国加快发展精神障碍社区康复服务视频会议，深入学习习近平总书记关于残疾康复工作的重要指示精神，贯彻民政部、财政部、卫生计生委、中国残联《关于加快精神障碍社区康复服务发展的意见》（民发〔2017〕167号），部署加快推进精神障碍社区康复服务工作。

1月27日，福建省精协第二届代表大会，康复者陈飞当选福建精协副会长（副主席），成为国内首位担任省级精协副主席的康复者。

3月7日，人大代表黄细花建议提高孤独症康复机构教师待遇，重视专业职称评定，这是有关民办孤独症机构的第一个全国人大提案。

3月13日，精神残疾人就业会议召开，讨论精神残障者专家培训项目（UFE）与就业对接的机制建设问题。中国残联教就部相关负责人参加会议。

3月23日—25日，全国孤独症机构负责人联席会议在江苏省常州市举行，黄悦勤副主席出席并讲话。

4月2日，应丹麦斯特基金会邀请，中国精协派员出席联合国孤独症优势午餐会。

4月25日，中国残联副理事长程凯，江苏省残联理事长高晓平、副理事长杜晓镇等到“常州天爱”考察孤独症青少年教育与就业工作。

5月8日，中国精协派员赴沈阳参加“纪念《精神卫生法》施行五周年高峰论坛”，宣讲精残政策。

5月25日，温洪主席率团赴美国圣地亚哥参加国际行为分析协会（ABAI）年会，并与国际认证委员会（BACB）就应用行为分析（ABA）人才培养等事项交换意见。

5月26日，中国残疾人福利基金会孤独症儿童（南方）康复基地在海口正式启用。

8月1日，第八届中国应用行为分析教师（CNABA）培训班开班。本次培训师资均由国内专家承担，这是中国本土化培养ABA专业人才的重要成果。

8月9日，中国精协家属工作委员会举行精神病人及家属专家（UFE）实践活动，帮助偏远地区精障者落实低保问题。

9月12日，中国精协第七届代表大会在北京召开，会议选举产生新一届中国精协全委、主席、副主席等。

10月7日，中国精协七届社会促进工作委员会会议在北京召开，组成新一届社促委工作团队，商讨中国精协全委会等重要议题。

10月24日—30日，全国各地孤独症机构150名教师参加中国残联康复部在南宁举办的残疾人实名制康复人才培训班，接受美国专家应用行为分析（ABA）专业技能的系统培训。

10月26日，孤独症成年支持国际研讨会暨孤独症优势午餐会南宁举行，这是我国与联合国相关组织、基金会合作首次在国内举办的该专业会议。

10月27日，中国精协在南宁举办新任精协主席培训班，全国21名新任主席参加培训。

11月6日—7日，中国精协家工委政策研究专家利用网络视频举办“精残政策进万家”宣讲福建政策专场活动。

12月3日，国际残疾人日，中国精协与北京市精神和心理学专家在平安医院联合举办“心理健康大讲堂”助残活动。

附　录

民政部联合部署加快发展精神障碍社区康复服务工作

民政部门户网站　2018年1月31日

近日，民政部联合中央综治办、财政部、卫生计生委、中国残联召开视频会，深入学习习近平总书记关于残疾康复工作的重要指示精神，部署贯彻落实《关于加快发展精神障碍社区康复服务的意见》（以下简称《意见》）工作。民政部副部长高晓兵、中国残联副理事长贾勇和卫生计生委疾控局负责同志出席会议并讲话。

会议指出，习近平总书记始终牵挂残疾人生产生活和康复服务工作，多次做出重要指示批示，要求各级党委和政府高度重视残疾人事业发展，格外关心、格外关注残疾人。总书记在党的十九大报告中又做出了“发展残疾人事业，加强残疾康复服务”的重大决策，为新时代精神障碍社区康复服务工作指明了方向、提供了根本遵循。

会议认为，目前我国精神障碍社区康复服务工作总体上仍处于起步阶段，服务供给不足，区域发展不平衡，医疗康复衔接不畅，与精神障碍患者日益增长的康复需求不相适应。《意见》针对精神障碍社区康复服务面临的问题，提出了4个方面主要任务和5项保障措施，指明了提高我国精神障碍社区康复服务水平的基本路径，是指导当前和今后一个时期精神障碍社区康复服务工作的重要文件。抓好《意见》的落实，对于促进精神疾病预防、治疗、康复，维护精神障碍患者基本权益，满足精神障碍患者对美好生活的需要，具有十分重要的意义。

会议强调，各地各有关部门要认真落实《意见》要求，全面摸清康复对象、社区康复资源等工作底数，建立工作任务清单，细化分解任务；要加快培育服务机构，完善服务网络，发挥社会力量主体作用和专业机构支持作用，切实增加服务供给，提高服务覆盖率；要打通精神卫生专业机构、社区康复机构、患者家庭、就业服务机构之间的衔接障碍，着力做好转介工作；要不断完善家庭支持政策，强化家庭监护主体责任，健全社区支持网络；要加强相关政策统筹，形成社会救助、残疾人两项补贴、严重精神障碍患者监护以奖代补、长期护理保险等政策合力。

会议强调，发展精神障碍社区康复服务责任重大，各地各有关部门要加强对《意见》落实工作的宣传培训指导，各级民政部门要发挥牵头作用，尽快提请各级党委和政府建立健全精神障碍社区康复服务工作领导协调机制，推动将精神障碍社区康复工作列入党委和政府重要议事日程，纳入本地区经济社会发展规划和相关专项规划，加大财政投入及相关保障力度。相关部门要充分发挥职责作用，加强协调配合，促进资源统筹、信息共享和政策联动。要及时总结各地实践经验，扶持一批示范性服务机构和服务项目，推动精神障碍社区康复服务加快发展。

会上，江苏、湖南、浙江、江西4省以视频方式交流经验。民政部、中央综治办、财政部、卫生计生委、中国残联相关司局负责同志，部分新闻媒体记者在主会场参加了会议。省、市两级民政、综治、财政、卫生计生、残联的负责同志和主管处（科）室负责同志，民政精神卫生福利机构、精神卫生专业机构、残疾人康复中心等相关单位负责人在各地分会场参加了会议。

（郭德华供稿）

第六编　中国残疾人福利基金会工作

WORK BY CHINA FOUNDATION FOR DISABLED PERSONS

一、工作综述

2018年，中国残疾人福利基金会圆满完成各项工作任务。全年总收入51946.44万元，其中，捐赠收入48090.66万元（现金15926.88万元，物资32163.78万元）。开展慈善活动支出38501.69万元，占上一年总收入的79.96%，管理费用支出1803.70万元，占本年总支出的4.5%。支出占比符合《慈善法》和《基金会管理条例》相关规定。

（一）认真抓好党建工作

一是强化理论武装，坚定信念，指导工作。把学习贯彻习近平新时代中国特色社会主义思想和党的十九大精神作为首要政治任务。充分利用“支部工作”“学习强国”App等学习平台，采取在基金会综合信息管理平台开辟党建板块、建立微信学习群、电子邮件分享学习资料等形式组织党员深入学习，使党员干部不断增强“四个意识”，坚定“四个自信”，做到“两个维护”，在思想上政治上行动上与党中央保持一致。深入推进“两学一做”学习教育常态化制度化。认真开展“重温入党志愿书”主题活动，教育党员“不忘初心、牢记使命”，增强旗帜鲜明讲政治、严守党的政治纪律和政治规矩的思想自觉和行动自觉。坚持理论指导实践，把总书记提出的“残疾人是一个特殊困难的群体，需要格外关心，格外关注”和“2020年全面建成小康社会，残疾人一个也不能少”等重要指示精神贯彻落实到残疾人需求的调研中、落实到动员社会力量的劝募中、落实到公益项目的设计策划中。二是加强组织建设，严格教育管理党员。落实“三会一课”制度，严格执行党费收缴、管理和使用的相关规定，积极做好党员发展和入党积极分子培养工作。开好民主生活会和组织生活会，积极征求党员和职工意见，广泛开展谈心谈话，严肃认真开展批评与自我批评，达到统一思想、提高认识、增进团结、促进工作的目的。加强对工会和共青团组织的领导，组织开展丰富多彩的活动，增强凝聚力和向心力。

（二）精心策划实施助残公益项目

1. 瞄准残疾人精准脱贫，持续开展品牌公益项目

（1）“集善扶贫健康行”系列行动不断推进。重点放在秦巴山片区、六盘山区、滇西山区、玉树藏区等14个集中连片特殊困难地区。其中，骨关节项目募集资金500万元，对200多户贫困骨关节患者进行筛查、复诊，完成手术150例，医师培训3场，培训基层医生1200余名；眼病项目募集资金1120万元，为近4000例贫困眼疾患者提供资助，回访50户受助家庭；孙楠重塑未来项目筹集资金460万元，筛查肢残患者300余名，完成手术125例。

（2）“集善工程·助听行动”不断深化。在全国范围内为2833名听力残疾人及老年人适配品质优良的助听器，为130名听障儿童植入人工耳蜗，资助312名听障儿童进行听力语言康复训练。

（3）“集善工程·助行行动”不断升华。聚焦提升残疾人生活品质，提高功能性假肢的适配率。接受中国衣恋集团捐赠600万元，在黑龙江、新疆等6个省区适配安装高质量假肢510例，惠及468名贫困残疾人；接受江苏康瑞德公司捐赠价值208万元电动轮椅，让6个省区的208名肢体残疾人出行更快捷；接受新盛医疗公司捐赠手动轮椅，黑龙江、云南等4省区的550名残疾人受益；接受明门集团捐赠价值1088万元的便携式残疾儿童轮椅，通过全国31家助残机构资助上万名脑瘫儿童。

（4）“集善工程·助学行动”不断拓展。中国三星捐赠320万元开展“集善·三星爱之光”项目，资助四川凉山、甘肃临夏、云南怒江的4所特教学校进行无障碍改造；百度公益基金会继续捐赠150万元，支持基金会与北京师范大学公益基金会共同开展“集善·特殊教育学校教师资助计划”，资助甘肃和云南100名特教教师接受培训；北京东大正保公司捐赠价值1831.7万元学习卡，13个省区市的18000多名残疾人和残疾人工作者借此上线学习。

（5）“集善工程·助困行动”不断扩面。基金会和西安杨森合作开展的“类克集善援助”项目接收类风湿、强直性脊柱炎、克罗恩病等患者提交申请材料26367份，援助人数10960人次；与美国如新集团合作的“集善·如新儿童蜜儿餐”项目在15个省区市开展，为残疾儿童捐赠补充多种元素、增强体质的蜜儿餐价值3100万元，2万余名残疾儿童及家庭受益；上海拉夏贝尔、北京迎政服饰等公司合计捐赠价值3473万元全新服装，惠及山东、黑龙江等地残疾人；海王集团捐赠蛋白粉等保健品，5000多名残疾人受益。

2. 聚焦残疾人领域的难点问题，积极创新公益项目

（1）推出“集善·扶贫健康行”麻风救助项目。我国现有593个麻风病院和麻风病村，为改善麻风患者生活医疗康复条件，自2018年起，基金会与中国麻风防治协会每年筛选20个麻风病院和麻风病村开展救助，重点为云南、四川、甘肃等地麻风病院和麻风病村配置全自动洗衣机、电热水器、电暖器、淋浴用具等生活用品，为麻风患者送去棉被褥、雨伞、电动轮椅等个人用品。2018年已对湖北、江西、云南、陕西等11省22个麻风病院和麻风病村的基本状况和患者需求进行调研，并将爱心企业捐赠的价值350万元御寒衣物、棉被和防护鞋资助给1330名麻风患者。

（2）设立中国残疾人福利基金会孤独症儿童（南方）康复基地项目。在海南省残联和基金会、海口市政府的大力支持下，经过15个月的努力，基金会在海口市建立中国残疾人福利基金会孤独症儿童（南方）康复基地。基地自2018年5月正式运营以来，募集资金586万元，开展“红旗－星·梦计划”，资助3—10岁小龄孤独症儿童进行康复训练，对18岁以上大龄孤独症患者进行职业技能培训；开展“红旗·索契孤独症海豚康复”和“红旗·贫困孤独症儿童康复训练营”等项目，为西部特殊困难地区22名贫困孤独症儿童提供免费培训救助，全年共服务孤独症儿童70人次。为形成早筛查、早诊断、早干预的治疗体系，基地还积极推动成立国家孤独症康复机构联盟，引进国外成熟的马术训练技术，促进了国家孤独症治疗学科建设。

（3）实施残疾人就业项目。一是开展“集善乐业”项目，以“互联网＋就业”形式，打造“集中＋居家”就业新模式。接受欧莱雅、宜生健康等公司捐赠，在宁夏、甘肃、山东建立3个残疾人网络就业基地，300余名残疾人参加职业技能培训，其中100多人实现就业。二是设立“最美传承”残疾人就业培训项目，资助残疾人学习非遗技能、传承优秀文化。互联网企业51社保捐助的第一个吸收残疾人学习景泰蓝制作的培训基地已初见成效。由“最美传承”派生的“手工艺者集善之家”项目得到羲和餐饮集团等企业的捐赠，在浙江、福建、江西、河南等地建立刺绣、陶瓷等培训项目点，50名残疾人通过培训掌握工艺技能，实现就业。

3. 围绕残疾人对美好生活的新期待，积极开发为残疾人赋能增智的项目

（1）为预防出生缺陷，减少新生儿残疾的发生，基金会接受北京斯利安公司捐赠，开展“集善斯利安·爱的守护”公益项目，通过辽宁、山东两省的医院、妇幼保健院将18000个总价值808余万元的“孕妈加油包”发放给符合受助条件的育龄妇女。“加油包”里有孕期所需的叶酸片、营养品和卫生用品，能够保障孕期营养，有效预防新生儿神经管畸形的发生。

（2）为了残疾人获得更多的知识，基金会开展“爱心书屋”和“我把世界告诉你”公益项目，接受捐赠图书超过10万册，价值618万元，资助新疆、黑龙江等地建立34个“爱心书屋”。

（3）为推动残疾人群众体育运动的发展，基金会连续四年开展“三菱友谊杯残疾人民间足球争霸赛”项目。2018年有10个省区市的76支基层残疾人足球队伍近850人参加比赛。

（4）为提高残疾人生活品质，基金会开展为脊髓损伤患者募集卫生护理用品的“爱心一片”公益项目、“星星的孩子——孤独症和智障儿童夏令营”项目、脑瘫儿童康复经颅磁项目、“周林频谱集善康复之家”项目等。

（三）不断拓展新的合作伙伴

2018年，基金会重视巩固与战略合作伙伴的良好合作关系，并积极开发新的捐赠人和募捐增长点。发展了念达影视、51社保、北京报关协会、中国图书进出口公司、北京斯利安药业、山东太阳鸟服饰、海鸿投资、诺尔康、美国领先仿生、Med－el公司、欧莱雅、大王南通公司、东京海上保险公司、麒麟啤酒公司等一批新的合作伙伴，壮大了基金会捐赠人队伍。

（四）全员发力，网络募捐再上新台阶

充分利用爱耳日、全国助残日、全国残疾预防日、95公益周、99公益日、国际盲人节、国际残疾人日等特殊时点，以“残疾儿童助养”“我送盲童一本书”“脑瘫儿童滋养计划”“爱心一片”“重塑未来”“阳光鹿童”等项目为重点，在网络募捐平台共上线40多个公益项目，募集善款3923万元，超额完成年度3000万元的目标。同时，按照民政部和各募捐平台要求，认真做好公开募捐项目的备案和项目进展报告，定期通过基金会官网对公开募捐情况和公益项目实施情况进行公示。

（五）突出重点，宣传工作成效明显

一是协调中央电视台、《人民日报》、新华社、《人民政协报》、《社会报》、《公益时报》等媒体对“集善·扶贫健康行”孤独症儿童（南方）康复基地项目进行为期一个月的多元化宣传报道，原创深度稿件在央视网、光明网等50家网络媒体推广，微信公众号发布近10篇，扩大了项目知晓度，提升了基金会影响力。

二是组织记者先后到陕西、青海、甘肃等地对“集善·扶贫健康行”、骨关节项目和“三星爱之光”项目进行实地探访，多家媒体通过图片、文字、视频等形式，从个案受助者的角度进行深度报道，充分反映了项目在精准扶贫方面的贡献。

三是积极宣传麻风救助项目，制作宣传折页、视频，在第六届中国慈展会上进行宣传推广，积极呼吁公众关注并帮助麻风患者。

四是持续宣传“梦想跑者”公益项目。在第28次全国助残日，以举办公益徒步活动的方式启动“梦想跑者”公益项目，并组织“梦想跑者”完成了西安、兰州、雄安、舟山四站马拉松赛事中专门为残疾人设立的“梦想一公里”，展现了残疾人自强不息的精神风貌。

（六）基础管理水平得到提升

一是信息化建设提速。2018年3月1日，基金会综合信息管理系统正式开通上线。该系统包括协同办公、捐赠管理、资助管理、大数据中心等模块，运行近一年来效果良好，实现了高效、透明、开放、互动，降低了运营成本，提升了公文审批、信息流转、公益项目审批和执行的效率。

二是内部治理与项目监管工作得到加强。2018年，基金会全力做好接受民政部对基金会的评估并认真做好整改工作。根据评估意见召开两次理事会会议，审议通过新修订的基金会章程、理事会工作制度、监事会议事规则等。进一步优化监管流程，制定年度监管工作方案，配合监事会对重点公益项目进行现场监管，提出改进工作和防范风险的意见。

（七）工作中的主要不足

一是理事会治理不够规范。应进一步完善决策和监督机制，健全资产管理、财务管理、重大事项报告、信息公开等制度；二是募集资金占比少。应更加注重现金的募捐，优化筹资结构；三是创新不够。设计开发新项目少，特别是为残疾人赋能的项目少；四是与社会服务机构联系不够紧密，执行项目的渠道比较单一。

二、中国残疾人福利基金会2018年度财务决算和2019年度财务预算报告

（一）2018年度财务决算

1. 基本情况

截至2018年12月31日，基金会资产总额为97196.93万元，负债总额为1177.06万元，净资产总额为96019.87万元，其中：限定性净资产21942.58万元，非限定性净资产74077.29万元。

2018年度总收入为51946.44万元，完成全年预算的107.44%。其中：捐赠收入48090.66万元（接收捐款15926.88万元，接收捐物折合人民币32163.78万元），完成全年预算的104.83%；政府部门拨项目款300万元；投资收益和其他收入3555.78万元，完成全年预算的143.73%，其中其他收入3592.05万元（包括物业经营收入1030.29万元，银行理财收入1159.54万元，利息收入1402.22万元）。

2018年度总支出为40118.47万元，完成全年预算的83.82%。其中：慈善活动支出38501.69万元，完成全年预算的84.09%；管理费用支出1803.70万元，完成全年预算的112.74%；筹资费用支出 -193.68万元；其他费用支出6.76万元。

根据国务院《基金会管理条例》的有关规定及民政部《慈善组织开展慈善活动年度支出和管理费用标准》的相关要求，2019年3月，北京天正华会计师事务所对基金会进行了2018年度审计工作。审计意见：中国残疾人福利基金会财务报表在所有重大方面按照《民间非营利组织会计制度》的规定编制，公允反映了中国残疾人福利基金会2018年12月31日的财务状况以及2018年度的业务活动成果和现金流量。2018年慈善活动支出占上年度总收入的比例为79.96%，管理费用占总支出的比例为4.50%，全部符合规定要求。

2. 2018年度资助的主要公益项目

（1）“启明行动”项目

——资助江西、内蒙古等省（自治区）残疾人福利基金会42万元，为400余例贫困白内障患者提供资助。

——资助甘肃、黑龙江等省残疾人福利基金会价值约600万元的美国PNT无创青光眼治疗系统设备12套，开展“集善青光眼防盲救助”项目。

（2）“助听行动”项目

——拨付中国听力语言康复研究中心2342.73万元，其

中：266.24万元，用于聋儿手术补贴及术后康复费用；资助价值约1799.21万元的人工耳蜗200套，为聋儿植入人工耳蜗；32.78万元，用于听力语言康复技术人员教育培训、国内外学术交流等；9.5万元，用于2018年爱耳日音乐会项目；190万元，用于救助听障儿童语训项目；45万元，用于聋儿语训项目经费。

——资助湖南、云南省残疾人福利基金会6.9万元，用于关爱基层听障服务机构运行保障及验配师培训。

——资助黑龙江、甘肃、河北、陕西、江苏、吉林、宁夏、重庆、延安等省市自治区残疾人福利基金会价值约2136万元的AW3 RIC助听器1068台，拨付19.25万元工作经费，用于开展爱可声传递助听项目。

（3）“助行行动”项目

——“阳光伴我行”集善明门轮椅项目资助黑龙江、甘肃、陕西、河北、云南、吉林、湖南、湖北、山东、安徽、山西、青海、浙江、贵州、河南、江苏、辽宁、江西、广西、宁夏、内蒙古、新疆、北京、重庆、青岛、厦门等省市自治区残疾人福利基金会、广东省残疾人公益基金会、海南省残疾人基金会、黑龙江垦区残联、广东省残疾人康复中心、东莞市残疾人康复中心价值约1088.33万元的便携式残疾儿童轮椅9504辆，用于帮助脑瘫、脑外伤、脊髓损伤、进行性肌营养不良、其他伴肢体功能障碍儿童使用。

——“明门基金”项目支出247.81万元，其中资助中国听力语言康复研究中心200万元，用于儿童康复教育中心明门楼建设；10万元，用于“手拉手，相见欢——第五届海峡两岸听障小朋友文化交流活动”；23.14万元，用于2018全国助残日公益徒步活动；项目配套经费支出14.67万元（用于项目人员工资、邮寄、办公等支出）。

——“一汽项目”支出179.83万元，其中资助中国康复研究中心40万元，用于成立中国孤独症机构联盟以及开展对孤独症患儿血液表达谱的课题研究项目；资助海南省残疾人基金会36.97万元，用于成立一汽红旗孤独症康复扶贫基地；资助北京市孤独症儿童康复协会50万元，帮助孤独症儿童赴索契开展孤独症康复及成立国家孤独症康复机构联盟；资助海南方元特殊儿童康复服务中心10万元，用于马术训练；项目配套经费支出42.86万元（用于项目人员工资、制作费、差旅、邮寄、办公等费用）。

——资助河北、黑龙江、山东、山西、新疆、北京等省市自治区残疾人福利基金会438万元，用于为贫困肢体残疾人安装适配假肢。

——“大溪地诺丽助残行动”项目支出19.72万元，其中资助江苏、黑龙江、河南、山东等省市残疾人福利基金会价值约18万元的轮椅400辆，帮助肢体残疾人；拨付江苏项目工作经费1万元；项目配套经费支出0.72万元。

——资助广西残疾人福利基金会价值约56万元的轮椅1000辆，用于帮助肢体残疾人。

——“康尚共享阳光助行”项目支出212.08万元，其中资助甘肃、山西、山东、江苏、重庆、厦门等省市残疾人福利基金会价值约208万元的电动轮椅208辆；拨付地方工作经费4.08万元。

——资助山东、甘肃、辽宁、黑龙江、云南、陕西、江西、青海、延安等省市残疾人福利基金会价值约61.43万元的手动轮椅1050辆，用于开展“新盛医疗助行”项目。

（4）“助学行动”项目

——拨付中国残疾人联合会200万元，其中50万元用于“交通银行特教园丁奖”，表彰100名特教教师；20万元用于“交通银行残疾人大学生励志奖”，表彰39名残疾人学生；130万元用于资助建档立卡贫困残疾人学生，资助青海、宁夏共1300人。

——资助天津市残疾人福利基金会价值约2.16万元的《知识就是力量杂志》2000本，用于开展“助力残疾青少年科普阅读”项目，支持残疾人阅读。

——资助山西、黑龙江、青岛等省市残疾人福利基金会价值约300.47万元的图书118654册，用于开展“我把世界告诉你”项目，支持残疾人阅读。

——资助中国听力语言康复研究中心价值约7.82万元的玩具1批，用于开展“听障儿童幼儿园乐高课程”项目。

——资助辽宁、山西、吉林、黑龙江、安徽、山东、河南、湖北、陕西、宁夏、北京、天津、大连等省市自治区残疾人福利基金会、中国共产主义青年团北京林业大学委员会、北京市朝阳区晨光脑瘫儿童康复中心及残疾人工作者价值约1831.70万元的集善学习卡18317张，帮助残疾人、残疾人家属、助残志愿者及残疾人工作者利用网络学习。

（5）“助困行动”项目

——资助河南、山西、陕西、黑龙江、河北、吉林、辽宁、重庆、天津、厦门等省市残疾人福利基金会价值约1800万元的蜜儿餐90000袋，为贫困残疾儿童发放营养餐。

——资助上海市残疾人福利基金会19万元，用于手工艺培训。

——“类克集善援助”项目资助价值约8037.26万元的类克药品23351支，帮助4603名因病致贫、低保特困的类风湿关节炎、强直性脊柱炎、克罗恩病患者以及银屑病患者，减少因疾病引起的并发症，预防残疾以及延缓其致残进程。

——“经颅磁脑瘫儿童康复救助”项目支出36.67万元，其中资助江西、青岛、延安等省市残疾人福利基金会价值约26万元的rTMS经颅磁治疗仪41台；拨付山东、辽宁等省残疾人福利基金会9万元，用于项目管理费用；项目配套经费支出1.67万元（用于项目差旅费支出）。

——“长效针剂（善思达）集善援助”项目资助价值约287.38万元的针剂药品1259支，帮助1259名精神残疾患者提升康复质量，降低经济负担。

——资助黑龙江、云南、甘肃、山东、广西等省（自治区）残疾人福利基金会、吉安市残联、临泽县职工健康协会价值约3626.73万元的服装966922件，帮扶残疾人和困难群众。

——“集善瑞安培训”项目支出30.60万元，委托深圳国际公益学院为全国残疾人福利基金会主要负责人和业务骨干人员进行培训。

——资助北京昌平阳光鹿童脑瘫康复中心28.80万元，用于贫困脑瘫儿童救助计划项目。

——资助中国残疾人体育运动管理中心125.45万元，用于开展“三菱友谊杯”公益项目。

——“互联乐业网络就业”项目支出106.94万元，其中资助宁夏、甘肃等省（自治区）残疾人福利基金会价值约29.40万元的电脑100台，用于支持“集善乐业”残疾人网络就业基地建设；60万元，用于残疾人职业技能培训；资助宁夏回族自治区残疾人福利基金会价值约9.01万元的洗护产品3555件，给予女性残疾人、残疾人家庭女性成员以及女性残疾人工作者帮助；项目配套经费支出8.53万元（主要用于项目人员差旅费支出）。

——“精神障碍防治”项目支出56.61万元，其中拨付霍邱县国库集中支付中心27万元，用于项目培训、入户筛查等；拨付北镇市财务会计核算中心28.20万元，用于项目入户筛查、村医培训、分析处理调查数据、撰写项目报告等；项目配套经费支出1.41万元（主要用于项目人员差旅费支出）。

——资助天津医科大学55.20万元，甲乙双方共同开展青光眼防治项目，共同探索总结符合中国农村实际情况、行之有效的、可推广的中国农村青光眼防治模式。

——“机场公益宣传”项目支出3092.99万元，对“爱心一片”和“集善扶贫健康行”公益项目在全国24家机场进行公益广告宣传。

——资助江苏、黑龙江、河南、山东省残疾人福利基金会价值约80.05万元的果汁612箱，帮助残疾人及家庭。

——资助中国盲文出版社价值约20.50万元的软件1200套，开展“盲人学电脑”项目。

——资助江西省残疾人福利基金会19万元，用于培训残疾人掌握手工艺技能。

——资助湖南、云南、黑龙江、山东、广西等省（自治区）残疾人福利基金会、广东省残疾人公益基金会、临泽县职工健康协会价值约1017万元的保健品126268件，帮助残疾人及家庭。

——“集善斯利安·爱的守护”项目支出821.43万元，其中资助辽宁省残疾人福利基金会价值约808.27万元的孕妈加油包18000包，帮助育龄妇女，降低新生儿出生缺陷率，预防出生残疾；拨付山东省残疾人福利基金会8万元项目工作经费；项目配套经费支出5.16万元（主要用于项目人员差旅费、邮寄费、交通费等支出）。

——资助山东、山西、江苏、黑龙江、辽宁、甘肃、河北、北京等省市残疾人福利基金会价值约736.58万元的护肤品及化妆品3296859件，开展“LG·爱的滋润”助残公益项目。

——资助北京市残疾人福利基金会价值约11.93万元的米面油3000件，开展“BHG Care社区关爱行动”助残公益项目。

——资助山东、湖北、云南、贵州、甘肃、河北、宁夏等省（自治区）残疾人福利基金会、中国残疾人体育运动管理中心价值约797.99万元的运动鞋及体育服装28292件，帮助贫困残疾人，改善他们的生活条件，倡导残疾人体育运动和积极健康的生活方式。

——资助辽宁省残疾人福利基金会价值约10.06万元的成人护理用品185箱，用于开展安心托付项目。

——资助甘肃省残疾人福利基金会价值约28.52万元的周林频谱设备606件，改善残疾人及藏胞劳作妇女的康复及保健条件。

——资助北京市西城区爱星特长培训学校10万元，用于开展“喜马拉雅曹雁讲故事”活动。

——资助中国残疾人体育运动管理中心18万元，用于开展“助力盲人足球公益”项目。

——资助江苏省残疾人福利基金会10万元，用于开展2018年康辉“手工艺者集善之家”紫砂培训项目。

（6）“集善行动”项目

——“财政补助”项目支出462.17万元，其中30万元，用于资助金色阳光儿童康复训练中心；拨付中国听力语言康复研究中心194万元，用于“王永庆人工耳蜗”项目配套经费；资助黑龙江、河南、山东、山西、湖南、宁夏、广西、哈尔滨、长春、齐齐哈尔、延安、昌吉等省市自治区残疾人福利基金会、广东省残疾人公益基金会、宝鸡市启聪特殊需要儿童早期干预中心、南昌市西湖区现代残疾人教育康复中心价值约229.16万元的助听器567台、普通轮椅788辆、电动轮椅84辆、蛋白粉10796罐，帮助残疾人及家庭；拨付河南省残疾人福利基金会2.08万元，用于捐赠仪式支出和工作经费；项目配套经费支出6.93万元（主要用于项目人员差旅费、交通费等支出）。

——资助杭州市残疾人福利基金会价值约306万元的高仿真分娩模拟系统、腹腔镜手术模拟训练系统各1台，开展聋人婚育指导（试点）项目。

——资助中国听力语言康复研究中心76万元，用于受助聋儿手术补贴。

——“集善扶贫健康行——眼病（白内障）项目”支出630.84万元，其中资助山西、山东、辽宁、湖南、广西、上海、天津等省市自治区残疾人福利基金会、广东省残疾人公益基金会171万元，用于为贫困眼底病患者及患病高危人群进行筛查、健康教育和治疗提供资助；资助湖北省残疾人福利基金会122万元，按照每例1000元资助标准，为1000例贫困白内障患者，200例贫困翼状胬肉患者的治疗提供资助；资助江苏、浙江、天津等省市残疾人福利基金会、吕梁市人民医院233.08万元，用于为2188例贫困白内障患者手术治疗提供资助；项目配套经费支出104.76万元（主要用于项目人员工资、差旅费等支出）。

——“集善扶贫健康行——骨关节”项目支出400.08万元，其中资助中国肢残人协会294万元，开展“站立计划”项目，帮助贫困肢体残疾人恢复和改善肢体功能；支出88.36万元，用于13名骨关节项目患者手术及相关费用；慰问陕西、山西、甘肃、安徽、云南等省患者支出2万元，每例标准为0.05万元/人；项目配套经费支出15.72万元（主要用于项目差旅费、制作费等支出）。

——“集善扶贫健康行——孤独症”项目支出269.62万元，其中资助吉林省残疾人福利基金会259.50万元，用于孤独症儿童康复训练、大龄孤独症患者开展职业技能培训以及项目宣传等；资助海南方元特殊儿童康复服务中心10万元，用于中心建设；项目配套经费支出0.12万元。

——“最美传承”项目支出41.05万元，其中资助中民社会救助研究院10万元，用于残疾人非遗传承社会价值研究；资助北京市残疾人福利基金会30万元，帮助四名残疾人学习景泰蓝技艺；项目配套经费支出1.05万元（主要用于项目差旅费、设计费等支出）。

——拨付北京善行直达信息服务有限责任公司16.48万元，用于孤独症康复项目系列宣传活动、策划工作。

——资助中国残疾人艺术团120万元，用于开展孤独症儿童（南方）康复基地启动仪式暨中国残疾人艺术团在琼慰问演出。

——拨付善观国际文化传媒（北京）有限公司45万元，用于拍摄、制作中国残疾人福利基金会孤独症儿童（南方）康复基地宣传片的脚本制作、拍摄、后期剪辑和活动记录拍摄。

——资助宁夏、甘肃等省（自治区）残疾人福利基金会价值约34.90万元的电脑100台，用于支持“集善乐业”残疾人网络就业基地建设。

（7）公开募捐系列公益项目

——“爱心套娃筑梦残友”项目支出7.40万元，其中资助哈尔滨市香坊区诚铭匠公益助残服务中心5.40万元，旨在通过套娃制作技能的培训，提升残疾人自力更生观念意识；项目配套经费支出2万元（主要用于项目差旅费、办公费、交通费等支出）。

——“阳光伴我行—脑瘫儿童滋养计划”项目支出217.09万元，其中资助江西省残疾人福利基金会63万元、资助广西安琪之家康复研究中心41.40万元、资助疏勒县彩虹康复教育中心34.20万元、资助喀什市母亲之家残疾人儿童服务中心14.40万元、资助贵州省爱之泉社会公益服务中心10.80万元、资助安阳市殷都区博爱特殊教育学校9.90万元、资助岳阳市七彩梦脑瘫儿童关爱中心17.10万元、资助焦作市金蕊儿童康复中心25.20万元，用于220名贫困脑瘫儿童康复训练补贴；项目配套经费支出1.09万元（主要用于项目差旅费支出）。

——“孙楠·重塑未来专项基金”支出282.05万元，其中资助中国肢残人协会277.59万元，开展“重塑未来”贫困肢残儿童手术矫治康复项目，救助贫困残疾青少年；项目配套经费支出4.46万元（主要用于项目差旅费、制作费等支出）。

——“集善残疾儿童助养”项目支出2086.26万元，为147名肢体残疾人进行假肢矫形手术及矫形器、辅具适配；为559名贫困残疾儿童提供康复补贴；为1369户贫困残疾人家庭进行危房改造、太阳能热水器、净水器、农耕用电动三轮车发放；为672户贫困残疾人家庭修建牛羊圈并发放饲养牛羊；为13.1万名残疾儿童发放温暖包、安全包；为10所康复中心捐建康复训练感统、多感官教室并捐赠康复训练教具；为5所特教学校捐建残疾学生职业技能培训所需的烘焙、陶艺教室；项目配套经费主要用于项目人员工资、差旅费、通信费、办公费、慈展会展位搭建等支出。

——资助中国盲文出版社500万元，委托其为南宁市盲聋哑学校、玉林市特殊教育学校、桂林市聋哑学校、开封市特殊教育学校、聊城特殊教育中心学校、海南（海口）特殊教育学校、拉萨市特殊教育学校、曲靖市特殊教育学校、六盘水市特殊教育学校、遵义市特殊教育学校、宁夏特殊教育学校、商丘市特殊教育学校、菏泽市特教中心、四平盲童学校和乌鲁木齐市盲人学校、甘孜藏族自治州特殊教育学校、潍坊盲童学校、济宁市特殊教育学校、济南特殊教育中心、新乡市盲聋哑学校、定西市特殊教育学校等31所学校捐建盲文阅览室，根据在校学生数量及需求每所阅览室10—20万元不等。

——资助中国盲文出版社15万元，为重庆市特教学校捐建阅览室，为该校学生发放学习用书包及学习用具。

——“无障碍艺途·让爱无碍”项目支出5.42万元，其中资助北京市朝阳区艺途社会工作事务所5.40万元，开展艺术疗愈精智障碍项目；项目配套经费支出0.02万元。

——“从脑瘫儿到阳光鹿童”项目支出20.24万元，其中资助昌平阳光鹿童脑瘫康复中心19.44万元，用于帮助8名脑瘫儿童1年康复治疗；项目配套经费支出0.80万元。

——资助哈尔滨市香坊区诚铭匠公益助残服务中心62.59万元，用于实施“助残友重拾生活希望”、“助残创业筑梦童心”公益项目。

——资助重庆市渝北区天爱残疾人康复训练中心36.87万元，用于实施“心智障碍儿童入学梦”、“向阳花开支持性就业”公益项目。

——“助力脑瘫儿童行走”项目支出40.61万元，其中资助北京市朝阳区晨光脑瘫儿童康复中心40万元，用于孤独症儿童康复训练补助；项目配套经费支出0.61万元。

——资助沧州市运河区橄榄树培智学校225.70万元，实施“星儿童与家长共成长”、“康复教育师资培训”、“为星儿铺设融合之路”公益项目，用于开展亲子同训课程及康复教育师资培训。

——“家是温暖的避风港”项目资助重庆市渝中区慧灵职业康复训练中心108.32万元，在工作人员的支持下进行心智障碍人士居家技能训练、享受到正常化的温暖家庭生活，进而提高他们的生活品质。

——资助乌鲁木齐市高新区（新市区）启慧康复中心14.27万元，用于实施“助星儿圆梦”公益项目。

——“空中花园植物共融”项目支出10.84万元，其中资助南京雨花睿泽障碍人士服务中心10.82万元，用于完善空中花园基础建设，保障空中花园基本运作；开设花草种植班，为障碍人士提供花草种植培训；邀请残疾人家庭与社区居民举办花园生日会等；项目配套经费支出0.02万元。

——资助清远市清城区慧灵智障人士社区服务中心41.44万元，针对心智障碍人士提供复康训练，透过复康训练提升他们的能力，为心智障碍人士与社会间搭建桥梁。

——资助陕西省渐冻人关爱互助协会9.12万元，为贫困渐冻人采购并发放渐冻人居家康复所需的医疗物资，并提供志愿者入户及心理咨询服务。

——“2018年星星的孩子——孤独症和智障儿童夏令营”项目支出27.69万元，其中资助合肥市春芽残疾人互助协会、寿县九龙幼儿园26万元，开展夏令营活动；0.50万元用于制作项目宣传画册；项目配套经费支出1.19万元（主要用于项目差旅费、快递费等支出）。

——“爱心一片”项目支出68.69万元，其中资助河南省残疾人福利基金会17万元；资助中国康复研究中心价值约10.05万元的纸尿裤（片）167箱；资助杨素玲价值约0.05万元的成人纸尿裤（片）22包；支出9万元，用于项目宣传片拍摄制作；支出3.02万元，用于服务器租赁和运维；项目配套经费支出29.57万元（主要用于项目人员工资、差旅费、快递费、交通费等支出）。

——资助北京师范大学135万元，共同开展“集善特殊教育学校教师资助计划”项目，提升特教老师教学技能及竞争力。

——资助北京东方丝雨渐冻人罕见病关爱中心25.70万元，为贫困渐冻人采购并发放渐冻人居家康复所需的医疗物资，并提供志愿者入户及心理咨询服务。

（8）“集善·三星爱之光行动”系列公益项目

“集善·三星爱之光行动”系列公益项目支出722.35万元，其中资助江西、吉林、湖北等省残疾人福利基金会50.20万元，用于特教学校无障碍改造；资助天津医科大学总医院10万元，用于青光眼防治与筛查；资助云南、甘肃、四川等省残疾人福利基金会609万元，为贫困青少年儿童眼病患者提供资助；项目配套经费支出53.15万元（用于项目人员工资、差旅、交通、通信等费用）。

（9）“集善澳门基金会助力残疾人”系列公益项目

“集善澳门基金会助力残疾人”系列公益项目支出227.72万元，其中拨付中国残疾人事业新闻宣传促进会200万元，用于执行“集善仁美 助推圆梦”优秀残疾人艺术家百人推介和手工艺者集善之家项目；助听行动项目支出18.64万元，包括采购助听器10台拨付给延安市残疾人福利基金会，拨付黑龙江、贵州省残疾人福利基金会验配师培训、听力无障碍改造工作经费，以及助听项目工作会、专家评审会条幅制作费等费用支出；集善残疾人家庭卫浴无障碍项目支出6.03万元，为湖南、江西、河南、吉林等地拨付项目配套工作经费；0.95万元用于项目资料汇编；项目审计、银行手续费等费用支出2.1万元。

（二）2019年度预算安排

根据全年筹资工作和资助公益项目工作的安排，2019度预算总收入为48237.88万元。其中：

1. 计划筹资（包括物资）目标为44957.88万元；

2. 投资收益及其他资产保值增值收入计划目标为3280万元。包括：

——深圳百汇大厦物业经营收入950万元；

——在金融机构做结构性存款等低风险理财收入2330万元，其中：

工商银行12000万元，预计收入460万元；

中国银行18000万元，预计收入680万元；

光大银行17000万元，预计收入650万元；

北京银行14000万元，预计收入540万元。

2019年预算总支出为43260.80万元，其中：慈善活动支出预算为41217.92万元，管理费用支出预算为2042.88万元。

慈善活动支出预算为41217.92万元，预计占上年总收入的79.35%：

1. 启明行动系列项目计划支出1356万元；

2. 助听行动系列项目计划支出6827.10万元；

3. 助行行动系列项目计划支出2374万元；

4. 衣恋集善项目计划支出1490万元；

5. 助学行动系列项目计划支出1900万元；

6. 助困行动系列项目计划支出8957.04万元；

7. 蜜儿餐项目计划支出3126.90万元；

8. 服装项目计划支出1900万元；

9. 集善澳门基金会助力残疾人系列公益项目计划支出1000万元；

10. 集善·三星爱之光行动系列公益项目计划支出660

万元；

11. 药品捐赠系列项目计划支出 4396.48 万元；

12. 集善行动系列项目计划支出 3358 万元；

13. 公开募捐系列项目计划支出 3872.40 万元。

以上公益项目计划支出安排，将根据预算收入状况及捐赠方的意向进行动态调整。

附件：1. 2018 中国残疾人福利基金会资产负债表

2. 2018 中国残疾人福利基金会业务活动表

3. 2018 中国残疾人福利基金会现金流量表

4. 2018 中国残疾人福利基金会公益项目支出表

5. 2018 中国残疾人福利基金会管理费用明细表

附件 1

资产负债表

2018 年 12 月 31 日　　单位：元

资　产	行 次	年初数	年末数	负债和净资产	行 次	年初数	年末数
流动资产：				流动负债：			
货币资金	1	645,483,595.91	685,271,875.07	短期借款	23		
短期投资	2	60,990,000.00	58,990,000.00	应付款项	24	10,386,201.67	10,582,519.78
应收款项	3	1,572,623.28	1,464,578.28	应付工资	25	1,487,756.80	809,373.00
预付账款	4	3,543,216.00	8,953,958.00	应交税金	26	8,976.79	1,112.52
存　货	5	11,216,741.00	86,507,024.14	预收账款	27	377,550.00	377,550.00
待摊费用	6			预提费用	28		-
一年内到期的长期债权投资	7			预计负债	29		
其他流动资产	8			一年内到期的长期负债	30		
流动资产合计	9	722,806,176.19	841,187,435.49	其他流动负债	31		
				流动负债合计	32	12,260,485.26	11,770,555.30
长期投资：							
长期股权投资	10	38,651,821.06	38,279,217.96	长期负债：			
长期债权投资	11		-	长期借款	33		
长期投资合计	12	38,651,821.06	38,279,217.96	长期应付款	34		
固定资产：				其他长期负债	35		
固定资产原价	13	122,918,730.41	126,280,099.22	长期负债合计	36		-
减：累计折旧	14	31,083,961.09	34,750,808.62				
固定资产净值	15	91,834,769.32	91,529,290.60	受托代理负债：			
在建工程	16	870,000.00	960,000.00	受托代理负债：	37		
文物文化资产	17			负债合计	38	12,260,485.26	11,770,555.30
固定资产清理	18						
固定资产合计	19	92,704,769.32	92,489,290.60	净资产：			
无形资产：				非限定性净资产	39	722,930,504.55	740,772,891.05
无形资产	20	16,740.27	13,335.47	限定性净资产	40	118,988,517.03	219,425,833.17
受托代理资产：				净资产合计	41	841,919,021.58	960,198,724.22
受托代理资产	21						
资产总计	22	854,179,506.84	971,969,279.52	负债和净资产总计	42	854,179,506.84	971,969,279.52

附件 2

业务活动表

2018 年度

单位:元

项　目	行　次	上年数			本年数		
		非限定性	限定性	合　计	非限定性	限定性	合　计
一、收入							
其中:捐赠收入	1	408,217.01	446,753,774.60	447,161,991.61	646,511.44	480,260,093.32	480,906,604.76
会费收入	2			-	-		-
提供服务收入	3			-			-
商品销售收入	4			-	-		-
政府补助收入	5	-	3,000,000.00	3,000,000.00	-	3,000,000.00	3,000,000.00
投资收益	6	-106,191.51		-106,191.51	-362,703.10		-362,703.10
其他收入	9	31,457,308.01		31,457,308.01	35,920,518.74		35,920,518.74
收入合计	11	31,759,333.51	449,753,774.60	481,513,108.11	36,204,327.08	483,260,093.32	519,464,420.40
二、费用							
(一)业务活动成本	12	1,283,415.28	431,803,381.69	433,086,796.97	2,194,151.00	382,822,777.18	385,016,928.18
其中:捐赠项目成本	13	1,283,415.28	431,803,381.69	433,086,796.97	2,194,151.00	382,822,777.18	385,016,928.18
提供服务成本	14			-			-
商品销售成本	15			-			-
政府补助成本	16			-			-
税金及附加	17			-			-
(二)管理费用	21	16,830,130.41		16,830,130.41	18,036,961.39	-	18,036,961.39
(三)筹资费用	24	2,791,561.45	-	2,791,561.45	-1,936,799.04		-1,936,799.04
(四)其他费用	28	1,092,981.53		1,092,981.53	67,627.23		67,627.23
费用合计	35	21,998,088.67	431,803,381.69	453,801,470.36	18,361,940.58	382,822,777.18	401,184,717.76
三、限定性净资产转为非限定性净资产	40	-5,014,880.00	5,014,880.00	-			
四、净资产变动额 (若为净资产减少额,以"-"号填列)	45	4,746,364.84	22,965,272.91	27,711,637.75	17,842,386.50	100,437,316.14	118,279,702.64

附件 3

现金流量表

2018 年度　　　　单位：元

项　目	行次	
一、业务活动产生的现金流量:		
接受捐赠收到的现金	1	159,268,837.32
收取会费收到的现金	2	
提供服务收到的现金	3	
销售商品收到的现金	4	
政府补助收到的现金	5	3,000,000.00
收到的其他与业务活动有关的现金	6	36,434,492.31
现金流入小计	7	198,703,329.63
提供捐赠或者资助支付的现金	8	140,880,269.33
支付给员工以及为员工支付的现金	9	11,642,912.36
购买商品、接受服务支付的现金	10	
支付的其他与业务活动有关的现金	11	6,723,199.88
现金流出小计	12	159,246,381.57
业务活动产生的现金流量净额	13	39,456,948.06
二、投资活动产生的现金流量:		
收回投资所收到的现金	14	2,000,000.00
取得投资收益所收到的现金	15	9,900.00
处置固定资产和无形资产所收回的现金	16	1,600.00
收到的其他与投资活动有关的现金	17	
现金流入小计	18	2,011,500.00
购建固定资产和无形资产所支付的现金	19	3,616,967.94
对外投资所支付的现金	20	
支付的其他与投资活动有关的现金	21	
现金流出小计	22	3,616,967.94
投资活动产生的现金流量净额	23	-1,605,467.94
三、筹资活动产生的现金流量:		
借款所收到的现金	24	
收到的其他与筹资活动有关的现金	25	
现金流入小计	26	
偿还借款所支付的现金	27	
偿付利息所支付的现金	28	
支付的其他与筹资活动有关的现金	29	
现金流出小计	30	
筹资活动产生的现金流量净额	31	
四、汇率变动对现金的影响额	32	1,936,799.04
五、现金及现金等价物净增加额	33	39,788,279.16

附件 4

2018 年中国残疾人福利基金会公益项目支出表

2018 年度　　　　单位：元

序　号	公益项目内容	支出金额
1	“启明行动”项目	6,802,838. 44
	——“爱心永恒 · 启明行动”项目	420,000. 00
	——“集善青光眼防盲救助”项目	6,000,000. 00
	——其他	382,838. 44
2	“助听行动”项目	45,403,235. 39
	——“资助中国听力语言康复研究中心”	23,427,287. 67
	“中远海运助听动”项目	69,000. 00
	“爱可声传递助听”项目	21,552,500. 00
	其他	354,447. 72
3	“助行行动”项目	23,229,717. 84
	“明门轮椅”项目	10,883,284. 16
	“明门基金”项目	2,478,139. 15
	“一汽”项目	1,798,346. 00
	“衣恋幸福同行”项目	4,380,000. 00
	“大溪地诺丽助残”项目	197,152. 01
	“资助广西残疾人福利基金会”	560,000. 00
	“康尚共享阳光助行”项目	2,120,800. 00
	“新盛医疗助行”项目	614,250. 00
	其他	197,746. 52
4	“助学行动”项目	23,475,896. 76
	“交通银行助学”项目	2,000,000. 00
	“助力残疾青少年科普阅读”项目	21,600. 00
	“我把世界告诉你”项目	3,004,677. 90
	“听障儿童幼儿园乐高课程”项目	78,200. 00
	“正保远程教育集善学习卡”项目	18,317,000. 00
	其他	54,418. 86
5	“助困行动”项目	212,178,877. 15
	“蜜儿餐”项目	18,000,000. 00
	“三星财险”项目	190,000. 00
	“类克集善援助”项目	80,372,581. 21
	“经颅磁脑瘫儿童康复救助”项目	366,729. 00
	“长效针剂(善思达)援助”项目	2,873,758. 00
	“集善瑞安培训”项目	306,000. 00
	“资助服装”项目	36,267,329. 62
	“鹿童脑瘫儿童救助基金”项目	288,000. 00
	“三菱友谊杯”项目	1,254,480. 00
	“互联乐业网络就业”项目	1,069,416. 32
	“精神障碍防治”项目	566,093. 50
	“资助天津医科大学”	552,000. 00
	“机场公益宣传”项目	30,929,916. 50
	“大溪地诺丽助残行动”项目	800,496. 00
	“盲人学电脑”项目	205,000. 00
	“资助江西省残疾人福利基金会”	190,000. 00

续表 1

序　号	公益项目内容	支出金额
	“保健品捐赠”项目	10,169,972.00
	“集善斯利安 · 爱的守护”项目	8,214,329.57
	“LG · 爱的滋润”助残公益项目	7,365,828.83
	“BHG Care 社区关爱行动”助残公益项目	119,300.00
	“鸿星助力 · 衣路有爱”项目	7,979,871.77
	“安心托付”项目	100,640.00
	“周林频谱集善康复之家”项目	285,200.00
	“喜马拉雅曹雁讲故事”项目	100,000.00
	“助力盲人足球公益”项目	180,000.00
	“资助江苏省残疾人福利基金会”	100,000.00
	其他	3,331,934.83
6	“集善行动”项目	24,273,357.88
	“财政补助”项目	4,621,678.95
	“聋人婚育指导”项目	3,060,000.00
	“中央企业集善工程”项目	760,000.00
	“集善扶贫健康行——眼病(白内障)”项目	6,308,390.10
	“集善扶贫健康行——骨关节”项目	4,000,772.29
	“集善扶贫健康行——孤独症”项目	2,696,200.00
	“最美传承”项目	410,529.00
	“拨付北京善行直达信息服务有限责任公司”	164,756.00
	“资助中国残疾人艺术团”	1,200,000.00
	“拨付善观国际文化传媒(北京)有限公司”	450,000.00
	“资助宁夏、甘肃残疾人福利基金会”	349,000.00
	其他	252,031.54
7	“公开募捐”系列公益项目	40,152,311.91
	“爱心套娃筑梦残友”项目	73,986.55
	“阳光伴我行——脑瘫儿童滋养计划”项目	2,170,888.00
	“孙楠 · 重塑未来专项基金”项目	2,820,548.33
	“集善残疾儿童助养”项目	20,862,649.69
	“我送盲童一本书”项目	5,000,000.00
	“女皇星辰公益计划”项目	150,000.00
	“无障碍艺途 · 让爱无碍”项目	54,169.03
	“从脑瘫儿到阳光鹿童”项目	202,416.39
	“资助哈尔滨市香坊区诚铭匠公益助残服务中心”	625,941.70
	“资助重庆市渝北区天爱残疾人康复训练中心”	368,704.15
	“助力脑瘫儿童行走”项目	406,105.00
	“资助沧州市运河区橄榄树培智学校”	2,257,015.20
	“家是温暖的避风港” 项目	1,083,317.72
	“助星儿圆梦” 项目	142,783.38
	“空中花园植物共融” 项目	108,443.11
	“我撑你” 项目	414,403.29
	“渐冻人扶残助残计划” 项目	91,162.74
	“星星的孩子——孤独症和智障儿童夏令营” 项目	276,900.20
	“爱心一片”项目	686,863.82

续表 2

序号	公益项目内容	支出金额
	“集善特殊教育学校教师资助计划” 项目	1,350,000.00
	“浙冻人暖心护理包”项目	257,025.00
	其他	748,988.61
8	“集善·三星爱之光行动”系列公益项目	7,223,519.41
9	“集善澳门基金会助力残疾人”系列公益项目	2,277,173.40
	合　计	385,016,928.18

附件 5

2018 年中国残疾人福利基金会管理费用明细表

2018 年度　　　　单位：元

序号	项目	年末余额
1	一、人员工资及福利费	
2	基本工资	2,800,433.75
3	奖金及津贴	2,353,833.12
4	医疗费	11,251.27
5	社会保险缴纳费	2,345,535.29
6	其他福利费	253,558.58
7	工会经费	192,447.91
8	职工教育费	19,335.00
9	人员工资及福利费小计	7,976,394.92
10	二、事物物品耗费和服务开支	
11	办公费	729,073.98
12	制作费	450,148.00
13	邮寄费	4,634.28
14	电话通信费	368,398.47
15	交通费	128,453.71
16	差旅费	609,179.20
17	修理费	413,122.15
18	聘请中介费	495,259.18
19	会议费	49,638.00
20	业务招待费	4,779.40
21	食堂	431,623.30
22	汽车保险	56,000.62
23	劳务费	240,917.01
24	事物物品耗费和服务开支小计	3,981,227.30
25	三、资产折旧(摊销)及运行维护费用	
26	折旧费	3,783,563.66
27	摊销费	3,404.80
28	水费	12,521.00
29	电费	127,131.17
30	煤气费	16,440.00
31	取暖费	265,779.20
32	物业管理费	661,947.00
33	物业专项维修基金	118,061.16

续表 1

序 号	项 目	年末余额
34	资产折旧(摊销)及运行维护费用小计	4,988,847.99
35	四、税费	1,011,521.18
36	五、其他费用	78,970.00
29	合 计	18,036,961.39

三、大事记

1 月 5 日，“集善乐业”残疾人网络就业培训（宁夏）基地揭牌仪式暨首期培训班开班仪式在银川市举行，46 名残疾人参加培训。

1 月 9 日，“衣恋集善 · 幸福同行”项目黑龙江站假肢适配现场会在大庆市举行，22 位肢体残疾人接受现场取型和适配。

1 月 15 日—19 日，张雁华秘书长率“集善 · 残疾儿童助养”项目组到陕西宝鸡、甘肃定西开展项目回访，检查项目执行情况。陕西项目办、甘肃项目办分别汇报 2017 年工作情况和 2018 年工作计划。

1 月 16 日，“集善扶贫健康行 · 康弘农村贫困精神障碍患者救助”项目在安徽省霍邱县启动。

1 月 25 日，“爱心一片 · 温暖无限”博阳公益捐赠仪式在人民大会堂举行。扬州博阳投资管理有限公司、顾家集团有限公司、北京致高视点传媒广告有限公司等十余家企业共同向基金会捐赠 7000 多万元，用于支持“爱心一片”“集善 · 扶贫健康行”“集善 · 残疾儿童助养”等公益项目。第十届全国人大常委会副委员长、中国关心下一代工作委员会主任顾秀莲，中国残联副主席、基金会理事长王乃坤，中国残联副主席、中国残联党组成员吕世明等出席仪式。

1 月 29 日，“助残就业 · 共奔小康”捐赠仪式在北京举行。北京宜生健康科技有限公司等多家企业联合向基金会捐赠 110 万元，用于开展残疾人网络就业项目。

3 月 12 日—16 日，“集善 · 扶贫健康行”三星爱之光儿童眼病项目组到四川省凉山彝族自治州调研。

3 月 13 日，“集善斯利安 · 爱的守护”预防出生缺陷公益项目捐赠仪式在沈阳举行。该项目首期向辽宁省残疾人福利基金会捐赠价值 200 万元的 6000 件“孕妈加油包”，用于预防和减少新生儿残疾的发生。

3 月 14 日，“集善工程 ·（爱心温暖）北京迎政时装捐赠”项目捐赠仪式在北京举行。北京迎政时装公司向基金会捐赠款物合计 621.5 万元。

3 月 14 日—18 日，由瑞安集团捐赠、由基金会开展的“集善 · 瑞安能力建设培训”在北京举行，基金会和 15 个省区市的残疾人福利基金会相关负责人及业务骨干共 41 人参加培训。

3 月 16 日，“集善乐业”残疾人网络就业培训项目第二期职业技能培训在银川就业基地开班授课。来自石嘴山市、兴庆区和金凤区的 50 名残疾人参加为期 15 天的培训。

3 月 21 日，“集善 · 扶贫健康行”骨关节康复项目陕西启动仪式在西安举行。中国康复研究中心关节治疗中心专家组成项目医疗队，在西安交通大学第二附属医院和宝鸡市第二中医医院为贫困残疾人免费置换人工关节，提供康复训练，并举办骨关节医学培训，以提高受助地区医疗水平。

3 月 28 日，卡博特公司向基金会捐赠 50 万元开展“启明行动”，为贫困白内障患者的治疗提供资助。

4 月 3 日，“经颅磁脑瘫儿童康复”项目启动仪式在山东省济宁市举行。

4 月 10 日—11 日，全国残疾人福利基金会工作研讨会在北京举行。全国 31 个省区市、黑龙江农垦及 3 个计划单列市和 10 个省会城市残疾人福利基金会负责人参加会议。

4 月 16 日—19 日，“集善 · 残疾儿童助养”项目第 11 次工作会在陕西省宝鸡市召开。基金会张雁华秘书长，湖北省、陕西省、甘肃省项目执行地残疾人福利基金会项目负责人参加会议。

4 月 17 日—20 日，“集善 · 扶贫健康行”三星爱之光儿童眼病项目组到甘肃省临夏回族自治州开展项目专访和入户调研。

4 月 20 日，中国残疾人福利基金会孤独症儿童（南方）康复基地项目媒体通气会召开，《人民日报》、新华社、《光明日报》、中新社等媒体参加会议。

4月24日，中国残疾人福利基金会第四届理事会第五次会议在北京召开。会议审议通过《2017年度工作总结和2018年度工作安排》《2017年度财务决算和2018年度财务预算报告》。审议通过关于修改基金会章程的提案、关于制定理事会工作制度的提案、关于制定监事会议事规则的提案、关于理事辞职和增补及聘任副秘书长的提案。

4月24日，“集善·瑞安能力建设培训”项目签约仪式在北京举行。瑞安集团向基金会捐赠120万元，用于开展2018年—2020年“集善·瑞安能力建设培训”项目。

5月3日，“集善工程——（亮耳·联通）助听行动”捐赠仪式在北京举行。北京亮耳听力技术有限公司向基金会捐赠100套价值2980万元的“听-听桥无障碍沟通系统”，用于支持听力筛查和康复工作。

5月7日，中国残联党组书记、理事长鲁勇，海南省政府副秘书长司海英，海南省残联党组书记、理事长符永等到中国残疾人福利基金会孤独症儿童（南方）康复基地考察。

5月8日，“集善工程——助您健康”保健品项目捐赠仪式在北京举行。深圳海王集团、深圳慈善会共向基金会捐赠价值1016.9972万元保健品。

5月8日，“集善工程——（爱心温暖）服装”项目捐赠仪式在北京举行。上海拉夏贝尔服饰股份有限公司向基金会捐赠价值1237万元的40万件全新服装，资助云南、山东、甘肃等地的残疾人及困难群众。

5月16日，“最美传承”残疾人非遗传承就业培训项目捐赠仪式在北京举行。51社保向基金会捐赠100万元，用于开展“最美传承”公益项目。

5月16日，“经颅磁脑瘫儿童康复救助”项目培训活动在沈阳举行，基金会组织北京特科医疗设备有限公司专家在活动现场对近200名受助儿童家庭进行一对一培训指导，解答患儿家长提出的问题。

5月16日，“建档立卡贫困骨关节公益项目”暨“集善·扶贫健康行”山西项目启动仪式在太原举行。山西大医院被确定为骨关节公益项目定点医院。

5月17日，“经颅磁脑瘫儿童康复救助”项目捐赠仪式在辽宁省朝阳市举行。

5月20日，“爱心随行，一路相伴”——2018年全国助残日公益徒步活动在北京奥林匹克森林公园举行。基金会组织近千名社会公众陪伴百位残疾人朋友完成十公里徒步挑战。

5月20日，由基金会组织山东省残疾人福利基金会、淄博市残联、北京京东金融科技控股有限公司共建的第三家“集善工程·互联乐业”残疾人网络就业基地暨首家“京东金融众智平台扶贫助残基地”落户山东省淄博市。

5月26日，中国残疾人福利基金会孤独症儿童（南方）康复基地启动仪式在海口举行。该基地在满足海口市、海南省孤独症儿童康复需求的基础上，还将承担全国特别是西部12省14个连片贫困地区的孤独症儿童救助，为贫困孤独症家庭提供精准扶贫和公益救助。

5月29日—6月1日，“集善·扶贫健康行”三星爱之光儿童眼病项目组到中缅边境怒江傈僳族自治州开展项目专访和入户调研。

5月29日—6月1日，“集善·爱心书屋”项目工作推进会在昆明召开。会议就“集善·爱心书屋”项目、“康尚共享·阳光助行”项目、“爱可声·传递助听”项目的执行情况进行总结，对下一阶段项目推进工作进行部署。

6月1日，“衣恋集善·幸福同行”项目启动仪式暨假肢现场适配会在北京市残疾人文化体育指导中心举行。中国衣恋集团向基金会捐赠600万元，其中100万元用于资助北京市40余位贫困肢体残疾人适配假肢。活动现场为20位贫困肢体残疾人取模适配安装假肢。

6月6日，“集善·扶贫健康行”眼底病公益项目辽宁站启动。爱眼公益基金会自2018年起向基金会捐赠180万元，在沈阳、成都、兰州等9个城市试点开展“集善·扶贫健康行”眼底病救助项目。

6月10日，2018兰州国际马拉松赛“梦想一公里·和你一起跑”公益活动举行。基金会组织42名肢体残疾人、20名智力残疾人、10名盲人、18名聋人与90名监护陪跑员共同完成1公里赛程。

6月13日，“集善·残疾人家庭卫浴无障碍项目”启动仪式在郑州举行。该项目是第二期“集善·澳门基金会助力残疾人系列公益项目”的新项目，项目资金490万元，为吉林、江西、河南、湖南四省2496户贫困残疾人家庭免费安装洗浴设备、配备卫浴无障碍辅具。

6月15日，“建档立卡贫困人口集善扶贫健康行骨关节康复”公益项目甘肃省天水市启动仪式在天水市第一人民医院举行。

6月21日，“爱可声·传递助听”项目捐赠启动仪式在济南举行。杭州爱听科技有限公司向基金会捐赠价值2200万元的1100台AW3迷你耳背式助听器，帮助济南市听力残疾人早日走出无声世界。

7月4日，中国残疾人福利基金会第四届监事会第一次会议在北京召开。会议听取《2018年度公益项目监管安排》报告，就如何更好发挥监事会作用，为基金会稳健发展提供帮助进行充分研讨和交流。

7月6日，“集善扶贫健康行·三星爱之光”项目捐赠仪式在兰州举行。中国三星向基金会捐赠1000万元，在甘肃临夏、云南怒江、四川凉山地区开展“启明行动”和“助学启能行动”，实施贫困儿童白内障复明手术和特教学校无障碍设施改造项目。其中甘肃项目资金270万元，为300名青少年眼病患者免费实施手术，资助特教学校进行无障碍改造等。中国残联副主席王新宪、甘肃省副省长何伟、中国三星总裁黄得圭、甘肃省残联理事长华文哲、省残疾人福利基金会理事长朱雪明等参加捐赠仪式。

7月11日，“集善·扶贫健康行”眼病项目启动仪式在湖北省恩施市举行。恩施市华硒文化旅游有限责任公司捐赠330万元，用于开展“集善·扶贫健康行”眼病项目。

7月12日，“爱心一片·大王纸为关爱”项目捐赠仪式在中国康复研究中心举行。大王（南通）生活用品有限公司向基金会捐赠价值10万元的成人护理产品，给在中国康复研究中心接受康复治疗的脊髓损伤患者提供帮助。

7月16日，“集善·扶贫健康行”麻风病救助项目组到江西皮肤病专科医院康复中心开展调研，了解贫困麻风病患者生活、康复状况。

7月17日，“启明行动”项目启动仪式在南昌新视界眼科医院举行。

7月27日，“爱可声·传递助听”项目捐赠仪式在云南省曲靖市举行。杭州爱听科技有限公司通过基金会向曲靖市捐赠价值1438万元的719台AW3迷你耳背式助听器。

7月23日—27日，2018年“星星的孩子——孤独症和智障儿童夏令营”先后在安徽省合肥市、淮南市寿县举行。

8月3日，由北京百度公益基金会捐赠、基金会和北京师范大学承办的“百度集善·特殊教育学校教师资助计划”培训班结业。2018年，北京百度公益基金会向基金会捐赠150万元，基金会组织甘肃、云南两省100名特教学校管理者和骨干教师在北京师范大学开展为期20天的特教专业培训。

8月，“善思达集善援助”项目更名为“长效针剂集善援助”项目，援助药品在善思达的基础上又追加了善妥达，两种长效针剂共同帮助患者提升依从性，更有效地预防复发。

8月8日，“集善斯利安·爱的守护”公益项目山东启动仪式在山东省立第三医院举行。该项目通过济南、淄博、枣庄、德州等地7家定点医院为适龄孕妇免费发放“孕妈加油包”12000个，总价值600万元，预防新生儿出生缺陷，减少新生儿残疾的发生。

8月9日，“集善·康弘农村贫困精神障碍救助”项目在辽宁省北镇市启动。该项目通过对农村贫困精神障碍患者情况进行筛查，为其建档立卡，了解他们的现状和需求。在项目启动仪式暨培训会上，基金会邀请上海市闸北区精神卫生中心原院长张广岐、浙江省精神卫生工作办公室原主任傅永利等专家分别就精神障碍的基本概念、临床表现、诊断治疗和康复的原则以及农村精神障碍患者现状调查与防治的方法等对300多名医务工作者进行培训。

8月23日，吉林省“爱可声·传递助听”项目捐赠仪式在延边州举行。杭州爱听科技有限公司通过基金会向延边州捐赠价值1100万元的550台AW3迷你耳背式助听器。

9月3日，“包容美力计划”发布一周年回顾活动暨无障碍康体活动中心启动仪式在江苏省宿迁市举行。基金会理事长王乃坤、江苏省残疾人福利基金会理事长张建平、江苏省宿迁市常务副市长沈海滨、欧莱雅中国首席执行官斯铂涵、京东集团副总裁龙宝正等出席活动。“包容美力计划”于2017年底由基金会和京东、欧莱雅共同发起，旨在聚焦精准扶贫和提高残疾人生活质量。

9月5日，集善·扶贫健康行“众智集善冠创未来”明星公益晚会在西安举行，共筹集善款482.67万元，全部捐赠基金会为贫困肢残青少年实施手术。

9月13日—16日，“三菱友谊杯”第四届残疾人民间足球争霸赛年终总决赛在河北省秦皇岛市举行。来自10个省市的16支残疾人足球队近200名残疾人运动员参加为期4天的比赛。

9月15日，“爱的民意·梦想一公里”公益活动在雄安新区举行。基金会邀请100名残疾人与100名陪跑者完成一公里赛程，帮助残疾人实现“奔跑之梦”，传播爱与善的力量。

9月20日—22日，基金会“集善·扶贫健康行”“集善·残疾儿童助养”两个公益项目参加第六届中国公益慈善项目交流展示会。

9月26日，2018年“集善工程——（中国残联财政资金支持）助残行动”项目启动仪式及工作会在郑州举行。

10月9日—10日，“集善·扶贫健康行”麻风救助项目组到陕西省开展调研，了解贫困麻风患者生活、康复状况。

10月16日—18日，2018年“集善工程——（中远海运）助听行动”项目工作会在北京召开。中远海运集团向基金会捐赠100万元，开展助听器项目和捐建“关爱基层听障定点服务机构”工作。

10月16日—18日，2018年“集善工程——（澳门基金会）助听行动”项目工作会在北京召开。澳门基金会向基金会捐赠305万元，开展助听器项目和捐建“关爱基层听障定点服务机构”工作。

10月17日，“集善·扶贫健康行”麻风救助项目组到吉林省延边州调研，了解贫困麻风病患者的生活和康复状况。

10月17日—18日，“集善·扶贫健康行”麻风救助项目组到重庆市调研，了解贫困麻风病患者生活和康复状况。

10月22日—25日，“集善·扶贫健康行”麻风救助项目组到云南省双柏县法脿村火山麻风院、楚雄市富民白坡麻风院、红河州龙潭田麻风村等地调研。

10月24日，为期14天的“红旗·索契海豚康复之行”圆满结束。该项目由基金会和中国第一汽车集团共同开展，旨在“一带一路”框架下，探索中俄孤独症康复技术交流的新路径。知名孤独症专家贾美香带队筛选8名中国孤独症儿童，在索契海洋之心海豚训练馆进行为期14天的海豚加常规康复训练。

10月24日，“集善·扶贫健康行”白内障海门、通州项目启动仪式在江苏省南通市举行。南通枫香景观艺术工程有限公司向基金会捐赠160万元，为南通地区1600例贫困白内障复明手术提供资助。

10月26日，“手工艺者集善之家”项目授牌活动在江西省景德镇市举行。基金会王乃坤理事长、澳门基金会行政委员会主席吴志良等出席活动。

11月2日，安心托付项目捐赠仪式在大连市举行。大王（南通）生活用品有限公司向基金会捐赠价值10万元的成人护理产品，为大连市脊髓损伤患者提供帮助。

11月1日—4日，基金会张雁华秘书长、甘肃省残疾人福利基金会理事长朱雪明与《人民政协报》、中新社、《公益时报》等媒体记者，到甘肃省定西市安定区、通渭县和陇西县，对“集善·残疾儿童助养”项目资助的安定区特殊教育学校职业技能培训教室项目、定西市博爱康复医院多感官康复训练室和康复训练资助项目、残疾人家庭危房改造和就业扶持等项目执行情况进行回访检查。

11月6日—8日，基金会王乃坤理事长和衣恋集团NPO全球代表郑载哲率“衣恋幸福同行”项目组到山东省泰安市检查项目执行情况。

11月8日，“集善扶贫健康行——红旗·孤独症儿童康复训练营”在海口市中国残疾人福利基金会孤独症儿童（南方）康复基地举行，来自甘肃、宁夏、陕西、山西、吉林、海南等地的20余名贫困孤独症孩子得到康复训练。

11月13日—15日，由“集善扶贫健康行——孙楠·重塑未来”专项基金发起的“迎‘楠’而上”圆梦行公益活动在云南省保山市开展。

11月29日，“集善·康弘农村贫困精神障碍救助”项目审稿会在北京举行。基金会薄绍晔监事长、上海市闸北区精神卫生中心原院长张广岐、北京大学公共卫生学院教授刘民、中科院人口与劳动经济研究所研究员林宝等参加会议。

12月13日，“最美传承”残疾人非遗传承就业培训基地挂牌仪式在北京市平谷区刘家店镇刘家店村举行。生产国家级非物质文化遗产景泰蓝的北京红伟景泰文化艺术品有限公司所在地成为“最美传承”项目第一个挂牌的项目基地。

12月13日，“安心托付”项目捐赠仪式在长春市社会福利院举行。大王（南通）生活用品有限公司向基金会捐赠价值10万元的成人护理产品，为长春市、延边州的脊髓损伤患者免费提供帮助。

12月17日，张雁华秘书长代表基金会参加中国互联网公益峰会组委会成立大会。基金会将作为峰会的组织者和共建者，为推动中国互联网公益事业繁荣发展贡献力量。

12月18日，“集善·扶贫健康行”麻风救助项目组到贵州省丹寨县麻风村调研。

12月20日，2018年“集善工程——（澳门基金会）助听行动”捐赠仪式暨贵州从江项目启动仪式在贵州省从江县举行。该项目资助贵州省203.32万元，其中资助从江县75.7万元建设“关爱基层听障服务机构”并配备相关设备，为听障残疾人装配助听器及培训听力验配师等。

12月26日，中国残疾人福利基金会第四届监事会第二次会议召开。王乃坤理事长、薄绍晔监事长、李冬生监事、许小宁副理事长、张雁华秘书长等出席会议。会议听取法律监管处关于2018年项目监管工作的汇报，对监事会如何与基金会重点中心工作紧密结合以及监事会2019年度工作重点进行研究。

（刘书娜供稿）

第七编　地方残疾人事业和残疾人工作

REGIONAL UNDERTAKING AND WORK FOR DISABLED PERSONS

北京市残疾人事业和残疾人工作

一、领导讲话

副市长、市政府残工委主任王宁在2018年市政府残工委全体会议上的讲话摘要 2018年3月30日

要从贯彻落实党的十九大精神的高度，从我市全面建成小康社会迫切要求的高度，从建设国际一流的和谐宜居之都应有之义的高度，充分认识残疾人“弱有所扶”的重要性。

首先，决胜全面建成小康社会，必须抓紧补齐残疾人这一短板，认真落实《市政府关于加快推进残疾人小康进程的实施意见》。目前残疾人生活和发展水平大幅提升，接近小康标准。但接近不等于达到，从残疾人需求调查动态更新数据来看，仍然存在不小差距。收入低于低保标准的残疾人占残疾人总数的7.2%，远高于全市0.94%的平均水平，困难家庭中还有相当一部分是残疾人家庭。要奔小康，要全面提升人民的生活水平，需要格外关注残疾人群体，补齐残疾人小康短板。

其次，聚焦我国社会主要矛盾变化及北京特点，必须高度重视残疾人领域不充分、不平衡的发展问题。新时代社会主要矛盾的变化在北京表现得尤为明显，市民对美好生活的期待呈现出便利性、宜居性、多样性、公正性、安全性的特点。从残疾人群体来看，残疾人日益增长的美好生活需要和不平衡不充分发展之间的矛盾更加突出。数据显示，残疾人有康复需求的比例最大，占约40%，有辅助需求的占20%，有无障碍设施需求的占15%，还有托养护理、住房保障需求等。一方面，说明残疾人需求多样性、个性化特点突出；另一方面，说明残疾人事业不平衡不充分发展的矛盾仍然存在，服务供需不匹配、服务设施有欠账、公共服务有缺项的问题仍然突出，还不能有效满足残疾人的需求。我们要聚焦社会主要矛盾的变化，认真研究、回应残疾人的需求，着力解决不平衡不充分的问题。

第三，建设国际一流的和谐宜居之都，必须充分体现残疾人工作新作为。建设国际一流的和谐宜居之都的战略目标，加强“四个中心”功能建设、提高“四个服务”水平的核心要义，以及抓好“三件大事”、打好“三大攻坚战”的重大部署，对我们做好残疾人工作、发展残疾人事业提出了更高要求。我们必须强化高质量发展理念，始终把残疾人工作标准定在国内首善、国际一流上；必须强化融合发展理念，始终努力推动残疾人事业与首都各项事业协调发展。

2018年着力办好五件残疾人民生实事：推进党政机关安排残疾人就业，建立100个残疾人帮扶性就业基地，抓好5000名残疾人社区和居家康复服务试点，抓紧筹备2022年冬奥会、冬残奥会，筹备召开市残联第七次代表大会。

二、政策法规文件

北京市残疾人精准帮扶专项行动计划（2018—2020年） 京残工委〔2018〕1号

市残工委、市残联、市民政局、市人力和社会保障局、市财政局、市农工委、市住建委、市卫生计生委、市教委联合印发。

一、总体要求

（三）主要目标

到2020年，实现帮扶对象幼有所育、学有所教、劳有所得、病有所医、残有所托、住有所居、弱有所扶，康复全覆盖、居家生活无障碍，积极参与和融入社会，福祉水平显著提升，获得感明显增强。

二、主要举措

本方案为“1+6”行动计划体系。将采取六项重点举措，每项举措附有具体实施方案。

（一）精准康复

建立基本康复服务目录，完善覆盖全人群的兜底康复保障制度。充分利用公共服务资源，广泛发动社会力量，推进康复服务体系建设。依托“互联网+康复服务”的大数据平台，分类实施康复救助，重点保障贫困和重度残疾人的康复服务需求。加强康复科学研究，普及实用康复技术，增强

全民康复意识。引入市场化服务机制，促进康复服务优质化和均衡化，为残疾人提供精准的个性化康复服务。

（二）精准保障

将社会救助、社会福利、社会保险等政策已覆盖但实施有遗漏的残疾人，因病致贫、因病返贫的残疾人，住房困难残疾人家庭或经鉴定属于危房的农村低保、低收入残疾人家庭等三类人群作为帮扶重点，清除政策实施死角，简化政策流程，加大政策扶持力度，采取福利补贴、直接补助、政府购买服务等方式，实现病有所医、住有所居、困有所助。

（三）精准助学

将有在特殊教育学校学前班、普通幼儿园和康复机构等接受教育需求的3—6周岁残疾儿童；在普通中小学就读，提出改善融合教育支持需求或提出在盲校、聋校、培智等学校接受教育需求的7—15周岁残疾儿童少年；在普通高中、职业高中及特殊教育学校高中部或职业高中部的残疾少年和在普通高校及特殊教育高等院校就读的残疾人学生；有成人教育及扫盲需求的残疾人作为帮扶重点，以推进融合教育为主要方向，精准施策，完善落实教育资助政策，做到零拒绝、全覆盖、优学位、高质量。

（四）精准就业

将本市户籍在法定劳动年龄内，有劳动能力和就业愿望的未就业残疾人、自主创业就业残疾人、低收入农户残疾人和低收入村中残疾人作为帮扶重点，千方百计促进帮扶对象就业增收，实现劳有所得。

（五）精准托养

将有居家服务、日间照料、寄宿托养需求的三类人群作为帮扶重点，通过逐步拓展政府购买服务、推进温馨家园改革、有机融入社区养老服务体系建设、托养机构重点培育等方式，实现残有所托。

（六）精准居家环境无障碍改造

将全市有居家环境无障碍改造需求的残疾人作为帮扶重点，运用信息化手段，为残疾人提供满足基本需要和个性化、便利化的居家环境无障碍改造服务。

北京市100个残疾人帮扶性就业基地建设工作方案

京残发〔2018〕15号

二、帮扶性就业基地功能

帮扶性就业基地是指依托温馨家园、职康站等基层服务设施，由残联牵头搭建，为通过岗位定制实现就业的残疾人提供岗位适应性训练等综合性服务，能让残疾人有归属感、让用人单位有责任感的就业服务基地。

帮扶性就业基地主要具备三个功能：一是对残疾人开展综合职业技能培训；二是为已签订劳动合同的残疾人提供岗位适应性训练；三是引导用人单位为残疾人提供岗位定制服务，为用人单位推荐残疾人就业。

四、帮扶性就业基地形式

（一）职康劳动型帮扶性就业基地

1. 建设形式

职康劳动型帮扶性就业基地依托现有职康站建立，与第三方人力资源服务机构、用人单位等签订合作协议，帮扶站内智力、稳定期精神和重度肢体残疾人（以下简称“三类残疾人”）就业，辐射帮扶所在街道、乡镇未就业残疾人实现就业。站内残疾人通过帮扶实现就业后，如需留在基地接受综合职业技能培训或岗位适应性训练，基地应与用人单位签订合作协议，明确基地与用人单位责任；用人单位与残疾人要建立探访机制，定期组织残疾人参加用人单位相关活动；用人单位与基地要建立联系制度，帮助基地开发劳动项目，经常开展探望慰问。

2. 建设要求

帮扶站内不低于20%的残疾人实现就业。

（二）公益劳动型帮扶性就业基地

1. 建设形式

公益劳动型帮扶性就业基地由区或乡镇残联与用人单位、第三方人力资源服务机构签订协议联合建设，采取开辟农村残疾人转移就业等方式，方便农村残疾人就近就便实现就业。

2. 建设要求

每个帮扶性就业基地安置残疾人就业人数一般为30人，其中三类残疾人的人数不得低于5人。

（三）其他形式的帮扶性就业基地

满足帮扶性就业基地基本条件，具备基地功能，帮扶一定数量残疾人实现就业创业，有一定规模和社会影响力的，可申报残疾人帮扶性就业基地。具体建设标准和要求，由各区残联结合实际提出，报市残联确定。

北京市社会救助实施办法

北京市人民政府令282号

第二章 最低生活保障

第十一条 申请最低生活保障的家庭，其共同生活的家庭成员中有重大疾病患者或者重度残疾人的，以及属于单亲家庭且子女未满16周岁或者为全日制在校学生的，在计算其家庭收入时，按照符合条件的人员数量以及本市当年最低生活保障标准的一定比例进行核减。

前款规定的重大疾病患者或者重度残疾人的法定抚养人年满60周岁的，可以适当提高核减比例。

第十二条 对批准获得最低生活保障的家庭，区民政部门按照共同生活的家庭成员人均月收入低于本市最低生活保障标准的差额，于每月10日前发给最低生活保障金。

对获得最低生活保障后生活仍有困难的老年人、未成年人、重度残疾人、重大疾病患者，按照本市当年最低生活保障标准的一定比例提高救助标准。

关于进一步促进本市残疾人就业工作的若干措施

京残发〔2018〕26号

市残联、市发改委、市教委、市民政局、市财政局、市人力和社会保障局、市工商局、市国税局、市地税局联合印发。

一、鼓励用人单位招用残疾人劳动力

（一）党政机关率先垂范。推进本市党政机关、事业单位、国有及国有控股企业落实预留岗位、定向招录（聘）制度。各级党政机关应积极安排残疾人劳动力就业。各级政府组织的社会公共管理服务、绿色生态建设等公益性项目，优先安排符合条件的残疾人劳动力。

（二）健全管理机制。逐步建立用人单位按比例安排残疾人就业公示制度。……

（四）岗位补贴。用人单位招用残疾人劳动力，签订一年及以上期限劳动合同，或将残疾人录用为机关、事业单位在编人员，按月发放不低于当年本市月最低工资标准1.2倍工资，按规定为残疾人缴纳城镇职工社会保险费的，可申请享受岗位补贴。其中，对在本单位连续就业不超过3年（含）的残疾人职工，每人每年按当年本市月最低工资标准的6倍享受岗位补贴；对在本单位连续就业超过3年的残疾人职工，每人每年按当年本市月最低工资标准的8倍享受岗位补贴。岗位补贴可用于残疾人职工的工资、福利、社会保险、劳动保护、职业培训和无障碍环境改造等支出。

（五）社会保险补贴。用人单位招用智力残疾人、精神残疾人和残疾等级为一、二级的肢体残疾人劳动力（以下简称“三类残疾人”），且满足本条第四款规定条件的，可按其为“三类残疾人”职工实际缴纳社会保险（包括基本养老保险、基本医疗保险、失业保险、工伤保险和生育保险）费用中单位缴费部分总额的50%，申请享受社会保险补贴。

用人单位招用非“三类残疾人”的自毕业之日起2年内未实现就业的普通高等学校和高级中等学校（含民办中等职业学校和企业举办的技工学校）残疾人毕业生，且满足本条第四款规定条件的，可申请享受最长不超过5年（含）的社会保险补贴。社会保险补贴，包括基本养老保险补贴、基本医疗保险补贴和失业保险补贴，分别以当年本市基本养老保险、基本医疗保险和失业保险缴费基数下限和单位缴费比例的规定费率为标准。

（六）残疾人学生实习见习补贴。普通高等学校和高级中等学校（含民办中等职业学校和企业举办的技工学校）残疾人学生在毕业学年内实习或毕业一年内见习，并与实习见习单位和户籍所在地残疾人就业服务机构签订实习见习协议，接收残疾人学生实习见习的用人单位和实习见习的残疾人学生，可分别按照每人每月2000元、1500元的标准，享受一次性最长不超过6个月（含）的实习见习补贴。

二、鼓励残疾人劳动力自主创业就业

（九）自主创业补贴。残疾人劳动力在工商行政管理部门依法登记成立各类企业、农民专业合作社等生产经营主体或在民政部门登记成立各类社会团体、民办非企业单位等社会组织，并担任法定代表人的，正常经营（运行）满1年后，可申请享受最高不超过4万元的自主创业补贴，之后持续经营（运行）每满1年，可再次申请享受最多不超过2次、每次最高不超过3万元的自主创业补贴。

残疾人劳动力在工商行政管理部门依法登记成立个体工商户的，正常经营满1年后，可申请享受最高不超过2万元的自主创业补贴，之后持续经营每满1年，可再次申请享受最多不超过2次、每次最高不超过1.5万元的自主创业补贴。

残疾人申请享受自主创业补贴，原则上总次数最多不超过3次（含）。

（十）社会保险补贴。残疾人劳动力自主创业就业，按个体灵活就业人员标准缴纳社会保险费的，可申请享受社会保险补贴。补贴标准为：基本养老保险以本市上一年度职工月平均工资的40%为基数，补贴14%；基本医疗保险以本市上一年度职工月平均工资的70%为基数，补贴6%；失业保险以本市上一年度职工月平均工资的40%为基数，补贴1%。本市社会保险缴费标准如有调整，按新标准执行。……

（十一）税费优惠。残疾人独立从事生产经营取得的个体工商户生产经营所得，按应纳税额减征100%的个人所得税。残疾人从事生产经营取得的个体工商户生产经营所得，在生产经营中需雇请雇员的，雇员中残疾人员比例为30%以上的，按应纳税额减征100%的个人所得税。安置残疾人的个体工商户，符合政策规定的，可享受增值税即征即退优惠，安置的每位残疾人每月可退还的增值税具体限额，按本市月最低工资标准的4倍确定。

残疾人创办具有公益性、福利性且在民政部门登记为民办非企业单位的经营场所用电、用水、用气、用热按照民用标准收取。

北京市残疾人康复服务办法（试行）

京残发〔2018〕27 号

市残联、市财政局、市卫生计生委联合印发。

第二条　本办法所称康复，是指在残疾发生后综合运用医学、教育、职业、社会、心理和辅助器具等措施，帮助残疾人恢复或者补偿功能，减轻功能障碍，增强生活自理和社会参与能力。

第三条　本办法所称的残疾人，是指具有本市户籍，持有中华人民共和国残疾人证，年龄在 16 周岁及以上的残疾人。

16 周岁以下残疾人的康复服务由《北京市残疾儿童少年康复服务办法》规定。

第六条　本市实行残疾人基本康复服务补贴制度。基本康复内容和相关要求由《北京市残疾人基本康复目录》（以下简称《基本康复目录》）确定。

《基本康复目录》由市残联制定并适时修订。

第七条　已纳入《基本康复目录》的康复项目不再纳入各级残联政府购买服务范围。

第八条　补贴范围与标准

本办法第三条规定的残疾人，符合以下条件之一的，申请《基本康复目录》内的康复项目，按对应补贴标准的 90% 予以补贴。

1. 享受低保待遇的残疾人（含享受城市重残人生活补助的残疾人）；

2. 持有“低收入家庭救助证”的残疾人；

3. 处于劳动年龄内，未享受低保、低收入家庭救助待遇的失业且无稳定性收入的残疾人；

4.年满 16 周岁的在校残疾学生。

其他符合本办法第三条之规定的残疾人，申请《基本康复目录》内的服务项目，按对应标准的 60% 予以补贴。

第九条　申请与审批

残疾人申请基本康复服务，应按要求提交《北京市残疾人康复服务申请表》。《北京市残疾人康复服务申请表》由申请人户籍所在地街道乡镇残联审核，区残联审批。

第十条　残疾人康复应在符合相关工作标准的康复机构进行。需要进行康复评估的，应到指定的残疾人康复评估机构接受评估，按康复评估机构的评估意见申请康复服务项目。

第十一条　残疾人按规定接受康复服务的，区残联应给予相应补贴。

第十三条　建立残疾人康复服务诚信系统。对冒领、套取财政补贴资金的残疾人，追回已享受的康复补贴资金，违规行为纳入个人诚信记录。对未按规定提供服务的机构，按有关规定处理。

北京市残疾人康复服务办法（试行）实施细则

京残发〔2018〕48 号

第三章　康复补贴

第八条　康复补贴申请限定

残疾人申请《基本康复目录》中的康复服务，原则上每年可申请一次，每次只能享受一个康复项目的康复补贴。

多重残疾人申请《基本康复目录》中的康复服务，原则上每年可申请二次，每次只能享受一个康复项目的康复补贴，且二次享受的康复补贴须属于不同的残疾类别。

第九条　康复补贴核算

残疾人接受《基本康复目录》范围内的康复服务，按《康复服务办法》、本细则和《基本康复目录》相关规定核算康复补贴额度。康复费用低于《基本康复目录》规定的补贴额度的，按实际费用给予补贴。

第五章　补贴申请流程

第十七条　申　请

残疾人应登陆“康复服务系统”，录入申请人基本信息，选择所需的康复项目和康复机构，提出康复补贴申请。

残疾人不便登陆“康复服务系统”注册申请的，由街道（乡镇）残联组织安排相关人员代办相关手续，申请人和代办者应签订委托协议。

第十八条　复　核

“康复服务系统”对申请人申报的信息资料进行自动比对。如需申请人补充个人信息资料的，街道（乡镇）残联应在收到补充材料的 3 个工作日内完成信息录入工作。

第十九条　康复评估

申请有康复评估要求的康复项目，残疾人应到“康复服务系统”提示的康复评估机构接受康复评估。

街道（乡镇）残联应协助做好康复评估的转介工作。

区残联应制定本地区康复评估的具体工作方案，组织协调康复评估工作。

康复评估机构应按相关要求组织实施康复评估工作，将评估结果按要求录入“康复服务系统”。

残疾人对评估结果有异议的，可向区残联提出复评要求。区残联应根据残疾人的意见，在 30 个工作日内组织专家对残疾人进行复评。

第二十条　审　批

区残联应在接到残疾人提出康复补贴申请起的 5 个工作日内完成审批工作。

对未通过审批的残疾人，区残联应在 10 个工作日内将审批结果及相关政策的详细规定告知残疾人。

第六章　康复服务

第二十一条　康复服务办理

1. 残疾人应按审批结果到选定的康复机构办理康复服

务相关手续。

2. 康复机构登陆“康复服务系统”，按照区残联确认的康复项目，结合残疾人的实际情况和需求，制定康复服务计划，与残疾人签订康复服务协议，并将协议和相关内容录入“康复服务系统”。

第二十三条 康复服务实施

1. 康复机构实施《基本康复目录》中的康复服务，应遵守市残联制定的相关服务规范。

2. 康复机构应按康复协议约定的服务内容和相关要求，为残疾人提供康复服务。每次康复训练均须有详细记录，记录其目标实施情况、存在问题以及解决方案等。

3. 残疾人应持“北京市残疾人服务一卡通”刷卡接受康复服务。康复机构应向“康复服务系统”实时上传残疾人服务记录。

第二十四条 残疾人如因特殊原因需要更换康复机构的，应重新办理申请程序。

第七章 资金与结算

第二十五条 残疾人按要求在康复评估机构接受康复评估发生的费用，由区残联按相关规定与康复评估机构进行结算。

康复评估补贴标准由区级残联会同本级有关部门制定。

第二十六条 《基本康复目录》规定予以补贴的康复服务费用，康复机构应出具相关服务凭证和发票，由区残联定期结算。其他费用，由残疾人与康复机构自行结算。

第二十七条 对于发生户籍迁移、康复机构变更等情况，残疾人接受康复服务所产生的康复补贴费用须累计计算，年度享受康复补贴总额不应超过《基本康复目录》规定的补贴上限。

北京市残疾人基本康复目录（2019 年）

京残发〔2018〕47 号

残疾类别	康复项目	康复评估	服务内容	最高补贴时长	补贴标准	补贴周期	备注
肢体残疾人	康复训练	无需	1. 日常生活活动能力康复训练 2. 体能训练 3. 社会适应能力训练	不高于50 小时	120 元/小时	一次性	每日训练不得超过 2 小时。
	生活重建训练	无需	1. 知识讲座 2. 体能训练 3. 居家生活能力训练 4. 生活重建经验分享 5. 环境及社会适应训练 6. 辅具使用训练	不高于120 小时	100 元/小时	一次性	
听力残疾人 言语残疾人	康复训练	无需	1. 听能发展 2. 语言与沟通能力的发展 3. 家属培训	不高于60 小时	120 元/小时	一次性	每日训练不得超过 2 小时。
视力残疾人	定向行走训练	无需	1. 定向行走的基本理论和知识概述 2. 盲杖及其收放简介 3. 导盲随行及简单自我保护技术训练 4. 基本持杖技术训练 5. 室内/楼内定向行走训练 6. 简单室外环境定向行走训练 7. 社区生活实地定向行走训练	不高于50 小时	120 元/小时	一次性	
	生活能力训练	无需	1. 个人生活基本技能 2. 家居生活 3. 烹饪技巧 4. 信息辅助技术和设备的使用 5. 助视器使用和视功能训练 6. 参与社区活动 7. 职业能力	不高于50 小时	60 元/小时	一次性	

续 表

残疾类别	康复项目	康复评估	服务内容	最高补贴时长	补贴标准	补贴周期	备注
智力残疾人	生活能力训练	无需	1. 生活自理能力训练 2. 居家生活能力训练 3. 健康安全训练 4. 自我决定训练 5. 社会适应能力训练 6. 实用知识训练 7. 社会生活能力训练 8. 职业能力训练	不高于200小时	60元/小时	一次性	
	日间照料	无需	提供日间照料康复服务，包括康复训练和康复活动两部分内容	不高于250天	80元/天	每年	
精神残疾人	转衔训练	需要	1. 回归社会技能训练：包括回归社会技能训练基本内容、精神疾病的表现、出院前的准备、回归社区的计划、应对社区中的压力、计划社区日常生活、社交技能训练等。 2. 闲暇娱乐与自我服务：包括工疗小组、娱疗小组、自我服务劳动小组、文体及学习小组等	不高于66天	200元/天	每年	限于出院后90天内，危险性评估为0级或1级的稳定期精神残疾人。
	日间照料（日托式）	需要	1. 康复照料包括生活管理、安全性评估、相关知识讲座、主题康复活动、日常康复活动 2. 康复活动包括文化体育、休闲娱乐、居家生活能力训练、社会交往能力训练、职业技能训练等	不高于250天	100元/天	每年	限于危险性评估为0级的稳定期精神残疾人。
	日间照料（活动式）	需要	基本康复训练内容以康复活动为主，包括文化体育、休闲娱乐、居家生活能力训练、社会交往能力训练、职业技能训练	不高于250天	50元/天	每年	限于危险性评估为0级的稳定期精神残疾人。

北京市残疾人康复机构备案办法（试行）

京残发〔2018〕54号

第二章 备案程序

第四条 本市实行康复机构备案制度，市残联制定《北京市残疾人康复机构备案条件》（见附件），对备案康复机构的业务范围、人员资质、服务场所、设备设施等进行规定，康复机构须符合相关条件方可备案。

第五条 市残联建立“北京市残疾人康复服务系统”（以下简称“康复服务系统”），运用信息化手段，备案机构信息，公示服务内容，对康复服务情况进行监督。

第六条 康复机构应在规定的备案期限内按属地原则，通过“康复服务系统”填报机构的备案信息、服务信息和机构制度等内容，向区级残联提出备案申请。在市级行业管理部门登记注册的康复机构，向其登记证书、营业执照中的“住所”栏中标注的地址所在地的区级残联提出备案申请。

第七条 区残联可采取组建专家组、委托第三方等方式，通过查验资料、现场调查等手段对申请备案康复机构组织初评，在完成初评的15个工作日内，向申请备案康复机构反馈初评结果，同时上报市残联。

第八条 初评未通过的康复机构，可在区残联下达评估结果的10个工作日内，持相关材料向市残联申请复评。市残联对申请复评的康复机构进行现场评估。

第九条 通过初评或复评的康复机构由市残联给予备案，并统一发布备案信息。残疾人应在市残联发布的备案康复机构名单中选取康复机构。

第十条 备案康复机构登记证书、营业执照到期更换，须在原证照有效期内，在“康复服务系统”更新登记证书、营业执照。备案康复机构参加主管单位年审（报）工作的相关证明等备案信息发生变更的，应在信息变更一个月内，在“康复服务系统”对备案信息进行更新和补充。

备案康复机构需在“康复服务系统”更新或补充备案

机构信息的，应联系负责其备案初评的区残联对信息进行修订。区残联应对修订信息进行复核。

如因机构未及时更新备案机构信息，而造成暂停或取消备案资格等后果，由机构承担相应责任。

第十一条 备案康复机构应在“康复服务系统”公示本机构提供《基本康复目录》中相关服务项目的服务资质、服务规范、服务内容、服务方式和收费标准。

第三章 备案取消

第十二条 主动申请退出备案名单，或不再提供《北京市残疾人基本康复目录》中有关康复服务的备案康复机构，须提前一个月向负责其备案初评的区残联递交书面申请。

区残联在5个工作日内对申请进行确认，以书面形式报市残联取消备案。

第十三条 康复机构主动申请退出备案名单并确认通过的，应做好残疾人的解释工作，并妥善转介、安置残疾人。残疾人可重新选取康复机构接受康复服务，其康复补贴费用应累计计算。区、街道（乡镇）残联应对残疾人变更康复机构给予适当协助。

第十四条 市残联制定备案康复机构“负面行为清单”。市区残联根据“负面行为清单”对备案康复机构进行监督。

第十五条 康复机构如出现下列“负面行为清单”行为之一的，由区残联向康复机构发放限期整改通知书，要求康复机构进行限期整改，同时以书面形式报市残联暂停其备案资格。在期限内整改完成，经区残联评估通过的，可恢复其备案资格；逾期不改的，由区残联以书面形式报市残联取消其备案资格。

（一）在时限内不接受残联或行业管理部门监督检查的。

（二）“康复服务系统”备案信息中，机构登记证书、营业执照超过有效期时限的。

（三）未在“康复服务系统”提供参加主管单位年审（报）工作合格证明的。

（四）备案信息与机构实际情况不符的。

（五）存在安全隐患的。

（六）未按照有关工作标准和服务规范开展残疾人服务的。

（七）服务场所、设备设施、人员资质、工作质量未达到残联或行业管理部门相关要求的。

（八）未与残疾人签订服务协议，或者协议不符合要求的。

（九）未按照与残疾人签订的服务协议提供康复服务的。

（十）擅自暂停或者终止康复服务的。

第十六条 康复机构如出现下列“负面行为清单”行为之一的，由区残联以书面形式报市残联取消其备案资格。

（一）被行业管理部门做出撤销登记或吊销营业执照，或限期整改的。

（二）提供虚假备案信息的。

（三）发生歧视、侮辱、虐待或者遗弃残疾人，以及其他严重侵犯残疾人合法权益行为的。

（四）冒领套取康复补贴，提供虚假评估报告的。

（五）向负责监督检查的残联和行业管理部门隐瞒有关情况、提供虚假材料或者拒绝提供反映其活动情况真实材料的。

（六）经残联或行业管理部门检查评估，认定服务场所、设备设施、人员资质、工作质量不达标，责令限期整改后仍不达标的。

第十七条 康复机构被责令限期整改，或被取消备案资格的，区残联应及时向残疾人说明情况，并做好后续工作。

北京市养老机构运营补贴管理办法

京民福发〔2018〕411号

市民政局、市财政局、市卫生卫计委、市残联联合印发。

第二章 补贴标准

第六条 对于收住生活自理老年人、残疾等级为三至四级视力、肢体、听力、言语残疾人和四级智力残疾人的机构，按照每床每月100元予以补贴，其中市财政通过专项转移支付方式对各区按照每床每月100元予以补助。

对于收住失能老年人、残疾等级为一至二级视力、肢体、听力、言语残疾人和二至三级智力残疾人的机构，按照每床每月600元予以补贴，其中市财政通过专项转移支付方式对各区按照每床每月500元予以补助。

对于收住失智老年人、残疾等级为一级智力残疾人和二级智力残疾人中的多重残疾人的机构，按照每床每月700元予以补贴，其中市财政通过专项转移支付方式对各区按照每床每月600元予以补助。

北京市残疾人服务业发展指导意见

京残工委〔2018〕6号

二、主要任务

（一）扩大有效供给，实现残疾人基本公共服务均等化。以保障社会公平为前提，实现残疾人“人人可及”的基本公共服务；以提高公共服务水平为方向，不断扩充公共服务的内容领域，提高公共服务的质量效率，让残疾人逐步获得更大范围、更高层次的基本公共服务。

（二）发挥标准导向作用，促进残疾人基本公共服务标准化。加快推进本市残疾人基本公共服务标准体系建设，研究制定康复、托养照料、辅助器具、无障碍、生活服务等基本服务地方标准、行业标准，充分发挥对市场的规范作用。适时成立本市残疾人服务业标准化组织，探索建立标准分类实施和监督机制。加强交流合作，积极采用适合本市的国内外先进标准。

（三）维护公平竞争市场秩序，推动非基本公共服务市场化。适应消费需求升级，循序渐进推动残疾人非基本公共服务市场化，形成优胜劣汰局面，提高服务供给效率。平等保护各类市场主体合法权益，加快形成权责明确、公平公正、透明高效、法治保障的残疾人服务业市场监管格局。

（四）发动社会力量，加快非基本公共服务社会化。扎实有效放宽行业准入，扶持社会力量兴办非营利性残疾人服务机构，实现服务提供主体多元化。丰富个性化产品供给，使残疾人康复、托养照料和生活服务产业形成一定规模，辅助器具、无障碍产品研发制造水平有较大提升。

三、重点领域

（一）扶持残疾人康复服务业发展。按照“优化布局、分级诊疗、提高质量、持续发展”的要求，形成住院康复、门诊康复、居家康复紧密结合的残疾人康复医疗服务网络。

（二）扶持残疾人养护照料服务业发展。建立健全居家服务、日间照料、寄宿托养相衔接的残疾人养护照料体系。

（三）扶持辅助器具和无障碍服务业发展。推行辅助器具个性化评估适配理念，按照国家扶持、市场推动的原则，运用“互联网＋”的理念，开展辅具购买、租赁、回收再利用、个性化定改制、维修等服务。

（四）扶持残疾人生活性服务业发展。推动移动互联网、云计算、物联网等新技术与残疾人生活性服务业融合发展。

（五）扶持残疾人冰雪服务业发展。探索政府和社会资本合作模式，鼓励引导社会资本投资残疾人冰雪服务业。

关于进一步加强社会救助家庭经济状况认定工作的指导意见

京政办发〔2018〕45 号

（三）以下项目不计入家庭收入。

1. 国家给予的特殊照顾待遇。主要包括优抚对象按规定享受的抚恤金、补助金、护理费等，见义勇为人员（含家属）按规定享受的抚恤、补助、补贴等，困难残疾人的生活补贴、重度残疾人的护理补贴等各类补贴，困难老年人养老服务补贴、失能老年人护理补贴、高龄老年人津贴，水库移民补助金，建国前入党的农村老党员生活补助金，义务兵优待金，军人转业安置费，独生子女伤残、死亡特别扶助金等。

3. 国家、社会及有关单位给予的有特定用途的补助资金。主要包括因工（公）负伤职工的工（公）伤医疗费、生活护理费、一次性伤残补助金、残疾辅助器具费，给予死亡职工亲属的丧葬费、丧葬补助金，人身伤害赔偿中除生活补助费以外的部分，民政部门管理的因公致残返城知青护理费等。

北京市关于完善残疾儿童康复服务制度的意见

京政办发〔2018〕49 号

一、总体要求

（三）总体目标

到 2020 年，全面建成与小康社会目标相适应的残疾儿童康复服务制度，形成党委领导、政府主导、残联牵头、部门配合、社会参与的工作格局，实现残疾儿童筛查诊断、康复服务与融合教育一体化的工作目标。

到 2025 年，残疾儿童基本康复服务水平不断提升，康复服务质量明显提高，融合参与成效日益彰显，残疾儿童健康成长、全面发展权益得到切实有效保障。

北京市居家环境无障碍改造服务管理暂行办法

京残发〔2018〕63 号

第二条　居家改造工作按照“保基本、广覆盖、老残一体、统筹规划”的原则，坚持公益性与市场化相结合，以需求为导向，以精细化为标准，以信息化为手段，通过个性化评估，对残疾人、老年人居家环境进行无障碍改造，解决居家生活中的障碍和困难，实现居家自主生活。

第三条　居家改造工作采取“互联网＋”服务管理模式，随时申请，及时响应，限时服务。实现服务对象网上申请，改造内容目录索引，服务机构招标入围，改造方案量身定制，服务机构自主选择，实施改造及时精准，入户验收评价，服务全程记录，可随时查询和接受监督的服务管理模式。

第四条　市残联负责本市残疾人居家改造工作的统筹规划、政策制定和监督指导；市民政局、市老龄办负责本市老年人居家改造工作的统筹规划、政策制定和监督指导。区残联、区民政局、区老龄办按照职责分工负责组织实施。

第五条　具有本市户籍，并满足下列条件之一的，可自愿申请居家改造：

（一）未实施过居家改造的残疾人或能力综合评估为重度失能的老年人；

（二）经济困难家庭 60 周岁及以上老年人；

（三）已实施过居家改造，但新增加残疾类别或残疾等级升级的残疾人；

（四）已实施过居家改造且已满 5 年需要再次改造的残疾人和老年人；

（五）已实施过居家改造但属于搬迁的；

（六）经住建部门或民政部门认定为我市农村危房改造的残疾人。

其他有需求的残疾人、老年人可按照本办法申请和实施改造，费用自行承担。

第六条　居家改造项目采取目录化管理。市残联、市民政局根据残疾人、老年人基本需求，分别建立《北京市居家环境无障碍改造项目目录》（以下简称《居家改造项目目录》）。

第七条 居家改造服务机构实行入围管理制度。评估设计验收、无障碍产品和施工服务机构均由市残联、市民政局分别进行招标入围，并实行负面清单管理。居家改造评估设计验收、无障碍产品和施工服务机构不能为同一机构。

第八条 按照服务对象类别设置居家改造补贴金额上限，超出补贴金额上限部分由申请人自行承担。

（一）肢体一、二级残疾人居家改造补贴限额10000元；

（二）其他类（级）别残疾人和老年人居家改造补贴限额5000元；

既符合残疾人居家改造又符合老年人居家改造申请条件者，只可自愿选择申请一种类别政策支持。

第九条 符合条件的残疾人、老年人申请居家改造，可按以下规定比例享受补贴：

（一）符合条件的城乡特困的残疾人、老年人，在居家改造补贴金额上限范围内，改造资金按照100%给予补贴。

（二）享受低保待遇或持有“低收入家庭证明”的肢体一、二级残疾人改造资金5000元（含）以内的，其他残疾人和老年人改造资金3000元（含）以内的，按照改造资金的100%给予补贴，超出以上改造金额且在补贴限额之内的部分按照90%给予补贴。

（三）其他申请人首次或再次改造，且改造金额在补贴限额以内，按照改造金额的90%给予补贴。

……

第十三条 无障碍产品和施工服务机构依照《北京市残疾人居家环境无障碍改造施工技术规范（试行）》《北京市老年人家庭适老化改造需求评估与改造实施管理办法（试行）》《评估设计方案》和申请人选择的无障碍产品及清单实施改造。

自申请人确定无障碍产品和施工服务机构起，原则上30个工作日内完成改造，特殊项目按《改造项目目录》明确时限完成。申请人在11月1日以后申请的实施户外改造项目可延迟到次年4月30日前完成。

改造完成后，服务机构应提供载明申请人姓名及项目实施的数量、费用的正式发票，申请人签字后作为资金支出的依据。

第十四条 评估设计验收服务机构对照《评估设计方案》，自改造完成后10个工作日内完成验收。

填写《北京市居家无障碍改造验收登记表》（以下简称“验收登记表”），并由服务机构验收工作人员、申请人或社区（村）工作人员签字，作为支付居家改造费用的依据。

第十五条 申请人对评估设计验收、无障碍产品和施工服务机构进行满意度评价。

第十六条 区残联、区民政局分别成立居家改造争议评审小组，对有争议的案例进行审议，做出最终评审意见。

第十七条 实施居家改造所需资金，包括居家改造补贴资金和评估、设计、监理、验收工作资金，均由申请人户籍所在地的区级财政负担。

（一）每年9月1日至次年8月31日为一个改造资金支付周期。区残联、区民政局分别于每年8月31日前汇总本区上一周期居家改造补贴资金情况，审核确定经费预算，商区财政局纳入次年区级财政预算。

（二）市残联、市民政局分别组织对入围服务机构专业人员进行业务培训，经费纳入市残联、市民政局年度部门预算。

（三）评估设计验收经费标准由市残联会同市民政局根据市场情况进行确定。

第十八条 财政补贴部分的资金由区残联、区民政局根据《评估设计方案》《验收登记表》和票据等，于3月31日前向服务机构进行资金核拨。自付部分由申请人与无障碍产品供应商和施工单位按比例进行结算。

第十九条 各级残联、民政、老龄、财政等有关部门、单位及个人要自觉接受审计等部门的监督检查。行政机关工作人员在资金分配、使用管理过程中，存在违反规定分配或使用资金及其他滥用职权、玩忽职守、徇私舞弊等违法违纪行为的，按照国家有关规定追究相应责任。市残联会同市民政局、市财政局和市老龄办对本办法落实情况进行监督检查。

三、五年工作综述

——北京市残联理事长吴文彦在市残联第七次代表大会上的工作报告（节选）

2018年6月26日

五年来，北京市残疾人工作持续强化政治引领，团结带领广大残疾人听党话、跟党走。深入学习贯彻党的十八大、十九大精神，深入学习贯彻习近平总书记对北京重要讲话精神，深入落实市第十二次党代会部署，教育引导广大残疾人知党情、谢党恩；推动277家助残社会组织党的工作全覆盖，把正方向；联系服务残疾人全覆盖，既能“面对面”，也能“键对键”，更能“心贴心”。

五年来，我们与全市人民勠力同心，奋力书写首都发展新篇章。在加强“四个中心”功能建设、提高“四个服务”水平、抓好“三件大事”、打好“三大攻坚战”等全局性工作上，残疾人积极配合、主动作为，展现了大局意识和担当精神；在APEC会议、亚欧首脑会议、“一带一路”高峰论坛、联合国“亚太残疾人十年”中审会等重大活动中，残疾人自信自强、技艺精湛，展现了首都风采和时代精神。目前，全市持证残疾人51.9万，越来越多的残疾人能够正视残缺、共建共享首都发展。

五年来，我们紧紧围绕残疾人工作首善之区目标，率先发展，一大批惠民举措落地。在织密织牢残疾人基本生活保障网的同时，更加关注残疾人的共同富裕；在保障残疾人生存权益的同时，更加关注残疾人的全面发展；在呼吁社会关心帮助残疾人的同时，更加关注残疾人的全面参与。五年来，市、区两级投入残疾人事业经费153亿元，增长73%；50余项政策惠及残疾人，政策进步指数全国第一；劳动年龄内残疾人就业占比提高20个百分点，达到69%；城乡残疾人家庭人均可支配收入年均增速分别为13.9%、11.7%，基本实现与首都经济发展同步。

五年来，我们主要做了以下工作：

（一）注重思想政治引领，残联组织的政治性、先进性、群众性不断增强

坚定理想信念。紧紧围绕党的十八大、十九大和市第十二次党代会等重要契机，在残联内部、各专门协会以及助残社会组织中，分步骤、有重点、全覆盖开展专题学习，宣传党的主张，传递党的温暖。积极培育和践行社会主义核心价值观，组织残疾人参观“砥砺奋进的五年”成就展、参加抗战胜利70周年纪念等重大活动，增强爱党爱国意识；每年组织残疾人宣讲团进社区、进学校，把残疾人的感悟分享给普通市民，把跟党走的坚定信念融入残疾人心中。

密切与残疾人血肉联系。连续三年走入残疾人家中调查问需，需求响应率97%。建立“横到边、纵到底”的组织网络，基层残疾人组织应建尽建，6245名协管员、专职委员活跃在残疾人身边；市级职康中心高标准筹建，13个区级职康中心投入使用，温馨家园综合改革扎实推进，基层服务能力进一步提升。充分依托各专门协会联系服务本类别残疾人职能，建立完善季度通报、调查研究、建议办理等制度，对接需求、增进感情、形成合力，近500条建议被采纳，各项工作更加精细、更接地气。

全面加强党的建设。坚决落实“看北京首先从政治上看”的要求，牢固树立“四个意识”，坚定“四个自信”，时刻保持对党绝对忠诚，始终在政治立场、政治方向、政治原则、政治道路上同以习近平同志为核心的党中央保持高度一致。持续开展党的群众路线教育实践活动、“三严三实”专题教育、“两学一做”学习教育，理想信念更加坚定，纪律规矩意识明显增强。不断强化党的领导核心作用，严格落实党风廉政建设责任制，实施党风廉政建设全程记实、选人用人全程记实、重点项目全程记实。诚恳接受各方监督，不护短，不回避，立行立改。抓好市委巡视整改任务落实，着力对相关问题进行整改，举一反三，完善62项内控制度。主动开展绩效管理，将业务工作、党的建设、干部队伍建设同部署同推进同落实。

（二）持之以恒对标对表全市工作大局，做到态度鲜明、行动有力

坚定服务首都城市战略定位。研究制定京津冀残疾人事业协同发展规划，推动康复、托养、就业等协同发展。全力配合“开墙打洞”专项整治，做好盲人按摩机构管理和服务。狠抓优化营商环境任务落实，及时调整残疾人就业保障金政策，降低征收标准，扩大免征范围；建立残疾人帮扶性就业基地，为企业安排残疾人就业提供全方位综合性服务。积极融入全面深化改革大局，五年共承办市政府折子工程或重要民生实事10项；在乡村振兴计划、健康中国建设、社会治理改革等重大任务中，研究需求、提出建议、推动落实。

积极投入冬残奥会筹备工作。主动对接北京冬奥组委工作，承担主责任务14项、协办任务29项，实施市残联冬残奥会行动计划。深入跟进、主动服务无障碍环境建设，成立无障碍专家委员会，启动无障碍现状摸底调查，推动冬残奥会无障碍任务清单落实。开发适合残疾人参与的冰雪项目，让残疾人感受冰雪运动快乐。组建了6支冰雪运动队伍，其中3支队伍已创造历史最好成绩，由我市运动员担任主力的轮椅冰壶队在平昌冬残奥会勇夺金牌，为实现我国冬残奥史上奖牌和金牌零的突破做出北京贡献。

全力维护首都安全稳定。制定《北京市残联法治建设规划》，不断提高工作法治化、规范化水平。畅通残疾人诉求表达渠道，建立远程服务平台，开通12385残疾人服务热线，第一时间回应诉求。建立“班子成员定期接访、专业律师参与接访、重大事件联合接访”机制，全面开展重大决策社会稳定风险评估，实现残疾人“零群访”“极端事件零发生”，信访结案率控制在99%以上，最大限度预防和化解矛盾。免费提供法律救助3.9万件次，最大程度维护残疾人合法权益。通过广播电视普法、微信微博释法、“庭院式”送法等多种形式，加强法制宣传教育，引导残疾人知法、守法。

（三）坚持首善标准扎实推进残疾人小康进程，残疾人获得感进一步增强

率先推行融合发展。提出“平等融合、共享阳光”理念，鼓励残疾人走出家门、走进社会，在平等参与社会生活中实现独立、获得尊重、体验快乐；推动社会公众正确认识残疾现象、理解尊重残疾人，为建设公正、多样、包容、文明的城市做出贡献。

率先实现信息化管理。创新研发第一张“北京通”应用卡、全国首张智能化残疾人证，与10个部门206项数据交换共享，11个服务事项网上办理，累计刷卡3.3亿次，变“群众跑腿”为“信息跑路”，变“群众来回跑”为“部门协同办”，残疾人享受公共服务像网购一样方便。残

疾人辅具服务平台入选“互联网+政务服务”全国优秀案例50强，并被国务院推广，残疾人“一卡在手、服务全有”目标正在实现。

率先建立社会助残长效机制。认真履行枢纽型社会组织职能，强化培育和服务管理，助残社会组织数量是五年前的2.3倍。明确政府购买助残服务目录，规范程序，并逐渐向基层下沉，721项助残服务惠及254万人次残疾人。58个公益项目惠及7万人次残疾人。出台志愿助残服务意见，52万人注册助残志愿者，22个项目荣获全国奖项。

率先兜住基本民生底线。困难残疾人应保尽保，3.2万人享受低保待遇，13.2万人享受生活补贴，19.7万人享受护理补贴，12.1万人享受居家助残补贴，1.1万户次家庭享受居家照料服务，覆盖范围、保障水平全国领先。落实残疾人家庭住房保障优先待遇，补贴2067户农村残疾人家庭危房改造，7000余户城镇重残家庭住房困难得到解决。残疾人居民医疗保险、意外伤害保险获得全额补贴，增强了抵御风险能力。

率先启动精准帮扶行动计划。经市政府同意，九部门联合制定《残疾人精准帮扶专项行动计划》，建立“一户一案”“一人一策”精准帮扶机制；11部门联合制定《加强残疾人基本公共服务实施意见》，明确服务目录和部门职责，建立多方联动、四级一体的服务体系，努力为残疾人提供精准、精细、精心的服务，推动残疾人帮扶从政府“端菜”到残疾人“点菜”的转变。

率先免费提供残疾人基本康复服务。经市政府同意，实施《残疾预防行动计划》，明确全人群、全生命周期的残疾风险综合防控措施，22项指标全国首创或领先。努力实现“人人享有康复服务”的目标，残疾儿童少年基本康复全免费，成年残疾人基本康复享受60%或90%补贴，精神残疾人防治康复无盲区，精准康复覆盖率达到81.6%；所有持证残疾人获得50%或100%基本辅具补贴，并享受居家购买、评估、适配、配送、售后“一站式”服务，为残疾人最大程度发挥潜能、实现价值奠定了基础。

率先推行全学段融合教育。全市在园在校残疾儿童少年7418人，义务教育入学率99%，融合教育比例66.1%。实施残疾人高考便利化措施，千余名残疾人圆梦大学。开展融合教育“全员随访”，试点购买非教育类辅助性服务，融合教育支撑体系更加有力，覆盖全学段的融合教育体系框架初步建立。

率先推进残疾人“充分就业”。党政机关带头招录残疾人，966名残疾人进入市、区残工委成员单位。积极开展“岗位定制”，建立未就业人员数据库和企业用工需求数据库，智力残疾、精神残疾和重度肢体残疾等困难人群就业取得突破。率先将盲人医疗按摩人员职称评审、继续教育、执业备案纳入卫生技术人员统一管理，51%盲人按摩医师实现医疗机构执业。

率先定制出品残疾人主题文化作品。编导出品以残疾人成长为故事、残疾人自己主演的微电影6部，其中《不止天使有翅膀》获第二届亚洲微电影艺术节最佳作品奖。出品《假如给我三天光明》原创系列话剧3部，人民艺术剧院、国家话剧院演员友情出演105场次，引发社会关注。“爱”系列助残日主题活动精彩纷呈，展示首都人文风采。

率先全面推进无障碍城市建设。对3000多个点位进行无障碍体验，列出需求清单。圆满完成全国无障碍区创建工作，5个区被评为示范区，11个区被评为无障碍环境区。编制村镇无障碍设施建设和改造指南，无障碍建设纳入“美丽乡村”考核。为6万户残疾人居家环境实施无障碍改造。开展远程手语、就医引导等特色服务，推动政务网站信息无障碍改造。无障碍服务覆盖面持续扩大，残疾人社会融合障碍进一步消除。

（四）积极参与国内政治生活和国际交往活动，残疾人日益成为推动包容发展、展现首都文明进步的一道亮丽风景

在国际交往中展现风采。多次承担国事外事活动服务保障工作、牵头组织残疾人才艺展示、接待国际友人来访，展现我国人权保障事业和首都社会文明发展成果。残疾人文艺工作者多次赴外交流巡演、传递特殊艺术魅力，残疾人运动员在残奥会、冬残奥会、全国残运会等重大国内外赛事中取得43枚金牌、49枚银牌、32枚铜牌，为祖国和首都增光添彩。

在逆境中活出精彩人生。越来越多的残疾人跨越障碍、走上政治舞台，351名残疾人、残疾人工作者当选国家或北京市各级人大代表、政协委员，参政议政、建言献策。34名残疾人被评为“自强模范”，25人入选“北京榜样”，8人在残健同场职业技能竞技中摘得奖项，充分证明残疾人是建设中国特色社会主义事业的重要力量，是激发和凝聚社会正能量的宝贵财富。

回顾五年的历程，我们体会到：坚持党的领导是事业健康发展的根本保证。做好北京工作，必须在讲政治上坚持更高标准。只有把党的坚强领导作为本质要求和最大优势，坚决落实党中央和市委市政府关于民生工作一系列部署要求，首都残疾人事业才能沿着正确方向发展。坚持以人民为中心是事业发展的必然要求。保障和改善民生只有连续不断的新起点，没有终点。只有牢固树立以人民为中心的发展思想，一切依靠残疾人，一切为了残疾人，发展成果由残疾人共享，首都残疾人事业才能具有扎实的发展根基。坚持改革创新是事业不断进步的强大动力。只有勇于正视发展中的问题和矛盾，不断推进政策保障创新、工作机制创新、服务供给创新、管理模式创新、群众工作创新，才能更好地回应残疾人期待。坚持依法治理是事业长远发展的重要保障。只有不断健全残疾人事业发展的法制保障体系，提高残疾人及残疾

人工作者法治意识，遇到问题找法，解决问题靠法，才能促进残疾人事业可持续发展。坚持融合共享是事业协调发展的基本路径。残疾人事业是社会事业的组成部分。只有把残疾人事业融入首都经济社会发展全局、融入首都社会治理体系，让残疾人平等参与、共建共治共享，才能推动残疾人事业不断前进。

北京市残疾人事业发展还面临不少困难和挑战。从社会主要矛盾变化看，残疾人需求便利性、宜居性、多样性、公正性和安全性的特点突出，提标扩面、提质增效有待进一步加强；从工作推进方式看，还存在输血多于造血，给予多、赋权增能少，转职能、转方式、转作风有待进一步深化；从社会认知看，还一定程度存在照顾多于理解、同情多于尊重、回避多于包容，融入融合融化的氛围有待进一步营造。

四、2018 年工作综述

2018 年，北京市残疾人事业站到了新起点，开启了高质量发展的模式：市委市政府带头贯彻习近平总书记关于残疾人事业的重要论述和中国残联第七次全国代表大会精神，坚持以人民为中心的发展思想，坚守弱有所扶的原则立场，45 次对残疾人工作进行专题研究或调研，蔡奇书记先后 11 次对相关工作做出批示指示，233 项残疾人工作纳入残工委成员单位年度任务书。北京市残联以庆祝改革开放 40 周年、残联成立 30 周年为契机，坚持首善标准推进残疾人小康进程，高质量完成市政府为民办实事项目，推动 24 项政策落地实施，1.58 亿人次残疾人刷卡享受服务。坚持把群众性作为残联组织的重要特征，实施“一人一村一社区一家园”联系点制度，366 名党员干部建立联系点，加大“四不两直”调研力度，密切与残疾人血肉联系。

（一）残疾人事业发展开启新征程

党的十九大精神入心入脑。深入学习贯彻习近平新时代中国特色社会主义思想，坚持以上率下、步步深入，抓好个人自学、集中宣讲、专题培训和专题讨论等环节，读原著、学原文、悟原理，党员干部“进专门协会”，残疾人宣讲团“进大学、进社区”，文艺演出“进农村、进军营”，宣传党的主张，传递党的温暖。坚持学以致用、用以促学，深刻把握新时代残疾人事业发展的价值理念、地位作用、目标方向和责任要求，更加主动地把首都残疾人事业放在首都发展大局中去思考、去定位、去谋划。

市残联第七次代表大会成功召开。市委、市人大、市政府主要领导到会祝贺，蔡奇书记、张海迪主席发表热情洋溢的讲话，对未来五年工作明确方向、提出要求，给予鼓舞鞭策。选举产生新一届主席团和执行理事会，市委市政府主管领导分别担任主席团名誉主席、主席，残疾人亲友、基层一线主席团委员占比创历史新高，执行理事会在全国率先配齐五类残疾人理事，为在新的起点上加快事业创新发展奠定坚强组织保障。

市残联改革全面启动。经市委深改委第四次会议审议，市政府办公厅印发实施《北京市残疾人联合会改革方案》，明确 7 方面 74 项改革举措，将通过强化基层基础、改革机构设置、创新工作方式，壮大全覆盖的基层残疾人组织，搭建全方位的残疾人服务平台，健全全领域的社会动员机制，进一步提高残联组织联系、凝聚、服务残疾人的能力和水平。

（二）服务首都大局取得新进展

冬残奥会筹办任务扎实推进。《2022 年冬奥会和冬残奥会北京市筹办工作任务书》涉及残联主责任务 14 项、协办任务 29 项，市残联主动对接、细化任务，实施《北京市残联冬残奥会行动计划》。立足“找准需求、抓好监督”职能定位，把规划建设无障碍环境作为一件要事、急事、实事，牵头开展全市无障碍摸底调查，推动重大项目无障碍同步设计、同步施工。《北京市村庄规划导则》明确无障碍标准，居家环境无障碍改造实现精准服务，“互联网 + 随手拍”无障碍监督平台做到随时发现、随时整改。立足中国特色、北京特点，积极推进市区两级残疾人职业康复和托养服务中心建设。立足群众体育与竞技体育齐头并进，落实“3 亿人上冰雪”要求，开展残疾人冰雪体验活动，组织 6 支冰雪运动队科学训练。由北京市服务保障并担任主力的国家轮椅冰壶队，在平昌冬残奥会上夺得历史首枚奖牌、首枚金牌，为祖国赢得了荣誉。

营商环境改善任务积极落实。会同有关部门印发《残疾人就业保障金征收使用管理办法》，降低征收上限，部分企业缴费过高问题进一步缓解。取消所有纸质表格和证明事项，严格清单管理。全面停发纸质残疾人证，全流程服务电子档案逐渐建立。推进业务系统整合统筹，42 个市级残疾人服务事项精简至 25 个，7 个事项纳入市政务服务大厅集中办理，残疾人服务纳入“一刻钟社区服务圈”建设目录，全市惠民便民地图新增 1278 个残疾人服务机构标注，残疾人服务事项实现“能上尽上”，残疾人“一门一网一次”办事格局加快形成。

扶贫协作工作成效显著。把帮扶受援地残疾人脱贫作为光荣的政治任务、义不容辞的责任和分内之事，印发《关于做好东西部贫困残疾人扶贫协作工作的实施意见》，启动实施“五个一批”帮扶行动，牵头统筹各区残联，分别与内蒙古、河北省残联、结对旗县密切对接，建立日常联系机制，签订帮扶框架协议，并通过专题会、联席会等方式适时调度，初步实现了从被动接受到主动担当、从点滴切入到全面铺开、从泛泛帮扶到精准聚焦、从分散助力到形成整体合力的转变。2018 年，全市对口帮扶 11355 名贫困残疾人脱贫。

全市残疾人以主人翁的姿态更加融入大局。多次参加外事才艺展示活动，麦秸秆画入选市政府外事礼品目录，展现风采。1944 人参加职业技能竞赛，弘扬工匠精神。北京市选手夺得全球残疾青少年 IT 精英挑战赛计算机操作冠军，北京市残疾人运动员在国内外赛事中获得 61 金 54 银 45 铜。创编主题话剧《北极光》，举办“我梦最美”第九届社区（村）残疾人艺术汇演，一批文艺骨干和原创作品受到好评。残疾人事业 30 周年成果展，进一步营造了全社会关心关爱残疾人的氛围。编纂完成第一本残疾人事业地方志，填补了本市残疾人事业历史记述的空白。全年“零群访”、极端事件“零发生”，广大残疾人更加热爱生活、自强自立。

（三）残疾人民生福祉实现新改善

社会保障水平稳步提高。推动残疾人保障政策应保尽保，所有残疾人免费参加城乡基本医疗保险，8.1 万人享受城乡居民养老保险补贴，13.11 万人享受生活补贴，19.97 万人享受护理补贴，12.1 万人获得居家助残补贴。为 5955 名残疾人购买居家服务，为 100 名重度残疾人提供喘息式服务，获得社会普遍赞誉。加大残疾人特殊帮扶力度，会同有关部门出台成年无业重度残疾人单独施保政策，推动建立重度残疾人临时救助制度，将托养机构运营补贴范围扩大到所有年龄段残疾人。实名制摸清全市 5.73 万低保、低收入困难残疾人家庭底数，精准掌握 464 个残疾人口在 200 人以上社区（村）的基础设施和服务情况，促进实施“一人一策”“一户一案”精准帮扶。

“充分就业”取得重大突破。印发《关于进一步促进本市残疾人就业工作的若干措施》，全面整合就业政策，大幅提高扶持标准。开展“岗位定制”，建立帮扶性就业基地 127 个，2324 名残疾人与企业签订劳动合同实现就业，其中智力、精神、重度肢体三类残疾人 1036 名，辐射带动 14897 人。精准帮扶农村残疾人劳动增收，35 家助残增收基地辐射 1066 人。完善未就业人员数据库和企业用工需求数据库，当好“红娘”。发挥党政机关示范引领作用，市区两级党政机关拿出 22 个公务员岗位，不设工作经历、专业限制，降低身体条件、学历要求，定向招录残疾人，551 人报名，57 人进入 20 个岗位面试，公务员招录取得实质性进展。

康复服务覆盖全生命周期。发布全国第一本省级残疾预防工作报告，协调、督促 34 个部门落实残疾预防责任。市政府办公厅印发《关于完善残疾儿童康复服务制度的意见》，建立面向 0—15 岁残疾儿童的康复服务体系。至年底，共有 2444 名儿童少年享受儿童康复政策，其中 0—6 岁 1408 人、7—15 岁 1036 人；429 人享受辅具保障政策，其中 0—6 岁 191 人、7—15 岁 238 人。出台全国首个非医疗康复保障政策，16 周岁以上残疾人康复可获得 60%—90% 补贴。为 5388 名残疾人提供居家和社区康复服务，一批长年难以走出家门的残疾人健康状况得以改善，满意度达到 99.37%。修订残疾人辅助器具购买补贴目录，扩充产品、提高标准、简化流程，辅具平台注册率达到 83%。

融合教育覆盖全年龄段。推动落实特殊教育二期提升计划，非教育类辅助性服务试点成效明显，为残疾人学生高考提供便利服务，97 人升入高等院校。支持北京联合大学开展高等院校融合教育试点。率先编制盲文网络课程，推广国家通用盲文、手语。将盲人医疗按摩人员职称评审纳入政府专业技术职称评价体系，140 人取得职称。

服务供给侧改革持续推进。出台《残疾人服务业发展指导意见》，集中释放政策红利，政府扶持、市场推动残疾人服务业发展机制进一步确立。延长区级残联试行购买残疾人服务工作期限，341 项助残服务稳步推进，144 万人次残疾人及亲友受益。

（四）残联自身建设水平得到新提升

党建引领持续强化。不折不扣落实“看北京首先从政治上看”的要求，牢固树立党建是最大政绩的理念，切实扛起全面从严治党主体责任。完成机关党委、纪委换届，认真学习贯彻党支部工作条例，深入推动“廉洁残联”建设，开展廉政教育，知所为、知所守、知所惧，防止“为官不为”、“为官乱为”。积极拓展内部审计广度和深度，促进权力规范运行。

依法决策持续推进。强化民主集中制原则，制定《执行理事会工作规则》，将残疾人及相关利益方参与、专家论证、法律顾问审查、社会稳定风险评估、集体讨论决定作为必经程序。强化法治宣传教育，开展“庭院式”法律服务活动 572 场，为 3 万余名残疾人提供法律救助、免费公证等法律服务，残疾人依法维权意识进一步增强，遵法守法用法氛围日渐浓厚。强化效率意识，牢固树立过紧日子的思想，全面实施预算管理，严格预算执行，切实管好用好资金。

服务基层持续深入。村级温馨家园建设纳入乡村振兴计划，就近就便为残疾人提供服务。残疾人需求采集和服务响应实现常态化，需求响应率达 99.8%。妥善关停下属盲人保健按摩企业，实现事企分开。建立专门协会意见建议办理机制，126 项意见建议按期办结。实施“关爱残疾人·与残疾人交朋友”主题行动计划，万名残疾人走出家门参与融合活动。注重社会化工作方式，筹集款物 1240.8 万元，惠及残疾人 7.2 万人次。

工作作风持续改进。持之以恒落实中央“八项规定”精神，聚焦突出问题、紧盯关键节点，开展形式主义、官僚主义集中整治，梳理问题，及时整改。强化调研针对性实效性，党组理事会班子成员带机关部室和直属单位干部深入基层残联组织，座谈了解情况，实地体验感受温馨家园活动，入户看望“一户多残”残疾人家庭，听取基层意见；与区、街道（乡镇）领导一起集思广益，研实招、解心结，现场研究和解决问题，有力推动了重点项目、重点政策、重点工作在基层落实见效。

（五）基层残疾人工作亮点频现

2018 年，各区残联残疾人工作亮点频现。

注重服务阵地建设，服务质量不断提高。在加强区级服务设施建设方面，东城区新建区残疾人综合服务中心，配备康复训练、日间照料等 8 大功能，引进 9 个助残组织，拓展 36 个服务项目，吸引全国 19 个省市调研团队参观学习。在优化基层服务阵地功能上，西城区全面深化温馨家园改革，探索民非运营、整体托管、购买岗位和服务等三种模式，初步构建起政府主导、部门协同、社会力量多元参与的“政社企”多维助残格局。

注重难点任务攻坚，实事项目推进有力。各区在推进帮扶性就业基地建设、辅助器具进社区入家庭活动、完成重点工作试点等大项任务中，自觉加压，主动攻坚，推动任务按时保质顺利完成。延庆区精准推动充分就业，劳动年龄内 92% 的残疾人实现就业。海淀区清河镇残疾人就业基地作为全市首家试点，高标准通过市级验收，全区提前两个月超额建成 11 个帮扶性就业基地。石景山区全年新安置残疾人就业 314 人，荣获 2018 年市政府颁发的“北京市就业创业工作先进集体”称号。门头沟区连续三年实施特困残疾人临时救助暂行办法，投入资金 510 万元，累计救助 828 人。大兴区在推进全国残疾预防综合试验区试点工作中，出台《大兴区 0—6 岁残疾儿童康复救助实施办法》，康复儿童每人每月可最多增加训练补贴 2400 元，有效缓解了家庭负担。昌平区积极落实辅助器具购买补贴政策，增强康复骨干队伍服务能力，形成全区残联系统大抓辅具服务的良好局面。

注重抓实抓细抓小，积极回应现实关切。各区残联努力当好“娘家人”，想残疾人所想，急残疾人所急，力争服务暖心贴心。朝阳区投入资金 1913 万元购买 88 个助残服务项目。其中，通过微创投项目动员理发店、志愿者等社区资源和力量加入助残服务中。通州区创新居家助残模式，为 2909 名残疾人体检，为 1561 户重度残疾老人提供上门居家保洁、导医等服务。密云区新建山区村级温馨家园 6 家，为 5 家示范级温馨家园购买服务，受益残疾人达 20496 人次。燕山地区积极发挥区域优势，精心组织残疾人生活技能培训、居家助残服务，减轻家庭照料压力。

注重党建引领，工作运行更加规范。各区残联自觉把党建引领贯穿到具体工作和阶段任务中，体现到工作运行的关键环节和有效落实上。丰台区创新服务，多措并举，选派廉政监督员全程参与保障金审核工作，较上年度审核用人单位和认定按比例安排残疾人就业分别增长了 13% 和 9%。顺义区开展“助力脱低增收，共享小康社会”攻坚行动，落实精准帮扶措施，对低收入残疾人户实行党员干部包户蹲点。平谷区实行机关工作人员包街乡温馨家园，成立机关宣讲团，定期对基层工作人员进行政策培训。怀柔区制订购买服务工作流程，从项目申报、承接单位确定、监督检查等方面明确科室职责分工，确保购买服务公平、公正、公开。房山区重视做好残疾人文化体育工作，着力打造“有爱·无碍”志愿助残服务品牌和“同在阳光下”文化体育品牌，辐射带动上万名残疾人经常参与文化体育活动。

五、重要条目

【北京市残联第七次代表大会】 2018 年 6 月 26 日至 27 日召开。中共中央政治局委员、北京市委书记蔡奇出席会议并讲话。中国残联主席张海迪，市委副书记、市长陈吉宁，市人大常委会主任李伟出席会议。市委常委、组织部部长魏小东，副市长王宁出席闭幕式并讲话。会议表决通过第六届主席团工作报告，全面总结过去五年全市残疾人事业发展的主要成绩和基本经验，明确新时代北京市残疾人事业的发展蓝图和目标任务；选举产生新一届主席团、市残联第七届执行理事会、五类残疾人专门协会领导班子，推举出席中国残联第七次代表大会的代表和中国残联第七届主席团委员人选。

【关于进一步促进本市残疾人就业工作的若干措施（京残发〔2018〕26 号）】 北京市残联、市人力社保局等九部门 2018 年 7 月 4 日联合出台。突出鼓励用人单位招用残疾人和鼓励残疾人自主创业就业两条主线，以提升残疾人收入水平为前提，提高扶持标准，扩大扶持范围，拓展就业渠道，促进城乡残疾人平等充分就业。用人单位申请享受扶持时需支付残疾人职工工资的最低标准提高 20%，对自主创业残疾人的补贴标准提高了 150%。强化职业培训和精准帮扶两大支撑，鼓励引导残疾人接受职业培训、提升技能水平，完善“互联网 + 残疾人就业服务”模式，实施精准就业创业服务。加强对用人单位的扶持和服务，招用残疾人的用人单位，可申请享受的岗位补贴标准提高约 140%；招用智力、精神和重度肢体残疾人或残疾人毕业生的，还可申请享受社会保险补贴。建设残疾人就业帮扶性基地，引导、支持用人单位为残疾人提供岗位定制服务，减轻企业用工顾虑和负担。

【北京残联居家康复服务试点项目】 2018 年北京市残联承办的政府办实事项目之一，7 月 27 日启动。服务对象是肢体、精神、智力、视力残疾人，总人数不少于 5000 名，由市区两级残联组织，第三方评估机构督导，52 个服务机构提供康复服务，主要方式是服务上门，服务内容包括 4 类残疾人的功能训练、康复护理、生活自理和社会适应能力训练、日间康复照料、盲人定向行走和社会环境适应能力训练等。截至当年底，累计服务残疾人 5388 人 132331 次，康复有效率达到 91.5%，家属培训有效率达到 85.8%，总体满意率达到 99.39%。

【北京市残疾人辅助器具购买补贴目录（2018 年）（京残发〔2018〕46 号）】 根据《北京市残疾人辅助器具服务

管理办法（试行）》（京残发〔2016〕57号）有关要求，2018年9月18日北京市残联印发实施。其中，新增辅助器具产品5类；调整补贴标准辅助器具产品11类；听力残疾人需双耳适配助听器的，一次可以按“对”申请予以补贴。具体内容包括：《北京市成年残疾人大额辅助器具购买补贴目录（2018年版）》《北京市成年残疾人小额辅助器具购买补贴目录（2018年版）》《北京市残疾儿童少年大额辅助器具购买补贴目录（2018年版）》《北京市残疾儿童少年小额辅助器具购买补贴目录（2018年版）》。

【2017年度北京市残疾预防工作报告】北京市政府残工委办公室牵头编写，经市政府同意2018年9月公布，成为全国省级第一个残疾预防专项工作报告。内容分为残疾人基本情况、残疾预防措施、康复服务和社会环境等四部分，介绍北京市残疾预防工作2017年的主要成效：①提前完成母婴保健工作6项指标。推广婚检、婚登一站式服务，产筛一体化覆盖，实现了孕妇叶酸服用率达到98.4%、产前筛查率99.97%、新生儿听力筛查率96.27%等6项指标提前达标。②疾病防控5项指标提前达标。免疫规划接种率超过99.2%、精神分裂症治疗率达82%等5项指标提前达标。③北京市安全事故死亡率为2.25%，比2016年下降5.1%，提前达标，有待进一步改善。④空气质量达标天数比2016年增加28天，饮用水源水质标准100%达标，市民生存环境质量明显好转。⑤加强制度建设，增强康复保障的广度和精准性。《北京市残疾儿童少年康复服务办法》《北京市残疾人辅助器具服务管理办法》等4个专项政策共投入1.9个亿，市区两级残联结合实际情况通过政府购买服务投入3395.2万元，为10万名残疾人提供了精准康复保障。⑥完善体系建设，增强康复服务的深度和专业性。2017年，新增6家医疗机构转型建设为康复医院。61家学前教育机构，956所融合教育学校，19所特教学校、残疾儿童康复定点机构、辅具服务机构等近500家依托残疾人服务设施建立的残疾人康复机构，发挥了主力军的作用。⑦拓展服务内容，增强社区康复的可及性和实用性。社区卫生服务机构开展肢体康复816506人次，探索开展精神残疾日间康复照料工作，为5356名稳定期精神残疾人提供了社区康复；百万人口白内障复明手术3372人，达到《北京市残疾预防行动计划（2017—2020年）》要求（2500）；拓展了服务内容，增强了社区康复的实用性。⑧继续推进居家环境无障碍改造、门前台阶无障碍改造、残疾人乘坐无障碍出租车补贴制度及增设盲道等措施，把无障碍建设融入社会建设之中。

【北京市残疾人基本康复项目服务规范（京残发〔2018〕60号）】为落实好《北京市残疾人康复服务办法（试行）》，2018年12月12日，北京市残联对《北京市残疾人基本康复目录（2019年）》（京残发〔2018〕47号）各项目制定的服务规范。具体包括：肢体残疾人康复训练、肢体残疾人生活重建训练、听力残疾人及言语残疾人康复训练、视力残疾人定向行走训练、视力残疾人生活能力训练、智力残疾人生活能力训练、智力残疾人日间照料、稳定期精神残疾人转衔训练、稳定期精神残疾人日间照料（日托式）、稳定期精神残疾人日间照料（活动式）等项目。

六、大事记

1月2日，京津冀三地残疾人福利基金会与北京市八八空间舞蹈文化艺术有限公司共同举办“残健共融，筑梦远行”京津冀少儿融合才艺展示特别节目。

1月3日，副市长、市政府残工委主任王宁，市政府副秘书长、市信访办主任韩耕等一行到市残疾人维权中心检查指导远程维权服务平台工作。

1月16日，市残联理事长吴文彦考察地铁四号线无障碍建设情况。

1月30日，市残联党组书记郭旭升到门头沟区雁翅镇河南台村开展走访调研帮扶活动。

2月5日，市残联第六届主席团第六次会议暨全市残联系统工作会议召开，审议市残联理事长吴文彦所做2017年工作报告。副市长、市政府残工委主任王宁出席会议并讲话。

2月8日，第二届中国残疾人冰雪运动季暨北京市残疾人“心系冬奥，喜迎新春”冰雪嘉年华活动在延庆举行，全市17支代表队近700名残疾人参加。

2月8日，副市长王宁到房山区窦店村走访看望困难残疾人群众。

2月12日，中国残联副主席吕世明一行考察北京憨福儿公益基金会，参观烘焙工厂和手绘工作室，强调助残社会组织要加强规范化运营，制定相关服务标准，努力提升承接政府采购服务项目的能力。

2月27日，市人大常委会副主任、致公党北京市委主委闫傲霜率调研组就“建设高水平无障碍公共环境”听取市残联工作汇报。

3月1日，市残疾人康复服务指导中心举办“听见未来，从预防开始”爱耳日主题讲座，迎接第19次全国爱耳日。

3月4日，市委宣传部、首都文明办、市残联等10多家单位主办“爱满京城——2018年首都学雷锋志愿服务主题推动日活动”。3000余人次参与，现场招募助残志愿者200余人，与相关部门、社会组织、残联组织洽谈对接100余场，发放500余册《助残志愿服务指导手册》和《助残志愿服务实务指南》及其他宣传手册上万份。

3月14日，中国残联副理事长程凯率队调研北京市残疾人就业工作，考察残疾人就业促进网、海淀区清河街道职康站、小米公司等。程凯强调，北京市各级残联组织要紧紧围绕首都城市战略定位调整、京津冀协同发展和冬残奥会三件大事，加强和推进残疾人就业服务工作。

3月19日，由国务院办公厅秘书三局和中国残联康复部组成的调研组对北京市残疾儿童康复服务工作进行调研。

3月21日，北京市教委、市发改委、市卫生卫计委、市人力社会保障局、市民政局、市财政局、市残联、市政府教育督导室联合印发《北京市特殊教育提升计划（2017—2020年）》，总体目标是：到2020年，努力使我市残疾儿童少年能够在公平、包容的环境中接受适宜的教育，优化特殊教育供给，提升特殊教育质量，构建终身教育体系。

3月21日，第七个“世界唐氏综合征日”，市残疾人康复服务指导中心举办市第二届“唐宝宝”亲子趣味运动会。

3月23日，北京市召开全面推进2022年冬奥会和冬残奥会筹办工作动员部署大会。市委书记、北京冬奥组委主席蔡奇强调，筹办好2022年北京冬奥会和冬残奥会是北京要全力办好的三件大事之一，更是北京的重大政治责任。全市要深入学习贯彻习近平新时代中国特色社会主义思想和党的十九大精神，深入学习贯彻习近平总书记对冬奥筹办的系列重要指示精神，进一步增强责任感和使命感，全市总动员，全力以赴做好“北京周期”各项筹办工作。市委副书记、市长、北京冬奥组委执行主席陈吉宁主持。国家体育总局局长、中国奥委会主席、北京冬奥组委执行主席苟仲文，中国残联主席、北京冬奥组委执行主席、中国残奥委会主席张海迪，市人大常委会主任李伟，市政协主席吉林出席。

3月29日，市残联组织召开支持残疾人信息消费工作协商会，市规划国土委、市经信委、市新闻出版广电局、市通信管理局有关负责人及残疾人代表参加会议。

3月30日，市政府残工委召开2018年全体会议，总结2017年工作，部署2018年任务。副市长、市政府残工委主任王宁出席并讲话。市政府副秘书长、市政府残工委副主任尹培彦主持会议，市政府残工委副主任、市残联理事长吴文彦向大会报告工作，37个成员单位分管领导及联络员近80人参加会议。

4月7日，中共中央政治局委员、北京市委书记蔡奇与参加平昌冬奥会和冬残奥会的北京运动员、教练员座谈时要求，认真总结经验，发扬光荣传统，在新的起点上，再接再厉，全力备战2022年北京冬奥会、冬残奥会。北京市委副书记、市长陈吉宁参加座谈。

4月10日，市残联正式启动2017年度北京市残疾人家庭收入状况调查，对全市16个区374个社区（村）的8000个残疾人家庭进行入户调查。

4月13日，吴文彦到平谷区大华山镇调研残疾人工作。

4月26日，吴文彦到延庆区康庄镇太平庄村和沈家营镇八里店村调研残疾人就业工作。

5月7日，市人大常委会副主任、致公党北京市委主委闫傲霜率“建设高水平无障碍公共环境”调研组，到丰台区实地调研。

5月11日，北京特奥足球队在全国第十届残运会暨第七届特奥运动会暨2018年全国特奥足球比赛中获得队制比赛银牌，这是该队获得的首枚奖牌。

5月14日，市残联、市人力社保局、市教委、团市委在北京理工大学共同举办“融合创业·共享未来”——“思享杯”北京青年融合创业大赛启动仪式。

5月15日，中国残联副主席吕世明、住建部标准定额司副司长韩爱兴率调研组到房山区开展村镇无障碍环境建设调研工作。

5月16日，“最美传承”残疾人非遗传承就业培训项目捐赠仪式在中国残疾人福利基金会举行。中国残联副主席、残疾人福利基金会理事长王乃坤，秘书长张雁华，市残疾人福利基金会相关领导，51社保CEO、COO，捐受双方代表参加捐赠仪式。

5月16日，市残疾人文化体育指导中心与首都图书馆联合举办“书香你我共享·快乐你我同行”——2018年全国助残日活动。

5月20日，中国残疾人福利基金会携手市残疾人福利基金会，在北京奥林匹克森林公园举办“爱心随行，一路相伴”——2018年全国助残日公益徒步走活动，近千名社会公众陪伴近百位残疾人共同完成十公里徒步挑战。

5月20日，北京市举办第28次全国助残日“全面建成小康社会，残疾人一个也不能少——爱·手拉手”主题活动。中国残联党组书记、理事长鲁勇，副市长王宁参加活动并考察北京市首个残疾人帮扶性就业基地——清河街道职康站。

5月31日，中国残联副理事长程凯、教育部基础教育司副司长姜瑾到海淀区中关村一小调研北京市特殊儿童融合教育工作开展情况。

6月1日，“集善衣恋·爱满京城”——衣恋集善幸福同行北京项目启动。中国残疾人福利基金会秘书长张雁华，市残联相关领导、中国衣恋集团、市残疾人福利基金会、市残疾人文化体育指导中心、德林假肢安装公司负责人及受助残疾人、媒体朋友等30多人参加活动。

6月21日，市残疾人辅助器具资源中心举办全市残疾人辅助器具评估适配专业人员继续教育培训班。中国残疾人康复协会常务副理事长兼秘书长许晓鸣出席开班仪式。

6月21日—29日，北京市23名运动员参加2018年全国残疾人游泳锦标赛，获得2枚金牌、7枚银牌、5枚铜牌。

6月26日—27日，北京市残联第七次代表大会召开。

7月3日，2018年全国残疾人冰壶锦标赛在怀柔区中体奥冰壶运动中心拉开帷幕，也是北京市连续第三年承办全国残疾人冰壶赛事。

7月12日—13日，中国残联副主席、全国动态更新工作办公室主任吕世明率队调研房山区残疾人动态更新工作。

7月22日，中国狮子联会北京代表处2017年至2018年总结表彰大会在北京金海德贤会展中心召开。中国残联副主席、中国残疾人福利基金会理事长、中国狮子联会前会长王乃坤，中国狮子联会副会长郭明飞，市残联、市残疾人福利基金会、中国狮子联会北京代表处党工委负责人，中国狮子联会北京代表处主席团成员，市各专门协会负责人，以及近500名狮友和社会爱心人士参加大会。

7月27日，郭旭升到大兴区长子营镇调研低收入村残疾人帮扶工作。

8月6日，市无障碍设施建设和改造工作联席会办公室召开推进地面公交无障碍建设专题研讨会。中国残联党组成员、副主席吕世明，市残联吴文彦、郭旭升出席会议。

8月30日—31日，“我梦最美”——第九届北京社区（村）残疾人艺术汇演举行，16个区和燕山地区约730名社区残疾人及残疾人工作者参加活动。

8月31日，北京市盲协与中国盲文图书馆共同举办北京市盲人数字阅读推广培训班，全市各区盲协主席、副主席、秘书长参加培训。

9月4日，市残疾人辅助器具资源中心召开辅具租赁、二手回收和个性化定改制工作研讨会。

9月4日，郭旭升到通州区西集镇耿楼村调研低收入村残疾人帮扶工作，对接“一人一村一社区一家园”联系点事宜。

9月12日—14日，市残联举办温馨家园改革培训班，各区残联组联部和50家改革试点温馨家园负责人共120余人参加培训。

9月20日，市残联组织召开地面公交站台无障碍建设体验现场会，吴文彦出席。市规划国土委、市交通委、市住建委、市城管执法局、市交管局、市交通委运输管理局、市交通委路政局、市公交集团、市肢协、市盲协、市聋协、西城区住建委相关负责同志以及北京电视台记者、无障碍专家、残疾人代表等30余人参加。

9月27日，北京市第九届残疾人职业技能竞赛决赛开幕，16个区的残疾人等1944人参加竞赛活动。

10月9日—12日，北京市残联代表队在2018年全国辅助器具服务技能竞赛上获得个人赛一等奖和团体赛二等奖。

10月10日—12日，市委组织部、市政府残工委办公室、市委党校共同举办冬残奥会筹办和残疾人工作专题培训班。市政府残工委委员和联络员、市残联党组理事会成员、各区政府残工委主任和残联理事长共80人参加培训。

10月11日—13日，北京市残联参加第十二届中国国际福祉博览会，设立“辅具平台·辅具服务”主题展区，重点展示“互联网+辅具服务”平台以及辅具产品创新研发的新成果。

10月15日，北京市轮椅冰壶运动员王蒙、彭兵应邀参加北京冬奥组委召开的国际残奥委会卓越计划“残奥宣传及市场开发”研讨会。

10月16日，中国残联副主席、党组成员吕世明一行到北京市残联调研“智慧残联”建设情况。

10月18日，郭旭升到通州区开展调研，对接“一人一村一社区一家园”联系点事宜。

10月24日，副市长、市政府残工委主任王宁主持召开2018年市政府残工委第二次全体会议。

10月25日，由文化部、新闻出版广电总局、北京市政府共同主办的第十三届中国北京国际文化创意产业博览会在京开幕。市残联设置“市残联·爱立方”展区，主题是“实现充分就业，共建共享小康”。

10月26日—27日，吴文彦走访调研天桥街道、陶然亭街道、广外街道温馨家园，以及展览路街道、德胜街道的“一户多残”残疾人家庭，听取残疾人和一线工作人员的意见建议。

11月7日，市残联、市卫健委、市财政局联合印发《关于开展0—6岁儿童残疾筛查工作的通知》。通知明确儿童残疾筛查的工作流程、服务标准和信息共享机制，形成62家医疗机构、63家教育机构和66家民办康复服务机构为主体的康复服务网络，实现残疾儿童康复申请、评估、审批和辅具适配全程网办。

11月16日，市无障碍环境建设促进中心和北京地铁公司联合组织开展地铁无障碍设备服务现场体验活动，旨在迎接2022年冬奥会和冬残奥会，进一步提升全市地铁无障碍设备服务能力，满足使用者的个性化需求。

11月16日，中国残联副主席吕世明到延庆区开展无障碍环境建设调研。市残联理事长吴文彦、世园局副局长叶大华、延庆区副区长吴世江及市规划和自然资源委、市规划国土委延庆分局、世园会延庆筹备办、八达岭长城特区办事处、区残联相关领导和无障碍专家参加调研。

11月21日—22日，郭旭升及市扶贫援合办相关负责同志分别到东城区、平谷区调研帮扶受援地区残疾人脱贫工作。东城区政府副区长赵凌云、平谷区政府副区长王晓东及区发改委、区残联负责同志参加活动。

11月29日，市残联、市扶贫援合办联合召开贫困残疾人扶贫协作专题会，市残联党组书记郭旭升、市扶贫援合办副主任汪兆龙出席会议并讲话。

12月1日—3日，受中国残联委托，为纪念中国残联成立30周年，市残联组织排演的话剧《北极光》在国家大剧院太湖舞美艺术中心上演，共演出4场，累计观影人数超过2000人次，观众反响强烈。该剧围绕残健融合主题，通过一位“肢体残疾、心灵健全”的姑娘，拯救一位“身体健全、精神残疾”的记者的感人故事，重新定义了“残疾”与“健全”，提出“真正的幸福来自健全的心灵”的理念，彰显了人性的力量和光辉。

12月2日，市残联、市教委、共青团市委、市人力社保局联合举办“融合创业·共享未来”——“思享杯”北京青年融合创业决赛暨颁奖仪式。

12月27日—31日，“与爱同行·融合发展”北京市残疾人事业30周年成就展在首都图书馆举行。展览把北京市残疾人事业的发展历程比作高速行驶的“幸福号”列车，从“初心站”出发，途径奋进站、融合站、风采站、智慧站，最终到达“未来站”，通过图片、文字、实物、视频、互动等多元化方式和手段全方位展示残疾人基本权益保障、康复、教育、就业、文化、体育、信息化建设等内容。展览累计接待参观人数超过1500余人次。

12月28日，中国残联党组书记、理事长周长奎参观北京市残疾人事业30周年成就展，并到西城区展览路街道温馨家园调研，看望残疾人朋友。吴文彦陪同调研。

附录一

北京市残疾人联合会第七届主席团名誉主席、主席、副主席

名誉主席　魏小东

主　　席　张家明

副 主 席　韩耕　吴文彦（女）　郭旭升

李楠（女，肢残）　何川（盲）　成海（聋）

李俊峰（智残亲友）　王向前（精残亲友）

说明：北京市人民政府2019年5月7日第33次常务会议决定：张家明任北京市残疾人联合会主席；免去王宁的北京残疾人联合会主席职务；韩耕任北京市残疾人联合会副主席，免去尹培彦的北京市残疾人联合会副主席职务。

附录二

北京市“十三五”残疾人事业发展规划主要指标完成情况

来源：《北京市“十三五”时期残疾人事业发展规划中期评估报告》

2018年8月16日

序号	指标	目标	属性	进展情况
1	城乡残疾人家庭人均可支配收入年均增速（%）	高于城乡居民可支配收入年均增速	预期性	进展顺利。2017年底，北京市城镇残疾人家庭人均可支配收入38221元，农村残疾人家庭人均可支配收入18914元。城乡残疾人家庭人均可支配收入年均增速分别为13.9%、11.7%，基本实现与首都经济发展同步。
2	困难残疾人生活补贴目标人群覆盖率（%）	100	约束性	提前达标。13.24万人享有困难残疾人生活补贴，实现目标人群全覆盖。
3	重度残疾人护理补贴目标人群覆盖率（%）	100	约束性	提前达标。19.74万人享有重度残疾人护理补贴，实现目标人群全覆盖。

续表1

序号	指标	目标	属性	进展情况
4	农村困难残疾人家庭危房存量改造率（%）	100	约束性	进展顺利。“十三五”以来，按照“发现一户，改造一户”要求，完成农村困难残疾人家庭危房存量改造117户。
5	新增残疾人就业人数（万人）	[1.5]	约束性	进展顺利。2016年至2017年，新增就业8942人，达到任务指标的59.61%。
6	残疾儿童少年义务教育入学率（%）	99	约束性	提前达标。全市在园、在校就学残疾儿童少年达到7418人，义务教育入学率达99%以上，融合教育比例66.1%。
7	0—6岁儿童残疾筛查和康复服务覆盖率（%）	90	约束性	提前达标。市卫生计生委、市残联拟在全市开展0—6岁儿童残疾筛查工作，实现目标人群全覆盖；0—6岁残疾儿童基本康复服务全免费，持证残疾儿童康复服务覆盖率达到94.88%。
8	有需求残疾人基本辅助器具适配率（%）	100	约束性	进展顺利。辅具政策实现目标人群全覆盖。截至2018年6月，“辅具服务平台”注册总人数9.14万人，申请总人数2.42万人，评估人数1.42万人，订单成功2.68万个，补贴总金额3364万元。
9	残疾人社区文化体育活动参与率（%）	90	预期性	进展顺利。2017年，残疾人经常参加社区文化体育活动的参与率为40%。
10	残疾人法制宣传教育普及率（%）	90	约束性	进展顺利。通过广播电视普法、微信微博释法、“庭院式”送法等多种形式，加强法制宣传教育，1000万人次获益。
11	公共停车场按规定设置无障碍停车位的比例（%）	80	约束性	进展顺利。市交通委、市发展改革委、市残联等单位，按照北京市《公共停车场工程建设规范》标准建设无障碍停车设施。公共停车场按规定设置无障碍停车位的比例稳步提高。

续表 2

序号	指 标	目 标	属性	进展情况
12	社区（村）无障碍改造率（%）	70	约束性	进展顺利。2017 年底，全市社区（村）周边综合服务中心、医疗机构、学校幼儿园、商店小卖部、文体活动中心等公共服务场所，无障碍厕所和低位服务柜台覆盖率为 40%—50% 左右，出入口坡道覆盖率为 70%—80% 左右。
13	每万名残疾人拥有注册的助残社会组织数量（个），助残社会组织每年服务残疾人数量（万人次）	8，10	预期性	进展顺利。目前，每万名持证残疾人拥有 5.4 家助残社会组织，年服务 10 万人次。
14	郊区村级残疾人温馨家园建设数量（个）	100	约束性	进展顺利。2017 年全市村级残疾人温馨家园达到 87 家。

注：[ ] 表示五年累计数。

附录三

智慧服务，智慧管理，开创北京市智慧残联建设新局面

中国残联办公厅工作通报第 29 期　2018 年 11 月 15 日

按：北京市残联顺应新时代发展要求，贯彻落实党中央群团改革精神和中国残联七代会提出的任务目标，以服务残疾人为核心，推进智慧残联建设，创新信息化思维，整合服务平台，统筹系统建设，优化业务体系，全面提升精准化、精细化服务水平，践行群团改革要求，有效提升了残疾人的获得感、幸福感、安全感。现将北京市残联开展智慧残联建设工作的经验转发给你们，供学习借鉴。

进入新时代，党和国家对残疾人事业发展提出了新要求。北京市残联积极顺应新时代发展要求，改革创新工作思路，以残疾人为中心，以智慧服务和智慧管理为目标，开创智慧残联建设新局面。

一、落实群团改革精神，启动智慧残联建设

党的十九大报告指出，新时代我国社会主要矛盾已经转化为“人民日益增长的美好生活需要和不平衡不充分的发展之间的矛盾”。国家正在全面加快推进“互联网 + 政务服务”和“放管服”改革，深入开展以大数据为核心的信息系统整合共享，着力推动新型智慧城市建设。中共中央《关于加强和改进党的群团工作的意见》要求“群团组织勇于改革创新，通过创造性工作增强发展活力、赢得群众信任”。中国残联七代会要求认真落实党中央关于群团改革的系列要求，推动残疾人事业上一个新台阶。北京市高度重视“弱有所扶”工作，立足全国政治中心、文化中心、国际交往中心、科技创新中心“四个中心”城市战略定位，全面建设残疾人工作首善之区，奋力推进新时代首都残疾人事业高质量发展，为建设国际一流的和谐宜居之都而努力奋斗。北京市残联围绕残疾人事业发展和群团改革要求，转变思维，提出建设智慧残联，让广大残疾人朋友共享智慧城市建设新成果，共圆美好幸福中国梦。

二、以提升服务为核心，开展智慧残联顶层设计

北京市智慧残联建设以满足残疾人对美好生活的向往为出发点和落脚点，秉持“平等融合共享阳光”理念，围绕以残疾人为中心的“一个中心”，实现无处不在的智慧服务和科学高效的智慧管理“两个目标”，坚持精准、统筹、网络三个原则，启动了智慧残联顶层设计。

在顶层设计中，北京市残联以“理业务、建平台、精服务”为核心，建立以残疾人为中心的“互联网 +”服务体系；以“全汇聚、统管理、慧应用”为核心，打造以一卡通为载体的大数据管理体系；以“优架构、共基础、新技术”为核心，升级全面覆盖、快速响应的技术支撑体系；以“强组织、明标准、重安全”为核心，完善统筹有序、安全高效的组织保障体系。通过“四个体系”的建设，实现“服务全覆盖、管理全留痕、资源全透明、政策全公开、机会全公平”的智慧残联建设内涵，创建残疾人服务的首都品牌。

服务全覆盖：全面推进“互联网 + 残疾人服务”，用互联网思维优化和改造业务流程，让残疾人从多个渠道获得全面的服务，让各项服务全面覆盖应该享受服务的所有人群。

管理全留痕：持续完善智能化残疾人证应用，实现“一卡在手、服务全有”，让刷卡成为残疾人的行为习惯、工作人员的工作自觉。通过刷卡和信息系统的建设，实现残联工作的全面留痕，打造以一卡通为载体的大数据管理体系，为服务优化和工作决策提供科学有效的数据支撑。

资源全透明：通过智慧残联建设，把残联、政府和社会机构提供的残疾人服务资源梳理清楚，清晰地呈现给所有残疾人，并建立资源的动态更新机制，促进公共服务资源的有效配置和高效利用。

政策全公开：以事项的方式梳理政策，并用简明易懂的方式向残疾人全面展示，规范政策执行，降低公众和工作人员对政策理解的门槛，让政策普及到每个相关的残疾人。

机会全公平：通过服务事项的公开化和服务资源的透明化，减少时代发展给残疾人造成的数字鸿沟，通过智慧手段弥补残疾人障碍，让残疾人与健全人一样有参与社会的机会，促进残疾人服务均等化。

北京市智慧残联建设分步骤分阶段有序开展，从各项业务在智慧残联工作格局中“能上尽上”到“应上尽上”再到“应上必上”全面上网，逐步形成了“一网通办、一卡通行”的“互联网+残疾人服务”新格局，使残疾人获得感明显增强。

三、以“互联网+服务”为手段，开创智慧残联建设新局面

（一）建立以残疾人为中心的“互联网+服务”体系

一是开展业务梳理，推动服务上网。建立服务事项的动态目录管理机制，搭建残疾人需求服务框架，实现智能化匹配残疾人需求与服务，精准化推送服务资源。作为智慧残联工作的基础，北京市残联制定了《北京市残疾人服务事项要素规范》，编制了《北京市残疾人服务事项目录管理办法》，开发了残疾人服务事项目录管理系统，完成了涉残服务事项的梳理，形成了包括近期拟网办事项、待完善事项和其他委办局涉残服务事项三大类共百余项的事项清单，对所有服务事项按要素整理规范，编写办事指南，为事项的公开和服务的上网打下良好的基础。

二是建立统一的“互联网+残疾人服务”平台。已实现17项服务事项网上办理，2018年底前拟再增加9类事项的网上办理。建设网上服务的同时，整合线上服务渠道，扩展线下服务网点，以“互联网+残疾人服务”平台为基础，通过门户网站、移动客户端App、微信等多渠道开展线上服务，实现服务多入口可达。与北京市政府门户网站“首都之窗”共建残疾人服务频道、在“北京通”App上建设残疾人专版，整合了10多个委办局提供的50多项涉残服务，让残疾人使用公共渠道就可以一站式享受到专享服务，大大提升了残疾人的服务体验。便捷的服务吸引了残疾人的广泛参与，目前北京市残疾人网上服务平台注册用户已近20万，约占全市持证残疾人总数的38%。

三是优化业务服务。用互联网思维引导业务改造，在业务设计中减材料、减环节、减流程，变“群众跑腿”为“信息跑路”，变“群众来回跑”为“部门协同办”，让残疾人享受公共服务像网购一样方便。在残疾人辅助器具综合服务平台建设中，创新应用“互联网+”思维打破需求层层审批、供给逐级下发的旧有工作模式，实现了需求和供给的高效联结，获得了残疾人的广泛好评。该平台被评为第二届（2016）中国“互联网+政务”优秀实践案例50强，并纳入“国家政务信息系统整合共享应用试点”被国务院推广。2017年，市残联进一步优化服务，通过市级共享交换平台，获得民政局、人社局等部门数据，在残疾人城乡基本医疗保险免缴核实等业务工作中，不用残疾人提供任何材料，甚至不用申请，直接享受保险补贴等服务，既提高了工作效率，又方便了残疾人。

（二）打造以智能化残疾人证为载体的大数据管理体系

一是完善数据采集。以智能化残疾人证为载体，推动各类数据的全面采集与汇聚。基于卡片实现业务数据、服务数据、调查数据、其他数据全采集。设计并试点应用了以职康站为代表的阵地服务型和以居家康复为代表的社会服务型两种模式的数据全采集。实现与10多个部门206项数据交换共享，累计共享数据超过3.3亿条。

二是加强数据管理。对多渠道汇聚的数据进行全面梳理，形成一数一源机制，建立数据资源目录，实现“以目录管数据”。从数据使用频率、数据量、数据来源、数据类型等维度，对现有20多个业务模块及从涉残单位共享的数据进行梳理，共完成2881项数据梳理。编制了《北京市残疾人联合会数据管理办法》，对数据资源实现分级分类管理、分工负责的工作机制，加强数据质量的全流程管控，建立市残联数据资源目录框架，开展数据资源技术框架建设。

三是提升数据使用。用数据支撑决策，调控力度、调整角度、把控进度；用数据深化服务，实现数据多跑路，群众少跑腿，业务流程优化；用数据加强管理，承载政策应用，开展精细管理，保障活动开展；用数据引入资源，接入社会数据、推动社会服务，吸纳社会力量；用数据建立“用户画像”，打造亮点应用，用大数据促进保障和改善民生。

（三）构建灵活便捷的技术支撑与规范高效的组织保障体系

一是构建灵活便捷的技术支撑。优化北京市残联整体信息化技术架构，全面支撑新业务需求的快速响应和服务实现；开展残疾人服务系统整合，通过互联网门户和政务外网门户建设，加强内部管理和外部服务的统一支撑。完善网络向基层服务单位延伸，拓展移动网络服务能力，逐步将残联信息系统迁移到全市统一的政务云机房。研究探索人脸识别、语音识别等新技术在残疾人服务中的应用，提升残疾人的服务体验；试点推动高科技产品在残疾人康复、出行等不同场景中的应用，带动技术创新在残疾人服务领域的落地。

二是遵循相关标准，融入工作大局，加强组织保障。遵循国家和北京市关于残疾人事业发展和信息化建设相关要求和部署，顺应“互联网+”和大数据时代发展要求，依托中国残联和北京市残疾人事业总体规划和信息化建设总体框架，与中国残联、北京市政务服务中心实现服务对接和数据共享，充分利用市级已有基础设施、共性平台和数据资源，实现对内业务简化与高效办理，对外服务整合与精准开展。强化领导决策、统筹协调和监督考核作用，加强残疾人工作者信息化素养建设，创新政企协同工作模式。加强业务标准建设，提高规范化水平，完善信息化全流程管理。加强安全管理，注重隐私保护，建立应急处理常态机制。建立信息化工作组织体系，并制定各项管理办法，保障各项工作规范运行。

（李玲利供稿）

天津市残疾人事业和残疾人工作

一、领导讲话

天津市副市长、市残联主席团主席曹小红在市残联第六届主席团第七次全体会议暨全市残联工作会议上的讲话摘要

2018年2月8日

一、不忘初心、牢记使命，切实肩负起推进新时代残疾人事业发展的历史重任

要认真贯彻落实总书记的重要要求和十九大的重要部署，始终坚持以人民为中心的发展思想，把残疾人工作摆在更加重要的位置，增进残疾人民生福祉，促进残疾人平等参与和全面发展，不断提升残疾人的获得感、幸福感和安全感。

二、抢抓机遇、真抓实干，奋力开创新时代残疾人事业发展新局面

第一，推进残疾人民生保障工作要聚焦“精准”。低保低收入残疾人是民生保障工作的重点对象。在制定扶助政策措施时，要聚焦困难程度最重、扶持难度最大、应对急难风险能力最薄弱的残疾人群体。一要精准识别。搞清楚“帮扶谁”的问题，对辖区内生活困难残疾人要争取“建档立卡”，把符合条件、最需要帮扶的困难残疾人甄别出来，纳入建档立卡数据库。二要精准纳入。有了帮扶对象，更要解决好“谁来帮”的问题，要在“政策纳入”“项目纳入”“考核纳入”上下功夫，形成市里负总责、区里抓落实、工作到村居、帮扶到每户、受益到个人的工作机制。三要精准施策。各级残联要认真谋划，在解决好“怎么扶”的问题上动脑筋、做文章。在制定民生保障政策时，充分考虑残疾人群体的特殊性；在政策落实、项目实施、资金分配上，对残疾人给予倾斜和重点支持。

第二，推进残疾人基本公共服务要着力补短板、强弱项。抓住供给侧结构性改革这一重大契机，通过实施重点项目，提升残疾人服务效率和质量。一是加强残疾人康复服务。要坚持政府主导、部门联动的工作机制，提升精准服务能力，建立更加多元化的康复服务体系。要加大对康复事业的投入，保障康复救助项目实施、康复设施建设和康复人才培养。要强化督办考核，把残疾人精准康复服务供给成效逐步列入政府目标管理绩效考核范围，作为残工委成员单位工作考核的重要内容。二是提升残疾人就业服务水平。要因人因地制宜实施残疾人职业技能、实用技术等培训项目。要加强残疾人就业创业服务平台建设，提高服务水平，帮助残疾人尤其是残疾人大学生实现就业创业梦想。要通过岗位、保险补贴一揽子政策，扶持新就业形态，拓展就业空间。三是强化残疾人权益保障。要高度重视残疾人权益保障工作，加大涉法涉诉案件中残疾人权益保障力度。要健全残疾人法律救助机构，提升残疾人法律救助规范化、专业化水平。四是推动残疾人服务机构建设。要充分发挥医疗卫生机构、残疾人集中就业机构、残疾人福利机构等机构的作用，为残疾人提供优先优惠的服务。要加强市、区和基层残疾人康复、就业、托养等专业服务机构、设施和人才队伍建设，完善各级残疾人综合服务设施，织牢公共服务供给基础网络。

第三，围绕满足残疾人日益增长的美好生活需要促进全面融合发展。在下大力气改善残疾人物质生活条件的同时，要更加重视残疾人的融合发展，更加重视丰富残疾人的精神文化生活，更加重视提升残疾人的获得感、幸福感和安全感。一是提高残疾人教育融合水平。要着力破除入学环节的各种障碍，确保残疾儿童享有平等接受普通教育服务的机会。要根据残疾人的需求和特点，制定和实施发展残疾人职业教育的政策措施，推动发展以职业教育为重点的残疾人高中阶段教育。要以残疾学生的职业发展和社会参与为目标，帮助他们解决好走出校门、融入社会的问题。二是促进残疾人文化融合。要做到“共享”，将残疾人文化事业融入社会大文化建设体系，为残疾人提供基本、均等的公共文化服务。要做到“共融”，即共同融入社会文化活动，将残疾人自编自演自看，变为同健全人同看共演、共享同乐。要做到“共创”，共同创造既有一般社会文化的审美价值也有残疾人自身独特精神内涵的文化作品和产品，体现残疾人拼搏向上的坚强意志，宣传残健携手的互助理念。三是推进社会无障碍环境建设。要切实将无障碍环境建设纳入城镇、社区（村）建设规划，全面系统开展公共服务设施无障碍建设，夯实残疾人衣食住行的无障碍保障基础。要加强对公共场所无障碍设施的管理和联合督查力度，确保设施状况良好、残

疾人随时能够用得了。要逐步推进残疾人家庭和社区无障碍改造提标扩面，满足广大残疾人居家和出行需求。

第四，全力以赴做好2019年第十届全国残运会暨第七届特奥运动会的组织筹备工作。残运会筹备工作小组已经成立了7个部门。3月份，筹委会19个工作部门将全部到位。从现在到2019年残运会开幕，只剩下一年半的时间，大量繁杂、细致、深入的工作需要我们去做。我们已经召开了多次筹备工作部署会，相关工作部门和成员单位的职责分工已经明确，下一步，要立即行动起来，强化责任，制定目标任务，推动筹备工作顺利开展。一是认识要再提高。市残联是筹办残运会的重要责任部门，要从讲政治的高度，进一步增强责任意识、主场意识，高度重视残运会组织筹备工作，把这项工作提到最重要议事日程上予以推动。二是精力要再集中。筹备工作要一把手负总责，亲自过问，所抽调人员要尽快到岗到位，集中精力，全力筹备。要充分发扬敢打硬仗、吃苦耐劳的精神，增强工作的主动性、针对性、有效性，全面推进各项工作。三是合力要再增强。大型残疾人综合性运动会的组织工作，既是一项庞大复杂的系统工程，又有其特殊性，各项工作既相互独立，又相互联系；既要分工负责，又需密切配合。各责任部门和责任人要按照职责分工，加强对接，通力协作，形成上下联动、左右衔接、联系紧密的工作机制。四是督查要再加强。筹委会要按照总体方案确定的阶段工作任务要求，加强对筹备工作的监督检查，确保各项任务及时落实。要全面掌握和及时报告各项工作运行情况，及时处理各类问题，确保万无一失。

三、强化责任、担当作为，切实加强和改进残联工作

一是要切实履行好政府残工委日常工作职能。二是要在群团改革中找准自身定位。要加强党的建设，把准政治方向，健全政治引领和组织保障机制。要优化部门职能，进一步优化机关部门和直属单位的职责分工，增强公益性和服务性。要健全运行机制，进一步完善符合残联工作规律和特点的决策机制、执行机制、监督机制。要提升动员能力，完善购买服务、志愿服务和公益慈善等激励机制，引导社会各界广泛参与残疾人事业发展。要强化基础管理，使残联工作更接地气，始终在阳光下运行。三是要抓住换届契机推动残疾人组织建设再上新台阶。

天津市委副书记、市长、全国第十届残运会暨第七届特奥会筹委会主任张国清在全国第十届残运会暨第七届特奥会筹委会成立大会上的讲话摘要

2018年5月29日

习近平总书记对发展残疾人事业格外关心，对发展体育事业高度重视，做出了一系列重要指示批示，为我们推动残疾人事业发展、加快建设体育强市，特别是高水平办好残运会暨特奥会指明了方向。我们要把思想行动统一到习近平总书记重要指示精神和中央决策部署上来，按照市委工作要求，精心组织、加快推进，把本届残运会暨特奥会办成一届“创新、务实、节俭”的高水平体育盛会。

要把残运会暨运动会作为展示我国社会文明进步取得巨大成就的重要窗口，展示新时代残疾人运动员自强不息、乐观向上、勇于拼搏精神风貌的重要舞台，展示天津改革开放和现代化建设成就的有利契机，推进我市残疾人工作和各项社会事业发展的重要机遇，发扬全运会精神，办好残运会暨特奥会，向党中央和全国人民交上一份满意的答卷。

要坚持“绿色、共享、开放、廉洁”的办会原则，以高标准、高质量推进各项筹备工作。要完善工作机制，健全工作机构，细化任务流程，确保组织推动有力有序。要强化组织服务保障，认真做好开闭幕式展演、竞赛安排、接待联络、志愿服务、医疗保障、食品安全、安全保卫等工作，确保赛事运行顺畅安全。要注重细节、精益求精，进一步提高无障碍设施水平，确保各类设施完备优质。要落实绿色理念，科学合理布局场馆，着力提升已有场馆的使用率，务求简朴简约、创新出彩、体现特色。

要把残运会筹备工作与促进残疾人事业发展、精神文明创建、“五个现代化天津”建设结合起来，推进残疾人体育事业全面发展，强化残疾人服务和保障工作，进一步营造关爱残疾人的良好氛围，推进全市残疾人事业发展再上新水平。

市委常委、市委组织部部长、市残联主席团名誉主席喻云林在天津市残联第七次代表大会闭幕会上的讲话摘要

2018年6月26日

一、提高政治站位，增强新形势下做好残疾人工作的责任感、紧迫感和使命感

要提高政治站位，坚持以习近平新时代中国特色社会主义思想为指引，把残疾人工作放到党和国家工作大局中来思考、谋划和推动。要坚持问题导向，着力破解制约残疾人工作发展的瓶颈，以新思想新理念新举措引领残疾人工作新发展。要采取务实管用、高效便捷的方法举措，直奔现场、直奔问题，用心用情用力解决残疾人的困难和问题。每个残疾人的背后都是一个或者几个家庭，他们的获得感、幸福感如何，直接关系到全面小康社会的质量。距离2020年还有两年，实现残疾人脱贫解困、全部步入小康，时间紧、任务重。各级残联组织要切实增强责任感、紧迫感，敢于挑最重的担子，敢于啃最硬的骨头，在赶进度、补短板上做足文章，盯紧抓实达标，绝不辜负党和人民的重托。牢牢把握机遇，切实担当作为，积极乘势而上，将做好残疾人工作融入全市工作大局中，推动我市残疾人工作再上新的台阶。

二、加强各级残联组织建设，提高凝聚力战斗力

（一）毫不动摇加强党的建设。党的十九大强调，要坚持党对一切工作的领导，这是做好各项工作的根本保障，残

疾人工作也不例外。党中央和市委关于加强和改进群团工作的相关意见中也明确要求，坚持党对群团工作的统一领导，发挥群团组织中党组的领导核心作用。为此，要进一步加强残联组织自身建设，确保职能作用充分发挥。要切实把全面从严治党的各项要求贯彻整个残联系统，教育引导党员干部和残疾人工作者坚定理想信念，坚守党的根本宗旨，全心全意为残疾人服务。

（二）坚持不懈强化正风肃纪。群团组织改革的要求是增“三性”、去“四化”，要坚持以残疾人为本，创新服务形式，坚决反对“四风”，坚持把残疾人的冷暖安危放在心上，走出机关大院、走出办公室，更多地走到残疾人朋友当中，面对面了解需求、听取建议、解决难题。要严肃纪律规矩，筑牢底线、守住防线，绝不越雷池半步。要加强廉政建设，突出风险防控，及时堵塞漏洞，抓早抓小、防微杜渐，以严格监督、严肃问责倒逼责任落实，对违法违规、政策落实不力等现象做到“零容忍”。

（三）持之以恒提升能力水平。残疾人工作政策性、专业性强，涉及面广，随着经济社会快速发展，广大残疾人的需求日益多元化，物质追求和精神追求并存。要加强残疾人工作者全员教育培训，不断提高综合素质和专业素养，以保证各项政策规定落地到位。要顺应残疾人对美好生活的新期待，提升工作的针对性、实效性，确保精准精确，有效提升服务质量。

三、健全联动机制，共同开创残疾人工作新局面

残疾人事业是一项重要而系统的民心工程，几乎涉及公共服务的各个领域。在新形势面前，残疾人工作由残联推动向部门联动转变也势在必行，这就亟须全市各部门联动，形成合力，共同推动残疾人事业健康有序发展。

（一）加强组织领导。全市各部门、各单位要不折不扣落实好党中央和市委市政府的部署要求，把实现残疾人同步小康工作纳入职责范围，列入议事日程，层层传导压力，层层压实责任，坚决杜绝“上热中温下冷”现象，特别是要让中间层成为“传热层”而非“隔热层”。具体而言，大量的残疾人工作要在基层落实，要进一步加强基层残联组织建设，做到人员实、责任明、制度全，把工作落细、落实、落小。市委市政府也将一如既往地加强统筹谋划，狠抓责任落实，强化监督考核，加大保障力度，夯实发展基础。

（二）形成工作合力。残工委成员单位要严格履行残疾人工作职责，严格落实各项优惠政策，创新优惠措施，及时协调解决急事难事。各级残联组织要认真履行“代表、服务、管理”的职能，充分发挥桥梁纽带作用，切实把残疾人朋友团结和凝聚在党的周围，让他们成为两个文明建设的积极力量。各相关单位要进一步明确职责分工，各司其职、各尽其责，加强协同配合，完善长效机制，有效维护残疾职工、青年、妇女、儿童和老人的合法权益，确保政策落地生根。

（三）营造良好氛围。要进一步加大宣传力度，积极弘扬社会正能量，宣传残疾人自强典型和助残先进事迹，进一步激发全社会关心关注、帮助扶助残疾人的热情和爱心。要打造更多工作亮点，开展形式多样的活动，激励残疾人朋友奋勇攀登、超越自我，积极参与美丽天津建设的生动实践。不断壮大志愿者队伍，鼓励社会组织开展残疾人专业服务，大力发展残疾人慈善事业，充分调动社会各界力量，营造浓厚的残疾人工作氛围。

二、政策法规文件

关于印发《天津市2018年20项民心工程》的通知

津党发〔2018〕6号

二、积极救助困难群众

7. 为低保、低收入家庭中的残疾人每年提供水电气补贴。

十、关爱市民健康生活

32. 提升残疾人康复服务水平，改造残疾人康复服务指导中心，年康复门诊和训练量增加1万人次。

天津市残疾人就业规定

天津市人民政府令第9号

第二条 本市对残疾人就业实行集中就业与分散就业相结合的方针，发展残疾人自主创业、灵活就业、辅助性就业等多种就业形式，为残疾人就业创造条件。

第三条 市、区人民政府应当加强对残疾人就业工作的统筹规划和综合协调，将残疾人就业纳入国民经济和社会发展规划，结合实际制定优惠政策和具体扶持保护措施。

第四条 各级残疾人联合会依照法律、法规或者接受政府委托，负责残疾人就业工作的组织实施与监督。

人力资源和社会保障部门及所属的就业服务机构应当为残疾人提供就业援助服务，鼓励和扶持职业培训机构为残疾人提供职业培训，组织残疾人定期开展职业技能竞赛。

市、区残疾人联合会所属的残疾人就业服务机构具体承担残疾人就业调查、职业培训、职业指导、职业介绍等工作。

民政、发展改革、财政、市场监管、税务、教育、卫生、农业、商务、统计等有关部门，工会、共青团、妇联等群团组织，应当在各自的工作范围内做好残疾人就业工作。

第五条 机关、团体、企业、事业单位和民办非企业单位等组织（以下统称用人单位）应当依照有关法律、法规和本规定，履行扶持残疾人就业的责任和义务。

第六条 鼓励社会组织和个人通过多种渠道和形式，帮助、支持残疾人就业。禁止在就业中歧视残疾人。

残疾人应当提高自身素质，增强就业能力。鼓励残疾人自主择业、自主创业。

第七条　市、区人民政府对在残疾人就业工作中做出显著成绩的单位和个人，按照国家和本市有关规定给予表彰和奖励。

第八条　用人单位应当为残疾人职工提供适合其身体状况的工种、岗位、劳动条件和劳动保护，对其工作场所和工作环境进行必要的无障碍建设和改造，为残疾人无障碍信息交流提供便利条件。

用人单位应当保障残疾人职工在晋职、晋级、岗位聘任、职称评定、劳动报酬、社会保险、生活福利、休息休假等方面等同其他职工。

第九条　用人单位应当按照本单位在职职工总数1.5%的比例安排残疾人就业。用人单位招用外省（自治区、直辖市）残疾人的，应当计入所安排的残疾人职工人数之内。

第十条　用人单位安排残疾人就业达不到规定比例的，应当依法缴纳残疾人就业保障金（以下简称保障金）。

保障金按上一年度用人单位安排残疾人就业未达到规定比例的差额人数和本单位在职职工年平均工资之积计算缴纳。

第十一条　用人单位应当每年按照规定向残疾人就业服务机构申报上年度本单位实际安排残疾人就业人数。

用人单位应当按本单位在职职工人数、在职职工工资总额和经残疾人就业服务机构审核后的本单位上年实际安排残疾人就业人数，向税务机关申报并按规定缴纳保障金。

第十二条　用人单位招用残疾人职工，应当依法与其签订劳动合同，支付不低于本市最低工资的劳动报酬，并依法为其缴纳社会保险。对合同期满的残疾人职工在同等条件下优先续签合同。

第十三条　市、区人民政府应当建立用人单位按比例安排残疾人就业及缴纳使用保障金公示制度。

本市将用人单位安排残疾人就业情况纳入信用信息共享平台和有关先进单位评选标准，列入履行社会责任内容。对不按比例安排残疾人就业，且拒不缴纳保障金的，按规定列入不良征信记录，定期向社会公布。

第十四条　市、区人民政府及其部门应当确定适合残疾人生产、经营的产品、项目，优先安排集中使用残疾人的用人单位和残疾人创办的企业进行生产或者经营。

在政府采购活动中，集中使用残疾人的残疾人福利性单位依法享受政府采购扶持政策。

在政府采购时，应当将参与采购单位安排残疾人就业情况纳入评标体系，予以量化加分或者价格扣除。

第十五条　市、区人民政府及市场监管、税务、卫生健康、城市管理、金融监管等部门和供水、供电等单位应当制定和完善对残疾人自主择业、自主创业的扶持政策。有关部门应当对符合条件的自主择业、自主创业的残疾人按规定给予社会保险补贴、创业补贴。

第十六条　农业农村部门和供销社、金融机构等，应当对从事农业生产劳动的农村残疾人在生产服务、技术指导、农用物资供应、农副产品收购和信贷等方面给予相关帮助。

第十七条　市、区人民政府应当大力支持在就业年龄段内有就业意愿但难以进入竞争性劳动力市场的智力、精神和重度肢体残疾人从事生产劳动，向其提供工资性补贴和社会保险补贴，并对其所在的就业机构给予设施设备、无障碍改造等补助。

第十八条　各区人民政府应当根据本地实际开发适合残疾人就业的公益性岗位。社区、村残疾人服务岗位应当优先用于安排符合条件的残疾人。

社区卫生服务中心、康复机构和政府兴办的相关服务机构设有保健按摩科室的，在同等条件下应当优先安排有从业资格的盲人按摩人员。

第十九条　本市建立和完善促进残疾人就业政策，对超比例安排残疾人就业、新招用残疾人就业、吸纳残疾人高校毕业生就业的用人单位，按照规定给予补贴奖励。

第二十条　每月安置的残疾人占在职职工人数的比例不低于25%（含25%），并且安置的残疾人人数不少于10人（含10人）的用人单位和每月安置的残疾人占在职职工人数的比例不低于25%（含25%），并且安置的残疾人人数不少于5人（含5人）的盲人按摩机构，按照国家有关规定享受税收优惠政策。

第二十一条　各级人力资源和社会保障、税务、市场监管等有关部门应当根据工作需要，向同级残疾人联合会通报用人单位登记信息及在职职工人数等信息。

公务员主管部门应当在公务员公开招考工作中，根据招录机关需要，开展残疾人招录工作，并适时对残疾人公务员进行专项统计。

第二十二条　市、区残疾人就业服务机构应当为残疾人就业和用人单位提供下列服务：

（一）汇集、发布残疾人就业需求与用人单位岗位信息；

（二）组织开展残疾人职业培训和技能竞赛；

（三）为残疾人提供职业心理咨询、职业适应评估、职业能力鉴定、职业康复训练、求职定向指导、职业介绍等服务；

（四）为残疾人自主就业创业提供必要的帮助；

（五）为用人单位安排残疾人就业提供必要的支持和相关服务；

（六）其他服务。

第二十三条　人力资源和社会保障部门应当将用人单位按比例安排残疾人就业等情况纳入劳动保障执法监察范围。残疾人职工与用人单位发生劳动人事争议的，劳动人事争议仲裁部门应当依法为其提供便利条件，法律援助机构应当依法为其提供法律援助，残疾人联合会应当给予支持和帮助。

第二十四条 用人单位违反本规定，采取虚报安排残疾人就业人数等手段，骗取税收优惠待遇的，由税务机关依法处理。

第二十五条 有关行政主管部门、单位及其相关工作人员违反本规定，滥用职权、玩忽职守、徇私舞弊，构成犯罪的，依法追究刑事责任；尚不构成犯罪的，依法给予处分。

第二十六条 用人单位安排的持有中华人民共和国残疾军人证（1至8级）的人员也计入其按比例安排残疾人就业人数。

第二十七条 本规定自2019年3月1日起施行

天津市无障碍环境建设管理办法

天津市人民政府令第30号

第四条 市、区人民政府负责组织编制无障碍环境建设发展规划并组织实施，将无障碍环境建设发展规划纳入国民经济和社会发展规划以及城乡规划，定期组织无障碍环境建设情况评估。

编制无障碍环境建设发展规划，应当征求残疾人组织等社会组织的意见。

第五条 城乡建设行政主管部门负责本行政区域内无障碍设施工程建设的监督管理工作，依法对无障碍设施工程建设情况实施监督检查。

发展改革、规划、信息化、交通运输、公安、文化广播影视、新闻出版、卫生计生、教育等行政主管部门，在各自职责范围内做好无障碍环境建设及相关管理工作。

残疾人联合会配合相关部门做好无障碍环境建设发展规划的制定和实施工作，做好残疾人家庭无障碍改造工作。

……

第八条 任何单位和个人不得损坏、侵占无障碍设施或者改变无障碍设施的用途。

对损坏、侵占无障碍设施以及改变无障碍设施用途的行为，任何单位或者个人可以向有关行政主管部门投诉、举报。有关行政主管部门接到投诉、举报后，应当及时依法处理。

第九条 残疾人联合会等社会团体及其他有关单位和个人可以就无障碍环境建设情况向有关部门、单位提出意见和建议。有关部门、单位应当及时办理和答复。

第十条 市、区人民政府对在无障碍环境建设及其管理工作中做出突出贡献的单位和个人，按照国家和本市有关规定给予表彰和奖励。

第十一条 本市新建、改建、扩建道路、公共建筑、公共交通设施、居住建筑、居住区的无障碍设施，应当按照无障碍设施工程建设标准建设，并与建设项目主体工程同步设计、同步施工、同步交付使用。

新建的无障碍设施应当与周边的无障碍设施相衔接。

第十二条 有关单位进行建设项目施工图设计文件审查时，对未按照国家无障碍设施工程建设强制性标准进行无障碍设计的，不予审查通过。

第十三条 新建、改建和扩建的建设项目，建设单位在组织建设工程竣工验收时，应当对无障碍设施进行验收；无障碍设施未按照经审查合格的设计文件和施工技术标准施工的，不得通过竣工验收。

下列建设项目在组织竣工验收前，建设单位根据实际情况邀请残疾人等代表试用，听取残疾人等代表对无障碍设施的试用意见：

（一）国家机关、事业单位的对外服务场所；

（二）交通运输、文化、体育、教育、医疗卫生、旅游等公共服务场所；

（三）金融、邮政、电信等营业场所；

（四）大中型商场、餐饮、住宿等商业服务场所；

（五）供养、托养机构等公共场所。

第十四条 无障碍设施改造由所有权人或者管理人负责。

无障碍设施所有权人或者管理人应当按照市、区人民政府制定的无障碍改造计划进行改造。

第十五条 无障碍设施所有权人或者管理人应当对无障碍设施予以保护，发生损毁或者出现故障及时进行维修，确保无障碍设施正常使用。

无障碍设施所有权人和管理人应当约定对无障碍设施的维护、修复责任；没有约定的，无障碍设施所有权人应当承担维护、修复责任。

第十六条 市、区人民政府应当优先推进下列机构、场所的无障碍改造：

（一）特殊教育、康复、社会福利等机构；

（二）国家机关的对外服务场所；

（三）文化、体育、医疗卫生等公共服务场所；

（四）交通运输、金融、邮政、电信、商业、旅游等公共服务场所；

（五）街道、乡（镇）及社区（村）的公共服务场所。

第十七条 本市大中型公共服务场所的公共停车场和大型居住区的停车场，应当按照无障碍设施工程建设标准设置并标明无障碍专用停车位，根据实际情况可以免收停车费。

无障碍专用停车位为肢体残疾人驾驶或乘坐的机动车专用。

第十八条 本市主要道路、主要商业区、大型居住区的人行天桥和人行地下通道，应当按照无障碍工程建设标准配备无障碍设施；人行道交通信号设施应当逐步完善无障碍服务功能。

第十九条 机场、火车站、长途汽车站、客运码头等交通枢纽场所应当逐步设置具有语音、文字转换功能的电子屏幕，并设立无障碍通道。有条件的场所应当指派工作人员为残疾人和其他有需求的人员提供必要的无障碍服务。

城市轨道交通站点、公共汽车站点的无障碍设施应当符合国家标准，适合各类残疾人和其他有需求的人员使用。

城市轨道交通和公共汽车等公共交通工具应当逐步完善无障碍设施。

对采取改装或者购置的方式推行使用无障碍出租车辆的，政府有关部门应当给予支持。

第二十条 无障碍设施应当按照国家标准设置无障碍标识。

无障碍标识应当规范、清晰、明显。

第二十一条 因城市建设或者重大社会公益活动需要临时占用无障碍设施的，应当按照有关规定办理。

临时占用无障碍设施，占用单位应当设置警示标志或者信号设施。临时占用期满后，占用单位应当及时恢复无障碍设施的原状。

第二十二条 市、区人民政府应当将无障碍信息交流纳入信息化建设规划，并采取措施推进信息交流无障碍。

第二十三条 市、区人民政府及其各部门发布重要政府信息或者与残疾人相关的信息，应当创造条件为残疾人获取公共信息提供便利。

第二十四条 本市应当为残疾人参加各类升学考试、职业资格考试和任职考试提供便利；有盲人参加的，应当为其提供盲文试卷、电子试卷，或者由专门的工作人员予以协助。

第二十五条 本市应当为残疾人参加选举提供便利，并根据需要为视力残疾人提供盲文选票。

第二十六条 市、区电视台应当创造条件，在播出电视节目时加配字幕，每周播放至少一次配备手语的新闻节目。

公开出版发行的影视类录像制品应当配备字幕。

第二十七条 市、区人民政府设立的公共图书馆应当创造条件开设视力残疾人阅览室，为视力残疾人阅读书籍、使用互联网提供便利。

第二十八条 公共服务机构和公共场所应当创造条件为残疾人提供语音和文字提示、手语、盲文等信息交流服务，并提供优先服务和辅助性服务。

第二十九条 国家机关、企业事业单位、社会团体举办有听力残疾人集中参加的大型会议或者活动时，应当配备手语翻译或者提供字幕。

第三十条 社区公共服务机构和公共场所应当逐步完善无障碍设施，为残疾人等社会成员提供参与社区生活的无障碍服务。

第三十一条 火警、求助报警、医疗急救、交通事故等紧急呼叫系统，应当逐步完善适合听力和言语残疾人使用的文字信息报警、呼救功能。

第三十二条 对有需求并且具备改造条件的贫困残疾人家庭进行无障碍改造的，市、区人民政府应当按照规定项目和标准给予无障碍改造补助。

第三十三条 违反本办法规定有下列行为之一的，由相关行政主管部门依法予以处罚：

（一）设计单位未按照国家有关无障碍设计规范和标准设计无障碍设施的；

（二）施工单位未按照审查合格的施工图设计文件和国家有关施工规范、标准进行无障碍设施施工的；

（三）建设单位将未经验收或者验收不合格的无障碍设施交付使用的；

（四）监理单位未按照无障碍设计规范、标准执行监理，将不合格的无障碍设施建设工程以及建筑材料、建筑构配件和设备按照合格签字的。

第三十四条 违反本办法规定，损坏无障碍设施，或者改变无障碍设施用途的，由有关行政主管部门依法予以处罚。

第三十五条 有关单位及其工作人员违反本办法规定，不履行法定职责或者滥用职权的，对直接负责人和相关责任人依法给予处分；构成犯罪的，依法追究刑事责任。

天津市残疾儿童康复救助制度实施办法

津政发〔2018〕23号

第二章 救助对象

第七条 救助对象应符合下列条件：

（一）年龄一般应为0—7岁，部分项目的救助对象年龄可延长至17岁。

（二）具有本市户籍，或者其父亲（母亲）有本市居住证并连续3年在本市纳税或缴纳社会保险。

（三）持有残疾人证或有定点康复机构诊断证明。

（四）接受本办法所列康复救助项目服务。

第三章 救助项目和补助标准

第八条 医疗手术类：

（一）对0—7岁儿童角膜移植手术费用补助1万元/眼。

（二）对0—17岁儿童先天性白内障复明手术费用补助1万元/眼。

（三）对0—7岁（言语能力评估达到三级及以上者放宽至14岁）儿童植入人工耳蜗提供补助。购买人工耳蜗产品费用，对低保家庭的儿童补助15万元，对非低保家庭的儿童补助11.2万元。人工耳蜗手术及术后调机费用补助1.2万元。

（四）对0—7岁儿童唇腭裂手术费用补助1万元。

（五）对0—7岁儿童髋关节发育不良干预费用补助0.15万元。

（六）对0—17岁儿童肢体残疾矫治手术费用补助1.7万元/次。

第九条 康复训练类：

（一）对0—7岁听力、肢体、智力、多重残疾儿童和孤独症（谱系障碍）儿童康复训练费用补助每月不超过0.2万元，每年度不超过2万元。

（二）对0—7岁唇腭裂儿童手术后接受言语矫治训练费用补助1万元。

（三）对0—17岁视力残疾儿童接受视觉康复训练费用补助0.24万元。

（四）对0—17岁肢体残疾儿童每次矫治手术后康复训练费用补助0.6万元。

第十条 辅助器具类：

（一）对0—17岁肢体残疾儿童装配假肢每例补助1万元，1年内不重复补助。

（二）对0—17岁肢体残疾儿童装配矫形器每例补助0.4万元，1年内不重复补助。

（三）对0—17岁肢体残疾儿童适配其他肢体类辅助器具补助0.15万元，2年内不重复补助。

（四）对0—17岁视力残疾儿童适配视力类辅助器具补助0.1万元，2年内不重复补助。

（五）对4—17岁听力残疾儿童适配助听器补助0.6万元，5年内不重复补助。

关于建立低保低收入家庭中的残疾人生活用水、电、燃气补贴制度的通知 津残联〔2018〕50号

一、补贴对象

享受本市最低生活保障待遇或低收入救助家庭中的残疾人。

二、补贴标准

对符合条件的困难残疾人，按照每年每人24立方米生活用水、180千瓦时生活用电、24立方米生活用气（注：按照市发展和改革委员会公布的居民用水、电、燃气价格：生活用水4.9元/立方米，生活用电0.49元/千瓦时，生活用燃气2.4元/立方米）标准，按月核定按年发放水电气补贴。

三、补贴发放

每年11月底前，由区残联组织街道（乡、镇）残联受理、审核、发放困难残疾人水电气补贴，涉及申请材料、审核程序、补贴发放、续发核查和年底补发等内容由市残联另行制定。

四、资金来源和资金拨付

补贴资金由区级负担，市财政给予转移支付补贴。

关于认真做好天津市残疾青壮年文盲扫盲工作的通知 津残联〔2018〕109号

三、目标任务

到2020年底全市残疾青壮年文盲脱盲人数达到残疾青壮年文盲入库总数的30%以上，各区实现残疾青壮年文盲人数年度减少不低于10%的总体目标。

四、主要措施

（一）摸清底数，确定扫盲对象，分析扫盲教育需求。

（二）编制教材，提高扫盲教育针对性。

（三）建立残疾青壮年动态脱盲标准。

（四）开展多种形式扫盲教育。

充分利用学校、培训机构、社区、家庭等资源，采取集中办班、送教上门、小手牵大手（孩子教父母）、信息化扫盲等多种形式，将扫盲教育在我市广大城乡开展起来。在扫盲工作中要积极探索集中与分散相结合、以分散为主的扫盲教育方法。

（五）加强师资队伍建设。

充分利用各种资源和服务平台开展扫盲教育。一是以特教学校为重点开展扫盲教育，由特教教师的示范教育辐射带动扫盲工作；以街乡镇残联为基础、社区村残疾人专职委员为骨干、残疾人亲友、爱心人士、退休教师等人员为补充实施扫盲工作。二是利用政府购买服务，由资质齐全的各类培训机构、成人教育机构、社区教育机构等机构承担扫盲工作。三是利用各区产业扶贫项目、共青团组织的青年志愿者阳光助残计划等服务项目、妇联组织的农村妇女学校等培训资源开展扫盲教育。四是开展扫盲教师有针对性的岗前组织短期培训。

（六）加强脱盲后继续教育与管理，巩固脱盲成果。

（七）从源头上遏制新产生残疾文盲。

（八）制定并落实好扫盲工作年度计划。

五、工作要求

（一）加强组织领导，部门形成合力，明确责任分工。

（二）加大扫盲工作的经费投入和正确使用。

（三）加强宣传引导，动员更多力量参与扫盲。

（四）加强对扫盲工作的检查指导，建立年度报告制度。

（五）成立市区两级扫盲工作领导小组及办公室。

关于调整我市超比例安排残疾人就业补贴奖励有关规定的通知 津残联〔2018〕136号

市残联、市财政局联合印发。

一、两个补贴奖励办法中，“残疾人”现指持有中华人民共和国残疾人证和中华人民共和国残疾军人证（1至8级）的人员；“单位在职职工总数”现指用人单位向税务机关申报缴纳残疾人就业保障金填报的“在职职工人数”。

二、两个补贴奖励办法在计算超比例人数时，用人单位安排残疾人就业人数按照实际在职残疾人职工人数计算（残疾人职工享受吸纳就业困难人员岗位补贴和社会保险补贴的，计入超比例安排残疾人就业人数）。

三、安排残疾人就业的用人单位（包括集中安置残疾

人就业单位）在规定时间，向办理税务登记或扣缴税款所在地的残疾人就业服务机构申报上年安排残疾人就业人数，经审核核定后，向税务机关据实申报上年在职职工和安排残疾人就业人数，属于安排残疾人就业达到规定比例免征残疾人就业保障金的，可自愿申请并持填报的《超比例安排残疾人就业单位补贴奖励申请审批表》（见附件）和在税务机关申报的《残疾人就业保障金缴费申报表》（加盖单位公章），向所在地残疾人就业服务机构申请超比例安排残疾人就业补贴奖励（包括集中安置残疾人就业单位超过规定的安置人数补贴奖励），经残疾人就业服务机构审核，同级残疾人联合会审批后，由残疾人就业服务机构发放补贴奖励。补贴奖励资金全部由同级残疾人就业保障金列支。

五、用人单位根据《关于对用人单位新招用残疾人就业给予补贴的办法》（津残工委办〔2012〕5号）申请了新招用残疾人就业补贴的，可同时申请超比例安排残疾人就业补贴奖励。

天津市残疾人辅助性就业工作的实施意见

津残联〔2018〕119号

三、辅助性就业对象

具有本市户籍，持有合法有效的中华人民共和国残疾人证，处于就业年龄段（男性16至60周岁；女性16至50周岁）未就业，但有就业意愿并有一定自理能力，进入竞争性劳动力市场困难的智力、精神（病情稳定期）和一、二级肢体残疾人（依靠辅具能够自理），以及持有中华人民共和国残疾军人证1至8级智力、精神残疾类和1至3级肢体残疾类的军人。

四、开展辅助性就业

（三）做好做实辅助性就业服务。

各区确认辅助性就业机构后，应与辅助性就业机构签订残疾人辅助性就业服务合作协议，明确双方责任。

各区履行以下主要责任：

1. 各区为残疾人辅助性就业机构无偿提供运营场地（公用房或租赁均可，以下全市统称：残疾人阳光工场），人均面积不低于5平方米，并配备必需的生产设备、生活设施、无障碍和安全保护设施等和需要的工作生活用品。其运营场所要环境良好、交通便利、冬暖夏凉，能就近就便服务于残疾人。

2. 各区做好智力、精神、重度肢体残疾人就业需求的摸底调查，对辅助性就业对象做好综合适宜性评估，实行公示制度，确保公开公正公平。

3. 各区残联会同有关部门定期对本区残疾人辅助性就业情况进行指导、监督和检查。

4. 各区根据辅助性就业机构在本区开展残疾人辅助性就业情况和工作绩效给予扶持补贴。符合条件的辅助性就业机构，均可申请参加各区组织的辅助性就业机构遴选。经各区组织有关方面专业人士公开公平评定，确认的辅助性就业机构以平等资格承担本区残疾人辅助性就业服务的职责。

各区确认的辅助性就业机构，在区无偿提供的残疾人阳光工场组织、管理、服务辅助性就业对象，开展残疾人辅助性就业工作。工作时间每天5个小时左右，或者周工作时间25个小时左右。辅助性就业机构和机构工作人员必须遵守国家法律、法规和政策、坚持以人为本，保障辅助性就业对象的人格尊严和合法权益，并履行以下主要责任：

1. 对辅助性就业对象在残疾人阳光工场的工作、生活、劳动、康复训练、技能培训、安全保护等负全责。

2. 负责对残疾人阳光工场配备专职管理人员和专门服务人员，专门服务人员与辅助性就业对象的比例不低于1∶5。

3. 负责安置辅助性就业对象就业每个残疾人阳光工场不少于5人。

4. 负责与辅助性就业对象或其亲属签订一年以上相关协议。符合劳动合同法律法规规定的，应与辅助性就业对象签订合同期限一年以上的固定期限劳动合同或无固定期限劳动合同，并按照国家规定参加社会保险；与无法签订劳动合同的辅助性就业对象签订相关协议。

5. 负责为辅助性就业对象提供具有相对长期和稳定的劳动生产服务项目。

6. 负责通过银行等金融机构向每位辅助性就业对象支付劳动报酬。签订劳动合同的支付不低于本市最低工资标准的劳动报酬；签订劳务协议的按工作量支付劳动报酬。

7. 负责为每位辅助性就业对象购买人身意外伤害保险。

8. 根据对辅助性就业对象的评估及个人愿望，可以实行辅助性就业机构管理指导辅助性就业对象居家就业模式等多种形式，帮助残疾人实现就业。

五、大力扶持辅助性就业

（一）市和区各有关部门和残联，要按照中国残联等八部门《关于发展残疾人辅助性就业的意见》（残联发〔2015〕27号）的要求，认真履行好“各负其责保障残疾人辅助性就业健康发展”的每一项职责，并及时对各区辅助性就业进行指导，发现总结好的经验和做法，帮助基层解决实际问题。

（二）将残疾人辅助性就业服务纳入政府购买残疾人服务项目。在残疾人辅助性就业机构中为残疾人提供服务的岗位，其从业人员为符合条件的就业困难人员，可纳入区政府开发的公益性范围，并按规定切实加强政府购买服务和公益性岗位人员的管理。

（三）辅助性就业机构组织辅助性就业对象技能培训和专业训练，可申请纳入本区残联免费培训计划，也可由辅助性就业机构聘请专业人员或委托有关培训机构实施培训，区残联给予大力支持；组织辅助性就业对象参加职业技能培训，符合条件的报请本区残联同意，按规定享受职业培训补贴。

（四）辅助性就业扶残补贴所需资金由各区负担。鼓励民间资本积极参与残疾人辅助性就业机构建设，加强对民间投资的金融服务。

（五）各区辅助性就业机构按照残疾人就业的有关政策，到市和本区相关部门办理扶残优惠等事项，市和区相关部门应积极给予配合和协助。

（六）各区充分利用空置公用房屋或者租赁房屋建立完善残疾人阳光工场，其房屋租金、水电气暖费用、购买设施设备费用等均由各区负担。

（七）各区为残疾人阳光工场购买的设施设备等物品均作为固定资产进行登记备案；残疾人阳光工场办理享受用水、用电、用气和供暖等公共事业收费优惠政策的，按照国家有关规定执行，有关部门和有关企事业单位应积极予以配合。

（八）鼓励和引导各类助残志愿者组织、公益性服务组织和社会各界爱心人士，为辅助性就业残疾人提供服务。

三、五年工作综述

——天津市残联党组书记、理事长宋奇在市残联第七次代表大会上的工作报告（节选）

2018 年 6 月 26 日

天津市残联第六次代表大会以来，全市残疾人工作以加快推进残疾人全面小康进程为本，做好残疾人增收节支的“加减法”，做好残疾人需求调查与服务；以努力塑造过硬的残疾人工作者队伍为基，加快推进残疾人组织建设，完善工作机制，提高服务能力；以加快推进残疾人事业“瓶颈”问题解决为要，攻坚克难，不断推出新举措、创造新经验。我市残疾人事业继往开来，取得新的成就和历史性进步，广大残疾人生存、发展和环境状况，在加快推进全面小康进程中，实现了全方位、系统性提升。

一、坚持每年出台普惠特惠政策措施托底补短，残疾人民生保障安全网愈加稳固

市委市政府高度重视残疾人工作，着力保障和不断改善残疾人民生，大力提升残疾人幸福福祉，每年把为残疾人办实事项目列入 20 项民心工程。以缩小残疾人生活水平和社会平均水平差距为主攻方向，市政府专门制定《天津市加快推进残疾人小康进程实施方案》。残工委成员单位根据各自职能，协调制定残疾人普惠特惠政策措施托底补短、完善服务。各区、乡镇（街）党委、政府（街道办）和基层组织以实现好、维护好、发展好残疾人群众根本利益为工作出发点和落脚点，因地制宜创造性地落实惠残政策，大力维护残疾人各项权益，真正做到为残疾人解难，为和谐社会担责。五年来，全市为生活困难残疾人在低保基础上发放生活补贴 5. 73 亿元，为重度残疾人发放护理补贴 3. 3 亿元、发放大病救助补贴 0. 93 亿元，为参加城乡居民基本医疗和基本养老保险的残疾人发放缴费补贴，为生活困难残疾人发放冬季取暖补贴 4400 余万元，为视力、听力、言语残疾人发放通讯信息消费补贴 1800 余万元。今年又出台新政策，预计为 6 万名残疾人发放生活用水电气补贴 1700 万元。全市为 4. 8 万残疾人提供居家托养、日间照料、寄宿托养等形式的托养服务，为 2600 余户农村残疾人实施了危房改造。在党和政府惠残政策的关怀下，广大残疾人实现了不愁吃、不愁穿，教育、医疗、住房有保障。

二、坚持把残疾康复作为残疾人服务的根本着力点，残疾人基本康复服务需求得到更好满足

制定实施我市残疾人精准康复实施方案和残疾预防行动计划，健全以区域康复机构为骨干，基层医疗卫生机构为支撑，特殊教育学校、残疾人福利机构、残疾人家庭等共同参与的社会化康复服务网络，全面开展医疗康复、教育康复、社会康复，提供功能训练、辅具适配、心理辅导、转介咨询等服务。五年来，全市为 25 万名残疾人提供不同内容的康复服务，对 8 万名困难残疾人给予不同程度康复救助，免费提供辅助器具 6. 85 万件，为 5. 83 万名残疾人及工作者提供免费体检。目前残疾人医保康复项目扩大到 67 项，医保定点康复机构扩大到 22 家。各项残疾儿童抢救性康复救助项目顺利实施。制定《孤独症儿童随班就读能力测评方案》，探索实施孤独症儿童社区康复工作新模式，开创孤独症儿童少年融合教育新路径。全市建设一批新的康复服务设施，集残疾人康复救助、教育培训、就业服务、辅具适配等功能于一体的天津市残疾人综合服务园区正式投入使用。

三、坚持教育培训就业链条式一体化推进，残疾人自强自立能力和自尊自信程度显著提升

五年来，在各级各类教育培训单位共同努力下，我市学前教育、义务教育、高中教育、高等教育相衔接，学校教育、家庭教育和社会教育相配合，职前教育与职后职业教育相贯通的残疾人教育体系更加完善。全市未入学适龄残疾儿童少年经过全面调查核实，通过学校随班就读、送教上门服务等方式，实现了“一人一案”教育安置。残疾人助学金政策稳步提标，实现了义务教育到高中阶段残疾学生十二年免费教育。全市 20 所特教学校达到现代化建设标准，特殊教育正在由义务教育阶段向学前教育和职业教育两头延伸。全市集中招收残疾人的高等教育院校达到 3 所，在校残疾人大学生达到 701 名。制定实施一系列残疾人就业创业扶持政策，建立 22 个残疾人就业培训基地和 24 个就业见习基地，突出科技助残培训和农村实用技术培训，为 2. 74 万人次残疾人组织了多种形式的职业技能培训。多层次、常态化开展

残疾人就业招聘推介活动。全市城乡残疾人就业人数累计达22.4万人次。

四、坚持把维护残疾人合法权益的大旗扛在肩上，残疾人“平等、参与、共享”的社会环境得到改善

五年来，市残联协调有关部门为残疾人提供法律援助723件，提供法律服务1062件，办理残疾人来信来访3299件次，办结人大代表、政协委员建议提案60件。想残疾人所想，解残疾人所难，建立天津市“助残一键通”12385残疾人服务热线，无缝对接市政府8890服务热线，接听来电和处理政府下派工单3.97万个，帮助残疾人解决各种困难和问题。积极推动落实残疾人免费乘坐市内公共汽车，在50条公交线路投入213辆无障碍公交车运营。为全市1.04万名下肢残疾人置换专用代步车。市政府制定实施《天津市无障碍环境建设管理办法》，将无障碍设施建设拓展到无障碍环境建设。加大“无障碍进家庭、进社区、进村镇”力度，1000多个社区和1.39万户残疾人家庭设施得到无障碍改造。加强信息交流无障碍建设，为2700余名视障残疾人免费发放智能手机，为1.68万户听力言语残疾人家庭免费安装可视门铃。

五、坚持把丰富残疾人精神文化生活摆在重要位置，融合发展和扶弱助残的社会意识显著增强

五年来，各级各类新闻媒体播发宣传我市残疾人事业稿件1.42万篇（条）。天津广播电视台《我们同行》《共享阳光》《新闻延长线》等专题专栏节目深受残疾人喜爱。全市建成一批“残疾人文化进社区、进乡村”示范点、残疾人群众体育活动示范点和特奥活动示范社区，广泛开展各类宣传文化体育活动。实施残疾人康复体育进家庭，为9000余户残疾人发放康复体育器材3.7万件。积极参加世界和全国性残疾人文化体育赛事，在历届残疾人艺术汇演和里约残奥会、全国残运会、特奥运动会上取得优异成绩。积极筹备第十届全国残运会和第七届特奥运动会。大力弘扬人道主义精神、自强不息精神和扶残助残良好风尚，评选出4名全国残疾人自强模范、3个全国助残先进集体、2名全国助残先进个人和53个残疾人工作先进单位、114名先进工作者。助残公益事业初具规模，市残疾人福利基金会募集资金物资合计8300余万元，“五助两送”成为扶残助残活动知名品牌。

六、坚持不断创新残疾人工作体制机制，残疾人事业组织基础更加巩固

目前，党委领导、政府负责、部门合作、社会参与、残疾人组织充分发挥作用的工作机制良性运转，以《天津市残疾人保障条例》为统领，以129项普惠特惠政策为支撑的法规政策体系为残疾人民生福祉提供服务和保障。五年来，探索建立社区残疾人专职委员准入和退出机制，通过对专职委员统一培训和考试、面向社会公开招聘，使基层残疾人工作者素质、待遇得到提高，管理更加规范。探索建立新的残疾评定、残疾人证核发管理制度和抽查问责制度，残疾人证管理得到加强。各级残疾人专门协会加强自身建设，落实办公场所、工作人员和工作经费，工作活力显著增强。探索建立以残疾人人口库基本信息、服务需求信息平台为依托的长效管理机制，连续三年全面完成全市持证残疾人服务状况和需求专项调查及数据动态更新工作。制定实施《天津市残联信息化建设2015—2017年行动规划》，残疾人工作信息化建设迈上新台阶。推动助残项目纳入全市绩效考核体系，全社会对残疾人工作更加重视支持。

四、2018年工作综述

（一）天津市残疾人基本情况

2018年，天津市有342644人持有中华人民共和国残疾人证。按年龄统计，0—5岁560人，6—15岁4497人，16—59岁171105人，60岁及以上166484人；按残疾类别、等级统计情况见下表。

表6-2-1　天津市残疾人按类别级别统计表

类别＼级别	视力	听力	言语	肢体	智力	精神	多重	合计	占持证残疾人比例
一级	6927	6579	2438	12429	2492	2653	2460	35978	10.50%
二级	4506	4611	768	61096	10853	14761	2860	99455	29.03%
三级	3999	6852	469	72832	7807	7284	1086	100329	29.28%
四级	12967	5849	548	77728	8206	1265	319	106882	31.19%
合计	28399	23891	4223	224085	29358	25963	6725	342644	100.00%
占持证残疾人比例	8.29%	6.97%	1.23%	65.40%	8.57%	7.58%	1.96%	100.00%	

表6-2-2　天津市及各区持证残疾人数及残疾人口比例

序号	地区	残疾人	占全市残疾人比例
1	天津市	342644	100.00%
2	滨海新区	30756	8.98%
3	和平区	12941	3.78%
4	河东区	30447	8.89%
5	河西区	33874	9.89%
6	南开区	29514	8.61%
7	河北区	26542	7.75%
8	红桥区	25675	7.49%
9	东丽区	16925	4.94%

续 表

序号	地区	残疾人	占全市残疾人比例
10	津南区	13306	3.88%
11	西青区	15580	4.55%
12	北辰区	17571	5.13%
13	武清区	20473	5.98%
14	宝坻区	18713	5.46%
15	静海区	14751	4.31%
16	宁河区	14093	4.11%
17	蓟州区	21417	6.25%

《2018年天津市残疾人基本服务状况和需求信息数据动态更新分析报告》显示，2018年度调查全市持证残疾人314508人。性别构成方面，男性175393人，占55.8%，女性139114人，占44.2%；婚姻状况方面，20周岁以上残疾人中，未婚50773人，占16.1%，已婚有配偶221029人，占70.3%，离婚21271人，占6.8%，丧偶21445人，占6.8%；户均规模与住房方面，残疾人户均规模2.83人，户均住房建筑面积67.10平方米，人均住房建筑面积23.7平方米。经济状况方面，残疾人家庭人均年收入21143.08元（城镇26418.72元，农村12843.26元），年人均消费支出13867.19元（城镇17655.89元，农村7906.58元）。

（二）残疾人工作取得新成绩

1. 全市残联系统深入学习贯彻习近平新时代中国特色社会主义思想和十九大精神，认真落实全面从严治党主体责任。按照中央群团工作会议精神和国务院办公厅印发的《中国残疾人联合会改革方案》要求，认真拟制《天津市残疾人联合会改革方案》（代拟稿）报市政府，并扎实做好残联改革前期各项工作。组织各区残联顺利完成换届工作。市残联第七次代表大会成功召开，明确了今后五年的奋斗目标、主要任务和实施措施，选举产生市残联主席团、执行理事会、各专门协会新一届领导班子，为今后五年全市残疾人事业发展奠定了坚实的组织基础。进一步落实"三重一大"民主决策、"一制三化"改革有关规定，健全和落实市残联系统行政管理、内部控制等管理制度体系，简化有关事项办理程序。各专门协会认真履行职责，为维护残疾人权益积极建言献策，组织本类别残疾人开展各种有益活动。

2. 残疾人事业法规制度体系更加健全。市政府印发《天津市无障碍环境建设管理办法》（市政府令第30号）、《天津市残疾人就业规定》（市政府令第9号）和《天津市残疾儿童康复救助制度实施办法》（津政发〔2018〕23号），全市无障碍环境建设和残疾人就业工作法规基础进一步夯实，残疾儿童康复救助制度全面建立。市残联与相关部门制定出台《天津市残疾人辅助性就业工作实施意见》《关于认真做好天津市残疾青壮年文盲扫盲工作的通知》《天津市推广国家通用手语实施方案》《天津市推广国家通用盲文实施方案》等一批政策文件。

3. 残疾人民生保障网更密更牢，残疾人小康进程进一步加快。截至2018年底，本市有低保、低收入残疾人4.9万人。对低保、低收入残疾人，市民政局在发放低保金和低收入补贴的基础上，发放了160至300元不等的生活补贴；为13万余名重度残疾人发放护理补贴2.88亿元。市建委投入危房改造资金1217.8万元，完成了459户农村贫困残疾人危房改造。市残联为6.2万名困难残疾人发放生活用水、电、燃气补贴1436.2万元，为5.8万名视力、听力、言语残疾人发放通讯信息消费补贴近2100万元；为5.5万户困难残疾人家庭发放冬季取暖补贴2208.9万元；分别为13.1万名和2.45万名残疾人参加城乡居民基本医疗、基本养老保险给予缴费补贴，为2496人发放大病救助4802.5万元；多种形式托养服务残疾人40534人。这些托底保障和福利补贴制度的实施，持续促进本市残疾人民生的不断改善。

4. 残疾人合法权益得到有效保障，维护了全市社会和谐稳定。市残联圆满完成2018年市人大代表和政协委员建议提案15件，代表、委员满意率为100%。妥善办理残疾人来电、来信、来访反映问题9549件次，提供法律咨询153人次，办理残疾人法律援助补贴310件。进一步加大残疾人组织对无障碍环境建设参与力度，重建残疾人无障碍督导总队，定期开展无障碍督查。完成170个社区和2238户残疾人家庭的无障碍改造。为听力言语残疾人家庭安装可视门铃500部，发放盲人智能手机1103部。为17631名残疾人发放机动轮椅车燃油补贴。有效化解儿麻群体和聋人非法集资等群体性矛盾隐患，维护社会和谐稳定。

5. 残疾人公共服务体系更加健全，残疾人享受到更加全面精准、方便快捷的服务。残疾人康复服务精准化程度明显提升，康复内容增加到35项，救助标准大幅提高。全市康复需求残疾儿童和持证残疾人基本康复服务率平均达88.94%，最高的区达到100%，辅助器具服务率达84.53%。各级残联积极推动落实《残疾预防和残疾人康复条例》，开展残疾预防综合试验区工作，河北、西青、北辰三个试验区均被全国通报表扬。天津代表队在2018年全国辅助器具服务技能竞赛上荣获第一名。残疾人教育培训质量进一步提高。市教委积极落实《天津市第二期特殊教育提升计划（2017—2020）实施方案》，开发适龄入学残疾儿童少年信息化管理系统，全面精准掌握本市适龄入学残疾儿童少年接受各类教育的情况，16个区均建立和完善重度残疾儿童送教上门服务制度。市残联做好残疾人教育助学金审核发放工作，为11933名残疾人学生和低保、低收入残疾人在学子女发放扶残助学金1096.36万元。市残联联合市人力社保局、市总工会、团市委、市妇联成功举办第六届残疾人职业技能竞赛暨第二届残疾人展能节活动。新命名国家级残疾人培训基地1个，新建市级残疾人培训基地3个。全市残联组织开展残疾人职业技能和农村实用技术培训4000余人次。市残联与有关部门采取多种方式促进残疾人就业。全市共有7975家单位申报21718名残疾人按比例就业，比上年度分别增加8.67%和9.25%。落实新招用残疾人就业补贴奖励政策，发放就业补贴82.07万元。残疾人就业见习工作稳步推进，新建4个残疾人就业见习基地。市残联与市人力社保局联合开展残疾人就业援助月专项活动，并会同市人力社保局、市国资委、市总工会、团市委、市妇联、市工商联、市光彩办联合举办市级残疾人专场招聘活动，全市组织残疾人专场招聘会34次。市残联与甘肃省、河北省残联全面签订了扶贫协作框架协议，残疾人扶贫协作和支援合作工作取得良好进展。

6. 残疾人文化体育工作更加丰富活跃，全社会支持残疾人事业的氛围更加浓厚。市残联与市文化广播影视局、天津广播电视台、华夏未来儿童艺术基金会等有关单位组织开展天津市第九届残疾人文化周活动、第二届视障人士百科知识竞赛、第十六届特殊儿童艺术节、第十届残疾人歌唱大赛、第三届社区残疾人文艺展演等各种级别、多种形式、丰富多彩的残疾人文化艺术活动。天津市组队参加2018年全国残疾人跆拳道、硬地滚球标赛等各类全国残疾人体育比赛。举办特奥日活动和残疾人健身周活动等各种残疾人群众体育活动。实施康复体育进家庭项目，为1000户残疾人发放康复体育器材。为全市100个社区的残疾人发放文化体育用品6000件。残疾人平等融入共建共享的社会环境更加友好。围绕七代会、残运会、助残日等重大事项、重要节点，集中宣传报道本市新出台的惠残政策、残疾人事业新成就和残疾人自强典型人物事迹，自强不息、扶残助残的社会氛围更加浓厚。各级残联和残疾人福利基金会积极拓展新渠道，大力开展助残公益宣传和救助项目50余个，持续实施“五助两送”彩虹工程，全年累计募集助残款物达1700万元，同时为残运会争取赞助款物和服务合值约2000万元。

（三）各区残疾人工作创造新亮点

各区立足实际，担当作为，创新发展，取得新的工作亮点。

滨海新区完善政策，推进精准康复服务，制定出台《滨海新区精神病人服药、住院救助办法》《滨海新区孤独症儿童康复救助办法》《滨海新区残疾人辅助器具救助暂行办法》，大幅提高救助标准，扩大救助范围。优化精神病人服药、住院救助办理程序。

和平区残疾人特色技能形成品牌，葫芦烫画、面点制作技能让残疾人实现就业增收。

河东区组织开展残疾人公益广告创意文案征集活动，通过各街道残联、各专门协会共同努力，残疾人和社区居民广泛参与，取得了丰硕成果和良好社会影响。

河西区进一步规范残疾人日间照料机构，完善残疾人托养服务体系建设。

南开区残联开展“知残情，解残忧，精准助残志智双扶”工作，紧紧围绕“精准助困，志智双扶”主题，引导困难残疾人转变“等、靠、要”思想，涌现出一批优秀工作项目和优秀残疾人。

河北区在全市普惠政策基础上，为在肢体残疾人康复中心住院治疗和康复训练的偏瘫肢体残疾人提供每人每年500元的一次性补贴。

红桥区与区法院联合在残联系统开展“学习新宪法、践行新使命”专题宣教活动，推进依法治会、依法行政，在全国辅助器具服务技能竞赛上，本区选手荣获居家环境辅助器具服务专业技能竞赛第一名。

东丽区连续多年调整和提升残疾人保障救助标准。充分利用市、区和民营医疗卫生资源，健全完善两个肢体残疾人康复服务中心、两个精神残疾人康复治疗中心，建立残疾人康复补贴制度，为实现残疾人精准康复打下坚实基础。

津南区充分发挥本区残疾人康复中心的作用，为周边乃至全市、京津冀残疾人提供听力、语言、运动、职业、特殊教育等多项康复服务，开诊第一年康复服务量达到12000人次。

西青区在全市率先利用“互联网和微信助残平台”，建立由区残联、街镇残联、社区（村）委会以及残疾人构成的网上四级评分、四维百分考核制度。

北辰区出台《北辰区精神残疾人门诊服药补贴和住院治疗费用报销办法（暂行）》，提高了门诊服药补贴的标准救助标准。

武清区为符合建设标准的社区和医疗机构免费提供残疾人康复器材，分别与医疗机构签订残疾人康复费用减免50%的协议，减轻残疾人经济负担。

宝坻区本着方便残疾人的原则，把培训服务送到镇、村甚至田间地头，让残疾人在家门口就能通过培训掌握技能。

静海区对全区16000多份残疾人证档案进行了逐一复查，对复查发现的648份存疑档案和537份直观认定档案，组织各乡镇残联进行入户核实和信息公示，对死亡、注销、无法联系、系统查无此人等情况做出了分类处理。

宁河区采取政府购买服务的方式，大力推进残疾人居家托养服务工作，为重度肢体残疾人和视力、听力残疾人缴纳意外伤害险。

蓟州区修订完善《天津市残疾人福利基金会蓟州分会临时救助管理规定》，对因大病、意外和自然灾害等导致家庭困难的残疾人实施资金救助。

（四）存在的主要问题和不足

从全市残疾人工作的具体情况看，还存在一些问题和不足。主要是残疾人事业与本市经济社会发展还不相适应，残疾人平等参与社会生活还存在不同程度的障碍，残疾人事业法规政策体系需进一步完善，残疾人工作法治化水平需要进一步提高，残疾人事业发展在地区之间和城乡之间还不均衡，残疾人事业基础设施建设有待加强，服务残疾人的能力仍需进一步提升。

五、重要条目

【天津市残疾人联合会第七次代表大会】2018 年 6 月 25 日—26 日在天津大礼堂召开，中共中央政治局委员、天津市委书记李鸿忠，中国残联党组成员、副主席吕世明出席开幕式并讲话，市委副书记、市长张国清，市人大常委会主任段春华等领导出席，市委常委、市委组织部部长喻云林主持，副市长、市残联第六届主席团主席曹小红致开幕词。大会审议通过宋奇代表第六届主席团所作题为《以习近平新时代中国特色社会主义思想为指引，奋力谱写残疾人事业发展新篇章》的工作报告。大会明确了今后五年的奋斗目标、主要任务和具体措施；选举产生市残联第七届主席团、执行理事会、各专门协会领导班子，市委常委、市委组织部部长喻云林当选市残联第七届主席团名誉主席，副市长曹小红当选市残联第七届主席团主席，宋奇当选市残联第七届执行理事会理事长。

图 7－2－1　天津市残联第七次代表大会开幕式第二阶段会议现场。

【困难残疾人生活用水、电、燃气补贴制度】低保低收入家庭残疾人生活用水、电、燃气补贴制度被列为天津市 2018 年 20 项民心工程项目，实行补贴对象动态管理，引入民政救助数据比对，精准识别补贴对象，简化申请流程，设计开发“残疾人水电气补贴业务管理系统”，在街（乡、镇）现场申请的基础上，开通手机 App 申请和电脑网站申请三种途径，使残疾人足不出户通过手机和电脑就能申请，实现残疾人少出门多办事。全年为 61862 人发放补贴 1436.2 万元。至此，天津在全国省级第一个全面建立了困难残疾人生活用水、电、燃气、取暖和特定信息消费补贴制度。

【天津市残疾儿童康复救助制度】按照国务院印发的《关于建立残疾儿童康复救助制度的意见》（国发〔2018〕20 号）要求，2018 年 9 月 29 日，市政府颁布实施了《天津市残疾儿童康复救助制度实施办法》（津政发〔2018〕23 号），自 2018 年 10 月 1 日起正式实施，救助制度包括三大类 15 项康复救助服务，提高救助标准，扩大救助年龄范围，取消家庭经济条件限制，增加救助内容。市残联与市卫生计生委、市教委联合确定残疾儿童康复救助制度指导性定点康复机构和学校名单，举办区残联、定点康复机构和学校培训班，明确定点康复机构工作职责、工作流程及与各区残联对接程序。各区随后制定实施了本区具体落实方案，明确具体工作流程，落实工作经费，明确经费结算周期和结算办法。至此，本市残疾儿童康复救助由实施项目全面转为制度性政策。

【天津市第六届残疾人职业技能竞赛暨天津市第二届残疾人展能节活动】由天津市残联、市人力社保局、市总工会、团市委、市妇联联合举办的天津市第六届残疾人职业技能竞赛暨天津市第二届残疾人展能节活动，11 月 4 日在天津理工大学举行。中国残联党组书记、理事长周长奎出席并讲话，与副市长曹小红等领导共同启动竞赛活动。本届竞赛设置了美发、计算机程序设计、海报设计等 16 个项目，其中包括茶艺、中式面点、西式面点 3 个市级一类竞赛项目。天津市 16 个区以及天津理工大学聋人工学院、天津聋人学校组成的 18 个代表队 280 余名残疾人选手同场竞技。竞赛现场同时举办天津市第二届残疾人展能节活动，18 个代表队的 200 余件残疾人优秀技能作品参展。

图 7－2－2　天津市第六届残疾人职业技能竞赛暨第二届残疾人展能节启动仪式。

【全国第十届残疾人运动会暨第七届特奥运动会筹备工作】自 2015 年 9 月接旗后，天津市积极开展全国第十届残运会暨第七届特奥运动会筹备前期各项工作，起草筹备工作总体方案。在前期成立全国第十届残运会暨第七届特奥运动会筹备工作组，并开展工作的基础上，2018 年 4 月 25 日，成立全国第十届残运会暨第七届特奥运动会筹备委员会。筹委会下设 20 个工作部门，全面负责赛事组织筹备工作。

2018 年 8 月，本届残运会暨特奥会筹备工作总体方案印发实施，各项筹备工作有序推进，确定比赛场馆及接待酒店等配套设施并进行适合残疾人需要的无障碍改造。广泛征集确定本届残运会暨特奥会主题和宣传口号“同心同梦，幸福中国”、吉祥物海豚“新新”和会徽。作为残运会测试赛，成功举办 2018 年全国残疾人田径、游泳锦标赛，促进筹委会各部门熟悉残疾人体育比赛流程和特点。

【全国第十届残运会暨第七届特奥运动会筹备工作委员会】2018 年 4 月 25 日，天津市政府办公厅印发《天津市人民政府办公厅关于成立中华人民共和国第十届残疾人运动会暨第七届特殊奥林匹克运动会筹备工作委员会的通知》（津政办函〔2018〕29 号）。5 月 29 日，全国第十届残运会暨第七届特奥运动会筹备工作委员会成立大会在天津大礼堂举行。市委副书记、市长张国清，市委常委、市委宣传部部长陈浙闽，副市长、市公安局局长董家禄等领导出席会议，副市长曹小红主持会议。市政府秘书长孟庆松宣读筹委会组成人员名单。市委副书记、市长张国清任筹委会主任，市委常委、滨海新区区委书记张玉卓，市委常委、市委宣传部部长陈浙闽，副市长曹小红，副市长孙文魁，副市长、市公安局局长董家禄任筹委会副主任，曹小红兼任筹委会秘书长。市级 31 个部门和 16 个区政府负责同志任委员。筹委会下设办公室、竞赛工作部、接待服务部、场馆工程部、新闻宣传部、开闭幕式文体展演部、市场开发部、大型活动部、财务部、后勤保障部、志愿者工作部、医疗卫生部、信息技术部、市容环境部、开闭幕式工作部、安全保卫部、反兴奋剂工作部、综合保障部、食品药品监督部、审计部等 20 个工作部。

六、大事记

1 月 2 日—2 月 2 日，天津市残联与市人力社保局联合在全市范围内组织开展残疾人就业援助月专项活动，走访登记失业残疾人员家庭 1000 余户，登记失业残疾人 300 余名，帮助 60 多名失业残疾人实现就业。

1 月 31 日，天津市副市长、市政府残工委主任、市残联主席曹小红慰问东丽区姜丽杰、刘学春等困难残疾人。

2 月 8 日，天津市残联六届七次主席团会议暨全市残联工作会议在天津大礼堂召开。

3 月 5 日，天津市盲人协会在蓟州国际滑雪场举办“情系冬奥梦想，共享冰雪盛宴”冰雪运动体验活动。

3 月 30 日，天津市精协、市教研室、天津医科大学、市残疾人福利基金会和圣发集团等民营机构在市残疾人综合服务园区联合举办自闭症教学康复优秀论文成果展示交流活动。

4 月 20 日，中国残联理事长、党组书记鲁勇一行到天津调研指导工作，考察全国第十届残运会暨第七届特奥运动会开幕式场馆和市聋儿康复中心。天津市委副书记、市长张国清，副市长曹小红与鲁勇亲切会谈。市残联党组书记、理事长宋奇代表全国第十届残运会暨第七届特奥运动会筹备工作组汇报筹备工作情况。

图 7-2-3　曹小红（左一）陪同鲁勇（左二）考察全国第十届残运会暨第七届特奥运动会开幕式场馆。

5 月 17 日，天津市残联联合市人力社保局、市国资委、市总工会、团市委、市妇联、市工商联和市光彩事业促进会等部门和单位，在中国（天津）人力资源发展促进中心举办“同心携手助力残疾人就业创业”天津市残疾人专场招聘活动，组织 217 家用人单位提供 1200 余个残疾人就业招聘岗位，1500 余名残疾人及家属参加招聘。

5 月 19 日，市残联、市残疾人福利基金会在市残疾人综合服务园区举办以“幸福天津迎残运 携手走进新时代”为主题的庆祝第 28 次全国助残日“嘉年华”活动。副市长曹小红出席活动。

5 月 25 日，由中国智协主办，天津市智协、滨海新区残联承办的“关爱残疾人，一个不能少，携手奔小康”主题论坛暨“牵着蜗牛去散步”活动在滨海新区举办。100 余名智力残疾人及亲友代表参加活动。

5 月 27 日，由天津市侨联、妇联、市残疾人福利基金会、市光彩事业促进会、天建联公司共同主办的天津市第四届“小拍品・大爱心”慈善拍卖暨“助残运・献真情”公益活动在天津鑫茂天财酒店婚博园成功举办。

5 月 29 日，全国第十届残运会暨第七届特奥运动会筹备工作委员会成立大会在天津大礼堂举行。

6 月 7 日，天津市肢协组织肢残人代表开展无障碍环境建设体验活动。

6 月 21 日—29 日，2018 年全国残疾人田径、游泳锦标赛在天津举行。来自 31 个省区市及新疆生产建设兵团的 31 支代表队参加田径项目的比赛，来自 27 个省区市的 28 支代表队参加游泳项目的比赛，参赛运动员共有 1651 人。

6 月 26 日，天津市残联第七次代表大会在天津大礼堂开幕。

7月9日—13日，天津市各残疾人专门协会分别召开主席工作会议，深入学习市残联七代会精神。

8月14日—16日，天津市第二届残疾人辅助器具服务技能大赛在天津工业大学举行，14个区残联的70多名辅助器具适配专业技术人员参加竞赛。

9月28日，市残联、市聋协与交通银行天津分行、国航天津分公司、天津市地铁公司等10个窗口单位联合举办庆祝第61届国际聋人节暨第一个世界手语日天津市窗口服务单位助聋行动启动仪式。

10月10日，市精协与市安定医院联合举办"点赞好医生，温暖送亲友"社区宣传活动启动仪式，并向获精神康复"好医生""好护士"先进称号的12名医护人员颁发荣誉证书和奖杯。

10月29日—31日，2018年京津冀三地残疾人专门协会交流活动在天津举行。

11月4日，天津市第六届残疾人职业技能竞赛暨天津市第二届残疾人展能节活动在天津理工大学成功举办。

图7-2-4　残疾人选手向考察竞赛活动的领导展示才艺。

11月15日，天津市人大常委会副主任于世平率13位人大代表到西青区创美信息技术公司考察残疾人就业情况，听取天津市残疾人就业工作情况汇报。

图7-2-5　雷颖君（左三）陪同于世平（左二）在西青区创美信息技术有限公司考察残疾人就业情况。

11月21日，以"新时代、新担当、新作为"为主题的天津市第二届残疾人专职委员知识竞赛在华夏未来剧场举行，市残联党组书记雷颖君出席比赛并为获奖选手颁奖。

12月20日，天津市残联七届二次主席团会议召开，选举雷颖君同志为市残联主席团副主席、执行理事会理事长。

12月24日，天津市与甘肃省残联系统《东西部扶贫协作框架协议》签字仪式在兰州市举行。

附录一

天津市政府残工委主任、副主任

主　任：曹小红　副市长
副主任：王　璟　市政府副秘书长
　　　　雷颖君　市残联理事长
　　　　孙惠玲　市教委副主任
　　　　朱　峰　市民政局副局长
　　　　李惠廷　市人力社保局副局长
　　　　杜洪印　市卫生健康委副主任

来源：2019年2月27日天津市人民政府残疾人工作委员会《关于调整天津市人民政府残疾人工作委员会成员的通知》（津残工委〔2019〕2号）。

附录二

天津市残联执行理事会成员

理 事 长：雷颖君
副理事长：李津海　钟建鹏　王　怡（女，肢残）
　　　　　王　健
理　　事：施春林　许　跃（视残）　张　岩（听残）
　　　　　沈冬梅（女，智残亲友）　秦　砖（精残亲友）

说明：2018年11月13日，中共天津市委组织部副部长陆为民在天津市残联干部大会上宣布市委决定，免去宋奇同志市残联党组书记、理事长职务，退休；任命雷颖君同志为市残联党组书记、理事长提名人选。2018年12月20日，天津市残联七届二次主席团会议选举雷颖君同志为主席团副主席、执行理事会理事长。2019年1月7日，《天津市人民政府关于杜翔等任免职务的通知》（津政人〔2019〕1号）明确"雷颖君同志任天津市残疾人联合会执行理事会理事长"。

（刘义君供稿）

河北省残疾人事业和残疾人工作

一、领导讲话

省委书记王东峰在河北省残联第七次代表大会上的讲话摘要

2018年9月8日

党的十八大以来，在以习近平同志为核心的党中央坚强领导下，我国残疾人生存发展状况大幅度改善，残疾人事业发展取得历史性成就。河北省委省政府深入贯彻党中央、国务院决策部署，把残疾人事业纳入全省工作总体布局，认真谋划，精心组织，推动全省残疾人工作取得新成效，开创新局面。政策支撑发挥了重要作用。我省先后制定出台残疾人事业"十三五"规划、新形势下残疾人事业发展的意见、贫困残疾人脱贫攻坚行动计划、残疾预防行动计划、社会救助实施办法等一系列文件和政策举措，形成了相互配套、科学完善的政策法规体系。服务保障工作迈上新台阶。全面建立困难残疾人生活补贴和重度残疾人护理补贴制度，精准推进残疾人康复服务，大力加强无障碍环境建设，多渠道安排残疾人就业创业，着力维护平等权益和切身利益，残疾人生存状况得到明显改善。全面发展取得新成效。举办残疾人文化节和艺术汇演，开展"冰雪河北·快乐你我"残疾人冰雪运动季活动，我省残疾人运动员在里约残奥会获得金牌数量居全国第二位，为祖国、为河北赢得了荣誉。组织保证有力有效。省市县乡全部建立残联组织，村和社区设立残协组织，构建起了五级组织体系，做到了哪里有残疾人群众，残疾人工作就跟进到哪里，实现了有效衔接、全面覆盖。我们要认真总结工作，充分肯定成绩，进一步完善政策措施，加大推进力度，在中国特色社会主义新时代推动残疾人事业发展迈上新台阶。

一、坚持政治站位，深入学习贯彻习近平总书记重要指示，切实增强做好残疾人工作的政治责任感和历史使命感

1. 做好残疾人工作，是贯彻党中央决策部署的政治任务，必须坚定不移落实到位。要旗帜鲜明讲政治，把发展残疾人事业作为增强"四个意识"、落实"两个维护"的现实检验，全面对标党中央决策部署，坚持目标导向和问题导向，完善领导体制和工作机制，加强薄弱环节，补齐工作短板，让促进残疾人事业发展的各项任务落下去，让惠及残疾人的各项工作实起来，不断争取新的更大成效。

2. 做好残疾人工作，是坚持以人民为中心发展思想的具体体现，必须全力以赴扎实推进。把握新时代中国特色社会主义的新要求，顺应人民群众过上美好生活的新期待，抓住残疾人最关心最直接最现实的利益问题，一件事情接着一件事情办，一年接着一年干，切实把党和政府的关怀送到广大残疾人的心坎上，努力让他们安居乐业、衣食无忧、生活幸福，切身感受到社会主义大家庭的温暖。

3. 做好残疾人工作，是建设经济强省、美丽河北的客观需要，必须广泛汇聚智慧力量。切实增强残疾人工作的针对性、科学性和实效性，最大限度地调动广大残疾人的积极性、主动性和创造性，齐心协力推动河北创新发展、绿色发展、高质量发展。

二、聚焦重点任务，促进各项工作升级加力，奋力开创新时代残疾人事业发展新局面

1. 着力推进残疾人脱贫攻坚，确保与全省人民一道步入小康社会。认真落实党中央、国务院关于打赢脱贫攻坚战三年行动的指导意见，把全省16.86万建档立卡残疾人脱贫工作作为重中之重，聚焦深度贫困地区和重度贫困残疾人，突出精准帮扶，坚持一户一案、一人一策，深入推进产业扶贫、就业扶贫、科技扶贫、易地搬迁扶贫、教育扶贫、康复扶贫等工作，增强内生动力，提升脱贫质量。要加大政策保障力度，有效实施精准救助，统筹解决好"后三年"和"三年后"的脱贫问题，促进残疾人稳定脱贫和可持续发展。

2. 着力完善残疾人保障体系，努力增加基本公共服务供给。要把残疾人的安危冷暖放在心上，提高贫困残疾人生活补贴和重度残疾人护理补贴标准，健全补贴与服务相结合的残疾人社会福利体系，将成年无业重度残疾人全部纳入低保范围。要构建法律救助、信访代理、网上信箱、热线服务"四位一体"的权益保障网络，健全无障碍环境建设长效机制，有效解决残疾人工作生活中遇到的问题和困难。要实施特殊教育和职业技能提升计划，更好地促进残疾人平等参与社会，努力让残疾人生活更加殷实、更有尊严。

3. 着力发展残疾人体育事业，扎实做好冬残奥会筹办工作。要认真落实残疾人体育冬季项目中长期发展规划，深入实施2022年北京冬残奥会夺金计划，大力普及冰雪运动，积极输送优秀运动员进入国家队，加强竞技备战，提高参赛水平，全力实现金牌突破，同时加强交往、增进友谊，为办成一届精彩、非凡、卓越的奥运盛会做出贡献。要全面实施残疾人自强健身和康复体育关爱工程，加强残疾人体育设施建设，发展壮大志愿者队伍，深化国际交流合作，促进残疾人康复体育、健身体育、竞技体育协同发展。

4. 着力加大残疾预防力度，全面搞好残疾人康复服务。要树立全社会、全人群、全生命周期残疾预防观念，搭建综合信息服务平台，完善残疾预防工作机制，针对主要致残因素，实施重点干预工程，开展残疾预防"进社区、进家庭、进校园"宣传教育活动，增强残疾预防和康复的意识与能力。省卫生计生委要会同有关部门和科研机构围绕提高残疾预防工作水平，学习先进经验，引进现代技术，加强筛查检查，及时采取干预措施，有效预防残疾发生，切实造福人民群众。要深入实施残疾预防和残疾人康复条例，建立社会化康复服务网络，推进残疾人精准康复行动，努力实现"人人享有康复服务"的目标，促进残疾人生活和工作水平不断提升。

三、勇于自强不息，自觉投身河北改革发展的火热实践，奋力书写无愧于时代的精彩人生

新时代是奋斗者的时代。希望全省广大残疾人增强政治责任感和历史使命感，把自己的理想志向与国家发展、社会进步、人民幸福结合起来，加强学习实践，提升综合素质，不断超越自我。要以坚定执着的信念引领人生航向，深入学习贯彻习近平新时代中国特色社会主义思想，坚定中国特色社会主义道路自信、理论自信、制度自信、文化自信，自觉在思想上、政治上、行动上与以习近平同志为核心的党中央保持高度一致，矢志不渝听党话、跟党走。要以乐观向上的态度积极面对生活，珍惜宝贵生命，追求健康生活，在困难面前不退缩，在挫折面前不屈服，主动走出家门，广泛融入社会，更加勇敢地迎接生活的挑战，更加坚强地为实现梦想而奋斗，充分彰显人生价值。要以顽强拼搏的意志不断砥砺奋进，坚持依靠不依赖、自立更自强，充分发挥主观能动性，刻苦学习科学文化知识，特别是适应信息时代的大潮流，树立新理念，掌握新技术，用好互联网，用知识改变命运，用实干创造未来。要以务实担当的精神努力奉献社会，主动参与京津冀协同发展、雄安新区规划建设、北京冬奥会筹办、经济结构调整、大气污染治理、保障改善民生、实施脱贫攻坚、维护社会稳定等工作，艰苦奋斗，奋发进取，为建设经济强省、美丽河北贡献力量。

四、加强组织领导，同心聚力，形成全社会关心关爱残疾人的浓厚氛围

残疾人事业是党领导的中国特色社会主义事业的重要组成部分，必须毫不动摇地坚持和加强党的全面领导。各级党委、政府要把做好残疾人工作作为义不容辞的政治责任，健全党委领导、政府负责的残疾人工作领导体制，坚持政府主导、社会参与、国家扶持、市场推动的原则，认真研究谋划，精心组织实施，扎实推进残疾人事业健康发展。要加强对工作部署和政策落实的督查检查，使脱贫攻坚、扶持救助、托养照料、康复补贴、特殊教育、无障碍环境建设等举措真正惠及广大残疾人。全省各级领导干部要带头密切与残疾人的联系，与残疾人交朋友，深入基层掌握情况，倾听残疾人的呼声，了解残疾人的意愿，切实帮助解决实际困难，努力为残疾人和残疾人工作者提供支持和服务。

各级政府残工委要加强对残疾人工作重大问题的研究，充分发挥统筹协调作用，强化各成员单位高效协同机制，确保各项工作有力有序有效展开。各有关部门要加强政策支持，建立稳定增长的多元投入机制，加大对残疾人就业创业的帮扶力度，加大政府购买助残服务力度，加大残疾人权益保障力度。各级残联组织要全面落实党中央关于群团工作的决策部署，进一步增强政治性、先进性、群众性，始终坚持和加强党的领导，扎实推进机构改革，加强基层基础建设，加强干部队伍建设，加强作风纪律建设，建立健全残疾人综合管理服务平台，更好地发挥党委、政府联系残疾人的桥梁纽带作用，努力打造高标准的残疾人之家。

社会各界要大力弘扬社会主义核心价值观，传承发扬中华民族传统美德，以大爱之心伸出援助之手，广泛开展志愿服务，形成扶残助残的良好风尚。企事业单位要认真履行社会责任，积极为残疾人提供就业岗位和创业机会，提高残疾人的全面发展能力，拓宽残疾人参与社会的渠道。新闻媒体要加大宣传力度，充分反映党和政府对残疾人的关心关怀，反映残疾人的良好精神风貌，营造理解、尊重、关心、帮助残疾人的社会环境，凝聚起推动残疾人事业发展的强大合力。

省委副书记赵一德在河北省残联第七次代表大会上的讲话摘要

2018年9月8日

我就推动我省残疾人事业高质量发展，让全省残疾人过上幸福美好生活讲五点意见。

一、把握正确方向，切实把习近平总书记对残疾人工作的重要指示要求落到实处

各地各部门要提高政治站位，深刻认识发展残疾人事业的重大意义，把做好残疾人工作作为践行"四个意识"、落实"两个维护"的具体行动。进一步加大推进力度，把总书记的重要指示和党中央关于残疾人的决策部署落到实处，努力把我省残疾人事业发展提高到一个新水平。同时，要加强思想引领，引导广大残疾人增强"四个自信"，坚定不移听党话、跟党走，紧紧围绕党中央和省委省政府决策部署，积极投身改革发展稳定的生动实践，为实现"两个一百年"

奋斗目标、实现中华民族伟大复兴的中国梦而共同奋斗。

二、聚焦脱贫攻坚，确保残疾人在全面小康路上不掉队

要把推进贫困残疾人扶贫脱贫作为打赢脱贫攻坚战的重要内容，牢牢把握“两不愁，三保障”要求，以增加贫困残疾人收入为核心，以增进残疾人福祉和提高生活质量为出发点和落脚点，加大攻坚力度，确保到2020年现行标准下建档立卡贫困残疾人如期实现脱贫。要让每一位贫困残疾人都得到精准帮扶，针对不同残疾人致贫原因和脱贫需求，找准“病根”，对症下药，切实做到扶贫对象精准、项目安排精准、资金使用精准、措施到户精准、脱贫成效精准。要让每一个贫困残疾人都有发展产业、实现就业的机会，积极帮助残疾人贫困户发展产业，优先保障贫困残疾人获得资产收益，鼓励支持残疾人按比例就业、集中就业、灵活就业和自主创业，有针对性地提供个性化服务，千方百计帮助贫困残疾人增加收入。要让每一个贫困残疾人都享受社保兜底政策，加强社会保障政策和扶贫开发政策的有效衔接，把符合条件的残疾人全部纳入社会保障兜底范围，落实医疗、康复、教育、住房等保障政策，让残疾人生活状况得到明显改善。要让每一位贫困残疾人都有摆脱贫困的内生动力，把扶贫与扶志扶智结合起来，倡导“自尊、自信、自强、自立”精神，引导残疾人依靠双手和意志实现脱贫致富。

三、加强服务供给，促进残疾人共享经济社会发展成果

各级各部门要认真履职尽责，搞好顶层设计，加强残疾人基本公共服务供给。要着力优化残疾人健康服务，加强残疾人康复设施建设，加快康复人才培养，健全残疾人康复救助机制，让更多的残疾人享有精准康复服务。要着力办好特殊教育，加强特殊教育学校建设，大力发展残疾人职业教育，扎实推动融合教育，为残疾人提供更高质量，更有成效的教育服务。要着力发展残疾人体育事业，紧紧抓住2022年冬残奥会历史机遇，加强残疾人体育队伍建设，提升体育竞技水平，推进体育设施建设，努力交出冬残奥会好成绩和促进残疾人体育事业发展两份优异答卷。要着力丰富残疾人文化生活，积极组织残疾人开展形式多样健康有益的群众性文化活动，推动文化活动进社区、进家庭，让残疾人精神生活更丰富、更充实。要着力加强法律援助救助，构建法律救助、信访代理、网上信箱、服务热线“四位一体”的残疾人维权网络，畅通残疾人反映诉求、依法维权渠道，让残疾人生活更有尊严、更受尊重。

四、深化改革创新，全面提升残联组织服务能力和水平

各级残联组织要大力弘扬改革创新精神，按照“强三性、去四化”目标，勇于自我革新、自我完善，不断提高残联工作的质量和水平。要在深化改革上下功夫，围绕职责定位谋划改革方案，优化机构职能，夯实基层基础，增强服务能力，切实把残联组织建设成为党和政府联系广大残疾人的桥梁和纽带，真正成为名副其实的残疾人之家。要在创新服务方式上下功夫，建好用好残疾人综合服务平台，大力开展“互联网+残疾人服务”，不断提升服务效能，为残疾人提供更及时更优质的服务。要在改进工作作风上下功夫，落实残联干部直接联系服务残疾人制度，主动走进残疾人，倾听他们的呼声，办好助残实事，使各级残联干部真正成为残疾人信得过、靠得住、离不开、找得到的好朋友、贴心人。

五、优化发展环境，为推动残疾人事业提供有力保障

各级党委政府要高度重视残疾人事业发展，充分发挥政府残工委作用，不断完善“党委领导、政府负责、部门承办、社会参与、残疾人组织充分发挥作用”的残疾人工作领导体制和工作机制，进一步构建齐抓共管的工作格局。要加强资源整合，充分发挥残疾人福利基金会作用，募集更多的助残资金，以推进政府购买助残服务为抓手，调动更多的社会力量，不断提升残疾人服务社会化水平。要加强舆论宣传，大力弘扬人道主义思想和残疾人“平等、参与、共享”的现代文明理念，推动全社会形成理解、尊重、关心、帮助残疾人的良好的风尚，用爱心和善举为残疾人撑起希望的蓝天。2018年是残联成立30周年，要制定专门方案，加强残疾人事业宣传，讲好残疾人奋斗故事，营造有利于残疾人事业发展的良好社会氛围。

副省长夏延军在河北省残联第七次代表大会上的致辞摘要

2018年9月8日

河北省残疾人联合会第六次代表大会五年以来，全省各级政府残工委和残联组织深入贯彻习近平新时代中国特色社会主义思想，认真落实习近平总书记重要指示要求，残疾人事业取得显著成就。过去五年，是我省残疾人事业大发展的五年。全省残疾人事业投入达到37.8亿元，比上个五年增长31.5%。残疾人康复机构达到439家，托养机构233家，残疾人就业服务机构187个，特殊教育学校和机构173个。建档立卡以来，15.73万名贫困残疾人实现脱贫。过去五年，是我省残疾人民生大改善的五年。全省2259万名重度残疾人纳入低保范围，93万贫困和重度残疾人领到生活补贴或者护理补贴，近7万名残疾人享受托养资助服务，帮扶3万余名贫困残疾儿童实施人工耳蜗手术、肢体残疾矫治手术及康复训练，残疾少年儿童入学率达到93%。城镇新安置残疾人就业7.65万名，农村残疾人从业达到52.72万名。过去五年，是我省残联自身建设大提升的五年。持续开展残疾人基本服务状况和需求专项调查，残疾人需求信息实名获取和动态更新工作步入常态。加快推进“互联网+政务服务”，全面公开政务服务事项，开通12385残疾人服务热线，残疾人及其亲属和社会公众的知情权、参与权、表达权、监督权得到进一步保障。过去五年，是我省残疾人为经济社会发展做出大贡献的五年。全省涌现出一大批身残志坚、勇于向命运挑战的优秀残疾人代表，积极投身全面建成小康社会实践；涌现出一大批自强不息、顽强拼搏的优秀残疾人运动员，在国际国内赛场上共获得金牌611枚、银牌361枚、铜牌250枚，其中里约残奥会金牌数位列全国第二，为国为省争得荣誉、赢得赞誉。

五年来取得的成就，离不开省委、省人大常委会、省政府、省政协的高度重视和全力支持。省委省政府相继出台《关于推进新形势下残疾人事业发展的意见》《关于加快推进残疾人小康进程的实施意见》，对保障残疾人脱贫奔小康做出了整体规划和系统安排。东峰书记、许勤省长、冬松主席、一德副书记多次就具体工作做出指示批示、提出明确要求。五年来的成就，也离不开中国残联的精心指导和大力帮助。五年来，中央给河北残疾人事业投入资金8.8亿元，比上个五年增长近一倍。中国残联领导多次调研并具体指导河北残疾人工作。五年来的成就，离不开党政相关部门和社会各界的关心关爱和鼎力相助。省残联与省直部门联合出台44个残疾人专项政策文件，形成配套完备的政策法规体系；社会各界通过省残疾人福利基金会捐款6455万元，实施67个惠残项目，惠及残障人士11.6万人次。涌现出一大批热心助残、奉献爱心的优秀助残志愿者代表，他们用实际行动温暖社会。

省长许勤在河北省第九届残疾人运动会暨第五届特殊奥林匹克运动会开幕式的致辞摘要

2018年10月10日

关心关爱残疾人，是时代文明进步、社会公平正义的重要标志。以习近平同志为核心的党中央对残疾人格外关心、对残疾人事业格外重视。省委省政府坚决贯彻习近平总书记重要指示精神，推动残疾人康复、教育、体育、社会保障等工作取得显著成绩。在里约残奥会上，河北籍运动员获得13金4银4铜，打破6项世界纪录，为中国代表团稳居奖牌榜和金牌榜首位贡献了河北力量。四年一届的省残运会暨特奥会，是残疾人朋友展示生命力量、展现自我魅力的舞台，也是推动残疾人事业发展和社会文明进步的舞台。希望广大运动员、教练员、裁判员，弘扬“超越、融合、共享”的残奥理念，公平竞争、公正裁判，赛出风格，赛出水平，向全社会诠释对生命价值的不懈追求、对生命潜能的不断超越，把本届省残运会暨特奥会办成一届体育盛会、人文盛会，推动残疾人事业发展的盛会。全省上下要以此为契机，深入学习贯彻习近平总书记关于残疾人事业和体育工作的重要指示精神，推动残疾人群众体育和竞技体育全面发展，全力做好2022年冬残奥会筹办和练兵备战工作，以“自尊、自信、自强、自立”精神，激励燕赵儿女锐意进取、不懈奋斗，为新时代全面建设经济强省、美丽河北做出新的更大贡献！

二、政策法规文件

河北省人民政府关于印发《河北省残疾儿童康复救助实施方案》的通知

冀政字〔2018〕59号

三、工作目标

到2020年，建立与全面建成小康社会目标相适应的残疾儿童康复救助制度体系，形成党委领导、政府主导、残联牵头、部门配合、社会参与的残疾儿童康复救助工作格局，基本实现残疾儿童应救尽救。

到2025年，残疾儿童康复救助制度体系更加健全完善，残疾儿童康复服务供给能力显著增强，服务质量和保障水平明显提高，残疾儿童普遍享有基本康复服务，健康成长、全面发展权益得到有效保障。

四、救助对象及标准

（一）救助对象。具有河北省户籍（居住证），诊断明确且有康复需求的0—6岁残疾儿童。包括城乡最低生活保障家庭、建档立卡贫困户家庭的残疾儿童和儿童福利机构收留抚养的残疾儿童；残疾孤儿、纳入特困人员供养范围的残疾儿童；其他经济困难家庭的残疾儿童。其他经济困难家庭的具体认定办法，由市、县级政府制定。

有条件的市、县（市、区），可扩大残疾儿童康复救助年龄范围，也可放宽对救助对象家庭经济条件的限制。

（二）救助内容。市、县（市、区）政府结合本地实际确定残疾儿童康复救助项目和服务内容，包括以减轻功能障碍、改善功能状况、增强生活自理和社会参与能力为主要目的的手术、辅助器具配置和康复训练等。

（三）救助标准。

人工耳蜗植入。符合植入人工耳蜗条件的听力残疾儿童，为其免费提供人工耳蜗产品1套；按平均每人12000元补助手术费；按平均每人14000元补助术后一学年的康复训练费，主要用于术后康复训练、康复评估、家长培训及康复教材等。

肢体矫治手术。符合矫治手术条件的肢体残疾儿童，平均每人补助17200元，其中手术费用补助10000元，术后康复训练费补助6000元，矫形器装配补助1200元。

助视器适配。符合配戴助视器条件的低视力残疾儿童，平均每人补助1200元，其中助视器适配补助1000元，视功能训练补助200元。

康复训练。首次配戴助听器的听力残疾儿童，平均每人补助15600元，其中购置双耳助听器补助2400元，助听器验配补助1200元，配戴后一学年的康复训练费补助12000元；已经配戴助听器或植入人工耳蜗的听力残疾儿童，每人年补助康复训练费12000元；脑瘫残疾儿童每人年补助

13200元，其中康复训练费补助12000元，矫形器装配补助1200元；智力残疾儿童和孤独症儿童每人年补助康复训练费12000元。

其他残疾儿童基本康复服务项目补助标准参照《河北省残疾人基本康复服务目录（2016年版）》实施。原则上为残疾儿童提供1年康复服务补助，市、县（市、区）政府可根据实际情况调整补助年限。

市、县（市、区）政府要根据本地社会经济发展水平和残疾儿童康复需求情况，建立动态调整机制，适时提高补助标准，增加服务内容。

河北省关于扶持残疾人自主就业创业的实施意见

冀残联发〔2018〕18号

一、扶持范围

（一）本意见所称残疾人自主就业创业包括残疾人自主创业和残疾人灵活就业。

（二）残疾人自主创业，是指残疾人通过创办经济实体、社会组织等形式实现就业。包括在工商行政管理部门依法登记成立个体工商户、各类企业、农民专业合作社等生产经营主体；在民政部门登记成立各类社会团体、民办非企业单位等社会组织；经人力资源社会保障部门认定的其他自主创业

（三）残疾人灵活就业，是指从事非全日制、临时性和弹性工作等实现就业。包括从事家庭副业、家政服务、修理装配、便民理发、绿化保洁等；经人力资源社会保障部门认定的其他灵活就业。

（四）鼓励残疾人创办公益性、福利性单位，带动安置其他有就业能力残疾人就业。

二、提供合理便利和优先照顾

（五）残疾人在登记个体工商户、各类企业、农民专业合作社等经济实体，或登记各类社会团体、民办非企业单位等社会组织时，相关部门应提供合理便利，优先办理登记注册手续。

对残疾人自主就业创业的，按照有关规定免收管理类、登记类和证照类等有关行政事业性收费和具有强制垄断性的经营性收费；征得行业协会商会同意，适当减免或降低会费及其他服务收费。生产经营困难的，可依法申请降低住房公积金缴存比例或缓缴，待效益好转后再提高缴存比例或补缴。

（六）政府和街道兴办贸易市场，设立商铺、摊位，以及新增建设彩票投注站、新增建设邮政报刊零售亭等便民服务网点时，应预留不低于10%给残疾人，并适当减免摊位费、租赁费，有条件的地方应免费提供店面。

（七）残疾人创办具有公益性、福利性且在民政部门登记为民办非企业单位的经营场所用电、用水、用气、用热按照民用标准收取。

三、落实税收优惠政策

（八）残疾人本人为社会提供的服务，按照《财政部、国家税务总局关于全面推开营业税改征增值税试点的通知》（财税〔2016〕36号）有关规定免征增值税；残疾人个人提供的加工、修理修配劳务，按照《财政部、国家税务总局关于促进残疾人就业增值税优惠政策的通知》（财税〔2016〕52号）有关规定免征增值税。残疾人个体就业或创办的企业，可按规定享受增值税优惠政策。

（九）残疾人创办的企业，符合小型微利企业条件的，其所得减按50%计入应纳税所得额，按20%的税率缴纳企业所得税。

（十）根据《河北省地方税务局关于印发支持全民创业税收优惠政策及措施的通知》（冀地税发〔2008〕36号）规定，残疾人本人独立从事个体生产经营取得的所得，工资薪金所得，对企事业单位的承包承租经营所得，劳务报酬所得，稿酬所得，特许权使用费所得，减征80%的个人所得税。

（十一）根据《河北省财政厅、河北省地方税务局〈转发财政部国家税务总局关于安置残疾人就业单位城镇土地使用税等政策通知〉的通知》（冀财税〔2011〕8号）规定，对在一个纳税年度内，月平均实际安置残疾人就业人数，占单位在职职工总数的比例高于25%（含25%）且实际安置残疾人人数高于10人（含10人）的单位，可减征该年度城镇土地使用税，减征比例为实际安置残疾人就业人数占单位在职职工总数比例的2倍，但最高减征税额不得超过当年应缴纳土地使用税税额。

（十二）根据《财政部、国家税务总局关于安置残疾人员就业有关企业所得税优惠政策问题的通知》（财税〔2009〕70号）规定，企业安置残疾人员并满足相关条件的，在按照支付给残疾职工工资据实扣除的基础上，可以在计算应纳税所得额时按照支付给残疾职工工资的100%加计扣除。

四、提供金融信贷扶持

（十三）根据《河北省财政厅、河北省人力资源和社会保障厅、中国人民银行石家庄中心支行转发财政部等三部委〈关于进一步做好创业担保贷款财政贴息工作的通知〉的通知》（冀财金〔2018〕21号）、《河北省创业担保贷款实施办法》（银石发〔2017〕69号）规定，残疾人作为就业困难人员，满足相关条件可申请最高10万元的创业担保贷款及贴息，合伙创业或组织起来就业的贷款额度最高60万元，创办小微企业新招用符合条件人员达到规定比例的贷款额度最高200万元。

（十四）根据《河北省扶贫开发领导小组关于印发〈河北省“政银企户保”金融扶贫实施意见〉的通知》（冀扶〔2016〕15号）规定，符合条件的建档立卡残疾人贫困户可

以申请5万元以下、3年以内，免抵押免担保、基准利率、政府贴息、风险补偿的扶贫小额信贷。

（十五）根据《关于进一步做好康复扶贫贷款工作的通知》（冀残联字〔2012〕9号）规定，符合条件的贫困残疾人家庭可以按年利率7%，申请不超过2万元的康复扶贫贷款贴息。

五、提供资金补贴及奖励

（十六）根据河北省有关就业创业的相关规定，创办小微企业或从事个体经营并正常经营半年以上的毕业5年内高校毕业生，可给予5000元的一次性创业补助。城镇登记失业人员、农村转移就业劳动力、毕业年度高校毕业生初次创办的小微企业，创办3年内租用经营场地或店铺的，给予不超过3年、每年最高5000元的租金补贴。毕业5年内高校毕业生、就业困难人员、去产能企业职工初次创业，给予不超过3年的社会保险补贴。

（十七）根据《关于促进残疾人按比例就业的实施意见》（冀残联字〔2013〕138号）规定，用人单位（不含福利企业）超比例安排残疾人就业的，按残疾类别超比例安置一人，可一次性给予3000—5000元奖励。安排一名盲人或者重度残疾人的，按安排两名残疾人计算。

（十八）根据《河北省盲人教育培训就业行动计划（2017—2020年）》（冀残联〔2017〕13号）规定，对于2017年以来新开办的盲人医疗按摩所，由县级残联给予1—3万元补助，主要用于租房补贴和设施设备购置补贴。

六、支持重点对象和“互联网＋创业”

（十九）重点扶持残疾人自主就业创业致富带头人和非遗继承人。残疾人自主创业并带动其他残疾人稳定就业的、获得有关部门认定的残疾人非遗继承人自主创业的，给予贴息贷款扶持。获得有关部门认定的残疾人非遗继承人，优先推荐全国五一劳动奖章、中国青年五四奖章、全国三八红旗手等荣誉称号和河北省五一劳动奖章、河北青年五四奖章、河北省三八红旗手荣誉称号。

（二十）落实残疾人大中专毕业生自主就业创业扶持政策，鼓励支持残疾人大中专毕业生入驻各类创业园。在“千校万岗”等大学生就业精准帮扶行动中，落实残疾人毕业生人岗对接工作。对国际残疾人职业技能竞赛、全国残疾人职业技能竞赛和河北省残疾人职业技能竞赛获奖选手自主就业创业的，优先保障贷款贴息。

（二十一）大力培育、示范、引领各地开展残疾人互联网就业创业，实现残疾人精准就业。继续实施“互联网＋1151工程”，2018年，扶持25个残疾人淘宝合伙人、50家淘宝店，培训500名互联网就业人员，对200人进行就业创业补助。

七、提供支持保障和就业服务

（二十二）各地应根据扶持残疾人自主就业创业工作需要，根据《河北省残疾人就业保障金征收使用管理实施办法》（冀财税〔2016〕40号）等文件规定，合理安排用于残疾人自主就业创业经营场所租赁、启动资金、设施设备购置补贴（或一次性补贴）、小额贷款贴息、社会保险缴费补贴、用人单位岗位补贴等方面的支出。设立的各类就业创业基金应加大对残疾人自主就业创业的扶持。

（二十三）鼓励支持企业与自主就业创业的残疾人签订委托加工合同或产品购销合同，把适于残疾人加工的产品、工序委托残疾人加工制作。

（二十四）通过政府购买服务，加大各类孵化基地、众创空间、创新工场、创业园等对残疾人创业培训、开业指导、项目推介、融资咨询、法律援助等孵化服务力度。办好京津冀青年创业孵化园。鼓励有条件的市建立残疾人创业就业孵化基地。

（二十五）促进城乡残疾人平等就业创业，逐步完善城乡残疾人平等就业创业政策。发挥中心城市、新兴产业带动效应，吸纳更多残疾人劳动力跨地区、跨行业、跨所有制流动就业，逐步使外来残疾人劳动者与当地户籍残疾人享有同等的就业创业扶持政策。

（二十六）各级公共就业服务机构、残疾人就业服务机构要积极为残疾人自主就业创业提供政策咨询、职业介绍、信息发布、职业指导、创业指导、人力资源社会保障事务代理等服务。支持和鼓励社会创投机构、服务中介机构和社会组织，搭建用人单位与残疾人的劳务对接平台，提供相关服务。

河北省关于落实残疾人辅助性就业机构扶持政策的通知节选

冀残联发〔2018〕30号

一、省级资金扶持政策

每年从省级残疾人事业发展补助资金中给予10—30家辅助性就业机构每家12万元的一次性建设奖励。奖励资金主要用于辅助性就业机构的场地购置、建设、租赁，无障碍设施、工作环境的改造，生产设施设备的投入，残疾职工工资、社会保险补贴等。

二、市、县按要求落实资金扶持政策

市、县残联应配合财政等部门制定机构建设、场地租赁、机构运行、无障碍改造、生产设备和辅助器具购置等补贴办法，以及对为辅助性就业机构提供就业项目、经营场地等方面支持的企业或单位的补贴或奖励办法。

三、工作综述

2018 年，河北省残联以习近平新时代中国特色社会主义思想为指导，全面贯彻落实党的十九大精神，按照党的群团改革精神要求，以保障和改善残疾人民生为目标，以更实的举措，全力推进贫困残疾人脱贫攻坚，统筹推进残疾人事业发展，残疾人工作取得新成绩。

（一）围绕省委省政府决策部署，推进残疾人事业高质量发展，残疾人民生进一步改善

省残联按照党的群团工作要求，着眼党和政府工作大局，立足残联职责定位、立足残疾人的实际，积极作为，着力解决残疾人民生问题，推动残疾人事业实现高质量发展。

1. 残疾人扶贫工作取得新成就。一是摸清了建档立卡贫困残疾人底数和需求。省残联将残疾人证管理数据库、残疾人基本服务状况和需求信息数据库与省扶贫开发建档立卡信息系统进行比对，摸清了 16.86 万名建档立卡贫困残疾人基础信息和需求，为残疾人脱贫精准施策、精准帮扶提供了依据。印发《关于做好建档立卡贫困残疾人精准扶贫精准脱贫工作的通知》，将建档立卡残疾人信息分解给各市、县（市、区）残联，推动精准脱贫。二是进一步完善了残疾人扶贫体制和投入机制。省残联成立以主要领导为组长、领导班子成员为副组长、各市残联理事长和雄安新区党群工作部负责同志和省残联机关各部室、直属各中心负责人为成员的省残疾人扶贫开发和脱贫工作领导小组及办公室，明确工作职责，强化组织保障；建立了残疾人事业发展资金支持残疾人脱贫投入机制，省残联将残疾人教育、扶贫及就业创业补助资金重点向贫困县、贫困重度残疾人倾斜，把有限资金用到那些需要雪中送炭的残疾人身上，2018 年中期绩效评估取得良好评价。三是召开全省残疾人脱贫攻坚工作会议。各市（含定州、辛集市）残联理事长、教育就业部主任，雄安新区管委会党群工作部负责人，国定、省定贫困县残联理事长和省残联处级以上干部参加会议。会议深入学习贯彻习近平总书记关于残疾人脱贫攻坚的重要指示精神，认真落实中央《关于打赢脱贫攻坚战三年行动的指导意见》和省委省政府、中国残联对扶贫脱贫工作新部署，总结经验，明确方向，安排部署下一步全省残疾人脱贫攻坚工作。会议统一了思想，达成了共识，压实了责任。四是有效推动政策落实到残疾人身上。印发《河北省着力解决因残致贫家庭突出困难的实施方案》，开展入户走访核实专项行动，共有 3.27 万名残疾人新纳入农村低保、3.1 万名残疾人新纳入困难残疾人生活补贴范围、4.1 万名残疾人新纳入重度残疾人护理补贴范围、8455 名残疾人新纳入城乡居民基本医疗保险范围、849 名适龄残疾儿童入学（含送教上门）、6.29 万名残疾人得到了照护和托养服务，对 14529 名残疾人参加实用技术培训提供了资助，惠残政策得到有效落实。五是探索形成了丰富多样的新经验新做法。各地在推进贫困残疾人脱贫攻坚进程中，围绕贫困残疾人家庭的致贫原因、脱贫的特殊困难和难点问题，拓展思路，创新实践，涌现出多种多样行之有效的新经验新做法，比如石家庄市“政府＋企业＋贫困户＋残疾人”的行唐模式，沧州市“党的建设＋基层组织建设＋贫困残疾人”的南皮模式，廊坊市“基地＋农户”的安次模式等经验。河北省在 10 月 12 日全国残联系统推进贫困残疾人脱贫攻坚工作会议上做典型发言。

2. 持续保障和改善残疾人民生。一是有效保障残疾人基本生活。自 2018 年起，残疾人生活补贴、护理补贴分别由每人每月 55 元、50 元提高至 66 元、60 元。共为 89 万余名残疾人发放“两项补贴”。实施“阳光家园计划”，安排资金 1532.7 万元，通过购买服务的方式为 10218 名符合条件的智力、精神和重度残疾人接受托养服务给予补助。推动各市提高建档立卡残疾人参保率，建档立卡中有 144853 名符合参保条件残疾人纳入城乡居民基本养老保险范围，参保率达到 96%。二是保障残疾人康复需求。组织实施残疾人精准康复服务行动，为 46.95 万名残疾人提供康复训练、手术、辅助器具适配康复服务，康复服务率达 83.71%。推进残疾人家庭医生签约服务，印发《关于规范残疾人家庭医生签约个性化服务工作的通知》，明确服务对象、服务流程、经费管理、实施单位职责，签约服务率为 73.2%。落实国务院建立残疾儿童康复救助制度的意见，起草并以省政府文件印发《河北省残疾儿童康复救助实施方案》，对市县残联负责人员进行培训，拨付市县残疾儿童康复服务补助资金 8133.8 万元，为 7217 名听力、肢体、智力残疾儿童和孤独症儿童提供康复训练、辅助器具适配等服务。实施残疾儿童人工耳蜗救助，完成筛查 488 例，已安排手术 426 例。组织实施政府购买脑瘫儿童康复服务，安排 318 名享受救助的脑瘫儿童到服务机构进行康复。启动实施“让千名贫困残疾人站起来”行动，2018 年为贫困下肢缺肢者免费装配基本型假肢 400 例，三年内将完成全部目标。三是残疾人教育得到切实保障。落实教育资助政策，省级对 914 名接受学前教育残疾儿童和考入高等院校的 3 名贫困残疾研究生、54 名贫困本科生、809 名贫困残疾人家庭子女进行资助。落实为残疾人考生参加高考提供合理便利政策，为 131 名残疾人考生提供合理便利。配合省委统战部实施“泛海助学”行动，对 2018 年高招录取的贫困残疾人家庭本专科考生给予每人 5000 元的一次性资助。会同有关部门确定 6 所面向全省招收残疾人学生的中等职业学校、盲生高中、聋生高中，保障了残疾学生就学需求。四是残疾人就业保障进一步加强。出台《河北省电子商务助残扶贫行动实施方案》《河北省助盲就业脱贫行动实施方案》《河北省关于扶持残疾人自

主创业就业的实施意见》等就业政策文件，截至2018年10月底，全省培训城乡残疾人17159人，城镇新增就业2705人，农村新增就业4852人，303名高校残疾人毕业生实现就业创业。实施残疾人“互联网+万人就业（创业）”“1151工程”，全省互联网就业培训残疾人5200名；举办盲人医疗按摩继续教育培训班，培训盲人941名；成功举办河北省第六届残疾人职业技能竞赛，组队参加全国残疾人就业服务机构工作人员职业指导竞赛和全国残疾人岗位精英职业技能竞赛，两名选手分别获得参赛项目第一名、第三名，团队总分排名位列全国第五位，被授予“就业服务成效奖”。省委办公厅和省政府办公厅印发《关于各市和省直单位需要省级层面协调解决的问题及困难的责任分工》，明确要求出台党政机关、事业单位按比例安置残疾人就业文件。

3. 残疾人基本公共服务实现新提升。一是保障残疾人精神文化需求。加强思想政治引领，牢牢掌握意识形态工作主动权。通过微信公众号及时传达最新助残政策，反映残疾人事业发展的最新成果，关注用户已达47000人，成为全省广大残疾人了解信息的重要平台。组织2016—2017年度河北省残疾人事业好新闻评选和第十三届全省广播电视台残疾人专题广播节目展播，收到参评作品60篇，30篇作品获奖。举办河北省第七届特教学校学生艺术汇演，收集参演节目107个，评选出一等奖5个、二等奖14个、三等奖22个。部分优秀节目在河北电视台录制专题晚会播出。实施残疾人“文化进社区”“文化进家庭”“五个一”工程，组织残疾人文化周活动，近万名残疾人直接受益。二是保障残疾人群众体育需求。成功举办全省第九届残疾人运动会暨第五次奥林匹克运动会，全省各地的14个代表团的1028名运动员参赛。河北省残疾人健身周、残疾人冰雪运动季品牌活动被列为中国残联示范活动。新获批10个国家级残疾人体育健身示范点，全省累计建成残疾人健身示范点312个。截至2018年，实施康复体育进家庭项目14200户、培养残疾人社会体育指导员4011名。落实习近平总书记“带动三亿人参与冰雪运动”嘱托，成功举办第二届“冰雪河北·快乐你我”残疾人冰雪运动季活动，9万人次残疾人参与冰雪运动。三是维护和保障残疾人权益。12385残疾人服务热线全年处理残疾人来电、微信、短信等20773件次，回访满意率达97%。会同有关部门制定《关于优惠扶助残疾人家庭安装使用有线数字电视的指导意见》，降低残疾人消费支出成本。会同有关部门印发《“法援惠民生·关爱残疾人”法律援助品牌建设实施方案》，为残疾人及时提供法律援助。积极妥善办理人大、政协交办的建议5件、提案1件，代表和委员的满意率达100%。完成实施3176户贫困重度残疾人家庭无障碍改造。省残疾人福利基金会接收价值1747.1万元款物，组织开展“集善乐业‘残疾人网络就业’”“暖冬行动”“爱心暖衣”“助教活动”等项目，56000名残疾人受益。

4. 全力备战2022年冬残奥会和国内外重大赛事。一是平昌冬残奥会实现新突破，4名河北籍运动员首次参加冬残奥会，取得1个第九名、1个第十名和2个第十一名的好成绩，为备战2022年冬残奥会积累了经验、增添了信心。会后及时组织召开2022年冬残奥会暨全国第十届残运会冬季比赛备战工作研讨会，查找不足，研判形势，明确重点保障项目，统一思想，形成合力，对2022年夺金目标和备战工作提出要求。二是以赛代训提升竞技水平。承办首届全国残疾人高山滑雪和单板滑雪两项锦标赛，中国残联和北京冬奥组委对赛事的成功举办给予肯定。组织举办全省第九届残疾人运动会四个冬季项目的比赛，首次将冬季项目纳入省残运会，12个市代表队的131名运动员参加比赛，涌现出诸多优秀运动员苗子，为冬残奥人才储备奠定了基础。三是全力推进省级运动队外训。组织冬残奥4个雪上项目分别在黑龙江、内蒙古、张家口、秦皇岛等多地转场集训和拉练，以适应不同场地及雪质，保障训练成果，提高竞技水平；组织越野滑雪队赴俄罗斯外训，学习借鉴俄罗斯冬残奥项目夏训经验；组织高山滑雪和单板滑雪队赴新西兰反季节雪上训练，巩固滑雪基础，熟悉国外雪场和高山滑雪技巧，取得良好训练效果。四是做好冬季项目运动员后备人才的选拔、培养、试训、输送力度。从适龄残疾人中选拔身体素质出众的运动员参加试训，完成冬季项目跨项选材工作，完成省残联与中国残联签订的输送优秀体育人才责任书任务。截至2018年，入选国家队的河北冬残奥运动员58人，教练员9人，为备战2019年全国残运会和2022年冬残奥会奠定坚实的基础。配合北京冬奥组委、省冬奥办做好2022北京冬残奥会各项筹办工作。五是参加国际国内赛事成绩显著，组队参加全国残疾人锦标赛、亚锦赛、亚残运会等赛事，全年共取得115金、68银、47铜的好成绩。其中，全国残疾人锦标赛取得63金、49银、34铜，举重项目打破1项世界纪录、3项全国纪录，射击项目打破1项世界纪录；亚残运会获得26枚金牌、8枚银牌、8枚铜牌，打破3项世界纪录、2项亚残运会纪录，金牌数全国排位第二名，受到省委省政府领导亲切接见和鼓励。参加2018年全国残疾人冰壶、越野滑雪、冬季两项锦标赛，成绩全国第一。

5. 推进京津冀残疾人事业协同发展。一是做好京津对口帮扶工作。认真做好北京市、天津市对口帮扶张家口市、保定市、承德市脱贫攻坚工作，先后联系对接需求，围绕残疾人职业培训、专业人才培养、康复、服务设施建设等达成帮扶协作意向，各项帮扶措施正在推进落实中。二是加强文化体育交流。举办2018年京津冀残疾人冬令营，进行冰雪运动体验和交流。组织残疾人参加北京市举行的京津冀残疾人门球比赛和天津市举办的京津冀残疾人文化艺术交流活动，丰富三地残疾人精神文化生活。三是加强协会交流。省残疾人福利基金会积极与京津沟通，争取支持，接收捐赠款物价值115.56万元，开展“善立方·文化助残”“善立方·助教”“津冀协作，扶贫攻坚”“善立方·中医脊诊整脊特色培训班”，6000名残疾人受益。省肢协、聋协、盲协共同举办“第三届京津冀大型残疾人相亲交友联谊会”，三地470多名残疾人参加活动，该活动已成为河北省公益助残品牌项目。省肢协协助中国残联康复部、中国肢协、北京新生命养老助残服务中心在石家庄市举办“希望之家”伤友生活重建带头人培训班。各专门协会组织开展无障碍改造、残疾人教育就业、残疾人康复、专门协会发展等方面调研，形成调研报告13篇，其中有5篇论文在京津冀三地协会交流研讨活动中获亮点成果奖。

（二）积极推进残联改革，夯实残疾人事业基础，残联组织治理体系和治理能力得到提高

1. 推进残联改革方案制定出台。认真贯彻落实中央和省委群团工作会议精神、落实《中共中央关于深化党和国家机构改革的决定》和《深化党和国家机构改革方案》，按照《中国残联改革方案》，围绕加强基层残联组织建设，增强“政治性、先进性、群众性”，从注重优化职能、提升能力、健全机制、改进作风、增强活力，聚焦残联主责主业，扎实推进残疾人工作出发，起草《河北省残联改革实施方案》报省政府审定。

2. 成功召开河北省残联第七次代表大会。在省委省政府重视、关怀下，新一届省残联党组带领全体干部，全力以赴，高效工作，成功筹备召开省残联第七次代表大会。省委书记王东峰、省政协主席叶冬松、省委副书记赵一德及部分省委常委，省人大常委会、省政府、省政协和中国残联副主席吕世明等出席大会开幕式，王东峰书记、吕世明副主席讲话；省委副书记赵一德、省政府副省长夏延军出席闭幕式并讲话。大会确定了今后五年全省残疾人事业奋斗目标，在广大残疾人和残疾人工作者中引起强烈反响，赢得社会各方面广泛赞誉。

3. 做实残疾人工作基础。一是加强残疾人证的核发和管理。认真落实《河北省〈中华人民共和国残疾人证管理办法〉实施细则》，确定残疾评定机构名单，举办全省残疾评定人员医学培训班，开展残疾人证核发管理专项督查，规范残疾鉴定和残疾人证的核发工作。同时积极推动秦皇岛市启动第三代残疾人证试点工作。二是2018年度残疾人基本公共服务状况和需求信息的动态更新工作进展顺利。入户采集、数据录入、审核校对等工作已完成，所有数据通过审核已上报，第三方评估机构依据上传数据和评估抽样调查结果形成了2018年度动态更新工作评估报告，12月完成动态更新数据分析报告。三是完成残疾人事业“十三五”规划中期评估。根据中国残联和省发展改革委的要求，先后开展自评估、第三方评估、社会满意度测评等工作，按时向中国残联和省发改委提交评估报告。四是推进“互联网+政务服务”工作。省残联纳入省政府政务服务3项办事事项，已经全部完成。为推进省残联政务公开，完成门户网站改造升级，实现各项政务信息及时发布公开。五是加强残疾人事业发展资金管理。制定《2018年省级残疾人事业发展补助资金中期绩效评估试点实施方案》，对2018年下达的残疾人教育就业扶贫类项目进行中期绩效评估，与省财政厅进行重点抽查，查找不足，提出意见，督促相关单位按照要求落实。会同省发改委，积极争取残疾人康复设施建设资金1278万元。

4. 加强干部队伍建设。省残联党组认真履行政治领导责任，积极发挥把方向、管大局、保落实作用，推动残疾人事业高质量发展。一是以争先创优为目标，树立实干苦干拼命干工作导向。领导班子成员下基层、察实情、办实事、求实效，多项工作受到肯定，被中国残联确定为改革试验田。二是以担当尽责为理念，建立残联牵头推动残疾人事务的工作机制。残疾人事业是一项综合性社会事业，涉及面广，参与部门多。残联主动出击，担当作为，除做好主责主业外，主动协调各方落实残疾人政策。会同省扶贫办及时精准摸清16.86万名建档立卡贫困残疾人需求信息，会同有关部门出台扶持残疾人自主创业就业、解决因残致贫家庭突出困难、电子商务助残、助盲就业等政策文件。三是以“代表、服务、管理”为遵循，构建重点突破、整体提升的工作格局。重点推进残疾人脱贫攻坚，强化残疾人综合服务，全力备战2022年冬残奥会，残疾人康复、教育、就业、社会保障等工作取得明显成效。四是以落地见效为目的，健全推动工作落实体系。建立任务清单，将省残联承担的重点任务和重点工作，逐项梳理，逐项制定措施，逐项落实责任；实行台账管理，完成一个销号一个，对未结事项强化调度督办；加强考核评估，彰优罚劣推动落实。

四、重要条目

【河北省第六届残疾人职业技能竞赛】河北省人社厅、省残联、省总工会、团省委、省妇联2018年5月20日在石家庄联合举办，设5大类23个比赛项目、技能展示项目14个，各市县13个代表团共314位选手参赛。副省长夏延军出席开幕式并讲话，中国残联副理事长程凯、人社部就业促进司副司长尹建堃出席指导。石家庄、廊坊、秦皇岛、邯郸、保定荣获团队前五名。82名参赛选手获奖。

【河北省第九届残疾人运动会暨第五届特殊奥林匹克运动会】2018年10月8日—14日在石家庄市举办，其中开幕式于10月10日举行。本届省残运会暨特奥会共有14个代表团的1028名运动员报名参赛。其中，788名运动员参加省残运会夏季项目16个大项282个小项的比赛，109名特奥运动员参加省特奥运动会4个大项27个小项的比赛。为全力备战2022年北京冬季残奥会，本届省残运会首次增设冬季体育项目，已于1月完成比赛，共有131名运动员参加高

山滑雪、单板滑雪、越野滑雪和冰壶4个大项73个小项的比赛。比赛将在多个场地进行，比赛场馆和运动员驻地的各类设施全部经过无障碍改造。

五、大事记

1月9日—11日，2017—2018年度全国残疾人高山滑雪和单板滑雪锦标赛在张家口富龙滑雪场举行。河北省残联副理事长张国生、省体育局副巡视员王春及市领导等参加开幕式。11个省区市的80名运动员参赛，河北省运动员夺得21个金牌、15个银牌、8个铜牌，金牌数和奖牌数均列各参赛队之首。

1月14日—31日，河北省第九届残疾人运动会高山滑雪和单板滑雪比赛在张家口长城岭滑雪场举行。全省12个市代表队的131名运动员参加比赛。

1月11日，省残联召开年度工作汇报会，朱立杰理事长强调，2017年，全会围绕中心、服务大局的意识进一步提升；工作思路进一步拓宽，借助外力、甘当配角、主动配合的意识有了明显增强；工作深度进一步加深，制度性保障残疾人取得新成效；工作作风和工作精神值得肯定，各项工作越来越务实，求实的工作作风已形成风气；党建工作和队伍建设又上新台阶，领导班子成员和各部门的责任意识、主体意识、一岗双责意识、纪律规矩意识明显增强，抓党建的自觉性和抓班子、抓队伍、抓学习都取得可喜进展。

1月23日—24日，河北省残疾人精准康复管理人员暨家庭医生签约培训班在沧州举办，各市县残联和卫生计生系统近百人参加培训，王怡副理事长出席开班式。

1月31日，朱立杰、王志恒、王怡及各部室主任一行到涞源县烟煤洞乡土安村开展结对帮扶慰问活动和调研工作。

2月11日，省长许勤到张家口调研冬奥会筹办工作。他强调，冬奥会即将进入北京周期，要坚决落实“四个办奥”理念，严格按计划推进场馆和基础设施建设，加强冰雪教育培训，多渠道培养冰雪人才，抓紧培育滑雪和医疗救援技术兼备的专业人才，高质量完成赛事保障、造林绿化等任务，确保举办一届精彩、非凡、卓越的冬奥盛会。

2月11日，中国残联党组书记、理事长鲁勇到张家口崇礼看望备战冬残奥会的残疾人高山滑雪、单板滑雪运动员。

2月18日—25日，河北省运动员在轮椅网球世界杯团体赛中取得团体银牌。

2月26日—28日，河北省运动员在全国残疾人大众迷你滑雪比赛中获得8个金牌、2个银牌、1个铜牌。

3月1日，省残联与石家庄市残联、平山县残联在平山县共同举办第19次全国爱耳日宣传活动，主题是“听见未来，从预防开始”。省残联副理事长王志恒，石家庄市残联党组书记、理事长朱献军，平山县人民政府副县长解建军等参加活动，并向残疾人代表捐赠助听器。和平医院、省人民医院、省二院、市一院及助听设备公司开展现场义诊、爱耳护耳知识咨询及免费测听。

3月12日，朱立杰到秦皇岛调研残疾人家庭医生签约服务工作。

3月16日，副省长夏延军视察省残联工作。

3月18日—28日，河北籍运动员在残疾人射击世界杯赛中取得4个金牌、1个银牌、1个铜牌。

4月24日，2018年河北省残联宣传文体工作会在石家庄召开。省残联副理事长张国生出席并讲话，石家庄、邯郸、张家口、唐山和辛集等市残联做典型发言。

5月2日—11日，河北籍运动员在残疾人射击世锦赛中获得1个金牌、1个铜牌。

5月5日，“秦明有爱，珍爱有缘·第三届京津冀残障人士相亲交友联谊会”在石家庄市举行，458位残疾人参加活动。

5月8日—9日，2022年冬残奥会暨全国第十届残运会冬季比赛备战工作研讨会在石家庄召开。朱立杰出席并讲话。

5月11日—13日，河北籍运动员在世界残奥田径大奖赛（北京站）暨第六届中国残疾人田径公开赛中获得15个金牌、1个银牌。

5月18日—21日，河北省运动员在全国残疾人举重锦标赛中获得5枚金牌。

5月19日，中国残联副理事长程凯、人社部就业促进司副司长尹建堃到行唐县、灵寿县调研指导残疾人就业扶贫工作。

5月20日，河北省运动员在全国盲人柔道锦标赛中获得3枚金牌3枚铜牌。

5月24日—30日，河北省运动员在全国残疾人射击锦标赛中获得6枚金牌、4枚银牌、5枚铜牌，超过1项世界纪录。

5月29日，河北省运动员在全国残疾人羽毛球锦标赛中获得12枚金牌、3枚银牌、5枚铜牌。

5月29日，省残联召开2018年党风廉政建设和反腐败工作会议，朱立杰出席并讲话。

5月31日—6月6日，河北省运动员在全国残疾人射箭锦标赛中获得1枚银牌、2枚铜牌。

6月21日—29日，河北省运动员在全国残疾人游泳锦标赛和全国残疾人田径锦标赛中夺得15枚金牌、26枚银牌、11枚铜牌，打破1项全国纪录、超过1项世界纪录。

7月2日—9日，河北省运动员在全国残疾人冰壶锦标赛中获得2枚金牌、1枚银牌。

7月7日，省委副书记赵一德到行唐县调研残疾人扶贫脱贫工作。

7月15日，河北省运动员在全国残疾人自行车锦标赛暨第十届全国残运会自行车比赛中获得3枚金牌、1枚银牌、3枚铜牌。

7月23日—25日，全国残疾预防综合试验区河北省管理和技术人员培训班在石家庄举行。省残联副巡视员王怡出席开班式并讲话。

9月8日—12日，河北籍运动员在残疾人举重亚大锦标赛中获得2枚金牌、2枚银牌、1枚铜牌，破1项世界纪录和1项亚洲纪录。

9月10日，河北省第九届残疾人运动会暨第五届特殊奥林匹克运动会开幕倒计时30天启动仪式在石家庄举行。省残联党组书记、理事长师振军、巡视员张国生，河北省体育局党组副书记、副局长李东奇，石家庄市委常委、常务副市长李雪荣等出席。

9月29日，省残联举办建立残疾儿童康复救助制度培训班，师振军出席开班式。

10月6日—13日，河北籍运动员在第三届亚洲残疾人运动会中获得26枚金牌、8枚银牌和8枚铜牌，3破世界纪录，2破赛会纪录，创历届亚残运会最好成绩。16日，省委副书记赵一德会见河北省参赛人员。

10月8日—13日，全省残联系统领导干部专业素养提升培训班在省行政学院举办，220余人参加培训。

10月9日—11日，中国残联党组书记、理事长周长奎一行到河北省南皮县、沧州市和石家庄市调研定点扶贫和基层残疾人工作，并与省委书记王东峰会谈残疾人工作。

10月10日，河北省第九届残疾人运动会暨第五届特奥运动会在石家庄裕彤国际体育中心举行开幕仪式。省委书记王东峰宣布开幕，省委副书记、省长许勤致开幕辞，中国残联党组书记、理事长周长奎致贺词。省委副书记赵一德，省委常委、秘书长高志立，省人大常委会副主任王会勇，副省长徐建培出席开幕式。省委常委、石家庄市委书记邢国辉致欢迎辞。副省长夏延军主持开幕式。省残联党组书记、理事长师振军，省体育局党组书记张泽峰，石家庄市委副书记、市长邓沛然等出席活动。

10月12日，全国残联系统推进贫困残疾人脱贫攻坚工作会议在石家庄召开，中国残联理事长周长奎、副理事长程凯及国务院扶贫办、人社部相关负责人等出席会议，河北省委副书记赵一德致辞。

11月1日，师振军到涞源县省残联定点联系帮扶村土安村调研检查省残联驻村工作队扶贫工作。

11月2日，师振军到保定市调研残疾人工作。

11月2日，河北省纪念残联成立30周年残疾人"文化进社区"活动在石家庄启动。

11月6日，河北籍运动员在残疾人单板滑雪亚洲杯赛中获得亚军，实现历史性突破。

11月6日—9日，河北省残疾评定人员医学培训班在石家庄举行，省残联副理事长王怡、省卫健委医政医药处副处长李斌斌出席开班式并就残疾评定工作提出要求。

11月7日，师振军调研石家庄藁城区残疾人工作。

11月14日—16日，河北省34名残疾人参加北京市残疾人文化体育指导中心举办的2018年京津冀残疾人文化艺术交流活动。

11月14日—16日，师振军率队到河南、陕西、四川三省考察学习残疾人工作。

11月19日—24日，全省脑瘫儿童康复技术培训班在石家庄举行。

11月27日，河北省残疾人脱贫攻坚工作会议在石家庄召开，会议深入学习贯彻习近平总书记关于扶贫开发工作的重要论述和指示精神，贯彻落实党中央、国务院和省委省政府关于打赢脱贫攻坚战的决策部署，传达贯彻全国残联系统助推残疾人脱贫攻坚会议精神，交流经验，总结工作，安排部署全省残疾人脱贫攻坚工作。省残联领导班子成员出席会议，师振军讲话。

12月1日—12日，师振军到黑龙江省牡丹江市、哈尔滨市看望慰问正在冰雪训练的河北残疾人冬季运动队运动员、教练员和工作人员。

12月3日，河北省第十二届残疾人就业创业洽谈会暨首届全省残疾人互联网视频招聘会举行。首次实现互联网全省联动、信息共享，13个会场共组织338家招聘单位，为残疾人提供就业岗位3200余个，进场求职的残疾人达到6800人次，初步统计有42.2%的残疾人达成初步就业意向。省残联理事长师振军、省人社厅厅长宋立民出席启动仪式。

12月24日，2018年全国残疾人高山滑雪暨单板滑雪锦标赛在张家口开赛，河北省残联巡视员张国生、省冬奥办副主任张锐等参加开赛仪式。

12月26日，中国残联副理事长程凯一行到沧州市南皮县调研残疾人扶贫工作，师振军等陪同调研。

附　录

师振军理事长在河北省残疾人脱贫攻坚工作会议上的讲话

2018年11月27日

脱贫攻坚是党中央向全国人民做出的庄严承诺。全省各级残联组织务必认清形势、高度重视，认清扶贫脱贫工作是当前工作的头等大事；要认真贯彻习近平总书记和省委关于脱贫攻坚的要求，牢固树立"四个意识""两个维护"，切实提高思想认识和政治站位，从讲政治的高度认识脱贫攻坚工作。要认清扶贫脱贫工作已经到了最关键的时刻，认清残疾人脱贫攻坚在整个脱贫攻坚战中的艰巨性。目前，我省16.86万建档立卡残疾人中，多是一户多残、老残一体，无业可扶、无力脱贫的家庭，是脱贫攻坚任务真正的坚中之坚、难中之难，要在未来两年全部脱贫，任务非常艰巨。残联是残疾人脱贫攻坚的推动者，不能缺位；是监督督促者，不能让位；是政策的宣传者，不能无所作为，在“全面建成小康社会，残疾人一个也不能少”的伟大实践中，一定要大有作为。要明确工作任务，精准发力推进残疾人脱贫；要明确工作对象，全省16.86万建档立卡贫困残疾人是全省残疾人脱贫攻坚工作的聚焦目标，我们的措施、精力都要集中他们身上，精准施策，精准帮扶，确保他们如期脱贫。到2020年建档立卡贫困残疾人要实现六个方面“全覆盖”：残疾人证办理服务全覆盖，做到应办尽办；有康复需求的，基本康复服务全覆盖；有辅具需求的，基本型辅具适配服务全覆盖；有家庭无障碍改造需求的，无障碍改造全覆盖；有就业培训需求的，就业培训全覆盖；对重度残疾人通过集中供托养、日间照料、邻里照护、居家护理等方式实现服务全覆盖，有条件的可以多重覆盖。要助推配合协调有关部门落实相关政策，产业扶贫、易地搬迁扶贫、生态扶贫、教育扶贫、医疗扶贫、兜底保障扶贫、资产收益扶贫等优先覆盖残疾人。要以务实的精神和扎实的作风助推残疾人脱贫攻坚。

全省各级残联组织和残疾人工作者要把脱贫职责扛在肩上、把脱贫任务牢记心上，全力以赴推进残疾人脱贫攻坚。要加强学习，吃透政策，把党中央、国务院及各部委，省委省政府及有关部门和中国残联出台的一系列决策、政策、行动方案等文件研究透，把政策措施落实到位；提高政治站位，深入学习领会习近平总书记关于脱贫攻坚重要论述和残疾人脱贫攻坚的重要指示精神，把脱贫攻坚作为政治任务，提高做好残疾人脱贫攻坚工作的能力和水平；要进一步压实责任，亲力亲为，市县残联的主要负责同志要履行好第一责任人责任，确保工作到位、成效到位；要摸清需求，加强调研，主动与扶贫、住建、卫生健康、民政、教育等相关部门沟通协调，了解掌握各项政策落实情况；各级残联理事长和班子成员要带头转变作风，深入脱贫攻坚一线开展调查研究，真正做到察实情、出实招、办实事、求实效；要加强宣传，激发动力，着力加大残疾人脱贫攻坚扶持政策和残疾人脱贫典型事迹的宣传，引导激励激发贫困残疾人脱贫的内生动力，从“要我脱贫”转变为“我要脱贫”；要勤政廉洁，做明白人，广大残疾人工作者要在服务贫困残疾人的过程中转变工作作风，提高服务水平和服务质量，坚决防范和及时纠正形式主义、官僚主义等问题；要严格按照有关要求，管理、使用残疾人事业发展资金，以过硬的作风完成好残疾人脱贫攻坚任务。

（曹如宣供稿）

山西省残疾人事业和残疾人工作

一、领导讲话

省政府副秘书长张文栋在省残联第六届主席团第三次全体会议暨全省残联工作会议上的讲话摘要

2018年3月7日

二、突出民生保障，加快推进残疾人小康进程

（一）切实抓好《规划》贯彻落实。《山西省“十三五”加快残疾人小康进程发展规划》是当前做好残疾人工作的基本遵循。各级残联要充分发挥政府残工委秘书处的职能作用，把顶层设计细化为本地的政策措施，分解为年度任务、明确部门分工责任，以钉钉子精神推动工作任务落实、政策措施落地。今年，将要进行“十三五”规划的中期评估。我们要把评估的过程，作为检验成效、发现问题、推动落实的有利契机，带动全面建成小康社会决胜期残疾人共奔小康各项工作任务的落实。

（二）继续办好政府民生实事。今年，省政府在去年的基础上，继续办好六件民生实事，其中一项是将残疾预防重点干预和残疾儿童抢救性康复项目实施规模由3.5万名扩大到4万名。这充分体现了省委省政府对残疾人事业的重视和支持，对广大残疾人的关心和厚爱。各级残联要切实履行牵头责任，坚持“公开、公平、公正”的原则，及早谋划、精心组织，上下联动、协调推进，再次交上一份满意的答卷。

（三）重点加强残疾人康复服务。一是要实施精准康复服务行动。为20.5万名残疾人提供基本康复服务，确保全省残疾人基本康复服务覆盖率达到75%以上。二是要推进残疾人辅助器具适配全覆盖。落实“三保险、三救助”政策，推进建档立卡贫困残疾人基本辅助器具适配全覆盖，确保到年底免费适配率达到80%以上。三是要加强机构人才建设。加强康复机构培育和康复人才培养，进一步增强残疾人康复事业发展后劲。

（四）持续聚焦贫困残疾人脱贫攻坚工作。让贫困人口和贫困地区同全国一道进入全面小康社会是我们党的庄严承诺。习近平总书记强调，摆脱贫困，为广大人民群众谋幸福，是我们党和国家推动发展的根本目的。各级残联要认真贯彻党中央决策部署，深入推进精准扶贫、精准脱贫；要认真贯彻省委省政府关于进一步支持深度贫困地区脱贫攻坚的部署和中国残联等部门《着力解决因残致贫家庭突出困难的实施方案》，继续实施“566”扶贫助残行动，全面推进《山西省贫困残疾人脱贫攻坚实施方案（2016—2020年）》落实；要将扶贫与扶志扶智相结合，引导贫困残疾人转变观念、掌握技能，提升素质，帮助建档立卡贫困残疾人劳动力实现转移就业。

（五）加快推进残疾人基本公共服务供给。省委省政府高度重视基本公共服务体系建设中的残疾人特殊需求。各级残联要在做好残疾人基本服务状况和需求信息数据动态更新的基础上，更加积极主动地向党委、政府汇报有关情况，推动将残疾人基本公共服务的具体内容纳入当地基本公共服务工作大局，特别要重点关注社会保障、基本医疗、康复服务、教育服务、权益维护、就业创业、文化体育等方面的残疾人基本公共服务，提供残疾人托养、家庭无障碍改造、城乡居民医疗保险、残疾人意外伤害保险等服务，研究落实更多补短板、强弱项、抢救性、托底性的残疾人基本公共服务政策法规、政策措施，让广大残疾人都成为幼有所育、学有所教、劳有所得、病有所医、老有所养、住有所居、弱有所扶的受益者。

省政府副省长、省残工委主任曲孝丽在省政府残工委贯彻国务院残工委关于建立残疾儿童康复救助制度工作电视电话会议上的讲话摘要

2018年8月17日

二、结合省情，抓紧制定全省残疾儿童康复救助制度和配套政策措施。做好残疾儿童康复救助工作，关系到残疾儿童切身利益和健康成长，关系到千家万户的安居乐业和美满幸福，关系到社会稳定和文明进步，也关系到健康中国建设和全面建成小康社会的大局。为此，楼阳生省长已经做出批示，要求在9月底前，以省政府的名义出台全省贯彻落实国家意见的具体政策，因此要抓紧制定全省的实施意见。省残联作为牵头部门，要按照党的十九大报告中关于“兜底线、

织密网、建机制”的要求，坚持“量力而行、尽力而为”的原则，围绕“加大投入、优化服务、强化监管”三个关键环节，会同财政、民政、卫计、教育、人社、扶贫等有关部门，认真开展调查研究，通过专家的研讨、专题的研究，广泛听取社会各界意见，起草好全省的《实施意见》，切实着眼为残疾儿童接受基本康复服务提供制度性的保障。要抓紧完善配套政策和措施。在研究建立残疾儿童康复救助制度的同时，各部门要履职尽责，密切配合，依据意见的要求，残疾儿童康复救助的范围、内容和标准，制定完善相关的配套政策和措施。财政部门要做好残疾儿童康复救助资金的安排，明确好具体的结算办法以及有关的财税上的优惠政策；残联、民政、卫计等有关部门要建立和落实定点康复、诊断、评估机构准入标准，择优确定定点机构。市、县两级残联要组建残疾儿童康复救助的经办队伍，安排专人负责申请受理、审核等工作，并提前做好相应培训；民政、扶贫等部门要与残联做好信息共享的工作，为开展救助申请人信息比对工作做好准备；工商、质监等部门要会同残联，创新监管方式，加强“双随机一公开”的监管，推进跨部门联合监管、“互联网+监管”、信用监管，建立覆盖康复机构、从业人员和救助对象家庭的诚信评价和失信联合惩戒机制，必要的黑名单制度也要建立，切实提升残疾儿童康复救助事中事后监管的水平。

省政府副秘书长、第十一届残运会组委会执行主任张文栋在省第十一届残疾人运动会开幕式上的致辞

2018年9月26日

在这硕果飘香的金秋时节，我们相聚在龙城太原，共同庆贺山西省第十一届残疾人运动会隆重开幕，这是全省215.7万残疾人生活中的一件大事。在此，我谨代表本届运动会组委会，向运动会的开幕表示热烈祝贺；向各代表团和到会的各界人士表示诚挚欢迎；向全体参赛运动员、教练员、裁判员、工作人员和志愿者致以亲切问候；向为承办本届残运会付出辛勤劳动的各部委厅局的同志们表示衷心感谢！

关心、关注、关爱残疾人是时代文明进步和社会公平正义的重要标志。残疾人体育是残疾人事业的重要内容。省残联成立30年来，在省委省政府的坚强领导下，全省残疾人事业快速发展，残疾人体育也有了长足进步。举办山西省第十一届残疾人运动会正是集中展示全省残疾人事业发展成就的重要窗口，也是动员全社会都来奉献爱心、弘扬人道主义精神的舞台，更能促进残健融合发展、推动社会文明进步。多年来，全省优秀残疾人运动员在国际、国内比赛中累累摘金夺银，创造辉煌，充分展示了三晋儿女挑战生命潜能的惊人毅力，他们谱写了个人自强不息、追逐梦想的精彩华章。

天行健，君子以自强不息。精神寓于运动，运动创造精神。残疾人体育不仅是残疾人精神文化生活和康复健身的需要，也是对生命潜能的挑战，是对力与美的追求；不仅能给人以心灵的震撼和精神的洗礼，更能给人以人生价值的启迪，和对人道主义真谛的感悟。残疾人体育运动是特殊运动，与健全人相比，更艰辛、更顽强、更坚毅！参赛的运动员们，比赛马上就要开始了，全省人民为你们加油鼓劲，希望你们在比赛中保持高昂的士气，顽强拼搏、奋勇争先，赛出风格，赛出水平，放飞梦想，成就辉煌！

好风凭借力，送尔上青云。在此，真诚地希望组委会及全体工作人员精心组织，热忱服务，密切配合，全力保障好运动会的顺利进行。希望全体教练员、裁判员公平公正、团结协作，努力维护良好的竞赛秩序，努力把本届残运会办成一次安全、精彩、和谐、充满人文关怀，有特色、高水平的体育盛会。

二、政策法规文件

山西省残疾儿童康复救助制度

晋政发〔2018〕43号

三、救助内容及救助标准

根据残疾儿童个性化需要，以减轻功能障碍、改善功能状况、增强生活自理能力和社会参与能力为主要目的，为残疾儿童提供包括儿童残疾筛查诊断、康复训练、手术、辅助器具适配、支持性康复等方面的服务。各类残疾儿童康复服务项目的救助内容、标准如下：

（一）儿童残疾筛查诊断

经儿童残疾筛查诊断定点医院确诊的0—6岁残疾儿童，按400元/人给予其一次性筛查诊断费用救助。

（二）康复训练

1. 为0—6岁的残疾儿童提供定点康复机构全日制康复训练。每年训练时间不少于10个月。救助标准为15000元/人/年。

2. 为小年龄及已进入普通幼儿园的残疾儿童和7—14岁实施人工耳蜗植入手术的聋儿提供定点康复机构非全日制康复训练，每年训练时间不少于10个月。救助标准为9000元/人/年。

3. 对因各种原因未能在定点康复机构接受康复训练救助的残疾儿童，由定点康复机构或基层家庭医生团队提供社区个案康复训练服务，每年服务时间不少于10个月，每月不少于1次，每次时间不少于2小时。救助标准为3000元/人/年。

4. 残疾儿童在同一年度内不得重复申请康复训练救助，其中，多重残疾儿童可由其监护人在同一定点康复机构自主

选择康复训练类别，但全年享受总救助服务标准不超过单项康复训练救助标准。

（三）辅助器具适配及服务

经专业机构评估，确需适配基本辅助器具的残疾儿童，按《山西省残疾儿童康复救助辅助器具基本配置目录》（见附件）规定配置基本辅助器具。其中，助听器和人工耳蜗产品实行政府招标采购，由定点康复机构免费向听力残疾儿童提供适配或手术服务。适配服务救助标准为1200元/人。

（四）手　术

1. 人工耳蜗植入手术及服务：为经评估符合国家《人工耳蜗植入工作指南》规定条件的0—14岁重度听力残疾儿童，免费提供电子人工耳蜗产品1套，并免费实施术前筛查、植入手术及4次术后调机服务。上述服务救助标准为16000元/人。确因招标采购产品原因未通过项目筛查而自费实施人工耳蜗植入手术的重度听力残疾儿童，给予其30000元一次性救助。

2. 肢体矫治手术：为0—14岁的先天性马蹄内翻足等足畸形、小儿麻痹后遗症，脑瘫导致严重痉挛、肌腱挛缩、关节畸形及脱位，脊柱裂导致下肢畸形等肢体残疾儿童实施矫治手术提供一次性救助。救助标准为12000元/人，其中，10000元用于矫治手术救助、2000元用于术后不少于1个月的康复训练救助。

（五）支持性康复服务

由定点康复机构为0—6岁残疾儿童及其家庭提供康复知识培训、心理辅导、康复咨询与指导、参与康复决策过程、寻求解决家庭困境有效途径等服务。每年服务时间不少于10个月，每月服务不少于2次，每次服务时间不少于2小时。已接受社区个案康复训练服务的残疾儿童，不再享受支持性康复服务。补助标准为1000元/人/年。

三、五年工作综述

——山西省残联第六届主席团副主席、执行理事会理事长李亚明在省残联第七次代表大会上的工作报告（节选）

2018年8月13日

过去五年，在省委省政府的坚强领导和中国残联的正确指导下，省残联第六届主席团按照省残联第六次代表大会的安排部署，围绕中心、服务大局，攻坚克难、扎实工作，圆满完成了六代会提出的各项目标任务，受到了省委省政府和中国残联的充分肯定，得到了全省广大残疾人和社会各界的广泛好评。

（一）领导重视，政策支持，残疾人事业发展增添新动力

1. 高度重视支持，激发了干事创业热情。省委、省人大、省政府、省政协领导高度重视和支持残疾人工作，认真研究解决残疾人工作中重大问题，出席重要会议、参加重大活动、走访慰问残疾人等累计115人次，做出批示97件。省委书记骆惠宁专门听取省残联党组关于脱贫攻坚和建档立卡贫困残疾人辅助器具适配全覆盖的汇报，并给予重要指示。省长楼阳生到省残联调研民生实事，多次听取汇报、做出批示，对全省残疾人工作提出一系列具体要求。副省长曲孝丽多次听取省残联工作汇报，强调要坚决打赢脱贫攻坚这场硬仗。残工委成员单位，各市、县（市、区）党委、政府领导高度重视残疾人工作，大力支持残疾人工作，落实各项优惠政策。

2. 加强顶层设计，出台多项优惠政策。省政府第97次常务会议审议通过《山西省实施〈无障碍环境建设条例〉办法》，省政府第162次常务会议审议通过《山西省残疾预防行动计划（2017—2020年）》。省政府印发《关于加快推进残疾人小康进程的实施意见》和《山西省“十三五”加快残疾人小康进程发展规划》。省残联会同有关部门出台《山西省贫困残疾人脱贫攻坚实施方案（2016—2020年）》《山西省残疾人精准康复服务行动实施方案》。《山西省“十三五”基本公共服务均等化规划》专设“残疾人基本公共服务”一章，在社会保障、脱贫攻坚、民生实事等方面体现了对残疾人的特惠政策。

3. 赢得政府支持，加大资金投入力度。全省全面建立残疾人“两项补贴”制度。省政府连续5年将贫困残疾人康复救助、残疾预防重点干预和残疾儿童抢救性康复、就业援助等列入省政府民生实事项目或省政府重点工作目标责任考核内容。在省财政支持下，连续3年开展了“一店三基地”建设。全省各级财政5年共投入34.86亿元用于发展残疾人事业，同比增长66.3%。各市、县（市、区）政府也想方设法为残疾人办实事、办好事，使更多的残疾人得到实惠。

（二）上下联动，整体推进，省政府民生实事取得新成效

实施3.5万名残疾预防重点干预和残疾儿童抢救性康复项目是2017年省政府六件民生实事之一。全省各级残联精心组织、精准服务、上下联动、协调推进，在相关部门的大力支持下，全省实际完成5.5万名，超额57.25%。其中，为3675名初筛阳性0—6岁儿童提供残疾复筛和诊断服务，完成率为122.5%，为42677名疑似残疾人提供残疾评定服务，完成率为170.1%，为8683名残疾儿童提供抢救性康复服务，完成率为124.04%。在省政府“13710”系统中办结并评为“优秀”等次。2018年，省政府继续实施4万名残疾预防重点干预和残疾儿童抢救性康复项目纳入民生实事，两年来完成近10万名。省领导在国务院残疾人工作委员会组织召开的全国残疾人康复工作电视电话会议上做典型发言。

（三）精准施策，全力攻坚，残疾人脱贫攻坚创造新业绩

按照中央和省委打赢脱贫攻坚战、聚焦特困群体的要求，省残联实施“566”扶贫助残行动，对建档立卡贫困残疾人实施“五个全覆盖”。一是贫困残疾人精准识别全覆盖，结合残疾人信息数据动态更新，进行精准识别、动态管理。二是重度残疾人护理补贴全覆盖。三是结合残疾人精准康复服务行动，实现贫困残疾人基本康复服务全覆盖。四是按照山西省“三保险、三救助”政策要求，推进贫困残疾人基本辅助器具适配全覆盖。五是贫困残疾人实用技术全覆盖。五年来，完成农村贫困残疾人培训6.88万名。开展“六项行动”，政策、资金、项目向贫困残疾人，尤其是建档立卡贫困残疾人倾斜：一是“一店三基地”扶贫助残行动；二是残疾儿童抢救性康复扶贫助残行动；三是家庭无障碍改造扶贫助残行动，对8651户贫困残疾人家庭进行了无障碍改造，危房改造政府补贴4.7万人次，先后帮扶1万户贫困残疾人；四是基层党组织扶贫助残行动，五年来帮扶了1万户贫困残疾人。五是手工制作扶贫助残行动；六是阳光助残关爱行动，逐步实现志愿助残常态化。采取“六条措施”：一是加强组织领导和工作协调，二是进一步完善残疾人贫困户精准识别机制，三是加强社会救助等社会保障政策和扶贫开发政策有效衔接，四是加强精准扶贫、精准脱贫的考核和贫困监测工作，五是提高残疾人组织参与贫困残疾人精准脱贫工作的水平，六是加强对残疾人脱贫攻坚工作的宣传引导。

省残联在武乡县蟠龙镇老凹村、祥良村开展驻村帮扶工作。2016年，生态养鸡项目初见效益，2017年种植210亩连翘，实施光伏扶贫项目、成立扶贫合作社、电商扶贫等项目，捐资5万元成立“孝善基金”，率先实现贫困残疾人“五个全覆盖”。2017年，两村成功摘帽脱贫。省委书记骆惠宁、副省长郭迎光都给予了批示肯定。

（四）创新思路，开拓进取，各项重点工作取得新突破

1. 残疾人“两项补贴”全面落实。2014年1月1日起，山西省在中部省份率先建立残疾人“两项补贴”制度。民政部和中国残联在太原召开中部地区残疾人“两项补贴”制度座谈会，省残联做经验交流。张海迪主席做出批示：“最近，山西等地不断报来消息，令人鼓舞和欣慰，我们明确了工作思路，全心全意帮助残疾人解脱困难、摆脱困境，与全国人民一道迈入小康才有希望。请相关部门统计各方数据，为进一步改善残疾人生活打下基础。”按照国务院统一部署，省政府决定，从2016年1月1日起全面建立困难残疾人生活补贴和重度残疾人护理补贴制度，成为全省脱贫攻坚兜底政策之一。其中，生活补贴对象扩大到城乡低保家庭中的所有持证残疾人，护理补贴对象扩大到一、二级持证残疾人，补贴标准由每人每月40元提高到50元。2014—2017年，全省共为46.12万名困难残疾人发放生活补贴2.37亿元，为64.99万名重度残疾人发放护理补贴3.83亿元。

2. “一店三基地”建设扎实推进。2015年，省残联制定《山西残疾人实训基地、残疾人就业创业基地、农村残疾人扶贫基地及盲人按摩示范店建设实施方案》，省财政累计投入3200万元，各市残联结合实际积极开展创建工作。先后共建成基地219个，盲人按摩示范店278个，安置残疾人就业1960人、辐射带动1755名残疾人发展生产增加收入。2018年，部分市自筹资金继续开展“一店三基地”创建工作。中国残联副理事长程凯批示：“山西省残疾人就业工作夯实基础，广开渠道，在严峻就业趋势下不但超额完成任务，还创造了‘一店三基地’等鲜活经验，值得总结学习。”

3. 残疾人康复服务覆盖面进一步扩大。通过实施国家、省级各类康复救助项目，救助贫困残疾人31.4万人次，提供基本康复服务35.4万人次，免费配发辅助器具26万余件。3.6万名白内障患者重见光明，1640名聋儿免费适配助听器或植入人工耳蜗，残疾儿童接受康复训练1.6万人次；安装假肢或矫形器4432例，680名肢体残疾儿童接受矫形手术。2017年起，全省各级残联会同卫生计生等部门实施残疾人精准康复服务行动，当年为28.1万名残疾人提供基本康复服务，全省残疾人康复服务率达到74.68%，超额完成年度任务。

（五）维护权益，精准救助，残疾人兜底保障迈出新步伐

1. 社会保障制度得到有效落实。省残联联合民政部门，促进符合条件的残疾人全部纳入城乡低保，真正做到应保尽保。实施“阳光家园计划”，为56310名重度残疾人发放托养补贴。探索“互联网+托养服务”新模式，2018年已为8300余名残疾人提供托养服务。105.5万名残疾人参加城乡居民基本养老保险，重度残疾人参保费用政府代缴比例达到96.26%。

2. 贫困残疾人得到有效扶持。住建部门将农村贫困残疾人家庭列为危房改造政府补助对象，优先予以安排。对因突发事件陷于困境的残疾人予以临时救助，各级残联共投入1976.65万元，救助残疾人47523人次。

3. 残疾人合法权益得到切实维护。妥善处理残疾人来信来访8.9万人（件）次，化解一批疑难信访案件。290名残疾人、残疾人亲友和残疾人工作者担任县级以上人大代表、政协委员，办理人大代表建议、政协委员提案163件，对555件贫困残疾人诉讼案件实施法律救助。积极开展创建无障碍市工作。为4.54万名下肢残疾机动轮椅车主发放燃油补贴1180万元。

4. 慈善项目品牌得到社会认可。省残疾人福利基金会募集资金（物资）7286万元，开展“爱在路上·善行三晋”大型助残徒步公益活动、“集善工程·启明行动”以及助听、助行、助学等系列项目，救助残疾人4.3万人次。2015年，亚洲防盲基金会、香港叶氏化工集团向山西捐赠价值248万港元的中国复明扶贫流动眼科手术车新“复明6号”运行良好，截至2017年，完成白内障复明手术近5000例。中国衣恋集团捐赠300万元，为全省残疾人安装假肢505例。

5. 残疾人服务设施进一步完善。省残疾人综合康复中心正式投入使用，全省已建成残疾人综合服务中心、康复中心、托养中心97个，总投资6.03亿元。

（六）多措并举，精准服务，残疾人幸福感得到新提升

1. 残疾人就业状况进一步改善。11.1万名残疾人参加职业技能或实用技术培训，44046名残疾人实现就业。积极推进按比例就业、公益岗位就业、辅助性就业，城镇残疾人就业新增16737人，农村残疾人就业新增27309人。省本级征收残疾人就业保障金5.1亿元。举办山西省第五届残疾人职业技能竞赛，先后三次组团参加全国职业技能竞赛。人社部、中国残联在太原召开2017年就业援助月暨东北等困难地区就业援助现场推进会，省残联就残疾人就业援助工作做典型发言。

2. 残疾人受教育水平进一步提高。省残联协助教育部门做好残疾儿童少年义务教育招生入学工作，截至2017年底，全省在校残疾人学生14952人，义务教育阶段残疾儿童入学率达到89%，1603名残疾人学生被高等院校录取。投入助学资金1633万元，对5449名贫困残疾人大学生、残疾人家庭子女大学生、特教学校在校生和学龄前在园残疾儿童给予资助。在全省开展残疾青壮年文盲扫盲行动。

3. 残疾人事业宣传力度进一步加大。全省各级各类新闻媒体宣传报道残疾人事业发展进程，其中，省级媒体每年刊播稿件400篇（条）以上，关注弱势群体成为媒体共识。举办三次山西省残疾人事业好新闻评选、广播电台残疾人专题展播活动，与省电台合作播出《同在蓝天下》残疾人专题广播节目。组织全国自强模范暨助残先进集体和个人事迹报告团巡回报告，举办山西省第五次自强模范暨助残先进表彰大会，“山西最美残疾人”活动评选出10名“山西最美残疾人”、10名提名奖获得者，引起社会广泛关注。连续两年在助残日期间邀请中国残疾人艺术团在山西省进行大型公益演出，营造良好的助残氛围。

4. 残疾人文化生活进一步丰富。举办第八届、第九届全省残疾人艺术汇演，第七届全省特教学校学生艺术汇演，组团参加第八届、第九届全国残疾人艺术汇演，第七届全国特教学校学生艺术汇演。15个文艺节目在全国残疾人艺术比赛中获奖。开展残疾人文化周、读书日活动，推进公共图书馆盲人阅览室建设，推动开播电视手语节目，实施残疾人文化进家庭“五个一”项目。

5. 残疾人体育进一步发展。举办山西省第十届残疾人运动会、山西省第五届特奥运动会。组团参加第九届全国残疾人运动会、第六届全国特奥运动会等全国赛事，参赛运动员600人次，获奖牌192枚。全省残疾运动员入选国家队12人次，在伦敦残奥会等国际比赛中夺得3金5银3铜。开展残疾人健身周、全国特奥日活动，推进残疾人体育健身示范点建设，实施康复体育家庭关爱计划，扩大了残疾人参与社会的渠道。

6. 历史遗留问题得到妥善解决。妥善解决省残疾人综合康复中心不能投入使用、龙城大街职工宿舍楼8年不能入住等两个“老大难”问题，2014年省康复研究中心正式搬迁，职工宿舍楼具备入住条件，并改善了办公条件。原挂靠企业200多名职工因改制上访问题，原宏昌学校学生家长、施工队伍和医患纠纷等重复上访问题以及残疾人机动轮椅车主集体上访等问题均得到妥善解决。

（七）夯实基础，服务基层，基层组织建设取得新进展

1. 基层组织建设得到加强。先后开展“基础管理建设年”“基础管理提升年”“基础管理回头看年”活动，开展“强基育人工程”，持续推动残联系统基础管理上水平、工作上台阶。开展全省残疾人专职委员状况调研，深入了解情况，督促指导市、县（市、区）残联采取措施稳定基层残疾人工作队伍，提高为残疾人服务的能力。

2. 全省残联换届风清气正。乡、县、市、省四级残联按照《中国残联章程》和中国残联、省残联换届指导意见，自下而上逐级换届，省残联全程督导，确保风清气正，实现通过换届补充新鲜血液，换出干劲、焕发活力的目标。在三级残联的共同努力下，在组织部门的大力支持下，到2018年4月下旬，11个市级残联全部完成换届任务，为省残联换届奠定坚实基础。

3. 群团组织改革稳步推进。在全省残联系统开展“四化”问题专项整治活动。根据《中共山西省委群团工作改革方案》拟定省残联改革草案，开展“大学习、大调研、大落实”和“走千村、访万户、送温暖”活动。认真贯彻落实中央、省委党的群团工作会议精神和中央关于群团改革的决策部署，紧紧围绕保持和“强三性”这条主线，以更大力度、更实举措，着力解决“去四化”等问题，充分发挥党和政府联系残疾人群众的桥梁纽带作用。

4. 残疾人专项调查走在前列。全省2014年下半年启动残疾人基本服务状况和需求专项调查，省政府残工委成立山西省残疾人基本服务状况和需求专项调查工作领导小组。省残联举办7期省级培训，各地按时完成县级培训任务、组建调查队伍。从2015年1月1日开始入户调查，核查率达到

100%，为残疾人信息数据动态更新奠定基础。2015 年，中国残联在山西召开全国残疾人基本服务状况和需求专项调查工作部分省座谈会，山西省残联在会上做经验介绍。

5. 党风廉政建设常抓不懈。各级残联领导带头自觉遵守宪法和法律，自觉遵守各项规章制度，带头落实“三重一大”事项集体决策制度，阳光执行各类残疾人救助项目，救助对象全部纳入实名制管理。严格执行“八项规定”。整治群众身边的不正之风和腐败问题，整治违规办理残疾人证问题，在全系统进一步加强党风廉政建设。

在肯定成绩的同时，我们也清醒地认识到，残疾人事业发展仍是经济社会发展大局中的短板，基本保障制度还不够完备，公共服务能力还比较薄弱，城乡、区域差别还比较大，发展的质量效益还不很高。残疾人群体尤其是建档立卡贫困残疾人仍然是全面建成小康社会的难中之难、困中之困。残疾人基本服务状况和需求动态更新数据显示，截至 2017 年 10 月底，全省有建档立卡贫困残疾人 135448 人，其中尚未纳入农村低保范围的残疾人有 61843 人，已纳入农村低保范围但没有享受困难残疾人生活补贴的残疾人有 25056 人，尚未参加城乡居民基本医疗保险的残疾人有 3910 人，义务教育阶段适龄未入学的残疾儿童有 907 人，有迫切照护和托养需求的 16 周岁以上重度精神、智力和肢体残疾人 41488 人，有康复服务需求的残疾 50242 人，有家庭无障碍改造需求的残疾人 43190 人。这些数据反映了当前全省贫困残疾人脱贫攻坚迫切需要解决的突出困难和问题，实现残疾人全面小康任重道远。

四、2018 年工作综述

2018 年，全省各级残联在省委省政府的坚强领导下，坚持以习近平新时代中国特色社会主义思想为指导，深入学习贯彻党的十九大精神和习近平总书记视察山西重要讲话精神，以及省委十一届六次全会和中国残联第七次全国代表大会精神，开拓创新、攻坚克难，重点突破、统筹推进，圆满完成全年各项工作任务，残疾人有了更多的获得感、幸福感、安全感，多次被《人民日报》和中央电视台等媒体宣传报道。

（一）强化责任意识，加快推进残疾人小康进程

1. 超额完成省政府民生实事项目。投入资金 6549 万元，完成 5.5 万名残疾预防重点干预和残疾儿童抢救性康复服务，任务完成率达到 136.62%，在省政府“13710”督办系统中被评为优秀。《人民日报》和央视《新闻联播》《焦点访谈》给予专题报道，并在中国残联举行的第二次全国残疾预防日宣传活动新闻发布会上介绍经验。

2. 精心实施残疾人精准康复服务行动。省政府出台《山西省残疾儿童康复救助制度》，21.7 万名残疾儿童和持证残疾人得到基本康复服务，服务率达 88.45%。残疾人精准康复服务 8—11 月核心信息准确率全国第一，受到中国残联通报表扬。

3. 积极推动残疾人托养服务项目。确定 35 个试点单位，投入 2514 万元，以政府购买服务为主要方式，以“互联网 +”为主要模式，为 7234 名残疾人提供托养服务。

4. 加大就业培训力度。完成城镇残疾人职业技能培训 4006 人、农村贫困残疾人实用技术培训 9500 人。与省人社厅联合举办 2018 年中国技能大赛山西省第六届残疾人职业技能竞赛。

5. 实施省彩票公益金助学项目。投入 195.3 万元，资助 538 名残疾人研究生、大学生和残疾人家庭子女大学生。

6. 加强信息化建设。在 4 个市的 5 个县（区）率先开展第三代残疾人证（智能化）全国试点工作，受到中国残联好评。向省经信委申报 2019 年省残联大数据智慧服务平台信息化建设项目，为实施“互联网 + 科技助残”行动、提高全省残疾人事业信息化水平提供精准支撑。

7. 维护残疾人合法权益。全省接待残疾人来信来访 1.4 万余人（件）次，其中处置同煤集团农民轮换工、儿麻残疾人进京群体访 4 批次 160 人次，12385 残疾人服务热线接听 3830 通，倾听、了解残疾人诉求，帮助解决实际困难和问题。对 78 个残疾人法律救助案件进行补助。

8. 成功举办山西省第十一届残疾人运动会。430 名运动员参加 14 大项 211 小项的比赛，产生金牌 189 枚、银牌 100 枚、铜牌 60 枚，产生良好社会反响。

9. 大力发展残疾人慈善事业。省残疾人福利基金会基金体量和募资能力在全省 81 家基金会中名列前茅，在全国 20 多家残联系统省级基金会中公开透明指数排名第一，募集资金、物资 1542 万余元，惠及残疾人 1.8 万人次。

（二）聚焦脱贫攻坚，帮扶贫困残疾人脱贫致富

1. 推进建档立卡持证贫困残疾人基本辅助器具全覆盖。投入专项资金 1650 万元，2.8 万名建档立卡持证贫困残疾人得到基本辅助器具服务，覆盖率 94.1%。

2. 实施“农村基层党组织助残扶贫工程”。按照每户 3000 元的帮扶标准，帮扶 5000 户建档立卡贫困残疾人家庭发展种植业、养殖业、农副产品加工业。

3. 健全农村残疾人关爱服务体系。会同省民政厅等六部门出台《着力解决因残致贫家庭突出困难的实施办法》，在全省建档立卡贫困残疾人中，3970 人新纳入农村低保，2234 人新纳入生活补贴范围，1083 人新纳入护理补贴范围，3636 人新得到照护和托养服务，675 人新得到特困救助。

4. 切实做好残疾人精准脱贫和干部驻村帮扶工作。为

32.6万名重度残疾人发放1.96亿元护理补贴，为8000余名下肢残疾人发放216.98万元机动轮椅车燃油补贴，完成城镇残疾人职业技能培训4006人、农村贫困残疾人实用技术培训9500人。对1906户贫困重度残疾人家庭进行无障碍改造。积极做好干部驻村帮扶工作，调整人员，加强力量，省残联帮扶的两个村贫困户收入均超过3520元的脱贫线。

（三）加强党的建设，坚决贯彻落实中央和省委决策部署

1. 加强领导班子和干部队伍建设。省残联党组认真落实新时代党的建设总要求，坚持以政治建设为统领，要求班子成员身体力行、以上率下，做到政治过硬、履职到位、本领高强、作风优良；要求全体党员坚定信念、担当作为，做到务必讲政治、务必讲学习、务必讲团结、务必讲担当、务必讲自律。坚持不懈用习近平新时代中国特色社会主义思想武装头脑、指导实践、推动工作，举办全省残联系统业务培训20次，安排处级干部到基层授课，对基层康复机构工作人员进行专业技术培训。

2. 持续深化党风廉政建设。深入学习贯彻十九届中央纪委二次全会和省纪委十一届三次全会精神，坚持问题导向，坚持挺纪在前，运用监督执纪“四种形态”，用好问责利器，做到失责必问、问责必究。深入开展廉政教育和警示教育，使党员干部知敬畏、存戒惧、守底线。坚定执行中央“八项规定”及实施细则精神，坚决纠正形式主义、官僚主义等突出问题，紧盯项目实施、残疾人证管理等环节开展民生领域腐败和不正之风专项整治。

3. 高度关注、及时掌握和应对残疾人涉黑涉恶情况。吕梁市出现视力残疾人、肢体残疾人涉毒贩毒案件，省残联及时跟进案件进展，积极发挥行业主管作用，目前案情已由当地公安机关依法处置。忻州市残联作为当地扫黑除恶专项斗争领导小组成员单位，摸底发现聋哑人涉黑涉恶线索11条，并移交报送有关部门。

4. 支持民营企业发展。召开党组会、中心组（扩大）学习会、市级残联理事长座谈会，传达学习省委书记骆惠宁在全省支持民营企业发展大会上的重要讲话精神。考察北京市残联与企业合作推动残疾人就业模式。安排摸清全省残疾人创办的民营企业、集中安置残疾人就业的民营企业和为残疾人服务的民营企业情况。联合15个部门制定《关于扶持残疾人自主就业创业的实施办法》。

5. 圆满完成换届任务。省残联第七次代表大会胜利召开，省委书记、省人大常委会主任骆惠宁，省委副书记、省长楼阳生等13位省四大班子领导出席开幕式。大会选举产生省残联第七届主席团、执行理事会和省级残疾人各专门协会委员会。全省各级残联全部完成换届，新一届领导班子敢于担当，充满活力，开拓创新，扎实工作，全省残疾人工作的组织基础更加扎实。

6. 积极推进残联改革。按照省委统一部署和中国残联《改革方案》，积极推进省残联改革。开展“六下基层”活动，出台《省市县残联讲政治强基层转作风重调研活动实施方案》，努力打通服务残疾人“最后一公里”。

（四）基层残疾人工作亮点纷呈

太原市实施“双百双千”就业创业工程，共审核认定4个残疾人就业创业基地、3个残疾人实训基地、6个残疾人扶贫基地和56户残疾人自主创业个体工商户，发放补贴资金291.6万元。

忻州市举办“春风行动”残疾人就业援助现场招聘会启动仪式，充分利用各种就业平台，为残疾人提供更加便捷高效的综合性就业服务。

长治市组建全市首家残疾人综合服务公司——长治市馨残康养服务有限公司，通过打造残疾人专门品牌和“互联网+”经营方式，推进残疾人产品市场营销，帮助残疾人实现增收脱贫，促进残疾人就业创业。

晋城市人大常委会组成联合检查组，就《中华人民共和国残疾人保障法》和《山西省残疾人保障条例》落实情况进行执法检查，对全市贯彻实施“一法一条例”情况给予肯定。

运城市残联组织开展“共创、共担、共享、共赢”、“助残四季行”系列活动，全面有序推进残疾人各项工作。

五、山西省残疾人联合会第七次代表大会

山西省残疾人联合会第七次代表大会开幕

2018年8月13日，山西省残疾人联合会第七次代表大会在太原召开。省委书记、省人大常委会主任骆惠宁，省委副书记、省长楼阳生出席大会开幕式。全国政协社法委副主任、中国残联副主席王新宪出席并讲话。副省长曲孝丽主持。

图7-4-1　山西省残疾人联合会第七次代表大会。

省领导任建华、林武、罗清宇、徐广国、廉毅敏、商黎光、胡玉亭、郭迎光、席小军出席大会。省委常委、组织部部长吴汉圣讲话，省总工会常务副主席王蕾代表全省各人民团体向大会致贺词。大会听取和审议山西省残联第六届主席团工作报告，选举曲孝丽为山西省残联第七届主席团主席，卫国为执行理事会理事长。来自全省各地的200余名正式代表、特邀代表出席大会。

山西省残疾人联合会第七次代表大会代表、主席团委员和选举结果

一、代表产生情况：代表资格审查小组严格审查并通过代表人选名单。本次大会共协商产生特邀代表38人：各市政府分管残联工作的副市长、副秘书长22人，省直单位4人，大型企业残联4人，2017年被评为“山西最美残疾人”未入选正式代表残疾人6名和助残社会新闻人物1名，省纪委监委驻省民政厅纪检监察组1人。选举和协商产生正式代表183名：各市代表大会选举产生129名，省政府残工委成员单位及省直单位协商产生39名，省残联党组研究确定机关及直属事业单位15名。其中，残疾人代表122名（肢体残疾37名，言语和听力残疾26名，视力残疾24名，智力残疾人亲友18名，精神残疾人亲友17名）。残疾人占代表总数的66.7%，符合残疾人代表比例达65%的要求。来自基层和一线的代表118名，占代表总数的64.5%，符合基层一线代表占60%的要求。确定列席代表37名：未入选第七届代表大会代表的第六届主席团委员，省残联机关副处级以上干部、直属事业单位负责人。

二、主席团委员产生情况：省残联第七届主席团委员64名。其中健全人19名、残疾人45名，残疾人及亲友代表占71.23%，符合65%以上的比例要求；基层一线委员36名，占总数的56.25%，符合基层一线委员占比35%以上的要求。

三、大会选举结果：大会选举产生省残联第七届主席团；选举产生省残联第七届主席团主席曲孝丽，副主席张文栋、卫国、李亚明、邓延满、孙淑云、王贵明、要王芳、杨珠义；推举省残联党组书记卫国担任省残联第七届执行理事会理事长；经卫国理事长提名，通过省残联第七届执行理事会副理事长、理事人选；通过山西省残疾人各类别专门协会第七届委员会主席、副主席人选；选举产生出席中国残联第七次代表大会代表16名，其中残疾人及亲友代表11名（视力残疾人代表2名，听力残疾人代表2名，肢体残疾人代表2名，智力残疾人亲友3名，精神残疾人亲友2名），占总数的68.75%，符合中国残联要求；推荐中国残联主席团委员候选人3名。

省委常委、组织部部长吴汉圣在山西省残联第七次代表大会开幕式上的讲话摘要

2018年8月13日

（五）不断提升各级残联的服务水平

残联工作机构和组织承担着为党和政府分忧、为残疾人解愁的工作职责。全省各级残联要积极适应新时代残疾人事业发展的新要求，自觉在党和国家工作大局中，在省委省政府的战略部署中谋划和推进工作。党中央和省委对深化群团改革提出了新的要求，省残联要紧紧围绕这个职责来谋划改革，出实招、出真招，真正从思想上、工作上、制度上把各项改革任务扎实落到实处，为新时代残疾人事业发展提供坚强的组织保障。残疾人工作者肩负着党和人民的重托，承载着全省215.7万残疾人的希望，要练就过硬本领、勇于改革创新，自觉做能力上、担责上、作风上、自律上的表率，以高度的政治自觉和政治担当做好新时代残疾人工作。

省政府副省长、省残联第七届主席团主席曲孝丽在省残联第七次代表大会闭幕式上的讲话摘要

2018年8月13日

省委省政府历来十分关心残疾人，重视发展残疾人事业。骆惠宁书记在省第十一次党代会上提出要“发展残疾人事业，基本实现人人享有基础社会保障。”楼阳生省长多次强调，对特殊人群就是要给予特殊关爱，省政府连续两年将“残疾预防重点干预和残疾儿童抢救性康复项目”列入民生实事，强力推进，全面落实。在省委省政府的领导下，全省上下紧紧围绕加快推进残疾人小康进程这条主线，大力加强残疾人保障制度建设，着力办好残疾人民生实事，扩大残疾人基本公共服务供给，残疾人民生保障和服务能力显著增强，残联组织自身建设和基础管理水平全面提升，全社会关心、帮助、支持残疾人的良好氛围日益浓厚，有力地推动了残疾人事业发展。

全省残疾人工作要聚焦脱贫攻坚，在解决重点难点问题上下功夫、见成效，确保到2020年残疾人权益保障制度基本健全，基本公共服务体系更加完善，残疾人事业与经济社会协调发展，残疾人社会保障和基本公共服务水平明显提高，帮助残疾人共享经济社会发展成果。要加大残疾人精准脱贫攻坚力度，加快残疾人基本服务供给，大力提升残疾人康复服务水平，切实保障残疾人合法权益。

要充分发挥残疾人主体作用。尊重残疾人主体地位，切实发挥残疾人的积极性、创造性，提高残疾人综合素质，促进残疾人社会融合，实现残疾人全面发展。广大残疾人要继续发扬“四自”精神，顽强拼搏、克服困难，为构建和谐社会和全面建成小康社会贡献自己的聪明才智。

六、重要条目

【山西省开展第十九次全国爱耳日活动】为推进全省听力障碍预防与康复工作，提高广大群众“安全用耳，保护听力”的意识，在2018年3月3日第十九次全国爱耳日，全省开展了形式多样的宣传教育活动。省政府残工委印发《关于开展第十九次全国爱耳日宣传教育活动的通知》。省市县围绕“听见未来，从预防开始”的主题，大力宣传听力残疾预防的重要性与必要性、耳科及听力保健科学知识、省政府民生实事残疾预防重点干预和残疾儿童抢救性康复项目以及全省残疾人精准康复服务行动相关政策，全面营造关爱、帮助听力残疾人的社会氛围。《山西日报》专版宣传爱耳日活动和听力言语残疾康复相关政策和典型案例，山西卫视连续10天播出公益广告。移动、电信和联通网络向全省2800多万手机用户发送相关公益短信。在省城机场、车站和主要广场城市电子大屏及2800多辆公交车播放公益广告。山西广播电视台举办专家讲座。省人民医院、山西医科大学第一医院等各听力残疾康复项目定点机构举办义诊咨询和健康讲座。

【践行群众路线“六下基层”活动】按照山西省委十一届七十七次常委会议关于群团组织要转变作风、用更多时间深入基层，吃透情况、发现问题、做好工作，履行好使命的指示精神，省残联党组以“六下基层”的具体行动落实省委的新要求，促进各项工作取得新成效：调研下基层、督导下基层、培训下基层、服务下基层、帮扶下基层、数据更新下基层。

【山西省第二次全国残疾预防日宣传教育活动】为迎接2018年8月25日第二次全国“残疾预防日”，山西电视台8月4日《新闻联播》以《精准康复服务让残疾群体共享幸福》为题，对山西省残疾人民生实事项目和精准康复服务行动进行重点宣传报道；中央电视台8月5日《新闻联播》以《百姓小事即大事》为题，对山西省把“实施4万名残疾预防重点干预和残疾儿童抢救性康复项目”列入政府民生实事予以报道。省政府残工委8月17日召开全省建立残疾儿童康复救助制度电视电话会议，副省长曲孝丽出席会议并讲话。8月23日，省残联党组成员、副理事长刘晔作为全国省级残联唯一代表出席中国残联在北京召开的全国残疾预防日新闻发布会，并回答记者的提问。山西广播电视台“健康之声”“行风热线”等栏目8月24日—25日开设专家讲座，邀请省内残疾预防和残疾人康复相关专家宣传残疾预防专业知识、解读残疾人康复政策。8月25日，中央电视台《焦点访谈》栏目播出山西省“积极探索建立儿童残疾筛查、转介、康复一体化工作机制”的内容，对儿童残疾筛查、诊断和康复工作进行深入宣传报道。

【山西省第十一届残疾人运动会】2018年9月26日在山西体育中心开幕，主题是“生命阳光、激情绽放”。省人大常委会副主任李悦娥出席开幕式，组委会主任、副省长曲孝丽宣布开幕，组委会执行主任、省残联党组书记、理事长卫国主持开幕式。组委会执行主任、省体育局党组书记、局长赵晓春致欢迎词，组委会执行主任、副秘书长张文栋致开幕词。全省11个市430多名残疾人运动员参加14个大项211个小项的角逐，共决出金牌189枚、银牌100枚、铜牌60枚。

图7-4-2　2018年9月26日，曲孝丽宣布山西省第十一届残疾人运动会开幕。

【2018年中国技能大赛山西省第六届残疾人职业技能竞赛】由山西省人社厅、省残联联合主办，省残疾人就业服务指导中心承办，12月4日—6日在太原举办。省委常委、组织部部长吴汉圣，副省长曲孝丽出席开幕式。竞赛设计算机组装、www网页设计、海报设计、摄影、水彩绘画、服装裁剪、服装制作、钩针编织、刺绣、剪纸、美发、美甲等项目。全省11个市代表队的154名选手参赛，创竞赛规模、项目数量新纪录。成绩优异的选手可以参加2019年第六届全国残疾人职业技能竞赛。

图7-4-3　2018年12月5日，省委常委、组织部部长吴汉圣，副省长曲孝丽出席2018中国技能大赛山西省第六届残疾人职业技能竞赛启动仪式。

七、大事记

1月19日，省残联召开2017年度目标责任考核大会，省第九考核组对省委省政府年初下达省残联的各项年度目标任务完成情况、领导班子运行和领导干部综合表现进行全面考核评价。

1月26日，省直纪工委检查室主任张建波带领省直单位包村帮扶考核组对省残联2017年包村帮扶工作进行考核。

2月7日，山西省人民政府办公厅《晋政信息》民生专刊第9期刊登信息：2017年省政府六件民生实事圆满完成，"山西省实施3.5万名残疾预防重点干预和残疾儿童抢救性康复项目"是其中之一。

3月7日，省残联第六届主席团第三次全体会议和全省残联工作会议在太原召开，省政府副秘书长张文栋出席并讲话。会议听取并审议通过李亚明所作的工作报告，通过调换和增补主席团委员的决议，选举省政府副秘书长张文栋为主席团副主席。

3月9日，省残联召开2018年党风廉政建设工作会议。

5月4日，全省残联康复工作会议召开。

5月7日—13日，山西省新版"残疾人证管理系统"培训班暨第三代智能化残疾人证推进会举办。省残联党组成员、副理事长温万一出席开班仪式并讲话。

5月8日—9日，山西省全国残疾人基本服务状况和需求信息数据动态更新工作培训班举办。

5月12日—13日，省残联举办"十三五"规划实施情况中期评估培训班。省残联党组成员、副理事长刘晔出席并讲话，中国残联研究室副主任郭春宁授课并现场答疑。

5月15日，副省长曲孝丽到省康复研究中心、省聋儿康复教育研究中心看望慰问残疾人及残疾儿童。

5月27日—6月9日，省残联分两批组织参加由全国干部教育培训基地四川大学举办的山西省省直机关干部综合素质提升专题培训班。

6月28日，省委决定免去李亚明同志省残联党组书记职务，任命卫国同志为省残联党组书记。

7月1日—6日，山西省智力残疾康复人员技能培训班在太原举办。

7月2日—7日，山西省听力语言康复骨干人员培训班在太原举办。

7月12日—17日，山西省孤独症儿童康复专业技术人员培训班在太原举办。

7月17日，省残联召开干部大会，省委组织部副部长陈跃钢宣布省委关于省残联主要领导同志职务调整的决定：任命卫国同志为省残联党组书记，免去李亚明同志省残联党组书记职务；任命李俊温同志为省残联党组成员。副省长曲孝丽出席并讲话。

8月8日，山西省残联组队参加全省第十五届运动会。

8月14日，中国残联副主席王新宪到大同市就残疾人民生实事、贫困重度残疾人家庭无障碍改造、残疾人居家托养等进行工作调研。李亚明、大同市副市长郭蕾等陪同。

8月16日，省残联党组召开换届后第一次中心组（扩大）集中学习会议。

8月17日，副省长曲孝丽在山西分会场参加国务院残工委建立残疾儿童康复救助制度工作电视电话会议。省政府随后召开全省贯彻落实电视电话会议。

8月23日，全国残疾预防日新闻发布会介绍山西省贯彻落实《残疾预防行动计划》、实施政府民生工程等情况。

8月28日，副省长曲孝丽听取省残联关于山西省第十一届残疾人运动会方案的汇报。

9月5日—7日，山西省第十一届残疾人运动会轮椅击剑、盲人门球比赛在运城举办。7日，省残联理事长卫国、省体育局副巡视员李润民、运城市政协副主席刘国义等观看盲人门球决赛并颁奖。

9月10日，卫国理事长率队调研长治市武乡县蟠龙镇老凹村扶贫工作。

9月10日—13日，全省残联统计工作培训班在太原举办。

9月12日—16日，副省长曲孝丽作为特邀代表出席中国残联第七次全国代表大会。山西省16名正式代表、1名列席代表出席大会。卫国、孙淑云、要王芳等三名山西代表当选为主席团委员。

9月13日—14日，第三代智能化残疾人证试点工作推进会在太原举办。

9月18日，省政府副秘书长、省政府残工委副主任、省残运会组委会执行主任张文栋出席山西省第十一届残疾人运动会工作协调会。会议由省体育局局长、省残运会组委会执行主任赵晓春主持。省残联党组书记、理事长、省残运会组委会执行主任卫国通报有关情况。

9月19日，省残联党组中心组召开扩大会议，传达学习中国残联第七次全国代表大会精神，就贯彻落实大会精神提出具体要求。

9月27日，省残联党组成员、副理事长刘晔率队到青海、甘肃、宁夏三省区学习考察，重点是残疾人康复机构运行、脱贫攻坚、就业创业、社会保障、理论研究、基础设施等。10月25日，副省长曲孝丽专门听取考察汇报。

10月9日—12日，省残联举办全省市、县（市、区）残联领导干部能力提升培训班。卫国理事长出席开班式并讲话。

10月25日，省残联举办2018年党务干部培训班，省直工委有关同志应邀授课。

10月26日，山西省康复研究中心（山西省残疾人康复医院）正式成为“中康医联体”第一批成员单位。

11月5日，副省长曲孝丽就省残联《关于山西省第十一届残疾人运动会举办情况的报告》做出批示：“省十一届残疾人运动会主题鲜明、组织严密、赛事水平高，展现了全省残疾人的良好精神风貌。请省残联继续加大工作力度，进一步提升残疾人文化体育工作水平。”

11月5日，省康复研究中心召开全体干部职工大会，宣布温建生同志任省残联机关党委委员，负责省康复研究中心党务工作，主持省康复研究中心全面工作。党组书记卫国出席会议并讲话，省纪委监委驻民政厅纪检监察组副组长刘建国出席会议。

11月25日—12月6日，新疆兵团第六师五家渠市赴山西省开展残联系统精准扶贫、精准康复工作培训班在太原举办。

11月29日—12月1日，卫国理事长一行到北京赢冠口腔医疗科技股份有限公司和奥托博克中国总部考察学习。

12月1日，省残联、省图书馆、省盲协在太原联合举办以“逆光起舞，时代新人”为主题的盲人读者综艺秀活动。

图7-4-4　左权盲人宣传队在盲人读者综艺秀活动中演出。

12月3日—4日，全省残联系统下基层工作座谈会在太原召开。省残联党组、理事会成员及省纪委监委驻民政厅纪检监察组副调研员商李彪出席会议。

12月3日，省脑瘫康复医院收治来自新疆英吉沙县的患儿伊力哈木和阿卜杜克。医院积极协调各单位为患儿解决困难，减免床位费、康复治疗费3800余元，康普药业公司捐助康复治疗费3000元，院支部书记沙佳宽为他们捐助家庭返程路费500元。

图7-4-5　康普药业公司为在省脑瘫康复医院治疗的新疆患儿捐助康复治疗费。

12月7日，省残联与省审计厅在左权县芹泉镇中店村开展扶贫助残活动。省残联党组成员、副理事长刘晔，省审计厅党组成员、总审计师王银燕等参加辅助器具发放活动。

12月12日，省残联召开2018年度机关党委书记抓基层党建述职评议考核会议。省直工委机关纪委书记酒赵斌、省直老龄办干部于德会到会指导。

12月24日，卫国理事长、李俊温副理事长一行到晋中市特殊教育学校调研省残疾人田径队冬训工作，出席“山西省残疾人体育人才训练基地”揭牌仪式。

（陈贺峰供稿）

内蒙古自治区残疾人事业和残疾人工作

一、领导讲话

内蒙古自治区党委书记李纪恒在自治区残联第七次代表大会上的讲话摘要　2018年7月18日

残疾人事业是一项十分高尚的社会事业。全区各级党委、政府和残联组织要深刻领会习近平总书记关于残疾人事业发展的重要指示精神，充分认识发展新时代残疾人事业的重大意义，始终坚持残疾人事业发展的正确政治方向，坚定不移走好中国特色残疾人事业发展道路。要以更加完善的思路、有力的举措、务实的作风做好残疾人工作，奋力谱写全区残疾人事业发展的新篇章。

全区各级残联组织要紧跟时代步伐，发挥组织优势，扛起使命、担起责任，团结带领广大残疾人在推动改革开放、维护社会和谐稳定、促进社会文明进步上贡献力量。要扎实做好残疾人各项工作，大力推进改革创新，着力构建稳定可靠的残疾人基本保障安全网，健全残疾人公共服务体系，增强残疾人自我发展能力，保障残疾人平等参与权利和平等发展机会。要大力弘扬人道主义思想和中华民族传统美德，在全社会形成扶残助残的浓厚氛围。

二、政策法规文件

内蒙古自治区无障碍环境建设办法

内蒙古自治区人民政府令第232号

2018年5月11日自治区人民政府第5次常务会议审议通过。

第一章　总　则

第一条　为了创造无障碍环境，保障残疾人等社会成员平等参与社会生活，根据《中华人民共和国残疾人保障法》《无障碍环境建设条例》和《建设工程质量管理条例》等法律、法规，结合自治区实际，制定本办法。

第二条　自治区行政区域内的无障碍环境建设及相关管理活动适用本办法。

第三条　本办法所称无障碍环境建设，是指为便于残疾人、老年人、伤病患者、孕妇和儿童等社会成员自主安全地通行道路、出入相关建筑物、搭乘公共交通工具、交流信息、获得社区服务所进行的建设活动。

第四条　无障碍环境建设应当与自治区经济和社会发展水平相适应，符合残疾人等社会成员的实际需要，遵循实用、易行、广泛受益的原则。

第五条　旗县级以上人民政府负责组织编制无障碍环境建设发展规划并组织实施。

编制无障碍环境建设发展规划，应当征求残疾人组织、老年人组织和妇女组织等社会组织的意见。

无障碍环境建设发展规划应当纳入国民经济和社会发展规划以及城乡规划。

第六条　旗县级以上人民政府残疾人工作委员会负责协调本行政区域内的无障碍环境建设与管理工作。

旗县级以上人民政府住房和城乡建设主管部门负责本行政区域内无障碍设施工程建设活动的监督管理工作。

旗县级以上人民政府发展和改革、经济和信息化、民政、公安、规划、金融、通信、邮政、铁路、民航等有关部门在各自职责范围内做好无障碍环境建设与管理工作。

苏木乡镇人民政府、街道办事处配合有关部门做好无障碍环境建设与管理工作。

第七条　旗县级以上人民政府及其有关部门应当利用广播、电视、报刊、互联网等媒体，加强对无障碍环境建设的宣传，增强全社会成员的无障碍环境建设意识。

鼓励自然人、法人、非法人组织为无障碍环境建设提供捐助及志愿服务。

第八条　提供公共服务的国家机关、社会团体、企业事业单位和基层群众性自治组织，应当对相关工作人员进行无障碍知识教育和培训。

第九条　任何单位和个人可以对无障碍环境建设和管理情况向有关部门提出意见或者建议，有关部门应当及时办理并答复。

第十条　对在无障碍环境建设工作中做出显著成绩的单位和个人，按照国家有关规定给予表彰和奖励。

第二章 无障碍设施建设

第十一条 城镇新建、改建、扩建的道路、城市广场、城市绿地、公共建筑、公共交通设施、居住建筑、居住区，应当符合无障碍设施工程建设标准。

苏木乡镇、嘎查村的建设，应当逐步达到无障碍设施工程建设标准。

第十二条 无障碍设施工程应当与主体工程同步设计、同步施工、同步验收投入使用。新建的无障碍设施应当与周边的无障碍设施相衔接。

第十三条 设计单位应当按照《无障碍设计规范》等标准规范的要求，设计配套的无障碍设施。

施工图设计文件审查机构应当按照相应的标准规范进行审查。

施工单位应当依据审查合格的施工图设计文件和《无障碍设施施工验收及维护规范》等相关施工技术标准，进行无障碍设施的施工，并对施工质量负责。

工程监理单位应当依据审查合格的施工图设计文件和《无障碍设施施工验收及维护规范》等相关施工、验收规程，对无障碍设施的施工质量实施监理，并对施工质量承担监理责任。

建设单位在组织建设工程竣工验收时，应当同时对无障碍设施进行验收。无障碍设施未依据审查合格的施工图设计文件和《无障碍设施施工验收及维护规范》等相关施工技术标准施工的，不得通过竣工验收。

第十四条 无障碍设施建设应当符合安全、适用和便利的基本要求，并遵守下列规定：

（一）城市的主要道路、主要商业区、大型居住区的人行天桥和人行地下通道，应当按照无障碍设施工程建设标准配备无障碍设施。人行道的路口、公共建筑物的地面应当平整、防滑，出入口应当设置轮椅坡道；

（二）盲道铺设应当连续，与周边的公共交通停靠站、过街天桥、公共建筑的无障碍设施相连接，并避开电线杆、拉线、地下检查井、树木（穴）等障碍物；

（三）公共建筑、历史文化保护单位建筑内的售票处、服务台、公用电话、饮水器等公共设施应当设置低位服务设施；

（四）公共建筑、公共交通设施的玻璃门、玻璃墙、楼梯口、电梯口和通道等处应当设置警示标志、信号或者指示装置；

（五）城市的主要道路、主要商业区和大型居住区的人行通道信号灯应当设置过街音响提示装置。新建交通信号灯，应当设置过街音响提示装置。

无障碍设施应当按照国际通用的无障碍标志设置，道路、公共场所无障碍设施图形标识、标志，应当按照国家以及地方标准设置。无障碍标志应当位置明显，内容清晰、规范。

第十五条 无障碍设施的所有权人和管理人，应当对无障碍设施进行保护，有损毁或者故障及时进行维修，确保无障碍设施正常使用。

第十六条 禁止损毁、擅自占用无障碍设施或者改变其用途。

因城市建设、社会公益活动等原因需要临时占用城市道路的，应当避免占用无障碍设施；确需占用的，应当经无障碍设施所有权人或者管理人同意；依法应当经有关部门批准的，需报经有关部门批准，并设置护栏、警示标志或者信号设施，采取必要的替代措施。临时占用期满，应当及时恢复无障碍设施的使用功能。

第十七条 对城镇已建成的不符合无障碍设施工程建设标准的道路、城市广场、城市绿地、公共建筑、公共交通设施、居住建筑、居住区，旗县级以上人民政府应当制定无障碍设施改造计划并组织实施。

无障碍设施改造由所有权人或者管理人负责。

第十八条 旗县级以上人民政府应当优先推进下列机构、场所的无障碍设施改造：

（一）特殊教育、康复、托养、社会福利等机构；

（二）国家机关的公共服务场所；

（三）学校、医院、体育场馆、图书馆、文化馆、博物馆、科技馆、影剧院等公共服务场所；

（四）机场、火车站、汽车客运站等公共交通服务场所；

（五）金融、邮政、通信、商业、旅游等公共服务场所；

（六）城市的主要道路、广场、绿地、公园等公共服务场所；

（七）与残疾人工作、生活密切相关的其他服务场所。

第十九条 公共汽车、城市轨道交通车辆的停靠站设置盲文站牌的，站牌的位置、高度、形式和内容应当方便视力障碍者使用。

公共汽车和轨道交通车辆应当逐步安装字幕、语音报站装置和供视力障碍者识别的车辆导盲系统。

第二十条 下列停车场应当按照《无障碍设计规范》《城市公共停车场工程项目建设标准》等国家标准，在方便通行的位置设置并标明无障碍停车位：

（一）国家机关的公共服务场所停车场；

（二）大型商场、二级以上医院、三星级以上酒店停车场；

（三）残疾人服务、特殊教育、康复、托养、培训等机构服务场所停车场；

（四）车位在五十个以上的公共停车场；

（五）大型居住区的公共停车场。

无障碍停车位为肢体残疾人驾驶或者乘坐的机动车专用，无障碍停车位的地面应当涂有残疾人专用停车位标线、轮椅通道线和无障碍标志。肢体残疾人使用无障碍停车位时，应当在车辆明显位置放置中华人民共和国残疾人证。

鼓励停车场经营者免收或者减收残疾人停车费用。

第二十一条 视力障碍者携带导盲犬出入公共场所和乘坐公共交通工具，应当遵守国家有关规定，公共场所的工作人员应当按照国家有关规定提供无障碍服务。

第三章 无障碍信息交流

第二十二条 国家和自治区举办的各类升学、职业资格、任职等考试，有视力障碍者参加的，考试组织单位应当为视力障碍者提供盲文试卷、电子试卷，或者由工作人员予以协助。

第二十三条 自治区人民政府、盟行政公署、设区的市人民政府设立的电视台每周至少播放一次配备手语的新闻节目，旗县级人民政府设立的电视台逐步播放配备手语的新闻节目。

第二十四条 举办听力障碍者集中参加的会议和活动时，举办单位应当配备手语服务或者字幕。

第二十五条 旗县级以上人民政府设立的公共图书馆应当开设视力障碍者阅览室，提供盲文读物、有声读物，配备语音读屏软件，为视力障碍者阅读书籍、使用互联网提供便利。

第二十六条 自治区人民政府、盟行政公署、设区的市人民政府网站，政府公益活动网站、残疾人组织的网站，应当达到无障碍网站设计标准。

第二十七条 电信业务经营者提供电信服务，应当创造条件为有需求的听力、言语障碍者提供文字信息服务，为有需求的视力障碍者提供语音信息服务。

第四章 无障碍社区服务

第二十八条 社区公共服务设施应当逐步完善无障碍服务功能，为残疾人等社会成员参与社区活动提供便利。

第二十九条 各级人民政府应当完善具备图文信息报警、呼叫功能报警、医疗急救等紧急呼叫系统的建设，方便听力、言语障碍者报警、呼救。

第三十条 旗县级以上人民政府应当将贫困残疾人家庭无障碍设施改造纳入基本公共服务范围并给予适当补助。

第三十一条 国家机关、社会团体以及基层群众自治组织等组织选举的单位，应当为残疾人参加选举提供便利，并根据需要为视力障碍者提供盲文选票。

第五章 法律责任

第三十二条 违反本办法规定的行为，《中华人民共和国残疾人保障法》《无障碍环境建设条例》等法律、法规已经做出具体处罚规定的，从其规定。

第三十三条 违反本办法第十六条第一款规定，损毁无障碍设施，并影响无障碍设施使用的，由公安机关依照《中华人民共和国治安管理处罚法》等法律、法规予以处罚。

擅自占用无障碍设施或者改变其用途的，由住房和城乡建设主管部门依照《建设工程质量管理条例》给予处罚。构成犯罪的，依法追究刑事责任。造成使用人人身、财产损害的，应当同时承担经济赔偿责任。

第三十四条 违反本办法第二十条第二款规定，肢体残疾人驾驶或者乘坐的机动车以外的机动车占用无障碍停车位，影响肢体残疾人使用的，由公安机关交通管理部门责令改正，给予警告；拒不改正的，处以200元罚款。

第三十五条 无障碍环境建设主管部门工作人员滥用职权、玩忽职守、徇私舞弊的，依法给予处分；构成犯罪的，依法追究刑事责任。

第六章 附 则

第三十六条 本办法自2018年7月1日起施行。2008年4月8日内蒙古自治区人民政府公布的《内蒙古自治区无障碍建设管理办法》（内蒙古自治区人民政府令第156号）同时废止。

内蒙古自治区人民政府关于建立残疾儿童康复救助制度的实施意见

内政发〔2018〕45号

一、总体要求

（三）总体目标

到2020年，建立与全面建成小康社会目标相适应的残疾儿童康复救助制度体系，形成党委领导、政府主导、残联牵头、部门配合、社会参与的残疾儿童康复救助工作格局，基本实现残疾儿童应救尽救。

到2025年，残疾儿童康复救助制度体系更加健全完善，残疾儿童康复服务供给能力显著增强，服务质量和保障水平明显提高，残疾儿童普遍享有基本康复服务，健康成长、全面发展权益得到有效保障。

二、具体内容

（一）救助对象

救助对象为符合救助条件的0—7岁视力、听力、言语、肢体、智力等残疾儿童和孤独症儿童。包括城乡最低生活保障家庭的残疾儿童；建档立卡贫困户家庭的残疾儿童；儿童福利机构收留抚养的残疾儿童；残疾孤儿；纳入特困人员供养范围的残疾儿童；其他经济困难家庭的残疾儿童。

其他经济困难家庭的具体认定办法，由旗县（市、区）人民政府制定。有条件的地区，可适当扩大残疾儿童康复救助年龄范围，也可放宽对残疾儿童家庭经济条件的限制。

（二）救助内容

1. 残疾儿童康复救助基本服务内容，包括以减轻功能障碍、改善功能状况、增强生活自理和社会参与能力为主要目的的手术、辅助器具配置和康复训练等（见附件）。盟市、旗县（市、区）人民政府可根据本地区实际增加残疾儿童康复救助基本服务内容。其中，康复训练救助时间原则上每年不超过10个月，各地区可根据本地区实际情况确定救助时间。

2. 有条件的盟市、旗县（市、区）可开展残疾儿童康复期间监护人陪护救助，根据本地区实际确定救助内容和标准。

3. 将残疾儿童全部纳入城乡居民基本医疗保险保障范围，对符合政策规定的残疾儿童，参加城乡居民基本医疗保险个人缴费部分，由政府给予补贴。

（三）救助标准

1. 视力、听力言语、肢体、智力残疾儿童和孤独症儿童救助参照国家和自治区现行标准执行（详见附件）。

2. 盟市、旗县（市、区）人民政府根据本地区财力状况、保障对象数量、残疾类别等，可适当提高残疾儿童康复救助经费保障标准，包括残疾儿童矫形器、轮椅、助行器等辅助器具救助标准，并建立动态调整机制。

（五）经费保障

盟市、旗县（市、区）人民政府要将残疾儿童康复救助资金纳入政府预算。2019年起，自治区在中央财政补助的基础上，统筹现有的贫困残疾儿童抢救性补助资金、自治区人工耳蜗项目资金，分类分档对各地区适当予以补助。以后年度根据实际情况相应调整补助标准。

关于印发内蒙古自治区为一二级重度残疾人购买意外伤害保险实施方案的通知

内残联发〔2018〕60号

一、任务目标

从2018年开始，为全区所有一二级重度残疾人购买意外伤害保险，为实现其稳定就业，减少因意外致贫、返贫提供有效保障，切实保证残疾人生活质量。

二、保障内容

（一）保障对象：具有内蒙古自治区户籍并持有第二代中华人民共和国残疾人证的一二级重度残疾人。各盟市、旗县（市区）根据实际情况参照自治区相关规定可以扩大保障范围。

（二）保险责任：在全国范围内遭受意外伤害导致身故、因为意外伤害导致再次残疾、意外伤害医疗等，按照合同约定给付意外身故保险金、意外伤残保险金或意外医疗保险金。

（三）保险金额：

1. 意外身故：3万元/人。

2. 因意外伤害导致再次残疾：3万元/人。

3. 意外伤害医疗：3500元/人。

（四）保险费：自治区财政只安排基本保费部分，保费标准为每人每年25元，各地根据财力情况统筹安排提标补助部分。

三、工作综述

2018年，内蒙古自治区残疾人工作全面贯彻习近平新时代中国特色社会主义思想和党的十九大精神，以及自治区第十次党代会、中国残联七代会和自治区残联七代会精神，紧紧围绕推进残疾人小康进程、“全面小康，不让一个残疾人掉队”的要求，主动担当、积极作为，推动残疾人各项工作深入开展，促进全区残疾人事业的发展和残疾人民生的改善。

（一）残疾人事业制度体系建设

推动自治区人民政府出台《关于建立残疾儿童康复救助制度的实施意见》《关于做好当前和今后一段时期就业创业工作的实施意见》《关于“十三五”时期促进就业的意见》《内蒙古自治区无障碍环境建设办法》；与发改委等七部门印发《内蒙古自治区产业扶持助残扶贫行动实施方案》；与扶贫办等六部门联合出台《着力解决因残致贫家庭突出困难的实施方案》；与自治区财政厅印发《内蒙古自治区为残疾人购买意外伤害保险实施方案》《内蒙古自治区为一二级重度残疾人购买意外伤害保险实施方案》。

（二）贫困残疾人脱贫攻坚工作

自治区残联等25部门联合印发《贫困残疾人脱贫攻坚行动计划（2016—2020年）》，对18项脱贫攻坚专项行动按部门职责进行分工，将建档立卡贫困残疾人脱贫纳入自治区大扶贫领域。由残联领导带队，组成6个调研组，围绕残疾人脱贫攻坚等8个重点工作，深入14个盟（市）50多个旗县（区）171户贫困残疾人家庭了解情况。召开全区残联系统推进残疾人脱贫攻坚工作会议。按照《着力解决因残致贫家庭突出困难的实施方案》，对6类扶贫重点残疾人逐级分解有关数据与中国残联进行比对，为精准施策提供依据。对1.6万名农村牧区残疾人开展实用技术培训，其中贫困残疾人6720名；对400名残疾青壮年进行扫盲教育；继续实施残疾人康复扶贫贷款贴息政策，共贴息302万元；救助3000多名贫困残疾儿童、残疾人大学生接受学前教育或完成学业；为2428户贫困残疾人家庭进行无障碍改造；给24383名残疾人发放机动轮椅车燃油补贴；加强对包扶点的帮扶，残联领导和各党支部与乌兰察布市商都县玻璃忽镜乡沃图行政村村民互结帮扶对子，自治区残联机关及直属单位开展向扶贫点献爱心捐款活动，共捐款19000余元。配合政府相关部门，通过实施易地搬迁、生态补偿、教育扶持、社会保障兜底、医疗救助和产业扶持、转移就业扶持、技能培训、信贷扶持等措施多维度助推贫困残疾人脱贫解困，建档立卡贫困残疾人数从2015年的7.2万人下降到2.3万人。

（三）残疾人社会保障

实施“阳光家园计划”行动，对全区4665名残疾人和38个残疾人“温馨家园”进行补贴。重度残疾人政府代缴养老保险费标准由原来的100元提高到200元。“两项补贴”标准由原来的每人每月80元提高至100元；内蒙古自治区人民政府出台《关于建立残疾儿童康复救助制度的实施意见》，使全区符合标准的0—7岁残疾儿童将得到救助。拓宽兜底保障政策。2018年起，在全区实施为重度残疾人购买意外伤害保险政策，当年安排730万元为全区29.2万名重度残疾人购买意外伤害保险。

（四）残疾人康复服务工作

全区各级残联举办实施残疾儿童康复救助制度、残疾人精准康复服务和辅助器具服务等各类培训班136期，培训康复技术人员和管理人员6900余名；指导基层建立精准康复服务组织管理体系、技术指导网络和服务网络，全区残疾人基本康复服务率达到81.63%，残疾人辅助器具适配率达到86.39%。开展第二届“残疾预防日”宣传活动，组织残疾预防中期评估，指导残疾预防试验区完成产检筛查1008人、儿童筛查414人、残疾评定2808人，呼伦贝尔市残疾预防试点工作获全国通报表扬；推进自治区职业院校残疾人康复人才培养改革试点工作；实施0—6岁贫困残疾儿童抢救性康复工程，对1000名残疾儿童实施康复，超额完成年度任务。

（五）残疾人教育工作

推进特殊教育提升计划，落实“两免一补”政策。对217名残疾儿童进行资助；帮助2377名残疾儿童接受学前教育；为87名在中央广播电视大学残疾人教育学院内蒙古分院就读的学生提供免费学习；对全区436名大学残疾人新生进行资助；与内蒙古广播电视大学联合确定扫盲试点4个，完成扫盲400人；起草《内蒙古自治区推广国家通用手语实施方案》《内蒙古自治区推广国家通用盲文实施方案》。内蒙古特殊职业技术学校新教学大楼竣工并投入使用。

（六）扶持残疾人就业创业

借鉴江苏、浙江等先进省市经验，自治区残联本级确定4家残疾人辅助性就业示范机构；落实对各盟市残疾人辅助性就业机构补贴和扶持残疾人就业创业资金政策；对城镇有就业意愿和劳动能力的1万名残疾人开展职业技能培训；对全区33个盲人医疗按摩机构进行补贴，共补贴资金80万元。全年新增城镇残疾人就业3597人；组织全国盲人医疗按摩考试；举办全区第五届残疾人职业技能竞赛活动。

（七）活跃残疾人文化体育生活

利用全国助残日、残疾预防日和残疾人重大赛事等重要节点，全区各地广泛宣传残疾人事业；开展纪念自治区残联成立30周年系列活动，《内蒙古日报》、内蒙古电视台进行系列宣传报道，制作《大爱无疆·共享芬芳》专题宣传片，编辑出版《砥砺奋进的30年》，建立“内蒙古残联牵手同心”微信公众号；举办中国残联2018年“共享芬芳”仁美百幅优秀书画展走进内蒙古公益巡展；扶持自治区残疾人图书馆、盟（市）公共图书馆盲人阅览室、2个特殊人才艺术培训基地、5个残疾人文创基地建设；开展文化进残疾人家庭“五个一”工程；为1000名重度残疾人配备康复体育器材；组织第二届中国残疾人冰雪运动季活动；在乌兰察布市举办全区第五届残运会，实现与全运会同城举办。参加全国残疾人锦标赛，获得4金6银3铜，在世界残疾人举重锦标赛上，内蒙古籍举重运动员徐立立两次打破世界纪录；内蒙古籍残疾人运动员在亚洲锦标赛和亚残运会上分别获得1金、1金2银。

（八）残疾人权益保障工作

开展“七五”普法宣传活动，进行“七五”普法中期评估；出台《内蒙古自治区无障碍环境建设管理办法》；实现12385残疾人服务热线和12348公共法律服务热线全面联动；加强全区残疾人矛盾纠纷排查化解工作；实行残疾人信访接待、12385残疾人服务热线月分析报告制度；处理中国残联、自治区信访局网上信访件27件，接待来访88人次，接听12385残疾人服务热线746通。

（九）基础服务管理能力升级

完成全区各级残联换届工作。自治区残联第七次代表大会如期召开，中国残联主席张海迪、自治区党委书记李纪恒出席开幕式并讲话。2018年度全区残疾人基本服务状况和需求信息数据动态更新工作录入持证残疾人78.4万人，入户率98.2%；开展2018年残疾人收入调查工作，完成调查样本186例。举办全区新的残疾人证核发管理系统应用培训班，开展残疾人证清理工作。继续实施残疾人组织建设“强基育人”工程，指导各专门协会开展形式多样的系列活动，残疾人福利基金会开展社会募捐和公益项目活动。举办第二、第三届青年志愿服务项目大赛。完成自治区残疾人事业“十三五”规划纲要中期评估，4个会属单位编制形成2018—2020年发展规划。

四、重要条目

【内蒙古自治区残联第七次代表大会】2018年7月18日—20日在呼和浩特召开。自治区党委书记李纪恒、中国残联主席张海迪出席大会开幕式并讲话。大会通过第六届主席团的工作报告，选举产生新一届领导机构，配备了兼挂职副理事长，提高了基层代表和残疾人代表比例。2019 年 1 月 23 日，自治区残联七届主席团二次会议，通过了聘请自治区党委常委、组织部部长曾一春同志为自治区残联主席团名誉主席、增补自治区政府副秘书长任福生同志为自治区残联主席团副主席的决议。

【第五届内蒙古自治区残疾人职业技能竞赛】2018 年 10 月 26—29 日在兴安盟乌兰浩特市举办。由自治区残联、人社厅、财政厅、总工会、团委、妇联联合主办，兴安盟行署承办，兴安盟残联及兴安职业技术学院协办。竞赛设信息通讯技术类、美术专业类、手工业类、工业类、服务类共 5 大类 29 个项目，全区 300 名选手，包括视力、听力、言语、肢体等 4 类残疾人参加比赛。自治区政府副秘书长任福生，自治区残联党组成员、副理事长塔娜，自治区残联巡视员乔晓勇，兴安盟行署副盟长孙德敏，中国残联就业指导中心职业能力建设处处长刘京等现场指导。竞赛决出团体第一名 1 个、团体第二名 2 个、团体第三名 4 个；优秀组织奖 6 个；个人奖第一名 29 个、第二名 28 个、第三名 21 个。自治区总工会对在 10 人以上参赛项目中获一等奖的高清魏等 12 人授予自治区五一劳动奖章；自治区团委对在 6 人以上参赛项目中获一等奖的 35 周岁以下的康安达等 8 人授予“青年岗位能手”称号；对获一等奖且实绩突出的女选手，自治区妇联优先推荐参加自治区三八红旗手评选活动。此外，获竞赛各项目前三名的选手，由自治区人力资源和社会保障厅颁发高级工职业资格或专项能力证书；获得高级工职业资格，晋升技师职业资格；其他选手由自治区组委会颁发参赛证书以资鼓励。

【内蒙古自治区第五届残疾人运动会】由自治区人民政府主办，自治区残联、自治区体育局、乌兰察布市人民政府共同承办，于 2018 年 9 月 6 日—8 日在乌兰察布市体育馆举办，首次实现与全区运动会同城举办。自治区副主席欧阳晓晖出席开幕式并宣布运动会开幕，自治区人民政府副秘书长任福生主持开幕式，自治区残联党组书记、理事长佟国清，乌兰察布市委副书记、市长费东斌分别致辞。运动会设田径、举重、射箭、乒乓球、羽毛球、象棋、飞镖、盲人柔道、特奥滚球等 9 大项目 212 个小项目。全区 12 个盟市的 598 名听力、视力、智力、肢体残疾人运动员参加比赛，共产生金牌 149 枚，呼伦贝尔市、兴安盟、乌兰察布市代表团分别获得团体总分前三名。呼和浩特市、包头市、呼伦贝尔市等 12 个代表团获得体育道德风尚奖。

五、大事记

1 月 18 日，自治区残联召开 2018 年全区残疾人工作暨残联系统党风廉政建设电视电话会议。自治区残联党组书记、理事长杨瑞平做工作报告，自治区纪委驻民政厅纪检组组长呼伦出席会议并就 2018 年全区残联系统党风廉政建设进行安排部署。自治区残联第六届主席团委员和全区残联系统干部约 300 余人参加会议。

2 月 5 日，杨瑞平主持召开自治区残联 2017 年度党员领导干部民主生活会。党组成员、副理事长乔晓勇、张志新、冀育青、马俊学参加会议，自治区纪委驻民政厅纪检组组长呼伦到会指导。

2 月 7 日—12 日，杨瑞平、乔晓勇、张志新、冀育青、马俊学分别带队到乌兰察布、乌海、鄂尔多斯、锡林郭勒、包头、赤峰、通辽等 7 个盟市开展迎新春慰问贫困残疾人家庭活动，调查了解当地残疾人脱贫攻坚中存在的主要困难和意见建议。

2 月 24 日，杨瑞平主持召开自治区残联干部大会，传达自治区第十三届人民代表大会主要精神，宣布了会机关五位干部的任职决定和 2017 年度自治区残联优秀共产党员、优秀党务工作者和先进党支部的表彰决定。

2 月 28 日，自治区残联召开党组扩大会议，审议通过《自治区残联 2018 年集中整治形式主义、官僚主义“十种表现”实施方案》，杨瑞平对工作进行动员部署。

3 月 1 日，自治区残疾人辅助器具资源中心、呼和浩特市残联、清水河县残联携手内蒙古万科隆医疗器械有限公司、呼和浩特市凯霖耳鼻喉专科医院，在清水河县宏河镇和谐社区开展耳病筛查及助听器验配活动。

3 月 5 日，自治区党委第八巡视组召开对自治区残联党组进行巡视的动员会议。自治区党委第八巡视组组长包红亮出席会议并讲话，自治区党委组织部副部长、巡视工作领导小组成员孙福龙就做好巡视工作提出要求。杨瑞平主持会议并讲话。

3 月 8 日，自治区残联开展以“敬老爱幼做模范，爱岗敬业当先锋”为主题的交流活动。

3 月 9 日，自治区纪委监委第三纪检监察室主任冯席明、副主任王瑞卿到自治区残联进行调研。调研组采取听取汇报、问卷测评、实地考察等形式对自治区残联落实“两个责任”和财务管理等情况进行检查指导，自治区残联相关人员参加座谈汇报会议。调研组对康复服务中心聋儿语训部教学现场进行实地考察。

3 月 9 日，全区第五届残疾人运动会技术分级暨第一次联络员会议在乌兰察布市召开，自治区残联党组成员、副理事长马俊学等 50 人参加会议。中国残疾人体育分级师、国际残疾人体育分级师王玉明对残疾人运动员的技术分级进行详细讲解和解惑答疑。马俊学安排部署运动会筹备工作。

4月10日—13日，乔晓勇率队到锡林郭勒盟正镶白旗、太仆寺旗的4个乡镇（苏木）、8个嘎查（村），就贫困残疾人家庭突出困难情况进行调研。

4月15日—18日，杨瑞平同志率队到通辽市库伦旗、奈曼旗、科尔沁区的7个乡镇（苏木、街道）、9个嘎查（村、社区），就贫困残疾人家庭突出困难情况进行调研。

4月16日，全区残疾人精准康复服务培训班暨辅助器具服务培训班在呼和浩特举办，张志新出席开班式并讲话。

4月18日—20日、25日—27日，自治区残联按东西分区分别在兴安盟和巴彦淖尔市举办全区新的残疾人证核发管理系统应用培训班。马俊学全程参加在巴彦淖尔市举办的培训班，并就“如何加强残疾人证管理、确保残疾人证核发质量”讲话。各盟市残联办证主管部门负责人和旗县（市、区）残联负责办证工作人员共计153人参加培训。

5月8日，自治区残联党组成员、副理事长冀育青主持召开2018年机关党建工作会议。自治区残联领导班子成员、自治区党委第八巡视组巡视专员范文、驻会纪检组周俊平等参加会议。

5月9日，2018年“集善工程—（亮耳·联通）助听行动”项目捐赠仪式在呼和浩特举行。中国残疾人辅助器具中心向自治区残联捐赠“听－听桥无障碍沟通系统”和“物联网卡通信费”10套，总价值331万元。中国残疾人辅助器具中心主任李晞、北京亮耳听力技术有限公司总经理陈亮及自治区残联相关同志出席活动。

5月9日，中国残疾人辅助器具中心与呼和浩特市政府、自治区残联在呼和浩特签署《呼和浩特市康复辅助器具产业促进战略协议》，三方将在和林格尔新区合作建设国家西部康复辅具产业园。呼和浩特市是国家康复辅助器具产业综合创新试点地区。

5月14日，冀育青主持召开自治区残联机关党委专题民主生活会，乔晓勇代表党组出席会议并做点评。

5月16日—17日，杨瑞平出席呼和浩特市残联第七次代表大会。

5月21日，自治区直属机关工委携手卫计委、质量技术监督局、食品药品监督管理局、工商局和内蒙古日报社志愿者到自治区残疾人康复服务中心开展“助疾困献爱心”志愿服务活动，为中心在训残疾儿童捐赠337件总价值8814元的儿童玩具。

6月6日—8日，2018年度内蒙古残疾人基本服务状况和需求信息数据动态更新培训班在呼和浩特举办。全国动态更新工作专家指导委员会主任委员陈新民及自治区相关领导出席开班仪式。

6月12日，杨瑞平主持召开党组（扩大）会，研究残疾人脱贫攻坚工作。会议传达全国打赢脱贫攻坚战三年行动电视电话会议和习近平总书记对脱贫攻坚工作的重要指示、李克强总理的重要批示精神；通报近期全区残疾人脱贫攻坚工作推进情况。

6月19日，自治区残联召开干部大会，自治区党委组织部宣布自治区党委对佟国清、杨瑞平同志任免职的决定。佟国清同志任自治区残联党组书记，提名理事长人选。

6月27日—29日，冀育青率残疾人重点专项工作调研组到呼伦贝尔市，就残疾人基础设施建设等重点工作进行专项调研。

7月4日，自治区党委第八巡视组向自治区残联党组反馈巡视情况。自治区党委巡视工作领导小组办公室副主任周苏军向自治区残联党组书记佟国清传达自治区党委书记李纪恒在书记专题会议听取十届党委第三轮巡视情况汇报时的讲话精神，自治区党委第八巡视组组长包红亮代表巡视组分别向自治区残联党组书记和领导班子反馈巡视情况，佟国清书记就做好巡视整改工作表态。

7月18日，自治区党委组织部干部三处处长董欣悦在自治区残联宣布自治区党委干部任免决定：乔晓勇同志任自治区残联巡视员，不再担任自治区残联党组成员职务；冀育青同志任自治区残联副巡视员，不再担任自治区残联党组成员职务；贾鹏、塔娜二位同志任自治区残联党组成员。同时宣布提名佟国清为自治区残联第七届执行理事会理事长人选，张志新、马俊学、贾鹏、塔娜为副理事长人选，冯呼和、刘浩生为兼职副理事长，王钢、郝铁钧为挂职副理事长。

7月18日，内蒙古自治区残联第七次代表大会在呼和浩特开幕。自治区党委书记、人大常委会主任李纪恒，中国残联主席张海迪，自治区党委常委、组织部部长曾一春，自治区人大常委会副主任王波，自治区副主席欧阳晓晖，自治区政协副主席罗志虎等出席代表大会开幕式。张海迪、李纪恒先后发表讲话。

7月18日，张海迪一行到自治区残疾人康复服务中心和呼和浩特市进行调研。实地了解自治区残疾人康复服务中心的康复设备配置以及康复教学进展情况，并走访慰问2户呼和浩特市残疾人家庭。自治区残联巡视员乔晓勇、呼和浩特市政府及市残联领导相关同志陪同调研。

7月20日，自治区残联第七次代表大会圆满完成各项议程。经第七届主席团选举，欧阳晓晖为本届主席团主席，孙利剑、佟国清、崔健、韩伟、王晓谦、白晔、郑兰兵为副主席。经主席团推选，产生新一届执行理事会：佟国清为理事长；张志新、马俊学、贾鹏、塔娜为专职副理事长；冯呼和、刘浩生为兼职副理事长；王钢、郝铁钧为挂职副理事长；叶子劼为驻会盲人理事、韩伟为驻会聋人理事，白晔为兼职智力残疾人亲友理事、郑兰兵为兼职精神残疾人亲友理事。

7月22日—28日，全区辅助器具适配服务（肢体方向）培训班在包头市举办。张志新出席开班式并讲话。各级残联辅助器具服务机构技术人员共计54人参加本次培训。

7月27日，佟国清主持召开落实巡视整改任务专题民主生活会。

8月1日—3日，佟国清率队走访调研满洲里市残疾人康复、托养、扶贫就业等8个机构和12户贫困残疾人家庭。

8月1日—7日，塔娜率队到通辽市、赤峰市调研残疾人重点工作。

8月8日—10日，佟国清率调研组到巴彦淖尔市临河区、乌拉特后旗、乌拉特中旗进行调研。走访慰问6个贫困残疾人家庭、11个残疾人康复、就业、托养机构。

8月15日，自治区残联组织召开《内蒙古自治区残疾人事业“十三五”规划纲要》实施情况中期评估报告评审会。

8月18日，佟国清出席内蒙古自治区第十四届运动会开幕式。

8月21日，马俊学率队到内蒙古女子第一监狱开展党员预防职务犯罪警示教育活动。

8月23日，自治区残联举办2018年党务干部业务培训班。

8月30日—9月4日，塔娜率队到江浙两地就智力、精神和重度肢体残疾人辅助性就业机构建设、运营模式、工作机制等情况进行调研和考察学习。

9月1日，自治区副主席欧阳晓晖、自治区政府副秘书长任福生一行到乌兰察布市就自治区第五届残疾人运动会筹备工作进展及比赛场馆建设情况等进行调研，并主持召开筹备工作会议，研究解决筹备工作中遇到的问题和困难。佟国清陪同调研。

9月6号—8日，内蒙古自治区第五届残疾人运动会在乌兰察布市举行。

9月19日—21日，佟国清率队到呼伦贝尔市就残疾人重点工作开展调研。

9月30日，佟国清在自治区残联机关和会属单位全体党员干部大会上讲授“讲党性、守纪律、勇担当，做一名合格党员”廉政教育专题党课。

10月9日，内蒙古自治区代表队在2018年全国辅助器具服务技能竞赛上获得优秀组织奖、全国矫形器制作专业技能竞赛“十佳技师”、“我与长江假肢、我与辅助器具”征文三等奖等奖项。

10月15日—16日，佟国清率队到乌兰察布市商都县就残疾人康复、托养服务、康复机构、辅助器具产业建设等工作和自治区残联定点帮扶该县沃图村工作情况进行调研。

10月24日，自治区残联系统推进残疾人脱贫攻坚工作会议在呼和浩特召开。佟国清、刘浩生讲话。盟市残联主要负责同志签订贫困残疾人脱贫攻坚责任书。张志新主持会议并总结讲话。

10月26日—29日，第五届内蒙古自治区残疾人职业技能竞赛在兴安盟乌兰浩特市举办。

11月2日，自治区残联举办正确发展观、政绩观专题教育培训暨十九大报告和习近平新时代中国特色社会主义思想培训讲座。内蒙古大学马克思主义学院党总支书记兼常务副院长陈智主讲。

11月14日，自治区残联举办以“践行社会主义核心价值观，在平凡中铸就非凡”为主题的道德讲堂活动。

11月16日，自治区残联开展正确发展观、政绩观专题教育培训暨深化依法治国实践推进法治中国建设专题讲座。内蒙古党校教授、内蒙古法学研究所所长贾清主讲。

11月19日—22日，自治区残联在北京市举办全区新任职基层残联理事长培训班。全区旗县级以上的七代会换届后新任职基层残联理事长共40人参加培训。

11月28日—29日，由中国盲文图书馆、内蒙古自治区残联、内蒙古自治区盲人协会主办，通辽市残联承办的全区盲人骨干信息化培训班在通辽市举办。全区各盟市的盲人协会领导及骨干50余人参加培训。

12月5日，自治区残联选派赤峰市3名残疾人专职委员组成内蒙古代表队参加中国残联举办的第二届全国残疾人专职委员知识竞赛。经过激烈角逐，3名参赛选手中有2名获得“学习之星”个人三等奖，自治区代表队获得优秀组织奖。

12月21日，自治区残联举办“维权懂法勇担当、共圆时代中国梦”主题知识竞赛，佟国清出席指导。自治区残联机关及会属二级单位共10个党支部、30人参加比赛。

12月25日—29日，自治区残联、民政厅在呼和浩特共同举办残疾人“两项补贴”信息系统培训班，全区各盟市、旗县（市、区）民政局和残联相关部门负责人和具体操作人员近300人参加培训。

12月26日，按照直属机关工委要求，自治区残联组织开展会机关和会属二级单位全体党员参加的第二次政治理论学习测试。

12月28日，自治区残联党组召开深入整治“四官”问题、净化机关政治生态行动动员部署会议。会议传达自治区纪委刘奇凡书记在自治区直属机关党的政治建设暨党风廉政建设推进会上的讲话精神，学习自治区纪委《深入整治“四官”问题、净化机关政治生态行动的实施方案》。佟国清、纪检监察组组长呼伦出席会议并讲话。

（许海东供稿）

辽宁省残疾人事业和残疾人工作

一、领导讲话

省委书记、省人大常委会主任陈求发在辽宁省残联第七次代表大会上的讲话摘要

2018 年 8 月 22 日

辽宁省残联成立 30 年来，特别是省残联第六次代表大会以来，我省深入贯彻落实以习近平同志为核心的党中央的决策部署，坚持把残疾人事业纳入总体工作布局，大力加强残疾人保障制度建设，着力办好残疾人民生实事，形成加快推进残疾人小康进程的政策和工作体系，推动全省残疾人事业取得长足进步，整体发展水平跃上了一个新台阶。

五年来，辽宁省残疾人工作健全兜底保障机制，加大困难残疾人生活保障力度，切实解决残疾人实际困难，着力推动贫困残疾人脱贫攻坚。目前，全省已经有 7.4 万名建档立卡残疾人实现脱贫，28 万名城乡残疾人享受最低生活保障。五年来，大力提升残疾人公共服务水平，扎实推进残疾人康复、教育、就业、维权、文化体育、无障碍建设等各项工作，残疾人“平等、参与、共享”的社会环境不断优化。五年来，大力营造扶残助残的浓厚氛围，努力讲好残疾人故事，积极引导志愿服务者和社会各界力量踊跃投身残疾人事业，合力向善的社会氛围更加浓厚。五年来，各级残联组织和广大残疾人工作者积极发挥桥梁纽带和协调组织作用，认真履行“代表、服务、管理”职能，做了大量卓有成效的工作，为推动残疾人事业发展发挥了重要作用。五年来，全省广大残疾人自强不息、勇于拼搏，涌现出一大批优秀人才和先进模范，展现出积极进取、乐观向上的精神风貌，越来越多的残疾人实现了人生梦想，赢得了社会的广泛尊重。

当前，辽宁已经迈入决胜全面建成小康社会、加快推进振兴发展的新时代。对全省残疾人事业来说，这是一个使命在肩、责任重大的新时代，是一个继往开来、接续奋斗的新时代，是一个值得期待、大有作为的新时代。新时代就要有新气象新作为。我们要坚持以习近平新时代中国特色社会主义思想为指导，认真学习贯彻习近平总书记关于残疾人事业的一系列重要指示精神，切实把思想和行动统一到党中央的决策部署上来，坚持以人民为中心的发展思想，把最困难的群体摆在最优先的位置，用最有力的举措解决最紧迫的问题，切实保障和改善残疾人生活，加快推进残疾人小康进程，促进残疾人全面发展和共同富裕，努力开创新时代全省残疾人事业发展新局面。

一是要强化政治引领，把牢残疾人事业正确发展方向。残疾人工作是党的群团工作、群众工作的重要组成部分，必须始终坚持党的领导，牢牢把握正确政治方向。要旗帜鲜明讲政治，牢固树立“四个意识”、坚定“四个自信”，自觉践行“两个维护”，始终在政治立场、政治方向、政治原则、政治道路上同以习近平同志为核心的党中央保持高度一致，走具有中国特色的残疾人事业发展道路。要强化对残疾人群体的政治引领，针对广大残疾人的思想实际，用喜闻乐见的方式宣传党的理论和路线方针政策，宣传习近平新时代中国特色社会主义思想和党的十九大精神，切实把党的意志和主张转化为广大残疾人的自觉行动。要把对党忠诚、为党分忧、为党尽职、为民造福作为根本政治担当，不折不扣地把党和国家关于发展残疾人事业的方针政策落到实处，切实把党和政府的关怀和温暖送到残疾人心坎上，使广大残疾人发自内心地知党情、感党恩，坚定不移地听党话、跟党走。

二是要优化服务保障，增进残疾人福祉。让广大残疾人安居乐业、衣食无忧，过上幸福美好的生活，是我们党全心全意为人民服务宗旨的重要体现，是我国社会主义制度的必然要求。要顺应广大残疾人日益增长的美好生活需要，紧紧抓住残疾人群众最关心、最直接、最现实的利益问题，努力缩小残疾人生活状况与全社会的差距，让广大残疾人与健全人一样过上幸福生活。要抓好残疾人基本生活保障，认真落实好低保、养老保险、临时救济、医疗救助和住房安置等保障性政策，强化民生兜底，使残疾人的获得感、幸福感更加充实、更有保障。要抓好残疾人就业，根据市场需求和残疾人自身特长，实施残疾人精准培训，做到培训一批，就业一批，让更多残疾人通过劳动实现自食其力，过上有尊严的生活。要大力推进残疾人精准康复服务，加强康复筛查工作，认真落实残疾人康复和医疗报销政策，确保残疾人群众享受到高质量的康复服务。要依法维护残疾人各项权益，深入开

展残疾人法律救助和法律援助，保障残疾人的平等参与权利和平等发展机会，让残疾人更多更公平地享受改革发展成果。要突出抓好残疾人脱贫攻坚工作，把加快残疾人小康进程作为一项硬任务，下足“绣花”功夫，扎实推动点对点精准扶贫，坚决高质量完成残疾人脱贫攻坚任务，确保贫困残疾人与全省人民同步迈入全面小康。

三是要发挥主体作用，激发残疾人创造活力。残疾人蕴藏着巨大潜能和创造力，是推动辽宁振兴发展的重要力量。要充分尊重残疾人主体地位，切实发挥残疾人的积极性和创造性，提高残疾人综合素质，帮助残疾人更好地融入社会、施展才华，实现残疾人全面发展。要以改革开放40周年、省残联成立30周年为契机，推出一批反映残疾人事业发展成就和残疾人自强不息精神风貌的精品力作，树立一批身残志坚的先进典型，讲好残疾人故事，进一步弘扬社会正能量，激发广大残疾人自立自强的内生动力。要发挥残疾人的智慧和力量，引导广大残疾人积极投身到振兴发展上来，投身到贯彻落实新发展理念和“四个着力”“三个推进”上来，投身到建设“一带五基地”、实施“五大区域发展战略”等重点工作上来，不断展现新作为、做出新贡献。广大残疾人朋友要自觉践行新时代辽宁精神，始终保持乐观向上、积极进取的精神状态，积极融入社会，不断增长本领，自尊、自信、自立、自强，更加勇敢地迎接生活挑战，用实际行动在辽宁全面振兴发展的生动实践中彰显人生价值、贡献聪明才智。

四是要提高履职能力，打造残疾人温馨之家。各级残联组织作为党和政府联系残疾人的桥梁和纽带，在发展残疾人事业、维护残疾人权益上肩负着重要责任。要深入贯彻党的十九大精神和中央党的群团工作会议部署，紧紧围绕保持和增强政治性、先进性、群众性这条主线，聚焦突出问题，以更大力度、更实举措推进改革，着力解决“机关化、行政化、贵族化、娱乐化”等问题，切实把各级残联组织建设得更加坚强有力、充满活力。要按照全面从严治党要求，认真落实党的建设各项任务，充分发挥党组织和党员干部作用，更好地把自觉接受党的领导、团结服务广大残疾人、依法依章程开展工作有机统一起来。要坚持作风建设永远在路上，深入基层、深入群众，更加密切与残疾人的血肉联系，用自己的眼睛看最真实的情况，用自己的耳朵听最真实的声音，切实反映残疾人的诉求、维护残疾人的权益，不断扩大残联组织和残联工作有效覆盖，着力解决残疾人服务“最后一公里”问题，真正把各级残联建成残疾人之家。广大残疾人工作者是发展残疾人事业的骨干力量，要恪守“人道、廉洁、服务、奉献”的职业道德，不断提高服务本领，锤炼过硬作风，全心全意为残疾人服务，真正成为广大残疾人的好朋友、贴心人。

全省各级党委、政府要把推进残疾人事业当作分内之责，将残疾人工作摆上更加重要的位置，进一步完善党委领导、政府负责的残疾人工作领导体制，健全政府主导、社会参与、残疾人组织充分发挥作用的工作机制。各级政府残工委及其办公室要充分发挥综合协调、政策指导、督促检查的职能作用，进一步健全残工委成员单位分工协作机制，各司其职、密切配合，凝聚强大合力。要大力弘扬社会主义核心价值观和人道主义思想，倡导友爱、互助、融合、共享的理念，形成扶残助残的良好风尚，积极营造理解尊重关心帮助残疾人的浓厚氛围。要重视发挥市场机制作用，加强对助残社会组织的培育和引导，大力发展残疾人慈善事业和助残志愿服务，倡导开展爱心捐助活动，形成全社会支持和参与残疾人事业发展、为残疾人创造幸福生活的良好局面。

副省长、省残联主席崔枫林在辽宁省残联第七次代表大会闭幕式上的讲话摘要 2018年8月23日

当前，我省正处在加快转型升级、决胜全面小康、建设幸福美好辽宁的关键时期，残疾人事业正处在承前启后、提质增效的重要时期，残疾人事业站在了新的历史起点上。我们要贯彻落实七代会精神，不断健全残疾人事业政策法规体系，依法维护残疾人合法权益，进一步强化使命担当，全力推动新时代残疾人事业不断取得新的突破。

希望各级政府站在全局和战略的高度，深刻认识做好残疾人工作、加快残疾人事业发展的重要意义，把残疾人事业发展摆上重要议事日程，纳入经济社会发展全局。各级政府残工委要健全相关制度和机制，积极议大事、谋大局，研究解决重大问题、统筹协调重点政策、不断完善工作机制、有效整合工作力量，加强统筹安排和督导检查。残工委各成员单位要把残疾人工作作为分内之职，不断创新体制机制，健全服务体系，积极顺应广大残疾人过上美好生活的向往，确保残疾人与全省人民一道共享改革发展成果。

希望新一届省残联主席团和执行理事会牢记使命，扛起责任，扎实贯彻省政府“重实干、强执行、抓落实”专项行动部署，以更加务实的作风、更加努力的工作、更加有效的措施，恪尽职守，履职尽责，全面落实好党中央、国务院和省委省政府关于促进残疾人事业发展的决策部署，在决胜全面建成小康社会的主战场上扎实工作、充分作为。要紧密结合残疾人事业发展实际，科学谋划、分类指导、精准施策、深入群众，面对面解决问题、点对点精准破难、实打实狠抓到位，尽心、尽力、尽责地统筹推进相关工作，不负党和人民的期望，不负广大残疾人及其亲友的重托，不负我们承担的光荣责任和使命。

希望各级残联和广大残疾人工作者切实发挥好党和政府联系残疾人的桥梁和纽带作用，在增强残疾人的获得感、幸福感、安全感上下功夫，把密切联系残疾人群众作为出发点，创造条件为残疾人提供更多更好的公共服务，高质量地做好残疾人脱贫攻坚、精准康复、教育就业、权益维护等工

作，一定要带着感情、热情、激情，努力把各项工作做到残疾人的心坎上。各级残联组织要认真贯彻落实党中央、省委加强和改进党的群团工作总体要求，进一步加强自身建设，聚焦“强三性、去四化”这一关键和要害，深化残联组织改革，创新服务方式，提高服务本领，转变工作作风，切实履行好“代表、服务、管理”职能，打造残疾人工作品牌，真正把残联建设成残疾人之家，让残疾人工作者成为广大残疾人信得过、靠得住、离不开、找得着的“贴心人”。

希望全社会都能伸出友爱之手，关心支持残疾人事业发展。鼓励支持各类助残社会组织、广大志愿者和社会各界以不同方式送温暖、结对子、献爱心，完善购买服务、志愿服务和公益慈善等激励机制，倡导“人人参与、人人尽力、人人享有”的志愿服务模式，弘扬扶残助残正能量，汇聚社会各方面支持残疾人事业发展的智慧和力量。要利用全国助残日等重要节庆活动，广泛宣传党和政府关爱残疾人的政策、残疾人工作取得的成效、残疾人创业发展成长进步的好典型。要多传播正能量、唱响主旋律，借庆祝改革开放40周年活动契机，讲好残疾人在改革开放大潮中的生活变迁和奋斗故事，反映改革开放带给残疾人的红利，进一步营造有利于残疾人事业发展的良好社会环境，凝聚起新时代残疾人事业发展的强大合力。

希望广大残疾人朋友继续发扬“自尊、自信、自强、自立”精神，始终保持乐观向上的心态，更加勇敢地迎接生活挑战，更加坚强地面对困难磨炼，用自己的勤劳、智慧和努力，不断超越自我，书写精彩人生，激发奋斗勇气，树立主人翁意识，积极投身新时代辽宁振兴发展的伟大实践，在拼搏进取中实现人生价值。要加强学习，提高素质，积极自觉地知党情、感党恩，坚定不移地听党话、跟党走，同全省人民一道，共同创造幸福生活和美好未来。

二、政策法规文件

关于打赢脱贫攻坚战三年行动的实施意见

辽委发〔2018〕66号

中共辽宁省委、辽宁省人民政府联合印发。

七、关注支持贫困残疾人脱贫

（一）落实贫困残疾人综合保障性扶贫举措。将符合条件的建档立卡贫困残疾人纳入农村低保和城乡医疗救助范围，落实符合条件的重度残疾人单独纳入低保和残疾人低保分类救助政策。推进残疾人参加城乡居民养老保险工作，落实重度残疾人政府代缴保费政策。完善困难残疾人生活补贴和重度残疾人护理补贴制度，增强补贴制度的保障能力和水平，有条件的地区逐步扩大政策覆盖面、提高补助标准。加大力度做好农村失能重度贫困残疾人照护和托养工作，制定具体工作方案，明确保障措施，确保失能重度贫困残疾人既脱贫、又解困。（责任单位：省人力资源社会保障厅、省残联、省扶贫办、省民政厅、省卫生健康委、省财政厅、省医保局）

（二）全面加强残疾康复服务。制定并实施残疾儿童康复救助制度，基本实现全省残疾儿童应救尽救，推动落实贫困残疾人康复服务保障政策，优先为有医疗康复需求的贫困残疾人提供基本康复服务和家庭医生签约服务，2020年残疾人康复服务覆盖率达到80%以上。落实贫困残疾人辅助器具适配补贴制度，扩大农村贫困残疾人辅助器具适配率，为残疾人发展生产、就业增收创造条件。对16周岁以上有长期照料护理需求的贫困重度残疾人，符合特困人员救助供养条件的纳入特困人员救助供养；不符合救助供养条件的，鼓励各地区通过政府补贴、购买服务、设立公益岗位、机构托养等多种方式，提供集中托养、日间照料、日常生活照护服务，鼓励对建档立卡的贫困重度精神、智力残疾人开展以奖代补居家服务，缓解家庭生产增收能力不足问题。（牵头单位：省卫生健康委；责任单位：省残联、省民政厅、省人力资源社会保障厅、省财政厅、省医保局）

（三）持续实施农村贫困残疾人家庭无障碍改造和危房改造。2020年全面完成农村建档立卡贫困残疾人家庭无障碍改造任务。落实农村贫困残疾人家庭危房优先改造计划，增加政府补贴支持力度，对无力承担自付资金的特殊困难残疾人家庭给予资金补助，2020年全面完成贫困残疾人家庭存量危房改造任务。（牵头单位：省住房城乡建设厅；责任单位：省残联、省财政厅、省扶贫办）

（四）推动实施第二期特殊教育提升计划。着力提升农村贫困残疾人教育水平，精准掌握残疾儿童教育需求，按照“一人一案”教育安置计划，做好农村特别是偏远山区未入学适龄残疾儿童少年义务教育工作。加大贫困残疾儿童学前教育和残疾人学生救助力度，开展贫困残疾人大学生及贫困残疾人家庭子女大学生就学资助和就业支持工作，帮助完成学业顺利就业。落实贫困残疾高中学生免除学杂费政策。（牵头单位：省教育厅；责任单位：省残联、省财政厅、省人力资源社会保障厅、省卫生健康委）

（五）支持有条件的贫困残疾人就业脱贫。将有劳动能力和生产愿望的贫困残疾人纳入产业扶贫重点帮扶对象，加强跟踪指导和技术服务。发挥残疾人就业保障金作用，扶持贫困残疾人家庭发展生产、就业创业。实施电子商务助残扶贫行动和贫困残疾人职业技能提升计划，普遍开展就业技能和农村实用技术培训，支持贫困残疾人家庭生产就业增收。对丧失劳动能力的贫困残疾人，在资产收益分配、扶贫资金和其他资产折股量化时予以适当倾斜照顾，力争实现贫困残疾人家庭人均可支配收入不低于全省贫困人口平均增速水平。（牵头单位：省人力资源社会保障厅；责任单位：省农业农村厅、省残联、省商务厅、省财政厅）

关于印发《辽宁省打好精准脱贫攻坚战三年专项行动方案（2018—2020年）》的通知

辽委办发〔2018〕61号

中共辽宁省委办公厅、辽宁省人民政府办公厅联合印发。

一、总体要求

（二）主要目标

……确保实现3万名贫困残疾人（本方案中贫困残疾人、贫困家庭均特指建档立卡贫困残疾人、建档立卡贫困家庭）稳定脱贫。……

二、主要任务

（一）提升基本公共服务水平

2. 实施民政救助。……实施残疾人“两项补贴”制度，提高残疾人基本生活保障水平。

（二）大力实施“五个一批”脱贫攻坚工程

3. 大力实施教育扶贫工程。……加快发展贫困地区特殊教育事业，多种形式安排建档立卡的未入学适龄残疾儿童少年接受义务教育，提高普及水平和质量。……

（八）加大因残致贫精准施策和帮扶力度

1. 解决好因残致贫家庭突出困难。全面实施《贫困残疾人脱贫攻坚行动计划（2017—2020年）》。将符合条件的贫困残疾人全部纳入最低生活保障范围，按规定享受最低生活保障分类。按规定将贫困残疾人全部纳入医疗救助范围。研究贫困残疾人参加城乡居民养老保险支持政策，提高贫困残疾人养老保险参保率。

2. 加大贫困残疾人家庭农村危房改造力度，通过增加政府补贴、鼓励使用贴息贷款、争取社会援助等方式解决基本住房安全问题。推动将贫困残疾人家庭危房纳入优先改造计划，创造条件对无力承担自付资金的特殊困难残疾人家庭给予资金补助。

3. 发展特殊教育。实施残疾人学生15年免费教育，同等条件下，优先获得助学金和助学贷款。推动建立困难残疾人大学生和贫困残疾人家庭子女大学生助学制度。

省教育厅、省财政厅、省住房城乡建设厅、省残联、省扶贫办分别负责，市、县（市、区）党委、政府承担主体责任。

（九）保持脱贫攻坚投入力度

2. 积极筹措资金，支持保障农村最低生活保障对象、特困人员和孤儿等困难群体基本生活，将符合条件的困难人员纳入医疗救助范围；积极发挥残疾人就业保障金的作用，扶持贫困残疾人实现就业。……

三、年度滚动计划

（一）2018年重点任务

1. ……进一步完善残疾人“两项补贴”制度体系，落实残疾人补贴制度。建立农村留守儿童关爱保护机制，完善儿童福利机构设施，深入推进“残疾孤儿手术明天计划”救助工作。……

省民政厅负责，有关部门配合，市、县（市、区）党委、政府承担主体责任。

4. 精准实施贫困残疾人脱贫攻坚15项重点行动，实现2万名贫困残疾人脱贫，推动已脱贫残疾人按规定持续享受保障政策和扶持措施，动态掌握残疾人返贫数据信息，确保目标具体、任务明确、措施精准。制定印发《关于着力解决因残致贫家庭脱贫攻坚突出问题的实施意见》。落实贫困残疾人最低生活保障、特困救助、基本医疗等民生保障政策，推进普惠与特惠政策叠加，将符合条件的贫困残疾人全部纳入最低生活保障和特困供养范围。加大力度推动落实残疾人“两项补贴”制度。

省残联负责，有关部门和市、县（市、区）党委、政府配合。

9. 2018至2020年滚动实施教育扶贫三年行动计划。……加强残疾儿童少年随班就读和送教上门工作，提高贫困地区残疾儿童教育普及水平。……

省教育厅负责，市、县（市、区）党委、政府配合。

（二）2019年重点任务

1. ……推动贫困残疾人“两项补贴”工作信息化建设，提升管理工作科学化、规范化水平。……建立农村留守儿童关爱保护机制，完善儿童福利机构设施，深入推进“残疾孤儿手术明天计划”救助工作。……

省民政厅负责，有关部门配合，市、县（市、区）党委、政府承担主体责任。

2. 加大力度推动解决因残致贫家庭突出困难，实现1万名贫困残疾人脱贫。完成贫困残疾人家庭存量危房改造任务，实现贫困残疾人住房安全有保障。有效扩大农村贫困残疾人托养服务率。

省残联负责，有关部门和市、县（市、区）党委、政府配合。

（三）2020年重点任务

1. ……鼓励有条件的地区扩大残疾人“两项补贴”范围，提高补贴标准。建立农村留守儿童关爱保护机制，完善儿童福利机构设施，深入推进“残疾孤儿手术明天计划”救助工作。

省民政厅负责，有关部门配合，市、县（市、区）党委、政府承担主体责任。

……

3. 巩固贫困残疾人脱贫攻坚工作成果，对临时返贫残疾人实施有效保障和帮扶，实现现行标准下贫困残疾人全部如期脱贫。

省残联负责，市、县（市、区）党委、政府配合。

三、五年工作综述

——辽宁省残联党组书记、理事长吴玉新在省残联第七次代表大会上的工作报告（节选）

2018 年 8 月 22 日

省残联第六次代表大会以来，全省各级残联全面贯彻党的十八大、十九大精神，以习近平新时代中国特色社会主义思想为指引，围绕统筹推进“五位一体”总体布局、协调推进“四个全面”战略布局，认真落实省委省政府和中国残联的决策部署，牢固树立新发展理念，按照“四个着力”和“三个推进”要求，聚焦打好贫困残疾人脱贫攻坚战，残疾人社会保障和公共服务覆盖面不断扩大，残疾人社会参与明显增强，扶残助残社会氛围更加浓厚，残联组织基础管理和自身建设不断加强，圆满完成第六次代表大会提出的各项任务。

（一）坚持融入大局，残疾人事业取得新进展

进一步完善党委领导、政府负责的领导体制，建立各部门密切配合，残疾人组织充分发挥作用的工作机制。各级党委、政府把残疾人工作作为保障和改善民生、打赢脱贫攻坚战的主要内容给予支持。各级人大、政协开展残疾人工作执法检查和视察，有力地推动了各项工作开展。残工委各成员单位密切配合，各负其责，形成推动残疾人工作合力。六代会以来，省委省政府对残疾人事业的关心重视程度达到一个新高度。五年来，时任省委书记李希、陈求发书记、范继英部长、崔枫林副省长等 10 余位省领导对发展残疾人事业、打赢贫困残疾人脱贫攻坚战、建设国家级残疾人创业孵化示范基地、推进残疾人精准康复服务、贯彻落实残疾人权益保障法律政策、做好残联系统换届工作做出批示。五年来，省政府党组会议、常务会议研究涉残议题 16 个，通过部门联动，制定出台《关于加快推进残疾人小康进程的实施意见》《辽宁省残疾人事业发展“十三五”规划》等惠残政策性文件 91 个。2014 年起，贫困残疾人家庭无障碍改造和辅助器具适配工作纳入省政府民生实事统筹推进。省委宣传部支持辽宁电视台开设了残疾人事业专题节目。省政府残工委成员单位把残疾人工作纳入本部门专项发展规划计划统筹实施。

（二）聚焦脱贫攻坚，残疾人基本民生得到有效保障

聚焦贫困残疾人脱贫攻坚，精准发力，2017 年 2 月 7 日，时任省委书记李希在《中共辽宁省残联党组关于加快推进贫困残疾人脱贫攻坚工作的报告》上做出批示。各市市委市政府主要领导就贯彻落实李希书记批示做出工作部署，贫困残疾人脱贫攻坚工作纳入各级党委政府工作大局。省残联、省扶贫办共同召开全省贫困残疾人脱贫攻坚工作会议，深入贯彻省委省政府关于全力打赢脱贫攻坚战决策部署，安排“十三五”贫困残疾人脱贫攻坚工作。省委办公厅、省政府办公厅转发《贫困残疾人脱贫攻坚行动计划（2017—2020 年）》，确定主要任务和重点行动。召开全省贫困残疾人脱贫攻坚工作现场会，对贯彻落实中央和省委省政府关于做好深度贫困地区脱贫攻坚和残疾人群体脱贫攻坚工作做出安排。截至目前，已累计脱贫 73643 人，占 108179 名建档立卡贫困残疾人总数的 68%。全省 279833 名城乡残疾人享受最低生活保障，符合条件的残疾人家庭实现应保尽保。为 33.47 万名残疾人提供康复救助，有康复需求的残疾人康复覆盖率达 68.1%。残疾儿童重大疾病和重点人群纳入大病保障有新突破，儿童脑瘫、甲低纳入全省重大疾病医疗保险报销范围，农村因病致贫的重症残疾儿童救助实现全覆盖。“两项补贴”制度在全省 14 个市、100 个县区全覆盖，67.5 万余名困难和重度残疾人受益。五年来，全省落实贫困残疾人家庭无障碍改造资金 20170 万元，惠及 60618 户贫困残疾人家庭。落实国家、省“阳光家园计划”补助资金 5671.6 万元，为符合条件的残疾人提供托养服务。建立残疾人辅助器具补贴制度，落实残疾人免费适配辅助器具政策，为贫困残疾人适配辅助器具 33.2 万例。

（三）着力补短板强弱项，残疾人基本公共服务水平全面提升

推动残疾人精准康复与公共卫生服务对接，与健康扶贫工程同步实施，优先覆盖残疾人。牵头制定《辽宁省残疾预防行动计划》，由省政府办公厅印发全省执行。启动全国精准康复试点培育区、全国残疾预防综合试验区和精准康复试点培育县（市、区）创建工作。完成高危孕产妇、残疾儿童、疑似残疾人筛查、诊断和评定工作。全省 125564 名残疾人签约家庭医生服务，12298 名残疾儿童得到医疗康复救助。落实特殊教育提升计划，初步建成“以随班就读为主体、以特教学校为骨干、以送教上门为补充”的义务教育体系。五年中，资助 39843 名贫困残疾儿童少年接受学前教育和义务教育，落实高中阶段残疾人学生减免学杂费政策。全省实名制安置残疾人就业 5 万余人，实名制培训残疾人 12.29 万人次。进一步加强残疾人法律救助工作站建设，为残疾人提供优先优质法律服务，基本做到“应援尽援”。省残疾人康复中心发挥康复技术资源中心和示范窗口作用，推进医疗康复养老服务融合发展，康复服务水平不断提升。结合残疾人供给侧需求开展深度合作，与沈阳新松机器人股份有限公司共同研发床椅机器人、自动升降平台、高端护理床，与中兴健康科技有限公司共同研发盲人手机听书机一体机等高端智能辅助器具。

（四）营造扶残助残的良好社会环境，残疾人社会参与广泛深入

打造立体化宣传格局，大力宣传残疾人事业。召开全省宣传文化工作座谈会，加强党对意识形态工作的领导。2017年5月21日辽宁电视台开播残疾人专题栏目，成为宣传残疾人事业的固定阵地。辽宁电视台和12个市级电视台开播残疾人电视专题节目。开展“讲好残疾人故事，争当领读人”读书活动，引领广大残疾人听党话、跟党走。积极推进《辽宁实施〈中华人民共和国残疾人保障法〉办法》修订工作，从立法源头上维护残疾人合法权益。将全省安置残疾人就业的比例由1.7%调整为1.5%，降低企业负担，助力优化营商环境。以省政府令形式印发《辽宁省无障碍环境建设管理规定》，2018年1月1日起施行。全省266名残疾人和残疾人工作者当选为各级人大代表、政协委员，积极参政议政、建言献策。办结52件省政府系统人大代表政协委员涉残建议提案，办复率、满意率100%。开通12385残疾人服务热线，依托残疾人信访信息系统和民心网平台，为残疾人提供咨询投诉服务10000余人次，全省有73个残疾人法律救助工作站为残疾人提供法律援助3015次。省残联公众信息无障碍网站上线，对推进政府部门网站无障碍建设起到引领示范作用。积极开展“七五”普法宣传工作，引导广大残疾人学法、尊法、守法、用法。动员社会力量，筹募款物7043万元，为事业发展奠定物质基础。2015年5月13日，辽宁省第五次残疾人自强模范暨助残先进集体和个人表彰大会召开，75名残疾人被授予辽宁省自强模范称号。

（五）不断夯实残疾人事业发展基础，残疾人组织自身建设切实加强

坚持党对残联组织的领导，以党建工作引领事业发展。认真开展党的群众路线教育实践活动、“三严三实”专题教育、“两学一做”学习教育，推进“两学一做”学习教育常态化制度化，干部作风持续转变，领导班子带领机关干部深入基层，深入贫困残疾人家庭，开展进社区和驻村蹲点调研，解决实际问题。贯彻落实中央及省委党的群团工作会议精神，出台《辽宁省县域残疾人组织服务能力提升计划（2016—2020年）》，制定27条具体措施，在残疾人干部管理与配备、壮大基层工作力量、规范协会工作者和残疾人专职委员选聘、发展壮大助残志愿者队伍、残疾人工作者培训、经费保障和人员待遇、建立联系制度等方面实现突破。以换届工作为契机，着力优化领导选配、人员结构、运行机制和机构设置，提高基层和一线人员比例。按照全省统一部署，推进公益事业单位改革，突出康复服务与就业指导，优化机构设置。省委组织部、省政府残工委调训各市政府残工委主任、副主任和县级政府残工委主任，强化对加快推进残疾人小康进程的组织领导，将县级残联理事长列入高校基地培训项目，全省14个市将残联干部教育培训纳入当地党政干部教育培训总体规划。依托辽宁特殊教育高等师范专科学校培训项目，举办残疾人专职委员培训班34期，培训残疾人专职委员3790名，基层残疾人专职委员能力稳步提升。完善残疾人基本服务状况和需求信息数据动态更新工作常态化机制，为推进贫困残疾人脱贫攻坚和残疾人基本公共服务托底补短提供基础依据。

四、2018年工作综述

2018年，全国残疾人人口基础数据库显示，辽宁省在库残疾人1059069人，其中，视力残疾111641人，听力残疾85002人，言语残疾10967人，肢体残疾585029人，智力残疾115302人，精神残疾111198人，多重残疾39930人。

全省残疾人工作以习近平新时代中国特色社会主义思想为指引，深入贯彻落实习近平总书记在辽宁考察时和在深入推进东北振兴座谈会上的重要讲话精神，按照“五位一体”总体布局和“四个全面”战略布局要求，扎实贯彻新发展理念和“四个着力”“三个推进”，着力补齐残疾人民生短板，加快推进残疾人小康进程，推动新时代辽宁省残疾人事业高质量发展。

（一）召开省残联第七次代表大会，各级残联组织为残疾人服务能力得到提升

2018年8月22日，辽宁省残疾人联合会第七次代表大会在沈阳召开，省委书记、省人大常委会主任陈求发，中国残联党组成员相自成出席开幕式并讲话，省委副书记、省长唐一军等省领导出席开幕式。全省各界的残疾人代表听取并审议吴玉新代表省残联第六届主席团和执行理事会所做的题为《高举习近平新时代中国特色社会主义思想伟大旗帜，谱写辽宁残疾人事业发展新篇章》的工作报告。团省委党组书记、书记赵红巍代表群团组织致辞。大会代表285人，

图7-6-1　辽宁省残疾人联合会第七次代表大会现场。

其中残疾人及亲友占代表总数的68.07%，通过严格代表条件，优化人选结构，充分体现残联组织的政治性、先进性和群众性。充分发挥协管作用，指导市、县、乡残疾人联合会换届工作。通过换届，省、市级残联领导班子政治素养、年龄结构、工作经历、知识结构更加科学合理，凝聚力、战斗力进一步增强。省委组织部将新任县区残联理事长培训班列入全省党政干部教育培训计划，各市残联干部教育培训纳入当地党政干部教育培训总体规划，为加强干部队伍建设，提升为残疾人服务能力奠定基础。

（二）以改革为契机，残疾人事业基础不断夯实

启动省残联改革，通过设置改革机构、优化管理模式、创新运行机制，坚持眼睛向下、立足基层、面向群众，积极推动服务重心下移和服务方式创新。按照全省事业单位改革要求，合并组建省残疾人服务中心。聚焦主责主业，进一步强化公益属性、找准服务定位，为全省残疾人服务机构提供基础研究、业务指导、人才培养、技术创新等方面的支持。促进互联网、大数据在残疾人工作中的运用，建立动态更新工作长效机制，全面真实掌握残疾人基本服务状况和需求，加强与相关部门信息数据共享，以需求为导向加强和改进残疾人服务。稳步推进第三代残疾人证（智能化）试点工作。落实《辽宁省县域残疾人组织服务能力提升计划（2016—2020年）》，为每个基层残疾人组织补贴5000元，推动县（市、区）基层残疾人组织开展残疾人创业就业服务工作。制定出台《辽宁省残疾人专职委员管理办法（试行）》，改善专职委员工作条件，在发放补贴基础上，为符合条件的残疾人专职委员配发代步辅助器具。举办20期培训班，培训3156人，提升专职委员履职能力。建立健全政府购买残疾人服务标准体系和服务目录，创新监管机制和绩效评价，全面推开政府购买残疾人服务工作。落实县区级残疾人托养中心建设项目，总投资416万元，其中中央预算内投资332万元。省残疾人福利基金会累计筹募款物总价值1010.8余万元，“积善助残·圆梦行动”系列公益项目影响力日益增强。鼓励和支持以服务残疾人为宗旨的各类公益慈善组织发展，对沈阳市和平区益新残障人社会工作服务中心等20个优秀助残社会组织给予通报表扬和奖励。

（三）补齐残疾人民生领域短板，加快推进残疾人小康进程

将“加大因残致贫精准施策和帮扶力度”纳入全省支持深度贫困地区精准脱贫重点任务。《辽宁省打好精准脱贫攻坚战三年专项行动方案（2018—2020年）》和实施意见，提出要“确保实现3万名贫困残疾人稳定脱贫”目标。省残联与省扶贫办共同与各市签订推进贫困残疾人脱贫攻坚责任书。省残联会同省教育厅、省民政厅、省人社厅、省住建厅、省卫生计生委、省扶贫办等部门，针对因残致贫家庭突出困难，制定10项精准施策和帮扶措施。12214户残疾人家庭纳入危房改造4类重点对象范围并享受优先改造政策安排。省级残疾人就业保障金安排2000万元扶持全省贫困残疾人家庭生产就业增收，对4000余户贫困残疾人家庭开展生产帮扶，对15个深度贫困县的残疾人脱贫攻坚工作给予重点支持。2万名贫困残疾人如期脱贫。帮助30000余名重度残疾人享受政府代缴保费政策。8272名符合条件的55—59周岁重度参保残疾人享受生活补贴，30万名困难残疾人享受生活补贴，36万名重度残疾人享受护理补贴。持续实施“阳光家园计划”项目，7800名符合条件的智力、精神和重度肢体残疾人得到切实有效的托养照料服务。

省政府出台《关于建立残疾儿童康复救助制度的实施意见》，儿童康复救助年龄延长至7岁，将唇腭裂、脊柱裂等康复纳入救助范围，对贫困家庭给予2万元生活补贴。为250629名残疾人提供康复服务，精准康复服务覆盖率达到88.52%。为25.44万名有康复需求的各类残疾人制定个性化康复方案。贫困残疾人医疗保险自费部分由政府全兜底，儿童脑瘫、农村0—7岁听障儿童人工耳蜗植入术和全省城乡精神障碍患者防治纳入全省重大疾病医疗保险报销范围。全省35.9万人有康复需求的残疾人与家庭医生签约。为74305名残疾人提供辅助器具适配服务，超额14.86%完成工作任务。省残疾人服务中心与德国科隆大学Unireha儿童康复中心合作开展脑瘫儿童康复项目（Kids First）。国家辅助器具（东北）区域中心为3000名残疾人、失能老人、专职委员和相关部门人员提供体验展示服务，为52名盲人学生验配助视器，为143名残疾人免费提供假肢上门维修服务。与中兴健康科技有限公司、新松机器人自动化股份有限公司等企业合作研发新产品共16项。

贯彻落实《辽宁省第二期特殊教育提升计划实施方案》，开展未入学残疾儿童少年教育需求调查工作，精准核查掌握未入学残疾儿童少年底数需求，为有需求的残疾儿童少年普遍接受义务教育提供有力支持。资助6300名贫困残疾儿童少年接受学前教育和义务教育，推动落实残疾人学生高中阶段免除学杂费政策。配合省招考办为65名符合条件的残疾人考生参加高考提供合理便利服务，全省243名残疾人考生上线录取率为100%。分4批对260名听力和视力残疾人开展通用手语、盲文和就业技能培训，390名村（社区）专职委员接受通用手语培训。举办辽宁省第九届残疾人职业技能竞赛，参加全国残疾人岗位精英职业技能竞赛，取得团体总分第四名的成绩。开展就业援助月专项活动，登记失业的残疾人12064人，组织专场招聘会75场，纳入培训计划7833人，帮助2175名残疾人享受专项扶持政策。举办网上双选会，促进高校残疾人毕业生高层次就业。组织2018年全国盲人医疗按摩人员考试，86名考生全部顺利完成考试。全省安排扶持残疾人就业创业资金5365.4万元，

促进实名制就业13218人，实名制残疾人培训22608人次，盲人保健按摩培训460人，盲人医疗按摩161人。

（四）营造“平等、参与、共享”的社会环境，保障残疾人各项权利

推动落实《辽宁省无障碍环境建设管理规定》，将公共场所无障碍设施检查工作纳入《省（中）直2018年度涉企行政执法检查计划》，执法检查组对2家4A级以上景区和1条地铁线路进行了检查，并将整改意见及时反馈给相关单位。继续实施省政府民生实事贫困残疾人家庭无障碍改造工程，落实国家、省、市、县资金6000余万元，为1.7万户贫困残疾人家庭实施无障碍改造。延长实施省政府民生实事贫困残疾人家庭无障碍改造项目，在过去5年已经完成近7万户改造任务的基础上，再改造23000户，为实现2020年贫困残疾人家庭无障碍改造全覆盖创造条件。办理人大代表和政协委员提出的涉残建议提案5件，建议提案办复率、满意率100%。广泛开展残疾人普法活动。省残联作为省信访工作联席会议成员单位，建立残疾人信访协调调处机制。充分发挥12385残疾人服务热线、辽宁省全国残疾人信访信息系统和民心网“网络回应人”等服务平台作用，提升服务残疾人的水平。

2万余名基层残疾人群众直接参与“残疾人文化周”活动，5万残疾人及其家属参与互动，文化进家庭“五个一”项目惠及500名农村贫困重度残疾人，沈阳残疾人杂技艺术团列入国家残疾人“共享芬芳”地方项目单位，阜新残联《五月花》杂志获得国家残疾人文创资金支持。残疾人艺术作品参选“共绘新时代——庆祝改革开放40周年全省群众绘画、书法、摄影作品展”及评奖，组织“讲好残疾人故事，争当领读人”读书活动和纪念残联组织成立30周年和改革开放40周年主题征文活动。在盘锦市举办辽宁省第十三届残疾人运动会暨首届特奥运动会，首次实现残运会与省运会同城举办，“两个运动会同样精彩”的目标。开展“残疾人冰雪运动季”等群众体育活动，促进竞技体育与群众体育协调发展。

拓展残疾人事业宣传平台，讲好残疾人故事。紧紧围绕七代会、残运会、助残日等主题，策划宣传重点，聚焦贫困残疾人家庭实施无障碍改造、残疾人培训就业、扶贫救助等民生工作开展主题宣传。12个市开播残疾人电视专题节目，辽宁电视台开设辽宁残疾人事业电视专题节目《共享阳光》，全年播出48期；辽宁广播电台残疾人广播专题节目《辽宁残疾人之家》，全年播出50期。

（五）基层残疾人工作亮点

沈阳市政府办公厅印发《沈阳市残疾预防行动计划（2018—2020年）的通知》（沈政办发〔2018〕43号）。从控制出生缺陷和发育障碍致残、防控疾病致残、减少伤害致残、改善康复服务四方面建立三级预防机制，采取16条具体措施实施残疾预防行动。市残联会同23个单位联合印发《沈阳市贫困残疾人脱贫攻坚行动计划（2018—2020年）》（沈残联发〔2018〕26号）。通过创新体制机制，积极发挥政府、市场和社会协调作用，采取有针对性的精准帮扶措施，不断增强贫困残疾人群体自我发展能力，确保不让一个残疾人在小康进程中掉队，合力打赢全市贫困残疾人脱贫攻坚战。制定《残疾人社区精准康复服务实施方案》，明确沈阳市社区精准康复服务的内容、服务对象、服务流程、补助标准、服务机构及经费的来源与管理，为残疾人提供方便、实用、易行、效果好的社区康复服务。市残联与市卫计委联合出台《〈中华人民共和国残疾人证管理办法〉沈阳市实施细则》，规范全市残疾人证的管理核发工作。

大连市政府将“为未纳入农村危房改造范围的1038户低收入残疾人家庭进行房屋修缮”和“为1000名残疾人实施精准康复服务”列入2018年重点民生工程项目。市残联、财政局联合出台《大连市贫困残疾人家庭生活环境无障碍改造实施办法》，对无障碍改造的实施对象、改造内容和资金补助标准等进行规范。通过购买社会服务的方式，先后开展心智障碍者辅助性就业训练营、孤独症障碍者生活自立能力训练营、“心灵港湾”心理康复体验班、“希望之家”大连脊髓损伤者生活重建训练营4个康复服务项目，为108名孤独症、智障、肢残等残疾人及其家属提供康复训练和指导。

鞍山市为享受低保残疾人和建档立卡贫困残疾人共约2.6万人投保人身意外伤害保险，每人每年最高保障金额为3万元。参保人在保险期间内因遭受意外伤害事故而发生的意外住院医疗医药费用，扣除50元免赔额后，按照90%的比例给付住院医疗保险金，每人每年最高保险金额为4千元。意外住院津贴每天30元，最高给付90天。鞍山电视台开设残疾人事业电视专题节目《同一片阳光》，鞍山广播电台开设残疾人专题节目《残疾人之声》。

抚顺市出台《抚顺市残疾预防行动计划（2017—2020年）》和《抚顺市残疾人基本康复服务项目实施方案》。行动计划通过逐步推进落实各项工作，建立综合性、社会化防控网络，形成系统、科学、完善、有效的残疾预防机制，开展以社区和家庭为基础、专业机构和社会参与相结合的三级预防工作；实施方案对残疾人基本康复资助项目和资助对象以及资助标准等进行了规范，明确责任分工，细化工作流程。《抚顺市机动车停放服务收费管理办法》对有合法车牌且驾驶员为残障人员的车辆免收停车费。市中心区域各大停车场基本完成残疾人专用停车位的设置，对残疾人驾驶机动车免收停车费，实现残疾人驾驶机动车出行能停放、方便停、免费停三项需求。

本溪市为全市656户740名未脱贫的残疾人建立特殊档案，开展精准脱贫“百日攻坚”工作，争取省、市残保金

151.5万元，扶持建档立卡的400余户贫困残疾人家庭发展种养殖业及加工业生产项目；争取中国残联、省残联培训补助资金18.9万元，为农村人口相对集中的县区开展农村贫困残疾人实用技术培训。首届春节购物嘉年华（年货大集）为15户残疾人个体户提供免费摊位，展售项目包括服装、农特产品榛子、对联等各类小商品，活动为期10天，每户残疾人个体户增加收入近3000元。市电视台大型民生栏目《新视界》开播《携手同行》残疾人事业专题栏目。栏目将以“十三五”重点残疾人小康民生项目落实情况、残疾人自强与助残典型、残疾人工作成果展示、残疾人惠残政策解读等为主要宣传内容。

丹东市为20087名低保和低保边缘户残疾人免费办理意外伤害保险，保费合计602610元，为残疾人增加了一道专项保险屏障，防止残疾人因意外伤害二次返贫。残联干部教育培训纳入当地党政干部教育培训总体规划，市委党校举办基层理事长培训班，各县（市、区）残联副理事长、组联工作人员及乡（镇、街道）残联理事长共计98人参加培训。

锦州市为全市有需求的150余名低智力、孤独症儿童配发防走失腕表，基本实现全覆盖。锦州广播电视台都市频道（二套）每月两期播出残疾人电视专题栏目《爱在阳光下》，同时配备手语翻译，方便残疾人观看；《锦州广播电视报》每月设专版以图片和文字方式刊登展示栏目内容；多媒体平台《无线锦州》客户端同步播出。

营口市举办第二届东北区域残疾人辅助器具与无障碍环境高峰论坛。国家康复辅具研究中心高级辅助器具康复工程师罗椅民和中国工程机械学会副理事长、大连理工大学教授、高级工程师高顺德分别做专业讲座。在偏远山区乡镇设立残疾人证临时办证点，提供“一站式”服务，对重度残疾人专门到家中评残照相。

阜新市为符合条件的3147名建档立卡贫困残疾人办理意外伤害保险。市聋协成立“手心”手语服务队，致力于普及、推广手语，定期开展手语培训班，对有需要的聋人提供手语翻译服务。任课教师由阜新市聋协“手心”手语服务队成员担任，学员主要来自窗口单位服务人员、助残志愿者服务队成员、社会爱心人士等，每月开课两次。

辽阳市残联理事长带领班子成员和业务部室主任走进《政风行风热线》直播间，接听残疾人的咨询电话，回答热点难点问题。现场共接听19位残疾人打来的热线电话，在节目直播后的6天里，19个热线电话所涉及的康复辅具申领、残疾人证办理、“两项补贴”发放等问题全部得到落实，做到群众诉求“件件有着落、事事有交代”。

铁岭市残联成为铁岭市11个“委员之家”之一，作为政协委员参政议政的新阵地，将更好地发挥政协贴近群众、服务发展、促进和谐的作用，助力新时代残疾人事业发展。

朝阳市为2017年离校未就业的普通高等专科以上学历残疾人及残疾人家庭中的高校毕业生提供“阳光工程”公益岗位，共有31名残疾人高校毕业生及残疾人家庭高校毕业生被录用。录用岗位为就业、社会保障、民政、妇女儿童、社区管理服务等基层服务型岗位。工资标准为每月1200元，聘用期间享受养老、医疗、工伤、失业四险补贴。朝阳市举办第二届环卫工人手语大赛，6支代表队的24名选手参赛，比赛旨在促使全社会更加关注和重视聋人的无障碍交流。

盘锦市为全市首批176个卫生室中的残疾人康复站配备康复训练器材。2019年计划为全市168个村（社区）卫生室（残疾人康复站）配备实用的康复训练器材，2020年计划为全市30个镇卫生院（残疾人康复中心）及20个城市社区卫生服务中心配备实用的康复训练器材。三年内实现全市村（社区）卫生室配备康复器材全覆盖。

五、重要条目

【辽宁省残疾人工作三年计划（2018—2020年）（辽委办发〔2018〕46号）**】**由省委办公厅和省政府办公厅联合印发，提出“到2020年，残疾人权益保障制度基本健全，基本公共服务体系更加完善，残疾人事业与经济社会协调发展；残疾人生活得到稳定保障，就业层次和收入水平明显提高，获得的服务更加丰富全面；全社会关爱、支持、帮助残疾人的氛围更加浓厚，残疾人与全省人民一道迈入小康社会”的主要目标。计划列出十项重点工作：贯彻落实中央及省委党的群团工作会议精神，保持和增强残联组织和残联工作的政治性、先进性和群众性；坚决打赢贫困残疾人脱贫攻坚战；保障和改善残疾人民生；加强残疾康复服务；促进残疾人享受公平而有质量的教育；做好残疾人就业和培训工作；促进残疾人平等参与文化体育活动；贯彻落实残疾人权益保障法律政策；加强无障碍环境建设；全面推开政府购买残疾人服务工作。同时提出加强组织领导、部门联动、队伍建设、督促检查等四项保障措施。2018年全省残联工作安排作为文件附件同时印发。

【辽宁省人民政府关于建立残疾儿童康复救助制度的实施意见（辽政发〔2018〕29号）**】**意见提出建立与全面小康社会目标相适应的残疾儿童康复救助制度体系，形成党委领导、政府主导、残联牵头、部门配合、社会参与的残疾儿童康复救助工作格局。有效防控儿童残疾发生和发展，不断改善残疾儿童康复服务状况，提高人口质量。落实残疾儿童康复救助申请、审核流程和结算方式等保障措施，到2020年底，基本实现全省残疾儿童应救尽救。到2025年，建立完善的残疾儿童康复救助工作体系和服务体系，残疾儿童普遍享有基本康复服务，健康成长、全面发展权得到有效保障。意见规定，对全省所有0—7岁的残疾儿童从康复训练、手术、辅助器具配发和服务等方面进行全员定额补助，并对人工耳蜗植入手术后进行言语康复训练的贫困听力言语障碍儿童、贫困重度脑瘫、重度智力残疾和孤独症儿童、贫困重度唇腭裂儿童每人给予生活补助。

【中共辽宁省残疾人联合会党组关于深入贯彻落实习近平总书记在辽宁考察时和在深入推进东北振兴座谈会上重要讲话精神推动新时代辽宁省残疾人事业高质量发展的实施意见（辽残联党组发〔2018〕30号）**】** 实施意见分“切实把思想和行动统一到习近平总书记重要讲话精神上来；进一步解放思想，保持和增强残联组织的政治性、先进性和群众性；补齐残疾人民生领域短板，加快推进残疾人小康进程；加强党对新时代残疾人事业的全面领导”四个主要部分，提出20项具体工作要求，并明确了责任部门，为新时代残疾人事业高质量发展提供了强有力的思想保障，为残联各项工作有效开展明确行动纲领和推进路径。

【关于加大力度解决因残致贫家庭突出困难的通知（辽残联发〔2018〕23号）**】** 由省残联、教育厅、民政厅、人力资源社会保障厅、住房城乡建设厅、卫生计生委、扶贫开发领导小组联合印发。通知指出，要切实提升政治站位，聚焦因残致贫家庭突出困难，在精准掌握困难需求、完善兜底保障政策、加强因残致贫分类救助、全面落实“两项补贴”制度、推动解决托养照料困难、逐一制定义务教育安置方案、优先纳入危房改造计划、促进残疾人家庭生产增收并提高资产收益、扩大康复服务和家庭无障碍改造覆盖面等9个方面精准施策和帮扶，并确保各项政策措施落到实处。

【辽宁省贫困残疾人电子商务就业创业扶贫行动实施方案（辽残联发〔2018〕27号）**】** 2018年6月20日辽宁省残联、辽宁省商务厅、辽宁省扶贫办联合印发。提出“到2020年，全省共扶持500名农村建档立卡贫困残疾人接受电商知识培训；扶持100名农村建档立卡贫困残疾人家庭创办网店经营；辐射带动600名残疾人从事电商产业链创业增收”的目标。聚焦因残致贫家庭面临的突出困难，充分利用电子商务时空限制小、从业门槛低、交易电子化、行业划分细、资金投入少等特点，提出具体帮扶措施。开展贫困残疾人电商培训、推动贫困残疾人电商就业创业、加大残疾人电商就业创业政策支持力度等具体措施。明确贫困残疾人电商就业创业扶贫行动由各级残联、商务和扶贫部门共同组织实施。商务部门要把贫困残疾人电子商务就业创业扶贫工作纳入本地电商产业发展和电商扶贫工作整体规划，统筹推进，优先扶持。扶贫部门在推动电商扶贫工作中，要将建档立卡贫困残疾人及其家庭成员作为重点扶持对象，优先落实电商扶贫各项扶持政策措施。残联要及时掌握建档立卡贫困残疾人从事电商就业创业的情况和需求，将贫困残疾人的现实困难和需求及时反馈给商务、扶贫等行业部门，并积极争取有关行业部门加大对残疾人电商扶贫的投入力度，配合有关部门落实各项电商助残扶贫政策措施。

【辽宁省助盲就业脱贫行动实施方案（2018—2020年）（辽残联发〔2018〕53号）**】** 省残联、省教育厅、省财政厅、省人力资源社会保障厅、省扶贫办2018年10月19日共同印发，提出“到2020年，为（组织动员）有培训和就业意愿的就业年龄段建档立卡贫困视力残疾人开展以推拿按摩为重点的职业技能培训，并为其提供全方位的就业服务支持，力争培训合格结业率达到95%，就业创业率不低于85%，确保贫困视力残疾人全部实现如期脱贫”的总目标。提出“精准掌握贫困视力残疾人底数需求，精准掌握相关培训教育机构分布和服务情况，按照需求导向制定精准培训计划，帮助贫困视力残疾人就业创业”4项主要任务。提出“建立贫困视力残疾人精准识别机制、确定推拿按摩教育培训机构、因地制宜组织开展培训工作、加强培训质量控制和评估、推动助盲脱贫安排与现行政策项目整合衔接、创新和改进残疾人就业服务形式、加大贫困视力残疾人就业创业扶持力度、鼓励贫困视力残疾人主动培训自主就业”8项工作措施并明确责任单位，提出工作要求。

【辽宁省残疾人康复救助项目服务机构管理暂行办法（辽残联办发〔2018〕20号）**】** 辽宁省残联2018年4月23日印发，本着“属地管理、谁主管谁负责”的原则，从康复服务机构的认定、机构准入、工作职责、服务期限、服务标准、绩效考核等5个方面，针对残疾人在基本健康管理、手术、药物、康复训练、精神卫生、家庭巡诊服务等6个方面的康复需求，制定22项机构服务规范，对承担全省残疾儿童和成人残疾人康复服务的112个残疾儿童康复服务机构和357个成人康复机构，进行规范管理。会同省政府采购中心统一制定《残疾儿童康复机构服务协议》，在康复质量保证、资金付款方式、违约责任等方面做了法律约定。按照精准康复要求，统一规范康复救助申报程序和工作档案，确保全省4000余名残疾儿童、35.8万名成年残疾人得到实实在在的康复救助和便捷、专业、个性化的医疗康复服务，为康复资金的绩效考核和年度审计提供制度性支撑。

【辽宁省残疾人信息数据动态更新工作常态化长效化】 省残联会同省统计局、省财政厅等12个部门联合转发中国残联等部委《关于建立全国残疾人基本服务状况和需求信息数据动态更新工作长效机制的意见》，并结合辽宁实际，进一步明确应将残疾人信息数据动态更新入户调查、人员培训及数据质量监控评估等工作经费列入同级预算予以保障。各相关部门要有效开展数据比对、转化和应用工作，研究出台更多针对残疾人群体的特惠制度安排。还对各有关部门要加强统筹和工作联动，确保责任落实、工作到位提出要求。

【辽宁省第十三届残疾人运动会暨首届特奥运动会】 辽宁省人民政府主办，省残联、省体育局、盘锦市人民政府承办，2018年8月13日至9月7日在盘锦市举行。副省长崔枫林、副秘书长段君明出席开幕式并观看比赛，为首金选手颁发奖牌。赛会以“全民健身、残健同行、和谐发展、同奔小康”为主题，设肢体、视力、听障、智力等四个残疾类别运动项目，全省 14 支代表队共 1200 多名运动员参加比赛。赛会受到广泛关注，实现了“两个运动会同样精彩”“一流赛事服务、一流竞赛环境、一流城市形象和一流比赛成绩”的目标。大赛共产生金牌 186 枚、银牌 165 枚、铜牌 127 枚。大连选手乔元海超男子 S4 级 50 米自由泳世界纪录。沈阳代表团荣获金牌、奖牌总数第一，71 名运动员获得“体育道德风尚奖”，27 名裁判员获得“优秀裁判员奖”。沈阳等 14 个代表队获得“体育道德风尚奖”，盘锦市人民政府获得“承办城市贡献奖”。

图 7-6-2　辽宁省第十三届残疾人运动会暨首届特奥运动会。

【第九届辽宁省残疾人职业技能竞赛】省残联和省人社厅联合主办，2018 年 8 月 15—17 日在沈阳举办。省政府副秘书长段君明，省残联党组书记、理事长吴玉新，省人社厅副厅长刘洪涛，省总工会副主席刘严，东北大学副校长徐峰，省财政厅、省税务局、共青团省委和省妇联的相关领导出席开幕式并现场观摩。竞赛设信息通讯技术类、美术专业类、手工业类、工业类和服务类等 5 大类共 18 个项目，其中，电子商务、商业摄影和茶艺项目是首次设置。全省 14 个市及特教师专的 300 余名残疾人选手参加角逐。18 名参赛选手荣获大赛一等奖，同时被组委会授予“辽宁省残疾人技术能手”称号，14 名选手获得拼搏奖，沈阳、铁岭、大连、鞍山、丹东、阜新荣获团体总分前六名。赛后组委会将为成绩合格、技艺优秀的选手办理职业资格证书。

图 7-6-3　第九届辽宁省残疾人职业技能竞赛。

【辽宁省提升残联系统领导干部公共服务能力专题培训班】2018 年 12 月 18 日—21 日在沈阳举办，由省委组织部主办、辽宁省残联与辽宁省委党校（辽宁行政学院、辽宁省社会主义学院）承办。中国残联、省委省政府咨询委员会、省残联、省政府研究室、省委党校等单位领导和专家授课。全省各市、县（市、区）的 60 名理事长、副理事长参加培训。

【辽宁省“讲好残疾人故事，争当领读人”系列读书活动】省残联作为辽宁省第七届全民读书节组委会成员单位组织开展的活动，旨在充分展现当代残疾人的风采。2018 年 4 月 27 日，在沈阳茂业百货金廊店举行活动启动仪式暨残疾人原创作品朗诵会。省委宣传部、省新广局、省文化厅、省图书馆、省残联、沈阳市残联等单位领导，残疾人代表和助残志愿者约 180 人参加活动。沈阳广播电视台主持人宫正、聋人曲宏、自闭症患者王鼎越主持残疾人原创作品朗诵会，残疾人朗诵爱好者与播音朗诵家丁威、林萧、杜桥一起登台，深情朗读残疾人创作的诗歌、散文作品。2018 年 5 月 9 日—17 日，中国作家协会会员、优秀残疾人作家赵凯作为领读人，分别在鞍山市聋哑学校、本溪市残联、辽宁省残疾人康复中心和辽宁省特殊教育师范高等专科学校举办四场读书报告会，700 余名残疾人、残疾人工作者、康复人员和特教学生参加。在第五届“四佳人物”评选推荐活动中，由省残联推荐的《辽宁残疾人工作》编辑赵凯荣获辽宁省“最佳写书人”；朝阳市残联“残疾人专题节目”主持人营林荣获“最佳读书人”；大东区新东街道筑景社区、残疾人工作者赵瑞敏荣获“最佳藏书人”。省残联荣获辽宁省第七届全民读书节优秀组织奖。

图 7-6-4　辽宁省“讲好残疾人故事，争当领读人”系列读书活动。

【“健康中国基层行”百市千县精准健康扶贫助残慈善活动暨第 28 次全国助残日主题晚会】2018 年 5 月 19 日由辽宁省残疾人联合会与中国《健康报》报社、中国医师协会、中国健康促进基金会、沈阳市残联、广东省卓如医疗慈善基金会等单位在沈阳共同主办。省政府副秘书长段君明，省政府残工委成员单位有关同志，省残联、沈阳市残联、市卫计委、市慈善总会、沈河区政府、区卫计委及各区残联等有关同志，新闻媒体、爱心团体、残疾人代表约700人出席活动，2000余名热心市民现场观看晚会。围绕“全面建成小康社会，残疾人一个也不能少”助残日主题，现场募集善款163.57万元，将用于省残疾人康复中心残疾患者的康复医疗慈善救助项目。

【辽宁省群众绘画、书法、摄影作品展】2018年11月26日—30日，由省文化演艺集团（省公共文化服务中心）、省残联主办的“共绘新时代——庆祝改革开放40周年全省群众绘画、书法、摄影作品展”在辽宁美术馆举办。省残联遴选出48幅近年来残疾人创作的高质量艺术精品送展。辽宁美术馆特别设立“残疾人作品专区”，为残疾人平等参与社会文化搭建平台。开幕式当天，来自全省各地的百余名残疾人观看展览。

【“纪念残联组织成立30周年”主题征文活动】辽宁省残联2018年4月举办，设残疾人和残疾人工作者两个征文组，共收到全省各地应征作品238篇，其中，残疾人工作者和助残志愿者98篇，残疾人140篇。组委会共评出一等奖20篇、二等奖40篇、三等奖60篇、优秀奖若干，并陆续在省残疾人专题节目《辽宁残疾人之家》和省残联网站上进行展播。获奖征文充分展现了当代残疾人的精神风采，传播了健康向上的思想情操。

六、大事记

2月1日，省残联召开残疾人脱贫攻坚领导小组会议。省残联理事长、领导小组组长吴玉新主持会议，省残联党组书记、领导小组组长李学政讲话，省残联残疾人脱贫攻坚领导小组成员参加会议。

3月13日，中国残疾人福利基金会、北京斯利安药业有限公司与辽宁省残疾人福利基金会共同举办的“集善斯利安·爱的守护”预防出生缺陷公益项目捐赠仪式在沈阳举行。项目首期向辽宁省残疾人福利基金会捐赠价值200万元的6000件孕妈加油包，包内有孕期所需的叶酸片、营养品及卫生用品。中国残联副主席、中国残疾人福利基金会理事长王乃坤出席捐赠仪式并向北京斯利安药业有限公司颁发捐赠证书。辽宁省政府副秘书长、省残联主席团副主席段君明，省残联党组书记李学政等出席捐赠仪式。

3月20日，香港意得集团沈阳五爱市场服装城物业管理有限公司与辽宁省残疾人福利基金会开展的“积善助残·圆梦助力小康”项目捐赠仪式在省残联举行。省残联党组书记李学政，全国政协委员、香港意得集团董事局主席、沈阳五爱市场服装城投资人高佩璇博士等出席捐赠仪式。香港意得集团沈阳五爱市场服装城物业管理有限公司向辽宁省残疾人福利基金会捐赠40万元人民币，主要用于对2017年在全省残疾人脱贫攻坚工作中表现突出的残疾人脱贫典型，助残社会组织和扶贫先进单位，先进工作者给予补助，对200名贫困残疾人子女高中在校生进行资助。

8月24日，省委办公厅印发《辽宁省残疾人服务中心主要职责、内设机构和人员编制规定》（厅秘发〔2018〕117号）。省残联所属的省残疾人康复中心、省残疾人辅助器具和运动康复服务中心、省残疾人就业指导办公室整合成辽宁省残疾人服务中心，主要职责有6项，内设机构6个，分支机构3个，人员编制271名。

10月8日，省残联召开党组（扩大）会议，传达学习习近平在辽宁考察时和在深入推进东北振兴座谈会上的重要讲话精神和全省领导干部会议精神，研究部署省残联贯彻落实工作。

10月15日，省残联党组书记、理事长吴玉新，党组副书记、副理事长赵冰冰在沈阳北站迎接参加雅加达亚残会的辽宁籍运动员凯旋。此次亚残会共有18名辽宁籍运动员参赛，获得19枚金牌、9枚银牌、3枚铜牌。

11月28日，省残联、省扶贫办共同召开全省贫困残疾人脱贫攻坚工作推进会议。各市残联党组书记、理事长，分管副理事长，各市扶贫办分管领导及各市残联、市扶贫办业务部门负责同志和全省15个扶贫开发重点县的残联理事长参加会议。有脱贫攻坚任务的12个市与省残联、省扶贫办签订《推进贫困残疾人脱贫攻坚责任书》。

12月6日，辽宁省残疾人服务中心联合德国科隆大学附属Unireha中心开展的“Kids First中德儿童康复国际合作项目”启动仪式在沈阳举行。合作项目实施完成后，服务中心将成为全国残联系统第一家具有国际认证的脑瘫等运动障碍儿童标准化康复治疗中心。

（梁颖佳供稿）

吉林省残疾人事业和残疾人工作

一、领导讲话

省委书记巴音朝鲁在吉林省残联第七次代表大会开幕式上的讲话摘要 2018 年 4 月 12 日

省残联第六次代表大会以来，我省深入贯彻落实习近平总书记重要指示精神，把残疾人事业纳入全省工作总体布局，大力加强残疾人保障制度建设，着力办好残疾人民生实事，加快形成促进残疾人小康的政策和工作体系，推动残疾人事业取得长足进步，整体发展水平跃上了一个新的台阶。

五年来，我们健全兜底保障机制，加大困难残疾人生活保障力度，切实解决残疾人的实际困难，着力推动贫困残疾人脱贫攻坚。目前，全省已经有 7.1 万名建档立卡残疾人实现脱贫，6300 个贫困残疾人家庭住房条件得到明显改善。

五年来，我们大力提升残疾人公共服务水平，残疾人康复、教育、就业、扶贫、维权、社会保障、文化体育、无障碍建设等各项工作成效显著，残疾人“平等、参与、共享”的社会环境不断优化。

五年来，我们大力营造扶残助残的浓厚氛围，广大志愿服务者和社会各界力量弘扬人道主义精神，踊跃投身残疾人事业，合力向善的社会氛围更加浓厚。

五年来，全省广大残疾人自强不息、勇于拼搏，涌现出郎小明、张超凡、籍雅琴等一大批优秀人才和先进模范，展现出积极进取、乐观向上的精神风貌，越来越多的残疾人实现了自己的人生梦想，赢得了社会的广泛尊重。

五年来，各级残联组织和广大残疾人工作者，充分发挥职能和作用，为残疾人的权益、尊严和幸福认真履职尽责，取得了突出的成绩。

中国梦是每一个中国人的梦，也是每一个残疾人的梦。站在新的历史起点上，我们要与所有残疾人朋友一同迈进新时代，一起拥抱新时代，同他们一道为实现美好梦想而奋斗。这是全社会的共同责任。目前，我省有 193 万残疾人，总体生活水平还低于全社会平均水平。我们一定要进一步增强做好新时代残疾人工作的责任感和使命感，把残疾人事业摆上更加重要的位置，以更大的决心、更大的力度、更扎实的举措，把我省残疾人事业不断推向前进。

做好新时代残疾人工作，责任重大、使命光荣。我们要全面加强党对残疾人事业的领导，坚持和完善中国特色残疾人工作机制，让残疾人过上更加幸福美好的生活，全面激发广大残疾人创造活力，着力推动残联组织改革创新，不断开创残疾人事业新局面，为决胜全面小康、建设幸福美好吉林做出新的更大贡献！

副省长李悦在吉林省残联第七次代表大会闭幕式上的讲话摘要 2018 年 4 月 13 日

各级政府要站在全局和战略的高度，深刻认识做好残疾人工作、加快残疾人事业发展，是全面建成小康社会的题中之义、是新一轮全面振兴发展的重要内容，切实增强使命感、责任感，继续加大政策倾斜和资金投入、搞好残疾人康复和就业服务，强化精准脱贫和兜底保障，统筹解决好残疾人最关心、最直接、最现实的利益问题，全面提升残疾人事业发展水平。

新一届省残联主席团和执行理事会要站在新的历史起点，全面落实好党中央、国务院和省委省政府关于促进残疾人事业发展的决策部署，坚持在新一轮吉林振兴发展的大局中，紧密结合残疾人事业发展实际，科学谋划、主动而为，分类指导、精准施策，统筹推进相关工作开展，确保扶残助残政策落地生根、开花结果。

各级残联和广大残疾人工作者要适应新形势，按照党中央、省委加强群团工作的总体要求，聚焦强化“政治性、先进性和群众性”，全面履行“代表、服务、管理”职能，深化残联组织改革，切实加强自身建设，创新服务方式，提高服务本领，高质量地组织做好残疾人社会保障、医疗康复、教育就业、权益维护等工作，切实发挥好桥梁和纽带作用。

全社会都要关心支持残疾人事业发展。要健全残疾人事业政策法规体系，依法维护残疾人合法权益。鼓励社会各界以不同方式送温暖、“结对子”、献爱心，扶持一批助残企业，选树一批有社会责任感的企业家典型，传播正能量，激发全社会助残热情。要加大宣传力度，大力弘扬残疾人自强模范、助残先进事迹，努力营造共同关心、支持、帮助残疾人事业发展的良好氛围。

广大残疾人朋友要继续发扬“自尊、自信、自强、自立”精神，始终保持乐观向上的心态，积极投身新时代吉林振兴发展的伟大实践，用自己的勤劳、智慧和努力，不断超越自我，书写精彩人生，在拼搏进取中实现人生价值，在全面建成小康社会中建功立业，同全省人民一道，共同创造幸福生活和美好未来。

二、政策法规文件

吉林省第二期特殊教育提升计划（2017—2020 年）

吉教联〔2018〕4 号

吉林省教育厅、吉林省发展和改革委员会、吉林省民政厅、吉林省财政厅、吉林省人力资源和社会保障厅、吉林省卫生和计划生育委员会、吉林省残疾人联合会联合印发。

三、主要措施

（一）提高残疾儿童少年义务教育普及水平

1. 优化教育安置形式。以县（市、区）为单位，逐一核实未入学适龄残疾儿童少年数据。通过特殊教育学校就读、普通学校随班就读（或特教班）、儿童福利机构（含未成年人救助保护机构）特教班就读、送教上门等多种方式，按照“一人一案”要求，做好教育安置。将在儿童福利机构特教班就读和接受送教上门服务的残疾学生纳入中小学生学籍管理，保障其受教育年限。

2. 促进融合教育发展。以县（市、区）为单位统筹规划，优先采用普通学校随班就读的方式，就近安排适龄残疾儿童少年接受义务教育。建设县（市、区）特殊教育资源中心，起到资源共享、辐射周边的作用。招收残疾学生 5 人以上的普通学校要逐步建立资源教室，配备专职特教教师。探索依托乡镇中心学校，加强对农村随班就读工作的指导。

3. 发挥骨干支撑作用。积极构建和完善以特殊教育学校为骨干，以随班就读、特教班为主体，以送教上门等形式为补充的发展格局，发挥特殊教育学校在实施残疾儿童少年义务教育中的骨干支撑作用。到 2020 年，全省各市（州）和 30 万人口以上的县（市、区）都建成一所特殊教育学校。各地要严格按照国家特殊教育学校建设标准要求，加快推进特殊教育学校标准化建设。加强无障碍设施建设和教育康复设备配备，进一步改善办学条件，扩大招生规模。对于不足 30 万人口没有特殊教育学校的县（市、区），由省辖市对本行政区域内的特殊教育学校招生进行统筹。支持特殊教育学校扩展招生类别，由单一的聋校、培智学校逐步转变为招收孤独症儿童、脑瘫儿童、多重残疾儿童的综合特殊教育学校。鼓励各地积极探索孤独症儿童教育，保证每个县区都建有一个孤独症教育班（部）。

4. 推进送教上门服务。对不能到校就读、需要专人护理的适龄残疾儿童少年，采取送教进社区、进儿童福利机构、进家庭的方式实施教育。以县（市、区）为单位完善送教上门制度，由教育部门牵头，联合卫生计生、民政、残联等部门的专业力量，为残疾学生提供规范、有效的送教服务。

（二）加快发展非义务教育阶段特殊教育

1. 积极发展残疾儿童学前教育。通过普通幼儿园就学、特教学校就学、康复机构和儿童福利机构接纳等方式，逐步提高残疾儿童入园率。继续推进实施学前融合教育，支持普通幼儿园接收残疾儿童。特殊教育学校普遍开展学前教育。推进残疾儿童康复机构取得办园许可，为残疾儿童提供学前教育服务。招收残疾幼儿达到 3 人的公办幼儿园，应当设置康复个训教室，配备专职特教教师。鼓励各地整合资源，为残疾儿童提供半日制、小时制、亲子同训等多种形式的早期康复教育服务。为学前教育机构中符合条件的残疾儿童提供功能评估、训练、康复辅助器具等基本康复服务。

2. 大力发展残疾人高中阶段教育。普通高中和中等职业学校通过随班就读、举办特教班等扩大招收残疾学生的规模。招生考试机构要为残疾学生参加中考提供合理便利。加快发展以职业教育为主的残疾人高中阶段教育，鼓励特教学校与职业院校合作办学，进一步扩大办学规模，拓宽专业设置，改善办学条件，提高教育教学质量，使完成义务教育且有意愿的残疾学生都能接受适宜的中等职业教育。逐步扩大省残疾人中等职业学校办学规模，合理配备师资，到 2020 年，达到在校生 400 人的办学能力；支持四平盲童学校办好盲人高中部。

3. 加快发展残疾人高等教育。普通高等院校积极招收符合录取标准的残疾人考生，进行必要的无障碍环境改造，给予残疾学生学业、生活上的支持和帮助。落实国家普通高等院校招生体检指导意见。进一步办好长春大学特殊教育学院，拓宽适合残疾人学习的相关专业，大力发展残疾人高等融合教育，同时为普通高等学校实施融合教育提供指导和服务。支持省内其他普通师范院校和综合性院校设置适合残疾人学习的相关专业，增加招生总量。

4. 重视发展残疾人继续教育。支持普通高校、开放大学、成人高校等面向残疾学生开展继续教育，支持各类职业教育培训机构加强残疾人职业技能培训，拓宽和完善残疾人终身学习通道。加强就业指导，做好残疾人教育与就业衔接工作。落实《“十三五”残疾青壮年文盲扫盲行动方案》，多种形式开展残疾青壮年文盲扫盲工作。

（三）健全特殊教育经费投入机制

1. 提高生均经费标准。在全面落实义务教育阶段特殊教育学校生均公用经费6000元补助标准的基础上，有条件的地区可以根据学校招收重度、多重残疾学生的比例，适当增加年度预算。随班就读、特教班和送教上门的义务教育阶段生均公用经费标准按特殊教育学校执行。各地区根据残疾学生类别多、程度重、教育成本高等特点，在制定学前、高中阶段和高等教育的生均财政拨款标准时，重点向特殊教育倾斜。

2. 加大残疾学生资助力度。对残疾儿童接受普惠性学前教育给予资助。提高残疾学生资助水平，义务教育阶段在“两免一补”的基础上，针对残疾学生特殊需要，统筹资源倾斜支持残疾学生，提高补助水平。落实并完善特殊学习用品、教育训练、交通费等补助政策。实施中高等融合教育支持保障项目，中等职业学校、普通高校在招生录取、专业学习、就业等方面加强对残疾学生的支持保障服务。积极开展扶残助学工作，落实扶残助学金政策，组织实施国家助学项目。

3. 拓宽特殊教育经费筹措渠道。省级财政设立特殊教育专项补助资金，统筹中央财政特殊教育专项补助资金重点支持贫困地区和边境民族地区特殊教育发展。县级以上人民政府可根据需要，设立专项补助资金，加强特殊教育基础能力建设，改善办学条件。提高残疾人就业保障金用于特殊教育学校（院）开展劳动技能教育、职业教育。鼓励和引导社会力量兴办特殊教育学校，支持符合条件的非营利性社会福利机构向残疾人提供特殊教育。积极鼓励企事业单位、社会组织、公民个人捐资助学。

（四）健全特殊教育专业支撑体系

1. 成立残疾人教育专家委员会。依托长春大学，成立吉林省特殊教育专家委员会。县（市、区）建立由教育、心理、康复、社会工作等方面专家组成的残疾人教育专家委员会，健全残疾儿童入学评估机制，完善教育安置办法。建立卫生、民政、残联、教育等部门间的信息交流共享机制。

2. 建立特殊教育资源中心。建立省级特殊教育资源中心，建立资源库、开展研究为相关部门提供决策咨询、提供综合性的社会服务等，为吉林省特殊教育的专业化发展提供支撑。支持特殊教育学校建立特殊教育资源中心，为辖区普通学校随班就读和送教上门提供特殊教育巡回指导和支持服务。没有特殊教育学校的县（市、区），依托特教班和有条件的普通学校，整合相关方面的资源建立特殊教育资源中心。

3. 完善特殊教育服务体系。建立吉林省特殊教育联盟，凝聚吉林省特殊教育学校（院）和社会各界力量，发挥成员单位优势，搭建交流合作发展平台。各级教研机构配备专职和兼职特殊教育教研员。鼓励高等院校、教科研机构以多种形式为特殊教育提供专业服务。建立健全志愿者扶残助学机制。发挥城乡基层组织在未入学残疾儿童少年信息收集、送教上门、社会活动等方面的支持作用。加强家校合作，充分发挥家庭在残疾儿童少年教育和康复中的作用。

（五）加强专业化特殊教育教师队伍建设

1. 拓宽师资培养渠道。依托长春大学特殊教育学院培养特殊教育师资，支持师范类院校和其他高校扩大特殊教育相关专业招生规模，提高培养质量。加大特殊教育专业硕士培养力度。探索实施特殊教育师资定向免费培养政策。鼓励有条件的高等学校加强学前、高中及职业教育的特教师资培养。普通师范院校和综合性院校的师范专业普遍开设特殊教育课程。

2. 加大教师培训力度。到2020年，所有从事特殊教育的专任教师均应取得教师资格证，非特殊教育专业毕业的教师还应经过省级教育行政部门组织的特殊教育专业培训并考核合格。加大培训力度，特殊教育教师实行5年一周期不少于360学时的全员培训。“国培计划”加强特殊教育学校校长和骨干教师培训任务；“省培计划”承担特殊教育学校教师培训；县（市、区）一级承担普通学校随班就读教师、资源教师和送教上门教师培训。针对不同培训对象，优化培训方式和内容，增强培训的针对性和实效性。

3. 按需配备教职工。各地依据省定特殊教育教职工编制标准，配足配齐教职工。加强康复医生、康复治疗师、康复训练人员及其他专业技术人员的配备，并对招收重度、多重残疾学生较多的学校，适当增加教职工配备。为招收残疾学生的普通学校配备专兼职资源教师。推行特殊教育学校教职工编制动态调整机制。县（市、区）级教育部门在核定的编制总额内，按照班额、生源等情况统筹分配各校教职工编制，报同级机构编制部门和财政部门备案。省辖市直属特殊教育学校参照以上办法执行。

4. 提高教师待遇。各级各类从事特殊教育的教职工特殊教育津贴提高到30%。落实并完善特殊教育津贴等工资倾斜政策，核定绩效工资总量时适当倾斜，有条件的地区可适当提高绩效工资总额。对普通学校承担随班就读教学管理任务的教师，在绩效工资分配上给予倾斜。为送教上门教师、普通学校随班就读巡回指导教师、承担“医教结合”实验相关人员提供必要的工作和交通补助。根据特殊教育的特点，在职称评聘体系中建立分类评价标准。将儿童福利机构特教班教师职务（职称）评聘工作纳入当地教师职务（职称）评聘规划，拓宽晋升渠道。关心特教教师的身心健康，改善特教教师的工作和生活环境。各类教师表彰奖励项目要向特殊教育教师倾斜。

吉林省残联落实省政府全面推进“只跑一次”改革工作实施方案

吉残联〔2018〕12号

三、落实措施及工作分工

（一）制定省残联全面推进“只跑一次”改革工作具体实施方案，明确任务和责任分工，积极做好落实“只跑一次”改革相关工作。

（二）制定省残联的残疾人服务目录清单。

1. 省残联各业务部室、单位要进一步梳理涉及的残疾人服务、残疾人工作审核审批和行政确认等事项，建立省残联残疾人服务目录。目录编制要充分考虑全省残疾人情况，不局限于省本级办理事项。各业务领域要对相近的助残项目进行有效整合，使残疾人服务清单更加清晰明了。

2. 按照“只跑一次”改革要求和工作方向，从优化服务、简化管理的角度出发，规划和再造省残联开展残疾人服务和残疾人工作审核审批流程，提高服务质量和工作效率。

（三）进一步完善省残联残疾人服务工作制度。要在残疾人服务目录梳理工作中，本着“边梳理、边完善”的原则，以规范服务设立、申请批准流程、信息公开和服务效果反馈等为重点，进一步完善各项残疾人服务工作制度，逐步实现残疾人服务“一门办理”和服务项目目录更新常态化。

（四）做好吉林省残疾人人口基础数据管理系统接入的相关工作。

1. 积极与省政府政务公开办协调对接，做好吉林省残疾人人口基础数据库数据清洗整备，网络调整与数据交换准备，做好有关数据归集技术准备工作。

2. 积极协调中国残联针对残疾人证纳入行政审批电子证照库的要求，研究制定具体技术方案，确保按时完成全省残疾人证照信息电子化的工作目标。指导全省各市、县残联做好接入当地政府政务服务网的相关准备工作。

3. 在省数据交换平台建设完成后（省政府有关职能部门预计5月底完成建设工作），全面实现吉林省残疾人人口基础数据管理系统接入吉林政务服务网。

4. 认真落实省政府关于政务信息系统整合共享和利用工作。开展省残联政务信息系统整合工作，按照《吉林省加快推进政务信息系统整合共享工作方案》安排，完成各阶段工作任务。

（五）按照省政府和省政府有关职能部门落实全面推进“只跑一次”改革相关工作安排，及时做好残疾人服务其他方面的工作，逐步推进更多残疾人服务事项网上办理。

（六）各级残联要各负其责，按照当地政府的统一安排，积极落实好全面推进“只跑一次”改革任务。各地要明确目标，切实领会“只跑一次”改革工作的工作意义。从优化内部管理机制着手，以完善服务清单和推动窗口服务为主要工作目标，分步实施，进一步加快信息化工作步伐。

吉林省“省级残疾人职业培训基地”培训服务规范（试行）

吉残联〔2018〕33号

第三条　“省级培训基地”的基本条件

（一）机构资质

申报“省级培训基地”的社会组织，应是具有培训资质的，开展残疾人职业技能培训三年以上，具有一定的办学规模，培训计划、培训方案完备，电子档案和培训影像资料齐全，培训质量高，培训促进就业，培训合格率不低于残联确定的具体项目的最低标准，具有良好的社会信誉的中高等院校、特教机构、实训企业、社会培训机构及残联所属的法人机构。

（二）设施完备

1. 有稳定的自有或租赁的办学场所，配有满足残疾人培训的无障碍设施，配备与培训项目和培训规模相适应的模拟、演示教学和实训设施设备的实训室，或建立与培训项目相衔接的实训、见习基地。实训工位充足，符合劳动保护、安全、消防、卫生等有关规定及相关培训项目的安全操作规程。

2. 设有学员宿舍（男女分区）、食堂、食品小卖部的培训机构，还应当取得相应的食品安全许可证等相关证照。

（三）制度健全

具备完善的管理制度和相配套的岗位职责，保证残疾学员日常学习、生活和实习的安全。

（四）师资充分

配有与培训项目、规模相适应的专（兼）职师资队伍。理论教师和实训教师应具有与培训项目（专业）相应的中级以上专业技术职务或取得本机构认定的训导（练）员培训资质。

（五）项目设置

开设的职业（工种）培训项目6个以上（含6个）、培训项目适合残疾人的身心特点，符合本地区的经济发展和企业生产要求。

（六）四防安全

有四防安全的基本设备、管理办法和防护措施，确保残疾人培训生活、学习和实习安全。

吉林省农村贫困残疾人产业扶持项目实施方案（2018—2020年）

吉残联办〔2018〕24号

一、任务目标

2018年扶持1万名以上贫困残疾人家庭发展种养殖产业项目，实现年均增收3000元以上。

四、资金使用

（一）项目资金根据各县（市、区）农村建档立卡贫困残疾人口数占比等因素安排确定，主要用于为贫困残疾人家庭提供种、养殖等实用技术培训、生产资料扶持及购买技术支持、跟踪指导服务等支出（涉及政府采购项目，严格按照政府采购相关规定办理）。

（二）扶持标准可由各县（市、区）残联视具体项目和当地实际自行确定，其中，一户多残贫困残疾人家庭按1人计算。

（三）用于生产资料扶持的资金不得少于项目资金总额的70%；扶持资金采取发放实物的方式发到贫困残疾人家庭，不可直接发放现金。

项目资金要严格按照使用方向专款专用，不得随意扩大使用范围。

五、主要措施

（一）生产技术培训

精准掌握贫困残疾人就业培训需求，充分利用人社、农业、扶贫、商务等部门的培训资源，结合国家贫困残疾人实用技术培训项目、残疾青壮年文盲扫盲行动，根据当地地域优势和扶贫特色产业，以种养殖为重点，坚持培训内容与市场需求相衔接，科学制定年度培训计划，精心设置培训内容，为农村建档立卡贫困残疾人或重度贫困残疾人家庭成员提供各类实用技术培训，确保有劳动能力的贫困残疾人家庭劳动力至少掌握1至2门增收技能，有效提升创业就业能力。

（二）生产资料扶持

综合考量培训内容及效果，针对贫困残疾人家庭具体情况，积极谋划和开展适宜残疾人发展、增收效果好的特色种植业、养殖业项目，量体裁衣、一户一策，为自主生产脱贫愿望强烈的参训贫困残疾人家庭提供种畜（雏）、饲料、种苗、化肥等生产资料扶持，切实帮助和带动贫困残疾人家庭实现自主生产，增收脱贫。各地可筛选一批有意愿、经营状况良好、发展稳定的各级农村残疾人就业（扶贫）基地、龙头企业等参与产业扶贫项目的实施，并优先向其采购项目所需生产资料。

（三）生产服务指导

结合项目实施实际，定期组织农业专家、农村残疾人（就业）扶贫基地农技人员和经验丰富的能人大户，入户为残疾人贫困户提供种养殖技术、农作物病虫灾防疫、动物疫病防治、产品销售等生产技术支持和跟踪服务指导，及时帮助扶持对象解决遇到的困难和问题，确保扶持效果。

关于建立残疾儿童康复救助制度的实施意见

吉政发〔2018〕20号

二、制度内容

（一）救助对象条件

救助对象应同时具备以下条件：

1. 具有吉林省户籍（居住证），有康复需求的0—6岁视力、听力、言语、肢体、智力等残疾儿童和孤独症儿童。

2. 已办理中华人民共和国残疾人证，或持具有诊断资质的县级以上医疗机构出具的医学诊断的残疾儿童。

（二）救助内容和标准

救助内容包括以减轻功能障碍、改善功能状况、增强生活自理和社会参与能力为主要目的的手术、辅助器具配置和康复训练等。服务项目及补助标准见年度《吉林省残疾儿童基本康复服务项目补助标准》。

市（州）、县（市、区）人民政府依据本地财力状况、保障对象数量、残疾类别等，分类确定本地基本康复服务项目的补助标准，可在省确定的项目、标准基础上，根据本地实际增加残疾儿童基本康复服务项目，扩大残疾儿童康复救助的年龄范围，并建立项目、标准的动态调整机制。

附件：吉林省残疾儿童基本康复服务项目2018—2019年补助标准（略）

三、工作综述

（一）残疾人基本状况

吉林省现有各类残疾人总数为193.1万人，占总人口的7.03%。其中，视力残疾27.52万人，占14.25%；听力残疾43.29万人，占22.42%；言语残疾2.94万人，占1.52%；肢体残疾65.54万人，占33.94%；智力残疾12.24万人，占6.34%；精神残疾13.56万人，占7.02%；多重残疾28.02万人，占14.51%。其中，城镇残疾人口为88.2万人，占45.68%；农村残疾人口为104.9万人，占54.32%。在残疾人中，男性102.9万人，53.29%，女性为90.2万人，占46.71%。

（二）残疾人权益维护

实施贫困残疾人家庭无障碍改造项目，完成4433户贫困残疾人家庭无障碍改造。全省县级以上城市主干道及市区级商业街、步行街等人行道，普遍设置盲道、提示盲道，坡化改造率达到70%以上。协助办理省人大代表建议1件、省政协委员提案2件。注重日常接访工作，全省共接待残疾人来信来访1377人（次），为198名有需求的残疾人提供法律援助和服务。

（三）残疾人康复

实施“残疾人精准康复行动计划”，共为21.7万残疾人提供康复服务，超额完成年度任务，服务率达81.2%以上，提前实现2020年预定目标；建档立卡贫困残疾人服务率为91.4%、因病致返贫残疾人服务率为88.4%，分别位列全国第5名和第8名；全国残疾预防试验区和全国精准康复试点工作取得阶段性成果，吉林市、东丰县经验全国借鉴。省政府制定关于残疾儿童康复救助的实施意见，为儿童康复救助提供了制度保障。吉林省聋儿康复中心为297名结业听障儿童开展实地跟踪回访，为听障儿童及其家庭、就读的幼儿园和学校提供延伸服务，帮助解决学习、生活上存在的困难，为落实残疾儿童康复救助制度、精准康复服务提供了依据。该项工作获得2018年度吉林省省直机关建功“十三五”主题实践活动突出业绩奖及突出业绩项目带头人奖。

（四）残疾人脱贫攻坚

全面落实省委省政府关于打赢脱贫攻坚战三年行动的实施意见，深入落实《吉林省贫困残疾人脱贫攻坚实施方案（2016—2020年）》，开展建档立卡贫困残疾人相关信息调查核实，多部门共同制定“残疾人电子商务创业就业”“贫困残疾妇女就业脱贫”“农村贫困残疾人产业扶持”等专项工作方案，开展“就业扶贫，助残圆梦”农村贫困残疾人就业帮扶活动。共扶持10538名贫困残疾人生产增收，新建残疾人就业（扶贫）基地48个，为4433户贫困残疾人家庭实施无障碍改造。支持国、省贫困县的10个康复机构建设项目。实施信息扶贫战略，为全省广大残疾人及家属办理低资费的助残专属产品“同梦、同行、同心”4G手机卡。全省2万名建档立卡农村残疾人实现脱贫。

（五）残疾人就业

依托各项残疾人就业创业工程，通过落实优惠政策、加大就业援助力度、完善培训网络等方式，培训残疾人24343人（次），新增城镇残疾人就业7700人。举办2018年全省残疾人职业技能竞赛，全省共有249名残疾人能工巧匠参赛。举办第七届吉林省残疾人优秀产品展示展销会，吸引3万余名观众和商家参观，现场销售产品2万多元，签约10余万元，签署合作意向80多万元。

（六）残疾人教育

制定实施《吉林省第二期特殊教育提升计划（2017—2020年）》，全省共有50所特殊教育学校、义务教育阶段特教学生9649人。273名残疾学生考入大中专院校。对219名困难家庭残疾儿童接受学前教育进行资助，对2509名残疾人学生及经济困难家庭的残疾人子女接受中高等学历教育进行扶助，对500名残疾青壮年文盲开展扫盲教育。

（七）残疾人社会保障

建立了吉林省残疾人“两项补贴”信息平台，为27.99万名困难残疾人发放生活补贴，为28.74万名重度残疾人发放护理补贴。全省共有31.6万名残疾人参加养老保险，其中8.3万名贫困重度残疾人由财政全部代缴养老保险费，已有8.2万名残疾人按月领取养老保险金；全省34.9万名残疾人纳入低保，7.9万名残疾人享受重点保障；为6337名残疾人提供多元化托养服务，为11630名残疾人提供燃油补贴。

（八）残疾人宣传文体

2018年在《吉林日报》头版刊发残疾人事业重点报道2篇，二版理论文章1篇、重点文章3篇，改革开放40年专版1个。中央电视台《朝闻天下》《新闻直播间》各报道1次。《人民日报》海外版、新华社、人民网、中新社、《光明日报》、《健康报》、《中国残疾人杂志》、中国残联“两微一端”等中直媒体对吉林省残疾人康复、教育、就业、无障碍家庭改造等方面的典型案例和人物事迹进行深入报道。在2016—2017年度残疾人事业好新闻评选中，取得一等奖2个、二等奖4个、三等奖4个、优秀奖5个的优异成绩。扶持残疾人文化活动点40个，扶持残疾人文化创业项目12个，举办大型残疾人文化活动十余次。联合摄制反映残疾人奋斗故事的影片《盲舞》。以实施“康复体育进家庭项目”为重点，完成3755户康复体育关爱家庭试点任务；申报国家级残疾人体育健身示范点6个，建设省级残疾人体育健身示范点10个；承办国家健身指导员冬训营，举办省级残疾人健身指导员培训班；开展残疾人健身周、特奥日、冰雪季活动，丰富残疾人群众体育内容。积极备战全国第十届残疾人运动会，组织开展越野滑雪、冰壶、田径、乒乓球、羽毛球等残奥项目集训和比赛，取得3金、6银；轮椅冰壶队获第五名、入选国家二线队的成绩。参加全国第十届残疾人运动会群众项目预赛，象棋、聋人篮球（三人制）男女队、聋人足球（五人制）女队、盲人跳绳、旱地冰壶、羽毛球等项目均取得参赛资格。为推动冬季冰雪运动发展，向省政府上报《关于备战2022北京冬残奥会发展我省残疾人冬季残奥体育工作的意见》；落实省长指示精神，完善全国第九届残运会及第六届特奥运动会奖金发放方案，协调财政下拨奖金357.84万元。

（九）组织建设

召开省残联第七次代表大会，换届经验被中国残联转发全国借鉴。开展全省残疾人状况基本调查动态更新工作，全面掌握80多万持证残疾人的情况，为政策制定、扶残助残项目实施提供了重要参考。残疾人服务设施建设工作不断加强，支持21个市县的31个残疾人康复机构建设，支持长白山保护开发区和39个县市加强基层残疾人文化活动场所建设，支持21个县（市、区）的27个机构开展残疾人托养日间照料，建设国家级体育健身示范点6个，省级残疾人体育健身示范点10个。

（十）存在问题

吉林省残疾人事业发展基础薄弱，残疾人口数量较多，残疾人需求差异化突出，所以，残疾人工作面临的困难和问题较多。全省残疾人事业发展存在不平衡，城乡差异明显。残疾人生活水平与社会平均水平的差距依然很大，残疾人基本服务供给、兜底保障制度建设等方面还不能满足广大残疾人的需求。残疾人就业困难依然突出，残疾人信访情况增多，残疾人意识形态引导工作还需要不断加强。

四、重要条目

【“十三五”规划实施情况中期评估工作】2018年4月19日，吉林省残联召开专门会议，研究部署“十三五”规划实施情况中期评估工作。全省各级残联组织认真对照《吉林省“十三五”加快残疾人小康进程规划纲要》，全面自查，逐项进行对标对表分析、查缺补漏。8月，聘请第三方吉林省社会科学院开展全省“十三五”加快残疾人小康进程工作评估，全面梳理残疾人事业“十三五”规划的发展理念、发展目标和政策措施，总结加快小康进程和残疾人事业主要工作方面的新政策、新措施和创新点，探索落实规划提出的主要任务和政策措施可能面临的问题、困难以及可能的解决途径。

【信息扶贫战略合作】吉林省残联与中国联通吉林省分公司联合推出“三同卡”+“一平台”+“N服务”深度合作，共同推进残疾人信息扶贫战略实施和智慧残联建设。通过“同梦、同行、同心”助残专属4G卡和“智慧残联”移动端生态平台，给全省残疾人提供最优惠的通讯资费套餐，极大降低了残疾人通信支出，减轻负担，推动了残疾人服务的数字化、信息化、智能化进程。

【吉林省残疾人职业技能竞赛】为检验全省残疾人职业培训成果，选拔树立优秀残疾人技能人才，8月18日至9月8日，吉林省残疾人职业技能竞赛分别在通化、长春、吉林、延边等四个赛区举行。全省12个市（州）代表队的250名残疾人参加计算机、美术专业、手工制作等5类18个项目的比赛。48名选手获得名次，长春市代表队、延边州代表队、通化市代表队分别获得团体一、二、三等奖。组委会全面优化竞赛整体模式，制订多项竞赛相关规程和管理办法，严格加强裁判员选聘与管理，全方位确保命题严谨规范，评判公正公开。

五、大事记

1月5日，省残联与省人民广播电台合作的《白山松水追梦人》残疾人广播专栏在吉林新闻综合广播正式开播。

2月3日，由省残联和吉林电视台合作的《第一报道》午间版手语栏目在吉林电视台公共·新闻频道开播。

2月9日，省委书记巴音朝鲁，省委常委、省委秘书长张安顺，副省长李悦走访慰问长春市宽城区站前街道西广小区贫困残疾人李志剑。省残联理事长盛大成、副理事长潘宏峰参加活动。

3月2日，省残联召开2018年度推进全面从严治党暨推进年度重点工作落实会议。

3月5日，中国残联组联部主任曹跃进一行围绕提升基层残疾人组织服务能力、省和地方残联组织换届、健全残联组织机构、动态更新等工作到我省开展调研和指导。

3月15日，省残联举办全省残疾人事业补助资金核算与统计视频培训班，以加强绩效目标管理等培训，深化巡视整改成效。

4月12日—13日，吉林省残联第七次代表大会在长春举行。省委书记巴音朝鲁出席开幕式并讲话，省委副书记、省长景俊海，省政协主席江泽林出席，中国残联副主席吕世明致贺词，共青团吉林省委代表省群团组织向大会致贺词；副省长李悦主持会议；省领导高广滨、苗雨丰、陶治国、张焕秋，省政府秘书长彭永林出席开幕式。大会选举产生吉林省残联第七届领导机构，选举高广滨为名誉主席，李悦为主席，金喜双、潘宏峰、王琦、于兵、王树明、徐剑、王凯为副主席，潘宏峰为执行理事会理事长，韩俊华、万宇（女）、李德富、李正奎、杨磊为副理事长。

图7-7-1　吉林省残疾人联合会第七次代表大会开幕式。

4月13日，吉林省残联第七届执行理事会召开第一次会议。

4月19日，省残联召开会议，研究部署“十三五”规划实施情况中期评估工作。

4月24日，省残联领导班子与长春大学领导班子主要成员开展洽谈会，就深入合作推进残疾人特殊教育进行探讨。

5月9日，省残联理事长潘宏峰、副理事长李德富、李正奎一行到中国残联汇报工作。

5月10日，潘宏峰、李德富、李正奎到北京市残联学习交流残疾人工作。

5月14日，吉林省残疾人就业服务工作（上海）培训班在沪开班，省残联副理事长万宇等18人参加为期5天的培训教学和实践考察活动。

5月18日，省残联在省残疾人中等职业学校开展“全面建成小康社会，残疾人一个也不能少”主题活动。副省长李悦，省政府副秘书长金喜双出席活动。

5月29日—6月19日，省审计厅审计组对省残联及所属单位2017年度预算执行情况进行审计。

6月1日，潘宏峰、万宇、李德富会见和龙市政协主席王少杰和和龙市残联、和龙市崇善镇负责人，就全力做好竹林村脱贫攻坚“百日会战”、确保如期整村脱贫进行深入沟通和探讨。

6月6日，潘宏峰、李正奎一行考察长春市总工会工会会员证管理运行工作。

6月29日，省残联组织机关全体党员、直属单位党支部委员和部分退休老党员在东北科技校企一体化产业园举办“不忘初心强党性，牢记使命建新功”主题党日活动和庆祝建党97周年“两优一先”表彰大会，2个先进党支部、2名优秀党务工作者和8名优秀共产党员接受表彰，9名党员通报表扬，省残联派驻竹林村扶贫工作队获特别奉献奖。

7月4日—6日，省残联、省作协组织以“共享芬芳·助残扶贫——文学照亮生活”为主题的吉林作家、残疾人文艺爱好者走进新时代传习所暨长白山民间民俗采风延边大地行活动。

7月11日，吉林省残联第七届主席团第二次全体会议在长春召开。省残联主席团副主席、理事长潘宏峰主持会议，主席团58名委员出席会议。会议选举15名吉林省出席中国残联第七次全国代表大会的代表，推荐3名中国残联第七届主席团委员候选人人选。潘宏峰向主席团报告2018年上半年省残联重点工作进展情况。

7月27日，省残联配合省财政厅将中央2018年残疾人事业发展补助资金下达市县。

8月16日，潘宏峰、万宇一行在延边州和龙市崇善镇竹林村开展包保帮扶工作督导，接受以贺东平副主任为组长的省人大常委会第五检查组关于《吉林省农村扶贫开发条例》贯彻实施情况的专项检查。

8月23日，吉林省爱可声传递助听项目捐赠仪式在延边朝鲜族自治州龙井市举行。中国残疾人福利基金会联合爱心企业、地方残疾人福利基金会共同开展爱可声传递助听项目。杭州爱听科技有限公司向中国残疾人福利基金会捐赠550台价值1100万元的AW3迷你耳背式助听器，帮助吉林省听力残疾人早日走出无声世界，重拾生活信心，提升生活质量。

8月24日—26日，在北京举办的2018年中国听力论坛年会上，吉林省论文投稿数量100篇，被选为大会发言人数13人，均居全国首位。

8月29日，省残联召开干部作风大整顿活动动员大会，传达全省领导干部大会精神和《中共吉林省委关于深刻汲取“疫苗案件”教训，集中开展干部作风大整活动的意见》。潘宏峰做动员讲话。

9月5日—7日，由人民日报社、新华社、中国新闻社、健康报社、人民网、光明日报社、中国残疾人杂志社、中国残联“两微一端”、吉林日报社、吉林人民广播电台、吉林电视台、中国吉林网等媒体记者组成的采访组赴长春、吉林、敦化等地开展“记者走基层”活动，宣传吉林省残疾人事业发展成果。李德富陪同采访。

9月14日—16日，中国（吉林）东北亚中医药暨康养产业博览会在长春举办，吉林省残联主办。以“共享新时代文明成果，携手残疾人同步小康”为主题的第七届吉林省残疾人优秀产品展示展销会同期举行。展会共举办10余场现场展示推介活动，3万余名商家、观众到展台咨询了解情况，现场销售产品金额2万多元，现场签约金额达到10余万元，签署合作意向80多万元。

9月15日—16日，根据全国盲人医疗按摩人员考试委员会统一安排，吉林省作为2018年全国盲人医疗按摩人员从医资格考试5个区域性考试中心之一（吉林考区），承担黑龙江和吉林两省共101名考生的考试任务。吉林省所有通过报名审核的考生，免除全部考试培训费用（报名费、培训费、食宿费），首次报名考生免费发放教材。

9月21日，省政府副秘书长金喜双主持召开吉林省残疾儿童康复救助制度建设协调会。

9月25—26日，中国残联副理事长贾勇、康复部主任胡向阳一行赴吉林省开展残疾儿童康复救助制度建设工作督导。省政府副省长李悦、副秘书长金喜双会见贾勇一行，省残联副理事长韩俊华等陪同调研督导。

10月18日，“就在吉林，振兴有我”2018年残疾人大学生专场招聘会在长春大学特殊教育学院举行。

10月19日，省政府印发《吉林省人民政府关于建立残疾儿童康复救助制度的实施意见》（吉政发〔2018〕20号）。明确了指导思想、基本原则和总体目标，规定了救助的条件、内容、标准、流程和经费安排以及各级政府及相关部门的职责。明确县级残联是受理残疾儿童康复救助申请的主责部门。

10月30日，省政府新闻办召开吉林省建立残疾儿童康复救助制度新闻发布会。

11月4日，由吉林大学残疾人事业发展研究中心、吉林省残疾人联合会、中国残疾人事业发展研究会残疾人社会保障专业委员会主办，吉林大学哲学社会学院承办的“新时代残疾人观与残疾人社会保障理论构建”学术研讨会在长春召开。

11月28日，由省残联、省文艺界联合会共同主办的“改革开放40年·我眼中的新时代”吉林省残疾人艺术作品展在长春举行，展出艺术作品120件（组）。省残联党组成员、副理事长李德富，省文联党组成员、秘书长房国军出席开展仪式并致辞。在长春大学开辟分展区，推动特殊艺术走进大学，为残疾人提供展示才艺的平台。

12月1日—2日，第三届中国残疾人冰雪运动季中国智协主会场活动暨冬季十省（市）特奥联谊活动在长春举行，中国残联副理事长相自成出席开幕式并宣布开幕。10省区市的智力残疾人运动员、裁判员、志愿者、工作人员以及媒体记者320余人参与雪地足球、雪地赶小猪、雪鞋走、雪地拔河、旱地冰壶、双板滑雪体验等趣味冰雪健身活动，并组织开展冰雪项目专家现场教学指导和冰雪健身知识培训等活动。本届冰雪运动季活动将从12月持续到2019年3月。

12月28日，善满家园智障人康复托养中心主任胡艳苹荣获"助残新闻人物"称号。

附录一

吉林省残疾人联合会第七届执行理事会

理事长　潘宏峰（满）
副理事长　万　宇（女）　张振英　李德富（肢）
　李正奎（挂职）　杨　磊（兼职）
理　事　徐　剑（智亲友）　王　凯（精亲友）
　顾　铁（盲）　丁　欣（女，聋）

说明：吉林省人民政府2019年4月17日印发《关于张振英、韩俊华任免职的通知》（吉政干任〔2019〕22号）决定，任命张振英为省残疾人联合会副理事长（列万宇后）；免去韩俊华的省残疾人联合会副理事长职务。

附录二

全面建成小康社会，残疾人一个也不能少

《吉林日报》　潘宏峰　2018年5月21日

习近平总书记指出："残疾人是一个特殊困难的群体，需要格外关心、格外关注。让广大残疾人安居乐业、衣食无忧，过上幸福美好的生活，是我们党全心全意为人民服务宗旨的重要体现，是我国社会主义制度的必然要求。"党的十八大以来，在省委省政府的高度重视下，全省上下深入贯彻落实习近平总书记"全面建成小康社会，残疾人一个也不能少"的重要指示精神，将残疾人事业纳入吉林振兴发展大局，大力加强残疾人保障制度建设，着力办好残疾人民生实事，扩大残疾人基本公共服务供给，残疾人民生保障和服务能力显著增强，残联组织自身建设和基础管理水平全面提升，残疾人事业发展环境不断优化，残疾人生产生活状况明显改善，"平等、参与、共享"的社会氛围更加浓厚。这些成绩的取得，为新时代开启残疾人事业新征程奠定了坚实基础。

十九大做出了中国特色社会主义进入新时代的重大的政治论断，描绘了决胜全面建成小康社会、实现中华民族伟大复兴的宏伟蓝图，为新时代残疾人事业发展指明了方向。在刚刚结束的省残联第七次代表大会上，省委书记巴音朝鲁对新时代全省残疾人事业发展提出了明确要求。新时代开启新征程，新时代呼唤新作为。我们要全面落实习近平总书记关于发展残疾人事业的一系列重要指示精神，坚持以残疾人为中心的发展理念，不忘初心、牢记使命，紧紧围绕残疾人日益增长的美好生活需要，以时不我待、只争朝夕、奋发有为的精神状态，凝心聚力、主动作为，努力实现新时代全省残疾人事业新发展。

要始终坚持正确的政治方向，切实加强残联组织自身建设。党政军民学，东西南北中，党是领导一切的。残联组织和残疾人工作者必须牢固树立政治意识、大局意识、核心意识、看齐意识，更加自觉地在政治上、思想上和行动上同以习近平同志为核心的党中央保持高度一致，坚决维护以习近平同志为核心的党中央权威，以习近平新时代中国特色社会主义思想为指导，肩负起落实党中央、国务院和省委省政府关于残疾人事业新部署的重要责任，准确把握新时代残疾人工作新特点、新变化、新要求，以新思想、新理念、新方法研究谋划残疾人事业的新目标、新思路、新举措，解决新问题、实现新发展、展现新面貌。要持续深入推进全面从严治党，认真贯彻落实群团改革精神，切实增强残联组织的政治性、先进性、群众性，着力推动残联组织改革创新，切实发挥好桥梁纽带作用，团结带领广大残疾人感党恩、听党话、跟党走。要围绕中心、服务大局，破除制约发展的各种体制机制障碍和思想藩篱，以务实的态度、钉钉子的精神狠抓落实，攻坚克难，让中央和省委省政府对残疾人事业的决策部署落地生根，结出硕果。

要不断推进残疾人事业法制建设，切实维护残疾人合法权益。推动健全和完善各级扶残政策法规体系。各级残联密切配合人大、政协开展执法检查和调研视察。认真贯彻落实"七五"普法规划，做好残疾人事业法制宣传和残疾人法制教育，健全残疾人权益保障制度和扶残助残服务体系。充分发挥残疾人法律救助工作站作用，做好残疾人法律援助和法律服务，推动以保障残疾人健康权、生存权、发展权为主要内容的制度创新，维护残疾人合法权益。协调推动残疾人和残疾人工作者人大代表和政协委员发挥作用。完善信访工作机制，加大矛盾纠纷排查化解力度，让广大残疾人生活得更加殷实、更有尊严。

要强化残疾人民生兜底保障，坚决打赢残疾人脱贫攻坚战。各级残联组织要深入实施《吉林省贫困残疾人脱贫攻坚实施方案（2016—2020年）》，完善和落实各项普惠及特惠政策措施，配合党委、政府和有关部门分类施策、精准帮扶、突出重点、兜住底线，确保农村贫困残疾人如期脱贫。要进一步完善残疾人就业扶持和就业促进政策措施，努力为残疾人就业创造条件、消除障碍，激发残疾人勤劳致富的内生动力，千方百计促进残疾人就业增收，帮助残疾人普遍提高生活水平。对没有劳动能力的残疾人要兜住底、补短板，

全面实施困难残疾人生活补贴和重度残疾人护理补贴制度，继续组织实施“阳光家园计划”，建立健全以家庭为基础、社区为依托、机构为支撑的残疾人托养服务体系，确保贫困残疾人和全省人民一起步入全面小康社会。

要大力提升残疾人基本公共服务水平，不断满足残疾人日益增长的美好生活需要。落实党的十九大报告提出的“发展残疾人事业，加强残疾康复服务”任务，贯彻落实《国家残疾预防行动计划（2016—2020年）》，深入实施残疾人精准康复服务行动，加强辅助器具推广和适配服务。实施第二期特殊教育提升计划，落实各项助学政策。全面推进无障碍环境建设。推动将残疾人体育纳入全省基本公共体育服务和全民健身工程，实现残疾人康复体育、健身体育、竞技体育协调发展，大力发展残疾人冬季体育运动，积极备战全国第十届残运会和北京冬残奥会。有序引导社会组织参与残疾人服务供给，积极推进政府购买服务，让改革发展成果更多、更公平、更实在地惠及残疾人朋友。

要持续优化残疾人事业发展的社会环境，助力残疾人全面发展。以“追梦”文化系列活动为载体，围绕重要残疾人节日节点大力开展残疾人事业宣传，营造理解、尊重、关心、帮助残疾人的社会环境。大力发展残疾人慈善事业，积极推动各类志愿服务、助残组织建设，支持各类助残社会组织参与残疾人事业。保障残疾人发展权，激发残疾人中蕴藏的潜能，加强对残疾人的思想引领，发挥残疾人自强模范等先进典型的示范引领作用，引导残疾人把实现个人梦想与国家发展、社会进步紧密结合起来，主动融入社会，做生活的强者。

要促进互联网、大数据与残疾人服务的融合，推动“互联网＋残疾人服务”。抓住“数字吉林”建设的重大机遇，充分利用现代信息科技手段，提升残疾人服务的信息化工作水平。推进各级残联政务公开特别是助残项目公开，全面做好残疾人服务“只跑一次”改革，实现残疾人信息数据与相关部门的互联互通。持续做好残疾人基础数据动态更新，加强数据分析应用。推进残联信息化建设，通过网站、微信公众号、官方微博等信息平台宣传惠残政策，进一步提高政策知晓率，让好政策能落地、见成效。

中国梦是民族梦、国家梦，是每一个中国人的梦，也是每一个残疾人朋友的梦。新时代是奋斗者的时代，梦想是要靠奋斗实现的，幸福都是奋斗出来的。我们要不驰于空想、不骛于虚声，从那些关乎残疾人民生福祉的小事、实事抓起，紧紧盯住“全面建成小康社会，残疾人一个也不能少”的目标任务，让全省193万残疾人在共建共享中有更大的获得感、幸福感和安全感，过上更有尊严的生活，逐步实现残疾人的全面发展和共同富裕。

（武装、陈红、赵博楠供稿）

黑龙江省残疾人事业和残疾人工作

一、领导讲话

省委书记、省人大常委会主任张庆伟在接见全省参加平昌冬奥会、冬残奥会的运动员、教练员和工作人员代表时的讲话摘要 2018年4月4日

我省运动健儿顽强拼搏、奋勇争先，敢于直面强手、敢于超越自我，赛出了风格、赛出了水平，为黑龙江在冬奥赛场上画上了浓墨重彩的一笔，向世界传递了新时代的中国力量。

冬奥会已进入“北京周期”，黑龙江作为冰雪体育强省，要牢记习近平总书记提出的“办赛要精彩，参赛也要出彩”的重要指示，服务北京冬奥、保障北京冬奥、借力北京冬奥，为把北京冬奥会办成一届精彩、非凡、卓越的奥运盛会做出更大贡献。

要发扬好传统，在竞技冰雪、大众冰雪、“带动三亿人参与冰雪运动”等方面发力，巩固黑龙江冰雪体育强省地位。要争取好成绩，通过体育交流、跨界选材、科技助力、加大投入等措施，提升冰雪竞技体育水平，全力备战北京冬奥会、冬残奥会。要培育好产业，把握冰雪运动、冰雪旅游发展规律，完善发展规划，加大基础设施建设力度，鼓励支持社会资本参与，促进冰雪经济转型升级。要形成好氛围，加快发展群众冰雪运动，大力开展冰雪运动进校园工作，积极开展国际交往，进一步发挥优势、放大优势。要营造好环境，坚持改革创新，强化政策支持，加强冰雪体育人才培养，向全国培养输送更多冰雪人才。各级党委政府要重视冰雪体育事业和残疾人体育事业发展，关心运动员的成长和生活。要加强对残疾人事业的组织领导，帮助解决实际困难，为他们实现人生价值创造条件。

副省长、省残联主席程志明出席黑龙江省贯彻落实建立残疾儿童康复救助制度电视电话会议时的讲话摘要 2018年8月17日

就落实好残疾儿童康复救助制度提出五点意见：一要把握工作节奏和力度。国家残疾儿童康复救助制度将于2018年10月1日起开始实施，省政府将于9月底前出台《黑龙江省残疾儿童康复救助制度的实施意见》，各市（地）及有关部门，要将残疾儿童康复救助工作列入重要议事日程，坚持保基本、兜底线的基本要求，既要尽力而为，又要量力而行，制定好符合本地实际的落实措施；二要做好调查摸底。要进一步加大0—6岁残疾儿童的筛查力度，组织符合条件的残疾儿童家长或监护人进行康复救助申请。三要明确定点机构。要严格按照准入标准，评估确定好残疾儿童康复救助定点机构；四要坚持分类指导。采取以点带面的方法，扎实有效地推进残疾儿童康复救助制度的实施；五要强化组织领导。各市（地）都要建立由政府分管领导任组长，残联、教育、民政、财政、卫生、扶贫等部门共同参与的工作推进机制，负责统筹推进残疾儿童康复救助制度建设。

吕世明在黑龙江省残联系统推进贫困残疾人脱贫攻坚工作会议上的讲话摘要 2018年11月6日

一、坚持高位推动，在提高认识强化责任上下功夫

党的十八大以来，习近平总书记多次就残疾人事业发展和贫困残疾人脱贫攻坚做出重要指示。他指出：“让广大残疾人安居乐业、衣食无忧，过上幸福美好的生活，是我们党全心全意为人民服务宗旨的重要体现，是社会主义制度的必然要求”；“要强化领导责任、强化资金投入、强化部门协同、强化东西协作、强化社会合力、强化基层活力、强化任务落实，集中力量攻坚克难，更好推进精准扶贫、精准脱贫，确保如期实现脱贫攻坚目标”。我们要深刻领会、准确把握习近平总书记的重要指示精神，强化思想认识，提高政治站位，坚决贯彻落实。

党的十九大明确把精准脱贫作为决胜全面建成小康社会

必须打好的三大攻坚战之一，做出新的部署。从全国贫困残疾人脱贫攻坚任务看，目前仍有281万建档立卡贫困残疾人，在未来的两年半时间里，脱贫任务非常艰巨，而且剩下的多是重度残疾人、一户多残、老残一体等无业可扶、无力脱贫的家庭，是脱贫攻坚中的硬骨头。

党中央将脱贫攻坚作为一项政治任务进行全面部署，明确脱贫攻坚的总体要求是中央统筹、省负总责、市县抓落实，明确五级书记抓扶贫。各级残联组织作为代表、服务残疾人的党的群团组织，助推贫困残疾人脱贫攻坚是义不容辞的政治责任。我们要与习近平同志为核心的党中央保持高度一致，清醒把握打赢脱贫攻坚战的困难和挑战，切实增强责任感和紧迫感，坚决按照党中央关于脱贫攻坚的决策部署，将残疾人脱攻坚作为一项重大的政治任务和政治责任勇敢地担负起来，一鼓作气、尽锐出战、精准施策，以更有力的行动、更扎实的工作，集中力量攻克贫困的难中之难、坚中之坚，确保坚决打赢这场具有决定性意义的脱贫攻坚战，确保实现“全面建成小康社会，残疾人一个也不能少”的目标。

二、坚持精准帮扶，在精准施策精准脱贫上下功夫

习近平总书记强调：“要坚持精准扶贫、精准脱贫，要打牢精准扶贫基础，通过建档立卡，摸清贫困人口底数，做实做细，实现动态调整。”打好贫困残疾人脱贫攻坚战，是全面建成小康社会的底线任务。做好这项任务，不能眉毛胡子一把抓，而要下好“精准”这盘棋，做到扶贫对象精准、扶贫产业精准、扶贫方式精准、扶贫成效精准。一要精准掌握残疾人底数。坚持要精准再精准，充分利用动态更新和建档立卡数据，及时掌握残疾人个人情况、家庭成员情况、家庭收入状况、住房情况，残疾儿童受教育情况，残疾人基本康复服务和无障碍需求情况，即涉及残疾人“两不愁，三保障”的基本状况，做到底数清、情况明。二要准确了解残疾人需求。黑龙江省残联组织开展“一问四送一响应”的“问需响应”式服务，是了解残疾人所需所想的有效手段，值得借鉴和推广。我们要贯彻落实这个方案，深入开展调研，走进基层，进入贫困残疾人家庭，扑下身子，与残疾人面对面交流了解情况，问其所思所想所急所需，尽最大可能帮助他们解决一些实际困难，同时带回第一手调研资料。对于残疾人脱贫具有共性的问题和困难，应及时向当地党委政府反映情况，提出对策建议。三要制定精准帮扶措施。要根据实际情况制定切实管用的扶贫措施，真正做到精准对接、一人一策，问题导向、工作联动。要加强与政府相关部门的协调配合，将贫困残疾人脱贫的各项任务纳入各部门政策规划和项目，确保贫困残疾人不被忽视、不被边缘化。要加强各类惠残助残政策措施的梳理汇总，逐个领域、逐个地区沟通对接，确保帮扶措施覆盖所有贫困残疾人。特别是对因残致贫人口，要积极协调民政、人社等相关部门，严格按要求纳入农村低保和城乡医疗救助范围，对符合特困人员救助标准的残疾人要纳入特困人员救助供养范围。

三、坚持部门联动，在统筹资源全员发力上下功夫

习近平总书记强调指出，“残疾人事业只能加强，不能削弱”。国务院副总理韩正在中国残联七代会上指出：“推动新时代残疾人事业发展，必须把推进残疾人事业当作分内责任。”我们要深入学习领会习近平总书记重要指示精神，全面贯彻落实讲话要求，切实将残疾人事业纳入地方工作发展大局，整合各种资源，有效发挥贫困残疾人脱贫攻坚的最大力量。一要不断完善残疾人工作体制机制。要突出强化党委领导、政府负责的残疾人工作领导体制，将残疾人事业纳入经济社会发展大局，做好总体规划，建立稳定增长的投入保障机制。要创新工作机制，推行政府购买社会组织助残服务，推动形成政府主导、社会参与、公办民办并举的残疾人事业发展模式。残联组织作为人民团体，也肩负着政府残工委办公室的重要职责，这是一种体制优势。因此，残联组织要充分发挥牵头作用，统筹各成员单位资源。二要形成凝聚共识的社会合力。各级残联组织要发挥社会活动优势，充分调动社会力量参与支持残疾人事业的积极性、主动性，倡导助残志愿服务，鼓励各类社会组织和市场主体参与发展残疾人服务业，进一步形成全社会关心爱护残疾人、支持残疾人事业发展的良好氛围。三要加强沟通协调。各级残联要善于发挥政府残工委办公室这个议事协调机构的职能作用，定期组织召开会议，分析当前贫困残疾人脱贫攻坚工作面临的问题，听取相关单位的意见建议，研究解决重大问题。要加强与民政、人社、扶贫等单位的密切联系，涉及贫困残疾人脱贫攻坚、涉及优惠政策制定出台时，都要多做“事前”沟通，加强“事中”协作，做好“事后”总结，推动贫困残疾人脱贫攻坚工作不断取得新的成效。

四、坚持改进作风，在履职尽责提高服务上下功夫

脱贫攻坚是一场实打实、硬碰硬的艰苦决战，必须以高度的政治责任感凝神聚力，真抓实干。一要提高掌握政策的能力。要深入学习领会习近平总书记关于残疾人脱贫攻坚的重要指示精神，学习中央、中国残联及省委省政府关于脱贫攻坚的各项政策文件。对贫困残疾人的特殊困难和脱贫攻坚政策措施要准确把握、深刻理解，增强残疾人脱贫攻坚的紧迫感责任感，自觉提高做好残疾人脱贫攻坚工作的能力和水平。二要深入开展调查研究。离开了基层和残疾人群众，我们的残疾人工作就成了无源之水、无本之木。残疾人工作要从机关里走出来，多与残疾人群众在一起，与残疾人群众交朋友。要深入开展调研，走进基层，走入贫困残疾人家庭，扑下身子，耐心问询家庭状况，既了解贫困残疾人家庭与一般贫困家庭的共性，又弄清楚他们的特殊困难和需求，帮助解决一些实际困难，同时带回第一手资料，对于带有残疾人脱贫共性的问题和困难，应及时向党委和政府反映情况，提出建议。三要提高能力狠抓落实。各级残联要坚持以残疾人为本，始终保持与残疾人的血肉联系，怀着深厚的感情做工作，多做雪中送炭的事情。要切实增强服务意识，提高服务能力和群众工作本领，只要是涉及残疾人切身利益的事，每一件都要马上就办、一次办妥，让残疾人满意。要大力推行“问需响应”式服务，把党和政府的关怀送到残疾人身边，使之成为黑龙江省残联的服务品牌。要全力打造一支政治坚定、律己严格、工作上能打硬仗、全心全意为残疾人服务的残疾人工作者队伍。各级残联要恪守“人道、廉洁、服务、奉献”的职业道德，提升残疾人工作者队伍管理水平，提升助残资金的绩效管理水平。另外，各级残联还要加强专门协会工作，充分发挥残协在残联和残疾人中的桥梁纽带作用，有效提升基层残协和残疾人专职委员的履职能力。

副省长贾玉梅在全省贫困残疾人脱贫攻坚工作推进会议上的讲话

2018年11月6日

二、聚焦主责主业，助推完成全省脱贫攻坚三年行动任务

加快推进黑龙江全面振兴发展，全省残疾人事业面临新的发展机遇。各级残联要充分发挥群团组织职能作用，找准残联工作切入点，着力补齐残疾人民生“短板”，助推完成省委省政府关于脱贫攻坚三年行动各项任务，带领广大残疾人群众共奔幸福美好小康生活。

（一）要下好“精准”这盘棋。脱贫攻坚核心在于精准、成败在于精准。必须坚持精准扶贫、精准脱贫基本方略，持续解决好扶持谁、谁来扶、怎么扶、如何退问题。要采用残联实名制大数据调查办法，深入因残致贫户家中，开展“一问四送一响应”工作，进一步提高扶贫工作的精准度，做到扶贫对象精准、项目安排精准、措施到户精准、资金使用精准、扶贫成效精准，真正扶到点上、扶到根上，把党的扶残惠残好政策、好措施、好项目精准落到实处，确保扶真贫、真扶贫，脱真贫、真脱贫。

（二）要加强政策兜底保障。坚持普惠与特惠相结合原则，围绕实现“两不愁、三保障”目标，优先落实因残致贫户低保、特困人员救助供养和社会保险等社会兜底保障政策，确保实现“应保尽保”。落实贫困残疾人参加城乡居民社会保险个人缴费资助政策，对参加城乡基本养老保险的重度残疾人，由当地政府按照不低于最低档次标准给予全额补贴。全面落实“两项补贴”政策，有条件的地方逐步扩大政策覆盖面，确保符合条件的残疾人应补尽补。

（三）要强化产业扶贫举措。要全面推广本次会议形成的典型经验，积极开发能够有效带动贫困残疾人脱贫解困的产业项目和特色经营项目。深入实施残疾人脱贫攻坚“十大行动”，让政策、资金、项目向贫困残疾人聚焦、倾斜。主动协助有关部门分类施策，根据残疾人自身条件进行分类扶贫，对具有基本劳动能力的实行“造血”式扶贫，对丧失劳动能力的实行兜底保障。要积极探索资产收益扶贫模式，优先安排贫困残疾人家庭在资产收益扶贫项目上受益，让残疾人群体充分感受到党和政府的温暖。

（四）要提升公共服务能力。要着力打造精准康复、融合教育、就业创业、“爱得其所”无障碍环境建设等独具龙江特色的残疾人服务品牌，为贫困残疾人家庭提供基本康复、辅助器具适配、家庭无障碍改造、就业教育等方面高质量精准服务。要完善特困人员救助供养服务保障机制，鼓励地方通过政府补贴、购买服务、设立公益岗位、集中托养等多种方式，为贫困重度残疾人提供集中照料、日间照料、邻里照护服务。逐步推进乡村无障碍环境建设，为残疾人日常出行提供便利条件。大力实施第二期特殊教育提升计划，帮助贫困家庭残疾儿童少年以多种形式接受义务教育，加快发展非义务教育阶段特殊教育。

二、政策法规文件

关于印发《关于开展建档立卡因残致贫户“一问四送一响应”工作实施方案》的通知

黑残联字〔2018〕21号

一、工作目标

为更加精准施策，解决因残致贫户的突出困难和问题，聚焦“全面建成小康社会，残疾人一个也不能少”的要求，推进落实脱贫攻坚政策，到2020年建档立卡贫困残疾人实现“两不愁、三保障、两扩面（不愁吃、不愁穿，基本医疗、义务教育、住房安全有保障，基本康复服务、家庭无障碍改造覆盖面有效扩大）”，实现全部脱贫，与全省人民同步实现全面小康。

二、工作内容

开展“一问四送一响应”问需响应式服务工作。

一问：即问需。瞄准因残致贫未脱贫的贫困残疾人家庭突出困难和问题，逐户逐人核实其真正需求，做到“一户一案”的精准分析。

四送：即送政策、送项目、送服务、送温暖。送政策，以省残联《脱贫攻坚惠残政策一本通》为蓝本，一方面看贫困残疾人享受到了哪些政策、应享受而没有享受到的政策，进而协调推动落实。另一方面是解读党和国家、省委省政府、省残工委各成员单位出台的一系列惠残助残政策措施，让贫困残疾人了解政策具体内容；送项目，以省残联“十大脱贫助残行动”和当地产业扶贫“脱贫攻坚项目库”为标准，看贫困残疾人适合开展的项目，帮助协调并组织实施具体项目；送服务，针对因残致贫户的需求，解决现实生活中的困难，满足贫困残疾人合理需求；送温暖，把党和政府关心残疾人声音传递给贫困残疾人，激励残疾人不抱怨、不叹息、不自弃，正视人生困难，激发贫困残疾人自主脱贫和勇敢面对困难生活挑战的内生动力，开创幸福美好生活。

一响应：即回应“一户一策”方案。针对贫困残疾人家庭突出困难和问题，明确脱贫措施和脱贫路径，制定每户脱贫方案。

三、工作方法

（一）入户问需。主要工作内容是针对因残致贫户逐户逐人再识别、再核查、再精准。寓调查于服务、寓服务于调查之中，既是党的政策宣传员，又是残疾人基本需求的调查员，在万名残疾人工作者进万家活动中增强入户精准“问需”、精准“数据转化”和精准“服务响应”本领，实现问需响应式服务工作目标。

（二）精准分析。主要工作内容是根据“入户问需”情况，与《扶贫手册》相对照，分析标注为因残致贫贫困户情况，分析贫困户中是否是因残疾导致的主要致贫原因。各级残联根据统计结果与本部门掌握的行业数据进行比对，对于确需进行更正的，经当地扶贫部门确认后，结合建档立卡贫困人口动态管理工作，对相关信息进行调整。

（三）精准施策。主要工作内容是根据因残致贫户突出困难和问题，推动基层组织提供个性化服务，把服务工作做好做细做实，做到残疾人身边。基层残联和扶贫部门会同驻村工作队、村两委和帮扶人制定“一户一策”方案，逐项解决因残致贫残疾人家庭的合理需求。聚焦产业扶贫、就业扶贫、生态扶贫、综合保障脱贫等重点任务，出实招、出硬招，逐户明确脱贫措施和脱贫路径，扎实高效推进今后三年精准脱贫攻坚工作，确保如期实现因残致贫户脱贫攻坚目标。

（四）沟通落实。主要工作内容是要与相关部门建立定期数据比对分析机制，真实反映残疾人诉求，协调、配合相关部门逐一把贫困残疾人低保、医疗救助、“两项补贴”、助学、住房、家庭无障碍改造、康复、托养、享受资产收益等保障性政策措施有效落地，增进与残疾人群众感情，提高残疾人群众满意度。

关于印发《关于着力解决因残致贫家庭突出困难的实施方案》的通知 黑残联字〔2018〕17号

省残联、省扶贫办、省民政厅、省人社厅、省住建厅、省教育厅、省财政厅、省卫健委、省农业农村厅联合印发。

二、主要工作

（一）建立残疾人贫困户精准分析机制。将残疾人贫困户精准识别纳入贫困户建档立卡工作范围并重点核实，确保符合条件的贫困残疾人全部纳入建档立卡范围。完善建档立卡内因残致贫户基本信息，开展“一问四送一响应”工作，每年对因残致贫户全面核查至少1次，充分运用动态更新入户调查、邻里访问、民主评议、万名残疾人工作者进万家等方式核对因残致贫户信息，实现“一户一案”的精准分析，掌握因残致贫户享受扶贫政策和帮扶项目落实情况，精准记录帮扶情况及帮扶效果。（责任单位：残联、扶贫办）

（二）全面落实社会保障兜底政策。优先落实因残致贫户低保、特困人员救助供养等社会救助的社会保障政策，将符合条件的因残致贫户全部纳入相应的保障范围，实行政策保障兜底。在农村低保动态调整时，把因残致贫户作为重点，因动态变化符合条件的及时纳入，确保实现“应保尽保”。对于获得低保后生活仍有困难的重度残疾人等特殊困难人群，可以根据当地规定采取适当增发低保金等措施提高救助水平。对生活困难、靠家庭供养且无法单独立户的成年无业重度残疾人，通过个人申请，按照单人户纳入最低生活保障范围。对16周岁以上有长期照料护理需求的贫困重度残疾人，符合特困人员救助供养条件的纳入特困人员救助供养；不符合救助供养条件的，鼓励地方通过政府补贴、购买服务、设立公益岗位、集中托养等多种方式，为贫困重度残疾人提供集中托养或日间照料、邻里照护服务。健全贫困地区为残疾人服务的设施。

落实贫困残疾人参加城乡居民基本养老保险个人缴费资助政策，对参加城乡居民基本养老保险的重度残疾人，由当地政府按照最低标准为其代缴部分或全部养老保险费，并在提高最低缴费档次时，对其保留现行最低缴费档次。完善残疾人福利补贴制度，全面落实困难残疾人生活补贴和重度残疾人护理补贴政策，确保符合条件的残疾人应补尽补。（责任单位：民政、人社、财政、扶贫办、残联）

（三）提高贫困残疾人医疗和康复服务保障水平。将符合条件的贫困残疾人全部纳入城乡居民基本医疗保险、大病保险和医疗救助保障范围，落实贫困残疾人基本医保、大病保险、医疗救助等扶贫政策。对经城乡居民基本医疗保险和大病保险报销后仍有个人自付合规费用负担较重的贫困残疾人，加大医疗救助和其他保障政策的帮扶力度，进一步降低贫困残疾人医疗费用个人自付比例，切实减轻贫困残疾人就医负担。开展和规范家庭医生（乡村医生）签约服务，落实签约服务政策，优先为因残致贫户开展健康服务和慢性病综合防控，重点加强高血压、糖尿病、结核病、严重精神障碍等慢性病规范化管理与服务，并逐步扩大病种管理范围，降低因病致贫返贫风险。依托和利用省、市、县、乡级医疗卫生机构的优质医疗康复资源，加快贫困地区康复机构建设，更好地为贫困残疾人提供就近康复服务。

深入实施“残疾人精准康复行动”“龙江爱心助残工程”，将符合条件的贫困残疾人纳入资助范围，优先为因残致贫户有康复需求的残疾人提供基本康复服务和辅助器具适配服务。加快残疾人康复人才培养和残疾人康复机构建设，加强农村贫困残疾人健康教育，对贫困地区基层医疗卫生机构医务人员开展康复知识培训。加强贫困残疾人健康管理和社区康复工作，将其纳入国家基本公共服务清单，制定残疾人基本康复服务目录，以有需求的残疾儿童和因残致贫的残疾人为重点，开展残疾人精准康复扶贫行动，改善残疾人身

心状况，提高贫困残疾人生活自理能力和参与生产劳动的能力。（责任单位：人社、民政、卫计委、残联）

（四）稳步推进贫困残疾人危房改造。进一步核准残疾人户危房存量，确保将贫困残疾人户住房鉴定为危房的全部纳入农村危房改造系统之中。2020 年，全面完成建档立卡户、低保户、分散供养特困人员、贫困残疾人家庭 4 类重点对象中的残疾人户危房改造任务。在实施农村危房改造时，同等条件下优先安排贫困残疾人家庭，并同步实施卫生厕所改造和无障碍改造。（责任单位：住建、财政、残联）

（五）满足残疾人教育需求。实施第二期特殊教育提升计划，帮助贫困家庭残疾儿童多种形式接受义务教育，加快发展非义务教育阶段特殊教育。加强特殊教育经费管理，落实贫困地区残疾人教育管理。落实残疾儿童学前教育资助制度和国家彩票公益金助学项目，加大农村残疾儿童学前教育资助力度，支持普惠性幼儿园接收残疾儿童入园学习。实施“一人一案式”融合教育，切实解决未入学适龄残疾儿童少年义务教育问题，积极开展重度残疾儿童送教上门服务，务必确保到 2020 年残疾儿童义务教育入学率达到 95% 的目标。落实残疾人学生高中阶段免费教育政策。落实义务教育阶段特殊教育学校和随班就读残疾人学生公用经费补助政策，建立完善残疾人学生辅助器具、特殊学习用品、教育训练、交通费等补助政策。落实好扶残助学金政策，对农村残疾人学生和贫困残疾人家庭子女接受中高等学历教育给予资助。鼓励和支持特殊教育学校与职业院校开展合作办学，努力提升残疾人学生的职业技能，增强就业能力。（责任单位：教育、残联、人社、财政）

（六）开展职业技能培训，促进贫困残疾人就业。精准掌握因残致贫户家庭成员就业培训需求，“雨露计划”“农家女大讲堂”等优先培训因残致贫的贫困残疾人。对具备一定创业条件的因残致贫户家庭成员，开展创业培训。在农村实用人才培养开发行动及新型职业农民培育工程中，对脱贫致富及适合从事农业生产的因残致贫户家庭成员优先选拔和培养。加大职业技能提升计划执行力度，为因残致贫户家庭成员提供各类实用技术培训、职业技能培训，确保因残致贫户有劳动能力的家庭成员至少掌握 1 至 2 门就业技能。公益性岗位要优先吸纳因残致贫户家庭成员。加强残疾人就业（扶贫）基地建设，安置和带动更多残疾人脱贫增收。（责任单位：人社、残联、扶贫办、农委、财政）

（七）保障贫困残疾人优先获得资产收益。鼓励因残致贫户将农村承包土地的经营权、住房财产权折价入股，用于参与集体经济收益分配。资产收益扶贫项目要优先安排贫困残疾人家庭。（责任单位：农委、扶贫办、残联）

（八）激发因残致贫户脱贫攻坚的内生动力。落实党的十九大报告提出的“注重扶贫同扶志、扶智相结合”的要求，深入调研和挖掘本地区贫困残疾人脱贫典型人物和感人事例，要以残疾人喜闻乐见的方式加强思想、政策方面的宣传教育，弘扬残疾人“自尊、自信、自强、自立”精神，引导因残致贫户从“要我致富”到“我要致富”的思想转变，摆脱依赖思想，提高因残致贫户的自信心和斗志，调动积极性，激发因残致贫户主动脱贫和勇于面对困难生活挑战的内生动力。（责任单位：残联、扶贫办）

三、黑龙江省残疾人联合会第七次代表大会

根据《中国残疾人联合会章程》和中国残联《关于地方残疾人联合会换届工作的意见》文件精神，经省委批准和中国残联同意，黑龙江省残疾人联合会第七次代表大会于 2018 年 8 月 8 日—10 日在哈尔滨召开。会议开幕式由大会执行委员会主席程志明主持。中国残联副主席、中国残疾人福利基金会理事长王乃坤出席并讲话。团省委书记苑芳江代表群团组织致贺词，省委书记、省人大常委会主任张庆伟同志讲话。

大会听取和审议了省残联党组书记董濮代表黑龙江省残联第六届主席团所做的工作报告。会议号召，全省各级残联组织和广大残疾人，要紧密团结在以习近平同志为核心的党中央周围，在省委省政府的坚强领导和中国残联的有力指导下，以习近平新时代中国特色社会主义思想为指引，深入学习贯彻党的十九大精神和习近平总书记对黑龙江省两次重要讲话精神，深入落实省第十二次党代会部署，紧紧围绕省委省政府中心工作，全心全意为残疾人服务，团结带领全省残疾人听党话、跟党走，聚焦推动残疾人与全省人民同步迈入小康、为残疾人创造幸福美好生活这一主责主线，以坚决打赢脱贫攻坚战为牵动，以助力 2022 年北京冬残奥会为契机，以维护残疾人合法权益为纲，以提供残疾人优质基本公共服务为重，以打造具有龙江特色的助残品牌为要，以提升残疾人工作者群众工作本领为基，全面深化残联组织改革，奋力开创全省残疾人事业高质量发展的新局面，为龙江全面建成小康社会、全面振兴发展做出新的更大贡献。

大会选举产生省残联第七届主席团，选举产生省残联第七届主席团主席（主席程志明，副主席：马立新、董濮、张丽莉、赵凤和、崔连和、李金其、崔晓光、张聪沛）；推举省残联党组书记董濮同志担任省残联第七届执行理事会理事长；执行理事会副理事长：李洪泉、王传文、王晓兵、李福志、张丽莉（兼）；理事：王凌云、张聪沛、赵妍莉、崔晓光、裴兴玉；通过黑龙江省残疾人各类别专门协会第七届委员会主席、副主席人选；选举产生出席中国残联第七次代表大会代表 16 名，其中残疾人代表 12 名（视力残疾人代表 2 名，听力残疾人代表 2 名，肢体残疾人代表 4 名，智力残疾人代表 2 名，精神残疾人代表 2 名），占总数的 75%，符合中国残联要求；推荐中国残联主席团委员候选人 3 名。

四、五年工作综述

——黑龙江省残联党组书记董濮在省残联第七次代表大会上的工作报告（节选）

2018年8月10日

过去的五年，是黑龙江省经济社会发展蒸蒸日上、各项事业齐头并进的五年，是全省残疾人工作全面提升、残疾人事业加速发展的五年。五年来，我们在省委省政府的坚强领导下，在中国残联的有力指导下，聚焦“全面建成小康社会，残疾人一个也不能少”的奋斗目标，坚持围绕中心、服务大局，以改革的思维、创新的举措、务实的作风，统筹做好团结引领残疾人、精准帮扶残疾人、服务保障残疾人的各项工作，圆满完成省残联第六次代表大会确定的目标任务，推动全省残疾人事业步入新阶段、迈上新台阶。

（一）残疾人事业全面融入全省发展大局

省委省政府高度重视残疾人事业发展，对做好新形势下残疾人工作给予坚强领导和大力支持，每年都将残疾人工作重点项目纳入民生实事专题推动，出台《黑龙江省“十三五”加快残疾人小康进程规划》等一系列重要文件，为残疾人事业发展提供有力的法律保障和政策支撑。省人大、省政协对落实残疾人保障政策和措施的情况进行专项视察、巡察，为维护和保障全省广大残疾人的合法权益提供重要保证。省政府残工委成员单位及时制定出台“十三五”残疾人康复、教育、就业、无障碍建设、文化体育、基本公共服务等相关配套措施，对残疾人工作做出制度性安排。全省各级党委、政府积极促进残疾人工作与全省发展战略相契合、与全省各项建设相融合，全面推动各项惠残政策的落实。

（二）贫困残疾人精准扶贫、精准脱贫成效良好

大力实施“脱贫攻坚十大行动”。全面建立贫困残疾人生活补贴和重度残疾人护理补贴制度，惠及60余万残疾人。将41.9万生活较困难的残疾人纳入最低生活保障范围，74.6万残疾人参加城乡基本医疗保险，71.6万残疾人参加城乡养老保险。组织开展符合残疾人特点的技能培训，帮助7.3万贫困残疾人掌握1至2门实用技术。实施危房改造工程，为1.7万户贫困残疾人家庭改善居住条件。实施“阳光家园计划”，扶持托养机构98个，为5万余名持证残疾人提供托养服务。在第29届哈洽会上首次设立专题展厅，展示残疾人脱贫攻坚就业创业成果。

（三）残疾人生存发展状况大幅改善

切实拓展康复服务覆盖面。建立0—6岁儿童残疾预防干预机制，为1.1万人次0—6岁残疾儿童提供康复救助服务。将20项医疗康复项目纳入基本医疗保障支付范围，建立336个定点康复评估机构和449个定点康复服务机构，提供康复服务33.7万人次，配发残疾人辅助器具12万余件。全面加强特殊教育。适龄视力、听力、智力儿童少年义务教育入学率达到90%以上，达到高考录取分数线的残疾人考生实现100%录取，国家彩票公益金项目为1624名残疾儿童提供普惠性学前教育资助，“通向明天——交通银行残疾青少年助学计划”帮助400名贫困残疾人学生圆了大学梦。大力促进残疾人就业创业。8.5万残疾人参加职业技能培训，实现城镇残疾人就业10.4万人。稳步推进无障碍环境建设。完成5630户贫困残疾人家庭无障碍改造任务，为7.4万名残疾人发放机动轮椅车燃油补贴。坚决维护残疾人合法权益。开通12385残疾人服务热线，及时受理残疾人反映的各类问题，全省残联系统办理残疾人信访2.33万件，办结率达95%以上。

（四）残疾人自强不息的风貌愈发出彩

以激励残疾人自强不息为导向，组织开展“文化进社区”“文化进家庭”及残疾人文化周等活动，着力打造“文化照亮生活、阅读助力人生”文化品牌，引导残疾人群众用先进文化涵养品性。以“全民健身助残工程”为载体，促进残疾人群众强身健体，滋养迎难而上、顽强拼搏的人生韧性。黑龙江省运动员在第九届全国残运会上获得14金16银8铜，在里约残奥会上获得2金1银。在平昌冬残奥会上，以黑龙江省运动员为主的中国轮椅冰壶队获得冠军，实现金牌突破。在全国第十届残运会预赛暨2018年全国聋人篮球锦标赛上，黑龙江省聋人篮球女队夺冠，男女两队双双步入全国第十届残运会决赛。

（五）残疾人事业大数据建设步伐加快

采用省级大集中业务平台模式，搭建全省残疾人综合业务管理信息系统，实名制获取全省残疾人基本服务状况和需求信息。形成省、市、县（区）、街道（乡镇）、社区（村）五级网络，向上与中国残联、国务院扶贫办联接，横向与公安、人社、民政、卫计、住建、教育、扶贫、税务等部门实时联通或定期交换数据，向下覆盖全省各级残联机构。目前，数据库拥有全省107万持证残疾人基础信息资源，系统用户1.7万人，每月系统访问量达13万人次。

（六）助残社会组织和志愿者队伍不断壮大

爱心企业、社会各界爱心人士热心助残，省残疾人福利基金会募集款物7500余万元，帮助近20万残疾人改善生活条件。“关心你的残疾人邻居”项目成功完成一期任务，孵化和培育社会组织105个，惠及2.55万残疾人。各级残联五个专门协会组织积极履职，发挥作用。全省17.2万名助残志愿者，为残疾人提供各类助残服务114.3万人次。

五、2018 年工作综述

2018 年，黑龙江省残疾人工作以习近平新时代中国特色社会主义思想为指导，深入学习、坚决贯彻习近平总书记在深入推进东北振兴座谈会上的重要讲话和考察黑龙江省时的重要指示精神，围绕中心，服务大局，残疾人事业发展取得明显成效。

省委省政府先后召开 7 次会议专门听取省残联工作汇报，省领导先后 18 次对残联工作做出批示。承办中国残联现场会 2 次、国家级残疾人体育赛事和活动 3 次。省残联首次在全国残联工作会议上就“问需响应式”服务做经验介绍。2018 年全省残疾人工作主要体现在“12 个新”。

残疾人脱贫攻坚体现新成效。省委脱贫攻坚工作领导小组第四次全体会议专门听取全省残疾人脱贫攻坚工作情况汇报，将残疾人脱贫攻坚工作纳入全省脱贫攻坚大局。省残联与扶贫办、民政等九部门联合下发《关于着力解决因残致贫家庭突出困难的实施方案》，总结完善残疾人“1 + 10”脱贫攻坚行动方案，制定并印发《惠残政策一本通》。召开全省贫困残疾人脱贫攻坚工作推进会，提出“问需响应、精准施策、政策联动、精准帮扶，激发动能、社会动员”六措并举的残疾人脱贫攻坚工作思路，总结了“黑龙江经验、哈尔滨方案、巴彦模式”，逐级签订责任状，层层压实责任。协调省住建厅、农业农村厅，整合相关政策，捆绑使用资金，全力推动“爱得其所”残疾人家庭无障碍改造，助推农村“厕所革命”，2018 年共完成 2418 户残疾人家庭无障碍改造任务。承办全国部分省区残疾人家庭无障碍改造工作推进会议并介绍经验。配合民政部门推动落实“两项补贴”制度，共为 59 万残疾人发放“两项补贴”7.3 亿元，发放率 99.9%。通过实施残疾人脱贫攻坚“1 + 10”行动，共完成 7140 人、10464 人次的农村实用技术培训，为 8644 名残疾人提供托养服务。截至 2018 年底，已有 75.18% 的建档立卡贫困残疾人实现脱贫。

驻村定点扶贫体现新业绩。派出由党组成员、副理事长李洪泉带队的驻村工作队，进一步加大对帮扶村的支持力度。着力帮助村党支部加强自身建设，提高带领群众脱贫致富的能力水平；因地制宜采取建设光伏电站、推动农机具收益分红和协调小额贷款等举措，为贫困户带来持续稳定收益；清理 3747 亩机动地，每年为村集体增收 134 万元；引入社会资源共建“爱心超市”。充分发挥职能作用，为帮扶村提供免费康复服务和辅助器具适配服务，帮助解决贫困群众实际困难。省残联共投入资金和物资总价值 105 万元，为对口帮扶村改善村居生活环境、发展木耳种植等产业增收项目，受到村民的充分肯定和好评。

残疾人就业创业体现新拓展。与人社部门共同开展就业援助月专项行动，拓宽残疾人就业创业渠道。打造“龙江阳光培训—就业—增收”链条式就业创业服务品牌，提高残疾人就业质量和收入。具有 29 年历史的哈洽会首次设立残疾人脱贫攻坚就业创业成果展示展销区，展现了残疾人企业家自强自立精神和别样的生命色彩。成功举办第七届黑龙江省残疾人职业技能竞赛，一批“足不出户，技能脱贫”的典型群体在比赛中脱颖而出。组织 32 名盲人参加“全国盲人医疗按摩人员考试”，考试合格率位居全国前列。完成全省按比例安排残疾人就业工作成绩突出单位的申报审核工作，优化残疾人就业保障金申报审核流程，实现网上办理。

惠残助行工程体现新风尚。进一步规范残疾人机动轮椅车燃油补贴发放管理制度，为 11058 台残疾人机动轮椅车发放燃油补贴。成功完成“关心你的残疾人邻居”项目终期任务，共孵化和培育社会组织 105 个，惠及 6.18 万残疾人，创造了第三方评估机构全程陪伴式督导服务（帮助）助残社会组织成长的经验。五大专门协会开展“一看三学三比”活动，发挥了积极作用。全省 17.2 万名助残志愿者为残疾人提供各类助残服务近 120 万人次。

精准康复服务体现新突破。推动出台《黑龙江省人民政府关于建立残疾儿童康复救助制度的实施意见》，实现全省残疾儿童康复救助标准的“提标扩面”。全年共为 2903 名困难残疾儿童提供抢救性康复救助。加快实施残疾人精准康复服务行动，共为 160552 名有需求的残疾儿童和持证残疾人提供基本康复服务，基本康复服务率比上一年度提高 41.68%。为 80378 名有辅助器具需求的残疾人提供基本辅助器具适配服务。

特殊教育体现新提升。全面实施《残疾人教育条例》和《第二期特殊教育提升计划（2017—2020 年）》，积极配合教育部门推进适龄残疾儿童少年融合教育，落实“一人一案”服务，解决残疾儿童少年就学问题。通过采取特教学校就读、普通学校随班就读、送教上门等个性化教学形式，全面提高适龄残疾儿童少年义务教育入学率和残疾人高中阶段免费教育。实施国家助学项目，对 326 名符合条件的特困残疾儿童进行救助。2018 年达到高考录取分数线的残疾人考生，100% 被各类院校录取，有合理便利考试需求的残疾人考生 100% 得到照顾。

组织基础体现新活力。省委常委会专门听取省残联换届情况汇报，对全省残疾人事业给予格外关心、格外关注。成功召开省残联第七次代表大会，在哈省委常委全部出席开幕式。省委书记、省人大常委会主任张庆伟在开幕式上讲话，会后第一时间同省残联新一届主席团和理事会班子成员集体谈话，提出明确要求和殷切嘱托。指导各市地县残联相继圆满完成换届工作，一批政治素质高、工作能力强、热爱残疾人事业的同志走上领导岗位，残联领导班子和队伍建设得到加强，残联组织基础进一步夯实。

信息化工作体现新进展。优化省残联综合信息服务平台功能，提升省级数据中心服务能力。以残疾人证管理、动态更新调查、精准康复管理、精准扶贫管理、残疾人保障金年审五大系统为支撑，全省11086名残疾人工作者利用3个月时间，采取实名制方式入户调查动态更新，寓调查于服务，寓服务于调查之中。对98.9万持证残疾人的119项服务状况和基本需求状况进行采集，入户率达97.8%，高于中国残联要求动态更新入户率的平均水平。印发《残疾人证管理办法实施细则有关问题的通知》，明确残疾人证核发程序及追责机制。对各级残联负责办证的工作人员开展业务培训，强化对残疾人证办理工作的监督和管理，共清理清查违规残疾人证200本。

宣传文化体育体现新精彩。借助七代会、全国助残日、残疾预防日等重要时间节点，大力宣传全省残疾人事业。开展丰富多彩的残疾人文化周活动，在全省各级残联深入开展“阅读助力人生——身残志坚·脱贫光荣”残疾人朗诵演讲大赛活动，通过身边人讲身边事，激发贫困残疾人内生动力。开展残疾人文化进家庭“五个一”项目活动，共发放资金54万元，惠及1080户残疾人家庭。举办第三届中国残疾人冰雪运动季主场活动启动仪式，推动中国残联与省政府正式签订发展残疾人冬季体育战略合作协议。以黑龙江省轮椅冰壶队为主力阵容的国家队，在2018年平昌冬残奥会上夺得我国在冬季残奥会历史上的首枚金牌，实现冬季残奥会历史上金牌和奖牌零的突破。第七届省残疾人运动会首次实现与省运会同城同时举办。

维护残疾人合法权益体现新作为。建立完善信访工作“五大机制”，有效防范群体性事件和极端事件发生。对儿麻后遗症患者群体、残疾人机动轮椅车运营群体等，采取“思想引领、政策宣讲、法制宣传、心理疏导、帮扶救助”五步工作法，引导他们通过合法途径理性表达利益诉求。运用“问需、倾听、交流、响应”八字工作原则，及时化解残疾人矛盾纠纷，切实维护残疾人合法权益。承办全国部分省区残联系统矛盾纠纷排查化解工作会议并介绍经验。

残联改革体现新要求。省委全面深化改革委员会第三次会议专门听取并审议通过《省残联改革方案》。省残联改革全面启动，制定省残联落实“走转改”专项改革方案和“学听跟”专项活动方案等“1+N”相关配套改革措施，明确推进改革的时间表、路线图和任务书，各级残联组织呈现出积极作为、昂扬向上的生机活力。

推进解决历史遗留问题体现新担当。新班子面对历史遗留问题不埋怨、不抱怨，不回避、不退缩，勇于面对、勇于接受，依法依规，综合施策。妥善解决缠访多年的江北家属楼房屋产权证办理工作，依法办理省残联机关临时聘用人员解聘工作，依法启动办理省残联下属国有企业省康龙贸易公司“僵尸企业”处置工作，历史遗留问题的推进解决，得到涉事单位和利益相关方的高度评价和充分肯定。

六、重要条目

【中国轮椅冰壶队夺得冬残奥史上首金】2018年3月17日，平昌冬残奥会轮椅冰壶决赛中国队以6比5战胜挪威队，摘得我国在冬残奥会历史上的首枚金牌，取得历史性突破。本届残奥会中国轮椅冰壶队由3名黑龙江籍老队员和2名北京籍新队员组成，黑龙江队员王海涛任队长，教练员由岳清爽和李建锐两名黑龙江教练组成。决赛现场，中国队与挪威队经过8局的激烈角逐，以5比5平局的焦灼状态进入加时赛，具备后手优势的中国队在加时局一直处于优势局势，最后以1分之差战胜挪威队夺得冠军，实现了我国在冬残奥会历史上金牌和奖牌零的突破。2006年，黑龙江省残联组建国内第一支轮椅冰壶队，并多次作为国家代表队参加国际赛事，曾在2014年索契冬残奥会上获得第四名，最好成绩是2015年芬兰世锦赛第二名。

图7-8-1　张海迪接见中国轮椅冰壶队。

【黑龙江省残疾人脱贫攻坚就业创业成果展销亮相哈洽会】2018年6月15日—19日，省残联首次在第29届哈尔滨国际经济贸易洽谈会设置全省残疾人脱贫攻坚就业创业成果展厅，共有安置贫困残疾人就业及残疾人自主创办的21家企业参展，产品涵盖手工艺制作、乐器、雕刻、服装、种养殖、食品加工、电子商务等，民族文化特色浓郁，时代特征鲜明，如刺绣、剪纸、残疾儿童现场制作手工制品。省委书记、省人大常委会主任张庆伟，省委副书记、省长王文涛，国务院国资委党委书记郝鹏，省委常委、省委秘书长张雨浦，省委常委、副省长贾玉梅等先后参观指导，与残疾人朋友交流。近万名国内外客商前来洽谈和采购，服装、剪纸、豆腐水饺、盲人香皂、手工编织等特色产品受青睐。

【黑龙江省第十四届运动会暨第七届残疾人运动会】2018年8月26日在大庆市开幕，全省运动会与全省残疾人运动会首次同城同期举办。第七届全省残疾人运动会竞赛项目于9月—12月在大庆市和哈尔滨市两地举行，设项涵盖肢体、视力、听障、智力四个残疾类别的运动项目田径、游泳、乒乓球、举重、聋人篮球、飞镖、象棋七个大项的比赛，全省各市（地）和大庆油田共14支代表队、近1300名残疾人运动员、教练员、裁判员、工作人员和志愿者参加。

【黑龙江省“身残志坚·脱贫光荣”自强典型“百团千场”巡讲活动】由黑龙江省残联、省文化与旅游厅、省扶贫办共同举办，2018年12月3日在哈尔滨启动。活动以残疾人脱贫典型讲脱贫故事为主线，激发贫困残疾人主动脱贫和勇敢面对困难生活挑战的内生动力。主讲人包括2018年全国脱贫攻坚奋进奖获得者、鹤岗市萝北县靠种植五味子脱贫的刘洪霞，全国贫困残疾人脱贫典型、齐齐哈尔市泰来县赵兴权，哈尔滨市延寿县星辉有机稻米专业合作社理事长边延辉等，活动立足基层，结合实际，深入贫困残疾人家中讲脱贫故事，激励残疾人群众不抱怨、不叹息、不自弃，正视人生困难，开创幸福美好生活。

七、大事记

1月25日，“关心你的残疾人邻居”项目第二期立项发布与管理培训会在哈尔滨召开。全省获得资助的有64个项目；北京七悦社会公益服务中心和黑龙江省大众社工社会服务中心负责人就项目申报、实施、管理等做专题讲座。

2月11日，省残联党组成员、副理事长王传文率队到克山县向华乡上升村看望慰问驻村工作队和贫困群众，调研指导扶贫工作。

3月3日，省聋协、哈尔滨市聋协邀请哈尔滨医科大学附属第一医院教授在省图书馆龙江讲坛举办第19次全国爱耳日、第六次国际爱耳日知识讲座。

5月20日，省残联启动全省助残日活动。省领导陈海波、孙珅、毕宝文、刘睦终出席。省残疾人福利基金会接受黑龙江中远贸易集团捐赠“助力残疾人脱贫持续增收项目公益资金”200万元、接受江苏省江阴市新盛医疗器材设备有限公司捐赠200台残疾人轮椅。

5月21日，省残联召开“法治建设年”活动动员部署大会暨深化机关作风整顿优化营商环境工作推进会。

5月8日—10日，省残联在哈尔滨举办2018年全省残疾人康复工作业务培训班暨全省残疾人康复工作会议。

5月28日，省残联第六届主席团第三次全体会议在哈尔滨召开。省政府副秘书长、省残联第六届主席团副主席王大为主持会议，会议选举董濮为省残联第六届主席团副主席、执行理事会理事长，表决通过调换13位同志为省残联第六届主席团委员。

5月29日—30日，全省残疾人基本服务状况和需求信息数据动态更新工作培训班在哈尔滨举办。

5月30日，全省残联组织建设工作会议在哈尔滨召开。

6月8日，省残联召开党组（扩大）会议，传达学习、贯彻落实省委十二届三次全会精神。董濮主持会议。

6月15日，省残联召开党组理论学习中心组学习会。

6月29日，省残联召开2018年党建暨党风廉政建设工作会议。董濮与班子成员、班子成员与分管部室和直属事业单位负责人签订《2018年党风廉政建设工作责任书》。

7月19日，全国第十届残疾人运动会暨第七届特奥运动会预赛暨2018年全国聋人篮球锦标赛在黑龙江大学开幕。15个省区市的26个参赛队伍500余名运动员、教练员、工作人员及裁判员、志愿者、媒体记者参加。董濮出席开幕式并宣布开幕。

8月8日—10日，黑龙江省残疾人联合会第七次代表大会在哈尔滨召开。

8月17日，黑龙江省贯彻落实建立残疾儿童康复救助制度电视电话会议召开。副省长、省残联主席程志明出席讲话。

8月23日，第六届黑龙江残疾人艺术展览会亮相第十三届黑龙江国际文化产业博览会，主题是“发挥文化产业优势，助力残疾人小康”，各市残疾人文化企业和特殊教育学校学生制作的满绣、剪纸、相纸溶刻画、粮食镶嵌画、烙画、玛瑙火山石画、手工编织品、手工艺品、香皂、乐器等近400件艺术品参展。

8月24日，由省政府残工委办公室、哈尔滨市政府残工委办公室、道里区政府主办的落实全国残疾儿童康复救助制度工作会议精神暨第二次全国残疾预防日宣传教育活动道里区现场会在哈尔滨举行。

8月25日，“重视残疾预防，享受健康人生——脑血管病的预防和家庭康复训练”讲座在省图书馆举行。黑龙江省康复医院现代康复治疗部王智勇主任主讲。

8月23日—25日，省康复医院（省第五医院）、省中医药大学附属第二医院、省医院、哈医大一院、哈医大二院、哈医大四院、哈尔滨市儿童医院、哈尔滨市红十字中心医院等举办残疾预防日主题大型义诊活动。

9月4日—5日，董濮调研鹤岗市残疾人脱贫攻坚工作，走访残疾人贫困群众家庭。

图7-8-2　董濮考察绥滨县富强乡庆华村花脸蘑种植基地。

9月11日，省残联机关党委组织机关全体党员开展以“使命、责任、担当”为主题的党日活动。

9月14日—16日，由22名正式代表、1名特邀代表、1名列席代表组成的黑龙江省代表团在京出席中国残联七代会。

9月14日，由省残联主办，省残疾人辅助器具中心承办的全省首届辅助器具适配培训班在哈尔滨举行，全省80余名工作者参加培训。

9月17日，省残联召开党组扩大会议，传达学习习近平总书记加强残疾人工作重要论述和中国残联第七次代表大会精神。

9月18日，董濮就精神残疾评定等工作到哈尔滨市第一专科医院调研并主持召开座谈会。

9月25日—30日，2018年全省孤独症儿童康复人员培训班在哈尔滨举办，150名一线康复人员参加培训。

10月9日，省残联召开七届主席团二次全体（扩大）会议，传达学习贯彻习近平总书记在深入推进东北振兴座谈会上的重要讲话和在黑龙江省考察时的重要指示精神，传达学习贯彻习近平总书记关于残疾人工作重要论述和中国残联七代会精神，研究部署学习贯彻意见。

10月9日—11日，省残联在哈尔滨举办全省残联干部学习习近平总书记关于残疾人工作重要论述暨中国残联七代会精神专题培训班。省残联七届主席团委员、全省市（地）、县残联干部及省残联机关共220余人参加培训。

10月17日—19日，第七届黑龙江省残疾人职业技能竞赛在大庆举行。省残联和省人社厅联合主办，大庆油田承办，全省13个市（地）和大庆油田等14支代表队350名选手参加四大类18个项目的竞赛。其间，省残联举办全省残疾人就业招聘会大庆专场。

10月31日，省残联召开党组（扩大）会议，传达学习贯彻省委十二届四次全会精神。

11月5日，全国部分省区残疾人家庭无障碍改造工作推进会议在齐齐哈尔市召开，推广黑龙江省“爱得其所”农村残疾人家庭无障碍改造项目成功经验。吕世明出席会议，董濮做重点发言。

11月6日，全省残联系统推进贫困残疾人脱贫攻坚工作会议在哈尔滨召开。吕世明，省委常委、副省长贾玉梅，省扶贫办主任崔培元、哈尔滨市委副书记艾立明及省政府残工委部分成员单位领导出席会议。

11月12日—23日，省残联分别在哈尔滨市和佳木斯市召开省残联改革征求意见座谈会，就残联组织建设、人员力量配备、作用发挥、服务残疾人和乡镇街道残疾人专职委员配备等方面提出建议。

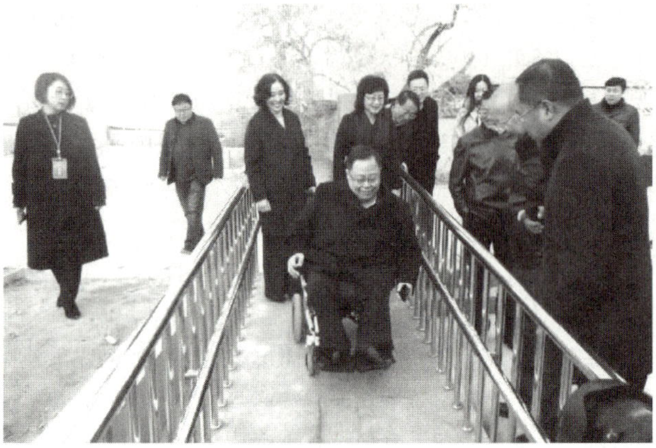

图7-8-3 吕世明体验吉斯堡村无障碍通行坡道。

11月19日，省残联党组召开（扩大）会议，传达学习全省深化机关作风整顿优化营商环境警示教育大会精神，并研究贯彻落实意见。董濮主持会议并讲话。

11月26日，省残联召开解放思想推动高质量发展大讨论动员部署暨深化机关作风整顿优化营商环境警示教育大会，董濮出席并讲话。

11月26日—28日，全国政协委员、中国听力语言康复研究中心主任龙墨率队调研黑龙江省残疾儿童康复救助制度建设工作。

12月3日，全省残联专门协会工作会议在哈尔滨召开，省残联党组成员、副理事长李福志出席并讲话。

12月3日，“阅读助力人生——身残志坚·脱贫光荣”朗诵演讲大赛决赛在哈尔滨举行，主题是“阅读助力人生—身残志坚·脱贫光荣”，省残联、省文化和旅游厅共同主办，省图书馆承办。全省各地近30名选手参加决赛。全省各地报送作品32个，最终18个作品脱颖而出，入围决赛。

12月5日，由省残联、省卫健委共同举办的黑龙江省残疾预防重点干预项目暨残疾评定人员师资培训班在哈尔滨市开班，全省140人参加培训。

12月18日，省残联、北京亮耳听力技术有限公司和中国联通北京分公司在哈尔滨举办“集善工程——（亮耳·联通）助听行动”项目捐赠及发放仪式和培训班。

12月16日—19日，省残联、卫健委共同举办残疾人家庭医生签约服务培训班。王传文、省卫健委党组成员、副主任李淑梅参加开班式，150人参加培训。

12月21日，省残联机关召开“解放思想推动高质量发展大讨论”专题交流大会。

（王婷供稿）

上海市残疾人事业和残疾人工作

一、领导讲话

上海市副市长、市政府残工委主任彭沉雷在市政府残工委（扩大）会议暨表彰工作会上的讲话摘要

2018年9月25日

图7-9-1　彭沉雷在市政府残工委（扩大）会议暨表彰工作会上讲话。

2018年是实施“十三五”规划承上启下的关键一年，中期评估显示，在各级党委、政府的关心重视下，在各残工委成员单位和社会各界的共同努力下，《上海市残疾人事业“十三五”发展规划》主要指标完成情况基本符合预期，一批残疾人最盼、最急、最忧、最怨的问题得到有效解决，残疾人在共建共享全面小康过程中又向前迈进一大步，为达到“全面实现小康社会，残疾人一个也不能少”的目标奠定了坚实基础。

韩正同志在中国残联七代会上的致辞中强调，要把更多注意力放在残疾人等困难群众身上，制定特惠政策，给予特别关爱，送去党和政府及全社会的温暖。李强同志在市残联七代会上提出，要不断健全残疾人权益保障制度，让残疾人更好地享有基本公共服务，平等享有政治、经济、文化、社会权益，精神生活更有寄托，社会生活更有尊严，家庭生活更加幸福。各区、各部门要认真学习和坚决贯彻中国残联和市残联第七次代表大会的重要精神和部署要求，通过更加扎实的工作，让城市的温度首先在残疾人身上体现，推动本市残疾人事业取得新的更大的成就。

要全面贯彻党的十九大精神，抓紧抓好“十三五”时期残疾人事业发展的重点工作，紧紧围绕推进残疾人实现更高水平小康的目标，聚焦市委市政府重点工作任务，牢牢把握“走在前列”的定位，不断提高服务残疾人的能力水平，找差距、补短板，确保“十三五”各项任务全面完成。相关部门要更加重视残疾人事业发展中的一些瓶颈和难题，花大力气研究政策与措施，抓住薄弱环节，改进工作方法，推动残疾人事业加快发展。

要凝聚各方力量，推动残疾人事业高质量发展。各级政府要增强责任意识和使命意识，把残疾人事业纳入重要议事日程，统筹研究部署。各级政府残工委要履职尽责，加强协调，及时研究解决重大问题。要加大对自强模范和助残先进的宣传力度，充分发挥典型的激励引导作用，进一步激发社会正能量，推动全社会更加关注、关心残疾人事业。要继续激励残疾人发扬自强不息精神，鼓励残疾人平等参与到上海的建设和发展中来，用奋斗创造幸福生活。

二、政策法规文件

关于调整本市残疾少年儿童康复救助补贴标准的通知

沪残联〔2018〕125号

2019年1月1日起，视力、听力、智力残疾少年儿童康复补贴由每人每年3000元调整为每人每年10000元；脑瘫少年儿童康复补贴由每人每年15000元调整为每人每年24000元；肢体残疾少年儿童康复补贴由每人每年10000元调整为每人每年15000元；孤独症少年儿童康复补贴由每人每年12000元调整为每人每年24000元。康复救助补贴标准的调整将为各类残疾儿童康复训练提供经费保障，减轻残疾儿童及其家庭的生活负担。

关于调整本市残疾人居家养护补贴标准的通知

沪残联〔2018〕126号

2018年10月起，残疾人居家养护服务补贴标准由每小时20元调整为每小时25元，每天服务1小时。残疾人居家养护服务补贴标准今后随本市养老服务补贴政策中照护一级的最低生活保障家庭老年人补贴标准的调整同步调整。

关于实施《上海市残疾人就业保障金征收使用管理实施办法》有关问题的通知

上海市财政局、市人力资源社会保障局、市残疾人联合会

2018年5月9日

个人上一年度月平均工资收入高于上一年度全市职工月平均工资收入200%以上的部分不计入缴费基数。

关于实施残疾人机动（电动）轮椅车置换及购置有关事项的通知

沪残联〔2018〕155号

置换残疾人机动（电动）轮椅车以自愿为原则，自主选择，属地管理。残疾人置换机动（电动）轮椅车的补贴对象须同时符合以下条件：

（一）本市户籍；

（二）持有本市核发中华人民共和国残疾人证（或中华人民共和国残疾军人证、中华人民共和国伤残人民警察证）的下肢残疾人；

（三）持有本市公安局核发的残疾人机动轮椅车车牌、行车执照和操作证。

置换补贴标准：

（一）置换带棚残疾人电动轮椅车补贴标准为每辆4300元，旧车回收；

（二）置换带棚残疾人机动轮椅车补贴标准为每辆5000元，旧车回收；

（三）置换无棚残疾人机动轮椅车补贴标准为每辆2800元，旧车回收。

燃油、电费补贴标准：带棚残疾人机动（电动）轮椅车燃油、电费补贴均按现行残疾人机动轮椅车燃油补贴标准执行。

其他：

（一）残疾人初次购买残疾人机动（电动）轮椅车的，购车费用由个人全额承担；

（二）本通知补贴范围的残疾人，交回无棚残疾人机动轮椅车且不再购置残疾人机动（电动）轮椅车的，按每辆2800元给予补贴。

关于转发《关于做好残疾人家庭医生签约服务工作的通知》的通知

沪卫计办基层〔2018〕155号

按照本市家庭医生制度和残疾人医疗康复的总体工作安排，着重做好以下工作：

一、残疾人按照自愿原则与家庭医生签约，家庭医生根据评估结果为残疾人提供全面、连续、有针对性的基本医疗卫生服务；

二、应立足实际，探索创新，开展可行性签约服务，提升服务效能；

三、至2018年底全市重点人群家庭医生签约率不低于60%，做到有需求的残疾人应签尽签；

四、各区卫生计生委、残联要进一步加强工作协调、资金保障和信息共享。

上海市人民政府关于本市建立残疾儿童康复救助制度的实施意见

沪府规〔2018〕22号

救助对象：本市户籍、符合条件的、未满18周岁的视力、听力、言语、肢体、智力等残疾儿童和孤独症儿童。救助内容：包括以减轻功能障碍、改善功能状况、增强生活自理和社会参与能力为目的的医疗康复、功能评估、康复训练、教育康复、辅助器具服务、康复技术指导、居家康复服务与指导等。

三、五年工作综述

——上海市残联党组书记、理事长王爱芬在市残联第七次代表大会上的工作报告（节选）

2018年6月26日

（一）切实保障民生，共享美好生活

1. 织密织牢就业和保障安全网。通过实施更加积极的就业促进政策，逐步形成以按比例分散就业和集中就业为主，辅助性就业、灵活就业、自主创业为辅的残疾人就业格局。率先专项招录88名残疾人进入党政机关、事业单位工作，应届残疾人大学毕业生就业率达到95%以上，1.2万名就业困难残疾人通过辅助性就业实现劳动增收，城镇残疾人登记失业率保持稳定。12.7万余人次残疾人参加职业技能培训，在国内外残疾人职业技能竞赛中屡获佳绩，就业能力得到提升。建立“创客201”残疾人创业孵化新模式，扶持扶残涉农经济组织。构筑更为完备的残疾人社会救助、社会保险、社会福利制度。实现残疾人基本社会保险全覆盖，重度残疾人享受居民养老、医疗保险代缴，每年惠及9万多人次；建立困难残疾人生活补贴和重度残疾人护理补贴制度，帮扶近27万名残疾人；实施残疾人交通补贴制度，完善残

疾人信息通信补贴机制、重度下肢残疾人乘坐多功能出租车优惠等一系列政策。

2. 扩大残疾人康复服务供给。全面开展医疗康复、教育康复、职业康复、社会康复、辅助器具适配和残疾预防等康复服务。残疾人康复服务量年均达47万人次，康复服务覆盖率达99%以上。为45万人次残疾人提供免费健康体检，为各类残疾人配发辅助器具70余万件，残疾人机动轮椅车研制取得重大突破。为3.7万余名残疾人提供养护服务，为1万余名残疾儿童实施康复救助。完善社区残疾人康复服务网络，各类康复机构超过2000家，“阳光之家”“阳光心园”等残疾人日间照料服务机构更加规范。推进残疾人康复机构建设，上海市养志康复医院成为国家工伤康复示范基地。

3. 深化教育优先制度安排。全面实施医教结合，提升本市特殊教育发展水平。适龄残疾少年儿童义务教育实现“零拒绝”，入学率超过99%。扩大免费教育范围，覆盖从学前到高中各学段的残疾人学生。研究开发残疾人职业教育专业课程，全市建成18个特殊职业教育办学点。完善教育支持服务举措，1500多名残疾人学生、困难残疾人家庭子女考入全国50多所全日制大学。持续实施残疾人学生及困难残疾人家庭子女教育补贴，帮扶近2万户家庭。依托上海开放大学残疾人教育学院，满足残疾人学习需求，终身教育服务保障体系日趋完备。

（二）推动残健融合，促进全面发展

1. 优化残疾人事业宣传氛围。构建集微信公众号、残联官网、《新民晚报》“阳光天地”专版、《灵芝草》杂志为一体的宣传平台，扩大宣传范围，加大宣传影响。坚持开展全国助残日、上海助残周等重大活动，营造全社会关心帮助残疾人的良好氛围。承办第十一届中国残疾人事业发展论坛等活动，研究新时代残疾人事业发展理论；表彰自强模范和助残先进典型，激励更多的残疾人自强不息、奉献社会。加强残疾人国际交流合作，上海盲童无伴奏合唱团代表中国参加联合国成立70周年主题活动，获得广泛赞誉；承办联合国亚太经社会信息无障碍国际研讨会，为构建残疾人事务国际合作协调机制贡献力量。

2. 充分展示残疾人文化体育风采。上海残疾人艺术团、上海残疾人合唱团、上海聋人舞蹈团等各类残疾人特殊艺术团队的足迹遍及国内外，上海代表团在全国残疾人艺术汇演中，多次获得优异成绩，用自强精神、超凡才华诠释生命力量。发展残疾人群众体育，建立176个体育健身点。2014年仁川亚残会，上海籍运动员获得19金6银4铜的好成绩；2016年里约残奥会，上海籍运动员夺得9金10银3铜，破2项世界纪录。

3. 努力改善城市无障碍环境。实现公共建筑无障碍设施与主体工程同步设计、同步施工和同步验收，积极开展上海迪士尼等重大工程无障碍设施建设督导；政府网站、公共服务机构和公共交通工具为残疾人提供无障碍信息服务；推进企事业单位无障碍设施建设，改善残疾人就业环境。连续实施为农村困难残疾人家庭进行无障碍改造的市政府实事项目，惠及8000多名困难残疾人。落实政府部门网站首页无障碍改造，建成国内首家“无障碍数字图书馆”，“阳光院线”无障碍电影延伸到社区，电视新闻实现每天手语直播，拓宽残疾人信息交流渠道。

（三）把握时代要求，推动制度创新

1. 加强事业发展顶层设计。修订并施行《上海市实施〈中华人民共和国残疾人保障法〉办法》，印发《上海市人民政府关于贯彻国务院加快推进残疾人小康进程意见的实施意见》，编制《上海市残疾人事业“十三五”发展规划》，制定《上海市“十三五”基本公共服务体系规划》残疾人专章，颁布《上海市人民政府关于贯彻〈残疾预防和残疾人康复条例〉的实施意见》。市、区残联和各级政府部门相继推出系列惠残举措，为不断改善残疾人状况提供坚实的制度保障。

2. 推进服务工作重心下移。实现残疾人业务受理下沉社区，23项残疾人事务纳入社区事务受理中心服务范围，2项行政审批事项和16项服务事项接入市政府网上政务大厅，方便残疾人就近办事。残疾人工作纳入街镇社区服务职责范围，形成居村委、专业社会组织、街镇残联各司其职的服务新格局。推进助残服务社会化，将残疾人基本公共服务纳入政府购买服务范围，公布政府购买助残服务项目清单，每年投入近2亿元资金。各级残联鼓励和引导社会力量参与助残服务，扶持一批残疾人满意、社会反响良好的助残服务机构和优质项目，承接助残项目的社会机构超过200家。

3. 实施信息数据智能应用。启动上海市残疾人数据资源中心建设，汇聚残疾人社会保障、康复、教育、就业等数据信息，形成纵向对接中国残联、横向对接政府部门、集成近100个应用模块的残联信息管理系统。建立残疾人基本服务状况和需求信息数据动态更新机制，率先采用移动终端上门采集数据，调查对象范围覆盖全市50多万持证残疾人，入户调查率达到98%；委托国家统计局上海调查总队建立残疾人家庭收入调查制度，开展残疾人小康状况监测工作，运用大数据科学分析残疾人基本服务状况和需求，为精准服务提供决策依据。

（四）加强能力建设，提高履职水平

1. 切实维护残疾人合法权益。配合市人大、市政协开展《中华人民共和国残疾人保障法》执法检查和无障碍环境建设视察活动。认真办理人大代表建议、政协委员提案83件。着力建设阳光信访、责任信访和法治信访，全力化解残疾人信访突出矛盾。充分发挥12385残疾人服务热线作用，试点开通残疾人手语视频服务，满足聋人群体需求。推

动法律服务延伸到基层，构建市、区、街镇三级残疾人法律服务网络。组建助残律师志愿服务团，为残疾人提供法律咨询，引导他们合理合法维护自身权益。

2. 强化残疾人组织队伍建设。健全以市残联和区残联为主导、街镇残联为骨干、居村残协为基础的残疾人组织网络，做到残疾人在哪里，残疾人组织就建到哪里，遍布社区的助残员走千家入万户，将服务送到残疾人身边，工作更加专业化，服务更加多元化。发挥残疾人专门协会联系残疾人作用，形成“希望之家”“助聋门诊”等服务品牌。大力培育优秀残疾人，加强残疾人干部人才储备。

3. 扎实推进残联组织自身改革。认真贯彻落实党中央和市委关于群团改革的决策部署，坚定不移推进全市残联组织自身改革，明确改革的总体目标和任务，牢牢把握正确方向，进一步增强残联组织的政治性、先进性、群众性，发挥党和政府联系残疾人群众的桥梁纽带作用。贯彻落实《上海市残疾人联合会改革实施方案》，指导基层残联实行改革，确保市、区两级残联改革上下联动、形成合力、有机衔接、同步推进。通过改革，上海残联组织体系更加健全，队伍结构明显改善，基层力量显著增强，工作机制不断创新。以“不忘初心、牢记使命，勇当改革开放排头兵、创新发展先行者”大调研为契机，重点查找残疾人反映的难点、痛点、堵点问题，及时为残疾人排忧解难，推动残疾人事业改革创新再出发。

四、2018 年工作综述

2018 年，上海残疾人事业在习近平新时代中国特色社会主义思想的指引下，以上海市残疾人联合会第七次代表大会召开为契机，紧紧围绕《关于加快推进残疾人小康进程意见的实施意见》及《上海市残疾人事业“十三五”发展规划》，全面落实中央和市委市政府关于做好残疾人工作的决策部署，准确把握上海残疾人事业发展的时代坐标，融入卓越的全球城市和具有世界影响力的社会主义现代化国际大都市建设，迈进新时代残疾人事业发展新征程，更好地实现了残疾人平等参与社会、共享发展成果。

（一）康复工作

出台、调整一批残疾人康复政策。制定建立上海市残疾儿童康复救助制度，从上海城市功能定位和“健康上海”高度入手，注重与基本公共服务、儿童健康与保健、特殊教育等相关重大规划、重要文件衔接，政府主导，多元融合，体现上海的服务特点，涵盖基本公共服务、康复服务、辅助器具服务、无障碍环境建设等方面。全面开展残疾人家庭医生签约工作，进一步确保残疾人精准康复服务行动有效实施。调整残疾人居家养护补贴标准，提高上海市 0—16 岁残疾儿童康复救助补贴标准，调整本市残疾少年儿童康复救助补贴标准。

成立上海市残疾预防和残疾人康复服务专家技术指导组、补充更新康复资源中心名单，发挥专家资源优势，推进残疾预防及康复服务深入开展。

全年组织实施各类康复知识培训班，培训各类康复人员 1008 人次。其中，残疾人康复协调员岗位资质培训班二期 218 人；盲人定向行走指导员初期培训班三期 145 人、后续培训班两期 110 人；“阳光心园”业务工作培训班八期 505 人次；开展上海市“阳光心园”宣传作品评比活动，全面展示上海市各“阳光心园”康复特色，宣传精神残疾人康复成果；脊髓损伤者“中途之家”康复指导员培训班 30 人；成功举办第三届“阳光杯”上海市青年康复治疗师技能大赛，全市 84 家各级医疗机构的 643 名治疗师踊跃参加。顺利完成上海市第 29 次聋儿听觉言语能力康复评估工作，各区语训机构 40 余名适龄聋儿参加康复评估。

开展康复科研、人才培养项目督导与验收。组织开展残疾人康复科研项目申报工作，委托上海市残疾人康复协会开展立项评审工作。2018 年全年上海各区及有关单位共申报康复科研项目 179 项。

依托复旦大学上海市残疾人康复事业发展研究中心开展《上海市残疾儿童康复状况白皮书》《基于面板数据的上海市残疾人健康状况分析》《上海市残疾人精准康复需求实现状况分析》等课题研究，为进一步实现上海市残疾人精准康复提供依据。

继续协调推进虹口区创建全国残疾预防综合试验区试点工作，指导虹口区实施重点干预项目，探索和创新残疾预防工作模式，形成区、街道、社区三级联网的残疾预防及康复服务网络。

利用全国爱耳日、全国助残日等节点举办各类大型活动，通过公益宣传提高全社会对残疾人群康复的关注度。

（二）教育就业工作

做好残疾人学生参加高考录取、未入学适龄残疾儿童少年情况的统计工作，积极配合教育行政部门和招生考试机构，做好残疾人考生申请合理便利的综合评估工作，开展跟踪服务，宣传助学补贴等政策，为残疾人考生和家长做好政策解释和相关指导工作。2018 年，全市共有 78 名残疾人考生被普通高校录取，其中视力残疾 9 人，听力残疾 29 人，肢体残疾 37 人，言语残疾 1 人，智力残疾 1 人，多重残疾 1 人。

进一步调整优化残疾人就业保障金征收的部分政策内容，切实做好降低企业税费负担工作。

开展以“就业帮扶，真情相助，不让一个困难群众掉队”为主题的就业援助月活动。走访残疾登记失业人员家庭 1654 户，登记失业的残疾人员 2219 名，组织残疾人专场招聘会116场，实名制纳入年度培训计划残疾人2885人，帮助残疾登记失业人员实现就业399人，帮助残疾人享受专项扶持政策502人。举办2018年上海市高校残疾人毕业生就业招聘会，数量规模均为历年之最。

持续推进机关事业单位试点专项招录残疾人工作，2018年全市共推出20个公务员职位、38个事业单位岗位，市区两级公务员单位共录用残疾人9人。与市公务员局联合举办上海市残疾人公务员专项培训学习班，以专题学习、小组讨论、拓展培训等形式，进一步提升残疾人公务员们的履职能力，加强残疾人公务员的队伍建设。

开展帮扶农村困难残疾人劳动增收工作。考核全市扶残涉农经济组织，与负责人、所帮扶的残疾人及第三方考核机构人员进行座谈。228家扶残涉农经济组织参加2017年度考核，经考核164家为优秀，64家为合格。截至2018年12月底，全市共有264家扶残涉农经济组织，帮扶10534名农村困难残疾人。

持续实施上海市残疾青年创客空间（“创客201”）项目。修订《“创客201”运营管理服务制度（试行）》，通过购买服务方式明确支持服务团队，与入驻的残疾人创客签订孵化协议，为入驻的残疾人创客提供更为深入的孵化支持工作。截至2018年12月底，该项目新入驻残疾人创客4名，开展8次政策宣讲、创业导师服务、2次创业路演、对接和项目展示活动，2次创业交流、商业模块培训、项目评估和诊断，1次投资沙龙。

（三）社会保障工作

做好残疾人“两项补贴”全市通办相关工作。根据上海市人民政府办公厅《关于本市各街镇社区事务受理服务中心办理事项全面实施“全市通办”的通知》要求，自2018年3月起上海市“两项补贴”开始实行全市通办。市残联与市民政局、市财政局共同加强“两项补贴”档案和资金规范管理，有效解决“两项补贴”全市通办以后的档案流转和资金拨付两个难点问题。同时，积极配合市民政局做好“两项补贴”信息管理系统的升级改造工作。

完成各项“十三五”中期评估及小康指标监测等工作。按照中国残联以及市发改委、市人社局、市教委等相关单位和部门对于“十三五”开展中期评估及残疾人小康指标监测要求，完成上海市残疾人教育、就业、社会保障工作“十三五”中期评估自评报告、上海市残疾人就业工作“十三五”中期评估自评报告。填报残疾人事业“十三五”规划中期评估指标数据基础信息表格、地方残疾人事业“十三五”规划内容及中期情况调查表等表格，积极提供残疾人小康监测指标中关于残疾人教育、就业、“两项补贴”、低保低收入、重残无业等相关数据，确保中期评估及小康监测工作顺利开展。

截至2018年底，城镇推保锁定人员中已享受养老金的有4298人，继续为34名重残推保对象逐月缴纳社会保险费；享受城镇重残无业人员生活补助人数34045人，享受农村重残无业人员生活补助人数16706人；处于缴费状态的城镇重残无业养老补贴人员16809人，已开始领取养老补助金3618人；城乡重残居民医保参保人数为51813人；为40104名重残人员代缴城乡居民基本养老保险费。举办2018年“阳光之家”规范建设管理培训班，240名专职管理服务人员参加培训；完成42所“阳光之家”日常工作检查督导工作及对42所“阳光之家”第三方评估工作。组织1120名学员及其家长走进专业剧场欣赏经典儿童剧及艺术体验日活动；组织1230名“阳光之家”学员和工作人员分17批参加为期4天的训练营活动；组织全市16个区的1600名学员和老师参加田园益智融合体验活动；举办“阳光之家”诗书中华大赛和“阳光之家”手工艺作品创意大赛，增强学员主动融入社会的信心，提升了社会对智障人士的关注度。开展珠心算第二册教材教研活动和市级教研活动，66所“阳光之家”参加教学项目，受益群体达到1300多名学员；举办上海市“阳光之家”生活珠心算嘉年华活动，推广“阳光之家”珠心算学习的应用。

（四）组织联络工作

市残联全面部署、加强指导区残联换届工作，进一步健全区、街镇、居村残疾人组织体系。全市16个区残联全部按时完成换届任务，落实兼职副理事长配备。全市建立残联执行理事会的街镇175个，占街镇总数的80%；建立残疾人专门协会的街镇130个，占街镇总数的59%。

4月至8月，市残联、市人社局联合开展“上海市自强模范、扶残助残先进集体和先进个人”“上海市残疾人工作先进集体和先进个人”评选表彰活动。经过层层动员、逐级推荐、综合评审、二次公示、信用核查、征求意见等环节，评选出199个先进典型，并于2018年9月25日在上海市政府残工委（扩大）会议暨表彰工作会议上进行表彰。

协助区残联采取增加评定次数和增加评定医疗机构等方式来缓减“两项补贴”和“交补”工作带来的残疾评定数量增多压力。完成各区7万张新残疾人证的发放工作。组织残疾复查鉴定工作，组织16批239名申请复查鉴定人员进行复评，60名残疾等级提升，136名维持区评定等级，43名不符合残疾等级。

以“强基育人”工程任务为抓手，不断提升基层残联组织治理能力。召开全市残联系统的组织建设工作会议，在做好换届工作总结的基础上，以“强基育人”工程任务为抓手，持续推进2018年全市各级残联在基层组织建设、队伍建设等方面的工作。加强残疾人组织建设“强基育人”工程目标任务自评工作，通过自查自评，不断提升发现问题、解决问题的能力，并落实针对性的整改措施。积极落实“社区助残”公益性劳动组织转制工作，摸底梳理全市5679

名残疾人专职委员基本情况，研究制定社区残疾人专职委员队伍管理指导意见。认真贯彻落实全国残联系统干部教育培训规划，针对换届后残联干部、专门协会工作者、社区残疾人专职委员、专业服务人员实际，开展多种形式的培训。

加强专门协会工作，提升服务能力。围绕市残联中心工作，紧紧抓住换届契机，切实加强协会班子建设、队伍建设。通过广泛征求意见、严格组织考察、落实民主选举，选好配强新一届市专门协会班子。19 名专门协会主席、副主席中，大学本科及以上学历占 73.7%，45 周岁及以下中青年干部占 42.1%，中共党员占 68.4%、无党派人士占 5.3%、群众占 26.3%，呈现高学历、老中青结合、多方选才等特点。围绕残联中心工作，各专门协会充分发挥“代表、服务、维权”职责和桥梁纽带作用，结合大调研及帮困送温暖工作，深入基层倾听残疾人呼声，反馈残疾人需求，维护残疾人权益。结合残疾人节日和协会特点，开展丰富多彩的文体、娱乐、教育、公益、社会融合等活动。

积极推进政府购买助残服务和助残志愿，探索市、区两级残联购买助残服务项目。市残联协同市志愿者协会完善助残志愿者工作服务平台，指导区残联开展助残志愿者注册管理工作，开展志愿者招募，组织开展志愿助残工作，举办助残志愿者业务培训班提升志愿助残专业化水平，推进志愿助残活动的规范化、制度化发展。

做好视力障碍者信息沟通服务工作，完成 3.7 万名视力障碍者信息费的缴纳、核实；完成市级复查鉴定技术委员会参加全国培训；配合中国残联完成 2018 年全国残疾人家庭收入状况调查本市 146 户抽样对象的调查工作，并根据理事会要求，协调国家统计局上海奉贤调查总队完成与去年数据比较情况报告。

（五）维权工作

持续推进法治残联建设，运用法治思维和方式破解残疾人事业发展的难题，建立健全残疾人权益保障工作机制。成立上海市残疾人权益保障专家顾问团，加强法治残联顶层设计和残疾人权益保障研究，为法治残联建设建言献策。召开全市残联系统维权工作会议，邀请残疾人权益保障专家举办“转型社会和行政法治”讲座。巩固法治建设课题研究成果，完成《上海市法治残联建设规划》征求意见稿。

积极拓展各项残疾人法律服务工作，切实维护残疾人合法权益。市残联与市司法局联合实施“法援惠民生 · 关爱残疾人”法律援助品牌活动，以“防范、主动、全覆盖”为重点，以满足残疾人法律援助需求为导向，努力提高残疾人法律援助服务质量。举办 2018 年残疾人法律援助和救助工作培训暨“黑暗中对话”体验活动，进一步激发残疾人工作者的责任感和使命感。从注重维护与保障残疾信访人的合法权益出发，推动残疾人法律服务延伸到基层，逐步构建市、区、街镇（乡）三级法律服务网络，就地、就近为残疾人提供及时、便利的法律服务。

做好残疾人法律服务案例征集工作，加强维权案例的收集、积累、提炼和总结。全年市残疾人法律援助中心和残疾人法律救助工作站先后接受残疾人来访、来信、来电等法律服务 171 人次，涉及损害赔偿、劳动纠纷、房屋纠纷等民事案件等，较好地维护了残疾人的合法权益。

通过召开座谈会、实地走访和现场交流等方式，认真梳理全市交通无障碍建设问题并提出解决方案，重点开展交通无障碍设施的建设和改造工作。在公共道路、公共交通工具、公共场所大规模增设改造包括缘石坡道、盲道、无障碍通道、无障碍电梯、无障碍停车位、无障碍交通标志及交通信息无障碍设施等在内的交通无障碍设施。充分发挥无障碍督导大队和肢残人协会、盲人协会、聋人协会的作用，开展“体验式”自查工作，不断完善交通无障碍基础设施建设和环境建设。

联合相关医疗结构开展“助聋导医手语服务”试点工作，探索符合实际的助聋就医信息交流无障碍服务模式；联合市通管局共同研究推进残疾人视力障碍者的信息服务套餐“一网通办”工作，优化套餐服务内容，制定相关工作流程及服务标准。开通 12345 市民热线手语视频服务个人 PC 服务，更加精准地服务于听力与言语障碍者群体。

完成残疾人机动轮椅车燃油补贴和多功能无障碍出租车补贴工作。下拨 19547 辆残疾人机动轮椅车燃油补贴，补贴残疾人预约并乘坐多功能无障碍出租车 2770 差次。元旦春节期间，全市各级残联共走访、救助困难残疾人 125401 人。

全市残疾人信访工作总体形势良好，残疾人信访秩序平稳。接待来访、来电、邮件 9359 批（件）次，同比下降 4.9%。办理上级及相关部门转办信访件 72 件，同比下降 46.3%。12385 残疾人服务热线共接听来电 3033 个，生成工单 3207 件，除当面答复或已转办相关单位的工单以外，均积极给予及时受理和办理。

（六）文体宣传工作

组织第 28 次全国助残日活动，推进残疾人健康小康生活。在上海图书馆举行全国助残日工作座谈会，副市长彭沉雷一行视察上海图书馆无障碍建设情况并参加座谈。市残联与上港集团足球俱乐部共同启动“红色轮椅”计划，为特殊群体球迷提供无障碍观赛、无障碍出行、无障碍用餐等多项服务。充分利用广播、电视、报刊、网络等各种渠道广泛宣传残疾人事业，努力营造扶残助残氛围。

开展“全国残疾预防日”暨贯彻《残疾预防和残疾人康复条例》系列宣传活动。全市各医疗机构 300 余名专家参与宣传科普活动；各区制作展板、宣传画 5 千余幅，发放宣传材料 7 万余份，在各社区、商圈、主要路口的 2 千余块电子屏上投放残疾预防口号及核心知识，举办各类讲座、培训 500 余场，举办各类义诊、咨询活动，服务 4 万余人次。

发动主流媒体大规模宣传报道上海市残联第七次代表大会，全面展现上海残疾人事业发展成就。6月25日，央视新闻直播间专题报道《上海阳光家园，助残疾人实现就近康复》，《新民晚报》专版刊载《30年让关爱阳光照亮残疾人的心灵》，《文汇报》发表综述《平等参与社会，共享品质生活》；6月26日，央视朝闻天下推出《上海辅具适配，让残疾人生活有品质》专题报道，《解放日报》发表综述《“平等、参与、共享”迎来更有尊严的生活》，《新民晚报》专版刊载《让城市温度首先在残疾人身上体现》《让温暖阳光照亮心灵》；6月27日，新华社、新华网、文汇报等30多家媒体和网站，以《全社会携手厚植热心助残风尚和关怀》等标题宣传报道七代会盛况，多角度宣传五年来上海市残疾人事业的发展成果，倡导理解、尊重、关心、帮助残疾人的社会风尚。

建立新媒体宣传阵地，拓展残疾人事业宣传领域。加快“两微（微博微信）、一网（残联官网）、一报（《新民晚报》阳光天地专版）、一刊（《灵芝草》杂志）”“五个一”融媒体平台建设。上海残联公众号已开设“微发布”“微能量”“微服务”三大菜单、12个子栏目。全年发布452篇文章，单篇最高阅读量达9200人次，最高转发数量568次，平均头条阅读量均在800人次以上。在中国残联每周发布的“全国省级残联微信公众号传播指数十佳榜”中，次次上榜，稳居第一梯队。

举办“同一片阳光，同一个梦想——上海市残疾人联合会成立30周年文艺演出”，集中展现30年来上海市残联勇当改革开放排头兵和创新发展先行者的风采。举办“阅读修身”系列残疾人读书活动、“我与残联”征文作品诵读大赛和第二季“我爱汉语”知识竞赛，引导残疾人通过读书滋养心灵、启发心智。2018年，全市在商业影院共放映200余场无障碍电影，残疾人参加观影达2万多人次。撰写社区无障碍电影剧本50余部，配音和制作合成40多部，满足更多社区残疾人观看无障碍电影的需求。

图7-9-2 同一片阳光，同一个梦想——上海市残疾人联合会成立30周年文艺演出。

（七）信息化工作

坚持“需求引导、协同发展、创新互联、精准服务”的工作理念，运用信息化手段和互联网思维改进残疾人工作管理和服务，为确保实现“十三五”规划和残疾人小康进程阶段目标提供有力技术支撑。

围绕加强民生保障，提供可靠技术支撑。实现残联业务社区受理事项“全市通办”。根据市委市政府关于“全市通办”工作的要求，上半年按时实现残联业务社区受理事项“全市通办”，深入推进全市社区受理残联业务事项标准流程工作。推进落实残联业务“一网通办”。根据《全面推进“一网通办”加快建设智慧政府工作方案》（沪委办发〔2018〕14号）要求，2018年底残联12项下沉业务事项全部实现服务事项“一网通办”。

推进基本公共服务，积极创新服务手段。继续开展年度动态更新工作。根据中国残联统一部署，继续开展年度动态更新工作。在自建系统加入身份证验证和异常指标监测等功能，进一步提高数据准确性，为全市范围入户调查提供技术支持，动态更新入户率达到98%。完善残疾人数据资源中心应用。整合市残联业务数据，发挥大数据对业务决策的支持功能，实现数据资源中心对残疾人工作的直观化、规范化、全局化管理，为打造数据标准统一、信息资源共享的智慧残联云平台跨出重要的一步。完成残疾人事业年度统计，做好年度残保金征收技术保障。研究本市智能化残疾人证方案。落实静安、闸北区业务数据合并。

夯实信息化建设基础，强化系统管理手段。全面规范市残联信息化项目管理。上海市残联互联网信息系统完成安全等级三级测评，达到信息系统安全标准。做好门户网站内容更新建设，实现网站信息无障碍改造中期目标。截至2018年底，全市有50余家市级政府门户网站完成全网无障碍改造，实现无障碍全网改造数量约70%的中期目标。

（八）基层工作亮点

黄浦区深化群团改革工作成果，深入基层，服务群众，通过为残疾人提供各类帮困救助，提供个性化精准化服务，改善残疾人生活状况，提高残疾人的幸福感与获得感。

徐汇区为652名残疾人提供居家养护服务，为247名残疾人提供机构养护服务，为阳光之家365名、阳光心园155名学员提供日间照料服务。

静安区将“为全区600户有需求且符合条件的残疾人家庭实施无障碍改造”列为区政府实事项目，全年实际完成688户，“十三五”期间累计完成1500户。

长宁区健全残疾人社会保障制度，防止残疾人因病致贫。将低收入残疾人纳入“四医”联动保障政策，减少医疗保险支付范围内的个人自付部分。

普陀区积极促进残疾人就业创业多渠道发展。主动上门走访用工企业，积极开发岗位，更好帮扶残疾人创业，为创业者提供开办费和房租费补贴。举办残疾人就业专场招聘会，启动就业服务社区活动，加强街镇残疾人就业指导员的业务培训，提升服务能力。加强残疾人创业孵化、实训基地的管理，提供优惠的创业条件。分层级开办手工园艺、“金坛刻纸”、竹编、烘焙等培训班。实现残疾人就业创业和居家就业双并举的模式。

虹口区不断探索残疾人服务工作新模式，提升工作质量和水平，加大助残社会化工作力度。全年继续通过政府采购平台开展“三阳”机构社会化运作服务，引入专业社会组织，以业务委托形式，提升阳光之家、阳光基地专业服务质量和助残人员的业务水平。

杨浦区推进残疾人康复服务体系建设，明确发挥区残疾人康复中心引领、辐射作用。上海第一康复医院打造立体化、多层次、全过程、信息化的康复服务网络，构建全区综合性康复服务平台。依托区域综合医联体，推进残疾预防；发挥精卫专科医联体平台作用，完善“区精卫中心—社区阳光心园—居家康复服务”为主的精神障碍康复服务体系；以家庭医生制度建设为抓手，提供便捷精准社区服务，让残疾人获得更多更优质的康复服务和康复体验。

浦东新区推出全区性阳光心园家属支持计划，形成“1+36+180”的运行模式，即：一个区级家属支持平台，覆盖36个街镇，发展180个家属领袖。通过俱乐部模式，充分发挥家属领袖作用，带动更多有需求的精神残疾人家属减压，改善残疾人家庭康复状况。

宝山区残联多措并举缩短残疾评定等待时间，一是在原有2家肢体类评残医院的基础上，在全区东西南北方位增设4家评残医院，方便市民就近参加评残。二是增加评残医生数量，确保每家医院有2名以上肢体类残疾评定医生，申请残疾评定等待时间从原来至少3个月缩短至1个月左右。三是主动邀请市肢体类残疾评定专家来宝山对新增评残医生进行评残业务培训。四是协调固定评残时间，加快制证发证速度。积极与6家评残医院协商，每周固定半天以上时间开展肢体类残疾评定。同时调整充实制证发证工作人员，使得符合救助政策的新增残疾人可以及时享受扶残惠残政策，圆满解决市民反映评残等待时间过长的问题。

闵行区从拓宽就业渠道、提升就业能力、加大就业援助和优化就业服务四个方面，制定出台14条残疾人就业创业创新性政策举措。

嘉定区完善智慧助残体系建设，推出“阳光助残云服务平台”2.0升级版，建立12个街镇科技助残分中心，更加全面、精细、深度地为残疾人服务。

金山区残联注重残疾人的精神慰藉，努力让残疾人走出自卑心理。在大调研大走访活动中，重点关注项目管理模式与服务方式的创新，组建由8名心理咨询师组成的志愿服务团队和一支10多名志愿者组成的演艺队伍，走进辖区有特殊需求的重残人员家中，提供心理健康疏导等一对一帮扶。

松江区将促进全区残疾人综合服务中心的残疾人健康项目列入区政府实事工程，引入专业的第三方组织，为每名残疾人定制个性化康复方案。培训118名康复工作骨干，宣传健康知识、指导健康支持工具和康复器具使用，帮助残疾人掌握自身健康状况，了解健康知识，超过500名残疾人受益。

奉贤区将建设15家基层康复服务站列入区政府实事项目，为肢体功能障碍者的村（居）民提供康复指导、能力训练、康复护理、辅具适配等服务，解决村（居）民日常康复训练缺乏问题，有效改善村（居）民的生活质量。建立区级残联、镇级残联、村居康复点（康复治疗师、乡村医生、康复指导员、康复服务人员）三级管理模式，截至2018年底，康复站已为1007名患者提供服务。

青浦区大力引导涉农组织主动吸纳农村困难残疾人，积极帮助涉农组织落实帮扶农村困难残疾人劳动增收政策，持续督促涉农组织完善农村困难残疾人帮扶工作机制。截至2018年底，全区共发展涉农组织67家，切实帮扶2579名残疾人劳动增收。

崇明区全市首创行政服务中心办事大厅总服务台“手语帮办”服务岗位。

专门聘用一名聋哑人为聋哑人士提供引导、帮办服务，有效解决聋哑人士与工作人员交流障碍，深受广大听障人士的欢迎。

五、重要条目

【2018年上海市高校残疾人毕业生就业招聘会】由市残疾人就业服务中心、市社会福利企业管理处、市人才服务中心主办，2018年5月16日在上海人才大厦举行。83家社会单位参加招聘，提供岗位400多个，岗位平均月薪首次突破5000元；参会单位共收到750份简历，面试874人次，意向录用258人，拟定录用121人，创造岗位数、平均月薪、高校残疾人毕业生参加面试人数、达成意向及拟定录用人数等新纪录。本次招聘会呈现三大亮点：一是引入“一分钟求职体检”助力精准就业，二是提供“一对一配套保障”个性服务，三是开展“一整年跟踪服务”，促进稳定就业。市残联、市人社局、市人才服务中心、市福利企业管理处等单位派员指导。

【上海市残疾人联合会第七次代表大会】2018年6月26日举行。市委书记李强出席开幕式并讲话，副市长彭沉雷主持开幕式，市领导应勇、殷一璀、尹弘、周慧琳、诸葛宇杰、金兴明出席开幕式，王乃坤代表中国残联向大会表示祝贺，市妇联主席徐枫代表人民团体向大会致辞。市残联党组书记、理事长王爱芬代表市残联第六届主席团做工作报告。

市委副书记尹弘出席闭幕式并讲话，市人大常委会副主任、市总工会主席莫负春，副市长彭沉雷，市政协副主席方惠萍出席闭幕式，市政府副秘书长宋依佳主持。大会聘请尹弘为主席团名誉主席，市人大常委会副主任高小玫、市政协副主席李逸平为主席团名誉副主席，选举副市长彭沉雷为主席团主席，推举王爱芬为主席团执行理事会理事长。大会宣布上海市残疾人联合会第七届主席团副主席，执行理事会专（兼）职副理事长、理事，各专门协会主席、副主席，以及中国残联第七届主席团委员候选人上海市推荐人选名单。

图 7－9－3　上海市残疾人联合会第七次代表大会。

六、大事记

1 月 4 日，中国残联副主席吕世明率队到普陀区残联调研上海市市长期护理保险制度试点工作。调研组认为，试点工作在城镇、农村同步进行，将国情、市情、民情、特情、残情、亲情有机结合，给政策完善留足了空间。中国肢协主席徐凤建、市残联副理事长郭咏军、市人社局副局长郑树忠、普陀区副区长张伟等陪同调研。

1 月 9 日，市残联动员部署“不忘初心，牢记使命，勇当新时代排头兵、先行者”大调研工作。

1 月 9 日，上海市残联系统 2018 年度工作会议举行。王爱芬强调，要以“向改革要活力”贯彻新要求，以大调研行动实现新作为，以强基固本履行新担当。

1 月 9 日，市残联召开中华人民共和国残疾人证管理工作专题会议。王爱芬出席并讲话。

1 月 18 日，上海市残联七代会第三次联络员会议召开，郭咏军副理事长出席并讲话。

1 月 23 日，王爱芬走访慰问闵行区困难残疾人孙毓菁和方春燕。

1 月 23 日，第二届中国残疾人冰雪运动季（上海站）启动仪式暨国际城市轮椅冰壶邀请赛在松江举行，主题为“助力冬残奥会、共享健康生活”。

1 月 23 日，市人大代表、市残联理事长王爱芬在上海市人代会开幕式前前往会场演播厅看望手语播报主持人及工作人员，鼓励他们不断学习，关注手语新动态，更好地为聋人服务。

1 月 23 日，上海市残疾人康复职业培训中心、上海市聋儿康复中心主办“悦心聆听、乐言童声”听障儿童家庭亲子故事大赛，旨在提高幼儿的语言表达能力，倡导亲子陪伴，培养良好的阅读习惯。市残联副理事长刘骏等致辞。

1 月 24 日，上海市残疾人康复工作办公室成员单位会议暨康复专家会议召开。会议解读《上海市人民政府关于贯彻〈残疾预防和残疾人康复条例〉的实施意见》，通报全市 2017 年康复工作总结及 2018 年康复工作要点。市残康办主任、市残联副理事长刘骏主持会议并讲话。

1 月 24 日，上海市残疾人辅助器具资源中心对 3 位视力残疾人与导盲犬配对情况进行评估。截至 2018 年 12 月底，上海已有 36 条现役导盲犬，其中 6 条处于配对磨合阶段。

1 月 25 日，上海市第九届残疾人运动会总结会召开，郭咏军副理事长出席并讲话。

2 月 1 日，上海市阳光康复中心希望之家艺术团参加第 24 届“蓝天下的至爱”大型慈善晚会。

2 月 1 日，2018 年上海市残疾人康复工作会议召开，刘骏副理事长出席并讲话。

2 月 2 日，2018 年上海市残疾人辅助器具工作会议召开。刘骏副理事长出席会议，为成功创建标准化残疾人辅助器具服务社的区授牌。

2 月 8 日，2018 年度上海市残联系统信息化工作会议召开，郭咏军副理事长出席并讲话。

2 月 14 日，市残联与市法律援助中心决定将市残疾人法律援助中心纳入市法律援助服务平台用户系统，更好地促进残疾人法律援助工作的时效性和规范化，实现残疾人法律援助工作的信息化。通过该平台“残联咨询管理”，市残疾人法律援助中心咨询与市法律援助服务平台数据实现同步，有效推进双方信息对接和共享，统一市残疾人法律援助中心窗口受理咨询类型、编号规则、各类咨询的人员登记、处理流程等，为市残疾人法律援助中心工作的信息化提供技术保障。

2 月 26 日，王爱芬到市体训中心慰问正在备战 2019 年天津残运会的运动员。

3 月 3 日，上海市全国爱耳日公益音乐会在上海音乐厅举行。市聋儿康复中心的小朋友们表演歌舞《无言的爱》，展示听力康复成果。

3 月 9 日，市残联召开 2018 年宣传文化体育工作会议。郭咏军副理事长为第四批“上海市残疾人体育健身点”授牌。

3 月 15 日，2018 年上海市残疾人教育就业工作会议召开。郭咏军副理事长出席并讲话。

3 月 23 日，上海市残联数据资源中心信息平台、数据手册研讨会召开。郭咏军副理事长出席并讲话。

4月8日，上海市阳光康复中心扩建工程项目筹建领导小组审议项目功能需求方案，王爱芬及小组相关成员和专家等14人参加审议。

4月13日，2018年上海市残联系统维权工作会议召开，市政府法制办副主任、上海市行政法制研究所所长刘平做“转型社会与行政法治”专题讲座。刘骏副理事长出席并讲话。

4月16日，“你我相约阳光舞台”——2018上海市“阳光之家”亲子艺术体验观摩日活动在马兰花剧场举办，上海市残疾人就业服务中心主办，中国福利会儿童艺术剧院承办。

4月16日，上海市残联系统组织建设工作会议暨各区残联换届工作总结会召开。郭咏军副理事长出席并讲话。

4月20日，2018年上海市残疾人飞镖（硬式）比赛在松江区九亭镇残疾人服务中心举行。上海市残奥委员会主办，上海市残疾人体育训练中心等承办。

4月23日，“读书·修身”——2018年上海市残疾人系列读书活动启动仪式在静安区海上文化中心举行。郭咏军副理事长出席活动。市残联与市图书馆联合向各区残疾人代表赠送《2018年上海市残疾人读书指导手册》，郭咏军向各区残疾人代表赠送书籍。启动仪式由市残疾人读书指导委员会主办，静安区残联承办。

4月27日—5月2日，斯洛文尼亚女子坐式排球队和欧洲残疾人排球联合会主席布兰克·米和可先生一行19人来沪参访，并与中国女子坐式排球队进行两场比赛。

5月4日—10日，上海轮椅击剑队参加2018年全国残疾人轮椅击剑锦标赛，在男子A级重剑、男子B级佩剑项目上取得历史性突破。

5月9日，泰国驻上海代总领事兰洛萍一行参观考察上海市阳光康复中心，为泰国诗琳通公主一行7月来访做先期考察。

5月11日，中国康复医学会会长方国恩、上海市康复医学会副会长兼秘书长郑洁皎到上海市阳光康复中心调研指导。

5月20日，市残联在上海图书馆举行全国助残日工作座谈会。副市长彭沉雷一行视察上海图书馆无障碍环境建设工作并参加座谈。市政府副秘书长宋依佳、市残联理事长王爱芬、上海图书馆副馆长周德明、市交通委副主任蔡军以及市住建委、市银行同业公会、中国邮政集团公司等部门和残疾人代表共30余人出席。

5月20日，上海市阳光康复中心携手申通地铁集团开展主题为“同心同行传递公益，共建共享健康中国”的公益义诊活动。30余名阳光蒲公英志愿者到徐家汇地铁站为广大市民提供康复医疗咨询、康复治疗项目体验、健康讲座、职业病防治等服务。

5月23日，上海市残联第六届主席团第五次全体会议召开。会议审议通过新产生的市残联第六届主席团委员名单，选举产生市残联第六届主席团新任主席和部分副主席，通过上海市残疾人联合会第七次代表大会执行委员会组成人员人选和代表资格审查小组成员人选建议名单。会议审议并原则同意拟提交市残联第七次代表大会审议的上海市残联第六届主席团工作报告（审议稿）和《上海市残疾人联合会关于〈中国残疾人联合会章程〉的修改建议（草案）》，并决定于2018年6月下旬召开上海市残疾人联合会第七次代表大会。王爱芬主持会议。

5月24日，市残联在“黑暗中对话”（中国）上海体验馆举行2018年残疾人法律援助和救助工作培训及体验活动。

5月28日—29日，上海市残疾人基本服务状况和需求信息数据动态更新工作培训班开班，郭咏军副理事长出席并讲话。

6月4日，上海队在全国第十届残运会坐式排球预赛暨2018年全国坐式排球锦标赛上获得男子组、女子组冠军及体育道德风尚奖。

6月15日，受中国残联委托，以上海残奥田径队为主体的9名运动员、3名教练及工作人员组成中国代表团赴瑞士诺特维尔参加2018年IPC世界残疾人田径大奖赛瑞士站比赛。章勇获T54级5000米冠军，高坤获T33级200米及400米得冠军。

6月20日—29日，上海残疾人田径队30名运动员参加2018年全国残疾人田径锦标赛，获得16金、8银、13铜。

6月21日—26日，浦东新区特殊教育学校6位运动员组成上海市特奥乒乓球队参加2018年全国特奥乒乓球比赛，获得6金5银1铜及体育道德风尚奖，何宇彤、沈钰凯获体育道德个人风尚奖。

7月6日，上海市残疾人读书指导委员会在上海图书馆举行“读书·修身”2018年上海市残疾人系列读书活动——“我与残联”征文作品诵读大赛。

7月11日，郭咏军副理事长到嘉定区调研2017年市政府实事项目——帮扶农村困难残疾人劳动增收项目实施情况。

7月12日，市残联在上海儿童艺术剧场举办“同一片阳光，同一个梦想”——上海市残疾人联合会成立30周年文艺演出，集中展示30年来特别是近5年来上海市残联勇当改革开放排头兵和创新发展先行者的风采。王爱芬与市政府残工委成员单位成员、社会各界爱心人士、助残社会组织负责人、基层残疾人工作者、残疾人代表等约700余人共同观看演出。

7月18日，深圳市政府副秘书长杨修友、深圳市残联理事长侯伊莎一行考察上海市阳光康复中心。

7月23日，上海市残联系统2018年年中工作会议召开，王爱芬主持会议并讲话。

8月7日，第八届全国残疾人健身周——上海“希望之家”（中途之家）脊髓伤友轮椅趣味运动会在上海诺宝中心举行。全市16个区希望之家的130多位脊髓伤友运动员参加比赛。中国肢协主席、上海市残疾人福利基金会理事长徐凤建等出席。运动会由上海市残奥委员会主办，上海市肢残人协会、上海市残疾人体育训练中心承办。

8月17日，副市长、市政府残工委主任彭沉雷出席国务院残工委建立残疾儿童康复救助制度工作电视电话会议上海分会场活动并做重要讲话，王爱芬主持会议。

8月20日，上海市动态更新工作推进会召开，郭咏军副理事长出席并讲话。

8月27日—9月2日，郭咏军副理事长率队前往西藏日喀则地区开展残疾人工作调研及对口援助工作对接。

8月28日—29日，市辅具中心举行第四届上海市辅助器具职业技能竞赛暨全国辅助器具服务技能竞赛选拔赛。全市16个区80名领队和选手参加竞赛，160多名辅助器具服务工作者组成后援团参与观摩和学习。本届竞赛以团体赛方式进行，包括理论知识笔试和实操技能考核两部分。杨浦区参赛队获得一等奖，代表上海市参加10月在北京举办的2018年全国辅助器具服务技能竞赛。刘骏副理事长观摩决赛并讲话。

9月6日，上海市残疾人事业统计工作布置会召开，郭咏军副理事长出席并讲话。

9月7日，上海市政府残工委举行业务工作培训会议。上海市商务委副主任申卫华做题为“中国国际进口博览会举办意义、筹备现状和重大影响”的报告，上海社科院副研究员汤潇做题为“现代残障理念与中国的实践”的讲座。王爱芬等出席会议。

9月9日，“阳光杯”第三届上海市青年康复治疗师技能大赛开幕式暨上海市残联与中国康复医学会战略合作签约仪式举行。中国康复医学会会长方国恩、党委书记牛恩喜，中国残疾人康复协会常务副会长许晓鸣、副秘书长冯彦侠，同济大学副校长陈义汉，上海市残联理事长王爱芬，上海市卫计委副巡视员张梅兴以及入围本届阳光杯复赛的参赛医院领导和选手参加开幕式和签约仪式。方国恩、牛恩喜一行还视察了上海市残疾人康复职业培训中心。

9月14日，副市长、市残联主席彭沉雷率上海代表团出席中国残疾人联合会第七次代表大会。

9月18日，第六届上海市知联会副会长周天平、市人大代表王秋月、市政协委员蒋建华等10位上海市委统战部党外人士到市残联开展无障碍环境建设专题调研。王爱芬等参加调研座谈会，刘骏介绍上海市无障碍环境建设推进情况。

9月25日，上海市政府残工委举行（扩大）会议暨表彰工作会。副市长、市政府残工委主任彭沉雷出席并讲话，市政府副秘书长、市政府残工委第一副主任宋依佳主持会议。市政府残工委副主任，市残联理事长王爱芬报告近期残疾人工作并对下阶段工作做出部署。市政府残工委副主任、市民政局副局长蒋蕊传达国务院残工委第一次会议主要精神，市人社局副局长费予清宣读“上海市自强模范”等表彰决定。市政府残工委委员、市交通委副主任蔡军，奉贤区副区长、区政府残工委主任梅广清做工作交流；市政府残工委副主任、市教委副主任贾炜；市政府残工委副主任、市民政局副局长蒋蕊，市政府残工委副主任、市卫生计生委副主任闻大翔等先后发言。

9月29日—30日，上海市残疾人读书指导委员会在上海图书馆举办第二季“我爱汉语”知识竞赛。16个区的参赛选手参加复赛、决赛。奉贤区、黄浦区和浦东新区分获前三名。

10月6日，上海轮椅竞速运动员邹丽红被选为第三届亚残运会开幕式中国代表团旗手。

10月14日，上海市阳光康复中心获得“阳光杯”第三届上海市青年康复治疗师技能大赛团队一等奖。

10月15日，市残联、东方广播中心联合在国泰电影院举办第六届上海市“无障碍电影日”活动。市残联副理事长郭咏军、东方广播中心纪委书记李珂等出席活动。郭咏军向浦东广播电视台志愿者团队颁发2018年度无障碍电影解说志愿者组织奖。主办方还向上海市“阳光院线”社区无障碍电影配音志愿者、商业院线无障碍电影解说志愿者颁发荣誉证书，向一直以来支持无障碍电影工作的SMG技术运营中心广播技术部赠送锦旗。当天，全市16个区的定点商业电影院为残疾人朋友放映无障碍电影，并由东方广播中心的播音主持志愿者现场解说。

10月16日，上海残疾人运动员在第三届亚残运会取得坐式排球、轮椅击剑、田径项目17枚金牌、6枚银牌和9枚铜牌。以上海队为班底组建的中国女子坐式排球队以5战不失的战绩夺得金牌，实现亚残运会三连冠。

图7-9-4　亚运会上海残疾人运动员凯旋。

10月29日，中国残联副主席吕世明一行考察崇明区上海享农果蔬专业合作社及向化镇残疾人综合服务中心，市残联副理事长郭咏军、崇明区副区长黄晓霞等陪同调研。吕世明强调残疾人工作要注重数字化、信息化、智能化，实现经济社会效益均衡发展、与中心区同步发展。

10月30日，市残联举办全市残疾人家庭无障碍改造业务培训班暨现场会。市残联副理事长莫彬彬出席并讲话。

11月1日—2日，中国残联副理事长相自成一行到沪调研残联群团改革后基层残联组织建设情况。莫彬彬副理事长陪同调研。

11月2日，王爱芬率队到中兴健康科技有限公司调研残疾人事业大数据工作。

11月9日，“法援惠民生·关爱残疾人”法治残联讲堂第一期开播。市司法局副局长陈春兰、市残联副理事长莫彬彬、市司法局法宣处处长姜岸等出席活动。

11月12日—13日，江苏省残联理事长万力率队考察上海残疾人工作。

11月16日，第五届上海特奥阳光融合跑城际邀请赛在市阳光康复中心举行。全市48支代表队及浙江杭州、陕西2支省外队伍共750余人参加活动。市残联副理事长郭咏军、平衡木世界冠军莫慧兰、悉尼奥运会20公里竞走冠军王丽萍等到场为残疾人朋友加油助威。活动由上海市特奥委员会主办，上海市残疾人体育训练中心、上海市阳光康复中心承办。

11月20日，经过市国家保密局检查组检查，市残联保密工作被评为优秀。市残联副理事长、保密委主任郭咏军等参加检查。

11月22日，广州市残联理事长陈学军率队考察上海市残疾人就业服务中心。

11月27日，市残联召开第四季度全市残联系统理事长工作会议。市残联副理事长郭咏军、刘骏、莫彬彬分别部署残疾人证管理实施细则修订、“一网通办”、新型残疾人机动轮椅车置换、残疾儿童康复救助制度、残疾人宣传文化、体育以及信息化等工作。王爱芬主持会议并讲话。

11月28日—29日，市卫健委、市残联共同举办上海市2018年度社区卫生服务能力提升暨残疾人签约服务培训班。各区卫健委、各区残联、各社区卫生服务中心近400人参加培训。

11月28日—29日，市残联举办市、区残疾人专门协会主席、副主席培训班。新任市区协会正副主席约200人参加培训。

12月3日，上海市残联召开成立30周年座谈会。

12月5日，上海举行导盲犬服役十周年纪念活动。截至2018年11月底，上海有现役导盲犬37条，是全国使用导盲犬最为集中的城市。刘骏副理事长出席活动。

12月5日，上海带棚残疾人机动（电动）轮椅车置换及购置工作会议召开。市辅具中心分别从车型目录、参数标准、工作原则、工作流程及补贴政策等方面进行布置。刘骏副理事长出席并讲话，要求确保区域内残疾人及其家属知晓置换及购置工作内容，落实补贴经费，做好置换补贴、燃油及电费补贴的审核发放工作，加强维修点管理。

12月6日，副市长、市政府残工委主任彭沉雷会见国际特奥会主席蒂姆·施莱佛一行。

12月6日，市残联召开征求人大代表、政协委员意见座谈会。王爱芬出席并讲话。

12月26日，市残联理事长、巡察调研组组长王爱芬带队到市残疾人辅助器具资源中心开展巡察调研工作。

12月28日，同济大学附属养志康复医院正式揭牌，成为上海市首家大学附属康复医院。市残联副理事长刘骏、同济大学副校长陈义汉出席并共同揭牌。同济大学医学与生命科学党工委书记宣读《上海市教育委员会、上海市卫生和计划委员会关于同意将上海市养志康复医院列为同济大学非直属附属医院的批复》。该院的成立，标志着院校两方在深入探索康复医学人才培养方面迈上了新的台阶。

（曹锦忠供稿）

江苏省残疾人事业和残疾人工作

一、领导讲话

省委常委、省委组织部部长郭文奇在残疾人光伏扶贫项目启动仪式上的讲话摘要

2018 年 5 月 17 日

今天我们在这里启动实施我省贫困残疾人家庭光伏扶贫项目，主要是深入贯彻省委省政府关于推进脱贫攻坚的部署要求，推广句容光伏扶贫试点经验，推动贫困残疾人加快脱贫步伐。

会前，我们实地走访了部分参与光伏扶贫试点的残疾人家庭，参观考察了句容市后白镇“残疾人之家”，近距离感受到了基层干部群众脱贫攻坚的坚定信心和炽热干劲。刚才，省残联介绍了贫困残疾人光伏扶贫项目实施方案，句容市和涟水县表达了抓好落实、把好事办好办实的决心和信心。省慈善总会和残疾人福利基金会向项目做了捐赠，刘会长的发言充满感情，充分表现了关爱残疾人、支持脱贫攻坚的热心和爱心。小康路上不让一个残疾人掉队，事关全省479 万残疾人及其家庭的福祉，事关全省高水平全面建成小康社会的大局。这里，我就进一步做好贫困残疾人脱贫工作，简要讲点意见和想法。

第一，思想自觉才能行动自觉，要始终把“脱贫攻坚”作为政治责任，切实让残疾人生活得更有尊严、更加幸福

习近平总书记深刻指出，消除贫困、改善民生、逐步实现共同富裕，是社会主义的本质要求，是我们党的重要使命。近年来，我省认真贯彻总书记重要指示和中央精神，聚焦低收入人口、经济薄弱村和重点片区，因地因村因户施策，举全省之力推进脱贫致富奔小康工程。全省各级把贫困残疾人脱贫工作摆在突出位置，通过产业带动、就业增收、保障兜底、服务减负等有效举措，仅 2017 年就完成 5.9 万多名残疾人脱贫任务，尤其是省残联会同有关部门在句容实施的茅山老区残疾人光伏扶贫项目，229 户贫困残疾人家庭每户年增收超过 3000 元，探索出了一条破解农村贫困残疾人脱贫增收的有效途径，取得了令人鼓舞的实际成效。

残疾与贫困具有同源性，常常互为因果。总书记多次强调，“残疾人、孤寡老人、长期患病者等无业可扶、无力脱贫的贫困人口，以及部分教育文化水平低、缺乏技能的少数民族贫困群众，需要通过加大投入、完善社会保障来实现脱贫”。从我省情况看，贫困残疾人脱贫是脱贫攻坚战的“难中之难”“困中之困”。说是“难中之难”，难在减贫难度最大。随着几轮脱贫工程的实施，目前我省剩下的 23.6 万贫困残疾人，占到全省低收入人口的五分之一，大多集中在经济欠发达地区、扶贫开发重点片区，贫困程度较深、脱贫基础脆弱，已成为脱贫任务中最难啃的“硬骨头”。说是“困中之困”，困在贫困发生率最高。贫困残疾人自我发展能力普遍不强，很多人甚至缺乏基本的就业、生活能力，增收无力、致富无门，其中不少人还面临着医疗、康复、照护等刚性支出，即便通过帮扶实现短期脱贫，返贫压力依然很大。

最困难的人群最需要政策的关怀、社会的温暖、大家的援手，也最应该成为各级党委政府和党员干部格外关心、格外关注的“重中之重”。我们要带着感情、带着责任、带着使命做好贫困残疾人脱贫工作。带着感情，就是要深刻认识到残疾人是社会大家庭的平等成员、是我们的兄弟姐妹，对他们的不幸遭遇我们要感同身受，对他们的艰辛困苦我们必须竭力帮助；带着责任，就是要深刻认识到全心全意为人民服务是我们党的根本宗旨，以满腔热情和赤诚之心为残疾人服务，帮助残疾人过上更好生活是我们的分内之事、应尽职责，是各级党委政府和党员干部必须履行好的重大责任；带着使命，就是要深刻认识到在“强富美高”新江苏建设进程中，没有残疾人的全面小康，就谈不上真正的全面小康；没有残疾人生存发展的高质量，就谈不上真正的高质量发展。我们要深刻认识确保贫困残疾人如期脱贫的重要性、艰巨性，投入更多的力量、给予更大的支持，全力做好贫困残疾人脱贫工作，确保他们与全省人民一道迈进全面小康。

第二，精准扶贫才能精准脱贫，要始终把“一个也不能少”作为根本要求，切实让残疾人脱贫工作更有力度、更显温度

习近平总书记深刻指出，“扶贫开发推进到今天这样的程度，贵在精准，重在精准，成败之举在于精准”。我省光伏扶贫试点工作之所以能取得明显成效，关键就是在对象确

定、项目选择、工作举措等方面突出了“精准”二字。实践启示我们，推进贫困残疾人脱贫工作，务必坚持聚焦再聚焦、精准再精准，努力以“绣花”之功，做有为之事，收务实之效。一是精准识别扶贫对象。这是扶贫工作的“头道工序”。要坚持向苏北6个扶贫开发重点片区低收入残疾人户聚焦，特别是其中的农村重度残疾人家庭，一户多残、依老养残、无业残疾人家庭，要作为帮扶的重点对象。各级党委政府、残联组织、扶贫部门要加强工作对接，确保符合条件的全部建档立卡、不被遗漏，同时也要把握标准、准确界定，确保扶贫对象情况真实、令人信服。二是精准安排扶贫措施。只有开对“药方”才能拔掉“穷根”，要在完善普惠性政策的基础上，针对不同贫困残疾人群体的实际情况，拿出“一户一策”的特惠性措施，做到对症下药、靶向治疗。坚持“输血”与“造血”相结合，尚有劳动能力的要妥善安排就业或帮助自主创业，丧失劳动能力的要通过政策兜底满足其基本生活需求。坚持“老办法”与“新手段”相结合，因地制宜探索电商扶贫、资产收益扶贫等新方式，积极推广光伏扶贫做法经验，务求取得更大成效。坚持“扶智”与“扶志”相结合，大力发展残疾人特殊教育，强化职业技能培训，引导贫困残疾人树立信心，通过“富脑袋”实现“富口袋”，用聪明才智和拼搏汗水迈向小康之路。三是精准落实扶贫责任。低收入残疾人群体脱贫攻坚既是一项系统工程，也是一项民心工程。各级党委政府要保持“咬定青山不放松”的韧劲，把落实好残疾人扶贫各项措施，作为检验基层党建工作成效和党员干部作风的“试金石”，同时要优化扶贫干部结构，加大对基层干部、致富带头人的培训力度，打造一支留得住、能战斗、带不走的扶贫队伍。省有关部门单位要强化政策扶持，跟踪推进落实。特别是要加强对资金使用、项目推进、脱贫效果的全过程监管，抓牢每个环节，严防“跑冒滴漏”，真正让帮扶残疾人的每一分钱都落地听响，坚决防止任何形式的“数字脱贫”“虚假脱贫”，使扶贫成效可观可感、脱贫成果群众认可。

第三，坚持标准才能办好实事，要始终把“群众受益”作为工作目标，切实让残疾人对光伏扶贫项目更加认可、更为满意

这次启动的5000户贫困残疾人家庭光伏扶贫项目，是江苏省2018年民生实事项目之一，是省委省政府向全省人民做出的庄严承诺，也是解决脱贫攻坚重点地区、重点人群贫困问题的重要举措。从句容的情况看，项目的成效很好。但是从一个县市到13个县市，从200多户到5000户，涉及面更广、量更大、要求也更高。要提升目标定位，在落实落细上下功夫，真正做成精品项目、示范项目，拓宽残疾人脱贫的路子，为全省脱贫攻坚工作提供有益借鉴、产生带动作用。具体推进中要做到“三个坚持、三个力戒”：一是坚持统筹谋划，力戒各自为战。相关地区和单位要根据实施方案要求，制定“任务书”，明确“施工图”，排出“时间表”。项目涉及的市、县（区）要发挥主体作用，成立专门工作机构，尽快实质性启动具体工作。在落实国家和省相关政策的同时，也可以结合实际，加大对贫困残疾人的帮扶力度（句容在国家补贴的基础上，市里再给予每度电0.3元补贴）；省财政、发改委、扶贫、电力等部门要群策群力、协调配合；省慈善总会、省残疾人福利基金会要动员更多社会力量，多筹善款、雪中送炭，上下齐心拧成一股绳、唱好大合唱，确保项目顺利推进、取得预期效果。二是坚持有序推进，力戒华而不实。目前全国共有25个省、940个县开展了光伏扶贫项目建设，惠及3万个贫困村约164.6万贫困户。但也有少数地方在初步尝到光伏扶贫的甜头后，搞“大呼隆”一哄而上，不仅造成资源浪费，而且群众得益不多。各地各部门务必保持清醒头脑，坚持群众多受益、早受益的标准，既保证覆盖面，也提高收益水平，努力实现项目效益的最大化。三是坚持用好政策，力戒违规越线。关于光伏扶贫项目建设，国家虽然大力支持，出台了一系列鼓励发展的支持性政策，但也制定了一些规范发展的约束性规定，如不得负债建设、企业不得投资入股、不得占用基本农田、光伏扶贫电站不参与竞价等。各地各部门要认真研究，在用足用好政策的同时，也要保证项目合法合规，努力把实事办好、好事办实，让低收入残疾户真正靠“光”脱贫、借“光”致富，打造光伏扶贫的“江苏样板”。

省委书记娄勤俭在省残联第七次代表大会开幕式上的讲话摘要

2018年7月10日

2018年是改革开放40周年，也是江苏省残联成立30周年。30年来，我省残疾人事业始终与时代脉搏同步、与江苏发展同向、与残疾人群体同心。随着江苏省残疾人保障条例、推进残疾人小康进程实施意见等一系列法规政策相继出台，残疾人幸福生活推进计划、就业优先计划等一大批重要举措相继实施，残疾人事业取得了令人瞩目的发展成就。特别是省残联第六次代表大会以来，我们在全国率先实施所有残疾儿童免费康复，率先实行残疾人从学前到大学免费教育，率先全面开展基层“残疾人之家”建设，残疾人社会保障和服务体系更加健全，生存发展状况持续改善。全省各级残联组织聚焦发展大局、紧贴残疾人群众需求，在残疾人脱贫攻坚、培训就业、康复医疗、文化体育等方面做了大量卓有成效的工作。广大残疾人弘扬“四自”精神，勇于挑战命运，涌现出一大批身残志坚、奋发有为的自强楷模。我省残疾人事业的发展成就，充分展示了新江苏建设取得的丰硕成果；广大残疾人不屈不挠的奋斗精神，生动诠释了新时代江苏人民昂扬向上的精神特质！

当前，江苏已经迈入决胜全面小康、推动高质量发展走在前列的新时代，对全省残疾人事业发展来说，这是一个使命在肩、责任重大的新时代。残疾人事业是底线事业，更是标杆事业，没有残疾人的幸福安康就没有真正意义上的全面小康。有了残疾人生存发展的高质量，才有完整意义上的发展高质量。确保479万残疾人同全省人民一道实现全面小康，让改革发展成果惠及每一位残疾人，是我们义不容辞的重大政治责任。这是一个继往开来、接续奋斗的新时代。当前残疾人总体生活状况仍低于社会平均水平，残疾人事业仍是社会事业发展的突出短板。我们必须立足新起点、展现新作为，把最困难的群体摆在最优先的位置，用最有力的举措解决最紧迫的问题，真正让残疾人过上更有尊严、更加幸福、更高质量的生活。这是一个值得期待、大有可为的新时代。无论残疾人事业还是广大残疾人自身，在新时代都迎来了难得的发展机遇和发展空间。我们要着眼实现十九大确定的奋斗目标和完成好新时代的江苏答卷，切实加强党对残疾人事业的领导，更加重视保障残疾人权益，更大力度增进残疾人福祉，更实举措提高残疾人发展能力，团结带领广大残疾人共创幸福美好新时代。

共创幸福美好新时代，党委政府要不忘初心、执政为民，当好残疾人群体的坚实依靠。作为特殊的弱势群体，广大残疾人既面临着常人看得到的困难，更承受着常人看不到的艰辛。残疾人实现小康需要付出比常人更大的努力，也需要党和政府给予更多的关爱。新时代残疾人对美好生活的向往日趋多元，相比衣食住行等生存型保障，他们更加期盼医教文体等发展型福利，更加渴望社会参与的平等权利。各级党委政府要以“强势政策”保护弱势群体、用“政府重视”消除社会歧视，真正使政策的温度首先在残疾人身上体现，发展的成果优先让残疾人群体共享。贫困残疾人脱贫是决胜全面小康的重中之重、难中之难。目前我省仍有23.6万残疾人尚未脱贫，占全省低收入人口的五分之一，广大残疾人脱贫致富奔小康，对全省打赢脱贫攻坚战具有标志性意义。最艰巨的任务必须付出最艰苦的努力，要重“普惠”更重“特惠”、重“输血”更重“造血”，实施一人一策精准帮扶，帮助贫困残疾人摘掉“贫帽子”、拔掉“穷根子”、走上“富裕路”。残疾人的服务保障是高质量民生的重要内容。要坚持托住底、补短板、保基本、广覆盖，在社会保险、困难救助、住房保障、托养照料等方面不断创新完善，着力构建更加完备的残疾人社会保障和公共服务体系，确保实现“两不愁三保障”。康复事关残疾人生活的改善乃至生命的重建，要加强残疾预防，实施科学康复，变“人人享有”为“高质量享有”，让更多残疾人在高水平的康复治疗中身体好起来、心扉敞开来。残疾人需要关爱、更需要尊重，要健全残疾人权益保护政策法规，破除残疾人参与社会的各种有形无形隐碍，努力为残疾人撑起一片希望的蓝天。残疾人群体同样是推动改革发展的重要力量。许多残疾人不缺聪明的头脑和智慧，也不缺拼搏的意志和勇气，但往往缺少平等参与发展的机会和环境。要办好高水平特殊教育，加大残疾人学生就学支持力度，认真落实保障残疾人平等就业的政策制度，因地制宜推进残疾人就业创业，为广大残疾人融入社会、施展才华创造更好条件。

共创幸福美好新时代，各级残联要牢记使命、恪尽职守，成为广大残疾人的“贴心娘家”。残联组织一头连着党委政府，一头连着广大残疾人，既有鲜明的政治性，又有广泛的群众性，既要在为党委政府分忧中体现作为，更要在为残疾人解难中赢得信赖。各级残联要牢牢扎根于广大残疾人之中，以更高标准履行好“代表、服务、管理”职能。作为党委政府联系残疾人的桥梁纽带，残联组织要不遗余力为残疾人群体奔与走、为残疾人事业鼓与呼，真正把残疾人的诉求愿望反映上来、把助残惠残的政策措施落实下去，让更多的残疾人得到实惠。要围绕“强三性、去四化”大力推动改革创新，靶向发力、精准施策。制定政策要坚持接地气，让残疾人真受益；项目实施要突出针对性，让残疾人广参与；提供服务要体现差异性，让残疾人更满意。真正做到平时找得到、办事信得过、有难靠得住。广大残疾人工作者要始终秉承“人道、廉洁、服务、奉献”理念，带着满腔热忱和深厚感情做好残疾人工作。脚上沾有多少泥土，心里就沉淀着多少真情。要增强服务意识、提高服务本领，多与残疾人交心交友，多为残疾人排忧解难，当好他们需求的第一代言人、服务的第一贴心人、权益的第一保护人，把关爱残疾人、帮扶残疾人的工作做到残疾人的心坎上。事业需要接力前行，工作需要接续推进。本次大会将选举产生新一届省残联领导班子，希望新班子深入学习贯彻习近平新时代中国特色社会主义思想，顺应新形势、对标新要求，继承发扬优良传统，团结带领全省残联组织和残疾人工作者与时俱进、奋发作为，推动我省残联事业不断迈上新台阶。

共创幸福美好新时代，社会各界要广泛参与、倾情奉献，奏响扶残助残的时代旋律。习近平总书记指出，残疾人事业是春天的事业，需要广泛动员社会各界和各方面力量开展扶残助残活动。“一人难挑千斤担、众人能移万座山”，全社会的真心关爱、真情支持、真诚参与，是这项“春天的事业”永葆生机的关键所在。人类最崇高的行为是奉献，人世间最温暖的力量是爱心。我省各地活跃着一大批扶残助残的爱心群体，他们以德行善举为众多残疾人托起了生活的希望。全省企事业单位、社会组织和广大群众要以他们为榜样，积极向残疾人伸出援助之手，主动帮扶残疾人脱贫解困，踊跃捐助残疾人事业，大力兴办残疾人服务机构，把仁爱的种子播撒得更加宽广。志愿服务承载着社会的道义与价值，凝聚着公众的善心与良知。要丰富拓展“助残日”等主题活动内涵，深入开展“邻里守望”“阳光行动”等群众性助残活动，使志愿助残的队伍更壮大、覆盖更全面、机制更健全，把志愿的火炬燃烧得更加旺盛。助残济困体现了人性的真善美，是社会文明进步的重要标志。要大力弘扬社会主义核心价值观和人道主义思想，积极倡导“友爱、互助、融合、共享”的社会理念，鼓励引导更多人加入关爱残疾人的行列，用点滴爱心和涓涓善举为残疾人点亮人生，把扶残助残的风尚传播得更加久远。

共创幸福美好新时代，广大残疾人要不畏艰难、奋发进取，争做自信自立的人生强者。习近平总书记指出，“幸福都是奋斗出来的”，“健全人可以活出精彩的人生，残疾人也可以活出精彩的人生”。我省残疾人中有很多值得称颂的自强模范，今天出席会议的残疾人朋友就是其中的优秀代表，大家以不屈的意志演绎了生命的真谛、以顽强的拼搏收获了人生的精彩，不仅给身边残疾人以激励和鼓舞，更给全社会以信心和力量。广大残疾人一定要坚信，内心的强大定能绽放生命的光彩。身体的残疾并不影响生命的伟岸，要自觉培养坚忍不拔、自立自强的优秀品质，时刻保持对生活的乐观、对生命的热爱，不以身体缺陷而自卑、不因挫折磨难而自弃，用阳光心态拥抱美好人生，以进取姿态创造幸福生活，充分展现新时代残疾人百折不挠、豁达刚毅的精神风貌。广大残疾人一定要坚信，不懈的拼搏定能成就别样的人生。奋斗后的成功也许会迟到，但不会永远缺席，要正视现实不逃避、直面困难不屈服，勤于在学习中给成长进步“充电”，善于在实践中为就业创业“赋能”，把握好人生每一次机遇，应对好人生每一项挑战，通过拼搏奋斗改变自身命运。广大残疾人一定要坚信，广阔的空间定能找到属于自己的舞台。新时代属于全体人民，每一个人都是见证者、开创者、建设者，广大残疾人要立足自身实际，找准推动人生的支点，挖掘自身潜能，敢于自我超越，用坚韧刚强弥补命运缺憾，用执着追求创造生命奇迹，在与全省人民共同筑梦圆梦的过程中贡献聪明才智、彰显人生价值。

残疾人事业是播洒人间真情、体现人性温暖、闪耀人道光辉的崇高事业。我们要坚持以习近平新时代中国特色社会主义思想为指导，锐意进取、扎实工作，在新的起点上不断开创全省残疾人事业新局面，为建设“强富美高”新江苏、推动高质量发展走在前列做出新的更大贡献！

二、政策法规文件

关于完善残疾儿童康复救助制度的实施意见

苏政发〔2018〕129 号

二、制度内容

（一）救助对象。本省户籍有康复需求和康复意愿，并经专业医疗机构评估认定有康复训练适应指征的 0—6 周岁残疾儿童；7—14 周岁肢体残疾、孤独症儿童；经专业医疗机构评估，人工耳蜗手术救助年龄可放宽到 7—14 周岁。有条件的地区可放宽救助对象范围。

（二）救助内容。为视力、听力、言语、肢体、智力等残疾儿童和孤独症儿童提供基本康复训练；为视力残疾儿童验配助视器；为听力残疾儿童验配助听器（双耳）；为肢体残疾儿童装配假肢或矫形器，适配轮椅、坐姿椅、站立架、助行器等辅助器具；为有手术适应指征的听力残疾儿童配发基本型人工耳蜗，提供人工耳蜗手术及术后基本康复训练。有条件的地区可扩展救助内容。

（三）救助机构。残疾儿童康复救助定点机构由县级以上残联组织会同教育、民政、人力资源社会保障、卫生健康等部门按照公开、公正、择优的原则确定。

（四）救助标准。残疾儿童康复救助经费标准由县级以上人民政府依据本地财力状况、救助对象数量、残疾儿童类别等确定和公布，并按照当地经济社会发展情况和财政收入增长幅度实施动态调整。经济困难家庭残疾儿童康复救助经费标准提高 20%—30%，经济困难家庭具体认定办法由各地制定。

（五）救助经费。各级人民政府应当将残疾儿童康复救助资金纳入政府预算。省财政对各地给予适当补助。

关于为省扶贫开发 6 个重点片区农村贫困残疾人家庭建立分布式光伏电站项目的实施方案

苏残发〔2018〕37 号

省残联、省扶贫办、省发改委、省财政厅、省慈善总会和省电力公司联合印发。

为认真贯彻党的十九大精神，落实省政府 2018 年民生实事项目，帮助贫困残疾人开辟稳定的增收渠道，坚决打赢残疾人脱贫攻坚战，特制定本方案。

一、项目背景和意义

农村青壮年重度贫困残疾人由于大部分丧失劳动能力，甚至无生活自理能力，无法参加生产性扶贫项目，很多需要家中年迈父母照顾。除了基本生活保障外，没有更多的收入来源，身体缺陷也使他们承受着常人难以想象的痛苦，同时医疗护理、康复等刚性支出费用较高，往往比一般贫困人口更加缺少脱贫信心和能力，是低收入人群中最为困难的特殊群体，是脱贫攻坚的困中之困、难中之难。实施分布式光伏扶贫，可帮助他们在基本生活保障外获取稳定的收入，改善生活条件，实现长期稳定脱贫，具有明显的经济、社会和生态效益。

（二）试点效果

2016—2017 年，省残联与句容市政府合作开展残疾人光伏扶贫试点，完成茅山老区 5 个乡镇 229 户农村建档立卡低收入残疾人家庭光伏设备安装和并网发电，每户装机容量 3.06kW，在 20—25 年的使用期限内每年可获得 3500 元左右的发电收益，试点当年收入测算取得预期效果。

（三）项目意义

分布式光伏发电设备具有投资小、见效快、清洁低碳、稳定性较高、安装维护简便等优点。在光照资源条件较好的地区因地制宜开展光伏扶贫，既符合精准扶贫、精准脱贫战略，又符合国家清洁低碳能源发展战略；既有利于扩大光伏发电市场，又有利于促进贫困人口稳定增收，对于促进贫困残疾人全面脱贫解困具有重要推广示范作用。

二、目标任务

（一）实施范围

苏北6个省扶贫开发重点片区（成子湖片区、西南岗片区、涟沭结合部片区、石梁河水库片区、灌溉总渠以北片区、丰县湖西片区）所涉及的丰县、连云港市赣榆区、东海县、淮安市淮安区、涟水县、盱眙县、阜宁县、滨海县、响水县、宿迁市宿城区、沭阳县、泗阳县、泗洪县等13个县（区）。

（二）项目任务

在项目实施区域内选择符合条件的5000户建档立卡残疾人家庭，每户安装3kW分布式光伏发电设备。通过残疾人光伏扶贫项目，帮助残疾人家庭每年增加收入3000元左右，于2018年底前全部安装并网发电。

三、实施对象

实施对象是农村建档立卡残疾人户中年龄在16—55岁之间、无固定收入、无劳动能力、住房符合安装条件的视力、肢体、精神、智力重度残疾人家庭。各地可以根据当地实际情况，将项目扶持对象扩大到一户多残、依老养残的无业三、四级智力、精神残疾人中的建档立卡残疾人家庭。

四、资金筹措

项目所需资金分别由省、地方政府、慈善公益组织、爱心企业、残联和残疾人家庭共同承担。其中省级资金按每户残疾人家庭补助1万元标准执行，在2018年和2019年分两年补贴到位。

各县（区）负责其余资金筹措。其中残疾人家庭出资额度不能超过当地承担资金的20%，可以通过扶贫专项贷款解决，贷款本金通过光伏发电收益在3年内偿还，贷款利息通过残疾人康复扶贫贷款和省扶贫小额贷款贴息解决。

省残联、省农垦集团关于调整省级光伏助残扶贫项目实施方案的请示

苏残发〔2018〕51号

省政府：

为深入贯彻落实党中央、国务院关于打赢脱贫攻坚战的重要精神，落实省政府2018年民生实事项目，全面完成为5000个农村贫困残疾人家庭建立分布式光伏电站的工作任务，省残联、省扶贫办、省发展改革委、省财政厅、省慈善总会、省电力公司共同制定了《关于为省扶贫开发6个重点片区农村贫困残疾人家庭建立分布式光伏电站项目的实施方案》（苏残发〔2018〕37号，以下简称《实施方案》）。

在《实施方案》落实过程中，出现了一定的困难。一是国家补贴暂停，残疾人家庭预计收益下降。国家发展改革委、财政部、国家能源局于5月31日出台了《关于2018年光伏发电有关事项的通知》（发改能源〔2018〕823号），对光伏电价确定了“两下调原则”，未备案项目的补贴暂停；二是部分残疾人家庭因项目实施需要少量出资，积极性受到影响。

鉴于上述情况，江苏省农垦集团有限公司本着积极履行社会责任，发挥国企在脱贫攻坚战中的积极作用，弘扬人道主义精神，帮助“贫中之贫、困中之困”的残疾人脱贫解困的宗旨，主动向省残联提出参与光伏助残扶贫项目，共同克服方案实施中的困难。经省扶贫办、省发改委、省财政厅、省慈善总会、省电力公司同意，决定对原《实施方案》进行调整。

一、实施范围

项目实施范围、对象和任务数不变。

二、资金来源

项目所需资金由原方案“省级资金按每户残疾人家庭补助1万元标准执行，各县（区）负责其余资金筹措，其中残疾人家庭出资额度不能超过当地承担资金的20%”改由江苏省农垦集团有限公司、省慈善总会、省残疾人福利基金会共同承担，其中，省农垦集团出资7800万元、省慈善总会捐赠1000万元、省残疾人福利基金会捐赠200万元。此方案将减轻地方资金配套压力，特别是解决了残疾人家庭出资困难。如有可能，原定省地两级财政项目补助可转化对残疾人家庭的补贴，以弥补国家补贴取消后残疾人家庭收益下降的不足。

三、组织实施

项目由省残联牵头组织，省扶贫办、省发改委、省财政厅、省电力公司、省农垦集团、省慈善总会、省残疾人福利基金会和13个县（区）参与，分布式光伏电站方案设计、设备采购、安装和后期维护由省农垦集团负责。分布式光伏电站建成后全部捐赠给残疾人家庭。

妥否，请批示。

江苏省残疾人联合会
江苏省农垦集团有限公司
2018年9月3日

省政府办公厅批复

2018年9月27日

根据省领导圈阅意见，我们征求了省发改、财政、扶贫、国资部门的意见。综合各部门反馈的意见，对资金来源由省级、各县（区）和残疾人家庭共同出资，调整为由省

农垦集团、省慈善总会、省残疾人福利基金会共同承担，均无异议，建议同意调整；对“原定省地两级财政项目补助可转化为对残疾人家庭的补贴，以弥补国家补贴取消后残疾人家庭收益下降的不足”，建议采纳财政厅意见，省地两级财政资金不直接补贴残疾人家庭。

江苏省残疾人辅助器具适配补贴办法

苏残发〔2018〕57 号

第一章 总 则

第一条 为贯彻落实《省政府关于加快发展康复辅助器具产业的实施意见》，进一步做好残疾人辅助器具适配服务工作，制定本办法。

第二条 本办法所指残疾人是指持有中华人民共和国残疾人证江苏户籍残疾人（含未领证16周岁以下残疾儿童少年）。

第三条 残疾人辅助器具是指残疾人使用的，特别生产的或一般有效的，防止、补偿、减轻、抵销残障的产品、器械、设备或技术系统。

第四条 本办法所指残疾人辅助器具适配服务是指对残疾人进行辅助器具需求筛查、评估适配、设计定（改）制、适应性训练、借（租）用维修、回收更换、效果评估、产品配送、咨询转介和宣传教育等，以及对残疾人家属、监护人、雇主和康复工作者等人员进行培训指导。

第五条 残疾人辅助器具适配补贴服务工作应当遵循便捷高效、贫困优先和公开公正的原则。本办法由各级残疾人联合会负责实施。

第二章 适配目录

第六条 按照辅助器具分类、用途和依据江苏省残疾人联合会通过公开招标方式中标结果，制定《江苏省残疾人基本辅助器具目录》（以下简称《基本辅具目录》）（附件1），标明辅具品名、型号、生产厂家和价格等。《基本辅具目录》每2年修订一次。

第七条 各设区市、县（市、区）应依据《基本辅具目录》开展辅助器具采购、供应和适配补贴工作。对《基本辅具目录》不能满足需求的，经设区市、县（市、区）主管部门同意，可另行采购，并做好供应和适配补贴工作。

第三章 补贴对象标准

第八条 残疾人基本辅助器具补贴对象：

（一）低保家庭残疾人；

（二）农村建档立卡低收入家庭残疾人；

（三）16周岁以下残疾儿童少年；

（四）16周岁以上在校残疾学生；

（五）就业年龄段无业无固定收入残疾人。

第九条 江苏省残疾人基本辅助器具补贴标准见附件2。

各设区市、县（市、区）根据当地财政保障水平，可适当放宽补贴对象条件，增加《基本辅具目录》种类，提高补贴标准。

第四章 服务机构

第十一条 省残疾人辅助器具服务中心负责建立全省统一的残疾人辅助器具网上服务平台，发布残疾人辅助器具服务、管理、产品等信息，提供需求登记、评估、销售等服务。

各设区市、县（市、区）应当加强残疾人辅助器具服务机构建设和管理，鼓励符合条件的社会组织参与残疾人辅助器具服务。县（市、区）及以上残疾人联合会确定1个及以上残疾人辅助器具服务定点机构，为残疾人提供辅助器具适配“一站式”服务。各地残疾人联合会应为辅助器具定点服务机构提供必要的工作条件和经费。

第十二条 残疾人辅助器具服务机构基本条件：

（一）经有关部门批准或登记备案的法人组织；

（二）具有开展残疾人辅助器具服务工作的场地设施；

（三）配备相关专业人员。

第十三条 残疾人辅助器具服务机构职责：

（一）按照相关技术规范开展辅助器具适配服务，并确保残疾人辅助器具的使用安全；

（二）接受残疾人联合会的业务指导；

（三）执行《基本辅具目录》价格；

（四）做好其他相关服务工作。

第五章 服务流程

第十四条 残疾人辅助器具适配服务采取现场与远程评估相结合的办法实施。

（一）申请。残疾人或监护人填写《江苏省残疾人辅助器具适配补贴申请表》（附件3），向户籍所在村（社区）残疾人专职委员提出申请。

（二）初审。村（社区）残疾人专职委员对辖区内残疾人辅助器具申请材料进行初审。

（三）复审。乡镇（街道）残疾人联合会对各村（社区）上报的残疾人辅助器具申请材料进行复审。

（四）评估。县（市、区）残疾人辅助器具评估机构根据残疾人申请进行评估，提出辅助器具适配方案建议。

（五）审批。县（市、区）残疾人联合会负责对残疾人辅助器具申请材料和服务机构提出的适配方案建议进行审批。

（六）适配补贴。残疾人按照适配方案到定点机构选择辅助器具。所选辅助器具价格等于和低于补贴标准的给予全额补贴；高于补贴标准的，按补贴标准补贴，超出部分由残疾人本人承担。

（七）回访。残疾人辅助器具服务机构负责对适配的产品使用情况进行回访和适配后服务。

第六章 经费管理

第十五条 残疾人辅助器具适配补贴经费包括各级财政和慈善捐助等用于辅助器具适配服务经费。其中，75%用于残疾人购买辅助器具产品补贴，25%作为开展辅助器具适配服务经费。县（市、区）残疾人联合会按残疾人实际享受辅助器具补贴总额的三分之一支付评估适配机构服务经费。

第七章　监督管理

第十六条　残疾人在辅助器具使用年限内不得重复申请同类型的辅助器具。

第十七条　因工伤、交通事故等致残的残疾人，享受社会保障赔付的，不得再享受辅助器具适配补贴。

第十八条　有下列行为之一的取消定点服务机构资格，三年内不得再认定为残疾人辅助器具服务机构：

（一）不按照相关技术规范开展残疾人辅助器具服务，造成残疾人伤害的；

（二）弄虚作假，骗取残疾人辅助器具适配补贴经费的；

（三）不执行《基本辅具目录》价格的；

（四）其他违规行为。

第十九条　有下列行为之一的取消供应商产品供应资格：

（一）供应产品质量不合格，影响残疾人使用安全的；

（二）供应产品在质保期内未能提供相关维修服务的；

（三）未按采购合同约定按时将产品运送到指定地点，或拖延产品供应时间15日以上的；

（四）其他违规行为。

第二十条　省残联对本办法落实情况进行监督检查。各级残联、财政部门应按职尽责，严格把关，对滥用职权、徇私舞弊等违法违纪行为，按照有关法律法规严肃处理。

第八章　附　则

第二十一条　本办法由江苏省残疾人联合会负责解释。

第二十二条　本办法自2018年12月1日起实施，省残联关于印发《江苏省残疾人辅助器具适配补贴暂行办法》的通知（苏残发〔2016〕33号）同时废止。

附件：1. 江苏省残疾人基本辅助器具目录（略）
　　　2. 江苏省残疾人基本辅助器具补贴标准
　　　3. 江苏省残疾人辅助器具适配补贴申请表（略）

附件2

江苏省残疾人基本辅助器具补贴标准

辅具分类	品名	单位	补贴价格（元）	使用年限
1. 轮椅代步车类	1.1 普通轮椅	辆	420	3
	1.2 护理型轮椅	辆	490	3
	1.3 多功能轮椅	辆	530	3
	1.4 便携式轮椅	辆	700	3
	1.5 儿童轮椅	辆	800	3
	1.6 坐便轮椅	辆	550	3
2. 电动轮椅代步车类	2.1 电动轮椅	辆	1000	5
	2.2 电动代步车	辆	1000	5
3. 助行器类	3.1 腋拐	副	70	2
	3.2 肘拐	支	38	2
	3.3 手杖	支	50	2
	3.4 助行器	个	160	3
	3.5 折叠式坐便器助力架	个	360	2
	3.6 坐便器	个	300	2
	3.7 淋浴凳（椅）	张	200	5
4. 护理床	4.1 护理床（含床垫）	张	2000	6
5. 助听器类	5.1 成人耳背式助听器	台	1200	5
	5.2 成人定制式助听器	台	800	5
	5.3 盒式助听器	台	250	1
	5.4 儿童耳背式助听器	台	1350	3
	5.5 儿童定制式助听器	台	1400	3
6. 光学助视器类	6.1 中距离可调焦光学助视器（放大镜）	台	55	2
	6.2 近用眼镜式助视器	台	100	2
	6.3 支架放大镜	台	35	2
	6.4 单筒望远镜	台	50	2
	6.5 放大镜	只	30	2
	6.6 滤光镜	只	97	2
7. 电子助视器类	7.1 手持式电子助视器	台	450	3
	7.2 台式电子助视器	台	2300	3
8. 视障导盲信息类	8.1 盲人手机	部	1100	3
	8.2 盲人听书机	个	280	3
	8.3 盲人电脑语音软件	套	400	3
	8.4 盲人平板电脑	台	350	3
9. 装配假肢	9.1 上肢假肢（含装配费）	例	4500	3
	9.2 大腿假肢（含装配费）	例	6000	3
	9.3 小腿假肢（含装配费）	例	3000	3
10. 装配矫形器	10.1 儿童矫形器（含装配费）	副	1200	1
	10.2 成人矫形器（含装配费）	例	1500	2
11. 护理垫类	11.1 充气床垫	张	490	1
	11.2 凝胶床垫	张	820	1
	11.3 海绵床垫	张	290	1
	11.4 充气坐垫	个	80	1
	11.5 凝胶坐垫	个	160	1
	11.6 海绵坐垫	个	65	1

关于打赢打好残疾人脱贫攻坚战三年行动的实施办法

苏残发〔2018〕59 号

省残联、省扶贫办联合印发。

……目前，我省残疾人脱贫工作进入攻坚克难阶段，残疾人贫困率高，普遍文化程度低、劳动能力弱、脱贫方式少，目前尚有 18.5 万人未脱贫，其中重度残疾人和三四级精神智力残疾人占比 67.5%，基本无劳动能力，是脱贫攻坚的困中之困，难中之难。

……现结合我省低收入残疾人脱贫攻坚工作实际，制定本实施办法。

一、总体要求

（三）总体目标

到 2020 年，农村残疾人生活总体达到小康，基本生活得到稳定的制度性保障，参与社会和自身发展状况显著改善，农村残疾人社会保障体系和服务体系框架基本建立，保障水平和服务能力明显提高。建档立卡残疾人人均年收入达到 6000 元以上，稳定实现农村残疾人不愁吃，不愁穿，义务教育、基本医疗、住房安全有保障，基本康复服务、家庭无障碍改造覆盖面有效扩大。基本公共服务覆盖农村残疾人并不断提高服务水平，残疾人生存有保障，生活有尊严，发展有基础。

（四）主要任务

——扶持 18.5 万建档立卡低收入残疾人家庭增加收入，到 2020 年，生活状况显著改善，普遍得到有针对性扶持，发展能力显著提高。

——充分发挥残疾人就业在脱贫攻坚中的重要作用，用好用足按比例就业、集中就业、辅助性就业政策；鼓励促进创新创业，落实就业创业补贴政策；开发适合残疾人工作岗位，到 2020 年，实现农村残疾人转移就业率达 60%。

——各项社会保障制度全面覆盖农村残疾人。符合条件的残疾人全部纳入最低生活保障，按规定参加城乡居民基本养老保险和医疗保险，积极推行残疾人商业综合保险。到 2020 年，残疾人专项社会保障和福利制度建立并不断完善。

——通过保障性安居工程，特别是农村危房改造计划，帮助农村低收入残疾人改善家庭居住条件和改造家庭无障碍环境。到 2020 年，残疾人家庭居住和无障碍条件明显提高。

——普遍开展农村残疾人精准康复服务和康复救助，有康复需求的 0—14 岁残疾儿童少年得到免费基本康复，减少低收入残疾人家庭基本康复医护费用的刚性支出。到 2020 年，有康复需求的农村残疾人普遍得到有效的康复服务，残疾预防知识得到普及，有效控制残疾发生和发展。

——农村适龄残疾儿童少年普遍接受义务教育，入学率达到 98% 以上。切实保障残疾儿童少年和低收入残疾人家庭子女顺利完成学业，积极发展残疾儿童学前随班就读、康教一体和送教上门等融合教育。到 2020 年，农村适龄残疾儿童少年和残疾人家庭子女受教育状况达到当地平均教育水平，基本消除农村残疾人青壮年文盲的发生。

——增强残疾人职业技能和实用技术培训力度，有劳动能力和意愿的农村残疾人普遍得到职业技能和实用技术培训。到 2020 年，农村低收入残疾人家庭自我发展能力明显提高。

——初步建立起农村残疾人托养服务体系，苏南地区寄宿制托养、日间照料、居家服务同步发展，苏中、苏北地区寄宿制托养、日间照料较快发展。到 2020 年，农村残疾人托养服务体系逐步完善，托养服务水平进一步提高。

——农村残疾人公共文化和体育事业得到发展，开展群众性文化体育活动，增强社会关爱氛围，增强残疾人信心。到 2020 年，农村残疾人普遍享有基本公共文化和体育服务。

专栏：残疾人脱贫主要评价指标

序号	指标名称	指标数值
1	残疾人家庭人均可支配收入年均增速	>6.5%
2	困难残疾人生活补贴目标人群覆盖率	100%
3	重度残疾人护理补贴目标人群覆盖率	100%
4	农村残疾人基本养老保险参保率	98%
5	农村残疾人基本医疗保险参保率	98%
6	农村建档立卡低收入残疾人脱贫率	100%
7	农村贫困残疾人家庭存量危房改造率	100%
8	残疾人基本康复服务覆盖率	80%
9	贫困残疾人辅助器具适配覆盖率	95%
10	残疾儿童少年接受义务教育比例	98%
11	农村低收入残疾人扶贫贷款贴息率	100%
12	农村有就业能力的残疾人转移就业率	60%
13	农村残疾人人均年收入	6000 元以上

江苏省贫困残疾人家庭无障碍改造示范样板户建设工作方案

苏残办发〔2018〕10 号

一、示范样板户建设地区与建设任务

经各设区市残联推荐，确定南京浦口区、无锡市滨湖区、丰县和睢宁县、常州市金坛区、苏州市姑苏区、南通市港闸区、连云港市海州区、盱眙县、响水县、仪征市、扬中市、泰兴市、泗阳县共 14 个县（市、区）为省贫困残疾人家庭无障碍改造示范样板户建设地区。

每个建设地区应建设不少于 10—15 个贫困残疾人家庭无障碍改造示范样板户，并确保建成后的样板户能成为全省和当地推广学习的示范典型。

二、示范样板户建设要求

1. 结合当地经济、文化、地理、风俗习惯等实际情况和特点，按照《无障碍设计规范》（GB50763）、住建部

《家庭无障碍改造指南》和中国残联、省残联相关要求，以及各类残疾人的残疾状况、需求与居住环境等，科学确定改造项目和内容。

2. 在组织专家积极开展家庭无障碍施工设计、建造技术及延伸产品科学研究的同时，通过智能物联网感知技术等科技创新手段，既解决残疾人出行无障碍问题，又解决获取信息无障碍问题，探索开展规范化、标准化、人性化、智能化家庭无障碍环境建设，注重通过家庭无障碍改造提升残疾人整体生活质量水平，为推进制定家庭无障碍改造地方导则和标准奠定基础。

3. 示范样板户的选择对象应为贫困残疾人家庭，即：民政部门确认的农村低保残疾人家庭、城市低收入残疾人家庭，或享受政府“两项补贴”的残疾人家庭，或被当地扶贫部门建档立卡的贫困残疾人家庭。示范样板户的建设应兼有肢体残疾、视力残疾、听力残疾、言语残疾、智力残疾、精神残疾和多重残疾等各类残疾人。

4. 要规范建设各项工序，确保质量。在入户勘察设计、拟定改造方案时应做到“一户一策”、“一户一档”，要强化施工单位确定、改造器具申购、质量监督验收等各项工序的管理，努力在减少对残疾人家庭正常生活影响的同时，提高改造工作的专业化、科学化水平，努力让改造项目成为精品工程和样本示范。

5. 示范样板户建设应纳入残疾人脱贫攻坚工作和当地贫困残疾人家庭无障碍改造大项目之中，严格按照政府招投标等采购程序进行。

三、五年工作综述

——江苏省残联党组书记、理事长高晓平在省残联第七次代表大会上的工作报告（节选）

2018 年 7 月 10 日

过去的五年，在省委省政府和中国残联的正确领导下，江苏省各级残联认真贯彻党的十八大、十九大精神，深入学习领会习近平新时代中国特色社会主义思想，全面落实党中央、国务院和省委省政府关于促进残疾人事业发展的决策部署，圆满完成省残联第六次代表大会提出的各项目标任务。

（一）党的坚强领导为残疾人民生改善提供了根本保证

党的十八大以来，以习近平同志为核心的党中央高度重视残疾人民生改善，习近平总书记提出的“2020 年全面建成小康社会，残疾人一个也不能少”等重要指示，为残疾人工作指明了方向。省委、省人大、省政府、省政协主要领导亲切接见我省第五次自强模范暨残联系统先进工作者表彰大会代表，以及在里约残奥会上取得优异成绩的我省奥运健儿。《江苏省残疾人保障条例》于 2013 年 3 月实施，省委省政府连续制定《关于加快推进残疾人小康进程的实施意见》《江苏省“十三五”残疾人事业发展纲要》《江苏省“十三五”时期基本公共服务清单》和《江苏省“十三五”时期基层基本公共服务功能配置标准（试行）》，为残疾人事业发展提供了有力的法律保障和政策支撑。省政府每年都将残疾人工作重点项目纳入民生实事，召开第五次全省残疾人事业工作会议，对“十三五”时期残疾人工作进行全面部署，有力地推动了残疾人事业加快发展。

全省各级残联组织牢固树立“四个意识”，坚决同以习近平同志为核心的党中央保持高度一致，确保党中央、国务院和省委省政府的决策部署得到全面贯彻落实。省残联党组认真落实管党治党责任，扎实开展党的群众路线教育实践、“三严三实”专题教育和“两学一做”学习教育活动。制定加强作风建设和防范廉政风险的相关规定。积极支持配合派驻纪检组工作，自觉接受监督。认真做好省委巡视省残联反馈问题的整改落实。严格执行中央“八项规定”和省委“十项规定”，干部队伍的工作作风和工作效能不断改进。

（二）残疾人脱贫攻坚成效显著

就业优先计划取得显著成果。各级残联将推动有就业条件的残疾人实现充分就业作为残疾人脱贫的关键举措，在省政府重点民生实事的有力推动下，层层落实实名制就业任务，采取有力措施，对残疾人按比例就业、集中就业、灵活就业、自主创业给予支持。省残联和省统计局合作开展就业年龄段持证残疾人就失业情况普查登记，全面查清待业残疾人情况。积极推进各级党政机关、事业单位定向招录残疾人。对达比例和超比例安排残疾人就业的单位给予补贴和奖励。开展向就业中介机构购买残疾人就业服务试点。定期举办残疾人就业援助月、专场招聘会和职业技能培训班。成功举办第五届全省残疾人职业技能竞赛暨就业创业成果展。五年来，全省共对 10.5 万名残疾人实施职业技能培训，扶持建立 324 个残疾人扶贫基地、34 个残疾人文化创业基地、971 家盲人按摩机构，有 3 万多名盲人从事按摩业。“十三五”以来，全省新增实名制残疾人就业 3.32 万名，城镇残疾人就业率从 83.7% 上升到 89%，农村残疾人转移就业率从 54.27% 上升到 58.8%，已接近完成“十三五”有关目标。

残疾人辅助性就业全面展开。各级残联通过大力推进乡镇（街道）“残疾人之家”建设，就近就便安排无法正式就业的残疾人（主要是智力、精神残疾人）参加简单易行的产品加工劳动，既改善了生活质量和身心健康，又减轻了家庭的照护压力。目前，全省“残疾人之家”中已有 1.36 万名残疾人从事辅助性就业，成为我省“十三五”残疾人事业发展的一大亮点。

特困残疾人精准扶贫取得新突破。2016—2017 年，省残联与句容市政府合作，为茅山老区 229 户农村丧失劳动能力的重度青壮年残疾人家庭安装3kW屋顶光伏电站，每户每年可获得3000多元的收入。2018年，省政府启动5000户特困残疾人光伏扶贫民生实事项目。

残疾人基本生活保障制度不断完善。我省率先制定发放低保外无业重度残疾人生活补贴和重度残疾人护理补贴制度。2016年国家实施困难残疾人“两项补贴”制度后，各级残联将实施主体向民政部门平稳过渡，全省已有59.6万困难残疾人领取生活补贴，39.6万重度残疾人领取护理补贴。南京、无锡、苏州、盐城等地拓展向无法就业的三、四级智力、精神残疾人和其他非重度残疾人发放“两项补贴”。各级人社部门为43.4万名贫困和重度残疾人以及个体创业、灵活就业残疾人发放各类社会保险补贴。中国残联统一组织的“十三五”全国残疾人家庭收入状况调查数据表明，我省残疾人年人均可支配收入增长达11.5%，超过了年均增长6.5%的目标。

（三）残疾人幸福生活推进计划进展顺利

全面实施精准康复服务。率先将0—6岁残疾儿童抢救性免费康复训练制度从贫困家庭扩大到全省所有适龄残疾儿童，并延伸拓展到7—14岁肢体残疾（脑瘫）、孤独症儿童。五年来，为11.5万人（次）残疾儿童提供免费康复训练服务，为797名听障儿童提供人工耳蜗免费救助，为8.4万名贫困白内障患者实施免费复明手术。每年向7万多名贫困精神残疾人免费提供第二代抗精神病药物。制定《江苏省残疾人辅助器具适配补贴暂行办法》，每年为近7万名贫困残疾人免费提供基本辅具和家庭无障碍改造服务。

残疾人社会福利不断增加。我省教育部门率先实施残疾人从学前到大学全过程免费教育制度，各级残联每年向4000多名残疾人高中生和大学生发放教育专项补贴。每年为3万多名下肢残疾人发放机动轮椅车燃油补贴。残疾人免费乘坐市内公共交通、免费进入公办文化体育旅游场所的法律规定加快落实。各级残联和残疾人福利基金会广泛动员社会力量，五年多来为全省贫困残疾人募集和捐赠了3.2万辆轮椅、3.8万台彩电、3.2万台洗衣机、6424台太阳能热水器、2.7万台电风扇、3万台电饭煲，改善了他们的生活质量。

残疾人精神文化生活更加丰富多彩。在里约残奥会上，我省健儿共获得23枚金牌，连续四届世界残奥会获得金牌奖牌数名列全国各省区市第一。成功举办第九届全省残疾人运动会，第六、七届全省特奥运动会等重要赛事。举办第七届全省特教学校学生艺术汇演、第九届全省残疾人艺术汇演、全省残疾人书法美术工艺精品推介会、中荷文化艺术交流等活动。成立省残疾人文联及六个专业协会。各级残联专门协会积极组织各类残疾人开展业余文体活动，大力扶持残疾人文化体育兴趣团体。

（四）残疾人基层基本公共服务体系建设取得重大进展

全面打造基层“残疾人之家”。省委省政府“基层基本公共服务功能配置标准”中对“残疾人之家”建设提出明确的目标要求。省政府连续三年将“残疾人之家”建设列入重点民生实事。省残联制定《江苏省“残疾人之家”建设实施方案（试行）》，提出“七有”“七服务”标准，实行注册登记、法人管理、购买服务；将“残疾人之家”建设列入对各县（市、区）残疾人工作年度实名制考评重要指标。各级残联认真落实残疾人日间照料补贴和辅助性就业补贴政策，寻找简单劳动产品加工项目，争取社会组织和志愿者的支持参与，如期完成“残疾人之家”各年度建设任务。目前，全省共建成“残疾人之家”1183家，2.9万名残疾人在其中得到日间照料。“残疾人之家”乡镇（街道）覆盖率超过72%，2018年有望实现全覆盖。

残联专业服务品牌建设成效显著。在省政府与中国残联共建残疾人社会保障与服务体系建设试验区的有力推动下，经过多年努力，各级残联基本形成了以就业、康复、托养、文体和维权为主体的五项服务品牌，服务覆盖率和质量不断提高。全省已建成残疾人康复机构421家，基本满足全省2万多名残疾儿童免费抢救性康复需求。省残疾人康复中心（国家辅助器具华东区域中心）建设加快推进。建成各类托养机构1421个，其中县以上残联举办寄宿制托养机构112家，床位近万张，大部分已投入运行。各级残联残疾人就业服务中心积极为残疾人提供职业技能培训和推荐就业服务，拓展残疾人辅助性就业，形成了每年为2万名残疾人提供就业服务的能力。持续推动各级残联文体艺展能中心建设，省残疾人文化体育指导中心二期工程投入使用。省市分工合作的残疾人专业运动队基本建立，带动群众性残疾人文体活动蓬勃开展。全面完成县以上残联维权中心规范化建设，热情接待并认真处理残疾人来信来访，开展法律援助服务，促进了社会稳定，保障了残疾人的合法权益。全省残联创办的各类服务机构，与其他部门的残疾人服务机构共同组成残疾人服务体系的基本框架，为实现残疾人事业的现代化，不断满足残疾人日益增长的服务需求打下了良好基础。

助残社会组织和志愿者服务队伍不断壮大。各级残联解放思想，探索创新，通过购买服务、公办民营、民办公助等方式，积极培育助残社会组织，支持助残志愿者队伍建设，接长了服务手臂，提高了服务覆盖面。省残联制定购买残疾人服务规程，加强对购买资金的规范化管理。2017年，全省共实施购买残疾人服务项目256个，资金量近2亿元。全省注册助残志愿者已达12万人。与团省委合作开展助残志愿阳光行动，与省文明办共同开展学雷锋志愿服务活动。支持和引导中国狮子联会江苏代表处健康发展，建立了31支志愿服务队。

（五）扶残助残的社会合力不断增长

认真做好残工委秘书处工作。全面了解残疾人事业发展情况，学习研究国内外残疾人工作经验，积极向政府和各有关部门提出建议，承担残疾人工作重要文件的调研起草，以及重大会议活动的组织落实。与省政府残工委各成员单位通力合作，全面落实省委省政府的决策部署。开展国际交流合作，实施嘉道理慈善基金会社区康复合作项目和“斯达克·世界从此欢声笑语”助听器捐赠项目，为全省4000多名贫困听力残疾人适配近8000只数字化助听器。

营造扶残助残的浓厚社会氛围。各级残联与新闻媒体密切合作，不断扩大残疾人事业的舆论宣传，在省主要媒体长期开办“残疾人之声”“残疾人之友”和手语新闻栏目，开通“江苏残联”微信公众号，办好门户网站，为残疾人答疑解惑，做好思想政治工作。每年开展残疾人事业好新闻评选，大力宣传自强与助残先进事迹，弘扬社会主义核心价值观和人道主义精神。成功召开第五次全省自强模范暨残联系统先进工作者表彰大会。

广泛动员社会助残力量。各级残疾人福利基金会与社会各界共同开展“家电圆梦”“阳光浴室”“阳光学子”等公益助残项目。五年来，共募集助残资金（物资）1.09亿元，惠及34.46万残疾人。省残疾人福利基金会的“阳光浴室”项目，被评为我省第四届“江苏慈善奖”最具影响力慈善项目之一。

（六）残疾人事业发展基础不断增强

残疾人事业纳入法制化轨道。各地广泛开展《残疾人保障法》和《江苏省残疾人保障条例》宣传活动，各级人大通过执法检查等活动，推动残疾人保障法规重点项目的落实。部署残联系统“七五”法治宣传教育工作，开展维护残疾人合法权益典型案例评选，建立法律手语翻译登记备案制度。

基层残联组织建设不断完善。80%以上的乡镇（街道）残联配备专职理事长，选聘了近2.2万名乡镇（街道）残疾人专职委员和村（社区）残协委员。加强专职委员业务学习，参加全国首届专职委员知识竞赛，获得团体冠军及个人二、三等奖。各级残联专门协会活动日益活跃，举办“首届盲人音乐会”“牵着蜗牛去散步”“全省聋人书画展”等广大残疾人喜爱的活动。

信息化建设和理论研究取得新的进展。完成全国残疾人基本服务状况和需求信息专项调查，建立全省持证残疾人基本情况和服务状况实名数据库并实现动态更新。省残联与南京大学共建残疾人事业发展研究中心，合作出版系列残疾人事业理论研究专著。五年来，向社会公开招标69个重点课题，发表研究文章320余篇。

残疾人证管理逐步规范。与省有关部门共同制定《江苏省〈中华人民共和国残疾人证〉管理实施办法》和《江苏省残疾人残疾类别等级评定工作规程》，规范和简化残疾人证办理业务流程。清理“假、错、空”证，提高残疾人证的公信力。完成第三代智能化残疾人证全国试点工作。

加强助残资金绩效管理。会同省财政厅、第三方机构对全省残疾人专项资金进行绩效考核。印发《关于规范向社会服务机构拨付残疾人事业专项资金的规定（试行）》。各级政府不断加大对残疾人事业的资金投入，五年来，省级财政累计安排残疾人专项资金约34.5亿元，重点支持苏北、苏中残疾人事业。

回顾五年的发展历程，有四点主要体会：一是不忘初心，坚持以人为本的发展理念。二是牢记使命，探索中国特色社会主义残疾人事业发展道路。三是融入大局，突出残疾人社会保障和服务体系建设的发展重点。四是解放思想，构建社会化的残疾人事业发展机制。

四、2018年工作综述

2018年，江苏省各级残联以习近平新时代中国特色社会主义思想为指导，深入学习贯彻党的十九大精神，认真落实省委推动高质量发展走在前列的决策部署，聚焦打赢打好残疾人脱贫攻坚战，不断完善残疾人社会保障和服务体系，着力推进残联组织建设和改革，较好地完成了年度各项工作任务。

（一）聚焦残疾人脱贫攻坚，加快全面小康社会进程

认真贯彻习近平总书记“2020年全面建成小康社会，残疾人一个也不能少”的指示精神，全面落实省委《关于打赢打好脱贫攻坚战三年行动的实施意见》，把残疾人脱贫攻坚摆上重要位置。省残联党组专题研究脱贫攻坚工作，建立脱贫攻坚领导体制和工作机制。会同扶贫办制定《关于打赢打好残疾人脱贫攻坚战三年行动的实施办法》，并召开脱贫攻坚工作会议，紧盯全省18.5万建档立卡残疾人，深入实施精准扶贫、精准脱贫基本方略，拓宽就业扶贫增收渠道，创新资产收益扶贫路径，强化综合保障脱贫举措，扎实推进脱贫攻坚工作。2万多名成年无业重度残疾人按单人户纳入低保，933人得到康复扶贫贷款扶持，改造农村贫困残疾人危房839户，对8411名残疾人开展实用技术培训，扶贫基地安置带动残疾人就业8204人。配合民政部门落实残疾人“两项补贴”制度，全省54.5万名困难残疾人领取生活补贴，43.7万名重度残疾人领取护理补贴。部分地区将“两项补贴”范围扩大至三四级精神智力残疾人，护理补贴发放范围覆盖到一二级听力残疾人。

（二）聚焦政府民生实事，提升残疾人的获得感幸福感

2018年，省政府将为农村贫困残疾人家庭建立分布式光伏电站、实现全省乡镇（街道）“残疾人之家”全覆盖、为残疾人提供托养服务、加强残疾人就业工作、基本实现全省建档立卡贫困残疾人家庭基本家电全覆盖等5项工作纳入重点民生实事项目。全省残联系统认真贯彻落实省委省政府决策部署，把落实民生实事项目作为推动工作的有力抓手，主动争取各级党委政府和社会各界支持，各项民生实事工作有序推进并全面完成。其中，省残联与省农垦集团、省慈善总会、省残疾人福利基金会携手，克服补贴政策调整、资金筹措等困难，及时召开全省残疾人光伏扶贫项目启动会议和现场推进会，坚定不移推进光伏扶贫项目，省委常委、组织部部长郭文奇两次出席会议并讲话。目前，项目实施对象已明确，项目资金已落实，设备采购、施工单位招标工作已完成，光伏扶贫项目施工正有序展开。新建“残疾人之家”634家，累计建立1817家。为30233名残疾人提供托养服务。新增残疾人实名制就业和辅助性就业16113名。捐赠基本家电7.3万件。

（三）聚焦残疾人困难需求，落实残疾人基本公共服务

就业服务取得新成绩，组织开展2018年残疾人就业援助月专项活动，走访登记失业残疾人家庭9448户，登记失业残疾人12351人，纳入年度培训计划残疾人7433人，组织残疾人专场招聘会183次。党政机关事业单位专项招录残疾人公务员14名。在全省范围内确定12家人力资源公司购买残疾人就业服务。组织参加全国创业创新大赛专项赛，江苏省选手获全国大赛第一名。康复服务取得新突破，以省政府名义印发《关于完善残疾儿童康复救助制度的实施意见》，实施残疾儿童康复救助2.5万名，提供精神残疾人免费基本用药服务7.4万名，完成白内障患者免费手术2.5万例，全省残疾人基本康复服务覆盖率96.92%，辅具适配服务率97.44%。组织参加全国辅助器具技能竞赛，江苏省选手获得个人一等奖。托养服务取得新成效，举办6期全省“残疾人之家”管理人员培训班，培训505名托养服务机构及“残疾人之家”负责人。开展形式多样的辅助性就业，不断提高保障水平，推动各地购买意外保险，加强安全生产和规范管理。宣传文体服务取得新进展，组织全省残疾人事业好新闻评选，协助省级媒体办好残疾人专题栏目，各专业文学艺术协会工作活跃。坚持开展文化助残活动，组织残疾人“文化周”“特奥日”“健身周”等活动，不断丰富残疾人精神文化生活。组织参加19项全国残疾人体育锦标赛，收获78金59银51铜。组织参加7批次国际残疾人体育比赛，获得43金16银6铜的优良成绩。残疾人维权服务取得新拓展，开展“七五”普法中期检查，举办残疾人学法用法知识竞赛，完成残联系统“十三五”规划实施情况中期评估工作，落实省人大执法检查整改意见，扎实做好全省贫困重度残疾人家庭无障碍改造工作。社会化服务工作深入推进，全省购买助残服务资金总量约2亿元，惠及残疾人约57.27万人次。省残疾人福利基金会继续推进6大公益项目，“阳光浴室”项目获省政府“江苏慈善奖”并入围“中华慈善奖”。合作开展志愿助残阳光行动，支持和引导中国狮子联会江苏代表处健康发展。

（四）聚焦群团改革，提高残联组织基础管理水平

成立省残联党建工作领导小组、意识形态工作领导小组，落实领导班子“一岗双责”，加强廉政风险排查和警示教育。全力配合省委巡视省残联党组工作。落实中国残联改革要求，围绕“强三性”“去四化”、提升服务能力，研究制定《江苏省残疾人联合会改革方案》。认真落实省委推动高质量发展走在前列的决策部署，深入开展解放思想大讨论活动，赴广东、上海、浙江等地区学习调研，对标找差，研究制定推动残疾人事业高质量发展意见。规范资金管理，强化绩效考核，制定《省残联政府采购管理工作规范（试行）》。各级残联如期完成换届工作任务，残联领导班子和组织建设得到加强。组织举办全省残联系统新任理事长培训班、第十期优秀专职委员培训班。全省信息数据动态更新工作和利用“专职委员在线平台”开展教学活动等经验被全国推广。专门协会活动常态化，管理更趋规范。

（五）聚焦重要活动节点，扩大残疾人事业社会影响力

召开省残联第七次代表大会，500多名代表和社会各界人士共商残疾人事业发展大计。组织举办江苏省第六届残疾人职业技能竞赛暨残疾人就业创业成果展、江苏省第十届残疾人运动会、江苏省第二届听障儿童演讲比赛。协助承办全国第二届残疾人专职委员知识竞赛，江苏代表队蝉联冠军。

五、重要条目

【贫困残疾人光伏扶贫】2018年省政府将为5000个农村贫困残疾人家庭建立分布式光伏电站项目纳入民生实事。省残联先后召开光伏扶贫座谈会、项目启动会议、现场推进会，推进项目落实落地。2018年11月27日，省残联、省农垦集团、省残疾人福利基金会在南京举行合作开展光伏助残扶贫项目签约仪式。项目建成后，预计每户贫困残疾人家庭年均净收益将达到3000元以上。

【江苏省第十届残疾人运动会】由省残联、省体育局主

办，省残疾人文化体育指导中心承办，省残疾人体育协会协办，2018 年 8 月 26 日至 28 日在镇江举行，是历届参会人数最多、规模最大的一次全省残疾人体育盛会。运动会设 16 个竞赛项目，并首次将象棋、围棋、飞镖等大众体育项目列入赛程，使残运会更加贴近普通残疾人群众。全省有 1102 名残疾人运动员参赛，共决出 430 枚金牌。

【江苏省第六届残疾人职业技能竞赛】由省残联、省人力资源社会保障厅、省总工会、团省委、省妇联共同主办，于 2018 年 9 月至 10 月在苏州、常州、宿迁、南京等四个赛区举行。竞赛共设有信息通信技术、美术专业、手工业、工业、服务等 5 个类别共 28 个项目，全省近 400 名选手参加角逐。

【“花开有声”江苏省第二届听障儿童演讲比赛】由省残联、省教育厅、省妇联联合主办，2018 年 12 月 9 日至 10 日在南京举办。本次比赛共有 13 个代表队 68 名听障儿童参赛，分 3—6 岁组、7—10 岁组、11—14 岁组等。最终决出一等奖 3 名、二等奖 6 名、三等奖 9 名，单项奖 5 名，特别鼓励奖 1 名，优秀组织奖 5 个。比赛得到主流媒体的广泛关注，近 22 万网民观看网络直播，残疾儿童康复工作引起全社会关注。

【第一次江浙沪残疾人慈善事业发展研讨会】为响应长三角区域合作一体化发展国家战略实施，加强江浙沪残疾人福利基金会交流合作，推动三地残疾人慈善事业高质量发展，2018 年 12 月 12 日，江浙沪三地残联、残疾人福利基金会及爱心企业等在盐城召开江浙沪残疾人慈善事业发展研讨会，与参会代表围绕“经验共享、品牌共推、难题共破、业绩共创”等议题交流残疾人慈善事业发展经验，探讨新时代残疾人慈善事业发展的新理念。三地决定，每年举行一次研讨会。

六、大事记

1 月 3 日，南通市江佳霖同学的作品《看星星》荣获“第三届全国残障少儿和平海报作品征集活动”11—14 岁组优秀奖和大赛特别奖（全国仅 5 幅），被选送至国际狮子会展览。

2 月 1 日，本日起施行的《江苏省景区门票和相关服务价格管理办法》明确，残疾人及重度残疾人陪护人员免费进入景区。

3 月 3 日，省残联、南通市残联共同举办第 19 次全国爱耳日宣传教育活动。

3 月 10 日，省残联、省智协在南京八卦洲举行“牵着蜗牛去散步”公益植树活动。

3 月 24 日，“翰墨锡城情 · 自强中国梦”全省残疾人书法篆刻展览在无锡市举行。

4 月 9 日，省残疾人福利基金会第八届理事会议在南京召开，选举产生第八届理事会。

4 月 24 日，全省残疾人宣传文化体育工作会议在宜兴召开。

5 月 7 日—9 日，江苏省运动员在 2018 年全国轮椅击剑锦标赛中获得 6 枚金牌、7 枚银牌、11 枚铜牌。

5 月 9 日—11 日，2018 年度全省残疾人信息数据动态更新工作培训会议在扬州市举办。

5 月 11 日，全省残联组联工作会议在扬州市召开。

6 月 1 日，“强槐杯”2018 年全国坐式排球锦标赛在泰州市开幕。

6 月 1 日—3 日，全国残疾人体育反兴奋剂工作训练营在泰州市举办。

6 月 6 日—8 日，全省残联系统计划财务工作会暨管理业务培训班在南京举办。

7 月 10 日，江苏省残联第七次代表大会在南京开幕。省四套班子主要领导出席大会，省委书记、省人大常委会主任娄勤俭出席开幕式并发表题为《携手共创幸福美好新时代》的讲话，高度评价近五年来全省残疾人事业取得的成绩，对推动新时代残疾人事业发展提出了明确要求。会议听取并审议通过省残联第六届主席团工作报告，选举产生省残联第七届主席团、执行理事会等领导机构。新当选的省残联第七届主席团主席、副省长缪瑞林在会上发表讲话。

7 月 9 日—16 日，江苏省运动员在全国第十届残疾人运动会暨第七届特奥运动会自行车比赛中获得 9 金 6 银 7 铜，打破八项全国纪录。

7 月 31 日，省残联在南京召开全省残疾人脱贫攻坚工作座谈会。

8 月 17 日，省残联在南京举办全省残疾人信访维权业务培训班。

8 月 27 日，省委第二巡视组巡视省残联党组工作动员会召开。

9 月 5 日，中华慈善日。“阳光浴室”助残项目在第四届“江苏慈善奖”表彰会上荣获“最具影响力慈善项目奖”。

9 月 15 日—16 日，2018 年全国盲人医疗按摩人员考试江苏考区考试工作圆满完成。

10 月 18 日，省长吴政隆主持召开省政府常务会议，传达学习中国残联第七次全国代表大会主要精神，审议《关于完善残疾儿童康复救助制度的实施意见》。

10 月 19 日，省残联和中国人寿江苏分公司在南京举行战略合作协议签约仪式。

10 月 14 日—19 日，全省残联新任理事长培训班在南京举办。

10 月 25 日，省残联、省扶贫办在邳州市联合召开全省残疾人脱贫攻坚工作会议。

10月29日，省委常委会召开会议，传达贯彻中国残联第七次全国代表大会主要精神。

10月30日—31日，全国残疾儿童康复救助定点机构规范管理工作现场会在连云港市召开。

11月1日，全省贫困重度残疾人家庭无障碍改造工作现场会在南通市召开。

11月7日—9日，"共享"理念下残疾人社会工作与融合发展全国学术研讨会暨2018江苏省残疾人事业发展年会在无锡市召开。

12月4日，省卫健委、省残联在南京联合举办全省残疾人家庭医生签约服务培训班。

12月1日—6日，全省第十期优秀残疾人专职委员培训班在南京举办。65名残疾人专职委员参加培训，并参加同期举办的第二届全省残疾人专职委员知识竞赛、"我的十年"残疾人专职委员演讲比赛。

12月14日，全省残联系统学法用法知识竞赛在南京举行。

12月14日，全省首届"点明杯"盲人戏曲大赛决赛在南京举办。

附　录

江苏省"十三五"残疾人事业发展规划主要指标完成情况

来源：江苏省"十三五"残疾人事业发展规划实施情况中期评估报告

2018年5月16日

主要指标	目标值	属性	中期完成情况	是否达到中期目标值
1. 残疾人家庭人均可支配收入年均增速	>6.5%	预期性	9.6%	是
2. 困难残疾人生活补贴目标人群覆盖率	100%	预期性	100%	是
3. 重度残疾人护理补贴目标人群覆盖率	100%	预期性	100%	是
4. 残疾人城乡居民基本养老保险参保率	98%	预期性	92.5%	是
5. 残疾人城乡居民基本医疗保险参保率	98%	预期性	92.5%	是
6. 农村建档立卡贫困残疾人脱贫率	100%	约束性	68.75%	是
7. 城乡贫困残疾人家庭存量危房改造率	100%	约束性	100%	是
8. 残疾人基本康复服务覆盖率	80%	约束性	77.52%	是
9. 贫困残疾人辅助器具适配服务覆盖率	95%	约束性	97.15%	是
10. 残疾儿童少年接受义务教育比例	98%	约束性	98%以上	是

（王强、石民供稿）

浙江省残疾人事业和残疾人工作

一、领导批示与讲话

省委书记、省人大常委会主任车俊关于召开2018年省政府残工委工作会议暨省残联主席团全体会议的批示

2018年3月9日

残疾人事业是中国特色社会主义事业的重要组成部分。近几年来，全省各级残联组织和广大残疾人工作者认真贯彻中央和省委省政府的决策部署，深化改革，认真履职，扎实做好扶残助残工作，推动我省残疾人事业取得了长足发展。2018年是省残联组织成立30周年，希望你们以此为起点，高举习近平新时代中国特色社会主义思想伟大旗帜，深入学习贯彻党的十九大和十九届二中、三中全会精神，按照省第十四次党代会和省委十四届二次全会部署，不忘初心，牢记使命，积极动员社会力量，高质量做好残疾人服务和保障工作，不断增强残疾人的获得感幸福感，努力开创新时代我省残疾人事业新局面，为推进“两个高水平”建设做出新的贡献。

省长袁家军关于召开2018年省政府残工委工作会议暨省残联主席团全体会议的批示

2018年3月9日

过去一年，省残联坚决贯彻省委省政府决策部署，凝心聚力、改革创新，扎实推进残疾人事业建设，成绩显著，值得充分肯定。2018年是贯彻党的十九大精神开局之年，是决胜全面建成小康社会的关键之年，也是我省残联组织成立30周年，希望你们再接再厉，高举习近平新时代中国特色社会主义思想伟大旗帜，全面贯彻落实党的十九大精神和省第十四次党代会精神，按照习近平总书记“全面建成小康社会，残疾人一个也不能少”的重要指示精神，不忘初心，牢记使命，对残疾人格外关心、格外关注，建立健全残疾人事业体系化推进的工作机制，加快完善更高标准的全省残疾人社会保障和公共服务体系，促进残疾人全面发展和共同富裕，共享“两个高水平”建设成果。

副省长、省政府残工委主任王文序在省政府残工委工作会议暨省残联主席团全体会议上的讲话摘要

2018年3月12日

与全国平均相比，浙江省残疾人事业发展处在较高水平，走在了全国前列，但对照中央要求，对标社会平均水平，还存在不小差距，还存在不平衡不充分的情况。一是地区之间差异较大，从困难残疾人低保目标人群覆盖率和残疾人社会保险补贴目标人群覆盖率来看，最高的市与最低的市之间相差20个百分点，这个相差比较大。二是残疾人受教育水平普遍不高，适龄残疾人接受15年教育比例仅为77.6%，远低于社会平均水平。三是残疾人就业不充分、不稳定、层次不高的问题突出，收入水平偏低，等等。我们必须应对这些问题，并在今后的工作中下大力气予以解决。我就今年几项重点工作再强调一下。

第一，进一步强化残疾人基本保障。要全面落实好“两项补贴”制度，确保“两项补贴”规范、有序、及时发放到位。要严格落实残疾人低保政策，请各地特别是覆盖率低于80%的地区一定要认真查找原因，切实采取有针对性的措施，努力做到应保尽保。要着力加强精准帮扶，在住房救助、大病救助、信息消费等方面采取针对性措施，切实防止出现返贫问题。

第二，进一步提升残疾人基本服务能力。要加强残疾预防和康复服务，加强医疗卫生、教育、安全生产、职业病防治等多领域合作，减少康复压力和康复服务成本。要继续加强服务设施建设，确保服务机构规范运作。省级层面要扎实推进“浙江康复医疗中心二期”和“残疾人之家”建设。要进一步提升信息化水平，尽快建成残疾人事业信息化大数据共享平台。

第三，进一步提升残疾人发展能力。要抓好残疾人就业，既要帮扶残疾人发展传统农村种养业，又要积极发展电商创业等新的就业创业途径。要加强残疾人教育，重视残疾人基础教育，加强残疾人职业教育，不断提高残疾人就业能力。要丰富残疾人文体活动，自觉把残疾人事业融入“文化浙江”建设中来。办好省第十届残运会，并做好2022年

杭州亚残运会的筹备工作。

第四，进一步优化残疾人事业发展环境。要以改革开放40周年、省残联成立30周年等重要节点、重大活动为契机，大力宣传党和政府对残疾人的关心关爱，营造残疾人事业发展良好社会环境。要注重发掘先进典型，弘扬人道主义思想和残疾人“平等、参与、共享”的现代文明理念，展示新时代残疾人新风采，引导社会共同参与扶残助残。要扎实推进无障碍环境建设，再建100个无障碍社区，让无障碍理念和服务深入到社区和家庭。

第五，进一步强化残疾人工作组织保障。要全面压实主体责任，各级政府、各级政府残工委及各成员单位要真正把残疾人工作落到实处。要推进各级残联组织建设，着力推动残联组织健全机制、增强活力，增强残联组织政治性、先进性、群众性。要进一步提升基层工作能力，配好乡镇街道残联理事长，做好乡镇（街道）、社区（村）残疾人专职委员选聘工作。“一兼两挂”工作没有到位的县（市、区）和市级残联要抓紧落实到位。

省领导在省残联政务信息专报《我省启动“百位名家助力特殊教育”大型公益活动》上的批示

副省长成岳冲 2018年6月8日批示：动员各方力量，参与特教事业发展，是一个应当长期坚持的好的做法。希望特教学院继续探索，多创造成功的经验。

副省长、省政府残工委主任王文序 2018年6月16日批示：此项公益活动有特色、有成效，较好地营造了扶残助残的良好社会氛围。

省委书记车俊在浙江省残联第七次代表大会开幕会上的讲话摘要

2018年8月24日

过去五年，全省各级残联组织和广大残疾人工作者坚持以习近平新时代中国特色社会主义思想为指导，认真履行“代表、服务、管理”职能，锐意进取、无私奉献，在残疾人社会保障、文化教育、就业康复、维护权益等方面做了大量卓有成效的工作，推动我省残疾人事业取得了长足发展。2017年，我省残疾人家庭人均可支配收入、基本医疗保险比例、基本康复服务率等13项主要指标居全国前3位，城镇和农村残疾人家庭人均可支配收入分别达到32388元、21524元，比5年前分别增长73.2%、100.8%。全省广大残疾人身残志坚、迎难而上，不论是在运动赛场上摘金夺银，还是在文艺舞台上展示才艺；不论是在医院里与病魔抗争，还是在学校里勤学苦读；不论是在平凡岗位上勤恳工作，还是在市场经济大潮中创业创新，都生动诠释了“自尊、自信、自强、自立”的精神，充分展示了服务社会、奉献社会的风采。我们印象特别深刻的是，我省残疾人运动员在里约残奥会上取得了12金、打破6项世界纪录、金牌数和奖牌数均居全国第二的优异成绩，不仅为国家争了光，也为浙江添了彩、为残疾人争了气。实践充分证明，残疾人是推动全省改革发展稳定的一支重要力量，浙江取得的历史性成就中包含着全省残疾人做出的重要贡献。

2018年是改革开放40周年、“八八战略”实施15周年。7月8日，习近平总书记对浙江工作做出重要指示，明确提出“干在实处永无止境，走在前列要谋新篇，勇立潮头方显担当”的新期望。省委十四届三次全会全面落实习近平总书记对浙江工作的重要指示精神，对“‘八八战略’再深化、改革开放再出发”重大问题，做出了全面的研究部署。当前和今后一个时期，全省残联组织和广大残疾人要高举习近平新时代中国特色社会主义思想伟大旗帜，凝心聚力、奋发有为，推动我省残疾人事业高质量发展、继续走在前列。

第一，要高举旗帜、把准方向，始终坚持以习近平新时代中国特色社会主义思想为指导。以习近平同志为核心的党中央高度重视残疾人事业，十分关心残疾人群体。习近平总书记更是为全党做出了光辉的榜样和示范。15年前，时任浙江省委书记习近平同志在浙江省残疾人联合会第四次代表大会上指出：“全社会都应发扬人道主义精神，倾注深厚感情，伸出关爱之手，倍加重视、倍加关注、倍加关心、倍加帮助残疾人，给予他们更多的温暖。”在浙江工作期间，习近平总书记每年坚持走访慰问残疾人，还携带家人观摩指导残疾人艺术。党的十八大以来，习近平总书记多次就残疾人工作发表重要讲话、做出重要指示，指出“残疾人是一个特殊困难的群体，需要格外关心、格外关注”，强调“2020年全面建成小康社会，残疾人一个也不能少”。我们要学懂、弄通、做实习近平新时代中国特色社会主义思想，深入学习贯彻习近平总书记关于残疾人事业的一系列重要论述，深刻领悟人民领袖对弱势群体尊重厚爱的博大情怀，进一步增强做好新时代残疾人事业的责任感与使命感，努力让全省每个残疾人共享浙江改革发展成果。

第二，要拉高标杆、精准发力，进一步提升残疾人保障和服务水平。由于各种原因，当前残疾人仍然是一个数量比较多、困难比较突出、需要帮助也比较多的群体。我们要清醒地看到，对照习近平总书记对浙江工作重要指示精神，对照“两个高水平”建设的奋斗目标，对照全省广大残疾人对美好生活的向往，浙江残疾人事业发展水平与全省经济社会发展平均水平相比仍然滞后，也是发展不平衡不充分的表现之一。我们要通过办好残疾人最关心、最直接、最现实的实事，实施好残疾人最急需、受益面广、效益好的项目，着力满足残疾人基本需求，不断完善社会保障政策，切实加强残疾预防和康复服务，大力发展特殊教育，不断提升残疾人受教育水平，多形式多渠道促进残疾人就业增收，进一步丰富残疾人文体活动，努力使全省残疾人合法权益有保障、参与社会更便捷、全面发展无障碍，真正过上更有尊严、更加幸福的生活。

第三，要尊重主体、激发活力，努力让广大残疾人在不断超越自我中活出精彩人生。残疾人是社会大家庭的平等成员，古今中外残疾人自尊自立、奉献社会的先进典型很多。这充分说明，残疾人完全有志向、有能力为社会做出重要贡献，也有基础、有条件创造更加幸福美好的生活。希望全省残疾人坚信“天生我材必有用”，选定人生目标、找准人生坐标，不被困难吓倒、不向挫折屈服，以自信乐观的态度拥抱生活、融入社会。要积极主动学习文化知识，坚持不懈提升劳动技能，不断增强自身素质和能力本领。要自觉把自己的人生梦想和国家发展、社会进步结合起来，充分挖掘自身潜能、发挥自身特长，踊跃投身经济社会发展的火热实践中，在拼搏奋斗中实现人生价值、展现自我风采。

第四，要加强领导、群策群力，进一步形成全社会关心支持残疾人事业发展的浓厚氛围。发展残疾人事业，是各级党委、政府的使命，也是全社会共同的责任。全省各级党委、政府要把残疾人工作摆在更加突出的位置，认真落实促进残疾人事业发展的各项政策措施，着力推动残联改革创新，大力加强基层残联组织和残疾人工作队伍建设，及时研究解决残疾人事业发展中的重点难点问题。要大力弘扬中华民族扶贫济困、扶残助残、乐善好施的传统美德，积极倡导“平等、参与、共享”的现代文明社会残疾人观，深入开展“最美”系列评选宣传活动，大力发展残疾人慈善事业，不断壮大助残公益组织和志愿者的队伍，推动全社会理解残疾人、尊重残疾人、关心残疾人、帮助残疾人，让爱心和善举照亮残疾人的心灵。

第五，要改革创新、担当有为，把各级残联组织打造成为坚强的残疾人之家。残联组织是党和政府联系残疾人群众的桥梁和纽带，肩负着发展残疾人事业、维护残疾人权益的重任。全省各级残联组织要把党的政治建设放到首位，牢固树立“四个意识”、坚定“四个自信”，始终在思想上、政治上、行动上同以习近平同志为核心的党中央保持高度一致，切实把广大残疾人紧紧团结在党的周围。要全心全意为残疾人服务，深入开展“大学习大调研大抓落实”活动，全力为残疾人排忧解难，坚决维护残疾人合法权益，把党和政府的关怀送到残疾人的心坎上，不断赢得广大残疾人的支持信赖。要深化残联组织改革，全面落实中央和省委关于加强和改进党的群团工作的决策部署，按照省委关于推进清廉浙江建设的部署要求，着力改进组织体系、管理模式、服务方式和工作作风。广大残疾人工作者要深刻认识残疾人事业是行善积德的事业，怀着深厚的感情，以残疾人为中心，恪守“人道、廉洁、服务、奉献”职业道德，时时刻刻把残疾人冷暖放在心上，千方百计为残疾人提供支持帮助，真正成为残疾人的贴心人。

省委组织部部长黄建发在浙江省残疾人联合会第七次代表大会闭幕会上的讲话摘要

2018 年 8 月 24 日

残疾人事业承载着广大残疾人朋友的福祉和向往，是一项崇高而伟大的人道主义事业，是新时代中国特色社会主义事业的重要组成部分。习近平总书记主政浙江时就高度重视残联工作强调：“残疾人联合会是残疾人利益的代表组织、发展残疾人事业的工作和管理机构，履行着‘代表、服务、管理’的职责。”站在新的历史起点上，希望新一届省残联领导班子和广大残疾人工作者深入学习贯彻习近平新时代中国特色社会主义思想，牢记习近平总书记赋予的使命要求，奋力推动我省新时代残疾人事业高质量发展。

要深化改革，增强残联工作的政治性先进性群众性。要强化基层基础。坚持党建带群建，把加强农村党建、社区党建、两新党建等各领域基层党建工作同残联基层组织建设紧密结合起来，构建“横向到边、纵向到底”的残疾人组织体系，有效推动残联组织更好融入党建大格局，在创新基层社会治理、促进残疾人就业、密切党群干群关系等方面更好发挥作用。要创新服务方式。以“最多跑一次”理念推进残疾人保障和服务体系改革，加强“网上残联”“智慧残联”建设，打通服务残疾人的“最后一公里”，让残疾人朋友办事“少跑腿、不跑腿”。要改进工作方法。主动适应残疾人群体新变化，坚持运用市场机制与借助社会力量相结合，探索建立以残疾人满意度为导向的评价机制，破解制约残联工作创新发展的体制机制障碍，更好满足残疾人特殊性、多样性、多层次需求。

省长袁家军在亚残奥会函件《杭州市成为2022 年亚洲残疾人运动会主办城市》上的批示

2018 年 9 月 7 日

努力办一届精彩圆满的亚残奥会。

二、政策法规文件

浙江省实施《无障碍环境建设条例》办法

省政府令第 370 号

第一条 为了创造无障碍环境，保障残疾人、老年人等社会成员平等参与社会生活，根据《中华人民共和国残疾人保障法》《中华人民共和国老年人权益保障法》《无障碍环境建设条例》等有关法律、法规，结合本省实际，制定本办法。

第二条 本办法所称无障碍环境建设，是指为了便于残疾人、老年人等社会成员自主安全地通行道路、出入相关建筑物、搭乘公共交通工具、交流信息、获得社区服务所进行的建设活动。

无障碍环境建设应当与经济和社会发展水平相适应，遵循实用、易行、广泛受益的原则。

第三条　县级以上人民政府应当将无障碍环境建设纳入国民经济和社会发展规划，组织编制、实施无障碍环境建设发展规划。

县级以上人民政府负责残疾人工作的机构，负责组织、协调、指导、督促有关部门做好无障碍环境建设工作。

第四条　县级以上人民政府住房和城乡建设部门负责本行政区域内无障碍设施工程建设活动的监督管理工作。

县级以上人民政府发展和改革、经济和信息化、教育、公安、民政、交通运输、文化和旅游、卫生健康、广播电视等有关部门在各自职责范围内，推进信息交流、公共交通工具、社区服务等的无障碍环境建设工作。

乡（镇）人民政府、街道办事处按照上级人民政府的要求做好无障碍环境建设相关工作。

第五条　残疾人联合会、老龄工作委员会等组织应当收集和反映残疾人、老年人等社会成员的无障碍需求，向政府及其有关部门提出加强和改进无障碍环境建设的意见和建议，开展社会监督，协助做好无障碍环境建设相关工作。

第六条　县级以上人民政府有关部门和残疾人联合会、老龄工作委员会等组织应当加强对无障碍环境建设的宣传，普及无障碍环境知识，提高全体社会成员的无障碍环境意识。

第七条　鼓励单位和个人为无障碍环境建设提供捐助和志愿服务，为残疾人、老年人等社会成员出行、交流信息等提供帮助。

第八条　城镇新建、改建、扩建道路，公共建筑，公共交通设施，居住建筑，居住区，应当按照无障碍设施工程建设有关标准，建设配套的无障碍设施，并与主体工程同步设计、同步施工、同步验收投入使用。

乡、村庄的道路、基本公共服务设施、基本公共活动场所等的建设，应当逐步达到无障碍设施工程建设有关标准。

第九条　设计单位进行相关建设工程设计时，应当按照无障碍设施工程建设有关标准，设计配套的无障碍设施。施工图设计文件审查机构应当按照无障碍设施工程建设有关标准，对施工图设计文件进行审查。

施工单位应当按照审查合格的施工图设计文件和施工技术标准进行无障碍设施施工，并对施工质量负责。

工程监理单位应当按照无障碍设施工程建设有关标准和审查合格的施工图设计文件，对无障碍设施施工质量实施监理。

县级以上人民政府住房和城乡建设等有关部门应当对建设工程项目设计、施工、监理等人员进行必要的无障碍设施知识培训。

第十条　建设单位组织对建设工程项目进行竣工验收时，应当按照无障碍设施工程建设有关标准对无障碍设施进行验收。

国家机关和交通运输、文化、旅游、体育、医疗卫生、金融、电信、邮政等企业、事业单位的公共服务场所竣工验收前，建设单位可以邀请残疾人、老年人等社会成员代表试用体验配套建设的无障碍设施，并听取其相关意见和建议。

第十一条　无障碍设施应当在醒目位置设置规范、清晰的无障碍标志。

无障碍标志应当纳入城市环境和建筑内部的引导标志系统，指明无障碍厕所、电梯、坡道等重要无障碍设施的具体位置。

第十二条　城镇已建成的道路、公共建筑、公共交通设施、居住建筑、居住区不符合无障碍设施工程建设有关标准的，应当依法进行无障碍设施改造。

县级以上人民政府应当在征求相关所有权人、管理人和残疾人、老年人等社会成员代表的意见基础上，制定无障碍设施改造计划并组织实施。无障碍设施改造由所有权人或者管理人负责。

第十三条　任何单位和个人不得损坏、违规占用无障碍设施或者改变其用途。

无障碍设施的所有权人和管理人应当对无障碍设施进行维护，制止损坏、违规占用无障碍设施的行为，确保其正常使用。

第十四条　县级以上人民政府应当加强无障碍环境社区建设工作，推动完善社区文化、体育、养老、医疗卫生等公共服务设施的无障碍服务功能，鼓励老旧居住区加装和改造坡道、扶手、电梯等设施，并按照规定对有关困难残疾人、老年人家庭设施的无障碍改造给予资金补助。

第十五条　机场、火车站、汽车站、客运码头等场所应当根据需要，配置轮椅等辅助器具，设置为残疾人、老年人等社会成员服务的购票取票设施、等候专座和绿色通道。

公共汽车和城市轨道交通车辆应当逐步设置无障碍踏板、扶手、轮椅专席等无障碍设施。

第十六条　鼓励停车场通过停车位预约、设置可变车位等方式满足残疾人、老年人等社会成员的特殊停车需求。政府办事服务中心、二级以上医院、三星级以上酒店、大型商场及其他城市大中型公共场所的公共停车场和大型居住区的停车场应当按照无障碍设施工程建设有关标准，在方便通行的位置设置无障碍停车位。

肢体残疾人和行动不便的老年人使用的专用代步工具可以进入步行街、步行景点等区域。

第十七条　县级以上人民政府网站、政府公益活动网站、残疾人和老年人组织网站、社会公共服务网站应当按照规定要求加强无障碍化建设，为残疾人、老年人获取相关信息和服务提供便利。

国家机关和交通运输、文化、旅游、体育、医疗卫生、金融、电信、邮政等企业、事业单位的公共服务场所应当创造条件为残疾人、老年人等社会成员提供手语、字幕、语音等服务。

县级以上人民政府设立的公共图书馆应当配备盲文读物和有声读物，提供语音读屏、大字阅读等软件和设备。

报警、医疗急救等紧急呼叫系统应当具备文字信息报送和文字呼叫功能。

第十八条 国家机关和其他提供公共服务的单位应当加强信息化建设，推进涉及残疾人、老年人等社会成员的服务事项网上办理和移动客户端办理，对相关工作人员进行无障碍知识教育和必要的技能培训，并根据需要对残疾人、老年人等社会成员使用相关信息化服务给予指导和帮助。

第十九条 县级以上人民政府应当鼓励支持服务残疾人、老年人等社会成员的无障碍技术、产品的研发、推广和应用，将无障碍环境建设纳入智慧城市建设内容，提高城市规划、建设、管理水平，服务残疾人、老年人以及其他社会成员。

第二十条 住房和城乡建设、教育、公安、交通运输、文化和旅游、广播电视等有关部门应当通过开展联合执法检查、调查评估和征求社会意见等方式，加强对无障碍环境建设工作的监督管理和指导，对发现的问题及时予以纠正或者要求限期改正。

任何单位和个人可以就无障碍环境建设情况，通过统一政务咨询投诉举报平台提出意见和建议。

第二十一条 违反本办法规定有下列行为之一的，由住房和城乡建设等有关部门依法给予处罚：

（一）设计单位未按照无障碍设施工程建设有关标准设计无障碍设施的；

（二）施工图设计文件审查机构未按照无障碍设施工程建设有关标准对施工图设计文件进行审查的；

（三）施工单位未按照审查合格的施工图设计文件进行无障碍设施施工的；

（四）工程监理单位未按照无障碍设施工程建设有关标准和审查合格的施工图设计文件对无障碍设施施工质量实施监理的；

（五）建设单位将未经验收或者验收不合格的无障碍设施交付使用的。

第二十二条 机动车、非机动车违反停车规定，占用盲道、坡道等无障碍设施的，由公安等有关部门责令改正；妨碍通行的，按照《中华人民共和国道路交通安全法》等法律、法规的规定给予处罚。

第二十三条 本办法自2018年12月31日起施行。

浙江省人民政府关于完善残疾儿童康复服务制度的实施意见

浙政发〔2018〕36号

二、制度内容

（一）服务对象

1. 我省0—6周岁，经鉴定符合国家残疾标准的视力、听力、言语、肢体、智力、多重等残疾儿童和孤独症儿童。

2. 上述对象中生活自理能力不足、不具备义务教育入学条件的，凭县级教育部门出具的缓学或休学证明，年龄可放宽至8周岁；上述对象中具有肢体矫治手术指征的，年龄可放宽至16周岁。

（二）服务项目和标准

1. 基本康复训练。对残疾儿童和孤独症儿童接受与残疾类型和医学诊断相对应的康复训练费用的自付部分给予补贴，每人每月最高2400元，每年最高24000元。

2. 辅助器具适配。对残疾儿童配置与残疾类型相符合的基本辅助器具费用给予补贴。辅助器具种类、评估条件、适配流程、使用年限等按省有关规定执行。

3. 人工耳蜗植入。对具有适应指征的听力残疾儿童，每人免费配置基本型人工耳蜗1台，并给予12000元的手术等费用补贴。对未享受免费配置基本型人工耳蜗和基本医疗保险支付，自行接受人工耳蜗植入的残疾儿童购置人工耳蜗，给予一次性补贴30000元。对已安装人工耳蜗8年以上低保、低保边缘家庭的残疾儿童升级体外处理机，给予一次性补贴30000元。

4. 肢体矫治。对具有肢体矫治手术适应指征的肢体、多重残疾儿童，每人给予最高12000元和6000元的补贴，分别用于手术（含术前必需检查）和术后院内康复训练。每人累计享受不超过2次。

5. 困难家庭残疾儿童康复生活补贴。对低保、低保边缘家庭的残疾儿童给予每人每月600元、每年最高6000元的补贴，用于接受康复期间产生的额外生活支出。

关于开展重度残疾人托养照护服务质量评估工作的指导意见

浙残联发〔2018〕2号

浙江省残疾人联合会、浙江省民政厅、浙江省卫生和计划生育委员会联合印发。

二、评估方式

按照承担评估工作的主体不同，评估方式分为组织评估小组进行评估和委托第三方机构进行评估。

评估小组评估，即县级残联会同民政、卫生计生部门或乡镇（街道）自行组织残联、民政、卫生计生等部门人员、残疾人专职委员以及当地医疗、康复、托养或养老等机构相关专业人员、人大代表或政协委员、残疾人代表、村（社区）干部等成立评估小组进行评估。第三方机构评估，即县级残联会同民政、卫生计生部门或乡镇（街道）通过政府购买服务方式委托具有评估资质和能力的社会组织或专业机构如县级以上医院、残疾人康复和托养中心、社会福利机构、评估机构等进行评估。

开展托养照护服务质量评估所需工作经费，按照浙政发〔2016〕3号文件规定，由各级财政安排。

三、评估对象

托养照护服务质量评估的对象主要是为残疾人提供托养照护服务的残疾人家庭和托养机构，具体包括以下两种：

（一）为残疾人提供居家生活照料和护理服务的残疾人家庭；

（二）为智力、精神残疾人和其他各类重度残疾人提供托养服务的寄宿制集中托养机构或日间照料机构。

四、评估内容

（一）居家照护服务质量评估。评估项目包括穿衣、进食、居住、活动、卫生、康复以及民主评议等方面。

（二）机构托养服务质量评估。评估项目包括机构资质、人员、场地、设备、服务流程、无障碍设施、服务内容、服务管理及结果性成效等方面。

托养照护服务质量评估标准参照中国残联印发的《残疾人托养服务基本规范（试行）》（残联发〔2013〕20号）执行。具体评估项目、标准要求详见附件。

五、评估程序

（一）居家照护服务质量评估

1. 自查自评。残疾人亲属对照护服务情况进行自评，填写自评表，并将自评表报乡镇（街道）。

2. 入户评估。乡镇（街道）自行组织评估小组或委托第三方评估机构，对为残疾人提供居家生活照料和护理服务的残疾人家庭开展入户调查、收集有关信息，根据现场调查情况，按评估表（见附件1）进行打分。

3. 民主评议。组织当地村（社区）干部或代表、邻里及具有评议能力的残疾人本人等参加的民主评议，根据民主评议情况进行打分。

4. 出具报告。评估结果按总分100分计算，其中入户评估分值85分，民主评议分值15分。根据评估结果，出具评估报告并上报县级残联、民政、卫生计生部门。

（二）机构托养服务质量评估

1. 自查自评。托养机构对自身托养服务总体情况进行自查，并将自评表及相关材料报县级残联、民政、卫生计生部门或乡镇（街道）。

2. 满意度测评。评估小组或评估机构对托养机构提供服务情况开展测评，抽选服务对象（或其监护人）填写满意度测评表（见附件2）。

3. 实地评估。对托养机构开展实地调查、查阅台账资料、收集有关信息等，根据现场调查情况，按评估表（见附件3）进行打分。

4. 出具报告。评估结果按总分100分计算，其中服务对象满意度测评分值（满分100分）占总分的30%，第三方评估分值（满分100分）占总分的70%，汇总并出具评估报告。

关于印发浙江省慈善助残危房改造项目实施方案的通知

浙残联发〔2018〕16号

浙江省残疾人联合会、浙江省财政厅、浙江省慈善联合总会联合印发。

一、工作目标

通过慈善捐助募集慈善助残资金，帮助26个加快发展县特困残疾人实施危房改造。整个项目安排1000户左右，计划分两期实施。

二、实施对象

拥有浙江省户籍，并持有浙江省颁发的第二代或第三代中华人民共和国残疾人证，家庭人均年收入在当地低保标准以内，目前无房居住或现住房已鉴定为危房（C级或D级），已纳入当地住建部门危房改造年度计划、具有特殊困难的残疾人低保家庭存量危房改造户。若低保残疾人家庭危房改造任务完成并且助残资金有结余的，实施对象可以按照困难程度扩展到低保标准150%内的边缘户。下列情况不作为慈善助残危房改造项目的实施范围：

（一）长期无人居住的房屋；

（二）有两处以上住房，其中一处是危房的；

（三）不属于居住的临时用房、简易房，不影响人员生活的独立厨房、厕所和畜禽养殖圈舍等。

三、改造要求

按照“适用、经济、安全”原则实施危房改造，并达到如下标准要求：

（一）建筑面积。原则上每户建筑面积，单人改造户控制在40平方米以内，两人改造户控制在60平方米以内，三人以上的改造户控制在80平方米以内，能够满足基本居住要求。

（二）质量要求。符合当地危房改造建设要求，主体一般为砖混结构，地基处理、房屋结构达到设计承载力要求；门窗构建完备、耐久、适用；屋顶结构安全可靠，不漏雨、不渗水；室内地面硬化、平整、防滑，内外墙面粉饰，光照、通风良好。

（三）设施配套。设置独立的卧室、厨房和厕所，同时水、电、排污等设施配套，能满足基本生活需要。有无障碍需求的困难残疾人家庭，当地可结合无障碍设施进家庭同步实施。

完成危房改造的住房，要在住房醒目的位置安装“浙江省慈善助残安居工程项目”标牌。标牌式样由省统一设计制作。

四、资助标准

按照“资助一户，建成一户”要求，凡是纳入慈善助残危房改造的家庭，按标准改造所需资金在落实家庭自筹、当地政府危房改造补助的基础上，剩余所需改造资金由慈善助残资金资助，省慈善资助标准每平方米不超过800元。鼓励各地利用多种方式加大对列入改造项目困难残疾人家庭的补助力度，对当地政府支持力度大的地方，省将适当增加资助对象。

关于印发浙江省残疾人基本型辅助器具服务实施办法的通知

浙残联发〔2018〕69号

浙江省残疾人联合会、浙江省民政厅、浙江省财政厅、浙江省卫生健康委员会联合印发。

第四条 残疾人基本型辅助器具补贴包括实物配发和货币补贴两种形式。实物配发是指对符合条件的残疾人配发通过政府采购的辅助器具实物；货币补贴是指对符合条件的残疾人自行购买各种小额辅助器具实施相应的补贴。

第五条 符合实物配发和货币补贴条件的基本型辅助器具须为分别纳入《浙江省残疾人大额辅助器具购买补贴目录》和《浙江省残疾人小额辅助器具购买补贴目录》（以下分别简称为《大额补贴目录》和《小额补贴目录》）的器具。

《大额补贴目录》中的辅助器具采取省级统一招标方式确定入围服务厂商并将实物配发给残疾人。

第六条 残疾人基本型辅助器具服务工作实行省、市、县（市、区）残联分级管理。

（一）省残联负责规划全省残疾人辅助器具服务工作，制定相关服务制度，开发全省辅助器具服务业务系统。依托浙江康复医疗中心负责全省残疾人辅助器具服务的技术指导与组织实施工作，开展辅助器具省级评估、技术培训、适配定制和展示、体验等服务，指导市、县（市、区）残疾人辅助器具服务机构开展工作。

（二）市残联负责规划本辖区残疾人辅助器具服务工作，制定相关服务制度。市级残联康复部负责本市残疾人辅助器具服务的技术指导与组织实施工作，开展辅助器具市级评估、技术培训、适配定制和展示、体验等服务，指导县（市、区）残疾人辅助器具服务机构开展服务工作。

（三）县（市、区）残联负责本辖区残疾人辅助器具服务工作。建立残疾人辅助器具服务工作机制，组织开展残疾人辅助器具的展示、体验、评估、定制和使用指导等工作。

第七条 建立并逐步完善浙江省残疾人基本型辅助器具业务管理系统，提供残疾人辅助器具服务相关信息、辅助器具产品信息、服务需求登记和申请、审批等服务。

第八条 残疾人基本型辅助器具适配应按各类《补贴目录》明确规定的基本型辅助器具类型、适用人群、补贴标准、使用年限和评估要求等执行。

第九条 各市、县（市、区）残疾人辅助器具服务机构要积极开展辅助器具回收再利用服务工作。回收再利用的辅助器具经专业检测合格后，可用于二手市场销售、租赁和借用服务。

第十条 残疾人按照自愿的原则申请《补贴目录》中的政府补助基本型辅助器具，在市、县（市、区）残联或其指定的残疾人辅助器具评估机构接受评估，按评估意见配置相应的辅助器具。

市、县（市、区）残联会同卫生健康部门组建专家库，为本地评估机构提供专业技术支持。

第十一条 残疾人在省、市残联指定的辅助器具服务机构根据《补贴目录》配置基本型辅助器具，按本办法享受补贴。各辅助器具服务机构专业人员应参加省、市残联组织的业务培训。

第十二条 补贴范围与标准

（一）具有本省户籍，持有中华人民共和国残疾人证的0—17周岁残疾儿童少年、年满18周岁的在校残疾学生和享受困难残疾人生活补贴的残疾人，在辅助器具使用年限内可免费配置《大额补贴目录》内的基本型辅助器具1件；购买《小额补贴目录》内的基本型辅助器具，按所购买辅助器具对应补贴标准给予补贴，所购辅助器具价格低于补贴标准的，按实际价格给予补贴。

本款服务对象经市、县（市、区）残联或其指定的残疾人辅助器具评估机构评估后，可以同时补助《大额补贴目录》和《小额补贴目录》中的辅助器具各1件。

（二）具有本省户籍，持有中华人民共和国残疾人证但不在前款所列范围内的残疾人，购买《大额补贴目录》内的基本型辅助器具，可以按照政府招标价格在使用年限内自费购买1件；购买《小额补贴目录》内的基本型辅助器具，按所购买辅助器具对应补贴标准的50%给予补贴，所购辅助器具价格低于补贴标准50%的，按实际价格给予补贴。

本款服务对象，在同一年度内不得同时享受实物配发和货币补贴形式。

（三）符合实物配发条件的在同一年度内只可配发《大额补贴目录》中的1种辅助器具。符合货币补贴条件的每年在总额人民币300元范围内可以享受《小额补贴目录》中的多种辅助器具。同一类辅助器具在使用年限内不得重复享受。

三、工作综述

2018年是改革开放40周年、“八八战略”实施15周年，也是浙江省残联成立30周年。一年来，浙江省残疾人工作者高举习近平新时代中国特色社会主义思想伟大旗帜，全面贯彻党的十九大精神，大力弘扬红船精神，认真落实省第十四次党代会、省委十四届二次、三次会议决策部署，紧紧围绕新时代残疾人事业高质量发展总目标，有序推进各项工作，圆满完成各项任务。各市残疾人全面小康实现程度首次全部突破90%，全省残疾人全面小康实现程度达到94.7%。

（一）以加强理论武装为先导，筑牢思想根基

深入学习习近平新时代中国特色社会主义思想。通过党组中心组（扩大）会议、专题学习研讨和干部培训、青年代表座谈会、党支部学习研讨、主题党日活动等多种形式，认真把握习近平总书记关于全面深化改革的重要思想、在庆祝改革开放40周年大会上的重要讲话以及对浙江工作的重要指示等精神，推进“两学一做”学习教育常态化制度化，确保广大党员树牢“四个意识”，增强“四个自信”，自觉做到“两个坚决维护”。全面领会习近平总书记关于残疾人事业的重要论述。认真把握总书记关于怎样认识残疾人、怎样发展残疾人事业、怎样做好残疾人工作、怎样发挥好残联组织作用的重要论述，践行总书记关于“全体残疾人工作者要始终与广大残疾人保持血肉联系，了解他们的疾苦、倾听他们的呼声、反映他们的要求，努力成为残疾人的第一知情者、第一代言者、第一维护者”的殷切要求。努力在残疾人工作基层调研和入户调查中学用结合。省残联组织开展以“访百户残疾人家庭、当一天专职委员、过一次主题党日活动、看一批残疾人服务机构、开一个社情民意座谈会”为抓手的基层残疾人工作大调研活动。全省残联五级联动，实施了全省残疾人状况动态更新调查，针对126万持证残疾人家庭，入户开展需求和服务状况登记，登记率达96.2%；另抽取23606户残疾人家庭，入户实施家庭收入状况监测调查。基层调研和入户调查成为学思践悟习近平新时代中国特色社会主义思想的重要载体。

（二）以抓好残联换届为契机，加强组织建设

圆满完成全省残联换届工作。2018年上半年，在各地党委及组织部门关心重视下，11个市、89个县（市、区）和1386个乡镇残联组织全部完成换届工作。2018年8月，省残联召开第七次代表大会，明确了今后五年工作的总体要求、奋斗目标和具体举措，选举产生了省残联新一届领导班子。省委、省人大常委会、省政协、省军区领导担任名誉主席，省政府分管领导担任主席；车俊书记、黄建发部长、王文序副省长分别做重要讲话。持续推进残联组织建设。市、县残联领导班子和干部队伍建设进一步加强，10个市残联配备残疾人领导干部，83个县（市、区）残联配备残疾人干部职工。有力推进市、县两级残联配备“两挂一兼”副理事长工作，共配备兼挂职副理事长272名。进一步将残疾人专职委员纳入公益性岗位，全省共配备残疾人专职委员1583名。抓好残疾人专门协会建设，加强骨干人员培训学习。精心制定省残联改革方案。认真贯彻中央和省委党的群团工作会议精神，深入开展调查研究，广泛征求全省残联组织和省直相关部门等各方意见，聚焦完善体制机制、改进组织体系、提升服务能力、创新工作方式、转变工作作风，努力使改革方案既符合省情实际，又体现浙江特色。

（三）以强化政策落实为基础，夯实民生保障

落实残疾人“两项补贴”政策。省民政厅、省残联联合制定困难残疾人生活和重度残疾人护理“两项补贴”业务管理工作规范，开展“两项补贴”工作督导检查。全省发放残疾人“两项补贴”92.8万人次，发放金额29.05亿元。落实残疾人社会保险补贴政策。省人力社保厅督导落实残疾人参加城乡居民基本养老、基本医疗保险支持政策。全省33.32万残疾人享受城乡居民养老保险补贴，61.9万残疾人享受城乡居民医疗保险补贴。嘉兴市在全省率先建立全市统一的残疾人参加基本养老保险个人缴费补贴指导线，补贴金额全省最高。杭州市对城区所有就业残疾人职工养老保险个人缴费部分实行补贴。落实残疾人危房改造政策。省财政厅、省慈善联合总会、省建设厅、省残联等共同制定实施慈善助残危房改造项目实施方案，推进农村困难残疾人家庭危房改造工作。第一批实施慈善助残危房改造的151户已完成验收；全省共完成农村残疾人家庭危房改造2526户、城镇廉租房安置1700户。落实东西部对口协作帮扶政策。省发改委、省残联下发《关于做好我省对口地区残疾人脱贫攻坚工作的通知》，从2018年起至2020年，全省安排1亿元帮扶资金用于对口地区的残疾人帮扶；省残联与四川省残联签订扶贫协作协议；浙江省对口协作帮扶工作受到国务院扶贫办表扬肯定。

（四）以推进提质增量为重点，促进就业创业

组织开展“残疾人就业创业提升年”活动。省委组织部、省人力社保厅等13个部门制订《浙江省“残疾人就业创业提升年”活动方案》，开展残疾人按比例就业、集中就业等“八大援助行动”。全省新增残疾人就业16109人，完成年度任务数的161%。浙江经验被中国残联全文转发。持续推进残疾人辅助性就业。将残疾人辅助性就业机构建设指标纳入全省乡村振兴考核。全省建成各类残疾人辅助性就业机构（庇护性机构）1072家，安置就业（庇护服务）21482

人，完成年度任务的108%。省残联被省委省政府评为扶贫工作先进集体。继续推进党政机关、事业单位和国有企业带头安置残疾人就业。全省共推出26个残疾人公务员专设岗位，成功招录24名（其中省级单位7名），招录事业编制人员23名。全省新增残疾人按比例就业4627人，完成年度任务的154%。大力发展残疾人电商和文创就业。召开全省电商助残交流会，开展残疾人文创项目比赛，培育文创孵化基地。全省成功创建残疾人电商孵化基地79家，新增电商就业创业2713人，完成年度任务的109%。温州市在全市创业创新博览会上首次设立残疾人主题馆。

（五）以实现优质均等为目标，提升基本服务

推进残疾人精准康复服务。实施残疾人精准康复服务664521人，完成年度任务的152.1%，残疾人基本康复服务率达到99.17%。省政府下发《关于完善残疾儿童康复服务制度的实施意见》，省残联、省卫健委、省财政厅等实施的“浙江省残疾儿童康复服务制度”被省政府评为2018年部门改革创新项目，宁波、湖州、嘉兴、杭州、舟山市推进残疾儿童基本康复服务补贴提标扩面，衢州市打造“阳光康护·家庭病床”康复品牌，诸暨等地开展社区精准康复服务试点，余杭等全国残疾预防综合试验区通过中国残联中期评估。全省组织国家级和省级康复人员培训1800人，完成年度任务的200%。加强残疾人特殊教育服务。省教育厅、省残联共同推进学前段和高中段特殊教育，做好国家通用手语和通用盲文推广工作，推进盲文和手语两个推广中心建设。全省3—18岁持证残疾儿童少年入学率达到87.78%，比上年提高5.22%。全省资助残疾人学生和残疾人家庭子女3.02万人，完成年度任务的150%，投入助学金6825万元。全省15—50周岁残疾人文盲率为10.71%，比上年下降3.84个百分点。开展文体助残服务。省委宣传部、省文化厅、省残联等持续开展文化助残“五个一”工程，试点推进“康复体育进家庭”活动，服务残疾人4.1万名，完成年度任务的144%。加强服务设施建设。全省新开工或建成残疾人康复和托养服务设施15个，完成年度任务的100%。台州市出台《关于推进“残疾人之家”建设的实施意见》，在全市铺开“残疾人之家”建设。

（六）以办好重大活动为抓手，助力平等参与

备战参赛第三届亚残运会。在体育部门和残联等共同努力下，浙江省残疾人运动员在雅加达第三届亚残运会上取得29金12银2铜，打破1项世界纪录、4项亚洲纪录、13项赛会纪录，金牌数和奖牌数均列全国各省（区、市）第一。车俊书记、袁家军省长等省领导亲切接见运动员。宁波市金牌数位居全国副省级城市和全省各市第一。成功申办第四届亚残运会。2018年7月17日，袁家军省长会见亚残奥委会主席马吉德一行，明确由杭州市正式申办2022年亚残运会工作。省、市两级紧密配合推进申办工作。10月13日，杭州市成功接过亚残奥委会会旗，标志着亚残运会入“杭州时间”。成功举办浙江省第十届残运会，首次将残奥、聋奥、特奥三个运动会合并举办，参赛人数规模达1355人；省四套班子和省军区领导出席开幕式。持续扩大社会宣传。举办浙江省残疾人事业五年发展成就新闻发布会。组织第二届“最美浙江人之最美助残人”评选，7天网络投票阶段有154万次访问投票，创历届最高；各市同步开展市级“最美助残人”的评选，上下联动，社会反响强烈。中央主流媒体采风报道，展示浙江省残疾人事业在改革开放历史进程中取得的重要成绩和浙江省残疾人自强风采。全年中央、省级主流媒体新闻报道分别达到22篇和90篇。绍兴市自闭症画家毕昌煜等4人入选“2017年度中国残疾人事业十大新闻人物”和“十大助残人物”。

（七）以加强权益保障为根本，优化助残环境

抓好信访维稳。扎实做好“平安浙江”建设残疾人维权维稳考核工作，组织全省残联维权业务培训，召开省残联系统省人大代表、省政协委员维护残疾人合法权益座谈会，办好12385残疾人服务热线，省残联残疾人信访件办结率达100%。优化无障碍环境。省政府出台《浙江省实施〈无障碍环境建设条例〉办法》，为深入推进全省无障碍环境建设提供了法律保障。省建设厅、省残联等贯彻省政府残工委《浙江省无障碍社区创建考核办法》，推进省级无障碍社区创建工作，首批102个社区被命名为省级无障碍社区，为全国首创。丽水市将无障碍建设纳入“浙江大花园”最美核心区建设；安吉县打造“鄣吴无障碍小镇”。全省继续推进困难残疾人家庭无障碍改造工作，共实施11049户，完成年度任务的110%。省通信管理局等部门出台视力、听力、言语残疾人信息产品优惠政策，惠及20万残疾人及家庭。强化社会志愿助残。在团省委等共同努力下，全省注册助残志愿者达到41139人；推荐15个“阳光助残”项目参加省志愿服务项目大赛，获得两金两银五铜好成绩。温州市“阳光鹊桥”活动获全国志愿服务项目大赛银奖。

四、重要条目

【浙江省残联基层残疾人工作蹲点调研活动】为密切与残疾人血肉联系，贯彻落实省委关于开展“‘八八战略’再深化、改革开放再出发”大调研活动部署，结合“三访三创”活动，2018年5月2日至5日，浙江省残联组成4个调研组，由党组成员、副理事长高翔、吴一农、黄树良以及党组成员、组人部部长宋淑山等领导带队，分赴温州市苍南县、丽水市缙云县、金华兰溪市、绍兴市新昌县等地开展基层残疾人工作蹲点调研活动。每组各选择一个乡镇为调研

点，采用“解剖麻雀”的方式，了解惠残助残政策执行情况，掌握残疾人基本服务状况和需求，总结当地残疾人工作可复制可推广的经验、存在的问题困难以及需要完善的政策措施。调研活动受到省委书记车俊和省委秘书长陈金彪的充分肯定，《今日浙江》《浙江日报》等省级党报党刊给予专题报道。

【浙江省残联第七次代表大会】2018年8月23日—24日在杭州举行。省委书记车俊出席开幕式并讲话。陈金彪、黄建发、赵光君、王文序、孙景森、贾宇、张晓林分别参加开闭幕会。中国残联副主席吕世明到会祝贺并讲话。省妇联主席王文娟代表群众团体致贺词。省残联党组书记蔡国春做工作报告。会议选举产生省残联新一届领导班子。黄建发、赵光君、孙景森、张晓林受聘担任省残联第七届主席团名誉主席，王文序（女）当选主席团主席，蔡国春当选执行理事会理事长，高翔、陈澄、黄树良当选副理事长，雷绍丽（女）当选为挂职副理事长，陈作兵、楼宝、周佳敏（女）当选为兼职副理事长。

【浙江省第十届残疾人运动会】主题为“放飞梦想、共享芬芳”，10月23日—10月27日在杭州举行。省委常委、组织部部长黄建发、省人大常委会副主任赵光君、省政协副主席吴晶、省军区副政委张晓林、省委副秘书长李波、省政府副秘书长陈宗尧等出席开幕式。王文序副省长宣布开幕。省残联党组书记、理事长蔡国春主持开幕仪式。省残联、省体育局、省教育厅、省民政厅有关领导、各市政府分管领导、各市代表团成员、部分爱心支持单位负责人以及新闻媒体记者1000余人参加了开幕式。此届省残运会首次将以往单独举行的省聋人运动会、特奥运动会合并召开，比赛设田径、游泳、举重、乒乓球、羽毛球、射箭、坐式排球、盲人门球、网球、滚球、飞镖、围棋、象棋、轮椅舞蹈等14个项目。为扩大参与度，首次设轮椅舞蹈等群体项目。全省11个市组团参加，参赛人数总规模达1355人，其中运动员人数达到850多人，是历届运动会中比赛项目最多、参与面最广、群体性最强、融合性最高的一届运动会。省残运会现场共决出金牌354枚、奖牌734枚。

五、大事记

1月2日—5日，省政府残工委副主任、省残联党组书记、理事长郑瑶赴台州市及黄岩区、天台县、仙居县调研。

1月22日，省残联系统人大代表、政协委员建议提案工作座谈会在杭州召开。郑瑶出席会议并讲话。省残联党组成员、副理事长吴一农，以及卓立甬、杨云飞、徐琴、吕心为、倪礼敏等代表委员参加会议。

1月30日，省残联召开2017年度“三项”考评工作会。

2月23日，副省长王文序到省残联机关调研指导残疾人工作，听取工作汇报。

2月23日，省残联召开2017年度工作总结表彰大会。

3月12日，省政府残工委会议暨省残联主席团会议和全省残疾人工作会议在杭州召开。会议总结2017年残疾人工作，部署2018年工作。副省长王文序出席会议并讲话，省政府副秘书长陈宗尧主持会议并宣读省委领导批示，郑瑶做工作报告，宁波市政府、安吉县政府、桐乡市残联做交流发言。会议还举行了省市政府2018年残疾人重点任务责任书签订仪式。

3月14日，省人大常委会副主任赵光君，省人大内司委主任委员马以、副主任委员戴震华一行到省残联调研残疾人工作。

3月22日，第二届中国残疾人冰雪运动季暨浙江省第一届残疾人冰雪节启动仪式在绍兴柯桥乔波冰雪世界举行。

4月19日—22日，康复国际2018年度春季执行委员会会议在杭州召开。中国残联主席、康复国际主席张海迪出席并主持会议，贾勇致辞。来自美国、英国、德国、韩国、日本等国家和中国港澳地区的康复国际执委，红十字国际委员会、联合国亚太经社会等国际组织的代表以及部分受邀国内康复专家出席。浙江省副省长王文序会见张海迪主席一行。会议代表参观浙江康复医疗中心、嘉兴辅具电商产业园等。

4月22日，副省长王文序会见张海迪一行。

5月18日，由浙江省残联、省教育厅、省文化厅、省卫计委、省体育局、省广电集团、省工商联、省慈善联合总会等单位联合主办，浙江特殊教育职业学院与浙江广播电视集团经济生活频道共同承办，浙江科技学院，浙江省残疾人福利基金会作为爱心支持单位共同参与的“百位名家助力特殊教育”大型公益活动启动仪式，在浙江特殊教育职业学院举行。省政协原副主席黄旭明出席并讲话，相关厅局领导和助力名家代表共30多人出席，浙特教学院全体师生参加。

5月20日，第28次全国助残日，浙江省残联、各市残联分别与浙江电信、各市电信分公司合作，推出优惠助残服务。省残联与浙江电信签订战略合作协议，联合推出“自强号·智慧助残套餐”，针对残疾人个人及家庭给予电信专项惠残政策，让残疾人可以享受百兆光宽带、手机无限流量上网及语音控制电视等智慧家庭带来的便利，并专为残疾人开发智慧助残信息服务包，为残疾人提供生活、就业、政策等系列的权威信息服务。

5月31日—6月6日，由中国残联、中国残奥委员会主办，浙江省残联承办，浙江省体育局支持，浙江省残疾人体育训练指导中心协办的2018年全国残疾人射箭锦标赛在省残疾人体训中心举行。省残联党组成员、副理事长黄树良参加组委会会议和开赛仪式，并宣布锦标赛正式开赛。浙江省17名运动员参赛，获得6金1银4铜。

6月21日，省委宣传部、省残联联合举行浙江省第二届“最美浙江人·最美助残人”发布会。省委宣传部副部长、省文明办主任黄明辉，浙江广电集团副总编陈立波和省残联副理事长高翔、吴一农、黄树良为“最美助残人”颁奖。

7月17日，省长袁家军在杭州会见亚残奥委会主席马吉德一行，双方表示将合心合力把2022年亚残运会办成一届精彩、别样、难忘的体育盛会。副省长王文序、杭州市委副书记、市长徐立毅，中国残联副理事长王梅梅参加会见。省残联党组成员、副理事长高翔陪同。

7月27日，省委组织部常务副部长张学伟到省残联宣布省委关于蔡国春同志任省残联党组书记的决定。

8月17日，副省长、省政府残工委主任王文序，省政府副秘书长陈宗尧，省残联党组书记蔡国春等在国务院残工委办公室建立残疾儿童康复救助制度工作电视电话会议浙江省分会场收听收看会议。会后，王文序副省长就贯彻落实会议精神做了部署。省残联、省财政厅、省民政厅、省卫生计生委等部门负责人参加收听收看。

8月15日—16日，蔡国春调研杭州市、嘉兴市残疾人工作。

8月23日—24日，浙江省残疾人联合会第七次代表大会在杭州举行。

8月27日，省残联新一届领导班子在党组书记、理事长蔡国春带领下，赴嘉兴南湖参观南湖革命纪念馆，重温入党誓言，并召开第一次党组（扩大）会议，对弘扬红船精神，贯彻落实省残联七代会精神做出部署。

9月6日，蔡国春调研金华市残疾人工作。

9月7日，省残联召开第七次代表大会总结会。

9月10日，浙江特殊教育职业学院举办以“厚德博爱，立德树人”为主题的2018年教师节主题活动。省残联、省教育厅、浙江日报报业集团等部门领导出席。

9月12日—16日，中国残联第七次全国代表大会浙江代表团在北京参加中国残疾人联合会第七次全国代表大会。代表团由21人组成，人员结构合理、分布广泛，其中基层和一线代表人选14名，占代表人选总数的66.7%。

9月25日—29日，省残联举办全省市、县（市、区）残联理事长培训班。蔡国春出席开班仪式并讲话。

9月28日，蔡国春调研湖州市残疾人工作。

10月10日，副省长王文序到省残联直属浙江康复医疗中心、浙江特殊教育职业学院和省残疾人体育训练指导中心调研工作。省政府副秘书长陈宗尧、省残联理事长蔡国春、省民政厅厅长王剑侯、浙江中医药大学党委书记孙秋华等陪同。

10月11日，中共浙江省委、浙江省人民政府向第三届亚残运会中国体育代表团发去贺电，祝贺浙江籍残疾人运动员取得优异成绩。在第三届亚残运会前4日比赛中，浙江籍残疾人运动员获16枚金牌、6枚银牌、2枚铜牌。

10月16日，蔡国春调研绍兴市残疾人工作。

10月19日，省领导在省人民大会堂接见载誉归来的第三届亚残运会浙江体育健儿。省委书记车俊出席并讲话。省委副书记、省长袁家军出席。省委常委、组织部部长黄建发、省人大常委会副主任赵光君、副省长王文序、省政协副主席孙景淼参加活动。在第三届亚残运会上，浙江籍残疾人运动员共获得29金12银2铜，创造13项赛会纪录、4项亚洲纪录、1项世界纪录，金牌数和奖牌数均位列各省区市首位。

10月23日—10月27日，以“放飞梦想、共享芬芳”为主题的浙江省第十届残疾人运动会在杭州举行。

10月31日，省政协副主席、党组副书记孙景淼、社法委主任尚清一行到省残联、浙江特殊教育职业学院、省残疾人体育训练指导中心调研残疾人工作，考察了“残疾人之家”改造规划项目，听取省残联工作汇报。

11月7日—9日，《国家残疾预防行动计划（2016—2020年）》落实情况和全国残疾预防试验区创建试点工作中期评估调研组来浙开展中期评估和调研工作。省残联党组成员吴一农等陪同。

11月12日，为贯彻中央、中国残联关于关于东西部残疾人扶贫协作有关部署，落实四川省与浙江省、广东省扶贫协作相关要求，浙川、粤川残联系统东西部扶贫协作推进会在成都召开。蔡国春率各市残联理事长参加会议并实地调研。浙川两省签署残疾人扶贫协作协议，双方将在干部挂职锻炼、残疾人职业培训、残疾人转移就业、残疾儿童康复服务、残疾人及残疾人服务专业人才培养、对口帮扶资金项目等方面开展交流合作。

11月13日，江苏省残联党组书记、理事长万力带队来杭考察交流残疾人工作。蔡国春陪同考察并主持工作交流会。

11月19日—21日，蔡国春调研衢州市、丽水市残疾人工作。

11月22日，为纪念省残联成立30周年，由省残疾人福利基金会主办的“爱心助残1+1慈善晚会”在杭州举行。副省长王文序、中国残疾人福利基金会理事长王乃坤、十一届省政协副主席、省慈善联合总会会长陈加元、十一届省政协副主席黄旭明、省政府副秘书长傅晓风、省残联党组书记、理事长蔡国春、省社会组织联合会会长梁星心、省残疾人福利基金会理事长陈玉国等出席晚会并为爱心单位和个人颁奖。晚会通过拍卖和举牌捐赠等共募集资金2000万元人民币，资金将全部用于助残项目。

11月22日，国际狮子会会长古德龙·英格达德女士一行来浙访问。中国残联副理事长、中国狮子联会会长贾勇，浙江省残联党组书记、理事长蔡国春，党组成员吴一农等陪同。

11 月 26 日，副省长、省残联主席王文序一行赴中国残联会见张海迪主席和周长奎理事长。省残联党组书记、理事长蔡国春、省政府办公厅七处负责人等参加会见。

11 月 28 日—29 日，蔡国春调研温州市残疾人工作。

11 月 30 日，江西省残联党组成员、副理事长黄建国带队来杭考察交流残疾人工作。省残联党组成员、副理事长高翔陪同考察调研浙江康复医疗中心。省残联党组成员吴一农主持江西·浙江残疾人工作交流座谈会。

12 月 3 日，第 27 次国际残疾人日，为庆祝改革开放 40 周年和省残联成立 30 周年，浙江省第二届残疾人书画摄影大赛作品展暨共享芬芳·仁美书画展走进浙江公益巡展开展仪式在浦江县举行，蔡国春出席讲话并宣布开展，共有 600 多人的 700 余件作品参展。

12 月 6 日，郑瑶同志离任经济事项交接会在省残联机关召开。省委组织部干部监督室副主任涂贞文主持会议，并监督交接。省审计厅副巡视员徐超光出席并讲话。省体育局党组书记、局长，省残联原党组书记、理事长郑瑶，省残联党组书记、理事长蔡国春参加会议。

12 月 18 日—20 日，蔡国春调研宁波、舟山残疾人工作。

12 月 25 日，省委常委、组织部部长黄建发一行到省残联调研座谈残疾人工作。蔡国春做专题汇报，全体班子成员参加会议。

12 月 28 日，纪念浙江省残联成立 30 周年报告会在浙江特教学院文化大礼堂举行，蔡国春出席并讲话，省残联首任理事长林清和做专题报告。

（郑江来供稿）

安徽省残疾人事业和残疾人工作

一、领导讲话

省委书记李锦斌在安徽省残联第七次代表大会开幕式上的讲话摘要

2018年8月7日

2016年4月，总书记亲临安徽视察时强调："因病、因残致贫问题时有发生，扶贫机制要进一步完善兜底措施。"我们要深入学习贯彻总书记讲话和关于推进残疾人事业发展的重要指示精神，以习近平新时代中国特色社会主义思想和党的十九大精神为根本遵循，推动全省新时代残疾人事业更加充分、更加均衡发展，让广大残疾人活出精彩的人生。

第一，着力推动以习近平同志为核心的党中央决策部署落地生根。各级党委、政府要从提高政治站位、强化党的领导、完善体制机制等方面狠抓贯彻落实。

第二，着力满足残疾人对美好生活的向往，把残疾人基本公共服务托底补短工作作为实施五大发展行动计划的重要内容，打好残疾人精准脱贫"攻坚战"，创新实施"351"兜底保障政策和"180"补充医疗保障政策，为部分残疾人摆脱贫困提供坚实保障。要进一步健全稳定脱贫、防范返贫的有效机制，把贫困残疾人作为脱贫攻坚"坚中之坚"突出出来，聚焦残疾人"两不愁、三保障、两扩面"等基本民生保障，在"四带一自"产业扶贫、"三有一网"点位扶贫、"三业一岗"就业扶贫上下更大功夫，不让一个残疾人在全面建成小康社会进程中掉队。要织密残疾人社会保障"兜底网"。对有劳动能力的残疾人，要落实好中央"六稳"特别是稳就业要求促进就业创业；对参加养老、医疗保险有困难的残疾人，要提供必要的补助；对一户多残、残老一体等特别困难的残疾人家庭，要给予重点保障和特殊扶持；对困难残疾人生活补贴和重度残疾人护理补贴，要做到应补尽补；对残疾人学生，要落实好相关救助制度，并大力发展残疾人特殊教育，加快建成安徽省特殊教育职业学院，努力让教育之光照亮他们的人生。要提升残疾人公共服务"保障线"。聚焦"人人享有康复服务"目标，实施好残疾人精准康复服务行动，完善残疾儿童康复等服务机制，建好用好"残疾人之家"和残疾人工作站，推动无障碍建设纳入乡村振兴计划，有针对性地逐步解决基层残疾人基本公共服务设施不全、能力不强、服务不便等问题，让残疾人更多更公平地享受改革发展成果。

第三，着力营造理解尊重关心帮助残疾人的浓厚氛围，激发残疾人自我发展潜能。注重发挥法治力量、凝聚广泛合力、倡导良好风尚。引导帮助残疾人要做身残志坚、笑对人生的快乐者，做勤于学习、自我发展的进取者，做坚韧不拔、百折不挠的奋斗者，做敢于担当、善于作为的勇敢者。

第四，着力提高残联工作水平。各级残联组织要聚焦主业主责，夯实基层基础，提升效能效率，真正把方便、温暖、快乐送到残疾人心坎中，当好残疾人权益的保护人、需求的代言人、服务的贴心人。

副省长、残工委主任张曙光在安徽省残联第七次代表大会闭幕式上的讲话摘要

2018年8月7日

从经济社会发展大局来看，相对于其他事业，残疾人事业发展的不平衡不充分显得更加突出。我们要立足工作实际，坚持问题导向，找准重点和难点，精准发力、有效作为，有力推进我省残疾人工作再上新台阶，残疾人事业再创新局面。

一要以"人人享有康复服务"为目标，让广大残疾人在共建共享中有更多获得感。康复是生命的重建，是残疾人小康最迫切的需求。安徽省要健全精准康复工作推进机制，建立与经济社会发展相适应的残疾人基本公共服务财政投入增长制度，不断完善市、县、乡、社区分级协作的康复服务网络，着力形成政府主导、部门协作、社会参与、精准服务的大康复格局。要扎实推行"重点康复进机构、一般性训练进社区、支持性服务进家庭"模式，推进家庭医生签约服务与残疾人精准康复服务有机结合起来，切实把残疾人康复工作延伸到家庭，力争全省残疾人康复服务率超全国平均水平，达到80%以上，使有需求的残疾人得到就近就便的康复服务。要认真抓好残疾儿童康复救助制度建设，按照"兜底线、织密网、建机制"的要求，抓紧制定政策措施，确保落到实处、见到实效。

二要以打赢残疾人脱贫攻坚战为统领，让广大残疾人在开发与保障中有更多幸福感。近年来，我省已有369460残疾人脱贫，占全省贫困残疾人总数的64.2%，全省脱贫攻坚取得决定性进展。从贫困人口分布看，全省仍有205789贫困残疾人未脱贫，占全省贫困人口总数的17.05%，且越往后这个比例将会越高，可以说是脱贫攻坚的“贫中之贫、坚中之坚”。我们要深入贯彻习近平总书记“残疾人一个也不能少”的要求，按照精准扶贫、精准脱贫的基本方略，坚决打赢残疾人脱贫攻坚这场硬仗。近几年工作实践表明，对于残疾人这样的特定贫困群众，应从开发性扶贫为主转向开发性和保障性并重。对于“无业可扶、无力脱贫”的贫困残疾人，兜底保障是脱贫的最后一道屏障，要加大力度，全面落实农村低保等社会救助政策和困难残疾人生活补助、重度残疾人护理补贴等，确保基本康复服务和家庭生活无障碍有保障。对有劳动能力的贫困残疾人，结合推广“四带一自”和“三有一网”点位扶贫模式，充分利用扶贫驿站、扶贫车间，精准帮扶、精准施策，加快脱贫步伐。

三要以提升保障和服务水平为抓手，让广大残疾人在融入社会中有更多安全感。认真贯彻落实《省委省政府关于加强基层基本公共服务功能建设的意见》，完善残疾人基本公共服务体系，加快各地专业化残疾人康复中心建设，推进县域残疾人寄宿制托养机构建设，到2020年实现乡级“残疾人之家”、村级残疾人工作站全覆盖。加强重度残疾人社会救助、残疾人社会福利制度建设，使得发展成果更多惠及残疾人，让每一个残疾人都过上体面的、有尊严的生活。实施巩固提升残疾人就业创业行动计划，依法推进按比例安排残疾人就业，开发并支持残疾人集中就业、个体就业和自主创业，完善残疾人职业教育、技能培训、职业介绍等服务平台体系，提升自我发展能力，让更多残疾人走上自力更生、追求梦想的道路。

二、政策法规文件

安徽省人民政府关于建立残疾儿童康复救助制度的实施意见

皖政办〔2018〕84号

一、总体要求

到2020年，建立与全面建成小康社会目标相适应的残疾儿童康复救助制度体系，形成党委领导、政府主导、残联牵头、部门配合、社会参与的残疾儿童康复救助工作格局，基本实现残疾儿童应救尽救。

到2025年，全省残疾儿童康复救助制度体系更加健全完善，残疾儿童康复服务供给能力显著增强，服务质量和保障水平明显提高，残疾儿童普遍享有基本康复服务，健康成长、全面发展权益得到有效保障。

二、明确救助对象

救助对象为符合条件的0—6岁视力、听力、言语、肢体、智力等残疾儿童和孤独症儿童。包括城乡最低生活保障家庭、建档立卡贫困户家庭的残疾儿童和儿童福利机构收留抚养的残疾儿童；残疾孤儿、纳入特困人员供养范围的残疾儿童；其他经济困难家庭的残疾儿童。其他经济困难家庭的认定由市、县（市、区，下同）人民政府确定。2019年1月1日起，积极推进符合条件的7—14岁残疾儿童康复救助。

有条件的市、县，应尽力扩大残疾儿童康复救助年龄范围，放宽或取消对救助对象家庭经济条件的限制。

三、确定内容标准

市、县人民政府根据实际确定残疾儿童康复救助基本服务项目和内容，包括以减轻功能障碍、改善功能状况、增强生活自理和社会参与能力为主要目的的手术、辅助器具配置和康复训练等。

市、县人民政府依据财力状况、保障对象数量、残疾类别等，分类确定康复救助基本服务项目的经费保障标准，并建立动态调整机制。

安徽省着力解决因残致贫家庭突出困难的实施方案

皖残联〔2018〕15号

二、依托建档立卡和实名制数据解决突出问题

以各地残疾人动态更新数据与政府扶贫办建档立卡贫困人口数据比对结果为基础，精准识别掌握贫困残疾人的基本信息，详细分析贫困残疾人的分布、残疾类型和等级，瞄准贫困残疾人家庭在基本生活、医疗保障、残疾儿童义务教育、重度残疾人长期照料护理需求等突出困难，将具体数据信息逐级分解到市、县、乡镇各级，各级相关主管部门、驻村工作队、第一书记，要对建档立卡贫困残疾人中没有参加城乡居民基本医疗保险、没有享受困难残疾人生活补贴和重度残疾人护理补贴、16岁以上有长期照料护理需求、适龄未入学残疾儿童等逐一进行核实，对符合条件但未纳入相关政策保障范围的，要逐一落实相关政策，确保纳入政府保障性扶贫各项行动之中。

三、确保符合条件的建档立卡贫困残疾人全部纳入农村低保范围

做好符合条件的建档立卡贫困残疾人的社会救助工作，在农村低保动态调整时，把建档立卡中因残致贫家庭作为重点，因动态变化符合条件的及时纳入，确保实现“应保尽保”。对于获得低保后生活仍有困难的重度残疾人等特殊困难人群，可以根据当地规定采取适当增发低保金等措施提高救助水平。

四、加大建档立卡贫困家庭重度残疾人的医疗救助

提高贫困残疾人医疗和康复服务保障水平。落实已纳入基本医疗保险支付范围医疗康复项目的保障政策。完善重度残疾人医疗报销制度，做好重度残疾人就医费用结算服务。贫困残疾人享受健康脱贫工程“三保障一兜底一补充”综合医疗保障政策。建立县域内先诊疗后付费的结算机制。加大残疾人康复服务保障力度，有条件的地方对基本型康复辅助器具适配给予补贴。

五、严格落实困难残疾人生活补贴制度和重度残疾人护理补贴制度

“两项补贴”已成为农村贫困残疾人脱贫解困的重大制度支撑。认真落实困难残疾人生活补贴制度和重度残疾人护理补贴制度，确保符合条件的残疾人都享受国家的惠残政策。同时，各地可根据实际，适当提高建档立卡贫困残疾人的生活补贴标准，适当扩大有护理需求的精神、智力残疾人的护理补贴范围，并逐步建立“两项补贴”标准与当地收入和物价水平相挂钩的动态调整机制。

六、为16岁以上有照料护理需求的重度残疾人提供照护和托养服务

对于建档立卡贫困残疾人中16岁以上有长期照料护理需求的重度残疾人，符合特困人员认定条件的，要纳入特困人员救助供养，给予其基本生活保障和日常照料。

对于不符合特困人员救助供养条件但有长期照料需求的重度残疾人，各地可充分利用乡村养老机构、福利设施、医疗机构、农村集体闲置资源和闲置农房，通过政府补贴、购买服务、设置公益性岗位等综合措施，为他们提供集中养护、日间照料、邻里照护等服务，改善其基本公共服务状况和生活质量，释放家庭劳动力，照料看护等公益岗位向建档立卡贫困残疾家庭人口倾斜。

七、逐一解决贫困家庭未入学适龄残疾儿童义务教育问题

认真落实《国务院办公厅关于进一步加强控辍保学提高义务教育巩固水平的通知》（国办发〔2017〕72号）和《安徽省第二期特殊教育提升计划（2017—2020年）》（皖教基〔2017〕18号），全面掌握义务教育适龄残疾儿童少年的数量和残疾情况，以全省残疾人基本服务状况和需求动态更新信息数据为基础，做好未入学适龄残疾儿童少年调查登记、统计录入、建档造册，及时通报相关数据和情况，做好家访和入学动员工作。根据残疾儿童的实际情况和未入学原因，逐一制订教育安置方案，通过普通学校随班就读、特殊教育学校就读、送教上门等多种形式，逐一做好适龄残疾儿童少年的入学安置工作。加大对贫困残疾学生的资助力度，在“两免一补”的基础上，提高补助水平，确保每一名家庭经济困难的残疾儿童少年都能入学。

八、让因残致贫家庭更好地享受资产收益扶贫政策

县（市、区）及乡（镇）政府、村民委员会，在确定财政专项扶贫资金和涉农资金形成的设施农业、光伏、水电、乡村旅游项目等资产收益折股量化，以及土地流转、宅基地使用、资源开发形成的资产收益分配过程中，优先配置因残致贫家庭，对确定为兜底脱贫户的因残致贫家庭，可适当提高资产收益配置比例。

安徽省助盲就业脱贫行动实施方案

皖残联〔2018〕105号

一、任务目标

到2020年，以就业年龄段建档立卡7769名持证视力残疾人为重点，组织动员有就业意愿的贫困视力残疾人开展以按摩推拿为主要内容的职业技能培训，并提供多角度、全方位就业服务和支持，帮助视力残疾人通过就业创业实现脱贫增收。

二、工作措施

（二）组织培训

1. 各市根据年度培训任务目标和工作计划，统筹做好培训工作安排。通过政府购买服务等方式，依托有条件的职业技能培训机构、特教学校（盲校）、残疾人培训基地、盲人按摩实训基地及保健按摩店等机构，采取集中办班培训、“师带徒”等有效方式，提升视力残疾人劳动就业技能。各地培训机构应符合以下条件：

（1）培训机构（盲校）应具备理论、实操教室，能够提供培训期间的食宿。

（2）教师应具有医疗按摩相关中级专业技术职务以上任职资格，或具备高级保健按摩师以上职业资格，且必须具备5年以上按摩工作经验。

2. 依托农村贫困残疾人实用技术培训等项目，优先安排贫困视力残疾人参加推拿技术培训。落实《“十三五”残疾青壮年文盲扫盲行动方案》，同步开展贫困视力残疾人的文盲扫盲工作，提高他们适应生活、学习文化技能和参加生产劳动的综合能力。

3. 按照相关培训标准，科学设置培训课程（推拿、定向行走、生活能力、通用盲文等），规范开展培训。为确保培训质量，集中培训时间应不少于480学时。培训课程主要内容及要求：

（1）推拿：具体技术培训内容及要求参照原《保健按摩师职业标准》。

（2）定向行走：能够熟悉使用盲杖，掌握明眼人带路、通过狭窄通道、180°转向、换边、通过门、上下楼梯、找座位、乘坐交通工具等技巧。

（3）生活能力：能够掌握独立完成穿衣、吃饭，较好处理人际关系，独立思考理解问题等能力。

（4）通用盲文：能够了解并初步掌握国家通用盲文的摸读和书写。

4. 各市第一批盲人保健按摩培训班应于2018年12月

10 日前开班。

5. 各市可充分利用中宣部等五部门实施的“盲人数字阅读推广工程”等资源，广泛动员社会力量，积极组织和帮助贫困视力残疾人精准获取培训资源，进一步提高培训质量和集中培训后的自我提高能力。

6. 各市可遴选有临床基础的推拿技师去北京按摩医院盲人按摩技术资源中心或安徽省特殊教育学校参加保健按摩骨干师资培训和雇主培训，以进一步提高视力残疾人推拿技能和推拿服务机构经营管理水平。

（三）就业扶持

1. 充分利用中国残疾人就业创业网络服务平台和各类就业服务网络平台等多种渠道，加大对贫困视力残疾人就业的推送力度。创新和改进就业服务形式，加强本地与周边经济较发达地区用人单位的对接劳务输出服务，开拓视力残疾人就业岗位。

2. 加大贫困视力残疾人就业扶持政策的宣传力度，鼓励社会力量参与和开展就业服务工作，对按比例、超比例安置视力残疾人就业的企业等用人单位，按照有关规定落实奖励措施。用人单位吸纳首次就业的视力残疾人，可按规定享受社会保险、职业培训等促进就业补贴。

3. 根据《关于扶持残疾人自主就业创业的意见》等有关政策，鼓励、扶持贫困视力残疾人自主就业创业，对创业开店的视力残疾人，各地按规定给予一次性创业补贴；对于招录一定数量视力残疾人、符合辅助性就业机构条件的保健按摩机构，按规定给予场地、设备、残疾职工社会保险、无障碍环境建设等补贴补助。

4. 各市残联组织协调当地有关部门，积极开发适合视力残疾人的职业技能培训项目及就业岗位，建立一批视力残疾人培训就业示范机构。

安徽省“残疾人之家（工作站）”配置建设实施办法

皖残联〔2018〕44 号

一、主要目标

根据残疾人需求和基层工作特点，依托乡镇、街道和村、社区各类服务资源，配置建设集辅助性就业、托养、康复、培训、文化体育、维权等各项服务为一体的残疾人综合服务平台，到 2020 年底，全省在每个乡镇（街道）建成 1 个“残疾人之家”；在大多数地域广、人数多、需求大的社区（行政村）建成“残疾人工作站”；在淮河行蓄洪区和洪洼地区的庄台（村）和保庄圩及新建的迁建地普遍建成“残疾人工作站”，为残疾人提供就近就便常态化基本服务，不断提高广大残疾人生活质量。

二、基本原则

依托基层。把阵地建到乡镇、街道和地广人多、有需求、有条件的村、社区，把服务融入基层工作中，开展到残疾人群众日常生活中，更好地适应基层和群众需求，增强基层组织的助残功能，夯实残联工作的基石。

重在整合。统筹残联、宣传、教育、民政、财政、人社、住建、文化广播、卫计、体育、扶贫等各项服务资源，与基层社区服务和社会志愿服务有机结合起来，以服务整合推动资源集聚，政策集成，把服务延伸到残疾人家庭，将工作力量充分聚合起来，服务效应充分发挥出来，打造凝聚合力、富有活力的服务平台和工作枢纽。

务求实效。从基层实际出发，从残疾人需要出发，从已有的工作基础出发，因地制宜，做强功能，做活机制，做大影响，做出品牌，使助残服务进得了残疾人家庭，残疾人走得出家庭，建成一个，服务一片。

三、基本要求

“残疾人之家（工作站）”建设要充分体现实际、实用、实效原则，做到一家多能、一站多用，能够满足广大残疾人服务需求和基层残疾人工作实际需要。“残疾人之家（工作站）”规范化建设应达到以下标准：

（一）政府主导，社会参与。

根据皖发〔2017〕39 号文件精神，各地以县（市、区）政府、残联和乡镇（街道）政府（办事处）及村（居）委会为配置建设主体，建成“残疾人之家（工作站）”；确保“残疾人之家（工作站）”在建成之后，坚持政府主导，社会参与，形成供给合力，有持续规范运转和提供基本服务的能力。同时，强化过程监管和责任落实，规范资金使用管理，各项收支情况适时向社会公开，主动接受社会监督。

鼓励社会力量参与“残疾人之家（工作站）”建设，探索以政府购买服务的方式为残疾人提供基本公共服务。

（二）强化残疾人基本服务。

各“残疾人之家（工作站）”应因地制宜，结合实际，积极为有需求的持证残疾人搭建残疾人基本服务平台。

1. 帮助进行辅助性就业。

“残疾人之家（工作站）”应选择安全性能高、职业危害低、操作简单等适合残疾人的劳动项目，积极组织有需求的残疾人到相应的就业扶贫基地等开展辅助性就业劳动。

2. 积极提供康复服务。

“残疾人之家（工作站）”要重点突出平台服务功能，结合我省残疾人精准康复服务目标，协调卫生计生等部门的人力物力资源，充分利用各类康复资源，配备必要的康复器材和辅助器具，积极为残疾人开展康复训练、转介和咨询服务。

3. 统筹开展日间照料、文体活动和学习培训等服务。

合理整合基层养老、就业扶贫驿站等资源，充分利用“残疾人之家”等服务平台功能，积极为有需求的残疾人灵活开展日间照料、文体活动和学习培训等相关服务。鼓励有条件的“残疾人之家（工作站）”不断完善服务功能，丰富服务内容，提升服务水平，积极提供更多的维权服务和志愿服务等。

在服务形式上要跟上时代发展的水平，力求以互联网和服务信息数据化方式，为残疾人提供精准贴心的基本公共服务。

（三）选择适宜的场所。

1.“残疾人之家（工作站）”场所可从现有残疾人服务设施如社区康复室（站）中筛选，也可整合设置于敬老院、文化站室等其他公共服务设施；有条件的地区可以新建或购置相应的场所。

2.“残疾人之家（工作站）”选址应定位在交通便利、适宜残疾人出行的公共区域。区域面积较大和人口较多的乡镇、街道，应在有需求、有条件的村、社区设立“残疾人工作站”，方便残疾人就近就便接受服务。

3.“残疾人之家”一般应以相对独立的房屋、楼层、院落为宜，建筑总面积应不少于100 ㎡，并具备必要的室外活动场地（一般不少于100 ㎡）。村、社区“残疾人工作站”可根据服务人数确定。

（四）专业管理服务队伍和健全管理制度。

“残疾人之家（工作站）”应有与之服务功能相匹配的专业管理和服务人员，并应具有相应的工作经验和能力。“残疾人之家（工作站）”负责人或专业管理人员既可由残疾人专职委员、协理员承担；也可经人社部门同意，招用符合条件的公益性岗位人员担任“残疾人之家（工作站）”的专业管理人员。加快推进残疾人管理服务领域社会工作专业人才队伍建设，按照“一家（站）一社工”的标准设置社会工作专业岗位，通过政府购买服务，社会工作者专业知识培训等方式，坚持“外部引进”和“内部转化”相结合，不断提升残疾人管理服务的专业化、职业化水平。

“残疾人之家（工作站）”要有与其服务内容相一致的各项规范管理制度，服务内容和标准要公开，开展服务要有记录，所有服务对象要建立个人服务档案。“残疾人之家（工作站）”接受当地政府的领导，县级残联对其进行业务指导，并每年对其进行一次年审。

（五）保障安全。

“残疾人之家（工作站）”须有无障碍设施，符合安全生产等各项规定，并逐步配备网络视频监控系统。对服务对象要预先进行评定，符合要求的要与其本人或监护人签订服务协议，为其办理意外伤害保险。开展辅助性就业的，不得在劳动数量、时间上有强制性要求。

四、配置建设措施

（一）坚持基本服务标准。“残疾人之家（工作站）”为残疾人提供基本公共服务，是对现有的基层残疾人服务体系的整合、提升和加强，各地要按照基本服务标准，认真落实。

（二）合理规划加快实施。各地要按照任务分解，合理规划布点，先试点示范，后稳步推广，2020年做到全域覆盖。全省行蓄洪区建设118个乡镇“残疾人之家”、1281个残疾人工作站的任务已由2018年2月下旬印发的《安徽省加强行蓄洪区基本公共服务功能建设实施方案》（皖政办秘〔2018〕42号）下达，各地要在前期准备工作的基础上，明确时间节点，抓紧抓实工作推进。全省其他各市县（市、区）的配置建设工作要在2018年完成30%以上。

“残疾人之家（工作站）”配置建设完成后，由市、县（市、区）残联依据《安徽省“残疾人之家（工作站）”项目评估年审表》（见附件）进行审核，并将审核合格的材料报省残联备案，省残联将按照各地上报的情况进行随机抽查。

三、五年工作综述

——安徽省残联党组书记、理事长高莉在省残联第七次代表大会上的工作报告（节选）

2018年8月7日

省残联六代会以来的五年，在省委、省政府的坚强领导和中国残联的有力指导下，各级残联坚持以残疾人为中心的发展理念，牢牢把握增强政治性、先进性、群众性的前进方向，紧紧围绕残联的根本任务、政治责任、工作主线，锐意进取、真抓实干，残疾人事业取得了新成就，残疾人工作开创了新局面。

五年来，思想政治引领持续加强，残联政治性先进性群众性更加坚定、更为鲜明。深入贯彻落实习近平总书记在中央党的群团工作会议上的重要讲话精神，把正政治方向，提升服务能力，增强组织活力。着力加强三个方面工作：一是旗帜鲜明讲政治。各级残联坚决维护习近平总书记党的核心、军队统帅、人民领袖的崇高地位，坚决维护以习近平同志为核心的党中央权威和集中统一领导。紧随党的十八大、十九大和省第十次党代会召开等重要契机，宣传党的主张，传递党的温暖，引导残疾人坚定不移听党话、跟党走。二是多措并举强组织。各级领导班子建设进一步加强，残疾人干部培养力度进一步加大。基层残疾人服务工作队伍进一步壮大，乡、村两级选聘残疾人专职委员1.8万名。残疾人专门协会“代表、服务、维权”职能进一步发挥。三是标本兼治抓廉政。推进“两学一做”学习教育常态化制度化。严格落实党风廉政建设责任制，以全面从严治党的新成效引领残疾人事业新发展。一系列思想政治工作的引领，更好地凝聚了残疾人群众和残疾人工作者的意志精神，保证党和政府及社会的关心关爱更好地传递给残疾人。

五年来，残疾人事业得到格外关心、格外关注，政策保障更有温度、更有力度。推进残疾人事业充分融入全省经济社会发展大局，不断完善“普惠+特惠”的惠残政策体系。省委省政府在全国率先从提高保障标准、扶持自身发展、凝聚工作合力等20个方面，对加快残疾人小康进程做出了制度性安排，将加快残疾人小康进程列入市县政府目标考核。《安徽省“十三五”加快残疾人小康进程规划纲要》《安徽省“十三五”推进基本公共服务均等化规划》等文件，细化了残疾人事业发展的工作任务、责任清单。省政府办公厅印发《安徽省残疾预防行动计划（2016—2020年）》《安徽省残疾人精准康复服务行动实施方案》；省各有关部门联合制定“特殊教育提升计划”“残疾人就业创业扶持行动”“安徽省贫困残疾人脱贫攻坚行动计划”等专项文件。省人大、省政协对惠残政策的落实高度关注、倾力推动，高平台、多角度关爱特殊群体。一系列政策文件的制定落实，绘就了我省残疾人小康进程的路线图，释放出政策建设的巨大红利，也为各地各部门贯彻省委省政府决策部署提供了上位遵循。

五年来，残工委成员单位主动作为、履职尽责，工作机制更加健全、更可持续。党委领导、政府主导、部门联动、残联主动作为的工作体制机制有效运行，促成多项工作在全国率先突破、创新发展。率先做到“六个纳入”：将残疾人假肢装配、听障和脑瘫儿童康复等纳入城乡医保报销范围；住房困难残疾人家庭纳入城乡住房救助范围；农村残疾人危房改造纳入全省危改总体规划；残疾人就业纳入“就业与再就业”工程；残疾人扶贫纳入全省扶贫攻坚计划；残疾人文化需求纳入基层文化站、“农家书屋”建设工程。创新推动“六项工作”：开展残疾人需求调查，建立残疾人信息“大数据”；推行困难残疾人生活特别救助；构建残疾人家庭医生签约精准康复服务模式；多部门联办残疾人职业技能大赛，形成以奖促赛、以赛促学、以学促就业的综合效应；实施残疾人康复民生工程，建立残疾儿童康复救助和精神残疾人药费补贴机制；建立省残运会与省全运会同城举办赛制和同等奖励机制。一系列特殊措施的推行，探索了我省加快残疾人事业发展的新路，加速了残疾人基本公共服务保障托底补短，织密了普惠加特惠的民生保障网。

五年来，残疾人获得感和幸福感不断增强，共享发展成果更加具体、更加实惠。争取国家资金支持和省级财政投入累计38.4亿元，全省残疾人就业保障金累计入库数达26.1亿元，用于保障和改善残疾人基本民生。“两项补贴”目标人群覆盖率达到100%。残疾人基本养老和基本医疗参保率分别达到91.8%和98.8%。贫困精神残疾人享受药费补助达到53.6万人次。培育残疾儿童康复机构197家，免费康复服务残疾儿童6.1万人次、适配辅具28.9万例。残疾人获得基本康复服务178.8万人次。实施残疾人家庭无障碍改造8188户、农村贫困残疾人家庭危房改造5.4万户。发放残疾人机动车燃油补贴13.8万人次。免费为残疾人提供技能培训10.2万人次，资助困难残疾人大学生和学龄前儿童9389人次。残疾人脱贫攻坚取得显著成效，33.8万贫困残疾人脱贫。一系列惠残项目的精准实施，弥补了困难残疾人的民生短板，激发了他们自我发展的内生动力，帮扶了众多残疾人家庭搭上小康快车。

五年来，扶残助残和自强奋进蔚然成风，残疾人主体作用更加明显、更为突出。各级领导率先垂范，各个组织倡导宣扬，带动全社会进一步关心关爱残疾人。省市两级电视台全部开播手语栏目，市、县两级公共图书馆盲人阅览室建设不断扩面。连续五年举办残疾人“读书达人”演讲比赛。全国残疾人艺术汇演取得历史最好成绩。实施“五个一”文化助残工程，5206户贫困重度残疾人家庭直接受益。成功举办省第六届残运会、第四届特奥运动会。开通12385残疾人服务热线，残疾人信访维权渠道更加快速便捷，残疾人的合理诉求均得到有效解决。合肥市、金寨县、岳西县等8个市（县）政府残工委获评“全国残疾人工作先进单位”。淮北、蚌埠、安庆、黄山等地15位残疾人工作者获评“全国残疾人工作先进个人”。广大残疾人自强不息、乐观进取，涌现出一大批先进典型，感动社会，引领风尚。宿州市李娟、安庆市黄勇荣获全国“脱贫攻坚奋进奖”。淮南、六安、芜湖、池州等地多位残疾人获评“中国好人”。亳州、滁州、马鞍山、铜陵等地6位残疾人获评“全国自强模范”。阜阳、宣城、广德、宿松等市县诸多残疾人获得国家和省行业表彰。一系列残健共融的生动实践，弘扬了扶弱济困的传统美德，彰显了自强不息的奋进力量，成为江淮大地文明进步的亮丽风景。

五年来的残疾人事业发展成就虽然值得骄傲，但面临的困难和挑战更令我们清醒。安徽省残疾人事业发展不平衡不充分的问题还十分突出。一是残疾人碍于残障、难于生活、困于发展，加强思想政治引领、激发内生动力的方式方法有待改进创新。二是贫困残疾人脱贫攻坚难度大，因残致贫发生率高，难以脱贫、容易返贫，现有保障水平有待提升。三是区域不平衡、城乡不平衡、供需结构不平衡等发展问题仍未破解，残疾人整体生活水平落后于社会平均水平的状况没有根本改变，就业、住房、医疗、教育等方面与健全人相比差距较大，生活水平仍明显落后。四是城乡公共服务均等化水平还不高，现有服务水平和能力与残疾人类别化、个性化、多层次需求之间存在较大差距。五是残联履职尽责能力与新时代新要求还有一定差距，残疾人工作者的专业化水平还有待进一步提升。六是残疾人实现自身发展的条件和环境有待进一步改善，扶残助残的社会氛围还需要不断优化。对这些问题，我们将认真分析研究，努力加以解决。

四、2018 年工作综述

（一）全省残疾人工作综述

1. 始终坚持高质量抓党建引领高质量发展。着眼加强党对残疾人工作的全面领导，以党的政治建设为统领，着力抓了五个方面工作：抓思想理论武装，深入学习习近平新时代中国特色社会主义思想和党的十九大精神。抓“两学一做”学习教育常态化制度化，规范落实“三会一课”，扎实开展“讲忠诚、严纪律、立政德”专题警示教育，深入推进“三查三问”专项整治工作。抓意识形态工作，将落实意识形态责任制纳入残联“大党建”格局，确保意识形态安全。抓党建带群建活动，充分发挥残联党组织的战斗堡垒作用，促进党的政治领导力、思想引领力、群众组织力、社会号召力在全省残联系统落地生根。抓党风廉政建设，认真履行党风廉政主体责任，促进党风廉政建设“两个责任”全覆盖，“一岗双责”全落实，着力营造风清气正的政治生态。

2. 圆满召开省残联第七次代表大会。将残联换届工作纳入省政府目标管理考核，指导 16 个市残联顺利换届。8 月 7 日—8 日召开省残联第七次代表大会，是规模最大、规格最高的一次盛会。大会圆满完成换届各项任务，描绘了未来五年全省残疾人事业发展蓝图，实现“一个好班子、一个好报告、一个好氛围”的目标要求。

3. 有力助推残疾人脱贫攻坚。省残联新一届领导班子将残疾人脱贫攻坚工作当作首要首务、重中之重，召开的第一次全省性会议，下发的第一份文件均是部署残疾人脱贫攻坚工作，张曙光副省长两次对省残联扶贫工作批示鼓励。与全省 16 个市残联主要负责人签订《市级残联助推贫困残疾人脱贫攻坚责任书》，压实责任、传导压力，形成上下联动、全力以赴助推残疾人脱贫攻坚工作格局。统筹中央和省级转移支付资金，倾斜支持革命老区和行蓄洪区及定点帮扶县（区）3000 余万元。扎实开展定点结对帮扶工作，圆满完成年度帮扶任务。全面核查 30 余万建档立卡贫困残疾人扶持政策落实情况，推动 10159 人新纳入低保、19863 人新纳入特困救助范围。落实贫困残疾人生活补贴 78.1 万人，落实重度残疾人护理补贴 74.1 万人。实施贫困重度残疾人家庭无障碍改造 3294 户。实施残疾人文化进家庭“五个一”项目，惠及贫困残疾人家庭 4542 户。会同省教育厅、省民政厅、省人社厅、省卫生健康委、省扶贫办联合印发《安徽省着力解决因残致贫家庭突出困难实施方案》，会同省财政厅、省人社厅、省扶贫办联合印发《安徽省助盲就业脱贫行动实施方案》，高位推动残疾人脱贫进程。推动贫困残疾人纳入“四带一自”产业扶贫，实现建档立卡贫困残疾人家庭特色种养、光伏、乡村旅游、电商等项目户均 2.03 个。举办两期革命老区“脱贫奔康”主题培训班，培训定点康复机构、辅助器具适配管理等业务骨干 300 余人次。编印残疾人扶贫工作“口袋书”6000 余册，开展残联系统扶贫业务大传习。全省 11.4 万残疾人如期脱贫，圆满完成年度残疾人减贫任务。

4. 有效推进残疾人精准康复制度化。积极推动出台《安徽省人民政府关于建立残疾儿童康复救助制度的实施意见》，在全面贯彻落实国家 0—6 周岁贫困残疾儿童抢救性康复救助的基础上，积极推进 7—14 周岁残疾儿童康复救助。滁州、马鞍山、淮北在全省率先贯彻实施办法（意见），目前已有 14 个市出台配套政策，多数市还将救助年龄放宽到 16 周岁以上。扎实开展残疾人精准康复行动，为 80.8 万名残疾人提供个性化康复服务，服务总人数连续 3 年位居全国首位，因病致贫残疾人康复服务率、建档立卡贫困残疾人康复服务率处在全国前列。全省平均康复服务率达 82.7%，安庆市达到 90.7%，六安、马鞍山、宿州、合肥、阜阳、铜陵、淮南等地服务率超过 80%，提前超额完成年度任务。残疾预防试点创建不断深化，宿州市埇桥区创建全国残疾预防综合试验区做法、安庆市太湖县精准康复服务工作经验在全国推广。

5. 精准落实一系列惠残民生实事。实施贫困残疾人康复民生工程，发放精神残疾人药费补助资金 1.2 亿元、惠及 12 万余人，实施 0—10 周岁残疾儿童抢救性康复 1.3 万名，分别为目标任务的 150% 和 262.76%。实施残疾人就业创业三年行动计划，下拨省级补助就业资金 7160 万元，扶持残疾人个人创业就业近 1.3 万名，建设阳光助残扶贫就业基地 116 个，扶持“阳光大棚”等农业项目 1066 个，落实公益岗位安置残疾人就业补贴近 1.4 万人，开展农村贫困残疾人实用技术培训 1.6 万人，落实按比例就业 1.3 万人，奖励企业超比例安排残疾人就业 1185 人。建成残疾人辅助性就业机构 85 个，吸纳残疾人及其亲属就业 1375 名。实施残疾人教育提升计划，为 338 名残疾人大学生、2152 名贫困残疾人家庭大学生子女发放求职创业补贴 249 万元，资助经济困难残疾人家庭子女及残疾人学生共计 6.5 万名。实施燃油补贴项目，发放残疾人机动轮椅车燃油补贴 2.4 万人。实施“盲人数字阅读推广工程”，为盲人朋友配备听书机 1 万台。

6. 加快推进基层残疾人“一家一站”建设。认真贯彻落实李锦斌书记“切实打通服务残疾人的‘最后一公里’”要求，联合省发改委、省住建厅、省文化和旅游厅、省广电局、省体育局等 11 个部门印发《安徽省“残疾人之家（工作站）”建设实施办法》。8 月底，在革命老区六安市金安区召开全省基层残疾人基本公共服务功能建设工作现场推进会，对“一家一站”建设强力部署推进。截至 12 月 31 日，全省 1532 个乡镇（街道）已建成“残疾人之家”924 个，17612 个行政村（社区）已建成残疾人工作站 7764 个，建成率分别达到 60.3% 和 44.1%，超额完成年度建设目标任务。

7. 认真组织残疾人事业大宣传。举办“学习贯彻全国宣传思想工作会议精神暨‘同心筑梦’行动业务培训班”，立足新的方位，聚焦新的坐标，对标新的要求，对新时代残联宣传思想工作认识再提升、目标再明确、内容再丰富、措施再升级，得到省委宣传部的充分肯定和大力支持。连续5年主办“书香安徽十大系列品牌活动”—“残疾人读书达人演讲比赛”。在中央、省级主流媒体刊发宣传报道400余篇；丁伦保、李娟、王庆九分别荣获“中国残疾人事业十大新闻人物”、专家评委会特别提名、“中国残疾人事业十大助残新闻人物”称号；实现省市两级电视台手语栏目、广播电台残疾人专题栏目全覆盖。

8. 成功举办一系列残疾人展能赛会。举办全省第七届残疾人运动会。省政府首次将省残运会写入工作报告，纳入省政府重点工作考核。赛会历时6个月，设置11个比赛大项，参赛运动员多达700余名，决出金牌数182枚，是规模最大、项目最多、规格最高的一次残疾人体育盛会，受到省委省政府、中国残联的充分肯定，得到社会各界和广大残疾人兄弟姐妹的广泛赞誉。安徽省残疾人运动员在国际、国内赛事中夺得7金、9银、12铜。会同省人社厅、省总工会、团省委、省妇联等部门成功举办全省第十届残疾人职业技能竞赛，进一步巩固以奖促赛、以赛促学、以学促就业的工作机制。

9. 尽心做好残疾人维权服务。完善县、乡、村三级联动互补的残疾人法律援助服务网络，实现法律援助服务残疾人的网络全覆盖。积极回应残疾人信访合理诉求，妥善解决来信来访近3000人次。积极参加《政风行风热线》上线活动，现场回应解答残疾人政策疑惑。开展残疾人矛盾纠纷排查化解工作，印发《安徽省12385残疾人服务热线管理办法》，不断提升服务质量。认真办理人大代表意见和政协提案，按期办结率、满意率均达到100%。会同省通信管理局联合印发《关于支持视力、听力、言语残疾人信息消费的实施办法》。

10. 精心部署“六大行动”、倾情打造“五大残联”。将省残联七代会明确的“六大行动”任务分解到机关各处室，明确牵头部门，明确配合单位，配套出台13个实施方案。相继在合肥、阜阳、六安等地召开“同心筑梦”“脱贫奔康”“精准康复”“权益护航”“共享阳光”“强基固本”行动动员部署会，将“六大行动”作为当前和今后一个时期全省残联工作的纲领性举措，团结带领全省残疾人兄弟姐妹和残疾人工作者，一年接着一年干，一张蓝图绘到底。围绕打造“纯洁残联”“温馨残联”“活力残联”“智慧残联”“责任残联”，全面加强残联自身建设，着力夯实服务基础、提高服务本领。根据中央、省委关于群团改革工作的部署要求和《中国残疾人联合会改革方案》，结合安徽实际，听取各方意见，数易其稿，形成《安徽省残联改革方案（初稿）》。完善年度动态更新工作和残疾人家庭收入调查大数据，修订残疾人证发放与管理办法。省、市、县三级残联及五个协会以换届为契机，配强了班子、加强了队伍。举办智力残疾康复社会服务机构规范化管理及服务评估标准骨干培训班，开展“迎冬奥练五禽全面健身、强身心健体魄齐奔小康”大型健身、“爱我中华·轮椅黄山行暨残疾人创业就业扶贫交流会”等影响较大的活动，展现了广大残疾人的生机和活力，宣传了残疾人自强不息、乐观进取的精神风貌。

（二）残工委成员单位及地方残疾人工作

1. 省卫生健康委

第一，健全组织，进一步夯实医疗保障基础。针对残疾人工作的特点和需求，省卫健委结合卫生工作实际，从制度上不断完善残疾人医疗服务保障体系，2018年调整了省残疾预防专家技术指导组、省精准康复服务行动专家技术指导组、省防盲技术指导组、省防聋技术指导组。同时，为着力做好全省残疾人员申请评定工作，最大限度为残疾人员提供安全、方便、快捷医疗服务，省卫健委与省残联会商确定“安徽省残疾评定指定医疗机构”，并组织专家对全省各市县各类别残疾评定专家进行集中培训，明确229所医院作为全省残疾评审指定医疗机构。

第二，关口前移，积极开展宣传预防诊疗工作。全省各级卫生行政部门和医疗卫生机构，充分利用健康宣传日开展宣传活动，普及眼健康知识，增强公众眼病防治意识。全国爱眼日以“科学防控近视，关爱孩子眼健康”为主题，通过各类媒体积极宣传爱眼护眼知识，发布安徽省青少年视力低下和近视发病情况，呼吁民众关爱儿童青少年眼健康。安徽省第二人民医院通过亚洲防盲基金会捐赠的“复明22号”中国流动眼科手术车，积极参与“三下乡”等活动，深入偏远农村，在医疗条件较差地区，宣传防盲治盲知识，组织古巴专家及省内一流的眼科专家开展基层巡回医疗活动；将流动眼科手术车作为复明工程的重要载体，与相关部门联合开展宣传和筛查。2018年“复明22号”防盲车下乡80余次，开赴11市、31个县，行程约1.5万公里，筛查33220万人次，开展白内障手术3000余台，手术成功率100%，未发生一例患者感染及其他并发症。安徽省防聋治聋技术指导组在全国爱耳日期间，以“听见未来，从预防开始”为主题积极组织省内多所省市三级医院集体开展宣传义诊活动。省残疾预防专家技术指导组和省精准康复服务行动专家技术指导组指导全省各级医疗机构开展预防出生缺陷宣传与健康教育，为规范母婴保健服务，提高产前诊断质量和水平，优生优育，预防出生缺陷和新生儿疾病筛查等工作开展了大量宣传和教育工作。

第三，充分发挥省级专业技术指导组作用，积极开展疾病防控工作。

一是加强防盲工作。省防盲技术指导组利用全省专家优势，积极承担2018年安徽省儿童青少年近视筛查技术指导工作，进一步规范全省各级医疗机构眼科诊疗技术和诊疗规范，不断提高全省儿童青少年近视筛查治疗水平。2018年，省防盲专家技术指导组向长丰县医院、颍上县医院、阜阳、金寨等地派出专家团队，技术帮扶当地医院开展技术查房、门诊、手术带教等指导工作，全年门诊近1万人，开展各类手术近3000例。与弗雷德·霍洛基金会合作，在利辛县开展“社区参与农村眼健康”项目，新建社区眼健康资源中心4个，培训基层乡镇医生、全科医生20人，入校体检及宣教近3000人，为近千名农村贫困白内障患者减免手术费用。与国际防盲机构CBM和爱德基金会合作开展“防盲技术培训班”和创建白内障无障碍县等工作，全年组派医疗队54个，举办眼病防治培训班22个，培训基层眼科医师1100余人次，实施免费白内障复明手术约1600例。

二是加强防聋工作。省防聋技术指导组注重早发现、早干预、早康复，将听障儿童回归主流社会作为全省防聋、治聋工作的重要目标，切实减轻听力残疾患者家庭的经济负担，推动全省听力残疾患者的治疗和康复；定期组织专家开展防聋科普和义诊活动，通过走近百姓生活等方式，提高群众自我保护意识，掌握科学用耳、保护听力的方法；举办全省防聋治聋培训。2018年，全省新生儿听力筛查率城镇达到100%、农村达到96.2%，全省听力残疾儿童接受人工耳蜗植入及语言康复有984人。

三是做好新生儿疾病筛查工作。省残疾预防专家技术指导组指导各地开展新生儿疾病筛查工作，鼓励各级积极拓展筛查病种，在继续实施遗传代谢病、出生缺陷救助试点项目的同时，启动新生儿先天性结构畸形救助项目，2018年前三季度，全省遗传代谢病筛查509933人，听力初筛488995人，筛查率分别达到98.2%和94.2%。新增遗传代谢病出生缺陷救助申请87人，发放救助款44万，收到先天性结构畸形救助申请30余份。与此同时，针对新生儿先天性心脏病发病率居高不下的现状，采取针对性的措施，在9个市26个县（区）启动新生儿先天性心脏病筛查项目，推广新生儿先天性心脏病筛查适宜技术，尽早发现先天性心脏病患儿，及时诊断和治疗。

四是加强青少年心理健康教育。省精神卫生质控中心将关心儿童青少年心理健康作为2018年一项重点工作，截至11月，全省精神专科医院门急诊就诊人次约116万，住院患者约6.7万人次，其中儿童青少年患者就诊人次约15100人次，住院人次约810人次。目前，合肥市四院、芜湖市第四人民医院、宿州市第二人民医院率先在全省开展儿童青少年心理门诊，投入大量人力、物力关心儿童青少年心理健康。

2. 省人力资源和社会保障厅

第一，多措并举促进残疾人就业。一是发布《2018年就业和人才招聘年度专场安排计划》，举办残疾人专场招聘会，提前发布招聘安排、岗位信息等，为残疾人就业群体提供精准招聘服务。二是开设“绿色”通道，优先开展残疾人就业群体职业指导、推荐匹配岗位信息等服务，使残疾人更快捷享受公共就业服务，尽早实现高质量就业。三是开发公益性岗位安置残疾人就业。通过购买劳务派遣企业、家庭服务业企业、物业管理服务企业、养老服务机构的公益性岗位，对符合条件的残疾就业困难人员进行托底性安置。2018年，121名残疾人通过公益性岗位实现就业。四是为贫困残疾人家庭和高校残疾人毕业生求职创业发放补贴，缓解残疾人毕业生求职创业过程中的费用压力，共为2152名贫困残疾人家庭高校毕业生子女和338名高校残疾人毕业生发放补贴，标准由2017年的800元/人提升至1000元/人。五是积极开展第28次全国助残日系列活动。以“就业帮扶，助残圆梦”为主题，在全省范围内以农村贫困残疾人为主要服务对象，组织开展政策宣讲、精准识别、上门送岗、需求登记、专场招聘等就业帮扶系列活动，动员全社会帮扶贫困残疾人就业创业。六是加强残疾人就业援助。全省统一开展就业援助月、“春风行动”等就业服务专项行动，为残疾人送岗位、送政策、送服务、送温暖，多渠道促进残疾人就业。

第二，为贫困残疾人开展针对性技能培训。一是继续将建档立卡贫困户残疾人纳入技能脱贫培训，有针对性地组织实施实用技术培训，并给予一定的生活、交通补助。二是大力开展残疾人职业技能培训，使新进入人力资源市场的残疾人都有机会接受至少一次相应的技能培训，使企业技能岗位的残疾人都有机会得到一次以上岗位技能提升培训或高技能人才培训。三是落实创业培训补贴政策，保证具备创业条件或已创业的残疾人都有机会接受创业培训，并按规定给予补助，提供创业资金扶持，促进成功创办企业，解决残疾人自身就业的同时，带动更多的残疾人实现就业或再就业。

第三，落实社会保险相关扶持政策。一是对符合城乡居民养老保险参保条件的重度残疾人，由地方政府在缴费档次范围内确定标准为其代缴养老保险费，并按规定给予补贴。截至11月底，全省共为32.94万重度残疾人代缴保费5104.68万元。二是督促用人单位按规定做好残疾人职工参加基本医疗保险工作，全面落实农村建档立卡贫困残疾人“351”和“180”医保综合保障政策，提高残疾人医保保障待遇。

第四，营造残疾人公平就业环境。一是保障残疾人享有与其他报考者同等的事业单位报考机会和聘用机会，全省事业单位共招聘残疾人1482人。二是发挥劳动保障监察执法的职能作用，在日常巡视监察和重点执法检查时，纠正和查处用人单位违法侵害残疾人劳动就业合法权益的行为，坚决维护残疾人劳动就业权益。

3. 省发展改革委

第一，着力强化规划与政策支持，完善公共服务体系。认真贯彻落实《安徽省“十三五”推进基本公共服务均等化规划》和《关于加强基层基本公共服务功能建设的意见》，把残疾人基本公共服务作为重点，强化制度性安排，明确年度工作任务，推动工作落实。在起草《安徽省建立健全基本公共服务标准体系实施方案》过程中，认真听取有关残疾人工作方面的意见和建议，将为残疾人服务纳入弱有所扶范围，进一步细化明确基本公共服务质量要求。突出重点区域，聚焦行蓄洪区，会同省残联制定《淮河行蓄洪区残疾人基本公共服务功能建设实施方案》，并纳入《安徽省淮河行蓄洪区基本公共服务功能建设总体方案（2018—2020 年）》，明确三年建设 80 个乡镇“残疾人之家”、设置 486 个行政村残疾人工作站的任务。配合省残联制定《安徽省“残疾人之家（工作站）”建设实施办法》，加强对市县的指导，督促市县推进工作、落实任务。

第二，着力加强康复托养体系建设，改善服务设施条件。为改善全省残疾人康复和托养服务基础设施条件，2018 年，省发改委积极与国家发展改革委联系，准确把握政策动态，精准谋划项目，共争取中央预算内资金 2738 万元、安排省级预算内投资 600 万元，支持 5 个残疾人服务体系建设项目。加强残疾人项目建设与管理，建立月报制度，帮助协调解决项目建设过程中遇到的困难，努力加快残疾人服务体系中央预算内投资项目建设进度。

第三，着力支持残疾老人养老服务，探索推进智慧助残。牵头起草并提请省政府办公厅印发《关于全面放开养老服务市场提升养老服务质量的实施意见》，推进适老化无障碍改造，实施特殊困难家庭无障碍改造工程，鼓励市县政府对失能、重度残疾人等特殊困难老年人家庭进行生活场所适老化改造，配备基本生活辅助器具或给予一定改造补贴。全省每年选择不少于 1000 户特殊困难家庭进行适老化改造示范，其中合肥、马鞍山、芜湖、铜陵、安庆等五市每年各不少于 100 户。配合相关部门开展智慧养老服务机构试点，规划建设合肥市智慧养老中心，配置智能设备，创新服务方式，向包括老年残疾人在内的老年人提供智能服务。此外，在审批重大基础设施项目时，充分考虑残疾人无障碍设施建设需求。

4. 合肥市

第一，提高政治站位。四大班子负责同志带头调研基层残疾人工作、积极推动惠残政策的落实、主动开展残疾人就业执法检查、议案提案督办，为残疾人事业发展“把脉问诊”。

第二，突出民生保障。市委市政府把增进残疾人福祉放在民生工作的重要位置，着力强化民生兜底保障，生活补贴困难残疾人 5.8 万人、护理补贴重度残疾人 7.7 万人、药费补贴精神残疾人 1.1 万人，三种形式累计托养城区残疾人 4.6 万人次，实现了“应保尽保、应补尽补”。完善残疾人参加社会保险、社会救助、社会福利等制度衔接机制，居民养老及医疗保险覆盖 16.2 万持证残疾人，意外伤害保险覆盖城区 2.67 万残疾人。落实脱贫攻坚行动计划和十大扶贫专项工程，建档立卡 3.5373 万残疾人实现了脱贫。深入开展精准康复服务行动，实名制管理精准康复需求 7.28 万人、辅具适配需求 2.13 万人，康复服务率为 83.16%、辅具适配率为 76.87%，均超额完成省定 70% 的任务。

第三，加强就业创业。实施残疾人就业创业行动计划，落实按比例就业、集中就业和辅助性就业等专项扶持政策，辐射带动 9307 名残疾人实现就业。制定政府为民办实事残疾人辅助性就业实施办法，确定辅助性就业形式和实现途径，对达到验收标准的残疾人辅助性机构，市财政按照 12 万元、30 万元、60 万元的标准实行一次性建设补助；每安置 1 名残疾人且符合岗位期限，按照当地最低工资标准给予社保补贴。全市兴建 28 家机构、安置重度残疾人 506 人。

第四，推进组织建设。坚持“自下而上、统一进行”的原则，完成市、县、乡三级残联逐级换届，部署了未来五年残疾人事业发展目标任务。继续巩固残联基础管理提升成果，动态更新 15.5623 万持证残疾人的基本服务状况和需求。完善“互联网 + 政务服务”22 个事项办理，实现全域贯通。加快合肥磨店残疾人综合服务设施建设，市残疾人职业技能培训中心大楼、市残疾人康复中心大楼相继投入运营，市残疾人托养中心也将按期开工建设。出台《合肥市“残疾人之家（工作站）”建设实施意见》，明确“一家一站”的建设标准、服务内容和评估要求，截至 12 月 20 日，全市已建“残疾人之家”84 个、“残疾人工作站”570 个，均超额完成省定 30% 的年度配置任务。认真落实《残疾人保障法》等法律法规，畅通信访渠道，化解矛盾纠纷，对残疾人来电来信来访做到了程序到位、解释到位、服务到位。目前信访形势平稳。

第五，巩固阵地建设。针对残疾人需求的特殊性，积极开展残疾人文化周、健身周、读书日、文艺汇演等基层文化体育活动，建设残疾人“文化进社区”示范点、特艺、游泳、盲乒等基地。举办合肥市第四届残疾人运动会、特殊奥林匹克运动会，组团参加安徽省第七届残疾人运动会，获金牌 27 枚、银牌 12 枚、铜牌 9 枚。同时，大力开展残疾人事业宣传，全方位、多角度宣传党和政府的助残惠残政策、残疾人工作取得的成就，弘扬残疾人奋发努力、自强不息的先进事迹。市级以上主流媒体常态化报道残疾人工作，《合肥晚报·温馨残联》专栏连续刊发 178 期，社会反响较好；残疾人专题节目《共有这片蓝天》全国知名。

5. 滁州市

第一，“脱贫奔康”。一是突出基础精准。对 11396 名贫困残疾人情况进行核实比对，着力解决因残致贫家庭突出困难，新纳入政府保障性扶贫行动 577 人；二是突出政策保障。残疾人“两项补贴”继续扩大救助范围，将分散供养五保户中四级残疾人和一户多残家庭中无个人收入来源的残疾人纳入救助范围。生活补贴人数占持证残疾人总数的70%；三是突出产业带动。通过发展光伏、种植、养殖、生态农庄等扶贫产业政策带动4851名残疾人脱贫；通过开展专场招聘会带动残疾人创业就业857人；四是突出技能扶贫。有针对性开展了种养植业等技能培训，培训残疾人1364人；五是突出项目扶贫。939户贫困残疾人家庭实施危房改造。建成7个辅助性就业机构安置就业77人、5个就业服务机构推荐就业131人。扶持8个残疾人就业基地和8个就业孵化基地，辐射带动169名残疾人就业；六是突出帮扶脱贫。扶持35万元资金支持驻点帮扶和结对帮扶的贫困村产业发展，为266名有需求残疾人送去价值3万元辅具。

第二，“精准康复”。一是实现残疾儿童康复救助提标扩面，出台儿童康复救助制度实施意见，实现救助对象和救助范围两大突破，对相关部门的职能和职责分别做了明确和明细；各县（市、区）12月底前已分别出台相应配套措施并全部提标扩面。二是加强康复中心项目改建。2018年市政府将市残疾人康复中心项目纳入市级重点项目推进并配套改造资金2500万元；三是推进民生工程超额完成。残疾人精神病药补全覆盖，在省任务数5280人的基础上完成12377人、1198.25万元资金发放。儿童抢救性康复在省任务数330人基础上完成647名、861.3万元资金发放。基本康复和辅具适配工作的质量、数量都有新的提升。

第三，“权益护航”。2018年市残联信访工作获得市委市政府的通报表彰。一是加强源头维权。认真落实信访工作责任制和领导接访日制度，为残疾人提供法律服务271人次。接待残疾人来信来访37批次44人；顺利开通12385残疾人服务热线并实现与12345市长热线融合开通。二是注重打造窗口形象。残联信访大厅搬迁改造后，注重氛围营造，制度上墙，窗口醒目，服务项目清晰，严格规范化建设，树立新形象。三是探索智慧托养服务。与第三方机构合作探索智慧居家托养新模式，为残疾人配备定位和一键呼救功能的手机，与平台实现对接，提供应急援助。对379名智力、精神、重度残疾人实施“阳光家园”托养服务项目。四是保障受教育权利。开展残疾儿童少年促学情况核查和安置，全市摸底适龄残疾儿童1975名，推动落实送教上门“一人一案”措施。实现贫困残疾人学生从学前到研究生阶段教育救助全程覆盖，共资助贫困残疾人学生2831人，发放救助资金253.05万元。五是回应社会关切。承办市长热线转送案件10件，调处率达到100%。做好人大议案、政协提案办理，积极建言献策为残疾人排忧解难。

第四，“共享阳光”。针对全市残疾人体育工作基础薄弱的现状，确立“围绕备战、基础为重、培育为要”的思路。一是打牢基础。省残运会后就“共享阳光”行动召开重点工作调度会和推进会，着力推进体育人才库建设，摸排现有体育人才资源，选好苗子储备人才。二是注重培育。聚焦现状，着重抓好飞镖、举重等优势项目进行重点培育，省七残运会飞镖项目冠军梅晓蝶代表我省参加了全国残疾人飞镖比赛并获得铜牌。三是加强练兵。将残疾人群众性体育健身运动与竞技性体育相结合，通过举办趣味运动会、单项锦标赛等活动，提高残疾人参与体育运动的热情。

第五，“强基固本”。一是夯实组织建设。率先完成市县乡三级换届工作，以换届为契机强化组织建设，帮助县级残联全部建立党组，协助地方党委选优配强基层残联领导班子。二是加强阵地建设。因地制宜推进“一站一家”建设。全市8个县（市、区）全部出台实施方案并狠抓落实。全市统一标牌标识、统一管理制度、统一建设标准，召开两次重点工作调度会，对有困难的县进行实地调研推动，争取当地党政领导的重视和支持。全市“残疾人之家”建成率60.2%，“残疾人工作站”建成率42.8%。三是做实数据动态更新。认真做好残疾人基本服务状况与需求信息数据调查，手机App入户调查入户率和录入率均在90%以上。

五、重要条目

【“与爱同行，我们不孤单”——华东地区孤独症“智慧星”风采展示会】中国精协主办的全国六大地区系列展示活动第三场，2008年1月14日在安徽大学大学生活动中心举行。展示会由安徽省精神残疾人及亲友协会、合肥市残联、庐阳区残联、蜀山区残联指导，中国精协孤独症家长服务协会安徽工作站、合肥市庐阳区春雨心智障碍者家长支援中心承办。华东地区上海、山东、江苏等省份及安徽合肥、铜陵、芜湖、阜阳、蚌埠、安庆6个市的80多个孤独症家庭、200多个本地孤独症家庭和普通家庭观众参加展示会演活动。演出包括集体舞、乐器演奏、独唱、亲子时装秀、球操、舞台剧、诗朗诵、国画、刻纸等23个节目。才艺展演来自孤独症等多类别残障人士的优秀代表。中国精协主席温洪，安徽省残联党组成员、副理事长钱玉贵，省精协主席戴培昆，合肥市残联理事长李炳云等参会并观看演出。温洪主席表示，孩子们用这样的形式告诉家长和社会，他们通过努力，可以站上人生的舞台；家长们用这样的形式告诉孩子和社会，爱的力量可以突破难以逾越的障碍。

【安徽省残疾人联合会第七次代表大会】2018年8月7日在合肥开幕，省委书记李锦斌出席并讲话。省委副书记、省长李国英，省委副书记信长星出席开幕会。中国残联副主席吕世明到会致辞。高莉同志代表安徽省残疾人联合会第六届主席团做工作报告，残疾人代表、特邀代表共约500人出席大会。大会选举省残联第七届主席团委员和出席中国残联第七次代表大会的代表，产生新一届领导机构。选举张曙光副省长为省残联第七届主席团主席，刘卫东、高莉、孙邦平、刘少华、杜昌智、李雁雁、李硕、崔万志、刘晓光、田继轩为省残联第七届主席团副主席。大会推举高莉担任省残联第七届执行理事会理事长，通过钱玉贵、赵卫弘、何邦扣担任省残联第七届执行理事会副理事长，吕敏、史琍、李娟、郑伟为执行理事会理事。大会选举并通过省残联各专门协会第七届委员会主席、副主席、秘书长，通过省残联第六届主席团工作报告决议。

【安徽省第七届残疾人运动会】 安徽省第七届残疾人运动会开幕式2018年10月30日在蚌埠市举行，11月6日运动会闭幕。本届省残运会由省政府主办，省残联、省体育局、蚌埠市政府承办。省委副书记信长星宣布开幕，中国残联党组成员、副理事长王梅梅致辞，副省长张曙光致开幕辞。本届省残运会分两个阶段，第一阶段比赛安排在6月至10月，第二阶段比赛在蚌埠市展开。比赛共设田径、游泳、举重、象棋、围棋、飞镖、射击、乒乓球、羽毛球、聋人篮球、盲人门球等11个比赛大项，全省16个市、2个省直管县共18个代表团的619名残疾人运动员参加比赛，是历届设项最多，规模最大的一届残疾人体育盛会。

【第十届安徽省残疾人职业技能竞赛】 2018年12月11日至13日在安徽省特殊教育中专学校举行，由省残联、省人社厅、省总工会、团省委、省妇联联合主办，安徽省特殊教育中专学校承办，合肥市经贸旅游学校协办。全省16个市代表队的125名肢体、视力、听力、精神、智力、多重六个类别的残疾人选手参加比赛。竞赛设置信息通信技术类、美术专业类、手工业类、工业类、服务类5大类10个竞赛项目，涵盖网页制作、海报设计、插花、茶艺等10个适合残疾人自谋职业或自主创业的竞赛项目。其中，参赛人数最多的项目是文本处理和盲人按摩各16人，各项目平均参赛人数13人。共决出56名优秀选手，团体奖项评出6个优秀组织奖、5个团结协作奖、5个道德风尚奖。符合条件的优胜选手，将被推荐申报安徽省技术能手、五一劳动奖章、青年岗位能手、三八红旗手等称号，并颁发获奖证书。省政府副省长张曙光、中国残联就业中心副主任李光国、省政府副秘书长刘卫东出席颁奖，省总工会党组书记、副主席徐发成宣读获奖名单，省残联党组书记、理事长高莉主持颁奖仪式。主办单位相关领导出席。本次竞赛不仅是对残疾人职业培训成果和残疾人劳动技能水平的一次检阅，也是省残联实施“脱贫奔康”行动的重要组成部分。

【“蘑菇大王”丁伦保】 “2017年度中国残疾人事业新闻人物”称号（2018年8月25日揭晓）获得者，安徽天都灵芝制品公司总经理、中国食用菌协会理事、合肥市天都食用菌专业合作社理事长、合肥市食用菌协会副会长、肥西县珍稀食用菌协会会长、肥西天都园艺职业培训学校校长。自1981年开始从事黄山灵芝及食用菌的研究、生产、培训、推广、销售等至今，扎根农村一线。2010年8月在给特困户培训食用菌栽培技术返程中发生车祸导致残疾。累计培训8900位农民、特困户、残疾人食用菌致富本领，向贫困户、残疾人和退伍军人赠送2万多袋菌种、3万多袋菌包，帮助268名建档立卡贫困人口实现脱贫。在肥西县花岗镇投资200万元，开发100亩食用菌生产基地，建立70个大棚，20多名残疾人在基地就业。所创办的安徽天都灵芝制品公司被认定为合肥市农业产业化龙头企业、市高新技术企业、市创新企业、省循环经济试点单位、全国科普惠农兴村先进单位，“天都”商标被评为省市著名商标，“天都”牌食用菌产品被认定为安徽省名牌产品。

【王庆九】 2018年度十大全国助残新闻人物，自幼因儿麻导致双腿残疾。合肥市残联维权处工作者，长期从事残疾人信访工作，始终践行“残疾人利益无小事，视残疾人为亲人”的工作理念，在工作中坚持把“事事有着落，件件有交代”作为对来访者的承诺。对每位来访的残疾人，总是热情接待，让他们满意而归；对每件来信，都是有信必复，从不敷衍拖拉；对每一来电，皆是认真倾听、耐心解释、一一作答。12年来，接待来访1万多人次，处理来信300多件，接处来电近万次，办理“12345政府服务直通车”1200多件，帮助100多名残疾儿童或残疾人的子女解决入学或转学等难题，为30多位困难残疾人申请享受到最低生活保障及其他救助，多次热心组织残疾人朋友相亲会，及时挽救数位生活悲观甚至轻生的残疾人。王庆九曾先后被评为“合肥市首届最美残疾人”、合肥市“十一五”自强模范、第四届合肥市道德模范提名奖，连续6年被评为“合肥市信访工作先进个人”，2017年11月被评为“中国好人”。

【安徽省第19次全国爱耳日宣传教育活动】 安徽省听力残疾人达97.6万，安徽省连续19年举办爱耳日宣传教育活动，提高爱耳护耳意识，有效减少听力残疾发生，促进听力残疾预防与康复工作。2018年3月1日，省残联组织2位省级专家及3名技术人员到定点扶贫村阜阳市临泉县土坡乡李楼村和韦寨镇拓树庄村做听力筛查。从55名新生儿中筛查出3名单耳未通过的疑似听障患儿，并安排进一步检查、干预及康复措施和跟踪服务。3月2日，省防聋治聋技术指导组和省残联在安徽医科大学第一附属医院联合主办全省第19次全国爱耳日联合大型义诊、康复成果展示宣传教育活动，启动“人工耳蜗公益惠民项目”，计划为40名符合条件的重度、极重度听障人群提供免费人工耳蜗植入或减免相关费用。省康复中心的听障小朋友现场表演舞蹈《红星闪闪》、儿歌串烧等节目，展示康复训练成果。

六、大事记

4月12日，安徽省视障文化服务业务培训班在省图书馆举行。中国盲文图书馆馆长朱兵、省文化厅副厅长丁光清、省残联副巡视员汪兴华出席开班仪式。

5 月 16 日—22 日，安徽省 8 名运动员在 2018 年全国残疾人举重锦标赛上获得 2 金 1 银 2 铜，王键以 184 公斤的成绩打破男子 54 公斤级全国纪录。

6 月 12 日，省委决定：高莉任省残联党组书记，提名为新一届省残联理事长人选；何邦扣任省残联党组成员，提名为新一届省残联副理事长人选。

8 月 7 日，安徽省残联第七次代表大会在合肥开幕。

8 月 25 日，安徽省残疾人丁伦保、李娟入选由中国残疾人事业新闻宣传促进会和中国互联网新闻中心组织评选的“2017 年度中国残疾人事业十大新闻人物”。

8 月 31 日，省残联在革命老区六安市金安区召开全省基层残疾人基本公共服务功能建设工作现场推进会。省委常委、六安市委书记孙云飞看望与会人员，高莉出席会议并讲话，六安市副市长孙学龙致辞。各市县（市、区）残联理事长或副理事长等 140 多人参加会议。

9 月 17 日，省残联召开学习传达习近平加强残疾人工作重要论述暨中国残联七代会精神会议。

10 月 16 日，《安徽省关于建立残疾儿童康复救助制度的实施意见》新闻发布会举行，高莉出席并答记者问，省委外宣办、省政府新闻办副主任时玲主持发布会。

10 月 23 日，高莉与全省 16 市残联主要负责人签订《市级残联助推贫困残疾人脱贫攻坚责任书》。

10 月 26 日，省残联召开机关党委换届大会，表决通过上一届机关党委工作报告和机关纪律检查委员会工作报告，选举产生新一届机关党委委员和机关纪委委员。

12 月 28 日，安徽省合肥市残联维权处王庆九入选由中国残疾人事业新闻宣传促进会和新华网共同举办的 2018 年度十大全国助残新闻人物。

（付仕平供稿）

福建省残疾人事业和残疾人工作

一、领导讲话

副省长洪捷序在2018年全省残联工作会议上的讲话摘要

2018年1月18日

五年来，省委省政府按照党中央、国务院对残疾人事业的新部署新要求，将残疾人事业纳入我省经济社会发展大局，对残疾人各项工作进行全面部署，推动残疾人事业加快发展，在残疾人小康的征程上迈出了坚实的新步伐。主要体现以下四个方面。

（一）扶残助残政策措施更加完善。五年来，省政府相继出台《福建省“十三五”加快残疾人小康进程规划纲要》《关于加快推进残疾人小康进程的实施意见》《关于完善困难残疾人生活补贴和重度残疾人护理补贴制度的实施意见》《关于进一步加强扶残助残工作的意见》等一批政策文件。残疾人“两项补贴”、困难成年无业重度残疾人低保单独立户、残疾人参加社会养老保险补助、残疾儿童康复训练补贴、人工耳蜗手术补贴、辅具适配补贴、残疾人“造福工程”叠加补贴等进行了制度化安排。各级政府认真落实残疾人小康进程规划纲要确定的目标任务。省直有关部门制定了我省“十三五”残疾人康复、托养、就业、文体、无障碍等方面8个配套实施方案，出台扶持盲人就业创业六条措施等一系列配套文件，扶持残疾人发展的政策措施更加完善。在中国公益研究院发布“中国残疾人政策进步指数2017”中，我省位列全国第五位。

（二）残疾人脱贫攻坚成果显著。将残疾人脱贫工作纳入党委政府脱贫攻坚总体规划，出台《福建省实施〈贫困残疾人脱贫攻坚行动计划（2016—2020年）〉的意见》，已有3.4万名农村贫困残疾人纳入建档立卡范围。实施残疾人就业创业“1+5”政策，扶持残疾人3.4万人次；实施农村贫困残疾人创业增收行动，共有1.9万人次获得创业资助；组织实施残疾人就业培训12.5万人，全省城乡残疾人新增就业人数逐年增加，近两年就新增就业2.8万人，切实帮扶残疾人通过就业创业增加收入，摆脱贫困。注重扶贫同扶志、扶智相结合，开展“扶贫助学大学圆梦”行动，对我省23个省级扶贫开发重点县残疾人大学生和家庭困难残疾人子女大学生进行学费资助。坚持兜底保障，全省共有17.76万名残疾人纳入城乡低保范围，63.3万名残疾人获得“两项”补贴。各地结合实际，为38.16万名残疾人建立意外伤害保险。

（三）残疾人基本公共服务进一步拓展。连续实施为民办实事“助残工程”，近5年省级财政共投入8.35亿元，惠及残疾人76.7万人次。组织实施全省88.8万名持证残疾人及0—15周岁未持证残疾儿童的基本服务状况和需求专项调查并实现动态更新。实施精准康复服务行动，全面完成“七彩梦行动计划”等国家和省重点项目，投入资金5.6亿元，发放辅具12.6万件，帮助约81万人次残疾人得到不同程度康复。实行残疾学生15年免费教育和残疾学生就学资助全覆盖。切实解决适龄残疾儿童少年入学问题，其中2017年帮助4909名未入学适龄残疾儿童少年实现就学，未入学残疾儿童少年逐年减少。加强残疾人服务设施建设，在全国率先设立集残疾儿童康复教育为一体的“福乐幼儿园”，新建公办“福乐家园”38所。残疾人参加居民养老保险逐年增加，2017年参保人数达68.61万名，覆盖面超过95%。实施“造福工程”“安居工程”，为2.1万户贫困残疾人家庭改善住房条件。2.15万户残疾人获得家庭无障碍改造，5.1万人次残疾人获得机动轮椅车燃油补贴，残疾人的居住、出行条件明显改善。

（四）残疾人文化体育事业蓬勃发展。举办“残疾预防日”、残疾人艺术汇演、两岸残障人士交流嘉年华、闽台残疾人文化周、世界盲人联盟亚太区按摩委员会2017年理事会议等活动，推动形成“平等、参与、共享”的社会观念，扶残助残社会环境日益浓厚。我省残疾人运动员参加残奥会、全国残运会等国际、国内赛事，屡获佳绩，共获国际奖牌123个，全国性奖牌350个。广大残疾人精神面貌焕然一新，各行各业涌现出一大批残疾人自强模范，他们在平凡的生活中创造了不平凡的业绩，诠释自身的尊严和价值。

副省长郑建闽在第十四届世界盲人联盟亚太区按摩研讨会开幕式上的讲话摘要 2018年5月8日

就业是民生之本。残疾人就业，更关乎生计、关乎尊严。帮助残疾人实现就业、融入社会，是全社会关注的问题，也是政府工作的重点。近年来，福建省出台了一系列扶持残疾人就业的优惠政策，有力促进了残疾人实现就业。福建省还针对盲人的自身特点和就业实际，将发展盲人按摩业作为盲人就业的重要途径，通过加大投入、专业培训、政策扶持、行业管理等措施，全力扶持盲人就业创业。早在2014年，省政府就安排专项资金，建立省盲人按摩实训基地，目前已经为全省近5000名盲人提供盲按、盲文、盲用电脑等各类职业技能培训，其中，盲人按摩培训合格后就业率达100%，取得“培训一人、就业一人、解困一个家庭”的良好效果。2017年，省残联等7个部门联合出台扶持盲人就业创业六条措施，在盲人按摩培训教育、鼓励安置盲人就业、扶持盲人自主就业创业、盲人医疗按摩机构纳入基本医疗保险范围、推进盲人按摩机构规范建设、营造良好发展环境等方面提出了针对性强、含金量高的具体举措，助力我省盲人按摩业加快发展。

本届研讨会以“合作、互鉴、共赢”为主题，在盲人按摩行业服务管理、教育、培训和就业，以及临床经验、手法演示等方面进行深入交流，必将有力促进亚太区盲人按摩事业发展。我们将以此次研讨会为契机，进一步加强与亚太区各国各地区在残疾人领域特别是盲人按摩领域的交流、合作与互鉴，共创亚太区盲人按摩事业的美好未来。

省委书记于伟国在福建省残联第七次代表大会开幕式上的讲话摘要 2018年8月3日

五年来，全省各级残联组织围绕全省工作大局，充分发挥桥梁纽带作用，切实履行好代表、服务、管理职能，康复、教育、就业、扶贫和托养服务等各项工作扎实推进，建档立卡的贫困残疾人由6.9万多人减少至584人，残疾人社会保障业务综合排名居全国第2位。全省广大残疾人自强不息、积极进取，以不屈的意志和非凡的业绩，深刻诠释了生命的真谛和价值，为新福建建设奉献了自己的力量。

全省各级各部门要切实把加快推进残疾人小康进程作为全面建成小康社会决胜阶段的重点任务，把最困难的群体摆在最优先的位置，用最有力的举措解决最紧迫的问题，确保221万残疾人同全省人民一道实现全面小康，过上更加体面、更有尊严、更加幸福的生活！

一要扎实办好扶残助残民生实事。要坚持以人民为中心的发展思想，把保障残疾人的民生福祉作为为民办实事的重要任务来抓。要把残疾人康复放在第一位，不断完善残疾人康复救助制度，加强康复人才培养，健全康复服务体系，努力实现残疾人“人人享有康复服务”的目标。要打好残疾人脱贫攻坚战，坚持精准施策、有效帮扶，对不具备劳动条件的残疾人，特别是重度残疾人、因病致贫返贫残疾人，要采取特殊的帮扶政策，做到“众人帮扶、一人一策”。要推进残疾人参加基本医疗保险、基本养老保险、最低生活保障、供养救助等兜底政策落实，根据财力进一步提高残疾人“两项补贴”，不断完善残疾人基本福利制度。要抓好残疾人特殊教育，稳步推进残疾学生学前至高中阶段15年免费教育，积极推进融合教育，加强职业教育，让更多残疾人接受公平有质量的教育。要大力促进残疾人就业增收，创新就业服务形式，完善残疾人就业创业网络服务平台，实施残疾人职业技能提升计划，积极开展辅助性就业，鼓励残疾人自主创业、灵活就业。要依法推进按比例就业，党政机关、事业单位、国有企业要带头招录和安置残疾人就业，同时通过税收优惠、社会保险补贴、岗前培训补贴等，鼓励用人单位吸纳更多残疾人就业，支持发展残疾人福利企业。

二要切实强化扶残助残基础支撑。强大的基础支撑是提高扶残助残能力的重要保障。要加强基础设施和服务机构建设，统筹规划城乡残疾人服务设施建设，加大对残疾人服务机构在用地、资金、技术、人才等方面政策支持力度。要推进信息化建设，构建残疾人工作大数据平台，加强部门间信息资源共享，持续开展残疾人基础数据、服务状况和需求信息数据的综合管理与动态更新，完善数据分析研究和转化应用工作，不断提升信息化服务残疾人水平。要加强基层残疾人组织建设，建立健全县级残疾人康复、托养、职业培训、辅助器具适配、文化体育等基本公共服务平台，大力实施县域残疾人服务能力提升项目，努力构建县（市、区）、乡镇（街道）、村（居）三级联动互补的残疾人基本公共服务网络。

三要积极营造扶残助残浓厚社会氛围。关心关爱残疾人，是社会文明进步的重要标志。要倡导“平等、参与、共享”的现代文明社会残疾人观，加大各项扶残助残政策的宣传和落实，在全社会广泛宣传助残先进事迹。要加强无障碍环境建设，制定出台残疾人家庭无障碍改造补贴全覆盖制度，积极推进城乡设施、公共设施、信息无障碍建设，努力为残疾人创造无障碍的生产、工作、生活环境。要建立扶残助残激励机制，引导全社会理解、尊重、关心和帮助残疾人。社会各界要大力弘扬社会主义核心价值观，积极向残疾人伸出援助之手，把仁爱的种子播撒得更加宽广、更加深入，把志愿的火炬燃烧得更加旺盛、更加普遍，把扶残助残的风尚传播得更加广泛、更加久远，用爱心和善举为残疾人撑起一片希望的蓝天。

四要不断凝聚扶残助残工作合力。扶残助残是全社会共同的责任。要健全党委领导、政府负责的残疾人工作机制，各级党委政府要加强组织领导，把残疾人事业摆在重要位置，纳入全省改革发展大局来谋划、推动和落实，建立残疾人事业经费投入与经济发展同步增长机制，保障残疾人事业健康快速发展。各相关部门要加大对残疾人的政策扶持力度，努力为残疾人提供更多更好的社会保障和公共服务。各级残联组织要进一步发挥好桥梁纽带作用，持续深化改革，不断加强和改进残联工作，千方百计为残疾人解难题、办实事、谋福祉，做残疾人权益的捍卫者、生活的好帮手、情感的贴心人。广大残疾人工作者要不断提高自身素质，增强服务本领，锤炼过硬作风，带着感情、热情、激情把各项工作做好。

幸福都是奋斗出来的。希望全省广大残疾人朋友做拥抱生活的乐观者，始终保持豁达的心态，弘扬“四自”精神，勇敢地迎接生活的挑战，以强大内心绽放生命的光彩，以不懈拼搏成就别样的人生。要做逆境成才的奋斗者，更加热爱学习，不断提高本领，充分挖掘潜能，主动发挥特长，自觉把“个人梦”同中国梦紧密结合起来，把个人理想与新福建建设紧密结合起来，用自己的智慧和力量改变命运、成就梦想、实现价值、赢得尊重。做良好风尚的传播者，以身残志坚、自强不息的实际行动激励全社会奋发进取，以爱心善心的传递让整个社会充满昂扬向上的正能量。

省委常委周联清在福建省残联第七次代表大会闭幕式上的讲话摘要

2018年8月4日

一要坚定不移深化“大学习”活动。残疾人事业是中国特色社会主义事业的重要组成部分，党的十九大报告明确要求“发展残疾人事业，加强残疾康复服务”“办好特殊教育”，习近平总书记强调“全面建成小康社会，残疾人一个也不能少”。这些重要的理念和论断为新时代残疾人事业的发展提供了行动指南和根本遵循。全省残联系统要兴起习近平新时代中国特色社会主义思想“大学习”的热潮，结合残联组织的工作实际，牢固树立以人民为中心的思想，不断强化做好新时代残疾人事业的责任感，推动党中央各项决策部署在我省残联系统落地生根，取得实效，真正学出使命和担当。

二要把扶残助残重点任务抓住实效。各级、各有关部门要以本次大会为新的起点，深入贯彻学习落实党中央、省委关于残疾人事业发展的决策部署，统一思想和行动，把大会确定的重点任务真正抓出实效，及时研究解决“十三五”中期检查评估中反映出的问题，确保残疾人全面小康如期实现。要深入贯彻实施国务院《残疾预防和残疾人康复条例》，健全残疾人康复服务体系，要着力在残疾人教育、就业、社会服务等重点领域补齐民生短板，不断满足残疾人日益增长的美好生活需要。要倡导“平等、参与、共享”的现代文明社会残疾人观。加大各项惠残助残项政策的宣传和落实，厚植扶残助残良好的社会风尚。

三要以改革创新的精神推动残联工作新发展。我省有221万残疾人，涉及的家庭人口约800万。面对这么一个庞大的群体，靠传统的思路，传统的方式，很多问题难以解决，很多工作也难以有所改观。必须加快改革创新的步伐，全省各级残联组织要深刻认识群团改革的重要意义，优化结构，提升功能，不断增强残联组织的政治性、先进性和群众性，积极承担政府在转职能过程中转移给残联的职能。要完善市场服务机制，推动社会组织通过政府购买服务的方式参与残疾人小康建设。要推动线上线下服务融合发展，加快残疾人促进中心建设，构建残疾人工作大数据平台，实现残疾人基础数据、服务状况和需求信息数据的综合管理、动态更新和部门共享，为残疾人提供精准、高效、便捷的个性化服务。要创新两岸交流活动机制，不断提升海峡论坛·两岸残障人士交流嘉年华、闽台残疾人文化周等活动，务实推进闽台残疾人士交流。

四要持之以恒加强残联自身建设。一支靠得住、有本事、有担当、有作为、接地气的残疾人工作者队伍，是做好残疾人工作、赢得群众信任的基础和关键。残联领导班子要坚持正确的政治方向是第一位的要求，自觉把残联工作置于党的领导之下，坚持把思想政治工作贯穿残联工作的全过程。通过各种行之有效的方式深入学习宣传贯彻习近平新时代中国特色社会主义思想，切实履行好引导残疾人群众听党话、跟党走的政治责任，凝聚起全社会团结奋进的强大共识与合力。

二、政策法规文件

关于进一步落实政府采购支持残疾人就业政策的通知

闽财购〔2018〕22号

省财政厅、民政厅、省残联联合印发。

一、强化政府采购预算预留。在政府采购活动中，残疾人福利性单位视同小型、微型企业，向残疾人福利性单位采购的金额计入面向中小企业采购的统计数据。负有编制部门预算职责的各部门（以下简称各部门），应当严格落实面向中小企业的预算预留要求，统筹确定本部门（含所属各单位）面向中小企业采购的项目。在满足机构自身运转和提供公共服务基本需求的前提下，应当预留本部门年度政府采购项目预算总额的30%以上，专门面向中小企业采购，其中，预留给小型和微型企业的比例不低于60%。各级财政部门汇总审核部门预算时，对未按要求执行预算预留的不予批复。

二、适用价格扣除比例就高。对于非专门面向中小企业的项目，采购人或者采购代理机构应当在招标文件或者谈判文件、询价文件中做出规定，对残疾人福利性单位产品价格给予10%的扣除；对残疾人福利性单位与其他组织组成联合体参与政府采购活动的，残疾人福利性单位的协议合同金额占总合同金额30%以上的，给予联合体合同金额3%的价格扣除。

三、优化采购方式选择。采购人采购公开招标数额标准以上的货物或服务，因落实促进残疾人就业政策的需要，依法履行有关报批程序后，可采用公开招标以外的采购方式。

四、加强企业及产品推介。福建省政府采购网将开辟“福建省残疾人福利性单位推介专区”，省民政厅、省残疾人联合会负责该专区推介单位及产品的征集及动态管理，为采购人优先选择残疾人福利性单位的产品提供参考。

关于印发福建省推进基本公共服务均等化行动计划的通知

闽政〔2018〕16号

十、残疾人基本公共服务

提供适合残疾人特殊需求的基本公共服务，为残疾人平等参与社会、融合发展创造便利化条件和友好型环境，让残疾人安居乐业、衣食无忧，生活得更加殷实、更加幸福、更有尊严，共享全面建成小康社会的成果。本领域服务项目共10项，具体包括：困难残疾人生活补贴和重度残疾人护理补贴、无业重度残疾人最低生活保障、残疾人基本社会保险个人缴费资助和保险待遇、残疾人基本住房保障、残疾人托养服务、残疾人康复、残疾人教育、残疾人职业培训和就业服务、残疾人文化体育、无障碍环境支持。

（一）重点任务

残疾人基本生活。全面实施困难残疾人生活补贴和重度残疾人护理补贴制度，有条件的地方可逐步提高补贴标准。生活困难、靠家庭供养且无法单独立户的成年无业重度残疾人及精神、智力残疾等级为三级的成年无业残疾人，可按照单人户纳入最低生活保障范围。对获得最低生活保障后仍有困难的重度残疾人采取必要措施给予生活保障。对“以老养残”“一户多残”等特殊困难家庭中，因抚养（扶养、赡养）人生活困难、事实无力供养的残疾人，符合特困人员救助供养有关规定的，纳入救助供养范围。2019年底前完成农村贫困残疾人家庭存量危房改造任务，2020年巩固提升。

残疾人就业创业和社保服务。为有劳动能力和就业意愿的城乡残疾人免费提供就业创业服务，按规定提供免费职业培训。落实好针对就业困难残疾人的各项就业援助和扶持政策，对超比例安排残疾人就业进行奖励，多渠道扶持残疾人自主创业和灵活就业，为智力、精神和重度肢体残疾人提供辅助性就业等服务。落实残疾人参加社会保险个人缴费资助政策，完善重度残疾人医疗报销制度，做好重度残疾人就医费用结算服务。

残疾人康复、教育、文体和无障碍服务。实施残疾人精准康复服务行动，为有康复需求的残疾儿童和持证残疾人提供基本康复服务。全省乡镇卫生院、社区卫生服务中心设立康复室，配备适宜的康复设备和专业人员。逐步提高家庭医生签约服务对残疾人的覆盖率。积极推进将残疾儿童康复训练补助、人工耳蜗植入手术等基本康复服务补贴制度推广到7—14岁残疾儿童。残疾人基本型辅具补贴实现全覆盖。积极推进残疾儿童少年学前至高中阶段15年免费教育。推广国家通用手语和通用盲文。推动公共文化体育场所设施免费或优惠向残疾人开放。帮助贫困或重度残疾人参加文化进家庭项目。加快推进公共设施无障碍建设和改造，开展无障碍社区（村）创建，加强信息无障碍建设。

（二）保障措施

完善残疾人服务体系建设。构建完善残疾人康复服务体系，完善以专业机构康复为骨干、社区康复为基础、家庭康复为依托的康复模式。加强专业康复机构建设，合理界定医疗机构、康复机构和社区康复的功能定位，健全分级负责、双向转介的合作机制。健全以家庭为基础、社区为依托、机构为支撑的残疾人托养服务体系，实现与儿童、老年人护理照料服务体系的衔接和资源共享。加大对残疾人托养服务扶持力度，加强残疾人托养服务机构规范化建设。推进福建省残疾人托养服务指导中心建设，发挥示范指导作用。到2020年，每个设区市（含平潭综合实验区）都建有一所专业化的残疾人康复设施或残疾人托养设施。加大公共设施无障碍建设和改造力度，加强无障碍设施日常维护和管理。

县域残疾人综合服务能力提升。推动县级残疾人康复、托养和综合服务设施三者有其一，实现县级残疾人服务设施基本覆盖。继续实施残疾人组织建设“强基育人工程”，进一步扩大残疾人组织覆盖面。建立健全县级残疾人康复、托养、职业培训、辅助器具适配、文化体育等基本公共服务平台，辐射带动乡镇（街道）、村（社区）残疾人工作开展。充分依托乡镇（街道）公共服务资源，扶持建设一批乡镇（街道）和社区日间照料示范机构。完善县级辅助器具服务中心建设。县级公共图书馆设立盲人阅览室。以社区为基础的城乡基层社会管理和公共服务平台加强对残疾人的权益保障和基本公共服务。

特殊教育基础能力提升。实施第二期特殊教育提升计划，推进特教学校标准化建设，提升特殊教育办学水平。加强随班就读支持保障体系建设，支持随班就读基地学校建立特殊教育资源教室，推进融合教育。完善特殊教育体系，推动特殊教育向学前和高中及以上阶段延伸，积极创造条件保障完成义务教育且有意愿的残疾学生有机会接受适宜的中等职业教育。

残疾人服务专业人才培养。完善残疾人服务相关职业和职种，完善残疾人服务专业技术人员和技能人员职业能力评价办法。鼓励公共医疗机构、科研机构、教育机构、文化机构以及职业院校等对残疾人服务的专业支持和学科研究。加快建立残疾人康复、特殊教育、就业服务、托（供）养服务、文化体育、维权和社会工作等方面的专业人才队伍，培养一批残疾人服务领域的领军人才、实用型专业人才和创新型团队。

残疾人服务信息化。加强残疾人人口基础数据、服务状况和需求专项调查数据、残疾人事业统计数据、残疾人小康进程监测数据的综合管理和动态更新工作。加强与中国残联业务数据、福建省政务数据汇聚共享平台数据资源的交换共享，建立福建省残疾人数据平台。多维度发掘残疾人数据，推动数据深度利用。根据业务发展需要，建设服务应用。推动“互联网＋助残服务”模式的创新应用，完善残疾人网上综合服务平台应用，推动实现服务线上一键受理、协同办理、线下到家服务。推进智能化残疾人证工作。鼓励支持服务残疾人的电子产品、移动应用软件等开发应用。

关于印发《福建省残疾儿童康复救助办法》的通知

闽政〔2018〕18号

第三条 康复救助原则

坚持制度衔接、应救尽救。加强与基本医疗、临时救助等社会保障制度的有效衔接，确保残疾儿童家庭求助有门、救助及时。

坚持尽力而为、量力而行。坚守底线、突出重点、完善制度、引导预期、注重平衡，着力满足残疾儿童基本康复服务需求。

坚持规范有序、公开公正。建立科学规范、便民高效的运行机制，主动接受群众和社会监督，做到公开透明、结果公正。

坚持政府主导、社会参与。发挥政府“保基本”作用，不断推进基本康复服务均等化；积极鼓励社会力量参与残疾儿童康复事业，不断扩大康复服务供给，提高康复服务质量，满足残疾儿童不同的康复需求。

第四条 残疾儿童是指具有本省户籍或居住证，持有中华人民共和国残疾人证，或残疾评定定点医院和评定医师出具的诊断证明或三级医院出具的诊断证明，患有视力障碍、听力障碍、言语障碍、肢体障碍（含脑瘫）、智力障碍和孤独症之一或多重障碍的儿童。

贫困残疾儿童是指城乡最低生活保障家庭、建档立卡贫困户家庭的残疾儿童和儿童福利机构收留抚养的残疾儿童，残疾孤儿、纳入特困人员供养范围的残疾儿童，其他经济困难家庭的残疾儿童。

第五条 本办法所称的康复服务是指：

（一）康复指导，包括康复咨询、康复评估、康复转介、家庭康复指导、心理辅导和家长培训等服务。

（二）医疗康复，包括物理治疗、作业治疗、言语治疗和心理治疗等服务。

（三）康复训练，包括行为干预、日常生活能力训练、运动能力训练、感知觉训练等服务。

第六条 残疾儿童救助年龄为0—6岁，即在申请康复救助年度的1月1日，年龄未满7周岁。

贫困残疾儿童救助年龄为0—14岁，即在申请康复救助年度的1月1日，年龄未满15周岁。

有条件的市、县（区）可扩大残疾儿童康复救助年龄范围。

第七条 康复救助包括康复指导、医疗康复、康复训练等康复服务，以及以减轻功能障碍、改善功能状况、增强生活自理和社会参与能力为主要目的的手术、辅助器具配置等。

省级财政对康复服务、听力残疾儿童人工耳蜗手术、基本型辅助器具适配给予适当补助。市、县（区）根据实际确定本地给予补助的残疾儿童康复救助项目和内容。

第八条 残疾儿童康复服务补助标准为每人每年不超过15000元，每月不超过1500元。贫困残疾儿童康复服务补助标准为每人每年不超过18000元，每月不超过1800元。

听力残疾儿童人工耳蜗手术，省级财政为每名救助对象提供不超过6万元的基本型人工耳蜗产品1台，给予最高不超过2万元手术费（含术前专项检查费用）补助，手术费用不足2万元的，按实际发生额给予补助。

基本型辅助器具适配补助按照省残联等三部门印发的《福建省残疾人基本型辅助器具适配补贴实施办法》（闽残联康复〔2017〕9号，以下简称《辅具补贴办法》）规定执行。市、县（区）人民政府可在《辅具补贴办法》的基础上增加补贴产品的种类和提高补贴标准，制订本地区的补贴目录。

今后根据经济发展水平和残疾儿童康复需求，由省残联会同省财政厅等部门适时调整，逐步提高康复救助补助标准。

第九条 市、县（区）人民政府可根据贫困残疾儿童的残疾类别、家庭经济状况等，制定相应补助标准，做好兜底保障工作。

第十条 康复救助补助仅用于康复服务、听力残疾儿童人工耳蜗手术、基本型辅助器具适配的费用，不包括食宿、交通等非康复费用。县（市、区）人民政府可对贫困残疾儿童康复产生的食宿、交通等费用给予适当补助。

关于残疾人辅助性就业机构扶持办法的通知

闽残联教就〔2018〕150号

省残联、省财政厅联合印发。

一、扶持对象

（一）依法在工商、民政等有关部门办理登记注册的独立法人单位或者是独立法人单位附设机构（以工农疗、庇护工场或车间等形式存在)。

(二)集中安置的智力、精神和重度肢体三类残疾人不少于5人。安置的残疾人应具有本省户籍、在法定就业年龄段内且持有中华人民共和国残疾人证或者中华人民共和国残疾军人证(1至8级)。重度肢体残疾人是指中华人民共和国残疾人证(1至2级肢体残疾人)或中华人民共和国残疾军人证(1至3级肢体残疾军人)。

(三)开展残疾人辅助性就业6个月以上。具有相对稳定的劳动生产项目,有固定劳动生产场所,面积应不小于50平方米。

(四)与安置的残疾人或其监护人签订了不低于6个月的辅助性就业服务协议或劳动合同。其中,签订全日制劳动合同的,应按国家规定参加城镇职工社会保险。

(五)残疾人日工作时间不少于3小时或者周工作时间不少于15小时。

(六)按月通过银行等金融机构向安置的每位残疾人支付了不低于当地月最低工资标准1/4的劳动报酬。

(七)除组织残疾人劳动就业外,还应具有残疾人生活自理能力培养、职业技能培训、康复服务、文体娱乐等其中3项(含)以上基本功能和设施。具有适合残疾人工作、生活的无障碍环境,具备较为完善的劳动安全保护措施。

(八)根据规模配备必要的管理服务人员,管理服务人员与残疾人比例不低于1∶15。有安置精神残疾人的,需安排专(兼)职精神科或相关业务能力的医生进行管理。

(九)具有较完善的内部管理。建立工作日志,做到一天一志。建立残疾人服务档案,服务内容登记翔实。管理服务人员岗位职责明确,考勤登记、劳动及收益分配、生活生产消防安全管理等制度健全并落实,有突发事件应急处置预案。

二、扶持项目和标准

(一)一次性建设经费补贴:根据机构安置辅助性就业残疾人数,对机构残疾人就业环境改造、生产设施设备购置和完善等给予补贴。

(二)运行费用补贴:对机构管理服务人员工资、场地租金、残疾人职业辅导(培训)耗材和水、电等支出以及为机构提供就业项目支持的企业(社会组织)等给予补助。

(三)社会保险补贴:对机构与安置的残疾人签订1年以上期限全日制劳动合同、支付不低于当地最低工资标准的劳动报酬并按规定缴纳城镇职工社会保险的,可给予社会保险补贴。

(四)残疾人意外伤害保险补贴:对机构为安置的残疾人购买团体意外伤害保险和附加团体意外伤害医疗、身故保险等商业保险的,给予残疾人意外伤害保险补贴。

扶持标准由各市、县(区)残联会同财政部门根据当地残疾人辅助性就业机构建设实际情况自行确定。

省级财政采取以奖代补方法,根据机构安置辅助性就业满1年残疾人数,以每1名5000元标准,对机构予以一次性总额最高不超过20万元建设经费补助;以每1名5000元标准,根据市县财力状况,分档对机构予以安置残疾人就业奖励,每个机构奖励年限不超过三年。

省教育厅等八部门《关于印发〈福建省第二期特殊教育提升计划(2018—2020年)〉的通知》(闽教基〔2018〕87号)解读

通知提出的总体目标为:至2020年,各级各类特殊教育普及水平全面提高,残疾儿童少年义务教育入学率达到96%以上,非义务教育阶段特殊教育规模有效扩大,从学前教育到高等教育的办学结构更加合理。经费保障机制进一步健全,特殊教育学校(班)、普通学校随班就读和送教上门的基础能力、运行保障能力全面增强。教师队伍得到充实、结构更加合理、素质能力明显提升,教育教学改革持续深化,教育质量尤其是随班就读质量明显提高。

通知的政策突破和创新主要体现在:

(一)特殊教育体系建设有新举措。在提高义务教育入学水平方面,继续强化义务教育阶段"一人一案"教育安置,要求完善送教上门制度;强调普特融合,提出建立完善随班就读管理和指导网络,构建普通学校与特教学校协同育人机制。在特殊教育"两头延伸"方面,学前教育阶段,鼓励独立举办特教学前教育机构、特教学校举办附设学前班、普通幼儿园开展随园就读等,抓住关键期,促进残疾幼儿早发现、早干预;高中教育阶段,根据盲生源日益减少的实际,提出由福州盲校、泉州特教学校面向全省招收盲生,集中办学。支持福州星语学校开展自闭症高中阶段教育探索。支持特教学校举办中职班(部),并将中职班生均公用经费及学生补助等纳入特教经费保障体系,学生可不参加全省统一组织的中等职业学校学业水平考试,由特教学校按国家或行业标准和要求组织考试考查,合格的颁发中职毕业证书。在高等教育方面,支持省内高等院校增设适合残疾人学习的相关专业。鼓励职业院校与特殊教育机构开展合作办学、联合招生,实行学分互认、课程互选,共同培养残疾学生。

(二)特殊教育经费保障有新标准。一是特殊教育生均公用经费标准逐步提高。明确从2019年起,特殊教育学校和普通学校附设特教班学前至高中阶段残疾学生财政生均公用经费拨款标准,从现行普通初中的8倍,逐步提高到2020年的10倍。普通学校随班就读残疾学生生均公用经费参照执行,送教上门残疾学生按照学籍所在学校拨付生均公用经费。二是实施特殊教育十五年免费教育。在实行特殊教育学生"四免两补"政策(免学杂费、教科书费、作业本费、住宿费,补助生活费、交通费)的基础上,将免费教育年限从十二年扩展到十五年。

（三）教师队伍建设有新突破。一是明确提出省级研究出台特殊教育编制细化标准。二是改革特殊教育教师职称评聘制度。特殊教育学校高、中、初级岗位比例参照初中确定。提出已超岗位数的学校，可采取“退二聘一”的方式缓解职称评聘矛盾，要求各地在特级教师评选、职称评聘时，单列特殊教育专业和申报名额。三是加强教师培养培训。支持福建师大等师范类院校和其他高校开设特殊教育专业，扩大招生。四是提高特教教师待遇。特教学校（班）按不低于普通学校20%的比例核增绩效工资总量。

（四）特殊教育基础能力建设有新要求。一是要求30万人口以上的县（市、区），必须独立设置1所寄宿制特殊教育学校。30万人口以下县（市、区）无特教学校的必须在普通学校附设特殊教育班，并提供寄宿条件。二是加强特殊教育资源中心（教室）建设，完善随班就读资源配置，到2020年市县两级全面成立特殊教育资源中心，力争每个乡镇（街道）设立不少于2所的随班就读基地校。三是加强特殊教育专业支撑。要求各地整合资源，建立由教育、心理、康复、社会工作等方面专家组成特殊教育专家委员会，加强对特殊教育的统筹规划和专业指导。

关于进一步做好支出型贫困家庭最低生活保障工作的通知

闽民保〔2018〕211号

1. 残疾人家庭同时符合以下条件的，可按户入保：

（1）提出申请前12个月的家庭收入低于当地上年度居民人均可支配收入的70%，扣除同期发生的残疾人康复治疗、康复训练、照料护理费用刚性支出（指获得各类保险补偿、救助捐助后由个人负担的实际支出）后低于当地低保标准；

（2）家庭财产等状况符合规定条件，其中人均金融资产不超过当地年低保标准的4倍；

（3）仍需进行后续康复治疗、康复训练或照料护理。

2. 残疾人家庭收入介于当地上年度居民人均可支配收入70%—100%，其他条件符合以上相应规定的，残疾人可单人入保。

3. 生活困难且靠家庭供养的残疾人，同时符合以下条件的，可单人入保：

（1）本人属一级、二级重度残疾或三级精神、智力残疾；

（2）本人未享受城镇职工（灵活就业人员）养老、工伤等社会保险待遇（不含一次性补助）；

（3）本人无工资性、经营性、财产性收入及其他经常性收入，或上述收入低于当地最低工资标准的50%；

（4）提出申请前12个月的家庭收入低于当地上年度居民人均可支配收入；

（5）家庭财产等状况符合规定条件，其中人均金融资产不超过当地年低保标准的8倍。

三、工作综述

2018年，福建省各级残联坚持以习近平新时代中国特色社会主义思想为统领，围绕“全面建成小康社会，残疾人一个也不能少”的目标，推动残疾人事业健康发展，为新福建建设做出积极努力，取得了新成绩。

（一）坚持新思想引领，残疾人事业发展取得新进步

残疾人事业融入大局更加充分。省委常委会先后两次听取省残联工作汇报，结合全省经济社会发展状况，对残疾人事业发展做出总体部署，对残疾人工作提出具体要求，并帮助解决残联工作重点问题。省政府印发《福建省推进基本公共服务均等化行动计划》，专设“残疾人基本公共服务”章节；研究出台《福建省残疾儿童康复救助办法》等系列专项助残文件。省委书记于伟国、省长唐登杰等还对省残联成功承办第十四届世界盲人联盟亚太区按摩研讨会、福建省在雅加达亚残运会中获佳绩等工作专门做出批示。省委省政府分管领导多次调研残疾人工作，专题协调解决工作中的问题。

残疾人工作机制更加健全完善。对省政府残工委组成单位和人员做出调整，成员单位各司其职，主动作为。民政厅、财政厅、卫建委等部门共同推动《关于加快精神障碍社区康复服务发展的实施意见》《关于残疾人辅助性就业机构扶持办法的通知》《关于进一步落实政府采购支持残疾人就业政策的通知》等扶残助残政策的制定与落实，协同开展《“十三五”加快残疾人小康进程规划纲要》中期评估，带头安置残疾人就业，积极参加省残联七代会、全省残疾人运动会等重要活动，为加快推进残疾人全面小康进程提供坚强保障。

残联发展方向和目标更加清晰明确。顺利召开省残联第七次代表大会，总结过去五年全省残疾人事业发展成就，提出今后五年发展目标，并选举产生新一届省残联领导机构，省委书记于伟国发表重要讲话。全省各级残联主动对标新时代残疾人工作的目标任务和要求，为有力推动全省残疾人事业加快发展，凝聚起奋力拼搏、昂扬向上的强大动能。

（二）聚焦“一个也不能少”，残疾人基本民生保障取得新成效

残疾人精准脱贫成效明显。认真贯彻中央、省委关于打赢脱贫攻坚战三年行动的意见精神，制定《福建省助盲就业脱贫行动实施方案》等具体措施。聚焦精准帮扶，对未脱贫的584名建档立卡贫困残疾人细化帮扶措施、逐户落实到位，对已脱贫的建档立卡残疾人适时动态更新、加强跟踪

帮扶。2018 年，全省为 52429 名建档立卡残疾人在就业、托养、就学、家庭无障碍改造、意外伤害保险等方面提供特别扶持。各级残联深入 41 个县、882 个乡（镇）、3112 个村，入户走访建档立卡贫困残疾人 28360 人（次），切实落实推进残疾人脱贫攻坚的重大责任。加强闽宁协作，积极帮助宁夏固原、吴忠等地残疾人脱贫解困。

残疾人社会保障不断完善。进一步提高困难残疾人生活补贴和重度残疾人护理补贴标准，全省各地发放补贴资金近 8 亿元，惠及残疾人 68.64 万人（次）。推动落实残疾人参加居民基本医疗保险和居民基本养老保险政府代缴补助政策，参保率分别达到 98.57% 和 95.08%。推进符合条件的残疾人最低生活保障应保尽保政策，共为超过 17.5 万残疾人提供低保和特困供养，为 48.3 万残疾人建立意外伤害保险；五个设区市为近 2.8 万户、5.8 万多名“一户多残”困难家庭的残疾人发放补贴；投入 2575 万元，使超过 1.2 万残疾人享受托养照料服务。将残疾人纳入农业厅、住建厅“造福工程”、农村危房改造项目，开展“残疾人安居工程”、家庭无障碍改造等项目，帮助贫困残疾人改善生活居住条件。

残疾人就业创业扎实推进。落实扶持残疾人就业创业专项资金管理办法、支持残疾人集中就业、超比例就业奖励、自主就业创业社会保险补贴、职业中介机构提供就业服务奖励、高校残疾人毕业生就业补贴、扶持盲人就业创业六条措施等“1+6”政策，全省共发放奖励和补助资金 3104.8 万元，稳定和扶持 12039 名残疾人就业。开展就业援助月、盲人按摩技能培训等就业帮扶服务，全年免费培训残疾人近 1.2 万人次，新增就业残疾人近 1.2 万，完成中国残联下达任务数的 102%，新毕业残疾人大学生就业率达 89.78%。出台全省残疾人辅助性就业机构扶持政策，有效推动智力、精神和重度肢体等残疾人辅助性就业。

（三）聚力托底补短，残疾人基本公共服务得到新拓展

“人人享有康复服务”持续推进。全面实施残疾人精准康复服务行动，进一步完善工作机制，为 15.1 万名残疾人提供基本康复服务，为 2.4 万残疾人提供辅具适配服务，基本康复服务覆盖率和辅助器具适配率均超过 85%。残疾儿童康复救助实现提标扩面，8869 人获得康复训练补助。贯彻落实《残疾预防和残疾人康复条例》，开展“全国残疾预防日”等宣传教育活动，切实提高社会公众残疾预防的意识和知识。加强康复人才培养，培训康复专业骨干人员 510 人次。

残疾人教育持续提升。在认真总结第一期提升计划实施经验成效的基础上，推动出台《福建省第二期特殊教育提升计划（2018—2020 年）》。对 4773 名适龄未入学残疾儿童落实“一人一案”，做好就学安置。推进残疾人职业教育，近 20 所特教学校举办职业高中班，在校学生 560 多人。为 209 名参加高考、中考的残疾人学生提供合理便利，达到高考录取分数线的 206 名残疾人考生全部被录取。落实残疾人学生就学资助政策，16594 人共得到就学资助 3108.6 万元。制订《福建省国家通用手语推广实施方案》《福建省国家通用盲文推广实施方案》，培训国家通用手语及通用盲文推广骨干 55 人。

残疾人精神文化生活持续丰富。开展“文化进家庭五个一”、“残疾人活动日”、“残疾人健身周”等活动，省残疾人艺术团公益演出近 20 场，残疾人参与度日益提高。组织 221 名（次）残疾人参加国际、全国性体育赛事，共获得 116 枚奖牌。11 名福建籍运动员入选 2018 年雅加达亚残运会中国代表团，创造成绩新纪录。承办第七届全国特奥运动会特奥足球比赛，带动全省特奥运动持续发展。

残疾人权益保障持续增强。推动市县两级残疾人法律救助工作站建设，逐步建立以县级残联法律救助站和基层法律援助中心为基础、市级为依托、省级为指导的残疾人法律救助体系。开展“法援惠民生·关爱残疾人”法律援助品牌建设工作，实现残疾人法律援助咨询服务全覆盖。发挥 12385 残疾人服务热线平台作用，做好残疾人信访维权服务，全省残联接待来访来信来电约 7000 件（次）。修订《福建省教师资格申请人员体检标准及办法》等政策，保证残疾人在申领教师资格证、参与中医执业医师资格考试等方面享受平等权利。

（四）聚心营造助残氛围，残疾人事业发展注入新活力

围绕学习宣传习近平总书记对残疾人工作的重要指示、党的十九大及中国残联七代会、省残联七代会精神等重大事件和全国助残日、国际残疾人日等重要节点，广泛宣传党和政府对残疾人的格外关心、格外关注，激励广大残疾人勇敢面对生活挑战，促进社会各界更加关注、支持残疾人事业。福建省电视台《纪念改革开放 40 周年系列微纪录片》等多个栏目、多个频道录制播出残疾人事业专题节目。

福州成功承办第十四届世界盲人联盟亚太区按摩研讨会，被誉为“历届研讨会中境外代表参会热情最高、参会代表总数最多、大会服务质量最好、会议效果最佳”的一届，为加强“一带一路”沿线国家和地区盲人按摩领域的合作做出积极贡献。

第二届世界卫生组织照顾者技能应用实践技术国际研讨与协调会在厦门圆满举办，有力推动全球自闭症患者家庭康复训练。举办第六届全省残疾人职业技能竞赛、第八届全省残疾人运动会，引起社会各界热烈反响。近 100 名台湾残障组织代表参加第八届闽台残疾人文化周、“第十届海峡论坛·2018 两岸残障人士交流嘉年华”活动，进一步深化两岸残疾人事业的融合发展。

各专门协会完成换届工作，助残社会组织积极履职，共同推动落实扶残措施，营造助残氛围。各专门协会结合各自实际，开展丰富多彩的活动。盲协主席王永澄同志当选为中国盲协副主席。省残疾人福利基金会主办的“农村贫困残疾人安居工程”项目，荣获民政部“第十届中华慈善奖”及福建省“海峡公益慈善项目大赛开拓创新项目奖”。

（五）突出强基固本，残疾人服务能力实现新提升

强化残联组织建设。深入推进习近平新时代中国特色社会主义思想“大学习”热潮，开展“大宣讲”活动，省残联领导带队深入基层调查研究50余次。坚持把党的政治建设摆在首位，认真落实中央巡视反馈意见中的整改任务。扎实履行全面从严治党主体责任，制定落实全面从严治党主体责任情况40项检查清单并开展交叉检查。抓严抓实党风廉政建设工作，加强内部规范管理，制定省残联党组工作规则、内部绩效管理办法、“月例会、周汇报”等制度，激发干部职工认真履职、改进作风、提高效能，重塑残联良好政治生态。

推进残联改革工作。认真学习贯彻中央和省委党的群团工作会议精神和中国残联改革方案，研究制定省残联改革方案，保持和增强政治性、先进性和群众性，有序推进改革各项工作。加强干部队伍建设，首次依托福州大学举办全省县级残联理事长培训班，进一步提升残联干部的政治理论水平和实际工作能力。省康复中心、体管中心、就业中心、辅具中心坚持公益属性，聚焦主责主业，在各自领域发挥示范引领作用。

夯实基层基础建设。扶持市、县（区）残疾人康复和托养设施建设，出台省级公办“福乐家园”建设和运营管理指导意见。完成对全省91万多名持证残疾人基本服务状况和需求信息数据动态更新，加强与省直相关部门数据信息的共建共享，为残疾人事业科学决策和加强残疾人服务管理提供基础依据。制定《福建省残疾人事业发展主要指标》，定期分析、适时研判、提出措施，推进各项助残任务有效落实。进一步规范第二代残疾人证管理，启动第三代（智能化）残疾人证试点工作。

（六）各地残疾人工作展现新作为

福州市全力配合做好第十四届世界盲人联盟亚太区按摩研讨会筹办、省启能研究指导基地学员分流安置等工作。

厦门市对重度残疾人托养保障进一步提标扩面，为残疾人量身定制康复服务，基本康复服务率和辅具适配率均超过96%。

漳州市实施“残疾儿童康复救助机制、手段和内容三项创新”，将市残疾人康复教育中心打造成为中国听力语言康复研究中心实践基地和服务示范基地。

泉州市在全省率先实现政府购买助残服务试点项目全覆盖，制作《残疾预防，从我做起》公益动画短片，荣获中国残联微视频征集活动一等奖。

三明市出台村级残疾人联络员参照“六大员”补贴标准的实施办法，开办全省首个盲按中专学历班，填补福建省盲人中专学历教育的空白。

莆田市建立通过社区统一受理平台办理残疾人证的优化程序，将所有持证残疾人纳入二次医疗救助范围，解决残疾人大病报销的问题。

南平市政府出台关于加强扶残助残工作的若干措施，从促进残疾人就业、提高残疾人医疗康复项目医保待遇等八个方面给予重点保障。

龙岩市为民办实事项目为所有持证残疾人购买保障内容丰富的意外伤害险，为全市开展听力残疾评定的定点机构配齐听力检测设备。

宁德市精准评估建档立卡残疾人享受助残项目情况、优化自主创业就业社保补贴办理程序等经验做法在全省推广。

四、重要条目

【福建省残疾人“两项补贴”提高标准】经省委省政府同意，从2018年1月起，全省困难残疾人生活补贴标准将从每人每月50元提高到70元，一级重度残疾人护理补贴标准从每人每月100元提高到110元，二级重度残疾人护理补贴标准从每人每月50元提高到60元，并列入2018年省委省政府为民办实事项目。

【第十四届世界盲人联盟亚太区按摩研讨会】由中国盲人按摩指导中心、中国盲人按摩学会、中国盲人协会、中国盲文出版社、福建省残疾人联合会主办，福建省残疾人劳动就业服务中心和福建省盲人协会承办，5月8日—10日在福州举行，主题是“合作·互鉴·共赢”。来自日本、韩国、泰国、马来西亚、蒙古、越南、菲律宾、缅甸8个国家和香港、台湾地区，以及各省区市的盲人按摩专家学者代表近300人参加。

【福建省首届残疾人书画、文创集市公益联展】由省残联、省教育厅主办，南平市残联、市教育局协办，5月12日至13日在南平建瓯市举办，主题是“追梦·自强”，200多件残疾人书画作品参展。

【海峡论坛·2018两岸残障人士交流嘉年华】由中国残疾人联合会主办，福建省残疾人联合会、厦门市残疾人联合会承办，6月18日在厦门举办，内容包括两岸助残社会组织教育就业与慈善救助研讨会、两岸孤独症才艺秀、厦门助残服务机构考察等系列活动。闽台两岸260多名残障组织代表和残障人士参加。

五、大事记

1月9日，福建省政府副省长洪捷序主持召开专题会议，听取省扶贫基金会、省残联关于“扶贫助残大学圆梦行动”工作情况汇报，研究部署下一步工作。省政协原副主席叶继革及省残联理事长柯少愚、副理事长杨小波等参加会议。

1月18日，福建省残联第六届主席团第六次全体会议暨2018年全省残联工作会议在福州召开，部署2018年全省残疾人工作，调换和增补部分主席团委员。副省长、主席团主席洪捷序主持主席团会议并在工作会议上讲话，柯少愚理事长做工作报告。

2月10日，台湾中华公共事务管理学会团队一行访问福建省残疾人康复教育中心，参观考察残疾儿童康复教育工作。柯少愚陪同考察。

2月12日，副省长郑建闽到省残联机关调研，听取省残联工作汇报，看望慰问残联干部职工。

3月2日，福建省残联会同共青团福州市委员会在福州举办“福州爱·情暖榕城——助听器捐赠仪式暨全国爱耳日宣传教育活动”，王秀丽副理事长出席并讲话。

4月24日，副省长郑建闽主持召开专题会，协调部署第十四届世界盲人联盟亚太区按摩研讨会筹备工作。柯少愚、杨小波参加会议。

5月7日，副省长郑建闽到省盲人按摩实训基地、省残疾人体育运动管理中心调研残疾人工作，检查第十四届世界盲人联盟亚太区按摩研讨会会场保障情况。

6月1日，福建省委决定：邵旭同志任省残联党组成员、书记，提名为省残联主席团副主席、执行理事会理事长候选人；柯少愚同志不再担任省残联主席团副主席、执行理事会理事长，免去其省残联党组书记、成员职务。

6月5日，中国残联副理事长程凯到泉州市调研残疾人托养服务工作，听取福建省“十三五”残疾人康复与托养机构建设情况等工作汇报，并实地走访安溪县残疾人“福乐家园”，对安溪县残疾人托养中心开展“十三五”社会服务兜底工程中期现场评估。

7月9日，省委书记于伟国主持召开省委常委会会议，研究推进全省残疾人事业发展工作。会议要求，要深入贯彻落实习近平总书记对残疾人工作的重要指示精神，把加快推进残疾人小康进程作为全面建成小康社会决胜阶段的重点任务，聚焦农村、贫困地区、重度残疾人，健全残疾人权益保障制度和扶残助残服务体系，增加残疾人公共产品和公共服务供给，大力促进残疾人就业增收，让改革成果更多更公平地惠及广大残疾人。

7月13日，福建省残联党组书记邵旭主持召开省残联处级以上干部会议，宣布省委有关干部任免决定：林峰同志、黄冠华同志任省残联党组成员、副理事长候选人，杨小波同志退休，王秀丽同志调任省社科联副主席。

8月3日—4日，福建省残疾人联合会第七次代表大会在福州召开。省委书记于伟国出席开幕式并讲话，省长唐登杰出席开幕式，省领导周联清、张广敏、郑建闽、魏克良，省级老领导苏增添、何少川、李祖可、陈明端及220多名会议代表、各市、县（区）残联理事长等参加会议，中国残联副理事长王梅梅致辞，省总工会代表人民团体致贺词，省残联党组书记邵旭代表省残联第六届主席团做工作报告。大会总结过去五年全省残疾人事业发展成就、部署今后五年的工作，选举产生省残联第七届主席团和执行理事会。

8月25日，福建省第二次全国残疾预防日主题宣传活动在福州举行，举办“听力残疾预防”和“视力残疾预防”两个专场宣传活动。副省长郑建闽出席活动并致辞，邵旭主持活动。

8月28日，福建省委常委周联清率省委办公厅、省财政厅、省人社厅等部门负责人，到省残疾人体育运动管理中心、康复教育中心、就业辅具大楼、省盲人按摩培训基地实地调研残疾人工作。邵旭等陪同调研。

9月5日—6日，由省残联主办，残疾人辅助器具资源中心承办的“2018年福建省辅助器具服务技能大赛”在福州举办，全省10支代表队及裁判员、工作人员等共130多人参加活动。

9月11日，福建省政府印发《福建省残疾儿童康复救助办法》（闽政〔2018〕18号）。

9月13日，福建省残联、省残疾人福利基金会主办的农村贫困残疾人“安居工程”项目荣获民政部“第十届中华慈善奖”。

9月14日—16日，福建代表团共23名代表出席中国残联第七次全国代表大会，其中，正式代表19名，特邀代表2名，列席代表2名。

10月6日—12日，福建省11名残疾人运动员参加第三届亚洲残疾人运动会，获得13枚金牌、12枚银牌、5枚铜牌。

10月9日—12日，福建队、厦门队参加2018年全国辅助器具服务技能竞赛，均获全国居家环境辅助器具服务专业技能竞赛（团体赛）优秀奖；2人荣获全国矫形器制作专业技能竞赛（个人赛）“全国十佳”称号。

10月11日，省委书记于伟国主持召开省委常委会会议，学习贯彻中国残联第七次代表大会精神，研究全省残疾人工作。省残联理事长邵旭参加会议并汇报工作。

11月5日—8日，福建省组队参加“2018年中国技能大赛——宜生到家杯”全国残疾人岗位精英职业技能竞赛暨全国残疾人就业服务机构工作人员职业指导竞赛，获得团体总分第九名及优秀组织奖。

11月23日—25日，由省残联、省人力资源和社会保障厅联合主办的福建省第六届残疾人职业技能竞赛在福州举行，设信息通讯技术类、美术专业类、手工业类、服务类4个大类21个竞赛项目，全省各地10支代表队的200多名残疾人选手参赛。省委常委周联清出席开幕式并宣布开幕，中国残联副理事长程凯、副省长郑建闽在开幕式上致辞，省政协副主席刘献祥、省残联名誉副主席陈绍军以及部分省政府残工委成员单位领导参加开幕式并观摩比赛。省人大常委会副主任张广敏出席闭幕式并为获奖选手颁奖。省残联理事长邵旭主持开幕式。

12月2日—4日，由省残联、省教育厅、省体育局联合主办的福建省第八届残疾人运动会在福州举行，全省各地10支代表队、约500名残疾人运动员参加比赛。省委常委、组织部部长胡昌升，省人大常委会副主任黄琪玉，省政协副主席阮诗玮，省残联主席团名誉主席苏增添，省残联主席团名誉副主席陈绍军出席开幕式并观看省残疾人艺术团特殊艺术展示，中国残联副理事长王梅梅、副省长郑建闽在开幕式上致辞。胡昌升、黄琪玉、郑建闽、阮诗玮等省领导在开幕式前会见参加雅加达第三届亚残运会的福建籍运动员。

12月3日，中国残联副理事长王梅梅到福州市调研残疾人工作，邵旭陪同调研。

12月12日，副省长郑建闽到省残联调研。

附 录

福建省“十三五”加快残疾人小康进程规划主要指标完成情况

（来源：福建省“十三五”加快残疾人小康进程规划实施情况中期评估报告）

2018年7月

主要指标	2020年目标值	中期完成情况	备注
1. 残疾人家庭人均可支配收入年均增速	>6.5%	-	当前样本量较小，待“十三五”期末进行评估
2. 困难残疾人生活补贴目标人群覆盖率	98%	95%	已达到国家的目标值（95%）
3. 重度残疾人护理补贴目标人群覆盖率	98%	95%	已达到国家的目标值（95%）
4. 残疾人城乡居民基本养老保险参保率	>95%	95%	已超过国家的目标值（90%）
5. 残疾人城乡居民基本医疗保险参保率	>95%	98%	已超过国家的目标值（95%）
6. 农村建档立卡贫困残疾人脱贫率	100%	99.16%	符合预期
7. 农村贫困残疾人家庭存量危房改造率	100%	82.3%	符合预期
8. 残疾人基本康复服务覆盖率	80%	58.09%	符合预期
9. 残疾人辅助器具适配率	80%	10.27%	相对滞后
10. 残疾儿童少年接受义务教育比例	95%	>92%	符合预期

（杨瑞芳供稿）

江西省残疾人事业和残疾人工作

一、领导批示

省领导在《江西省残联关于2018年工作总结及2019年主要工作安排的汇报》上的批示

2019年1月

省委副书记李炳军：很有成绩，继续努力！

省人大常委会副主任冯桃莲：省残联2018年工作重点突出，成效显著，服务残疾人意识强，体现了总书记以人民为中心发展思想。望再接再厉，再创佳绩。

省政府副省长胡强：2018年，省残联领导班子团结带领全省广大残疾人和残疾人工作者，在加强自身改革、服务残疾人、推进残疾人脱贫攻坚等方面取得了显著成效。2019年是新中国成立70周年，是决胜全面建成小康社会的关键一年，要进一步深化改革、扎实工作，不断增进残疾人福祉，努力推动残疾人事业迈上新的台阶。

省政协副主席陈俊卿：残联是服务于特殊群体的组织，所做的事业是温暖人心的事业，更多的是雪中送炭的工作，事业高尚，使命光荣。过去一年，省残联的各项工作卓有成效，值得学习。向残联的同志们致敬！

省政协副主席雷元江：过去的一年，全省残疾人事业取得了可喜的成绩，省残联做了大量的工作，其政治站位高，工作举措实，值得点赞。希望2019年再接再厉，再创新绩；为我省残疾人事业，为社会和谐稳定，多做贡献！

二、政策法规文件

关于建立残疾儿童康复救助制度的实施意见

赣府发〔2018〕28号

一、总体要求

（一）全面建立与我省经济社会发展水平相适应的残疾儿童康复救助制度，为残疾儿童接受基本康复服务提供制度性保障。到2020年，实现0—6岁（不满7周岁，下同）重点保障残疾儿童应救尽救；到2025年，实现0—6岁残疾儿童普遍享有基本康复服务。

二、主要内容

（一）救助对象范围

具有江西省户籍，0—6岁，有康复需求和诊断明确的视力、听力、言语、智力、肢体残疾儿童和孤独症儿童。重点保障城乡最低生活保障家庭、建档立卡贫困户家庭的残疾儿童和儿童福利机构收留抚养的残疾儿童；残疾孤儿、纳入特困人员供养范围的残疾儿童；其他经济困难家庭的残疾儿童。其他经济困难家庭的具体认定办法，由市、县政府制定。

有条件的地区，可扩大残疾儿童康复救助年龄范围，也可放宽对救助对象家庭经济条件的限制。

（二）救助主要内容

1. 基本康复训练

为0—6岁视力、听力、言语、智力、肢体残疾儿童和孤独症儿童提供视功能训练、听觉言语功能训练，运动、认知、沟通及适应训练服务。

2. 辅助器具适配

为视力残疾儿童验配助视器、盲杖；为重度以上听力残疾儿童提供人工耳蜗（单耳）、为听力残疾儿童验配助听器（双耳）；为肢体残疾儿童装配基本型假肢或矫形器，适配轮椅、坐姿椅、站立架、助行器等辅助器具。

3. 手术

为有手术适应指征的重度以上听力残疾儿童提供人工耳蜗手术；为有需求的肢体残疾儿童实施矫治手术。

（三）救助标准

1. 基本康复训练

视力残疾儿童每人一次性补助1000元，听力、言语、智力、肢体残疾儿童和孤独症儿童，补助标准为15000元/人/年。

城乡最低生活保障家庭、建档立卡贫困户家庭的残疾儿童和儿童福利机构收留抚养的残疾儿童，残疾孤儿、纳入特困人员供养范围的残疾儿童以及其他经济困难家庭的残疾儿童等康复救助重点保障对象，享受6岁以内接受基本康复训练不限年限的全程救助。除以上康复救助重点保障对象外的残疾儿童，享受两年的基本康复训练救助。

到2025年，实现0—6岁有需求的残疾儿童接受基本康复训练全覆盖。

2. 辅助器具适配

视力残疾儿童适配助视器、盲杖每人补助标准为100元；肢体残疾儿童适配辅助器具每人补助标准为1200元；听力残疾儿童适配辅助器具，植入人工耳蜗产品（单耳）每人补助标准为6万元、适配助听器（双耳）每人补助标准为6000元。

3. 手术

重度以上听力残疾儿童植入人工耳蜗手术每人补助标准为12000元；肢体残疾儿童矫治手术每人补助标准为10000元。

以上救助标准为江西省残疾儿童康复救助最低标准，最低救助标准根据全省经济社会发展、财政状况和康复服务价格变动等因素适时进行调整。

各市、县（区）政府可依据本地财力状况、保障对象数量、残疾类别等，分类确定康复救助基本服务项目的经费保障标准，并建立动态调整机制。鼓励有条件的地区，适当提高救助标准，延长对康复救助重点保障对象以外的残疾儿童享受基本康复训练的救助年限；对接受康复救助的贫困家庭残疾儿童给予适当生活补助，用于补贴康复训练期间的饮食、住宿、交通等费用。

三、五年工作综述

——江西省政府残工委副主任，省残联党组书记、理事长何剑锋在省残联第七次代表大会上的工作报告（节选）

2018年8月16日

五年来，在省委省政府的正确领导和中国残联的有力指导下，在各级各部门和社会各界的大力支持下，全省广大残疾人工作者时刻牢记习近平总书记的重要指示，紧紧围绕“创新引领、改革攻坚、开放提升、绿色崛起、担当实干、兴赣富民”的工作方针，始终坚持以残疾人为中心的工作理念，切实履行“代表、服务、管理”重要职责，凝心聚力，真抓实干，开拓创新，全面完成各项工作任务，全省残疾人事业不断取得新发展，极大增强了广大残疾人的获得感、幸福感和安全感。

（一）残疾人工作更加充分地融入大局、纳入大局

省委省政府高度重视残疾人事业，把残疾人事业作为保障和改善民生的重要内容，制定出台了一系列扶残惠残的重要政策，把残疾人事业融入全省经济社会发展的中心来谋划，纳入全面建成小康社会的大局来推动。《中共江西省委贯彻落实〈中共中央关于全面深化改革若干重大问题的决定〉的实施意见》《中共江西省委关于全面推进法治江西建设的意见》《中共江西省委关于制定全省国民经济和社会发展第十三个五年规划的建议》等重要文件，都对健全残疾人保障制度、完善残疾人权益保障法律法规、发展残疾人事业提出了明确要求。省政府专门出台加快推进残疾人小康进程的实施意见及“十三五”加快残疾人小康进程规划纲要，下发《关于贯彻落实国家残疾预防行动计划（2016—2020年）的实施意见》，以省政府令颁布实施《江西省无障碍环境建设办法》，推动出台促进残疾人脱贫解困、就业创业、康复助学、无障碍环境建设等十多个加快残疾人小康进程的配套文件，进一步细化党委、政府和职能部门的工作任务、责任清单。出台《贫困残疾人脱贫攻坚行动计划（2016—2020年）》和《关于加大城镇贫困群众脱贫解困力度的意见》，将残疾人脱贫攻坚纳入专门扶贫规划和政策措施框架，优先解决贫困残疾人有别于健全人的特殊困难和需求。

省人大常委会持续推进残疾人事业法律法规落实情况的执法检查，省政协围绕残疾人康复就业、权益保护、特殊教育、无障碍环境建设等主题组织委员开展专项视察，有力推动依法保障残疾人权益工作。据统计，换届后有177名残疾人、残疾人工作者当选市县两级人大代表、政协委员，增长15%，为保障残疾人权益、加快残疾人事业发展提供平台。

（二）残疾人基本民生稳定保障、基本公共服务全面拓展

贫困是残疾人面临的最大困境，兜底保障残疾人基本民生是加快残疾人小康进程的基础。五年来，全省各级财政直接投入达29.53亿元，年均增长14.8%，其中残疾人就业保障金投入16.58亿元，年均增长20%；争取国家投资3.97亿元，加强残疾人服务设施建设，服务残疾人的能力显著增强。帮助16万农村贫困残疾人脱贫，为2.4万户农村贫困残疾人家庭实施危房改造，为8333户贫困重度残疾人家庭开展无障碍改造。全面实施困难残疾人生活补贴和重度残疾人护理补贴制度，惠及79.6万残疾人，部分解决残疾人额外生活支出和长期照护支出偏重的困难。47.6万城乡贫困残疾人纳入最低生活保障，3.2万城乡残疾人纳入特困人员供养范围，66.7万残疾人纳入城乡居民养老保险，89.2万残疾人纳入城乡医疗保险，19.9万残疾人享受养老保险补贴，52.9万残疾人享受医疗保险补贴。

残疾人基本公共服务体系基本建立，服务能力明显提升。大力实施残疾人康复工程，为88万人次残疾人提供了康复服务，为23.1万人次残疾人提供了精准康复服务，有康复服务需求的残疾人康复服务率达52%。适龄残疾儿童少年义务教育入学率逐年提高，残疾人高中教育和职业教育稳步推进，为1900人次家庭经济困难的残疾儿童提供教育

资助。建立全省残疾人基本服务状况和需求信息数据库动态更新机制，实名制获取103万持证残疾人基本信息，为推动残疾人事业科学决策和加强残疾人服务管理提供了基础依据。

（三）残疾人社会参与越来越广、融入氛围更加浓郁

残疾人不仅是全面建成小康社会的受益者，也是积极的参与者和贡献者。五年来，江西省广泛宣传人道主义精神，弘扬现代文明社会残疾人观，在残疾人中开展“中国梦、自强梦”主题活动。全省广大残疾人精神面貌焕然一新，更加勇敢地面对生活的挑战，更加坚强地为实现自身的梦想和共同的中国梦而努力。举办全国助残日、全国残疾预防日、“书香赣鄱·阅读有我”活动、残疾人文艺汇演优秀节目汇报演出、盲人器乐大赛等活动；参加中国残联第九次文艺汇演，获1金2银3铜佳绩。成功举办全国残疾人举重锦标赛，组织参加国内外残疾人体育赛事取得162金、126银、100铜的好成绩。

越来越多的残疾人走上就业创业之路，6.4万残疾人参加就业培训，新增残疾人就业3万人。涌现了一大批在平凡的生活中不懈奋斗的自强模范，创造了不平凡的业绩，生动地诠释了生命的尊严和价值。各级残联积极开展法制宣传教育活动，维护残疾人的合法权益，拓宽残疾人利益诉求反映渠道，省残联荣获“法治江西建设优秀单位”称号。

（四）残联组织党的建设和自身建设夯实基础、不断提升

全省各级残联认真贯彻落实党的十八大、十九大及历次全会精神，认真开展党的群众路线教育实践活动、“三严三实”专题教育、推进“两学一做”学习教育常态化制度化，坚定地同以习近平同志为核心的党中央保持高度一致。省残联党组把落实省委巡视23条整改要求作为落实全面从严治党的重大政治任务，以整改落实新成效推动作风建设新转变。按照“放管服”要求，资金原则上按“因素法”为主分配下达，由省直接采购实物发放的辅助器具改为目录采购，实行“一个项目一个管理办法”，各项管理更趋严格规范。加强市、县残联干部队伍建设，顺利跟进并完成设区市及县级残联班子调整。加强残疾人专职委员队伍建设，开展在线业务培训，提高专职委员的工作能力和业务水平。各级专门协会更加活跃，通过上情下达、下情上达，将残疾人更好地凝聚在党委和政府的周围，将社会的关心关爱更好地传递给残疾人。

（五）五年来残疾人事业的四条基本经验

只有始终坚持党的领导，才能保证残疾人事业正确的政治方向。这是残疾人事业发展的根本保证。残联组织和广大残疾人必须牢固树立政治意识、大局意识、核心意识、看齐意识，持续深入推进全面从严治党，坚持党对残疾人工作的全面领导，充分动员组织广大残疾人更加紧密地团结在以习近平同志为核心的党中央周围，充分发挥桥梁纽带作用，不断提升残联组织的服务能力和管理水平，确保省委省政府的决策部署落到实处。

只有始终坚持紧贴大局，才能不断扩大残联工作的影响力。这是残疾人事业发展的力量之源。只有自觉将残疾人工作充分地融入全省经济社会发展大局，紧紧围绕省委省政府的重大发展战略，巩固和强化党委领导、政府负责、社会参与、残联组织充分发挥作用的多元化工作体系，找准残疾人工作定位，才能扩大残联组织的影响力，为推进全省经济社会发展贡献智慧和力量。

只有始终坚持以残疾人为中心，才能不断增强残联组织的凝聚力。这是残疾人工作的根本出发点和落脚点。只有坚持以残疾人为中心，牢记残联初心使命，切实把残疾人的利益放在第一位，积极顺应广大残疾人对美好生活的向往，竭诚为残疾人办实事、做好事、解难事，切实代表好、维护好、实现好、发展好残疾人根本利益，才能夯实残联组织的群众基础。

只有始终坚持改革创新，才能永葆残联组织的生机活力。这是持续推动残疾人事业蓬勃发展的关键所在。只有不断解放思想、与时俱进，以改革创新的精神加强和改进残联自身建设，不断推进理念创新、工作创新、组织创新和机制创新，才能使残疾人工作与时代发展的脉搏共振，与党和政府的中心工作共进，与残疾人所思所想共鸣。

（六）困难与挑战

当前，全省残疾人事业保障能力有待进一步增强，残疾人生活水平与社会平均水平的差距仍然存在，近11万建档立卡贫困残疾人脱贫攻坚任务仍然艰巨，农村残疾人教育基础仍较薄弱，残疾人康复保障制度还不完善，残疾人就业还不充分，残疾人民生工作制度化安排仍需强化。

四、2018年工作综述

2018年，江西省残联组织积极服务民生、服务发展，兜底线、织密网，建机制、聚合力，不断完善残疾人精准康复体系，多渠道促进残疾人就业增收，努力提升为残疾人服务水平，较好地完成了各项工作任务。

（一）重大工作

1. 以深入学习贯彻习近平新时代中国特色社会主义思想和党的十九大精神作为贯穿全省残疾人工作的根本遵循

全省残联把深入学习贯彻习近平新时代中国特色社会主

义思想、习总书记对江西工作的重要要求和关于残疾人事业的重要论述精神当作首要政治任务和长期战略任务，着力在学懂弄通做实上下功夫。读原著、学原文、悟原理，开展集中学习研讨、邀请专家讲座辅导5次，副处以上干部分批参加省委集中组织轮训班，副处以下干部举办专题培训班，确保全覆盖，帮助和引导广大干部职工深化理论武装。通过学习树牢“四个意识”、坚定“四个自信”，切实增强党员干部坚决做到“两个维护”的思想自觉、行动自觉。

2. 圆满完成全省残联换届工作

全省残联换届工作事关贯彻落实中央党的群团改革决策部署，是全省残疾人和残疾人工作者政治生活中的一件大事，是谋划未来五年全省残疾人事业蓝图的要事。省委省政府对残联换届工作高度重视，省委专门批示要求“从严从简开好”省残联七代会，刘奇书记、易炼红省长、省政协主席姚增科及全体省委常委集体出席大会，省委副书记李炳军、中国残联副主席吕世明讲话。刘奇书记在省委十四届七次全会工作报告中提出要求：“深入推进群团组织改革，完成工会、共青团、妇联、侨联、残联等换届。”省残联七代会全面回顾了五年来全省残疾人工作取得的主要成绩，归纳总结了等四条基本经验；选举产生了新一届省残联领导班子，明确了做好新时代全省残疾人事业必须着力深化我国社会主要矛盾转化、残联新的历史方位、残联组织政治属性、残疾人工作服务属性等四个方面的认识；科学部署未来五年要着重强化贫困残疾人脱贫攻坚、促进残疾人就业创业、推动残疾人基本公共服务均等化、加强基础保障条件建设、深化残联自身改革建设等五个方面的工作。全省乡、县、市、省四级残联逐级完成换届。省残联第七届代表大会代表中，各类残疾人及亲友代表160名，占正式代表总数的68.67%；76名主席团委员中，残疾人和残疾人亲友代表51名，占总数的67%，占比明显提高。各专门协会党的领导得到明显加强，各专门协会领导班子中有党员20人，协会主席都是中共党员；文化程度有了提高，有博士研究生3人、硕士研究生3人、大学本科学历15人。

3. 积极做好残联群团改革的准备工作

始终牢牢把正残联改革方向，始终坚持党对残联工作的领导，把保持和增强政治性、先进性、群众性贯穿改革全过程。根据中央和省委省政府有关群团改革的决策部署，省残联成立了改革工作领导小组，组织精干力量到省内外广泛开展专题调研，了解十多个省市相关工作进展情况及做法，先后征求了各专门协会、各设区市及直管县残联、省政府残工委各成员单位以及省委组织部、省委编办等36个相关部门意见。

省委省政府对残联改革高度重视，炼红省长批示要求省残联抓紧组织实施，炳军副书记、胡强副省长亲自审定改革实施方案，省委省政府办公厅分别进行前置审核。12月底，刘奇书记主持召开省委深改委第二次会议，审议并原则通过省残联改革实施方案，以省委办公厅、省政府办公厅名义印发实施。江西省残联改革启动早、进展快，方案有所创新，得到中国残联充分肯定，在第33次中国残联工作会议上做典型发言。

4. 全力以赴推进贫困残疾人脱贫攻坚

举办2018年全省残联贫困残疾人脱贫攻坚培训班，为扶贫干部“充电加油”。创新性开展电商扶贫，423名建档立卡贫困残疾人创办网店，1228人通过电商产业链就业增收。配合省民政厅做好城镇残疾人“两项补贴”的提标工作。制定出台贫困残疾人脱贫攻坚行动、扶贫领域作风问题专项治理、“春季攻势”、“夏季整改”、“秋冬会战”、三年攻坚（2018—2020年）行动、推进残疾人创业孵化基地建设、解决因残致贫家庭突出困难行动等系列实施方案。省残疾人福利基金会开展14个扶贫助残项目，全年募集资金（含物资）1081万元。

5. 持续推进“放管服”改革，优化资金分配管理

“放管服”重点在基层，难点在基层，资金和项目向基层倾斜。整合2.5亿元残疾人事业发展补助资金，采取因素法为主、项目法为辅的方法，按照“项目+任务清单”模式，80%直接分配到县级残联，增强自主权限，办残疾人最迫切、最急需的事。按“放管服”的要求，重新修订《江西省阳光助残创业就业基地管理办法》，扶持办法更灵活，整合省市县三级资金共1600余万元，扶持300余家示范基地，帮助更多的贫困残疾人就业创业。组建省残联会计核算中心，统一资金分配、事项监管、支出结算、会计核算，规范财经管理、加强全程监督，提升了整体效益。

6. 充分凝聚扶残助残合力

协调各方，充分调动方方面面的积极性、主动性、创造性，形成促进发展的强大合力。积极争取省政协围绕“残疾人基本生活兜底保障制度完善与脱贫攻坚”召开专题协商座谈会，形成了高质量的调研报告，一批历史遗留难题得到有效解决。刘奇书记在报告上批示：“所提建议有较强针对性。”起草省政府残工委工作规则、联络员工作职责和工作制度，明确各成员单位统筹协调全省残疾人事业发展的职责，目前已征求各成员单位的修改意见。

对照省委省政府和中国残联的要求，江西省残疾人工作还存在一些差距和不足，主要表现在：一是残疾人精准康复工作开展还不平衡、规范化程度还不高，残疾预防在基层还需进一步加强。二是“放管服”认识还不够到位。三是我省还有建档立卡未脱贫的贫困残疾人7.78万人，其中建档立卡失能重度残疾人有3万余人，是贫中之贫，坚中之坚。四是贫困地区残疾人基本公共服务能力不足，贫困残疾人康复、托养、特殊教育等特殊困难需求无法满足。对此，我们要高度重视，采取更加有力的措施加以解决。

（二）各领域工作

1. 残疾人社会保障工作

2018年，江西省残疾人社会保障工作日趋完善，进一步织密扎牢了社会保障“安全网”。省残联配合省民政厅、省人社厅进一步夯实残疾人社会保障基础，落实最低生活保障、医疗救助、康复救助、教育救助等社会救助政策，联合省教育厅等部门认真落实《着力解决因残致贫家庭突出困难的实施方案的通知》要求，做好七类残疾人对象（未参加城乡居民基本医疗保险、未纳入农村低保范围、已纳入农村低保但未享受困难残疾人生活补贴、重度残疾人中没有享受护理补贴、适龄未入学残疾儿童、16周岁以上未得到照护的重度精神、智力和肢体残疾人）应保尽保、应救尽救、应扶尽扶，确保政策落实到位。实施城乡危房改造时，优先安排贫困残疾人家庭。做好残疾人托养工作。加强脱贫攻坚工作力度。制定出台贫困残疾人脱贫攻坚行动、扶贫领域作风问题专项治理、“春季攻势”、“夏季整改”、“秋冬会战”、三年攻坚（2018—2020年）行动、推进残疾人创业孵化基地建设、解决因残致贫家庭突出困难行动等系列实施方案，2018年共帮助42123名建档立卡持证残疾人实现脱贫。

继续实施残疾人“两项补贴”制度。落实省委省政府印发的《关于加大城镇贫困群众脱贫解困力度的意见》要求，2018年1月起，全省城镇困难残疾人生活补贴由原来的每人每月50元提高到每人每月60元，城镇重度残疾人护理补贴由原来的每人每月50元提高到每人每月70元。农村困难残疾人和重度残疾人仍按每人每月50元的标准分别发放生活补贴和护理补贴。截至年底，全省共发放残疾人“两项补贴”86.6万人（次），较上一年度增加6.7万人（次），其中生活补贴47.4万人（城镇10.8万人、农村36.6万人），护理补贴39.2万人（城镇8.3万人、农村30.9万人）。积极配合省民政厅做好残疾人“两项补贴”系统上线工作，确保制度精准实施、提升申请发放效率、促进公平公正公开。积极做好农村残疾人“两项补贴”提标及全省三四级智力、精神残疾人护理补贴扩面的协调工作。

制定出台社会救助政策。落实中国残联《关于落实低收入残疾人家庭生活用水电气暖等基本生活支出费用优惠和补贴政策的通知》要求，指导各地因地制宜制定并实施优惠细则。截至年底，全省52万残疾人享受城乡低保，3.7万残疾人享受特困人员供养政策，65.1万残疾人享受医疗救助，8.2万残疾人获得其他救助，真正做到兜底线、救急难、保民生。

保障城乡残疾人基本住房。与省住建厅共同印发《江西省2018年农村危房改造实施方案的通知》，贫困残疾人危房改造按照应需尽需、应改尽改的原则全部纳入各地危房改造任务中，2018年共为1631户残疾人实施了危房改造，切实解决贫困残疾人住房困难问题。

帮助城乡残疾居民享受医疗保险补贴和养老保险补贴。为建档立卡贫困残疾人等符合代缴条件的残疾人全额缴纳医疗保险费用。2018年全省92.4万残疾人参加医疗保险，其中57.4万残疾人享受医疗保险补贴，补贴率达62%。县（市、区）政府按100元的基数为重度残疾人等符合代缴条件的残疾人缴纳养老保险费。2018年全省共有符合参保条件的残疾人居民98.6万人，其中90.3万残疾人参加了城乡居民养老养老保险，参保率达91.6%；其中重度残疾人19.4万人，获得代缴的重度残疾人19万，重度残疾人代缴率达97.9%。

提升残疾人托养服务能力。制定出台《江西省“十三五”残疾人托养服务工作计划》《江西省“阳光家园计划”——智力、精神和重度残疾人托养服务实施方案》等文件，不断完善残疾人托养服务政策。结合放管服要求，出台《政府购买残疾人日间照料服务工作实施方案》，2018年从省级残疾人民生资金中安排300万元，用于开展政府购买残疾人日间照料服务工作，切实解决部分残疾人家庭的实际困难。继续实施“阳光家园计划”项目。2018年为全省8000余名智力、精神和重度残疾人接受托养服务提供每人每年1500元的服务补助，其中3807名残疾人享受日间照料及寄宿制托养服务、4453人享受居家照护服务，提升了残疾人基本公共服务的“阳光品牌”，增强了残疾人的幸福感和获得感。进一步规范残疾人托养服务机构服务和管理，举办全省残疾人托养服务培训班。开展建档立卡贫困重度失能残疾人照护和托养调研工作，推动省政府办公厅印发《关于开展建档立卡贫困重度失能残疾人照护和托养工作的指导意见》，成为全国首个省级层面制定出台的关于建档立卡贫困重度失能残疾人照护和托养工作的指导政策，意见的出台将惠及全省3.5万余名建档立卡贫困重度失能残疾人，解决这部分人的“急中急、难中难”，达到“托养（照料、照护）一人，解脱一家，脱贫一户”的目标，为脱贫攻坚中最难啃的“硬骨头”提供有力的兜底保障。

2. 残疾人康复工作

认真贯彻落实《残疾预防和残疾人康复条例》，按照省残联七代会工作部署，以全面实施残疾儿童康复救助制度工作为重点，全面推进全省残疾人精准康复服务和残疾预防工作，以全面落实残疾儿童康复救助和提升精准康复服务覆盖率为目标，圆满完成残疾人康复年度工作任务。2018年共为24.65万残疾人提供精准康复服务，残疾人康复服务率达80.62%，提前超额完成年度70%目标任务，取得了良好的社会效益。其中，得到辅助器具服务的人数为13.57万，康复服务率为84.00%；得到康复服务的国家建档立卡贫困残疾人数量为5.12万，康复服务率为83.44%；得到康复服务的因病致（返）贫残疾人数量为2.66万，康复服务率为81.57%。

千方百计推动政策文件出台，为残疾人康复事业发展提供制度保障。推动出台《江西省人民政府关于建立残疾儿童康复救助制度的实施意见》《省政府残工委关于贯彻落实〈江西省人民政府关于建立残疾儿童康复救助制度的实施意见〉的通知》，从建立工作协调机制、组织开展调研论证、研究拟制实施细则、完善配套政策措施、具体工作要求等五个方面推进残疾儿童康复救助制度的建立和贯彻落实。重点围绕保障低保、建档立卡等贫困家庭的0—6岁残疾儿童康复救助全覆盖，对非贫困家庭的残疾儿童给予2年救助年限，并将全省最低救助标准由12000元提高到15000元。到2025年，实现0—6岁残疾儿童康复救助全覆盖。

推动省政府残工委出台《江西省贯彻〈残疾预防和残疾人康复条例〉实施意见》和《2018年江西省残疾预防和残疾人康复工作要点》，明晰了工作的主要内容和职责要求，为全省全面加强规范残疾预防和残疾人康复实施工作提供强有力的政策支持。据了解，江西省是全国唯一出台残疾预防年度工作要点的省份。省残联与省卫健委联合出台《江西省残疾人家庭医生签约服务实施方案的通知》，充分利用家庭医生签约公共服务政策，为广大残疾人提供入户调查与康复评估，助推残疾人精准康复工作的开展。

精准康复服务工作全面发展。按照《江西省残疾人精准康复示范点创建工作方案》《江西省贯彻〈残疾预防和残疾人康复条例〉综合试点方案》的要求，全省15个示范点积极探索、稳步推进示范创建工作，取得了明显的工作成效。12月在吉安市召开全省残疾人精准康复示范创建现场会，系统总结残疾人精准康复示范创建成果，初步形成江西精准康复服务工作模式，即遵照“两清一规”（需求底数清、工作思路清、规范开展服务）的总体要求，突出残疾儿童康复和辅具适配重点，着力抓好基层康复服务能力提升的残疾人精准康复工作模式。江西省示范创建工作在全国残疾人精准康复现场会上得到充分肯定。

残疾预防工作成效明显。充分发挥省政府残工委的主导作用，在全国率先成立省级残疾预防和残疾人康复联席会议制度，在形成部门合力、共同推进残疾预防工作的开展中发挥了积极作用。持续抓好南昌市东湖区、萍乡市湘东区、赣州市宁都县3个示范点的全国残疾预防综合试验区创建工作，取得较好成效。中国残联康复部2018年两度派人指导工作，2018年4月在江西省召开全国残疾预防综合试验区创建工作南部片区研讨会。省残联康复处以《落实“三个着力”举措，推进全省残疾预防工作》为题，全面汇报江西省残疾预防工作的情况、主要举措及成效，南昌市东湖区做典型交流发言。2018年11月，中国残联残疾预防评估调研组一行对江西省开展《国家残疾预防行动计划（2016—2020年）》落实情况和全国残疾预防综合试验区创建试点工作进行中期评估调研，给予较高评价。

精神障碍患者社区康复工作不断加强。持续抓好全省现已运行的46个市、县（市、区）的精神障碍社区康复工作，初步形成一批具有推广价值的“社区康复+”服务模式，基本建立了家庭为基础、机构为支撑、“社会化、综合性、开放式”的精神障碍社区康复服务体系。2018年1月，在民政部、国家卫计委、财政部、中国残联等三部委联合召开的全国加快精神障碍患者社区康复服务视频会议上，江西省作为全国唯一来自残联系统的经验介绍单位就稳定期精神障碍患者社区康复工作做了12分钟的经验介绍。《挑战不可能》发表关于江西省稳定期精神障碍患者社区康复工作典型经验材料，省领导给予充分肯定。

康复服务能力不断提升，为保证残疾儿童康复服务效果，进一步规范全省残疾儿童定点康复机构管理，严格残疾儿童定点康复机构新增撤销事项备案复核制度，省残联专门下发了《关于规范全省残疾人精准康复工作组织实施有关事项的通知》《关于报送新增及拟撤销残疾儿童定点康复机构备案复核材料的通知》等，扎实做好对残疾人康复机构的规范化建设与监管等方面工作。以实施实名制培训为基础，聚焦残疾人精准康复，形成了科学、有效的康复专业人才在岗培训工作机制，大大提升了康复服务能力。积极争取中国残联实名制培训项目和省政府民生工程项目，全年共安排康复人才专项培训经费100余万元，培训人员达600余名，取得了良好的效果。残疾人辅助器具适配服务全国排名列第一方阵。

3. **残疾人教育工作**

二期特殊教育提升计划落地生效。省残联联合省教育厅等七部门共同出台《江西省第二期特殊教育提升计划》（赣教发〔2018〕14号）。为摸清未入学适龄残疾儿童少年底数，省残联、省教育厅共同下发《关于开展适龄残疾儿童少年义务教育阶段受教育情况核查工作的通知》，各级残联、教育部门相互沟通、密切合作，开展了本年度未入学适龄少年儿童少年核查工作。通过实施“一人一案”，截至2018年底，本年度适龄残疾儿童少年未入学人数为1782人。

加大残疾人学生资助力度。继续实施彩票公益金残疾儿童学前教育助学项目，省级出资157.5万元，补助525名学龄前残疾儿童开展学前教育。市县级残联配套资助学龄前儿童1287人。9月更新出台《江西省残联资助残疾人大学新生项目实施方案》，将资助对象从贫困残疾人学生扩大到所有当年被全日制大学录取的残疾人专科、本科新生和研究生。2018年，共出资148.5万元，资助残疾人大学新生430人（专科生239人，本科生187人，研究生4人）。同时，配合省教育厅为1157名秋季入学的普通高中残疾人学生免除学杂费做好审核工作。

加快推进残疾人职业教育发展。各级残联从残保金中列支不低于5%的专项资金，用于补贴特殊教育学校开展残疾人劳动技能教育与培训。5月，省残联联合省教育厅更新出台《资助特殊教育学校开展残疾人劳动技能教育及培训项目实施方案》(赣残联字〔2018〕81号)。2018年省级共资助26所特殊教育学校开展残疾人劳动技能教育与培训，补助资金共计98.8万元。其中，初中阶段在校生704人，标准1000元/人；高中（中专和技校）阶段在校生48人，标准3000元/人；特校受残联委托开展的残疾人劳动技能培训46人，按照每人每天100元予以补贴。九江市及南昌市分别安排残保金42.5万和21.5万元，用于特殊教育学校开展劳动技能教育。

维护残疾人平等受教育的合法权益。在高招录取期间继续委派特教专干紧盯每一批次考生投档情况，及时掌握残疾人考生录取情况。积极利用互联网平台、咨询电话等做好高招政策的宣传、咨询工作，认真解答残疾人考生的问题，及时帮助残疾人考生准确了解各项政策、高校招生录取办法、助学政策、残联助学金发放办法等重要信息。2018年，全省共有52名参加高考的残疾人考生通过申请获得符合自身条件的约88项合理便利，其中，32人获得2项及以上合理便利。省教育考试院统计数据显示，2018年全省有599名残疾人学生参加高考，上线446人（本科录取188人，专科录取258人)。全省上线且符合录取政策的残疾人考生录取率达到100%。

积极开展扫除残疾人青壮年文盲工作。依托农村贫困残疾人实用技术培训积极开展残疾青壮年文盲扫盲行动，提高残疾人文盲学习文化技能和生产劳动的能力。摸清了有学习能力和有学习意愿的贫困残疾青壮年文盲底数，建立了扫盲对象信息数据库，并根据学员家庭情况，生理、心理和残疾类别，因人制宜，制定了个性化教学方案，建立了学员档案及培训台账。2018年，全省共完成538名贫困残疾青壮年文盲的扫盲工作。

建立我省国家通用盲文和通用手语骨干队伍。为切实抓好国家通用盲文和通用手语推广普及工作，组织开展“江西省国家通用盲文骨干培训班”“江西省国家通用手语培训班”，分别有22名盲协骨干、特教学校的盲文教师及50余名聋协骨干、特教学校聋人教师参训并全部结业，基本建立了一支素质过硬的国家通用盲文和通用手语骨干师资队伍，为下一步推广和使用国家通用盲文和通用手语奠定了良好的基础。

4. 残疾人就业工作

更新、出台各项残疾人就业政策。2018年8月，省残联印发《关于推进残疾人创业孵化基地建设的指导意见》(赣残联字〔2018〕142号)，协助南昌科创学校成立首家省级残疾人创业孵化基地。按照“放管服”要求，及时修订《江西省阳光助残创业就业基地管理办法》 (赣残联字〔2018〕68号)。联合省人社厅印发《2018年省政府民生工程残疾人就业与培训方案》(赣残联字〔2018〕78号)，首次明确公益性岗位、“农家书屋”残疾人管理员岗位补贴最低标准并细化各部门职责。

推进省市两级政府残工委成员单位带头安置残疾人就业。截至2018年年底，省市两级政府残工委成员单位通过选调、遴选、公开考录等方式，共安置207名残疾人就业，其中，机关公务员49人、事业编制116人、聘用制42人，包括省残联安置21名（机关5人、直属事业单位16人)。未安排残疾人的成员单位制定了2019—2020年安置残疾人就业计划。

加强残疾人就业和职业培训。2018年全国残疾人就业和职业培训状况实名制统计显示，江西省就业年龄段城镇残疾人新增就业人数2798人，农村残疾人新增就业人数10128人；就业年龄段城乡残疾人新增培训人数16836人，其中培训贫困残疾人数7672人。南昌市残联为残疾人集中就业单位提供每人每年8.06万税收优惠，批准设立14家残疾人集中就业安置单位，安置肢残人和聋人257人就业并投入扶持资金94万元；打造了23家盲人按摩店，安置138名残疾人（其中盲人116人）就业。

开展就业援助月专项活动及农村贫困残疾人就业帮扶专项活动。就业援助月活动及就业帮扶专项活动期间，共走访登记失业残疾人员家庭8037户，登记失业的残疾人员31301，组织残疾人专场招聘会共127场，实名制纳入年度培训计划残疾人7124人，帮助残疾登记失业人员实现就业3042人，其中国有企业吸纳就业592人，帮助残疾人享受专项扶持政策3595人。

超额完成省政府民生工程。依据2018年省政府民生工程任务下达指标，全年需培训残疾人7000名，实际完成数为7384人，完成率105.49%；全年需为残疾人购买公益性岗位3500个，实际完成数为3680人，完成率105.14% ；全年需为1.2万名残疾人购买“农家书屋”管理员岗位，完成数为12083人，完成率100.69%。均超额完成省政府民生工程年度任务。

组织开展残疾人就业创业大赛。2018年8月，省残联联合省人社厅、省发改委、省科技厅、团省委共同举办以“创响新时代·创领新赣鄱·共圆中国梦”为主题的第三届“中国创翼”创业创新大赛江西省选拔赛暨江西省首届“创领美好”创业大赛，以残疾人为主创始人的抚州市临川赣昌种养专业合作社联合社获得专项组一等奖，并代表江西参加全国总决赛，荣获全国专项组第二名的好成绩。2018年11月，省残联与省人社厅共同举办四年一度的“振兴杯”省级残疾人职业技能竞赛，共有盲人按摩、烹饪等8个项目，项目竞赛中获第一名的选手可代表江西参加2019年第六届全国残疾人职业技能竞赛，优秀选手可获得“江西省技术能手”等称号。此项竞赛，选手、裁判、领队、工作人员共计200余人参加。其中，南昌市残联获得团体第一的好成绩。

5. 残疾人文化体育宣传工作

2018年，省残联认真抓好残疾人文化体育建设，积极开展各项文化体育活动，丰富和活跃残疾人的体育赛事和精神文化生活，提高残疾人素质和平等参与社会生活的能力，引导全省残疾人主动融入社会。以各类文化艺术活动为纽带，推动残疾人文化活动常态化。2018 年，通过举办“全省残疾人文化周”、全省残疾人“书香赣鄱·阅读有我”、第八届全省特教学校学生艺术汇演、“五个一”文化进残疾人家庭等系列活动，丰富残疾人精神文化生活。着眼大局，不断推进残疾人公共文化服务体系建设。与省图书馆联合开展以“关爱弱势群体，构建和谐社会”为主题的“盲人数字阅读推广工程”智能听书机发送活动，为省图书馆新馆残疾人无障碍建设提供了有益的意见和建议。

配合中央媒体走进江西采访，深入挖掘基层残疾人脱贫攻坚、文化创业、就业、社会保障等方面所取得的成效，发现并推荐一批残疾人脱贫先进人物，发布报道 33 篇。熊俊荣获“2017 年度中国残疾人事业新闻人物”称号，廖竹生获江西省 2018 年度脱贫攻坚奖奋进奖，饶英跃获奉献奖。南昌市残联理事长余颖获“全国十大助残新闻人物”称号，成为全国唯一获此殊荣的残联理事长。

组织残疾人参加各类文艺大赛。省残联、省文化厅、省新闻广电局联合举办全省盲人“知法于心，守法于行”演讲比赛，从全省各地选送的 11 名优秀盲人选手中评选出一等奖 1 个、二等奖 2 个、三等奖 3 个，并颁发证书和奖金，选送前三名优胜者参加中国盲文图书馆举办的盲人演讲大赛，其中，彭宇文获得盲校组全国三等奖。选送残疾人诗歌作品 48 份、书画摄影作品 108 份参加由中国残联宣文部举办的全国“五月花”杯残疾人诗歌大赛和“仁美”书画摄影大赛，梁娉《心花向阳开》获得绘画组二等奖、王永红《拼搏》获得摄影组一等奖、胡晓云《凌空》获得摄影组二等奖、罗建荣《残疾人修脚师》获得摄影组三等奖、黄斌《战场》获得摄影组三等奖。

落实各项残疾人文化项目。组织开展中国残疾人艺术团“共享芬芳”中西部地区百县百场公益巡演走进宜黄、安义巡演，开展第八届全省特教学校学生艺术汇演。配合中国残疾人福利基金会、中国残疾人事业新闻宣传促进会在景德镇举行主办“手工艺者集善之家”项目授牌活动及成果展示。在“五个一”文化进残疾人家庭项目中，接收中国残联捐赠图书共 6000 册，并发放至基层残疾人组织。

残奥聋奥项目在国内外赛事中取得佳绩。2018 年，江西省共组织 120 名残奥、聋奥运动员，参加 17 次国内外残疾人体育赛事。其中，参加国内锦标赛 12 次，江西籍残疾人运动员参加第十二届平昌冬残奥会（首次参赛）、世界残奥田径大奖赛、亚洲残奥举重锦标赛、印尼亚加达亚残运会、美洲杯残疾人举重比赛等 5 次，共获得 19 金 17 银 20 铜。其中，邓雪梅和李启正 2 人 2 次打破全国纪录，邓雪梅破亚洲纪录，周鹏获亚残运会第四名。获全国第十届残运会聋人足球（十残运会提前比赛项目）亚军。

特奥运动发展迅速。充分发挥 8 个省级特奥训练基地示范带头作用，抓好基地日常训练，积极派队参赛，锻炼队伍，获得可喜成绩。成功举办 2018 年全省残疾人特奥田径赛；2018 年全省 7 所特校共组织 45 名特奥运动员参加了全国特奥足球、乒乓球、羽毛球、篮球比赛，获得 11 金 15 银 12 铜的佳绩，其中获得全国第七届特奥运动会特奥足球比赛队制赛（全国第七届特奥运动会提前比赛项目）银牌，个人技术赛 1 银 1 铜。

基层残疾人群众体育丰富活跃。2018 年下拨省级体彩资金 166 万元，支持各基层积极组织开展全国特奥日、全国残疾人健身周、残疾人运动会等活动。支持全省 20 所特教学校开展第十二次全国特奥日活动，组织特奥活动 21 场，4000 余名特奥运动员和家长参加。支持分宜县等 12 个县（区）组织开展第八届残疾人健身周活动，开展健步走、轮椅赛、跳绳、体育健身知识讲座等丰富多彩的残疾人健身活动，参与人数 1 万余人。支持宜春等 4 个设区市 11 个县（区）举办残疾人综合运动会，2000 余人参赛。通过健身活动的开展，基层残疾人健身意识逐渐加强，参与体育健身活动率有所提高，参与覆盖面更加广泛。

成功举办 2018 年全省特奥田径比赛。2018 年 5 月 21 日—23 日，由省残联、省体育局、省教育厅主办，在九江市八里湖新区体育中心举办。全省 11 个设区市、3 个省直管县的 14 个代表队 71 名特奥运动员参加 100 米、400 米、立定跳远和铅球四个项目、28 个组别的比赛。比赛期间，组织开展特奥运动员健康计划活动，邀请当地 20 名专业医生为 100 名特奥运动员、智力障碍儿童提供口腔、足部 2 个项目的健康筛查与健康指导。广大基层特校踊跃派员参与比赛，智障学生在比赛中发挥潜能，展示自我，切磋技艺，分享快乐。

成功举办全省首届三人制聋人篮球比赛。2018 年 9 月 12 日—14 日，由省残联、省体育局、省教育厅主办，在南昌国际体育中心篮球馆举行。全省 10 支代表队共 56 名运动员参赛。

加强体育人才队伍的培养。根据运动员注册系统新要求，截至 2018 年全国锦标赛，江西省参加比赛的新运动员注册、老运动员续签注册运动员 72 人；6 月份推荐 3 名国家级裁判员参加 2018 年全国残疾人体育田径、游泳裁判员培训班，推荐 2 名省中医院专业康复医生参加 2018 年全国残疾人田径、游泳分级员训练营。切实加强教练员队伍建设，要求业务精、能力强、作风实。采取聘任制，按照知识结构合理化、年龄结构年轻化、学历和职称结构高层次化的标准，为举重、柔道、田径三个项目配备 4 名助理教练。注重教练员理论知识的更新和实战能力的提高，从教育理念、师德修养、专业知识和创新能力等方面加强进修培训，选派柔道、田径助理教练袁福、沈华鹏参加全国残疾人教练员培训班（11 月 12 日—16 日），以提高教练员招生选材及训练能力。

做好2017年康复体育进家庭和体育健身示范点国家项目检查评估工作。中国残联批准江西省2017年度残疾人康复体育关爱家庭计划国家资助项目任务1200户及残疾人体育健身示范点建设资助项目8个。截至2018年4月，残疾人康复体育关爱家庭计划国家共完成项目任务1238户。其中，肢残、多重重度残疾人家庭977户，占项目总数82%；智力、视力等残疾人家庭261户，占项目总数18%，发放康复体育器材20余种，共计1958件/套。8个国家体育健身示范点，因地制宜，以点带面，积极开展乒乓球、羽毛球等17项体育项目，组织体育健身活动47次，参与体育健身活动的残疾人约为12435人次。7月9日—12日，中国残联检查评估小组到九江市、萍乡市、宜春市等地，对2017年度国家残疾人体育健身示范点建设及康复体育进家庭国家资助项目资金的落实情况和项目实施效果进行检查评估，对江西省项目实施工作给予充分肯定，2个国家项目均已通过评估全部完成，后期项目30%资金已全部拨付到位。

6. 残疾人维权工作

2018年，江西省残联对有关法规规章和规范性文件及时提出修改意见10余条，从法律源头上维护残疾人的各项权益，保障残疾人事业的和谐发展。做好法治宣传教育工作，制定《省残联普法责任清单》《省残联2018年法治宣传教育工作计划》等，进一步夯实普法责任。抓住《江西省无障碍环境建设办法》2月1日起正式实施的有利时机，编印《江西省无障碍环境建设办法》单行本发放各地残联，学习宣传效果较好。择优聘请省残联机关法律顾问、律师为省残联机关提供规范性文件草案和重大事项的合法性审查、合同协议等法律文书的起草、信访接待和法律咨询服务20余次。出台《省残联2018年法治江西建设责任清单》《省残联2018年法治江西建设工作计划》等，调整省残联法治建设工作领导小组。编印《残疾人法律法规政策及文件汇编（第九册）》发放至全省各级残联。做好残疾人人大代表、政协委员参政议政工作。指导市县残联加强与代表、委员沟通联系，提供细致入微的服务，协助提出并协调办理保障残疾人权益、加快残疾人事业发展高质量的建议、提案。

出台贯彻无障碍办法的实施意见。《江西省无障碍环境建设办法》经省政府第91次常务会议审议通过，于2018年2月1日起正式实施。为了更好贯彻落实好《江西省无障碍环境建设办法》，草拟《贯彻〈江西省无障碍环境建设办法〉的实施意见（征求意见稿）》，发省直24家厅局和单位发征求意见，并根据有关意见和建议进一步修改。9月3日，省政府残工委印发《关于贯彻落实〈江西省无障碍环境建设办法〉的实施意见》。12月，联合省住建厅等单位转发《住建部、中国残联关于开展无障碍环境市县村镇创建工作的通知》，按文件要求上报“十三五”时期创建无障碍环境市县村镇名单。

大力推进贫困重度残疾人家庭无障碍改造。2018年全省完成改造任务国家项目1300户、省项目2000户。3月，下发《关于切实做好2018年贫困重度残疾人家庭无障碍改造工作的通知》，提出具体要求。4月完成年度省级贫困重度残疾人家庭无障碍改造600万资金分配方案。5月起，各地按照实施方案和通知要求推进项目实施，对项目进展进行每月督导。根据中国残联2018年贫困重度残疾人家庭无障碍改造现场会精神，9月18日，省残联印发《关于加快推进贫困重度残疾人家庭无障碍改造工作的通知》，提出解决贫困重度残疾人家庭无障碍改造的具体措施。根据需求数，下达2019—2020年指导性计划。

做好残疾人机动轮椅车燃油补贴相关工作。做好2017年燃油补贴数据库录入复核工作。根据中国残联维权部要求，组织各地对历年数据库的数据进行严格审核并完善补贴信息，更正重复发放和注销残疾人证后仍发放燃油补贴等现象。再次核实2018年残疾人机动轮椅车燃油补贴资金需求，汇总并报中国残联维权部。督促各地预录入2019年残疾人机动轮椅车燃油补贴数据库，并组织各地申报2019年残疾人机动轮椅车燃油补贴资金，21665名残疾人机动轮椅车车主申报燃油补贴资金为563.29万元。指导全省100个县（市、区）全部完成2018年残疾人机动轮椅车燃油补贴发放工作，共为22284名残疾人机动轮椅车车主发放燃油补贴资金579.384万元。

认真做好残疾人信访工作。用心做好日常信访，2018年接待残疾人来访150批205人次，处理来信和办理网上信访58批120人次，接听理事长手机229人次，所涉问题均得到妥善解决。做好重要节点的信访工作，做好全国“两会”和中国残联七代会、省残联七代会期间残疾人信访稳定工作，指导各地妥善化解涉及残疾人信访群体的社会矛盾。认真做好信访矛盾排查化解工作，转发《中国残联关于做好残疾人信访工作切实维护社会和谐稳定的通知》，实时掌握残疾人运营群体等重点群体的信访信息，提前介入、耐心细致地做工作，成功化解各种信访矛盾。既维护残疾人的合法权益，又维护社会的和谐稳定。

五、大事记

1月26日，江西省作为全国唯一来自残联系统的省份在民政部、国家卫计委、财政部、中国残联等联合召开的全国加快精神障碍患者社区康复服务视频会议上做经验介绍。

1月30日，省残联第六届主席团第四次全体会议暨2018年全省残联工作会议在南昌召开。

3月2日，省残联联合南昌市残联举办江西省第19次全国爱耳日宣传教育暨南昌市“残疾人精准康复服务年”活动。

3 月 5 日，省残联召开 2018 年全面从严治党工作会议。

3 月 30 日，省残联邀请省委党校法学部主任舒小庆教授走进“残联讲堂”，就全国两会审议通过的《宪法》修正案进行讲座辅导。

4 月 16 日—20 日，全国肢体残疾人康复服务培训班在南昌举办。

4 月 25 日—27 日，全国残疾预防综合试验区创建试点工作南部片区研讨会在南昌召开。

5 月 3 日—4 日，全省残联系统业务培训班在南昌举办。

5 月 9 日，省残联召开 2018 年党的工作会议暨党支部书记抓党建工作述职评议会。

5 月 14 日，省残联召开组建会计核算中心工作动员部署会。

5 月 15 日，省残联上线省广播电视台《党风政风热线》节目，在线解答群众咨询，受理群众诉求。

5 月 20 日，省、市、县三级庆祝第 28 次全国助残日。

6 月 15 日，省残联召开 2018 年脱贫攻坚领导小组工作部署会议。

6 月 11 日—15 日，省残联举办学习贯彻习近平新时代中国特色社会主义思想和党的十九大精神专题培训班。

6 月 21 日—22 日，全省残联宣传报道业务培训班在南昌举办。

7 月 3 日，省残联召开庆祝中国共产党成立 97 周年暨“两优一先”表彰会。

7 月 24 日，省残联在南昌召开全省建档立卡失能重度残疾人照护和托养工作座谈会。

7 月 30 日，省残联邀请陆军步兵学院李刚教授走进“残联讲堂”，进行专题国防教育。

8 月 2 日，省政府新闻办、省委教育工委、省教育厅、省财政厅、省民政厅、省人社厅、省残联共同在省政府新闻办新闻发布厅召开新闻发布会，发布《江西省第三期学前教育行动计划》《江西省高中阶段教育普及攻坚计划》和《江西省第二期特殊教育提升计划》。

8 月 10 日，全省盲人“知法于心，守法于行”演讲比赛决赛在南昌举行。

8 月 16 日，江西省残疾人联合会第七次代表大会在南昌召开。省委书记刘奇，省委副书记、代省长易炼红，省政协主席姚增科出席大会。省委副书记李炳军、中国残联副主席吕世明出席并讲话。省领导孙新阳、赵爱明、毛伟明、尹建业、刘强、陈兴超、赵力平、施小琳、杨笑祥、周萌、胡强出席。会议总结上一届的工作，研究部署今后五年省残联的工作任务，选举产生省残联新一届主席团和执行理事会。

9 月 26 日，省政协召开专题协商座谈会，围绕“残疾人基本生活兜底保障制度完善与脱贫攻坚”建言献策。省政协党组书记、主席姚增科对开好会议提出要求。副省长胡强，省政协党组副书记、副主席陈俊卿出席会议并讲话。省政协副主席雷元江主持会议。

9 月 29 日，全省学习传达中国残联七代会精神暨残疾儿童康复救助制度培训班在南昌举办。

9 月 30 日，省政府印发《关于建立残疾儿童康复救助制度的实施意见》。

10 月 17 日，省政府新闻办、省残联在省政府新闻发布厅举行《江西省人民政府关于建立残疾儿童康复救助制度的实施意见》新闻发布会，对实施意见进行解读。省政府残工委副主任、省残联党组书记，理事长何剑锋就实施意见出台背景、起草过程、主要内容及亮点向媒体进行详细介绍和说明。

11 月 23 日，全国“希望之家”带头人培训班在南昌举办。

11 月 29 日，由湖南、湖北、江西三省盲协共同组织的 2018 年“登江南名楼，诵中华经典”盲人文化活动在南昌举行。

11 月 28 日—30 日，“共享芬芳”中国残疾人艺术团中西部地区百县百场公益巡演走进江西宜黄、安义和豫章师范学院演出。

12 月 12 日—13 日，全省残联贫困残疾人脱贫攻坚培训班在南昌举办。

12 月 26 日，省委深改委第二次会议审议并原则通过《江西省残疾人联合会改革实施方案》。

12 月 26 日，省残联、省卫健委在吉安市共同举办全省残疾人家庭医生签约服务培训班暨残疾预防工作推进会。

12 月 27 日，全省残疾人精准康复服务示范创建工作现场会在吉安召开。

（廖美华、赖建宁供稿）

山东省残疾人事业和残疾人工作

一、领导讲话

副省长孙继业在省康复研究中心和省听力语言康复中心调研时的讲话摘要 2018 年 5 月 14 日

做好残疾人工作是各级各有关部门义不容辞的责任。要牢固树立以人民为中心的发展思想，从满足残疾人切身需求出发，不断健全残疾人社会服务保障体系，加快发展辅助器具、康复护理、托养照料、生活服务等助残服务产业，让残疾人拥有更多获得感、幸福感和安全感。要抓住残疾儿童的康复黄金期，早发现、早诊断、早治疗，让他们早日回归社会，过上更加幸福美好的生活。

省委常委、组织部部长杨东奇在山东麦德森文化传媒有限公司调研时的讲话摘要

2018 年 5 月 15 日

近年来，我省残疾人事业较快发展，广大残疾人身残志坚、勇于拼搏，在经济文化强省建设中挥洒汗水、贡献力量，涌现出了一大批自强创业典型，充分展示了残疾人“自尊、自信、自强、自立”的精神面貌。各级各部门要深入学习贯彻习近平新时代中国特色社会主义思想和党的十九大精神，高度重视残疾人事业发展，更好地保障和改善残疾人民生，让残疾人共享改革发展成果。全省残联组织要充分履职尽责，助力残疾人就业创业，大力营造弘扬扶残助残的友爱氛围和文明风尚。

省人大常委会副主任王良在省康复研究中心和省听力语言康复中心调研时的讲话摘要

2018 年 6 月 6 日

要高度重视残疾人事业，落实好习近平总书记关于“全面建成小康社会，残疾人一个也不能少”的重要指示，着重落实残疾人“两项补贴”发放、医疗康复服务、水电气暖减免、生活照料托养等政策，加大保障残疾人法律法规的宣传力度，真正在全社会形成扶残助残的良好社会氛围。要进一步完善保障残疾人权益的各项措施，加大执法力度，用“执法”促“知法”、促“守法”，切实将残疾人的各项合法权益落到实处。要充分整合社会资源，采取有效举措，多渠道为广大残疾人提供更多更好的服务，更好地满足残疾人的合理诉求，让广大残疾人融入社会，享有尊严的生活，实现其社会价值、人生价值。

省委书记、省人大常委会主任刘家义在省残联第七次代表大会上的讲话摘要 2018 年 7 月 19 日

五年来，我省健全兜底保障机制，加大困难残疾人生活保障力度，在全国率先实施困难残疾人生活补贴和重度残疾人护理补贴制度，128.5 万人次受益。着力推动贫困残疾人脱贫攻坚，26.5 万名残疾人摆脱贫困。五年来，我们大力提升残疾人公共服务水平，残疾人康复、教育、就业、维权、社会保障、文化体育、无障碍建设等各项工作成效显著，残疾人“平等、参与、共享”的社会环境不断优化。五年来，我们大力营造扶残助残的浓厚氛围，广大志愿服务者和社会各界力量弘扬人道主义精神，踊跃投身残疾人事业，合力向善的社会氛围更加浓厚。五年来，全省广大残疾人自强不息、奋勇拼搏，涌现出孙建博、王勇等一大批体现时代精神的优秀残疾人代表，越来越多的残疾人实现了自己的人生梦想，赢得了社会的广泛尊重。五年来，各级残联组织和广大残疾人工作者，牢记初心使命，为残疾人的权益、尊严和幸福认真履职尽责，取得了突出的成绩。

当前，我省正按照习近平总书记对山东工作的一系列指示要求，紧紧围绕走在前列的目标定位，牢牢把握高质量发展的根本要求，努力推动包括残疾人事业在内的各项事业创新发展、持续发展、领先发展。我们要认真学习贯彻习近平总书记关于残疾人事业的一系列重要论述和指示批示精神，进一步增强做好新时代残疾人工作的责任感、使命感、紧迫感，以更坚定的决心、更大的力度、更扎实的举措，推动新时代残疾人事业高质量发展，携手广大残疾人朋友共同谱写美好生活新篇章。

推动新时代残疾人事业高质量发展，必须全面加强党的

领导。党的十八大以来我国各项事业取得的历史性成就、发生的历史性变革，归根到底是因为有了以习近平同志为核心的党中央的坚强领导，有了习近平新时代中国特色社会主义思想的领航指引，这是推动各项事业包括残疾人事业不断前进的根本所在。要全面加强党对残疾人事业的领导，充分发挥党组织在残联组织和残疾人工作中的领导核心作用，使残联组织以更强的政治定力、更大的责任担当和更主动的履职作为，推动残疾人工作取得新成效。要提高政治站位，把残疾人工作的成效作为“四个意识”强不强、“四个服从”坚决不坚决、“两个维护”坚定不坚定的现实检验，对残疾人尽可能地帮助，尽可能地救助，尽可能地使他们身心健康、身残志坚，为他们解难题、办实事、谋福祉。要强化对残疾人群体的政治引领，教育引导广大残疾人更加紧密地团结在以习近平同志为核心的党中央周围，感党恩、听党话、跟党走。

推动新时代残疾人事业高质量发展，必须把增进残疾人民生福祉作为根本追求。人民对美好生活的向往，就是我们的奋斗目标。中国特色社会主义进入新时代，我国社会的主要矛盾已经转化为人民日益增长的美好生活需要和不平衡、不充分的发展之间的矛盾。残疾人事业发展与残疾人需求同样存在不平衡、不充分的问题，残疾人对美好生活的向往呈现出多样化、多层次、多方面特点。要牢固树立以人民为中心的发展思想，把满足残疾人日益增长的美好生活需要作为出发点和落脚点，更加突出保障和改善残疾人民生，强化残疾人政策兜底，提高残疾人社会福利水平，加强残疾人社会救助，努力缩小残疾人生活状况与全社会的差距。要始终牢记“全面建成小康社会，残疾人一个不能少”的庄严承诺，突出抓好残疾人脱贫攻坚工作，紧扣残疾人个性需求，采取特殊帮扶政策，加强点对点精准扶贫，坚决高质量完成残疾人脱贫攻坚任务。要健全完善残疾人基本公共服务体系，提升残疾人生活照料、医疗康复、权益维护、文化体育、无障碍环境等方面服务供给能力，千方百计为残疾人生活工作创造条件、提供便利。

推动新时代残疾人事业高质量发展，必须全面激发广大残疾人的奋斗热情和创造活力。广大残疾人中蕴藏着巨大潜能和无穷创造力，是改革开放和现代化建设的重要力量。要为残疾人融入社会、参与发展、贡献力量创造更好的条件，突出抓好残疾人特殊教育、技能培训和就业创业等工作，更好地把残疾人的智慧和力量激发出来。要积极为残疾人施展才华搭建平台、创造机遇，引导广大残疾人把实现自身梦想融入新时代现代化强省建设的奋斗之中。要最大限度地消除各种有形或无形的障碍，大力倡导“平等、参与、共享”的现代文明社会残疾人观，大力弘扬中华民族扶残助残的传统美德，努力让每一位残疾人朋友和健全人一样，共同享有人生出彩的机会，共同享有梦想成真的机会，共同享有同祖国和时代一起成长进步的机会。希望广大残疾人朋友始终保持乐观向上、积极进取的精神状态，积极融入社会，不断增长本领，自尊、自信、自立、自强，在挫折中成长，在逆境中奋起，用知识和奋斗改变命运，谱写出更加绚丽多彩的人生华章。

推动新时代残疾人事业高质量发展，必须建设一支有情怀、敢担当、善作为的残疾人工作者队伍。残疾人工作者直接为残疾人服务，承载着残疾人朋友的重托和希望，承担着党和政府发展残疾人事业、维护残疾人权益的光荣使命。要时刻把残疾人的冷暖放在心上，始终与残疾人心连心，感情上贴近残疾人，作风上深入残疾人，工作上依靠残疾人，用真情和实干为残疾人照亮生活道路。要勇做新时代残疾人事业战线上的“泰山挑山工”，把促进广大残疾人安居乐业、衣食无忧、过上幸福美好的生活作为使命担当，努力把各项工作做到实之又实、细之又细，真正成为残疾人信得过、靠得住、离不开、找得到的好朋友、贴心人。要围绕增强政治性、先进性、群众性，不断推进残联组织改革创新，加强理论武装，增强群众观念，密切与残疾人的血肉联系，提高服务残疾人的本领，锤炼过硬的工作作风，全心全意、真心实意为残疾人服好务。

推动新时代残疾人事业高质量发展，必须凝聚各方力量形成强大合力。残疾人事业是一项重要而系统的民生工程，是全社会的共同责任。要加强组织领导，把残疾人事业发展摆上重要议事日程，纳入政治、经济、社会、文化、生态文明各项建设之中，进一步健全党委领导、政府负责的残疾人工作领导体制。各部门、各单位要各司其职，密切协作，发挥优势，主动关心残疾人，主动为残疾人事业发展出谋划策，主动为残疾人事业奉献爱心。要凝聚更多社会助残力量和资源，更好满足残疾人多样性、多层次的服务需求，不断厚植热心助残的社会风尚和人文关怀，让残疾人生活得更有尊严、更有品质、更加体面。

省委副书记杨东奇在省残联第七届主席团第一次全体会议上的讲话摘要

2018 年 7 月 20 日

主席团各位委员肩负着全省 570 万残疾人的重托，肩负着开创新时代残疾人事业发展新局面的重任。我们要按照省第十一次党代会的部署要求，进一步增强责任感和使命感，主动担当、积极作为，努力推动全省残疾人事业发展谱写新篇章、开创新局面。

一、提高政治站位，坚持用习近平新时代中国特色社会主义思想指导残疾人工作

残联是党的群团组织，必须始终旗帜鲜明讲政治，毫不动摇坚持党的领导，始终坚持正确政治方向，全面贯彻落实中央决策部署和省委工作要求，进一步做好新时代残疾人工作，团结带领广大残疾人感党恩、听党话、跟党走。要加强党的理论学习，强化服务大局意识，突出思想政治引领。

二、勇于担当作为，肩负起共建共享美好生活的崇高历史使命

做好新时代残疾人工作，不仅要有热情、有感情、有责任心，还要有素质、有能力、有过硬本领。2018年6月，习近平总书记在山东视察时强调，切实把新发展理念落到实处，不断取得高质量发展新成就，不断增强经济社会发展创新力，更好满足人民日益增长的美好生活需要。全省各级残联组织要始终坚持以人民为中心的发展思想，把残疾人对美好生活的向往作为奋斗目标，不断提高服务能力和水平，团结带领全省残疾人共建共享美好生活。要用求真务实作风全心全意为残疾人服务，要用群众工作方法推动残疾人工作开展，要用改革创新精神全面加强和改进残联组织自身建设。

三、认真履行职责，充分发挥领导机构职能作用

加强残联主席团和执行理事会自身建设，是残联组织不负党的重托、履行职责使命的重要保障。新一届主席团委员和执行理事会领导班子在年龄结构、文化程度、专业特长等方面更趋合理，综合素质高，参政议政能力强，具有广泛的代表性。要带头旗帜鲜明讲政治，带头严守纪律规矩，带头加强学习调研，带头联系服务残疾人。

在大会闭会期间，新一届主席团要认真贯彻省残联第七次代表大会决议，领导全省残联工作，及时研究、决定残疾人事业发展中的有关问题和重大事项；加强与省政府残工委的协调联系，建立长效机制，共同做好残疾人工作。新一届主席团委员要充分发挥好示范带动作用，在各条战线、各个部门、各自岗位上争创一流业绩；密切联系残疾人和残疾人工作者，及时掌握残疾人生产生活状况，积极反映残疾人意见和建议；充分利用现有资源和自身影响力，汇聚更多爱心和力量，共同推动残疾人事业发展。

副省长孙继业在省残联第七次代表大会闭幕式上的讲话摘要

2018年7月20日

全省残疾人工作者要深入学习领会大会精神，进一步增强做好残疾人工作的紧迫感和责任感，推动残疾人工作不断取得更大成效。一要深刻认识残疾人事业在经济文化强省建设中的重要作用，二要切实把握新时代残疾人工作的新要求，三要积极顺应残疾人对美好生活的新期待。全省有2.9万残疾人尚未脱贫，基本公共服务难以有效满足残疾人的需求，残疾人在康复、教育、就业、医疗等方面还面临不少难题，歧视残疾人、侵害残疾人合法权益的现象还时有发生。我们要进一步拓宽服务领域，强化服务供给，精准服务措施，更好满足广大残疾人过上美好生活的向往，帮助他们与全省人民一同进入全面小康社会，决不能让一个残疾人掉队。

残疾人工作要聚焦重点领域和关键环节，努力开创残疾人事业新局面。加快推进残疾人脱贫奔康，扎实做好残疾预防和康复服务，积极促进残疾人就业创业，大力发展残疾人服务产业，全面提高残疾人自我发展能力。

做好新时代残疾人工作，是我们义不容辞的责任。各级各有关部门要加强领导强化担当，按照省委省政府部署要求，进一步健全工作机制，完善工作措施，强化责任担当，确保各项任务落到实处，圆满完成各项任务目标。要抓好传达落实，加强组织领导，营造良好氛围，激励广大残疾人自强不息，积极地面对生活，开创美好未来。

二、政策法规文件

山东省残疾人就业办法

（2013年12月16日山东省人民政府令第270号公布，根据2018年1月24日山东省人民政府令第311号修订）

第一章　总　则

第一条　为了促进残疾人就业，保障残疾人的劳动权利，根据《中华人民共和国残疾人保障法》、国务院《残疾人就业条例》和《山东省实施〈中华人民共和国残疾人保障法〉办法》等法律、法规，结合本省实际，制定本办法。

第二条　本省行政区域内的机关、团体、企业、事业单位、民办非企业单位（以下统称“用人单位”），应当依照有关法律、法规和本办法的规定，履行扶持残疾人就业的责任和义务。

第三条　禁止用人单位在就业中歧视残疾人。

残疾人依法享有平等就业、自主择业和平等获取劳动报酬的权利。

残疾人应当积极参加职业培训，提高自身素质，增强就业创业能力，遵守用人单位的劳动纪律，恪守职业道德。

第四条　各级人民政府应当加强对残疾人就业工作的领导，将残疾人就业纳入国民经济和社会发展规划，并制定优惠政策和扶持保护措施，多渠道筹措资金，为残疾人就业创造条件。

第五条　县级以上人民政府负责残疾人工作的机构，负责组织、协调、指导和督促有关部门做好残疾人就业工作。

县级以上人民政府人力资源社会保障、财政、民政、税务、工商行政管理等部门按照职责，做好残疾人就业工作。

第六条　各级残疾人联合会依照有关法律、法规和规章，负责残疾人就业工作的具体组织实施和监督工作。

工会、共产主义青年团、妇女联合会，应当在各自的职责范围内，做好残疾人就业工作。

第七条　对在残疾人就业工作中做出显著成绩的单位和个人，按照有关规定给予表彰和奖励。

第二章 用人单位的责任

第八条 用人单位应当按照不低于本单位在职职工总数1.5%的比例安排残疾人就业，逐步建立按照比例安排残疾人就业岗位预留制度，并提供适当的工种、岗位。

按照规定比例计算应当安排就业的残疾人不足1人的，安排1人。用人单位跨省、市、县（市、区）招用的残疾人，应当计入所安排的残疾人职工人数之内。

用人单位安排残疾人就业达不到规定比例的，应当缴纳残疾人就业保障金。

第九条 用人单位应当在每年第一季度内向当地残疾人就业服务机构报告本单位上年度安排残疾人就业情况、在职职工人数和本年度安排残疾人就业的计划。

第十条 政府和社会依法兴办的盲人按摩机构、工疗机构和其他福利性单位（以下统称“集中使用残疾人的用人单位”），应当集中安排残疾人就业。

第十一条 用人单位在招用工作人员时，不得以残疾为由拒绝接收、录用符合岗位要求的残疾人。

机关、人民团体、事业单位、国有企业应当带头执行按照比例安排残疾人就业规定和逐步建立按照比例安排残疾人就业岗位预留制度，新招考公务员、招聘事业单位工作人员或者企业职工时，不得拒绝录用符合条件的残疾人。

第十二条 用人单位招用残疾人职工，应当依法与其签订劳动合同或者服务协议，并为其办理社会保险；依法裁减人员，应当优先留用残疾人职工或者其家庭成员；与残疾人职工解除、终止劳动合同或者服务协议的，应当报告当地残疾人联合会备案。

第十三条 用人单位应当向残疾人职工按时足额支付劳动报酬，并且不得低于当地最低工资标准。

第十四条 用人单位应当为残疾人职工提供适合其身体状况的劳动条件和劳动保护，不得以暴力、威胁或者限制人身自由等手段强迫残疾人劳动。

第十五条 用人单位不得在晋职、晋级、职称评定、劳动报酬、生活福利、休息休假、社会保险等方面歧视残疾人职工。

第十六条 用人单位应当根据本单位残疾人职工的实际情况，对残疾人职工免费进行上岗、在岗、转岗等培训。

第十七条 用人单位应当采取措施，逐步建设和完善规范的无障碍设施，推进残疾人信息交流无障碍工作，改善残疾人的就业环境。

第三章 保障措施

第十八条 各级人民政府应当采取措施，拓宽残疾人就业渠道，多形式开发适合残疾人就业的岗位，保障残疾人就业。

鼓励社会组织和个人为促进残疾人就业提供捐助和服务。

鼓励用人单位每年为在职残疾人职工购买一份意外伤害保险。

第十九条 各级人民政府投资或者扶持开发的适合残疾人就业的公益性岗位，应当按照不低于用工总数10%的比例安排残疾人就业。

各级人民政府发展社会性服务、建立完善社区服务点，应当优先安排残疾人就业。

乡镇、县（市、区）人民政府应当将残疾人专职干事纳入社会工作者队伍，保障其工资、福利、社会保险待遇；对基层群众性自治组织和社区的残疾人专职委员按照规定给予补贴，所需经费由财政负担。

第二十条 设区的市和县（市、区）人民政府及其有关部门应当在城镇区域内划出适当经营场所或者摊位，安排残疾人从事经营活动，并按照规定免收管理类、登记类和证照类的行政事业性收费；税务机关应当按照国家有关规定依法给予税收优惠。

第二十一条 建立按比例安排残疾人就业年度报告制度。各级残疾人联合会设立的残疾人就业服务机构，对用人单位按比例安排残疾人就业状况进行年度审核；向未达到规定比例的用人单位推荐适合的残疾人就业，用人单位无法定事由不得拒绝。

第二十二条 征收残疾人就业保障金原则上按照属地原则管理。

残疾人就业保障金的征收、使用和管理，按照国家和省有关规定执行。

第二十三条 依法征收的残疾人就业保障金应当纳入财政预算，实行收支两条线管理，按照有关规定使用，任何组织和个人不得挪用、截留或者私分。

有关单位应当定期向社会公布残疾人就业保障金的使用情况。财政、审计部门应当依法定期对残疾人就业保障金的使用情况进行监督检查和审计监督，并将结果向社会公开。

第二十四条 县级以上人民政府应当执行税收优惠规定，符合条件的用人单位依法享受税收优惠政策。

享受税收优惠的集中使用残疾人的用人单位对减免和退还的税金，应当将不低于其总额10%的比例用于补贴残疾人职工个人应当缴纳的社会保险费。

第二十五条 县级以上人民政府有关部门、残疾人联合会应当确定适合残疾人生产、经营的产品、项目，优先安排残疾人集中就业和残疾人创办的企业以及其他残疾人福利性单位生产、经营，根据用人单位的生产特点确定某些产品由其生产，并将其生产、经营的产品和服务纳入政府采购目录。

机关、事业单位在产品和服务采购工作中，应当将参与竞标单位安置残疾人就业情况纳入评标体系，予以量化加分；采取其他采购方式的，在同等条件下，优先选择残疾人创办的企业、残疾人辅助性就业企业、超比例安排残疾人就业单位的产品和服务。

第二十六条 县级以上人民政府在一定期限内对自主择业、自主创业的残疾人给予小额信贷贴息等扶持。

鼓励残疾人自主择业、自主创业。

第二十七条 县级以上人民政府及有关部门应当组织和扶持农村残疾人从事种植业、养殖业、手工业和其他形式的生产劳动，安排一定比例的残疾人就业保障金扶持农村残疾人发展生产，并在生产服务、技术指导、农用物资供应、农副产品收购和信贷等方面给予扶助。

第二十八条 残疾人职工参加国内外重大比赛和参加集训期间，鼓励用人单位保留其工资和福利待遇；对残疾人选手，组织单位应当给予补贴。对在国内外重大体育、职业技能等比赛中成绩突出的优秀残疾人运动员或者选手，机关、团体、企业事业单位应当创造条件，积极促进其就业。

第四章　就业服务

第二十九条 县级以上人民政府及其有关部门应当将残疾人就业服务纳入公共就业服务体系，为就业困难的残疾人提供有针对性的就业援助服务，鼓励和扶持职业培训机构和职业鉴定机构为残疾人提供职业培训和职业资格鉴定，按照规定给予培训和鉴定补贴，并组织残疾人定期开展职业技能竞赛。

第三十条 各级人力资源市场应当设立残疾人就业窗口，向用人单位推荐残疾人就业，按照有关规定为其保管档案，并免收就业残疾人人事档案、人事关系委托保管费。

第三十一条 县级以上残疾人联合会应当设立残疾人就业服务机构，并免费提供下列服务：

（一）发布残疾人就业信息；

（二）组织开展残疾人职业技能和实用技术培训；

（三）为残疾人提供职业心理咨询、职业适应评估、职业康复训练、求职定向指导、职业介绍等服务；

（四）为残疾人个体就业和自主择业、跨地区就业和农村残疾人进城务工、组织劳务输出等提供必要的帮助；

（五）为用人单位安排残疾人就业提供必要的支持。

鼓励其他就业服务机构为残疾人就业提供免费服务。

第三十二条 对超比例安排残疾人就业的用人单位，按照规定通过残疾人就业保障金给予一定奖励，用于该单位为残疾人职工缴纳社会保险费、岗位培训和购买意外伤害保险等。

第三十三条 残疾人职工与用人单位发生争议，人力资源社会保障部门应当积极协调，依法维护残疾人职工合法权益，各级残疾人联合会应当给予帮助和支持，并根据需求协调有关部门提供法律援助、免费提供盲文、手语翻译等服务。

关于建立残疾儿童康复救助制度的通知

鲁政发〔2018〕20号

一、明确制度内容

（一）救助对象。坚持“救早救小”和“应救尽救”，对符合条件的视力、听力、言语、肢体、智力等残疾儿童和孤独症儿童（以下统称残疾儿童）实施康复救助。救助对象应为具有山东省常住户口或居住证的法定年龄儿童，同时具有专业诊断医疗机构出具的相关残疾或疑似残疾诊断证明，有相应康复适应指征或经定点康复评估机构评估有康复潜力，监护人有康复意愿并保证受助儿童至少接受规定时间的康复训练。

（二）救助方式。对需要长期康复训练的残疾儿童，根据不同类型采取机构内集中康复训练和“机构+社区+家庭”康复训练救助模式。听力、言语残疾儿童在机构内集中康复训练救助的时间原则上不超过2年。智力残疾、脑瘫和孤独症儿童在机构内集中康复训练救助的时间原则上不超过4年。对已满机构内最长康复训练救助年限、经评估仍需康复的残疾儿童，采用“机构+社区+家庭”康复训练救助模式，保证康复效果。

（三）救助标准。定点机构集中康复训练救助每年不少于10个月，每人年补助训练费15000元；“机构+社区+家庭”康复训练救助每年累计不少于3个月，每人年补助训练费5000元。对需辅助器具救助的儿童，配发基本型辅助器具。康复救助标准根据经济社会发展状况和残疾儿童康复需求等因素适时进行调整。对经评估符合条件的重度听力残疾儿童，免费实施人工耳蜗救助手术；对经评估需矫治手术的肢残儿童，免费实施肢残矫治救助手术。

（四）救助申请审核。残疾儿童监护人向残疾儿童户籍所在地（居住证发放地）县级残联提出申请。监护人也可委托他人、社会组织等代为申请。县级残联要严格落实“一次办好”改革要求，在5个工作日内完成对申请人提交资料的审核。

（五）救助实施。经审核符合条件的残疾儿童，由其监护人按照就近就便原则自主选择定点康复机构接受康复服务。必要时，由市级以上残联和卫生计生等部门指定的医疗、康复机构做进一步诊断、康复需求评估。人工耳蜗植入、肢残矫治手术救助由市、县级残联初筛后报省残联审核确定，统一安排定点医院实施手术。

（六）救助费用结算。在定点康复机构接受康复服务发生的费用，经组织康复救助的残联审核后，按照国库集中支付管理规定定期与定点康复机构直接结算。经县级残联审核同意在非定点康复机构接受康复服务发生的费用，由县级残联审核后支付。

关于印发《山东省残疾预防行动计划（2018—2020年）》的通知 鲁残工委〔2018〕1号

二、主要行动

（一）强化三级预防，有效控制出生缺陷和发育障碍致残

1. 加强婚前、孕前优生及孕早期健康检查，预防出生缺陷儿的发生。积极推进婚前医学检查，加强对严重遗传性疾病、指定传染病、严重精神障碍的检查并提出医学意见。免费实施孕前优生健康检查，为计划怀孕夫妇提供健康教育、医学检查、风险评估、咨询指导等孕前优生服务，做好孕早期保健，合理营养，预防感染，谨慎用药，避免接触放射线和有害物质等。推进农村妇女补服叶酸预防神经管缺陷。推进耳聋基因筛查项目，预防听障残疾发生。孕前优生检查目标人群覆盖率达80%以上。

2. 做好产前筛查、诊断，减少严重出生缺陷儿的发生。落实《产前诊断技术管理办法》，加强产前筛查和诊断网络建设。深入实施全省免费产前筛查项目，夫妇双方或至少一方具有山东省户籍的孕15—20+6周的怀孕妇女免费接受一次产前血清学筛查，筛查评估罹患唐氏综合征、爱德华氏综合征和开放性神经管缺陷的风险。2020年产前筛查率达到85%以上。

3. 加强新生儿疾病及儿童致残性疾病的筛查和干预，对出生缺陷患儿出生后采取及时、有效的诊断、治疗和康复，防止残疾，促进健康。落实《新生儿疾病筛查管理办法》，普遍开展新生儿疾病筛查，逐步扩大疾病筛查病种和范围。做好儿童保健工作，广泛开展新生儿访视、营养与喂养指导、生长发育监测、健康咨询与指导，建立新生儿及儿童致残性疾病和出生缺陷筛查、诊断、干预一体化工作机制，提高筛查覆盖率及转诊率、随访率、干预率。新生儿四种遗传代谢性疾病免费筛查率达98%以上，新生儿听力筛查率达98%以上，新生儿及儿童残疾筛查率达90%以上，干预率达85%以上。

（二）突出重点领域，着力防控疾病致残

1. 有效控制传染性疾病。进一步加强传染病监测，开展疫情报告、流行病学调查等预防控制措施，建立健全传染病联防联控机制，落实好传染病综合防控措施，做好传染病患者的医疗救治。以县级疾病控制机构和基层医疗卫生机构为重点，加强基层防控体系，提高疫情发现能力和处置水平。进一步完善预防接种服务体系，继续将脊髓灰质炎、流行性乙型脑炎等致残性传染病的疫苗接种率维持在较高水平，按照国家免疫规划要求适时调整疫苗种类。落实《疫苗流通和预防接种管理条例》，保证疫苗使用安全。以乡（镇、街道）为单位适龄儿童国家免疫规划疫苗接种率继续保持在90%以上，保持无脊髓灰质炎状态。

2. 有效控制地方性疾病。针对地方病流行状况，继续落实科学补碘措施，保持碘缺乏病消除状态。加强居民生活饮用水改水降氟等措施。规范克山病和大骨节病病例搜索与患者随访治疗。控制和消除重大地方病的县（市、区）达95%以上。

3. 加强慢性病防治。开展全民健康生活方式行动，推动科学膳食、全民健身、控烟限酒。充分利用中医药“治未病”优势，推广中医药预防保健服务，预防慢性病致残。倡导居民定期健康体检，引导鼓励政府机关、企事业单位、社会组织等建立健康体检制度。推广重点癌症、脑卒中、心血管疾病等重大慢性病早诊早治适宜技术，逐步建立机会性筛查制度。依托重大公共卫生服务项目，加强心脑血管疾病、糖尿病、慢性呼吸系统疾病等慢性病防控、治疗及管理，预防致残。开展致聋、致盲性疾病早期诊断、干预。已管理高血压、糖尿病患者的规范管理率达到60%以上；百万人口白内障复明手术率（CSR）达到2000以上。

4. 加强精神疾病救治救助。落实《山东省精神卫生工作规划（2017—2020年）》，健全完善精神卫生预防、治疗、救助、康复服务体系。积极开展心理健康促进工作，规范精神障碍筛查与治疗康复，重点做好妇女、儿童、青少年、老年人、残疾人等群体的心理健康服务，创造有益于身心健康的生活、工作环境，减少健康隐患。将心理援助纳入突发事件应急预案，为遭遇突发公共事件群体提供心理援助服务。贫困严重精神障碍患者通过基本医疗保险、大病保险支付医药费后仍有困难，或者不能通过基本医疗保险、大病保险支付医药费的，符合条件的给予医疗救助或临时救助。加强严重精神障碍患者救治救助工作，落实监管责任。实施以奖代补政策，推动严重精神障碍患者监护责任落实，防止严重精神障碍患者肇事肇祸案事件发生。登记在册的严重精神障碍患者管理率达85%以上。

（三）加强综合监管，努力减少伤害致残

1. 加强安全生产监管。进一步贯彻落实《安全生产法》《职业病防治法》，强化生产经营单位落实安全生产和职业病防治的主体责任，保障人民群众的安全与健康。强化工作场所职业安全健康管理，开展职业安全健康教育，提高劳动者安全健康防护能力。重点做好待孕夫妇、孕期妇女劳动保护，避免接触有毒有害物质，减少职业危害。开展工矿商贸企业安全生产隐患排查治理，提高事故风险防范、事故救援和应急处置能力，预防工伤、尘肺病、职业中毒及其他职业病致残。依法保障工伤和患职业病职工的工伤保险待遇，切实维护其合法权益。加强消防安全管理，排查整治易燃易爆单位和养老院、敬老院、福利院、医院、未成年人保护中心、残疾人康复机构、托养机构、救助管理站、中小学校、幼儿园等人员密集场所火灾隐患。生产安全事故发生起数、伤亡人数均下降10%以上。

2. 加强道路交通安全管理。强化道路交通安全设施、设计和建设，开展道路隐患排查治理，确保公路及其附属设施始终处于良好技术状况。推动完善公路、附属设施及机动车产品相关标准。加强驾驶人教育培训，普及中小学生交通安全宣传教育，推广使用汽车儿童安全座椅。加强旅游包车、班线客车、危险品运输车、工程运输车、校车及接送学生车辆安全管理，严格落实运输企业主体责任。加大路查路检力度，定期开展专项整治行动。依法严厉查处严重交通违法行为。完善道路交通事故应急救援机制，提高施救水平。道路交通万车死亡率下降6%。

3. 加强农产品和食品药品安全监管。建立健全食品安全监管体系，加大食品安全源头治理力度。加强对农产品和食品中致病性微生物、农药残留、兽药残留、重金属、污染物质以及其他危害人体健康物质的检测和监管力度，有效防范、妥善应对食品安全事件。严肃查处制售假药、劣药行为，规范临床用药，加强药物不良反应监测。

4. 加强饮用水和空气污染治理干预。全面落实《水污染防治行动计划》。严格保护良好水体和饮用水水源，全面加强城乡饮用水卫生监测，及时掌握全省饮用水水质基本状况，确保达到生活饮用水卫生标准。实施农村饮水安全巩固提升工程，指导涉水病区改水。按照国家部署开展空气污染等环境污染对人群健康影响跟踪调查，为制定干预措施提供支撑。以“压煤、抑尘、控车、治气、增绿”为重点，加快推进重点区域、重点领域、重点行业大气污染综合治理。全面实施大气排污总量控制，完善重度以上污染天气联合预警机制，加强联防、联控。大力发展清洁能源和绿色建筑，优化城市综合交通体系，推进空气质量持续改善。

5. 增强防灾减灾能力。健全气象、洪涝、海洋、地震、地质灾害等监测和预警预报系统，加强监测预警、巡查排查、应急值守、信息报送等相关工作，发挥突发事件预警信息发布系统作用，提高突发自然灾害现场应急处置能力和水平。完善社区、学校、医院、车站、工厂等人员密集场所灾害防御设施、措施。加强全民安全意识教育，加强疏散逃生和自救互救等防灾减灾宣传培训、应急演练及救治。

6. 减少儿童意外伤害和老年人跌倒致残。开展儿童意外伤害社区、家庭综合干预，创造儿童安全生活环境。积极开展儿童步行、乘车、骑车和防范溺水、跌落、误食等风险的安全教育。完善产品风险和伤害监测体系，实施产品安全预警和风险通报等干预措施，减少儿童意外伤害发生。加强对玩具、电子产品的质量监督，减少对儿童青少年视力、听力、精神等方面的伤害危害。重点改造易致跌倒的危险环境，避免残疾人次生伤害，提高老年人及其照料者预防跌倒的意识和能力。

（四）实施精准服务，显著改善康复服务

1. 加强康复服务。进一步完善残疾儿童康复救助制度，普遍开展残疾儿童早期康复。推广疾病早期康复治疗，减少残疾发生，减轻残疾程度。将残疾人健康管理和社区康复纳入基本公共服务清单，为残疾人提供登记管理、健康指导、康复指导、定期随访等服务。按照《山东省残疾人精准康复服务行动实施方案》和残疾人基本康复服务目录，实施精准康复服务行动。有需求的残疾人基本康复服务覆盖率达90%以上。

2. 大力抓好辅助器具服务。认真贯彻《国务院关于加快发展康复辅具产业的若干意见》（国办发〔2016〕60号），搭建辅助器具产业促进平台，完善基层辅具服务网络，提升适配能力。开展残疾人辅助器具个性化适配，重点普及助听器、助视器、假肢等残疾人急需的辅助器具。将贫困残疾人基本型辅助器具适配服务纳入基本公共服务项目清单，开展基本型辅助器具适配服务。开展辅助器具租赁等社区服务，就近就便满足残疾人短期及应急辅助器具需求。残疾人基本型辅助器具适配率达85%以上。

3. 推进无障碍环境建设。加强残疾人、老年人出行的无障碍环境改造，推进政府机关、公共服务、公共交通、社区等场所、设施的无障碍改造，新（改、扩）建道路、建筑物和居住区严格执行国家无障碍设计规范。积极开展贫困残疾人家庭无障碍改造。加强信息无障碍建设，推动省、市电视台开设手语栏目，县级以上政府网站无障碍服务能力建设达到基本水平。加大盲人、聋人出行和交流无障碍产品的研发和应用。

关于印发《山东省“共享阳光·残疾人就业创业工程”推进实施方案》的通知

鲁残联发〔2018〕12号

山东省残疾人联合会、山东省财政厅联合印发。

二、奖补对象

补助地方开展残疾人职业技能和农村实用技术培训；奖励残疾人就业基地；奖励残疾人自主创业标兵和致富能手；支持建设适合残疾人创业的孵化机构等。

三、条件和标准

（一）补助地方开展残疾人职业技能和农村实用技术培训

1. 接受培训的残疾人具有山东省户籍，在就业年龄段内，持有中华人民共和国残疾人证（1至4级）或中华人民共和国残疾军人证（1至8级）（以下简称残疾人证或残疾军人证），有就业愿望和一定劳动能力；

2. 经过培训的残疾人能掌握一门以上职业技能或实用技术；

3. 对参加培训的残疾人实行实名制管理。

经个人申请，县级残联审批，残疾人免费参加残联系统组织开展的职业技能和农村实用技术培训。按照平均每人1000元标准给予补助，由县级统筹用于开展培训。

（二）奖励残疾人就业基地

残疾人就业基地是指在山东省内注册的各类企业、个体经济组织和城乡集体经济组织，积极吸纳残疾人就业和辐射带动残疾人就业比较集中的用人单位。主要有安置型、灵活就业型、辐射带动型、综合型基地等类型，须具备以下基本条件：

一是依法经营，管理规范，守信重诺；法定代表人或负责人有爱心、责任心，愿意为残疾人增收做贡献；

二是能够为残疾人就业提供必要的劳动、安全、生活保障；

三是积极履行合同或协议约定的义务和责任，确保残疾人合法权益得到保障；

四是安置或辐射带动的残疾人具有山东省户籍，在就业年龄段内，持有残疾人证或残疾军人证，有就业愿望和一定劳动能力；

五是具有较好的发展潜力，符合安全、环保、可持续发展的要求；

六是运营一年以上，按照三年内不重复奖励的规定实施。

1. 安置型基地。

（1）须安置残疾人就业5人以上。其中，安置1名持有残疾人证（1至2级）或残疾军人证（1至3级）人员就业的，按照安排2名残疾人就业计算；用人单位法定代表人为残疾人的按照实际安置2名残疾人计算；

（2）安置残疾人就业须与残疾人签订一年以上劳动合同，依法为其缴纳社会保险；

（3）残疾人月工资收入不低于当地政府公布的上年度最低月工资标准。

2. 灵活就业型基地。

（1）须安排残疾人灵活就业10人以上；

（2）每人每年累计用工时间不少于125个工作日；

（3）日工资收入不低于当地政府公布的上年度最低月工资标准/30天。

3. 辐射带动型基地。

（1）带动15户以上（含15户）残疾人家庭，每户实现年度增收6000元以上；

（2）须与残疾人户签订生产资料供应、技术培训服务、产品收购等协议，明确优惠帮扶标准和措施，并实际履行。

4. 综合型基地。

（1）辐射带动残疾人发展致富项目的基地，兼有安置残疾人就业或者有残疾人灵活就业的视为综合型基地；

（2）须综合安置残疾人就业5人以上，其中安排灵活就业2人按照实际安置1人计算；辐射带动3户残疾人家庭按照实际安置1人计算。

符合以上申报条件之一的用人单位，按照每年下达的名额择优奖励，其中安置残疾人5人以上（含5人）的就业基地，为省级残疾人就业优秀基地，给予每个基地5万元奖励资金。安置残疾人10人以上（含10人）从事文化产业的就业基地，为省级残疾人就业创业（文化）示范基地，给予每个基地10万元奖励资金。安置残疾人就业30人以上（含30人）的就业基地，为省级残疾人就业示范基地，给予每个基地30万元奖励资金，并按照标准命名为相应级别的残疾人就业基地。

灵活就业型基地、辐射带动型基地、综合型基地不进行省级残疾人就业和就业创业（文化）示范基地评定。

（三）奖励残疾人自主创业标兵和致富能手

为激发广大残疾人“自尊、自信、自强、自立”精神，奖励自主创业致富的优秀残疾人。自主创业标兵和致富能手须具备以下基本条件：

一是依法经营，诚实守信，自觉遵守国家有关法律法规和社会公德；

二是具有山东省户籍，在就业年龄内，持有残疾人证或残疾军人证；

三是个人承诺无违法违规和不良信用记录。

1. 残疾人自主创业标兵条件。

（1）按照国家和地方有关规定进行注册、登记，并办理相关合法手续；

（2）正常运营1年以上（含1年），盲人按摩机构没有运营时间限制，上一年之前（含上一年）开办即可；

（3）经营项目具有较好的发展潜力并能带动残疾人就业创业。

2. 残疾人致富能手条件。

（1）残疾人自强自立，通过种植、养殖和家庭加工业等技能特长带动家庭勤劳致富；

（2）致富项目具有较好的发展潜力，符合安全、环保、可持续发展的要求；

（3）年收入超过当地政府公布的上年度人均年收入。

符合以上申报条件的残疾人，按照择一和三年不重复奖励原则，择优予以奖励，并统筹城乡，重点向农村倾斜。对自主创业标兵，给予符合条件的个体工商户、各类企业和盲人按摩机构1万元奖励。给予网上就业创业残疾人每人2000元奖励。给予残疾人致富能手每人5000元奖励。

四、组织实施

（一）残疾人技能（术）培训

县（市、区）残联应于每年5月30日前编报下年度本辖区残疾人技能（术）培训计划，报设区的市残联汇总。设区的市残联应于每年7月20日前报省残联备案。省残联根据备案情况和各地工作开展情况等综合因素，研究确定各地培训数量，于次年下达培训资金。

（二）残疾人就业基地

1. 申报。符合奖励条件的单位和残疾人个人须提出书面申请，填报相应的申报表（详见附件9、10、11），同时提报单位或个人经营总体情况报告（报告应包含：经营基本情况、安置残疾人就业情况、辐射带动增收及成效情况等内容），申报单位及个人应于每年3月30日前将申报材料报送至县（市、区）残联。

2. 审核。各县（市、区）残联应于每年5月30日前完成申报事项审核工作，确定拟奖励名单。

省级优秀基地、自主创业标兵和致富能手由县（市、区）残联认定，省级示范基地由设区的市残联认定。

3. 上报。各县（市、区）残联应于每年6月30日前将申报表（详见附件1、2）报送至设区的市残联，各设区的市残联于每年7月20日前将申报汇总表（详见附件3、4）上报至省残联，并纳入下一年度省级拟奖励项目库。

4. 奖励名额分配。省残联根据拟奖励项目库数量和各地工作开展情况等综合因素，研究确定各地奖励名额。

5. 择优奖励。各县（市、区）残联要根据下达的奖励数量，确定拟奖励的单位和个人，经公示无异议后，实施奖励，并对奖励单位和个人申请年度内安置辐射带动及个人经营情况进行评估。县（市、区）残联要认真填写评估和汇总表（详见附件5、6、7、8），并将评估汇总表（详见附件7、8）于次年1月15日前报送至市级残联；各市残联要将评估情况于次年1月30日前报送至省残联。

五、资金管理和使用要求

预算指标下达后，各级残联应按照财政国库支付管理规定及时将资金支付到用人单位或个人。省级奖励基地资金主要用于租用培训场地，改善基地条件，购买生产资料、残疾人培训资料、师资技术服务等。要严格按照规定用途使用资金，切实提高资金使用效益，自觉接受财政、审计、纪检、监察等部门的检查和监督。

关于印发《山东省扶贫开发领导小组成员单位及有关省直单位打赢脱贫攻坚战三年行动工作方案》的通知

鲁扶贫组发〔2018〕7号

二、目标任务

2018年，推动基本完成3.1万名省扶贫标准建档立卡残疾人脱贫任务，巩固35.8万名已脱贫享受政策建档立卡残疾人的脱贫成果。2019年，着力巩固提升脱贫成果，逐步建立稳定脱贫长效机制，推进2000个省扶贫工作重点村残疾人公共服务延伸。2020年，全面完成建档立卡残疾人脱贫攻坚任务，助力20个脱贫任务较重的县（市、区）残疾人基本公共服务主要指标接近全省平均水平，为乡村振兴奠定基础。

三、主要措施

（一）做实基础工作，精准掌握实底。与扶贫部门主动对接，精准认定建档立卡残疾人中未脱贫和已脱贫仍享受政策的残疾人数。基层残疾人工作者要利用每年一次的动态更新工作走村入户，和残疾人面对面交流，配合使用微信、QQ、座谈、调研等方式，认真采集信息，准确掌握每个地区每名建档立卡残疾人的个性化需求，真正做到人数精准、情况精准、需求精准。委托第三方对扶贫数据进行分析研究，形成分析报告，为精准施策提供依据。开发覆盖全省的“互联网＋残疾人服务”网络，使用好全省残疾人精准扶贫管理系统和脱贫监测移动App服务系统，动态掌握建档立卡残疾人服务需求情况和脱贫成效，为统计考核提供可靠支撑。

（二）加大救助力度，大力推进精准康复。推动完善重度残疾人医疗报销制度，提高残疾人大病保险支付比例，加大建档立卡残疾人康复服务和医疗救助力度，逐步扩大纳入基本医疗保险范围的残疾人医疗康复项目。加强辅助器具适配服务，到2020年为所有有辅具需求的建档立卡残疾人提供适配服务。推进市、县残疾人康复中心和托养中心建设，加强人才队伍培养管理。加大残疾预防，修订残疾儿童康复救助制度，开展残疾儿童康复需求筛查，推行残疾人家庭医生签约服务，推动有康复需求的建档立卡残疾人、因病致（返）贫残疾人基本康复服务全覆盖。

深入开展残疾儿童免费抢救性康复救助，继续推动符合条件的0—6岁听障儿童人工耳蜗植入手术“有一做一”。2018年为临沂、菏泽听障婴幼儿实施早期干预，免费验配助听器250台并入户指导；2019年为聊城、德州、滨州听障婴幼儿实施早期干预，免费验配助听器300台并入户指导；到2020年，完成200例贫困家庭孤独症、脑瘫、智力障碍、发育迟缓等残疾儿童免费精准康复救助；完成15000例新生儿及听障人士免费耳聋基因筛查；完成200户贫困残疾人家庭康复技术支持、生活跟踪指导。

（三）激发内生动力，积极引导就业创业。依托国家和省电商扶持政策，鼓励有能力有意愿有条件的残疾人网络就业创业，按规定给予设施设备和网络资费补助，优先保障建档立卡残疾人。继续实施电商技能培训计划，每年培训不少于1000人次。深入实施“共享阳光·残疾人就业创业工程”，积极探索基地吸纳就业、龙头企业带动、流转土地入股分红、扶贫资产折股、居家就业创业等模式，安置贫困残疾人就业或带动家庭成员稳定增收。省每年奖励扶持不少于10个省级残疾人就业示范基地，奖励扶持100名残疾人自主创业标兵和100名残疾人致富能手，补助1000名残疾人接受职业技能培训和农村实用技术培训，免费培训1000名盲人按摩师，对受训盲人开设按摩机构给予一定扶持，对有需求的建档立卡残疾人优先进行培训。

进一步优化就业创业环境，做好用人单位按比例安排残疾人就业年审工作。推动贫困智力、精神和重度肢体残疾人辅助性、支持性就业，及时向中国残疾人就业创业网络服务平台和我省各类就业网络进行推送。配合新时代文明实践中心试点工作，成立残疾人励志宣讲团，开展励志宣传教育活动，全面激发贫困残疾人自强不息、自强自立、干事创业的内生动力。

（四）发展教育文化，减少贫困代际传递。积极落实《省教育厅等八部门关于印发〈第二期特殊教育提升计划（2018—2020）〉的通知》，重点保障低保残疾人、建档立卡残疾人及家庭子女。推动落实残疾学生从学前到高中阶段免费教育，完善落实送教上门、随班就读、康教结合等政策。山东特殊教育职业学院研究制定招收建档立卡残疾人家庭学生专项计划，在落实国家免学费、发放助学金政策基础上，免除住宿费、教材费，优先提供勤工俭学、定向就业岗位。省听力语言康复中心将听障儿童生源数量向贫困县倾斜并给予优先保障。推动残疾人文化工作先进社区建设，鼓励扶持残疾人参与艺术创作和文化产业发展，搭建残疾人“半小时文化圈”，到2018年至少建成50家省级贫困残疾人文化从业示范基地，争取建成150个基层视障数字阅览室服务站点。

（五）推动落实兜底政策，提升社会保障水平。积极推动建立残疾人“两项补贴”动态调整机制。积极推进成年无业重度残疾人单独施保、为重度和困难残疾人代缴养老保险和医疗保险、重度残疾人提前5年领取养老保险金等政策落实，确保覆盖所有符合条件的残疾人。推动落实残疾人免费乘坐公交、生活用水电气暖费减免等优惠政策。扎实推进贫困残疾人家庭无障碍改造项目，2018年底前完成建档立卡残疾人家庭无障碍改造工作，扶持标准一般不低于1500元，到2020年基本实现重度残疾人家庭无障碍改造率不少于总任务的90%。鼓励支持各地为残疾人购买意外伤害保险。

积极推进残疾人托养服务体系建设，制定出台山东省残疾人托养服务建设三年行动实施意见，坚持政府特困残疾人集中供养为主导、残疾人托养服务为补充的兜底保障办法，持续开展“阳光家园计划”，按照每人每年不低于1500的标准进行补助，着重为低保家庭、未脱贫和已脱贫仍享受政策的建档立卡贫困户或符合当地政府规定标准的困难残疾人家庭中的智力、精神和重度残疾人提供托养照料服务。坚持重度残疾人护理补贴、居家照料、日间照料、寄宿托养和集中供养相结合的保障措施，2020年实现托养服务有效供给明显增加，托养服务体系基本建成，托养服务内容更加精准，普遍嵌入辅助性就业项目，残疾人托养服务供给保障机制更加完善。鼓励各地通过政府补贴、购买服务、设置公益性岗位等措施，提供寄宿供养或日间照料、邻里照护等服务。支持精神卫生中心等机构积极承接精神残疾人托养照料工作。

（六）动员社会力量，形成扶贫助残社会合力。开展“志愿助残阳光行动”“邻里守望”等志愿助残活动，广泛动员社会组织、企业、个人等参与残疾人脱贫攻坚，为有需求的建档立卡残疾人提供生产扶助、生活照料、健康咨询、康复训练、教育辅导、扫盲识字、文化阅读、情感慰藉、心理疏导、法律维权、体育健身等服务。加强志愿助残服务阵地建设，积极推动农村社区建立助残志愿服务组织。继续实施“第一书记”帮包村助残致富奔小康项目，按照每户2000元标准，借力“第一书记”，扶持帮包村贫困残疾人家庭发展致富项目。充分发挥残疾人专门协会作用，深入调研本类别贫困残疾人的特殊需求，积极开展有针对性的帮扶活动。省残疾人福利金会要搭建好“爱心众筹”平台，募集款物优先帮扶贫困地区和贫困残疾人。

关于调整残疾人“两项补贴”标准的通知

鲁民〔2018〕102号

山东省民政厅、山东省财政厅、山东省残疾人联合会联合印发。

一、享有困难残疾人生活补贴的一、二级残疾人，补贴标准由每人每月不低于80元提高到每人每月不低于100元，其他等级的困难残疾人生活补贴标准为每人每月不低于80元。享有重度残疾人护理补贴的一级残疾人，补贴标准由每人每月不低于80元提高到每人每月不低于100元，其他等级的重度残疾人护理补贴标准为每人每月不低于80元。

二、儿童（社会）福利机构内符合条件的重度残疾儿童，不享受困难残疾人生活补贴，可享受重度残疾人护理补贴。

三、以上困难残疾人生活补贴和重度残疾人护理补贴标准及政策调整，自2019年1月1日起执行。

三、工作综述

2018年，山东省持证残疾人达227.6万，其中一二级重度残疾人有105.7万。一年来，省残联认真学习贯彻习近平新时代中国特色社会主义思想和党的十九大精神，牢牢把握“走在前列”目标定位，以抓好残疾人脱贫攻坚为重点，大力推进残疾人全面小康进程，各项工作取得显著成绩。

（一）主要工作

1. 残疾人脱贫攻坚更加精准有力。2018年，精准认定山东未脱贫残疾人28751名。全省各级残联组织认真落实《省残联打赢脱贫攻坚战三年行动工作方案》，推动贫困残疾人在康复救助、文化教育、技能培训、就业创业、社会保障、托养照料、无障碍环境等方面得到优先保障。全省救助建档立卡残疾人59.83万人次，其中未脱贫建档立卡残疾人4.71万人次，已脱贫仍享受政策建档立卡残疾人55.12万人次。扶贫车间、电商扶贫、集中供养、邻里互助等经验做法多次被中国残联推广。对中央巡视反馈扶贫有关问题中涉及的6户残疾人、4621名因残返贫残疾人加强联系调度，及时跟进帮扶措施。截至2018年底，全省28751名建档立卡残疾人全部脱贫。省残联积极参与东西部扶贫协作工作，与重庆市残联签订《残疾人扶贫协作协议》。

2. 精准康复服务更加全面。省政府残工委印发《残疾预防行动计划（2018—2020年）》，对做好残疾预防工作做出安排。指导泰安市泰山区、荣成市、沂水县、利津县等地做好全国残疾预防综合试验区试点创建工作，探索和创新残疾预防工作模式。大力开展精准康复服务行动，为77.8万名残疾儿童和持证残疾人提供基本康复服务，精准康复服务率、核心信息准确率领先全国。推动建立残疾儿童康复救助制度并提标扩面增质。继续落实听障儿童免费人工耳蜗植入手术“有一做一”，实施手术459例。积极推动开展家庭医生签约服务，94.1万残疾人签约，签约服务率41.3%。大力推进残疾人康复辅助器具产业发展，举办第三届泰山国际福祉暨康复设备博览会和论坛。全省已建（在建）市级残疾人康复中心16处、县级132处，承担康复任务的定点机构429家，社区康复服务站4.2万个，基本形成了功能完善的康复服务网络。

3. 教育就业工作持续推进。制定落实《第二期特殊教育提升计划（2018—2020年）》，为残疾儿童、青少年实施15年免费教育。推动修订《残疾人就业办法》和《残疾人就业保障金征收使用管理办法》，继续推进按比例安排残疾人就业，青岛等10个市为残疾人设置11个公务员职位和8个事业编岗位定向招考。全省共组织残疾人专场招聘会146次，帮助2070名残疾人实现就业。举办第三期全省残疾人电商创业带头人培训班，125人接受提升培训。成功举办省第六届残疾人职业技能竞赛。

4. 基本公共服务和社会保障更加完善。44.7万人领取困难残疾人生活补贴，81.2万人领取重度残疾人护理补贴，为93.3万人次购买意外伤害保险。深入实施“阳光家园计划”，为3.85万名残疾人提供托养服务。开展志愿助残阳光行动，积极组织向寿光等受灾严重地区残疾人群众捐款捐物。省残疾人福利基金会共募集款物2600余万元，救助和帮扶残疾人近7万人次。

5. 残疾人权益保障更加有力。出台山东省残疾人证管理办法，进一步简化、优化办理流程，且可省内异地办理，实现“一次办好”，全省残疾人证办理效率明显提高，残疾人办证数量明显增加。截至2018年底，全省已办证残疾人数量由年初的202万人上升到226万人，提高4.5%。全省成立残疾人法律救助工作协调机构82个，建立残疾人法律救助站82个。全省开展无障碍环境检查104次，完成1万户贫困重度残疾人家庭无障碍改造任务。充分发挥12385残疾人服务热线作用，全年处理来电来访6.6万人次，处结率98%。

6. 残疾人“平等、参与、共享”更加充分。组织开展山东残疾人冰雪运动季、第十二次全国特奥日、第八届“残疾人健身周”等活动，全省15000余名残疾人参与各类活动。成功举办全省第十届残运会，和省运会“同城举办、同样精彩”。山东8名运动员在雅加达亚残运会中获得8金2银1铜的好成绩。举办全省残疾人文化周、第三届残疾人工艺美术品展等活动，丰富了残疾人精神文化生活。组织媒体记者深入基层，讲好山东残疾人故事，宣传山东残疾人事业，营造扶残助残良好社会氛围。

7. 残联组织自身建设不断加强。成功召开省残联第七次代表大会，全省有7个市级残联完成换届，所有县（市、区）乡（镇）残联均完成换届，夯实了服务残疾人的组织基础。全省残联认真学习中国残联第七次全国代表大会精神，省委书记刘家义、省长龚正、省委副书记杨东奇均做出重要批示。开展全省残疾人基本服务状况和需求信息数据动态更新工作，精准掌握持证残疾人基本服务状况和需求。启动《山东省残疾人公共服务管理系统》项目建设，提升残联工作信息化水平。开展全国文明单位创建工作，促进机关工作全面提标升级。省残联机关和特教职业学院、残疾人综合服务中心、听力语言康复中心均为省级文明机关（单位），省听力语言康复中心被评为“全省干事创业好团队”。

（二）青岛市残疾人事业取得新发展

为全市9.7万名参加居民养老和居民医疗保险的残疾人实施政府代缴费或补贴；为3.8万名困难家庭残疾人发放专项生活补贴；为7.7万余名重度残疾人落实护理补贴政策；为10.3万名残疾人统一购买意外伤害保险服务；为7800多名符合条件的残疾人提供托养服务。全市2400多名建档立卡残疾人全部实现稳定脱贫。实施0—15岁残疾儿童康复救助2200人，对37名重度聋儿电子耳蜗植入手术各补助13.8万元。创建残疾人辅助器具适配货币化补贴制度，对有需求的残疾人实现政策全覆盖。全面推进残疾人家庭医生签约服务，签约残疾人2.9万多名。康复救助与服务总量6.2万多人次，精准康复服务率达到98.5%。将社会力量创办的孵化基地、孵化园区全部纳入奖补范围，对培训指导残疾人从事电商、微商的服务机构按照每人每年6000元标准给予奖补，孵化残疾人创业项目29个，新增残疾人电商280多名。完善残疾人个体户参加基本养老保险和基本医疗保险补贴办法，将农村残疾人纳入补贴氛围，有1860多名残疾人享受政策。持续开展残疾人辅助性就业，560多名精神、智力残疾人实现稳定就业。实施职业技能和农村适用技术培训4300多人，新增就业2200多人，新增自主创业1800多人。积极推行城市公交导盲系统，试行线路2条，运行车辆近

300辆。新出台残疾人免费停车4小时政策。投入710多万元为1300多户残疾人家庭实施无障碍改造。全面加强残疾人基层组织和残疾人工作者队伍建设，村居残疾人组织覆盖率和残疾人专职干事、联络员配备率均达到100%。4个区的残疾人网格化服务覆盖率达到100%，残疾人个性需求实现“直通联办、定制服务”。网上办理、一网通办、一次办好均达到100%，一证办理达到80%以上。基层残疾人参与群众性文化体育活动达到40%以上，培育各类骨干460多名，推介特色项目（作品）160多个。承担的国家残奥冰球项目，参加世界锦标赛以C组第一名的成绩晋升B组。残疾人跆拳道队在全国锦标赛中获得13枚金牌、7枚银牌、8枚铜牌。

（三）基层残疾人工作亮点与创新

济南市历城区将残疾人工作纳入区县、镇（街）及村居（社区）党政工作大局试点工作。

济宁市从一个党组织帮扶多个贫困残疾人的分散帮扶转变为多个党组织帮扶一个贫困残疾人的聚焦帮扶。

东营康复中心逐步成为集辅助器具体验展示、社区康复服务指导、康复科学研究预防于一体的综合性康复服务机构。

滨州市以无棣爱心医院、市小蜗牛听力语言康复中心和启明星幼儿园为载体，开展残疾儿童康教融合试点，逐步实现残疾儿童康教融合服务全覆盖。

菏泽市实施入门培训、帮助办理营业执照、资金扶持、技术指导、协调货源等一条龙服务，强化残疾人电商创业扶贫，参训学员开设网店率90%以上。

临沂市优化创新“梦想小镇”创业平台，带动3160名残疾人实现就业。

威海市织密政策救助、基本福利、精准扶贫、康复服务、社会救助等兜底保障“五张网”，不断完善残疾人群体救助体系建设。

淄博市以数据平台形式免费为有需求的贫困重度残疾人提供家政服务、医疗康复、法律咨询、亲情陪伴等优质服务。

日照市12385残疾人服务热线涵盖接听接访、政策解答、心理咨询、法律援助、公益活动等多项内容，实现网络全覆盖服务零距离。

四、重要条目

【山东省残联第七次代表大会】2018年7月19日在济南召开。省委书记、省人大常委会主任刘家义出席开幕式并讲话，省委、省人大、省政府、省政协领导出席会议，近400名代表参加。会议回顾总结过去五年来的工作，研究部署今后一个时期的工作任务。邹斌芳代表省残联第六届主席团做题为《牢记初新使命，凝聚人道力量，奋力谱写新时代山东残疾人美好生活新篇章》的工作报告。会议选举产生新一届省残联主席团委员和出席中国残联第七次代表大会代表，通过《山东省残联第七次代表大会关于山东省残联第六届主席团工作报告的决议》；选举产生省残联第七届主席团主席、副主席，推举产生省残联执行理事会理事长。选举孙继业为省残联第七届主席团主席，推举邹斌芳为省残联第七届执行理事会理事长。省残联五个专门协会分别召开会议，选举产生各专门协会主席、副主席。

【山东省残疾儿童康复救助制度】山东省人民政府《关于建立残疾儿童康复救助制度的通知》（鲁政发〔2018〕20号）规定，在国家救助制度保基本、兜底线原则基础上，将救助年龄范围由国家要求的0—6岁扩大到所有法定年龄儿童，残疾儿童康复训练补贴提高至每人每年1.5万元，创新实行“机构+社区+家庭”全周期康复救助模式，实行人工耳蜗、肢残矫治手术免费救助。

【山东省听障儿童抢救性工程】山东省对0—6岁残疾儿童广泛开展助视、助听、助行等系列抢救性康复的救助项目。项目坚持救早救小原则，率先制定实施0—6岁残疾儿童抢救性康复救助办法。从2017年开始，对符合条件的0—6岁听障儿童免费实施人工耳蜗植入手术“有一做一”。截至2018年底，共救助听障儿童4502名。2018年12月16日，在山东省委宣传部等部门单位联合开展的庆祝改革开放40周年感动山东人物和最具影响力事件评选活动中，听障儿童抢救性工程被评为山东省庆祝改革开放40周年最具影响力事件。

【山东省第十届残疾人运动会】2018年10月25日至30日在青岛市举办。中国残联党组书记、理事长周长奎出席开幕式并致辞，省委、省人大、省政府、省政协领导出席。来自全省17个市和山东特殊教育职业学院的19个代表团共1542名运动员参加，比赛设16个大项670个小项，决出金牌580枚、银牌549枚、铜牌429枚。青岛一队、济南、济宁分列金牌榜前三名。

【山东特殊教育职业学院新校区建设】2018年11月24日省政府专题会议确定：山东特殊教育职业学院新校区选址在济南市经十东路山东职业技术学院南原济南一建地块，占地面积31.93公顷。学院将统筹全省残疾人就业指导、文化艺术、体育训练功能，高标准一次性完成总体规划，分两期建设。一期工程2019年年底前开工建设，2021年建成使用；二期工程在一期工程完成后压茬进行，可满足5000名在校生需求。

【孟征】男，汉族，44岁，中共党员，山东省邹城市宏伟电子商务服务中心总经理，先后荣获“全省十佳自强模范”“山东省残疾人电商创业十大标兵”“2018年全国脱贫攻坚奖（奋进奖）先进个人”等荣誉称号。2001年，孟征因车祸高位截瘫，四处求医背负十几万债务。他经历多次挫折后，2007 年与当地养殖户合作，尝试网上销售牛羊，当年获纯利 1.2 万元，次年网上销售牛羊 5 万多头。2010 年，创建大型牛羊驴养殖调拨基地，带动 2000 多农户发展养殖，数千人做起牛羊生意。先后招收并传帮带十多名残疾人，组建邹城残疾人电商团队，帮助残疾人依靠电商脱贫致富。创造“公司+农户”农村畜牧业电子商务发展模式，全镇电商牛羊年销售额 12 亿元，带动 1000 余人实现脱贫。

五、大事记

1 月 25 日，第二届中国残疾人冰雪运动季山东冰雪运动活动启动仪式在威海市举行，威海市 200 余名残疾人和志愿者参加。

2 月 28 日，山东省残联系统座谈会在济南召开。会议围绕贯彻落实中央、省委对残疾人事业发展的新部署新要求，聚焦全省残疾人工作热点、难点问题进行深入分析研究，交流各地先进经验和创新做法，进一步统一思想、凝心聚力，明确扎实做好全省残疾人工作的新思路、新举措。

3 月 26 日，山东省残联召开党组理论学习中心组扩大会议，邀请淄博市原山林场党委书记孙建博传达学习全国“两会”精神。理事长、党组书记邹斌芳主持会议并讲话。

4 月 3 日，山东省残疾人福利基金会“经颅磁脑瘫儿童康复救助项目”在济宁启动。北京特科医疗设备有限公司捐赠价值 454.5 万元的经颅磁脑瘫儿童治疗仪。

4 月 26 日，济南大学与山东特殊教育职业学院签署合作框架协议，双方正式建立战略性校际合作关系。邹斌芳及省教育厅二级巡视员荆戈、济南大学党委书记程新、校长张士强、山东特殊教育职业学院党委书记管洪锋等出席致辞。

4 月 28 日，山东省残联机关召开“大学习、大调研、大改进”工作务虚会。

5 月 2 日—3 日，全国残疾预防综合试验区北部片区研讨会在荣成市召开，全国北部片区的 15 个省（区、市）和兵团、农垦辖区内试验区理事长 60 余人参加。

5 月 3 日—4 日，山东省残联联合中国残疾人康复协会肢体残疾康复专业委员会（脊柱微创学专家团队）在蒙阴县人民医院开展“义诊帮扶——沂蒙行”活动，并进行教学查房、肢残矫治手术指导等。

5 月 5 日，山东省盲人协会组织“支持梦想奔跑·双星名人大爱手拉手”视障跑团参加“中国万达·2018 黄河口（东营）国际马拉松大赛”。山东、内蒙古、江苏、辽宁的 6 名盲人参加 42.2 千米全程赛，北京、河北的 2 名盲人参加 21.1 千米半程赛。

5 月 10 日—12 日，2018 年山东省残疾人基本服务状况和需求信息数据动态更新工作培训班在济南举办。

5 月 14 日，山东省残联机关召开创建全国文明单位动员大会。

5 月 19 日，山东特殊教育职业学院大学生创业孵化基地启用暨爱心捐赠仪式在济南举行。基地将为入驻大学生创业团体免费提供办公场所、政策咨询、创业培训、项目评估指导等服务，济南市市中区文联将“迎新春试墨景德镇画瓷写生展暨慈善义拍”款项 3.2 万元捐赠给困难残障学生，济南巴特依体育用品有限公司向学院赠送价值 10 万元体育运动用品。

5 月 21 日—25 日，山东省第三期残疾人电商创业带头人培训班在济南举办，全省 125 名残疾人电商创业带头人参加培训。

5 月 22 日，山东菏泽籍女子 41 公斤级运动员崔哲在全国残疾人举重锦标赛上创造 105 公斤成绩，打破 104 公斤世界纪录。

5 月 24 日，山东省残联联合北京大学医疗行为发展教研院在济南启动“公益蓝书包”2018 年度山东地区专业巡讲活动。北京大学自闭症康复专家团队做自闭症儿童康复公益讲座。

6 月 12 日，“齐鲁手创”盲人按摩推拿行业规范提升工作座谈会暨省图视障数字阅览室捐赠活动，在“齐鲁手创”临沂康乐园旗舰店举行。

6 月 20 日，中国残联副主席、中国残疾人福利基金会理事长王乃坤一行视察山东省残疾人福利基金会工作。

6 月 25 日，山东省教育厅批复山东特教职业学院申请，同意学院工艺美术品设计、服装设计与工艺、康复治疗技术、计算机应用技术专业自 2018 年起采取单独考试、单独录取的办法面向全国招收残疾人学生。

7 月 13 日，以残疾人电商创业先进典型“油桃妹”韩文静为原型拍摄的电影——《轮椅上的女孩（油桃妹）》首映式在菏泽市举行。邹斌芳出席并致辞。

7 月 18 日，澳大利亚南澳州民政部执行主任杨林女士一行来山东考察山东省惠残政策、自闭症患者服务及干预治疗人员培训、残疾人精神关爱、残疾人融入社会等情况。

7 月 19 日—22 日，山东省派出 8 名运动员参加 2018 年全国特奥日主会场活动暨第八届残疾人健身周系列活动暨中国智协 2018 年十省（市）特奥联谊活动。

8 月 4 日，中国残联副主席吕世明一行调研临沂市无障碍环境建设工作，出席“全国多层工业建筑无障碍技术标准”结题会。

8 月 8 日，“集善——斯利安·爱的守护”公益项目山东启动仪式在山东省立第三医院举行。中国残联副主席、中国残疾人福利基金会理事长王乃坤，北京斯利安药业有限公司董事长易斌，省残联理事长、党组书记邹斌芳，省社会组织管理局副局长邢洪锐出席活动。

8 月 30 日—31 日，山东省残联维权工作暨残疾人证

"一次办好"推进工作会议在济南召开。

9月6日，由山东省残联、泰安市政府、中国残疾人辅助器具中心共同主办的2018第三届泰山国际福祉暨康复设备博览会在泰安举行。

9月11日，山东省第三届残疾人工艺美术展览在淄博市举行，参展作品400余件。

9月25日—28日，山东省残疾人托养服务人员培训班在济南举办，17市托养服务工作负责人和部分残疾人托养服务机构负责人近60人参加。

10月6日—13日，8名山东籍运动员参加第三届亚洲残疾人运动会，崔哲在女子举重41公斤级比赛中以100公斤的成绩为中国队夺得首金。

10月8日—13日，在2018年全国辅助器具服务技能竞赛中，山东省省代表队获团体赛优秀奖，青岛代表队获团体三等奖；省残疾人综合服务中心选手李博在矫形器制作个人竞赛中获"全国十佳"称号（第一名）。山东省获"特别贡献奖"。

10月9日—15日，山东省聋协派7名听障教师及聋协骨干参加国家通用手语东部地区骨干培训班。

10月15日，"心手相牵·大爱十年"——盲人节主题公益活动暨长城爱心大本营成立十周年活动在威海市举行，中国盲人协会副主席、山东省盲人协会主席汤建泉出席并致辞。

10月24日—27日，第35届国际盲人节暨全省"齐鲁手创"盲人按摩产业品牌建设与"互联网＋盲人创业"新领域工作研讨活动在临沂举行。中国盲协副主席、山东盲协主席汤建泉出席并讲话。

10月25日，山东省第十届残疾人运动会在青岛开幕。中国残疾人联合会党组书记、理事长周长奎致贺词，省委常委、市委书记张江汀宣布运动会开幕，省人大常委会副主任王良，第十届省残运会组委会主任、副省长孙继业，省政协副主席刘均刚，市委副书记、市长孟凡利出席开幕式。

11月3日，山东省残疾人脱贫攻坚推进会在济宁市召开。邹斌芳出席并讲话，济宁、威海和郓城县残联做交流发言；与会人员现场观摩3个残疾人扶贫车间和扶贫基地，考察全国首栋多层无障碍工业厂房、全省首家脊髓损伤"希望之家"济宁天久工贸有限公司。14个有脱贫任务的市与省残联签订脱贫攻坚责任书。

11月17日，山东阳光助残心理专家服务团在山东特殊教育职业学院成立。省残联副理事长冯雷为服务团授旗，学院党委书记管洪锋致辞，邀请中央电视台《心理访谈》栏目心理专家张久祥任服务团名誉团长并做青少年心理健康公益讲座。

11月22日—26日，山东省听障儿童早期干预精准康复学术交流会在济南举办。

11月27日—28日，以"增智、展能、强基"为主题的"新中天杯"第二届山东省残疾人专职干事（委员）知识竞赛在泰安市举办，全省17个代表队51名专职干事（委员）参加，副理事长黄庆峰出席并讲话。

11月30日，中国残联副主席、副理事长程凯调研山东残疾人工作，就加快推动中国康复大学建设工作进行座谈，副省长于杰、省政府副秘书长辛树人及省残联邹斌芳、张文涛和省教育厅有关领导参加座谈。12月1日，程凯一行分别到山东特殊教育职业学院、济南市槐荫区世博动漫产业集团、山东省康复研究中心（山东省康复医院）调研特殊教育和残疾人文化创意产业项目。

12月3日，济南市残联和槐荫区人民政府主办的"荔枝花开"公益品牌发布会暨首届山东省残疾人创意设计大赛启动仪式在市美术馆举行。副理事长张文涛出席并讲话。

12月5日，在第二届全国残疾人专职委员知识竞赛中，山东省代表队获团体季军，残疾人专职干事陆吉强以全国第一名的成绩获"学习之星"一等奖，王海庚、薛清泉获二等奖。

12月6日，张文涛副理事长会见重庆市残联副理事长谭正萱，并签订残疾人扶贫协作协议。

12月14日，"山东省康复医院医联体"揭牌、授牌仪式暨全省残联系统康复中心主任工作会议在山东省康复医院举行，副理事长黄庆峰出席。

12月19日—24日，以黄庆峰副理事长为团长的山东省残疾人事业学习交流团到台湾考察残疾人服务管理体制和福利保障制度建设、残疾人康复、就业等工作。

附　录

济南市历城区坚持党建引领推动基层残疾人工作落实落地

2018年11月19日，济南市历城区委办公室、区政府办公室印发《关于党建引领推动新时代残疾人事业高质量发展的实施意见》（济历城办字〔2018〕49号）。12月6日，济南市历城区召开"党建引领推动新时代残疾人事业高质量发展"创新工作项目化管理动员部署会。实施意见从区、街镇、村居三个层面明确坚持党建引领、各级党组织推动新时代残疾人事业高质量发展的主要工作任务，对加强对残疾人工作的领导、加强基层残疾人组织建设、强化残疾人工作考核等提出针对性、操作性比较强的工作措施。

一、完善残疾人工作领导体制。区委常委会每年听取一次残疾人工作情况汇报，政府常务会议每年至少研究一次残疾人工作，解决工作中的大事、急事和难事。区委、区政府分管和联系残疾人工作的领导定期听取残疾人工作汇报，认真研究部署。区残疾人工作委员会定期组织召开会议，分析形势、研究政策、查找问题、制定措施，发挥好协调推动、督促检查作用。残工委各成员单位抓好职能范围内涉及残疾人工作的落实。各街镇党（工）委将残疾人工作列入街镇党（工）委议事日程，每年至少研究两次残疾人工作。村（社区）“两委”班子要明确一名成员负责残疾人工作。全区各级党组织充分发挥领导核心作用，建立健全工作责任制，细化任务目标，一级抓一级，一级带一级，一级促一级，层层抓落实。各级残联发挥好牵头部门作用，创造性地开展工作，重要情况问题及时向上级党组织汇报。对工作基础比较薄弱的街镇、村（社区），要细化分类指导，强化督查力度、优化具体措施，确保顺利推进。各级党组织和宣传部门强化舆论引导，充分利用网络平台、新媒体等宣传手段，广泛宣传党和政府扶残助残各项政策和工作推进中的典型经验，在全区营造理解、尊重、关心、帮助残疾人的良好氛围。

二、加强各级残疾人组织建设。选优配强街镇残联理事长，有条件的可实行残联理事长专职配备，该职位享受街镇部门正职待遇。在村（社区）党组织领导下，依法依章程成立村（社区）残疾人协会，残疾人协会一般由3—5人组成，主席、副主席由村（社区）“两委”主要负责人或成员兼任，推选1名残疾人或其他人员任专职残协委员，负责村（社区）残协组织具体业务。支持辖区内残疾人集中的企事业法人单位依法依章程成立残疾人协会或残疾人小组，加强对村（社区）残协组织的管理和经费保障。建立一支能力强、素质高、作风实的基层残疾人工作者队伍，区委将残疾人事业政策理论等列入年度干部培训内容，区委组织部门把残疾人工作业务知识列入年度村（社区）“两委”班子主要成员培训内容，提高基层党组织及成员掌握、落实惠残政策的能力。逐步探索将“一专两员”（街镇残疾人专职干事、残疾人就业〔扶贫〕服务员、残疾人康复服务员）管理权限下放到街镇，街镇党（工）委加强对“一专两员”的教育、管理、培训、考核，将“一专两员”参照街镇编外合同制人员管理，实行同工同酬，新增福利所需经费由街镇承担。

三、建立考核报告工作机制。各级党组织落实残疾人工作情况纳入全区经济社会发展综合考核体系。注重考核结果运用，对残疾人工作成绩突出的党组织和优秀个人予以表彰。区委督查室加强对残疾人有关重要政策落实和工作推进情况的监督检查。区残工委成员单位党组织、街镇党（工）委、村（社区）党组织要把残疾人工作落实情况列入年度党建述职考核内容。街镇党（工）委要向党员代表大会报告残疾人工作情况，将村（社区）党组织对残协组织的领导作用发挥情况列入村（社区）党组织党建年度考核内容。村（社区）党组织要把残疾人工作情况列入向全体党员大会述职内容，开展村、社区党员评议党组织工作时增加残疾人工作内容，接受全体党员民主评议。各级党组织制定实施细则，明确阶段性任务目标，将任务目标落实到党建责任书中，统一布置、统一配备力量、统一检查指导、统一考核验收。建立健全考核、评比、总结、表扬措施，以督查考核促任务分级落实，确保取得实效。加大督导检查力度，对重视不够、落实不力的街镇、村（社区）限期整改。

四、确保残疾人事业经费保障。区财政部门合理安排残疾人事业所需经费，满足经费需要。街镇把残疾人事业发展经费列入年度财政预算，在党建品牌创建中融入适合残疾人参与的特色项目，探索打造一批有影响的残疾人工作品牌。村（社区）为残协提供必要经费保障和办公场所，配备办公设备，建立健全工作制度，制定考核措施，依据考核结果兑现专职委员工作性补贴。提高村（社区）残协委员工作性补贴标准，村（社区）残协委员的工作补贴按残疾人数量发放，具体标准为：残疾人在30人以下的村（社区）每人每月发放100元，30—50人之间的村（社区）每人每月发放150元，50（不含）以上的村（社区）每人每月发放200元的误工补贴，所需资金从年度残疾人就业保障金中列支。

（邵学吉供稿）

河南省残疾人事业和残疾人工作

一、领导讲话

省委书记王国生在河南省残联第七次代表大会上的讲话摘要

2018 年 8 月 20 日

高举习近平新时代中国特色社会主义思想伟大旗帜，全面贯彻党的十九大精神，深刻把握新时代残疾人工作的新使命、新要求、新期待，推动河南残疾人事业实现新发展，使全体残疾人共享公平、尊重、关爱，把实现人生出彩和推动中原更加出彩紧密联系在一起，与全省人民一道追梦圆梦。

各级党委和政府要坚持以人民为中心的发展思想，健全残疾人服务体系和权益保障制度，加快建立贫困残疾人稳定脱贫长效工作机制，完善康复服务体系，积极推动融合教育、大力发展特殊教育，让残疾人和残疾人家庭感到生活更有前景、日子更有奔头。

各级残联组织要提高政治站位、加强自身建设，持续提升服务能力和水平；广大残疾人工作者要恪守职业道德，凝心聚力，奋力开创我省残疾人事业发展新局面。

要广泛动员全社会力量积极参与，营造关心关爱、协调融合的发展环境，构建政府主导、社会参与、公办民办并举的工作格局。

充分发挥广大残疾人的主体作用，让残疾人在更广范围、更高水平上参与融入经济社会发展各方面，积极面对生活，不断超越自我，创造属于自己的美丽人生。

副省长戴柏华在河南省残联第七次代表大会闭幕式上的讲话摘要

2018 年 8 月 21 日

二、突出工作重点，努力推动我省残疾人事业实现新发展

1. 打好贫困残疾人精准脱贫攻坚战，是当前残疾人工作的中心任务。这是一项硬任务、硬要求，不能有丝毫含糊。一要全面落实残疾人“两项补贴”等制度，按规定将残疾人纳入最低生活保障救助范围，逐步提高一户多残、老残一体、病残一体等特殊困难家庭救助水平，切实保障残疾人基本生活。二要认真落实残疾人社会保险个人缴费资助政策，帮助残疾人普遍参加基本养老保险和基本医疗保险，完善重度残疾人医疗报销制度，确保残疾人病有所医、老有所养。三要突出抓好残疾人证办理、残疾康复服务、残疾人家庭无障碍改造等工作，确保实现贫困残疾人“两不愁、三保障、两扩面”目标，确保残疾人与全省人民一道迈进全面小康社会。

2. 提升残疾人基本公共服务水平。坚持普惠政策抓优先、特惠政策抓精准，全面落实惠民惠残政策，持续改善残疾人基本公共服务，让广大残疾人安居乐业、衣食无忧，生活得更加殷实、更加幸福、更有尊严。一要加强残疾预防和残疾人康复服务。开展覆盖全人群和全生命周期的残疾预防工作，控制残疾发生和发展；全面建立残疾儿童救助制度，着力满足残疾儿童基本康复服务需求，到 2020 年基本实现 0—6 岁残疾儿童应救尽救；继续实施好 0—6 岁残疾儿童抢救性康复项目；加强残疾人康复服务体系和机构规范化建设，加快康复专业人才培养，强化基本康复服务供给，确保到 2020 年基本康复服务覆盖率、辅助器具适配率均达到 80% 以上，推动实现残疾人“人人享有康复服务”。二要全面提升残疾人教育水平。深入贯彻《残疾人教育条例》，组织实施好河南省第二期特殊教育提升计划，保障适龄残疾儿童少年接受教育权利，到 2020 年基本实现省辖市和残疾儿童较多的县（市）建立 1 所特殊教育学校、残疾儿童少年义务教育入学率达到 95% 以上。积极推进残疾儿童学前教育，继续抓好残疾儿童少年义务教育、残疾人中等职业教育，探索残健融合教育，为残疾人提供更加公平而有质量的教育。三要大力促进残疾人就业创业。继续实施残疾人实名制就业培训工程，为有劳动能力和就业意愿的残疾人免费提供职业技能培训和就业创业服务；推动党政机关、事业单位特别是政府残工委成员单位带头按比例安排残疾人就业；加大对残疾人自主创业和灵活就业支持力度，鼓励社会力量和市场主体参与，为残疾人提供专业化、个性化的就业创业服务，推动更多有劳动能力的残疾人实现就业创业。四要优先保障残疾人基本住房。落实符合住房保障条件的城镇残疾人家庭优先选房政策，全面完成农村残疾人家庭存量危房改造，更好保障残疾人住房需求。加大贫困重度残疾人家庭无障碍改造力度，力争到2020年实现建档立卡贫困重度残疾人家庭无障碍改造全覆盖。五要做好残疾人文化体育服务。积极举办各类残疾人文体活动，丰富残疾人精神文化生活。特别是要广泛开展残疾人群众体育运动，举办好全省残疾人运动会，选拔优秀残疾人运动员参加全国残运会、北京冬残奥会等国内外赛事，通过体育运动强健残疾人体魄，展现残疾人风采。

2. 营造残疾人事业发展良好环境。良好的社会环境是加快残疾人事业发展的重要保障。一要完善法规制度。全面落实国家和我省残疾人法规条例，研究出台贯彻落实《残疾预防和残疾人康复条例》《国务院关于建立残疾儿童康复救助制度的意见》等实施办法，建立健全残疾人权益保障制度，依法推进残疾人事业发展。二要激发内生动力。残疾人是社会大家庭的平等成员，也是全面建成小康社会的参与者、建设者、共享者。要坚持扶智与扶志相结合，大力培育自强先进典型，激励广大残疾人发扬“四自”精神，更加勇敢地面对命运挑战，身残志坚、不懈追求，争做出彩河南人。三要加强宣传引导。坚持正确导向，强化思想引领，利用电视、网络、报纸等媒体，大力宣传国家和我省助残惠残政策。大力倡导无障碍理念，让广大残疾人更好地走出家门、融入社会。积极利用全国助残日等重要节日，组织开展形式多样、内容丰富的宣传教育和扶残助残活动，弘扬残疾人“平等、参与、共享、融合”的现代文明理念，鼓励社会各界更加关心、关注、支持残疾人事业，向残疾人伸出援助之手，用爱心和善举为残疾人撑起一片希望的蓝天。

二、政策法规文件

河南省残疾儿童康复救助实施办法

豫政〔2018〕40号

第二章　救助对象和条件

第六条　救助对象为符合条件的0—6岁视力、听力、言语、肢体、智力等残疾儿童和孤独症儿童。优先保障城乡最低生活保障家庭、建档立卡贫困户家庭的残疾儿童和儿童福利机构收留收养的残疾儿童，残疾孤儿、纳入特困人员供养范围的残疾儿童，其他经济困难家庭的残疾儿童。其他经济困难家庭的具体认定办法，由县级以上政府制定。

有条件的地方，可扩大残疾儿童康复救助年龄范围，也可放宽对救助对象家庭经济条件的限制。

第七条　救助条件如下：

（一）具有河南省常住户口或居住证。

（二）监护人有康复意愿，能够按照相关要求配合做好康复训练。

（三）持有中华人民共和国残疾人证或符合以下具体要求：

视力、肢体、智力残疾儿童和孤独症儿童：经医疗机构诊断，有康复训练需求，具有康复潜力，身体状况稳定。其中，肢体残疾儿童矫治手术主要指针对肢体残疾儿童常见的严重影响儿童正常生活和活动、术后效果明显的手术（如先天性马蹄足等关节畸形，先天性关节脱位，脑瘫、脊膜膨出后遗症或脑损伤等导致严重痉挛、肌腱挛缩、关节畸形及脱位等）。

听力、言语残疾儿童：诊断明确，精神、智力及行为发育正常，其中人工耳蜗手术要求听力损失重度以上、佩戴助听器效果不佳、医学检查符合手术条件。

第八条　县级以上政府可根据本地实际确定残疾儿童康复救助基本服务项目和内容，包括以减轻功能障碍、改善功能状况、增强生活自理和社会参与能力为主要目的的手术、辅助器具配置和康复训练等；可依据本地财力状况、保障对象数量、残疾类别等，分类确定康复救助基本服务项目的经费保障标准，并建立动态调整机制。

第三章　救助内容和标准

第九条　救助内容。

（一）手术。为有手术适应证的听力残疾儿童实施人工耳蜗手术，为肢体残疾儿童实施肢体矫治手术。

（二）辅助器具适配。为有辅助器具需求、经评估后适合配置辅助器具的残疾儿童适配辅助器具。

（三）康复训练。为视力、听力、言语、肢体、智力等残疾儿童和孤独症儿童提供基本康复训练。

第十条　救助标准。

（一）手术。通过多重医疗保险政策按规定报销后，对配置基本型人工耳蜗手术每人给予一次性补助12000元（含人工耳蜗术后调机费），对肢体残疾儿童矫治手术每人给予一次性补助17200元（针对住院期间费用）。

（二）辅助器具适配。助听器平均补助标准为4800元/人（2台全数字助听器，含适配服务费），假肢、矫形器平均补助标准为5000元/人，轮椅、坐姿椅、站立架、助行器、盲杖等平均补助标准为1500元/人。

（三）康复训练。视力残疾儿童平均补助标准为1000元/人/年，听力、言语、肢体、智力残疾儿童和孤独症儿童平均补助标准为16000元/人/年。

第十一条　每名残疾儿童在同一年度内不得重复享受康复救助。多重残疾儿童可由其监护人自主选择康复救助类别，全年总费用不超过单项康复救助标准。

第十二条　将脑瘫儿童康复纳入慢性病管理范围，并探索逐步将智力残疾儿童和孤独症儿童康复纳入慢性病管理范围。

打赢脱贫攻坚战三年行动计划开展扶贫助残行动实施方案

2018 年 11 月 22 日

河南省残联、省教育厅、省民政厅、省财政厅、省人社厅、省住建厅、省卫计委、省扶贫开发办联合印发。

二、任务目标

将符合条件的建档立卡贫困残疾人纳入农村低保和城乡医疗救助范围。全面落实困难残疾人生活补贴制度和重度残疾人护理补贴制度。实现贫困残疾人证办理在申领自愿的原则下应办尽办。对16周岁以上有长期照料护理需求的贫困重度残疾人，符合特困人员救助供养条件的纳入特困人员救助供养；不符合救助供养条件的鼓励地方通过政府补贴、购买服务、设立公益性岗位、集中托养等多种方式，为贫困重度残疾人提供集中照料或日间照料、邻里照护等服务。推进因残致贫家庭更好地享受资产收益扶贫政策。采用多种形式，优先保障贫困家庭残疾儿童接受义务教育，加快发展非义务教育阶段特殊教育。对0—6岁贫困残疾儿童提供抢救性康复服务和康复救助，2018—2020年分别帮扶1456名、1260名、1130名残疾儿童。实施贫困残疾人辅助器具适配计划，2018—2020年分别帮扶43700名、8500名、4250名残疾人。实施贫困重度残疾人家庭无障碍改造，2018—2020年分别完成35000户、18900户、16200户残疾人家庭改造任务。

三、保障措施

（一）对符合救助条件的贫困残疾人应保尽保。做好符合条件的建档立卡贫困残疾人的社会救助工作，将符合农村低保条件的建档立卡户中因残致贫家庭及时纳入农村低保范围，确保实现应保尽保。对于获得低保后生活仍有困难的重度残疾人等特殊困难人群，可以根据当地规定实施临时救助。对建档立卡贫困残疾人中16周岁以上有长期照料护理需求的重度残疾人，符合特困人员认定条件的，要纳入特困人员救助供养，给予其基本生活保障和日常照料。（省民政厅、省扶贫办负责）

（二）落实完善重度残疾人医疗保障救助制度。将符合条件的贫困残疾人按规定纳入城乡医疗救助范围，落实资助建档立卡贫困残疾人参加基本医疗保险政策，对其参加基本医疗保险个人缴费部分政府给予适当补贴，确保基本医疗保险全覆盖。按照先医保、后救助的原则，对符合条件的贫困残疾人经基本医疗保险、大病保险、困难群众大病补充医疗保险报销后的合规费用给予救助。全面加强基本医疗保险、大病保险、困难群众大病补充医疗保险、医疗救助等保障制度衔接，加大信息化建设力度，确保各项医保、医疗救助政策与定点医院实现“一站式”信息化对接和即时结算。（省人力资源社会保障厅、省民政厅、省卫生计生委负责）

（三）落实困难残疾人生活补贴制度和重度残疾人护理补贴制度。严格落实《河南省人民政府关于印发河南省困难残疾人生活补贴和重度残疾人护理补贴实施办法的通知》（豫政〔2016〕60号），确保符合条件的残疾人在自愿申请的原则下都能享受到残疾人“两项补贴”政策。同时，有条件的地方可根据实际，适当提高困难残疾人的生活补贴标准，适当扩大有护理需求的精神、智力残疾人的护理补贴范围，并逐步建立“两项补贴”标准与当地收入和物价水平相挂钩的动态调整机制。（省民政厅、省财政厅、省残联负责）

（四）加强残疾人证核发管理工作。贯彻落实2018年1月1日正式实施的《河南省残疾人证管理办法实施细则（试行）》（豫残联〔2017〕128号），加强残疾人证核发管理。加大政策宣传力度，充分发挥各级残联组织和基层残疾人工作者作用，通过广播、电视、报纸、网络等媒体进行宣传，提升残疾人办证的知晓度、参与度。完善下乡进村巡回办证制度，加强与医疗评定机构的合作，定期组织办证人员和评定医师下乡（镇、街道）、进村（社区）特别是到偏远地区，为残疾人提供更加人性化的残疾人证核发服务。积极动员残疾人申请办理残疾人证，提高残疾人证办证率，贫困残疾人证办理在申领自愿的原则下应办尽办。建立残疾人证动态核查机制，各级残联、卫计部门要加强对残疾人证核发管理各个环节和医疗鉴定机构的监督检查，落实办证工作责任追究制度，坚决杜绝“人情证、关系证”等问题发生。（省残联、省卫生计生委负责）

（五）加强残疾人服务机构规范化管理。落实《残疾人服务机构管理办法》（民发〔2018〕31号）要求，河南省人民政府民政、卫生计生、人力资源社会保障等有关部门负责对全省残疾人服务机构进行指导、监督和管理。省残联及其地方组织依照相关法律法规或者接受政府委托、对残疾人服务机构进行监督。各有关部门要履行责任，进一步做好残疾人服务机构相关工作。（省民政厅、省人力资源社会保障厅、省卫生计生委、省残联负责）

（六）鼓励地方探索多种助残服务模式。对不符合特困人员救助供养条件但有长期照料需求的重度残疾人，鼓励地方通过政府补贴、购买服务、设置公益性岗位、集中托养等多种方式，为贫困重度残疾人提供集中照料或日间照料、邻里照护等服务。（省残联、省扶贫办负责）

（七）保障贫困残疾人优先获得资产收益。集体所有的经营性资产分配集体收益时，优先保障残疾人贫困户受益。在不改变用途的情况下，财政专项扶贫资金和涉农资金投入农业、养殖、光伏、水电、乡村旅游等项目形成的资产，具备条件的可折股量化给贫困户，并优先保障残疾人贫困户收益。支持农民合作社、龙头企业和其他经营主体通过土地托管、牲畜托养和吸收土地经营权入股等方式，带动残疾人贫困户增收。各地各级扶贫开发领导小组要把握正确方向，谋划和部署好资产收益扶贫工作。（省财政厅、省扶贫办负责）

（八）解决贫困家庭未入学适龄残疾儿童少年义务教育

问题。认真落实《河南省第二期特殊教育提升计划（2017—2020年）》（豫教基二〔2017〕142号），全面掌握义务教育适龄残疾儿童少年的数量和残疾情况，做好未入学适龄残疾儿童少年调查登记、统计录入、建档造册，做好家访和入学动员工作。根据残疾儿童的实际情况和未入学原因，逐一制订教育安置方案，通过普通学校随班就读、特殊教育学校就读、送教上门等多种形式，逐一做好适龄残疾儿童少年的入学安置工作。对符合条件的建档立卡贫困残疾学生实行资助政策全覆盖，确保每一名家庭经济困难的残疾儿童少年都能入学。（省教育厅、省残联负责）

（九）实施残疾人精准康复服务行动。出台《河南省残疾儿童康复救助实施办法》，为符合条件的0—6岁视力、听力、言语、肢体、智力等残疾儿童和孤独症儿童提供手术、辅助器具适配、康复训练等服务，到2020年基本实现0—6岁残疾儿童应救尽救。组织实施康复评估，根据评估结果转介到定点康复机构，定点康复机构为其制定个性化康复服务方案。推进建档立卡贫困残疾人家庭医生签约服务。继续实施贫困残疾人辅助器具适配服务项目，创新辅助器具服务模式，建设全省残疾人辅助器具适配在线服务平台和技术支持中心。加大对卢氏县、台前县、淅川县、嵩县等4个深度贫困县支持力度。（省残联、省卫生计生委负责）

（十）加强残疾人家庭无障碍改造。落实《2018年河南省建档立卡贫困重度残疾人家庭无障碍改造项目实施方案》（豫脱贫办〔2018〕14号），摸清底数，按照条件严格筛选受益对象，兼顾各类别残疾人，并优先照顾一户多残、老残一体等特别困难家庭。落实危房改造和贫困残疾人家庭无障碍改造同步设计、同步施工、同步验收，合理集约使用资源。（省残联、省财政厅、省扶贫办、省住房和城乡建设厅负责）

附件：1. 河南省扶贫助残行动指挥部
　　　2. 扶贫助残行动重点任务分工表

附件1

河南省扶贫助残行动指挥部

指　挥　长：戴柏华　省政府副省长
副 指 挥 长：王梦飞　省政府副秘书长
　　　　　　王　丽　省残联理事长
成　　　员：孙立忠　省残联副理事长
　　　　　　毛　杰　省教育厅副厅长
　　　　　　李长训　省民政厅副厅长
　　　　　　张中亮　省财政厅副厅长
　　　　　　郑子健　省人力资源和社会保障厅副厅长
　　　　　　李新怀　省住房和城乡建设厅副厅长
　　　　　　王良启　省卫生计生委副主任
　　　　　　郭奎立　省扶贫办副主任
办公室主任：孙立忠　省残联副理事长

附件2

扶贫助残行动重点任务分工表

任务内容	责任单位
对符合救助条件的建档立卡贫困残疾人应保尽保。	省民政厅、省扶贫办
落实完善重度残疾人医疗保障救助制度。	省人力资源社会保障厅、省民政厅、省卫生计生委
落实困难残疾人生活补贴制度和重度残疾人护理补贴制度。	省民政厅、省财政厅、省残联
实现贫困残疾人证办理在申领自愿的原则下应办尽办。	省残联、省卫生计生委
加强残疾人服务机构规范化管理。	省民政厅、省人力资源社会保障厅、省卫生计生委、省残联
鼓励地方探索多种助残服务模式。	省残联、省扶贫办
推进因残致贫家庭更好地享受资产收益扶贫政策。	省财政厅、省扶贫办
解决贫困家庭未入学适龄残疾儿童少年义务教育问题。	省教育厅、省残联
对0—6岁贫困残疾儿童提供抢救性康复服务和康复救助。	省残联、省卫生计生委
实施贫困重度残疾人家庭无障碍改造。	省残联、省财政厅、省扶贫办、省住房和城乡建设厅

注：责任单位列第一位的为牵头单位，其他为配合单位。

三、五年工作综述

——河南省残联党组书记、理事长王丽在省残联第七次代表大会上的工作报告（节选）

2018年8月20日

五年来，在省委省政府的正确领导和中国残联的精心指导下，全省残联深入学习贯彻党的十八大、十九大精神，坚持以习近平新时代中国特色社会主义思想为指导，围绕加快残疾人小康进程，团结奋进、克难攻坚，重心下移、强基固本，圆满完成省残联六代会确定的目标任务，全省残疾人事业步入新的发展阶段。

（一）加快残疾人小康进程的政策制度不断完善

残疾人事业发展纳入《河南省国民经济和社会发展第十三个五年规划纲要》，纳入“健康中原2030”、基本公共服务均等化等专项规划。《河南省人民政府关于加快推进残疾人小康进程的实施意见》《河南省“十三五”加快推进残疾人小康进程规划》，对残疾人全面小康建设做出总体安排。建立困难残疾人生活补贴和重度残疾人护理补贴制度并得到全面落实。从2016年1月1日发放开始，享受“两项补贴”人数逐年增长，截至2018年6月30日，全省享受困难残疾人生活补贴的有74.29万人，享受重度残疾人护理补贴的有92.25万人。重度残疾人纳入生活救助范围，全省约42万重度残疾人享受低保，按照当地城乡低保最高补差予以救助。进一步强化重度残疾人参保参合、门诊及住院救助等政策措施，新增20项医疗康复项目纳入基本医疗保险支付范围。

（二）残疾人脱贫攻坚迈出坚实步伐

积极配合将符合条件的贫困残疾人纳入建档立卡范围，推动各级各有关部门落实脱贫攻坚惠民政策措施。截至2018年6月30日，全省54.92万名贫困残疾人纳入建档立卡范围，其中21.94万名贫困残疾人已脱贫。聚焦“两不愁、三保障、两扩面”目标，以建档立卡残疾人为重点，认真履行脱贫攻坚成员单位专项责任，重点抓好规范残疾人证核发管理、实施残疾人精准康复服务、推进贫困重度残疾人家庭无障碍改造等工作。大力开展农村残疾人扶贫示范基地创建、基层党组织助残扶贫工程。截至2017年底，全省建档立卡残疾人接受基本康复服务覆盖率位居全国第五。住建部门将贫困残疾人家庭无障碍改造与危房改造同步设计、同步施工、同步验收；扶贫部门将建档立卡重度残疾人家庭无障碍改造纳入全省脱贫攻坚项目库，为1.93万户贫困残疾人家庭进行无障碍改造。鼓励各地探索创新残疾人帮扶措施，驻马店市、洛阳市积极开展建档立卡重度失能残疾人集中托养，信阳市、濮阳市积极推动建档立卡重度残疾人家庭无障碍改造。河南省残疾人脱贫工作2016、2017年连续两年在全国残联系统排名第二。国务院扶贫办、中国残联会同民政部在驻马店市召开因残致贫家庭脱贫攻坚暨失能贫困重度残疾人照护和托养工作现场会，中国残联在信阳市新县召开全国贫困重度残疾人家庭无障碍改造现场会，对相关工作给予充分肯定。

（三）残疾人基本公共服务水平不断提升

加强残疾预防和残疾人康复服务。五年来为各类残疾人提供康复服务191.9万人次。重点实施0—6岁贫困残疾儿童抢救性康复工程，6.12万名残疾儿童得到康复救助，免费为2518名贫困家庭听障儿童实施人工耳蜗植入手术，建立起以重特大疾病医疗保障为主的听障儿童救助工作机制，实现了“人工耳蜗全覆盖，项目申请零拒绝”。联合中国市长协会、美国斯达克听力基金会、省助残济困总会等开展2018年斯达克“世界从此欢声笑语”中国（河南）项目，为5659人一对一验配11021台助听器。实施国家彩票公益金残疾人康复项目和“长江新里程计划”项目，为残疾人提供各类辅助器具30余万件，其中为建档立卡残疾人适配辅助器具5.43万件，5.47万名贫困精神障碍者得到免费服药和住院医疗救助。全省60个市辖区（含经开区、示范区等）和105个县（市）开展了社区康复工作。制定出台《河南省残疾预防四年行动计划（2017—2020年）》，开展覆盖全人群全生命周期的残疾预防工作。配合做好“免费开展出生缺陷产前筛查和新生儿疾病筛查”重点民生实事落实。积极推进焦作山阳区、鹤壁山城区和滑县开展残疾预防综合试验区创建工作。出台规范全省残联系统康复机构、贫困残疾儿童康复救助定点机构、辅助器具服务定点机构管理的文件，加强康复机构规范化建设。强化康复人才培养，实施“康复人才培养百千万工程”，开展职业院校残疾人康复人才培养改革试点。

发展残疾人教育。联合省教育厅等七部门印发《河南省第二期特殊教育提升计划（2017—2020年）》，配合做好适龄残疾儿童少年入学工作，提高残疾儿童少年义务教育入学率。积极推动残疾人融合教育，郑州工程技术学院被确定为全国试点普通高校。协助做好残疾人学生高考录取工作，五年来，全省残疾人考生被全国各类高等院校录取达2317人。为5230名残疾儿童提供学前教育资助，3930名贫困残疾人接受扫盲培训。

推进残疾人就业创业。落实省全民技能振兴工程建设要求，积极开展实名制残疾人职业技能培训，加强残疾人技能人才培养。全省建立国家、省、市、县级残疾人培训示范基地448家。培训残疾人58.57万人，实现就业创业40.81万人。配合做好高校应届残疾人毕业生求职创业补贴工作。举办河南省第五届残疾人职业技能竞赛，选拔培养残疾人能工巧匠，河南省选手在2016年国际残疾人职业技能竞赛中，取得1金1银的良好成绩。省残联被中国残联授予“全国就业培训突出贡献奖”。

（四）残疾人权益得到依法维护

邀请人大代表、政协委员每年开展一次残疾人保障法及河南省实施办法执法检查，18个省辖市全部出台贯彻“一法一办法”的实施细则和相关文件，残疾人免费乘坐城市市区公共交通工具的政策在省辖市全面落实。认真学习贯彻《残疾预防和残疾人康复条例》和《残疾人教育条例》。出台《河南省无障碍环境建设管理办法》，指导郑州、荥阳、新郑、鲁山等成功创建全国无障碍环境示范市县。开展残疾人法制宣传教育，全省18个省辖市和158个县（市、区）残联均设立残疾人法律援助工作站，为残疾人提供法律援助和司法救助服务1万多人次。开通12385残疾人服务热线，开设网上投诉通道，完善残疾人信访信息系统，来信来访结案率达到90%以上。及时妥善处理涉残舆情，切实保障残疾人合法权益。

（五）残疾人组织基础持续夯实

进一步规范基层组织建设，全省行政村、城市社区全部成立残协，乡镇（街道）全部配备专职委员，村（社区）配备专职委员率达到99%。指导推进市县残联换届，加强领导班子和队伍建设，市县配备残疾人领导干部87名，配备残疾人干部121名，领导班子、干部队伍结构更加合理。专门协会建设不断加强，建立省级专门协会5个、市级90个、县级792个，助残社会组织50个。协会活动进一步活跃，协会法人治理工作有新进展，顺利完成河南省盲人协会社团法人登记工作。省、市、县、乡、村五级助残志愿网络基本形成，全省注册助残志愿者达到52.32万人，青年志愿者助残“阳光行动”等蓬勃开展。强化残疾人证核发管理，全省累计核发残疾人证超过257万人，办证率为38.09%，比2013年新增近158万人，核发率提高20%，注销残疾人证31万余本，实现了残疾人人口基础数据库动态化管理。认真开展河南省全国残疾人基本服务状况和需求信息数据动态更新工作和残疾人家庭收入状况调查工作，圆满完成历年调查和动态更新任务。全省新建残疾人综合服务设施项目74个，新增建设面积40.7万平方米。配发省辖市辅助器具适配工程服务车21辆，实现省辖市残联全覆盖；配发县级残联流动服务车159辆，实现全省县级残联全覆盖，市县残联服务能力有较大提升。加强省本级建设，对省按摩医院项目进行重新选址，理顺了省康复中心医院机构编制和管理机制，省残疾人综合服务中心被中国残联命名为国家残疾人体育训练基地。

（六）残疾人事业发展环境不断优化

发挥省政府残工委办公室职能作用，建立完善工作制度，印发职责分工、工作规则和联络员工作职责，定期召开联络员会议，凝聚各成员单位力量，共同推动相关工作落实。倡导社会各界共同关心支持残疾人事业发展。省残疾人福利基金会募集爱心助残款物总价值1.59亿元，开展爱心款物捐赠活动80余场，惠及残疾人30余万人次，被中国残疾人福利基金会评为助残项目执行先进单位。省助残济困总会筹措投入资金4000余万元，大力开展“曙光行动”系列助残惠残扶贫工程，累计救助残疾人和困难群众12万多人次，取得良好社会效果。

牢牢把握意识形态主动权。省残联与河南广播电视台联合开办“豫·爱同行”“残疾人之窗”专题栏目和“手语新闻”节目，宣传党和政府扶残惠残政策，讲好残疾人故事，传播正能量，团结带领残疾人听党话跟党走。关注残疾人精神文化体育需求，推动全省18个省辖市基本完成所辖市（县）自建或依托公共图书馆建立盲人及盲人有声读物阅览室，开展“文化进家庭”“五个一”“文化进社区”和残疾人文化周活动，举办全省残疾人艺术汇演并组团参加全国残疾人艺术汇演，荣获第八届全国团体金奖，第九届荣获3个一等奖、1个二等奖、3个三等奖。实施“康复体育关爱工程”，建设村（社区）残疾人“自强健身示范点”150个，培训社会体育指导员8000余人，开展残疾人群众性体育活动，举办全省残疾人运动会，选拔培养许庆等优秀残疾人运动员参加里约残奥会等国内外赛事，共获得金牌201枚、银牌139枚、铜牌118枚。省残疾人综合服务中心被中国残联、国家体育总局授予“全国残疾人体育先进单位”，被国家体育总局授予“全国群众体育先进单位”。

（七）各级残联队伍建设不断加强

各级残联组织自觉坚持党对残疾人工作的领导，认真落实全面从严治党主体责任。把政治建设放在首位，加强思想建设；树立选人用人正确导向，完善干部监督考评机制；坚定不移推进党风廉政建设，狠抓作风建设；完善制度，健全机制，规范权力运行。

四、2018年工作综述

2018年，在河南省委省政府的坚强领导和中国残联有力指导下，全省残疾人工作坚持以习近平新时代中国特色社会主义思想为指导，全面贯彻党的十九大精神和省委十届六次、七次全会精神，强化政治引领，积极践行以人民为中心的发展思想，助力打赢贫困残疾人脱贫攻坚战，着力提升残疾人基本公共服务水平，维护残疾人合法权益，认真抓好换届工作，切实加强自身建设，全省残疾人事业实现新发展。

省委省政府高度重视残疾人工作。省委书记王国生在省残联第七次代表大会上对推动全省残疾人事业实现新发展提出明确要求；省四大班子领导先后16次调研指导残疾人工作、出席重要会议活动。在省政府领导的直接推动下，出台《河南省残疾儿童康复救助实施办法》，残疾儿童康复救助被纳入2019年民生实事；成立高规格扶贫助残行动指挥部，出台《打赢脱贫攻坚战三年行动计划开展扶贫助残行动实施方案》，助力贫困残疾人脱贫攻坚；残疾人证办理和用人单位按比例安排残疾人就业年审工作纳入省政府深化“放管服”改革、推进审批服务便民化工作范围，顺利实现“一网通办”。中国残联关注河南省残疾人事业发展，张海迪主席实地调研，周长奎理事长出席河南省残联七代会，中国残联主席团、党组理事会有关领导多次考察并具体指导河南省残疾人工作。

一年来，省残联旗帜鲜明讲政治，自觉以习近平新时代中国特色社会主义思想指导残疾人工作。党组理论学习中心组13次组织学习研讨，举办专题集中培训班，开设专题教学7场、现场教学4场，开办“周末讲堂”4期、“道德讲堂”2期，结合网络学习，深入学习习近平新时代中国特色社会主义思想和习近平总书记关于残疾人事业重要论述。

一年来，坚持全面从严治党，以机关党的建设高质量推动全省残疾人事业实现新发展。始终坚持党的领导，定期向省委报告工作。及时听取研究、安排部署机关党建工作，层层压实责任，推进落实第一责任人、分管领导、部门负责人和党的工作部门责任，推动党建工作、业务工作、意识形态工作与业务工作同步部署、同步开展、同步检查。推进以案促改制度化常态化，选摘典型案例 28 个，开展警示教育 25 次，发放学习书籍 4000 余册，排查廉政风险点 10 类 91 个，制定修订制度文件 12 件，堵塞制度漏洞。加强监督制约，强化内部审计和资金管理，实现直属单位巡察全覆盖。运用监督执纪“四种形态”，严肃执纪问责。严格落实中央“八项规定”精神，认真开展形式主义、官僚主义自查整改和“帮圈文化”“酒局圈”专项整治，营造风清气正、干事创业的良好氛围。

一年来，认真筹备召开两个全国性会议，圆满承办三项全国性赛事，成功举办两项全省性赛事，重点抓了五个方面的工作。

（一）圆满召开省残联第七次代表大会

省残联第七次代表大会产生新一届领导机构，圆满完成换届任务。省委书记王国生对做好新时期残疾人工作提出明确要求。加强对各省辖市、各专门协会换届工作的指导和对省辖市残联领导班子、领导干部的协管，选优配强领导班子，进一步焕发残联组织活力。

（二）稳步推进残联改革

成立省残联改革工作领导小组，建立省残联改革办公室，深入基层开展残联改革专项调研，学习省内外群团组织改革经验，坚持边学边改，落实“一网通办”前提下“最多跑一次”改革要求，主动梳理，积极推进，实现残疾人证办理和用人单位按比例安排残疾人就业年审“一网通办”，启动第三代智能化残疾人证换发工作。

（三）助力打好贫困残疾人精准脱贫攻坚战

出台《2018 年助力贫困残疾人脱贫攻坚实施方案》，印发《着力解决因残致贫家庭突出困难的实施方案》，突出抓好残疾人康复服务、残疾人家庭无障碍改造、残疾人证办理等重点任务落实。积极履行省扶贫助残行动指挥部办公室责任，推动将符合条件的残疾人纳入建档立卡范围，推动成员单位责任落实。截至 2018 年底，全省纳入建档立卡贫困残疾人 65.6 万人，2018 年脱贫 16.5 万人，累计脱贫 41.7 万人。配合落实残疾人“两项补贴”制度，全省 76456 人享受到困难残疾人生活补贴，971056 人享受到重度残疾人护理补贴；145866 名建档立卡残疾人得到康复服务，服务率达到 93.10%；为 1521 名建档立卡贫困家庭残疾儿童提供康复救助，为 81048 名建档立卡贫困残疾人提供辅助器具适配服务；中央、省、市、县投入资金 22980.63 万元，全年完成建档立卡重度残疾人家庭无障碍改造 79356 户；联合省卫健委开展残疾人证办理专项核查，确保建档立卡残疾人在自愿原则下应办尽办，全省持证残疾人 2735502 人。

驻马店、洛阳积极开展建档立卡重度失能残疾人集中托养，信阳、濮阳积极推动建档立卡重度残疾人家庭无障碍改造。中国残联和国务院扶贫办在驻马店市召开全国因残致贫家庭脱贫攻坚暨失能贫困重度残疾人照护和托养工作现场会，中国残联在信阳市新县召开全国贫困重度残疾人家庭无障碍改造现场会，对河南省有关经验做法给予肯定。

（四）持续提升残疾人基本公共服务水平

残疾人精准康复服务持续推进。全省 640913 人得到康复服务，康复服务率达到 86.52%，其中，252871 名残疾人得到辅助器具适配服务，服务率达到 88.95%。牵头起草《河南省残疾儿童康复救助实施办法》，已经省政府同意并正式印发实施。

配合实施河南省特殊教育第二期提升计划，近 700 名特殊儿童获得与正常儿童同等入园机会。开展残疾人事业专项彩票公益金助学项目，对困难家庭残疾儿童接受普惠性学前康复教育提供资助。协助做好残疾人学生高招录取工作，为 136 名残疾人考生提供合理高考便利，全省 789 名残疾人学生被高等院校录取。积极开展残疾青壮年文盲扫盲行动，推广国家通用盲文、手语。

千方百计帮助残疾人就业创业。全省共实名制培训残疾人 82774 人，帮助 70155 残疾人实现就业创业；开展 2018 年就业援助月活动，帮助 2759 名登记失业残疾人实现就业。举办第六届河南省残疾人职业技能竞赛，展现残疾人职业技能水平。成功承办 2018 年全国残疾人职业技能岗位精英赛和全国就业服务机构工作人员职业指导竞赛，河南代表队获得团体第一名。

残疾人服务设施建设不断加强。争取中央补贴资金 8000 万元，新建 10 个基层残疾人康复或托养中心。河南康复中心医院走上正轨，省听力语言康复中心服务能力进一步提升，河南残疾人职业培训学校作用进一步发挥。

残疾人文化体育持续活跃。承办 2018 年全国残疾人乒乓球、三人制聋人篮球比赛，举办第七届河南省残疾人运动会，全省残疾人运动员在国内外赛事中获得 57 金、34 银、37 铜的优异成绩。继续实施“文化进社区进家庭”、“五个一”、全国特奥日、康复体育关爱家庭计划、全民健身示范点建设等残疾人群众性体育文化活动。认真组织开展全国助残日、国际残疾人日等活动，营造关心关爱残疾人的良好氛围。

残疾人合法权益得到更好维护。开展尊崇宪法、学习宪法、遵守宪法、维护宪法、运用宪法学习宣传教育活动，加强“一法一办法”等法律法规普法宣传，发挥残疾人法律救助工作网功能和 12385 残疾人服务热线作用，及时化解残疾人信访矛盾，加强综治和平安建设，维护社会和谐稳定。为 49172 名残疾人发放机动轮椅车燃油补贴。

公益慈善组织助残活动更加活跃。省残疾人福利基金会、省助残济困总会等公益组织，积极组织开展助行、助听、助视、助学、助困等助残扶贫项目，惠及8万多残疾人。开展“世界从此欢声笑语”中国（河南）项目，为5659人一对一验配助听器11021台。

（五）进一步夯实基层基础

以“强基育人”工程为抓手，不断强化组织建设，加强社区（村）残协服务能力建设，更好发挥专职委员作用。全省选聘残疾人专职委员47071人，残联系统举办综合和干部培训班1117期，培训16503人次，残疾人工作者综合素质和能力水平不断增强。圆满完成245万残疾人数据动态更新任务，全省采用移动终端App录入率达到49.7%；认真开展残疾人家庭收入状况年度调查，进一步摸清全省残疾人生活状况和需求底数。

充分发挥省政府残工委作用，多次召开省政府残工委主任会议和联络员会议，讨论研究助力脱贫攻坚和残疾儿童康复救助工作，安排部署2018年残疾人重点工作和全国助残日等活动。认真开展“十三五”加快残疾人小康进程规划及配套方案实施情况中期评估检查，及时向中国残联上报评估报告。

五、重要条目

【2018全国残疾人乒乓球锦标赛】中国残联、中国残奥委会、中国聋人体育协会主办，河南省残联、河南省体育局承办，河南省残疾人综合服务中心协办，2018年4月22日—27日在郑州举行。全国24个省区市的残疾人乒乓球运动员、教练员、裁判员、工作人员和志愿者等共546人参加赛事活动。244名残疾人乒乓球运动员在肢体残疾、智力残疾、视力残疾和听力残疾等四个组别中，展开男、女单打、双打和团体冠军的角逐。本次锦标赛的另一个目的是为2018年10月份在印尼举办的亚洲残疾人运动会选拔人才，全国高水平的残疾人乒乓球运动员全部参赛。

【全国因残致贫家庭脱贫攻坚暨失能贫困重度残疾人照护和托养工作现场会】国务院扶贫办、中国残联会同民政部2018年5月25日—26日在河南省驻马店市共同召开，国务院扶贫办党组成员夏更生、中国残联副理事长程凯、河南省副省长武国定出席会议并讲话。会议实地观摩驻马店市上蔡县、平舆县贫困重度残疾人集中托养工作的创新实践，视频交流河南省驻马店市、山东省聊城市、四川省乐山市、湖北省长阳县、重庆市奉节县关于贫困残疾人集中照料、日间照料、邻里照护等方面的工作，书面交流各地贫困残疾人脱贫攻坚工作最新进展、经验做法、意见建议及工作安排，对深入贯彻落实习近平总书记关于贫困残疾人脱贫攻坚重要指示精神，坚决打好打赢贫困残疾人精准脱贫攻坚战进行全面部署。

【河南省残联第七次代表大会】2018年8月20日至21日在郑州召开。省委书记王国生、中国残联党组书记周长奎出席开幕式并讲话，省总工会代表人民团体致贺词。大会听取并审议通过省残联第六届主席团工作报告，聘请省委副书记、政法委书记喻红秋，省人大常委会副主任张维宁，省政协副主席周春艳为省残联第七届主席团名誉主席；选举副省长戴柏华为省残联第七届主席团主席，推举王丽为省残联第七届执行理事会理事长；选举产生河南省出席中国残联第七次代表大会的代表。戴柏华出席闭幕式并讲话。

【河南省第七届残疾人运动会】河南省人民政府主办，省残联、省体育局、周口市人民政府承办，2018年10月22日至25日在周口市体育中心举行，是全省规模最大、层次最高、影响最广的综合性残疾人体育盛会。本届省残运会共产生金牌277枚、银牌206枚、铜牌161枚，先后有28人次打破42项省残运会纪录。田径、游泳、乒乓球、自行车、羽毛球、举重、飞镖、象棋、围棋、盲人跳绳等项目选拔出一大批优秀残疾人运动员，他们将作为重点培养苗子队员进入省残疾人集训队进行集中强化训练，全力备战2019年和2021年全国残疾人运动会。

【2018年“宜生到家杯”全国残疾人岗位精英职业技能竞赛】中国残联就业服务指导中心与中国就业培训技术指导中心共同主办，河南省残联和河南省人力资源社会保障厅承办，2018年11月6日至7日在郑州举行。中国残联副主席程凯、全国妇联书记处书记章冬梅、河南省副省长戴柏华、河南省残联理事长王丽、河南省妇联主席郜秀菊、中国残联就业指导中心副主任李强等出席闭幕式并颁奖。全国30个省区市、黑龙江农垦和5个计划单列市共组成36个代表团。224名残疾人参加残疾人岗位精英职业技能竞赛，67名选手参加全国残疾人就业服务机构工作人员职业指导竞赛。参赛选手、裁判员、工作人员、志愿者等共550余人参加赛事活动。本届竞赛设置了电子商务师（电子商务）、商业摄影师（商业摄影）两个岗位精英职业技能竞赛项目。竞赛还举办了残疾妇女手工制作类竞赛交流活动（竹编、美甲）和年度全国残疾人就业服务机构工作人员职业指导竞赛交流活动。参赛选手在竞赛中充分展示了精湛的技能技艺和拼搏创新的精神。经过近2天的激烈角逐，共产生一等奖4名，二等奖4名，三等奖4名，同时评选出团体前三名，河南省代表队获得团体第一名，湖南省、浙江省代表队分获团体第二、第三名。

【第三代智能化残疾人证河南省首发仪式】2018年11月14日在郑州举行。中国残联副理事长、党组成员相自成，省政府副秘书长王梦飞，省残联党组书记、理事长王丽，郑州市政府副市长马义中等出席，并现场观摩第三代智能化残疾人证制证过程。第三代智能化残疾人证是集身份识别、业务管理、社会服务等功能于一体的新型智能化证件。在中国残联和省政府办公厅、省发改委等有关部门的大力支持下，全省残疾人证核发工作已经实现“一网通办”，为第三代残疾人证发放奠定了基础。中国残联组联部、信息中心和全省18个省辖市残联有关领导同志参加首发仪式。

六、大事记

1月18—19日，省残联、省卫生计生委在郑州联合召开残疾人精准康复暨家庭医生签约服务工作会议。

1月24日，全省残疾人体育工作总结动员会议召开。

2月6日—7日，中国残联主席张海迪到驻马店市调研残疾人工作，走访慰问贫困残疾人。副省长、省残联主席戴柏华，省残联党组书记、理事长王丽陪同调研。

2月11日，河南省残联第六届主席团第四次全体会议在郑州召开，王丽代表执行理事会做题为《凝心聚力、克难攻坚，推动新时代河南残疾人事业实现新发展》的工作报告。省政府副省长、省残联主席戴柏华出席会议并讲话。

2月12日，2018年河南全省残联工作会议在郑州举行。

3月2日，戴柏华副省长看望在省残疾人综合服务中心接受语言康复训练的听障儿童，就第19次全国爱耳日宣传教育活动做出指示。

3月20日—24日，省残联组联部、信息中心在郑州共同举办2018年全省残疾人证核发管理工作培训班。

4月19日，河南全省残联组联工作会议暨贯彻落实全省残疾人证管理办法实施细则专项督导会议在郑州召开。

4月19日—20日，河南全省社区家庭医生签约服务管理培训班在郑州举办。

4月22日，全国残疾人乒乓球锦标赛在郑州开赛，河南省残疾人乒乓球健儿勇夺7金3银5铜。

4月24日，河南全省残疾人扶贫教育就业社会保障工作会议在郑州召开。

5月7日—8日，住房和城乡建设部标准定额研究所副所长胡传海、标准定额司处长谭华一行赴信阳市新县就乡镇、村庄无障碍环境建设进行专题调研。

5月7日—11日，省残联举办深入学习贯彻习近平新时代中国特色社会主义思想和党的十九大精神集中培训班。

5月16日，省政府残工委办公室召开联络员会议，明确2018年残疾人重点工作责任单位，对组织开展第28次全国助残日活动进行安排部署。

5月14日—18日，河南省全国残疾人基本服务状况和需求信息数据动态更新省级培训班在郑州举行。

5月18日，省委常委、组织部部长孔昌生到郑州市特色教育中等专业学校看望残疾人和一线残疾人工作者。

5月25— 26日，国务院扶贫办、中国残联会同民政部在河南省驻马店市共同召开因残致贫家庭脱贫攻坚暨失能贫困重度残疾人照护和托养工作现场会。

5月26日，全国残疾人教育就业扶贫社会保障和托养工作会议在驻马店市召开。中国残联副理事长程凯出席并讲话，河南省残联党组书记、理事长王丽出席会议并致辞。

6月5日，全省残疾人脱贫攻坚推进会在洛阳召开。

6月5日—8日，由中国残联主办的残疾人托养服务能力建设分省集中培训暨河南省残疾人托养服务见习培训班在洛阳举办。

7月9日，省残联召开机关全体党员干部和直属单位班子成员会议，深入学习省委十届六次全会暨省委工作会议主要精神。

7月8日—16日，河南省9名残疾人自行车运动员在全国第十届残疾人运动会暨第七届特奥运动会自行车比赛上获得3金8银8铜。

7月19—21日，全国贫困重度残疾人家庭无障碍改造现场会在河南省大别山干部学院（信阳市新县）召开。中国残联主席张海迪向会议发来寄语，中国残联副主席、党组成员吕世明出席并讲话，河南省副省长戴柏华出席并致辞。

7月23日，斯达克“世界从此欢声笑语”中国（河南）项目启动仪式在郑州举行。

7月31日，省残联举办全省残联系统统计人员培训班。

8月9日，河南省肢残人协会举办“赞颂改革开放，共享发展成就”第九次全国肢残人活动日庆祝活动。

8月20日—21日，河南省残联第七次代表大会在郑州举行。省委书记王国生、中国残联党组书记周长奎出席开幕式并讲话，戴柏华副省长出席闭幕式并讲话。

8月31日，2018斯达克“世界从此欢声笑语”中国（河南）助听项目顺利完成，为郑州、驻马店两市共5659名听障患者免费验配可编程式数字助听器11021台。

9月26日，王丽主持召开省残联脱贫攻坚领导小组全体会议，传达学习全省脱贫攻坚工作电视电话会议精神和省委书记王国生、省长陈润儿重要讲话精神，对贯彻落实会议精神进行安排部署。

9月27日，副省长、残工委主任戴柏华主持召开省政府残工委主任会议，传达学习中国残联第七次全国代表大会精神，听取并讨论研究了《河南省打赢脱贫攻坚战三年行动计划开展扶贫助残行动实施方案（讨论稿）》《河南省残疾儿童康复救助实施办法（送审稿）》。省残联、发改委、教育厅、民政厅、财政厅、人社厅、卫计委、城乡住房建设厅、法制办、扶贫办等有关单位负责同志参加会议。

10月10日，河南省第六届残疾人职业技能竞赛在省残疾人综合服务中心开幕。戴柏华出席开幕式并现场观摩绘画、刺绣等项目比赛。

10月14日—15日，中国残联副主席、副理事长程凯一行在豫出席第三届“中国创翼”创业创新大赛期间，对河南残疾人高等教育及文化工作进行调研，并参加郑州第35个国际盲人节相关活动。

10月16日，省残联召开脱贫攻坚领导小组全体会议，传达学习全国残联系统推进残疾人脱贫攻坚工作会议和中国残联理事长周长奎讲话精神，并就河南省残疾人脱贫攻坚工作进行部署。

10月18日，河南全省残疾人基层组织建设、残疾人证核发管理和信息数据动态更新互查工作总结交流会在郑州召开。

10月22日—25日，河南省第七届残疾人运动会在周口市举办。省委副书记、政法委书记喻红秋宣布运动会开幕，中国残联副理事长王梅梅致辞，副省长戴柏华、省政协副主席周春艳等领导出席开幕式。

10月29日—11月4日，河南省残联系统领导干部培训班在上海复旦大学举办。

11月5日—7日，2018年中国技能大赛——“宜生到家杯”全国残疾人岗位精英职业技能竞赛暨残疾人就业服务机构工作人员职业指导竞赛在郑州举办。

11月6日—8日，2018年全国三人制聋人篮球比赛暨第十届全国残疾人运动会暨第七届特奥运动会三人制聋人篮球预赛在郑州大学举办。中国残联副主席刘再军出席开赛仪式并宣布开赛，河南省政协副主席、中国工程院院士、郑州大学校长刘炯天致欢迎辞，王丽致开幕词。河南省男、女队双双获得第四名，并获得2019年第十届全国残疾人运动会暨第七届特奥运动会三人制聋人篮球决赛资格。

11月14日，第三代智能化残疾人证河南省首发仪式在郑州举行。

11月13日—16日，中国残联副理事长、党组成员相自成一行在郑州市、济源市、鹤壁市调研基层残疾人组织建设工作。

11月30日，省人大常委会副主任张维宁，省人大常委会内务司法工作委员会主任高保群、副主任史银升等一行到省残疾人综合服务中心调研指导残疾人就业培训工作。

12月3日，戴柏华到河南省儿童医院康复医院调研指导残疾儿童康复救助工作，看望正在接受康复训练的残疾儿童，慰问医院医护工作者。

12月4日，王丽主持召开省残联脱贫攻坚领导小组全体会议。

附录一

中国残联办公厅工作通报第22期

2018年7月10日

按：为贫困重度残疾人家庭进行无障碍改造，是保障残疾人基本民生、实现不让贫困残疾人掉队的重要举措，是确保贫困残疾人“两不愁、三保障、两扩面”工作的重要内容，也是打赢贫困残疾人脱贫攻坚战、兜底补短、加快推进残疾人小康进程的重要基础。河南省、信阳市及新县残联积极向党委、政府反映贫困重度残疾人家庭无障碍改造需求，协调职能部门，有效推动纳入政府工作大局。河南省脱贫攻坚领导小组办公室下发《2018年河南省建档立卡贫困重度残疾人家庭无障碍改造项目实施方案》，要求统筹整合资金，将贫困残疾人家庭无障碍改造纳入危房改造内容，2018年全省完成35028户建档立卡贫困重度残疾人家庭无障碍改造，4个深度贫困县建档立卡贫困重度残疾人家庭无障碍改造覆盖率达80%。信阳市政府下发《关于加快推进残疾人无障碍设施建设的实施意见》，进一步要求2018年、2019年完成脱贫任务的县（区）实现建档立卡贫困重度残疾人家庭无障碍改造全覆盖，同时2019年底前完成市中心城区各类公共建筑无障碍设施建设。新县人民政府印发《关于加快推进残疾人无障碍设施建设的实施意见》，要求对有改造需求的建档立卡贫困重度残疾人家庭无障碍改造全覆盖，实现今后出现一户改造一户的目标，并逐步扩大到所有重度残疾人，2018年底前完成县城区各类公共建筑无障碍设施建设。现将河南省、信阳市及新县的做法转发给你们，供工作参考。

关于印发《2018年河南省建档立卡贫困重度残疾人家庭无障碍改造项目实施方案》的通知

各省辖市脱贫攻坚领导小组：

现将《2018年河南省建档立卡贫困重度残疾人家庭无障碍改造项目实施方案》印发给你们，请结合实际，认真贯彻落实。

河南省脱贫攻坚领导小组办公室

2018年4月11日

2018年河南省建档立卡贫困重度残疾人家庭无障碍改造项目实施方案

为贯彻落实中国残联《关于做好贫困重度残疾人家庭无障碍改造工作的通知》（残联发〔2017〕40号）和省残联、省扶贫办等25部门制定的《河南省贫困残疾人脱贫攻坚行动计划（2016－2020年）》（豫残联〔2017〕44号）精神，推动我省建档立卡贫困重度残疾人家庭无障碍改造项目的顺利实施，助力残疾人脱贫攻坚，确保贫困残疾人实现“两不愁、三保障、两扩面”目标，结合我省实际，制定本实施方案。

一、工作目标

全年全省完成35028户建档立卡贫困重度残疾人家庭无障碍改造。推动台前县、卢氏县、淅川县、嵩县4个深度贫困县建档立卡贫困重度残疾人家庭无障碍改造覆盖率达80%。

二、工作范围

（一）项目改造对象

1. 我省建档立卡残疾人，持有第二代中华人民共和国残疾人证，残疾等级为一级、二级的重度残疾人；

2. 实施无障碍改造的残疾人家庭应当拥有非租借的固定住房（有产权包括宅基地、长期居住或者公租房），住房具备改造条件；

3. 残疾人对无障碍设施依赖性强，有无障碍改造需求。

（二）项目改造标准

中央资金安排实施的建档立卡贫困重度残疾人家庭无障碍改造项目，改造标准为户均3500元；市、县安排的整合资金实施改造项目，可以根据每户无障碍改造实际需求，灵活集约使用。

（三）项目内容和步骤

参照省残联、住建厅联合印发的《贫困残疾人家庭无障碍改造指导手册》。

三、目的和原则

通过实施项目，改善残疾人居家环境，提高残疾人生活质量，适度解放重度残疾人家庭生产力，为残疾人实现脱贫创造条件。

在项目实施过程中，要遵循以下原则：

（一）解决贫困残疾人家庭急需；

（二）兼顾残疾人个性化需求；

（三）公开、公正、透明。

市、县（市、区）脱贫攻坚领导小组要结合本地实际，制定本地区实施方案。

四、项目资金来源

市、县统筹整合资金，中央下达的2018年残疾人事业发展补助资金。

五、职责分工

扶贫部门：负责提供建档立卡贫困残疾人信息，对建档立卡贫困重度残疾人家庭无障碍改造工作进行督导。

财政部门：统筹计划、拨付项目经费，对资金使用情况进行监管。

住建部门：符合危房改造条件的建档立卡贫困重度残疾人家庭，按照《河南省残疾人联合会 河南省住房和城乡建设厅关于做好农村危房改造项目涉及贫困残疾人家庭无障碍改造工作的通知》（豫残联〔2017〕68号）实施，将无障碍改造内容纳入危房改造，与危房改造同步设计、同步施工、同步验收。

残联部门：确定受益残疾人，配合乡镇实施项目任务，建立项目档案，录入数据库系统。

六、工作要求

（一）高度重视，精心部署

各地要高度重视建档立卡贫困重度残疾人家庭无障碍改造工作，排查到位，摸清底数，按照条件严格筛选受益对象，兼顾各类别残疾人，并优先照顾一户多残、老残一体等特别困难家庭。分解任务，明确责任，形成有关部门各司其职、各负其责、专人负责、齐抓共管的工作模式。

（二）严格管理，加强监督

各地要确保项目资金使用发挥最大效益，决不允许出现截留、挪用等现象。强化监管，严格责任追究，切实发挥各地纪检监察、审计和政府督查部门作用，对项目实施进度全程进行督导，加大社会监督力度，增强约束力。

（三）广泛宣传，营造良好氛围

各地要通过广播、电视、报纸、网络等媒体，印制宣传手册等方法，宣传残疾人家庭无障碍改造项目的意义，宣传家庭无障碍改造给残疾人生活带来的便利，特别是发挥已完成改造家庭的示范效应和带动作用，动员社会各方力量积极参与，形成全社会共同关注和支持残疾人家庭无障碍改造工作的强大合力。

信阳市人民政府关于加快推进残疾人无障碍设施建设的实施意见

各县、区人民政府，各管理区、开发区，市政府各部门：

为深入贯彻《河南省人民政府关于加快推进残疾人小康进程的实施意见》（豫政〔2015〕60号）和《信阳市人民政府关于加快推进残疾人小康进程的实施意见》（信政〔2016〕2号）要求，对建档立卡的贫困重度残疾人家庭进行无障碍改造，是确保贫困残疾人“两不愁、三保障、两扩面”工作的重要内容，也是打赢贫困残疾人脱贫攻坚战的重要基础。根据《无障碍环境建设条例》（中华人民共和国国务院令第622号）和《河南省无障碍环境建设管理办法》（河南省人民政府令第184号）有关规定，结合我市实际，提出以下实施意见：

一、目标任务

（一）2018年要求完成脱贫任务的县（区）在2018年底前对辖区内建档立卡贫困重度残疾人家庭无障碍改造全覆盖，2019年要求完成脱贫任务的县（区）在2019年底前对辖区内建档立卡贫困重度残疾人家庭无障碍改造全覆盖。

（二）2019年底前完成市中心城区各类公共建筑无障碍设施建设。

二、实施对象

残疾人无障碍设施建设包括建档立卡贫困重度残疾人家庭无障碍改造和市中心城区各类公共建筑无障碍设施建设。

（一）建档立卡贫困重度残疾人家庭无障碍改造对象应满足下列条件：

1. 具有信阳市户籍，持有第二代中华人民共和国残疾人证，残疾等级为一级、二级的建档立卡贫困重度残疾人。

2. 对无障碍设施依赖性强，有无障碍改造需求。其中肢体残疾人家庭无障碍改造残疾人必须拥有非租借的固定住房，并且住房具备改造条件。

（二）市中心城区各类公共建筑包括办公建筑、商业建筑、金融与银行建筑、文化体育建筑、医疗康复建筑、教育建筑、为残疾人和老年人服务的托养康复机构、工疗机构、室内外公共厕所等建筑。

三、实施原则

（一）各县（区）政府负责辖区内建档立卡贫困重度残疾人家庭无障碍改造。改造要尊重残疾人或其监护人自愿申请；改造或配置内容要解决贫困残疾人家庭急需，并兼顾残疾人个性化需求；对资助的改造家庭要建立公示制度进行公示，实施过程要公开、公正、透明；一户多残家庭、老残一体家庭和孤残一体家庭优先考虑。改造标准按照河南省残疾人联合会《贫困残疾人家庭无障碍改造指导手册》执行。

（二）市中心城区各类公共建筑无障碍设施建设由各自辖区负责完成。建设标准按照《无障碍设计规范》（GB50763）执行。

四、经费保障

建档立卡贫困重度残疾人家庭无障碍改造资金：中央专项彩票公益金给予支持；各县（区）从涉农资金整合中统筹；市财政对建设任务完成好的县（区）以奖代补。

市中心城区各类公共建筑无障碍设施建设资金：根据《无障碍环境建设条例》（中华人民共和国国务院令第622号）规定，各类公共建筑无障碍改造由所有权人或者管理人负责。

五、实施步骤

（一）准备阶段。各县（区）要成立残疾人无障碍设施建设工作领导机构，制定年度工作计划。易地搬迁项目和危房改造项目中涉及建档立卡贫困重度残疾人家庭无障碍设施建设的，应同步规划、同步设计、同步施工。市残联综合各县（区）贫困残疾人家庭无障碍改造工作好的经验和做法，制定信阳市贫困残疾人家庭无障碍改造操作手册，各县（区）结合当地实际参照执行。2018年4月底之前各建档立卡贫困户所在乡镇人民政府（街道办事处）要对建档立卡贫困重度残疾人进行摸底排查，核清有改造需求户数。对符合改造条件的对象在当地公示，接受残疾人和社会监督。各乡镇（街道办事处）填写《信阳市建档立卡贫困重度残疾人家庭无障碍改造信息采集与项目实施汇总表》上报县（区）残联，各县（区）残联汇总后报送市残联。

2018年4月底之前核清未配置残疾人无障碍设施的公共建筑数量，填写《信阳市中心城区各类公共建筑无障碍设施建设情况统计表》，报送市住房城乡建设局和市残联。

（二）实施阶段。2018年5月至11月各县（区）根据需改造家庭的实际情况，有针对性地确定无障碍改造项目和内容，需要施工的，由县（区）统一组织施工或残疾人家庭自主聘请专业人员施工；需要配置相关器材或辅助器具的，严格按照程序和标准统一采购配发。要做好改造前、改造中、改造后的照片拍摄与存档工作。项目结束后，各县（区）残联保存相关资料，填写《信阳市建档立卡贫困重度残疾人家庭无障碍改造情况表》。

（三）总结阶段。各县（区）应在每年12月底前完成建档立卡贫困重度残疾人家庭无障碍改造的任务，对项目进行检查验收，回访受益残疾人家庭，听取残疾人意见和建议，将改造对象信息录入到中国残联综合业务管理平台无障碍改造数据库系统，并向市扶贫办、市残联报送总结报告。市政府督查室组织相关部门对年度实施情况进行督导检查。

六、工作要求

（一）高度重视，统一思想。各县（区）要高度重视，将残疾人无障碍设施建设工作列入重点民生工程，结合实际，精心组织，主动作为，与脱贫攻坚工作相结合，协同推进。

（二）严格标准，确保质量。各县（区）严把质量关，使用优质无障碍产品，对施工过程进行指导和监督，及时发现和解决施工中遇到的问题，认真做好工程验收工作，切实保证改造和建设的设施质量，按照时间节点逐年完成无障碍设施建设任务。

（三）加强监督，严格落实。市、县两级采取专项检查与统筹检查相结合的方式，加大督促检查力度，加强社会监督，增强约束力和工作透明度。

信阳市人民政府
2018年4月8日

新县人民政府办公室关于加快推进残疾人无障碍设施建设的实施意见

各乡、镇人民政府，香山湖管理区，金兰山街道办事处，县直相关部门：

为深入贯彻《河南省人民政府关于加快推进残疾人小康进程的实施意见》（豫政〔2015〕60号）、《信阳市人民政府关于加快推进残疾人小康进程的实施意见》（信政〔2016〕2号）和《信阳市人民政府关于加快推进残疾人无障碍设施建设的实施意见》（信政文〔2018〕34号）要求，对建档立卡的贫困重度残疾人家庭进行无障碍改造，是确保贫困残疾人"两不愁、三保障、两扩面"工作的重要内容，也是打赢贫困残疾人脱贫攻坚战的重要基础。根据《无障碍环境建设条例》（中华人民共和国国务院令第622号）和《河南省无障碍环境建设管理办法》（河南省人民政府令第184号）有关规定，结合我县实际，提出以下实施意见：

一、目标任务

（一）对有改造需求的建档立卡贫困重度残疾人家庭实施无障碍设施改造全覆盖，实现今后出现一户改造一户的目标，并逐步扩大范围到所有重度残疾人，提高残疾人居家生活自理能力。

（二）2018年底前完成县城区各类公共建筑无障碍设施建设。

二、实施对象

（一）残疾人家庭无障碍改造对象应满足以下条件：

1. 具有新县户籍，持有第二代中华人民共和国残疾人证的重度（一级、二级）残疾人。

2. 改造住房为长期居住的非租借固定住房，且住房符合改造条件；

3. 对无障碍设施依赖性强，有无障碍改造需求。

（二）县城区各类公共建筑主要包括办公建筑、公共服务建筑、商业建筑、金融与银行建筑、文化广场、体育建筑、医疗康复建筑、教育建筑、旅游景点、居民小区、室内外公共厕所等建筑。

三、实施原则

各乡镇（区、街道）政府负责辖区内残疾人家庭无障碍改造。改造由残疾人或其监护人自愿申请；改造或配置内容要解决贫困残疾人家庭急需，并兼顾残疾人个性化需求；对改造家庭要建立公示制度进行公示，实施过程要公开、公正、透明；一户多残家庭、老残一体家庭和孤残一体家庭优先考虑。县城区各类公共建筑无障碍设施建设由所有权人或管理人负责完成。建设标准按照《无障碍设计规范》（GB50763）执行。

四、改造内容

残疾人家庭无障碍改造主要包括改造类施工、基本辅助器具配备安装和改善类配建三大类。具体实施时应以改造类施工为主（对视力、听力、智力残疾人家庭应偏重于辅助器具的配发），条件允许时安装辅助器具、进行改善类配建。

改造类施工：根据受益人家庭情况，主要包括院落地面平整及坡化，扶手安装，卫生间洗手池低位改造、蹲便器改坐便器，厨房灶台水池低位改造方便坐轮椅者使用，户门加宽便于轮椅无障碍通行等适用于肢体、视力、听力、智力等功能缺失人员的居家改造内容。

基本辅助器具配备安装：主要是配备盲杖、助行器、轮椅、助听器、沐浴椅、防滑垫、坐便椅、防褥疮坐垫、移乘板、护理床、床护栏杆、紧急呼叫装置及适用于聋哑人家庭的闪光门铃、震动闹钟，适用盲人家的煤气泄报警器等日常生活类辅助器具。

改善类配建：主要在条件允许时，为重度残疾、一户多残家庭整修卫生间，厨房地面墙体，安装卫生间热水器，为肢残人家庭安装升降晾衣架，升降橱柜，为居住于多层建筑的肢残人家庭安装升降机等。

根据功能缺失类型具体可分为：

（一）肢残人家庭无障碍改造项目内容，房屋建筑可分为A、B两类

A类：多层和高层单元式建筑

1. 楼道首层入口改造：三级以下台阶改坡道，加装楼道扶手，地面平整硬化等，个别首层下面因有半层地下室，台阶高差超过三级且具备改造条件时，根据难易程度和总造价确定；

2. 家庭对外户门无障碍设施改造：通道地面硬化，出入户门改造，户内实现无障碍通行，功能用房门应便于轮椅通行；

3. 卫生间安装抓杆、扶手，固定式可折叠浴椅。蹲便器改坐便器，安装紧急呼叫装置。卫生间淋浴不具备安装折叠浴椅的配置活动浴凳，地面进行防滑处理，门宽度应便于轮椅通行。

4. 厨房视建筑结构情况改造灶台、橱柜、洗碗池等，方便坐轮椅者使用；

5. 家庭卧室可安装或改造为低位电源开关，并在卧室门口和床头实施双控；

6. 其他适合肢残人的无障碍项目。

B类：二层以下院落式建筑（含农村残疾人家庭院落）

1. 家庭对外户门无障碍设施改造：家庭院内至户外通道地面硬化，修建坡道，安装扶手，门宽度应便于轮椅通行；

2. 厕所、淋浴间无障碍安装与改造根据难易程度和总造价确定。包括蹲便器改坐便器，加装安装紧急呼叫装置。可根据条件改造一个卫生淋浴间，淋浴间内不具备安装折叠浴椅条件的可配置活动浴凳；

3. 厨房视建筑结构情况安装改造低位灶台、橱柜、洗碗池等，方便坐轮椅者使用；

4. 家庭卧室可安装或改造低位电源开关，并在卧室门口和床头实施双控；

5. 其他适合肢残人的家庭院落无障碍项目。

农村残疾人家庭院落无障碍设施改造与安装需因地制宜，根据实际情况而定，卫生间可配置坐便器、扶手，院落对外户门可设置符合无障碍设计规范的方便轮椅出行的坡道。

（二）视力功能缺失人员家庭无障碍改造项目

1. 楼梯口、门口、院落铺设盲道；

2. 安装语音对讲门铃；

3. 视情对电梯单元楼内电梯加装语音系统；

4. 其他适合盲人的无障碍项目。

（三）听力功能缺失人员家庭无障碍改造项目

1. 安装闪光门铃或可视门铃；

2. 配备无障碍闪光开水壶和振动闹钟等聋人无障碍产品；

3. 其他适合聋人的无障碍项目。

（四）智力、精神残疾人家庭无障碍改造项目

1. 整改电源及其线路、安装高位遥控开关；

2. 配置密码刀具箱；

3. 其他适合智力、精神残疾人的无障碍项目。

县城区各类公共建筑无障碍设施建设主要包括无障碍通道、无障碍出入口、无障碍电梯、无障碍楼梯、无障碍厕所、缘石坡化、扶手、盲道、低位服务设施、无障碍标识系统等。

五、经费保障

残疾人家庭无障碍改造资金：中央专项彩票公益金给予支持；县政府从涉农资金整合中统筹。

县城区各类公共建筑无障碍设施建设资金：根据《无障碍环境建设条例》（中华人民共和国国务院令第622号）规定，各类公共建筑无障碍建设由所有权人或者管理人负责。

六、实施步骤

（一）准备阶段。各乡镇（区、街道）要成立残疾人无障碍设施建设工作领导机构，制定年度工作计划。易地搬迁项目和危房改造项目中涉及建档立卡贫困重度残疾人家庭无障碍设施建设的，应同步规划、同步设计、同步施工、同步验收。各乡镇（区、街道）政府要对残疾人进行摸底排查，核清有改造需求户数。对符合改造条件的对象在当地公示，接受残疾人和社会监督。填写《新县建档立卡重度贫困残疾人家庭无障碍改造信息采集与项目实施汇总表》上报县残联，县残联汇总后报市残联。

（二）实施阶段。2018年6月至11月前各乡镇（区、街道）根据需改造家庭的实际情况，有针对性地确定无障碍改造项目和内容，需要施工的，由县、乡统一组织施工或残疾人家庭自主聘请专业人员施工；需要配置相关器材或辅助器具的，严格按照程序和标准统一采购配发。要做好改造前、改造后的照片拍摄与存档工作。各乡镇（区、街道）负责验收，填写《新县残疾人家庭无障碍改造情况表》；残联、财政进行抽查检验，合格后，财政部门将资金拨付到专业施工队或残疾人本人账户。项目结束后，乡镇收齐相关资料（含电子档）移交一份县残联。

（三）总结阶段。县残联12月底前回访受益残疾人家庭，听取残疾人意见和建议，将改造对象信息录入到中国残联综合业务管理平台无障碍改造数据库系统，并向市残联报送总结报告。县政府督查室组织相关部门对实施情况进行不定期督导检查。

七、工作要求

（一）高度重视，统一思想。各乡镇（区、街道）、县直相关部门要高度重视，将残疾人无障碍设施建设列入重要议事日程，结合实际，精心组织，主动作为，与脱贫攻坚工作相结合，协同推进。

（二）严格标准，确保质量。各乡镇（区、街道）、县直相关部门要严把质量关，使用优质无障碍产品，对施工过程进行指导和监督，及时发现和解决施工中遇到的问题，认真做好工程验收工作，切实保证改造和建设的设施质量，按照时间节点完成任务。

（三）加强监督，严格落实。县政府组织相关部门采取专项检查与统筹检查相结合的方式，加大督促检查力度，加强社会监督，增强约束力和工作透明度。

八、其他事项

自此文下发之日起，原相关文件与此不符的，以此文为准。

新县人民政府办公室
2018年5月20日

附录二

上蔡县喜获2018年全国脱贫攻坚组织创新奖荣誉称号

《驻马店日报》 2018年10月25日

驻马店网讯（记者陈司，通讯员宋永亮、肖喜锋）近日，从首都北京传来喜讯，在2018年全国脱贫攻坚表彰大会暨首场脱贫攻坚先进事迹报告会上，驻马店市上蔡县喜获2018年全国脱贫攻坚组织创新奖荣誉称号。这是我省、我市首次获得这一奖项。

重度残疾人家庭脱贫是脱贫攻坚中最难啃的一块“硬骨头”。为有效破解这一难题，2016年以来，按照市委市政府提出的“在上蔡试点探索、在全市逐步推开”的工作思路，上蔡县依托村卫生室和乡镇卫生院，按照“试点先行、逐步铺开”的建设思路，积极加快贫困家庭重度残疾人集中托养建设。在此过程中，该县探索完善了“党委和政府主导、扶贫残联主推、民政部门主管、卫计部门主阵地”的运作模式，保障了托养中心高效率建设、规范化运营和制度化管理。

该县探索建立的“县级统筹、乡村实施、部门联动、社会参与”的贫困家庭重度残疾人集中托养模式，“一站式”解决了贫困家庭重度残疾人的居住、生活、医疗、照护、康复等难题，走出了一条贫困家庭重度残疾人增收脱贫的新路径。从2016年开始至2017年底，上蔡县共建成重度残疾人托养中心32个，入住托养人员619人，解放贫困家庭劳动力800多人，安置建档立卡贫困家庭劳动力到托养中心就业（从事护工和厨师工作）共计360人，真正实现了“一举求多效”的目标。2017年11月、12月，市委市政府和省委省政府先后组织召开了重度残疾人集中托养上蔡现场会。今年5月，全国推动因残致贫家庭脱贫攻坚暨失能贫困重度残疾人照护和托养工作现场会在驻马店召开，交流推广了上蔡县的经验做法。

据了解，全国脱贫攻坚奖是脱贫领域的最高奖项，共设立奋进奖、贡献奖、奉献奖、创新奖、组织创新奖5个奖项。此次全国脱贫攻坚表彰大会上，共有99名先进个人分别获得2018年全国脱贫攻坚奋进奖、贡献奖、奉献奖、创新奖，40个单位获得2018年全国脱贫攻坚组织创新奖荣誉称号。今年，全国脱贫攻坚组织创新奖，经过层层筛选，我省共有两个县获此殊荣，分别是上蔡县和兰考县。

（严少军供稿）

湖北省残疾人事业和残疾人工作

一、领导讲话

省长王晓东在湖北省第十三届人民代表大会第一次会议上的政府工作报告摘要

2018 年 1 月 24 日

打好精准脱贫攻坚战。聚焦“准”“实”二字，下足“绣花”功夫，确保104.6万人脱贫、17个贫困县摘帽，确保已脱贫人口可持续稳固脱贫。向深度贫困地区和特殊贫困人口聚焦发力，强化对贫困老年人、残疾人、重病患者等群体的精准帮扶。加大政策倾斜和扶贫资金整合力度，推进产业扶贫、教育扶贫、健康扶贫、易地扶贫搬迁。坚持扶贫同扶志、扶智相结合，激发脱贫内生动力。

加强对困难群众、特殊群体的兜底保障。维护妇女儿童、老年人、残疾人合法权益，健全农村“三留守”人员关爱服务体系。大力发展公益慈善事业。

省委书记、省人大常委会主任蒋超良在省残联第七次代表大会开幕式上的讲话摘要

2018 年 8 月 17 日

发展新时代残疾人事业，是各级党委政府义不容辞的政治责任。要切实解决好残疾人最期盼最关心的大事难事具体事，全面增进残疾人的福祉。把残疾人作为脱贫攻坚的重点人群，聚焦特殊贫困残疾人口精准发力。强化残疾人兜底保障服务，不断提高残疾人的社会保障和社会福利水平。千方百计促进残疾人的就业创业，增强残疾人自我发展能力。完善特殊教育保障机制，加大贫困残疾人学生助学支持力度。优化残疾人康复服务，努力实现“人人享受康复服务”的目标。加快无障碍环境建设，消除残疾歧视，保障残疾人平等权益，让广大残疾人精神生活更有寄托、社会生活更有尊严、家庭生活更加丰富。

发展新时代残疾人事业，离不开全社会的共同参与。关爱残疾人，是社会文明进步的重要标志，是全社会的共同责任。鄂州市残联党员“爱心苏姐”苏柳英30多年坚守扶残助残岗位，武汉“犟妈”易勤和10个弱智孩子的爱心传奇感动中国。我们要进一步增强全社会扶残助残、团结互助的意识，真诚理解残疾人，处处尊重残疾人，热情关心残疾人，倾力帮助残疾人。要大力发展残疾人慈善事业，倡导助残志愿服务，培育壮大助残公益社会组织，为残疾人生活工作学习提供多层次高质量的服务，让广大残疾人切身感受到社会的温度、家庭的温暖、人性的温情，同全省人民一道共建共享全面小康生活。

发展新时代残疾人事业，需要广大残疾人朋友充分发挥主体作用。残疾人群体蕴含着巨大潜能和创造力，残疾人完全有志向、有能力为社会做出重要贡献。武汉市青山区单腿女孩杜诚诚多年来坚持为盲人讲电影两百多场，为数千盲人打开了黑暗世界中的“一扇窗”。5年来，我省残疾人运动员顽强拼搏，在国际国内赛场夺得奖牌近300枚，为国家和湖北增光添彩。

中国梦也是每一个残疾人朋友的梦。希望广大残疾人朋友始终热爱祖国，把自己的人生梦想和国家发展、社会进步结合起来，以主人翁的姿态投身新时代湖北改革发展大潮，用实际行动和优异成绩体现人生价值。始终热爱生活，不自卑、不消沉、不放弃，从容自立、坚韧自信、奋发自强，勇敢地迎接生活挑战，用微笑拥抱生活、用奋斗成就梦想。始终热爱学习，积极学习知识和技能，不断提升能力和素质，用辛勤劳动改变命运，努力创造无愧于时代的精彩人生。

副省长、省政府残工委主任、省残联主席童道驰在省残联第七次代表大会闭幕式上的讲话摘要

2018 年 8 月 18 日

一、认清形势，提高站位，准确把握新时代残疾人事业发展新要求

在肯定成绩的同时，我们需要清醒地认识到，残疾人最关心、最直接、最现实的问题还没有得到根本解决，残疾人实现自我发展还存在一些制约因素，例如，康复仍然是残疾人最迫切的需求，全省残疾人康复服务覆盖面不足；残疾人受教育程度依然偏低，各地存在一定数量的残疾适龄儿童没有安排接受义务教育；残疾人就业依然困难，可供选择的就业岗位不多，就业质量不高；少数残疾人居住在危房之中，

残疾人出行存在诸多不便，危房改造和无障碍环境建设有待进一步加强；残疾人融入社会、参与社会的比例偏低，社会上歧视残疾人、侵犯残疾人合法权益的事件时有发生。这些问题和不足，都是影响残疾人与全体人民一道共同实现小康的制约因素，亟待我们认真研究解决。

二、聚焦主业，突出重点，全力推进我省残疾人事业发展实现新作为

一是持续推进“十三五”规划落实落地。2018 年是实施全省残疾人事业“十三五”发展规划纲要的关键之年，抓好规划纲要的贯彻实施意义重大。各地各部门务必高度重视，要紧紧围绕纲要确定的目标任务，结合当前正在开展的中期评估，对纲要实施情况进行全面摸底分类。对已完成的任务，要及时总结、巩固提升。对未完成的目标任务，要分门别类、精准施策，拿出具体管用的办法，全力抓好组织实施，尽快补齐短板。要健全残疾人兜底保障服务机制，强化兜底保障服务措施，织牢残疾人民生安全网；要大力实施精准康复服务，持续满足残疾人基本康复需求；要积极开展残疾人职业技能培训，扶持残疾人就业创业，帮助更多残疾人就业增收；要广泛开展形式多样的文化体育活动，进一步丰富残疾人精神文化生活；要持续加强无障碍环境建设，开展贫困残疾人家庭无障碍改造，努力为残疾人参与社会、融入社会创造更好的环境；要切实保障残疾人合法权益，坚决防止侵害残疾人权益事件发生；要广泛开展志愿助残活动，进一步营造扶残助残良好社会氛围。

二是持续开展残疾人脱贫攻坚。各地要深入贯彻落实《中共湖北省委、湖北省人民政府关于全力推进精准扶贫精准脱贫的决定》《湖北省残疾人脱贫攻坚行动实施方案（2016—2019 年）》，进一步聚焦贫困残疾人脱贫攻坚，强化领导责任，量化目标任务，细化工作标准，实化政策措施。要继续实施教育助学、电商培训、康复救助、托养服务等行业扶贫措施与项目，配合扶贫部门做好农村贫困残疾人精准纳入建档立卡数据库动态管理和残疾人脱贫考核工作。各相关部门要密切协作，形成合力，扎实推进残疾人就业创业、精准康复、社会保障、危房改造等工作。要坚持扶贫与扶志、扶智相结合，加强政策引导、教育引导、典型引导，激发残疾人内生发展动力。

二、政策法规文件

湖北省特殊教育学校职业教育培训扶助项目实施方案

鄂残联办函〔2018〕1 号

一、特殊教育学校残疾贫困学生助学扶助项目（40 万元）

（一）助学对象

对象为特殊教育学校在校学习的残疾贫困学生，每年助学扶助 200 名。

（二）助学条件

受助残疾人学生应具备以下条件：

1. 热爱社会主义祖国，拥护中国共产党领导，遵守法律和社会公德。

2. 遵守校纪校规，尊敬师长，学习努力。

3. 持有中华人民共和国残疾人证（二代证）。

4. 本人家庭经济困难，享受城乡居（村）民最低生活保障待遇的优先。

（三）助学标准

扶助特殊教育学校残疾贫困学生在校学习、生活费用，扶助标准为每人 2000 元。

二、特殊教育学校职业教育和职业培训教学扶助项目（60 万元）

（一）扶助特殊教育学校条件

原则上为全日制特殊教育学校、全日制残疾人中等职业学校。综合考虑特殊教育学校发展状况、在校残疾人学生总数、职业教育培训情况、执行能力、办学质量和效益等因素。

（二）资金使用范围和资助标准

特殊教育学校职业教育教学扶助项目，用于相关学校购置职业教育和职业培训教学设备、器材及升级改造现有设备设施，扶持标准为每校 6 万元。

2018 年湖北省残疾人专项康复救助项目实施方案

2018 年 3 月 20 日

省残联、省卫计委、省人社厅联合印发。

一、任务目标

2018 年完成省残疾人专项康复救助项目 6586 例，其中儿童人工耳蜗项目 240 例，儿童助听器项目 176 例，苯丙酮尿症患儿康复项目 104 例，机构康复训练项目 6066 例，为符合救助条件的听障、脑瘫、孤独症、智障儿童提供康复救助。

二、救助条件

具有湖北省户籍、能提供诊断证明且符合相应项目具体要求的残疾儿童。

（一）儿童人工耳蜗项目

1. 年龄：申报时年龄为1—6岁（不满7周岁）。在满足以上年龄段聋儿康复需求的基础上，可对7—17岁（不满18

周岁），经听力语言康复后，已进入普通学校就读的语前聋患者及18岁以内的语后聋患者予以资助，且资助数量不超过当年总数的15%。

2. 听力损失为重度聋以上，配戴助听器康复效果不佳，医学检查无手术禁忌证，双侧耳蜗及内听道结构正常、无蜗后病变，精神、智力及行为发育正常。

（二）儿童助听器项目

2012年1月1日及以后出生，精神、智力、行为发育正常的听障儿童。

（三）苯丙酮尿症患儿康复项目

2012年1月1日及以后出生，诊断明确，身体状况稳定的苯丙酮尿症患儿。

（四）机构康复训练项目

2012年1月1日及以后出生，诊断明确，身体状况稳定的听障、脑瘫、孤独症、智障儿童。

三、定点机构

所有2018年湖北省残疾人专项康复救助项目受助儿童只能在各类项目定点机构内进行救助。

（一）儿童人工耳蜗项目

定点手术医院及定点术后康复机构见附件2。（略）

（二）儿童助听器项目

由湖北省残疾人康复中心统一组织验配。

（三）苯丙酮尿症患儿康复项目

由湖北省妇幼保健院统一组织实施。

（四）机构康复训练项目

1. 定点机构由县级残联核查初审通过后上报至市（州）级残联，再由市（州）级残联复核通过后上报至省残联。

2. 省残联根据各地申报情况，综合考量2017年定点机构第三方评估、整改情况和全省机构地域分布等因素，确定2018年湖北省残疾人专项康复救助项目定点康复机构115个（见附件1）。

四、救助标准

（一）儿童人工耳蜗项目

为每名受助儿童免费提供植入体产品，补贴手术费用18000元、术后康复训练费用14000元。

（二）儿童助听器项目

为每名受助儿童免费验配两台全数字耳背式助听器。

（三）苯丙酮尿症患儿康复项目

为每名受助儿童提供10000元的特制奶粉。

（四）机构康复训练项目

为每名受助儿童补贴康复训练费15800元，其中省级经费补贴8500元，国家彩票公益金补贴7300元。

湖北省第二期特殊教育提升计划（2018—2020年）

鄂教幼高〔2018〕2号

省教育厅、省机构编制委员会办公室、省发改委、省民政厅、省财政厅、省人社厅、省卫计委、省残联联合印发。

二、主要措施

（一）加快实施残疾人全纳教育

1. 落实“一人一案”。以县（市、区）为单位，逐一核实未入学适龄残疾儿童少年信息，优先采取普通教育方式，做好教育安置。对需要专人护理、不能正常到校就读的适龄重度残疾儿童少年采取送教上门以及康复机构医教结合，落实“一人一案”，实施销号管理。将在儿童福利机构特教班就读、接受送教上门和医教结合的残疾人学生纳入相应学段学籍管理，积极做好控辍保学工作。各市（州）要统筹解决好地域内残疾儿童少年，特别是未设置特殊教育学校的县（市、区）残疾儿童少年的教育安置问题。（省教育厅、省残联、省民政厅、省卫计委、省妇联等负责）

2. 加大随班就读工作力度。以县（市、区）为单位统筹规划，优先采用普通学校随班就读的方式，合理安排适龄残疾儿童少年接受教育，全面推进融合教育。强化对随班就读工作的指导和管理，完善随班就读保障体系，重点加快普通学校特殊教育资源教室建设和专兼职资源教师配备工作。（省教育厅、省残联等负责）

3. 切实发挥特殊教育学校的骨干作用。各地要严格按照国家规定的特殊教育学校建设标准，加快推进特殊教育学校标准化建设，不断完善办学条件。特殊教育学校应发挥全纳教育骨干作用，扩大招生规模，增加招生类别，提高服务能力。鼓励有条件的市（州）试点建设孤独症儿童少年特殊教育学校（部）。支持有条件的儿童福利机构和残疾儿童康复机构设立特殊教育学校或特教班。（省教育厅、省财政厅、省残联、省民政厅等负责）

4. 开展送教服务。对需要专人护理、不能正常到校就读的适龄残疾儿童少年，各地要采取送教进社区、进儿童福利机构和康复机构、进家庭的方式实施教育。要以县（市、区）为单位建立完善送教上门制度，细化工作措施，为相关学生提供规范、有效的教育服务。（省教育厅、省残联、省民政厅、省妇联等负责）

5. 推进医教结合。整合卫计、残联、教育等部门残疾儿童筛查、诊断、康复、在校信息，建立和完善卫计、残联、教育等部门残疾儿童信息交流平台，并实现信息共享。建立特殊教育机构与康复、医疗机构合作制度。康复、医疗机构选派听力、视力、智力、脑瘫、孤独症等方面专家，为在教育机构中接受特殊教育的残疾儿童提供医学检测、评估、康复服务指导，并开展教师培训与咨询。特殊教育机构要加强教育与康复的有机结合，注重采取多种手段对康复机构中的残疾人学生实施个别化教育与康复。残疾人康复机构、特殊学校资源共享，相互支持，共同做好残疾人医教结合工作。（省卫计委、省残联、省教育厅等负责）

（三）健全特殊教育经费投入机制

1. 落实生均公用经费。在落实义务教育阶段特殊教育学校生均公用经费6000元补助标准基础上，有条件的地区要根据学校招收重度、多重残疾人学生的比例，适当增加年度生均公用经费预算。随班就读、特教班和送教上门接受义务教育的残疾人学生，生均公用经费标准按义务教育阶段特殊教育学校执行。高中及以上阶段残疾人学生的生均公用经费按不低于当地普通同级学校生均公用经费的8倍以上拨付，所需资金按学校隶属关系由同级财政负担。（省财政厅、省教育厅等负责）

2. 加大学生资助力度。对义务教育阶段残疾人学生在“两免一补”基础上进一步提高补助水平。对家庭经济困难的残疾人学生实行高中阶段免费教育。学前教育和高等教育阶段优先资助残疾人学生，逐步加大资助力度。建立完善残疾人学生特殊学习用品、教育训练、交通费等补助政策。以上帮扶政策所需经费，属于现行资助政策体系和社会保障体系等政策范围内的，由各级财政按政策要求纳入本级预算足额保障。新增部分，由残疾人学生学籍所在地政府纳入本级财政预算予以足额保障。（省教育厅、省财政厅、省民政厅等负责）

3. 拓宽经费筹措渠道。县级以上人民政府可根据需要设立专项补助资金，加强特殊教育基础能力建设，改善办学条件。各地要从残疾人就业保障金中每年安排不少于5%的资金用于支持特殊教育学校、各类职业教育培训机构，开展残疾人劳动技能教育、职业教育，实行项目管理。各级财政支持的残疾人康复项目要优先安排资助符合项目救助条件的残疾人学生。鼓励和引导社会力量兴办特殊教育学校，支持符合条件的非营利性社会福利机构向残疾人提供特殊教育。积极鼓励企事业单位、社会组织、公民个人捐资助学。（省教育厅、省财政厅、省残联、省人社厅、省民政厅、省妇联等负责）

（五）加强特殊教育教师队伍建设

1. 拓宽师资培养渠道。支持省内高等学校扩大特殊教育相关专业的招生规模，不断提高培养质量。推进实施特殊教育师资定向培养政策。每年从湖北省乡村小学全科教师招生计划中安排一定的名额，为县级及以下特殊教育学校、承担随班就读任务的普通学校定向培养特殊教育教师。在普通师范院校和综合性院校师范专业增设特殊教育课程，作为必修课纳入学分管理。在教师资格考试中设置一定比例的特殊教育相关内容。（省教育厅、省人社厅等负责）

2. 强化教师在职培训。继续实施特殊教育教师“国培”“省培”计划，进一步加大各级培训力度，确保对特殊教育教师按照五年一个周期，不少于360学时实施全员培训。省级重点组织开展特殊教育学校校长和骨干教师培训，市县两级重点负责普通学校随班就读教师、资源教师和送教上门教师的培训。到2020年，所有从事特殊教育的专任教师均应取得教师资格证，非特殊教育专业毕业的教师都要经过省级教育行政部门组织的特殊教育专业培训并考核合格。（省教育厅等负责）

3. 加强教职工编制管理。各地要为特殊教育学校、开展随班就读和送教上门的普通学校、儿童福利机构等附设的特教班、招收残疾儿童的幼儿园等特殊教育机构配齐配足教职工，确保其正常开展教育教学和管理服务工作。加强康复医生、康复治疗师、康复训练人员及其他专业技术人员的配备。对招收重度、多重残疾人学生较多的学校，要适当增加教职工配备。（省编办、省教育厅、省残联、省民政厅、省卫计委等负责）

4. 提高教师待遇。进一步实行特殊教育津贴、特殊教育师资绩效工资等倾斜政策。对普通学校承担随班就读教学管理任务的教师，在奖励性绩效工资分配上给予倾斜。为送教上门教师、普通学校随班就读巡回指导教师提供工作和交通补助，所需费用从生均公用经费预算中列支。教育系统各类评先评优、表彰奖励和职务评聘等，要向特殊教育教师倾斜。将特教班、残疾儿童福利机构、残疾人康复机构从事特殊教育的教师职务（职称）评聘纳入当地教师职务（职称）评聘范围。关心教师的身心健康，改善教师的工作和生活环境。2018年，省级启动研究制定符合特殊教育实际、有利于特殊教育教师专业发展的职称评价标准。（省人社厅、省财政厅、省教育厅、省民政厅等负责）

湖北省助盲就业脱贫行动实施方案

2018年9月17日

省残联、省财政厅、省人社厅、省政府扶贫办联合印发。

二、任务目标

到2019年，以省就业年龄段建档立卡的12614名持证视力残疾人为重点，组织动员有就业意愿的贫困视力残疾人开展以推拿为主要内容的职业技能培训，并提供全方位就业服务和支持，帮助更多的视力残疾人通过就业创业实现脱贫增收。

四、行动步骤

（一）摸底准备阶段

摸底工作由省残疾人就业服务中心牵头负责，各级盲协配合，市州、县残联具体组织实施。

（二）实施培训阶段

根据培训任务目标和工作计划，各级统筹做好培训工作安排。培训工作由省残疾人培训中心负责、各级盲协配合、市州县残联具体组织实施。同时，可依托各级人社部门资源组织开展培训。

1. 通过政府购买服务等方式，依托有条件的职业技能培训机构、特教学校（盲校）、残疾人培训基地、盲人按摩实训基地、保健按摩店等机构，采取集中办班培训、“师带徒”等有效方式，按照相关标准及要求开展培训，提升视力残疾人劳动就业技能。

2. 依托农村贫困残疾人实用技术培训等项目，优先安排贫困视力残疾人参加推拿技术培训。同步开展贫困视力残疾人的文盲扫盲工作，提高他们适应生活、学习文化技能和参加生产劳动的综合能力。对视力残疾人参加就业创业培训的，按规定给予职业培训补贴。

3. 充分利用国家“盲人数字阅读推广工程”等资源，广泛动员社会力量，积极组织和帮助贫困视力残疾人精准获取培训资源，进一步提高培训质量。

4. 充分发挥按摩医院等盲人按摩技术资源中心优势，遴选有临床基础的推拿技师，开展保健按摩骨干师资培训和雇主培训，进一步提高视力残疾人推拿技能和推拿服务机构经营管理水平。

5. 培训机构应符合以下条件：（1）培训机构应具备理论、实操教室，能够提供培训期间的食宿。（2）教师应具备按摩相关中级专业技术职务以上任职资格。

6. 培训主要内容及要求。（1）推拿：具体技术培训内容及要求参照原《保健按摩师职业标准》。（2）定向行走：能够熟悉使用盲杖，掌握明眼人带路、通过狭窄道路、180度转向、换边、通过门、上下楼梯、找座位、乘坐交通工具等技巧。（3）生活能力：能够掌握独立完成穿衣、吃饭，较好处理人际关系，独立思考理解问题等能力。（4）通用盲文：能够了解并初步掌握国家通用盲文的摸读和书写。

7. 按照相关培训标准，科学设置培训课程（推拿、定向行走、生活能力、通用盲文等）规范开展培训。为确保培训质量，培训时间应不少于480学时。各地第一批盲人保健按摩培训班应于12月31日前开班。

（三）就业帮扶阶段

充分利用残疾人就业服务相关平台，加强用人单位安置残疾人就业的政策宣传。协调有关部门和用人单位开展适合视力残疾人的职业技能培训项目和就业岗位推送，积极帮助贫困视力残疾人就业。

1. 利用中国残疾人就业创业网络服务平台和各类就业服务网络平台等多种渠道，加大对贫困视力残疾人就业的推送力度。创新和改进就业服务形式，加强本地与经济较发达地区用人单位的对接劳务输出服务，开拓视力残疾人就业岗位。

2. 加大贫困视力残疾人就业扶持政策的宣传力度，鼓励社会力量参与和开展就业服务工作，对按比例、超比例安置视力残疾人就业的用人单位，按照有关规定落实奖励措施。

3. 鼓励企业等用人单位吸纳视力残疾人就业。用人单位吸纳视力残疾人就业的，可按规定享受社会保险补贴。

4. 扶持贫困视力残疾人自主就业创业，对创业开店的视力残疾人，按规定给予一次性创业补贴；对于招录一定数量视力残疾人、符合辅助性就业机构条件的保健按摩机构，按规定给予场地、设备、残疾职工社会保险、无障碍环境建设等补贴补助。各级创建的残疾人就业创业扶贫基地要优先安排有劳动意愿的视力残疾人。

5. 省残疾人就业服务中心要做好用工单位需求调查，发挥各级盲协优势，通过微信等网络社交平台，收集盲人保健按摩机构用工需求，及时反馈给各地残疾人就业服务中心。各级残联组织协调有关部门，积极开发适合视力残疾人的职业技能培训项目及就业岗位，建立一批视力残疾人培训就业示范机构。

湖北省残疾儿童康复救助制度

鄂政发〔2018〕37号

三、主要内容

（一）救助对象。具有湖北户籍（含持港澳台居民居住证），0—10岁，诊断明确的视力、听力、言语、肢体、智力等残疾儿童和孤独症儿童。儿童身体状况稳定，有康复意愿且家庭成员配合。包括城乡最低生活保障家庭、建档立卡贫困户家庭的残疾儿童和儿童福利机构收留抚养的残疾儿童；残疾孤儿、纳入特困人员供养范围的残疾儿童；其他经济困难家庭的残疾儿童。其他经济困难家庭的具体认定办法，由县级以上地方人民政府制定。

有条件的地方可放宽救助对象年龄和救助范围。

（二）救助内容。以减轻功能障碍、改善功能状况、增强生活自理和社会参与能力为主要目的的手术、康复训练、辅助器具适配等基本康复服务。

县级以上地方人民政府负责根据本地实际，确定具体的残疾儿童康复救助服务项目。

（三）救助标准。县级以上地方人民政府根据本地财力状况、保障对象数量、残疾类别等，分类确定康复救助基本服务项目的经费保障标准，并建立动态调整机制。确保本地救助制度确定的救助对象范围、内容、标准不低于现有各类残疾儿童康复救助项目和政策的相应范围、内容和标准。

残疾儿童康复救助资金主要用于以下支出：

1. 医保报销后个人负担的医疗康复费用。

2. 在康复机构接受医疗、康复、教育、辅助器具、社会融合活动等服务产生的直接支出。

3. 用于适配残疾儿童康复所需的各类普及型辅助器具。

4. 用于控制致残疾病而需长期服用的特殊食品和基本医疗保险药品目录以外的药品。

5. 本级残疾儿童康复救助实施办法规定的其他支出。

（四）救助方式与康复安置。各地要根据本地实际情况制定残疾儿童康复救助实施办法，为残疾儿童提供形式多样、标准规范、程序简单、就近方便、公开透明的康复服务。

残疾儿童康复安置渠道包括：

1. 残联、卫健、教育、民政等部门所属的公益事业单位，以及社会专业组织设立的康复机构，授权开展残疾儿童康复服务和康复救助。

2. 通过政府招标，购买社会化康复服务，转介残疾儿童享受中标机构提供的康复服务。

3. 经县级残联同意，残疾儿童在异地康复机构接受康复，按本级救助标准补贴所产生的康复费用。

湖北省人口发展规划（2018—2030年）

鄂政发〔2018〕48号

五、重点任务

——建立残疾预防和早期干预机制。减少残疾发生和促进残疾人功能康复。进一步建立完善残疾人社会保障和服务体系，提高残疾人教育、就业和康复水平，推动残疾人平等参与社会生活，促进残疾人全面发展和共同富裕。

三、五年工作综述

——湖北省残联党组书记、理事长陶慧芬在省残联第七次代表大会上的工作报告（节选）

2018年8月17日

省残联六代会以来，在省委省政府的坚强领导和中国残联的正确指导下，在省委省政府分管领导的带领下，全省残联系统上下齐心、团结一致，深入学习贯彻党的十八大和十九大精神，坚决贯彻执行中央和省委省政府各项决策部署，以加快推进残疾人小康进程为主线，勤奋担当，务实创新，全省残疾人事业在新的历史起点上实现新发展，取得新成绩。

（一）完善政策体系，残疾人事业发展制度进一步健全

在全国率先出台《关于加快推进残疾人小康进程的意见》《湖北省残疾人事业“十三五”发展规划纲要》及系列配套实施方案，以及《湖北省残疾预防行动计划（2017—2020年）》《湖北省残疾人精准康复服务实施方案》《湖北省残疾人就业保障金征收使用管理实施办法》等多个制度性文件。协商推动相关部门将残疾人事业重点任务、政策措施写入全省国民经济和社会发展“十三五”规划、基本公共服务专项规划，纳入人口、社保、扶贫、就业等专项规划。

（二）聚焦精准扶贫，残疾人基本生活状况进一步改善

主动融入全省脱贫攻坚大局，全力协助各级党委政府和扶贫部门精准识别、精准纳入、精准帮扶贫困残疾人，全省建档立卡残疾人达54.24万人。各地残联按照“六个一批”的工作目标，精准助力残疾人脱贫攻坚取得实效。截至2018年6月，全省26.58万名建档立卡持证贫困残疾人实现脱贫。在推进残疾人脱贫攻坚过程中，全省涌现出长阳县大堰恒兴生猪生态养殖专业合作社、晨光自强互助服务社和郧西县恒达扫帚专业合作社等一大批助残扶贫、自强脱贫的先进典型，强力激发了贫困残疾人奋发图强、脱贫致富的内生精神动力。积极发挥部门联动作用，联合省委组织部、省新闻出版局、省农业厅、省住建厅实施基层党组织助残扶贫、农业行业助残扶贫、农村贫困残疾人危房改造等多个扶贫计划，有效帮扶残疾人脱贫奔小康。

（三）强化兜底保障，残疾人幸福感获得感进一步提升

省政府出台《关于全面建立困难残疾人生活补贴和重度残疾人护理补贴制度的实施意见》，全面建立残疾人“两项补贴”福利制度。全省有44.8万名困难残疾人、62.5万名重度残疾人，分别按照每人每月50元和100元的标准，获得了除最低生活保障外的专项福利补贴，补贴金额达21.98亿元。大力实施0—6岁残疾儿童抢救性康复工程，全省有29901人次残疾儿童得到康复服务。自2016年起，全省0—6岁残疾儿童实现应救尽救，为全面建立残疾儿童救助制度奠定扎实基础。运动疗法等29项医疗康复项目纳入医保报销目录，对丧失劳动能力的残疾人、严重精神障碍患者和计划生育特殊困难家庭中经核定的特困家庭夫妻及其伤残子女，参加城乡居民医保所需个人缴费资金给予全额资助。完善社会保险缴费资助政策，27.75万名重度残疾人由政府代缴基本养老保险金。24551户农村贫困残疾人家庭完成危房改造，85005人次残疾人得到托养服务补助。12537户贫困重度残疾人家庭得到无障碍改造，全省各地认真开展创建全国无障碍环境市县活动，4个市县成为全国无障碍示范市县，13个市县被评为达标市县。23万残疾人享受机动轮椅车燃油补贴。

（四）紧抓托底补短，残疾人基本公共服务进一步优化

与省人社厅、省卫计委、省民政厅、省财政厅联合下发《关于部分医疗康复项目医保支付有关问题的通知》，使更多残疾人得到国家政策照顾。大力实施包括助听、助视、助行、辅具适配等系列残疾人康复服务项目：7—14岁残疾儿童省级康复试点工作进展顺利，康复训练共560例；49920人次精神残疾人享受服药补贴或住院治疗补贴；3951名贫困成年听力残疾人获得免费助听器；8796名白内障患者接受免费手术。全省共建立103个社区示范性康复站、8个假肢装配站，适配辅助器具27万余件（套）。我们配合卫计等部门将残疾人基本康复服务纳入家庭医生签约服务内容，着力发挥家庭医生的康复评估、咨询、指导和转介等作用，有效助力残疾人精准康复服务。目前，全省残疾人精准康复服务率达69.78%。我们积极推进残疾预防工作，推动建立健全政府主导、部门配合、社会参与的协调联动防控工作体系。加强康复人才培养，全省160多家残疾人康复机构的康复人员培训3860人次。联合武汉理工大学开设首个面向全国招生的公共管理（康复辅具）方向高级课程研修班，承担多项国家级残疾人康复试点工作。成功创建国家辅助器具华中区域中心和假肢技术华中区域中心。

在全国创新实施残疾人“十百千万”就业创业计划，扶持56家品牌基地、2000名农家小店主和集镇小老板，培育3000名技术能手，辐射带动一大批残疾人生产增收。组织开展残疾人职业技能培训和农村实用技术培训，积极推进残疾人分散按比例就业、集中就业、个体就业创业、公益性岗位就业等多种就业形式，全省城乡残疾人新增就业54446人，超预期目标。成功举办第五届全国残疾人职业技能竞赛暨第二届全国残疾人展能节，湖北代表团取得团体总分第3名的历史最好成绩。

联合省教育厅出台《湖北省特殊教育提升计划（2014—2016年）》《湖北省第二期特殊教育提升计划（2018—2020年）》，建立完善适龄未入学残疾儿童少年动态调查统计制度，不断完善特殊教育保障机制，加大贫困残疾人学生助学支持力度。实施国彩助学、交通银行助学等项目，为家庭经济困难的残疾儿童、青少年提供包括学前教育、义务教育、高中教育、职业教育和高等教育在内的教育资助。国彩助学学前教育项目共计资助残疾人学生3300余名；“通向明天——交通银行残疾青少年助学计划”资助学生1251人；对全省开展残疾人学生职业培训成效显著的特教学校的925名贫困残疾人学生进行补助；2900余名上线残疾人考生圆了大学梦。

全省17个市（州）全部开通12385残疾人服务热线和残疾人信访工作网上服务平台，共接待残疾人来访来信来电4266批次、5012人次，回告率100%，办结率98%，一大批残疾人信访积案得到解决，重访、集体访现象明显减少，有效维护了社会和谐稳定。积极配合省人大开展多项专项调研，与省政协建立联络沟通机制，共同推进《残疾人保障法》和《湖北省实施〈残疾人保障法〉办法》等政策法规落地落实。大力开展法律救助工作，577人次残疾人获得法律援助和法律咨询服务。建立健全残疾人参政议政服务工作机制，全省200多名优秀残疾人当选为各级人大代表、政协委员，办理省人大、省政协各类建议提案34件。

组织实施“节日集善”宣传活动，组织开展“助残圆梦”残疾人文艺演出、“共筑小康梦”贫困地区公益巡演、残疾人事业摄影故事大赛、残疾人文化周等系列文化活动，在全国首创残疾人“光明直播室”。扎实推进意识形态工作，强化网络意识形态舆论引导，全力打造“爱心苏姐”苏柳英、“鼓舞妈妈”杨小玲、“犟妈”易勤、全民阅读明星李玉洁、单腿女孩杜诚诚等一大批助残及残疾人自强先进典型，推进网上正能量传播力和引导力。组队参加全国残疾人艺术汇演，取得了西部赛区第一名的好成绩。发展残疾人竞技体育，举办全省残疾人运动会，推广特奥运动，组队参加全国残运会、特奥运动会和伦敦、里约残奥会等国家级、世界级残疾人体育比赛，共斩获95金100银98铜。同时，推进残疾人群众性体育活动，开展残疾人健身周，推广残疾人康复体育，助推更多残疾人走出家庭，享有公共文化体育服务。

（五）强化自身建设，残疾人事业发展基础进一步夯实

全面加强党的建设，组织开展党的群众路线教育、“三严三实”专题教育、“两学一做”学习教育，进一步强化党员干部党性修养，牢固树立“四个意识”。推进全面从严治党，建立完善党风廉政建设各项制度，推动党风廉政主体责任落实，强力筑牢惩治和预防腐败体系防线。持之以恒反“四风”，大兴学习之风、落实之风、实干之风，全省残联系统干部作风持续好转，干事创业热情明显提高。扎实开展省委巡视整改与成果转化工作，构建管长远工作机制，切实做到用制度管权、管钱、管事、管人。

始终坚持实施残疾人基层组织、基本队伍、基础设施“三基”建设。全省建有乡镇（街道）残联1221个，村（社区）残协24222个，各类专门协会520个。选拔派遣240名“三支一扶”人员充实基层残疾人工作队伍，全省专职残疾人工作者人数已达21021人，登记注册残疾人志愿者已达47.2万人。全省共建立残疾人综合服务设施103个，市县残疾人康复中心、托养中心71个，残疾人就业服务机构实现全覆盖。

圆满完成全省17个市（州）、118个县（市、区）、30309个村（社区）的残疾人基本服务状况与需求专项调查和数据动态更新工作，全面掌握了150余万名持证残疾人的

信息数据，为做好全省残疾人基本公共服务托底补短和贫困残疾人脱贫解困工作，推动残疾人事业进一步发展提供了有力支撑。

坚持残疾人事业对外交流合作。联合中国残联、李嘉诚基金会，实施湖北省“长江新里程计划——关心你的残疾人邻居”项目和假肢装配项目，鼓励引导助残社会组织为广大残疾人提供个性化、专业化服务。省残疾人福利基金会开展了包括“集善·残疾儿童助养项目”在内的“助行”“助听”“复明”“扶贫助困”等8个系列40多个公益项目，共接收社会各界捐赠款物总价值5000多万元，用于帮助困难残疾人。连续三年先后以“同唱大爱歌”“文创，改变生活”“技能改变生活，劳动成就梦想”为主题，举办3届海峡两岸残障事业南湖论坛并取得巨大成功，进一步加强了两岸残疾人事业的交流合作，深化了两岸同胞情谊，践行了“两岸一家亲”理念。尤其是“荆风楚韵”——湖北省残疾人艺术团走进台湾演出活动，在苗栗、台北、花莲举办三场高水平的公益演出，引起了强烈反响，得到了多位国家和省领导的批示、赞赏。武汉国际残疾人融合艺术展等一批全省残联系统对外交流项目使湖北残疾人事业国际影响力不断提升。

（六）注重分类指导，全省各地残疾人工作亮点纷呈

五年来，各地残联认真履行“代表、服务、管理”职能，不断拓展工作思路，创新工作方法，做了大量富有成效的工作，取得了喜人成绩。

武汉在全国率先将重度残疾人和三级智力、精神残疾人单独施保，建成以“阳光家园”为载体的残疾人“半小时服务圈”，残联组织覆盖率、辨识度、与残疾人群众的黏合度以及残疾人群众的满意度显著提高。襄阳对重度残疾人参加医疗保险和养老保险个人缴费部分实行政府补贴，对政府补贴后缴费仍有困难的残疾人，实行“助保贷”政策支持，由政府全额贴息。宜昌探索建立残联主席团委员提交意见建议制度和专门协会法人治理结构，扩大了联系服务群众工作基础，极大提高了残疾人的认同感。咸宁探索建立了残疾预防工作体系和康复服务工作机制，为全省乃至全国提供了工作思路和宝贵经验。鄂州将残疾人作为最大受益群体纳入兜底保障，在基本生活、基本医疗、基本保险等方面全面保障残疾人权益，并在全市党政机关、企事业单位和社会组织中创建苏柳英小组，开展“微心愿”助残品牌活动，在社会上产生了积极影响。黄石通过政府购买服务的方式，为城区1.8万名持证残疾人购买了人身意外伤害保险。荆州组织和输送残疾人参加各类比赛100多人次，获得奖牌近200枚。十堰将残疾人康复服务纳入基本医疗卫生制度和基层卫生服务体系，形成了社会化康复服务新格局。孝感建立基本型辅具补贴制度，由财政出资，对全市残疾人基本型辅具实行免费配发，实现了所有残疾人免费乘公交。荆门开展了辅助器具“进千村、入万户、惠万民”活动，受到残疾人一致好评。黄冈完善残疾人综合服务平台建设，抓住机遇，各县级残联均新建残疾人康复或托养中心，全面提升了基层残疾人服务水平。随州将盲人及下肢残疾人免费乘坐市内公交车扩大至所有持证残疾人。恩施积极探寻“电商、微商、云客服、实体店”新思路，帮助残疾人掌握实用技术技能，实行“造血式”脱贫。仙桃、潜江、天门、神农架在落实社会保障服务、残疾人就业创业、打造电商平台、完善体制机制等方面进行了积极探索，积累了宝贵经验。武钢、江汉油田、东汽、大冶有色、华新水泥等大型企业残联在提高残疾人职工的福利水平、完善工作格局等方面积极尝试，富有特色。武汉理工大学在志愿助残、残疾人大学生融合教育、残疾人大学生就业安置以及残疾人事业理论研究、辅具设计大赛等方面取得了显著成效。省肢协、省盲协、省聋协、省智协、省精协法人治理结构稳步推进，专兼职力量精干高效，把履行职能更好地发挥在推进本类别残疾人小康进程实践中，畅通表达渠道，落实具体服务，维护合法权益。

四、2018年工作综述

2018年，在湖北省委省政府的坚强领导和中国残联的正确指导下，全省残联系统坚持以习近平新时代中国特色社会主义思想为指引，深入贯彻党的十九大精神，全面落实中国残联和省委省政府关于残疾人工作的决策部署，全省残疾人事业在新的历史起点上实现新发展，取得新成绩。

（一）圆满召开省残联第七次代表大会

2018年8月16日至18日，省残联第七次代表大会在武汉成功召开。大会以习近平新时代中国特色社会主义思想为指导，全面总结过去五年全省残疾人工作，围绕贯彻落实省委常委会会议精神，提出今后五年全省残疾人工作目标和任务，为推动新时代全省残疾人事业奠定了坚实基础，提供了有力保障。

（二）出台省残疾儿童康复救助制度

《湖北省残疾儿童康复救助制度》2018年9月13日正式出台，10月1日起实施。湖北省在国家制度0—6岁的基础上，将救助年龄段拓展到了10岁，为残疾儿童接受基本康复服务提供了制度性保障。

（三）持续推进残疾人脱贫攻坚战

湖北省着力在帮扶对象精准锁定、帮扶项目精准设计、帮扶措施精准落实、脱贫成效严格考核上狠下功夫，大力实施就业创业扶贫、教育赋能扶贫、精准康复扶贫、文化宣传扶贫、兜底保障扶贫等八大行动。全省全年顺利实现建档立卡持证贫困残疾人减贫12.75万人的工作目标。

（四）扎实开展各项业务工作

1. 残疾人康复服务能力全面提升。认真组织实施2018年0—6岁贫困残疾儿童康复救助项目，完成听力、脑瘫、孤独症、智障、苯丙酮尿症儿童康复6595人，助听器验配176人，人工耳蜗植入及康复训练240人。适配基本型辅助器具7.9万余件，完成普及型假肢装配1320例。贯彻落实《湖北省残疾预防行动计划（2017—2020年）》，积极开展残疾预防宣传教育活动，继续实施全国残疾预防综合试验区创建试点工作，持续推进家庭医生签约服务。2018年度，全省有康复服务需求的残疾人为600340人，其中已有506081人获得康复服务，康复服务率为84.30%，辅助器具适配率为82.61%；建档立卡贫困人口服务率为85.45%，因病致（返）贫服务率为85.33%。组织开展残疾人康复机构专项治理工作，对全省112家残疾人康复救助项目定点机构进行集中治理整顿，加强规范化管理。加强康复、辅具人才培养，培养培训专业技术人员近600余人（次）。

2. 残疾人兜底保障水平不断提高。联合省民政厅积极推进残疾人“两项补贴”制度落实，为全省43.5万困难残疾人发放生活补贴，为63.9万重度残疾人发放护理补贴。落实残疾人医保资助政策，对丧失劳动能力的残疾人参加城乡居民医保所需个人缴费资金给予全额资助。规范残疾人托养服务，9720名符合条件的残疾人获得各种形式的托养服务。落实特殊教育提升计划第二期，配合教育部门积极做好适龄残疾儿童少年的入学安置工作，700名残疾儿童得到学前教育资助，417名残疾人学生考入高校并获得助学金资助，10所特教学校得到资金扶助。34686名残疾人获得机动轮椅车燃油补贴。

3. 残疾人就业创业不断拓展。实施“十百千万”残疾人创业就业扶持计划，扶持16家残疾人就业创业品牌基地、800名残疾人农家小店主和集镇小老板、1000名残疾人技术能手；积极推进残疾人多种形式就业，全省新增残疾人就业人数达17804名，安置、带动一批残疾人就业增收。大力组织开展残疾人职业技能培训和实用技术培训，14080名残疾人获得技能培训补贴，残疾人培训全省新增28467人，6家培训机构被中国残联确定为第三批国家级残疾人职业培训基地。推进全省残疾人就业服务机构规范化建设向县（市、区）级延伸，精心组织全省413名就业服务机构工作人员和基层就业指导员参加能力提升培训。实施助盲就业脱贫行动。积极协商省职称改革工作领导小组办公室对省盲人医疗按摩中级职称评审委员会进行调整和备案，组织完成全省61名盲人的医疗按摩专业技术职务任职资格考试及评审工作。成功举办第三届海峡两岸残障事业南湖论坛暨海峡两岸残障人士技能展示活动。

4. 残疾人文化体育生活日益丰富。围绕残疾人重要节日节点，组织实施“节日集善”宣传活动。与湖北电视台联合开设《残疾人脱贫故事》专题节目，发挥典型带动作用，讲好残疾人励志故事。组织开展残疾人文化周、残疾人读书活动，推进“励志书屋”建设，在27个县市区组织实施文化进家庭的“五个一”项目，帮助1740户残疾人家庭享受到实实在在的文化服务。组建“阳光同行”宣讲队，以“共筑小康梦”为主题，到武汉、宜昌、黄石、咸宁等地开展宣讲巡演活动，弘扬主旋律、传播正能量。严格落实意识形态工作责任制，认真管好用好省残联所属意识形态宣传阵地，及时了解掌握涉残网络舆情动态。组织开展残疾人健身周、特奥日活动，开展残疾人运动员集训，组队参加全国残疾人体育赛事，共获金牌6枚，银牌26枚，铜牌19枚。湖北省乒乓球运动员柳萌在2018年印尼雅加达亚残运会勇夺2枚金牌。

5. 残疾人合法权益得到进一步保障。探索创新信访方式，推进信访信息化建设，各市州12385残疾人服务热线全部开通，全国残疾人信访信息系统抓紧联通，残疾人反映诉求渠道更加多样，方式更加便捷。省残联共接待残疾人来访来信来电867批次，981人次，回告率100%，办结率98%，有效维护了社会的和谐稳定。大力开展法律救助工作，为72人次残疾人免费提供了法律服务。建立健全残疾人参政议政服务工作机制，积极为残疾人、残疾人亲友、残疾人工作者中的人大代表和政协委员参政议政做好相关服务，全省共有211名优秀残疾人当选为各级人大代表、政协委员，妥善办理人大、政协交办的建议、提案9件。省政协委员李超洪在全省政协会议上做题为《加强全国残疾人家庭无障碍改造工作，助力脱贫攻坚》的重点发言。组织开展建档立卡贫困重度残疾人家庭无障碍改造需求清查、复核工作，全省有13460户贫困重度残疾人家庭得到无障碍改造。

6. 残疾人基层服务平台不断完善。认真组织实施国家和省级残疾人基础服务设施项目，落实中央预算内投资项目8个、省级补助新建改建项目7个。进一步规范残疾人证核发管理工作，截至2019年1月18日，全省持证残疾人数为1539066人。省市县乡四级残联完成换届工作，残联组织建设得到进一步加强。“关心你的残疾人邻居”项目资助68个助残组织，有18个项目获评优秀案例。积极开展志愿助残工作，27万残疾人获得志愿服务。指导各级专门协会完成换届工作，协会组织建设得到进一步加强。各专门协会紧紧围绕中心，开展丰富多彩的扶残助残活动。省残疾人福利基金会开展“助残圆梦”行动系列公益项目，并承接中国残疾人福利基金会“集善”公益项目，接收社会各界资金和物资捐赠共计593.68万元。

7. 圆满完成数据动态更新和信息化建设工作。完成全省17个市（州）、118个县（市、区）、30309个村（社区）的残疾人基本公共需求与服务情况动态更新工作，全面掌握153.9万名持证残疾人的信息数据，为做好全省残疾人基本公共服务托底补短和贫困残疾人脱贫解困工作，推动残疾人事业进一步发展提供了有力支撑。指导竹溪县、嘉鱼县、宣恩县和天门市4个市县完成残疾人家庭收入状况调查工作。主动对接中国残联信息共享平台、省政府政务“一张网”、省纪委“扶贫领域政策落实监察系统”等数据平台、系统，实现湖北政务服务网上线公共服务事项6项，“鄂汇办”App上线第二代残疾人证查询服务等功能模块。为全省电子证照库和数据共享交换平台提供持证残疾人基础办证数字化信息、全省残疾人服务机构数字地图信息，与省教育厅、省审计厅、省经信委、省民政厅低保中心等单位共享残疾人业务相关信息。

五、重要条目

【湖北省无障碍环境建设管理办法（省人民政府令第400号）**】**2018年12月3日省政府常务会议审议通过，自2019年2月1日起施行。办法共七章、三十六条，主要内容有无障碍设施建设、无障碍设施管理、无障碍信息交流、无障碍社区服务和法律责任等。办法从湖北省实际出发，坚持以人民为中心，明确规定无障碍环境的适用范围和调整对象以及建设管理的工作机制和部门责任。省长王晓东强调，要加大无障碍环境建设的资金投入，并逐年递增。办法构建了无障碍环境建设政府主责、部门联动的工作机制，为加强全省无障碍环境建设、推进残疾人家庭无障碍改造提供了政策依据和有效保障。

【第六届湖北省残疾人职业技能大赛】被省政府列为“2018年湖北工匠杯技能大赛”的重要赛事，12月1日至2日在武汉职业技术学院举行，由省残联和省人社厅共同主办。竞赛设有信息通信技术、美术专业、手工业、工业和服务等5大类21个项目，全省18支代表队的165名残疾人选手参赛，73名选手获奖，武汉市等6支代表队获得团体奖，黄冈市等6支代表队获得优秀组织奖，鄂州市等6支代表队荣获道德风尚奖。14家媒体携手直播平台对本次大赛进行宣传报道，10万余人次观看。大赛弘扬了劳动光荣、技能宝贵、创造伟大的时代风尚。

六、大事记

1月11日，省残联第六届主席团第六次全体会议在武汉召开。副省长、省残联主席童道驰出席会议并讲话。

2月27日，湖北省残疾人康复中心与武汉大学中南医院签约共建康复医院。

3月3日，全国爱耳日，省残联联合省妇幼、省人民医院、武汉协和医院、武汉同济医院、武汉儿童医院分别举行义诊活动；省残疾人康复中心联合省妇幼举办知识讲座暨湖北省听障儿童康复成果汇报演出活动。荆门市、黄冈市、恩施市、神农架林区等地开展义诊、助听器适配等活动。

3月18日—21日，湖北省残联党组书记、理事长陶慧芬到宜昌市、恩施州、潜江市调研残疾人工作。

3月19日，陶慧芬出席宜昌市残疾人联合会第五次代表大会。

3月20日—22日，省残联副理事长施李国到孝感市调研残疾人工作。

3月21日—23日，省残联副巡视员杨丹珠到黄石市、鄂州市调研残疾人工作。

3月25日—27日，中国残联、中国网派员到湖北拍摄“关心你的残疾人邻居”项目宣传片。

4月2日—3日，省残疾人证核发工作培训班在武汉举办。

4月9日，省残联副理事长朱志斌出席鄂州市残联第七次代表大会。

4月13日，省残联牵头组织14家定点扶贫单位召开省直单位驻阳新县定点扶贫工作现场推进会。

4月23日，省残联学习贯彻党的十九大精神集中轮训暨2018年党务干部培训班开班。

5月3日—4日，省残联系统“十三五”规划实施情况中期评估培训班在武汉举办。

5月4日，省残联青年干部职工到武汉野战国防园开展纪念“五四”青年节暨“青年论坛”活动。

5月7日—8日，陶慧芬率队到长阳县就“616”工程对口支援长阳县和长阳县残疾人工作开展调研。

5月18日 省政府残疾人工作委员会在黄石举行湖北省第28次全国助残日系列活动启动仪式。省政府残工委副主任、省政府副秘书长陈惠霞主持。湖北省委常委、宣传部部长王艳玲出席并讲话。

5月18日，湖北省第十五届运动会群众体育类（残疾人）暨全省第十届残疾人运动会在黄石市开幕，主题是“追梦新时代，残运共精彩”。残运会共设田径、游泳、羽毛球、乒乓球、举重、中国象棋等6个大项，以市、州、直管市、大型企业为单位组织参赛，共有17个代表团，参赛运动员以视力、听力、肢体三类残疾为主，共约900人。比赛分三个批次进行，第二批次和第三批次将在8月、10月举行。

5月21日，陶慧芬出席十堰市残疾人联合会第四次代表大会，并调研十堰市、房县残疾人康复与精准扶贫工作。

5月28日，陶慧芬出席襄阳市残疾人联合会第五次代表大会，并调研襄阳市0—6岁脑瘫残疾儿童定点康复机构。

6月7日—8日，湖北省残疾人就业创业品牌基地建设管理培训班在武汉举办。

6月14日，澳门慈善和社会服务社团青年骨干湖北参访团一行到省残疾人康复中心参观访问。

6月20日，武汉市武昌区举行残疾人“听党话，跟党走——残健同行奔小康”巡回演讲首场活动。车祸致残的湖北电视台主持人马伶、编写《物理中的数学》教辅书的“励志盲叔”周顺、通过互联网帮助残疾人的“轮椅天使”何燕妮、盲人创业达人王庆、无悔的见义勇为英雄方俊明等讲述自己的自强事迹。

6月29日，省残联召开纪念建党97周年“七一”表彰暨党组书记讲党课党员大会。

7月19日，省残联、省政府台办主办的“第三届海峡两岸残障事业南湖论坛暨海峡两岸残障人士技能展示”活动在武昌举行。省政协副主席王红玲出席并宣布开幕。论坛主题是“技能改变生活，劳动成就梦想”。

8月17日—18日，湖北省残疾人联合会第七次代表大会在武汉召开。省委书记、省人大常委会主任蒋超良，中国残联副主席、中国残疾人福利基金会理事长王乃坤出席会议并讲话。省委副书记、省长王晓东，省政协主席徐立全，省委副书记、武汉市委书记马国强，省领导王玲、王艳玲、梁伟年、童道驰出席会议。省总工会负责同志代表各群团组织向大会致贺词。全省500余名代表参加会议。大会选举产生省残联新一届领导班子和出席中国残联第七次全国代表大会代表。

9月9日—11日，湖北省志愿助残服务工作会议在武汉召开。

9月19日，“共筑小康梦——湖北省阳光同行宣讲队走进五峰宣讲活动”举行，宣讲人是武汉市第一聋校副校长杨小玲和优秀残疾人代表杜诚诚、吴辉。

10月11日—13日，2018中国国际福祉博览会暨中国国际康复博览会举行湖北辅助器具服务成果展暨国家辅助器具华中区域中心招商项目推介会。

10月22日，省残联召开直属机关党委换届大会，选举产生第六届直属机关党委委员会和第二届机关纪律检查委员会。

10月26日—28日，陶慧芬到荆门市调研残联改革工作。

11月5日，2018湖北省残疾人文化周暨“书香伴读·聆听你我”残疾人读书活动启动仪式在湖北省图书馆举行。

11月13日—14日，湖北省残疾儿童康复救助制度培训班在武汉举办。

11月28日，湖北省2018年盲人医疗按摩中初级专业技术职务任职资格考试在武汉举行，全省10个地区33名视力残疾人参加考试。

11月29日—12月2日，湖北省助残志愿者服务总队“残疾人艺术梦工厂”项目在第四届全国志愿服务项目大赛暨2018年志愿服务交流会总决赛上获得银奖。

12月4日，陶慧芬到武汉理工大学中国残疾人事业发展研究中心召开调研工作座谈会。

12月14日，湖北省市州残联理事长座谈会在武汉召开，总结2018年工作，谋划2019年工作。陶慧芬出席并讲话。

（夏季供稿）

湖南省残疾人事业和残疾人工作

一、领导讲话

省委副书记乌兰在湖南省残联第七次代表大会上的讲话摘要

2018 年 7 月 26 日

湖南省残疾人事业取得了令人瞩目的发展成就。投入持续加大，在全国率先建立覆盖全省的残疾人“两项补贴”制度，139 万残疾人享受补贴。深入实施“连千村帮万户扶贫工程”和残疾儿童抢救性康复、贫困残疾人家庭无障碍改造等一批重点项目，大力开展残疾人就业援助、法律救助等服务，残疾人朋友的幸福感、获得感明显提高。残疾人组织规范化建设有效加强，省市县乡村五级残疾人组织实现全覆盖，构建了“横向到边、纵向到底、覆盖城乡”的残疾人专业服务网络。扶残助残社会氛围日益浓厚，理解、尊重、关心、帮助残疾人的观念深入人心。

开创新时代残疾人事业发展新局面，各级党委和政府必须恪守为民情怀、强化责任担当，把优化残疾人服务保障作为高质量民生的重要内容；各级残联组织必须弘扬改革精神、激发生机活力，进一步提升履职能力，千方百计为残疾人解难题、办实事、谋福祉，真正使残联组织成为充满温暖、值得信赖的残疾人之家；残疾人工作必须发挥组织优势、凝聚各方力量，坚持和完善中国特色残疾人工作机制，形成齐抓共管的工作合力；广大残疾人朋友要胸怀梦想、立志高远，做理想信念的坚定者；苦练本领、自立自强，做克难前行的奋斗者；修身敦品、崇德向善，做良好风尚的传播者。

省委副书记、省长许达哲在省人民政府第 18 次常务会议上关于《湖南省人民政府关于建立残疾儿童康复救助制度的实施意见》的讲话摘要

2018 年 9 月 29 日

一要加强组织领导。各地要将残疾儿童康复救助工作列入重要议事日程，作为政府目标管理和绩效考核重要内容，按照兜底线、织密网、建机制的要求，着力保障残疾儿童基本康复服务需求，实现残疾儿童应救尽救。

二要提高服务能力。积极开展残疾预防和儿童残疾筛查工作，控制出生缺陷、意外伤害和发育障碍致残，建立健全残疾儿童康复机构运营和残疾儿童康复训练意外伤害等风险分担补贴机制，进一步完善残疾儿童康复救助保障制度，构建公办与民办并举、城乡发展均衡的残疾儿童康复服务体系。支持高等院校和职业学校开设康复相关专业，培养“医教结合”康复专业人才。

三要强化监督管理。残疾儿童康复救助实施和资金筹集使用情况要定期向社会公开、接受社会监督，对定点康复机构定期开展服务质量评估、考核或检查，保证残疾儿童得到安全、有效的康复服务。

二、政策法规文件

关于进一步规范残疾评定工作的通知

湘残联〔2018〕10 号

一、建立残疾评定医生培训及资格认证制度

（一）省级残疾评定培训内容与教材。

（1）《残疾人残疾分类和分级》国家标准（GB/26341－2010），以及中国残联和原国家卫生部组织编写的《残疾人残疾分类和分级国家标准实施手册》丛书；（2）《湖南省残疾人证管理办法实施细则》（湘残联字〔2017〕53 号）等政策解读；（3）中国残联开发的“残疾人证管理系统”残疾评定网络操作技术。

（二）残疾评定培训组织与实施。

（三）残疾评定培训计划安排。

（四）各类别残疾评定人员条件。

二、加强残疾评定工作日常管理

（一）明确残疾评定对象。根据《中华人民共和国残疾人证管理办法》相关精神，除残疾人证申请人必须到指定医院（或专业机构）进行残疾评定外，已持证残疾人因残疾人证遗失、损坏、或有效期满需要补办或更换，如之前未

经指定医院评残的，都需按现行规定到指定医院（或专业机构）进行残疾评定。否则不予办理。

（二）规范填写残疾评定表。

（三）规范残疾评定结论反馈。

（四）建立日常工作联系制度。

三、严肃残疾评定纪律，维护残疾人证公信力

（一）严格按照国家标准评残。

（二）严肃处理各类违规违纪评残行为。

第二期特殊教育提升计划实施方案（2018—2020年）

湘教发〔2018〕14号

（一）总体目标：到2020年，各级各类特殊教育普及水平全面提高，全省适龄残疾儿童少年义务教育入学率达到95%以上，其中2018—2020年分别达到92%、93%、95%，非义务教育阶段特殊教育规模显著扩大。特殊教育学校、普通学校随班就读和送教上门的运行保障能力全面增强。建立一支数量充足、结构合理、素质优良、富有爱心的特教教师队伍，教育质量全面提升。

湖南省残疾人康复工作三年行动计划（2018—2020年）

残工委字〔2018〕5号

主要目标：到2020年，构建与经济社会发展相协调、与残疾人康复需求相适应的多元化康复服务体系、多层次康复保障制度，普遍满足城乡残疾人的基本康复服务需求。实现0—6岁有需求的残疾儿童、建档立卡贫困残疾人基本康复服务与基本辅助器具适配服务全覆盖，7—17岁有需求的残疾少年、持证残疾人接受基本康复服务与基本辅助器具适配率分别达到80%以上。

湖南省着力解决因残致贫家庭突出困难的工作措施

湘残联字〔2018〕28号

湖南省残联、省教育厅、省民政厅、省财政厅、省人力资源和社会保障厅、省住房和城乡建设厅、省卫生和计划生育委员会、省扶贫开发办公室等八家单位共同印发。

具体措施：（一）建好用好残疾人事业大数据，以实名制数据为基础解决突出问题，完善数据资源共享机制。（二）建立健全部门联动机制，做好残疾人基本民生保障。要求将完全或部分丧失劳动能力、无法依靠产业扶持和就业帮助脱贫的贫困人口纳入低保范围，实现“应保尽保”。（三）教育培训赋能，阻断贫困代际传递。（四）创新方式手段，增加贫困残疾人家庭收益。五是强调广泛动员社会力量齐帮共助，形成良好的扶残助残氛围。六是强调加大对深度贫困地区帮扶，助力深度贫困县脱贫攻坚。七是用好绩效考核指挥棒，加大残疾人脱贫攻坚考核力度。

湖南省电子商务助残扶贫工程行动方案（2017—2020年）

湘残联字〔2017〕61号

二、任务目标：到2020年，对1000名残疾人开展电商就业创业技能培训，培养100名农村残疾人电商致富带头人，辐射带动2000名贫困残疾人家庭在电商产业链上实现就业创业增收。依托省特教中专、各级残疾人创业孵化基地及电商基地，为残疾人电商创业提供孵化服务，为有需求的建档立卡残疾人贫困户、残疾人阳光致富示范户、带头人及就业扶贫基地提供电商运营延伸服务。鼓励引导各大电商平台，建立电商扶贫助残农产品直采基地，集中展销残疾人创业扶贫成果。

三、扶持措施：（一）开展残疾人电商就业创业技能培训。（二）培养农村残疾人电商阳光致富示范户和带头人。（三）提供电商助残孵化服务。（四）畅通电商扶贫助残产品直采直供渠道。（五）建设电商扶贫助残特产专区。（六）引导残疾人家庭参与电商服务体系就业增收。（七）提供金融扶持。

四、经费安排：电商助残扶贫工程行动扶持资金从残疾人就业保障金中安排，采取省、市、县三级财政分级负担。省级财政根据地区贫困程度不同安排扶持资金，深度贫困县为扶持标准的90%，扶贫开发工作重点县70%，其他县50%；市及市辖区的扶持资金由市区财政自行承担，有条件的地区可适当上浮扶持标准。

湖南省2018年残疾人“两项补贴”重点民生实事项目实施方案

湘民发〔2018〕7号

一、工作目标：全省困难残疾人生活补贴和重度残疾人护理补贴发放标准每人每月分别提高到55元，有条件的市州和县市区可以在此基础上提高补助标准。补贴发放实现应补尽补，动态管理。

湖南省残疾人家庭医生签约服务工作实施意见

湘卫基层发〔2018〕3号

一、总体思路

通过设立“残疾人精准康复服务包”，并对“残疾人基础服务包”和“残疾人精准康复服务包”给予补助的方式，鼓励残疾儿童和持证残疾人参与家庭医生签约服务，激励基层医疗卫生服务机构提供专业化、个性化的残疾人基本康复服务，推动残疾人精准康复服务行动向基层延伸，逐步实现残疾人“人人享有基本康复服务”目标。

二、工作目标

在全省残疾人及残疾人家庭中全面推行家庭医生签约服

务，力争对残疾儿童、重度残疾人、精神残疾人、一户多残家庭的残疾人及建档立卡贫困残疾人等五类重点残疾人实现家庭医生签约服务全覆盖。2018年底，有康复需求的残疾儿童和持证残疾人接受基本康复服务的比例达到70%以上；2020年底，有康复需求的残疾儿童和持证残疾人接受基本康复服务的比例达到80%以上。

四、经费补助

（一）补助对象

1. 残疾儿童。有湖南省户籍的0—17岁（含17岁）残疾儿童，并持二代残疾人证或具备二级及以上医疗机构出具的相关残疾诊断证明。

2. 成年残疾人。有湖南省户籍的18岁以上（含18岁）的残疾人，并持二代残疾人证。

（二）补助标准

1. 残疾人基础服务包。签约服务费按《指导意见》中暂定的40元/人/年的标准执行。其中基本公共卫生补助经费支付20元，基本医疗保险基金支付12元，个人自付8元。鼓励有条件的地方对残疾人自付部分给予补助。

2. 残疾人精准康复服务包。按照不低于50元/人/年标准，直接对基层医疗卫生机构进行补助，补助金额不得超过个人付费金额。补助经费由县级残联从中央和省级下拨的残疾人基本康复服务费和本级残疾人就业保障金中列支。

湖南省残疾人职业技能提升培训实施办法

湘残联字〔2018〕25号

一、培训对象

具有实施地户籍或在实施地办理了居住证，持有第二代中华人民共和国残疾人证、处于就业年龄段、有培训意愿和就业创业能力的残疾人。

二、培训种类

就业技能培训、岗位技能提升培训、自强技能人才培养、创新创业培训、职业素质培育、盲人按摩培训。

四、培训培育目标

（一）全省每年按不少于就业年龄段持证残疾人数的8.5‰组织开展残疾人职业技能提升培训，其中市州和县市区分别不少于本辖区内就业年龄段持证残疾人数2‰和6‰。

（二）每四年举办一届省级综合性残疾人职业技能竞赛；省市县可以根据实际，采取岗位练兵、技术比武、劳动竞赛、师傅带徒、赛前集训等方式，定期组织残疾职工开展活动，提升技能水平。（三）分级组织开展自强技能人才培养，定期表彰一批自强不息的先进典型和技术能手，形成比学赶超的良好氛围。

三、工作综述

（一）全年工作情况

1. 集中力量，全力推进残疾人脱贫攻坚。一是推动残疾人脱贫攻坚取得新进展新突破。出台《湖南省残联支持深度贫困地区残疾人脱贫攻坚行动实施方案（2018—2020年）》《湖南省着力解决因残致贫家庭突出困难的工作措施》《关于切实解决贫困残疾人脱贫攻坚几个具体问题的通知》等指导性文件。将残疾人基本服务状况和需求动态更新与精准识别紧密结合起来，重点核查残疾人纳入贫困户建档立卡、残疾人住房、精准康复等指标需求。指定14个市、区残联与11个深度贫困县残联结对帮扶。实施“连千村帮万户”扶贫工程，全省残联系统共联系142个村，干部职工结对帮扶2000余户残疾人家庭。举办全省深度贫困县残疾人扶贫工作培训班、残疾人脱贫攻坚推进会暨业务培训。将残疾人脱贫成效新纳入对市州、县市区党委政府脱贫攻坚工作的考核指标及计分办法。省残联、扶贫办开展百名残疾人阳光致富示范户、阳光致富带头人评选活动。突出抓好扶贫领域作风问题专项治理。扎实做好第二轮驻村帮扶工作，充实帮扶工作队力量，制定驻村帮扶工作管理办法，推进村级基础设施建设。二是不断增强残疾人兜底保障。残疾人“两项补贴”标准从单项每月50元提升到55元。截至2018年9月底，全省共有45.4万名残疾人享受困难残疾人生活补贴，67.8万名残疾人享受重度残疾人护理补贴。截至2018年11月，为5045名残疾人提供寄宿制和日间照料托养服务，为16734名残疾人提供居家托养服务。

2. 拓展渠道，大力促进残疾人就业创业。按照年培训人数不低于就业年龄段残疾人数8.5‰的要求，对13626名残疾人进行职业技能培训。开展2018年就业援助月专项活动，110多家省内外用人单位提供近8000余个就业岗位供残疾人选择。共计投入创业扶持资金2363万元，扶持2489名残疾人自主创业。组织31家残疾人就业扶贫基地、残疾人自主创业大户参加2018中国国际食品餐饮博览会，意向订单金额580余万元。与京东集团、58集团等开展平台合作，实施“互联网+公益助残就业”专项行动。建成省级残疾人就业示范基地39家、市级166家、县级413家。举办湖南省第六届残疾人职业技能竞赛，组织参加2018年全国残疾人岗位精英职业技能竞赛，获团体第二名。一级听力残疾人、编织工艺大师周佳霖被评为“2017年度中国残疾人事业十大新闻人物”。

3. 创新方式，大力增强康复服务供给。出台《湖南省人民政府关于建立残疾儿童康复救助制度的实施意见》，制定印发《湖南省残疾人康复工作三年行动计划（2018—

2020年)》《湖南省残疾儿童康复救助制度操作办法》《湖南省残疾人家庭医生签约服务工作实施意见》等康复政策文件。深入推进精准康复服务行动，截至2018年12月底，全省有康复服务需求的残疾人706118人，541541人获得康复服务，康复服务率为76.69%，其中291980人适配辅助器具，辅助器具适配率为83.25%。投入11000万元实施8828名0—6岁残疾儿童康复救助项目，其中投入3224万元购买3224名0—6岁脑瘫儿童抢救性康复服务。开展残疾人康复服务综合改革试点、残疾儿童康复机构购买责任保险和在训残疾儿童购买意外伤害保险试点。与长沙民政职业技术学院签署康复人才培养框架协议，计划三年共同培养200名三年制大专学历残疾人康复专业人才，2018年招收40名学员。适应康复人才培训需求，全年培训康复类专业人才810名。开展两次“康复扶贫”助残服务月活动，组织工作队赴67个基层康复机构进行志愿蹲点服务活动。成功举办全省第二届残疾人辅助器具服务技能大赛。

4. 提升服务，不断满足残疾人对美好生活的追求。一是稳步提升特殊教育水平。为1000名残疾儿童提供学前教育助学，为1200名残疾青壮年提供扫盲教育，为111名残疾人考生提供高考合理便利，445名残疾人考生被普通高校录取，省特教中专年度招收新生253人，在校生714人。全省累计发放助学资金1080万元，为5787名残疾人高中生、大学生或贫困家庭残疾人子女提供教育资助。二是切实维护残疾人合法权益。推进无障碍建设，全年共投入约4000万元，为5000户贫困残疾人家庭实施无障碍改造，全省有20个社区开展无障碍社区创建活动，联合实施“全省人行道缘石坡道无障碍计划”。持续开展残疾人权益保障“双联双百”工作。做好残疾人信访维稳，省本级共处理各类信访事项2259人次，其中来访719人次、来信24人次、来电1303人次、网络信访203人次，解决信访积案10件，稳妥处理多批集体上访。长沙、衡阳、永州的12385残疾人服务热线并入12345政府热线运行。开展残疾人维权工作、残疾人驾驶车辆运营专题调研，全省7.7万多名残疾人申领到燃油补贴。三是丰富残疾人精神文化生活。湖南省第十届残疾人运动会成功举办。湖南籍9名残疾人运动员参加第三届亚洲残疾人运动会，收获7金9银3铜，打破3项亚洲纪录、6项亚残运会纪录。圆满举办第九届全省残疾人艺术汇演。组织2018年“共享芬芳”中西部地区巡演之走进湖南公益巡演活动。

5. 夯实基础，为残疾人事业高质量发展提供坚强保障。一是强化残疾人事业发展支撑。深入推进残疾人基本服务状况和需求信息数据动态更新，组织培训督查，抓好数据分析和成果转化。完成171.8万名残疾人和3.2万个村（社区）的数据调查和录入。组织开展“十三五”规划纲要实施情况中期评估。第三代残疾人证试点工作顺利展开。推进“互联网+政务服务”、“互联网+监督”、政务服务事项目录编制等工作，加快实体政务大厅与网上服务平台融合发展。加强康复托养设施建设，2018年共有7个县级康复中心和3个县级托养中心获得中央预算内投资补助，建设规模达8.5万平方米，总投资约1.9亿元。省残疾人托养中心项目狠抓质量建设，一期主体工程获“2017年度长沙市优质结构工程奖”和“湖南省安全生产标准化建设示范工地”。二是优化残疾人事业发展环境。大力倡导扶残助残的人道主义理念，省残疾人福利基金会募集款物总价值1222万元，实施一系列公益助残项目。大力加强事业发展和自强模范典型宣传。省残联门户网站在全国残联系统网站测评中排名第三，实现连续三年排名全国前三。“网上服务”和“信息公开”两个栏目成功入选全国残联系统20个“互联网+残疾人服务”优秀案例。撰写发布《2017年度湖南省残疾人事业发展统计公报》。三是活跃专门协会工作。湖南省残联七代会选举产生新一届五大专门协会领导班子。省盲协联合鄂、赣两省盲协开展为期三年的“登江南名楼，诵中华经典”主题文化交流活动。省聋协承办国家通用手语南部片区培训班；与58同城合作培训聋人骑手，促进聋人朋友就业。省肢协组织开展2018年“站立计划”，共筛选救治肢残人患者130人；协助开展全省无障碍社区（村）创建工作评估。四是加强残联系统党的建设。党组中心组举行11次集中学习，对反馈问题严肃抓好整改落实。狠抓党风廉政建设，召开全省残联系统党风廉政建设工作会议。严格落实中央“八项规定”及其实施细则和省委实施办法精神，按照省委要求认真抓好问题整改。大力夯实支部党建，推进支部标准化建设达标全覆盖。加强干部教育监督管理，顺利完成各级残联班子换届，逐步推进群团组织改革。

二、基层残疾人工作亮点突出

长沙市在全省率先完成精准康复率、辅具适配率“双80%”目标。株洲市开展多样化就业培训，促进残疾人就业创业。湘潭市推动人大将《残疾人保障法》和湖南省实施办法落实情况列入执法检查。衡阳市成功承办省第十届残疾人运动会。邵阳市残疾人宣传文体工作亮点频出。岳阳市部分县市的残疾人居家托养服务已覆盖到乡镇。常德市贫困残疾人家庭无障碍改造工作获得群众好评。张家界市规范推进残保金征收工作，成绩显著。益阳市在学习贯彻中国残联七代会、省残联七代会精神活动中创造出可推广的典型经验。郴州市残疾人动态更新数据质量居全省前列。永州市在残疾人职业技能和职业指导竞赛中取得优异成绩。怀化市坚持抓好优秀残疾人体育苗子的选拔培养。娄底市加强盲人按摩“送技术、送管理”工作。湘西自治州发扬精准扶贫首倡地精神，同步纵深推进残疾人脱贫攻坚。

四、重要条目

【湖南省盲人技能人才创业颐而康基地】湖南省首个专门服务于盲人的技能创业孵化基地，2018 年 6 月 29 日在长沙挂牌，由湖南省科技厅牵头创办，旨在发挥科技资源驱动优势、支持和引领全省残疾人就业创业，带动贫困偏远地区盲人实现就业增收，打造具有湖南特色的“盲人创客空间”。基地目标是力争到 2020 年，孵化 50 个盲人技能人才特色工作室，培养 200 名高技术专业人才。

【湖南省第三代（智能化）残疾人证】2018 年 11 月 28 日在郴州首发，标志着湖南省残疾人证管理正式迈入智能化阶段。第三代证内含智能芯片，具有身份识别、业务管理、社会应用和金融服务等多项功能。通过技术升级和共享数据，持证者可享受“一卡在手，服务全有”的方便快捷公共服务。其有效期为 10 年，分红色和蓝色两种卡片，视力残疾人用印有盲文的红色卡片，其他类别残疾人用蓝色卡片。

【周佳霖】女，湖南长沙人，汉族，1976 年出生，年幼时因药物过敏致一级语听障碍残疾；共产党员，“2017 年度中国残疾人事业十大新闻人物”称号获得者、湖南省五一劳动奖章获得者。7 岁学书画，12 岁学棕编，现为省编织工艺大师，湖南省级非遗项目《长沙棕叶编》市级代表性传承人；湖南省金棕编织文化艺术有限公司董事长、长沙市天心区棕艺堂佳霖编织坊经理，代表作《百鸟朝凤》《老鼠成亲》等百余件棕编作品荣获国家、省市各级展览金奖、银奖 20 余项。面向城乡妇女、残疾人举办培训班，传习教学，选拔合适人员进行加工收购、居家就业模式的合作，带领帮助残疾人就业创业。2013 年起，周佳霖开始以自身经历给残疾人及其家长做巡回励志讲演，积极宣传棕编非遗文化，普及棕编知识，进行非物质文化遗产保护教育。

五、大事记

1 月 9 日，副省长陈飞到省残联考察调研残疾人工作。

1 月 15 日，湖南省残疾人福利基金会换届大会召开。大会审议通过第一届理事会工作报告和财务工作报告，并通过基金会新章程修改稿。大会选举产生第二届理事会理事，宣读监事名单，选举于洪礼同志为第二届理事会理事长，周蓉同志为第二届理事会副理事长兼秘书长。黄祖示少将、熊继柏教授、廖仁斌总经理和傅学俭主任等受聘为新一届理事会名誉会长。

1 月 18 日，湖南省“衣恋集善·幸福温暖”助残项目在长沙启动。省残联党组成员、副理事长陈毅华，中国残疾人福利基金会国际合作部部长范谙，中国衣恋集团湖南省总经理刘艳华，省残疾人福利基金会理事长于洪礼和省特教中专的 200 名师生参加活动。

1 月 19 日，“集爱三湘·爱益声”人工耳蜗项目在怀化市启动。于洪礼以及北京恒卓科技控股有限公司董事长王阳、怀化市人民政府副秘书长杨世木等出席仪式。

2 月 1 日—2 日、7 日—8 日，于洪礼率队先后到益阳市沅江市黄茅洲镇、常德市汉寿县军山铺镇和岳阳市平江县流江村等地，开展“集爱三湘·扶贫暖冬行动”。

2 月 12 日，副省长隋忠诚看望慰问贫困残疾人，省残联党组书记、理事长肖红林陪同慰问。

3 月 27 日，陈毅华一行考察调研长沙脊髓损伤者“希望之家”。

4 月 9 日，省残联与长沙民政职业技术学院签署《湖南省残疾人康复人才培养战略合作框架协议》，肖红林与学院党委副书记、院长李斌出席签署仪式。

4 月 9 日—17 日，2001—2011 年度《中国残疾人事业年鉴》补编工作及特约编辑培训会议在长沙分三期连续举办，省残联副理事长侯建斌出席第二期开班式。

4 月 13 日，湖南省人大常委会内务司法委员会主任委员李小平一行到省残疾人托养服务中心项目调研指导残疾人就业托养工作。

4 月 18 日，湖南省残疾人康复研究中心和长沙民政职业技术学院签订《湖南省残疾人康复人才定向培养协议书》，双方与 17 名单招学员签订《湖南省残疾人康复人才定向培养并就业三方协议书》，湖南省残疾人康复人才定向培养工作正式启动。

4 月 26 日，国家艺术基金 2016 年度传播交流推广资助项目——光明行·文化助残民族音乐会长沙站演出在中南大学举行。

5 月 8 日—9 日，肖红林到省残联结对帮扶贫困村——永顺县石堤镇大明村检查调研。

5 月 17 日，省残联、省商务厅、省扶贫办、58 集团公益中心在长沙共同举办“互联网 + 助残”公益合作协议签约暨 2018 年电商助残扶贫专项活动，旨在探索残疾人就业创业新模式。

5 月 19 日，为迎接第 28 次全国助残日，省残联联合省教育厅、湖南广播电视台共同举办“听见美好生活，我为盲人读本书”大型公益活动。

5 月 23 日，省纪委驻民政厅纪检组组长谢卫国、副厅级纪检员曹壮波到省残联对口扶贫点永顺县石堤镇大明村调研指导扶贫工作。

6 月 20 日—29 日，湖南省残疾人运动员在 2018 年全国残疾人田径、游泳锦标赛上，田径项目获得 11 枚金牌、7 枚银牌、4 枚铜牌，游泳项目获得 8 枚金牌、7 枚银牌、7 枚铜牌。

7月16日—19日，2018湖南省第六届残疾人职业技能竞赛在长沙举办，主题为“匠心铸梦，技赢未来”。12名各竞赛项目第一名被授予“湖南省技术能手”称号，72名获奖选手由竞赛组委会授予荣誉证书，益阳市、长沙市、株洲市位列团体总分前三。

7月26日—27日，湖南省残联第七次代表大会在长沙召开。省委书记杜家毫，省委副书记、省长许达哲，省政协主席李微微出席开幕式；省委副书记乌兰，中国残联党组书记、理事长鲁勇出席开幕式并讲话。省领导王少峰、谢建辉、刘莲玉出席，副省长隋忠诚主持。肖红林代表省残联第六届主席团做工作报告，省妇联代表省各人民团体致贺辞。大会选举产生新一届省残联主席团、执行理事会、各专门协会和出席中国残联第七次全国代表大会的代表。副省长隋忠诚当选省残联第七届主席团主席。

8月1日，湖南省残疾人家庭收入状况调查工作圆满完成。按照中国残联下达的指标任务，湖南省11个县（市、区）残联完成858户残疾人家庭收入状况入户调查采集、信息录入工作，省残联全面完成数据复核并上报中国残联。

8月23日，省残联党组书记、理事长肖红林调研督导长沙市残疾人基本服务状况和需求信息数据动态更新工作。长沙市残联党组书记、理事长刘增三陪同调研。

9月5日—7日，由湖南省残联主办，湖南省残疾人辅助器具中心承办的“互邦杯”2018年全省残疾人辅助器具服务技能大赛在长沙举行。全省各市州残联的14支代表队近150人参加比赛，长沙市残联代表队荣获大赛一等奖，益阳市、岳阳市残联代表队荣获二等奖。

9月12日—16日，2018中国国际食品餐饮博览会在长沙举办。31家残疾人就业扶贫基地、残疾人自主创业大户的粮油、茶叶、果蔬、禽蛋、菌类等200多种农副产品参展。全国政协副主席、民革中央常务副主席齐续春，省委副书记、省长许达哲等领导参观湖南省残疾人扶贫创业成果展区。

9月18日，湖南省第十届残疾人运动会开幕式在衡阳市开幕。副省长、省第十届残疾人运动会组委会主任隋忠诚宣布开幕。比赛设田径、游泳、羽毛球、乒乓球、象棋、盲人柔道、射击、举重、飞镖等9个大项451个小项，运动员分肢体、视力、听力和智力残疾4个类别，共有14个地市州15个代表团、527名运动员、306名裁判员参与赛事，总人数超过3000人。

9月14日，省发改委到省残疾人康复研究中心调研康复服务工作，省残联党组成员、副理事长陈毅华陪同调研。

9月26日—27日，中国残联教育就业部副主任李东梅一行到湖南调研残疾人职业教育发展情况及特殊教育提升计划落实情况。省残联理事长肖红林，副理事长谭奇元等参加调研。

9月29日，省委副书记、省长许达哲主持召开省政府第18次常务会议，集中学习习近平总书记关于发展残疾人事业的系列重要指示批示，传达学习中国残联第七次代表大会精神，研究残疾人工作。

10月9日—12日，中国残联党组成员、副理事长相自成一行到湖南调研基层残联组织建设工作。肖红林、侯建斌等先后陪同调研。

10月15日，省残联、省扶贫办联合举行2018年度湖南省“百名阳光致富带头人（示范户）”颁奖暨就业扶贫省级示范基地授牌仪式。余小龙、李拼、覃政兰、肖守芳等10人获得“2018年度湖南省最美阳光致富带头人（示范户）”称号。

10月17日，湖南省第九届残疾人艺术汇演在长沙开幕，肖红林致辞并宣布开幕。全省14个市州及省特教中专共15个代表团、600余名演员和工作人员参加活动，分声乐、器乐、舞蹈、戏曲等四大类，共计82个节目。

10月30日—31日，中国残疾人福利基金会福祉项目部副部长孙国欣赴安化县和沅陵县，实地考察计划捐建的听障定点项目。

11月21日—22日，中国残联副理事长王梅梅率队到湖南开展政府购买助残服务试点工作调研。肖红林、侯建斌陪同调研。

（李聪明供稿）

广东省残疾人事业和残疾人工作

一、领导批示

副省长黄宁生对广东省残联2018年工作情况的批示

2019年1月24日

2018年，省残联紧紧围绕“代表、服务、管理”三大职能，圆满完成省残联换届，推进残疾人权益保障、精准康复、精准脱贫、社会融合等工作取得阶段性成效，全省残疾人事业发展总体向好。2019年是决胜全面建成小康社会的关键之年，希望省残联继续深入学习贯彻习近平新时代中国特色社会主义思想和党的十九大精神，认真贯彻落实习近平总书记对广东的系列重要讲话精神和关于发展残疾人事业的重要论述，以闻鸡起舞、日夜兼程、风雨无阻的精神状态，围绕省委“1+1+9”的工作部署，抓好决胜残疾人全面小康攻坚战和残联自身改革两项重大工作，努力推动我省残疾人事业再上新水平。

二、政策法规文件

广东省实施《中华人民共和国残疾人保障法》办法

广东省第十三届人民代表大会常务委员会公告（第10号）

第十八条 省医疗保障部门应当将白内障复明手术、功能性肢体残疾矫治、小儿脑瘫治疗、精神病治疗等医疗康复项目纳入基本医疗保险支付范围，按规定扩大基本医疗保险支付的残疾人医疗康复项目范围，按规定将基本的治疗性康复辅助器具纳入基本医疗保险支付范围。

第十九条 各级人民政府应当完善残疾人康复救助制度，对家庭经济困难、有康复需求的残疾人，应当按照家庭经济困难程度适当减免基本的康复训练、辅助器具和防护用品配送所需费用；对残疾儿童康复救助、重度肢体残疾人居家康复训练、困难精神残疾人因治疗精神病服药住院、困难残疾人和重度残疾人适配基本型辅助器具给予补贴，并根据经济和社会发展水平适时调整补贴标准。有条件的县级以上人民政府可以对困难精神残疾人基本用药，困难残疾人、重度残疾人适配基本型辅助器具全额补贴。

第二十条 县级以上人民政府应当优先开展残疾儿童抢救性治疗和康复工作，对零至六周岁残疾儿童免费提供包括早期筛查、康复指导、医疗康复、辅助器具适配和康复训练等内容的抢救性康复服务，有条件的地方可以扩大残疾儿童康复救助年龄范围，提高康复救助标准，具体办法由省人民政府制定。

第二十七条 各级人民政府应当全面普及各类残疾儿童、少年九年义务教育，免收杂费、书本费，补助寄宿生生活费。

各级人民政府应当对接受义务教育的家庭经济困难的残疾学生给予适当的生活费、特殊学习用品、教育训练、交通费等补贴。各项助学补贴项目和补贴标准由县级以上人民政府制定。

对因残疾不能入学接受义务教育的儿童、少年，各级人民政府教育部门应当组织提供送教上门、远程教育或者其他适合残疾儿童、少年特点的教育服务。

第二十八条 县级以上人民政府应当建立残疾学生普通高中教育和中等职业技术教育免费制度，免收学杂费、书本费。有条件的地方可以建立残疾学生学前教育、高等教育阶段减免费或者补助制度。

各级人民政府应当对接受非义务教育阶段特殊教育或者培训的家庭经济困难的残疾人给予适当补贴，对接受普通高中或者中等职业技术教育的残疾人提供优惠和帮助。

鼓励各类学校对接受非义务教育的家庭经济困难的残疾学生提供优惠和帮助，适当减免学费、杂费。

关于印发广东省第二期特殊教育提升计划的通知　粤教基〔2018〕3号

广东省教育厅、省发展改革委、省民政厅、省财政厅、省人力资源社会保障厅、省卫生计生委、省残联联合印发。

三、主要措施

（一）提高残疾儿童少年义务教育普及水平

发挥特殊教育学校在实施残疾儿童少年义务教育中的骨干作用。适龄残疾儿童、少年不能接受普通教育的，统筹安排进入特殊教育学校接受义务教育。各地市要加强统筹，指导市、县（市、区）特殊教育学校科学设置招生类别，引导市、县（市、区）特殊教育学校错位发展，形成视障教育、听障教育以市为主，智障教育以县（市、区）为主的布局。同时，扩大各级特殊教育学校招生类别，将特殊教育服务范围扩大到孤独症、脑瘫等不同类型残疾儿童少年，满足残疾儿童少年的入学需求。

（三）健全特殊教育经费投入机制

继续推动实施残疾学生15年免费教育。在全省实施从义务教育到高中阶段教育残疾学生12年免费教育的基础上，推动有条件的地区实施从学前教育到高中阶段教育残疾学生15年免费教育。

切实保障特殊教育学校正常运转。提高义务教育阶段残疾学生生均公用经费标准，对特殊教育学校智力残疾、孤独症、脑瘫及多重残疾学生，按不低于普通学生生均公用经费标准10倍拨付经费；对特殊教育学校盲聋哑学生，按不低于普通学生生均公用经费标准8倍拨付经费；对普通学校、儿童福利机构、残疾人托养机构附设特教班学生，按不低于普通学生生均公用经费标准5倍且每年不低于6000元的标准拨付经费；对随班就读、送教上门学生，按每生每年不低于6000元的标准拨付经费。公用经费省、市、县分担比例和拨付方式与现行普通学校相同。高中阶段残疾学生免学杂费、课本费补助标准按不低于普通中等职业学校学生免学费补助标准的1.1倍拨付。高中阶段残疾学生免学杂费、课本费补助省市经费分担参照现行中等职业教育免学费分担比例实施。有条件的地区可进一步提高残疾学生公用经费拨付标准。

加大残疾学生资助力度。义务教育阶段在“两免一补”的基础上，针对残疾学生特殊需要，统筹资源倾斜支持残疾学生，提高补助水平。学前教育、高中阶段教育和高等教育优先资助残疾学生，逐步加大资助力度。建立完善残疾学生特殊学习用品、教育训练、交通费等补助政策。继续实施南粤扶残助学工程。各级财政支持的残疾人康复项目优先资助6周岁以下（含6周岁）残疾儿童。

继续将特殊教育纳入省级彩票专项公益金使用范围，对特殊教育学校新建、扩建、改建项目给予重点扶持。省财政每年安排资金，对家庭经济困难残疾人接受非义务教育阶段特殊教育或培训给予适当补贴。

广东省人民政府办公厅关于印发广东省残疾儿童康复救助实施办法的通知　粤府办〔2018〕43号

第五条　康复救助对象主要为广东省户籍0—6岁（截至申请康复救助当年度的8月31日年龄不满7周岁，有条件的地区可扩大残疾儿童康复救助年龄范围），符合以下救助条件的视力、听力、言语、智力、肢体等残疾儿童和孤独症儿童：

1. 持有中华人民共和国残疾人证或具备医疗诊断资质的专业机构出具的诊断证明书。

2. 具有康复服务适应指征，通过康复服务可能达到功能重建或改善。

第六条　不断完善非本省户籍残疾儿童康复救助保障模式，逐步实现持有广东省居住证的残疾儿童康复救助全覆盖。

第八条　残疾儿童康复救助基本服务内容包括以减轻功能障碍、改善功能状况、增强生活自理和社会参与能力为主要目的的手术、辅助器具配置、康复训练及支持性服务等。各类残疾儿童康复救助省级基本服务项目、内容、补助标准及经费使用范围如下：

（一）手术

1. 人工耳蜗植入：为1—6岁重度听力残疾儿童，经评估符合植入电子耳蜗条件并符合我省基本医疗保险规定的，经基本医疗保险报销后仍需个人自付部分费用，凭医院开具的有效票据提供一次性补助，补助标准为15000元/人（医保报销后个人支付部分低于补助标准的，按个人实际支付费用给予补助）；对享受国家人工耳蜗救助项目的残疾儿童，免费为其提供人工耳蜗产品1套，并提供一次性手术费用（含调机费）补助，补助标准为15000元/人。

2. 肢体残疾矫治：为先天性马蹄内翻足等足畸形、小儿麻痹后遗症、脑瘫导致严重痉挛、肌腱挛缩、关节畸形及脱位、脊柱裂导致下肢畸形等矫治手术提供一次性补助，标准为不少于16000元/人，其中矫治手术补助10000元/人、辅助器具适配及康复训练等补助6000元/人（手术费经基本医疗保险按规定报销后个人支付部分低于补助标准的，按个人实际支付费用给予补助）。

（二）辅助器具适配

按照《广东省残疾人基本型辅助器具适配补贴实施办法》（粤残联〔2018〕6号）有关规定和标准，为各类残疾儿童适配基本型辅助器具提供补贴。

（三）康复训练

1. 视力残疾儿童：（1）为低视力儿童提供功能评估和

视觉基本技能训练，时间不少于1个月，折算持续训练时间不少于72小时，补助标准为1500元/人/次（限3年1次）。(2)为低视力儿童提供功能评估及助视器等使用培训、认知学习、社会适应以及生活技能等训练，每年不少于10个月，补助标准为2000元/人/月（每人每年补助10个月）。(3)为全盲儿童提供定向行走及适应性训练，时间不少于2个月，折算持续训练时间不少于120小时，补助标准不少于3000元/人/次（限5年1次）。

2. 听力、言语、智力、肢体残疾和孤独症儿童：为接受全日制和非全日制康复训练的残疾儿童提供康复补助，每年训练时间不少于10个月（每人每年补助10个月），具体康复服务内容及规范按照国家残疾儿童康复救助“七彩梦行动计划”和贫困智力残疾儿童抢救性康复项目的有关要求执行，国家相关部门出台新的服务规范后按新规范执行。(1)全日制康复训练：每个训练日在康复机构的康复训练时间不少于5小时，每周单训不少于1小时，补助标准为：公办康复机构1200元/人/月，非公办康复机构2000元/人/月。(2)非全日制康复训练：3岁以下或接受普通幼儿教育、普通小学教育的受助人可采取一对一的亲子同训、预约单训、家庭指导或集体教学等，每个训练日在康复机构的康复训练时间不少于3小时，每周单训不少于1小时；或每周单训不少于3次，每次不少于1小时；或每周开展不少于3小时且康复效果与上述模式相当的集体教学。补助标准为：公办康复机构600元/人/月，非公办康复机构1000元/人/月。非全日制康复训练补助经费由同级财政安排。

关于促进残疾人自主就业创业的实施意见

粤残联〔2018〕135号

广东省残联、省发改委、省民政厅、省财政厅、省人社厅、省住建厅、中行广州分行、国家税务总局广东省税务局、省市监局、省体育局、省邮政管理局、省扶贫办、省总工会、共青团广东省委员会、省妇联联合印发。

四、提供金融扶持和资金补贴

（十一）创业担保贷款贴息。残疾人自主创业（国家限制行业除外）自筹资金不足的，可申请创业担保贷款，其中个人最高20万元，合伙创业的可按每人不超过20万元、总额不超过200万元的额度实行“捆绑性”贷款；对符合就业带动条件的小微企业，贷款额度不超过300万元。在规定的贷款额度内，按照贷款基准利率最高上浮3个百分点据实给予贴息；劳动密集型和科技型小微企业贷款，按贷款基准利率的50%给予贴息。

（十二）扶贫小额信贷。建档立卡贫困残疾人可申请扶贫小额信贷，按规定给予全额贴息。政府支持的融资性担保机构和再担保机构应加大对贫困残疾人自主就业创业的融资服务力度。有条件的地区可多渠道筹资设立残疾人小额贷款风险补偿基金。对信用良好的残疾人创业者经综合评估后可取消反担保。

（十三）一次性创业资助。残疾人创办初创企业（创办初创企业包括在我省登记注册3年内的小微企业、个体工商户、民办非企业和农民专业合作社、家庭农场等）正常经营6个月以上，可凭残疾人就业困难人员身份证明及工商营业执照（或其他法定注册登记手续）、社会保险登记证，向当地人力资源社会保障部门申请一次性5000元的创业资助（或根据当地实际标准执行）。鼓励有条件的地方开展更多形式的补贴资助，促进残疾人自主创业。

（十四）求职创业补贴。特殊教育院校教育类毕业生、残疾人高校（含技师学院）毕业生、贫困残疾人家庭高校（含技师学院）毕业生可按规定向当地人力资源社会保障部门申请享受求职创业补贴，补贴标准为每人1500元（或根据当地实际标准执行）。

（十五）创业培训补贴。具有创业要求和培训愿望并具备一定创业条件的城乡就业年龄段残疾人，参加由定点创业培训（实训）机构组织的创业培训并取得培训合格证书的，可向当地人力资源社会保障部门申请一次性创业培训补贴，补贴标准不超过1000元/人（或根据当地实际标准执行）。

（十六）租金补贴。在校及毕业5年内的普通高等学校、职业学校、技工院校的残疾人学生租用经营场地创业，可向当地人力资源社会保障部门申请最长3年、每年最高6000元的租金补贴（或根据当地实际标准执行）。

（十七）创业带动就业补贴。残疾人初创企业吸纳就业并按规定缴纳社会保险费的，按其吸纳就业（签订1年以上期限劳动合同）人数（法定代表人或主要负责人除外）给予创业带动就业补贴。创业带动就业补贴按年度向当地人力资源社会保障部门申请。招用3人（含3人）以下的按每人2000元给予补贴；招用3人以上的每增加1人给予3000元补贴，总额最高不超过3万元。

（十八）省级优秀创业项目资助。“众创杯”残疾人公益赛等残疾人优秀创业项目通过专家评审、集体研究，每个优秀项目给予5至20万元的一次性奖励。

关于2019年起提高我省残疾人“两项补贴”标准和扩大重度残疾人护理补贴范围的通知

粤财社〔2018〕220号

广东省财政厅、省民政厅、省残联联合印发。

一、补贴标准

2019年起提高我省残疾人“两项补贴”标准，其中困难残疾人生活补贴标准从现行的157.5元/月/人提高到165元/月/人，2020年起从165元/月/人提高到175元/月/人；重度残疾人护理补贴标准从现行的210元/月/人提高到220元/月/人，2020年起从220元/月/人提高到235元/月/人。

部分地区已实施残疾人补贴或相应救助制度的补贴标准高于此标准的，继续按已定补贴标准执行。

二、补贴范围

在现行的补贴范围（粤财社〔2014〕39号文）基础上，将非重度智力、精神残疾人纳入重度残疾人护理补贴范围。

关于印发广东省残疾人基本型辅助器具适配补贴实施办法的通知

粤残联〔2018〕6号

广东省残联、省财政厅、省卫计委联合印发。

第四条　残疾人辅助器具适配补贴对象为广东省户籍，持有中华人民共和国残疾人证残疾人，或者具备医疗诊断资质的专业机构出具的诊断证明的0—17岁残疾儿童（指截至当年度12月31日年龄不满18周岁）。

优先补贴对象：

（一）低保户残疾人；

（二）一户多残户残疾人；

（三）精准扶贫建档立卡户残疾人；

（四）0—6岁残疾儿童；

（五）残疾人学生。

第七条　在使用期限内，同一种类辅助器具适配补贴只能享受一次。对于有不同种类辅具需求的，多重残疾人申请享受补贴的辅助器具种类不得超过3种，其他类别残疾人不得超过2种。

第八条　服务对象到残疾人辅助器具定点服务机构（以下简称“定点服务机构”）适配辅助器具，按照《适配补贴目录》的补贴标准给予补贴，所选辅助器具适配服务价格等于或低于补贴标准的，给予全额补贴，高于补贴标准的，按补贴标准给予补贴，超出部分由残疾人本人承担。

关于《“南粤扶残助学工程”实施办法（暂行）》的补充通知

粤残联〔2018〕104号

广东省残联、省教育厅联合印发。

一、申请对象范围拓宽。根据《民政部中国残疾人联合会关于残疾军人享受社会残疾人待遇有关问题的通知》（民发〔2013〕51号）要求，惠及所有残疾人政策待遇，残疾军人凭中华人民共和国残疾军人证应予享受。广东省户籍并持有中华人民共和国残疾军人证的残疾人大学生也可申请“南粤扶残助学工程”助学金。

受助对象同时满足广东省财政设立的高校资助政策条件，如“广东省家庭经济困难大学新生资助”、“广东省少数民族聚居区少数民族大学生资助”、“南粤扶残助学工程”、“广东省户籍建档立卡学生免学费和生活费补助”等，按就高不就低的原则享受其中一项政策，不同时重复享受。

二、申请方式发生改变。为提升服务水平，提高工作效率，省残联开发了广东省助残补贴管理系统，将“南粤扶残助学工程”项目纳入其中，采取网上申请方式。残疾人大学生可通过登录补贴系统（http：//nyzc. gddpf. org. cn/jsp/）进行网上申请；操作不便的残疾人大学生，可由亲属协助进行网上申请，也可提供相关材料到户籍所在地县（市、区）残联由残联工作人员帮助进行网上申请。

三、申请时间调整。根据《办法》，新入学大学生需在入学当年10月31日前到户籍所在地残联提交材料完成申请，跨年无效。但在项目实施过程中不少残疾人大学生由于未及时了解政策，导致错过申请时间无法申请助学金。为了让更多残疾人大学生获得资助，自2018年秋季学期起，未申请过“南粤扶残助学工程”助学金的残疾人大学生，在校就读期间都可在每年10月1日至11月10日进行助学金申请。各高校要及时提醒本校残疾人大学生按时提交申请。

四、审核流程调整。《办法》采取残联和教育部门逐级审核的方式，费时较长。采用网上申请后，无须各县（市、区）及地级以上市教育部门审核，各级残联审核完毕后，由省残联和省教育厅进行终审。发放对象名单公示完成后，由各级残联将名单抄送当地教育部门。

五、助学金发放改变。根据《办法》，每年12月3日“国际残疾人日”前，省残联将通过金融机构直接将助学金发放到符合条件的残疾人大学生银行账户。但在实际工作中，每年发放对象名单要到年底才能最终确定，根据财政预算管理规定，为做实做准发放金额和人数，将助学金发放时间改为次年发放。在省财政经费下达后，由各地残联按照省残联、省教育厅确定的发放名单进行发放。

按照推进普惠金融发展要求，推动通过社保卡统一发放拨付残联惠民补贴。残疾人大学生在办理申请时，填写本人社保卡账户作为助学金发放账户。

三、工作综述

截至2018年底，广东省持证残疾人达1513899人。

2018年，广东省各级党委和政府、各级残联及有关部门，围绕“2020年全面建成小康社会，残疾人一个也不能少”目标，全力实施《广东省残疾人事业发展“十三五”规划》，重点抓好权益保障、精准康复、精准脱贫、社会融合等工作，努力推动新时代全省残疾人事业高质量发展，取得了阶段性成效。

（一）兜底民生，残疾人普遍纳入覆盖城乡居民的社会保障体系

1. 残疾人基本生活得到稳定的制度性保障。将残疾人“两项补贴”政策纳入底线民生保障，建立动态调整机制，2018年困难残疾人生活补贴标准达到每人每年1890元，重

度残疾人护理补贴标准达到每人每年2520元。全省共投入资金26亿元，惠及残疾人113万人次。多部门联合印发《关于2019年起提高我省残疾人“两项补贴”标准和扩大重度残疾人护理补贴范围的通知》，明确自2019年起将非重度智力、精神残疾人纳入重度护理补贴保障对象范围。

2. 实施残疾人精准扶贫脱贫计划成效显著。广东省残联、省教育厅、省民政厅等九部门研究制定《广东省打赢脱贫攻坚战三年行动实施方案（2018—2020年）》落实方案，全省各级残联共核实68607名建档立卡疑似残疾人，帮助56585人办理残疾人证。全省开展残疾人农村实用技术培训，共培训13185人次，42名农村残疾人获得康复扶贫贴息贷款扶持，67个残疾人扶贫基地安置2000名残疾人就业。投入资金2874.7万元，完成农村贫困残疾人危房改造2195户。在226893名纳入建档立卡的贫困残疾人中，179454名达到脱贫标准。省残联将残疾青壮年扫盲工作纳入落实党的十九大精神重点任务，制定实施《2018年残疾青壮年文盲扫盲行动实施方案》，3034名残疾青壮年文盲接受扫盲教育。

3. 各项残疾人优惠政策得到有效落实。各地残联积极协助人社、住建、民政等部门落实残疾人养老保险、残疾人危房改造、无业重度残疾人按单人户纳入低保等工作。截至2018年底，全省城乡残疾居民参加养老保险人数达967491人；60岁以下参保重度残疾人达364317人，其中得到政府参保扶助的有353344人，代缴比例达到97%；112308名非重度残疾人享受全额或部分代缴优惠缴费政策。领取养老金的残疾人达361668人。为24571辆残疾人机动轮椅车发放燃油补贴。

（二）聚焦主业，残疾人基本公共服务得到大力加强

1. 残疾人享有基本康复服务。深入推进残疾人精准康复服务，逐步扩大基本康复服务覆盖面。配合国务院调研组开展残疾儿童康复救助调研工作，为国家残疾儿童康复救助制度的出台贡献了广东经验。省政府出台《广东省残疾儿童康复救助实施办法》，进一步优化了康复救助项目和标准，打通了全省异地救助阻碍。全省共有310671名残疾儿童和持证残疾人得到基本康复服务，共为71049名残疾人提供各类辅助器具适配服务。残疾人康复服务率约为73%，辅具服务率约为63%，残疾人家庭医生签约率达64%。全省认定的定点康复机构达1900多家，定点评估机构达1000多家。

2. 残疾人获得平等教育机会。全力保障义务教育，着重发展职业教育，积极开展学前教育。各地残联配合教育部门开展5075名未入学残疾儿童少年核实促学工作，多渠道争取资金支持，对552名残疾儿童给予学前教育资助。实施残疾人事业专项彩票公益金助学项目，为1255名家庭经济困难的残疾儿童享受普惠性学前教育提供资助。为198名2016—2017年度未按时提交“南粤扶残助学工程”申请的残疾学生补办申请手续，开发广东省助残补贴管理系统，将“南粤扶残助学工程”纳入网上办理。692名残疾学生被普通高等院校录取，比去年增加91人。

3. 残疾人就业更加充分。出台《关于促进残疾人自主就业创业的实施意见》，拓宽残疾人就业渠道。举办全省残疾人职业技能竞赛、“众创杯”残疾人公益赛、就业培训、就业援助月活动、高校毕业生专场招聘等多种就业促进活动，按比例安排残疾人就业人数和保障金征收额度实现双增长。新建社区康园中心213个，城乡持证残疾人就业人数为288867人，其中按比例就业60986人、集中就业7087人、个体就业12974人、公益性岗位就业5442人、辅助性就业5984人、灵活就业（含社区、居家就业）64112人、从事农业种养132282人。培训盲人保健按摩人员578名、盲人医疗按摩人员674名；共有保健按摩机构667个，医疗按摩机构10个。

4. 残疾人合法权益得到有效保障。坚持制度先行，在全国率先完成《广东省〈中华人民共和国残疾人保障法〉办法》二次修订工作，出台《广东省残疾儿童康复救助实施办法》。《广东省残疾人就业办法（送审稿）》进入立法调研修改完善阶段。残疾人积极参政议政，各地残联协助人大代表和政协委员提出议案、建议、提案22件，办理议案、建议、提案116件。截至2018年底，成立残疾人法律救助工作协调机构55个，建立残疾人法律救助工作站43个。无障碍环境建设法规、标准进一步完善，共出台27个省、地市、县级无障碍环境建设与管理法规、政府令和规范性文件；145个地市、县系统开展无障碍环境建设。全省通力合作，基本完成财政补贴的12000户贫困重度残疾人家庭无障碍改造任务。

（三）完善机制，残疾人事业发展呈现新风貌

1. 党政领导高度重视。省领导班子参加省残联第七次代表大会，李希书记接见与会代表并发表讲话，对残疾人工作给予肯定勉励，明确提出发展要求和方向；任学锋同志、徐少华同志担任省残联第七届主席团名誉主席，黄宁生同志担任主席。省人大领导、省政府分管领导3次就残疾人工作做出批示指示，4次调研省残疾人康复基地和省残联机关，出席省第八届残运会闭幕式和“众创杯”残疾人公益赛，黄宁生副省长协调安排专款300万支持国家辅助器具华南区域中心建设发展。

2. 组织建设稳步推进。残联改革全面启动，各地将残联改革纳入大局积极推进，进一步“强三性、去四化”。深圳市委办公厅印发《深圳市残联改革实施方案》；东莞市各镇街残联普遍新增1名副理事长；中山市残联设立四个兼职理事，并推动各镇区残联成立肢体残疾人协会和精神残疾人

及亲友协会；阳江市残疾人康复中心变更为公益类事业单位。出台《省残联加强对各级党组织一把手监督责任清单》等规章制度，强化纪律意识，着力推进党的基层组织建设三年行动计划和模范机关创建行动。

3. 基层基础更加牢固。大力抓好残疾人基本服务状况和需求数据动态更新，全年更新总人数1496152人，比上一年度增加7.07%。省残联9项公共服务事项入驻广东政务服务网，残疾人证业务、补贴申请、个税减免等事项集体纳入“粤省事”微信小程序，实现“一网通办、一窗受理、全程服务”一体化政务服务。省残疾人康复基地首期投入使用，从根本上改变省级残疾人基础服务设施落后的状况，广东残疾人事业“窗口”效应初现。汕尾、惠州、湛江、清远、揭阳、云浮等六个地级市和五华、阳春、连南、阳山等多个县（市、区）完成残疾人基础服务设施建设。全省残疾人基础服务设施新增建筑面积4万多平方米，新增投资约1.5亿元。

4. 文体事业繁荣发展。加大残疾人事业宣传力度，全年在中央、省、市主流媒体推出残疾人事业新闻200余篇。围绕改革开放40周年、省残联成立30周年，在《南方日报》《羊城晚报》推出6个专题专版，在广东电台推出《感恩·致敬——我与残联共成长》系列节目30期，多角度、多层次宣传残疾人事业发展成就及残疾人精神面貌。举办第八届广东残疾人文化节、全省残疾人艺术汇演、省残疾人艺术团巡演等文化活动。全省残疾人运动员参加国内国际赛事共获得金牌132枚、银牌60枚、铜牌49枚。广东省代表团第三届亚残会成绩位居全国前列。全省残疾人群众体育活动蓬勃开展，经常性参加人数逾25万。

（四）深圳市残疾人工作

1. 积极推进创建无障碍城市。市政府印发《深圳市创建无障碍城市行动方案》，市残联举办“深圳市无障碍环境宣传促进日”大型活动，打造物理空间、行为规范、文化观念“三位一体”的全面无障碍城市格局，全方位实施城市无障碍规划、无障碍标准体系、无障碍示范项目、生活无障碍、出行无障碍、信息交流无障碍、无障碍文化培育、无障碍督导等行动，建设一流全面无障碍城市软硬件环境。

2. 加快发展康复辅助器具产业。市政府印发《深圳市加快发展康复辅助器具产业实施方案》。2018年9月，深圳市被民政部等部委确定为国家康复辅助器具产业综合创新试点地区。市残联积极推动落实各项产业支持措施，举办2018年深圳市辅具创意设计竞赛，参赛作品200多件，市民参与网络投票近10万人次；建设深圳市残疾人辅助器具虚拟展厅；开展辅具远程适配服务，实现在线申请、办理；举办听力类辅助器具、移动类辅助器具、上肢假肢类、视力类辅助器具远程评估专业培训；推动成立深圳市康复辅助器具产业协会；推动坪山区设立康复辅助器具产业园区、福田区设立康复辅助器具大区域检测中心。

3. 重点打造残疾人服务“四个一工程”。市政府将残疾人服务“四个一工程”列为2018年重点工作，定期督办跟进。一是建设创新创业无障碍服务中心。项目占地2.6万平方米，投资规模为109986万元，建成后将成为深圳市民生领域的标杆工程，为市民提供残疾预防与生命教育、残疾人就业创业、辅具研发展示与体验、精神康复教育、文体竞赛、无障碍体验等综合服务。二是建设市重度残疾人托养中心。拟定项目规模为300张床位，并列入“深圳市社会福利救助综合服务中心”项目包，以市民政局为建设主体，实行“一体规划、一体设计、一体实施、分头管理”。三是建设助残电召服务平台。平台设在市残疾人综合服务中心，主要对接各类线上线下资源，为残疾人提供出行、就业、资讯、辅具、康复、居家生活等服务。四是建设无障碍爱心公园。项目拟从龙华区中心公园划出约5000平方米左右的园地，进行全面无障碍改造，增添残疾人活动和康复的人文景观，经常性举办残疾人公益活动。

4. 提升残疾人保障和服务水平。（1）生活保障。市残联积极协助民政部门发放重度残疾人护理补贴和困难残疾人生活补贴，为739辆机动轮椅车发放燃油补贴，为23822名残疾人和49家残疾人服务机构购买意外保险。（2）康复服务。全市共有10832名残疾儿童及持证残疾人有康复服务需求，其中10696人得到基本康复服务，康复服务率达到98.74%；全市共有2977名残疾儿童及持证残疾人有适配辅助器具需求，其中2964人得到各类辅助器具适配服务，辅助器具适配率达到99.56%。全市10个市辖区全部开展社区康复工作，共配备355名社区康复协调员，康复服务设施合计881个。（3）教育服务。落实第二期特殊教育提升计划，加强脑瘫、视障、自闭症、智力残疾儿童示范性学前教育。全市1所残疾人中等职业学校，在校生190人，39名毕业生获得职业资格证书。27名残疾人通过考试被普通高等院校录取。（4）就业服务。推进残疾人按比例就业，稳定发展残疾人集中就业，多渠道扶持残疾人自主创业和灵活就业，积极发展残疾人辅助性就业和支持性就业，遴选优秀助残项目并给予重点扶持，推动全市7277名持证残疾人实现就业。培训盲人保健按摩人员23名、盲人医疗按摩人员123名。

5. 发展残疾人文体事业。举办全市残疾人声乐器乐大赛、第七届残疾人职业技能竞赛、辅助创意设计竞赛、第八届残疾人康复知识竞赛；承办全国第十届残运会暨第七届特奥运动会自行车比赛。市残联开办残疾人专题广播节目1个、电视手语栏目1个。截至2018年底，市级公共图书馆设盲文及盲人有声读物图书室1个，区级公共图书馆设盲文及盲人有声读物图书室2个；市残联共开展残疾人文化周活动10场次，各区残联共开展残疾人文化周活动206场次，参加文化周残疾人共1.62万人次。

（五）各市县残疾人工作亮点

广州市：加强康复服务，市残联联合市教育局、市民政局、市卫计委印发《广州市残疾预防及综合干预专家库管理办法》，开展专家库组建工作；开展“志愿在康园”活动，以广州志愿助残服务联盟为工作力量，发动150多个助残类组织常态化进驻全市188间康园工疗站，开展各类关爱残疾人主题服务活动。

珠海市：推进为残疾人购买意外伤害保险项目，按照全市统一招标、各区自行负担保险费的方式，全市共投入183万元，为市籍17299名残疾人每人购买不低于100元的意外保险，提供事故补偿金、医疗费用报销、住院津贴和责任赔付等保障服务。

汕头市：启动全省首个残疾人智慧康复项目试点，通过“互联网+康复服务”新模式，通过全市11家公办康复机构和19家民办定点康复机构，为1140名0—6岁残疾儿童提供免费抢救性康复服务，为336名7—14周岁残疾儿童提供康复训练、特教补助247.95万元。

韶关市：开展残疾人C5驾照需求摸查，落实市政府民生实事之一——残疾人C5驾照工作，帮助29名残疾人报名参加考试；市残联与专业机构合作，成立市残疾人心理咨询服务站，并在市残疾人康复中心加挂“韶关市残联未成年人心理辅导基地”，专门为残疾人及其亲友、残联系统工作人员提供免费心理咨询服务。

河源市：开展全国残疾预防综合试验区创建工作，全面启动实施精神障碍患者精准康复，各级残联积极配合办证1889人，对2150名精神障碍患者开展康复救助，同时发挥社区康复站、工（农）疗站作用，对830名出院后病情稳定的精神障碍患者开展社区康复服务。

汕尾市：开展高校残疾人毕业生就业跟踪服务，由专人负责摸清每一名残疾人毕业生基本情况和求职需求，有针对性地进行就业指导和服务。积极与用人单位沟通，鼓励残疾人毕业生自主创业，推动小额担保贷款及贴息、税费减免、创业补助等各项政策扶持，同时建立就业台账，准确掌握残疾人毕业生就业情况。

江门市：推进残疾人精准扶贫工作，首创精准扶贫助残创业项目——“阳关小屋”便利店，安置2户精准扶贫户（残疾人或残疾人家属）参与日常销售工作，让他们通过运营小店掌握管理技术，实现“自我造血”，项目产生的收益将分配给部分建档立卡扶贫户。

肇庆市：摸清贫困残疾人底数，全市共19594名残疾人纳入新时期精准扶贫脱贫工作，通过产业扶贫、资产收益扶贫、就业扶贫、保障性扶贫（包括政策性兜底和医疗、教育、住房“三保障”政策措施），优先安排改造1350户残疾人危房。到2018年底，脱贫达18000人。

四、重要条目

【广东省残疾人康复基地（一期）】粤港澳大湾区残疾人服务创新合作示范窗口。2015年开工建设，建筑面积55000多平方米，投资3.5亿元。2018年5月投入使用，省残疾人康复中心、省残疾人辅助器具资源中心和省残疾人体育与艺术中心等单位纷纷进驻，全面开展业务管理、技术指导、学术交流、研究开发、人才培训等工作，着力建设广东省残疾儿童康复教育中心（国家区域中心）和国家辅助器具华南区域中心。先后接待德国、日本、瑞典等国际专家同行及多批次省、市、县单位来访参观交流，示范引领辐射作用初步发挥。

【“粤省事”微信小程序】全国首个集成民生服务微信小程序，是“数字广东”建设重要成果，由广东省政府于2018年5月发布。该平台涵盖出生、入学、毕业、工作、结婚、养老等公民全生命周期服务，承载了身份证、居住证、社保卡、驾驶证等53个电子证照，实现超过600项高频民生事项的指尖办理。省政府将残疾人服务纳入“数字广东”平台，残疾人登陆“粤省事”残疾人服务模块，即可办理生活补贴、减免所得税、挂失申请残疾人证等9项基础业务、6大业务应用场景。通过实名注册，进行人脸识别，一键通办，尽可能实现“零跑路”，让残疾人群办事更便捷。

【广东“民声热线”节目】由中共广东省直属机关工作委员会和广东广播电视台联合主办的现场直播类节目，于2017年创办。广东省残联理事会领导每年率各业务部门负责人积极参与上线直播，及时发布残疾人法律法规制定、施行情况，响应社会公众提出的关系残疾人利益的焦点问题。2018年11月27日，省残联上线广东“民声热线”节目，对社会关注的企业招用残疾人“假用工”问题予以回应，将联合税务系统、人社系统，共同研究制定方案，出台惩罚措施，遏制用人单位“假用工、真挂靠”的现象。

【川粤残联系统东西部扶贫协作】为贯彻落实《中共中央、国务院关于打赢脱贫攻坚战三年行动的指导意见》《中办、国办关于进一步加强东西部扶贫协作工作的指导意见》和中国残联关于东西部残疾人扶贫协作有关部署，粤、浙、川三地残联于2018年11月12日在成都市召开川浙、川粤残联系统东西部扶贫协作推进会。中国残联副理事长程凯、四川省副省长王一宏出席会议。浙江、广东两省残联和部分帮扶市残联近30名代表、四川省接受帮扶的12个市（州）残联代表参加了会议。经初步协商，广东省与四川省将在残联干部（技术骨干）挂职锻炼、残疾人事业干部培训、残疾人职业培训、残疾人转移就业、残疾人康复、助残社会组织（含狮子会等志愿团体）扶持等方面开展残疾人扶贫协作。

【广东省第八届残疾人运动会】广东省第十五届运动会暨第八届残疾人运动会于2018年8月8日在肇庆市肇庆新区体育中心开幕。省委书记李希、省长马兴瑞、副省长黄宁生等省领导出席开幕式。开幕式前，李希、马兴瑞等会见全省群众体育先进单位、先进个人和优秀运动员代表。省第八届残疾人运动会从2018年8月24日开始，为期8天，来自全省21个代表团的2000多名运动员、领队教练和裁判员参加比赛，共产生金牌407枚，157人次破省记录，3人次破全国纪录。获得总分前八名的代表团分别是东莞市、广州市、肇庆市、佛山市、湛江市、惠州市、江门市、中山市，21个代表团获得“体育道德风尚奖”。2018年8月31日举行闭幕式，黄宁生宣布残运会闭幕，并将会旗交予下届举办城市清远市。

【第六届广东省残疾人职业技能竞赛】由广东省残联、省人力资源和社会保障厅、省总工会主办，省残疾人就业服务中心承办，于2018年10月12日—14日在广州城建职业学院举行。竞赛以“技能点亮人生，匠心共筑梦想”为主题，设置5大类、20小项，包括信息通信技术类（6项）、美术专业类（3项）、手工业类（6项）、工业类（1项）、服务类（4项）。来自全省21个地级以上市以及广东省培英职业技术学校、广州大学市政技术学院的23个代表队共352名选手参赛，最终54名选手获奖。广州市、江门市、佛山市代表队分获团体总分第一、二、三名。

【全国轮椅舞蹈比赛】全称为中华人民共和国第十届残疾人运动会暨第七届特奥运动会预赛暨2018年全国轮椅舞蹈比赛，由中国残联主办，广东省残联、中国残疾人体育运动管理中心、广州市残联承办，于2018年6月26日—29日在广州市残疾人体育运动中心举行。共有来自广东、北京、上海、浙江、四川、湖北、湖南、福建、香港和台湾等地的10支队伍约150人参加比赛，广东队夺得5金3银2铜，名列第一。同期举办诺德杯·2018广州轮椅舞蹈邀请赛，由广州诺德机电设备工程有限公司提供资金支持。

【广东省残疾人声乐器乐大赛】由省残联、省教育厅、省文化厅联合主办，广东省残疾人体育与艺术中心承办，于2018年6月6日—8日在广州举行。大赛以“残健同心 共筑中国梦”为主题，邀请中国声乐家协会副主席李素华、广东省音乐家协会副秘书长唐桂珍、星海音乐学院副教授卢铁林等专家担任评委，选拔优秀节目和优秀演职人员进行培养。共有19支代表团约300人参赛，54个参赛节目（其中声乐类27个、器乐类27个）。评选出金奖节目7个、银奖节目14个、铜奖节目20个、优秀奖节目12个，8个市残联获组织奖，8人获“优秀文艺工作者”称号。

五、大事记

1月9日—11日，中国残联康复部及全国残疾预防专家组成的督导组到清远英德市开展残疾预防综合试验区创建试点工作督导。

1月22日—24日，全省残联工作会议在广州召开。

2月7日，第二届中国残疾人冰雪运动季活动暨广东省第二届残疾人冰雪活动在深圳市宝安区海雅缤纷城拉开帷幕。

2月13日，中国残联副主席王新宪到清远市调研残疾人扶贫工作。

3月2日，第19次全国爱耳日宣传教育活动在广州图书馆举办。

3月24日—25日，2018年广东省残疾人大专班单考单招国家级入学考试在广东省培英职业技术学校举行，全省各地的53名视障考生和84名听障考生报名参加考试。

4月1日，第十一届世界自闭症关爱日宣传教育活动在保利国际影城广州中环店举行。

4月21日，由中国残联、中国残奥会主办的2018年全国硬地滚球锦标赛在广州开幕，北京、上海、天津、山东、重庆、四川和广东等7支代表队参加比赛。

5月7日，省人大常委会副主任徐少华率队赴省残疾人康复基地开展立法调研，听取省残联、广州市残联等单位和残疾人人大代表对残疾人保障立法的意见。

5月18日，广州地区第28次全国助残日活动暨第八届残疾人文化节启动仪式在省残疾人康复基地举办。

5月18日，副省长余艳红到省残疾人康复基地进行专题调研。

5月20日，为期4天的2018年全国盲人柔道锦标赛在东莞落下帷幕，广东代表队获得5枚金牌、2枚银牌、3枚铜牌。

7月9日—16日，中华人民共和国第十届残疾人运动会暨第七届特奥运动会自行车比赛在深圳龙岗举行，共有13支代表队、520人参赛。

8月17日，省政府副秘书长魏宏广、省残联理事长张永安以及省财政厅、省民政厅、省卫生计生委等部门负责同志在国务院残疾人工作委员会办公室组织召开的“建立残疾儿童康复救助制度”工作电视电话会议广东分会场参加会议。

8月28日，广东省残联第七次代表大会在广州召开。会前，省委书记李希、省长马兴瑞、省人大常委会主任李玉妹会见与会代表。大会选举产生省残联新一届领导班子，黄宁生当选省残联第七届主席团主席，任学锋、徐少华被聘请为主席团名誉主席，张永安当选主席团执行理事会理事长。

9月12日—14日，省残联、省教育厅在广州举办国家通用盲文骨干培训班。

9月15日，2018年全国盲人医疗按摩人员考试（广东辖区）在广东省培英职业技术学校开考，实践技能考试部分第一次引入智能化腧穴仪考试设备。

10月15日，副省长黄宁生到省残联调研，了解《广东省实施〈中华人民共和国残疾人保障法〉办法》《广东省残疾儿童康复救助实施办法》等贯彻落实情况。

11月13日，全国第十届残疾人运动会暨第七届特奥运动会预赛暨2018年全国残疾人羽毛球挑战赛在汕头市举办，全国13个省区市的82名运动员参加比赛。

12月4日，第八届广东残疾人文化节闭幕式暨佛山“最美助残人”命名仪式在佛山举行，并揭晓第四届“南粤金影奖”广东公益微电影大赛评选结果。

12月5日，由中国残联主办的“仁美”系列活动“中国残疾人美术精品展——珠三角地区展”在广东省立中山图书馆举办，50位艺术家的60余幅书画作品参展。

12月17日，省残联第七次党员大会选举产生新一届机关党委、机关纪委委员，柯洙夫任机关党委书记，陈海龙任机关党委副书记、机关纪委书记，杨志明任机关纪委副书记。

12月19日，省直部门（单位）所属学校成建制划转省教育厅管理（第一批）签约仪式在省教育厅举行，原省残联下属事业单位省培英职业技术学校正式划转省教育厅管理。

12月29日，《南方日报》刊登中共广东省残联党组署名文章《新时代广东残疾人事业的责任与担当》。

（朱自强供稿）

广西壮族自治区残疾人事业和残疾人工作

一、领导讲话与批示

自治区党委书记鹿心社在广西残联第七次代表大会开幕式上的讲话摘要

2018 年 6 月 28 日

自治区党委、政府十分关心残疾人，高度重视残疾人事业，特别是过去 5 年，全区上下共同努力，大力加强残疾人保障制度建设，加快形成促进残疾人小康的政策和工作体系，着力办好残疾人民生实事，残疾人康复、教育、就业、扶贫、维权、社会保障、文化体育、无障碍建设等工作扎实推进，残疾人生存发展状况得到显著改善，全社会扶残助残氛围更加浓厚。广大残疾人紧跟时代步伐，积极进取、自强不息、顽强拼搏，为推动经济社会发展做出了重要贡献，涌现出刘入源、马霄、刘翠青等一批先进模范，展示了新时代残疾人身残志坚、自尊自立、奉献社会的新风采。各级残联全心全意为残疾人服务，办成了一大批实事好事，全区残疾人事业整体发展水平跃上了一个新的台阶。

当前，残疾人事业正站在新时代新起点上，以习近平同志为核心的党中央对残疾人事业和残联工作做出了新部署、提出了新要求，为推进残疾人事业发展指明了方向、提供了遵循，我们要认真学习，坚决贯彻，切实保障和改善残疾人生活，加快推进残疾人小康进程，促进残疾人全面发展和共同富裕，奋力推动新时代广西残疾人事业再上新台阶。一是加强政治引领，把牢残疾人事业方向；二是以人民为中心，增进残疾人福祉；三是发挥主体作用，提高残疾人发展能力；四是强化改革创新，打造残疾人温馨之家。全区各级党委、政府要把推进残疾人事业当作分内之责，将残疾人工作摆上更加重要的位置。各级政府残工委及其办公室要充分发挥综合协调、政策指导、督促检查的职能作用，进一步健全残工委成员单位分工协作机制，凝聚强大合力。要大力弘扬中华民族扶危济困的优良传统，进一步动员鼓励社会各界积极为残疾人事业发展献爱心，营造人人理解、尊重、关心、帮助残疾人的良好社会风尚。

自治区副主席、广西残联第七届主席团主席方春明在广西残联第七次代表大会闭幕式上的讲话摘要

2018 年 6 月 29 日

二、大力开展贫困残疾人脱贫行动

当前，全区还有 26.46 万建档立卡贫困残疾人未脱贫，任务非常艰巨。我们要落实中央《关于打赢脱贫攻坚战三年行动的指导意见》要求，加快政策扶持力度，大力开展打赢脱贫攻坚战三年行动，加快补齐残疾人脱贫攻坚这块短板。要按照“两不愁、三保障”的标准，对贫困残疾人精准施策，确保 2020 年如期脱贫。要将符合条件的建档立卡贫困残疾人纳入农村低保和城乡医疗救助范围。要深入实施残疾人精准康复服务项目，优先为贫困家庭有康复需求的残疾人提供基本康复服务和辅助器具适配服务。要实施特殊教育提升计划，帮助贫困家庭残疾儿童通过多种形式接受义务教育。将贫困残疾人纳入产业扶贫范围，资产收益扶贫项目要优先安排给贫困残疾人家庭。

三、保障好残疾人合法权益

进一步完善和健全残疾人权益保障政策法规体系，尽快研究出台广西实施《残疾预防和残疾人康复条例》办法，加强残疾人法律援助力度，依法维护残疾人平等参与社会的各项权利。要关心关爱残疾人，为残疾人说话，打击侵犯残疾人权益行为，坚决维护残疾人的合法权益。要落实残疾人各项政策，让残疾人共享改革发展的成果，过上有尊严的生活。

四、提升残疾人公共服务水平

要瞄准重点难点领域，加强残疾人公共服务建设，不断提高公共服务水平。一是做好预防残疾工作。加强残疾预防宣传教育，提高全民残疾预防意识。着力从源头上预防残疾，要做好免费对未生婴儿开展基因筛查试点等工作，预防残疾新生婴儿。二是筑牢残疾人基本生活保障网。发挥好残疾人基本服务状况和需求调查动态更新的作用，掌握底数，织密织牢残疾人民生保障网。完善残疾人基本保障制度，落实困难残疾人生活补贴和重度残疾人护理补贴，最大限度保障残疾人群众的基本生活。三是抓好残疾人精准康复。大力推进残疾人精准康复服务，实施残疾儿童康复救助，推动残

疾人家庭医生签约服务工作，建立和完善残疾人医疗康复服务体系。针对可康复、可纠正的轻度残疾人，要通过加强康复服务，帮助他们过上正常的生活。四是保障残疾人教育。提升特殊教育基础能力，切实维护残疾人同等接受教育的权利，提高残疾学生入学率。提高残疾儿童少年义务教育普及水平，大力发展残疾人高中阶段教育和高等教育。五是推进残疾人就业。就业让残疾人有存在感，生活上更有勇气，精神上就能“康复”。要落实残疾人就业政策，加强残疾人职业技能培训，推进残疾人辅助性就业工作，促进残疾人就业增收。各级党政机关和企事业单位要带头安置符合条件的残疾人就业，带头履行好社会责任，用好用足残疾人就业保障金服务残疾人就业工作。

中国残联党组成员、副理事长程凯在《广西残疾人脱贫攻坚工作2018年情况汇报》上的批示

2018年8月26日

你区残联紧紧抓住精准扶贫精准脱贫重大机遇，自觉履行政治责任，完善制度政策支持，在“两项补贴”提标扩面、“阳光助残扶贫基地”辐射带动、“党员扶残温暖同行”等方面积极推动，残疾人脱贫攻坚工作呈现可喜局面。相信，在自治区党委政府的坚强领导和你们积极指导下，全区贫困残疾人定能如期脱贫。

二、政策法规文件

关于印发广西残疾儿童康复救助实施办法的通知

桂政发〔2018〕45号

第一章　总　则

第四条　残疾儿童康复救助总体目标为：

到2020年，建立与全面建成小康社会目标相适应的残疾儿童康复救助制度体系，形成党委领导、政府主导、残联牵头、部门配合、社会参与的残疾儿童康复救助工作格局，基本实现残疾儿童应救尽救。

到2025年，残疾儿童康复救助制度体系更加健全完善，残疾儿童康复服务供给能力显著增强，服务质量和保障水平明显提高，残疾儿童普遍享有基本康复服务，健康成长、全面发展权益得到有效保障。

第二章　救助对象

第五条　救助对象为有康复救助需求且符合条件的0—17岁视力、听力、言语、肢体、智力等残疾儿童和孤独症儿童。

第六条　救助对象应当同时具备以下条件：

（一）具有我区户籍或持有我区居住证；

（二）持有中华人民共和国残疾人证或定点残疾等级评定机构、二级以上医疗机构出具的诊断证明。

第七条　优先救助城乡最低生活保障家庭、建档立卡贫困户家庭的残疾儿童和儿童福利机构收留抚养的残疾儿童以及残疾孤儿、纳入特困人员供养范围的残疾儿童、其他经济困难家庭的残疾儿童。其他经济困难家庭的具体认定办法，由各县（市、区）人民政府制定。有条件的市、县（市、区）可以放宽对救助对象家庭经济条件的限制。

第八条　申请康复救助年度1月1日前未满18岁的残疾儿童，可依照本办法申请康复救助。

第三章　救助内容和标准

第九条　康复救助包括以减轻功能障碍、改善功能状况、增强生活自理和社会参与能力为主要目的的手术、辅助器具配置、康复训练等服务内容。

第十条　救助内容包括：

（一）视力残疾儿童。

1. 视力矫治手术。为经诊断可以通过手术提高视力的视力残疾儿童提供视力矫治手术救助。

2. 辅助器具适配。为有需求的视力残疾儿童适配盲杖、盲文写字板和笔、盲用电脑软件、台式电子助视器、手持式电子助视器、光学放大镜等辅助器具。

3. 基本康复训练。为进行视力矫治手术的视力残疾儿童提供功能性视觉康复训练；为经评估需要进行视觉康复训练的视力残疾儿童提供康复训练服务。

（二）听力、言语残疾儿童。

1. 人工耳蜗植入。为0—6岁经评估符合植入条件的重度听力残疾儿童提供术前筛查、人工耳蜗设备、手术费用救助。

2. 辅助器具适配。为经评估符合助听器佩戴条件的听力残疾儿童提供助听器（双耳）验配服务。

3. 基本康复训练。为人工耳蜗植入术后或佩戴助听器的残疾儿童提供康复训练服务。

（三）肢体、智力残疾和孤独症儿童。

1. 肢体矫治手术。为经评估符合实施矫治手术条件的肢体残疾儿童提供肢体矫治手术救助。

2. 辅助器具适配。为有需求的肢体残疾儿童适配儿童轮椅、坐姿椅、儿童助行器、日常生活辅具、站立架、矫形器等辅助器具，为有需求的智力残疾和孤独症儿童配备防走失腕表等辅助器具。

3. 基本康复训练。为肢体、智力残疾和孤独症儿童提供康复训练服务。受助残疾儿童根据评估结果及实际需要，接受全日制或非全日制康复训练，多重残疾儿童同一时期原则上选择其中一种残疾类别接受康复救助。

第十一条　各市、县（市、区）人民政府依据本地财力状况、保障对象数量、残疾类别等，分类确定本地区康复救助标准，有条件的市、县（市、区）可扩大救助范围，

提高救助标准，增加辅助器具产品种类。各市、县（市、区）确定的救助标准不得低于现行残疾儿童康复服务标准，并建立科学合理的动态调整机制。

第十二条　康复救助应在城乡居民基本医疗保险、大病保险、医疗救助等报销后进行，并在补助标准范围内按实际发生费用给予补助。

第十三条　符合条件的残疾儿童康复救助应优先纳入"健康扶贫工程"、"顺风耳"行动等政府项目。建档立卡贫困户家庭残疾儿童按自治区健康扶贫等相关政策予以保障。其他残疾儿童康复救助费用通过城乡居民基本医疗保险、大病保险、医疗救助、康复救助等制度的综合补偿后，个人支出费用仍超过10%的部分，鼓励有条件的地方给予补助。

关于进一步做好成年无业重度残疾人和三、四级精神智力残疾人最低生活保障工作的指导意见

桂民规〔2018〕3号

广西壮族自治区民政厅、财政厅、扶贫开发办公室、残疾人联合会联合印发。

二、基本原则

坚持应保尽保。将符合条件的困难残疾人纳入低保范围，确保困难群众求助有门、受助及时，托住人民群众基本生活保障底线。

坚持公平公正。明确困难残疾人纳入低保程序规定，畅通城乡居民的参与渠道，加大政策信息公开力度，做到审批过程公开透明，审批结果公平公正。

坚持资源统筹。加强低保与医疗救助、临时救助等社会救助各项制度之间的衔接，整合救助、扶贫资源，推动政府救助与社会力量救助相结合，提高救助综合效能。

三、对象范围

持有当地常住户口，且依靠父母或兄弟姐妹供养的成年无业重度残疾人和三、四级精神智力残疾人，可以按单人户纳入低保，通过低保兜底保障性政策帮助其脱贫脱困，确保"小康路上一个也不掉队"。

四、认定条件

（一）依靠父母或兄弟姐妹供养的成年无业重度残疾人和三、四级精神智力残疾人，只要残疾人或监护人提出申请，可以按照单人户纳入低保，不考虑供养人的家庭收入和财产状况。

（二）依靠子女供养的无收入来源的重度残疾人和三、四级精神智力残疾人，需考虑其子女的赡养能力。但赡养能力的计算可适当放宽，其子女家庭人均可支配收入在当地上年度城乡居民人均可支配收入60%以下的，可认定为无赡养能力。否则，应按规定计算赡养费。

（三）夫妻一方为重度残疾人或三、四级精神智力残疾人，按《中华人民共和国婚姻法》第十七条"夫妻在婚姻关系存续期间所得的下列财产，归夫妻共同所有"的规定，应将夫妻作为一个家庭单位核定收入，不得按单人户、夫妻拆开进行收入核算。

五、认定程序

成年无业重度残疾人和三、四级精神智力残疾人单独施保的申请、审批程序及经济状况认定，除了不需要经过民主评议环节外，其余均按《自治区民政厅关于印发〈广西壮族自治区最低生活保障审核审批操作规程（试行）〉的通知》（桂民发〔2016〕79号）的有关规定执行。

六、救助标准

对于按单人户纳入低保范围的成年重度残疾人和三、四级精神智力残疾人，属于城市低保对象的，低保金按照不低于当地城市低保平均补助水平发放；属于农村低保对象的，低保金可按A档计发。对于获得低保金后生活仍有困难的可按相关规定申请临时救助和医疗救助，有效保障其基本生活。

七、部门职责

对成年无业重度残疾人和三、四级精神智力残疾人或其监护人提出的低保救助申请，民政部门负责对照认定条件做好申请对象家庭经济状况的认定工作，负责把申请对象所持二代残疾人证、身份证与自治区残联的残疾人数据库进行比对，如果二代残疾人证信息、身份信息与残联数据库信息一致的，按认定条件和规定程序纳入低保范围，不负责对申请对象残疾等级真伪的甄别工作；财政部门负责筹措新增成年无业重度残疾人和三、四级精神智力残疾人纳入低保所需补助资金；扶贫部门负责提供纳入建档立卡贫困残疾人的基本信息；残联部门负责对申请对象残疾等级真伪甄别，负责对残疾等级评定有争议的情形进行核查，负责维护更新残疾人数据库，并确保与民政部门实时联网共享，配合民政部门做好残疾人家庭经济状况的认定工作。

关于提高全区残疾人"两项补贴"标准和扩大重度残疾人护理补贴对象范围的通知

桂民发〔2018〕53号

自治区民政厅、残联、财政厅联合印发。

经自治区人民政府同意，从2019年1月1日起，提高全区困难残疾人生活补贴和重度残疾人护理补贴（以下简称残疾人"两项补贴"）标准，并扩大重度残疾人护理补贴对象范围。现就有关事项通知如下：

一、提高补贴标准。从2019年1月1日起，提高残疾人"两项补贴"标准，分别由现行的每人每月50元提高到每人每月80元。在此基础上，有条件的地方可根据本地经济社会发展水平和财力状况适当提高补贴，具体标准由当地民政局、残联和财政局研究提出报同级人民政府批准执行。

二、扩大护理补贴对象范围。从2019年1月1日起，

调整重度残疾人护理补贴对象范围。全区一级、二级重度残疾人继续享受补贴政策；同时，将全区持有第二代残疾人证或者第三代残疾人证的三级、四级精神障碍患者纳入补贴范围，补贴标准同一级、二级重度残疾人。

三、分级负担所需资金。提高残疾人“两项补贴”标准和扩大护理补贴对象范围后，所需补贴资金从盘活存量和统筹现有预算安排等渠道解决。全区各级财政具体分担比例按照《广西壮族自治区人民政府办公厅关于规范我区现行配套资金政策的意见》（桂政办发〔2016〕94号）有关规定执行。下一步，自治区将实施基本公共服务领域自治区以下共同财政事权和支出责任划分改革，改革后再按新的分担比例执行。

关于印发广西壮族自治区个体工商户和灵活就业残疾人参加企业职工基本养老保险补贴办法的通知

桂残联字〔2018〕99号

广西壮族自治区残疾人联合会、财政厅、人力资源和社会保障厅联合印发。

一、补贴对象

具有当地户籍，从事个体经营或通过灵活就业方式实现就业，以个人身份缴纳企业职工基本养老保险的残疾人。个体经营是指残疾人通过创办经济实体、社会组织等形式实现就业。包括在工商行政管理部门依法登记成立的个体工商户、各类企业、农民专业合作社等生产经营主体；在民政部门登记成立的各类社会团体、民办非企业单位等社会组织。灵活就业是指通过自谋职业或自愿组织起来，为社会、单位、家庭或个人提供非全日制、临时性、季节性、弹性劳务并获得合法收入，但又无法建立或暂时无条件建立稳定劳动关系的非正规就业方式，包括没有固定雇主，或自主创业但未取得营业执照、从事家庭副业、家政服务、修理装配、便民理发、绿化保洁等。补贴对象需符合下列条件：

（一）持有第二代或第三代中华人民共和国残疾人证；

（二）以个人身份缴纳基本养老保险费，且该基本养老保险为企业职工基本养老保险；

（三）在国家法定劳动年龄范围内（男性16—60岁，女性16—55岁）；

（四）从事个体经营的残疾人须持有工商行政管理部门核发的个体工商户营业执照、营业执照或相关部门发放的能证明自主创业的证照；

（五）灵活就业人员需提供居住地街道或社区（村委会）等相关部门出具的灵活就业证明材料。

二、补贴标准

（一）个体工商户和灵活就业残疾人参加企业职工基本养老保险，缴费方式和缴费基数按照人社部门个体工商户和灵活就业人员参加基本养老保险的有关规定执行。对符合条件的补贴对象按人社部门公布的缴费年度灵活就业人员缴费基数下限的2/3（含）计算的缴费金额乘以实际缴费月数给予补贴，补贴标准根据社会经济发展和基本养老保险的缴费变化情况适时进行调整。

（二）有条件的市、县可以适当提高当地补贴标准，所需资金由当地负担，具体办法由当地残联会同人社部门、财政部门结合实际制定。

三、补贴期限

累计补贴年限不超过15年（含15年）。当年已享受人社部门就业补助资金中就业困难人员灵活就业社会保险补贴的，计入累计补贴年限，从累计补贴年限中扣除，并且当年不再享受本办法规定的个体工商户和灵活就业残疾人参加企业职工基本养老保险补贴。

四、补贴方式

个体工商户和灵活就业残疾人按年度申请企业职工基本养老保险补贴，实行“先缴后补”的办法，即以个体工商户或灵活就业残疾人在上一结算年度内实际缴纳企业职工基本养老保险情况为依据，核准缴费补贴。

五、资金来源

各地按照“先实名制申报、审核，再编制预算”的流程，做好年度预算编制，实行实名制补贴。个体工商户和灵活就业残疾人参加企业职工基本养老保险补贴所需经费由同级财政负担。

六、补贴程序

（一）申请。符合条件的残疾人需向户籍所在地的县（市、区）残联或残疾人就业服务机构提出申请。申请时间由各地根据预算编制等时间确定。超过申请时间的，可以在下一年进行申请，但以前年度的不可以补申请。并提交以下材料：

1.《广西残疾人个体工商户和灵活就业人员参加企业职工基本养老保险补贴申请审批表》（附件1）；

2. 本人身份证和第二代或第三代中华人民共和国残疾人证；

3. 灵活就业证明或年检合格的个体工商户营业执照、营业执照、相关部门发放的能证明自主创业的证照；

4. 以个体工商户或灵活就业人员缴纳企业职工基本养老保险费的有效凭证；

5. 个人银行账户开户行和账号。

以上2至5项申请材料应提供原件、复印件各一份，验证后退回原件。

（二）审核和编制预算

1. 县（市、区）残联或残疾人就业服务机构受理申请后进行审核，审核结果应在当地进行公示（公示期为5个工作日）。公示无异议后方可列为补贴对象。

2. 设区市、县（市）残联或残疾人就业服务机构根据补贴对象、人数，编入次年同级部门预算。

（三）发放。财政部门批复部门预算后，各设区市、县

（市、区）残联部门于6月30日前完成补贴发放工作，补贴资金按照国库集中支付有关规定发放给补贴对象。同时，市、县（市、区）残联或残疾人就业服务机构严格审批程序，做好管理和服务工作，并实行动态管理，每年审核一次。

七、工作要求

（一）各级残联、财政、人社部门要明确分工，加强沟通协调，可结合实际进一步细化补贴办法。残联要做好补贴的申报、审核、公示、发放等工作；各级财政部门要做好资金的筹集、拨付和监管等各项工作，确保补贴工作顺利开展；人社部门配合做好残疾人享受就业困难人员灵活就业社保补贴信息查询工作。

（二）实行实名制补贴。各县（市、区）残联要按照“先实名制申报，再编制预算”的流程开展补贴工作，先组织当地符合条件的残疾人进行申报，受助对象申请、残联审核、公示等工作完成后，实名制编制年度部门预算，实行实名制补贴，并做到应补尽补。

（三）建立和完善补贴资金发放台账，做好补贴资金使用管理。市、县（市、区）残联和残疾人就业服务机构对申报补贴材料的真实性、完整性负责，受理补贴申请，审核认定补贴对象，要建立和完善补贴资金发放台账，做好补贴资金使用管理的基础工作，有效甄别享受补贴政策人员的真实性，防止出现造假行为。将补贴资金列入部门预算，发放补贴，并将补贴资金管理使用情况列入重点监督检查范围，接受同级财政及相关部门的监督、检查。相关工作人员存在滥用职权，滞留、截留、挤占、挪用、虚列、套取、私分补贴资金的，按照国家有关规定追究法律责任，严肃处理，并追回违规发放的补贴。

（四）自治区、市级存档备查。各市于每年9月30日前汇总所辖县（市、区）补贴人数、缴费金额、补贴金额等数据，形成《广西残疾人个体工商户和灵活就业人员参加企业职工基本养老保险补贴汇总表》（附件2）存档备查，报自治区残疾人就业指导中心。

八、本办法自2019年1月1日起施行。

三、五年工作综述

——广西残联第六届主席团副主席、执行理事会理事长边疆在广西残联第七次代表大会上的工作报告（节选）

2018年6月28日

五年来，在自治区党委、政府的正确领导下，在中国残联的精心指导下，在主席团委员的大力支持下，在社会各界积极参与、共同努力下，全区各级残联围绕中心、服务大局，积极作为、主动担当，深入贯彻落实自治区党委、政府关于促进残疾人事业发展的部署要求，以“推进小康”“精准扶贫”“康复拓展”“就业提升”“保障权益”“强基服务”六大工程为抓手，加快推进残疾人小康进程，全面完成“十二五”规划目标任务，顺利实施“十三五”规划。五年来，全区残疾人事业取得了新的成就，残疾人生存状况显著改善，残疾人公共服务和社会保障覆盖面不断扩大，残疾人社会参与明显增强，扶残助残社会氛围更加浓厚，残联组织基础管理和自身建设不断加强，圆满完成广西残联第六次代表大会提出的各项任务。

（一）高度重视，统筹发展，残疾人事业纳入党政工作大局

自治区党委、政府高度重视残疾人事业，纳入经济社会发展大局统筹发展，推动完善党委领导、政府负责、社会参与、残疾人组织充分发挥作用的残疾人事业领导体制和工作机制，形成了全区各级政府残工委各司其职、密切配合、齐抓共管、主动作为的良好格局。自治区先后出台了《关于加快推进残疾人小康进程的实施意见》《广西“十三五”加快残疾人小康进程规划》《脱贫攻坚农村“三留守”人员和残疾人关爱工作实施方案》《广西壮族自治区困难残疾人生活补贴和重度残疾人护理补贴实施办法》等政策文件。自治区残工委成员单位制定出台无障碍环境建设、康复服务、辅助器具推广和服务、托养服务、信息化建设、综合服务能力建设、文化体育工作、就业促进等“十三五”残疾人事业配套实施方案，同时将残疾人扶贫、康复、教育、就业、社会保障等工作纳入基本公共服务均等化、人力资源和社会保障、民政事业、养老服务业发展、农村脱贫攻坚等“十三五”专项规划，各地结合实际制定并实施“十三五”残疾人事业规划，全区形成较为系统和完善的残疾人事业政策体系，为残疾人事业发展奠定基础。自治区政府连续几年将重度残疾人护理补贴、“阳光家园计划”列入为民办实事项目统筹实施，为残疾人谋取更多福祉，不断提升残疾人的获得感。各级政府和部门制定相应政策和措施，着力解决残疾人最关心、最直接、最现实的民生问题。自治区人大组织实施新修订的《广西壮族自治区实施〈中华人民共和国残疾人保障法〉办法》，开展执法检查及专题调研。自治区政协重点督办涉及残疾人工作的提案，推动落实贫困残疾人参加社会养老保险实行政府全额补助等多项惠残政策。全区各级人大、政协切实保障残疾人参政议政权利，共有440名残疾人、残疾人亲友和残疾人工作者当选县级以上人大代表、政协委员及乡级人大代表，比上届增长了40.6%，进入各级人大、政协常委27人，比上届增长170%，其中1名残疾人当选十三届全国人大代表，1名残疾人干部当选自治区第十一次党代会代表。

（二）兜底补短，提标扩面，残疾人社会保障体系不断完善

全区各级残联积极作为，主动向党委政府汇报，主动配

合有关部门，着眼于兜底补短、提标扩面，逐一推动落实各项惠残政策，不断完善残疾人社会保障体系。全区建立"两项补贴"制度，困难、重度残疾人每人每年分别补贴600元，五年来，累计187万人次获得"两项补贴"。推动"两项补贴"计入贫困户家庭政策性稳定脱贫收入统计项目，部分县区实现"两项补贴"提标扩面。推动将符合条件的贫困残疾人全部纳入最低生活保障范围，累计230万人次纳入最低生活保障范围。"阳光家园计划"实现提标，2.2万受助对象补贴标准从每人1000元提高到1500元。出台重度和贫困残疾人参加城乡居民基本养老保险个人缴费政府全额代缴、城乡重度残疾人参加居民基本医疗保险个人缴费部分由政府按规定给予补助、优先将城镇低收入住房困难残疾人家庭纳入城镇基本住房保障等特殊保障制度。对农村非特困、低收入、低保户重度残疾人参加"新农合"按其个人实际缴费金额的60%给予补助。推动将康复综合评定等29项医疗康复项目纳入城乡基本医疗保险支付范围，将重度听障儿童植入人工耳蜗及术后康复训练纳入"新农合"保障。柳州市在全区首创实施重度残疾人生活补助政策。北海市率先将全部等级智力、精神残疾人纳入"两项补贴"范围实现扩面。百色市出台《全面开展关爱残疾人保险工作的指导意见》，建立残疾人社会救助办法补充机制。崇左市为持证精神残疾人购买责任保险。

（三）围绕中心，精准帮扶，贫困残疾人脱贫攻坚成效显著

深入贯彻落实中央、自治区党委关于打赢脱贫攻坚战的决定，推动将贫困残疾人识别纳入全区精准识别工作大局，精准识别建档立卡持证贫困残疾人38.5万人。推动将贫困残疾人脱贫攻坚纳入自治区扶贫十大行动，建立残疾人关爱制度，国务院残工委副主任、中国残联主席张海迪在第五次全国残疾人事业工作会议上给予充分肯定。推动自治区党委、政府将残疾人脱贫攻坚专项督查纳入省级党委和政府扶贫开发工作成效考核，将贫困残疾人脱贫摘帽纳入全区脱贫攻坚绩效考评范围，中国残联党组书记、理事长鲁勇要求在全国残联推广。筹集5.7亿元重点实施"党员扶残温暖同行""阳光助残扶贫基地建设""农村贫困残疾人实用技术培训""阳光家园计划""居家无障碍改造""贫困成人残障者康复工程"等六大扶贫工程，共有47万贫困残疾人得到扶持。其中，投入8500万元实施"党员扶残温暖同行"项目，扶持8.5万户贫困残疾人家庭；投入1.13亿元建设116个阳光助残扶贫基地，带动帮扶6万户贫困残疾人家庭脱贫致富；投入1.09亿元为14万残疾人提供实用技术培训；投入1.86亿元实施"阳光家园计划"项目，为14.18万人次智力、精神和重度残疾人提供托养服务；投入8281万元为2.08万户残疾人家庭进行无障碍改造；投入2500万元为3500多名贫困残疾人安装假肢和助听器。农村贫困残疾人危房改造2.18万户。全区建档立卡贫困残疾人家庭脱贫10.58万户、12.04万人，经中国残联考核，广西残疾人扶贫工作排名全国第3位。"党员扶残温暖同行"工程被中组部、中国残联作为典型经验在全国推广。联合自治区党委组织部创新开展党员"一对一"联系帮扶残疾人贫困户活动，被中国残联列为创新亮点工作。加大建档立卡贫困残疾人办证力度，促进持证残疾人依法享受助残惠残政策。树立脱贫典型，激发贫困残疾人脱贫的内生动力。玉林市培养树立肢体残疾人刘入源为脱贫致富"领头羊"，带动1500多人脱贫，在全区脱贫攻坚先进事迹情景报告会上宣讲。钦州市率先建立自治区、市、县（市、区）三级阳光助残扶贫基地，辐射带动贫困残疾人脱贫。防城港市实现为持证贫困残疾人购买人身意外伤害保险全覆盖。

（四）健全机制，加大投入，残疾人精准康复服务实现突破

认真贯彻落实《残疾预防和残疾人康复条例》《国家残疾预防行动计划（2016—2020年）》等，联合卫计委、扶贫办、教育厅等部门印发《自治区残疾人精准康复服务行动实施方案》，全面实施残疾人精准康复服务行动。出台《自治区残疾人精准康复服务评估和服务机构标准》《自治区残疾人精准康复支持性服务指导意见》《自治区残疾人精准康复基本辅具采购指导目录》等，成立残疾人精准康复服务行动和残疾预防综合试验区重点干预项目专家技术指导组，配备残疾人康复协调员1.4万人，落实康复协调员每人每月100元服务经费，进一步建立健全工作机制。争取中央和自治区资金3.83亿元，为25万名残疾人提供基本康复服务，其中，为9万多名残疾人提供基本辅具适配服务，为1.68万名0—6岁脑瘫、听力、智力残疾及孤独症儿童实施抢救性康复，精准康复服务覆盖率全国排名上升15位。柳北区、北流市、灵川县被确定为全国残疾预防综合试验区创建试点。大力培育和发展社会组织，全区肢体（脑瘫）、孤独症、智力、听力等各类残疾儿童康复机构有152家。在全区111个县（市、区）开展社区康复，建立社区康复站2374个，累计有54.59万人次残疾人接受社区康复服务。为白内障患者实施复明手术1.2万例，成功创建20个全国白内障无障碍县（市、区）。开展职业院校残疾人康复人才培养改革试点工作，全区有15所中高等职业院校开设康复专业，在校学生3200多人。实施国家康复人才实名制培训项目，累计培训康复专业人员4500多人次。成功承办首届全国假肢制作暨长江假肢百优工匠技能竞赛。广西残疾人辅具中心被授予首个"全国残疾人辅助器具服务示范中心"称号。南宁市对定点民办康复机构教师进行社保补贴，鼓励支持社会力量开展康复服务。贵港市着力培育和发展0—6岁残疾儿童康复民营机构，推动残疾儿童康复救助。

（五）整合资源，形成合力，残疾人公共服务水平稳步提升

全区各级残联积极协调、整合残工委各成员单位的力量，形成合力，推进残疾人就业、教育、文化体育、无障碍建设等工作，推动残疾人基本公共服务水平稳步提升。

残疾人就业创业有新拓展。联合自治区党委组织部等出台《关于促进残疾人按比例就业的实施意见》，明确机关、团体、事业单位、国有和国有控股企业安置残疾人就业的责任。规范残疾人就业保障金征收使用管理，累计征收残保金36.21亿元，同比增长211.89%，按比例安排残疾人就业11.59万人。试点建立用人单位按比例安排残疾人就业公示制度。联合人社部门每年开展就业援助月活动，组织751场残疾人专场招聘会，将7.27万残疾人实名制纳入年度培训计划，帮助7063名残疾登记失业人员实现就业，帮助12.26万残疾人享受专项扶持政策。为1.75万名城镇贫困残疾人个体户和灵活就业人员提供基本养老保险补贴。投入222万元扶持228家盲人保健按摩机构，促进盲人稳定就业。建立残疾人职业培训基地45家，累计为20.42万人次残疾人开展实用技术和职业技能培训。加大残疾人辅助性就业工作力度，全区建立40个残疾人辅助性就业示范机构。来宾市创新实施“助残圆梦行动”，帮助6.5万残疾人实现就业、教育等。

残疾人特殊教育有新提高。联合自治区教育厅等部门出台《特殊教育提升计划（2014—2016年）实施方案》《第二期特殊教育提升计划实施方案（2017—2020年）》，大力实施特殊教育提升计划，适龄残疾儿童少年义务教育入学率逐年提高，在校残疾人学生2.58万人，入学率达90.05%。残疾人高中教育和职业教育稳步推进。实施“广西残疾人助学金”等项目，筹集3127.61万元资助3.84万名贫困残疾人学生接受学前、义务、中高等教育，推动教育扶残助学制度实现全覆盖。累计有1349名残疾人学生被高等院校录取。全区建有77所特殊教育学校，投入390多万元对特殊教育学校进行资助。

残疾人合法权益有新保障。深入实施“扶残维权工程”，14个市残联全部建立残疾人法律救助工作站，开通12385残疾人服务热线，联合司法、法院等部门开展残疾人专题法律救助工作，为残疾人提供无障碍法律援助和服务。全区办理法律援助案件420件，办理人大议案、政协提案67件，接待残疾人群众来信、来访6.3万人次（件）。加强残联法治宣传教育，实施广西残联系统“七五”普法规划。联合住建厅推动无障碍设施建设，全区新建项目无障碍设施建设率达98%，既有建筑无障碍设施改造率达42%。残疾人家庭无障碍改造实现扩面，2017年起每年新增实施8000户残疾人家庭无障碍改造。累计投入2159.97万元为9.13万人次残疾人发放机动轮椅车燃油补贴。推动实现残疾人免费乘坐轨道交通优惠政策。梧州市实施残疾人免费乘坐公交车政策，纳入为民办实事工程。河池市推动残疾人家庭无障碍向生产无障碍延伸，帮助残疾人创业增收。贺州市建立残疾人考汽车驾驶证网上预约绿色通道，优先为残疾人提供服务。

残疾人文化体育有新发展。开展“残疾人文化周”、残疾人文化艺术类比赛及展览活动450多场次。组织参加2014—2015年度全国残疾人事业好新闻评选，广西获奖作品总数排名全国第一。成功举办第八届、第九届全区残疾人艺术汇演，先后组团参加第八届、第九届全国残疾人艺术汇演并取得优异成绩，其中获集体奖项3个，表演节目一等奖4个。扶持12个残疾人特殊艺术人才培养基地建设。全区开播广播电台残疾人节目4个，电视手语栏目7个，设立盲文及盲人有声读物图书室19个。成功举办第三届全区特奥运动会、第八届全区残运会。培养残疾人运动员参加第15届残奥会、第22届和第23届听障奥运会、仁川亚残运会、第九届全国残运会、第六届特奥运动会、全国残疾人锦标赛等国际国内重大赛事，累计获得金牌158枚、银牌132枚、铜牌121枚。其中，第15届残奥会成绩优异，实现金牌6枚、奖牌总数10枚的历史新突破。实施残疾人自强健身工程，建立省级残疾人体育健身示范点3个，培训残疾人体育社会指导员2200多人。

扶残助残展新风采。马霄等14人（单位）分别荣获全国自强模范、全国残联系统先进工作者、全国助残先进集体、全国助残先进个人、全国残疾人之家等称号，受到习近平总书记等党和国家领导人亲切接见。开展全区自强模范暨扶残助残评选表彰活动，评选出一批先进集体和个人，激励广大残疾人发扬自强不息精神，增强残疾人社会参与。大力开展全国助残日、残疾预防日等重要节点的系列宣传，成功举办“扶残助残社会开放日”、第五次全国自强模范先进代表事迹报告会等重大活动。每年制作残疾人事业专题宣传片，在《广西日报》等主流媒体刊登专题文章，运用网站、微信、微博、移动公司短信平台等新媒体，广泛宣传全区残疾人事业新发展、新成效和残疾人的新生活、新面貌、新风尚。

中国东盟残疾人合作交流实现新突破。认真落实自治区党委关于“群团组织要打好东盟牌”的要求，积极推动自治区政府联合中国残联举办首届中国－东盟残疾人论坛，2015年首次将残疾人主题活动纳入中国－东盟博览会框架体系，开创中国与东盟人文交流合作的新领域。论坛围绕促进残疾人平等参与和融合发展的主题，进行残疾人事务高层对话，成为中国－东盟博览会的一大亮点。2016年举办首届中国－东盟暨APEC框架下残疾人参与电子商务培训班，实现了中国与东盟、APEC（亚太经合组织）框架下残疾人国际合作交流的重大突破。受到中国残联的高度称赞，鲁勇理事长肯定广西残联办成了一件大事，体现了勇于担当、主动作为的精神，考验和锻炼了干部队伍。

（六）夯实基层，改革创新，残疾人事业发展基础更加坚实

全区各级残联紧紧围绕“强三性、去四化”的要求，创新推动残联换届改革、加强基层基础建设等工作，进一步夯实基层，全区残疾人事业发展基础更加稳固。

残联换届改革有创新。认真贯彻落实中央和自治区党的群团工作会议、全区群团改革工作座谈会精神，切实抓好残联改革，着眼于突出问题进行改革，焕发残联改革创新的活力。印发《广西市县乡三级残联换届工作指导意见》，部署开展全区残联换届工作，突出改革要求，提高残疾人和基层代表比例，各级残联均配备挂兼职副理事长，充实残联力量。残联工作重心进一步下移，组织进一步发展壮大，实施“强基育人”工程，全区乡镇（街道）全部建立了残联组织，市、县级建立健全了残疾人专门协会，村（社区）建有残疾人协会，在全区村（社区）实现“残疾人之家”覆盖率100%，有效打通服务残疾人的“最后一公里”。全区大多数市级残联领导班子配备残疾人干部，县（市、区）残联配备残疾人干部比例不断提升，全区各级残联工作人员达到3267人，乡镇（街道）、村（社区）残疾人专职委员达到1.76万人。村（社区）、乡镇（街道）残疾人专职委员补贴标准分别提高到50元/月/人、200元/月/人，部分市县结合实际提高专职委员补贴标准。在全区残联系统连续开展基础管理建设年、提升年、“回头看”、加强基础管理等活动，夯实残联工作的管理基础、服务基础。广西残疾人事业统计快报、年报、台账数据库质量均排在全国前列。

专项调查和动态更新全面开展。2014年，自治区残工委首次启动大规模残疾人基本服务状况和需求实名制调查工作，入户核查持证残疾人140多万人，0—15岁非持证残疾儿童人数4669人，广西核查完成率100%，在全国核查系统排名第一。获取了124.6万持证残疾人和暂未持证残疾儿童的基本服务状况和需求、1.64万个村（社区）残疾人基本公共服务状况第一手信息。推动残疾人基本服务状况和需求调查信息数据动态更新常态化工作，每年入户调查率均达97%以上，动态获取持证残疾人和残疾儿童的基本服务状况和需求信息。推进专项调查和动态更新工作成果转化，为党委政府制定扶残惠残政策提供坚实的数据保障。自治区残联被授予全国残疾人状况监测先进单位荣誉称号。

信息化基础建设力度大。建立全区残联OA办公自动化系统、视频会议系统，在全国率先开发重度残疾人护理补贴数据系统等，分别与中国残联、自治区政府残工委成员单位之间建立数据共享机制，推动大数据采集与精准服务应用。加强残疾人证核发和管理工作，严格按照有关规定进行评残、办证。联合自治区公安厅、财政厅、卫计委制定《广西实施〈中华人民共和国残疾人证管理办法〉细则》，推动第三代残疾人证（智能化）建设南宁市试点工作。

基础服务设施建设上台阶。五年来，中央和自治区财政投入广西残疾人事业资金达23亿元，同比增长228%，各级财政投入也大幅提高。获得中央预算内投资2.5亿元，同比增长663%，全区已建成并投入使用的残疾人康复、托养和综合服务设施达113个。建成广西残疾人康复中心新大楼、残疾人事业发展中心、残疾人职业技能培训综合楼、残疾人辅助器具中心和残疾人启智展能中心，形成东、西、南、北四处服务平台。推动残疾人设施建设纳入自治区乡村振兴产业发展基础设施公共服务能力提升三年行动计划（2018—2020年），投资2.96亿元重点建设34个专业化残疾人康复、托养和综合服务设施项目，每个县（市、区）建成1个达标的残疾人服务设施机构。争取中国残联为全区县级残联配备流动服务车98辆，实现全覆盖。广西残疾人福利基金会进一步发展，筹集资金和物资共3436万元，实施“助视、助听、助行、助困”等帮扶项目。志愿助残活动广泛开展，广西在全国志愿助残工作会议暨中国助残志愿者协会成立大会上交流经验。政府购买残疾人服务取得实效。桂林市整合助残社会组织力量推动政府购买残疾人服务试点工作，为残疾人提供优质服务。

残疾人专门协会更加活跃。加强残疾人专门协会建设，组织开展全区残疾人专门协会主席学习贯彻党的十九大精神主题活动。发挥“代表、服务、维权”的职能，主动建言献策参与《广西“十三五”加快推进残疾人小康进程规划》等政策文件的制定。广西聋协被确定为《国家通用手语（方案）》试点聋协，是全国五个少数民族地区中唯一的试点。结合“国际盲人日”“国际聋人节”“肢残人活动日”“国际残疾人日”等主题日开展形式多样的活动，激发协会组织活力。连续多年开展关怀慰问帮扶各类残疾人活动，产生良好的社会影响。推进各级协会法人注册工作，桂林市肢残人协会成为广西首个登记注册的专门协会。

（七）从严治党，改进作风，残联干部队伍焕发新活力

全区各级残联始终坚持党的领导，坚持正确的政治方向，进一步强化“四个意识”，增强“四个自信”，自觉在思想上政治上行动上同以习近平同志为核心的党中央保持高度一致。落实全面从严治党要求，深入开展党的群众路线教育实践活动和“三严三实”专题教育，推动“两学一做”学习教育常态化制度化。切实履行党风廉政建设“两个责任”，每年召开全区残联系统党风廉政建设工作会议，部署落实党风廉政建设工作。配合完成自治区党委巡视工作，认真落实整改要求。在全国残联率先开展残疾人扶贫领域监督执纪问责专项巡察、项目专项督查等，深化残疾人扶贫领域腐败和作风问题专项治理工作。开展贯彻落实中央“八项规定”精神“回头看”活动，营造风清气正的良好政治生态。狠抓作风建设，不断改进工作作风，持续开展“转作

风、强服务、促发展”基础管理建设年等活动。重视培养使用残疾人干部，制定《广西残联系统干部和残疾人干部培养使用规划》，建立全区残疾人干部人才信息库。举办全区残工委主任培训班等各类专题及业务培训班50多期，培训6000多人次，残联干部综合素质能力得到进一步提高，队伍凝聚力和战斗力焕发新活力。

五年来，我们积极探索，认真总结，在残疾人工作实践中积累了宝贵的经验和做法：一是必须坚持党的领导，切实增强残联组织政治性、先进性、群众性。二是必须坚持以残疾人为中心的发展理念，以改善残疾人民生为根本目的。三是必须依法推进残疾人事业发展，保障残疾人依法享有广泛权利。四是必须坚持残疾人工作领导体制，促进残疾人事业与经济社会协调发展。五是必须坚持发挥残疾人组织的作用，紧紧依靠残疾人群众。

四、2018年工作综述

根据2018年全国残疾人基本服务状况与需求信息数据动态更新结果，广西残疾人登记对象共1369510人，其中，完成登记人数为1269796人，未完成登记人数99714人，入户调查率达97.4%，符合国家信息采集入户率达到90%以上的要求。持证残疾人为136.9万人，符合条件纳入建档立卡贫困残疾人40.4万人。

一年来，在自治区党委、政府的高度重视和正确领导下，在中国残联的精心指导下，在主席团积极推动和各级残联共同努力下，全区残疾人事业得到了新的发展，广大残疾人获得感、幸福感和安全感不断增强。

（一）“两个突破”

1. 残疾人兜底保障政策实现突破。推动残疾人“两项补贴”提标扩面，标准分别由每人每月50元提高到80元，重度护理补贴对象由目前持证一、二级残疾人扩大到三、四级精神残疾人，惠及70多万残疾人，“两项补贴”纳入残疾人稳定收入之一。推动出台政策文件，明确符合条件的困难残疾人、重度残疾人和三、四级精神、智力残疾人享受低保政策，惠及25万残疾人。实施城乡重度残疾人参加城乡居民基本医疗保险个人缴费部分政府全额补助制度。

2. 残疾人精准康复服务工作实现突破。重点推动自治区政府出台《广西残疾儿童康复救助实施办法》，救助对象年龄范围从国家规定的0—6岁扩大至0—17岁，明确残疾儿童康复救助不设定家庭经济条件限制，优先救助经济困难的残疾儿童，惠及6.6万名残疾儿童；残疾儿童康复训练救助标准由人均1.2万元提高到2万元，增幅66%。深入实施残疾人精准康复服务行动，为23.6万名残疾人提供基本康复服务，为8.4万名残疾人提供基本辅助器具适配服务。联合自治区卫生健康委推动全区残疾人家庭医生签约服务工作，增设残疾人精准康复服务包。深入开展全国残疾预防综合试验区创建试点工作，探索建立以各级妇幼保健、医疗卫生、康复服务等机构为依托的残疾预防服务体系。推动康复综合评定等17项医疗康复项目列入基本医疗保险支付范围。建立残疾人精准康复基本辅具政府集中统一采购入围供应商工作机制，提高各地采购效率和预算资金执行率。加大康复专业人才培训力度，培训1680人次。广西代表队参加全国辅具服务技能竞赛荣获优秀奖。

（二）“四个创新”

1. 残联改革换届工作有创新。一是成功召开广西残联第七次代表大会，选举产生广西残联第七届主席团和主席团执行理事会。广西代表团参加中国残联第七次全国代表大会，3名代表当选中国残联第七届主席团委员，1名列席代表当选中国精神残疾人及亲友协会副主席。二是全区14个市、111个县（市、区）、1249个乡镇残联全部完成换届，各级残联均配备挂兼职副理事长，充实了残联工作力量。各级残联代表大会代表人选中残疾人占65%以上，基层和一线人员占60%以上，主席团委员中残疾人占65%以上，基层和一线委员占35%以上，增强了残联组织的代表性。三是推动自治区党委、政府出台《广西壮族自治区残疾人联合会改革方案》，提出改革措施，扎实推进残联改革。

2. 贫困残疾人精准脱贫有创新。一是深入实施六大扶贫工程，筹集1.12亿元帮扶6.63万贫困残疾人生产生活，加大建档立卡贫困残疾人办理残疾人证力度，全区持证贫困残疾人为38.5万人，确保享受扶残惠残政策。二是联合自治区商务厅、妇联、扶贫办等部门开展电子商务助残扶贫行动、发展手工制作促进贫困残疾妇女就业脱贫行动、助盲就业脱贫行动等，引导残疾人实现就业增收脱贫。三是聚焦解决重度残疾人集中托养问题，推广北海市建立贫困重度残疾人集中托养扶贫示范基地的模式。广西将孤寡残疾人、重度残疾人优先纳入救助供养范围，得到中国残联肯定。四是推动粤桂残疾人扶贫协作工作，与广东省残联签署《残疾人扶贫协作协议》，帮扶10758名贫困残疾人脱贫。五是加大贫困残疾人脱贫典型宣传力度，拍摄专题宣传片，编印《广西贫困残疾人脱贫典型事迹汇编》《残疾人脱贫攻坚政策文件汇编》，举行残疾人脱贫攻坚先进事迹巡回报告会，激发残疾人脱贫攻坚内生动力。广西有4名残疾人脱贫典型事迹被中国残联收录到全国贫困残疾人脱贫典型事迹汇编中。全区累计有24.68万名建档立卡贫困残疾人脱贫。广西残联在全国残联系统推进残疾人脱贫攻坚工作会议上做题为《加强阳光助残扶贫基地建设，精准帮扶贫困残疾人脱贫》的经验交流发言。

3. 残疾人就业创业工作有创新。一是落实残疾人就业扶持政策有创新，联合自治区有关部门出台《关于扶持残疾人自主就业创业的实施意见》《个体工商户和灵活就业残疾人参加基本养老保险补贴暂行办法》等，广西是全国唯一建立全区性的、针对个体经营和灵活就业残疾人给予养老保险补贴长效制度的省区。投入572万元对1233名城镇贫困残疾人个体户和灵活就业残疾人给予基本养老保险补贴，同比增长33%。二是残疾人辅助性就业工作有创新，在全国率先实施“按比例就业+辅助性就业+托养”爱心车间模式推进残疾人辅助性就业工作，创建自治区残疾人就业创业孵化基地，在全国残联教育就业扶贫社会保障托养工作会议上做经验交流。三是推进党政机关和事业单位按比例安排残疾人就业工作有创新，2018年全区党政机关和事业单位有在编残疾公职人员723人，增长31.7%。42家自治区残工委成员单位将招录（聘）残疾人职工纳入三年招录（聘）计划。全区按比例就业残疾人15916人，增长37%；按比例安排残疾人就业单位6278家，增长46%；征收残疾人就业保障金14.29亿元，增长11%。四是残疾人就业培训工作有创新，全区新增残疾人就业8800人，新增培训15140人，分别完成任务的116%、162%。成功举办第五届广西残疾人职业技能竞赛。2名残疾人荣获第三届“中国创翼”创业创新大赛专项组比赛三等奖，是广西唯一获奖项目。1名残疾人荣获第五届广西创业大赛创业组冠军。广西代表队荣获“宜生到家杯”全国残疾人岗位精英职业技能竞赛“团结协作奖”。

4. 残疾人信息化建设工作有创新。一是建立与中国残联、自治区有关部门数据交换共享机制，实现持证残疾人基础信息同步更新和共享利用，共推送数据133.5万条。推动各级残联纳入当地政务数据交换共享平台，已有32个市县残联纳入平台实现数据共享。二是推广使用中国残联“残疾人服务”App，在广西残联网站实现“两项补贴”数据查询入口，为残疾人群众提供网上办证、申请补贴等便捷服务。三是建立广西“互联网+辅助器具适配服务”平台，实现残疾人信息数据和辅具适配数据的共享和应用。积极推动建设全区残疾人事业项目管理平台。四是广西残联网站无障碍浏览被评为首届“十大最受关注自治区部门网站优秀创新案例”，在2018年全国残联系统网站测评中排名第3位，连续三年位列全国前十名。

（三）“五个扎实推进”

1. 扎实推进残疾人维权工作。重点做好自治区成立60周年大庆、中国残联七代会等重要节点残疾人维权维稳工作。协调解决残疾人机动轮椅车主上访、盲人集体上访等问题。扎实做好信访工作，各级残联接待来访（信）6239件（人次），同比下降40%，办理人大议案、政协提案23件。成立自治区残联系统法治宣传教育工作机构，利用全国助残日、残疾预防日等开展残疾人法治宣传教育。联合自治区住建厅等开展无障碍示范村（镇）建设检查，提升无障碍环境建设水平。全区为1.6万户贫困重度残疾人家庭实施无障碍改造，为9981名残疾人机动轮椅车发放燃油补贴。培树残疾人及残疾人工作者先进典型，玉林市肢体残疾人刘入源当选自治区十三届人大代表、十三届全国人大代表，百色市残联党组书记农有明荣获自治区民族团结进步模范个人称号。

2. 扎实推进残疾人特殊教育工作。积极配合教育部门加强残疾儿童少年控辍保学工作，全区适龄残疾儿童少年义务教育入学率为90.05%。加大残疾人学生教育资助力度，筹集776.4万元资助学前、义务、中高等教育残疾人学生9745人。与南宁职业技术学院等四所学校开展联合办学，投入54.6万元资助残疾人学生387人。推广国家通用手语，183人获手语资格证书，对800名残疾人青壮年文盲实施扫盲培训。

3. 扎实推进残疾人文化体育工作。广泛宣传残疾人事业，在《广西日报》等刊登专版文章，制作宣传片，与广西电台、广西电视台合作办好《共有人生》《一周新闻综述》栏目，营造关心关注残疾人事业良好氛围。实施残疾人文化进家庭“五个一”项目，帮助1000户贫困、重度残疾人家庭丰富文化活动。推荐11件作品参加2016—2017年度全国残疾人事业好新闻评选，推荐马霄为“2017年度中国残疾人事业新闻人物”候选人，邱拥华、张武军为“2017年度助残人物”候选人。成功举办全区第九届残疾人运动会暨第四届特奥运动会，组织残疾人运动员参加第三届亚残运会、全国残疾人锦标赛等，获得30枚金牌、25枚银牌、27枚铜牌。

4. 扎实推进基层基础管理工作。加强残疾人证和残疾评定机构管理，出台《广西实施〈中华人民共和国残疾人证管理办法〉细则》，确定了271家残疾评定机构。南宁市作为广西试点城市发放首批第三代智能化残疾人证，标志着残疾人证由纸质向智能卡迈进，在中国残联第三代残疾人证工作座谈会上做经验交流。承办全国残疾人基本服务状况和需求信息数据动态更新工作国家级培训班、全国省级残联统计工作培训班，广西残联动态更新工作成效突出，在国家级培训班上做经验发言。会同自治区发改委争取获得中央预算内资金、自治区补助资金8927万元建设托养、康复中心12个。自治区残联2017年度决算工作考评获得优秀等次。推动基层统计工作规范化建设工作，有18家县（市、区）残联荣获2018年广西新时代基层统计工作规范化建设示范单位称号。广西代表队荣获第二届全国残疾人专职委员知识竞赛团体优胜组织奖。大力开展志愿助残活动，自治区盲人协会和广西师院打造“志愿助残义务家教”品牌，入选全国助残社会组织优秀案例，被自治区文明办评为“2018年全区最佳志愿服务项目”之一。发挥广西残疾人福利基金会作用，筹集资金和物资544.52万元开展助残公益项目，受助残疾人9000多人。

5. 扎实推进全面从严治党。认真履行全面从严治党主体责任，强化理论武装，通过党组中心组学习、专题培训班等形式引导党员干部牢固树立“四个意识”，坚定“四个自信”，坚决维护以习近平同志为核心的党中央权威和集中统一领导。召开全区残联系统党风廉政建设工作会议，开展“政治建设六项重点任务”专项监督检查和形式主义、官僚主义突出问题专项整治行动，严格落实中央“八项规定”和实施细则精神，压紧压实党风廉政建设“两个责任”。开展残疾人扶贫领域腐败和作风问题专项治理、残疾人事业发展补助资金项目自查自纠工作，规范项目和资金管理。中国残联《残疾人工作要情》刊登了自治区开展残疾人扶贫领域监督执纪问责专项巡察的做法，向全国残联推广。

五、重要条目

【广西壮族自治区残疾人联合会第七次代表大会】2018年6月28日至29日在南宁召开。自治区党委书记鹿心社，中国残联党组成员、副理事长王梅梅出席开幕式并讲话。自治区党委副书记、自治区主席陈武参加会见代表，自治区党委副书记孙大伟主持大会开幕式。自治区领导王可、黄伟京、方春明、刘正东出席开幕式。第六届主席团副主席、执行理事会理事长边疆代表自治区残联第六届主席团做工作报告，自治区文联主席白志繁代表群团组织致贺词。会议回顾过去五年来广西残疾人事业取得的成绩，规划未来五年全区残疾人事业的发展。会议聘请自治区党委书记鹿心社担任广西残联名誉主席，聘请自治区党委副书记孙大伟、自治区人大常委会副主任卢献匾、自治区政协副主席刘正东担任广西残联名誉副主席。会议选举自治区副主席方春明为广西残联第七届主席团主席，梁志强、蒋家柏、边疆、陶进、胡靓、欧阳义芳、石磊、聂锋为副主席。选举边疆为广西残联第七届主席团执行理事会理事长，杨一万、许健强、许英凤为副理事长，欧阳义芳为兼职副理事长。

【广西“桂林石画”项目】残疾人辅助性就业机构桂林惠仁旅游产品开发有限公司开发的重点项目。桂林石画包括桂林鸡血玉画、漓江石画、宝玉石画及一系列衍生产品，内容有人物、山川景物、花鸟鱼虫、民俗风情等，2018年被评为桂林市非物质文化遗产代表性项目。公司于2014年10月由残疾人邱拥华、邓凤竹等牵头组建，是由桂林市残疾人事业管理中心联合桂林国家级残疾人职业培训基地共同组建的残疾人辅助性就业公益平台，致力于桂林石画手工艺行业帮扶残疾人就业，传授残疾人工艺技艺，带领残疾人队伍研究、开发、生产销售石画。公司免费开展多期残疾人石画培训，已有200多名残疾人掌握了石画工艺技艺，直接或间接带动解决60个建档立卡贫困户、低保户就业。2018年10月，项目荣获第三届“中国创翼”创业创新大赛专项组三等奖，是广西唯一获奖项目，并作为“中国创翼”优秀项目进行展示。

六、大事记

1月9日，广西2018年就业援助月专项活动启动仪式暨现场招聘会在钦州市举行，为残疾人提供岗位1100个，105名残疾人到现场参加招聘。开展就业援助“送岗位”活动，10名残疾人获得“钦州市就业援助岗位残疾人代表上岗卡”。

1月15日—16日，中国残联调研组到广西开展第三代智能化残疾人证试点工作和新的残疾人证管理办法实施情况调研，将广西的智能化残疾人证试点工作方案作为全国参考范例。

1月29日—2月1日，自治区听力言语康复研究中心开展全国听力语言康复专业技术人员初级轮训面授考核工作，23名教师参加考核。

1月31日，在广西壮族自治区十三届人大一次会议上，博白县残疾人刘入源当选为十三届全国人大代表。

2月5日，广西聋人协会2018年迎春活动在南宁市残疾人活动中心举行，100多名聋人朋友共同学习党的十九大精神，并开展模拟冰壶球、飞镖、篮球等体育活动。

2月8日，广西残联第六届主席团第六次全体会议在南宁召开。

2月上旬，自治区残联开展春节走访慰问贫困残疾人活动，慰问残疾人家庭59户。

2月13日，自治区残联、公安厅、财政厅、卫生计生委印发《广西壮族自治区实施〈中华人民共和国残疾人证管理办法〉细则》。

2月28日，全区贫困残疾人家庭无障碍改造业务培训班在南宁举办。

3月3日，全区各级残联开展第19次全国爱耳日“听见未来，从预防开始”主题系列宣传活动，130家医疗康复机构参加，接待咨询、免费义诊14200余人次，发放宣传材料27600余份。

3月5日，自治区财政厅副厅长黄绪全率队到自治区残联调研部门预算安排和执行工作。

3月15日，自治区党委组织部常务副部长莫诗浦率队到自治区残联调研，听取自治区残联干部队伍建设工作情况和全区残联换届工作情况汇报。

3月28日—29日，广西残联全国残疾人基本服务状况和需求信息数据动态更新工作国家级培训班上做经验交流。

3月28日，中国残联康复部派员到广西考察调研残疾人康复机构建设情况及残疾人辅助器具服务工作。

3月，自治区残联与自治区民政厅召开专题座谈会研商困难残疾人生活补贴和重度残疾人护理补贴数据管理系统全面启用相关事宜，推动特殊困难残疾人纳入兜底保障范围工作，并到南宁市兴宁区开展残疾人“两项补贴”数据系统建设调研工作。

4月9日—14日，全区孤独症儿童康复技术培训班（第一期）在南宁举办。

4月，自治区残联开展全区特殊教育学前和义务教育阶段资助情况检查工作。

4月中旬，自治区残联开展全区扶贫领域腐败和作风问题专项治理重点督查工作。

5月2日—3日，2018年全区残疾人基本服务状况和需求信息数据动态更新工作暨残疾人证核发管理工作培训班在南宁举行。

5月20日，自治区人民政府残工委、自治区残联在南宁市残疾人活动中心举行第28次全国助残日首府活动，自治区副主席方春明，自治区政府副秘书长文世峰，自治区政府残工委相关成员单位领导出席活动。

5月21日—23日，全区首次残疾人辅助性就业工作现场会在北海市举行。

5月，张绍嫔、麦丽全、蓝蔚蓝3名特教教师获得中国残联、教育部授予的2017年度“交通银行特教园丁奖”。

6月1日，广西残疾人福利基金会举行脑瘫儿助行器捐赠仪式。

6月1日，自治区听力言语中心举行“共享蓝天·共筑中国梦”系列儿童节活动。

6月，广西残疾人运动员在2018年全国残疾人田径游泳锦标赛上获得21枚金牌、16枚银牌、20枚铜牌。

6月，广西残疾人运动员在2018年全国残疾人射箭锦标赛上获得2枚金牌、2枚银牌、2枚铜牌。

6月7日，自治区残联召开全区残疾儿童少年义务教育控辍保学工作视频会议，全面部署全区残联系统控辍保学工作。

6月21日，自治区党委副书记孙大伟到广西残疾人事业园调研，了解残疾人扶贫、就业培训、康复、残联换届等工作情况。

7月4日—18日，自治区残疾人康复中心举办第三届教师公开课技能大赛。

7月，全区残疾人维权重点工作培训班暨法治宣传工作推进会在南宁举行。

7月8日—12日，全区小龄听障儿童康复教学培训班在南宁举办。

7月10日，全国省级残联统计工作培训班在北海市举办。

7月20日，自治区残联、南宁市残联共同开展“特奥五十年，辉煌新时代”第20次全国特奥日活动。

7月23日—25日，全区残疾人体育医学分级培训班在南宁举办。

7月30日—8月2日，全国残疾人托养服务分省集中培训广西培训班在南宁举行。

8月2日—3日，自治区残联党组成员、副理事长许健强率队到百色市、平果县调研贫困残疾人家庭无障碍改造和残疾人康复工作。

8月17日，自治区副主席、自治区残联主席团主席方春明国务院残工委建立残疾儿童康复救助制度工作电视电话会议南宁会场出席会议。

8月20日，自治区残联党组书记、理事长边疆率队到隆安县南圩镇望朝村、南兴村调研扶贫工作。

8月22日，自治区残疾人康复研究中心与来宾市兴宾区人民医院举行广西康教创新发展联盟签约仪式，授予兴宾区人民医院“广西康教创新发展联盟成员单位”牌匾。

8月25日—26日，国务院扶贫开发领导小组成员、中国残联党组成员、副理事长程凯一行到东兰县调研残疾人脱贫攻坚工作。

8月31日，自治区残联召开扶贫领域腐败和作风问题专项治理警示教育大会。

9月3日—7日，广西残疾人运动员在全国第十届残运会暨第七届特奥运动会预赛暨2018年全国残疾人飞镖比赛上获得1枚金牌、1枚银牌、1枚铜牌。

9月5日，2018年全区市级残联统计培训班在南宁举办。

9月13日，全区盲人定向行走技术暨辅具康复服务培训班在百色举办。

9月14日—16日，自治区副主席、自治区残联主席方春明率广西代表团出席中国残联第七次全国代表大会。边疆、欧阳义芳、陈流发三位同志当选中国残联第七届主席团委员，郭德华同志当选中国残联精神残疾人及亲友协会副主席。

9月26日—28日，全区精准康复推进会暨残疾儿童康复救助培训班在南宁举办。

9月27日—29日，广西第九届残运会暨第四届特奥运动会在桂林举行，自治区副主席黄俊华出席开幕式并讲话。全区14个市以及中铁南宁局15个代表团547名运动员参加比赛，在田径、游泳、举重3个项目中，共有53人97次破56项全区纪录。

10月8日—14日，广西残联2018年国家通用手语培训班在玉林举办，首次针对特教学校老师进行培训。

10月12日，在全国残联系统推进残疾人脱贫攻坚工作会议上，广西残联做题为《加强阳光助残扶贫基地建设，精准帮扶贫困残疾人脱贫》的工作经验交流发言。

10月15日，自治区党组副书记、副理事长杨一万率队到北海市调研贫困重度残疾人集中托养工作。

10月6日—13日，广西籍运动员在第三届亚残运会上夺得6枚金牌、2枚银牌、1枚铜牌。

10月22日—25日，自治区残联、自治区人力社保厅联合举办第五届广西残疾人职业技能竞赛，设置计算机装调、电子商务、女装制作、汽车维修、中式烹调、盲人保健按摩等15个竞赛项目。全区14个市和中铁南宁局共15支代表队200多名选手参加比赛。

10月25日，自治区残联检查组赴灵川县检查广西社会服务兜底工程2018年中央预算内投资项目建设。

10月25日—26日，中国残联副理事长、党组成员相自成一行到自治区残联和南宁市调研基层残疾人组织建设和专门协会工作，并出席在南宁举办的2018年孤独症成人支持国际研讨会。

10月28日—30日，自治区残联举办全区残联理事长培训班。

10月，自治区残联、卫生计生委印发《广西壮族自治区残疾评定机构名单》，确定全区271家残疾评定机构，自2019年1月1日起，不在名单范围内的医院或机构鉴定结果不再作为残疾等级评定的依据。

10月，莫秀春、麦伟娟、兰炳义3名特教教师获得中国残联、教育部授予2018年度“交通银行特教园丁奖”，广西师范学院罗修辉同学获得“交通银行残疾人大学生励志奖”。

10月31日—11月2日，全区推动因残致贫家庭脱贫攻坚暨残疾人托养工作培训班在北海市举行。

11月中旬，自治区残联组织六个工作组分赴北海市等六个地市开展残联改革工作调研。

11月5日—7日，在全国残疾人岗位精英职业技能竞赛、残疾妇女手工制作类竞赛、全国残疾人就业服务机构工作人员职业指导竞赛上，广西选手黎军、曾钟、欧阳天宪分别获得电子商务项目第七名、第九名和“优秀技能奖”，陈霞、陈炎富分别获得美甲、商业摄影项目“拼搏奖”，章卓荣获得全国“职业指导模范”奖，广西代表队荣获“团结协作奖”，团体总分名列第9名。

11月12日，全区0—6岁听力残疾儿童康复人工耳蜗项目工作研讨会在南宁举行。

11月14日—16日，自治区残联、自治区卫生计生委联合举办全区残疾评定人员师资培训班。

11月19日—23日，2018年华南地区特奥融合项目教练员推广活动在南宁举办。

11月27日，自治区残联党组书记、理事长边疆列席自治区党委常委会，汇报残联工作情况。

11月29日—12月1日，自治区残疾人专门协会迎接国际残疾人日主题活动在南宁举办。

11月30日，广西残疾人福利基金会第四届理事会第三次会议在南宁召开。

11月，玉林市博白县残疾人刘入源入围2018年全国脱贫攻坚奖奋进奖候选人。

12月5日，自治区直属机关工委常务副书记邓金玉率队到自治区残联调研机关党建工作。

12月5日，2018年“集善工程·助残行动”广西项目及配套项目捐赠仪式在百色市平果县举行，向平果县残联捐赠残疾人手动轮椅车等物资。举行2018年平果县残疾人精准康复服务行动（第二批）辅具免费发放仪式，发放价值100万元的轮椅等残疾人辅具。

12月6日，“德国西嘉助听器·多彩之声助听项目”捐赠启动仪式在南宁举行，计划对南宁、桂林、玉林等市的20名贫困听障儿童进行康复训练经费资助。

12月7日，广西第三代智能化残疾人证首发仪式在南宁举办，400多名残疾人代表领到首批第三代智能化残疾人证，自治区残联党组书记、理事长边疆出席仪式。

12月14日—16日，广西优生优育协会儿童耳保健与听觉言语康复分会年会暨第一届广西耳科与听力知识竞赛在柳州召开。

12月25日，自治区残联党组成员、副理事长许英凤带队赴广东省残联开展推进残疾人扶贫协作工作，与广东省残联签署《残疾人扶贫协作协议》。

12月，自治区残联组织全区残疾人脱贫攻坚先进事迹巡回报告会，6名脱贫致富的贫困残疾人巡回宣讲“身残志坚勇逐梦、带头脱贫真英雄”的事迹。

（柒媚供稿）

海南省残疾人事业和残疾人工作

一、领导讲话

省委书记刘赐贵在海南省残联第七次代表大会上的讲话摘要

2018年9月5日

图7-21-1　2018年9月5日上午，海南省残疾人联合会第七次代表大会在海口召开。

海南建省办经济特区30年，经济社会发展取得了巨大成就，残疾人事业也得到了蓬勃发展。特别是近五年来，省委省政府坚决贯彻以习近平同志为核心的党中央促进残疾人事业发展的决策部署，先后将“为残疾儿童免费植入人工耳蜗、帮助困难残疾人、为重度残疾人购买商业保险”纳入为民办实事项目，省财政投入残疾人事业经费7.38亿元；成立省残疾人基金会，募集款额1.49亿元；提高重度残疾人护理补贴、贫困残疾人生活补贴，惠及残疾人37万人；1.1万持证建档立卡贫困残疾人脱贫，4.9万残疾人纳入最低生活保障范围，培训残疾人4万余人次，帮助近2.2万名残疾人实现就业。残疾人生存发展状况得到显著改善，广大残疾人紧跟时代步伐，自强不息，涌现出了全国自强模范盲人按摩师吴海龙、全国教书育人模范“双拐”教师曾维奋、“感动海南”残疾人创业者刘运宝等新时代残疾人典型；我省残疾人运动员还参加世界夏季特奥运动会，获得三金三银五铜的佳绩。这些成就为新时代全面推进海南残疾人事业发展奠定了坚实的基础。

当前，海南正处在认真贯彻习总书记4.13重要讲话和中央12号文件精神、加快推进全面深化改革开放的关键时期，对做好残疾人工作提出了新的更高要求。全省各级党委政府、各级残联组织要对照新形势、新任务、新要求，压实责任、锐意进取，奋力开创海南残疾人事业发展的新局面。下面，我代表省委讲四点意见：

第一，要始终坚持以习近平新时代中国特色社会主义思想为指导，切实增强做好残疾人工作的使命感和责任感。

我省50多万残疾人是目前最需要民生保障和社会帮助的困难群体，全省要从增强“四个意识”落实“两个维护”的政治高度，坚决把思想和行动统一到以习近平同志为核心的党中央决策部署上来，尽职尽责、尽心尽力做好残疾人工作。

第二，要始终坚持以问题为导向，提高残疾人基本公共服务保障水平，不断增进残疾人福祉。

一要提高残疾人社会保障水平。当前，我省残疾人受教育水平普遍不高、就业不充分、生活水平低，基本救助、社会福利、基本住房、康复服务、教育培训等保障水平还不能满足残疾人的需要。省委七届五次全会明确要求确保农村适龄残疾儿童接受义务教育，就是要解决我省农村残疾儿童接受义务教育比例在全国偏低的问题。我省的康复体系建设也严重滞后，存在着机构少、种类少、质量不高、人才匮乏、覆盖面窄等诸多问题。多数市县都没有针对听力言语、视力、智力残疾儿童和脑瘫、自闭症儿童的专门康复机构和专业人才，距离“十三五”期间每个市县至少建立一所残疾儿童康复训练机构的目标还有很大差距。市县一级的公立精神病医院严重不足，农村地区的许多精神病患者无法救治，诱发了不少治安案件，对此我们必须保证资金投入，完善保障体系，在提高康复、教育和就业质量上面下功夫，实施好一人一策精准服务，努力实现残疾人“人人享有康复服务”的目标。

二要打赢残疾人精准脱贫攻坚战。目前全省还有6661名持证建档立卡贫困残疾人尚未脱贫，这是贫中之贫、困中之困、坚中之坚，必须把贫困残疾人脱贫攻坚摆在更加突出的位置抓牢抓实，按照习总书记对残疾人特殊群体采取特殊政策帮助的要求，落实全省打赢脱贫攻坚战三年行动工作计划，深入研究细化落实，真正做到全面建成小康社会残疾人一个也不能少。

三要完善残疾人公共服务设施。看一个社会的文明程度很重要的一点就是看对待困难群体的态度，体现在日常生活中的点点滴滴。在2015年全国无障碍环境建设先进市县的评比中，我省没有一个市县达标。我们对车站、商场、小区等公共区域无障碍通道缺乏，街道廊道被侵占，通道红绿灯没有言语提醒，公交车站没有盲文站牌等问题，必须系统梳理、举一反三地加以解决，打造与海南自由贸易试验区相匹配的无障碍环境，加快推进机关、道路、公园、小区和残疾人家庭等场所无障碍改造。

四要维护残疾人各项合法权益。严格落实残疾人福利补贴、社会救助、社会保险、基本住房、托养照料、接受教育、按比例就业、就业税费减免和创业扶持等政策，大力推进残疾人法律救助、社会救济和参与等公共事业，着力保障残疾人平等参与权利和平等发展机会。

第三，要始终坚持发挥主体作用，激励残疾人在推进海南自由贸易试验区和中国特色自由贸易港建设中自尊、自立、自强，做出积极贡献。

近年来，我省残疾人自强不息、担当奉献，涌现出一批感人至深的事迹，比如患有小儿麻痹症的刘运宝带领数十名残疾人艰苦创业，致力于软件研发，年营业额超千万元；同样患小儿麻痹症的90后女大学生吴佳佳，创立公司为残疾人找工作，三年间辐射带动500多名残疾人就业。儋州市三级肢体残疾人符考性腿不行但手还能干，主动外出务工，用勤劳双手改变自身命运，等等，他们表现出来的乐观向上、顽强拼搏、奉献社会等是特区精神的重要组成部分。希望广大残疾人发扬“四自”精神，迎接命运挑战，珍惜大好机遇，在各级党委政府和全社会的关心支持下，努力争做理想信念的笃定者、身残志坚的奋斗者，文明风尚的传播者，积极投身于海南的发展建设，创造幸福生活，活出精彩人生。

第四，要始终坚持改革，创新实干，切实加强残联组织自身建设，不断增强服务本领。残联组织要认真贯彻党中央关于群团组织改革建设的各项要求，解决好管理越位、工作缺位、服务不到位等问题，高标准履行好代表、服务、管理职能，成为更加温暖可靠的残疾人之家。

广大残疾人工作者要恪守人道、廉洁、服务、奉献的职业道德，强化专业学习培训，提高工作水平，像对待自己亲人一样细之又细做好残疾人服务各项工作，努力做残疾人生活的好帮手、情感的贴心人。要大力推进残疾人基层组织建设，把资源、资金、人才、服务往下沉。基层残疾人工作者要坚持上门调研，走进残疾人家庭，对残疾人生存状况真正做到心中有数，帮扶措施才能量体裁衣，服务才能精准到位，切实解决残疾人服务“最后一公里”的问题。

全省各级党委政府要高度重视残疾人工作，强化领导，及时研究解决残疾人事业发展中的重大问题，从机制、经费、人才、场地、督察、考核等方面推动解决各级残联和广大残疾人的实际困难，热情关心、严格要求、重视培养残联干部，积极鼓励和引导社会各界发扬大爱无疆、仁者爱人的高尚品德，大力发展残疾人服务产业和志愿助残服务，推动形成全社会理解、尊重、关心、帮助残疾人的良好风尚。

副省长、省政府残工委主任苻彩香在海南省残联第七次代表大会上的讲话摘要 2018年9月6日

我省有50多万残疾人，涉及200万个家庭人口。有相当数量的残疾人生活十分困难，残疾人群体仍然是全面建成小康社会的难中之难困中之困，做好残疾人工作是全面建成小康社会的重要任务。落实以人民为中心的发展思想，就要把残疾人工作放在更加重要的位置。我省必须加快推进残疾人民生领域体制机制改革，推动公共资源向基层延伸、向农村覆盖、向困难群体倾斜，切实做好残疾人保障和服务工作，积极宣传动员各方力量，确保残疾人与全省人民同步实现小康。

一、突出民生保障，加快推进残疾人小康进程

（一）健全残疾人民生保障体系。一是在基本生活方面，继续把贫困残疾人纳入最低生活保障范围，予以重点保障和特殊辅助，继续落实好“两项补贴”政策，保证贫困残疾人不愁吃穿。二是教育方面着力破除入学环节的各种制度和各种非制度性障碍，确保残疾儿童享有平等接受普通教育服务的机会，并根据其身心特点和特殊需要提供支持。三是就业创业方面，通过岗位预留、岗位补贴、灵活性就业、支持性就业等方式，使更多残疾人获得就业岗位，通过各类扶持优惠政策为残疾人自主创业提供便利条件。四是在医疗养老方面，推进残疾人基本医疗保险和基本养老保险全覆盖，建立健全残疾儿童康复救助制度和残疾预防保障网络。五是在住房保障方面，对符合住房保障的城镇残疾人家庭给予优先选房政策，农村危房改造同等条件下优先安排经济困难的残疾人家庭。

（二）加大农村残疾人扶贫开发力度。各级政府和有关部门一定要聚焦贫困程度最重、扶持难度最大、返贫比例最高的贫困残疾人群体，要把农村贫困残疾人作为重点扶持对象，纳入精准扶贫工作机制和贫困检测体系。

（三）提升残疾人基本公共服务水平。加强残疾人精准康复服务，推动残疾人服务机构建设，强化残疾人权利保障，推进社会无障碍环境建设。

二、完善工作机制，形成残疾人事业发展整体合力

（一）加强残疾人工作机制作用。各级政府残疾人工作委员会要充分发挥综合协调政策指导、督促检查的职能作用。各职能部门要把残疾人工作纳入本部门的工作安排、专项规划和年度计划，进一步明确责任，形成齐抓共管、各负其责、密切配合的工作局面。

（二）切实发挥残疾人组织作用。各级残联要按照《中共中央关于加强和改进党的群团工作的意见》的要求，进一步加强自身建设，切实增强政治性、先进性、群众性。

（三）发掘社会资源，发展残疾人服务业。试点推广政府购买残疾人服务，将残疾人社会保障、医疗康复、法律维权、教育就业等适合市场化方式提供、社会力量能够承担的公共服务，作为政府向社会力量购买公共服务的重要内容，引导更多的社会资源投入到残疾人社会组织建设中来。

二、政策法规文件

海南省人民政府关于印发海南省残疾儿童康复救助实施办法的通知

琼府〔2018〕52号

第一章　总　则

第四条　到2020年，建立与全面建成小康社会目标相适应的残疾儿童康复救助制度体系，形成党委领导、政府主导、残联牵头、部门配合、社会参与的残疾儿童康复救助工作格局，基本实现残疾儿童应救尽救。

到2025年，残疾儿童康复救助制度体系更加健全完善，残疾儿童康复服务供给能力显著增强，服务质量和保障水平明显提高，残疾儿童普遍享有基本康复服务，健康成长、全面发展权益得到有效保障。

第二章　救助对象

第五条　救助对象为0—17岁的视力、听力、言语、肢体、智力等残疾儿童和孤独症儿童。救助对象应同时符合以下条件：

（一）具有海南省户籍或居住证；

（二）持有中华人民共和国残疾人证或具备诊断资质医疗机构出具的诊断证明书；

（三）有康复救助需求及康复服务适应指征。

第六条　城乡最低生活保障家庭、建档立卡贫困户家庭的残疾儿童，儿童福利机构收留抚养的残疾儿童，残疾孤儿、纳入特困人员供养范围的残疾儿童优先救助。多重残疾儿童同一年度原则上选择其中一种残疾类别接受康复救助。

第三章　救助内容及标准

第七条　康复训练

（一）听力残疾儿童：开展功能评估、言语康复能力评估、康复训练等，每年康复训练时间不少于10个月。0—6岁补助标准不少于14000元/人/年。

（二）肢体、智力残疾儿童、孤独症儿童：开展功能评估、康复训练、日常生活能力训练、社会参与能力训练等，每年康复训练时间不少于10个月。0—6岁补助标准不少于30000元/人/年；7—17岁补助标准不少于10000元/人/年。

受助残疾儿童根据评估结果及实际需要，开展全日制或非全日制康复训练。康复训练内容及规范按照残疾儿童康复救助项目有关要求执行。在定点康复机构系统康复训练满2年，经评估确无康复效果和康复潜力的终止该项目救助。

第八条　矫治手术

为先天性马蹄内翻足等足畸形，小儿麻痹后遗症，脑瘫导致严重痉挛、肌腱挛缩、关节畸形及脱位，脊柱裂导致下肢畸形等残疾儿童的矫治手术提供一次性补助，补助标准不少于16000元/人。

第九条　辅助器具适配

（一）为有需求的视力、听力（7—17岁）、肢体残疾儿童适配辅助器具，补助对象和补助标准依据《海南省残疾人精准康复服务行动实施方案（2016—2020年）》（琼残字〔2017〕8号）及各市县“实施方案”规定执行；

（二）为0—6岁经评估符合植入人工耳蜗条件的重度听力残疾儿童，提供1套人工耳蜗产品及手术费用和术后配套服务费用补助，补助标准不少于88500元/例。为0—6岁经评估适合佩戴助听器的听障儿童配发双耳助听器和辅助材料，补助标准不少于19200元/人。

海南省人民政府办公厅关于加快发展康复辅助器具产业的实施意见

琼府办〔2018〕3号

一、总体要求

（二）发展目标。力争到2020年，基本形成创新开放、竞争有序的市场环境，建立市场监管机制，完善社会服务体系，适配服务能力进一步提高，培育出具有技术能力、区域特色和市场影响力的康复辅助器具企业，发挥社会力量在康复辅助器具产业发展中的主体作用，促进我省康复辅助器具产业市场份额增加。

二、主要任务

（三）支持产业发展。坚持高起点、高标准、高技术的产业发展定位，将康复辅助器具产业发展与《海南省低碳制造业“十三五”发展规划指导意见》相衔接，纳入低碳制造业中统筹推进，对符合我省产业政策和园区规划的优质康复辅助器具生产企业，积极纳入海口综合保税区、澄迈老城经济开发区、洋浦经济开发区、东方工业园区等工业园区内孵化和培育，加快企业由加工制造环节向研发设计、市场营销、品牌培育等高附加值环节延伸，推进产业高端化、规模化发展，培育出代表海南低碳制造和绿色产品新形象的康复辅助器具品牌。

（四）积极开拓市场。立足于我省实际，引导康复医疗与康复辅助器具制造衔接融合，促进康复辅助器具在养老、助残、医疗等领域广泛应用，尤其是结合市场需求，走“专精特新”和协作配套发展的道路，重点研发制造老年人、残疾人生活康复等辅助器具产品，满足我省失能、部分失能老年人，残疾人的康复需求。积极发展国内外市场，吸收国内外先进技术和经验，研发仿生假肢、照护和康复机器人、外骨骼机器人、虚拟现实康复训练设备等高智能、高科技、高品质产品，提高我省康复辅助器具产品的科技含金量。通过线上线下相结合的方式，举办高层次、高水平、高品质的康复辅助器具展览会，搭建示范性、服务性窗口，推介我省辅助器具产品和技术，助推我省康复辅助器具产品走出海南，进军国际国内市场。

（五）完善服务体系。推动康复辅助器具产品创新和配置服务深度融合，实现品质化、精细化、便利化发展，在满足人民群众基本需求的基础上，适应消费需求升级。加强机构康复辅助器具服务网络的建设，按需要在老年人日间照料中心、托老院、居家养老服务中心、残疾人康复中心等机构（设施）中配备康复辅助器具设备，形成覆盖面广、可及性高的康复辅助器具服务网络。加强社区适配康复服务，依托基层医疗卫生机构开展社区老年人、残疾人适配康复服务，推进残疾人辅助器具适配和康复训练到社区、进家庭，为残疾人、老年人提供方便快捷的康复服务。加强康复辅助器具产品质量管理，推进质量追溯体系建设，通过加强产品质量监督抽查、产品评估等措施，保障产品质量和服务安全。

（六）优化市场环境。深化康复辅助器具产业领域“放管服”改革，建立康复辅助器具产业管理和市场监管的法规政策体系，研究制定康复辅助器具产品和配置服务管理制度。持续推进商事制度改革，降低市场准入门槛，优化注册登记流程，健全监管服务机制。健全康复辅助器具标准体系，充分发挥标准对市场的规范作用。加强康复辅助器具标准国际合作，积极采用适合我省康复辅助器具产业发展的国际先进标准。充分依托国家企业信用信息公示系统，建立康复辅助器具企业信用信息公示、动态评价、守信激励和失信惩戒机制。支持行业组织完善自律惩戒机制，在行业标准制定、数据统计、信息披露、反不正当竞争等方面充分发挥作用，营造良好市场环境。

三、政策支持

（七）落实税收价格优惠。对符合条件的康复辅助器具企业可依法享受研发费用加计扣除和固定资产加速折旧政策。对符合条件的公益性捐赠支出依法在所得税税前扣除。经认定为高新技术企业的康复辅助器具企业，按规定享受企业所得税优惠。生产和装配伤残人员专门用品，且在民政部发布的《中国伤残人员专门用品目录》范围之内的企业和单位，按有关政策规定免征企业所得税。落实康复辅助器具配置服务企业用水、用电、用气、用热与工业企业同价政策。

（八）强化企业金融服务。通过国家设立的科技成果转化引导基金、新兴产业创业投资引导基金、中小企业发展基金等吸引社会资本协同发力，按照市场化方式支持符合基金投向的康复辅助器具产业创新。支持符合条件的企业发行企业债、公司债和资产支持证券。支持企业通过发行短期融资券、中期票据等非金融企业债务融资工具筹集资金。

（九）加强财政资金引导。进一步发挥省产业（创业）投资引导基金作用，将康复辅助器具产业纳入众创、众包、众扶、众筹相关财政以及新兴产业投资支持范围。地方财政可利用奖励引导、资本金注入、应用示范补助等方式，支持非营利性康复辅助器具配置服务机构建设，以及具有良好示范效应、较强公共服务性质的康复辅助器具项目。

（十）完善消费支持措施。建立残疾儿童康复救助制度，逐步实现0—6岁视力、听力、言语、智力、肢体（脑瘫）、精神（孤独症）残疾儿童免费得到辅助器具适配和康复训练服务；建立残疾儿童康复项目和辅助器具适配补助制度，实现7—14岁残疾儿童康复项目和辅助器具适配服务费用得到补助；实施残疾人康复补贴制度，对残疾人基本型辅助器具配置给予补贴，开展重度截瘫、偏瘫残疾人社区康复服务并给予护理补贴。鼓励金融机构创新消费信贷产品，支持康复辅助器具消费。

三、五年工作综述

——海南省残联理事长符永在省残联第七次代表大会上的工作报告（节选）

2018年9月5日

过去五年，是海南省残疾人事业开创新局面的五年，也是全省残疾人得到实惠最多的五年。五年来，在省委省政府的正确领导下，在中国残联的精心指导下，在社会各界积极参与、共同努力下，全省各级残联积极作为、主动担当，全面完成省残联六代会确定的目标任务，全省残疾人生存状况显著改善，残疾人公共服务和社会保障覆盖面不断扩大，残疾人社会参与明显增强，扶残助残社会氛围更加浓厚，残联组织基础管理和自身建设不断加强，得到了中国残联、省委省政府的肯定，得到了全省广大残疾人和社会各界的好评。

（一）残疾人工作融入党委政府工作大局，残疾人事业取得新发展

各级党委和政府高度重视残疾人事业，将残疾人事业纳入国民经济和社会发展大局，统筹推进，重点保障，促进残疾人事业健康快速发展。省委书记刘赐贵在省第七次党代会上提出“发展社会福利和慈善事业，健全社会救助体系，强化民生兜底保障，努力让残疾人等困难群众都得到社会的关爱和救助”的要求，省长沈晓明指出：“海南作为全国改革开放的重要窗口，应该在残疾人事业发展方面有更高追求，努力让残疾人朋友生活得更美好。”省委省政府着力解决残疾人最关心、最直接、最现实的民生问题，先后将“为残疾儿童免费植入人工耳蜗”、“帮扶困难残疾人”、“为重度残疾人购买商业保险”作为年度民生实事项目。省政府出台《关于加快推进残疾人小康进程的实施意见》和

《“十三五”加快残疾人小康进程发展规划》，系统部署残疾人全面小康工作。省人大多次组织残疾人权益保障调研，省政协积极推动无障碍改造和残疾人服务体系建设。五年来，省财政共投入残疾人事业经费7.38亿元，2018年投入与2012年相比增加了1.66倍。

（二）坚持兜底补短提标扩面，残疾人社会保障水平大幅提升

五年来，全省各级残联积极主动配合党委政府和相关部门全力做好残疾人兜底保障工作，16个市县出台残疾人保障规定。16.34万名残疾人参加城乡居民基本养老保险和城乡居民基本医疗保险，其中9.29万名重度残疾人由财政全额代缴保费。2016年实施残疾人“两项补贴”制度以来，全省有37万人次受益，总额累计5.06亿元。2017年10月1日起，我省提高“两项补贴”标准，困难残疾人生活补贴由每月每人60元提高到每人每月80元；重度残疾人护理补贴标准从一级残疾人为每人每月150元提高到每人每月180元；二级残疾人从每人每月100元提高到每人每月120元。昌江、陵水实现残疾人补贴全覆盖。

（三）以问题为导向精准帮扶，贫困残疾人脱贫攻坚成效显著

坚持问题导向推动精准扶贫，将贫困残疾人脱贫解困工作纳入各地全面建成小康社会工作大局，围绕实现不愁吃、不愁穿，义务教育、基本医疗、住房安全有保障和有效扩大残疾人基本康复服务、家庭无障碍服务覆盖面目标，推动省政府出台《海南省贫困残疾人脱贫攻坚行动计划（2016—2020年）》，明确6项扶贫行动措施和12条保障措施。通过实施“阳光安居工程”、扶持残疾人种养殖项目等，促进贫困残疾人脱贫。五年来，全省有1.3万人次残疾人参加农村实用技术培训，扶持发展生产6500人次，有1.1万余名农村贫困残疾人脱贫，5778户残疾人家庭危房得到改造，4.9万人次残疾人纳入最低生活保障范围。

（四）全面提升残疾人基本公共服务水平，残疾人获得感进一步增强

五年来，通过实施多项康复工程，共有18万人次残疾人得到康复服务，其中6万余名贫困精神病患者得到门诊服药和住院治疗，8000名白内障患者重见光明，7000名智力残疾、脑瘫和孤独症儿童得到康复训练服务；为300名聋儿植入人工耳蜗，为8.9万人次智力、精神和重度残疾人提供托养服务，发放辅具3万多件。实施彩票公益金助学项目和交通银行助学项目发放助学金2636万元，资助残疾人学生及贫困残疾人子女学生2.3万人次。创建残疾人创业就业一条街，扶持海南残疾人大学生创业团队培育出服装厂、养生馆、爱心平价超市、洗衣社和工艺品加工等就业品牌。五年来，共培训残疾人4万余人次，帮助近2.2万名残疾人就业，为4166户残疾人家庭进行了无障碍改造，为4.2万人次残疾人发放了机动轮椅车燃油补贴，全省18个市县成立了残疾人法律援助工作站，223个乡镇建立残疾人法律救助联络站，开通12385残疾人服务热线，进一步拓宽残疾人诉求渠道。

（五）营造残疾人事业良好氛围，残疾人社会参与越来越广泛

利用助残日、爱耳日等各类节日节点，加强残疾人事业宣传，展现残疾人身残志坚、自强不息的良好形象。盲人按摩师吴海龙、残疾人作家洪志功获“全国自强模范”称号，“双拐教师”曾维奋获评“感动海南”2014年度人物，辞掉公职投身残疾人康复事业的定安老警察李国超获评“感动海南”2016年度人物 。海口市、万宁市、澄迈县政府残工委等3个单位和蔡甫明等6名同志分别被国务院残工委评为“十二五”期间全国残疾人工作先进单位和先进个人。7名运动员入选中国特奥体育代表团参加第十三、第十四届世界夏季特奥运动会，获得7金3银7铜；组队参加第九届全国残运会和第六届全国特奥运动会，获得奖牌75枚。选派7个文艺节目参加第九届全国残疾人艺术汇演并全部获奖。广泛开展社区群众性残疾人文化活动，推动省、市图书馆建立盲人阅览室。成功举办第二届海南省残疾人艺术汇演和第六届全省残疾人运动会、第三届全省特奥运动会。成立爱心文化传播中心，发行《今日海南残联》和《感恩》内部刊物240余万份，在国家、省级媒体刊播残疾人事业新闻稿件共2000余篇。

（六）不断夯实残疾人事业发展基础，残疾人组织建设呈现新水平

通过实施“强基育人”工程，推动各级残联组织的规范化发展。全省227个乡镇（街道）残联和95%的村（社区）配备残疾人专职委员，总数发展到3600多人。组织开展全省残疾人基本服务状况和需求专项调查，掌握了全省17.2万名持证残疾人的基本状况和需求。大力推荐市县和乡镇残疾人、残疾人亲友和残疾人工作者参选人大代表和政协委员，46人当选市县、乡镇人大代表，25人当选市县政协委员。建立各级各类残疾人专门协会95个，组织专门协会开展丰富多彩的活动，丰富残疾人生活。出台《关于进一步做好全省志愿助残工作的实施意见》，建立海南省志愿助残联络站1104个，实名登记注册志愿者7518人，为残疾人提供志愿服务5万多人次。服务残疾人的平台得到快速发展，全省共有托养服务机构5个，康复服务机构8个，市县残疾人劳动就业服务所实现全覆盖，12个市县建立残疾人辅具适配服务站。

（七）社会组织扶残助残更加活跃，关爱帮扶残疾人的社会风尚日益浓厚

通过大力弘扬人道主义精神和扶残助残传统美德，尊重、关爱、扶助残疾人的社会风尚日益形成。特别是2014年成立海南省残疾人基金会后，通过组织开展“大家都来为残疾人捐助一元钱——爱心万里行”助残募捐系列活动，先后走进12个市县、169个乡镇（街道）、1207家企业、1079所学校，开通淘宝公益店，利用腾讯公益平台、支付宝公益平台等网络方式拓宽善款募集渠道，共募集社会资金物资1.49亿元，开展助听、助行、助学等13项公益行动、350个公益项目，惠及全省残疾人11万人次，受到社会各界的广泛好评，基金会被省民政厅评为社会组织“5A”等级，中央电视台“朝闻天下”栏目以《“每天捐一元钱”小钱产生大效果》为题给予报道。在中国残联和中国狮子联会的支持下，2015年成立中国狮子联会海南会员管理委员会，组建服务队43支，会员遍布全省18个市县，会员人数超过1473名。先后开展“狮爱助残”、“天籁助听”等服务项目，服务社会资金160多万元，3300多名残疾人受益。

（八）落实全面从严治党要求，党的建设和自身建设显著增强

全省各级残联组织始终坚持党的领导，坚持正确的政治方向，进一步强化“四个意识”，增强“四个自信”，自觉在思想上、政治上、行动上同以习近平同志为核心的党中央保持高度一致。落实全面从严治党要求，深入开展党的群众路线教育实践活动和“三严三实”专题教育，推动“两学一做”学习教育常态化制度化，省残联在2016、2017年度省直机关全面从严治党工作责任考核中获一等奖。切实履行党风廉政建设“两个责任”，每年召开党风廉政建设工作会议，部署落实党风廉政建设工作。每年组织全省残联系统党员干部赴延安、井冈山、母瑞山等地开展革命传统教育，增强党性修养。配合完成六届、七届省委两轮巡视工作，认真落实整改要求并建立长效机制。

五年来海南省残疾人工作的宝贵经验体现在：一是必须始终坚持党委领导、政府负责的领导体制和工作机制，将残疾人事业纳入党委政府的工作大局。二是必须始终坚持以残疾人为中心，发挥残疾人的主体作用。三是按照国家扶持、社会参与、市场推动的原则，建立稳定增长的残疾人事业经费投入保障机制，促进残疾人事业与经济社会协调发展。四是必须始终坚持改进作风，以改革创新推动工作落实。

四、2018年工作综述

2018年，海南省残疾人工作在省委省政府的坚强领导和中国残联的精心指导下，在相关部门和社会各界的大力支持下，紧紧围绕党的十九大提出的“发展残疾人事业，加强残疾康复服务”的部署要求，深入贯彻落实习近平总书记关于残疾人工作的指示精神，较好地完成了各项工作任务，有力推进了残疾人事业的发展和残疾人小康进程。

（一）以换届工作为契机，残联组织建设得到全面加强

圆满完成省、市县、乡镇（街道）残联和村（社区）残协的换届工作。召开海南省残联第七次代表大会，举办残联系统干部综合素质能力提高培训班和残疾人专职委员骨干培训班，为全省残疾人事业的发展提供组织保证。组织各专门协会开展丰富多彩的活动，促进融合发展。认真组织开展海南省2018年度残疾人基本服务状况和需求信息数据动态更新工作，登记覆盖全省3342个村（社区）级行政区划，完成登记人数163996人。截至2018年年底，全省共核发残疾人证17.82万个。

（二）以脱贫攻坚工作为抓手，残疾人生存状况得到明显改善

认真落实《海南省打赢脱贫攻坚战三年行动计划》，将符合条件的残疾人纳入农村低保和城乡医疗救助范围，将困难残疾人生活补贴的发放对象扩大到建档立卡户中的一、二级重度残疾人。省残联成立脱贫攻坚战督查领导小组，在残联系统内开展残疾人扶贫领域作风问题专项治理，使扶贫精准度进一步提高。为困难残疾人家庭开展对口服务，由残疾人工作者对未脱贫残疾人家庭实施全程跟踪，由省残联协调解决突出困难。动员省残联系统及助残社会组织参与消费扶贫，帮助合作社、贫困户通过“爱心消费扶贫网”销售农产品。全年共安排资金893.2万元对2932名贫困残疾人提供农村实用技术培训，为1200名贫困残疾人提供资金扶持发展生产。截至2019年1月16日，全省建档立卡贫困残疾人28393人，已脱贫22891人，未脱贫5502人。

（三）以落实民生实事为引领，残疾人社会保障切实增强

将为重度残疾人购买商业保险项目列入省委省政府2018年为民办实事事项，全省99169名重度残疾人购买了商业保险，增强了抵御生产生活中遭受二次伤害的抗风险能力。协助做好残疾人“两项补贴”发放过程的审核工作，全年共为残疾人发放“两项补贴”2.56亿元。继续实施

"阳光家园计划"，投入 2741.455 万元为 22654 名残疾人提供居家托养和 944 名残疾人提供机构寄宿制托养服务。全省 34096 名残疾人纳入最低生活保障范围，114084 人残疾人参加城乡居民养老保险。全省各级残联利用元旦春节积极走访慰问 13829 户贫困残疾人家庭，发放慰问品、慰问金合计 359.2374 万元。

（四）以儿童康复为重点，残疾人精准康复服务能力不断提升

推动省政府出台《海南省残疾儿童康复救助实施办法》，为符合条件的 0—17 岁各类残疾儿童和孤独症儿童提供救助，实现应救尽救。全年共安排残疾儿童抢救性康复专项资金 2700 万元，对在定点康复机构进行康复训练的 900 名三类儿童给予资助，安排专项资金 275 万元对在定点康复服务机构自费康复训练的残疾儿童给予补贴。制定印发《海南省残疾预防行动计划（2018—2020 年）》，全力推动万宁、东方两个残疾预防综合试验区重点干预项目试点工作。加大康复人才培养力度，委托省残疾人康复协会组织 13 期培训班，培训 340 名康复服务工作人员和 900 名残疾儿童家长，并选派 80 名人员参加国家级培训。全年共为 18187 名重度残疾人提供支持性康复服务，为各类残疾人评估适配各类辅具 5752 件，为 32 名聋儿植入人工耳蜗，为 22 名贫困肢体残疾儿童实施矫治手术。

（五）以促进残疾人平等参与为目标，教育就业稳步推进

全省各级残联和教育部门通过安排进入特教学校、随班就读、送教上门等形式，解决 3729 名适龄残疾儿童少年接受教育问题。配合教育和招生部门，对参加高考的 73 名残疾人考生进行跟踪服务，为 5 名残疾人考生申请安排合理便利，62 名残疾人考生被各高校录取。全年投入各类资金 762.37 万元，资助各教育阶段残疾人学生、困难残疾人家庭子女学生和奖励大学新生共计 7980 余人，残疾青壮年文盲扫盲项目投入资金 150 万元，帮助 900 名残疾青壮年文盲脱盲。对 2016 年到 2018 年毕业的残疾人大学生就业情况进行摸底登记，主动联系省属 29 家重点企业和银行系统解决他们的就业问题，举办残疾人大学生就业签约会，鼓励社会各界积极推动和参与残疾人大学生就业工作。举办两场残疾人就业专场招聘会，126 名求职者与企业达成就业意向，全省持证已就业残疾人达到 39203 人。全年对 10964 家单位征收就业保障金约 1.8 亿元，安排资金 49.01 万元奖励全省 44 家超比例安排残疾人就业的用人单位。

（六）以法制建设为主线，权益保障逐渐完善

加快推进《海南省无障碍环境建设条例》立法进程，及时向省人大法工委、省司法厅报送相关材料，省人大常委会已将其纳入 2019 年立法计划。组织开展全省重度一级残疾人出行普查工作，及时申报重度一级残疾人免费乘坐公共交通工具作为省委省政府 2019 年度为民办实事项目。会同省人大内司委对海口、三亚等 8 个市县进行执法调研。市县人大、政协开展形式多样的残疾人事业执法检查、视察和专项调研活动共 17 次。全面完成市县制定残疾人保障规定的工作任务。全省开展法治宣传教育活动共 39 场次，印发残疾人事业法治宣传资料近 4 万份。组织实施 2017 年下达的残疾人家庭无障碍改造工作任务，共投入资金 2579.9 万元，为 2784 户残疾人家庭进行了无障碍改造。组织开展全省残疾人家庭无障碍改造对象需求普查和建立残疾人家庭无障碍改造对象信息数据库工作。补发 2017 年度部分市县未完成部分、发放 2018 年度残疾人机动轮椅车燃油补贴共 274.3 万元，10550 名残疾人受益。全省为来访贫困残疾人提供临时生活救济等共 84 万多元，协助各级救助站收留救助流浪残疾人 20 多人次，重大信访案件下访协调解决 12 件。全省为残疾人提供法律援助 177 人次、法律救助 33 人次，切实维护了残疾人的合法权益。

（七）以推进文体活动为平台，残疾人自强风采充分体现

利用助残日、特奥日、残疾人日等节点，在当地主流媒体开设专栏，加强残疾人事业的宣传。通过与海南省爱心文化传播中心密切合作，刊发《今日海南残联》45 期、《感恩》12 期、《大爱电波》47 期，发布信息稿 8000 多条，其中 438 篇被国内、省内主流媒体转载采用。严密组织开展 2018 年全省残疾人文化周活动，组织"第九届全国残疾人艺术汇演"部分获奖节目走进社区、走进学校、走进基层，举办四场残疾人书画展和一期残疾人艺术培训班，丰富残疾人的文化生活。组队参加国内体育赛事 11 次，海南省残疾人运动员共获得 3 金 15 银 17 铜。羽毛球运动员吴法新参加 2018 年雅加达第三届亚洲残疾人运动会，取得男子下肢 3—4 级混合双打第五名。举办全省第七届残疾人运动会暨第四届特奥运动会，充分展示全省残疾人体育事业的巨大进步。

（八）以承办国际狮子年会为载体，大力营造扶残助残氛围

成功承办国际狮子会第 57 届东南亚年会，18 个国家及地区的近 6000 名来宾参加，张海迪主席等领导出席年会。年会扩大了残疾人事业的影响，引领促进了海南省助残服务的进一步发展。省残疾人基金会继续开展"大家都来为残疾人捐助一元钱——爱心万里行"助残募捐，全年在 27 个企业、机关单位、学校举办活动，筹集款物 1665 万元，惠及困难残疾人近两万人次。与中国残疾人福利基金会合作在海口成立孤独症儿童（南方）康复基地，举办"集善扶贫

健康行——红旗·孤独症儿童康复训练营”，带动更多企业、机构和爱心人士关注并帮助孤独症患儿实现融入人群、回归社会。

（九）以落实巡视整改为动力，党风廉政建设明显增强

全力配合七届省委第八巡视组开展了为期3个月的巡视，组织开展内部监督和行业监督专项检查，针对巡视反馈存在的56个问题分解为83项整改任务逐一抓好落实，使全面从严治党工作不断向纵深发展。邀请省派驻纪检监察组组长曾祥宁开展以案说法和以案释纪的警示教育，配合派驻纪检监察组开展党风廉政建设专项检查，有效增强做好党风廉政建设的主动性和自觉性。以开展“勇当先锋，做好表率”实践活动和“大学习、大提升”活动为抓手，举办十九大精神专题培训班，提升党员干部政治理论水平。组织40名党员干部前往母瑞山“海南省机关党员干部教育培训基地”接受党性教育，认真开展机关党委书记、各党支部书记抓党建工作的述职评议和全面从严治党工作责任考核，获得省直全面从严治党工作责任考核一等奖。

五、重要条目

【国际狮子会第57届东南亚年会】2018年11月16日至18日在海口举行，主题是“服务·共享·进步”。此次年会是国际狮子会成立百年来第一次在中国大陆举办。18个国家及地区的近6000名来宾参会，中国残联主席张海迪、海南省副省长王路等出席。年会有力传播了“我们服务”的核心理念，倡导更多仁爱之“狮”加入，促进东南亚国家深度参与国际组织建设，推进公益慈善组织发展，增强全球各地狮子会会员友好交流，为推动构建人类命运共同体提供重要平台。

【中国残疾人福利基金会孤独症儿童（南方）康复基地】设在海口市，由中国残疾人福利基金会与海南省残联、海南省残疾人基金会及海口市残联四方联合以公建民营的方式建立。该基地在满足海南省孤独症儿童康复需求的基础上，还承担全国特别是国家指定的西部12省14个连片贫困地区的孤独症儿童救助项目，为贫困孤独症家庭提供精准扶贫和公益救助。

六、大事记

1月18日，海南省残联在省残疾人创业就业一条街举行残疾人就业援助月专场招聘会，40多家企业参与，500多名残疾人参加应聘。

图7-21-2　残疾人就业月专场招聘会上，前来求职的残疾人与工作人员交流。

2月13日，省长沈晓明到临高县走访慰问残疾人家庭，要求各级各部门拿出具体措施解决好残疾人生活问题，确保残疾人在小康路上不掉队。

3月6日，省残联举办第19次全国爱耳日宣传教育活动专题讲座暨听力语言康复家长培训班。

3月19日，海南省人大常委会副主任关进平到省残联调研残疾人权益保障等工作。

4月11日—14日，海南省残疾人体育健身指导员培训班开班仪式在海口举行。全省各市县近百名残疾人体育管理骨干参加培训。

4月20日—27日，海南省残疾人运动员在全国残疾人乒乓球锦标赛上获得1金2银1铜。

4月23日，海南省委第八巡视组开始对省残联党组开展为期三个月的政治巡视。

4月28日，中国残疾人福利基金会在海口举办全国孤独症康复专家义诊活动。贾美香、张通、郭延庆等10位国内孤独症康复领域知名专家为来自海南、贵州、西藏等12个省区市的近300名孤独症儿童提供义务诊断及康复建议。

5月6日—7日，中国残联党组书记、理事长鲁勇率调研组到海南调研国际狮子会第57届远东暨东南亚年会筹备工作，与沈晓明省长交换意见，实地考察省残疾人大学生创业就业示范一条街和中国残疾人福利基金会孤独症儿童（南方）康复基地。

5月19日，海南省残联、海口市残联、中狮联海南代表处在海口联合举行第28次全国助残日大型公益活动暨海南省残疾人扶贫创业就业示范基地、中狮联海南代表处精准扶贫助残示范基地揭牌仪式。

5月25—29日，中国残疾人艺术团在海口、三亚举行4场公益演出。

5月26日，中国残疾人福利基金会孤独症儿童（南方）康复基地启动仪式在海口举行。

6月11日，澳门妇女联合总会副理事长罗萍率领社会

服务工作者参访团到海南省考察残疾人工作。

7月6日，省残联首次启动人工耳蜗处理器免费升级项目，为2009年植入人工耳蜗的30名聋儿免费更换奥地利和澳大利亚生产的处理器，减轻聋儿家庭的经济负担，提升聋儿康复效果。

7月13日，2018年海南省大中专残疾人毕业生专场招聘会在海口市省人力资源开发局公共招聘大厅举行。

7月20日，省残联联合海口海燕心智障碍者家庭支持中心、中国精协海南工作站举办第12次全国特奥日海南运动之星颁奖典礼暨文艺汇演晚会。

8月7日—8日，海南省残疾人职业技能竞赛在海口经济学院举办，全省19个代表队共137名选手参加21个项目的竞赛。

8月10日—12日，海南省肢残人协会在东方市开展第九次全国肢残人活动日系列活动，全省18个市县和洋浦肢协主席、副主席、志愿者等40多人参加，并开展缅怀革命先烈、体验无障碍等活动。

8月27日，海南省残联召开干部大会，宣布省委关于省残联主要领导职务任免的决定，种润之同志任省残联党组书记，提名为省残联第七届执行理事会理事长人选。

9月5日—6日，海南省残联第七次代表大会在海口召开，省委、省人大、省政府、省政协和中国残联领导出席开幕式；会议听取并审议省残联第六届主席团工作报告，选举产生第七届主席团和各专门协会领导人，推举产生七届执行理事会。

10月9日，海南省残联组队参加在京举办的2018年全国辅助器具服务技能竞赛，获得优秀奖。

10月18日，省政府印发《海南省残疾儿童康复救助实施办法》（琼府〔2018〕52号），要求各市县人民政府将残疾儿童康复救助工作纳入重要议事日程，作为政府目标管理和绩效考核重要内容。

10月24日—11月3日，2018年海南省残疾人文化周“文化下乡”先后到琼海市、海口市、五指山市、保亭县等地巡演。

11月8日，“集善扶贫健康行——红旗·孤独症儿童康复训练营”在海口中国残疾人福利基金会孤独症儿童（南方）康复基地举行，为海南及甘肃、宁夏、陕西、山西、吉林等6省区的20余名孤独症儿童提供免费康复训练。

12月1日，省残联联合解放军总医院海南医院启动第六期“耳聪工程”公益活动，邀请国内著名耳鼻咽喉头颈外科专家为海南贫困耳疾患者进行免费诊疗。

12月2日—5日，国务院扶贫开发领导小组成员、中国残联副主席、副理事长程凯到海南省调研基层残疾人脱贫攻坚和组织建设等工作情况。

12月3日，省残联在海口举行残疾人大学生集体就业签约仪式，对2016年以来毕业且有就业需求的20名残疾人大学生集体安排就业。

12月19日—21日，海南省第七届残疾人运动会暨第四届特奥运动会在海口举行，全省各市县和洋浦的19个代表团共400余名运动员参加田径、举重等9个项目的比赛。

附　录

海南省“十三五”残疾人事业发展规划主要指标完成情况

来源：海南省“十三五”残疾人事业发展规划实施情况中期评估报告

2018年6月20日

主要指标	是	否	目标值	中期完成情况
1. 残疾人家庭人均可支配收入年均增速	√［1］	［2］	>7.5%	5%
2. 困难残疾人生活补贴目标人群覆盖率	√［1］	［2］	100%	100%
3. 重度残疾人护理补贴目标人群覆盖率	√［1］	［2］	100%	100%
4. 残疾人城乡居民基本养老保险参保率	√［1］	［2］	>95%	95%
5. 残疾人城乡居民基本医疗保险参保率	√［1］	［2］	>95%	95%
6. 农村建档立卡贫困残疾人脱贫率	√［1］	［2］	100%	70%
7. 农村贫困残疾人家庭存量危房改造率	√［1］	［2］	100%	53.2%
8. 残疾人基本康复服务覆盖率	√［1］	［2］	≥80%	65.96%
9. 残疾人辅助器具适配率	√［1］	［2］	≥80%	13.65%
10. 残疾儿童少年接受义务教育比例	√［1］	［2］	≥85%	85%
11. 有就业需求的残疾人就业率	√［1］	［2］	≥95%	46.78%

（凌绪剑供稿）

四川省残疾人事业和残疾人工作

一、领导批示与讲话

副省长叶壮对省残联工作的批示

2018年1月18日

过去一年，全省各级残联组织坚持以习近平新时代中国特色社会主义思想为指导，认真履职尽责，拼搏实干，改革创新、锐意进取，在推动残疾人服务体系建设、改善残疾人民生福祉等方面做了大量富有成效的工作。各级残联组织再接再厉，结合我省实际，深入学习贯彻党的十九大精神，不断增强政治性、先进性、群众性，全面深化新时代“量体裁衣”式残疾人服务，切实解决残疾人教育就业、康复医疗、权益保障、精准脱贫等方面的困难，奋力推动全省残疾人事业再上新台阶，并向全省残疾人工作者、残疾人及家属致以新春的问候。

省委副书记邓小刚对全省残联工作的批示

2018年1月30日

残疾人事业是中国特色社会主义事业的重要组成部分。过去五年，全省各级残联组织认真贯彻中央和省委决策部署，自觉践行以人民为中心的发展思想，紧紧围绕增强政治性先进性群众性主线深入推进残联改革，创新拓展“量体裁衣”式服务，服务残疾人能力水平不断提高，残疾人获得感幸福感明显增强，残疾人事业取得显著成绩，为全省大局做出了重要贡献。

肩负新时代伟大历史使命、建设美丽繁荣和谐四川，残联组织要发挥更大作用。各级残联组织要坚定以习近平新时代中国特色社会主义思想为指导，深入学习贯彻党的十九大精神，认真落实省委部署和东明书记指示要求，解放思想、真抓实干、开拓创新，进一步深化残联改革，健全体制机制，创新方式方法，下足“绣花”功夫抓好残疾人精准扶贫，切实加强并不断优化残疾人精准服务，有效维护残疾人合法权益，保障和改善残疾人民生，更好满足残疾人日益增长的美好生活需要，为推动治蜀兴川再上新台阶做出更大贡献。

省委书记彭清华在四川省残联第七次代表大会开幕式上的讲话摘要

2018年8月31日

过去五年，在以习近平同志为核心的党中央坚强领导下，四川省委认真贯彻党中央决策部署，始终把加强残疾人工作、发展残疾人事业放在全面建成小康社会的突出位置来谋划推进，先后制定《四川省残疾人事业“十三五”发展规划》《关于加快推进残疾人小康进程的实施意见》，将贫困家庭脑瘫儿童康复救助等8个残疾人民生项目纳入十大民生工程，率先实施重度残疾人护理补贴等制度，残疾人基本民生保障水平、基本公共服务水平明显提高，残疾人事业取得新的成就、迈上新的台阶。全省各级残联组织坚决贯彻中央和省委部署要求，认真履行职能，持续深化“量体裁衣”式残疾人服务，切实维护残疾人合法权益，真心实意为残疾人办实事、解难事。广大残疾人自尊自立，在推动经济社会发展中建功立业，在脱贫攻坚奋斗中挥洒汗水，在运动会赛场上取得优异成绩，为四川改革发展稳定做出了积极贡献。

当前，四川发展已经站在新的起点，正处于转型发展、创新发展、跨越发展的关键时期。省委十一届三次全会深入学习贯彻习近平新时代中国特色社会主义思想和习近平总书记对四川工作系列重要指示精神，坚持一张蓝图绘到底、重整行装再出发，结合新时代新使命新要求，对推动治蜀兴川再上新台阶做出新的战略谋划和部署。

各级党委和政府要高度重视残疾人事业，把推进残疾人事业作为分内的事，把残疾人工作摆在更加重要的位置，进一步完善领导体制和工作机制，认真落实关心帮扶残疾人的各项政策措施，带着感情、带着责任做好残疾人工作，切实保障和改善残疾人生活，推动我省残疾人事业持续健康发展。

各级残联组织要坚持正确政治方向，把握新时代残疾人工作新要求新任务新挑战，紧扣省委十一届三次全会各项部署，谋划推进残联工作，进一步增强政治性、先进性、群众性，更好发挥桥梁纽带作用。要坚持问题导向，加强自身建设，提高履职能力，不断增强残联组织的吸引力、凝聚力、战斗力，当好残疾人的“贴心人”，真正成为残疾人信赖依靠的残疾人之家。

省委副书记邓小刚在四川省残联第七次代表大会闭幕式上的讲话摘要

2018年9月1日

省委省政府高度重视省残联第七次代表大会，省委常委会听取情况汇报，审议有关事项，特别是省委书记彭清华同志多次就本次会议做出重要指示，提出明确要求，出席代表大会开幕式并做重要讲话，充分体现了省委对残疾人工作的高度重视和特别关怀。下面，我就学习贯彻中央和省委关于残疾人事业的部署和彭清华书记的重要讲话精神讲几点意见。

（一）提高政治站位，认真学习领会。当前，四川正处于优化经济地理、重塑区域经济版图的重要机遇期，特别是省委十一届三次全会做出实施“一干多支”重大发展战略，构建“一干多支、五区协同”区域协调发展新格局、“四向拓展、全域开放”立体全面开放新态势等系列重大部署，为我省全面高质量发展打下决定性基础，也必将为全省残疾人事业跨越发展提供坚强保障。彭清华书记在开幕式上的讲话站位高远、谋局宏伟、内涵丰富、目标明确、振奋人心，充分肯定近年来我省残疾人事业取得的成绩，充分肯定我省广大残疾人自强不息、感恩奋进的精神，充分肯定全省残联十四年如一日，始终坚持并持续深化“量体裁衣”式残疾人服务的经验，并对高质量推动我省残疾人事业再上新台阶提出明确要求。讲话通篇贯穿着习近平新时代中国特色社会主义思想和习近平总书记对四川工作系列重要指示精神，聚焦省委十一届三次全会决策部署，融会对广大残疾人的深厚情怀和殷切希望，是我省今后五年残疾人事业高质量发展的战略蓝本和纲领准则，具有极其重要的现实指导意义。全省残联系统要把迅速传达、学习领会省残联第七次代表大会和彭清华书记的重要讲话精神作为重要政治任务来抓，结合正在开展的“大学习、大讨论、大调研”活动，不断纵深推进从严治党，引领带动广大残疾人和残疾人工作者在精神上学深、在思想上悟透、在要求上把准，奋勇投身到治蜀兴川再上新台阶的伟大实践中来，鼓足转型发展的干劲，激发创新发展的活力，坚定跨越发展的信念，为决胜全面小康而不懈努力。

（二）紧密联系实际，推动落地落实。一要抓好任务分解。省委十一届三次全会做出了“深化‘量体裁衣’式残疾人服务”部署，清华书记在讲话中从五个方面对我省残疾人工作做出了系列重要指示，提出了具体目标和工作要求，各级残联要严格对照清华书记重要讲话要求和深化“量体裁衣”式残疾人服务的战略规划和目标任务进行认真梳理，查找工作差距，制定推进举措，层层压紧压实责任，倒排工期、限期验靶，做到项项落实到位、个个责任到位，确保讲话精神和会议部署不折不扣地精准落实。二要坚持创新推动。各地要坚持“残疾人工作怎么重视都不为过”的理念，坚持问题导向和“普惠＋特惠”的原则，结合清华书记重要讲话的新要求，在高质量推动残联系统全面从严治党、精准密切联系残疾人、精准服务残疾人、精准监督、精准管理、精准保障等再上新台阶方面不断开拓创新，继续保持“量服”“十年磨一剑”、一张蓝图绘到底的定力，不断完善精准服务残疾人的理念、方法和标准，把清华书记的重要讲话精神创新落实到为残疾人“一人一策”的精准服务中来，切实解决好总书记所说的服务“不空、不偏、不虚”的问题，不断提高广大残疾人的受益质量，增强他们的获得感、幸福感。三要抓好任务落实。近年来，省委省政府高度重视残疾人工作，连续8年将贫困家庭脑瘫儿童康复救助等8个残疾人民生项目纳入十大民生工程，连续5年将加强基层残疾人组织建设等7个残疾人专项工作纳入省委对市（州）党委的保障目标考核。清华书记的重要讲话对上述重大工作及残联其他重点工作已提出了明确要求，大家要认真对照各项年度目标和工作进度，逐项清仓盘点，及时解决问题，确保各项任务圆满完成。四要抓好督促指导。各级残联要切实抓好清华书记重要讲话精神贯彻落实情况的督促指导，要把学习、宣传、贯彻清华书记重要讲话精神的过程转化为深化认识、鼓舞干劲、凝聚力量的过程，转化为推动“量体裁衣”式残疾人服务高质量发展的具体举措和具体成效，确保完成大会确定的各项目标任务，与时俱进谱写我省残疾人事业新篇章。

省残联新一届领导班子要旗帜鲜明讲政治，做从严治党的表率；鞠躬尽瘁勇担当，做为民务实的表率；牢记使命讲奉献，做真情服残的表率；崇廉遵纪树正气，做清正廉洁的表率。

各级党委和政府要更加重视残疾人事业，加大投入、加强保障，精准抓好各项服残惠残政策和项目的落地落实，切实维护残疾人的合法权益，加快推进残疾人小康进程。

二、政策法规文件

四川省人民政府关于建立残疾儿童康复救助制度的实施意见

川府发〔2018〕40号

一、总体要求

（三）工作目标

到2020年，建立与全面建成小康社会目标相适应的残疾儿童康复救助制度体系，形成党委领导、政府主导、残联牵头、部门配合、社会参与的残疾儿童康复救助工作格局，基本实现残疾儿童康复救助全覆盖。

到2025年，残疾儿童康复救助制度体系更加健全完善，残疾儿童康复服务供给能力显著增强，服务质量和保障水平明显提高，残疾儿童普遍享有基本康复服务，健康成长、全面发展权益得到有效保障。

二、救助对象

（一）对象范围。救助对象为符合条件的0—6岁视力、听力、言语、肢体、智力等残疾儿童和孤独症儿童。脑瘫儿童年龄放宽至12岁；在非特殊教育学校随班就读听障儿童申请人工耳蜗植入年龄放宽至12岁；肢体残疾儿童申请矫治手术年龄可放宽至14岁。

（二）救助条件。救助对象应同时符合以下条件：具有四川省户籍；经济困难家庭；持有残疾人证，或县级以上残疾等级评定机构、三级以上资质医院出具的诊断证明；有康复需求，且经专业医疗康复机构明确诊断具有相应康复适应指征。其中，经济困难家庭残疾儿童包含城乡最低生活保障家庭、建档立卡贫困户家庭的残疾儿童和儿童福利机构收留抚养的残疾儿童；残疾孤儿、纳入特困人员供养范围的残疾儿童；其他经济困难家庭的残疾儿童。其他经济困难家庭的具体认定办法，由县级以上地方人民政府制定。有条件的地区，可扩大残疾儿童康复救助年龄范围，也可放宽对救助对象家庭经济条件的限制。

各级残联组织要与卫生健康部门密切配合，通过入户调查、走访等方式做好残疾儿童精准筛查工作，将符合救助条件的残疾儿童信息及时录入“量服”平台。

三、救助内容和标准

（一）救助内容。县级以上地方人民政府根据本地实际确定残疾儿童康复救助基本服务项目和内容，包括以减轻功能障碍、改善功能状况、增强生活自理和社会参与能力为主要目的的手术、康复训练、辅助器具适配等。

（二）救助标准。实施残疾儿童康复手术的，每名不超过3万元/年。开展康复训练的，每名不超过2万元/年。给予辅助器具适配的，基本辅助器具适配不超过0.5万元/人、人工耳蜗不超过6万元/人、助听器不超过1万元/人、普及型假肢安装每具不超过1万元/人，辅助器具适配后，两年内不得再救助同一类型辅助器具。

有条件的地区结合实际，可拓展残疾儿童康复救助精准服务项目内容，根据残疾儿童家庭贫困程度和实际康复需求，可适当提高救助标准。

县级以上地方人民政府依据本地财力状况、保障对象数量、残疾类别等，分类确定康复救助基本服务项目的经费保障标准，并建立动态调整机制。

四川省人民政府

2018年9月30日

三、五年工作综述

——四川省残联党组书记、理事长毛大付在省残联第七次代表大会上的工作报告（节选）

2018年8月31日

2018年是四川省残联成立30周年，30年砥砺奋进，30载成就卓著。特别是过去5年，四川省残疾人事业又取得了新成就。

（一）这五年，是党政格外关心、格外关注残疾人事业的五年

党的十八大以来，以习近平同志为核心的党中央对残疾人事业做出了一系列部署要求，为推进残疾人事业发展提供了根本遵循和强大动力。四川省第十一次党代会和省委历次全会特别是省委十一届三次全会对发展残疾人事业做出重要部署，《四川省国民经济和社会发展第十三个五年规划纲要》对多项残疾人重大工作做出具体安排，深化“量体裁衣”式残疾人服务纳入省委全面深化改革之中，省政府印发《关于加快推进残疾人小康进程的实施意见》《四川省残疾人事业“十三五”发展规划》，全面构建了加快推进残疾人小康进程的顶层设计。省委省政府连续8年将贫困家庭脑瘫儿童康复救助等8个残疾人民生项目纳入十大民生工程，连续5年将加强基层残疾人组织建设等7个残疾人专项工作纳入省委对市（州）党委的保证目标考核，召开全省第五次残疾人事业工作会议，每年定期召开省政府与省级群团联席会议，建立并实施困难残疾人生活补贴和重度残疾人护理补贴等重大制度，完成省残疾人体育训练中心、省听力语言康复中心等重大项目建设。省委省政府对残疾人事业的特别重视处处彰显，党委领导、政府负责的残疾人事业领导体制进一步健全。

（二）这五年，是残疾人普遍受益、民生显著改善的五年

“量服”平台显示，5年来，全省残疾人得到多达1.27亿项次实实在在的服务，年人均服务达7.5项次。仅通过持续实施省委省政府民生工程项目就惠及1305万人次残疾人，受益资金达51.4亿元。所有数据都有名有姓有评价，所有服务都可追溯到每个具体人、具体受益金额等。精准数据彰显了残疾人事业的跨越发展和残疾人生活状况的明显改善。

残疾人基本民生保障水平明显提高。建立了三项残疾人重大特惠制度。在全国率先建立重度残疾人护理补贴制度，仅2017年就投入资金7.48亿元，惠及102.10万名残疾人；建立困难残疾人生活补贴制度，仅2017年就投入资金6.81亿元，惠及73.51万名残疾人，“两项补贴”填补了全省性残疾人专项福利制度的空白。在全国率先建立残疾人扶贫对象生活费补贴制度，仅2017年就投入资金1.28亿元，惠及9.88万名残疾人。精准落实残疾人参加城乡居民社会保险政府代缴政策，仅2017年就为49.63万名残疾人代缴养老保险0.92亿元，为146.6万名残疾人代缴医保2.71亿元。将运动疗法等29个医疗康复项目纳入城镇基本医疗保险和新型农村合作医疗支付范围。深入实施残疾人精准扶贫、精准脱贫，48.1万名贫困残疾人纳入建档立卡。

残疾人基本公共服务水平全面提升。在持续深化“量

服”“一人一策”精准服务中，切实将各级各部门扶残举措落地到每一个残疾人身上。实施精准康复，为有康复需求的残疾人提供了4837939人次康复治疗和训练及辅助器具适配服务。视力、听力、智力三类残疾儿童少年义务教育入学率超过90%，残疾人学生随班就读的比例超过80%。持续开展残疾人考生高考精准服务工作，为202名残疾人考生参加普通高考提供合理便利，四川符合录取条件的上线残疾人考生录取率连续五年保持100%。持续扶持残疾人发展增收，共扶持217.92万人次残疾人发展生产，帮助392.32万人次残疾人实现居家灵活就业，为35.84万人次残疾人发放居家灵活就业（创业）直接补贴。精准培训残疾人86.77万人次，59.83万人通过培训实现就业。大力推进无障碍环境建设，为9.3万名残疾人家庭实施无障碍改造。20余万重度和贫困残疾人在家中实现了康复体育健身。

（三）这五年，是改革创新、全面深化“量服”成效显著的五年

我们将创新发展作为根本动力，始终坚持以残疾人为中心，以精准动态掌握每个残疾人具体情况和需求情况为基础和前提，以“一人一策”精准服务为关键和核心，以残疾人群众的直接精准监督为根本保障，以“互联网+精准管理”为根本依靠，全面持续深化“量服”，建立健全“量服”四大机制，全面实施“量服5335”战略，形成了一整套从服务的理念、方法、标准到监督评价、管理体制和运行机制的精准服务残疾人新模式，促进残疾人事务治理发生根本性变革，走出了“量服”这条具有四川特色的残疾人事业发展的科学道路。一是建立了由现场入户调研+网上入户调研+开放互动组成的常态化精准需求机制，精准掌握每个残疾人的具体情况特别是需求情况。仅2017年，全省就精准掌握了3314365名残疾人家庭的169677195项次基本情况和34750093项次需求情况。二是建立了以每个残疾人具体情况为依据，以其具体需求为导向的“一人一策”服务机制，将服务做到每家每户，实现精准施策、精准服务。仅2017年全省就为3311455名残疾人提供了30251664项次的“一人一策”服务，每项服务的服务主体、时间、地点、具体内容、投入资金和服务实效等，都可随时在手机上查看。三是建立了以每个残疾人直接监督为主，社会监督、组织监督、网络监督一体化的“互联网+精准监督”机制。残疾人都可在自己或家人的手机上随时随地对我们进行“背靠背”评价监督，反映他们的意见或建议。仅2017年就有3348739人（次）残疾人参与服务评价，提出意见建议。四是建立了信息化管理和实据、量化决策机制，实现了“互联网+精准管理”。建立了以残疾人为中心的动态大数据库，实现对每名残疾人基本情况和需求情况的精准管理，对每名残疾人“一人一策”服务情况的精准管理，对每个项目进度、质量、效果等的精准管理，对资金、设施、绩效、干部等方面的精准管理。

我们始终站在贯彻“四个全面”的战略高度和增强“四个意识”的政治高度，以全面深化自2011年起在全省创新推广的“量服”为抓手，切实增强残联政治性先进性群众性，将残联组织改革向纵深推进。“量服”因其重大创新性及现实意义荣获了第七届“中国地方政府创新奖”最高奖。现已进入全面提升“量服”精准需求、精准施策、精准监督和精准管理精准度，推动高质量发展的新阶段。

（四）这五年，是广大残疾人拼搏奋进、绽放风采的五年

越来越多的残疾人顽强奋斗，实现人生和事业的梦想，为社会发展贡献自己的力量。1201619名残疾人充分发挥主体作用，依托“量服”“一人一策”服务实现发展增收。在脱贫攻坚的主战场，在残奥赛场上，在平凡的岗位上，涌现出一大批残疾人先进模范，有全国优秀共产党员、全国五一劳动奖章、全国三八红旗手获得者，也有中国青年五四奖章、教育部“百姓学习之星”、“四川好人”、“四川省道德模范”获得者，还有“四川省就业创业先进个人”、“CCTV三农创业致富榜样”、“四川省新闻出版领军人物”等。五年中，涌现出国家级自强先进22名，省级自强先进517名，彰显了四川残疾人独有的“三有”“四自”精神。5年中，四川残疾人运动员共获得残奥会、聋奥会、亚残运会、全国残运会金牌57枚、银牌62枚、铜牌70枚，特别是参加2016年里约残奥会获8金4银1铜，六次打破世界纪录创历史最好成绩，为祖国和人民赢得了荣誉。四川残疾人艺术团以开展“励志自强，脱贫奔康”巡演的特有形式，激发群众脱贫攻坚的内生动力，已巡演200余场，受益观众超过100万人次。

（五）这五年，是残疾人“平等、参与、共享”的社会环境持续优化的五年

5年来，依照新修订的《四川省<中华人民共和国残疾人保障法>实施办法》，切实维护残疾人平等参与社会、共享社会发展的权利。率先在全国开通12385残疾人服务热线并实现全省县级残联全覆盖。按比例安置残疾人就业不断拓展，无障碍环境不断改善。在全国首创建立聋人驾考电子屏图示考试系统，近200名听力残疾人顺利领取驾照。高质量承办全国第九届残运会暨第六届特奥运动会。成功举办四川省第二届残疾人文化艺术节、四川省第八届残运会暨第三届特奥运动会、四川省第四届残疾人职业技能竞赛等重大活动。“四出”扶残助残社会风气日益浓厚，涌现出一大批感人的助残典型，其中全国助残先进集体5个、助残先进个人4个，省级助残先进集体45个、助残先进个人45个。四川省残疾人福利基金会、成都市残疾人福利基金会、中国狮子联会四川省代表处发挥作用突出。

（六）这五年，是残疾人事业发展保障条件全面改善的五年

组织保障进一步加强。始终坚持党对残联的全面领导，将政治建设放在首位，坚决做到“两个维护”，以严实作风落实全面从严治党主体责任，以全面从严治党的新成效引领残疾人事业新发展。认真开展党的群众路线教育实践活动、“三严三实”专题教育、“两学一做”学习教育，推进“两学一做”常态化制度化。先后接受了省委巡视、正风肃纪专项检查及经济责任审计。深入学习贯彻省委十一届三次全会精神，认真组织“大学习、大讨论、大调研”。省残联连续5年在省纪委组织的政风行风群众满意度测评中名列前茅。全面完成县级残联组织规范化服务型建设。对全省残疾人工作者实施精准管理和全员培训，创新设立“量服讲堂”。全面加强各级各类残疾人专门协会建设和助残社会组织培育发展工作。

资金保障进一步加强。5年来，全省残疾人事业专项投入总计达到124.7亿元，年平均增长16%；2017年各地残疾人就业保障金总量首超25亿元。坚持以“量服”平台各项残疾人有效需求为依据，精准预算、安排和使用财政资金，做到全流程公开透明。

设施建设进一步加强。截至2017年底，全省已建和在建省、市、县残疾人服务设施243个，建筑面积达80万平方米。省八一康复中心实现跨越发展，省听力语言康复中心和省残疾人体育训练中心先后投入使用。2015年省委省政府实施“全省每个县建成一个残疾人服务中心”民生实事。新建成100个县级残疾人康复（健身）体育活动室，为165个县（市、区）配发了流动服务车。

四、2018年工作综述

2018年，四川省残疾人工作坚持以习近平新时代中国特色社会主义思想为指导，紧紧围绕“全面建成小康社会，残疾人一个也不能少”的目标和《四川省残疾人事业“十三五”发展规划》的部署，全面深化“量体裁衣”式残疾人服务，各项目标任务推进顺利。

（一）全面加强党的建设，认真落实省委十一届三次全会部署

省残联认真落实《中国共产党纪律处分条例》和《贯彻落实中央“八项规定”精神和省委省政府“十项规定”实施细则》，不断健全党组织生活制度，坚决整治侵害群众利益的不正之风和腐败问题。在全省参加政风行风测评的42个政府部门和18个公共服务行业中，残联部门2017年度政风状况群众满意度指数为88.44，排名第3位，连续五年在全省政风行风测评中名列前茅。举办41场学习宣传贯彻党的十九大精神百场报告会，在率先学深悟透的同时，依托“量服”每年的全覆盖入户调研，将党的十九大精神和习近平新时代中国特色社会主义思想精准宣讲到每一个残疾人家庭。在“一人一策”的精准服务残疾人群众中，大力宣传和传递党和政府对残疾人的关怀，切实增强残联组织的政治性、先进性和群众性。省委十一届三次全会做出了“全面深化‘量体裁衣’式残疾人服务”等部署，将“量服”写入《中共四川省委关于全面推动高质量发展的决定》，为全省残疾人事业高质量发展提供重要遵循。结合“大学习、大讨论、大调研”活动，印发《关于坚定以习近平新时代中国特色社会主义思想为指导、深入学习贯彻省委十一届三次全会精神、下足绣花功夫深化“量体裁衣”式残疾人服务、高质量推动治蜀兴川残疾人事业再上新台阶的实施意见》，依托每周开展的“量服讲堂”和每月开展的“量服”精准分析进行常态学习贯彻，已有6名省残联领导，15名市（州）残联理事长、副理事长，18名县（区）残联理事长，22名基层残疾人工作者做报告，确保全会精神在残联系统落地生根、开花结果。

（二）全面深化“量体裁衣”式残疾人服务

省残联以“量服”能力提升年和“量服”作风锻造年为抓手，将“量服”的理念、方法、要求全域全程化落实到残疾人工作中，充分发挥其牵引残疾人事业科学、创新发展的“牛鼻子”作用。省委书记彭清华省残联第七次代表大会上高度肯定“量服”，要求在全省脱贫攻坚中借鉴推广；中国残联将“量服”作为11月在凉山州召开的全国贫困残疾人脱贫攻坚工作培训班重要内容。省残联为构建“联系广泛、服务群众”群团工作体系和加快推进残疾人小康进程贡献了四川模式和科学路径。

1. 持续深化“量服”常态化精准调研、精准需求机制

不断深化“量服”常态化的“现场入户调研＋网上入户调研＋开放互动”的精准调研机制。坚持基层残疾人工作者每年至少深入每户残疾人家庭现场调研一次，省、市、县每个残疾人工作者每天在“量服”平台上随机抽取10户以上残疾人开展网上入户调研，精准掌握残疾人在康复、教育、就业等方面的需要，特别是“两不愁、三保障”的真实情况和需求。不断深化开放互动机制，让残疾人足不出户随时可以在自己或家人手机上查看信息、核实信息、反映情况、提出意见等，不断提高精准需求的精准度。截至2018年，全省共深入3268909名残疾人家庭，精准需求共计3332174项，已落实服务3328219项，实现持证残疾人覆盖率100%，需求精准度达99.88%。

2. 持续深化“量服”常态的精准施策机制

持续深化以每个残疾人具体情况为依据，以其具体需求为导向的“一人一策”服务机制，着眼残疾人最关心、最

直接的现实利益问题，为他们一件事一件事地做，一个问题一个问题去解决，不断提高精准服务精准度。截至2018年，全省“一人一策”精准服务残疾人达475万余人次，持证残疾人覆盖率达100%，“精准施策”精准度达99.53%。

（1）大力推进精准扶贫、助残脱贫增收。一是推进浙川、粤川残联系统东西部扶贫协作工作，与浙江省、广东省残联签订协作框架协议。二是牵头做好定点（对口）帮扶小金县脱贫攻坚工作，创新建立《关于加强小金县脱贫攻坚定点帮扶对口帮扶工作联动的协调机制》，切实履行牵头单位职责，确保小金县如期脱贫摘帽。会同相关部门研究制定《关于打赢贫困残疾人脱贫攻坚战三年行动的实施方案》，不断加大贫困残疾人帮扶力度。三是持续实施“百万残疾人就（创）业增收工程”，大力帮助残疾人挖掘自身潜能，积极推动残疾人按比例就业。截至2018年，为790028人次残疾人落实就业创业需求达1016483项次。四是举办省第28次全国助残日主题活动“助残就业·圆梦小康”，组织适残岗位企业代表等300余人参加活动。组织动员狮子联会、基金会、艺术团等力量以多种形式开展社会扶贫，取得实效。

（2）深化残疾人民生保障。一是持续实施“百万残疾人民生保障工程”，截至2018年，已为全省3328219名残疾人制定并落实“一人一策”民生保障方案，投入资金多达10.63亿元，为103.8万重度残疾人发放护理补贴，为74.16万名困难残疾人发放生活补贴。着力改善适龄残疾儿童少年的入学状况，为29578人次残疾人落实残疾人教育服务30328项次。二是起草并报省政府常务会议审定通过，出台《四川省人民政府关于建立残疾儿童康复救助制度的实施意见》，切实增强残疾儿童家庭的获得感和幸福感。同时，依托省政府正在建设的“互联网+残疾人康复”三级服务体系，将各地残疾人康复机构融入全省康复体系，共享优质康复资源，让残疾人获得更专业化的精准康复服务。三是切实抓好省委省政府十项民生工程及20件民生实事（省残联共8项），持续实施“百万残疾人民生保障工程”和“百万残疾人康复工程”。截至2018年，拨付资金8849.47万元，残疾人居家灵活就业完成扶持669814人，是年度任务的136.70%；拨付资金7017.06万元，扶持农村残疾人发展生产完成141271人，是年度任务的156.97%；拨付资金5341.39万元，贫困残疾人适配急需的基本辅助器具完成145930人，是年度任务的145.93%；拨付资金6544万元，贫困家庭脑瘫儿童康复救助完成5775人，是年度任务的115.5%；拨付资金3369.99万元，为贫困家庭听力残疾儿童提供康复救助完成1377人，是年度任务的137.7%；拨付资金5404.9万元，为贫困重度残疾人家庭实施无障碍改造完成10932户，是年度任务的109.32%。残疾人民生项目全面完成。

（3）大力发展“机构量服”。全力推进各个机构按照“量服”理念和方法开展精准服务，为残疾人提供更多的专业化服务。努力解决残疾人专业化服务发展不平衡不充分的问题，不断提高专业机构服务能力和水平。截至2018年，全省共有2565个机构进入“量服”平台，共为残疾人提供1461967项次的专业化服务。

（4）大力发展“开放量服”。按照习近平总书记“让百姓少跑腿、信息多跑路”的要求，结合“最多跑一次”改革，大力发展“开放量服”，让残疾人通过登录“量服”App足不出户就可了解到自己的“量服”信息，在线提交服务申请，直接反映自己的需求，办理具体业务。截至2018年，全省共开设自助业务项目3262个，残疾人在线提交申请619648项，业务在线办理率达91.37%，残疾人满意率达99.46%。

3. 深化“量服”常态的精准监督机制

习总书记指出，让群众来监督和评判，才能做到不虚不空不偏。省残联持续深化以每个残疾人直接监督为主的“量服”精准监督机制，让所有接受服务的残疾人在自己或者亲人手机上直接监督、评价服务成效并反馈服务意见，构建残疾人足不出户的维权工作机制。截至2018年，登陆残疾人达2250732人次，106952名残疾人参与业务评价，提交评价意见115902条，满意率达99.46%。

4. 深化“量服”“互联网+精准管理”机制

持续深化“互联网+精准管理”机制，不断提高精准管理的精准度，力求实现对每个残疾人、每个项目、每笔资金和每个干部等大数据的精准管理，一个不少地精准管理对每个残疾人的服务，有效杜绝习总书记指出的“一说到精准，就说不清楚了”的现象。提升精准管理能力，深化对项目进度、质量、效果及资金、设施、绩效、干部等方面的精准管理，推进残疾人事务治理现代化。

5. 高质量推动精准保障再上新台阶

（1）组织保障得到夯实。制定《2018年深化“量体裁衣”式残疾人服务1+11方案》，举办2018年全省深化新时代“量体裁衣”式残疾人服务培训班，对2018年深化“量服”改革进行总体部署，进一步提升残疾人工作者服务能力。利用“量服”平台，对省、市、县、乡四级残疾人工作者全部实行实名制精准管理。截至2018年，全省共有残疾人工作者118239人，其中，乡（镇）、村（社区）残疾人工作者109459人，占比达92.6%。

（2）资金保障得到提升。进一步完善残疾人事业的财政金融支持体系，形成多渠道、全方位的残疾人事业投入格局，规范使用残疾人就业保障金。依据“量服”建立的需求与落实大数据，把资金分配到最急需的地区、落实到最需要的残疾人手中，避免因信息不对称导致的资金分配盲目性，有效提高分配效益，实现资金精准安排、对象精准拨付、项目精准使用和效益精准评估。截至2018年，全省通过残联系统投入残疾人事业资金达到23.48亿元，其中，争取中央资金2.55亿元，省级资金2.44亿元。

（3）设施保障得到加强。四川特殊教育职业技术学院项目继续加快推进，“四川省残疾人辅助器具资源中心（国家辅助器具西南区域中心）暨八一康复中心儿童康复楼项目”完成设计及办理完毕相关手续并开工建设。省残疾人体育训练中心和省听力语言康复中心已正式移交投入使用。精准安排资金898.34万元，用于63个深度贫困县和2018年脱贫摘帽县用于村（社区）残疾人康复（健身）体育活动室器材采购，全省残疾人服务设施总面积达684462.34平方米。

同时，残疾人文化体育事业蓬勃发展，2018年，四川省残疾人运动员366人次参加竞技体育、群体体育和特奥运动会的全国29个单项赛事，取得27金、38银、36铜的好成绩。其中，34人次代表中国体育代表团参加第三届印尼雅加达亚残运会等7项国际赛事，取得5金7银3铜优异成绩。举办全省第九届残疾人运动会暨第四届特殊奥林匹克运动会，设24个比赛项目，22个代表团参赛，1841名运动员以优异成绩和优良作风彰显“不是不行，只是不便”的现代文明社会残疾人观。四川残疾人艺术团开展“励志自强·脱贫奔康”巡演25余场，受益观众8.7余万人次。开展“奋进新时代·共享新发展”典型事件（人物）评选，产生“最具影响力的十件大事”、“最贴心的十大量服个案”、“最励志的十大自强典型”、“最感人的十大助残典型”，营造了全社会扶残助残的良好氛围。

五、大事记

1月5日，省残联党组书记、理事长毛大付会见阿坝州副州长葛宁、州残联理事长杨海成一行。

1月16日，省残联维权处党支部和支部书记罗增永在省直机关党的建设工作会议上入选2017年度省直机关“五好党支部”和优秀党支部书记。

1月9日—11日，省残联党组组织召开了十九大精神集中学习班。

1月17日—19日，中国残联、国家卫生计生委专家调研四川省残疾人家庭医生签约和精准康复服务行动实施情况。省残联党组成员、副理事长马骏陪同调研。

2月2日，2018年四川省残联工作电视电话会议召开，毛大付出席并讲话。省、市、县三级残联党组班子成员、全体干部职工，乡镇（街道）专干、村（社区）专委参会。

2月6日—8日，省残联党组成员、副理事长杨志远率队赴小金县四姑娘山镇、达维镇、宅垄乡、美兴镇等地开展扶贫慰问调研活动。

2月11日，省残联党组成员、副理事长黄卫德到金牛区驷马桥街道看望慰问困难残疾人。

3月5日，毛大付召集参与定点帮扶小金县脱贫攻坚的部门（单位）帮扶召开工作联席会议，省信访局、财政部驻川专员办、中电科十所、四川职业技术学院、四川文理学院、四川核工业职工大学、核工业四一六医院分管领导等参加会议。

3月6日—7日，省委常委、组织部部长黄建发赴省残联牵头定点帮扶小金县开展脱贫攻坚调研督导。毛大付及省发改委、省旅发委、农业厅等部门领导陪同调研。

3月12日，2018年全省深化新时代“量体裁衣”式残疾人服务培训班在成都举行开班仪式。全省21个市（州）残联主要领导、分管领导、业务科室负责人，省残联机关各处室相关人员、直属事业单位领导班子成员等近200人参加培训。

3月13日，省残联在成都召开市（州）残联主要领导培训班。党组成员分组主持，听取各地落实全年各项工作部署情况的汇报。

3月23日，省残联召开定点（对口）帮扶小金县脱贫攻坚工作联席会议。

4月19日，毛大付、杨志远一下赴小金县日尔乡四大安村调研指导脱贫攻坚工作。

5月3日，副省长王一宏带队赴温江区调研残疾人工作。

5月3日—5日，国务院办公厅秘书三局副局长王政敏、中国残联康复部主任胡向阳一行来川调研建立残疾儿童康复救助制度工作。

5月21日—25日，中国残联康复部、中国残疾人社会服务指导中心在四川彭州举办全国盲人定向行走及适应性训练骨干培训班。来自全国31个省区市残联系统的63名业务骨干参加培训。中心常务副主任刘宇赤、省残联副理事长马骏等参加开班仪式。

6月15日，副省长、组委会主任王一宏主持召开第九届残运会暨第四届特奥运动会组委会全体会议，听取广元市筹备工作情况汇报，集中审议开幕式、闭幕式方案。

6月22日，四川省第九届残疾人运动会暨第四届特奥运动会射击项目在四川省陆上运动学校提前开赛。

7月2日，英国无障碍艺术节总监Jo Verrent女士一行在英国驻重庆领事馆罗佳丽女士的陪同下莅临四川残疾人艺术团温江培训基地参观交流。

7月3日—9日，四川省第九届残疾人运动会暨第四届特殊奥林匹克运动会6个提前比赛项目在广元市开赛。7月5日上午，广元市澳源体育中心、旺苍县、昭化区三个赛区同时举行开赛仪式。市本级开赛仪式由组委会副主任、广元市人民政府副市长吴桂华主持。

7月9日，四川省第九届残运会暨第四届特奥运动会残运网球、残运乒乓球、残运羽毛球、特奥篮球、特奥足球、特奥田径6个提前比赛项目，历经7天时间的比赛角逐，完成所有赛程，共产生金牌192枚、银牌131枚、铜牌83枚。

8月23日，四川省第九届残疾人运动会暨第四届特殊奥林匹克运动会在广元市澳源体育中心澳源体育馆举行开幕式。

省政府副省长、运动会组委会主任王一宏出席并宣布开幕。

8月31日—9月1日，四川省残疾人联合会第七次代表大会在成都举行。省委书记彭清华出席开幕式并讲话，王一宏当选为省残联第七届主席团主席，省委副书记邓小刚出席闭幕式并讲话。

9月1日—2日，中国残联副主席王新宪在自贡市调研残疾人工作。

9月5日，省人社厅和省残联就派出联合调研组，开展为期一周的残疾人就业创业工作专题调研。

9月14日，省聋人足球队在全国第十届残疾人运动会暨第七届特奥运动会聋人足球比赛上获得第七名。

10月15日—17日，省残联举办"全面贯彻四川省委十一届三次全会精神，深化'量体裁衣'残疾人服务，2018年全省'量服'精准分析培训班"暨第139—141期"量服"讲堂。

11月12日，浙川、粤川残联系统东西部扶贫协作推进会在成都召开，省委副书记邓小刚、中国残联副理事长程凯、副省长王一宏出席会议。

11月13日，广东省残联党组书记、理事长张永安一行7人赴德阳市考察"量体裁衣"式残疾人服务工作。省残联党组成员、机关党委书记梁峰，德阳市政协副主席汪国华等陪同调研。

12月13日，在新浪网、新浪微博、微博政务新媒体学院、新浪四川共同举办的"微政道·2018新浪四川政务微博年会"上，省残联官方微博@四川残联荣获"2018新浪四川微政道影响力政务微博最佳互动服务奖"，是唯一获得该奖项的群团组织。

12月19日，全国残联信息化工作会暨信息技术培训班在成都市召开。

附录一

中国残联副主席、四川省凉山彝族自治州雷波县政府残工委副主任、县残联理事长沙马友古在全国贫困残疾人脱贫攻坚工作培训班上的讲话：下足"绣花"功夫，决战决胜脱贫攻坚

2018年11月13日

首先热烈欢迎全国各地的各位同仁来到我家乡——美丽的五彩大凉山。今天很高兴能有机会和大家交流这些年来做残疾人工作的快乐心得和一些做法。基层现在有一种说法：一个人话讲得好不好不仅听掌声有多少，更要看玩儿手机的有多少，不仅要看他真不真诚，更要看他真不真实。今天我真诚的和大家交流雷波的主要做法，真实地表达做残疾人工作的体会。

一、主要做法

习近平总书记对残疾人有着特殊深厚的感情，处处为残疾人脱贫奔康撑腰鼓劲，在不久前闭幕的中国残联七代会上韩正副总理受总书记的委托，代表党中央提出了推动新时代残疾人事业发展"五个必须"的要求。那么，当前雷波贫困残疾人脱贫攻坚工作是怎样做的呢？主要是用以下制度去攻坚的。

一是出台《选用残疾人专干专委的实施意见》，解决"事业有人"的问题。为实现脱贫攻坚"残疾人一个也不能少"的目标，我们是用"量体裁衣"式残疾人服务（简称"量服"）"精准入户、精准施策、精准监督、精准管理"的理念和方法带着真情把残疾人找到后，精准落实各项惠残政策。这样才能情况清楚决心大方"显灵"、心中有数点子多才有用。雷波县享有"孟获故里、中国彝族民歌之乡、中国优质脐橙第一县"的美誉，位于四川省西南边缘、凉山州东部、金沙江下游北岸，全县辖区面积2838平方公里，山地面积占84%，辖47个乡（镇），276个村和9个社区，总人口27万人，其中残疾人1.8万人，截至今日，持证残疾人8366人，纳入精准扶贫建档立卡的残疾人2797人，是国家级扶贫开发工作重点县。但山高坡陡谷深，悬崖峭壁路险，贫困量大、面宽、程度深。残疾人脱贫工作也呈现点多、面广、战线长的特点，因此，务必选用一批有"爱心、耐心、进取心、心心相印""不唯绩效、只唯实效"的乡村专干专委的紧迫性问题摆在了我们的面前，围绕残疾人脱贫这个中心，出台了《选用残疾人专干专委的实施意见》，乡镇专干每年补贴9600元，村专委每年补贴3600元，一月一考核一月一兑现。近年来，共投入资金497.36万元。取得了"一举四得"的效果，即"加强了基层残联组织建设，促进了残疾人就业，提升了'量服'质量，激发了贫困残疾人脱贫的内生动力"。这样也有效贯彻了中国残联七代会"提升基层残疾人服务能力和水平"的精神。这一制度目前促进了116名残疾人稳定就业。促使残疾人心怀感恩，听党话、跟党走。

二是制定出台重度残疾人护理补贴"提标扩面"的制度。争取资金项目化，项目工作制度化。雷波县2010年制定出台了《重度残疾人护理补贴办法》，2014年全省推行。然而在当前残疾人高质量脱贫需求的增加，低标准的补贴不再适应残疾人的精准需求，为此出台了《雷波县残疾人生活护理费用补贴办法》，重度残疾人护理补贴"提标扩面"为残疾人生活护理费用补贴，实现所有持证残疾人生活护理费用补贴全覆盖。一、二、三、四级分别补贴每月150、100、80、50元。为残疾人脱贫奔康打下了坚实的基础。近年来，发放生活护理费用补贴22701人次，共发放资金2018.683万元。

三是制定出台《雷波县农村贫困残疾人危房改造实施办法》的制度。针对当前普惠的脱贫政策，由于残疾给贫

困残疾人家庭在建房中带来需要更多劳力投入的现状，我们也不可能解决每个残疾人单独建房所需要的所有资金，所以我们捆绑彝家新寨建设或易地移民搬迁等项目，在同等条件下，贫困残疾人当年建房当年脱贫的建档立卡户，每户补贴5000元，近年来，共为1559户贫困残疾人提供建房补贴797.5万元。为残疾人如期高质量脱贫“添砖加瓦”。

四是制定出台《雷波县扶残助学实施办法》制度。教育是脱贫攻坚“两不愁、三保障”的硬指标，小学每年800元、初中1000元、高中1200元，大中专院校一次性从2000到6000元不等。近年来共扶持在校残疾学生和重度残疾人在校子女3929人次，投入扶残助学资金364.98万元。邓云源、乔祚秀、吉明小军等148名残疾学生圆了大学梦，在各行各业中发扬着自强不息的精神，有些还誓言为残疾人兄弟姐妹奋斗终生加入了残联系统。为脱贫攻坚“阻断贫困代际传递”做出了贡献。

五是制定实施《雷波县城乡残疾人医疗保险和养老保险代缴实施办法》的制度。医疗保障也是硬指标，原来只为重度残疾人代缴医疗保险，现在更细了，低保户残疾人由民政代缴、建卡户残疾人由扶贫移民局代缴、非低保非建卡由残联代缴。近年来，共为2.2万人次代缴城乡医保，投入资金307万元；共为1.8万人次代缴养老保险，投入资金180万元，持证残疾人全覆盖。

六是制定出台《雷波县贫困残疾人生活救助实施办法》的制度。实施国家残疾人扶贫对象生活费补贴办法和落实困难残疾人生活补贴政策的同时。根据“量服”精准分析，还有部分“一户多残、老残一体”的家庭需要更多特惠政策的扶持。为此，我们创新制定实施了《雷波县贫困残疾人生活救助实施办法》的制度，每户每年补助1200元。近年来，共为2117户次发放254.04万元。

七是制定出台《雷波县残疾人临时救助实施办法》。对因病、因灾、意外等造成残疾人家庭紧急困难其他政策又不能覆盖的予以救助，这样就可以政策互补，因为有些阶段性政策已脱贫的残疾人是不能覆盖的，近年来，共为199名残疾人发放63.7万元临时救助资金。

探索建立就业创业、康复救助机制。近年来，农村实用技术培训1685人，投入171.7万元；169人获得就业援助，投入33.8万元；10963人次实现居家灵活就业次，投入335万元。就业（创业）直补662人次，投入资金66.2万元。投入30万元，重点扶持具有一定规模的36户自强创业户；免费配发辅助器具1580件，投入资金52.9万元；40名贫困脑瘫儿童康复救助，投入51.5万元；实施安装助听器、人工耳蜗、矫治手术、孤独症儿童康复训练等项目，共投入109万元。使1800余名残疾人得到不同程度的康复，这样就可以把残疾人家庭的劳动力解放出来投入到脱贫攻坚中。

共性需求建立机制，个性需求感情投入，这些“量服”成果的转化，长期性制度的出台是“量服”“精准入户、精准施策”的理念得以落实的结果，只有这样才能把残疾人脱贫攻坚“这朵花绣好”，形成稳定增长的残疾人事业投入机制，五年来，共投入7921.86万元，县本级公共财政投入占82.8%，年均增长62.97%。

脱贫攻坚已经倒计时，我们2797人建档立卡残疾人已脱贫1906人，预计今年年底到明年5月前剩下的891人全部脱贫。对当前残疾人脱贫攻坚我个人有几点建议，由于发展程度的差异、各种条件的不同，仅供参考。

一是残疾人脱贫要从稳定上下功夫。特殊的残疾人群体返贫概率可能比其他群体还高，所以从源头上算残疾人收入账时，不要有长期兜底的思维去算，多从就业创业、集体经济、股权量化等长期性收入去算。算必须长期兜底的部分重度残疾人的收入时，要考虑三至五年后的物价问题，做各种政策提前“提标”的准备，找好差距、补齐短板。比如，目前一位重度残疾人各种补贴收入都算尽了只有3800元，那么他的返贫率是最高的，因为只有200元的差距。风一吹雨一打就没了。这就是典型的简单地为了脱贫算收入。二是乡村残疾人工作者“人员稳定、提升能力”上下功夫。虽然每个村都有“五个一”团队，但他们最终是会走的，所以把不走的专干专委培训成为能打阻击战的战士和提高待遇的问题显得尤为重要。三是弄懂3%的贫困发生率上下功夫。坚决杜绝以重残为由把单人单户又未达到五保条件的贫困残疾人纳入3%贫困发生率的可能性。因为兜底保障水平的差异，全部集中供养的条件也不具备，只有探索邻里有偿服务模式。四是推广残疾人脱贫典型上下功夫。一个村尽量找具有可比性的脱贫典型人或户，激发残疾人脱贫内生动力，比你讲十遍百遍政策都管用。五是有大扶贫格局上下功夫。这是非常重要的一点，残联自身解决不完也解决不了残疾人的各种脱贫需求，我们是脱贫攻坚指挥部成员单位，一定要利用这个平台，把我们残疾人的脱贫精准需求提供给指挥部共同商议研究解决。切记不要单打独斗自娱自乐。这是雷波大部分制度的完善和形成之经验。

二、十多年残疾人工作的几点体会

任理事长已有11年了，我对理事长三个字的理解是，理事长、理事长，你不理事肯定长不了，因为我13岁后的梦想是懂事一点、乖一点、听话一点，我就会长得和哥哥一样高的梦想，虽然这一梦想无法实现，但总是在期盼！理事长（cháng）理事长（cháng），理了好事活得长（cháng），所以我把工作当修行，总对自己说“辛苦总比命苦好”。我们所努力的不可能都得到残疾人百分之百的满意，但心里一定要朝着让残疾人百分之百满意的方向努力才行，这样才能像海迪主席说的那样做一个“高尚的、擎着火把为残疾人照亮生活道路的人”。当然，受社会、经济、人们思想观念等制约，短时期内彻底解决残疾人工作中的所有问题、全面解决残疾人面临的所有困难是不现实的，但我们不实实在在地充分利用新时代的好政策，创新作为、落实政策，不实实在在地为残疾人解决困难是不称职的。只要我们和残疾人多用数据线不设防火墙就行。今天在座的各位同仁工作做得比我们好的可能很多很多，我们贫困地区要真诚面对差距，差距不可怕，可怕的是不认识差距的存在和没有解决差距的勇气。我们有些乡镇一个村到另一个村在村村通水泥路的前提下都可能需要两三个小时。管他三七二十一，只要实干，一切难题只有在实干中才能破解，一切办法只有在实干中才能见效，一切机遇只有在实干中才能抓住用好。

一是依法发展残疾人事业。方法比知识重要，行动比方法重要；只要努力就能改变，只有努力才能改变，所以我更加坚定了一个信念，只要务实干事，做看不见的实事比看得见的好事更有魅力、更能长久。爱残疾人不是天天去献爱心，因为平凡人爱心献多了，自己也缺爱，应该用政策来爱，应该用依法来爱，才能爱得深爱得久；热爱残疾人事业，不是下一次乡解决一个问题就爱了，应该用制度来爱，应该用依法来爱，才能爱得深爱得久。特别是我们残疾人做残疾人工作的，虽然身体被命运抛弃，心灵一定要唱出强者之歌，用法制的眼光关爱更多的残疾人朋友，你给出的答案才掷地有声，因为只有法制才能保障他们的权益。少做“量服”知识进步快的人，要做“量服”文化定力好的人。

二是残疾人事业不仅是阳光的事业有些时候更是流泪的事业，需要感情投入。每个残疾人都是一本书，只要你耐心翻阅，都会有意想不到的收获，正如《假如给我三天光明》的主人翁海伦，有一次我们把这本书纳入学习材料之一，我不在惯性地看主人公海伦自强不息、顽强拼搏、求知欲望等精神的束缚，而是带着主人公最后为什么成功了、是谁造就了她这些问题去学习，否则怕没有兴趣因为原来读过几遍了，果不其然效果相当好，从莎莉文老师的身上我学到了人生的真谛——人品才是人真正的最高学历，如果不是她高尚的人品否则造就不了海伦的成功，因为教一个又盲又聋又哑的学生可能没有人体验过其中的困苦滋味，这是“真情、亲情、鱼水情、情满人间”写照。凉山刚刚闭幕的六代会分组讨论会上，越西耿露妹妹由于听力障碍迟迟拿不到教师资格证而四处打工供两个同样有听力障碍的弟弟妹妹读书的故事，让人感动又揪心。看到残疾人的困难受条件所限想解决而觧决不了时心里在流泪。由于客观地理条件原因，我们不可能到所有残疾人身边去了解情况，但所到之处应该真心真诚了解和解决他们的实际困难，并努力形成长效机制。避免出现逢年过节扛袋米提桶油抱床被慰问残疾人时，残疾人提出的困难问题一句话“党和政府会解决的，一定会好起来的，再见”一走了之的现象。

三是残疾人事业需要忠诚的工作者。忠于事业的人不会没有好收成，因为他总是站在整个群体的方向努力的，残联今年才30岁，如果没有像朴方名誉主席、海迪主席和今天在座各位领导一样的人忠诚忠心地投身奔波于这个事业，那我们的事业不会发展到今天这个程度。我们有些同志到残联后，觉得残联是事业编制又是参公又是小单位，从而出现了大材小用不忠于事业的情绪和现象，殊不知我们工资不少一分，小部门也可以大作为，残疾人事业只要务实作为可以成为本地区民生改善和社会事业发展的亮点、以人为本的看点、和谐社会的闪光点。所以不管你从哪里来，不要带着情绪来，否则影响一个人一辈子、一个家一群体一事业。干一行爱一行，人要是行，干一行行一行，一行行行行行，行行行干哪行都行。常翻残疾人“一卡通”的“账本”上钱是否多多的，常看残疾人的笑脸是否发自内心的，这样就能找到“忙得开心，累得舒服”的成就感。紧跟时代的步伐，跟上系统的脚步，不要因为不懂而生气，要学习新知识而争气；不要因为在本系统待的时间长而用老经验处理新事物，而是要挤出更多的时间学习新政策新知识，一定要有“昨天的太阳晒不干今天的衣服”的理念，秉持“不求创造多么辉煌的业绩来获得赞颂和表扬，只愿踏踏实实地为残疾人做些实事以求问心无愧”的定力。

四是没有残疾人该有多好，我宁愿失业！但残疾是社会进步必须付出的代价，我们必须面对现实勇于挑战，即使残疾人很容易得到别人的同情，但很不容易得到别人的理解、特别是残疾人做残疾人工作，我们一定要坚信，残疾人虽然长得很困难，但有迎难而上的精神；虽然长得很谦虚，但有骄傲的自信；虽然长得不够认真，但有认真的信念，永远跟着党走的信念！让未来的自己感谢今天努力的自己。

最后，再一次欢迎大家来到我家乡——一座春天栖息的城市大凉山西昌，这里有干净的水、这里有清新的空气、这里有放心的食品、这里有丰富的旅游资源、这里有热情好客的彝家儿女，会后要是不走不行了，明年今日早早来！

附录二

四川省残联执行理事会成员

理 事 长：杨志远

副理事长：马　骏（肢残）　黄卫德　梁　峰

理　　事：杨生明　许万忠

说明：2019年4月19日，中共四川省委《关于杨志远、毛大付同志职务任免的通知》（川委〔2019〕235号）明确“任命杨志远同志为省残联党组书记；免去毛大付同志省残联党组书记职务”。2019年5月7日，中共四川省委副书记邓小刚在四川省残联干部大会上宣布了省委决定。2019年5月16日，《四川省人民政府关于任免何强、毛大付等职务的通知》（川府函〔2019〕93号）明确“杨志远同志任省残联第七届执行理事会执理事长，免去毛大付同志省残联第七届执行理事会执理事长职务”。2019年8月21日，四川省残联第七届主席团第二次会议增选杨志远同志为主席团副主席、推举为执行理事会理事长。

（杜珂供稿）

重庆市残疾人事业和残疾人工作

一、领导讲话

重庆市委常委、组织部部长胡文容在重庆市残联第五次代表大会闭幕会上的讲话摘要

2018年8月7日

残疾人联合会是党领导下的人民团体，残联工作是党的群团工作的重要组成部分。党的十八大以来，以习近平同志为核心的党中央高度重视包括残联工作在内的群团工作，习近平总书记强调，要加强和改进新形势下党的群团工作，最重要的是要保持和增强政治性、先进性、群众性。陈敏尔同志强调残联要巩固拓展群团改革成果，切实增强“三性”，成为真正的残疾人之家。这里，我就“强三性”提点希望和要求：

要进一步增强政治性，更好地团结带领广大残疾人感党恩、听党话、跟党走。习近平总书记深刻指出，对群团组织来说，谁能把自己联系的群众最广泛最紧密地团结在党的周围，谁的工作就是做得好，反之就是做得不好。残联组织不是一般的社会组织，各项工作都务必把准政治方向、贯彻政治要求。要旗帜鲜明地坚持和加强党的领导。把坚决维护习近平总书记的核心地位、坚决维护党中央权威和集中统一领导作为最高政治原则，不折不扣地贯彻落实中央关于残疾人工作的部署要求，把党的领导、党的建设、党的工作全面落实到各级残联组织中。要旗帜鲜明地加强对残疾人群体的政治引领。深入学习宣传习近平新时代中国特色社会主义思想，特别是总书记关于推动残疾人事业发展的重要指示精神，以及对重庆提出的“两点”定位、“两地”“两高”目标和“四个扎实”要求，把总书记和党中央对残疾人的格外关心关注、对重庆的重视关怀传递到广大残疾人心头，切实激发感恩奋进的内在动力。要旗帜鲜明践行以人民为中心的发展思想。紧扣民心这个最大的政治，坚持以残疾人为中心，倾听残疾人呼声，反映残疾人诉求，维护残疾人权益，解决好残疾人最关心最直接最现实的利益问题，让广大残疾人切身感受到党的温暖，筑牢党执政的群众基础。

要进一步增强先进性，全面提高新时代残联组织建设质量和水平。在前不久召开的全国组织工作会议上，习近平总书记强调，中国特色社会主义进入新时代，我们党一定要有新气象新作为，关键是党的建设新的伟大工程要有新气象新作为。全市残联系统党组织要认真落实管党治党责任，强化党建工作的引领带动作用，以深入推进群团改革为契机，把各级残联组织建设得更加坚强有力。要大力加强组织体系建设。坚持怎么有利于服务残疾人、就怎么设置机构，哪里有残疾人、残联组织的服务就跟进到哪里，加强“大数据”在残疾人工作中的运用，不断扩大残联的组织影响和工作覆盖。将残联工作纳入基层党组织建设范畴，资源共享、阵地共用、活动共办，延伸党组织工作手臂。要大力加强干部队伍建设。严格落实好干部标准，坚持事业为上、以事择人，注重选拔对党忠诚、对工作有激情、对残疾人有感情的干部充实各级残联，建立健全素质培养、知事识人、选拔任用、从严管理、正向激励的工作体系，促使残联干部在新时代残疾人事业中有新担当新作为。要大力加强纪律作风建设。严格执行中央“八项规定”精神和市委实施意见，认真履行党风廉政建设责任制，从严加强项目资金监管和干部日常监督，坚决防止发生损害残疾人利益的问题，树立新时代残联的良好形象。

要进一步增强群众性，满腔热情做好联系服务广大残疾人的工作。习近平总书记强调，对群团组织来说，不能为群众服务、不能帮助群众排忧解难，群众就不会跟着走。全市各级残联组织要进一步强化服务意识，提升服务能力，挖掘服务资源，更加自觉地围绕服务全市发展大局搞好“公转”、围绕服务残疾人群众搞好“自转”，针对残疾人康复、教育、就业、托养、文体、维权等多方面需求，提供多样化、个性化的精准服务，让经济社会发展更有温度，让残疾人的幸福更有质感。特别要看到，我市169.4万名残疾人中，纳入建卡立档贫困户范围的有1.8万名，纳入城乡居民最低生活保障的有21.07万名，这是一个特别需要帮助的群体，是全面建成小康社会的难中之难、困中之困。务必下更大决心、以超常举措、用“绣花”功夫抓好贫困残疾人脱贫攻坚工作，确保“全面建成小康社会，残疾人一个也不能少”。广大残疾人工作者要像对待自己的亲人一样全心全

意为残疾人服务，多到残疾人身边去、到最贫困的残疾人家里去，多做雪中送炭的事情，真正成为残疾人信得过、靠得住、离不开的知心人、贴心人。社会各界要积极营造扶残助残的浓厚氛围，大力弘扬助残为乐美德，切实理解残疾人、处处尊重残疾人、热情关心残疾人、倾力帮助残疾人，让关爱的阳光照亮每个残疾人的心灵。

重庆市副市长潘毅琴在重庆市残联第五次代表大会闭幕会上的讲话摘要

2018 年 8 月 7 日

未来五年，是“两个一百年”奋斗目标的历史交汇期。以习近平同志为核心的党中央，向全党全国发出了决胜全面建成小康社会、开启全面建设社会主义现代化国家新征程的动员令。中央有部署，重庆就要有行动。希望新一届市残联领导班子，不忘初心、牢记使命，不负重托、奋发有为，努力推动残疾人事业实现新的更大发展。

一、要提高站位、深化认识

党中央、国务院，市委市政府历来高度重视残疾人事业，为我们做好残疾人事业提供了遵循，指明了方向。各级党委政府务必提高政治站位，切实增强使命感、责任感和紧迫感，将残疾人工作纳入经济社会发展大局、纳入重要议事日程，做到“六个必须”：必须坚持以习近平新时代中国特色社会主义思想为指导；必须坚持党对残疾人事业的领导，旗帜鲜明讲政治，切实把思想和行动统一到中央和市委市政府对残疾人事业的部署要求上来，不折不扣抓好落实；必须充分发挥全市广大残疾人主体作用，促进残疾人的广泛参与、充分融合和全面发展；必须广泛动员全社会力量积极参与残疾人事业，营造全社会理解、尊重、关心、帮助残疾人的浓厚氛围；必须进一步完善残疾人保障制度，实现残疾人政治、经济、社会、文化等平等权利；必须做好残疾人基本公共服务，不断提高全市各级残联的服务能力和水平，以“时不我待，只争朝夕”的精神，“敢为人先，勇争一流”的气魄，团结带领、支持帮助全市广大残疾人创造更加幸福美好的生活，奋力谱写我市残疾人事业发展的崭新篇章。

二、要敢于担当、尽心履职

新一届市残联领导班子要敢于担当、主动作为，自觉把责任扛在肩上，把任务落到实处。

（一）要精准施策，全力助推残疾人脱贫。要把打赢残疾人脱贫攻坚战作为重大政治任务，认真贯彻落实《关于打赢脱贫攻坚战三年行动的指导意见》，扎实开展贫困残疾人脱贫行动。一是精准制定工作方案，聚焦农村贫困地区、老残一体、一户多残、重度残疾人等，落实专项资金、专门人员、专项措施，尤其是要扎实抓好深度贫困乡镇残疾人脱贫攻坚工作。二是要进一步完善困难残疾人生活补贴和重度残疾人护理补贴等制度，鼓励通过政府补贴、购买服务、设立公益岗位、集中托养等形式，为贫困重度残疾人提供集中照料或日间照料、邻里照护等服务，让残疾人康复有条件、居家有照料。同时，将符合条件的建档立卡贫困残疾人纳入农村低保和城乡医疗救助范围。三是要激发贫困残疾人内生动力，夯实贫困残疾人稳定脱贫基础，努力实现“全面建成小康社会，残疾人一个也不能少”的目标。

（二）要持续发力，全面改进残疾人民生。坚持把残疾人工作融入大局，扎扎实实为残疾人办实事、做好事、解难事，推动残疾人工作再上新台阶。一是持续抓好调查摸底，充分运用大数据等手段，全面摸清我市残疾人底数和需求，为科学决策和加强残疾人服务管理提供依据。二是持续推动政策落地，全面落实市政府《关于加快推进残疾人小康进程的实施意见》和《重庆市“十三五”加快残疾人小康进程规划》，结合实际制定相关配套政策措施，全力推动各项政策落地生根。三是持续提升保障水平。要不断扩大残疾人民生保障覆盖面，扎实做好残疾人低保、社会救助、养老保险、医疗保险等工作。要建立残疾儿童康复救助制度，到2020 年基本实现残疾儿童应救尽救。要促进残疾人家庭就业增收，稳定发展残疾人集中就业，扶持残疾人自主创业和灵活就业。要不断丰富残疾人精神文化生活，打造残疾人文化产业品牌，活跃残疾人文化产业市场。要加强公共文化体育设施建设，推动残疾人康复体育和健身体育广泛开展。

三、要深化改革、优化服务

2017 年 7 月以来，在市委的坚强领导下，全市群团改革稳步推进，各项工作取得积极成效。改革永远在路上，希望市残联新一届领导班子坚持以问题为导向，以加快残疾人小康进程为重点，切实增强各级残疾人组织的政治性、先进性和群众性，更好地服务残疾人群众。近期要重点抓好以下几项工作。一是实施残疾人基本公共服务供给侧改革。充分发挥各残工委成员单位作用，在残疾人社会保障、特殊教育、康复服务、就业服务、文化体育服务、无障碍服务、合法权益保障等方面，强化政府主导作用，发挥市场决定性作用，提供多元化服务。二是推进政府购买残疾人服务。以残疾人康复、托养、护理、扶贫解困、就业增收、文化体育等服务为重点，逐步完善政府购买残疾人服务指导性目录、评价标准和服务体系，提高服务质量。三是实施“互联网＋残疾人服务”。将 12385 残疾人服务热线、残疾人免费就业服务、残疾人职业培训纳入市级公共服务平台网上运行。实现数据共建共享，统计、人社、民政、扶贫、教育、卫生等部门在残疾人信息采集方面，增加残疾类别、等级等身份识别指标。运用“互联网＋”开展远程培训、职业介绍、就业信息发布、空中教育课堂、文化产品销售等服务，实现线上线下服务有效衔接。四是依法保障和维护残疾人合法权益。全面落实《残疾人保障法》《重庆市残疾人保障条例》等法律法规，依法维护残疾人合法权益。要特别强调的是，残疾人不是特殊公民，要教育引导残疾人学法尊法守法用法，做法治的践行者。

四、要建强队伍、提升本领

全市各级残联组织要不断加强自身建设，把残联组织建设得更加坚强有力。一是要创新工作机制。建立残工委内部统筹联动、信息互通、督导通报等工作机制，每年定期召开残工委成员单位会议，有力推动残工委各项工作更好地落地落实。二是要夯实基层组织。要注重区县残联领导班子建设，多渠道加强工作力量；采取政府购买服务、开发公益岗位、开展助残服务等形式，实现乡镇（街道）残疾人专干配备到位；加强残疾人专职委员队伍建设；依托本地公共服务设施设立“残疾人之家”，切实解决服务残疾人“最后一公里”的问题。三是要切实改进作风。严守政治纪律和政治规矩，按照“五个必须”及坚决防止“七个有之”等要求，严格管理干部队伍。严格落实中央“八项规定”精神，坚决反对“四风”，真正做到察实情、出实招、办实事、见实效。各级残联干部要对残疾人事业倾注感情，真情投入，把残疾人当家人，把残疾人的事当家事，把残疾人工作当家业，为残疾人提供更加优质的服务。

二、政策法规文件

关于印发重庆市残疾儿童康复救助制度实施办法的通知

渝残联发〔2018〕111号

（重庆市残疾人联合会、重庆市财政局、重庆市教育委员会、重庆市民政局、重庆市人力资源和社会保障局、重庆市卫生和计划生育委员会、重庆市工商行政管理局、重庆市扶贫开发办公室联合印发）

第二章　康复救助对象及条件

第三条　康复救助对象

（一）0—6岁（不满7周岁，年龄计算以开始康复服务时间为准），符合救助条件的视力、听力、言语、肢体、智力等残疾儿童和孤独症儿童。

（二）经听力语言康复后已进入普通学校就读的不满17岁的语前聋患者及不满18岁的语后聋患者可接受人工耳蜗植入及康复训练一次性救助。

（三）针对手术适应证，不满17岁的肢体残疾儿童可接受矫治手术康复救助。

第四条　康复救助条件

（一）重庆市户籍。

（二）城乡最低生活保障家庭、建档立卡贫困户家庭的残疾儿童和儿童福利机构收留抚养的残疾儿童；散居残疾孤儿、纳入特困人员供养范围的残疾儿童；其他经济困难家庭的残疾儿童。其他经济困难家庭的具体认定办法，由区县（自治县）人民政府制定。

（三）诊断明确（具备相关诊断能力的医疗机构出具的诊断证明）。

有条件的区县（自治县）可扩大残疾儿童康复救助年龄，也可放宽对救助对象家庭经济条件的限制。

第三章　康复救助内容、标准和经费使用范围

第五条　根据残疾儿童个体的不同情况，结合评估结果及实际需求，有针对性地开展以减轻功能障碍、改善功能状况、增强生活自理和社会参与能力为主要目的的手术、辅助器具适配和基本康复训练等康复救助服务。

（一）手术

1. 人工耳蜗植入手术

为听力损失重度以上，配戴助听器康复效果不佳，医学检查无手术禁忌证，双侧耳蜗及内听道结构正常、无蜗后病变，精神、智力及行为发育正常，经专家组评估符合植入人工耳蜗条件的听力残疾儿童植入手术提供一次性补助，补助标准为12000元/人，包括术前检查（复筛）、手术及术后5次调机（含开机）。

2. 矫治手术

为先天性关节畸形如马蹄足、先天性关节脱位如髋关节、膝关节脱位；小儿麻痹后遗症、脊膜膨出后遗症等导致肌腱挛缩、关节畸形及脱位；脑瘫或脑损伤导致的严重痉挛、肌腱挛缩、关节畸形及脱位等肢体残疾儿童提供矫治手术补助，补助标准为20000元/人/年，包括手术费、术后康复训练费、矫形器适配费。

（二）辅助器具适配

1. 视力残疾儿童

免费适配盲杖、助视器等辅助器具。

2. 肢体残疾儿童

经评估需适配假肢、矫形器的肢体残疾儿童，适配踝足矫形器、矫形鞋，补助标准为1500元/人/年；适配大（小）腿假肢、膝踝足矫形器、脊柱矫形器等辅助器具，补助标准为5000元/人/年；免费适配儿童轮椅、坐姿椅、站立架、助行器等辅助器具。

假肢、矫形器补助费用，零部件及材料费占60%，制作费（诊断评估、制作和适应性训练）占40%。

3. 听力残疾儿童

（1）为符合条件的听力残疾儿童免费提供人工耳蜗产品1套。

（2）为精神、智力及行为发育正常，经评估适合符合佩戴助听器条件的听力残疾儿童一次性免费提供2台全数字助听器，同时一次性补助助听器适配、耳模制作、电池购置、一年内调试服务费，补助标准为1200元/人。

（三）基本康复训练

1. 视力残疾儿童

（1）为低视力儿童提供视觉基本技能训练，训练时间不少于8次，每次至少2小时，补助标准1000元/人/年。

（2）为盲童提供定向技能及行走训练、社会适应能力训练，训练时间不少于 8 次，每次至少 2 小时，补助标准 1000 元/人/年。

2. 听力、言语、智力、肢体残疾儿童和孤独症儿童

提供听觉言语功能训练，运动、认知、沟通及适应性等康复训练，康复训练内容包括集体课、小组课和个训课，具体康复服务内容及规范参照《中国残联残疾儿童康复救助七彩梦行动计划康复机构服务规范》等有关要求执行，训练时间不少于 10 个月，每天不少于 3 小时，补助标准为 20000 元/人/年。

康复训练补助经费主要用于康复评估、康复训练、家长培训、家庭康复指导、康复档案、培训教材等，其中康复训练经费应达到补助经费 70% 及以上。

第六条 有条件的区县（自治县）人民政府可依据本地财力状况、保障对象数量、残疾类别等，适当提高当地经费保障标准。各区县（自治）人民政府制定本地区残疾儿童生活、交通等补助政策，重点对国家级贫困区县、深度贫困乡镇残疾儿童给予补助。

关于印发重庆市残疾人联合会专门协会管理办法（试行）的通知

渝残联发〔2018〕123 号

第一章 总 则

第一条 为加强重庆市盲人协会、重庆市聋人协会、重庆市肢残人协会、重庆市智力残疾人及亲友协会、重庆市精神残疾人及亲友协会（以下简称“专门协会”）工作，实现工作的制度化、规范化、法治化管理，根据《中国残疾人联合会章程》和中国残疾人联合会各专门协会章程，结合重庆实际，特制定本管理办法（试行）。

第二条 专门协会要以习近平新时代中国特色社会主义思想为指导，牢固树立“四个意识”，始终坚定“四个自信”，切实做到“两个维护”，认真恪守“人道、廉洁”职业道德。

第三条 专门协会要坚持党的领导，加强协会党组织建设，市级专门协会成立联合党支部，按有关规定开展活动。发挥好党组织的政治引领作用，教育广大残疾人听党话、跟党走。坚持正确的舆论导向，专门协会创建的微信公众号、QQ 群等要主动接受市残联宣文部的业务指导和监督监管。

第四条 专门协会在市残联的领导下，围绕市残联中心工作，有效发挥代表、服务、维权、监督作用，反映本类别残疾人的特殊需求，维护本类别残疾人的合法权益，全心全意为本类别残疾人服务，使残疾人在残疾人组织中更加活跃，残疾人组织在基层更加活跃，残疾人和残疾人组织在社会上更加活跃。

第五条 专门协会要增强责任感和使命感，增强组织活力动力向心力，增强组织亲和力感召力凝聚力，增强对外沟通交流交往影响力，增强自我教育、自我管理、自我发展、自我服务能力，建成学习型、服务型、创新型协会组织，真正成为本类别残疾人的利益代言人、服务组织者、权益维护者。

第六条 专门协会在市残疾人代表大会闭会期间，贯彻执行市残联主席团决议，组织落实本协会章程规定的各项任务。

第二章 职能职责

第七条 专门协会原则上由主席、副主席、秘书长、委员组成，根据工作需要，可设名誉主席，名誉主席任期五年。专门协会主席、副主席、秘书长每届任期五年，最长一般不超过两届。因特殊情况需要延长任期，必须按相关程序报批。

第八条 专门协会实行主席负责制，主席领导并负责本协会的全面工作，副主席协助主席工作，协会日常工作由主席委托秘书长负责。

第九条 专门协会要切实增强工作的计划性、预见性、统筹性和实效性。每年十二月初总结本年度工作并制定下年度工作计划。市级专门协会主席每年向市残联党组述职报告工作。

第十条 专门协会要提高政治站位，切实增强政治责任感，严格遵守法律法规，严格执行相关的政策和规定，熟悉各项业务，提升履职能力。

第十一条 专门协会要充分发挥桥梁纽带作用，履职尽责，主动作为，了解残疾人需求，研判残疾人诉求意向，深入分析不稳定的因素，认真排查矛盾，靠前处置，化解矛盾，发现重大舆情，及时向市残联汇报，引导残疾人依法依规表达合理诉求，维护社会和谐稳定。

第十二条 专门协会要按照积极稳妥、健康有序的原则，成熟一个、登记一个。专门协会法定代表人原则上由主席担任，若情况特殊，可由副主席、秘书长担任，须按相关程序报批。

第三章 会议制度

第十三条 专门协会实行主席会议、联席会议、工作协调会议制度。

第十四条 专门协会主席会议由协会主席或主席委托副主席、秘书长召集并主持，主席、副主席、秘书长参加。主要进行年度工作总结，制订年度工作计划，研究本协会重要活动安排。

第十五条 专门协会主席会议根据工作需要不定期召开，也可采用书面或通讯方式征求意见。会议实行民主集中制原则，集体研究决定重要事项，需市残联理事会或市残联主席团审定的重大事项按程序上报。

第十六条 专门协会联席会议由市残联理事会分管副理事长召集并主持，理事长、副理事长、其他有关领导和专门协会主席、副主席、秘书长参加。主要通报工作情况，研究和确定专门协会年度工作计划。联席会议原则上每年召开一

至两次。

第十七条　专门协会工作协调会议由组联协会部召集并主持，权益保障部负责同志、专门协会主席、副主席、秘书长参加。主要沟通情况，化解矛盾、解决问题、推进工作。协调会议原则上每两个月召开一次。

第四章　调研制度

第十八条　专门协会要依法履职，提高工作能力和水平，要根据本类别残疾人普遍关心、迫切需要研究解决的问题，组织调研，撰写调研报告，向市残联理事会和主席团反映，提出合理的意见和建议。

第十九条　专门协会班子成员要积极参加所在地区县（自治县）残联组织的调研活动，可结合本职工作和社会活动进行调研。调研后撰写调研报告，向所在地区县（自治县）残联和市残联专门协会反映有关问题，提出意见和建议。

第二十条　专门协会对委员或残疾人代表提出的建议、意见应及时受理。对残疾人普遍关心、迫切需要解决的重要问题，及时报专门协会主席会研究，并将相关情况报市残联组联协会部及有关业务部门研究处理。

第五章　运行保障

第二十一条　专门协会要坚持“残联领导、部门配合、协会参与”的工作机制，积极培养和推荐忠诚、干净、担当，有威信、有能力的残疾人或残疾人亲友进入协会班子，注重协会班子结构建设和整体功能的发挥。对作用发挥不好、有违纪违规行为或存在其他不适宜履职情况的协会班子成员，要及时调整。

第二十二条　专门协会应针对本类别残疾人的需求提供服务，积极主动协助并配合市残联做好稳定工作，团结、教育、引导本类别残疾人依法维护自身合法权益，严格区分“维权”与“违法”的界限，促进各类别残疾人之间的融合、残疾人与健全人之间的融合。

第二十三条　专门协会要积极组织开展活动。在全国助残日、全国肢残人活动日、国际盲人节、国际聋人节、世界孤独症日、世界精神卫生日、国际残疾人日等残疾人重大节日及其他重要节日期间，组织开展相应活动。

第二十四条　专门协会组织开展活动实行事先申报制度，待批准后施行，坚决杜绝未批准先实施的现象。

第二十五条　专门协会印章使用要依法依规，专门协会行文要依据行文规范进行，重要文件要履行相关报批手续后方可发文。

第二十六条　市残联将协会工作经费按照中国残联要求纳入年度经费预算。区县残联按持证残疾人数预算本级专门协会工作活动经费。建议主城区不低于10元/人，其他区县不低于5元/人，且每个专门协会活动经费每年不低于2万元，确保专门协会工作有序有效开展。

第二十七条　专门协会要严格贯彻执行财经纪律，按规定用途合理合法合规支出经费。已进行法人登记的专门协会，必须建立严格的财务管理制度，接受市残联的财务监管和审计机关的审计监督。未进行法人登记的专门协会，经费的支出由协会申报，按照市残联机关财务管理制度履行报销手续。

第二十八条　专门协会在市残联的领导下开展工作，上一级专门协会要对下一级专门协会工作进行业务指导、组织开展业务工作培训。

三、工作综述

重庆全市各类残疾人的总数为169.4万人，占总人口的6.05%，其中：视力残疾29.2万人，听力残疾30.8万人，言语残疾3.3万人，肢体残疾57.6万人，智力残疾13.6万人，精神残疾16.4万人，多重残疾18.5万人。

截至2018年底，全市持有第二代残疾人证的残疾人有88.02万人，其中，在城乡分布上，农村67.18万人，城镇20.84万人；在残疾等级分布上，一级残疾9.97万人、二级残疾24.42万人、三级残疾22.49万人、四级残疾31.15万人；在残疾类别分布上，肢体残疾46.94万人、听力残疾5.89万人、视力残疾13.59万人、精神残疾8.94万人、言语残疾1.49万人、智力残疾7.88万人、多重残疾3.33万人。

（一）圆满完成市、区（县）残联换届工作

2018年8月5日至7日，市残联第五次代表大会成功召开，市委、市人大、市政府、市政协主要领导和分管（联系）领导均出席了开幕式，市委书记陈敏尔在开幕式上做重要讲话，中国残联党组书记周长奎专程到会指导。大会选举产生市残联第五届主席团委员，聘请市人大常委会副主任刘学普、市政协副主席徐代银为主席团名誉主席，选举副市长潘毅琴为主席团主席。推举黎德龙为市残联第五届执行理事会理事长，通过张青莉、谭正萱、雷建平为执行理事会副理事长。

（二）开展贫困残疾人脱贫行动取得新进展

按照党中央、国务院和市委市政府关于打赢打好脱贫攻坚战三年行动计划，市残联专门制定了工作方案。全年完成农村贫困残疾人危房改造2879户，残疾人家庭无障碍改造4416户。实施“阳光家园计划”，为22057名残疾人提供托养服务。加大对残疾人的培训力度，做到扶贫与扶志、扶智有机结合，全年实施农村残疾人实用技术培训10055人次。与山东省残联密切协作，助推全市残疾人精准脱贫。投入资金2000万元，专项用于助推深度贫困乡镇残疾人脱贫攻坚。为2018—2019年拟脱贫摘帽的6个区县各安排100万元开

展专项帮扶行动，重点用于残疾人危房改造等。截至2018年底，全市共有80095名贫困残疾人实现脱贫。

（三）残疾人精准康复服务取得新突破

市政府出台《关于建立残疾儿童康复救助制度的实施意见》。市残联、市财政局等七部门联合下发《关于印发重庆市残疾儿童康复救助制度实施办法的通知》。全市共为212122名残疾人提供康复服务，康复服务率94.48%。

（四）残疾人教育就业工作取得新成效

不断提升残疾人接受教育水平。2018年普通高等院校录取残疾人考生共396人。救助贫困残疾人大学生1036人。全市申报按比例安排残疾人就业单位共6528家，安置残疾人就业17778人。开展残疾人就业援助月活动。举办全市残疾人职业技能竞赛。

（五）残疾人精神文化活动得到新拓展

开展残疾人文化月活动，为2500户家庭开展文化进家庭“五个一”活动。承办8场“共享芬芳”中西部地区百县百场公益巡演和4场“共享芬芳”全国残疾人书画名家展走进重庆活动。开展79场特殊艺术巡演。大力发展残疾人群众体育，为7900户不易出户的重度残疾人实施“康复体育关爱家庭计划”。打造50个残疾人文体示范点。组织69名残疾人运动员参加全国锦标赛，获得16金14银17铜优异成绩，打破三项全国纪录。

（六）基层组织建设工作取得新成效

实施“强基育人”工程。各区县残联采取专兼挂等形式充实工作力量，24个区县配有兼职或挂职副理事长。基层组织实现从“有”向“好”转变。大力加强基层残协和专职委员队伍建设。推行村（社区）残协会员实名制，实施精细化服务。充分发挥专门协会桥梁纽带作用。在全国率先制定专门协会管理办法，并认真抓好试行落实。成立市残疾人五个专门协会联合党支部，由市残联机关1名处长兼任支部书记，定期开展组织生活。专门协会根据自身特点，在政策宣传、教育引导、技能培训、困难帮扶、安全稳定等方面开展了有特色有针对性的服务活动。

（七）扎实开展“马上就办”活动

按照习近平总书记提出的“马上就办”的指示精神，争取对残疾人的诉求马上受理，对合理要求尽快解决，对暂时不具备条件解决和政策法规不允许的事情，加强沟通，争取理解。加大涉残政策法规的落实力度，落实残疾人城乡低保分类重点救助政策，实现应保尽保；“两项补贴”提标扩面，惠及48.72万残疾人。残疾人代步车免缴重庆绕城高速公路套餐费、简化残疾人公交卡办理流程等政策得到落实。加强服务阵地建设，市残疾儿童康复中心即将正式动工，全市4个失能残疾人区域性集中供养中心正在建设之中。

（八）扎实开展“爱心助残”系列活动

重点打造“爱心牵手”“爱心圆梦”“爱心就业”等爱心助残系列活动品牌。在2018年5月第28次全国助残日活动期间，在永川区开展“爱心牵手一户多残”公益项目试点，在此基础上，筹集资金550万元，帮扶覆盖全市一户四残及以上家庭共508人，重点解决“两不愁、三保障”问题，工作已经见到明显效果，得到残疾人和社会广泛好评。充分发挥市残疾人福利基金会作用，2018年募集资金、物资总价值共计5358万元，惠及残疾人42万人（次），在全国位居前列。积极推进向社会购买残疾人服务，扩大残疾人服务供给。

（九）扎实开展“关注残疾、冬送温暖”走访慰问活动

按照中央和市委的安排部署，市残联筹资800万元，国际残疾人日在全市开展“关注残疾，冬送温暖”走访慰问活动。市残联班子成员带头，市、区县残联机关全体干部职工参与，深入到渝东北、渝东南最边远的农村和山区，登门走访慰问老残一体、一户多残、重度残疾和建档立卡贫困残疾人等重点对象，惠及全市困难残疾人家庭达5000户以上，慰问全市特殊教育学校残疾人学生5800多人，加上各区县残联配套经费，送温暖共惠及4.5万余名残疾人。

（十）开展“德法相伴”活动

举办重庆市区县残联理事长暨专门协会主席培训班、残疾人专门协会和权益保障工作专题培训班等，市级共培训600余人（次），各区县残联累计培训上万人次。通过多种形式重点宣传党和政府关心关注残疾人的具体举措、惠残助残政策等，切实引导残疾人听党话跟党走。

（十一）狠抓安全信访稳定工作

严格落实责任制，时刻绷紧安全稳定这根弦。按照“谁主管、谁负责，谁审批、谁负责”的原则，切实开展“拉网式”隐患排查整治。加强法治宣传教育，为全市536名残疾人提供法律救助。针对残疾人特殊情况，市残联班子成员带领全体干部职工，和区县残联一道，走进残疾人家庭，教育引导残疾人学法尊法守法用法，“面对面”倾听残疾人呼声，对他们反映的实际困难，采取“院坝办公”的方式，与区县残联、所在镇（街）一道共同研究、当场办理，帮一批困难残疾人从危房搬进新家，帮一批残疾人解决在康复、入学、就业等方面的具体困难和燃眉之急。

（十二）认真履行全面从严治党责任

理论学习系统深入。2018年，市残联党组、理论学习中心组专题研究党建工作和开展党建专题学习23次，举办

学习贯彻党的十九大精神专题培训班和“新时代红岩讲习所”共41期。从严治党落实到位。制定落实全面从严治党“两个责任”实施办法、主体责任清单，分层签订责任书，落实“一岗双责”。认真落实巡视反馈意见和审计反馈意见。组织生活严格规范。制定“以案四说”警示教育实施方案，集中整治形式主义、官僚主义。群建活动有声有色。组织机关和各直属事业单位干部职工积极参加市级机关篮球比赛、游泳比赛、广播体操比赛、登山比赛等活动，展现了残联系统干部职工良好的精神面貌。选人用人公道正派。落实意识形态工作责任制。开展35场人道主义思想宣传活动。

（十三）基层残疾人工作创新与特色

涪陵区多渠道多形式促进残疾人就业创业，全年培训残疾人2230人次，就业年龄段有就业能力和就业意愿残疾人就业率达85%。举办残疾人就业专场招聘会12场，帮助150余名残疾人实现就业。

九龙坡区制定出台残疾人专门协会管理办法，设立残疾人专门协会办公室，推动协会工作制度化、规范化、法治化。举办“德法相伴”培训班6期，培训800余名残疾人。

万州区残疾人综合服务中心举办天翌幼儿园（三级），位于万州区申明中路1号，建筑面积达4000多平方米。主要服务对象为0—10岁适龄残疾康复需求儿童。幼儿园秉持“为家庭分忧、为社会减负、为孩子美好未来奠基”的宗旨，推进实施“功能训练、缺陷补偿、生活教育、潜能开发”等模式，帮助残疾儿童最终融入并平等参与社会。天翌幼儿园现有教职工29名，在园儿童110名。

渝北区开展“邻里互助”残疾人居家服务工作。在当地筛选培训有意愿为残疾人服务的人员（主要为残疾人的邻居或不具有赡养或抚养义务的亲朋，或其他农村剩余劳动力），为自理能力较差且存在照料困难的就业年龄段内智力、精神残疾人和重度肢体残疾人，以上门服务为主要形式，提供以日常生活照料为主要内容的居家服务，探索向农村推进助残服务新模式。

巴南区残疾人创新创业联盟秉承“聚集残疾精英、点亮创新激情、融入交流热潮、建立合作机制、探讨发展模式、推广项目产品”的理念，通过沙龙、座谈、走访、分享会等方式，互帮互助、抱团取暖，进一步帮扶残疾人不断提高谋生技能，用残疾人创业典型影响带动更多残疾人创业就业、自强发展。

长寿区把残疾儿童康复训练补贴从每人每月200元提高到300元，并率先启动康复质量评估机制。对有需求的残疾儿童和精神病患者进行全覆盖救助，不再受到贫困的限制。制定狂躁型精神病患者肇事肇祸保障方案，为全区4000余名精神病患者购买肇事肇祸意外商业保险，进一步推动区内严重精神病患者的安全稳定工作。

江津区开通“两班车”服务残疾人。一是思想引领宣传车，包括举办院坝会宣讲扶残助残政策，组织机关干部深入边远山区走访慰问，感恩教育助推脱贫攻坚。二是法律服务直通车，邀请交通民警给讲解交通法律法规，把法律知识纳入培训；渝津律师事务所公益律师免费为24期各类残疾人培训班的1200多名学员讲授法律知识。

永川区实施“一户多残”精准帮扶救助，认真核查，摸清家底，精准了解需求，科学制定举措，明确目标任务，分步开展实施。目前，已对“一户三残”及以上家庭全部给予个性化、量体裁衣式的帮扶救助，切实提升服务残疾人的能力和水平。

大足区加大残疾人创业就业扶持力度。区政府召开相关部门协调会，细化残疾人创业扶持工作。22名残疾人获得扶持，扶持资金总计60万元。

璧山区全面实施农村贫困残疾人D级危房改造，2018年完成460户。

潼南区为全区17047名持证残疾人购买小额人身意外伤害保险，每人每年参保费30元，保险期限1年，投入资金511410元。一年来，共为32名人身受到意外伤害的残疾人及时给予理赔，合计赔款127687.75元。

荣昌区立足特色文化品牌优势，为残疾人实现创业就业梦想搭建平台。在荣昌三大国家级非遗文化传承过程中，经过区残联的激励培养，涌现出以“全国乡村青年文化名人”、“市级非遗金钱板”传人蒋泽光，市级工艺美术大师、荣昌陶传承人刘吉芬，夏布折扇画名人刘显成、刘文或、秦玉才等为代表的一批优秀残疾人艺术家。采取多种方式，深度发掘和培育残疾人文化艺术人才。2016—2017年，荣昌区残联依托重庆荣昌云宝夏布公司平台成功创建“重庆市残疾人荣昌夏布文创基地”，重点帮扶残疾技能人才开展夏布书画、夏布剪纸、夏布绣、夏布折扇、夏布创意饰品等产品的创意、制作、包装、营销、宣传工作，让残疾人作品走向市场，实现才艺价值向经济效益的转换，促进残疾人就业增收。

开州区帮助4000户农村残疾人因地制宜发展种养业，累计组织4578名农村残疾人参加实用技术培训，安置农村贫困残疾人528人次。

云阳县引进成都链爱平台项目，开展残疾人培训、就业、康复等工作。已帮助约50名残疾人在线就业。积极推动线下社区落实，成功在80多个社区设立站点，其中28个站点已开展活动，帮助残疾人实现就近就业。

奉节县积极推进永乐、吐祥、草堂三个供养中心基础建设，投入资金22万元，完善失能人员供养中心福利设施。三个供养中心累计供养530人，目前入住361人，释放贫困残疾人家庭劳动力794名。

垫江县开展《垫江县7—17岁农村残疾少年儿童康复教育托管机构建设标准》课题研究，纳入县科委课题立项，

2018年7月最终形成课题成果。

丰都县全面启动“联通智慧助残”公益项目，共资助1904人，资助资金592596元。其中，为1756名一二级残疾人全额资助通信费用，每人324元；为146名三四级残疾人减半资助通信费用，每人受益162元；零补贴2名残疾人（联通赠送60元/月）。

忠县加大残疾人创业就业支持力度。出台《忠县残疾人创业就业扶持补助办法（试行）》，招商引进北京51社保，成立重庆众合共赢科技有限公司，采取“互联网+残疾人就业基地”的模式，安置重度残疾人居家异地远程就业420余人，每位残疾人家庭年增收3—5万元，500名重度残疾人或残疾人家庭消除“零就业”。

酉阳县形成“属地负责”和“党委领导、政府负责、亲友主动、社会参与”及县残联支持（每例补贴500元）的机制，核查疑似残疾人2941人，长期卧床不起的137人解决进城评残“老大难”问题。

四、大事记

1月15日，市残疾人福利基金会和中国联通重庆分公司共同启动“联通智慧助残”公益活动。

1月15日，2018年市残疾人福利基金会工作会召开，市残联党组成员、副理事长任能君，市残疾人福利基金会理事长郝建新出席会议。

1月16日，2018年市残联工作会召开，市纪委监委驻市民政局纪检监察组组长黄云出席会议。

1月17日，2018年重庆市残疾人宣传文化体育工作会议举行，市残联党组成员、副理事长张青莉，市教委基教处调研员廖江等出席会议。

1月17日，由市残联、市教委主办，华龙网、重庆商报承办，重庆市残疾人事业新促会协办的“筑梦善行·残健共融——寻找重庆市残疾人事业十大新闻人物、最美特教人物”活动举行颁奖仪式。

1月24日，2018年重庆市残联教就工作会议召开。市残联党组成员、副理事长彭美云出席会议并讲话。

1月24日，任能君带队到南川区皮肤病防治医院看望慰问麻风病患者和一线工作人员。

1月25日，2018年重庆市残联康复工作会召开，任能君参加会议。

2月5日，市残联召开2017年度支部书记抓党建工作述职评议会。

2月11日，市残联举办“不忘初心，砥砺前行”2018年迎新春主题活动。

3月2日，市残联开展“有家·有爱·有梦想”主题活动，邀请残疾人艺术家现场撰写书画并提供3D打印展示体验。

3月2日，市残联、涪陵区政府主办启动第19次全国爱耳日宣传教育服务月活动，任能君出席。

3月9日，市残疾人劳动就业服务指导中心组织举办2018年重庆市残疾人就业服务机构工作人员业务培训会议。

3月13日，2018年市残联权益保障工作暨残疾人家庭无障碍改造现场观摩会在垫江召开。

3月19日，市残联系统举办学习贯彻党的十九大精神专题培训班。

3月24日，副市长潘毅琴、市委组织部副部长康骞在市残联干部大会上宣布市委决定：黎德龙同志任中共重庆市残联党组书记，提名为理事长候选人。

3月28日，市残联召开2018年党建暨党风廉政建设工作会。

4月19日，全国残疾人基本服务状况和需求信息数据动态更新工作重庆市级培训会开班。

4月22日，重庆市残疾人乒乓球队在2018年全国残疾人乒乓球锦标赛中获2金2银5铜。

4月25日，市残联召开中心组（扩大）学习会，进一步深入学习领会市委五届四次全会精神。

5月20日，“全面小康·与你同行”重庆市全国第28次助残日暨“校园芬芳助残”活动在市经贸中等专业学校举行。

6月1日，“共享芬芳”中西部地区百县百场公益巡演展览走进重庆活动召开新闻发布会。

6月4日，市残联组织召开残疾儿童康复机构等级评估委员会工作会，任能君参加会议。

6月7日，市残联举办专题讲座，市纪委监委驻市民政局纪检监察组组长黄云专题解读监察法。

6月27日，2018年全市残疾人工作座谈会召开。

7月2日，市残联组织召开2018年残疾人精准康复工作现场会，任能君出席会议并讲话。

7月2日—3日，重庆市残联组织召开2018年残疾预防试点工作培训会。

8月6日—7日，重庆市残联第五次代表大会召开。

8月17日，市政府及相关部门负责人参加国务院残工委办公室召开的建立残疾儿童康复救助制度工作电视电话会议市级分会场。

8月23日，2018年市残疾人就业和职业培训信息管理系统暨就业创业网络服务平台管理员培训会举行。

8月25日，市残联在市精准残疾预防康复中心举行全国残疾预防日疾病致残宣教活动，为60余名残障人士进行健康状况检测。

8月25日，重庆市余国安、熊军分别荣获2017年度“中国残疾人事业十大新闻人物”“十大特别提名新闻人物”称号。

9月4日，重庆市各区县残联理事长暨专门协会主席培训班开班。

9月11日，重庆市残联召开2018年全市残疾人事业统计工作会议。

9月18日，2018年重庆市残疾人游泳锦标赛在万州游泳馆举行，38个区县报名参赛运动员、教练员、领队以及裁判员、志愿者、有关工作人员等300余人参加。

9月19日，重庆市残联召开会议传达学习贯彻中国残联第七次全国代表大会精神。

9月20日，2018年重庆市残疾人创业创新大赛暨第二届“渝创渝新”创业创新大赛残疾人专项赛举行决赛，24个优秀项目参赛。万州的自闭症迟滞发育儿童康复项目“爱星计划——送康复服务进万家”斩获大赛一等奖，获得大赛5万元项目补助。

9月21日，2018年重庆市残疾人创业创新大赛残疾人专项赛产品与项目对接会在市残疾人体育馆举行。27个参赛项目参加展示，25家涉及网络新媒体运营、金融贷款、小程序开发等多个领域的企业负责人到场对接。

10月9日，市残联召开第三代残疾人证（智能化）试点工作座谈会。

10月12日，市残联举行人道主义思想宣传教育（进基地）活动。

10月26日，重庆市残疾人脱贫攻坚工作推进会在石柱县召开。市残联党组书记、理事长黎德龙出席会议并讲话。

10月29日—31日，中国残联党组成员、副理事长相自成一行在重庆市开展工作调研。

11月13日，市残联召开2018年全市残联系统宣传文化工作培训会。

11月15日，市残联召开市级各残疾人专门协会联席会议。

11月14日—16日，中国残联残疾预防评估调研组就重庆市开展《国家残疾预防行动计划（2016—2020年）》落实情况和全国残疾预防综合试验区创建试点工作进行中期评估调研。市残联党组成员、副理事长雷建平，合川区政府副区长吴景明出席评估调研总结会。

11月22日，市残联举办2018年辅助器具及矫治手术定点机构（医院）专业技术骨干培训班，10家残疾儿童辅助器具适配机构和7家矫治手术定点医院的近30名专业技术骨干参加培训。

11月24日，“龙湖年货·温暖万家”巫溪县天元乡扶贫攻坚公益助残项目在重庆正式启动。

11月28日，黎德龙率队到永川区开展“关注残疾，冬送温暖”走访慰问活动。

12月4日—6日，市残联先后在主城及荣昌、江津、梁平、黔江等地召开五场区县残联片区座谈会。

12月6日，市残联党组成员、副理事长谭正萱带队赴山东省残联参加残疾人扶贫协作座谈会，专题协商东西部残疾人扶贫协作有关工作，并签订《残疾人扶贫协作协议》。山东省残联党组成员、副理事长张文涛参加座谈。

12月18日，重庆市残疾人福利基金会第二届换届大会举行，黎德龙出席会议并讲话，市残联原党组成员、副理事长任能君当选为新一届理事长。

12月18日，市残疾人专门协会和权益保障工作培训班在重庆财政学校开班。

（文海青供稿）

贵州省残疾人事业和残疾人工作

一、领导讲话与批示

副省长、省政府残工委主任魏国楠在2018年省政府残工委全体会议上的讲话摘要

2018年2月8日

2018年，要以精准施策为重点，坚决打赢残疾人脱贫攻坚战。一是动态管理。各级残联要在扶贫大局中找准自己的定位，建立与扶贫部门之间的信息共享机制，实现动态管理，进行统筹安排，做到不漏一户、不落一人。二是精准施策。依据精准识别、建档立卡数据，分类开展扶贫工作。三是示范引领。要扶持培育一批残疾人创业骨干和致富带头人，采取典型示范引导、政策优先扶持等措施，大力探索和推进“公司＋残疾人农户”“基地＋残疾人”“互联网＋残疾人”等就业模式。

要以完善制度为基础，稳步提升残疾人保障水平。一是保障残疾人基本生活。要把贫困残疾人纳入最低生活保障范围，予以重点保障和特殊扶助。二是落实残疾人医疗、养老保险政策。要落实重度和贫困残疾人参与城乡居民基本养老保险、城镇居民医疗保险、新型农村合作医疗个人缴费资助政策，尽快实现残疾人基本医疗保险和基本养老保险全覆盖。三是优先保障残疾人住房。城镇廉租住房和经济适用住房制度要优先将低收入残疾人家庭纳入保障范围。将农村贫困残疾人家庭纳入全省农村住房建设与危房改造计划，切实解决残疾人住房困难问题。

要以基础设施为支撑，完善残疾人公共服务体系。一是加强残疾人康复和残疾预防。要加快推进残疾人家庭医生签约工作，加快贵州省康复医院建设，加快制定出台《贵州省残疾儿童抢救性康复救助实施办法》和建立残疾人基本型辅助器具适配补贴制度。二是丰富残疾人文化体育生活。三是加强残疾人服务机构建设。加快残疾人康复中心、托养中心、综合服务中心等基础服务设施建设，规范运营管理服务流程，推动残疾人康复、托养等综合服务设施运营工作。

要以融合发展为导向，提升残疾人社会参与能力。一是提高残疾人教育水平。二是推动残疾人就业创业。认真落实促进残疾人按比例就业的规定，深入开展残疾人创业就业“百点千户万人”工程。采取资金扶持、小额贷款贴息、经营场所租金补贴、社会保险补贴等措施，引导贫困残疾人从事投资小、风险少、见效快的自主创业项目。三是推进社会无障碍环境建设。继续培育“黔馨家园”残疾人托养服务品牌。努力扩大农村贫困残疾人危房改造和重度残疾人家庭无障碍改造的覆盖面。加快公共场所和公共交通工具无障碍建设和改造。

副省长、省政府残工委主任魏国楠在听取省残联工作汇报上的讲话摘要

2018年5月14日

残疾人群体是特殊困难的群体，做好残疾人工作就是服务发展大局。残疾人不仅要给予物质帮助，也要给予精神支撑，把党和政府的温暖传递给他们。要精准掌握残疾人各项数据，让数据说话，反映残疾人真实生存状态；要及时把握各类残疾人数据动态并对变化原因加以分析，加大运用力度，为做好工作提供有力支撑。贵州是全国脱贫攻坚主战场，在实践中发现和总结了很多好经验好做法。残疾人脱贫攻坚要加强学习借鉴，开动脑筋多想办法，大胆尝试创新路径，紧跟党委政府扶贫步伐和节奏，确保同步全面脱贫、同步小康。要充分利用我省创办全国大数据试验区的大好形势，搞好残疾人大数据建设，把这一工作作为贵州残疾人工作的特色和名片，走在全国前列。

省委书记孙志刚在贵州省残联第七次代表大会上的讲话

2018年7月24日

贵州省有254万残疾人，涉及全省四分之一的家庭。这是一个数量庞大、特性突出、特别需要帮助的社会群体。同时，全省残疾人事业发展不平衡不充分的问题还比较突出，面临的挑战还比较多，实现包含残疾人在内的全面小康目标还任重道远。我们必须深刻认识做好新形势下残疾人工作、发展残疾人事业的极端重要性和紧迫性，进一步增强对残疾人事业的使命担当。

发展残疾人事业是践行习近平新时代中国特色社会主义

思想的重要内容。我们一定要充分认识做好新时代、新形势下残疾人工作的重要意义，以高度的政治责任感、深厚的人道主义情怀和只争朝夕的紧迫感，抓住机遇，克难奋进，主动作为，奋力推进残疾人事业新发展。发展残疾人事业是中国特色社会主义应有之义。由于经济社会发展等原因，我省残疾人事业很多方面还处在还欠账、补不足阶段，残疾人事业发展与当前经济社会发展不平衡，残疾人服务相比残疾人需求还有较大差距，这是“主要矛盾”的具体表现。因此，全面加强残疾人事业发展，是建设中国特色社会主义，解决当前发展不平衡不充分主要矛盾的重要手段和措施之一。发展残疾人事业是全面小康战略的重要环节。我省正处在同步全面建成小康社会的重要时期，加快残疾人同步小康是我省深入推进大扶贫战略行动、同步全面建成小康社会的重要内容。全省残疾人精准扶贫管理数据显示，我省纳入建档立卡的贫困残疾人还有35.8万人，其中，19.5万建档立卡贫困残疾人尚未脱贫。贵州作为全国脱贫攻坚任务最重的省份之一，残疾人脱贫任务艰巨、责任重大。各级各部门要从全局和战略的高度，切实增强做好新形势下残疾人工作的使命和担当，力争2020年残疾人全面小康战略的同步实现。

习近平总书记心系贵州发展、情系贵州人民，亲临贵州考察指导，多次对贵州工作做出重要指示，充分肯定我省经济社会发展取得的成绩，提出新时代贵州精神。党的十九大报告明确要求“发展残疾人事业、加强残疾康复服务”、“办好特殊教育”。这些重要指示为促进新时代残疾人事业发展提供了行动指南和重要遵循。

（一）紧紧围绕深化机构改革和群团改革精神，全面加强党对残疾人事业的领导。党的十九届三中全会做出深化党和国家机构改革的重要决定，各级残联要牢牢把握正确政治方向，积极引导各级残联干部职工和广大残疾人，坚决拥护党中央重大决策部署，着力凝聚各方共识，营造良好社会氛围。组织、财政、编办、人社等职能部门要对残联改革给予切实指导和帮助，针对残疾人的特殊性、残联组织的独特性，在资金和人员编制上给予特别支持和重点倾斜。残联组织要勇立潮头，以群团改革精神为指导，始终坚持党对残疾人工作的绝对领导，自觉以改革创新精神进一步焕发残联组织的活力，坚定不移地走中国特色社会主义群团发展道路，始终成为政治上靠得住、工作上能担当、作风上接地气、组织上有活力的群团组织，团结带领广大残疾人感党恩、听党话、跟党走。

（二）紧紧围绕以人民为中心的发展思想，奋力完善残疾人“两个体系”建设。发展为了人民，发展成果由人民共享。我们要在民生工作中更加突出保障和改善残疾人民生，努力缩小残疾人生活状况与社会平均水平的差距，不断满足残疾人日益增长的美好生活需要。一是不断健全残疾人社会保障体系。按照普惠与特惠相结合、一般性制度安排与专项制度安排相融合原则，不断健全残疾人社会保障体系。稳步提高“两项补贴”标准，扩大残疾人医疗保险、养老保险参保率，落实残疾人单独施保政策，适当提高分类救助标准，查找和解决残疾人群众在教育、医疗、住房等方面的困难，配合职能部门打好“三保障”这场硬仗。二是不断完善残疾人服务体系。加快探索大数据与政府管理、社会治理深度融合，打造残联数据云平台，聚焦残疾人政务服务，健全包括残疾人康复、教育、就业、扶贫、托养、文化、体育、无障碍改造、残疾预防等在内的残疾人服务体系，努力增加残疾人基本服务供给，切实提高公共服务水平。三是着力解决残疾人最关心、最直接、最现实的利益问题。扎实办好“十件民生实事”，加快建设完成14所残疾人康复中心或托养中心。加快探索科学合理可持续的运营管理机制，推进全省残疾人康复托养中心设施发挥最大效益。努力扩大残疾人危房改造和家庭无障碍改造的覆盖面。继续培育“黔馨家园”残疾人托养服务品牌。进一步规范残疾人法律援助站建设。

（三）紧紧围绕“大扶贫”战略，奋力实现残疾人小康新突破。省委提出“两个同步”战略构想，确保与全国同步全面建成小康社会、同步开启社会主义现代化建设新征程。各级党委政府要在省委坚强领导下，坚持以全面小康、脱贫攻坚统揽经济社会发展全局，坚持目标导向、问题导向，奋发有为，开拓创新，加快推进包括残疾人在内的全面小康进程。要聚焦深度贫困地区，特别是残疾人等特定贫困群众，按照到户到人工作模式，为残疾人量身打造特困人员救助措施，补齐残疾人这个同步小康短板中的短板。要始终把残疾人的脱贫攻坚工作摆在更加突出位置，拿出切实有效措施，出实招，见实效。要深入分析建档立卡贫困残疾人的基本情况，紧紧围绕“两不愁”“三保障”“两扩大”基本要求，建立目标计划。要不断满足残疾人多元化、多层次需求，推动残疾人就业创业。要认真落实促进残疾人按比例就业的规定，公益性岗位要优先安排困难残疾人，政府公益性项目要优先吸纳残疾人。继续深入开展残疾人创业就业“百点千户万人”工程，拓宽残疾人就业创业覆盖面，不断加强残疾人职业技能和实用技术培训，扶持残疾人电商发展。我们要以贫困不除愧对历史、群众不富寝食难安、小康不达誓不罢休的政治担当，坚决打赢这场输不起的攻坚战。

（四）紧紧围绕“大健康”全产业链，奋力实现残疾人康复服务能力新提升。党的十九大报告明确提出：加强残疾康复服务。这充分体现了残疾康复的重要意义和紧迫性。我们要紧紧围绕全省打造“大健康全产业链”的有利时机，不断加大资金投入，持续加强残疾人医疗康复和残疾预防工作，健全残疾人康复服务保障措施，切实保障残疾人的生命健康权。要加快制定我省《残疾预防和残疾人康复条例》具体实施办法和配套政策，增强全社会残疾预防意识，减少残疾发生。要提标扩面，加大实施残疾人精准康复服务力度，加快推进残疾人家庭医生签约工作，巩固康复项目纳入医保政策，努力实现残疾人“人人享有康复”目标。要加快推进贵州省康复医院建设，加大资金投入和政策倾斜，填补我省康复事业空白，打造一流康复技术平台。要加快制定出台《贵州省残疾儿童抢救性康复救助实施办法》和建立残疾人基本型辅助器具适配补贴制度，广泛建立抢救性、托底性残疾人康复保障政策措施。

中国残联党组成员、副理事长相自成在调研贵州省康复医院和贵州特教中职校时的讲话摘要

2018年7月27日

一是要坚持公立医院公益性，立足为残疾人提供高水平康复服务基本职能，突出残疾人康复优势项目，不断拓展康复服务领域，努力提高社会效益，增强医院可持续发展能力。二是要坚持市场导向，根据社会需求办院，按照市场规律办事，围绕大众对康复服务的实际需求，增强内在动力，通过科学化管理，实现自身的发展壮大。三是要按照省重点专科建设工程要求，抢抓机遇，高点定位，坚持“教学研”相结合的思路，紧抓人才这一核心要素，发展优势学科，培养拔尖人才，为全省人民提供优质的医疗康复服务。四是要做好院区规划，美化院区环境，推进无障碍设施规范化建设，为全省残疾人康复中心等综合服务设施建设提供样板，为贵州省残疾人康复事业发展做出应有贡献。

学校能拥有地理环境如此优越的校区，这是贵州省委省政府高度重视和省残联主动作为的结果，希望学校倍加珍惜这来之不易的发展平台，创新进取，勇攀高峰，一如既往地坚持“最生态、最文明、最和谐、最美丽”的建设目标，真正打造一所组织放心、社会认可、学生向往、温馨便捷的特殊教育职业学校。

副省长、省政府残工委主任魏国楠在《省残联关于对2018年12月3日部分盲人集中到省群访事件处置情况的报告》文件上的批示

2018年12月5日

残联处置及时得力。同意下一步“打算”，加紧摸清底数，及时解决合理诉求，逐人做好稳控工作。

副省长王世杰在听取省残联工作汇报时的讲话摘要

2018年12月21日

残联职责重大，要让残疾人感受到党委和政府的关心和关怀，要把省委省政府的指示落实好、执行好和实施好，要动员社会力量推进残疾人事业发展。要将下步工作重心放在残疾人政策方面的研究上，认真分析我省残疾人的组成和结构，找出问题成因并有针对性地提出对策建议，发出残联的“声音”，帮助党委和政府完善和改进残疾人工作。群团组织有其特殊性，即服务特殊群体。残联要借鉴其他群团组织的好做法，在凝聚人、培育人上下功夫，要把残联建设成为残疾人之家，真正把残疾人当成我们的“一家人”，真正让残疾人感受到党和政府的温暖。

二、政策法规文件

贵州省残疾人就业扶贫资金变农村残疾人股金扩大试点工作的实施方案

黔残联发〔2018〕9号

一、任务目标

积极跟进全省农村“三变”改革，探索推进残疾人就业扶贫资金帮助特殊困难残疾人投资入股、共享分红的收益模式，有效建立贫困残疾人和农村经济实体利益联结机制，增加贫困残疾人股份收益。

四、资金来源及投入

（一）资金来源

1. 省残联就业扶贫经费按县均20万元的标准专项支持14个深度贫困县的试点工作；

2. 省残联就业扶贫经费中省级残疾人创业就业扶贫示范点资金，支持到开展试点工作的农村经济实体，扶持资金要按不低于30%的比例出资为残疾人入股；

3. 省残联就业扶贫经费中康复扶贫贷款项目贴息资金在10万元以上，支持到开展试点工作的农村经济实体，贴息资金按不低于20%的比例出资为残疾人入股；

4. 市（州）、县（市、区）安排残疾人就业保障金支持非深度贫困县的极贫乡镇和深度贫困村的试点工作；

5. 社会力量、村集体捐赠资金等其他资金来源。

（二）资金投入

从2018年起，各市（州）残联将各县（市、区、特区）残联申报的《贵州省农村残疾人资金变股金农民变股东改革试点申报表》（附件1），于每年6月30日前，汇总上报省残联。省残联根据各市（州）上报情况，综合评估14个深度贫困县经济社会发展水平、残疾人总数以及开展试点工作的农村经济实体发展情况、项目投入情况、效益产出等因素，确定资金投入。市（州）、县（市、区）残联可参照确定对极贫乡镇和深度贫困村试点工作的资金投入。

贵州省扶持安置残疾人就业企业试点工作方案

黔残联发〔2018〕10号

一、试点时间及范围

2018年，各市（州）选择一个县（市、区）以及仁怀市、威宁县作为试点地区。

二、扶持对象

扶持对象为超过按比例安置残疾人就业的企业（不含党政机关、事业单位，以及符合享受税收优惠政策条件的集中安置残疾人就业企业），并应当同时满足以下条件：

（一）企业必须持有营业执照、税务登记证；

（二）依法与安置的每名残疾职工签订了一年以上（含一年）的劳动合同，且安置的每名残疾人职工在单位实际在岗工作；

（三）安置就业的残疾人必须是持有第二代中华人民共和国残疾人证或持有中华人民共和国残疾军人证（1至8级）的残疾人；

（四）为安置的每名残疾职工按月足额缴纳基本养老保险、基本医疗保险、失业保险、工伤保险和生育保险；

（五）通过银行等金融机构按月向安置的每名残疾职工实际支付了不低于当地最低工资标准的工资；

（六）具备安置残疾人职工上岗工作的基本设施。

贵州省残疾预防行动计划（2018—2020年）

黔残工委办发〔2018〕5号

一、工作目标

到2020年，有需求的残疾儿童和持证残疾人接受基本康复服务的比例达80%以上，无障碍环境显著改善，可比口径残疾发生率不高于全国平均数。

二、主要行动

（一）有效控制出生缺陷和发育障碍致残；（二）着力防控疾病致残；（三）努力减少伤害致残，加强安全生产监管、道路交通安全管理、农产品和食品药品安全监管、饮用水和空气污染治理干预、防灾减灾能力、减少儿童和老年人意外伤害致残；（四）显著改善康复服务，加强康复服务，推广辅助器具服务，推进无障碍环境建设。

关于支持视力、听力、言语残疾人信息消费的实施办法

黔残联发〔2018〕23号

省残联、省通信管理局联合印发。

二、结合实际，明确给予残疾人信息消费相关优惠

（一）对现有面对视力、听力、言语残疾人等残疾人制定的信息产品进行梳理，对已有的信息产品进行结构优化，提高信息产品与残疾人消费契合度。未推出相关产品的要抓紧研究，制定符合视力、听力、言语残疾人等特定残疾人消费的信息产品，尽快上线。

（二）进一步降低资费水平，给予视力、听力、言语残疾人消费信息产品优惠照顾。对持有中华人民共和国残疾人证的视力、听力、言语残疾的贵州用户，在通话语音、手机上网流量、有线宽带等方面给予不低于普通用户50%的资费优惠。一次性收费项目（如有线宽带安装费、材料费、调测费等）应给予不低于普通用户50%的收费减免。

（三）简化产品结构设计，做好资费公示，通过营业厅、服务热线、新闻媒体等渠道广泛告知。要本着方便用户、简化手续的原则为残疾人提供优质电信服务。对残疾人可能存在的出行不便、需求迫切等问题，除必要的手续及审核外，尽可能简化办理流程，并可以采取绿色通道、上门服务、特事特办等特殊政策，为残疾人办理信息产品提供便利。

（四）根据工作推进情况，省通信管理局将适时把各基础电信企业落实残疾人信息产品优惠情况纳入2018年贵州省通信行业行风建设考核内容。

三、主动作为，积极争取残疾人信息消费专门补贴

有条件的地方，残联要积极向当地党委、政府及财政部门反映视力、听力、言语残疾人在获取信息服务中的实际困难和需求，提出补贴残疾人信息消费的工作建议，积极为残疾人争取信息消费补贴。

贵州省扶持残疾人辅助性就业机构暂行办法

黔残联发〔2018〕26号

一、扶持对象基本条件

1. 根据组织形式不同，可以是依法在工商、民政等有关部门办理登记注册的独立法人单位，也可以是独立法人单位附设机构（以工农疗、庇护工场或车间等形式存在）；

2. 安置的智力、精神和重度肢体三类残疾人不少于5人；安置的残疾人应在法定就业年龄段内且持有中华人民共和国残疾人证或者中华人民共和国残疾军人证（1至8级）。重度肢体残疾人是指持有中华人民共和国残疾人证的1至2级肢体残疾人，或持有中华人民共和国残疾军人证的1至3级肢体残疾军人；

3. 具有相对稳定的劳动生产项目，且至少已开展劳动生产6个月以上；

4. 与安置的残疾人或其亲属签订了不低于6个月的劳动合同或相关协议，其中，签订全日制劳动合同的，应按国家规定参加社会保险；

5. 残疾人日工作时间不少于3小时或者周工作时间不少于15小时；

6. 通过银行等金融机构向安置的每位残疾人支付了不低于当地最低工资1/4的劳动报酬；

7. 具有适合残疾人工作、生活的无障碍环境，具备较为完善的劳动安全保护措施；

8. 配备一定比例的专门服务人员。安置精神残疾人的，需安排有专（兼）职精神科或相关业务能力的医生进行管理。

四、扶持标准及资金用途

对符合条件的残疾人辅助性就业机构，由省级财政按照

"机构"加"人员"的方式给予资金扶持。其中"机构"扶持按一次性3万元标准补贴（在本办法执行前，已获得过补贴的辅助性就业机构，不再享受"机构"补贴）；"人员"扶持每年按辅助性就业机构安置的三类残疾人数，每安置1名残疾人补贴3000元，一个机构享受"人员"扶持金额不超过5万元。各市（州）、县（市、区、特区）要建立相应的扶持政策，扶持标准由各地自行确定。

扶持资金主要用于机构建设、场地租金、机构运行、无障碍改造、生产设备和辅助器具购置、残疾职工工资补贴及社保补贴等。各级要按照本办法及保障金使用管理相关规定，将扶持发展残疾人辅助性就业资金列入年度预算。

关于打赢残疾人脱贫攻坚战三年行动发起总攻夺取全胜的实施方案

黔残联发〔2018〕34号

省残联、省扶贫办联合印发。

一、任务目标

到2020年，全省尚未脱贫的19.45万建档立卡贫困残疾人口全部脱贫，全省35.8万建档立卡贫困残疾人口稳定脱贫。符合最低生活保障条件的农村残疾人实现应保尽保，符合危房改造条件的残疾人危房户实现应改尽改。针对有创业意愿、有就业能力、有托养照料需求、残疾程度较深的各类残疾人，建立多维、立体、全方位的产业帮扶体系，促进5万名以上贫困残疾人产业增收。有效扩大基本康复服务和贫困残疾人家庭无障碍改造覆盖面，提高基本服务供给水平，对80%以上有需求的贫困残疾人提供精准康复服务，有效扩大重度贫困残疾人家庭无障碍改造覆盖面。义务教育阶段残疾人学生不因贫失学辍学，全省义务教育阶段适龄残疾儿童少年入学率达到95%以上，对残疾人大学新生提供全覆盖的教育资助。为3000名以上残疾人提供文化扶贫服务。

二、全面融入全省脱贫攻坚决策部署

优先将符合条件的残疾人纳入建档立卡范围；优先扶持贫困残疾人就业创业；优先保障贫困残疾人获得资产收益；优先为贫困家庭有康复需求的残疾人提供基本康复服务；优先对符合条件的贫困残疾人实行政策性保障兜底；优先保障贫困残疾人教育、医疗和住房。

三、深入开展贫困残疾人脱贫行动

（一）深入开展残疾人产业脱贫"百点千户万人"行动。聚焦建档立卡贫困残疾人口特别是尚未脱贫的残疾人，开展残疾人产业脱贫"百点千户万人"行动；着力开展扶贫基地带动脱贫；着力开展转股分红帮扶脱贫；着力开展扶持创业自主脱贫；着力开展多形式就业增收脱贫。

（二）深入开展残疾人"精准康复服务"行动。推动省政府制定出台《贵州省残疾儿童康复救助实施办法》；努力提高残疾人康复服务水平。

（三）深入开展残疾人"综合服务脱贫解困"行动。完善并落实"两项补贴"政策；大力实施残疾人家庭无障碍改造；扎实推进残疾人助学项目；加快推进残疾人托养服务；认真开展残疾人文化进家庭"五个一"项目。

四、强化残疾人脱贫攻坚支撑保障

（一）强化组织保障。脱贫攻坚是各级各部门的"一把手"工程。

（二）强化资金投入。加大各级财政残疾人事业发展经费和扶贫经费投入力度，加强残疾人就业保障金征收使用管理，精准投向残疾人脱贫攻坚各项工作，聚焦深度贫困地区和建档立卡残疾贫困户，提供到户到人的资金支持。

（三）强化信息平台建设。各级扶贫部门和残联系统要进一步完善建档立卡贫困人口数据库、残疾人基本服务状况和需求信息动态更新数据系统，依托大数据平台，加快与民政、人社、卫计、教育等相关部门的数据对接共享和信息互联互通。

（四）强化宣传引导。坚持正确政治方向和正确舆论导向，举旗帜、聚民心、育新人、兴文化、展形象，以残疾人脱贫攻坚行动中涌现出的先进单位、典型人物为主线，深度挖掘贫困残疾人脱贫攻坚中的典型人和事。

（五）强化督促检查。推动各级政府残工委年度重点工作考评将残疾人脱贫攻坚作为重要内容。省残联和扶贫办每年要会同教育、民政、财政、人社、住建、卫计等相关部门至少开展一次督促检查。

贵州省残疾儿童康复救助办法

黔府发〔2018〕27号

第一章　总　则

第三条　到2020年，建立与全面建成小康社会目标相适应的残疾儿童康复救助制度体系，形成党委领导、政府主导、残联牵头、部门配合、社会参与的残疾儿童康复救助工作格局，基本实现残疾儿童应救尽救。到2025年，残疾儿童康复救助制度体系更加健全完善，残疾儿童康复服务供给能力显著增强，服务质量和保障水平明显提高，残疾儿童普遍享有基本康复服务，健康成长、全面发展权益得到有效保障。

第二章　救助对象和条件

第四条　康复救助对象。康复救助对象为贵州省户籍（或在贵州省领取居住证）经济困难家庭0—6岁视力、听力、言语、肢体、智力残疾儿童和孤独症儿童。

第五条　经济困难家庭残疾儿童包含城乡最低生活保障家庭、建档立卡贫困户家庭的残疾儿童和儿童福利机构收留抚养的残疾儿童，残疾孤儿，纳入特困人员供养范围的残疾儿童，县级以上地方人民政府规定的其他经济困难家庭的残疾儿童。

有条件的地区可扩大残疾儿童康复救助年龄范围，也可放宽对救助对象家庭经济条件的限制。

第三章　救助内容与标准

第六条　救助内容

（一）视力残疾儿童：眼科手术（包括白内障、青光眼、斜视、眼睑疾病、角膜疾病、结膜肿瘤疾病等）、低视力视功能训练、低视力助视器验配；（二）听力残疾儿童：人工耳蜗植入手术、助听器适配、听觉言语康复训练；（三）言语残疾儿童：发声功能和嗓音、言语康复训练及辅助器具适配；（四）肢体残疾儿童：矫治手术（包括术后调整外固定、外固定拆卸）、康复训练（包括术后外固定佩戴中和拆除后的康复治疗、运动功能、转移功能、认知能力、言语交流、日常生活能力、社会参与能力等）及辅助器具适配；（五）智力残疾儿童：认知、语言交往、生活自理和社会适应能力等领域的康复训练；（六）孤独症儿童：认知、情绪及行为管理、社交能力、生活自理及社会适应能力等领域的康复训练。

第七条　救助标准

（一）手术类：手术费补助每人不低于15000元（实施人工耳蜗手术的含植入手术、术后开机及4次调机费）。手术费用不足15000元的，按实际发生额给予补助；（二）康复训练：每人每年补助训练费不低于12000元，每年最长不超过10个月；（三）辅助器具适配：基本型辅助器具适配，每人补助不超过1000元（含产品及评估适配费用）；装配假肢、矫形器，平均每人补助5000元（含部件材料及制作费用）；助听器每人补助不超过6000元（含全数字助听器2台、验配及1年内调试）；人工耳蜗产品，每人补助不超过5万元；（四）同一项救助服务同一年度内仅补助1次，多重残疾的按照相应残疾类别救助标准给予补助。辅助器具适配每3年补助不超过1次（矫形器适配每年不超过1次）；上述救助内容和标准要建立动态调整机制。有条件的地区可以增加救助内容，提高救助标准。

三、五年工作综述

——贵州省政府残工委副主任，省残联党组书记、理事长周承洲在省残联第七次代表大会上的讲话摘要

2018年7月24日

民生福祉改善有突破性进展。建立困难残疾人生活补贴和重度残疾人护理补贴制度，残疾人社会福利制度取得标志性成果，近60万人次残疾人受益；决战脱贫攻坚，全省16.3万余名建档立卡贫困残疾人实现脱贫；实施“百千万”创业就业工程，多形式培训残疾人7.72万人次，新增残疾人就业5.27万人；实施精准康复，26.4万人次残疾人获得基本康复服务；开展助学行动，1948名学龄前残疾儿童、2345名在校高中（中职）和大学残疾人新生得到资助；对4172户残疾人危房改造进行补助，为4143户贫困家庭实施无障碍改造；按时足额发放残疾人燃油补贴3609.71万元，残疾人群众获得感大幅提高。

事业发展载体有突破性进展。创建贵州特殊教育中等职业技术学校，填补我省残疾人职业教育空白；筹建贵州康复医院，与贵州医科大学附属医院战略合作，开辟残疾人康复“医康养”融合发展新路径。五年来，全省共投入14.51亿元，立项建设省市县三级康复、托养机构132个，将建成康复托养床位6000余张。基础设施条件的改善，为事业长远发展注入新动能。

改革开放创新有突破性进展。开展残疾人基础信息调查和数据动态更新，全面掌握全省254万残疾人和115万持证残疾人基本信息，初步建成“残疾人综合信息数据库”，顺利推进“贵州残疾人智慧服务云建设项目”。推动“放管服”改革，在全国率先实施残疾人公共服务集中办理，开展“互联网+残疾人公共服务”。创建政府残工委年度评价机制，健全政府残工委联席会议工作制度，各级各相关部门凝共识、聚合力，善作为、求实效，极大促进了事业发展。

公共财政投入有突破性进展。2013年—2017年，全省财政共安排残疾人事业经费38.09亿元，比前五年增长200%；省级残疾人就业保障金预算支出由2013年的2169万元增加到2018年的9468万元，增长336%；争取中央彩票公益金8488万元，为全省残疾人综合服务设施提供设备补贴，切实提高建设水平和服务能力。

重点抓了以下工作：一是坚持顶层设计，制度化建设有新突破。二是坚持改善民生，残疾人获得感有新提高。就业扶贫持续拓展，康复服务扩面提质，特殊教育步稳蹄急，社会保障大幅提升。三是坚持能力建设，残疾人参与社会迈出新步伐。组织能力建设进一步强化，残疾人能力建设进一步提高。四是坚持弘扬人道主义精神，扶残助残力量有新聚合。榜样精神进一步传承，人道主义进一步弘扬。

挑战：一是个别地方党政领导残疾人工作意识不强、重视不够，事业发展投入不足、保障不力，成为制约事业发展的重要因素。二是残疾人生活与社会平均水平差距较大的状况还没有根本改变，还有19.5万建档立卡残疾人尚未脱贫，他们受教育程度和技能素养“双低”，就业和个体发展“双难”，成为脱贫攻坚的最大短板和最难啃的硬骨头。三是残疾人保障制度不完善，社会保险参保率不高，“两项补贴”标准处于全国最低档，仍有16项残疾人康复项目未被纳入城乡医保报销范围，超过50%的残疾人得不到基本康复服务，服务体系不健全、服务能力不强的问题特别突出。四是残疾人基层组织力量薄弱，专业技术人才极度匮乏，一些干部干事创业信心不足、激情不够、履职不力现象仍然存在，成为制约事业发展的最大掣肘。这些都是我们工作中面临的新挑战，是需要花大力气解决的突出问题、难点问题、重点问题。

四、2018年工作综述

2018年，全省残疾人工作深入贯彻党的十九大、十九届历次全会和省委十二届二次、三次全会、中国残联七代会、省残联七代会精神，保持定力信心，践行“两个维护”，牢记嘱托、感恩奋进，围绕坚决打赢残疾人脱贫攻坚战这一总目标，认真落实省委省政府一系列关于推进残疾人事业发展的新要求，大力弘扬新时代贵州精神，按照“以新时代理念引领发展，以重点工作支撑发展，以统筹协调促进发展，以优良作风服务发展”的思路，各项业务工作取得新成效。

（一）组织建设工作

全省各级残联系统认真学习贯彻落实，积极配合搞好机构改革工作，认真抓好干部人事工作，顺利完成省市县三级残联换届工作。坚持把政治建设摆在首位，加强对广大残联干部职工和残疾人群众的思想政治引领；团结带领广大残疾人弘扬新时代贵州精神，积极投身脱贫攻坚、农村产业革命，在围绕中心、服务大局中建功新时代。加强残联改革，健全完善省残联班子组成，挂职副理事长、兼职副理事长参与工作决策，更好地联系服务广大残疾人。始终重视发挥残疾人主体作用，加强5个专门协会工作的规范化建设，积极支持各专门协会组织开展有益活动，全面提升市县专门协会服务工作能力水平，切实增强残联组织的政治性、先进性和群众性。组织、指导或举办残疾人专职委员等各类培训班60多期，培训人员6000余人次。大力拓展志愿服务，促进志愿助残服务专业化、常态化、长效化。截至2018年11月12日，全省累计核发第二代残疾人证1194778本，发证率为49.9%。

（二）脱贫攻坚工作

在石阡召开全省打赢残疾人脱贫攻坚战三年行动誓师大会暨现场推进会，印发《关于打赢残疾人脱贫攻坚战三年行动发起总攻夺取全胜的实施方案》等政策措施，推动全省残疾人脱贫攻坚工作有序开展、整体推进。以正面引领培育残疾人脱贫攻坚内生动力。成功举办第六届贵州省残疾人职业技能竞赛，23名选手被授予“贵州省技术能手”荣誉称号，为残疾人积极就业创业、主动投身到脱贫攻坚行动中提供强大正向指引。以创新举措打造残疾人脱贫攻坚新亮点。一是开展残疾人转股分红扩大试点工作，投入300万元在全省深度贫困县、极贫乡（镇）和极度贫困村开展转股分红扩大试点工作，累计帮助1000余名重度贫困残疾人入股当地农村经济实体，实现人均年增收1000元左右。二是推进扶持残疾人辅助性就业制度化，促进最弱势就业群体劳有所获，投入145万元，对35家辅助性就业机构进行扶持，安置精神、智力及重度肢体残疾人368人。三是开展扶持安置残疾人就业企业试点工作，投入115.8万元，对符合条件的全省33家安置残疾人企业，每安置1名残疾人就业按照6000元的标准给予扶持。截至11月10日，全省保障金征收9.6亿元，省级残保金突破1.3亿元，全省按比例就业残疾人达14264人，全省按比例安排残疾人就业年审暨残保金征收工作迈上新台阶。四是奋力推进精准脱贫，核定已纳入建档立卡农村贫困残疾人528613人，核定残疾人家庭社会保障兜底脱贫对象55898户共126826人。五是认真开展驻村扶贫，大力推进江古镇精准扶贫工作，把农村产业革命落到实处，引导145户贫困户发展特色种养殖业。

（三）教育与就业工作

全力支持贵州特殊教育中等职业学校建设，投入1700余万元进行校舍维修和无障碍改造，省残疾人体育训练中心项目、酒店管理专业实训楼项目工作有序推进，400余名师生的办公、教学、生活环境得到改善；深化校企合作，不断提高办学质量和社会效益，2016级3个专业79名学生全部进入合作企业进行实训，为学生高效就业打下坚实基础。着力实施助学工程，对584名家庭经济困难的学龄前残疾儿童进行资助，每生资助3000元；709名残疾人大学新生每人得到2000元的阳光助学项目救助。开展残疾青壮年文盲扫盲试点工作，完成528名残疾青壮年扫盲任务；2018年，全国普通高等院校录取全省残疾人大学新生646人（本科369人），高等特殊教育学院录取63人（本科13人）。

继续推动残疾人创业就业“百点千户万人”工程，促进残疾人就业扩面，建立33个省级残疾人创业就业示范点；市县创建残疾人创业就业示范点135个，扶持残疾人家庭创业户3517户，新增残疾人就业12161人，培训残疾人13964人。投入120万元对11家企业或合作社进行项目贷款贴息，帮助残疾人稳定就业135人。

（四）康复工作

加快实施残疾人精准康复服务，着力推进精准康复服务深入开展；规范全省残疾人精准康复定点服务机构审批工作，制定贵州省残疾人基本康复服务目录和补贴标准；创新康复服务方式，推进残疾人家庭医生签约服务工作，惠及农村及边远地区残疾人群众；下拨专项补助资金192.31万元，开展国家残疾预防综合试验区创建试点工作，助力“健康贵州”建设；省政府办公厅印发《贵州省残疾儿童康复救助办法》，残疾儿童康复救助制度建设迈出重要一步；积极开展健康扶贫工程，人均免除贫困家庭听障儿童检查费用2426.5元；为有需求的残疾儿童和持证残疾人提供基本康复服务100661人次，3000名脑瘫儿童、1700名智障儿童、300名孤独症儿童康复救助等重点项目有序开展；完成人工耳蜗植入手术 125 例；为 7 名低视力学生、29 名非盲特教学生、134 名盲生及家属、400 余名特教师生及家长提供辅助器具、康复矫正或基因检测等免费服务；广泛开展宣传教育活动，提供康复咨询 2 万余人次；支持贵州省康复医院建设，累计完成投资 1689.12 万元。2018 年，贵州省残联圆满完成省政府部署的“民生实事”任务，17 个康复托养项目完成中央预算内投资 13992 万元；争取到 2019 年康复中心建设项目 21 个，中央预算内投资 18880 万元。

（五）社会保障与信息工作

继续做好“两项补贴”发放工作，全省 29.5 万重度残疾人享受到护理补贴；结合全省实际，草拟《关于完善“两项补贴”制度的实施方案》。下拨“阳光家园计划”资金 997 万元，以政府购买服务的形式为 6646 名有需求的残疾人提供托养服务；全面深化残疾人事业基础管理，加强残疾人事业信息统计工作，全省共计完成 1568834 名残疾人和 36765 个村（社区）的数据调查和录入。

（六）维权工作

努力做实维权服务，承办政协提案 1 件；积极开展残疾人法律救助工作，接待来信来访 426 人次（件），妥善处置 12 月初盲人群体性非正常聚集上访事件，保证残疾人群体的稳定。投入省级危房改造资金共 175 万元，291 户残疾人贫困户完成危房改造，多种方式帮助 10382 户贫困残疾人家庭进行无障碍改造。争取中央财政资金 813.02 万元，为 31270 名残疾人车主发放燃油补贴，进一步增加残疾人基本福利。

（七）宣传文化体育工作

残疾人群众文化体育活动广泛开展，竞技体育取得新突破，圆满举办贵州省第六届残疾人运动会。第三届亚洲残疾人运动会贵州籍运动员获 9 金 10 银 1 铜并破一项亚洲纪录，创参加亚残运会历史最好成绩。大力开展宣传活动，充分发挥正面典型示范带动作用，完成贵州省残疾人事业 2017 年度十大杰出典范评选活动，8 个单位、16 名个人分别被评为全国残疾人工作先进单位和先进个人；贵州新闻联播、贵州日报等主流媒体成为宣传报道残疾人事业的主阵地，人民网、新华社等中央媒体时常传递贵州残疾人事业发展的好声音。

图 7－24－1　贵州籍运动员在第三届亚残运会上。

五、重要条目

【贵州省残联第七次代表大会】2018 年 7 月 24 日至 25 日在贵阳举行。贵州省委书记、省人大常委会主任孙志刚到会并讲话。贵州省委副书记、省长谌贻琴出席开幕式，中国残联党组成员、副理事长相自成致辞，贵州省委常委、省委宣传部部长慕德贵主持，贵州省领导李邑飞、刘捷、刘远坤、魏国楠、孙诚谊等出席。来自贵州省各地的残疾人代表、特邀代表、特邀嘉宾 440 人出席大会。大会听取并通过周承洲代表贵州省残疾人联合会第六届主席团所做工作报告，选举产生贵州省残联第七届主席团，推举产生贵州省残联第七届执行理事会，选举产生贵州省残联第七届各专门协会主席、副主席，聘请慕德贵为贵州省残联第七届主席团名誉主席，选举产生中国残联第七届主席团贵州委员候选人。副省长魏国楠出席闭幕会并讲话。

图 7－24－2　贵州省残疾人联合会第七次代表大会。

【无声饮品】贵阳市盲聋哑学校校企合作实践基地，2018 年 5 月 22 日开业运营，当年底在贵阳已开设 4 家连锁店，帮助 20 多名盲聋哑学生就业。店内除收银员外，其他店员都是盲聋哑学校即将毕业的学生，从点单到付款，再到制作交递，店员和顾客间的交流都以手语或手写纸条进行。店里每卖出一杯饮品，店员都会从顾客的付款中退出 1 元钱，引导顾客将钱投入爱心捐款箱，用于帮助残疾人治病、创业等。学生上岗前，由企业负责聘请专业团队进行相关培训，工作后每人每月平均能拿两千多元的工资。

六、大事记

1月26日，贵州省十三届人大一次会议开幕，代省长谌贻琴在《政府工作报告》中明确建设14所残疾人康复中心或托养中心为贵州省2018年“十件民生实事”内容之一。

2月8日，2018年贵州省政府残疾人工作委员会全体会议在贵阳召开。副省长、省残工委主任魏国楠出席会议并讲话，省政府残工委副主任、省政府副秘书长周明勤主持会议。会议传达中国残联第六届主席团第五次全体会议和第三十二次全国残联工作会议精神，听取省政府残工委副主任、省残联理事长杨云的工作汇报；黔西南州、遵义市、仁怀市、石阡县等政府残工委和省政府残工委成员单位省教育厅、省民政厅、省扶贫办、省卫生计生委、省发改委、省财政厅等部门相关领导做交流发言。省残工委全体成员单位参加会议；省残联党组成员，各市（州）政府残工委主任及残联理事长等列席会议。

2月10日，省人大常委会副主任陈鸣明到平塘县大塘镇、荔波县瑶山瑶族乡走访慰问贫困群众、残疾人家庭。省残联党组书记、理事长杨云陪同走访。

3月18日—28日，贵州籍运动员娄小龙夺得在阿联酋举行的2018年残疾人射击世界杯男子SH1级10米气手枪第一名，并打破世界纪录，实现贵州省参加射击世界项目参赛成绩金牌零的突破。

5月9日—11日，中国残联党组成员相自成一行来贵州省调研大数据及智能化残疾人证等工作。

5月16日，相自成调研贵州省政府政务服务中心并讲话。他指出，要大力推广各级残联进驻政务服务中心集中为残疾人办理事项，加强网上办事大厅建设。让残疾人少跑腿，“零”跑腿，同时要实行数据共享。省残联和政务服务窗口要配合省政府政务服务中心，积极与中国残联信息中心协调，实现网络互联互通，让残疾人公共服务事项办理无障碍。

5月17日，贵州省残疾人福利基金会第二届理事会第二次会议在贵阳召开，省残联党组成员、副理事长陈健，省残疾人福利基金会理事长郭万泉出席。会议审议通过省残疾人福利基金会2017年度工作报告及财务情况报告，选举新增理事，推举新增副理事长。基金会常务副理事长童泽、第二届理事会全体成员出席会议，新增理事人选列席会议。

5月18日，副省长、省残工委主任魏国楠到玉屏县大龙开发区走访慰问贫困残疾人家庭。省残联党组成员、副理事长黄广钦和省教育厅、省民政厅及铜仁市委市政府有关负责人陪同慰问。

5月20日，省残联、省图书馆、贵州数字图书馆及贵阳市、南明区、云岩区残联在贵阳联合举办第28次全国助残日宣传活动。省残联副理事长陈健出席活动，省残联机关党委书记龙月祥主持启动仪式。贵阳市残联党组书记叶惠明出席活动并致辞。五个残疾人专门协会、残疾人创业就业示范基地、康复机构及省市区残疾人工作者参加活动。

5月25日—29日，贵州省残疾人羽毛球运动员在2018年全国残疾人羽毛球锦标赛上夺得3块金牌、8块银牌、1块铜牌。

6月19日—20日，中国残联党组成员、副理事长王梅梅一行到贵州就贫困残疾人脱贫攻坚进行专项蹲点调研。她强调，要进一步提高对贫困残疾人脱贫攻坚工作重要性的认识，要从精准识别上下功夫。要实现应保尽保，残疾人低保金增发与重度残疾人生活补助不能混到一起。要关注残疾人在医保上遇到的问题，要多宣传残疾人医保政策，让残疾人真正感受到党和政府的温暖。要高度重视重度残疾人的托养问题，真正做到重度贫困残疾人托养一人，解放全家。要确保用好就业保障金，真正帮助有思路、有需求、有能力的残疾人创业就业。

图7-24-3　王梅梅在海子村调研残疾人脱贫攻坚工作。

6月21日—29日，贵州省残疾人运动员在天津举行的2018年全国残疾人游泳锦标赛上获得11枚金牌、18枚银牌、13枚铜牌，打破一项世界纪录和三项全国纪录。

8月20日—31日，由贵州省残联领导带队的七个调研小组到全省九个市州就残疾人脱贫攻坚工作进行大调研。调研小组深入乡镇、社区，通过召开座谈会、查看工作资料、考察项目建设现场、进村入户了解残疾人实际情况等方式，调查分析残疾人相关工作实际情况。

9月2日—4日，由省残联、省人社厅主办的第六届贵州省残疾人职业技能竞赛在贵阳举行。竞赛着眼于进一步促进残疾人就业创业，帮助残疾人更好更快脱贫。获奖选手将按有关规定晋升技术等级，符合条件的将授予“贵州省技术能手”称号。

9月7日—8日，贵州省打赢残疾人脱贫攻坚战三年行动誓师大会暨现场推进会在石阡召开。会议安排部署未来三年残疾人脱贫攻坚工作，确保到2020年实现全省19.45万建档立卡贫困残疾人脱贫。省残工委副主任、省残联党组书记、理事长周承洲出席会议并讲话，省扶贫办外事中心主任彭锦斌代表省扶贫办在会上讲话。

9月10号，省委副书记、省长谌贻琴到贵州特殊教育中等职业技术学校看望慰问教师，调研教育工作。

图7－24－4　谌贻琴（右一）在贵州特殊教育中等职业技术学校调研慰问。

9月14日，副省长魏国楠参加中国残联七代会开幕式，省政府副秘书长周明勤和省残联党组书记、理事长周承洲等16名代表参加大会。周承洲、童泽、赵新玲等当选为中国残联第七届主席团委员，赵新玲当选为中国精神残疾人亲友协会副主席。

9月28日，副省长魏国楠先后到贵阳市爱心家园儿童训练中心、贵州省康复医院建设现场和贵州特殊教育中等职业技术学校进行实地调研，听取省残联工作汇报。周明勤、周承洲等参加调研和座谈。

图7－24－5　省残联党组书记周承洲看望残疾儿童。

10月12日，亚洲防盲基金会向贵州省捐赠“复明11号”流动眼科手术车一台。周明勤出席捐赠仪式，并为亚洲防盲基金会和叶氏化工集团颁授感谢状。

10月6日—13日，贵州省籍运动员在印度尼西亚雅加达举行的亚残运会上获得9金10银1铜，破一项亚洲纪录，创参加亚残运会历史最好成绩。

10月24日，贵州省第六届残疾人运动会在贵阳开幕。省委常委、省委宣传部部长慕德贵宣布开幕，魏国楠在开幕式上讲话。贵阳市委副书记、贵阳市市长陈晏在开幕式上致欢迎辞。开幕式由周明勤主持。陈鸣明、周承洲及省体育局副局长肖俊等省政府残工委成员单位负责人出席开幕式。

12月24日，贵州省肢残运动员刘开阳在2018年全国残疾人高山滑雪暨单板滑雪锦标赛上获2枚金牌，取得贵州省组建冬季项目以来参加全国比赛的最好成绩。

（柴怡供稿）

云南省残疾人事业和残疾人工作

一、领导讲话

省委书记、省人大常委会主任陈豪在云南省残联第七次代表大会上的讲话摘要 2018年9月11日

云南省残联第六次代表大会以来，全省各级党委和政府高举习近平新时代中国特色社会主义思想伟大旗帜，深入学习贯彻习近平总书记关于残疾人事业的一系列重要论述和重要指示精神，把残疾人事业纳入经济社会发展大局，健全完善残疾人事业发展政策措施和保障制度，扎实推进残疾人精准脱贫、创业就业、康复救助、文化体育和权益保障等各项工作，动员社会各界广泛参与助残活动，推动全省残疾人事业取得历史性进展和显著成效。各级残联组织坚持围绕中心、服务大局，切实履行“代表、服务、管理”的职能，在政治引领、统筹协调、动员社会、整合资源等方面做了大量卓有成效的工作。广大残疾人身残志坚、自强自立，不畏艰辛、顽强拼搏，涌现出了无臂口书书法家和志刚、盲人按摩大师企业家邱光林、残奥会马拉松金牌获得者李朝燕等一大批自强典型，树立了奋发自立的榜样，获得了全社会的尊重。

全省各级党委、政府和残联组织要高举习近平新时代中国特色社会主义思想伟大旗帜，全面贯彻落实党的十九大和省第十次党代会对发展残疾人事业做出的新部署新要求，提高政治站位，强化责任担当，狠抓工作落实，推动全省残疾人事业在新征程中不断迈上新台阶。第一，坚定不移以习近平新时代中国特色社会主义思想为指导，牢牢把握残疾人事业发展正确方向。第二，积极顺应广大残疾人对美好生活的向往，切实把服务残疾人的工作做得更精准、更扎实、更贴心。第三，充分调动和激发残疾人内生动力，发扬奋斗自立精神成就不一样的精彩人生。第四，弘扬改革创新精神，努力把全省各级残联建设得更加充满活力、更加坚强有力。第五，广泛动员各方力量凝聚合力，更好地实现好维护好发展好残疾人生存和发展各项权益。

做好新时代残疾人工作，责任重大、使命光荣。我们要以这次大会为新的起点，不忘初心、牢记使命，坚定信心、团结力量，奋力开创新时代云南残疾人事业发展新局面。

省政府副省长、省政府残工委主任和良辉在云南省残联第七次代表大会闭幕式上的讲话摘要

2018年9月12日

省委省政府和中国残联对开好这次大会高度重视。陈豪书记、阮成发省长等领导出席开幕式，赵金部长出席闭幕式。陈豪书记在开幕式上做重要讲话，深刻阐述了习近平总书记关于残疾人事业和残疾人工作重要论述的重大意义及实践要求，全面总结了党的十八大以来特别是省第十次党代会以来我省残疾人事业取得的成绩和经验，深入分析了当前我省残疾人工作面临的问题和挑战，对新时代我省残疾人工作做出了新部署、提出了新要求。

我省有288.3万残疾人，涉及1000万家庭人口，有60多万贫困残疾人，居全国第二。残疾人群体仍然是全面建成小康社会的难中之难、困中之困。没有残疾人的小康，就谈不上全面小康。只有加快发展残疾人事业，努力缩小残疾人生活状况与社会平均水平的差距，才能确保我省如期全面建成小康社会，才能完成与全国同步进入小康社会的目标。我们必须以高度的责任感和使命感，以增进广大残疾人福祉为出发点和落脚点，进一步加强残疾人工作，促进残疾人全面发展，让残疾人有更好的教育、更稳定的工作、更满意的收入、更可靠的社会保障、更高水平的医疗卫生服务、更舒适的生活环境，使残疾人在共建共享中拥有更多的获得感幸福感安全感。

全省共有建档立卡贫困残疾人32万人，已脱贫15万人，还有17万人没有脱贫。到2020年全面完成残疾人脱贫攻坚任务，残疾人一个不能少，这是政治任务。一要阻断贫困代际传递。要落实好各教育阶段建档立卡贫困残疾人家庭学生从入学到毕业的全程资助体系，加大教育培训力度，全面实施残疾人义务教育，普及残疾儿童两年学前教育，初步满足残疾人接受高等教育和成人教育需求，积极推动残疾人高中阶段教育和职业教育，进一步改善特殊教育学校、农村薄弱学校和寄宿制学校办学条件。二要实施健康扶贫工程。

把健康扶贫精准到户、到人、到病，完善大病保险制度，对贫困残疾人实行倾斜性支付政策，加大医疗救助力度，加强各项医疗保障制度衔接，织密织牢贫困残疾人看病就医基本保障网，着力解决残疾人因病致贫返贫问题。残疾儿童康复救助制度将于10月1日起施行，各级各部门要认真执行落实好。三要加大贫困残疾人帮扶力度。坚持残疾人发展工作与扶贫攻坚同规划、同部署、同推进，着力改善城乡贫困残疾人的生活条件。加大残疾人困难家庭扶持力度，政策、项目、资金向贫困残疾人倾斜，做到应保尽保、应扶尽扶、应救尽救，确保到2020年全省贫困地区残疾人发展整体水平基本达到或接近全国平均水平。

当前，全省上下正深入贯彻落实习近平新时代中国特色社会主义思想和党的十九大精神，紧扣习近平总书记对云南“一个跨越”、“三个定位”、“五个着力”的要求，打好“三大攻坚战”，打造世界一流高质量发展“三张牌”，全省经济社会发展迎来了新的契机，也为我省残疾人事业发展提供了难得的历史机遇。我们要进一步充分发挥残疾人的智慧和力量，激发广大残疾人的创新创业潜能和聪明才智，为全省经济社会发展提供强大的人力支撑和保障。

残疾人事业是一项涉及多部门、各层面、宽领域的系统性工程。各地各部门要牢固树立以人民为中心的发展思想，进一步强化主体责任，凝聚各方力量，一件事情接着一件事情办，一年接着一年干，一任接着一任做，日积月累，久久为功，不断提升我省残疾人事业发展水平。要有如水的情怀，一心为民推动残疾人工作落到实处；要有如鼎的担当，接力奋斗推动残疾人工作落到实处；要有如铁的纪律，永葆本色推动残疾人工作落到实处。

千年潮未落，正是扬帆时。幸福是奋斗出来的，新时代是奋斗者的时代。站在新的历史起点，让我们以习近平新时代中国特色社会主义思想为指导，在省委省政府的坚强领导下，锐意进取，扎实工作，为决战脱贫攻坚、决胜全面建成小康社会，推动云南高质量跨越式发展做出新的贡献！

二、政策法规文件

云南省人民政府关于建立残疾儿童康复救助制度的实施意见

云政发〔2018〕52号

一、制度内容

（一）救助对象

视力、听力、言语、肢体、智力等残疾儿童和孤独症儿童，同时具备以下条件：

1．户籍：具有云南省户籍（或在云南省领取居住证）；

2．年龄：0—6岁（其中，语后聋的听障儿童申请人工耳蜗植入、肢体残疾儿童申请矫治手术年龄可放宽至18岁）；

3．家庭经济状况：城乡最低生活保障家庭、建档立卡贫困户家庭的残疾儿童和儿童福利机构收留抚养的残疾儿童；残疾孤儿、纳入特困人员供养范围的残疾儿童；其他经济困难家庭的残疾儿童；其他经济困难家庭的具体认定办法，由县级政府制定。

有条件的地区，可扩大残疾儿童康复救助年龄范围，也可放宽对救助对象家庭经济条件的限制。

（二）救助内容和标准

1．救助内容：以减轻功能障碍、改善功能状况、增强生活自理和社会参与能力为主要目的的手术、辅助器具配置和康复训练等。

视力残疾儿童：眼科手术（包括白内障、青光眼、斜视、眼睑疾病、角膜疾病、视网膜肿瘤疾病等）、低视力患儿视功能训练、低视力患儿助视器验配及训练、定向行走训练及适应性训练、支持性服务及辅助器具适配。

听力残疾儿童：人工听觉植入手术（包括人工耳蜗植入手术等）、助听器适配、听力言语康复训练。

言语残疾儿童：发声及构音器官矫治手术、发声功能和嗓音、言语康复训练及辅助器具适配。

肢体残疾儿童：矫治手术（包括术后调整外固定、外固定拆卸）、康复训练（包括术后外固定佩戴中和拆除后的康复治疗、运动功能、转移功能、认知能力、言语交流、日常自我照顾、社会参与能力等）及辅助器具适配。

智力残疾儿童：认知、语言交往、生活自理和社会适应能力等领域的康复训练。

孤独症儿童：认知、情绪及行为管理、社交能力、生活自理及社会适应能力等领域的康复训练。

2．救助标准：

手术类：手术费最高补助2万元（人工耳蜗植入手术费含植入手术、术后开机及4次调机费）。

康复训练：每人每月补助2000元，每年最长不超过10个月。

辅助器具适配：基本型辅助器具适配，每人最高补助1000元（含产品及评估适配费用）；装配假肢、矫形器，每人最高补助5000元（含部件材料及制作费用）；助听器最高补助6000元（含全数字助听器2台、验配及1年内调试）；人工耳蜗产品最高补助7万元。

多重残疾的，按照相应残疾类别救助标准给予补助，同一类救助服务同一年度内仅补助1次。

3．需持续进行的康复训练，救助年龄范围内，每年可申请1次康复救助。

县级以上政府根据本地经济状况、残疾儿童康复需求等实际情况，建立动态调整机制，可适当增加救助内容，提高补助标准。

三、工作综述

2018年，云南省残疾人工作围绕中心，服务大局，坚定不移以习近平新时代中国特色社会主义思想为指导，紧紧围绕加快推进残疾人小康进程工作主线，突出决战决胜贫困残疾人脱贫攻坚工作重点，不断健全残疾人工作体制机制，全省残疾人各项事业取得了长足发展和显著成效。

（一）提高政治站位，积极推进残联群团改革

一是及时成立云南省残联全面深化改革工作领导小组，始终注意强化党组统筹推进群团改革的主导作用。二是积极主动学习借鉴各兄弟省（区、市）残联尤其是上海市残联改革成功经验。三是认真学习传达中央和省委关于党的群团组织改革工作有关精神，及时研究安排部署省残联全面深化改革工作。四是结合省残联工作实际，创造性地提出了“政治站位要高，改革思路要宽，群众意识要强，政策制定要实，人文关怀要真，运行机制要活”的改革发展思路。五是在云南省残联第七次代表大会上，认真落实中央和省委关于群团改革工作的有关精神，经省委同意，提高基层代表、残疾人代表的比例，首次选举产生专职、挂职、兼职副理事长和理事。六是《中国残疾人联合会改革方案》出台后，及时组织传达学习，并按照省委省政府要求，认真做好《云南省残疾人联合会改革方案》起草工作，并经中国残联审核同意、省委改革办备案审核同意后，报请省政府如期于2018年12月29日正式印发，成为全国较早出台改革方案的省份。七是及时组织召开各州（市）残联党组书记、理事长参加的云南省残联群团改革工作座谈会，及时对全省残联系统群团改革工作做出进一步的安排部署。

（二）狠抓组织建设，全面完成全省各级残联换届工作

按照中国残联和省委要求，对全省各级残联换届工作进行统筹安排和积极的督促指导，配合当地党委及组织部门，如期完成各级残联换届工作，切实把政治坚定、热爱残疾人事业、具备良好综合素质的领导干部选调进残联领导班子。在此轮换届中，8个州（市）残联、73个县（市、区）残联调整了党组书记或理事长，一批年富力强、阅历丰富的干部调整到各级残联领导岗位。新到任的82名州（市）、县（市、区）两级残联主要负责同志中，来自同级党委政府重要部门的57人，占70%；来自下一级党委政府的19人，占23%；来自其他群团的3人，占3.5%；内部提拔的3人，占3.5%。换届后，州（市）和县（市、区）两级残联干部结构得到了进一步优化。云南省残联七代会选举产生新一届省残联主席团和执行理事会，确定了今后五年全省残疾人事业发展的目标任务，开启了新时代我省残疾人事业发展的新征程。

（三）强化部门协作，着力推动残疾人脱贫攻坚

一是积极主动加强与省级相关部门的沟通衔接，切实把残疾人脱贫攻坚工作纳入全省脱贫攻坚工作大局。二是认真指导各地残联，积极主动配合相关职能部门，扎实做好建档立卡贫困残疾人脱贫攻坚工作。截至2018年底，全省纳入建档立卡贫困残疾人共计33.6万人，其中已脱贫23.1万人，未脱贫10.5万人；纳入低保残疾人共计34.8万人。安排资金375万元，对各级残疾人扶贫示范基地进行补助。按照每人500元的补助标准，下达农村贫困残疾人培训任务15200名，补助资金760万元。配合住建部门组织开展4类重点对象精准识别工作。三是配合相关部门认真做好城乡残疾人基本住房保障工作，制定了切合实际的保障措施。四是在各级党委、政府的高度重视下，贫困残疾人困难补贴和重度残疾人护理补贴得到全面落实。2018年1—10月共计发放困难残疾人生活补贴44万人，补助资金1.7亿元；发放重度残疾人护理补贴32万人，补助资金1.7亿元。五是积极协调帮助残疾人普遍参加城乡居民基本养老保险和基本医疗保险。对重度残疾人，省财政按照200元缴费档次标准逐年全额代缴养老保险费。全面落实贫困、重度残疾人参加城镇职工医疗保险、城乡居民医疗保险个人缴费资助政策。协调民政部门，对符合条件的残疾人家庭实行应保尽保，对靠家庭供养的成年重度残疾人，按照规定纳入最低生活保障范围。六是认真组织各级残联开展重度贫困残疾人家庭无障碍改造等残疾人脱贫专项行动。国家和省级共安排贫困残疾人家庭无障碍改造资金1150万元，下达改造任务1900户。七是通过推进“助盲脱贫”行动，培养选拔出贫困盲人谢侣赴京参加全国“10·17”贫困残疾人脱贫示范工作宣讲，收到较好的社会反响。八是认真做好省残联“挂包帮”宣威市落水镇落水村脱贫攻坚定点帮扶工作，努力把宣威市落水镇创建成云南省残疾人工作示范乡镇。筹集部分资金，帮助落水村进一步完善村民活动中心功能，积极支持落水村开展人居环境和村容村貌提升治理工作。免费为宣威市救治脑瘫患儿10例、智力和孤独症儿童19例，免费为贫困白内障患者实施白内障手术107例，免费为214名贫困听障人士适配价值225万元的助听器。对15户贫困残疾人自主创业户开展扶持，每户扶持资金1万元。九是云南省残疾人福利基金会全年筹集款物总价值1393.8万元，开展残疾人爱心帮扶活动。积极争取中国残疾人福利基金会捐赠资金300万元，实施了“建档立卡贫困人群骨关节康复公益项目”暨“集善·扶贫健康行”云南公益项目活动。十是做好残疾人托养工作。按照每人每年1500元的标准，为14666名符合条件的残疾人提供托养服务补助，安排中央补助经费1400万元、省级配套经费800万元。截至2018年12月5日，“阳光家园计划项目管理系统”已录入受助残疾人信息14699人次，录入率达

100.2%。下达州（市）级配套托养服务经费455.35万元；县（区、市）级配套托养服务经费46万元。

（四）坚持民生为本，有效促进残疾人教育就业工作

一是积极开展省级机关、事业单位按比例安排残疾人就业情况摸底调查和统计工作。主动将按比例安排残疾人就业年审事项纳入省政府“一部手机办事通”政务运用平台上线运行。二是积极开展就业援助月活动，各级残联举办残疾人专场招聘会120场次，1600多家用人单位参加，帮助残疾人失业人员实现就业。成功举办云南省第六届残疾人职业技能竞赛。三是积极开展残疾人扶贫示范基地建设和“助残就业同奔小康百企千人就业创业行动”。四是大力开展残疾人职业培训和实用技术培训。共完成残疾人职业培训和实用技术培训51250人次，新增残疾人就业20465人。五是按照“政府引导，部门组织，企业运作，市场导向，就业为本”的原则，全面开展“助盲脱贫”工作。截至2018年年底，完成各类盲人保健按摩培训任务2038人次，完成盲人保健按摩机构规范化建设任务133家（已累计531家），全省累计完成“万名盲人脱贫示范带头人”7257人次。据统计，视力残疾人通过盲人按摩初级基础培训后的就业率达到84%，盲人按摩师平均收入达到3500元以上。六是主动加强与教育部门沟通协作，建立高校残疾人毕业生实名制台账和就业实训基地，对高校残疾人毕业生实行“一对一”和“一条龙”的就业服务。七是积极组织实施中央彩金助学项目，对339名家庭困难的残疾儿童（学前教育）进行资助；配合教育部门制定实施《云南省特殊教育提升计划实施方案（2017—2020年）》，对1668名家庭贫困在校残疾人高中生、大学残疾人新生和贫困残疾人子女（在校高中、大学生）进行资助，资助资金250万元。资助家庭困难的残疾儿童（学前教育）465名，安排项目资金139.5万元。参加普通高考的残疾人考生1003人，申请合理便利的考生11人，主要是申请在科目规定考试总时长基础上延长30%时间，以及优先进入考场。共有876人被录取，扣除高职单招74人、“三校生”68人、残障考生单招3人，录取率为85.2%。八是主动加强与教育行政部门、招生考试机构的沟通和协调，为有需求的考生提供合理便利，认真做好普通高校招收残疾人考生工作。九是成功举办以“探索全纳背景下的残疾人教育、就业、康复”为主题的第十四届东亚及太平洋区域“济世之家”年会，有力推动了云南省残疾人事业的对外交流与合作工作。

（五）聚焦基本需求，切实抓好残疾人精准康复行动

一是认真贯彻落实《云南省残疾人精准康复服务行动实施方案》，加强对精准康复服务行动的领导，制定下发《云南省残联关于进一步加强残疾人精准康复服务行动的指导意见》，强化对全省残疾人精准康复服务行动的指导，全省精准康复服务率大幅度提升。全国残疾人精准康复服务管理系统数据显示，2018年全省有康复服务需求的残疾人439775人，其中已有387505人获得康复服务。康复服务率为88.11%，辅助器具适配率为84.09%，建档立卡贫困人口康复服务率为91.83%，因病致（返）贫康复服务率为89.01%。中国残联委托第三方开展电话核查，云南省残疾人接受康复服务满意率达95.65%。上述指标在全国各省区中均居前列。二是把残疾人精准康复服务行动与卫健部门开展的家庭医生签约服务有效衔接，积极组织动员残疾人参加家庭医生签约服务，切实保障残疾人基本医疗和康复服务权益。三是在全国率先出台《云南省人民政府关于建立残疾儿童康复救助制度的实施意见》，制度性加强了对残疾儿童的康复救助。四是加大对省聋儿康复学校的硬件投入，全年投入建设经费100万元，不断改善办学条件，优化育人环境，教学服务能力有了质的提高。五是省残疾人辅助器具资源中心全年投入经费1324万元，免费为残疾人适配辅助器具23350件，适配率大幅度提升。六是省残疾人康复中心服务能力进一步提高，对全省残疾人康复服务的示范带动和辐射作用进一步凸显。省残疾人康复中心新建项目有序推进，主体工程如期封顶。七是昆明市西山区被北京大学－中国残联精神残疾康复合作中心确定为全国精神障碍社区康复服务模式（UFE）试点区，为全国4个城市试点城市之一。

（六）注重高效便民，不断改进残疾人证的核发与管理工作

一是按照“放管服”要求，把残疾人证审批权由州（市）级残联下放到县级残联，切实减少中间环节，缩短办证周期。二是各县级残联加大办证力度，对因交通不便、出门困难和残疾人相对比较集中的地方，采取组织医生、办证人员上门服务等方式，为有意愿办证的疑似残疾人提供更加人性化的便利服务。三是积极推进昆明市、保山市智能残疾人证的试点工作，保山市成为全国首家地市级智能残疾人证全覆盖的试点城市。

（七）建立长效机制，认真组织开展残疾人基本服务状况和需求信息数据动态更新工作

一是按照国家要求，建立健全动态更新工作长效机制。二是认真组织开展动态更新工作，共完成动态更新登记1293484人，总体入户率为96.98%，高于国家要求的90%的入户率。三是各级残联充分利用动态更新入户调查的机会，积极宣传各级党委、政府和各部门的惠残、助残政策，及时倾听残疾人呼声，了解残疾人需求，尽力帮助残疾人解决生产、生活上的困难和问题，切实把各级党委政府和各部门的惠残、助残政策送到残疾人手里。

（八）彰显文体魅力，大力组织开展残疾人文化体育活动

一是全面组织实施残疾人文化服务建设工程，努力保障残疾人平等享有文化公共服务的权益。二是省、州（市）级公共图书馆普遍建立盲人图书室，县级图书馆普遍设立了盲人图书室或盲人阅览区。三是在临沧市成功举办了云南省第十一届残疾人运动会暨第五届特奥运动会。本届残运会成为历届省残运会中规模最大的一届运动会，圆满实现了省运会、省残运会“同城举办，同样精彩”的办会目标。四是在雅加达举办的第三届亚洲残疾人运动会上，入选中国代表团的5名云南籍运动员共获得3金4银5铜的好成绩。

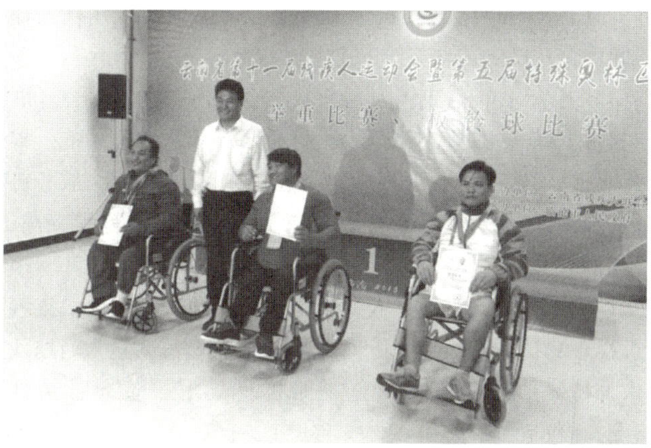

图7-25-1　副省长、省政府残工委主任和良辉为获得第十一届残运会首枚金牌的运动员颁奖并与他们合影。

（九）营造浓厚氛围，不断加大残疾人事业宣传力度

一是认真总结近5年来全省残联系统宣传思想工作的经验和不足，召开全省残联系统宣传思想工作会议，对宣传思想工作做出全面部署。二是充分利用各主流媒体，大力宣传云南省残疾人事业。《人民日报》刊登了《定制化服务、新设备研发，云南多渠道助残——让残疾人生活更便利》，《光明日报》刊登了《让更多残疾人共享美好生活》等反映云南省残疾人脱贫攻坚、就业创业成绩的文章，并被广泛转载。《云南日报》等省级主流媒体刊登宣传残疾人事业的新闻、专题等文章20多篇，特别是在省残联七代会期间，云南新闻联播和《云南日报》等主流媒体全面报道了大会盛况，发表了题为《心手相携共筑未来》的评论员文章，引起了社会各界的关注和肯定。三是继续做好与云南广播电视台国际频道《Hi云南》栏目携手创办的宣传残疾人事业的《追梦》节目，精心制作每一期节目，坚持每周四播一期，现已成为全省大力宣传残疾人事业的主要阵地和重要平台。四是助残日期间，全省各级政府残工委成员单位组织开展了一系列丰富多彩和各具特色的助残活动。云南电视台、《云南日报》、云南网等主流媒体对助残日活动情况、助残惠残举措、残疾人工作所取得的成就进行了大量宣传报道，营造了浓厚的宣传氛围。

（十）重视权益保障，认真做好残疾人信访维稳工作

一是积极指导州（市）残联加强残疾人维权机构建设。协助司法部门做好残疾人法律援助和服务工作，积极为残疾人提供法律服务和援助。不断建立健全律师坐班和网上咨询制度，免费为来信来访残疾人及时提供优质的法律援助服务。二是高度重视残疾人的来信来访工作，严格按照“属地管理，分级负责”的原则，认真做好日常接访工作。做好重要会议、节庆假日期间的信访接待、矛盾纠纷排查工作，将矛盾及时化解在基层，做到矛盾不激化、不上交。2018年，省残联接待来访130批250人次，来信176件，其中网上信访59件，中国残联转办48件，信访办结率在98%以上，残疾人满意率在90%以上，基本做到件件有回音，全年没有出现残疾人异常上访和群体性突发性上访事件。三是认真办理省人大和省政协交办的代表建议和委员提案7件。四是强化省政府残工委办公室的综合协调沟通作用，完成云南省“十三五”加快残疾人小康进程规划纲要实施情况中期评估工作，此项工作获得中国残联好评。五是在涉及残疾人切身利益的政府重要政策、重大举措决策出台前，积极主动配合职能部门，深入开展调查研究，及时反映残疾人的需求、困难和问题，提出科学合理和可行的意见建议，强化源头参与，使制定出台的政策充分体现对残疾人的关心关爱。

四、重要条目

【云南省集善·扶贫健康行·三星爱之光项目】云南省残疾人福利基金会向中国残疾人福利基金会争取“集善扶贫健康行·三星爱之光”项目经费200万元，于2018年4月初至12月底组织昆明爱尔眼科医院医务人员先后深入怒江州泸水市、兰坪县、福贡县，保山市隆阳区，迪庆州香格里拉市、德钦县、维西县，大理州大理市、宾川、祥云、弥渡、巍山、漾濞、永平、云龙、洱源、剑川、鹤庆县等地贫困山区开展眼健康普查筛查工作，行程5000余公里，义诊10000余人，对400名符合手术条件的眼疾患者实施救治。

【云南省集善·特殊教育学校教师资助计划公益项目】中国残疾人福利基金会与北京百度公益基金会、北京师范大学公益基金会为支持云南省特殊教育事业共同发起的项目，向云南省残疾人福利基金会资助48万元，于2018年7月6日—15日、7月17日—26日，分两批对昆明、曲靖、玉溪、普洱、景洪、红河、楚雄、丽江、德宏、临沧、怒江等12所特教学校的48名管理人员和骨干教师进行专题培训，

提升教学管理、教学技能及竞争力。

【云南省残联定点扶贫挂钩点爱心公益超市】在省残联机关党委、工会的倡议下，由省残疾人福利基金会捐资3万元，干部职工捐款2.28万元和各类物资折合人民币1万余元建设的落水村爱心公益超市于2018年10月31日挂牌成立。该爱心公益超市秉承“汇聚人间爱、情暖万人心”的宗旨，以激发贫困群众内生动力，为打赢打好脱贫攻坚战增添新动力。落水村驻村扶贫工作队根据建档立卡贫困户在“社会公德、家庭美德、遵纪守法、内生动力、配合工作”等方面的情况，设定积分评定标准，并按时到建档立卡贫困户家中进行积分评定，贫困户用评定的积分到爱心公益超市免费兑换生活日常用品，2018年底已累计为建档立卡贫困户兑换户均价值150元的物品。

【谢侣】云南省腾冲市曲石镇人，21岁时因车祸导致双目失明。2014年纳入建档立卡贫困户，2017年3月参加保山市残联举办的“助盲脱贫”盲人保健按摩培训班。在腾冲市残联“助盲脱贫”项目的帮助下开了一家盲人按摩店，主动加入腾冲市残联成立的残疾人志愿者队伍，每个月1号都会和其他志愿者一起到敬老公寓献爱心，为老人们做些按摩、理发、修理家具等力所能及的事情，还希望扩大按摩店规模，帮助盲人朋友学习技术，实现就业。2018年10月17日“扶贫日”当天，谢侣受国务院扶贫办和中国残联的邀请，作为全国残疾人精准脱贫的典型向中外媒体讲述自己不屈服命运、艰难奋斗、走出困境的故事。2019年被评为全国自强模范。

【用人单位按比例安排残疾人就业年审】省政府列为“一部手机办事通”第一批网上办事的事项，服务对象为全省企事业用人单位。用人单位在手机App完成注册后将聘用残疾人的信息录入提交，通过审核，与税务部门联动，就可以办理免交或少交残疾人就业保障金业务。

五、大事记

1月10日，中国残疾人福利基金会、明门集团、云南省残疾人福利基金会共同开展“集善明门·阳光伴我行”儿童轮椅项目，捐赠价值50万元的LT14型儿童轮椅500辆，为大理、丽江、临沧、德宏、楚雄、红河等18个州市县脑瘫儿童的康复和护理提供帮助。

1月11日—12日，省残联第六届主席团第四次全体会议暨全省残联工作会议在昆明召开。主席团会议听取讨论并审议通过王兴宁理事长代表云南省残联执行理事会所做2017年工作报告，工作会对2018年工作进行安排部署。

3月13日，省残联召开2018年度“挂包帮”扶贫工作会议，总结2017年“挂包帮”扶贫工作，研究部署2019年“挂包帮”扶贫工作。省残联党组书记、理事长王兴宁出席并讲话。会议由省残联副巡视员、机关纪委书记杨国新主持。

3月21日，中国残疾人福利基金会和省残疾人福利基金会联合开展“鸿星助力·衣路有爱——福建鸿星尔克”爱心助残活动，将价值100万元的全新衣服（鞋子）3545件（双）捐赠给大理州残联、华夏中专、省残疾人体育指导中心，用于资助贫困残疾人及残疾人家庭。

3月29日，省残联召开2018年党建工作专题会议，王兴宁与党组成员签订2018年党建工作责任书，党组成员与各处室、直属事业单位负责人签订2018年党建工作责任书，对省残联2017年先进党（总支）支部和省残联2017年优秀党（总支）支部书记进行通报表彰。

4月1日，昆明市和保山市作为全国第三代残疾人证（智能化）试点试点工作正式启动实施。

4月25日，省残疾人福利基金会与海王集团联合开展“集善工程——助您健康”项目，向省残疾人康复中心、省聋儿康复学校、永德县残联、曲靖市老年公寓等5个服务机构，捐赠海王集团生产的2400罐蛋白粉、9600罐螺旋藻，价值118.8万元。

5月17日，省残疾人福利基金会在景东县举行“集善工程—爱心送温暖（拉夏贝尔服装）”捐赠仪式，为当地残疾人和建档立卡贫困人群捐赠拉夏贝尔服装5万余件（套），价值156.9万元。

7月18日，省残疾人福利基金会开展“集善·扶贫健康行”麻风病救助项目，为楚雄州富民白坡麻风院、苍岭镇丫巴田麻风院、法朕火山麻风院、红河州龙潭田麻风村资助97床被子、97件冲锋衣、97双安全鞋，总价值91762元。

9月2日—7日，云南省第十一届残疾人运动会暨第五届特奥运动会在临沧市举行。本届残运会是云南省残运会史上规模最大、参赛人数最多的一次，共设田径、游泳、举重、乒乓球、羽毛球、板铃球、篮球、足球8个大项287个小项，全省各州市、华夏中专共18个代表团、960名运动员参赛，运动员、教练员、裁判员、工作人员、志愿者和新闻记者近3000人参会，共产生金牌302枚，实现了“热烈、节俭、安全、有序、精彩、和谐”的办会目标。副省长、省政府残工委主任和良辉出席会议并讲话。

9月6日，云南省人民政府印发《关于建立残疾儿童康复救助制度的实施意见》，要求2018年10月1日在全省全面实施残疾儿童康复救助制度。

9月10日—12日，云南省残疾人联合会第七次代表大会在昆明举行，确定未来五年全省残疾人事业发展的目标任务。省委书记、省人大常委会主任陈豪，中国残联副主席、中国残疾人福利基金会理事长王乃坤，省委副书记、省长阮成发，省委副书记李秀领，省政协主席李江，省委常委、省委宣传部部长赵金，省委常委、省委组织部部长李小三，省委常委、省委秘书长刘慧晏，省人大常委会常务副主任和段琪，副省长和良辉，省政府秘书长杨杰出席开幕式。大会聘请省委常委、省委宣传部部长赵金担任第七届主席团名誉主席，选举副省长和良辉担任第七届主席团主席，选举王兴宁为省残联执行理事会理事长。

9月19日—21日，省残联2018年信息化建设与统计工作会议在昆明召开，省残联副厅级领导樊兴宇到会讲话。

9月21日，保山市智能化残疾人证首发仪式在市残联综合楼举行。中国残联组联部主任曹跃进，信息中心副主任戴连君，省残联党组书记、理事长王兴宁，副理事长宋少华，保山市人民政府副市长宋光兴等出席首发仪式。当天向450名残疾人发放了智能化残疾人证。保山市是全国第四家、云南省第一家发放智能化残疾人证的城市，同时也是全国首家地市级智能残疾人证全覆盖的试点城市。

10月6日—13日，云南籍残疾人运动员邹连康、郑婷婷、王艳萍、王丹、郭春良等在第三届亚洲残疾人运动会中分别参加游泳、田径两个项目的比赛，取得3金4银5铜的好成绩。

11月9日，由中国残疾人福利基金会发起的“建档立卡贫困人口骨关节康复公益项目”暨“集善·扶贫健康行”云南项目在昆明医科大学第一附属医院启动。项目由中国康复研究中心具体承担，中国医师协会骨科医师分会组织项目专家组为云南省患有骨关节疾病的建档立卡贫困户免费置换人工关节进行筛查，并提供康复治疗，省残疾人福利基金会负责协助项目的开展。

图7-25-2　省残联党组书记、理事长王兴宁出席“建档立卡贫困人口骨关节康复公益项目”暨“集善扶贫健康行”公益活动启动仪式并讲话。

11月20日，如新（中国）日用品保健品有限公司、世界儿童基金会、中国残疾人福利基金会、省残疾人福利基金会合作开展“集善·如新儿童蜜儿餐”项目，为省残疾人康复中心、省聋儿康复学校、希望树脑瘫儿童康复中心、曲靖市残疾儿童康复中心、楚雄州特教学校贫困儿童提供营养丰富的蜜儿餐，资助14000袋“蜜儿餐”产品，价值280万元人民币。

11月24日，省智协在澄江举办“携爱同行——共建和谐社会亲子拓展训练营”活动，五华区新萌学校、盘龙区培智学校、官渡区培智学校及各特殊教育机构学生、家长共150人参加。

11月27日，由中国残联、中国光彩事业基金会支持，中国残疾人福利基金会、中国肢协主办，上海均瑶（集团）有限公司赞助，北京年轮中医骨科医院提供技术的“站立计划——中华骨病康复万里行”公益项目昆明救助活动在省残疾人康复中心启动。项目从昆明市家庭年人均纯收入低于国家贫困线、提交救助申请的150个肢体残疾人中筛选出符合条件的33名患者赴北京接受免费治疗。

12月11日，由中国残疾人福利基金会、中国远洋海运集团共同开展的“集善工程·（中远海运）助听行动”项目在永德县残联举行捐赠仪式，永德县残联获得由中国远洋海运集团捐赠的价值20.2万元助听器验配设备1套和价值11.02万元的助听器76台。

12月28日，省残疾人事业宣传文化体育工作会议在昆明召开。

12月29日，经省政府审批，《云南省残疾人联合会改革方案》正式印发实施。

（杨金笔供稿）

西藏自治区残疾人事业和残疾人工作

一、领导讲话

自治区党委常务副书记、自治区政协党组书记丁业现在自治区党委残联工作专题会议上的讲话摘要

2018年4月23日

近年来，特别是党的十八大以来，自治区党委、政府高举习近平新时代中国特色社会主义思想伟大旗帜，坚持以人民为中心的发展思想，高度重视残疾人事业发展，从政策支撑、制度建设、法律法规等方面为保障残疾人民生、促进残疾人事业发展做出系统部署，取得显著成效。

促进残疾人事业发展，有利于维护残疾人的合法权益，促进社会公平正义，有利于维护民族团结、维护社会稳定，推进西藏长足发展和长治久安。各相关部门要从打赢脱贫攻坚战、决胜全面建成小康社会的高度，充分认识促进残疾人事业发展的重要意义，学习好、领会好、贯彻好习近平总书记关于残疾人工作的重要指示要求，把促进残疾人事业发展作为保障和改善民生的重要内容，切实采取有力措施，加快全区残疾人事业的全面发展。

一要进一步增强促进残疾人事业发展的责任感和使命感。把残疾人工作摆上更加重要位置，加强组织领导，搞好统筹兼顾，使我区残疾人事业不断发展，取得更好成绩。

二要切实加强党对残疾人事业的领导。坚持把以人民为中心的思想落实到残疾人工作实践中，坚持以残疾人为中心，推进残疾人事业在新的起点上加快发展。

三要明确促进残疾人事业的目标任务。在基本民生保障上，对残疾人的社会救助力度要不断加大，残疾人基本福利补贴制度要进一步完善，城乡残疾人普遍享有基本养老保险和基本医疗保险要进一步落实，优先保障残疾人基本住房。在促进残疾人及家庭就业增收上，要全面落实促进残疾人就业扶持政策，强化残疾人精准服务。在提升残疾人基本公共服务水平上，要实现残疾人普遍享有基本康复服务，推进无障碍环境建设，让广大残疾人安居乐业、衣食无忧，过上幸福美好的生活。

四要落实促进残疾人事业发展的责任。切实把残疾人事业纳入经济社会发展全局，进一步明确责任，强化服务意识，完善服务体系，增强服务能力，紧密配合、强化措施、狠抓落实，共同推动残疾人事业发展。

自治区党委常委、自治区政府常务副主席罗布顿珠在全区残联工作会议上的讲话摘要：用真心、用真情服务好每一位残疾人

2018年4月26日

2018年2月，中国残疾人联合会给自治区人民政府发来了感谢信，对自治区残联工作给予高度评价。成绩来之不易，应当百倍珍惜。但我们也要清醒地认识到，对照习近平新时代中国特色社会主义思想和党中央关于残疾人工作的部署，对照自治区党委、政府关于残疾人工作的要求，我们的工作还有一定差距。存在的问题主要有，一些地方没有把残疾人事业真正摆到重要议事日程中，没有将残疾人事业纳入“三大攻坚战”的重要内容里，缺乏对残疾人工作的系统研究，在促进残疾人就业、保障和改善残疾人民生等方面还有很多工作做得不够深、不够细。

残疾人工作是一项光荣、崇高而神圣的事业。我们要用真心、用真情服务好每一位残疾人。在此，我用“仁心、热心、关心、贴心、爱心”与大家共勉。

一要“仁心”。古人讲“大爱无疆，仁心为怀”。从事残疾人事业，就是要常怀仁爱之心，深入到残疾人中去，成为他们的朋友，成为他们的亲人，体会他们的优点，体察他们的困难，解决他们的问题。

二要“热心”。残疾人需要平等的机会，就需要更多地消除障碍、需要更多的社会补偿。我们要对残疾人工作倾注深情、充满热情，前一段时间我到自治区残疾人康复服务中心调研，看到大家工作的主动性、积极性都很高，竭尽所能做着肢体康复、制作辅助器具等消除障碍、增加补偿的工作，内心很是感动。

三要“关心”。人道主义思想的基本精神是“以人为本”，是尊重人的价值和尊严，是倡导平等、反对歧视、关怀弱者、尊重人权。残疾人有着比普通人更多的需求，需要更多的社会尊重，各级各部门、社会各界要更多地关心残疾

人事业，对残疾人群体高看一眼、厚爱三分，大力弘扬人道主义思想和残疾人“平等、参与、共享”的现代文明理念，营造理解、尊重、关心、帮助残疾人的社会氛围。

四要“贴心”。要争做广大残疾人的贴心人，与残疾人群众心连心、手拉手，了解残疾人的实际需求，倾听残疾人的心声。

五要“爱心”。“予人玫瑰，手有余香”，要对残疾人工作充满感情，要加强残疾人工作调查研究，查找工作的不足和短板，不断改进工作方式方法，切实增强为残疾人服务的本领。每年多为残疾人办好几件实事、解决几个难题，让残疾人亲眼看到、亲身体会到伟大的中国共产党、人民领袖习近平主席和自治区党委、政府对广大残疾人的关心、关爱和关怀。

自治区党委书记吴英杰在自治区残疾人联合会第七次代表大会上的讲话摘要 2018年8月30日

我就做好新时代全区残疾人工作、发展残疾人事业，讲几点意见。

二、坚持以残疾人为中心做好各项工作，不断开创新时代残疾人事业发展的新局面

当前，我区正处于保持持续稳定和全面稳定、走向长治久安的关键阶段，打赢脱贫攻坚战、全面建成小康社会的决战决胜阶段，加紧生态功能区建设、增强自我发展能力的重要阶段，着力落实管党治党责任、不断增强各级党组织管党治党意识和能力的巩固提升阶段。做好新时代我区残疾人工作、发展残疾人事业必须坚持以习近平新时代中国特色社会主义思想为指导，深入贯彻党的十九大和十九届二中、三中全会及中央第六次西藏工作座谈会精神，深入贯彻总书记治边稳藏重要战略思想和加强民族团结、建设美丽西藏的重要指示以及给隆子县玉麦乡群众的回信精神，坚持和加强党对残疾人工作的领导，坚持以人民为中心的发展思想，按照“平等、参与、共享”的目标要求，大力弘扬“自尊、自信、自强、自立”精神，健全残疾人权益保障制度和扶残助残服务体系，增加残疾人公共产品和公共服务供给，使残疾人收入水平明显提高、生活质量明显改善、融合发展持续推进，到2020年残疾人家庭人均可支配收入年均增速达到10%以上，困难残疾人生活补贴和重度残疾人护理补贴目标人群覆盖率达到100%，残疾人城乡居民基本养老保险和基本医疗保险参保率达到100%，农牧区建档立卡贫困残疾人脱贫率达到100%，残疾人基本康复服务覆盖率和辅助器具适配率达到80%以上，能够接受义务教育的学龄残疾儿童入学率达到100%，让广大残疾人安居乐业、衣食无忧，生活得更加殷实、更有尊严。

一是要开展贫困残疾人脱贫行动。我多次强调，做好西藏脱贫攻坚工作既是经济问题、也是民族问题、更是政治问题，是自治区党委、政府向总书记和党中央立下的军令状，也是我们向全区各族人民做出的庄严承诺。帮助残疾人脱贫是打赢脱贫攻坚战的应有之义，必须坚持精准扶贫、精准脱贫基本方略，按照区党委的既定部署，深入实施贫困残疾人脱贫行动，认真分析贫困残疾人和贫困残疾人家庭致贫原因，因人因户施策，政策项目向贫困残疾人倾斜，做到帮扶责任到位、帮扶措施到位、帮扶资金到位，确保建档立卡贫困残疾人全部如期脱贫。要采取多种方式扶持贫困残疾人增收，按照区党委就近就便、不离乡不离土、能干会干的要求，加强实用技术培训、社会化生产服务和金融信贷支持，优先扶持有劳动能力和意愿的贫困残疾人发展种养业和手工业等短平快产业，使每个贫困残疾人家庭至少参与1项增收项目；优先扶持贫困残疾人及其家庭成员在旅游景区公共服务设施和服务场所就业脱贫；优先吸纳有管控能力的建档立卡贫困残疾人转化为生态护林员脱贫。要保障贫困残疾人获得资产收益，财政专项资金形成的资产可折股量化优先配置给贫困残疾人家庭；积极引导贫困残疾人家庭采取土地草场托管或林权、土地草场承包经营权入股等方式，实现家庭资产增值增收，对完全丧失劳动能力的贫困残疾人在土地、草场、林权等流转时适当提高收益标准，高出市场价格部分要研究由政府给予补贴的政策；积极探索“一方水土养活不了一方人”和极高海拔地区、生态脆弱地区的贫困残疾人家庭向水利等基础设施改善后新增和改良土地较多的地方搬迁，将分配给搬迁贫困残疾人家庭的土地全部流转给种养大户进行集中规模经营，增加他们的收入；集体所有的经营性资产分配收益时，优先保障残疾人贫困户受益。村委会和驻村工作队要将残疾人贫困户作为重点帮扶对象，选好配强帮扶责任人。要对符合条件的贫困残疾人实行政策性保障兜底，按照“应保尽保、应扶尽扶”的原则，紧紧围绕“两不愁”“三保障”标准有效扩大基本康复服务、家庭无障碍改造覆盖面，将符合条件的建档立卡贫困残疾人纳入农村低保和城乡医疗救助范围，补齐贫困残疾人这个同步小康短板中的短板，确保全面小康的成色，不让一个残疾人掉队。

二是要大力促进城乡残疾人及其家庭就业增收。各级党政机关、事业单位、国有企业应带头按比例招录招聘和安置残疾人就业，党政机关对残疾人能够胜任的岗位，在同等条件下要优先录用，每个单位至少安排1名残疾人就业；政府开发的公益性岗位优先安排就业困难的残疾人；企事业单位要优先招聘符合条件的残疾人，对超比例安排残疾人就业的用人单位要给予奖励，未安排的要依法征收残疾人就业保障金。自治区出台的创业就业优惠政策，要向符合条件的城乡残疾人及其家庭倾斜，多渠道扶持残疾人自主创业和灵活就业，确保零就业残疾人家庭至少有1人就业；对于残疾人大学生自主创业的，要在原有优惠政策的基础上制定更加特殊优惠的政策。为有就业意愿和相应能力的残疾人普遍提供职业技能培训、岗位技能提升培训、创业培训和就业创业服务，使有能力的残疾人掌握1项以上实用技术，支持残疾人参与非物质文化遗产传承、振兴传统工艺、家庭手工业等项目。落实税收优惠政策，鼓励支持发展残疾人集中就业。消除影响残疾人平等就业的制度障碍，加强残疾人就业服务和劳动权益保护。鼓励引导有能力、有意愿的残疾人向边境一线搬迁，积极参与边境小康村建设，享受边民补贴政策，实现稳定增收。

三是要提高残疾人康复服务水平。按照全区卫生与健康大会的部署，加快残疾人康复医疗体系建设，让更多残疾人享受优质健康服务。要加强残疾预防工作，贯彻落实好国务院残疾预防和残疾人康复条例，制定切实可行的残疾预防措施，广泛宣传普及残疾预防知识，特别要教育引导群众做好孕前优生健康检查、孕期保健、产前筛查和诊断等工作，落实好出生缺陷患儿医疗保障及救助等惠民利民政策，降低缺陷患儿出生率，从源头上减少残疾发生。要加大残疾人精准康复服务力度，加快推进残疾人家庭医生签约工作，巩固康复项目纳入医保政策，建设自治区中心医院时要充分考虑残疾人康复、托养等需求，探索科学合理可持续的运营管理机制；加大资金投入和政策倾斜，打造特色康复产业，壮大康复人才队伍，不断提高残疾人基本康复服务能力和水平。要加快健全残疾人康复救助机制，建立健全残疾儿童康复救助实施办法和残疾人基本型辅助器具适配补贴制度，建立稳定的经费投入机制，加强抢救性、托底性残疾人康复保障，不断改善残疾人生存质量，让残疾人过上更有尊严的幸福生活。

四是要提升残疾人基本公共服务和社会保障水平。要加快健全残疾人社会保障体系，坚持普惠与特惠相结合、一般性制度安排和专项制度安排相融合，稳步提高困难残疾人生活补贴和重度残疾人护理补贴标准，不断扩大基本医疗保险和养老保险覆盖面；认真落实残疾人单独施保政策，适当提高分类救助标准，切实解决残疾人教育、医疗、住房等困难。要加快完善残疾人服务体系，支持特殊教育发展，落实义务教育阶段特殊教育的各项政策措施，加快推进残疾人托养照料服务，加大残疾人法律援助服务力度，健全残疾人康复、就业、教育等服务体系，努力增加残疾人基本服务供给。

这里我要特别强调的是，我区无障碍环境建设还不能满足残疾人出行、工作、生活等方面的基本需求。比如，城市的人行道尽管大多建有盲道，但有的设计不合理，盲人走着不方便，也通不到想去的地方；有的还很不安全；有的被机动车、电动车、自行车等占用，给盲人出行带来很大不便。很多公共场所无障碍设施建设严重滞后，缺少无障碍通道、无障碍电梯、无障碍公共卫生间等。有的地方虽然建有无障碍设施但却用不了，形同虚设。这些对于我们健全人来说可能司空见惯、不是什么大不了的问题，但对残疾人来说却是很具体很现实的大问题，很容易引起他们的埋怨。这就要求我们带着感情、带着责任心，把残疾人最关心的这些现实困难解决好。各级党委、政府宁可在其他方面少上几个项目，也要舍得花钱、舍得投入，把无障碍环境建设好。对通过改造能够解决的要抓紧时间改，不能改的要创造条件尽可能地改；对新建的公共基础设施，要坚持规划先行、同步配套无障碍建设，让残疾人能够真正“无障碍”地融入社会、

总之，越是残疾人越需要党的阳光雨露晒在他们身上、滋润他们的心田。各级党委、政府和广大党员干部要换位思考，站在残疾人的角度多想事、多办事，把工作做实做细、做到残疾人心坎上，让他们从得到的实惠中、从身边的变化中、从党的阳光雨露中，切身感受到总书记和党中央的特殊关爱，感受到社会主义制度的无比优越，感受到祖国大家庭的无比温暖，从而增强感恩意识，永远铭记党的似海恩情，发自肺腑地感恩国家的关心厚爱，坚定不移地跟着总书记走新时代中国特色社会主义道路。

三、大力弘扬“四自精神”和“老西藏精神”“两路精神”，激励广大残疾人为新时代西藏长足发展和长治久安贡献力量

残疾人蕴藏着巨大的创造力，是推动社会进步的重要力量，也是促进西藏长足发展和长治久安的一支重要力量。残疾人获得成功要比健全人克服更多困难、付出更大努力，更能证明人类精神力量的伟大，更能彰显生命的顽强与坚韧。我们常常看到，很多残疾人对生活充满热爱、对未来充满信心，面对生活的不幸，他们没有自暴自弃，而是与命运抗争，并在抗争中收获坚强、果敢和勇毅。比如，英国著名物理学家史蒂芬·霍金、中国残联主席张海迪。我区盲协主席斯勇，9岁时因病双目失明，但他不认为这样的不幸是前世的“罪孽”，而是靠顽强的毅力学习音乐、按摩等课程，通过开办盲人按摩中心，帮助近30名盲人实现就业和自主创业。拉萨市的觉列，曾是重庆电子工程学院的大学生，在大一寒假时遭遇意外致使下肢瘫痪，但他没有被巨大的不幸打垮，而是靠自己的聪明才智创立了墨竹工卡县残障人农牧民友谊合作社，后来又组建了西藏拓岗文化传播有限公司，先后培养和吸纳50多名残疾人和4名贫困群众就业。山南曲松县的王良，29年前来西藏打工，与本地姑娘贡贡组成团结家庭，后因工致残，在家人的鼓励下组建了扶贫建筑队、成立了合作社，通过参与当地建设和发展果园、奶牛等产业致了富，并积极回报社会，主动帮扶8户2名贫困群众脱贫，带动当地90多名群众致富。还有盲人考生次仁，三岁时双目失明，在各级党委、政府的关心爱护下，在各级残联和教育部门的帮助支持下自幼勤奋学习、刻苦钻研，2018年在“一个人的考场”上发挥出色，以高出全区重点线47分的成绩被西藏大学录取。像这样身残志坚、自尊自立、奉献社会的事例不胜枚举，充分说明健全人可以活出精彩的人生，残疾人也同样可以活出精彩的人生。广大残疾人要乐观进取、自信自强、奋发向上，更加勇敢地迎接生活挑战，更

加坚强地面对困难磨炼，谱写更加精彩的人生华章。

一是要激励残疾人更加自尊，做理想信念的坚定者。当前我区还有一些残疾人认为今生的残疾是因为上辈子“罪孽”深重导致的，还在用念经烧香、求神拜佛的方式祈求减轻身体上的病痛，祈盼来世有个好身体。今天的医学科技如此发达，致残原因是能够用科学知识解释的，有的残疾经过科学施治是可以康复的。要大力弘扬社会主义核心价值观、人道主义思想和现代文明社会残疾人观，消除残疾歧视，依法维护残疾人各项权益，引导全社会理解、尊重、关心、爱护残疾人，帮助残疾人坚定理想信念，热爱祖国、热爱社会、热爱生命，用自尊而宽容的胸襟和气度，赢得社会的尊敬，享有人生的尊严。要坚持既管肚子也管脑子，用身边人身边事，教育引导残疾人真正明白无论是过去还是现在，过上安居乐业、衣食无忧的幸福美好生活，靠念经烧香、求神拜佛不行，靠十四世达赖和达赖集团更不行，还得靠科学技术，靠自己的努力，靠党的好政策。要让残疾人真正懂得，现在大家在康复治疗、特殊教育、劳动就业、社会保障、文化体育等方面的权益之所以得到充分保障，甚至有的政策在全国其他地方也是没有的，都是总书记和党中央特殊关怀的、特殊支持的，从而自觉增强“五个认同”，坚决拥护中国共产党的领导、拥护社会主义制度、拥护民族区域自治制度，坚定不移听党话跟党走。

二是要激励残疾人更加自信，做勤于学习的进取者。命运无法选择，面对命运的态度可以选择。尽管不幸的命运使残疾人的工作生活历经磨难，但只要以乐观的心态去面对、以顽强的毅力去拼搏，再大的困难也能克服，任何磨难都不可怕。残疾人一定要勇于做生活的强者，始终保持乐观豁达的心态，更加热爱学习，努力充实自己，不断提高本领，用知识和奋斗改变命运、成就梦想、体现价值。要利用先进的知识传播技术，加强文化知识学习，多读书、读好书，特别要学习西藏的历史和党领导全区各族人民解放西藏、经营西藏、发展西藏的历史，树立正确的世界观、人生观、价值观。要利用党和政府提供的平台，加强技能学习，大力扶持残疾人从事盲人按摩、唐卡绘画、房屋彩绘、卡垫编织、木工、雕刻、刺绣等工作，实现自食其力。要通过体育文化活动走出家门，积极参与残疾人体育和文化事业，勇于迎接挑战，不断超越自我，赢得自信和喝彩。

三是要激励残疾人更加自强，做身残志坚的奋斗者。幸福都是奋斗出来的。有梦想、有机会、有奋斗，一切美好的东西都能够创造出来。广大残疾人中很多人拥有健全的头脑、聪明的才智和创业的热情，要发挥所长、艰苦奋斗，力所能及参与全区发展稳定生态各项事业，在决胜全面建成小康社会、全面建设社会主义现代化西藏新征程中，贡献聪明才智、实现人生价值。要力所能及地参与乡村振兴、脱贫攻坚、保障和改善民生、边境小康村建设等工作，为经济发展贡献力量。要力所能及地参与维护社会稳定工作，在一切分裂破坏言行面前始终站稳立场、敢于发声，为长治久安付出努力。要力所能及地参与生态环境保护，积极种草植树，践行绿色生活、绿色出行方式，为美丽西藏建设添砖加瓦。

四是要激励残疾人更加自立，做良好风尚的传播者。残疾人自强自立的精神，从一个侧面反映出我们的民族精神、时代精神。要锤炼个人品德、提升社会公德、增强职业道德、弘扬家庭美德，修身敦品、崇德向善，当好传递正能量的使者。要影响带动身边群众移风易俗、树立文明新风、摒弃陈规陋习，抵制腐朽落后文化侵蚀，理性对待宗教，淡化宗教消极影响。要敢于担当、善于作为，主动承担社会责任，感激他人的帮助并在力所能及的情况下回馈社会

二、政策法规简述

《西藏自治区人民政府关于加快残疾人小康进程的实施意见》（藏政发〔2018〕10号）从总体要求、扎实做好残疾人基本民生保障、切实促进残疾人及家庭就业增收、提升残疾人基本公共服务水平、充分发挥社会力量和市场机制作用、加强对推进残疾人小康进程的组织领导等六个方面做出决策部署，要求有关部门根据意见研究制定相关配套政策措施，抓好落实。

《西藏自治区财政厅、西藏自治区民政厅关于提高我区困难残疾人生活补贴标准和重度残疾人护理补贴标准及下达提标资金预算指标的通知》（藏政社指〔2018〕30号）规定，从2018年1月1日起，全区困难残疾人生活补贴标准由55元/月/人提高到100元/月/人，重度残疾人护理补贴标准由110元/月/人提高到200元/月/人。

《西藏自治区司法厅关于“十三五”加快残疾人公共法律服务的实施意见》（藏司法〔2018〕102号）要求健全服务网络，增加服务供给，完善便利服务机构，提高服务质量，加强组织领导，强化资金保障，注重宣传引导，健全残疾人权益保障机制。

《西藏自治区残疾人精准康复服务行动实施方案（2017—2020年）》（藏残联字〔2017〕133号），由自治区残联、卫计委、扶贫办、财政厅、民政厅、教育厅联合下发，就做好全区残疾人精准康复服务工作进行安排部署，到2020年，有需求的残疾儿童和持证残疾人接受基本康复服务的比例达到80%以上。

《西藏自治区城乡居民基本养老保险实施办法（试行）》明确：对城乡居民中一、二级重度残疾人、孤寡老人、低保对象等缴费困难群体，由政府为其代缴最低标准的养老保险费，并享受相应的政府补贴。

《关于印发<西藏自治区第二期特殊教育提升计划实施方案（2017—2020年）的通知>》（藏教厅〔2018〕1号），由自治区教育厅、发改委、民政厅、财政厅、人社厅、卫计

委和区残联联合下发，从总体要求、重点任务、主要措施、组织保障等方面为下一步提升全区特殊教育发展水平做出决策部署。

《西藏自治区"十三五"残疾人事业专项彩票公益金助学项目（学前教育阶段）实施方案》确定，"十三五"期间为全区在全日制普通幼儿园、特殊教育学校学前班接受教育的家庭经济困难学前教育阶段残疾儿童每人每年提供3000元的学前教育训练和生活补贴。

《关于开展农牧区贫困残疾人就业帮扶活动的通知》（藏人社发〔2018〕73号），由自治区人社厅、自治区残联印发，指导各级残联相继组织开展以"就业帮扶，助残圆梦"为主题的农牧区贫困残疾人就业帮扶系列活动，重点帮扶法定劳动年龄内，有就业创业意愿和就业能力的农牧区建档立卡的贫困残疾人。

三、工作综述

2018年，自治区残联党组、理事会充分履行"代表、服务、管理"工作职能，始终坚持以残疾人为中心的发展理念，按照习近平总书记"全面建成小康社会，残疾人一个也不能少"的指示要求，认真贯彻落实自治区党委、政府关于残疾人工作的系列决策部署，围绕中心、服务大局，聚焦贫困残疾人脱贫攻坚，着力保障和改善残疾人民生，积极推进残疾人事业稳步发展。

（一）统筹安排各项补贴资金，夯实残疾人事业发展基础

科学统筹安排、合理使用好惠及残疾人的各项补贴资金，切实改善残疾人民生，夯实基层残疾人事业发展的基础。落实中央彩票公益金支持残疾儿童康复服务项目资金440.04万元，中央公共预算项目支付残疾人康复服务项目资金220.64万；落实彩票公益金助学项目资金27万元；落实残疾人机动轮椅车燃油补贴105.2万元；落实贫困残疾人家庭无障碍改造项目资金140万元；发放"五个一"文化进家庭项目资金20万元；落实农村残疾人实用技术培训资金46.2万元；落实智力、精神、重度残疾人办证补贴54.6万元，落实"阳光家园计划"居家托养项目补贴资金92.4万元。

（二）全力推进贫困残疾人脱贫攻坚工作

1. 提高"两项补贴"标准，增强保障能力。困难残疾人生活补贴从每月55元提高到100元，重度残疾人护理补贴从每月110元提高到200元。2018年共发放"两项补贴"资金1470.62万元，116703人次受益。

2. 制定政策措施，助力残疾人脱贫攻坚。制定出台《西藏自治区关于加强残疾人社会救助工作的实施意见》《西藏自治区电子商务助残扶贫行动实施方案》《西藏自治区残疾儿童康复救助制度》等残疾人就业、扶贫、康复领域的普惠扶持政策，切实推进残疾人扶贫攻坚工作。参与制定《西藏自治区关于加强农村最低生活保障制度与扶贫开发政策有效衔接的实施方案》《西藏自治区特困人员救助供养实施办法》等，将残疾人优先纳入各项保障和改善民生的政策中。扎实做好建档立卡工作，制订一户一策的扶贫工作措施，在数据精准上把好关，精准到户到人。通过易地搬迁、生态岗位补贴等，实现残疾人家庭增收、脱贫致富。

3. 开展集中慰问，关注残疾人民生。开展集中慰问访贫问苦活动，将党和政府的关怀送到残疾人的心坎上，团结带领残疾人群众感党恩、听党话、跟党走，在"三大节日"和全国助残日期间，全区共计发放慰问金113.4万元。

4. 开展结对帮扶，关爱基层残疾人。各驻村工作队和广大驻村干部，在加大贫困人口的精准识别力度、聚焦脱贫攻坚的重点难点的基础上，统筹整合使用为民办实事经费，推进乡村振兴战略，定期看望贫困残疾人、重度残疾人，将残疾人冷暖放在心上，着力解决残疾人生产生活实际困难。

5. 加强入户调研，确保各类统计数据准确无误。充分调动各级残联工作力量，科学调研，对建档立卡贫困残疾人基础数据进行入户统计核查；扎实开展残疾人基本服务状况和需求信息数据动态更新工作，完成登记96921人，完成率为95.9%；积极配合自治区住建厅对建档立卡贫困户4类重点对象农村危房存量数据进行核查统计，截至2018年12月，全区持证残疾人数为10.26万，3634户贫困残疾人家庭纳入农村危房存量统计中。

6. 强化监督检查，确保残疾人各项优惠政策落实落地。深入各地市，通过抽样调查、入户核查、听取汇报、查阅档案材料、明察暗访等形式，对各地残疾人脱贫开展情况进行督促检查，确保各项优惠政策落实落地、残疾人真正得到实惠。坚决惩治残疾人扶贫领域腐败和作风问题。

（三）积极发挥各级服务机构综合功能，不断提升为残疾人服务的专业水平

1. 扩大康复服务覆盖面。2018年，在各机构、社区接受康复服务的残疾人达4997人，康复训练达11900人次，残疾人或监护人满意率达100%。适配各类辅助器具3322件，为390名残疾人提供装配假肢服务；开展基层残疾人康复需求筛查4次，培养了8名肢体、智力社区康复指导师。在区内组织社区康复、精准康复、辅具适配及肢体康复训练培训5期，康复人才参训数356人次。对接受语言康复训练的28名儿童授课1108次；完成听力残疾儿童人工耳蜗植入手术15台、调机52人次，残疾儿童助听器验配13人，开展肢体残疾儿童救助79人、智力残疾儿童救助141人。

2. 提高托养、日间照料服务水平。拉萨、山南残联积

极探索残疾人服务工作模式，以政府购买服务方式，积极推进残疾人托养、日间照料、康复教育、康复训练等服务工作，切实满足残疾人个性化需求。

3. 加强职业技能培训。各级残联结合残疾人自身条件和市场需求，开设缝纫、房屋彩绘、盲人按摩、卡垫编织等技能培训班，为143名残疾人提供培训服务；以委托开展残疾人职业技能培训的形式，培训残疾人28人。印发通知引导鼓励各地开展残疾人电商培训、电脑速录员培训、藏汉双语交流培训等技能培训。成功举办第四届全区残疾人职业技能竞赛，进一步提升以赛促岗、以赛促业，提高残疾人技能择业、优先就业，并为第六届全国残疾人职业技能竞赛做好人才储备。

4. 扎实做好信访工作。将信访工作与普法工作相结合，通过普法宣传提高残疾人维权意识；将信访工作与维护社会稳定工作相结合，通过妥善办理残疾人信访案件，维护社会稳定大局。2018年共接待来信来访6件，涉及11人/次，其中要求法律援助1件、安排送救助站1件，所有来信来访案件均妥善办理。

（四）坚持就业创业并举，拓宽残疾人增收致富渠道

据残疾人就业和职业培训信息系统实名制统计显示，全区按比例就业343人，集中就业300人，个体就业619人，社区就业54人，公益性岗位就业115人，辅助性就业54人，居家就业6922人，农村种养就业6265人，其他灵活就业2183人。

1. 加强残疾人就业政策宣传。各级残联认真贯彻落实《残疾人就业条例实施办法》，加强政策宣传，积极推进机关、人民团体、企事业单位做好安置残疾人按比例就业工作。

2. 积极开展残疾人就业援助月活动。认真开展实名制录入工作，已录入就业状况的总人数为53199人，录入率为91.23%，其中，年度城镇新增就业完成11人，农村新增就业录入116人，城乡新增培训73人。

3. 成功举办自治区第三届残疾人专场招聘会。共组织110余家用人单位现场招聘，提供适合残疾人就业岗位1561个，发放《残疾人就业宣传册》《残疾人就业政策汇编》等宣传资料120余份，全区200多名残疾人参加应聘。

4. 积极扶持残疾人创业就业。各级残联加强对符合条件残疾人基本情况的调研、筛选和指导，投入72.2万元扶持资金，积极扶持残疾人创业就业。

（五）大力支持特殊教育发展，加强残疾人事业宣传

1. 认真贯彻落实《残疾人教育条例》《西藏自治区特殊教育提升计划（2017—2020年）实施方案》，大力支持特殊教育发展。完成全区特校残疾人学生情况调查，全区5所特校在校学生911名。完成2018年度彩票公益金助学项目工作，共有53名考取大中专院校；联合教育厅、团区委开展2018年交通银行特教园丁奖和大学生励志奖评选工作；实施残疾青壮年文盲扫盲行动，落实培训经费5.4万元。与自治区图书馆联合举办盲人知识竞赛，丰富残疾人精神文化生活。

2. 积极协助媒体，加强残疾人事业宣传，努力营造全社会共同关爱残疾人的良好社会氛围。在全国助残日、爱耳日、爱眼日、残疾预防日、扶贫日等，制作发放宣传册、宣传单、宣传海报3万多份，在西藏电视台、西藏人民广播电台播放残疾人事业发展、残疾预防等方面新闻报道或专题采访20多篇。在自治区残联网站、中国残联网站公开发布残疾人事业发展等信息152条，向区党委、政府报送信息50期，被国办采用信息1条。

（六）抓好党建工作，为残疾人事业发展凝心聚力

及时召开党建工作和党风廉政建设工作专题会议，党组书记与各支部书记签订《2018年党建工作责任书》，与机关各部室、直属单位负责人签订《党风廉政建设工作责任书》，逐级压实责任。扎实开展庆祝建党97周年、新中国成立69周年系列文体活动，组织干部职工参观西藏民主改革第一村克松村、参观“两路精神”纪念馆、宪法专题讲座等主题党日活动，加强团结，凝聚人心，促进工作。

1. 以“三会一课”为平台，以深入学习贯彻习近平新时代中国特色社会主义思想和党的十九大精神为主线，以推进“两学一做”学习教育常态化制度化、加强政治纪律教育、集中整治不作为慢作为、文山会海等形式主义、官僚主义突出问题、推进基层党组织标准化建设、践行“三个表率”，建设“模范机关”等活动为载体，教育引导残联干部职工进一步增强“四个意识”，坚定“四个自信”，做到“两个维护”。抓好“关键少数”，切实把严守政治纪律、政治规矩摆在更加重要的位置，加强对党员干部的思想政治教育。

2. 以问题为导向，以改促效。积极开展软弱涣散党组织整顿工作，全面查找问题，制定整改措施，落实整改责任人、整改时间、整改目标。以改促效，建立健全15项党支部管理制度，更好地提升基层党组织的凝聚力号召力战斗力。

3. 扎实开展强基础、惠民生驻村工作。区残联科级以上干部结对认亲实现全覆盖，先后开展6次集中慰问活动，投入资金、物资总价值20多万元，积极推进“五项任务”的落实。重点培养年轻村干部，将基层党建与脱贫攻坚紧密结合、同步推进，打造一支带不走的扶贫工作队。注重引导村两委班子从当地实际出发，激发内生动力，增强自力更生

能力，克服“等靠要”思想，着力抓好党建、教育、卫生、医疗等基础性工作，加强村两委自身建设和管理。

4. 积极组织党员到社区开展“报到”服务工作。组织开展党员到社区报到服务共5次，投入资金17861元，赠送残疾人轮椅2个。筹集爱心捐款6410元，为结对社区1名困难群众解决部分手术费；向社区10户贫困残疾人家庭送去价值5000元生活慰问品；筹集资金6451元，对一户多残的残疾人家庭进行创业扶持；在社区开展残疾预防宣传工作，发放残疾预防知识宣传资料600余份，义诊100余人；积极配合社区在单位周边进行值班巡逻。

（七）顺利完成全区残联换届工作，学习贯彻好中国残联七代会和自治区残联七代会精神

按照《全区地（市）级残疾人联合会换届工作指导意见》指导各地市在7月底前圆满完成换届工作。自治区残联第七次代表大会于8月29日—31日在拉萨召开，吴英杰书记出席并讲话。会议总结了过去五年全区残疾人事业发展成就，研究明确了以后五年全区残疾人工作的目标和任务，审议通过第六届主席团工作报告。选举罗布顿珠为自治区残联第七届主席团主席，聘请曾万明为自治区残联第七届主席团名誉主席，聘请李文汉、阿旺为自治区残联第七届主席团名誉副主席。会议还选举产生新一届自治区残联主席团、执行理事会领导机构和中国残联第七次全国代表大会西藏代表人选、中国残联第七届主席团西藏委员候选人，审议通过自治区残疾人各专门协会主席、副主席。

罗布顿珠常委带领西藏代表团一行18人参加中国残联第七次全国代表大会。为贯彻落实中国残联七代会和自治区残联七代会精神，区残联及时组织各层次、多形式的学习交流，统一思想，明确重点，制定工作措施，细化工作任务，狠抓责任落实。

（八）积极推进群团改革工作

1. 加强领导班子建设。2018年，自治区残联群团改革工作进入实质性阶段。按照区党委、政府的要求，为全面贯彻落实全区残疾人工作要求，扎实推进群团改革工作，配齐配强领导班子。增设1名挂职副理事长，增设1名兼职副理事长；健全三个专门协会法人治理结构，选优配强协会负责人，增强专兼职力量。

2. 积极推进群团改革工作。成立自治区残联群团改革工作领导小组，对改革工作进行专题研究，专项安排部署，确保工作扎实推进；尽快制定符合自治区实际、切实可行的工作方案并有效实施；细化工作措施和时间节点，加强对群团改革落实情况的督导检查；严格按照自治区党委、政府、中国残联的有关要求，做好群团改革工作，确保改革措施落实到位。

（九）存在的困难

1. 区残联升格问题。从全国情况来看，其他省区市残联规格都已是正厅级，西藏自治区残联目前仍然为副厅级建制的群团机构，影响全区残疾人事业的长远发展，建议将机构规格升格为正厅级，优化内设机构设置，单设政工人事处（机关党委）、计划财务处。

2. 区残疾人托养服务中心机构编制问题。目前中心项目已建成，区残联建议设置为正处级建制，全额拨款、100名编制，内设6个正科级科室，并申请上报。

3. 地市残联升格及县级残联单列问题。西藏自治区七地市残联规格均为副县级，建议将其机构建制升格为正县级。在县级残联单列问题上，除墨脱县以外均未单列，存在民政残联合署办公，编制人员不明确，导致县一级残联工作无法有效推进，很多设计残疾人的特惠优惠政策、项目、资金在县一层级无法得到有效推动落实。

四、大事记

2月8日，自治区残联党组成员、副巡视员、副理事长龚德民带队前往区残联驻村点日喀则市仁布县然巴乡嘎珠村看望慰问驻村干部和驻村点群众，与村“两委”班子及群众代表座谈，举行“依恋集善，幸福温暖”项目爱心捐赠仪式，向嘎珠村40户群众发放秋冬季衣服275套，向然巴乡党委和嘎珠村村委会送去慰问金各5000元。

2月14日，自治区党委副书记、自治区政府常务副主席庄严看望慰问贫困残疾人家庭，庄严要求各级残联组织把困难群众的冷暖时刻放在心上，将党和政府的关爱送到他们心间；鼓励患者和家属坚定树立康复信心，保持积极心态，相信党和政府，渡过难关，走向社会；希望残疾人自尊自信自立自强，学好技能，不断提高自立能力，尽快融入社会，活出无愧于新时代的精彩人生；勉励自治区残联敬业奉献，在残疾人的康复、教育、就业、医疗等方面提供更好、更优质的服务。区人大常委会副主任丹增朗杰、区政协副主席王亚蔺，区残联党组书记、理事长徐非参加慰问。

2月25日，区残联党组书记、理事长徐非主持召开2018年工作安排部署会，要求全体干部职工以昂扬的精神状态投入到工作中去，起好步开好局，争分夺秒、只争朝夕干起来，付出艰苦努力、见诸实际行动。

3月2日，自治区残联举办全国爱耳日宣传活动，配发助听器10台，发放各类宣传资料2000余份，近800人参加活动。自治区残疾人康复服务中心还为听障患者提供为期一个月的义务测听服务。徐非、龚德民现场指导。

3月28日，自治区残联机关党委组织残疾人代表、残疾人工作者和残疾儿童家长召开纪念西藏百万农奴解放59

周年座谈会，徐非出席并讲话，盲协主席斯勇、残联干部十八军后代单罗、肢协代表其美占堆等发言，通过西藏新旧社会对比，揭批旧西藏的黑暗落后，畅谈党的十八大以来在习近平新时代中国特色社会主义思想指引下西藏发生的翻天覆地的新变化，表达对中国共产党的感激之情。

3月28日，自治区残联举行“3·28西藏百万农奴解放59周年纪念日”宣传和义诊活动。

4月13日，区残联召开不作为慢作为、文山会海等形式主义、官僚主义突出问题集中整治工作部署会。会议要求机关各部室、两中心要把集中整治过程当作自我觉醒、自我修正的过程，把工作摆进去、把自己摆进去，见人见事，对作风建设存在的形式主义、官僚主义突出问题进行持续查纠，确保把集中整治各项任务落到实处、引向深入，着力打造一支讲奉献、敢担当、作风正的党员干部队伍。

4月16日，林芝市残联第一次代表大会开幕。

4月15日—16日，徐非赴林芝市工布江达县、巴宜区调研残疾人“双创”工作，向三位创业者分别送去5000元扶持资金，鼓励他们勤劳致富融入社会，提高生活质量。徐非与林芝市副市长梅家奎就林芝市残疾人工作交换意见。林芝市政府副秘书长卓玛，林芝市残联党组书记、理事长扎西次仁等参加调研。

4月23日，自治区党委常务副书记、自治区政协党组书记丁业现主持召开自治区党委专题会议，听取自治区残疾人工作情况汇报，征求意见建议，研究解决突出问题，加快推动全区残疾人事业实现更好更快更大发展。自治区党委常委、自治区政府常务副主席罗布顿珠出席会议。

4月26日，自治区残联工作会议在拉萨召开，自治区党委常委、自治区政府常务副主席罗布顿珠出席会议并讲话，徐非理事长汇报工作。

5月4日，西藏自治区2018年度残疾人基本服务状况和需求信息数据动态更新暨第二代残疾人证管理系统培训班在拉萨开班。全区七地市残联和74个县（区）民政（残联）的139名残疾人工作者参加培训。

5月7日，自治区残联党组召开党建工作、党风廉政建设工作专题会议，总结2017年党建和党风廉政建设工作开展情况，安排部署2018年党建和党风廉政工作。

5月14日—19日，徐非赴普兰县、噶尔县、日土县调研，看望慰问自主创业残疾人典型，分别送去3000元创业资金，并与阿里地委、行署分管领导就残疾人工作进行座谈。

5月20日，自治区残联组织自治区残工委成员单位在拉萨市宇拓路开展第28次全国助残日一条街宣传服务活动。自治区党委常委、拉萨市委书记白玛旺堆在徐非理事长陪同下，走访慰问拉萨市残疾人托养综合服务中心的托养对象。服务活动共设立宣传展板206个，发放宣传资料3000多份，接受咨询、服务达580人次。

5月28日，徐非书记率队到区残联驻村点日喀则市仁布县然巴乡嘎珠村开展残疾人需求筛查活动和驻村调研，要求工作人员及时总结筛查工作经验，将残疾人需求筛查工作向乡、县一级推广。此次活动视力筛查22人，适配3人；听力筛查5人，发放助听器1台；辅具需求筛查7人，发放辅具5件。徐非还对驻村工作队党建和脱贫攻坚工作开展情况进行检查指导，要求驻村工作队从立长远、打基础出发，结合乡村振兴战略和异地搬迁政策，扎实推进各项工作。

5月31日，徐非书记代表自治区残联党组、理事会向在自治区康复中心接受康复服务的40名残障儿童发放益智玩具、牛奶等价值7000元的慰问品。

6月15日，龚德民出席那曲市残疾人联合会第一次代表大会。

6月25日，自治区残联邀请自治区党委党校、自治区行政学院副教授张凯开展宪法修正案解读专题讲座。

6月28日，自治区残联机关党支部、退休员工党支部与山南市残联机关全体党员37人一同前往乃东区克松民主改革第一村参观陈列馆新旧对比展。

6月28日，自治区妇联党组成员、巡视员张丽蓉，副主席永措一行调研拉萨市残疾人托养中心，了解集中托养对象的康复、生活情况。

7月7日，西藏自治区在拉萨举办第三届残疾人专场招聘会，自治区副主席多吉次珠出席会议并讲话，徐非主持开幕式。110余家用人单位参加招聘会，提供就业岗位1600多个，全区200多名残疾人参加求职应聘，初步达成就业意向的残疾求职者192人。

7月15日，徐非在林芝市残联专题调研脑瘫儿童抢救性康复工作。据了解，2018年林芝市残联协同林芝市人民医院，整合有关资金，实施以筛查、手术、康复为一体的脑瘫儿童抢救性康复工作，对6县1区0—14岁脑瘫儿童、疑似脑瘫儿童63人进行筛查，对其中43名脑瘫患儿进行手术指征确诊，对其中21名患儿分两批进行手术治疗，对其他22名无手术指征的儿童进行康复治疗。自治区残联康复部主任杨晓萍，林芝市残联党组书记、理事长扎西次仁等陪同调研。

7月16日，西藏自治区昌都市残疾人联合会第一次代表大会召开。

7月23日—24日，自治区残联在拉萨举办全区2018年残疾人精准康复服务暨系统管理工作培训班。各地市残联分管康复工作的副理事长、康复工作负责人、信息录入人员、52个县的残疾人工作者和自治区残疾人康复中心的专业技术人员共80余人参加培训。

7月27日，自治区残疾人就业服务中心组织全体党员募捐资金6451元，对贡嘎县朗杰学乡岗则村4组一户多残户阿旺曲培进行创业扶持。

7月27日，西藏自治区图书馆和西藏自治区盲人协会联合组织举办第二届全区盲人知识竞赛活动，参加活动的社会各界爱心人士和残障朋友共120余人。

7月31—8月1日，中国残联就业服务指导中心副主任李强一行在西藏自治区林芝市开展残疾人创业扶持调研工作。

8月1日，自治区残联召开残联系统退役军人座谈会和慰问活动。

8月6日，西藏自治区首家残疾人日间照料样板模式服务中心在拉萨市残疾人就业服务中心揭牌，结束了西藏没有残疾人日间照料服务的历史。

8月25日，自治区残联、西藏阜康医院医护人员、拉萨市特殊教育学校师生和志愿者服务小分队，走进拉萨市城关区慈松塘社区，开展以“残疾预防，从我做起”为主题的“残疾预防进社区”活动。

8月29日，中国残联党组成员、人事部主任相自成到拉萨市残疾人日间照料服务中心调研，拉萨市政府副秘书长李中福、自治区残联康复部主任杨晓萍陪同调研。

8月30日，西藏自治区残疾人联合会第七次代表大会在拉萨开幕。自治区党委书记吴英杰，中国残联党组成员相自成出席会议并讲话；区党委副书记、自治区政府主席齐扎拉，区党委副书记、自治区政府常务副主席庄严出席会议，区党委常委、自治区政府常务副主席罗布顿珠主持会议，自治区领导许勇、旦科、曾万明、何文浩、刘江、许雪光、阿沛·晋源出席。

9月7日—11日，自治区残联组织参加西藏自治区第四届旅游文化国际博览会残疾人优秀作品展销活动，销售产品2500余件，销售总额达到32.6万元。

9月17日，西藏自治区首次县级社区康复协调员暨家长培训班在林芝市波密县开班。波密县副县长张广住出席开班仪式并讲话。波密县、乡两级医疗卫生骨干力量和残疾儿童家长20人参加残疾识别评定、脑瘫康复、社区康复、残疾预防等知识培训。

9月21日，自治区残联党组书记、理事长徐非主持召开专题会议，传达学习中国残联第七次全国代表大会精神。

10月10日，西藏自治区残联系统信息统计工作培训班在拉萨开班。自治区残联副理事长王大军出席开班仪式并讲话。全区残联系统信息统计工作人员60余人参加培训。

10月11日，自治区党委常委、自治区政府常务副主席罗布顿珠一行前往自治区残疾人就业服务中心和拉萨市残疾人托养服务中心调研，并在自治区残联召开现场办公会，对残疾人工作存在的困难进行交流研讨。自治区政办三处、政府法制办、财政厅、人社厅、发改委、民政厅、国税局、卫计委、残联、工商联、拉萨市等单位负责同志陪同调研。

10月16日，自治区残联党组成员、副理事长拉姆卓玛率队走访慰问退休干部职工。

10月17日，自治区残联在拉萨举行全国扶贫日脱贫攻坚宣传“一条街”活动，宣传贫困残疾人脱贫攻坚相关政策、好的经验和做法，引导全社会关注残疾人的扶贫开发、关心关爱贫困残疾人。自治区党委副书记、自治区政府主席齐扎拉，自治区党委常务副书记、自治区政协党组书记丁业现，自治区党委常委、自治区政府常务副主席罗布顿珠，自治区党委常委、拉萨市委书记白玛旺堆等领导到现场指导。

10月22日，林芝市首届残疾人家庭签约医生和康复协调员培训班（第一批）在巴宜区开班。林芝市残联副理事长陈建国、市人社局劳动就业服务中心主任陈冬，以及巴宜区卫计委、残联相关负责人，巴宜区乡镇卫生员、村医、康复协调员等73人参加培训。

10月28日，在中国残联和西藏民政、卫生、残联的支持下，由中国聋人协会申请立项，西藏聋协和北京博奥晶典生物技术有限公司共同合作的中央财政支持社会组织参与社会服务项目——“为了美好明天——耳聋基因、慢病管理筛查项目”启动仪式在拉萨举办，120多名听力残疾人士参加活动。

11月8日，自治区残联党组成员、副理事长拉姆卓玛带队一行到日喀则市仁布县然巴乡嘎珠村开展结对帮扶集中慰问活动，发放生活物资折合人民币1.17万元，向村两委送去党员活动经费2000元。然巴乡党委书记罗洪涛说，一年来自治区残联投入26万经费，开展6次集中慰问，结对帮扶实现全覆盖，切切实实在为嘎珠村老百姓办实事、办好事。

11月8日，湖南省残联副理事长一行4人考察山南市残疾人康复中心项目建设情况和残疾人托养服务中心，并与山南市残联进行交流。湖南省残疾人康复协会的两家会员单位向山南市残联捐赠价值68.4万元的康复设备和价值20万元的微医网络平台使用权。山南市残疾人康复中心建设项目于2018年3月10日开工建设，11月底基本完成主体封顶。

11月26日，西藏自治区脱贫攻坚交叉考核第二小组组长、自治区人社厅副厅长、脱贫攻坚指挥部转移组就业组副组长王志强率队对自治区残联2018年度开展残疾人脱贫攻坚工作进行年度考评。

12月4日，受自治区残联党组书记、理事长徐非委托，自治区残联党组成员、副理事长拉姆卓玛主持召开机关党委换届工作党员大会。会议选举拉姆卓玛为新一届机关党委书记，丹培、尼玛、杨晓萍、卓玛次仁、郑昌顺、夏云峰为机关党委委员。

12月13日，拉姆卓玛主持召开自治区残联2018年度党建“联述联评联考”工作汇报会。

12月24日—25日，自治区残联、自治区人社厅联合举办的西藏自治区第四届残疾人职业技能竞赛在拉萨举行，选拔12名优秀选手代表西藏自治区参加2019年第六届全国残疾人职业技能竞赛暨第三届残疾人展能节活动。

12月29日，自治区残联举行欢送驻村工作队出发仪式。党组书记、理事长徐非嘱托，要牢记职责，搞好帮扶工作。

（陈文寿供稿）

陕西省残疾人事业和残疾人工作

一、领导讲话与批示

省委书记胡和平在陕西省残联第七次代表大会开幕式上的讲话摘要

2018 年 8 月 14 日

残疾人是一个特殊困难的社会群体，也是陕西“追赶超越”发展不可或缺的重要力量。要站在战略和全局的高度，切实增强发展残疾人事业的责任感和使命感，不断改善残疾人生活状况、维护残疾人合法权益，着力营造“平等、参与、共享”的社会环境，使残疾人更有获得感、幸福感、安全感，不断开创全省残疾人事业发展新局面。要加强政治引领，引导广大残疾人增强“四个意识”，坚定“四个自信”，做到“两个维护”，坚定不移听党话、跟党走，把广大残疾人紧密团结在党的周围。要做好服务保障，不断提高残疾人社会保障和公共服务水平，突出抓好残疾人脱贫攻坚工作，确保贫困残疾人与全省人民同步迈入全面小康社会。要凝聚扶残助残合力，大力弘扬社会主义核心价值观和中华民族扶残助残、团结友爱的传统美德，宣传扶残助残先进事迹，培育和发展助残志愿者队伍，切实营造尊重关爱残疾人的良好氛围。要发挥残疾人在残疾人事业中的主体作用，不断提高残疾人自我发展能力。

省委常委、常务副省长、省政府残工委主任梁桂在陕西省残联第七次代表大会闭幕式上的讲话摘要

2018 年 8 月 15 日

我们也要看到，陕西省残疾人事业区域城乡发展不平衡、总体发展水平滞后、残疾人社会保障水平偏低、增收能力较弱的现状没有得到根本改变，全省还有 23.5 万名残疾人尚未脱贫；残疾人基本公共服务供给不足，基层组织力量薄弱，康复托养照料服务水平低，稳定保障残疾人基本需求、加快残疾人事业发展任务仍然十分艰巨。各级党委政府、各级残联要切实增强做好残疾人工作的责任感使命感，积极推动残疾人事业实现新发展。

一要扎实做好残疾人脱贫攻坚工作。我省贫困残疾人占到全省贫困人口的近 13%，是脱贫攻坚的坚中之坚、难中之难。确保全省残疾人如期全部脱贫，坚决打赢脱贫攻坚战，是我们必须完成的政治任务。各地各部门要准确把握新时代脱贫攻坚战略定位，围绕“两不愁、三保障”目标，在实施“五个一批”脱贫项目中，针对残疾人的特殊性制定专门措施，解决残疾人脱贫难题。要把促进残疾人及其家庭就业增收作为重点，通过依法推进按比例就业、稳定发展集中就业等途径，切实扩大残疾人就业规模，改善残疾人就业质量，提高残疾人家庭收入，促进残疾人精准脱贫。

二要不断提升残疾人公共服务水平。做好新时期残疾人工作，要顺应广大残疾人新期盼，为残疾人提供广泛优质便捷的公共服务，促进残疾人融入社会生活，改善残疾人生活条件，提高残疾人幸福指数。要充分发挥政府主导、市场调节的作用，进一步强化服务功能，优化资源配置，创新供给方式，健全各项社会保障制度，不断提高残疾人基本康复、基本医疗、特殊教育的服务水平。要立足供给侧改革，综合施策，逐项推动，切实抓好残疾预防、康复救助和无障碍设施建设等工作，丰富残疾人文化生活，壮大残疾人群众性体育活动，努力扩大残疾人基本公共服务受益面。

三要切实保障残疾人合法权益。维护和保障残疾人的合法权益，是各级政府的重要责任，也是全社会的共同义务。要加强法制宣传教育和执法检查，认真落实残疾人权益保障法等法律法规，确保残疾人基本生活保障、就业、医疗、康复等政策措施落到实处，严厉查处侵害残疾人合法权益的行为。要以“防范、主动、全覆盖”为重点，以满足残疾人法律服务需求为导向，创新服务形式，积极探索“互联网+法律服务”新模式，为残疾人提供司法救助、法律援助、法律服务等多种形式的帮助，努力解决残疾人在法律维权方面的实际困难。

四要大力发展残疾人文化体育事业。日前，国务院批准我省承办 2021 年全国第十一届残运会暨第八届特奥运动会，这是展示我省残疾人文化体育事业的重要平台，也将为推进我省残疾人事业发展带来重要机遇。各级各部门要高度重视，抓紧完善工作机制，健全工作机构，细化工作流程，高标准推进各项筹备工作。要以赛事场馆及周边无障碍设施建

设为重点，进一步带动和加强全省无障碍设施建设，为各类残疾人提供更多便利条件。要统筹抓好残疾人健身体育、康复体育、竞技体育，积极发展残疾人大众体育运动，让更多残疾人在家门口参与残运会、奉献残运会、享受残运会，让更多残疾人感受到体育的快乐。

二、政策法规文件

关于扶持残疾人自主就业创业工作的实施意见

陕残联发〔2018〕25号

残疾人自主就业创业包括残疾人自主创业和残疾人灵活就业。残疾人自主创业，是指残疾人通过创办经济实体、社会组织等形式实现就业。包括在工商行政管理部门依法登记成立个体工商户、各类企业、农民专业合作社等生产经营主体；在民政部门登记成立各类社会团体、民办非企业单位等社会组织；经人力资源和社会保障部门认定的其他自主创业。残疾人灵活就业，是指从事非全日制、临时性和弹性工作等实现就业。包括从事家庭副业、家政服务、修理装配、便民理发、绿化保洁等；经人力资源和社会保障部门认定的其他灵活就业。

有关要求：提供合理便利和优先照顾；落实税收优惠政策和收费减免；提供金融扶持和资金补贴；支持重点对象和“互联网＋创业”；提供支持保障和就业服务。

陕西省按比例安排残疾人就业办法

陕西省人民政府令第211号

为了保障残疾人的劳动权利，根据《中华人民共和国残疾人保障法》《残疾人就业条例》等法律法规，结合本省实际，制定本办法。依照本办法安排就业的残疾人，包括视力残疾、听力残疾、言语残疾、肢体残疾、智力残疾、精神残疾和多重残疾的持有中华人民共和国残疾人证的人员，或者持有中华人民共和国残疾军人证（1至8级）的人员。

本省行政区域内的机关、团体、企业事业单位和民办非企业单位（以下简称用人单位），应当按照本单位在职职工人数不低于1.5%的比例安排残疾人就业。集中安排残疾人就业的福利性企业事业单位除外。用人单位每安排1名持有中华人民共和国残疾人证（1至2级）或者中华人民共和国残疾军人证（1至3级）的人员就业的，按照安排2名残疾人就业计算。

用人单位未按照本办法第四条规定安排残疾人就业的，应当缴纳残疾人就业保障金。残疾人就业保障金按上年用人单位安排残疾人就业未达到规定比例的差额人数和本单位在职职工上年平均工资之积计算缴纳。

残疾人就业保障金一般按月缴纳，由税务机关负责征收。税务机关征收残疾人就业保障金时，应当向用人单位开具税收票证。残疾人就业保障金纳入本级人民政府财政预算。

关于开展困难残疾人生活补贴和重度残疾人护理补贴绩效评估的通知

陕民函〔2018〕171号

陕西省民政厅、省财政厅、省残联联合印发。

绩效评估内容为2017年残疾人“两项补贴”工作，从责任落实、发放情况、建档情况、提标扩面情况等方面进行评估。绩效评估评分以县级为单位，市级分值由所辖县级平均分值确定。分值采用100分制进行量化评定，分值大于80分（含）为优秀，60分至80分为良好，低于60分（不含）为一般。由各市民政局牵头负责，组织所辖县（区）开展工作，将2017年以来残疾人“两项补贴”有关工作情况形成书面报告并汇总数据填写相应的数据情况汇总表。省民政厅、省财政厅、省残联对绩效评估结果进行抽查审核后通报评估结果。

关于困难残疾人生活补贴和重度残疾人护理补贴绩效评估工作情况的通报

陕民发〔2018〕73号

陕西省民政厅、省财政厅、省残联联合印发。

综合评定西安市为全省残疾人“两项补贴”绩效评估优秀市。存在问题一是部分市、县工作职责划分不清晰，二是审核审定完成时间节点推迟较为普遍，三是发放时间滞后，四是台账管理不规范。

关于印发《助盲就业脱贫行动实施方案》的通知

陕残联发〔2018〕33号

陕西省残联、省财政厅、省人社厅、省扶贫开发办联合印发。

2018年12月底前，县级残联要以16—59岁建档立卡未接受过培训的9245名贫困视力残疾人中50岁以下为重点，通过入户调查、电话访问等形式进行就业需求核准，将贫困视力残疾人评估后，分为三类进行统计建档：一是有就业愿望、有就业能力的；二是无就业愿望、有就业能力的；三是无就业愿望、无就业能力的，分类建立档案后上报省残疾人就业服务中心。2018年各市盲人按摩培训人数应达到培训任务的30%。从2019年开始，各市残联每年要完成培训任务数的35%。

陕西省人民政府关于建立残疾儿童康复救助制度的实施意见

陕政发〔2018〕32号

《实施意见》总体要求：到2020年，建立与全面建成小康社会目标相适应的残疾儿童康复救助制度体系，基本实现残疾儿童应救尽救。到2025年，残疾儿童康复救助制度体系更加完善，省、市、县三级康复服务体系更加健全，残疾儿童康复服务供给能力显著增强，服务质量和保障水平明显提高，残疾儿童普遍享有基本康复服务，健康成长、全面发展权益得到有效保障。

《实施意见》明确救助对象为符合条件的0—6岁（含6周岁）视力、听力、言语、肢体、智力等残疾儿童和孤独症儿童。包括城乡最低生活保障家庭、建档立卡贫困户家庭的残疾儿童和儿童福利机构收留抚养的残疾儿童；残疾孤儿、纳入特困人员供养范围的残疾儿童；其他经济困难家庭的残疾儿童。

《实施意见》明确救助内容及参考标准：听力言语残疾儿童经评估符合植入人工耳蜗条件的，为其提供一次单耳手术，包括电子人工耳蜗产品1套并实施免费植入手术，评估、手术及术后调机，救助标准每人为60000元。双耳助听器购置及验配、调试救助标准每人为6000元。对配戴助听器或植入人工耳蜗的听力言语残疾儿童康复训练每人每月补助2000元，训练时间不少于1学年。为视力残疾儿童助视器适配和视功能训练，每人补助2000元，训练时间不少于1个月。为先天性马蹄内翻足等足畸形、小儿麻痹后遗症、脑瘫导致严重痉挛、肌腱挛缩、关节畸形及脱位、脊椎裂导致下肢畸形等矫治手术提供一次性救助，救助标准每人为19200元，训练时间不少于4个月。肢体功能障碍康复训练救助标准每人为21200元，训练时间不少于1学年。智力残疾、孤独症儿童康复训练每人每月补助2000元，训练时间不少于1学年。城乡最低生活保障家庭、建档立卡贫困户家庭残疾儿童在定点康复机构接受康复训练的，按每人每月500元标准发放送训费。

《实施意见》明确救助工作流程：1. 申请。残疾儿童监护人根据意愿可向残疾儿童户籍所在地或居住证发放地县级残联组织提出申请，也可委托他人、医疗机构、康复机构、社会组织、社会救助经办机构等代为申请。2. 审核。残疾儿童监护人自主选择省、市、县三级残联组织确定的定点康复机构。县级残联组织与民政、扶贫部门进行相关信息比对后做出决定。3. 救助。经审核符合条件的，持残联组织发放的《陕西省残疾人精准康复服务手册》和《陕西省残疾人精准康复服务卡》办理康复训练注册登记，建立康复档案，接受康复服务。不符合条件的由精准康复家庭医生签约团队提供支持性服务。4. 结算。救助资金由“残疾人精准康复服务卡”发放地负责结算。康复经费实行预付制，进入康复机构先预付康复周期1—3个月救助费，原则上每3个月为一结算周期。

《实施意见》明确经费保障：市、县（市、区）两级政府要将残疾儿童康复救助资金纳入政府预算。省财政根据各地残疾儿童实际数量及送训情况，对各县（市、区）给予适当补助，不足部分由县（市、区）财政予以解决。

《实施意见》要求加强康复机构建设，完善残疾儿童康复机构管理相关政策。各设区市和常住人口15万人以上的县（市、区）至少确定1所公益性残疾儿童定点康复机构。支持社会力量投资康复机构建设，鼓励多种形式举办康复机构。

《实施意见》明确各级残联的职责，以及财政、民政、教育、卫生计生、人力资源社会保障、扶贫等部门的职责分工，并提出工作要求：1. 高度重视，狠抓落实。2. 探索完善，提高水平。3. 搞好衔接，确保长效。4. 积极宣传，营造氛围。

残疾儿童救助制度自2018年10月1日起全面实施。

关于做好残疾人家庭医生签约服务工作的通知

陕卫办基层函〔2018〕389号

陕西省卫计委、省残联联合印发。

总体要求：以满足残疾人医疗卫生服务和康复需求为导向，以“全国残疾人基本服务状况和需求专项调查”统计数据为基础，结合基层医疗卫生机构和家庭医生团队的服务能力，依托辖区康复服务专业力量配合，与残疾人签约，提供基本医疗服务、公共卫生服务、健康管理等服务。

工作目标：力争到2020年，全省残疾人家庭医生签约服务覆盖率达80%以上。

服务对象及内容：签约面向辖区内残疾人，优先覆盖建档立卡贫困残疾家庭、0—6岁残疾儿童、重度残疾人、精神残疾人及一户多残家庭的残疾人等五类残疾人。服务内容包括基本医疗、公共卫生、健康管理及基本康复服务等。基本康复服务由各地、各基层医疗卫生机构结合实地参照《陕西省残疾人精准康复家庭医生签约服务目录（试行）》，根据实际医疗服务能力和水平，提供与服务能力和水平相适应的服务项目。

服务方式及工作流程：根据服务半径和服务人口，合理划分签约服务责任区域，实行网格化管理，确保每个残疾人都有相应的服务团队。将乡、村两级残疾人专委纳入残疾人签约服务团队，针对行动不便的残疾人，可根据需要采取入户的方式进行签约。具体工作流程：1. 实施筛查评估。参照手机App中各类残疾精准康复签约服务筛查表，对辖区内所有残疾人进行筛查评估，初步评估康复需求。2. 签订服务协议。根据筛查评估阶段统计的残疾人基本信息和康复需求，与残疾人签订各类服务协议。3. 建立档案。为签约的残疾人建立相关档案。4. 提供服务。根据签约内容为残疾人提供相应的服务，并使用手机App对基本康复服务实施情况进行登记。5. 动态信息管理。及时将各类残疾人精准康复基本信息及提供的康复服务信息录入陕西省残疾人精准康复服务管理系统。

工作要求：1. 加强组织领导。2. 夯实队伍建设。3. 做好准备工作。4. 加强绩效考核。精准康复家庭医生签约服务经费由省残联按照签约服务人数人均20元的标准给予补助。各地市要配套相应的工作经费，并逐步提高补助标准，扩大补助范围。5. 营造宣传氛围。

陕西省“十三五”推进基本公共服务均等化规划 陕政发〔2018〕19号

《规划》在第十一章专门列出残疾人基本公共服务章节。

具体服务项目包括：困难残疾人生活补贴和重度残疾人护理补贴、无业重度残疾人最低生活保障、残疾人基本社会保险个人缴费资助和保险待遇、基本住房保障、托养服务、康复、教育、职业培训和就业服务、文化体育、无障碍环境支持。

重点任务：一是残疾人基本生活。落实困难残疾人生活补贴和重度残疾人护理补贴制度，逐步扩大补贴范围，提高补贴标准。将符合条件的残疾人家庭及时纳入最低生活保障范围，对获得最低生活保障后仍有困难的残疾人给予进一步生活保障。完成农村贫困残疾人家庭存量危房改造。二是残疾人就业创业和社保服务。为符合条件的城乡残疾人免费提供就业创业服务和职业培训。落实就业援助政策，逐步提高就业补助标准。为智力、精神和重度肢体残疾人提供辅助性、支持性就业服务。落实贫困和重度残疾人参加社会保险个人缴费资助政策，建立健全重度残疾人医疗服务体系，提高重度残疾人医疗服务能力。对符合条件的重度残疾人参加基本医疗保险的个人缴费部分给予补贴。三是残疾人康复、教育、文体和无障碍服务。实施残疾儿童抢救性康复、贫困残疾人辅助器具适配、防盲治盲、防聋治聋等重点康复项目。将残疾人基本康复服务纳入公共卫生服务体系，广泛开展残疾人健康管理和社区康复。落实家庭经济困难的残疾儿童和青少年13年免学费教育。加强通用手语、通用盲文的规范与推广。推动公共文化体育场所设施免费或优惠向残疾人开放。为视力、听力残疾人等提供特需文化服务。加快推进公共场所和设施的无障碍改造。

保障措施：一是支持各地建设一批专业化残疾人康复设施、托养设施和综合服务设施，配备基本服务设备。二是强化县级残疾人康复、托养、职业培训、辅助器具适配、文化体育等服务能力，充分发挥基层公共服务设施助残功能，推动形成县（市、区）、乡（镇）、村（居）三级联动互补的残疾人基层服务网络。三是加强特殊教育学校、指导中心和资源中心建设，提升特殊教育普及水平、保障条件和教育质量。支持西安美术学院、西安体育学院发展特殊教育。建设陕西省特殊教育职业技术学院。支持符合条件的残疾学生接受中等职业教育。四是加强高等院校和中等职业学校特殊教育专业建设，提升师资力量水平。加快培养残疾人康复、托养、特殊教育、护理照料、就业服务、社会工作等方面的人才队伍。五是完善残疾人人口基础信息和基本服务需求信息数据管理系统。依托中国残疾人就业创业网络服务平台，搭建省级残疾人就业创业网络服务平台。鼓励支持服务残疾人的电子产品、移动应用软件等开发应用。

陕西省人民政府办公厅关于制定和实施老年人照顾服务项目的意见 陕政办发〔2018〕8号

落实最低生活保障分类施保政策。对低保家庭中70周岁及以上老年人，按每人每月不低于当地低保标准的20%增发保障金。对低保家庭中重度残疾人，按规定每人每月不低于当地低保标准的50%或30%增发保障金。对低保家庭中重病患者，按每人每月不低于当地低保标准的50%增发保障金。

建立健全护理和高龄补贴制度。有条件的地方应建立经济困难失能、半失能老年人护理、服务补贴制度，可将相关补贴制度与长期护理保险衔接。加快老龄工作管理信息系统建设，实现优待服务动态监管，确保老年人高龄补贴及时足额发放到位。

推进适老化设施改造。加强老年人家庭及居住区公共设施无障碍改造工作，通过政府补贴、产业引导和业主众筹等方式，重点改造居住区缘石坡道、轮椅坡道、公共出入口、走道、楼梯、电梯等设施和部位，优先安排贫困、病残、高龄、独居、空巢、失能等特殊困难老年人家庭设施改造及基本生活辅助器具配置。对老年人居住比例高的多层老旧住宅优先加装电梯。

陕西省《中华人民共和国残疾人证管理办法》实施细则 陕残联发〔2018〕16号

《实施细则》规定，中华人民共和国残疾人证是认定残疾人及其残疾类别、残疾等级的合法凭证，是残疾人依法享有国家和地方政府优惠政策的重要依据。残疾人证坚持申领自愿、属地管理原则。凡符合残疾标准的视力、听力、言语、肢体、智力、精神及多重残疾人均可申领残疾人证。全省各级残疾评定医院或专业机构由省卫计委、省残联共同下文指定，并报中国残联备案。从事残疾评定的医生须经过专业培训，并应具备有关规定条件。办理残疾人证不收取工本费。指定机构评定残疾类别、等级等费用，原则上由申请人个人自理；有条件的地方可由当地财政予以补贴，对特殊困难的残疾人应协调相关鉴定机构予以减免。残疾人证有效期十年，期满须到县级残联免费换领，同时将原残疾人证交回。发证残联在新换领残疾人证的备注栏中注明换发信息，将回收的旧证统一销毁。过期不换，证件自行作废。残疾人户口迁移的，须同时办理残疾人证迁移手续。

《实施细则》明确了核发残疾人证程序，首次申办残疾人证的申请人，需持申请人居民身份证、户口本和3张两寸近期免冠白底彩照，向户口所在地县级残联提出办证申请，如实填写申请表、评定表。申请智力、精神类残疾人证和未成年人申请残疾人证的，须同时由监护人或委托代理人陪同，同时提供监护人的证明材料。有条件的地方可开展网上办理申请。县级残联接到办证申请人提交的申请材料后，由受理人对申请人、法定监护人、照片、身份证、户口本进行确认，对于提交虚假信息者不予受理。指定机构对于申办残疾人证的申请人进行残疾评定，按照残疾标准做出明确的残疾类别和等级评定结论，填写评定表，评定表必须由评定专家或医生亲笔签名并加盖指定机构公章。评定结论符合残疾标准的，应在申请人所在的村（社区）予以公示，公示期为五个工作日。县级残联对办证申请材料、受理程序、残疾评定结论和公示结果进行审核，并在十个工作日内审核完毕。经审核符合规定的，予以批准，填写打印残疾人证相关信息，并在批准栏内加盖县级残联公章、在持证人像上加盖县级残联钢印，并将残疾评定表等相关信息录入残疾人人口基础数据库。

《实施细则》规定，残疾人残疾状况变化不再符合残疾标准或死亡的，发证残联应及时将残疾人证注销；残疾人本人或智力、精神残疾人及未成年残疾人的监护人要求注销残疾人证的，提交相应身份证明材料和书面申请，发证残联可收回残疾人证，并在残疾人人口基础数据库中注销相关信息。残疾人证注销后，一年内不得重新申请。残疾人残疾状况变化的认定，以指定机构做出的残疾评定结论为准。在残疾人证核发与管理中，有残疾评定弄虚作假，违规办理残疾人证，刁难残疾人、故意拖延办理，泄露残疾人个人信息造成严重后果等情形之一的，严肃追究有关人员责任，涉嫌违法犯罪的，移送司法机关处理

三、五年工作综述

——陕西省残联党组书记、理事长相红霞在省残联第七次代表大会上的工作报告（节选）

2018年8月14日

省残联第六次代表大会五年来，陕西省残疾人事业在省委省政府的坚强领导和中国残联的正确指导下，认真学习贯彻党的十八大、十九大和省第十三次党代会精神，按照“纳入、依托、整合、鼓励”的工作思路，突出抓重点、抓规范、抓提升、抓创新，在“追赶超越”中加快残疾人小康进程。

过去五年，省委省政府颁布实施了14个兜底补短、提标扩面的规范性文件，省人大常委会、省政协开展专题调研视察，使残疾人工作更充分地融入全省大局。20多位省级领导出席活动、做出指示。在中国残联的大力支持下，多项工作经验被批转全国推广学习，陕西省11次在全国会议上介绍残疾人工作经验，圆满完成了20多个全国类会议、活动和赛事的承办任务。广大残疾人在不同战线自强自立，奋发有为，5人获得“全国自强模范”，44人获得“陕西自强模范”称号，14个扶残助残先进集体和个人受到全国表彰，10名残疾人作家入选陕西省“百人计划”“百优计划”，148名残疾人和残疾人工作者当选为各级人大代表、政协委员，一批残疾人及其亲属荣登“中国好人榜”“陕西好人榜”。

过去五年，我们坚持党的领导、群团本色，持续增强残联组织政治性、先进性、群众性。始终把政治性作为残联组织的灵魂，在思想上政治上行动上同以习近平同志为核心的党中央保持高度一致。围绕落实重大会议精神，分步骤、有重点、全覆盖开展专题学习教育，宣传党的政策，传递党的声音。深入推进全面从严治党，开展党的群众路线教育实践活动、“三严三实”专题教育、“两学一做”学习教育，残联干部的理想信念更加坚定、宗旨意识更加牢固。始终把先进性作为重要着力点，持续加强残联组织自身建设、残疾人工作者队伍建设、基层组织建设，残联系统服务大局、服务残疾人的能力明显增强。始终把群众性作为残联组织的根本特点，健全联系残疾人长效机制，通过残疾人服务状况和需求调查、12385残疾人服务热线、残疾人重大节日等，全覆盖走访持证残疾人，慰问困难残疾人。各专门协会积极联系服务本类别残疾人，开展有特色的助残活动，残联组织的桥梁和纽带作用进一步发挥。

过去五年，我们坚持政策托底、综合施策，残疾人脱贫攻坚工作迈出了坚实步伐。开展全国残疾人基本服务状况和需求专项调查、收入调查，为实现残疾人服务补短板、保基本、广覆盖奠定基础。结合我省实际，制定并推动落实残疾人兜底保障的系列特惠政策，421万人次享受困难残疾人生活补贴和重度残疾人护理补贴；推动将精准康复签约服务纳入基本公共卫生服务范围；为10.2万人次发放残疾人机动轮椅车燃油补贴；托养智力、精神和重度肢体残疾人6.6万人次，其中，2500人次贫困重度残疾人实行集中托养；对9431户残疾人家庭进行了无障碍改造。建成残疾人扶贫示范基地150个，辐射带动8000户残疾人家庭发展生产。市、县残疾人脱贫示范工作扎实推进，形成了一批路径清晰的经验，全省3.9万名建档立卡贫困残疾人实现脱贫。

过去五年，我们坚持整合资源、强基固本，推动形成了覆盖全省的残疾人服务网络。采取机构依托、资源整合、互利共赢的模式，不断扩大服务阵地、提升服务能力。发挥省康复医院、省残疾人辅助技术中心、省听力语言康复中心示范引领作用，推动建成市级辅助器具中心12个、各级各类康复机构162个、社区康复示范站440个、规范化托养服务机构117个。成立省康复医疗集团。建成陕西省城市经济学校康复实训大楼、省康复医院康复楼。发挥省残疾人就业服务中心指导带动作用，建成残疾人集中就业基地159个、职

业培训示范基地89个、盲人按摩示范机构80个、辅助性就业机构14个。建成国家级和省级特殊艺术人才培养基地13个、省级残疾人群众体育活动示范点25个、公共图书馆的盲文及盲人有声读物室56所。省残疾人福利基金会、中国狮子联会陕西代表处立足职能，实施了一系列助残扶残活动。

过去五年，我们坚持项目带动、持续用力，基本公共服务惠及更多残疾人。承担省政府每年为残疾人办的十件实事，事事有着落，受到了残疾人的广泛赞誉；实施的残疾人工作项目，件件有落实，给广大残疾人带来了实惠。在康复服务方面，累计为54万人次提供基本康复服务，其中为1.8万人次残疾儿童提供康复训练和肢体矫治手术，为26.5万残疾人适配辅助器具45.9万件，为6.5万人次精神残疾患者实施服药补助。在特殊教育方面，实施特殊教育提升计划，免除公办普通高中非建档立卡家庭经济困难残疾人学生学杂费，累计资助9100余名贫困残疾人学生和贫困残疾人子女就学。在促进就业方面，组织专场招聘197场次，完成职业技能和实用技术培训12万人次，扶持残疾人自主创业1万名，对9000名公益性岗位残疾人进行补贴，推动党政机关、事业单位在全省定向招录残疾人，5.9万名残疾人实现多渠道就业。在文化体育方面，组织开展助残书画展、残疾人观影、残健融合诵读、残疾人作家采风等活动，在第八届、第九届全国残疾人艺术汇演中共荣获一等奖6个，微电影《听说》获全国“讲好残疾人就业创业故事”大赛一等奖，群舞《大老碗》获第五届陕西舞蹈荷花奖大赛群文组第一名。残疾人运动员在国内外赛事中累计获得50金，其中里约残奥会金牌数超过历届残奥会之和、总成绩位居全国第四。

四、2018年工作综述

2018年，陕西省残联全面学习贯彻党的十九大精神、省第十三次党代会精神，以习近平新时代中国特色社会主义思想为统揽，牢记“残疾人一个也不能少”的殷殷嘱托，紧扣“五个聚力”工作思路和“活力残联、贴心残联、阳光残联”建设目标，不断开拓进取、真抓实干、强化措施，各项工作取得新进展，为实现残疾人对美好生活的向往做出了新贡献。

（一）以党的十九大精神为指引，开启新时代陕西残疾人事业新征程

按照省委“抓首要、大学习、促发展”的要求，在残联系统推动习近平新时代中国特色社会主义思想往深里走、往实里走、往心里走，带领广大残疾人听党话、跟党走。

1. 在强化理论武装中提高政治站位。坚持把学习习近平新时代中国特色社会主义思想和党的十九大精神作为首要任务，通过举办宣讲会、专题培训班、学习体会展评、演讲比赛等形式，激发党员干部学习热情，进一步增强对党的基础理论、基本路线、基本方略的政治认同、思想认同、情感认同。拓展教育途径，组织党员干部赴梁家河、遵义开展主题党日活动，进行现场教学、重温入党誓词、交流心得体会，铸就维护核心的思想基础、情感认同。将“讲政治、敢担当、改作风”专题教育与“两学一做”学习教育常态化制度化开展紧密结合，聚焦靶心，不断提高残疾人工作者的政治素质。

2. 科学谋划未来五年工作蓝图。坚持“好班子、好报告、好会风”标准，指导全省各市（区）、县、乡级残联自下而上开展换届，1299个乡（镇、街道）残联、107个县（市、区）残联和9个市级残联按时完成换届工作。完成《“十三五”加快残疾人小康进程规划纲要中期评估》，在此基础上，顺势而为，深入研判，提出未来五年要“聚力政治引领、脱贫攻坚、精准康复、民生保障、环境建设”，建设“三个残联”的思路和目标，并在省残联第七次代表大会上形成共识。大会选举和推举产生省残联新一届领导机构，为团结带领广大残疾人共建美好生活提供了组织保障。

3. 持续抓好中国残联七代会和省残联七代会精神落实。七代会后，第一时间对全省残联系统学习宣传贯彻工作做出部署。党组、理事会成员带头学、带头讲、带头干，利用调查研究、检查工作、召开会议等形式，帮助残疾人工作者和残疾人准确理解和把握大会精神。制定大会工作报告确定任务的分工文件，逐项夯实责任。对与会代表提出的意见建议，逐项研究落实办理意见。为有效提升换届后市县残联领导同志的综合素质和业务水平，筹办了全省残联系统领导干部培训班。

4. 为残疾人事业发展提供数据支撑。分别开展残疾人基本服务状况和需求信息数据动态更新及残疾人家庭收入状况调查，对全省1314142名持证残疾人和25522个村（社区）进行入户登记，围绕“两不愁、三保障”等主要数据分析研判、提出对策，推动动态更新成果的转化应用。建成前置数据交换站，为省公安厅、民政厅等部门提供残疾人人口基础数据，完成相关数据比对工作。首次依托“专职委员在线”系统举办全省残疾人基本服务状况和需求信息数据动态更新工作省级培训班，工作经验在国家级培训班上被推荐分享。数据工作的常态化，为拓展工作思路、改变工作路径、工作重心下移、聚焦主责主业等提供了依据。

（二）聚焦打赢脱贫攻坚战三年行动，在加快残疾人小康进程中担当作为

把“三个着力”作为重要遵循，力扛政治责任，找准工作切入点，深入实施贫困残疾人脱贫攻坚行动计划，引领贫困残疾人稳定如期脱贫。

1. 不断完善政策部署和基础支撑。召开全省贫困残疾人脱贫攻坚工作现场推进会，分析面临形势，交流先进经

验，就落实打赢脱贫攻坚战三年行动分工任务做出部署。举办全省残联系统扶贫干部培训班，联合出台《助盲就业脱贫行动实施方案》。在榆林市试点推广第三代智能化残疾人证，并对全省办证系统管理员进行培训。协调各有关方面，实现“残疾人人口基础数据库管理系统”和“陕西省脱贫攻坚大数据平台”互联互通。

2. 实施重点项目，促进脱贫解困。持续实施“贫困残疾人阳光增收”，全年扶持4260户，平均带动增收2000—3000元。实施“农村残疾人电子商务扶贫”，全年扶持500人。建设残疾人扶贫示范基地60个，扶持带动1800多名贫困残疾人有序进入劳动市场。对1250人次失能贫困重度残疾人给予集中托养照护。累计投入3000万元开展残疾人托养服务，惠及12000多人次。投入2515万元，6185户贫困重度残疾人家庭实现通行无障碍。

3. 激发贫困残疾人内生动力。在省残联内刊、网站及省内各类媒体开设“脱贫攻坚、精准助残我们一起行动”“残联理事长讲扶贫故事”“残疾人脱贫攻坚”和“脱贫路上”等专题专栏，连续报道残疾人脱贫攻坚典型事迹和各地先进经验。向全省残疾人发出“自强自立不畏难，我要脱贫奔小康”的倡议，号召各级残疾人专门协会发挥优势，动员各类残疾人群体，在脱贫路上不掉队、勇争先。凤翔县苏栓劳、淳化县刘斌事迹收入《全国贫困残疾人脱贫典型事迹汇编》。

4. 用心用情抓好联村帮扶。先后组织有结对帮扶任务的52名干部，分10批次赴罗村开展帮扶活动，帮扶责任人与贫困户建立密切及时的联系。多渠道筹措经费，加大特色产业发展的扶持力度。举办3期结对帮扶干部培训班。在省委组织部、省人社厅、省扶贫办对全省驻村联户扶贫工作考核中，省残联驻村工作队连续3年被评为优秀等次。

（三）围绕残疾人对美好生活的向往，不断推进基本公共服务托底补短

坚持以残疾人为中心的工作理念，切实做好保障和改善残疾人民生工作，推动普惠特惠政策落细落小落实，广大残疾人的幸福感、安全感、获得感进一步增强。

1. 省委办公厅、省政府办公厅印发《关于加强乡镇政府服务能力建设的实施意见》，明确“落实社会救助、社会福利和优抚安置政策，为保障对象提供基本养老服务、残疾人基本公共服务，维护农民工、困难儿童等特殊和困难群体权益等基本社会服务”为乡镇政府公共服务职能之一。

2. 加强残疾人社会保障工作。推动建立“两项补贴”标准动态调整机制，省级财政全年投入5亿多元，110多万人次残疾人直接受益。指导各级残联组织和帮助残疾人参加城乡居民养老保险，符合条件的残疾人参保率达95%以上。将600名生活困难、靠家庭供养且无法单独立户的成年无业重度残疾人纳入最低生活保障范围。面临突发性、紧迫性、临时性基本生活困难的3000多名残疾人得到临时救助。为38200名残疾人专职委员以及个体就业、公益性岗位就业残疾人购买2018—2019年度意外伤害保险。

3. 提升残疾人教育就业水平。实行残疾人学生从学前教育到高中阶段的15年免费教育。会同省教育厅，对全省7—14周岁未入学适龄残疾儿童少年进行核查，制定“一生一案”档案。资助贫困残疾人学生和贫困残疾人家庭子女大学生1716名。推动省政府颁发第211号令《陕西省按比例安排残疾人就业办法》，会同省发改委等15部门出台《关于扶持残疾人自主就业创业工作的实施意见》。联合六部门举办第六届全省残疾人技能竞赛，启动千名贫困残疾妇女培训项目，开展残疾人技能和实用技术培训24959人次。继2014年之后，全省公务员考试再次定向招录残疾人，省属事业单位首次公开招录残疾人。一年来，全省通过多种形式共安置残疾人就业8125人。

4. 推进精准康复服务行动。创新开展精准康复签约服务，全省建立服务到村的家庭医生签约团队14089个，开通工作账号25228个；为71.1万名残疾人建立康复档案，筛查评估32.2万人，完成签约31.6万人，22.6万名有需求的残疾人享受到基本康复服务。探索形成精准康复家庭医生签约服务陕西模式，得到中国残联认可，全国精准康复服务现场会在我省召开。与陕西地矿集团签订医疗机构移交框架协议，陕西地矿医院将整体划转省残联管理。投资1400万元为4个县级康复中心、210个乡镇卫生院、100个社区卫生室、1360个村卫生室配备基本型康复器材。培训基层残疾人家庭医生签约团队和康复服务人才4000余人。扎实开展残疾预防试点工作，完成高危孕产妇、残疾儿童筛查等4405例。推动省政府出台建立残疾儿童康复救助制度的实施意见，实现0—6岁残疾儿童康复救助由实施项目转向制度化。全面完成年度各类康复计划任务，全年为2800名残疾儿童实施康复训练救助，完成人工耳蜗植入100名、听障康复训练200名、验配助听器2000名、假肢和矫形器装配2030名、基本辅具适配12万名、精神患者服药补贴9.9万名。

（四）突出残疾人主体作用，进一步营造残疾人事业发展的良好氛围

以改革开放40周年和中国残联成立30周年为契机，精心策划重点宣传，讲好残疾人故事，传播残疾人事业好声音。

1. 抓好重大活动、重要节点宣传。先后在人民网、新华网、央广网、《陕西日报》、陕西电视台等国家和省级主流媒体及网站刊发反映陕西残疾人工作的各类稿件730余篇（条），中央办公厅采用信息1篇。发挥网站、微信公众号等新媒体作用，第一时间发布陕西残疾人工作动态及惠残政策，累计编印《陕西残疾人》《陕西残疾人工作动态》《陕残通报》32期。协调陕西广播电视台，对省“两会”开幕

式进行电视手语直播。借助省政府政策吹风会平台，解读残疾儿童康复救助制度。广播专题《共沐阳光》《秦风热线》全年播出32期。

2. 创造条件让残疾人精神生活更充实。依托市、县、特教学校、社区、各协会、示范点，就近就地就便开展形式多样的文化体育活动，扩大残疾人参与率和覆盖面。成功举办首届全国聋人书画联展。实施重度残疾人康复体育进家庭项目1000户。成功承办全国第十届残运会暨第七届特奥运动会预赛暨全国残疾人轮椅篮球锦标赛。在国内外比赛中陕西省残疾人运动员获得金牌28枚、银牌18枚、铜牌18枚，尤其是冬季项目上喜获首枚金牌。陕西籍残疾人运动员金亚维在平昌冬残奥会女子坐式越野滑雪长距离（12公里）比赛中获得第八名，创造了我国残疾人运动员在冬残奥会该级别项目上的最好成绩，实现陕西籍残疾人运动员参加冬残奥会零的突破。陕西省女子射箭运动员吴春燕经中国残奥委员会审核批准为国际级残疾人运动健将。据了解国家残疾人运动员技术等级分为国际级残疾人运动健将、国家级残疾人运动健将、国家一级残疾人运动员三类。

组织残疾人观影、残疾人作家采风等活动。聋人舞蹈《大老碗》参加2018年中国教育电视台春节联欢晚会录制。中国残联编辑的《我们的30年》一书30位残疾人中，陕西省入选2位。

3. 汇聚发展残疾人事业的合力。成功承办第四届中美残疾人事务协调会西安分会。加强残疾人事业理论研究，联合省社科院成立陕西省残疾人事业发展研究院。围绕全国助残日、国际残疾人日等重要节点，开展辅助器具捐赠、文艺演出、慰问残疾人、就业招聘、全省特殊教育学校学生综合素质展示、贫困残障儿童义诊和音乐节等系列活动。各专门协会努力发挥贴近残疾人的优势，积极反映残疾人的特殊困难和需求，开展一系列有特色、有示范引领性的服务项目和品牌活动。省盲协开展提高盲人职业技能和生活质量等十项活动；省聋协着力丰富聋人精神文化生活、促进聋人就业、维护聋人合法权益；省肢协以组织活动为平台，开展了形式多样的工作；省精协推动“精残政策进万家”项目，开展健康知识讲座、业务培训、家属座谈、义诊活动。省智协以“牵着蜗牛去散步”为载体，推动各项工作向基层延伸。省残疾人福利基金会募集款物总价值3355.15万元，28739名残疾人直接受益。中国狮子联会陕西代表处开展各类助残活动167次，参与服务狮友5000余人次。

（五）推进全面从严治党，提升残联组织联系凝聚服务残疾人的能力

把党的领导贯穿残疾人工作始终，不断“强三性、去四化”，推进“三个残联”建设，更好地承担起新时代发展残疾人事业的重任和使命。

1. 坚决落实党风廉政建设“两个责任”。实行党风廉政建设主体责任清单管理，细化党组主体责任、主要领导第一责任人责任和班子成员的分管责任，层层传导管党治党责任。积极配合省纪委驻民政厅纪检组履行监督职责。认真落实民主集中制，“三重一大”全部纳入集体决策。通过教育、培训、约谈等形式，进一步增强党员干部特别是领导干部的政治意识、底线意识。开展冯新柱案“以案促改”工作、干部作风排查整改、形式主义和官僚主义集中整改等，坚持不懈转作风，全心全意为残疾人服务。

2. 健全完善机关规章制度。从促进工作规范化入手，建立会领导周工作例会、会领导周工作信息通报、机关和直属单位本周工作小结和下周重点工作汇报、重点工作进展情况通报督办等制度，促进内部工作沟通和执行力提升。加强基层管理，档案管理获得省级优良单位。坚持法治思维发展残疾人事业，在全省国家公职人员学法用法考试中受到通报表彰。把务实管用的制度机制作为提升工作水平的“助推器”、堵塞漏洞的“防火墙”，启动省残联机关有关规章制度的清理、修订和完善工作，涉及党组、理事会、办公室、财务、人事、请销假等6类近30项规章制度，使制度的笼子扎细扎密扎牢，保证办事有章可依、有规可循。

3. 严管资金防范廉政风险。进一步修订完善《财务管理办法》《差旅费管理办法》《会议费管理办法》《政府集中采购管理实施办法》等财务管理制度，在项目资金分配中更多地实行因素法分配资金。为了残疾人事业发展资金更加聚力聚效，组成3个检查组分赴11个市（区），通过召开会议、听取汇报、查阅资料、实地查看、召开座谈会、入户走访和电话回访等多种方式，对2014—2017年期间全省残疾人事业项目资金执行情况进行督导检查。这次检查是省残联成立以来规模最大、项目最全、参与人数最多、覆盖面最广的一次，对于加强残联系统干部队伍作风建设、强化责任意识、提高业务能力等具有重要意义，充分发挥了预防和警示作用。

五、重要条目

【陕西省残疾人联合会第七次代表大会】2018年8月14日至15日西安举行。省委书记胡和平，中国残联党组成员、副理事长贾勇出席开幕式并讲话。省长刘国中及其他省委常委、省人大、省政协领导同志出席开幕式。省委常委、常务副省长、省政府残工委主任梁桂主持会议并做闭幕讲话。大会听取相红霞所做的题为《聚焦“追赶超越”，共建美好生活，开启新时代陕西残疾人事业新征程》的工作报告，选举梁桂为陕西省残联第七届主席团主席，相红霞为执行理事会理事长，并推选中国残联第七届主席团委员候选人。

【陕西省启动第三代智能化残疾人证换发工作】2018年6月26日，陕西省启动第三代智能化残疾人证换发工作。

12月25日，陕西省第三代残疾人证发放现场会暨系统管理员培训班在榆林市举行。第三代残疾人证（智能化）按照“统一身份编号、统一标识设计、统一基础信息、统一服务功能、统一密匙体系、统一卡片选型、统一证卡管理”的原则，突出实用性，完善残疾人证（智能化）相关管理办法、标准规范、服务方式。

【2021年第十四届全国运动会筹委会残运工作部】2018年5月10日，中国残联函复陕西省政府，由陕西省承办2021年全国第十一届残运会暨第八届特奥运动会，首次实现国内同城同年举办全运会和残运会。11月7日，陕西省全运会筹委会将省残联纳入第十四届全国运动会筹委会成员单位，在筹委会加挂全国第十一届残运会暨第八届特奥运动会陕西省筹备委员会牌子，在筹委会中增设残运工作部。

【陕西省残疾人事业发展研究院】由省残联联合省社科院在2018年11月23日成立，是全省第一个也是目前西北地区唯一一所专门从事残疾人事业理论与实践研究的省级专业性机构，以打造专家学者研讨阵地、科研实务对话平台、残疾人事业决策智库为目标，从多学科视角开展残疾人事业发展理论与实践研究。

【杨乐当选国际特奥会信使】陕西省特奥运动员杨乐和天津女特奥运动员陈瑜当选2018—2019年国际特奥会东亚区区域信使。区域信使项目是基于特奥运动员的领袖计划，于2009年正式在东亚区启动。中国特奥会每届选出两人，任期两年。17岁的杨乐是宝鸡市金台区人，刚够参评年龄，是此次公布名单中年龄最小的信使。杨乐曾参加第五届、第六届全国特奥运动会，获得奖牌20多枚。杨乐因患先天性心智障碍合并先天性心脏病，多年来与病魔顽强斗争，保持乐观向上、积极快乐的生活态度，苦练乒乓球、特奥田径等运动项目，积极参与各项社会活动，指导帮助其他特奥运动员和智障伙伴共同进步，快乐活动、融入社会。

六、大事记

1月30日，陕西省残联专门召开会议，传达学习中央和省委宣传部长会议精神。

2月12日，省残联党组书记、理事长朱峰通过陕西广播电台《共沐阳光》栏目和省残联网站发表《新春致辞》，向全省249万残疾人朋友及其亲属、残疾人工作者致以新春的祝福。

3月1日，陕西省残联和西安市残联在高陵区举办全国爱耳日宣传教育活动。省听力语言康复中心为19名听力残疾人配发了助听器，听障儿童进行康复成果展示，西京医院、西安交大二附院、西北妇女儿童医院、西安儿童医院等医疗机构就听力残疾预防和康复进行义诊，就人工耳蜗植入、助听器配发等康复救助项目进行介绍。

3月21日，“集善·扶贫健康行”骨关节康复项目陕西启动仪式在西安交通大学第二附属医院举行。副省长冯力军在启动仪式前会见中国残疾人福利基金会领导及有关专家、爱心企业代表。

3月22日，省长刘国中主持召开省政府第二次常务会议，审议通过《陕西省按比例安排残疾人就业办法》修订草案。此次修订细化了政府部门职责分工，明确了残疾军人和重度残疾人等按比例安排就业的计算范围，调整了就业保障金征收标准并设置了免征条款。

3月30日，省残联举办“残联法律六进”活动，邀请陕西法正平安律师事务所王鑫律师为省聋儿康复中心聋儿50余位家长举办《未成年人保护法》专题讲座。

4月2日，省残联召开全体干部职工大会，传达学习省委常委、常务副省长梁桂在省残联领导干部大会上的讲话精神，副理事长分别总结和安排近期工作，党组书记相红霞主持并讲话。

4月9日，省残联在听力语言康复中心召开财务检查及预算执行工作部署会。

4月9日，省残联党组召开第三次会议，传达学习习近平总书记在“两会”和中央政治局第四次集体学习时的讲话精神，以及习近平总书记、中共中央政治局听取2017年省级党委和政府脱贫攻坚工作成效考核情况汇报会议主要精神和省委领导讲话精神。相红霞主持会议并讲话。

4月12日，鲁勇、吕世明等分别听取相红霞汇报工作，并对陕西省残疾人工作做出指示。

4月16日，中国残联推出全国省级残联微信公众号传播指数排行榜。陕西省残联微信公众号连续8个月26期排名前十。

4月16日，陕西省人社厅发布《2018年陕西省省属事业单位公开招聘工作人员公告》，其中推出1个岗位面向残疾人招聘。

4月16日，汉中市汉台区、宝鸡市金台区、铜川市印台区、渭南市临渭区同时举办精准康复服务业务培训班。

4月20日—27日，陕西省7名运动员在2018年全国残疾人乒乓球锦标赛上获得1金2银3铜。

4月22日，省残联联合省图书馆在西安博纳国际影城举办“悦读经典·启迪人生”大型视障文化活动。

4月25日—27日，以国务院助卿帮办斯科特·巴斯比为团长的美国政府代表团一行8人，在中国残联副理事长贾勇的陪同下来陕西考察交流。

4月28日，省残联第六届主席团第五次全体会议在西安召开。会议传达中国残联第六届主席团第五次全体会议精神，审议通过省残联执行理事会工作报告，调换部分主席团委员，选举省委常委、常务副省长梁桂为省残联第六届主席团主席，相红霞为副主席，并推举相红霞担任省残联执行理事会理事长

4 月 28 日，省残联召开第三十二次全省工作会议，会议通报 2017 年全省残疾人工作考核情况和各市（区）残联考核情况。党组书记、理事长相红霞出席会议并讲话，与各市（区）残联、西咸新区人社民政局分别签订 2018 年度目标责任书。

5 月 2 日，受省卫生计生委安排和榆林市卫生计生局邀请，省康复医院专家组一行 4 人赴榆林市米脂、绥德县，参加会诊“4·27”米脂伤害事件两名受伤患者。

5 月 8 日—9 日，省残联举办 2018 年全省残疾人基本服务状况和需求信息数据动态更新工作培训班。

5 月 8 日，省残联在陕西省康复医院举办残疾人保障法专题讲座，100 多名脑瘫患儿家长参加。

5 月 11 日，陕西省残疾人运动员董飞霞在 2018 年世界残奥田径大奖赛（北京站）暨第六届中国残疾人田径公开赛女子 F55 级铁饼赛上以 19.42 米的成绩获得冠军。

5 月 11 日，相红霞到省康复医院、省辅助器具中心调研工作。

5 月 16 日，相红霞到省残疾人劳动就业服务中心调研工作。

5 月 17 日，西安市残疾人就业培训暨第二届校园招聘洽谈会在陕西省城市经济学校成功举办。77 家用人单位面向残疾人提供 685 个工作岗位和 185 个培训名额，有 603 人初步达成就业意向，其中有 97 名是高校毕业生。

5 月 17 日—18 日，省辅具中心派员赴韩城市开展辅具评估适配和机构建设指导工作。

5 月 19 日，陕西省康复医学会康复治疗师委员会学术沙龙在省康复医院举办。

5 月 20 日，全国首届聋人书画联展在西安国际美术城美术馆揭幕。

5 月 20 日，陕西省康复医院康复团队到西安丰泽园老年公寓（残疾人托养中心）开展“言语语言治疗周”大型义诊活动。

5 月 22 日，相红霞到省听力语言康复中心调研工作。

5 月 23 日，相红霞主持召开省残联 2018 年第四次党组会，传达学习习近平总书记在十九届中央政治局第五次集体学习时的讲话，研究《陕西省残联第七次代表大会筹备方案》等事项。

6 月 5 日—8 日，省残联组织机关全体党员干部、直属单位党务干部及部分退休老干部共 97 人分两批赴梁家河实地开展“追寻光辉岁月梁家河，书写助残扶弱新篇章”延安精神教育主题党日活动。

6 月 10 日，全国轮椅篮球锦标赛在西安开赛。

6 月 12 日，省辅助技术中心为特教学校 2017 级残疾人新生适配辅助器具，48 名新生适配 17 种辅助器具 51 件，价值 4 万多元。

6 月 13 日，相红霞主持召开省残联党组理论学习中心组第六次学习会，落实省委对冯新柱案“以案促改”工作的要求，进行专题学习、专题警示教育。

6 月 13 日—14 日，省残疾人法律服务中心、陕西法正平安律师事务所共赴商洛市开展法律服务走进深度贫困县活动，为乡镇残疾人提供法律服务。

6 月 20 日，陕西省两个盲人保健按摩规范化实训基地通过验收。

6 月 20 日—21 日，全国盲人医疗按摩人员实践技能客观化考试系统管理员培训班在西安举行。

6 月 20 日—22 日，全国残疾人就业和职业培训信息管理系统管理人员培训班在西安举行。

6 月 20 日—23 日，陕西省康复医疗集团首届阿尔法国际培训会暨 2018 年全省社区康复与精神康复培训班在西安举行。

6 月 21 日，省残联、省康复医院、省辅具中心在丹凤县寺坪镇举行 2018 年健康扶贫暨白内障复明手术、残疾人辅具评估适配活动启动仪式。

6 月 21 日，中国残联就业服务指导中心对陕西省“十三五”残疾人就业工作中期进行考核评估。

6 月 21 日，相红霞带领机关 17 名机关干部到“两联一包”包扶村洛南三要镇罗村，与各自结对帮扶对象再商脱贫对策。

6 月 21 日—23 日，全国残疾人就业服务人员能力提升培训省级管理员培训班在西安举办。

6 月 21 日—29 日，陕西省游泳代表队和田径代表队在 2018 年全国残疾人田径、游泳锦标赛上分别取得 1 金 2 银 5 铜和 17 金 9 银 4 铜的好成绩。

6 月 22 日，日本著名康复专家藤泽茂子教授访问省康复医院。

6 月 24 日—30 日，省辅具中心赴汉中市开展假肢矫形器评估适配服务工作，为略阳、宁强等六县 188 名肢体残疾人开展辅助器具评估服务，其中，下肢假肢 157 例、矫形器 18 例、其他类辅具 13 例。

6 月 25 日，省残联残疾人事业补助资金和项目执行检查组向韩城市残联科以上干部反馈检查情况。

6 月 26 日，陕西省启动第三代智能化残疾人证换发工作。

6 月 27 日，省教育厅发布《关于做好 2018 年残疾儿童少年义务教育招生入学工作的通知》，进一步保障适龄残疾儿童少年接受义务教育的权利。

6 月 29 日，省残联在西安召开“庆祝中国共产党成立 97 周年”党员大会。相红霞出席会议并以《学习梁家河大学问，忠诚干净担当，谱写新时代陕西残疾人事业发展新篇章》为主题做党课报告。

7 月 3 日，金龙鱼慈善公益基金会到省辅具中心参观考察，并定向捐赠适配 70 例假肢。

7月6日，中国肢残人协会主席、上海残疾人福利基金会理事长到省残疾人辅助技术中心调研指导。

7月10日，陕西省残疾人辅助技术中心借助社会力量创办的导盲犬发展服务中心正式成立。作为西部地区首个省级导盲犬发展服务机构，中心将成为全省乃至西部地区导盲犬发展研究的重要基地。

7月12日，由省残疾人就业中心组织的全省就业创业网络服务平台管理员培训班在西安举行。

7月9日—16日，陕西残疾人运动员在第十届全国残运会自行车比赛上获2金1银3铜，终结陕西省在自行车项目上无人参赛、无奖牌的历史。

7月17日，相红霞到新组建的省残疾人辅助技术中心维权科接待上访残疾人。

7月26日，省残疾人辅助技术中心举办以“生命至上，安全发展”为主题的健康教育知识讲座。

7月30日，省残联召开会议，传达学习省委十三届三次全会精神，研究贯彻落实意见，安排部署近期重点工作。

7月31日，陕西省康复医院手功能康复科成立一周年，复旦大学附属华山医院康复医学科贾杰教授来陕指导康复学科建设。

8月2日，省残联召开党组扩大会议，传达学习习近平总书记在中央政治局第六次集体学习时的重要讲话、中央有关文件、省委十三届三次全会精神，研究做好省残联第七次代表大会筹备等工作。

8月6日，由中国特奥委员会、陕西省残联主办，陕西省特奥委员会、陕西省智力残疾人及亲友协会承办的2018全国特奥足球周陕西“秦狮杯”足球赛活动在西安市碑林区小雁塔小学举行。

8月14日，陕西省残疾人联合会第七次代表大会在西安开幕。

8月17日，陕西省建立残疾儿童康复救助制度工作电视电话会议召开。省委常委、常务副省长、省政府残工委主任梁桂出席会议并讲话，省政府副秘书长夏晓中主持会议。

8月18日，“2018康复中国万里行·陕西站”公益活动在陕西省康复医院正式启动。

8月20日，省残联召开党组会议，学习中省有关会议、文件精神，研究做好七代会精神学习宣传贯彻、开展干部作风问题排查整改、建立残疾儿童康复救助制度等工作。

8月25日，由陕西省政府残工委主办，西安市和莲湖区政府残工委承办的主题为“残疾预防、从我做起”的陕西省第二次全国“残疾预防日”宣传教育活动在西安市莲湖区西钞广场举行。

8月29日，第六届陕西省残疾人职业技能竞赛在西安开幕。省残联、省人社厅、省总工会、团省委、省妇联、省科技厅联合举办。大赛共设计算机类、工艺美术类、服装类、手工制作类、生活服务等五类19个竞赛项目，全省14个代表队213名选手参加竞赛。

9月4日，省残联授予西安鸿鹰影视文化传媒有限公司“陕西省残疾人创业就业培训孵化基地”牌匾，开启陕西省残疾人在动漫领域的高端就业和创业的新路子。

9月12日，相红霞一行17人组成的陕西代表团赴京参加中国残联第七次全国代表大会。

9月14日—16日，以“新时代新丝路，创新康复产业发展，引领智能辅具科技”为主题的2018第七届（丝路国际）老龄暨健康产业博览会及第二届中国（西安）辅具产业博览会暨辅助技术交流会在西安举办。

9月18日，陕西省推广国家通用盲文骨干培训班在陕西省城市经济学校开班，全省各地50余名盲文骨干参加培训。

9月18日，省残联召开党组扩大会议，传达学习中国残疾人联合会第七次全国代表大会精神，研究贯彻落实意见。

9月19日，第六届陕西省残疾人作家走进宝鸡采风活动在岐山县正式启动。

9月22日，省残联及省聋人协会以“促进全面提升，共创美好生活”为主题，组织110多名聋人朋友代表，走进红色革命传统教育基地——习仲勋纪念馆，组织开展庆祝活动。

9月27日，相红霞到西安电力机械制造公司残联、西安鸿鹰影视文化传媒有限公司调研，宣讲中国残联第七次代表大会精神。

9月28日，全省残疾人事业统计培训班在西安举行。

9月29日，全省残疾儿童康复救助制度培训会在西安举行。

9月30日，陕西省完成近年来残疾人事业项目资金专项大检查工作。大检查覆盖全省各区县，突出项目预算、绩效管理、项目设置、档案管理等关键环节。

10月9日，相红霞到联系点渭南市，围绕残疾人精准康复、脱贫攻坚和残疾人事业项目资金管理等开展重点调研。

10月9日—10日，中国残疾人福利基金会秘书长一行赴汉中市、商洛市疗养院看望麻风病患者，实地考察调研麻风病患者的生活状况和实际生活困难情况。

10月16日，省残联召开党组会议，学习习近平总书记在中央全面依法治国委员会第一次会议上的讲话、在十九届中央政治局第八次集体学习时的讲话、《中国残疾人联合会改革方案》，传达全国残联系统推进贫困残疾人脱贫攻坚工作会议、省脱贫攻坚领导小组会议、省委专题会议精神，研究贯彻落实措施。

10月18日—19日，相红霞到汉中市围绕助力残疾人脱贫攻坚、残联改革等开展调研。

10月21日，省残联在西安市图书馆举办聋人手语法治宣传讲座。

10月24日，陕西省贫困残疾人脱贫攻坚推进会在咸阳市武功县召开，省残联协调省级9个部门，组织各市（区）及11个深度贫困县残联有关人员参加会议。会议深入学习习近平总书记关于脱贫攻坚的重要论述和贫困残疾人脱贫攻坚的重要指示精神，分析面临形势，交流先进经验，就落实打赢脱贫攻坚三年行动分工任务做出部署。

10月31日—11月1日，相红霞到安康市围绕残疾人脱贫攻坚、精准康复、残疾人项目资金管理等工作开展调研。

11月6日，2018年全国辅助器具服务技能大赛总结座谈会在咸阳召开。

11月13日—17日，省康复医院举办2018年全省实用康复技术培训班。

11月19日，省残联党组召开会议，传达学习习近平总书记在中央政治局第九次集体学习时的重要讲话、中共中央办公厅《通报》、秦岭北麓西安境内违建别墅问题专项整治情况通报会以及有关违纪违法案件通报的精神。

11月20日，省残联系统领导干部培训班在西安开班。

11月16日，陕西省康复医院朱一平院长当选中国康复医学会康复机构管理委员会副主任委员。

11月21日—23日，全省残联系统2018年度财务人员培训班在西安举行。

11月26日，省长刘国中主持召开省政府第十九次常务会议，研究奖励获奖残疾人运动员、教练员等工作。

11月23日，陕西省残疾人事业发展研究院成立大会在西安召开。

11月28日—30日，中国残联康复部调研陕西省残疾儿童康复救助制度建立实施情况和精准康复服务行动推进情况。

12月3日，省残联在西安举行庆祝第27个国际残疾人日活动。相红霞出席活动并讲话，残疾人及家属、志愿者等230多人参加活动。

12月5日，省残联党组召开2018年第16次会议，传达学习全省“讲政治、敢担当、改作风”专题教育动员视频会议精神，专题研究2019年度省级残疾人事业发展补助资金预算方案。省纪委驻民政厅纪检组组长毛小萌列席会议。

12月14日，省残联召开“讲政治、敢担当、改作风”专题教育工作和专项整治工作动员部署会。

12月19日，相红霞率队到陕西地矿集团公司调研交流工作。

12月19日，省残疾人辅助技术中心、西安市残疾人康复中心联合西安市中医医院为31名残疾儿童开展矫形器、儿童轮椅、助行器等辅助器具评估适配服务。

12月20日—22日，全国残疾人精准康复服务工作现场会在陕西省西安市召开。省残联做“立足服务基层，做到‘五个坚持’，积极探索残疾人精准康复服务的陕西路径”的经验交流。

12月24日，省残联党组召开2018年第17次会议，学习习近平总书记在庆祝改革开放40周年大会上的重要讲话，传达省委政协工作会议精神，开展“讲政治、敢担当、改作风”专题教育集中学习和研讨交流。

12月25日，全省第三代残疾人证发放现场会暨系统管理员培训班在榆林市举行。

12月25日，相红霞一行到洛南县三要镇罗村慰问贫困残疾人群众，看望驻村工作队，调研脱贫攻坚工作。

12月28日，省残联与陕西地矿集团签订医疗机构移交框架协议，陕西地矿医院将整体划转省残联管理。

12月28日，中共陕西省残联直属机关第五次党员代表大会召开。

（左童供稿）

甘肃省残疾人事业和残疾人工作

一、领导讲话

副省长、省政府残工委主任何伟在2018年全省残疾人工作会议暨省残联第六届主席团第五次全体会议上的讲话摘要

2018年3月8日

一、提高思想认识，深刻领会党的十九大赋予的新使命

一是要深刻领会以人民为中心的发展思想，树牢为残疾人服务的宗旨意识。甘肃省有187万残疾人，占全省总人口的7.2%，涉及650多万家庭人口。我省残疾人众多，我们要树牢以残疾人为中心的思想，不断强化宗旨意识，把为残疾人服务放在更加重要的位置，把增进残疾人民生福祉作为一切工作的出发点和落脚点，不断增强服务意识，更加注重促进残疾人平等参与和全面发展，不断提升残疾人的获得感和幸福感。

二是要深刻理解“两步走”战略安排，强化推动残疾人事业的发展意识。要把残疾人发展摆在全省脱贫攻坚和全面建成小康社会的大局中，作为全面建成小康社会不可分割的一部分，对照完成小康时间节点和任务要求，优先扶持，统筹推进，确保不拖全省全国的后腿。要切实增强加快残疾人事业发展的紧迫感，用发展的办法解决残疾人工作中的困难和问题，坚持在发展中保障和改善残疾人民生，在发展中补齐残疾人工作短板，让发展成果更多更公平惠及广大残疾人。

三是要深刻把握新时代的主要矛盾，增强做好残疾人工作的担当意识。对新时代残疾人工作来讲，主要矛盾体现在两个方面：一是广大残疾人日益增长的对美好生活的向往和自身身心障碍困扰之间的矛盾；二是经济社会快速发展与残疾人保障服务能力相对滞后之间的矛盾。就甘肃省而言，这些矛盾更为突出。我省残疾人贫困面大、贫困程度深、返贫率高、扶持难度大，仅重度残疾人就有49.88万人，占全省残疾人总数的26.7%；农村持证贫困残疾人占全省农村持证残疾人总数的41.1%。残疾人群体是我省脱贫攻坚、同步建成小康的难点和关键。我省是西部欠发达省份，受经济条件、认识观念等因素制约，残疾人事业发展水平还不能完全适应经济社会发展形势，残疾人社会保障和公共服务体系建设亟待加强，城乡残疾人生活水平同社会平均水平之间还有较大差距。深刻把握新时代的主要矛盾，就是要认真研究不平衡不充分的具体表现和重点难点，把残疾人工作作为民生托底的重中之重，进一步增强做好残疾人工作的使命感和紧迫感，强化责任担当，加快弥补残疾人事业短板，让残疾人过上更加幸福、更有尊严的好日子。

二、紧盯重点工作，全面推进残疾人小康进程

（一）打好贫困残疾人脱贫攻坚战。到2020年实现现行标准下农村贫困人口全部脱贫，是我们党做出的庄严承诺。省委省政府已经立下军令状，在三年内全面实现脱贫，绝不拖全国后腿，“绝不落一个人”，这其中就包括残疾人。目前，我省共有农村持证残疾人63.54万，其中持证贫困残疾人有26.1万，农村贫困残疾人占到全省贫困人口的13.8%。贫困残疾人是脱贫攻坚的重中之重、坚中之坚、难中之难。这项工作我们要把握以下几个重点：首先，要识别精准。经过这两年各级对脱贫对象的精准识别，我省13.4万贫困残疾人已纳入建档立卡范围，还有12.7万贫困残疾人是属于政策兜底的，这两部分人都是我们精准扶贫的对象。但扶贫对象是动态变化的，这就要求各级残联部门要和扶贫、民政部门密切配合，着力在精准识别上下功夫，做到精准再精准，对符合条件的贫困残疾人做到不漏一户、不漏一人。各级残联对贫困残疾人都要建立档案、建立台账，做到数据准、底数清、情况明。纳入建档立卡范围的农村贫困残疾人，各级扶贫部门已有完备的档案，残联要主动加强与扶贫部门的联系，做到共享数据；属于政策兜底的贫困残疾人，残联部门要会同民政部门精准识别，实行实名台账管理。要及时对贫困残疾人的统计数据和档案进行动态更新，对已经脱贫的要及时销号退出。其次，要措施精准。对那些有劳动能力的贫困残疾人，有针对性地帮助谋划扶贫增收项目，因户施策，一户一策。加大在生产性产业、就业技能培训、信贷扶持等方面的政策倾斜。要根据每个残疾人的具体情况，通过土地流转和土地、山林、草场等承包权入股、加入产业协会等多种方式，探索资源、资产收益扶贫等适合农村贫困残疾人的新型扶贫方式，帮助拓宽增收渠道。第三，

要保障精准。对那些失去劳动能力或者通过积极扶持仍不能脱贫的残疾人，各级政府要落实好政策兜底，务必保障好这一部分贫困残疾人的基本生活、医疗、养老和住房安全。同时，在残疾人康复、托养服务等方面要优先考虑政策兜底残疾人群。

（二）进一步提升残疾人民生保障水平。做好基本民生保障，解决残疾人基本生活困难，是各级政府义不容辞的重要职责。各地各有关部门要从残疾人最关心、最现实的利益问题出发，努力为残疾人多办实事、好事。要切实落实好残疾人社会保障政策，实现残疾人最低生活保障应保尽保，临时救助应救尽救，特困供养应养尽养，“两项补贴”提标扩面，社会保险全面覆盖，医疗救助透明便利，危房应改尽改。

2018 年尤其要做好省委省政府为民办实事项目。省政府工作报告已将助残扶贫康复项目列为 10 件为民办实事之一，主要任务是对全省千名残疾儿童进行抢救性康复救助、对万户托养残疾人给予补贴、对万户重度贫困残疾人家庭实施无障碍改造。省残联已将这项工作纳入目标管理责任书的“一票否决”，望各市州和残联部门一定要精心组织、认真实施，真正将其做成民心工程、德政工程。

（三）进一步促进残疾人就业创业。残疾人只有更好地融入社会，实现个人价值，才能更有信心、更有尊严、更体面地生活。抓好残疾人创业融合，首先，要“有岗位”。各级政府开发的公益性岗位要优先安排残疾人，各级党政机关、事业单位和国有企业要带头通过岗位预留、岗位补贴、灵活性就业、支持性就业等方式，帮助更多残疾人获得就业岗位。其次，要“有收入”。保证已经就业的残疾人能够与健全职工同工同酬；大力扶持残疾人自主创业就业。积极探索和推广“互联网 + 残疾人”“公司 + 残疾人农户”“基地 + 合作社 + 残疾人”“补助变股金”等创业方式，激发广大残疾人内生动力，让他们通过自己的努力实现创业增收。第三，要“有保障”。在招聘、收入、工作安排、安全保护等各个方面消除对残疾人的歧视，将就业残疾人纳入用工规范和参加社会保险范围，通过各类扶持和优惠政策，为残疾人创业保驾护航。要抓好残疾人就业能力提高。加快发展残疾人高等教育、职业教育，扩大残疾人职业技能和实用技术培训覆盖面，对有就业能力、有就业需求的残疾人，各有关部门要全部纳入培训范围，免费培训，帮助提高职业技能，增强社会竞争力。

（四）进一步加强残疾人公共服务体系建设。当前，残疾人对公共服务的需求更加多元化，我们要紧紧围绕残疾人最直接、最迫切的服务需求，健全完善残疾人公共服务体系。要完善康复服务体系。加快推进兰州新区残疾人综合服务基地等康复机构建设，实施好重点康复项目，提升残疾人康复服务覆盖率和康复率。要完善托养服务体系。按照集中托养和分散托养相结合的方式，为精神、智残和其他各类重度残疾人提供更优质的生活服务。要完善无障碍设施服务体系。全面落实甘肃省无障碍环境建设条例实施办法，加快公共场所、公共交通工具以及家庭无障碍建设改造。要大力完善残疾人教育服务体系。在办好特殊教育学校的同时，探索普通学校对残疾人学前教育、义务教育、高中教育、高等教育的融入式教育服务，不断提高残疾人受教育水平。要完善残疾人信息服务体系。利用现代科技等手段，全面推进残疾人政务政策服务等信息公开，启动残疾人证网上申请办理工作，让数据多跑腿，让残疾人少跑路。

（五）认真筹备省残联换届工作。省残联换届工作是全省残疾人政治生活中的一件大事。省残联要在认真总结五年来全省残疾人事业成就的基础上，深入调研分析我省残疾人工作面临的问题、挑战和机遇，全面谋划好未来五年的工作，描绘新的蓝图。要选好配强新一届省残联主席团和执行理事会班子，推选好出席中国残联第七次全国代表大会的代表，进一步加强各专门协会工作，将残联组织“只能加强不能削弱”的改革要求落到实处，通过换届，换出全省残疾人事业发展的新起色、新局面。

省委书记、省人大常委会主任林铎在甘肃省残联第七次代表大会开幕式上的讲话摘要

2018 年 7 月 20 日

甘肃省残联第六次代表大会以来，在以习近平同志为核心的党中央坚强领导下，省委省政府坚持把残疾人事业纳入全省工作总体布局来抓，各级党委政府和相关部门高度重视、全力支持，特别是各级残联组织和广大残疾人工作者认真履职尽责，用心用情用力做好各项工作，推动我省残疾人事业发展跃上了新的台阶。一是保障服务体系有重要进展，不断强化残疾人医疗卫生、教育就业、养老住房等社会保障，着力提高制度化、规范化、专业化服务水平，构筑了全覆盖、高质量的残疾人保障和工作体系。二是精准扶贫有明显成效，紧紧围绕全面建成小康社会这一重大政治任务，全力推进残疾人和残疾人家庭精准扶贫精准脱贫工作，28.2 万残疾人有了稳定增收渠道，5 万户贫困残疾人家庭住房条件得到改善，7.5 万残疾人实现脱贫。三是主要工作有很多亮点，残疾人需求信息数据动态更新、残联组织残疾人干部选配、康复机构建设等工作得到中国残联高度评价，残疾人政策进步指数连续多年位居全国前列。四是机构建设和履行职能有大幅提高，各级残联组织扎实推动自身改革发展，锤炼过硬能力，转变工作作风，忠实履行“代表、服务、管理”职能，努力成为残疾人之家，残疾人工作者努力成为残疾人之友。同时，广大残疾人发扬“四自”精神，在逆境中顽强拼搏，在各方帮助下辛勤劳动，创造了令人敬佩的业绩，诠释了生命的真谛和价值，为全省经济社会发展做出了应有贡献。

甘肃省现有187.1万残疾人，涉及650多万家庭人口，是一个数量众多、特性突出、特别困难、特别需要帮助的社会群体。全省各级各方面都要积极适应新形势新任务新要求，进一步增强做好残疾人工作的责任感和使命感，以更大的决心、更有力的举措、更扎实的作风攻坚克难、开拓进取，努力把全省残疾人事业提高到新的水平。

第一，认真学习贯彻习近平总书记有关残疾人的重要论述，深入贯彻落实党中央、国务院一系列决策部署。我们要站在树牢“四个意识”、践行党的宗旨的高度，站在全面建成小康社会、建设幸福美好新甘肃的高度，充分认识做好残疾人工作的极端重要性，坚持把残疾人事业摆在突出位置来抓，切实增强思想自觉和行动自觉，不断把我省残疾人事业推向前进。

第二，进一步加强党委政府的组织领导，从各方面为残疾人事业发展提供有效保障。关爱残疾人、发展残疾人事业，是党和政府义不容辞的责任。各级党委要认真落实领导、指导和统筹责任，将残疾人事业纳入经济社会发展总体规划，及时研究解决工作中存在的突出困难和问题，把发展残疾人事业紧紧抓在手上。各级政府要加大对残疾人事业的投入力度，从人力、物力、财力等方面提供应有支持，保障残疾人事业稳步发展。各职能部门都要有助残扶弱意识，对残疾人事业发展多开“绿灯”、多给倾斜，整合各种资源，发挥各方优势，齐心协力做好残疾人工作。

第三，扎实有力推进各项任务落地，让残疾人有更多幸福感、获得感和安全感。发展残疾人事业，归根结底是要围绕全省工作大局，着力解决残疾人最关心、最直接、最现实的利益问题，让他们工作得更好、生活得更好。一要确保残疾人与全省人民一道进入全面小康。严格落实精准扶贫精准脱贫要求，逐户逐人明确扶贫脱贫措施，安排精兵强将专人负责残疾人家庭的帮扶工作，扎实组织实施各类助残扶贫行动，通过落实农村低保、生活补助、护理补贴等政策兜底一批，通过易地搬迁、危房改造解困一批，通过职业教育、技术培训赋能一批，通过企业和合作社带动、资源资产资金入股分红扶持一批，通过各界力量扶贫济困帮助一批，绝不能让一户残疾人家庭、一名残疾人在全面小康路上掉队。二要确保残疾人享有更高水平的社会保障。坚持普惠与特惠相结合，统筹推进残疾人社会保险、社会救助、社会福利和社会慈善体系建设，不断完善针对残疾人特殊困难和需求的社保专项政策，让残疾人过上更体面、更有尊严的生活。三要确保残疾人享有更加均等的社会服务。完善和落实残疾人就业帮扶政策，大力发展融合教育、特殊教育、学前康复教育，繁荣残疾人文化、体育等事业，加快无障碍设施建设和改造，在公共服务机构推行残疾人优先优惠服务制度，使残疾人就业有门路、学习有平台、出行无障碍、办事更方便、生活更丰富。四要确保残疾人享有更加良好的康复条件。健全残疾人康复体系，实施康复人才培养工程，争取尽快实现残疾人“人人享有康复服务”的目标，特别是要继续推进省残疾人综合服务基地建设，瞄准全国一流、世界一流打造康复综合体，努力建成立足甘肃、服务西部的重要残疾人康复平台和机构。

第四，激励广大残疾人充分发挥主体作用，在不懈奋斗中实现自身价值、活出精彩人生。各级各方面要深入做好引导、服务和保障工作，宣传先进典型，创造良好条件，更好激励广大残疾人自强不息、勤奋学习，增长知识、锻炼本领，挖掘自身潜能，发挥自身特长，积极参与社会主义现代化建设，传递奋斗正能量，奏响生命最强音，努力为社会贡献力量，为人生增添光彩。

第五，广泛动员社会成员积极参与残疾人事业，形成扶残助残、扶贫济困的强大合力。要结合培育和践行社会主义核心价值观，充分运用各类媒体，弘扬扶残助残、助人为乐的传统美德，倡导残疾人“平等、参与、共享、融合”的现代文明观念，推动形成平等友爱的人际关系和团结互助的社会风尚。要凝聚更多社会助残力量和资源，鼓励企事业单位、社会机构和群团组织积极帮扶困难残疾人，在全社会大力开展“志愿助残”、“邻里守望”等群众性活动，让温暖的阳光照亮每一位残疾人的心灵。

第六，着力加强各级残联组织建设，不断提高服务能力和水平。全省各级残联要认真贯彻党中央对群团组织建设的新要求，转变思想观念，完善体制机制，落实全面从严治党要求，“强三性、去四化”，切实提升自身的吸引力、凝聚力和战斗力。要主动适应残疾人日益增长的美好生活需要，依法依章程有效履行职能，依托智能化、信息化、网络化提升工作效率和水平，当好残疾人意愿的反映者、服务的提供者和权益的捍卫者。广大残疾人工作者是发展残疾人事业的骨干力量，要恪守职业道德，增强服务意识，千方百计为残疾人解难题、办实事、谋福祉，努力成为广大残疾人信得过、靠得住、离不开、找得到的好朋友和贴心人。

副省长、省政府残工委主任、省残联主席何伟在甘肃省第六届残疾人职业技能竞赛开幕式上的讲话致辞摘要

2018年10月16日

甘肃省残疾人口比例大，解决好残疾人就业问题、改善他们的生活状况，事关全省经济社会发展大局，事关全面建成小康社会目标如期实现。党的十八大以来，全省残疾人就业创业质量和生存发展状况持续改善，现已建成国家级残疾人职业技能培训基地10多家，年培训残疾人近万人，仅2017年即新增残疾人就业创业8000多人；建成残疾人综合服务中心91个，年服务残疾人2万多人次，不仅为保障和改善残疾人民生发挥了重要作用，也为全省经济社会发展和全面小康建设注入了新的动力。

我们要进一步加强残疾人职业技能培训和就业创业工

作，认真组织好残疾人职业技能竞赛，为残疾人展现技能技艺提供平台，为2019年全国残疾人职业技能竞赛打好基础、做好准备。请省残联考虑，有无可能将我省四年一次的职业技能竞赛调整为两年一次，让更多的能工巧匠展现技能技艺，两次选出来的优秀选手都可参加全国的职业技能竞赛。

各级政府要以组织开展残疾人职业技能竞赛为契机，切实把残疾人就业创业工作纳入工作大局，制定出台扶持政策，不断优化残疾人就业环境，继续推进按比例安排残疾人就业、集中就业、自主创业、灵活就业等政策措施的全面落实。各部门单位和有关社会组织要充分认识开展残疾人职业技能竞赛的重要意义，结合各自职能，认真贯彻落实党和政府支持残疾人就业创业的特惠政策，营造关爱扶持残疾人就业创业的良好氛围，积极为残疾人就业创业创造条件。各级残联组织要会同有关部门全面做好残疾人职业技能培训，推进残疾人职业技能竞赛制度化，进一步创造条件、创新举措，努力为每位残疾人提供展示聪明才智和精湛技艺的平台，实现竞赛与培训就业的有机结合，达到“以竞赛促培训，以培训促就业”的双赢效果；切实加强各级残疾人就业和扶贫基地建设，逐步提高残疾人就业服务能力和水平，培养造就一批素质优良、技艺精湛、结构合理的优秀残疾人劳动者队伍。

二、政策法规文件

甘肃省人民政府关于建立残疾儿童康复救助制度的实施意见

甘政发〔2018〕62号

（二）救助内容

1. 手术。为残疾儿童实施人工耳蜗植入、肢体矫治及其他可实施的康复手术。

2. 辅助器具适配。为残疾儿童适配助视器、助听器、人工耳蜗产品、假肢、矫形器、轮椅、坐姿椅、站立架、助行器等辅助器具。

3. 康复训练。为残疾儿童提供视力矫治、听力言语训练、言语矫治、脑瘫综合康复训练、肢体矫治术后康复训练、智障儿童康复训练、孤独症康复训练、心理康复及社会适应性训练等。

各市县人民政府应根据实际，进一步细化确定残疾儿童康复救助基本服务项目和内容，包括以减轻功能障碍、改善功能状况、增强生活自理和社会参与能力为主要目的的手术、辅助器具配置和康复训练等。

（三）救助标准

1. 手术。听力残疾儿童人工耳蜗植入费每人不低于7.2万元（人工耳蜗产品费6万元、手术费1万元、调机费2000元）。实施手术的脑瘫儿童，每例手术费不低于1万元；其他肢体残疾儿童康复费用平均每人不低于1.6万元（包含手术费、术后康复训练费、辅助器具适配费等）。

2. 辅助器具适配。助听器每人不低于6200元；矫形器、轮椅每例不低于2000元；坐姿椅、站立架每例不低于1500元；助行器每例不低于400元；假肢每例不低于7000元；其他辅助器具每人平均不低于1000元。以上经费包含评估、适配服务费。在补助年龄内，矫形器适配每年不超过1次，其他辅助器具每3年不超过1次。

3. 康复训练。视力残疾儿童康复训练费每人每年不低于5000元。听力、言语残疾儿童康复训练费每人每年不低于1.6万元；智力残疾、脑瘫和孤独症儿童康复训练费每人每年不低于2万元。

2018年助残扶贫康复项目实施方案

甘政办发〔2018〕50号

一、目标任务

（一）对千名残疾儿童（听力、智力、肢体、低视力4个类别）进行抢救性康复救助。

（二）对万户托养残疾人给予补贴。

（三）为万户重度残疾人家庭实施无障碍改造。

二、补助数量及实施范围

（一）康复救助。

1. 补助听力残疾儿童康复强化训练360名。实施范围为具有甘肃户籍的18周岁及以下已佩戴助听设备的听力残疾孩子（6周岁以下幼儿占比不少于任务指标的70%）。

2. 补助低视力儿童康复训练1500名，脑瘫、智力、孤独症残疾儿童康复训练300名。实施范围为具有甘肃户籍的0—7周岁低视力、脑瘫、智力、孤独症残疾儿童。

3. 补助肢体残疾儿童制作安装矫形器500例、适配辅助器具500例。实施范围为具有甘肃户籍0—17周岁的肢体残疾孩子。

4. 补助设备及软件配发。实施范围为11个市级康复机构配发听力设备、13个市级康复机构配发低视力设备及软件，并进行项目培训。

（二）托养补贴。补助有托养需求的23671名一级智力、精神残疾人和19个残联管理的寄宿制残疾人托养机构。

（三）无障碍改造。补助有无障碍改造需求的1万名重度残疾人家庭。

三、资金保障及补助标准

项目总资金6000万元，全部由省级财政安排。补助标准如下：

（一）千名残疾儿童抢救性康复救助（补助金额合计2000万元）。

1. 听力残疾儿童进行康复强化训练，每名补助1.2万元，补助金额总计432万元。

2. 低视力残疾儿童进行康复训练，每名补助3500元，补助金额总计525万元。

3. 脑瘫、智力、孤独症残疾儿童进行康复训练，每名补助1.2万元，补助金额总计360万元。

4. 为肢体残疾儿童制作安装矫形器，每例补助4000元；为肢体残疾儿童适配辅助器具，每例补助3000元，补助金额总计350万元。

5. 为11个市级康复机构配发听力设备，共补助110万元；为13个市级康复机构配发低视力设备及软件，共补助190万元；项目培训补助33万元，补助金额总计333万元。

（二）万户托养残疾人补贴（补助金额合计2500万元）。

1. 城乡一级智力、精神残疾人给予托养补贴：城镇每人每年补贴1500元，农村每人每年补贴800元。

2. 残疾人托养机构给予运行补贴，根据托养人数和运行管理情况，每个机构平均补贴约20万元。

（三）万户重度贫困残疾人家庭无障碍改造（补助金额合计1500万元）。

重度贫困残疾人家庭进行无障碍改造，按每户平均1500元标准补助。

四、完成时限

残疾儿童抢救性康复救助项目在11月30日前完成；托养残疾人补贴项目在6月30日前完成；重度贫困残疾人家庭无障碍改造项目在11月30日前完成。

五、责任主体

牵头单位：省残联。

协作单位：省财政厅。

实施单位：市州及县市区政府。

甘肃省人民政府办公厅关于印发甘肃省农村危房改造三年攻坚实施方案（2018—2020年）的通知

甘政办发〔2018〕144号

一、总体要求

紧紧围绕决战脱贫攻坚、同步全面小康总体目标，以“两州一县”和18个省定深度贫困县为重点，实施建档立卡贫困户、低保户（含优抚对象及国民党抗战老兵）、农村分散供养特困人员和贫困残疾人家庭等四类重点对象（以下简称“四类重点对象”）危房改造，坚持安全为本，坚持农户主体地位，坚持阳光操作，严格落实政策，切实增强群众的获得感和幸福感。2018年实施四类重点对象危房改造3.76万户，同步完成其他农户危房改造；2019年实施剩余的四类重点对象存量危房改造；2020年全面收尾。

二、改造方式和标准

（三）补助标准

省级补助按照“两州一县”、省定深度贫困县及其他县区三个层面分别实行差异化补助标准。各地要按农户贫困程度、改造方式等，制定分类补助标准，实行差异化补助。

1. “两州一县”。……贫困残疾人家庭户均补助2.5万元，其中，中央资金1.4万元，省级财政资金1.1万元。其他农户由省级财政资金户均补助1万元。

2. 18个省定深度贫困县。……贫困残疾人家庭户均补助2.2万元，其中，中央资金1.4万元，省级财政资金0.8万元。其他农户由省级财政资金户均补助0.8万元。

3. 其他县市区。……贫困残疾人家庭户均补助2万元，其中，中央资金1.4万元，省级财政资金0.6万元。其他农户由省级财政资金户均补助0.8万元。

甘肃省人民政府办公厅关于进一步完善困难残疾人生活补贴和重度残疾人护理补贴制度的通知

甘政办发〔2018〕217号

一、调整重度残疾人护理补贴对象范围

严格按照《国务院关于全面建立困难残疾人生活补贴和重度残疾人护理补贴制度的意见》（国发〔2015〕52号）精神及民政部、中国残联要求，自2019年1月1日起，在我省现行重度残疾人护理补贴重点保障需要长期照护的一、二级重度残疾人的基础上，将重度残疾人护理补贴范围扩大到所有一、二级重度残疾人。即：将之前未纳入补贴对象范围的一、二级残疾人中的听力、言语一级（含最重类别为以上两种的多重）和肢体、视力、听力、言语二级（含最重类别为以上四种的多重）纳入重度残疾人护理补贴对象范围，每人每月按50元标准发放补贴资金。

关于印发《甘肃省助盲就业脱贫行动实施细则》的通知

甘残联发〔2018〕67号

甘肃省残联、省财政厅、省人力资源和社会保障厅、省扶贫办联合印发。

第一章　总体要求

第二条　主要目标任务是，到2020年，对就业年龄段适合从事推拿按摩职业的贫困视力残疾人做到应培尽培，并扶持他们实现稳定就业。县市区在调查摸底、建立实名培训档案的基础上，以短训的形式，对就业年龄段的所有贫困视力残疾人，普遍进行推拿按摩基础知识培训和文盲扫盲。省及市州重点开展保健按摩培训，全省培训2600人以上，其中省级800人以上，市州1800人以上。省市县三级合力新

建一批盲人按摩店（院、所），共同打造一批管理规范、设施齐备、服务优质的盲人按摩集中就业机构，支持更多的视力残疾人就业创业。全省新建盲人按摩机构店260个，其中盲人按摩集中就业机构100个，扶持就业创业1500人以上。

第四章　扶持就业

第十三条　着力推进视力残疾人按比例就业，各级机关、团体、企事业及民办非企业单位依据有关法规政策，为视力残疾人提供合适的工种和岗位。对超比例安置视力残疾人就业的用人单位，给予按每人不低于2000元的一次性奖励，由同级残联及残疾人就业服务机构负责落实。用人单位吸纳视力残疾人就业的，可按规定享受社会保险补贴。

第十四条　加大视力残疾人集中就业支持力度，以盲人按摩机构为重点，全面开发按摩就业岗位。各级残疾人综合服务设施和康复、托养、辅助性就业等机构按建设标准要求，应内设盲人按摩院所，集中安置3名以上视力残疾人就业；属引进盲人个体经营的，可无偿提供场地及相关设备。各级医疗单位和社区服务中心、敬老院等机构设立推拿按摩科室，安排符合条件的视力残疾人从事按摩工作。鼓励支持社会力量创建管理先进、规模较大的盲人按摩机构，发挥带动辐射作用。对已开办的盲人按摩店和盲人按摩集中就业机构新接收贫困视力残疾人就业的，按近3年每人每年不低于3000元标准，由县市区残联给予补贴。

第十五条　大力扶持视力残疾人自主就业创业，依据国家有关部委《关于扶持残疾人自主就业创业的意见》等政策要求，对新建的盲人按摩店且吸纳2名以上贫困视力残疾人稳定就业的，给予3万元以上补贴，由市、县两级分担；对新建的盲人按摩集中就业机构基地且安置5名以上贫困视力残疾人稳定就业的，由省上给予6万元以上补贴。所需资金从各级残疾人就业保障金中列支，主要用于经营场所租赁、设施设备购置、无障碍建设改造、社会保险缴费等补贴和小额贷款贴息。大力开展异地就业服务，充分利用残疾人就业服务网络平台，依托外地用工单位，发挥在外就业创业人才的牵线搭桥作用，广泛推送到经济发达城市和地区就业，县市区残联提供全方位指导，并给予交通费补助。积极引导灵活就业，开展按摩服务。

第十六条　促进盲人按摩业规范可持续发展，开办盲人保健按摩机构店，须向工商管理部门申办营业执照，在当地县级残联登记备案，应具备的条件：从业视力残疾人获得人社部门颁发的保健按摩师国家职业资格证书或中国盲人按摩学会颁发的保健按摩培训考试合格证书，有近6个月以来的健康合格证，有固定按摩服务场所，符合相关部门对消防设施、服务项目及经营范围等各方面的规定和要求，依法签订并履行劳动合同。对户籍不在本辖区的视力残疾人开办按摩机构店给予注册备案，并享受当地优惠扶持政策。各级残联按照放管服改革要求，做好监管和服务，协同人社等部门开展视力残疾人劳动权益维护活动。

三、五年工作综述

——甘肃省残联第六届主席团副主席，省残联党组书记、理事长华文哲在省联第七次 代表大会上的工作报告（节选）

2018年7月20日

甘肃省残联第六次代表大会以来，全省残疾人工作全面贯彻落实党的十八大、十九大精神，坚持以习近平新时代中国特色社会主义思想为指引，在省委省政府的坚强领导、中国残联的关心指导和社会各界的大力支持下，围绕中心、突出主业，积极探索具有甘肃特色的发展路子，全省残疾人事业实现持续快速发展。残疾人精准扶贫和小康建设取得阶段性成果，政策保障、康复医疗、教育就业、自主创业、文化艺术成效突出，残疾人事业发展的体制机制更加完善，各级残联组织建设和服务能力全面提升，广大残疾人自强不息、顽强奋斗，为推动经济社会发展做出了积极贡献。2014年10月，王勇国务委员来甘肃调研残疾人工作时指出：“甘肃残疾人事业整体工作在全国有创新、有影响，超越了甘肃的经济实力和发展水平。”在第五次全国残疾人事业工作会议和全国残疾人康复工作电视电话会议上，甘肃省均被确定为大会3个发言省份之一在会上介绍工作经验。

五年来，甘肃省残疾人工作认真贯彻中央和省委脱贫攻坚战略部署，残疾人精准扶贫取得阶段性成果。省政府《关于加快推进残疾人小康进程的实施意见》被国务院残工委转发全国；26部门出台《甘肃省贫困残疾人脱贫攻坚行动计划（2016—2020年）》，六部门印发《甘肃省着力解决因残致贫家庭突出困难的实施方案》；省市县投入13亿元用于残疾人扶贫，省委省政府每年把助残扶贫列入为民办实事项目，48万多残疾人在精准扶贫、发展产业、易地搬迁等惠残政策中受益，6700个村的9.7万贫困残疾人得到各级干部结对帮扶。全省建成残疾人扶贫基地800个，辐射带动2万残疾人脱贫致富，2.5万人利用掌握的实用技术实现劳务输转和外出就业。将残疾人纳入全省电商支持计划和电商扶贫人才培训体系，扶持残疾人电商网店1200多家，年销售超过6亿元，带动7300多残疾人实现就业和脱贫致富。经过艰苦努力，18.3万建档立卡贫困残疾人已有7.5万人脱贫。在国务院扶贫办和中国残联组织的《农村残疾人扶贫开发纲要（2011—2020年）》执行情况综合检查考核中，甘肃省位列全国第三，相关经验做法被《人民日报》等媒体报道。

五年来，甘肃省残疾人工作以残疾人对美好生活的向往为目标，着力提升残疾人民生保障质量。2013年甘肃省在西部省份率先实施困难残疾人生活补贴和重度残疾人护理补贴，并带头提标扩面、实行城乡同标，112万人次残疾人直接受益，为国家出台“两补”制度提供了经验。城乡贫困残疾人最低生活保障实现应保尽保，农村11.5万人享受一、二类低保，2.1万人纳入特困供养，城市低保金普遍上浮20%。优先落实廉租住房或租赁补贴；推进残疾人危房改造“交钥匙”工程，中央和省市县投入补助资金7.1亿元，5.4万贫困残疾人家庭住房条件显著改善，为1.84万城乡贫困重度残疾人家庭实施无障碍改造。为1.3万贫困重度智力、精神残疾人及残疾儿童发放“爱心定位卡”，为2.4万贫困重度残疾人购买意外伤害和重大疾病商业保险。11.34万人次残疾人享受机动轮椅车燃油补贴；部分市州实现贫困残疾人水电暖补贴全覆盖。实施两期特殊教育提升计划，各级投入困难助学补助3274万元，资助残疾学生3.36万人；为53名考生提供高考便利服务，重度肢残人魏祥、盲人张耀东等1236名残疾人学生被清华大学等高校录取。积极扶持残疾人就业创业，全省培训残疾人30多万人次，已就业25.4万人，其中政府公益性岗位安置4300人；新建残疾人辅助性就业机构31家，扶持盲人按摩机构354家，安置盲人就业2483名；残疾人就业率从“十二五”末的60%增长到80%。

五年来，甘肃省残疾人工作以实现残疾人“人人享有康复服务”为重点，推动康复服务取得突破性进展。本着“立足长远，厚植甘肃康复医疗事业发展优势”的思路，接续上届班子确定的建设规划，按照“融合、绿色、开放”理念，争取中央和省财政投入3.56亿元，在兰州新区建设占地322.5亩、集六大中心为一体的省残疾人综合服务基地，已初具规模；听力、辅具中心大楼已建成投入使用，省康复中心主体工程已经完工，文化体育康复训练馆等工程已相继开建。省康复中心已建成国家康复人才培养基地，牵头成立全省康复医联体；省辅具中心建成国家西北区域中心、省级辅具康复医院，为残疾人适配各类辅具10万多件；省听力中心已建成设施、技术全国一流的国家区域中心，在全省创建首家特殊教育融合实验学校，创建的助听验配师国家职业技能鉴定所填补了省内空白。省级三家康复中心聚集优质康复资源、发挥辐射带动作用，成为残疾人康复战线上的主力军，近五年国家有关部委、全国残联系统、国内相关行业及美国、俄罗斯、德国等国外组织机构，前来参观考察交流300多批次。全面推进市县康复机构建设，全省已建成市级康复机构14家、县级104家；在部分县区开展残疾预防试点及肇事肇祸等严重精神障碍患者救治管理工作，全力开展残疾儿童救治及社区康复服务，基本形成“省级为龙头，市县为支撑，社区为基础”的康复服务格局。强化康复人才培养、提升康复机构服务水平，全省确定2家康复机构和2所职业院校为高层次康复人才培养试点单位；有计划选派康复骨干到省内外进修，培训康复人才7000余人次，为基层培训康复协调员9800多名。先后出台贯彻落实《国家残疾预防行动计划（2016—2020年）》实施意见、加快发展康复辅具产业实施意见，20项新增医疗康复项目纳入医保支付范围。以残疾儿童和持证残疾人为重点，连续5年组织实施“七彩梦”行动计划、国家彩票公益金等重点康复项目，持续争取实施斯达克“世界从此欢声笑语”、奥比斯等国际国内康复项目30多个，为全省150万人次残疾人和残疾儿童提供基本康复服务，近25万残疾人得到支持性康复服务，62.65万持证残疾人得到不同程度康复服务。

五年来，甘肃省残疾人工作以践行社会主义核心价值观为遵循，残疾人展现出拼搏进取的良好精神风貌。在全省坚持开展残疾人自强模范与助残先进事迹巡讲、励志微电影巡播、书画作品巡展、特殊艺术巡演，讲述身边残疾人的故事，弘扬社会正能量，努力打造“中国梦·我的梦·自强梦”甘肃助残宣传文化品牌。借助大众传媒在全社会营造关爱残疾人的社会氛围，连续5年组织中央和省级媒体开展残疾人事业新闻宣传走基层活动，在央视《新闻联播》《人民日报》等国家主流媒体刊发相关报道1500余篇条。一批优秀残疾人被评为全国自强模范、公众新闻人物和十大陇人骄子、扶贫创业典型，在国际国内残疾人职业技能大赛中获得金奖，其中郭建慧成为第九届国际残疾人职业技能竞赛全国8个金奖选手之一。甘肃卫视手语新闻《午间20分》、省广播电台《与爱同行》及市州电视台的手语新闻，成为残疾人了解和掌握国家大政方针政策的重要窗口。省残联门户网站综合测评连续三年居全国前十。甘肃省荣获全国残疾人艺术汇演团体金奖“四连冠”；省残疾人艺术团参加全省春晚、少儿春晚等公众演出，赴台湾、澳门、上海、新疆等地开展艺术交流40多场次。成功举办全省第九届残运会暨第三届特奥运动会、全国残疾人雪上项目训练营、全省残疾人青少年田径锦标赛等赛事活动；近五年来，全省残疾人运动员参加国际国内体育竞赛获金银铜奖牌144枚、6人10次破全国纪录，残疾人乒乓球运动员连浩在里约残奥会等国际赛事中夺得8金3铜的好成绩。出台获奖残疾人运动员、教练员与健全人同类比赛同等标准奖励政策。为8700户贫困重度残疾人实施康复体育进家庭项目。残疾人参与社会生活的意识明显增强，参与人数和领域更加广泛，1.8万残疾人在各级各类组织中发挥作用，近300名残疾人、残疾人亲友和残疾人工作者以各级党代表、人大代表、政协委员身份参政议政。

五年来，甘肃省残疾人工作以摸清底数完善政策为基础，用信息数据和法治思维力推残疾人事业持续发展。省残联率先建立残疾人智能化大数据管理服务平台，采用移动App采集更新服务信息数据。每年制度化安排残疾人基本服务状况和需求专项调查及动态更新，动员3万多信息采集员，连续四年采集核实、动态更新了1.7万个村社区及70多万持证残疾人的服务状况和需求信息，建成囊括480多项指标体系的省残联智能化信息服务管理系统平台和移动客户端；形成了以残疾人大数据平台信息数据考核各地工作的联动机制，相关数据在惠残政策制定和省委省政府为民办实事、精准康复服务等方面得到充分应用，助残惠残政策更加精准透明。甘肃省承担的残疾人信息数据动态更新、精准康复、残疾预防、网上办证等8个方面的国家试点，取得成功经验。形成了以《甘肃省残疾人保障条例》《甘肃省扶助残疾人规定》等5部地方法规和政府规章为主体、30多部专项政策为补充的惠残法规政策体系，市县普遍制定配套政策和具体措施。各级开展残疾人工作人大执法检查、政协调研视察和专项工作督查340余次，连续5年开展“残疾人小康政策落实年”活动，持续推进各项惠残法规政策落实。《人民日报》刊登的“中国残疾人政策进步指数”显示，甘肃省连续5年位列全国前八、西部第一，“持续超越经济发展水平”。省市县残疾人法律救助领导协调和服务机构作用凸显，办理残疾人法律援助案件380件（次）、办结率达98%以上，各级残疾人来信来访办结率达到98%以上。各级党委政府及相关部门积极支持残联组织依法推进事业发展、提高服务水平，各级残联协助提出和办理涉残人大议案、政协提案223件；14个市州全部开通12385残疾人服务热线，残疾人生活信息无障碍环境明显改善。

五年来，甘肃省残疾人工作以全面从严治党为导向，各级残疾人组织队伍建设不断加强。全面加强残联党的建设，教育广大党员干部提高政治站位、树牢“四个意识”，坚决维护以习近平同志为核心的党中央权威和集中统一领导。扎实开展党的群众路线教育实践活动和“三严三实”专题教育，着力推进“两学一做”学习教育常态化制度化，全面落实专项巡视整改、残联内部巡察、项目责任承诺和“三纠三促”专项行动；深入推进残疾人工作者职业道德建设，省残联成功创建“省级文明单位”，两次荣获省委省政府扶贫工作“民心奖”；省康复中心被评为“全国百姓放心示范医院”，省听力中心被授予“全国巾帼文明岗”。省委组织部专题部署开展残疾人事业领导干部培训；按照“组织沉到底、服务零距离”要求，深入实施“强基育人”工程，综合考评居全国首位。对标“强三性、去四化”规范开展市县乡残联换届，全面加强各级残联班子和残疾人干部队伍建设，着力打通服务残疾人的“最后一公里”。市县残联班子配备残疾人干部分别达100%和90%，远高于全国平均水平，相关经验被国务院残工委转发全国。全省乡级以上实现残联组织全覆盖，村社区残协达到“六有”标准，乡镇街道、村社区全部配有残疾人专职委员。支持省各专门协会发挥桥梁纽带作用，开展助残惠残活动。省残疾人福利基金会募集争取资金物资总价值1.86亿元，帮助残疾人改善生活、学习、身体状况。深入开展助残组织机构、志愿者实名制登记和阳光助残扶贫行动。省委省政府高度重视残疾人事业长远发展和残联干部队伍建设，为省残联直属事业单位增加编制50多个，引进各类急需专业人才230多人；有重点实施干部人才梯队建设和能力提升计划，残联系统的办事效率、服务质量显著提升，干事创业氛围更加浓厚。

四、2018年工作综述

2018年，甘肃省残疾人工作以习近平新时代中国特色社会主义思想为指导，深入学习贯彻党的十九大精神和习近平总书记关于残疾人事业的一系列重要论述，以中国残联、省残联七代会精神为统领，以推进残疾人脱贫攻坚、加快残疾人小康进程为主线，以残联改革和作风建设为抓手，认真总结宣传改革开放40年和中国残联、省残联成立30年来的成就经验，全面实施“十三五”残疾人事业发展规划和各项年度任务，积极争取项目资金投入、着力完善保障服务体系，为加快推进新时代残疾人事业全面发展，努力创造残疾人更加幸福美好的新生活迈出了坚实的一步。

一年中，参与承办第三届敦煌文博会残疾人文化创意作品展和全省第十届残运会、第六届残疾人职业技能竞赛等5项重大活动；承担开展残疾人信息动态更新、智能化残疾人证、精准康复、残疾预防、辅具适配等5项工作国家试点；学习习近平总书记关于残疾人事业的重要论述和残疾人信息动态更新、宣传文化、无障碍建设、事业统计、残联改革等工作，在全国相关会议介绍经验。《人民日报》、新华网等主流媒体报道甘肃省残疾人工作经验和先进典型50余次；《新闻联播》头条以较长时段报道甘肃省残疾人傅连鸿创建养老托护和日间照料中心的典型事迹。上海、天津、山西、贵州、内蒙古等11个省市区残联和30多家国内外相关机构、专家学者来甘肃学习交流考察52批次。2018年12月，中国残联党组书记、理事长周长奎走访临夏州4个县，调研残疾人脱贫攻坚、基层组织建设工作，视察甘肃省残疾人综合服务基地时指出：“甘肃的残疾人工作的确如王勇国务委员所说，持续超越了经济社会发展水平。”《2018中国残疾人政策进步指数报告》显示，甘肃省在连续两次位居西部第一的基础上，再次位列全国第七，残疾人权益维护指标领跑全国。

（一）推进残疾人事业发展的合力更加强劲

一是党委政府格外关心重视。甘肃省委常委会听取全省残联换届工作汇报；省四大班子主要领导和在家常委全部出席甘肃省残联七代会开幕式，省委书记林铎的讲话鼓舞人心。甘肃省政府第9次将助残项目列入为民办实事计划；省长唐仁健先后4次主持省政府常务会研究惠残政策制定、年度任务落实等事项；副省长、省政府残工委主任何伟专程赴中国残联对接重点工作、争取政策项目，12次专题听取、调研残疾人工作。二是相关部门单位积极履职尽责。甘肃省组织、宣传和发改、教育、民政、财政、人社、卫健、扶贫等党政部门和残工委成员单位一如既往主动担当，在惠残政策制定、项目资金投入等方面优先考虑、倾斜安排，为统筹推进残疾人脱贫攻坚和保障服务发挥了应有职能。三是各地各级全面创新作为。特别是市州把改善残疾人民生、发展残疾人事业作为社会工作的重要内容，最大程度整合各种投入，在残疾人无障碍改造、就业扶持、医疗社保、水电暖燃油补贴和残疾人精准服务等方面，持续推进提标扩面，有效提升了残疾人的获得感、幸福感、安全感。

（二）残疾人民生持续改善

一是高质量出台多项惠残政策和制度。出台的残疾儿童康复救助、解决因残致贫家庭突出困难、助盲就业脱贫、寄宿制托养机构管理、义务教育阶段重度残疾儿童少年送教上门等专项助残政策制度，含金量高、针对性强；专门开展残疾儿童康复救助制度实施意见等政策的宣传培训，各市州结合实际，加快制定实施细则，进一步完善残疾人兜底保障的特惠政策体系。二是着力抓好各类资金项目落实。落实残疾人事业项目经费2.14亿元；全省征收残保金4.72亿元。争取中央支持69个残疾人康复托养机构建设项目，国家发展改革委安排投资8848万元用于支持甘肃残疾人服务体系建设。全面落实“助残扶贫康复”省委省政府为民办实事项目，直接受益残疾人4.5万人。投入财政专项扶贫资金1000万元，在14个贫困县实施“种养加”项目29个，扶持带动2000户贫困残疾人家庭脱贫增收。三是有效凝聚残疾人脱贫攻坚合力。各级政府残工委牵头部署残疾人脱贫攻坚工作，打出了职能部门扶持、龙头企业带动、社会组织参与的“组合拳”，多渠道帮扶3万多贫困残疾人精准脱贫。省残联及10个市州、20个县区，与天津、青岛、福州、厦门等地残联达成扶贫协作共识。2018年全省东西部扶贫协作帮扶残疾人资金达1.26亿元，受益建档立卡贫困残疾人1.9万人。四是努力提升残疾人兜底保障水平。实现残疾人低保、“两补”提标扩面，重度残疾人护理补贴对象由照护困难突出的一、二级重度残疾人扩大到所有一、二级残疾人，享受“两补”的残疾人增加到40.2万人次、增幅达43%。筹资250万元，连续两年为2万多贫困残疾人投保重大疾病、意外伤害及财产综合保险。省残联投入220万元帮助会宁县丁家沟镇贫困残疾人发展种植养殖项目。

（三）残疾预防和残疾人康复服务更加精准

一是动态更新创新开展。成立甘肃省残联大数据办公室，努力打造数字残联。升级动态更新软件系统、完善调查指标，实现动态数据与精准康复、精准扶贫有机整合，手机App信息采集应用率达97%，精准掌握72.26万残疾人的信息数据。落实“放管服”改革，更多的残疾人证实现网上办理，让“数据多跑腿，残疾人少跑路”落到实处。实施第三代智能化残疾人证换发试点工作。二是康复服务精准到位。全省建成14家市级、123家县级康复托养机构，省级康复医联体会员达到117家，省康复中心医院服务量实现八连增。全省为26.8万有需求的残疾人提供基本康复服务，康复服务率首次达到82.01%，其中提供辅具适配服务9.3万人。充分发挥甘肃省康复领域三大中心辐射引领优势，分类打造省市县三级骨干队伍，为基层培养各类康复专业技术人员1083名。三是残疾预防效果凸显。积极开展“残疾预防日”宣传教育活动，提高全社会对残疾预防重要性的认识。协助省政府建立残疾预防工作沟通协调机制，市州全部出台残疾预防行动计划实施意见。召开全省残疾预防综合试验区工作推进会，巩固深化3个全国残疾预防综合试验区试点成果。借力健康扶贫，广泛推进残疾预防宣传、筛查活动，联合卫生健康部门开展残疾人家庭医生签约服务。四是机构建设加快推进。甘肃省康复中心医院主体建设总体完工、后续建设全面开展；甘肃省辅具中心如期建成国家西北区域中心，获批国内首家省级辅具医院；甘肃省听力中心硬件设施与软件建设同步提升；甘肃省农科中心建成高标准农业科技示范和农疗基地；甘肃省文化体育康复训练馆项目主体完工；托养服务相关建设同步开展，为充分发挥基地康复医疗、辅具适配、托养服务、就业培训、农科示范、文艺体育六大综合服务功能奠定了基础。

（四）残疾人奋发向上的内生动力持续激发

一是特殊教育持续加强。贯彻落实国家关于残疾人教育的政策制度，制定《甘肃省残疾人教育条例实施办法》，通过国家彩票公益金助学项目资助1080名残疾儿童，帮助594名残疾人考生顺利录取。完善“一人一案”跟踪服务，帮助2000名残疾儿童接受教育。二是就业创业有效推进。继续实施“阳光家园计划”项目，为5家寄宿制托养机构、2376名智力、精神和重度肢体残疾人提供设备补贴和托养服务。扶持残疾人辅助性就业机构30家、扶贫基地80个，累计达到320个。全省按比例安排就业和公益性岗位安置残疾人2600人。开展残疾人就业专场招聘和就业援助100场次。200多名视力残疾人得到就业扶持。发展残疾人电商网店1200多家，带动7300名残疾人创业就业。三是技能培训扎实开展。落实残疾人就业和职业培训实名制，全年举办残疾人职业技能培训100多期、农村贫困残疾人实用技术培训1200多期，帮助2.8万贫困残疾人掌握劳务技能。5家残疾人培训机构被确定为国家级培训基地。全省建成盲人按摩机构349个，培训盲人523人次。开展非物质文化遗产和文化创意产业等特色培训，500名残疾人学员在网络平台居家就业和自主创业。举办首期残疾人雇主培训班。四是文化宣传有声有色。甘肃省残疾人故事、残联声音被中央 省级媒体广泛宣传或专题采访，李晓梅等4名残疾人被评为“甘肃最美人物”并获得中国残疾人新闻人物、助残新闻人物提名奖，6名残疾人荣登“中国好人榜”等，残疾人张攒劲被刊登在中国残联七代会专刊封面。推动实施“盲人数字阅读推广工程”，配合开展盲人观影、中美文化交流等公益活动。残疾人文化周等活动常态开展。扶持建立64个残疾人文化创意产业实体和10个县市区盲人阅览室。五是文体活动再创佳绩。命名60个省级残疾人体育健身示范点，5个被命名为国家级示范点。甘肃省残疾人运动员在国际国内比赛中累计获得9金17银20铜的好成绩，冬季雪上项目实现甘肃体育史上零的突破，斩获全国十届残运会冬季项目首枚奖牌。甘肃省参加第九届全国残疾人艺术汇演获奖节目受邀参加2018年甘肃省春节联欢晚会，成立"亮晶晶"盲童合唱团等4个特殊艺术团。

（五）残疾人平等参与的社会环境更加优化

一是权益保障不断加强。进一步深化"残疾人小康进程政策落实年"活动，一批与残疾人基本生活密切相关的法规政策得到有效落实。全省近200名残疾人及亲友和残疾人工作者担任人大代表、政协委员，并积极建言献策、参政议政。进一步完善残疾人信访诉求接待处理机制，利用12385残疾人服务热线、微信微博和门户网站等平台，宣传残疾人事业法规政策和维权服务，有效开展舆情监测和风险化解。二是无障碍建设有序推进。不断加强学校、医院、城市道路等公共场所无障碍环境建设。1万户贫困重度残疾人家庭无障碍改造项目全面完成。制定网站无障碍服务能力建设意见，推进残疾人信息无障碍工作；省残联网站改版后全面实现网站信息无障碍，综合功能测评全国第四、西部第一。三是协会助残活力增强。层层组织开展第28次全国助残日系列活动，助残覆盖面进一步扩大，效果明显。甘肃省残疾人福利基金会募集、实施价值4700万元的助残物资支援项目。各级残疾人专门协会有序完成换届选举，全年开展"牵着蜗牛去散步"等主题助残活动1万余次，46万助残志愿者帮助残疾人20万人次。

（六）残疾人组织的政治性、先进性、群众性进一步增强

一是全面加强残联政治建设。深入学习贯彻习近平新时代中国特色社会主义思想和党的十九大精神、习近平总书记关于残疾人事业的重要论述，全面落实中国残联、甘肃省残联七代会精神，通过印发提纲、专题辅导、集中研讨、现场测试等方式，着力在学懂弄通做实上下功夫，推动往深里走、往心里走、往实里走，进一步增强"四个意识"、坚定"四个自信"，坚决做到"两个维护"。二是稳步推进残联改革发展。认真贯彻中国残联改革工作要求和省委关于群团改革的整体部署，围绕"强三性、去四化"，聚焦残联建设发展和残疾人普遍关心的热点难点问题，本着更利于密切同广大残疾人的血肉联系、更利于为残疾人提供精准优质服务的基本要求，扎实做好残联改革调研和方案制定完善工作，确保按照中国残联确定的时间节点抓好全省残联改革发展工作。三是持续抓好"强基育人"工程。结合残联换届，突出抓好组织规范建设和残联"一把手"、年轻干部及专业人员配备等关键环节，调整市州县残联理事长41人，42.8%以上市州解决了乡镇残联理事长副科级待遇；连续四年承办省委组织部干部培训计划，指导开展残疾人工作者业务培训50多期；健全完善基层专职委员选聘机制，省级表彰奖励100名优秀残疾人专职委员，8个市州提高残疾人专职委员补贴标准。甘肃省代表队在全国残疾人专职委员知识竞赛中取得团体亚军的历史最好成绩。四是扎实推进残联作风建设。以刮骨疗伤的决心扎实开展"转变作风改善发展环境建设年""三纠三促"等专项活动，结合落实全省巡视整改工作，带头开展自查，不定期在机关部门和直属单位巡察暗访或综合督查，推动形成风清气正的干事创业环境。

对照2020年"全面建成小康社会，残疾人一个也不能少"的目标，全省残疾人工作还存在许多短板和弱项，主要表现在：全省残疾人事业发展地区之间、城乡之间不平衡不充分的问题还比较突出；落实残疾人精准脱贫、精准康复方面还有差距，满足残疾人需求、改善残疾人民生还需要花大气力、下硬功夫，特别是一些服务机构功能不够完善、人才不够专业、运行不够规范的问题亟待解决；广大残疾人工作者的担当精神、工作作风、服务能力，还不能完全适应新形势新任务的要求。

五、大事记

1月5日，甘肃省政府残工委办公室召开2017年度全省残疾人工作目标管理责任书实地考核情况评估汇报会。会议听取各考核工作组实地考核情况汇报，对2018年度的考核指标设计进行部署。省政府残工委副主任、省残联党组书记理事长华文哲出席会议并讲话。

1月16日，全省改善医疗服务工作会议在兰州召开，甘肃省康复中心医院获"医疗保障安全主题示范医院"称号。

1月22日，甘肃省卫计委主任郭玉芬到省残疾人听力语言康复中心和省残疾人辅助器具资源中心调研。

2月3日，甘肃省委常委、省纪委书记、省监察委员会主任刘昌林到白银市开展"送温暖"走访慰问活动，华文哲陪同慰问。

2月5日，甘肃省荣获第九届全国残疾人艺术汇演一等奖的《中国红》舞蹈节目参演2018年甘肃省春节联欢晚会。

2月7日，"周林频谱集善康复之家"甘肃项目启动仪式在省康复中心（医院）举行。

2月9日，省残联残疾人基本服务状况和需求信息数据更新成果应用课题研究评审会在兰州召开，从20个立项课题中评选出一等奖2个、二等奖3个、三等奖5个。

2月26日—27日，中国残联组联部副主任张超英、信息中心副主任戴连君一行到甘肃省调研残疾人证网上办理、推进智能化残疾人证试点等工作。

3月8日，2018年全省残疾人工作会议暨省残联第六届主席团第五次全体会议在兰州召开。副省长、省政府残工委主任何伟出席并讲话，华文哲代表省残联执行理事会向大会做工作报告。会议总结2017年全省残疾人工作，对2018年工作进行部署，调换部分省残联第六届主席团委员，选举曾占奎为省残联副理事长；省政府残工委与各市州政府残工委签订2018年度残疾人工作目标管理责任书；为离任市级残联理事长颁发荣誉证书。省政府残工委秘书长、省残联巡视员张恩和做会议总结。

3月13日，省直机关党的工作会议在兰州召开，省残联党建工作受到表彰。

3月16日，副省长、省政府残工委主任何伟省到听力语言康复中心调研，要求健全提升全省听力语言康复服务体系，持续有效地为全省全年龄段听障人群提供更专业、更精准的康复服务。

3月29日—31日，全省残疾人精准康复服务培训班在兰州举办，对2018年度精准康复服务工作的目标、完成时限及项目工作模式进行再梳理再强化。

3月31日，甘肃省和兰州市智力和精神残疾人亲友会联合在兰州举办主题为“关爱自闭症之色彩青春”大型公益倡导活动。兰州12家爱心企业、8家社会志愿者团体、51个高校志愿者社团等近1000人参加活动。

4月10日，由美国驻华大使馆和中国对外文化集团主办的中美文化交流项目“美国音乐在海外”丝路之旅活动在兰州大学举行启动仪式。美国驻华大使馆文化参赞白诗浪先生、甘肃省委省政府有关部门参加。省残联组织省康复中心和兰州市凡尘安星20名自闭症及残障儿童，与美国歌手赛斯·格利尔和他的乐队互动交流并互赠礼物。

4月19日，全省残疾人基本服务状况和需求信息数据动态更新工作视频动员会议在兰州召开。华文哲从机制建设、队伍建设、人员培训、质量控制、采集方式、数据应用等方面提出要求；中国移动通信集团甘肃有限公司党委书记、董事长、总经理彭晓川对全省各级移动公司配合做好残疾人大数据建设进行安排部署。

4月19日，2018年全省残疾人康复暨残疾人家庭医生签约服务工作推进会在兰州召开。省残联党组成员、副理事长蒋录基出席并讲话。省卫生计生委基层处负责人讲解培训残疾人精准康复和家庭医生签约工作。

4月24日，全省残疾人脱贫攻坚工作推进会议在兰州召开，华文哲出席并讲话。会议总结近年全省残疾人脱贫攻坚成绩，强调要聚焦精准方略、加快破解难点、高效务实推进脱贫攻坚工作。

4月25日—26日，全省残联教就业务工作培训班在兰州举办，对精准扶贫、教育、就业、社会保障及托养等业务工作进行培训辅导。

4月26日，省残疾人辅助器具资源中心引进“法国Rodin4D假肢矫形器七轴数控加工机器人”。

4月26日—27日，全省残疾人基本服务状况和需求信息数据动态更新暨残疾人证核发管理培训班在兰州市榆中县举办，同期召开组织建设工作研讨会。

5月7日，中国残联组织中国网拍摄组专程到兰州录制长江新里程计划项目宣传片。

5月9日，甘肃省编委办到省辅助器具资源中心（国家辅助器具西北区域中心）调研。

5月16日，省第28次全国助残日系列活动新闻发布会在兰州召开。省政府新闻办主任黄荟铭主持新闻发布会，华文哲理事长发布本次助残日系列活动情况，省残联副理事长蒋录基、曾占奎分别回答有关省政府为民办实事“助残扶贫康复项目”、残疾人就业等记者提问。

5月18日，甘肃省第28次全国助残日活动暨省委省政府为民办实事“助残扶贫康复项目”启动仪式、全省残疾人就业现场招聘会在兰州举行。省政协副主席马文云宣布活动启动，省政府残工委副主任、省教育厅副厅长赵凯主持启动仪式，省政府残工委副主任、省残联理事长华文哲介绍系列活动有关情况。在全省残疾人就业招聘会兰州主会场（省人力资源市场），共有126家企业为残疾人提供1441个岗位，863名残疾人参与应聘，238名残疾人与81家企业达成意向性就业协议。

5月19日，第五届“心之言、手之语”手语联赛在西北师范大学知行学院举行。

5月28日—31日，中国残联党组成员、副理事长程凯到临夏州东乡县和永靖县调研指导残疾人脱贫攻坚工作。

5月30日，副省长何伟带队到中国残联汇报工作，吕世明主持召开相关部门单位负责人座谈会讨论甘肃省残疾人工作。

6月9日，由省康复中心医院主办，省康复医学会、省残疾人学会协办的2018年中国“言语语言治疗周”暨全球国际沟通项目（ICP）公益行动在兰州启动。

6月12日，2018年辅助器具服务工作暨长江项目工作专题会在兰州举行。会议对长江假肢项目（第三期）终期机构检查督导工作进行安排部署；对“十三五”辅助器具工作中期检查及项目绩效评价进行培训；对甘肃省辅助器具绩效管理进行评价。华文哲出席并致辞，中国残疾人辅助器具资源中心主任李晞出席并讲话，全国12个省市区辅具中心负责人、第三方评估组北京金凯伟业咨询有限公司专家等参加会议。

6月19日—26日，2018年新闻媒体采访组走基层宣传残疾人事业活动在天水市秦州区、麦积区、秦安县、武山县、甘谷县，定西市安定区、临洮县，临夏州和政县等3个市州8个县区开展，共采访基层一线典型19个。新华网、人民网、中国网、中新社、中国甘肃网等媒体共发布新闻34篇。

6月20日—23日，甘肃省第四届特殊奥林匹克运动会在临夏现代职业技术学院举办，省残联、省体育局主办，临夏回族自治州人民政府承办，临夏州、兰州市、天水市等13支代表队144名运动员参加比赛。

6月23日—24日，以“共商·共建·共享”为主题的全国守望心智障碍者家长组织联盟主题研讨会与联谊会在兰州成功举办。中国精协主席温洪出席，全国33个省区市的94个守望家长组织联盟负责人、全国各高校社会工作学方面专家等约200人参加。

7月4日，甘肃省残疾人艺术人才培养成果汇报展在甘肃省艺术馆举办，全省20多名残疾人的190多幅作品参展。

7月6日，中国残疾人福利基金会、中国三星在甘肃省实施的2018“集善扶贫健康行·三星爱之光”项目在兰州举行捐赠仪式。中国三星向中国残疾人福利基金会捐赠1000万元，其中甘肃省执行270多万元。中国残联副主席王新宪、甘肃省副省长何伟、中国三星总裁黄得圭等出席仪式。

7月10日，上海市残疾人康复职业培训中心党委书记车志强一行到甘肃省听力语言康复中心调研。

7月19日，中国残联党组成员相自成到甘肃省听力语言康复中心调研。

7月20日—21日，甘肃省残疾人联合会第七次代表大会在兰州召开。省委书记、省人大常委会主任林铎出席开幕式并讲话，中国残联党组成员相自成致辞；团省委书记赵立香代表群团组织致贺词。省领导欧阳坚、孙伟、李荣灿、马世忠、王嘉毅、马青林、郝远及省残联六届主席团副主席、委员等出席开幕式，省委常委、省委组织部部长李元平和副省长何伟分别主持开幕式。全省各市州和有关部门、单位的270名正式代表参加会议，120名列席代表、特邀代表列席会议。大会通过省残联六届主席团副主席、执行理事会理事长华文哲代表省残联第六届主席团所做题为《为创造残疾人幸福美好新生活而不懈奋斗》的工作报告。大会选举产生省残联第七届主席团主席、副主席，第七届执行理事会理事长、副理事长、理事；通过省残联第七届各专门协会名誉主席、主席、副主席、秘书长名单；通过中国残联第七届主席团委员甘肃候选人名单。大会选举副省长何伟为省残联主席团主席，石培文、华文哲、张恩和（肢）、赵凯、何彦生（盲）、韩兆虎（聋）、瞿平元（肢）、史虎平（智）刘林（精）为副主席，选举华文哲担任省残联第七届执行理事会理事长，蒋录基、杨润泉、吴小萍（女）、曾占奎为副理事长。何伟做大会总结讲话。

8月8日，甘肃省第八届残疾人健身周活动在兰州体育学院举行。

8月30日，由省残联、省体育局主办，临夏回族自治州政府承办的甘肃省第十届残疾人运动会在临夏市奥体中心体育馆落下帷幕。本届运动会有来自14个市州和甘肃矿区的16个代表团参赛，总规模达2600余人。46人70次破42项甘肃省残疾人田径纪录，2人2次平2项甘肃省残疾人田径纪录。

9月1日，甘肃省残疾人辅助器具资源中心医院执业运行，为全国首家省级辅助器具中心二级康复医院。

9月8日，中国康复医学会2018年西部康复高峰论坛暨省康复医学会、省残疾人康复学会年会开幕式在兰州大学举行。会议以“融合、创新、规范、发展”为主题，中国康复医学会会长方国恩出席会议并致辞。

9月9日，甘肃省康复工程与辅助技术专业委员会成立大会暨学术交流论坛在兰州大学召开。

9月18日—21日，天津市残联党组书记、理事长宋奇带领市残联、市财政局5名同志，到甘肃省残联机关、省康复中心（医院）、省残疾人综合服务基地及白银市会宁县有关乡镇、单位，实地了解贫困县和贫困残疾人的帮扶需求，就东西部扶贫协作和对口支援的项目、经费与模式等进行深入交流。

9月20日，全省助盲就业脱贫行动工作会议兰州召开。

9月26日—27日，省残联、省卫计委在兰州联合举办全省残疾评定师资人员培训班。

9月27日，第三届丝绸之路（敦煌）国际文化博览会在敦煌国际会展中心开幕。省残联主办的主题为“传统工艺——源自非凡工匠”的文博会甘肃省残疾人文化创意作品主题展同时开展。中国残联副理事长程凯等出席并参观主题展。

9月30日，甘肃省第三届“牵着蜗牛去散步——寻根传统文化”大型公益倡导活动在兰州举行。

10月9日，甘肃省地方史志编纂委员会主任会议在兰州召开，省残联负责编纂的《甘肃省志·残疾人工作志》通过终审。

10月12日，上海市静安区残联援助甘肃省特殊教育融合实验学校建设经费签约仪式在省听力语言康复中心举行，上海市静安区残联党组书记吕立祥和省残联党组成员、巡视员张恩和等出席。

10月15日，第三届丝绸之路（敦煌）国际文化博览会创意评选活动颁奖仪式在敦煌国际会展中心举行。省残联主办的“传统工艺——源自非凡工匠”全省残疾人文化创意作品展荣获最佳组织奖。

10月16日－17日，由省残联、省人社厅共同主办的第六届甘肃省残疾人职业技能竞赛在兰州举行。副省长何伟出席大赛开幕式并讲话。竞赛项目设4类16项，15个代表队的212名残疾人选手参赛。

11月12日，华文哲主持召开省残联系统贯彻落实省委省政府关于打赢脱贫攻坚战三年行动实施意见暨2019年工作思路汇报会。

11月22日，中国残联在嘉峪关市召开2018年全国动态更新工作试点单位经验总结会。中国残联副理事长、全国动态更新办主任相自成出席并讲话，并到嘉峪关市、酒泉市、甘肃矿区调研基层残疾人组织建设工作。

11月29日，“共同的光影梦”盲人观影公益项目在兰州启动。省残联、甘肃卫视、省红十字会及省内优秀公益组织、兰州市内高校大学生志愿者组织联合开展。省盲协主席刘文新出席启动仪式并演讲。

12月4日—7日，中国残联党组书记、理事长周长奎一行3人到临夏回族自治州调研深度贫困地区残疾人脱贫攻坚和基层残联改革工作，并与甘肃省委书记、省人大常委会主任林铎，省委副书记、省长唐仁健，省委常委、省委秘书长王嘉毅等省领导进行工作交流。副省长何伟、华文哲理事长陪同调研。

12月5日，甘肃代表队在第二届全国残疾人专职委员知识竞赛上夺得亚军，瞿秀玲获得“学习之星”三等奖。

12月12日，甘肃省残疾人冰雪运动季活动在临夏松鸣岩国际滑雪场举行，活动由省残联、省体育局主办，省残疾人文艺体育中心承办、临夏州残联、临夏州体育局等单位协办。

12月14日，省残联在金昌市召开甘肃省第三代智能化残疾人证试点工作启动仪式，现场发放甘肃省第一批智能化残疾人证。

12月18日，全省残疾人工作领导干部能力素质提升培训班在甘肃省委党校开班。中国残联动态更新专家指导委员会主任委员曹跃进出席开班式并做“残疾人组织沿革、面临的形势与任务”专题辅导。

12月19日，甘肃省康复医疗联合体2018年度工作会议召开。省卫健委主任郭玉芬和省残联党组成员、副理事长蒋录基出席会议并讲话。

12月24日，天津市残联与甘肃省残联系统东西部扶贫协作对口支援框架协议签约仪式在兰州举行。天津市残联党组书记、理事长雷颖君与甘肃省残联党组书记、理事长华文哲共同签订东西部扶贫协作对口支援框架协议；天津市支援区残联与甘肃省受援县区残联签订东西部扶贫协作对口支援项目协议。省扶贫办党组成员、副主任、天津市对口支援甘肃工作前线指挥部总指挥宋友好出席签约仪式并讲话。

附　录

甘肃省“十三五”残疾人事业发展规划主要指标完成情况

来源：甘肃省“十三五”残疾人事业发展规划实施情况中期评估报告

2018年8月6日

主要指标	目标值	属性	中期完成情况	是否达到中期目标值
1. 残疾人家庭人均可支配收入年均增速	>6.5%	预期性	13.6%	是
2. 困难残疾人生活补贴目标人群覆盖率	>95%	预期性	46%	否
3. 重度残疾人护理补贴目标人群覆盖率	>95%	预期性	55%	否
4. 残疾人城乡居民基本养老保险参保率	97%	预期性	91.23%	是
5. 残疾人城乡居民基本医疗保险参保率	97%	预期性	97.32%	是
6. 农村建档立卡贫困残疾人脱贫率	100%	约束性	27.6%	否
7. 农村贫困残疾人家庭存量危房改造率	100%	约束性	82%	是
8. 残疾人基本康复服务覆盖率	80%	约束性	2017年 31.7% 2016年 32.2%	否
9. 残疾人辅助器具适配率	80%	约束性	9.9%（2017年）	否
10. 残疾儿童少年接受义务教育比例	90%	约束性	85%	是

（胡拴锁供稿）

青海省残疾人事业和残疾人工作

一、领导讲话

省委书记王建军在青海省残联第七次代表大会开幕式上的讲话摘要

2018年5月28日

一、要高度重视残疾人事业

残疾人事业是中国特色社会主义事业的重要组成部分。党的十九大报告指出“发展残疾人事业，加强残疾康复服务”。今年国务院政府工作报告，有7处直接部署了残疾人工作。习近平总书记在多种场合以各种方式对残疾人、残疾人事业和残联组织建设等做出重要指示，强调“残疾人事业是春天的事业”。我们要认真领会总书记的重要指示，坚决贯彻国务院的决策部署，不断创新体制机制，健全服务体系，努力为保障残疾人权利、实现残疾人价值提供有效支撑，确保残疾人与全省各族人民一道共享改革发展的成果。

二、要推动残疾人事业健康发展

残疾人事业是“补短板、兜底线、救急难、惠民生”的社会事业。我们要牢固树立以人民为中心的发展思想，突出工作重点，狠抓薄弱环节，着力在“补、兜、救、惠”等方面有新作为。强化补短板，据统计，我省还有近1.4万建档立卡的残疾人，帮助残疾人脱贫是我们要着力补齐的短板，各级党委政府要认真落实“全面普惠+精准特惠”的帮扶政策，加快残疾人小康进程。注重兜底线，各级党委政府要扎实做好残疾人生活救助工作，大力发展残疾人社会福利和慈善事业，不断提高残疾人社会保障水平。着力救急难，各级党委政府要努力做好因遭遇突发事件、意外伤害、重大疾病，导致基本生活陷入困境的残疾人或家庭的应急、过渡性救助等工作，为特殊群体提供特殊保障。持续惠民生，各级党委政府要创造条件为残疾人提供更多更好的公共服务，抓好特殊教育，给残疾人特别是残疾青少年一把自食其力的“金钥匙”；实施残疾康复医疗，努力让残疾人“人人享有康复服务”；开展有针对性的职业技能培训，大力发展电子商务，多渠道扶持残疾人就业创业；加快残疾人服务设施建设，全面推进无障碍环境建设；发展残疾人托养照料服务，建立健全以家庭为基础、社区为依托、机构为支撑的残疾人托养服务体系，为残疾人提供生活有保障、康复有条件、学习有教室、就业有岗位、居家有照料、活动有场所、出行少障碍的良好环境。

三、要提升为残疾人服务的能力和水平

关心关爱残疾人不仅要体现在基本生活的保障上，更要在增强残疾人获得感、幸福感、安全感上下功夫。要充分运用互联网、大数据，及时了解、关注、回应残疾人网络舆情动态，做到教育引导、组织动员、联系服务工作网上网下同步推进，有效解决残疾人不能充分融入社会的问题。要夯实基层残疾人组织，扩大残疾人组织和工作覆盖面，有效解决服务残疾人的“最后一公里”问题。要加大政府购买服务力度，在坚持社会事业政府办的同时，整合利用社会资源和力量推动残疾人工作，不断拓宽为残疾人服务的渠道。要促进残疾人充分平等参与社会政治生活，让残疾人和残疾人工作者的先进代表进入各级人大、政协参政议政，为残疾人说话，保障残疾人的政治权益。要打造残疾人工作品牌，以残疾人多元化的需求为中心，进一步加强残疾人综合阵地建设，努力在实践中打造具有青海特色的残疾人工作品牌，推动残疾人事业高质量发展。

四、要营造尊重残疾人的良好社会氛围

第28次全国助残日刚刚过去，助残日虽然每年只有一天，但全社会共同关心、支持、参与残疾人事业的良好氛围却应当体现在全年的每一天，让爱残护残、扶残助残的行动经常化、具体化、实践化。要在全社会广泛宣传今天受到表彰的助残先进人物的事迹，进一步凝聚社会正能量。要加大各项惠残民生政策的研究、制定和宣传，建立扶残助残激励机制，把扶残助残作为文明社区、文明单位的创建条件，动员社会力量参与残疾人事业，努力营造全社会理解、尊重、关心、帮助残疾人的浓厚氛围，让残疾人生活得更有尊严、更有品质、更加体面。

五、要激励残疾人为新青海建功立业

残疾人是残疾人事业发展的主体，也是推动全省经济社会发展的一支重要力量。习近平总书记强调：“健全人可以活出精彩的人生，残疾人也可以活出精彩的人生”。我们要多一份爱心、多一份包容，激励残疾人发扬“四自”精神，积极主动融入社会，像今天受到表彰的自强模范那样，不抱怨、不叹息、不自弃，勇敢面对命运的挑战，让自己坚强起来，勇于在奋斗中前行，让自己快乐起来，善于用自己心灵的智慧应对生活中的坎坷，尽可能让生活丰富起来。

六、要加强对残疾人事业的组织领导

残疾人事业是光荣的事业、崇高的事业，行善积德的事业。各级党委政府都要把残疾人事业发展摆上重要议事日程，既要出台政策，也要加强指导，更要督促落实。各地各部门各单位想问题办事情都要有助残扶残意识，强化责任担当，把残疾人的事当大事、特事来办，努力办到残疾人的心坎上。各级残联组织都要切实发挥好桥梁和纽带作用，全心全意为残疾人服务，让残疾人在每一项服务中都能够感受到党和政府的温暖。残疾人工作者要带着感情、热情、激情做残疾人工作，在努力为残疾人服务中练就过硬本领。全社会都要伸出友爱之手，关注残疾人生活的点点滴滴，随时随地为残疾人排忧解难。

副省长匡湧在省残联第六届主席团第九次全体会议上的讲话摘要

2018 年 2 月 2 日

一、凝心聚力，以“新”的理念统领全省残疾人事业新发展

以习近平同志为核心的党中央对残疾人格外关心、格外关注。党的十九大报告对残疾人事业发展做出新部署新要求，提出“发展残疾人事业，加强残疾康复服务”。习近平总书记指出，让广大残疾人安居乐业、衣食无忧，过上幸福美好的生活，是我们党全心全意为人民服务的重要体现，是我国社会主义制度的必然要求；2020 年全面建成小康社会，残疾人一个也不能少；要把贫困老年人、残疾人等作为群体攻坚重点，通过加大投入、完善社会保障来实现脱贫；残疾人是人类大家庭的平等成员，中国将进一步发展残疾人事业，促进残疾人全面发展和共同富裕等，这一系列重要指示，是我们当前发展残疾人事业的重要遵循。省第十三次党代会提出：“健全残疾人权益保障制度，推动残疾人事业发展”；今年刚刚闭幕的省“两会”上，政府工作报告在安排 2018 年重点工作时，提出“加强残疾康复服务”。新的一年，各地区各有关部门要全面贯彻落实党的十九大精神，以习近平新时代中国特色社会主义思想为指引，进一步促进残疾人事业取得新发展。各级残联组织，要认真学习领会，准备把握做好残疾人事业的一系列重大部署要求，要做到融会贯通，自觉肩负起发展残疾人事业的重任，结合本地区残疾人工作实际，将残疾人事业发展新理念体现在谋划各项工作发展上，研究好、制定好新年度的工作计划，达到方向准、措施实、可操作、有突破的标准，努力推动残疾人事业新部署新要求落到实处、见到实效。

二、精准发力，以“实”的业绩增强广大残疾人的获得感、幸福感、安全感

今年是决胜全面建成小康社会、实施“十三五”规划承上启下的关键一年。各级残联要突出重心，明确重点，紧紧围绕残疾人群众的基本服务状况和需求，着力在四个方面下功夫。一要在确保省部共建协议落地生根上下功夫。一个多月以前，我们省与中国残联签署了共同推进残疾人小康进程合作协议，当前，最关键的任务就是要抓好协议的贯彻落实，各级残联要积极参与进来，勤勉尽责、开拓进取，采取切实有效的措施确保协议落地生根、开花结果。今年，将适时组织召开部省合作联席会议，拿出几个可操作、可量化、可实现的具体项目，以项目促进协议的落实，积极争取中国残联精准、有效、有力的支持，用协议的落实来不断地推进全省残疾人事业向更高层次迈进。二要在推进贫困残疾人脱贫攻坚任务上下功夫。要深入贯彻落实党中央、国务院和省委省政府关于深度贫困地区脱贫攻坚工作部署要求，核准贫困残疾人口数据，落实帮扶措施，优化“两项补贴”和“两个保险”等扶持政策，促进贫困残疾人就业创业，强化“两不愁、三保障、两扩面”指标监测，确保建档立卡贫困残疾人实现稳定脱贫。三要在提升残疾人基本公共服务能力上下功夫。要着力推动我省《贯彻落实〈残疾预防和残疾人康复条例〉重点任务分工方案》落地见效，推动医疗康复联合体建设，实现医疗与康复机构间双向转诊机制，落实好第二期特殊教育提升计划。以政府购买服务等方式持续推进残疾人权益维护、无障碍建设、基础设施运转等工作。四要在完善机制、补齐短板上下功夫。要进一步完善省残疾人信息管理服务平台功能，常态化推进残疾人基本服务状况和需求信息数据动态更新工作，落实好人员、经费保障，切实提高数据质量，摸清服务底数。要以实名制数据反映的真实情况为切入点，深入分析制约残疾人事业发展的短板，做好数据的开发、转化、应用，切实为残疾人提供精准化服务。

三、激发活力，以“严”的作风不断加强残联组织自身建设

2018 年是残联组织改革和换届之年。要切实抓住这一契机，进一步找准自身发展定位，发挥好党和政府联系广大残疾人的桥梁纽带作用。换届工作要认真按照中央和省委的要求，严肃工作纪律，严格换届程序。完成市、州残联残疾人进领导班子的配备任务，选优配强领导班子，切实将工作能力强、热爱残疾人事业的同志充实加强到残联和专门协会中来，把残疾人工作组织机构建好。按照新时期好干部标准确立鲜明的选人用人导向，建设一支“忠诚、干净、担当”的残联干部队伍，真正践行“代表、服务、管理”的职责。同时要坚持不懈加强党风廉政建设，加强廉政文化建设，教育党员干部心存敬畏，做到上不碰“高压线”，下不越“底线”，确保能干事、干成事、不出事，更加优质高效地为广大残疾人群众服务。

副省长匡湧在省政府残疾人工作委员会全体（扩大）会议上的讲话摘要

2018 年 7 月 5 日

二、强化责任担当，狠抓工作落实

各市州政府残工委 2018 年度目标责任考核指标会前印发各地了，大家要认真对照今年的目标任务，借鉴经验，攻坚克难，抓实抓好工作落实，开创具有鲜明地域特点的残疾人工作新局面。

（一）聚焦力量，坚决打赢深度贫困地区残疾人脱贫攻坚战。确保残疾人一个不掉队地进入全面小康社会，是当前残疾人工作的中心任务。精准脱贫攻坚战是党中央强调要坚决打好的三大攻坚战之一。目前，我省还有 14377 名建档立卡的贫困残疾人，且绝大多数分布在农牧区，分布面积广、贫困程度深、脱贫难度大等困难问题异常突出。各级政府残工委要加强横向联系，牢固树立“一盘棋”思想，全力抓好深度贫困地区残疾人脱贫解困工作，制定分类指导措施，狠抓政策落实，以建档立卡残疾人为重点，推动分类施策、精准帮扶。特别是对于缺少劳动能力的重度残疾人，以及一户多残、老残一体、病残一体等特殊困难贫困户，除了纳入社会救助兜底，还要采取更加精准、更大力度的帮扶措施。既要实现“两不愁、三保障”，还要为他们提供基本康复和家庭无障碍改造等“两扩面”服务。各级政府残工委要采取更加有力的措施，坚决打赢深度贫困地区残疾人脱贫攻坚战。确保到 2020 年，我省 30 万残疾人群众“一个也不少地”与全省人民同步进入全面小康社会，为实现“两个一百年”奋斗目标奠定坚实的基础。

（二）强化担当，不断提升残疾人就业创业规模质量。就业是民生之本，既是残疾人的基本权利，也是他们实现自强自立、共建共享的根本途径。一是要持续扩大残疾人就业。各级政府残工委要带头落实政策法规，特别是省政府残工委成员单位要在按比例安排残疾人就业方面做好表率。要不断稳定按比例就业，促进残疾人集中就业，努力推动残疾人就业规模和质量实现新的提升。二是要加大就业创业的政策扶持力度。要结合残疾人就业创业工作呈现出的新特点，按时完成本地区残疾人按比例就业和保障金使用情况公示，完善和利用好残疾人就业保障金使用机制。市州财政安排当年残疾人就业保障金预算不得低于省级返还金额的 85%，其中直接用于开展残疾人就业扶持的资金，不得低于省级返还金额的 45%。列入保障金支持的残疾人就业创业项目要严格按照相关规定，抓好项目实施，不能以任何理由延缓或阻挠项目实施，导致资金沉淀，更不能将保障金挪作他用。三是要加强残疾人就业创业服务。结合新时代残疾人工作的新特点，要加强实用技术培训，积极开发适合残疾人的公益性岗位。同时要积极用好政府购买服务，拓宽残疾人就业渠道，充分利用社会力量为残疾人提供专业化、个性化的创业咨询，职业介绍和就业培训服务。

（三）积极探索，逐步提高残疾预防和残疾人康复服务水平。残疾预防和残疾人康复服务关系到千家万户的幸福。一要加强残疾预防。要立足于“治未病”，树立全社会、全人群、全生命周期残疾预防的观念，要重视残疾预防基本知识的宣传和普及，认真抓好三个残疾预防综合实验区建设，及时总结经验，有效控制残疾的发生和发展。二是要增加残疾服务供给。要通过强化医疗卫生机构的康复职能，加强专业康复机构设施建设，促进医康联合体建设，充分发挥社会力量的作用，扩大医疗康复服务供给，将康复服务资源向农牧区推进，努力实现残疾人“人人享有康复服务”的目标。三要着力突破残疾人康复服务人才的培养模式。要继续推进青海大学医学院康复治疗学专业发展，加快康复专业人才本土化培养进程，积极创新人才培养模式，为残疾人康复提供人才保障。四是加大无障碍设施建设和改造力度。要加强对残疾人家庭无障碍建设改造的管理，引入第三方评估机构，为残疾人家庭提供个性化的无障碍建设和改造，提高项目的准确率，切实把好事办到每个残疾人的心坎上，为残疾人更好地走出家门、融入社会提供便利。

（四）趁势而为，借力推动残疾人事业持续创新发展。各级残联要按照中国残联和省委关于贯彻落实《中共中央关于加强和改进党的群团工作的意见》的部署要求，准确把握残联组织“强三性、去四化”的基本改革任务，坚持问题导向，立足进一步优化残联组织机构、加强自身建设、充实残联工作人员、壮大基层残联队伍、激发创新活力、更好履行好“代表、服务、管理”职能，积极稳妥地全面推进我省残联系统改革工作，用改革之力不断推动残疾人事业创新持续发展。

（五）强基固本，进一步夯实残疾人工作者队伍。残疾人工作者队伍是发展残疾人事业的重要基础和保障，要不断强化各级政府残工委成员单位的工作职责，进一步密切各部门合作，形成齐抓共管的工作格局。要逐步提高基层残疾人工作者的待遇，建强组织，稳定队伍。要加强残疾人工作者、专业技术人才、助残志愿者三支队伍的教育培训，不断提高残疾人工作者队伍的综合素质。要积极动员和发挥各残疾人专门协会、残疾人社会团体和各类社会助残组织的作用，激发全社会扶残助残的积极性。要大力宣扬残疾人自强模范，激励残疾人发扬“四自精神”，积极主动融入社会，为新青海建设建功立业。同时，广大残疾人工作者要深入残疾人群体，密切联系沟通，及时反映残疾人诉求，切实把党和政府的各项惠残助残政策措施落地、落细、落实。

三、强化组织领导，聚合各方力量

各地区要坚持党委领导、政府负责的残疾人工作领导体制，健全政府主导、社会参与、残疾人组织充分发挥作用的工作机制，把残疾人事业摆在更加突出的位置，作为重点、优先领域予以安排。一要进一步加强各级政府残工委建设。

发挥各成员单位的积极性、主动性和创造性，在研究解决重大问题、统筹协调重点政策、推动实施重要规划及法规等方面发挥更大作用。各级政府残工委成员单位要将残疾人工作纳入本系统、本部门发展规划和工作计划，纳入职责范围和目标管理，统一部署、统筹安排。二要善于凝聚社会力量。利用各类社会组织、社会工作服务机构、广大志愿者和企业的优势，加快推进残疾人小康进程、助推残疾人事业创新健康发展。三要抓好部省共建协议和对口援建项目的实施。抓好与中国残联的衔接互动，各有关单位要认真抓好分工任务的落实，确保《协议》帮建内容落地、落实；积极借鉴兄弟省市的先进经验，提升对口援建项目效益，推动全省残疾人事业发展。四要加强残疾人项目资金的监督管理。规范项目申报、审批、建设、验收程序，明确职责分工，全面提升项目管理水平，把项目管理真正纳入法制化、规范化、精细化轨道，充分发挥项目资金效益。

同时，要大力弘扬人道主义思想和扶残助残的中华民族传统美德，加强和改进残疾人事业宣传工作，营造理解、尊重、关心、帮助残疾人的社会环境，进一步凝聚起残疾人与全省各族群众一道奔小康的强大精神动力。

中国残联副理事长程凯在援青省市对口支援残疾人脱贫攻坚工作座谈会上的讲话

2018 年 10 月 29 日，根据录音整理

全国脱贫攻坚推进会议召开之后，青海省短时间内协调各对口支援省市召开东西部扶贫协作座谈会，行动快、落实早，值得肯定，中国残联主要领导也给予高度评价。

开展东西部对口支援帮扶的核心重点就是东西部扶贫协作。推进此项工作，一是中央有要求，二是中国残联有部署，三是中国残联与青海省政府有推进小康进程协议，四是残联系统要积极参与。中央《关于打赢脱贫攻坚战三年行动的指导意见》第六章第一节明确了将帮扶贫困残疾人扶贫脱贫纳入东西扶贫协作范围，推进东西扶贫协作是贯彻落实中央重大决策部署，减小东西部差距的具体行动。按照全国残联贫困残疾人脱贫攻坚推进会精神，东部省份要将残疾人脱贫攻坚的内容纳入全省东西部扶贫协作的工作计划，纳入领导机构，担当好东西部扶贫协作的政治责任和道义。西部省份要梳理迫切需要解决的问题，谋划残疾人脱贫攻坚项目，纳入当地对口帮扶范围，加强部门协作对接，做好帮扶项目和资金的坐实落地等工作。

当前形势下脱贫攻坚工作已经到了关键阶段，推进残联系统东西部扶贫协作要坚持以下原则：第一，要纳入党委政府东西部扶贫协作的大盘子，各地残联要进入到政府的东西扶贫协作的领导机构。第二，要紧扣残疾人脱贫攻坚行动，不是脱贫攻坚的任务，不列入其中，需求方和供给方都要有鉴别责任。第三，当地党委政府脱贫攻坚责任范围内的事原则上不纳入，要动员更多的社会力量实施东西扶贫协作，帮扶还没有脱贫的建档立卡残疾人。第四，青海本省能做的原则上不纳入，要聚焦贫困残疾人脱贫攻坚的项目。提倡东部地区选派操作型专业技术人员到西部地区挂职帮带，西部地区选派残联管理干部到东部地区学习先进理念，共同促进残疾人事业发展。

援青省市代表要把这次在青海组织召开的东西部扶贫协作的座谈会精神向本会党组、理事会汇报，加强与青海对口的 8 个市州的协调对接，争取尽快制定帮扶协作方案及措施，为 2019 年中国残联召开全国会议，签署东西部扶贫协作协议奠定基础。

二、政策法规文件

青海省残疾人事业支援帮扶工作实施意见

青残联会发〔2018〕20 号

为贯彻落实好省委省政府《关于做好新形势下支援帮扶合作交流工作的意见》（青发〔2017〕13 号），推进落实中国残联和青海省人民政府《共同推进残疾人小康进程合作协议（2017 年 – 2020 年）》，切实加强北京、天津、上海、江苏、浙江、山东等 6 个省市及援青央企支援帮扶我省县残疾人工作，顺利实现我省残疾人同步小康目标，制定如下实施意见。

一、提高思想认识，切实增强做好残疾人事业支援帮扶合作交流工作的责任感和使命感

（一）充分认识残疾人事业支援帮扶合作交流工作的重大意义。习近平总书记强调，东西部扶贫协作和对口支援，是推动区域协调发展、协同发展、共同发展的大战略，是加强区域合作、优化产业布局、拓展对内对外开放新空间的大布局，是实现先富帮后富、最终实现共同富裕目标的大举措，必须认清形势、聚焦精准、深化帮扶、确保实效，切实提高工作水平，全面打赢脱贫攻坚战。国务院《“十三五”加快残疾人小康进程规划纲要》（国发〔2016〕47 号）明确指出：“加大对革命老区、民族地区、边疆地区和贫困地区残疾人事业的财政投入和公共资源配置力度，政策、资金、项目向西藏和四省藏区、新疆等地倾斜”、“将残疾人工作作为重点内容纳入对口支援总体部署，加大支援力度”。这充分体现了国家对东西部支援帮扶工作的重视和支持。各市州要高度重视，牢固树立“四个意识”，认真贯彻党中央、国务院关于支援帮扶工作的重要指示精神，按照中国残联和省委省政府的安排部署，全面把握本地区残疾人事业发展中面临的特殊困难和具体问题，进一步完善支援帮扶工作机制，以更大的决心、更实的举措做好支援帮扶工作，真正让支援帮扶工作成果惠及我省各族残疾人群众。

（二）进一步明确残疾人事业支援帮扶合作交流工作的目标任务。认真贯彻党中央关于支援帮扶工作的总体要求，以推动落实“四个扎扎实实”为根本，紧紧围绕“四个转变”发展思路，以改善残疾人民生、保障残疾人合法权益为重点，增强各级残疾人组织工作活力，推动残疾人事业创新发展，力争到2020年使我省残疾人事业支援帮扶工作取得显著成效；残疾人民生保障措施更加完善；残疾人基础设施规范运转；残疾人基本公共服务水平不断增强；残疾人组织作用发挥充分；残疾人工作队伍持续稳定；全社会扶残助残氛围更加浓厚。

二、突出工作重点，全面落实残疾人事业支援帮扶合作交流工作措施

（三）实施支援帮扶“携手奔小康”行动。各市州按照中国残联和省委省政府的统一部署和安排，及时对接帮扶项目，在残疾人基础设施建设、人才培训、民生改善、文化体育、宣传交流、无障碍改造、康复器材适配等方面争取有力的支持。要紧紧围绕省第十三次党代会提出的“一个同步，四个更加”的奋斗目标，紧抓与全国同步全面建成小康社会这一关键，将残疾人实现小康的短板问题研究透、列出来，纳入支援帮扶工作大局，与兄弟省市合作带领广大残疾人“携手奔小康”。

（四）实施专业人才培养行动。适应广大残疾人日益增长的基本公共服务需求，积极争取支援帮扶省市及援青央企进一步加大对我省残疾人工作专业技术人才队伍的培养力度，依托各市（州）、县（区、市、行委）残疾人康复、托养和综合服务设施，将支援帮扶省市残疾人工作专业技术人才请进来，重点开展残疾人康复、职业技能、盲人按摩、就业创业等领域培训，着力培养出一批适合本地发展、人员相对稳定、工作认真负责的骨干人才队伍，带动本地区残疾人服务能力提升，增强边远地区残疾人在全面建成小康社会中的获得感。积极争取支援帮扶省市及援青央企支持，制定培训计划，组织本地区残疾人专职干部、专业技术骨干、残疾人致富能手、助残社会组织开展学习交流活动，拓宽残疾人工作思路，创新残疾人工作方法。

（五）实施残疾人基本公共服务帮扶行动。按照“完善功能布局、提升服务水平”的原则，重视残疾人基础设施建设，并加强设施的管理运行，使已建成的残疾人康复、托养、综合服务设施真正发挥应有作用。服务设施已建成的地区要积极协调支援帮扶省市及援青央企在康复器材配套、就业创业指导、法律援助服务、无障碍设施改造等方面的资金和项目支持，同时学习借鉴对口省市在残疾人基础设施运行方面的好思路、好做法，引进社会助残组织，以政府购买服务等各种形式不断促进我省残疾人基础设施发挥效能；服务设施尚未建成的地区要积极争取对口资金支持，进一步完善功能布局。积极协调对口省市及援青央企在残疾人教育、就业、扶贫、维权、文艺体育等方面的援助力度，组织协调职业技术学校招收残疾人入学培训；争取残疾人福利企业到我省投资办厂、招收员工。积极开展对口省市、央企结对帮扶“送温暖”活动，协调有实力、有爱心的企业加大对我省贫困残疾人的帮扶力度，建立健全帮扶工作体系，由援助方按照脱贫标准进行“一对一”精准帮扶，加大对贫困残疾人子女就学、就业的帮扶力度，形成全过程帮扶机制。积极争取支持，探索开展残疾人异地医疗救助工作。

（六）实施残疾人组织综合服务能力提升行动。各市州按照中国残联和省委省政府的总体安排，以残疾人组织“强基育人”工程为抓手，查找残疾人基层组织建设方面存在的短板和不足，在支援帮扶省市及援青央企的帮助下，通过3至4年的努力，使基层残疾人组织更加健全，服务残疾人的综合能力明显提高，让残疾人组织真正成为残疾人的“娘家人”、“贴心人”。建立支援帮扶省市残疾人组织联系交流机制，通过举办培训班、选派优秀干部挂职锻炼等方式，加强扩大与支援帮扶省市残疾人工作的交流交往交融。

三、加强组织领导，健全完善残疾人事业支援帮扶合作交流工作保障机制

（七）加强组织领导。认真贯彻落实中国残联关于对青海省残疾人事业支援帮扶工作的安排部署，成立省残疾人事业支援帮扶工作领导小组，研究推进相关工作，形成领导有力、衔接有序、配合密切、协调顺畅、运转高效的工作格局。省残疾人事业支援帮扶日常工作由省残联负责，并及时与省发展改革委做好衔接沟通工作。各市州要明确分管领导、牵头部门和具体工作人员，主动做好支援帮扶工作的协调、服务等工作，落实定期会商、交流互访等机制，积极主动邀请对方来青考察调研，共同研究制定帮扶政策、支援项目和实施方案，进一步充实完善支援帮扶工作方案和项目计划。要把残疾人事业纳入本地党政支援帮扶工作的总体规划，切实加强与有关部门的沟通，积极协调各方关系，健全完善与支援帮扶相适应的工作机制，确保支援帮扶工作落到实处。市州支援帮扶办要将残疾人事业的支援帮扶项目列入年度计划，逐步实现残疾人事业支援帮扶工作制度化、规范化。

（八）完善工作规划。各市州要根据省上确定的重点帮扶措施，结合本地区实际，借助残疾人基本服务状况和需求信息数据动态更新成果，找准本地区残疾人工作的短板和弱项，研究分析帮扶的重点内容，进一步细化帮扶项目和措施，从服务残疾人群众、满足残疾人需求等方面认真谋划，充分与援助方沟通协商、做好对接，统筹考虑基础设施、基本公共服务和民生保障等项目，充实完善原有对口援助项目计划实施方案，巩固支援帮扶成果，切实增强援助的针对性、实效性。本着“先易后难、我方所需、对方所能”的原则，既要制定残疾人事业支援帮扶整体规划，又要制定年度工作计划，积极推进，确保实效。

（九）健全工作制度。各市州要紧紧把握东西部扶贫协作和对口支援的历史性机遇，倍加珍惜援青6省市及援青央企的关心支持，完善制度，健全机制，加强对残疾人事业支援帮扶资金和项目的监督，确保支援帮扶资金项目使用管理规范、安全、高效。一要健全资金使用管理制度。对援助资金要严格管理、严格审批、严格审计，确保专款专用、不出问题，充分发挥资金使用效益。二要健全项目管理制度。创造建设条件，落实自身配套建设资金，做好项目规划、设计、论证等工作，加强管理和监理，确保项目质量。三要健全工作情况沟通交流制度。主动加强与援助方沟通交流，及时报告援助资金、项目等工作做法、成效和建议，邀请援助方检查、指导和推动工作。同时，及时向省支援帮扶领导小组办公室和省残联报送有关信息、报表、台账和工作经验等材料。四要健全帮扶工作宣传制度。充分利用网络、报纸、广播、电视等新闻媒体，大力宣传中央援青工作的一系列政策措施，宣传开展残疾人事业支援帮扶工作的重大现实意义和深远历史意义，宣传各援助省市、援青央企的倾情帮扶和无私奉献，宣传支援帮扶工作中的好做法、好经验，为做好残疾人事业支援帮扶工作营造良好氛围。

青海省残疾人自主就业创业扶持资金使用管理办法

青残联会发〔2018〕46号

青海省残疾人联合会、青海省财政厅、青海省人力资源和社会保障厅联合印发。

为深入贯彻中国残联、国家发改委、财政部等15部委《关于扶持残疾人自主就业创业的意见》（残联发〔2018〕6号）和青海省人民政府《关于进一步做好新形势下就业创业工作的实施意见》（青政〔2015〕63号）精神，确保《关于印发青海省残疾人就业保障金征收使用管理实施办法的通知》（青财综字〔2016〕1045号）政策措施落实到位，结合我省实际，现就残疾人自主就业创业扶持资金使用管理有关问题通知如下：

一、残疾人自主就业创业扶持范围及资金的列支项目

（一）本意见所称残疾人自主就业创业包括残疾人自主创业和残疾人灵活就业。

残疾人自主创业，是指残疾人通过创办经济实体、社会组织等形式实现就业。包括在工商行政管理部门依法登记成立个体工商户、各类企业、农民专业合作社等生产经营主体；在民政部门登记成立各类社会团体、民办非企业单位等社会组织；经人力资源社会保障部门认定的其他自主创业。

残疾人灵活就业，是指从事非全日制、临时性和弹性工作等实现就业。包括从事家庭副业、家政服务、修理装配、便民理发、绿化保洁等；经人力资源社会保障部门认定的其他灵活就业。

（二）残疾人自主就业创业扶持资金从县（区）级残疾人就业保障金中列支。

残疾人自主就业创业扶持资金主要用于：残疾人自主创业一次性补贴、残疾人自主就业创业贷款贴息和省委省政府确定的其他扶持项目。

二、残疾人自主就业创业扶持资金补贴对象、标准和申报程序

（一）残疾人自主创业一次性补贴。

残疾人自主创业：对具有本省户籍、持有第二代残疾人证，其首次创业（从事个体经营、创办小微企业等）、取得营业执照并正常经营一年以上的（2017年6月1日以后登记注册）给予残疾人自主创业一次性补贴，主要用于其提供场地租赁、启动资金、设施设备购置等，补贴标准按照不低于当地上年度月最低工资标准的8倍确定。

申报程序：残疾人自主创业者填写《青海省残疾人自主创业一次性补贴申领表》（附表1），到户籍所在地县（区）级公共就业服务部门审核本人就业登记信息后；凭青海省残疾人自主创业一次性补贴申领表、就业创业证或就业失业登记证（农村低保家庭无需此证）、营业执照等相关证明材料复印件，经同级残联部门审核并在其本人第二代残疾人证备注栏中标注已申领，报同级财政部门复核后，将补贴资金拨付至申报人个人银行账户。本年度经审核已按比例安置就业的残疾人不得享受此项补贴。

（二）残疾人自主就业创业贷款贴息。

残疾人自主就业创业贷款：对具有本省户籍、持有第二代残疾人证，其本年度内向金融机构申请个人贷款，用于灵活就业的经营场所租赁、创业启动资金、设施设备购置的，给予贷款贴息。

贴息标准：按照每人不超过5万元贷款额度5%的标准给予贴息补贴（贷款额度低于5万元的按合同实际贷款金额为准，贷款实际利率低于5%的按合同实际贷款利率为准），五年内享受不得超过2次。

申报程序：残疾人自主就业创业者填写《青海省残疾人自主就业创业贷款贴息申领表》（附表2），持第二代残疾人证、本年度金融机构贷款合同、资金用于生产经营的相关凭证等证明材料及复印件，到户籍所在地县（区）级残联部门审核，报同级财政部门复核后，将贴息资金拨付至申报人个人银行账户。本年度经审核已按比例安置就业的残疾人不得享受此项补贴。

（三）残疾人自主创业一次性补贴、残疾人自主就业创业贷款贴息不得与省人社厅、省财政厅《关于青海省就业创业资金使用管理及有关问题的通知》（青人社厅发〔2015〕129号）、省财政厅、省人社厅、人民银行西宁中心支行《青海省创业贷款担保基金管理办法》（青财社字〔2015〕1621号）文件规定的补贴同时享受。

三、监督管理

要强化监督管理，对残疾人自主就业创业扶持资金审核、拨付及使用要做到事前严格审核、事中跟踪监控和事后专项检查，全程接受审计、纪检监察等部门的监督检查，确保补贴资金管理使用的安全、规范、合理。

（一）加强对申报审核的监督。残联部门要通过当地工商管理部门或省工商行政管理局网站中“国家企业信用信息公示系统（青海）”，对残疾人提供的营业执照信息进行真伪核查；并对残疾人报送的其他申报补贴资料审核后，需在县（区）政府网站对符合补贴条件的个人进行为期不少于5个工作日的公示，公示无异议的，送同级财政部门复核。残联部门要对申请信息及时登记，相关凭证汇总存档，作为残疾人自主就业创业扶持资金审计的重要依据。要加强信息系统建设，有效核实享受补贴政策人员的真实性，防止出现造假行为。各级人社部门要认真核实残疾人就业状态，及时在就业信息管理系统中记录登载相关信息。

（二）加强对资金补贴拨付流程的监督。要不断建立和完善残疾人自主就业创业扶持资金核对发放台账，进一步加强对资金拨付流程的监督。各级残联部门要加快补贴资金审核进度，对符合补贴拨付条件的个人，财政部门应及时拨付补贴资金，确保各项扶持政策落到实处。要不断加强实名制管理，通过残疾人办证系统、就业培训实名制信息系统，逐一进行查验，确保整个拨付过程公开透明。要严格按照规定程序拨付，任何单位和个人不得挤占挪用。对资金拨付使用过程中发生弄虚作假、截留、挪用等行为的单位和个人，按照有关规定依法追究责任。

（三）加强对补贴资金使用情况的监督。要加强网络基础设施建设，通过建立健全跟踪和信息反馈制度，有效掌握补贴资金使用的具体情况，并不断强化对资金使用的监督，切实提高资金使用效率，确保资金使用安全、规范、合理。县（区）级残联、财政部门，要建立残疾人自主就业创业扶持资金管理使用内部监督检查制度，对补贴资金审核拨付、会计核算等日常工作实施定期检查和不定期抽查。

（四）对违规问题的处理。各级残联、财政部门要对违规、违纪行为及时做出处理。对管理不规范的，要限期纠正；对有违反管理规定行为的，要视情节轻重，相应给予批评教育、通报批评，以及对当事人和负有领导责任的人员进行纪律处分，必要时应将当事人调离现任工作岗位；对存在虚报、套取、骗取、冒领各种补贴资金等行为的个人，由所在地残联、财政部门负责追回违规资金，并按有关规定进行严肃处理；对触犯刑法、构成犯罪的，要移交司法机关追究相关人员的刑事责任。

关于支持视力、听力、言语残疾人信息消费工作的通知

青残联会发〔2018〕64号

青海省残疾人联合会、青海省通信管理局联合印发。

一、科学合理制定残疾人信息消费优惠政策和资费标准

（一）电信、移动、联通等企业，要总结推广企业已有的信息优惠措施，推出对视力、听力、言语残疾人的资费优惠方案。对持有中华人民共和国残疾人证的青海籍视力、听力、言语残疾人用户，在安装使用固定电话、手机语音通话、手机上网流量、宽带网络服务等费用方面给予适当优惠。

（二）各互联网信息服务企业积极主动为视力、听力、言语残疾人从事网络创业、电商交易提供支持，给予费用优惠。

（三）各级残联协调本地区数字电视公司对视力、听力、言语残疾人安装、使用数字电视一次性收费项目和收视等服务费用按照普通用户资费标准给予收费减免。

（四）各企业要简化产品结构设计，做好电信资费备案和公示，通过营业厅、服务热线等渠道广泛告知。要本着方便用户，简化手续的原则为视力、听力、言语残疾人提供优质服务。对残疾人可能存在的出行不便、需求迫切等问题，除必要的手续及审核外，尽可能简化办理流程，并可以采取绿色通道、上门服务、特事特办等特殊政策，为残疾人办理信息产品提供便利。

（五）按照省政府残工委年度重点工作任务分工，根据工作推进情况，省通信管理局将鼓励推动各基础电信企业向视力、听力、言语残疾人推出落实信息产品优惠实施措施，对持证视力、听力、言语残疾人使用固定电话、移动电话、宽带网络服务等费用予以适当优惠。

（六）在制定视力、听力、言语残疾人信息消费优惠政策和资费标准的同时，鼓励有条件的企业将其他类别残疾人纳入其中。

二、建立视力、听力、言语残疾人信息消费相关优惠政策的长效机制

根据国家对降费提速要求，基础电信企业、互联网企业要积极落实，实施视力、听力、言语残疾人信息消费优惠政策相关措施的相应调整，切实保障视力、听力、言语残疾人权益。各电信运营企业、互联网公司等对办理视力、听力、言语残疾人用户资费优惠业务的，可登录 http://www.cdpf.org.cn/2dzcx/进行查询，做好身份甄别。

三、大力宣传实施视力、听力、言语残疾人信息消费支持政策的良好氛围

各基础电信企业要组织好扶残助残相关公益短信发送，减免公益短信发送信息费用。各相关单位要积极宣传视力、听力、言语残疾人信息消费支持政策，丰富宣传内容，加大宣传力度，确保残疾人及其家属知晓政策内容，了解基本申请程序，方便办理相关手续。营造良好舆论氛围，引导全社会更加关心、关爱残疾人，支持残疾人事业发展，决胜全面建成小康社会，确保一个残疾人都不掉队。

青海省关于扶持残疾人自主就业创业的实施意见

青残联会发〔2018〕66号

青海省残疾人联合会、省发展改革委、民政厅、财政厅、人力资源社会保障厅、住房和城乡建设厅、工商局、体育局、邮政局、扶贫局、总工会、共青团委员会、妇联、中国人民银行各分行，税务局、中国邮政集团公司联合印发。

一、扶持范围

（一）本意见所称残疾人自主就业创业包括残疾人自主创业和残疾人灵活就业。

（二）残疾人自主创业，是指残疾人通过创办经济实体、社会组织等形式实现就业。包括在工商行政管理部门依法登记成立个体工商户、各类企业、农民专业合作社等生产经营主体；在民政部门登记成立各类社会团体、民办非企业单位等社会组织；经人力资源社会保障部门认定的其他自主创业。

（三）残疾人灵活就业，是指从事非全日制、临时性和弹性工作等实现就业。包括从事家庭副业、家政服务、修理装配、便民理发、绿化保洁等；经人力资源社会保障部门认定的其他灵活就业。

二、提供合理便利和优先照顾

（四）残疾人在登记个体工商户、各类企业、农民专业合作社等经济实体，或登记各类社会团体、民办非企业单位等社会组织时，相关部门应提供合理便利，优先办理登记注册手续。

（五）政府和街道兴办贸易市场，设立商铺、摊位，以及新增建设彩票投注站、新增建设邮政报刊零售亭等便民服务网点时，应预留不低于10%给残疾人，并适当减免摊位费、租赁费，有条件的地方应免费提供店面。

三、落实税收优惠和收费减免

（六）残疾人本人为社会提供的服务，按照《财政部、国家税务总局关于全面推开营业税改征增值税试点的通知》（财税〔2016〕36号）有关规定免征增值税；残疾人个人提供的加工、修理修配劳务，按照《财政部、国家税务总局关于促进残疾人就业增值税优惠政策的通知》（财税〔2016〕52号）有关规定免征增值税。残疾人个体就业或创办的企业，可按规定享受增值税优惠政策。

（七）残疾人创办的企业，年应纳税所得额低于100万元（含100万元）并符合小型微利企业条件的，按照《财政部、国家税务总局关于进一步扩大小型微利企业所得税优惠政策范围的通知》（财税〔2018〕77号）有关规定，其所得税按50%计入应纳税所得额，按20%的税率缴纳企业所得税。

（八）对残疾人个人取得的劳动所得，根据《中华人民共和国个人所得税法》《中华人民共和国个人所得税法实施条例》和《青海省残疾、孤老人员和军烈属所得税减征个人所得税管理办法》（青海省地方税务局公告〔2014〕第3号）的相关规定减征个人所得税。

（九）对残疾人自主就业创业的，按照有关规定免收管理类、登记类和证照类等有关行政事业性收费和具有强制垄断性的经营性收费；征得行业协会商会同意，适当减免或降低会费及其他服务收费。生产经营困难的，可依法申请降低住房公积金缴存比例或缓缴，待效益好转后再提高缴存比例或补缴。

（十）残疾人创办具有公益性、福利性且在民政部门登记为民办非企业单位的经营场所用电、用水、用气、用热按照民用标准收取。

四、提供金融扶持和资金补贴

（十一）残疾人自主就业创业的，依据青海省财政厅、省人力资源社会保障厅和省残联共同制定印发的《青海省残疾人自主就业创业扶持资金使用管理办法》（青残联会发〔2018〕46号）文件规定，给予残疾人自主创业一次性补贴和残疾人自主就业创业贷款贴息。政府支持的融资性担保机构和再担保机构应加大对残疾人自主就业创业的融资服务力度。有条件的市、州可多渠道筹资设立残疾人小额贷款风险补偿基金。对信用良好的残疾人创业者经综合评估后可取消反担保。

（十二）符合就业困难人员条件的残疾人实现灵活就业的，按规定给予社会保险补贴，由就业补助资金支出。

（十三）享受城乡低保的残疾人首次自主就业创业的，在核算其家庭收入时，扣减必要的就业成本，鼓励残疾人通过自身努力就业增收，摆脱贫困。

（十四）特殊教育院校教育类毕业生、残疾人高校（含技师学院）毕业生、贫困残疾人家庭高校（含技师学院）毕业生按规定享受求职创业补贴。

（十五）用人单位雇用就业年龄段残疾人，并为残疾人职工实际缴纳社会保险的，可按规定申请吸纳就业困难人员社保补贴。

五、支持重点对象和“互联网＋创业”

（十六）重点扶持残疾人自主就业创业致富带头人和非遗继承人。残疾人自主创业并带动其他残疾人稳定就业的、获得有关部门认定的残疾人非遗继承人自主创业的，给予贴息贷款扶持。获得有关部门认定的残疾人非遗继承人，优先推荐评选青海省五一劳动奖章、青海省五四青年奖章、青海省三八红旗手等荣誉称号，并优先推荐国家级荣誉称号。

（十七）完善残疾人大中专毕业生自主就业创业扶持政策，鼓励支持残疾人大中专毕业生入驻各类创业园。在“千校万岗”等大学生就业精准帮扶行动中，落实残疾人毕业生人岗对接工作。对国际残疾人职业技能竞赛和全国残疾人职业技能竞赛获奖选手自主就业创业的，优先保障贷款贴息，按规定给予一次性补贴。

（十八）残疾人利用网络就业创业的，给予设施设备和网络资费补助。网络商户残疾人同等享受残疾人自主创业扶持政策或享受残疾人灵活就业扶持政策。其中，在网络平台实名注册、稳定经营且信誉良好的网络商户残疾人创业者，可按规定享受创业担保贷款政策。

六、提供支持保障和就业服务

（十九）各地应根据扶持残疾人自主就业创业工作需要，根据《残疾人就业保障金征收使用管理办法》（财税〔2015〕72号）等文件规定，合理安排用于残疾人自主就业创业经营场所租赁、启动资金、设施设备购置补贴（或一次性补贴）、小额贷款贴息、社会保险缴费补贴、用人单位岗位补贴等方面的支出。设立的各类就业创业基金应加大对残疾人自主就业创业的扶持。

（二十）通过政府购买服务，加大各类孵化基地、众创空间、创新工场、创业园等对残疾人创业培训、开业指导、项目推介、融资咨询、法律援助等孵化服务力度。鼓励各地积极整合现有资源，建立残疾人就业创业孵化基地，2019年底前各市、州至少建有一个残疾人创业孵化基地。

（二十一）鼓励支持企业与自主就业创业的残疾人签订委托加工合同或产品购销合同，把适于残疾人加工的产品、工序委托残疾人加工制作。

（二十二）促进城乡残疾人平等就业创业，逐步完善城乡残疾人平等就业创业政策。发挥中心城市、新兴产业带动效应，吸纳更多残疾人劳动力跨地区、跨行业、跨所有制流动就业，逐步使外来残疾人劳动者与当地户籍残疾人享有同等的就业创业扶持政策。

（二十三）各级公共就业服务机构、残疾人就业服务机构要积极为残疾人自主就业创业提供政策咨询、职业介绍、信息发布、职业指导、创业指导、人力资源社会保障事务代理等服务。支持和鼓励社会创投机构、服务中介机构和社会组织，搭建用人单位与残疾人的劳务对接平台，提供相关服务。

青海省人民政府关于建立残疾儿童康复救助制度的实施意见

青政〔2018〕72号

一、总体要求

残疾儿童是社会大家庭的重要成员，做好残疾儿童康复救助工作，关系残疾儿童切身利益和健康成长，关系千家万户安居乐业和美满幸福，关系社会稳定和文明进步，关系健康青海建设和“一个同步、四个更加”目标的实现。

（一）指导思想。以习近平新时代中国特色社会主义思想为指导，认真落实党中央、国务院决策部署，统筹推进“五位一体”总体布局，协调推进“四个全面”战略布局，坚持以人民为中心的发展思想，牢固树立新发展理念，按照“补短板、兜底线、织密网、建机制、救急难、惠民生”的要求，着力保障残疾儿童基本康复服务需求，努力实现残疾儿童“人人享有康复服务”，使残疾儿童家庭获得感、幸福感、安全感更充实、有保障、可持续。

（二）基本原则。坚持制度衔接、应救尽救。加强与基本医疗、临时救助等社会保障制度的有效衔接，确保残疾儿童家庭求助有门、救助及时。

坚持尽力而为、量力而行。坚守底线、突出重点、完善制度、引导预期，着力满足残疾儿童基本康复服务需求。

坚持规范有序、公开公正。建立科学规范、便民高效的运行机制，主动接受群众和社会监督，做到公开透明、结果公正。

坚持政府主导、社会参与。更好发挥政府“保基本”作用，不断推进基本康复服务均等化；更好发挥社会力量作用，不断扩大康复服务供给，提高康复服务质量。

（三）总体目标。到2020年，建立与全面建成小康社会目标相适应的残疾儿童康复救助制度体系，形成党委领导、政府主导、残联牵头、部门配合、社会参与的残疾儿童康复救助工作格局，基本实现残疾儿童应救尽救。到2025年，残疾儿童康复救助制度体系更加健全完善，残疾儿童康复服务供给能力显著增强，服务质量和保障水平明显提高，残疾儿童普遍享有基本康复服务，健康成长、全面发展权益得到有效保障。

二、救助内容

（一）救助对象。救助对象为符合条件的0—6周岁视力、听力、言语、肢体、智力、孤独症等残疾儿童和7—17周岁持残疾人证的视力、听力、言语、肢体、智力、孤独症等残疾儿童。包括城乡最低生活保障家庭、建档立卡贫困户家庭的残疾儿童和儿童福利机构收留抚养的残疾儿童；残疾孤儿、纳入特困人员供养范围的残疾儿童；其他经济困难家庭的残疾儿童。其他经济困难家庭的具体认定办法，由各市（州）、县级人民政府参照相关规定，结合实际情况制定。有条件的地区，可放宽对救助对象家庭经济条件的限制。

1. 户籍（居住证发放地）在青海的残疾儿童，并持有二级以上医疗机构出具的诊断证明书或中华人民共和国残疾人证。

2. 符合相应类别残疾儿童康复救助要求，有康复服务适应指征，并经定点康复机构评估有康复潜力，通过康复服务可以达到功能重建或改善。

（二）救助内容。以减轻功能障碍、改善功能状况、增强生活自理和社会参与能力为主要目的的手术、辅助器具适配和康复训练等。

1. 康复训练。为视力、听力、言语、肢体疾、智力、孤独症等残疾儿童（含多重残疾）和发育障碍、发育迟缓、智力低下儿童提供基本康复训练。

2. 辅助器具适配。为视力残疾儿童适配助视器，为听力残疾儿童适配助听器或人工耳蜗产品，为有假肢、矫形器、轮椅、坐姿椅、站立架、助行器等需求的残疾儿童适配辅助器具。

3. 手术。为有手术适应证的听力言语残疾儿童实施人工耳蜗手术，并提供人工耳蜗术后基本康复训练；为肢体残疾儿童实施矫治手术，提供术后基本康复训练和适配矫形器；为视力残疾儿童提供斜视矫治、白内障等手术。

各市（州）、县级人民政府根据本地实际进一步细化确定残疾儿童康复救助基本服务项目和内容。每名残疾儿童在同一年度内不得重复享受同一类型救助，接受康复救助的残疾儿童按有关规定可以同时享受困难残疾人生活补贴和重度残疾人护理补贴。

（三）救助标准。0—6 岁残疾儿童：视力残疾儿童康复训练费每人每年最高补助 0.5 万元。听力、言语残疾儿童人工耳蜗植入费每人最高补助 6.6 万元。肢体残疾儿童矫治手术平均每人最高补助 2 万元。听力、言语残疾儿童、脑瘫儿童、智力残疾儿童、孤独症儿童康复训练费每人每年最高补助 2 万元。听力、言语残疾儿童助听器适配每人最高补助 1 万元。轮椅、坐姿椅、站立架、助行器、助视器等辅助器具平均每例最高补助 0.1 万元，假肢、矫形器适配每例最高补助 0.5 万元。以上经费包含评估、适配服务费。

7—17 岁持证残疾儿童：视力残疾儿童康复训练每人每年最高补助 0.2 万元。听力、言语残疾儿童人工耳蜗植入费每人最高补助 6.6 万元。肢体残疾儿童矫治手术每人最高补助 0.8 万元。听力、言语残疾儿童、脑瘫儿童、智力残疾儿童和孤独症儿童康复训练每人每年最高补助 0.8 万元。听力、言语残疾儿童助听器适配每人最高补助 0.8 万元。轮椅、坐姿椅、站立架、助行器、助视器等辅助器具平均每例最高补助 0.08 万元，假肢、矫形器适配每例最高补助 0.4 万元。以上经费包含评估、适配服务费。

三、救助流程

深化“放管服”改革，推进“马上办、网上办、就近办、一次办”，努力实现残疾儿童及其监护人“最多跑一次”“一站式结算”，切实提高便民服务水平。符合条件的残疾儿童，需按以下工作流程申请康复救助。

（一）申请。残疾儿童监护人要有正确认识和康复意愿，向残疾儿童户籍所在地（居住证发放地）县级残联提出申请，监护人也可委托他人、社会组织、社会救助经办机构等代为申请，保证受助对象在定点康复机构按规定的时间接受康复训练。

（二）审核。对于城乡最低生活保障家庭、建档立卡贫困户家庭残疾儿童和儿童福利机构收留抚养残疾儿童的救助申请，以及残疾孤儿、纳入特困人员供养范围残疾儿童的救助申请，由县级残联与民政、扶贫部门进行相关信息比对后做出决定；其他经济困难家庭残疾儿童救助申请的审核程序，由县级人民政府规定。县级残联负责对上述残疾儿童康复救助有关信息予以公示。

（三）救助。经县级残联审核符合条件的，由残疾儿童监护人自主在居住县（市、区、行委）选择定点康复机构接受康复服务；确需跨地区康复的，由监护人向县级残联提出申请并经批准后赴外地接受康复治疗。必要时，由市（州）级以上残联和卫生计生等部门指定的医疗、康复机构做进一步诊断和康复需求评估。定点康复机构与监护人签订康复服务协议，建立康复档案，制订康复训练计划，实施康复训练，定期进行康复效果评估并对监护人进行培训。残疾儿童中途自行放弃康复训练的，定点康复机构须及时报县级残联备案，据实结算。

（四）结算。在定点康复机构接受康复服务发生的费用，经县级残联审核后，先通过基本医疗保险、大病保险、商业补充医疗保险、医疗救助等结算，剩余部分和未参保残疾儿童发生的费用由同级财政部门与定点康复机构直接结算，每半年结算一次。经县级残联审核后同意跨地区康复机构接受康复服务发生的费用，由县级财政部门与定点康复机构直接结算。

在基本医疗报销的基础上，根据康复机构对残疾儿童康复评定的需求，补足残疾儿童康复救助所需资金，保障残疾儿童康复应救尽救。

（五）信息录入。县级残联负责将已完成康复救助的残疾儿童基本信息，录入中国残联残疾人精准康复服务信息系统。

（六）其他。对部分当地不能满足康复需求的残疾儿童，可以政府向社会购买康复服务的方式予以解决。

青海省残疾儿童康复救助制度定点机构准入标准和服务规范（试行） 青残联会发〔2018〕69 号

青海省残疾人联合会、省卫生计生委、省民政厅、省教育厅联合印发。

一、高度重视、确定机构。各地要高度重视残疾儿童康复救助工作，加强领导、落实责任、精心组织。严格按照《青海省人民政府关于建立残疾儿童康复救助制度的实施意见》（青政〔2018〕72 号）的要求，建立工作队伍，参照《青海省残疾儿童康复救助制度定点机构准入标准和服务规范（试行）》，认真审核筛选更新确定本级项目执行定点康复服务机构，并制定配套的考核评估办法，凡达不到准入标准的一律不得作为定点机构参与项目工作。

二、强化服务、规范流程。各地要以建立青海省残疾儿童康复救助制度为契机，协调有关部门，加大政府购买残疾儿童康复服务力度，加强残疾儿童康复机构规范化建设，完善服务功能，健全服务措施，提高服务能力，同时强化队伍建设，加大专业人员培训力度，规范服务流程，开展康复效果评估，做好业务指导，保证康复质量。

三、加强督导、严格考核。省残联、省卫生计生委、省民政厅、省教育厅将联合相关部门组织成立专项督导组，按照《青海省人民政府关于建立残疾儿童康复救助制度的实施意见》（青政〔2018〕72号）和《青海省残疾儿童康复救助制度定点机构准入标准和服务规范（试行）》要求，对残疾儿童康复救助制度落实情况开展专项督导检查，对在检查中工作开展不力的地区，给予通报批评；对不符合条件的机构，予以清退及相应处理。各地也应组织相关部门及专家，对本地残疾儿童康复救助工作和定点机构开展情况定期督导考核，确保残疾儿童康复救助工作顺利进行。

青海省人民政府办公厅关于印发2018年民生实事工程及任务分工的通知

青政办〔2018〕29号

（七）扶弱助困工程

12. 调整提高城乡最低生活保障标准和孤儿基本生活保障补助标准。

14. 为520名0—6岁残疾儿童免费实施康复服务。为2300名农村贫困残疾人开展实用技术培训。

关于进一步加强和改进残疾人专职委员公益性岗位开发管理工作的通知

青人社厅函〔2018〕528号

青海省人力资源和社会保障厅、省财政厅、省残疾人联合会联合印发。

一、巩固开发岗位

自2011年至2018年，我省已开发乡级、社区残疾人专职委员公益性岗位708个，其中：西宁市175个，海东市139个，海西州76个，海南州74个，海北州49个，玉树州84个，果洛州50个，黄南州61个。残疾人专职委员公益性岗位有效解决了部分残疾人及残疾人亲属的就业问题，有效改善了残疾人家庭生活状况，为基层残疾人工作提供了人力支撑，但个别地区还存在岗位不明确、空缺未及时补充等问题。各地人力资源社会保障部门要牵头联合财政、残联对本地区残疾人专职委员公益性岗位进行梳理规范，严格岗位设置，明确工作内容，防止岗位流失。

二、补充开发岗位

各市（州）要根据基层工作实际需求，按照一个乡（镇、街道）、一个社区、一个乡（镇、街道）辖区内最大的村有一个残疾人专职委员公益性岗位的原则，结合各县（区、市、行委）残疾人就业保障金承受能力，在巩固现有残疾人专职委员公益性岗位的基础上，新补充开发残疾人专职委员公益性岗位，招聘残疾人或残疾人亲属就业。新招聘补充人员按73号文件要求，要在规定劳动年龄内，即16周岁以上，男55周岁，女50周岁以下，持有就业创业证或就业失业登记证。其他招聘条件、程序、管理、服务等规定，仍按176号文件执行。

三、岗位待遇和资金安排

（一）2018年之前，已开发的708个残疾人专职委员公益性岗位，岗位补贴从2019年1月1日起按以下规定调整：50%由各地财政、人力资源社会保障部门在就业专项资金中列支，其余50%由原来省州县三级分担改为县（区）级残联从残疾人就业保障金中配套解决。社会保险补贴仍按176号文件规定执行。

（二）2019年1月1日起，新补充开发的残疾人专职委员公益性岗位，岗位补贴按以下规定执行：100%由县（区）级残联从残疾人就业保障金中解决，其社会保险补贴由县（区）级政府统筹解决，不得从就业专项资金中列支。

（三）残疾人专职委员公益性岗位补贴原则上不低于全省最低工资标准。

三、五年工作综述

——青海省残联党组书记、理事长曹晓在省残联第七次代表大会上的工作报告（节选）

2018年5月28日

青海省残联第六次代表大会以来的五年，我省残疾人事业始终与建设更加富裕文明、和谐美丽的新青海同向而行，始终与广大残疾人实现美好生活新期待同力而为，始终与全面建成小康社会目标同步而进，走过艰辛而又值得铭记的光辉历程，实现了残疾人事业的跨越发展。

这五年，是保障措施不断完善的五年。五年来，我们认真贯彻党中央、国务院和省委省政府关于发展残疾人事业的一系列方针政策，坚持以残疾人为中心，以残疾人同步小康为核心目标，立足于残疾人共建共享经济社会发展成果，进一步推动完善党委领导、政府负责、部门配合、社会参与、残联组织积极作为的残疾人工作领导体制和工作机制，加大残疾人事业政策理论研究力度。努力推动各项惠残政策法规“兜底、补短、降槛、提标、扩面”效能，在推进残疾人事业发展中最大化释放。推动出台具有青海特色的30余项普惠加特惠政策法规和制度措施，残疾人事业发展步入规范化、法治化轨道。一套覆盖全面、趋于完善，贴切省情残情的残疾人政策法规保障体系基本形成，残疾人事业向更加明确的方向发展。

这五年，是各项事业快速发展的五年。五年来，我们积极争取各方资源，落实省级以上财政和社会援助资金项目物资折合人民币近13亿元。社会保障稳步提升，为16.93万人（次）重度残疾人累计发放护理补贴2亿元；为33万人（次）重度残疾人和8.62万人（次）中轻度残疾人累计发放困难残疾人生活补贴4亿元。脱贫攻坚扎实推进，29740名残疾人实现脱贫，11.18万人（次）残疾人纳入城乡最低生活保障范围。10339 户残疾人家庭享受国家危房改造项目。投入资金 2385 万元，为 3975 户残疾人家庭进行了无障碍改造。教育就业明显改善，城乡残疾人技能培训 5 万余人（次），累计新增残疾人就业 11360 人（次）。投入 400 万元，资助各类贫困残疾人学生近 2000 人（次）。特殊教育学校由 2013 年的 12 所增加至 16 所，开展送教上门服务，使重度残疾儿童接受合适的教育。义务教育阶段在校生由 2013 年的 2120 人增至 5061 人，增长近 1.4 倍。残疾儿童少年入学率提高至 87.06%。康复服务成效显著，康复经费总投入 1.28 亿元，是上一个五年的 2.4 倍，为 20.8 万人（次）残疾人提供康复服务。基金会建设稳步提升，向社会各界募集助残资金和物资价值达 2700 万元，并全部用于残疾人福利事业。《青海省残疾人事业“十二五”发展规划》各项指标全面超额完成，《青海省“十三五”加快残疾人小康进程规划》有序实施。一个渠道多元、趋于稳定，贴切省情残情的工作机制基本形成，残疾人事业向更加健康的方向发展。

这五年，是难重工作逐一突破的五年。五年来，我们辩证分析“经济小省”“基础薄弱”等实际，以残疾人基本需求为导向，按照先主后次、先急后缓的思路，整合优势资源逐点突破。提高特教补助标准、提高机动轮椅车燃油补贴标准、家庭无障碍改造、重度残疾人辅助性就业补贴等民生项目连续列入省委省政府民生实事工程。康复经费投入、辅助器具适配、白内障医治率、“两项补贴”发放、机动轮椅车燃油补贴提标等 10 项指标走在西部乃至全国前列，并在全国率先探索建立残疾人事业发展“部省共建”机制。一些因地制宜、独具优势，贴切省情残情的实践经验基本形成，残疾人事业向更加务实的方向发展。

这五年，是基础建设持续强化的五年。五年来，我们建设了 1 个省级、8 个州级、39 个县级、118 个社区的残疾人康复、托养、综合服务设施和社区“残疾人之家”，总建筑面积 15 万平方米，省级残疾人文化体育设施立项并即将开工建设。省、市、县、乡、村五级残疾人组织进一步建立健全，省、市、县三级残联全部建立残疾人专门协会，专门协会工作更加活跃，省肢残人协会实现法人治理并下设成立残疾人企业协会，各专门协会广泛联系本类别残疾人，协会主体作用进一步发挥。各市（州）公共图书馆均建立盲人阅览室及有声读物室，完成 28 个县级公共图书馆和 80 个基层社区残疾人图书室的建设任务。建成 5 个国家级残疾人体育健身示范点。开发乡（镇、街道）、社区残疾人专职委员公益性岗位 700 余个，乡级残联和村（社区）残协工作经费、残疾人专职委员工作补贴、教育培训经费基本纳入县级财政预算。招募各类助残志愿者 15 万人，建立志愿者助残联络站（点）近 4600 个，累计为 20 万残疾人（次）提供志愿服务。完成 1 个省级、8 个市（州）残联辅助器具流动服务车、46 个县级残联流动服务车的配备工作。一批紧跟需求、充满生机，贴切省情残情的残疾人服务阵地和组织队伍基本形成，残疾人事业向更加规范的方向发展。

这五年，是维权能力显著提升的五年。五年来，我们自觉担当残疾人的“娘家人”角色，敢于向任何损害残疾人合法权益的行为“亮剑”“说不”，开通运行 12385 残疾人服务热线，成立省级残疾人法律服务总团和 8 个市（州）残疾人法律服务分团，43 个县级残联设立残疾人法律服务维权岗，所有乡镇建立残疾人法律援助工作站。充分运用法律武器，依法坚决纠正歧视残疾人、侵害残疾人权益的行为，各级法律服务机构共协调解决和代理侵害残疾人权益案件 545 件。省残联处理残疾人来信来访 221 件，办结率达到 95% 以上。广泛开展残疾人文化、艺术、体育、宣传、娱乐活动，广泛宣传惠残政策法规和制度措施，大力弘扬人道主义思想和现代文明社会残疾人观。残疾人“自尊、自信、自强、自立”的精神得到社会的高度认可和普遍弘扬。一股紧盯主责、聚焦主业，贴切省情残情的残疾人维权促稳力量基本形成，残疾人事业向更加专业的方向发展。

这五年，是风采风貌充分彰显的五年。五年来，我们大力传送党和政府对残疾人的关爱和温暖，积极培育和践行社会主义核心价值观，大力弘扬人道主义思想和扶残助残的中华民族传统美德，集中力量打造“青海·人道助残工程”品牌，慈善助残氛围更加浓厚。成立青海七彩梦残疾人艺术团，开展公益性演出 50 余场（次），举办第六届全省残疾人艺术汇演，组队参加 2 次全国残疾人艺术汇演，获得奖项 12 个。成功打造环青海湖残疾人公路自行车邀请赛品牌。举办第四届全省残疾人运动会等体育赛事 18 次。组团参加第九届全国残疾人运动会暨第六届全国特奥运动会、全国残疾人单项体育赛事 12 次，共夺得奖牌 118 枚。有效运用网络、报刊等媒体，加强对残疾人小康进程、残疾人事业发展规划、重大政策、自强模范和助残先进典型等的宣传力度，全面营造理解、尊重、关心、帮助残疾人的社会环境。促进和谐、彰显文明，贴切省情残情的残疾人舆论宣传基调基本形成，残疾人事业向更加利好的方向发展。

这五年，是信息技术深入推进的五年。我们积极运用创新思路、采取创新举措带动残疾人事业赶超发展。《1 时间生活》栏目在青海广播电视台正式开播，成为全国第一档生活服务类手语电视节目。成立全国残联系统首家残疾人辅助性就业机构“青海喜憨儿洗车中心”，再次打开智障残疾人“就业难”的突破口。成立全省唯一一所盲人按摩医疗专科医院“青海仁和按摩康复医院”，制定《青海省盲人保健按摩行业星级评定暂行管理办法》。首次在青海大学医学院设置康复治疗学专业。建设残疾人大数据，办理残疾人证 176521 人，残疾人办证率 58.84%，居全国前列。创新手机终端在残疾人数据动态更新中的运用，得到中国残联的高度肯定，组织开展对所有持证残疾人基本服务状况和需求信息的实名制常态化调查，开发建设了集信息录入与查询、精准化服务等功能为一体的“互联网+残疾人信息管理服务”平台，依托平台完成全部持证残疾人个人基础信息变动、服务落实、需求变化情况和4705个社区残疾人基本公共服务改进情况的动态更新，为省委省政府决策提供了科学依据。为加强和改进残疾人工作，加快推进残疾人小康进程奠定坚实基础。一条科技领路、注重实效，贴切省情残情的残疾人创新发展之路基本形成，残疾人事业向更加高效的方向发展。

这五年，是排忧解难取得实效的五年。五年来，我们聚焦残疾人“两不愁、三保障、两扩面”，不断加强残疾人服务保障能力和供给水平，不断提升残疾人获得感。对享受低保分类施保的城市残疾人每人每月增发40元补助，农村残疾人每人每年增发200元补助。对重度残疾人参加城乡居民基本养老保险每人每年按300元给予全额代缴，比国家标准高出200元。对脑瘫、智障等残疾儿童，在国家救助每人免费康复6个月、1.2万元的基础上，由省级政府购买服务延长到免费康复10个月、2万元。出台并开始实施“两项保险”制度，参加城乡基本养老保险的中轻度残疾人每人每年给予50元的缴费补贴，参加城乡居民基本医疗保险的中轻度残疾人对个人缴费部分按50%予以补贴。全省义务教育阶段特殊教育生均预算内公用经费标准提前提高到6000元，将特教工作岗位补贴在15%基础上每人每月提高360元。一个普惠兜底、特惠补短，贴切省情残情的残疾人服务供给模式基本形成，残疾人事业向更加精准的方向发展。

五年中，我们接续而为，坚持遵循我省残疾人事业发展的基本经验和规律，贯彻新发展理念，一张蓝图绘到底、一以贯之抓落实。五年中，我们团结协作，坚持发挥各级政府残工委体制机制优势，立足大局、整合资源、凝聚力量，为加快推进残疾人小康进程汇聚起磅礴力量。

四、2018年工作综述

2018年，在省委省政府的坚强领导下，省政府残工委以习近平新时代中国特色社会主义思想为指导，深入贯彻落实党的十九大和省第十三次党代会及历次全会精神，紧紧围绕加快推进残疾人小康进程的各项任务，努力提升残疾人工作在实施“五四战略”、奋力推进“一优两高”中的分量，省政府残工委成员单位通力合作、扎实工作，推进全省残疾人工作再创新业绩。

（一）残疾人同步小康进程加快推进

1. 多方面完善残疾人事业发展法规政策。2018年省政府残工委各成员单位立足各自职能，聚力解难破题，聚焦特惠补短，仅在一年间就出台10余项涉及残疾人福祉改善的法规政策。省政府印发《关于建立残疾儿童康复救助制度的实施意见》；省卫健委、民政厅、教育厅印发《关于印发青海省残疾儿童康复救助制度定点机构准入标准和服务规范（试行）的通知》；省人社厅、省财政厅印发《关于进一步加强和改进残疾人专职委员公益性岗位开发管理工作的通知》；省人社厅、省财政厅印发《关于印发青海省残疾人自主就业创业扶持资金使用管理办法的通知》；省发改、民政、财政、人社、住建、人民银行、国税、工商、体育、邮政管理、扶贫和工青妇等15部门联合印发《青海省关于扶持残疾人自主就业创业的实施意见》；省通信管理局印发《关于支持视力、听力、言语残疾人信息消费工作的通知》；省公安厅、民政、卫健等部门印发《关于做好伤残人民警察帮扶救助工作的通知》，普惠加特惠政策法规和制度措施更加健全，贴切省情残情的残疾人政策法规保障体系更趋完善。

2. 多举措推进贫困残疾人脱贫攻坚。省政府残工委各成员单位聚焦加快农牧区贫困残疾人脱贫步伐，密切配合，深入贯彻落实《中共中央国务院关于打赢脱贫攻坚战三年行动的指导意见》，9478名建档立卡贫困残疾人脱贫，建档立卡贫困人口服务和退出率为76.54%。对2300名农村牧区贫困残疾人进行实用技术培训。争取社会慈善帮扶，开展“威高·爱”脊柱侧弯救助项目、“站立计划——西部中壮年贫困股骨头坏死患者救治项目”、“积善扶贫健康行”等项目。省扶贫局将残疾人脱贫攻坚提升到新的高度，在相关部门的共同努力下，组织召开东西部支援残疾人脱贫攻坚座谈会，对口援青6省（市）残联，南京、无锡2市残联和全省8个市州残联与会代表，围绕贯彻东西部扶贫协作座谈会精神和贫困残疾人脱贫攻坚三年行动的要求，开展残疾人东西部支援帮扶深度合作交流。召开全省残疾人脱贫攻坚推进会，对全省残疾人脱贫攻坚履行专项责任进行再安排再部署。

3. 多方位保障残疾人基本民生。省政府残工委各成员单位积极探索，结合省情实际和残疾人基本需求，不断提升“兜底、降槛、提标、扩面”水平，省民政厅牵头开展困难残疾人生活补贴和重度残疾人护理补贴扩面工作，为14.5万名残疾人发放生活补贴，为8.7万名重度残疾人发放护理补贴，发放金额共计2.4亿元；通过“阳光家园计划”和省级福彩资金支持，共投入资金718万元，为2139名残疾人提供托养服务；全省城乡残疾人享受低保待遇的有13861人次，其中城镇5004人次，农村牧区8857人次；下达2018年度机动轮椅车燃油补贴资金396万元；争取和安排860万元资金，完成1000户贫困残疾人家庭和11个残疾人服务设施的无障碍改造。

4. 多渠道拓宽残疾人就业增收。全省各级政府残工委坚持抓关键、促就业，深入落实《青海省残疾人自主就业创业资金管理办法》，通过残疾人自主创业一次性补贴、残疾人自主就业创业贷款贴息等方式，支持残疾人自主创业就业。开展残疾人就业服务，残疾人职业技能和实用技术培训8843人次，全省新增就业3078人次，其中按比例就业183人次；在全省2018年就业援助月活动期间，人社等部门走访残疾登记失业人员家庭户2037户、组织召开专场招聘会41场、发放援助宣传资料1.8万余份、登记失业的残疾人1035人、帮助残疾登记失业人员实现就业147人次、帮助残疾人享受专项扶持政策318人次。

（二）残疾人服务水平全面加强

1. 残疾人康复取得新成绩。省政府残工委各成员单位全面贯彻落实党的十九大关于“发展残疾人事业，加强残疾康复服务”的重要部署，深入落实省政府《关于建立残疾儿童康复救助制度的实施意见》，为77398名残疾人提供康复服务，康复服务率达到78.17%，辅助器具适配率为74.89%，建档立卡贫困残疾人服务率为79.59%，为因病致（返）贫残疾人服务率为80.22%，与76389名残疾人签署家庭医生签约服务协议。积极争取和实施深圳“彭年光明行动”、“站立计划”等康复服务项目。省卫健等部门积极助力组建全省医疗康复联合体，实现医疗与康复机构的双向转诊机制。各相关部门联合推动康复人才培养改革试点工作和政府招标采购确定残疾儿童康复定点机构的工作新模式，加大市（州）级康复机构建设和投入运行力度。省政府残工委各成员单位深入贯彻落实《残疾预防和残疾人康复条例》《残疾预防行动计划》，扎实开展国家残疾预防综合试验区试点工作，加强宣传，减少残疾发生率。

2. 残疾人受教育水平有了新提升。省政府残工委各成员单位特别是教育部门，积极践行教育优先发展战略，加大残疾人学生就学支持力度，对接受学前教育残疾儿童进行摸底，为全省207名符合资助条件的残疾儿童提供资金资助。贯彻落实《青海省救助贫困残疾学生暂行办法》，向2017年秋季学期的231名高中阶段、220名大学阶段贫困残疾人学生发放资助资金112万元。2018年秋季学期在校贫困残疾人学生申请资助工作有序开展。2018年各类院校录取残疾人考生75名。对200名青壮年残疾人开展了扫盲工作。

3. 残疾人文化体育宣传工作呈现新成果。全省各级政府残工委大力弘扬人道主义思想和扶残助残的中华民族传统美德，在省委宣传部的大力支持和指导下，研发央视《新闻联播》栏目和《平“语”近人——习近平总书记用典》系列节目手语版，正在积极申报央视授权。围绕残疾人重大工作和重大活动，大力宣传残疾人事业，通过报刊、门户网站、广播、电视、网络、短信等传播渠道，刊发、播出、转载宣传片和宣传信息1400余篇（条）。省文化、体育等部门协同联动，组织举办青海省第十七届运动会残疾人项目比赛和全省特奥运动会，600余人次残疾人运动员参赛，参赛人数是上届运动会的四倍。成功举办第六届环青海湖残疾人公路自行车赛。组织举办“飞鸟杯”残疾人诗歌朗读者大赛，邀请业界名人现场指导，生动展示了残疾人精神风貌。

图7-29-1　第六届环青海湖残疾人自行车赛现场。

4. 残疾人权益保障得到新成效。省政府残工委各成员单位特别是民宗、司法行政等部门，结合全面依法治省工作大局，全方位推进残疾人事业发展法治建设。残疾人民族团结进步建设不断加强，普法宣传及法治培训不断提升。结合全国助残日、扶贫村法律下乡、机关普法宣讲等活动开展法律宣传服务4次，印制自2009年省委出台《进一步促进残疾人事业发展的意见》（青发〔2009〕15号）文件以来残疾人工作法规政策汇编。全年接待来访残疾人群众140余人次，接听来电咨询320余人次，办理来信9件，处理残疾人网上留言5件。全省43个残疾人法律服务维权岗全面开展残疾人法律服务工作，为176412名持证残疾人发放法律服务便民联系卡，实现残疾人免费法律服务全覆盖。开展集中法律宣传活动10余场，深入农牧区、深入残疾人家庭，通过发放宣传手册、现场开展涉法涉诉问题咨询等方式向残疾人群众普及政策法规知识、进行司法救助。全省未发生残疾人群体上访案件。

（三）残疾人事业发展基础持续巩固

1. 圆满完成全省残联组织换届工作。2018年5月28日在西宁成功召开青海省残疾人联合会第七次代表大会。省委省政府高度重视，省委常委出席开幕会，省委书记王建军、中国残联副理事长程凯在大会开幕会上讲话，会议全面总结过去五年全省残疾人工作的成绩和经验，提出今后工作的目标和任务。大会选举产生省残联新一届领导班子，为残疾人事业发展增添新的活力。各市州残联也圆满完成换届工作，一批政治素质高、工作能力强、热爱残疾人事业的同志走上领导岗位，残联领导班子和队伍建设得到加强，为加快创新发展奠定组织基础。

2. 科学推进“大数据”采集运用。充分运用现代化信息手段，全面完成2018年度全省残疾人基本服务状况和需求信息数据动态更新入户采集工作，共对176412名持证残疾人和4672个村（社区）的基本服务状况和需求信息数据进行更新，入户率为97.34%，手持移动终端数据采集率达100%。全面完成2018年全国残疾人家庭收入状况青海抽样调查任务，共调查残疾人家庭89户，入户率达100%，并对46户残疾人家庭进行满意度调查。形成调数据分析报告，并印发本次会议，供各成员单位参阅。

3. 深入推进省残联改革。把着力增强“三性”、警惕克服“四化”贯穿残联改革的始终，始终把准残联改革的方向和主线。国务院办公厅印发《中国残疾人联合会改革方案》后，我们及时组织学习，围绕中国残联改革方案提出的6个方面21个改革措施要求，全面系统梳理前期调研成果，研究制定省残联改革方案，成立省残联深化改革领导小组和办公室，制定省残联深化改革任务措施，确定改革的时间表和路线图。坚持广开言路促改革，方案初稿形成后，省委组织部、省委改革办、省编办和省残工委各成员单位认真提出意见建议，目前省残联改革方案通过中国残联评审后，已提交省政府审批，即将纳入改革整体部署。

（四）各地残疾人工作的探索创新

2018年，各市州因地施策、主动创新，收获许多实效。

西宁市针对残疾人出行不便等现实问题，加大网上信访工作力度，印发《关于把残疾人信访工作纳入全市信访维稳工作大局的意见》，拓宽残疾人信访渠道，做到让数据多跑路，让残疾人群众少跑路。

海东市开展“互联网+残联”“互联网+残疾人”残联系统国民应急创新服务体系建设工作，进一步健全和提升残疾人在应对事故、灾害和紧急事件时的安全保障。

海西州足额保障年度残疾人基本服务状况和需求信息数据动态更新工作经费，共计102万元，其中，为全州11002名登记户发放补贴55.01万元，为202名信息采集员配发手机移动终端及通信补贴42.4万元，为动态更新工作提供强有力的资金保障。

海南州残疾人康复医院融合中西医、藏医、康复医学，结合城乡医疗保险结算，开放床位90张，按一定比例不限制患者住院次数，重复住院治疗，创新康复医疗和康复训练运行模式，受到社会各界一致好评。

海北州在落实残疾儿童康复救助制度实施方案中，对陪护人员护理费、生活补助及暂住房屋租赁费按实际产生费用进行补助；各县从残疾人就业保障金中列支5万元，为残疾儿童康复救助的筛查、评估和适配服务等新增经费做出制度性安排。

玉树州创建“玉树州脊髓损伤者希望之家”，全年为30多名脊髓损伤者进行治疗，并集中组织脊髓损伤残疾人开展手工制作技能培训，安排符合条件的残疾人实现就业，成效明显。

果洛州积极组织达日、玛多县等地区近200名贫困残疾人在西宁市恒安骨病医院、省人民医院开展肢体矫治手术，加强残疾人康复服务。

黄南州批复设立州残疾人康复服务中心为公益一类事业单位，核定全额拨款事业编制3名，为残疾人康复工作奠定坚实基础。

五、重要条目

【青海省残联第七次代表大会】2018年5月28日—29日在西宁召开。省委书记、省长王建军，中国残联副理事长程凯出席并讲话。省领导刘宁、王晓、张西明、王予波、严金海等出席，副省长匡湧主持会议。王建军、程凯等领导向受到表彰的先进集体和个人代表颁奖。大会通过了曹晓同志代表省残联六届主席团做的工作报告的决议和省残联第七次代表大会授予主席团会议有权增加主席团委员名额和增补、调换主席团委员的决议。

【彭年光明行动】由省残联主办，2018年8月2日在青海省海晏县正式启动。本次行动拟资助500例贫困家庭白内障患者进行免费复明手术。活动当天共27名白内障患者参加筛查，为符合条件的21人实施了免费手术。余彭年慈善基金会副理事长彭新英参加启动仪式，省残联副理事长王红泽高度赞扬并由衷感谢余彭年慈善基金会始终坚持“复明一人、解救一家、造福一方”的理念，15年来给予青海省白内障患者的无私大爱。

【第六届环青海湖残疾人公路自行车赛】由环青海湖国际公路自行车赛组委会办公室、青海省体育局、青海省残疾人联合会主办，2018年8月14日至16日在青海湖畔的海北州海晏县和海南州共和县境内举办，全国8支残疾人代表队共48名运动员参加比赛。比赛设三个赛段。第一赛段为海晏县绕圈赛，全程27公里，山东队吴国庆、河北队郝文雨、青海队多日杰拿下赛段前三名。第二赛段从海晏县王洛宾广场出发至白佛寺广场，全程37.1公里，青海队多日杰夺得赛段第一名，山东队吴国庆、青海队索南文江分别获得第二、三名。第三赛段全程为爬坡赛，从青海湖二郎剑景区至青海湖南山洛合垭口，赛程7.2公里，男子组青海队多日杰、索南文江，山东队吴国庆夺得前三名；女子组山东队李肖辉、甘肃队牛荣苇、江苏队余思佳获得前三名。

【“同心协力，为爱传递”斯蒂格净水器捐赠项目】由青海省残联主办，青海省残疾人福利基金会承办，2018年9月30日在青海省残联举行。省残联党组书记、理事长曹晓，捐赠方深圳市斯蒂格环保设备有限公司总经理熊志敏，青海承业节能科技有限公司总经理刘耀勇和西宁市各城区残联相关负责同志及部分受赠残疾人群众参加了捐赠仪式。此次捐赠活动中，深圳市斯蒂格环保设备有限公司、青海承业节能科技有限公司向青海省残疾人捐赠了3330台总价值共计

662 万元的净水器。

【青海省东西部支援帮扶残疾人工作座谈会】 2018 年 10 月 29 日在西宁召开。对口援青 6 省市残联，南京、无锡 2 市残联和青海省 8 个市州残联与会代表，围绕贯彻东西部扶贫协作座谈会精神和中国残联助推贫困残疾人脱贫攻坚三年行动，共商支援帮扶和合作交流。中国残联副理事长程凯出席并讲话，省残联理事长曹晓主持座谈会并介绍青海省残疾人事业支援帮扶合作交流工作开展情况。青海省扶贫开发局副局长盛宗毅出席会议并就近年来青海省脱贫攻坚和支援帮扶合作交流等进行了介绍。

六、大事记

2 月 2 日，青海省残联第六届主席团第九次全体会议在省残联召开。会议传达了中国残联第六届主席团第五次全体会议精神，听取并审议了曹晓同志代表省残联执行理事会所做的工作报告，调换了省残联第六届主席团委员。同日，全省残联工作会议在省残联召开，会议传达了副省长匡湧对全省残疾人工作的批示要求和第三十二次全国残联工作会议精神，安排部署了 2018 年重点业务工作。

3 月 3 日，省残联邀请青海省人民医院耳鼻喉科专家、省听力语言康复中心专业技术人员，走进青海省经济广播电台《残疾人之友》栏目，开展第 19 次全国爱耳日专题宣传教育活动。

3 月 19 日，青海省残联与甘肃省残联组织召开残疾人基本服务状况与需求信息数据动态更新工作座谈会，就做好年度动态更新工作开展座谈交流。青海省残联党组书记、理事长曹晓，甘肃省残联党组成员、巡视员张恩和参加座谈会。

5 月 8 日—15 日，青海省残联组织 8 家省内和中央驻青媒体，分别深入西宁市、海东市、海南州、黄南州等县、乡、村，开展“全面建成小康社会，残疾人一个也不能少”主题宣传活动。

5 月 20 日，第 28 次全国助残日活动在西宁市举行。活动现场由省人力社厅、省残联联合主办，省就业局、省残疾人就业服务指导中心共同承办了残疾人就业招聘会。省残联还组织开展了残疾人就业政策咨询、心理咨询、残疾人手工艺品展示与义卖、义诊等系列助残活动，向残疾人宣传了最新的扶残助残政策，让他们感受来自社会各界的关怀。

5 月 28 日，中国残联副理事长程凯一行到西宁市聋哑学校慰问残疾儿童少年，送去“六一儿童节”的祝福并对特殊教育提升计划落实情况进行调研。省教育厅副厅长薛建华、省残联副理事长白谊青、西宁市副市长陈红兵等领导一同调研。

5 月 29 日，省残联第七届主席团第一次全体会议召开。会议通过了省残联第七届主席团选举办法，选举省政府副省长匡湧为青海省残联第七届主席团主席，选举晁海军、曹晓、田起民、李岩玉、王忠辉、杨岩松、宋志强等 7 名同志为青海省残联第七届主席团副主席。通过了主席团聘任省委常委、省总工会主席马吉孝为名誉主席的决定。推举曹晓同志为青海省残联第七届执行理事会理事长。

7 月 5 日，省政府残疾人工作委员会全体（扩大）会议召开，会议总结了五年来的工作，安排部署了今后一个时期的重点工作。副省长、省政府残工委主任匡湧出席会议并讲话。

7 月 6 日，省残联召开庆祝建党 97 周年暨改革开放 40 周年大会。党组成员、机关和所属事业单位全体干部职工参加。党组书记、理事长曹晓做了题为《党员就要以党章为镜自觉加强党性修养》的主旨讲话。

8 月 1 日—3 日，“交通银行杯”青海省第十七届运动会暨第二届全民健身大会残疾人射箭比赛在海南州兴海县举行。全省各地 40 名肢体残疾人运动员参加比赛。黄南州运动员朝加项秀、海南州扎保、周才加三名选手获男子肢体一组前三名；海东市旦增、兴海县达保、当周才让获男子肢体二组前三名；团体赛前三名分别为海南州、兴海县、黄南州代表队。

图 7-29-2　青海省第十七届运动会暨第二届全民健身大会残疾人射箭比赛现场。

8 月 23 日，由省残联、省人社厅和省妇联共同举办的“民族团结进步杯”青海省第四届残疾人职业技能竞赛圆满落幕。全省 7 个市州残联和省特校等 12 个代表队的 100 余名选手，参加了盲人按摩、手绘唐卡、美甲、电子商务等五大类 13 个项目的比赛。42 名残疾人获得个人奖项，西宁市残联、省特校和海西州残联 3 个代表队分别获得团体第一、二、三名。

8 月 20 日—23 日，第四届全国“三菱友谊杯”残疾人民间足球争霸赛青海分区赛暨残疾人城市足球挑战赛、“民族团结杯”青海省第二届特殊运动会在互助土族自治县举行。此次赛事是青海省首次举办综合性残疾人体育盛会。全省 7 个市州和 3 个相关机构的 18 支队伍共 170 名残疾人运动员参加了聋人足球、特奥融合足球、田径、举重等 7 个大项19个小项的角逐。

8月25日，在第二次全国残疾预防日，青海省各地开展了形式多样的以“残疾预防，从我做起”为主题的残疾预防“进社区、进学校、进家庭”系列宣传活动。

8月25日，青海省首家星级盲人按摩示范店在海东市平安区建海按摩诊所挂牌，省残联副理事长吴彦俭，省残疾人就业服务指导中心刘洪伟及海东市残联相关人员参加挂牌仪式。

9月16日，青海省聋人足球队荣获“三菱友谊杯”第四届残疾人民间足球争霸赛年终总决赛亚军，这也是青海省参加全国残疾人足球比赛中取得的最好成绩。

10月12日—16日，青海省5名运动员参加在辽宁省大连市举行的2018年全国残疾人象棋、围棋比赛，谢海涛荣获围棋肢体残疾组亚军，这是青海省围棋选手在全国此领域获得的最高奖项。

11月5日—8日，青海省组队参加2018年全国残疾人岗位精英职业技能竞赛暨全国残疾人就业服务机构工作人员职业指导竞赛，青海选手卫燕庆荣获就业服务机构工作人员职业指导竞赛第一名，美甲选手吴学艳、商业摄影选手周昕、电子商务选手袁世娟分别获得拼搏奖；青海代表队被授予“就业服务成效奖”和“道德风尚奖”。

12月5日，青海省贫困残疾人脱贫攻坚工作推进会在西宁召开。省残联党组书记、理事长曹晓出席会议并讲话。省扶贫开发局领导就脱贫攻坚工作做了专题辅导；海南州、玉树州等市（州）残联负责同志做了交流发言。

12月21日，青海省残联在西宁市组织开展以“乐享冰雪、助力冬奥、康复健身、共奔小康”为主题的第三届中国残疾人冰雪运动季活动。省残疾人各专门协会、各机构的150名残疾人及其志愿者参加活动。

12月25日，副省长匡湧到中国残联与理事长周长奎举行座谈会，会商青海残疾人工作。中国残联办公厅、组联部、教就部和青海省政府办公厅、省残联有关负责同志出席座谈会。

12月27日，副省长匡湧到中国残疾人福利基金会与理事长王乃坤举行座谈会，会商青海残疾人工作。中国残疾人福利基金会相关领导和省政府办公厅、省残联有关负责同志出席座谈会。

（李卫林供稿）

宁夏回族自治区残疾人事业和残疾人工作

一、领导讲话

自治区党委书记石泰峰在自治区残联第七次代表大会上的讲话摘要

2018年7月25日

图7-30-1　石泰峰出席宁夏残联第七次代表大会开幕式。

自治区残联第六次代表大会以来的五年，是宁夏残疾人事业快速发展、取得显著成就的五年。五年来，各级党委、政府深入贯彻落实习近平总书记关于残疾人事业发展的重要指示精神，把残疾人事业纳入总体工作布局，加大支持和投入力度，残疾人事业发展的条件不断优化、基础更加坚实。各级残联组织和广大残疾人工作者紧贴全区工作大局，牢记全心全意为残疾人服务的宗旨，推动残疾人康复、扶贫、教育、就业、社会保障等工作取得显著成效，忠实履行了“代表、服务、管理”职能，较好发挥了党和政府联系广大残疾人的桥梁和纽带作用；广大残疾人紧跟时代步伐，自强不息、奋斗拼搏，以坚韧的毅力投身宁夏发展实践，创造了许多令人敬佩的业绩；社会各界守望相助、奉献爱心，推动形成了理解、尊重、关心、帮助残疾人的良好风尚。

我就做好新时代残疾人工作、加快我区残疾人事业发展，讲几点意见。

一、提高政治站位，切实增强加快残疾人事业发展的责任感和使命感

做好新时代残疾人工作、加快残疾人事业发展，是坚决维护习近平总书记核心地位、坚决维护党中央权威和集中统一领导的具体体现，是推进宁夏各项事业发展的重要任务，是促进社会公平正义的内在要求。各级党委和政府及残联组织，要以更高的站位谋划长远，以更实的举措推进工作，以更大的力度狠抓落实，确保残疾人与全区各族人民共享改革发展成果。

二、聚焦重点难点，推动残疾人事业高质量发展

目前，宁夏全区残疾人在基本生活、医疗卫生、康复、教育、就业、社会参与等方面还存在许多困难，46.6万残疾人总体生活水平还不高，还有2.1万残疾人尚未脱贫。我们要牢固树立以人民为中心的发展思想，用心用情用力做好残疾人工作，把好事实事办到残疾人的心坎上，推动残疾人事业高质量发展，让残疾人的获得感、幸福感、安全感更加充分、更有保障、更可持续。

三、凝聚强大合力，确保残疾人事业发展各项任务落到实处

残疾人事业是一项民生工程、社会工程。要全面加强党对残疾人工作的领导，完善政府负责、社会参与、残疾人组织充分发挥作用的工作机制，动员各方面力量合力共建、久久为功。各级党委和政府要把残疾人工作纳入经济社会发展总体规划、摆上重要议事日程，及时研究解决残疾人工作中遇到的困难和问题，为残疾人事业发展创造良好的环境和条件。各职能部门要强化助残扶弱意识，认真履职、明确分工、密切配合，给予残疾人更多的关心和支持，齐心协力做好残疾人工作。各级残联组织要旗帜鲜明坚持党的领导，持续深化改革，扎实做好残疾人就业、社保、教育、文化体育、康复等各项工作，千方百计为残疾人办实事、解难题、谋福祉，让残疾人感受到党和政府的温暖。广大残疾人工作者要提高服务本领，锤炼过硬作风，想残疾人之所想，解残疾人之所难，带着深厚感情为残疾人服务，努力做残疾人信得过、靠得住、离不开的贴心人、知心人。

自治区党委副书记、残联名誉主席姜志刚在自治区残联第七次代表大会上的讲话摘要

2018 年 7 月 26 日

图 7－30－2　姜志刚出席宁夏残联第七次代表大会闭幕式。

当前，宁夏正处在决胜全面建成小康社会、开启全面建设社会主义现代化新征程的关键时期。我们要建成的全面小康是残疾人一个也不能少的全面小康，我们要开启的新征程是包括残疾人在内的全区人民的新征程。新一届残联主席团和执行理事会要坚持以习近平新时代中国特色社会主义思想为指导，认真贯彻党中央关于残疾人事业发展的部署要求，继续巩固拓展残联组织改革成果，进一步履行残联组织职能，推动残疾人工作再上新台阶，努力开创新时代宁夏残疾人事业发展新局面。

残疾人事业是伟大而崇高的事业，是一项体现发展温度、体现社会温情的民生工程、民心工程、德政工程。进入新时代，我们不仅要在经济上实现高质量发展，残疾人事业发展也要确立更高标准、实现高质量发展。我们必须从事关宁夏改革发展大局的高度，坚持共建共享，确立更高定位，在推动残疾人事业高质量发展上有新作为，努力为残疾人平等参与社会生活、创造社会财富、实现人生价值搭建更多平台、提供更多便利，不断提高残疾人的生活水平、生活品质和社会地位，让广大残疾人与全区人民一道迈入全面小康社会。

要大力推进贫困残疾人脱贫攻坚。目前，全区还有 2.1 万残疾人没有脱贫，占全区贫困人口的 10%，是贫困程度最深、脱贫难度最大、返贫率最高的群体，也是我们打赢脱贫攻坚战的重点和难点。我们要对标“两不愁、三保障”的标准，坚决落实精准扶贫、精准脱贫方略，加大“全面普惠 + 精准特惠”政策扶持力度，因户因人施策，统筹推进产业扶贫、易地搬迁扶贫、生态补偿扶贫、发展教育扶贫、社会保障兜底扶贫，加快补齐残疾人脱贫攻坚这块短板。

这次大会提出要推进思想政治引领、精准脱贫攻坚、公共服务补短、法治维权护航、扶残助残聚力、残联建设强基“六大行动”，这些任务最终要靠各级残联组织去推动、去落实，必须在残联组织自身建设上有更高标准、更高要求，确保各项任务落实落地。要自觉践行以人民为中心的发展思想，始终保持与广大残疾人的血肉联系，深入基层一线，面对面、心贴心、实打实为残疾人服务，真心实意为他们办实事、解难事、做好事。残联组织做的都是雪中送炭、积善行德的事，如果在作风上出了问题，惠及残疾人的政策落实不了，用在残疾人身上的钱被贪污、被公款消费，就会在社会上造成极为恶劣的影响，就会损害党的形象、透支政府的公信力。要始终把纪律挺在前面，严守“资金项目不出事、残联干部不出事”，引导广大干部习惯在受监督约束的环境下工作和生活，自觉做到知敬畏、存戒惧、守底线，以实际行动树立残联干部的良好形象。

二、政策法规文件

宁夏回族自治区人民政府关于贯彻落实《残疾预防和残疾人康复条例》的实施意见

宁政规发〔2018〕3 号

一、总体要求

到 2020 年，全区可比口径残疾发生率达到国家控制水平，全社会残疾预防意识与能力显著增强，残疾人康复服务水平明显提升，残疾人康复需求得到基本满足，初步建立起与全区经济社会发展相适应的残疾预防和残疾人康复服务体系。

三、控制出生缺陷和发育障碍致残

（一）推进婚前孕前医学检查。加强对严重遗传性疾病、指定传染病、严重精神障碍的检查。普及孕前优生健康检查，推进补服叶酸预防神经管缺陷，到 2020 年，婚检率达 80% 以上，免费孕前优生检查率达 80% 以上。

（二）做好产前筛查、诊断。加强产前筛查、产前诊断网络建设，开展唐氏综合征、严重体表畸形等重大出生缺陷产前筛查和诊断，逐步扩大疾病筛查病种和范围，产前筛查率达 60% 以上。

（三）加强新生儿及儿童筛查和干预。建立新生儿及儿童致残性疾病和出生缺陷筛查、诊断、干预一体化机制，新生儿及儿童残疾筛查率达 85% 以上，干预率达 80% 以上。（自治区卫生计生委牵头，自治区民政厅、妇联、残联配合）

四、防控疾病致残

（一）加强传染性疾病防控。加强传染病监测，强化传染病预警预测，建立突发急性传染病联防联控机制，提高传

染病疫情信息报告质量。全面实施扩大国家免疫规划项目，确保以乡镇（街道）为单位的0—6岁适龄儿童免疫规划疫苗报告接种率达90%以上。全区保持无脊髓灰质炎状态，流感、手足口病、麻疹、流行性腮腺炎等重点传染病基本得到控制。（自治区卫生计生委负责）

（二）加强慢性病防治。加强疾病预防控制机构建设，完善慢性病综合防控工作体系，推进慢性病综合防控示范区创建工作，建立慢性病监测信息系统。开展致聋、致盲性疾病早期诊断、干预，加强脑卒中、冠心病、糖尿病、慢阻肺等慢性病的高危人群筛查和干预，基本实现高血压、糖尿病管理全覆盖。提升自治区、市、县三级健身指导网络服务能力，倡导健康科学生活，预防控制慢性病发生。（自治区卫生计生委、体育局、残联按职责分工负责）

（三）加强精神病防治。完善精神卫生体系，大力推广“社会化、综合性、开放式”精神障碍康复模式，做好医疗康复和社区康复有效衔接。推进精神障碍社区康复工作，开展心理健康促进工作，将心理救援纳入突发公共事件应急预案。加强严重精神障碍患者报告登记、服务管理和救治救助工作，在册严重精神障碍患者管理率达80%以上。（自治区卫生计生委牵头，自治区综治办、公安厅、民政厅、人力资源社会保障厅、残联配合）

五、控制意外伤害致残

（一）加强安全生产监管。强化安全生产和职业健康监管，开展职业安全健康教育，提高劳动者自我防护能力，预防重特大生产安全事故。预防工伤、尘肺病、职业中毒及其他职业病致残，重点做好待孕夫妇、孕期妇女劳动保护，避免接触有毒有害物质，减少职业危害。稳步推进工伤“预防—康复—补偿”三位一体的工伤保险制度体系，提高工伤保险参保率，做到应保尽保。加大安全隐患大排查大整治，切实减少生产安全事故和职业危害隐患。强化消防安全管理措施，排查整治易燃易爆单位和人员密集场所火灾隐患，确保不发生重特大火灾事故。到2020年，全区生产安全事故发生起数、死亡人数和较大事故起数较“十二五”时期平均下降10%。（自治区安监局牵头，自治区公安厅、民政厅、人力资源社会保障厅、卫生计生委、残联配合）

（二）加强道路交通安全管理。加强道路交通现场管理和执法，开展道路隐患排查治理，确保公路及附属设施始终处于良好状况。优化机动车产品结构，加强旅游包车、班线客车、危险品运输车、校车等重点车辆安全管理，强化重点机动车驾驶人安全教育和学习，普及中小学生交通安全知识。健全和完善道路交通事故应急救援机制。到2020年，道路交通万车死亡率较“十二五”时期下降6%。（自治区公安厅、交通运输厅、教育厅按职责分工负责）

（三）加强农产品和食品药品安全监管。建立健全食品安全追溯体系，开展食品安全专项整治工作。加强农产品、畜禽及水产品市场准入管理，加强行业自律。加大食品中致病性微生物、农药残留、兽药残留、重金属、污染物质以及其他危害人体健康物质的检测和监管力度。加强药品、医疗器械质量安全监管，严肃查处制售假药、劣药行为。规范临床用药，加大合理用药、用械的科学知识普及力度。（自治区食品药监局、卫生计生委、农牧厅按职责分工负责）

（四）加强饮用水和环境治理。全面实施水污染防治行动计划，强化环境监管执法。全面加强全区城乡饮用水卫生监测，实施农村饮水安全巩固提升工程，力争到2020年，农村集中供水率达90%以上，自来水普及率达85%以上。全面实施大气污染防治行动计划，减少有毒有害气体对人群健康影响。扩大空气质量监测覆盖面，及时治理大气污染。（自治区环境保护厅、水利厅、卫生计生委按职责分工负责）

（五）增强防灾减灾能力。健全完善部门间自然灾害信息共享平台及会商机制，健全气象、地震、地质灾害等监测和预警预报系统，提高灾害应急处置能力和应急管理水平。完善人员密集场所灾害防御设施、措施。加强疏散逃生和自救互救等防灾减灾宣传培训、应急演练及救治。（自治区民政厅牵头，自治区住房城乡建设厅、交通运输厅、宁夏地震局、宁夏气象局配合）

（六）减少儿童和老年人意外伤害致残。开展儿童意外伤害社区、家庭综合干预，创造儿童安全生活环境。加强儿童步行、乘车、骑车和防溺水、跌落、误食等风险安全教育。完善产品风险和伤害监测体系，实施产品安全预警和风险通报等干预措施，减少儿童意外伤害发生。加强老年宜居环境建设，提高老年人及其照料者预防跌倒的意识和能力，减少老年人意外伤害发生。（自治区民政厅、住房城乡建设厅、环境保护厅、交通运输厅、教育厅、妇联按职责分工负责）

六、着力改善康复服务

（一）健全康复医疗服务网络。加强康复服务机构基础设施和康复服务标准化建设。实施残疾人康复中心项目建设，到2020年，实现自治区、市两级残疾人康复服务中心全覆盖，每个县级残疾人康复设施、托养设施、综合服务设施三者有其一的目标。加强康复医院、康复医学科规范化建设，统筹医疗服务资源，推动医疗机构与康复机构之间的转诊与合作，支持二级综合医院转型建立以康复医疗为主的综合医院或康复医院。支持每个县（市、区）医院、中医院的康复科承接残疾人医疗康复。依托各地乡镇卫生院、社区卫生服务中心、村卫生室等基层卫生医疗机构，建立残疾人社区康复站，为残疾人提供就近方便、规范优质的康复服务。（自治区发展改革委、财政厅、卫生计生委、住房城乡建设厅、残联按职责分工负责）

（二）提升社区康复服务水平。开展自治区规范化残疾人社区康复站创建活动，对经评审认定的自治区级示范站一次性给予设备及运行经费补贴。每个社区康复站由基层卫生机构指定1名医生（或村医）兼任康复指导员，每个村（社区）配备1名社区康复协调员，组成康复服务小组，为辖区残疾人提供康复服务。强化基层医疗卫生机构对残疾人康复工作的考核，明确将残疾人社区康复纳入基本公共卫生服务范围，列入基本公共卫生服务项目包，使更多的残疾人免费得到物理治疗、作业治疗、功能评估、辅助器具、双向转诊等康复服务。积极开展“医康融合”康复模式，依托“中医馆”建设项目，与卫生机构联办联建，将残疾人基本康复服务和中医治疗项目相结合。到2020年，力争所有社区卫生服务机构和乡镇卫生院以及70%的村卫生室具备中医药服务能力，同时具备相应的医疗康复能力。（自治区卫生计生委、财政厅、残联按职责分工负责）

（三）实施精准康复服务行动。推动建立政府主导、部门配合、社会参与、残联组织综合协调的工作机制。制定残疾人康复服务标准和评定标准，完善基本康复服务目录，确定定点康复服务机构和康复评估机构，成立技术专家组，以残疾儿童、持证残疾人为重点，围绕残疾人康复需求采集、精准评估和个性化服务等重点环节，为残疾人提供入户需求评估、转介咨询、康复指导、知识培训、心理疏导及简单辅助器具服务。将残疾人精准康复服务行动与家庭医生签约服务有效衔接，在组织上、机制上打通康复服务“最后一公里”。到2020年，残疾人基本康复服务覆盖率达80%以上。（自治区残联、民政厅、卫生计生委、财政厅按职责分工负责）

（四）完善残疾人基本医疗和康复保障制度。加强基本公共卫生服务和基本医疗保障对残疾预防和残疾人康复工作的支持，对纳入基本医疗保险支付范围的医疗康复费用予以支付；建立残疾儿童康复救助制度，逐步实现0岁—6岁视力、听力、言语、智力、肢体残疾儿童和孤独症儿童免费得到手术、辅助器具配置和康复训练等服务。推动将7岁—14岁残疾儿童少年康复项目纳入补助范围。加快推进实施基本医疗保险、大病保险、大病救助“一站式”结算、异地就医直接结算，为残疾人提供方便快捷的服务。（自治区人力资源社会保障厅、财政厅、民政厅、卫生计生委、残联按职责分工负责）

（五）提高辅助器具服务能力。贯彻落实《自治区人民政府关于加快发展康复辅助器具产业的实施意见》，扩大辅助器具应用，完善配置服务网络，开展个性化辅助器具适配服务。落实《宁夏回族自治区残疾人基本型辅助器具补贴办法》，对0岁—6岁残疾儿童和7岁—17岁持证残疾儿童实行全额补贴，对其他持证残疾人实行部分补贴。到2020年，实现有需求的残疾人基本型辅助器具适配率达80%。（自治区民政厅、财政厅、残联按职责分工负责）

（六）建立健全康复人才培养机制。开展残疾人康复专业人才实名制培训，实施“十百千”康复人才培养计划。加强康复专业人员培养和使用制度建设，开展高等院校残疾人康复人才培养试点，办好宁夏医科大学康复治疗学专业，加强高等院校特殊教育相关专业建设，鼓励有条件的高校开设特殊教育课程，建设一批实践教学基地。开展重点康复课题研究，提高我区康复服务发展水平。探索构建康复人才引进、留用机制，通过对口帮扶、人才交流、优惠政策等，将康复人才培养和使用纳入我区人才强区工程，加快破解残疾人康复人才匮乏难题。（自治区人力资源社会保障厅、财政厅、教育厅、残联按职责分工负责）

（七）鼓励兴办康复机构。探索建立民办残疾人康复服务机构扶持制度，鼓励支持社会力量，以出资创办、入股联办和民办公助、公办民营或强强联合等形式，兴办公益康复服务机构。通过补助投资、贷款贴息、运营补贴等方式，引导和支持社会力量参与残疾人康复设施的运营管理。积极培育涉残服务社会组织，提高其承接能力，在准入、执业、专业技术人员职称评定、非营利组织的财税扶持、政府购买服务、用水、用电、用气等方面和公办康复服务机构执行同等政策。加大政府购买社会服务力度，进一步完善服务指导目录，鼓励具备条件的各类社会组织、企业等，参与承接政府购买服务，不断提高为残疾人服务的能力和水平。（自治区人力资源社会保障厅、民政厅、财政厅、残联按职责分工负责）

（八）加强康复服务行业管理。引导康复服务机构严格遵守法律法规和有关政策，健全完善管理服务制度，注重职业道德教育，不断提高专业水平和服务能力，努力为残疾人提供贴心周到的服务。强化监督管理，对管理不规范、服务不专业的及时督促整改，对发生虐待、侵害残疾人合法权益的，严肃查处、坚决惩治。（自治区民政厅、教育厅、卫生计生委、残联按职责分工负责）

（九）积极发展残疾人相关商业保险业务。鼓励残疾人、高风险职业从业者等群体投保健康保险、意外伤害保险等人身保险产品，有条件的地区可以为残疾人投保团体意外伤害保险。鼓励和引导商业保险公司积极开展残疾人意外伤害保险和康复机构、养老机构综合责任保险业务。（宁夏保监局、自治区人力资源社会保障厅、民政厅、财政厅、残联按职责分工负责）

宁夏回族自治区人民政府关于建立残疾儿童康复救助制度的实施意见

宁政规发〔2018〕8号

二、主要内容

（一）救助对象

救助对象为户籍（居住证）在宁夏的0—6周岁视力、听力、言语、肢体、智力残疾儿童和孤独症儿童。

有条件的市、县（区），可扩大残疾儿童康复救助年龄范围。

（二）救助内容

包括以减轻功能障碍、改善功能状况、增强生活自理和社会参与能力为主要目的的手术、辅助器具适配和康复训练等。

1. 基本康复训练

为听力、言语、肢体、智力残疾儿童和孤独症儿童提供机构内基本康复训练。

2. 人工耳蜗手术

为有手术指征的听力残疾儿童免费配发人工耳蜗 1 台，提供人工耳蜗手术及术后基本康复训练。

3. 视功能训练

为视力残疾儿童开展视觉基本技能训练和定向行走及社会适应能力训练。

4. 辅助器具适配

为视力残疾儿童验配助视器，为听力残疾儿童验配助听器，为肢体残疾儿童装配假肢或矫形器，适配轮椅、坐姿椅、站立架、助行器、生活自助具等辅助器具。

5. 肢体矫治手术

为肢体残疾儿童实施矫治手术、术后基本康复训练，装配矫形器。

（三）救助标准

1. 基本康复训练：为听力、言语、肢体、智力残疾儿童和孤独症儿童提供机构内基本康复训练，每人每年 2 万元。

2. 人工耳蜗手术：为听力残疾儿童免费植入人工耳蜗 1 台，按实际价格配发。手术费（含术前检查费用）每人 1.5 万元。在救助年龄内每人补贴 1 次。

3. 视功能训练：为视力残疾儿童开展视功能训练和定向行走及社会适应性训练，每人每年 2000 元。

4. 辅助器具适配：免费适配助听器、助视器、轮椅、坐姿椅、站立架、助行器等普及型辅助器具，按实际价格配发。免费安装假肢、矫形器，按现行标准执行。在救助年龄内，助视器、助听器、轮椅、坐姿椅、站立架、助行器等辅助器具适配每人累计配发不超过 2 次；假肢、矫形器每人累计装配不超过 5 次。

5. 肢体矫治手术：手术费（含术前检查费用）及术后基本康复训练费按现行标准执行。

人工耳蜗手术、助听器适配由宁夏残疾人康复中心具体执行。肢体矫治手术由县（区）自行指定定点医院。

残疾儿童康复救助补贴标准按照经济社会发展水平和残疾儿童康复需求适时调整，有条件的市、县（区）可提高救助标准。

宁夏回族自治区 7—14 岁残疾儿童康复救助实施办法

宁残联发〔2018〕39 号

第二章　救助对象和条件

第五条　救助对象

符合救助条件的 7—14 周岁的听力语言、肢体、智力和精神残疾儿童。

第六条　救助条件

（一）具有宁夏户籍，经济困难家庭，有康复意愿的 7—14 周岁的听力语言、肢体、智力和精神残疾儿童。

（二）经定点残疾人康复机构确诊有康复需求且家庭配合的残疾儿童。

经济困难家庭包括低保家庭、特困人员家庭、低收入家庭以及因高额康复费用超过家庭承受能力、造成基本生活出现困难的家庭和其他困难家庭。

第三章　救助标准及服务内容

第七条　救助标准

听力语言、肢体、智力和孤独症残疾儿童每人每年康复救助服务费 2000 元。

第八条　服务内容

（一）各类残疾儿童每年在家庭或机构接受专业人员康复训练指导不少于 4 次。

（二）康复救助服务费主要用于：救助对象的筛查、康复训练指导、康复效果评估、购置训练用品和辅助器具、购买书籍、培训家长、家庭指导、建立康复档案、工作人员家庭回访交通费及劳务补贴、家长互助活动补贴等。

宁夏回族自治区残疾人职业康复项目实施办法（试行）

宁残联发〔2018〕67 号

第二章　服务对象和条件

第四条　服务对象和条件

具有宁夏户籍，在劳动年龄段内（男 16—55 周岁，女 16—45 周岁），有一定劳动能力和职业康复需求，且经机构评估认定满足职业康复条件的视力、听力、言语、肢体、智力和稳定期精神残疾人。

第三章　服务内容和救助标准

第五条　服务内容

根据救助对象劳动适应性情况，开展以帮助救助对象巩固医疗康复成果，发挥特长，培养职业能力为目的的康复项目，具体包括剪纸、插花、丝绫堆绣、钻贴、串珠、美发、美甲、书法、绘画、钩针、按摩推拿、烘焙、零件组装等轻加工工艺、半成品加工、电子商务等。

第六条　服务方式

职业康复指导服务，根据救助对象的残疾程度、个人接受及学习能力评估结果，组织安排救助对象参加周期性的职业康复训练指导。通过短周期指导和长周期指导两种方式开展。

（一）短周期指导。根据救助对象的实际需求和身体功能情况，有针对性地开展职业康复指导工作，指导周期为1个月。通过短周期集中指导，帮助救助对象在短时间内了解并初步掌握一定的技能，巩固医疗康复成果。

（二）长周期指导。根据救助对象的实际需求和身体功能情况，系统地开展职业康复指导工作，指导周期为6个月。通过长周期指导，帮助救助对象熟练掌握技能，为融入社会奠定基础。

第七条　服务周期及救助标准

短周期补助标准为1000元/人/周期，长周期补助标准为5000元/人/周期。残疾人职业康复指导周期根据实际工作和康复效果，可适当增加，原则上项目救助对象最多可享受3个短周期服务，或者2个长周期服务。

第八条　职业康复服务费主要用于：残疾人职业康复初期评估、训练、指导、专用材料、康复效果评估、建立康复档案、购置职业康复训练用品和辅助器具、补贴残疾人部分食宿和交通等费用。

宁夏残疾人职业技能培训项目管理办法（暂行）

宁残联发〔2018〕57号

第四条　具有宁夏户籍、持有效中华人民共和国残疾人证、处于法定就业年龄段、有一定学习和就业能力的残疾人，都可参加各级残联组织的残疾人职业技能培训。

贫困智力、精神、重度肢体残疾人家庭具有抚养或监护权利的直系亲属，经负责组织培训的残联审核同意，也可参加各级残联组织的残疾人职业技能培训。

第七条　工程机械、烹饪、水暖化工、建筑专业、家政服务、编织刺绣、特色剪纸、美容美发等残疾人职业技能培训时间参照《全区精准脱贫技能培训职业（工种）量化管理细则》（附件1）规定的课时，保健按摩、雕刻、“互联网+”、电商等残疾人职业技能培训时间不得少于30天。中级培训时间一般不超过45天，高级培训时间一般不超过60天。

第八条　自治区残联每年年初下达残疾人职业技能培训计划任务，对残疾人职业技能培训给予补助：

（一）手工艺制作培训，按照《自治区残联关于印发<宁夏贫困残疾人家庭“千名高级手工艺师”培训行动计划>的通知》（宁残联发〔2017〕74号）规定的标准执行。

（二）其他残疾人职业技能培训的补助标准为1200元/人（次）·年。

（三）根据社会经济发展的形势需要，适时调整残疾人职业技能培训补助标准。

第九条　残疾人职业技能培训资金纳入年度财政预算管理，按照基本公共服务领域共同财政事权与支出责任分担方式，在统筹考虑残疾人就业保障金的基础上，根据需求、项目经费保障和评估等因素，由自治区财政厅商残联制定资金分配方案。资金使用执行《宁夏回族自治区残疾人事业发展补助资金管理办法》［宁财（社）发〔2016〕1147号］相关规定。

三、工作综述

2018年，宁夏回族自治区残疾人工作在自治区党委、政府的坚强领导和中国残联的精心指导下，认真贯彻落实自治区第十二次党代会和中国残联七代会精神，聚焦“全面建成小康社会，残疾人一个也不能少”目标和“强三性、去四化”要求，在残疾人脱贫攻坚、民生保障、教育就业、精准康复、文化体育等重点领域持续用力，残疾人脱贫攻坚取得新成效，残疾人公共服务水平实现新提升，残疾人事业发展环境有了新改善，残联自身建设得到新加强。

（一）抓重点攻难点，确保中国残联和自治区党委政府决策部署全面落地

按照中国残联和自治区党委关于残联换届工作的部署安排，指导五市残联顺利完成换届工作，精心组织、成功召开自治区残联第七次代表大会，确立了今后一个时期全区残疾人事业发展的目标任务。按照中国残联改革方案精神，结合实际，提出自治区残联改革方案意见。圆满完成自治区第十二次党代会赋予的“建立健全覆盖城乡的公共就业服务体系，推进基本公共服务均等化标准化，建立更加公平更可持续的社会保障制度”等三项配合任务，完成政府工作报告赋予的“对1000名0—6岁听障、智障、脑瘫、孤独症儿童实施康复救助，对5522名贫困精神残疾人提供医疗救助，对2738户贫困重度残疾人家庭实施无障碍改造，对全区残疾人个体工商户和盲人按摩从业人员缴纳个人养老保险给予补贴，建成60个自治区级规范化残疾人社区康复站”等五项民生计划牵头任务。

（二）抓兜底促增收，残疾人脱贫攻坚取得新成效

联合民政厅、扶贫办等印发《着力解决因残致贫家庭突出困难的实施方案》，推动将1643名贫困残疾人纳入最低生活保障，有19万余人次享受到“两项补贴”共计2.1亿元，政策兜底保障网越织越密。组织实施残疾人职业技能提升、阳光助残小康、“千企万人”就业创业、千名高级手工艺师培养等计划和行动，为8369名残疾人提供职业技能和农村实用技术培训，扶持1000名残疾人自主就业创业，扶持1500户建档立卡残疾人家庭发展种植养殖业。9481名建档立卡残疾人具备了脱贫退出条件。推动为544户贫困残疾

人家庭实施危房危窑改造，为13625名三四级智力、精神和视力残疾人代缴城乡居民社会保险。

（三）抓短板惠民生，残疾人公共服务水平实现新提升

报请协助自治区政府出台贯彻落实《残疾预防和残疾人康复条例》实施意见，为加强残疾预防、实现残疾人“人人享有康复服务”目标提供有力的制度保障。推动自治区政府出台《关于建立残疾儿童康复救助制度的实施意见》，救助标准从1.2万元提高到2万元。加快基本公共服务项目建设，启动平罗县、贺兰县、同心县、惠农区、红寺堡区的5县（区）残疾人康复托养服务设施项目建设，建成规范化残疾人社区康复站60个。有10.3万名残疾人享受到基本康复服务，4.1万名残疾人得到辅具适配服务，6190名残疾人享受到托养服务，残疾人康复服务覆盖率提高到85%。促进残疾人健身体育、康复体育、竞技体育协同发展，加强残疾人文化体育人才培养，全区残疾人运动员在全国性赛事中取得33金、22银、20铜的优异成绩。

（四）抓融合促提升，残疾人事业发展环境有了新改善

围绕残疾人事业重要节点、重大项目，广泛开展宣传活动，成功举办全国助残日、残疾预防日、“共享芬芳”走进宁夏公益巡演巡展、“清凉宁夏”残疾人文艺演出等活动，中央电视台先后3次报道宁夏残疾人工作情况。提请将残疾人保障法和宁夏实施《残疾人保障法》办法落实情况，以及城市无障碍建设情况纳入自治区人大执法检查和自治区政协专题视察内容，有力推动“一法一办法”的深入实施。落实闽宁协作联席会议精神，与福建省残联签订闽宁两省残联合作框架协议，初步建立起两省残联机关长效合作机制、常态化互访机制、对口县区残联互动机制，为深化闽宁两地残疾人事业合作夯实基础。支持各专门协会依法依章程开展工作，“代表、服务、维权”职能作用进一步发挥。积极引进实施“重塑未来”、长江新里程计划、“集善乐业”等慈善助残项目13个，接受捐赠物资资金总值近2000万元，救助残疾人5万多人（次）。

（五）抓基层强基础，市县（区）残联工作呈现新亮点

坚持每年一次的全区残疾人工作现场观摩制度，在全系统形成比学赶超、竞相发展的浓厚氛围。银川市拿出1亿元设立深度贫困残疾人救助基金，每年为农村享受低保的一二级残疾人每人分别发放救助金3120元、1800元，为贫困重度残疾人稳定脱贫增收再加一道“防火墙”。石嘴山市不断丰富残疾人就业孵化基地内涵，引入“互联网+”就业、手工艺品制作、盲人按摩、家政服务等13家企业入驻，直接带动150多名残疾人就业创业。吴忠市大力推进残疾人辅助性就业，强化政策扶持，有效解决智力、精神和重度残疾人就业难问题。固原市整合残联、教育等项目，积极争取社会助残资金，在全区率先探索将7—14岁残疾儿童纳入免费康复救助范围。中卫市通过土地流转、入股分红、务工就业等形式，让资源变资产、贫困残疾人变股民、当工人，实现稳定增收。同时，西夏区、盐池县、隆德县等县（区）依托当地特色优势，助力残疾人产业脱贫，取得明显成效，为全区残疾人事业改革发展积累了宝贵经验。

（六）抓党建激活力，残联自身建设得到新加强

坚持把政治建设摆在首要位置，严把政治方向、严明政治纪律、严格监督管理，确保全体党员干部树牢“四个意识”、坚定“四个自信”，增强了“两个坚决维护”的政治自觉、思想自觉和行动自觉。坚持党建与业务同部署、同检查、同考核，特别是通过认真实施“三强九严”工程，扎实推进“灯下黑、两张皮”问题整治，党内组织生活更加规范、更接地气、更具活力。严格落实党风廉政建设和意识形态工作责任制，持续强化作风建设，“两个责任”和“一岗双责”责任进一步压实。扎实开展党建服务品牌的创建活动，机关干部敬业奉献和担当作为的激情进一步彰显。

四、重要条目

【宁夏回族自治区残联第七次代表大会】2018年7月25日至26日在银川召开，自治区党委、人大、政府、政协和中国残联领导出席大会开幕式。会议听取并审议自治区残联第六届主席团题为《坚定信心务实苦干，为实现残疾人对美好生活的向往不懈奋斗》的工作报告，决定并聘任第七届主题团名誉主席、副主席，选举产生第七届主席团主席、副主席和各专门协会领导人，推举产生第七届执行理事会理事长、副理事长。

【银川市农村深度贫困人口脱贫攻坚专项救助基金】银川市政府出资1亿元，委托银川经济技术开发区管理委员会采用第三方项目扶贫机制，将资金投放开发区内项目或企业，产生的收益用于设立农村深度贫困人口脱贫攻坚专项救助基金，每年不少于1000万元。银川市对农村深度贫困人口的认定标准为，具有银川市农村户籍、持有第二代残疾人证、享受农村最低生活保障的一二级重度残疾人；按照建档立卡标准和程序认定为建档立卡贫困人口的自主迁徙居民、持有第二代残疾人证的一二级重度残疾人。其中，一二级重度残疾人分别为一类、二类救助对象，每月分别给予260元和150元的专项救助。

五、大事记

1月3日，宁夏残联邀请党的十九大代表、宁夏演艺集团秦腔剧院有限公司副总经理侯艳宣讲党的十九大精神。

1月23日，美国LDS慈善协会“爱·行”轮椅项目捐赠仪式在固原市原州区举行，为固原市贫困残疾人捐赠轮椅150辆，价值15万元。

1月24日，宁夏残联、宁夏残疾人福利基金会与宁夏老年大学联合举办“携手新时代、真情送温暖”大型联谊活动。基金会向宁夏残疾人康复中心捐赠价值74.26万元的助残物资，自治区残联向贫困残疾人代表发放“雷锋饺子大礼包”。

1月29日—2月2日，宁夏残联举办党员干部学习贯彻党的十九大精神集中轮训班。

2月1日—2日，国务委员王勇在银川、石嘴山和吴忠市调研民政和残疾人工作，鲁勇陪同调研。

2月7日，宁夏残联第六届主席团第五次全体（扩大）会议在银川召开，自治区党委副书记姜志刚出席并讲话。

2月14日，自治区党委副书记姜志刚到宁夏残疾人就业培训基地，看望慰问残疾人和残疾人工作者，调研指导残疾人就业创业工作，向就业培训基地发放慰问金10万元。

图7-30-3　姜志刚到宁夏残疾人就业培训基地看望慰问残疾人和残疾人工作者。

3月3日，宁夏残联在银川市光明广场举办第19次全国爱耳日宣传服务活动。现场组织发放康复知识宣传折页5000余份，免费配发康复辅助器具100余件，为10名听障人士免费验配助听器，1000余人接受耳部常规检查、视力筛查、中医诊疗等义诊服务。

3月7日，宁夏残联举办“不忘初心，砥砺前行”学习贯彻党的十九大精神专题报告会，邀请全国盲协副主席、自治区盲协主席、“塞上英才”获得者、宁夏残疾人康复中心副主任王结做专题辅导讲座。

图7-30-4　娄晓萍参加全国第19次爱耳日宣传服务活动。

3月30日，宁夏残联举办“携手启航，圆梦共享”2018年宁夏（银川）残疾人就业援助专场招聘会，73家用工单位参加，提供就业岗位650多个，吸引近千名残疾人应聘求职。现场达成用工协议45人，用工意向406人，146名残疾人登记报名培训。

图7-30-5　宁夏（银川）残疾人就业援助招聘会现场。

4月8日—16日，中国残联“共享芬芳”中西部地区公益巡演巡展活动在宁夏举行。中国残疾人艺术团演出4场，中国残疾人事业新闻宣传促进会举办仁美书画作品展出2场，向五市残联赠书1500套。

5月3日，宁夏2018年全区残疾人基本服务状况和需求信息数据动态更新工作培训班在银川举办。自治区残联党组书记、理事长娄晓萍出席开班仪式并讲话。

5月9日，宁夏残联会同自治区财政厅联合印发《宁夏回族自治区7—14岁残疾儿童康复救助实施办法》。宁夏残联已于2017年实现0—6岁有康复需求的残疾儿童康复训练全覆盖，此次是抢救性康复的延伸。

5月16日，宁夏残联会同自治区老龄办、兰州铁路局银川铁路办事处在银川火车站开展无障碍环境建设宣传体验活动。70多名肢体、视力、听力言语残疾人、助残志愿者、火车站工作人员和区市主要新闻媒体记者参加活动。

5月19日，宁夏残联举办宁夏第28次全国助残日系列活动。在银川主会场，向五个地级市和宁夏残疾人康复中心、宁夏残疾人劳动就业服务中心发放残疾人民生计划项目及辅助器具适配项目资金4042万元，组织开展残疾人事业法律法规咨询、残疾人手工艺品展示与义卖、志愿助残主题党日服务、残疾人文艺演出等活动。

图7-30-6 自治区政府副秘书长、残工委副主任黄明旭出席宁夏第28次全国助残日活动。

6月14日，石嘴山市残联第七次代表大会闭幕，宁夏全区5个地级市级残联换届选举工作全部完成。

6月24日，自治区党委常委会听取宁夏残联工作汇报并研究部署残疾人工作。自治区党委书记石泰峰主持会议并讲话。

6月25日—27日，自治区人大常委会对全区贯彻落实《中华人民共和国残疾人保障法》及《宁夏回族自治区实施<中华人民共和国残疾人保障法>办法》（即“一法一办法”）情况进行执法检查。

7月25日—26日，宁夏残疾人联合会第七次代表大会在银川召开。

8月8日，宁夏残联、宁夏残疾人福利基金会和中山国美电器制造有限公司在银川市共同举行“健康饮水进万家”公益项目捐赠仪式，为全区22个县（市、区）1600多户残疾人家庭捐赠总价值383.8万元的家庭净水器设备。

8月19日—20日，宁夏全区残疾人康复工作会议暨残疾儿童康复救助制度培训班在银川举办。

8月20日，宁夏残联、人社厅、妇联、总工会在银川联合举办第六届全区残疾人职业技能竞赛暨全区首届残疾人创业大赛。全区五市及宁夏特殊教育学校6支代表队190名选手参加竞赛。

8月27日，“宁夏精神卫生高峰论坛”在宁夏残疾人康复中心举办。中国残联副主席黄悦勤、自治区政协副主席马秀珍出席论坛，娄晓萍致开幕辞。

10月1日，宁夏出台《关于建立儿童康复救助制度的实施意见》，基本康复训练费从1.2万元提高到2万元，人工耳蜗手术从1.2万元提高到1.5万元，新增视功能训练项目每人每年可享受2000元的补助。

10月9日—13日，宁夏全区残疾人工作现场观摩会成功举办。

10月31日，自治区党委研究决定，自治区人社厅党组副书记马军生调任宁夏残联党组书记。

12月21日，宁夏残联在银川举办2019年全区残疾人工作务虚会。

12月23日—25日，宁夏残联理事长马军生赴福建省残联，就加强闽宁对口帮扶工作进行对接考察。双方就深化闽宁残联合作达成新共识。

（王涛供稿）

新疆维吾尔自治区残疾人事业和残疾人工作

一、领导讲话

自治区党委副书记、自治区人民政府主席雪克来提·扎克尔在自治区残联第七次代表大会上的讲话摘要

2018 年 8 月 14 日

新疆日报乌鲁木齐 8 月 15 日讯　记者姚彤、董少华、袁蕾、米日古力·纳斯尔报道：14 日至 15 日，自治区残疾人联合会第七次代表大会在乌鲁木齐举行。

雪克来提·扎克尔在讲话中指出，过去 5 年，我区残疾人事业迈出了历史性步伐，取得了显著成就。全区保障和服务水平明显提高，理解、尊重、关心、帮助残疾人的社会氛围更加浓厚，残疾人工作基础更加稳固，残疾人生存发展状况显著改善。全区广大残疾人积极进取、奋力拼搏，为推动我区经济高质量发展、维护社会和谐稳定、促进民族团结进步做出了重要贡献。

雪克来提·扎克尔指出，各地各部门要坚定发展残疾人事业的信心和决心，主动承担起这一义不容辞的社会责任，在中国残联的支持帮助下，奋力开创我区残疾人事业发展新局面。要提高政治站位、树牢“四个意识”，坚决贯彻习近平总书记关于发展残疾人事业的重要指示，推动党中央关于残疾人事业的决策部署落地生根；坚持以人民为中心的发展思想，在发展中保障和改善民生，切实保障每位残疾人都能享受社会进步带来的美好生活；牢牢聚焦社会稳定和长治久安总目标，落实好自治区党委反恐维稳各项措施，持续释放稳定红利，为残疾人事业发展营造良好环境；打好打赢脱贫攻坚战，突出解决好“因残致贫”问题，千方百计促进残疾人就业增收，努力实现残疾人与全国人民同步小康。

二、政策法规文件

关于建立残疾儿童康复救助制度的实施意见

新政发〔2018〕70 号

二、制度内容

（一）救助对象

救助对象为：具有新疆户籍（或在新疆领取居住证），持有中华人民共和国残疾人证或有效疾病诊断证明材料（定点诊断机构出具的诊断证明）的 0—6 岁视力、听力、言语、肢体、智力等残疾儿童和孤独症儿童。包括城乡最低生活保障家庭、建档立卡贫困户家庭的残疾儿童和儿童福利机构收留抚养的残疾儿童；残疾孤儿、纳入特困人员供养范围的残疾儿童；其他经济困难家庭的残疾儿童。其他经济困难家庭的具体认定办法，由县级以上地方人民政府制定。

有条件的地区，可放宽对家庭经济条件和救助年龄的限制。

（二）救助内容和标准

救助内容：包括以减轻功能障碍、改善功能状况、增强生活自理和社会参与能力为主要目的的手术及基本康复训练、辅助器具适配等。

救助标准：根据自治区经济社会发展水平和残疾儿童康复需求状况，把握不低于以往康复救助标准的原则，建立救助标准动态调整机制。县级以上地方人民政府可根据本地财力状况、保障对象数量、残疾类别、医疗保障水平以及康复救助综合因素（不同年龄阶段、康复干预方式、康复周期长短、辅具适配品种）等，制定具体的救助办法。

（三）工作流程

自愿申请。本着自愿原则，残疾儿童监护人（也可委托他人、社会组织、社会救助经办机构等，以下简称“委托人”）持户口本、中华人民共和国残疾人证或有效疾病诊断证明材料（定点诊断机构证明），向残疾儿童户籍所在地（居住证发放地）县级残联提出书面申请。

审核确定。由县级残联牵头，与民政、扶贫等部门对残

疾儿童康复救助申请资料进行相关信息比对、审核，确定受助对象及受助项目。其他经济困难家庭残疾儿童救助申请的审核程序，由县级以上地方人民政府规定。审核、公示工作须在收到申请材料后十个工作日内完成并及时向监护人（委托人）反馈。由县级残联负责录入实名制残疾儿童康复救助数据库，报同级财政部门申报资金预算。

实施救助。经审核符合条件的，由残疾儿童监护人（委托人）持申请表按照就近就便的原则，自愿选择定点康复机构接受康复训练。必要时，由各地（州、市）残联、卫生计生、民政、教育等部门指定的医疗、康复机构做进一步诊断、康复需求评估。残疾儿童原则上一年内只能享受一种残疾类别的康复救助，不得重复享受其它类别的救助。定点康复机构由县级以上地方残联会同卫生计生、教育、民政等部门，按照就近就便、公开择优原则确定。

检查评估。地（州、市）残联负责做好残疾儿童康复救助监测和督查，并适时组织委托第三方专业机构对实施救助情况进行绩效评估，将评估结果以适当方式向社会公开。对绩效评估未达到协议要求的康复机构，要限期整改；整改仍不达标的，取消其参加政府招投标资格或康复定点机构资格。

经费结算。残疾儿童在定点康复机构接受康复服务发生的费用，经县残联审核后，由县财政部门直接与定点康复机构结算，结算周期由县级以上残联商同级财政部门确定。经县级以上残联审核同意在非定点康复机构或异地接受康复服务发生的费用，由县级以上残联商同级财政部门明确结算办法。县级人民政府应设立或指定残疾儿童康复救助“一站式”服务窗口。各地政府应制定具体的政策衔接办法，解决好残疾儿童康复费用统筹和康复期间家庭生活困难问题。

关于印发自治区残疾儿童康复救助定点机构准入标准的通知（试行）

新残字〔2018〕162号

新疆维吾尔自治区卫生和计划生育委员会、教育厅、民政厅、工商行政管理局、残疾人联合会联合印发。

伊犁哈萨克自治州，各地、州、市残疾人联合会、教育局、民政局、卫生计生委、工商行政管理局：

为深入贯彻落实《国务院关于建立残疾儿童康复救助制度意见》（国发〔2018〕20号）精神，优先开展残疾儿童抢救性治疗和康复，9月30日，自治区人民政府出台了《关于建立残疾儿童康复救助制度的实施意见》（新政发〔2018〕70号）。

残疾儿童康复救助定点机构是直接为残疾儿童服务的场所，承担着为残疾儿童提供医疗、康复、教育、职业、社会等康复训练与服务工作。为确保“残疾儿童康复救助制度”顺利实施，进一步加强残疾儿童定点康复机构基础能力和服务能力建设规范化管理，做好业务指导工作，保证康复质量，自治区研究制订了《残疾儿童康复救助定点机构管理办法和准入标准》，现印发给你们，并就有关事项通知如下：

一、准入标准适用机构范围

包括定点医疗机构、康复服务机构、验配机构、辅具适配机构等。

二、工作要求

（一）各地要高度重视残疾儿童康复救助工作，加强领导、落实责任、精心组织。各级残联要严格按照《关于建立残疾儿童康复救助制度的实施意见》及《实施办法》的要求和残疾儿童康复救助定点机构准入标准，认真审核筛选定点机构，并制定配套考核评估办法，凡达不到准入标准的一律不得作为定点机构参与儿童康复救助工作。按照属地管理原则，实行分级管理，县级确定县（市、区）本级机构、地级确定地（州、市）本级机构、自治区级确定自治区本级机构。

（二）各地要以残疾儿童康复救助制度为契机，积极争取政府重视和支持，协调有关部门，加强残疾儿童康复机构规范化建设，完善服务功能，健全服务措施，提高服务能力，同时强化队伍建设，加大专业人员培训力度，规范服务流程。

（三）自治区残联将按照残疾儿童康复救助定点机构准入标准，会同有关部门成立专项督导组，对各地各执行单位进行督导、检查，检查情况作为绩效考评的重要依据之一，对在检查中不符合条件的机构、地区，给予通报批评。各地（州、市）残联也应组织相关部门及专家，对本地区及各县（市、区）定点机构定期督导，确保儿童康复救助工作顺利进行。

重度聋儿人工耳蜗救助定点康复训练机构准入标准（试行）

自治区级定点康复训练机构（人工耳蜗）准入标准

一、机构资质

1. 依法设立，具备独立法人资格

2. 积极申请取得医疗、教育和幼儿园等相关资质

二、业务职能

（一）普及人工耳蜗知识

1. 为患者提供人工耳蜗技术咨询。

2. 为本省专业技术人员和家长提供人工耳蜗知识培训。

（二）术后评估

1. 具有对患者进行术后康复评估的服务能力，包括小儿裸耳听力测试、助听听阈测试、听觉能力评估、言语能力评估、学习能力和精神行为发育评估。

2. 具有组织术后疑难病例会诊的能力。

（三）术后调机

能够承担人工耳蜗术后调试服务。

（四）术后康复

1. 能够按照患者特点和需求，采用适宜、有效的安置

方式开展术后康复训练。

2. 具有规范的康复服务工作流程，能够开展医教结合、个别化教学及学前教育等业务，促进听障儿童全面康复。

3. 具有康复质量评价体系。

4. 具备开展听障儿童随班就读长期跟踪的康复指导、评估的工作体系和能力。

（五）基层指导和评估

能够承担对基层定点康复机构的技术指导和培训、康复质量进行评估。

三、人员岗位要求

（一）管理人员

1. 岗位职数：1 名

2. 人员要求：

（1）了解听力学、康复教育以及人工耳蜗相关知识

（2）承担康复机构业务管理工作，有一定的业务管理和协调能力。

（二）听力技术人员

1. 岗位职数：不少于 2 名。

2. 岗位职责：承担小儿听力测试、助听器验配与评估、听觉言语测试和术后调机工作。

3. 人员要求：

（1）取得国家助听器验配师及中国听力语言康复研究中心小儿听力学、人工耳蜗调机师资格培训认证。

（2）掌握小儿听力学知识及相关知识的专业技术人员。

（3）具备小儿行为测听（视觉定向反应测听、行为观察反应测听、游戏测听、纯音测听）及人工耳蜗调试能力。

（三）康复教师

1. 岗位职数：集体课教师与术后听障儿童配比不低于 1∶6—8；单训课教师与术后听障儿童配比不低于 1∶6，其中至少有 1 名通过培训取得中国听力语言康复研究中心听觉口语法教师认证。

2. 岗位职责：承担术后康复教学及评估工作。

3. 人员要求：

（1）具有人工耳蜗术后听觉言语康复教学能力。

（2）具有听觉言语康复评估能力。

（3）具有家庭康复指导及培训能力。

（四）后续康复指导人员

1. 岗位职数：不少于 1 名。

2. 岗位职责：承担术后听障儿童康复后的走向跟踪，对家长进行后续康复指导工作。

3. 人员要求：

（1）具有人工耳蜗术后康复教学及评估能力。

（2）具有家庭康复指导和协调沟通能力。

（五）档案管理人员

1. 岗位职数：不少于 1 名。

2. 岗位职责：负责康复档案建立、管理和上报工作。

四、设备配置

1. 听力设备：具备开展小儿听力测试、助听器验配与评估的设备（听力计必须具备带有声场和视觉强化测试条件，游戏测听须配备玩具，声级计、HIPRO 等）。

2. 电化教学设备：能够开展教学的必备教学设备，如：投影仪、摄像机、照相机、电视机、VCD 机、计算机、打印机、扫描仪等。

3. 玩教学具及图书：具备开展集体教学和个别化教学所需的玩教学具及图书，内容必须符合社会主义核心价值观、政治正确；符合儿童年龄特点，并定期更新。

4. 评估工具：具备开展听觉、言语、学习能力及精神行为评估的测试用具。

五、服务场地和环境

（一）教学场地

1. 按照《托儿所、幼儿园建筑设计规范》《城市幼儿园建筑面积定额》等文件进行基地选择、总平面和建筑设计。应有与收训规模相适应的独立、安全、相对稳定的房舍；机构室内面积不低于 400 平方米，其中业务用房不低于总面积的 80%。机构可提供计时制、半日制和全日制服务，全日制和半日制进入集体班级的听障儿童康复每天单训不少于 30 分钟，提供全日制服务的，应有相对独立的户外活动场地及安全防护措施。

2. 设置测听室，单室面积不少于 6 平方米，且符合 GB/T16296 GB/T16403 关于声场及测听室建设的规定。

3. 设置个别化训练室，按师生 1∶6 的配置标准，面积不少于 12 平方米，室内做吸音降噪处理，本底噪声小于 35 dBA。

4. 具备开展学前教育教学活动的用房。每班听障儿童活动建筑面积不低于 60 平方米。光照充足，通风良好，集体课教室本底噪声小于 45dBA。听障儿童盥洗室、厕所面积不低于 10 平方米，且厕所必须采用水冲式。

5. 具备 1 间家长学校培训室，面积能满足 20 人及以上培训使用。

6. 亲子教室面积不少于 15 平方米。

（二）听力评估场地

1. 人工耳蜗编程室 1 间。

2. 具有标准隔声条件的测听室不少于 1 间。

六、服务规范

（一）接案、建档

1. 介绍服务宗旨、服务政策、服务项目；

2. 收集服务对象的基本信息，包含家庭资料、医学诊断、最近一次主、客观听力检测、助听器效果评估等结果。

3. 初步了解服务对象的问题和需要；

4. 填写服务对象基本资料表

（二）预估、安置

1. 依据收集到的资料初步了解服务对象在听觉、语言、

言语认知、沟通、行为等方面的水平，明确康复需求；

2. 确定为服务对象提供服务的方式和内容：包括亲子同训、个别化教学、日托式集体教学、家庭康复指导等，3—7 岁提供了日托式集体教学服务的同时要提供每天单训不少于 30 分钟的个别化教学服务。

（三）评估、制定计划

1. 评估：接案两周内完成人工耳蜗术后听障儿童听觉、语言能力、学习能力评估和首堂评估。康复教师需按照《听障儿童听觉能力评估标准及方法》《听障儿童语言能力评估标准及方法》（孙喜斌教授主编）进行术后听障儿童的听觉语言能力评估；同时，教师需按照术后听障儿童生理年龄不同而进行《希 - 内学习能力评估》和《Griffith 精神发育评估》；个别化教师需按照《听障儿童个别化教学记录——首次评估表》内容完成首次评估；集体教学教师参照幼儿成长记录册，通过观察、询问记录儿童在健康、社会、语言、科学、艺术等领域的发展水平。

2. 制定教学计划：个别化教师综合儿童听力情况、评估结果制定 1—2 月在听觉、言语、语言、认知、沟通等方面的个别化康复计划；集体教学班级中康复的儿童，教师需综合班级儿童特点和需要，依据 0—3 岁及 3—6 岁儿童发展指南，制定月、周、日教学计划，并合理制定儿童一日活动作息时间表。

（四）持续评估、调整计划

1. 个别化康复计划实施 1—2 月后，个别化教师需按照《听障儿童个别化教学记录——持续评估表》内容对听障儿童各领域发展进行持续评估和维护，并根据具体情况重新制定 2 个月教学计划。

2. 集体教学教师在教学过程中观察评估班级儿童的发展状况，在学期中和学期末评估班级儿童的发展水平，填写幼儿成长记录册，根据儿童需要调整教学计划；在学期结束时，综合评估儿童的发展优势和劣势，同时制定新一轮教学计划。

3. 康复教师需间隔半年为术后听障儿童进行听觉语言能力评估，并参照听觉语言能力评估结果制定个别化教学计划。

（四）康复介入、实施全面康复训练

1. 听能管理

（1）做好动态评估，优化助听效果：定期复查力及助听器听阈，根据服务对象听力变化，及时调试，确保助听效果最优化。

优化声学环境：对服务对象所处环境教学评估、实施吸音、降噪处理。

（2）对助听设备保养维护：对服务对象的助听辅听设备进行定期维护、保养。

（3）咨询指导：指导监护人、教师正确使用、保养助听辅听设备，掌握基本的助听效果评估方法，及时发现并解决相关问题。

2. 听觉言语康复

通过听觉、言语、语言及相关功能的评估、训练，建立听障儿童自主运用听觉、有声语言进行交流的习惯及能力。包含听觉、言语、语言、交流五大领域康复教育内容，确保康复过程遵循听觉优先的原则，保证真实自然的交流，输入完整的语言，创设良好的语言环境。

3. 学前教育教学

对听障儿童实施健康、科学、语言、艺术、社会领域发展教育，促进其身心和谐发展。通过生活活动、游戏活动、教学活动的途径实施全面发展的教育教学活动。

（五）康复结案

完成各项离园评估，约谈服务对象及监护人，提出家庭康复或融合教育的跟进建议。协助听障儿童和家庭做好入学的准备。汇总听障儿童康复效果、康复走向信息。

（六）跟踪回访

为结案的服务对象建立回访记录档案，定期回访，填写《听障儿童回访记录》。回访次数每年 1 次，回访中为有需要的患者家庭进行指导或建议，直至年满 18 周岁。

（七）家庭康复指导

1. 康复初期，通过开办家长培训班形式，帮助监护人掌握儿童听力语言康复基本知识及方法。

2. 康复过程中，帮助监护人学习、运用听力语言康复知识和方法，深度参与听力语言康复教学，开展家庭康复。

3. 离园后，提供后续服务，帮助监护人持续开展家庭服务。

基层定点康复训练机构（人工耳蜗）准入标准

一、机构资质

1. 依法设立，具备独立法人资格

2. 积极申请取得医疗、教育和幼儿园等相关资质

二、业务功能

1. 家长培训：能够为聋儿家长提供人工耳蜗技术咨询、康复培训。

2. 术后康复：能够为植入者提供家庭指导、机构康复和预约单训等多种形式的康复服务，确保康复效果。

3. 档案管理：能够按照要求建立人工耳蜗植入者术后康复评估及康复教学的文字、图片和音像档案，提供术后康复教学及评估资料。

三、人员岗位要求

（一）管理人员

1. 岗位职数：1 名。

2. 人员要求：

（1）了解听力学、康复教育以及人工耳蜗相关知识。

（2）承担康复机构业务管理工作，有一定的业务管理和协调能力。

（二）听力技术人员

1. 岗位职数：不少于1名。

2. 岗位职责：承担小儿行为测听（包括助听器验配后声场评估）。

3. 人员要求：

取得国家助听器验配师（国家职业资格4级或以上）及中国听力语言康复研究中心小儿听力学、人工耳蜗调机师资格培训认证。

（三）康复教师

1. 岗位职数：集体课教师与术后听障儿童配比不低于1∶6—8；单训课教师与术后听障儿童配比不低于1∶6，其中至少有1名通过培训取得中国听力语言康复研究中心听觉口语法教师认证。

2. 岗位职责：承担术后康复教学及评估工作。

3. 人员要求：

（1）具有人工耳蜗术后听觉言语康复教学能力。

（2）具有听觉言语康复评估能力。

（3）具有家庭康复指导及培训能力。

（四）后续康复指导人员

1. 岗位职数：不少于1名。

2. 岗位职责：承担术后听障儿童康复后走向跟踪，对家长进行后续康复指导工作。

3. 人员要求：

（1）具有人工耳蜗术后康复教学及评估能力。

（2）具有家庭康复指导和协调沟通能力。

四、设备配置

1. 听力设备：能够开展听力学评估的基本设备，如听力计、视觉强化测试设备。

2. 电化教学设备：能够开展教学的必备教学设备，如：投影仪、摄像机、照相机、计算机等。

3. 玩教学具及图书：具备开展集体教学和个别化教学所需的玩教学具及图书，符合儿童年龄特点，并定期更新。

4. 评估工具：具备开展听觉、言语、学习能力及精神行为评估的测试用具。

五、收训能力

人工耳蜗年收训能力不少于6名。

六、服务场地和环境

（一）教学场地：

1. 按照《托儿所、幼儿园建筑设计规范》《城市幼儿园建筑面积定额》等文件进行基地选择、总平面和建筑设计。应有与首先规模相适应的独立、安全、相对稳定的房舍；机构室内面积不低于200平方米，其中业务用房不低于总面积的80%。机构可提供计时制、半日制和全日制服务，全日制和半日制进入集体班级的听障儿童康复每天单训不少于30分钟，提供全日制服务的，应有相对独立的户外活动场地及安全防护措施。

2. 设置测听室，单室面积不少于6平方米，且符合GB/T16296 GB/T16403关于声场及测听室建设的规定。

3. 设置个别化训练室，按师生1∶6的配置标准，面积不少于12平方米，室内做吸音降噪处理，本底噪声小于35 dBA.

4. 具备开展学前教育教学活动的用房。每班听障儿童活动建筑面积不低于60平方米。光照充足，通风良好，集体课教室本底噪声小于45dBA。听障儿童盥洗室、厕所面积不低于10平方米，且厕所必须采用水冲式。

5. 具备1间家长学校培训室，面积能满足20人及以上培训使用。

（二）听力测试场地：具有标准隔声条件的测听室1间。

七、服务规范

（一）接案、建档

1. 介绍服务宗旨、服务政策、服务项目；

2. 收集服务对象的基本信息，包含家庭资料、医学诊断、最近一次主、客观听力检测、助听器效果评估等结果。

3. 初步了解服务对象的问题和需要；

4. 填写服务对象基本资料表

（二）预估、安置

1. 依据收集到的资料初步了解服务对象在听觉、语言、言语认知、沟通、行为等方面的水平，明确康复需求；

2. 确定为服务对象提供服务的方式和内容：包括亲子同训、个别化教学、日托式集体教学、家庭康复指导等，3—7岁提供了日托式集体教学服务的同时要提供每天单训不少于30分钟的个别化教学服务。

（三）评估、制定计划

1. 评估：接案两周内完成人工耳蜗术后听障儿童听觉、语言能力、学习能力评估和首堂评估。康复教师需按照《听障儿童听觉能力评估标准及方法》《听障儿童语言能力评估标准及方法》（孙喜斌教授主编）进行术后听障儿童的听觉语言能力评估；同时，教师需按照术后听障儿童生理年龄不同而进行《希－内学习能力评估》和《Griffith精神发育评估》；个别化教师需按照《听障儿童个别化教学记录——首次评估表》内容完成首次评估；集体教学教师参照幼儿成长记录册，通过观察、询问记录儿童在健康、社会、语言、科学、艺术等领域的发展水平。

2. 制定教学计划：个别化教师综合儿童听力情况、评估结果制定1—2月在听觉、言语、语言、认知、沟通等方面的个别化康复计划；集体教学班级中康复的儿童，教师需综合班级儿童特点和需要，依据0—3岁及3—6岁儿童发展指南，制定月、周、日教学计划，并合理制定儿童一日活动作息时间表。

（四）持续评估、调整计划

1. 个别化康复计划实施1—2月后，个别化教师需按照《听障儿童个别化教学记录——持续评估表》内容对听障儿童各领域发展进行持续评估和维护，并根据具体情况重新制定2个月教学计划。

2. 集体教学教师在教学过程中观察评估班级儿童的发展状况，在学期中和学期末评估班级儿童的发展水平，填写幼儿成长记录册，根据儿童需要调整教学计划；在学期结束时，综合评估儿童的发展优势和劣势，同时制定新一轮教学计划。

3. 康复教师需间隔半年为术后听障儿童进行听觉语言能力评估，并参照听觉语言能力评估结果制定个别化教学计划。

（五）康复介入、实施全面康复教育

1. 听能管理

（1）做好动态评估，优化助听效果：定期复查力及助听器听阈，根据服务对象听力变化，及时调试，确保助听效果最优化。

优化声学环境：对服务对象所处环境教学评估、实施吸音、降噪处理。

（2）对助听设备保养维护：对服务对象的助听辅听设备进行定期维护、保养。

（3）咨询指导：指导监护人、教师正确使用、保养助听辅听设备，掌握基本的助听效果评估方法，及时发现并解决相关问题。

2. 听觉言语康复

通过听觉、言语、语言及相关功能的评估、训练，建立听障儿童自主运用听觉、有声语言进行交流的习惯及能力。包含听觉、言语、语言、交流五大领域康复教育内容，确保康复过程遵循听觉优先的原则，保证真实自然的交流，输入完整的语言，创设良好的语言环境。

3. 学前教育教学

对听障儿童实施健康、科学、语言、艺术、社会领域发展教育，促进其身心和谐发展。通过生活活动、游戏活动、教学活动的途径实施全面发展的教育教学活动。

（六）康复结案

完成各项离园评估，约谈服务对象及监护人，提出家庭康复或融合教育的跟进建议。协助听障儿童和家庭做好入学的准备。汇总听障儿童康复效果、康复走向信息。

（七）跟踪回访

为结案的服务对象建立回访记录档案，定期回访，填写《听障儿童回访记录》。回访次数每年1次，回访中为有需要的患者家庭进行指导或建议，直至年满18周岁。

（八）家庭康复指导

1. 康复初期，通过开办家长培训班形式，帮助监护人掌握儿童听力语言康复基本知识及方法。

2. 康复过程中，帮助监护人学习、运用听力语言康复知识和方法，深度参与听力语言康复教学，开展家庭康复。

3. 离园后，提供后续服务，帮助监护人持续开展家庭服务。

八、人工耳蜗救助定点康复教育服务机构的申报审批

人工耳蜗救助定点康复训练机构的申报审批按照《自治区残疾儿童康复救助实施意见》及《实施办法》执行，填报《人工耳蜗救助定点康复训练机构的申报审批表》

人工耳蜗救助定点手术医院准入标准（试行）

一、医疗服务

1. 三级甲等医院，具有卫生计生行政部门核准的科目。

2. 设置独立的耳鼻咽喉科十年以上，床位30张以上，其技术水平处于三级甲等医院专业领域先进地位。科内设置单独的耳科专科（或者专业组）：床位10张以上，能够独立完成耳显微外科各类常规手术。具有独立完成人工耳蜗植入手术50例以上经验。

3. 耳鼻喉科近三年来无医疗事故或重大医疗差错。

4. 手术室：手术室具备千级空气层流系统。具有符合要求的耳科手术显微镜、耳科手术电钻系统、摄录系统，标准化的耳科手术器械和人工耳蜗植入手术专用器械。麻醉科应具备丰富的婴幼儿手术经验。

5. 全身病发症处理综合抢救能力：具备有婴幼儿救治经验的重症监护室、介入放射等影像专业科室的支持。

6. 已经成立人工耳蜗中心或者人工耳蜗植入小组，其成员应包括耳科医师、听力师、助听器验配师、聋儿语训教师（可与当地聋儿康复机构合作）、儿科医师及心理医师等人员。

7. 具有独立完成人工耳蜗植入手术50例以上的主刀医师至少1名，有参加人工耳蜗手术经验的助手医师至少2名以上。

二、医生资格

1. 取得医师执业证书，执业范围为耳鼻咽喉－头颈外科。

2. 具有副主任医师或以上专业技术职务任职资格。

3. 有10年以上耳鼻咽喉－头颈外科临床诊疗工作经历。

4. 具有独立完成人工耳蜗植入手术50例以上经验。

5. 近三年来无医疗事故或者重大医疗差错。

6. 经过本项目考核认可，必要时须经过适当的培训。

三、小儿听力学服务

（一）业务能力

1. 能够向患儿家属提供人工耳蜗技术咨询。

2. 能够承担术前综合评估能力：

（1）能够对小儿的听力损失做出定性、定量和定位的诊断。

（2）能够开展常规听力学检测：包括小儿行为听力测试（裸耳及助听后）、纯音测听、小儿言语测试、听性脑干反应（ABR），听觉稳态诱发反应（ASSR），声导抗，耳声发射（OAE）等主观和客观听力测试。

（3）具有术前疑难病例会诊的能力。

3. 术中监测：能够独立开展常规和疑难病例的术中听力学监测工作。

4. 术后调机：能够独立完成人工耳蜗调试工作，并能进行准确分析和正确处理疑难病例的工作。

5. 能够建立项目工作要求的术前评估、术中监测、术后调试的文字、图片和音像的档案。

（二）人员要求

听力学技术人员

1. 岗位指数：至少3—4名（包括听力医师1—2名和听力技术员2名，可完成本项目要求的术前听力学诊断、助听器选配、术中监测、术后调试疑难病例会诊工作）。

2. 岗位要求：

2.1 听力医师：本科及以上学历；要求具有良好的听力学教育背景；技术职称为副主任医师；从事小儿听力学工作至少三年以上。

2.2 听力技术员

（1）大专及以上学历。

（2）接受过正规听力学培训。

（3）从事临床听力学工作至少三年以上，了解儿童的心理和行为特点，有一定的与儿童沟通的技巧，具备儿童听力评估能力。

（4）专项技能培训考试合格者。

术中监测人员

1. 岗位指数：1名（可兼）。

2. 岗位要求：

（1）接受过系统培训的听力学技术人员。

（2）具有临床客观听觉功能测试1年以上工作经验。

（3）具有人工耳蜗术后调试1年以上工作经验，熟练掌握设备工作原理、安装、连接、阻抗测试。

术后调机人员

1. 岗位指数：至少1名（可兼）。

2. 岗位要求：

（1）具有大专及以上文化程度，有听力学基础，经过至少一年专业培训的听力学人员。

（2）经过人工耳蜗技术培训，掌握人工耳蜗工作原理、结构、体外设备使用等相关知识。

（3）了解康复听力学、掌握小儿听力学，有较丰富的小儿行为测听经验。

（4）熟练使用调试软件，可独立处理调试中遇到的问题。

（三）设备及用品用具

听力学诊断设备：

1. 小儿行为听力测试设备：带有声场和视觉强化条件的听力计，游戏测听玩具，儿童用桌椅，声级计。

2. 听觉稳态诱发反应仪。

3. 听性脑干反应仪。

4. 耳声发射仪。

5. 声导抗测试仪。

人工耳蜗术中监测设备

人工耳蜗术后调试设备

（四）规模与场地

1. 听力诊断场地与规模

符合GB/T16403和GB/T16296的隔声要求的测听室至少2间，面积至少6平方米；通风好，照明好，用于小儿行为听力测试的隔声室需要适当适合儿童特点的装饰；用于听觉诱发反应的隔声室还需要设置电屏蔽。

2. 术后调试场地与规模

（1）独立的调试室不少于1间，面积不少于20m2/间，室内及周围环境要安静。

（2）室内采光、通风良好。

四、定点手术医院的申报审批

定点手术医院的申报审批按照《关于建立残疾儿童康复救助制度的实施意见》及《实施办法》执行，填报《人工耳蜗定点手术医院申报审批表》（附表1）。

聋儿助听器救助定点验配机构准入标准（试行）

一、机构资质

面向听力障碍儿童提供专业验配服务的有独立法人资格的社会服务机构（包括公办、民办及民办非企业社会服务组织机构），机构应取得政府相关职能部门从业批准（卫生、残联、工商等），符合国家对助听器验配机构的相关要求。

二、科室设置

助听器验配机构是对听力语言残疾人提供助听器与验配服务的重要场所。

1. 机构业务用房要相对集中，使用面积不少于40平方米。

2. 机构按功能设置科室，每室宜独立。

3. 机构应设置病案室、测听室、耳模室、助听器验配室、助听器维修室、评估室及康复指导室。

（1）测听室及评估室须符合国家标准GB/T16403和GB/T16296关于声场及测听室建设标准。其余科室须按卫生部1994年颁布《医疗机构基本标准》（试行）设置。

（2）病案室：不少于10平方米，用于保管医疗及康复档案。

（3）测听室：不少于10平方米，用于对听力语言残疾人进行听力检测。

（4）耳模室：不少于10平方米，用于制作耳模。

（5）助听器验配室：用于助听器的验配和评估（可与测听室合用）。

（6）助听器维修室：用于承担助听器的日常维护和维修（可与耳模室合用）。

（7）学习能力评估室：不少于10平方米，用于评估小龄听障儿童的学习能力和行为能力。

（8）康复指导室：指导或协助听力语言残疾人度过配戴听辅器具适应期（可与学习能力评估室合用）。

4. 机构除执行本标准外，必须符合国家现行相关强制性标准。

三、人员要求

1. 机构内专业技术人员须依法取得助听器验配师资格证或持有小儿听力学或助听器验配培训证书（专业技术人员每年接受业务领域知识再培训及继续教育不少于 20 小时），配备不少于 3 名。

2. 每科室至少有 1 名相应的专业技术人员。

3. 机构专业技术人员不低于职工总数 70%。

四、设备配置

1. 基本设备：耳鼻喉科常规检查设备。

2. 开展助听器验配的相关设备

（1）主（客）观测听设备

带扬声器的纯音听力计、视觉强化仪、电耳镜

（2）助听器验配评估设备

计算机、编程器

（3）耳模制作设备

（4）助听器维护及维修设备

（5）助听器检测仪

声场校准设备、声级计

（6）听觉言语评估、学习能力评估设备或工具

五、机构管理

1. 机构须在当地政府相关部门注册，取得合法执业资格。

2. 机构注册资金到位，制定相关规章制度、岗位职责。

3. 助听器验配流程须按《助听器验配工作指南》执行。

六、聋儿助听器救助定点验配机构申报审批

定点机构申报审批按照《自治区残疾儿童康复救助实施意见》及《实施办法》执行，填报《聋儿助听器救助定点验配机构申报审批表》。

肢体残疾儿童矫治手术定点医院准入标准（试行）

一、手术医院

具备卫生计生行政部门颁发医疗机构执业许可证的二级甲等以上医疗机构。

二、骨科或矫形外科或小儿骨科

1. 床位不少于 20 张

2. 副主任医师以上专家不少于 2 名

三、麻醉科及手术室

1. 有中级以上麻醉医师不少于 2 名，应具有儿童麻醉经验，在专科医院进修麻醉一年以上；麻醉科应具有儿童麻醉机

2. 手术室达到卫生计生行政部门规范标准

3. 既往开展矫治手术情况

有较丰富的马蹄内翻足、小儿麻痹后遗症、脑瘫导致严重痉挛、肌腱挛缩、关节畸型及脱位、脊柱裂导致下肢畸形等病种的手术矫治经验。

4. 术后康复训练指导

手术医师或康复医师能够对术后儿童提出康复训练和矫形器配置意见；医院对术后儿童开展系统的康复训练不少于 8 周，之后每个月须定期复查，并进行系统评估和训练 1—2 次，连续至少 4 个月，至术后半年。术后脑瘫儿童的康复训练可协调安排到脑瘫儿童康复救助定点康复训练机构。

四、定点医院的申报审批

定点医院的申报审批按照《自治区残疾儿童康复救助实施意见》及《实施办法》执行，填报《肢体残疾儿童矫治手术定点医院申请审批表》。

脑瘫儿童康复救助定点康复训练机构准入标准

一、机构资质

1. 具有合法执业资格的各级残联康复中心

2. 具备卫生计生行政部门颁发医疗机构执业许可证的医疗卫生机构康复科

二、基本设施设备

基本规模

1. 机构设置在安全区域内，符合无障碍建设要求，场地设置符合儿童身心特点。儿童通行区域和经常使用的主要公用设施有无障碍设计、地面防滑、走廊墙壁有扶手装置。

2. 室内外康复活动场所须符合国家安全规定，易于疏散，通风通气，采光好。

3. 具有治疗室、康复训练室、培训教室等基本场地。

4. 年收训脑瘫儿童 20 名以上，每名儿童每年康复训练不少于 10 个月。

5. 具有基本的康复评估工具和教学设备。

6. 具有基本办公场地、设备和用品。

7. 具有消防安全设备、器材。

8. 具有适宜儿童使用的卫生间。

（二）基础康复设备

1. 基本训练器具：运动垫或 PT 床、木条台、楔形垫、巴氏球、滚筒、姿势矫正椅、分指板。

2. 站立训练器具：站立架、起立架、踝关节矫正站立板、肋木等。

3. 步行训练器具：平衡杠、步行器、阶梯、姿势镜、多用组合箱等。

4. 日常生活活动训练器具：木钉盘、沙袋、套圈、手功能综合训练板、生活自助器具等。

5. 评估工具：具有物理治疗、作业治疗、言语治疗、

认知训练的评估量表和工具。

6. 配有开展脑瘫儿童康复服务的基本设备：电视机、DVD机、录音机、照相机、电脑、投影仪等。

（三）康复场地：基本训练场地不少于130平方米，其中：

1. 运动治疗室至少2间，总面积不少于65平方米（其中：运动治疗室至少1间，面积不少于40平方米，物理治疗室至少1间，面积不少于25平方米）。

2. 作业治疗室至少1间，总面积不少于30平方米。

3. 培训教室至少1间，面积不少于20平方米。

4. 多功能训练室（评估、咨询、接待等）1间，面积不少于15平方米。

5. 有条件的机构设置言语治疗室至少1间，面积不少于10平方米。

6. 有条件的机构设置个训教室至少1间，面积不少于10平方米。

7. 有户外游乐运动场所，面积不少于100平方米。

三、康复服务能力

（一）人员配备

1. 管理人员：具有脑瘫康复主要业务相关的教育背景和工作经历，具有一定的管理能力和水平，胜任机构的管理工作。

2. 康复医师：至少有专（兼）职康复医师1名，（职业范围为康复医学与理疗学、儿科、中医或中西医专业之一）；康复医师与脑瘫儿童比例不低于1∶20：每年参加40学时以上相关技术培训。

3. 康复治疗师（士）：有医疗、康复、护理、教育等专业之一背景并接受过脑瘫康复专业培训4名；康复治疗师（士）与脑瘫儿童比例不低于1∶5；每年参加40学时以上相关技术培训。

4. 教师：有条件的机构配备专（兼）职、经过培训的教师，具有特殊教育、学前教育、心理学专业之一背景，并取得教师资格2名；教师与脑瘫儿童比例不低于1∶10；每年参加30学时以上的相关继续教育。教师可由经过相关培训的康复治疗师（士）兼任。

5. 心理学及社会工作者：有条件的机构配备专（兼）职心理学（心理咨询师）和社会工作者。

6. 定期进行业务学习和案例研讨。

7. 所有服务人员须有健康证。

（二）康复训练内容

1. 工作量：常年在训脑瘫儿童不少于20名。

2. 工作内容：能够开展脑瘫儿童功能测评、康复计划制定；进行运动功能、日常生活自理及言语交流等康复训练活动；建立康复训练、评估档案；定期培训脑瘫儿童家长；建立跟踪随访制度。有条件的机构开展社区指导业务。

3. 能够提供全日流程的训练服务：有生活时段的训练内容（茶点、午饭、午休、洗手、如厕、穿脱衣服及鞋袜等活动）。

四、质量控制

1. 有健全的岗位责任制度。

2. 有科学合理的年度、月度和周康复计划，有完整的总结。

3. 有业务管理制度、训练常规和技术操作规范。

4. 有康复评估制度和标准，儿童康复评估、训练建档率100%。

5. 康复训练总有效率≧85%。

6. 对患者或家属进行有关康复知识和康复技术的培训，培训率100%。患者和家属对康复服务工作的满意率≧90%。

7. 离开机构后的跟踪随访覆盖率≧95%。

8. 无重大康复医疗、安全责任事故。

五、定点康复训练机构申报审批

定点康复训练机构申报审批按照《自治区残疾儿童康复救助实施意见》及《实施办法》执行，填报《自治区脑瘫儿童康复救助定点康复训练机构申报审批表》。

智力残疾儿童康复救助定点康复训练机构准入标准（试行）

一、定点康复训练机构的范围

智力残疾儿童康复训练机构（以下简称“机构”）是面向智力发育障碍儿童提供专业康复服务的有独立法人资格的社会服务机构（包括公办、民办及民办非企业社会服务组织机构），机构应取得政府相关职能部门从业批准（教育、民政、残联、工商等），符合国家对儿童康复和教育机构的相关要求。

二、基本的康复训练场所与设施设备

1. 康复训练场所

设有集体课教室、感统训练室、语言/认知训练室、音乐游戏室、生活辅导室、个训室、测评室、家长咨询室等；有户外活动场地，室内外康复训练场所安全、通风透气、采光好，色彩设计、装饰应适合儿童的心理特点。

标准：110平方米—200平方米，个别训练室2间有户外场地

2. 设备设施：

配备适合智力残疾儿童康复教育要求的各类康复、教学设施、设备和玩、教具。

集体训练室：配备儿童的课桌椅、大小白（黑）板、多媒体训练设备、适合儿童特点的教学挂图、卡片、相关教具等。

个别训练室：配备个别化康复教育课程评量表、个训用桌椅、玩教具等；

感统训练室：配备滑板车、大滑板、吊筒、钻滚筒、羊

角球、大龙球、布袋跳、触觉球、按摩地垫、平衡木及平衡踩踏车、精细运动训练用玩具等。

语言/认知训练室（有条件机构增设）：配备图形认知组件、“看图说话”用的挂图、录音机或语言治疗机、非语言交流写字画板等。

音乐游戏室（有条件机构增设）：配备各种小型敲击乐器、电子琴或钢琴、收录放机、拼图、插板、积木、彩色画笔、黑板、剪纸及贴图用具、纸牌、精细运动训练用玩具、儿童作品展示柜等；

生活辅导室（有条件机构增设）：配备洗漱、饮食、清洁、简单劳动等日常生活训练设施、器具、工具、家具、电器等；

多媒体教室：配备计算机、摄像机、电视机、录音机、音响、VCD设备等。

测评室：配备单向玻璃及扩音系统，在测评室外可以听和看见测评情况。

家长咨询室：配备接待用桌椅、材料柜、档案柜、电脑、电脑桌椅等；

有可利用的户外活动场地：配备秋千、滑梯、沙坑、球池等大型玩具。

三、康复服务能力

1. 规模：平均日康复训练人数不少于20名。

2. 专业人员配置：至少配有3名特教（幼教）教师、在岗非特教、学前教育专业毕业的教师通过相关专业学习，有培训证书、学分等，达到儿童康复教学活动要求的2名以上。师生配比为1：4。具有医学、心理学、社会、保健和护理等专业背景，进行过相关专业领域的学习，基本达到实施康复训练工作要求的康复治疗师2名。

3. 开展智力残疾儿童能力评估、心理教育测评、个别化康复训练计划制定、实施运动、感知、认知、言语、生活自理和社会适应等领域康复教育活动，培训儿童家长。

4. 工作流程完整，定期进行初、中、末期评估，制定符合儿童能力发展和生活实际的个别化康复目标和训练计划，有周训练课程安排和日训练服务流程，康复教学活动、环节设计、方法运用得当，康复档案填写规范，保存完整。

四、质量控制

儿童康复评估与训练建档率100%；儿童康复训练总有效率≧85%；儿童家长培训率100%；家长对儿童康复训练的满意率≧90%；家长对培训工作的满意率≧85%；组织儿童参加社会融合活动每年不少于6次；三年内无重大责任事故发生。

五、定点康复训练机构申报审批

定点康复训练机构申报审批按照《自治区残疾儿童康复救助实施意见》及《实施办法》执行，填报《智力残疾儿童康复救助定点康复训练机构申报审批表》。

孤独症儿童康复救助定点康复训练机构准入标准（试行）

一、机构建设

（一）机构基础要求

1. 孤独症儿童康复训练机构（以下简称“机构”）是面向孤独症谱系障碍儿童提供专业康复服务的有独立法人资格的社会服务机构（包括公办、民办及民办非企业社会服务组织机构），机构应取得政府相关职能部门从业批准（卫生、教育、民政、残联、工商等），符合国家对儿童康复和教育机构的相关要求。

2. 开展孤独症儿童康复训练要以保障孤独症儿童的身心健康以及孤独症儿童家长的权益为前提，建立健全岗位责任制及相关管理制度，向家长提供指导、咨询、培训服务和向孤独症儿童提供康复训练及转介等服务。

（二）规模与场地标准

1. 以年度为单位，至少收训20名孤独症儿童。

2. 有固定的（合同或文件表明的使用期一年以上）训练场地，独立的室内场地总计达200平方米以上，室外儿童活动场地不低于100平方米。至少有3间个训室、2间大教室、3间小教室；此外需划分出家长/儿童的休息场所，以及专供儿童使用的卫生间（康复评估室、教师办公室可与其他办公室兼用）、家长培训教室等多个功能区。

（三）设备设施

康复机构应设置在安全、无污染区域内，所在场地应有防滑、防撞等安全设施，设有安全应急通道，符合儿童心理特点，并取得相关部门核发的卫生合格证书和消防合格证书。

1. 集体训练室：配备儿童课桌椅、大小白（黑）板、电视机、录音机、电脑、钢琴或电子琴 、适合儿童特点的认知游戏、音乐等玩具、教具。

2. 感知觉运动训练室：配备基本万象组合包如：球类、平衡木、滑板、羊角球、蹦床等，精细运动训练用玩具等。

3. 个别化训练区域：配备个训用的桌椅、玩教具等。

4. 多功能教室：配备接待用桌椅、档案柜、电脑、电脑桌椅等；配备基本的康复与教学评估设备；配备供教师、家长学习、借用的康复训练相关书籍不少于100册。

5. 配有标准化评估工具C－PEP（中国大陆版）或PEP3（香港版）。

二、队伍建设

1. 合法用工。管理人员品行端正，具有2年或以上管理经验；专业教师为大专以上学历，并接受过相关部门的专业培训。所有用工人员须持有健康体检合格证上岗。

2. 业务主管负责开展孤独症儿童的评估，制定康复教育训练计划，针对受训儿童情况调整教学和训练计划和方法。

3. 按照专业教师和在训儿童小于1：4的比例配备。专业教师须具备特殊教育、幼儿教育、医学、心理学、社会学专业背景，参加过孤独症康复专业培训超过40学时，每年需接受继续教育培训超过20学时。

三、业务开展

1. 为每名在训的孤独症儿童建立康复教育档案，内容包括：三级以上医院开具的医院诊断证明、入学评估、训练计划（包括学期计划、月计划和周计划）、训练和活动记录、康复效果和教学评估，影像资料等。

2. 根据评估结果为孤独症儿童制定并实施个别化教育计划。机构对在训孤独症儿童每半年进行一次康复效果评估，针对在训儿童情况和教学情况合理调整和改进训练计划。

3. 个别训练要根据评估结果制定训练计划。

4. 开展集体训练要根据受训孤独症儿童的情况分组教学。

5. 开展家长培训，传授孤独症儿童康复知识，指导家长开展家庭训练，建立家长联系制度。

6. 开展社会融合和倡导活动，每年在全国助残日、世界自闭症日、残疾预防日等主题活动中开展社会倡导活动。

四、质量控制

1. 每年由残联组织专家对机构进行抽查评估，内容包括：专业教师的教学和康复训练，对孤独症儿童的效果评估和家长满意度问卷调查。

2. 根据上级管理机构要求通过年检，上一年度无重大责任事故。

3. 按国家要求规范用工制度，落实相应保障；全部服务人员取得健康合格证。

4. 建立各项规章制度，包括卫生保健、安全管理、康复业务管理、财务管理、服务管理、档案管理、设备管理制度等，每年度进行检查和总结。

5. 家长满意率达到80%，投诉率小于2%。

6. 在训儿童建档率100%，内容完整率100%。

7. 收费标准、岗位职责、服务流程等制度公示，接受公众监督。社会捐助物资均分类登记、单独立账。

残疾人辅助器具服务定点机构准入标准（试行）

一、基本条件

1. 经政府相关职能部门审批、注册登记，具有独立法人资格或有上级主管部门，具有相应文件或许可证（包括：编办部门批复成立的相关文件或证明、民政部门核发的假肢和矫形器（辅助器具）生产装配企业资格认定证书、食品药品监督管理部门核发的医疗器械经营许可证、卫生计生行政部门核发的医疗机构执业许可证等），且已开展残疾人辅助器具适配及相关业务半年以上。

2. 全年服务残疾人数不少于50人，其中0—6岁的残疾儿童不少于15人。

3. 有稳定的经费来源，经费使用符合有关规定。

二、人员配置

1. 工作人员不少于3人，其中专职人员不少于2人。

2. 机构工作人员接受过专业技术培训、具有相关的业务知识和技能。

三、场地要求

1. 机构应设置在安全区域内，严禁地处污染区、噪声区和危险区内。服务场所应符合无障碍环境建设要求，符合安全、消防、卫生、环境保护等现行国家有关法规和标准要求。环境设计应适合残疾人特点、满足服务内容、服务设备和功能需求。

2. 有固定的服务设施，用房面积不少于100平方米。有条件的机构应设置：认知训练区、日常生活技能训练区、功能训练区等。

四、设备要求

1. 根据服务项目的需要，配置相应的设备，包括：功能评估设备、辅具改制设备、助听器、助视器验配设备、假肢矫形器装配及训练设备、办公、宣传、培训设备等。

2. 机构具备展示服务项目相应的辅助器具品种的条件。

五、服务内容

1. 根据残疾人辅助器具服务需求，按照《新疆维吾尔自治区残疾人精准康复服务目录》或各地制定的服务目录，开展相关服务项目。

2. 严格执行国家及自治区相关法规条例及政策，贯彻落实行业标准化建设要求，建立和完善内部管理制度和标准化服务体系，规范机构人员行为。机构应向服务对象公示服务职责、服务流程、服务承诺等。

3. 按照国家和自治区现行的残疾人辅助器具适配项目所规定的服务内容、服务流程、服务周期和质量要求提供康复服务。

4. 开展残疾人需求调查、专业知识宣传、辅助器具租借、辅助器具配置，转介服务、根据服务对象需求提供上门服务等。

六、档案管理

1. 按照要求建立残疾人辅助器具服务档案，完整填写档案内容，提供服务前、后反映残疾人辅助器具服务状况的文字、图片和音像资料。

2. 符合残疾人精准康复辅助器具服务信息化管理要求。

3. 有家长培训记录，监护人对机构服务质量的满意度评价记录。

七、申报审批

定点机构的申报审批按照《自治区残疾儿童康复救助实施意见》及《实施办法》执行，符合条件的机构，填报《自治区残疾人辅助器具服务定点机构申报审批表》（附件8－1），报主管部门审批。

三、工作综述

2018年，在自治区党委、政府的坚强正确领导下，自治区残联紧紧围绕社会稳定和长治久安总目标，按照自治区党委“1+3+3+改革开放”工作部署，围绕中心、服务大局、团结拼搏，推动全区残疾人事业不断迈上新台阶。

（一）深入学习贯彻党的十九大精神

一是认真学习、深刻领会，切实用习近平新时代中国特色社会主义思想武装头脑。党组始终坚持把学习贯彻习近平新时代中国特色社会主义思想和党的十九大精神作为首要政治任务抓实抓好，采取集中学习、专题辅导、理论测试等形式，在学懂弄通做实上下功夫，全体党员干部进一步增强了“四个意识”，坚定了“四个自信”。二是提高政治站位，切实加强党的政治建设。坚持把政治建设摆在首位，扎实推进“两学一做”学习教育常态化制度化，通过开展领导干部讲“党的政治建设”专题党课、“党纪印我心”知识竞赛等主题活动，党员干部遵守政治纪律和政治规矩的自觉性得到进一步加强。

（二）成功召开自治区残联第七次代表大会

成功召开自治区残联第七次代表大会，选举产生新一届领导机构及出席中国残联七代会代表。各地（州、市）残联及专门协会都圆满完成了换届工作，一批政治素质高、工作能力强、热爱残疾人事业的同志走上领导岗位，各级残联领导班子和队伍建设得到加强，为在新的起点上加快残疾人事业创新发展奠定了组织基础。

（三）聚焦总目标，认真贯彻落实自治区党委各项重大决策部署

一是深入推进“访惠聚”（访民情、惠民生、聚民心）驻村工作。党组理事会切实担当“队员当代表、单位做后盾、一把手负总责”责任，持续加大人力、物力和资金等方面的投入力度，全年为群众办好事实事300余件。驻村干部和深度贫困村第一书记扎实做好维护稳定、脱贫攻坚和“四同”（同吃、同住、同劳动、同学习）“四送”、"（送法律、送政策、送温暖、送文明）等群众工作，组织村民开展以“倡导新风尚、树立新气象、建立新秩序”为主题的“三新”家庭评比、“村级夜校”等活动，村民家庭生活环境和村民精神面貌都发生了很大变化。通过采取发展种植养殖、办好扶贫车间和十小店铺、开发转移就业岗位等措施，扶贫脱贫成效显著，2018年全年6个驻村点中有213户村民实现脱贫。二是深入开展“民族团结一家亲”、民族团结联谊和“结亲周”活动。两次邀请驻村亲戚孩子来乌开展“感恩党、爱祖国、共筑梦”主题夏令营活动。三是持续开展向“三股势力”和“两面人”做斗争发声亮剑活动，通过发声亮剑广大党员干部政治立场和政治方向更加坚定。

（四）落实总目标，全面推进残疾人各项事业发展

贫困残疾人脱贫攻坚行动深入推进。将贫困残疾人脱贫攻坚纳入自治区扶贫工作大局，会同教育、民政等五部门制定《着力解决因残致贫家庭突出困难的实施方案》，在南疆乌什县召开全区贫困残疾人脱贫攻坚工作推进会，推广贫困残疾人脱贫攻坚中的好经验、好做法。举办两期全区残联系统扶贫业务培训班，培训地县残联扶贫干部184人。实施“阳光家园计划”项目，下拨补助资金1542万元，为6661名智力、精神和重度肢体残疾人提供托养服务。与扶贫、民政等部门建立信息共享机制，定期开展基础数据比对，摸清建档立卡贫困残疾人底数。加大督导检查力度，准确掌握建档立卡贫困残疾人实名制纳入、兜底保障、扶贫资金落实等情况。

残疾人康复服务有新成效。启动全面实施残疾儿童康复救助制度，投入2983万元为1798名残疾儿童提供康复救助。实施精准康复服务行动，投入2650万元为75171名残疾人提供康复救助和康复服务，康复服务覆盖率达到62.1%。为13619名残疾人提供辅助器具适配服务，辅助器具服务率进一步提升。加强残疾预防和残疾人康复宣传教育，扎实做好残疾预防综合试验区试点创建工作。组队参加全国辅具大赛并荣获二等奖。累计培训各类康复技术人员、社区康复协调员2000余名，精准康复服务能力和水平得到有效提升。

残疾人教育有新进展。全面实施新修订的《残疾人教育条例》和《第二期特殊教育提升计划》，“一人一案”解决适龄残疾儿童入学安置问题。投入432万元资助1929名家庭困难学前残疾儿童、残疾人大学生接受教育。配合教育部门为52名残疾人考生提供高考合理便利，372名残疾人考生被区内外普通高校录取。对2000名残疾人青壮年文盲进行扫盲培训。培训国家通用手语和通用盲文168人（次）。自治区残疾人职业中专学校基本建设全面完成，目前，办学条件位于全国同类学校前列。学校招生规模逐年扩大，盲人推拿等特色专业建设成果显著，服务于残疾人中等职业教育的水平不断提升。

残疾人就业有新成绩。累计投入1251万元培训残疾人16054人（次）。组织就业援助专场招聘会129场，帮助1589名登记失业残疾人员实现就业，其中102名应届高校残疾人毕业生被用人单位录用。全区新增就业残疾人3761名。与人社、扶贫、财政等部门联合制定《自治区助盲就业脱贫行动实施方案》。组织开展2018年全国盲人医疗按摩人员资格考试。派员参加第三届“中国创翼”创业创新等

职业技能大赛并取得良好成绩。

残疾人文体工作有新业绩。利用全国助残日、残疾预防日等重要节点，组织开展送“文化下乡”、“文化进社区”等系列活动，丰富残疾人精神文化生活；在新疆卫视新闻夜班车开启手语解说栏目。开展残疾人“冰雪运动季”“特奥日”“康复体育进家庭”等活动，带动更多残疾人参与健身运动。积极开展田径、射箭、冰球等项目集训，在中国残联组织的各类体育赛事中取得5个第一名、5个第二名、3个第三名的好成绩。自治区聋人女子篮球队入围第十届残运会决赛阶段的比赛资格，1名运动员入选国家队并参加在荷兰举行的高山滑雪公开赛。

基层基础工作有新拓展。争取中央预算内投资1.18亿元，新建地县残疾人康复、托养服务设施项目14个。加强残疾人基本服务状况和需求信息数据动态更新工作，自治区残疾人事业大数据平台建设初见成效；全面实施新的《残疾人证管理办法》，在克拉玛依市开展第三代智能残疾人证试点；各专门协会进一步活跃，先后开展“自强与助残”巡回演讲、“你是我的眼”残健同行公益晚会等活动30余次。基金会全年累计向贫困残疾人发放物资1389万元。

（五）残疾人合法权益进一步得到保障

全年为31538名残疾人发放机动车燃油补贴820万元；落实462万元为1321户贫困重度残疾人家庭实施无障碍改造；为1万名残疾人发放免费停车标识牌。加快推进残疾人事业“十三五”规划实施，完成自治区残疾人事业“十三五”规划实施情况和《自治区“十三五”推进基本公共服务均等化规划》中10项残疾人基本公共服务重点工作指标实施情况的中期评估。强化法治观念，畅通残疾人反映诉求渠道，回应残疾人关切，切实维护残疾人的合法权益，妥善处理信访事宜1205件（次）。

四、新疆维吾尔自治区残疾人联合会第七次代表大会

2018年8月14日—15日在乌鲁木齐举行。会前，中共中央政治局委员、自治区党委书记陈全国，中国残联主席张海迪，自治区党委副书记、自治区主席雪克来提·扎克尔，自治区人大常委会主任肖开提·依明，自治区政协主席努尔兰·阿不都满金，自治区党委副书记、兵团政委孙金龙，自治区党委副书记、政法委书记朱海仑，自治区党委副书记李鹏新等会见与会代表，陈全国书记向大会的召开表示热烈祝贺，并对全区残疾人和残疾人事业提出殷切希望。

雪克来提·扎克尔主席出席开幕式并发表重要讲话，张海迪主席莅临大会并致贺词。会议讨论通过《自治区残联第六届主席团工作报告》；选举产生自治区残联第七届领导机构成员，雪克来提·扎克尔为自治区残联第七届主席团名誉主席，沙尔合提·阿汗、古丽夏提·阿不都卡德尔、伊力哈木·沙比尔为名誉副主席，吉尔拉·衣沙木丁为自治区残联第七届主席团主席，张海燕为自治区残联执行理事会理事长。会议选举产生自治区出席中国残联第七次全国代表大会代表。自治区领导徐海荣、艾尔肯·吐尼亚孜、田文、沙尔合提·阿汗、杨鑫、张春林、古丽夏提·阿不都卡德尔、吉尔拉·衣沙木丁、伊力哈木·沙比尔分别参加上述活动。

五、大事记

1月22日—26日，新疆维吾尔自治区残联党组书记、副理事长张海燕参加自治区人大第十二届会议，在自治区人大第十三次会议上当选为自治区人大常委会委员，兼任自治区第十三届人大内务司法委员会委员。

1月27日，自治区残联召开2018年“访惠聚”驻村工作队组建部署暨动员大会，张海燕出席并讲话。

1月29日，张海燕为2018年“访惠聚”驻村工作队、深度贫困村第一书记送行，并向“访惠聚”驻村工作队总领队、党组成员、副理事长王培芳授旗。

1月30日，自治区残联党组成员、副理事长，“访惠聚”驻村工作队总领队王培芳带领驻村工作队队员和深度贫困村第一书记11人到莎车县恰热克镇驻村工作。

2月1日，张海燕组织召开2018年各专门协会联席会议，各专门协会汇报2017年度工作及2018年工作打算。

2月11日，张海燕到乌市天山区、沙区看望慰问贫困残疾人家庭。

2月14日，张海燕参加自治区春节团拜会、自治区党委常委（扩大）会议暨扶贫开发领导小组会议。

2月27日，张海燕参加自治区深度贫困地区精准脱贫攻坚工作会议。

3月6日，自治区残联第六届主席团第五次全体会议暨2018年全区残联工作电视电话会议召开。自治区人民政府副秘书长卜志勇主持，自治区人民政府副主席吉尔拉·依沙木丁讲话，张海燕做工作报告。

3月13日，张海燕到乌鲁木齐市天山区、高新区（新市区）调研残疾人社区康复及医院康复工作。

3月14日，张海燕到乌鲁木齐市盲校、头屯河区、米东区调研残疾人就业创业工作。

3月28日，自治区残联党组成员、副理事长热依汗·依沙木丁参加自治区“访惠聚”总结表彰大会。

4月4日，热依汗·依沙木丁参加自治区党委会议。会议听取2017年度地州市党委和政府（行署）、贫困县市党委和政府扶贫开发工作成效考核定等情况汇报，对打好脱贫

攻坚战做出进一步部署。

4月14日，张海燕参加自治区深度贫困地区脱贫攻坚工作领导小组会议。

5月7日，张海燕参加自治区脱贫攻坚工作推进会。

6月9日，张海燕参加自治区党委常委会议，会议传达中央有关文件精神，研究部署自治区党政机构改革工作。

6月9日，张海燕参加自治区党委召开常委（扩大）会议，会议传达学习习近平总书记关于脱贫攻坚工作的重要指示精神和国务委员、公安部部长赵克志在新疆调研时的讲话精神。

6月19日，张海燕参加自治区扶贫开发领导小组工作会议。会议贯彻全国打赢脱贫攻坚战三年行动电视电话会议精神，贯彻落实自治区党委指示要求。

6月28日，张海燕出席自治区残联系统扶贫业务培训开班仪式并讲话。

7月1日，自治区残联在乌鲁木齐市燕尔窝烈士陵园举行“党旗映天山”主题党日活动。

7月9日—15日，2018年全疆听力语言康复教师教学技能培训班和2018年全疆听力技术人员技能培训班在乌鲁木齐举行，热依汗·依沙木丁出席开班仪式并讲话。

7月15日，张海燕参加国务院扶贫办、自治区党委、自治区人民政府在喀什共同召开的南疆四地州深度贫困地区脱贫攻坚现场推进会暨对口帮扶工作总结部署工作会议。

8月14日—15日，新疆维吾尔自治区残疾人联合会第七次代表大会在乌鲁木齐举行。

8月17日，自治区残疾人联合会主办，乌鲁木齐电视台承办，新疆残疾人驾驶员协会、畅想残疾人艺术团协办“一世情缘·追寻爱情梦——残疾人相亲交友大型公益活动”，热依汗·依沙木丁出席并致词。

8月18日，新疆维吾尔自治区残疾人联合会党组书记、执行理事会理事长张海燕参加全区古尔邦节茶话会。

8月21日，张海燕在新疆残疾人职业中专学校院内迎接61名“小亲戚”，这些孩子是自治区残联干部结对亲戚的孩子，来自莎车县恰热克镇的3个村，全程参与为期3天的“民族团结一家亲”夏令营活动。

8月21日，热依汗·依沙木丁代表带队看望慰问驻村工作队队员和深度贫困村第一书记，共度“古尔邦节”。

8月26日—30日，张海燕到和田地区调研残疾人工作。

9月6日—8日，张海燕到阿克苏就地区调研贫困残疾人脱贫攻坚工作。

9月24日—25日，张海燕赴喀什地区莎车县恰热克镇喀拉伽什村、萨依兰干村看望慰问自治区残联“访惠聚”工作队、深度贫困村第一书记和支教老师。

9月28日，自治区残疾儿童康复救助制度培训班在乌鲁木齐举行，自治区残联党组成员、副理事长陈宏博出席开班仪式并讲话。

10月10日，热依汗·依沙木丁在乌鲁木齐市安宁医院出席第27个“世界精神卫生日”活动。

10月11日—13日，张海燕赴石家庄参加全国残联系统助推贫困残疾人脱贫攻坚三年行动会议。

10月15日—17日，张海燕参加中央第六巡视组对新疆维吾尔自治区开展脱贫攻坚专项巡视工作动员会。

10月29日，张海燕参加自治区党委理论学习中心组就《中国共产党纪律处分条例》进行的专题学习。

10月30日，张海燕参加自治区聚焦聚力总目标持续深化“访惠聚”驻村工作视频会议。

10月29日—31日，陈宏博赴江苏省连云港市参加全国残疾儿童康复救助定点机构规范管理工作现场会。

11月9日，自治区残联副巡视员赵保全参加新疆若干历史问题专题报告会。

11月13日，陈宏博参加自治区“访惠聚”驻村工作领导小组办公室工作会议。

11月19日，张海燕参加自治区扶贫开发领导小组会议。

11月25日—26日，自治区副主席、自治区人民政府残工委主任吉尔拉·衣沙木丁出席在乌什县举行的自治区贫困残疾人脱贫攻坚现场会，要求围绕自治区社会稳定和长治久安总目标，持续加大工作力度，着力抓好打赢贫困残疾人脱贫攻坚战工作，确保全区残疾人到2020年如期脱贫。张海燕参加会议。

12月17日，自治区脱贫攻坚“冬季攻势”动员部署视频会议召开，张海燕参加会议。

12月23日，自治区党委书记、自治区扶贫开发领导小组组长陈全国主持召开自治区扶贫开发领导小组会议，总结2018年全区脱贫攻坚工作，安排部署2019年脱贫攻坚工作。张海燕参加会议。

附　录

新疆维吾尔自治区残联第七届主席团

名誉主席　雪克来提·扎克尔

名誉副主席　沙尔合提·阿汗　古丽夏提·阿布都卡德尔　依力哈木·沙比尔

主　　席　哈德尔别克·哈木扎

副 主 席　李成　张海燕　陈莉红　杨波　艾尼瓦尔江·曼苏　徐忠　阿里

（张松革供稿）

新疆生产建设兵团残疾人事业和残疾人工作

一、领导讲话

兵团残联第六次代表大会举行

《兵团日报》乌鲁木齐8月15日讯（记者毕玉中）8月15日，兵团残疾人联合会第六次代表大会在乌鲁木齐举行。

会前，中国残联第六届主席团主席张海迪，自治区党委副书记、兵团党委书记、政委孙金龙，兵团领导彭家瑞、孔星隆、刘见明会见与会代表，并合影留念。

图7-32-1 新疆兵团残疾人联合会第六次代表大会主席台全景。

张海迪在致辞中指出，党的十八大以来，以习近平同志为核心的党中央对残疾人事业高度重视，做出一系列加快残疾人小康进程的重大部署。兵团党委高度重视残疾人事业，推动兵团残疾人工作取得长足发展，兵团各级残联和残疾人工作者在残疾人康复、教育、就业、扶贫、权益保障等方面做了大量工作，残疾人获得感幸福感安全感显著提升。希望兵团各级残联和残疾人工作者深入学习贯彻习近平新时代中国特色社会主义思想和党的十九大精神，认真贯彻中央党的群团工作会议精神，紧紧围绕保持和增强政治性、先进性、群众性，深化改革创新，坚决把各项惠残措施落到实处，努力开创新时代兵团残疾人事业发展新局面。

孙金龙在对过去五年兵团残联工作给予肯定后指出，兵团各级党委和残联组织要坚持以习近平新时代中国特色社会主义思想为指导，牢固树立“四个意识”，切实提高政治站位，贯彻落实习近平总书记关于新疆和兵团工作的重要讲话和重要指示精神，贯彻落实党中央治疆方略和对兵团的定位要求，以更大的决心、更大的力度、更扎实的举措，把兵团残疾人事业不断推向前进，为兵团履行职责使命、服务新疆工作总目标做出更大贡献。

孙金龙强调，要坚持以人民为中心的发展思想，立足兵团实际和残疾人现实需求，突出做好保障和改善残疾人民生的各项工作。要大力弘扬“自尊、自信、自强、自立”精神和兵团精神，鼓励支持残疾人充分挖掘潜能、主动发挥特长、积极融入社会，创造美好生活、实现人生价值。要认真落实好自治区党委反恐维稳各项措施，持续释放稳定红利，为残疾人事业发展营造良好环境。要打好脱贫攻坚战，突出解决好“因残致贫”问题，千方百计促进残疾人就业增收。要坚持和加强党对残疾人工作的领导，形成扶残助残的强大合力，推动党中央关于残疾人事业的决策部署在兵团落地生根。

兵团团委代表群团组织致贺词。部分省（区、市）残联发来贺电。会议讨论通过了《兵团残联第五届主席团工作报告》，选举产生了兵团残联第六届领导机构。

自治区政协副主席，兵团党委副书记、副政委孔星隆在兵团残疾人联合会第六次代表大会闭幕式上的讲话摘要

2018年8月15日

过去五年，在兵团党委的高度重视、相关部门的支持配合以及社会各界的共同参与下，各级残联组织充分发挥“代表、服务、管理”职能，坚持全心全意为残疾人服务，用心用情为残疾人办实事、解难事、做好事，做了大量有成效的工作，兵团残疾人事业发展迈上了新台阶。残疾人保障水平逐年提高，基本生活状况不断改善，扶残助残的社会环境明显优化，越来越多的残疾人享受到了公正公平的社会救助、社会保障和公共服务，获得感、幸福感日益增强。

但是，也要清醒认识到，残疾人是一个特殊困难群体，残疾人基本生活状况与社会平均水平还有较大差距，残疾人事业发展仍然是全面建成小康社会进程中的“短板”，残疾人对美好生活的需求与发展不平衡不充分之间的矛盾依然十分突出。为此，做好新形势下残疾人工作任务依然十分艰巨，残疾人事业发展依然任重而道远。

今后一个时期兵团残疾人事业发展，首先要提高政治站位，增强做好残疾人事业发展的紧迫性和责任感。其次要突出重点，创新工作方法，狠抓落实。

一是要对残疾人建档立卡，做到精准识别。残疾人的情况各不相同，国家和兵团也有相应的各种政策，现在的问题是要做到精准识别，才能精准施策。这是个非常基础性的工作，也是个很重要的工作。兵团残联要抓好这项工作，保证今年下半年完成此项工作。

二是要围绕目标和任务，做好行动计划和规划。要深入基层了解情况，坚持问题导向，找出“短板”和薄弱环节，才能使行动计划、规划具有针对性和实效性。

三是要创新工作方法。前面我讲了，残疾人的情况可能各不相同。同样，各师市、团场、社区残疾人的多少，一些基本的硬件设施的情况可能也不一样，这就需要我们统筹考虑。如残疾人的康复需要阶段性的，还是长期性的。如果各单位都建康复中心，会不会造成资源浪费，可能还因项目立项、审批、建设等影响到康复工作的顺利实施。同时，这里也有个规模化、标准化的问题。有的是属于阶段性的，又是必不可少、非常重要的，能不能利用自治区和对口援疆省市的资源进行异地康复呢？既省了兴建康复中心的大量投资，又对残疾人康复提供了及时的治疗。所以，创新工作方法也是很重要的，在这方面，希望大家都要多思考、多想办法，目的是更加有利于残疾人的幸福和尊严。

四是要抓好督查和考核机制。考核工作很重要，是导向。在考核机制上，要认真严格地“去四化、强三性”。要更多侧重如何服务于职工群众，实绩成效方面。新时代、新气象、新要求，要把工作的成效作为检验工作的标准、目的。同时，要加大对各项重点工作的督查力度，并及时抓好整改。

五是要紧紧依靠各级党政抓好残疾人事业。残联是群团组织，是党紧密联系群众的桥梁和纽带。我们党的宗旨是为人民服务，群团组织就是要协助各级党政做好群众工作。要抓好各级残联的体系建设，各级都要明确自己的职责，尤其在基层，要把对残疾人的各项重点工作细化、程序化，形成工作手册。属于“四梁八柱”等规定性的动作一个也不能少，才能保证不走偏、不走样。在此基础上，充分发挥主观能动性、创造性地开展工作，取得更好的成效。要把工作做好，就要把残疾人的呼声和残联对做好工作的意见建议向党委（党组）汇报。

六要加强组织领导，保障残疾人事业健康发展。各级党委要牢固树立“四个意识”，切实按照习近平总书记“把推进残疾人事业当作分内的责任，各项建设事业都要把残疾人事业纳入其中”的指示要求，把孙金龙政委开幕式讲话中提出的“进一步完善残疾人工作体制和工作机制，把残疾人事业纳入经济社会发展总体规划，把残疾人工作列入重要议事日程，把残疾人事业经费列入兵师团财政预算”的要求，制度化、具体化。要形成工作的合力。残疾人事业不是残联一家的事，相关部门要根据自身职责，抓好落实。兵团残疾人联合会要加大统筹协调的力度，形成工作的合力。要加大考核和督查追责的力度。工作有安排，就要有考核。好的就应表彰奖励，做得不好的，就应批评和追责。在这方面兵团残联要带个好头，要以身作则、率先垂范。

二、政策法规文件

关于建立残疾儿童康复救助制度的实施意见

新兵发〔2018〕39号

第二章　救助对象、内容和标准

第六条　救助对象为属于兵团管辖的户籍（或在兵团领取居住证）人口中有康复需求、适应指征和康复意愿的0—6岁视力、听力、言语、肢体、智力、多重等残疾儿童和孤独症儿童。包括城乡最低生活保障家庭、建档立卡贫困户家庭的残疾儿童和儿童福利机构收留抚养的残疾儿童；残疾孤儿、纳入特困人员供养范围的残疾儿童；其他经济困难家庭的残疾儿童。

其他经济困难家庭的具体认定办法和审核程序，由各师市制定。

有条件的师市根据经济社会发展状况，可以放宽对家庭经济条件的限制，扩大残疾儿童康复救助年龄范围。

第七条　申请康复救助年度12月31日前未满限定年龄，持有中华人民共和国残疾人证或有效疾病诊断证明材料（定点诊断机构出具的诊断证明）的残疾儿童，残疾儿童家长（监护人）有主动康复意愿，儿童身体状况能够接受康复救助且积极配合，可依本办法申请康复救助。

第八条　救助内容

（一）定点机构康复训练

由定点康复机构为视力、听力、言语、肢体、智力和孤独症等残疾儿童（含多重残疾）提供基本康复训练。

（二）手术

为有手术适应指征的重度以上听力残疾儿童配发基本型人工耳蜗（单耳），提供人工耳蜗手术及术后基本康复训练补贴；为符合手术适应证的肢体残疾儿童实施矫治手术及术后基本康复训练，给予矫形器装配补贴；为符合手术（包括白内障、斜视、青光眼、眼睑疾病、结膜肿瘤疾病）条件的视力残疾儿童补贴手术费。

（三）辅助器具适配

为视力残疾儿童验配助视器、配发盲杖等助视辅助器具；为听力残疾儿童验配助听器（双耳）及助听辅助器具；为肢体残疾儿童装配假肢或矫形器，适配轮椅、坐姿椅、站立架、助行器等辅助器具。

第九条　救助标准

（一）定点机构康复训练

听力言语康复训练、智力残疾儿童康复训练和孤独症儿童康复训练每人每年救助补贴不低于12000元。脑瘫儿童康复训练每人每年救助补贴不低于13200元。视力残疾儿童定向行走及适应训练、低视力残疾儿童视觉康复训练每人每年补贴不低于500元。

（二）手术

重度听力残疾儿童植入人工耳蜗：每人补贴基本型人工耳蜗产品购置费不低于70000元，每人一次性补助手术费不低于12000元（含术前复查费），术后基本康复训练补助不低于14000元，之后每年康复训练参照听力残疾儿童补贴标准执行。

肢体残疾儿童矫治手术：手术费（含术前检查费）补贴每人不低于10000元，术后基本康复训练每人补贴不低于6000元，术后视个体情况适配矫形器每人补贴1200元。在补贴年龄内每人累计补助不超过2次。

视力残疾儿童经诊断符合手术条件的，每人每年手术费（含术前检查费用）补贴不低于12000元。

（三）辅助器具适配

聋儿验配助听器：每名聋儿每年补贴不低于7200元（验配数字型助听器2台，助听器补贴不低于6000元，适配费1200元）。

其他基本型辅助器具：每人每年补贴不低于1500元。

矫形器：踝足矫形器每人每年补贴不低于600元，膝踝足矫形器每人每年补贴1200元。

假肢：大腿假肢每人每年补贴不低于5000元，小腿假肢每人每年补贴不低于3000元。

以上救助标准为兵团残疾儿童康复救助最低标准，根据兵团经济社会发展水平、财政状况和康复服务价格变动等因素适时进行调整。

有条件的师市可依据本地实际提高康复救助基本服务项目的救助标准和救助范围。

三、工作综述

2018年，在中国残联的支持指导和兵团党委的坚强领导下，在各有关单位及社会各界的关心支持下，兵团残联以习近平新时代中国特色社会主义思想为指导，深入学习宣传贯彻党的十九大、十九届二中、三中全会精神，贯彻落实党中央、国务院关于新时代残疾人事业新部署、新要求，紧紧围绕新疆工作总目标、聚焦兵团职责使命，按照兵团残联第六次代表大会、第二十六次工作会议确定的任务目标，着力增进残疾人福祉、提升残疾人生活质量，残疾人工作取得了一定成效。

（一）残联组织建设得到加强

各级残联换届工作全部完成。兵团残联第六次代表大会选举产生新一届主席团、执行理事会和残疾人各专门协会，兵团各级残联组织建设得到加强。

（二）残疾人小康进程规划主要指标完成良好

按照中国残联统一部署，以国务院督查为契机，认真组织开展了贯彻落实《兵团国民经济和社会发展第十三个五年规划纲要》《兵团基本公共服务均等化“十三五”规划》《兵团“十三五”就业促进规划》和《兵团加快残疾人小康进程规划（2016—2020年）》中期评估，按时限要求报送自查评估报告。其中，残疾人小康进程主要指标共15项，已完成5项、完成过半2项、接近完成8项。

（三）残疾人基本服务状况和需求信息数据动态更新工作得到加强

各级残联积极组织开展入户调查员培训并进行数据采集、录入与核查工作，共登记残疾人65839人，其中，入户登记63426人、电话登记1013人。动态掌握持证残疾人基本服务状况及需求信息，为促进兵团残疾人事业发展提供了数据支撑。

（四）残疾人精准扶贫、精准脱贫进程加快推进

扎实做好贫困残疾人精准识别建档立卡基础性工作，在兵团扶贫办贫困人口精准建档立卡基础上，通过入户调查、电话核实等多种手段，运用残疾人动态更新信息数据，全面核实兵团贫困残疾人底数、致贫原因和基本需求，并制定《兵团贫困残疾人脱贫攻坚行动实施方案》，将在会签中后印发。加强扶贫助残基地规范管理运营，对近年来投入2200余万元建立的40余个残疾人扶贫基地开展“一盘四看”（即盘资金，看基地运营情况、看资金管理使用情况、看安置残疾人就业收入情况、看帮扶重度残疾人分红情况）自查“回头看”，力促扶贫助残基地发挥引领残疾人增收的作用。

（五）残疾人脱贫攻坚扎实推进

兵团各级残联以建档立卡贫困残疾人为主攻重点，聚焦“两不愁、三保障、两扩面”，制定《兵团残联打赢脱贫攻坚战巩固脱贫攻坚成果工作方案》，明确任务目标，细化推进措施。充分比对兵团贫困人口信息数据，以连（村）为单位，以户为基础，驻连入户，精准识别、精准核实，实名建档立卡贫困残疾人家庭259户271人。强化精准到户到人举措，推进实施产业扶贫、就业扶贫、教育扶贫、健康扶贫、社会保障兜底扶贫和住房安全保障扶贫等六大行动，实现建档立卡贫困残疾人208户217人增收脱贫。

（六）残疾人康复工作稳步发展

成立兵团残疾儿童康复救助工作领导小组，结合兵团实际制定印发《关于建立残疾儿童康复救助制度的实施意见》（新兵发〔2018〕39号）。继续开展残疾人精准康复服务行动，1.1万名有康复需求的残疾人得到服务，康复服务率超过80%，辅具适配率超过80%。对2017年假肢安装人员开展回访，对2018年假肢需求情况进行摸底调查并完成招标采购工作。开展向社会力量购买残疾儿童康复服务，补上了康复服务短板。组织开展第19次全国爱耳日活动和第二次残疾预防日宣传教育活动。继续在五师双河市开展全国残疾预防综合试验区创建工作。在八师石河子市推进职业院校残疾人康复人才培养改革试点工作。

（七）残疾人教育、就业工作稳步推进

健全完善残疾儿童少年全纳教育机制，强化"一人一案"动态实名管理，落实随班就读、送教上门措施，残疾儿童少年义务教育入学率达到90.9%。投入97.58万元，资助785人次适龄残疾儿童少年和残疾青年接受教育，其中，学前教育58人、义务教育186人、高中教育48人、特殊教育358人、高等教育135人。以残疾人职业能力提升计划为抓手，2353人次残疾人参加职业技能和实用技术培训。落实完善残疾人就业促进、就业扶持政策，着力构建残疾人就业多元化发展机制，全年新增就业747人。完成兵团驻乌单位年审380家，征收残疾人就业保障金960万元。支持残疾人自主创业、灵活就业，使一大批残疾人通过就业实现稳步增收。

（八）残疾人民生持续改善，托养服务能力建设不断加强

突出"兜底线、救急难、保民生"，将符合条件的贫困重度残疾人全部纳入低保，推动将生活困难、靠家庭供养且成年无业的重度残疾人视同单人户纳入最低生活保障范围，有效保障了2.2万残疾人基本生活。全面落实困难残疾人生活补贴和重度残疾人护理补贴制度，4.2万人次残疾人得到实惠，目标人群覆盖率达100%。以"阳光家园"项目为抓手，为2130人次智力、精神残疾和老残一体、重度肢体残疾人提供机构托养、社区日间照料。争取中国残联支持，在无锡市残疾人托养中心（全国残疾人托养服务实习培训基地）为兵团专门举办了一期残疾人托养服务能力建设培训班，各师市残联、部分团场残联工作人员和托养服务机构负责同志共计81人参加培训。

（九）残疾人宣传文体等工作日趋活跃

利用报刊、广播、电视、网络等媒体大力宣传残疾人事业，唱响主旋律，提振精气神，凝聚正能量，全年共刊（播）残疾人宣传作品450篇（件）。组队参加在天津市举办的2018年全国残疾人田径锦标赛，八师石河子市代表兵团组队参加第二届全国残疾人专职委员知识竞赛。

（十）残疾人证核发管理工作逐步规范

强化依法行政意识，按照师市合一、团镇合一的思路，积极调整兵团残疾人证管理系统的行政区划，按照兵团深化改革的要求，将发证职能明确到师市残联，取消团场的发证权限，明确团场残联行使乡镇残联职能。部署残疾人证核发管理工作，制定印发《兵团残疾人证管理办法实施细则》，举办残疾人证核发管理人员培训班，对新版残疾人证管理系统开展培训。对各师市残疾评定医院进行公示确认，开展残联系统违规持证清理工作。

四、大事记

6月21日—29日，兵团残疾人运动员参加在天津举办的全国残疾人田径锦标赛，获得4枚银牌、1枚铜牌及2个第四名、1个第五名、4个第六名；兵团代表队及3名残疾人运动员获得体育道德风尚奖。

7月22日—27日，八师石河子市共派出4名残疾人运动员代表兵团参加在甘肃金昌市举行的全国残疾人乒乓球挑战赛。李志强获得男子听力残疾组第四名、个人荣获体育道德风尚奖，李成成获得男子肢体残疾站立组第四名。兵团代表队获得体育道德风尚奖。

8月15日，兵团残疾人联合会第六次代表大会在乌鲁木齐召开。中国残联第六届主席团主席张海迪，自治区党委副书记、兵团党委书记、政委孙金龙，兵团领导彭家瑞、孔星隆、刘见明出席会议。大会审议通过陈春燕代表兵团残联第五届主席团所做的工作报告，回顾了过去五年兵团残疾人工作，分析了存在的突出问题，提出了今后五年的目标任务；选举产生兵团残联第六届主席团、第六届执行理事会、各类残疾人专门协会新一届委员会和出席中国残联第七次代表大会的代表。

8月15日，张海迪一行到兵团第八师石河子市22社区、石河子镇沙依巴克村走访慰问贫困残疾人家庭，考察石河子总场残疾人扶贫助残示范基地——欣远养牛场、石河子市红山街道25社区"阳光家园"残疾人日间照料站，深入了解为残疾人提供就业及康复服务等情况，查看环境设施，详细询问残疾人康复训练情况，鼓励残疾人树立生活信心，积极开展康复活动。兵团党委常委、副政委、组织部部长刘见明陪同调研。

9月3日—7日，八师石河子市派出8名残疾人运动员代表兵团参加在青岛举行的全国残疾人飞镖锦标赛。段艳丽、张忠良、潘多凤获得前16名、体育道德风尚奖。兵团代表队荣获体育道德风尚奖。

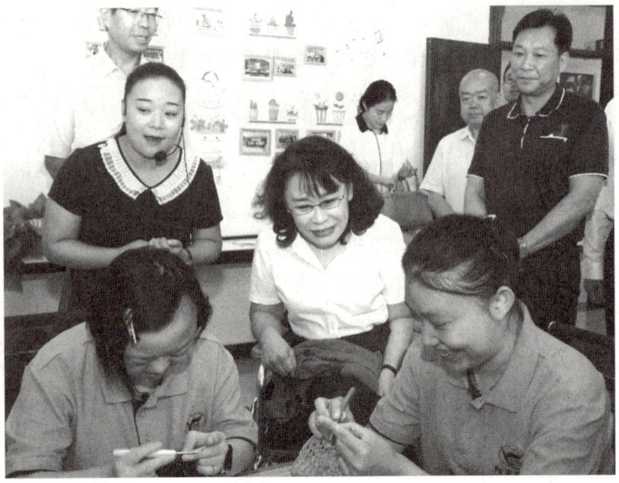

图7-32-2　张海迪主席在兵团第八师石河子市红山街道25社区“阳光家园”残疾人日间照料站调研。

9月12日—17日，兵团张志民、陈春燕、吴新国、张玉池、殷永清、刘红霞、张冰、王喜英、李莉、赵树吉、李财、李凤梅、乌加里阿斯·铁木尔汗等13名代表在京参加中国残联第七次代表大会。

10月8日—11日，兵团残疾人托养服务能力建设集中培训班在无锡市残疾人托养中心（全国残疾人托养服务实习培训基地）举办，来自兵团各师（市）残联、部分团场残联工作人员和残疾人托养服务机构负责同志共计81人参加学习培训。

12月5日，八师石河子市代表兵团组队参加在南京举行的第二届全国残疾人专职委员知识竞赛，获得团体三等奖，2名选手分获“学习之星”二等奖和三等奖。

（郑燕供稿）

黑龙江垦区残疾人事业和残疾人工作

一、工作综述

2018 年，黑龙江垦区残联全力贯彻落实中国残联工作部署和总局党委扩大会议精神，紧紧围绕残疾人同步奔小康的战略目标，认真履行“代表、服务、管理”职能，着力解决残疾人最关心、最直接、最现实的问题，残疾人事业取得了长足发展。

（一）贯彻落实党的十九大报告对残疾人事业做出的重大决策部署，深刻领会习总书记讲话精神

认真学习贯彻落实党的十九大报告对残疾人事业做出的重大决策部署，深刻领会习近平总书记在深入推进东北振兴座谈会上的重要讲话和在黑龙江垦区考察时的重要指示精神，自觉运用习近平新时代中国特色社会主义思想武装头脑、指导实践、推动工作。传达学习贯彻中国残联第七次全国代表大会精神，要求各管理局残联采取多种形式宣讲学习，增强“四个意识”，把思想和行动统一到党中央决策部署和中国残联七代会精神上来，尽职尽责、尽心尽力做好残疾人工作。

（二）加强残疾人组织建设，认真做好专项调查，为精准服务提供依据

黑龙江垦区残联充分发挥联络、协调、服务的职能，加强基层残疾人组织建设，创造学习型残联，提高残疾人工作者素质，不断强化自身组织和队伍建设。9 个管理局完成换届工作，6 名代表出席中国残联第七次全国代表大会。

黑龙江垦区各级按要求开展 2018 年动态更新工作，总局残联积极向总局争取专项调查动态更新专项工作经费，各级残联共争取经费 74.5 万元，保证动态更新工作顺利进行。各基层残联结合入户调查走访慰问 1895 户残疾人，慰问经费 6.9 万元。2018 年 3 月，黑龙江垦区残联举办动态更新培训班，由中国残联信息中心工程师和垦区残联工作人员授课。培训班培训调查师资近 130 人，其中有新人 13 人，占培训人数的 10%。培训内容结合垦区残联相关业务和实际情况，包括动态更新登记表、指标项逻辑审核关系及其他注意事项、动态更新系统使用培训、各阶段的质量控制等方面要求。各级残联开展分层次培训，全垦区共举办培训班 93 批次，培训师资 112 人，培训调查员 1750 人，其中新人 44 人。培训班强调在入户调查前调查员首先了解残疾人家庭状况、就业和保险缴纳、政策享受情况，作为入户调查的基础依据。各单位加强与相关部门数据审核比对，尤其是低保、扶贫、“两补”、保险、危房改造、未入学、无障碍等数据。

（三）加强服务设施建设，做好残疾人精准康复

加强残疾人服务设施建设，依托卫生、民政等部门的服务机构，推进总局、管理局、农牧场三级康复托养中心和辅助器具服务站建设，重点加强社区康复托养站建设。黑龙江农垦总局医院康复科在主任范永春的带领下，在病人总量、服务项目、科室建设、人才结构、科研成果、业内影响和传统康复技术的应用等方面，均处于省内领先水平。北安管理局中心医院康复科的医护人员用精湛的医术、高尚的医德、宽厚的仁心践行着“医道兼修、悬壶济世”的崇高誓言，尽心尽责为每一个残疾人患者提供帮助。2018 年 3 月，为促进垦区残疾人精准康复工作，垦区残联举办康复业务培训，聘请省残联康复专家、农垦总局康复中心专家及垦区残联工作人员授课，各管理局、农场残联理事长和业务骨干参加培训。

（四）以职业培训为重点，促进残疾人就业创业

2018 年垦区残联以残疾人就业需求为导向，以开展残疾人职业培训为重点，为残疾人提供切实可行的就业服务。一是利用垦区互联网覆盖率高、网络质量好的优势，开展“互联网 + 残疾人就业”远程培训。垦区就业中心与垦区肢协联合举办肢体残疾人电商培训，95 名残疾人接受电子商务基础知识、网店经营、微商经营等培训。二是开展残疾人就业指导员、雇主培训，并安置 17 名残疾人就业；培训盲人医疗按摩人员 4 名，先后有 4 人和 5 人分别通过医疗按摩

人员中级和初级职称评审。三是建立残保金征缴系统，减少审批、征缴流程，方便用人单位开展按比例安排残疾人就业审批和残保金征缴。宝泉岭管理局梧桐河农场不断延伸、拓展“善行奉献银行”内容，将创新产业发展与助残、扶贫工作相结合，在老街坊布艺加工厂的基础上建立互帮手工艺品制造有限公司，促进残疾人就业多样化，已签约残疾人及低保人员近40余人次。江滨农场带领农场残疾人学习多种实用技能，参加各类展销会3次，展销累计销售额近万元，并带领残疾人开展药用黄瓜籽种植项目，帮助6户低保残疾人家庭解决了生活困窘。共青农场鼓励残疾人发展电商产业，免费培训并发放手机，帮助他们在电商平台上建设运营网店、自主创业，15名贫困残疾人增加收入。依兰农场残联组织5名残疾人成立（向阳花开）农业种植合作社，在管局残联资金帮扶下，5名残疾人自筹资金5万元，种植红小豆、高粱、向日葵等经济作物，除去本金外每户增加收入8000余元。

（五）加大扶贫投入，促进贫困残疾人脱贫

2018年垦区残联加强了扶贫工作的组织领导，将贫困残疾人建档立卡和脱贫攻坚工作同步纳入各级单位脱贫攻坚规划。完成贫困家庭无障碍改造任务90户，开展农村贫困残疾人实用技术培训800人。红兴隆管理局先后在办公楼、公园、广场、医院等公共场所设置无障碍坡道、盲道设施等200多处。发放残疾人机动车燃油补贴1585人，完成2019年残疾人机动车燃油补贴台账录入工作。建三江前哨农场残疾青年李慎达在管理局残联、工会、民政、扶贫和农场党委等帮助下，落实13项扶贫政策，开展语音标注项目、对接企业家扶持、电商创业等，同时他还运用所学帮助其他残疾人学习网络创业。共青农场、宝泉岭农场、军川农场、汤原农场、梧桐河农场、依兰农场残联还举办了残疾人实用技术培训班，内容包括残疾人特色种养殖业技术、农业技术、电商、手工编织、塑料管编织、玉石加工雕刻等。

（六）加强教育助学力度，提高残疾儿童入学率

垦区实施残疾人事业专项彩票公益金助学项目，为17人次家庭经济困难的残疾儿童享受普惠性学前教育提供资助，各单位根据实际情况为2018年残疾人参加全国普通高等学校招生统一考试提供支持条件和合理便利，7名残疾人高考生中有6人接到录取通知书。教育部门根据未入学残疾儿童情况，采取跟班就读、给予特教补贴和送教上门等方式，提高残疾儿童少年入学率。完成青壮年扫盲47人。

（七）做好残疾人事业宣传文化工作，弘扬助残精神

八五三农场在规划和建设社区公共服务体系过程中，重点将残疾人文化建设纳入其中，给予特别指导和支持，创造方便残疾人参与的环境和条件。通过在社区各居委会开设助残文化书屋、举办残疾人文艺演出、才艺比拼等活动，积极为社区残疾人提供和搭建学习、展示才艺的平台。宝泉岭残疾人综合服务中心举办了七项残疾人就业技能培训班，包括蛋雕、串珠、剪纸、糕点、美甲、书法、绘画等手工艺品制作项目，其中参加蛋雕、串珠、剪纸培训的残疾人已经能够独立完成客户订单，凭借一技之长创业增收。

七星农场社区为残疾人开展“点亮微心愿”活动，农场社区积极开展志愿助残系列活动，为残疾人排忧解难。以重度残疾人为重点，根据帮扶对象的实际需求，采取“一帮一”或“多帮一”的志愿者日常结对帮扶；开展打扫卫生、代缴电费等与残疾人生活息息相关的志愿服务活动；在重大节日开展送温暖服务活动，完成他们的心愿，为残疾人带来更多的温馨和快乐。红兴隆第二高级中学组织“扶残助残”志愿服务队，利用双休日走进公园、广场，宣传扶残助残公益知识，清洁“无障碍设施”指示牌，努力为服务残疾人出一份力。

二、重要条目

【“三个家园”建设】管理局残联全力推进扶残助残常态化，通过打造助残“心灵之家”“康乐之家”“温暖之家”等“三个家园”，提高残疾人生活幸福感、获得感。以关注残疾人心理疏导为重点，打造“心灵之家”：依托医院专业科室资源，成立残疾人心理健康关爱组织，通过残疾人心理健康普查、知识讲座、心理咨询服务等形式，帮助残疾人塑造良好心态，积极融入社会生活。依托管理局、农场、社区三级康复服务的完善体系，构建“康乐之家”：通过建设残疾人社区康复站（室），配备社区康复训练器材，保证残疾人能就近得到康复训练，最大限度地恢复健康、回归社会。在打造“温暖之家”方面，管理局通过各级残联、民政、工会、社区、教育等部门联动，将完善最低生活保障制度、“无障碍”设施建设、扶贫开发、志愿服务等工作相结合，加大助残设施投入，建设扶残助残培训中心、残疾人就业基地等，让残疾人生活便利，增加收入。

【张帝龙获2018年度新闻报道优秀报道员一等奖】齐齐哈尔肢残协会副主席、巨浪牧场肢残协会主席、北大荒作家协会会员张帝龙，积极在《北大荒日报》上宣传垦区残疾人专职委员事迹。2018年12月15日，在黑龙江农垦总局文明办和《北大荒日报》联合举办的“传承好家训、培训好家风”征文比赛中，张帝龙凭借散文《母亲的收音机》荣获一等奖。被《北大荒日报》评为2018年度新闻报道百强通讯员，并获得黑龙江农垦总局齐齐哈尔管理局“2018年度新闻报道优秀报道员一等奖”。

三、大事记

1 月 17—18 日，总局残联理事长赵雅辰一行到九三管理局尖山、大西江农场走访慰问贫困残疾人家庭。

3 月 13 日，总局残联聘请红十字医院和儿童医院专家到宝泉岭管理局举行残疾预防重点干预项目培训。

3 月 14 日，总局残联康复部主任王星到宝泉岭管理局对残疾预防重点干预项目进行中期督导检查。

5 月 17 日，九三管理局残联组织召开残疾人自立自强典型汇报会，11 个农场和局直地区的 12 名优秀残疾人自主创业代表做精彩汇报。

7 月 17 日—18 日，黑龙江垦区残联第四届主席团第二次全体大会召开，会议调整增补第四届主席团委员、通过垦区残联精协主席和副主席、推举出席中国残联第七次代表大会代表。

8 月 22 日—24 日，垦区残联举办 2018 年垦区残联统计工作培训班，各管理局负责统计的工作人员参加培训。

9 月 14 日—16 日，黑龙江省垦区正式代表 6 人参加中国残联第七次全国代表大会。

11 月 2 日，黑龙江省人民政府办公厅印发《黑龙江省农垦政府行政职能移交及办社会职能改革实施方案》等。

附　录

七星点亮残疾人“微心愿”

《北大荒日报》　曹洪玲、黄涛、杨红　2018 年 11 月 20 日

“我想找人聊聊天，不知道你们社区能帮我这个忙吗?”“好的，您请说，我们会全心全意为您服务。”近日，七星农场残疾人程秀香向农场社区拨打求援电话得到圆满解决。这是该场社区为残疾人开展的“点亮微心愿”活动的一个缩影。

“程秀香因患脑溢血瘫痪在床，肢体残疾一级，心情烦闷才打来求助电话。”这个农场社区志愿者小组组长接到电话后就组织青年志愿者和“五老”、“十大员”组成的志愿服务队来到程秀香家，他们带来面、油、鸡蛋等生活必需品并与大娘亲切拉家常，缓解大娘的烦闷情绪，并联合社区医护人员为大娘量血压，详细询问近期身体状况，给家属传授简单的常规康复理疗知识。

据悉，这个农场社区积极开展志愿助残系列活动，为残疾人排忧解难。以重度残疾人为重点，根据帮扶对象的实际需求，采取“一帮一”或“多帮一”的志愿者日常结对帮扶；开展打扫卫生、代缴电费等与残疾人生活息息相关的志愿服务活动；在重大节日开展送温暖服务活动，完成他们的心愿，为残疾人带来更多的温馨和快乐。

（孙静供稿）

第八编　中国残疾人联合会直属单位工作

WORK BY DIRECTLY AFFILIATED UNITS OF CDPF

中国康复研究中心

一、工作综述

2018年，在中国残联党组理事会的正确领导下，中国康复研究中心（以下简称“中心”）党政领导班子团结一致，带领全体职工，以习近平新时代中国特色社会主义思想为指引，紧紧围绕残疾人事业发展工作核心，快速推进重点项目建设，全面提高康复医疗质量，持续提升业务保障水平，不断加快中心科学化、现代化、国际化步伐，服务残疾人的能力进一步增强。

（一）深化党建引领，狠抓政治建设

1. 深刻理解准确把握，提高党员干部政治站位

以习近平新时代中国特色社会主义思想为指引，按照新时代党建任务要求，及时做好党中央及中国残联党组有关文件会议精神的组织学习；坚持领导班子成员带头学、带头谈、带头抓，通过党员干部职工读原著原文、听专题辅导、写心得体会、谈贯彻想法等多种方式，切实增强“四个意识”，坚定“四个自信”，践行“两个维护”，把党中央、国务院的重要思想、重大判断、重大举措、中国残联的具体要求与中心工作紧密结合，全年按计划组织中心组学习17次，开展专题培训5次。

2. 全面加强党的领导和党的建设，努力提升党组织凝聚力、战斗力

认真学习《中国共产党纪律处分条例》及中国残联党组及民政部驻部纪检组有关纪检监察文件会议精神，深刻认识党中央对全面从严治党形势的科学判断，准确把握党风廉政建设和反腐败工作的总体要求和主要任务；签订廉政建设责任书，落实一岗双责，层层传导压力；督导医疗科室严格落实党风廉政和行业“九不准”规定，确保业务、廉政两手抓两手硬；制定《党风廉洁意见回复工作实施办法》，不断完善监督管理制度；加强财政预算执行力和设备招投标采购工作的廉政教育；加大对选人、用人、招聘等环节的过程监督；开展2018年党风廉政警示教育月活动，组织73名中层以上干部参观燕城监狱等，不断拓展廉政教育方式；严格落实中央“八项规定”精神，建立违纪违法案例月通报制度；优化服务，全力做好信访工作，全年受理、信访举报14件，谈话函询40人次，提醒谈话1人次；持之以恒整治“四风”，坚持重大节日舆情动态报告制度，营造和谐稳定、风清气正的工作环境。

3. 加强基层党组织建设，提升凝聚力和战斗力

严格落实“三会一课”制度，组织党委委员讲党课、领导班子民主生活会、开展党建述职评议及在职党员民主评议等工作，严肃党内政治生活；积极筹备党委换届，完成16个党支部换届工作；全年培养积极分子26名，确定党员发展对象6名，预备党员转正3名；开展“不忘初心，牢记使命”“不忘初心，重温入党志愿书”等主题党日活动；组织16个党支部参观平津战役纪念馆、周邓纪念馆、烈士纪念馆、改革开放40周年成就展等；走访慰问生活困难党员，全年走访慰问70人次，发放慰问金11万元；推动党员到社区服务12次，40名专家先后走进社区为居民提供服务，提升党组织凝聚力、战斗力，为中心事业发展提供组织保障。

4. 强化责任担当，确保整改到位

中心党委成立专项工作领导小组，召开专题会议研究部署，按照“有态度、有措施、有标准、有效果”的总体要求，狠抓落实中央审计整改工作。开展审计专项落实情况监督检查自查工作，对审计发现的问题中涉嫌违纪违法人员运用监督执纪“四种形态”，诫勉谈话1人，谈话提醒2人，批评教育2人，对1名处长干部立案调查，进一步增强党员干部的红线意识；制定整改措施，列出责任清单，确保整改任务依法依规按时完成。

（二）发挥康复优势，扩大示范效应，助力全国康复事业进步

1. 加强培训，夯实康复人才培养基础

组织开展各级继续医学康复教育项目78项，举办各类康复新技术培训班21期，接收进修生696人。全年共培训康复技术骨干3万余人，有效缓解了全国康复机构对实用型人才的迫切需求。

2. 通过验收，持续做好国家康复医学重点专科建设工作

承担的康复医学科国家临床重点专科建设项目顺利通过验收，国家卫生健康委员会在《关于“十二五”国家临床重点专科建设项目总结评估有关情况的通报》中给予“合格”。中心以项目建设为抓手，全面提高临床服务能力，持续推进临床重点专科建设纵深发展。

3. 全面加强北京市康复质控中心管理

协助北京市卫生健康委做好全市三级综合医院康复医学科督导工作，对全市65家三级综合医院、三级中医（中西医结合）医院进行现场督导，并对设立区级康复质控中心的区县开展指导工作。组织专家对门头沟区中医院和妇幼保健院进行残疾儿童少年康复服务定点机构现场审核，并汇总反馈；受市卫生健康委委托，组织专家完成北京市康复医疗质控核心指标的编写。配合市卫生健康委就国家卫生健康委《关于加快发展康复医疗工作的指导意见》研讨并提供意见。参加市卫生健康委综合协同监管工作机制启动会，按要求做好质控中心与地区卫生监督所的协同工作。提升北京市康复质控水平，促进首都康复行业科学化发展。

4. 积极响应国家政策，深入开展对口支援工作

认真落实国家工作精神，充分发挥中心康复技术资源优势，积极开展内蒙古乌兰察布市察右后旗中心医院对口支援工作。制定对口支援计划，派驻专家实地考察、指导工作。年内定期派驻专家指导3人次、免费接收受援医院工作人员来院进修14人次。提高当地医务人员康复技术水平，促进受援医院的建设发展。

5. 积极参与中国康复大学建设

按照中国残联要求，积极参与康复大学建设，认真研究社会康复需求、高端人才培养、康复理念普及、康复交叉学科建设等问题，牵头撰写《康复大学学科专业设置建设方案》，提出康复大学学科建设思路。撰写专项报告上报中国残联，助力全国康复教育发展。

6. 中国残疾人康复人才教育基地正式启用

经过近3年的建设，中国残疾人康复人才教育基地在中国残联的大力支持下，已经完成基建建设和教育教学设备设施的安装调试，并开始教育培训试运营。为全面开展康复继续教育和康复人才培养，奠定了良好基础。

7. 创建老年友善医院，助推老年康复发展

6月，中心启动创建工作，建立一把手负责制，制定工作方案，从老年友善文化、老年友善管理、老年友善服务、老年友善环境四方面组织落实。开展动员、培训、自查、改进等一系列活动，完善基础设施建设，改善老年患者就医环境，提高医疗服务质量，提升老年患者就医获得感。经机构申报、区卫生计生委评估、市卫生健康委专家组复核，于12月底通过验收。

（三）深化医改，上下联动，突出“主责主业”，提升服务水平

1. 健全制度，强化监管，持续提升康复医疗服务质量

组织召开医院医疗质量委员会工作会议，持续改进医疗工作流程，不断提高医疗康复质量。开展院级三基理论知识考核，夯实康复医疗服务基础。举办DRG相关知识培训，规范病案书写。深入科室检查90余次，强化过程监管。督促科室规范使用抗菌药物，提高临床路径入组率。加强临床用血管理，落实医疗安全管理制度。开展各类突发事件应急演练，加强患者安全管理。全年，顺利通过医疗质量安全专项整顿、卫计委急诊急救工作督导等多次医政检查，康复医疗服务水平得到全面提高。

2. 突出康复护理特色，推进优质护理服务

继续深入开展脑损伤、吞咽障碍等早期康复护理，缩短康复疗程，促进护理精准化。进行吞咽功能、单侧忽略等早期康复护理筛查，实现早期发现、早期干预，增进康复疗效。首次举办临床护理教学实践学术沙龙、加速康复骨科护理学术沙龙、神经重症康复护理学术沙龙，提供优质的学术交流平台。成功举办首届全国康复护理个案大赛，促进和提升康复护理的专科水平。成功举办首届全国脑卒中康复护理新进展培训班，对促进脑卒中专科康复护理人才的培养，为患者提供专业性护理服务起到积极作用。成功举办中华护理学会全国康复护理培训班，选派4名专家在培训班授课，进一步宣传和扩大了中心的影响力。积极开展康复护理优质资源下社区、养老院等活动。延伸护理服务范围，拓展服务内涵，提高居民对康复护理的认知，使康复护理真正有序精准落地。护理部主任谢家兴当选中华护理学会第27届康复护理专业委员会主任委员，并推荐各专业委员、青年委员、专家库成员共6名。梳理完善护理部规章制度，废弃4条，新增并修订26条。落实护士条例，加强人力资源管理。加强护理教学与护理科研管理，提升护理人员综合水平。护理部成立宣传报道工作组，激励护理人员为康复护理做贡献，提升中心护理团队的影响力。首次制作护理工作纪念册《传承》，记录2017年1月到2018年4月的护理年度精粹，展示康复护理主责主业、教学科研、质量安全、人文建设等工作等。制定2018年评选“优秀护理集体和优秀护理服务之星活动”。以“引领、奉献、为健康——护士的责任”为主题，组织开展“践行患者安全目标视频”、“护理创新”、“最美天使微笑”作品制作与征集活动评比，在护士节庆祝会上予以表彰展示。

3. 彰显社会责任，发挥服务职能

积极开展冠心病、糖尿病、慢性肾脏病、夏季传染病等各类健康教育宣传讲座，深入周边为居民普及老年人慢性疾病相关康复保健知识。通过培训讲座、科普宣传及义诊活动，提升广大群众对慢性病早期预防及后期康复重要性的认

识。全年举办宣教讲座42次，开展世界哮喘日、国际肾脏病日、世界高血压日等各类康复主题宣传日活动10余次，发放康复宣传材料3000余份，受众近4000人，提高了周边居民的健康意识。在北京市卫计委2017年全系统主题宣讲活动中，中心获得"先进单位"称号，普外科杨翼泽荣获"优秀宣讲员"称号。参与北京市卫计委第四届"首都除夕·护卫健康"主题宣传活动，获得2018年度"先进单位"称号，党办黄羽萱同志获得"先进个人"荣誉称号。

（四）持续创新突破，拓展研究平台，科研教学水平再上新台阶

1. 进一步完善平台建设，促进科研创新协同发展

进一步完善康复研究医学平台建设，积极开展基础及临床研究工作。结合中心在神经损伤与康复领域的优势，通过与临床科室的深入合作，逐渐在神经损伤细胞及动物模型、神经保护药物应用等研究方向上有了一定的科研积累。2018年度科研平台继续依托财政经费合理购置科研设备，新增3台大型科研设备，在分子生物学、细胞生物学等方面进一步拓展科研平台的检测功能。

为了更好地开展对内对外科研服务，2018年度全面完善了科研平台的使用管理制度及实验室安全规范，实行制度上墙。同时，通过实验室装修改造工程，更换了陈旧的实验台，新增了门禁、监控系统，并对气路进行改造。改造后实验室安全及管理设施进一步升级，提升了实验平台的运行质量和使用体验，在人员管理、生物安全等方面均与国家级实验室接轨。

积极推进临床药物试验机构建设。修订完善药物临床试验制度，积极开展GCP规范化培训，推进机构规范化建设。完成医疗器械临床试验机构备案、药物临床试验机构的专业复核和新增专业申报，以及I期临床试验病房装修等工作。开展临床试验项目质控37次，完成课题、试验伦理审查126项次。机构全年共开展临床试验项目2项，临床药物试验机构管理水平与科研能力迈上新台阶。

夯实科研管理基础，增强核心竞争力。完成《科研项目经费管理办法》《科研匹配经费管理办法》《科研项目绩效支出管理办法》《科研仪器设备开放共享管理办法》《职工论文（专著）发表的管理规定》《关于促进科技成果转化应用的实施办法》和《关于科学研究成果的奖励办法（试行）》等修订工作，新增《科研项目间接费用管理办法（试行）》，激发广大职工科研热情。积极争取科研奖励，组织申报国家和北京市科技奖、学会科技奖。获得国家科学技术进步奖二等奖1项、北京市科学技术奖三等奖1项、中国康复医学会科学技术奖二等奖1项。

全年共申报各类课题145项，获批国家级、省部级和局级科研项目83项，中期及结题项目51项。在研课题287项，在研经费4809万元，累计科研经费1.45亿。国家核心期刊发表文章102篇，SCI文章30篇，获得国家发明专利1项，实用新型专利3项，中心科研攻关与转化能力不断提升。

2. 加强学术交流，提高人员技术水平，扩大研究所及科研平台影响力

2018年研究所科研人员参加首都脑重大疾病国际论坛、应激与大脑等各类国际国内学术会议10余人次，积极了解业界动态和学术前沿，同时派出专业技术人员参加包括干细胞临床制剂管理制备、压力容器安全培训等共计4人次，以提高人员技术水平，为科研平台运转提供有力保障。

研究所本年度在全中心范围内开展了平台实验技术系列讲座4次，面向院内及院外进行普及宣传，扩大研究所及科研平台影响力。讲座结合本所大型仪器科研应用及神经科学前沿技术，获得参与人员的广泛好评。

3. 探索优质教育模式，注重人才培养质量

积极开展首都医科大学康复医学系教育工作研讨，科学改进人才培养模式，努力提高康复教育质量。组织做好中国残联"残疾人康复人才职业教育试点教材体系建设"研讨及系列教材编写工作，促进康复医学可持续发展。结合首都医科大学办学定位、双一流大学建设方案，加强康复学院本科教学改革，规范教学工作，提高教学质量，全面提升办学水平，迎接首都医科大学本科教学审核评估工作，学院工作得到专家肯定和赞扬。与中国盲文图书馆签订多媒体盲人读物播讲合同，组织中心专家为盲人录制康复医学播讲视频，完成62名主讲者与盲文图书馆的播讲合同及脚本合同的签订工作372份、共计393学时的播讲及视频录制工作。完成2018级12名硕士研究生的招生复试、4名博士研究生的录取工作。完成2018年专业硕士研究生临床能力考核9人、专业博士临床能力考核2人。全年为社会输送38名优秀毕业生（其中本科21人、硕博士17人），就业率为100%。

（五）持续推进信息建设，全面提升信息化水平

1. 重视刊物媒体建设，扩大学术影响力

《中国康复与理论实践》杂志入编《中文核心期刊要目总览》，并被《中国科技核心期刊》数据库收录，同时入选"第四届中国精品科技期刊"。

《2018年版中国学术期刊影响因子年报》显示，本刊影响力指数在115种临床医学综合类期刊中排名第11位，处于Q1区，影响因子1.291，基金论文比0.68，Web下载量15.36万次。

2. 完善信息系统建设，保障业务平稳运营

执行2018年康复平台升级项目，完成医院信息系统超融合平台建设、医保医嘱共享与中心职工医保报销系统开发，开展康复信息系统、院感信息系统、病历信息系统建设工作。

根据大型医院巡查要求及各科室医疗信息化需求，不断完善系统功能，加强信息安全等级保护，保障中心信息系统平稳运行。

开展中康医联体及远程会诊信息平台建设，为中心30周年医联体远程会诊提供技术支持。

3. 加强网络平台建设，提升信息辐射能力

中心网站作为中国权威性康复机构与行业平台，荣获2018年度中国残联网站评比第二名。扎实开展信息服务，中心网站发布信息纵览、工作动态等684余条；完成1156人次、5.6万条文献数据库查询工作，努力提升康复信息辐射能力。

（六）紧抓契机，加强合作，国际影响力持续提升

1. 拓展合作渠道，开展多元化、宽领域的国际合作

中心逐步深化与美国内布拉斯加大学、日本国际医疗福祉大学、挪威奥斯陆城市大学等国际知名高校合作，积极选派职工赴挪威、日本攻读博士学位，选派青年临床骨干赴日交流工作，搭建多层次、高质量的人才培养机制；邀请美国天普大学音乐治疗专家来华短期专业指导，与挪方共同开展儿童脊髓损伤科研项目，不断丰富对外合作内涵。全年共派出20个团组22人次赴瑞士等16个国家和地区参加学术交流，促进国际化水平全面提升。

2. 成功举办第七届中日韩康复学术高峰论坛

成功举办第七届中日韩康复学术高峰论坛，会议邀请中国、日本、韩国、英国和比利时等5个国家15位康复医学专家、学者举行专题讲座，其中包括2位院士，参会人数达到200人，扩大了中心的学术影响力，提高了学术交流水平。

3. 加速互联互通，开拓对外交流新思路

中心以交流促发展，邀请日本康复青年专家、国际医疗福祉大学师生、“一带一路”沿线国家的留学生以及医疗专家前来交流学习；以项目促合作，成功举办成人及儿童Bobath国际认证培训班，与日本JICA总部深入探讨合作新模式；不断创新工作举措，扩大合作范围，与丹麦、比利时、新加坡等国的相关康复机构和澳大利亚脑瘫联盟探讨建立合作关系；与俄罗斯、韩国、澳大利亚驻华大使馆建立联系，为今后开展更广泛、更深入的国际合作奠定良好基础。全年共接待来自18个国家和地区的32个团组共172名外宾来访，中心国际品牌影响力持续提升。

（七）优化人事管理，规范人才引进，全面从严管理干部，准确把握新形势落实新要求

1. 规范人才引进与培养，推进人才结构不断优化

按照《事业单位公开招聘人员暂行办法》规定程序，遵循《中国残联人事部关于进一步做好直属事业单位接收高校毕业生有关工作的通知》文件精神，面向社会公开招聘干部。制定《中国康复研究中心招聘暂行办法》，修订《中国康复研究中心合同制职工招聘管理办法》，做到精准编制接收计划、依规公开择优招录。全年共接收应届毕业生13人，引进军转干部4人，留学生2人，招聘合同制人员70余人；完成各系列专业技术人员职称评审。

2. 突出“忠诚、干净、担当”，建设高素质干部队伍

深入贯彻党的十九大精神，坚持党管干部原则，坚持新时期好干部标准，紧密结合事业发展需要和干部队伍实际开展选任工作，2018年第一批干部选任共选拔16位同志担任中层领导职务。在干部选拔过程中坚持把政治标准放在第一位，树立干事创业的鲜明导向，同时加强对年轻干部的培养和选拔。做好领导干部个人有关事项报告工作，完善干部日常事项的审批管理，加强领导干部监管；高度重视中心干部人事档案管理工作，不断完善管理方式，推动干部人事档案工作科学化、制度化、规范化。

3. 完善薪酬管理体系，逐步推进绩效工资改革

积极响应国务院绩效工资改革政策，完善中心和科学所工资收入分配制度，完成2014—2017年中心和科学所绩效工资执行情况报表；参与各类绩效工资政策学习交流活动，就绩效工资改革问题与中国残联劳资处领导进行交流并到同类单位进行调研；津贴补贴自查自纠清理规范，明确界定基本工资、津补贴与绩效工资的项目概念。为优化人事管理职能，增强决策管理的预见性和风险控制能力，充分发挥薪酬绩效的激励作用，不断推进配置人力资源基础信息平台，实现人力资源精细化管理。

4. 落实机关事业单位养老保险改革，完善职工社会保险管理体系

贯彻落实机关事业单位养老保险制度改革，根据中央国家机关养老保险管理中心的统一部署，按时将人员和缴费信息变更到最新时点，并提交《首次基本养老保险基金征缴信息确认表》，完成中心及科学所在职工作人员（中心1025人、科学所52人）2018年度缴费工资的核算及申报。完成退休人员（中心410人、科学所33人）的银行账号、身份证号等信息校验。自2018年5月起，启动社保基金统筹发放，中心及科学所退休人员的养老金统一由央保中心发放。

（八）持续强化基础管理，加强统筹协调，不断提升服务效能

1. 着眼科学管理，提升行政能力

中心不断加强制度建设，新增制度46个，修订制度112个，进一步提高管理的科学化、规范化水平；强化依法执业，按照工商管理部门要求，开展信息宣传工作自查整改，强化工作人员依法行政意识，确保中心业务依法依规运转；积极开展保密工作专项自查，切实做好新形势下中心保密管理工作。全年办理中国残联、卫计委文件2000余份，

提供会议服务800余次；通信安全运转零故障，保证中国康复研究中心行政管理工作科学、高效。

2. 着力高效运营，夯实事业基础

组织完成63个部门2018年目标责任书签约工作，形成工作有目标、干事有标准、办事有程序、奖惩有依据的工作态势；外出走访调研，广泛研讨论证，制定适合中心实际的《年度评优工作方案》，更好地激励各部门争先创优；积极争取社会捐助，拓展项目合作渠道；严格医保、物价管理，改革公费医疗报销方式，全年医保总额预付指标使用率达99%，再次获得市医保工作考核三等奖；积极落实北京医改政策，将药占比、耗占比指标纳入绩效考核中，提升中心经营管理的精细化水平。

3. 坚持“一岗双责”，落实部门党风廉政建设责任，促进财务工作规范化建设

根据《中国康复研究中心2018年度党风廉政建设责任书》相关要求，按照党风廉政建设责任制“一岗双责”、谁主管谁负责和层层签订目标责任制的要求，对2018年党风廉政建设要点进行分解，结合部门工作特点建立教育监督并重的惩治和预防体系。以严格执行财经法规、管好用好各项资金、把好中心经费总闸门为主要目标，督促所有财务岗位人员梳理查找重点岗位廉政风险点并制订切实可行的防范措施；注重财务人员学习教育，在年度财务人员教育计划中安排反面案例警示教育，时刻敲响遵纪守法的警钟，要求把握“八要”标准，“争创廉洁工作科室，争做遵章守纪模范，争当财务业务标兵”。

4. 紧紧围绕中心主责主业发展核心，强化设备购置、物资供应及维修服务等保障意识

加强内部风险防控机制建设，突出抓好财政预算执行、报废设备处置、京津冀联合采购等重点工作，圆满完成日常设备购置、维修、物资供应及计量检测等工作。全年顺利完成财政预算9184.28万元53包136项342台套和中心自有资金1235.94万元21包84台套设备的招标采购工作；新购设备426台件，完成医疗设备维修1046次，累计完成计划采购物资5874项，急购物资6785项，发放物资1275万余件，不断提升设备保驾护航能力。

5. 强化后勤管理，保障业务运营

完成C、J段病房楼修缮改造工程，将C、J段病房楼打造成为设施先进、功能齐全、舒适温馨的现代化病房；完成建筑面积约1100平方米、各类科室齐全、功能科学合理、完全符合体检要求的体检中心。

6. 健全组织机制，加强安全管理

本着“服务一线、保障一线”的原则，落实公安部和市委市政府2018年综治、消防工作要点等相关要求，以“强化制度建设、提高技防水平、狠抓培训演练、打牢安全基础”为重点，大力推进安保工作标准化、规范化、制度化建设。累计处理各级下发文件185份，消除大小安全隐患226起，直接或协助处理警情、滋事扰序、医患矛盾、投诉177起，为职工办理户籍手续863人次。为中心医、教、研、工、信提供了良好的安全保障。

（九）加强文化建设，增强职工活力

1. 强化意识形态管理，坚持正确宣传导向

加强舆情监控及中心网络信息的管控，严密防范网上意识形态渗透；建立健全中心精神文明建设工作长效机制，积极创建精神文明单位；改进评优工作机制，评选“文明创建先进集体”和“文明创建先进标兵”，激发广大干部职工工作热情；持续做好内外宣传，讲好“中康”故事，全年，在中央和地方各媒体、网站刊发稿件及动态消息1000余条，不断扩大中心社会影响力。

2. 发挥群团组织纽带作用，丰富职工业余生活

加强工会组织建设，完成工会换届选举；组织职工代表大会，发挥职工参政议政作用；积极改善职工福利，加强对职工的人文关怀，增强职工凝聚力和向心力。

二、重要条目

【中康医联体】为贯彻落实国务院《关于推进医疗联合体建设和发展的指导意见》及中国残联《残疾人康复服务“十三五”实施方案》的工作要求，在中国残联领导下，在北京市卫计委的指导下，2018年10月26日，以中国康复研究中心为核心的中康医联体正式成立，由中国残联系统省级康复中心、各省市医疗机构组成，首批合作单位66家。要求中国康复研究中心将认真履行核心医院责任，从学科建设、人才培养、技术提升等方面对成员单位进行指导和帮助，进一步规范康复机构管理，加强康复学科建设与康复质量控制；发挥“互联网+康复”工作模式，实现康复机构互联互通，实施远程服务，推进康复分级诊疗；更好地开展康复人才培养；共同承担康复科研项目，提升科研水平，促进康复成果转化，进一步提升康复服务能力和技术水平，为残疾患者提供更加便捷、高效、精准的康复服务。中康医联体还搭建远程会诊平台，便于中康专家与成员单位“面对面”会诊与交流，充分发挥中康康复技术资源的优势，有助于推动基层医疗事业发展，为广大残疾人提供更便捷、更优质的康复服务。

三、大事记

3月26日—28日，中国康复研究中心北京博爱医院护理部举办全国脑卒中康复护理新进展培训班，来自21个省区市的209名学员参加培训。

5月15日，中心举办第28次全国助残日系列活动启动仪式，贾勇出席活动。活动持续一周，包括关爱孤独症患儿慰问活动、助残义诊、残疾预防健康宣教等多项内容。

10月23日，中国康复研究中心银芳同志荣获中共北京市委、北京市人民政府授予的“第八届首都民族团结进步先进个人”称号。

10月26日，中国康复研究中心30周年学术月活动在北京启动。

10月26日，中康医联体成立仪式暨第一次工作会议在京召开。中国残联副理事长贾勇，中国残联康复部、北京市卫计委老年与妇幼健康服务处主要负责人出席会议。

11月7日，康复医学院积极配合首医大评估工作，迎接评估专家到院调研。在近半年的评估准备过程中，学院制定了详细的整改方案和应对措施，数次召开本科教学审核评估工作推进会。从教学文档规范、课堂教学状态优化、教室环境整改等方面，开展建设和整改。

12月2日，2018（第四届）人民好医生致敬活动发布仪式在中央电视台北京梅地亚会议中心举行，中国康复研究中心荣获优秀组织奖，刘方竹、宋鲁平、张皓3位专家获得“人民好医生”称号。

（孙文娟供稿）

中国听力语言康复研究中心

一、工作综述

2018年，中国听力语言康复研究中心（以下简称“中心”）在中国残联党组、理事会的坚强领导下，全面落实巡视整改，认真组织实施“十三五”精准康复服务，秉承以人民为中心的理念，不断改革创新，不断拓展业务内涵，加快推进“二期建设”，全年工作扎实有效开展。在社会各界的关注与支持以及中心全体干部职工的共同努力下，中心年初既定36项154条工作目标全面完成。

（一）推动新时代中国特色听力语言康复事业开创新局面

中心始终坚持党对听力语言康复事业一切工作的领导，坚持用习近平新时代中国特色社会主义思想武装头脑，牢固树立“四个意识”，进一步坚定“四个自信”。深入推进全面从严治党、党风廉政建设工作，以深入学习贯彻习近平新时代中国特色社会主义思想、十九大精神为主线，以落实巡视整改为抓手，充分发挥“代表、服务、管理”职能，全心全意为听力语言残疾人服务。

1. 认真落实中央、中国残联党组的部署与要求，中心党委把学习习近平新时代中国特色社会主义思想、党的十九大精神以及习近平总书记关于做好残疾人工作的重要论述作为重点内容，制定并落实党委理论中心组（扩大）学习和党支部双周学习计划、《中心开展习近平新时代中国特色社会主义思想大学习活动方案》，通过举办深入学习贯彻党的十九大精神处级干部专题培训、“习近平新时代中国特色社会主义思想”“法治社会的处世之道”专题党课，开展“七一”“不忘初心，重温入党志愿书”主题党日活动，逐步把学习引向深入。要求全体党员、干部职工，结合群团改革，坚决贯彻中国残联七代会和残联改革精神，准确把握新时代残疾人工作的目标任务和要求，强化政治意识，理论联系实际，结合具体工作开展专题研讨。同时，积极贯彻落实中央和国家机关党的政治建设推进会精神，结合中央巡视、民主生活会、审计整改和各支部所属部门工作开展党的政治建设自查工作。全年共组织召开党委会20次，党委理论中心组（扩大）学习11次，党支部双周学习23次。通过发放学习材料、举办支部工作App经验交流等方式，及时将中央指示精神传达至全体党员。

2. 中心秉承“巡视整改永远在路上”的理念，以问题为导向，将落实巡视整改作为常态化工作推进，力争“以改促建”，坚持自律与他律相结合，强化主体责任意识，促进“一岗双责”有效落实。召开2017年度领导班子民主生活会，广泛征集职工意见、建议，积极落实整改，责任到具体部门。优化组织结构，党委办公室独立办公，成立审计办公室，配合推进内控管理和廉政建设工作，逐步形成多层次、多功能的审计监督体系。配合审计署完成对中心2015—2017年预算执行审计，做到“条条有整改，件件有着落”。聘请第三方会计师事务所对中心2017年财务收支、内部控制等进行审计。坚持依规办事、制度先行，新订、修订各项制度16项，并结合“巡视整改回头看”对中心历年制度进行彻底梳理。利用周会组织法治大讲堂6期，利用主任办公会开展领导干部每月通气报告学习。加强党风廉政建设和意识形态工作，与各部门签订《目标考核责任书》《党风廉政建设责任书》和《意识形态责任书》。开展党风廉政警示教育活动，组织全体干部认真学习《中国残联党组贯彻落实中央“八项规定”实施细则精神的具体办法》，结合中心实际，分解责任到具体部门。加强舆论引导，以《中语康园地》、宣传展板、中心两微一端等平台为载体，集中宣传习近平新时代中国特色社会主义思想和党的十九大精神、主要业务工作及中心先进模范典型事迹等内容，自觉弘扬道德新风尚、传播社会正能量，讲好“中语康”故事。

3. 发挥工青妇群团组织作用，营造团结向上的团队文化氛围。组织召开第五次职工代表大会，顺利完成中心工会换届工作。以“三八”妇女节、“五四”青年节、“八一”建军节为契机，开展系列活动，活跃团队文化，激发工作热情。精心组织“巾帼心向党，建功新时代”和“三八”妇女节系列活动。积极做好推优工作，龙墨当选中央和国家机关中国妇女十二大代表、全国妇联第12届执行委员会委员；全国工作处被授予第八届首都民族团结进步奖先进集体荣誉称号；邢亚静同志被评选为首都精神文明建设奖。

（二）扎实推进全国听力语言康复事业持续发展

2018年是决胜全面建成小康社会、实施"十三五"规划承上启下的关键一年。中心聚焦"一个也不能少"，全力实施"十三五"规划，坚持"全面建成小康社会，听力残疾人一个也不能少"的工作宗旨，优化内设机构，2018年年初将原项目办公室与机构管理处合并为全国工作处，凝神聚力服务基层，全力以赴推进全国听力语言康复工作稳步、有序开展。

1. 落实服务督导、质量监管、产品采购、制定标准、公益项目组织实施等任务，切实履行业务指导和技术资源中心职能

配合中国残联开展残疾人精准康复服务试点督导工作，深入河南驻马店（驿城区、汝南区）、辽宁沈阳（和平区、辽中区）、安徽安庆（大观区、太湖县）等地开展精准康复服务试点培育工作调研，深入了解残疾人家庭康复服务评价、康复需求、家庭医生签约服务，以及各类工作人员在实施精准康复服务中的困难、意见和建议，为推进地方残疾人精准康复服务提出指导意见，促进试点工作稳步开展。据精准康复数据库统计，截至2018年底，全国有788554人次存在听力语言康复需求，已服务757319人次，服务率为96.03%。全国共为508118名听力残疾人提供基本康复服务，为其中17328名0—6岁听力残疾儿童提供人工耳蜗植入手术、辅助器具适配及服务、听觉言语功能训练、支持性服务，为其中29679名7—17岁听力残疾少儿提供辅助器具适配及适应训练、支持性服务，为其中461111名成年听力残疾人提供辅助器具适配及适应训练；为其中16579名0—17岁听力残疾儿童家长提供康复指导、心理指导、康复咨询等支持性服务。

参与推动国务院《关于建立残疾儿童康复救助制度的意见》出台并督导基层贯彻落实，截至12月初，全国25个省份出台了当地的残疾儿童康复救助制度。除贵州外，24个省份的救助制度取消了对听障儿童家庭的"贫困"限制，基本实现普惠化。与"十二五"国家康复救助项目相比，11个省将救助年龄由0—6岁放宽到17岁，扩大了救助范围；14个省提高康复训练费补贴标准；在提供康复救助产品方面，大部分省以免费提供为主，6个省对产品购置采用招标或补贴方式，满足听障儿童家庭个性化需求，让听障儿童得到更加优质的康复服务。

全力推进"十二五"国家救助项目进度。"十二五"国家救助项目人工耳蜗手术累计完成16850例，完成率99.9%。持续做好救助项目康复效果质量监测，9500余例1—7周岁受助儿童术后一年康复数据统计显示：术后言语听觉评估平均成绩比术前提高49.55%，言语评估平均成绩比术前提高1.21岁，项目实施成效显著。

继续开展"十三五"精准康复2016年度、2017年度地方残联委托招标采购产品的配发、经费结算、产品服务监管等工作。完成2017年度、2018年度采购产品12次验货和产品抽检工作。完成2016年度4553套耳蜗产品配发（占年度采购量的92%）和4251套产品经费结算；完成2017年度8176台（占采购量的100%）助听器和1801套（占采购量的26%）耳蜗产品配发，完成1512套耳蜗产品经费结算。启动"十三五"听力残疾精准康复服务2018年度产品招标采购。完成6省委托采购7732台助听器的招标采购工作及13省委托采购2878套人工耳蜗产品的招标采购工作。

继续发挥国家技术资源中心作用，组织《听力语言康复中心建设基本标准》《0—6岁听力残疾儿童康复服务规范》修改撰写工作，拟定《全国听力语言康复机构规范建设评估方案》，完成《听力康复服务规范》编写工作。

安全规范实施社会救助项目，继续做好"听力重建·启聪项目"台塑企业人工耳蜗捐赠项目、"集善工程·国产耳蜗捐赠项目"的组织实施，加强项目物资安全和服务规范管理，深化打造中心公益品牌形象。

2. 发挥专业引领作用，推进全国听力语言康复专业人才队伍建设

坚持"人才是第一资源"的理念，多渠道推进全国专业人才队伍建设。2018年共举办各类培训班34期，培训2567人次；完成中国残联委托的实名制培训6期，培训434名学员。继续推行全国听力语言康复专业在线轮训项目，5月至11月举办初级轮训、晋级轮训班开放在线课程，在线学习人数共计1476人。依据教改推行的要求，举办省级和基层机构教改研讨班，培训70个机构的70名业务管理人员。举办基层信息系统使用培训班，提升基层应用"听障儿童康复服务数据信息管理系统"规范开展康复业务的能力。与北京长和系国际医疗投资管理有限公司共同开展Griffiths发育评估量表中文版的研究、认证、培训及产品开发工作，举办4期Griffiths发育评估诊断量表评估师认证培训班。根据基层机构需求，围绕"十三五"精准康复服务，举办医学康复和教育康复类培训班共计19期，培训415人。大力支持各省举办各类培训班，协调中心师资41人次承担新疆、海南等省的培训课程。

搭建基层工作研讨交流平台，牵头组织2018年全国听力语言康复管理人员培训班，用互动分享代替单纯授课的培训形式，收到良好效果。各省区市残联康复部、康复中心及听力语言康复中心负责人近110人参加培训。

继续深化教改，进一步提升基层业务和人才队伍管理的信息化水平，规范基层机构业务行为，在全国开展"听障儿童康复服务数据信息管理系统"和"全国听力语言康复专业人员管理数据库"应用，帮助各省和基层机构专业人员逐步树立信息化管理和规范化服务意识。

开展教改督导，统筹协调机构建设、精准康复服务等工作，对浙江、河南等地 9 个机构开展督导。以教改督导为契机，实现对基层机构的技术帮扶和专业支持，受到基层机构的普遍欢迎。

组织推进中国残联残疾儿童教材体系建设项目，推广项目成果应用。18 项目中已完成 16 个项目（其中 10 种产品已配发），其余 2 个纸媒教材项目已基本完成，各类项目成果已开始推广应用。

3. 扎实做好基层机构规范化指导，有力推进贫困听力残疾人脱贫攻坚

优化完善信息系统建设，提升康复机构准入动态管理，规范、理顺机构申报备案流程，指导多省份新增机构及变更机构信息备案；2018 年新增 10 家定点康复机构、注销 2 家定点康复机构。截至目前，全国累计建成听力语言康复机构 843 个，其中，省级中心 31 个，市（地、州、盟）级 415 个，县（市、区、旗）级 396 个，人工耳蜗定点服务机构 276 个，助听器定点服务机构 430 个，助听器定点验配机构 261 个。

扎实推进贫困听力残疾人脱贫攻坚，落实南皮县扶贫任务。对口帮扶南皮县残疾人康复中心，调研制定措施，通过技术指导和募集物资，迅速改善其康复环境，为在训听障儿童实施助听器优化；培训教师基本康复技能，为其规范化发展打下良好基础。通过技术帮扶到基层等活动，切实帮助对口帮扶地区缓解因残致贫困境。

4. 扩大宣传力度，拓展宣传方式，进一步营造全社会关心支持听力语言康复事业的良好氛围

举办全国爱耳日公益音乐会等宣传教育活动，协助完成世界听力日推广活动，联合北京电视台、中日友好医院共同举办“听见未来·为爱发声”明星见证听障儿童康复全过程线下活动，同时，邀请 30 余位明星利用微博参与网络互动，进一步扩大爱耳日的社会影响力。举办“美丽中国”听障儿童绘画大赛、“书香润泽听障儿童——爱·带我阅读”公益读书活动，搭建听障儿童融入社会舞台。成功注册中心标识，使中心名称、LOGO 的使用得到法律保护。在《中国残疾人》杂志上专版宣传中心改革开放以来取得的成就，利用中心大厅多媒体设备播放视频资料，普及爱耳护耳知识。

秉承开拓创新理念，动员各方凝聚可持续力量，探索社会化服务模式，加快实现听力语言残疾儿童“一个也不能少”的目标。申请并获批成立“北京恺尔听障人士关爱中心”民办非企业法人单位，积极开展“公益＋商业”实践，在丰富公益项目衍生品的同时，将公益宣传与实体化运营相结合，通过运营听障儿童公益救助联盟公益基地，开展 183 次公益课，使 794 组听障儿童家庭受益。广泛争取公益资助，通过策划设计公益捐赠新方式，开拓筹款渠道，全年共募集资金 374 万余元，物资千余件。

（三）坚持以听力残疾人为中心，不断强化康复服务内涵，推进自身建设持续发展

作为全国唯一国家级听力语言康复研究中心，中心顺应形势，改革创新，聚焦主责主业，进一步增强公益性和服务性，不断取得自身业务新发展、新突破，夯实自身业务的同时也提升了在国际上的影响力。

1. 固本创新，夯实基础业务，凸显专业特色

在康复训练方面，顺应当前听障儿童康复小龄化发展需求，积极创新服务模式，调整班级设置，拓展亲子班规模。改进教学模式，强化“以家庭为中心”的理念，全力推广小龄听障儿童个别化家庭培建计划模式，进一步细化课程内容，固化工作成果，注重内容之间的纵向和横向联系。全年共组织不同目标主题的培训和入户活动各 10 次，累计 1320 人次受益；完成园内外小龄儿童评估与家长咨询指导共 136 人次。加强师资队伍职业操守建设，定期开展“师德”法治学习，创造条件加强全体教职员工继续教育培训，获得朝阳区继续教育学习成果奖。进一步加强安全运营管理，完善各项制度，做好卫生保健工作。全年月均在园人数 332 人，听障儿童入普率达到 97%；完成电话、面对面入园和康复咨询接待总计 1964 人次；完成个别化训练约 28000 课时，评估 818 人次，AVT 训练 3147 人次；举办初级家长培训班、听障婴幼儿家长培训班和高级家长培训班，累积培训人数 139 人。继续开展听障儿童多元课程、聋健班手拉手融合教育活动，组织全体幼儿和家长亲子春游活动、“六一”家园联欢、毕业班参观小学等活动。

在听力服务方面，在巩固、强化传统业务的同时，调整服务渠道，拓展服务内容，规范耳模、助听器维护保养工作服务、价格和收费类别。目前，助听器维护保养工作已较为成熟，可为听障人士提供更换耳模胶管、耳钩、防尘罩、耳模改造等服务。提升学科业务水平，正式启用新版 Griffiths 评估量表，开展骨导 ABR 临床检查项目和嗓音治疗集体课。全年接待挂号诊疗 5125 人次，完成测听 9654 人次。精神心理治疗 11600 人次，言语矫治 4730 人次，基因检测 27164 人次。“爱耳快车”到山东、河南、内蒙古、北京等 16 所机构开展专业服务，共计服务 899 人、听力检测 3905 项，执行进度 121%。

加强依法依规执业，进一步规范收费管理和收费行为，保证中心业务持续健康发展。注重服务质量监控，加强进班巡视、检查督导工作。开展听障儿童入园档案检查、医教结合监督检查、家长满意度调查等，完善医院感染检查；对门诊部每月患者进行定期抽查回访，进一步加强门诊部医师医风医德工作监督，不断提升服务质量及患者满意度。

2. 广泛争取社会资源，开展听力语言康复科学研究

积极推进课题申报工作。2018 年申报国家级课题 7 项，其中独立申报 4 项，合作申报 3 项；合作申报省级课题 2

项。已获批项目包括：与中国残疾人辅具中心合作申报的“主动健康和老龄化科技应对”国家重点专项1项、与北京大学合作申报的国家自然科学基金面上项目1项。积极推进在研课题实施。由中心牵头申报的北京市自然科学基金项目课题、首发专项合作课题、北京市科技新星计划项目合作课题均顺利推进。注重知识产权管理，鼓励科研成果转化。推进中心人员申报发明专利和实用新型专利各1项；与合作伙伴签订新一轮《听觉言语康复装备与器具合作开发、推广协议》，并就双方研发的听力语言康复教材共同申报著作权；对2017年度的24项科研成果予以奖励。加强科研交流与合作。与香港大学教育学院、北京师范大学心理学院、北京航空航天大学生物医学工程高精尖创新中心、中央音乐学院音乐治疗中心、荷兰莱顿大学签订合作协议，积极开展科研合作，拓展科研领域，提升科研能力。认真履行中国残疾人康复协会听力语言康复专业委员会秘书处职能，协助筹备中国老年医学学会耳科学分会成立大会，参与制定《全国耳与听力健康规划（2019—2025）》（简称“防聋规划”）等工作。举办特邀专家讲座5次（8人次）、中青年学术论坛活动5次，完成科研动态4期。

不断提高《中国听力语言康复科学杂志》质量，出版发行正刊6期及增刊（家长版）1期，聚焦行业热点问题，策划3期重点号专题及国际前沿栏目。紧跟数字化出版趋势，开通杂志在线编审平台与新版网站，提高工作效率。在做好出版发行的基础上，不断探索新领域，拓展培训业务与相关服务项目。成功举办2018年中国听力语言论坛，征集论文186篇，组织大会发言91个，国内外听力语言康复相关领域的专家、学者、听力语言康复管理者、专业技术人员和企业代表400余人参会，25家听力语言康复企业进行新技术新产品展示。

爱耳伟业科技有限公司发挥企业自身特点与优势，拓展业务渠道，加大合作深度和广度，加快了新产品、新技术的推广与应用。

3. 贯彻新发展理念，开启中心信息化建设新工程

中心坚持“创新是引领发展的第一动力”，在实现“十三五”任务目标关键时期、开启中心二次创业的历史时刻，积极应用“互联网+”技术，针对听力语言康复需求特点，变革康复服务技术手段，以科学的业务运行标准及模式为蓝本，积极打造以网络业务运行平台为主干、多类型业务终端相匹配的国家级、专业化的听力语言康复服务云平台。目前，听力语言康复服务云平台完成系统的搭建和各个业务功能模块以及多终端的应用开发，完成系统测试、功能试用和业务部门使用培训，正在开展试运行，为下一步的正式启用和推广奠定了基础。

4. 主动发力，加强国际交流与合作

积极响应国家“一带一路”建设，主动参与“澜湄基金”项目，牵头与柬埔寨普里安东医院签订协议，开展“柬埔寨听力语言康复专业人才培训及助听设备资助项目”。为柬埔寨培养15名听力语言康复专业人员、4名小儿听力师；为柬埔寨80名听力患者免费提供120台助听器。作为项目承担单位，中心自项目实施以来，在为柬方提供专业资源与技术指导的基础上，精益求精，反复打磨自身专业素养，进一步提升作为听力语言康复专业资源与技术指导中心在本领域的重要角色，为推动“一带一路”沿线国家康复事业的发展做出贡献。同时，时刻不忘实现中柬在听力学与听力语言康复领域的专业交流，贯彻习总书记“共商、共建、共享”原则，推进民心相通，促进中柬双方互相理解、增进友谊，进一步深化友好合作关系，实现中柬之间共同发展，为“共同构建人类命运共同体”发挥积极作用。

继续履行世卫组织和听力国际合作中心职能。承办第二届世界卫生组织西太区耳及听力保健工作研讨会，世卫组织西太区15个国家和地区的40余名代表参加研讨，共同分析西太区国家和地区听力损失、耳病及听力保健等工作现状，研讨世界卫生大会WHA70.13决议落实措施，分享西太区及全球范围内有关耳及听力保健的经验做法，讨论《世界听力报告》编写草案内容等。中国听力障碍预防与康复事业所取得的成绩再次得到世卫组织充分肯定，中心在国际专业领域发挥的推动作用得到与会代表普遍认可。

5. 多措并举，不断提升科学管理水平

严格落实中央“八项规定”，认真贯彻落实中国残联基础管理要求，坚持依法依规办事，不断完善规章制度；坚持“三重一大”集体决策制度和程序，进一步提升决策民主化、科学化水平。

规范外事出访管理工作，积极为中心专业技术人员搭建国际交流平台，共组派31人次完成瑞士、美国、中国台湾、孟加拉国、意大利、柬埔寨等9个团组外事出访。

坚持网络意识形态风险防控的常态化、制度化管理，定期进行舆情监控，保证了网络意识形态安全零风险报告。

强化安全责任意识，扎实抓好安全生产。为配电室、电梯、机房等重点部位新增安装监控探头64组，基本实现监控无死角；与各部门签订《安全责任书》，明确职责。常态开展安全日巡查、大型设备安全运行周巡检、消防设施月检查工作，对影响楼体消防安全的配套设备设施进行改造；开展全员消防知识培训和考试，分楼层分部门开展消防器材实操培训。重新规划设计疏散演练方案，优化疏散路线和流程，组织开展了分部门实操演练和全员合练；开展资产清查和资产管理量化考核工作，规范固定资产管理；开展能源绩效考核，水和供暖燃气的实际使用量均未超出控制指标。

加强人员管理。开展处级干部选任、专业人员聘期考核工作；修订《岗位说明书》，明确各岗位工作职责及要求；顺应养老保险并轨要求，规范工资结构；提高聘用人员待遇，对7名在中心工作十年以上的聘用制职工开展考核、转正；积极与朝阳区教委及相关幼儿园沟通，将启聪幼儿园教师的职称评价工作纳入教委统一管理，为进一步解决教师职称评审问题开辟了新的渠道。

6. 全力以赴，加快推进扩建项目与基础功能配套建设项目进展

加强安全、质量、进度与投资控制，全面保证扩建项目工程整体进度和质量，完成竣工预验收，实现基础功能配套建设项目预期目标。进一步深化二期开办费申报方案，为二期运营做准备。

（四）主要问题与挑战

在全国机构业务指导方面，基层机构分布不均，服务能力参差不齐，规范化建设亟须加强；全国专业技术人员培养、队伍建设需精准规划、需要建立稳定的激励机制；伴随“十三五”精准康复事权、财权下到地方，中心全国技术资源中心的示范引领作用需要进一步发挥。在自身业务建设方面，面对群团组织和事业单位改革的机遇与挑战，面对“两聚焦两服务”的要求，中心的服务理念、服务能力、服务技术、服务规范亟待提高；如何平衡公益服务和创收的双重职能尚需探索；中心科研水平和科研成果转化能力有待加强。在二期建设方面：新、旧址运营机制有待明确；未来专科医院的运营准备仍需面临人才短缺、功能局限、欠缺市场竞争力等问题；建设经费不足，后续资金不能及时到位，将导致竣工后无法投入使用。

二、大事记

3 月 3 日，组织开展第 19 次全国爱耳日宣传教育活动。8 月 25 日—26 日，由中国听力语言康复研究中心主办，中国残疾人康复协会听力语言康复专业委员会和《中国听力语言康复科学杂志》社承办，中华医学会耳鼻咽喉—头颈外科学分会、北京语言大学语言康复学院、中国教育学会特殊教育分会作为支持单位共同参与的 2018 年中国听力语言论坛在北京国家会议中心成功举办。

9 月 10 日—14 日，第五届“手拉手·相见欢”海峡两岸听障小朋友文化交流活动在京成功举办。

11 月 14 日，中国听力语言康复研究中心与台湾雅文儿童听语文教基金会签约仪式在京举行。

附　录

张海迪出席中国听力语言康复研究中心与台湾雅文儿童听语文教基金会签约仪式

中国残联网站　2018 年 11 月 18 日

2018 年 11 月 14 日，中国听力语言康复研究中心与台湾雅文儿童听语文教基金会签约仪式在京举行。中国残疾人联合会主席张海迪、雅文儿童听语文教基金会、台湾明门集团董事长郑钦明出席签约仪式并致辞。张海迪代表中国残联为郑钦明先生颁发爱心奖牌。

张海迪首先欢迎远道而来的台湾同胞，向雅文儿童听语文教基金会、为听障孩子健康成长付出心血的老师和家长表示真挚的感谢。她说，多年来雅文儿童听语文教基金会与中国听力语言康复中心合作，在大陆培训了师资，引进了先进的语言康复方法，帮助成百上千的听障儿童学会说话，走出无声世界，也给许多家庭带来了希望。这是人与人之间应该激扬的大爱精神。

张海迪强调，党的十九大提出“发展残疾人事业，加强残疾康复服务”，健康中国 2030 战略把实现残疾人“人人享有康复服务”作为重要目标，中国残联七次代会对残疾人康复工作制定了新目标。我们要继续保持开放创新的理念，积极开展交流合作，不断提高康复服务能力和水平。希望双方在新的合作中，融合各方力量，帮助更多的残疾儿童走出走向幸福美好的明天。

台湾雅文儿童听语文教基金会、明门集团董事长郑钦明在签约仪式上发表了热情洋溢的讲话，他介绍了自己和夫人将听障女儿培养成才，并在 1996 年成立雅文儿童听语文教基金会，将世界普遍应用的听觉口语法推广应用的历程。他希望中国听力语言康复中心为听障儿童融合社会做出新的贡献。教师代表也介绍了听觉口语训练对康复教学带来积极意义，以及在师资培训和文化交流方面取得的成果。

张海迪主席、郑钦明董事长还参观中国听力语言康复研究中心扩建项目。张海迪强调，听力语言康复中心建设科技含量高，一定要做到国际化、高标准、严要求，重细节。推动康复事业发展要有前瞻性目光，重视高精尖人才的引进与培养，也要为中国康复大学建设和人才的培养做出积极贡献。

中国残联康复部、中国听力语言康复研究中心、全国各省级听力语言康复中心等部门负责人、雅文儿童听语文教基金会教师代表以及全国部分听觉口语教师代表出席签约仪式。

（贺明供稿）

华夏出版社

一、政策文件

中国残联办公厅关于《中国残疾人事业大事编年》修订续编工作的通知

残联厅函〔2018〕71 号

各省、自治区、直辖市残联，新疆生产建设兵团残联，黑龙江垦区残联：

《中国残疾人事业大事编年（1949—2008）》记载了中国残疾人事业发展历程中的大事、要事，反映了党和国家对残疾人的关怀扶持和涉残政策法规渐成体系的过程，也反映了全国残疾人以及残疾人工作者不断进步的足迹，产生了极大影响。今年是改革开放 40 周年、中国残联成立 30 周年，中国残联启动《中国残疾人事业大事编年》的修订续编工作，既要补充 2009—2018 年残疾人事业 10 年的发展历程，还要对《中国残疾人事业大事编年（1949—2008）》进行修订。

一直以来，在党中央、国务院的高度重视下，在几代残疾人工作者的不懈努力下，我国残疾人事业开创了中国特色发展道路，全国残联系统特别是地方各级残联在创造、探索和实践中取得了突出成就，体现了各地残疾人工作的特点特色。为做好《中国残疾人事业大事编年》修订续编工作，现就有关事项通知如下：

一、对中国残联成立 30 年特别是近 10 年来当地残疾人事业发展中发生的大事、制定的具有开创性的政策法规、取得的典型经验、产生重大影响的人和事进行梳理，形成材料。

二、材料以条目的形式编写，每条不超过 300 字，每年 1—3 条，条目总量控制在 50 条之内。条目的编写可以参考《中国残疾人事业大事编年（1949—2008）》。

三、建议各地安排《中国残疾人事业年鉴》特约编辑具体负责该项工作，编写要求及注意事项将于 4 月 8 日—16 日在《中国残疾人事业年鉴》2001—2011 年年鉴补编工作及特约编辑培训会议上具体解释。

初稿电子版请于 4 月 30 日前发至《中国残疾人事业年鉴》邮箱 synjbwh@ sina. com。

中国残联办公厅
2018 年 3 月 29 日

二、工作综述

2018 年，在中国残联党组、理事会的领导下，华夏出版社全体员工克服办公楼装修带来的种种困难，正常推进图书生产工作，图书品种基本保持稳定，生产码洋有所提升，各项工作取得一定成效。

（一）党建与管理工作

1. 华夏出版社党委按照中共中央和中国残联党组部署要求，认真学习贯彻习近平新时代中国特色社会主义思想和党的十九大精神，落实中央关于全面从严治党的有关文件精神，抓好出版社党建工作。进一步深化落实中央“八项规定”精神，加强党风廉政建设和作风建设。以党的十九大精神为指导，严格按照“三会一课”制度要求，教育引导广大党员干部加强政治理论知识学习。

2. 加强和改进党对意识形态工作的领导，召开意识形态专题会，进一步强化意识形态工作的极端重要性，针对出版社实际情况，把好图书内容导向和质量关。组织全体编辑参加“出版形势与反对历史虚无主义”讲座，学习中宣部、国家新闻出版署对意识形态工作的要求。

4. 加强制度建设，坚持边查边改。制定《华夏出版社贯彻落实中央“八项规定”精神的实施办法》，完善相关财务制度及《费用管理办法》，修订完善《公务用车制度改革实施方案》。配合中国残联改革工作，借中央文化企业公司制改制的契机，出台《华夏出版社改革方案》《华夏出版社有限公司章程》。

5. 推进出版社公司制改制工作。根据《财政部、中共中央宣传部关于印发〈中央文化企业公司制改制工作实施方案〉的通知》（财文〔2018〕6 号）等有关规定，在中国残联党组领导下，在相关部门具体指导下，严肃认真地做好改制的各项准备工作，并形成方案上报。财政部做出批复，原则同意出版社改制方案。

6. 完成出版社产品方向及板块梳理与调整、机构调整、中层干部聘任、各部门年度考核办法制定等重要工作。

（二）完成装修工程

2017年5月，为改善办公条件，消除电气老化造成的安全隐患，满足残疾人出版事业发展需要，保证编辑出版工作正常进行，出版社研究决定并报中国残联批准，对办公楼、食堂及人防工程进行以水、暖、电改造为主的装修工程建设。成立装修小组专门负责，严格按照国家有关规定进行工程各项目招投标工作，确保流程规范、过程公开、结果公正。

装修工程于2017年12月开工。室内装修面积共计4490.37平方米，地上面积2200平方米左右，工程主要涉及电路、上下水、暖气改造，弱电综合布线，消防设备综合布控，吊顶、门窗、墙面改造翻新等项目；室外作业主要为楼顶屋面防水工程。

消防工程于2018年6月由北京市东城区公安消防支队依法进行竣工验收，经审查，备案材料齐全，核发备案凭证。装修工程由住建委组织出版社、监理单位、施工单位、设计单位，根据相关施工验收规范及强制性标准对工程资料审核查验，对工程质量、完成情况进行验收。住建委审查合格予以备案。

装修工程从设计开始到全面完工，各项费用总计约600万元（含工位桌椅等）。

（三）生产经营情况

2018年，出版社坚持以发展为第一要务，较好地完成了年初既定的各项任务指标。

1. 图书品种：图书发印412种，同比下降13%。其中新书208种，同比下降20%；重印书204种，同比下降5%。

2. 生产码洋：生产总码洋1.64亿元，同比上升18%。其中新书生产码洋8219万元，同比上升36%；重印书生产码洋7985万元，同比上升4%。

3. 销售收入：销售总收入5248.96万元，同比上升12.91%；现金总流入5809.18万元，同比上升2.58%；利润74.52万元。

4. 元道公司图书发印96种，其中新书36种，重印书60种；生产总码洋2303万元，其中新书码洋1166万元，重印书码洋1137万元。《课外阅读》总印刷40万册，码洋241万元。

5. 完成2018—2019年度印厂、纸张招标工作。

（四）残疾人事业图书编辑出版工作

2018年，全社共编辑出版残疾人事业图书60余种，涉及残疾人事业和残疾人工作的诸多领域。

1. 残疾人工作用书及事业研究板块，完成《中国残疾人事业重要文件选编（1978—2018）》《残疾人权益保障常用法律法规手册》《中国残疾人事业大辞典》《中国残疾人事业年鉴（2018）》《12385残疾人服务热线常用政策法规手册》《平权的法理——〈残疾人权利公约〉解读》《爱的承诺——李嘉诚与中国残疾人事业》《健康中国——康复科学研究》《残疾人贫困与教育就业问题研究》《我们这样走过——中国智协发展之路》《向天而歌（第二辑）》等图书的编辑出版工作。

其中《平权的法理——〈残疾人权利公约〉解读》，〔奥〕玛丽安娜·舒尔泽著，谷盛开、张弦译。全书细致梳理了《残疾人权利公约》制定过程中各国、各类组织以及专家学者之间观念、立场的交锋和智慧碰撞，追溯了国际文献对人类权利认识的历史演变，生动再现了每个条款乃至每个关键词所经历的从激烈辩论到达成共识的过程，深度剖析了“适足性、无障碍、合理便利、多重歧视”等关键概念的界定原则，反映了国际社会对残疾人权益保护的最新认识和最大共识，对各国残疾人事务具有重要的理论指导价值。

2. 按照《国家手语和盲文规范化行动计划（2015—2020年）》和中国残联2018年度手语专项工作计划要求，完成《国家通用手语常用词表》《中华人民共和国国歌挂图》《体育和律动常用词通用手语》《计算机常用词通用手语》《美术专业常用词通用手语》等图书的编辑出版工作，并完成国家通用手语专业词汇系列图书的视频拍摄工作。

3. 特殊教育板块，尤其是孤独症领域持续深耕，完成《特殊儿童专业语言教学图片》《特殊儿童潜能开发练习板》《特殊儿童思维训练图卡》《孤独症儿童行为管理案例分析》《让我听见你的声音：一个家庭战胜孤独症的故事》《我心看世界：天宝解析孤独症谱系障碍》等图书的编辑出版工作。

4. 康复版块，完成《实用PNF治疗》《视力障碍辅助技术》《社区康复的中国实践》等图书的编辑出版工作。

（五）大众文化图书编辑出版工作及获奖情况

1. 编辑出版《活出生命的意义》、“陈其泰史学萃编”、《高级隐喻》、《餐桌上的香料百科》等社会反响良好的图书。元道公司推出传统绘画系列图书（配视频）和中华经典诵读工程丛书。

2.《中国通史》入选中央和国家机关党员干部“强素质·作表率”读书活动2018年（上半年）推荐书目、国家博物馆改革开放40周年纪念展经典读物。在中国出版协会主办的2018年“一带一路”美食书刊伊尹金像奖的评选活动中，《餐桌上的香料百科》获银奖，《泰国料理全书》《自己酿》获铜奖。《张其成全解太乙金华》入选2018年度中国教育网络电视台国学台“十大好书榜”。

（六）图书宣传推广及相关工作

1. 进一步拓展图书宣传推广工作，微博、微信、报刊宣传、媒体联合推广活动的数量与质量较2017年有较大提高。

2. 参加“用爱照亮来自星星的你”东城区明城青少年活动中心斌斌爱心社第11个世界孤独症日主题爱心传递活动和水立方“点亮蓝灯”活动。

3. 参与首届海峡两岸长庚康复高峰论坛和陕西省医学会2018年物理医学与康复医学学术年会等，宣传《实用PNF治疗》和“戴维斯·中枢神经康复三部经典”《循序渐进》《不偏不倚》《从零开始》。

4. 《课外阅读》积极走出去，参加北京市体育馆路小学的首届读书季开幕式暨“相伴阅读，快乐成长”活动和康复中心举办的儿童节读书分享活动。

（七）信息化及数字出版工作

在国家财政资金项目上发力，在做好国有资本经营预算及文产专项项目的同时，尽量利用项目资金为社内编辑提供业务便利。招标开发中国残疾人事业年鉴专题库。完成出版社无障碍数字出版项目的结项工作并通过验收。招标启动数字出版转型升级项目的子项目多形态融合出版运营平台的建设工作。启动中国手语移动课堂项目。电子书方面实现71.2万元的销售收入，较上年增长16%以上。积极尝试开发有声书产品，充实多形态融合出版运营平台，开发销售渠道。

三、大事记

4月9日—17日，2001—2011年度《中国残疾人事业年鉴》补编工作及特约编辑培训会议在长沙分三期连续举办，共有年鉴特约编辑60余人参加会议和培训。社长兼总编辑、年鉴执行副主编黄金山，湖南省残联副理事长侯建斌先后出席第一期、第二期会议及开班仪式并讲话。

7月5日，出版社装修工程完成验收，资料上报住建委审查备案。

8月21日，人民日报、光明日报、中新社、央视网、中国网等中央级新闻媒体组成调研组到华夏出版社，就新时代如何更好地发挥残联文化直属单位的作用、加强人才队伍建设以及出版社“二次创业”等话题展开交流，为进一步满足广大残疾人的精神文化需求，全面建成包括残疾人在内的小康社会而贡献力量。

9月29日，《中华人民共和国国歌》国家通用手语版视频在中国残联、中国聋协、华夏出版社三家机构的网站、微信公众号和微博同步发布。

9月29日，受中国残联委托，华夏出版社印制《中华人民共和国国歌》国家通用手语版宣传挂图，免费赠送给各招收聋生的特教学校、高等院校及其他公共服务领域机构。

10月15日，由中国残联主办、中国残疾人事业新闻宣传促进会承办的“优秀残疾人艺术家百人推介计划”专场活动在华夏出版社举行。优秀残疾人艺术家百人推介计划是中国残联宣文部和中国残疾人事业新闻宣传促进会在“十三五”期间开展的一项重要公益项目。“百人计划”推介活动立足于挖掘人才、搭建平台，旨在帮助优秀残疾人艺术家与高端艺术平台对接、与高端艺术专家对接、与大众媒体对接、与艺术品市场对接。

（霍本科供稿）

华夏时报社

一、工作综述

2018 年，面对迅猛发展的网络新媒体、急速变化的传统媒体市场，华夏时报社认真学习宣传贯彻习近平新时代中国特色社会主义思想和党的十九大精神，发挥党建统领作用，坚持抓好党建促发展的工作思路，坚持党管媒体原则，落实好巡视整改工作，严把新闻舆论导向关，并努力做强做大主责主业。同时，适应融媒体时代需求，布局报社改革转型，推动报纸与新媒体的融合发展。

一年来，在中国残联党组、理事会的有力领导下，在残联相关部门的得力支持和指导下，华夏时报社全体员工勠力同心，发奋拼搏，在传统和新型两种媒体市场，继续位立领先地位和取得较好业绩。报纸经营逆势增长，不仅完成全年经营目标，且超越上年。

（一）扎实落实党委意识形态工作责任制

为贯彻落实好中央和中国残联有关意识形态工作的要求，同时落实好《华夏时报社党委关于贯彻落实 < 党委（党组）意识形态工作责任制实施办法 > 的实施方案》，2018 年，《华夏时报》认真学习贯彻党的十九大精神和全国宣传思想工作会议精神，学习宣传贯彻残联七代会精神，加强党对意识形态工作的领导，结合“两学一做”学习教育，强化意识形态相关学习与工作，牢固把握正确舆论导向，着力做强做大主责主业，强化残疾人事业宣传，有力推动意识形态责任制的贯彻落实。

1. 学习宣传贯彻中国残联七代会精神

积极做好七代会宣传报道工作。按照要求，报社制定并实施了相关报道方案。一是提前预热。自 8 月下旬开始，对中国残联七代会进行全面报道，包括“六代会”以来五年残疾人事业的主要成效，以及未来五年工作计划。二是重点中期报道。针对会议的各种新闻以及动态，包括党和国家领导人出席中国残联七代会开幕式，韩正代表党中央和国务院在开幕式上的致辞等。三是会议总结性报道。包括中央和中国残联领导在闭幕式上的讲话等。同时，及时进行同步全媒体发布，宣传平台涵括报社的网站、报纸、公众号等多个终端。

报社党委认真组织学习研讨七代会精神，及时召开学习研讨会，全面传达学习中央及中国残联领导在开闭幕会上的讲话精神，深刻认识《华夏时报》弘扬人道主义、宣传残疾人事业的使命，加强推动残疾人事业更好发展的内生动力。

2. 组织处级干部专题学习培训班

根据中央组织部和中国残联关于做好县处级以上领导干部学习贯彻党的十九大精神集中轮训工作的要求，报社党委制定了《华夏时报社深入学习贯彻党的十九大精神处级干部专题培训班计划》，集中举办处级党员干部专题培训班。党委书记做开班动员并讲授党课。通过培训，提高参训人员思想政治水平，坚定了理想信念，加深了对习近平新时代中国特色社会主义思想的精神实质和丰富内涵的理解和把握。

3. 党委会专题研究意识形态工作

为做好意识形态工作，报社党委召开有关会议，专题研究意识形态工作。一是传达学习中国残联领导关于加强意识形态工作的指示精神；二是部署报社采编部门紧盯报纸、网站和新媒体，压实意识形态工作责任，并落实到采编工作所有环节中去；三是进一步严格各项把关规定措施，确保不出政治问题；四是坚持正面宣传为主，加大对残疾人事业的宣传力度。

根据《华夏时报社 2018 年意识形态工作要点》，报社进一步加强意识形态工作的领导与管理，及时传达落实中央和中国残联有关宣传工作指示精神，着重抓好报纸宣传导向，着力加强残疾人事业宣传工作，并做好相关报道工作等。

4. 完善落实网络制度，加强网络宣传把关

为强化网络宣传把关工作，报社党委会同编委会制定了一系列针对网络信息安全的规章制度。包括《华夏时报网采编人员教育培训制度》《公共信息巡查制度》《华夏时报网采编人员绩效考评办法》《华夏时报网信息发布审核制度》《华夏时报网总编辑制度》《华夏时报网应急处置制度》等。加强网站安全运行管理力度，强化华夏时报网站发稿、把关制度，把网络意识形态工作责任制落到实际工作中。同时在内部沟通上，注重网络安全工作，保护组织信息安全，恪守职业道德。

（二）落实意识形态巡视整改，做好舆论导向把关工作

为落实好中央巡视整改和残联党组有关要求，报社制定《华夏时报社落实巡视整改工作实施方案》，着力落实意识形态整改工作。一是坚持党管媒体原则，强化“四个意识”，坚定“四个自信”，坚决做到“两个维护”，加强舆论导向把关；二是强化残疾人事业宣传报道力度；三是密切报社与残联宣传联络沟通机制；四是坚持正确的政治方向，着力做好党和国家有关方针政策的宣传；五是严格遵守政治纪律和宣传纪律；六是弘扬主旋律、传递正能量，坚持正面宣传为主；七是加强制度建设，强化导向把关、采编管理及工作流程等规章制度的落实力度。

一年来，舆论导向方面未出现重要问题，杜绝了中央巡视指出的“失实报道被央视点名曝光”现象的发生。

（三）进一步落实报社改革，解决体制机制问题

按照《中央巡视整改后续跟进任务一览表》中提出的“有序推进华夏时报社改革发展，解决体制机制问题，落实意识形态责任制”的整改跟进工作要求，结合报社实际，拟定了《华夏时报社改革方案》，并上报残联宣文部、整改办和分管会领导。

方案明确，以习近平新时代中国特色社会主义思想为指导，加强政治建设，认真落实意识形态责任制，坚持党管媒体原则，牢牢把握正确的政治方向和舆论导向；加强残疾人事业宣传，强化主责主业，保持财经媒体的特色和优势；深化报社体制机制改革，推进传统报纸与新媒体融合发展。

方案提出了解决报社体制机制问题的方式方法。第一，报社与公司严格分开，以解决“两块牌子，一套人马”的问题；第二，共同组建新经营公司，并实现国有控股，以解决“民营资本控股报社经营”的问题；第三，优化报社机构，理顺管理运行机制等。

（四）落实审计整改工作

根据残联计财部《关于2017年度预算执行审计发现的问题和整改意见的通知》精神和要求，报社主要党政领导挂帅、党委成员参加，成立审计整改工作小组，对照审计发现的问题和整改要求，分析原因，明确整改措施，并按规定时间要求完成相关整改及上报工作。

（五）坚守正确导向，发挥喉舌作用，做强做大主责主业，推进特色报道发展

2018年是改革开放40周年，也是深化改革、去杠杆、新旧动能转换、防范金融风险、扶贫攻坚集中之年。《华夏时报》在选题策划上紧紧围绕中央对重大事件的舆论导向，组织记者深入一线采访，着力发挥党的宣传喉舌作用，为经济和社会发展做出应有的贡献。

1. 策划重大宣传报道

（1）纪念改革开放40周年大型策划报道。年初策划《40年40人——改革开放40周年先行者》大型报道，年中策划《砥砺潜行——改革开放40周年暨2018经济半年报》特刊，年末策划《掇石——新年特刊暨改革开放专版》。还不定期策划了6个涉及各个行业的改革开放40周年纪念特刊。

（2）全国“两会”大型策划报道。专门组织优秀记者对全国人大、全国政协进行采访报道。策划了《防范三大风险战役》《新旧动能答卷》《机构改革新刻度》等专刊报道。

（3）中美贸易摩擦策划跟踪报道。针对美国挑起的波及全球经济的中美贸易摩擦，报社组织多名记者，在重大转折点持续跟踪报道。全年共刊发近50篇新闻报道，全方位、全视角地展现了中美双方及全球几大经济体的战略和对策。

2. 加强采编队伍建设

继续加强采编队伍建设。报社党委和编委会组织记者、编辑集中学习讨论习近平总书记关于新闻舆论工作重要讲话精神等；报社总编辑、副总编辑不定期开设新闻课堂，对记者、编辑进行培训；从社科院、各大院校、名企邀请知名教授、专家和企业家，从多个方面对采编队伍进行专项授训。

3. 调整新闻内容渠道

为了适应网络新媒体快速崛起的形势，报社在缩减报纸版面的同时，全面转向融媒体、全媒体。新闻报道以报纸为依托，采用网络、今日头条、“两微一端”等渠道，以文字、图片、视频等形式，多出口全网分发，完成了向及时、全面、权威、专业新媒体的快速转型。

4. 加强残疾人事业宣传

着力做好残疾人事业宣传，强化主责主业。利用报纸及网站，做好残疾人事业重要会议、重点事件、重大活动及相关政策等宣传报道与解读，并关注残疾人生活、就业、康复、教育及文化体育等领域；采取专题、专栏、专版及网络专门频道等形式，加强残疾人事业及残联工作的宣传；倡导全社会都来关心、关注、关爱残疾人，更好地支持残疾人事业；着力办好华夏时报网《人道慈善》频道，及时、多角度地刊发相关宣传报道。按照中国残联“走转改”工作要求，报社采编等人员深入残疾人事业一线进行采访报道，传播党和国家有关残疾人的政策，反映残疾人的需要与呼声，为残疾人事业健康发展履行好媒体职责。

5. 加强融媒体工作

为适应融媒体时代的需求，贯彻落实好习近平总书记有关加强媒体融合等重要讲话精神，在报社改革转型中，强化

网络新媒体建设，推动报纸与新媒体的融合发展。

经过努力，报社与包括《工人日报》《中国妇女报》等18家媒体一起，获得了国家互联网信息办公室颁发的《互联网信息服务许可证》，《华夏时报》为其中唯一一家市场化媒体。

互联网信息服务许可证对报社媒体融合发展有着重要的意义，标志着报社网络新媒体可不受报纸周期及刊发内容限制，随时刊发新闻稿件。一方面，给报社融媒体工作提供了更大发展空间。另一方面，对及时刊发残疾人事业新闻宣传稿件，提供了政策性的保障和时间上的便利。

（六）提升影响力，发展新媒体，拓展新领域，经营逆势增长

2018年，报社经营工作整体向好。在纸媒市场持续下滑的情况下，《华夏时报》则逆势增长。不仅摆脱了前几年的经营困境，且形成向上发展新趋势。综观一年来经营工作，得益于以下方面：

（1）进一步提升报纸影响力。随着加强新闻宣传力度，通过对产业、上市公司等进行持续跟踪、调查、深度式的宣传报道，《华夏时报》已成为“中国最具影响力财经媒体”。在目前不少媒体关停并转的形势下，《华夏时报》影响力持续上升。

（2）新媒体发展初见成效。目前，报社网络资源，除华夏时报网、微信公众号和微博外，水皮杂谈视频、水皮more（水皮茂）的用户数量及黏性增长、增强，对传统报纸广告经营形成互补支持。

（3）举办各种活动。发挥采编部门优势，举办各种品牌的市场活动。2018年，成功举办了系列活动，包括华夏机构投资者年会暨金蝉奖、中国经济传媒领袖峰会等。同时，创新了一些品牌活动，如华夏房地产投融资峰会、中国私募股权投资峰会等。这些活动既为新闻报道增加了内容，又为广告客户提供了展现自己的舞台。

（4）尝试拓展新领域。利用《华夏时报》在金融、证券市场的影响力，2018年推出投资者教育项目，寻找新的商业模式。目前，投教中国网、投教中国微信公众号已完成筹备，相关投资者教育的视频产品课程，2019年陆续投入市场，为经营发展拓展了一定空间。

（七）认真遵守中央“八项规定”精神，紧盯“四风”问题不放松

报社党组织着力在党员干部中落实中央“八项规定”精神，领导班子带头避免并杜绝公款吃喝、公款旅游、违规消费等问题。每逢节假日，报社纪委及时传达上级组织有关廉洁廉政要求，倡导大家勤俭节约，风清气正地过好节日。同时，纪委及时追踪“四风”情况，发现苗头即行纠正。

（八）严格遵守保密制度

按照上级要求，并根据报社保密制度，做到保密不上网，上网不保密；严格履行保密文件登记制度；密级传阅文件按规定范围执行等，未出现泄密情况。

2018年，华夏时报社认真学习宣传贯彻习近平新时代中国特色社会主义思想和党的十九大精神，扎实落实党委意识形态工作责任制，坚持党管媒体原则，坚持正确舆论导向，认真落实巡视整改工作，严把新闻舆论导向关，并努力做强做大主责主业。同时，适应融媒体时代需求，布局报社改革转型，拓展有效经营，推动报纸与新媒体的融合发展。经过努力，报社继续保持较好的可持续发展态势，报纸品牌影响继续扩大并提高，同时经营工作有效扩展，主要门户网站新闻转载和点击率继续保持领先地位。

二、重要条目

【2018网贷备案进行时——“两会看互联网金融”活动】《华夏时报》主办，2018年3月1日在总部举办。这是《华夏时报》连续第三年在全国“两会”前举办互金交流会，现已成为互金行业的固定活动，每次研讨会都聚集了政协委员、行业代表、学术机构专家和相关机构负责人等，就当前互联网金融发展中的“监管”、“风险”、“转型”、“备案”、“技术迭代”等问题及发展趋势展开探讨。

【变革·创新·发展——2018中国保险科技高峰论坛】《华夏时报》主办，2018年5月26日在北京举办。来自监管部门、传统保险公司、保险科技公司、著名高校及研究机构的诸多知名行业人士，从新技术对保险行业的改变、传统险企与新兴力量的对比、互联网保险销售平台对保险销售的影响等方面展开讨论，共话科技赋能保险行业，展望保险与科技同行的美好未来。国务院发展研究中心保险研究室副主任朱俊生在主题演讲中提出“互联网保险与保险科技发展的真正价值应该独立于特定的监管规则”的观点，南开大学金融学院教授、博士生导师朱铭来在主题演讲中提出“未来科技与保险三个需要深度思考的问题”等。互动对话环节就“互联网保险平台——代理人的蜜糖还是砒霜”“区块链等新技术如何改变保险行业”及“传统势力和新兴力量——相互成就or相互伤害”等议题展开深入交流。

【第11届（2018）中国经济媒体领袖峰会】中国经济传媒协会、《华夏时报》、新浪财经大V频道主办，《羊城晚报》、水皮杂谈、传媒茶话会协办，恒大集团特别协办，2018年7月28日—30日在广州举行，主题为“新转折·新媒体·新价值”。国内传媒、经济、金融等领域资深专家学者，主流财经媒体总编辑，资深企业公关管理从业者，企业高层领导等众多精英与会。峰会就“中国崛起”“中美贸易

冲突”“企业舆情”“媒体转型发展”“金融科技”“短视频”“电梯媒体”和“版权保护”等热门话题展开探讨。

【2018 中国私募股权投资峰会】《华夏时报》主办，2018 年 9 月 12 日在北京召开，监管机构、行业协会、著名投资机构、独角兽企业的领导和行业精英与会。峰会聚焦宏观经济环境、股权投资趋势预判、投资行业等热点话题，总结股权投资市场的新变化，预判行业未来投资趋势，深度交流探讨。峰会还颁发了“2018 年度最具投资价值母基金”大奖，以表彰业界优秀投资人和投资机构在新经济、新金融、新产业、新业态的大背景下促进投资结构的优化，为新技术找到产业化扩张路径，推动产业升级，为资本创新重塑价值所做出的突出贡献。

【新思路·新模式·新征程——2018 年华夏房地产投融资高峰论坛暨金瓴奖颁奖盛典】《华夏时报》、水皮杂谈、新浪财经大 V 频道联合主办，中国社科院、中国人民大学国发院、住房大数据联合实验室、《华夏时报》地产专家顾问团提供学术支持，2018 年 12 月 3 日在北京举行。论坛聚集一线财经专家学者、众多行业专家和业内人士，以财经视角权威解读房地产在新时代的走向，为房企的发展道路指点迷津。论坛还首次发布中国社科院、《华夏时报》、58 同城安居客联合编制的《中国房地产大数据报告（2018）》，举行《华夏时报》地产专家顾问团新增成员聘书颁发仪式，颁发 2018 年度“金瓴奖”各奖项。

【金融业 2019 年：突破与回归——华夏机构投资者年会暨第 12 届金蝉奖颁奖盛典】《华夏时报》、水皮杂谈、新浪财经大 V 频道、投教中国共同主办，2018 年 12 月 21 日在北京举办。经济学界、金融业人士共同探讨金融业话题，举行第 12 届金蝉奖颁奖盛典，奖项涉及银行类、基金类、保险类、证券类、财富管理类、金融科技类、上市公司类、信托类、投教类及金蝉奖特别奖等 10 个大类。

（徐少青供稿）

中国盲文出版社

一、工作综述

2018年，中国盲文出版社、中国视障文化资讯服务中心以习近平新时代中国特色社会主义思想为指导，深入贯彻落实党的十九大精神和中国残联七代会精神，坚持服务新时代中国特色残疾人事业大局，坚持稳中求进和新发展理念，推动盲文出版和盲人文化服务高质量发展，助力更多盲人紧跟时代前进步伐，共享文化成果。

（一）坚持党的全面领导，抓好抓实新时代党的建设

1. 把学习贯彻习近平新时代中国特色社会主义思想和党的十九大精神持续引向深入

全面加强政治建设和理论武装。认真学习贯彻习近平总书记关于残疾人事业的重要论述以及中国残联七代会精神，确保中央重大政策落地生效。

牢牢把握党对意识形态工作的领导权主动权，旗帜鲜明讲政治。在所有出版活动和文化服务中，坚持用习近平新时代中国特色社会主义思想武装和教育读者，深入培育和践行社会主义核心价值观。自觉承担举旗帜、聚民心、育新人、兴文化、展形象的使命任务，以主题出版和精品出版引领广大盲人听党话、跟党走。

2. 以党的政治建设为统领全面推进党建工作，推动全面从严治党向纵深拓展

严肃党内政治生活。坚持民主生活会和组织生活会制度。在党委扩大会议上认真查摆问题，明确整改措施。严格落实“三会一课”制度，提升基层党支部组织力。开展年度支部党建工作述职大会，完善党建工作考核评价办法，强化“一岗双责”，层层压实党建工作责任。

加强党建制度建设，扎实推进党风廉政建设。及时修订和完善党建规章制度，进一步健全廉政风险管理、防范、预警机制。深化纪律教育，锲而不舍落实中央“八项规定”和实施细则精神。

全面从严治党，狠抓党风廉政建设。进一步建立和完善防腐倡廉工作制度，关口前移，进一步加强重点岗位、重点事项的监督检查，进一步树立单位的清风正气，对于部职工进行警示教育，维护团结写作的良好局面，为全社工作顺利推进保驾护航。

加强作风建设，密切党群联系。做好党员志愿服务活动，形成各具特色的志愿服务品牌。广泛征求党员干部、职工群众、残疾职工、离退休干部职工、盲人读者等群体的意见建议，对意见逐条做出反馈。走访慰问高龄党员、困难党员和困难群众，不断增强党组织的向心力和凝聚力。

3. 落实中国残联七代会精神坚实有力，服务大局工作不辱使命

坚持党的领导和以人民为中心。把政治性、先进性、群众性作为盲人文化建设的价值追求。在出版工作和盲人文化服务中努力践行社会主义核心价值体系，传播社会主义先进文化，努力满足盲人日益增长的多样化文化需求。

围绕残疾人大事业，充分发挥全国盲人文化建设龙头作用。以中国盲文图书馆为龙头，以省级公共图书馆盲人阅览室为骨干，以地级盲人阅览室为支撑，以县级盲人阅览室为基础，以盲人数字阅读推广工程实施为重要推手，构建政府主导、多方参与、覆盖全国城乡盲人的现代公共文化服务网络。全国越来越多的盲人能够享受普遍、均等、便利的知识文化服务。

讲好中国故事，持续提升盲人文化事业影响力和传播力。加强与国际残疾人组织和有关盲人服务机构的联系与交流，为开展海内外盲人文化交流互鉴积累更多资源和优势。承办“国际残疾人日”等纪念活动，积极服务国家外交和残疾人事业大局。

（二）聚焦出版主业，高效精准出版各类盲人读物

在根本性、基础性工作上下功夫，稳步推进盲文出版工程，进一步提高服务盲人、服务残疾人事业的综合能力，增强凝聚力和引领力。

高效高质出版各类盲文读物。出版盲文读物1000种，32万册，2550万印张；盲文图书发稿700种，发稿字数5613万字。出版完成和推广宣传《国家通用盲文方案》《通

用盲文自学辅导手册》。《盲童文学》入选“2018年度全国百种优秀少儿报刊”。

多媒体有声读物出版厚积薄发。录制完成盲人多媒体课程1508课时，1131小时，100位专家学者开讲，现场观众累计1万多人。与国家大剧院设计开发“音乐学堂”，与专业人员签约“计算机学堂”，调研新增“盲人按摩学堂”“康复学堂”。录制完成有声读物1861小时。

大字本读物出版持续发力。出版大字本图书143种，《习近平讲故事》《习近平的七年知青岁月》大字本社会反响热烈。大字读物品种更加丰富，产品结构更加科学，多领域引领提高盲人文化修养。

音像视频出版深度服务残疾人大事业。拍摄中国残联大事业资料时长18240分钟，整理存档9120分钟；完成媒体资源管理建设，上传视频资料7400分钟。制作完成110部无障碍电影，扎实推进无障碍影视工程建设。起草制订《中国无障碍电影技术规范（试行）》国家标准，纳入中国残联建立健全残疾人基本公共服务标准体系总体工作安排。

（三）聚焦传播变革，提高“互联网＋盲人文化服务”效能

“盲人数字阅读推广工程”开局良好。全社（中心）上下艰苦奋战、攻坚克难，完成320个馆、166115台听书机的政府采购，合同金额7392万元，出色完成工程前期主体工作和目标任务。如期完成1000台盲文电脑和盲文点显器的生产任务。一个可持续发展、惠及更多盲人的阅读推广服务体系方兴未艾。

馆藏资源建设和读者线上线下服务立体拓展。全年新增馆藏641种共5.5万余册（件），馆藏总资产达50万册（盘、件），码洋1459万余元。现场接待和电话服务盲人读者27024人次。盲人数字图书馆上线有声读物约1.3万余种6万小时；电子盲文4846种约5亿字；电子图书约15.7万种；视频资源约800种5500小时；专业学术论文55万篇；大众期刊3800余种300余万篇文章；法律数据库条文46万条；工具书35万词条6000万字。网站新增访问量约800万人次，新增网上注册会员3814人，总计61163人。

盲用信息化辅具产品研发更上层楼。重构“阳光盲文输入法”，阳光专业版升级至8.1版本，全面支持国家通用盲文，初步实现盲文数理化公式的翻译。阳光读屏软件9.0版本性能全面超越国内其他读屏软件。设计开发文星刻印机、形状记忆合金点显器等硬件产品，优化升级Windows版文星Daisy软件，完成安卓版、IOS版文星阅读软件和生活助手软件开发。

盲人读物融合出版与传播平台势头强劲。制定8项项目标准，实施“出版业务管理”、“数字内容加工管理”、“数据中心运营”及“盲文读物出版支撑工具”等信息化工具与系统的定制开发。建立盲人读者实名制大数据库，动态追踪读者需求和服务状况。

网络新媒体管理和推广实现新的突破。掌上盲图App在各大应用市场上线，实现自建资源的移动端阅读。盲图微信公众号定期推送服务信息和内容资源，全年实现5万多人8万多次阅读。建立亲子阅读群、特校教师群等特定读者社群，定期推送资源和服务信息。

（四）聚焦服务基层，全面提升服务能力，拓展服务人群

精准服务和精准营销进一步强化。精准把握各级残联、盲校和特教学校特定需求，从提供单一视障辅具产品转向为客户提供高性价比解决方案。精细服务特有渠道，对民营渠道进行深入挖掘，多次成功实现文化产品直接销售。开办当当网图书自营店，电商销售明显上升。

盲人文化服务活动品牌化常态化开展。馆内开展文化教育和培训活动895场次，2.9万人次到馆参与。积极开展各种主题日活动、残健共融活动，培训项目、沙龙活动、实用课程丰富多彩。举办中途失明盲文基础培训班和技能培训班，举办残疾人书画艺术高级研修班，开展残疾人传统文化艺术公益培训和汇报展演，满足盲人多元文化需求。28次深入基层进街道进社区为盲人讲电影，为10多个省培养口述电影人才。

健全覆盖更加广泛的基层盲人文化服务阵地。新增7家盲文分支馆，全国分支馆达157家。提供包括盲人阅览室建设方案、盲人文化产品的购买与借阅、盲用辅具产品的购买配置及追踪服务咨询等在内的分支馆建设一站式解决方案。承办中国残疾人福利基金会“我送盲童一本书”项目，筹集资金500万元，为云南、贵州、甘肃等13个省区的31所盲校或特教学校配建盲文阅览室。在安徽、山东、广东等12个省区市开展17期盲人阅读推广培训，累计培训1100人，培训时长约56天。举办全国公共图书馆视障服务工作研讨会，增强视障文化服务合作网络的凝聚力与系统组织效能，拓展全国盲人公共文化服务覆盖面。

动员更多社会力量，扎实开展文化助盲志愿行动。牵头制定国家标准《图书馆视障人士服务规范》；馆内开展文化助盲志愿服务2600余人次，累计服务万余小时，24个盲志愿服务队和108名志愿者获得星级认定。文化助盲志愿服务项目成功入选全国学雷锋志愿服务“四个100”最佳志愿服务项目。开展文化助盲志愿服务培训，565人受训。上线“文化助盲”志愿服务App，有力推进文化助盲志愿服务与“互联网＋”深度融合，大大提升志愿服务效能。

（五）激发内生动力，强化基础管理和人才队伍建设

强化内部科学管理，夯实发展基础。加强合同管理，建立合同台账，做到管理有规章，签约有约束，履行有检查。

资产购置严格对照计划和预算，资产的分配、使用、报废等严格依照程序。资产管理实现信息化，更加科学、规范、有效。

细化内控制度和财务管理，保证发展质量。加强预算管理和执行进度监督，确保预算支出合规，杜绝无预算支出等问题。每月组织召开项目预算推进会。加强政府采购预算与计划管理、政府采购活动管理、验收管理等。加强支出管理和审批控制，对财政票据、发票等各类票据的申领、启用、核销、销毁等履行规定手续，设置票据专管员，建立票据台账。

完善专业技术人才成长机制，增强发展动力。9名盲人职工首次参加全国出版专业中级职称考试，打破盲人职称晋升通道壁垒。实施专业技术岗位等级晋升试行办法，给专业技术人才打通上升通道和途径。3人由正高四级晋升正高三级，2人由副高七级晋升副高六级，11人由中级十级晋升中级九级，有力激发了职工干事创业的积极性。

加强安全生产管理，增强发展保障。强化安全工作宣传督导，加强陶然亭办公区各单位间协调配合，加大日常检查力度。优化卢沟桥生产区电路，在生产车间、职工宿舍区安装视频监控系统，建立微型消防站。对陶然亭办公区视频监控系统和门禁系统进行升级改造。

与党和政府要求、与全国盲人的期待和发达国家同行相比，我国盲人文化服务还有许多亟待弥补的短板和差距：一是对新时代盲人文化建设的调研和思考不够系统深入，联系、凝聚、服务盲人群体的能力有待进一步提高；二是盲人文化产品和服务供给不充分、不平衡，推动盲人文化服务更好地纳入国家现代公共文化服务建设体系大局不足，难以满足广大盲人分层次多样化的需求；三是盲人阅读服务“最后一公里”难题仍然突出，基层尤其是县级以下服务盲人的能力和水平有待继续提高；四是盲人数字出版研发、“互联网+阅读”推广仍需继续深耕，服务效能须创新提高。

二、重要条目

【图书馆视障人士服务规范（GB/T 36719－2018）】为进一步推进图书馆视障人士服务标准化，指导图书馆通过自身资源和专业能力均等化满足视障人士对知识、信息及相关文化活动的需求，保障视障人士服务的基本文化权益，由中国盲文图书馆牵头，联合国家图书馆、安徽省图书馆、上海图书馆、浙江图书馆、上海浦东图书馆等共同起草图书馆视障人士服务规范，由全国图书馆标准化技术委员会（SAC/TC389）归口管理，是我国图书馆标准化领域内首个面向残疾人服务的国家标准。国家市场监督管理总局、中国国家标准化管理委员会2018年9月17日发布，2019年4月1日实施。本标准适用于各省、地（市）、县（区）级公共图书馆（含少年儿童图书馆）视障阅览室以及残疾人联合会、盲人教育机构和其他社会组织建立的为视障人士提供图书馆服务的专门场所。标准规定了图书馆视障人士服务的术语和定义、总则、服务对象、服务资源、服务内容与形式、服务要求、服务宣传、服务监督与评价。标准明确地将视障人士，视障人士的家庭成员，从事视障人士服务、教育、研究的人员或志愿者，盲人阅读体验者和阅读障碍者等作为图书馆开展视障人士服务的对象，并在服务资源中规定了配置原则、馆舍建筑、阅览设备、文献资源和人力资源的要求；在服务内容与形式中规定了基础服务和拓展服务的形式要求；在服务要求中规定了服务时间、服务告示、资源推介和服务指标的要求；在服务宣传中规定了发展读者和活动宣传的要求；在服务监督与评价中规定了监督途径和方法及读者满意度调查的要求。

【中国盲文图书馆文化助盲志愿服务项目】中国盲文图书馆文化助盲志愿服务项目于2011年启动，多年来通过精心设计服务子项目，持续建立健全体制机制，广泛宣传、规范招募、全面培训、科学管理、星级评定、资源整合等工作，不断加强服务的专业性和有效性，努力塑造文化助盲公益品牌。2018年4月3日，中央宣传部、中央文明办全国学雷锋志愿服务工作推进会公布2017年学雷锋志愿服务“四个100”先进典型名单，中国盲文图书馆文化助盲志愿服务项目荣获“最佳志愿服务项目”称号。截至获奖日，馆内实名注册志愿者达3275名，建立服务队40多支，累计服务6万多小时，共计服务6万多人次；指导全国各地建立服务队100多支，注册志愿者达2万多名，累计服务260多万小时，服务视障读者30多万人次。

三、大事记

1月24日，由中国盲文出版社、中国盲文图书馆、中国助残志愿者协会、中国残疾人事业新闻宣传促进会、千龙网·中国首都网、北京市传统书画艺术研究会共同主办的残疾人教育培训成果汇报展演在中国盲文图书馆成功举办。本次活动旨在搭建残疾人展示平台，增强残疾人自信心。本次活动也是中国盲文图书馆2017年度残疾人教育培训成果的一次集中汇报展示。

3月4日，在毛泽东同志题词“向雷锋同志学习”55周年之际，北京市西城区委书记卢映川、区长王少峰带领西城区相关人员，中国残联理事、中国盲文出版社社长张伟带领中国盲文出版社、中国盲文图书馆相关人员，一同作为助盲志愿者，在中国盲文图书馆内参加助盲志愿服务活动。

4月10日，中国残联志愿助残工作推进会在中国盲文图书馆召开。会议认真学习中宣部、中央文明办“全国学雷锋志愿服务工作推进会”会议精神，通报组联部及中国助残志愿者协会志愿助残重点工作及相关工作推进落实情况，深入研讨志愿助残工作思路，提出下一步工作部署。会议强调，要深入学习贯彻习近平新时代中国特色社会主义思想和党的十九大精神，全面深刻领会“全国学雷锋志愿服务工作推进会”会议精神，准确把握新定位、新目标、新要求，扎实贯彻落实海迪主席、鲁勇书记对志愿助残工作的部署，强担当、重务实、求创新，凝合力，进一步把志愿精神传承好、把志愿服务提升好、把志愿途径探索好，切实增强志愿助残服务的实效性。吕世明出席会议并讲话。组联部、盲文图书馆及助残志愿者协会等有关负责人参加会议。

5月19日，在第28次全国助残日前夕，由中国好人网发起，中国残疾人联合会、中国残疾人事业新闻宣传促进会、中国助残志愿者协会等单位联合主办的“全国第九届好人论坛”在中国盲文图书馆开幕。论坛主题为“坚持好人大团结大联合，共建道德建设共同体，交流助残经验，帮扶残疾好人”，论坛颁发中国好人网十周年“十佳”感恩奖等奖项，并启动全国第七届“帮好人万里行”活动。中国残联副主席、中国盲人协会名誉主席李志军，中国残联理事、中国盲文出版社社长、中国助残志愿者协会会长张伟，中共中央党史研究室原副部级常务、全国毛泽东思想邓小平理论研究会会长石仲泉，中国残联宣文部、中国残疾人事业新闻宣传促进会相关负责人，中国好人网创办人谈方以及来自全国各地践行好人事业的领导嘉宾等80余人出席开幕式。

7月6日，中国助残志愿者协会、中国盲文出版社、中国盲文图书馆联合主办的“全国志愿助残阳光行动主题日”系列活动在中国盲文图书馆举办，共开展五项重点内容。活动现场宣布成立中国助残志愿者协会无障爱志愿服务委员会，并举行授牌仪式；发布上线文化助盲志愿服务管理平台，认定嘉许中国盲文图书馆2017年度优秀文化助盲志愿服务团队及文化助盲星级志愿者，同时发布《残疾人居家服务指南（试行）》，召开中国盲文出版社、中国盲文图书馆无障碍规范制定及推动工作研讨会。李志军、吕世明等出席。

7月16日，中国视障文化资讯服务中心、中国盲人协会主办，中国妇女儿童博物馆等单位协办的2018“快乐成长”盲童阅读技能培训顺利结业。本次培训让盲童从相互之间的拘谨到成为好朋友，让盲童家长从心事重重到感到光明，取得圆满成功。

8月7日—9日，中国残联教就部、中国盲协、中国盲文出版社、北京联合大学特教学院举办首期国家通用盲文骨干培训班。程凯出席开班仪式并讲话。各省、直辖市、自治区残联选派的国家通用盲文骨干共120余人参加仪式。培训班安排了国家通用盲文方案解读、答疑，低年级、成年盲人教学方法示范及研讨、培训测试等内容，为通过测试的学员颁发培训结业证书。

8月31日，中国盲文图书馆与北京市残联在京共同举办北京市盲人数字阅读推广培训班，确保中宣部等五部委共同启动的“盲人数字阅读推广工程”顺利、有序实施。来自北京市各区县盲协主席、副主席、秘书长参加培训。此次培训以盲人数字阅读推广为主题，围绕中西方中医发展情况、盲人阅读需求与中国盲文图书馆特色文化服务、智能阅读改变盲人文化生活、人工智能与盲人未来等四个方面内容，讲解开展盲人文化活动的相关知识和方法，使盲协工作者增长知识，掌握工作的技巧和方法，为做好盲人服务的相关工作奠定坚实基础。

10月9日—12日，中国盲文图书馆举办盲人信息无障碍挑战赛，进一步提高广大中学生信息化水平，增强智能生活能力。来自全国各地盲校的15名学生参加了信息技术技能竞赛、听写竞赛、盲人智能生活竞赛多个领域的较量角逐，全面展现出信息时代的知识魅力和学子风采，为今后更好地推广和普及信息无障碍的应用和发展打下基础。

10月10日—11日，第13届中国信息无障碍论坛近日在中国盲文图书馆举行。论坛为期两天，以“技术、标准助力信息无障碍”为主题，设立盲人信息无障碍邀请赛、“盲人中小学生无障碍阅读工程”研讨会和盲人数字阅读推广工程项目实施研讨会3个分会场。论坛从不同角度展示我国在信息无障碍领域的探索和取得的成就，全面研讨人工智能等新技术、新业务、新产品在信息无障碍领域的推广和应用，促进信息无障碍标准体系的制定和完善，从而推动中国信息无障碍事业更快更好地发展。论坛期间还举办“盲人中小学生无障碍阅读工程”新闻发布会等系列活动。

10月30日—31日，中国残联维权部、中国盲文图书馆和中国盲文出版社共同主办“知法于心，守法于行”盲人演讲比赛，旨在深入贯彻新时代中国特色社会主义思想，统筹推进“五位一体”总体布局和“四个全面”战略布局，在盲人群体中宣传贯彻依法治国的战略方针，普及法律知识，为全国盲人搭建展示自我、激励进步的平台，营造学法、知法、用法、守法的良好氛围。中央电视台原副台长高峰等五位艺术界和法律领域专家担任本次比赛评委。来自全国20多个省市的36名盲人选手参加比赛。吕世明出席决赛及颁奖仪式并讲话。

12月7日，张海迪与科特迪瓦、加蓬、尼日利亚和塞内加尔等非洲国家驻华大使夫人，共同出席在中国盲文图书馆举办的“国际残疾人日”纪念活动。张海迪在会谈后陪同大使夫人们参观盲文图书馆的盲文阅览区、残疾人美术馆、触觉博物馆等，欣赏了口述电影。大使夫人们与馆内工作的残疾员工和前来学习绘画的残疾学员，以及正在康复的孩子们进行友好的互动。观看残疾人书画和剪纸艺术，学习中国书法，并一同体验中国传统饮食文化，观看中国残疾人艺术团的演出。贾勇一同出席活动。

附　录

“知法于心，守法于行”盲人演讲比赛在京举办

中国新闻网　尹力　2018年11月1日

“知法于心，守法于行”盲人演讲比赛于10月30日至31日在北京中国盲文图书馆举办，共有来自全国20多个省市的36名盲人选手参加比赛。

本次演讲比赛由中国残联维权部、中国盲文图书馆和中国盲文出版社共同主办，旨在深入贯彻新时代中国特色社会主义思想，统筹推进“五位一体”总体布局和“四个全面”战略布局，在盲人群体中宣传贯彻依法治国的战略方针，普及法律知识，为全国盲人搭建展示自我、激励进步的平台，营造学法、知法、用法、守法的良好氛围。

31日，中国残联副主席吕世明、中国残联维权部副主任周建、司法部普法与依法治理局副巡视员刘宪国、中国盲文出版社社长张伟、中国盲文图书馆馆长朱兵等出席决赛及颁奖仪式。中央电视台原副台长高峰等五位艺术界和法律领域专家担任本次比赛评委。

吕世明在颁奖仪式上讲话指出，自党的十八大以来，党中央坚持以人民为中心的发展思想，对残疾人格外关心、格外关注，持续依法依纪依规发展残疾人事业。依法维护残疾人的权益是残疾人工作的主题，也是残疾人事业的出发点和落脚点。各公共图书馆和盲校等文化教育机构要进一步加大对残疾人的普法教育和培训，帮助残疾人增强法律意识和维权能力，推动营造尊重、理解、关心、帮助残疾人的良好社会氛围。广大残疾人朋友要主动顺应时代发展，遵法、学法、守法、用法，积极参与社会生活，努力实现自我价值。

据悉，该比赛自2018年6月开始，在全国范围内进行选拔，通过视频选拔、现场复赛和决赛三轮激烈角逐，最终来自南京市盲人学校的叶泓霆、来自河北省图书馆的李艳等12位选手凭借出色表现，分别荣获盲校组及图书馆组的一、二、三等奖。比赛还评选出了优秀奖和优秀组织奖等多个奖项。

（张红云供稿）

中国残疾人艺术团工作

一、领导讲话

张海迪视察中国残疾人特殊艺术指导中心时的讲话

2018年1月11日

推陈出新是艺术的生命力，建章立制是可持续发展的生命力，专业人才是团队建设的生命力。特艺中心和艺术团要传承和发扬小成同志为残疾人事业鞠躬尽瘁、无私奉献的奋斗精神，以2018年为创新年、基础年，全面推动中心工作再上新台阶。一是要依托全社会力量加快艺术创作，与艺术家一起为残疾人艺术之花的璀璨夺目而努力；二是要开展调研、制定措施，留住专业人才，增强凝聚力，以时不我待的精神做好艺术团的各项工作。中国残联将大力支持艺术团的基础建设和改革发展。

二、工作综述

2018年特艺中心（艺术团）在习近平新时代中国特色社会主义思想和党的十九大精神的指引下，在中国残联的领导下，紧紧围绕改革与创新，凝神聚力，锐意进取。

（一）坚持不懈抓党的建设

1. 深入学习贯彻习近平新时代中国特色社会主义思想和党的十九大精神，认真学习习近平总书记关于残疾人事业的重要论述。建立中心组学习制度，通过举办中层以上干部专题学习班、开展三次主题党课、参加两次专家教授专题授课、观看三名专家教授的专题网络党课、举办集中轮训学习等多种形式，学习新理论、领会新精神、掌握新思想。

2. 积极开展主题党日活动。组织开展丰富多彩的主题党日活动，走基层、送温暖，观展览、知历史，重温誓词，不忘初心。通过主题党日活动，提高责任和使命意识，凝聚党员力量。

3. 履行两个责任。领导班子切实履行全面从严治党主体责任和监督责任，层层传导压力，班子成员各司其职，各负其责。坚持挺纪在前，严格监督执纪，落实监督责任，畅通监督渠道。严格贯彻落实党的十九大精神、中央“八项规定”精神及中国残联实施细则，严格执行廉洁自律和厉行节约有关规定，严格落实“三重一大”决策制度，严格按照财务管理制度使用经费，重大问题及时请示报告，坚决维护党规党纪的严肃性和权威性。

（二）扎实稳妥抓基础建设

1. 规范人事管理。进一步规范完善科级及以下干部的人事档案，制定干部选任制度和“三定”方案初步意见等，进一步规范人事管理。

2. 建章立制。紧抓基础建设，建立长效机制，根据工作实际出台多项新的管理制度，对已有的制度规定进行全面修订完善，并将十二类40项管理制度修订成册，基本做到了制度建设不缺项、不漏项。

3. 制定群团改革方案。广泛调研收集意见和建议，专题研讨特艺中心改革工作，拟定《中国残疾人特殊艺术指导中心改革方案》。

（三）积极主动抓主责主业

特艺中心（艺术团）围绕主责主业，多项举措并举，全年演出93场，出访美国（2次）、泰国、韩国（2次）、埃及等4个国家及香港和澳门特别行政区共8次。全年演出场次和收入较上一年均有所增长，但依然亏损近500万元。在商演不景气的情况下，特艺中心（艺术团）以公益为先，坚持艺术改革与创新，服务残疾人事业大局和国家外交大局。

1. 走下去，到中西部基层，广泛开展公益活动。

特艺中心（艺术团）注重服务基层，服务残疾人事业大局，积极开展送文化系列活动。以“共享芬芳”中西部百县百场公益演出活动为推手，先后赴宁夏、重庆、湖南、贵州、江西、四川等地基层县市公益演出26场；赴北京延庆和海南海口基层乡镇慰问演出7场，参加和指导内蒙古、河北、山东等地省残运会文艺演出，既丰富了广大基层残疾人的精神文化生活，又带动了地方残疾人特殊艺术共同发展，为地方残疾人工作营造良好的氛围。

2. 走出去，登上国际舞台，发挥残疾人事业的窗口作用。

艺术团承担了平昌冬残奥会北京文艺演出任务，经过两个多月的封闭训练，3月18日艺术团在冬残奥会闭幕式上呈现完美演出。参加埃及国际特殊天赋艺术节，受到主办方的高度赞扬。参加中宣部“舞动中国”北美巡演项目。作为中国担任联合国安理会轮值主席重要活动之一，艺术团出色完成纽约林肯中心的专场演出，84国常驻代表、副代表等联合国高级官员近千人观看演出。联大主席称赞“中国残疾人艺术团以艺术促进了世界的和平事业”。

3. 继承传统，推陈出新。

创新是艺术的生命力。为将《我的梦》的品牌打造更加响亮，艺术团邀请部分艺术家，共同创作舞蹈《彼岸》《永不停跳的舞步》《白色的鸟》《于无声处》及其器乐联奏《丝路月影》《天下一家》等节目，全新推出音乐舞蹈诗《我的梦》。12月27日在北展剧场演出两场，国务委员、国务院残工委主任王勇，多位部级领导、残工委各成员单位代表和来自首都的社会各界代表近5000人观看后都给予好评和肯定，产生了巨大的轰动效应。中央电视台文艺频道对幕后故事进行了视频直播，《人民日报》、新华社等媒体纷纷予以大篇幅报道，仅新华社手机客户端App的浏览量就突破了100万。

三、大事记

1月8日，冬奥组委在北京模拟场地审查由中国残疾人艺术团承担的平昌冬残奥会闭幕式北京文艺演出。

1月23日，国民党残障基金会一行访问中国残疾人艺术团。

1月25日，中国残疾人艺术团参加由中国残疾人福利基金会举办的脊髓基金会活动，并进行演出。

2月15日—20日，应美国第五季国际娱乐公司的邀请，中国残疾人艺术团一行27人在美国拉斯维加斯演出。

3月1日—5日，应韩国江原道邀请，中国残疾人艺术团一行44人赴韩国江原道、仁川和釜山进行3场商业演出。

3月12日—19日，中国残疾人艺术团一行24人赴韩国平昌，在第12届冬残奥会闭幕式上，承担北京接旗仪式文艺演出任务。北京作为下一届冬残奥会主办城市将接过残奥会会旗，中国残疾人艺术团的聋人演员代表中国向全世界发出北京冬残奥会邀请。

4月8日—16日，中国残疾人艺术团赴宁夏银川、石嘴山、中卫市、固原市举办中西部百县百场演出。

4月26日—5月4日，受文化和旅游部、中国残联委派，中国残疾人艺术团一行14人赴开罗参加埃及第二届“阿拉德纳国际特殊天赋艺术节”文化交流演出。

5月11日，艺术团赴四川南充市，参加融创四川品牌战略发布会演出。

5月15日—16日，全国助残日前夕，中国残疾人艺术团走进延庆旧县镇、香营乡，开展下基层慰问演出。

5月20日，中国残疾人艺术团为福建师范大学自强学院成立进行公益演出。

5月25日—29日，由中国残疾人福利基金会、海南省残疾人联合会举办的“孤独症”康复基地启动仪式在海口举行，中国残疾人艺术团应邀在海口、三亚进行了三场演出，同时走进海口永德村，助力“扶贫攻坚”，文化下基层演出。

6月2日—16日，中西部百县百场公益巡演走进重庆，中国残疾人艺术团在重庆的永川、大足、垫江、江津、涪陵、万州等地演出8场。

6月25日—7月1日，中西部百县百场公益巡演走进湖南，中国残疾人艺术团在岳阳、临湘、南县、益阳演出4场。

9月5日，中国残疾人艺术团应邀参加内蒙古第五届残疾人运动会开幕式演出。

9月13日，中国残联七代会港澳代表团来团参观交流。

9月16日，中国残疾人艺术团《千手观音》参加中央电视台举办的献礼改革开放40周年精品舞蹈展演。

9月19日—25日，中西部百县百场公益巡演走进贵州，中国残疾人艺术团在贵州的贵阳、都匀、遵义、毕节演出五场。

9月27日，中国残疾人艺术团《千手观音》参加香港工商总会举办的庆祝中华人民共和国成立69周年暨香港工商总会就职典礼演出。

10月10日，中国残疾人艺术团应邀参加河北省第九届残疾人运动会。

10月11日，中国残疾人艺术团参加斯达克听力助残中国项目研讨会演出。

10月14日，中国残疾人艺术团走进北京大学百年讲堂，举办“心教育”新生入学教育。

11月4日—18日，应中国常驻联合国代表团和加中文化发展协会邀请，受文化和旅游部委派，中国对外文化集团组织中国残疾人艺术团一行37人赴美国、加拿大演出6场，并在纽约联合国总部大厅举行快闪演出活动。11月6日，作为中国担任联合国安理会轮值主席重要活动之一，中国残联贾勇副理事长率中国残疾人艺术团赴纽约参加“舞动中国”林肯中心的演出，中国常驻联合国代表马朝旭、第73届联大主席埃斯皮诺萨、中国残联副理事长贾勇，以及俄罗斯等国常驻联合国使节、联合国高级官员等900余人出席观看。

11月15日—17日，中国残疾人艺术团应邀参加国际狮子会第57届东南亚年会。

11 月 26 日—30 日，中西部百县百场公益巡演走进江西、四川，先后在广安、宜黄、南昌、安义等地演出 4 场。

12 月 7 日，中国残疾人艺术团到中国盲人图书馆，为参加国际残疾人日活动的非洲驻华使馆大使夫人们演出。

12 月 10 日—12 日，为庆祝澳门回归 19 周年，应澳门特区政府邀请，中国残联张海迪主席率中国残疾人艺术团赴澳门演出 1 场。

12 月 10 日—13 日，中国残疾人艺术团赴西双版纳参加“第八届澜湄流域国家文化艺术节”演出。

12 月 14 日，中国残疾人艺术团参加爱尔基金会举办的“红十字爱尔之夜”演出。

12 月 15 日—17 日，中国残疾人艺术团在海南三亚参加首届海南岛国际电影节闭幕式。

12 月 27 日，由中国残联主办的中国残疾人艺术团大型音乐舞蹈诗《我的梦》公益演出在京举办。

附　录

中国残疾人艺术团平昌冬残奥会闭幕式北京文艺表演侧记——2022 我要飞

《三月风》　白帆　2018 年 4 月 19 日

“即使翅膀断了，心也要飞翔……”北京文艺表演浓缩了一个肢残女孩寻求梦想的故事。演员们用轻盈优美的舞蹈和高科技实现的影像变幻，演绎了残疾人身有残疾却从不放弃希望的历程。观看平昌冬残奥会闭幕式的观众都被这样一个小而精的故事打动，演出结束后掌声经久不息。

韩国平昌第 12 届冬残奥会闭幕仪式结束后，作为下届东道主接旗仪式和“北京文艺表演”的总导演张艺谋长舒一口气，他首先表扬的是参加这场表演的演员：“我要感谢那群可爱的孩子们，她们的舞蹈水平和健全人一样好。”

“可爱的孩子们”全部都是中国残疾人艺术团的演员。

中国残疾人艺术团 2017 年 11 月底接到要在冬残奥会闭幕式上表演节目的任务通知，从全团 50 多演员中选出了 19 名演员，排练了整整三个月时间。中国残疾人艺术团副团长王晶担任本次表演的执行导演，她说：“这些孩子经过了‘精挑细选’。”

张艺谋用四个字归纳了艺术团的表现——“十全十美”。

东边风雪西边雨

3 月 18 日，闭幕式开始之前，天空飘下了细细碎碎的雨。王晶在后台一直担心：“要是再这么下个不停，只能让‘机器人’别上了。”

王晶口中的“机器人”，其实是 8 块冰屏。这些能在舞台上自由行走的 LED 大屏幕，是张艺谋在之前平昌冬奥会闭幕式上精彩上演“北京八分钟”时的“秘密武器”。有评论说，如果没有这些在夜色中放射出明光的机器人，那场演出的创造性将折损一半。张艺谋接受采访时，曾多次提到演出的高科技元素也是源自这些冰屏带来的底气。所以，王晶的担心是有道理的，在露天的体育场，冰屏底部遇水就会打滑，但如果不上，演出的效果自然会受到影响。

为了早一点适应场地，艺术团的演职员在 3 月 12 日抵达韩国平昌的第二天，就开始了紧张的排练。当地大雪不断，其中一次正好赶上演员带妆出现在主体育场的彩排现场。为了保密，3 月 15 日的彩排被安排在当晚 10 点钟开始，空旷的体育场内寒风刺骨，雪被风吹落一地，贴在地上就成了冰。演员们披着长度过膝的羽绒服，依旧瑟瑟发抖。

“主办方因为天气原因只让我们用了一个小时灯光。灯光调试不理想，‘冰屏’打滑，换了场地演员们也看不清地标……”很多演员是第一次在冬季室外跳舞，大雪还一个劲地往头上落。当晚，演出的完成度让艺术团所有人都不满意，甚至是失望。

经过紧急协商，3 月 17 日晚艺术团争取到了额外半个小时的宝贵排练时间。3 月 18 日，冬残奥会闭幕式在当地时间晚 8 点正式拉开帷幕，此时，雨水却加入了“搅局”的行列。留给艺术团准备的时间只有不到 45 分钟了。

不一般的旅途

这是中国残疾人艺术团成立三十多年里第三次登上残奥会的表演舞台。2004 年 9 月 28 日，《千手观音》参加 2004 年雅典残奥会闭幕式“中国 8 分钟”，让观众如痴如醉。雅典残奥会开闭幕式总导演说：“圣洁吉祥的《千手观音》为人类送上祝福，无与伦比的美，难以置信的好。”当地报纸直接写道：“中国残疾人的演出拯救了雅典残奥会闭幕式。”2008 年北京残奥会，艺术团更是在开幕式和闭幕式上都奉献了精彩绝伦的表演。

正如其经典演出《我的梦》（My Dream）一样，这次在平昌的演出也是要展现一个梦想。她们配发的外套上，第一次出现了国旗的刺绣，意味着这份责任较以往不同。因为签了保密协议，每一名演员都没敢把参加冬残奥会闭幕式演出的消息告诉家人。19 名演员中，年龄最大的 25 岁，最小的只有 16 岁，其中不少演员都是参与 2008 年北京残奥会表演的“老演员”。

主演汪伊美被观众称作“小周迅”。汪伊美小时候因发烧导致听力重度受损，后接受了人工耳蜗手术，经过听力语言康复的她已经可以与健全人无障碍交流。她 9 岁加入中国残疾人艺术团，后来又考入北京舞蹈学院，舞台经验非常丰富。

这次的舞蹈演出，汪伊美的“伙伴”是一台轮椅，她要扮演一名在冰雪中实现梦想的肢残女孩。刚开始这可把她难住了，没坐过轮椅的她，很难模仿出肢残人的情态。“我就每天坐在轮椅上找感觉。”汪伊美说，有一段时间，不排练时自己也坐在轮椅上到处走，想象自己是一名肢残女孩。

因为听不见配乐，演出需要手语老师在场外为演员指挥。艺术团的李文倩、杨向天、任璇和荆小笛 4 个人承担了手语指挥的任务。李文倩的孩子还没断奶，任璇兼职负责音响，荆小笛需要兼任外语翻译……几乎每个人都是身兼多职。更重要的是，4个人要一直站在台下，电视上永远看不到她们的脸。

为了配合冬季冰雪运动的特性，给演员最早的服装设计是羽绒服配上厚围巾、帽子，但实际一穿上，所有人都觉得纤细苗条的演员过于“强壮”了，感觉不出飞翔的感觉。“孩子们说不怕冷，得轻盈一些。”王晶副团长习惯把演员称为“孩子们”，既是老师又当家长。眼看着孩子们身上的衣服一件件变少、变薄，视觉效果越来越完美，王晶副团长却一边感动一边心疼。

艺术团还专门从解放军艺术学院请来了编舞柏桦老师。柏桦虽然年纪轻轻，但对于演员的动作要求非常高。在排练中，演员们反复地跑动走位，经常练到想吐，但谁也没敢松劲儿，因为这次代表的是国家形象。团队在北京昌平区搭建了一个和闭幕式一模一样的场地，北京山区的风把温度刮到零下十度，演员在上面挨着冻跳。

吃了这么多苦，但艺术团所有人心里仍没底。中国残疾人特殊艺术指导中心负责人倪林作为此次演出的带团领导，在出发的飞机上就开始感叹：这次的旅途不一般啊！

最牵挂的人

其实，最牵挂这场演出的人是中国残联主席张海迪。总导演张艺谋说，演出的灵感就来源于一首由海迪主席作词的歌曲《白色的鸟》：“在一个皓月当空的夜晚，繁星点点。身患残疾的小女孩倚窗凝望，幻想自己像鸟儿一样翱翔天际。就算在暴风雨中折翼，也无法阻挡她对自由的向往。”

这何尝不是海迪主席对自己人生的一种描绘。在节目排演过程中，作为这场演出的总策划，海迪主席多次和导演团队就节目创意、服装设计、舞蹈编排、音乐制作等方面进行沟通、交流策划，并亲自指导录制了歌曲。海迪主席工作忙，艺术团的编导就把排练的视频发给她，忙完工作的她每次都是到凌晨了才有时间回复，甚至可以指出“几分几秒哪个动作”可以再调整。

海迪主席对主演汪伊美最关心，因为她对表演肢残人的内心感受仍没把握到位。为使汪伊美坐在轮椅上更显挺拔秀美，海迪主席还把为自己量身定制的一辆新轮椅提供给演出使用。海迪主席就从自己追求梦想的经历和感受出发，给她提出了很多有效的建议。汪伊美也深有感触：“我的表演太舞蹈化了。经过海迪主席的点拨，就更加具有生活化的一面了。”此外，从演员胸前的一朵小花、脚上鞋带的松紧，到每次试的服装，海迪主席都会过目，从细节到整体力求严谨。

3月17日，海迪主席在抵达平昌的当晚，就出现在了主体育场的看台上，默默观看了艺术团的第一次带妆彩排。她专门给艺术团的姑娘们带来了慰问信：“几个月来，大家为冬残奥闭幕式演出成功，不怕苦，不怕难，付出艰苦的努力，对每一个动作都精益求精。你们为祖国荣誉而战的精神如同冬残奥运动员一样感动和激励着残疾兄弟姐妹！我相信你们美轮美奂的演出一定会为冬残奥会增添光彩，也一定会召唤全世界更多的残疾运动员来参加2022北京冬残奥会。”

图7-6-1　出发之前，张海迪主席多次看望演职人员，表达关切之情。（摄影：陈曦）

点燃梦想的火炬

3月18日晚上8点45分，终于轮到艺术团的孩子们出场了，雨竟然慢慢停了。

大屏幕开始播放北京2022年冬残奥会会徽“飞跃”短片，这时候全场的光全都灭了，留下一束追光跟着场中央的汪伊美和她的轮椅，她在光中慢慢抬起头，扬起手臂，音乐柔和地在体育场内响起：“我是一只白色的鸟/不知天有多高/云儿往哪里飘/我是一只寻梦的鸟/不管路有多长/也要去寻找……”

手舞入梦、追逐梦想、梦中翱翔、圆梦奥运、与梦同行……演员们用轻盈优美的舞蹈和高科技实现的影像变幻，演绎了残疾人永不放弃、追逐梦想的历程。虽然身有残疾，却从不放弃希望；即使翅膀断了，心也要飞翔！演出非常成功，全场观众都被这样一个小而精的故事深深打动，掌声经久不息。

如果说平昌冬奥会闭幕式的“八分钟”是从大处着眼，那这场演出则是从小处着手，非常人性化地从个体的角度入手，深入到人心当中柔软的一面。张艺谋说，两场演出作为一个整体进行策划，一个求大，一个求小；一个追求整体，一个宣扬个性。“正如美学上的文武之道，对立且统一，相得益彰。”而完成这个节目的演员才最打动他，“这些孩子们领悟能力非常快，我觉得她们的舞蹈比健全人跳得还要好，还要专业。候场时一个个亭亭玉立，在哪里都是一道风景线。不仅我深受感动，就连观看过排练的韩国工作人员都自发地为这些姑娘们鼓掌。”

前来参加接旗仪式的北京市市长陈吉宁看完整场演出后，专程看望并问候了艺术团的演职员，对她们的表演给予了高度评价。

平昌冬残奥会在烟花似锦中闭幕，现场的圣火随着音乐慢慢熄灭。但中国残疾人艺术团的姑娘们却在平昌的夜晚点燃了梦想的火炬，再一次向全世界发出诚挚邀请——2022年相约北京！

（潘利供稿）

中国残疾人体育运动管理中心

一、领导讲话

王梅梅在“冬残奥运动员运动表现提升的关键技术”项目启动会议的讲话　2018 年 11 月 26 日

冬奥会、冬残奥会已经进入“北京时间”，今天启动“科技冬奥”重点专项“冬残奥运动员运动表现提升的关键技术”项目，标志着科技冬残奥正式进入攻关阶段。

一、提高政治站位，充分认识“科技冬奥”项目的重要性

2022 年北京冬奥会、冬残奥会是我国重要历史交汇期举办的重大标志性活动，是展现国家形象、振奋民族精神的重要契机。习近平总书记对办好北京冬奥会、冬残奥会做出一系列重要指示，要求筹办一届精彩、非凡、卓越的奥运盛会，提出“办赛要精彩，参赛要出彩”的明确要求。本次冬残奥备战科研项目纳入“科技冬奥”国家重点专项，就是贯彻落实习近平总书记重要指示精神的具体体现，就是要通过科研攻关，助力“参赛出彩”目标的实现。高质量完成冬残奥备战重点专项科研目标，是一项重要的政治任务。

“科技”是第一生产力，创新是人类发展永远的动力。世界各国奥运的成功案例证明，科学研究是运动成绩和训练水平快速提升的强大引擎。我国冬残奥项目发展起步晚、基础差、整体实力弱，距离世界冰雪强国差距巨大。在冬残奥进入“北京时间”的有限时间里，实现追赶世界先进水平的目标难度很大，亟须建设国家科技支持平台，亟须用国家的力量动员组织对核心关键技术的科研攻关，为我国残奥项目科学选材、运动训练与比赛等提供高科技关键支撑，为残奥运动员在“家门口”实现“参赛出彩”、为国争光提供科技保障。

冬残奥备战科研项目紧扣冬残奥备战工作需要，涵盖所有冬残奥六个大项、凝聚了现代奥运备战所有重要学科领域。实施以本项目为代表的冬残奥科技项目，将构建并完善冬残奥科技平台和科技保障系统，促进科研团队和训练备战的有机融合，必将推进国际化合作平台建设，促进人才、信息和技术的综合运用，对提高冬残奥训练备战水平意义十分重大。

二、增强使命担当，推进项目高水平实施

中国残联高度重视冬残奥备战参赛工作，先后出台了《冬残奥项目振兴计划》《冬残奥争光行动方案》等政策文件，明确提出“做好训练科研保障与服务，加强科研攻关、科技服务和医疗保障工作，提高运动训练科学化水平”。作为项目推荐单位，中国残联高度重视本项目前期各项准备工作，多次组织专家论证审核，指定中国残疾人体育运动管理中心作为前头申报单位，并要求紧紧依托科技部、体育总局及项目参与单位组织实施。

冬残奥科研项目聚集了清华大学、北京大学、东北大学和中北大学等 4 所综合性大学，以及上海体育学院、首都体育学院、武汉体育学院、成都体育学院、哈尔滨体育学院等 5 家体育专业院校，还有国家体育总局所属的体育科学研究所、运动与学研究所等 2 个可研究，还有 2 家高新企业加入其中，共同组成跨领域、多学科的复合型团队。项目总负责人是来自清华大学的季林红教授。季教授有着很高的学术造诣，在奥运、残奥科研及康复工程等领域经验丰富，为项目前期工作付出很多心血。目前，项目已经完成组建强有力的科研团队，希望大家主动担当作为、协同作战，共同推进项目的高水平实施。

三、坚持目标导向，产出突破性成果

这次冬残奥项目攻关，目的是突破关键性技术，目标是实现“参赛出彩”。因此，不仅仅是发表学术文章，而是要在技术实践研究上下功夫、出成果。要在理论的支撑下，探索推动备战冬残奥的科学方法、针对性措施与实现途径。希望各课题组紧扣目标，遵循残疾人冬季体育项目发展规律，科学规划研究内容，注重厘清现状、找准问题、分析原因、提出对策。研究过程中要坚持世界眼光、国际视野，既站在理论实践前沿，全面了解世界冬残奥发展趋势，科学把握国际国内冬残奥科技最新发展，科学把握国际国内冬残奥科技发展与应用的最新动态，又要广泛吸收借鉴世界最新研究成果及实践运用中的成功做法，力求破解备战中的实际问题，攻克备战中的制约瓶颈，产出突破性成果，推动目标实现。

四、坚持应用为先，努力提高应用价值

实践是检验真理的唯一标准。衡量课题研究成果的质量与价值，同样需要在备战一线应用中做出回答。为了强化课题的实用性，我们专门指定主管冬残奥国家队训练比赛的中国残联体管中心作为项目申报单位，并负责项目统筹与实施，实质上就是要借助"外脑"与运动队需求紧密结合，精准推动项目的实施应用。项目总负责人要发挥首席统领作用，组织、统筹、调配、监督，实施协同攻关；中国残联体育部、体管中心、各冬残奥项目国家运动队，都要深度参与、提出需求；课题组要开展广泛调研，采集数据、分析问题、发现规律，尤其要跟踪收集发达国家重点运动队、重点运动员应用高科技训练手段、训练方法，以及利用可穿戴先进设备提升参赛水平等信息资料，并与我国冬残奥国家运动队和运动员实际情况相结合，借力世界前沿科技水平，破解制约我国冬残奥运动员能力提升额度关键技术。各课题组一定要注意避免课题研究成果过于学术化、理论化的问题，提交的科研成果一定要论证对运动队实际运用是否具有可操作性，并提出具体搓澡方法。

五、坚持绩效考评，加强督查管理

残联计财部作为科技工作归口管理部门，要指导体管中心完善相应的工作机制，建立项目管理制度、工作制度，为各课题组做好组织、协调、沟通和服务。要加强对项目的督查指导，做好过程监控、中期评估、绩效评价、成果鉴定和成果推广等工作；体管中心要尽快把项目经费拨付到课题组，确保课题组按照签订的项目任叔叔能够按计划实施；课题组要加强科研项目经费管理，严格按照《国务院关于改进加强中央财政科研项目和资金管理的若干意见》，以及科技部、财政部对国家科研经费管理使用的给有关规定，严禁挤占、挪用、贪污和浪费，切实提高项目经费使用效益；课题单位要尽力做好研究配合工作，从物质条件、研究力量、时间安排、经费保障等方面给予最大限度的支持，使团队成员能够有充分的时间、精力进行课题攻关。

让我们以强烈的国家荣誉感和历史责任感，以敢于啃"硬骨头"的勇气和毅力，勠力同心、勇于创新，力争在较短的时间内，实现我国冬残奥会运动员运动表现提升关键技术的全面突破，为助力我国运动员在"家门口"取得优异成绩贡献智慧和力量。

二、工作综述

2018 年，体管中心立足贴近残疾人群众和运动队、积极融入体育事业全局，全面保障冬残奥会、雅加达亚残运会，圆满完成各项年度工作任务。

（一）贴近残疾人群众康复健身需求，发挥带动、示范、引导作用

积极融合残疾人群众体育新项目发展和技术人才培养与健全人体育工作，与体育总局同步实施健身周、冰雪季活动，与中国足协、体操中心继续合作打造第三届全国残疾人排舞锦标赛，共同组织具有国家行业资格认证的教练员裁判员培训班。

依托信息中心，建设康复体育进家庭服务、健身示范点建设和社会体育指导员培养等紧贴基层的三项工作互联网平台。

主动作为，克服困难，利用中心资源直接服务基层残疾人。自主开展的公益培训平台形成常态化。游泳、网球累计培训 570 余课时、4500 余人次；轮篮平台开展 8 站推广和培训，深入到农村、街道、商圈、医院，逐渐成为一项接地气的康复健身公益活动。

两个直接面向基层残疾人的康复健身服务实验基地建立社区公共服务建设标准。特奥健康社区项目落地高校和社区，提供健康指导 500 余人次并开展课题研究。

借力社会资源，拓宽残疾人参与体育健身的路径。残疾人民间足球争霸赛连续四年举办，已扩大到 25 个省区市的 77 支代表队，比赛近百场，参赛近千人，并纳入中国足协"草根足球日"暨亚足联"梦想中国·社会责任"活动系列。发挥专门协会、社会组织和公益机构力量研发体育产品。与水立方合作举办点亮红色水立方特奥日活动，引起媒体和公众热烈反响。

（二）着力提升竞技体育业务标准化规范化建设

以创新手段提升竞训、外事业务标准建设。在十运会筹办工作中发挥技术指导作用，以 10 个群体项目预赛为抓手撬动基层健身活动开展；启动"互联网 + 竞赛训练体系数字化"建设，对业务档案数据进行系统归集和网络共享。

为平昌冬残奥会、雅加达亚残运会等重点赛事备战参赛提供了报名报项、分级、反兴奋剂、器材保障等系统支撑，编译分析东京残奥会资格指南，完成 33 个出访团组近 1000 人参赛工作，完成 IPC 田径大奖赛等国际和全国赛事举办及全国教练员培训班组织，引入信息系统助力国内赛事。

反兴奋剂工作体系全面形成，全面构建风险防控综合治理体系。坚持反兴奋剂工作零容忍、零事故，与反兴奋剂中心签订框架协议和年度协议，举办全国反兴奋剂训练营，建立系统联动的教育机制；强化反兴奋剂教育、检查；及时公布检查结果，严肃处罚，起到警示作用。

分级工作秩序逐步完善。出台赛事分级管理办法，有效提升分级工作质量和秩序；强化高层次分级技术队伍培养，实现冬残奥国际分级师零突破。

器材装备管理工作不断规范。实现固定资产电子标签管理，开发器材装备存货软件系统；落实队伍保障需求，取得112类进口和67类单一来源论证批复，实施25次招标采购。修订国家队体育器材管理办法，从计划制定、采购行为、合同实施、资产入账到配发保管，均实施全流程管理，强化了对各基地国家队资产的监管力度。

（三）冬残奥会备战参赛的全领域保障能力迈上新台阶

直接面向基地和运动队，做好冬季项目发展的基础工作。在队伍选拔集训、国际联络、科技支撑、器材装备保障、反兴奋剂、组团参赛服务等方面建立了标准化运行流程，在平昌上得到检验。

平昌冬残奥会后总结再出发，组织6个大项307人集训；完成5个项目境外训练；与多个冬季项目强国深化合作；器材装备精准化服务满足运动员个性化需求。

突破性争取到国家冬残奥科研项目，成功申报“科技冬奥”国家重点研究项目和课题。建立由高校、研究所、高新企业等14家机构组成的复合团队。现已启动实施，各课题组陆续入队，开展第一个雪季服务和研究。

冰上馆建设项目如期开工。贯彻落实“绿色、共享、开放、廉洁”的办奥理念，立足残疾人国家队和无障碍建设需求，努力打造精品场馆。在上级部门和有关单位的支持下，调研、申报、设计、勘察、招标等工作统筹实施，大大缩短了前期工作办理时间，不到一年即实现开工。

（四）推进资源中心建设，提升为残疾人服务水平

残奥冠军班实现四个年级满负荷运转，运动员学历教育学科体系建设初步成型，为试点经验的总结和转段奠定基础。破解招生标准问题，首次招收冬季项目运动员。创新开展异地专项训练课和社会实践课，自主开设体能训练等3门特色课。探索性组织毕业论文开题、方法指导和毕业实习工作。发挥冠军班特色，对外组织交流和宣讲活动，1名学生作为团市委宣讲团成员参加近20场宣讲，荣获“北京青年榜样年度人物”称号。冠军班成为宣传残疾人事业和权益的名片。

促进国际交流和残健融合发展。进一步探索公益合作机制，深化残疾人足球平台项目与北京中赫国安足球俱乐部的共建合作，拓宽支持特教学校开展技术培训及融合活动的范围。配合大局，接待多批国际来访和韩国、朝鲜、土库曼斯坦等国家运动队来华集训，从大局出发妥善处置敏感涉外事务。

提高为残疾人公益服务质量。坚持公益属性，在保障国家队任务基础上，逐年提升设施资源利用率。优先选择支持相关地方残疾人体训中心开展网球、田径等训练服务项目，推广中心训练保障模式和标准。创新场馆、公寓、餐饮、交通保障管理理念，提高管理数据化和服务接待标准化水平，改善服务体验，全年平稳运转。

围绕中心“二次创业”目标和公益定位，充实人才培养工作内涵。实施岗位责任制和专业人才选拔培养工作，高端设人才、低端设底线，选拔首批9名专业技术人才，拓宽培养路径。逐步建立以党建工作为统领、以聚焦重点任务为抓手，以岗位职责为依托的绩效考核体系。

（五）扎实推进全面从严治党，切实履行主体责任

把党的政治建设摆在首位。中心组系统学习新时代中国特色社会主义思想7次；开展十九大主题党课宣讲18次，强化创新理论武装，树牢“四个意识”，坚定“四个自信”，坚决做到“两个维护”，自觉强化政治责任。学习贯彻习近平总书记关于残疾人事业和残疾人体育等系列重要指示、批示精神，结合残疾人康复健身、冬残奥备战、雅加达亚残运会等重点工作狠抓落实，发挥业务优势落实中国残联定点扶贫工作。

支部规范化和品牌建设成效明显。落实《支部工作条例》，完成支部改选，各支部与多个残疾人及助残服务机构交流共建，邀请特奥家长宣讲，成立残奥冠军班临时党支部，支部活力明显增强。

严格落实“八项规定”和“三重一大”议事规则，深化巡视反馈意见整改和审计整改，实行全面预算管理，全面加强资产系统化管理，形成长效机制；严格意识形态管理，加强保密教育和涉密业务管理。落实中央党的群团改革精神和“走转改”等转作风工作要求，以残疾人为中心、以运动队为中心，出台《关于进一步转变工作作风的若干意见》，不断加强作风建设和纪律建设。

三、重要条目

【残疾人排舞、啦啦操技术人才交流活动】为各地培养在残疾人排舞、啦啦操项目上具有咨询指导、项目拓展和活动组织能力的专业人才，中国残疾人体管中心与国家体育总局体操运动管理中心联合主办的交流活动。活动参与者主要是基层残疾人体育健身工作指导人员，目的是推动基层残疾人健身活动活跃开展，促进各地积极组队参加全国残疾人排舞公开赛。经考试符合排舞、啦啦操教练员、裁判员等级标准的人员，可向国家体育总局体操运动管理中心申请相应的裁判员、教练员等级。残疾人排舞比赛已举办三届，推动了残疾人排舞运动在全国一定范围内的开展活跃，受到基层特校、社区残疾人的欢迎和好评。在国家体育总局体操运动管理中心的大力支持下，残疾人排舞项目已纳入体操中心年度

全国性赛事计划。

【"泳往直前"】为了探索促进基层残疾人群众参加体育活动的组织运行模式，发挥体育康复健身功能，为残疾人共奔小康助力，中国残疾人体管中心从2016年4月开始，利用已有的体育场馆资源，面向基层各类普通残疾人开展义务游泳培训而创办的服务品牌。截至2018年底，已开展200余次培训课程，固定学员140余人，涵盖肢体、视力、听力和智力四个残疾类别，累计培训3000余人次，成功探索一条让残疾人走出家门，借助社团或爱心机构进行组织，专业场馆提供设施和资源保障，专业人员进行技术服务的残疾人康复健身的有效路径。

四、大事记

2017年12月22日—2018年3月，第二届中国残疾人冰雪运动季在全国多地广泛开展，全国直接参与运动季活动人数超过10万人。2017年12月22日，在长春市净月潭滑雪场举行吉林主会场暨长春市残疾人冰雪欢乐活动启动仪式。运动季期间在哈尔滨、沈阳两地分别举办"第二届冰雪季高峰活动"和"第二届冰雪季走进残疾人活动"；京津冀、东三省等地集中举办6期冰雪季全国主场活动；上海、浙江、江苏、山东、广东、新疆等六地和残疾人专门协会也同期举办11期冰雪季全国示范活动；福建、重庆、宁夏、内蒙古等四地，突出自身特点，开展4期冰雪季全国特色活动等。

1月9日—11日，2017—2018年度全国残疾人高山滑雪锦标赛在冬奥赛区张家口举行。11个省（市）的75名运动员参加高山滑雪锦标赛，比赛设有超级大回转、大回转、回转三个大项，分站姿、坐姿、视力和聋人4个类别共21个小项。

1月11日，体管中心在怀柔中体奥冰壶训练基地启动平昌冬残奥会反兴奋剂教育参赛资格准入活动。轮椅冰壶队是本次准入教育活动的首站，按照平昌冬残奥会反兴奋剂教育参赛资格准入工作标准，由反兴奋剂中心资深讲师授课，现场考核，并举行宣誓仪式。

1月18日，《国家发展改革委关于国家残疾人冰上运动比赛训练馆建设项目建议书的批复》（发改社会〔2018〕136号）："原则同意（中国残联）所报国家残疾人冰上运动比赛训练馆建设项目建议书。""该项目建设地点位于北京市顺义区后沙峪镇天北路321号，占地面积26902平方米。主要建设内容包括残奥冰球比赛训练馆、轮椅冰壶训练馆、配套辅助设施。"

1月18日—19日，由中国残联主办，中国智协承办，北京市残联、北京市残疾人体育运动协会、延庆区残联、延庆区特殊教育中心共同协办的第二届中国残疾人冰雪运动季暨中国智协2018年五省（市）特奥冰雪季活动在延庆举行，智协主席张宝林、副主席马思祥出席启动仪式。来自北京、天津、河北、黑龙江、吉林等5省市的智力残疾人代表及裁判员、志愿者、工作人员共120余人参与雪地足球、雪地赶小猪、雪鞋走、雪地拔河、旱地冰壶、冰陀螺、单板滑雪体验等趣味冰雪健身活动。其间，组织开展了冰雪项目专家现场教学指导和冰雪健身知识培训等活动。

1月23日，由中国残疾人体管中心主办的特奥"健康社区"项目研讨会在京召开，来自北京同仁医院、中国康复研究中心、北京维世达诊所、上海华东医院、北京体育大学等医疗机构和高校的医疗康复专家，以及国际特奥会东亚区、上海市残疾人体育训练中心、上海市浦东新区辅读学校代表参加会议。会议集中介绍近年来特奥健康计划及健康社区项目在我国的组织开展情况与实施效果，并就中国特奥"健康社区"的概念、定义及实施标准进行研讨，明确项目开展方向。与会专家们还对结合特奥"健康社区"项目创编的智力残疾人眼部健康和科学健身两部指导手册提出修改建议，后续将形成一系列专门帮助智力残疾人群建立科学健身习惯和健康生活方式的指导方法，促进提升智力残疾人及其家庭的健康水平和生活质量。体管中心党委书记吴竞军给长期支持我国特奥运动发展并做出无私贡献的医生及专家代表颁发纪念牌匾。

1月23日，由中国残疾人体管中心主办，爱尔康中国公司和国际特奥会提供支持的爱尔康智力残疾人眼部健康关怀计划暨残疾人冬季健身示范体验活动在京举办。活动特邀北京同仁医院的眼科医疗团队为来自北京市海淀区融爱融乐心智障碍者家庭支持中心和团结湖街道社区的80余名智力残疾人及其亲友提供眼部健康知识讲座、现场咨询与诊疗等健康方面的指导与服务。其间，组织开展模拟冰壶、桌上冰壶等仿冰趣味融合比赛和冬泳等残疾人冬季健身体验活动。

1月23日—25日，由中国残联主办、北京2022年冬奥会和冬残奥会组织委员会支持、上海市残疾人联合会承办、上海市残疾人体育训练中心（上海特奥竞赛训练中心）、上海冰壶运动协会协办的第二届中国残疾人冰雪运动季（上海站）启动仪式暨国际城市轮椅冰壶邀请赛在上海松江举行，主题是"助力冬残奥会，共享健康生活"。这也是上海第二次举办冰雪季活动，旨在积极推动上海残疾人融入国家"三亿人参与冰雪运动"的目标。市残联副理事长郭咏军、市体育局副局长赵光圣等出席启动仪式。

1月25日，由中国残联主办、国家体育总局、教育部、全国总工会、共青团中央、全国妇联、北京冬奥组委等部门提供支持，辽宁省残联承办的"第二届中国残疾人冰雪运动季走进残疾人主题活动暨辽宁主场活动"在沈阳举行。本次活动分别在沈阳市盲校、铁西区重工文化生态区启飞社区、和平区残疾人就业基地和残疾人健身示范点等残疾人集中的基层机构进行，共有2000余名残疾人及其亲友得到送到身边的冰雪运动体验和运动健身服务。主场活动自2018年1月至3月进行。辽宁省残联将残疾人冰雪活动融入省体育局“百万市民上冰雪活动”之中，全省14个地市近2万人直接参加冰雪活动。

2月1日—10日，残奥北欧滑雪世界杯总决赛在芬兰沃卡蒂（Vuokatti）奥林匹克训练中心举行，来自15个国家的105名运动员参加比赛。3日—4日，首次参加残奥冬季两项赛事的我国运动员杜明远、高晓明和吴君宝三人的成绩积分均达到平昌冬残奥会冬季两项的参赛要求，为我国2018平昌残奥代表团冬季两项男子组获得3个参赛资格。

2月8日，由北京市残联主办，北京市残疾人体育运动协会、北京市文化体育中心、延庆区残联承办，延庆区世界葡萄博览中心协办的第二届中国残疾人冰雪运动季暨北京市残疾人“心系冬奥，喜迎新春”冰雪嘉年华活动在延庆区世界葡萄博览中心举行。来自全市16个区和燕山地区残联的17支代表队近700名残疾人参与冰上龙舟、滑冰车、冰上自行车、雪地足球射门、滑雪圈、雪鞋走和雪地拔河等趣味性冰雪健身赛事和体验活动。

2月11日，“挑战冰雪，助力冬奥”第二届中国残疾人冰雪运动季暨中国残疾人体管中心冰雪健身示范体验活动在国家体育场（鸟巢）举办，来自北京市朝阳区团结湖街道的60余名残疾人及亲友参加拉雪圈、雪上滑梯、冰上滑梯、冰上足球、冰上碰碰车等大众冰雪娱乐项目，以及冰壶、冬季两项等冬季奥运会项目。

2月11日，由中国残联主办，国家体育总局、教育部、全国总工会、共青团中央、全国妇联、北京冬奥组委等部门支持，江苏省残联、江苏省体育局承办的第二届中国残疾人冰雪运动季全国示范活动暨江苏省残疾人冰雪运动季启动仪式在常州市龙凤谷四季滑雪场举行。常州市残疾人及其亲友、志愿者、工作人员共200余人参加了马炮架打雪仗、滑圈、滑雪体验、雪地拔河、雪地足球等趣味冰雪健身活动。

2月11日，鲁勇率队到河北省张家口市崇礼区看望备战冬残奥运动员，视察2022年冬奥会和冬残奥会张家口赛区规划馆和云顶滑雪场。

2月18日—25日，轮椅网球世界杯团体赛亚洲区资格赛在斯里兰卡举行，10个亚洲国家的40余名残疾人运动员参赛。中国轮椅网球队获得团体亚军，成功取得5月在荷兰举办的轮椅网球世界杯团体赛资格。

2月27日，由中国残联主办，中国残疾人体管中心、黑龙江省残联承办的全国残疾人大众迷你滑雪比赛在哈尔滨呼兰河口湿地公园举行，主题是“冰雪健身，共享健康”。来自北京、河北、安徽、内蒙古、辽宁、吉林、黑龙江等省（市）8支代表队100余名残疾人滑雪业余爱好者、教练员及工作人员参与比赛。

3月2日，国务委员、国务院残疾人工作委员会主任王勇到怀柔中体奥冰壶运动中心视察平昌冬残奥会备战工作，看望慰问运动员、教练员和工作人员。王勇强调，冬残奥会是世界残疾人冬季运动会的最高赛事。要发扬自强不息、为国争光的体育谨慎，超越自我，追求卓越，赛出中国残疾人的精气神。发扬“更快、更高、更强”的奥林匹克精神，不为强手、不惧挑战，赛出竞技体育的高水平。弘扬中华传统美德，传播中国“正能量”，赛出与各国朋友的深厚友谊，为2002年北京冬残奥会营造有利环境。要深入细致做好各方面组织和保障工作，确保顺利参赛、平安归来。

3月2日，平昌冬残奥会中国体育代表团成立暨动员大会在京举行。中国残联主席、中国残奥委员会主席张海迪任代表团团长，党组成员、副理事长贾勇、王梅梅任代表团副团长。中国体育代表团由运动员、教练员和团部工作人员共60余人组成。其中运动员26人，全部是业余选手，平均年龄25岁。代表团聘请日本、英国、美国、芬兰等国家高水平教练和打蜡师团参与高山滑雪、单板滑雪及越野滑雪的训练和比赛工作，这是我国残疾人体育代表团首次聘请外籍人员参团。

3月8日，2018年平昌冬残奥会中国体育代表团升旗仪式在韩国平昌运动员村举行。副团长王梅梅率运动员、教练员、团部工作人员50多人，以及中国驻韩大使馆公使衔参赞王鲁新等使馆人员参加升旗仪式。王梅梅与残奥村村长互换礼物。

3月9日—18日，第11届冬残奥会在韩国举行，大部分雪上项目比赛在平昌进行，所有冰上项目在江陵举行，高山滑雪比赛在旌善进行。赛事分高山滑雪、单板滑雪、越野滑雪、冬季两项、轮椅冰壶和雪橇冰球6个大项80个小项，比2014年索契的72小项增加8个，成为历史上规模最大的冬季残奥会。雪上项目设78枚金牌，冰上项目设2枚金牌，49个国家和地区的567名运动员参加角逐。其中，格鲁吉亚、塔吉克斯坦和朝鲜的运动员是首次参加冬季残奥会比赛。中国26名运动员参加5个大项、30个小项的比赛。这是我国参加冬季残奥会以来，参赛运动员人数和参赛项目最多、代表团规模最大的一次。中国轮椅冰球队在决赛中战胜挪威队获得金牌，实现中国代表团冬残奥会金牌零的突破。在奖牌榜上，中国队以1枚金牌、1个第四名、1个第六名、4个第八名的成绩与哈萨克斯坦队并列第20名，超过上届索契冬残奥会的成绩，实现历史性突破。

3月10日，鲁勇到平昌冬残奥会运动员村中国代表团驻地，看望轮椅冰壶队运动员，慰问代表团全体运动员；前往代表团团部看望慰问工作人员；前往冬残奥会冬季两项赛场看望中国新闻采访团。同时，考察轮椅冰壶馆、平昌冬残奥会运动员村国际区服务设施和运行情况。王梅梅等陪同考察慰问。

3月11日，北京2022年冬奥会和冬残奥会组委会副主席鲁勇在平昌会见国际残奥委会主席安德鲁·帕森斯。

3月12日，残奥冠军班2015—2017级春季学期正式开学。按照下半年残奥冠军班学生备战和参赛亚残会的时间要求，本学期教学时间为3月12日—6月27日。根据北体大教务处安排，游泳、乒乓球、轮椅篮球、射箭、举重、轮椅网球等6个项目的专项训练课在中心陆续开课；射击项目采取异地训练方式，在四川基地开课。

3月17日，中国轮椅冰壶队在2018年平昌冬残奥会轮椅冰壶决赛上，通过加时赛6比5击败挪威队，夺得中国体育运动史上第一枚冬残奥金牌，也是中国自2002年参加冬残奥会以来夺得的首枚金牌。中国残联、中国残奥委员会致电祝贺。贺电说，你们的胜利是广大残疾人践行习近平总书记关于发展冬季体育运动重要指示的生动实践，必将为我国备战北京2022年冬残奥会奠定重要的基础，带动更多残疾人参与冰雪运动，激励广大残疾人更加勇敢地面对生活挑战，为实现全面建成小康社会和中华民族伟大复兴的中国梦而不懈奋斗。

3月17日—19日，张海迪出席韩国平昌2018年冬残奥会。直接从仁川机场赶赴平昌赛场观看中国轮椅冰壶队与挪威队的决赛，为运动员加油助威，见证中国体育代表团获得冬残奥会首枚金牌，并在现场接受中央电视台、新华社等媒体采访；前往运动员村看望中国体育代表团运动员和工作人员；观摩指导中国残疾人艺术团将在平昌冬残奥会闭幕式上的北京文艺表演；考察运动员村、颁奖广场等赛会设施，观看越野滑雪等项目比赛，出席平昌2018年冬残奥会闭幕式，并分别会见韩国残奥委会主席李明浩、芬兰残奥体育代表团团长凯莫和秘书长太若。

3月19日，第12届冬季残奥会中国体育代表团总结大会19日晚在京召开。张海迪出席会议并讲话，鲁勇主持会议，孙先德、吕世明、王梅梅等参加会议。王梅梅对平昌冬残奥会中国体育代表团参赛工作进行全面总结。张海迪表示，中国体育代表团不负祖国和人民重托，以高昂的斗志和必胜的信心，自强不息，奋勇争先，全面完成平昌冬残奥会各项参赛任务。现在，冬残奥会已进入北京周期，我们要进一步提高认识，只争朝夕，勇于担当，以平昌冬残奥会作为我国冬残奥事业新的起点，振奋精神，团结一心，以优异的成绩和良好的精神风貌回报党和人民的期望。

3月19日—25日，残奥场地自行车世锦赛在巴西里约热内卢举行，来自28支代表队的155名运动员参加比赛。我国5名男运动员、7名女运动员获得3金4银3铜，名列奖牌榜第三位。其中，阮建平在女子C4级500米计时赛中获得金牌，李洁丽在女子C1级500米计时赛获得金牌并打破世界纪录，李樟煜在男子C1级1000米计时赛中获得金牌。

3月29日，“我与轮椅篮球”——轮椅篮球社区示范推广首站活动在北京平谷区举行，60人参加活动。中国轮椅篮球女队员、北京体育大学残奥冠军班学生代佳梦、王晓艳、陈雪静为残疾人进行示范表演并交流互动。体管中心推广活动小组为运动员们进行身体基本情况测试、预分级评估；徐元生教练指导多项轮椅篮球基本功训练。中国轮椅篮球队女队员与平谷区残联篮球队男队员进行3对3和5对5半场比赛。活动由中国残疾人体管中心主办，由各省市地方残联、特教学校等承办，旨在通过轮椅篮球运动的方式鼓励和引领普通残疾人走出家门、融入社会，提高残疾人参与体育健身的乐趣，提升身体素质与健康水平，达到全民健身的目标；同时为残疾人提供参加训练营、入选各省市专业队伍及参加全国比赛的机会。

4月2日，第11个“世界孤独症日”，中国残疾人体管中心残疾人游泳培训班的2名孤独症学员、7名唐氏综合征学员和3名冠军班学员参加国家游泳中心（水立方）举办的“点亮蓝灯”关注孤独症儿童活动。学员在游泳馆进行游泳体验和展示活动，并与残奥会游泳冠军们进行交流互动，实现特殊儿童畅游“水立方”的梦想。国家游泳中心举办该活动标志着面向残疾人开展游泳培训的“星光计划”正式启动，也是中国残疾人体管中心游泳培训活动推向社会体育场馆发挥撬动示范作用的开始，以此带动更多的社会场馆开展残疾人游泳活动。

4月3日，中国残奥委员会、中国聋人体育协会印发《关于做好2018年全国残疾人体育赛事反兴奋剂工作的通知》（残奥委函〔2017〕6号）。

4月3日，中国残疾人体管中心印发《关于做好2018年度残疾人康复体育关爱家庭计划资助项目申报工作的通知》（体管函〔2018〕64号）。

4月9日，中国残疾人体管中心印发《关于组织开展2018年度残疾人康复健身体育小型器材征集工作的公告》。

4月10日，“我与轮椅篮球”社区示范点推广系列活动山东省济宁鱼台站活动在该县谷亭街道办事处李庄社区举行。体管中心轮椅篮球工作组还为运动员进行身体情况测试和分级评估，奥托博克公司为每位参与者捐赠物品。

4月13日—16日，全国残疾人体育分级技术交流活动在青岛举办。国内分级专家和夏季、冬季残奥重点项目分级组长、近年参加国际分级培训的优秀分级员共20人参加交流，并研讨国际残疾人体育组织最新分级规则和管理流程变化，对标国际标准，以提高国内分级技术和管理水平。

4月18日—24日，全国残疾人跆拳道锦标赛在青岛举办，来自10个省市的140名运动员、教练员和裁判员参加赛事。比赛分为肢体组和听力组，产生了17枚金牌、14枚银牌和26枚铜牌。本次比赛是跆拳道项目首次列入夏季残奥会比赛项目后我国第一次举办的该项目比赛。

4月25日，中国残疾人体管中心召开平昌冬残奥会国家队科研服务与攻关项目评审验收会，相关领域专家、科研团队、教练员代表、项目管理人员共20余人参加会议。项目共有42名科研人员参与，首次为残疾人冬季项目国家队提供科研服务，从机能监控、营养恢复、体能训练、技战术分析、心理测评与疏导、信息情报搜集等方面提供多领域、系统化科研服务支持。4个参评项目经专家组评审，均完成预定研究任务，通过结题技术验收。

4月26日—27日，中国残联在北京召开2022年北京冬残奥会备战工作研讨会，鲁勇出席并讲话，王梅梅主持会议。鲁勇强调，要认真学习领会习近平总书记对北京冬奥会和冬残奥会筹办和参赛做出的系列重要指示精神，深入总结近年来发展残疾人冰雪运动的成功经验，查找短板，完善措施，扎实推进2022年冬残奥会备战工作。与会人员就备战2022冬残奥和发展残疾人大众冰雪运动进行深入研讨。

4月27日，由中国残疾人体管中心组织实施的2018年特奥健康社区项目工作研讨会在上海浦东新区辅读学校举行。会议对项目自2016年实施以来两年的工作进行总结和经验分享，并对2018年工作计划和预期目标细化研讨。

5月1日—12日，残奥射击世界锦标赛在韩国青州市举行，46个国家和地区的221名运动员参赛。14名中国运动员参加全部13个项目的比赛，获得5枚金牌、2枚银牌、3枚铜牌等15枚奖牌，打破4项世界纪录，取得6个直接参加东京残奥会射击项目的资格。

5月3日，受中国残联委托，中国残疾人体管中心就做好“科技冬奥”冬残奥项目组织申报工作印发《关于国家重点研发计划“科技冬奥”冬残奥项目分解（课题）任务申报指南的通知》。

5月4日，中国残联体育部印发《关于举办2018年全国残疾人体育裁判员培训班的通知》（残联体育函〔2018〕55号），安排全国残疾人坐式排球、篮球、田径、游泳、残奥冰球、盲人足球、盲人门球和高山及单板滑雪等项目的裁判员培训工作。

5月11日—13日，世界残奥田径大奖赛（北京站）暨第6届中国残疾人田径公开赛在中国残疾人体管中心举行。该项赛事于2013年首次落户中国，2018年是我国第六次举办。本次比赛分跑跳、投掷和轮椅竞速三组，来自日本、希腊、美国、巴布亚新几内亚等国家的16支队伍共268名运动员参加比赛。我国派出51名运动员参赛，以64金17银10铜的成绩位列奖牌榜第一位。

5月11日—16日，由中国残联、中国特奥委员会主办，福建省残联、福建师范大学承办的全国第十届残疾人运动会暨第七届特奥运动会暨2018年全国特奥足球比赛在福建师范大学举行。中国残联党组成员、副理事长，中国特奥委员会执行主席王梅梅出席开幕式，参观运动员健康计划现场。本次比赛是全国第十届残运会暨第七届特奥运动会首项正式比赛项目，来自全国各省区市及香港、澳门特别行政区的28支代表队、318名运动员参赛，成为全国特奥足球比赛举办以来参赛运动员人数最多、规模最大的一届赛事。比赛期间还组织开展了运动员健康计划等活动。

5月17日，中国残疾人体管中心组织专家和志愿者团队到平谷区特殊教育中心，与平谷区残联开展残疾人参与体育健身活动交流，为40余名智力残疾人家长、老师等提供运动损伤与急救方法现场教学，并结合体管中心自主创编的“三色球”智力残疾人家庭健身项目为100余名智力残疾人及其家长、老师进行现场教学与指导。

5月18日，中国残疾人体管中心组织开展残疾人游泳及网球公益培训开放日活动，主题是“残疾人体育康复健身有你有我”。来自北京市游泳运动协会，英东游泳馆、首都体育学院游泳馆、倍优天地水中早教等场馆，及游泳俱乐部、北京市海淀区康纳洲孤独症家庭支援中心等机构的多名热心助残人士参加活动。

5月18日—21日，全国残疾人举重锦标赛在中国残疾人体管中心举行，中国残联、中国残奥委员会主办。21个省区市的136名运动员参加20个项目的比赛。

5月20日，第28个全国助残日，由中国残疾人体管中心和中国足球协会联合主办、辽宁省残疾人辅助器具和运动康复服务中心承办的“草根足球日鸟巢盲人足球队交流活动”在辽宁省特殊教育学院举行。

5月27日，中国残疾人体管中心印发《关于组织开展2018年度残疾人康复健身体育创编项目征集工作的公告》。

5月28日，韩国残奥委员会主席李明浩率团访问中国残疾人体管中心，中心副主任董学模会见客人。双方就加强残奥项目发展经验交流与合作等进行交流。

5月28日—6月3日，轮椅网球世界杯赛在荷兰爱不多伦市举行。本次比赛是参加2020年东京残奥会的资格赛，共有25个国家和地区的45支队伍200多名运动员参赛。我国北京籍运动员朱珍珍和黄惠敏在女子团体赛决赛中获得亚军。

5月30日—6月9日，盲人门球世锦赛在瑞典马尔默举行，来自中国、日本、伊朗、澳大利亚、美国、巴西等19个国家的28支队伍参赛，其中，男子16支队伍，女子12支队伍。本次赛事是2020年东京残奥会的资格赛，前三名将直接获取残奥会资格。中国盲人门球男队获第七名，中国盲人门球女队获第十名，是中国队自2000年雅典残奥会之后首次失去残奥会参赛资格。

6月1日—2日，全国残疾人体育反兴奋剂训练营在江苏省泰州市举办。中国反兴奋剂中心副主任丁涛传达全国反兴奋剂工作精神和对残疾人体育反兴奋剂工作有关要求，体管中心副主任董学模进行总结分析。

6月5日，国际奥委会平昌冬奥会冬残奥会总结会战略会议闭幕，国际奥委会主席托马斯·巴赫，国际残奥委会主席安德鲁·帕森斯，国家体育总局局长、中国奥委会主席、北京冬奥组委执行主席苟仲文，北京市委副书记、市长、北京冬奥组委执行主席陈吉宁，中国残联主席、北京冬奥组委执行主席张海迪出席闭幕式。

6月5日，由中国残疾人体管中心联合中国足球协会主办的中国足协D级教练员培训班在体管中心开班。来自全国13个省市的24名基层残疾人足球教练员参加培训。本次培训班是专门为在基层长期从事残疾人足球教学指导工作的人员提供的专项资质培训，通过公开招募、资格审查和择优录取等环节确定学员。培训内容是涵盖足球专项技术和残疾人足球项目特点的理论和实践课程。学员考试合格可获得中国足球协会颁发的D级教练员资格证书和中国残疾人体管中心颁发的结业证书。

6月5日—18日，盲人足球世锦赛暨盲人足球世界杯在西班牙首都马德里举行，16支队伍参赛，为历史上规模最大的一次比赛。中国队以小组不败战绩成为唯一一支小组出线的亚洲球队，获得本届世锦赛第三名；队长魏建森获得公平竞赛奖并入选本次比赛最佳阵容。

6月6日，中国残联主席、中国残奥委会主席张海迪在中国残疾人体管中心会见国际残奥委会主席安德鲁·帕森斯。张海迪指出，冬奥会和冬残奥会正在同步筹办、同步推进，进展顺利。希望在国际残奥委员会指导和帮助下，学习历届残奥会的经验和做法，鼓舞和激励更多残疾人热爱体育，参与冰雪运动，享受冰雪运动快乐，把2022年冬奥会和冬残奥会办成精彩、非凡、卓越的盛会。

6月11日，中国残疾人体管中心印发《关于组织开展2017年度残疾人体育健身示范点建设及康复体育进家庭资助项目检查评估工作的函》，组织对天津、河北、山西、吉林等17个省区市残联相关工作的评估验收。同日，发布《关于做好2018年残疾人体育健身示范点建设资助项目申报工作的通知》（体管函〔2018〕110号）。

6月12日，2018年全国残疾人社会体育指导员训练营（第一期）在福州开营，来自全国25个省区市的70余名残疾人体育工作骨干参加培训。训练营由中国残疾人体管中心主办、福建师范大学承办，旨在为全国培养一批能为重度残疾人提供服务、帮助残疾人家庭进行体育康复的残疾人社会体育指导员。

6月15日，体管中心召开2017—2018年康复健身体育科研项目中期检查会。国内相关领域的专家、科研团队、相关需求部门代表近20人参加会议。专家针对各项目汇报情况，结合考核指标逐一提出建议和意见；专家组建议所有课题组都要加强与残联系统的合作，共同制订和实施切实可行的方案，确保完成研究任务目标。

6月21日—26日，2018年全国特奥乒乓球比赛在中国残疾人体管中心举行。比赛设男女单打、双打、混双、团体等6个大项，分预赛、决赛两个阶段；24个省区市代表队共300余人参赛。其间，中国残疾人体管中心联合国际特奥会东亚区为参赛运动员组织特奥运动员健康计划活动，来自北京同仁医院、中国康复研究中心、301医院、杭州足科科技有限公司以及中华志愿者协会医疗救助志愿者委员会的40多名医疗专家和志愿者为参赛运动员提供“提升营养”和“健美双足”两项健康筛查，帮助运动员发现健康问题，建立良好生活习惯。

6月23日—28日，全国残奥冰球锦标赛在青岛国信冰场举行，这是冬残奥会北京周期开始后我国首次残奥冰球赛事，是检验我国残奥冰球队伍整体水平的重要比赛；河北、山东、黑龙江等6支队伍共82名运动员参赛。

7月3日—8日，2018年全国残疾人冰壶锦标赛在北京怀柔中体奥冰壶运动中心举行，9省市10支轮椅冰壶队、5支男子聋人冰壶队和5支女子聋人冰壶队参赛。

7月12日，中国残联办公厅印发《关于组织开展第八届残疾人健身周活动的通知》（残联厅函〔2018〕228号）。

7月15日—22日，坐式排球世锦赛在荷兰芬洛、海牙阿纳姆和鹿特丹辗转举行，来自欧、美、亚、非四大洲的男女各16支队伍、350名运动员参赛。我国12名男运动员和11名女运动员参赛，女队获第三名，男队获得第七名追平历史最好成绩。

7月16日，张海迪会见亚洲残奥委会主席马吉德·拉什德一行。张海迪表示，期待2022年在杭州举办的第19届亚洲运动会。“一城两赛”是亚运会及亚残运会推动建立的模式，中国残奥委会将全力支持2022亚残运会。张海迪指出，中国有设施完善的国家级残疾人体育训练基地，欢迎亚洲国家运动员来中国交流和训练。中国残联希望继续与亚残奥会保持紧密合作，共同推动亚洲残疾人体育事务更快更好发展，为世界残奥运动发展贡献亚洲力量。随后，贾勇与马吉德就亚残奥会具体事宜交换意见，王梅梅陪同马吉德前往杭州考察。

7月19日，2018年度“我与轮椅篮球”社区推广活动第五站启动仪式在洛阳市残疾人综合服务中心举行。洛阳各区县30余名残疾人参加活动。

7月20日，2018年“我与轮椅篮球”社区推广活动第六站在西安市灞桥区席王街道汽配社区举行。70名残疾人、400余名志愿者和社区观众参与。

7月20日，由中国残疾人体管中心主办，中国智协、北京市残疾人体育协会承办，以“特奥五十年，辉煌新时代”为主题的第12次全国特奥日活动在国家游泳中心举行。北京市基层特教学校和社区的智力残疾人及家长近300人参加活动。智力残疾人参加畅游水立方游泳比赛、参演文艺节目，与嘉宾联手点亮红色水立方。

7月22日—27日，由中国残联主办，中国残疾人体管中心、甘肃省残联、金昌市人民政府承办，甘肃省残疾人文体中心、金昌市残联、金昌市体育局协办的全国第十届残疾人运动会暨第七届特奥运动会残疾人乒乓球预赛暨2018年全国残疾人乒乓球挑战赛在甘肃省金昌市金川区体育健身中心举办。共有北京、河北、吉林等11个省市代表队的78名残疾人运动员分肢体残疾轮椅组、肢体残疾站姿组和听力残疾组3个组别参加比赛。

7月29日—24日，由中国残疾人体管中心联合国家体育总局体操运动管理中心共同主办，全国排舞广场舞推广中心江苏省中心、江苏省社会体育管理中心及扬州韵力体育文化传播有限公司承办的2018年残疾人排舞、啦啦操技术人才交流活动在扬州市举办。来自河北、山西、辽宁等16个省市的70名基层残疾人体育健身工作指导人员参与交流活动。

7月30日，中国残疾人体管中心分两批组织体育业务部门全体员工参加残疾人体育规章制度基础知识测试，全部达到合格线要求。测试内容为残疾人体育领域国家相关法律法规及政策文件，中国残联、体管中心相关业务规章制度、工作流程。测试旨在了解业务部门员工对规章制度的了解和掌握程度，找差距，补不足，以测促学，以学促用，强化规矩意识，树立底线思维，推动业务工作更加规范严谨、顺畅高效。测试为员工业务培训的一部分，测试结果将记入职工个人培训档案，并参与职工个人及部门绩效考核、年终考核、培训计划制定等。

7月31日，中国残联召开备战2022年冬残奥会工作领导小组第六次全体会议。张海迪传达中共中央政治局常委、国务院副总理、第24届冬奥会工作领导小组组长韩正7月25日调研北京冬奥组委工作时的指示和要求，以及韩正、孙春兰、蔡奇在冬奥会工作领导小组全体会议上的讲话精神。中国残联党组书记周长奎、领导小组副组长出席会议，成员单位主要负责同志参加会议。

8月1日，中国残疾人体管中心组织亚残会入队动员反兴奋剂准入教育，在体管中心集训备战亚残运会的游泳、举重、轮椅篮球、轮椅网球队全体人员参加动员会，并开展入队反兴奋剂教育和准入考核。中心副主任董学模进行动员并提出要求，反兴奋剂教育讲师为在训运动员授课，领学反兴奋剂学习知识手册、现场宣誓并考试。

8月2日，中国残疾人体管中心印发《关于承担集训任务的国家残疾人体育训练基地采购雅加达亚残运会比赛服及装备有关要求的通知》（体管函〔2018〕153号）。

8月2日—5日，残奥公路自行车世锦赛在意大利米兰举行，比赛共设个人计时赛19个项目、公路大组赛15个项目。来自45个国家和地区的近400名运动员参赛，中国代表队共派出11名运动员参加个人计时赛10项、公路大组赛9项比赛，获得1枚金牌、3枚银牌、2枚铜牌，位列奖牌榜第11位。

8月3日，中国残联发布《关于备战2018年雅加达亚残运会国家集训队综合科研攻关与服务项目课题申报指南公告》。

8月7日，40余名听力和肢体残疾人到世界斯诺克学院体验斯诺克台球运动，了解项目发展和现状，练习瞄准母球和击球等技巧，完成斯诺克接力赛。本次活动是中国残疾人体管中心在第八届残疾人健身周期间牵头组织开展的康复健身示范项目之一。

8月7日—29日，我国残奥北欧滑雪队一行20人赴新西兰进行反季节雪上训练。这是继2017年芬兰夏训后的第二次境外夏训。

8月9日，中国残疾人体管中心组织北京市基层特教学校和社区的60余名智力残疾人足球爱好者及其融合伙伴在国家奥林匹克中心参与由亚足联、中国足协组织发起的2018亚足联－中国足协“梦想中国”社会责任活动。本次活动第八届残疾人健身周活动的一次残疾人康复健身体育示范性活动。中国足协邀请前北京国安球员邵佳一、南方和前世界足球小姐孙雯出席并与特奥足球运动员现场互动，共同开展包括足球现场教学、融合趣味足球体验和比赛等内容的足球嘉年华活动。

8月10日，第八届残疾人健身周全国示范活动暨吉林省残疾人健身周系列活动启动仪式在图们市全民健身活动中心举行，中国残联主办，吉林省残联、延边州残联、中国残疾人体管中心共同承办。延边州盲人歌手朴德清、全雪玉现场演唱《为了谁》，举行残健融合柔力球和健身操表演等表演活动；延边州各县15个代表队、运动员140人举行残疾人坐式排球比赛。

8月10日—14日，“冰上前进！挑战杯”残奥冰球公开赛在俄罗斯奥伦堡举行，我国派出24名运动员参赛。

8月11日—12日，由中国残联、中国聋人协会、广东省残联、广东省聋协、广东省残疾人体协、深圳市聋协联合举办的珠三角残健融合全民健身周嘉年华在广州、深圳同步举行。珠三角各市听障朋友及亲友、志愿者共300余人参加保龄球、乒乓球、健身操、旱地冰壶等体育健身运动。

8月14日，中国残联体育部印发《关于举办2018年华南地区特奥融合项目教练员推广活动的通知》（残联体育函〔2018〕170号）。活动于11月19日—23日在南宁举办。

8月15日，奥运会专家组专家、北京体育大学运动原生物化学教授、博士生导师冯美云为在体管中心受训的亚残运会游泳、举重、轮椅篮球、轮椅网球集训队教练员、运动员举行专题讲座。

8月16日—26日，轮椅篮球世界锦标赛在德国举行，中国女子轮椅篮球队获得第四名，是我国轮椅篮球历年来在国际大赛中取得的最好成绩。我国运动员林穗玲入选本届世锦赛全明星阵容。

8月24日，全国第十届残运会暨第七届特奥运动会“倒计时一周年”暨残疾人健身周主场活动在天津举行，王梅梅及天津市副市长曹小红、国家体育总局群体司副司长邱汝出席，与天津优秀残疾人代表共同为“倒计时一周年”揭牌，并现场观摩天津市残疾人群众体育项目展示。天津市盲协、聋协、肢协以及有关区县启智学校、特教学校等机构的300多名残疾人健身爱好者参与和体验盲人花式跳绳、聋人舞龙腰鼓、轮椅广播操、肢残人陆地冰壶、特奥轮滑等

10多项残疾人群众体育项目及融合活动。

8月30日—9月2日，国际乒联中国残疾人乒乓球公开赛在中国残疾人体管中心举行，这是国际乒联残疾人系列赛事中积分系数较高的40分积分赛，也是东京残奥会的个人积分赛，由国际乒联批准，中国残奥委员会主办。比赛设36个项目，其中，单打20项、团体16项。中国、澳大利亚、克罗地亚等26个国家和地区的202名优秀残疾人运动员参赛，赛事总规模达到450人。我国派出44名残疾人运动员参赛，获得20枚金牌、13枚银牌、6枚铜牌，位列奖牌榜首位，圆满完成运动员获取东京残奥会个人积分、积累大赛经验的参赛目标。本次赛事也是中国残奥乒乓球队参加雅加达亚残运会的重要热身赛。活动由鸿星尔克实业、奥托博克（中国）工业有限公司赞助，中华志愿者协会医疗救助志愿者委员会大力支持。太阳村的孩子们为比赛提供优秀的志愿者服务。

9月3日，中国残疾人体管中心印发《关于做好2018年度国家兴奋剂检查库运动员行踪信息申报工作的通知》（体管函〔2018〕175号）。通知要求，按照国家体育总局反兴奋剂中心关于将残疾人运动员纳入2018年度兴奋剂检查库（体反兴奋剂字〔2018〕386号）的规定，确保纳入检查库的乒乓球、射箭、轮椅冰壶和北欧滑雪4个项目的10名残疾人运动员须在申报的行踪时间、地点可以接受反兴奋剂检查。

9月4日，张海迪看望正在中国残疾人体管中心备战雅加达亚残运会的国家集训队，贾勇等陪同。

9月4日，全国第十届残疾人运动会暨第七届特奥运动会暨2018年全国残疾人飞镖比赛在青岛市残疾人体育中心开赛。赛事由中国残联主办，山东省残联、中国残疾人体管中心、青岛市残联承办，青岛市残疾人体育中心、青岛红七月飞镖俱乐部协办。比赛分设肢体站姿组、肢体坐姿组和听力组三个组别，来自全国22个省区市的运动员、教练员、工作人员近400人参加活动。本次比赛也是2019年全国第十届残疾人运动会群众性体育项目的选拔比赛。

9月5日—13日，残奥举重亚锦赛在日本北九州市进行，此次赛事设置20个级别，男女各10个级别，共决出20枚金牌。来自29个国家和地区的200名运动员参赛，我国25名运动员（男12名，女13名）参加19个级别的比赛，获得13枚金牌、6枚银牌、3枚铜牌，奖牌总数22枚；打破3项世界纪录和3项亚洲纪录，金牌数和奖牌总数均列第一。

9月7日—14日，全国第十届残疾人运动会暨第七届特奥运动会聋人足球比赛（提前比赛项目）在中国残疾人体管中心举行。比赛采取分组循环赛和淘汰赛相结合的方式决出前八名，13支代表队233名听障运动员参加比赛，山东以4∶0大胜北京获得第三名，辽宁队以3∶2战胜江西队获得冠军。

9月10日，中国残疾人体管中心召开雅加达亚残运会参赛保障工作专题会。

9月12日—16日，“三菱友谊杯”第四届残疾人民间足球争霸赛年终总决赛在国家体育总局秦皇岛训练基地举行。辽宁队、青海队、青岛队分别荣获聋人男子组冠亚季军，广西队、重庆队、辽宁队分别荣获聋人女子组冠亚季军，上海队、青岛队、辽宁队分别荣获特奥融合组冠亚季军。2018年共有10个省市的16支基层残疾人足球队伍近200名残疾人足球爱好者通过选拔参加总决赛。赛事组委会特别邀请日本、韩国两支聋人女子足球队参与对抗比赛、足球运动推广和技战术教学经验分享等活动，进一步促进残疾人足球运动的国际合作及民间交流。据统计，包括区域预选赛和总决赛两个阶段在内，全国近60支基层残疾人足球队、600余名残疾人足球爱好者参与本届赛事。

9月15—20日，全国第十届残疾人运动会暨第七届特奥运动会盲人跳绳预赛暨2018年全国盲人跳绳比赛在浙江省塘栖国家盲人门球训练基地举行。赛事在按照全盲和低视力进行分组的基础上，共设立个人速度赛（30秒单摇）、双人速度赛（30秒一带一）、个人花样赛、双人花样赛和混合团体表演赛等11个单项。来自全国的17支代表队222名运动员参加比赛，赛事规模近400人，创历届比赛规模之最。四川、辽宁两队运动员分获个人速度赛低视力组男女冠军。上海、四川代表队斩获双人花样赛男女冠军。四川、上海、重庆代表队分获混合团体表演赛前三名。通过连续三届赛事的举办，盲人跳绳项目在全国得到广泛开展，各地整体比赛成绩和技术水平均得到大幅提高，很多地方盲校甚至将跳绳纳入课间操特色项目长期开展。

9月17日上午，国际奥委会北京2022年冬奥会协调委员会第三次会议在北京冬奥组委首钢办公区召开。国家体育总局局长、中国奥委会主席、北京冬奥组委执行主席苟仲文，河北省委副书记、省长、北京冬奥组委执行主席许勤，中国残联主席、北京冬奥组委执行主席张海迪出席开幕式。国际奥委会副主席、北京冬奥会协调委员会主席胡安·安东尼奥·萨马兰奇在开幕式上致辞。

9月19日，中国残疾人体管中心印发《关于举办2018年全国视力残疾分级员训练营的通知》（体管函〔2018〕190号）。训练营于11月4日—6日在浙江省淳安县举办。

9月27日—28日，由中国残疾人体管中心和清华大学联合主办的第一届全国残疾人体育学术交流会暨冬残奥项目研讨会在清华大学召开。科技部21世纪议程管理中心副主任柯兵致辞，清华大学科研院院长方红卫、中国残疾人体管中心党委书记吴竞军分别讲话。会议总结平昌冬残奥会科技攻关与服务的成果，分享国内外残疾人体育发展趋势、冬季项目分级选材、训练监控与营养补充、技战术优化、伤病康复、辅助器械等方面的研究成果，探讨当前冬残奥项目亟待解决的问题。清华大学季林红、首都体育学院钟秉枢、国家体育总局体育科研所陈小平、中国康复研究中心丁伯坦等专家教授分别做主旨报告。全国16所高校和研究机构的百余名科研人员参加会议。

9月29日，第三届亚残运会中国体育代表团出征动员大会在京举行。周长奎出席并做动员讲话，中国奥委会副主席李玲蔚代表国家体育总局和中国奥委会为代表团壮行，吕世明宣读关于成立第三届亚残运会中国体育代表团临时党委的决定。王梅梅主持会议，介绍代表团组成情况，并接受运动队反兴奋剂责任书。

10月4日，第三届亚洲残疾人运动会中国体育代表团在印度尼西亚雅加达运动员村举行升旗仪式。

10月6日—13日，第三届亚洲残疾人运动会在印度尼西亚雅加达举行。比赛设视力、肢体、智力三大残疾类别18个大项、568个小项，43个国家和地区的约3000名运动员参赛。中国体育代表团顽强拼搏，破7项世界纪录、21项亚洲纪录，获172枚金牌、319枚奖牌，位列金牌及奖牌榜首位，实现远南运动会和亚残运会"九连冠"。13日闭幕式上，杭州作为下一届亚残运会主办城市展示"杭州，我们共同的家园"视频节目，副市长王宏在接旗仪式上接过亚残奥委会会旗，亚残运会正式进入"杭州时间"。

10月7日，山东籍选手崔哲在雅加达亚残运会女子举重41公斤级比赛中夺冠，为中国代表团赢得首金。

10月9日，中国残联办公厅发出《关于做好2019年优秀残疾人运动员免试进入北京体育大学学习相关工作的通知》。

10月12日，中国残联主席、代表团团长、临时党委书记张海迪抵达印尼雅加达后直接奔赴中国代表团驻地，第一时间召开代表团临时党委和团长扩大会议。张海迪在听取参赛情况汇报后指出，代表团的优异成绩是在党中央、国务院的亲切关怀和社会各界的大力支持下取得的，是大家团结一心、共同努力的宝贵成果，我们用实际行动为党旗增了辉，为祖国争了光。她对代表团全体成员为圆满完成参赛任务所付出的努力表示感谢！代表团副团长、临时党委副书记贾勇、王梅梅，秘书长、副秘书长、临时党委委员、支部书记、部分领队参加会议。

10月13日，张海迪在印尼首都雅加达会见亚洲残奥委会主席马吉德。张海迪首先对第三届亚残运会的成功举办表示祝贺。她表示，在亚洲残奥委会及印尼组委会的共同努力下，本届亚残运会精彩纷呈，向世界展示了亚洲残疾人令人鼓舞的精神和力量。她指出，亚残运会已正式进入"杭州时间"，中国残奥委会及杭州市政府将全力做好第四届亚残运会各项筹备工作，希望今后进一步加强与亚洲残奥委会合作与交流，共同推动亚洲残疾人体育事业发展，促进残疾人融合发展。张海迪还与韩国残奥委会主席李明昊、朝鲜残奥委会主席金文哲就进一步加强双方残疾人体育事务合作，进行深入交流。

10月13日，张海迪到雅加达苏加诺体育馆观看第三届亚洲残疾人运动会羽毛球比赛，为中国运动员加油鼓劲。赛后，海迪主席接受《人民日报》、新华社、中央电视台等媒体的联合采访。

10月13日，全国第十届残疾人运动会暨第七届特奥运动会象棋、围棋预赛暨2018年全国残疾人象棋、围棋比赛开赛仪式在大连市残疾人服务中心举行，大连市副市长温雪琼出席并致辞，全国24个省区市及香港特别行政区组队参赛，运动员、教练员、裁判员及赛事志愿者规模达300余人，创该项目历届参赛人数之最。

10月14日，第三届亚残运会中国体育代表团在雅加达亚残运村召开总结大会。受张海迪委托，代表团副团长、临时党委副书记王梅梅做代表团参赛总结报告，代表团秘书长赵素京主持会议。游泳队运动员徐海蛟、坐式排球队教练员徐慧敏做代表发言。

10月14日，张海迪看望中国体育代表团随团印尼志愿者并合影留念。

10月15日—21日，残奥乒乓球单打世锦赛在斯洛文尼亚举行。该项比赛为残疾人乒乓球单项最高级别赛事，积分系数高达80分，54个国家和地区的325名运动员参赛。中国31名运动员在女子3级、8级和男子3级项目上获3金，另获4银、9铜，位列奖牌榜首位。

10月30日，王梅梅出席安徽省第七届残疾人运动会开幕式并致辞。

10月31日，中国残疾人体管中心召开雅加达亚残运会国家队科研攻关与服务项目验收会议。10个课题组逐一汇报项目完成情况和取得的成果，并进行现场答辩。经专家组评审，本次科研项目均完成预定研究任务，通过结题技术验收。

11月1日—5日，第十届全国残运会暨第七届特奥运动会五人制聋人足球预赛暨2018年全国五人制聋人足球比赛在国家体育总局秦皇岛训练基地举行。北京、天津、河北、辽宁等19个省区市的28支代表队参赛，比赛设立男子组和女子组，赛事规模达350余人。山东队、河北队、浙江队分获男子组前三名，江苏队、吉林队、浙江队获得女子组前三名。

11月2日，全国特奥篮球比赛在中国残疾人体管中心正式开赛。北京、天津、河北、山西等省区市的15支代表队参加活动，赛事规模达400余人。比赛分设男、女团体赛和个人技术赛。参赛运动员多数来自基层特教学校等机构，最小年龄为12周岁，最大年龄为35周岁。比赛期间，中心联合国际特奥会东亚区为参赛运动员集中开展特奥运动员健康计划活动，医疗专家及中华志愿者协会医疗救助志愿者委员会组成医疗志愿服务团队，为参赛运动员举行趣味健身和灵敏听力两个项目的健康检查活动。

11月4日—8日，第十届全国残运会暨第七届特奥运动会旱地冰壶预赛暨2018年全国残疾人旱地冰壶比赛在浙江塘栖举行。北京、河北、山西、上海、浙江等12个省市的22支代表队参赛，赛事规模达260余人。比赛按照残疾类别分设智力组、轮椅组和听力组三个组别。河北、四川、重庆队分别获得听力组前三名，江苏、吉林、山西分别获得轮椅组前三名，山西、四川、吉林代表队分别获得智力组前三名。

11月6日，第十届全国残疾人运动会暨第七届特奥运动会三人制聋人篮球预赛暨2018年全国三人制聋人篮球比赛开赛仪式在郑州大学中心体育馆举行。中国工程院院士、河南省政协副主席、郑州大学校长刘炯天，河南省残联党组书记、理事长王丽出席并致辞，中国残联副主席刘再军宣布比赛开幕。全国16个省市的25支男女代表队、100余名聋人运动员参赛。

11月6日，世界残奥高山滑雪赛在荷兰兰德赫拉夫开赛，17个国家的79名运动员参加，我国8名运动员参赛，顺利通过国际分级。赛事包含两次小回转比赛，我国运动员张雯静获得小回转女子坐姿组冠军和季军，那丽莎获女子视力组两次季军。

11月7日—9日，国际残奥单板滑雪亚洲杯、世界杯两站赛在迪拜举行，比赛设坡面回转项目。中国、美国、澳大利亚等13个国家的33名运动员参赛。我国15名运动员参赛，其中，江紫豪获得亚洲杯男子UL级第二名，孙奇获得世界杯LL2级第二名。这两项成绩是我国运动员在该亚洲杯和世界杯赛事中取得的最好名次。

11月8日，世界残奥冰球（C组）锦标赛在芬兰闭幕。中国、芬兰、澳大利亚3个C组队伍共50名运动员参赛。这是我国残奥冰球队首次参加由国际残奥委员会认可和主办的国际赛事，并分别以40∶0、5∶0的成绩击败澳大利亚队和芬兰队，获本次世锦赛冠军，成功晋级残奥冰球世锦赛B组。

11月9日—11日，松山湖杯2018年全国标枪邀请赛在东莞理工学院举行。该赛事作为全国首创的标枪单项比赛，除了全国各地优秀的标枪运动员，还邀请王彦章、杨丽婉、姚娟等8名残奥、聋奥冠军参加。赛事设青年组比赛、残奥冠军表演赛、少年组比赛、高校组比赛、精英组比赛，其中，精英组及少年组选手均为2018年度全国排名前八。2017年伦敦田径世界锦标赛的奖牌获得者李玲蔚及我国著名选手李荣祥等优秀标枪运动员分享运动快乐。

11月12日—16日，2018年全国残疾人体育教练员培训班在中国残疾人体管中心举办，全国26个省区市的16个夏季项目和5个冬季项目的111名教练员按要求完成10个专题的课程培训，顺利结业。培训班课程涵盖运动训练技术、科技攻关、运动防护、心理调控、队伍管理、反兴奋剂等领域知识讲解和前沿发展信息介绍，特邀国家体育总局有关单位、重点高校及长期从事残疾人体育工作的专家进行授课，为教练员人才队伍培养提供理论及实践帮助。

11月14日—15日，残奥单板滑雪世界杯两站赛在荷兰兰德赫拉夫举行，比赛设坡面回转项目，有19支队伍54名运动员参赛。我国运动员孙奇在男子坡面回转项目LL2级别比赛中两次荣获金牌，为我国残奥单板滑雪项目首次获得国际赛事金牌。男子LL2级别是残奥单板滑雪竞争最为激烈的级别，参赛运动员多，水平较高。

11月25日—29日，2018年全国残疾人社会体育指导员训练营（第二期）在吉林省延吉市举办。

11月26日，“冬残奥运动员运动表现提升的关键技术”研究项目在京启动。科技部、中国21世纪议程管理中心、中国残联体育部、计财部、中国残疾人体管中心有关负责人、冬残奥集训队领队、课题组骨干出席启动会。该项目是由中国残联推荐、中国残疾人体管中心牵头组织实施，经科技部批准立项的国家重点研发计划“科技冬奥”重点专项之一。项目由6个课题组成，紧扣2022年北京冬残奥备战工作需要，涵盖所有冬残奥六个运动项目、涉及冬残奥备战所有重要学科领域。该项目由中国残疾人体管中心牵头，与清华大学等4所综合性大学、上海体育学院等5家体育专业院校、国家体育总局体科所和运医所2个科研机构及2家高新企业共同组成的跨领域、多学科复合型研究团队承担。

12月1日—2日，第三届中国残疾人冰雪运动季中国智协主会场活动暨冬季十省（市）特奥联谊活动在吉林省长春市九台区庙香山滑雪场举行，相自成出席开幕式。本次活动是第三届中国残疾人冰雪运动季的首场全国特色活动，旨在通过开展智力残疾人喜闻乐见、便于参与的冰雪健身活动，动员更多残疾人参加冬季体育康复健身、融入“三亿人参与冰雪运动”，享受冰雪运动快乐。北京、天津、河北、黑龙江、吉林、辽宁、浙江、内蒙古、四川、陕西等10省辖市的智力残疾人运动员和裁判员、志愿者、工作人员以及媒体记者等320人现场参与雪地足球、雪地赶小猪、雪鞋走、雪地拔河、旱地冰壶、双板滑雪体验等趣味冰雪健身活动。其间，还组织开展冰雪项目专家现场教学指导和冰雪健身知识培训等活动。第三届冰雪运动季期间，各地将因地制宜，联动开展多场各具特色、内容丰富的残疾人冰雪健身及示范体验活动。其中，黑龙江将承办全国性残疾人冰雪赛事、知识培训、趣味健身体验在内的主会场系列活动；北京、河北分别举办全国示范活动；天津、陕西、浙江、辽宁、广东等13地和残疾人专门协会举办多期冰雪运动季全国特色活动；各地残疾人组织、特教学校、社区残疾人康养机构将开展旱地冰壶球、冰蹴球、冰钓、冰上拔河、冰上龙舟、冰上自行车、滑雪橇、雪地木球、雪上爬犁等残疾人喜闻乐见、易于参与的冰雪健身项目，举办冰雪场地无障碍体验、冰雪健身摄影、图片文化展和冰雪健身知识培训等活动。

12月1—3日，由中国残疾人体管中心主办、襄阳市残联承办的特奥“健康社区”项目——智力残疾人健康筛查及家庭健康讲座活动在襄阳市樊城区铁路社区举行。医疗专家为当地4个基层社区的60多名智力残疾人及其家长提供健康营养和足部保护两个项目的健康筛查和宣教活动，并对经过筛查需要进一步治疗的智力残疾人提供个性化康复健身处方。针对本次筛查发现的智力残疾人常见健康问题，筛查服务结束后，还专为智力残疾人亲属举办家庭健康讲座，为智力残疾人家庭在日常健康及膳食营养和足部保护等方面提供科学指导；专为当地社区卫生服务中心的20名医务工作者组织如何针对智力残疾人开展医疗服务等方面的专业培训。特奥"健康社区"项目是由国际特奥会支持，中国残疾人体管中心牵头组织实施的，旨在直接面向社区智力残疾人群及其家庭提供全方位的健康服务和指导的一个康复健身服务项目。

12月3日，第27个国际残疾人日，中国残疾人体管中心组织来自基层社区、企业的70余名残疾人开展第二届"泳往直前"国际残疾人日游泳活动。活动以参与、展示、娱乐为主，设有竞赛类、展示类和趣味类3类项目12个小项。多位残奥会冠军、选手家长、志愿者共同参与活动。

12月3日，中国残疾人体管中心联合国家体育总局体操运动管理中心、全国排舞广场舞推广中心共同主办，江苏省社会体育管理中心、江苏省学生体协特教工作委员会、全国排舞广场舞推广中心江苏省中心、扬州市体育局联合承办的第三届全国残疾人排舞公开赛在南京举行，全国11个省市的22支代表队共560余人参加比赛。比赛分肢体残疾、听力残疾和智力残疾3个类别，4个场次，6个组别，10个小项进行。其间，组委会举办残疾人排舞项目发展研讨会。

12月8日—11日，世界残奥高山滑雪国家杯和欧洲杯在奥地利皮茨谷举行，26个国家的121名运动员参加比赛，各分级级别平昌残奥会冠军悉数参加。我国派出12名运动员参加比赛，取得较好成绩。男子站姿组运动员赵帅、孙鸿胜为我国夺得两个世锦赛技术型项目参赛资格。截至2018年，我国已有6名运动员获得残奥高山滑雪世锦赛2个小项的9个参赛资格。2019年1月，他们将出征在斯洛文尼亚举行的2019年残奥高山滑雪世锦赛。

12月16日，残奥北欧滑雪世界杯在芬兰落下帷幕。本次比赛是国际残奥委员会首场北欧滑雪赛事，也是本赛季唯一一站进行运动员分级的比赛。21个国家的135名运动员参赛，我国4名坐姿组、4名站姿组共8名运动员参赛，并均为第一次参加国际赛事，并顺利通过国际分级。其中，站姿组女子运动员赵志清在站姿组1.2公里比赛中夺得第六，坐姿组女子运动员王诗瑀在坐姿组800米的比赛中获得第六，均创个人最好成绩。

12月18日，中国残联办公厅印发《关于举办第三届中国残疾人冰雪运动季全国冬季残疾人社会体育指导员训练营的通知》（残联厅函〔2018〕375号），及《关于印发第三届中国残疾人冰雪运动季基层残疾人旱地冰壶比赛全国总决赛竞赛规程的通知》。

12月19日，由中国残联主办，国家体育总局、教育部、全国总工会、共青团中央、全国妇联、北京冬奥组委等部门提供大力支持，河北省残联承办的第三届中国残疾人冰雪运动季全国示范活动暨"冰雪河北，快乐你我"河北省残疾人冰雪运动季活动启动仪式在石家庄西部长青滑雪场举行，本届冰雪运动季活动主题是"乐享冰雪、助力冬奥、康复健身、共奔小康"。启动仪式上，主办方向承接冬残奥体育运动进特教学校项目的全省11所试点学校配发冬季健身体育器材，爱心企业向省残联捐赠滑雪假肢。石家庄市400余名残疾人体育爱好者、河北省第七期残疾人体育健身指导员培训班学员、河北省首届残疾人冬季体育项目进特教学校专题培训班学员和助残志愿者一同在西部长青滑雪场参与体验残疾人雪上趣味活动，参与冰雪体验。同时，雪场室内还安排残疾人旱地冰壶、桌式冰壶、越野轮滑等旱地冰雪健身运动。现场举行残疾人冬季体育文化产品、冬季残疾人体育辅助器材器具以及残疾人旱地冬季运动展览等展示活动。残疾人现场制作冬季体育运动题材剪纸、烫画、刺绣和皮贴画等文化作品，积极展现残疾人享受冰雪运动快乐，助力冬残奥会以及热爱生活、乐观向上的精神风貌。

12月20日，由亚足联、中国足协共同主办，西安市足球协会承办，西安市高新区足球协会、中国残疾人体管中心、陕西省残疾人奥林匹克运动管理中心、体坛传媒集团共同协办，长安竞技足球俱乐部、卡尔美（中国）的大力支持的"梦想中国"社会责任活动（西安站）在西安易联足球公园举行。亚足联社会责任专家阿底提·亚吉（Aditi Tyagi），中国足协执委、陕西省体育局副局长董利出席并向陕西省听力及智力残疾人代表捐赠足球运动装备。嘉宾与来自西安市启智学校和西安市第二聋哑学校的孩子们一起体验足球嘉年华游戏。

12月30日，全国首个残疾人冰上项目比赛训练专业场馆——国家残疾人冰上运动比赛训练馆建设项目正式开工。项目由中国建筑标准设计研究院有限公司负责总设计，北京城建集团有限责任公司负责总施工，北京鸿厦基建工程监理有限公司负责监理。

2019年1月7日，由中国残联主办，黑龙江省残联承办的"第三届中国残疾人冰雪运动季主场活动"在哈尔滨冰雪大世界举行，王梅梅出席启动仪式，黑龙江省政府副秘书长邢爱国致辞，国家残奥轮椅冰壶队队长、2018年平昌冬残奥会冠军王海涛向广大残疾人朋友发出积极参与冰雪运动、乐享冰雪、康复健身、助力冬奥的倡议。2000余名不同类别残疾人及亲友现场参与体验雪花迷宫、冰上自行车、冰滑梯等趣味冰雪健身活动，参加雪地保龄球、雪地拔河、冰壶掷准等大众冰雪项目比赛。启动仪式后，王梅梅与黑龙江省人民政府副省长程志明就推动残疾人参与"三亿人冰雪运动"和加快推进冬残奥项目发展交换意见，并签订《中国残疾人联合会、黑龙江省人民政府发展残疾人冬季体育战略合作协议》，正式建立备战2022年北京冬残奥会和普及残疾人冰雪运动战略合作关系。（刘荣供稿）

中国残联就业服务指导中心

一、政策文件

关于印发《国家级残疾人职业培训基地培训服务规范与培训服务评估指标体系》的通知

中残就业〔2018〕31 号

各省、自治区、直辖市及计划单列市残疾人就业服务中心、残疾人职业培训中心，新疆生产建设兵团、黑龙江垦区残疾人就业服务中心：

为全面贯彻落实十九大精神和“十三五”规划纲要，按照《国务院关于推行终身职业技能培训制度的意见》的要求，进一步规范国家级残疾人职业培训基地建设，提升培训服务水平，全面提升残疾人职业技能和综合素养，充分发挥示范引领作用，我中心制定了《国家级残疾人职业培训基地培训服务规范与培训服务评估指标体系》（见附件）。现印发给你们，请认真贯彻落实。

附件：国家级残疾人职业培训基地培训服务规范与培训服务评估指标体系

中国残联就业服务指导中心
2018 年 6 月 12 日

国家级残疾人职业培训基地培训服务规范（试行）

一、范　围

本标准规定了国家级残疾人职业培训基地培训服务规范与培训服务评估指标体系等内容。

本标准适用于国家级残疾人职业培训基地的培训水平和质量评估。

二、术语和定义

国家级残疾人职业培训基地培训服务规范与培训服务评估指标体系界定内容和定义适用于本规范。

三、总　则

（一）目标作用

为规范和加强国家级残疾人职业培训基地运行管理，进一步提高残疾人职业技能培训水平，充分发挥残疾人职业培训促进就业的基础性作用，推动残疾人培训体系建设，制定本规范。

（二）适用机构

国家级残疾人职业培训基地（以下简称“国家级培训基地”），是指经中国残疾人联合会认定，在本地区为残疾人提供高质量的职业技能培训服务，具有一定影响和示范作用的中高等院校、特教机构、实训企业、社会培训机构及残联所属的法人机构。

（三）审定监管

中国残疾人联合会负责“国家级培训基地”的认定、变更和撤销，中国残疾人联合会就业服务指导中心负责对“国家级培训基地”的培训服务进行评估、监督与指导。

（四）分级管理

各地残联就业服务机构负责“国家级培训基地”的申报、检查、监督和管理，制定、落实辖域内有关残疾人职业技能培训政策配套措施。

（五）隶属关系

“国家级培训基地”不改变原隶属关系。

四、基地设立

（一）申报条件

1. 机构与资质

申报国家级残疾人职业培训基地的机构，应当具有培训资质的中高等院校、特教机构、社会培训机构、实训企业及残联所属法人机构。

2. 法规与宗旨

全面贯彻《中华人民共和国职业教育法》《残疾人教育条例》和《残疾人就业条例》等法律法规；愿意为残疾人提供培训服务，培养目标和岗位指向明确，有计划地开展残疾人就业技能、职业提升、职业康复和职业道德培训，帮助残疾人掌握相应的职业技能。

3. 管理机构

配有专职或专任基地负责人、项目负责人和相关管理人员。

4. 师资队伍

理论教师和实训教师80%以上具有与培训项目（专业）相应的中级以上专业技术职务或高级及以上职业资格。

5. 岗位制度

有完善的管理制度和相配套的岗位职责，保证残疾学员日常学习、生活和实习的安全。

6. 项目要求

开设的职业（工种）培训项目、课程适合残疾人的身心特点，符合本地区的经济发展需求和企业生产要求。

7. 规模与信誉

开展残疾人职业技能培训三年以上，具有一定培训规模，培训后就业率较高，培训计划、培训方案完备，年度培训档案完整，电子档案和培训影像资料齐全，培训质量高，培训促进就业效果显著，具有良好的社会信誉。

8. 场地设施

有稳定的培训场所，配有满足残疾人培训的无障碍软硬件设备设施及教学辅助工具（如电梯、坡道、盲道、语音教材、手语教材等），配备与培训项目和培训规模相适应的模拟、教学和实训设施设备齐全的实训室，或建立与培训项目相衔接的实训、见习基地。实训工位充足，符合劳动保护、安全、消防、卫生等有关规定及相关培训项目的安全操作规程。

9. 住宿条件

设有男女分区的学员宿舍；设立食堂、食品小卖部的培训机构，取得相应的《餐饮服务许可证》和《食品安全许可证》等相关证照。

（二）设立程序

1. 推荐评审

由各级残联就业服务机构逐级申报，市、县向省级残联就业服务机构申报，各地根据申报要求，按照公平、公正、公开原则，开展本地区“国家级培训基地”的评审、遴选工作，确定本地区“国家级培训基地”候选单位。评审、遴选后，各省残联就业服务机构将确定的培训基地申报材料，按相关要求报送中国残疾人联合会就业服务指导中心。

2. 审核公示

中国残疾人联合会就业服务指导中心组织审核。中国残疾人联合会就业服务指导中心对各地推荐的候选单位的申报材料进行审核，审核后上报中国残疾人联合会审批，并在中国残疾人联合会网站公示。

对弄虚作假或存有不实情况的申报材料，一经核实，将取消其申报资格。

五、基地运行

（一）基本要求

“国家级培训基地”要紧密围绕经济发展需求和残疾人就业市场的需求，开展残疾人职业培训工作。

（二）优质高效

“国家级培训基地”要树立质量服务意识，为残疾人提供优质高效的服务，不得歧视、伤害残疾人。

（三）规范广告

“国家级培训基地”的招生广告，应符合《广告法》的相关规定。

（四）项目与计划

“国家级培训基地”应建立职业指导工作室，积极开展残疾人的物理测评和实训模拟等职业能力评估工作，遴选适合相应培训项目的残疾人；开设的培训项目要根据残疾人培训的特点，制定完善的培训计划，并安排职业道德、职业安全、心理疏导、职业规划和职业指导等培训内容，要确保残疾人有充足的实训课时，计划执行有记录。

（五）教学管理

“国家级培训基地”重视教学过程管理和教学质量监控，确保培训质量。

（六）师资管理

“国家级培训基地”应当建立教师聘用、培训、考核制度，每2年要考核一次，培训一次，以提高教师的专业能力。

（七）经费管理

“国家级培训基地”对残疾人培训项目的专项经费，应单独核算、专款专用。

（八）培训就业

“国家级培训基地”应积极探索残疾人培训与就业相结合的人才培养机制，拓宽就业渠道，提高培训后就业率。

（九）年度评估

“国家级培训基地”应向各省（区、市）残联就业服务机构提交年度残疾人培训工作总结，各省（区、市）残联就业服务机构向中国残联就业服务指导中心报告“国家级培训基地”运行情况。

六、管理监督

（一）分层分类管理和指导

中国残联就业服务指导中心和各地残联就业服务机构应根据“国家级培训基地”实际情况，实行分层、分类管理和指导。

（二）督导评估

中国残联就业服务指导中心根据《国家级残疾人职业培训基地培训服务评估指标体系》会同地方残联就业服务机构对“国家级培训基地”定期和不定期地进行督导、评估，促进培训质量的提高；组织或委托社会中介机构评估基地的办学水平和培训质量，并将评估结果向社会公布。督导、评估结果作为保留、撤销“国家级培训基地”及下阶段项目委托的重要依据。

（三）动态管理

建立“国家级培训基地”动态管理制度，中国残疾人联合会实行三年复核制度。中国残联就业服务指导中心具体负责资格审核。中国残疾人联合会对不按本规范开展残疾人职业培训工作，不能完成残疾人职业培训任务或达不到培训管理要求的“国家级培训基地”，责令限期整改。在规定时间内仍达不到要求的基地将撤销“国家级培训基地”资格。

（四）鼓励创新

鼓励“国家级培训基地”开发适应当地残疾人就业发展趋势的培训项目、创新培训模式和开展课题研究。

（五）宣传表彰

各地对成绩突出、评估优秀的“国家级培训基地”进行宣传，予以典型树立、经验推广、表彰奖励，在培训资源配置、项目委托等方面给予倾斜。

（六）维权申诉

“国家级培训基地”涉及侵犯残疾人合法权益的，残疾人及其亲属有权向残联或有关管理部门申诉，残联和其他管理部门应当及时予以处理。

七、保障措施

（一）政策与项目支持

各地会同当地财政部门为辖域内残疾人职业培训基地制定具体政策和补贴标准，并为基地提供项目和资金支持。市、县级残联负责配套资金。

各地针对重度残疾人或有特殊需求的培训项目，可在国家普惠的基础上给予特惠扶持。

各地要将“国家级培训基地”无障碍软硬件建设、残疾人职业能力评估、培训标准制定、培训教材开发、课题研究等费用列入每年财政预算。

（二）委托优先

各地对残疾人培训项目招标或购买培训服务时，在投标或磋商单位具备同等资质的培训条件下，可优先委托“国家级培训基地”。对考核评估结果为合格以上的“国家级培训基地”，可以延长其购买残疾人培训项目的培训服务周期。

（三）培训费用标准

各地会同当地财政部门依据辖域内残疾人职业培训工种、等级、课时所需的培训成本和当地物价水平，结合残疾人培训的特殊需求，合理制定培训费用和实训费用标准，培训费用应高于同类项目社会大众培训费用的标准。

（四）资金奖励

各地会同当地财政部门制定本辖域内国家级残疾人职业培训基地资金扶持政策。对在残疾人职业技能培训工作成效显著的培训基地给予资金奖励。

八、附　则

（一）变更备案

“国家级培训基地”机构名称、住所、联系方式等重要信息发生变更，须及时报中国残联就业服务指导中心备案。

（二）实施办法

地方残联和行业主管部门可参照本规范，结合各自实际，制订具体实施办法。

（三）解释权

本规范由中国残联就业服务指导中心负责解释。

（四）实施日期

本规范自发布之日起施行。

国家级残疾人职业培训基地
培训服务评估指标体系（试行）

一、说　明

（一）评估对象

国家级残疾人职业培训基地及新申报国家级残疾人职业培训基地的机构。

（二）组织评估

中国残联就业服务指导中心统一组织开展国家级残疾人职业培训基地培训服务评估工作，各省级残疾人就业服务机构负责组织实施辖域内国家级残疾人职业培训基地培训服务评估工作，鼓励委托第三方机构实施评估。

（三）评估指标说明

1. 指标内涵中 A 项为非企业类培训基地评估指标，B 项为企业类培训基地评估指标。

2. 评估采用百分制计分，60 分为合格。A5 的 4 项指标为额外加分指标，共计 8 分。

3. 评估等级为示范、合格、不合格三等，等级分值分别为：示范≥90，60≤合格＜90，不合格＜60。

4. 评估结果为不合格的“国家级培训基地”要求限期整改，整改后仍不合格的“国家级培训基地”将撤销资格。

（四）评估结果的使用建议

1. 评估等级为示范或者合格的，各地可酌情每年给予相应经费补贴。

2. 此项经费补贴直接用于开展残疾人的职业能力评估、心理咨询与疏导、职业指导与岗位开发对接、就业后续跟踪服务、残疾人通识教材开发、残疾人培训标准研究等相关工作。

二、国家级残疾人职业培训基地培训服务评估指标（试行）

一级指标	二级指标	三级指标	指标内涵	分值	观察点
A1 基地 管理 （30）	B1 办学 方向 （6）	C1 办学宗旨	有明确办学宗旨，全面贯彻《中华人民共和国职业教育法》《残疾人教育条例》和《残疾人就业条例》等法律法规，热诚为残疾人服务，以服务为宗旨，就业为导向。	3	查阅基地发展规划和近三年工作计划、总结。与领导班子座谈。
		C2 培养目标	培养目标明确，岗位指向明确，培养学员树立良好的心理素质和职业道德，掌握相应的职业技能，融入社会，自强不息。	3	查阅学员就业、自主创业、居家就业情况。
	B2 制度 建设 （6）	C3 管理制度	A．建立健全的行政管理、教学管理、教职工管理、学生管理、教师培训和考核管理、档案管理、资产和财务管理、教育教学设施设备管理、安全管理、收退费等管理制度和相配套的岗位职责。	4	查阅基地管理制度和岗位职责。
			B．建立健全的行政管理、培训管理、员工管理、训导（练）员管理、档案管理、实训设备管理、安全管理等制度和相配套的岗位职责。		
		C4 信息核备	基地名称、地址、负责人；年度培训项目、培训量；年度工作计划、总结；招生广告等信息按当地残联就业服务机构的管理办法执行。	2	查阅基地组织机构材料。
	B3 人员 配备 （6）	C5 领导班子	应配备专职或专任的基地负责人、教学负责人和项目负责人，分工明确，职责分明，团结协作。	3	查阅基地管理人员信息表、人员分工和岗位职责；与管理人员访谈。
		C6 管理人员	应配备专兼职或专任的培训项目管理、学员（员工）管理、财务、安全、后勤保障人员，分工明确，职责分明，服务到位。	3	查阅管理人员名册和岗位职责执行情况。
	B4 后勤 管理 （6）	C7 餐饮住宿	食堂或送餐公司须有餐饮服务许可证，食堂或用餐地点整洁卫生，价格合理；设有学员（员工）宿舍的，应环境卫生整洁，设施齐全。	3	实地查看食堂、用餐场所和宿舍，查阅餐饮服务许可证、餐饮价目表和食堂台账。
		C8 财务账册	基地对残疾人培训项目经费应单独核算，专款专用，账册、报表、凭证齐全，账账、账表、账物相符。	3	查阅财务账册，访谈财会人员。
	B5 安全 管理 （6）	C9 安全设施	有符合基地培训项目残障类别的残疾人学习、生活的无障碍设施设备，及相关配备。消防设施齐全完好，消防通道通畅。并持有公安消防部门出具的消防验收合格（备案）证明。	3	实地查看各类残疾人学习、生活的无障碍设施设备。查阅消防验收证明，实地察看消防设施设备、消防通道。
		C10 安全预案	建立消防、安全领导小组，制订处置残疾人培训中突发事件的预案，定期召开安全会议，消除安全隐患。设立安全员，做好日常巡查记录。	3	查阅安全预案、安全巡查记录。
A2 办学 条件 （10）	B6 办学 场地 设施 设备 （10）	C11 教学场所	A．基地应有与办学项目和办学规模相适应的办学场所，面积≥$300m^2$。自有场所应提供办学场所的房屋产权证明；租用场所应提供合法有效的《租赁合同（协议）》。	3	查阅基地房屋产权证明材料和房屋租赁合同（协议）。
			B．基地应有与培训项目和培训规模相适应的培训岗位和场所。		
		C12 实习场所	建立与培训项目相符的实训室或实习基地，建立实习基地的应提供合法有效的实训合同或协议。	3	实地查看实训室、实习基地和相关证明材料。
		C13 实训设施	配备与培训项目和培训规模相匹配的模拟、演示教学和实训设施设备；实训工位充足，且符合劳动保护、安全、消防、卫生等有关规定及相关培训项目的安全规程。	4	实地察看实训设施设备、实习工位、模拟、演示教学设备，及相关安全操作规程。

续表 1

<table>
<tr><th>一级指标</th><th>二级指标</th><th>三级指标</th><th>指 标 内 涵</th><th>分值</th><th>观察点</th></tr>
<tr><td rowspan="13">A3
教学
管理
（35）</td><td rowspan="2">B7
项目
管理
（8）</td><td>C14
培训项目</td><td>基地设置的培训项目，满足残疾人的培训意愿、就业需求及企业用工、发展的需求。培训项目计划应报所属残联备案。</td><td>3</td><td>与教学管理负责人访谈；
核对各培训科目的培训计划和执行记录。</td></tr>
<tr><td>C15
培训计划</td><td>基地设置的培训项目有完善的培训计划，应根据残疾人培训的特点，安排职业道德、心理疏导、职业规划等培训内容，实训课时大于总培训课时的50%；执行计划有记录。</td><td>5</td><td>查阅计划课时执行的相关记录；核对学员评议表。</td></tr>
<tr><td rowspan="6">B8
教务
管理
（12）</td><td rowspan="2">C16
质量监控</td><td>A. 重视教学过程管理，有完善的授课计划、教案检查、听课、评课、辅导、命题考试、质量分析等教学质量监控措施，材料翔实。</td><td rowspan="2">5</td><td rowspan="2">查阅教学质量管理和监控资料。</td></tr>
<tr><td>B. 重视培训过程管理，有完善的带教计划、定期检查带教记录、员工考核记录等，有完善的培训质量监控措施，材料翔实。</td></tr>
<tr><td rowspan="2">C17
教学研究</td><td>A. 定期组织教师培训、开展教研活动和进行教学小结、论文交流活动，及时总结经验，制定整改措施。</td><td rowspan="2">3</td><td rowspan="2">查阅教学管理资料；查阅教研活动计划和教研活动记录；查阅培训带教资料。</td></tr>
<tr><td>B. 定期组织训导（练）员培训、进行带教小结，及时总结经验，制定整改措施。</td></tr>
<tr><td rowspan="2">C18
培训档案</td><td>A. 建立培训数据库，录入及时，数据全面准确；按年度建立《基地工作档案》（内容含发展规划，年度工作计划、总结，人员配备，大事记等）、《教务档案》（内容含培训统计表、教研活动记录、优秀教案、论文等）、《班级管理手册》（内容含班级的培训计划、学员基本信息、培训信息、学员评议、学员评议汇总、培训结果统计表等）</td><td rowspan="2">4</td><td rowspan="2">查阅《基地工作档案》《教务档案》和《班级管理手册》或《培训档案》和学员《带教管理手册》。</td></tr>
<tr><td>B. 建立培训数据库，录入及时，数据全面准确；按年度建立《基地工作档案》（内容含发展规划，年度工作计划、总结，人员配备，大事记等）、《培训档案》（内容含培训统计表、带教小结活动记录等）、《带教管理手册》（内容含带教的培训计划、员工基本信息、培训信息、考核信息、员工评议、员工评议汇总、培训结果统计表等）</td></tr>
<tr><td rowspan="6">B9
师生
管理
（15）</td><td rowspan="2">C19
任教资格</td><td>A. 理论教师90%以上具有大专及以上学历，中级以上专业技术职务或高级及以上职业资格；实训教师80%以上具有中级以上专业技术职务或高级及以上职业资格。</td><td rowspan="2">5</td><td rowspan="2">查阅教师业务档案。</td></tr>
<tr><td>B. 训导（练）员80%以上具有中级以上专业技术职务或高级及以上职业资格或本机构认定的培训资质。</td></tr>
<tr><td rowspan="2">C20
教师管理</td><td>A. 定期组织授课教师参加教研活动、师资专题培训、继续教育；定期进行教师考核评价，考评内容具体、翔实；建立一人一档教师业务档案，资料完整、记载翔实。</td><td rowspan="2">5</td><td rowspan="2">查阅教师业务档案</td></tr>
<tr><td>B. 定期组织训导（练）员参加带教小结活动，定期进行训导（练）员考核评价，考评内容具体、翔实；建立一人一档训导（练）员业务档案，资料完整、记载翔实。</td></tr>
<tr><td rowspan="2">C21
学员管理</td><td>A. 配备班主任负责班级的日常管理工作，班主任应认真做好学籍资料收集、整理和汇总工作，确保学员的基本信息、培训信息和考核信息完整，《班级管理手册》填写完整翔实；学员评议有汇总、统计、分析。</td><td rowspan="2">5</td><td rowspan="2">查阅《班级管理手册》或《带教管理手册》。</td></tr>
<tr><td>B. 配备训导（练）员负责员工的日常管理工作，训导（练）员应认真做好培训资料收集、整理和汇总工作，确保员工的基本信息、培训信息和考核信息完整，《带教管理手册》填写完整翔实；员工评议有汇总、统计、分析。</td></tr>
</table>

续表 2

一级指标	二级指标	三级指标	指 标 内 涵	分值	观察点
A4 培训 效果 （25）	B10 培训 规模 （5）	C22 年培训量	A. 基地每年职业技能培训人次数（含各级残联委托培训）不低于100人次。	5	核对年度培训统计表； 查阅国家职业资格鉴定申报表或基地考核统计表。
			B. 基地每年职业技能培训人次数（含各级残联委托培训）不低于20人次。		
	B11 培训考核 （6）	C23 考核 合格率	国家基地培训项目的考核合格率 > 80（中、西部地区考核合格率 > 60）。	6	查阅国家职业资格考核材料或基地考核成绩材料。
	B12 就业 指导 服务 （10）	C24 学员 就业率	A. 对完成培训的学员开展职业指导和就业推荐，培训后就业率≥50%。 就业率 =（推荐就业数 + 自主创业数 + 居家就业数 + 原在职数）÷ 培训学员数	6	核对培训后就业率统计表； 核对就业跟踪记录。
			B. 对完成培训的学员开展职业指导和岗位适应性训练，稳定就业率≥80%。		
		C25 跟踪服务	对已就业的学员开展持续的跟踪服务，建立就业统计表（就业或推荐就业信息、就业跟踪信息等）。	4	查阅学员评议表、评议汇总表，电话回访培训后学员。
	B13 培训评价 （4）	C26 学员 满意度	培训学员基本满意度≥90%。	4	查阅学员评议表、评议汇总表，电话回访培训后学员。
A5 加分 （8）	1. 参加国际残疾人技能大赛，获得奖项：金牌3分，银牌2.4分，铜牌2.2分。 （按最高奖项计分，不重复加分）			3	查阅相关材料
	2. 参加全国残疾人技能大赛，获得团体或个人奖项： （1）第1—2名2分；第3—4名1.5分；第5—6名1分；第7—8名0.5分。 （2）精神鼓励奖：0.5分。 （按最高奖项计分，不重复加分）			2.5	
	3. 对开展一级二级重度残疾人以及精神智力多重残疾人为培训对象的培训项目。			1.5	
	4. 开展非遗产品、传统工匠绝技培训。			1	
总分				108	

二、工作综述

2018年，就业服务指导中心按照中国残联党组理事会要求，深入贯彻党的十九大二中、三中全会和习近平总书记关于残疾人事业的重要指示，落实中国残联七代会和群团改革要求，加强党的建设，以促进残疾人就业为中心，圆满完成年度任务目标。

（一）加强党的建设

一是强化组织领导。认真履行党建工作第一责任人职责，认真落实“五个带头”、“一岗双责”，坚持“三会一课”制度，召开支委会8次、全体会17次、党小组会6次。严格组织程序，坚持“两推一公示”制度，培养入党积极分子2名，预备党员转正1名。二是强化理论学习。认真组织集中学习党的十九大精神和习近平新时代中国特色社会主义思想17次。以服务残疾人为出发点，坚持双周学习，采取研读、讨论、参观等形式，强化“四个意识”、增强“四个自信”。三是加强意识形态工作。成立领导小组，将意识形态与业务同安排、同部署，把“围绕中心、服务大局”作为基本职责，加强意识形态能力建设和网络意识形态安全等工作，统一思想，凝聚力量，践行社会主义核心价值观。四是加强纪检工作。制定监督工作暂行办法，加大纪委履行监督责任力度；以警示教育月活动为契机，通过实例、实地、实事夯实党员干部廉洁自律的红线；开展警示教育，切实增强遵规守纪的思想行动自觉，全年无违规现象。

（二）主要工作完成情况

1. 促进残疾人实现多种形式就业

通过制定计划、摸清底数、分解任务、制定标准、购买服务、创新模式等手段，以落实政策为撬动点，促进残疾人实现多种形式就业。全年实现城镇新增就业 11.83 万人，农村 24.88 万人。其中，按比例就业 4.64 万人，集中就业 0.82 万人，灵活就业 8.6 万人，辅助性就业 0.68 万人，公益性岗位 0.56 万人，个体就业 4.2 万人。

2. 职业培训

全年共培训 83.9 万人，其中新增 49.3 万人，完成年度任务的 141.02%；培训建档立卡贫困残疾人 21.7 万人次；开展雇主培训 6596 家。

3. 扶　贫

按照中国残联扶贫办要求，全面开展助残脱贫就业增收工作，制定政策、精准识别、精准帮扶，大力开展电商扶贫、妇女编制、助盲脱贫等行动，取得了一定成效。截至目前，在系统中标记的贫困残疾人为 247.8 万人，有培训需求为 45.24 万人，已就业 137.7 万人。

4. 就业援助

与人社部联合开展就业援助月活动，共走访登记失业残疾人家庭 20.3 万户，登记失业残疾人 30.3 万人，组织专场招聘会 3480 次，实名纳入培训 26.7 万人，帮助实现就业 4.08 万人，帮助 18.5 万名残疾人享受专项扶持政策。

5. 残疾人就业状况实名制登记工作

截至目前，全国共有 3318 个县级单位开展实名制登记工作，覆盖率达 99.34%；共匹配 1766 万就业年龄段残疾人，累计录入就业状况信息 1694.8 万人，录入率达 95.97%，基本实现应录尽录。

6. 竞赛活动

成功举办全国残疾人岗位精英赛，224 名选手参加电子商务、商业摄影、竹编和美甲等项目竞赛，110 人获表彰奖励。同期举办全国职业指导竞赛，66 名选手中有 33 名选手获“职业指导模范”称号。组队参加 2018 全球残疾青少年 IT 挑战赛，在电子工具项目中夺得金牌，改写了我国残疾青少年选手境外参赛无冠军的历史。在中心指导下，30 个省区市联合人社等部门举办了省级竞赛，竞赛规格高、项目多、特色明显，多名选手获得“技术能手”等各类荣誉称号。

7. 盲人医疗人员按摩考试

2018 年全国盲人医疗按摩考试顺利举办。一是全面审核与抽查相结合，确保 2165 名盲人顺利参加考试。二是编写新考试大纲，建设新题库，将评价标准向医疗临床诊治转变。三是督导 5 个区域考试中心、18 个考试辖区建设，完善考试制度，规范考试流程，确保考试安全。四是全面实施实践技能客观化考试。

8. 中国残疾人就业创业网络平台

通过社会化运营，积极吸纳社会组织和专业机构，围绕残疾人职介服务、职业培训和就业等方面开展服务。全年新增残疾人用户 4.1 万人，用人单位 6525 家，发布职位 9532 个；发布各类政策 110 余件、新闻 2700 余篇；App 累计下载 6 万余次，微信公众号关注量 7.2 万余人。通过平台提供远程培训达 8000 多人次，实现网络灵活就业 2000 余人；平台总浏览量超过 496 万人次，残疾人就业服务逐步实现线上线下相结合、实地与网络化相同步的局面。

（三）促进残疾人就业主要措施

1. 推动政策落实

联合人社、财政、教育等部门制定关于残疾人就业援助、高校残疾毕业生就业、助盲脱贫等政策，通过专项部署、实地督导和检查通报等方式，指导地方制定配套实施方案和具体措施，发挥政策带动效应，确保任务目标圆满完成。

2. 促进大学生就业

一是通过教育部大学生库精确比对 21130 名毕业生数据，及时分解任务；二是下发专项文件，指导各地开展“一对一”专项服务，就业率达 65%；三是联合教育部开展就业状况调查并形成报告。

3. 实名制规范管理

一是组织开展省级管理员培训并指导地方逐级开展业务培训；二是通过目标责任制、定期通报等制度，明确职责，实现规范化、常态化管理；三是通过掌握的数据指导开展精准服务。

4. 培训形式多样

一是加强研究，形成《全国残疾人职业培训状况调查报告》《全国残疾人就业和职业培训状况实名制统计管理工作评估分析报告》《全国残疾人从事非遗项目研究报告》；二是申报非物质文化遗产培训基地 144 家、非物质文化遗产工匠 179 名，带动手工类培训 3.5 万人；三是组织开展创业导师师资培训 55 人，指导开展创业培训 1.2 万余人；四是加大扶持力度，通过购买服务、远程培训和校企合作等形式，开展丰富多样的技能培训；五是协助开展支持性就业辅导员培训 300 人。

5. 竞赛特色鲜明

一是依托社会资源，创新办赛模式；二是从市场需求出发，设立竞赛项目；三是突出地方特色，搭建展示平台；四是加大宣传力度，社会参与度高。竞赛活动全面展示了残疾人职业技能，大力提升社会关注度，扩大了社会影响力。

6. 职业能力测评

依托地方优势资源，建立“全国残疾人职业能力测评技术资源中心”，完成具有完全知识产权的物理测评工具研发；采取社会合作方式，对 900 余名多类别残疾人进行测试，优化测评工具；完成软件测评升级改造，开展互联网测评。制定下发测评服务规范和工作通知，召开专项工作会议，部署全面开展系统评估工作，进行业务培训。指导各地依托各类基地，科学、规范开展评估工作，为残疾人提供客观、科学、精准的职业发展方向和职业指导。

7. **助盲脱贫**

为加大对贫困盲人的培训和就业扶持力度，在云南、焦作等地试点工作基础上，与财政部等部委共同制定《助盲就业脱贫行动方案》，编写了培训教材；通过召开工作推进会，部署落实各项工作，指导各地制定实施方案，摸清底数，全面开展工作。

8. **盲人按摩管理工作**

一是指导各地加大在创业场地、经费补贴等工作力度，扶持盲人开办盲人保健按摩机构。二是扶持补贴 16 家按摩规范化实训基地；完成国家级继续教育项目申报 14 项，培训 1661 人；开展高级职称评审；培训骨干师资 200 人。三是加强从医资格证书管理，全面开展年审。

9. **标　准**

制定《中国残疾人就业创业网络服务平台运营服务标准规范》《国家级残疾人职业培训基地培训服务规范与培训服务评估指标体系》《全国残疾人“一店三基地”职业能力测评服务规范》，修订《全国盲人医疗按摩人员考试考务管理手册》等规范。

三、重要条目

【全国残疾人从事非遗项目研究报告】为进一步推动残疾人在非物质文化遗产领域培训工作，促进残疾人就业增收，中国残联就业服务指导中心在全国范围内组织开展了残疾人民间工艺和民族传统文化技艺传承基地和传承人申报活动，共有 91 家残疾人非物质文化遗产培训项目的培训基地，106 名非物质文化遗产项目带头残疾人进行申报，通过梳理研究，制定《全国残疾人从事非遗项目研究报告》，为进一步帮助残疾人成为传统工艺和民族传统文化继承人，推动残疾人文化创意产业基地建设奠定了基础。

四、大事记

2017 年 12 月中旬至 2018 年 2 月下旬，为全面贯彻党的十九大精神，集中帮扶各类就业困难人员和残疾登记失业人员就业创业，提高保障和改善民生水平，人社部与中国残联联合下发《关于开展 2018 年就业援助月专项活动的通知》（人社部函〔2017〕211 号），于 2018 年元旦、春节期间在全国共同组织开展主题为“就业帮扶 · 真情相助，不让一个困难群众掉队”的 2018 就业援助月专项活动。

1 月 1 日—25 日，就业中心印制 2017 年《盲人医疗按摩人员考试合格证书》共 987 份，并发放至各省、自治区、直辖市盲人医疗按摩人员考试领导小组办公室。

1 月 29 日—2 月 1 日，全国就业服务和扶贫助残工作会、省级就业机构业务负责人就业服务工作培训班在福州召开，全面总结 2017 年全国残疾人就业服务和盲人按摩工作，部署 2018 年残疾人就业服务工作。程凯等参加会议。

1 月—8 月，就业中心组织云南、湖北等地残疾人非遗项目专项调研，形成《全国残疾人从事非遗项目研究报告》，为摸清全国残疾人非遗状况底数、制定针对性政策扶持进行探索。

1 月—8 月，就业中心组织专家对全国残疾人职业培训状况进行摸底调查，撰写《全国残疾人职业培训状况调查分析报告》，为进一步优化残疾人职业培训工作打下基础。

1 月—10 月，就业中心开展全国残疾人就业和职业培训状况实名制统计管理工作评估工作，形成《全国残疾人就业和职业培训状况实名制统计管理工作评估分析报告》。

2 月—7 月，就业中心完成全国盲考新编考试大纲的出版、征订工作。

3 月—12 月，就业中心派员到河北省南皮县王四镇开展对口扶贫工作。

4 月 9 日，就业中心转发中国残联《关于组织开展省级残疾人职业技能竞赛活动的通知》（残联发〔2018〕19 号）。

4 月 13 日，就业中心与北师大经管学院联合撰写《“助盲脱贫就业奔小康”数据分析报告》，为推动全国助盲就业脱贫行动提供数据支撑。

4 月 24 日—26 日，2018 年全国盲人医疗按摩人员考试工作会议在武汉召开。2018 年共划分 18 个考试辖区。

4 月 25 日，就业中心印发《关于举办 2018 年中国技能大赛——全国残疾人岗位精英职业技能竞赛的预通知》（中残就业〔2018〕15 号）。2018 年中国技能大赛——全国残疾人岗位精英职业技能竞赛拟设置电子商务师、商业摄影师两个项目，并同期举办残疾妇女手工制作类竞赛交流活动，设置竹编和美甲两个项目，赛后由中国残联表彰获奖选手。

5 月 2 日，就业中心印发《关于举办 2018 年全国残疾人就业服务机构工作人员职业指导竞赛的通知》（中残就业〔2018〕14 号）。

5 月 3 日—7 月 16 日，就业中心组织全国盲人医疗按摩人员考试报名工作，考务管理信息系统录入报考人员 2251 人，经审核，最终 2165 人取得考试资格。

5 月 8 日—10 日，第 14 届世界盲人联盟亚太区按摩研讨会在福州召开，主题是“合作 . 互鉴 . 共赢”。全国各省区市及港台地区、亚太 8 个国家的盲人按摩专家学者代表近 300 人参会。就业中心代表中国残联在会上宣读国家报告。

5 月 9 日—10 日，中国残疾人就业创业网络服务平台省级管理员培训班在北京召开，同时举办中国残疾人就业创业网络服务平台本地化建设研讨会。

5 月 22 日—25 日，《全国残疾人“一店三基地”职业能力测评服务规范》评审会议在江苏省靖江市召开。

6月19日—7月6日，就业中心与教育部全国高等学校学生信息咨询与就业指导中心共同举办2018年高校残疾人毕业生网上双选会，共收集3537个职位，点击量超过8万人次。

6月20日—22日，全国残疾人就业和职业培训信息管理系统管理人员培训班在西安举办。

6月，就业中心印发《国家级残疾人职业培训基地培训服务规范与培训服务评估指标体系》，在设立、运行、管理、保障等方面制定规范。

7月4日，就业中心印发《关于举办2018年中国技能大赛——"宜生到家杯"全国残疾人岗位精英职业技能竞赛的通知》(中残就业〔2018〕39号)。

7月12日，中国残联、财政部、人力资源和社会保障部、国务院扶贫办共同印发《助盲就业脱贫行动实施方案》(残联发〔2018〕40号)；7月30日，四部门在河北省南皮县共同启动全国助盲就业脱贫行动；8月29日在昆明召开助盲就业脱贫行动工作推进会，进行全面工作部署，提出时间节点及工作要求。

8月15日，中国残疾人就业创业网络服务平台本地化运营试点省份工作会议在杭州召开。

8月27日—29日，2018年全国盲人医疗按摩人员考试考务工作会暨助盲就业脱贫行动工作推进会在昆明召开。

9月15日—16日，2018年全国盲人医疗按摩人员考试顺利举办。全国共有2165名盲人参加考试。全国考委会办公室组织巡考人员分赴12个考试辖区开展巡考工作，邀请了专家到场进行巡考，聘请技术人员保障考试顺利举办。

9月18日—21日，全国盲人医疗按摩中等专业统编教材《妇科按摩学》教学大纲研讨及师资培训会在郑州召开。

9月21日，中国残疾人就业创业网络服务平台运营项目年度验收会（2017年10月至2018年10月）在北京召开。

9月26日—29日，2018年全国残疾人就业服务机构工作人员职业指导竞赛现场工作人员培训在郑州举办。

10月，全国残疾人从事非遗项目工作推进会、国家级残疾人职业培训基地创业导师师资培训班在先后荆州、武汉召开。

10月—11月，就业中心与教育部全国高等学校学生信息咨询与就业指导中心共同开展2018届高校残疾人毕业生就业状况调查。

11月5日—8日，2018年中国技能大赛——"宜生到家杯"全国残疾人岗位精英职业技能竞赛活动在郑州举办。中国残联副主席、副理事长程凯，全国妇联书记处书记章冬梅，河南省副省长戴柏华等出席闭幕式并颁奖。

11月7日—12日，由康复国际、韩国康复协会联合主办的2018全球残疾青少年IT挑战赛在印度首都新德里举行。北京四中顺义分校张梓琦同学在电子工具项目中一举夺得金牌，改写了我国残疾青少年选手境外参赛无冠军的历史。

11月20日，就业中心印发《关于公布2018年中国技能大赛——"宜生到家杯"全国残疾人岗位精英职业技能竞赛获奖名单的通知（中残就业〔2018〕61号）》《关于公布2018年全国残疾人就业服务机构工作人员职业指导竞赛获奖名单的通知》(中残就业〔2018〕62号)。

11月27日—30日，全国盲人医疗按摩中等专业统编教材《儿科推拿学》教学大纲研讨及师资培训会在济南召开。

11月，按照中国残联党组发布通知，赖伟同志任中心副主任（主持工作），中心副主任张明理同志调出，中心副主任李强同志正式退休。

11月，中国残联就业中心、信息中心与教育部全国高等学校学生信息咨询与就业指导中心完成2019届高校残疾人毕业生数据信息比对工作，2019年、全国共有21878名高校残疾人毕业生。相关数据导入残疾人就业和职业培训信息系统、下发各省。

11月，就业中心完成制定《残疾人创业培训服务规范（征求意见稿）》，并组织专家研讨。

12月5日—7日，残疾人职业能力评估工作会议在江苏省靖江市召开。

12月6日—9日，全国盲考命题培训会在北京召开。

12月18日，盲人医疗按摩相关政策及标准研讨会在山东省烟台市召开，就《中医药法》出台后盲人医疗按摩管理工作在资格证书、年审、继续教育、执业备案、职称评审、开办盲人医疗按摩所等方面问题进行研讨。

12月19日，全国盲人医疗按摩人员考试委员会第11次工作会议在北京召开。中国残联副理事长、考试委员会主任委员程凯及各副主任委员、委员参加会议。会议听取《2018年全国盲人医疗按摩人员考试工作报告》，研究确定2018年全国统一考试综合笔试合格分数线，审议通过《2019年全国盲人医疗按摩人员考试计划》。

12月，经中国残联第二次理事会批准，确定69家第三批国家级残疾人职业培训基地。就业中心积极参与组织相关申报、审核、抽查、上报等工作。

12月，就业中心印发《全国残疾人就业和职业培训信息管理系统2018年度数据分析报告（白皮书）》。

（张涛供稿）

中国残疾人杂志社

一、工作综述

2018年，中国残疾人杂志社深入贯彻党中央、国务院决策部署，认真落实中国残联七代会精神和党组理事会要求，紧紧围绕主责主业，履职尽责、担当作为，较好地完成了各项工作任务。

（一）凝聚共识，强化责任，宣传阵地建设取得新进步

1. 强化思想政治引领。坚持把思想政治建设摆在首位，深入学习贯彻党的创新理论，制定实施12个专题学习方案，适时将党员学习扩大到全员学习，将理论学习延伸到法律法规学习，采用党课、讲座、参观等拓展学习，运用交流发言、撰写体会、测试评比、督促检查等促进学习，推动干部职工进一步强化“四个意识”、坚定“四个自信”、做到“两个维护”，切实在思想上、政治上、行动上同以习近平同志为核心的党中央保持高度一致。

2. 夯实意识形态工作责任。认真贯彻落实党中央关于意识形态工作决策部署，始终坚持党管媒体原则，成立专项领导小组，明确责任分工，统筹部署实施。强化宣传教育引导，健全完善奖惩措施，层层压紧压实责任。坚持季度专题分析研判，坚持纳入月度评刊内容，找苗头、查不足、促改进，确保思想不松懈、工作不松劲。坚持与月度、季度绩效考核挂钩，用意识形态工作成效检验业绩，切实在办刊办网过程中坚守正确政治方向、舆论导向、价值取向。

3. 加强刊网宣传监督管理。坚持遵守新闻纪律与遵循行业规律相统一，进一步健全采编审发流程和稿件三审制度，完善“三刊一网”监督管理机制。健全落实策划与选题制度，重大选题、敏感问题及时请示报告，确保执行口径统一。完善落实采编责任制，实行重点审查与日常监督相结合，采访、撰稿、编辑行为进一步规范。注重细节管理，加强设计、文字、图片、广告、印刷监督检查，在细节上落实把关责任。严格执行奖惩制度，激励约束机制的作用得到发挥。

（二）围绕中心、服务大局，传播能力与效果得到新提升

1. 政策宣传与时俱进。坚持服从服务于党和国家工作大局，紧跟党中央、国务院及有关部门新决策、新部署、新要求，运用新闻、评论、解读等多种形式，大力传播党的创新理论，积极宣传打赢脱贫攻坚战等重大决策部署，宣传解读残疾人“两项补贴”、残疾儿童康复救助、残疾人就业创业、无障碍建设等政策制度，及时把党的声音、国家政策传达给残疾人和残疾人工作者。

2. 主题宣传特色鲜明。紧紧抓住重大庆典、重要时段和关键节点，周密策划、精心采编，连续推出专题报道。“改革开放40周年”系列报道，系统展示改革开放及中国残联成立以来的历程与成就；“辉煌的五年”专题报道，真实反映过年五年残疾人工作成绩和残疾人获得感；中国残联七代会专题报道，立体展示出大会盛况和成果；重要会议、节日、赛事等专题报道，主题突出、形式多样，全方位展现残疾人事业风貌。

3. 重点宣传应势而动。配合残联中心工作，突出重点业务宣传，有效发挥服务残联、引导基层的作用。紧贴残疾人精准扶贫精准脱贫，运用政策导向、典型引路、创业攻略等多种形式宣传，助力残疾人脱贫攻坚。紧贴残疾人民生保障、基本公共服务，及时推出残疾人康复、教育、就业、社会保障、托养、文化体育、无障碍建设等重点报道，反映需求、传播经验、推广方法、颂扬先进、展望前景。

4. 四是人文宣传亮点纷呈。以人道主义视角，客观审视社会现象，倾心关注边缘人群，积极倡导人文关怀。“冰花男孩”“新时代的强国与强民”“隐形贫困人口”“残疾人体育从竞技走向日常”等报道，恪守是非观、正义观，有血有肉有情怀。《我们不一样，其实也一样》《筑梦人》《在路上》《我有一个残疾孩子》等报道，透视残疾人群体特征，分析面临的突出问题，反映他们对美好生活向往，引导社会的关心关注。

5. 励志宣传催人奋进。聚焦残疾人生动实践，展示残疾人精神风貌，让残疾人成为刊网宣传的主角。通过封面专题、人物专访、工作圆桌等形式，深度报道脱贫攻坚典型李

娟、王秀芝，扶残助残典型王勇、杨萍，励志楷模夏伯渝、矣晓沅，残疾人艺术家魏锦、路基平，用特殊艺术助力外交的王卫华等系列先进人物，使自强与助残励志故事深入人心。

6. 法治宣传助力维权。积极配合残联履行维权职能，切实发挥媒体在维护残疾人合法权益中的作用。在期刊网站的“政策解读”“法律在线”“维权行动”“热点追踪”等多个栏目中，加强对涉及残疾人的法律法规的宣传与解读，帮助残疾人普及法律知识。精选一批残疾人维权典型案例，运用专家分析、采编提示等形式以案释法，引导残疾人增强维权意识，帮助残疾人提升维权能力。

7. 务实宣传贴近基层。加强与机关业务部门的沟通合作，主动与残联业务推进相衔接，切实体现宣传的服务性。面向基层完善版块栏目，不断丰富工作引导、技术指导内容，引导基层残疾人组织开阔思路、借鉴方法、提升水平。逐步拓展心理疏导、专业辅导类宣传，传播残疾人康复、教育、就业、创业等方面的知识与方法，开展有针对性的宣传服务。

（三）完善机制、强化管理，推进规范化建设取得新进展

1. 工作体制机制逐步健全完善。把制度建设作为重要抓手和治本之策，积极推进长效机制建设。建立完善党建工作、新闻出版、党风廉政建设和反腐败、安全管理等工作体制机制，明确职责任务，细化工作程序，实现统一领导、各负其责。认真梳理现行规章制度，制定修订党建工作方案，落实中央“八项规定”及实施细则、意识形态工作、新闻记者管理、财务管理、工会经费收支管理、合同管理、招标管理等20多项制度措施，激励约束机制得到进一步健全完善。

2. 抓党建促业务取得新成效。注重发挥党建引领作用。以党总支换届为契机，建立健全两级党组织工作规则和措施。树立党的一切工作到支部的鲜明导向，认真落实“三会一课”制度，把从严教育、管理、监督党员落实到支部。坚决落实中央“八项规定”精神，紧抓重要节点、重点岗位的廉洁自律宣传教育和监督检查，持之以恒抓好党风廉政建设和反腐败工作。领导班子带头作用、支部战斗堡垒作用和党员先锋模范作用的发挥，为工作开展提供有力保障。

3. 决策过程办事行为日趋规范。加强制度学习与培训，不断强化全员规矩意识，推动制度执行力提升。领导班子带头示范，坚持“三重一大”集体决策制度，全面落实决策程序和要求。抓住中层干部这个关键，带动职工办事找依据、讲程序、明责任、抓落实。注重从细节上规范工作行为，认真落实人员、项目、资金、资产等方面动态管理措施，依规履职、照章办事的风气逐步形成。

4. 改进思路完善管理取得进展。主动适应新形势新要求，努力推动思路和方法创新。探索建立全员绩效考核机制，实行党建工作、意识形态工作和业务工作一同考核，职工业绩考评方法逐步改进完善。加强风险防控，建立常年法律顾问制度，及时对重大决策、项目招标、合同签订等进行事前合法性审查。转变传统观念，逐步改进服务读者的措施，努力通过改善服务促进杂志发行。

二、《中国残疾人》策划报道工作

2018年，是我国改革开放40周年，也是中国残联成立30周年，还是中国残联七代会胜利召开之年。《中国残疾人》杂志作为中国残联会刊，做了及时、深入的报道，顺利完成了全年的采编任务。

（一）重大策划

1. 策划实施“改革开放40周年中国残疾人事业发展成就”系列报道

2018年下半年，杂志连续6期做“改革开放40周年中国残疾人事业发展成就”系列报道，对我国残疾人事业30年来的组织建设、法制建设、公共服务体系建设、残疾人事业的理论发展和改革创新等六个方面做了系统回顾和展示。

《中国残疾人》将“走基层、转作风、改文风”运用到实践采访中。在专题策划中，大家多次进行讨论，研讨报道方案。为了使内容更加准确，记者们多次到中国残联档案室查阅资料，与各部室对接，深入了解残疾人事业各领域的发展成就。为了使文章鲜活生动，记者采访事件亲历者，获得第一手资料。专题多次进行打磨、修改，6期完成共计82个版的报道，为中国残疾人事业发展增添宝贵资料。

2. 策划完成“辉煌的五年”专题报道

在中国残联七代会召开前夕，编辑部策划“五年以来中国残疾人事业发展成就回顾”专题，用12个版的篇幅报道近五年来我国残疾人事业的飞速发展，从顶层设计、公共服务、权益保障、国际交流等方面进行总结性回顾。报道准确、到位，受到中国残联的肯定，并被国际部用作撰写国际会议发言稿的主要资料。

（二）重大报道

1. 中国残联七代会专题报道

杂志社“三刊一网”组成联合记者组，对中国残联七代会进行采访报道。会议期间，记者们及时把消息发往网站，刊发系列文章；大会闭幕后，杂志完成18个版的专题报道，既有与会代表的声音，又增加了社评，充分发挥杂志的主动性。

2. 两会报道

这次两会报道，《中国残疾人》聚焦民生，聚焦残疾人

生活，报道两会代表们在残疾人康复、教育、就业和权益保障等方面热议的话题。

3. **助残日报道**

助残日专题报道凝聚了全社记者们的努力，专题报道涵盖综述、记者行动、焦点关注等多个部分，体现政府和社会的关注，展现残疾人生活的变化。

另外，《中国残疾人》还有多个大型专题报道，像5期的中国残联定点帮扶河北省南皮县的扶贫工作纪实“与贫困告别”，《中国残疾人》用14个版，记录中国残联在南皮县扶贫的历程和经验，成为中国残联记录扶贫工作唯一也是最完整的资料；如1期的“无障碍厂房建设推进”工作纪实，《中国残疾人》把先进的残疾人工作环境、无障碍经验向全国进行宣传推广，让更多的企业关注残疾人工作环境；如3期的“残疾人证核发管理现状”的专题，就是在各地办证工作遇到实施瓶颈的时候，及时推出报道，给地方办证工作提供启发借鉴。再如“平昌冬季残奥会”“雅加达亚残运会”“残疾人健身周”“残疾预防日”“残疾人岗位精英职业技能竞赛”等大型活动，《中国残疾人》也都做专题报道。此外，《中国残疾人》全年还开展了14个记者行动，报道有关残疾人的一些活动和事件。

三、《三月风》编辑工作

1. **坚持人道定位，聚焦主责主业**

2018年《三月风》各期封面专题，更为鲜明地贯彻了人道主义立场，把宣传事业作为重中之重，从宏观角度入手，精心做好重大主题的封面报道宣传，让国家色彩与事业形象从万紫千红的抽象宏大，回归星星点点的具象个体。

第3期《私人相册里的1988》，为纪念正值中国残联成立30周年，刊载了10位典型人物的私人相册，描绘出波澜壮阔的历史画卷，凸显残疾人事业发展的历史必然性及现实意义；

第5期《震后十年》回望汶川大地震，选取中国残联国家康复医疗救援队、中国残疾人福利基金会2008年救助过的三个小孩、四川省八一康复中心、一个残疾人家庭等四个样本，用记叙与记忆呈现汶川大地震给国家、残疾人事业、普通家庭及个人造成的改变；

第8期《优生之战》配合全国第二个残疾预防日，揭示残疾预防工作的重要性，以及国民残疾预防意识不足带来的残疾预防工作形势的复杂性、急迫性，也体现了媒体的新闻敏感以及服务重大活动的责任意识和大局意识；

第9期《影响力》着眼于中国残联30年来发展残疾人事业的生动实践，向全国乃至世界呈现了残联30年的发展历程及其对残疾人和普通民众的巨大影响力，既彰显人道主义理念如何深入人心，又从政治的高度折射出国家进步、事业发展，时间节点上正好配合中国残联第七次全国代表大会的召开，达到了很好的传播效果；

第12期《改革开放与我们的生活》，撷取40位典型人物，从亲历者或见证人的视角，生动刻画人物的命运变化，反映改革开放大时代的进程，解读改革开放以来具有较大影响力的社会经济文化事件及其对残疾人和残疾人事业的影响。

2. **挖掘报道空白，形成独家特色**

在服务大局的同时，《三月风》还致力于从社会动态中捕捉事件，提炼观点，形成具有主题导向性的概念整合报道，以“话题策划”抵消时效弱势，可以看作“小精特”的时代社会学切片，为解读残疾人事业发展进程提供另一种视角，有血有肉、有温度、有情怀。

4期《我们不一样，其实也一样》，聚焦90后残疾人群体，鲜明、集中、以小见大，凸显这一群体的时代特征和生活态度，透视整个时代和残疾人事业的进步；

6期《励志说》以热点名词“励志”为依托，从“励志进化论”“励志心理学”“励志经济学”入手，反思背后的社会心理及发展动向，揭示出“励志”作为“一种能量，一碗鸡汤，一部营销学”的精神内核；

7期《筑梦人》以“为残疾人圆梦”为题，介绍了四个帮助残疾人实现平凡梦想的团队和个人，让读者理解残疾人，知道他们除了有衣食住行的基本需求，还有美好的心愿和凡人的梦想；

10期《在路上》选择盲人、肢残、罕见病群体代表，讲述他们“走出去”的生活故事，彰显残疾人群体突破自身极限的冒险精神，倡导残疾人享受生活的多样性；

11期《我有一个残疾孩子》，通过10位残疾父母真实的个体生命体验，生动剖析过往事件。故事不仅表现了浓郁的亲子情怀，也凸显了残疾人事业的沧桑巨变。

3. **打造品牌栏目，提升杂志质感**

除了每期主打封面版块之外，各常规栏目，譬如人道观察、人物专访、图片故事等，努力在不变中做出变化，提高传播力、引导力、影响力，多层次、多角度地全景呈现残疾人的新形象、新面貌。

人道观察的话题从“佛系青年”“冰花男孩”到“新时代的强国与强民”“‘北京周期’如何讲述中国故事”“隐形贫困人口”，再到“‘喜憨儿’的走红与‘爱咖啡’的暂停”“深圳宝安区孤独症家庭入住公租房遭抵制”“残疾人体育从竞技走向日常”“七代会的多个‘第一次’”“一张特殊的国家名片”，一如既往恪守是非观、正义观，立场鲜明，聚焦残疾人工作的重要内容。

专访栏目致力于讲好中国残疾人故事、传播好中国残疾人声音，报道打动人心的残疾人及相关事件，如扶贫典型孟丽华、成都聋人模特队、罕见病乐队8772等；海外人物有立足国际、献血60年的詹姆斯·哈里森，美国首家儿童临终关怀中心创始人凯斯林·尼克尔森·赫尔，美国格斗冠军露丝·那玛朱纳斯，无臂箭手马特·斯塔兹曼，流浪汉世界杯等，既有人道主义精神，又有传奇色彩；同时也推介魏锦、路基平、程丽、吴金洁、田鹏、童薪予、张天娇等一批优秀残疾人艺术家。此外，中国“失独”家庭调查者韩生学，关注阿尔茨海默病的摄影家周仰，《生门》导演陈为军，“中国民间反传销第一人”李旭，用特殊艺术助力外交的王卫华，孤独症儿童公益机构“天使知音沙龙”创办人、上海城市交响乐团团长曹小夏，黑暗餐厅创始人、“第一反应”急救组织创始人陆乐等，进一步扩充人道主义的外延，记录中国发展进程中的各种话题。值得一提的是，专访栏目还推出“榜样人物”，包括珠峰勇士夏伯渝、“旗袍先生”崔万志、北大学霸矣晓沅等，他们是新时代的歌者，更是新时代的榜样。

纪录版块保持一贯水准，图片和文字并重，是杂志后半本的重头戏。“图片故事”和“海外摄影人”两个栏目，坚持遴选优秀图片，用影像冲击心灵，其中《余生何寄》《“脑瘫村”家庭的持久战》《地震时期的爱情》《失明的摄影师》《生命在列车上延续》《一所盲校与它带来的尊严》等，一个个光与影交织的故事，绘成中国与国际的民生浮世绘。此外，在专栏版块，“文化”“观点”“电影”“悦读”“艺事”“老照片”“新视觉”等都保持一贯的鲜明特色，为平衡刊物整体阅读节奏起到重要作用。

不少社会媒体都在关注《三月风》。杂志刊登的海外编译稿多次被《青年文摘》《读者》转载；残疾人画家吴金洁登上央视《向幸福出发》节目；盲人化妆师肖佳、聋人主播蕾欧娜也被天津电视台关注；长沙脑瘫村的故事，与腾讯摄影师共享采访资源后，腾讯以10万+的影响力燃爆全网，为这些脑瘫家庭筹集到善款近20万。

4. 改进国际传播，共塑中国形象

加强对外宣传，讲好残疾人故事，有力地提升了中国残疾人事业的知名度和美誉度。2012年3月，杂志社与美国最大的残疾人媒体《能力》杂志实现媒体合作，形成互换版面、定期交换稿件的合作模式成为中国残疾人事业对外宣传的一个阵地。与2017年相比，2018年更加精心甄选，主动宣介新时代残疾人故事，充分发挥《中国残疾人》杂志作为官媒公信力强的特点，将中心工作、重点工作、充满正能量的人和事，在《能力》杂志线上线下同步推送，交换了谢仁慈、蔡聪、蓝精灵运动无障碍公益组织、“诗词中国”（中国第一部由残疾人表演的乐舞诗）、扶残人物孟丽华等稿件，让西方了解中国残疾人的真实生存状态，也生动展现一个和平发展、多姿多彩、文明进步的中国。

四、《盲人月刊》报道编辑工作

（二）重大报道

2018年，《盲人月刊》坚持正确的政治导向和办刊宗旨，聚集主责主业，围绕党的中心工作，为残疾人事业服务，为盲人服务。

刊发了《十九大报告盲文版面世》消息（2018年1期）；

做了“两会”专题，转载2018年政府工作报告（极简版），并配发盲人政协委员的发言，转发《以人民为中心》社论（2018年4期）；

刊发《人民日报》记者的专访文章《张海迪主席：全面建成小康社会，一个也不能少》（2018年5期）；

转载解释修改宪法的深度文章《为新时代坚持和发展中国特色社会主义提供有力宪法保障》，并转发《学习宪法，尊崇宪法》社论（2018年6期）；

为纪念改革开放40周年，采写长篇报道《共享改革开放的成果——中国盲人事业近40年发展纪实》，又在“卷首语”刊发《人民日报》评论员文章《改革开放深刻改变中国深刻影响世界》（2018年7期）；

向盲人朋友介绍中国残联召开七代会的资讯，配发《人民日报》社论《促进残疾人全面发展和共同富裕》（2018年10期）。

（二）重大策划

（1）《盲人社工资格认证考试，我们来了！》一文采访了七位参加全国社工资格认证考试的盲人。社会工作师考试是一项新的职业资格考试，已获国家人事部审定通过，领取证书后的盲人可以享受国家政策补贴。

（2）以“丰富业余文化生活，激发生活活力”为专题，对盲人的业余文化生活进行报道。近些年，盲人朋友开始走出家门，融入社会，积极参加各类体育文化活动。盲人在赛场上、舞台上、活动中展现出的自信感染了很多人。该专题由3篇组成，其中《棋中的故事，其中的快乐》除了大陆盲人棋手，还采访了香港、台湾等地的盲人象棋活动。

（3）关心盲童成长，关注盲校教育。2018年《盲人月刊》做了3期“走进盲校系列报道”专题，采访了南昌市、北京市和青岛市等3所盲校，从学校管理者、教师、盲生角度入手，讲述了盲校师生的学习生活状况，以及取得的成绩、面临的问题。

（4）以特稿的方式，转载了《中国残疾人》编辑部记者采写的文章《心承暖阳，不负韶华——记中国盲文图书馆“文化助盲志愿服务”项目》。为配合此次宣传，杂志首页还刊登《让“文化助残”践行有道》，进一步阐明“文化助残”的深刻意义，也对未来的“文化助残”提出希望。

此外，2018 年盲刊还推出北京按摩医院成立 60 周年纪念专题、关于推广和使用国家通用盲文专题等，发表了一大批有影响力的文章。

五、中国残疾人网站

媒体融合已经上升为国家战略，新闻由单一媒体发布变成融媒体发布，已成为一种趋势。

数字媒体部在 2018 年与《中国残疾人》《三月风》编辑部开展“平昌 2018 年冬季残奥会”“热烈祝贺中国残联第七次全国代表大会召开”两个融媒体专题的合作报道。数字媒体部提前做好网页专题设计，埠充纸媒“改革开放四十周年中国残疾人事业发展成就系列报道”“五年以来中国残疾人事业发展成就回顾”“影响力——一项让残疾人和全社会共同受益的事业”的专题内容和同期周边大媒体报道，记者未出发，报道已先行，锻炼了数字媒体部的多媒体整合传播策划能力，等两刊编辑部的记者将前方报道的第一篇稿件传送回共享平台，同期专题就随之推出。通过提前预案和充分准备，使得新闻流程更加扁平化，采和编之间的“交接棒”更加紧凑，甚至能够同时满足短平快新闻和深度报道的需求，也使受众获得充分的现场感。

随 2019 年三刊 1 期改版，数字媒体部将杂志社的微信公众号由“中国残疾人杂志社”更名为“中国残疾人”，凸显了为中国残疾人事业服务的大局意识，内容以三刊为主，针对微信读者轻松快阅读的特点，突出摘编和版式设计，不同渠道服务读者的意识得到增强。

互联网是新闻舆论工作的主阵地、舆论斗争的主战场。数字媒体部经过多年打磨，已具阵地意识。

网站的首页设有“关于中国残疾人”专栏，从国家层面残疾人法律法规、五年规划纲要到地方的政策规章均有收录，方便读者查询了解党和国家长期以来发展残疾人事业的历史脉络；同时，为让网络读者更快了解到党和国家最新的政策主张、民生和扶残助残政策，图片新闻栏目也会每日更新。

2018 年，数字媒体部还在网站重要位置推出“脱贫攻坚特别报道”专栏。各大媒体刊发的残疾人脱贫攻坚报道都能在专栏找到，进一步增强了主责主业的宣传力度。显要位置还设有“改革开放 40 周年中国残疾人事业发展成就系列报道”专栏，《中国残疾人》杂志 2018 年第 7 期到第 12 期和《三月风》2018 年第 12 期的封面专题内容全面信息化，7 期内容列入同一专题，凸显了残疾人事业发展的大局意识。

为让盲人读者更快阅读到最新一期《盲人月刊》，数字媒体部在网站和“盲人有声读物”App 上同期推出《盲人月刊》的数字版和有声版，想盲人所想，急盲人所需，加快盲人事业宣传的数字化建设。这一项目和网站的《中国盲人音频杂志》都列入中国残联系统 2018 年“互联网 + 残疾人服务”的优秀案例。

（李佼佼供稿）

中国残联华夏文化集团

2018年，华夏文化集团深入学习党的十九大精神和习近平新时代中国特色社会主义思想，贯彻中国残疾人联合会第七次全国代表大会精神，积极落实《中国残联改革方案》，落实审计整改，聚焦主责主业，围绕残疾人文化事业积极开展文化助残活动，努力提升内部管理水平，各项工作取得积极成效。

（一）加强党建工作，把好意识形态关，强化制度完善，提升管理水平

1. 以党建工作为抓手，加强干部职工的学习教育

集团把学习贯彻习近平新时代中国特色社会主义思想和党的十九大精神作为支部“三会一课”的重要内容和工作重心，多次组织召开支委会和全体党员干部大会，深入学习党的十九大精神，学习新党章，学习《习近平新时代中国特色社会主义思想三十讲》及习总书记系列重要讲话，持续推进“两学一做”学习教育常态化制度化，确保学习取得实效。结合集团实际，全体党员干部积极贯彻落实中国残联第七届全国代表大会精神，落实《中国残联改革方案》，把筑牢政治性、增强公益性、强化服务性作为改革方向，按照“两聚焦、两服务”的改革目标，推进集团改革发展。

集团深入贯彻落实《中国残联2018年意识形态工作要点》，加强所属网站的管理，维护网络意识形态安全。强化意识形态责任意识的日常教育，结合集团党支部工作，增强员工的政治认同、思想认同和情感认同。

2. 加强内控制度建设，做好保密工作

2018年，进一步梳理集团各项规章制度，对内部控制制度执行情况进行核查，进一步提高集团内部管理水平。

在遵守保密纪律方面，全体人员分别签订《保密承诺书》；涉密人员积极参加保密知识培训，加强理论指导，提高实践能力。设置专柜存放中国残联涉密文件，强化本单位涉密文件的审阅、整理程序，确保不出任何疏漏。

（二）丰富残疾人精神文化生活，积极开展多种形式的文体助残活动，进一步增强公益性、服务性

1. 举办2018中国（北京·通州）残疾人半程马拉松

全国助残日前夕，由华夏文化集团和北京市通州区人民政府共同主办的2018中国（北京·通州）残疾人半程马拉松5月13日在通州大运河畔举行，有300多名听障和盲障马拉松爱好者报名参加，成为全国首个专门针对残疾人士的马拉松群众性赛事。该赛事与非残疾人马拉松赛事相结合，实现两个赛事共享赛道、共享服务，分别起跑、分设奖项，北广电视同步转播。赛事旨在落实中国残联、文化和旅游部关于开展残疾人文化周活动的要求，弘扬残疾人自强不息的拼搏精神，展示残疾人热爱生活，积极向上的人生态度。

2. 承办中国残联“辉煌五年”成就展

为了配合在北京展览馆剧场举办的“我的梦”残疾人艺术团公益演出，集团承担了策划、设计、制作中国残联“辉煌五年”成就展工作，得到各方认可和好评。

七代会召开后，集团第一时间利用生命阳光网积极宣传、重点报道七代会盛况，展示我国残疾人事业发展成就。

3. 举办残疾人艺术家陶艺展览

为促进地方残疾人组织和残疾人文化事业交流发展，加强基层残疾人艺术家互动，扩大残疾人文化创意成果跨区域宣传展示，由集团与广东东莞市残疾人联合会、宜兴市文广新局共同主办的“博爱陶艺·花开莞城”展于2018年8月18日—26日在东莞中和堂博物馆举办。展览包括作品展示、知识讲座、藏品鉴析、慈善竞卖等活动，6位残疾紫砂艺人的100余件创新作品和东莞书画家作品吸引了众多当地市民前往参观。

4. 参与“中国残疾人美术精品暨衍生品展”活动

为庆祝改革开放40周年，集团作为支持单位积极参与2018年11月20日—26日在上海诺宝中心举办的“中国残疾人美术精品暨衍生品展”。

5. 加强残疾人艺术家国际交流

继续搭建残疾人国际文化交流平台，推动多种类别的残

疾人工艺美术作品走出国门。2018 年，集团选送 14 位残疾人艺术家的 20 余件书画等艺术作品参加在韩国举办的“第九届中日韩残疾人美术交流展”，选送作品受到一致好评。

（三）积极整合各方资源，探索搭建服务残疾人文化体育事业的新平台

近几年，集团一直对主要业务方向进行论证、探讨和尝试，努力提升为残疾人文化事业服务的能力和水平。

1. 搭建残疾人参与创新创业新平台

为激发职业教育院校残疾人学生的艺术创造力，响应“大众创业、万众创新”的号召，华夏文化集团与 Adobe ACA 中国授权培训中心就文化数字创意技能提升和创意人才就业培养进行探索。该项目将帮助特教院校的学生快速完成职业和专业能力塑造，迅速提高岗位技能和职业水平，提高市场竞争力，帮助他们高质、高效地步入工作岗位。

2. 探索精神残疾人群体的文化需求，创建生态文创服务平台

为了探索生态文创促进残疾人技能就业和文化心理服务，集团通过与社会组织、社会单位合作，用生态理念、文化手段、社会资源搭建助残平台，促进适合残疾人就业的生态文创新业态的发展。

3. 加强与地方残联的合作，深入开展调研活动

2018 年，集团先后到江苏省宜兴市残联、北京通州区残联、东城区残联、河北省南皮县残联等地开展调研活动，就残疾人艺术家作品展示、精神文化生态康复等开展座谈和走访。

为落实中国残联定点帮扶河北省南皮县的安排部署，集团多次派人到南皮县进行调研，慰问贫困户，与当地政府探讨文化创意产业基地建设。

（四）积极落实《中国残联改革方案》

在中国残联党组理事会的领导下，按照中国残联统一部署，集团于 2018 年 11 月下旬，全面启动整体改革工作。按照《中国残联改革方案》，集团突出解决体制机制和主责主业问题，聚焦公益性和服务性近期改革方向和长远计划，制定《华夏文化集团改革方案》。

（五）认真落实审计整改问题

集团高度重视审计中发现的问题，积极落实整改。

对审计中查出的历史遗留问题和其他问题，集团及时上报中国残联，对相关人员按照“四种形态”的要求做出严肃处理。对查出的对外投资和持股问题，集团积极主动开展清理整顿工作，按照整改方案逐项落实并取得新进展。

对审计查出的问题，集团深入剖析历史问题根源，在整改中制定相关措施，严格各项制度，特别是“三重一大”事项决策制度，在选人用人和重大决定问题上，实现决策的程序化、严谨化、科学化，严防类似情况再次发生。

（安娟供稿）

中国残疾人辅助器具中心

一、领导讲话

贾勇在世界卫生组织大会辅助器具主题边会上的主旨发言摘要

2018 年 5 月 21 日

在以习近平同志为核心的中共中央领导下，辅助器具产业和辅助器具服务业得到高度重视。2016 年，中国国务院印发《“十三五”加快残疾人小康进程规划纲要》《关于加快发展康复辅助器具产业的若干意见》。2017 年，国务院又颁布《残疾预防和残疾人康复条例》。其中，对改善残疾人辅助器具服务、促进辅助器具产业发展做出了明确部署。

近年来，中国通过各种平台推动残疾人领域国际合作，并将辅助技术领域的合作作为切入点和工作重点，参与并响应世界卫生组织的 GATE 计划，已经根据《世卫组织重点辅助器具清单》启动了部分产品标准的研究。2015 年、2017 年，我们与世界卫生组织共同举办了两届全球辅助器具产业发展大会，会议就促进全球辅具产业发展、改善辅具产品的供应提出了一系列具体建议和方案。

二、工作综述

2018 年是落实“十三五”纲要的关键一年，中国残疾人辅助器具中心（以下简称“辅具中心”）全体干部职工在中国残联的领导下，认真学习领会党的十九大精神，积极落实国家各部门对辅具工作的部署和要求，按照《全国残联 2018 年工作要点分解任务》要求，圆满完成了各项任务。

（一）贯彻党的十九大精神，落实审计整改意见，切实加强党建工作

1. 加强政治建设，把思想和行动统一到党中央统一部署上来。辅具中心始终将党的政治建设摆在首位，9 月，党总支在中国残联直属单位中率先完成换届工作；始终坚持以习近平新时代中国特色社会主义思想为指导，深入学习习近平总书记关于加强残疾人工作的重要论述，中心组带头学，党支部双周集中学，党员干部运用支部工作 App 自觉学，在中心掀起政治学习、理论学习的热潮。全年组织中心组学习 6 次，组织专题党课 7 次，集中培训 1 次，召开党总支委员会 14 次。开展“不忘初心，牢记使命”，和“重温入党志愿书”主题活动，中心领导参加“深入学习贯彻习近平新时代中国特色社会主义思想”、“新时代必须坚持新发展理念”专题培训。2018 年，中心 70% 的党员支部工作 App 学习积分排在残联系统前 100 名，在 App 上发布支部动态 29 篇。

2. 落实审计整改意见，强化举一反三，有效运用监督执纪“四种形态”执纪问责。组织部门进行违纪/违规风险排查，对风险点逐一分析，重新编制《部门风险防控管理工作资料汇编》，针对固定资产、公务车、设备采购、选人用人等 53 项存在风险的具体事务制定了防控措施。开展党风廉政警示教育月系列活动，盯紧节假日“四风”，提高风险防范意识，督促广大党员干部自觉把党规党纪当成高压线、警戒线，形成党员干部带头执行，职工群众自觉执行的廉洁自律氛围，真正筑起了拒腐防变的制度墙。

3. 辅具服务零距离，党建业务两不误。贯彻中央“八项规定”及实施细则精神，结合助残主题活动、扶贫工作等，发挥技术优势，坚持送辅具到一线、送服务到一线、送知识到一线，巩固“辅具服务零距离”品牌建设：开展“辅具适配助学圆梦”活动，为残疾人大学生适配辅助器具；关怀模范，致敬英雄，为“七代会”代表、“扫雷英雄”制定辅具适配方案；开展“早发现早干预”青少年体型健康普查，对南皮县近 1500 名小学生进行脊柱侧弯和下肢畸形检查；全年开展辅具评估适配服务 290 人次。辅具中心“党建业务相促进，辅具服务零距离”活动被评为中央国家机关部门直属事业单位党建工作展示案例。

（二）聚焦主责主业，推进基层辅助器具服务

1. 推进全国有条件地区辅助器具补贴制度建设。配合康复部召开专题会，围绕建立残疾人辅助器具服务补贴制度和改善残疾人辅助器具精准服务状况，进行经验交流。积极推动中国残联制定印发《关于推动建立残疾人基本辅助器

具适配补贴制度工作的通知》，为各地出台残疾人基本辅助器具适配补贴制度提供依据。截至目前，北京、青海、广东、浙江等9个省市已经出台了省级辅具补贴制度。以中国残联动态更新数据库及精准康复数据库为基础，密切跟踪各地辅具服务工作进度。全年辅具中心班子成员下基层调研59天，主要业务部门同志88天。2018年动态更新数据显示，全国残疾人辅助器具适配率为62.9%，比上年度增长13.5%。

2. 推动全国辅具服务规范化建设。制订《“十三五”时期残疾人辅助器具服务工作绩效评价规范操作指导》，指导地方开展中期检查。完善《国家辅助器具区域中心验收评审标准》，开展国家辅助器具华南区域中心建设试评估。以长江假肢项目为抓手，对长江假肢西北区域中心及山东、贵州等地的假肢骨干站和基层站进行评估，指导各站进行自查，举办长江假肢论坛、“我与长江假肢，我与辅助器具”征文摄影及项目成果展，总结梳理经验，增进交流和学习，提高服务能力。

3. 丰富培训内容，多种形式培育专业技术队伍。尝试开展辅具适配技术高级培训班，邀请台湾地区知名专家授课，首次组织省级辅具工作带头人中德一体化培训，继续组织台湾辅助器具保障政策和适配技术培训班，取得良好效果。全年累计举办各类培训29期，培训专业技术人员1594人次。成功举办全国辅助器具服务技能竞赛，首次将居家环境和矫形器制作纳入竞赛内容，并利用12辆流动服务车开展竞赛，全国34支代表队的200余名选手通过层层选拔参赛，近300名基层辅助器具服务工作者参加观摩，不仅有效宣传了辅助器具适配服务理念，也成为全国辅助技术专业人员交流经验和展示技能的舞台。

（三）主动攻坚克难，辅具研发与推广取得大突破

1. 重点专项取得历史性突破。在中国残联计财部的指导下，辅具中心参与科技部2018、2019年度“主动健康和老龄化科技应对”等重点研发计划实施方案编写，向科技部推荐项目14项，其中，4项纳入2018年重点专项，2项初步确定为2019年重点专项。辅具中心首次作为项目牵头单位和项目负责人申报“残疾人与失能和半失能老年人康复辅助器具评估与适配体系应用示范”，与国内一流科研机构和专家同台竞争，成功立项。这也标志着辅具中心的辅具研发登上了国家科研领域的最高平台。

2. 基本型辅具研发有效推进。辅具中心在开展高科技辅具产品研发工作的同时，也注重基本型辅助器具的研发。2018年财政预算中首次给予专项经费用于基本辅具研发。为了将有限的经费用到残疾人急需的产品研发上，辅具中心广泛合作，严格筛选：一是与高校、企业加强联系，引导和带动社会力量参与到基本型辅具的研发工作中；二是通过层层评审，严格把关，筛选有价值有意义的课题。目前，已经从征集到的72个项目中确定了17项基本辅具课题。

3. 辅具科研创新联盟建设初见成效。贯彻落实《加快发展康复辅助器具产业的若干意见》提出的“搭建创新平台，建立协同创新机制”要求，继续着力打造全国辅助器具科研创新联盟。2018年新增航天科工、中科院计算所、武汉理工大学等5家联盟成员，目前已与20家单位建立长期战略合作关系，联盟已经成为辅具中心科研开发工作的有力支撑和强大后盾。合作在技术、应用、市场转化方面也初见成效，其中，“轮椅模拟训练系统”“言语与肢体协调训练系统”等产品已与合作单位共同申报专利。

（四）加强标准化工作，充分发挥国家级质检中心的行业监督作用

1. 做好国家标准立项工作。2018年共参与《便携式坡道（GB/T 14199－2010）》《电声学　助听器通用规范》《肢体残疾人驾驶汽车的操纵辅助装置》等6项标准的制（修）订工作。完成国家标委会《残疾人服务标准体系建设研究》项目，形成《残疾人服务标准体系建设指导意见》《残疾人服务标准体系框架》《残疾人服务标准体系明细》等成果。

2. 积极履行行业监督职能。2018年8月，国家康复器械质量监督检验中心通过分类监管评审，获得医疗器械检测资格，检测范围进一步拓宽。参与工商总局开展的2018年红盾质量维权行动，加强流通领域残疾人辅助器具商品质量抽检力度；对上海市辅助器具服务项目内的产品进行集中抽检，涉及45家企业的195种产品；发布《2017年检测产品合格目录》，发起《中国康复辅助器具行业自律共约》签约活动。2018年全年共检测样品827件，出具检验检测报告578份，充分发挥了行业质量监督职能，促进了辅具产品和服务质量整体提升，维护了广大残疾人的合法权益。

（五）深化国际交流与合作，助力辅具产业发展

1. 以展会打造产业促进和资源聚合平台。继续打造国内第一、国际领先的国家级行业展会。2018国际福祉博览会增加科技部中国生产力促进中心协会、中国康复医学会等支持单位，规模2.5万平方米，举办30场论坛活动，汇聚350家国内外企业，国际展商比例达到30%，观众规模达到5万人次。首次举办创新产品评选，并增加互动体验、文化创业、国际展团、服务成果、检验咨询等内容，充分展示辅具助力残疾人实现美好生活的主题，实现产、学、商、研、用的对接。

2. 以国际交流合作助力我国辅具产业发展。实施澜沧江－湄公河辅具多边合作项目，捐赠辅具857件，培训18名国际学员，与16个残疾人机构建立稳定联系。作为中国代表参加第71届世界卫生大会，以“推动GATE计划在中

国的实施，增进残疾人对辅助技术的获取”为题，介绍中国辅助技术发展的经验。大会通过的《增进获得辅助技术》号召在全球增进获取高质量、负担得起的辅助器具，这是辅助技术发展得到全球范围关注的又一具体体现。以申请世界卫生组织辅助技术研究和创新合作中心、筹建“全球辅助技术伙伴关系”为契机，进一步向世界展示“中国制造”，为增进全球辅助技术发展贡献“中国方案”。

3. 以“互联网+”和创新试点工作带动辅具产业发展。推进与国家康复辅助器具综合创新试点地区合作，分别与嘉兴、呼和浩特、深圳完成战略合作协议签署，以推广“互联网+辅具适配服务”系统为抓手推动产业发展。目前，“有助帮帮”电子商务网站上线商家140家，上线产品1806种，成为国内辅具领域最大的电子商务网站，乌克兰、马来西亚等海外站点也陆续启动建设。

三、重要条目

【残疾人基本辅助器具适配补贴制度】为深入贯彻落实《关于“十三五”加快残疾人小康进程规划纲要》中关于“推动有条件的地方出台残疾人基本辅助器具补贴制度”的要求，积极推动中国残联印发《关于推动建立残疾人基本辅助器具适配补贴制度工作的通知》（残联厅函〔2018〕359号），为各地出台残疾人基本辅助器具适配补贴制度提供参考依据。2018年新增广东、浙江两省及部分地市出台本地残疾人基本辅助器具服务适配补贴制度。截至2018年底，全国共有9省市出台省级残疾人基本辅助器具补贴制度，建立了本地残疾人辅助器具保障的长效机制。

【澜沧江－湄公河辅助器具合作项目】辅具中心首次承担并圆满完成的国家级援外项目，举办澜湄项目轮椅适配服务初级教程培训班，培训外籍学员18人，形成信息研究报告，10名外籍代表出席研讨会，捐赠857件辅助器具产品。其间，中心两次派员至澜湄国家，分别与柬埔寨、老挝签订合作备忘录和战略合作协议，与16所残疾人机构建立联系，成功开启辅助器具领域澜沧江－湄公河合作。

【残疾人与失能和半失能老年人康复辅助器具评估与适配体系研究与应用示范】国家重点研发计划“主动健康和老龄化科技应对”重点专项项目之一，由中国残疾人辅助器具中心、中国残联信息中心、中科院计算所、西安交大、福建医科大学附属第二医院等20家单位共同参与。项目分为“智能化肢体功能康复评估与辅具适配关键技术研究”“智能化视听功能障碍评估与辅具适配关键技术研究”“辅具评估与适配服务支撑云平台研发”“基于互联网的智能化辅具评估与适配服务体系应用示范”等四个子课题，围绕“探索建设我国辅具服务体系，应用互联网、大数据、人工智能等新一代信息技术提高我国辅具服务能力”这一关键科学问题展开研究，旨在建立远程、移动、智能一体化融合的功能障碍者评估、辅具适配与康复效果追踪、随访、监测闭环连续服务系统，并开展应用示范。

四、大事记

1月5日—7日，中国康复辅助器具协会第七届会员代表大会暨七届一次理事会在京召开，辅具中心主任李晞等出席会议。

1月18日，2018年全国残疾人辅助器具业务负责人培训班在北京举行。贾勇与中国残联康复部和辅具中心负责人出席开班式。培训以“深入学习贯彻党的十九大精神，在新的起点上开创残疾人辅助器具事业发展新局面”为主题，围绕建立残疾人辅助器具服务补贴制度和改善残疾人辅助器具精准服务状况开展。

1月26日，中国残疾人康复协会康复工程与辅助技术专业委员会标准学组成立大会暨残疾人服务标准体系建设项目研讨会在北京召开。会议通报标准学组筹建的基本情况，学组秘书处设在国家康复器械质量监督检验中心。辅具中心副主任王保华和陈光为学组相关成员颁发聘书。

3月13日，全国辅助器具科研创新联盟会暨辅助器具科研工作研讨会在深圳召开，辅具中心主任李晞，副主任王保华及深圳市残联、北京大学等联盟成员单位及中科院深圳先进技术研究院、上海理工大学、西安交通大学等特邀单位代表共50多人出席会议。辅具中心就《残疾人急需的基本型辅助器具研发和推广》项目讨论稿征求意见和建议。

3月9日—18日，第23届冬残奥会在韩国平昌郡举行，辅具中心派出两名专业技术人员以志愿者身份参与赛事辅助器具服务。

3月21日，辅助器具中心派员出席2018中国国际福祉博览会暨中国国际康复博览会新闻发布会。

4月12日，科技部中国生产力促进中心协会理事长、科技部重大专项办公室原巡视员刘玉兰一行到辅具中心参观交流，李晞陪同并座谈。双方围绕共同推进辅助器具产业发展，办好2018中国国际福祉博览会暨中国国际康复博览会交换意见。

4月18日，加拿大驻华大使馆商务参赞 Lee Kane 一行到访辅具中心，李晞会见，双方围绕中加辅助技术交流和2018中国国际福祉博览会展览、论坛合作事宜等交流探讨。

4月20日，2018中国国际福祉博览会暨中国国际康复博览会推介会在浙江省嘉兴市举行。来自江苏、山东、浙江、深圳等省市残联和辅具中心领导以及奥托博克、奥漫优悦、丰田、上汽大通等60余家参展企业代表及知名媒体近百人参会。

4月20日，李晞应邀为（嘉兴）非洲残疾人组织和服务机构管理人员培训班授课，介绍我国辅助器具事业发展的基本情况，从理念提升、政策推动、搭建服务网络、提升服务能力等方面分享发展经验，并就中国参与世卫组织全球辅助技术合作计划（GATE）情况及“世卫组织重点辅助器具清单”进行讲解。

4月21日—28日，李晞率工作组赴柬埔寨、泰国启动澜沧江—湄公河辅助器具合作项目，访问有关机构，实地考察两国辅助器具产品市场，与柬苏友谊医院签订合作备忘，就澜湄项目下一阶段的信息采集和技术人员培训等相关工作与有关方面进行沟通。

5月3日，李晞等出席“集善工程——（亮耳·联通）助听行动”捐赠仪式

5月9日，辅具中心、内蒙古残联、呼和浩特市政府在呼和浩特市签署《呼和浩特市康复辅助器具产业促进战略协议》，合作建设国家西部康复辅助器具产业园。李晞出席活动。

5月10日，李晞带队访问航天科工智能机器人有限责任公司，双方就“聚势合作，助推军民融合技术在辅具领域应用”进行广泛深入的交流。

5月10日，老挝劳工和社会福利部、联合国儿童基金会老挝办事处一行参观辅具中心。

5月19日，辅具中心和海淀区残联在圆明园公园联合举办“全面建成小康社会，残疾人一个也不能少”主题宣传活动，现场展示辅助器具，组织专家就各类辅助器具的配置、使用、维护等内容开展咨询。

5月18日，辅具中心副主任王保华出席由国防科技创新快速响应小组主办的神经义肢技术创新竞赛深圳启动仪式并致辞。

5月21日（日内瓦时间），由中国、巴基斯坦、伊拉克和意大利共同主办的第71届世界卫生组织大会“辅助技术：让全民卫生覆盖更包容”辅具边会在日内瓦举行。贾勇率团出席会议并作主旨发言。边会上，中国残疾人辅助器具中心主任李晞以“推动GATE计划在中国的实施，增进残疾人对辅助技术的获取”为题，介绍中国辅助技术发展的经验。

5月25日（日内瓦时间），第71届世界卫生大会通过“增进获得辅助技术决议”，号召在全球增进获取高质量、负担得起的辅助器具。中国是该决议的共提国。

5月31日、6月6日，辅具中心先后两次组织专家评审会，对WHO重点辅具产品标准课题和辅助器具服务规范标准课题进行结题预验收。

6月7日，李晞主任应邀出席2018中国（北京）国际康复辅助器具博览会开幕式暨第四届中国康复辅助器具产业发展战略研讨会并致辞。

6月11日-13日，辅具中心在兰州召开辅助器具服务工作和长江项目实施绩效评价专题培训。李晞、王保华及12省区辅具服务机构负责同志出席会议。

6月26日，辅具中心召开专题研讨会，对中心与科研联盟成员天津奥漫优悦科技有限公司联合研发的“儿童肢体协调训练系统”“轮椅模拟训练系统”进行预验收。

6月29日，辅具中心党总支开展迎“七一”主题党日活动，组织党员和积极分子到中国国家博物馆参观“真理的力量——纪念马克思诞辰200周年主题展览”。

7月5日，辅具中心在浙江省嘉兴市组织召开专家论证会，对嘉兴市有关科研单位开发的“互联网+辅助器具适配服务”系统进行技术论证。

7月15日，世界卫生组织官员Chapal Khasnabis赴“中国辅助技术研究所——瑞杰珑视觉辅助技术研发基地”调研，了解我国视觉辅助技术的创新发展情况。李晞及基地负责人陪同调研。

7月12日、7月19日，辅具中心先后召开2018年度残疾人急需的基本型辅助器具的研发与推广项目课题评审会。

7月21日，2018中国国际福祉博览会暨中国国际康复博览会台湾推介会在台北市举行。辅具中心代表出席活动。

7月23日至24日（伦敦时间），首届全球残疾人事务峰会活动在伦敦奥林匹克公园举办，辅具中心派员参加大会并展示我国辅助器具事业发展成就。全球辅助技术合作伙伴关系筹建会议同期召开，李晞分享中国经验，提出意见，引起高度关注。

7月26日—27日，由国防科技创新快速响应小组主办的“神经义肢技术创新竞赛”决赛及颁奖仪式在深圳举行。辅具中心派员参加活动。

7月27日，哈佛大学医学院罗罡教授等国际知名视障辅助技术专家一行6人参观访问辅具中心。

8月8日，北京市质量技术监督局专家评审组对国家康复器械质量监督检验中心承担国家及地方监督抽查工作质量进行分类监管考核与评价。质检中心顺利通过考核。

8月2日—8日，澜湄项目轮椅适配服务初级教程培训班在广州举办，来自柬埔寨、泰国、老挝、越南的18名轮椅适配服务从业人员接受培训并获得结业证书。

8月16日，2018中国国际福祉博览会暨中国国际康复博览会推介会在天津举办。

8月15日—17日，李晞率队到上海、江苏调研，详细了解上海市辅助技术人才培养、阳光辅具网平台建设、辅助器具服务项目的质量监管情况；参观无障碍汽车生产、使用情况，就无障碍汽车标准化制定、需求研究等方面交换意见；考察助听器生产、检测、验配及相关培训情况。

8月5日—18日，辅具中心在江苏省太仓市连续举办两期辅助器具适配技术骨干培训示范班。全国104名辅助器具适配技术骨干参加培训。

9月3日，李晞出席国家项目研发成果发布会。

9月4日，辅具中心派专人到河北省南皮县刘八里乡对辅助器具研发基地实地调研并走访八里台村贫困残疾人

家庭。

9 月 7 日，中国科学院前沿科学与教育局副局长黄敏率队访问辅具中心，李晞等陪同参观。

9 月 18 日，2018 年辅助器具保障政策和适配技术一体化培训在京开班。

9 月 20 日，残疾人基本辅助器具补贴制度建设推进会在北京召开。辅具中心负责同志参加会议。

9 月 21 日，辅具中心党总支召开党总支委员会换届大会。

9 月 26 日—30 日，王保华赴德参加辅助器具保障政策和适配技术培训。

9 月 26 日—29 日，李晞带队验收检查贵州省假肢服务机构。并进行调研贵州省、遵义市、桐梓县残疾人辅助器具服务工作。

10 月 9 日—13 日，2018 年全国辅助器具服务技能竞赛在北京举办，全国 200 名辅具技师参加竞赛，内容包括居家环境辅助器具服务专业技能竞赛和矫形器制作专业技能比赛。同期举办“我与辅助器具，我与长江假肢征文摄影展”，全方位展示我国残疾人辅助器具事业的发展成就和辅具工作者的风采。

10 月 11 日—13 日，2018 中国国际福祉博览会暨中国国际康复博览会（CR Expo）在北京国家会议中心举办，主题是“新时代、新产业、新机遇”，规模扩容至 25000 平方米，汇聚来自 22 个国家和地区的近 350 家知名企业。

10 月 11 日，澜沧江－湄公河合作专项基金项目辅助器具多边合作研讨会在国家会议中心召开，李晞出席会议并致辞。

10 月 12 日，辅具中心派员参加长江假肢技术论坛。

10 月 12 日，第八届国际辅助器具技术创新与适配服务论坛暨中国残疾人康复协会康复工程与辅助技术协会专业委员会华南区域组成立大会在京举办。来自各省残联、辅具中心和高校、研究机构、企业的 200 多名代表参加会议。李晞为华南区域组顾问、主任委员、副主任委员、常务委员代表颁发聘书。与会专家共同见证《功能障碍者辅助器具基础与应用》的发布。

10 月 12 日，2018 中国国际福祉博览会“诶加”创新产品评选活动颁奖典礼在国家会议中心举办。

10 月 13 日—17 日，辅助器具适配人员高级培训班在北京举办。国家辅助器具东北、华东、华中、华南、西南和西北区域中心，及部分省级辅助器具适配服务骨干师资参加培训。

10 月 20 日—27 日，李晞带队赴柬埔寨、老挝组织实施澜湄项目。对柬苏友好医院进行辅助器具适配援助服务捐赠，与老挝医疗康复中心签署辅助器具多边合作项目战略合作协议。

12 月 3 日—5 日，辅具中心派员参加国家辅助器具华南区域中心建设试评估。

12 月 21 日，科技部中国生物技术发展中心印发通知，由辅具中心牵头的“残疾人与失能和半失能老年人康复辅助器具评估与适配体系研究与应用示范”获得立项批复。

12 月 26 日，“辅具适配助学圆梦”活动在京举行。活动是在张海迪主席提议下，由中国残联和康复国际共同开展的针对新入学残疾人大学生的辅助器具适配公益服务活动，旨在帮助他们增强、改善功能，更好地参与、融入校园生活。2018 年共有 9 所高校新入学残疾人大学生获得由康复国际捐赠的电动轮椅和辅具中心提供的辅具适配服务。

12 月 29 日，辅具中心召开 2018 年度工作总结会，听取各处室关于 2018 年度工作完成情况和 2019 年度主要工作安排的汇报。陈光主持会议，王保华宣读 2018 年度职称聘任通知，李晞主任与各处室负责人签署 2019 年度工作目标责任书、党风廉政建设责任书、安全消防责任书、意识形态工作责任书等。

（谭军供稿）

北京按摩医院

一、工作综述

2018年，北京按摩医院在中国残联党组理事会的正确领导下，全面贯彻党的十九大精神，以习近平新时代中国特色社会主义思想和中国残联七代会精神为指导，紧紧围绕服务全国盲人医疗按摩事业中心工作，努力推进医院内涵建设，在党建、医疗、科教研、盲人医疗按摩大事业、二期扩建等方面取得快速发展，开创了医院工作新局面。

（一）以党建统揽全局、聚合力筑牢根基

1. 突出抓好党的政治建设。一年来，医院党委分专题、分层次扎实开展政治学习和干部培训，开展精品党课活动，积极发挥新媒体优势，积极组织经验交流，持续推动新思想往深里走、往心里走、往实里走。深入推进“两学一做”学习教育常态化制度化展开，不断增强医院党员干部在医疗服务工作岗位上攻坚克难决心和信心。全面落实意识形态工作责任制要求，强化组织领导，强化舆情监控，强化意识形态把关，做到守土有责、守土负责、守土尽责。

2. 持之以恒推进医院党的作风建设。紧盯关键节点、易发时段，让遵守中央“八项规定”精神、持续纠正“四风”的警钟长鸣。严禁用公款聚餐、旅游、发放年货节礼，严禁收受患者赠送的礼品礼金、有价证券、消费卡。按照中国残联全面从严治党会议部署，分三级签订党风廉政建设责任书，增加医德医风、拒收红包等内容。强化保密纪律，严守政治规矩，与中层干部签订保密责任书，将保密工作作为一票否决项，确保保密工作万无一失。

3. 充分发挥医院特色，做好南皮精准扶贫。深刻领会习近平精准扶贫思想，坚决贯彻落实中国残联南皮扶贫工作要求，发挥医院特色，以义诊、健康大讲堂、医疗技术培训、盲人按摩师实训等形式积极扶贫，全年共为南皮县王寺镇捐赠慰问金和物资共计4.4万元，购买南皮县农产品共计10042.5元。

（二）服务盲人医疗按摩大事业

1. 以建院60周年为契机，展示盲人医疗按摩在中医药行业中的独特作用。2018年8月，医院成功举办建院60周年暨中国手法发展前沿学术论坛，以“推拿与康复医学共发展”为主旨，举办全国盲人医疗按摩机构发展等3个分论坛的学术交流，展示盲人医疗按摩在中医药事业发展中的独特作用，推动盲人医疗按摩机构健康发展。

2. 启动全国盲人医疗按摩传承试点工作，发挥盲人医疗按摩技术资源中心的辐射作用。经中国残联批准，我院2018年10月启动全国盲人医疗按摩知名老中医药专家学术经验继承试点工作，加强盲人医疗按摩骨干人才培养，目前正在开展指导老师和继承人遴选。

3. 开展全国盲人医疗按摩培训、指导，取得实效。举办全国盲人医疗按摩机构管理干部班和技术提高班，全国17个省市50家按摩机构的318人参加培训；举办第八届全国盲人医疗按摩机构发展研讨会、学术交流会，全国15个省市34家机构100名代表参会；落实北京市残联国家及省级盲继教四个项目8期班，培训盲人医疗按摩技术人员549人次；与各省残联及按摩医院开展交流和专家指导98人，实训19人。

4. 落实阳光盲人按摩创业计划。与青海仁和按摩康复医院、济南按摩医院签署对口帮扶协议，扶持新建盲人医疗按摩机构发展。

5. 首次承办全国残联系统“脑瘫中西医结合康复骨干培训班”。全国31个省区市50名康复骨干参加培训，为残联系统康复专业人才培养搭建高质量的学术交流平台。

（三）加强医疗业务内涵建设，提升科教研水平

医院始终坚持以患者为中心，规范医疗管理，深化“三级医师梯队”工作，发挥中医药特色优势，拓展新业务，不断提升医疗质量和安全。在市中医局反馈的2017年质控检查中，按摩医院在中医技术、病历等5个方面，全市排名第二。

1. 总结凝练医院60年特色手法。完成以盲人医疗按摩为特色的《按动推拿流派》专著的编写；抢救保护老专家经验，完成五位老专家的特色手法拍摄，制作《盲人医疗按摩知名专家按动疗法经验集》光盘；推动按动疗法在中

医内科和康复领域的应用与研究，出版《脏腑按摩基础手法图解》专著，为成功申请盲人医疗按摩成为国家学术流派，更好地服务残疾人事业奠定基础。

2. 推动老专家经验传承工作。启动院内第十届知名专家经验继承工作。师瑞华基层老中医传承工作室被北京市中医管理局确定为“薪火传承3+3工程”2018年立项建设项目。

（四）加强对外合作

与朝阳区将台社区卫生服务中心建立合作关系，推动中医药适宜技术走进基层。与门头沟中医院建立专科联盟合作关系，帮助门头沟区中医院儿科建设，打造京西医疗品牌。

积极参与“一带一路”建设，与蒙古国合作开展中医药人才培训。承办“北京市中医局每周英语——中医国际舆情及健康圆桌会”。参与第十届地坛中医药健康文化节和京交会，弘扬中医药文化。

（五）二期扩建工程顺利开工

在中国残联党组、残联计财部和相关部门的关心和大力支持协助下，医院扩建项目筹备工作历经12年，终于在2018年5月2日举行奠基典礼，6月12日正式下达开工令，施工单位如期进场。截至2018年年底，已完成全部基坑支护桩与止水帷幕施工，正在按计划进行土方开挖，预计2019年完成主体结构封顶。

二、大事记

1月30日，张凯欢副院长带领慰问工作组走访慰问南皮县王寺镇27户贫困家庭。

2月，按摩医院开设针灸科眩晕门诊，开拓业务新领域。

2月，按摩医院与门头沟中医院合作建立的儿科协作科室正式挂牌，推动门头沟中医院的儿科建设进入快车道。

3月，按摩医院第十届知名专家经验继承工作启动，王力强（视力残疾）、骆彬（视力残疾）跟师王友仁主任医师（视力残疾），吴学展跟师师瑞华主任医师（视力残疾）。

4月1日，按照上级医保部门要求，按摩医院顺利启用《北京市新版医疗保险药品目录》。

4月28日，按摩医院出台初诊患者“一体化”诊疗模式，确保初诊患者都能挂上号、看上病，得到及时、全程、系统的诊疗服务，保障患者利益最大化。

5月2日，北京按摩医院二期扩建项目举行奠基仪式。

5月，北京按摩医院被评为中国残联2017年度先进单位。

5月5日—6日，按摩医院举办针灸科“眩晕类疾病诊治学习班”，北京地区20余家医院近50余名专家学者参加学习。

5月8日，第14届世界盲人联盟亚太区按摩研讨会在福州举办，北京按摩医院院长赖伟、副院长周小波、主任医师齐鸿（视力残疾）、主治医师曲怡（视力残疾）、医疗按摩工作处处长杨阳参加研讨会。

5月17日，按摩医院举办第十届知名专家经验继承工作启动会暨第八届出师仪式。医院领导班子、王友仁（视力残疾）、师瑞华（视力残疾）和各科室主任及第八届、第十届继承人参加会议。第八届继承人郑生泓（视力残疾）、邹箭山（视力残疾）、鲍雨晴（视力残疾）顺利出师。

5月17日，为进一步提高院感防范意识，普及院感知识，加强院感质控管理，按摩医院组织“我承诺，我行动”签名仪式，院领导班子、各科主任及医护技代表参加了活动。

5月22日—26日，北京按摩医院主办的2018年全国盲人医疗按摩机构管理干部班、专业技术提高班在西宁举办，全国17个省区市30家单位的163名学员参培，技术提高班中53位具有盲人医疗按摩资质的学员获国家级（Ⅰ类）盲医继教学分6分。

6月18日，按摩医院实现支付宝、微信支付缴费，有效地缩短患者结算时间。

6月20日，按摩医院举办建院60周年座谈会。赖伟院长向五位老专家：王友仁（视力残疾）、师瑞华（视力残疾）、洪学滨（视力残疾）、杨金斗（视力残疾）和赵润琛（视力残疾）颁发“北京按摩医院终身成就奖”。

6月26日，按摩医院召开院际间继承结业汇报会，李兵、吴致力、陈悟等顺利出师。

7月10日，按摩医院党委、工会为职工温晓明（视力残疾）颅骨修复手术发起爱心募捐活动，全院捐款共计66030元，工会给予大病补助4.9万元。

7月10日，北京按摩医院举办建院60周年手法技能比赛，项痹病科郗志鹏（视力残疾）、王兴超（视力残疾）取得技术标兵梯队荣誉称号。

7月11日—8月10日，北京按摩医院接收南皮县残联选送的1名盲人按摩学员进行为期一个月的实训。

7月12日，北京按摩医院举办北京联合大学特殊教育学院研究生实践基地挂牌仪式。

7月22日，按摩医院临床第一党支部为民服务小队到翠湖养老院开展义诊活动。

7月30日，大帽胡同4号院完成改造正式启用，成为按摩、针灸、输液、儿科业务用房，解决因空间狭小所致的患者就诊难问题。

7月，王海龙（视力残疾）主编的《脏腑按摩基础手法图解》由人民卫生出版社出版，该书对北京按摩医院临床常用的脏腑按摩手法进行广泛收集、整理，共计136种手法，填补了北京按摩医院脏腑按摩手法研究方面的空白。

7月，《北京按摩医院盲人医疗按摩知名专家按动疗法经验集》完成印制。北京按摩医院按动疗法第二代传承人洪学滨（视力残疾）、师瑞华（视力残疾）、王友仁（视力残疾）、赵润琛（视力残疾）、杨金斗（视力残疾）五位老专家的学术思想、特色手法、经验取穴、常见病治疗等内容得到全面整理和展示，是抢救保护老专家经验的一大成果。

8月3日—4日，北京按摩医院举办建院60周年暨中国手法发展前沿学术论坛。张海迪主席发来贺信，中国残联副理事长程凯、北京市中医管理局副局长罗增刚、中华中医药学会推拿分会主任委员房敏等出席开幕式，全国各地400余位推拿专家、学者参加。围绕“推拿与康复医学共发展”主题，设立主会场和儿科、全国盲人医疗按摩机构发展、全国盲人医疗按摩技术交流3个分论坛，探讨推拿学科和盲人医疗按摩的特色发展。

8月，北京按摩医院正式启动职能处室参与三级医师梯队活动，实现三级医师梯队建设从形式上的固化到内容的丰富，再到活动质量的升华的三步走。

8月，在北京医师协会举办的第六届北京优秀医师表彰大会上，按摩医院推拿二科主任李兵副主任医师荣获“北京优秀医师”称号。

9月9日，按摩医院举办一年一度全员内训，北京大学特约教授、国家级心理顾问于焕新老师为全院职工进行了主题为“阳光心态与情绪管理”的讲座。

9月10日，北京按摩医院与将台社区卫生服务中心签订协议建立传承工作室，并派出邹海鹏、方艳、孙西元、谢兴开定期前往出诊带教，提升社区医院中医推拿、康复业务能力。

9月10日—12日，周小波副院长赴蒙古乌兰巴托参加亚太世盲联中期会议，会议主题是“不让一个盲人掉队”。积极宣介我国盲人权利保障事业成就，加强亚太国家沟通交流。

9月19日—23日，张凯欢副院长随中国残联代表团到蒙古参加第八届残疾人国际东北亚地区会议。

9月25日—29日，北京按摩医院举办2018年第二期全国盲人医疗按摩机构管理干部、专业技术提高班，全国12个省区市34家单位的155名学员参加培训，技术提高班中49位具有盲人医疗按摩资质学员获国家级（Ⅰ类）盲医继教学分6分。

9月26日，北京按摩医院举办第9届知名专家经验继承出师答辩会。陈乃龙（视力残疾）、王欣（视力残疾）、史志华（视力残疾）3位继承人通过考核，顺利出师。

9月30日—10月15日，北京按摩医院推拿一科主任胡晓波受中国残联委派赴印尼雅加达执行第三届亚残运会中国代表团医疗保障任务。

10月7日—10月13日，北京按摩医院财务处负责人田筱秋随中国残联团组赴台湾参加由财团法人中国国民党身心障碍者保护基金会组织的残疾人事务交流活动，拓宽残疾人权益维护、教育就业、托养康复等方面的合作渠道。

10月24日，赖伟院长一行到南皮县王寺镇开展“健康扶贫，你我同行”义诊、健康大讲堂和入户调研慰问等活动。

10月，北京按摩医院师瑞华基层老中医传承工作室被北京市中医管理局确定为“北京市名老中医药专家学术思想抢救挖掘与优秀传承人才培养联动工程”（简称“薪火传承3+3工程”），通过建立基层老中医传承工作室，整理、凝练和传承其学术思想和临床经验，培养一批基层名中医。

10月，中国残联批准北京按摩医院在全国盲人医疗按摩机构启动开展知名老中医药专家学术经验继承试点工作（残联厅函〔2018〕307号），旨在充分发挥全国盲人医疗按摩技术资源中心的行业引领作用，在全国范围内培养一批中医理论深厚、临床技术精湛、推拿手法独特、医德高深的中青年盲人医疗按摩骨干人才。

11月9日—11日，北京按摩医院承办全国脑瘫中西医结合康复骨干培训班，全国31个省区市的50名康复骨干参加培训，交流和共享国内外先进的脑瘫康复理念及康复技术。

11月19日，赖伟同志调任中国残联就业服务指导中心副主任，免去北京按摩医院院长职务；金涛副院长牵头北京按摩医院的日常工作。

11月，中国社会科学院“一带一路”人文交流与文化产业合作国际研修班学员到北京按摩医院参观考察。

12月，北京按摩医院“国际针灸病例注册登记研究联盟慢性腰痛专家工作室”正式授牌成立。2017年9月，针灸科加入由世界针灸学会联合会与中国针灸学会发起、中国中医科学院主持的“国际针灸病例登记注册项目”，积极探索全球针灸技术、病例资源共享。

12月，北京按摩医院应邀参加北京旅游局、北京市中医管理局共同举办的“北京中医药健康旅游产品培训暨对接洽谈会”。

12月28日，张凯欢副书记以“在新时代继续把改革开放推向前进”为主题，为职能处室党支部全体党员举行党课讲座。

（赵丹娅供稿）

中国残联信息中心

一、工作综述

2018年是《“十三五”加快残疾人小康进程规划纲要》实施攻坚年，中国残联信息中心以《残疾人事业信息化建设“十三五”实施方案》为指导，统一规划、统筹建设，推进系统整合共享，着重推进残疾人大数据建设，以“互联网+”打造精准化、个性化残疾人服务，继续推进第三代残疾人证（智能化）技术研究及试点工作，力争实现残疾人社会保障和基本公共服务水平显著提高，使残疾人共享全面建成小康社会的成果。

（一）推进残疾人信息化大数据建设

1. 建立规范的数据采集平台。搭建中国残联统一数据采集平台，完成多项数据采集任务在平台上的部署整合，支撑2018年动态更新、事业统计、收入调查等采集工作顺利完成。

2. 建立统一的数据交换平台。规范数据共享交换标准，完善交换流程，实现与30多个省区市涉及残疾人证、智能化证、电子证照、动态更新、精准康复、事业统计等数据的交换。

3. 建立高效的数据共享合作机制。将残疾人基础状况、需求信息等在国务院政务信息资源整理利用服务平台上进行展示，建立数据定期推送机制。与国家电子政务网管中心实现对接，将残疾人证数据列入第二期共享交换名单中，残疾人基础信息被纳入国家人口基础信息库中。向审计署、国家卫健委等部委提供残疾人相关数据。

4. 做好全国残疾人基本服务状况和需求信息数据动态更新数据处理工作。指导完成11个自建系统省份、1个自建系统地市动态更新数据交换工作。共收集全国3300多万持证残疾人基本服务状况和需求信息数据及全国近70万个村（社区）涉及残疾人的基本公共服务信息。

5. 继续做好残联统计工作。完成年度统计快报、年报和台账任务。发布《2017年中国残疾人事业统计公报》，出版《2018年中国残疾人事业统计年鉴》，为中国残联七代会等重大会议、活动、领导决策和业务部门工作管理提供数据支持与服务。

（二）打造“互联网+残疾人服务”平台

1. 完成残疾人证管理应用服务。在国家卫健委等单位指导下，完善了残疾评定逻辑关系并配合完成全国及省市分级培训。完成第二代残疾人证办证系统升级改造，与自建办证系统省市进行对接，满足地方个性需求，减少重复建设。

2. 优化各类业务应用服务。完成长江假肢辅助器具适配、中国残联出国（境）团组、中国残联网上信访移动App及微信端、中国残联康复健身体育进家庭、残疾人法律法规规章采集、残疾人法律救助等系统建设，对原有精准康复、托养服务、燃油补贴、家庭无障碍改造及残疾人干部等系统进行升级改造。

3. 继续做好官网技术维护工作。完成“中国残联第七次全国代表大会”“第二次全国残疾预防日”“十三五规划实施情况中期评估”等重要活动的网上宣传工作。全年发稿量近3万篇。发布要闻信息526篇、公告文件116件，年度页面浏览量3.6亿，并加紧推进网站改版的规划与设计工作。完成对中国残联直属单位、专门协会、省级残联共计49家网站的评测。

4. 搭建残疾人移动服务门户。搭建残疾人服务门户PC端及移动App，逐步推进用户实名制，制定残疾人服务自主申请相关技术标准，规范对接流程，现已实现残疾人证、精准康复、托养、燃油补贴等项目残疾人自主申请。

5. 开展信息无障碍技术标准及研究相关工作。信息无障碍技术标准联合工作组完成国标《信息技术　互联网内容无障碍访问技术要求与评测方法》的正式报批。

（三）推进第三代残疾人证（智能化）技术研究及试点工作

1. 推进全国试点城市发证工作。印发《关于加快推进第三代残疾人证（智能化）换发工作的通知》，标志着第三代残疾人证（智能化）正式进入全国换发阶段。截至2019年1月，全国共提交19万制证数据。批复12个省份试点方案。其中，9地市已正式启动智能化残疾人证发放工作。

2. 启动发行检测管理平台技术开发工作。完成第三代残疾人证（智能化）发行和检测管理平台建设工作，实现办证系统、制发卡平台、密钥系统无缝对接，完善服务机制，用于10个地区制卡中心建设和残疾人证规模发卡测试。完成样卡抽检测试和上线发行检测50万次。

3. 启动密钥系统建设和电子认证相关工作。启动中国残联灾备中心密钥系统建设，继续完善中国残联证书认证管理系统电子认证应用。

（四）做好信息化安全保障与服务工作

1. 加强信息化基础设施建设。对中国残联机房的基础设施、网络环境等进行改造，专门对政务外网机房进行安全防护改造。启用上海诺宝中心异地容灾备份中心，实现中国残联“两地三中心”的数据容灾备份部署。

2. 提升安全服务保障能力。启动中国残联信息中心安全运维服务管理。对残联各类信息系统进行安全巡检和加固，提高各业务系统安全等级，防范业务数据信息泄漏，保障信息安全，实现核心业务的稳定运行。

3. 机关软硬件技术支持与服务。配合中国残联做好信息化设备安全保密检查，完善机关各部门的互联网台式电脑终端管理策略。做好软硬件技术支持与服务。根据风险程度，为机关计算机统一安装相应补丁。根据病毒爆发情况，制定紧急预案，提升安全策略。落实国产化有关要求，配合做好软件正版化相关工作。

二、大事记

1月8日，张海迪主席到中国残联信息中心调研，察看信息化基础设施环境，观看智能化残疾人证制证过程和应用展示、残疾人证管理系统和数据采集平台系统演示，听取大数据建设、分析与研究、“互联网＋服务”平台、智能化残疾人证应用等情况汇报。张海迪强调，大数据建设要实事求是，每一个数据都要真实反映残疾人的需求。每录入一个数据，残疾人就多一分希望，要特别建立残疾妇女儿童大数据。要实现标准化管理，提高数据质量，加快智能化残疾人证试点推广工作。加强大数据分析应用，为扶贫、康复等精准施策提供依据。要切实保障数据安全，保护残疾人信息、知识产权等，加强技术和物质基础保障。

3月23日，中国残联数据资源异地备份中心在上海诺宝中心正式启用。相自成出席并讲话。中国残联数据资源上海异地备份中心是残联信息化基础设施的重要组成部分，在残疾人事业信息化建设中将发挥重要作用。

6月12日，第三代残疾人证（智能化）区域培训班在武汉举办。相自成出席开班式。13个省级残联及部分地市残联的主要领导和相关负责同志参加培训。北京、浙江、新疆、苏州等地介绍试点经验。

7月10日—12日，全国省级残联统计工作培训班在广西北海举办。各省区市残联、新疆生产建设兵团残联、黑龙江垦区残联统计工作负责同志，及广西残联各业务部门、地市级残联统计人员参加培训。相自成出席开班式并讲话。培训班总结了2017年度残疾人事业统计工作的开展情况，对2018年统计工作进行部署和培训。中国残联康复、教就、维权、组联部门的业务负责人分别对2018年各业务领域的统计工作和填报要求进行系统讲解。

10月30日，部分省市及地市智慧残联试点培训班与研讨会在上海举办，吕世明出席活动并讲话。会议邀请国家信息中心有关专家对政府电子政务发展、智慧城市内涵外延及建设指标与智慧残联建设相融合进行深入解读和培训。与会省地市代表结合本地实际，总结建设智慧残联的工作成果和经验，探讨挑战应对。

12月19日，全国残联信息化工作会暨信息技术培训班在成都举行。吕世明出席会议并讲话。各省区市及计划单列市残联，新疆生产建设兵团残联、黑龙江垦区残联负责同志参加会议。会议总结“十三五”残疾人事业信息化工作开展情况，介绍中国残联信息化改革与未来建设思路，对中国残联统一认证平台、服务平台、采集平台及信息安全等方面进行讲解，相关专家围绕大数据建设、“互联网＋服务”等内容授课。北京、四川、宁波残联就本省（市）信息化工作分享经验。

（汪霞供稿）

第九编　2018年中国残疾人事业发展统计公报

CHINA STATISTICAL COMMUNIQUE ON THE DEVELOPMENT OF THE UNDERTAKING FOR DISABLED PERSONS IN 2018

2018 年中国残疾人事业发展统计公报

残联发〔2019〕18 号

2018 年，全国残联系统认真学习习近平总书记关于残疾人事业的重要论述，围绕实现“全面建成小康社会，残疾人一个也不能少”的目标，着力打赢打好贫困残疾人脱贫攻坚战，努力开创新时代残疾人事业发展新局面。

一、康　复

2018 年，1074.7 万残疾儿童及持证残疾人得到基本康复服务，其中 0—6 岁儿童 15.7 万人。得到康复服务的持证残疾人中，有视力残疾人 120.5 万、听力残疾人 66.1 万、言语残疾人 7.5 万、肢体残疾人 592.3 万、智力残疾人 83.8 万、精神残疾人 150.8 万、多重残疾人 48.2 万。全年共为 319.1 万残疾人提供各类辅助器具适配服务。

截至 2018 年底，全国已有残疾人康复机构 9036 个，其中，1346 个机构提供视力残疾康复服务，1549 个提供听力言语残疾康复服务，3737 个提供肢体残疾康复服务，3024 个提供智力残疾康复服务，1962 个提供精神残疾康复服务，1811 个提供孤独症儿童康复服务，1929 个提供辅助器具服务。康复机构在岗人员达 25.0 万人，其中，管理人员 2.9 万人，专业技术人员 17.6 万人，其他人员 4.5 万人。

二、教　育

会同教育部指导各省（区、市）出台《第二期特殊教育提升计划（2017—2020 年）》实施方案。与教育部、国家发展改革委出台《关于加快发展残疾人职业教育的若干意见》。继续开展残疾人高等融合教育试点工作。《国家通用手语常用词表》《国家通用盲文方案》作为语言文字规范正式发布。会同中央宣传部等部门印发《关于推广国家通用手语和国家通用盲文的通知》，在全国范围内逐步推广使用国家通用手语和国家通用盲文。残疾人受教育权得到了更好保障，进一步提高了特殊教育发展水平。

残疾人事业专项彩票公益金助学项目的实施，为全国 1.7 万名家庭经济困难的残疾儿童享受普惠性学前教育提供资助。各地多渠道争取资金支持，对 4993 名残疾儿童给予学前教育资助。

2018 年，全国共有特殊教育普通高中班（部）102 个，在校生 7666 人，其中聋生 5554 人，盲生 2056 人，其他 56 人。残疾人中等职业学校（班）133 个，在校生 19475 人，毕业生 4837 人，毕业生中 1199 人获得职业资格证书。全国有 11154 名残疾人被普通高等院校录取，1873 名残疾人进入高等特殊教育学院学习。

继续实施《“十三五”残疾青壮年文盲扫盲行动方案》。5.2 万名残疾青壮年文盲接受了扫盲教育。

三、就　业

2018 年城乡持证残疾人新增就业 36.7 万人，其中，城镇新增就业 11.8 万人，农村新增就业 24.9 万人；城乡新增培训残疾人 49.4 万人。

全国城乡持证残疾人就业人数为 948.4 万人，其中按比例就业 81.3 万人，集中就业 33.1 万人，个体就业 71.4 万人，公益性岗位就业 13.1 万人，辅助性就业 14.8 万人，灵活就业（含社区、居家就业）254.6 万人，从事农业种养加 480.1 万人。

盲人按摩事业稳步发展，按摩机构持续增长。全国共培训盲人保健按摩人员 19732 名、盲人医疗按摩人员 10160 名；保健按摩机构 16776 个，医疗按摩机构 1126 个；953 人获得盲人医疗按摩人员初级职务任职资格，122 人获得中级职务任职资格。

四、社会保障

截至 2018 年底，残疾居民参加城乡社会养老保险人数 2561.2 万；595.2 万 60 岁以下参保重度残疾人中，576.0 万得到政府的参保扶助，享受代缴比例达到 96.8%。298.4 万非重度残疾人享受了个人缴费资助政策。1024.4 万人领取养老金。

残疾人托养服务工作稳步推进，残疾人托养服务机构 8435 个，其中寄宿制托养服务机构 2639 个，日间照料机构 4099 个，综合性托养服务机构 1697 个，为 22.3 万残疾人提供了托养服务。88.8 万残疾人接受居家服务。2.2 万名托养服务管理和服务人员接受了各级各类专业培训。

五、扶贫开发

贫困残疾人得到有效扶持，116.1万残疾人脱贫退出建档立卡；残疾人接受实用技术培训58.8万人次。

1.3万农村残疾人获得康复扶贫贴息贷款扶持。5490个残疾人扶贫基地安置7.0万残疾人就业，扶持带动13.5万户残疾人家庭。

全国共完成11.3万户农村贫困残疾人危房改造，投入资金13.7亿元。

六、宣传文化

2018年，以“全面建成小康社会，残疾人一个也不能少”为主题，组织第28次全国助残日活动，开展平昌冬季残奥会、残疾预防日、2018年国际残疾人日等系列宣传活动；全年组织记者采访500余人次，进行20次专题新闻发布，结合工作实际组织拍摄微视频4部。各大媒体大力宣传残疾人事业，新华社发表文章128篇，中央电视台播发新闻119条，《人民日报》发表文章71篇。“两微一端”关注、订阅人数近435万人，总阅览量约4896万人次。截至2018年底，全国共有省级残疾人专题广播节目25个、电视手语栏目31个；地市级残疾人专题广播节目205个、电视手语栏目264个。

积极为残疾人提供优秀文化产品和服务。组织开展了全国残疾人文化周等活动，推动创作话剧《但的故事》等反映改革开放40年来党和政府及社会各界对残疾人格外关心、格外关注的文艺作品。对文化进残疾人家庭“五个一”、残疾人特殊艺术人才培养基地建设等项目进行专项扶持。截至2018年底，全国省、市、县三级公共图书馆共设立盲文及盲文有声读物阅览室1124个，共开展残疾人文化周活动7931场次；全国省、市两级残联共举办残疾人文化艺术类的比赛及展览663次，共有各类残疾人艺术团283个。

七、体　育

残疾人群众体育活动日益活跃，残疾人竞技体育水平不断提高。继续实施残疾人“康复体育关爱工程”和“自强健身工程”，第八届“残疾人自强健身周”、第三届中国残疾人冰雪运动季活动列入国家体育总局全民健身示范活动。特奥融合运动深入开展，残疾人文化体育参与率由2017年的10.9%增长至2018年的12.9%。

雪上项目在国际赛事上获得15枚金牌。在雅加达第三届亚残运会上，中国代表团获得172枚金牌、88枚银牌、59枚铜牌，奖牌总数319枚，破7项世界纪录，位列金牌及奖牌榜首位，实现了远南运动会和亚残运会“九连冠”。全年共举办38项全国残疾人体育赛事，共有5000多名运动员参赛。参加了30项国际赛事，获得了302枚金牌、161枚银牌、116枚铜牌。2022年北京冬残奥会筹办和备战工作进展顺利。2019年天津全国第十届残运会暨第七届特奥运动会筹办工作稳步推进，完成了9个项目提前比赛，集体项目和群体项目预赛。推动实现了2021年全国残运会与全运会、2022年亚残运会与亚运会同城同年举办，开创了我国残奥会与奥运会、亚残运会与亚运会、全国残运会与全运会全部同城同年举办的新模式。

八、维　权

各级残联维权组织建设进一步加强，残疾人事业法律法规体系更加完善，无障碍环境建设取得新突破，残疾人维权工作全面开展。

2018年，制定或修改省级关于残疾人的专门法规、规章15个，地市级9个；制定或修改保障残疾人权益的省级规范性文件19个，地市级61个，县级148个。全国县级以上人大开展《中华人民共和国残疾人保障法》执法检查和专题调研294次；政协开展视察和专题调研280次。全国开展省级普法宣传教育活动309次，35835人参加；举办省级法律培训班59个，4051人参加。

截至2018年底，全国成立残疾人法律救助工作协调机构1988个，建立残疾人法律救助工作站1814个。

残疾人参政议政工作得到加强，各地残联协助人大代表、政协委员提出议案、建议、提案833件，办理议案、建议、提案1081件。

无障碍环境建设法规、标准进一步完善。全国共出台了475个省、地市、县级无障碍环境建设与管理法规、政府令和规范性文件；1702个地市、县系统开展无障碍环境建设；全国开展无障碍环境建设检查2929次，无障碍培训3.7万人次；为115.8万户残疾人家庭实施了无障碍改造，其中包括16.6万户贫困重度残疾人；为65.1万残疾人发放了残疾人机动轮椅车燃油补贴。

九、组织建设

2018年，全国省市县乡（除兵团、垦区外）共成立残联4.2万个，各省（区、市）、市（地、州）全部建立残联；97.5%的县（市、区）、97.1%的乡镇（街道）已建立残联；94.4%的社区（村）建立残协，共54.9万个。

省市县乡残联工作人员达11.1万人，乡镇（街道）、村（社区）选聘残疾人专职委员总计58.7万人。全部省级残联、69.3%的地市级残联配备了残疾人领导干部，49.8%的县级残联配备了残疾人干部。

全国共建立省级及以下各类残疾人专门协会1.6万个，其中省级各类专门协会已建比例为100%，市级为96.8%，县级为92.4%。全国助残社会组织2562个。

十、服务设施

残疾人服务设施建设得到全面发展。截至2018年底，全国已竣工的各级残疾人综合服务设施2364个，总建设规模578.3万平方米，总投资176.9亿元；已竣工各级残疾人康复设施914个，总建设规模344.9万平方米，总投资111.2亿元；已竣工的各级残疾人托养服务设施791个，总建设规模214.8万平方米，总投资57.8亿元。

十一、信息化建设

截至2018年底，全国31个省级、261个地市级、863个县级残联开通网站。全国残疾人人口基础数据库持证残疾人3566.2万人。智能化残疾人证试点成功，正式进入全面换发阶段。北京智能化残疾人证全面换发完成，20个省区市启动第三代残疾人证的换发工作。北京和上海开展了电子证照的试点应用服务，为“互联网+残疾人服务”奠定技术基础。

（中国残联供稿）

第十编　2018年中国残疾人事业和残疾人工作大事记

CHRONICLE OF UNDERTAKING AND WORK FOR DISABLED PERSONS IN CHINA IN 2018

1 月

1月2日，中共中央、国务院发布《关于实施乡村振兴战略的意见》（中发〔2018〕1号）。意见就加强农村残疾人工作提出了明确要求：把农村需要的人群纳入特殊教育体系；加强和改善农村残疾人服务；加强妇幼、老人、残疾人等重点人群健康服务；综合实施保障性扶贫政策，确保残有所助；发挥残联等群团组织的优势和力量，支持农村弱势群体关爱等。

1月3日，中国残联召开贫困残疾人脱贫攻坚领导小组办公室会议，传达学习全国扶贫开发工作会议精神，研究2018年贫困残疾人脱贫攻坚工作。程凯主持会议。

1月7日，中国残联、国务院扶贫办、教育部、民政部、人社部、国家卫计委共同印发《着力解决因残致贫家庭突出困难的实施方案》（残联发〔2018〕3号）。方案提出，要确保符合条件的建档立卡贫困残疾人全部纳入农村低保范围，加大对建档立卡贫困家庭重度残疾人的医疗救助。要严格落实困难残疾人生活补贴制度和重度残疾人护理补贴制度，并逐步建立“两项补贴”标准与当地收入和物价水平相挂钩的动态调整机制。针对建档立卡贫困残疾人中16岁以上有长期照料护理需求的重度残疾人，方案明确提出，符合特困人员认定条件的，要纳入特困人员救助供养，给予其基本生活保障和日常照料；不符合特困人员救助供养条件但有长期照料需求的重度残疾人，各地可充分利用乡村养老机构、福利设施、医疗机构、农村集体闲置资源和闲置农房，通过相关措施为他们提供集中养护或日间照料、邻里照护等服务，照料看护等公益岗位向建档立卡贫困家庭人口倾斜。

1月8日，交通运输部、住建部、国家铁路局、中国民用航空局、国家邮政局、中国残联、全国老龄委办公室等七部门联合出台《关于进一步加强和改善老年人残疾人出行服务的实施意见》（交运发〔2018〕8号）。总体目标：“到2020年，交通运输无障碍出行服务体系基本形成，无障碍出行服务水平、出行服务适老化水平和服务均等化水平明显提升，无障碍交通设施设备不断满足出行需要，无障碍交通运输服务的‘硬设施’和‘软服务’持续优化，老年人、残疾人出行满意度和获得感不断增强。”意见还详细规定了具体目标。

1月8日，张海迪调研中国残联信息中心工作，视察信息化基础设施环境，听取大数据建设、分析与研究、“互联网+”服务平台、智能化残疾人证应用等工作情况汇报。张海迪强调，大数据建设要实事求是，每一个数据都要真实反映残疾人的需求。每录入一个数据，残疾人就多一分希望，要特别建立残疾妇女儿童大数据。要实现标准化管理，提高数据质量。加强大数据分析应用，为扶贫、康复等精准施策提供依据。要切实保障数据安全，保护残疾人信息、知识产权等，加强技术和物质基础保障。

1月9日，国家发展改革委下达社会服务兜底工程（残疾人服务体系）中央预算内投资计划12亿元，支持163个残疾人康复和托养项目建设（含残疾人综合服务设施），其中为落实“十三五”县级残疾人康复设施、托养设施、综合服务设施三者有其一的目标，安排中央投资10.18亿元，支持县级康复、托养项目共150个，占全部投资的84.83%。

1月9日—10日，2018年全国语言文字工作会议在南京召开。教育部副部长、国家语委主任杜占元高度肯定手语和盲文规范化工作，他指出，制定《国家通用盲文方案》《国家通用手语常用词表》，为全国3300多万听障视障人员的特殊语言文字权利、受教育权利提供了保障。

1月9日—11日，首期国家通用盲文骨干教师培训班在北京举行。全国32所高校、技术学院、盲校的40余名教师参加培训。中国盲人协会主席李伟洪、常务副主席李庆忠出席开班仪式。

1月10日，中国残联召开直属新闻文化单位联席会议，传达学习全国宣传部长会议精神，研究部署落实工作。孙先德出席并讲话。

1月10日，中国残联召开2017年度干部人事工作会议，总结分析年度工作，部署重点任务。相自成出席并讲话。

1月11日，中国残联印发《关于在国家老旧小区改造试点中切实落实无障碍改造工作的通知》（残联函〔2018〕7号）。通知指出，试点城市残联要积极配合细化老旧小区无障碍改造具体内容并推动纳入改造方案，要推进小区道路、绿地采取平整或坡化、重要部位设置提示盲道、设置无障碍标识等无障碍改造，推进停车场所设置无障碍停车位，推进小区公共服务场所完善无障碍出入口、地面、扶手、低位服务柜台、无障碍厕所或厕位等无障碍设施，与残疾人家庭无障碍改造工作相衔接，推进居住建筑完善无障碍出入口、有条件的增加无障碍电梯等设施。

1月11日，张海迪调研中国残疾人特殊艺术指导中心（中国残疾人艺术团）工作，视察中心设施情况，看望和慰问全体演职人员，听取中心工作汇报。

1月12日，中国残联、国家发改委、民政部、财政部、人社部、住建部、中国人民银行、国家税务总局、国家工商总局、国家体育总局、国家邮政局、国务院扶贫办、全国总工会、共青团中央、全国妇联等15部门联合印发《关于扶持残疾人自主就业创业的意见》（残联发〔2018〕6号）。意见明确了扶持范围，在“提供合理便利和优先照顾、落实税收优惠和收费减免、提供金融扶持和资金补贴、支持重点对象和‘互联网+创业’、提供支持保障和就业服务”等方面做了具体规定。

1月17日，中国残联召开全国动态更新办与专家指导委员会2018年第一次联席会议。鲁勇出席并讲话，吕世明、相自成出席会议。

1月18日，国家发展改革委发出《关于国家残疾人冰上运动比赛训练馆建设项目建议书的批复》（发改社会〔2018〕136号）：“原则同意（中国残联）所报国家残疾人冰上运动比赛训练馆建设项目建议书。”“该项目建设地点位于北京市顺义区后沙峪镇天北路321号，占地面积26902平方米。主要建设内容包括残奥冰球比赛训练馆、轮椅冰壶训练馆、配套附属设施。”中国残疾人体管中心加紧推进筹备工作，保证当年12月30日开工建设。

1月18日，2018年全国残疾人辅助器具业务负责人培训班在北京举行。贾勇出席开班式。

1月20日，中共中央、国务院发布《关于全面深化新时代教师队伍建设改革的意见》，对特教教师队伍建设提出进一步要求。要求加强特殊教育教师培养，出台特殊教育学校教职工编制标准，绩效工资分配向特殊教育教师倾斜。

1月21日，中国智协、北京丰盛公益基金会和北京博能志愿公益基金会在北京联合主办“天使在人间——丰盛天使心”慈善晚会。晚会引进台湾天使心家族福利基金会十几年来帮助“爱奇儿”（即心智障碍者）家庭的成功经验，旨在搭建更加广泛的爱心平台，帮助大陆的智力残疾人群体。全国政协民族与宗教事务委员会主任、原中央统战部常务副部长朱维群，全国政协社会与法制委员会副主任、中国残联副主席王新宪，中国智协主席张宝林等出席。

1月22日，中国残联召开会议传达学习党的十九届二中全会精神，并就贯彻落实提出要求。

1月22日，中国残联召开2017年度党建述职会，鲁勇出席并讲话。

1月23日—26日，中国残联在珠海市召开全国残疾人证核发管理工作研讨会，并就新的残疾人证管理办法和新升级的残疾人证管理系统对省级残联业务主管人员和信息中心业务人员进行培训。

1月24日，由中国残联指导、中国银行业协会主办的《中国银行业无障碍环境建设标准》专家论证会在中国残联召开，吕世明出席会议讲话，中国银行业协会秘书长黄润中主持会议。

1月25日，中国残疾人福利基金会联合中国肢残人协会主办、扬州博阳投资管理有限公司承办的“爱心一片·温暖无限”博阳公益捐赠仪式在人民大会堂举行。中国有530多万人因病、车祸、地震、意外伤害造成脊损伤高位截瘫，两便失禁，失去工作和生活能力，终身与病榻和轮椅为伴，多数处于贫困状态。由中国残联主席张海迪倡导开展的“爱心一片·温暖无限”公益活动旨在动员呼吁社会各界爱心人士伸出援手，奉献爱心，帮助他们解决困难，缓解生活压力，感受到社会大家庭的温暖。公众捐款一元可为他们购买一片纸尿垫，三元可购买一片纸尿裤，十元可购买一人全天的护理用品。扬州博阳投资管理有限公司等十余家企业共同捐赠7000多万元人民币，支持开展该项目。活动同时发布项目手机捐赠平台，倡导和传递“一元爱心，共享公益”的慈善理念。

1月26日，民政部、卫计委、中国残联共同召开加快发展精神障碍社区康复服务视频会议，贯彻《关于加快精神障碍社区康复服务发展的意见》，部署加快推进精神障碍社区康复服务工作。中国残联副理事长贾勇、民政部副部长高晓兵、国家卫计委疾控局有关负责同志出席并讲话。

1月26日，中国残联党组理论学习中心组召开扩大会议，以深刻领会习近平新时代中国特色社会主义思想的历史地位和丰富内涵为主题，学习讨论“八个明确”主要内容和“十四个坚持”基本方略的重要创新思想、创新观点。鲁勇主持学习并讲话。

1月29日，中国残疾人福利基金会“助残就业专用基金”成立暨“助残就业共奔小康”爱心企业捐赠及颁奖仪式在北京举行。王乃坤理事长与宜生到家首席执行官孙金政签署合作协议。

1月30日—31日，全国残疾人就业服务和扶贫工作会议在福州召开。程凯出席会议并讲话。

1月31日（纽约当地时间），中国残联主席、康复国际主席张海迪在纽约联合国总部出席联合国社会发展委员会第56届会议，并在“以证据为基础，推动在落实、监督和评估2030年可持续发展议程中将残疾人问题主流化”专题讨论上做主旨发言。其间，张海迪还出席中国－欧盟“实现残疾人平等权利和融合发展”主题边会并做主旨发言。当地时间2月1日，张海迪会见联合国常务副秘书长阿米纳·穆罕默德女士，拜会我国常驻联合国代表马朝旭大使；同日，张海迪到康复国际纽约秘书处主持召开工作会议，部署康复国际下阶段重点工作。

1月—3月，中国残联对2017年度10个一级项目51个预算项目全部开展绩效自评，并对2017年度残疾人康复人才建设项目进行绩效评价，将绩效自评结果纳入决算报告报送人大审议并进行网上公开。绩效自评和评价，检验项目执行效果，规范资金管理，敦促预算执行进度，有效提升了财政资金使用效益和项目管理水平。

2 月

2月3日—4日，首次参加残奥冬季两项赛事的我国运动员杜明远、高晓明和吴君宝三人在在芬兰沃卡蒂（Vuokatti）奥林匹克训练中心举行的残奥北欧滑雪世界杯总决赛上的成绩积分均达到平昌冬残奥会冬季两项的参赛要求，为我国2018平昌残奥代表团冬季两项男子组获得3个参赛资格。

2月5日，中国残联召开推进全面从严治党干部大会，学习贯彻十九届中央纪委二次全会精神。鲁勇主持会议，中央纪委驻民政部纪检组组长龚堂华出席会议。

2月6日—7日，张海迪赴河南省驻马店市调研残疾人工作，走访慰问贫困残疾人。河南省副省长、省残联主席戴柏华陪同调研。

2月8日，中国残联、中国残疾人事业新闻宣传促进会组织召开新春媒体座谈会，听取新闻媒体代表意见建议，共商残疾人事业发展。孙先德出席并讲话。

2月9日，国务院办公厅发布《关于推进社会公益事业建设领域政府信息公开的意见》（国办发〔2018〕10号），在“社会救助和社会福利领域”规定：“重点围绕城乡低保、特困人员救助供养、受灾人员救助、医疗救助、教育救助、住房救助、就业救助、临时救助、老年人福利、残疾人福利、儿童福利、孤儿基本生活保障、计划生育特殊困难家庭扶助等事项，全面公开救助对象认定、救助标准，福利补贴申领及申请审批程序等相关政策，有针对性地公开救助款物的管理使用、福利补贴发放等情况。公开方式方法要因地制宜、因事制宜，既确保公开实效、维护底线公平，又保护好相关人员个人隐私。”

2月11日，鲁勇一行赴河北省张家口市崇礼区看望备战冬残奥运动员，并登门慰问西湾子镇和平村重度贫困残疾人武小永、陆进枝，详细了解他们的身体和生产生活状况，以及享受“两项补贴”等福利保障的情况，仔细倾听他们的实际困难和需求，鼓励他们树立信心，勇敢地面对生活挑战。

2月15日，张海迪主席发表2018新春贺词，向全国残疾人兄弟姐妹、残疾人工作者祝福新春快乐，感谢社会各界和朋友们对残疾人事业的关心和支持。

2月24日，中国残联成立无障碍环境建设推进领导小组及办公室并召开第一次全体会议。推进办主任吕世明、相自成出席会议。

2月27日，杭州市交通运输局联合市残联、市财政局、市公交集团和市地铁集团召开新闻发布会，宣布从3月1日起，杭州市户籍的持证残疾人以及非杭州市户籍的持证重度残疾人均可免费乘坐市内公共交通工具，包括地铁、公共汽电车和公交水上巴士。

3 月

3月1日晚，3月3日第19次全国爱耳日前夕，2018年全国爱耳日公益音乐会在国家大剧院举行。

3月2日，国务委员、国务院残疾人工作委员会主任王勇到怀柔中体奥冰壶运动中心视察平昌冬残奥会备战工作，看望慰问运动员、教练员和工作人员。

3月2日，平昌冬残奥会中国体育代表团成立暨动员大会在京举行。中国残联主席、中国残奥委员会主席张海迪任代表团团长，党组成员、副理事长贾勇、王梅梅任代表团副团长。中国体育代表团由运动员、教练员和团部工作人员共60余人组成。其中运动员26人，全部是业余选手，平均年龄25岁。代表团聘请日本、英国、美国、芬兰等国家高水平教练和打蜡师团参与高山滑雪、单板滑雪及越野滑雪的训练和比赛工作，这是我国残疾人体育代表团首次聘请外籍人员参团。

张海迪在动员讲话中强调，冬残奥会是残奥运动员展示生命力量和不屈品格的舞台，每一个运动员都代表着中国8500万残疾人对2022北京冬残奥会的信心与期待，相信大家都会以良好的竞技状态和精神，向世界展示新时代中国残疾人的风貌，鼓舞和激励更多的残疾人热爱体育、参与冰雪项目，享受运动乐趣。张海迪要求全团要展现团结拼搏、超越自我、永不放弃的残疾人体育精神，展现礼仪之邦的文明风范和中国残疾人乐观向上的精神风貌。张海迪表示，要通过平昌参赛，学习先进国家的理念和做法，在管理、训练、保障、科研、器材装备等方面多学习，多思考。每一个人都要成为2022北京冬残奥会的使者，要积极主动，广泛交流，增进友谊，讲好中国故事，传递中国声音。

3月2日，《雄安新区无障碍规划标准导则》研究与编制启动会在清华大学召开。中国残联副主席、无障碍环境建设推进办主任吕世明出席并讲话。他希望编制工作要“传播无障碍环境建设人文理念，实施国家无障碍法规政策标准要求，借鉴无障碍环境建设先进经验，运用信息化、智能化高科技手段，围绕系统先进性、科学适用性、特色示范性要求，高标准高质量研究编制雄安新区无障碍专项规划标准导则”。

3月5日，第十三届全国人民代表大会第一次会议政府工作报告指出：“坚持以人民为中心的发展思想，着力保障和改善民生，人民群众获得感不断增强。在财力紧张情况下，持续加大民生投入。全面推进精准扶贫、精准脱贫，健全中央统筹、省负总责、市县抓落实的工作机制，中央财政五年投入专项扶贫资金2800多亿元。……提高低保、优抚等标准，完善社会救助制度，近6000万低保人员和特困群众基本生活得到保障。建立困难和重度残疾人‘两项补贴’制度，惠及2100多万人。”“加大精准脱贫力度。……对老年人、残疾人、重病患者等特定贫困人口，因户因人落实保障措施。攻坚期内脱贫不脱政策，新产生的贫困人口和返贫人口要及时纳入帮扶。”“着力促进就业创业。……加大对残疾人等就业困难人员援助力度。”“实施健康中国战略。……做好北京冬奥会、冬残奥会筹办工作，多渠道增加全民健身场所和设施。”“强化民生兜底保障。稳步提高城乡低保、社会救助、抚恤优待等标准。……做好伤残军人和军烈属优抚工作。加强残疾人康复服务。健全社会救助体系，支持公益慈善事业发展。倾情倾力做好托底工作，不因事难而推诿，不因善小而不为，要让每一个身处困境者都能得到社会的关爱和温暖。”“打造共建共治共享社会治理格局。……发挥好工会、共青团、妇联等群团组织作用。促进社会组织、专业社会工作、志愿服务健康发展。……营造尊重妇女、关爱儿童、尊敬老人、爱护残疾人的良好风尚。”

3月5日，民政部、人社部、国家卫计委、中国残联印发《残疾人服务机构管理办法》（民发〔2018〕31号），针对近年来由国家、社会、个人举办的残疾人服务机构大量涌现，但行业管理缺少依据、管理责任不明确等问题，提出了加强残疾人服务行业管理的具体规定。

3月6日，体育总局、发改委等12个部委联合印发《百万公里健身步道工程实施方案》（体经字〔2018〕116号），要求“配备适合老年人、残疾人等人群的无障碍设施”。

3月6日，全国政协委员、佳木斯市残联副理事长张丽莉建议，增加无障碍厕所的覆盖率，在对无障碍厕所进行建设或改造时，按照规划要求设置，严格执行建设标准。建立无障碍厕所属地管理的工作机制，日常维护管理要落实责任到人。张丽莉委员调研发现，很多无障碍厕所的设施设计存在明显不足。例如：无障碍厕所附近缺少指示标识；没有盲道、轮椅坡道、扶手抓杆、呼救按钮等相关人性化的设施；厕所入口过窄，轮椅无法进出等。

3月7日，中国残联召开全国动态更新办与专家指导委员会2018年第二次联席会议，相自成出席并讲话。

3月8日，2018年平昌冬残奥会中国体育代表团升旗仪式在韩国平昌运动员村举行。

3月9日，最高人民检察院在第十三届全国人民代表大会第一次会议上的工作报告指出：“强化特殊群体和困难群众权益保障，加强司法人文关怀。……与中国残联共同制定维护残疾人合法权益指导意见。”

3月9日，最高人民法院在第十三届全国人民代表大会第一次会议上的工作报告中指出：“切实维护妇女、儿童、老年人、残疾人的人身安全和人格尊严。”

3月9日—18日，第十二届平昌冬季残奥会在韩国举行，大部分雪上项目在平昌进行，所有冰上项目在江陵举行，高山滑雪比赛在旌善进行。中国26名运动员参加除雪橇冰球外的5个大项、30个小项的比赛。滑雪女运动员彭园园担任开幕式中国代表团旗手。闭幕式上，中国作为第十三届冬季残奥会的主办国，由中国残疾人艺术团献上了《2022我要飞》的精彩演出。北京市市长、北京冬奥组委执行主席陈吉宁从国际残奥委会主席帕森斯手中接过国际残奥委会会旗，标志着冬残奥会正式进入“北京周期”。

3月10日，《中国财经报》刊登《政府购买服务助力精准扶残》，对政府购买助残服务工作进行专题报道。

3月11日，第十三届全国人民代表大会第一次会议通过《中华人民共和国宪法修正案》。第十四条规定：“国家建立健全同经济发展水平相适应的社会保障制度。”第三十三条规定：“国家尊重和保障人权。”第四十五条规定：“中华人民共和国公民在年老、疾病或者丧失劳动能力的情况下，有从国家和社会获得物质帮助的权利。国家发展为公民享受这些权利所需要的社会保险、社会救济和医疗卫生事业。”“国家和社会保障残废军人的生活，抚恤烈士家属，优待军人家属。”“国家和社会帮助安排盲、聋、哑和其他有残疾的公民的劳动、生活和教育。”

3月11日，中国残联理事长、北京2022年冬奥会和冬残奥会组委会副主席鲁勇在平昌会见国际残奥委会主席安德鲁·帕森斯。

3月13日，《旅游无障碍环境建设标准》专家终审评审会在京召开。国家五部委无障碍专家委员会顾问、清华大学无障碍发展研究院专家委员会执行主任吕小泉博士首先就“标准”的修订情况进行详细介绍。北京第二外国语学院旅游发展研究院院长、国家旅游局5A景区验收组特邀专家张凌云教授，中国园林专家、原颐和园园长王鹏训老师，中国标准出版社社长助理杨玮等分别就标准细节提出审查意见。中国社会科学院旅游研究中心副主任、国家旅游局5A景区验收组组长戴学锋教授、华侨大学旅游安全学院院长郑向敏教授等专家提供书面指导意见。

3月15日，中国残疾人联合会成立30周年。

3月17日，中国轮椅冰壶队在2018年平昌冬残奥会轮椅冰壶决赛上，通过加时赛6比5击败挪威队，夺得中国体育运动历史上第一枚冬残奥金牌，这也是中国代表团自2002年参加冬残奥会以来夺得的首枚金牌。中国残联、中国残奥委会致电中国体育代表团，祝贺中国轮椅冰壶队实现我国参赛冬季残奥会历史上金牌和奖牌“零的突破”。

3月18日，中国残联主席、北京2022年冬奥会和冬残奥会组委会执行主席、2018平昌冬残奥会中国体育代表团团长张海迪在韩国平昌先后会见韩国残奥委会主席李明浩、芬兰残奥体育代表团团长凯莫和秘书长泰若。

3月19日，第十二届冬季残奥会中国体育代表团总结大会在京召开。张海迪出席并讲话，鲁勇主持会议。

3月20日，中国残联召开党组扩大会议，深入领会党的十九届三中全会精神，传达学习全国人大十三届一次会议、全国政协十三届一次会议精神。鲁勇主持会议并讲话。

3月23日，北京市召开全面推进2022年冬奥会和冬残奥会筹办工作动员部署大会。市委书记、北京冬奥组委主席蔡奇强调，筹办好2022年北京冬奥会和冬残奥会是北京要全力办好的三件大事之一，更是北京的重大政治责任。全市要深入学习贯彻习近平新时代中国特色社会主义思想和党的十九大精神，深入学习贯彻习近平总书记对冬奥筹办的系列重要指示精神，进一步增强责任感和使命感，全市总动员，全力以赴做好“北京周期”各项筹办工作。市委副书记、市长、北京冬奥组委执行主席陈吉宁主持。国家体育总局局长、中国奥委会主席、北京冬奥组委执行主席苟仲文，中国残联主席、北京冬奥组委执行主席、中国残奥委会主席张海迪，市人大常委会主任李伟，市政协主席吉林出席。

3月23日，中国残联数据资源异地备份中心在沪正式启用，相自成出席并讲话。

3月26日，人社部、财政部印发《关于建立城乡居民基本养老保险待遇确定和基础养老金正常调整机制的指导意见》（人社部发〔2018〕21号），“（三）建立个人缴费档次标准调整机制”规定：“对重度残疾人等缴费困难群体，可保留现行最低缴费档次标准。”“（四）建立缴费补贴调整机制”规定：“各地要建立城乡居民基本养老保险缴费补贴动态调整机制，根据经济发展、个人缴费标准提高和财力状况，合理调整缴费补贴水平……鼓励集体经济组织提高缴费补助，鼓励其他社会组织、公益慈善组织、个人为参保人缴费加大资助。”

3月26日，中国残联召开全体干部大会，传达学习全国“两会”精神，部署贯彻落实工作。张海迪传达全国政协十三届一次会议精神，对贯彻落实“两会”精神提出要求。鲁勇主持会议。吕世明传达十三届全国人大一次会议精神。全国政协委员李庆忠、龙墨、邰丽华分别交流参加“两会”的体会。

3月26日，贾勇会见在京俄罗斯儿童基金会副主席迪米特里·李哈诺夫先生。

3月28日，由信息无障碍产品联盟（CAPA）主办、信息无障碍研究会承办的首届科技无障碍发展大会在北京举办。中国残联副主席、中国盲人协会名誉主席李志军出席并致辞。

3月28日—29日，2018年全国残疾人基本服务状况和需求信息数据动态更新工作国家级培训班在南宁举办。相自成主持开班式，吕世明出席并讲话。全国各省区市残联分管领导、业务部门负责同志、技术人员和7个试点市残联负责同志参加培训。

3月28日—30日，全国残联系统国家“十三五”规划实施情况中期评估培训班在京举办。程凯出席会议。国务院扶贫办、人社部、国家发改委宏观研究院、清华大学等有关部门负责人和机构专家进行政策宣讲和专题辅导。37个省级残联及计划单列市残联的70多位负责本地规划实施工作的人员和中国残联相关人员参加培训。

4 月

4月1日，国家民航局启动为期9个月的2018年“民航服务质量体系建设”专项行动。在改善特殊旅客运输服务、提升特殊旅客服务水平方面，民航局要求各单位完善机场母婴设施建设，努力建成独立、整洁、温馨的母婴空间；加强残疾人、老年人航空运输服务，鼓励设立优先无障碍值机候机区域和绿色通道，加强从业人员面向老年人、残疾人的服务技能培训。

4月2日，中国银行业协会发布《银行无障碍环境建设标准（T/CBA 202－2018）》（银协发〔2018〕42号）。针对无障碍外部环境，标准要求，银行网点新建的无障碍设施应与周边的无障碍设施相衔接，如无障碍机动车停车位、室外盲道、无障碍出口、轮椅坡道、升降平台等。针对无障碍内部环境，银行网点应当允许视力残疾客户携带导盲犬出入营业厅，并在营业厅外张贴相应标志。同时，网点应在大堂服务台、封闭式及开放式柜台窗口等处设置“低位服务柜台”，在电子银行体验台、便民服务台、自助银行等处设置“低位服务设施”，以方便乘坐轮椅的客户使用。针对信息无障碍，标准要求，银行应在保护普通客户金融消费权益的基础上，为残疾人群体提供语音、盲文、手语、闪光振动、定点定向、电话预约等服务。

4月4日，国务院总理李克强主持召开国务院常务会议，要求在降低残疾人就业保障金标准上限的同时，继续做好保障残疾人就业工作。

4月8日，中国残联党组理论学习中心组召开扩大会议，专题学习第十三届全国代表大会通过并施行的《中华人民共和国宪法修正案》。

4月9日—17日，2001—2011年度《中国残疾人事业年鉴》补编工作及特约编辑培训会议在长沙分三期连续举办，年鉴特约编辑60余人参加会议和培训。

4月10日，中国残联志愿助残工作推进会在中国盲文图书馆召开。吕世明、张伟出席会议并讲话。

4月11日，中国残联召开全国动态更新办与专家指导委员会2018年第四次联席会议。吕世明出席并讲话，强调要保质保量完成各级培训和数据采集、统计分析等重点工作；要利用动态更新数据采集之机全面清理残疾人证，切实注销残疾人康复脱残、死亡的残疾人证，尤其要加大力度清理“人情证”、“关系证”。全面加强动态更新的成果转化，利用动态更新大数据，出台相关扶持政策，切实解决残疾人的实际需求和困难。

4月13日，财政部发布《关于降低部分政府性基金征收标准的通知》（财税〔2018〕39号），规定：“自2018年4月1日起，将残疾人就业保障金征收标准上限，由当地社会平均工资的3倍降低至2倍。其中，用人单位在职职工平均工资未超过当地社会平均工资2倍（含）的，按用人单位在职职工年平均工资计征残疾人就业保障金；超过当地社会平均工资2倍的，按当地社会平均工资2倍计征残疾人就业保障金。”

4月15日，在中国残联无障碍环境建设推进办公室倡导和支持下，“全国首届无障碍通用设计研修营暨首届无障·爱文化传播大讲堂”开学礼及首课开讲在清华大学举行。李志军、吕世明等出席。

4月16日，中国残联与天津市政府召开座谈会共商第十届全国残运会暨第七届特奥运动会筹办工作。鲁勇、王梅梅与天津市委副书记、市长张国清，副市长曹小红等领导就做好运动会筹办工作和加快推动天津市残疾人事业发展交换意见。

4月17日，《中华人民共和国国歌》手语方案审议会在北京举行，程凯、刘再军、杨洋出席会议。

4月18日，中国残联办公厅印发《关于做好2018年全国残疾人家庭收入状况调查工作的通知》，要求“继续开展全国残疾人家庭收入状况调查，调查对象为全国31个省（自治区、直辖市）142个县（市、区）的10000个残疾人家庭户”，并于4月底和5月初分东西部两个片区举办培训。

4月19日，最高检刑事申诉检察厅专门制定下发《关于在全国检察机关开展“深入推进国家司法救助工作”专项活动的通知》。专项活动将贫困户、军人军属、未成年人和残疾人等四类人群作为重点救助对象，全面开展救助工作。

4月19日—22日，康复国际2018年度春季执行委员会会议在杭州召开。中国残联主席、康复国际主席张海迪主持会议，贾勇致辞。来自美国、英国、德国、韩国、日本等国家和中国港澳地区的康复国际执委，红十字国际委员会、联合国亚太经社会等国际组织的代表以及部分受邀国内康复专家出席。会议期间还在嘉兴市举办了非洲残疾人组织管理人员培训班。

4月23日，教育部、国家发改委、财政部、中国残联等四部门印发《关于加快发展残疾人职业教育的若干意见》（教职成〔2018〕5号）。这是改革开放以来教育部为残疾人职业教育出台的第一份专门文件。意见要求，以中等职业教育为重点不断扩大残疾人接受职业教育的机会，每个省（区、市）集中力量至少办好一所面向全省招生的残疾人中等职业学校；加快发展发展残疾人高等职业教育；鼓励职业院校与现有独立设置的特殊教育机构合作办学，联合招生、学分互认、课程互选，共同培养残疾学生；改进残疾人职业教育的办学条件，加大对残疾人职业教育的投入，加强残疾人职业院校基础建设，加大对接受职业教育残疾学生的资助保障，修订《残疾人中等职业学校设置标准（试行）》，制定残疾人职业院校办学标准；加强残疾人的就业指导和援助，职业院校要针对劳动力市场需要和残疾人实际，开展形式多样的职业技能培训和创业培训，提高残疾学生的就业创业能力。

4月24日，中国残疾人福利基金会第四届理事会第五次会议在北京举行。王乃坤出席并主持会议。会议审议并通过《中国残疾人福利基金会2017年度工作总结和2018年度工作安排的报告》《中国残疾人福利基金会2017年度财务决算和2018年度财务预算报告》，通过关于修改基金会章程的提案、关于制定理事会工作制度的提案、关于制定监事会议事规则的提案、关于理事辞职和增补及聘任副秘书长的提案。2017年募集资金48151.31万元，支出45380.15万元。

4月24日—26日，第四届中美残疾人事务协调会在北京及西安成功举办。中国残联理事长鲁勇、人社部副部长张义珍、外交部北美大洋洲司司长丛培武，美国驻华大使泰里·布兰斯塔德、国务院助理国务卿帮办斯科特·巴斯比出席开幕式并致辞。会前双方就促进残疾人事业发展、保障人权、加强国际交流交换了意见，在相关专题会议上，双方代表围绕残疾人康复、就业和体育三个议题进行了经验分享和探讨。其间，美国代表团赴西安考察我国残疾人服务设施，参观当地残疾人康复、教育和服务机构以及相关就业项目。

4月24日—28日，中国残联、国家发改委组成调研组赴江苏宿迁和苏锡常有关市县区开展“十三五”中期评估调研，重点围绕贫困残疾人脱贫攻坚、城乡残疾人保障与服务、基层残疾人服务机构运行、公益与助残社会组织培育与发展、残疾人工作信息化智能化管理等加快残疾人小康进程有关制度和政策措施执行情况，通过座谈研讨、走访机构、组织群众满意度测评等形式展开。程凯及中国残联研究室、残疾人事业发展研究中心、北京大学、南京大学有关人员和专家参加调研。

4月26日—27日，中国残联在北京召开2022年北京冬残奥会备战工作研讨会。鲁勇出席会议并讲话，王梅梅主持会议。

4月26日—28日，中国残联举办深入学习贯彻党的十九大精神专题培训班，机关处级以上干部、直属单位和基金会班子成员集中参训。

4月27日，第十三届全国人大常委会第二次会议通过《关于修改〈中华人民共和国国境卫生检疫法〉等六部法律的决定》，修正《中华人民共和国精神卫生法》。

4月27日，程凯到江苏省无锡市梁溪区广瑞路街道慈善爱心工场考察“残疾人之家”规范化建设情况，对广瑞模式予以高度评价，并邀请工场负责人向全国各地残联介绍广瑞经验。

5 月

5月2日，中国残联召开2018年全国人大建议和全国政协提案交办会，吕世明出席并讲话。

5月3日，国务院印发《关于推行终身职业技能培训制度的意见》（国发〔2018〕11号），将残疾人作为就业创业重点群体纳入其中，并针对残疾人职业技能培训提出明确要求。意见提出，面向符合条件的建档立卡贫困家庭、农村“低保”家庭、困难职工家庭和残疾人，开展技能脱贫攻坚行动，实施“雨露计划”、技能脱贫千校行动、残疾人职业技能提升计划。意见明确，中国残联与有关部门共同参与，围绕残疾人群体落实好“广泛开展就业技能培训”、“大力推进创业创新培训”、“建立技能人才多元评价机制”等相关责任分工。

5月4日，“集善工程——（亮耳·联通）助听行动”捐赠仪式在京举行。北京亮耳听力技术有限公司捐赠100套“听－听桥无障碍沟通系统”，总价值2980万元，主要用于深入基层开展移动式听力筛查检测，帮扶出行困难的听障残疾人和困难群众。中国联通北京市分公司为捐赠设备提供5年330万元的网络资费支持。这是中国残疾人辅助器具中心引导社会慈善力量参与残疾人辅助器具服务的一个有益尝试。中国残联副主席、中国残疾人福利基金会理事长王乃坤，中国残疾人辅助器具中心主任李晞，北京亮耳听力技术有限公司董事长陈亮，北京联通副总经理王利等出席活动。

5月6日—13日，程凯率队赴日本国际医疗福祉大学、东京大学附属医院、国立残疾人康复中心、藤田卫生保健大学，并到香港理工大学、中文大学等著名高校和机构考察调研高等康复教育发展和专业人才培养工作。6月1日，张海迪听取调研情况汇报，对调研组提出的“高点起步、优化设计、协调推进、创新机制，又好又快建设康复大学”等建议表示肯定。

5月7日，公安部、中国残联联合印发《关于做好伤残公安民警帮扶救助工作的通知》（公政治〔2018〕150号）。

5月8日，全国残疾人集中托养服务见习培训班在无锡举办，全国31个省区市的81名残联系统干部参加培训，听取广瑞经验介绍并现场考察广瑞“残疾人之家”运转模式。

5月9日，人社部办公厅、中国残联办公厅联合发布《关于开展农村贫困残疾人就业帮扶活动的通知》（人社厅函〔2018〕113号）。活动主题是“就业帮扶，助残圆梦”；服务对象是“法定劳动年龄内，有就业创业意愿和能力的农村建档立卡贫困残疾人”；目标任务是“集中开展政策宣讲、精准识别、上门送岗、需求登记、专场招聘等活动，帮扶贫困残疾人就业创业，营造关心关爱残疾人就业创业的社会氛围”。

5月10日，张海迪在泰国曼谷亚太经社会总部会见联合国副秘书长、亚太经社委员会执行秘书沙姆沙德·阿赫塔尔女士。

5月11日，张海迪代表中国政府出席在泰国曼谷召开的联合国亚太经社会第74届年会，并作为2013—2022年亚洲及太平洋残疾人十年中期审查高级别政府间会议部长级会议主席，向与会代表通报高级别政府间会议情况和成果。

5月11日—13日，世界残奥田径大奖赛（北京站）暨第六届中国残疾人田径公开赛在中国残疾人体管中心举行。该项赛事于2013年首次落户中国，2018年是我国第六次举办。比赛分跑跳、投掷和轮椅竞速三组，来自日本、希腊、美国、巴布亚新几内亚等国家的16支队伍共268名运动员参加比赛。我国51名运动员以64金17银10铜的成绩位列奖牌榜第一位。

5月11日—16日，由中国残联、中国特奥委员会主办，福建省残疾人联合会、福建师范大学承办的全国第十届残疾人运动会暨第七届特奥运动会暨2018年全国特奥足球比赛在福建师范大学开幕。来自全国各省区市及香港特别行政区、澳门特别行政区等的28支代表队430余人参与此次比赛。中国残联党组成员、副理事长，中国特奥委员会执行主席王梅梅出席开幕式活动。比赛分为队制比赛和个人技术比赛。以“激扬五月，与‘碍’同行”为主题，旨在推动我国特奥足球运动发展，加强特奥运动员自信心，让更多智障人士享受体育运动的乐趣，挖掘自身潜能，提升实践交流能力，更好地融入社会生活。同时还将开展持续两天的运动员健康计划活动，科目共八项，此次开展其中的两项，分别是“健康微笑”和“灵敏听力”。“健康微笑”主要开展口腔力”主要开展听力的测试。

5月14日，国家市场监督管理总局、国家标准化管理委员会公布国家标准《导盲犬》（GB/T 36186 - 2018），自2018年12月1日起正式实施。导盲犬是应用犬行为学原理，结合视力残疾人的特征，培训为协助视力残疾人安全出行的工作犬。为使导盲犬工作科学、规范、健康、可持续推进，2016年9月国家标准化管理委员会批准《导盲犬》国家标准制定计划。在中国残联的支持下，中国盲人协会、全国伴侣动物标准化技术委员会起草、编制了《导盲犬》国家标准。该标准将在导盲犬行业发展中发挥引领作用，它的发布彰显了我国的社会发展和文明进步，标志着无障碍环境建设水平得到进一步提升，是全社会弘扬人道主义情怀和人文关爱的具体体现。5月17日，国家标准化管理委员会在京召开重要国家标准发布会，中国盲协主席李伟洪出席会议，《导盲犬》国家标准编制组成员、导盲犬训导师王鑫代表中国盲协做《导盲犬》国家标准解读。

5月14日，我国第一部关于遗传性耳聋基因检测方法的国家标准——《基于微阵列芯片的遗传性耳聋基因检测方法》（GB/T 35029 - 2018）正式发布，12月1日开始实施。耳聋基因检测对于聋病病因诊断及健康人的基因筛查具有重要作用，让相关疾病的早诊断、早治疗成为可能。统计显示，新生儿重度以上的先天性耳聋发病率为1/1000。遗传性耳聋是一种高度遗传异质性疾病，占先天性耳聋的很大部分。

5月14日10点40分，69岁的夏伯渝成功从南坡大本营登顶珠穆朗玛峰，成为中国第一个依靠双腿假肢登上珠峰的人、中国第一位登顶珠峰的残疾人。夏伯渝，男，1949年生，中国著名登山家，中国登山协会工作人员，1975年登珠峰时因帮助队友而双小腿截肢。2011年7月在意大利举行的攀岩世锦赛上首次设立残疾人组，60岁的夏伯渝夺得双腿截肢项目男子组难度赛和速度赛两项世界冠军。

5月15日，卫生健康委官方网站公布《食盐加碘消除碘缺乏危害管理条例》修订稿，公开征求意见，开始对1994年发布的《食盐加碘消除碘缺乏危害管理条例》进行修订。

5月15日—17日，相自成率团赴孟加拉国首都达卡参加第二届残疾与灾害风险管理国际会议，并代表中国残联在主题为“灾害风险管理中残疾人自身、残疾人群体和残疾人组织的声音和角色”的论坛上发表演讲。该次国际会议由孟加拉国政府和联合国减灾署联合主办，主题为“包容残疾人的灾害风险管理：现状与发展”，旨在进一步加强国际合作，推动落实联合国《仙台减灾框架（2015—2030）》。会议通过《2018年达卡宣言》。

5月16日，国务院办公厅发布《关于调整国务院残疾人工作委员会组成人员的通知》（国办发〔2018〕36号），主任为国务委员王勇。

5月17日，新一届国务院残疾人工作委员会在京召开第一次全体会议。国务委员、国务院残工委主任王勇主持会议并讲话。国务院副秘书长、国务院残工委副主任孟扬出席会议并宣读国务院残工委组成人员名单；国务院残工委副主任、中国残联主席张海迪出席会议并讲话；国务院残工委副主任、中国残联理事长鲁勇代表国务院残工委做工作报告。国务院残工委成员单位负责同志出席会议。

5月18日，中国残联在受理残疾人“来信、来访、来电、网上投诉”的基础上，在残疾人服务微信、APP平台开通信访功能。中国残联副主席刘再军视察12385残疾人服务热线呼叫中心，听取残疾人服务热线情况和残疾人服务微信、APP平台信访功能开通准备情况的汇报，观看微信咨询流程演示，参与第一个微信咨询的解答工作，了解客服人员的业务技能和涉残知识的掌握情况，强调要针对聋人群体的迫切需求，加快完善不同类别残疾人反映问题渠道的便利性和实用性。

5月18日，中国残联、住建部相关部门在厦门组织开展国家老旧小区无障碍改造试点工作专项调研。吕世明参加调研，并考察厦门市轨道交通无障碍建设情况，参加“融合与发展”——乡村振兴战略高峰论坛和福建师范大学自强学院及无障碍发展研究中心成立系列活动。

5月19日，第四届APEC“残疾人事务之友小组”年会在巴布亚新几内亚开幕。中国驻巴新大使薛冰、巴新总理夫人琳达·奥尼尔，巴新宗教、青年和社区发展部部长伊欧，以及APEC有关经济体代表50余人出席。开幕式由APEC“残疾人事务之友小组”主席、中国残联国际部副主任尤亮主持，伊欧部长致欢迎辞。开幕式上，与会嘉宾共同参加了由中国发起的残疾人辅助器具跨境电子商务平台启动仪式。

5月18日—21日，全国残疾人举重锦标赛在中国残疾人体管中心举行，中国残联、中国残奥委员会主办。21个省区市的136名运动员参加20个项目的比赛。

5月19日，由中国好人网发起，中国残联、中国残疾人事业新闻宣传促进会等联合主办的“第九届全国好人论坛”在中国盲文图书馆开幕。中国残联副主席、中国盲人协会名誉主席李志军、中国好人网创办人谈方及嘉宾80余人出席开幕式。论坛主题为“坚持好人大团结大联合，共建道德建设共同体，交流助残经验，帮扶残疾好人”。论坛颁发中国好人网十周年“十佳”感恩奖等奖项，启动全国第七届“帮好人万里行”活动。

5月20日，第28次全国助残日，主题是“全面建成小康社会，残疾人一个也不能少”。助残日前夕，张海迪前往中国康复研究中心调研，看望接受康复治疗和训练的残疾患者；助残日当天，鲁勇与北京市副市长王宁等到北京市首家残疾人帮扶性就业基地参加“爱·手拉手”助残日主题活动。

5月20日，全国各邮政网点统一对外发行出售《全国助残日》纪念邮票〔2018-12，(1-1) J〕，这是国家邮政局在中国残联配合下首次在全国助残日发行主题纪念邮票。纪念邮票共一套一枚，面值1.20元。邮票设计以残疾人标识为主要元素，白色的标识和色相渐变的图案，象征残疾人事业的纯洁、美好，突出全社会关爱残疾人的主题。爱心背景上有八种各类别残疾人融合社会的助残标识：无障碍标识、手语、助听、信息、盲文、卫生健康、手推轮椅、导盲（聋）犬等。整体寓意改革开放40年特别是中国残疾人联合会成立30年来，我国残疾人事业取得的巨大成就。武汉、南京等地举行邮票首发式；中国集邮总公司同时发行首日封一枚，启用纪念戳一枚。

5月20日，程凯与人社部就业促进司副司长尹建堃一行到河北省三个国家级贫困县——行唐县、灵寿县、赞皇县调研农村残疾人就业扶贫工作，多种形式开展贫困残疾人就业帮扶活动。

5月20日，中央电视台《朝闻天下》《新闻观察间》《新闻联播》等栏目及央视微博平台先后五个时段播发江苏省无锡市梁溪区广瑞路街道慈善爱心工场助残服务新闻。

5月21日，《国家通用手语常用词表》和《国家通用盲文方案》由国家语言文字工作委员会规范标准审定委员会审定，经中国残联、教育部、国家语委同意，作为语言文字规范发布，自2018年7月1日起实施。6月22日，三部门召开新闻发布会正式发布。国家语委与中国残联于2011年共同设立重大科研项目，支持国家通用手语和盲文规范标准的研制。2015年，“国家通用手语标准”和“国家通用盲文标准”两个重大课题顺利结项，形成《国家通用手语常用词表》和《国家通用盲文方案》两项成果，在全国55个单位（含特教院校、残疾人专门协会、盲文出版单位）经过为期一年半的试点并修订完善。《国家通用手语常用词表》和《国家通用盲文方案》分别规定了通用手语常用词汇的规范动作和用盲文书写国家通用语言的规则，是国家通用语言的丰富和补充，将为听力残疾人和视力残疾人使用手语和盲文的语言权利提供保障。

5月21日（日内瓦时间），由中国、巴基斯坦、伊拉克和意大利共同主办的第71届世界卫生组织大会“辅助技术：让全民卫生覆盖更包容”辅具边会在日内瓦举行。贾勇率团出席并做主旨发言，中国残疾人辅具中心主任李晞介绍中国辅助技术发展的经验。

5月22日，程凯与人社部就业促进司副司长尹建堃一行到河北省三个国家级贫困县——行唐县、灵寿县、赞皇县调研农村残疾人就业扶贫工作。

5月23日，文化和旅游部、中央文明办印发《关于开展2018年文化志愿服务工作的通知》（文旅公共发〔2018〕17号），要求“关爱重点群体文化志愿服务活动。组织文化志愿者为空巢老人、留守儿童、农民工和残疾人等重点群体开展形式多样的文化志愿服务，让困难群众得到及时关爱，感受到社会的温暖。”

5月24日，全国普通高等学校毕业生就业创业工作电视电话会议在京召开。国务院总理李克强做出重要批示，强调认真细致做好就业创业服务，创造更多高质量就业岗位，保持高校毕业生就业水平总体稳定。会议强调加大对就业困难毕业生政策倾斜，加强专项职业技能培训，做好实名制就业管理和服务。

5月24日，中国残联召开干部大会，传达贯彻国务院第一次廉政工作会议精神。

5月25日（日内瓦时间），第71届世界卫生大会通过《增进获得辅助技术决议》（又译《改善辅助技术的可及性》），号召在全球增进获取高质量、负担得起的辅助器具。中国是该决议的共提国。

5月25日—26日，国务院扶贫办、中国残联会同民政部在河南驻马店市共同召开因残致贫家庭脱贫攻坚暨失能贫困重度残疾人照护和托养工作现场会，推广贫困残疾人集中托养、日间照料、邻里照护等帮助贫困重度残疾人摆脱贫困的有效做法。国务院扶贫办党组成员夏更生、中国残联副理事长程凯、河南省副省长武国定等出席会议并讲话。三部委相关部门负责人、24个有扶贫任务的省区市扶贫办（局）分管负责人及各省区市残联分管副理事长等参加会议。会议观摩驻马店上蔡县、平舆县贫困重度残疾人集中托养工作，视频交流河南、山东、四川、湖北、重庆等地的市县经验做法。

5月26日，全国残疾人教育就业扶贫社会保障和托养工作会在河南省驻马店市召开。程凯出席会议并讲话。

5月26日，中国孤独症机构联盟启动仪式暨中国残疾人福利基金会孤独症儿童（南方）康复基地启动仪式在海口举行。鲁勇、王乃坤及当地省市领导及教育部、民政部、卫生健康委相关领导共同启动。中国孤独症机构联盟是中国残疾人福利基金会与中国康复研究中心国家孤独症康复研究中心共同倡议发起成立的公益性社会团体，旨在加强全国各级各类孤独症机构在机构建设、人才培养等方面的交流，促进孤独症的早期筛查、早期干预、康复训练、特殊教育、融合教育、学术研究等方面工作的发展，规范孤独症的康复与教育。之后召开了第四届海南国际孤独症康复学术研讨会。

孤独症儿童（南方）康复基地是由中国残疾人福利基金会联合海南省残联、海南省残疾人基金会、海口市残联，采用“公建民营”的方式整合企业等各类资源成立的，是我国第一家国家级的孤独症儿童康复基地，旨在帮助全国的孤独症儿童得到有效、专业、具有特色的康复训练和治疗。基地除了为孤独症儿童提供全程生命健康管理服务，还要探索建立我国孤独症行业的技术规范、标准和监管体系，开创孤独症儿童康复工作科学化、规范化、专业化的新模式，开展专业技术人才培训和交流等工作。

5月28日—31日，程凯一行赴“三州之一”甘肃省临夏州的东乡县和永靖县两个深度国贫县调研当前形势下贫困残疾人脱贫攻坚工作，探访了17户贫困残疾人家庭，与贫困残疾人户、村干部、驻村工作队共同研究脱贫攻坚对策和具体办法。调研组认为，深度贫困乡村贫困残疾人稳定脱贫少返贫的政策、产业基础需要加强，保障性扶贫的政策措施还需细化并保持稳定，贫困残疾人及家庭成员的生产劳动技能亟待提升，托养照护、康复辅具、特殊教育、无障碍改造等残疾人特殊迫切需求还要落实到户到人。

5月29日，中共中央政治局委员、国务院副总理孙春兰主持召开国务院防治重大疾病工作部际联席会议暨国务院防治艾滋病工作委员会会议，强调要深入贯彻习近平总书记以人民健康为中心的重要思想，认真落实党中央、国务院决策部署，把大卫生大健康理念贯穿到重大疾病防控的全过程，预防为主、防治结合，努力为人民群众提供全生命周期的卫生与健康服务。

5月29日，中国残联主席、中国残奥委会主席张海迪在京会见韩国残奥委会主席李明浩。

5月29日，中国残疾人事业新闻宣传促进会第五届全国理事会代表大会在京召开。大会审议通过第四届全国理事会工作报告以及新修订的《中国残疾人事业新闻宣传促进会章程》。会议推举中共中央宣传部副部长、国务院新闻办公室主任蒋建国担任促进会第五届全国理事会名誉会长；推举孙先德担任理事会会长。

5月29日，北京冬奥组委执委会审议通过并会同国家体育总局、中国残联、北京市政府、河北省政府联合印发并组织实施《北京2022年冬奥会和冬残奥会人才行动计划》，提出加快建设专业化、国际化人才队伍的总体目标，明确开发培养11支人才队伍的路线图和时间表。

5月29日，吕世明会见彭徐美云主席率领的香港耀能协会北京参访团一行。

5月30日，国务院总理李克强主持召开国务院常务会议，决定建立残疾儿童康复救助制度，从2018年10月1号起，对符合条件的0—6岁视力、听力、言语、肢体、智力等残疾和孤独症儿童，包括经济困难家庭、福利机构收养的残疾儿童和残疾孤儿等，提供手术、辅助器具配置和康复训练等救助。经费纳入地方政府预算，中央财政给予补助。到2020年基本实现残疾儿童应救尽救。

5月30日，张海迪在京会见红十字国际委员会主席莫雷尔。

5月30日，2018年中国残联政府购买服务指导性目录在中国残联门户网站公布。

5月，中国残疾人体育综合训练基地建设项目竣工决算完成，取得财政部正式批复。

5月—8月，中国残联与司法部法律援助工作司联合开展全国残疾人法律援助需求调查。根据城乡区域分布和经济发展水平特点，从全国东、中、西部地区选取12个省区市的36个地级市的288个村（居）委会，对6618位残疾人（残疾人亲友）进行入户调查，了解收集残疾人接受法律援助基本情况和存在问题，为进一步加强残疾人法律援助工作获得了数据支持。

6月1日，国务院新闻办举行国务院政策例行吹风会，中国残联副理事长贾勇介绍《关于建立残疾儿童康复救助制度的意见》：残疾儿童康复救助制度是我国残疾人康复领域的第一个专项救助制度，主要针对我国残疾儿童康复服务保障制度空白，将现有社会保障制度覆盖不到的服务内容作为主要救助内容。救助对象范围为符合条件的0—6岁视力、听力、言语、肢体、智力等残疾儿童和孤独症儿童。这是“全面贯彻落实党的十九大关于‘发展残疾人事业，加强残疾康复服务’的重要部署，改善残疾儿童康复状况、促进残疾儿童全面发展、减轻残疾儿童家庭负担，完善社会保障体系”的具体举措。意见规定了建立残疾儿童康复救助制度的基本原则、总体目标，以及救助对象的条件、救助内容和标准，明确残疾儿童康复救助工作实行地方人民政府负责制。

6　月

6月1日，中国残联主席张海迪听取中国残联、教育部5月6日—13日联合赴境外考察高等康复教育和专业人才培养工情况汇报。她强调，既要立足中国国情，也要开阔视野，借鉴国际先进经验和理念。坚持“走出去、引进来”，以高度的责任感和使命感加快推动康复大学建设。

6月1日，程凯主持召开高校残疾人毕业生就业工作专题会议，传达全国普通高等学校毕业生就业创业工作会议精神，研究部署高校残疾人毕业生就业工作。

6月4日—5日，第十届海峡论坛·2018两岸残障人士交流嘉年华活动在厦门举行。

6月5日，张海迪出席国际奥委会平昌冬奥会冬残奥会总结会战略会议闭幕式，陪同北京市委书记、北京冬奥组委主席蔡奇会见国际残奥委会主席安德鲁·帕森斯。6日，陪同客人参观中国残疾人体管中心并举行会谈。

6月5日—8日，孙先德一行赴湖南省郴州市汝城县开展贫困残疾人脱贫攻坚专项蹲点调研。

6月4日、6日，贾勇、张海迪在京先后会见国际狮子会会长纳雷什·阿噶沃和国际狮子会前会长谭荣根一行。

6月8日，司法部、中国残联印发《关于开展“法援惠民生·关爱残疾人”法律援助品牌建设工作的通知》（司发通〔2018〕51号）。要求各地以“防范、主动、全覆盖”为重点，以满足残疾人法律援助需求为导向，创新服务方式，提升服务水平，着力加强对残疾人的法律援助供给力度。

6月10日，全国社会工作师职业资格考试启用特制考卷，改变了往年志愿者辅助读题的方式，给残疾人参加考试提供了合理便利。

6月12日，中国常驻联合国代表马朝旭在《残疾人权利公约》第十一次缔约国大会的残疾数据主题边会上致辞，呼吁各方必须秉承共商共建共享理念，加强国际和区域合作，共同推动全球残疾人事业发展。贾勇率团出席大会并在一般性辩论、专题讨论圆桌会议和改进残疾人数据统计主题边会上发言，介绍中国全面履行公约的各方面成就。

6月12日，按摩医院项目获得开工证，10月12日，正式开工建设。

6月15日，中共中央、国务院印发中共中央政治局2018年5月31日审议的《关于打赢脱贫攻坚战三年行动的指导意见》（中发〔2018〕16号）。意见规定，“优先为妇幼、老人、残疾人等重点人群开展健康服务”，“完善农村低保制度，健全低保对象认定方法，将完全丧失劳动能力和部分丧失劳动能力且无法依靠产业就业帮扶脱贫的贫困人口纳入低保范围”。要求“开展贫困残疾人脱贫行动：将符合条件的建档立卡贫困残疾人纳入农村低保和城乡医疗救助范围。完善困难残疾人生活补贴和重度残疾人护理补贴制度，有条件的地方逐步扩大政策覆盖面。深入实施‘福康工程’等残疾人精准康复服务项目，优先为贫困家庭有康复需求的残疾人提供基本康复服务和辅助器具适配服务。对16周岁以上有长期照料护理需求的贫困重度残疾人，符合特困人员救助供养条件的纳入特困人员救助供养；不符合救助供养条件的，鼓励地方通过政府补贴、购买服务、设立公益岗位、集中托养等多种方式，为贫困重度残疾人提供集中照料或日间照料、邻里照护服务。逐步推进农村贫困重度残疾人家庭无障碍改造。实施第二期特殊教育提升计划，帮助贫困家庭残疾儿童多种形式接受义务教育，加快发展非义务教育阶段特殊教育。资产收益扶贫项目要优先安排贫困残疾人家庭。”

6月18日，中宣部、中国残联、教育部、国家语委、国家广播电视总局联合发出《关于推广国家通用手语和国家通用盲文的通知》（残联发〔2018〕36号），印发《国家通用手语推广方案》《国家通用盲文推广方案》，部署国家通用手语和国家通用盲文的推广工作。

6月20日，按照全国人大、全国政协和国务院办公厅有关要求，针对“两会”建议、提案涉及较集中的孤独症有关问题，中国残联邀请相关提案委员和有关部委代表到北京康纳洲孤独症家庭支援中心进行专题调研并座谈。原全国政协常委、湖南省政协副主席卢光琇，农工党中央参政议政部副部长耿丽丽以及教育部、民政部、财政部、卫生健康委有关同志和中国残联、北京市残联有关人员参加调研。

6月20日，中国残联召开专题工作会议，传达学习习近平总书记近期关于坚决打赢脱贫攻坚战的重要指示，学习李克强总理关于当前脱贫攻坚的重要批示和胡春华副总理在全国脱贫攻坚三年行动电视电话会议上的工作部署，研究安排下半年贫困残疾人脱贫攻坚工作。程凯主持会议，中国残联贫困残疾人脱贫攻坚领导小组办公室有关成员参加会议。

6月21日，国务院发布《关于建立残疾儿童康复救助制度的意见》（国发〔2018〕20号），要求自2018年10月1日起全面实施残疾儿童康复救助制度，各省级人民政府要在2018年9月底前制定出台本地残疾儿童康复救助制度和配套政策措施。意见指出，要以习近平新时代中国特色社会主义思想为指导，全面深入贯彻党的十九大和十九届二中、三中全会精神，认真落实党中央、国务院决策部署，按照兜底线、织密网、建机制的要求，着力保障残疾儿童基本康复服务需求。到2020年，建立与全面建成小康社会目标相适应的残疾儿童康复救助制度体系，基本实现残疾儿童应救尽救；到2025年，残疾儿童康复救助制度体系更加健全完善，残疾儿童普遍享有基本康复服务，健康成长、全面发展权益得到有效保障。意见明确，残疾儿童康复救助对象为符合条件的0－6岁视力、听力、言语、肢体、智力等残疾儿童和孤独症儿童，包括城乡最低生活保障家庭、建档立卡贫困户家庭的残疾儿童和儿童福利机构收留抚养的残疾儿童；残疾孤儿、纳入特困人员供养范围的残疾儿童；其他经济困难家庭的残疾儿童。救助内容包括以减轻功能障碍、改善功能状况、增强生活自理和社会参与能力为主要目的的手术、辅助器具配置和康复训练等。

6月21日，卫生健康委、发改委、教育部、民政部、财政部、人社部、国家市场监督管理总局、中国银行保监会、国家中医药管理局、中国残联、中央军委后勤保障部卫生局联合印发

《关于促进护理服务业改革与发展指导意见的通知》（国卫医发〔2018〕20号），呼应了包括残疾人在内的各类群体对护理服务供给的迫切需求。

6月23日，由中国社会保障学会、中国人民大学残疾人事业发展研究院主办的“残障与发展论坛（2018）：新时代的残疾人事业发展”在北京举行。吕世明和中国人民大学副校长杜鹏等出席并讲话，中国社会保障学会会长郑功成主持开幕式。

6月25日，张海迪参加全国政协十三届常委会第二次会议第四组讨论，发言指出：“贫困残疾人尤其是贫困重度残疾人在残疾人中占比很高，他们的家庭增收难、支出大，再加上残疾人结婚的对象往往也是残疾人，导致产生残疾下一代的概率很高，使残疾和贫困代际传递。这也使得贫困重度残疾人成为脱贫攻坚中最需要解决的难题。”张海迪呼吁：“对贫困残疾人最低生活保障要确保实现‘应保尽保’，逐步提高残疾人‘两项补贴’的标准和补贴范围，对确实无自筹资金能力的贫困残疾人家庭的住房安全问题也应纳入兜底范围。”“贫困重度残疾人的社会化照料服务，应充分发挥农村福利院、养老院、卫生院及托养机构等公共设施作用，对有长期照料护理需求的精神、智力和重度肢体残疾人进行集中托养，或者至少是日间照料，可以通过政府购买服务的方式开发公益性岗位，就近就便为贫困重度残疾人提供服务。”“应加快建立残疾儿童康复救助制度，为贫困家庭残疾儿童接受基本康复服务提供资金保障，确保在最佳时期得到有效的康复，并‘一人一策’解决建档立卡贫困家庭重度残疾儿童接受义务教育问题。”“对于具备劳动条件的残疾人，要激发他们的内生动力，加强职业技能培训，扶持残疾人就业创业并开发更多适合贫困残疾人及其家庭成员就业的公益性岗位，让他们通过自己的劳动过上更好的生活。”

6月25日，中央宣传部、中国残联、教育部、国家语委和国家广播电视总局在京召开国家通用手语和国家通用盲文推广部署电视电话会议。教育部副部长、国家语委主任杜占元，中国残联副理事长程凯出席并讲话。会议介绍国家通用手语和国家通用盲文的研制过程，正式公布《国家通用手语推广方案》《国家通用盲文推广方案》，部署在全国范围内以特教学校和公共服务领域为重点，逐步推广使用国家通用手语和国家通用盲文。北京盲校、天津聋校、内蒙古盲人协会和广东省聋人协会分别就各自开展国家通用手语和通用盲文试点的情况介绍经验做法。

6月26日—27日，全国性残疾人托养服务管理干部培训班在北京举办。

6月29日，中国残联召开学习贯彻习近平新时代中国特色社会主义思想和党的十九大精神经验交流会，鲁勇出席并讲话。全体与会人员面对党旗重温入党誓词。

6月29日，康复大学筹建专题会议在北京召开。中国残联主席张海迪、教育部副部长孙尧、山东省人民政府副省长于杰、青岛市副市长朱培吉出席会议。中国残联副理事长程凯主持会议。会议听取康复大学筹建工作进展汇报，对康复大学的整体设计、建设路径及下一步工作提出设想；与会各部门对康复大学建设提出意见建议。会议认为，康复大学应建成国家级多功能创新集成性高端人才培养平台，要在学科专业结构、人才培养模式、大学功能、整体布局、体制机制等方面优化设计。会议强调，要以建设康复大学为契机，完善相关政策，加快开展相关工作，促进康复大学尽快落地。

6月29日，中国盲协通用盲文推广与研究委员会成立会议在中国残联举行。委员会旨在做好国家通用盲文方案推广普及工作，进一步加强盲文和规范化研究，维护盲人语言文字权益。会议通过《中国盲协通用盲文推广与研究委员会工作规则》，推选李伟洪为委员会主任，李庆忠、沃淑萍、钟经华为委员会副主任，李庆忠兼任委员会秘书长。

6月，中国残联组织开展2017年彩票公益金项目执行情况审计公开发布，接受社会监督，促进彩票公益金项目管理水平和使用效益的提升。

7　月

7月3日，2018年全国残疾人冰壶锦标赛在北京市怀柔区中体奥冰壶运动中心拉开帷幕，9个省区市的20支参赛队伍近140名运动员、教练员参加比赛。

7月3日，由中国银行业协会主办的全国《银行无障碍环境建设标准》暨《2017年中国银行业社会责任报告》发布会在河北省雄县举行。标准旨在推动中国银行业无障碍环境建设，规范并引导全行业金融机构更好地满足残疾人客户日益增长的金融服务需求。清华大学无障碍发展研究院作为标准专家评审单位，认为该标准体现了通用与包容的原则，涉及行动不便、视力与听力障碍等有障碍的人群，还包括了看护婴儿的需求，真正体现了无障碍作为全社会最大公约数通用包容的意义；标准又对银行设施各个方面做了系统、详细的规定，涵盖了设计建设、服务管理不同环节方面的强化，体现了无障碍系统性全流程的理念。吕世明出席并致辞。

7月6日，中共中央总书记、国家主席、中央军委主席习近平主持召开中央全面深化改革委员会第三次会议，审议通过《关于建立健全基本公共服务标准体系的指导意见》。“残疾人服务”作为9个领域之一纳入国家基本公共服务质量要求。

7月6日，中国残联印发《关于认真贯彻落实〈关于建立残疾儿童康复救助制度的意见〉的通知》（残联函〔2018〕156号）。

7月6日—22日，中国残联指导，中国残疾人事业新闻宣传促进会、中国助残志愿者协会、成都市残联主办“集善天路·共享芬芳”残障母子骑行西藏励志公益活动，自闭症青年部子轩与四级肢残母亲张秀芳完成318国道成都到拉萨全程2200公里骑行，翻越12座海拔4000米的高山、2座海拔5000米的高山，克服暴雨、塌方、缺氧等各种困难，展示了残疾人、残疾人家庭与命运抗争的顽强精神。

7月9日—12日，全国残联系统外事工作会议暨培训班在北京举行，贾勇出席并讲话。

7月10日，国务委员兼外交部长王毅与阿拉伯国家联盟秘书长艾哈迈德·阿布·盖特共同签署《中阿合作论坛2018—2020年行动执行计划》，残疾人医疗卫生合作和残疾人培训纳入其中。

7月10日，全国省级残联统计工作培训班在广西北海举办，相自成出席开班式，就统计工作如何服务好残疾人事业发展大局提出要求。

7月10日，新华社发表记者罗争光的报道《在生命之初拯救“折翼的天使”——三大焦点透视残疾儿童康复救助制度》，围绕国务院《关于建立残疾儿童康复救助制度的意见》的目标和全国167.8万0—6岁各类残疾儿童状况，针对意见有“哪些针对性举措、对推动残疾儿童康复工作有何深远意义”等问题采访相关专家和机构、家长。文章分三部分：托底：全面小康，残疾儿童一个也不能少；便民：努力实现“最多跑一次”“一站式结算”；科学：推动残疾儿童康复事业不断走向规范化、专业化。

7月10日，全文强制性产品标准《无障碍及适老建筑产品基本技术要求》研编工作启动会在中国建筑标准设计研究院正式召开。住建部、民政部、中国残联、中国建筑标准设计研究院派员参加研讨。

7月13日，最高人民法院、中国残联联合制定出台《关于在审判执行工作中切实维护残疾人合法权益的意见》（法发〔2018〕15号）。意见共22条，旨在通过完善制度举措，充分发挥国家司法救助、法律援助、法律服务等作用，切实保障残疾人平等地充分参与诉讼活动。

7月13日，康复大学筹建咨询研讨专题会议在北京召开。程凯主持会议，教育部、中国残联相关部门，山东省教育厅、青岛市教育局、青岛市残联和中国康复研究中心有关负责同志参加研讨。

7月16日，张海迪会见亚洲残奥委会主席马吉德·拉什德一行。张海迪表示，“一城两赛”是亚运会及亚残运会推动建立的模式，中国残奥委会将全力支持2022亚残运会。

7月17日，中国残联党组理论学习中心组举行集体（扩大）学习会，重点交流学习《习近平新时代中国特色社会主义思想三十讲》关于坚持党对一切工作的领导等内容。鲁勇主持学习并讲话。

7月17日（芝加哥时间），国际特奥会50周年庆典正式开始。中国特奥男子融合足球队和韩国特奥女子融合足球队分别代表国际特奥会东亚区参加由丰田公司支持的特奥融合杯足球赛。中国队闯入四分之一决赛。

7月18日，张海迪视察内蒙古自治区残疾人康复服务中心，看望正在康复训练的自闭症孩子，了解康复设施配置和康复教学等情况，登门慰问蒙古族残疾青年云文波和清格德。

7月19日—21日，全国贫困重度残疾人家庭无障碍改造现场会在河南省信阳市新县召开。吕世明及河南省政府副省长戴柏华，发改委、财政部、住建部、民政部、国务院扶贫办等部委相关负责人出席会议。张海迪给会议致函，强调“用好每一分钱，杜绝无障碍设施建设中的形式主义”。

7月19日，中国驻芝加哥总领事洪磊出席国际特奥运动会50周年招待会。

7月20日，中国特奥运动员徐闯代表国际特奥会东亚区参加在美国芝加哥市举办的国际特奥运动会成功举办50周年庆祝活动，国际特奥会全球董事及形象大使、阳光媒体集团董事长杨澜受邀参加活动。“永恒的希望之火”纪念碑雕塑被安放在举办首届特奥运动会的士兵广场（又译“军人球场”），象征着特奥运动会的主题“包容与统一”；徐闯、杨澜还共同点燃“希望火炬”。杨澜表示，“融合”是特奥运动会的核心理念。特奥运动员“我不需要你的怜悯，我要赢得你的尊重”的努力，激励了全球数以百万计的志愿者。帮助与被帮助、关心与被关心是相互的。在这个世界上，有人鼓吹歧视、隔阂和仇恨，这更显示融合的伟大意义：真正的改变从爱开始！

7月20日，由中国残疾人体管中心主办，中国智协、北京市残疾人体育协会承办，以“特奥五十年，辉煌新时代”为主题的第12次全国特奥日活动在国家游泳中心举行。

7月20日，《“十三五”社会服务兜底工程实施方案》残疾人项目中期评估工作完成，并向国家发改委报备。

7月20日—22日，中国残联组联部、卫生健康委医政医管局在银川共同举办全国残疾评定人员师资培训班，全国各地各类别残疾评定医生和残联工作人员共231人参加培训。

7月23日，中国残联传达学习习近平总书记对推进中央和国家机关党的政治建设的重要指示以及中央和国家机关党的政治建设推进会精神，就进一步加强中国残联党的政治建设工作进行部署。鲁勇、孙先德出席会议。

7月23日，中国残联、国务院扶贫办共同召开座谈会，推动云南怒江、四川凉山、甘肃临夏“三州”贫困残疾人脱贫攻坚有效纳入新一轮东西扶贫协作。程凯出席会议。会议要求，“三州”残联和结对协作的厦门、珠海、佛山三市残联，要更加积极主动掌握政策，了解需求，精选项目，及时纳入，经常沟通，落实好各自的责任。

7月24日，中国残联、财政部、人社部、国务院扶贫办共同制定印发《助盲就业脱贫行动实施方案》。方案以中西部24个扶贫任务较重的省区市为重点，聚焦就业年龄段建档立卡贫困视力残疾人，通过部门协同，共同推动有就业意愿的建档立卡视力残疾人组织专业培训、精准帮扶、落实政策、实现就业脱贫。30日，四部门在河北省南皮县举行启动活动部署实施助盲就业脱贫行动。鲁勇出席并提出要求。

7月24日，张海迪率团出席伦敦首届全球残疾人事务峰会，并在开幕式上做主旨发言，呼吁各国政府、国际组织、企业和相关机构共同推进残疾人领域务实合作；赴英国伯明翰参加融合国际第十七次世界大会及会员大会，推动设立“世界智障者日”事宜；会见英国国际发展部大臣佩妮·莫当特女士和中国驻英国大使刘晓明。

7月31日，中国残联召开备战2022年冬残奥会工作领导小组第六次全体会议。张海迪传达中共中央政治局常委、国务院副总理、第24届冬奥会工作领导小组组长韩正7月25日调研北京冬奥组委工作时的指示和要求，以及韩正、孙春兰、蔡奇在冬奥会工作领导小组全体会议上的讲话精神。周长奎及领导小组副组长等出席会议。

7月—8月，中国残联对2018年69个二级项目共96176.98万元开展中期绩效目标执行监控，对偏离目标或目标不准确的项目及时调整，确保顺利完成年度绩效目标。

8　月

8月3日，国家统计局审批同意中国残联“全国残疾人家庭收入状况统计调查制度”项目（国统制〔2018〕60号）。

8月3日，张海迪致信祝贺北京按摩医院建院60周年暨中国手法发展前沿学术论坛召开。

8月4日，全国多层工业建筑无障碍技术标准项目结题会在山东省临沂市召开。吕世明出席，并与专家一起调研临沂市区和沂蒙山旅游景区无障碍环境建设情况，考察多层无障碍厂房和无障碍工厂、无障碍环境建设等。临沂市以“最美无障碍”为理念，实施城市道路、信息平台、美丽乡村、多层厂房、景区、家庭、康复、汽车驾驶“八大无障碍工程”，构建标准高、覆盖广、衔接顺畅的无障碍体系，实现“有爱无碍”。试点建设的多层工业厂房无障碍设施综合覆盖、标准齐全，精细化人文化，为制定国家《残疾人集中就业无障碍多层工业厂房技术标准》提供了实践依据，成为向国际社会展示我国工业园区无障碍环境建设和优化残疾人劳动环境的窗口。

8月5日，周长奎率调研组赴重庆市丰都县湛普镇燕子村和兴义镇石佛场村调研贫困残疾人脱贫攻坚工作，走访慰问贫困残疾人。

8月6日，交通运输部运输服务司、中国残联维权部、北京市残联、北京冬奥组委规划建设部、市规划国土委、市交通委召开推进地面公交无障碍环境建设专题研讨会。交通科学研究院、北京市市政工程设计研究总院有关专家及残疾人代表等参加研讨。吕世明讲话指出，交通管理参与部门要进一步建立多部门、多行业、专家和残疾人代表参与的联动工作机制，听取多方意见，加强研发创新，统筹考虑推进地面公交无障碍的科学方案和行动举措；细化地面公交无障碍建设的标准导则，梳理具体内涵和要求，加快推进公交站台、公交车无障碍建设、改造和无障碍设施配备，加强对公交从业人员无障碍服务意识和知识技能培训，以此整体提升公共交通无障碍环境建设水平。

8月7日—9日，中国残联教就部、中国盲协、中国盲文出版社、北京联合大学特教学院在北京举办首期国家通用盲文骨干师资培训班。程凯、张伟、李伟洪、李庆忠等出席开班式。全国各省区市盲校、盲协的盲文骨干师资120余人参加培训。培训内容包括国家通用盲文方案解读、答疑，低年级、成年盲人教学方法示范及研讨，培训测试等。受训学员将成为各省（区、市）开展国家通用盲文培训的骨干师资。

8月8日，中国残联办公厅印发《关于加快推进第三代残疾人证（智能化）换发工作的通知》（残联函〔2018〕252号）。

8月8日，残疾儿童康复救助制度培训班在京举办。各省区市残联分管康复工作的副理事长和康复部主任、中国残联康复直属单位负责同志等120余人参加培训。贾勇在开班式上讲话指出，《关于建立残疾儿童康复救助制度的意见》是我国残疾人康复领域的第一个专项制度文件，标志着我国残疾儿童康复救助工作从项目式运作到制度化保障的转变，具有里程碑意义。各地要确保9月底前制定符合本地实际的残疾儿童康复救助制度。

8月10日，民政部发布《2017年社会服务发展统计公报》：“二、社会工作之（二）不提供住宿的社会服务”中：“3.残疾人服务。2017年，困难残疾人生活补贴人数1019.2万人，重度残疾人护理补贴人数1053.7万人。截至2017年底，民政部门直属康复辅具机构24个，固定资产原价5.7亿元。”

8月12日，国务院同意调整农村留守儿童关爱保护工作部际联席会议制度，建立农村留守儿童关爱保护和困境儿童保障工作部际联席会议制度。中国残联为成员单位，贾勇为会议成员。

8月14日，王新宪赴山西省大同市调研残疾人工作，走访慰问平城区重度残疾人家庭，实地察看残疾人居家托养无障碍改造，充分肯定重度残疾人居家托养服务工作，希望山西省残联要继续立足实际，加强探索创新，把重度残疾人居家托养服务工作做好，提升居家托养服务工作品质，重塑残疾人的尊严和信心。

8月14日—15日，张海迪先后在乌鲁木齐市、新疆生产建设兵团八师石河子市调研残疾人工作，走访慰问残疾人家庭，并出席新疆、兵团残联代表大会。

8月15日，中国狮子联会召开2018—2019年度第二次常务理事会议，审议决定并在16日召开的2018—2019年度第一次理事会议上通报，中国狮子联会全国会员代表大会由每1年召开一次改为每2年召开一次，理事会、监事会等由每届任期1年改为每届任期2年。

8月17日，国务院残工委办公室在京召开电视电话会议，就建立残疾儿童康复救助制度工作进行动员和部署。张海迪呼吁："康复是残疾孩子生命的重建，残疾孩子的康复不能再等！我们一定要尽最大的努力把希望早点给这些残疾孩子们送去。"会议指出，建立残疾儿童康复救助制度是贯彻落实党的十九大精神、体现以人民为中心发展思想的具体举措，是对残疾儿童实施抢救性康复的重要保障，也是保基本、兜底线的一项重要民生制度安排，对改善残疾儿童康复状况、减轻残疾儿童家庭经济负担、促进脱贫攻坚和全面小康社会建设具有重要意义。

8月24日，全国第十届残运会暨第七届特奥运动会"倒计时一周年"揭牌活动在天津市人民体育馆举行。全国第十届残运会暨第七届特奥运动会是我国第一次同城举办健全人与残疾人运动会，第一次增加残疾人冬季体育项目，第一次大幅增加残疾人群众体育项目。天津市副市长曹小红主持活动。

8月25日，第二次全国残疾预防日。中国残联等16部门23日联合下发通知，决定以"残疾预防，从我做起"为主题开展宣传教育活动。

8月27日，卫生健康委基层卫生司、中国残联康复部共同委托中国医师协会全科医师分会组织编写的《残疾人家庭医生签约服务指导手册》发布。手册"紧紧围绕家庭医生签约服务团队需要学习掌握的残疾预防和康复基本知识，了解残疾人康复服务的主要技术与方法，掌握可衔接的康复资源，关注现代医学和科技进步能够为各类残疾人所提供的支持等内容"，"简述了残疾人家庭医生签约服务的有关概念、团队组成、职责分工和团队服务细则"，以便"家庭医生为残疾人服务时，可以提供精准、及时和有效的指导"。

8月28日，全国盲人医疗按摩人员考试考务工作会暨助盲就业脱贫行动工作推进会在昆明召开。

8月29日，国际狮子会第57届东南亚年会组织委员会在北京成立。中国残联党组书记周长奎，中国残联党组成员、副理事长、中国狮子联会会长、组委会主席贾勇，中国残联原理事长、中国狮子联会创会会长、组委会名誉主席汤小泉，国际狮子会前国际会长、组委会名誉主席谭荣根，海南省残联党组书记、组委会主席种润之，相关部委协调保障机制工作小组成员，海南省服务保障工作小组领导成员，组委会领导成员出席成立大会。组委会主席贾勇主持会议，中国狮子联会副会长、组委会执行主席兼秘书长廖满雄介绍国际狮子会第57届东南亚年会筹办情况。

8月31日，改革开放40周年与中国残障人事业发展——纪念《残疾人权利公约》生效十周年研讨会在中国人民大学举办。全国人大常委会有关部门、联合国相关机构、国内外科研院所、非政府组织的50多名代表参加会议。吕世明出席会议并在讲话中强调，我国是制定《残疾人权利公约》的积极倡导国和重要参与国，为公约的出台生效做出了不可磨灭的贡献。公约对我国生效十年来，给我国残疾人事业发展带来了许多新理念、新思路和新方法，促进我国残疾人事业进一步纳入经济社会发展大局，我们将继续认真履行公约义务，按时提交履约报告，积极在公约框架下加快我国残疾人事业发展。

8月，国务院办公厅印发《中国残疾人联合会改革方案》。

8月，中国残联邀请财政部专家举办讲座，进行审计警示教育，分析审计问题原因和有关政策要求，学习中央57个部委2017年预算执行审计问题，提高财务人员业务能力，建立健全内控机制，加强财务管理。

9 月

9月1日，中国残联、教育部、国家语委在北京启喑实验学校举行《国歌》国家通用手语版推广发布仪式。

9月3日，"包容美力计划"发布一周年回顾活动暨无障碍康体活动中心启动仪式在宿迁举行。中国残联副主席、中国残疾人福利基金会理事长王乃坤，江苏省残疾人福利基金会理事长张建平，江苏省宿迁市常务副市长沈海滨等及京东主要领导出席活动。"包容美力计划"为残疾人进行免费的电子商务和客户服务管理相关课程培训以及职业资格鉴定；京东承诺优先录用通过计划培训考核的残疾人。

9月4日，张海迪到中国残疾人体管中心看望正在备战雅加达亚残运会的国家集训队。

9月5日，由教育部、中国残联和交通银行共同设立的“交通银行特教园丁奖”在上海举办2018年度表彰活动暨交行公益品牌发布仪式。全国各地共有105名优秀特教教师获获。中国残联副主席、中国残疾人福利基金会理事长王乃坤，交通银行监事长宋曙光等出席。

9月5日—13日，中国25名运动员在日本北九州市举行的残奥亚锦赛上参加19个级别的比赛，获得13枚金牌、6枚银牌、3枚铜牌，奖牌总数22枚；打破3项世界纪录和3项亚洲纪录，金牌数和奖牌总数均列第一。

9月7日，北京冬奥组委、中国残联、北京市政府、河北省政府联合印发《北京2022年冬奥会和冬残奥会无障碍指南》。指南全面落实绿色、共享、开放、廉洁的办奥理念，遵循“公平、尊严和适用”的基本原则，以安全性为首要出发点，体现通用性设计理念，完善无障碍细节要求，同时适应我国特点，加强了信息无障碍、服务无障碍等薄弱环节，特别是突出无障碍环境的系统性、连贯性，促进形成闭合的无障碍环境。指南分为十章，包括总则、技术规范（包括无障碍通行、辅助设施、酒店和住宿）、信息无障碍、场馆和运动员村无障碍设计、城市无障碍设施、无障碍交通、社会环境与服务无障碍等内容，既提出原则要求，也提供翔实准确的参数、图例和服务内容。

9月7日，《语言文字报》刊登程凯的文章《推广使用国家通用手语和通用盲文是语文建设的一件大事》。

9月8日，中国残联主办、中国残疾人事业新闻宣传促进会承办的“优秀残疾人艺术家百人推介计划”专场活动在北京盲文图书馆举行，展示梁聘、康宏军、周刚、姚久生、朱骏、许立慧、夏长秀、韩清梅、左文俊、杨建军、朱虹等11位残疾人艺术家的作品。

9月10日，李克强在全国教育大会上讲话指出：“要重视发展学前教育、高中阶段教育和民族教育、特殊教育、继续教育等各类教育。”

9月12日，中国残联、国家统计局、发展改革委、教育部、工信部、公安部、民政部、财政部、人社部、住建部、国家卫健委、国务院扶贫办等12部门联合印发《关于建立全国残疾人基本服务状况和需求信息数据动态更新工作长效机制的意见》（残联发〔2018〕55号）。

9月12日，吕世明与中国残联第七次全国代表大会解放军和武警部队的23名代表座谈。

9月12日—16日，“三菱友谊杯”第四届残疾人民间足球争霸赛年终总决赛在国家体育总局秦皇岛训练基地举行。全国近60支基层残疾人足球队、600余名残疾人足球爱好者参与本届赛事。

9月14日，中国残疾人联合会第七次全国代表大会在人民大会堂开幕。习近平、李克强、栗战书、汪洋、王沪宁、赵乐际等党和国家领导人到会祝贺。韩正代表党中央、国务院发表题为《在新时代的伟大征程中创造残疾人更加幸福美好的新生活》的致辞。部分中共中央政治局委员，全国人大常委会、国务院、全国政协、中央军委有关领导同志出席会议。中央和国家机关有关部门、军队有关单位、各民主党派中央、全国工商联、各人民团体、北京市负责同志，中国残联第七次全国代表大会代表等约3000人参加开幕式。共青团十八届中央书记处第一书记贺军科代表中华全国总工会、中国共产主义青年团中央委员会、中华全国妇女联合会、中国文学艺术界联合会、中国作家协会、中国科学技术协会、中华全国归国华侨联合会、中华全国台湾同胞联谊会向大会致贺词。中国残联主席张海迪代表中国残联第六届主席团向大会做题为《以习近平新时代中国特色社会主义思想为指引，团结带领残疾人兄弟姐妹共奔美好小康生活》的工作报告。

9月14日，张海迪会见中国残联第七次全国代表大会港澳地区观察员代表团一行20人。张海迪表示，新一届中国残联将一如既往地重视与港澳地区的交流与合作，希望大家同心同力、携手并进，深化沟通交流，拓展项目合作，为开创中国残疾人事业的新局面而共同努力。贾勇参加会见，港澳台办相关人员陪同。

9月15日—16日，第九次全国盲人医疗按摩人员考试在18个考试辖区顺利举办。全国共有2165名盲人取得考试资格，缺考193人，实考1972人；设96个计算机化考试考场、58个实践技能考组。

9月16日，中国残疾人联合会第七次全国代表大会在京闭幕，国务委员王勇出席会议并强调，坚持以习近平新时代中国特色社会主义思想为指导，深入贯彻习近平总书记关于加强残疾人工作的重要论述，团结拼搏，开拓创新，以更加扎实有效的举措，促进新时代残疾人事业全面发展。

会议审议通过《中国残疾人联合会章程（修正案）》，宣布中国残联第七届名誉主席、主席团和执行理事会名单。会议聘请邓朴方为中国残联名誉主席，选举张海迪为中国残联第七届主席团主席，周长奎、吕世明、程凯、刘再军、侯晶晶、陈国民、黄悦勤、沙马友古为副主席；推举周长奎为中国残疾人联合会第七届执行理事会理事长。

9月17日，张海迪、周长奎出席国际奥委会北京2022年冬奥会协调委员会第三次会议开幕式。

9月18日，国务院总理李克强签署第703号国务院令，公布《国务院关于修改部分行政法规的决定》，《残疾预防和残疾人康复条例》有五条修改。

9 月 18 日，民政部向全国人大代表李莉复函，就其“关于将收入低的重度病残人员纳入低保对象范畴的建议”做出公开答复：经过开展调研、吸纳代表建议，民政部已于 2018 年 7 月会同财政部、国务院扶贫办制定出台关于在脱贫攻坚三年行动中切实做好社会救助兜底保障工作的实施意见，要求“对未脱贫建档立卡贫困户中靠家庭供养且无法单独立户的重度残疾人、重病患者等完全丧失劳动能力和部分丧失劳动能力的贫困人口，经个人申请，可参照单人户纳入农村低保范围”。

9 月 18 日，张海迪会见芬兰教育和文化部副部长雷伊科宁和芬兰驻华大使肃海澜一行。

9 月 19 日—23 日，中国残联代表团赴蒙古参加第八届残疾人国际东北亚地区会议。会议主题为“切实实现残疾人权利”，各参会国分享近两年残疾人工作最新进展，围绕推动残疾人国际发展和继续落实“亚太残疾人十年”行动纲领《仁川战略》各项目标进行交流探讨。

9 月 20 日，中国残联康复部在北京召开残疾人基本辅助器具补贴制度建设推进会。

9 月 21 日，北京服装学院无障碍服装研究中心揭牌仪式暨“融合与共享——大美无障碍服装恳谈会”在京举行。吕世明出席并讲话。无障碍服装研究中心将深度关注并系统调研残障人士现状，通过多学科交叉和技术整合，聚焦无障碍产品研究、服装设计、先进材料应用等前沿领域，围绕特殊需求服装的设计标准、制作标准、安全标准进行系统研究，填补国内该领域的空白，为设计开发和政府决策提供基础依据，同时积极对接纺织服装、残疾人福利企业、医疗卫生机构、养老院等，推进无障碍服装的个性化、市场化、产业化。

9 月 23 日，第一个国际手语日（International Day of Sign Languages，简称 IDSL）。为了纪念世界聋人联合会于 1951 年 9 月 23 日成立，2017 年 12 月 19 日联合国大会第 72 届会议确定，从 2018 年开始，每年的这一天为国际手语日。

9 月 25 日，中国残联召开贫困残疾人脱贫攻坚领导小组全体会议，进一步加强对贫困残疾人脱贫攻坚的组织领导，传达学习中央有关脱贫攻坚工作会议精神，就下一步加大工作力度做好残疾人脱贫攻坚工作进行再动员、再部署。会议宣布调整后的中国残联贫困残疾人脱贫攻坚领导小组成员名单，传达学习中央单位定点扶贫工作推进会议精神，听取 2018 年贫困残疾人脱贫攻坚进展情况汇报，审议全国残联系统推进贫困残疾人脱贫攻坚工作会议的筹备工作方案。

周长奎强调，要把思想和行动统一到习近平总书记和党中央、国务院关于脱贫攻坚的重大部署上，认真落实中国残联七代会上中央领导对残疾人脱贫的要求和张海迪主席在工作报告中对推进残疾人脱贫的部署，切实增强打赢打好残疾人脱贫攻坚战的责任感、紧迫感。

9 月 26 日，中共中央、国务院印发中共中央政治局 2018 年 5 月 31 日审议的《乡村振兴战略规划（2018—2022 年）》（中发〔2018〕18 号）。要求“继续实施特殊教育提升计划”，“加强和改善农村残疾人服务，将残疾人普遍纳入社会保障体系予以保障和扶持”，“支持主要面向失能、半失能老年人的农村养老服务设施建设，推进农村幸福院等互助型养老服务发展，建立健全农村留守老年人关爱服务体系”，“发挥工会、共青团、妇联、科协、残联等群团组织的优势和力量，发挥各民主党派、工商联、无党派人士等积极作用，凝聚乡村振兴强大合力”。

9 月 27 日—28 日，由中国残疾人体管中心和清华大学联合主办的第一届全国残疾人体育学术交流会暨冬残奥项目研讨会在清华大学召开。

9 月 29 日，第三届亚残运会中国体育代表团出征动员大会在京举行。周长奎出席并做动员讲话，中国奥委会副主席李玲蔚代表国家体育总局和中国奥委会为代表团壮行，吕世明宣读关于成立第三届亚残运会中国体育代表团临时党委的决定。王梅梅主持会议，介绍代表团组成情况，并接受运动队反兴奋剂责任书。

9 月 29 日，中国残联发布《中华人民共和国国歌》国家通用手语版视频。

9 月，经教育部批准，滨州医学院获得在口腔医学技术专业招收听障生的招生资质。学院被国家发展改革委、教育部、中国残联列入“特殊教育学校建设二期”专项，国家发改委和山东发改委计划投入 6000 万元资金强化学院建设，进一步夯实特殊教育事业发展基础。

9 月，全国 33 个省区市、兵团及农垦 2017 年度财务统计报表汇总工作完成并编印成册。

10 月

10 月 1 日，国家残疾儿童康复救助制度全面实施。救助对象为符合条件的 0—6 岁视力、听力、言语、肢体、智力等残疾儿童和孤独症儿童。包括城乡最低生活保障家庭、建档立卡贫困户家庭的残疾儿童和儿童福利机构收留抚养的残疾儿童；残疾孤儿、纳入特困人员供养范围的残疾儿童；其他经济困难家庭的残疾儿童。其他经济困难家庭的具体认定办法，由县级以上地方人民政府制定。

10 月 6 日—13 日，第三届亚洲残疾人运动会在印度尼西亚雅加达举行。

比赛设视力、肢体、智力三大残疾类别18个大项、568个小项，43个国家和地区的约3000名运动员参赛。中国体育代表团顽强拼搏，破7项世界纪录、21项亚洲纪录，获172枚金牌、319枚奖牌，位列金牌及奖牌榜首位，实现远南运动会和亚残运会“九连冠”。10月7日，山东籍选手崔哲在女子举重41公斤级比赛中夺冠，是中国代表团首金。在13日闭幕式上，杭州作为下一届亚残运会主办城市展示“杭州，我们共同的家园”视频节目，副市长王宏在接旗仪式上接过亚残奥委会会旗，亚残运会正式进入“杭州时间”。

10月8日，中国21世纪议程管理中心发出《关于国家重点研发计划“科技冬奥”重点专项2018年度定向项目立项的通知》（国科议程办字〔2018〕22号），中国残疾人体管中心作为项目牵头承担单位申报的“冬残奥运动员运动表现提升的关键技术（2018YFF0300600）”项目和“冬残奥运动项目国际化训练平台关键技术研究与应用（2018YFF0300905）”课题被批复立项，执行年限为2018年8月至2022年6月。这是残疾人体育研究首次获得科技部批准立项的国家级科研项目，也是我国第一次将残疾人体育科研项目纳入国家重点研发计划。

10月9日—11日，周长奎、程凯赴河北省南皮县、沧州市和石家庄市调研定点扶贫和基层残疾人工作。

10月9日—11日，2018年全国辅助器具服务技能竞赛在北京举办。全国200名辅具技师参赛，内容包括居家环境辅助器具服务专业技能竞赛和矫形器制作专业技能比赛，以及“我与辅助器具、我与长江假肢征文摄影展”，全方位展示我国残疾人辅助器具事业发展的成就和辅具工作者的风采。

10月10日—11日，第十三届中国信息无障碍论坛在中国盲文图书馆举行，吕世明、程凯出席并讲话。论坛以“技术、标准助力信息无障碍”为主题，围绕信息无障碍与视障服务、信息无障碍技术再创新和信息无障碍推动特殊教育等方面展开交流研讨。吕世明在闭幕式为“盲校学生信息无障碍挑战赛”获奖者颁奖。

10月11日—13日，2018中国国际福祉博览会暨中国国际康复博览会在京举行。

10月12日，中国残联在石家庄启动全国残联系统助推贫困残疾人脱贫攻坚三年行动。河北、河南、湖北、广西、四川、青海、宁夏等7个省区残联就贫困残疾人脱贫工作进行交流，24个有扶贫任务的省区市签订《省级残联助推贫困残疾人脱贫攻坚责任书》，从精准掌握贫困残疾人底数、落实残疾人各项扶持政策措施、加强对基层残联的培训督导、探索地方特色扶贫经验、激发残疾人脱贫内生动力、加强扶贫领域作风治理等9个方面明确了残联组织助推贫困残疾人脱贫的具体工作任务，压实了工作责任。

河北省委副书记赵一德介绍了以残疾人就业创业园辐射带动贫困村贫困户，集贫困残疾人托养、就业创业和康复服务于一体的行唐县“政府+残联+企业+贫困残疾人”脱贫新模式，为各地残联推进贫困残疾人脱贫攻坚提供有益经验。国务院扶贫办、人社部有关负责同志等提出意见建议。

中国残联党组书记、理事长周长奎总结分析贫困残疾人脱贫攻坚工作取得的成效和面临的艰巨任务，对各级残联打赢贫困残疾人脱贫攻坚战提出要求。程凯主持会议，各省区市残联主要负责人和残疾人扶贫工作负责人参加会议。

10月12日—14日，第三届亚残运会中国体育代表团团长、临时党委书记张海迪赴印尼雅加达。12日，在中国代表团驻地召开代表团临时党委和团长扩大会议。13日，会见亚洲残奥委会主席马吉德、韩国残奥委会主席李明昊、朝鲜残奥委会主席金文。13日，到苏加诺体育馆观看第三届亚残运羽毛球比赛，为中国运动员加油鼓劲；赛后接受《人民日报》、新华社、中央电视台等媒体的联合采访。14日，代表团召开总结大会，临时党委副书记王梅梅做参赛总结报告。张海迪看望中国体育代表团随团印尼志愿者并合影留念。

10月13日，全国第十届残疾人运动会暨第七届特奥运动会象棋、围棋预赛暨2018年全国残疾人象棋、围棋比赛开赛仪式在大连市举行。全国24个省区市及香港特别行政区组队参赛，运动员、教练员、裁判员及赛事志愿者规模达300余人，创该项目历届参赛人数之最。

10月14日，全国无障碍机构第一次联席会议暨“2018融合发展圆桌会议”在清华大学举行。吕世明及住建部、工信部、清华大学等单位领导出席会议，高校、科研机构、残联组织、行业协会、文化机构百余位专家参加会议。会议主题“共商共推，共融共享，共赢共行”，旨在加强无障碍机构融合发展，高端谋划、积极探索、强力推进我国无障碍环境建设，为创造更加幸福美好的新生活、彰显无障碍人文情怀与社会价值做出贡献。

10月14日—15日，由人社部、国家发展改革委、科技部、共青团中央、中国残联共同举办的第三届“中国创翼”创业创新大赛决赛及颁奖仪式在郑州举行。中共中央政治局委员、国务院副总理胡春华出席闭幕式并致辞。大赛首次增设专项赛，专门面向残疾人、去产能转岗职工两类群体，32个省区市推荐的残疾人创业项目经决赛评出一二三等奖共16个、优胜奖12个。同时，还有7个残疾人创业项目被推荐为唯一代表参加优秀创业项目展示。

10月15日，国际盲人节之际，由中国残联指导、清华大学无障碍发展研究院等承办的“包容与多样——无障碍发展国际学术大会”在清华大学举行。会议发布《通用无障碍发展北京宣言》，倡导人居环境建设应遵循“通用无障碍”原则，以促进、保护和确保所有残疾人充分和平等地享有一切人权和基本自由。吕世明出席大会并讲话。

10月16日，在第五个全国扶贫日和第二十六个国际消除贫困日来临之际，中国残联、国务院新闻办举办中外记者见面会，邀请4名基层残疾人脱贫攻坚典型和助残代表与中外记者交流。17日，中国残联、国务院扶贫办与中国互联网信息中心在京联合召开以“自强自立，脱贫光荣”为主题的贫困残疾人脱贫事迹报告会，刘洪霞、李泽秀、万造均、李健、谢侣、王华银等6名贫困残疾人脱贫典型代表讲述自强脱贫的生动故事，程凯出席并讲话。

10月17日，由国晟传奇影业（北京）有限公司出品，中国残疾人事业新闻宣传促进会、无锡奇奇文化发展有限公司联合出品的电影《美丽战争》举行全国上映发布会和首映礼。影片讲述了超模女孩安薇薇在事业巅峰时刻惨遭车祸失去左腿，在亲人和朋友的鼓励和陪伴下参加全能超模大赛，不畏艰难险阻突破重重关卡一路勇往直前，最终寻找到自我与真爱，实现超越自我、破茧成蝶的励志故事。

10月19日，中国残联召开警示教育大会，深入学习贯彻习近平总书记重要批示精神，贯彻落实中央和国家机关警示教育大会精神。周长奎出席会议并讲话，对中国残联坚定不移推进党风廉政建设和反腐败斗争进行再动员再部署。

10月19日—20日，第十九届中国国际教育交流年会在北京举办以“无障碍设施建设与融合教育发展”为主题的首届“无障·爱”融合教育国际研讨会。中国国际教育交流协会会长刘利民、中国残联副主席吕世明、福建自强助残助学基金会发起人郑声滔教授为研讨会开幕致辞并启动“自强中国”项目发布仪式。“自强中国”项目每年出资100万元，从全国知名高校和开展融合教育比较成熟的学校，遴选优秀残障学生、残障教师、特教老师和融合教育研究管理人员等，资助他们赴海外研修学习，培养残障国际化高端人才和残疾人融合教育无障碍设施建设的优秀专业人才，促进我国融合教育的创新发展和无障碍人文环境建设。

10月20日，2018（济南）新时代残疾人慈善事业与企业社会责任学术研讨会在山东大学举行，旨在宣传、鼓励企业承担社会责任，弘扬人道主义精神，在党和政府领导下共同绘就全面建成小康社会宏伟蓝图。湖南爱眼公益基金会现场捐款800万元，用于“未来集福·泉城光明行”活动。

10月24日，习近平总书记在深圳市龙华区北站社区党群服务中心考察时，与因患小儿麻痹致残的张莹莹进行亲切交流，询问深圳残疾人的就业情况和生活状况，以及张莹莹自身的情况和所在深圳市雨燕残疾人关爱事业发展中心的组织情况、如何帮助和推动残疾人就业。张莹莹介绍，该中心是非营利性社会组织，承接政府项目，通过开展培训、与企业对接等，多元化帮助残疾人平等参与社会生活，实现“就业一人，幸福一家”。张莹莹，中共党员，1989年8月生，第六次全国自强模范。2011年起，开始从事助残就业工作，带领团队残疾人创办4家社会组织，2家企业，探索出一条适合残障者就业的“多元化就业”模式。2016年，张莹莹与3位残疾人朋友创办深圳市雨燕残疾人关爱事业发展中心，并创办科技助残企业。在岗员工90%以上为残疾人和残障儿童家属。2018年，张莹莹与深圳市龙华区残联筹划创办龙华区残疾人就业创业孵化基地。她还带领其团队开展残疾人“演说家”、春笋计划（残障者EAP职场能力提升、就业指导、创业服务）、残疾人心理辅导、残疾人志愿法律咨询、残疾人英语培训等服务项目。

10月24日，港珠澳大桥正式通车。澳门口岸东停车场（入境）配置无障碍车位40个，西停车场（出境）配置无障碍车位36个；珠海口岸地下一层预留社会小车停车库配置残疾人车位32个。

10月24日，周长奎主持召开第三次党组会议，研究康复大学筹建工作。

10月25日—26日，周长奎一行赴青岛调研基层残疾人工作和残联改革工作，实地考察李沧区残疾人综合服务中心、市残疾人康复职业培训中心、即墨区祥泰残疾人托养中心等，详细了解市残疾人工作“互联网+”服务平台、残疾儿童康复、残疾人辅助性就业、残疾人文体活动等工作，听取残联和相关机构负责人工作汇报，与接受康复训练的听力、脑瘫、孤独症儿童和托养的精神和智力残疾人等进行交流。周长奎强调，各级残联要以落实中国残联改革方案为契机，把改进和提升基层残疾人工作为重中之重，坚持眼睛向下、重心下移，推动改革任务落实落地，努力开创残疾人工作新局面。

10月26日，第十三届全国人民代表大会常务委员会第六次会议通过《关于修改〈中华人民共和国刑事诉讼法〉的决定》第三次修正，对于涉法的盲、聋、哑人或精神病人在辩护、证据、证人、传译、程序、强制医疗、约束措施等方面给出详细规定。

10月26日，由中国残疾人福利基金会、中国残疾人事业新闻宣传促进会主办的2018年“手工艺者集善之家”项目授牌活动在江西省景德镇市举行。项目为期两年，是澳门基金会支持内地残疾人系列公益项目之一，由澳门基金会出资，在全国范围内遴选、资助15家从事手工艺品制作的社会服务机构对残疾人进行技能培训，使残疾人能够实现就业、改善生活、贡献社会。2018年年初项目启动，15家执行机构，积极组建一流教研团队，邀请各艺术领域的传承人、工艺美术大师、民间艺术家，针对不同类别的残疾人设计教学大纲，已培训残疾人300多名。

10月26日，中国康复研究中心在京举办30周年学术月活动启动仪式。中国残联、卫生健康委、民政部等机构领导，两院院士、国内外知名康复专家、各省市康复机构专家等共计200多人应邀出席。中国残联主席张海迪、首都医科大学校长尚永丰等领导出席并讲话。贾勇主持，中心党委书记吴世彩致欢迎辞。日本首相夫人应邀参会并致辞。学术月将举办中康医联体成立大会、中日韩康复学术高峰论坛、国际神经泌尿学术论坛、康复技能操作大赛（康复治疗技能大赛、康复医疗技能大赛、康复护理技能大赛）以及专业培训、学术沙龙与工作坊等系列活动，进一步带动康复工作者钻研业务，大力营造浓厚的学术氛围，以展示学术实力，促进交流合作，提升国际影响力。

日本首相安倍晋三夫人安倍昭惠一行出席学术月活动启动仪式并在张海迪陪同下参观中国康复研究中心。

10月26日，中国肢协会同住建部标准定额研究所、清华大学无障碍发展研究院共同编制的《多层工业建筑无障碍指南》（T/CAPPD 2—2018）作为中国肢残人协会团体标准正式发布，2018年12月26日开始实施。

10月26日，2018孤独症成人支持国际研讨会在南宁召开，相自成出席会议并讲话。

10月28日—11月3日，由中国残联康复部主办、中国康复研究中心心理康复科承办的2018年全国残疾人心理重建骨干培训班在北京举办，这是《2018年全国残联系统康复专业人才实名制培训计划》的具体落实。

10月29日—11月2日，相自成率队赴重庆市大渡口区、垫江县，上海市浦东新区、闵行区，实地调研残联改革工作和街镇、社区基层残联组织队伍建设情况。

10月30日，国家体育总局办公厅公告发布2018年中央财政资金补助的大型体育场馆名单，要求享受补助的各体育场馆“对学生、老年人、残疾人等免费、低收费开放”。

10月31日，《盲人按摩医院（诊所）建设标准》（送审稿）召开审查会。

11　月

11月3日—6日，康复国际2018年度秋季执委会和会员代表大会在德国柏林召开，中国残联主席、康复国际主席张海迪率团出席会议。会议听取康复国际世界各区域委员会和专业委员会工作报告，就康复国际未来和2019年重点工作、全球残疾人事务发展基金（GDDF）和非洲基金（AF）项目推进、康复国际网站改版、康复国际秘书长聘任等议题进行广泛讨论并形成决议。张海迪还主持召开康复国际基金会会议，指出未来康复国际工作应倡导国际残疾人事务最先进的理念，引导和促进世界领先水平的康复技术；要把规划落到实处，调动和利用各方资源，积极开展一批让残疾人切实受益的样板项目；要强化规范管理和组织建设，努力提升国际影响力，为更多的残疾人谋福祉。

11月4日，周长奎出席天津市第六届残疾人职业技能竞赛暨天津市第二届残疾人展能节活动，并调研天津市基层残联改革工作。

11月4日—5日，中国残联组织十个省区残联在黑龙江省齐齐哈尔市开展贫困重度残疾人家庭无障碍改造及依法保障残疾人权益等工作专项调研。吕世明参加调研并出席黑龙江省贫困残疾人脱贫攻坚工作会议。

11月5日，住建部、工信部、民政部、中国残联、全国老龄办联合制定印发《关于开展无障碍环境市县村镇创建工作的通知》（建标〔2018〕114号），附件《创建无障碍环境工作标准》，对创建无障碍环境市县村镇工作进行部署。

11月5日—7日，2018年中国技能大赛——“宜生到家杯”全国残疾人岗位精英职业技能竞赛暨残疾人就业服务机构工作人员职业指导竞赛在郑州举行。全国30个省区市的224名残疾人选手参加职业技能竞赛，竞赛设电子商务、商业摄影两个比赛项目和竹编、美甲两个残疾妇女手工制作类交流项目。全国各级残疾人就业服务机构的67名工作人员参加职业指导竞赛，竞赛设个人陈述、必答题和就业服务现场模拟三个环节。共有包括参赛选手、裁判员、工作人员、志愿者、新闻记者在内的600余人参与两个赛事活动，规模创历届新高。程凯及全国妇联书记处书记章冬梅、河南省副省长戴柏华等领导出席闭幕式并颁奖。

11月6日，作为中国担任联合国安理会轮值主席重要活动之一，贾勇率中国残疾人艺术团赴美国纽约参加林肯中心“舞动中国”项目演出活动，中国常驻联合国代表马朝旭、第73届联大主席埃斯皮诺萨及俄罗斯等国常驻联合国使节、联合国高级官员等900余人观看演出。埃斯皮诺萨致辞赞赏中国在担任安理会轮值主席期间举办此次活动。她表示，本届联大将“残疾人权益”列为七大优先事项之一。对联合国而言，艺术家是通过文化传递尊严、尊重和包容的亲善大使。

11月7日，中国残联召开铁路无障碍建设和服务研讨会，吕世明出席。

11月7日，中共中央、国务院印发《关于学前教育深化改革规范发展的若干意见》（2018年7月6日中央全面深化改革委员会第三次会议审议通过）。要求“推进学前教育普及普惠安全优质发展，更好实现幼有所育”；“（十二）完善学前教育资助制度。各地要认真落实幼儿资助政策，确保接受普惠性学前教育的家庭经济困难儿童（含建档立卡家庭儿童、低保家庭儿童、特困救助供养儿童等）、孤儿和残疾儿童得到资助”。

11月7日—9日，国际残奥单板滑雪亚洲杯、世界杯两站赛在迪拜举行。我国运动员江紫豪获得亚洲杯男子UL级第二名，孙奇获得世界杯LL2级第二名。这是我国运动员在该两项赛事中取得的最好名次。

11月7日—9日，中国残疾人事业发展研究会残疾人社会工作专业委员会、江苏省残疾人事业发展研究会、南京大学残疾人事业发展研究中心主办，无锡市残疾人联合会承办的“共享”理念下残疾人社会工作与融合发展全国学术研讨会在江苏省无锡市举办。

11月9日，联合国人权理事会一致通过中国参加第三轮国别人权审议报告。审议期间，绝大多数国家对中国在促进人权领域所取得的进步予以充分肯定，对中国选择符合自身国情和人民需求的发展道路和人权保障模式表示支持。约旦、老挝、乌兹别克斯坦等国代表表示，中国帮助7亿多人脱贫，既是中国减贫促人权的生动故事，也是中国对世界人权事业的重要贡献；中国依法保障妇女、儿童、老年人、残疾人、少数民族等各项权益，确保人人得享人权，“一个也不能少”的努力值得肯定。西班牙、匈牙利、希腊等国代表在发言中也对中国在减贫领域取得的重要进展和在加强人权司法保障方面取得的积极进步表示肯定。巴基斯坦常驻日内瓦代表阿米尔在接受采访时说，中国政府为本国人民谋幸福，尤其使得大量人口摆脱贫困，重新获得尊严，“这应被视作全球最大的人权成就之一”。

11月9日—10日，中国残联在上海召开全国残联系统人大代表和政协委员参政议政工作研讨会。全国残联系统的全国、省级、市级、县级人大代表和政协委员共60余人与会，吕世明出席会议并讲话。张海迪专门为会议撰写寄语，要求“残联系统的各位人大代表和政协委员要奋发有为，锐意进取，积极投身于中国特色社会主义建设的伟大实践；更要将残疾人的安危冷暖放在心上，推动解决残疾人面临的医疗康复、社会保障、教育就业、无障碍等各种困难，努力为残疾人事业鼓与呼，让残疾人更多、更公平地分享经济社会发展成果”。

11月11日，雄安城市无障碍设计研讨会在上海召开。吕世明主持研讨会并为上海国际康复活动中心（诺宝中心）设立“中国无障碍诺宝国际研修营”揭牌。

11月12日，普通高校残疾人高等融合教育试点工作座谈会在四川大学召开。会议对试点工作中的成效、问题和建议进行总结和回应，明确了下一阶段将试点中的有效措施和经验上升为国家制度的努力方向。程凯出席并讲话。

11月12日—16日，2018年全国残疾人体育教练员培训班在中国残疾人体管中心举办，全国26个省区市的16个夏季项目和5个冬季项目的111名教练员按要求完成10个专题的课程培训，顺利结业。

11月13日，中国残联与中国铁路总公司召开复兴号动车组无障碍设施优化研讨会，吕世明等出席。会议研讨设计方关于无障碍车厢改进提升优化方案，残疾人代表以切身感受对车厢无障碍卫生间、无障碍通道、无障碍座席、无障碍辅助登车装置等提出需求和细化改进建议，专家就进一步优化铁路无障碍环境建设进行充分论证。

11月14日，中国听力语言康复研究中心与台湾雅文儿童听语文教基金会签约仪式在京举行。张海迪与雅文儿童听语文教基金会、台湾明门集团董事长郑钦明出席并致辞。郑钦明与夫人将听障女儿培养成才，并在1996年成立雅文儿童听语文教基金会，将世界普遍应用的听觉口语训练引入台湾和大陆，与中国听力语言康复中心一起推广普及，给康复教学带来积极改变。

11月14日，中国残联无障碍环境建设推进办公室与中国科学院自动化研究所召开研讨会，就加强无障碍智能技术研究与应用进行广泛研讨。吕世明及中国科学院自动化研究所所长徐波出席会议。

11月14日—15日，残奥单板滑雪世界杯两站赛在荷兰兰德赫拉夫举行。我国运动员孙奇在男子坡面回转项目竞争最为激烈的LL2级别比赛中两次荣获金牌，为我国残奥单板滑雪项目首次获得国际赛事金牌。

11月16日，国家卫生健康委、中央政法委、中宣部、教育部、公安部、民政部、司法部、财政部、国家信访局、中国残联等十部委联合印发《关于印发〈全国社会心理服务体系建设试点工作方案〉的通知》（国卫疾控发〔2018〕44号），要求为“残疾人及其家属等提供心理辅导、情绪疏解、家庭关系调适等心理健康服务”。

11月16日，张海迪调研海南残疾人工作，走访慰问残疾人家庭，看望残疾人大学生创业就业团队。

11月16日，吕世明一行到北京市延庆区世界园艺博览会园区和八达岭长城，实地调研园区道路、主体工程等无障碍规划、设计与建设情况和八达岭长城无障碍设施使用及环境改造情况。北京市相关部门和单位负责人及无障碍专家等参加调研。世界园艺博览会将于2019年4月—10月举行。

11月16日，国际狮子会第57届东南亚年会在海口开幕，年会主题是“服务・共享・进步”，包括中国在内的18个国家及地区的近6000名来宾出席开幕仪式。中国狮子联会副会长郭明飞代表广大狮友点燃圣火，中国狮子联会会长、本届年会主席贾勇鸣钟宣布大会开幕。中国残联主席张海迪出席开幕式并致辞。本届年会是经国务院批准的非政府国际民间文化交流活动，也是中国狮子联会创建以来独立承办的最大规模会议。年会内容包括狮子会全球服务行动研讨会、超越地平线·新声音论坛、全球行动小组研讨会、中国狮子联会服务成果展、美食和特色狮子会物品展等。中国狮子联会以来，全国已有超过1300支服务队和近42000名会员，服务范围涵盖医疗卫生、助残护老、环境服务、公民教育和减灾扶贫等。中国已成为国际狮子会大家庭中具有重要地位的一员。

11月19日，中国残联召开改革工作部署会暨机关干部“走转改”启动会。周长奎对残联改革的重点任务和要求做出部署，吕世明宣读《关于成立中国残联改革工作领导小组的通知》，程凯就《〈中国残联改革方案〉任务分工方案》做说明，相自成主持会议并介绍《残联干部“走进基层、转变作风、改进工作”专项实施方案》，王梅梅参加会议。周长奎重点部署了残联改革8个方面的重点任务。一是讲政治，就是要通过改革来增强政治性；二是强基层，就是要通过改革提升基层组织活力和服务能力；三是转作风，就是要通过改革克服“四化”；四是“专兼挂”，就是要通过改革进一步优化机关干部结构；五是广代表，就是要通过改革体现群众性；六是助小康，就是要通过改革补齐残疾人民生短板；七是信息化，就是要通过改革提升科技应用水平；八是聚主业，就是要通过改革更好地聚焦服务残疾人事业。

11月20日，张海迪会见中国日本商会会长、三菱商事株式会社东亚区总裁平井康光及三菱集团各企业负责人一行，就三菱集团企业捐赠支持“三菱友谊杯”残疾人民间足球争霸赛公益项目、继续助力中国残疾人群众体育事业发展事宜交换意见。

11月20日，残疾人冰上比赛训练馆项目完成初步设计及概算批复。

11月22日—23日，2018年全国动态更新工作试点单位经验总结会在甘肃省嘉峪关市召开，相自成出席会议并讲话。会议要求，各地残联要改进采集手段，实现实时更新；抓实培训环节，推广在线培训；层层落实责任，抓严质量控制；做好成果运用，推动业务融合；筑牢组织根基，提升服务能力；发挥专家作用，有效指导工作。

11月24日—25日，由中国盲人协会主办、潍坊学院承办的国家通用盲文骨干教师培训班在潍坊市举办。中国盲人协会主席李庆忠、潍坊学院校长冯滨鲁等出席开班仪式，北京、江苏、安徽、福建、海南、黑龙江、西藏、山东等8个省区市基层特殊教育学校和盲协的近60名学员参加培训。

11月25日，国务委员王勇、中国残联理事长周长奎分别会见国际狮子会会长古德龙·英格达德女士一行。

11月26日，“冬残奥运动员运动表现提升的关键技术”研究项目在中国残疾人体管中心启动。王梅梅出席并对项目实施做出部署，提出要求。该项目是第一个纳入国家重点研发计划的残疾人领域科研项目，紧扣2022年北京冬残奥备战工作需要，涵盖所有冬残奥六个运动项目、涉及冬残奥备战所有重要学科领域。

11月27日，中国残联举办《中国共产党纪律处分条例》专题辅导报告会，民政部党组成员、中央纪委国家监委驻民政部纪检监察组组长龚堂华做报告，周长奎主持会议。

11月27日，国务院残工委办公室发布《关于印发〈全国残疾人基本服务状况和需求信息数据动态更新工作规范（试行）〉的通知》（残工委办发〔2018〕3号）。

11月28日，中国残联办公厅印发《关于推动建立残疾人基本辅助器具适配补贴制度工作的通知》（残联厅函〔2018〕359号），对推动有条件的地区建立残疾人基本辅助器具适配补贴制度进行部署。

11月30日，中国残联2017年度行政事业单位国有资产报告工作获财政部通报表扬。

11月中下旬，中国残联在四川省凉山州西昌市和贵州省毕节市分别举办全国贫困残疾人脱贫攻坚工作培训班，沙马友古、程凯出席并讲话，24个扶贫任务重的省区市残联人员、部分“三区三州”市县残联理事长及创造残疾人脱贫攻坚优秀经验的市县残联理事长等190余人参加培训。

12　月

12月1日—2日，第三届中国残疾人冰雪运动季中国智协主会场活动暨冬季十省（市）特奥联谊活动在长春九台区庙香山滑雪场举行。活动由中国残联主办，中国智协、吉林省残联、长春市残联共同承办。相自成宣布活动开幕。

12月2日—3日，王梅梅走访福州市鼓楼区安安特殊教育儿童康复中心、福州闽人学校等，了解实施孤独症“从摇篮到天堂”全程终身生命工程、政府购买残疾人培训服务、推进安置残疾人就业等工作情况并慰问残疾人。王梅梅强调，各级残联要把工作力量聚集到基层，把优势资源投放到基层；残联干部要深入基层一线，走进残疾人家庭，切实帮助残疾人解决现实困难和问题，着力破解基层残疾人工作瓶颈。

12月2日—5日，程凯率队赴海南澄迈县、临高县、万宁市等地走访调研基层残疾人组织建设和贫困残疾人脱贫攻坚等工作。调研组指出，海南攻坚拔寨冲刺阶段的脱贫攻坚战阶段性特征显著，产业持续带动、稳定就业增收、兜底服务保障、党员结对帮扶尤显重要，“等靠要”与“志智双扶”的压力日益凸显，“残病老”等特殊贫困群体的扶持难度更加突出，需要更加聚焦，非下足“绣花功夫”方能如期实现既定精准脱贫的目标。

12月3日，中国残联办公厅印发《中国残联机关干部“走进基层、转变作风、改进工作”专项改革方案》，以改进和加强残联干部作风建设为引领，全面推进残联改革。“走转改”方案对中国残联机关干部提出了12项具体措施要求，包括深入基层、进门入户开展蹲点调研；建立最基层联系点和联系户；参加居住地残疾人组织活动；重要工作听取基层意见；工作重心下移，主动服务基层；与各类残疾人融在一起；尊重和关爱残疾人；热情接待来访残疾人；在工作中充分体现残疾人的主体性；坚决同侵害残疾人合法权益的现象做斗争；运用好社会化工作方式；争做“忠诚、干净、担当”的优秀残联干部等。

12月3日，中国残联印发《关于扎实做好地方残联改革工作的通知》。

12月3日，国际残疾人日，由中国残联指导、北京市残联创编的舞台剧《北极光》汇报演出在国家大剧院台湖舞美艺术中心举行，总编导刘国超。周长奎、吕世明及北京市副市长王宁等领导出席观演。《北极光》塑造了残疾姑娘苏小溶善良、乐观、坚强的艺术形象，引导人们不但要关注看得见的身体上的“残疾”，也要关注看不见的心理上的“残疾”，深度思考“残疾”与“健全”的内在边界，深刻领悟“真正的幸福来自健全的心灵”的人生哲理。

12月3日，由中国残联、康复国际、深圳市残疾人工作委员会指导，深圳市残联主办的纪念第27个国际残疾人日暨首个无障碍宣传促进日活动在深圳举行，张海迪专门向活动书面致辞。纪念活动以“深共享、无障爱”为主题，包括无障碍环境建设宣传展示、信息助残服务合作签署仪式、辅具创意设计竞赛颁奖、无障碍巡游、文艺汇演等多项内容。

12月3日，中国残联无障碍环境建设推进办公室、中国雄安集团数字城市科技有限公司在中国盲文图书馆联合召集对接会，启动雄安新区容东片区信息无障碍系统化建设。推进办主任吕世明与科技公司总经理王臻出席会议。

12月3日—4日，中国残联宣文部、中国残疾人事业新闻宣传促进会组织编演的舞台剧《但的故事》在北航晨兴剧场上演。该剧讲述了一个智力略低于常人的“笨小孩”从家乡到北京追寻爱情，并用自己的纯真和正能量感染和改变周围的人们，帮助他们找回自我的故事。编剧、导演杭程，主演王钊、金岩等。

12月4日，康复国际技术与无障碍委员会、中国残联无障碍环境建设推进办公室、清华大学无障碍发展研究院、中国盲文图书馆共同主办的“包容与发展”无障碍战略国际研讨会在北京举行，吕世明出席会议。

12月4日—7日，周长奎一行赴甘肃省临夏回族自治州调研深度贫困地区残疾人脱贫攻坚和基层残联改革工作。周长奎要求，残疾人脱贫攻坚是残疾人实现全面小康重中之重的工作，各级残联要着重在“精准”二字上下功夫，一要精准识别贫困残疾人，二要向党委政府精准反映贫困残疾人家庭的特殊困难和需求，三要做到“一人一案、一户一案”的精准帮扶，四要配合党委政府部门将脱贫政策精准落实到每一个残疾人身上，切实打通服务残疾人的“最后一公里”。他强调，加强基层残疾人组织建设和服务能力建设是残联改革的重中之重，要吸纳更多优秀残疾人代表，调整专职委员队伍结构、提升素质、转变作风，了解没有办证但是有服务需求的残疾人信息，做到“一人一案”，提升服务残疾人的精准化、精细化水平。

12月5日，第二届全国残疾人专职委员知识竞赛在南京举办。

12月6日，民政部办公厅、中国残联办公厅印发《关于做好全国残疾人“两项补贴”信息系统全国上线运行有关工作的通知》（民办函〔2018〕169号）。

12月6日，全国残疾人职业能力评估工作会议暨“全国残疾人职业能力测评技术资源中心”挂牌仪式在江苏省靖江市举行。

12月6日，全国残疾人职业能力评估工作会议暨全国残疾人职业能力测评技术资源中心挂牌仪式在江苏省靖江市举行。会议充分肯定靖江市残联积极研发残疾人职业能力物理测评工具的成果，以及在“一店三基地”评估工作中形成的靖江模式对全国残疾人职业能力评估工作具有积极推动和借鉴作用。来自31个省区市和江苏省各地市残疾人就业中心的70余人参加会议，接受残疾人职业能力物理测评工具技术操作培训。

12月7日，中国残联在中国盲文图书馆举办“国际残疾人日”纪念活动。张海迪与科特迪瓦、加蓬、尼日利亚和塞内加尔等非洲国家驻华大使夫人共同出席。张海迪介绍了中国残疾人事业发展取得的成就。

12月7日，由中国残联宣文部、中国残疾人事业新闻宣传促进会、中国助残志愿者协会共同主办的“仁美”书画摄影大赛颁奖展览仪式在北京太庙举行。本次书画摄影大赛从作品征集到评选展览历时5个月，收到社会各界书画摄影爱好者的作品1500余幅。经过专家评委的层层筛选，评出一等奖12名、二等奖24名、三等奖60名、优秀奖264名。

12月8日，由南京特殊教育师范学院和国家统计局统计科学研究所联合主办的第三届残疾人数据科学国际研讨会在南京召开，200余名专家学者参加会议。国家统计局总统计师曾玉平致辞，吕世明出席并讲话，中国残联信息中心做“基于残疾人大数据的智慧残联建设”的主题报告。

12月10日，中国人权研究会和中国人权发展基金会在北京共同举办纪念《世界人权宣言》发表70周年座谈会。“中共中央总书记、国家主席习近平发来贺信，强调《世界人权宣言》是人类文明发展史上具有重大意义的文献，对世界人权事业发展产生了深刻影响。中国人民愿同各国人民一道，秉持和平、发展、公平、正义、民主、自由的人类共同价值，维护人的尊严和权利，推动形成更加公正、合理、包容的全球人权治理，共同构建人类命运共同体，开创世界美好未来。

“习近平在贺信中指出，人民幸福生活是最大的人权。中国共产党从诞生那一天起，就把为人民谋幸福、为人类谋发展作为奋斗目标。中华人民共和国成立近70年特别是改革开放40年来，中华民族迎来了从站起来、富起来到强起来的伟大飞跃。中国发展成就归结到一点，就是亿万中国人民生活日益改善。

“习近平强调，时代在发展，人权在进步。中国坚持把人权的普遍性原则和当代实际相结合，走符合国情的人权发展道路，奉行以人民为中心的人权理念，把生存权、发展权作为首要的基本人权，协调增进全体人民的经济、政治、社会、文化、环境权利，努力维护社会公平正义，促进人的全面发展。

“习近平要求，我国人权研究工作者要与时俱进、守正创新，为丰富人类文明多样性、推进世界人权事业发展做出更大贡献。”

中共中央政治局委员、中宣部部长黄坤明出席会议，中国人权研究会会长向巴平措，中国人权发展基金会理事长黄孟复发表讲话；来自国家人权行动计划联席会议机制成员单位有关负责人和人权专家学者等约150人参加座谈会。

12月11日—12日，中国残联主席、康复国际主席张海迪一行及中国残疾人艺术团访问澳门特别行政区。张海迪与澳门特别行政区行政长官崔世安及社会文化司社工局、澳门基金会等进行深入交流，参观访问澳门扶康会宝利中心，看望残疾人，了解康复和就业情况。

12月12日，民政部、中国残联召开残疾人“两项补贴”信息系统全国上线运行视频会议，贯彻落实国务院“两项补贴”意见，总结安徽试点经验，传达民政部办公厅、中国残联办公厅《关于做好全国残疾人“两项补贴”信息系统全国上线运行有关工作的通知》，部署并启动系统全国上线运行工作，对系统操作方法进行先期培训。民政部副部长高晓兵，中国残联副理事长程凯出席并讲话。建立统一的“两项补贴”工作网络信息平台，实现全国“两项补贴”规范化申领和基本信息的实时监测、比对、分析和动态管理，是残疾人“两项补贴”制度迈入信息化管理的标志。信息系统采取数据大集中方式管理，可支持部、省、市、县、乡五级的使用与管理工作，具备申请、审核、发放、查询、统计分析等功能，并与中国残联残疾人口数据库实现共享共用，为“两项补贴”制度的实施提供良好技术和数据支撑。

12月12日，国务院新闻办公室发表《改革开放40年中国人权事业的发展进步》白皮书。“四、显著改善特定群体权利”下设“（三）残疾人权利”专节：“残疾人权益保障的法律体系不断完善，政府将残疾人工作纳入重要工作议程。‘平等、参与、共享’理念渐入人心，残疾人生存、发展和参与状况明显改善，残疾人事业取得显著进步。”从“残疾人权益保障机制日益健全、社会保障权得到有效落实、康复权保障体系逐步完善、受教育权保障持续改善、文化权利保障取得显著进步、就业权获得有效保障、无障碍环境支持与辅助器具服务加速推进”等七方面介绍了中国改革开放40年来残疾人事业所取得的伟大成就。

12月13日，中国残联召开地方残联改革工作座谈会。周长奎强调，为深入落实中央关于群团改革的部署和《中国残联改革方案》任务，中国残联将2019年确定为“残联改革年”，通过改革带动残疾人工作的整体提升。地方残联改革工作既要全面推进，又要突出重点，特别是围绕讲政治、强基层、转作风、专兼挂、广代表、助小康、信息化、聚主业等重点任务来展开。上海市、重庆市残联介绍改革工作推进情况，北京、内蒙古、辽宁、安徽、江西、甘肃等省区市残联交流改革方案制定、改革思路和举措及问题等。

12月13日，全国残联宣传文化工作会议在京召开。周长奎出席并讲话，程凯主持会议并就全国残联系统开展“学听跟”专项活动、贯彻落实会议精神进行部署。

12月13日，中国残联党组开始进行集中整治形式主义、官僚主义工作，持续到2019年1月底。

12月14日，张海迪、周长奎就康复大学筹建工作与教育部部长陈宝生、副部长孙尧进行会谈，就校址、办学主体、办学路径和学校名称等问题深入研讨。教育部表示，全力支持康复大学建设工作。

12月15日，中国残联召开手语信息采集工作会议，程凯、刘再军出席会议并讲话。北京、江苏、广东、辽宁、河南、四川、湖北、上海、福建、甘肃、浙江、江西等12个有手语信息采集任务的省区市聋人协会手语委交流手语采集工作的情况、采集过程中的困难与面临的问题等，并就进一步推进手语信息采集工作提出了建议。

12月17日，为深入推进全国残联

改革，中国残联印发《关于扎实做好地方残联改革工作的通知》，对扎实做好地方残联改革工作提出要求。

12 月 17 日，民政部、发改委、财政部、中国残联发布《关于开展康复辅助器具社区租赁服务试点的通知》（民发〔2018〕152 号）。目标是："通过试点，指导试点地区率先建成供应主体多元、经营服务规范的康复辅助器具社区租赁服务体系，服务网络覆盖本地区 50% 左右社区，通过租赁服务配置康复辅助器具的人数逐步增多，康复辅助器具配置率不断提高，创造一批各具特色的典型经验和先进做法，形成一批可持续、可复制的政策措施和服务模式，为全国康复辅助器具社区租赁服务发展积累经验、提供示范。"

12 月 17 日—22 日，中国残联在广州举办 2018 年亚太经合组织（APEC）经济体及东盟成员国残疾人及培训师"互联网 +"培训班，亚太地区 13 个国家和地区的 36 名外籍学员和 20 名中国学员参加培训。

12 月 18 日，中共中央、国务院颁布《关于表彰改革开放杰出贡献人员的决定》。"全国自强模范"韦昌进入选"改革先锋"百人名单。"韦昌进，男，汉族，中共党员，1965 年 11 月出生，江苏南京人，山东省枣庄军分区政治委员。他参加边境自卫还击作战，在弹片击中左眼、穿透右胸，全身 22 处负伤的情况下，高呼'为了祖国，为了胜利，向我开炮'，引导炮兵打退敌军 8 次反扑，独自坚守战位 11 个小时，由于伤势过重，昏迷 7 天 7 夜，左眼失明，为保卫改革开放和平环境做出巨大牺牲奉献。从战场归来后，他始终不忘初心，义务作事迹报告和宣讲辅导 500 余场次，用自身经历弘扬主旋律、传递正能量。荣获'八一勋章'和'战斗英雄'、'全国自强模范'等称号。"

12 月 18 日，住建部、财政部印发《农村危房改造脱贫攻坚三年行动方案》，要求把贫困残疾人家庭等 4 类重点对象纳入危房改造对象全力推进，并探索支持农村贫困群体危房改造长效机制。行动方案从总体要求、重点任务、加强工作管理、强化实施保障 4 个方面进行部署，确保 2020 年前完成现有 200 万户建档立卡贫困户存量危房改造任务，基本解决贫困户住房不安全问题。

12 月 18 日，中国残联贫困残疾人脱贫攻坚领导小组办公室召开专题会议，传达 12 月 17 日国务院扶贫开发领导小组第五次全体会议精神，认真学习胡春华副总理对脱贫攻坚工作提出的七个明确要求：一是坚持现有标准不动摇；二是聚焦深度贫困地区，落实好政策、资金和项目；三是着力解决影响"两不愁，三保障"的薄弱环节；四是强调易地搬迁要落实，确保稳得住，能脱贫；五是要将防止返贫放在突出位置，建立防贫的长效机制；六是继续深化东西部扶贫协作，做好定点扶贫工作；七是落实好脱贫攻坚工作和乡村振兴战略的无缝衔接。程凯主持会议并提出工作要求。

12 月 18 日，在德国柏林举行的康复国际会员代表大会上，中国残联主席、时任康复国际主席张海迪高票当选下一届主席，任期为 2020 年至 2024 年。康复国际司库苏珊·帕克女士表示，张海迪担任主席两年来，以务实高效的作风率领康复国际制定新的战略规划，确定重点领域，大力推进一系列改革措施，各成员对康复国际未来发展前景充满信心。张海迪指出，康复国际作为一个有近百年历史的国际组织，为推动世界康复事务发展发挥了重要作用。它设计的无障碍标识"坐轮椅者"为世界认识和尊重残疾人产生了重要影响，使千千万万残疾人得到帮助。面对未来，康复国际各成员要团结一心，共同迎接新的挑战。康复国际应引领国际残疾人事务发展的最新理念，进一步推动世界康复技术发展和应用。她表示，继续带领康复国际，推动落实联合国《2030 年可持续发展议程》和《残疾人权利公约》，为实现世界残疾人的平等、共享、融合做出新的贡献。

12 月 18 日，中国残联办公厅印发《关于举办第三届中国残疾人冰雪运动季全国冬季残疾人社会体育指导员训练营的通知》（残联厅函〔2018〕375 号），及《关于印发第三届中国残疾人冰雪运动季基层残疾人旱地冰壶比赛全国总决赛竞赛规程的通知》。

12 月 19 日，由中国残联主办，国家体育总局、教育部、全国总工会、共青团中央、全国妇联、北京冬奥组委等部门提供大力支持，河北省残联承办的第三届中国残疾人冰雪运动季全国示范活动暨"冰雪河北，快乐你我"河北省残疾人冰雪运动季活动启动仪式在石家庄西部长青滑雪场举行，主题是"乐享冰雪、助力冬奥、康复健身、共奔小康"。

12 月 20 日—21 日，中国残联召开 2019"残联改革年"工作务虚会，研讨残疾人事业 2019 年工作安排。周长奎做会议总结讲话。12 月 20 日—22 日，全国残疾人精准康复服务工作现场会在西安召开。贾勇出席会议并讲话，中国残联康复部、康复直属单位及各省区市残联、部分市县残联相关同志参加会议。

12 月 21 日，已纳入 2018 年度国家重点研发计划重点专项申报指南的残疾人辅助器具评估与适配服务体系建设和示范应用项目成功立项。

12 月 22 日—23 日，由中国残联、深圳大学、残疾人事业发展研究会共同主办的第十二届中国残疾人事业发展论坛在深圳举行，论坛主题是"改革开放与残疾人事业发展"。50 多所高校、研究机构的专家学者以及全国各地的残疾人和残疾人工作者代表约 260 人参加论坛。中国残联副主席、残疾人事业发展研究会会长程凯，深圳市委常委、统战部部长林洁，深圳大学副校长李永华等出席论坛开幕式并致辞。北京大学党委副书记、纪委书记叶静漪，中国工程院院士、深圳市建筑设计研究总院总建筑师孟建民，民政部社会福利与慈善事业促进司副司长徐建中在大会上做主旨发言。论坛举办“残障理念与社会发展”主题活动和7个分论坛就新时代残疾人事业多个议题展开深入研讨。

12月24日，人社部、中国残联发布《关于开展2019年就业援助月专项活动的通知》（人社部函〔2018〕180号），活动时间为1月2日至1月30日，活动主题是“就业帮扶，真情相助，不让一个困难群众掉队”。

12月26日，中国残联专门协会工作研讨会在京召开。相自成出席会议并讲话。

12月27日，中国残疾人艺术团全新版大型音乐舞蹈诗《我的梦》公益演出在京举办。

12月28日，中国残联执行理事会与专门协会联席会议在京召开。周长奎出席会议并讲话。

12月28日，周长奎参观北京市残疾人事业30周年成就展并调研基层残疾人服务工作。

12月29日，中国残联改革工作领导小组审议通过《全国残联“学听跟”专项活动实施方案》（残联发〔2018〕67号）并印发全国。

12月29日，中国残联印发《关于确定第三批国家级残疾人职业培训基地的通知》（残联发〔2018〕68号），天津市友好互联科技有限公司等69家机构入选。

12月30日，全国首个残疾人冰上项目比赛训练专业场馆——国家残疾人冰上运动比赛训练馆建设项目正式开工。项目由中国建筑标准设计研究院有限公司负责总设计，北京城建集团有限责任公司负责总施工，北京鸿厦基建工程监理有限公司负责监理。

12月31日，中共中央办公厅、国务院办公厅印发《民政部职能配置、内设机构和人员编制规定》（中共中央办公厅厅字〔2019〕141号），第三条规定民政部的主要职责包括：“（九）拟订残疾人权益保护政策，统筹推进残疾人福利制度建设和康复辅助器具产业发展。（十四）职能转变。民政部应强化基本民生保障职能，为困难群众、孤老孤残孤儿等特殊群体提供基本社会服务，促进资源向薄弱地区、领域、环节倾斜。积极培育社会组织、社会工作者等多元参与主体，推动搭建基层社会治理和社区公共服务平台。”第四条规定民政部内设机构：“（八）社会事务司。推进婚俗和殡葬改革，拟订婚姻、殡葬、残疾人权益保护、生活无着流浪乞讨人员救助管理政策，参与拟订残疾人集中就业扶持政策，指导婚姻登记机关和残疾人社会福利、殡葬服务、生活无着流浪乞讨人员救助管理机构相关工作，协调省际生活无着流浪乞讨人员救助事务，指导开展家庭暴力受害人临时庇护救助工作。”

2018年，中国残联积极配合审计署，完成2017年度中国残联预算执行等情况审计，并针对审计发现的问题，认真贯彻落实审计整改要求，按时整改到位。

2018年，中国残联六代会以来全国财政对残疾人事业支持情况统计分析完成。统计显示，2013—2017年全国各级财政累计投入达1859.85亿元，比上个五年增长122.46%。其中，中央财政投入233.75亿元，是上个五年的2.35倍。

2018年，中央安排残疾人事业经费55.44亿元，比上年增长8.26%。

（中国残联各部室供稿）

图书在版编目（CIP）数据

中国残疾人事业年鉴．2019／中国残疾人联合会编．－－北京：华夏出版社有限公司，2019．12
ISBN 978－7－5080－9665－0

Ⅰ．①中…　Ⅱ．①中…　Ⅲ．①残疾人－社会福利事业－中国－2019－年鉴　Ⅳ．①D669．69－54

中国版本图书馆 CIP 数据核字（2019）第 270585 号

中国残疾人事业年鉴．2019

编　　者　中国残疾人联合会
书名题字　赵朴初
责任编辑　贾洪宝　霍本科
文字编辑　刘　芹　尹　航　景涵宇
装帧设计　郭　艳　殷丽云

出版发行　华夏出版社有限公司
经　　销　新 华 书 店
印　　装　北京华宇信诺印刷有限公司
版　　次　2019 年 12 月北京第 1 版　2019 年 12 月北京第 1 次印刷
开　　本　889×1194　1/16 开本
印　　张　58．75
插　　页　4
字　　数　2300 千字
定　　价　258．00 元

华夏出版社有限公司　社　　址：北京市东直门外香河园北里 4 号　邮　编：100028
网　　址：www．hxph．com．cn　年鉴编辑部电话：010－64600172
投稿邮箱：hxkwyd@ aliyun．com　互动交流：010－64672903